BIBLIOTHÈQUE
DE LA PLÉIADE

ANATOLE FRANCE

Œuvres

I

ÉDITION ÉTABLIE, PRÉSENTÉE ET ANNOTÉE
PAR MARIE-CLAIRE BANCQUART

GALLIMARD

CE VOLUME CONTIENT :

L'ÉTUI DE NACRE

Appendice :

Les Autels de la peur

Notices, notes et variantes

par Marie-Claire Bancquart

INTRODUCTION

Les romans et nouvelles d'Anatole France qui sont réunis dans ce volume témoignent d'une telle évolution dans la pensée et dans l'écriture, d'une telle diversité d'intérêts, qu'ils pourraient représenter à eux seuls toute une carrière d'écrivain. L'auteur de Jocaste et le Chat maigre *et des* Désirs de Jean Servien *est un homme au style et à la personnalité composites. Dickens, Daudet, Flaubert, sont visiblement ses inspirateurs. Les êtres dans lesquels il s'incarne disent de façons très diverses un désarroi devant l'existence. Science, rêve, action politique, amour, sont représentés par des personnages qui se donnent à eux, qui les vivent mal et qui aboutissent à l'échec. Le ton joyeux du* Chat maigre, *s'il atteste qu'Anatole France sait mettre à distance certains de ses échecs, ne doit pas dissimuler un profond scepticisme, si l'on veut bien prendre ce terme au sens le plus courant. Avec* Thaïs, *onze ans après, nous avons affaire à une œuvre d'écriture maîtrisée, dans laquelle sources et influences se fondent en un ton personnel : âpreté anticléricale suavement exprimée, tourments amoureux décrits par un Anatole France qu'une liaison récente exalte et désespère.*

Durant ces douze années, que d'œuvres variées par le ton comme par l'inspiration ! Bonhomie du Crime de Sylvestre Bonnard, *douceur du* Livre de mon ami. *Ici est évoquée la période alexandrine ; là, un passé proche ou l'époque contemporaine. Quant aux recueils de nouvelles,* Balthasar *et* L'Étui de nacre, *ils évoquent l'Antiquité chrétienne, les légendes médiévales, l'époque révolutionnaire, et parfois l'univers sans date des contes. On lit avec un grand plaisir un ensemble d'œuvres aussi diverses. Mais le lecteur d'aujourd'hui ne peut se défendre de s'interroger sur la valeur de ce plaisir. Il sait qu'après avoir été considéré comme l'un des plus grands écrivains de son temps et porté officiellement au pinacle, Anatole France a été l'objet d'attaques si violentes que, dans certains milieux, il n'était pas de bon ton, en quelque sorte, de paraître le pratiquer et l'aimer. Sans doute l'écrivain était-il toujours lu à l'étranger et, en France, par un public beaucoup plus nombreux qu'on ne le croit généralement. Mais ce public-là n'a pas de voix. En France, la critique qui se fait entendre est celle de cercles assez restreints, qui boudaient Anatole France au point que des générations de lycéens et d'étudiants le connaissent à peine : car le circuit français va des cercles critiques à l'université à tous les degrés. Il est tout à fait légitime de se demander si cette méconnaissance n'a pas de justes raisons, une fois écartés les motifs évidemment conjoncturels : hostilités d'ordre politique, ou rancune de ceux à qui l'écrivain portait de l'ombre. Ces raisons pourraient précisément se fonder sur l'examen des œuvres que présente notre volume. Œuvres diverses : cette diversité, ne serait-ce pas plutôt la dispersion d'un esprit curieux assurément, mais superficiel, mais décentré par légèreté ? Aucun projet d'ensemble ne paraît les relier. Anatole France reflète en elles une transformation personnelle et politique : cette transformation est-elle profondément instituée en lui, ou bien obéit-elle au caprice des temps et de l'existence ? Enfin, n'est-ce pas à force de laborieux emprunts qu'Anatole France, médiocre créateur, entraîne son lecteur dans une promenade à travers siècles et pays qui serait alors une sorte de mystification, présentée dans une langue dont la simplicité apparente se décomposerait en une série de plagiats ?*

À ces questions, il est permis de répondre qu'Anatole France a ressenti une très réelle inquiétude sur son moi et sur le monde, et qu'il a tenté de l'éclairer par toutes sortes de recherches ; que la diversité apparente de son œuvre recouvre des préoccupations, des thèmes, des types de personnages étonnamment persistants ; enfin que l'utilisation faite par lui des sources littéraires, au demeurant si bien fondues à l'œuvre qu'elles y sont indiscernables pour le lecteur non averti, ne peut s'expliquer sans être mise en relation avec la culture très particulière et la personnalité de l'écrivain. Non certes que les études qui avaient soulevé ces questions n'aient été sérieuses. Mais elles ne se situaient pas au point où l'on peut prendre une vue d'ensemble de France. Tantôt elles s'inspiraient d'un hypercriticisme qui démantèle les textes pour en isoler les emprunts. Tantôt elles adoptaient comme hypothèse unique de créativité romanesque l'édification d'un projet de type balzacien, qui ne fait évidemment pas partie de ce que l'on peut appeler le paysage francien. Il est ailleurs. Anatole France a, dans ses différentes œuvres romanesques, tenu une sorte de journal de bord des aventures de sa pensée, de son tempérament, de ses curiosités. Cela crée une continuité subjective dans son œuvre. Mais cette subjectivité n'est pas d'introspection. Elle se projette sans arrêt dans les événements passés et contemporains, et la pensée des autres. À ce titre, romans et nouvelles peuvent être considérés comme les concrétions d'une activité de chroniqueur et de critique qu'Anatole France n'a pas cessé d'exercer depuis le second Empire, et qui joue le rôle le plus important qui soit dans l'élaboration de ses perspectives mentales. Il n'est pas le seul écrivain de son temps à pratiquer cette double activité de journaliste et de nouvelliste et romancier. C'est au contraire la condition la plus commune alors. Maupassant, Mirbeau, Barrès, pour ne citer que quelques exemples notables, la connurent aussi. On s'avise maintenant des bouleversements qu'elle apporta dans le statut même de l'œuvre romanesque.

Anatole France offre cette particularité, en outre, de commencer sa carrière de romancier à l'âge de trente-quatre ans, alors qu'il a déjà à son actif une œuvre de poète, une expérience de journaliste, et qu'il a vécu ses années de for-

mation. Ses premiers romans sont donc à la fois des essais du point de vue de l'écriture, mais des bilans du point de vue de l'expérience vécue : romans d'échec, roman humoristique en ce qui concerne Le Chat maigre, *ce ne sont pas des ouvrages prospectifs, mais des adieux à une existence passée. L'homme qui en est l'auteur n'a pas mangé son pain noir avec eux ; il n'a pas senti, tout jeune, une vocation irrésistible pour le genre romanesque, mais plutôt pour le métier d'écrivain pris dans sa globalité. Sous le second Empire et dans le milieu où grandit Anatole France, ce métier n'excluait pas absolument la pratique du roman, mais ne l'impliquait pas comme une toute première urgence. L'écrivain apporte donc dans le genre qu'il épouse, en 1878, comme en secondes noces, des habitudes de pensée, des cadres de vie, des personnages, qui se modifient en se pliant à de nouvelles exigences, mais qui demeurent comme des constantes d'une personnalité déjà construite une première fois.*

L'une des principales permanences de cette personnalité se trouve dans un certain goût du livre et des livres. Ne pas en comprendre le caractère, c'est s'exposer à méconnaître un trait spécifique de l'œuvre d'Anatole France. L'écrivain, dans notre pays, est en général un homme de cabinet, un homme formé aux humanités traditionnelles et accoutumé à se référer à une culture livresque (quand bien même il la combat, ou la complète par des expériences de vie). Ce serait par une assimilation tout à fait hâtive qu'on verrait en Anatole France un écrivain de cette sorte. Le livre est pour lui d'une importance différente. Il crée un espace. Il implique une recherche, une pratique matérielle et spirituelle ; il forme la sensibilité autant que la sagesse. En somme, il est à la fois l'intermédiaire par lequel on se garde des froissements de la vie, et la vie elle-même, une expérience concrète, une aventure. Anatole France est né dans une librairie dont nous avons peine à imaginer maintenant les documents qu'elle contenait, la clientèle et la vie journalière : aussi bien les Goncourt, lorsqu'elle disparut, notèrent Noël France comme « le dernier libraire à chaises[1] » de Paris. Cela

1. 2 janvier 1867, *Journal*, édition Ricatte, Fasquelle-Flammarion, 1956, p. 315.

signifie que les érudits et écrivains curieux des documents que détenait Noël France s'asseyaient dans sa boutique pour s'entretenir de l'actualité littéraire et artistique, et échanger des renseignements et des réflexions. Ces conversations si intéressantes pour un petit garçon et un adolescent, Anatole France les entendit quai Malaquais et quai Voltaire, dans la boutique un peu sombre, au plafond un peu bas, qui semblait faite pour l'intimité honnête que crée la fréquentation des bonnes lettres. Il entendait Jules Janin, le savant M. Dubois, expert en Antiquité classique, les Goncourt, les historiens de la Révolution Alcide de Beauchesne et Chéron de Villiers, le bibliophile Jacob et son frère Jules Lacroix, auteur dramatique, et le poète Louis de Ronchaud, et le critique Paul de Saint-Victor, ami de Gautier et d'Arsène Houssaye, qui écrivit sur Goethe comme sur les dieux antiques, et Duvergier de Hauranne, journaliste et historien de la vie parlementaire, et Guillaume Combrouse le bibliophile, Amédée Hennequin, Peyrat... Libraire lui-même, expert en autographes, le parrain d'Anatole France, Jacques Charavay, se trouvait là comme chez lui. Ce cercle lettré était présidé par Noël France, qui se tenait devant un bureau massif. C'était un homme grand, sec, droit, l'air austère et les cheveux coiffés en coup de vent, un vieux royaliste assombri par la chute du régime auquel il restait attaché. Toujours vêtu de noir, l'allure noble, abondant en maximes, il ne donna pas directement à son fils la sagesse et la culture : Anatole France semble avoir tôt senti ce qu'il appelle l'« insuffisance de son éducation intellectuelle[1] ». Mais le jeune garçon se nourrit des entretiens des habitués de la boutique paternelle, et surtout de son contenu.

Or, cette librairie, ce n'était pas pour le père d'Anatole France une simple spécialisation, le choix qu'aurait pu faire parmi d'autres choix possibles un homme curieux de recherches. C'était l'aventure de sa vie. À vingt ans, ce fils d'un cordonnier de campagne était illettré[2], domestique de

1. *La Revue de France*, 1er novembre 1924, p. 9, « Autobiographie-Fragment ».

2. Soit qu'il n'eût jamais appris à lire, soit qu'il eût totalement oublié lecture et écriture, comme cela était courant

ferme. C'est en 1826 qu'engagé volontaire, il entra dans un régiment de la Garde royale et attira l'attention du colonel La Bédoyère, grand collectionneur de documents sur la Révolution qu'il haïssait pour avoir décimé sa famille. François-Noël Thibault apprit à lire, il fut initié à la bibliophilie et à la chasse aux documents ; il partagea l'ardent royalisme de son colonel, et en 1830, lorsque la Garde royale fut dissoute, il brisa son sabre tandis que La Bédoyère brisait son épée. L'ancien illettré entra chez le libraire Techener, qui lui confia une annexe de sa boutique, place de l'Oratoire-du-Louvre. En 1839, il acquérait le fonds et devenait lui-même libraire. Qu'on imagine le chemin parcouru par lui en douze ans ; ce n'était pas seulement l'ascension sociale de l'homme arrivé en sabots qui devient propriétaire d'une entreprise, c'était la découverte de toute une manière de vivre, d'intérêts insoupçonnés. Un autre monde. Et cela ne doit pas être oublié quand on essaie de définir l'attitude de son fils devant la culture : les insuffisances mêmes de son père devaient lui rappeler sans cesse que les livres n'étaient pas pour lui de droit, comme s'il fût descendu de générations bourgeoises, mais de hasard et de conquête. Il en avait la fringale, les parcourant au mépris des devoirs et des lectures plus classiques que demandaient les professeurs du collège Stanislas, les dérobant parfois pour un temps à son père, dépensant tout son argent pour en acquérir. Il avait aussi appris dans la librairie que les livres ont une présence charnelle, se décrivent en fiches bibliophiliques et s'expertisent : ici encore, son rapport à eux n'est pas comparable à celui qu'entretiennent d'ordinaire les adolescents et les jeunes gens. Négocier l'exemplaire de L'Ami du peuple *taché du sang de Marat, rédiger le plus clair du catalogue La Bédoyère, ce ne sont pas des conduites courantes. Très replié sur lui-même, très isolé, le jeune Anatole France exerça dans la fréquentation des livres des facultés qui généralement sont utilisées en d'autres occurrences : non seulement l'attachement intellectuel, mais encore une sensibilité plus grande que celle que suscite et cultive communé-*

après une trop courte instruction élémentaire que rien n'entretenait.

ment la lecture, et même une forme non négligeable de sensualité. Il en fut amoureux comme un collectionneur de ses collections, comme un œnologue du vin.

Sa mémoire était considérable. Aussi utilisa-t-il tout au long de sa carrière d'écrivain la culture qu'il avait acquise au contact des livres de la boutique paternelle. Il suffit de consulter les catalogues de cette librairie pour s'en apercevoir. Au passage, réglons son compte à une vieille légende. « France » n'est nullement un pseudonyme qu'Anatole se serait choisi. Son père se prénommait François-Noël, et François, en Touraine, a pour diminutif « France ». Noël accola d'abord ce diminutif à son nom de famille : ses plus anciens catalogues, qui sont de la rue de l'Oratoire-du-Louvre, portent la mention : « Librairie politique moderne et ancienne de France-Thibault ». Le catalogue de mars 1844 porte : « Librairie politique ancienne et moderne de France » ; elle était alors au 19, quai Malaquais. Désormais, et pour toute la suite de son exercice, François-Noël Thibault se nomme « France, libraire ». Les écrivains qui nous parlent de lui ne le connaissent que sous ce nom, que son fils reprit tout naturellement, en signant ses demandes d'admission comme surnuméraire à la bibliothèque du Sénat « Anatole Thibault-France », et son *Alfred de Vigny* de 1868 « Anatole France ». Anatole-François Thibault, pour l'état-civil, préférait sans nul doute s'appeler comme son père *libraire*. Celui-ci lui fournit l'occasion de se former une culture bien particulière, biaisante par rapport à la culture traditionnelle, qui explique que les références des ouvrages d'Anatole France ne soient pas toujours, il s'en faut, limpides pour le lecteur « honnête homme ». Le fonds en est formé par des livres et manuscrits sur la Révolution française : récits de la vie menée dans les prisons de la Terreur, collection d'anecdotes, de procès-verbaux, de lois et décrets, de journaux, d'almanachs, de chansonniers, et des documents curieux comme la correspondance mystique de Cazotte avec Laporte, des pièces sur Chénier, des pamphlets, des prophéties, des mémoires. La Révolution au jour le jour, en somme, et sensible à l'œil : de nombreuses gravures la retraçaient, comme la série des *Vertus républi-*

caines *ou* Les Français sous la Révolution *de Chalamel. Républicain, quand son père était royaliste — et un peu parce qu'il l'était —, le jeune Anatole n'en eut pas moins cette vision familière et « vécue » d'une période cruciale de notre histoire, qui d'ailleurs n'était guère plus éloignée de lui que, de nous, la Première Guerre mondiale. Aussi ne fut-il jamais du parti des doctrinaires de la Révolution.*

Outre ces témoignages curieux et parfois uniques, la librairie France contenait un fonds moins important sur les colonies. À la mention : « Livres, journaux, caricatures et autographes relatifs à la Révolution », le catalogue de 1844 ajoute : « Collection de mémoires, livres sur les colonies ». Anatole France s'en souvint en écrivant Le Chat maigre. *On relève aussi bon nombre d'ouvrages réellement ou faussement dédiés à l'ésotérisme : la* Dissertation sur les apparitions *de dom Calmet, les* Lettres cabalistiques *du marquis d'Argens, l'ouvrage de Mirville,* Des esprits et de leurs manifestations fluidiques, *celui de Naudet,* Apologie pour les grands hommes soupçonnés de magie, *le* Dictionnaire des sciences occultes *de Migne... Puis des livres de religion,* Légende dorée, Vies des saints *de Baillet, ouvrages sur Jeanne d'Arc de Lebrun de Charmettes, Goerres, Lenglet-Dufresnoy. Enfin des livres très divers, que tout familier d'Anatole France identifiera immédiatement comme ses inspirateurs :* Les Ruines *de Volney, la* Bibliothèque orientale *d'Herbelot ; un choix d'ouvrages mystiques traduits du latin en 1835, parmi lesquels figurent Boèce et saint Augustin ; l'*Histoire de la prostitution *de Parent-Duchatelet ; des œuvres de Feuillet de Conches et de Gabriel Peignot.*

Ce fut pour Anatole France une compagnie journalière que ces livres, dans une librairie qui éditait un peu aussi, quoique les temps glorieux des libraires-éditeurs fussent déjà passés. Noël France publia par exemple Les Femmes célèbres de 1789 à 1795, *par A.* Lairtullier, *en fascicules, à partir de 1840 ; ou encore, en 1844, le* Guide et formulaire des gardes champêtres, *par Timothée Larade, le mari de la marraine d'Anatole ; ou encore cette mine d'indications que constitue la* Description historique et bibliographique de la collection de M. le comte de La Bédoyère sur la Révolution française, *seul livre signé de lui, et auquel nous savons qu'Anatole France collabora largement. Celui-ci avait beau s'opposer à son père, et refuser de lui succéder, il éprouvait de l'admiration pour ses activités. Il loue en 1859, dans une lettre envoyée de Normandie à son père, le cercle qu'il anime, « le cercle littéraire, écrit-il, dont tu es le président* honoraire, *cercle composé de gens, tous auteurs de mérite et qui font dans ta librairie une réunion plus lettrée qu'on en* [sic] *vit jamais chez aucun librarius de Rome, chez aucun bibliopole d'Athènes*[1] ». *Même accent dans l'article « Un foyer éteint », qu'Anatole France consacre en 1867 dans* Le Chasseur bibliographe *à la boutique désormais fermée de Noël. Cette fermeture ne sonna pas pour Anatole France l'heure de la clôture de sa fréquentation des librairies : chez Champion, qui succéda à Noël France, il devait connaître les principaux médiévistes français de son temps ; puis il travaillait chez Techener, chez Bossange, et il hantait la maison Charavay, sans parler de la librairie Lemerre.*

Que de traits d'Anatole France écrivain sont expliqués par cette jeunesse ! Et d'abord, la fréquence dans son œuvre de l'espace même dans lequel il connut le livre, espace privilégié à bien des égards. Sylvestre Bonnard a pour lieux d'élection son cabinet de travail, la bibliothèque du château de Lusance ou les bibliothèques publiques. Bonnard, comme plus tard Coignard, a le culte du livre rare, du document unique. C'est un culte sensuel. Le nez en pied de marmite de Bonnard frémit lorsque le savant découvre le cartulaire de Notre-Dame des Anges. Le livre à la fois touche, instruit de toutes choses, instaure un dialogue sans fin entre son lecteur et lui, et protège des tristesses et des brutalités de la vie. Beaucoup de héros d'Anatole France nous apparaissent un livre à la main, et se réfèrent au livre : Nicias lit un traité de morale, Lamia se délecte à Lucrèce, Monsieur Germain à quelque ouvrage poétique. Les Idylles *de Gessner servent d'intermédiaire entre Sophie et lui. Ce*

1. Cité par Georges Girard, *La Jeunesse d'Anatole France*, Gallimard, 1925, p. 98.

qu'Anatole France se plaît à se figurer, c'est quelque « librairie » à l'ancienne, qui embrasserait la matière du monde et en offrirait une image, maniable et adoucie. Telle était l'ambition de certains vieux livres de compilation que l'écrivain évoque volontiers : la Chronique de Nuremberg *est ainsi mentionnée dans* Le Crime de Sylvestre Bonnard. *Un autre des ouvrages de prédilection d'Anatole France,* La Cosmographie universelle *de Münster, comprend ce sous-titre révélateur : « en laquelle, suivant les auteurs les plus dignes de foy, sont au vray descriptes toutes les parties habitables et non habitables de la Terre et de la Mer, leurs assiettes et choses qu'elles produisent[1] ». Quant à certaines des conversations qui figurent dans les œuvres d'Anatole France, elles sont en quelque sorte l'animation de la bibliothèque, une bibliothèque parlée, comme celle qu'il put « écouter » de la bouche des assidus de la boutique de son père. Nous avons tout à fait perdu l'habitude de ces entretiens, comme, d'ailleurs, des conversations de salon. Notre civilisation a rompu avec des siècles de pratique orale, qui admettaient et même exigeaient l'échange. Elle est devenue celle du soliloque et de l'auditeur enfermé. D'où la disparition d'un genre qui fleurit depuis Platon jusqu'à la fin du dix-neuvième siècle, le « dialogue » ou l' « entretien ». Il nous ennuie. Du moins convient-il que nous admettions que Socrate, Lucien, Érasme, le père Bouhours, Fontenelle, Renan ou France eurent leurs raisons pour le pratiquer, et la grande raison qu'il n'ennuyait pas leurs lecteurs. Or, les entretiens du « Banquet » de* Thaïs *appartiennent au genre des conversations entre doctes, à qui la fréquentation des livres a conféré une espèce de cléricature, plus qu'à celui des conversations de salon à la manière de Fontenelle. En quoi ils s'apparentent aux* Dialogues philosophiques *de Renan. L'éducation de France l'avait bien préparé à goûter ceux-ci, qui sont, pour ses propres dialogues, plutôt des relais d'inspiration que des inspirateurs directs.*

L'inspiration d'Anatole France lui-même par le livre

1. Édition en français de 1575, chez Michel Sonnius, augmentée par François de Belleforest.

ne peut bien être jugée que si l'on admet le livre comme paysage et souvenir d'enfance, au même titre que pour Colette le jardin ou pour Marcel Proust les deux « côtés » de la maison de Combray. Certes, la ville de Paris et, à un bien moindre degré, la province normande vers Avranches, où il passa des vacances, frappèrent le jeune France et formèrent sa sensibilité. Mais il y a, dans le paysage urbain tel qu'il le perçut, quelque chose d'élaboré et de culturel qui invite à passer par le livre pour le comprendre. Les quais du Louvre renvoient à l'histoire, le Jardin des Plantes à une Bible en estampes. Chez lui, tout jeune, Anatole France s'amuse à des pliages, des collages, au bricolage qui entoure la matérialité du livre. Il tombe en admiration devant le père Le Beau qui corrige des épreuves, n'imaginant rien de plus sublime en ce monde. À sept ans, il sait qu'il sera imprimé à vingt. Quelques années plus tard, il a les relations que nous avons dites avec la librairie paternelle. La culture classique telle qu'on la reçoit alors en France pousse déjà à s'appuyer sur des exemples anciens, à citer et invoquer des autorités. C'est bien plus net, mais c'est autrement vécu, chez un garçon qui acquiert une culture très particulière, choisie par lui et sentie comme consubstantielle. Les pages préférées sont comme des sensations, les auteurs sont comme des amis. En somme, le « naturel » se déplace. On ne s'étonne pas qu'un adolescent tenu d'écrire des morceaux littéraires pour le collège s'inspire fortement d'Augustin Thierry, comme Anatole France le fit dans La Légende de sainte Radegonde, *ou de Volney, comme il le fit dans la* Méditation sur les ruines de Palmyre. *Il est plus surprenant, sauf si l'on admet le caractère propre de la formation de France, de voir celui-ci emprunter à des livres la description du mont Saint-Michel, quand il écrit à ses parents, depuis Saint-Pierre-Langers. Les premiers vers qu'il publie, à vingt ans, sont un pastiche d'André Chénier, assez réussi pour que s'y trompe Becq de Fouquières, éditeur du poète, qui le place dans ses* Œuvres complètes. *Ce « fragment », qui commence par « Proserpine incertaine... », est lui-même une adaptation de Virgile, comme aimaient en écrire les poètes néo-classiques. Il* est donc une imitation d'imitation, et mime très heureusement le décalage qui existe entre Chénier et son modèle. Plaisir d'une mystification érudite ? Sans doute. Mais aussi, le pastiche, exercice d'appropriation, devient alors un exercice de contrôle de soi. C'est « du Chénier ». Ce n'est pas « du Virgile », mais une adaptation de Virgile à la manière de Chénier. Il faut une juste virtuosité pour le réussir. Il faut aussi s'être identifié à un modèle qui, pour Anatole France, n'est pas un sujet d'exercice parmi d'autres, comme pour les auteurs d' « anthologies de pastiches ». Chénier, un Chénier idéalisé dans son amour pour Fanny comme dans son républicanisme bientôt persécuté, sera le héros des « Autels de la peur » sous le nom de Germain ; et « Germain » sera le pseudonyme d'Anatole France, quand il abritera dans une chambre discrète ses amours avec Mme de Caillavet. Ici apparaît dans sa naïveté, pour ainsi dire, le mouvement qui présida toujours à ces emprunts que les érudits des années 1930, par un retour des choses, reprochèrent à Anatole France : c'est un mouvement de désir, qui ne s'arrête plus au stade du pastiche, mais donne d'emblée une adaptation du texte emprunté. Celui-ci est modifié, biaisé, de telle sorte qu'il s'oriente dans le sens du tempérament d'Anatole France. Laissons de côté, cela va sans dire, telle page de guide que l'écrivain exploite pour décrire un paysage inconnu de lui : c'est le cas, par exemple, dans *Le Crime de Sylvestre Bonnard* et *Le Procurateur de Judée*. Il ne s'agit là que d'une accommodation au reste du récit. Mais ce qui est intéressant, c'est de voir Anatole France utiliser des sources majeures : Louis Ménard et Flaubert dans le « Banquet » de *Thaïs*, Renan dans *Le Procurateur de Judée*, Marmontel au début des *Mémoires d'un volontaire*.

On constate que, si les *Rêveries d'un païen mystique* ont fourni nombre de références à Anatole France lorsqu'il écrit le « Banquet », et plus encore peut-être le défilé des dieux et des croyances devant le saint Antoine de Flaubert, la philosophie qui triomphe dans son « Banquet » n'est pas la sereine et implacable conviction que les dieux passent, se substituent l'un à l'autre et sont égaux pour le contemplateur : en quoi France se distingue de Ménard. Ce n'est pas *non plus cette sorte de vertige pléthorique, équivalent au néant, que Flaubert fait naître. Le vainqueur des discussions, chez France, est le gnostique Zénothémis, qui proclame l'inversion du dogme chrétien du péché originel, et la toute-puissance du Serpent, maître des voluptés. Zénothémis est chargé de porter à la théorie les aventures que vivent les protagonistes du roman, courtisane et moine. Que tel ou tel portrait de dieu, que telle intervention emprunte aux écrivains-modèles, il reste que l'ensemble des discussions est du même coup très différent de leurs œuvres, car il est entièrement emporté dans le sens érotique et hétérodoxe du roman lui-même. Zénothémis prend une importance majeure parmi les convives qui s'entretiennent, et, loin de laisser au lecteur l'impression d'une philosophique désillusion, la scène le convainc de la souveraineté de la Vénus universelle, à la fois âcre et bienveillante.*

On peut plus aisément encore collationner Le Procurateur de Judée *avec des pages de Flavius Josèphe et de* Renan, *et constater que parfois des lignes entières de ceux-ci sont passées chez Anatole France. Oui, mais en constatant aussi que, là où Flavius Josèphe parle d'un imposteur qui soulève les Samaritains contre la puissance romaine au nom de Moïse, le Pilate d'Anatole France, en homme tolérant et cultivé, évoque les menées d'un beau parleur au nom d'un « dieu indigète », sur la légitimité duquel il ne se prononce pas. Le côté religieux de la révolte lui échappe complètement : il agit en administrateur en la réprimant, et n'en est que plus atteint par le désaveu de Vitellius. Flavius Josèphe ne se soucie guère de la personne de Pilate, et s'occupe, en revanche, de justifier son propre ralliement aux* Romains. *Ailleurs, empruntant à Josèphe l'anecdote des enseignes à l'image de César refusées par les habitants de Jérusalem, France lui donne carrément un dénouement différent, et plus conforme à l'idée d'un Pilate respectueux avant tout de la majesté romaine. Quant aux considérations historiques et psychologiques qu'il doit à* Renan, *il les place dans un éclairage bien éloigné de la douce lumière renanienne, projetée sur le Christ. Il était certes hors du propos et aussi du tempérament de* Renan *de n'amener le personnage de Jésus dans l'histoire que par l'intermédiaire d'une Madeleine non encore convertie. Or, c'est ce qui arrive dans* Le Procurateur de Judée, *où France marque ainsi, une fois de plus, la prééminence du désir amoureux.*

Le héros des Mémoires d'un volontaire, *qui doit tant au Marmontel des* Mémoires d'un père, *ne connaît pas, il s'en faut, une enfance aussi traversée que lui. Des* Mémoires d'un père, *Anatole France a gardé le décor champêtre et certains personnages, mais non pas la dure figure du père de Marmontel, qui rechignait à faire donner une éducation lettrée à son fils, ni le récit des persécutions qu'essuya celui-ci au collège, et de la jeunesse misérable qui fut la sienne. Il fallait que rien ne ternît la suavité, la candeur d'âme d'un garçon qui, jeté à Paris et dans la Révolution, échappe à la Terreur en s'engageant : s'il endosse alors un peu du destin du jeune Lacretelle, il suffit de lire les Mémoires de celui-ci pour mesurer la distance qui sépare de Pierre Aubier le secrétaire du duc de Liancourt, fils de bonne famille, et point naïf. La cohérence du personnage d'Anatole France est due à la déformation systématique des sources. On en dirait autant du Chénier idéalisé, qui, héros des* Autels de la peur, *traverse les nouvelles sur la Révolution de* L'Étui de nacre. *Ici, Anatole France a infléchi ses sources afin d'exprimer une sorte de rêve qu'il nourrit sur la société qui précéda immédiatement la Révolution. Il la voit, il la veut douce à vivre, indulgente, sensuelle et un peu lasse, d'une sentimentalité qui fera son malheur. Que cette vision soit à mi-chemin de la réalité et de la fiction, cela ne fait nul doute, puisque l'écrivain supprime des documents du temps tous les traits qui pourraient démentir son sentiment.*

En somme, pour juger de la manière dont Anatole France s'inspire des textes, il serait peu fécond de se contenter de juxtaposer ceux-ci et de s'imaginer un écrivain assemblant patiemment cette mosaïque que nous sommes, nous, obligés de composer. Travail de tâcheron, pour qui se veut un créateur. En réalité, France, nous l'avons vu, hantait depuis son enfance un certain nombre de livres qui faisaient partie de sa substance ; il considérait, en général, le livre comme d'autres écrivains considèrent le paysage, la promenade, le caractère à décrire. Toute citation résulte d'un choix entre mille autres également possibles. La citation, chez Anatole France, est en outre un choix qui met en jeu une sensibilité, un tempérament. C'est tellement vrai, que les romans dont nous venons de parler sont écrits lors d'un profond ébranlement charnel. Paphnuce cristallise autour de lui des fragments d'écritures étrangères à France, mais qu'il a faites siennes par un travail de désir qui apparaît remarquablement cohérent. Un univers conduit par la volupté, un rêve de dix-huitième siècle : c'est en vain qu'on chercherait ces traits communs dans les ouvrages si nombreux, si divers, utilisés par Anatole France. C'est lui qui les a imprimés dans les pages qui en étaient inspirées. Et le caractère concret de cette saisie est plus sensible encore, quand on constate que des éléments visuels se mêlent au livre dans cette inspiration. Une représentation de marionnettes a joué son rôle dans l'élaboration de Thaïs. *De nombreuses gravures de l'époque de la* Régence *ou de l'époque révolutionnaire sont évoquées dans* L'Étui de nacre. *France n'a pas du tout le tempérament d'un créateur* ex nihilo, *cela est parfaitement vrai. Il faut qu'il transpose, qu'il reflète le journal de sa sensibilité et de sa réflexion à travers des intercesseurs. En quoi il est semblable à la grande majorité des écrivains français, avec une connaissance peut-être plus intime des intercesseurs que la plupart d'entre eux. S'il a été plus malmené qu'eux pour avoir imité, c'est qu'il a connu l'infortune de mourir en un temps où d'une part sévissait la critique hypercritique, et où d'autre part fleurissait ce romantisme qu'est le mouvement surréaliste : celui-ci, comme tout romantisme, en appelait à la création sans modèles ni pères.*

Il reste qu'au début de sa vie littéraire, France connut et mesura le danger du modèle. Entre celui-ci et l'écrivain qui s'en inspire, c'est une bataille d'appropriation qui se livre. Le pasticheur, s'il ne prend pas sa liberté, est mangé par le texte de l'autre. L'érudit aussi, d'une manière plus sournoise : car il juge le livre dont il rend compte, et connaît la tentation de se dire qu'il lui est par conséquent supérieur, d'une certaine manière. Il y a une suffisance du critique, du « connaisseur ». S'il est vrai que la critique peut être une création au second degré, ce n'est sûrement pas quand elle est pratiquée par les pédants. Or, Anatole France aimait l'érudition. Pour des raisons matérielles, il fut contraint à monnayer la sienne en des travaux de notules, notes et articles, dans des journaux fort spécialisés où le pédantisme guettait. Il n'eut de place fixe qu'en 1876 ; il la demandait depuis dix ans. Durant ces dix années, après la liquidation de la librairie paternelle, il fut obligé de gagner sa vie en s'adonnant à des tâches qui toutes n'étaient pas glorieuses : il payait de ce prix son indépendance, un domicile séparé de celui de ses parents dont il avait refusé de reproduire l'existence. Ces tâches, il les avait entreprises avant même de réussir à un tardif baccalauréat : commis chez le libraire Bossange, « nègre », dit-on, de Louis de Ronchaud pour sa Vie des peintres. *Ensuite, il travailla chez Techener, chez le libraire Nottet qui tenait un cabinet de lecture dont il dressa le catalogue ; il collabora au Larousse, au* Dictionnaire des antiquités *de Daremberg et Saglio, voire au* Dictionnaire de cuisine *de Dumas. Ces besognes de valeur certes inégale sont de pure description ou compilation. D'autres demandent une lecture plus personnelle, l'élaboration d'une opinion. Mais il s'en faut qu'elles aient, toutes, l'ampleur d'un article critique. Souvent, il s'agit de notes ou notules, dans lesquelles Anatole France rend compte fort rapidement d'ouvrages qui sont eux-mêmes des ouvrages de critique, de documentation ou d'art, ou même des catalogues de ventes, comme dans* La Gazette bibliographique *du 20 mars 1868. « Revue des livres » dans* Le Chasseur bibliographe, *« Bibliographie », « Variétés » dans* L'Amateur d'autographes, *ces rubriques situent par leur titre même l'importance limitée de certaines collaborations de France, à la fin des années 1860. En 1873 encore, il collabore au « Bulletin bibliographique » de la* Revue des documents historiques *: quelques lignes par livre, en troisième page de couverture. Il lui passe ainsi par les mains quantité de livres dont il peut faire son profit, sur Rabelais, sur La Fontaine, Baudelaire ; des correspondances comme celle de Massillon, des ouvrages curieux sur les émaux et les gravures. Mais toutes ces lectures pourraient aussi bien morceler à jamais sa* *curiosité, d'autant que le ton des revues auxquelles il collabore est celui de cercles restreints, visiblement un peu frileux devant la création proprement dite. Le sous-titre du* Chasseur bibliographe, *par exemple, le révèle bien : « Revue littéraire, bibliographique, philologique, critique, théâtrale, artistique, héraldique et anecdotique rédigée par une société de littérateurs et de bibliophiles ». L'anecdote, Anatole France la pratique lui-même quand il donne à* La Vogue parisienne *des « Éphémérides » : débarquement de la duchesse de Berry, prédictions de Mlle Lenormant sont évoqués pour le fugitif plaisir du lecteur. Ces revues, d'ailleurs, sont souvent éditées par des libraires-éditeurs, anciens collègues de Noël France : Bachelin-Deflorenne pour* Le Bibliophile français, *Roudiez pour* Le Chasseur bibliographe.

À côté de cette activité modeste d'annotateur, Anatole France, assez rapidement, pratique une critique plus étendue, dans Le Bibliophile français, L'Amateur d'autographes *de Charavay dans lequel il tient la « revue bibliographique ». C'est précisément en examinant ces articles, qu'il publiait tout en tâchant de faire voir le jour à des poèmes politiques ou amoureux — dont un ensemble un peu fourni parut en 1870 seulement dans* L'Artiste —, *que l'on comprend comment Anatole France n'a pas été dévoré par les livres des autres. Il en rend compte, certes. Mais aussi, il suscite le souvenir d'autres lectures à côté du livre dont il parle ; très vite, il donne ses propres opinions sur des sujets évoqués sans doute par le livre, mais beaucoup plus vastes que lui ; ses articles de quelque longueur sont en somme des causeries dans lesquelles Anatole France exprime son tempérament, en prenant pour point de départ un ouvrage quelquefois un peu oublié dans le cours de sa conversation avec le lecteur. Ainsi, le compte rendu d'un livre sur une visite à la Sainte-Baume et à Saint-Maximin*[1] *lui fournit l'occasion de développer un parallèle entre Hélène et Madeleine, entre le type féminin antique et celui du christianisme. Ailleurs, il fait, à propos du livre d'Auguste Widal sur Juvénal*[2], *une profession de foi sur sa méthode*

1. « *Marie-Magdelaine* », mai 1868.
2. « *Juvénal et ses satires,* par Auguste Widal », juin 1870.

critique. Ces articles parurent dans Le Bibliophile français, *« Gazette illustrée des amateurs de livres, d'estampes et de haute curiosité ». Ceux qui parurent dans le plus austère* Amateur d'autographes, *« Revue historique et biographique bimensuelle », sont de la même teneur : à propos d'une biographie de Voltaire*[1], *Anatole France développe sa propre opinion sur l'écrivain, qu'il préfère à Rousseau ; des ouvrages sur les arts industriels lui inspirent une diatribe contre le sombre christianisme du Moyen Âge*[2], *tout comme un traité d'Alberti traduit par Claudius Popelin*[3]. *L'érudition pure, le goût du détail, qu'on critique ou qu'on loue, comptent ici beaucoup moins que la large considération sur des questions d'histoire, de civilisation ; celle-ci pourrait être tenue par un chroniqueur aussi bien que par un critique. Devant le texte d'autrui, Anatole France adopte donc une attitude qui exclut le pédantisme et la glose savante. Il est l'égal du texte, parce qu'à propos de lui, il écrit de son côté une page de littérature personnelle. Ainsi, depuis son enfance, la librairie paternelle lui a-t-elle appris ce qu'est le choix du livre qu'on aime, et sur lequel on pense et rêve, bien plutôt que l'exhaustivité d'un recensement ou le systématisme d'une recherche. Ce côté-là du métier de libraire, il n'en a pas voulu ; et même il s'est tellement rebellé contre lui, que son œuvre romanesque en porte des traces.*

Irrespectueux de naissance, ennemi de l'austérité que son père pratiquait en toute chose, y compris dans l'érudition, et sans nul doute humilié par le parallèle qui fut établi à son désavantage entre lui, le flâneur, l'amateur, et le sérieux d'Étienne Charavay qui entrait à l'École des chartes après avoir fait des études bien plus précoces que les siennes, Anatole France ne crut jamais tout à fait à la légitimité de la connaissance du livre et de la connaissance par le livre. Lui qui s'adonnait à de considérables lectures à propos de

1. « *Voltaire à la cour*, p. G. Desnoireterres », 1er-16 mai 1869.
2. « *Gravures sur bois, Album de reliures, Les émaux cloisonnés*, par Ph. Burty », 1er-16 août 1868.
3. « *De la statue et de la peinture*, traités de L. B. Alberti, traduits du latin en français par C. Popelin », 16 mars 1869.

chacun de ses romans, et qui mena presque toute sa vie des recherches fort patientes sur Jeanne d'Arc, il voyait bien aussi les dangers et les insuffisances de l'érudition. Quand il lui donne droit de cité dans son œuvre, ce n'est pas en la magnifiant, mais au contraire en l'étalant d'une manière dérisoire, ou en la détruisant par elle-même. Le conte « Laeta Acilia » se termine par une « note sur un point d'exégèse » qui rapporte les traditions contradictoires sur Marie-Madeleine. Comment un conteur pourrait-il les concilier ? L'écrivain réclame le droit de recourir à la légende, et d'exercer ainsi, librement, son imagination. Quant au conte « Scolastica » il s'achève, lui, sur un document forgé par emprunt à Ausone : un texte latin qu'Anatole France aurait trouvé dans un « fonds Michel Chasles ». C'est-à-dire un faux, revendiqué comme tel.

Étienne Charavay avait en 1870 publié une étude sur le mystificateur en autographes Vrain-Lucas, qui fit croire au savant Michel Chasles que sainte Madeleine et Vercingétorix pouvaient avoir laissé des témoignages écrits. Mais qui est assez sûr de soi pour se conforter dans l'idée qu'il ne ressemblera jamais à Michel Chasles ? Dans cet immense jeu de miroirs qu'est la littérature, où s'arrêter ? Quel est le véritable point de départ ; et l'imagination ne se crée-t-elle pas, elle aussi, des droits à fabriquer des documents qui acquerront une dignité au cours des siècles ? C'est par la critique du livre que commence la critique de l'histoire scientifique et de la critique scientifique, et la définition de la littérature. Ou le livre est surchargé de renseignements qui n'ont point de fin, ou il est miné par de faux renseignements. Dans les deux cas, ce qu'il nous faut apprendre, c'est que le livre est ailleurs, *dans une recherche personnelle, dans une certitude d'ordre passionnel, ou qu'il n'est pas. Anatole France se situe* ailleurs, *et il a éprouvé beaucoup de peine à se réconcilier avec un héros connaisseur et amateur en livres. Tudesco n'est qu'un charlatan ; il conduit Jean Servien à sa perte. Sylvestre Bonnard, avec son gros nez, ses manières frileuses et son incapacité à se conduire dans le monde, se sauve par l'humour et par l'amour. Mais il se sauve en liquidant sa bibliothèque et en se dévouant à Jeanne, et à l'étude de la nature. Ainsi le savant Bogus, qui transforma ses in-folio en herbiers à l'usage d'une petite fille. M. Pigeonneau, dans* Balthasar, *n'acquiert un intérêt que lorsqu'il renonce à son érudition pour se faire conteur, dévoyé de ses habitudes par le désir amoureux. Un livre peut rendre indifférent et dur ; un livre peut tuer, comme il arrive dans* « L'Œuf *rouge* ». *Anatole France ne s'identifie avec l'homme des livres qu'assez tard dans son œuvre, quand il crée des héros assez sages pour admettre que le monde extérieur, avec les appétits qu'il suscite, dément sans cesse la toute-puissance de la lecture. Thaïs danse, minuscule et multiple, sur le traité de philosophie de Nicias. Jérôme Coignard est sans cesse éloigné de l'Éden des bibliothèques par les femmes : celles qu'il aime, celles dont les autres sont amoureux. Anatole France n'accepte qu'à ce prix la profonde culture, teintée d'érudition, de son héros.*

Il faut compléter, en effet, le portrait de notre écrivain tenté dès l'origine par la Cité des livres, et s'acclimatant si bien à elle qu'il en sait utiliser toutes les perspectives pour y construire sa propre demeure, par ce portrait d'homme qui, connaissant la littérature comme un domaine de famille, en mesure les limites et les menaces d'étouffement. Ce ne sont pas là des attitudes antinomiques. Mais Anatole France a été long à les mettre en tension. Des âcretés, des hésitations, la lenteur de sa carrière, expliquent assez qu'il n'ait point si vite que Montaigne réussi à compléter sa librairie d'un promenoir, en toute harmonie. À vrai dire, jamais il ne parviendra à créer cette harmonie. C'est un inquiet. Du moins vient-il un moment où il accepte de considérer la littérature comme un commerce, heureux peut-être, avec le monde et avec lui-même, pourvu que ce commerce soit bien senti dans sa relativité : ce moment est aussi celui de l'épanouissement charnel et de la réussite sociale de l'écrivain. Auparavant, révolte ou ironie contre le texte existent dans son œuvre, en même temps qu'un usage voluptueux du renvoi *au texte des autres. Un série d'oppositions intimes est la conséquence de cette dualité. De toute manière, elle implique une mise à distance du savoir. Quand on n'est pas rassasié par les écrits des autres, on ne se laisse pas non plus facile-*

ment dévorer par eux. Anatole France peut bien écrire un « doublage » de Chénier : il sait que son Chénier n'est qu'une figure de son imagination. De même, et à plus forte raison, il ne se contente pas d'être celui qui établit des fiches et des catalogues, ni d'être même le critique qui, au-delà des livres, ne cherche pas une esthétique et un art de vivre à son usage propre. Le contenu de ses articles de quelque étendue le prouve bien.

Encore fallait-il que ces articles fussent publiés ; on pourrait s'étonner qu'ils l'aient été, avec leur un peu capricieuse allure, dans des revues aussi austères. Mais Anatole France a bénéficié là, si l'on peut dire, des conditions particulières que connaissait la presse durant le second Empire. Les journaux politiques étaient étroitement surveillés. Aucun écart de pensée ne leur était permis, et les intellectuels libéraux, à plus forte raison les opposants de principe, ne pouvaient s'exprimer par cette voie. Mais il était plus facile d'écrire dans la presse qui n'avouait que des préoccupations littéraires et érudites : elle n'était pas soumise au cautionnement prévu par la loi de 1852, ce qui permit sa prolifération. De même que les seuls lieux possibles de rendez-vous publics, pour ces intellectuels exclus des fonctions et réunions officielles, étaient les cafés, le seul type de publication qui fût envisageable pour eux était souvent l'article dans un périodique : plus fugitif que le livre, il passait plus aisément la censure. Alors pullulèrent les revues, que le régime suspendait si elles frondaient trop. Alors naquit une forme particulière d'article. On tâchait de s'opposer aux idées, à la morale reçues, sous prétexte de considérations esthétiques ou techniques. L'allusion était de règle. Il existait un codage connu de l'écrivain et du lecteur ; du censeur aussi, mais qui ne pouvait pas toujours, par exemple, attaquer un article où César se voyait reprocher des défauts en réalité applicables à Napoléon III, comme tout le monde le savait. Pour arriver à « faire passer » leurs opinions, les écrivains adoptèrent la forme souple de la chronique, qui permettait d'aborder toutes sortes de sujets : promenades, *croquis pittoresques, actualité théâtrale ou littéraire. Tout était bon, dans la mesure où le régime imposait sur tout une vision officielle, moralisante et conservatrice. Certains écrivains, comme Jules Vallès, publièrent le plus clair de leur œuvre d'alors sous cette forme. Il existe d'autres représentants illustres de la « presse second Empire », comme Aurélien Scholl ou Catulle Mendès, comme* Rochefort *surtout, qui, avec sa* Lanterne, *peut passer pour le type du journaliste d'opposition. Le genre de la chronique s'acclimata si bien, qu'il se répandit jusque dans les revues spécialisées : il y prit naturellement une tournure plus sérieuse que dans le reste de la presse ; mais enfin il était admis que l'auteur d'un article flâne un peu autour de son sujet, et Anatole France profita de cette souplesse.*

Elle lui permit d'instaurer une sorte de va-et-vient entre les méditations de ses articles de critique et les poèmes qu'il publiait. La relation est parfois directe. C'est en juillet 1870 que paraît dans La Gazette bibliographique *un article sur « La Bibliothèque de Billaud-Varenne à la Guyane », repris la même année dans* L'Almanach de la Révolution pour 1870, *où il est précédé par le poème « La Mort d'un juste », à l'éloge également du conventionnel proscrit.* L'Amateur d'autographes *publie le 16 avril 1869 une note bibliographique où France rappelle la légende de Laurent Coster, l'inventeur de l'imprimerie, séduit par un démon femelle. Le poème « Le Mauvais Ouvrier » évoque le même personnage, dans* L'Artiste *du 1ᵉʳ avril 1870. Ce journal avait publié, le 1ᵉʳ août 1869, le poème « Dans une église », évocation de la comédienne à laquelle plusieurs articles font allusion. Enfin, le poème « La Part de Madeleine », publié dans* Le Parnasse contemporain *de 1869, trace un portrait amoureux de pécheresse se donnant à Jésus, qui n'est pas sans rapport avec la comédienne, et d'autre part rejoint une des dilections de France critique, l'étude du christianisme primitif. Mais le rapport entre articles et poèmes est plus général. Les uns et les autres rendent compte des orientations politiques et religieuses, des douleurs passionnées d'Anatole France. Celles-ci sont assez longuement évoquées dans notre Préface aux* Désirs de Jean Servien *pour que nous nous contentions de rappeler l'amour sans espoir qui fut porté durant des années par le jeune France à la comédienne Élise Devoyod : au vrai, les fascinations et les rancunes qu'il suscita en lui s'apaisèrent-elles jamais ? On les retrouve dans* Jocaste, *dans* Thaïs, *dans* Histoire comique. *C'est une des obsessions de l'écrivain. D'autre part, comme presque tous les jeunes intellectuels du second Empire, il rejette et la morale, et le régime qu'on veut lui imposer, du moins jusqu'à la libéralisation de l'Empire. Ses opinions ne sont pas plus conventionnelles que ses amours. Elles sont partagées par beaucoup des membres du cercle parnassien dont il fait partie, notamment par son intime ami Louis-Xavier de Ricard, avec lequel il projette une* Encyclopédie de la Révolution. *France utilise les connaissances qu'il a puisées dans la librairie paternelle pour faire l'apologie des révolutionnaires : il désapprouve La Bédoyère, écrit-il dans la notice même qu'il consacre à sa collection dans* Le Bibliophile français *en mars 1870, pour avoir, avec un « entêtement breton », préféré les écrivains royalistes à la Gironde et à Condorcet. Auparavant, d'une manière plus feutrée parce que la censure veillait davantage, il avait écrit une apologie de la liberté sous couvert d'un éloge du* Lion amoureux *de Ponsard, dans* Le Chasseur bibliographe *de janvier 1867, ou avait magnifié l'esprit des* Iambes *de Barbier dans* L'Amateur d'autographes *du 1er-16 juillet 1868. Certains de ses poèmes s'inscrivent dans cette ligne. Ils utilisent le déguisement à l'antique, commode pour faire passer les allusions, et d'autant plus transparent que Napoléon III s'était mêlé de publier une* Vie de Jules César *exaltant le rôle providentiel de certains hommes d'État. Au moment où la préface de ce livre parut dans les journaux, un répétiteur du quartier Latin, Rogeard, lui répondit par un pamphlet qui obtint un prodigieux succès,* Les Propos de Labiénus. *À le lire à présent, on le trouve bien déclamatoire et rhétorique ; mais l'opportunité fit en 1865 sa fortune dans les milieux intellectuels. Rogeard, condamné à un an de prison, suscita des imitateurs. Anatole France nous apparaît comme l'un d'eux, si nous considérons la valeur esthétique de ses poèmes d'opposition. Cela ne met pas en cause leur sincérité. Jeune, nouveau venu dans le groupe parnassien, l'écrivain s'exprime encore avec une certaine banalité. Deux de ses pièces fustigent, sous des formes utilisées couramment dans le groupe, la veulerie des partisans de Napoléon III. « Denys, tyran de Syracuse*[1] *», de 1867, est un dialogue entre le tyran et le chœur, une joute entre cynisme et lâcheté.*

Sachez-le bien : je suis entre vous et les cieux,
Et je viens parmi vous, esclaves aux fronts pâles,
Afin que vous n'ayez que ma bouche et mes yeux;
Et moi j'enfanterai seul entre tous vos mâles,

proclame Denys. Le chœur lui répond :

Et tu nous vois aussi, troupeau morne et tremblant,
Au poids de ton cothurne accoutumer nos nuques.
La belle liberté nous a tendu son flanc,
Et nous avons connu que nous étions eunuques.

Quatorze quatrains déroulent, avec une monotonie qui devait être beaucoup moins sensible aux contemporains, des critiques contre la débauche de la cour impériale, le régime policier et la pratique du « discours du trône ». C'est sous la forme plus ramassée du sonnet que, deux ans après[2]*, Anatole France confronte avec le cadavre de César un vieux sénateur, qui, gâteux, s'étant endormi dans la Curie au moment du drame, se réveille pour crier, avec l'instinct désormais sans objet du courtisan : « Je vote la couronne à César dictateur ! » Poème suffisamment travaillé pour qu'Anatole France l'ait admis dans les « Idylles et légendes » des* Poèmes dorés. *Un autre de ses poèmes d'opposition, paru trois mois après « Denys, tyran de Syracuse », est en revanche très marqué par l'influence de Victor Hugo et d'Alfred de Musset, peut-être par l'intermédiaire de Louis Bouilhet. S'il est plus véhément que les autres, il* procède *d'une poétique différente et déjà vieillie. « Les Légions de*

1. *Gazette rimée*, 20 mars 1867.
2. *Sonnets et eaux-fortes*, Lemerre, 1869.

Varus[1] *» emploient l'ironie et l'invective contre Auguste et Varus, au nom de la liberté germanique incarnée par Hermann :*

Auguste regardait pensif couler le Tibre;
Il songeait aux Germains : ce peuple pur et libre
L'étonnait; ces gens-là lui causaient quelque effroi *[...]*

On s'ennuyait; la guerre était utile en somme :
On n'avait pas d'un an illuminé dans Rome.

Ayant célébré, « toujours beau, toujours jeune et toujours indompté », « le chef au pavois rouge, autour du bois hurlant », Anatole France met dans la bouche de la Patrie romaine une prosopopée vengeresse, après le massacre des légions. Tout le monde reconnaissait dans ce poème une allusion à peine voilée aux désastres de l'expédition du Mexique : La Gazette rimée, *qui lui avait donné l'hospitalité, disparut à propos avant d'être suspendue par ordre du régime.*

À dire vrai, en ce qui concerne l'opposition strictement politique, ni les articles ni les poèmes d'Anatole France ne forment un ensemble très personnel ni très considérable. Si le jeune écrivain y manifeste son hostilité à l'Empire, c'est peut-être moins par opinion mûrement arrêtée que par une sorte de convention de l'anticonformisme, répandue dans le milieu qu'il fréquente, et d'autant plus vite adoptée que le républicanisme va contre les convictions de Noël France. Son fils, en tout cas, girondin plus que montagnard, partisan des libertés plus qu'amoureux de l'égalité, semble avoir pu s'accommoder d'un Empire devenu libéral à partir de 1869. Presque toutes ses manifestations d'opposant politique sont datées des deux années précédentes. Elles s'exténuent ensuite. L'écrivain fut-il l'auteur du poème en l'honneur de Napoléon III paru en janvier 1870 dans La Vogue parisienne *et signé du seul nom « France », ce qui serait un unique exemple dans son œuvre ? Rien ne permet de l'affirmer, et nous persistons à penser que cette manifestation opportuniste l'eût été fort peu, au moment où l'*Almanach

1. *Gazette rimée*, 20 juin 1869.

de la Révolution pour 1870 *reproduisait le poème « La Mort d'un juste », à propos de Billaud-Varenne. Plutôt que d'entrer dans cette vaine et minime querelle, constatons que les années 1869 et 1870 sont celles d'une discrétion politique marquée d'ailleurs par le texte même d' « Un sénateur romain » : dans ce sonnet, c'est la bassesse du politicien qui est attaquée, mais non César, au cadavre duquel la Mort a donné « majesté » et « pâle beauté ». Le jeune Anatole France paraît ne pas avoir accueilli avec transport la* République *de 1870. Ce qui est certain, c'est qu'il se sépara absolument de certains de ses compagnons qui prirent fait et cause pour la Commune, comme L.-X. de Ricard et Verlaine, et que cette expérience le rendit pour quelques années conservateur en politique, d'autant plus que la jeune* République *était intransigeante. Ses articles de* L'Univers illustré *témoignent de son opposition à l'idéologie scientiste qu'elle tentait de répandre, et à la coupure historique qu'elle voulait instaurer entre l'ancienne France et la nouvelle. Ils témoignent aussi d'un mépris absolu pour les parlementaires, qui persista en changeant de signe lorsque Anatole France passa de la « droite » à la « gauche ». Ce qui nous intéresse donc dans sa brève expérience d'opposant à l'Empire, ce n'est pas tant la profondeur de ses convictions que la manière dont il les exposa : en articles érudits, en critiques de théâtre, en poèmes, manifestant ainsi une souplesse qui devait marquer toute sa carrière littéraire, et des curiosités durables.*

En revanche, bien plus profonds étaient les élans amoureux qu'exprimaient de concert poèmes et chroniques. Ils sont les manifestations d'un tempérament inquiet, voluptueux, ardent, qu'Anatole France révèle aussi dans sa saisie globale du monde. Si l'on considère d'une part les chroniques dédiées par lui, entre 1867 et 1876, à la religion, à l'histoire et à la science, d'autre part ses poèmes et Les Noces corinthiennes, *on s'avise d'une grande cohérence dans l'expression de cette sensualité intellectuelle : elle se forme avec des modifications, des variations, mais sans à-coups brusques. La méditation en prose nourrit les œuvres de création directe. Les unes et les autres, loin de se conformer à des schémas, comme il arrive en matière politique, parviennent très vite à un ton personnel.*

Ce n'est pas à dire qu'Anatole France n'a pas de maîtres. Michelet, le Michelet historien, mais aussi l'auteur de La Femme, *inspire certainement une vision des siècles passés, qui classe ceux-ci d'après l'épanouissement qu'ils ont concédé à la nature humaine, au corps, à la libre éclosion des critiques. Mais nous savons aussi que la dilection d'Anatole France pour le dix-huitième siècle est pour ainsi dire une acquisition d'enfance, et que le Parnasse voit dans les temps de la Grèce antique ceux de la suprême beauté. Toutes ces influences se fondent en une recherche de l'harmonie : « Vivre harmonieusement. Ce précepte qui sort des lèvres marmoréennes de la Vénus Uranie est la grande loi qui donna à toute une race un art tel que le sentiment du beau habita également le ciseau du statuaire et le pinceau du potier [...] Dans un milieu où la vie est harmonieuse, le beau n'est point un accident, il se produit d'une façon normale et régulière », écrit France dans* L'Amateur d'autographes, *le 16 mars 1869*[1]. *Il y avait, en février, vitupéré le Grand Siècle, époque « féroce » et « malpropre », « siècle pompeux et scatologique », et Louis XIV, que Michelet, « de son œil de génie, a vu dans toutes ses misères et toutes ses turpitudes*[2] *». Il exprime dans son article de mars une assez piètre opinion sur des siècles dominés par le christianisme, car « avec lui triomphait le mépris de la chair et la honte d'être nu ». C'est ainsi que les peintures byzantines multiplièrent « les laideurs salutaires » en annihilant la chair féminine au profit du seul regard, et que l'art gothique ne put admettre la représentation du corps que « dans la corruption de la mort, décomposé, sous le fourmillement des vers ». La revanche du corps commence au quinzième siècle qui est « pour l'art, une sorte d'avril ». La Renaissance, née « du mariage d'Apollon et de la Madone », « reçut du dieu antique la beauté des formes avec*

1. « *De la statue et de la peinture*, traités de L. B. Alberti, traduits du latin en français par Cl. Popelin ».
2. « *Mme de Montespan et Louis XIV. Étude historique*, par M. P. Clément ».

la mesure de la sagesse, tandis qu'elle tenait de son origine maternelle la profondeur mystique et le sentiment moderne ». C'est dans L'Amateur d'autographes *d'août 1868*[1] *que nous lisons ce jugement, complété en mai de l'année suivante par un éloge du dix-huitième siècle : « Le dix-huitième siècle aima grandement la vie, et la belle impiété de ce temps fut de replacer sur la terre le séjour légitime de la vie que le christianisme avait rejeté dans l'autre monde*[2]. *»*

Cette vision de l'histoire humaine n'est pas aussi liée et univoque qu'on pourrait le croire d'abord. Michelet ne prêtait point tant, d'ailleurs, à l'harmonisation, lui que travaillaient des curiosités et des névroses ; il y a aussi bien du trouble voluptueux dans le christianisme de Renan, *et, chez Goethe vu par les romantiques français, bien des accents de révolte ambiguë. Anatole* France *est à leur école. Son propre tempérament le porte vers eux. Aussi entendons-nous, dans les chroniques de l'écrivain, des accents qui déplacent vers le charme de la dissonance l'harmonie tant prônée. C'est en 1868 la célébration de Marie-Madeleine, « douce figure » qui « unit l'amour et la beauté », « la Magdeleine du Corrège, la belle liseuse dont la sainteté faite d'amour ne craint ni la profondeur, ni la beauté, ni les parfums des bois, ni leurs mousses glissantes*[3] *». C'est, en pleine critique acerbe du Moyen Âge, cette remarque : « Qui de nous, toutefois, peut contempler sans émotion les rêves nocturnes fixés dans la pierre par les gigantesques malades du treizième siècle ? » C'est l'attribution à Satan, dans* L'Amateur d'autographes *d'août 1868, de la réconciliation avec la terre : Anatole France cite l'Hélène du* Second Faust, *et nous pensons aussi au Michelet de* La Sorcière. *Sans doute le grand Révolté est-il, à l'inverse de la tradition chrétienne, représenté comme celui qui vient apporter contre Dieu la beauté et la joie : « Le bon avènement de Satan viendra avec la* Renaissance *et la Réforme [...] Mais [...]*

1. Gravures sur bois tirées des livres français du XVe siècle.
2. « *Voltaire à la Cour*, par G. Desnoireterres ».
3. « *Marie-Magdelaine* (visite à la Sainte-Baume et à Saint-Maximin, par G. d'Audiffret) », *Le Bibliophile français*.

on voit se formuler, au quinzième siècle, l'expression d'une pensée plus saine et plus moderne, de bons portraits vivants, et la forme humaine belle et nue. Satan triomphe dans l'imprimerie inventée nouvellement et sans sorcellerie. » Certes. Mais ce n'est pas sa grande époque qu'Anatole France se plaît à décrire. C'est celle où coexistent « *les manifestations de la vieille âme catholique, terribles, hideuses, d'une puissance singulière pour le vertige et l'épouvantement* », et les nouvelles pensées plus libres. L'année suivante, l'écrivain montre réciproquement son intérêt pour ceux qui, au dix-huitième siècle, ne se contentèrent pas du rationalisme, mais furent travaillés par la grande curiosité de l'illuminisme ; êtres de transition et d'inquiétude, que l'écrivain compare à ces hérétiques qui vont tant solliciter sa pensée. Il souhaite que paraisse le livre de Boissin sur les grands illuminés : « *Ce que j'espère trouver dans ce livre que j'attends, c'est avant tout le lien, la chaîne d'azur et de lumière qui rattache entre eux les plus nobles visionnaires de tous les temps. Les mêmes fantômes hantent l'humanité depuis des milliers d'années. Révélation peut-être, erreur et hérésie si l'on veut ! Mais c'est un imposant caractère de ces hérésies d'avoir, comme les vérités religieuses et sacrées, une longue et fidèle tradition. Ainsi, par exemple, les gnostiques d'Alexandrie et d'Antioche touchent d'un côté, par leurs racines indoues, à la jeunesse de l'humanité et s'étendent de l'autre jusqu'à un âge récent du monde, avec les visions qu'une femme transmit à l'évêque de Cambrai, et les quiétistes du dix-septième siècle français*[1]. » Aussi Anatole France est-il tout prêt à louer, le 8 avril 1870, dans La Vogue parisienne, à propos du « " Kain " [sic] de Leconte de Lisle dit par Mlle Agar », « *un grand poème, un immense drame épique, dont le Mal universel est le sujet [...] La conception du poème, digne des Ophites, fiers hérésiarques de la Gnose, est la responsabilité du Mal rejetée sur le dieu personnel.* » À nouveau, en 1872, à propos des Poèmes barbares, France évoque dans Le Bibliophile français *les*

1. « *Visionnaires et illuminés* par F. Boissin », *L'Amateur d'autographes*, septembre-décembre 1869.

« Gnostiques de la seconde tendance, pour qui Iaweh était le Démiurge, le dieu ignorant et imparfait[1] ».

C'est sur ce fond que se dessine la passion d'Anatole France pour la science contemporaine, qui précisément s'attache d'une manière toute particulière au milieu, celui de l'individu ou celui de la race. Il se passionne pour Taine, non sans quelque réserve sur les applications imprudentes de ses théories : reprochant à l'auteur d'un livre sur Juvénal[2] de n'avoir point étudié « le siècle et la ville où il a vécu, en serrant surtout de près les classes sociales et les milieux particuliers dans lesquels la vie et l'activité de ce poète ont été circonscrites », il pense que la bonne méthode eût été cependant d'« éviter les excès d'un système trop rigoureusement appliqué » en se demandant comment Juvénal avait aussi « pu, en vertu de la liberté humaine, réagir contre ces influences ».

Il se donne tout entier au darwinisme. Près de vingt ans plus tard, il se remémore les discussions infinies qu'il entretenait avec Bourget au Luxembourg, ou avec Charavay et Calmettes au café Procope, sur le système de la nature. Ces souvenirs ne sont point de complaisance. Les intérêts d'Anatole France ont laissé trace dans ses chroniques : les grandes années où il les exprime sont 1872-1873, années de son étroite fréquentation de Paul Bourget. En mai 1873, dans *La Revue des documents historiques*, il écrit[3] : « L'archéologie préhistorique est une science qui, si jeune qu'elle soit, a franchi la période des aventures et de l'empirisme. Elle est armée d'une méthode certaine et les résultats acquis par elle sont d'une grandeur dont la majesté a étonné le public lui-même. » Il est vrai, dit-il quatre mois après dans *L'Amateur d'autographes*[4], qu'on ne peut « réduire encore tous les faits dont elle se compose en un corps de doctrine parfaitement positif ». Mais on sent la passion qui anime le jeune écrivain et son espoir en une

1. *Le Bibliophile français*, février 1872.
2. *Ibid.*, juin 1870, « *Juvénal et ses satires*, par Auguste Widal ».
3. À propos de *L'Homme fossile en Europe*, par H. Le Hon.
4. « Collection préhistorique de M. Le Bœuf, à Avranches », août 1873.

explication globale des phénomènes, classant, sur un modèle scientifique, les sociétés humaines et leur expression. En décembre 1872[1]*, ne réclame-t-il pas la constitution d'une grammaire historique et comparative ? « Cette histoire n'est pas sans analogie avec l'histoire naturelle : les phénomènes qu'elle décrit se produisent avec la rigoureuse exactitude des phénomènes physiques [...] Il n'est pas d'effort qui fasse renaître les langues mortes ; il n'en est pas qui rendent aux langues vieillies la force et la beauté de l'âge adulte [...] Ce sont là des connaissances définitivement acquises, dont il est temps de faire entrer les éléments dans ces études scolaires que nous n'osons plus appeler du beau nom d'humanités depuis qu'elles ont perdu la force de former des hommes. » Ainsi France se classe-t-il parmi les érudits qui suivent de près les théories de Spencer, celles de Littré, celles de Lyell, évoquées dans son article de juillet 1873 dans le* Musée des Deux-Mondes, *« Les Origines humaines ».*

Tous ces articles, écrits à propos d'ouvrages dont Anatole France rend compte, jettent un jour remarquable sur ses poèmes et Les Noces corinthiennes. *Les* Poèmes dorés *proprement dits, placés sous l'invocation de Pythagore, traduisent bien l'aspiration d'Anatole France à la globalité. On pourrait leur donner pour épigraphe cette phrase qu'il écrivit dans* Le Rappel *du 17 septembre 1869 : « L'âme humaine est profondément baignée dans l'âme universelle. » Ces poèmes, dont la plupart furent écrits après 1870, célèbrent, après une invocation à la lumière qui enveloppe toutes choses, les animaux de tous les ordres de l'évolution (singes, cerfs, perdrix, libellules), les arbres, la trace des hommes sur la terre, et la vie peut-être répandue dans l'ensemble de l'univers. Dans « Vénus, étoile du soir », Anatole France imagine une planète jumelle et amie de la nôtre, nourrissant des animaux et de larges floraisons, et peut-être des êtres parvenus au degré d'évolution des hommes. Ainsi l'écrivain doit-il être classé, pour toute une part de sa production poétique, parmi ces poètes scientifiques si peu nombreux et si mésestimés en France. Avec son épopée d'*Hermès, *André*

1. « L'Enseignement de la langue française », *Le Bibliophile français.*

Chénier avait pourtant donné le modèle d'une poésie qui ne se contentait pas, en cette matière, de descriptions, mais s'imprégnait de méditation philosophique. « Les Fossiles » de Louis Bouilhet, poème paru en 1854, trace aussi une fresque des origines et de l'évolution du monde, dont l'inspiration est haute et la réalisation souvent très belle. Ce poème, qu'Anatole France connaissait à coup sûr, se réclame des théories de Cuvier, et en ce sens il est, vingt ans après, le témoignage d'une conception scientifique vieillie. Mais Louis Bouilhet ne suivait pas jusqu'au bout Cuvier, grand célébrateur de l'ordre divin. Le cinquième chant de son poème était inspiré de Lucrèce. La tristesse épicurienne s'y exprimait en beaux accents : mort des dieux païens et du dieu chrétien, vieillissement de notre planète, inéluctable disparition de notre race. Il est notable qu'en développant une poésie inspirée, elle, des plus récentes découvertes scientifiques, Anatole France ait, lui aussi, chanté une harmonie plus souvent résolue en fatalisme qu'en bonheur. En évoquant son jumeau vénusien, c'est de la « tristesse divine » de son regard qu'il parle. Il est hanté par la mort des animaux vaincus par le combat amoureux ou la lutte des espèces, et disparaissant stoïquement.

« Minuit, l'heure où l'on meurt, lui versera la paix », écrit-il du singe (" La Mort du singe ") ; et de la perdrix : « Ayant fini d'aimer, elle meurt sans colère » (" La Perdrix "). Le chêne abandonné se couvre d'ulcères et de moisissure. Bien plus rares sont les poèmes qui célèbrent le versant clair de l'évolution (par exemple, celui qui porte sur les arbres). Anatole France se montre le plus souvent attiré par ce que l'évolutionnisme comporte d'implacable sacrifice. La sélection tue pour choisir, et le désir triomphant est lui-même mortel. C'est au milieu des ruines que surgit « un corps de femme accroupie »,

Un corps lascif, jeune et lassé,
Qui fut sans doute caressé
Par le regard d'un siècle impie. (" La Vision des ruines ").

Le progrès du monde est presque toujours considéré par ce qu'il coûte, même si

C'est par l'Amour fatal, par ses luttes cruelles
Que l'Univers s'anime en des formes plus belles,
S'achève et se connaît en des esprits plus purs. ("Les Cerfs").

Comment ne pas rapprocher de ces vers l'ensemble de l'article écrit cette fois en son nom propre, et non à propos des ouvrages des autres, par Anatole France sur « Les Origines humaines » ? Il y retrace « la cosmogonie de Laplace et les théories positives de nos géologues », puis la lente ascension des espèces jusqu'à l'homme. Il imprègne cet exposé théorique de sensibilité, en évoquant les vers du Silène virgilien célébrant la naissance du monde. Mais s'il fait allusion à l' « âme anxieuse » de l'homme, l'ultime image qu'il évoque de notre race n'en est pas moins Vénus, statue rencontrée dans la dernière salle du Muséum, « fleur » des formes organiques, « extrême bonheur » des combinaisons naturelles. Toute nourrie des mêmes pensées, la poésie d'Anatole France, elle, exprime une sensibilité bien plus tournée vers la souffrance. L'équilibre n'y est pas le même que dans les articles. Conquis par l'idée occultiste, confirmée, semble-t-il, par la science du temps, que, si une semblable impulsion conduit les choses et les êtres, il peut exister entre eux des rapports de compréhension, de voyance, le poète écrit « Les Affinités ». Le titre même du poème évoque Goethe ; son sujet, maints passages de Gérard de Nerval et de Théophile Gautier. Mais c'est sur le mode du deuil qu'il célèbre la communication entre deux amants : une jeune femme meurt après avoir « vu » celui qu'elle aime agoniser sur le pont d'un navire lointain et sombrer dans l'océan.

On est frappé, en lisant les « Idylles et légendes » placées à la suite des Poèmes dorés, *mais antérieures à eux pour la plupart, d'une relation semblable avec les articles qui tracent des siècles une histoire orientée vers l'exaltation des époques d'épanouissement, et la dépréciation du christianisme qui brime l'homme. Ces poèmes, de valeur beaucoup plus inégale que les* Poèmes dorés *et d'une dispersion plus grande, se rejoignent presque tous dans le choix d'évocations funèbres ou d'expiations reportant aux siècles chrétiens. C'est Tannhäuser pénitent repoussé par le pape. C'est*

Gemma qui trouve le cadavre de son amant tué par son frère, victime, comme La Pia évoquée dans un poème de 1876, de l'interdit opposé aux libertés charnelles : Boccace et Dante, qu'Anatole France suit de près pour le contenu de l'anecdote, ne lui attachaient point la même signification. C'est Homaï fanatisée par une autre religion, elle, et tuant son amant par ordre des Mages. Le démon libérateur ne triomphe point dans ces poèmes. Il est l'Aspasie de Laurent Coster, ce solitaire, ce rêveur, en cet « avril » du quinzième siècle qu'il va doter de l'imprimerie. Il est l'Azraël de « La Fille de Caïn », fatal et bel ange byronien tombé pour l'amour d'une fille des hommes. Ceux-ci sont engloutis par « le ciel du Dieu jaloux », tandis qu'Azraël sent les tristesses de l'immortalité :

L'ange flottait, splendide et triste, dans le vent,
Las d'offrir à la foudre un front toujours vivant.

Double révolte : celle de la race « maudite et fière » de Caïn, celle de Satan. Mais point de rédemption par la révolte. Dans la lutte entre la femme et Dieu, c'est la femme qui est vaincue.

La poésie, expression directe du moi, fait paraître chez Anatole France toute la nuit qu'il recèle, à propos de cette science et de cette histoire qu'il traitait dans ses articles d'un esprit plus objectif. On voit paraître dans « La Danse des Morts » un attrait pour la névrose religieuse que l'écrivain attribue au Moyen Âge, et qu'ailleurs il admire en prenant ses distances. Les vifs conduits par les morts mélancoliques, au son de la mandoline et du pipeau, possèdent du moins la certitude de ressusciter. Heureux les époux réunis au paradis. Heureux, encore, les pécheurs :

Mais les couples dont l'Ange aura brisé l'essor,
Sur la berge où le soufre ardent roule en grands fleuves,
Oui, ceux-là souffriront : donc ils vivront encor !
Les tragiques amants et les sanglantes veuves,
Voltigeant enlacés dans leur cercle de fer,
Soupireront sans fin des paroles très neuves.
Oh ! bienheureux ceux-là qui croyaient à l'Enfer.

Tout, plutôt que le néant de nos siècles de scepticisme. Cette disposition ambiguë prend toute son originalité, quand le poète traite des époques transitoires, qui suscitent le tourment des femmes, plus intuitives que les hommes et plus prêtes à adorer l'inconnu divin. Telle est « la part de Madeleine », qui, rassasiée des plaisirs terrestres, connaît « l'âcre saveur des dégoûts et des fièvres », et se réfugie dans « la tendresse infinie » pour Jésus. Madeleine est un type de la décadence antique ; ce type, en 1875, est crayonné de nouveau par Anatole France dans un article sur « Leuconoé » qu'il met lui-même en relation avec son poème paru sous le même titre en 1876 : quêtant auprès d'Atys, de Mithra et d'Adonis une satisfaction sensible que le sceptique Horace ne saurait lui donner, Leuconoé cherche le Christ :

Femmes, femmes, hâtez vos anxieux travaux,
Et dans l'amas confus des visions sans nombre,
Pressentez, suscitez le Roi des temps nouveaux.

Vous seules préparez le salut de la terre.
Des femmes comme vous, le dégoût dans le sein,
Achèveront un jour la tâche salutaire
Et sauront voir Celui que vous cherchez en vain.

C'est là une apologie bien équivoque, et qui se retourne contre le poète dans « Adieu » ; car Jésus est le rival des amants, le mystique Époux qui leur prend sans recours celles qu'ils aiment :

Alors, pleurant sur moi, je reconnus, pensif,
Que tu m'avais repris cette femme, ô beau Juif ! *[...]*

C'est écrit : pour jamais toi seul achèveras
Les plus belles amours qu'on essaye en nos bras.

Écho d'une déception personnelle que « La Prise de voile » rappelle. C'est le prétendant déçu d'Élisa Rauline qui lui murmure :

C'est cette volupté, cette Vénus, c'est elle
Qui consume tes sens de toi-même ignorés,
Et dans l'enchantement des mystères sacrés
Revêt pour toi ton Dieu d'une beauté mortelle.

Ainsi se fondent, dans le creuset d'une douleur non dépourvue de masochisme, et d'une haine qui prend sa source dans le *désir voluptueux, la violence anticléricale dont fait preuve Anatole France prosateur, et son goût avoué pour l'*odor di femina *qu'exhale un christianisme où le personnage charnel de Jésus joue le plus grand rôle. L'équilibre de ces tendances n'est jamais atteint. Lorsque la femme est une courtisane fatiguée des hommes, telle Madeleine ou Leuconoé, Jésus est célébré comme le refuge de son inquiétude. Mais lorsque Anatole France lui attribue un seul amoureux, dans lequel bien évidemment il s'incarne lui-même, le Christ devient un rival exécré. C'est ainsi qu'il faut comprendre le Christ des* Noces corinthiennes. *Anatole France a transformé l'histoire magique de Phlégon de Tralles, qui inspira* La Fiancée de Corinthe *à Goethe. Plus rien de mystérieux dans ces* Noces corinthiennes, *si ce n'est l'emprise qu'exerce le christianisme sur la jeune et belle Daphné. Sans doute meurt-elle du vœu imprudent de sa mère. Mais son trouble, mais son cœur agité lui prêtent un charme que la classique Hellas des Parnassiens ignore. Mais quand elle meurt empoisonnée, comme Atala, pour respecter le vœu maternel, elle est pleine d'une funèbre violence qui fait d'elle une amante tragique en face d'un homme qu'elle domine :*

Moi, j'aime avec mes nerfs, mes moelles et mon sang,
Offerte tout entière et la mort dans le flanc.

Ces blandices équivoques impressionnent le spectateur. Il est cependant du côté d'Hippias, l'amant repoussé, qui apostrophe devant le cadavre de Daphné le « Dieu de la mort ». On ne saurait se méprendre sur l'accent de cette pièce : elle est profondément antichrétienne, au nom du désir inassouvi. Le polythéisme mourant est magnifié ici, non point tant parce qu'il est l'harmonie, que parce qu'il symbolise et déifie ce désir. Vénus Uranie en est moins la divinité suprême que la Vénus charnelle, qui inspire les amours et non la méditation des hommes. On sentait bien, dès les premiers articles d'Anatole France, que c'était elle qui inspirait le jeune érudit.

Car il n'est pas exagéré de dire que la souplesse de la chronique second Empire a permis à France, alors qu'il hésitait sur lui-même, de s'exprimer sous couvert des autres, et peu à peu de se débusquer. Il se destinait à écrire depuis son enfance. Mais, s'il bénéficiait de la confiance absolue d'une mère qui le croyait propre aux travaux les plus remarquables, la médiocrité générale de sa scolarité et l'opposition de son père à une carrière proprement littéraire pouvaient le faire douter. Ce long garçon au nez de travers, à la diction bredouillante, à la tenue embarrassée, ne plaisait guère aux femmes et ne semblait pas destiné à une vie sociale bien brillante. Tout cela n'encourageait guère Anatole France à se lancer dans le métier d'écrivain ; et puis, il fallait vivre. Ce qui le sauva d'un étouffement dans l'érudition pure, c'est que, dans l'article érudit, on tolérait alors quelque vagabondage. Vagabondage d'allure certes plus objective que des poèmes, mais durant lequel Anatole France dit ses choix, ose indiquer au lecteur sa façon à lui de voir le monde. Au départ, il avait besoin de cette forme un peu masquée d'aveu : on passe plus aisément du pastiche à l'essai, à propos d'un livre écrit par autrui, que du pastiche à une littérature tout à fait personnelle. Excluons les vers amoureux, que tout jeune homme lettré commet en son temps, sans que cela signifie rien sur sa vocation poétique. Ceux-ci mis à part, c'est à partir de 1868 qu'Anatole France écrit des poèmes dignes de considération, et entre 1870 et 1876 que son inspiration s'élargit pour devenir celle d'un bon poète. Or, les thèmes de sa poésie sont exprimés dans ses articles. L'esprit de « chronique » de la presse second Empire a marqué, sous la troisième République, toute la presse fin de siècle : les origines d'Anatole France journaliste définissent son genre de journalisme pour tout l'avenir. La circulation entre son œuvre de créateur et son œuvre de critique garde les mêmes caractéristiques. Elle devient plus notable encore lorsque Anatole France passe de la poésie à la nouvelle et au roman.

En définissant sa poésie comme une subjectivité, on prend le risque d'étonner ceux qui savent qu'Anatole France fut un poète parnassien. Le Parnasse est demeuré comme l'école du vers bien fait, de la plastique, et d'une recherche objective qui fit surnommer ses poètes « Les Impassibles » par leurs ennemis. Peu d'écoles, d'ailleurs, sont aussi oubliées. L'avènement du vers libre, le refus de la poésie descriptive et la réussite du symbolisme, puis du surréalisme, expliquent l'ombre jetée sur un groupe dont pourtant Verlaine et Mallarmé firent partie, et à qui sont redevables des poètes aussi considérables que Valéry ou Saint-John Perse. Lorsque le jeune Anatole France, commis au rez-de-chaussée de chez Lemerre, fut admis à monter à l'entresol et à prendre part comme poète aux réunions du groupe, qui se tenaient tous les après-midi de cinq à sept heures, ces réunions avaient un caractère vivant et même violent qui n'est pas bien en conformité avec l'idée que nous nous faisons maintenant du Parnasse. On y lisait, on y discutait beaucoup, et la seconde génération du groupe était formée d'hommes jeunes. Nous sommes en 1867 : France a vingt-trois ans, l'âge de Verlaine. Heredia, Coppée, Mallarmé, Louis-Xavier de Ricard, Mendès qui a introduit France dans ces réunions, ont un ou deux ans de plus que lui. Le premier recueil du *Parnasse contemporain*, qui atteste l'existence du groupe, a paru à compte d'auteur chez le prudent Lemerre l'année précédente, avec succès. On dit que les bailleurs de fonds furent Catulle Mendès, fondateur en 1861 de la *Revue fantaisiste*, et Louis-Xavier de Ricard, directeur de *L'Art* depuis 1865 : deux revues dans lesquelles paraissent beaucoup de poèmes de jeunes gens, qui, se reconnaissant des maîtres communs, se ressemblent somme toute assez peu. Catulle Mendès doit beaucoup à Victor Hugo. François Coppée, flâneur parisien, ami des humbles, écrit une poésie appliquant au monde contemporain, non sans prosaïsmes, les théories « réalistes » de Leconte de Lisle. Ce qui est, à vrai dire, défigurer complètement celles-ci. On ne comprend pas Leconte de Lisle si l'on ne voit pas en lui le socialiste déçu, le révolté quittant son père, exploiteur de nègres à La Réunion, et vivant des années misérablement. À vingt-cinq ans, en 1845, il est fouriériste et collabore à *La Phalange*. L'échec de la révolution de 1848 et l'instauration d'une société bourgeoise — « j'appelle bourgeois tout ce qui pense bassement », disait Flaubert — le jettent dans un hautain mépris de *l'époque présente. C'est par là qu'il rencontre Flaubert et Louis Bouilhet, qui admirèrent beaucoup ses* Poèmes antiques, *parus en 1853, et se lièrent avec lui : le salon de Louise Colet les réunit. Il est aussi absurde en un sens de parler du « réalisme » que cherche Leconte de Lisle en restituant les époques antiques, que de parler du « réalisme » de* Salammbô. *Sous l'effort d'évocation exacte, même rêve d'une existence de beauté et de passion, à l'inverse de l'existence contemporaine. Mais, à côté de cette dévotion pour l'Antiquité classique, Leconte de Lisle a des accents de révolte que Flaubert ne se permettrait pas. Les* Poèmes barbares *sont pleins de haine contre le Moyen Âge. Contre Dieu, le dieu des chrétiens, le dieu créateur, quel qu'il soit, Leconte de Lisle fait entendre l'anathème de l'homme jeté dans une société détestée :*

Mon souffle, ô Pétrisseur de l'antique limon,
Un jour redressera ta victime vivace.
Tu lui diras : « Adore ! » Elle répondra : « Non ! »

écrit-il dans « Quaïn », ce poème tant admiré d'Anatole France. Leconte de Lisle n'est pas un résigné ni un insensible. Il célèbre la paix du nirvâna comme un refuge cosmique contre une douleur qui, dans le présent, suscite son émotion :

Sombre douleur de l'homme, ô voix triste et profonde,
Plus forte que les bruits innombrables du monde,
Cris de l'âme, sanglots du cœur supplicié,
Qui t'entend, sans frémir d'amour et de pitié[1] ?

C'est à lui que se mesure tout jeune poète ; c'est à son œuvre qu'il fait référence et contre elle, aussi, qu'il se définit. Anatole France pourrait être le fils de Leconte de Lisle. Il n'a pas connu les élans révolutionnaires des romantiques de 1848 ; il ne connaît évidemment pas cette nature tropicale de La Réunion, qui leur correspond en quelque sorte dans les évocations lyriques de Leconte de Lisle. Son républicanisme est d'une autre sorte : il n'en a pas la pratique ; il le nourrit, comme presque tous les écrivains de sa

1. *Poèmes antiques*, « Bhagavat ».

génération, d'allusions à la Révolution *française ou à l'Antiquité romaine, et des revendications d'une liberté aliénée depuis son adolescence. Mais, nous l'avons vu, la politique parle moins fort en lui que la préoccupation des philosophies et des mœurs, le souci de définir un art de vivre. À ce propos, plus nettement, son tempérament s'oppose à celui de* Leconte de Lisle.

Celui-ci est plus entier dans ses haines. L'*anticléricalisme d'Anatole* France *s'est nourri, à l'école des pères du collège Stanislas, d'une connaissance des choses sacrées qui ne va pas sans quelque attachement. Grandi parmi les livres et les documents, il ne condamne pas de façon définitive des pans entiers de l'histoire, comme le* Moyen Âge. *On ne trouve pas dans ses poèmes les mêmes accents de violence que chez* Leconte *de* Lisle, *mais une ambiguïté qui aboutit, par d'autres voies, au refus du dieu des chrétiens et de sa civilisation. Sa préoccupation de la mort, qui va jusqu'à une attirance pour le morbide, le fait envelopper d'une caresse biaisante les tableaux de nature et de civilisation qu'il évoque. Ceux-ci sont infiniment plus nombreux que ceux-là. Pour le citadin et le liseur qu'est notre écrivain, la nature se manifeste toujours sous une forme européenne (les sapins, la libellule) ; et, quand l'exotisme est évoqué, il est prisonnier de l'*Europe, *comme ce singe qui nous rappelle celui dont les* Goncourt *content la mort dans* Manette Salomon. *Au reste, la nature se manifeste peu, et plutôt sous forme de symboles que de scènes vécues. Le bestiaire de* Leconte *de* Lisle, *très concret, ne se trouve pas chez* Anatole France. *En revanche, à lire l'ensemble de ses poèmes, on a peut-être plus que chez* Leconte *de* Lisle, *et sûrement d'une autre manière, le sentiment qu'ils sont fondés sur une méditation personnelle sur la science et l'histoire, accompagnée de recherches poussées d'après les données contemporaines.* Leconte *de* Lisle, *dès la préface des* Poèmes antiques, *avait proclamé : «* L'*art et la science, longtemps séparés par suite des efforts divergents de l'intelligence, doivent [...] tendre à s'unir étroitement, si ce n'est à se confondre. » Il porta beaucoup d'attention aux recherches de son ami l'helléniste* Louis Ménard, *de l'orientaliste* Eugène Burnouf. *Mais on a souvent l'im-*

pression que la force de son tempérament personnel oriente ses connaissances vers une conception subjective du beau et du néant. Moins ardemment lyrique, moins marqué par les luttes et les déceptions sociales, Anatole France présente une sorte d'épure poétique des spéculations de son temps.

Ce n'est pas à dire qu'il les traduise sans un certain coefficient subjectif. Nous l'avons vu plus disposé à considérer le transitoire que le continu, les moments de déclin que les moments de triomphe. L'évolutionnisme darwinien est le plus souvent évoqué par lui dans les sacrifices individuels qu'il implique pour le progrès de la race. Sans doute Anatole France fait-il apparaître que la grande vie universelle justifie ces sacrifices et les baigne de sérénité. Mais cette douceur n'en est pas moins celle du trépas : poitrail pantelant du cerf, paumes convulsives du singe, grand frisson de la perdrix blessée, moisissure de l'arbre, précèdent leur fusion apaisée dans « des formes plus belles ». Le monde est en état de rééquilibrage permanent. C'est le déséquilibre qui attire le poète, dans ce cycle qui connaît aussi des réussites. De même, l'histoire des siècles d'or est négligée par lui au profit de la grâce savante et alanguie des époques où la civilisation se cherche. À vrai dire, il ne semble nullement avoir nourri la nostalgie de vivre parmi des formes épanouies et des hommes d'une trempe plus forte que la nôtre. Il a choisi, dans les études de Louis Ménard sur la Grèce, les passages précisément auxquels Leconte de Lisle accordait le moins d'attention, sauf pour montrer les méfaits du christianisme naissant, comme dans « Hypathie ». Il suffit de comparer ce poème aux Noces corinthiennes, *pourtant très orientées elles aussi dans un sens antichrétien, pour constater qu'Anatole France est plus insinuant que le maître du groupe parnassien. Ce qui le retient surtout, ce sont les états mixtes, la rencontre de la chrétienne Daphné avec les sorcières, des amoureuses païennes avec le Christ. Louis Ménard avait lui aussi une prédilection pour ces états mixtes. Mais il était, comme Leconte de Lisle, un ancien quarante-huitard déçu. Des poussées de violence montrent bien dans ses recueils de poèmes et ses études qu'il se résignait mal au temps présent.*

Anatole France n'a pas l'âge de renoncer aux choses de

ce monde. Il les sent fugitives, comme les époques du passé qu'il préfère ; mais pas davantage. Ses poèmes ne sont pas marqués d'un mouvement de retour à des origines mythiques impossibles à revivre. Ils sont plutôt empreints de la croyance en des transformations sans cesse répétées, amenant par cycles l'univers d'un point inférieur à un point supérieur de l'évolution. Celle-ci ne s'est pas arrêtée à l'Antiquité grecque :

L'amour, l'amour puissant, la volupté féconde,
Voilà le dieu qui crée incessamment le monde,
Le père de la vie et des destins futurs[1] !

Aussi bien France est-il inspiré par l'amour des vivantes, en écrivant « Souvenir », « Le Refus », « Le Désir », et montre-t-il, dans ses Poèmes dorés, *la volonté de constituer un art de vivre fondé sur le discours scientifique. Il rejoint en cela les ambitions de Paul Bourget. Il s'oppose à Leconte de Lisle et aussi à Louis Ménard, dévoré par le regret du polythéisme dont témoignent sa thèse,* De la morale avant les philosophes, *et les sonnets qu'il donne aux* Parnasse contemporain *en 1866 et 1869. Ménard n'est pas un homme qui prend l'attitude de la supériorité ; chimiste, érudit, poète, il ne se fait pas illusion sur son avenir d'écrivain. Leconte de Lisle, lui, est chef de groupe et le fait sentir, aussi bien dans l'entresol de Lemerre que dans son salon du boulevard des Invalides. C'est contre lui qu'Anatole France entreprend des escarmouches dès son entrée dans le cénacle parnassien : il est ironique, il n'a pas la bosse de la vénération, et tous les contemporains nous rapportent que Leconte de Lisle supporte assez mal ce disciple qui très vite lui apparaît indocile, malgré sa respectueuse attitude et la dédicace obligée des* Poèmes dorés *à l' « auteur des* Poèmes antiques *et des* Poèmes barbares *en témoignage d'une vive et constante admiration ». À lire l'ensemble des poèmes d'Anatole France, on peut même se demander si le maître interpréta dans toute son étendue la théorie qu'Anatole France exposa dans le groupe, en tout cas après la guerre de 1870. Elle parut être alors un manifeste pour la*

1. *« Les Cerfs ».*

poésie objective. Nous lisons en effet dans un article sur Leconte de Lisle[1] *que « l'art du poète consiste à représenter des êtres selon leur nature, sous leur vrai caractère, dégagés de ce qui n'est en eux qu'accidentel ». Encore ne convient-il pas de croire que ce poète a pour mission de créer des types indépendants de son temps. Il ne pourrait le faire, malgré ce que prétendent certains Parnassiens essentiellement attachés à l'éternité de leur art. Anatole France soutient qu' « un mot porte dans sa forme et sa couleur les caractères du sol, du climat, de la race dont il est originaire ». De même pour les genres littéraires. Ils « ont, comme les formes organiques, des affinités intimes avec le milieu qui les produit. Comme chaque climat nourrit une faune et une flore caractéristiques, chaque société crée un monde de langage en harmonie avec sa constitution physique et ses développements intellectuels ». La description des transformations et leur interprétation, n'est-ce pas précisément une des principales ambitions du* transformisme ? *Cette théorie s'adapte fort bien à l'inspiration des* Poèmes dorés.

Changement, modification : c'est à l'éphémère que se voue donc le poète, et la facture de son vers est toute différente de celle du vers « marmoréen » que la plupart des membres du Parnasse ont hérité de Théophile Gautier. C'est un vers harmonieux, coulant, qui évoque dans ses réussites le vers d'André Chénier. Il en a la grâce parfois un peu alanguie. L'univers qu'il évoque est celui des eaux dormantes ou vives, des nuages et de la clarté lunaire, des vents, des reflets. La lumière même du soleil est atténuée :

Tu nous viens du soleil à travers les doux voiles
Des vapeurs flottantes dans l'air :
La vie alors s'anime et, sous ton frisson clair,
Sourit, ô fille des étoiles[2] !

Les poèmes purement descriptifs sont rares et ne paraissent pas les mieux venus ; par exemple, « Marine ». En général, des qualificatifs moraux accompagnent les réalités évoquées.

1. *Journal d'outre-mer*, 24 décembre 1872 et 7 janvier 1873 : « Variétés. Les poètes créoles. Leconte de Lisle ».
2. « À la lumière ».

Dans la seule ode « À la lumière » qui ouvre le recueil, on relève : » grâce décente », « douceur », « jeunes tendresses », « délices nouvelles », « grâce », « paix », « volupté sereine ». Ces mots reviennent souvent dans les poèmes d'Anatole France. Nous les reconnaissons : ils se trouvent dans la transparente poésie de Racine et de Chénier, et traduisent l'aspiration vers une beauté plus policée que forte, plus tendre que passionnée. Anatole France l'admire souvent aux portes du tombeau, mêlant l'âcreté à son charme.

La voix du poète est particulière, personnelle, dans le groupe parnassien. Quoique son œuvre ne soit pas très abondante, il prend vite une place importante dans ce groupe, qui se réunit souvent en des lieux moins « officiels » que l'entresol Lemerre, moins guindés que le salon de Leconte de Lisle. Chez Catulle Mendès. Chez Nina de Callias devenue bohème, et réunissant, dans un salon qui prend parfois allure de café-concert, Coppée, Villiers, Mendès, Mérat, Charles Cros, France. Celui-ci rencontre Dierx, Heredia, Sully Prudhomme, Verlaine, Lepelletier, dans le salon de Mme de Ricard. Les brasseries, comme la brasserie des Martyrs ou Pousset, sont encore des endroits de réunion où le groupe peut côtoyer des écrivains d'autres tendances : sous le second Empire, ces établissements se sont élevés à la hauteur d'institutions littéraires. Citons encore le café Tabourey, rue de Vaugirard, le café Mariage, rue de Seine, le Procope. La guerre et la Commune éloignent certains : Ricard, Verlaine, Lepelletier, Nina de Callias ; Bourget et Plessis viennent en revanche se joindre aux amis de la première heure. C'est après la guerre qu'Anatole France semble avoir acquis de plus en plus d'autorité, jusqu'à faire partie du comité chargé de préparer le troisième recueil du Parnasse contemporain, *en 1875. Ses jugements ont été conservés. Ils ont valu à Anatole France la hargne ou l'indignation des critiques, ce qui explique la double méconnaissance qui pèse sur sa poésie. Car elle est parnassienne ; et elle est d'Anatole France, qui écarta Charles Cros, Mallarmé et Verlaine. Charles Cros avait été son rival violent auprès de Nina, et il semble que cette inimitié personnelle soit à l'origine de son éviction du* Parnasse *: l'opposition* *entre les deux hommes serait allée jusqu'à des voies de fait de la part de Charles Cros. Verlaine sortait de prison, après l'affaire* Rimbaud. *Banville et Coppée s'abstinrent. France écrivit : « L'auteur est indigne et les vers sont des plus mauvais qu'ont ait vus. » Or, il s'agissait du très beau sonnet « Beauté des femmes », maintenant inclus dans* Sagesse. *Quant à Mallarmé, il présentait « Improvisation d'un faune ». Coppée vote « non » sans apprécier, Banville est embarrassé : « Doit, je crois, être admis, en dépit du manque de clarté, à cause des rares qualités harmoniques et musicales du poème », et France écrit : « Non, on se moquerait de nous. » Rarement fit-on doublé plus fâcheux ! Étroitesse d'esprit envers des poètes dont l'art évoluait très nettement hors des règles parnassiennes, violence de jugement, inélégance. Telle est « l'affaire du* Parnasse[1] *», qui pesa tellement sur la réputation d'Anatole France. Abstenons-nous des condamnations catégoriques portées par les prophètes du passé, et n'isolons pas l'affaire des jugements infiniment plus nuancés, voire favorables, qu'Anatole France formula sur les deux poètes après avoir lui-même évolué. Il reste que l'attitude de notre écrivain est très caractéristique d'une conduite littéraire d'intolérance, on dirait presque de vengeance, dont il donna aussi des preuves à l'égard de Leconte de Lisle. Cet écrivain, à l'enfance humiliée, aux débuts pénibles, cet homme conscient de sa maladresse dans un salon et dans une carrière, fut à son tour impitoyable et passablement méchant, lorsqu'il se trouva du côté des juges. Il se trompa ; il se trompa en employant parfois des moyens discutables pour avoir raison. Enfin, il ne fut pas seulement un écrivain, mais encore un homme de lettres, avec des petitesses, jusqu'à ce que son succès lui donnât des compensations suffisantes pour qu'il pût se permettre l'indulgence envers les autres. Constatons-le, son caractère présentait des faiblesses. Lui en tenir rigueur, c'est méconnaître assez étrangement que le milieu littéraire, autant que les autres, vit de haines et d'arrivisme, et que les*

1. Voir Henri Mondor, *L'Affaire du Parnasse, Stéphane Mallarmé et Anatole France*, Paris, Fragrance, 1951.

trois quarts des écrivains, gens nerveux, ont un tempérament difficile.

Plus d'un siècle a passé. Nous pouvons, par-delà les querelles, juger avec sérénité la poésie d'Anatole France. Elle a une valeur incontestable. Elle donne à la célébration de la Grèce, à la méditation sur la science, un accent particulier. Ce n'est pas une poésie qui sent l'effort, malgré la considérable érudition de son auteur. Elle est plus élégante que forte, à part quelques notes morbides qui n'en ressortent que plus durement, et elle évoque plutôt les élégiaques latins que les classiques grecs ou les grandes épopées hindoues. Le ton général est un peu en mineur ; l'ensemble des poèmes est bref et révèle des intérêts multiples, qui ne sont pas fondus en un grand projet et ne peuvent pas l'être. C'est pourquoi France, considérable poète, n'est pas un poète de tout premier plan. Le point de vue auquel il se place fait pressentir les thèmes et la manière de l'époque « décadente », qui, vers 1885-1890, se complaît dans la comparaison avec d'autres décadences. Il y a dans la poétique parnassienne, élaborée par une autre génération, une rigueur, une apparence d'objectivité, un refus du présent, qui vont contre le tempérament de France et celui des plus doués de ses contemporains. Verlaine a été un météore du Parnasse. Paul Bourget ne s'est pleinement exprimé qu'en diagnostiquant la maladie fin de siècle dans ses Essais de psychologie contemporaine, *et France qu'en reprenant, en nouvelles et en romans, les inquiétudes zébrées de violences anticléricales et de révoltes qu'il voulut d'abord faire passer dans ses poèmes. L'intérêt pour l'inexplicable se manifeste dans* Jocaste *et dans « L'Œuf rouge » ; le personnage de la chrétienne convertie après une existence traversée reparaît dans « Laeta Acilia » et* Thaïs *; la fascination pour une gnose qui donne de l'univers une explication inversée par rapport au christianisme perdure dans toute l'œuvre d'Anatole France, de « La Fille de Lilith » à* La Révolte des anges.

L'école parnassienne se dissout après la publication du troisième Parnasse. *Sans doute, il reste de grands poètes comme Leconte de Lisle ou Heredia, de moins grands comme*

Frédéric Plessis, pour continuer la poésie qu'elle prônait. Mais ce sont des individualités. Le groupe, en tant que tel, se disperse, tandis que le symbolisme et la décadence naissent de certaines de ses tendances, et que d'anciens poètes du groupe deviennent prosateurs. Ce n'est ni hasard ni calcul si France évolue dans ce dernier sens, après avoir constaté que les doctrines darwiniennes ne délivrent pas sur l'univers une vérité incontestable. Il fait entrer ces doctrines mêmes dans un relativisme généralisé et, constatant que le discours scientifique est problématique et spéculatif, l'intègre dans le discours de notre subjectivité, au même titre que l'histoire. René Longuemare, dans Jocaste, *est le savant qu'Anatole France ne veut plus être. Le jeune Gélis, dans* Le Crime de Sylvestre Bonnard, *professe sur les sciences humaines des croyances que maintes fois Anatole France reprend à son compte. Désormais, l'écrivain a renoncé à trouver un absolu philosophique qui se substitue à l'absolu métaphysique. Le passager, que son tempérament le prédisposait à privilégier par rapport à la certitude au temps même de ses enthousiasmes pour la science, devient toute l'étoffe de son univers littéraire. Pourquoi désormais celui-ci s'exprime-t-il en prose ? Sans méconnaître les raisons conjoncturelles qui ont pu y porter Anatole France, il faut constater que son attachement aux aventures et mésaventures journalières des hommes, son goût du paradoxe et la nécessité de définir un moi complexe par une série d'affirmations contradictoires ne se seraient guère accommodés d'une expression poétique. France ne se rapprocha que tardivement et assez superficiellement des écoles nouvelles de poésie. Mais il était trop sensible à son temps pour ne pas constater que l'époque du* récit en vers *était passée : or il avait besoin de l'expansion d'un récit, de la projection dans des personnages, du jeu entre le visage et le masque. Il entreprit donc, en se lançant dans le roman, une nouvelle carrière. Nouvelle, parce que, s'il existe évidemment des rencontres entre les milieux des poètes et ceux des romanciers, ils ne sont pourtant pas les mêmes, et cette différence fut immédiatement marquée par le passage d'Anatole France du libraire-éditeur Lemerre à l'éditeur plus prêt au risque, plus « moderne », Calmann-*

Lévy, qui eut le flair de dénicher l'auteur anonyme de *Jocaste*, caché dans les colonnes du *Temps*. Nouvelle, parce que l'écriture du roman est un travail tout autre que l'écriture poétique.

Ce qui ne change pas, c'est la relation qui s'est créée d'emblée entre l'activité de chroniqueur d'Anatole France et son œuvre d'écrivain. Le journalisme permet à France de traiter des sujets d'actualité, de rendre compte d'ouvrages récents, de faire part au lecteur de ses réflexions personnelles. Il constitue une véritable mine de thèmes et de personnages pour une œuvre romanesque qui, sauf *Le Chat maigre* et *Les Désirs de Jean Servien*, paraît elle aussi dans des revues ou des journaux, avant sa publication en librairie. S'il faut en croire Edmond de Goncourt, Anatole France apprécie à sa juste valeur tout ce que lui apporte la pratique de chroniqueur ; nous lisons dans le *Journal* du 9 janvier 1887 : « Margueritte allant voir, ces jours-ci, un ami de son père, au Sénat, a été mis en rapport avec Anatole France, qui lui a dit : " Oui, oui, c'est entendu, Flaubert est parfait [...] et je n'ai pas manqué de le proclamer... Mais au fond, sachez-le bien, il lui a manqué de faire des *articles sur commande*. Ça lui aurait donné une souplesse qui lui manque. " Et peut-être le critique du *Temps* a-t-il raison[1]. »

C'est aussi à l'aide de ses chroniques que l'on peut retracer une évolution des opinions d'Anatole France, dans la mesure où il s'y exprime sans cet intermédiaire du personnage, qui crée dans le roman une ambiguïté. Considérable évolution, durant les douze ans qui séparent la publication de *Jocaste* de celle de l'*Étui de nacre*. Si considérable, qu'elle pourrait au premier abord évoquer une cassure. On s'avise en réalité que France procède à une série de réévaluations de ses jugements, politiques, philosophiques et littéraires, et que ce « jeu du je » le mène, par une suite d'équilibres vivement sentis comme provisoires, à un scepticisme actif qu'il exprime en 1892-1893. Lentement,

1. *Journal*, éd. R. Ricatte, Charpentier- Fasquelle, 1956, t. III, p. 634. La dernière phrase est un ajout de 1896.

il va de la peur sociale née de la Commune à l'approbation des critiques contre l'injustice sociale, tout en demeurant plein de mépris pour les institutions républicaines. Les attaques qu'il mène dans L'Univers illustré *contre la république des « démagogues insensés*[1] *», des « avocats ambitieux » et des « petits boutiquiers imbéciles*[2] *» qui s'engagent dans la franc-maçonnerie ne sont pas toutes, il s'en faut, dirigées contre les institutions, mais contre un gouvernement à la fois sectaire dans son anticléricalisme et son scientisme, et indulgent pour ceux qui voudraient mener la société à sa désagrégation, c'est-à-dire les anarchistes.* Relativiste *et anticommunard, France est à ce double titre l'ennemi du régime : il le voit s'incarner dans le « bel ouvrier, jeune, les cheveux bouclés, pâle*[3] *», qui conduira le pays à la ruine à force d'abstraction doctrinaire. Il est patriote jusqu'au chauvinisme quand il écrit des pages émues sur l'Alsace*[4]*, ou prend la défense des « glorieux soldats qui ont gardé intact, dans la défaite, l'honneur de la France », au moment où l'on croit que l'affaire de Lang-Son s'est soldée par un désastre*[5]*. L'antimilitarisme que professe Abel Hermant dans* Le Cavalier Miserey *lui inspire des pages indignées*[6]*. Il écrit dans* Le Temps *du 18 juillet 1886 un éloge de la guerre : « J'oserai dire que la guerre est humaine, en ce sens qu'elle est le propre de l'humanité. Elle représente la seule conciliation que l'homme ait jusqu'ici trouvée entre ses instincts brutaux et son idéal de justice [...] Ce serait payer trop cher la paix universelle que de l'acheter au prix des sentiments de courage, d'honneur et de sacrifice que la guerre entretient au cœur des hommes. » En somme, Anatole France peut à juste titre se proclamer « réactionnaire*[7] *» ou « médiocrement libéral*[8] *», tout en se défiant de certaines*

1. *L'Univers illustré*, 29 septembre 1883.
2. *Ibid.*, 4 avril 1885.
3. *Ibid.*, 8 décembre 1883.
4. *Revue politique et littéraire*, 14 octobre 1882, p. 481-492, IV, « Vacances sentimentales en Alsace ».
5. *L'Univers illustré*, 4 avril 1885.
6. *Le Temps*, 6 mars 1887, « Un roman et un ordre du jour — *Le Cavalier Miserey* »; *La Vie littéraire*, I.
7. *L'Univers illustré*, 17 octobre 1885.
8. *Ibid.*, 18 avril 1885.

nationalisations abusives du héros : le type du Gaulois vertueux, résistant contre les Romains*, qui inspira tant de pages à Camille Jullian et tant de statues à des municipalités généreuses, lui suggère dès l'abord une méfiance fondée sur le sentiment qu'il est tout aussi latin que celte*[1].

Cette attitude se modifia au fur et à mesure que s'éloignait la Commune, mais aussi à mesure que la troisième République*, sûre de son triomphe, évoluait vers une attitude plus tolérante. Car ce qui est le plus solide, le plus vrai dans l'opposition d'Anatole* France*, c'est la haine qu'il porte au sectarisme. Fidèle à la doctrine géologique des transformations lentes, il l'applique à la société : « Charles Lyell a démontré que les grandes évolutions géologiques se sont produites lentement et doucement. Les formes sociales et, par suite, les formes littéraires, doivent être modifiées, ce me semble, avec cette lenteur clémente des forces naturelles*[2]*. » Pareille idée de l'évolution sociale va contre tout bouleversement, celui que souhaitent les anarchistes dans le présent, celui que la* Terreur *a fait peser sur la* France *de 1793. L'attitude d'Anatole* France *durant le second* Empire *devait beaucoup à son opposition à son père et à son intégration à un groupe de jeunes républicains. Sous la* République*, cette attitude, il la nuance fortement. Non certes qu'il devienne royaliste comme* Noël France*. Mais les leçons de l'histoire vécue, comme ses études scientifiques relativisées en art de vivre, le situent du côté des feuillants. Contre « la dictature sanglante qui avait coûté* Lavoisier *à la* France *et fait douter de la liberté*[3] *», certes. Mais aussi contre les girondins, sentimentaux qui méconnurent les conditions concrètes du gouvernement : « Pétion était un sot, Pache un gredin et Camille un drôle*[4]*. » Pour Brissot, « son galimatias a attendri Michelet, qui était nerveux. C'était un excellent citoyen qui dénonçait et paperassait avec tant d'amour devant qu'on lui coupât le cou*[5]*. » Tout mode abstrait de gouverne-*

1. *L'Univers illustré*, 28 avril 1883.
2. *Le Temps*, 24 novembre 1875, « Edmond et Jules de Goncourt ».
3. *Le Globe*, 11 septembre 1879.
4. *L'Univers illustré*, 20 février 1886.
5. *Ibid.*, 30 avril 1887.

ment, toute utopie, tout terrorisme, sont rejetés par l'écrivain. C'est au nom de cette conviction qu'il attaque « nos jacobins » de l'heure présente, qui veulent couper la France de sa réalité organique, avec « ces petits manuels civiques qui, pour nous faire aimer la patrie, nous la représentent plongée dans douze siècles de barbarie ». « Ces ignorants continuent à méconnaître les conditions nécessaires du développement social et ils demanderont des fruits à des arbres sans racines[1]. » On est frappé de la persistance, dans la pensée politique d'Anatole France, des analyses post-darwiniennes de la société : elle est organisme ; elle forme un tout ; elle régularise en quelque sorte, par la guerre, la loi d'élimination des plus faibles. On sait que ces analyses, adoptées par Taine dans Les Origines de la France contemporaine, *fondèrent une certaine pensée de droite, et que Spencer fut le père des théoriciens bellicistes et racistes. Mais elles fondèrent aussi un libéralisme réformiste, soucieux de ne rien brusquer dans l'évolution sociale, et d'analyser les conditions concrètes de la politique. Peu enclin à l'action, soucieux de justifications intellectuelles, Anatole France se place bien plutôt dans la seconde école, celle des réalistes qui détestent l'intolérance. On l'imaginerait mal dans un parti de droite ; et de fait, s'il s'élève contre les abus de la jeune République, il ne se prononce en faveur d'aucun autre régime. Mais il entend prendre la défense de la continuité historique, qui modifie et adoucit, quand on l'entend comme il faut, les doctrines les plus rigides : « Ne nous flattons point, messieurs ; le rationalisme triomphera un jour ; mais alors il aura ses dogmes, ses mystères, son culte, ses miracles, ses légendes, ses images, ses rites. Il fera rêver les jeunes gens et pleurer les femmes. Il sera une religion ; il asservira les intelligences. Les hommes de progrès le combattront[2]. »*

Cette pensée est élitiste, aussi longtemps qu'Anatole France se méfie du peuple. Mais l'élite que prône France est celle des intellectuels, des libres esprits, non pas celle d'une race ou d'une nation. On le voit bien quand, en 1886, il

1. *L'Univers illustré*, 12 mai 1883.
2. *Ibid.*, 1er septembre 1883.

prend la défense de Wagner contre Juliette Adam et des Juifs contre les antisémites. « Il est évident que le patriotisme n'a rien à voir dans les questions d'art. Si M. Carvalho représente un ouvrage de Wagner, ce n'est pas parce que cet ouvrage est allemand, c'est parce qu'il est beau et de nature à intéresser ceux qui aiment la musique. L'illustre Française, dont je respecte tous les sentiments, pourra ne pas aller entendre le Lohengrin *; je ne l'en blâmerai pas, mais elle aurait tort de me blâmer si j'y vais [...] Une salle de spectacle n'est un champ de bataille que pour des Byzantins efféminés*[1]. *» Quand* La France juive *de Drumont soulève les passions, France écrit : « La question juive, qui couvait, éclate avec violence. C'est une question immense, confuse, pleine d'obscurités, et que les passions vont obscurcir encore [...] M. Drumont propose une solution. Il conseille d'en revenir aux vieux moyens, à l'exil et à la confiscation [...] Nous répudions, nous détestons ces paroles sauvages [...] Les siècles chrétiens ont fabriqué le juif moderne*[2]. *»*

Le conservatisme d'Anatole France, accentué d'ailleurs dans L'Univers illustré, *de tendance très réactionnaire, est donc, non pas un militantisme de droite, mais la proclamation des nécessités de la réflexion devant une politique jugée hâtive et violente, et en cela il est formé d'éléments qui passeront dans l'engagement de l'écrivain à gauche ; il est, d'autre part, un refus véhément de croire en la validité de l'opinion populaire. France cesse peu à peu de proclamer que le peuple est féroce, mais il écrit encore en 1890 qu'il n'a pas de pensée : « L'opinion de la masse n'importe pas en matière d'art (et il serait souhaitable qu'elle importât un peu moins en matière politique). La foule n'est pas capable d'avoir elle-même une opinion, on la lui fait*[3]. *» Il ne faut pas méconnaître, parmi les motifs de cette attitude, une forte tentation d'Anatole France pour l'installation dans une situation personnelle et mondaine. C'en est fini des besognes obscures et problématiques : France a un poste à la biblio-*

1. *L'Univers illustré*, 23 janvier 1886.
2. *Le Temps*, 2 mai 1886, *La Vie littéraire*, V.
3. *L'Univers illustré*, 22 février 1890.

thèque du Sénat ; dès 1876, il a reçu l'approbation et l'appui de Taine et de George Sand à propos de ses chroniques dans Le Temps; Le Crime de Sylvestre Bonnard *est remarqué, fêté par la « bonne société »,* Le Livre de mon ami *est très bien accueilli, et, en mars 1886, la collaboration de l'écrivain au* Temps *devient non plus épisodique, mais hebdomadaire. Les salons bohèmes et les brasseries du temps du second Empire sont oubliés. France fréquente chez la princesse Mathilde, chez Renan, chez Mme de Loynes, Mme Aubernon, Mme de Caillavet, égéries de haut vol. Il est marié avec une femme de petite noblesse, Valérie Guérin de Sauville, dont il ne lui déplaît pas de faire connaître la généalogie. Un article d'Étienne Charavay sur « Les Guérin[1] » a sûrement été inspiré par l'écrivain. Les ancêtres de Valérie, y apprend-on, forment une lignée de peintres et de graveurs, dont le plus célèbre, Jean-Urbain, fut le miniaturiste de Marie-Antoinette et du roi, auquel il resta périlleusement fidèle après le 20 juin 1792 ; puis il peignit ou grava des portraits de Kléber et de Joséphine. France s'avisa plus tard que sa jeune femme le traitait de haut et avait un caractère peu agréable. Il put, durant quelques années, être flatté de son alliance avec elle. Miné de l'intérieur par les incertitudes de son moi, le rêve de devenir un écrivain aimé du grand monde se dissipa lui aussi assez vite, comme ce fut le cas chez Maupassant par exemple : les petitesses et les sottises des mondains leur apparurent rapidement. Des jeunes gens montent une représentation de cirque : « Vraiment [écrit* France*], ils font pitié [...] Ils s'amusent comme des enfants au milieu des luttes et des souffrances des hommes [...]* Tout *croule autour d'eux, et ils sont enchantés[2]. » Deux ans après, le rejet est plus général : « Y a-t-il vraiment un monde et des hommes du monde ? Il me semble bien que ce qu'on appelle le monde est comme le nuage d'argent et d'or suspendu dans l'azur du ciel. Quand on le traverse, on ne voit plus qu'un brouillard[3]. »*

1. *Revue des documents historiques*, 1879, nos 9-10, p. 114-135.
2. *Le Temps*, 13 juin 1886.
3. *Ibid.*, 3 septembre 1888.

Mais l'impatience ou la violence que France manifesta en parlant de la République jusque vers 1887-1888 ont une autre cause. Radicaux, francs-maçons, anarchistes, simplifiant la vie de l'esprit jusqu'à la caricature et cherchant à l'imposer, sont en exécration à un homme qui se met en quête de son passé et du passé de l'humanité, et en constate les indécisions. Si la polémique antirépublicaine est demeurée tout à fait séparée de son œuvre d'écrivain, c'est bien parce qu'il plaçait l'art de vivre dans la culture des « illusions fécondes », des « erreurs généreuses » dont il écrit l'éloge dans L'Univers illustré *en 1885. Nulle louange, au reste, ne revient si souvent dans ses articles que celle de l'imagination mise en péril par le dessèchement de l'éducation publique et des principes de gouvernement. Elle seule peut susciter la paix et l'amour. Cette idée, exprimée dans* Le Crime de Sylvestre Bonnard, Abeille, Le Livre de mon ami, Nos enfants, *vient d'une grande hésitation devant l'identité de l'individu et de l'humanité. Anatole France est particulièrement attiré par les visionnaires comparables à Jeanne d'Arc, par l'histoire des faux Louis XVII, enfin par les impostures et les pathologies des annales humaines. Il analyse dans cet esprit le personnage de Sade dans sa préface à* Dorci[1]. *Quant aux visionnaires et faussaires, ne retenons que la série d'articles qu'il leur consacre dans* Le Télégraphe *de 1884, pour constater qu'il les mêle d'articles sur son propre passé : le 2 mai, l'histoire de Naundorff s'enchaîne à celle du petit Anatole croyant que Napoléon vivait encore et habitait la statue du Tibre aux Tuileries ; les articles qui suivent évoquent le père Le Beau, puis le cercle des amis poètes parnassiens. Le 14 juin, c'est Jeanne d'Arc et frère Richard qui tiennent la vedette, suivis le 12 juillet par M. Chotard, le 2 août par Martin, le visionnaire de Gallardon. Après une suite d'articles qui formeront des chapitres du* Livre de mon ami, *et avant l'histoire de la « dame en blanc », elle aussi insérée dans ce livre, Anatole France évoque le 18 octobre les almanachs de la Révolution, qui publient des poèmes bucoliques en pleine*

1. Charavay, 1881.

Terreur, les hommes d'État écrivant tous des berg même Lazare Carnot. Bizarreries, errances de l'espr humain ; opacité de l'histoire ; fragmentation de ce moi qui ne se reconnaît dans le passé que comme un étranger. Seul le voile gracieux de l'imagination peut donner l'illusion heureuse qu'il existe un sens de notre destinée collective, et une douceur des paysages successifs de notre vie.

L'*idéalisation de l'enfance et de l'adolescence de l'écrivain, mises à distance dans* Le Livre de mon ami, *nourries d'anecdotes provenant de lectures, s'accompagne de l'apologie des contes de fées et de la publication d'*Abeille *et de* Nos enfants. *Victor Du Bled donne une bonne idée de la manière dont on percevait Anatole France en 1886, en écrivant*[1] *qu'après Victor Hugo, c'est lui qui a donné sur l'enfance les pages les plus délicates, suivant celles où Sylvestre Bonnard est décrit dans la manière d'un Swift dénué d'amertume, d'un Heine dénué d'agressivité. Il semble que l'écrivain soit toute tendresse. On constate que la partie « non émergée » de son œuvre dément quelque peu ce point de vue ; et puis, l'analyse du* Crime de Sylvestre Bonnard *montre qu'il s'agit d'une certaine revanche, et celle du* Livre de mon ami *que le sourire en est parfois nuancé de tristesse. À quarante ans, Anatole France parle comme un homme qui a sa vie derrière lui. Il se veut parvenu à la certitude que la certitude n'existe pas, que tout est dans le passage et l'ignorance des conditions de ce passage, et que les douceurs du mensonge artistique peuvent seules nous guérir du mal fondamental. Le peuple, si vitupéré d'autre part, prend dans cette perspective une valeur incontestable. C'est lui qui fait les contes. C'est lui qui a l'instinct de la beauté, dans les époques où il n'est pas perverti par les démagogues. « Le beau était chose familière et à la portée de tous les artisans. L'ouvrier savait donner une forme superbe aussi bien à une lettre moulée qu'à la grille d'un parc ou à la cheminée d'une grande salle », écrit Anatole France dans* Le Livre du bibliophile, *en 1874 ; et dans sa préface aux* Œuvres de Bernard Palissy, *en 1880, il condamne l' « esprit*

1. *La Revue illustrée*, 1er septembre 1886, « Anatole France ».

hautain de la Renaissance », qui « enveloppait dans un large mépris tout le vulgaire profane, sans se rappeler que ce qui fait les mœurs élégantes et aisées est l'œuvre de ce vulgaire et sort des mains de ces profanes ».

C'est sur cet horizon qu'il faut examiner les opinions littéraires d'Anatole France. Il aime Dickens, Heine, Goethe ; il s'attache aux contemporains qui voient « les choses de la nature dans leur beauté, c'est-à-dire dans leur ensemble. La beauté n'est que la réunion des convenances. L'artiste qui voit les choses en laid n'a pas su les voir dans leurs rapports, avec leurs harmonies. Il les a mal vues[1]*. » Un ensemble ; un ensemble harmonieux, et la reconnaissance que l'écrivain même appartient à « la chaîne des traditions*[2] *» : les doctrines de Lyell démontrent aussi la lenteur des progrès artistiques. Anatole France nourrit pour la pensée et le style de Renan, pour le Bourget des* Essais de psychologie, *pour le jeune Barrès, une dilection. En revanche, l'école naturaliste, alors florissante, et la jeune école symboliste ne peuvent que susciter sa défiance : de façons opposées, elles vont contre toutes les théories esthétiques de l'écrivain. Zola a des prétentions à être homme de science qui le désignent à la moquerie d'Anatole France, et en font l'écrivain d'un régime sectaire. « Il croit que le désordre est naturel. Il ne songe pas que toutes nos conceptions d'ordre nous viennent de la seule nature et que les idées de* monde *et d'*arrangement *sont identiques*[3]*. » « " Nous autres savants ! " dit M. Zola avec une candeur qui m'attendrit jusqu'aux larmes », écrit France deux ans après*[4]*, au moment où Zola définit le « roman expérimental ». Ces deux phrases rapprochées disent tout le grief d'Anatole France, qu'il reprend sans arrêt dans* L'Univers illustré[5]

1. *Le Temps*, 18 avril 1876, « Variétés » : « La Nature dans *les romans* de George Sand ».
2. *Ibid.*, 4 novembre 1875, « Variétés » : « Romanciers contemporains — Edmond et Jules de Goncourt ».
3. *Ibid.*, 27 juin 1877, « Variétés » : « Romanciers contemporains — M. Émile Zola ».
4. *Le Globe*, 23 octobre 1879.
5. 22 décembre 1883, 26 avril 1884, 23 août 1884, 27 décembre 1884.

et Le Temps[1] *: les naturalistes, en particulier leur chef, méconnaissent le domaine de l'art, qui est la sensation et non la science, et ils choisissent systématiquement la laideur des paysages et la médiocrité des personnages, au lieu de viser au beau. L'opposition de l'écrivain connut son paroxysme en 1887, lorsque la publication de* La Terre *eut suscité de nombreuses attaques, et la peu élégante dissidence que représente, à l'intérieur même du naturalisme, le* Manifeste des Cinq. *France intervint tard dans le débat, le 28 août*[2]*. Il condamna les procédés des anciens disciples de Zola, mais pour accabler celui-ci d'une indignation véhémente. Zola est « lourd », « mou », il « n'a pas de goût » ; il pratique « l'obscénité gratuite », il « a comblé cette fois la mesure de l'indécence et de la grossièreté », il « a donné les Géorgiques de la crapule ». Anatole France termine en citant avec éloges un article de Louis Ulbach, qui appelle indirectement à censurer Zola, au nom du patriotisme. Cet article d'éreintement, le seul que l'on ait retenu dans le grand public à propos des relations entre France et Zola avant l'affaire Dreyfus, put paraître d'autant plus rétrograde qu'Anatole France ne trouvait à citer comme modèles que des écrivains ou peintres disparus, à qui l'on peut reprocher une certaine fadeur : George Sand, Millet, Bastien-Lepage.*

Même véhémence, même risque de s'exposer au grief d'être exagérément conservateur, lorsque Anatole France, à la suite du manifeste de Moréas, attaque la prétention, l'obscurité, le sectarisme de l'école symboliste. « Il y a deux sortes d'originalités : celle qu'on cherche sans la trouver et celle qu'on trouve sans la chercher ; celle-ci est la meilleure. Si j'avais votre âge et votre talent, Monsieur, je mettrais de côté tous vos " impollués vocables ", toutes vos " rimes illuscescentes " et toutes vos " fluidités absconses ". » Et de reprocher à l'école un platonisme systématique, et l'interdiction faite au poète de décrire, ce qu'il pratique depuis Homère[3]*. Les ironies et les violences continuent dans*

1. 6 février 1887.
2. *Le Temps*, 28 août et 4 septembre 1887, « *La Terre* ». *La Vie littéraire*, I.
3. *Ibid.*, 26 décembre 1886, « Le Symbolisme — Décadents et déliquescents ».

Univers illustré et Le Temps. *Mais il faut noter qu'elles s'assortissent cette fois d'escarmouches contre Leconte de Lisle, à qui France reproche depuis longtemps sa tyrannie, et dont il met en cause certaines idées en 1887, lorsque le vieux poète entre à l'Académie*[1]. *Oh ! c'est avec précaution. Mais c'est avec netteté aussi qu'il constate la fausseté de l'analyse historique de Leconte de Lisle en ce qui concerne le Moyen Âge ; qu'il discute le dogme de l'impersonnalité, puisque le maître « ne peint que lui seul » « sous toutes les formes qu'il évoque avec une prodigieuse puissance » ; enfin, qu'il rejette les principes rigoureux et intangibles du vers parnassien : « Une des choses qui me semblent le plus échapper sur la terre à la certitude humaine, c'est la qualité d'un vers. J'en fais une affaire de goût et de sentiment. Je ne croirai jamais qu'il y ait rien d'absolu à cet égard. » Ce sont là des considérations trop pertinentes et trop harmonisées avec l'ensemble de la pensée d'Anatole France pour qu'on puisse les attribuer seulement à une inimitié personnelle d'ailleurs très réelle. Mais elles ne réconcilient point notre écrivain avec la jeune génération poétique, à laquelle il reproche de torturer la langue. Attentif à l'étude de Darmesteter*[2], *« Darwin de la grammaire et du lexique », il tient que « le langage s'est formé naturellement ; sa première qualité sera toujours le naturel*[3] *». Le style décadent cherche le rare, et il en devient inintelligible, s'étant coupé des sources.*

À la fin de l'année 1887, Anatole France semble donc parvenir à une impasse en ce qui concerne la littérature contemporaine. Mais il ne faut jamais négliger, en lui, la force corrosive de son inquiétude sur le moi : son idéalisme esthétique n'en est qu'un résultat instable, au lieu d'être un refuge dans lequel il pourrait durablement s'abriter. Il n'a guère duré que six ou sept ans, au cours desquels, avec une persistance remarquable, l'écrivain a continué à faire appel

1. *Le Temps*, 27 mars, « Monsieur Leconte de Lisle », *La Vie littéraire*, I.
2. *La Vie des mots*, parue chez Delagrave.
3. *Le Temps*, 9 octobre 1887, « Propos de rentrée », *La Vie littéraire*, I.

pour ses analyses à un darwinisme certes relativisé, mais considéré comme le seul instrument de recherche fiable. Jamais d'autre part, quand il a été question de la liberté de jugement qui convient à un intellectuel, France ne s'est trouvé du côté de ceux qui la subordonnaient à un principe de « morale », à cette grandeur et à cette pureté de la patrie au nom desquelles militaient, dans des camps opposés, les radicaux francs-maçons et les antisémites. Ces traits ressortirent dans les années 1888-1889, et la constellation mentale de l'écrivain se disposa autrement que naguère, sans que l'on puisse parler d'une conversion. En cette intelligence sensuelle, il est certain que la liaison avec Mme de Caillavet suscita une libération nouvelle. Mme de Caillavet n'était pas son premier amour, mais elle était son premier amour partagé. Ce ne fut pas un amour facile[1]. *Mme de Caillavet avait compté ne rien déranger dans sa vie, et entretenir une liaison, si l'on peut dire « de convenance », comme semblent l'avoir été ses liaisons antérieures avec Gassou et Brochard. Elle s'aperçut vite qu'il en serait tout autrement. La grande passion qu'elle ressentit pour France ne s'exprime pas par le bonheur, mais par une jouissance sensuelle aussitôt mêlée de possessivité. Celle-ci se manifeste dans les années 1888-1889 avec une véritable rage. Contre l'épouse délaissée, Léontine de Caillavet n'a jamais assez de mépris ; et elle soupçonne France de ne pas la délaisser autant qu'il le dit, prétexte à des pages d'explosions jalouses. Elles sont suivies de lettres de repentir et d'adoration, de demandes pressantes de nouvelles, de télégrammes, lorsque les amants sont séparés et que France ne répond pas assez vite. Anatole France avait grandi dans une réelle complicité avec sa mère, cette mère chérie dont le portrait revient plusieurs fois dans son œuvre ; peut-être expliquerait-on par là qu'il ait supporté, et sans doute inconsciemment souhaité, l'instinct de domination chez les femmes. Il va jusqu'à une inversion des rôles traditionnels de l'homme et de la femme, quand*

1. Voir à ce sujet le livre de Michelle Maurois, *L'Encre dans le sang*, Flammarion, 1982. On lira bien entendu, dans notre préface au *Lys rouge*, de plus longs développements sur la relation entre France et Mme de Caillavet.

il parle de l'actrice aimée par Jean Servien. Dans sa vie, il faut reconnaître qu'en passant de Valérie, sa femme légitime, à Léontine de Caillavet, il ne gagna pas pour la douceur du caractère. Seulement, sa maîtresse ne vivait pas avec lui ; elle était d'autre part plus intelligente et d'un autre monde que Valérie Guérin de Sauville et, surtout, elle sut éveiller en lui, durant quelques années, un bonheur charnel dont témoignent les lettres qu'il lui écrivit de son côté. Mais ce bonheur-là était, lui aussi, occulté par une jalousie obsédante. Sans cesse France reproche son passé à une maîtresse qui tente de l'apaiser, tout en l'accablant à son tour d'insinuations et de poursuites. Éclatant de sensualité, mais âpre et tourmenté, tel fut en ses débuts cet amour dont Le Lys rouge *donne un témoignage très atténué à l'intention du public, et un témoignage presque posthume. Car les grandes années de passion furent celles où Anatole France écrivit* Thaïs, L'Étui de nacre, La Rôtisserie de la reine Pédauque. *L'auteur de ces œuvres est un homme envahi par l'érotisme et vivant une aventure violente, dans le tourment. Bien des anciennes hésitations et des anciens conservatismes furent balayés par lui, et d'autant plus que le désir était, chez France, non pas cantonné à l'érotisme proprement dit, mais étendu à toute chose.*

Faut-il parler d'une influence personnelle de Mme de Caillavet sur les opinions d'Anatole France ? Disons tout de suite que son influence sur l'œuvre même de l'écrivain n'est que peu de chose, malgré les efforts d'une critique malveillante qui tenta de prouver le contraire. Mme de Caillavet donna à Anatole France l'idée d'écrire le roman « mondain » qu'est Le Lys rouge ; *elle écrivit quelques chroniques de* L'Univers illustré. *Mais à la lecture de ses lettres, comme à celle du roman* Histoire d'une demoiselle de modes *qu'elle publia en 1908*[1]*, on s'assure qu'elle était bien incapable d'écrire à la place d'Anatole France. Le poussa-t-elle à travailler ? Elle l'y encouragea, certes, comme elle encourageait son fils Gaston, fort paresseux,*

1. Sous le pseudonyme de Philippe Lautrey, chez Calmann-Lévy.

dans ses études. Mais Anatole France était un de ces faux paresseux qui, sous une allure nonchalante, cachent une grande puissance de travail. Que l'on pense aux poèmes, aux romans, aux articles qu'il avait publiés avant sa liaison avec Mme de Caillavet ; on s'apercevra que sa fécondité était déjà considérable. En revanche, il put être grandement conforté par la confiance intelligente que manifestait Mme de Caillavet : elle lui répétait qu'il pouvait être un historien de premier ordre, que son inspiration romanesque allait s'élargissant. Elle s'offrait à l'aider dans les besognes matérielles de l'écrivain. Ce perpétuel inquiet dut être rassuré par le crédit qu'on lui donnait. En outre, il devint le centre d'un salon littéraire fort bien mené. À ce point de vue, il est hors de doute que le concours de Mme de Caillavet fut de première importance pour la carrière d'écrivain d'Anatole France. Mais c'est de carrière, non pas d'œuvre, qu'il s'agit. Quant aux opinions de Léontine de Caillavet, elles semblent, politiquement, n'avoir pas été beaucoup plus libérales que celles du milieu de riche bourgeoisie auquel elle appartenait. Anatole France avait fait l'expérience, sinon de la pauvreté, du moins de la gêne ; pas elle, et l'on sait combien la vie des gens aisés était alors séparée de celle du commun. Artistiquement, c'est autre chose. Mme de Caillavet put élargir certains horizons. Elle parlait plusieurs langues étrangères, l'allemand étant d'ailleurs pour elle une langue maternelle ; curieuse de littérature et d'art, elle possédait une culture différente de notre culture gréco-latine, un peu enfermée dans les frontières de la France en ce qui concerne l'époque contemporaine. Notre écrivain, s'il connaissait fort bien le latin et assez bien le grec, ne lisait qu'en traduction la littérature étrangère moderne, et Mme de Caillavet lui fut certainement d'un bon secours pour étendre son savoir. Il n'échappe à personne, cependant, que celui-ci resta fondé sur des bases que personne ne tentait alors d'ébranler, car le modèle français de culture demeurait prééminent.

Mais il est bien certain qu'une nouvelle jeunesse de chair et d'esprit vint à France dans les premières années de sa liaison, et qu'il manifesta une combativité propre à modifier la balance de ses idées sur la littérature et la politique.

Certes, son cheminement fut précipité en 1893 par le scandale du Panama, mais il ne peut se séparer, si l'on veut se figurer l'ensemble de l'évolution d'Anatole France, du changement que marque la querelle du Disciple, *non point seulement dans les opinions littéraires de l'écrivain, mais encore et surtout dans sa manière de concevoir les rapports avec la science et la pensée. Ce changement n'affleure pas visiblement dans les romans d'Anatole France, à la différence des opinions politiques. Mais son influence indirecte sur l'œuvre romanesque est considérable.*

Le roman de Paul Bourget qui fut le prétexte de la querelle entre Brunetière et France posait d'une manière ponctuelle le problème de la responsabilité du penseur dans la décadence morale d'une société. Mais il est bien vrai que, dans sa préface, Paul Bourget, qui avait étudié de manière si pénétrante la mentalité fin de siècle, attaquait le matérialisme et le dilettantisme pour exhorter le « jeune français » à se tourner vers la tradition et l'idéal de revanche. Du coup était condamnée d'une manière générale l'audace intellectuelle d'Adrien Sixte, le philosophe du roman, en qui il était aisé de reconnaître l'un des maîtres de la formation d'Anatole France : Taine. Quand Brunetière étendit la condamnation à l'ensemble des doctrines inspirées de l'évolutionnisme[1]*, il ne se trompait guère sur l'intention de Paul Bourget, qui venait d'écrire à Anatole France à propos des esquisses diverses du* Disciple *: « Vous avez la troisième forme d'un livre qui est le testament de notre jeunesse morale. J'y ai tout mis des réflexions dont j'ai été la victime*[2] *». Brunetière proclamait : « Fussiez-vous assuré que la " concurrence vitale " est la loi du développement de l'homme, comme elle l'est des autres animaux, que la nature, indifférente à l'individu, ne se soucie que des espèces, et qu'il n'y a qu'une raison et qu'un droit au monde, qui est celui du plus fort, il ne faudrait pas le dire [...]* Toutes les fois

1. *Revue des Deux Mondes*, 1er juillet 1889, p. 214-227, « À propos du *Disciple* ».
2. Lettre du 23 juin 1889, citée par Jacques Lion, *Le Temps*, 25 janvier 1936.

qu'une doctrine aboutira par voie de conséquence logiq[…] mettre en question les principes sur lesquels la société repose, elle sera fausse. » Cet article parut en même temps que la première partie de Thaïs, affectée de coupures, on le sait, par la Revue des Deux Mondes, sous prétexte que son anticléricalisme pouvait choquer. On s'explique la violence de l'article[1] par lequel France défend, contre Brunetière, les droits de la pensée libre : « Les principes sociaux sont plus variables encore que les idées des philosophes [...] Loin d'offrir à l'esprit une base solide, ils s'écroulent dès qu'on y touche [...] Il ne saurait y avoir pour la pensée pure une pire domination que celle des mœurs [...] C'est la pensée qui conduit le monde. Les idées de la veille font les mœurs du lendemain. » Rebondissement de l'affaire : Brunetière réplique à France et à un article anonyme de La Revue scientifique[2], par des lignes[3] où France est pris personnellement à partie. C'est alors que France écrit un plaidoyer « Pour la science et la philosophie[4] », dans lequel il fait une profession de foi de relativisme : « Qu'importe au fond ce que l'homme croit, pourvu qu'il croie ! [...] Tout ce qu'il découvrira, tout ce qu'il contemplera, tout ce qu'il adorera dans l'univers ne sera jamais que le reflet de sa propre pensée [...] » Mais, en même temps, il proclame son attachement pour ces vérités relatives, qui sont les plus pures expressions de notre conscience : « [...] L'homme ne serait pas l'homme s'il ne pensait librement. Je me range du côté où je découvre le moindre mal associé au plus grand bien. La science et la philosophie issue de la science ne font pas le bonheur de l'humanité ; mais elles lui donnent quelque force et quelque honneur. C'est assez pour les affranchir. En dépit de leur apparente insensibilité, elles concourent à l'adoucissement des mœurs [...]. »

Et de prévoir que, de cette pensée, sortira une morale plus heureuse et douce à vivre que la nôtre. On mesure l'impor-

1. *Le Temps*, 7 juillet 1889, *La Vie littéraire*, III, « La Morale et la Science — M. Paul Bourget ».
2. 17 août, article non signé.
3. *Revue des Deux Mondes*, 1er septembre 1889, « Question de morale ».
4. *Le Temps*, 8 septembre 1889, *La Vie littéraire*, III.

tance de cette querelle du Disciple. *Pour la maturation de la pensée de France, elle est plus déterminante que l'affaire Dreyfus, à laquelle il participa avec une personnalité déjà formée. En 1889, devant l'offensive menée contre les idées qui avaient été celles de sa jeunesse et qu'en fait il n'avait jamais abandonnées, tout en reconnaissant qu'elles n'étaient point porteuses de la vérité absolue, il passe au scepticisme actif. C'est par un même mouvement que* Renan *réédita en 1890* L'Avenir de la science. *Il ne s'agit pas d'un brusque retour à une foi scientiste, mais de la proclamation des droits de l'esprit contre les interdits et les obscurantismes. Non pas d'une volte-face, mais d'une prise de conscience des dangers que le besoin contemporain d'une assurance morale ou religieuse fait courir à la liberté. Il va de soi que cette réaction contre le principe d'autorité et contre le fidéisme incontrôlé ne se cantonne pas à un domaine de l'esprit, mais regarde l'ensemble de l'attitude d'Anatole France devant les mœurs : littérature, éthique et politique sont examinées selon un nouvel équilibre de valeurs.*

Faut-il dire, comme Jules Lemaitre, de notre écrivain, que « M. Brunetière lui fit sortir tout le dix-huitième siècle qu'il avait dans le sang[1] *» ? Sans doute, si l'on considère l'alacrité des critiques que formule Anatole France, certains des modèles auxquels il recourt, et l'époque à laquelle il place les aventures de Jérôme Coignard. Mais les deux romans dans lesquels paraît ce dernier nous avertissent eux-mêmes que le dix-huitième siècle est une référence mise à distance. Ce sont des palimpsestes.* La Rôtisserie de la reine Pédauque *vise la mode contemporaine de l'occultisme ;* Les Opinions de M. Jérôme Coignard, *les péripéties de l'affaire du Panama. Or, le dix-neuvième siècle porte pour France une marque particulière, celle de la compréhension de l'histoire. Il l'aime ; il l'étudie en « antiquaire », et il se sent, lui aussi, emporté par elle. Ce que la querelle du* Disciple *a réactivé chez Anatole France, c'est la considération du changement nécessaire des mœurs et des institu-*

1. *Les Contemporains,* sixième série, 1896, p. 373.

tions, alors que, durant sa période d'apaisement, il avait plutôt tendance à insister sur les liens qui nous relient au passé, sans prolonger la courbe vers l'avenir. Dans cette lumière modifiée, il examine l'ensemble des conditions dans lesquelles la fin du siècle peut évoluer.

Lumière nouvelle, mais qui pointait déjà en 1888 quand Anatole France répondit à Charles Morice sur « la littérature de tout à l'heure » : au lieu d'isoler le courant symboliste comme il l'avait fait jusqu'alors, il le mettait en rapport avec le Parnasse. Ce n'est pas qu'il approuve « l'esprit de la jeunesse littéraire », défini comme une « névrose [qui] nous a fait perdre la lucidité, la force et l'antique allégresse de notre intelligence ». Mais il poursuit : « Le mal est ancien et nous sommes tous coupables. Nous, les aînés, nous avons péché par orgueil. Nous avons voulu écrire mieux que ceux qui écrivaient bien. Nous avons mis l'art au-dessus et en dehors de toutes choses : nous nous sommes considérés comme des mandarins. Ceux qui viennent après nous sont plus vains encore. Ils font de l'art un grimoire et se croient magiciens[1] ». Voilà donc des symbolistes replacés dans le courant de la littérature. Le 12 mai 1889[2], France, leur reprochant d'être des poètes inauthentiques, leur oppose désormais Verlaine, « cet être inquiet, tout de génie, ce poète nu, étalant en vers gauches et pourtant exquis sa laideur bizarre, sa monstrueuse impudeur, sa pauvreté touchante [...]. Monstrueux, ingénu, vrai, celui-là est un poète. » L'année suivante, Anatole France continuait à s'opposer aux sectaires de la jeune école, comme René Ghil[3], mais le 21 décembre, il entreprenait de lancer Jean Moréas par son article du Temps[4] *: « La poésie nouvelle — Jean Moréas —* Le Pèlerin passionné *». « Si l'on vit, il faut consentir à voir tout changer autour de soi [...] Le conservatisme à outrance est aussi ridicule en art qu'en politique. » Cet article servit de manifeste au numéro de* La Plume *du 1er janvier 1891 ; le 2 février, un banquet*

1. *Le Temps*, 27 octobre 1888.
2. *Le Temps*.
3. *L'Univers illustré*, 29 novembre 1890.
4. *La Vie littéraire*, IV, « Jean Moréas ».

réunissait France, Mallarmé, Moréas, Bernard Lazare. Puis l'enquête de Jules Huret sur la littérature[1] *déclenchait une furieuse polémique entre France et Leconte de Lisle, jugé ridiculement réactionnaire par notre écrivain. Un duel faillit avoir lieu. Si, au-delà des inimitiés personnelles et des anecdotes, on essaie de jauger l'évolution d'Anatole France, on fera comme Bernard Lazare qui lui porta un toast très réticent lors du banquet du* Pèlerin passionné *: un symboliste pouvait sentir que ce n'était pas à la jeune école dans toutes ses audaces que se ralliait le critique, car Moréas, érudit, habile à l'allégorie plus que sensible aux correspondances symboliques, avait de quoi plaire à un ancien parnassien. Il est très vrai cependant que France désormais admettait, appelait une libération de la technique poétique : rime, rythme, images*[2]. *Il écrivit sur Verlaine plusieurs articles favorables, et se rapprocha de Mallarmé par des lignes*[3] *qui reviennent sur les anciennes querelles. Il entrevoit dans* L'Après-midi d'un faune *« cette idée profonde que le désir est une plus grande volupté que la satisfaction même du désir ». Mais France reconnaît aussi que sa philosophie lui interdit de comprendre celle du symbolisme : « L'univers m'étonne par son apparente incohérence plus qu'il ne me frappe par son intime harmonie [...]. Je ne comprends pas la philosophie de l'absolu. » Tel est son dernier mot : il consent à aimer des vers qu'il ne comprend pas absolument. En cela, il est très différent de ce qu'il était naguère : « J'ai pensé depuis qu'il était bien inutile de demander à la raison son consentement avant de se plaire aux choses. » Anatole France ne devait plus écrire à propos de la poésie. Ce qu'il dit de sa philosophie de l'incohérence donne de ce silence une explication très lucide, et fait comprendre que son effort de rapprochement avec les nouveaux courants se soit arrêté à certaines limites. En revanche, il faut reconnaître que cet effort n'a pas été un simulacre ou une simple vengeance contre Leconte de Lisle : l'ensemble des articles du critique retrace une évolution ordonnée.*

1. Rééditée en 1982 par les éditions Thot.
2. *Le Temps*, 30 août 1891, « Le vers français ».
3. *Ibid.*, 15 janvier 1893, *La Vie littéraire*, V.

Plus net encore, le rapprochement avec Zola. Un article favorable à La Bête humaine, *malgré quelques pointes, paraît le 9 mars 1890*[1] *: « Cet homme est un poète. Son génie, grand et simple, crée des symboles. » France déclare à Jules Huret son admiration pour* L'Assommoir *et* Germinal, *tout en demeurant très opposé à* La Terre. *Il admet, lorsque paraît* L'Argent, *que c'est un livre fort et digne d'estime : « Je n'avais pas assez considéré combien M. Zola est apocalyptique. Il faut beaucoup pardonner aux prophètes, notamment à l'endroit de la mesure et du goût*[2]. *» Enfin, son approbation pour* La Débâcle *est très nette : « J'ai vivement reproché jadis à M. Zola sa brutalité morne et sa tristesse étroite [...]. Mais il faut reconnaître que l'intelligence de ce rude travailleur s'élargit et s'éclaire avec les années. Il avait déjà montré çà et là, dans* Germinal *surtout, qu'il avait le sens épique et l'instinct des foules. Cette fois, il a beaucoup compris*[3]. *» En 1892, donc, il n'est plus question des anciennes disputes avec Zola : le dernier article que lui ait consacré France, avant l'Affaire, proclame* La Débâcle *un livre « tout à fait original, très puissant ». Non, certes, que l'auteur de* Thaïs *puisse partager son esthétique. Mais il en admet pleinement l'existence Et, dans cette évolution comme dans l'évolution envers la poésie, on voit la conséquence de l'intérêt qu'Anatole France porte à nouveau à ce qui change, dans l'organisme littéraire comme dans l'organisme social.*

C'est pourtant à celui-ci que va son attention la plus grande. Plus qu'un écrivain d'écoles et de milieux littéraires, Anatole France est, comme d'ailleurs beaucoup de ses contemporains, un observateur des mœurs. Il aimerait se construire et proposer aux autres un art de vivre. Le fait politique le tente, mais ne le convainc pas. Plus obscurément, mais plus profondément que par la politique, la société se détermine. Or, cette société fin de siècle est travaillée de mouvements complexes : elle veut sortir du mal qui l'alanguit et l'énerve.

1. *Ibid.*, « Dialogues des vivants », *La Vie littéraire*, III.
2. *Ibid.*, 29 mars 1891, *La Vie littéraire*, V.
3. *Ibid.*, 26 juin 1892, « *La Débâcle* », *La Vie littéraire*, VI.

Si l'on voulait définir les rapports d'Anatole France avec cet esprit fin de siècle, en les simplifiant, mais sans les caricaturer, on dessinerait l'écrivain, dans quelque allégorie qu'il eût lui-même goûtée peut-être, entre Teodor de Wyzewa et Jules Soury. Le premier, homme de talent et d'exaltation, publie en 1892 Contes chrétiens — Le baptême de Jésus ou les quatre degrés du scepticisme, *contes dans lesquels il exprime un irrationalisme inspiré de Tolstoï, qui va au-delà de toutes les doctrines de la pitié spontanéiste et du christianisme « primitif » volontiers professées par les intellectuels de l'époque. Anatole France s'intéresse à cet écrivain de choix, qui lui semble résumer une partie des aspirations de son temps. Il lui consacre deux chroniques du* Temps, *les 10 et 17 juillet 1892*[1]*. Il rapproche sa manière de celle des peintres qui figurent le Christ parmi des prolétaires, et s'interroge sur le sens philosophique de ses contes. Il l'inquiète, parce qu'il « ne met de salut que dans l'abêtissement », et qu'il « vient maudire la science et jusqu'à la pensée ». Négation de la doctrine renanienne qui a nourri la génération précédente, mais aussi d'un relativisme critique du côté duquel se range fermement Anatole France. Dans son second article, il insiste sur les dangers de la séduisante ignorance que prêche Teodor de Wyzewa, en « contes mystiques pleins d'intelligence ». D'abord, c'est en tirant à lui l'Évangile, et au prix d'un faux sens*[2]*.*

1. *La Vie littéraire*, v. « Un nouvel Évangile — Jésus à Paris ».

2. Indiquons ici que la Bible de Noël France, qui passa à Anatole France et qui est maintenant conservée à la Bibliothèque nationale, est la Sainte Bible traduite sur la Vulgate par Lemaistre de Sacy, imprimée d'après le texte de l'édition adoptée à partir de 1759, et publiée à Paris chez Joseph Smith en 1821. La page de garde porte, à gauche : « Mane Thecel Pharès — Impiété populaire et religieuse », et à droite : « France — J'ai aimé l'étude de la Bible ». L'ex-libris d'Anatole France est apposé ensuite. Isaac-Louis Lemaistre de Sacy, qui fit ses études au collège de Beauvais, composa la plus grande part de sa traduction à la Bastille, où ses opinions jansénistes l'avaient fait enfermer. Sa traduction parut d'abord à Amsterdam, étant suspecte en France. Faut-il déduire du choix de cette Bible par Noël France un certain penchant pour le jansénisme ? En tout cas, ce n'est certes pas dans la Bible familiale qu'Anatole France put trouver des faux sens orientant le texte sacré vers le fidéisme et le spontanéisme !

Ensuite, c'est en attaquant à tort le sceptique pro Pompilius et le penseur Valerius Slavus, deux de ses personnages, qui inspirent bien plutôt de la sympathie à Anatole France. Physiologiste et philosophe, Pompilius ignore justement « les fins dernières de l'homme, que la science ne nous révèle point, et il voit que nous sommes faits pour l'action, puisque le mouvement est la condition même de l'existence et que, s'il est une chose nécessaire à l'animal, c'est l'instabilité ». Pompilius est traité, lui, comme un frère par Anatole France. Comme lui, il est travaillé d'antinomies. Valerius Slavus est pour sa part un homme qui a lucidement analysé l'illusion universelle, et qui a pris le parti du rêve. Leur créateur leur en veut beaucoup. Car Wyzewa veut tuer l'intelligence, il refuse de croire que la science, « ramenée à ses véritables proportions », est « belle », « aimable », « prolonge notre existence dans le temps et dans l'espace ».

Teodor de Wyzewa répond à Anatole France par une longue lettre[1] *qui éclaire l'état d'esprit de toute une partie des intellectuels de son temps. « Je suis profondément convaincu que l'unique salut de l'humanité est où l'a vu Tolstoï, dans le complet renoncement à cette science et à cette intelligence qui ne peuvent que fortifier l'égoïsme et multiplier la souffrance. L'idée seule que les hommes puissent* savoir *quelque chose m'a toujours paru absurde [...] Voyez par exemple M.* Renan *dont vous parlez : son charme de poète nous a tous pénétrés ; mais lui, il a toujours sacrifié son charme de poète à ce qu'il croyait être sa force de penseur, et Dieu sait quelle niaiserie est en fin de compte tout ce qu'il a pensé ! Vous-même êtes forcé de convenir qu'il a détruit la base solide de la foi avec l'extravagante prétention de la remplacer par la base de la science [...] Comment pouvez-vous n'être pas sensible à la malfaisance de cet homme [...] Je vous jure, cher Monsieur, que ce n'est point par fantaisie de curieux que je hais l'intelligence : mais jamais je n'aurais osé donner une expression générale à ce sentiment si je n'avais par hasard, l'automne*

1. Bibliothèque nationale, s.d.

dernier, jeté les yeux sur l'Évangile, et si je n'avais vu clairement, avec une clarté surnaturelle, la condamnation de la pensée au fond même de la doctrine de Jésus. » Et de protester qu'il n'en désire point pour cela un retour à la barbarie, mais à « une bonne vie simple et charitable ». Il tente de faire entrer Anatole France dans son camp, citant au passage cet étrange roman de J.-H. *Rosny,* Le Bilatéral[1] *qui met en scène un évolutionniste à la fois révolutionnaire et sceptique. « Ce second article m'a encore si profondément prouvé que vous jugiez le monde de la même façon que je le juge : vous aussi, au fond de votre cœur, vous sentez l'inanité de la science, et vous la haïssez comme l'ennemie bientôt victorieuse de toute bonté et de toute poésie. Mais vous avez cette merveilleuse faculté d'indulgence et, comme dit l'autre, de bilatération qui vous permet de voir les défauts des choses sans vous contraindre à les haïr. » Bien entendu, Anatole France ne fut point attiré par ces phrases un peu naïvement captieuses. En décembre 1892, il écrivit à propos d'un nouveau conte de Wyzewa,* Les Disciples d'Emmaüs, *un article[2] dans lequel il affirmait plus que jamais son attachement aux droits de la pensée. « Je ne croirai jamais qu'il faille renoncer à la pensée pour établir le royaume de Dieu en ce monde. Je ne croirai jamais que l'état de nature soit heureux et doux. » Il reconnaissait le charme des rêves de Wyzewa, mais aussi proclamait leur caractère totalement illusoire.*

Plaçons Jules Soury à la droite d'Anatole France, car il représente pour lui — à l'inverse de Wyzewa — le penseur qui mérite d'être tenu pour sérieux et responsable. Étrange homme que ce surdoué tard formé, qui se pencha aussi bien sur la philosophie de l'Antiquité que sur la pensée matérialiste, et qui fut un des physiologues du cerveau les plus notables de l'époque. On a de lui des lettres à Anatole France qui le convient à une dissection, en lui expliquant la volupté de voir le sang et de plonger ses mains dans la matière[3]. Un passionné, assurément. Il peut être apprécié

1. A. Savine, 1887.
2. « L'Amour et la Pitié », *La Vie littéraire*, V.
3. 17 et 25 octobre 1891. Documents Jacques Lion.

comme celui qui prend le relais de Renan. Celui-ci, d'ailleurs, avant une brouille personnelle qui le sépara de Jules Soury, avait considéré avec sympathie ses recherches. C'est à lui qu'est dédiée la thèse que publia Soury en 1881, Théories naturalistes du monde et de la vie dans l'Antiquité[1]. *En lisant cet ouvrage, complété du* Bréviaire de l'histoire du matérialisme, de Thalès à La Mettrie, *que Soury publia la même année*[2], *on ne peut qu'être frappé par l'analogie de la pensée d'Anatole France avec la sienne. Jules Soury professe dans sa thèse un relativisme total : « Quoi qu'il fasse, l'homme ne connaîtra jamais que lui-même*[3]. *» Mais il n'en considère pas moins que l'expérimentation à courte vue doit être bannie au profit d'un exercice global de l'esprit sur le monde. Les doctrines évolutionnistes contemporaines, pour le philosophe, ne sont pas d'une absolue nouveauté : elles ont été pressenties par Anaximandre, Xénophon, les philosophes de l'école atomistique. Leurs méditations peuvent rejoindre le sens des méditations contemporaines. Chez ces Anciens comme chez les plus grands de nos chercheurs, l'hymne aux splendeurs de la nature ne débouche pas sur une vue optimiste de notre condition. L'homme n'est en effet qu'un être parmi les autres ; il est limité par ses possibilités physiologiques, et condamné, soit à être dépassé par un être mieux organisé que lui, soit à mourir avec son système planétaire envahi par le froid et la nuit. Ne reconnaît-on pas là cette haute tristesse du savant dont Anatole France parle tant de fois, citant parmi ses adeptes Lucrèce et Épicure, auxquels Soury consacre de belles pages ? Ce sont les auteurs de prédilection d'Ælius Lamia dans* L'Étui de nacre. *Dans* Thaïs, *Dorion lit assidûment Épicure ; Nicias explique le monde par « l'éternel désir » qui en est le principe d'après le philosophe et son disciple latin. En somme, dans les années de « tournant » que représentent les années 1888-1890, pour notre écrivain comme pour le siècle, nous assistons à une sorte d'incarnation romanesque des théories que naguère il exposait*

1. Charpentier.
2. Également chez Charpentier.
3. P. 23.

dans des articles, après avoir reconnu la difficulté de pratiquer le lyrisme quand on est sceptique. Cette réactivation sensible de la pensée scientifique se marque encore, bien entendu, dans Le Jardin d'Épicure. *Précisément à cette époque, Anatole France consacre à « M. Jules Soury », dans* Le Temps[1], *un article entièrement laudatif. Il y montre Jules Soury comme un Spinoza moderne, un homme capable d'embrasser l'ensemble des systèmes scientifiques de l'époque, et de surcroît excellent écrivain. Il cite ses* Portraits de femmes, *ses* Portraits du XVIIIe siècle, *comme de fréquentation aussi exquise que son portrait de Gassendi dans le* Bréviaire de l'histoire du matérialisme. *Et l'on sent comme une connivence entre la libre pensée de Soury et la pensée libre d'Anatole France, à la différence que France coule au lecteur des vérités que Jules Soury lui assène avec agressivité. Au fond, même refus de se plier aux respects collectifs (envers le Christ, envers Jeanne d'Arc), et même persuasion que tout système, philosophique ou scientifique, est arbitraire dans sa subjectivité. « Les systèmes sont comme ces minces fils de platine qu'on met dans les lunettes astronomiques pour en diviser le champ en parties égales. Ces fils sont utiles à l'observation exacte des astres, mais ils sont de l'homme et non du ciel. M. Soury trouve bon qu'il y ait des fils de platine dans les lunettes. Il veut seulement qu'on n'oublie pas que c'est l'opticien qui les a mis. » La comparaison des fils de platine est reprise par France, en son nom propre, dans* Le Jardin d'Épicure. *On sent, au ton de son article sur Jules Soury, que celui-ci lui apparaît comme un maître. Cela nous est très clair parce que nous quittons les deux hommes dans les années 1892. « Coupe d'observation » d'autant plus intéressante qu'ils divergent totalement dans la suite, démontrant que l'évolutionnisme peut être le père de la droite autant que d'un libéralisme militant. Soury professa en effet le racisme, et se rangea, lors de l'affaire Dreyfus, du côté des nationalistes, oubliant alors ses doctrines sur l'universelle illusion...*

1. 8 novembre 1891, *La Vie littéraire*, v.

Mais nous sommes au moment où il cherche à maintenir l'équilibre entre celles-ci et la passion pour la science. Cet équilibre est apprécié comme exemplaire par Anatole France. Il engendre chez lui l'ironie et la pitié, considérées comme les deux meilleures conseillères de l'homme : ironie de l'homme qui cherche et qui met à distance ; pitié semblable à la « charité » antique et à la pitié schopenhauerienne, née du sentiment d'être le frère de souffrance de tous les autres êtres[1]*. L'ironie, mise en exergue par Anatole France, au moment de la querelle du* Disciple, *interdit à la pitié de devenir cette tâtonnante et effusive muse qui conduit les uns vers un socialisme tolstoïsant, les autres vers l'ésotérisme que professe par exemple le groupe théosophique. Victor-Émile Michelet, ami de Guaita, Papus, Péladan, a dit combien étaient nombreux et divers ces « compagnons de la hiérophanie », entre 1885 et 1890*[2]*. Leur doctrine séduisit France sans le convaincre. Elle lui semblait mettre en péril la lucidité et la fermeté de l'esprit. Ces « petites religions de Paris », pour reprendre le terme de Jules Bois, bouddhisme, satanisme, croyances des lucifériens, gnostiques, fervents du culte d'Isis*[3]*, tout comme le christianisme traditionnel, méconnaissaient à son sens et les mérites de la science contemporaine, et les infranchissables limites de l'homme. C'étaient des doctrines unitaristes. Lui était profondément convaincu de l'incohérence et du désordre qui règnent sur la terre. C'est pourquoi, lorsqu'il se tourne bien plus qu'il ne l'avait fait jusqu'alors vers le peuple, il se défend d'être entraîné par une générosité teintée de fidéisme. Son activité est plus de*

1. *Non qu'Anatole* France ait sur Schopenhauer des lumières particulières, mais le philosophe allemand exerce sur les milieux intellectuels français, vers 1880, une influence d'autant plus considérable qu'elle est diffuse. Anatole France déclare dans *Le Temps* du 15 janvier 1877 (« Les Romanciers contemporains — Ivan Tourguenieff ») qu'il est une « nourriture forte », et le 4 mai 1890 (« Bouddhisme », *La Vie littéraire*, III), qu'il professe « une doctrine dont on ne conteste plus l'ingénieuse solidité ». France, qui ne lisait pas l'allemand, a pu lire les développements de Schopenhauer sur la pitié dans les *Pensées, maximes et fragments*, traduits par J. Bourdeau en 1880.

2. *Les Compagnons de la hiérophanie — Souvenirs du mouvement hermétiste à la fin du XIX*e *siècle*, Dorbon, 1937.

3. Jules Bois, *Les Petites Religions de Paris*, L. Chailley, 1894.

critique contre les abus que de prophétie pour un monde meilleur. En cela, il se sépare aussi de l'anarchisme qui s'exprime à l'époque, non seulement dans des revues spécialisées, mais encore dans des revues jusqu'alors surtout littéraires, devenant politiques vers 1892 : par exemple Les Entretiens politiques et littéraires, *dirigés par Viélé-Griffin. Bernard Lazare, Paul Adam, Élie et Élisée* Reclus *y collaborent aux côtés de Mallarmé,* Régnier *ou Valéry. Les hypothèses généreuses sur la société future, les déclarations de sympathie pour le peuple, y voisinent avec un élitisme de la pensée et de l'expression. Plus modeste, plus prudent, M. Jérôme Coignard ne croit pas dans les brusques changements, mais passe un balai dans les recoins qui lui paraissent trop encombrés de toiles d'araignée. Avec lui, la chronique d'actualité émerge en ouvrage destiné à un public plus durable.*

Mais on voit bien que cette chronique, littéraire ou portant sur les mœurs et la politique, ne peut à aucune époque se séparer de l'œuvre du romancier ou du nouvelliste. Elle joue chez Anatole France le rôle que chez d'autres écrivains tient un journal intime écrit régulièrement. Très méfiant, très secret vis-à-vis de lui-même, Anatole France se lit à travers les livres et les actes des autres, qu'il analyse par goût et par obligation de métier. Il faudrait joindre à cette essentielle besogne de journaliste celle de préfacier, qu'il accomplit pour Charavay et pour Lemerre. Ce n'est pas le fait d'Anatole France de battre la caisse pour annoncer ses opinions. Aussi est-ce dans une « Note sur La Querelle des imaginaires *» qu'on trouve le mieux exprimés ses doutes sur un absolu de la science, au lendemain de la guerre de 1870 ; dans la préface aux œuvres de Bernard Palissy, qu'il émet sur les dons innés du peuple en matière d'art un sentiment positif, étendu à l'usage de la langue dans la préface aux œuvres de La Fontaine. Que de croquis, d'analyses, qui de ces notices passent aux travaux romanesques de l'écrivain ! L'abbé Prévost fait don de ses recherches à Sylvestre Bonnard. Lucile de Chateaubriand emprisonnée connaît des tristesses et des audaces que connaissent les suspects des nouvelles révolutionnaires de*

L'Étui de nacre. *Sainte-Beuve fournit prétexte à méditer sur un mal du siècle, complaisant à lui-même mais plein de blandices, que connurent les hommes du début de notre ère. Si Anatole France écrit en 1889 une préface pour un* Guide de Fontainebleau, *c'est pour y proclamer, en ce centenaire de la* Révolution, *la légitimité de la doctrine des « causes actuelles » appliquée à la société : « Je supplie tous mes compatriotes d'aller passer une journée dans ce palais, dont les souvenirs marquent la continuité de l'esprit français à travers tous ces régimes qu'une illusion nous montre opposés entre eux, mais qui, en réalité, sortent naturellement, nécessairement l'un de l'autre. » Et peut-être notre écrivain n'a-t-il jamais mieux ramassé en quelques lignes l'expression de ses opinions politiques en 1892 que dans sa préface à* L'Année littéraire, *de* Paul *Ginisty. « Il ne faut pas craindre l'avenir, qui ne peut être ni beaucoup meilleur ni bien pire que le passé dont il sort. Ce qui doit surtout rassurer, c'est que les peuples ont besoin de quelque ordre et de quelque tranquillité seulement pour vivre. Tous les prophètes de malheur se sont trompés en définitive [...] La société qui se prépare ne sera sans doute ni bien plus méchante, ni bien plus malheureuse que la nôtre, ni même très différente. Elle sera probablement plus démocratique et plus utilitaire [...] On peut douter que notre littérature convienne à cette société. Mais il n'y a pas de raison de croire qu'une démocratie méprise nécessairement toute sorte de littérature. Il y a dans le peuple un sentiment juste de l'idée et de l'expression que l'on ne retrouve guère chez nos bourgeois. Ne nous donnons pas le travers d'annoncer la fin du monde. Ne comptons pas non plus sur un retour prochain de l'âge d'or et croyons plutôt que l'homme de demain se conduira aussi doucement qu'il est possible à un animal carnassier doué de quelque réflexion et vivant en société. »*

On se convainc, en lisant l'ensemble de cette œuvre sous-jacente, non certes de l'immobilité de la pensée d'Anatole France, mais de sa continuité et de son désir de justification solide. Une fois dissipé son enthousiasme de jeunesse pour la science, relativisme et goût de la liberté de l'esprit, sens de l'universelle illusion et attachement à une démarche ride de la recherche, se placent l'un par rapport à l'autre selon des constellations variables ; mais on retrouve toujours ces éléments, toujours les références aux philosophes et écrivains qui en sont les inspirateurs. Ondoyant en apparence, attaché en réalité à certaines valeurs qu'il ne fait pas bon attaquer devant lui, Anatole France a des points communs avec Renan *à cet égard. C'est sur cet horizon que se détache son œuvre romanesque.*

Cette continuité n'est pas, ne peut pas être une unité. Elle est au contraire une incessante constatation de l'ambiguïté de notre destin. Anatole France rêve bien d'un univers où toutes choses seraient explicables, aisées, préhensibles en quelque sorte. Mais il le sait fantasmatique. À l'incohérence du monde extérieur correspond un moi sans paysage propre, car il ne possède pas une autonomie qui lui permettrait d'enchaîner des affections et des sensations selon un ordre qui lui appartiendrait. Anatole France se réclame des sensualistes du dix-huitième siècle, et de Taine, pour penser que notre personnalité est sans cesse emplie et modifiée par la perception du monde extérieur, par l'état physiologique de notre corps et par l'étape où est parvenue la société dans laquelle nous vivons. Non qu'il professe un déterminisme total : mais s'il lui fallait trouver une « faculté maîtresse » qui définisse sa personnalité parmi les autres, il penserait que c'est le désir, le désir qui, écrit-il, a conduit toute sa vie. Or, qu'est-ce justement que le désir ? Une force qui pousse à s'approprier l'extérieur, et qui rend d'autant plus perméable, d'autant plus vulnérable au monde. Entrer en soi, maîtriser un flux intérieur, rien n'est plus inimaginable pour France. Ce n'est pas seulement parce que l'analyse psychologique dominante en son temps n'était pas à la définition d'une « donnée immédiate de la conscience » qui fonderait l'ego en durée. C'est parce que toute l'expérience d'Anatole France le pousse à sentir le sujet pris en lui-même comme un grand manque, plutôt que comme une plénitude. Les rares moments de saisie du moi sont des moments où le vertige prend, et la conscience de la mort.

Ainsi dans Marguerite, *ce conte dans lequel le narrateur ne se reconnaît pas dans la glace, ne s'identifie pas à l'enfant qu'il était, et n'arrive à se définir que comme une suite de morts : « Nous mourons mille fois [...] Nous mourons tous dans les aubes*[1]. » *Aucune époque de la vie n'est exempte de cette terrible dissolution, puisque la petite Marguerite, qui a cinq ans, est déjà rongée par la successivité de ces moi : « Combien n'est-elle pas morte de fois, et quel abîme profond d'oublis irréparables, quel ossuaire de pensées et de sentiments est déjà creusé dans son âme de cinq ans*[2] *! » Aussi Anatole France n'a-t-il pas la consolation de se ressourcer à une sorte d'époque primitive de la vie, durant laquelle régnerait un temps sans temps. Le mythe de l'enfance indivise n'existe pas plus chez lui que celui de l'âge d'or. Seuls en face de nous, nous défaillons. Nous sommes saisis par une profonde mélancolie — que Marguerite de Navarre définit comme la marque de l'humaine condition. Qui plus est, nous nous connaissons moins que les autres ne nous connaissent. Ils nous voient, ils se rappellent nos conduites, alors que, de l'intérieur, nous nous fractionnons en une infinité de sensations et d'actions que nous ne lions pas. « Moi, un étranger, un passant, je sais mieux sa vie qu'elle et par conséquent je suis plus elle qu'elle-même. Après cela, qu'on parle encore du sentiment de l'identité et de la conscience intime*[3] *! »*

Oui, c'est bien l' « *aimable* » *Anatole France qui écrivit ces lignes, et non pas sous le coup d'un brusque accès de pessimisme. D'abord parce que la nouvelle* Marguerite *est construite selon le schéma de la seconde partie du* Crime *de Sylvestre* Bonnard *: un amour déçu pour une femme maintenant morte, et un attachement nuancé de nostalgie pour la fille née de son mariage avec un autre. Ensuite parce que les méditations sur le mal de vivre une suite de morts parsèment les articles du* Temps *et* Le Jardin d'Épicure. *Bien des fois vient la phrase de Marguerite de Navarre sur*

1. Voir *Marguerite*, appendice au *Crime de Sylvestre Bonnard*, p. 327.
2. *Ibid.*
3. *Ibid.*

« l'ennui commun à toute créature bien née », à quoi répond la phrase de France : « Qu'est-ce que vivre comme nous vivons sur la Terre, sinon mourir sans cesse[1] ? » Le remède ? « L'amour des livres rend la vie supportable à un certain nombre de personnes bien nées[2]. » Mais c'est aussi une grande preuve de la tristesse de l'existence. Nous nous emplissons artificiellement des connaissances des autres, pour éviter de reconnaître que nous ne nous concevons pas mieux que nous ne concevons le monde.

Pareille conception du moi comme suite de dissolutions est commune à la génération d'Anatole France et à celle qui la suit immédiatement. C'est une composante majeure du « mal fin de siècle », ressenti par Bourget, Barrès, Huysmans. Mais les résultantes de cette conception varient avec les écrivains, de même que le fantasme qui lui est compensatoire. Chez Anatole France, l'idéal serait un état à l'inverse du nôtre : dans un monde lié, devenir un être capable de gravir l'échelle des êtres, que nous discernons, sans pouvoir modifier notre incommode place au milieu d'une évolution non achevée à nous. L'hypothèse d'un monde lié est une des hypothèses gnostiques ; elle est rapidement effleurée lors du « Banquet » de Thaïs ; *elle forme la trame même de* La Rôtisserie de la reine Pédauque *vécue par d'Astarac. Mais elle est intenable, constamment minée, dans ces romans, par les désordres suscités par l'amour. Si bien qu'elle est transférée dans le rêve par Anatole France.*

*Il s'agit du rêve de miniaturisation si répandu dans les œuvres apaisées de l'écrivain, ou chez ses personnages heureux : fée de Sylvestre Bonnard, nains d'*Abeille, *représentations de marionnettes du* Livre de mon ami *et d'*Abeille, *petites Thaïs dansant sur le livre de Nicias. Autant d'imaginations microcosmiques ; le fait qu'elles correspondent à l'organisation de tout un monde est bien marqué par le livre qui sert de siège à la fée, livre de « chronique du monde », et par l'habitation des nains à l'intérieur d'un lieu fermé, lui-même contenant le puits où vit Nur. L'espace, au lieu d'être hostile et disloqué, devient*

1. 5 février 1888, « Le Bonheur », *La Vie littéraire*, II.
2. « Bibliophilie », 4 mars 1888, *La Vie littéraire*, II.

*alors espace intime et parfaitement maîtrisable par ceux qui l'habitent. L'Autre, quand il est du genre masculin (les nains d'*Abeille*), porte un regard bienveillant sur son prochain. Quand c'est une femme, sa petitesse tempère sa malice et lui donne un caractère enfantin, comme il arrive à la fée du* Crime de Sylvestre Bonnard. *Toute angoisse disparaît du microcosme, et, dans le cas d'une représentation de marionnettes, l'angoisse même de la face humaine, si changeante. Figée dans une expression convenue, la marionnette représente ce que l'on attend d'elle, immuablement. Stylisé, simplifié, l'univers de poche protège. C'est le monde d'un enfant qui croit aux histoires racontées par sa mère ; c'est aussi bien le monde protecteur de la mère elle-même. Seulement, Anatole France le présente comme une fantasmagorie. Bonnard dormait quand la fée apparut.* Abeille *se veut conte, et défend les droits de l'imagination. Bientôt, le microcosme cesse d'être refuge : l'amour et la mort entament sa tranquillité. Dans la grotte des Nymphes, ornée comme un petit univers, Thaïs est prise du tourment de vieillir, en se regardant au miroir. Dans la chapelle funéraire où il se retire, Paphnuce est assiégé par le désir de la femme. Il est caractéristique que le rêve de miniaturisation épuise ses promesses de bonheur, dans l'œuvre de France, à partir du moment où sa liaison avec Mme de Caillavet lui fait connaître les amertumes d'une plénitude sensuelle mêlée de jalousie.*

Heureux qui transfigure le réel avec la fantasmagorie. Heureux le fou : l'homme vêtu en tout temps de toile à matelas et qui a oublié la mort de son fils, les faiseurs de systèmes du Chat maigre, *Safrac qui croit aux préadamites. Encore le monde se charge-t-il le plus souvent de les désabuser, sous couleur de les guérir. Ce monde fracturé, correspondant à un moi qui s'ignore ou s'écoule au néant, on peut aussi le biaiser, le monter comme une mystification rassurante ou tragique, en tout cas* autre *que la réalité. France écrit de fausses biographies. Jean Servien est son double déprécié ; le père de Jean et, d'un certain point de vue, le dogmatique Tudesco sont des doubles dépréciés de son père.* Le Livre de mon ami *est un modèle de* maquillage ; cette fois, il fournit une version embellie de l'existence familiale de France. Plus occultement, Jocaste nous présente en M. Haviland certains traits déplaisants de Noël France, et en Hélène l'actrice tant aimée, tant haïe, dont Les Désirs de Jean Servien avaient donné un portrait différent. Sylvestre Bonnard, savant chartiste converti au sentiment et à la recherche biologique, est un personnage de compensation pour un Anatole France humilié par les succès d'amis plus précoces que lui. Garneret-Calmettes, dans Les Désirs de Jean Servien, est un autre témoignage de rancune satisfaite. Nous avons dit quel secret rapport unissait Paphnuce à son créateur, dans une introduction où l'on verra revivre l'actrice, et aussi Mme de Caillavet, dans le personnage de Thaïs. Assurément, tout écrivain utilise ses expériences dans ses ouvrages, et de tels recensements n'auraient qu'un intérêt anecdotique, si le masque n'était pas si savamment mis aux personnages, que le lecteur tantôt ne soupçonne guère leur ressemblance avec les vivants (c'est le cas pour Thaïs), et tantôt, au contraire, prend pour une fraîche réminiscence de jeunesse tel épisode emprunté à la vie d'autres écrivains (c'est le cas pour Le Livre de mon ami). Subterfuges, décalages. Besoin de construire plusieurs témoignages différents, voire inverses, sur soi-même, afin d'échapper à soi-même. Besoin d'échapper au regard des autres, qui, s'il portait sur des événements authentiques, posséderait la vie de l'écrivain mieux que l'écrivain même. Dévalué, surévalué, clandestin, celui-ci se dérobe de toute façon.

Ces jeux du « je » entraînent des jeux, tout aussi sérieusement fondés, sur l'histoire et sur les textes. Anatole France a tourné longtemps autour des faussaires, conscients ou inconscients, et il a lui-même pratiqué à la fois la démystification et le faux à demi avoué, avant de trouver sur son chemin le faux inséré dans l'histoire de son propre temps, avec le procès de Dreyfus. Démystification : Pilate était un honnête haut fonctionnaire, qui ne soupçonna jamais de son vivant quel serait le motif de sa condamnation. Il souhaite que quelqu'un le défende, mais c'est contre l'accusation de n'avoir pas assumé ses responsabilités à Jérusalem.

*Macbeth fut un bon roi ; les saints personnages de la Thébaïde, parfois, firent œuvre d'assassins ; et Jeanne d'Arc apparaît au milieu d'une quantité d'hallucinés qui, s'ils ne sont pas ses égaux en valeur et sainteté, expliquent la réussite singulière de la jeune fille dans la société du temps. Mystification : raconter sur le ton le plus édifiant des légendes pieuses en apparence, mais pénétrées en réalité d'ironie. Fabriquer de fausses références avec des lambeaux de renseignements vrais, comme il arrive pour les documents que Sylvestre Bonnard recherche ; avertir que l'on cite un imaginaire poète païen à la fin du conte « Scolastica », mais citer des vers qui en réalité ne sont pas des faux fabriqués pour l'occasion, étant empruntés à Ausone. Tous les degrés du mentir vrai et du démentir se trouvent dans cette œuvre. Le moindre degré de la manipulation n'est pas cette langue lisse, sobre, claire en apparence, et travaillée pour être telle, comme en témoignent les manuscrits. Elle transporte et transpose toutes sortes de textes et de références. Et surtout, elle cache sous une écriture de cohérence une peinture de l'incohérence universelle, à quoi l'observation scientifique n'a fait qu'ajouter. En histoire, Babel de documents et de témoignages contradictoires. En psychophysiologie, car le diagnostic des névroses dévoile une série de hasards : Hélène rappelle René Longuemare un peu trop tard pour qu'il l'entende ; c'est fortuitement qu'elle écoute son neveu balbutier les vers d'*Œdipe roi* qui la mènent au suicide. Le héros de « L'Œuf rouge » ouvre dans la bibliothèque de son ami le livre d'Ælius Lampridus, parmi cent autres, et au passage qu'il faut pour devenir fou furieux.*

Pourquoi ? Mais pourquoi pas ? Tel est le mot que l'on peut dire en face de l'univers, qui, par sa profusion et ses gaspillages, évoque un désordre que figurent bien les monstres. Taine, lui aussi, à la suite de Balzac, avait été retenu par la question du monstre, dans une nature qui semble parfois mal diriger ses énergies. Anatole France rappelle les monstres « historiques » décrits par Aulu-Gelle, Pline et Hérodote, et ceux dont la superstition chrétienne attribue la naissance au diable : Thaïs et Mme Tournebroche ne doutent point de leur existence. Il évoque dans Le Jardin d'Épicure *les malfaçons nombreuses des pots que nous sommes, fabriqués par quel potier sadique? Il aime à parler aussi des êtres étranges montrés dans les foires. En somme, notre esprit, en imaginant des exceptions aux catégories classées, ne fait qu'imiter le monde lui-même, dont le vouloir-vivre n'est pas toujours heureux. Le désir est le plus fort. Ce n'est pas sans étouffer autour de lui bien des êtres et des choses. La présence végétale est insistante dans la seconde partie du* Crime de Sylvestre Bonnard. *Un marronnier a crevé le plancher du grand salon du château où le savant va trouver Jeanne. Les rapports entre fleurs et insectes captivent Sylvestre Bonnard, qui se repose après l'enterrement d'un confrère. Il se décide à abandonner à leur profit les études historiques. Il met la dernière main à son livre, quand Jeanne et son mari lui apprennent la venue prochaine d'un enfant. Violence de la vie. Mais cette « perpétuelle existence » n'est assurée qu'à travers les peines : Bonnard séparé de la jeune fille qui deviendra la mère de Jeanne ; Bonnard enlevant Jeanne, qui lui est presque aussitôt enlevée par le jeune Gélis ; Jeanne perdant un enfant avant d'en attendre un autre. À son âge, Sylvestre Bonnard peut considérer qu'au total l'œuvre de la nature est harmonieuse. Le jeune Servien souffre de trop vives douleurs pour consentir à cette sérénité.*

Faut-il sourire de cette comédie dans laquelle nous jouons malgré nous un rôle ? Anatole France a été tenté par la création de personnages burlesques, en qui se réfléchirait l'absurdité des choses, et dont le rire libérateur montrerait à la société ses propres ridicules. La lecture de Shakespeare et de Victor Hugo l'inspira. Mais aussi l'existence auprès de lui de ce personnage déviant, haut en couleur, si opposé en tout à Noël France, le « grand-père » Jean-Pierre Dufour. Sir Punch et le bouffon Maccus sont les premiers crayons, assez conventionnels, d'un type de personnage que France a du mal à intégrer ensuite à son œuvre, tant qu'il n'a pas pris ses distances devant les amertumes de la vie. Tudesco tourne à l'odieux dans Les Désirs de Jean Servien. *Les personnages bouffons du* Chat maigre *sont d'amusantes silhouettes, mais n'ont pas d'épaisseur : faux philosophes, faux poètes, « artistes » en mal d'œuvres.*

Le père d'Hélène, M. Fellaire, est un personnage à la Daudet, qui, par sa légèreté, est largement responsable du malheur de sa fille. Anatole France ne parvient à faire entrer la dérision dans une attitude positive que lorsqu'il la conjoint à l'analyse lucide et distanciée de l'intellectuel qui, dans le roman, commente le roman. Le masque du bouffon s'est réduit au nez, au nez charnu, considérable, doué d'une activité propre, que possèdent Sylvestre Bonnard et M. Jérôme Coignard. Encore Sylvestre Bonnard, s'il est capable de sourire de lui-même et des autres, manque-t-il de la truculence dont déborde Coignard. Avec celui-ci, le roman d'Anatole France acquerra un miroir de lui-même qui représente l'aboutissement d'une longue recherche.

C'est une des idées les plus constantes d'Anatole France que la pérennité des extravagances, des mélancolies et des désirs. Pas plus que son moi ne trouve dans l'enfance une stabilité, il ne discerne d'âge privilégié dans le passé de l'humanité. Dès ses essais poétiques, cette opinion le séparait de la doctrine « officielle » de l'école parnassienne. Encore France manifeste-t-il des préférences ; elles vont vers les époques qui ont pratiqué, aimé, l'activité de l'imagination, et d'autre part vers les époques de transition, où des hommes très intelligents et très sensibles à leur temps ont analysé la crise qui allait infléchir leur civilisation. Ces préférences sont d'aspect contradictoire. On ne s'en étonnera pas, sachant bien que la pensée d'Anatole France ne prend son équilibre provisoire qu'à travers les contradictions. Aussi, dans ses recueils de contes et ses romans, une place éminente est-elle ménagée à des époques dans l'évocation desquelles se complaisaient Marcel Schwob, Jules Lemaître, Huysmans, Remy de Gourmont : le recouvrement du paganisme par le christianisme, les différentes modalités de leur coexistence, la très curieuse littérature qui est née d'elle. Autre âge privilégié par l'écrivain, celui qui précède la Révolution française, et aussi le « pré-âge des lumières » qu'est la Régence. Mais Anatole France est aussi un grand amateur de légendes, et se plaît à voir, aux côtés de la critique lucide des grands intellectuels, se développer chez les simples, dans les époques de transition religieuse, des craintes, des superstitions, des floraisons mystiques. Nitida et Ahmès sont peints avec la même dilection que les amants d'Auvergne et saint Satyre. L'écrivain éprouve aussi pour le Moyen Âge une attirance qui se manifestait, quelquefois comme malgré lui, dès sa période parnassienne. On peut dire que deux grands projets traversèrent sa vie, qui sont des projets d'écrivain-historien : l'un sur la Révolution française, parcours jalonné par « Les Autels de la peur », les contes placés à la fin de L'Étui de nacre, et aboutissant aux Dieux ont soif ; l'autre sur Jeanne d'Arc, qui, avant le gros livre de 1908, se manifeste depuis 1876 par une très considérable série d'articles. Les recherches auxquelles France se livra autour de Jeanne d'Arc fertilisent toute son œuvre, parfois par l'emploi de certains noms (Sylvestre Bonnard cite Jean Toutmouillé, un clerc qui assista Jeanne d'Arc), parfois par la naissance de contes comme La Légende des saintes Oliverie et Liberette. Plus généralement, on peut noter qu'Anatole France compte parmi les amateurs du Moyen Âge les plus avertis de son temps, avec Marcel Schwob, habitué comme lui de la librairie Honoré Champion. Siméon Luce, Gaston et Paulin Paris, Paul Meyer, l'y côtoient et l'y instruisent.

Le sens aigu du passage, le souci de restituer avec exactitude les mœurs et la pensée du temps font d'Anatole France un chercheur érudit, un liseur de Flavius Josèphe, de Lucien, de Grégoire de Tours ; mais, conjointement, il sait bien que l'érudition doit, pour ne pas étouffer un texte, se traiter avec le sourire et ne doit pas faire oublier que l'humanité eut à toute époque le même visage. « Il faut des centaines et des milliers d'années pour altérer sensiblement quelques-uns de nos caractères », est-il écrit dans Le Jardin d'Épicure. Aussi bien retrouvons-nous les anciennes nostalgies chez un William Crookes visionnaire, un Papus rose-croix ; et le tourment d'aimer ne varie point, de Paphnuce à Jean Servien.

Discontinuité du moi, considérée dans tous les points de l'histoire. L'œuvre d'Anatole France se prête plus à saisir des fragments significatifs d'existence qu'une existence entière ; c'est d'ailleurs le cas de la plupart des œuvres qui *sont ses contemporaines, car, en cette fin de siècle, la nouvelle fleurit, et le roman qui est plutôt une longue nouvelle que le roman-destin de Balzac, ou l'anti-roman destin de Flaubert. Ceux-là, France ne s'y est essayé que pour se tuer deux fois et faire disparaître deux fois la femme aimée : dans* Les Désirs de Jean Servien, *dans* Jocaste. *Encore ce dernier roman est-il fort court, et centré sur la description du cas clinique que présente Hélène. Quant aux* Désirs de Jean Servien, *l'œuvre est composée de nombreux chapitres courts, entre lesquels ne s'établit pas une durée. Par la suite, le roman évoque plutôt une brève période de désordre située au terme d'une existence, soit que ce désordre bouleverse complètement la vie antérieure, ce qui est le cas dans* Thaïs, *soit qu'il en exaspère les vicissitudes, ce qui est le cas dans la seconde partie du* Crime de Sylvestre Bonnard. *L'ensemble de ce dernier roman montre sans fard une autre particularité du roman francien, c'est qu'il est fait de scènes successives, composées comme autant de nouvelles, et juxtaposées avec plus ou moins de bonheur. La liaison n'est pas établie entre « La Bûche » et « Jeanne Alexandre ». On a pu se demander si France, au départ, se proposait même de réunir les deux nouvelles en un volume. Cela rend compte du procédé d'écriture d'Anatole France, qui est de bourgeonnement et non de plan préétabli. Au dernier moment, il a écarté du* Crime de Sylvestre Bonnard *la nouvelle « Le Stratagème », qui fut transférée, après modification, au* Livre de mon ami. *L'examen du manuscrit de* Thaïs *montre que cette habitude d'écriture se retrouve, cette fois, dans la partie secrète de la composition, le roman livré au lecteur étant plus lié. Anatole France part d'une intention générale : raconter l'histoire de Paphnuce, qu'une représentation de marionnettes lui a rappelée. Il prend des notes, fait des lectures. Puis il écrit ce que les musiciens nomment « un monstre » par rapport à la partition achevée, c'est-à-dire une matrice à partir de laquelle certains épisodes seront amplifiés, certains personnages abandonnés, et qui contient au point de départ des rêveries et des méditations parfois occultées dans le roman définitif. L'histoire d'Hélène et la scène de la grotte sont des épisodes clefs de l'ébauche.*

*Tant il est vrai, comme dit Gracq, qu'il sied de procéder avec prudence dans l'évaluation des intentions d'un auteur : ce qu'*en définitive il n'a pas écrit *compte tout autant, pour l'histoire du romancier devant son roman, que ce qui nous est parvenu. Dans le manuscrit définitif même, jouent le bourgeonnement et le retranchement. Deux importantes scènes, celle de la fin de la pièce de théâtre et celle des prêtres de la Déesse Syrienne, ont été supprimées, tandis que des feuillets intercalaires précisent en particulier les développements du « Banquet ». En somme, la durée romanesque du roman francien, comme celle de sa subjectivité, est une durée de type héraclitéen. Chacun des événements a lieu et disparaît, sans que s'établisse un autre continuum vital que celui du désir, obscur pour celui même qui en est travaillé. C'est ce qui explique la facilité avec laquelle les épisodes peuvent être ajoutés ou biffés, et le peu d'embarras qu'éprouve Anatole France à faire éclater le long récit des « Autels de la peur » en une série de nouvelles insérées dans* L'Étui de nacre. *Nouvelles, romans, d'ailleurs, Anatole France et son entourage hésitaient entre ces termes pour nommer ses ouvrages longs.*

*C'est un journal de bord que l'œuvre tout entière d'Anatole France, et son authenticité ne saurait mieux se marquer que par la convenance des techniques qu'elle emploie avec le sens intime de la durée de l'écrivain. Ne méconnaissons pas la parenté de sa sensibilité avec celle de l'écrivain d'*À la recherche du temps perdu. *Ni celle de sa technique avec la technique des romanciers contemporains de France. Encore ne peut-on cependant assimiler l'esthétique de France à une esthétique du fragment, comme celle à quoi parvient, par exemple, un Jean Lorrain dans* M. de Phocas. *La division de l'œuvre n'atteint pas le noyau de l'anecdote elle-même, et l'événement n'est pas atomisé. Chaque chapitre du* Livre de mon ami *demeure dans l'esprit comme un tout fugitif, mais cohérent. Il en est de même des scènes des romans, et de chacune des nouvelles des recueils. Pour affirmer l'éphémère, Anatole France lui a donné une forte présence impressionniste. On se rappelle la scène de rentrée du petit collégien dans* Le Livre de mon ami, *la marche de Thaïs dans le désert. Maintes évocations typiques restent dans l'esprit du lecteur. Elles ne sont pas toutes fondées sur des impressions délicates. Il existe chez France une sorte de baroque funèbre qui apparaît lors de la description du cadavre d'Hélène Haviland, et, bien entendu, lorsque Paphnuce, désirant vampiriser Thaïs morte, réalise une rêverie de Jean Servien sur le beau cadavre d'Isabelle du Portugal. Mais le plus souvent, ce sont pourtant des sensations légères qui donnent au moment son goût unique : la vue du pauvre étal de la marchande de friandises dans* Les Désirs de Jean Servien, *de la robe bleue des paysannes du Nil dans* Thaïs, *l'odeur des marrons rôtis pendant que le jeune Pierre lit* Antigone. *Tout un Paris passé revit en particulier pour nous de cette manière, par brefs croquis : celui du début et de la fin du dix-huitième siècle, les Paris second Empire de* Jocaste *et du* Chat maigre, *celui de l'enfance musardière du petit Pierre. Typiques aussi, les personnages de ces récits, avec des gestes, des traits physiques qui les dessinent fortement pour nous, alors qu'ils n'ont pas et ne peuvent avoir d' « épaisseur » psychologique longuement analysable, puisqu'ils meurent sans cesse à eux-mêmes, au milieu de constellations changeantes.*

On ne saurait dire assez à quel point cet univers va contre toute conception unitaire, synthétique, de notre vie, et contre toute écriture qui l'établirait dans une œuvre. C'est un univers à trous, et un univers où des paris contradictoires peuvent être pris. Aussi, comme Jean Levaillant l'a remarqué, les œuvres d'Anatole France vont-elles souvent par couples antinomiques : Jocaste *et* Le Chat maigre, Thaïs *pénétrée de la passion dévastatrice de Paphnuce, et* La Rôtisserie de la reine Pédauque *pleine de l'ironique fantaisie de ses personnages. Question de ton, souvent, que ces antinomies. Tel passage que nous lisons aussi dans les « Autels de la peur » figure sous deux formes dans les livres de France, l'une gaie, quand il s'agit de la grand-maman Nozière, l'autre mélancolique, quand Pauline de Luzy est mise en scène. Le diable est un grand contradicteur, et, au fond de la pensée de*

France, il règne toujours. Ce beau démon révolté qu'il célébrait dans ses vers, en héritier du grand mythe romantique, s'est mué en serpent gnostique, en salamandre, et parfois il s'est atténué en Diable de guignol. Il n'a pas cessé pour lui, ce maître du désir, de susciter la beauté, mais aussi la division infinie de nos facultés et des éventualités qui s'offrent à nous, dans une vie essentiellement passagère. Détenteur de l'intelligence, il nous permet de prendre notre distance par rapport au monde, mais pour mieux en sentir le périssable jeu.

Oui, France est cet écrivain travaillé de trouble, secret. Il est un écrivain de culture, et aussi un chroniqueur ouvert aux questions de son temps. Il est à la fois fluctuant, et fidèle à quelques grandes opinions qui nourrissent sa pensée et son œuvre. Mais, disons-le encore, il est agréable à lire, et quoique la glose permette de mieux le comprendre, il peut aussi se lire sans glose. Il n'est pas nécessaire d'être obscur pour être un bon écrivain, ni d'être pédant pour avoir un point de vue intéressant sur le monde. Peut-être le temps est-il venu pour France, maintenant que les querelles suscitées autour de lui sont elles aussi entrées dans le passé, d'être mis à son rang. Jules Renard, Giraudoux, Huxley, Supervielle et Queneau estimaient que c'était un des premiers rangs. Ils ne sont pas des cautions négligeables.

cf th. de l'évol. social LENT ←

MARIE-CLAIRE BANCQUART.

- France : réactionnaire passif théoricien mais gâté par le confort ou conservatisme ?
- Homme de basse extraction, il adore les honneurs et les médit : prétention extrême (cf Parnasse p53), p61
- Vénus (jouissance) vs Christ (amalgame catho et christianisme) : au fond, son sujet du catholicisme est censé. Hélas ! pourquoi France n'envisage-t-il que l'hyp. première de son opposé ?

⇒ la pbiq de la jouissance est posée ; l'homme a la capacité de jouissance, mais celle-ci est

Renan, Soury vs Wyzewa

Science → Dieu

Je ne saurais dire que bien faiblement ma reconnaissance à tous ceux à qui cette édition est redevable. Lucien Psichari, le petit-fils d'Anatole France, m'a ouvert l'accès aux manuscrits de son grand-père et aux documents qu'il possède avec la générosité d'un homme passionné pour l'héritage qu'il conserve et défend, et la libéralité de l'ami qu'il est devenu pour moi. Robert Calmann-Lévy, fils et successeur de l'éditeur d'Anatole France, m'a toujours réservé un accueil chaleureux et m'a communiqué les richesses de sa bibliothèque et des archives de sa maison d'édition. Il n'est plus, hélas ! Mais c'est avec la même bonne grâce que son neveu et successeur Alain Oulman reçoit mes demandes. Des collectionneurs, Max-Philippe Delatte, le colonel Sicklès, Jacques Suffel, Thierry Bodin, Michel Castaing, m'ont donné la possibilité de connaître et d'utiliser les documents qu'ils détiennent. Comment ne pas nommer auprès d'eux un ami disparu d'Anatole France, Jacques Lion, qui avait avec ferveur constitué toute une collection sur la vie et l'œuvre de l'écrivain ? Trésor inestimable pour un chercheur, que ces « Franciana » et ces documents déposés à la Bibliothèque nationale par Suzanne Lion, fidèle au souvenir d'Anatole France, elle aussi.

Je veux dire combien m'a aidée et inspirée la lecture des ouvrages et articles qui ont été écrits sur Anatole France, tout particulièrement ceux de Jean Levaillant, Jacques Suffel, et André Vandegans. On me permettra de nommer à côté d'eux, comme un éminent spécialiste, lui aussi, de l'écrivain dont il fut l'ami, Claude Aveline. Il a travaillé surtout sur une partie de l'œuvre de France postérieure à celle qui est publiée dans ce volume. Mais son nom doit figurer en exergue à une édition d'Anatole France.

À combien ne dois-je pas encore de reconnaissance ! Les conservateurs de la Bibliothèque nationale et de la Bibliothèque historique de la Ville de Paris m'ont apporté leur aide avec une obligeance qui va au-delà de l'obligation professionnelle. Des collègues, des chercheurs m'ont assistée de leurs connaissances. Parmi eux, je remercie tout particulièrement Emmanuèle Baumgartner, Jean Céard, Claude Moussy.

Ma gratitude va enfin à Anick, qui, avec compétence et amitié, a assumé la tâche ingrate de dactylographier les textes.

(à dessein ?) liée à l'acte de procréation. Alors, vivre pour se reproduire (et magnifier l'espèce dans l'hyp darwiniste) ou vivre de plaisirs ? Après tout, ce "ou" n'est pas exclusif.

– apologie du beau, de l'imagination et de l'art, alors ĉ médiateur (p. 63)

CHRONOLOGIE
(1805-1892)

1805. Naissance, à Luigné, près de Saulgé-l'Hôpital, à vingt-cinq kilomètres d'Angers, de François-Noël Thibault; il est fils de Claude-Pierre Thibault, cordonnier, et de Marie Le Blanc, qui se sont épousés en octobre 1791. François-Noël est le dernier de leurs six enfants. Son père meurt, alors qu'il est encore jeune : en tout cas, ce décès est mentionné lors du mariage de François, le fils aîné, en 1821. François-Noël travaille dans une ferme où sa mère l'a placé.

1er novembre 1811. Naissance à Chartres d'Antoinette Gallas, fille naturelle d'Amable-Antoinette Gallas, née le 8 novembre 1791, dernière des quatre enfants d'un meunier, lui-même fils de meunier. Le père d'Amable-Antoinette était aisé; il possédait, outre le moulin d'héritage, un autre moulin qu'il acquit à Saint-Père, faubourg de Chartres, en 1791, quand il fut déclaré bien national. Sa succession compliquée, ouverte à sa mort en 1800, laissa Amable-Antoinette propriétaire de la moitié du moulin de Saint-Père. Elle a été émancipée en 1809.

Le *17 septembre 1812*, Amable-Antoinette se marie avec François Renard, *employé à la direction* des domaines et de l'enregistrement à Chartres. Il meurt le 30 mars 1814, laissant un fils né en 1814, mort en 1825.

Son successeur aux domaines, Jean-Pierre Dufour, devient le *8 février 1815* le second mari d'Amable-Antoinette. Né à Nogent-sur-Eure d'un laboureur en 1792, volontaire, puis sergent dans le 11e régiment d'infanterie légère, il a reçu son congé le 30 juin 1814. Il est entré dans l'administration grâce à sa « belle main ». De 1817 à 1824, il est huissier à Auneau, à vingt-cinq kilomètres de Chartres. De 1824 à 1829, il vit à Chartres sans métier, administrant les biens de sa femme, c'est-à-dire achevant de la ruiner, et se couvrant de dettes. Pour échapper à ses créanciers, il se rend à Lille en 1829, puis à Paris en 1830. Il y trouve une place d'employé aux Contributions directes. En 1816, il a eu d'Amable-Antoinette un fils, Hippolyte. Celui-ci est donc le demi-frère d'Antoinette.

1826

Mai. Arrivée de François-Noël Thibault, engagé volontaire, à Paris, au 4e régiment d'infanterie de la garde royale. Son signalement : 1,71 m, yeux roux, nez effilé, cheveux châtains. Il apprend à lire et à écrire, attire l'attention de son colonel, le comte Henri de La Bédoyère.

1830

Le *24 mai*, François-Noël est caporal. Le *23 août*, son régiment est licencié après des adieux au roi qui laissent une trace ineffaçable dans le souvenir du caporal et de son colonel. Au verso d'une feuille pliée en quatre, datée du 4 avril 1850, Noël France a écrit : « Morceau de mon drapeau du 4e régiment d'infanterie de la Garde royale, déchiré le 4 août 1830 devant le château de Maintenon ». Cette fidélité au roi déchu entraîna-t-elle François-Noël Thibault à renoncer aussitôt à la vie militaire, comme le fit son colonel, ou demeura-t-il dans l'armée avant de trouver une place chez le libraire Techener ? Des renseignements sûrs manquent à son propos pour quelques années.

1831

Le *2 juin*, Antoinette Gallas signe le contrat de son mariage avec Pierre-Jacques Petit, pharmacien-droguiste, rue des Deux-Portes-Saint-Sauveur, à Paris. Elle a jusqu'alors vécu, avec sa mère et les maris successifs de celle-ci, une jeunesse qui, semble-t-il, fut assez mélancolique. Elle apporte quatre mille cinq cents francs de dot et un avoir de mille francs, ce qui la situe dans une condition modeste. Son mari meurt le 12 avril 1832. Jean-Pierre Dufour a perdu alors sa situation aux Contributions, et mène une existence précaire.

1838

Après avoir travaillé pour le compte du libraire Techener, François-Noël est installé par lui 4, place de l'Oratoire-du-Louvre.

1839

François-Noël conquiert son indépendance. Le catalogue de sa librairie porte pour raison sociale : *Librairie politique de France-*

Thibault, « France » étant en Touraine la forme diminutive courante de « François ». La librairie est spécialisée dans les « livres, brochures, journaux, portraits, caricatures et autographes relatifs à la Révolution », dans un esprit semblable à celui qui fit entreprendre à Henri de La Bédoyère une collection privée considérable sur le même sujet. Il s'agit de ne rien laisser perdre des documents de ces temps troublés, afin d'entreprendre, le temps venu, la réhabilitation et l'apologie des royalistes. Débuts difficiles du libraire : en 1840, il se plaint à son frère Louis que ses affaires n'aillent pas très bien. Le numéro 3 du catalogue de sa librairie porte l'adresse : « rue de Seine-Saint-Germain, 16 »; le numéro 4, « 19, quai Malaquais », ajoute aux spécialités sur la Révolution une « Collection de mémoires, livres sur les colonies ». Noël-François sert de correspondant à Paris à Jacques Charavay, libraire à Lyon après avoir été huissier, né en 1809, installé à Paris en 1847. Sa carrière d'éditeur n'est pas très considérable, mais les livres qu'il fait paraître témoignent de son goût pour les recherches sur la Révolution et de son discernement en ce domaine. On citera notamment Louis Dubois, *Charlotte de Corday, Essai historique*, 1838; A. Lairtuillier, *Les Femmes célèbres de 1789 à 1795*, 1840; E. Husson-Fleury, *Études révolutionnaires, Babœuf*[1] *et le socialisme en 1796*, 1850; Auguste Vitu, *Études littéraires sur la Révolution française*, 1854; Charles Brunet, *Le Père Duchesne d'Hébert*, 1859; le catalogue La Bédoyère en 1862, et Chéron de Villiers, *Le Sang de Marat*, 1865.

1840

Le *29 février*, Antoinette Gallas, veuve Petit, épouse François-Noël Thibault.

1841

Noël France parle, dans une lettre à son frère aîné, de la proche naissance d'un enfant. L'enfant mourut à sa naissance.

1844

Le numéro 5 du catalogue de la librairie France porte une date : *mars 1844*. La raison sociale de la librairie est *Librairie politique ancienne et moderne de France*. L'adresse est : 19, quai Malaquais. Le nom de « Thibault », naguère accolé à celui de France, a disparu.

16 avril. Naissance d'Anatole-François Thibault. Il a pour parrain Jacques Charavay, pour marraine Mme Larade. Son

1. *Sic*.

baptême est célébré le 9 juin par l'abbé Molinier. En ce mois de juin, la librairie paternelle, et le domicile des France, sont transférés au 15, quai Malaquais, dans le « petit hôtel de Chimay ».

14 juin. Naissance de Léontine Lippmann, fille d'Auguste Lippmann, d'origine autrichienne, qui fit fortune dans la banque et allait être naturalisé français en 1864, et de Frederica Kœnigswarter.

1845

Mort, le *29 mai*, de la mère de Noël-François Thibault.

1847

Jacques Charavay s'installe à Paris. Il s'est marié en 1846. Son premier fils est Marie-Étienne, né en 1848, qui fut un grand ami d'Anatole France. Jacques Charavay eut deux filles, Julie, qui épousa Fernand Calmettes, et Marie, qui épousa Jean-Claude Colfavru. Son second fils, Claudius-Noël, devait en 1894 succéder à Étienne, qui avait pris en 1867 la succession de son père.

1850

La grand-mère d'Anatole et son mari, Jean-Pierre Dufour, vivent au 15, quai Malaquais, dans un appartement voisin de celui des France. Dès 1847, Amable-Antoinette avait fait adresser son courrier chez sa fille, pour essayer de sauver de son mari un petit héritage.

1852

Anatole rédige pour sa mère *Nouvelles pensées et maximes chrétiennes par Anatole*, avec la mention : « Il est trop jeune pour le faire imprimer, il est âgé de sept ans, il attend qu'il ait vingt ans ». Il fait aussi pour sa mère un petit choix de maximes *Parva sed dilecta.*

1853

François-Noël transfère sa librairie du quai Malaquais au 9, quai Voltaire (dans l'hôtel de Vivant Denon). La librairie porte dès le 15 juillet cette adresse. Au mois de mai, à l'occasion de ce déménagement, Anatole est mis en pension à Versailles. Puis il achève son année scolaire au 90, rue Bonaparte, dans une institution dirigée par l'abbé Meyer, l'institution Sainte-Marie.

Nous avons de cette année 1853 une lettre d'Anatole à Étienne Charavay, fils de son parrain Jacques.

1854

Anatole Thibault-France est élève de septième à l'institution Sainte-Marie, qui devient alors une annexe préparatoire au collège Stanislas.

1855

Entrée en sixième au collège Stanislas, M. Allain étant professeur. Son carnet de notes porte : « insouciance », « laisser-aller », « mollesse, flânerie ».

1856

Anatole Thibault-France fait sa première communion le 1er juin, dans la chapelle des Dames-du-Bon-Secours, 20, rue Notre-Dame-des-Champs.

Il redouble sa sixième, M. Monnier étant professeur. Il obtient un second prix de version latine, et divers accessits. Il se lie avec Ernest-Marie de Bridieu qui devait mourir en 1864, Louis Cazeaux, Edmond de Lachesnais, Henri de Birague d'Aspremont, Gaston de Lansac, Adrien de Martel; Jules Masure, John Ewart sont ses condisciples.

1857

Jean-Pierre Dufour quitte Paris et s'installe à Rochefort chez son fils Hippolyte, qui fait partie du personnel du port, puis de l'hôpital, et s'est marié en 1850. La grand-mère d'Anatole habite alors 82, rue Mazarine.

Il est en cinquième, avec M. Beaussier.

1858

En quatrième, avec M. Triaire.

1859

La Légende de Gutenberg, remise par Anatole France le *30 juin*, est reçue par l'Académie de Stanislas le 19 juillet. Ce devoir présente des renvois « érudits » pour expliquer le texte, et, à la dernière page, un petit dessin réunissant par les quais le domicile du jeune garçon à l'Académie française.

Août. Vacances avec sa mère à Saint-Pierre-Langers, près d'Avranches, chez les cousins de Mme Foulon, née Marie Rauline, voisine et amie des parents d'Anatole. Les Fouquet sont tuteurs du neveu et de la nièce de Mme Foulon, Henri et Élisa Rauline. Anatole fut amoureux de cette dernière, qui se fit par la suite religieuse à Notre-Dame-de-Sion.

Octobre. Entrée en troisième, avec M. Allain. Toquade pour Isabelle Constant, qui joue dans *La Jeunesse de Louis XI*, de Jules Lacroix.

Novembre. La Légende de sainte Radegonde a les honneurs de l'Académie de Stanislas. Des notes marquent, dans ce devoir, la source des citations. Jean-Pierre Dufour, de retour à Paris, calligraphie *La Légende de sainte Radegonde*, signée « Anat. Fr. Th. ».

1860

Janvier. L'Essai historique sur Léon X, assez médiocre, est couronné par l'Académie de Stanislas. La même année, *La Légende de la Recluse*, qui se situe au XVIe siècle, est également inscrite au palmarès de l'Académie. Anatole France y conte l'édifiante histoire d'une recluse qui reconnaît dans le prêtre qui lui donne la communion son propre fils, repenti de ses erreurs passées ; elle meurt en chantant des actions de grâces.

Avril. Plaisir et travail, nouveau journal de la jeunesse, fondé par D. Lévi et Théodore Lévi, imprime *La Légende de sainte Radegonde.*

Octobre. En seconde avec M. Lerond.

1861

Au palmarès de l'Académie de Stanislas, une version latine sur *Le Goût des jardins*, et un devoir français, *Méditation sur les ruines de Palmyre*, fort inspiré par Volney et Chateaubriand.

Juin. Le 18, mort d'Henri de La Bédoyère, à Paris. Il charge par testament Noël France de décrire sa collection, qui fut acquise par la Bibliothèque impériale.

Août-septembre. Anatole France passe, seul, des vacances à Saint-Pierre-Langers.

Octobre. En première avec M. Chéron.

Anatole France assiste à une représentation théâtrale dans laquelle joue Élise Devoyod, dont il tombe amoureux.

1862

Au cours de son année de rhétorique, Anatole France quitte le collège Stanislas, dans des circonstances qui n'ont pas été éclaircies : renvoi, ou désir du jeune homme de se préparer individuellement au baccalauréat, comme cela se pratiquait beaucoup ?

Publication de la *Description historique et bibliographique de la collection de M. le comte de La Bédoyère sur la Révolution française, l'Empire et la Restauration, rédigée par France* / À Paris, chez

France, libraire, quai Voltaire, 9 / XVI-668 pages. La préface de ce catalogue établi par son père a probablement été rédigée par Anatole France.

6 octobre. Noël France écrit au comte de Chambord par l'intermédiaire de « la bonne demoiselle Lalouette », et il reçoit le cachet d'Henry : *Fides, spes,* avec la mention autographe : « Donné à M. France, libraire — Henry ».

1863

Anatole France est très probablement l'auteur des notes signées « E » ou « Vicomte d'Elotana » dans *Le Chasseur bibliographe / Revue bibliographique, philologique, littéraire, critique et anecdotique, rédigée par une société de bibliographes et de bibliophiles, suivie d'une notice de livres rares et curieux, la plupart non cités, à prix marqués* / François, libraire, rue Bonaparte, 26.

Mort de Mme Foulon à 88 ans, 12, rue Bonaparte.

1864

Le *10 août*, dans *L'Intermédiaire des chercheurs et des curieux*, paraît sous la signature d'Anatole France un article dans lequel le jeune homme prétend avoir trouvé « dix vers d'André Chénier », selon « une copie datée de 1801, et prise en marge d'un *Virgile* in-4°, sur le manuscrit même d'André ». Ces vers, commençant par « Proserpine incertaine... », sont en fait une adaptation par France lui-même des huit derniers hexamètres du livre IV de *L'Énéide.*

Le *10 octobre*, Anatole France cède au baron de Vinck le numéro de *L'Ami du peuple* teint du sang de Marat que son père lui a donné. Il venait du colonel La Bédoyère qui le tenait du colonel Maurin, collectionneur universel, mort en 1852.

5 novembre. Date du diplôme de bachelier ès lettres obtenu par Anatole-François Thibault. Étienne Charavay obtint son baccalauréat la même année.

1865

Depuis le printemps peut-être, assurément depuis le mois de juillet, Anatole France écrit à Élise Devoyod des poèmes d'amour. L'un d'eux est daté du lundi 4 décembre, « après une représentation de *Phèdre* ». Faut-il dater de 1865 aussi la pièce *Sir Punch* ? Le rôle de femme y est trop ridicule pour être destiné à Élise. Peut-être cette pièce est-elle de 1867 ou 1868, comme le suggère Jean Levaillant.

Le *14 juillet*, mort de Jean-Pierre Dufour. Sa femme, la grand-mère d'Anatole, reste à la charge des France. Elle habite rue Visconti.

30 novembre-2 décembre. Publication, dans *Les Petites Nouvelles*, rédacteur en chef J. Chantrel, 23, rue Cassette, d'« Ezilda, duchesse de Normandie (xe siècle) », nouvelle. Anatole France a été pressenti pour collaborer à la revue par son camarade Gaston de Lansac.

1866

11 janvier. Sous la signature « Anatole Thibault-France », le jeune homme sollicite du grand référendaire, marquis d'Hautpoul, un poste d'employé à la bibliothèque du Sénat, même comme surnuméraire non rétribué. La demande n'a pas de suite; elle a été précédée, dans les tout premiers jours de janvier, de la demande d'un poste qui se trouvait vacant à la bibliothèque; mais il a été attribué au secrétaire du marquis d'Hautpoul. Cette première demande était appuyée par Davilliers et le baron de Barante; la seconde, par Xavier Marmier, Ferdinand Denis, le bibliophile Jacob, tous familiers de la « boutique » du père France et sollicités par celui-ci.

16 janvier. Poème désespéré d'Anatole à Élise Devoyod, rencontrée, souriante, au bras d'un homme.

Avril. Poème d'Anatole France qui fait allusion au baiser qu'il a osé prendre sur la main gantée d'Élise.

À cet échec amoureux de France, il faut ajouter ceux que lui infligèrent, vers la même époque, des « jeunes filles de son monde » : Isabelle Combrouse, devenue Mme de Launay; Élisa Rauline, qui se fit religieuse.

Juin. Noël France liquide sa librairie du quai Voltaire. Delaroque lui succède, puis, en 1884, Honoré Champion. Le ménage de Noël France et Anatole s'installent 15, rue de Tournon.

Étienne Charavay entre à l'École des chartes. Il y a pour camarades Camille Pelletan et Fernand Calmettes. Anatole France rencontre ces amis au café Procope. Quant à lui, il travaille pour Lemerre, 23, passage Choiseul, à des besognes sans gloire. C'est l'année du recueil du premier *Parnasse contemporain.* France, introduit par Catulle Mendès dans le fameux entresol de chez Lemerre où se réunissent les Parnassiens, aura du mal à se faire accepter comme poète.

1867

1er janvier. Collaboration au *Chasseur bibliographe*, publié chez Roudiez, 20, rue Dauphine. Anatole est secrétaire de rédaction de la revue. Il signe « A. Thibault » et « Anat. France » des notes, des articles, le poème « La Légende de sainte Thais » paru en mars. Il semble que la nouvelle « Le Beau Chef Mastarna » parue en février et attribuée au « docteur von Jacobus », soit de lui, ainsi que l'article sur la librairie France signé « un bibliophile », en février. La revue ne dure que le temps de trois numéros.

Dans *La Gazette rimée*, éditée par Lemerre et fondée par le fils du bibliophile Luzarche, publication le *20 mars* de « Denys, tyran de Syracuse » et, le *20 juin*, des « Légions de Varus ». La revue meurt à son sixième numéro.

France prépare avec L.-X. de Ricard une biographie de l'aventurier Guerry de Maubreuil. Ce livre est politiquement compromettant. Lemerre en arrête l'impression.

1er mai. Début de la collaboration de France à *L'Amateur d'autographes*, dont Étienne Charavay assure la direction après la mort de son père, parrain d'Anatole. Gabriel Charavay, oncle d'Étienne, avait fondé la revue en 1862. Anatole France y donne des notes, « Bibliographie », « Curiosités bibliographiques ». Étienne a pris la succession de son père à la librairie Charavay.

Anatole France habite non chez ses parents mais 3 *bis*, rue des Beaux-Arts. Il fréquente le cercle parnassien : entresol de chez Lemerre, salon de Leconte de Lisle, boulevard des Invalides — où il rencontre Louis Ménard, Lacaussade, Ratisbonne, Cladel, Coppée, Villiers de l'Isle-Adam, Dierx, Mendès, Verlaine —, salon de Catulle Mendès, rue des Martyrs, salon de Nina de Callias, rue Chaptal. Il se lie avec Charles Cros. Il est familier du salon de Mme de Ricard, mère de Louis-Xavier.

C'est cette année-là sans doute que France serait tombé amoureux de Mlle Nottet, plus tard Mme Émile-Paul, fille d'un confrère de son père chez lequel il dresse le catalogue des livres de prêt. Mlle Nottet ne l'agrée pas.

25 avril. Mariage de Léontine Lippmann avec Albert Arman de Caillavet, de son vrai nom Arman (sa mère se nommant Caillavet, sans particule), né en 1841. Le père d'Albert Arman, armateur, avait été fort riche. Il finit failli. Mais la fortune de Mme Arman née Caillavet passe à son fils, qui s'occupe de très loin de son domaine de Capian, et attentivement de sa tâche de chroniqueur sportif au *Figaro*.

1868

Anatole France travaille pour Lemerre, Bachelin-Deflorenne chez lequel il touche une petite mensualité, Roudiez, et pour le dictionnaire Larousse. Tout cela ne constitue pas une occupation fixe : le *28 août*, Noël France se plaint à son confrère Bossange que son fils « barbouille du papier » et ne fasse rien de bon.

France esquisse une pièce, *Les Métamorphoses de Pierrot*, et il écrit en collaboration avec L.-X. de Ricard une autre pièce,

Le Valet de Madame la Duchesse, restée inédite jusqu'en 1903 (Ricard la publie alors dans *La Revue* du 15 juillet).

20 mars. Début de la collaboration de France à la *Gazette bibliographique*, fondée à cette date et publiée chez Lemerre. France y donne des « Variétés ».

Mai. Publication d'*Alfred de Vigny* chez Bachelin-Deflorenne, 3, quai Malaquais, sous la signature d' « Anatole France ». Collaboration avec la rubrique « Les Livres du mois », chez le même libraire-éditeur, au *Bibliophile français, gazette illustrée des amateurs de livres, d'estampes et de haute curiosité.*

14 mai. Anatole France souscrit pour cinquante francs à *La Démocratie* de Ch. Louis Chassin. Il habite alors 4, rue du Pré-aux-Clercs. Durant l'été, il rejoindra ses parents et habitera avec eux, rue de Tournon.

1er-16 juin. Annonce, dans *L'Amateur d'autographes*, du projet d'*Encyclopédie de la Révolution.* Le prospectus de ce projet, signé par L.-X. de Ricard et Anatole France, paraît, imprimé, chez de Walder. C'est donc l'année de la plus grande liaison de France avec Ricard, né en 1843, qui a dirigé en 1863-1864 la *Revue du progrès* et a passé de ce chef trois mois à Sainte-Pélagie, puis a fondé en 1865 *L'Art* avec Catulle Mendès. Son premier recueil de vers, *Les Chants de l'aube*, date de 1862.

Décembre. Publication chez Lemerre, dans *Sonnets et eaux-fortes*, du sonnet « Un sénateur romain ».

1869

15 janvier. Dans *Paris-Magazine*, sonnet « Un sénateur romain ».

Anatole France reçoit cent cinquante francs par mois de Lemerre, chez qui il est lecteur. Il est « pion » à Ivry, peut-être dans l'institution Sigisbert Pompée, ce qui explique le pseudonyme « Camille d'Ivry » dont il signe ses articles à *La Vogue parisienne*, à laquelle il collabore régulièrement depuis le mois de mars. Un article sur Nina de Callias paraît le 23 avril, un article sur Élise Devoyod le 30 avril. Sous son nom, Anatole France donne en outre des « Éphémérides » à *La Vogue parisienne*, publication qui se veut apolitique.

Étienne Charavay, Fernand Calmettes et Camille Pelletan soutiennent leur thèse à l'École des chartes.

1er août. *L'Artiste* publie le poème « Dans une église ».

17 septembre. Dans *Le Rappel*, article : « Variétés — Les Poètes », signé « Anatole France ». L'écrivain atteint une notoriété marquée notamment par la récitation salle Gerson, par Agar, de « La Part de Madeleine », et par la présence de plusieurs de ses poèmes dans *Le Parnasse contemporain* de 1869, qui ne devait paraître qu'en 1871. Mais c'est en cette année 1869 qu'il aurait subi une humiliation publique. Charles Cros l'aurait souffleté ou lui aurait donné un « coup de pied au cul[1] », à cause de ses trop vives assiduités auprès de Nina de Callias. Anatole France « assista » celle-ci dans plusieurs projets de pièces.

13 mars. Naissance de Gaston Arman de Caillavet.

1870

Un poème très flagorneur pour Napoléon III paraît le 7 janvier dans *La Vogue parisienne*. Il est intitulé « Napoléon III », et signé « France ». Les critiques sont divisés au sujet de son attribution à Anatole France, qui ne signa « France » nulle part ailleurs. Ce qui est certain, c'est que sous sa signature entière, à partir d'avril, France continue à collaborer pour des « Éphémérides », la rubrique « Théâtres » et des notes critiques, à *La Vogue parisienne* qui n'est plus alors neutre, mais plutôt contre les républicains considérés comme fauteurs d'une révolution possible. En avril 1870, le journal attaque pour son indulgence le ministère Ollivier. Il est contre le congrès de Bâle et l'agitation qui suit l'assassinat de Victor Noir. France montrerait donc au moins, en collaborant à *La Vogue parisienne*, qu'il se rallie à un Empire devenu plus libéral. Il faut cependant noter qu'il a donné sa collaboration au républicain *Almanach de la Révolution française pour 1870*, publié par Jules Claretie à la Librairie centrale, avec le concours de Louis Blanc, E. des Essarts, L.-X. de Ricard, Pelletan.

1er avril. Dans *L'Artiste*, plusieurs poèmes plus tard réunis dans *Les Poèmes dorés*, « La Sagesse des griffons », « Le Mauvais Ouvrier », « L'Autographe », « Sonnet ».

Pendant la guerre, Anatole France est placé en réserve des troupes combattantes. Le *30 novembre*, il est sous le fort de la Faisanderie. Étienne Charavay, lui, est officier-payeur au 85e bataillon de marche, et combat à Champigny et à Buzenval.

1871

Janvier. Bombardement de Paris. Anatole France va se loger chez les Charavay, mieux abrités que lui. Le 4 janvier, il a obtenu un certificat qui le déclare impropre au service pour faiblesse de constitution; il est donc garde à la 1re compagnie du 20e bataillon de la garde nationale.

Mars. Amable-Antoinette, grand-mère d'Anatole, âgée de quatre-vingts ans, est accueillie à Rochefort par son fils Hippolyte, moyennant une contribution de trois cents francs par an

1. L'expression est dans une lettre de Verlaine à Lepelletier d'octobre 1872.

versée par le ménage de Noël France. Cette charge est durement ressentie, comme le montre une lettre de la mère d'Anatole France à Hippolyte, du 28 avril 1879 : elle est prise, dit-elle, non sur le superflu, mais sur le nécessaire. Hippolyte étant mort en 1881, sa veuve garda la vieille dame, moyennant une pension trimestrielle de cent vingt-cinq francs versée par les parents d'Anatole France. Amable-Antoinette mourra le 3 septembre 1885 à Rochefort, dans sa quatre-vingt-quatorzième année.

2-3 mai. Muni d'un passeport belge, Anatole France passe la porte de Pantin, et se réfugie à Ville-d'Avray chez les Calmettes. Il rentre à Paris le 4 juin. Il vit d'expédients, aidant par exemple Leconte de Lisle à compléter le *Dictionnaire de cuisine* d'Alexandre Dumas. L.-X. de Ricard, communard, s'est réfugié en Suisse. Verlaine a eu des sympathies pour la Commune, lui aussi, et parle durement d'Anatole France dans ses lettres.

Vacances avec Fernand Calmettes à Kairon, dans les environs de Granville, chez la mère Chapedeleine.

À la fin de l'année, Leconte de Lisle demande à Anatole France de lire dans son salon le poème « Les Cerfs ». C'est un honneur envié.

1872

Intimité d'Anatole France avec Paul Bourget. Il fréquente aussi Robert de Bonnières et Frédéric Plessis. Il collabore au *Journal d'outre-mer* : 24 décembre, « Variétés — Les Poètes créoles. Leconte de Lisle », premier article.

1873

Janvier. Les Poèmes dorés, chez Lemerre.

7 et 14 janvier, 11 février. Suite des articles sur Leconte de Lisle dans le *Journal d'outre-mer.*

11 mars. « Les Poètes créoles — Léon Dierx. », *Journal d'outre-mer.*

Avril. Début de la collaboration à la *Revue des documents historiques*, dont c'est le premier numéro. La revue, publiée par Charavay, remplace *L'Amateur d'autographes.* France signe « AF » des notes dans son « Bulletin bibliographique ».

Juillet et août. Longue étude sur « Les Origines humaines », dans le *Musée des Deux Mondes*, revue publiée chez Bachelin-Deflorenne.

Août. Voyage dans l'Avranchin avec Étienne Charavay.

20 septembre. Dans *Le Tombeau de Théophile Gautier*, publié chez Lemerre, figure un poème d'Anatole France, « À Théophile Gautier ».

France fréquente les « jeudis » de Mallarmé, rue de Moscou. Il rencontre Gustave Flaubert.

Il écrit l'article « Agamemnon » pour le *Dictionnaire des Antiquités grecques et romaines*, de Daremberg et Saglio.

1874

Passion contrariée d'Anatole France pour Marie Charavay, qui collabore avec lui à la *Revue des documents historiques*. Marie deviendra Mme Colfavru en 1878.

Mars. Jean Racine, chez Lemerre, tirage à part de la notice du tome I des *Œuvres de Jean Racine* chez le même éditeur. Pour lui, Anatole France écrit depuis longtemps des brochures qu'il ne signe pas. En mai, Lemerre signe ainsi *Le Livre du bibliophile*, œuvre d'Anatole France en réalité. Les épreuves, avec corrections manuscrites, de cet ouvrage ont été publiées avec préface de Claude Aveline en 1926, à Paris, chez Claude Aveline.

Petit voyage à Montluçon avec son père.

1875

5 janvier. Début d'une collaboration littéraire au *Temps*, procurée par Charles Edmond (Edmond Chojecki), avec un article sur « Les Femmes d'Horace ».

Février. Le 13, *Racine et Nicole, la Querelle des imaginaires*, chez Charavay; le 26, la « Note sur *la Querelle des imaginaires* » introduit le tome V des *Œuvres de Jean Racine*, chez Lemerre.

Collaboration au *Siècle littéraire*, revue bimensuelle dirigée par Henri Malin, à quoi collaborent Plessis, des Essarts, Coppée, Heredia.

27 juillet. Les Poèmes de Jules Breton, chez Charavay.

Août. Vacances à Royat avec Frédéric Plessis, Victor de Laprade. Emmanuel des Essarts. Anatole France fait partie du comité du troisième Parnasse contemporain, et contribue fortement à faire exclure de la publication Mallarmé, Verlaine, Charles Cros.

Il vit chez ses parents, 90, rue de Rennes. Il fréquente, rue de Condé, le salon de Robert de Bonnières. Il y rencontre Coquelin Cadet, A. Lepage. D'autre part, lecteur chez Charavay, il fait partie des « Dîners du Pot-au-Feu », qui réunissent Maupassant, R. de Bonnières, H. Roujon, Paul Hervieu, Georges Renard.

1876

Janvier. Les Noces corinthiennes, « Leuconoé », « La Veuve », « La Pia », « La Prise de voile », « L'Auteur à un ami », chez

Lemerre. France collabore à *La République des lettres* publiée chez Lemerre, le rédacteur en chef étant Catulle Mendès. Il y publie « Leuconoé » en janvier, le poème « Térence » en juillet, et, en octobre, un article sur « La Mission de Jeanne Darc ».

1er février. Dans *Le Siècle littéraire*, un article anonyme, « Les Figures du Parnasse contemporain », porte aux nues Leconte de Lisle, Coppée, Dierx, France et Plessis. Il est en fait l'ouvrage de ces deux derniers poètes, et répond par avance aux critiques qui seront faites au *Parnasse contemporain.*

2 février. Taine écrit à Anatole France pour lui demander de ses ouvrages, afin de l'appuyer.

10 mars. *Le Troisième Parnasse contemporain* contient la première partie des *Noces corinthiennes.*

21 avril. Lettre élogieuse de George Sand à Charles Edmond, à propos de l'article qui lui a été consacré par France dans *Le Temps.*

3 août. Arrêté qui nomme Anatole France commis-surveillant à la bibliothèque du Sénat. Il gagne deux mille deux cents francs par an. Charles Edmond est bibliothécaire en chef. Lacaussade, ancien secrétaire de Sainte-Beuve, Louis Ratisbonne et Leconte de Lisle y sont sous-bibliothécaires.

Septembre. Les Œuvres de J.-B. P. Molière, accompagnées d'une vie de Molière, de variantes et d'un glossaire par Anatole France, chez Lemerre.

1er octobre. Dans le *Musée des Deux-Mondes*, « La Cure du docteur Hardel », nouvelle.

4 novembre. Anatole France commence une série d'articles : « Variétés — Romanciers contemporains » dans *Le Temps*, par E. et J. de Goncourt. Elle se poursuit en 1876, 1877 et 1878 à intervalles clairsemés.

1877

Paul et Virginie de Bernardin de Saint-Pierre, avec notice et notes d'Anatole France, chez Lemerre.

3-4 avril. Dans le *Journal officiel*, étude sur *Lucile de Chateaubriand.*

28 avril. Mariage d'Anatole France avec Valérie Guérin de Sauville, née en 1857, fille d'un commis principal au ministère des Finances. Les témoins d'Anatole France sont Alphonse Lemerre et Charles Edmond. Le jeune ménage s'installe à Neuilly, 3, rue Louis-Philippe.

Septembre. France et sa femme se trouvent dans la famille de celle-ci à Valognes.

Décembre. Xavier de Maistre, *Voyage autour de ma chambre*, notice d'Anatole France, chez Lemerre.

1878

Notices pour Alain-René Lesage, *Œuvres*, tome I, chez Lemerre; pour l'*Histoire de Manon Lescaut* et *Daphnis et Chloé.*

16 mars. Dans *Le Gaulois*, poèmes.

Une lettre du *7 mai* de Frédéric Plessis à Anatole France prouve qu'il existait un projet de traduction de Tibulle par Anatole France, de Catulle par Robert de Bonnières, et de Properce par Frédéric Plessis.

Mai. Mme de Caillavet achète à Arsène Houssaye l'hôtel de l'avenue de la reine Hortense, devenue en 1879 l'avenue Hoche. Fréquentent son salon : Arsène Houssaye, Dumas fils, dont le frère de Mme Arman a épousé la fille, Paul de Saint-Victor, Victor Brochard qui est l'amant de Mme de Caillavet après une liaison de celle-ci avec Gassou, un voisin de campagne de Gironde.

9-24 octobre. Publication, sans nom d'auteur, de « Jocaste » dans *Le Temps.* Le 24, France signe un contrat avec Calmann-Lévy.

16 novembre. France, qui avait promis « Jocaste » à Lemerre, signe avec lui, pour se dégager, un contrat par lequel il lui fournira deux romans, dont *Les Désirs de Jean Servien* sous trois mois, et des travaux d'érudition. Ce contrat sera source de bien des difficultés, jusqu'au procès France-Lemerre d'octobre-novembre 1911.

France se lie avec Charles Grandjean, ancien élève de l'École des chartes et de l'école de Rome, très assidu dans le salon de la princesse Mathilde. Il fréquente lui-même ce salon.

1879

Janvier. Jocaste et le Chat maigre, chez Calmann-Lévy.

29 janvier. Chronique au *Temps* sur « Les Poètes contemporains — Leconte de Lisle », de ton mitigé : Leconte de Lisle est de ceux que « la vie individuelle touche peu ».

Juillet à octobre. Collaboration au *Globe*, « Revue littéraire » : articles sur A. de Vigny, Baudelaire, la mère d'André Chénier, le roman scientifique, le roman de voyages, Boccace, Daudet.

France prend, chez Charavay, la direction de la Collection choisie. Il y préface *Lucile de Chateaubriand, ses contes, ses poèmes, ses lettres*, numéro 2 de la collection (avril). Pour Lemerre, notices sur Chateaubriand, *Œuvres*, Glatigny, *L'Heptaméron des nouvelles de Marguerite d'Angoulême, Œuvres* de C. A. Sainte-Beuve, entre juillet et novembre.

Anatole France fait la connaissance d'Eugène-Melchior de

Vogüé, de Pierre Loti, et, au cours d'une garden-party chez Edmond About, de Juliette Adam, directrice de *La Nouvelle Revue.*

1880

Février-mars. Il reprend dans *La Jeune France* l'article sur « Les Origines humaines ».

Avril. Notice à Bernard Palissy, *Les Œuvres*, chez Charavay.

Décembre. Notice au *Roman comique* de Scarron, chez Lemerre.

La première partie du *Crime de Sylvestre Bonnard* paraît dans *La Nouvelle Revue.*

1881

Anatole France collabore au *Dictionnaire des Antiquités* de Daremberg et Saglio, par les articles « Cassandre » et « Cécrops ».

Chez Charavay, préfaces pour *Dorci* de Sade, pour *Jocko* de Pougens; « Notice sur Mme de La Sablière ».

1er mars. Naissance de sa fille Suzanne; Robert de Bonnières en est le parrain.

Avril. Publication chez Calmann-Lévy du *Crime de Sylvestre Bonnard.*

Le *1er juillet*, France devient directeur littéraire de la librairie Charavay, qui s'installe en novembre 4, rue de Furstenberg.

« Genèse », poème, paraît dans *La Jeune France.*

Août. Lemerre réclame par voie d'huissier la livraison de l'*Histoire de France*, dont il ne possède que le premier tome. Le 27 octobre, France livre à Lemerre *Les Désirs de Jean Servien.*

À partir d'octobre, articles dans la *Fanfulla della Domenica* sur la littérature et les arts français.

Le ménage France s'installe dans un petit hôtel acquis grâce à la dot de Valérie, à Neuilly, 5, rue Chalgrin, rue alors presque campagnarde. Les intimes de la rue Chalgrin sont Henry Roujon, les Calmettes, les Charavay, Camille Benoît, Robert de Bonnières, Charles Grandjean, G.-A. Thierry, Maurice Barrès, Florentin Loriot, les Plessis, Nolhac. France « entre dans le monde » par le salon d'Eugène-Melchior de Vogüé.

1882

« Âmes obscures », poème, dans *Le Calendrier des dames*, chez Charavay.

Avril. Les Désirs de Jean Servien, roman, chez Lemerre, qui ajourne en revanche la publication de l'*Histoire de France.* Le tome II de celle-ci est livré à l'éditeur. L'ouvrage a été payé trois mille francs à Anatole France.

29 avril. Revue politique et littéraire, « Le coq, scène d'intérieur », qui fera partie du *Livre de mon ami*. La même revue publie « Abeille » du 8 au 29 juillet, et, le 14 octobre, « Vacances sentimentales en Alsace ».

1er mai. L'Artiste publie le poème « Libellules ».

Juillet. Préface à l'*Histoire d'Henriette d'Angleterre* par Mme de La Fayette, chez Charavay.

Le *6 juillet*, sur rapport de Camille Doucet, secrétaire perpétuel, l'Académie française attribue au *Crime de Sylvestre Bonnard* l'un des cinq prix du concours Montyon (deux mille cinq cents francs par prix).

Août-septembre. Vacances familiales en Alsace.

Novembre-décembre. Quelques jours à Valognes, où la grand-mère de Mme France vient de mourir.

1883

Février. Abeille, chez Charavay.

3 mars. Début d'une collaboration à l'hebdomadaire *L'Univers illustré* publié par Calmann-Lévy, sous le pseudonyme collectif de « Gérôme », à raison d'une chronique tous les deux numéros (vie parisienne, variétés, littérature, politique, etc.). L'article, intitulé « La Vie à Paris », est situé en tête du numéro.

Juillet. Notice pour les *Fables* de Jean de La Fontaine, et notes, chez Lemerre.

Anatole France est présenté cette année-là ou l'année suivante par Jean Psichari, mari de Noémi Renan, à Ernest Renan, au Collège de France. La sympathie est immédiate. France est reçu alors le vendredi soir chez Renan. D'autre part, il fréquente le salon de Mme de Loynes et celui de Mme Aubernon, dont Mme de Caillavet est familière depuis 1876. Mme de Caillavet n'apprécie pas immédiatement France, qu'elle juge gauche.

Septembre. Vacances à Brolles près Fontainebleau, propriété des Charavay.

1884

Le poème « La Perdrix » paraît dans *Le Calendrier des dames*, chez Charavay.

27 janvier. Les Noces corinthiennes, adaptation scénique de Sarcey, sont jouées une fois, au Cercle des arts intimes.

2-16 mars. « Les Autels de la peur », en feuilleton du *Journal des débats*.

À partir d'*avril*, « Menus propos » dans *Le Télégraphe* (la mode des magiciens, les faux Louis XVII, Heine; souvenirs personnels : Jacques Charavay, les samedis de Leconte de Lisle, Suzanne France, la rentrée; voyages en France : Pierrefonds, Saint-Jean-aux-Bois).

Anatole France, familier de la librairie Champion, y rencontre d'Arbois de Jubainville, Heredia, Siméon Luce, Courajod, le jeune Marcel Schwob.

Août. Vacances à Pierrefonds.

Mort de la mère de Léontine de Caillavet, qui, très intime avec son père, passe dès lors avec lui plusieurs semaines d'été.

31 décembre. Anatole France chevalier de la Légion d'honneur.

1885

15 janvier. Dans *La Suisse romande*, « Dialogue sur les contes de fées », qui fera partie du *Livre de mon ami.*

Mars. Le Livre de mon ami est publié chez Calmann-Lévy.

1886

Anatole France dirige avec passablement de fantaisie une revue de luxe chez Boussod et Valadon, *Les Lettres et les Arts* (il va, dès le troisième numéro, en céder la direction à Frédéric Masson). Les collaborateurs en sont Caro, Houssaye, Judith Gautier, E.-M. de Vogüé, Claudius Popelin, Nolhac, Heredia, Du Camp, Barrès, Sarcey.

Collaboration à *Les Lettres et les Arts : 1er mars*, « Le Manuscrit d'un médecin de village »; *1er décembre*, « Marguerite ». Collaboration à *La Revue indépendante : décembre*, « Le Comte Morin, député ».

À partir du *21 mars*, Anatole France tient dans *Le Temps* la rubrique « La Vie à Paris ».

Le *27 mai*, mort d'Antoinette, mère d'Anatole France.

Juillet. Publication de *Nos enfants*, chez Hachette.

Août-septembre. Vacances en famille et en compagnie de G.-A. Thierry à Saint-Valéry-sur-Somme, 110, rue de la Ferté. Thierry écrit *Marfa*, et Anatole France *Pierre Nozière.* Visites d'Aldolphe Racot et de Fernand Calmettes.

1887

2 janvier. Anatole France tient désormais dans *Le Temps* la rubrique « La Vie littéraire ». Il y succède à E. Scherer.

Août-septembre. Villégiature à Vernon avec la famille Plessis.

Septembre. Séjour à Capian en Gironde, chez les Caillavet, en compagnie de Mme France.

1888

Chez Lemercier, préface au *Château de Vaux-le-Vicomte*, dessins et gravures de Rodolphe Pfnor.

15 mai-15 juin. « À la frontière », dans la *Revue de famille*; la nouvelle est devenue « Les Mémoires d'un volontaire », dans *L'Étui de nacre*.

Octobre. Premier tome de *La Vie littéraire*, chez Calmann-Lévy.

Une place de commis principal à la bibliothèque du Sénat est octroyée, non à Anatole France, dont le travail est des plus irréguliers, mais à René Samuel, qui est plus jeune que France. Celui-ci adresse le 4 août une lettre indignée aux questeurs. Sur ordre formel, il revient le 11 octobre à la bibliothèque, sans avoir obtenu d'avancement. Il avait théoriquement terminé le 16 juillet la période qui lui était impartie pour ses vacances.

Depuis *juillet*, échange de lettres passionnées avec Mme de Caillavet. Passage en septembre à Capian, avec sa femme et sa fille. Léontine rompt vers cette date avec Mme Aubernon; ces dames se disputaient les familiers de leurs salons ou de la propriété de Cœur-Volant, près de Louveciennes, où Mme Aubernon recevait en été. Désormais, on dîne le mercredi chez Mme de Caillavet : c'est aussi le jour des dîners de Mme Aubernon. Mme de Caillavet reçoit aussi le dimanche après-midi; chez elle fréquentent Leconte de Lisle, Heredia, Pierre Laffitte, André Maurel, parfois Ernest Renan.

Vers la fin de l'année, Anatole France connaît personnellement le général Boulanger : un dîner, puis des rencontres. Peut-être est-il séduit par le personnage politique, mais cette séduction dure peu.

1889

Préface à *Adolphe*, de Benjamin Constant, chez Lemerre.

Préface au *Guide artistique et historique au palais de Fontainebleau, par Pfnor,* chez Daly.

Préface à *La Princesse de Clèves*, chez Conquet.

8 avril. Publication de *Balthasar* chez Calmann-Lévy.

Juillet. Publication de *Thaïs* dans la *Revue des Deux Mondes*.

Juillet-septembre. Querelle du *Disciple*.

Marcel Proust commence à fréquenter le salon de Mme de Caillavet. Il se lie avec Gaston, fils de la maison; il commence son volontariat au moment où Gaston est libéré du sien.

Durant l'été, Anatole France loue, 45, rue Washington, une chambre meublée qui abrite ses amours avec Mme de Caillavet. Il se fait appeler Germain. Parfois, les deux amants « fuguent », par exemple le 17 octobre, quand ils entrent dans un petit hôtel du boulevard Montparnasse. La liaison est des plus agitées, comme on peut le voir aux lettres et télégrammes de Léontine à Anatole France, lorsque au mois d'août elle fait un séjour à Saint-Gervais. Gaston de Caillavet épie jalousement sa mère. Tous deux partent de Saint-Gervais pour un bref voyage en Allemagne.

En *septembre*, M. Arman de Caillavet se présente comme député boulangiste et se fait battre. Anatole France lui avait déconseillé de se présenter.

1890

Notice historique sur Vivant Denon, chez Rouquette.

Préface au livre du docteur J. Garat, *Vieux Péchés*, chez Feret.

Collaboration au *Gaulois* et à la *Revue illustrée* (souvenirs d'enfance, nouvelles).

À partir du *6 septembre*, Anatole France signe désormais de son nom ses articles à *L'Univers illustré*.

Octobre. Publication de *Thaïs*, chez Calmann-Lévy.

Durant cette année et les deux années suivantes, Anatole France travaille beaucoup sur Jeanne d'Arc. Il fait paraître dans la *Revue de famille* une série d'articles sur elle, son entourage, l'esprit de son temps.

1er février. Par une lettre adressée aux questeurs, Anatole France donne sa démission de son poste à la bibliothèque du Sénat.

11 mai. Mort de Noël France.

Août. Voyage du Félibrige, Montauban, Auch, Tarbes, Bagnères-de-Bigorre, Pau, Provence. Anatole France se lie durant ce voyage avec Barthou et Maurras.

Septembre. Vacances à Saint-Thomas près Corbeny. Visite de Soissons, Laon, Reims. Puis vacances à Capian.

Sur l'invitation de Camille Flammarion, Anatole France fréquente cette année-là l'observatoire de Juvisy.

Gaston de Caillavet a rencontré au début de l'année Jeanne Pouquet, fille d'un agent de change, née en 1874. La jeune fille est présentée en octobre à Mme de Caillavet.

1891

1er janvier. Le numéro spécial de *La Plume* consacré à Moréas reprend en première page, comme un manifeste, l'article qu'Anatole France a consacré à Moréas le 21 décembre 1890 dans *Le Temps*.

2 février. Anatole France participe au banquet du *Pèlerin passionné*, avec Mallarmé et Bernard Lazare.

3 mars. Réponse de France à l'enquête de Jules Huret sur la littérature contemporaine.

Préface au *Dernier Abbé* de Paul de Musset, chez Ferroud.

Le *17 octobre*, Jules Soury propose à Anatole France par lettre de le faire assister à une autopsie du cerveau; le 25, il lui écrit qu'il est enivré par la vue et l'odeur du sang; le 26, il fait pour lui une biobibliographie, qui sert à Anatole France pour l'article qu'il consacre à Jules Soury, dans *Le Temps* du 8 novembre.

Le *18 juin*, le père de Mme de Caillavet est mort. En *juillet-août*, elle voyage avec Gaston en Europe centrale (Allemagne, Autriche, Tchécoslovaquie). France est alors chez Gyp, à Lion-sur-Mer. Puis il se rend en Bretagne. Il séjourne en *septembre* et *octobre* à Capian où désormais il passera presque chaque année l'automne.

1892

Préface à *Faust* traduit par Camille Benoit, chez Lemerre (reprise d'un article paru dans la *Revue bleue*, 1889).

Préface à *Hérodias*, de Flaubert, chez Ferroud.

Préface à *Un Hollandais à Paris*, par W. G. C. Bywank, chez Perrin.

Préface à *L'Année littéraire* de Paul Ginisty, chez Charpentier.

Septembre. Publication de *L'Étui de nacre* chez Calmann-Lévy.

6 octobre. Début de la collaboration d'Anatole France à *L'Écho de Paris*. *La Rôtisserie de la reine Pédauque* y paraît en feuilletons.

Le *17 mars*, Gaston de Caillavet et Paul Grunebaum-Ballin ont vu jouer avec succès, lors d'une matinée du *Figaro*, *La Sainte Ligue*, satire du sénateur Bérenger et de sa ligue contre la licence des rues. En *avril*, avec succès, *Noblesse oblige*, des mêmes auteurs, est joué au théâtre d'Application. Gaston de Caillavet est désormais lancé comme auteur de théâtre.

6 juin. Anatole France adresse à Mme France une lettre de séparation. Il y écrit : « Votre état de révolte ouverte, vos querelles incessantes, vos propos injurieux, les calomnies infâmes que vous répandiez chaque jour contre moi, sans égard pour votre fille ni pour vous-même, toute votre conduite qui faisait enfin voir votre âme, me donnent le droit et le devoir de vous laisser. »

France habite en *juillet* 13, rue de Sontay. *Août* : il séjourne au Havre avec les Caillavet qui viennent d'acquérir un yacht,

La Cymbeline; ils vont ensuite à Cowes, aux régates. Puis France est avec sa fille à Saint-Thomas près Corbeny; il se rend ensuite chez Gyp, à Lion-sur-Mer ; septembre à Capian.

2 octobre. Mort de Renan. Lettres émues d'Anatole France à sa femme et à sa fille.

NOTE SUR LA PRÉSENTE ÉDITION

Les *Œuvres* d'Anatole France ont été conçues en quatre volumes, suivant un ordre en principe chronologique pour les ouvrages parus en librairie du vivant d'Anatole France. Cet ordre nous est apparu comme le seul qui puisse retracer pour le lecteur la courbe de la création de notre écrivain, souvent si proche de son temps. Le premier tome va de *Jocaste et le Chat maigre* (1879) à *L'Étui de nacre* (1892); le deuxième, de *La Rôtisserie de la reine Pédauque* (1893) au *Mannequin d'osier* (1897); le troisième, de *L'Anneau d'améthyste* (1899) aux *Contes de Jacques Tournebroche* (1908); le quatrième, de *L'Île des pingouins* (1908) à *La Vie en fleur* (1922). Ces quatre tomes présenteront donc l'ensemble des œuvres d'Anatole France qui appartiennent au genre du roman, à celui du conte, et à celui des « souvenirs personnels », encore qu'il ne faille caractériser celui-ci, en ce qui regarde France, qu'avec bien des précautions. Ce sont sans conteste les œuvres majeures de l'écrivain, qui fut un de nos plus notables prosateurs. Ne figurent pas dans ces quatre tomes les œuvres poétiques, *La Vie de Jeanne d'Arc*, les essais critiques (*Alfred de Vigny, La Vie littéraire*, etc.), les articles politiques recueillis par Claude Aveline dans *Trente ans de vie sociale*, non plus que les nombreux articles de critique ou de chronique non encore recueillis en volume. Mais nous ne manquons pas d'utiliser amplement ces œuvres dans les Notices et les Notes, quand cela est nécessaire pour caractériser l'évolution de l'écrivain ou pour expliquer les textes que nous publions. Ceux-ci sont conformes à la dernière édition revue et corrigée parue du vivant d'Anatole France.

Chaque volume de cette édition est composé d'une Préface retraçant la vie et le travail d'Anatole France dans les limites chronologiques des œuvres qu'il contient, de telle sorte que l'ensemble des préfaces puisse former une biographie intellectuelle de l'écrivain; d'une Chronologie; des œuvres publiées en librairie, parfois accompagnées d'annexes qui sont en relation avec elles. Puis viennent, pour chacune des œuvres, une

Notice qui la situe dans l'œuvre et définit sa genèse et son intérêt littéraire; des variantes, et des notes. Une Bibliographie générale figurera à la fin du tome IV.

Anatole France se livrait à un considérable travail d'écriture et de composition. Quand les manuscrits de ses œuvres sont parvenus jusqu'à nous, on constate que pour chacune d'elles il a projeté des plans, esquissé des personnages, pris des notes, écrit plusieurs versions de nombreuses pages, et modifié les détails. En outre, presque toutes ces œuvres ont paru en version préoriginale dans des journaux ou des revues. Il existe de nouvelles corrections, parfois très considérables, entre l'édition préoriginale et l'édition en librairie. Il n'était pas question pour nous d'accabler le lecteur sous des milliers de variantes, qui sont parfois de simples améliorations de ponctuation ou d'expression. Non que celles-ci ne puissent offrir un intérêt. Mais le lecteur « honnête homme » et l'érudit qui ne prépare pas un travail de très haute spécialisation sont naturellement requis par les variantes plus caractéristiques, celles qui témoignent d'un notable travail de la langue, ou qui indiquent un changement dans le plan, la manière de présenter personnages et événements. Ce sont celles que nous avons retenues, ainsi que les documents qui peuvent nous renseigner sur la genèse des œuvres. Il est vrai que, s'il est aisé de distinguer d'une part les variantes qui sont infimes et, de l'autre, les variantes capitales, il est moins facile de décider dans les variantes de la « zone moyenne » lesquelles doivent être présentées. Il s'agit bien d'un choix, dont nous avons seulement tâché de restreindre l'arbitraire autant qu'il se pouvait.

On peut certes lire Anatole France sans l'aide de notes, et cela est bien heureux. Pourtant, dès que l'on veut entrer dans le texte, on s'aperçoit qu'il fait appel à de très nombreuses références de tous ordres, dont la compréhension n'est pas facile. L'écrivain possédait une très vaste culture; elle allait au-delà de l'habituelle culture classique que l'on dispensait en son temps. Celle-ci déjà n'est plus la nôtre. Que dire alors des curiosités si particulières de France ? En outre, le temps, si proche de nous cependant, où il écrivit, est un temps disparu. France est un écrivain d'actualité, et d'actualité parfois minutieuse : il convient de restituer celle-ci. Toutes ces raisons expliquent la nécessité de notes abondantes, qui permettent une lecture plus approfondie que la lecture « courante ». Nous souhaitons qu'elles n'étalent pas une érudition inutile, mais fassent mieux comprendre, ici tel détail d'une formation intellectuelle, là telle péripétie de l'histoire. Le lecteur pourra ainsi juger « sur pièces » de l'originalité d'Anatole France, sur quoi l'on a tant glosé.

La présentation de l'appareil critique suit les normes de la collection :

— les notes de l'auteur sont appelées par astérisque et sont composées au bas des pages;

— les appels numériques envoient aux notes, en fin de volume, de l'éditeur;

— les appels littéraux renvoient aux variantes, en fin de volume.

Voici les conventions qui ont été suivies pour la notation des variantes :

: indique, à l'intérieur d'une même variante, le passage à une autre leçon provenant d'un état différent du texte;

/ indique un alinéa, parfois suivi d'un blanc;

add. interl. : addition interlinéaire;

add. marg. : addition marginale;

biffé indique le ou les mots biffés;

[...] signifie que le passage non reproduit dans la variante est identique au texte définitif.

Il n'existe pas d'édition annotée d'une ou plusieurs œuvres séparées d'Anatole France, et les *Œuvres complètes* parues jusqu'à maintenant n'en présentent pas non plus. Tel n'est pas leur propos. En revanche, il convient de les citer ici comme étant d'un grand secours pour l'établissement du texte et les orientations bibliographiques. Ce sont les *Œuvres complètes* éditées chez Calmann-Lévy par Léon Carias (t. I, 1925; t. XXV, 1955), sans préfaces, notes, ni variantes, mais avec des indications bibliographiques et des textes en annexe. Les œuvres que nous éditons dans ce premier volume sont contenues dans les tomes II, III, IV, V de l'édition Carias, qui offre en annexes la préface de l'édition originale des *Désirs de Jean Servien*, le projet de préface inachevé de *Thaïs* et le fragment inédit de ce roman qui parut dans *L'Univers illustré* du 14 avril 1894, et les chapitres II, IV, X et XI des *Autels de la peur*. Jacques Suffel a donné des *Œuvres complètes* d'Anatole France une nouvelle édition pour le Cercle du bibliophile (t. I, 1968; t. XIX, 1971). Le tome I contient une brève mais très substantielle introduction générale sur « Anatole France, sa vie, son œuvre », p. IX à XLIII, et une chronologie, p. XLV à LVII. Les œuvres sont éditées sans préface, notes ni variantes, mais les indications bibliographiques sont plus complètes que celles de l'édition Carias, et les annexes plus nombreuses. Ainsi, pour les œuvres de ce premier volume, qui sont contenues dans les tomes I, II et III de son édition, Jacques Suffel ajoute aux annexes données par Léon Carias la première préface de *Jocaste*, l'article « Histoire de Gaspar et de la reine de Saba », paru dans *L'Univers illustré* du 5 janvier 1884, et le chapitre supprimé d'*Abeille*, paru dans la *Revue bleue* du 8 juillet 1882.

Ce n'est pas un mince travail que d'établir pour la première fois une édition commentée d'Anatole France. Ce travail serait plus imparfait encore sans les aides considérables que nous avons reçues. Nous avons tenu à citer en exergue les auteurs des principaux ouvrages sur Anatole France et les détenteurs de manuscrits concernant ce premier tome qui ont bien voulu être nommés. Nous disons l'étendue de notre dette envers eux, à propos de chacune des œuvres que nous commentons. Mais on oublie trop souvent qu'un travail de ce genre ne saurait être entrepris sans l'aide de bibliothécaires qui le facilitent et, en bien des points, l'ont préparé. À la Bibliothèque nationale M. Roger Pierrot, qui dirige le cabinet des manuscrits, veille à augmenter un fonds Anatole France déjà considérable. Il est dominé par deux grands massifs : les manuscrits légués par Mme de Caillavet, les documents laissés par Jacques Lion; ceux-ci ont été savamment classés par Jean Thomas et Annie

Angremy. Au département des imprimés, les difficultés du travail pour le personnel et les chercheurs nous sont devenues presque imperceptibles grâce à Mlle Marie-Louise Bossuat, qui dirige le département, et grâce à de tutélaires présences, celles de Mme Marie-Thérèse Pelou, de Mmes Claude Parmier, Paulette Strub, Claude Champetier, de bien d'autres encore, parmi lesquels il faut citer M. Guichard-Meili, patient classificateur du fonds Jacques Lion. Enfin d'autres trésors, que possède, en dépôt du musée Galliera, la Bibliothèque historique de la Ville de Paris, nous ont été généreusement ouverts par Mlle Hélène Verlet, qui la dirige.

Comment oublier que la conception première de cette publication est due à M. Pierre Buge, directeur littéraire de la Bibliothèque de la Pléiade ? Sa rigueur est au service d'une véritable dilection pour les bonnes lettres et les bons écrivains, au premier rang desquels il n'est pas indiscret de dire qu'Anatole France figure pour lui. On est heureux de travailler avec un pareil lecteur, et avec ses collaborateurs, en particulier Mme Geneviève Meyer.

JOCASTE
ET
LE CHAT MAIGRE

JOCASTE

I

« Quoi ! monsieur Longuemare, vous mettez des grenouilles dans vos poches ? Mais c'est dégoûtant !

— Rentré dans ma chambre, mademoiselle, j'en fixe une sur une planchette, et je lui découvre le mésentère[1], que j'excite au moyen de pinces très délicates.

— Mais c'est affreux ! Elle souffre, votre grenouille !

— Elle souffre peu en hiver et beaucoup en été[2]. Si le mésentère est enflammé par suite d'une lésion antérieure, la douleur devient[a] intense et le cœur cesse de battre.

— Et que vous sert de torturer ainsi de pauvres animaux ?

— À édifier ma théorie expérimentale de la douleur. Je prouverai que les stoïciens ne savent ce qu'ils disent et que Zénon était un imbécile[3]. Vous ne connaissez pas Zénon, mademoiselle ? Ne le connaissez *jamais. Il niait la sensation.* Et tout n'est que sensation[4]. Vous aurez des stoïciens un aperçu exact et suffisant quand je vous aurai dit que c'étaient des fous sans gaieté qui méprisaient la douleur avec une affectation insipide. Si quelqu'un de ces barbacoles s'était trouvé sous mes pinces, dans la position de ma grenouille, il aurait vu si on supprime la douleur par un acte de la volonté. D'ailleurs il est extrêmement avantageux pour les animaux d'être doués de la faculté de souffrir.

— Vous plaisantez ! À quoi peut servir la douleur ?

— Elle est nécessaire, mademoiselle. C'est la sauvegarde des êtres. Si, par exemple, la flamme ne nous causait pas, dès la première atteinte, une excitation intolérable, nous nous rôtirions tous jusqu'aux os sans nous en apercevoir. »

Il la regarda.

« Et c'est une beauté que la souffrance, ajouta-t-il. Richet[1] a dit : " Il y a entre l'intelligence et la douleur un rapport tellement étroit que les êtres les plus intelligents sont ceux qui sont capables de souffrir le plus. "

— Et naturellement vous vous croyez capable de souffrir plus que personne. Je vous demanderais bien de me conter vos souffrances, mais j'aurais peur d'être indiscrète.

— Je vous l'ai dit, mademoiselle; Zénon était un sot. Si je souffrais beaucoup, je crierais. Quant à vous, qui êtes d'une organisation délicate et dont les nerfs sont des cordes sensibles, vous offrez à la douleur un instrument sonore, un clavier à huit octaves sur lequel elle pourra jouer, quand il lui plaira, les variations les plus savantes et les plus riches.

— Ce qui veut dire en français que je serai très malheureuse. Vous êtes insupportable. On ne sait jamais si vous parlez sérieusement. Et vos idées sont tellement extraordinaires que le peu que j'en comprends me fera tourner la tête. Mais répondez-moi comme il faut, et soyez sensé une fois dans votre vie, si vous pouvez. Est-il vrai que vous nous quittiez ainsi et que vous alliez si loin ?

— Oui, mademoiselle; je dis au Val-de-Grâce un éternel adieu. Je n'y ordonnancerai plus la limonade au citron. C'est sur ma demande que je suis mis hors cadre et détaché comme stagiaire en Cochinchine[2]. Je me suis déterminé en cette circonstance comme en toute autre, après avoir mûrement réfléchi... Vous souriez, mademoiselle ? Vous me croyez léger. Mais *écoutez* mes raisons : d'abord j'échappe ainsi aux portières, femmes de ménage, maîtresses d'hôtel, garçons d'hôtel, marchands d'habits et autres ennemis acharnés de mon bonheur domestique. Je ne verrai plus sourire de garçons de café. Avez-vous remarqué, mademoiselle, que les garçons de café sont uniformément surmontés d'un crâne magnifique ? C'est là une observation féconde; mais il est inutile de vous développer les théories qu'elle me suggère. Je ne verrai plus le boulevard Saint-Michel. Je trouverai à Shanghai[1] des monuments ostéologiques d'après lesquels j'achèverai mon mémoire sur la dentition des races jaunes. Enfin, je perdrai ce teint vif qui témoigne, comme vous dites, mademoiselle, d'une santé insolente, et je prendrai l'aspect plus intéressant d'un citron à ses derniers jours. Il se produira dans mon foie des désordres compliqués qui exciteront vivement ma curiosité. Avouez-le, tout cela vaut bien le voyage. »

René Longuemare, aide-major de première classe, parlait ainsi dans le jardin, au pied du chalet. Il y avait devant lui[2] une petite pelouse, une pièce d'eau avec une grotte artificielle, un arbre de Judée, des houx le long d'une grille; par-delà la grille, au loin, la belle vallée, la Seine, ondulant à gauche entre des rives d'un vert pâle, traversée à droite par la ligne blanche du viaduc et disparaissant entre cette immensité de toits, de clochers et de dômes, qui est Paris. La lumière, qui tombait dans le lointain poudroyant, sur le dôme doré des Invalides, y rebondissait en rayons. C'était une bleue et chaude journée de juillet; quelques nuages blancs se tenaient immobiles dans le ciel.

La jeune fille à qui René Longuemare parlait, assise dans un fauteuil de fer, leva sur l'aide-major ses grands yeux clairs et resta silencieuse avec quelque chose d'incertain et de triste sur les lèvres.

Ses yeux, d'une nuance indécise, avaient l'air frileux et si chargés de langueur, que *tout le visage qu'ils* éclairaient en recevaient une expression singulière de volupté, bien que le nez fût droit et les joues un peu creuses. La face, d'une nuance uniformément blême[3], faisait dire aux femmes : « Cette demoiselle n'a pas de teint. » La bouche, trop grande, un peu molle, exprimait des instincts de bienveillance et de facilité.

René Longuemare reprit avec effort ses détestables plaisanteries :

« Non ! dit-il, il faut vous l'avouer, mademoiselle;

en quittant la France, je fuis mon bottier. Son accent tudesque m'est devenu insupportable. »

Elle lui demanda encore une fois s'il était vrai qu'il partît. Alors il cessa brusquement de sourire.

« Je prends demain, dit-il, le train de 7 h 55 du matin et je m'embarque à Toulon le 26, à bord du *Magenta*. »

Il entendit le bruit des billes d'ivoire qui se choquaient sur le billard, dans le chalet, et une voix méridionale qui s'écriait emphatiquement :

« Sept à quatorze ! »

Il jeta un regard rapide à travers la porte vitrée sur les joueurs, fronça les sourcils, dit brusquement adieu à la jeune fille et partit vite, avec un visage bouleversé et des yeux gros de larmes.

La jeune fille le vit un moment ainsi de profil, au-dessus des houx, derrière les lances de fer de la clôture. Elle se leva, courut jusqu'à la grille, serra son mouchoir contre sa bouche comme pour y étouffer un cri, puis enfin, résolue, elle étendit les bras et appela d'une voix étranglée :

« René ! »

Elle laissa retomber ses bras : il était trop tard, il ne l'avait pas entendue.

Elle se colla le front contre un barreau de fer. La détente de ses traits, l'abandon de tout son être témoignaient d'une irréparable défaite.

La voix méridionale sortie du chalet cria :

« Hélène ! le madère ! »

C'était M. Fellaire de Sisac qui appelait sa fille. Il se dressait de toute la hauteur de sa petite taille devant le tableau où les points des joueurs étaient marqués au moyen d'anneaux de bois enfilés dans des tringles. Avec un geste magnifique, il frottait de craie le bout de sa queue de billard. Ses yeux pétillaient sous des sourcils en broussailles très épais. Il avait un air capable et satisfait, bien qu'il eût largement perdu la partie.

« Monsieur Haviland, dit-il à son hôte, je tiens essentiellement à ce que ma fille nous fasse elle-même les honneurs de mon madère. Que voulez-vous ? Je suis patriarcal et biblique. En votre qualité d'insulaire, je vous crois bon appréciateur de tous les vins en général et du madère en particulier. Goûtez celui-ci, je vous prie. »

M. Haviland tourna sur Hélène ses yeux ternes et prit silencieusement le verre qu'elle lui présentait sur un plateau de laque. C'était un long personnage à longues dents et à longs pieds, roux, chauve, vêtu d'un costume à carreaux. Il avait gardé sa jumelle en bandoulière.

Hélène disparut. Elle avait regardé son père avec inquiétude. Elle semblait mal à l'aise de l'entendre faire ses politesses volumineuses. Elle fit dire qu'elle était indisposée et qu'on l'excusât de ne point paraître au dîner.

Dans la salle à manger, peinte comme un café de boulevard[1], M. Fellaire de Sisac versait, coupait et découpait à grands fracas. Il s'écriait : « Eh ! la truelle au poisson ! » quand il l'avait sous les yeux. Il éprouvait le fil du couteau avec une gravité d'opérateur forain et passait sa serviette très haut dans son gilet. Il vantait ses vins et parla d'un syracuse sec[2], longtemps avant de le déboucher.

Le jardinier, loué à l'année, faisait le service de la table avec un air goguenard et sournois. C'était une espèce de paysan faubourien qui jetait dans l'oreille de son maître d'assez vertes reparties sans que celui-ci parût les entendre.

M. Haviland, qui avait le sang à fleur de peau, mangeait beaucoup, devenait très rouge, restait mélancolique et ne disait rien. M. Fellaire de Sisac, ayant annoncé qu'il ne parlerait pas d'affaires, se mit presque aussitôt à exposer ses principales opérations. Il était agent d'affaires[3] et avait une clientèle de propriétaires et de commerçants expropriés. Les grandes percées de rues et de boulevards, si lestement poussées par M. Haussmann, lui donnaient de la besogne.

Il fallait en effet qu'il eût gagné beaucoup d'argent en peu de temps, car (ce qu'il ne disait pas) on l'avait vu longtemps, un portefeuille sous le bras, traîner ses bottes éculées dans les environs de la rue Rambuteau[4]. C'est là qu'au fond d'une cour, dans un cabinet obscur, il donnait audience à quelques charcutiers en détresse. Il se fit, dans ce logis malsain, les joues bouffies et blafardes qui ne cessèrent plus désormais de pendre des deux côtés de son visage.

Une plaque de cuivre, vissée à sa porte, indiquait son nom : *Fellaire* ; et ces mots : *de Sisac*[1], entre parenthèses, comme une mention d'origine : FELLAIRE (DE SISAC).

Sur une nouvelle plaque, au seuil d'un nouveau domicile, les parenthèses furent remplacées par une virgule après le premier nom : FELLAIRE, DE SISAC.

Sur une troisième plaque, posée à la suite d'un troisième déménagement, la virgule ne reparut pas et rien ne la remplaça : FELLAIRE DE SISAC.

Maintenant, il n'y a plus de plaque à la porte de l'agent d'affaires, qui occupe, en ville, un appartement orné de glaces, au premier étage d'une maison de la rue Neuve-des-Petits-Champs[2], et qui a fait bâtir un chalet à Meudon. M. Fellaire est natif de Sisac, près Saint-Mamet-la-Salvétat[3], dans le département du Cantal, où son frère est encore aujourd'hui meunier.

Aussitôt qu'il apprit qu'une partie de la Butte-des-Moulins[4] devait tomber pour dégager les abords du Théâtre-Français, M. Fellaire de Sisac lança des cartes, des prospectus, des circulaires et fit des visites aux propriétaires et aux principaux commerçants des immeubles condamnés. Dans ce qu'il nommait « sa tournée », il alla voir à l'hôtel Meurice M. Haviland, qui possédait une grande maison située au pied de la Butte, près du théâtre. Cette maison appartenait à la famille Haviland depuis près de deux siècles.

Le banquier John Haviland y établit ses bureaux en 1789. Il mit des fonds considérables à la disposition du duc d'Orléans[5], qu'il considérait comme le successeur désigné de Louis XVI, si, comme il le pensait, les Français s'en tenaient à la royauté constitutionnelle. Mais ni les événements dans leur marche violente, ni le duc naturellement indécis, ne se prêtèrent aux projets de l'audacieux banquier. Celui-ci se retourna du côté de la cour et favorisa la contre-révolution. Il se mit en communication avec la reine par l'intermédiaire de la belle Mme Elliot[6]. Après la chute définitive de la royauté, dans la journée du 10 août, il s'enfuit en Angleterre et resta en rapport avec le duc de Brunswick[7] et les princes. Son caissier, David Ewart[8], âgé de quatre-vingt-un ans, voulut rester à Paris pour sauvegarder les intérêts menacés de la maison. N'ayant pu obtenir une carte de civisme et par cela même considéré comme suspect, il fut arrêté et conduit à la Conciergerie, où il sembla oublié pendant plus de quatre mois. Enfin, traduit, le 1er thermidor 1794, devant le tribunal révolutionnaire et condamné comme conspirateur à la peine capitale, il fut guillotiné le même jour, sur la barrière du Trône, nommée alors barrière Renversée.

La banque Haviland fut sauvée de la ruine par l'énergique fidélité de ce vieillard. Mais la maison de la Butte-des-Moulins cessa d'en être un des comptoirs. On la mit en location.

Elle était bien noircie et souillée quand on la marqua pour la pioche. Sur la façade, les fenêtres étaient surmontées de la coquille de Louis XV. Un mascaron, coiffé d'un casque, faisait encore sa grimace héroïque sur la clef de voûte et dominait la porte cochère; mais, situé sur les confins des enseignes murales du teinturier et du serrurier, il était peint d'un côté en bleu et de l'autre en jaune. Des petits tableaux, pendus à droite et à gauche de la porte et sous la voûte, offraient des noms de copistes et de costumiers. À l'intérieur, l'escalier de pierre, bordé d'une magnifique grille de fer forgé, était déshonoré de poussière, de crachats et de feuilles de salade. On y sentait une odeur alcaline très aigre. Des cris d'enfants s'entendaient sur les paliers, et les portes entrebâillées des logements laissaient apercevoir des femmes en camisole et des hommes en manches de chemise, dans le négligé du travail ou de la flânerie.

Telle était la maison Haviland à ses derniers jours.

M. Fellaire de Sisac, chargé des intérêts du propriétaire, l'avait visitée. Il avait constaté trente mètres de façade, deux boutiques avec dépendances et trente-deux exploitations diverses avec matériel, y compris la remise, où une marchande des quatre-saisons remisait sa voiture, et la mansarde, où une ouvrière cousait à la mécanique. Le tout fut mentionné dans un rapport destiné à édifier sur la valeur de l'immeuble le conseil nommé par l'administration de la Ville à l'effet d'indemniser les propriétaires expropriés. Dans le cas probable où l'affaire serait portée devant le tribunal compétent, M. Fellaire de Sisac fournirait l'avoué et l'avocat.

M. Fellaire de Sisac invita M. Haviland à dîner d'abord à Paris, puis à Meudon. Il faisait passer toute sa clientèle à sa table, agissant de la sorte par politique et par inclination. C'est devant les verres qu'il savait manier les hommes; il était persuasif au dessert. D'ailleurs, il aimait à déboucher des bouteilles; il appelait cela : vivre. Dans les époques les moins prospères de sa vie, il sablait le vin blanc du marchand de vin[1], avec des marrons rôtis, sur la toile cirée, dans un cabinet de société. C'est là qu'il donnait des consultations aux boutiquiers embarrassés. Maintenant, il recevait chez lui; il avait de l'argenterie et du linge à son chiffre.

Or M. Fellaire de Sisac et M. Haviland en étaient au café. Les feux rouges et bas du soleil couchant doraient la salle à manger du chalet. L'homme d'affaires, dont les joues mortes continuaient de pendre lourdement, faisait courir sur son hôte des yeux agiles.

« Goûtez-moi ce cognac, cher insulaire », dit-il.

Ce nom d'insulaire lui semblait élégant. Il dit ensuite « Albion » pour dire l'Angleterre; mais il s'excusa d'être aussi romantique.

M. Haviland but le cognac, demanda un verre de vin et dit :

« J'espère que l'indisposition de Mlle Fellaire est sans gravité. »

M. Fellaire l'espérait aussi, et M. Haviland rentra dans le silence.

Il se leva avec une raideur anglaise compliquée d'arthritisme, car il avait les genoux perclus de douleurs rhumatismales. Son pardessus jaune sous les bras, il avait déjà franchi la grille du jardin quand il reprit la parole.

« J'ai l'honneur, dit-il à son hôte, de vous demander la main de Mlle Fellaire, votre fille. »

Le petit homme allait probablement faire une réponse habile, mais pétulante. L'Anglais lui mit un papier dans la main.

« Vous trouverez là, dit-il, le relevé exact de ma

fortune. Envoyez-moi la réponse par lettre chargée[1], s'il vous plaît. Ne me reconduisez pas. Non ! »

Et il prit d'un pas raide le chemin de la gare.

M. Fellaire, que rien ne surprenait d'ordinaire, était surpris. Il fit douze fois, avec agilité, le tour de la grotte artificielle. La lune éclairait ses grosses joues inertes qu'il semblait, en se démenant, porter comme un masque. Il songeait : « Quoi ? cet homme passe chez moi comme tant d'autres, comme tout le monde. — Je traite deux cents inconnus par an. — Il ne dit rien; il voit ma fille six fois et n'ouvre la bouche que pour me la demander en mariage. Ah çà ! mais... est-ce qu'Hélène aurait mené si lestement cette saynète à deux personnages ? Mais non ! je ne suis pas un père de comédie, un Cassandre[2]. Je sais ce qui se passe chez moi et je suis sûr que la pauvre enfant ne lui a pas adressé quatre fois la parole. Je crains même qu'elle n'accueille pas comme elle devrait ce... »

Il se mordit le pouce et s'arrêta, l'œil fixe, comme un homme qui mesure un obstacle. Puis il rentra délibérément dans le chalet. En passant par la salle à manger, il lut le papier que M. Haviland lui avait remis, puis il monta dans la chambre de sa fille. Il posa son cigare sur la perse rose qui garnissait la cheminée et s'assit, comme un médecin, au chevet du lit où Hélène était couchée. Il lui demanda :

« Eh bien, comment allons-nous, ma mignonne ? »

Comme elle ne répondait pas, il ajouta :

« M. Haviland a demandé ce soir de tes nouvelles d'une façon vraiment bien affectueuse... »

Après une pause, de la voix grasse d'un homme qui a bien dîné :

« Comment le trouves-tu ? »

Il n'obtint pas de réponse encore. Mais à la lueur de la bougie qui brûlait sur la cheminée, il vit qu'elle avait les yeux ouverts et fixes, le front contracté, un air de pénible réflexion. Il jugea très justement qu'elle connaissait les intentions de M. Haviland, et il ne craignit plus de frapper un coup brusque. Il lui dit :

« M. Haviland te demande en mariage. »

Elle répondit :

« Je ne veux pas me marier; je me trouve bien avec toi. »

Alors il se ramassa dans la causeuse, ajusta ses poings sur ses genoux et tira un souffle sifflant de sa gorge ulcérée de liqueurs et tapissée de sucreries. Il prenait son attitude d'homme d'affaires.

« Fillette, tu ne me demandes pas ce que je lui ai répondu ?

— Eh bien, que lui as-tu répondu ?

— Mon enfant, je n'ai rien dit qui pût t'engager en aucune façon. J'ai voulu te laisser libre. Je ne me reconnais pas le droit de t'imposer ma volonté. Tu sais bien que je ne suis pas un tyran. »

Elle s'accouda sur l'oreiller.

« Non, dit-elle, tu es un excellent père; et, puisque je ne veux pas me marier, tu ne m'y forceras pas. »

Il reprit avec bonhomie :

« Je te le répète, ma fille, tu seras libre comme l'air; mais nous pouvons bien causer de nos petites affaires. Je suis ton père; je t'aime. Je puis te dire des choses que tu es assez grande fille pour entendre. Voyons ! causons comme une paire d'amis. Nous vivons bien, tous les deux, nous vivons même très bien. Mais nous n'avons pas ce qu'on appelle une fortune assise. Je suis le fils de mes œuvres; je suis arrivé trop tard, trop tard ! Il coulera de l'eau sous le pont avant que je t'aie amassé une dot. Et d'ici là, qui sait ce qui arrivera ? Tu as vingt-deux ans, et le parti qui s'offre à toi aujourd'hui n'est pas à dédaigner. C'est même ce que j'oserais appeler une trouvaille. Haviland n'est pas, à proprement parler, un jeune homme. Tu vois, fillette, que je suis juste. Mais c'est un gentleman, un vrai gentleman. Il est très riche. »

Ayant la bouche pleine de ce dernier mot, il frappait la poche de son habit, dans laquelle était le papier que l'Anglais lui avait remis. Il poursuivit en s'échauffant :

« Ce diable d'Haviland est à la tête d'une fortune magnifique. Des immeubles, des bois, des fermes, des valeurs en portefeuille ! tout ! C'est superbe ! »

Elle fit une grimace de dégoût et haussa les épaules. Il sentit qu'il était brutal. Il reprit :

« Ne crois pas, fillette, que je veuille te voir faire ce qu'on appelle un mariage d'argent. Non ! je t'aime et je veux ton bonheur ! »

Il aimait véritablement sa fille, et son amour paternel lui mit de l'attendrissement dans la voix. Il reprit :

« Dieu m'est témoin que je ne veux que ton bonheur. Je sais ce que c'est que le sentiment, et, quand j'ai épousé ta mère, je n'ai pas regardé au magot. Veux-tu que je te dise ? Moi, je suis un rêveur, un sentimental. Oh ! je suis romantique au fond. Sais-tu ce que j'aurais fait si les circonstances l'avaient permis ? J'aurais fait de la poésie à la campagne. Mais, que veux-tu ? j'ai été pris corps et âme par les affaires. Maintenant je suis dans l'engrenage jusqu'au cou ! Ah ! dame ! la vie n'est pas tout roses, et il faut savoir faire des sacrifices. Eh bien ma fillette, mon rêve est de te les épargner, à toi, les sacrifices. Je veux t'éviter les gênes, les misères de l'existence. C'est assez que ta pauvre mère les ait éprouvées et soit morte à la tâche... morte à la tâche, tu m'entends ! »

Il passa le revers de sa main sur ses yeux. Il était vraiment ému. Dans le fait, sa femme était morte phtisique[1] dans sa famille, à Niort, où il l'avait renvoyée pour se tirer plus lestement d'affaire, seul; mais il se grisait et s'attendrissait à toutes les paroles qui lui venaient. Il prit entre ses mains la tête de sa fille, la couvrit de baisers et, dans un grand élan :

« Écoute-moi, dit-il; je te connais bien, ma Lili; il te faut du bien-être, du luxe. C'est ma faute. J'ai été trop ambitieux. Je n'ai rien trouvé de trop grand ni de trop beau pour toi. Je t'ai élevée pour la fortune. Tu n'as appris ni à te servir ni à compter. Si tu ne deviens pas riche, tu seras la plus malheureuse des femmes, et c'est moi qui aurai fait ton malheur. Quelle responsabilité pour ton pauvre père ! J'en mourrais ! Mais elle est venue, la fortune; elle est là qui frappe à ta porte. Hein ? petite, nous lui dirons d'entrer. Vois-tu bien ? je t'aime, je t'adore, ma fillette. Je sais ce qui te convient : l'amour ne trompe pas. Laisse-moi faire ! »

Hélène demanda d'un ton négligent si M. Haviland avait l'intention de se fixer à Paris.

« Oui, certes ! » s'écria M. Fellaire qui n'en savait absolument rien.

Il ajouta que son futur gendre était élégant de manières et capable encore de tourner la tête à bien des jeunes femmes. Et quant à ses sentiments, ils étaient d'une délicatesse... M. Fellaire ne pouvait concevoir qu'on eût des sentiments si délicats. Il frappa le dernier coup : parla d'hôtel, de voitures, de bijoux.

Hélène songeait que René Longuemare était parti, parti bien loin et pour longtemps, sans un mot d'amour, sans un mot de regret. S'il avait dit seulement qu'il reviendrait, qu'il emportait une pensée, un souvenir. Mais rien ! C'est donc que René ne l'aimait pas. Non, il n'aimait que ses livres, ses fioles, son scalpel et ses pinces. Il l'avait distinguée pour sa complaisance à l'écouter : voilà tout ! Il lui disait mille folies à elle comme à une autre, comme à toute autre. Pourtant, s'il l'aimait en secret, comme elle avait cru plusieurs fois le sentir ? Eh bien, elle se vengerait de sa désertion. Puis son père disait vrai : elle était élevée pour la richesse : elle avait la vocation du luxe. D'ailleurs, comment résister ? Quelle fatigue de se débattre ! Le premier assaut l'avait accablée déjà ! Son père reviendrait à la charge.

Hélène était de ces âmes qui acceptent d'avance la défaite. Enfin, l'amour de l'étranger la flattait. Elle savait, à des indices certains, combien cet amour était profond et vrai; cet homme qui touchait au déclin, qui avait parcouru vingt-cinq ans la terre entière sans se désennuyer; qui, de glace pour tout le monde, s'éprenait d'elle comme un jeune homme et qui, après trois mois de visites presque silencieuses, lui offrait son nom et sa fortune, cet homme-là n'était-il pas étrange, chevaleresque, généreux, et ne pouvait-on pas l'aimer ?

Elle souleva sa belle tête d'expression indécise et murmura :

« Nous verrons. »

II

Il est bien vrai qu'Hélène Fellaire avait été élevée pour être riche. Elle se rappelait de son enfance les bas troués, le froid aux pieds, les assiettes de charcuterie qu'elle abominait, les stations sous les portes cochères pendant les déménagements, et le visage allongé de sa mère dans les soirées d'hiver. Elle se rappelait sa mère chantant ou grondant, agitée ou brisée, tourmentée, tourmentante. Une fois, elles étaient toutes deux en voyage. Où cela ? Quand cela ? Hélène ne le savait plus. Ce qu'elle savait, c'est qu'elle était petite alors. C'était la nuit; sa mère, l'ayant tournée contre la ruelle, lui avait dit impérieusement : « Dors. » Puis la pauvre dame avait ôté sa chemise et l'avait lavée dans la cuvette. Hélène s'amusait beaucoup de sa maman entortillée d'un châle sur la peau et savonnant. Mais plus tard, quand elle découvrit que sa mère avait fait cela parce qu'elle était pauvre, elle fut saisie d'effroi.

Elle était, dès sa petite enfance, une affectueuse et délicate créature. Elle s'attendrissait sur toutes les souffrances qu'elle pouvait comprendre. Elle donnait aux petits pauvres des bonbons et des chiffons de poupée. Elle eut en cage un moineau qu'elle bourrait de sucre et qui périt écrasé contre une porte. Ce moineau lui procura des trésors de joie et de douleur. « Praxô éleva un tombeau à sa cigale par qui elle connut qu'on meurt. » Ainsi le poète de *L'Anthologie* fait parler l'enfant ionienne[1]. Hélène ressentit, à la mort de son moineau, une sorte d'effarement qui lui resta pendant toute une saison.

Sa mère, fanée par la misère et sans cesse agitée par la jalousie que lui donnait un mari beau parleur, noctambule et avide d'argent de poche, n'avait pas cette quiétude, cette paix du cœur, cette présence assidue d'un esprit vigilant qu'il faut aux mères pour développer avec adresse et bonheur les petites âmes obscures[2] qu'elles ont mises au monde. Hélène, embrassée ou fessée sans savoir pourquoi, renonçait à distinguer ses bonnes actions de ses mauvaises et s'engourdissait.

« Cette enfant me fera mourir ! s'écriait tout à coup Mme Fellaire. Je ne sais pas ce que j'ai fait à Dieu pour qu'il m'ait donné un monstre pareil ! »

Puis c'étaient des vociférations, des sanglots, des poings crispés, des portes claquant avec fracas les chambranles. La pauvre petite, haletante et le cœur gros, se coulait sans bruit dans sa couchette et s'endormait avec des larmes sur les joues. Le lendemain matin, elle se réveillait sous une musique de baisers, de douces paroles, de jolies cantilènes que lui versait sa maman, tout éclaircie depuis la veille par quelques tardives attentions de M. Fellaire.

Quant à son papa, Hélène le trouvait très beau, très bon, très grand. Ses épais favoris et ses gilets blancs lui semblaient miraculeux. M. Fellaire était un dieu pour sa fille; mais, à la manière des dieux, il se montrait rarement. Absent tout le jour, il rentrait tard. Il est vrai qu'après certains mécomptes éprouvés au-dehors, il avait des poussées d'assiduité domestique. Il promenait sa Lili au jardin des Plantes, la menait en voiture, la conduisait dans les cafés, où on lui servait de l'eau sucrée et même des sirops. De plus elle trempait le bout de sa langue dans le verre de son papa et faisait une grimace au goût amer de la boisson verte[1]. C'était délicieux, mais c'était rare. Et le dieu s'évanouissait. Mme Fellaire n'en devenait ni moins maussade, ni moins irritable, certes. Hélène, près d'elle, dans sa petite chaise, songeait à son papa avec de grands élancements d'amour, et le fantôme du merveilleux gilet blanc apparaissait à ses yeux éblouis; mais elle était paresseuse et se plaisait à ne rien faire. C'était d'ailleurs ce qui lui réussissait le mieux. Mme Fellaire ne prenait pas garde aux flâneries silencieuses de sa fille, et il suffisait, au contraire, d'une traînée de rire enfantin pour la faire éclater en reproches.

Hélène était d'un sensualisme précoce. Elle aimait d'instinct le luxe et raffinait comme elle pouvait sur l'ordinaire de la maison. Son penchant pour les délicatesses de la table et du vêtement faisait la joie de M. Fellaire, qui était un connaisseur.

Elle avait sept ans quand il la mit en pension à Auteuil, chez les Dames du Calvaire[2]. Les robes blanches, le visage blanc des mères, la paix de la maison, la sécurité d'une vie régulière, lui firent du bien.

Un jour, on lui dit que sa maman, qui était partie en voyage, ne reviendrait plus, plus jamais. Ce « plus jamais » lui fit une grande peur; elle étouffa de sanglots. On lui mit un sarrau noir et on la lâcha dans le jardin. Ce jardin était pour elle une contrée mystérieuse, immense, pleine de choses vivantes, un monde enchanté, une terre de miracles. Son père venait la voir toutes les semaines et lui apportait des gâteaux. Il était admirable d'amour et d'orgueil paternels.

Lassé de tous les trottoirs battus pour rien, de tous les escaliers montés avec angoisse, de toutes les portes fermées au nez, de tous les courriers écrits sur le coin d'une table de café, crotté de toutes les boues, ayant parfois relancé le client jusque devant le saladier de vin chaud des bals de faubourg, chien errant de la chicane interlope, il apparaissait tous les jeudis, brossé, lustré, ganté, rasé de frais, avec du linge blanc, dans le parloir des Dames du Calvaire. Alors il avait l'air heureux, la mine reposée. Ses grosses joues blanches étaient tout à fait convenables. La mère Sainte-Geneviève, directrice de la maison d'Auteuil, lui témoignait beaucoup de considération. Deux des plus grandes pensionnaires rêvaient de lui au dortoir.

Hélène admirait beaucoup son papa.

Et vraiment M. Fellaire était héroïque à sa façon. Un jour qu'il était dénué de toute monnaie, il emprunta à un de ses confrères les poésies d'Alfred de Musset, qu'il vit sur la table. « Je veux les relire une centième fois », dit-il. Et il alla les vendre sur les quais pour acheter des gants qu'il boutonna négligemment *le lendemain devant la sœur* tourière. Les gâteaux qu'il apportait à chaque visite pour Hélène et ses amies venaient de quelque pâtissier marquant, et les bonbons étaient dans des boîtes de haut goût, à emblèmes et à surprises. La mère Sainte-Geneviève, l'ayant pris en grande estime, le consulta un jour sur quelque affaire litigieuse. Il offrit son temps, son activité, ses lumières. On daigna les prendre. Il rayonnait de joie et d'orgueil. Dans son désir de plaire, il mit à ses mémoires des faveurs bleues et il traitait avec onction les matières contentieuses. Quand il feuilletait des dossiers devant la Révérende Mère, il se mouillait le pouce du bout de la langue avec beaucoup de discrétion et une sorte de pudeur. Chaque consultation, il est vrai, le mettait au supplice; mais c'était une torture délicieuse. Il subissait, pendant des heures entières, les explications de cette dame bornée, défiante, entêtée et douce, qui se dérobait ensuite à toute démonstration avec l'aisance d'une longue habitude. Cette belle femme blanche, un peu bouffie, qui, les yeux baissés et les mains dans les manches, ne parlait qu'à voix basse, l'intimidait extrêmement. Qu'il se sentait mieux à l'aise avec ses clients ordinaires, les cabaretiers suburbains et les fabricants brevetés de ceintures hygiéniques qui venaient jeter sur son bureau à cylindre, avec d'effroyables jurons, une botte de jugements et d'assignations[a].

La mère Sainte-Geneviève avait les grandes manières d'une abbesse de l'Ancien Régime. Une de ses élégances était de ne jamais soupçonner M. Fellaire d'avoir besoin d'argent. Il avançait constamment à la communauté des sommes dont la moindre lui coûtait des combinaisons à faire éclater une cervelle ordinaire.

Mais aussi quelle volupté pour lui d'entendre, le dimanche, les vêpres dans une tribune de la chapelle parfumée d'encens et d'iris, et de découvrir dans la nef sa fille penchée sur son livre d'église, entre la nièce d'un conseiller d'État et la cousine d'un prince monténégrin ! Après avoir contemplé la belle chevelure de son enfant et les épaules un peu pointues, mais fines, dans le corsage de mérinos brun, les verres de ses lunettes se brouillaient et il se mouchait comme au théâtre après les situations émouvantes.

Les affaires de la communauté lui coûtèrent quelque argent, mais lui procurèrent des relations avantageuses.

« J'ai la vogue », pensait-il, et ses gilets, tant de piqué blanc que de velours imprimé, moucheté, frappé, se bombaient sur sa poitrine avec une ampleur nouvelle.

Hélène grandissait, devenait belle. Ses cheveux, longtemps trop pâles et fades, comme ceux de sa mère, se doraient magnifiquement. Elle était douce, paresseuse, dégoûtée, avec de grands élans d'affection et des attendrissements rapides[1]. On avait bien du mal, au réfectoire, à lui faire manger autre chose que de la salade et du pain avec du sel. Elle s'était fait une amie chez qui elle allait les jours de sortie, Cécile. Cette amie, fille d'un agent de change, était une petite personne de seize ans, à la fois puérile et vieillotte, coquette, pas très méchante ni malfaisante, nullement dépravée, faute d'imagination, et très riche. Elle avait l'esprit d'une femme de trente ans tout à fait nulle, ce qui lui donnait parmi ses compagnes le prestige d'une nature extraordinaire. Elle mena Hélène chez son père, à Passy, dans la chambre capitonnée où elle croquait des bonbons. Hélène s'alanguissait dans ce nid d'étoffes; quelque chose de son âme s'y étiolait. Quand elle en sortait, tout lui semblait terne, dur, rebutant. Elle n'avait plus de courage. Elle rêvait d'avoir une chambre bleue et d'y lire des romans, couchée dans une chaise longue. Il lui vint des maux d'estomac qui achevèrent de l'abattre. Une nuit, il y eut une folle alerte dans le couvent. On cria : « Au feu ! » Toutes les pensionnaires sautèrent du lit et roulèrent ensemble dans les escaliers, les unes en jupon, les autres enveloppées de couvertures. Les petites suivaient en hurlant, les bras tendus et les pieds embarrassés dans leurs longues chemises de nuit. On reconnut bientôt qu'il n'y avait pas d'incendie. La mère Sainte-Geneviève gronda toutes ces folles et félicita Hélène de n'avoir pas quitté son lit. Elle n'avait pas bougé, en effet, par mollesse, par cette sorte de lâcheté qu'elle avait devant la vie. Elle laissait faire, indifférente à ce qui l'entourait, rêvant de bijoux, de robes, de chevaux, de promenades en bateau, et fondant en larmes à la seule pensée de son père.

Elle sortit du couvent sachant saluer dans un salon et jouer une valse sur le piano. Elle trouva la maison paternelle montée à neuf. Elle en fit les honneurs. Elle eut sa chambre bleue. Son père avait pour elle des bontés, des prodigalités de vieux protecteur[2]. Il la menait dans les petits théâtres et la faisait souper après le spectacle. Il croyait bien faire. Une cruelle déception pour elle fut de découvrir que ce père si bon, si facile, n'était pas le gentilhomme qu'elle

.oyait autrefois dans le parloir du couvent. Ses manières d'opérateur forain, ses politesses de table d'hôte la blessaient cruellement. Elle avait appris la bienséance chez les Dames du Calvaire; elle avait le goût noble et le tact de ce qui est décent.

Sa beauté lui attirait des hommages d'une vivacité brutale qui l'indignaient. Personne ne songeait à la demander en mariage. Elle fut reprise de maux d'estomac. Tous les hommes qu'elle voyait chez son père lui semblaient ennuyeux. Ils se ressemblaient tous. Empressés, inquiets, sentant la fièvre et se rongeant les ongles, c'était des gens surchauffés, qui brûlaient leurs bottes, leurs chevaux, leur vie. Enfin il en vint un qui l'intéressa.

C'était un jeune chirurgien militaire, René Longuemare. Envoyé par son père, vieil agent-voyer des Ardennes, chez M. Fellaire de Sisac, pour quelque affaire, il s'habitua à la maison de la rue Neuve-des-Petits-Champs et y devint assidu.

Bien qu'avec sa robuste charpente et sa face colorée il ne fût pas beau, et quoique sa conversation eût des rudesses et des obscurités, Hélène aimait à le voir et se plaisait à l'entendre causer. Il lui tenait, sur la religion et sur la morale, des propos à faire dresser les cheveux sur la tête, mais qui l'amusaient, sans qu'elle y comprît grand-chose.

« L'homme descend du singe », lui disait-il.

Et, comme elle se récriait, il donnait à sa thèse des développements tour à tour ardus et comiques.

Longuemare amena quelques amis, et un cercle de jeunes savants fut ainsi formé chez ce bon M. Fellaire, qui n'y fit jamais aucune attention.

L'aide-major avançait des propositions[1] telles que celles-ci : « La vertu est un produit comme le phosphore et le vitriol.

« L'héroïsme et la sainteté sont l'effet d'une congestion du cerveau.

« La paralysie générale fait seule les grands hommes.

« Les dieux sont des adjectifs.

« Les choses ont toujours existé et existeront toujours. »

« Fi donc ! » lui disait-elle.

Mais elle se délectait au timbre de cette voix mâle et jeune; elle admirait, comme une force mystérieuse, cette intelligence expansive et libre, qui le soir, entre une tasse de thé et un verre de kirsch, lui jetait à elle, jeune fille, les curiosités, les magnificences et les horreurs de la nature, pêle-mêle, ainsi qu'un tribut de barbare aux pieds d'une reine surprise et flattée. Cependant on entendait dans le salon des voix mornes qui parlaient de traites impayées, de jugements du tribunal de commerce et de travaux de maçonnerie mis en adjudication.

Puis vint une ombre qui erra silencieuse entre les groupes divers, une grande ombre raide et rousse, de forme à la fois grotesque et noble. C'était l'âme en peine de M. Haviland. Hélène ne confondait pas celui-là avec les autres; elle lui trouvait de la noblesse, une grande distinction d'âme, et elle se savait aimée de lui, bien qu'il ne lui parlât jamais.

Quant à Longuemare, en dépit de toutes ses audaces scientifiques, il était naïf; il la respectait profondément et l'admirait en silence. Après avoir fait grand étalage de brutalité, il trouvait pour elle les paroles les plus délicates. Il était toujours gai devant elle : c'était souvent par complexion; c'était quelquefois aussi par courage, car il l'aimait, et plutôt que de le lui dire, il se fût coupé la langue avec les dents. Il n'avait que sa solde en attendant mieux. Quant à Mlle Fellaire, il ne doutait pas qu'elle ne fût très riche.

Elle le raillait, feignait de le croire très étourdi et pis que cela, mais elle s'attacha lentement et profondément à lui, jusqu'au jour où il vint à Meudon lui faire un brusque adieu.

III

La maison de la Butte-des-Moulins était tombée; le mascaron dont une joue était bleue et l'autre jaune s'était émietté sous la pioche. Elle s'était évanouie avec le reste, la petite chambre où le vieux caissier David Ewart fut arrêté pour être conduit au tribunal révolutionnaire et à la guillotine. Pendant quelque temps les nuages de poussière grise qui tournoyaient dans les rues d'alentour portèrent dans les gosiers des hommes et des chevaux les parcelles fort âcres de la vieille demeure. Maintenant, ceux qui l'avaient habitée, le teinturier et le serrurier entre autres, n'auraient pu en retrouver l'emplacement exact.

Le domaine de M. Fellaire de Sisac, à Meudon, s'était considérablement accru. La grille, qui serrait jadis le chalet d'assez près, s'était élargie pour contenir le terrain voisin, sur lequel s'éleva aussitôt un petit château gothique avec tourelles, créneaux et mâchicoulis en brique. Le tout avait un nom : c'était la *Villa de Sisac*. Le plâtre en était frais encore quand un jour un écriteau pendu à la grille annonça que la maison, le chalet et les dépendances étaient à vendre ou à louer présentement.

Les saisons se succédaient et l'écriteau se balançait au vent. La pluie et le soleil l'avaient ridé et jauni.

Enfin, par des jours d'automne, un silence de désolation s'abattit sur le coteau de Meudon. Puis, à pas lourds, le fusil à l'épaule, le casque de cuir sur la tête, des soldats allemands entrèrent dans le chalet abandonné et y logèrent. Ils firent du feu dans le calorifère avec les planches cirées des parquets. Le toit fut crevé par un obus. Le grand hiver était venu. La France était envahie, Paris assiégé. Dans ce grand écroulement d'un peuple, la fortune de M. Fellaire achevait de s'abîmer.

L'arrêt des travaux d'édilité après la retraite du préfet de la Seine, sous le ministère Chevandier de Valdrôme[1], avait déjà porté un rude coup au cabinet d'affaires de la rue Neuve-des-Petits-Champs. M. Fellaire, que la chance abandonnait, s'abandonnait aussi. Il cessait de teindre ses favoris, mettait des redingotes poudreuses et portait des lunettes en écaille. Il allait risquer dans les tripots les louis d'aubaine qui lui tombaient encore. Depuis que sa fille ne tenait plus sa maison, il y recevait des filles rousses, peintes, qui chantaient dans les escaliers. On le rencontra un jour aux Folies-Bergère avec une femme à chaque bras. Pendant le siège de Paris, il redevint grave et fonda une société d'assurances sur la vie : le *Phénix de la garde nationale*. Mais personne n'y fit attention.

Hélène était mariée; elle voyagea pendant quatre ans; cette vie aisée et sans soins lui plaisait. Grande, belle, vêtue avec une magnificence sévère, elle était admirée dans les hôtels et dans les casinos, où sa nonchalance lui donnait un air d'aristocratie. Elle s'efforça d'aimer son mari. Mais avec une pleine probité et un haut sentiment de l'honneur, il était affreusement ennuyeux. Il voyait, entendait, disait et accomplissait tout avec une égale gravité. Il n'y avait pour lui ni grandes ni petites choses; il n'y avait que des choses dignes d'être prises en considération. Après avoir donné des diamants à sa femme, il la torturait naïvement pendant deux heures pour un compte de trois francs qu'elle ne savait pas rendre. Il faisait des largesses d'une façon étroite; la prodigalité avait chez lui un air d'avarice. Il intervenait dans tous les gaspillages de sa jeune femme, non pour les réduire, mais pour les enregistrer. Il lui permettait d'être dissipatrice, mais à la condition qu'elle accomplît toutes les formalités. Un tiers de sa vie se passait à compter les centimes avec les garçons d'hôtel. Il mettait une obstination invincible à ne pas se laisser voler d'un sou : il s'y fût volontiers ruiné.

D'ailleurs, il calculait tout : les distances à un mètre près, les longitudes, les latitudes, les altitudes, la hauteur barométrique, les degrés du thermomètre, la direction du vent, la position des nuages. À Naples, il cuba le tertre de Virgile[1].

Il avait la manie de ranger et ne pouvait souffrir[a] qu'un journal restât ouvert sur un canapé. Il exaspérait Hélène en lui remettant vingt fois par jour dans les mains le livre ou la broderie qu'elle avait laissé traîner. Elle se rappelait alors son père, qui oubliait ses cigares sur les bras des fauteuils de damas. Mais cela n'était rien. La grande souffrance d'Hélène était de vivre avec un homme totalement dépourvu d'imagination. Cette faculté était si étrangère à M. Haviland qu'il était incapable de peindre un sentiment[b] ou de donner de l'intérêt à une pensée. Depuis qu'ils étaient mariés, il n'avait jamais ouvert la bouche que pour énoncer un fait précis, direct, immédiat. Sans doute il était amoureux et goûtait profondément la possession de sa femme; mais son amour était comme une pluie fine, une de ces pluies qu'on n'entend pas, qu'on ne voit pas, qui ne veulent pas cesser, et qui pénètrent, et qui morfondent.

M. Haviland était servi par un domestique qui avait fait deux fois avec lui le tour du monde. Ils étaient inséparables. Ce domestique, nommé Groult, était un Français que M. Haviland avait connu assez jeune à Avranches. Groult n'était pas beau; il avait les cheveux roux, roides et flambants, et des yeux verts très inquiets; il boitait. Mais il était d'une propreté exemplaire et remplissait ses fonctions avec une parfaite exactitude. Il était marié; sa femme, comme lui au service de M. Haviland, restait à Paris et gardait l'hôtel nouvellement bâti sur le boulevard Latour-Maubourg[1].

M. Haviland s'occupait de chimie et Groult lui servait d'appariteur. M. Haviland se médicamentait quotidiennement et Groult lui tenait sa pharmacie de voyage. Ce Groult était d'une intelligence remarquable. Il manipulait les drogues avec habileté, était adroit dans toutes sortes de métiers et se montrait bon serrurier à l'occasion. Il avait d'horribles mains osseuses avec des pouces énormes, et ces mains-là venaient à bout des ouvrages les plus délicats; mais bien qu'il fût doué d'une aptitude très singulière pour les arts mécaniques, il n'était pas parvenu à écrire d'une façon tant soit peu lisible. Il s'était fait un alphabet dans lequel il était seul à se reconnaître, et il n'y avait pas moyen de distinguer une lettre ou un chiffre dans les chiffons de papier sur lesquels il griffonnait ses comptes. Son grimoire, ses affreuses pattes, son déhanchement, l'odeur de pharmacie dont il était imprégné, les taches que les oxydes laissaient sur sa peau, le rendaient effroyable aux femmes de chambre et aux cuisinières, qui le nommaient Clochon, avaient peur de lui comme du diable, le jugeaient capable de tout et finalement ne trouvaient rien à lui reprocher. Groult était impeccable.

Hélène, à qui il inspirait une répugnance instinctive, essaya de l'écarter; mais elle reconnut bientôt qu'il était indispensable et se résigna à le voir clochant sans cesse entre elle et son mari. Il ne parut pas lui garder rancune et ne se départit pas un seul moment envers elle de ses façons de parfait domestique.

La malveillance de Madame ne l'avait pas effrayé outre mesure. Il possédait la confiance de son maître et savait que Monsieur ne se séparerait pas facilement de lui. Il y avait un lien entre M. Haviland et son domestique Groult. Depuis vingt ans ils cherchaient ensemble Samuel Ewart.

M. Haviland était encore un enfant quand il entendit conter pour la première fois la mort du vieux caissier David Ewart, guillotiné en 1794. Cette sublime obstination d'un brave homme, qui attendit le supplice en tenant les livres que ses patrons lui avaient confiés, parut très louable à l'héritier des Haviland, dont l'esprit honnête et positif était fait pour comprendre un dévouement pratique. Il ne témoigna rien de ce qu'il sentait, mais plus tard, devenu maître de ses actions et de sa fortune, il fit des recherches pour savoir s'il ne restait pas quelque descendant du vieux comptable. Il apprit que Andrew Ewart, arrière-petit-fils en ligne directe de David, était négociant à Calcutta. Andrew s'était en effet marié à une Indienne et associé à un brahmane pour fonder une maison de commerce sous la raison sociale : *Andrew Ewart, Liçaliçali et Cᵒ*. M. Haviland, suivi de Groult, prit le paquebot pour aller trouver Andrew à Calcutta et lui dire : « Votre aïeul est mort au service du mien en parfait gentleman. Permettez-moi de vous serrer la main. Ne puis-je avoir l'avantage de vous servir en quelque chose ? »

Mais quand il arriva à Calcutta, en 1849, il apprit que l'association *Andrew Ewart, Liçaliçali et Cᵒ* était dissoute par suite du décès de M. Andrew, mort en juin 1848, du choléra, laissant une veuve et un fils âgé de quatre ans, nommé Samuel. Mrs. Andrew, restée sans fortune, avait quitté la ville avec son petit enfant. M. Haviland ne put retrouver sa trace. Ayant appris que Liçaliçali s'était fixé à l'île Bourbon, il y alla, et trouva le brahmane donnant des leçons d'anglais aux enfants du gouverneur de la colonie. M. Liçaliçali apprit à M. Haviland que la veuve d'Andrew Ewart s'était retirée avec son enfant chez son frère, M. Johnson, ancien officier de Sa Majesté.

M. Haviland n'en put découvrir davantage; maintenant Samuel Ewart avait vingt-sept ans; chaque semaine, une annonce insérée dans le *Times* l'invitait à faire connaître sa résidence à M. Martin Haviland esq., à Paris, et Samuel Ewart ne donnait pas signe de vie.

M. Haviland conduisait depuis vingt-cinq ans ses recherches, sans plus d'ardeur, sans plus de lassitude un jour que l'autre. C'était sa tâche, il la reprenait chaque matin comme un menuisier reprend son rabot. Groult tenait tous les fils de l'affaire et les démêlait adroitement.

Il était particulièrement utile quand il s'agissait d'éconduire un faux Samuel Ewart, car plusieurs aventuriers s'étaient déjà présentés chez M. Haviland comme fils et héritiers du feu Andrew.

La santé de M. Haviland se troubla pendant l'automne de 1871; il eut des insomnies et des vertiges. Un jour (c'était au commencement de l'hiver, ils s'étaient établis à Nice, dans la villa des Oliviers), Hélène, qui lisait un roman dans le salon, vit entrer son mari et poussa un cri d'effroi :

« Vos yeux ! dit-elle. Regardez donc vos yeux, là, dans la glace ! »

Les yeux bleus de M. Haviland étaient devenus noirs[1]. Il avait la bouche frémissante, l'air égaré et il murmurait :

« Il viendra, Sam, Sam Ewart. »

IV

Ils venaient finir l'hiver à Paris. La cour de l'hôtel était pleine de malles, de caisses, de paquets, au milieu desquels Mme Groult s'agitait désespérément; elle portait une camisole d'indienne à petites fleurs et toute sa personne semblait procéder de cette étoffe flasque. Mme Groult, molle et agitée, ressemblait à un paquet de chiffons entraîné par une force invisible. Son visage était perpétuellement noyé dans une sorte de buée; aussi y portait-elle sans cesse son avant-bras cotonneux. Très timorée, elle maniait les cartons sous la direction expresse de la femme de chambre et se perdait dans les ordres et les contrordres que celle-ci, frisée et les brides de son bonnet coquettement rejetées en arrière, lui donnait du bout des lèvres, en faisant des mines aux palefreniers.

Hélène jeta sur un fauteuil sa pelisse de voyage, que M. Haviland vint plier proprement. Impatientée, elle se mit à battre la marche turque sur la vitre. Le dôme des Invalides brillait à peine sous un ciel brumeux. Tout, alentour, était d'un gris morne. Elle s'en alla, fort maussade, dans sa chambre.

Groult annonça M. Fellaire de Sisac. L'homme d'affaires venait en grande hâte saluer son gendre et embrasser sa fille. Il était boutonné jusqu'au cou ; son chapeau, tout sillonné de cassures, ne pouvant plus être traité au fer, l'avait été à l'eau. Il l'avait littéralement arrosé pour en lisser le poil rebelle et le faire reluire une fois encore. Les talons des bottes de M. Fellaire étaient usés d'une manière si oblique et tellement déviés, qu'il était forcé de marcher comme un canard, pour y retrouver son aplomb.

M. Haviland ne lui tendit pas la main. M. Fellaire se donna beaucoup de mal pour échauffer « son cher insulaire, son très honorable gendre ». Avec sa voix métallique, on eût dit qu'il battait le briquet sur un gros caillou. Mais M. Haviland n'étincelait pas. L'agent d'affaires se disait qu'après tout ce diable d'homme était naturellement terne, et il s'obstinait à l'électriser. Comme on ne lui demandait pas où en étaient ses affaires, il s'écria :

« À propos ! Je ne vous dissimulerai pas que j'ai traversé *des temps difficiles.* J'ai subi ce qu'on peut appeler une crise. »

Il ne pouvait guère dissimuler ces sortes de difficultés à M. Haviland, qu'il avait poursuivi pendant quatre ans de ses demandes d'argent[1]. Il lui avait demandé, pendant le siège, par ballon, par pigeon voyageur, par insertions dans le *Daily Telegraph*, un bon sur un banquier de Paris. M. Haviland avait satisfait à la première demande, puis il n'avait pas même répondu. M. Fellaire s'était présenté rue de la Victoire, chez M. Ch. Simpson, banquier, et avait usé du nom aimé et respecté de son gendre pour emprunter une somme d'argent, recourant ainsi à un artifice qui parut à M. Haviland d'une intolérable incorrection.

Donc M. Fellaire ne dissimulait pas ses embarras. Mais il s'était relevé, disait-il; il avait en mains une magnifique affaire.

Ayant touché ce sujet, il ajusta ses poings sur ses cuisses et respira longuement; il prenait son attitude.

« Il s'agit, dit-il, en fixant sur la corniche un regard napoléonien, il s'agit d'une affaire dont le côté essentiellement moralisateur ne vous échappera pas. Il s'agit d'une banque ouvrière[1] fondée sur des bases toutes nouvelles. À une époque où le développement excessif des classes laborieuses devient un embarras pour l'économiste et constitue, si j'ose dire, un danger permanent pour la société tout entière, le besoin se fait sentir d'une institution qui inspire au prolétariat le sentiment de l'épargne. Dégagés désormais des entraves que le précédent gouvernement n'aurait pas manqué de susciter à la fondation d'un établissement de ce genre, il faut agir, et... »

À ce moment, M. Fellaire de Sisac vit son lamentable chapeau traîtreusement éclairé par le seul rayon de soleil qu'il y eût dans le salon et peut-être dans tout l'hôtel. Il ajouta d'un ton énergique :

« Et agir vite. »

Il demanda ensuite si M. Haviland voulait prendre connaissance des statuts de la banque ouvrière.

M. Haviland répondit :

« Non ! »

M. Fellaire de Sisac aurait voulu que M. Haviland se fît une idée générale de la façon dont la banque ouvrière était constituée. Il comptait que son très honorable gendre donnerait des conseils précieux. Enfin, pourquoi ne pas le dire ? L'affaire était digne de l'intérêt des plus gros capitalistes et il se faisait *scrupule*[a] de ne pas appeler M. Haviland à bénéficier des avantages réservés aux premiers actionnaires de la banque ouvrière.

Il se tut. M. Haviland sonna son domestique, qui vint en boitant.

« Groult, lui dit-il, ôtez ce cigare. »

C'était un cigare de deux sous, éteint et mâchonné, que M. Fellaire de Sisac, en entrant, avait posé sur le bord de la console.

Puis M. Haviland regarda M. Fellaire en face et lui dit :

« Je ne vous donnerai pas de conseils, parce que vous ne m'écouteriez pas. Je ne vous donnerai pas d'argent, parce que vous ne me le rendriez pas. Vous n'êtes pas un gentleman, non ! Je vous prie de ne jamais revenir chez moi, non ! Vous pourrez voir Mme Haviland quand il vous plaira, oui ! »

Et il sortit.

M. Fellaire, étourdi du coup, bouleversé, se sentant un homme fini, eut le courage d'embrasser gaiement sa fille et de lui dire des bagatelles. Elle l'accueillit avec une tendresse d'enfant. Il y avait dans le caractère de cet homme quelque chose de facile qui sympathisait avec la nature paresseuse d'Hélène, et c'était son père enfin. D'un seul coup d'œil de femme, elle vit la chemise effilée sur les bords, la redingote blanchie au collet, le chapeau, toutes les misères de la toilette paternelle. Elle soupçonna la vérité. Mais la voyant soucieuse, il sourit, le pauvre homme ! il allégua des affaires magnifiques qui l'absorbaient. Il s'accusa de se négliger en vieillissant. Il demanda si elle était heureuse. Il lui conseilla de bien aimer son mari. Puis, l'ayant embrassée avec effusion, il redescendit l'escalier d'une allure si lourde qu'il semblait vieilli de dix ans, rapetissé, l'œil morne, le menton pendant, la tête basse sous son éternel chapeau.

Hélène s'aperçut que son mari s'était brouillé avec son père. Bien qu'elle devinât les raisons de cette rupture, elle en sut mauvais gré à son mari. C'est à ce propos que commencèrent les allusions aigres, les querelles sans motif apparent, sans explication possible.

Comme elle était affectueuse par grands élans, elle jeta brusquement toutes ses tendresses perdues sur le neveu de son mari, Georges, adolescent blond et fin, très joli, boudeur et caressant. Georges Haviland, né à Avranches et élevé dans la religion catholique, au milieu de la petite colonie anglaise de cette ville, était orphelin. Son oncle, qui lui fut donné pour tuteur, le plaça comme externe au collège Stanislas. Hélène gâtait Georges avec les meilleures intentions du monde. Elle le peignait elle-même de vingt façons pour voir comment il serait le plus joli.

Elle lui faisait quitter ses devoirs le soir pour l'emmener au concert ou bien au spectacle.

Mais ses journées étaient vides; elle s'ennuyait, elle pleurait. Elle aurait voulu vivre dans un grenier seule avec son père.

Elle s'échappait et courait en secret chez l'homme d'affaires, qui, pour le moment, était logé dans la rue de Rome[1], au quatrième étage d'une maison neuve dont il essuyait les plâtres. Ces courses en fiacre l'amusaient beaucoup. Elle baissait sa voilette et tremblait comme pour un rendez-vous. Le logement de son père avait l'aspect d'un logement de garçon; les pipes traînaient parmi les papiers sur les tables; le divan était bien fané, mais si accueillant et doux en dépit des ressorts cassés; Hélène baisait son père sur ses grosses joues lourdes et furetait dans les coins. Quand elle découvrait quelque objet de femme, une ombrelle, une voilette, elle faisait mine de n'en rien voir, pinçait les lèvres et riait des yeux. Son père restait devant elle muet d'amour et d'admiration. Quand elle avait remué les papiers, mangé des gâteaux, bu et ri et bien tiré les favoris de son papa, elle partait avec un gros soupir. Et lui, sur le palier, rajustant sa calotte dérangée par les embrassements, lui disait à l'oreille :

« Aime bien ton mari, aime-le de tout ton cœur. »

Alors elle détestait son mari. Tapie au fond du fiacre, elle se le figurait devant elle, sur le dos du cocher, avec ses yeux ternes et ses joues sanguinolentes comme une viande mal cuite. Et elle faisait une grimace de dégoût. Y avait-il au fond de son âme, dans la région des anciennes images, une figure à demi effacée, mais aimable, mais chère, la figure d'un absent qui ne revenait pas ? Dans les soupirs de cette femme ennuyée, n'y en avait-il pas qui, poussés vers quelqu'un, allaient loin, bien loin, sans arriver jamais ?

Un jour qu'ayant laissé tomber sur ses genoux, comme un poids trop lourd, une broderie commencée depuis longtemps, elle regardait, avec cette attention obstinée que donne l'ennui, les imperceptibles irrégularités des glaces de la fenêtre, qui faisaient onduler les profils d'architecture vus au travers, sa femme de chambre lui présenta une carte de la part de quelqu'un qui était là et qui demandait à la voir. Ayant vu la carte, elle se leva vite, rajusta les boucles de ses cheveux, les plis de sa jupe et entra dans le salon, ranimée, embellie, avec des grâces de cygne dans le col et un coup de talon souverain dans la traîne de sa robe.

V

René Longuemare se leva devant elle. Il était plus pâle qu'autrefois. Ses joues mieux remplies et tous ses traits s'étaient adoucis; une teinte séreuse les revêtait et ses yeux luisaient dans un demi-cercle plombé et martelé, trace des fièvres qu'il avait prises là-bas, dans les rizières. Il avait toujours son regard brave, sa grosse bouche affectueuse, sa mine ouverte.

« Vous voyez, lui dit-elle, que la terre est petite et qu'on revient de partout. Je ne suis pas surprise de vous revoir et j'en suis bien heureuse. »

Ils furent mal à l'aise d'abord. Chacun avait un long espace de vie inconnu à l'autre. Ils cherchaient à se reconnaître. Soit qu'elle voulût faire son devoir de maîtresse de maison, soit qu'elle fût tentée par un secret sentiment, elle lança le premier mot cordial.

« On a quelquefois pensé à vous », dit-elle.

Alors René plongea hardiment dans leurs communs souvenirs. Il parla des tasses de thé de la rue Neuve-des-Petits-Champs, des promenades à Meudon, des robes roses et blanches griffées par les ronces, des beaux gilets de M. Fellaire, auxquels on se ralliait dans les excursions à travers bois, comme au panache du Béarnais, et des folies qu'ils se disaient. Elle lui demanda s'il mettait toujours des grenouilles dans ses poches. Au bout d'un quart d'heure, ils croyaient ne s'être jamais quittés. C'est alors qu'il conta sobrement son voyage et les fatigues monotones du service dans une station malsaine. Elle ouvrait tout grands, en l'écoutant, ses beaux yeux humides. Puis elle lui demanda ce qu'il comptait faire. Il était las, disait-il, de la médecine militaire. Il donnerait sa démission, se ferait médecin de campagne, rebouteux de village; si quelque jeune fille, très ingénue, était tentée d'élever des poulets sous sa protection, il l'épouserait.

Elle dit vivement :

« Ah ! vous voulez vous marier ? »

Mais elle reconnut à ses réponses qu'il n'y tenait pas; qu'il avait dans le cœur un grand vague, quelque tristesse et peut-être un souvenir.

Georges, revenu du collège, vint se jeter entre eux avec ses livres de classe et se disposa, en enfant gâté, à jouir de la distraction que ce monsieur allait lui procurer. Elle ne le renvoya pas, lui dit de se tenir tranquille et de faire ses devoirs. Le major contait[a] quelque épisode de sa traversée, tandis que l'enfant feuilletait bruyamment son dictionnaire, mâchait son porte-plume et relevait la tête quand il entendait parler d'araignées de mer mangées vivantes par un matelot sur le pont du navire.

La femme de chambre vint dire que Monsieur, qui était souffrant, priait Madame de venir près de lui.

La chambre de M. Haviland était grande et toute remplie d'objets étranges, rangés dans un ordre précis. Il y avait une vitrine pleine de flacons cachetés et étiquetés. On lisait sur les étiquettes : *Tage, Jourdain, Simoïs, Eurotas, Tibre, Ohio*, etc. Il avait recueilli une demi-bouteille de l'eau des fleuves qu'il avait traversés[1]. Une autre vitrine contenait des échantillons de tous les marbres de la terre. Il y avait aussi une armoire qui, réservée aux souvenirs historiques, renfermait des pierres de la prison du Tasse, de la maison natale de Shakespeare, de la chaumière de Jeanne d'Arc[b] et du tombeau d'Héloïse, des feuilles du saule pleureur de Sainte-Hélène, une pièce de vers écrite par Lacenaire à la Conciergerie, un porte-montre volé aux Tuileries, en 1848, un peigne ayant appartenu à Mlle Rachel, et, dans un tube de verre, un cheveu de Joseph Smith, prophète des Mormons, sans compter les autres reliques[2]. De grandes tables de bois blanc, des tables d'architecte, étaient couvertes de fioles, et la chambre exhalait une odeur pharmaceutique très caractérisée.

M. Haviland était étendu sur une chaise longue, près de son lit de fer; une couverture de voyage lui enveloppait les jambes. Il était blême, avec des plaques rouges sur les joues. Ses yeux, devenus sombres, sortaient des orbites.

Il prit les mains de sa femme avec cette tendresse avide des êtres qui sentent que tout leur échappe. Il lui dit qu'il l'aimait, qu'il lui avait de la reconnaissance, qu'il se sentait bien malade, qu'il espérait guérir, étant fort bien soigné par sa méthode que Groult savait fort bien appliquer. Ses paroles étaient coupées de vertiges.

Il poursuivit :

« Je dois vous avertir, Hélène, que j'ai des moments d'égarement. Cela tient à mon mal. Tout ce que je ferais dans ces moments doit être considéré comme non avenu. Heureusement mes affaires sont en règle. Mon testament est chez mon notaire. »

Il lui dit alors qu'il lui laissait en viager l'usufruit de sa fortune, dont le capital devait être mis, en toute justice, sur la tête de Georges Haviland. Il avait pris aussi des dispositions en faveur de son domestique Groult, mais il l'en avait informé. Il pressa de nouveau les mains de sa femme, la fixa de ce regard étrange et douloureux qu'il avait quelquefois et l'adjura d'écouter ce qu'il lui restait à dire :

« Si je viens à mourir et si vous vous souvenez de moi, cherchez, ma chère Hélène, cherchez Samuel Ewart, et exécutez en sa faveur mes dernières volontés. Au nom de Notre Seigneur Jésus-Christ, qui viendra ressusciter les morts, je vous adjure de ne rien négliger pour faire parvenir au dernier descendant de David Ewart la somme que je lui destine. Il vit; il y a des nuits où je le vois. Je le reconnaîtrais, s'il venait. Il viendra. »

Alors le malade regarda fixement une portière sombre qui pendait à grands plis, allongea son bras qui tremblait, et s'écria :

« Là, là, devant cette porte, c'est lui, c'est Sam Ewart ! Vous voyez bien cette marque qu'il porte au cou, sous sa chemise de matelot; c'est une marque rouge, à cause de son arrière-grand-père, le vieux David... Sam ! Sam ! Oh ! mon Dieu ! »

Il retomba sur sa chaise longue et s'assoupit lourdement. Hélène ne savait que faire et se perdait dans les fioles. Elle sonna Groult, qui l'écarta assez rudement et s'empara du malade.

La nuit, comme elle ne dormait pas, elle vit au clair de lune son mari descendre, enveloppé d'un tartan, par la fenêtre de sa chambre, et marcher droit vers un puits qui était près de l'écurie.

La face collée à la vitre, elle sentit une vive douleur à la racine de ses cheveux[1]; elle ne put ni bouger ni pousser un cri. Elle vit Groult[2] sortir à demi vêtu du pavillon où il couchait et suivre à pas de loup son maître. Elle vit celui-ci regarder longtemps au fond du puits, lever la tête, étendre la main comme pour chercher de quel côté venait le vent, puis rentrer par la fenêtre dans sa chambre. Elle vit Groult hausser les épaules et regagner le pavillon avec un déhanchement maussade et des gestes de dépit.

Mme Groult avait apparu un moment sous un bonnet à bavolet immense, et dans son éternelle cotonnade, à la porte du pavillon de garde. Hélène crut entendre que Groult, rentré dans sa chambre, la battait.

M. Haviland était devenu somnambule. Le lendemain, elle le trouva tout habillé, paisible[3], occupé silencieusement à étiqueter les petites pierres qu'il avait arrachées[a] à des monuments fameux. Il écrivait sur des papiers gommés les mots de *Colisée, Catacombes, Tombeau de Cécilia Métella.* Ses yeux, redevenus d'un bleu terne, n'exprimaient rien.

Hélène n'était pas rassurée. Elle voulut rester près de lui. Elle se promettait de le veiller elle-même et de faire venir des médecins, bien qu'il l'eût formellement défendu.

Groult entra dans la chambre avec une bouteille et un verre. Il versa du sirop dans le verre et le tendit à son maître en regardant fixement Hélène. Il la regardait avec une familiarité cynique, avec une effronterie audacieuse qui la fit rougir. M. Haviland, peu de temps après avoir bu, fut repris de vertiges et de stupeur. Sa pupille se dilata de nouveau extraordinairement.

À compter de ce jour, Hélène fut tourmentée d'une inquiétude vague. Un soir, vers cinq heures, elle remarqua sur le tapis de sa chambre des traces de souliers ferrés. Les pas ainsi révélés traversaient obliquement toute la chambre et se dirigeaient de la porte extérieure à celle du cabinet de toilette. Les traces, extrêmement faibles, n'apparaissaient qu'à cause des rayons obliques du soleil, qui, rasant en ce moment le tapis, rendaient visibles les plus légères foulures de la laine et les grains de poussière blonde sur les tons riches et fondus du tissu de Smyrne. Effrayée, elle fit visiter le cabinet de toilette par sa femme de chambre, qui y trouva tout en ordre. Elle chercha quelque temps dans son esprit à s'expliquer ces traces de pas ; elle ne put y parvenir, et, fatiguée de s'inquiéter, elle rentra dans son indifférence.

Quand René Longuemare revint, Hélène, qui l'attendait, était coiffée de la façon qu'il aimait le mieux. Elle fut faible devant lui, lui avoua les misères de sa vie, les ennuis de son mariage. Elle sentait qu'elle l'aimait. Elle aurait voulu tomber dans cette poitrine large et chaude, y pleurer, y tout oublier. René restait très calme près d'elle. Plus elle se confiait à lui, plus il se croyait engagé à ne pas abuser de cette confiance. Il l'aimait respectueusement ; elle était la poésie de sa vie de garçon, où d'ailleurs la prose ne manquait pas. Il avait repris à Paris ses vieilles habitudes et il soupait tous les soirs au sortir de quelque petit théâtre. Il y avait dans son âme une haute et large place pour une créature idéale, et à cette place, il avait mis Hélène. Elle, de son côté, bien *lasse, bien faible*, abaissée à ses propres yeux par un mariage sans amour, mais réservée par bon ton et décente par goût, retenait devant lui ce qu'il y avait de trop voluptueux et de trop abandonné en elle. D'ailleurs, exempte encore de toute faute, il lui eût semblé monstrueusement impossible d'en commettre une.

Elle lui parla de la maladie de son mari. René hocha la tête : il ne savait que dire. Mais il était probable que M. Haviland se médicamentait mal. L'aide-major ne diagnostiquait pas, d'après les symptômes qu'on lui décrivait, une affection caractérisée, suivant sa marche naturelle. Il pressentait l'action intermittente d'un agent nuisible, d'un toxique. La dilatation de la pupille était vraisemblablement due, selon lui, à un emploi inconsidéré de la belladone ou de l'atropine. M. Haviland avait dû recourir, pour combattre ses rhumatismes, au sulfate chlorhydrate d'atropine[a]; maintenant, selon toute apparence, il abusait de ce médicament de la façon la plus désastreuse. Sur le conseil pressant de René, elle résolut de nouveau d'appeler des médecins et de garder elle-même le malade.

Le lendemain, elle le trouva dans un grenier qui lui servait d'atelier. Il rabotait une planche avec beaucoup d'attention, car il était menuisier aussi bien que chimiste. En le voyant si calme, si reposé, elle crut avoir rêvé. Il parla du cuisinier, qui était un voleur et qu'il avait chassé : c'était Groult qui avait découvert la fraude. Il posait de temps en temps son rabot sur l'établi et venait ôter délicatement les copeaux que sa femme avait pris dans la guipure de son peignoir. Il avait ses yeux naturels, ses yeux clairs, et jamais il n'avait autant manqué d'imagination.

Elle songeait à René, si vif, si intelligent, d'un esprit plein d'intérêt, comme un livre bien fait, d'une âme éclatante de jeunesse et de force, et son cœur se gonflait de haine en regardant ce vieillard qui rabotait. Groult vint à l'heure ordinaire apporter le sirop à son maître. Quand il vit Hélène dans ce grenier où elle n'avait jamais mis les pieds, il roula des yeux de chat furieux.

Puis, comme l'autre fois, tandis que M. Haviland buvait son sirop, il la regarda avec impudence en grommelant entre ses lèvres tordues. En ce moment précis, il était si laid et montrait un tel cynisme, que sur-le-champ, d'un coup, elle sut clairement, certainement, à n'en pas douter, ce qu'il faisait là.

Elle tendit les bras en avant pour faire tomber le verre des lèvres du vieillard. Alors Groult lui glissa à l'oreille, avec un accent ignoble et dominateur, ces mots :

« Ne faites pas l'enfant ! »

Elle resta raide, inerte, toute blanche. M. Haviland avait fini de boire et s'essuya les lèvres.

La malheureuse s'enfuit dans l'escalier, accablée, étourdie, croyant à chaque pas s'effondrer sous terre, épouvantée de son incommensurable lâcheté.

Elle n'osa plus reparaître devant son mari : mais elle apprit le soir même, par sa femme de chambre, qu'il avait eu un délire violent et que maintenant il reposait. Elle l'avait cru mort; elle poussa un soupir de soulagement.

Elle se dit : « Il vit; il est temps encore de parler, d'agir. Je ne serai pas la complice d'un... »

Dans la détente de ses nerfs, elle s'assoupit et, toute tiède et molle de sommeil, elle songea à René, qu'elle revit avec tous les charmes du rêve, avec toutes les magies d'un absent aimé; puis ses visions devinrent confuses et pénibles[1]. Elle avait la tête en feu, elle frissonnait, ses dents claquaient. Elle éprouva à se mettre au lit une sensation qui ressemblait à de la joie, puis elle ne sut plus ce qu'elle était devenue. Elle voyait des figures terribles qui passaient et qu'elle n'avait pas le temps de reconnaître. Où donc était-elle ? Et que lui voulait cette foule d'étrangers vêtus de toutes sortes de costumes de théâtre ? Quelque chose de chaud qu'elle écartait sans cesse avec horreur lui pesait sur la poitrine à l'étouffer. C'était un chat rouge avec des yeux qui changeaient de couleur. Elle écartait les coudes et pliait les genoux. Une religieuse venait rajuster des couvertures sur elle; mais pourquoi cela ? Et puis, ils étaient là, deux ou trois, qui l'empêchaient de sortir. Elle avait pourtant quelque chose de bien grave à faire, quelque chose qu'on ne pouvait différer d'une minute; mais elle ne savait plus quoi. Elle criait : « Oh ! ma tête ! ma pauvre tête ! » Elle souffrait tant du cerveau qu'elle cherchait partout un mur, un mur de fer pour se fendre le crâne et être ainsi soulagée. Oh ! vite ! se faire une fente bien large pour tirer toute l'eau qui bouillait là. Une voix inconnue disait : « De la glace ! encore de la glace ! » Mais elle ne voyait pas de glace, perdue comme elle était sur une grève de sable brûlant, au bord d'une mer de plomb fondu. Elle criait : « René ! René ! emmenez-moi dans les bois de Meudon ! Avez-vous oublié le temps où vous me faisiez des bouquets d'aubépine ? » Puis elle tombait assoupie, et, à son réveil, devenue une enfant, elle récitait, d'une voix monotone de pensionnaire, des lambeaux de fables et de catéchisme. Elle murmurait : « Je ne peux pas apprendre mes leçons. Madame, j'ai mal à la tête[a]. Menez-moi à la maison. Je veux revoir papa. »

Un jour, elle se retrouva dans son lit, bien faible, ayant très faim. Elle apprit, de la religieuse qui la gardait, qu'elle avait fait une grave maladie de trois semaines et qu'elle était sauvée. Après un grand effort pour rassembler ses souvenirs, elle demanda :

« Et mon mari ? »

La religieuse lui dit de ne point s'inquiéter, qu'il allait bien.

Hélène respira. Entrée en convalescence, elle eut ces fatigues de tête et ces obstructions de la mémoire qui suivent ordinairement la fièvre cérébrale. Il n'y avait qu'un sentiment bien net en elle : la peur de revoir son mari. Elle eut des palpitations de cœur quand on lui annonça que M. Haviland, convalescent lui-même, venait la voir dans sa chambre.

Il la regarda affectueusement, lui dit combien il l'aimait, et pour la première fois, elle vit un sourire sur ce visage grave. C'était un sourire intérieur, si profond, si vrai, qu'elle en fut remuée et attendrie. Elle se mit à pleurer et à faire au vieillard une caresse filiale. Elle lui passait les bras autour du cou, mais il avait repris sa roideur habituelle.

Elle fit un grand effort et, à travers le brouillard de son intelligence, elle retrouva les deux potions versées par Groult. Alors elle prit les mains de son mari et lui dit d'un ton suppliant :

« Si vous m'aimez, si vous voulez nous éviter à l'un et à l'autre une mort horrible, je vous conjure de renvoyer votre valet de chambre aujourd'hui, tout de suite. Ce qu'il a fait... c'est épouvantable... je ne peux pas le dire... Chassez-le ! chassez-le ! »

Elle se roidit dans des sanglots convulsifs et s'évanouit. M. Haviland, se rappelant qu'Hélène avait autrefois témoigné de l'aversion pour le valet de chambre, et la voyant si faible et si troublée, pensa qu'elle parlait sans raison; mais, jugeant nécessaire de lui sacrifier son domestique, il le fit appeler dans le laboratoire et lui dit :

« Groult, il faut nous séparer. Je suis content de vous et j'aurais voulu vous garder auprès de moi jusqu'à ma mort, oui. Mais votre présence dans cette maison est devenue impossible pour des raisons que je n'ai pas à vous soumettre, non ! Je ne changerai rien aux dispositions que j'ai prises en votre faveur. Je vous le dis et vous pouvez me croire. Vous quitterez l'hôtel vendredi. Je me charge de votre entretien jusqu'à ce que vous soyez pourvu. Votre femme me sera agréable en restant à mon service, et je tiens à me tenir en communication directe avec vous pour tout ce qui concerne Samuel Ewart. Je n'ai plus rien à vous dire. »

Groult ne répondit pas, s'inclina et sortit.

VI

Groult avait été ainsi congédié un vendredi. Le lendemain, M. Haviland se sentit mieux portant qu'il ne l'avait été depuis plusieurs mois. Il fit ce jour-là une promenade au bois de Boulogne avec Hélène, qui se rétablissait.

Les légères secousses de la voiture et les caresses de l'air donnaient aux deux convalescents une agréable fatigue. Hélène avait tous les renoncements de la lassitude. Elle acceptait en ce moment-là, de tout son cœur amorti, le mari fade et le sort monotone qui lui étaient dévolus. La faiblesse donne de ces douceurs. Par un égoïsme de malade, elle devenait affectueuse pour l'homme qui était à son côté dans la calèche, les genoux sous la même fourrure qui la réchauffait. Elle regardait d'un œil frileux les arbres, les réverbères, les piétons que la voiture faisait filer derrière elle, et les maisons de l'avenue des Champs-Élysées[1] avec leurs ateliers de carrosserie et les allées sablées où s'enfonçaient, sous la voûte, dans l'ombre, des chevaux tenus en bride par des palefreniers aux jambes arquées; puis[a] l'Arc de Triomphe, dressé sur son rond-point avec une emphase pesante; puis, à gauche, l'avenue qui mène au Bois, bordée d'une double bande de parcs anglais; elle voyait, à droite, les cavaliers dans l'allée sablée; un soleil de printemps baignait l'étendue. Déjà les arroseurs traînaient leurs tuyaux à roulettes et poussaient des jets d'eau contre les jambes des chevaux qui hésitaient. Parfois le vent et l'ombre d'une victoria[1] vivement lancée lui passaient sur le visage. C'était une fille à cheveux roux, blafarde et les lèvres peintes, qui, les coudes au côté, tenait les guides et brûlait l'avenue, tandis qu'un groom, assis derrière elle sur le siège, se croisait les bras. Puis la fraîcheur du Bois enveloppa la calèche ralentie. Les voitures, égayées par de vives toilettes[a] et de clairs visages, allaient à la file, au pas. Des saluts s'échangeaient d'une voiture à l'autre, et des cavaliers s'approchaient, en souriant, des femmes épanouies sous le fond sombre des capotes abaissées. Une noce d'ouvriers défilait, à pied, par couples, dans la contre-allée.

Hélène trouvait à son mari une roideur correcte qui ne lui déplaisait pas. Elle lui savait gré de son bon ton et de son flegme. Le silence de cet homme, le calme de sa face, la simplicité de ses idées la contentaient alors, comme autant de ménagements délicats donnés à une convalescente. Elle l'estimait précieux depuis qu'elle l'avait sauvé. D'ailleurs, ayant peur de penser, elle goûtait les délices d'une fatigue modérée et d'une faiblesse qui diminuait. Elle se pelotonnait avec la volupté d'une chatte frileuse.

Ils descendirent près de la cascade et entrèrent dans le chalet d'un cafetier pour y boire un verre de lait[b].

À sa droite et à sa gauche, les tables étaient occupées par des vieillards qui chuchotaient, et des frissons d'étoffes se mêlaient aux faibles sifflements des langues féminines. Devant elle[c], trois jeunes gens discutaient avec des éclats de voix. Elle ne connaissait pas ceux qui lui faisaient face, mais elle reconnut, à une seule ligne de l'épaule, celui qui lui tournait le dos et qu'un garçon de café lui cachait presque tout entier. Elle sentit une contraction douloureuse de l'estomac, un étouffement à la gorge, une brûlure de sang aux joues, une angoisse indicible, en même temps qu'une affluence de délices trop fortes l'envahissait. Longuemare, qui lui donnait ce trouble, fort éloigné de se croire si près d'elle, continuait la conversation tumultueusement commencée, et poussait, selon sa coutume, quelque idée à toute outrance.

« Le seul praticien que j'admire, disait-il à ses camarades (qui comme lui semblaient avoir fait un bon déjeuner), le seul, c'est Pinel[1]. Il ne donnait jamais aucun médicament à ses clients, de peur de troubler ou d'arrêter le cours normal de la maladie. Satisfait quand il avait pu décrire et classer une lésion, il s'abstenait prudemment de la guérir. Devant les merveilleux progrès d'une plaie active, il restait attentif, respectueux, immobile. Quel médecin que Pinel ! »

La voix de René se perdit dans un bruit de rires; les interruptions jaillirent et les trois amis parlèrent ensemble. Hélène avait la gorge sèche; ses tempes bourdonnaient, ses yeux ne voyaient plus, la sueur perlait sur son front. Son mari, la voyant si pâle, lui demanda si elle était fatiguée et si elle voulait rentrer. Elle le regarda et le trouva odieux. Il avait la face couperosée avec des filaments violets et des pellicules blanches sur les joues. Il roulait des yeux ternes et vides. Maintenant elle lui en voulait presque de sa santé rétablie.

Quand ils se levèrent, Longuemare la vit. Le regard qu'ils échangèrent fut tel qu'il semblait les tirer violemment l'un vers l'autre.

Le lendemain, le vieillard ne put quitter sa chambre; les symptômes de son affection intermittente reparurent et prirent au bout de quelques jours un caractère alarmant. Le vendredi matin, Hélène fit appeler un médecin. Ce jour-là le malade avait un aspect effrayant. Les conjonctives étaient injectées de vaisseaux bleuâtres et les yeux sortaient de leurs orbites, comme à demi arrachés. Le délire était furieux. Le docteur Hersent, survenu au milieu de l'accès, prescrivit une médication antispasmodique et sédative qui ne produisit aucun effet sensible. Diagnostiquant une lésion indéterminée, mais profonde, des centres nerveux, et craignant qu'une terminaison fâcheuse ne suivît de peu sa venue, il déclara que le cas était grave et demanda une consultation pour le soir.

En ce moment, Groult, ayant fait faire son paquet

par sa femme, prenait un fiacre et quittait l'hôtel, conformément à l'ordre qui lui avait été donné.

Hélène restait près du malade. Terrassée par une épouvante sans nom, elle n'osait le regarder; puis, tout à coup, saisie d'une horrible curiosité, elle l'examinait de tous ses yeux et voulait voir, voir encore, jusqu'à en mourir. Le malheureux luttait contre deux valets qui le retenaient à grands efforts sous les couvertures. Il réclamait sa femme et Samuel Ewart. Sa voix, dont toutes les cordes étaient altérées, semblait nouvelle, et d'autant plus épouvantable. Il soupirait le nom d'Hélène avec une douceur plaintive, et aussitôt poussait des glapissements aigus et des ricanements sinistres, et le contraste était si brusque qu'on ne pouvait concevoir de telles alternatives de tendresse triste et d'ironie furieuse, même dans un cerveau déjà décomposé. Et l'horreur d'une telle scène se décuplait en passant par l'imagination blessée d'Hélène. Elle sentait comme des fils de métal rougis au feu lui courir de la nuque au talon; une cuirasse ardente lui cernait le ventre et les flancs[1].

Et elle écoutait la voix de son mari avec une attention lucide. Sa torture augmentait de n'y pouvoir découvrir même le sens le plus vague. En cet instant, si elle avait entendu cet homme la dénoncer clairement de la langue et du doigt et la maudire, en vérité elle se serait sentie soulagée.

À dix heures du soir, les docteurs Hersent, Guérard et Baldec se réunirent autour du malade qui, pris devant eux d'un tremblement de tous ses membres, s'assoupit.

Il avait l'air de dormir. Et un nouveau supplice, le plus affreux de tous, commença pour Hélène. Elle se sentit reprise d'amitié et de respect pour cet homme loyal qui l'avait aimée. Elle se sentait des larmes pour lui, et ces larmes lui faisaient horreur comme une infâme hypocrisie, car n'était-ce pas elle qui... ?

Le souffle du malade se précipita et devint si pénible que ceux qui l'entendaient, à l'exception des médecins, se sentaient eux-mêmes oppressés. Ses mains osseuses, étendues sur la couverture, la grattaient d'un geste frileux et maladroit. Le docteur Hersent lui prit le poignet gauche. Il constata l'affaiblissement du pouls et le refroidissement des extrémités. Le nez se déprimait. Les yeux se cavaient. Il les roula autour de lui comme pour tout revoir et tout reconnaître une fois encore, puis il inclina la tête en arrière, poussa trois soupirs et rentra dans le repos. Un geste du docteur Hersent annonça que tout était fini.

Hélène, qui s'était tenue debout et droite dans la solennité de cette agonie, entendant qu'il était mort, sentit le sol s'ouvrir sous elle et ressentit une délicieuse impression d'anéantissement. Avec quelle volupté elle sentit pendant une seconde qu'elle s'évanouissait tout entière ! Oh ! qu'il lui était doux de n'être plus ! Elle tomba.

Les docteurs Guérard et Baldec rencontrèrent dans l'antichambre un monsieur court, à gros favoris et à lunettes d'écaille, qui leur prit la main dans les siennes et leur dit d'un accent pénétré :

« Messieurs, vos efforts ont été impuissants; l'art des hommes, si étendu qu'il soit, a des limites. Les princes de la science ne commandent pas toujours à la nature. Je suis de ceux qui honorent le courage malheureux. Je vous le déclare, M. Fellaire de Sisac n'oubliera jamais les soins éclairés que vous avez prodigués à son honorable et sympathique gendre. »

Puis M. Fellaire se dirigea d'un pas grave et lent vers l'office, où il se fit servir une légère collation.

Mme Groult, inondée de sueur et de larmes, poussait des gloussements dans sa loge.

Le docteur Hersent se fit conduire chez Mme Haviland dont l'état exigeait quelques soins. Quand elle vit entrer dans sa chambre ce grand homme noir qu'elle ne reconnaissait pas, la peur détermina en elle un accès de délire. Elle étendit les bras en s'écriant :

« Ce n'est pas moi ! Je vous jure que ce n'est pas moi[a] ! »

VII

M. Fellaire montra beaucoup d'activité après la mort de son gendre.

On le vit en habit noir conduire le deuil avec le neveu du défunt. Le cortège suivait lentement les boulevards extérieurs pour se rendre au cimetière Montparnasse où M. Haviland, adoptant la patrie de sa femme, avait acheté pour elle et pour lui une concession à perpétuité. M. Fellaire, peu accoutumé à se lever matin, avait le visage pâle et bouffi d'insomnie. Ses yeux rougis et ses paupières turgides sous les lunettes d'écaille achevaient de donner à sa physionomie une expression opportune de fatigue et de mélancolie. Grâce à l'embonpoint de son corps albumineux, il avait du poids et marchait gravement. Ayant conscience de cet avantage, il ne perdait rien de son volume ni de sa masse et restait considérable. Par un étrange retour de la fortune, son chapeau, bien différent de celui qu'il avait posé jadis sur le guéridon du salon, dans l'hôtel Haviland, était vierge et lustré, avec une coiffe d'une blancheur immaculée. Il était sur son bras comme un mortier sur son affût et semblait pointé contre le corbillard. Les bottes de M. Fellaire ne craquaient pas avec force comme de coutume; il en sortait à chaque pas une sorte de soupir, comme si deux Génies funéraires y eussent été cachés. Devant l'édicule gothique sous lequel des ouvriers descendaient le cercueil en retenant à demi un : « Oh ! hé ! » et en crachant dans leurs paumes brûlées par le frottement des cordes, M. Fellaire resta immobile en regardant le ciel par-dessus ses lunettes avec une expression spiritualiste. On comprenait, à le voir ainsi, que sa pensée ne s'arrêtait pas devant les portes de bronze du tombeau, mais qu'elle s'élevait dans les régions éthérées sur les ailes de la philosophie la plus distinguée. Il planait ainsi dans les domaines de l'idéalisme et semblait lui-même affranchi de l'existence, quand une petite toux lui rappela qu'il vivait et qu'il avait la poitrine grasse[1]. Derrière lui, le dominant de toute la tête, quelques Anglais à poil blond et à grande forme se tenaient droits dans leurs habits bien coupés.

Deux hommes d'affaires, commensaux de la brasserie de Colmar et partenaires habituels de M. Fellaire au billard et aux dominos, chuchotaient à part. Le groupe des gens de maison, tassé dans une contre-allée, au flanc de l'édicule, découpait dans la lumière crue les favoris des valets de chambre, les bonnets à rubans des cuisinières, accusait des rondeurs de coudes et des silhouettes de pantalons noirs trop longs retombant à grand plis sur les bottes.

Après l'inhumation, M. Fellaire reçut les compliments de condoléance des assistants dans l'attitude d'un homme courageux, mais accablé. Il remercia les personnes qui avaient bien voulu s'associer à lui pour rendre les derniers devoirs au défunt. Il feignait de revoir avec satisfaction chacune des personnes présentes, bien qu'il n'en connût pas une seule. Il pressait la main à chacune avec une énergie qui voulait évidemment dire : « Merci ! merci ! J'aurai du courage. Je saurai me contenir. » Quand ce fut le tour de ses deux vieux camarades de café, il ne tendit au contraire que le bout des doigts, et, fronçant les sourcils, il exprima soudain une tristesse sauvage et répulsive. Il craignait qu'ils lui missent la main sur l'épaule en l'appelant « ma pauvre vieille ».

Il renouvela plusieurs fois ses remerciements collectifs et il les adressa finalement à un groupe de personnes qui venaient d'enterrer un juge de paix et qui ne surent jamais ce que leur voulait ce monsieur en habit noir.

Comme il lui était impossible d'établir une ligne de démarcation entre les amis de son gendre et le reste des hommes, il eût fait les honneurs de tous les enterrements de la journée, si les divers cortèges se fussent écoulés devant lui sans interruption.

À compter de ce jour, il ne quitta plus ni son habit noir, ni sa mine stoïque et morne. Il venait tous les jours à l'hôtel Haviland, y déjeunait et y dînait. Après le dîner, il mettait la main sur la tête de Georges et s'écriait avec une espèce de sanglot :

« Cet enfant-là m'intéresse ! »

À la brasserie de Colmar, où il faisait tous les soirs sa partie de billard, il s'écriait :

« Ce n'est pas seulement un gendre que j'ai perdu : c'est un fils et un gentleman ! »

Julie, la femme de chambre de Mme Haviland, avait entendu le cri étrange poussé par sa maîtresse à l'apparition du médecin, car le lendemain on en parlait mystérieusement chez l'épicier et chez le boucher. La nouvelle que l'Anglais du boulevard Latour-Maubourg avait été empoisonné et que sa femme était complice du crime, fut répandue et gagna en peu de jours les quartiers voisins. Le docteur Hersent, qui demeurait dans la rue Saint-Dominique, fut très surpris d'entendre dès le lundi suivant sa femme lui parler de ce bruit de crime comme d'un bruit public. Hersent, que l'habitude des sciences et la pratique de la médecine avaient habitué à beaucoup de méthode dans de telles recherches, n'admettait pas qu'en l'état des choses on pût soupçonner Mme Haviland[a]. Il répondit à sa femme qu'il ne fallait pas, en médecine légale, ramasser les propos des commères. Toutefois, l'affection, à laquelle M. Haviland avait succombé, n'était pas, selon lui, assez caractérisée par le procès-verbal qu'il avait signé avec les médecins consultants. Il n'était pas sans se reprocher en lui-même quelque légèreté à cet égard. Se sentant coupable de négligence, il souhaitait que l'affaire n'eût pas de suites, et il comptait qu'elle n'en aurait pas.

VIII

Longuemare, retenu à son hôpital par la visite du matin, qui, à cause d'une épidémie typhique[1], avait duré plus longtemps qu'à l'ordinaire, n'arriva au cimetière Montparnasse qu'après l'inhumation de M. Haviland. Tout ce qu'il put voir de la cérémonie fut le profil énergique et sombre de M. Fellaire, emporté hors du cimetière par deux chevaux noirs dans une voiture mise à son service par l'administration des pompes funèbres. Rebroussant chemin à cette vue, il passait entre les urnes et les sabliers sculptés sur les piliers de la grille d'entrée, quand il fut arrêté[b] par un petit homme vif qui le traita de revenant, de spectre et de fantôme avec beaucoup de gaieté et qui entonna d'une belle voix grave l'air de *Robert*[1] : « Nonnes, qui reposez... » C'était son ancien camarade de classes, Bouteiller, qui, célèbre au lycée par son inaptitude aux sciences comme aux lettres, était devenu reporter dans un grand journal. Il venait d'entendre approximativement trois discours prononcés sur la tombe d'un membre de l'Institut. S'attachant au bras de Longuemare :

« Mon bon, lui dit-il, tu dînes avec moi, ce soir, chez Bréval[2]. »

Pendant le dîner, Longuemare, profondément agité, mais cachant, selon son habitude, son émotion sous des formes plaisantes, traita plusieurs questions relatives à l'amour et aux femmes, avec des développements scientifiques relevés de calembours transcendants. Ils dînaient au champagne frappé. Bouteiller ne dînait pas autrement. Le champagne était une nécessité professionnelle qu'il subissait. Au reste, il était fort occupé; il passait en chemin de fer des heures de sa vie qui eussent été plus belles sans cela. Il inaugurait des statues dans toutes les villes de France, suivait le président de la République dans les départements inondés[3], assistait aux mariages aristocratiques, entendait des conférences sur le phylloxéra[4], voyait tout et était le moins curieux des hommes. Il n'y avait qu'un lieu dans le monde qui l'intéressât, c'était Chatou, où il avait une maisonnette et une barque. Il ne se souciait que de sa barque et de sa maisonnette, et il devait s'occuper du monde entier. Une usine ne pouvait brûler sans lui. Longuemare en vint naturellement à parler de M. Haviland, de ses habitudes singulières, de sa mort, et, en thèse générale, de l'empoisonnement par la belladone. Pendant ce temps, Bouteiller décrivait sa barque; ils s'entendaient à merveille.

Vers dix heures, Bouteiller dit :

« Mon bon, je cours au journal; attends-moi une seconde au café de Suède[5]. J'y ai un rendez-vous. »

À onze heures, ils fumaient tous deux devant une table de zinc, dans le bruit et la lumière du boulevard.

Bouteiller disait :

« Vois-tu, mon bon, un aviron un peu court qu'on

sent bien dans la main, et surtout bien tranchant du bout et qui coupe l'eau comme un couteau... »

Un jeune faubourien en blouse et en casquette s'arrêta devant eux et dit à Bouteiller :

« Ça n'est pas pour cette nuit. »

Bouteiller lui donna quarante sous et le renvoya. Il n'avait pas l'air satisfait.

« Un *écho* que j'avais fait d'avance et qui restera sur le marbre ! »

Puis, pour éclaircir la chose à son ami, il ajouta :

« Ce jeune voyou que tu as vu sait comment les choses se pratiquent à la Roquette. Il vient de me dire que l'assassin de la rue du Château-des-Rentiers[1] ne sera pas exécuté cette nuit. À propos, toi qui es médecin, dis-moi donc un peu si on souffre encore après qu'on a eu le cou coupé.

— Rien de plus facile que de te renseigner là-dessus », répondit Longuemare.

Et il commença à donner des explications.

« La vie étant une quantité, comme l'a dit Buffon[2], elle est susceptible d'augmentation ou de diminution. Le " nœud vital "[3] de Flourens est une ânerie. Suis-moi bien... Si je puis dire avec Bichat[4] que la vie est l'ensemble des forces qui résistent à la mort, je dois ajouter que ces forces résistent plus ou moins longtemps à la dissociation finale. La décollation produit une violente syncope et abolit la sensibilité dans des circonstances qu'on peut considérer comme définitives. Mais la vie musculaire persiste. Il ne faut pas confondre... »

Bouteiller, désespéré, l'arrêta :

« Non ! non ! J'aime mieux t'avertir tout de suite. Ton explication serait trop longue et je n'y comprends absolument rien. D'ailleurs la science m'a toujours paru terriblement obscure. Il y a des questions, comme celle de l'immortalité de l'âme, par exemple, et celle de l'existence de Dieu, qui sont si ardues !... Heureusement que Dieu n'est pas une actualité[5]... À propos, comment nommes-*tu* l'Anglais que tu as enterré aujourd'hui ? Il y a un écho, parbleu, dans ce que tu m'as conté, à la condition de broder un peu. Tu disais donc ?... »

IX

Groult, ayant ordonné rudement à sa femme de lui faire son sac, partit pour Avranches[1], où il avait, disait-il, des affaires à régler. Et, dans le fait, il venait d'hériter d'un petit champ dans un endroit voisin. Il descendit dans une auberge du faubourg, à l'enseigne du Cheval-Rouge. On le vit, en compagnie de fermiers et d'éleveurs, verser à la mode du pays des carafons entiers d'eau-de-vie dans sa tasse de café. Il était plus gai, plus ouvert que d'habitude, parlait volontiers, acceptait des politesses et offrait des tournées.

Le mercredi, il prit le train qui le mit à Granville à la tombée du jour, par un affreux temps. Un grain passait, comme disent les marins. Il pleuvait, un vent furieux fouettait les lanternes et gémissait dans les allées. Il se dirigea vers la vieille ville et prit une rue étroite, tortueuse, montante, pleine d'une odeur de marée. Son pied gauche faisait, pour suivre l'autre, le mouvement d'une faux dans les blés, et tout son corps se balançait à chaque pas. Il avançait très vite dans l'ombre, faisait jaillir sous ses pieds l'eau des flaques, grognait et jurait. Il entra sans hésiter dans une misérable boutique d'épicier ornée de deux bocaux de sucreries derrière les petites vitres verdâtres de la devanture, et meublée d'un lit à courtines de cotonnade rouge enfoncé sous l'escalier de bois. La terre battue qui formait le sol était détrempée par endroits et portait des empreintes de semelles ferrées. Il ne vit personne, et, sans s'attarder à attendre l'épicier, il traversa la boutique, qui était la seule entrée de toute la maison.

Il monta l'escalier et frappa à la porte du second étage, à l'endroit où la rampe s'arrêtait. Un petit vieillard, éclairé sous le menton par sa chandelle, examina le visiteur à travers la porte entrebâillée et le fit entrer dans une chambre encombrée de liasses de papiers déchirés, de registres écornés, de cartons bâillants et crevés, qui laissaient échapper des marges de feuilles marquées de vieux timbres, tout cela pressé, amoncelé et lourd. Sans doute des souris couraient derrière ces tas de papiers et de parchemins, car on entendait des craquements et des froissements tout proches au milieu du bruit lointain et continu du vent dans les cheminées et de la pluie sur les lamelles de pierre de la toiture.

Une couchette maigre et débraillée laissait apercevoir, dans un coin d'ombre, sous des loques pendues, les misères de sa nudité. La poussière revêtait tous les objets d'une teinte uniforme. Et le visage même du locataire semblait enduit de cette couche grise. Il n'avait plus de dents et sa langue était sans cesse occupée à se mouvoir contre ses lèvres molles. Quant à ses prunelles d'un vert pâle, elles faisaient songer, par leur agilité, à ces souris qu'on entendait grignoter dans le mur.

« Eh bien, lui dit Groult en s'asseyant, vous voulez me parler ? Me voilà. Qu'y a-t-il de nouveau ? »

L'autre passa doucement sa langue sur ses gencives et dit avec un accent nasillard et traînant :

« Je suis heureux de vous voir, mon bon monsieur Groult. Il y a du nouveau si l'on veut et il n'y en a pas si l'on veut : c'est comme on l'entendra. »

Il caressait avec douceur, en parlant, son collier de barbe grise et semblait compter ses mots sur ses poils.

Groult l'interrompit par un grognement d'impatience.

« Eh ! mon Dieu ! dit l'autre, comme vous êtes pressé. Aussi vrai que je me nomme Tancrède Reuline[a] et que vous vous nommez Désiré Groult, je suis disposé à vous instruire de tout ce qui peut vous intéresser. Le père Reuline est connu sur toute la côte depuis la pointe de Carolles[1] jusqu'aux pêcheries de Bréhal. Les grands comme les petits s'adressent à moi. Je fais les affaires de tous ces messieurs. Pas plus tard qu'hier, j'ai recouvré une créance pour le compte de M. de Tancarville. Ah ! mon bon monsieur, c'était une créance quasiment perdue. M. de Tancarville m'a dit, ce sont ses propres paroles : " Reuline, je voulais allumer ma *pipe* avec. " Tenez, la semaine passée, Mme la baronne Dubosq-Marienville... »

Groult l'interrompit en frappant un coup de poing sur la table. Reuline remua un moment les lèvres sans parler; puis il reprit de sa voix traînante et nasillarde :

« Venons-en, s'il vous plaît, à votre affaire. Je suis à vos ordres et nous ne pouvons manquer de nous entendre. Je vous ai fourni l'acte de naissance d'un sieur Samuel Ewart et différents papiers propres à établir l'identité de cette personne. Je vous ai passé ces actes de la main à la main, mon bon monsieur, sans préjuger de l'usage que vous vouliez en faire. Je n'ai agi en cela que dans le but de vous être utile.

— Après ? dit Groult en fronçant les sourcils.

— Espérez un peu[1], dit le Normand dans son patois, espérez. »

Il s'humecta les lèvres et continua :

« Je n'ai pas voulu chercher quelle sorte d'intérêt vous aviez à vous procurer les papiers de Samuel Ewart; je suis discret, mon bon monsieur. La discrétion est une des vertus cardinales de mon petit métier. Mais supposez que Samuel Ewart soit mort.

— Parbleu ! s'écria Groult, s'il est mort il ne reviendra plus. »

Et il éclata de rire.

« Espérez, dit le vieillard (en contemplant les épingles soigneusement piquées à la manche de son habit); espérez. Supposons qu'une personne possède un extrait légalisé de son acte de décès — de l'acte de décès de Samuel Ewart, mort à Jersey, sans postérité — et que le détenteur de cette pièce puisse la produire en temps utile. »

Groult ouvrit ses deux énormes mains. Il était exaspéré de la trahison de son vieux complice, qui semblait vouloir maintenant rendre inutiles les pièces qu'il lui avait procurées à grands frais.

« Pas de finesse ! dit-il rudement. Marchez droit. »

Les prunelles du bonhomme *clignaient* avec inquiétude, mais sa voix était très calme quand il reprit :

« Tout ce que je vous en dis n'est que pour vous servir. Mais je vois que je vous contrarie. Restons-en là et quittons-nous bons amis. »

Il se leva et alla prendre sur un méchant secrétaire de noyer un pot à eau égueulé dans lequel trempait une botte de myosotis.

« Voyez, dit-il en posant le pot sur la table, j'en aurai pour toute la saison. Chaque fois que je passe par Carteret[2], là-bas, sur la côte, je cueille des myosotis dans le fossé qui borde la propriété de M. de Laigle. J'en tire une botte que j'entortille dans mon mouchoir... »

Il passait doucement la main sur les fleurettes bleues pour faire tomber les corolles fanées.

« Pourvu, ajouta-t-il, qu'on ait le soin de tirer les racines avec les tiges, on est certain de voir cette plante-là vivre dans l'eau comme en pleine terre. Eh ! mon Dieu ! je n'ai ni femme ni enfant, ni chien ni chat; il faut bien s'attacher à quelque chose : j'aime les fleurs. »

Groult ne l'écoutait pas; il se mordait les lèvres et se rongeait les ongles. Puis il fit un soubresaut et s'écria :

« Vous avez l'acte de décès de Samuel Ewart. Donnez-le-moi, il me le faut, je le veux ! »

Reuline jeta un coup d'œil furtif sur le secrétaire de noyer. Et, enlevant délicatement le pot de myosotis, il le replaça sur le meuble. Puis il s'assit et s'humecta les lèvres.

« Espérez, dit-il, espérez. J'ai cet acte et je ne l'ai pas. Il se peut que je puisse le produire comme il se peut que je ne l'aie pas à ma disposition. Mais raisonnons comme s'il m'était loisible de me le procurer. J'ai appris bien tardivement que M. Haviland (au service de qui vous êtes depuis bien des années, n'est-il pas vrai ?) recherchait ce même Samuel Ewart. Il est bien naturel que je songe à l'obliger à son tour, mon bon monsieur. Il sera bien content d'avoir des nouvelles de ce pauvre Samuel, décédé si malheureusement à Jersey. »

Reuline s'arrêta pour observer son homme et voir s'il ne l'avait pas trop exaspéré. Mais Groult répondit tranquillement :

« Si vous vouliez envoyer l'acte à mon maître, il fallait vous dépêcher davantage. Il est mort à l'heure qu'il est, ou peut s'en faut. »

L'homme d'affaires se fit avec sa langue une fluxion sur la joue gauche et fixa ses yeux verts sur le domestique avec tout l'empire d'une évidente perspicacité. Groult en ressentit un malaise très sensible.

« Ce pauvre M. Haviland ! Ce que c'est que de nous ! Mais comme vous êtes certain, mon bon monsieur, de la mort de votre maître ! Il y a donc, Jésus ! des maladies dont on peut connaître ainsi le terme à l'avance. Hélas ! il faut revenir à notre affaire. M. Haviland laisse des héritiers qui seront certainement bien contents d'apprendre ce que feu Samuel Ewart est devenu. Je n'ai qu'un désir, mon bon monsieur, c'est celui d'obliger le monde. »

Groult était redevenu tranquille. La patte d'oie, marquée sur sa tempe, avait une sorte de sourire tout à fait malin.

« Mais, dit-il, les héritiers Haviland ne vous donneront pas deux sous de votre chiffon de papier. Vous seriez vraiment bien bon de le leur envoyer. Quel avantage y auriez-vous ? Donnez-le-moi. Je serai capable même de vous le payer quelque chose, un peu plus tard.

— Doucement ; contez-moi votre petite affaire. Le bonhomme Reuline est discret. Quand je saurai de quoi il retourne, j'aviserai.

— Je n'ai rien à vous conter.

— Eh ! mon Dieu ! je sais ce que c'est, vous êtes timide, mais je vous aiderai. Feu Samuel Ewart est couché sur le testament de ce pauvre M. Haviland pour une somme assez ronde. Muni, comme vous l'êtes, grâce à moi, des papiers qui établissent l'identité du défunt légataire, vous trouverez un jeune homme de bonne volonté qui consentira, moyennant une bonne prime, à se présenter chez le notaire de feu M. Haviland, comme Samuel Ewart lui-même, et à toucher en cette qualité la somme à lui laissée. Eh ! mon Dieu ! ne vous défendez pas ; il ne faut pas laisser l'argent dormir, et puisque ce pauvre Samuel a perdu le goût du pain... *Mais, mon bon* monsieur Groult, qui vous répondra de la probité de ce Samuel Ewart ? S'il gardait tout pour lui, ce serait bien indélicat de sa part, mais bien déplaisant pour vous. Il faut songer à tout. On voit tant de malhonnêteté en ce bas monde ! Avisez. Soyez prudent. Je ne veux que votre bien. »

Le vieil homme passa entre ses lèvres la fine pointe de sa langue de lézard et continua :

« Je vous avertis. Un homme averti en vaut deux. Je connais la personne qui possède l'acte de décès de

Samuel Ewart. Cette personne n'est ni un Turc ni un juif. Elle ne vous veut pas de mal; elle est raisonnable. Voici ce que je suis autorisé à vous dire de sa part : Touchez le legs de Samuel Ewart, et, quand vous l'aurez touché, offrez par mon intermédiaire une part raisonnable à cette personne... non pas une part de la moitié, non... ce serait trop; il ne faut pas pressurer les gens... mais, comme qui dirait une prime de cinquante pour cent. Sans quoi la personne, agissant contrairement à mes conseils, rendra public l'acte qu'elle possède, ce qui serait bien fâcheux pour vous et me ferait beaucoup de peine. »

Groult s'était reculé, ramassé dans l'ombre pendant ce long propos. Il sauta sur l'homme, le prit à la gorge et lui cria :

« Donne l'acte, vieux juif, ou je t'étrangle ! »

Il était furieux de rencontrer un obstacle qu'il n'avait pas prévu.

Reuline, jaune et maigre, sec et semblant rendre l'âme à chaque souffle, se raidit et résista avec le muscle et la souplesse d'un homme exercé par de fréquentes querelles avec les marins qui lui portaient leur montre en gage pour aller boire. Cette résistance augmenta la fureur de Groult qui vit rouge et tira son eustache[1]. C'était un méchant couteau pointu dont la lame se ramenait sur un manche de buis cerclé d'anneaux de cuivre. Groult l'avait sans cesse dans la main pour son usage personnel et le service d'autrui. Le vieillard, glissant pour se dégager, alla tomber contre l'angle de la cheminée, qui lui fit une blessure au front. Groult, tombé[a] avec lui sans le lâcher, vit de très près d'abord une éraflure blanche, puis le sang qui coulait abondamment. Ce sang et les cris de Reuline lui firent faire le coup de la peur. Avec une lucidité singulière, il choisit sa place et enfonça la lame du couteau dans la poitrine du vieillard. Puis, pendant une minute, qui lui parut indéfiniment prolongée, il ne remarqua rien. L'homme était là, sous son poing, roulant des yeux verts, la bouche ouverte et résistant de tous ses muscles; puis, après cette minute-là, enfin, il lâcha prise, s'affaissa, ferma et rouvrit convulsivement les mains comme pour saisir quelque chose, et ne bougea plus.

Alors ses traits n'exprimaient plus rien de violent. Il avait l'air de sourire malicieusement dans son sommeil.

Groult fit sauter avec la pointe de son eustache la serrure du secrétaire de noyer et se mit à fouiller. Il remuait des papiers. La flamme de la chandelle presque finie dansait et les souris faisaient craquer le plancher au milieu du silence survenu. Il fouillait les dossiers, les liasses, les chemises, les layettes, et jetait tous les papiers sur le cadavre. Une grande flamme envahit tout d'un coup la chambre. C'était le papier roulé à la base de la chandelle qui s'enflammait. Il fouillait les enveloppes, les cartons, les vieux buvards, les serviettes et les portefeuilles de cuir. Enfin, il trouva un papier timbré qu'il fourra dans sa poche en poussant un grand soupir. Il souffla le chandelier qui fumait comme un lampion et dont la flamme surnourrie de suif fondu se rejeta sur son visage et lui brûla les cils avant de s'éteindre. Puis, ayant pris sa casquette à tâtons, il sortit.

Il hésita un moment sur le palier, monta sans bruit à l'échelle du grenier et regarda par la lucarne qui donnait sur la rue. Il vit, aux reflets de la lumière sur le pavé mouillé, que la boutique de l'épicier n'était pas fermée. Il se blottit derrière des caisses vides et attendit. Il attendit longtemps, les jarrets tremblants, la gorge sèche, les tempes serrées, frissonnant au moindre bruit. Enfin, quand il jugea la maison et la rue bien endormies, il noua à la poulie qui surplombait la lucarne une corde à crochet dont l'épicier se servait pour élever des ballots au grenier et descendit dans la rue avec une agilité de singe.

X

Hélène, sortie de convalescence, n'avait plus qu'une idée : posséder René, le tenir, ne plus le quitter. Il serait son refuge, sa force. Elle comptait bien que les épouvantes ne l'atteindraient plus quand ils seraient tous deux enfermés dans la même chambre. Elle l'épouserait, elle vivrait doucement, chaudement, bien abritée, entre son mari et son père. Tout son passé d'innocence tenait à ces deux hommes. Non, non ! les mauvais rêves ne se glisseraient plus sur l'oreiller qu'elle se ferait avec tant d'amour.

Elle ne savait rien des bruits qui grondaient sourdement contre elle dans le quartier.

Quant au testament de M. Haviland, cet acte, ouvert et lu devant les héritiers par le notaire, ne donna lieu à aucune difficulté. Le défunt laissait en usufruit à Hélène Haviland, née Fellaire, ses biens meubles et immeubles, lesquels devaient revenir, après le décès de l'usufruitière, à Georges Haviland ou à ses héritiers directs, s'il en venait à naître.

Groult était porté sur le testament pour une rente annuelle de douze cents francs.

Le testateur souhaitait expressément que la fortune distincte, claire et liquide, de Georges Haviland, mineur, administrée par lui, le fût à son défaut par son vieil et honorable ami M. Charles Simpson, banquier à Paris.

Mais M. Charles Simpson, atteint d'une affection de la moelle épinière à la suite d'une chute de cheval, ne put accepter la gestion que son ami défunt voulait qu'on lui confiât. M. Fellaire, ayant appris cette difficulté, imagina de se faire agréer au lieu et place[a] de M. Simpson.

Il témoigna, en diverses circonstances, de la plus vive sollicitude pour la fortune du mineur. Un jour, après le déjeuner, quand on lui apporta le cognac et des cigares, il dit à sa fille :

« Cet enfant-là m'intéresse comme s'il était mon propre fils. C'est plus fort que moi, je me sens pour lui des entrailles de père. Ces sentiments-là ne se commandent pas. »

Ayant mis une pyramide de sucre dans son café, il reprit :

« Je ne sais pas ce que je ne ferais pas pour cet enfant. »

Il contempla la pyramide de sucre qui s'effondrait dans la tasse et sourit avec mélancolie à cet écroulement, comme si c'était celui de l'espérance, si amoureusement conçue, d'être utile à Georges Haviland.

Puis il avala le sirop formé par la pyramide éboulée et sourit de nouveau.

Hélène le regardait avec inquiétude. Elle devinait bien ce qu'il allait lui proposer.

Il but un verre de cognac et dit :

« Ce pauvre Simpson est tombé de cheval d'une façon bien malheureuse. Ce que c'est que de nous ! Il n'y a pas un mois qu'il était vigoureux et plein d'intelligence, et le voilà devenu idiot... Quand je dis qu'il était plein d'intelligence, j'exagère. Il n'a jamais su mener grandement les affaires. C'était un esprit timide. Il ne risquait pas. »

Et M. Fellaire alluma son cigare en se rengorgeant. Il risquait, lui !

Hélène, visiblement gênée, se taisait. Son père fumait en silence, et, vêtu de noir, correct, massif, semblable dans la fumée à un héros dans les nuages, il figurait bien l'apothéose du financier.

Il reprit :

« Ce Simpson était très froid, très sec. Je me demande s'il aurait jamais eu pour son pupille, notre Georges, un intérêt vraiment paternel. »

Puis, incapable de se contenir, il alla droit à ce qu'il voulait. Il dicta lui-même à Hélène une lettre par laquelle elle le proposait aux membres du conseil de famille comme tuteur de Georges Haviland.

Debout, la tête haute, l'index tourné en signe de commandement vers la page commencée :

« Écris, mon enfant, écris, disait-il. *J'ai l'assurance que ce choix aurait reçu l'approbation de mon mari...* »

Elle hésita devant cet énorme mensonge. Mais, levant les yeux sur son père, elle lui vit un front si tranquille, un air si convaincu, une si digne figure, qu'elle écrivit docilement ce qu'il dictait.

M. Fellaire, planant dans les régions sereines de la paternité adoptive, rayonnait d'un pur éclat.

Il alla mettre lui-même la lettre à la poste. Hélène, restée seule, eut honte et peur d'avoir trahi le mort. Elle pensa : s'il revenait !... Alors elle crut le voir et elle le vit avec une effroyable netteté. Son visage, qui n'exprimait rien, laissait tout entier le mystère de sa pensée. Elle savait bien qu'elle ne le voyait qu'en imagination, mais elle ne pouvait pas ne pas le voir.

M. Fellaire ne put dormir de toute la nuit. Ses idées s'agitaient tumultueusement sous son foulard écarlate. Il se retournait dans son lit et faisait tinter à chaque seconde le verre et la carafe posés avec sa pipe, son bougeoir et ses lunettes sur la table de nuit d'acajou. Ce bruit argentin accompagnait harmonieusement ses pensées. Les actes futurs de sa tutelle intègre lui inspiraient pour lui-même de l'estime par anticipation. Ce n'était pas tout. Il comptait trouver en sa fille un capitaliste docile. Il fonderait enfin sa grande entreprise, le rêve de sa vie; il mettrait au jour l'enfant de ses veilles, son œuvre : *la Fiduciaire, société de prêts sur gages*. Le gouvernement ne manquerait pas d'autoriser une société assise sur une base solide de capitaux. La liste des membres du conseil d'administration, choisis parmi des personnes décorées ou titrées, inspirerait de la confiance au numéraire. À ce moment de son rêve, M. Fellaire vit passer dans les rideaux de son lit l'ombre terrible du *Phénix de la garde nationale*.

Il en sentit au front une sueur froide, sous son triple madras, mais il chassa ce nuage importun. Il contempla de nouveau l'avenir. Il imagina pour la Fiduciaire un emblème d'un grand effet : deux mains terminées par des manchettes de dentelles et se tenant l'une l'autre à poignée. Il voyait déjà cette image symbolique imprimée sur les circulaires et les prospectus, gravée sur les billets, traites, bons, chèques, actions, obligations, livres de souche, et sculptée en pierre dans des proportions colossales sur le fronton même de l'immeuble occupé par la Fiduciaire dans le voisinage du nouvel Opéra. Car la Fiduciaire ne manquerait pas d'acheter un terrain dans ce quartier central et d'y bâtir un hôtel.

La première pointe de jour passa entre les rideaux de la fenêtre, et M. Fellaire aperçut, épars sur les meubles, des mémoires non acquittés de bottiers et de restaurateurs.

XI

Le lendemain du dîner chez Bréval, Longuemare, en déjeunant au café, parcourait un journal. Tombé sur une colonne d'informations signée *Spectator*, pseudonyme qu'il savait être celui de Bouteiller, il fronça les sourcils en découvrant un entrefilet rédigé comme il suit[a] :

Encore une originalité internationale qui vient de s'éteindre. M. Martin Haviland, dont les obsèques ont été célébrées hier, laisse dans son magnifique hôtel du boulevard Latour-Maubourg une collection d'un genre particulier, quelques milliers de bouteilles contenant de l'eau de tous les fleuves, rivières, ruisseaux, cours d'eau, fontaines et cascades du monde entier. M. Haviland était aussi remarquable par sa bienfaisance que par ses collections. Sa mort, qui sera vivement ressentie par tous les pauvres du quartier des Invalides, semble due à l'abus de la belladone qu'il employait pour combattre un rhumatisme aigu dont il était affligé. C'est du moins l'opinion des princes de l'art. Nous sommes heureux d'être assez bien informés pour pouvoir rendre à cet événement déjà si douloureux en lui-même ses véritables proportions.

Les dernières lignes de cette note le mirent dans une rage violente. Il se promit de couper avec sa cravache la figure de son ami Bouteiller. « Je ne sais seulement pas où perche ce macaque ! » s'écria-t-il dans son impatience. Il alla le chercher au bureau du journal à la mode et le rencontra dans le vestibule, entre le canard de bronze et le pigeon de marbre rose nichés, l'un sur la boîte aux lettres, l'autre sur celle des manuscrits. La mine bonasse et stupéfaite du gros reporter, ouvrant son parapluie sans défiance (il pleuvait), désarma Longuemare qui, se rappelant aussitôt le temps où Bouteiller lui volait ses versions dans son pupitre pour les copier à son aise, fut pris d'une sorte d'attendrissement. Bouteiller, souriant à sa vue, lui cria :

« Mon bon ! tu dînes avec moi ce soir chez Bréval, c'est entendu. Je vais installer le grand rabbin. »

Longuemare lui barra le chemin, lui mit sous le nez le journal tout froissé et lui dit :

« Que signifie la dernière phrase de ton écho ? Qui donc, à ta connaissance, a donné à cet événement des proportions qu'il ne comporte pas ? Qu'a-t-on soupçonné ? et qui a-t-on soupçonné ? Réponds. »

Bouteiller promena des yeux exactement ronds sur Longuemare et le journal. Puis il répondit avec une évidente candeur :

« Je vais te dire, mon vieux. J'ai mis ça pour corser l'écho, voilà tout. Et comme c'est mesuré, remarque bien ! Je suis piquant et je ne compromets personne. C'est du savoir-faire, ça. Ainsi c'est entendu, ce soir, au Helder[1] ! »

Longuemare, désarmé, haussa les épaules et lui tourna le dos. Secoué par des émotions de diverses natures, il avait les nerfs très irrités. Il tombait dans des violences et dans des attendrissements successifs et se sentait en veine de folies. À n'en pas douter, il aimait Hélène, et cet amour commençait à le troubler profondément. Sous l'influence de l'excitation que ce sentiment imprimait à toutes ses facultés, il acheva en une semaine un article pour la *Gazette médicale*, composa son premier sonnet et s'attacha[a] à l'improviste à une bouquetière de bal public pour laquelle il dépensa en huit jours sa solde d'un trimestre. Puis l'article, le sonnet et la bouquetière lui semblèrent insipides et fastidieux. Il traîna encore une semaine d'agacements et s'en alla droit un beau jour à l'hôtel du boulevard Latour-Maubourg. Il pouvait, après le temps écoulé, présenter décemment ses compliments de condoléance à la veuve.

Quand il revit la grille d'entrée, le perron au fond de la cour, l'antichambre et son grand poêle de faïence, il lui sembla qu'il y avait un siècle qu'il n'avait passé par là. Il était las comme s'il avait vécu plusieurs âges d'homme.

Il attendit quelques minutes Hélène dans le salon. Quand elle parut devant lui grandie et pâlie par ses vêtements noirs, il crut la voir pour la première fois. Ce n'est pas qu'elle fût bien changée. Depuis sa convalescence, malgré ses tortures d'imagination, elle prenait de l'embonpoint et ses joues étaient assez pleines. Mais il éprouvait sans cesse en la voyant une délicieuse sensation de nouveauté. Les yeux d'Hélène avaient, sous les boucles blondes des cheveux abaissés sur le front, un sourire vague et charmant[a]. Elle parla la première. Le rien qu'elle dit le fit tressaillir. Il répondit de travers. Elle, plus maîtresse de ses sens, jouissait du trouble qu'elle inspirait. Il effleura, en termes vagues, les souvenirs de deuil; puis, par une pente aisée, il en vint à parler de l'avenir.

Elle n'aimait plus le monde, disait-elle. Elle lui demanda ce qu'il comptait faire. Il voulait essayer de la clientèle civile; son père lui donnerait les fonds nécessaires. Elle approuvait; elle avait à Saint-James et dans le parc de Neuilly des amis[b] qui feraient au jeune docteur une clientèle choisie. Elle lui promettait son patronage et s'engageait de la sorte dans son avenir. Elle dit que, pour elle, elle ne savait pas ce qu'elle ferait. Elle ajouta, par un délicat mensonge, que la succession de M. Haviland, dont elle n'avait que l'usufruit, grevée de legs, pouvait la laisser bien moins à l'aise qu'on ne croyait. Elle ajouta : « Si je deviens une pauvre femme, vous ne me fuirez pas ? » Il eut assez de goût pour ne rien répondre. Ils ne se dirent pas un mot d'amour. Mais ils n'avaient pas un souffle qui ne fût embrasé. Ils respiraient avec effort; ils se sentaient nager dans un fluide étouffant et délicieux. Elle dit qu'elle avait chaud. Il lui prit la main, qu'il ne pressa qu'à peine et qu'elle ne retira pas. Ils ne savaient pas ce qu'ils faisaient et ils auraient voulu tous deux mourir; mais la conscience des choses revint à Hélène. Elle dégagea sa main. Une ombre passa sur son front. Elle songea un moment et dit :

« Il y a bien des choses que j'ai faites et que je ne ferais plus. Je vaux mieux que ma vie. »

À cette parole, qui remuait dans leur âme toutes les eaux dormantes du souvenir, René détourna la tête et retint des larmes sous ses paupières. À son tour elle lui prit la main. Ils entendirent des pas dans l'antichambre : « Mon ami, mon ami », lui dit-elle... Et, sans achever, elle alla à quelques pas s'asseoir dans un fauteuil.

M. Fellaire, annoncé par le craquement de ses bottes, fit son entrée et serra avec effusion les mains du docteur. Il rappela les soirées de la rue Neuve-des-Petits-Champs.

« Nous vous avons élevé, formé, dit-il à René; vous êtes notre enfant. Et il est de fait que vous avez vu défiler chez moi bien des types curieux. C'était pour vous une école d'observation. Vous avez donc navigué et vu du pays, comme le pigeon de La Fontaine ? Ah ! la mer ! »

Il parla de l'immensité, de la poésie de l'Océan, et se montra fort ému. Puis il demanda la permission de dépouiller sa correspondance et de faire son courrier.

Installé devant la table, il lisait des papiers avec des susurrements ou des grognements qui exprimaient son dédain ou son impatience. Donnant à sa personne, à ses papiers, à ses journaux, le plus de volume qu'il lui était possible, il affectait tour à tour la contention la plus obstinée et le détachement le plus léger.

Hélène et René se regardaient en silence et se croyaient seuls au monde.

Enfin M. Fellaire fit courir sa plume sur quelques feuilles de papier, signa avec fracas, sonna comme chez lui, fit mettre son courrier à la poste et huma l'air à pleins poumons.

Son humeur avait tourné; il était bon enfant, sans façon, un peu goguenard. Il proposa une promenade *extra muros*. Personne n'en saurait rien. D'ailleurs, ce n'était pas une partie de plaisir. Il faut bien dîner quelque part. Ils iraient manger une friture à Meudon.

Ils avaient tous trois le goût de ces parties intimes lestement menées[1].

Au bas Meudon, ils entrèrent sous une tonnelle au bord de l'eau. Hélène, pour dénouer les brides de son chapeau, éleva les bras comme deux anses d'amphore[2], par un mouvement plein de grâce dont le spectacle donna à René une minute délicieuse. Les cheveux blonds de la jeune femme étaient collés sur son front et ses yeux brillaient doucement au-dessous. Ils échangèrent un regard si profond et si limpide qu'ils eurent la sensation de se noyer l'un dans l'autre. M. Fellaire, redevenu important, se rappela des affaires avec de grands soupirs. Il demanda de l'encre et du papier, et n'obtint à grand-peine qu'une fiole vaseuse, une plume rouillée avec une feuille bleue de Bath[3] sur laquelle il mit des chiffres et qu'il fourra ensuite dans sa poche.

Puis il demanda brusquement si son jeune ami ne connaissait pas des armateurs à Toulon. Il prononçait avec tant d'ampleur le nom d'armateur qu'il semblait que la phrase n'eût été dite que pour produire un effet de sonorité, ce qui est bien possible. On dîna. M. Fellaire exprimait une moitié de citron sur sa friture avec toutes les élégances dont était capable sa main blême, grasse, courte et chargée de bagues. Il contemplait les jeunes gens à travers ses lunettes d'écaille; non sans une secrète envie de les exhorter et de les bénir, comme dans un drame. Devant eux, sur la rivière, un ponton de débarcadère affleurait la berge[a].

Une île étroite et longue leur fermait l'horizon d'un rideau de peupliers. Des canotiers passaient en périssoires, et, dans l'île, des femmes en robes claires les appelaient avec des rires argentins. Le couchant s'embrasa, des étincelles tremblaient sur la rivière; puis le ciel et l'eau s'éteignirent; une brise fraîche s'éleva dans la verdure sombre. René décrocha le châle noir et le mit sur les épaules d'Hélène. M. Fellaire abondait en récits galants et en recettes de cuisine. S'étant mis inopinément à admirer le paysage, il décerna des louanges à la Providence. Longuemare lui répondit que la nature est le théâtre d'un éternel carnage et que rien n'y vit que par le meurtre[1].

« Vous allez trop loin », répliqua M. Fellaire.

Ils étaient heureux tous trois; l'ombre commençait à les envelopper. Ils se seraient longtemps oubliés là, si l'homme d'affaires n'eût songé au café de Colmar. Il calcula qu'il était temps d'aller y faire sa partie de billard, avec des courtiers et des fermiers d'annonces.

« Mes enfants, dit-il en consultant sa montre non *sans un froncement de ses* épais sourcils, l'heure me presse; un rendez-vous très important. D'ailleurs, il va pleuvoir. »

Le vent s'était élevé. Des nuages couraient furieusement dans le ciel, devant une lune pleine et rouge qui semblait emportée en sens contraire. Ils cherchaient le sentier étroit qui monte au haut Meudon et mène à la station. Hélène marchait au bras de René. Les clartés incertaines de la nuit les faisaient hésiter. Ils se taisaient. Tout à coup Hélène frissonna.

« J'ai peur », dit-elle.

Un homme en guenilles, grand, maigre, à longs pieds, venait à leur rencontre devant eux. En ôtant son chapeau de paille, il montra un visage maigre, percé de deux grands yeux ternes. Il tendit la main en murmurant une espèce de prière. Hélène se pressa contre René et l'entraîna.

« Vous l'avez vu, dit-elle; il ressemble à... J'ai peur. »

René lui-même éprouvait une impression de malaise. Ce mendiant rappelait en effet M. Haviland et, ce qu'il y avait de plus pénible, c'est qu'il le rappelait sous un aspect si morne et si défait, et avec une telle expression d'irrémédiable souffrance qu'il suggérait la vision affreuse de M. Haviland, non comme il était autrefois, mais tel qu'il devait être maintenant. Ils gravissaient tous trois le sentier bordé de haies et de murs. Les cailloux roulaient sous leurs pieds. Hélène s'arrêta court : elle fixait des yeux un objet dans l'ombre. René ne voyait devant elle que des touffes d'orties autour d'une borne. Mais, certes, la veuve voyait autre chose. Elle poussa un grand cri et tomba à la renverse. M. Fellaire voulait qu'on la fît asseoir.

« Laissez-la étendue », dit René, penché sur elle.

Elle était roide, inerte[1]. Ses lèvres seules remuaient et un peu d'écume commençait à poindre aux coins. Ses yeux sans regards étaient ouverts sur le ciel. Quand elle se ranima, elle ne se rappelait rien, mais elle était lasse. Arrivée à la porte de l'hôtel, elle supplia son père d'y venir coucher cette nuit. Elle avait peur encore, disait-elle. Elle tendit la main à René, mais une main glacée, crispée, inanimée, et elle le regarda avec une pénétrante expression de découragement et de désespérance.

XII

Hélène, effarouchée, tremblait sans cesse. *Les visites* qu'on lui faisait, celles qu'elle attendait et qui ne venaient pas, le bruit, le silence, les appartements, la rue elle-même, tout lui faisait peur[2]. À toute rencontre elle tressautait. Son ancienne amie de pension,

Cécile, mariée depuis longtemps dans la finance, vint la voir en grande cérémonie. Sous les minauderies et le papotage de la visiteuse perçait une pointe de curiosité qui mettait Hélène à la torture. L'entrefilet du *Spectator* avait piqué la curiosité de Cécile, qui pourtant se résignait à partir désappointée.

Elle était déjà debout quand elle se ravisa.

« Ces journalistes, dit-elle, n'ont pas le sens commun. Quel est donc celui qui disait qu'on avait donné à l'affreux malheur qui vous a frappée, pauvre chérie, des proportions, des proportions ?... D'abord, je ne sais pas bien ce qu'on entend par des proportions. »

Hélène, effarée, répondit :

« Je ne vous comprends pas; je vous assure que je suis... »

Elle s'arrêta au bord d'une insondable maladresse. N'allait-elle pas protester de son innocence !

Elle fit rechercher le numéro du journal, le lut et ne dormit plus.

Pendant ce temps, le parquet d'Avranches, saisi d'une affaire criminelle, l'instruisait minutieusement. Un sieur Reuline, agent d'affaires assez mal famé, avait été trouvé assassiné dans son logis, rue de Gesvre, à Granville. Les charges pesèrent d'abord sur un ouvrier du port, ivrogne et débauché, qui s'était rendu chez Reuline vers cinq heures du soir, la veille même de la découverte du cadavre. L'épicier, établi au rez-de-chaussée de la maison, avait vu cet homme descendre en donnant les signes d'une violente surexcitation. Mais, reconnu innocent après un long interrogatoire, il fut relaxé. Forcé de tourner ses *recherches dans un autre sens*, le juge d'instruction examina de nouveau le théâtre du crime. Il remarqua que les liasses de papiers qui avaient été tirées du secrétaire, après le crime, feuilletées rapidement et jetées sur le corps de la victime, formaient des groupes distincts, enveloppés chacun d'une chemise de papier, laquelle portait un nom et une adresse. Cet amas de papiers avait été prudemment laissé tel qu'on l'avait trouvé. On avait dégagé le corps de la victime avec de minutieuses précautions. Une de ces chemises, jetée par-dessus toutes les autres, et par conséquent au terme des recherches de l'assassin, était complètement vide. Elle portait la cote suivante : *M. Groult, chez M. Haviland, à Paris.*

Le nom de Groult se retrouva, non à Granville, mais à Avranches, sur le registre de l'auberge du Cheval-Rouge. Groult y logeait encore, quand un mandat d'amener fut lancé contre lui; il fut arrêté.

Hélène apprit cette nouvelle par les journaux, après une nuit atroce. Elle l'avait vu, lui. C'était une apparition affreuse; il se tenait devant elle, sans lui rien reprocher, sans lui marquer de haine ni de colère. Seulement il se montrait à elle tel qu'elle l'avait fait, sous l'aspect épouvantable qu'il avait maintenant. Comment vivre, s'il revenait ainsi toutes les nuits ?

Son père vint à l'heure du déjeuner. Elle se jeta sur lui avec un délire de tendresse et d'épouvante, elle le suppliait des yeux. Elle le serrait si fort qu'il lui dit :

« Qu'as-tu donc ? Tu me fais mal ! »

Puis il déclara qu'il s'était toujours méfié de Groult, et c'était une révélation bien inattendue. Le crime de ce misérable le faisait frissonner, disait-il; mais il lui était venu, dans la nuit, une idée, une inspiration. Il voulait retrouver Samuel Ewart. Il avait le matin même écrit à ce sujet à l'ambassade de France en Angleterre. Il poursuivrait ses recherches. Et dans ce moment même son regard aigu semblait vouloir percer la corniche.

Hélène souffrait cruellement de le voir ainsi s'attacher aux choses du mort. Elle lui dit :

« Papa, est-ce que tu ne voudrais pas partir avec ta fille loin, bien loin ?

— Où ? » demanda-t-il dans sa bonhomie effarée.

L'idée de s'éloigner du café de Colmar lui apparaissait comme la plus absurde et la plus monstrueuse impossibilité. Remis de sa surprise, il baisa Hélène sur le front.

« Enfant ! » murmura-t-il.

Puis, avec ses instincts de vie facile et de bonté indiscrète, il trouva ce qui eût pu retenir la jeune veuve à Paris.

« Notre ami Longuemare, lui dit-il, ne se consolerait pas de ton départ. »

Mais elle répondit gravement que M. Longuemare ne devait songer qu'à une jeune fille. Puis, les mains jointes, avec un éclat de voix sorti des entrailles :

« Mon Dieu, mon Dieu ! s'écria-t-elle, quelle chose impitoyable que la vie ! »

Il lui prit les mains et répliqua de sa voix grasse :

« À qui le dis-tu, mon enfant ! »

Puis, ayant déployé sur la table son portefeuille de chagrin, il s'isola dans la fumée d'un gros cigare et rédigea un mémoire pour Samuel Ewart, absent.

À partir de ce jour, les remords et les terreurs d'Hélène augmentèrent constamment, sans cause extérieure, par le seul travail de son cerveau blessé. Ses visions devinrent plus fréquentes et plus précises. Elle avait besoin de réflexion pour les distinguer de la réalité.

À la suite d'un interrogatoire subi par Groult, une perquisition fut ordonnée au domicile de l'inculpé. Un commissaire de police, assisté d'un serrurier, se présenta un matin à l'hôtel. On vint avertir Mme Haviland qu'il saisissait des papiers dans le pavillon du concierge, et qu'il demanderait, dans une heure ou deux, à la maîtresse de la maison, la faveur d'un moment d'entretien. Hélène reçut cette nouvelle comme un coup de maillet. Elle voyait dans sa chambre, distinctement, son mari décomposé, mais correct, très calme et très content. Elle le voyait, il était assis, feuilletait une revue, semblait tranquille comme un homme rentré chez soi[a]. Bien que ses yeux fussent entièrement délayés et tout mêlés de terre, il aperçut un brin de fil sur le tapis de la table et l'ôta délicatement *comme il faisait tous les* jours quand il vivait, puis il disparut. Alors les terreurs d'Hélène changèrent. Dans son ignorance des choses, elle s'imagina la justice acharnée contre elle, lui arrachant l'aveu de ses plus secrètes pensées et l'envoyant sur le même échafaud que le domestique Groult. Tout ce qu'elle avait lu du supplice de Marie-Antoinette lui revenait à la mémoire. Elle sentait sur sa nuque le froid des ciseaux du bourreau. La folie de la peur l'envahit tout entière. Les frôlements de son peignoir la faisaient s'évanouir à demi.

Vers dix heures, elle entendit un claquement de portes. Elle ouvrit la fenêtre pour se tuer ou se sauver; elle n'en savait rien. C'était son neveu Georges qui revenait, comme à l'ordinaire, du collège. Il jeta ses livres avec mauvaise humeur sur la table et, par, hasard, regarda sa tante.

« Comme tu as de grands yeux aujourd'hui », lui dit-il.

Il ouvrit ses livres, comme à l'ordinaire, en attendant le déjeuner et se plaignit, avec une moue de mauvais écolier, d'avoir à faire une préparation grecque. Puis, assis sur son pied, à un coin de chaise, le menton sur la table trop éloignée, il se mit à feuilleter mollement son dictionnaire. Malgré ses grimaces, il traduisait assez bien. Il faisait en écrivant des taches d'encre qu'il effaçait ensuite avec sa langue.

Elle écoutait stupidement tous les bruits et tressaillait aux coups de pied que l'enfant lançait contre les bâtons de sa chaise. Il imitait la voix grave et le ton guindé de son professeur.

« Remarquez, messieurs, l'harmonie des vers de Sophocle. Nous ne savons pas comment on les prononçait, nous les prononçons tout de travers; mais quelle harmonie ! Monsieur Labrunière, vous me conjuguerez dix fois le verbe *didômi*. Quelle harmonie ! »

Puis avec sa voix flûtée :

« Ma tante, je te " promets " que mon professeur met des faux cols en papier. Nous l'appelons Python. Saisis-tu pourquoi ? Un jour, il nous a dit : " Messieurs, Python était un monstre d'une laideur répugnante et d'une malignité insigne. " Alors Labrunière a crié tout bas : " C'est comme vous. " Il est fameux, Labrunière[1] ! Dis donc, ma tante, sais-tu que tu es une très belle femme ? »

Puis ses idées, après tant de sautillements, se posèrent sur le texte grec. Il faisait le mot à mot, et, comme un oiseau jaseur, remplissait la chambre de sa voix claire, disant tout haut les mots grecs et français qu'il écrivait et s'interrompant pour compter des billes.

« *Kara théion*, la tête divine, *Iokastès*, de Jocaste, *tethneken* est morte... Comme c'est bête !... Elle alla... *pros ta leké numphica*, vers les couches nuptiales,...

c'est-à-dire vers la chambre à coucher... Remarquez, messieurs, quelle heureuse expression et quelle harmonie !... *Sposa komen*, déchirant sa chevelure, *kalei* elle appelle, *Laïon* Laïus, *nekron*, mort. Vois-tu, ma tante, en français, un laïus c'est un sermon, mais en grec[a] c'est un bonhomme que Jocaste avait épousé, et ce mariage-là n'avait pas réussi. *S'arrachant les cheveux, elle appelle Laïus mort...* »

Hélène, à travers ces balbutiements de grec et de français, démêlait une antique et noble histoire de femme désespérée.

Lui, échauffé, près d'en finir, se hâtait.

« *Eseidomen tèn gunaika krémasten*, nous vîmes la femme pendue[1]. » Il fit un paraphe qui troua le papier, tira sa langue toute violacée d'encre, puis il chanta : « Pendue ! pendue ! J'ai fini ! »

Hélène se leva, toute droite, et monta dans sa chambre avec une allure si calme, si précise, si certaine, qu'elle semblait la figure de la Nécessité.

Enveloppée de son châle noir et de son voile de veuve, elle descendit par l'escalier de service.

XIII

En voyant la rue, elle fut éblouie et chancela. La clarté de cette matinée était étrangement diffuse. La lumière, répartie sur tous les objets, les éclairait avec une extrême netteté. Les voitures, les arbres, les kiosques des marchands de journaux et les passants les plus éloignés restaient si précis, malgré leur petitesse, qu'on eût dit les avoir sous la main. Cette clarté fut très pénible à Hélène, qui ne regardait rien et voyait tout. Les objets les plus insignifiants pour elle, comme les numéros des fiacres et les lettres des enseignes, se gravaient dans ses yeux avec des détails fatigants pour des nerfs malades. Tout ce qu'elle voyait lui semblait entrer en elle brutalement et la blesser. Elle était tentée de reculer, mais elle ne pouvait s'arrêter. Non, jamais la pensée ne fut aussi complètement abolie dans une personne vivante. Et elle marchait comme irrévocablement déterminée.

C'est que tout à l'heure une idée lui était venue, simple, claire et si définitive qu'elle avait exclu toute autre idée. Elle allait, ne se sentant pas même marcher, croyant voler et pourtant bien faible, incapable d'un geste volontaire[1]. Elle allait. Devant elle une fillette trottait en portant un enfant et une boîte au lait. Hélène épiait les gouttes blanches qui tombaient une à une sur les dalles du trottoir. Tout ce qui lui restait de facultés s'appliquait à ce lait répandu. À chaque gouttelette échappée, elle ressentait une inexplicable impression d'angoisse.

Quand elle atteignit les quais, la large étendue ouverte devant elle, le poudroiement de la lumière sur le fleuve et le souffle frais errant sur les eaux lui tirèrent un soupir. Elle hésita une seconde; mais, tournant à droite, elle reprit sa course. Le quai d'Orsay était tout parfumé d'une odeur de jardins. Elle allait.

De la rue du Bac au pont Royal, une file d'hommes affairés, d'ouvrières agiles, de fiacres, d'omnibus lui barraient le passage. Elle prit le pont, sans regarder l'eau, tourna encore une fois à droite, descendit sur la berge, traversa, entre un massif de saules, la passerelle des bains[2], et entra dans le bateau plein d'une odeur d'eau chaude et de goudron.

Elle attendit tranquillement, en mordillant la pomme de son ombrelle, que la fille en tablier blanc eût préparé son bain. Elle était très calme. Elle entra dans la cabine et dit qu'elle sonnerait quand elle aurait besoin d'un peignoir.

Dès que la petite porte se fut refermée sur elle, elle ouvrit d'une brusque secousse la fenêtre, dont elle écarta les rideaux de calicot, et respira largement. Devant elle, la Seine agitait ses petites lames étincelantes. Du bateau des blanchisseuses, amarré à l'autre rive, partaient les coups sourds des battoirs. Un bourdonnement montait de l'enclos bariolé des bains d'hommes.

Elle embrassait ce spectacle clair d'un regard indolent qui semblait heureux. Ses épaules serrées par le châle de cachemire noir, son voile de veuve relevé sur le chapeau et flottant autour de sa tête comme un nuage funèbre, elle était plus belle que jamais et une volupté calme s'exhalait de toute sa personne. Un clapotement d'hélice s'approcha et grandit. Le ponton des bains oscilla légèrement, et un bateau-mouche, allant au Point-du-Jour[1], passa devant elle si près qu'elle entendit les voix des passagers. Deux jeunes gens, d'allure vulgaire, appuyés aux bordages du pont, la lorgnèrent avec une intention libertine, en songeant, sans doute, à sa toilette qu'elle allait défaire.

Elle les remarqua. Elle entendit l'aîné des deux, qui était blond, avec des plaques rouges sur la face, dire à son camarade :

« La belle femme ! on se la... »

Mais déjà le bateau passait, cheminée abaissée, sous l'arche du Pont-Royal.

Fut-ce dédain ou contentement ? les coins de sa lèvre se soulevèrent et commencèrent un sourire.

Elle était calme; son regard, flottant, très doux, sans inquiétude. Elle releva ses beaux bras par un geste gracieux qui eût troublé bien des hommes, se passa les doigts sur le front. Puis elle se détacha avec indifférence de ce qu'elle voyait et referma la fenêtre. Il était midi.

À deux heures, elle n'avait pas sonné. À deux heures dix la fille de service, surprise de n'être pas encore appelée, ouvrit la porte de la cabine et demanda si Madame n'avait pas besoin de quelque chose.

Il n'y avait personne dans la baignoire, mais en face, entre la fenêtre et la glace, une grande forme noire pendait.

La fille s'enfuit en criant au secours.

Hélène Haviland s'était pendue avec une cravate de son neveu, au portemanteau. Elle avait gardé sur ses épaules le châle que René lui attacha un mois auparavant, sous *la tonnelle*, à Meudon. Ses genoux étaient infléchis et la pointe de ses bottines touchait le parquet. Une chaise placée sans doute à dessein à la gauche du corps le faisait dévier et l'empêchait de porter d'aplomb sur le sol. Le voile de veuve recouvrait le visage. On le souleva. La face était tuméfiée[2]; la langue, noire et gonflée, sortait de la bouche.

Le commissaire de police appelé sur les lieux fit cette réflexion :

« J'ai vu bien des femmes suicidées; c'est la première fois que j'en vois une pendue[a][3]. »

XIV

Longuemare, profondément atteint par cette disparition hideuse et louche de la femme qu'il aimait, ne parut pas d'abord accablé. Il fit de la médecine avec rage. Mais il devint sombre, brutal, dur. Il ne montrait de bon que son zèle et son intelligence de praticien. Querelleur avec ses camarades et cynique avec les femmes, il lassa toutes les complaisances et resta seul. Son impatience devint telle qu'il ne pouvait prendre un repas dans sa crémerie sans se quereller avec le garçon, le patron et la demoiselle de comptoir.

Sur une parole brusque du médecin en chef de l'hôpital, il donna sa démission de chirurgien militaire et tomba un beau jour chez son père, au fond des Ardennes, sans livres, sans linge, avec une barbe de trois semaines et l'air maussade.

L'ancien agent voyer, petit vieillard sec, taillait ses arbres, mettait son vin en bouteilles, scellait les carreaux branlants des salles, fendait du bois, allait, venait et prenait en grande considération toutes les choses de la vie. Il haussait les épaules en voyant son fils étendu tout le jour dans le jardin, une pipe éteinte à la bouche et un chapeau de paille crevé sur le nez.

Un jour, après le dîner, il confia à son fils qu'il avait « une grosseur » au bras, dont il ne souffrait pas, mais qui semblait augmenter. Il demanda ce qu'il fallait faire.

« Rien », répondit René en tournant les talons au bonhomme indigné.

Souvent, une binette ou un sécateur à la main, le vieillard affectait de passer par hasard près du tas de foin où son fils était vautré. Parfois il lui disait :

« Si tu es malade, va te coucher dans ton lit. »

Ou bien :

« S'il vient du monde, je t'engage, dans ton intérêt, à prendre une autre tenue. »

René prit l'habitude de sortir après chaque repas. Il allait, tout proche, s'étendre dans les ajoncs, sur les bords ravinés d'une petite rivière. Il ne rêvait même pas. Tout lui semblait pénible, absurde, mauvais;

sa douleur était sans charme, sans beauté. Il resta quelques semaines dans cet état.

Un jour qu'il bâillait stupidement au bord de l'eau, il vit des enfants qui se glissaient tout nus, avec des mouvements maladroits et jolis, d'une pierre à l'autre, dans le lit de la rivière. Ces petits êtres à crins jaunes, avec des faces rouges, qui riaient, s'appelaient, se repoussaient, criaient, faisaient clapoter l'eau, mettaient de la gaieté dans l'âpre paysage. Longuemare eut tout d'un coup une idée. Il les appela; mais eux, pour s'enfuir, s'accrochaient des mains et des genoux aux pierres moussues, glissaient sur le fond vaseux, faisaient des plongeons et n'avançaient guère. Un d'eux, tapi dans la fente d'un rocher qui surplombait la rivière, s'y croyait caché. René vint l'y surprendre et le tira de son trou comme une anguille. Sans doute[a] il n'avait pas l'air bien méchant, car l'enfant n'eut plus peur.

« Veux-tu bien m'écouter, petit sauvage, lui dit le chirurgien. Si tu veux gagner des sous neufs, apporte-moi des grenouilles. Tu dois savoir attraper des grenouilles. Je demeure là-bas, chez le père Longuemare. »

Quand il eut des grenouilles, il ne quitta plus sa chambre, qui s'emplit d'une forte odeur de pharmacie et de tabac. Le père Longuemare, en sarclant ses plates-bandes, regardait avec satisfaction la petite lucarne d'où pendaient, au bout de fils de laiton, des grappes de grenouilles mutilées. Maintenant que son fils travaillait, il avait pour lui une sorte de respect religieux. Il se faisait petit dans la maison et n'y marchait plus que sur la pointe des pieds. Il défendait à la servante de faire *le lit, là-haut,* pendant que Monsieur travaillait.

Un jour, à table, en pelant une poire, il dit à son fils :

« Est-ce que je ne pourrais pas t'aider à préparer tes grenouilles ? N'as-tu pas besoin, par exemple, que je taille des planchettes ? Je pourrais te les peindre et même y coller une couche de sable fin.

— Coller du sable fin sur des planchettes ! Et pour quoi faire ? »

Le père expliqua qu'il pensait que son fils empaillait des grenouilles et en faisait des groupes artistiques.

« J'ai vu, dit-il, à Paris, dans les boutiques des naturalistes, des grenouilles préparées très habilement; elles faisaient mine de se battre en duel et tenaient des petites épées de bois; il y en avait aussi qui jouaient au piquet avec des miniatures de cartes et d'autres qui buvaient sous une tonnelle, dans des verres de poupée. C'était très ingénieux. Je croyais, mon garçon, que tu travaillais à quelque chose de semblable. »

Il fut très désappointé quand il apprit que son fils faisait des expériences. C'était à ses yeux des enfantillages bons pour les écoliers. Depuis lors sa figure s'allongea de nouveau, et, quand, dans son jardin, promenant l'œil du maître sur toute la maison, il apercevait des grenouilles pendues à la lucarne, il branlait la tête en signe de pitié.

Un matin, René lui annonça qu'il partait. Les deux hommes se firent, pour les adieux, une voix rauque et brève, un front impassible, une attitude raide, et ils se séparèrent avec une fermeté maussade.

Mais tandis que le vieux père, en regagnant sa maison, pleurait dans son mouchoir à carreaux, le fils, étendu sur la banquette de la voiture de troisième classe, s'essuyait les yeux en bourrant sa pipe.

À la station de Reims, deux jeunes gens, des employés de commerce, sans doute, entrèrent dans son compartiment. L'un des deux lisait *Le Petit Journal*[1] et faisait part à l'autre des nouvelles les plus importantes.

« La crise ministérielle continue... Une explosion a mis en émoi le quartier du Gros-Caillou... Le nommé Groult (Juste-Désiré) a été exécuté ce matin à six heures, sur la place du Marché, à Granville.

— Qu'est-ce qu'il avait fait ? demanda l'autre.

— Il avait assassiné un vieillard. On l'accusait aussi d'avoir empoisonné un riche Anglais, mais ce second crime n'a pas été prouvé à l'audience. Tu ne te rappelles pas l'affaire Groult ?

— Non », dit l'autre.

Et après une minute de silence :

« Y a-t-il des détails ? »

Ils lurent à mi-voix : « Dès quatre heures du matin, la fatale machine... » Longuemare n'entendit pas le reste.

Le propriétaire du journal plia sa feuille et dit :

« Jusqu'au dernier moment il a protesté qu'il n'avait pas frappé sa victime avec préméditation. C'est égal, c'était un fameux gredin... Je mangerais bien un morceau, et toi ? »

Longuemare vécut, à Paris, dans une torpeur stupide. Il lui restait de son traitement en Cochinchine quelques centaines de francs qui le dispensaient de tout effort. Il se levait à midi et allait s'asseoir sur un banc du Luxembourg, au milieu du tourbillon des feuilles mortes dans le vent d'automne. Il se tenait la tête dans les mains si longtemps que les poings restaient marqués dans les joues. Les premiers froids achevèrent de l'engourdir. Il traîna ses journées d'hiver dans la salle étouffante d'un petit café, sans même lire les revues ni jouer au billard. Il rencontra là, au printemps, une figure de connaissance, Nouilhac, gros garçon velu, à demi paysan, qui, ayant trouvé des écus dans un sabot de feu son père, cultivateur en Auvergne, faisait sauter le sac avec des appétits de goinfre et une ladrerie de vilain. Il touchait à la quarantaine et devenait sérieux.

Ayant racheté dans son pays une source thermale oubliée[1], avec son établissement moisi, il avisait au moyen d'y ramener les baigneurs. Il avait ses poches bourrées de flacons d'eau minérale et de prospectus illustrés de vignettes représentant des thermes romains et une piscine du XVIe siècle, d'après une ancienne miniature.

Tendant une bouteille à Longuemare :

« Thermale, sulfurée, chlorurée, sodique, arsenicale, iodo-bromurée et gazeuse », lui dit-il.

Puis il déroula tout au long son affaire.

L'établissement était situé à cinquante kilomètres de Clermont, au bord d'un lac, au pied d'une superbe pyramide de basalte. Quinze ou vingt chevriers et trente goitreux ou goitreuses peuplaient le village.

Nouilhac possédait, du chef de son père, trois ou quatre masures qui, repeintes et closes, deviendraient des cottages pour les étrangers. L'hôtel de César, situé en face de l'établissement, pouvait contenir de trente à quarante voyageurs. On songerait plus tard à établir un casino. Ils commençaient petitement, mais qui sait si dans l'avenir ?... Finalement, il demanda à Longuemare s'il voulait être des leurs.

« Venez, lui dit-il, vous serez le médecin de l'établissement. »

Il avait pour les talents médicaux de l'ex-chirurgien militaire une haute estime, inspirée par l'opinion unanime de leurs amis communs. Tous les camarades de Longuemare lui connaissaient l'œil et la main d'un maître.

Il répondit à Nouilhac :

« Vos bains sont dans un trou. Il n'y viendra jamais que quelques scrofuleux ou dartreux européens qui achèveront d'y moisir. Si j'y vais, c'est pour y rester hiver comme été. »

Il accepta sans discussion les faibles appointements offerts par Nouilhac, lequel considérait le médecin de l'établissement comme déjà rémunéré par la nombreuse clientèle internationale qu'il ne manquerait pas de se faire.

Le lendemain Longuemare fit des courses à travers Paris pour acheter le peu d'habits, d'instruments et de livres qu'il lui fallait. Vers cinq heures du soir, comme il descendait l'avenue des Champs-Élysées, il s'arrêta devant un théâtre de Guignol. Un triple rang de curieux pesait sur la corde passée au tronc des arbres pour fermer l'enceinte réservée aux spectateurs assis et payants.

En arrière les petits enfants contemplaient avec découragement, entre les jambes d'un militaire, la jupe de leur bonne.

Il reconnut dans la foule des spectateurs, mais un peu à l'écart, un vieillard voûté, lourd, bouffi de mauvaise graisse et dont le visage blafard gardait une inertie désolée. Il portait une redingote jaunâtre au collet et aux épaules, et qui, remontant par-derrière, laissait pendre sur le devant la pointe de ses deux pans. Ce vieillard regardait Guignol ou plutôt fixait dans sa direction, entre ciel et terre, un regard tout particulier.

Longuemare, en reconnaissant M. Fellaire de Sisac, se sentit remué, et tout ses souvenirs remontèrent ensemble à la surface de son âme.

M. Fellaire lui serra la main en cherchant une phrase

qu'il ne trouva pas. Longuemare, avec je ne sais quelle pitié, quelle tendresse brusque, lui dit :

« Venez, je vous emmène.

— Cela se trouve bien, répondit M. Fellaire. Justement je n'ai pas d'affaires ce soir. »

Il dit qu'il demeurait rue Truffaut[1], au fond des Batignolles.

« Ce n'est pas très central, ajouta-t-il; mais avec les tramways... »

Ils s'assirent, à la brune, dans la salle enfumée d'une gargote de la rue Montmartre. Ils se regardaient, surpris, ne sachant plus s'il y avait un jour ou cent ans qu'ils ne s'étaient vus.

Ils ne parlèrent pas d'elle. Mais tous deux la voyaient à leur côté.

Longuemare, en cassant des noisettes, dit qu'il partait pour le Mont-Dore et ce qu'il y allait faire. Il redit simplement :

« Je vous emmène. »

Le vieillard roula des yeux effarés :

« Quitter Paris ! s'écria-t-il, ce n'est pas possible ! Et les affaires ! On ne vit qu'à Paris. »

Longuemare, navré de pitié, ne put s'empêcher de sourire.

« Venez donc ! Là-bas vous serez inspecteur, contrôleur, régisseur. »

Ces titres frappèrent la pauvre tête du vieillard, qui déclara que « son concours était acquis à une entreprise dont... et pour laquelle... enfin, que si son expérience pouvait être de quelque utilité... » Ils prirent rendez-vous pour le lendemain. Longuemare, en repassant le pont, songeait :

« C'est plus fort que *moi, je me* figure qu'il est mon beau-père. »

La saison des bains ne fut pas trop mauvaise pour Nouilhac. Quelques Russes et une famille de Lyonnais vinrent prendre les eaux à son établissement. M. Fellaire se tenait près de la source et goûtait l'eau d'un air capable. Ses attributions n'étaient pas bien définies. Nouilhac n'aurait certainement pas admis M. Fellaire dans son personnel. Il le payait toutefois, mais avec l'argent de Longuemare.

« Faites-lui croire que vous lui donnez des appointements, avait dit le médecin, et surtout cachez-lui bien que ce sont les miens qu'il touche. Quant à moi, je m'arrangerai. »

Il donna quelques consultations à des Russes et fut appelé dans la montagne pour quelques pieds démis le dimanche, au sortir du cabaret.

Les voyageurs partirent avec les hirondelles, non comme elles en compagnie, mais par couples ou seuls, les uns après les autres.

L'hiver vint. La neige couvrait la vallée. Sur les prismes du porphyre et les anfractuosités noires des puys de granit, la glace pendait en stalactites. Sur les pentes, la brume faisait voir les sapins agrandis et vagues comme des fantômes. L'horizon était fermé par une mer de ténèbres. Sur les murs de l'établissement thermal, les peintures rouges et brunes, de goût antique, s'écaillaient. En face, dans la salle basse de l'hôtel de César, M. Fellaire jouait aux dominos avec l'hôtelier. Longuemare, les pieds sur les chenets, fumait sa pipe. Il se tâta le poignet gauche avec le pouce droit, puis, se parlant tout bas à lui-même :

« Fièvre, murmura-t-il, tension et douleur aiguë dans l'hypocondre, toux, oppression, douleur sympathique dans l'épaule droite. Rien n'y manque : c'est une belle hépatite[1] que j'ai là. »

Et, pour la première fois depuis un an quatre mois et six jours, il sourit.

LE CHAT MAIGRE

I

Les bourrasques de novembre fouettaient depuis trois jours le faubourg populeux, que les premières ombres de la nuit revêtaient déjà. Des flaques d'eau miroitaient sous les becs de gaz. Une boue noire, délayée par les pas des hommes et des chevaux, couvrait le trottoir et la chaussée. Les ouvriers, portant leurs outils sur le dos, et les femmes, revenant de chez le traiteur avec des portions de bœuf entre deux assiettes, marchaient sous la pluie en tendant le dos, dans la morne attitude des bêtes de somme[1].

M. Godet-Laterrasse, serré dans ses vêtements noirs, montait avec le peuple la voie boueuse qui mène au faîte de Montmartre[2]. Sous son parapluie qui, fatigué par d'anciens orages, palpitait au vent comme l'aile d'un gros oiseau blessé, M. Godet-Laterrasse portait haut la tête. Sa mâchoire étant proéminente et son front déprimé, sa face prenait sans peine une attitude horizontale et ses yeux pouvaient, sans se lever, voir, à travers les trous du taffetas, le ciel fuligineux. Marchant tantôt avec une hâte fébrile, tantôt avec une lenteur songeuse, il s'engagea dans un impasse noir et boueux[3], longea les lattes moisies de la charmille effeuillée qui borde l'établissement des bains, et, après un moment d'hésitation, entra dans une gargote où des gens vêtus comme lui, d'un drap noir, mince et fripé, mangeaient silencieusement dans une atmosphère de graisse tiède, compliquée d'une écœurante odeur de barèges[1], due au voisinage des bains.

M. Godet-Laterrasse salua la dame du comptoir selon sa méthode, qui consistait à renverser la tête en arrière avec un sourire grave. Puis, ayant accroché à la patère son chapeau luisant et sillonné de cassures, il s'assit devant une petite table de marbre gras et lissa ses cheveux par le geste qui accompagnait d'ordinaire ses méditations. Le gaz, qui chantait en brûlant, éclairait les cheveux laineux de cet homme, sa face de mulâtre dont la peau, à demi lavée par la neige et l'eau des hivers d'Europe, semblait sale[2], et jusqu'à ses mains ridées, dont les ongles plats étaient marqués à l'extrémité de virgules laiteuses.

Sans appeler le garçon, sans regarder du côté du comptoir, il tira de sa poche un journal qu'il lut de très haut. Il interrompit à peine sa lecture pour manger de cette tête de veau qui avait déjà paru par portions devant tous les convives silencieux et résignés. Ceux-ci s'évanouissaient l'un après l'autre dans l'ombre et dans la pluie. Un seul, édenté et morne, s'attardait encore sur des raisins secs. Et le mulâtre, ayant vidé son carafon, au fond duquel restait un résidu de lie et d'écorce[3], s'essuya la bouche, plia sa serviette, mit son journal dans sa poche, contre sa poitrine, avec le geste d'un lutteur qui étreint son adversaire, se leva, décrocha son chapeau et fit un pas vers la porte. Il s'élançait déjà dans la nuit humide quand un petit homme violacé et tout suintant de graisse déboucha d'une porte bâtarde, noircie par des mains grasses, et s'avança dans la salle en boitant. M. Godet-Laterrasse fit au patron du restaurant son salut en arrière.

« Bonjour, monsieur Godet, dit l'homme gras. Voilà un bien mauvais temps, et qui fait beaucoup de mal ! À propos, monsieur Godet, si vous pouviez demain me donner un petit acompte, vous me feriez plaisir. Je ne suis pas homme à vous tourmenter, vous le savez bien; mais j'ai un fort paiement à faire cette semaine. »

M. Godet-Laterrasse répondit avec un accent à la fois oratoire et enfantin et sans prononcer les *r*, qu'on lui devait de l'argent, qu'il irait sans faute, le lendemain même, chercher une somme quelconque chez son éditeur ou au journal, qu'il ne savait vraiment pas comment il avait pu oublier la note du restaurateur, et que c'était une bagatelle.

L'homme gras ne parut pas ébloui par cette promesse. Il reprit d'un ton dolent :

« Ne m'oubliez pas, monsieur Godet. Bonsoir, monsieur Godet. »

Et M. Godet-Laterrasse entra à son tour dans les ténèbres rayées de pluie, où s'étaient dissipés jusqu'au dernier les maigres pensionnaires de l'impasse du Baigneur. Tous les chemins de la terre étaient ouverts devant lui. Il prit celui des buttes, que la tempête assiégeait et que noyait une pluie obstinée. Un tourbillon de vent voulut déraciner le mulâtre; un souffle traître prit son parapluie en dessous et le retourna brusquement. M. Godet-Laterrasse rétablit la concavité première de cet appareil domestique; mais le taffetas, rompu de toutes parts, flotta comme un drapeau noir sur l'armature dénudée. M. Godet-Laterrasse gravissait, sous ce pavillon grotesque et sinistre, les roides escaliers du passage Cotin[1], changé en torrent. Il n'entendait que le claquement de ses semelles sur l'eau et les dialogues mystérieux des vents. Visibles pour lui seul, les ombres vagues d'un éditeur et d'un directeur de journal fuyaient bien loin devant lui. Il monta quatre-vingts marches et s'arrêta devant une petite porte sous une lanterne en potence qui clignait comme un œil malade et dont la poulie grinçait. Entré dans la maison, il glissa furtivement devant la loge du concierge.

Mais quelques coups frappés contre la cloison le rappelèrent. Il ouvrit la porte vitrée avec une sorte d'angoisse. Une voix aigre et sans sexe, sortie d'une alcôve, l'avertit qu'il y avait une lettre pour lui sur la commode.

Il prit la lettre, descendit cinq marches gluantes et entra dans sa chambre. Aux premières lueurs de sa bougie il examina d'un œil soupçonneux l'enveloppe de la lettre.

C'est que depuis longtemps la poste ne lui apportait rien d'heureux. Mais, quand il eut rompu le cachet et commencé de lire, il découvrit ses dents blanches par un sourire naïf. Sa nature enfantine, flétrie par la misère, s'égayait à la moindre clémence des choses. En ce moment-là, il était heureux de vivre.

Il retourna toutes ses poches pour recueillir une poussière de tabac mêlée de croûtes de pain et de flocons de laine dont il bourra sa pipe courte; puis, s'étant coulé voluptueusement sous les draps sales de son lit-canapé, il se mit à chantonner à mi-voix la lettre qui l'avait fait sourire.

Cher monsieur,

Je suis de passage à Paris avec mon fils Rémi que j'amène de Nantes où il a fait ses études. J'ai songé à vous pour le préparer au baccalauréat. En éducation, comme dans le reste, je suis partisan des idées avancées. Voulez-vous venir déjeuner avec nous demain samedi à 11 heures, au Grand-Hôtel[1]*, pour nous entendre ?*

Tout à vous.

A. SAINTE-LUCIE.

M. Godet-Laterrasse, ayant terminé le chant de cette lettre, alluma sa pipe et s'enveloppa de fumée et de rêves. Quelle caresse de la fortune que cette lettre inattendue ! Il avait connu à Paris, vers la fin de l'Empire, chez quelque notabilité du monde démocratique, M. Sainte-Lucie, qui lui avait même rendu visite. « C'était, songeait le mulâtre, c'était du temps où j'écrivais des articles pour la *Grande encyclopédie universelle*[2]. J'habitais alors une belle chambre meublée dans un hôtel de la rue de Seine. Et je dois même avoir encore la carte de cet aimable visiteur. » Étendant son bras maigre et brun, il saisit sur la cheminée une vieille boîte à cigares, pleine de papiers qu'il se mit à fouiller.

On avait, sans doute, en déménageant, renversé d'un coup dans cette boîte tout le contenu d'un tiroir lentement rempli, car les papiers qu'il trouva les premiers étaient les plus anciens. Il ouvrit une enveloppe qui ne lui rappelait que des souvenirs lointains et confus. « Ah ! songeait-il, c'est une lettre de mon pauvre frère qui vend du café à Saint-Paul[3]. Il n'était pas attiré vers Paris, lui; il n'était pas travaillé comme moi par l'Idée ! » Et M. Godet-Laterrasse lut au hasard :

Tu as dû apprendre par les journaux qu'un cyclone a passé sur Bourbon et détruit toutes les plantations. Je me suis mis dans le guano. Et toi, écris-tu toujours des blagues dans les canards parisiens ?

« Le malheureux ! le malheureux », murmura M. Godet-Laterrasse, accoudé sur son oreiller. Et, déployant une autre lettre de la même main, il lut encore :

Je ne puis t'envoyer d'argent parce que les cafés ayant donné, j'ai dû employer tous mes capitaux disponibles à acheter ferme, pendant que le marché était encombré de produits à vil prix. J'ai fait une magnifique affaire. Tu comprendras donc qu'il m'est impossible de t'envoyer de l'argent. Durand, qui revient de Paris, m'a dit que tu donnais dans les réunions publiques et dans les émeutes des boulevards. Tu te feras casser la tête et tes amis diront que tu étais de la police. Quand tu seras fatigué de ton rôle de jobard, reviens à Bourbon. Tu garderas mes magasins. C'est un métier de paresseux qui te convient parfaitement.

« Garder ses magasins, quel blasphème ! » s'écria M. Godet-Laterrasse.

Et il rejeta la lettre impie. Le fond de la boîte était bourré de convocations à des enterrements civils[1], de jugements et d'assignations, de factures et de petits papiers découpés dans des journaux. Sur un de ceux-là, au revers duquel était une annonce de pédicure avec un pied nu sur un tabouret, il relut ces lignes qui réveillèrent un sourire sur sa face naïve :

Un de nos plus vaillants esprits, un des plus hardis pionniers du progrès, M. Godet-Laterrasse, créole de la Réunion[2], met la dernière main à son grand livre : *De la régénération des sociétés par la race noire*. Un des principaux chapitres de cet important ouvrage paraîtra incessamment dans *L'Entonnoir littéraire*.

Hélas ! pensa M. Godet-Laterrasse, quand le chapitre allait paraître, *L'Entonnoir littéraire* mourut. Que de journaux périssent ainsi dans leur fleur !

Enfin, il trouva dans une poignée de cartes de visite la carte qu'il cherchait. Il la considéra attentivement et la relut :

> ALIDOR SAINTE-LUCIE
>
> AVOCAT
>
> Ancien ministre de l'Instruction publique et de la Marine, membre de la Chambre des députés, président de la Commission artistique haïtienne.
>
> À Paris, au Grand-Hôtel.

Et, dans la fumée qui remplissait la chambre, M. Godet-Laterrasse se représenta le gigantesque mulâtre qui venait d'Haïti plein d'or et de sourires. Puis il souffla la bougie et s'endormit.

Ses rêves furent peuplés de spectres. L'ombre du cabaretier de l'impasse du Baigneur s'avançait en boitant et répétait avec une douceur terrible : « Pensez à moi, monsieur Godet. »

Il était près de neuf heures et il pleuvait encore quand une lueur de jour entra dans la chambre; c'était le reflet dégoûtant d'une lumière plusieurs fois souillée avant d'arriver jusque-là. La chambre n'avait de vue que sur le mur de soutènement de la maison voisine, qui dominait de ses cinq étages de plâtre tous les toits du passage. Ce mur de moellon bombé, lézardé, crevé, suintant, verdâtre et terminé par la galerie de brique d'une terrasse à l'italienne, s'élevait de cinq ou six mètres au-dessus de la chambre de M. Godet-Laterrasse et la revêtait d'une ombre éternelle. La fenêtre n'était séparée du mur que par une allée marécageuse, large de deux pas, semée de feuilles de salades, de coquilles d'œufs et de débris de cerfs-volants. Le mulâtre, à son réveil, regarda les vitres ruisselantes et souleva ses bottes lourdes, dont les semelles avaient laissé une trace humide sur le parquet. Il les chaussa pourtant, et, ayant achevé sa toilette austère et saisi les ruines de son parapluie, il sortit de sa chambre. En passant devant la loge, d'où sortaient des grognements confus :

« Madame Alexandre, dit-il, je m'occupe de votre petit compte. »

Il monta les dix plus hautes marches du passage Cotin, longea, dans un fleuve de boue, la façade désolée du chalet suisse et les chantiers de l'église du Vœu national[1]. Au bas de la rue Lepic, il s'arrêta court pour ne pas marcher sur deux brins de paille collés en croix par la pluie au trottoir, devant la boutique d'un emballeur. Ayant conjuré ce péril (car il ne doutait pas que marcher sur une croix ne fût un présage de malheur), il reprit sa grandeur d'âme et releva sa tête sublime. Il s'avançait en conquérant intellectuel vers le cœur de Paris et portait haut l'armature à huit pointes de son parapluie dévasté, qui semblait l'arme compliquée d'un guerrier sauvage.

II

M. Alidor Sainte-Lucie, fils d'un riche négociant de Port-au-Prince, fit son droit à Paris et retourna à Haïti pour assister au sacre de Soulouque[2], couronné empereur sous le nom de Faustin Ier. Homme de couleur et riche, il avait tout à craindre de Sa Majesté noire. Il alla bravement au-devant du danger et se fit remarquer au palais impérial par son zèle à soutenir la politique noire du souverain. Nommé procureur général près la cour impériale de Port-au-Prince, il fit fusiller sans méchanceté quelques-uns de ses concitoyens. Il accepta de l'empereur le portefeuille de l'Instruction publique et celui de la Marine; mais, voyant croître dans l'ombre une opposition énergique, il prit un congé et alla faire une promenade en France.

De Paris, il s'associa par de chaleureuses lettres à la révolution qui mit fin aux gaietés sanglantes de l'empire noir[3], et revint à Haïti, pour se faire nommer membre de la Chambre des députés. Son premier acte dans l'assemblée fut de déposer un projet « tendant » à l'érection d'un monument expiatoire consacré aux mânes des victimes de la tyrannie. Il y avait quelques-unes de ces victimes auxquelles l'ancien procureur impérial devait bien un tombeau.

Le projet fut pris en considération, la proposition votée et le citoyen Alidor Sainte-Lucie nommé président de la commission chargée de faire exécuter cette œuvre nationale. M. Alidor comprit tout le parti qu'il pouvait tirer de cette présidence. Pour peu qu'on fusillât dans l'île,[1] il prenait son passeport et s'en allait demander aux artistes de Paris quelques projets de monument expiatoire. Il adorait Paris, à cause des petits théâtres et des cafés politiques. Après vingt ans, la commission artistique fonctionnait encore.

M. Alidor Sainte-Lucie était alors un très beau mulâtre, colossal et souple. Portant bien sa large face cuivrée, il avait, malgré son nez épaté, une grande mine, surtout depuis que le sommet de son front, dégarni de cheveux, brillait comme un bronze clair. Sans daigner rien dissimuler de sa robuste vieillesse, il portait, taillée de près aux ciseaux, sa barbe grisonnante. Soigneux de sa personne, il aimait les gilets blancs et les escarpins vernis, et s'imprégnait de parfums à la fois capiteux et fades.

C'est ainsi parfumé, et sa puissante encolure bien prise dans une jaquette de coupe anglaise, qu'il se promenait de long en large dans sa chambre d'hôtel, en attendant le précepteur, tandis que son fils crayonnait des bonshommes sur une couverture de livre et que le garçon de service dressait près du feu une table de trois couverts.

Les meubles étaient encombrés par les maquettes, les esquisses, les ébauches, les photographies, les plans, les épures, les lavis et les devis du monument commémoratif des victimes de la tyrannie. Il y avait sur la console une petite pyramide de plâtre peint, couverte de palmes d'or, et sur le secrétaire une colonne de terre cuite surmontée d'une espèce de singe ailé[2], avec cette inscription sur le socle : *Au Génie de la Liberté noire*. Une photographie posée sur la cheminée, contre la glace, représentait une négresse debout devant un sarcophage sur lequel elle déposait un rouleau de papier portant ces simples mots : *Commission artistique, Monsieur Sainte-Lucie président*. Rien de plus.

À terre, une main de fonte à demi ouverte, une main géante sortait d'un rideau comme d'une manche à sa taille et portait au poing cette étiquette : *Détail d'exécution. Projet 17. E. D.*

Trois petits pains dorés reposaient sur les serviettes. M. Sainte-Lucie regarda la pendule. Soit que la croûte des pains vernis au blanc d'œuf eût réveillé ses appétits, soit qu'il craignît d'attendre, ses yeux de velours, qui tout à l'heure coulaient avec une si douce lumière sous leurs paupières un peu tendues, jetèrent subitement une lueur fauve. Mais ils redevinrent caressants quand M. Godet-Laterrasse apparut sous la portière écartée par le garçon de service. On ne vit d'abord qu'un menton surmontant une longue pomme d'Adam échappée d'une cravate de cotonnade blanche : M. Godet-Laterrasse saluait.

« Mon fils, Rémi », dit M. Sainte-Lucie en présentant le jeune homme, qui, consentant à laisser un croquis inachevé, s'approcha avec un déhanchement paresseux.

C'était un beau garçon d'un teint olivâtre très pur. Il roulait des yeux ennuyés et semblait tendre au hasard sa grosse bouche sensuelle.

On se mit à table. M. Sainte-Lucie était deux fois plus large que M. Godet-Laterrasse. Le mulâtre d'Haïti avait un teint chaud et doré qui semblait plus riche encore auprès de cette couleur de suie mal essuyée dont l'autre était barbouillé. Le mulâtre de Bourbon était chétif, fripé, crotté. Mais l'expression d'emphase naïve et d'orgueil enfantin empreinte sur son visage inspirait pour lui cette pitié sympathique qui s'attache aux chiens savants et aux génies malheureux.

L'affaire qui les réunissait fut traitée entre les rognons sautés et les petits pois au sucre. M. Godet-Laterrasse provoqua les explications.

« Eh bien ! mon ami, dit-il à son futur élève, en lui tapant sur l'épaule, nous allons donc prendre nos grades dans la vieille Université ? »

M. Alidor, ainsi amorcé, dit en émiettant son pain avec nonchalance :

« Comme je vous l'ai écrit, mon cher Godet, et, par parenthèse, j'ai eu du mal à trouver votre adresse.

C'eſt Brandt... Vous savez, Brandt, le tailleur, qui l'a découverte par le plus grand des hasards. Il vous cherchait aussi à ce qu'il paraît.

— C'eſt possible, dit M. Godet-Laterrasse, en faisant dans le vide le geſte d'écarter quelque chose.

— Comme je vous l'ai écrit, je compte sur vous pour préparer ce gaillard-là au baccalauréat, et en faire un homme. »

M. Godet-Laterrasse redressa son buſte contre le dossier de sa chaise, plaça son visage horizontalement et dit :

« Avant tout, mon cher Sainte-Lucie, je dois vous faire ma profession de foi. Je suis inébranlable sur les principes. Je suis l'homme de fer qu'on brise mais qu'on ne plie pas.

— Je sais, je sais, dit M. Sainte-Lucie en continuant d'émietter son pain.

— L'éducation que je donnerai à monsieur votre fils sera une éducation essentiellement libre.

— Je sais, je sais...

— C'eſt le baccalauréat civique que je ferai passer glorieusement à notre Rémi. Je préparerai en lui moins encore le lauréat de l'Université que le législateur de la République haïtienne. Et que m'importe, à moi, cette vieille fée pédante qu'on nomme l'Université ! »

L'ancien miniſtre, homme éloquent mais pratique, lui fit signe du sourcil de ne pas parler ainsi devant son élève. Mais le précepteur libre, emporté par la sublimité de ses propres idées :

« L'Université, s'écria-t-il, c'eſt le monopole[1] ! L'Université, c'eſt la routine ! L'Université, c'eſt l'ennemie ! Guerre à l'Université ! »

Puis, posant la main sur l'épaule du jeune mulâtre, plus indifférent que surpris :

« Mon ami, si je vous prépare au baccalauréat, je vous enseignerai les vérités primordiales. Et quand, au sortir de mes mains, vous vous présenterez en Sorbonne[2] devant les examinateurs, vous serez leur juge encore *plus qu'ils ne seront* les vôtres. Vous pourrez dire aux Caro[3] et aux Taillandier[4] : “ J'ai des principes et vous n'en avez pas. C'eſt un homme de fer, c'eſt Godet-Laterrasse qui a formé mon esprit. ” Ah ! ils me connaîtront un jour, ces messieurs ! »

Pendant ce discours, le jeune Rémi, très tranquille, tirait subrepticement du sucrier des morceaux de sucre qu'il fourrait dans ses poches.

M. Alidor était naturellement enclin à goûter l'éloquence; une semblable préparation au baccalauréat lui semblait belle, mais périlleuse. Fort entêté par caractère, il ne démordit pas de son idée de confier son fils au créole de Bourbon.

« Rémi, dit-il, en tirant nonchalamment un louis de sa poche, va chercher des cigares en bas, et dis que c'est pour moi. »

Resté seul avec son hôte, il émietta encore son pain et resta silencieux. Il avait une façon spéciale de se taire qui était mystérieuse et imposante. Puis, de sa voix douce d'homme fort, il représenta au futur précepteur qu'il s'agissait d'une préparation au baccalauréat, c'est-à-dire d'une entreprise essentiellement pratique, que les programmes devaient être suivis à la lettre, et qu'en somme il était question de grec et de latin bien plus que de vérités primordiales.

« Parfaitement, parfaitement », répondit l'homme de fer.

Il lui fut demandé s'il avait déjà professé. Sa réponse fut vague. On dut toucher la question d'argent.

L'ancien ministre pria le précepteur d'accepter des appointements mensuels de deux cents francs[1].

Mais M. Godet-Laterrasse, la tête totalement révulsée, fit le geste d'écarter ces bagatelles.

Rémi revint avec des cigares. Un très bel homme svelte, et dont la barbe d'or descendait sur la poitrine, entra dans la chambre avec lui et n'ôta pas le petit chapeau mou qu'il portait en manière de toque sur sa nuque chevelue.

« Soyez le bienvenu, Labanne, dit M. Sainte-Lucie sans se lever. Voulez-vous un cigare ? »

Mais Labanne, sans rien répondre, tira de sa poche une pipe d'ambre et d'écume et une blague aux armes de Bretagne. Puis, il fit le tour de la pièce et examina en connaisseur la photographie placée sur la cheminée. Enfin, jetant un regard de côté sur la colonne de terre cuite :

« Quel est, dit-il, le fumiste qui vous a fourni ce modèle de tuyau de poêle ? »

Il se tourna ensuite vers la pyramide dorée, affecta la curiosité, cligna de l'œil et dit :

« On a oublié de faire une fente pour couler les sous. »

Les autres ne comprenaient pas. Il ajouta :

« Dame ! Ça ne peut être qu'une tirelire, cette machine-là.

— Que voulez-vous ? répondit philosophiquement M. Sainte-Lucie. Je prends ce qu'on me donne. Vous ne m'apportez pas votre projet, vous, Labanne.

— J'y travaille, répondit le sculpteur. Pas plus tard qu'hier, j'ai lu dans un journal de médecine un article des plus curieux sur le *pigmentum* de la race noire. Et j'ai acheté ce matin, sur le quai Voltaire, chez un bouquiniste de mes amis, un traité de la constitution géologique des Antilles.

— Et pour quoi faire ? demanda M. Sainte-Lucie absolument dérouté, bien qu'il connût son homme.

— Si je veux exécuter mon projet de sculpture, répondit Labanne d'un ton dédaigneux, il faut qu'avant de toucher seulement à la glaise, j'aie lu quinze cents volumes. Tout est dans tout. C'est un procédé artificiel et coupable que de traiter isolément un sujet quelconque... Tiens ! vous voilà, Godet ! par quel hasard ? Je ne vous avais pas aperçu. »

Le mulâtre de Bourbon, accoudé à la tablette de la cheminée et la main droite passée entre deux boutons de sa redingote, sourit amèrement.

Le sculpteur, ayant allumé sa pipe, poursuivit :

« Je ne suis pas une force de la nature, une force brute, moi. Je ne suis pas comme l'oiseau qui a pondu ce singe-là (et il désignait du tuyau de sa pipe le *Génie de la Liberté noire*). Je suis une intelligence, une conscience, et je mets une pensée dans ma sculpture. »

M. Alidor Sainte-Lucie approuva de la tête. Mais il insista pour obtenir du sculpteur un simple croquis, une esquisse qu'il voulait soumettre à la commission. Il devait partir pour Haïti dans une huitaine de jours.

Labanne, couché sur le canapé, était perdu dans une méditation profonde.

Enfin, après avoir secoué la cendre de sa pipe et craché sur le tapis, il contempla la rosace du plafond et dit :

« De quel droit créons-nous des êtres imaginaires ? Phidias ou Michel-Ange ou Machin fait une figure qui a l'apparence de la vie, qui s'impose aux yeux, qui pénètre les imaginations. C'est l'*Athènè* du Parthénon, le *Moïse* ou la *Nymphe* d'Asnières[1]. On en parle, on en rêve. Et voilà un être de plus dans le monde ! Que vient-il y faire ?

« Il vient perturber les intelligences, corrompre les cœurs, égarer les sens et se moquer du public. Toute œuvre d'art, toute création du génie humain est une dangereuse illusion et une tromperie coupable. Les sculpteurs, les peintres et les poètes sont des menteurs magnifiques et des coquins sublimes, rien de plus. Moi qui vous parle, j'ai été pendant six mois amoureux comme une bête de l'Antiope du Salon carré[2]. C'est-à-dire que, pendant six mois, ce scélérat de Corrège s'était moqué de moi.

« Connaissez-vous mon ami Branchut, le moraliste ? Il est laid, mais il l'ignore. Il est pauvre et plein de génie. Il sait le grec à faire l'étonnement des cafés et il a lu Hegel[3]. Il vit d'un petit pain et boit aux bornes-fontaines. Ayant terminé son repas d'oiseau, il écrit des choses sublimes dans les jardins publics ou, s'il pleut, sous les portes cochères. Il vient, quand il y pense, coucher dans mon atelier. Il écrivit même, une nuit, sur la muraille, un commentaire très subtil et très savant du *Phédon*. Tel est Branchut. L'an passé, je lui prêtai un habit et je le conduisis chez une princesse russe dont j'avais dû faire le buste. Mais elle voulait ce buste en marbre et je ne le voyais qu'en bronze. On ne peut réaliser que ce qu'on voit et le buste ne fut pas fait. La princesse cherchait un professeur de littérature pour sa fille Fédora, qui était très belle. Je proposai Branchut, qui fut agréé. Sur ma recommandation et sur sa mauvaise mine, on lui paya un mois d'avance. Il s'acheta deux chemises, loua une chambre en garni et connut le cervelas. À la sixième leçon, tandis qu'il expliquait le mécanisme de l'épopée homérique, il pinça furieusement à la taille Mlle Fédora, qui s'enfuit en poussant des cris aigus. Le moraliste attendit, prêt à réparer sa faute. Il eût épousé sa noble élève, s'il eût fallu. Mais on le jeta à la porte. Je le trouvai le soir dans mon atelier. “ Hélas ! s’écria-t-il en pleurant, c’est Saint-Preux qui m’a perdu. Ô Julie ! Ô Jean-Jacques ! ” — Ainsi donc, Rousseau n’avait écrit son roman magnifique et passionné et n’avait créé sa

Julie, amante faible et tombée avec gloire

que pour faire faire une sottise à mon ami Branchut, le moraliste. »

M. Alidor Sainte-Lucie contint un bâillement. Son fils, les deux poings dans les joues, écoutait comme au théâtre. M. Godet-Laterrasse, l’œil ardent et la poitrine bombée, préparait une réplique foudroyante. Mais Labanne se leva, s’approcha du guéridon, y prit un numéro de journal et, tandis qu’il en déchirait un morceau pour rallumer sa pipe, il suivait de l’œil, avec son instinct de grand liseur, les lignes imprimées.

« Dites donc, Sainte-Lucie, demanda-t-il, est-ce que vous croyez à la démocratie, vous ? »

À ces mots, M. Godet-Laterrasse fit, en se redressant, le bruit sec d’un pistolet qu’on arme. Mais l’ancien ministre ne répondit que par un sourire énigmatique.

Labanne fit sa profession de foi. Il aimait les aristocraties. Il les voulait fortes, magnifiques et violentes. Elles seules, disait-il, avaient fait fleurir les arts. Il regrettait les mœurs élégantes et cruelles d’une noblesse militaire.

« Quelle époque mesquine que la nôtre ! ajouta-t-il. En privant la politique de ses deux attributs nécessaires, le poignard et le poison, vous l’avez rendue innocente, niaise, bête, bavarde et bourgeoise. Faute d’un Borgia, la société se meurt. Vous n’aurez ni statues de style, ni palais de marbre, ni courtisanes éloquentes, et magnanimes, ni sonnets ciselés, ni concerts dans des jardins, ni coupes d’or, ni crimes exquis, ni périls, ni aventures. Vous serez heureux *platement*, bêtement, à en crever. Ainsi soit-il ! »

Depuis quelques instants, M. Godet-Laterrasse faisait des petits mouvements saccadés, comme un homme qui se contient mal.

« À merveille ! s’écria-t-il, à merveille ! Vous avez beaucoup d’esprit, monsieur Labanne. Mais, sachez-le : il y a des railleries qui sont des blasphèmes. »

Il prit son chapeau, serra la main à son élève et entraîna dans l'antichambre M. Alidor, à qui il avait quelques mots à dire.

Labanne entendit tinter de l'argent et M. Alidor reparut.

« Quel naïf ! lui dit Labanne. Mais il n'eﬆ pas méchant.

— Chut !... » fit l'autre. Et il dit quelques mots à l'oreille de Labanne, qui répondit :

« Si j'avais prévu que vous eussiez besoin d'un précepteur, je vous aurais envoyé mon ami Branchut, le moraliﬆe. Je retourne au *quartier*. Adieu. »

Il désignait ainsi le quartier par excellence, le quartier Latin.

M. Sainte-Lucie pria le sculpteur d'indiquer à Rémi, qui ne connaissait pas Paris, un hôtel convenable, dans les environs du Luxembourg.

Déjà Labanne, qui caressait sa barbe rutilante, et Rémi dont la taille, par un caractère de race, semblait dévissée, descendaient côte à côte l'escalier doré de l'hôtel, quand M. Sainte-Lucie, penché sur la rampe, rappela son fils et lui dit :

« Je t'avertis de suite, de peur de l'oublier, que très probablement je n'irai pas voir le général Télémaque. Mais en lui rendant visite tu ne me déplairas nullement et tu feras plaisir à ta mère. Télémaque demeure à Courbevoie, près de la caserne. Adieu, adieu. »

III

Rémi se rappelait très vaguement sa maison natale de Port-au-Prince, cet hôtel seigneurial, de ﬆyle Louis XVI[1], plein de ﬆatues mutilées et d'emblèmes effacés à demi, ce veﬆibule crevé, effondré, planté de bananiers, ces lourds fauteuils d'acajou à têtes de sphinx dans lesquels il dormait à l'ombre, dans le grand silence du midi; la ville basse, lumineuse, bigarrée, amusante comme un grand bazar, et le magasin de la marraine Olivette[1]. Que de fois, caché derrière des caisses, il avait volé à la négresse des bananes ou des sapotilles[2] ! Il se rappelait sa mère, dont les yeux de braise, le nez impérieux, la bouche avide et la magnifique poitrine de bronze, s'échappant d'un corsage de mousseline blanche, avaient imprimé leur image dans la mémoire de l'enfant. Que de fois il l'avait vue, empreinte d'un parfum violent, la tête renversée en arrière et les yeux noyés, exaspérer par quelque réponse brève et dédaigneuse M. Alidor, qui un jour se jeta sur elle en grinçant des dents et abattit sa canne sur les plus belles épaules des Antilles.

Mais Rémi avait vu bien d'autres choses. Il avait vu le bombardement et l'incendie de Port-au-Prince[3], les pillages, les massacres, les exécutions et encore des massacres et des exécutions. Il avait vu sa marraine Olivette gisant assommée au milieu de ses tonneaux défoncés, entre ses assassins ivres morts de whisky.

C'est vers cette époque qu'ayant fait une longue traversée, il débarqua un soir dans une ville magnifiquement éclairée. La France lui plut tout d'abord. Il fut mis, à Nantes[4], dans une pension de la rue du Château; là, il traîna de banc en banc, en grelottant sans cesse, une vie monotone et ennuyée. Pendant les longues études, il suçait des dragées et dessinait des caricatures. Chaque jeudi et chaque dimanche de l'année, les élèves, déroulés deux de front en longue file, faisaient une promenade sous les vieux ormeaux de la Fosse, au bord de la Loire, large et blonde. Il n'aimait pas ces courses au vent et à la pluie. Pour s'en dispenser, il se faisait admettre par ses grimaces à l'infirmerie, où il se pelotonnait sous ses couvertures comme un boa dans une vitrine de muséum. Mais il avait un jarret d'acier pour sauter par-dessus les murs de l'établissement et courir acheter à l'autre bout de la ville du rhum avec lequel on faisait un punch, la nuit, dans le dortoir. Il prit ses études en douceur, fit sur ses cahiers le portrait de tous ses maîtres, passa en rhétorique, n'y apprit *rien*, y *oublia* tout, fut expédié à Paris et confié aux soins de M. Godet-Laterrasse.

Or M. Sainte-Lucie était en mer depuis trois semaines et le précepteur avait déjà commencé son œuvre pédagogique en promenant son élève sur des impériales d'omnibus du boulevard Saint-Michel aux buttes Montmartre et de la Madeleine à la Bastille. Puis il avait disparu pendant huit jours. Rémi, installé par Labanne sous les toits d'un fort bon hôtel de la rue des Feuillantines, se levait à midi, s'en allait déjeuner, se promenait au soleil, en contemplant, par un reste de génie sauvage, les verreries étalées aux devantures des boutiques, et, vers cinq heures, buvait à petites gorgées son vermouth gommé. Il avait un peu oublié son précepteur, absent depuis huit jours, quand le matin du neuvième, il reçut, par télégramme de M. Godet-Laterrasse, rendez-vous pour deux heures sur le pont des Saints-Pères.

Il gelait ce jour-là, et une bise très âpre soufflait sur la Seine. Rémi, abrité côte à côte avec un gardien de Paris contre le soubassement de fonte d'une des quatre statues de plâtre[1], faisait le gros dos et, dans son ennui, allongeait parfois le cou pour voir décharger sur le port Saint-Nicolas[2] une cargaison de cornes de bœufs. Il attendait depuis une demi-heure et se disposait à gagner le café le plus proche, quand M. Godet-Laterrasse, débouchant du guichet du Louvre, apparut, un portefeuille sous le bras.

« Je vous ai donné rendez-vous aujourd'hui, dit-il à Rémi, pour acheter avec vous les livres fondamentaux. Je ne m'inquiète pas des Virgile et des Cicéron dont vous pourrez avoir besoin et que vous trouverez sans peine chez les bouquinistes de la rue Cujas. Je ne veux m'occuper que des livres importants d'après lesquels vous formerez votre conscience d'homme et de citoyen. »

Ils atteignirent bientôt le quai Voltaire et entrèrent dans une boutique de librairie.

« Avez-vous les ouvrages de Proudhon, de Quinet[3], de Cabet et d'Esquiros ? » demanda M. Godet-Laterrasse.

Le libraire avait ces ouvrages-là. Il en fit, sous les yeux mêmes des acheteurs, un paquet que Sainte-Lucie voyait avec stupéfaction monter comme une tour.

« Monsieur, dit-il candidement au libraire, qui déjà croisait les ficelles, monsieur, ajoutez donc au ballot deux ou trois romans de Paul de Kock[1]. J'en ai commencé un à Nantes qui m'a bien amusé. Mais mon maître d'études me l'a pris. »

Le libraire répondit d'un ton digne qu'il ne « tenait » pas de romans, et il se disposait à nouer les ficelles, quand M. Godet-Laterrasse l'arrêta. Il avait réfléchi; il empruntait à son élève les deux premiers volumes de l'*Histoire de France*, de Michelet, pour y faire une recherche. Ils se donnèrent une poignée de main sur le trottoir. Puis, M. Godet-Laterrasse s'écria, en grimpant sur son omnibus :

« Piochez le Quinet ce soir ! hardi ! »

Un instant sa silhouette noire domina l'impériale; puis elle se confondit avec les profils des hommes ordinaires qui voyagaient assis sur la double banquette.

Le soir était venu. Rémi, peu disposé à regagner sa chambre où les livres fondamentaux devaient l'attendre, s'achemina sur le boulevard Saint-Michel, vers Bullier[2]. Il atteignait déjà la porte mauresque du bal public où des étudiants, des commis de magasin et des filles entraient en foule devant un demi-cercle d'ouvriers et d'ouvrières attentifs, quand il aperçut de l'autre côté de la chaussée, sous un réverbère, la barbe d'or de Labanne. Malgré le givre qui poudroyait les arbres, et le vent qui fouettait la flamme du gaz, le sculpteur lisait un article de journal.

Sainte-Lucie s'approcha du liseur.

« Excusez-moi de vous interrompre, dit-il; car ce que vous lisez doit être bien intéressant.

— Pas du tout, répondit Labanne en mettant le journal dans sa poche. Je lisais machinalement quelque chose d'assez bête. Venez-vous avec moi au *Chat maigre*[3] ? »

Ils s'arrêtèrent à l'endroit le plus resserré, le plus gras, le plus noir, le plus fumeux et le plus nauséabond de la rue Saint-Jacques et entrèrent dans une boutique couverte de petites tables, et dont le fond était formé par un châssis vitré et tendu de rideaux blancs. Sur les murs, sur le châssis, sur le plafond même, il y avait des peintures. C'étaient, pour la plupart, des esquisses heurtées et violentes dont les tons vifs papillotaient sous le scintillement de deux becs de gaz, dans une épaisse atmosphère de fumée de pipe. Sainte-Lucie, qui aimait beaucoup les images, remarqua, en entrant, les toiles les plus voyantes, un corbeau dans la neige, une vieille femme nue, la tête en bas, un aloyau de bœuf dans un journal, et surtout un chat de gouttière découpant entre les tuyaux de cheminée, sur la lune énorme et rousse, sa maigre silhouette noire, arquée comme un pont du Moyen Âge. Cette œuvre, d'un jeune maître impressionniste, servait d'enseigne à l'établissement. Des jeunes gens buvaient et fumaient autour des tables.

Une petite femme grasse, coiffée avec soin et dont le tablier blanc à bavette se gonflait comme une voile, regarda Labanne avec la vivacité tendre de ses yeux dans lesquels quelques grains de poudre à canon semblaient pétiller sans cesse. Elle réclama au sculpteur le chat de terre cuite qu'il avait promis d'offrir pour être mis à la devanture entre les plats de choucroute et les saladiers de pruneaux.

« Je songe à votre matou, ô nourrissante Virginie, répondit Labanne, mais je ne le vois pas encore assez maigre et assez famélique. D'ailleurs, je n'ai encore lu que cinq ou six volumes sur les chats. »

Virginie, résignée à une longue attente, assura Labanne qu'il était bien aimable d'amener un nouvel ami, dit que M. Mercier et M. Dion étaient là, et disparut derrière le châssis vitré, dans le voisinage d'une fontaine, car on l'entendit bientôt rincer des verres.

Les nouveaux venus s'assirent devant une table déjà occupée par deux buveurs auxquels Sainte-Lucie fut aussitôt présenté. Le créole sut bientôt que M. Dion, très jeune, mince et blond, était poète lyrique, et que M. Mercier, petit, noir, le nez chaussé de lunettes, était quelque chose de très vague et de très important. Il faisait chaud dans la brasserie, et Sainte-Lucie, se sentant tout à son aise, sourit, et sa grosse bouche s'épanouit, tandis que Virginie, l'observant de son œil offensif, à travers la cloison, le trouvait très beau et très distingué, et admirait ses joues mates et claires, semblables au métal des casseroles qu'elle récurait si bien. Comme les amoureuses qui vieillissent, Virginie était très propre.

Le poète Dion demanda à Labanne, avec une douceur en même temps fade et aigrie, ce que devenait l'évêque Gozlin[1].

On parlait beaucoup, en effet, depuis quelque temps, au *Chat maigre*, d'une statue de l'évêque Gozlin commandée, disait-on, au sculpteur Labanne, pour une des niches du nouvel hôtel de ville. Labanne admettait, sans preuve, que la commande lui était donnée, mais il ne voyait pas l'évêque Gozlin debout dans une niche. Il ne le voyait qu'assis dans sa chaire épiscopale.

Sainte-Lucie but un verre de bière.

« Vous savez, dit le jeune Dion, que nous fondons une revue. Mercier m'a promis un article. N'est-ce pas, Mercier ? Vous nous ferez les beaux-arts, vous, Labanne. Monsieur Sainte-Lucie, j'espère que vous nous donnerez aussi quelque chose. Nous comptons sur vous pour la question coloniale. »

Sainte-Lucie, qui avait vu tant de choses, ne s'étonnait pas. Il buvait, il avait chaud, il était heureux.

« Je suis désolé de ne pas pouvoir vous rendre le service que vous me demandez, répondit-il. Mais je viens de Nantes, où j'étais en pension, et je ne suis pas au courant de la question coloniale. D'ailleurs, je n'écris pas. »

Dion fut stupéfait. Il ne comprenait pas qu'on pût ne pas écrire. Mais il songea que les créoles étaient des gens étranges.

« Pour moi, dit-il, je donnerai dans le premier numéro mon *Amour fauve*. Vous connaissez mon *Amour fauve* ?

> *Très vieux, ployé, flétri par d'anciennes détresses,*
> *Je veux errer sans fin dans la nuit de tes tresses*[2].

— C'est vous qui avez fait cela ? s'écria Sainte-Lucie avec un enthousiasme sincère. C'est très beau ! »

Et il vida sa chope. Il était ravi.

« Mais avez-vous des fonds pour votre revue ? demanda le sceptique Labanne.

— Certainement, répondit le poète. Ma grand-mère m'a donné trois cents francs. »

Labanne était réduit au silence. D'ailleurs, il feuilletait quelques bouquins qu'il avait achetés dans la journée sur les étalages des parapets.

« Ce volume eſt très curieux, disait-il en contemplant un petit livre à tranches rouges. C'eſt un traité de Saumaise[1] — *Salmasius* —, sur l'usure — *De usuris*. Je le donnerai à Branchut. »

Alors on songea que Branchut n'était pas venu ce soir au *Chat maigre*.

« Comment va-t-il, ce pauvre Branchut du Tic ? demanda le poète Dion. Tombe-t-il encore aux pieds des princesses russes ? Il faut qu'il nous donne un article pour la revue. »

Sainte-Lucie demanda à Labanne si ce M. Branchut du Tic était bien le professeur de littérature dont il avait été queſtion un jour au Grand Hôtel.

« Celui-là même, jeune homme, dit Labanne. Vous le verrez. Sachez qu'il s'appelle simplement Claude Branchut. Son nez, fort long, d'ailleurs, eſt agité de frissons nerveux et affecté d'un mouvement ondulatoire des plus étranges : de là le surnom que nous lui avons donné. D'ailleurs, Caton d'Utique et Branchut du Tic sont deux ſtoïciens.

— Monsieur Sainte-Lucie, dit le poète, je vais vous lire mes vers, pour que vous puissiez me faire toutes vos critiques avant l'impression.

— Non ! non ! s'écria Mercier, dont le petit visage rond se contracta sous ses lunettes. Vous lui lirez vos vers quand vous serez seuls. »

Alors la conversation s'engagea sur l'eſthétique. Dion considérait la poésie comme la langue « naturelle et primordiale. »

Mercier répondit avec aigreur :

« Ce n'eſt pas le vers, c'eſt le cri qui eſt la langue primitive et naturelle. Les premiers hommes ne se sont pas écriés :

Oui, je viens dans son temple adorer l'Éternel.

« Ils disaient : hou, hou, hou ! ma, ma, ma ! couic ! D'ailleurs, êtes-vous mathématicien ? Non. Eh bien, il eſt inutile de discuter avec vous. Je ne discute qu'avec un adversaire qui sait la méthode mathématique. »

Labanne affirma que la poésie était une monstruosité sublime, une maladie magnifique. Pour lui, un beau poème était un beau crime, rien autre chose.

« Permettez, répliqua Mercier en rajustant ses lunettes. Jusqu'où avez-vous poussé l'analyse mathématique ? Je verrai d'après vos réponses si je puis argumenter avec vous. »

Sainte-Lucie se disait, en vidant une nouvelle chope :

« Mes nouveaux amis sont très singuliers, mais très agréables. »

Toutefois, comme il ne comprenait littéralement rien à la discussion qui devenait très vive, il abandonna le fil embrouillé des discours et promena sur la salle des regards naïfs et hardis. Il aperçut contre la porte vitrée du châssis les yeux chargés d'amour que la grosse Virginie fixait sur lui en essuyant ses mains rouges.

Il songea :

« C'est une femme très agréable. »

Ayant bu un nouveau bock, il se confirma dans cette idée et dans cette sensation.

La brasserie s'était vidée peu à peu. Les fondateurs de la revue restaient seuls autour des soucoupes qui s'élevaient sur la table en deux piles semblables à deux tours de porcelaine dans une ville chinoise.

Virginie se préparait à abaisser les lames de tôle de la devanture, quand la porte s'ouvrit pour laisser entrer un long personnage blême, vêtu d'une très courte jaquette d'été dont il avait relevé le collet. Il projetait en avant de lui des pieds énormes, plats et lamentablement chaussés.

« C'est Branchut ! s'écria le comité. Comment vous portez-vous, Branchut ? »

Mais Branchut restait sombre.

« Labanne, dit-il, vous avez emporté, par mégarde, j'aime à le croire, la clef de votre atelier, et, faute de vous rencontrer en ce lieu, j'eusse indubitablement passé la nuit dehors. »

Branchut parlait avec une élégance cicéronienne. Tandis que, possédé d'un tic nerveux, il roulait des yeux terribles et remuait le nez de la racine aux ailes, il faisait couler de sa bouche des sons doux et purs.

Labanne donna sa clef et s'excusa. Mais Branchut ne voulut boire ni bière, ni café, ni cognac, ni chartreuse. Il ne voulut rien boire.

Dion lui ayant demandé un article pour sa revue, le moraliste se fit longtemps prier.

« Prenez, dit Labanne, son commentaire du *Phédon* qui est écrit tout au long au fusain sur le mur de mon atelier. Vous le ferez copier, à moins que vous ne préfériez porter mon mur chez l'imprimeur. »

Branchut promit l'article quand on cessa de le lui demander.

« Ce sera, dit-il, une étude d'un genre particulier sur les philosophes. »

Il toussa de la toux des orateurs, prit un verre vide, le posa devant lui et poursuivit lentement :

« Voici mon point de vue. Il y a deux sortes de philosophes : ceux qui se placent derrière ma chope, comme Hegel, et ceux qui se placent entre ma chope et moi, comme Kant. Vous comprenez le point de vue. »

Dion comprenait le point de vue. Branchut put continuer :

« Quand, dit-il, un philosophe est derrière ma chope, savez-vous ce que je fais ?... »

À ce moment, ayant baissé un des becs de gaz et éteint l'autre, Virginie avertit ces messieurs qu'il était minuit et demi et qu'il fallait sortir. Branchut, Mercier et Labanne passèrent l'un après l'autre en se courbant sous la fermeture déjà abaissée. Sainte-Lucie, resté seul dans la boutique obscure, saisit Virginie par la taille et lui donna trois ou quatre baisers, au petit bonheur, sur le cou et sur l'oreille. Virginie résista un moment, puis elle se répandit et se fondit dans les bras du mulâtre.

Cependant, Branchut, sur le trottoir, disait à Labanne :

« Est-ce ma chope que je prendrai pour la mettre derrière le philosophe ? Non. Est-ce le philosophe que je prendrai pour ?...

— Vous ne venez donc pas, Sainte-Lucie », criait le poète Dion, qui comptait réciter au créole des vers tout le long du chemin.

Mais Sainte-Lucie ne répondit pas.

IV

Ce matin-là, il neigeait. Les bruits étouffés des voitures venaient mourir sourdement contre les vitres du *Chat maigre*. Un reflet livide éclairait durement les toiles pendues aux murs et donnait aux figures peintes des aspects de cadavre. Rémi, assis dans la boutique déserte, devant une petite table, dévorait un bifteck aux pommes de terre, tandis que Virginie, debout devant lui, immobile, les mains jointes sur son tablier blanc, le contemplait avec des yeux de sainte.

« Il est tendre, n'est-ce pas ? disait-elle avec effusion. En avez-vous assez ? Il y a encore à la cuisine une belle tranche de rosbif froid; la voulez-vous ? Vous ne buvez pas ! »

Il mangeait, il buvait et elle le contemplait pieusement. Elle disait :

« Je vous ai donné ce gruyère; il pleure; il est bon. M. Potrel aimait beaucoup le gruyère qui pleure. »

Et Rémi mangeait. Virginie lui servit encore des fruits et des compotes. Puis, s'étant longtemps absorbée dans une contemplation mystique, elle soupira :

« Peut-être que j'ai eu tort d'agir comme je l'ai fait. Vous serez comme les autres, monsieur Sainte-Lucie. Les hommes se ressemblent tous. Mais moi, je ne suis pas une femme comme on en voit tant. Quand je m'attache, c'est pour la vie. Je vous ai dit comment Potrel avait agi envers moi. De bonne foi, était-ce une conduite à tenir ? Un homme à qui j'ai rendu tous les services imaginables... Je lui raccommodais son linge; je me serais jetée au feu pour lui. Il avait de l'esprit, du talent, et tout. Mais ce n'est qu'un ingrat ! »

Et les yeux affligés de la dame se levaient vers le tableau du *Chat maigre*, comme pour le prendre à témoin de l'ingratitude de Potrel.

Son ample poitrine se souleva, ses trois mentons tremblèrent; elle ajouta d'une voix étouffée :

« Et dire que je ne sais pas si je ne l'aime pas

encore ! Si tu m'abandonnais aussi, toi, je ne sais pas ce que je ferais. Viens ce soir, mon chéri... Qu'est-ce qu'il faut vous servir, messieurs ? »

Cette dernière phrase, jetée avec un sourire, s'adressait à deux consommateurs qui venaient d'entrer.

Sainte-Lucie était heureux. Il venait d'être largement refusé au baccalauréat. Mais il se chauffait à tous les poêles amis, riait de son gros rire sensuel, s'amusait de voir et d'entendre et ne s'inquiétait de rien. La faveur mal dissimulée que lui accordait Virginie lui avait valu le respect des hôtes du *Chat maigre*. Les femmes marquent d'un signe les hommes qu'elles choisissent.

L'atelier de Labanne lui était plus agréable encore que la chambre de Virginie. Mais le poêle n'était jamais allumé. Rémi en était fâché, car il dessinait un peu et commençait à peindre. Labanne disait :

« Ce gaillard-là a l'instinct du dessin. Il n'a pas d'idées, mais il a de la main. Je crois décidément qu'il faut être bête comme Potrel pour modeler aussi bien que lui. »

M. Godet-Laterrasse essayait bien de ressaisir son élève. Il descendait parfois, vers midi, des hauteurs de Montmartre sur l'impériale d'un omnibus, il entrait haletant dans la chambre de son élève et s'écriait :

« Piochons le Tacite ! Courage ! »

Il disait avec emphase : *Nox eadem Britannici necem atque rogum conjunxit*[1]. Puis il s'embarrassait dans quelques difficultés grammaticales et s'en tirait par des considérations très vagues sur le grand écrivain qui marqua d'un fer rouge, disait-il, le front des tyrans.

La leçon ainsi terminée, il se levait et, saisissant par un geste noble deux ou trois volumes de Proudhon ou de Quinet, qui dormaient intacts sur la commode, il les mettait sous son bras en disant qu'il voulait y faire quelques recherches. Rémi ne les revoyait plus jamais. Au bout de quelques mois, il ne restait de l'énorme paquet que quelques tomes dépareillés. Rémi les prit un jour et alla les vendre à un libraire de la rue Soufflot. Il ne fut plus jamais question des livres fondamentaux.

V

Le temps coula. M. Godet-Laterrasse venait quelquefois donner une leçon à son élève. *Le Chat maigre* n'emplissait pas toute l'âme de Rémi, qui restait volontiers dans sa chambre à croquer des friandises exotiques, achetées chez un épicier créole de la rue Tronchet. Depuis que le temps était doux, Rémi ouvrait, chaque matin, sa fenêtre et regardait dans la rue. Il prenait plaisir à voir trotter les chevaux, qui lui apparaissaient minces d'encolure, longs de corps et gros de croupe. Il ne voyait des femmes qui passaient tout en bas, devant la porte de l'hôtel, que la coiffe du chapeau, les cheveux et la jupe bouffant en arrière, et parfois le ventre sous le menton. Il remarquait les balancements gracieux ou les dandinements comiques de toutes ces créatures qui suivaient leur chemin facile ou ardu. Il s'amusait à ces aspects fuyants de la vie et ne gâtait son spectacle par aucune réflexion. Car aucune pensée profonde n'avait encore germé sous sa chevelure épaisse. Ce qui l'intéressait le plus, c'était la maison qui étalait devant lui sa façade de pierre neuve, percée de cinq fenêtres par étage. Il apercevait par les croisées entrouvertes des pans de papier peint, des boiseries de salle à manger, des bouts de cadres dorés et des coins de meubles. Tout cela, diminué par la distance (car la rue était large), prenait pour lui les dimensions et l'agrément d'un joujou. Les personnages qui s'agitaient dans ces cases lui semblaient des poupées d'une merveilleuse finesse. Il suffisait d'une tête effarée, apparue tout à coup sur le toit, par une lucarne, et présentant au soleil un crâne chauve ou des yeux clignotants, pour jeter le créole dans une longue gaieté et lui inspirer des douzaines de croquis qu'il déchirait. En quelques jours il connut tout le petit monde qui s'agitait à quelques mètres de sa fenêtre, dans la grande ruche de pierre. Sur le balcon du cinquième étage, un capitaine en retraite (c'en devait être un) semait des graines dans une caisse. Aux étages moyens les gens de service exposaient des tapis de fourrure sur la barre d'appui des fenêtres. Parfois, Rémi voyait un balai passer devant les meubles endormis sous des housses contre les panneaux blancs. Au rez-de-chaussée, un commis d'agence écrivait sans relâche debout devant un haut pupitre.

Mais le regard de Rémi plongeait de préférence dans les chambres du quatrième. Il n'y voyait jamais rien d'étrange ni de mystérieux; rien de voluptueux, rien qui pût faire monter le sang aux tempes d'un jeune homme. Les fenêtres du quatrième étage n'étaient remarquables que par une cage de serins et un très petit pot de fleurs. L'appartement que ces fenêtres éclairaient était occupé par une dame sur le retour, lente et active, très calme, et dont le visage placide apparaissait de fenêtre en fenêtre, couronné par des restes de beaux cheveux qui laissaient sur le haut de la tête une raie blanche trop large. Sa fille, encore enfant et portant des robes courtes, avait les beaux cheveux de sa mère, mais d'un blond plus clair et plus lumineux, abondants et riches et séparés en deux masses par une ligne très fine. Elle s'agitait comme un garçon et ne savait que faire de ses bras et de ses jambes.

Rémi entra, sans s'en apercevoir, dans l'intimité de ces deux personnes et s'intéressa aux travaux monotones de leur existence. Il savait l'heure des repas et des leçons, le temps d'aller en promenade et celui de rentrer la cage des oiseaux, les jours où l'on s'armait de cahiers et de livres pour se rendre au cours. Il savait que ces dames sortaient chaque dimanche à onze heures avec un livre d'église à la main. Tous les *autres jours de la semaine*, à dix heures du matin, la jeune fille s'asseyait devant le piano dont la poignée de cuivre brillait près de la fenêtre dans le salon doré. Rémi voyait deux petites mains rouges, deux mains de fillette, courir brusquement sur les touches et faire des gammes qu'il n'entendait pas. Mais on ne restait point de longues minutes assise sur le tabouret devant l'instrument. On se mettait à la fenêtre et, quand elle était close, on soulevait le rideau blanc, on regardait dans la rue avec une candide audace et on appuyait contre la vitre un petit nez dont le bout blanchissait en s'aplatissant; puis on disparaissait ainsi qu'on avait paru, sans raison bien appréciable, comme un oiseau s'envole. La mère et la fille avaient toutes deux des yeux d'enfant, ouverts et limpides, des yeux sans rêve et qui semblaient dire : « Rien n'a troublé, rien ne troublera notre paix affectueuse. » La mère, veuve sans doute depuis longtemps, montrait la plus parfaite quiétude. Sa bonté de femme grasse se devinait à ses gestes doux sans caresse et à sa vigilance sans trouble. Mademoiselle était brusque. Mademoiselle ne s'avisa-t-elle pas un jour d'ouvrir la fenêtre, de se pencher sur le balcon et de faire des signes à deux de ses compagnes de catéchisme ou de cours, qui passaient dans la rue ? Elle ne parut pas confuse du tout quand sa mère la fit rentrer dans la chambre et envoya, comme le comprit Rémi, la bonne à la recherche des deux demoiselles, qui montèrent et se dirent des choses sans doute fort gaies, car elles riaient toutes trois à grands éclats. Et leur rire venait, à travers la large voie, aux oreilles de Rémi, comme un bruissement à peine perceptible de perles remuées.

Rémi longeait, chaque matin, le Luxembourg, dont il voyait à travers les grilles, sous une brume légère, les gazons ondulés et les massifs de plantes exotiques. Il gagnait la rue Carnot[1] et entrait dans l'atelier. On laissait pour lui la clef sous le paillasson.

L'atelier de Labanne[2] était si rempli de livres qu'on eût dit une remise de bouquiniste. Les piles de livres montaient autour des ébauches abandonnées sous leurs linges séchés. Le sol était entièrement recouvert de volumes empilés. On marchait sur des plats de basane. C'était de toutes parts des dos de veau à nervures et à fleurons, des tranches rouges ou chinées, des couvertures jaunes, bleues, rouges, qui pendaient à demi arrachées. Les coins écornés des in-folio bâillaient et le carton s'effeuillait entre les cuirs recroquevillés. Une ancienne poussière recouvrait lentement cet amas de littérature et de science.

Les murs avaient été autrefois blanchis à la chaux. Nus à leur partie supérieure, ils étaient charbonnés, à hauteur d'homme, d'un texte mi-grec, mi-français. C'était le commentaire du *Phédon* que Branchut écrivit d'inspiration après une nuit d'insomnie. La porte était couverte d'inscriptions tracées diversement par des mains différentes.

La plus haute, gravée à la pointe d'un canif en lettres capitales, disait : LA FEMME EST PLUS AMÈRE QUE LA MORT.

La seconde, moulée au crayon Conté, en ronde, disait : *Les académiciens sont des bourgeois. Cabanel est un coiffeur*[1].

La troisième, tracée à la mine de plomb, en cursive, disait :

> *Gloire aux corps féminins qui, sur le mode antique,*
> *Chantent l'hymne sacré de la beauté plastique !*
>
> PAUL DION.

La quatrième, tracée à la craie, d'une main inhabile, disait : *J'ai rapporté du linge blanc. Lundi je prendrai le sale chez le concierge.*

La cinquième, jetée au fusain par Labanne, disait : *Athènes ! ville à jamais vénérable, si tu n'avais pas existé, la terre ne saurait pas encore ce que c'est que la beauté.*

La sixième, marquée au moyen d'une épingle à cheveux qui avait légèrement égratigné la peinture, disait :

> *Labanne est un rat. Je me fiche de lui.*
>
> MARIA.

Il y avait sur cette porte d'autres inscriptions encore.

Dans un coin, près du poêle, une couverture de cheval était jetée sur des livres et des journaux. Ces journaux, ces livres et cette couverture formaient le lit du moraliste Branchut.

Un jour que Branchut, assis sur sa couverture de cheval, songeait à Démosthène, aux professeurs allemands et à la princesse Fédora, Rémi, occupé à copier un pot à eau, tirait la langue par excès d'attention. Voulant effacer ses repentirs, il demanda au philosophe s'il n'avait pas dans ses poches de la mie de pain rassis. Et il l'appela par mégarde M. Branchut du Tic. Branchut, que ses malheurs rendaient irascible, le regarda avec des yeux de homard. Un frisson formidable courut tout le long de son nez. Il sortit furieux.

Le poète Dion, qu'il alla trouver à la brasserie, et Labanne, qu'il découvrit sur les quais devant une boîte de livres, prirent en main son affaire. Le poète Dion voulait du sang; mais le sceptique Labanne se montra doux et amena une sorte de réconciliation. D'ailleurs Rémi n'avait pas de rancune.

Le moraliste et le créole vécurent en paix pendant un mois ou deux. Mais Branchut, dont le destin était de souffrir par les femmes, eut le malheur de regarder avec tendresse l'hôtesse du *Chat maigre*. Or, le visage de Branchut, quand il exprimait la tendresse, ressemblait terriblement à une face d'épileptique. Virginie, qu'il dévisageait avec des yeux injectés, jaillissant hors de leurs orbites, fut épouvantée et fit grand bruit de son épouvante. Elle ne manquait aucune occasion de témoigner au philosophe l'horreur vertueuse qu'il lui inspirait, et comme elle coulait en même temps vers Rémi des œillades chargées de volupté, Branchut fut mordu de tous les aiguillons de la jalousie. Il souffrait, il devint méchant.

Il s'en prit d'abord au doux Labanne, qui avait le double tort d'être pourvu de quelques petites rentes et de rendre service au philosophe. Branchut lui rendait solennellement, tous les matins, la clef de l'atelier, que le sculpteur replaçait tous les matins avec tranquillité sous le paillasson où Branchut venait la reprendre tous les soirs.

Pendant les mois de juillet et d'août, Branchut devint amer, sceptique et fort. Il tournait au grand homme. Il méprisait la femme, qui est, disait-il, un être inférieur. Il affectait de ne pas même regarder Virginie en lui demandant impérieusement des bouteilles de bière que Labanne payait.

Il faisait sur l'art des théories transcendantes.

« J'ai vu dernièrement au muséum, disait-il, une *figure* de mammouth tracée à la pointe du silex sur une lame d'ivoire fossile. *Cette figure* date d'une époque préhistorique; elle est antérieure aux plus vieilles civilisations. C'est l'œuvre d'un sauvage stupide. Mais elle révèle un sentiment artistique bien supérieur aux plus belles conceptions de Michel-

Ange. C'est une représentation à la fois idéale et vraie. Et nos meilleurs artistes modernes sacrifient soit la vérité à l'idéal, soit l'idéal à la vérité. »

En parlant ainsi, il regardait Labanne avec des yeux révulsés. Mais Labanne était content. Il approuva et développa la pensée de son ami, le philosophe.

« L'art, dit-il, décline à mesure que la pensée se développe. En Grèce, du temps d'Aristote, il n'y avait plus de sculpteurs. Les artistes sont des êtres inférieurs. Ils ressemblent aux femmes enceintes : ils accouchent sans savoir comment[1]. Praxitèle fit sa *Vénus* comme la mère d'Aspasie fit Aspasie, tout naturellement, tout bêtement. Les sculpteurs d'Athènes et de Rome n'avaient pas lu M. l'abbé Winckelmann[2]. Ils n'entendaient rien à l'esthétique et ils firent le *Thésée* du Parthénon[3] et l'*Auguste* du Louvre[4]. Un homme d'esprit ne produit rien de beau ni de grand. »

Branchut répondit aigrement :

« Pourquoi êtes-vous sculpteur, en ce cas, vous qui vous croyez un homme d'esprit ? Il est vrai que je n'ai jamais rien vu de vous qui s'approchât le moins du monde d'une statue, d'un buste ou d'un bas-relief. Vous n'avez pas seulement une maquette ou un croquis à montrer, et il y a bien cinq ans que vous n'avez touché l'ébauchoir. Si vous gardez votre atelier uniquement pour m'y donner asile, je vous dois et je me dois à moi-même de vous avertir que je ne serai pas embarrassé de trouver un gîte ailleurs. Je ne vous ai pas donné, que je sache, le droit de m'accabler de vos bienfaits. »

Mais le philosophe, malgré sa grandeur d'âme, ne put se maintenir longtemps à ces hauteurs. Il redevint faible. Il oublia le *mammouth* du muséum et ne vit plus que Virginie. Il tomba dans un morne abattement. Il y eut pourtant une belle heure dans sa vie. Ayant rencontré un matin Virginie qui revenait de la halle avec un panier à chaque bras, suant, soufflant, toussant et suffoquée par un commencement d'asthme, il la suivit moitié de gré, moitié de force et obtint d'elle de porter le panier de viande. Il fut ravi. Cette joie le gâta. Il espéra, il osa tout. Un soir, il se glissa dans la cuisine et saisit entre ses bras Virginie qui lavait la vaisselle. Elle laissa tomber une assiette et poussa des cris déchirants. Non, la princesse Fédora n'avait pas crié si fort.

Ce fut un scandale. Le poète Dion était heureux. Les yeux de Mercier pétillaient sous leurs lunettes. Labanne haussait les épaules. Rémi, un peu fâché, sourit intérieurement quand il eut trouvé sa vengeance. C'était une vengeance d'écolier et de sauvage dont il se léchait d'avance les lèvres. Il la laissa dormir dans son cœur gourmand et paresseux comme un pot de confitures dans l'armoire d'une bonne ménagère.

Le poète Dion parla de nouveau de fonder une revue. La tentative de l'an dernier avait échoué, parce que les trois cents francs de la grand-mère s'étaient trouvés employés en dépenses domestiques. Mais Dion venait de recevoir trois cents autres francs.

« Il faut trouver un titre », disait-il.

On se sépara au bout de deux heures, après avoir imaginé un très grand nombre de vocables insensés ou connus.

Le lendemain, le poète Dion salua l'assemblée du *Chat maigre* par ce cri antique :

« J'ai trouvé : *L'Idée*[1] *!... L'Idée, revue nouvelle.* »

Et, pressant entre ses doigts une feuille imaginaire, la tête de côté, ses cheveux apolloniens rejetés en arrière, le visage éclairé d'un sourire, il lisait intérieurement en grosses capitales : *L'Idée, revue nouvelle, Paul Dion, directeur*.

« Quelle idée ? demanda le sceptique Labanne, en caressant sa barbe jaune.

— L'idée de la base mathématique, parbleu ! répondit Mercier.

— L'idée de la supériorité de la poésie et de l'idéal sur la prose et la réalité, répondit Dion.

— Et aussi peut-être, insinua le moraliste Branchut avec une douceur aigre, en frottant son nez sinueux, et aussi peut-être l'idée de la morale nouvelle dont je me propose d'exposer la théorie, si toutefois je puis vous être agréable en le faisant. »

Labanne fit cette remarque qu'il fallait intituler la revue, non pas *L'Idée*, mais *Les Idées*, puisqu'ils avaient chacun la leur.

Toutefois, le premier titre fut maintenu et le poète

Dion rédigea sur une feuille de papier à lettres, avec la plume dont Virginie écrivait ses comptes, le sommaire du premier numéro, qui devait contenir :

1° Un *avis au lecteur, par Paul Dion*;

2° Un article indéterminé sur la philosophie, *par Claude Branchut*;

3° Un article plus indéterminé encore sur les beaux-arts, *par Émile Labanne*;

4° *La Maîtresse dont on meurt, poésie par Paul Dion*;

5° Quelque chose de très vague sur les sciences, *par Guillaume Mercier*.

Quant aux articles de théâtre et de bibliographie, le directeur en faisait son affaire.

Le texte étant ainsi constitué, Dion avisa, dans quelque rue mal pavée du quartier Saint-André-des-Arts, un imprimeur en détresse qui se chargea avec une morne indifférence d'imprimer la revue. Cet imprimeur était un petit homme chauve et blême, dont l'aspect fondant faisait songer aux restes d'une bougie consumée dans un courant d'air. Ses affaires étaient dans un pitoyable état. C'était un imprimeur désespéré, mais c'était un imprimeur. Il imprimait. Il envoyait des épreuves que Dion graissait sur toutes les tables de café. Mais, il fallait bien le reconnaître, malgré quelques poésies envoyées de divers points de l'Europe au rédacteur en chef de *L'Idée*, on manquait de copie. Le numéro promettait d'être d'autant plus mince que Branchut perdait sous les portes cochères les pages de son article philosophique à mesure qu'il les écrivait et que Labanne avait expressément besoin de lire quinze cents volumes avant d'écrire les premières lignes de ses études d'art. L'article de Mercier existait du moins, mais l'auteur, serré dans son écriture, dans son style et dans ses idées comme dans ses habits, aurait fort bien pu faire tenir ces articles-là sur les deux verres de ses lunettes. Quant à *La Maîtresse dont on meurt*, elle en était déjà à sa troisième épreuve.

C'est à ce moment que Sainte-Lucie, secrétaire de la rédaction, proposa au poète Dion de le présenter à M. Godet-Laterrasse, qui ne manquerait pas de fournir un article. Ce fut une grande nuit que celle où M. Godet-Laterrasse, descendu d'une impériale d'omnibus, entra dans l'établissement de Virginie. Il tourna le bec de canne avec la main d'un homme qui se sait appelé; et, tandis qu'un murmure flatteur accueillait son entrée, il traversa la boutique dans une majesté africaine tempérée de morbidesse créole. En s'entendant appeler « cher maître » par le poète Dion, il découvrit toutes ses dents par un sourire d'idole. Mais tout à coup son visage reprit une expression d'amertume hautaine. Il avait vu Labanne promener un regard indifférent à travers la fumée d'une pipe profonde. Il savait que Labanne avait résolu un jour de le représenter dans une attitude sublime, avec un cadran sur le ventre. Depuis ce temps, il considérait Labanne comme un sceptique des plus corrompus. Plein de cette pensée, il tourna vers Dion et Mercier sa face horizontale et leur dit :

« Jeunes gens, gardez-vous du scepticisme. C'est un souffle empoisonné qui dessèche l'âme dans sa fleur. »

Il promit à la revue un chapitre inédit de son grand livre sur la régénération de l'humanité par la race noire.

Il développa son idée. La race noire n'était pas souillée par cette lèpre chrétienne qui dévorait depuis dix-huit siècles tous les peuples de la famille blanche.

Il raconta que, à peine âgé de onze ans et se promenant seul au bord de la mer, en face de l'immensité, il se disait : « Les curés auront beau dire; je ne croirai jamais que le christianisme ait rien fait pour l'abolition de l'esclavage. »

Quand il sortit, on lui fit escorte. L'omnibus, signalé par Sainte-Lucie, approchait. M. Godet-Laterrasse, ayant distribué des poignées de main, prit cordialement son élève par les épaules et l'entraîna à l'écart.

« J'ai oublié mon porte-monnaie, lui dit-il. Quelle étourderie ! Prêtez-moi donc quelques sous. »

Puis, ayant adroitement saisi une pièce blanche dans une poignée de main, il escalada l'impériale en criant : « Courage, Rémi. Piochez le Tacite ! »

VI

Rémi fut, le plus naturellement du monde, refusé une seconde fois par MM. les examinateurs. Il se faisait du baccalauréat une idée de plus en plus vague et effacée. Ses échecs, nullement surprenants, prenaient, quand M. Godet-Laterrasse les commentait, un aspect louche et ténébreux.

« Ce n'est pas vous qu'ils ont refusé, disait le préparateur, c'est moi. Ils me visaient quand ils vous ont touché, soyez-en certain. Ah ! ces messieurs de la Sorbonne ne me pardonnent pas mon dernier article. »

Après de tels propos, Rémi était si parfaitement bouleversé qu'il ne savait plus si le baccalauréat était un examen littéraire ou une société secrète. Il acheva l'hiver dans un engourdissement voluptueux. Le timide soleil d'avril qui blanchissait les murs le réveilla à demi.

Les moineaux piaillaient sur les toits. Le capitaine en retraite semait des graines dans ses caisses vertes. Les fenêtres, si longtemps closes et dont les vitres étaient naguère obscurcies d'une buée épaisse, s'ouvraient aux rayons d'un jour encore pâle et à la prime tiédeur du printemps. Rémi, qui avait perdu de vue et de pensée, depuis l'été, ses amies du quatrième étage, revit avec plaisir la cage des serins et la poignée de cuivre du piano.

Quand, pour la première fois, il aperçut la mère et la fille dans le salon doré, il se retint pour ne pas les saluer d'un geste amical. Un petit vieillard, assis sur le canapé, tenant son chapeau et son parapluie entre les jambes, semblait parler affectueusement. Il levait le bras et on croyait l'entendre dire :

« Comme vous êtes grandie, Marie (ou Jeanne ou Louise) ! Vous voilà devenue une demoiselle. »

Rémi était un peu maussade de voir un étranger ainsi installé sur le canapé de ses amies. Non que le petit vieillard lui déplût. Bien au contraire ! Le petit vieillard avait l'air d'un brave homme. Mais Rémi ne le connaissait pas, et Rémi songeait que ces deux dames avaient des secrets pour lui, ce dont il ne s'était pas encore avisé. On ne peut songer à tout. Il ferma sa fenêtre et bouda jusqu'au lendemain. Il la rouvrit le lendemain matin, seulement pour voir si la cage des serins était à sa place. Il vit la fillette en chapeau rond, mâchonnant son ombrelle et piaffant avec une impatience de jeune cheval, comme elle avait l'habitude quand, toute prête à sortir, elle attendait sa mère attardée à nouer devant la glace les brides de son chapeau. Pourtant, il faut être juste, une femme de quarante-cinq ans ne s'habille pas comme une fillette en deux ou trois mouvements d'oiseau.

La mère inspecta ce jour-là, comme à l'ordinaire, minutieusement, la toilette de sa fille. Mais il dut y avoir cette fois quelque grave désordre à la robe grise, car la maman dit quelque chose qui fut reçu avec toutes sortes de petits mouvements impatients et boudeurs, avec des piétinements et des marques de désespoir. Enfin, mademoiselle défit les boutons du corsage et on poussa la fenêtre qui, quelques secondes après, se rouvrit toute seule. À cet instant, Rémi vit la mère qui, debout, tenait dans ses mains la robe grise et y faisait un point, tandis que mademoiselle, en corset et en jupon, de blanc et court vêtue, attendait. Elle tourna la tête et vit l'étudiant qui la regardait. Alors, avec un joli geste de petit enfant frileux qu'on baigne, elle se couvrit la poitrine de ses deux bras. Ses lèvres prononcèrent très vite quelque chose qui devait être : « Maman ! maman ! »

La mère, très calme, haussa un peu les épaules avec un air de dire :

« Mon Dieu, mademoiselle, la belle affaire ! »

Et elle repoussa négligemment la fenêtre.

Depuis ce jour Rémi s'abstint, sans trop savoir pourquoi, d'observer obstinément ses voisines. Mais il songea qu'elles pouvaient s'en aller et qu'il ne les reverrait plus. Cette idée l'attrista. Ses pensées prirent un cours grave et réfléchi. Il se dit que le baccalauréat compris par *M. Godet-Laterrasse* était une chose peu sérieuse et il résolut d'être un peintre. Peindre ! voilà qui lui semblait clair et beau. Puis l'idée de Télémaque lui traversa le cerveau.

« Il faut que j'aille le voir », pensa-t-il.

VII

Après le second échec, M. Godet-Laterrasse, très occupé des affaires publiques, négligea beaucoup son élève. Rémi, qui se consolait de ne plus revoir son précepteur, alla dessiner dans l'atelier de Labanne. L'incomparable sculpteur, ayant découvert sur un parapet du quai Malaquais les poésies de Colardeau[1], fut pénétré d'admiration.

« Colardeau est le plus grand des poètes français », disait-il.

Tandis qu'une lourde chaleur pesait sur la ville de pierre et de bitume, le moraliste Branchut avait pour vêtement un épais pardessus à long poil qui le faisait ressembler, disaient ses amis, à un Scythe couvert de peaux de bête. La pensée de la femme ne quittait pas son esprit et jamais son humeur n'avait été si féroce. Il n'avait plus cet ancien appétit avec lequel il mangeait chaque jour un pain d'un sou. Mais il était brûlé, sous son épaisse toison, d'une soif inextinguible. Un jour que Rémi copiait, pour la centième fois, sous la direction de Labanne, le pot à eau qu'on mettait l'hiver sur le poêle de l'atelier, le moraliste Branchut s'empara du vase modèle, pour aller le remplir à la pompe. Quand Branchut reparut, le nez humide et la barbe ruisselante, le jeune créole lui jeta un regard en coulisse qui promettait quelque chose. Branchut appelait la foudre et désirait l'aquilon. Il arrachait des feuillets aux plus beaux livres de Labanne pour y écrire des pensées obscures et terribles. Un orage rafraîchit la ville et détendit les nerfs du moraliste.

Le temps coula; le temps ramena les cerfs-volants dans le ciel agité de septembre, la brume dans les horizons d'octobre, les poêles de marrons rôtis aux portes des marchands de vin, les oranges dans les voitures à bras, la lanterne magique au dos du savoyard et, sous les toits blancs de neige, dans les salles à manger chaudes, le fumet des oies rôties, aux jours de Noël, du Nouvel An et des Rois. Mais le temps ne changea pas le cœur de Branchut.

Le jour des Rois, vers quatre heures, Rémi, passant

avec le poète Dion sur la place Saint-Sulpice, regarda les coulées de glace qui recouvraient à demi les quatre évêques de pierre et l'eau gelée sous leurs pieds, dans la fontaine. Il se frotta les mains et dit avec un gros rire :

« Il ne fera pas chaud sur cette place à minuit. »

Puis ils s'entretinrent, Rémi avec une grosse joie, Dion avec une satisfaction raffinée, d'une lettre qu'ils venaient d'envoyer par un commissionnaire et dont ils ne se lassaient pas de réciter le début : « Vous êtes brun et je suis blonde; vous êtes fort et je suis faible. Je vous comprends et je vous aime. » Ils avaient tramé assurément quelque détestable mystification dont ils étaient contents et fiers.

Ce soir-là, Branchut dînait au *Chat maigre* avec Mercier, qui vieillissait et dont la figure diminuée disparaissait sous ses lunettes, avec Labanne, très occupé depuis huit jours d'un livre sur la politesse au XVIIe siècle, avec le poète Dion et Sainte-Lucie. Virginie servit une soupe aux choux d'un parfum robuste. Le philosophe Branchut repoussa l'assiette fumante que Labanne lui tendit. Cette épaisse nourriture était pour l'étouffer, disait-il. Labanne n'avait donc point la moindre idée du système d'alimentation propre aux natures d'élite.

Un commissionnaire entra, demanda M. Branchut et lui remit une lettre qui sentait l'iris et dont l'enveloppe, d'un gris tendre, était frappée d'un chiffre bleu. À mesure que le philosophe lisait, des frissons tumultueux parcouraient son nez mobile. Enfin, il mit la lettre dans la poche de son habit (c'était un habit à queue, que Labanne lui avait donné) et il promena autour de lui un regard plein de mystère. Tout son sang âcre et pauvre animait sa face couperosée. Il était transfiguré. Son nez semblait éclairé par une flamme intérieure. Dion contemplait le liteau de sa serviette. Rémi faisait avec son couteau, dans le sel de la salière, des montagnes et des vallons et semblait perdu dans la contemplation des paysages polaires en miniature qu'il créait et bouleversait avec la toute-puissance capricieuse d'un Jéhovah lapon. La conversation interrompue par le commissionnaire reprit mollement. Labanne seul eut quelque verve.

Très préoccupé de la politesse au XVIIe siècle, il regrettait Louis XIV.

« Le Roi-Soleil ne valait pas César Borgia, disait-il. Mais il était bien préférable aux droits de l'homme et aux immortels principes. »

Branchut glissait parfois la main dans la poche de son habit et serrait quelque chose contre son cœur. Perdu dans un rêve profond, il laissait échapper, par intervalles, de ses lèvres bouffies et gercées, de suaves paroles sur la régénération de l'homme par l'amour. Dès onze heures, il se leva pour sortir ; du revers de sa manche, il frotta son gilet, ce qui était de sa part un raffinement extraordinaire et un culte immodéré de la personne extérieure.

« À demain » ! lui dit Labanne.

Mais le philosophe murmura quelques paroles mystérieuses sur sa disparition possible et coula si doucement dehors qu'il semblait s'être volatilisé. Un moment après Dion et Labanne sortirent du *Chat maigre*.

À minuit le moraliste faisait en habit de bal le tour de la fontaine des Quatre-Évêques[1]. Quelques passants attardés traversaient vivement la place. L'eau qui s'était échappée de la vasque était gelée sur le bitume et le moraliste glissait à chaque pas. Un vent âpre agitait les pans de son habit. Mais, comme un cheval aveugle qui tourne la meule, le moraliste suivait le bord sans fin de la vasque de pierre. Sur la place déserte, une jeune ouvrière, attardée sans doute par quelque aventure, coupait le vent avec la vive allure et le pas ferme des vraies Parisiennes. Une heure sonnait à l'horloge de la mairie et le moraliste tournait encore. Les talons sonores de deux gardiens de la *paix troubl*aient seuls d'un bruit monotone le silence de la nuit. À une heure et demie le philosophe s'éloigna pour relire sous un réverbère le billet parfumé.

Vous êtes brun et je suis blonde, vous êtes fort et je suis faible. Je vous comprends et je vous aime. Soyez ce soir, à minuit, sur la place Saint-Sulpice, autour du bassin.

Le rendez-vous était formel. Le philosophe reprit son poste tournant. Le givre le couvrait d'une poussière diamantée. Les pans de son habit, alourdis par l'humidité, pendaient. La place était déserte. Il tourna longtemps encore. Puis trompé, accablé, désespéré, il se laissa tomber sur un banc et resta immobile la tête entre les mains. Quand il se releva, il crut apercevoir Dion et Sainte-Lucie qui s'enfonçaient en courant dans l'ombre de la rue Honoré-Chevalier[1]. Une lumière se fit dans sa tête endolorie, et son nez tressaillit d'indignation.

Le lendemain, drapé dans sa couverture de cheval, il déclara à Labanne qu'il voulait tuer Sainte-Lucie.

« Je ne tiens pas beaucoup à ma vie, dit-il, mais je tiens encore bien moins à la sienne. »

Labanne essaya vainement de le calmer.

Pendant ce temps Rémi, tranquille et sans rancune, savourait la douce chaleur de son édredon et songeait :

« Il faudra pourtant que j'aille voir un de ces jours le général Télémaque. »

VIII

Télémaque[2], coiffé d'une calotte de toile et ceint d'un tablier blanc, souriait sur le seuil de sa boutique, au beau soleil du matin qui inondait l'avenue poudreuse, plantée de maigres platanes. Sa vue s'étendait à droite jusqu'à la caserne, d'où partait une sonnerie de clairons, et à gauche jusqu'au rond-point de l'Empereur, au centre duquel se trouvait un piédestal veuf de sa statue[3]. La large avenue était bordée des deux côtés par des constructions basses et par des terrains où s'alignaient les piquets blancs des blanchisseries. Les débits de vin, au coin des rues, qui donnaient sur des terrains vagues, étaient barbouillés de rouge brun pour attirer l'œil et provoquer de loin la soif des militaires et des ouvriers. Tout le reste, murs et terrains, était uniformément gris. Les deux maisons qui faisaient face à l'établissement de Télémaque présentaient une façade de plâtre haute de trois étages, à balustres, à baies cintrées, ornée de bustes dans des niches, lézardée, écaillée, moisie, avec des vitres étoilées de papier et des loques pendues aux fenêtres.

Des groupes confus d'enfants et de chiens remuaient dans la poussière. Des militaires s'en allaient tout doucement vers la berge, et des femmes en jupon plat portaient des seaux ou des paniers.

La boutique de Télémaque était peinte en rouge; derrière les vitres, un aloyau et des biftecks s'étalaient dans des plats. Télémaque tenait par les oreilles un lapin mort et souriait. Le vif émail de ses yeux bridés et relevés de côté par la saillie des pommettes brillait sur son visage d'ébène, au nez épaté et aux lèvres lippues. Une laine encore noire floconnait sur sa tête. Mais le front, dégarni par une calvitie régulière, s'élevait en fuyant et découvrait une partie du crâne, dont le sommet formait une sorte de crête.

Miragoane[1], assise sur son derrière, regardait avec intérêt les hommes, les bêtes et les choses. Mais libre de passions et l'âme en paix, elle se chauffait tranquillement au soleil. Parfois, allongeant sa tête intelligente, elle léchait de sa langue en volute le sang coagulé au museau du lapin que Télémaque laissait pendre. Puis, satisfaite de cette sensualité délicate, elle contemplait de nouveau l'avenue, avec un frisson dans la queue.

Télémaque retourna comme un gant la peau de son lapin et, ayant posé sur une petite table l'animal écorché, brillant des plus beaux tons, il le découpa adroitement et mit les morceaux sur un plat.

Puis il rentra dans la boutique, dont la porte extérieure s'ouvrait sur un petit jardin garni de tonnelles. Ayant préparé très proprement son civet, il s'assit, tandis que la casserole de cuivre rouge chantait sur le fourneau, et resta songeur. Ses yeux, qui semblaient fraîchement peints sur un joujou tout neuf, ne regardaient plus rien. Télémaque voyait sans doute autre chose que son fourneau aux carreaux de faïence, le comptoir d'étain et les tables de toile cirée, car il murmurait un chant étrange et doux et parlait à des absents. Enfin, ayant donné un regard au civet qui, comme disent les cuisiniers, partait sur un feu doux :

« Miragoane, dit-il, garde la boutique. »

Miragoane tourna vers lui son œil intelligent et s'avança jusqu'au seuil de pierre, qu'elle occupa d'un air d'importance. Télémaque monta dans une très belle chambre tendue d'un papier historié sur lequel une chasse au sanglier était indéfiniment répétée. Cette chambre, meublée d'une armoire de noyer, d'un lit à rideaux de cotonnade blanche et de quatre tables, servait à la fois de chambre à coucher au restaurateur et de salle à manger aux sociétés du dimanche. Télémaque prit dans l'armoire une caisse qu'il posa sur la table et qu'il ouvrit avec précaution. Cette caisse était pleine d'objets enveloppés dans des foulards et dans des papiers. Il en tira successivement un châle rouge, des épaulettes à graines d'épinard, des anneaux d'oreilles, une croix et une plaque d'ordres inconnus et un grand chapeau galonné dont les deux cornes étaient terminées chacune par un énorme gland d'or. Quand ces trésors furent étalés sur la table, Télémaque les contempla avec son regard étonné de petit enfant, puis il mit sur sa tête crépue le chapeau, dont les glands se balancèrent, il s'enveloppa du châle rouge de sa femme Olivette et se contempla dans son petit miroir à barbe.

Il revécut alors sa vie passée, et remonta jusqu'au temps où il était général. Il revit les éblouissements du sacre de Sa Majesté Faustin Ier[1], les manteaux bleus des ducs, des princes et des comtes, les habits rouges des barons; la face noire de l'empereur, ceinte d'une couronne d'or; Olivette amenée en robe à queue dans une brouette et se rangeant parmi les dames au milieu de la nef de l'église. Tout lui était présent, les mille couleurs des habits, les coups de canon, la musique militaire et les cris de « Vive l'Empereur ! » Puis il revit les fêtes somptueuses du palais impérial, quand, sous les feux des bougies et des pendeloques de cristal, les magnifiques poitrines noires des dames de la cour faisaient craquer les corsages de mousseline blanche dans l'élan furieux des danses. Il revit les soldats alignés sous ses yeux dans la plaine aride et lumineuse. Tous, rangés en bataille, lui présentaient les armes. Et lui, Télémaque, les mains derrière le dos comme le Napoléon des estampes, passait entre les rangs et disait :

« Soldats, je suis content de vous ! »

Puis des tableaux plus sombres se déroulèrent dans son imagination. Il revit les événements qui avaient précipité sa chute. Quand, en décembre 1851, développant avec la toute-puissance d'un empereur son génie d'enfant peureux et cruel, Soulouque eut l'idée de faire la guerre à la république dominicaine[1], le général Télémaque fit partie, à la tête de sa brigade, du corps expéditionnaire commandé par le général Voltaire Castor[2], comte de l'Île-à-Vache. L'empereur avait dit dans sa proclamation à l'armée : « Officiers, sous-officiers, soldats ! Les hommes de l'Est, les bouviers de Santo-Domingo fuiront devant vous. Allez. » Plein de confiance dans la parole de son empereur, le général Télémaque, coiffé de son chapeau à glands, portant sur sa poitrine la plaque de l'ordre impérial et militaire de Saint-Faustin et le grand cordon de la Légion d'honneur haïtienne, galonné, chamarré, les pieds nus, marchait fièrement à la tête des régiments noirs qui formaient l'avant-garde, quand tout à coup une vigoureuse mousqueterie le surprit sur la lisière d'une plantation de bananiers. Étonné, indigné, consterné, il tourna vers ses troupes sa face décomposée et s'écria avec une éloquence sincère :

« L'empereur a moqué pauvre monde ! »

À ces paroles du général, la brigade tourna les talons et s'enfuit à toute vitesse. Télémaque, faisant jouer les ressorts de ses jarrets de singe et tirant la langue, reprit la tête de la colonne, sans se soucier des fusils, des tentes, des paquets de cartouches et des caisses de biscuits abandonnés en route. Soulouque, sur la nouvelle de cette opération militaire, trembla de tous ses membres et, pour se redonner du cœur, fit fusiller le général Voltaire Castor. Il donna l'ordre d'arrêter le général Télémaque, qui resta caché huit jours dans les palétuviers. Le consul français, à la prière de la belle Mme Sainte-Lucie, recueillit Télémaque et le fit passer à bord de la *Naïade*, qui appareillait à destination de Marseille.

À ce souvenir, Télémaque prit la mine d'un chien intelligent qu'on a fouetté, et remit les croix, les épaulettes et le chapeau dans les foulards. Il regarda par la fenêtre, avec inquiétude, si personne ne passait dans l'avenue, et, ayant replacé le précieux coffre dans l'armoire fermée à clef, il descendit dans la boutique et versa quelques gouttes d'eau dans la casserole odorante qui chantait.

L'horloge, accrochée au-dessus de la stalle du comptoir, marquait onze heures. Une nuée de petits galopins à tignasse ébouriffée et qui laissaient passer des bouts de chemise par les trous des culottes, s'abattit dans un nuage de poussière, contre la porte vitrée. Et des cris aigus sortaient de ce nuage.

Télémaque parut sur le seuil avec une soupière pleine de débris de volaille et de restes de friture enveloppés proprement dans des morceaux de papier. Miragoane, attentive et grave sur le seuil, et la queue frissonnante, surveillait la distribution.

Le petit peuple assiégea en se culbutant les deux jambes de Télémaque, qui commanda d'un ton nasillard particulier :

« Droit alignement ! »

Alors les enfants se rangèrent en ligne, les bras pendants, le cou tendu, les yeux agrandis par la convoitise.

Télémaque les examina quelque temps avec une gravité joyeuse, puis :

« Répondez à l'appel, dit-il. Numéro un... numéro deux... numéro trois... »

Et il donnait à chacun sa ration. Les numéros un, deux et trois s'enfuirent, serrant des deux mains leur part de friandise contre leur ventre, et la dévorèrent chacun dans un coin, en promenant à la ronde des regards défiants.

« Numéro quatre... numéro cinq... numéro six... »

Le numéro six, qui était roux, bouscula le numéro quatre, qui boitait, et dont il fit rouler l'os de poulet dans le ruisseau.

Miragoane dressa l'oreille, le numéro quatre reprit son os, et le général Télémaque, ayant ainsi pourvu à l'ordinaire de son armée, retourna à ses fourneaux. Ayant reconnu que le civet était en bon point, il tira d'un tiroir un petit fusil de bois peint en rouge, et appela Miragoane. Elle s'approcha, l'oreille basse, d'un air qui voulait dire : « Mon Dieu ! à quoi cela peut-il servir ? Nous avons tort de compliquer inutilement la vie; je n'éprouve aucun plaisir à faire l'exercice. Mais je consens à le faire pour être agréable à mon maître Télémaque. »

Et Miragoane, debout sur ses pattes de derrière, reçut contre son ventre rose le petit fusil de bois.

« Portez arme ! Présentez arme ! »

Miragoane manœuvra au commandement. Mais ses jarrets fléchissaient; elle retomba sur ses quatre pattes et, laissant son arme sur le carreau, elle s'en alla en se secouant au seuil de la boutique.

« C'eſt mauvais, c'eſt mou, lui dit Télémaque. Nous recommencerons ça demain. »

Mais Miragoane immobile, en arrêt, aboya deux fois. Puis elle se mit à courir du seuil au fourneau, en faisant sonner ses ergots sur le carrelage.

Rémi, coiffé d'un chapeau de paille en cloche à melon, selon la mode des canotiers, entra dans la boutique et se fit connaître à Télémaque qui, dans sa joie, lui tourna le dos sans rien dire, pour déboucher une bouteille de vin blanc.

« C'eſt vous, mouché, dit le nègre, vous mouché Rémi, le fils de mouché le miniſtre et le filleul de ma pauvre femme Olivette, qui vendait de l'arac[1], des cocos et des sapotilles à Port-au-Prince. Les hommes de couleur l'ont tuée méchamment dans son bazar et ont bu son tafia. Le fait a été mis au long en lettres moulées dans *Le Moniteur* d'Haïti. C'eſt le consul, mouché Morel-Latasse, qui me l'a fait lire. Et j'en eus du chagrin parce que Olivette était une bonne femme. Comme je suis content de vous voir, mouché Rémi ! Olivette n'était plus jeune quand je l'ai épousée. On riait de Télémaque qui se mariait avec une vieille femme; mais Télémaque savait que plus une femme eſt vieille, mieux elle fait la cuisine. Asseyez-vous, mouché Rémi. Voilà un vin blanc qui ne vieillira plus, car nous allons le boire. »

Et le Noir se mit à rire longuement. Quand il eut débouché la bouteille, soufflé sur la cire du goulot et rempli les verres, il devint songeur et dit :

« La vie ne dure pas toujours, mais la mort dure toujours. »

Puis, approchant ses grosses lèvres de l'oreille de Sainte-Lucie, il ajouta tout bas :

« Aussi, j'ai là-haut, dans un sac, une bonne somme d'argent, pour faire conſtruire un beau tombeau à Olivette. »

Et il recommença de rire. Il demanda des nouvelles de Mme Sainte-Lucie, qui était une si belle femme, et il voulut savoir ce que Rémi faisait à Paris.

« Je me prépare au baccalauréat », répondit le jeune homme en bâillant.

Télémaque ne savait pas ce que c'était que le baccalauréat, mais il pensait que ce devait être « quelque chose de bon ».

Il choqua le verre en fermant à demi ses yeux câlins. Puis il demanda si Rémi ne serait pas général.

« C'est beau, ajouta-t-il en soupirant, c'est beau. Mais un général a quelquefois des désagréments. »

Rémi, que le Noir amusait, dit :

« Télémaque, vous avez été général sous ce méchant singe de Soulouque ? »

Télémaque se troubla. Ses grosses lèvres tremblèrent. Il balbutia :

« Mouché Rémi, il ne faut pas parler ainsi de l'empereur. »

Rémi avait entendu dire à son père que le général avait une peur effroyable de Soulouque, qu'il croyait encore vivant. C'est pourquoi il ajouta :

« Craignez-vous que l'ombre de Soulouque revienne la nuit vous tirer par les pieds ? Il y a dix ans que Sa Majesté est morte. »

Le Noir secoua lentement la tête :

« Non, mouché Rémi », dit-il.

Rémi eut beau dire que tout le monde savait que Soulouque était mort en 1867, à la Jamaïque. Le Noir répondit :

« Non pas ! mouché Rémi. L'empereur n'est point mort, il est caché. »

Et le front de Télémaque se plissa sur son crâne dur.

De la casserole de cuivre s'exhalait une bonne odeur de chair et d'aromates. Le Noir redevint heureux et dit en riant :

« Nous allons déjeuner, mouché Rémi. »

Il mit la nappe et le couvert sous une tonnelle tapissée de vigne vierge. Le petit jardin du cabaretier donnait sur des champs de salades. Le talus du chemin de fer de Versailles fermait l'horizon. Rémi regardait vaguement cette maigre campagne quand Télémaque reparut, la bouche ouverte jusqu'aux oreilles, dans la fumée d'un plat qu'il portait des deux mains.

« C'est quelque chose de bon, mouché Rémi », dit-il.

Et ils déjeunèrent de grand appétit. Miragoane, chargée de garder la boutique pendant le repas, tournait par intervalles vers les convives un regard résigné.

Quand ils en eurent fini avec le civet de lapin, arrosé de vin d'Argenteuil, ils s'attardèrent aux sensualités du fromage de Brie étalé sur le pain tendre.

« Télémaque, vous êtes très bien ici », dit Rémi qui s'y trouvait lui-même à souhait.

Mais, comme il est dans la nature humaine de former sans cesse de nouveaux désirs, Télémaque poussa un soupir et dit :

« Savez-vous ce qui manque à mon établissement, mouché Rémi ? Il manque mon portrait peint, dans un cadre doré. Mon portrait peint serait quelque chose de beau au-dessus du comptoir. J'ai là-haut, dans un sac, une grosse somme d'argent pour le tombeau d'Olivette. Mais j'en casserais bien un petit morceau pour le peintre qui ferait mon portrait. »

Sainte-Lucie répondit que le général aurait son portrait sans écorner le mausolée de la marraine Olivette.

« Je suis peintre, dit-il à Télémaque ébloui. Quand je reviendrai, j'apporterai ma toile et ma boîte de couleurs et je ferai votre portrait. »

Deux militaires, annoncés par les aboiements de Miragoane, demandèrent deux canettes. Tandis que Télémaque disparaissait sous la trappe qui fermait l'escalier de la cave, Rémi, dont la pipe s'était éteinte, alla prendre sur le comptoir une allumette. Alors il vit passer sur l'avenue le petit vieillard qu'il avait aperçu dans le salon doré des dames de la rue des Feuillantines. C'était bien le même petit vieillard, portant les mêmes favoris blancs et le même parapluie.

« Télémaque ! Télémaque ! » cria le jeune homme.

La trappe soulevée laissa paraître Télémaque comparable à un génie souterrain mais bienveillant. Il riait entre les deux bouteilles de bière, qu'il eut immédiatement débouchées pour les servir aux militaires attablés. Mais Rémi le tira vigoureusement par sa veste blanche et l'amena surpris au seuil de la boutique.

« Télémaque, connaissez-vous ce vieux monsieur ? » demanda-t-il, en montrant du doigt le dos voûté du bonhomme.

Le Noir, pressant les deux bouteilles contre sa poitrine, répondit avec un gros éclat de rire :

« Certainement, mouché Rémi. C'est mon propriétaire. Il se nomme mouché Sarriette. Je lui demanderai de me faire des réparations dans mon grenier. »

Rémi, sans lâcher la veste du cuisinier, dit précipitamment :

« Télémaque, ne demandez pas de réparations à ce vieillard. »

Puis il ajouta d'un ton presque menaçant :

« Payez-vous votre loyer, Télémaque ? »

Mais comment penser que le restaurateur, qui habitait la même maison depuis vingt et un ans, ne payât pas son loyer ?

Rémi apprit ensuite que M. Sarriette passait pour riche, vivait le plus souvent en Normandie, où il avait du bien, et mesurait les monuments publics avec son parapluie[1].

Le jeune homme enthousiasmé s'écria :

« Télémaque ! je ferai votre portrait. Je vous peindrai en général, avec un habit de marchand de vulnéraire[2], un chapeau à panache rouge et quatre épaulettes »

Mais le Noir prit un air grave et contrit :

« Ce sera quelque chose de beau, mouché Rémi, dit-il. Mais il ne faut pas faire cela, à cause de l'empereur, qui se fâcherait. Il est caché. Vous me peindrez avec un habit noir et vous mettrez trois diamants à ma chemise. »

En descendant l'avenue de Saint-Germain, Rémi, bien que totalement dépourvu de réflexion et jamais surpris de ce qui se passait autour de lui et en lui, se demanda pourquoi il s'était senti tout remué en voyant passer le vieil ami des dames de la rue des Feuillantines.

IX

Après avoir longtemps médité la lettre gris perle, la nuit du jour des Rois, et le rendez-vous à la fontaine, le moraliste Branchut se fit de ces événements une conception idéale. Non seulement il ne songeait plus à répandre le sang de Sainte-Lucie, mais le créole devenait, dans l'esprit du philosophe, absolument étranger à ces événements mémorables. Branchut parvint, avec la seule aide du sens intime, à connaître la vérité sur son aventure. Plein de mépris pour les affirmations de Rémi, qui s'avouait hautement l'auteur de la lettre gris perle, il savait avec toute la certitude de l'intuition que cette lettre était écrite par une femme exquise et désolée, d'une nature et d'une condition rares. Par une suite d'inductions dont les lobes cérébraux d'un métaphysicien étaient seuls capables, le moraliste se démontra jusqu'à la plus limpide évidence que cette femme était une princesse danoise, qu'elle se nommait Vranga et qu'ayant revêtu des parures d'une poésie étrange et mélancolique pour se rendre à la fontaine des Quatre-Évêques, elle était tombée morte dans son boudoir au milieu des plantes tropicales, dont le parfum symbole de son amour pour Branchut, était délicieux et mortel.

À mesure que ces faits élégants et tristes lui apparaissaient par suite d'un examen subjectif et d'une enquête intérieure, le moraliste en faisait part à son ami Labanne, qui n'y trouvait rien d'extraordinaire. *Les découvertes* successives que faisait Branchut au sujet de la princesse Vranga eurent pour effet de le plonger dans une tristesse éloquente.

« Je dois expier, disait-il, par des tortures choisies, l'incomparable crime d'avoir causé la mort d'une créature d'élite, fine comme un cheval de race et savante comme Hypatie[1]. »

Des frissons douloureux coulaient tout le long de son nez expressif. Vranga était son unique entretien. Il ne vivait plus qu'avec la morte. Dans son désespoir, il oubliait d'emprunter des habits à Labanne. Drapé dans sa couverture de cheval comme dans un suaire, il errait avec une mélancolie hautaine sur le boulevard Saint-Michel.

« Vous voyez, disait-il aux amis qui l'arrêtaient, je suis en deuil. »

Et il montrait sur sa tête quelque chose qui ressemblait à un crêpe autour de quelque chose qui ressemblait à un chapeau.

Pendant que le philosophe Branchut menait ainsi le deuil de la princesse Vranga, Sainte-Lucie témoignait à l'hôtesse du *Chat maigre* une froideur croissante. Il ne se hasardait jamais seul dans l'établissement et évitait de s'écarter de ses compagnons pour aller prendre des allumettes sur une table voisine de la fontaine où Virginie rinçait perpétuellement des verres.

Il devenait sérieux et faisait de la peinture avec zèle. D'ailleurs, il y avait maintenant dans l'atelier de Labanne un rude travailleur, un gaillard musclé et râblé qui, la chemise ouverte sur sa poitrine velue et les manches retroussées, peignait tout le jour sans rien dire. Sa tête de paysan, terreuse et ravinée, plantée d'une barbe rude, n'exprimait aucun sentiment; ses yeux ronds regardaient toujours et ne faisaient jamais rien voir. C'était Potrel, Potrel dont Virginie dénonçait l'ingratitude. Revenu de Fontainebleau où il avait passé deux ans à peindre, il peignait chez Labanne en attendant que l'atelier qu'il avait loué à Montmartre fût vacant.

Potrel parlait peu et mal. Penché sur sa toile, sa palette à la main et clignant de l'œil, il répondait aux théories de Labanne ce seul mot : « Possible », qu'il articulait en ranimant, par une aspiration, le fourneau culotté de son brûle-gueule.

Labanne lui dit un jour :

« L'absolu étant irréalisable, l'artiste ne peut atteindre à la beauté absolue.

— Possible », répondit Potrel.

Et il continua de peindre.

Il faisait venir un modèle, un admirable petit Italien, pleurnicheur et narquois, qui lui volait son tabac. Sainte-Lucie put alors essayer des académies. Quand Potrel se levait de son tabouret pour se dégourdir les jambes, il donnait à Rémi quelques indications brèves et nettes et se remettait à son morceau.

Un matin pourtant, il se grattait la barbe et se rongeait les ongles. Rémi lui demanda pourquoi il ne faisait rien. Potrel étendit la main dans la direction du châssis et dit :

« Ce sacré bibelot m'empêche de peindre. »

Le bibelot n'était autre chose que le soleil, qui répandait sur l'atelier une lumière aveuglante.

Potrel mangeait beaucoup. Il allait dans les cabarets des cochers. Quand Rémi lui parlait du *Chat maigre*, Potrel se contentait de sourire. Un jour pourtant il demanda si Virginie avait toujours de belles formes. Après beaucoup de tentatives vaines, Rémi put l'entraîner un soir dans l'établissement de la rue Saint-Jacques. Virginie, rouge comme une pivoine, servit à l'ingrat une large tranche de jambon.

« Mangez, monsieur Potrel, lui disait-elle. C'est bon, c'est fin. Voyez, le gras en est tout blanc. Vous ne buvez pas ? Goûtez cette bière ; je l'ai mise en bouteilles le mois dernier. Vous aimiez la bière autrefois. »

Et Potrel mangeait et buvait, tandis que, debout contre sa chaise, Virginie, illuminée d'un sourire séraphique, se pâmait à chaque bouchée qu'avalait cet homme silencieux et robuste.

Rémi sortit de la brasserie sans que l'hôtesse y prît garde. Et il soupira d'aise, comme un homme délivré d'un grand poids.

En rentrant chez lui, il rencontra le portier de la maison des deux dames qui entrait chez le marchand de vin et la portière qui babillait avec la fruitière à *une assez bonne* distance. Alors il lui vint une idée subite ; il entra dans la loge abandonnée et chercha s'il ne pourrait pas y découvrir le nom des dames du quatrième étage. Il trouva sur le casier des lettres cette mention : *Madame Lourmel, rentière*.

Le lendemain, il vit par la fenêtre Mlle Lourmel qui versait à boire aux oiseaux dans un petit godet de porcelaine. Il la regarda sans le vouloir avec la chaleur d'une vive sympathie. Elle le vit et ne détourna de lui que lentement son regard naïf et brave. Il remarqua qu'elle n'était plus une enfant et qu'elle était jolie.

Il allait dans ce temps-là plusieurs fois la semaine à Courbevoie. Et le portrait de Télémaque sortait peu à peu de la toile. C'était un très mauvais portrait. Mais Télémaque en était enchanté. Le soir, quand sa boutique était fermée, il mettait le portrait sur une table entre deux chandelles et il dansait la calenda[1] ou bien il chantonnait avec un nasillement doux :

Canga do ki la,
Canga li.

Miragoane, assise sur son derrière, assistait gravement à cette cérémonie. Il lui arriva un jour de lécher affectueusement le nez encore frais du portrait. Le dommage qui en résulta fut aisément réparé.

Télémaque regretta un moment qu'il n'y eût pas sur la toile, à côté de lui, Olivette en châle rouge. Mais il en prit son parti et dansa de nouveau la calenda.

X

Rémi songeait en se levant qu'il avait terminé la veille le portrait de Télémaque et que c'était, en son genre, un morceau remarquable. Il vit avec plaisir, dans le cadre de la fenêtre voisine, les deux petites mains qui frappaient les touches du piano; elles n'étaient plus rouges et frappaient moins sec. Mais il remarqua que le lustre était emprisonné dans une housse de mousseline et qu'un grand remue-ménage se faisait dans l'appartement si calme d'ordinaire.

Les petites mains fermèrent le piano, disparurent, puis reparurent avec des sacs de maroquin et des cartons à chapeau. Rémi, qui pressentait quelque grave événement, ne quitta pas son poste d'observation et surveilla les abords de la place. Au bout de deux heures de faction, il vit le portier chargé d'une pyramide de malles et de cartons, une voiture de place arrêtée à la porte, puis il vit la bonne de Mme Lourmel entasser dans la voiture des sacs de voyage et des cartons encore.

Alors, saisissant sa boîte de couleurs et vidant dans sa poche le tiroir aux écus de son secrétaire, il se précipita nu-tête, en vareuse, en pantoufles, dans l'escalier et dans la rue. Il arrêta au passage un cocher étonné, le lança à la suite du fiacre dans lequel il venait de voir entrer un bout de jupe et qui déjà s'ébranlait sous sa pyramide chancelante.

Les deux voitures traversèrent Paris et s'arrêtèrent, l'une derrière l'autre, dans la cour de la gare Saint-Lazare. Rémi suivit les deux dames et gravit derrière elles, dans son costume de chambre, l'escalier de la gare. Mlle Lourmel tourna la tête pour voir cet étrange voyageur qu'elle reconnaissait fort bien. Elle le regardait avec une surprise qui contenait en même temps de la raillerie et de l'admiration. Il joignit Mme Lourmel au guichet des billets, l'entendit demander deux billets pour Avranches, prit après elle un billet pour Avranches et respira. Il était quatre heures douze minutes, et le train partait à quatre heures trente-cinq. Mme Lourmel alla avec sa fille faire enregistrer ses bagages. Rémi n'avait à accomplir aucune formalité de ce genre, mais il lui restait à faire quelques emplettes utiles. Il courut chez un marchand d'habits de la rue de la Pépinière, prit sans regarder deux ou trois costumes et paya le marchand, qui contint une forte envie de faire arrêter cet acheteur extraordinaire. Mais Rémi poussa un cri de détresse :

« Des souliers ! s'écria-t-il, des souliers ! »

Le marchand, bel israélite à tête de bouc avec une bouche avenante et des yeux impitoyables, répondit froidement qu' « il ne tenait pas l'article chaussures ».

« Les vôtres ! donnez-moi les vôtres ! » s'écria Rémi désespéré.

Mais l'israélite, de plus en plus inquiet, fit une mine si sombre que Rémi s'échappa en pantoufles avec ses habits, qu'il revêtit en chemin dans le fourmillement de la rue brillante. Il décrocha dans une boutique voisine et paya au vol un chapeau. Il était quatre heures vingt-sept minutes. Rémi s'élança vers la gare et entra à quatre heures trente-deux dans la salle d'attente, qui n'avait peut-être pas encore reçu un voyageur en pantoufles. Deux yeux couleur de violette, qui l'accueillirent à son entrée, semblaient lui dire : « Nous vous attendions. Vous êtes bien extraordinaire avec votre teint brun, vos habits neufs endossés à moitié et vos savates du matin. Mais vous ne nous faites ni peur, ni chagrin. Vous ne nous paraissez pas méchant et vous avez un air hardi qui ne nous déplaît pas. Voilà tout ce que nous avons à vous dire. Pour le reste, adressez-vous à maman. » Si les deux yeux de violette parlaient ainsi, les regards de Mme Lourmel trahissaient cette sorte d'inquiétude qu'on voit aux poules quand on attire un de leurs poussins en lui jetant des miettes de pain.

Rémi laissa discrètement la mère et la fille seules dans leur voiture et s'installa à l'autre bout du train. Assis sur sa banquette, il se demanda d'abord où, quand et comment il pourrait acheter des souliers, puis, comptant son argent et trouvant qu'il avait encore 21 fr. 35, il se sentit très rassuré. Enfin, il se demanda si, par hasard, il ne serait pas amoureux de Mlle Lourmel.

XI

Huit jours après le départ de Rémi, M. Godet-Laterrasse, pris d'une subite ardeur pédagogique, s'achemina, un Tacite dans sa poche, vers l'hôtel de la rue des Feuillantines. Il apprit là que son élève était disparu. Un nuage passa sur son front sublime, sur ce front qui, s'il eût été un miroir, n'eût reflété que le ciel, les goélands du Pacifique et les constellations des deux mondes. Les esprits supérieurs ont plus souvent que les autres des pressentiments. C'est pourquoi, abjurant une vieille inimitié, il se rendit à l'atelier de Labanne.

Le sculpteur, qui n'avait aucune idée du temps et de l'espace, ne put rien lui dire. Mais il le conduisit chez la nourrissante Virginie, qui attribua la disparition de Rémi à un chagrin sur la nature duquel elle ne s'expliquait pas. *Mais* elle insinua qu'elle pouvait ne pas être étrangère à cet événement. Si, comme elle le craignait, M. Sainte-Lucie avait cédé à un désespoir d'amour, elle en était désolée. Mais on ne peut pourtant pas contenter tout le monde, quand on n'est pas une femme comme il y en a tant. Elle n'avait rien fait pour que M. Rémi fût jaloux de M. Potrel. Elle termina en déclarant qu'elle était une honnête femme et qu'elle n'avait rien à se reprocher. Elle prit le tableau du *Chat maigre* à témoin de son innocence, et retourna dans l'ombre où elle avait coutume de rincer des verres.

M. Godet-Laterrasse regagna soucieux les hauteurs de Montmartre. Il en descendit le lendemain sur une impériale d'omnibus et retourna à l'atelier, qu'il avait choisi pour centre d'opérations. Il y trouva le moraliste Branchut occupé, dans sa couverture, à rédiger un traité sur l'amour. Plein de son sujet, Branchut l'exposa.

« L'amour, dit-il, n'est absolu qu'entre deux êtres qui ne se sont jamais vus. Deux âmes ne sont en parfaite harmonie que dans l'absence éternelle. La solitude est la condition nécessaire de la passion définitive. »

M. Godet-Laterrasse résista aux séductions d'un duel oratoire dans ces régions sublimes. Il demanda au moraliste s'il n'avait pas vu Sainte-Lucie.

La disparition du créole, que Branchut ignorait totalement, fit jaillir de la tête du philosophe une infaillible intuition. En un clin d'œil bien des choses lui furent révélées. Selon lui, cette disparition n'était pas sans une étroite connexité avec la mort de la princesse Vranga. La conduite ténébreuse de M. Sainte-Lucie, dans les circonstances qui précédèrent et accompagnèrent la fin lamentable et poétique de la princesse, était de nature, aux yeux du moraliste, à laisser un remords éternel dans l'âme de ce jeune homme, léger en apparence, mais machiavélique en réalité.

« La princesse Vranga devait mourir, ajouta le philosophe avec sérénité. Il était nécessaire qu'elle mourût pour que l'amour qu'elle avait conçu pour moi se réalisât dans l'absolu. Mais, en interceptant à plusieurs reprises les lettres que la princesse m'écrivait et dont j'ai rétabli le texte par intuition, et en ne me livrant que la dernière avec une ironie satanique, M. Sainte-Lucie a commis un crime qui l'a très probablement conduit au suicide. »

Ainsi parla Branchut, dont le nez vibrait sur une face livide, plaquée de rouge, sous des yeux injectés et hagards. Labanne survint à temps pour entraîner dans la rue le malheureux précepteur, qui agitait éperdument son parapluie au-dessus de sa tête.

« Mon pauvre moraliste, s'écria Labanne, jamais il n'a eu de plus belles idées ! Un grain de phosphore dans le cerveau, et c'était un homme de génie ! mais il a deux grains de phosphore. Voilà le malheur. »

Labanne se rappela que Sainte-Lucie lui avait parlé avec enthousiasme d'un général noir, aubergiste à Courbevoie. Le sculpteur pensait que ce nègre saurait quelque chose; d'ailleurs il avait envie de le voir.

Ils montèrent sur l'impériale d'un tramway qui les conduisit à la place de l'Étoile. Labanne s'arrêta instinctivement au premier café qu'il vit et s'abandonna devant les chopes à d'interminables bavardages. M. Godet-Laterrasse lui répondit longuement. Labanne ne l'écouta pas et lui répondit. De belles théories furent ainsi déroulées. Tout à coup le sculpteur donna un coup de pouce dans l'air et dit :

« Il y aurait un moyen de rendre cette chose supportable à l'œil. »

La chose était l'Arc de Triomphe.

« Ce moyen est simple. Mais vous verrez qu'on n'y pensera pas. Il suffirait toutefois d'établir au pied de l'édifice un nombre suffisant de savetiers, d'écrivains publics et de marchands de pommes de terre frites; ceux-ci très utiles à cause de la fumée. Les échoppes devraient être sordides et accompagnées d'enseignes incorrectes ainsi que de figurations grossières. On permettrait à ceux qui les construiraient d'enlever des pierres au monument, surtout aux angles, ce qui en atténuerait très avantageusement la dureté. Il serait bon de combler les trous qui résulteraient de ces divers descellements avec des pelletées de terre dans lesquelles on sèmerait des faînes et des glands. Les hêtres, les chênes, en déployant à différentes hauteurs leurs bouquets verts, rompraient la monotonie des surfaces grises et, en poussant leurs racines dans la maçonnerie, détermineraient des lézardes d'une sinuosité pittoresque. Il faut beaucoup de lierre, mais cette plante grimpante ne nous fera pas défaut; elle vit sur la pierre. Les vents et les oiseaux sèmeront dans la poussière des fissures la giroflée, qui aime les vieux murs, et mille autres graminées. La saxifrage, avide d'humidité, la ronce et la vigne vierge naîtront et pulluleront à l'aventure. Le faîte de l'édifice sera dentelé de pigeonniers. Les hirondelles maçonneront leurs nids sous les voûtes. Des compagnies de corbeaux, attirés par les cadavres des loirs et des mulots, s'abattront sur les corniches à la tombée de la nuit. Alors, l'Arc de Triomphe, entretenu de la sorte avec un soin intelligent, pourra être regardé par les poètes, copié par les peintres et considéré comme une œuvre d'art. Garçon, un bock ! »

La nuit tombait. L'artiste et le penseur renoncèrent à pousser plus avant et reprirent le tramway de Montparnasse.

XII

Pendant que Mme Lourmel s'installait avec sa fille dans une petite maison de pierre grise et de chaume sur une plage peu fréquentée, à quelques kilomètres d'Avranches, Rémi, joyeux et trempé d'eau salée, s'en allait à une foire voisine avec sa boîte de couleurs. Il ne lui restait que 14 fr. 70, mais il avait des souliers. Des files de charrettes s'alignaient aux abords de la place. Et c'était sous le quinconce une grande confusion de faces rougeaudes à colliers de barbe blonde, d'échines de veaux sur lesquelles s'écaillait la bouse, de *cornes, de groins*, de croupes luisantes et de coiffes blanches. Les cris des cochons qu'on tirait des charrettes dominaient la vague rumeur des bêtes et des gens. Tandis que les femmes, une chaîne d'or au cou, sur le fichu de coton, se tenaient roides dans leurs jupes plates près des charrettes et veillaient âprement, les hommes, en blouse bleue à plis bouffants, traitaient leurs affaires en buvant du cidre dans le cabaret plein de mouches.

Rémi passa sous la branche de houx et s'installa avec son papier et ses crayons à une des tables du cabaret. Il fit un portrait, puis un autre, puis un autre, puis celui de tous les paysans qui le regardaient. Il demandait vingt sous de chaque portrait. Mais les bourses ne se déliaient pas.

« Allez chercher vos amoureuses, dit l'artiste. Je vais les croquer. »

Il y eut une rumeur dans la foule et une grosse fille fut poussée devant Rémi par trois ou quatre compères d'une extrême jovialité. Elle était pourpre, presque violette et riait d'une oreille à l'autre. Rémi fit un croquis où la fille était reconnaissable à sa coiffe et à sa croix. Un des joyeux compères chercha dans un bas de laine une pièce blanche pour le peintre et mit sous sa blaude[1] le dessin proprement plié en quatre.

L'opinion fut que le Parisien tirait bien les ressemblances, et Rémi s'en retourna avec quelques pièces blanches dans ses poches.

Il coucha dans l'auberge la plus rustique du village où Mme Lourmel s'était établie et parut le lendemain sur la plage blonde où des cabines bariolées étaient rangées en ligne.

La mer, bleue à l'horizon, montait lentement et déferlait sur le sable en lames huileuses et verdâtres, frangées d'écume. Un ciel humide et doux, un de ces ciels perfides qui caressent et brûlent la peau tendre des citadins, fermait l'horizon circulaire. Le vent modéré qui soufflait du large taquinait les toilettes des Parisiennes. Des femmes grêles, en costume de bain et la chevelure prise dans un bonnet de toile gommée, couraient au-devant de la lame. Il aperçut Mlle Lourmel dont le voile violet flottait librement.

Il eut envie de lui sauter au cou, mais il vit déboucher, à l'angle d'un petit chemin qui mourait sur la grève, M. Sarriette, avec ses mêmes favoris blancs et son même parapluie.

« Bonjour, monsieur Sarriette », dit-il au vieillard surpris.

Au bout d'un quart d'heure, ils étaient bons amis.

« J'aime beaucoup les vieux monuments, dit M. Sarriette. Et, tel que vous me voyez, j'ai passé trois semaines à mesurer tous les murs de l'abbaye du mont Saint-Michel. Par une habitude qui m'est particulière, je me suis servi de mon parapluie pour prendre ces mesures. Ainsi les remparts ont une hauteur moyenne de soixante-douze parapluies, et, dans l'église, les colonnes de la nef ne mesurent pas moins de trente-sept parapluies, trois becs et deux bouts ferrés. »

M. Sarriette fut enchanté d'apprendre que Rémi était peintre. Ils convinrent d'exploiter ensemble tout l'Avranchais. M. Sarriette mesurerait les monuments historiques et Rémi en prendrait des croquis.

« Présentez-moi à Mme Lourmel », dit Rémi.

Et sur ces mots du bonhomme : « M. Rémi Sainte-Lucie, fils de M. Sainte-Lucie, ancien ministre à Haïti », Rémi s'inclina devant Mme Lormel muette de surprise, et devant la jeune fille, qui ouvrait démesurément ses yeux de violette, tandis que sa bouche s'épanouissait.

Le soir de ce jour, Mme Lourmel et sa fille, accoudées à la fenêtre, respiraient l'air chargé de sel et regardaient la lune levée sur la mer scintillante.

« Mais, mon enfant, disait Mme Lourmel, nous ne savons rien ni de sa famille, ni de sa fortune, ni de sa conduite.

— Mais, maman, je l'aime, s'écria la jeune fille avec l'audace de l'innocence.

— Que dis-tu là, Jeanne ? reprit la mère. Tu ne le connais même pas. »

Et Jeanne, dont les beaux yeux brillaient d'une tendresse un peu mutine, repartit :

« Maman, je ne le connais pas, mais je le reconnais. »

XIII

M. Alidor Sainte-Lucie, arrivé depuis douze heures à Paris, n'avait pas encore vu son fils. Il l'avait vainement cherché dans la gare et vainement attendu à l'hôtel. Cette absence l'offensait; ses nerfs, ébranlés par un long voyage, avaient ressenti, sur le paisible sommier de l'hôtel, le tangage du navire et la trépidation de l'express. Il se réveilla mécontent. Le vague malaise qui traversait ses membres résonnait dans son cerveau.

Couché à demi dans un fiacre et cahoté sur le pavé des rues montantes, il songeait avec mauvaise humeur à l'éducation de son fils, que M. Godet-Laterrasse menait si mollement. Quatre ans s'étaient passés, et Rémi n'était pas bachelier. C'était donc pour obtenir un semblable résultat, qu'il avait choisi comme précepteur un homme pauvre, mais supérieur ! Il avait mieux espéré de M. Godet-Laterrasse, si éloquent et si austère dans les cafés politiques. Les lettres qu'il recevait du précepteur l'agaçaient par leur vague et leur creux. Il était en outre furieux contre Rémi, qui n'était pas venu embrasser son père à la gare, comme il le devait. Une odeur de friture vint agacer ses narines. Le fiacre montait lentement, traîné par un maigre cheval qui, la tête basse et la langue longue, tendait l'échine au fouet. Enfin le cocher s'arrêta sans rien dire. Devant la portière du fiacre, les cent soixante marches du passage Cotin s'élevaient roidement.

M. Alidor, descendu de voiture, donna au cocher une pièce de cent sous que celui-ci, bourgeonné de visage, énorme et poudreux, mit entre ses dents sans s'expliquer davantage. Alors commença une longue scène muette. Le cocher, mouvant avec lenteur, sur son siège, sa masse colossale, fouilla dans une de ses poches, dont il tira un sac, s'arrêta pour surveiller sa bête qui remuait convulsivement, explora une autre poche, poussa son cheval quelques pas en avant pour se garer d'un camion qui ne le menaçait pas, retourna les goussets de son gilet rouge et finalement montra sept sous au voyageur exaspéré. C'est tout ce qu'il pouvait rendre. Il n'avait pas d'autre monnaie. M. Alidor lui tourna le dos avec rage et l'entendit fouetter son cheval en grommelant. Les irréprochables bottines vernies craquèrent sur les pierres disjointes du passage Cotin et gravirent, de degré en degré, la voie ardue qui suintait en plein été des humeurs infectes et gluantes. Enfin, après avoir glissé sur les degrés visqueux de l'escalier intérieur, M. Alidor agita la patte de biche qui pendait à la porte moisie. Après un assez long silence, la porte s'entrebâilla et laissa passer une tête encornée d'un madras multicolore. L'homme supérieur, réveillé en sursaut, avait enfourché à la hâte un pantalon crotté d'une boue très ancienne qui s'écaillait. Une odeur de tabac humide pesait dans l'air. Un jour verdâtre, épuisé par de nombreux ricochets, filtrait péniblement à travers les vitres sales. Des caricatures politiques étaient épinglées aux murs. Le lavabo était envahi par des livres crasseux et débraillés. Un morceau de savon, un peigne et la moitié d'un petit pain se mêlaient à des manuscrits et à des dictionnaires sur la table à écrire. Cette misère révélait une telle habitude de paresse et de désordre, que M. Sainte-Lucie, après un seul coup d'œil jeté sur la chambre, connut le précepteur comme s'il l'avait suivi de café en café pendant vingt ans. Le malheureux créole s'efforçait de relever par la dignité de sa tenue l'ignominie de sa demeure.

« Excusez-moi, dit-il à l'ancien ministre, de vous recevoir dans le désordre d'une cellule d'anachorète moderne. »

Il ajouta en se redressant :

« Les bénédictins du XIXe siècle, c'est nous ! »

Et il fourrait, à la dérobée, dans ses poches, le peigne et les croûtes de pain qui déshonoraient sa table.

M. Sainte-Lucie dut reconnaître intérieurement qu'il s'était trompé lui-même et qu'il n'avait pas été trompé. Comment M. Godet-Laterrasse eût-il pu tromper quelqu'un ? Ce lézard crotté était pitoyable, mais s'il y avait un sentiment étranger à l'âme de M. Alidor Sainte-Lucie, c'était bien la pitié. Il ne pouvait s'en prendre qu'à lui-même, et c'est ce qu'il pardonnait le moins à son innocent précepteur. Dans sa colère, il serrait les lèvres et jetait des regards sombres. Mais il éprouva bientôt une volupté spéciale à dissimuler. Il fit prendre à sa voix douce d'homme fort un accent presque câlin pour dire :

« Mon cher monsieur Godet, pardonnez-moi de vous avoir pris au saut du lit. (Et quel regard il jeta à ce qu'il nommait poliment un lit !) Ma première visite a été pour vous. Nous irons surprendre Rémi, que j'avais averti de mon arrivée et qui s'en est fort peu inquiété. Je veux lui tirer les oreilles. »

À ces mots, un frisson d'épouvante agita le précepteur, qui, si haut qu'il levât la tête, voyait au-dessus de lui le visage énigmatique du mulâtre.

Il essaya un sourire et répondit en balbutiant qu'il avait donné congé à Rémi pour cette journée et que l'étudiant devait sans doute faire une partie de campagne.

Le malheureux n'avait gagné qu'un jour. Il le passa en recherches qui le harassèrent et ne lui firent rien découvrir.

Le lendemain matin, dès huit heures, M. Sainte-Lucie reparut dans la cellule, que le bénédictin du XIXe siècle avait un peu mise en ordre. Lui-même s'y tenait en cravate blanche, avec cette expression stoïque qui le rendait si remarquable dans les cérémonies. La peur que lui donnait l'ancien ministre de Soulouque n'était pas son seul tourment. Il avait peu de crédit dans l'impasse du Baigneur et, ne possédant pas vingt sous, il était aux abois. Les deux cents francs qu'il touchait chaque mois au consulat d'Haïti étaient régulièrement écornés par les acomptes qu'il versait à divers fournisseurs. Car il était honnête. Le reste de la somme ne lui faisait pas un long usage. Son geste favori était de répandre l'or.

Il suivit M. Sainte-Lucie avec un excès d'inquiétude qui l'étourdissait, l'aveuglait, l'anéantissait et devenait peu à peu de l'indifférence. Réveillé en sursaut par la voix du Haïtien qui nommait au cocher la rue des Feuillantines, il essaya de gagner encore quelques heures.

« Cher monsieur, dit-il, nous n'aurons toutes les chances de trouver Rémi que dans l'après-midi, à l'heure de ma leçon. »

Le mulâtre, méfiant et dissimulé, soupçonna qu'on lui cachait quelque chose. Il eut comme de la joie à emmagasiner les griefs dans sa mémoire et répondit avec une bonhomie parfaite :

« Eh bien, allons déjeuner. Vous devez avoir faim, monsieur *Godet*. »

Ils déjeunèrent dans un café du boulevard. Le précepteur mangeait peu et regardait avec épouvante le mulâtre colossal avaler les viandes qui nourrissaient sa force. Jamais cet homme ne lui avait paru si grand et si large. D'énormes bras aux muscles de bronze apparaissaient sous les manchettes boutonnées d'or du Haïtien, qui parlait avec une douceur presque enfantine. Le pétillement de ses yeux cruels était amorti par des cils abaissés avec confiance. Et cette confiance ajoutait aux angoisses du précepteur. Le déjeuner traîna en liqueurs et en cigares. Il finit pourtant. Et la voiture, amenée par un garçon de café, emporta vers la rue des Feuillantines le père et le maître.

Celui-ci espérait un miracle. Il s'attendait presque à trouver, par un coup de la Providence, Rémi occupé dans sa chambre à piocher son Tacite.

La première parole de la maîtresse d'hôtel fut foudroyante.

« M. Rémi n'a pas reparu, dit-elle; il faut avertir la police. »

M. Alidor se tourna vers le précepteur en croisant les deux bras. Sa face restait brune et mate, mais ses lèvres étaient blanches et ses yeux injectés. Les dents serrées, il demanda avec une voix de gorge :

« Où est-il ? Vous me répondez de lui ! »

Puis il étendit sa forte main et saisit le bras du précepteur, qui, puisque la terre ne s'entrouvrait pas sous lui, devant le bureau de l'hôtel, leva la tête et contempla la cage de l'escalier. Jusque dans son écroulement même, il restait sublime. M. Sainte-Lucie jeta un regard de côté, vit des chandeliers de cuivre rangés sur une tablette, des clefs étiquetées et une affiche de liquoriste, choses qui témoignaient d'une civilisation européenne. S'il avait vu autour de lui des mornes[1] arides, les parois abruptes d'une ravine ou les palétuviers de son île, il aurait cédé vraisemblablement au désir voluptueux d'étrangler le précepteur. Il s'abstint par respect pour les mœurs continentales et il se contenta de dire :

« Je ne vous quitte plus que vous ne l'ayez retrouvé. »

Alors commença la série des courses en fiacre. M. Godet-Laterrasse guidait le mulâtre muet. Il dînait avec lui dans des restaurants somptueux, recevait les sourires amènes des garçons et mangeait des mets succulents. Il montait, le soir, sur des tapis sourds, l'escalier de l'hôtel, et l'ombre démesurément allongée de son compagnon inévitable montait à son côté. Il entrait dans une belle chambre dont la clef se refermait sur lui, et ne grinçait le lendemain matin que pour le rappeler à cette existence somptueuse et cruelle. Un fiacre qui les attendait dans la rue les prenait et roulait tout le jour. Ils allèrent au *Chat maigre*. Virginie étala devant le père beaucoup d'intérêt pour le fils. Elle avait reprisé, disait-elle, le linge de M. Rémi. Elle se serait jetée au feu pour lui. Elle n'était pas une femme comme il y en a tant.

« Allez voir à la morgue », ajouta-t-elle en soupirant.

Elle s'enfuit dans la cuisine pour reparaître un moment après, le nez rouge et les paupières fripées et tenant à la main une note que M. Rémi n'avait pas réglée.

Elle profita aussi de la circonstance pour rappeler à M. Godet les consommations qu'il lui devait. Mais l'homme de fer avait oublié son porte-monnaie. D'ailleurs, il ne luttait plus. Sa captivité roulante l'épuisait. Il fut traîné du *Chat maigre* à l'atelier de Labanne. Le sculpteur déclara, en caressant sa barbe rutilante, qu'il ne voyait pas encore le monument expiatoire des victimes de la tyrannie. Il étudiait la flore des Antilles. Il montra à M. Sainte-Lucie un chevalet déjà à moitié enseveli sous un amoncellement de livres.

« C'était le chevalet de Rémi, dit le sculpteur. Le gaillard commençait à peindre avec une adresse de singe.

— Mon fils est peintre ! » s'écria M. Sainte-Lucie étonné.

Et par un geste qui lui devenait familier, il poussa le précepteur dans la voiture qui les attendait. Ils allèrent à la préfecture de police; ils allèrent chez Dion, qui composait un poème sous des fleurets en croix. Une tête de mort, masquée d'un loup à barbes de dentelle, était posée sur sa bibliothèque. Ils allèrent chez Mercier, qui vivait avec une sage-femme fortement charpentée et haute en couleur. Ils allèrent au fond des Batignolles, dans l'atelier où Potrel faisait de la peinture. Ils allèrent chez une demoiselle Marie et chez une demoiselle Louise qui appela l'ancien ministre « papa » et lui fit des agaceries.

Un jour, après un excellent déjeuner, et voyant déjà le fiacre qui devait l'emporter, M. Godet-Laterrasse demanda à M. Sainte-Lucie qu'il lui fût au moins permis d'aller dans son appartement chercher une chemise et des chaussettes. Mais le père, sans lui répondre, ordonna au cocher de s'arrêter devant le premier chemisier qu'il rencontrerait.

Ce jour-là, ils allèrent chez Télémaque. Miragoane, qui n'avait jamais vu de fiacre s'arrêter devant la boutique de son maître, aboya avec inquiétude. Et quand Télémaque vit descendre l'ancien ministre de l'empereur, il fut saisi de respect et d'effroi.

« C'est vous ! mouché Sainte-Lucie. »

Il dit, se tut et sa bouche resta ouverte.

Il coulait des regards furtifs sur le fiacre, dans la crainte que Soulouque y fût caché. Mais rassuré à cet égard, il envoya un sourire à M. Godet-Laterrasse et descendit à la cave pour y chercher des bouteilles de bière.

En son absence, M. Sainte-Lucie examina le portrait qui était suspendu, dans un cadre doré, au-dessus de la stalle du comptoir.

« N'est-ce pas, mouché, que c'est quelque chose de beau ? dit le Noir, dont la tête seule passait au ras du sol. C'est mouché votre fils qui a peint mon portrait. Il est sorcier, mouché Rémi. »

Le père lança au précepteur le regard de deux prunelles chargées d'un venin noir. Ce fut tout.

Quand il apprit de l'ancien ministre que Rémi était disparu, Télémaque réfléchit longtemps. Ses yeux mi-clos, comme ceux d'un *matou qui* s'endort, sem*blai*ent consulter ceux de Miragoane. Enfin, il secoua la tête et dit avec une gravité religieuse :

« Mouché, l'amour a emporté le jeune homme. Les jeunes gens sont agités par l'amour, comme le frère Vaudou quand il danse sur la cage du serpent[1]. Une vieille femme qui fait bien la cuisine est quelque chose de bon. Mais une jolie jeune fille est aussi quelque chose de bon. »

Télémaque se tut.

« Vous savez où est mon fils ? lui dit M. Sainte-Lucie.

— Oui, mouché, lui répondit Télémaque; il est où est la jeune fille. »

On lui demanda où était la jeune fille dont il parlait.

« Je ne sais pas, mouché », répondit-il.

Et il sourit comme un petit enfant.

M. Sainte-Lucie n'en put obtenir davantage. Il poussa le précepteur avec son paquet de chemises et de chaussettes dans le fiacre et adjura Télémaque de lui faire savoir tout ce qu'il pourrait découvrir à l'égard de Rémi.

XIV

Télémaque était vêtu de noir. Il avait très bonne mine dans ses habits bourgeois et le suisse de l'hôtel lui indiqua sans hésiter l'escalier d'honneur.

« Bonjour, mouché, dit-il à M. Alidor qu'il trouva, en veston rose et en pantalon à pieds. Je sais où est mouché Rémi. Il est où est la jeune fille, et la jeune fille est à Avranches sur la mer. »

Il expliqua ensuite qu'ayant remarqué, en plusieurs occasions, que le jeune homme s'intéressait beaucoup à M. Sarriette, propriétaire à Courbevoie, il avait pensé que ce devait être à cause d'une jeune fille. Il avait appris par la bouchère et la boulangère que M. Sarriette, qui voyait peu de monde, était le tuteur d'une jeune fille, orpheline de père, qui habitait avec sa mère la rue des Feuillantines. Cette fille était jolie, disait-on. Et sachant que M. Sarriette était allé retrouver sa pupille dans un petit village près d'Avranches, Télémaque ne douta pas que mouché Rémi ne fût aussi à Avranches. Il affirma que frère Joseph, le prophète, n'eût pas mieux deviné, même après avoir dansé sur la cage du serpent.

M. Sainte-Lucie courut tirer de sa prison le précepteur, qui *commençait à s'*accoutumer à cette vie plantureuse et stupéfiante, et lui ordonna de faire ses malles. À cette cruelle ironie, M. Godet-Laterrasse regarda le plafond avec ces yeux de caniche et de martyr qui le rendaient si touchant. On lui fit acheter quelques mouchoirs par un garçon d'hôtel et il dut rouler, au côté du mulâtre, sur la ligne de Normandie.

Les deux voyageurs passèrent la nuit à Avranches. Le lendemain matin, une lumière douce argentait la baie de sable, au fond de laquelle le mont Saint-Michel mettait sa pyramide brune et dentelée. M. Sainte-Lucie entraîna M. Godet-Laterrasse jusqu'à la voiture publique qui devait les conduire au village des bains. L'ancien ministre se jeta dans le coupé et fit placer son prisonnier sous la bâche, entre deux caisses dont les angles lui entraient dans les côtes.

Arrivé sur la plage par un joli temps d'un gris tendre, M. Sainte-Lucie enferma sa victime dans une chambre d'hôtel. L'hôtelière, interrogée, répondit que M. Rémi, accompagné de M. Sarriette, était parti avec sa boîte de couleurs du côté des falaises. En effet, après dix minutes de marche, M. Alidor trouva son fils tranquillement occupé à peindre des rochers. Le père eut envie tout à la fois de l'assommer à coups de canne et de l'embrasser à tour de bras. Il ne savait lequel de ces deux désirs satisfaire quand Rémi lui sauta au cou.

Ce n'était plus le grand enfant maussade que son père avait vu quatre ans auparavant. C'était un robuste gaillard, bien éveillé et de bonne humeur. Il avait la mine ouverte et souriante.

« Quel bonheur que vous soyez venu, papa ! s'écria-t-il. J'allais vous écrire. M. Sarriette, que je vous présente, vous présentera à Mme et à Mlle Lourmel. »

M. Sarriette cessa de mesurer la falaise avec son parapluie et salua.

Le soir, sous l'innombrable armée des étoiles, *M. Alidor* Sainte-Lucie, paré de toutes ses grâces créoles, offrait le bras à Mme Lourmel pour faire un tour de promenade sur la plage.

Rémi marchait à côté de Jeanne et regardait les ombres bleues de la nuit descendre des cils de la jeune fille sur ses joues rondes. Elle tourna sur le jeune homme ses yeux frais comme des violettes trempées de rosée, et, laissant voir ses dents sur lesquelles descendait un rayon de lune, elle dit :

« Maman ne comprenait pas du tout, mais pas du

tout pourquoi vous étiez parti en voyage en même temps que nous, sans chapeau, avec des pantoufles et un veston. Mais moi j'ai bien compris que c'était parce que vous vouliez m'épouser. »

M. Alidor, resté seul avec son fils, lui dit d'un ton moitié tendre, moitié bourru :

« Elle est très bien, cette jeune fille. Tu n'en méritais pas une pareille. J'ai eu bien tort de ne pas raconter à Mme Lourmel la vie que tu as menée à Paris, polisson. Sais-tu peindre au moins ? »

Tout à coup, il se frappa le front.

« Et cet imbécile de Godet que j'ai laissé enfermé dans sa chambre ! » s'écria-t-il.

Appendice

PRÉFACE À L'ÉDITION CALMANN-LÉVY DE 1879

À M. Charles Edmond[1].

Cher Monsieur,

J'aurais voulu vous offrir quelque récit généreux, comme vous savez si bien en faire. *Jocaste*, que je vous prie d'accepter, est plein de trouble et de violence. C'est une histoire scélérate, et de tous les personnages qui s'y trouvent mêlés, les meilleurs ne sont pas tout à fait purs.

J'y ai joint une petite chronique que nous nommerons, si vous voulez, *Le Chat maigre*, et dans laquelle il n'y a que des fous. Un des plus puissants créateurs de ce siècle[2] disait un jour à un homme raisonnable : « Les fous seuls m'amusent. » Puissent les miens vous divertir philosophiquement une heure, au coin de votre feu !

Combien vous fûtes mieux inspiré quand, le jour des Morts, vous avez suivi dans quelque village d'Alsace un vieux maître d'école et un vieux forestier[3] ! Ils portaient l'un et l'autre une couronne sur une tombe ; puis, comme ils étaient seuls au monde en ce jour de pieux souvenirs, sous un ciel sombre et agité, ils s'en allèrent souper ensemble dans la maison forestière.

Vous les avez surpris l'un et l'autre dans la robuste innocence de leur âme, et tout ce que vous avez rapporté de leurs entretiens est bon, et fait éprouver ce doux rafraîchissement — *dulce refrigerium* — dont parlent les marbres funéraires des premiers chrétiens de Rome.

Votre maître d'école et votre forestier, bien qu'endurcis par l'âge et les travaux de la vie, portent sans le savoir un cœur tendre et gonflé de délicieux souvenirs. Les poètes nous parlent de ces vieux chênes creux qu'habite un essaim d'abeilles et dont l'écorce rugueuse dégoutte de miel. La mémoire de votre excellent *magister* est pleine de naïves et touchantes histoires. Il y a surtout une petite fille dont il ne parle qu'avec ravissement, et dont il cite des mots admirables. J'en veux rapporter un pour les personnes qui liront cette lettre après vous.

« Je posai la petite à terre (c'est le maître d'école qui parle) et, la main dans la main, nous reprîmes le chemin ensemble. Force m'a été alors de lui raconter le malheur qui venait de me frapper. " Plus de fête pour aujourd'hui, ma mignonne, lui dis-je à la fin; nous sommes en deuil. Mon frère — tu l'as bien connu, il t'aimait bien, il t'apportait des joujoux —, le voilà mort. On le déposera sous terre. Ne pleure donc pas, ma chérie; c'est à moi seul de pleurer. Oui, il est mort. Que veux-tu ? Il faut en prendre son parti. Quant à la fête, nous la remettrons à l'année prochaine. Tu ne perdras rien à l'attendre. " L'enfant s'arrêta court, et, fixant sur moi ses grands yeux bleus effarés : " L'année prochaine, me dit-elle, ton frère ne sera donc plus mort[1] ? " »

Comme ce mot, avec sa droiture naïve et sa sublime ignorance, nous entre avant dans l'âme ! Et l'on sait à Bellevue une petite créature surnommée bien justement l'*Éléphant*, car elle se serait aisément cachée l'an passé dans le manchon de sa marraine, qui jette en babillant des mots d'une limpidité profonde, comme celui que vous avez si bien noté.

J'ai appris une simple histoire d'enfant que j'aurais eu plaisir à vous dédier. Mais celle-là, bien que je la connaisse dans ses plus fins détails, je ne l'écrirai jamais. Elle rappellerait en plus d'un endroit les scènes délicieuses de Blunderstone la Rookery, et mes personnages, si vrais qu'ils fussent, pâliraient et s'effaceraient comme de vaines ombres auprès des hôtes à jamais charmants du cottage de Dickens. Après tout, puisque je vous parle en ce moment, je puis bien vous dire cette histoire qui ne sera jamais écrite. La voici :

[Ici se lisait la nouvelle intitulée "André", qu'on trouvera dans Le Livre de mon ami[2].*]*

Voilà en quelques traits l'histoire que je n'écrirai pas. Elle est vraie. Recevez, faute de mieux, celles que j'ai écrites, je ne sais trop comment ni pourquoi. Le conteur est comme cette amie du vieux poète Mellin de Saint-Gelais, qui avait plus de lunes en la tête qu'il n'y a de barques à Venise. J'avais assurément une lune rousse dans le cerveau quand je rédigeai, d'après des témoignages authentiques, le récit dont le titre, *Jocaste*, est dû à une circonstance à la fois très simple et très singulière. Quant à la lune du *Chat maigre*, c'est celle qui se lève toute rouge sur les gouttières de Paris. Celle-là est sans terreurs et n'a rien de mystérieux. Je vous prie de recevoir ces deux récits comme un faible témoignage de gratitude et d'affection.

A. F.

LE CRIME
DE SYLVESTRE BONNARD
MEMBRE DE L'INSTITUT

Première partie

LA BÛCHE

24 décembre 1861[a].

J'avais chaussé mes pantoufles et endossé ma robe de chambre. J'essuyai une larme dont la bise qui soufflait sur le quai avait obscurci ma vue. Un feu clair flambait dans la cheminée de mon cabinet de travail. Des cristaux de glace, en forme de feuilles de fougère, fleurissaient les vitres des fenêtres et me cachaient la Seine, ses ponts et le Louvre des Valois[1].

J'approchai du foyer mon fauteuil et ma table volante, et je pris au feu la place qu'Hamilcar daignait me laisser. Hamilcar, à la tête des chenêts, sur un coussin de plume, était couché en rond, le nez entre ses pattes. Un souffle égal soulevait sa fourrure épaisse et légère. À mon approche, il coula doucement ses prunelles d'agate entre ses paupières mi-closes qu'il referma presque aussitôt, en songeant : « Ce n'est rien, c'est mon ami. »

« Hamilcar ! lui dis-je, en allongeant les jambes, *Hamilcar*, prince somnolent de la cité des livres[2], gardien nocturne ! tu défends[b] contre de vils rongeurs les manuscrits et les imprimés que le vieux savant acquit au prix d'un modique pécule et d'un zèle infatigable. Dans cette bibliothèque silencieuse, que protègent[c] tes vertus militaires, Hamilcar, dors avec la mollesse d'une sultane ! Car tu réunis en ta personne l'aspect formidable d'un guerrier tartare à la grâce appesantie d'une femme d'Orient. Héroïque et voluptueux Hamilcar, dors en attendant l'heure où les souris danseront, au clair de la lune, devant les *Acta sanctorum* des doctes Bollandistes[1]. »

Le commencement de ce discours plut à Hamilcar, qui l'accompagna d'un bruit de gorge pareil au chant d'une bouilloire. Mais ma voix s'étant élevée, Hamilcar m'avertit, en abaissant les oreilles et en plissant la peau zébrée de son front, qu'il était malséant de déclamer ainsi. Et il songeait :

« Cet homme aux bouquins parle[a] pour ne rien dire, tandis que notre gouvernante ne prononce jamais que des paroles pleines de sens, pleines de choses, contenant soit l'annonce d'un repas, soit la promesse d'une fessée. On sait ce qu'elle dit. Mais ce vieillard assemble des sons qui ne signifient rien. »

Ainsi pensait Hamilcar. Le laissant à ses réflexions, j'ouvris un livre que je lus avec intérêt, car c'était un catalogue de manuscrits. Je ne sais pas de lecture plus facile, plus attrayante, plus douce que celle d'un catalogue. Celui que je lisais, rédigé en 1824, par M. Thompson[2], bibliothécaire de sir Thomas Raleigh, pèche, il est vrai, par un excès de brièveté et ne présente point ce genre d'exactitude que les archivistes de ma génération introduisirent les premiers dans les ouvrages de diplomatique et de paléographie. Il laisse à désirer et à deviner. C'est peut-être pourquoi j'éprouve, en le lisant, un sentiment qui, dans une nature plus imaginative que la mienne, mériterait le nom de rêverie. Je m'abandonnais doucement au vague de mes pensées quand ma gouvernante m'annonça d'un ton maussade que M. Coccoz[3] demandait à me parler.

Quelqu'un en effet se coula derrière elle dans la bibliothèque. C'était un petit homme, un pauvre petit homme, de mine chétive, et vêtu d'une mince jaquette. Il s'avança vers moi en faisant une quantité de petits saluts et de petits sourires. Mais il était bien pâle, et, quoique jeune et vif encore, il semblait malade. Je songeai, en le voyant, à un écureuil blessé. Il portait sous son bras une toilette verte qu'il posa sur une chaise; puis, défaisant les quatre oreilles de la toilette, il découvrit un tas de petits livres jaunes.

« Monsieur, me dit-il alors, je n'ai pas l'honneur d'être connu de vous. Je suis courtier en librairie, monsieur. Je fais la place pour les principales maisons de la capitale, et, dans l'espoir que vous voudrez bien m'honorer de votre confiance, je prends la liberté de vous offrir quelques nouveautés. »

Dieux bons ! dieux justes ! quelles nouveautés m'offrit l'homonculus[1] Coccoz ! Le premier volume qu'il me mit dans la main fut l'*Histoire de la Tour de Nesle*[2], avec les amours de Marguerite de Bourgogne et du capitaine Buridan.

« C'est un livre historique, me dit-il en souriant, un livre d'histoire véritable.

— En ce cas, répondis-je, il est très ennuyeux, car les livres d'histoire qui ne mentent pas sont tous fort maussades. J'en écris moi-même de véridiques, et si, pour votre malheur, vous présentiez quelqu'un de ceux-là de porte en porte, vous risqueriez de le garder toute votre vie dans votre serge verte, sans jamais trouver une cuisinière assez mal avisée pour vous l'acheter.

— Certainement, monsieur », me répondit le petit homme, par pure complaisance.

Et, tout en souriant, il m'offrit les *Amours d'Héloïse et d'Abeilard*[3], mais je lui fis comprendre qu'à mon âge je n'avais que faire d'une histoire d'amour.

Souriant encore, il me proposa la *Règle des jeux de société* : piquet, bésigue, écarté, whist, dés, dames, échecs.

« Hélas ! lui dis-je, si vous voulez me rappeler les règles du bésigue, rendez-moi mon vieil ami Bignan, avec qui je jouais aux cartes, chaque soir, avant que les cinq académies l'eussent conduit solennellement au cimetière, ou bien encore abaissez à la frivolité des jeux humains la grave intelligence d'Hamilcar que vous voyez dormant sur ce coussin, car il est aujourd'hui le seul compagnon de mes soirées. »

Le sourire du petit homme devint vague et effaré.

« Voici, me dit-il, un recueil nouveau de divertissements de société, facéties et calembours, avec les moyens de changer une rose rouge en rose blanche. »

Je lui dis que j'étais depuis longtemps brouillé avec les roses et que, quant aux facéties, il me suffisait de celles que je me permettais, sans le savoir, dans le cours de mes travaux scientifiques.

L'homonculus m'offrit son dernier livre avec son dernier sourire. Il me dit :

« Voici la *Clef des songes*, avec l'explication de tous les rêves qu'on peut faire : rêve d'or, rêve de voleur, rêve de mort, rêve qu'on tombe du haut d'une tour... C'est complet ! »

J'avais saisi les pincettes, et c'est en les agitant avec vivacité que je répondis à mon visiteur commercial :

« Oui, mon ami, mais ces songes et mille autres encore, joyeux et tragiques, se résument en un seul : le songe de la vie; et votre petit livre jaune me donnera-t-il la clef de celui-là ?

— Oui, monsieur, me répondit l'homonculus. Le livre est complet et pas cher : un franc vingt-cinq centimes, monsieur. »

Je ne poussai pas plus loin mon entretien avec le colporteur. Que mes paroles aient été prononcées telles que je les rapporte, je n'oserais l'affirmer. Peut-être les ai-je quelque peu amplifiées en les mettant par écrit. Il est bien difficile d'observer, même en un journal, la vérité littérale. Mais si ce ne fut mon discours, c'était ma pensée.

J'appelai[a] ma gouvernante, car il n'y a pas de sonnette en mon logis.

« Thérèse, dis-je, M. Coccoz, que je vous prie de reconduire, possède un livre qui peut vous intéresser : c'est la *Clef des songes*. Je serai heureux de vous l'offrir. »

Ma gouvernante me répondit :

« Monsieur, quand on n'a pas le temps de rêver éveillée, on n'a pas davantage le temps de rêver endormie, Dieu merci ! mes jours suffisent à ma tâche, et ma tâche suffit à mes jours, et je puis dire chaque soir : " Seigneur, bénissez le repos que je vais prendre ! " Je ne songe ni debout ni couchée, et je ne prends pas mon édredon pour un diable, comme cela arriva à ma cousine. Et si vous me permettez de donner mon avis, je dirai que nous avons assez de livres ici. *Monsieur* en a des mille et des mille qui lui font perdre la tête, et moi j'en ai deux qui me *suffisent*, mon Paroissien et ma *Cuisinière*[b] *bourgeoise*[1]. »

Ayant ainsi parlé, ma gouvernante aida le petit homme à renfermer sa pacotille dans la toilette verte.

L'homonculus Coccoz ne souriait plus. Ses traits détendus prirent une telle expression de souffrance que je fus aux regrets d'avoir raillé un homme aussi malheureux. Je le rappelai et lui dis que j'avais lorgné du coin de l'œil l'*Histoire d'Estelle et de Némorin*[1], dont il possédait un exemplaire; que j'aimais beaucoup les bergers et les bergères et que j'achèterais volontiers, à un prix raisonnable, l'histoire de ces deux parfaits amants.

« Je vous vendrai ce livre un franc vingt-cinq, monsieur, me répondit Coccoz, dont le visage rayonnait de joie. C'est historique et vous en serez content. Je sais maintenant ce qui vous convient. Je vois que vous êtes un connaisseur. Je vous apporterai demain les *Crimes des papes*[2]. C'est un bon ouvrage. Je vous apporterai l'édition d'amateur, avec les figures coloriées. »

Je l'invitai à n'en rien faire et le renvoyai content. Quand la toilette verte se fut évanouie avec le colporteur dans l'ombre du corridor, je demandai à ma gouvernante d'où nous était tombé ce pauvre petit homme.

« Tombé est le mot, me répondit-elle; il nous est tombé des toits, monsieur, où il habite avec sa femme.

— Il a une femme, dites-vous, Thérèse ? Cela est merveilleux ! Les femmes sont de bien étranges créatures. Celle-ci doit être une pauvre petite femme.

— Je ne sais trop ce qu'elle est, me répondit Thérèse, mais je la vois chaque matin traîner dans l'escalier des robes de soie tachées de graisse. Elle coule des yeux luisants. Et, en bonne justice, ces yeux et ces robes-là conviennent-ils à une femme qu'on a reçue par charité ? Car on les a pris dans le grenier pendant le temps qu'on répare le toit, en considération de ce que le mari est malade et la femme dans un état intéressant. La concierge dit même que ce matin elle a senti les douleurs et qu'elle est alitée à cette heure. Ils avaient bien besoin d'avoir un enfant !

— Thérèse, répondis-je, ils n'en avaient sans doute nul besoin. Mais la nature voulait qu'ils en fissent un; elles les a fait tomber dans son piège. Il faut une prudence exemplaire pour déjouer les ruses de la nature. Plaignons-les et ne les blâmons pas ! Quant aux robes de soie, il n'est pas de jeune femme qui ne les aime. Les filles d'Ève adorent la parure. Vous-même, Thérèse, qui êtes grave et sage, quels cris vous poussez quand il vous manque un tablier blanc pour servir à table ! Mais, dites-moi, ont-ils le nécessaire dans leur grenier ?

— Et comment l'auraient-ils, monsieur ? Le mari, que vous venez de voir, était courtier en bijouterie, à ce que m'a dit la concierge, et on ne sait pas pourquoi il ne vend plus de montres. Il vend maintenant des almanachs. Ce n'est pas là un métier honnête, et je ne croirai jamais que Dieu bénisse un marchand d'almanachs. La femme, entre nous, m'a tout l'air d'une propre à rien, d'une Marie-couche-toi-là. Je la crois capable d'élever un enfant comme moi de jouer de la guitare. On ne sait d'où cela vient, mais je suis certaine qu'ils arrivent par le coche de Misère du pays de Sans-Souci.

— D'où qu'ils viennent, Thérèse, ils sont malheureux, et leur grenier est froid.

— Pardi ! le toit est crevé en plusieurs endroits et la pluie du ciel y coule en rigoles. Ils n'ont ni meubles ni linge. L'ébéniste et le tisserand ne travaillent pas, je pense, pour des chrétiens de cette confrérie-là !

— Cela est fort triste, Thérèse, et voilà une chrétienne moins bien pourvue que ce païen d'Hamilcar. Que dit-elle ?

— Monsieur, je ne parle jamais à ces gens-là. Je ne sais ce qu'elle dit, ni ce qu'elle chante. Mais elle chante toute la journée. Je l'entends de l'escalier quand j'entre ou quand je sors.

— Eh bien ! l'héritier des Coccoz pourra dire comme l'œuf, dans la devinette villageoise : " Ma mère me fit en chantant. " Pareille chose advint à Henri IV. Quand Jeanne d'Albret[1] se sentit prise des douleurs, elle se mit à chanter un vieux cantique béarnais :

Notre-Dame du bout du pont,
Venez à mon aide en cette heure !
Priez le Dieu du ciel
Qu'il me délivre vite,
Qu'il me donne un garçon !

Il est évidemment déraisonnable de donner la vie à des malheureux. Mais cela se fait journellement, ma pauvre Thérèse, et tous les philosophes du monde ne parviendront pas à réformer cette sotte coutume. Mme Coccoz l'a suivie et elle chante. Voilà qui est bien ! Mais, dites-moi, Thérèse, n'avez-vous pas mis aujourd'hui le pot-au-feu ?

— Je l'ai mis, monsieur, et même il n'est que temps que j'aille l'écumer.

— Fort bien ! mais ne manquez point, Thérèse, de tirer de la marmite un bon bol de bouillon, que vous porterez à Mme Coccoz, notre hypervoisine. »

Ma gouvernante allait se retirer quand j'ajoutai fort à propos :

« Thérèse, veuillez donc, avant tout, appeler votre ami le commissionnaire, et dites-lui de prendre dans notre bûcher une bonne crochetée de bois qu'il montera au grenier des Coccoz. Surtout qu'il ne manque pas de mettre dans son tas une maîtresse bûche, une vraie bûche de Noël. Quant à l'homonculus, je vous prie, s'il revient, de le consigner poliment à ma porte, lui et tous ses livres jaunes. »

Ayant pris ces petits arrangements avec l'égoïsme raffiné d'un vieux célibataire, je me remis à lire mon catalogue.

Avec quelle surprise, quelle émotion, quel trouble j'y vis cette mention, que je ne puis transcrire sans que ma main tremble :

« *La Légende dorée*[1] *de Jacques de Gênes (Jacques de Voragine), traduction française, petit in-4°.*

« Ce manuscrit, du XIVe siècle, contient, outre la traduction assez complète de l'ouvrage célèbre de Jacques de Voragine : 1° les légendes des saints Ferréol, Ferrution, Germain, Vincent et Droctovée; 2° un poème sur la *Sépulture miraculeuse de Monsieur saint Germain d'Auxerre*. Cette traduction, ces légendes et ce poème sont dus au clerc Jean Toutmouillé[a].

« Le manuscrit est sur vélin. Il contient un grand nombre de lettres ornées et deux miniatures finement exécutées, mais dans un mauvais état de conservation; l'une représente la *Purification de la Vierge*, et l'autre le *Couronnement de Proserpine*. »

Quelle découverte ! La sueur m'en vint au front,

et mes yeux se couvrirent d'un voile. Je tremblai, je rougis, et ne pouvant plus parler, j'éprouvai le besoin de pousser un grand cri.

Quel trésor ! J'étudie depuis quarante ans la Gaule chrétienne et spécialement cette glorieuse abbaye de Saint-Germain-des-Prés d'où sortirent ces rois-moines qui fondèrent notre dynastie nationale. Or, malgré la coupable insuffisance de la description, il était évident pour moi que ce manuscrit provenait de la grande abbaye. Tout me le prouvait : les légendes ajoutées par le traducteur se rapportaient toutes à la pieuse fondation du roi Childebert[1]. La légende de saint Droctovée était particulièrement significative, car c'est celle du premier abbé de ma chère abbaye. Le poème en vers français, relatif à la sépulture de saint Germain, me conduisait dans la nef même de la vénérable basilique, qui fut le nombril de la Gaule chrétienne.

La *Légende dorée* est par elle-même un vaste et gracieux ouvrage. Jacques de Voragine[2], définiteur de l'ordre de saint Dominique et archevêque de Gênes, assembla, au XIIIe siècle, les traditions relatives aux saints de la catholicité, et il en forma un recueil d'une telle richesse qu'on s'écria dans les monastères et dans les châteaux : « C'est la légende dorée ! » La *Légende dorée* est surtout opulente en hagiographie italienne. Les Gaules, les Allemagnes, l'Angleterre y ont peu de place. Voragine[a] n'aperçoit qu'à travers une froide brume les plus grands saints de l'Occident. Aussi les traducteurs aquitains, germains et saxons[b] de ce bon légendaire prirent-ils le soin d'ajouter à son récit les vies de leurs saints nationaux.

J'ai lu et collationné bien des manuscrits de la *Légende dorée*. Je connais ceux que décrit mon savant collègue, M. Paulin Paris, dans son beau catalogue des manuscrits de la bibliothèque du roi. Il y en a deux notamment qui ont fixé mon attention. L'un est du XIVe siècle et contient une traduction de Jean Belet; l'autre, plus jeune d'un siècle, renferme la version de Jacques Vignay[3]. *Ils proviennent tous* deux du fonds Colbert et furent placés sur les tablettes de cette glorieuse Colbertine par les soins du bibliothécaire Baluze[4], dont je ne puis prononcer le nom sans ôter mon bonnet, car, dans le siècle des géants de l'érudition, Baluze étonne par sa grandeur. Je connais un très curieux codex du fonds Bigot[1]; je connais soixante-quatorze éditions imprimées[2], à commencer par leur vénérable aïeule à toutes, la gothique de Strasbourg, qui fut commencée en 1471, et terminée en 1475. Mais aucun de ces manuscrits, aucune de ces éditions ne contient les légendes des saints Ferréol, Ferrution, Germain, Vincent et Droctovée, aucun ne porte le nom de Jean Toutmouillé, aucun enfin ne sort de l'abbaye de Saint-Germain-des-Prés. Ils sont tous au manuscrit décrit par M. Thompson ce que la paille est à l'or. Je voyais de mes yeux, je touchais du doigt un témoignage irrécusable de l'existence de ce document. Mais le document lui-même, qu'était-il devenu ? Sir Thomas Raleigh était allé finir sa vie sur les bords du lac de Côme où il avait emporté une partie de ses nobles richesses. Où donc s'en étaient-elles allées, après la mort de cet élégant curieux ? Où donc s'en était allé le manuscrit de Jean Toutmouillé ?

« Pourquoi, me dis-je, pourquoi ai-je appris que ce précieux livre existe, si je dois ne le posséder, ne le voir jamais ? J'irais le chercher au cœur brûlant de l'Afrique ou dans les glaces du pôle si je savais qu'il y fût. Mais je ne sais où il est. Je ne sais s'il est gardé dans une armoire de fer, sous une triple serrure, par un jaloux bibliomane; je ne sais s'il moisit dans le grenier d'un ignorant. Je frémis à la pensée que, peut-être, ses feuillets arrachés couvrent les pots de cornichons de quelque ménagère. »

30 août 1862[a].

Une lourde chaleur ralentissait mes pas. Je rasais les murs des quais du nord, et, dans l'ombre tiède, les boutiques de vieux livres, d'estampes et de meubles anciens amusaient mes yeux[b] et parlaient à mon esprit. Bouquinant et flânant, je goûtais au passage quelques vers haut sonnants d'un poète de la Pléiade, je lorgnais une élégante mascarade de Watteau; je tâtais de l'œil une épée à deux mains, un gorgerin d'acier, un morion. Quel casque épais et quelle lourde cuirasse, seigneur ! Vêtement de géant ? Non; carapace d'insecte. Les hommes d'alors étaient cuirassés comme des hannetons; leur faiblesse était en dedans. Tout au contraire, notre force est intérieure, et notre âme armée habite un corps débile.

Voici le pastel d'une dame du vieux temps; la figure, effacée comme une ombre, sourit; et l'on voit une main gantée de mitaines à jour retenir sur des genoux de satin un bichon enrubanné. Cette image me remplit d'une tristesse charmante[a]. Que ceux qui n'ont point dans leur âme un pastel à demi effacé se moquent de moi !

Comme les chevaux qui sentent l'écurie, je hâte le pas à l'approche de mon logis. Voici la ruche humaine où j'ai ma cellule pour y distiller le miel un peu âcre de l'érudition. Je gravis d'un pas lourd les degrés de mon escalier. Encore quelques marches et je suis à ma porte. Mais je devine, plutôt que je ne la vois, une robe qui descend avec un bruit de soie froissée. Je m'arrête et m'efface contre la rampe. La femme qui vient[b] est en cheveux[1]; elle est jeune, elle chante; ses yeux et ses dents brillent dans l'ombre, car elle rit de la bouche et du regard. C'est assurément une voisine et des plus familières. Elle tient dans ses bras un joli enfant, un petit garçon tout nu, comme un fils de déesse; il porte au cou une médaille attachée par une chaînette d'argent. Je le vois qui suce ses pouces et me regarde avec ses grands yeux ouverts sur ce vieil univers nouveau pour lui. La mère me regarde en même temps d'un air mystérieux et mutin ; elle s'arrête[c], rougit à ce que je crois, et me tend la petite créature. Le bébé a un joli pli entre le poignet et le bras, un pli au cou; et de la tête aux pieds ce sont de jolies fossettes qui rient dans la chair rose.

La maman me le montre avec orgueil :

« Monsieur, me dit-elle d'une voix mélodieuse, n'est-ce pas[d] qu'il est bien joli, mon petit garçon ? »

Elle lui prend la main, la lui met sur la bouche, puis conduit vers moi les mignons doigts roses, en disant :

« Bébé, envoie un baiser au monsieur. Le monsieur est bon; il ne veut pas que les petits enfants aient froid. Envoie-lui un baiser. »

Et, serrant le petit être[e] dans ses bras, elle s'échappe avec l'agilité d'une chatte et s'enfonce dans un corridor qui, si j'en crois l'odeur, mène à une cuisine.

J'entre chez moi.

« Thérèse, qui peut donc être cette jeune mère que j'ai vue nu-tête dans l'escalier avec un joli petit garçon ? »

Et Thérèse me répond que c'est Mme Coccoz.

Je regarde le plafond comme pour y chercher quelque lumière. Thérèse me rappelle le petit colporteur qui, l'an passé, m'apporta des almanachs pendant que sa femme accouchait.

« Et Coccoz ? » demandai-je.

Il me fut répondu que je ne le verrais plus. Le pauvre petit homme avait été mis en terre, à mon insu et à l'insu de bien d'autres personnes, peu de temps après l'heureuse délivrance de Mme Coccoz. J'appris que sa veuve s'était consolée; je fis comme elle.

« Mais, Thérèse, demandai-je, Mme Coccoz ne manque-t-elle de rien dans son grenier ?

— Vous seriez une grande dupe, monsieur, me répondit ma gouvernante, si vous preniez souci de cette créature. On lui a donné congé du grenier dont le toit est réparé. Mais elle y reste malgré le propriétaire, le gérant, le concierge et l'huissier. Je crois qu'elle les a ensorcelés tous. Elle sortira de son grenier, monsieur, quand il lui plaira, mais elle en sortira en carrosse. C'est moi qui vous le dis. »

Thérèse réfléchit un moment; puis elle prononça cette sentence :

« Une jolie figure est une malédiction du ciel ! »

Bien que sachant à n'en point douter que Thérèse avait été laide et dépourvue de tout agrément dès sa jeune saison, je hochai la tête et lui dis avec une détestable malice :

« Hé ! hé ! Thérèse, j'ai appris que vous aussi vous eûtes en votre temps une jolie figure. »

Il ne faut tenter nulle créature au monde, fût-ce la plus sainte.

Thérèse baissa les yeux et répondit :

« Sans être ce qu'on appelle jolie, je ne déplaisais pas. Et si j'avais voulu j'aurais fait comme les autres.

— Qui donc en oserait douter ? Mais prenez ma canne[a] et mon chapeau. Je vais lire, pour me récréer, quelques pages du Moréri[1]. Si j'en crois mon flair de vieux renard, nous aurons à dîner une poularde d'un fumet délicat. Donnez vos soins, ma fille, à cette estimable volaille et épargnez le prochain afin qu'il nous épargne, vous et votre vieux maître. »

Ayant ainsi parlé, je m'appliquai à suivre les rameaux touffus d'une généalogie princière.

7 mai 1863[a].

J'ai passé l'hiver au gré des sages, *in angello cum libello*[1], et voici que les hirondelles du quai Malaquais me trouvent à leur retour tel à peu près qu'elles m'ont laissé. Qui vit peu change peu, et ce n'est guère vivre que d'user ses jours sur de vieux textes.

Pourtant je me sens aujourd'hui un peu plus imprégné que jamais de cette vague tristesse que distille la vie[2]. L'économie de mon intelligence (je n'ose me l'avouer à moi-même) est troublée depuis l'heure caractéristique à laquelle l'existence du manuscrit de Jean Toutmouillé m'a été révélée.

Il est étrange que, pour quelques feuillets de vieux parchemin, j'aie perdu le repos; mais rien n'est plus vrai. Le pauvre sans désirs possède le plus grand des trésors; il se possède lui-même. Le riche qui convoite n'est qu'un esclave misérable. Je suis cet esclave-là. Les plaisirs les plus doux, celui de causer avec un homme d'un esprit fin et modéré, celui de dîner avec un ami ne me font pas oublier le manuscrit, qui me manque depuis que je sais qu'il existe. Il me manque le jour, il me manque la nuit; il me manque dans la joie et dans la tristesse; il me manque dans le travail et dans le repos.

Je me rappelle mes désirs d'enfant. Comme je comprends aujourd'hui les envies toutes-puissantes de mon premier âge !

Je revois avec une singulière précision une poupée qui, lorsque j'avais dix ans[b], s'étalait dans une méchante boutique de la rue de Seine. Comment il arriva que cette poupée me plut, je ne sais. J'étais très fier d'être un garçon; je méprisais les petites filles et j'attendais avec impatience le moment (qui hélas ! est venu) où une barbe piquante[c] me hérisserait le menton. Je jouais aux soldats et, pour nourrir mon cheval à bascule, je ravageais les plantes que ma pauvre mère cultivait sur sa fenêtre. C'était là des jeux mâles, je pense ! Et pourtant j'eus envie d'une poupée. Les Hercules ont de ces faiblesses. Celle que j'aimais était-elle belle au moins ? Non. Je la vois encore. Elle avait une tache de vermillon sur chaque joue, des bras mous et courts, d'horribles mains de bois et de longues jambes écartées. Sa jupe à fleurs était fixée à la taille par deux épingles. Je vois encore les têtes noires de ces deux épingles. C'était une poupée de mauvais ton, sentant le faubourg. Je me rappelle bien que, tout bambin que j'étais et n'ayant pas encore usé beaucoup de culottes[a], je sentais, à ma manière, mais très vivement, que cette poupée manquait de grâce, de tenue; qu'elle était grossière, qu'elle était brutale. Mais je l'aimais malgré cela, je l'aimais pour cela. Je n'aimais qu'elle. Je la voulais. Mes soldats et mes tambours ne m'étaient plus de rien. Je ne mettais plus dans la bouche de mon cheval à bascule des branches d'héliotrope et de véronique. Cette poupée était tout pour moi. J'imaginais des ruses de sauvage pour obliger Virginie, ma bonne, à passer avec moi devant la petite boutique de la rue de Seine. J'appuyais mon nez à la vitre et il fallait que ma bonne me tirât par le bras. « Monsieur Sylvestre, il est tard et votre maman vous grondera. » M. Sylvestre se moquait bien alors des gronderies et des fessées. Mais sa bonne l'enlevait comme une plume, et M. Sylvestre cédait à la force. Depuis, avec l'âge, il s'est gâté et cède à la crainte. Il ne craignait rien alors.

J'étais malheureux. Une honte irréfléchie mais irrésistible m'empêchait d'avouer à ma mère l'objet de mon amour. De là mes souffrances. Pendant quelques jours la poupée, sans cesse présente à mon esprit, dansait devant mes yeux, me regardait fixement, m'ouvrait les bras, prenait dans mon imagination une sorte de vie qui me la rendait mystérieuse et terrible, et d'autant plus chère et plus désirable.

Enfin, un jour, jour que je n'oublierai jamais, ma bonne me conduisit chez mon oncle, le capitaine Victor[1], qui m'avait invité à déjeuner. J'admirais beaucoup mon oncle, le capitaine, tant parce qu'il avait brûlé la dernière cartouche française à Waterloo que parce qu'il apprêtait de ses propres mains, à la table de ma mère, des chapons à l'ail, qu'il mettait ensuite dans la salade de chicorée. Je trouvais cela très beau. Mon oncle Victor m'inspirait aussi beaucoup de considération par ses redingotes à brandebourgs et surtout par une certaine manière de mettre toute la maison sens dessus dessous dès qu'il y entrait. Encore aujourd'hui, je ne sais trop comment il s'y prenait, mais j'affirme que, quand mon oncle Victor se trouvait dans une assemblée de vingt personnes, on ne voyait, on n'entendait que lui. Mon excellent père ne partageait pas, à ce que je crois, mon admiration pour l'oncle Victor, qui l'empoisonnait avec sa pipe, lui donnait par amitié de grands coups de poing dans le dos et l'accusait de manquer d'énergie. Ma mère, tout en gardant au capitaine une indulgence de sœur, l'invitait parfois à moins caresser les flacons d'eau-de-vie. Mais je n'entrais ni dans ces répugnances ni dans ces reproches, et l'oncle Victor m'inspirait le plus pur enthousiasme. C'est donc avec un sentiment d'orgueil que j'entrai dans le petit logis qu'il habitait rue Guénégaud. Tout le déjeuner, dressé sur un guéridon au coin du feu, consistait en charcuterie et en sucreries.

Le capitaine me gorgea de gâteaux et de vin pur. Il me parla des nombreuses injustices dont il avait été victime. Il se plaignit surtout des Bourbons, et comme il négligea de me dire qui étaient les Bourbons, je m'imaginai, je ne sais trop pourquoi, que les Bourbons étaient des marchands de chevaux établis à Waterloo. Le capitaine, qui ne s'interrompait que pour nous verser à boire, accusa par surcroît une quantité de morveux, de jean-fesse et de propres-à-rien que je ne connaissais pas du tout et que je haïssais de tout mon cœur. Au dessert, je crus entendre dire au capitaine que mon père était un homme que l'on menait par le bout du nez; mais je ne suis pas bien sûr d'avoir compris. J'avais des bourdonnements dans les oreilles, et il me semblait que le guéridon dansait.

Mon oncle mit sa redingote à brandebourgs, prit son chapeau tromblon[1], et nous descendîmes dans la rue, qui m'avait l'air extraordinairement changée. Il me semblait qu'il y avait très longtemps que je n'y étais venu. Toutefois, quand nous fûmes dans la rue de Seine, l'idée de ma poupée me revint à l'esprit et me causa une exaltation extraordinaire. Ma tête était en feu. Je résolus de tenter un grand coup. Nous passâmes devant la boutique; elle était là, derrière la vitre, avec ses joues rouges, avec sa jupe à fleurs et ses grandes jambes.

« Mon oncle, dis-je avec effort, voulez-vous m'acheter cette poupée ? »

Et j'attendis.

« Acheter une poupée à un garçon, sacrebleu ! s'écria mon oncle d'une voix de tonnerre. Tu veux donc te déshonorer ! Et c'est cette Margot-là encore qui te fait envie. Je te fais compliment, mon bonhomme. Si tu gardes ces goûts-là, et si à vingt ans tu choisis tes poupées comme à dix, tu n'auras guère[a] d'agrément dans la vie, je t'en préviens, et les camarades diront que tu es un fameux jobard. Demande-moi un sabre, un fusil, je te les payerai, mon garçon, sur le dernier écu blanc de ma pension de retraite. Mais te payer une poupée, mille tonnerres ! pour te couvrir de honte ! Jamais de la vie ! Si je te voyais jouer avec une margoton ficelée comme celle-là, monsieur le fils de ma sœur, je ne vous reconnaîtrais plus pour mon neveu. »

En entendant ces paroles, j'eus le cœur si serré que l'orgueil, un orgueil diabolique, m'empêcha seul de pleurer.

Mon oncle, subitement calmé, revint à ses idées sur les Bourbons; mais moi, resté sous le coup de son indignation, j'éprouvais une honte indicible. Ma résolution fut bientôt prise. Je me promis de ne pas me déshonorer; je renonçai fermement et pour jamais à la poupée aux joues rouges. Ce jour-là je connus l'austère douceur du sacrifice.

Capitaine, s'il est vrai que de votre vivant vous jurâtes comme un païen, fumâtes comme un Suisse et bûtes comme un sonneur, que néanmoins votre mémoire soit honorée, non seulement parce que vous fûtes un brave, mais aussi parce que vous avez révélé à votre neveu en pantalons courts le sentiment[b] de l'héroïsme ! L'orgueil et la paresse vous avaient rendu à peu près insupportable, ô mon oncle Victor ! mais un grand cœur battait sous les brandebourgs de votre redingote. Vous portiez, il m'en souvient, une rose à la boutonnière. Cette fleur que vous tendiez si volontiers aux demoiselles de boutique, cette fleur au grand cœur ouvert[a] qui s'effeuillait à tous les vents, était le symbole de votre glorieuse jeunesse. Vous ne méprisiez ni le vin, ni le tabac[b], mais vous méprisiez la vie. On ne pouvait apprendre de vous, capitaine, ni le bon sens, ni la délicatesse, mais vous me donnâtes, à l'âge où ma bonne me mouchait encore, une leçon d'honneur et d'abnégation que je n'oublierai jamais.

Vous reposez depuis longtemps déjà dans le cimetière du Montparnasse, sous une humble dalle qui porte cette épitaphe :

CI-GÎT
ARISTIDE-VICTOR MALDENT
CAPITAINE D'INFANTERIE
CHEVALIER DE LA LÉGION D'HONNEUR

Mais ce n'est pas là, capitaine, l'inscription que vous réserviez à vos vieux os tant roulés sur les champs de bataille et dans les lieux de plaisir. On trouva dans vos papiers cette amère et fière épitaphe que, malgré votre dernière volonté, on n'osa mettre sur votre tombe :

CI-GÎT
UN BRIGAND DE LA LOIRE[1]

« Thérèse, nous porterons demain une couronne d'immortelles sur la tombe du brigand de la Loire. »

Mais Thérèse n'est pas ici. Et comment serait-elle près de moi, sur le rond-point des Champs-Élysées ? Là-bas, au bout de l'avenue, l'Arc de Triomphe, qui, portant sous ses voûtes les noms des compagnons d'armes de l'oncle Victor, ouvre sur le ciel sa porte gigantesque. Les arbres de l'avenue déploient, au soleil du printemps, leurs premières feuilles encore pâles et frileuses. À mon côté, les calèches roulent vers le bois de Boulogne. J'ai poussé[c] ma promenade sur cette avenue mondaine, et me voici arrêté sans raison devant[a] une boutique en plein air où sont des pains d'épice et des carafes de coco bouchées par un citron. Un petit misérable, couvert de loques qui laissent voir sa peau gercée, ouvre de grands yeux devant ces somptueuses douceurs qui ne sont point pour lui. Il montre son envie avec l'impudeur de l'innocence. Ses yeux ronds et fixes contemplent un bonhomme de pain d'épice d'une haute taille. C'est un général, et il ressemble un peu à l'oncle Victor. Je le prends, je le paye et je le tends au petit pauvre[1] qui n'ose y porter la main, car, par une précoce expérience, il ne croit pas au bonheur; il me regarde de cet air qu'on voit aux gros chiens et qui veut dire : « Vous êtes cruel de vous moquer de moi. »

« Allons, petit nigaud, lui dis-je de ce ton bourru qui m'est ordinaire, prends, prends et mange, puisque, plus heureux que je ne fus à ton âge, tu peux satisfaire tes goûts sans te déshonorer. Et vous, oncle Victor, vous, dont ce général de pain d'épice m'a rappelé la mâle figure, venez, ombre glorieuse, me faire oublier ma nouvelle poupée. Nous sommes d'éternels enfants et nous courons sans cesse après des jouets nouveaux. »

Même jour.

C'est de la façon la plus bizarre que la famille Coccoz est associée dans mon esprit au clerc Jean Toutmouillé.

« Thérèse, dis-je, en me jetant dans mon fauteuil, apprenez-moi si le jeune Coccoz se porte bien et s'il a ses premières dents, et donnez-moi mes pantoufles.

— Il doit les *avoir depuis* longtemps, monsieur[b], me répondit Thérèse, mais je ne les ai pas vues. Au premier beau jour de printemps, la mère a disparu avec l'enfant, laissant meubles et hardes. On a trouvé dans son grenier trente-huit pots de pommade vides. Cela passe l'imagination. Elle recevait des visites, dans ces derniers temps, et vous pensez bien qu'elle n'est pas à cette heure dans un couvent de nonnes. La nièce de la concierge dit l'avoir rencontrée en calèche sur les boulevards. Je vous avais bien dit qu'elle finirait mal.

— Thérèse, répondis-je, cette jeune femme n'a fini ni en mal ni en bien. Attendez le terme de sa vie pour la juger. Et prenez garde de trop parler chez la concierge. Mme Coccoz, que j'ai aperçue une fois[a] dans l'escalier, m'a semblé bien aimer son enfant. Cet amour doit lui être compté.

— Pour cela, monsieur, le petit ne manquait de rien. On n'en aurait pas trouvé dans tout le quartier un seul mieux gavé, mieux bichonné et mieux léché que lui. Elle lui met une bavette blanche tous les jours que Dieu fait, et lui chante du matin au soir des chansons qui le font rire.

— Thérèse, un poète a dit : " L'enfant à qui n'a point souri sa mère n'est digne ni de la table des dieux ni du lit des déesses[1]. " »

8 juillet 1863[b].

Ayant appris qu'on refaisait le dallage de la chapelle de la Vierge à Saint-Germain-des-Prés, je me rendis dans l'église avec l'espoir de trouver quelques inscriptions mises à découvert par les ouvriers. Je ne me trompais pas. L'architecte me montra une pierre[c] qu'il avait fait poser de champ, contre le mur. Je m'agenouillai pour déchiffrer l'inscription gravée sur cette pierre, et c'est à mi-voix, dans l'ombre de la vieille abside, que je lus ces mots qui me firent battre le cœur :

Cy gist Jehan Toutmouillé, moyne de ceste église, qui fist mettre en argent le menton de saint Vincent et de saint Amant et le pié des Innocens ; qui toujours en son vivant fut preud'homme et vayllant. Priez pour l'âme de lui[2].

J'essuyai doucement avec mon mouchoir la poussière qui souillait cette dalle funéraire : j'aurais voulu la baiser.

« C'est lui, c'est Jean Toutmouillé ! » m'écriai-je.

Et, du haut des voûtes, ce nom retomba sur ma tête avec fracas, comme brisé.

La face grave et muette du suisse, que je vis s'avançant vers moi, me fit honte de mon enthousiasme, et je m'enfuis à travers les deux goupillons croisés sur ma poitrine par deux rats d'église rivaux.

Pourtant c'était bien mon Jean Toutmouillé ! plus

de doute; le traducteur de la *Légende dorée*, l'auteur des vies des saints Germain, Vincent, Ferréol, Ferrution et Droctovée, était, comme je l'avais pensé, un moine de Saint-Germain-des-Prés. Et quel bon moine encore, pieux et libéral ! Il fit faire un menton d'argent, une tête d'argent, un pied d'argent pour que des restes précieux fussent couverts d'une enveloppe incorruptible ! Mais pourrai-je jamais connaître son œuvre, ou cette nouvelle découverte ne doit-elle qu'augmenter mes regrets ?

20 août 1869[a].

« Moi, qui plais à quelques-uns et qui éprouve tous les hommes, la joie des bons et la terreur des méchants; moi, qui fais et détruis l'erreur, je prends sur moi de déployer mes ailes. Ne me faites pas un crime si, dans mon vol rapide, je glisse par-dessus des années. »

Qui parle ainsi ? C'est un vieillard que je connais trop, c'est le Temps[1].

Shakespeare, après avoir terminé le troisième acte du *Conte d'hiver*, s'arrête pour laisser à la petite Perdita le temps de croître en sagesse et en beauté, et quand il rouvre la scène, il y évoque l'antique Porte-faux, pour rendre raison aux spectateurs des longs jours qui ont pesé sur la tête du jaloux Léontes.

J'ai laissé dans ce journal, comme Shakespeare dans sa comédie, un long intervalle dans l'oubli, et je fais, à l'exemple du poète, intervenir le Temps, pour expliquer l'omission de six années. Voilà six ans, en effet[b], que je n'ai écrit une ligne dans ce cahier, et je n'ai pas, hélas ! *en reprenant* la plume, à décrire une Perdita « grandie dans la grâce ». La jeunesse et la beauté sont les compagnes fidèles des poètes. Ces fantômes charmants nous visitent à peine, nous autres, l'espace d'une saison. Nous ne savons pas les fixer. Si l'ombre de quelque Perdita s'avisait, par un inconcevable caprice, de traverser ma cervelle, elle s'y froisserait horriblement à des tas de parchemin racorni. Heureux les poètes ! leurs cheveux blancs n'effarouchent point les ombres flottantes des Hélène, des Francesca, des Juliette, des Julie et des Dorothée[1] ! Et le nez seul de Sylvestre Bonnard mettrait en fuite tout l'essaim des grandes amoureuses.

J'ai pourtant, comme un autre, senti la beauté; j'ai pourtant éprouvé le charme mystérieux que l'incompréhensible nature a répandu sur des formes animées; une vivante argile m'a donné le frisson qui fait les amants et les poètes. Mais je n'ai su ni aimer ni chanter. Dans mon âme, encombrée d'un fatras de vieux textes et de vieilles formules, je retrouve, comme une miniature dans un grenier, un clair visage avec deux yeux de pervenche... Bonnard, mon ami, vous êtes un vieux fou. Lisez ce catalogue qu'un libraire de Florence vous envoya ce matin même. C'est un catalogue de manuscrits et il vous promet la description de quelques pièces notables, conservées par des curieux d'Italie et de Sicile. Voilà qui vous convient et va à votre mine !

Je lis, je pousse un cri. Hamilcar, qui a pris avec l'âge une gravité qui m'intimide, me regarde d'un air de reproche et semble me demander si le repos est de ce monde, puisqu'il ne peut le goûter auprès de moi, qui suis vieux comme il est vieux.

Dans la joie de ma découverte, j'ai besoin d'un confident, et c'est au tranquille Hamilcar[a] que je m'adresse avec l'effusion d'un homme heureux.

« Non, Hamilcar, non, le repos n'est pas de ce monde, et la quiétude à laquelle vous aspirez est incompatible avec les travaux de la vie. Et qui vous dit que nous sommes vieux ? Écoutez ce que je lis dans ce catalogue et dites après s'il est temps de se reposer :

« “ *La Légende dorée de Jacques de Voragine ; traduction française du* XIVe *siècle, par le clerc Jehan Toutmouillé.*

« “ Superbe manuscrit, orné de deux miniatures, merveilleusement exécutées et dans un parfait état de conservation, représentant, l'une la *Purification de la Vierge* et l'autre le *Couronnement de Proserpine*.

« “ À la suite de la *Légende dorée* on trouve les Légendes des saints Ferréol, Ferrution, Germain et Droctovée, xxviij[a] pages, et la Sépulture miraculeuse de monsieur Saint-Germain d'Auxerre, xij pages.

« “ Ce précieux manuscrit, qui faisait partie de la

collection de sir Thomas Raleigh, est actuellement conservé dans le cabinet de M. Michel-Angelo Polizzi[1], de Girgenti. ”

« Vous entendez, Hamilcar. Le manuscrit de Jehan Toutmouillé est en Sicile, chez Michel-Angelo Polizzi. Puisse cet homme aimer les savants ! Je vais lui écrire. »

Ce que je fis aussitôt. Par ma lettre, je priais le seigneur Polizzi de me communiquer le manuscrit du clerc Toutmouillé, lui disant à quels titres j'osais me croire digne d'une telle faveur. Je mettais en même temps à sa disposition quelques textes inédits que je possède et qui ne sont pas dénués d'intérêt. Je le suppliais de me favoriser d'une prompte réponse, et j'inscrivis, au-dessous de ma signature, tous mes titres honorifiques.

« Monsieur ! monsieur ! où courez-vous ainsi ? s'écriait Thérèse effarée, en descendant quatre à quatre, à ma poursuite, les marches de l'escalier, mon chapeau à la main.

— Je vais mettre une lettre à la poste, Thérèse.

— Seigneur Dieu ! s'il est permis de s'échapper ainsi, nu-tête, comme un fou.

— Je suis fou, Thérèse. Mais qui ne l'est pas ? Donne-moi vite mon chapeau.

— Et vos gants, monsieur ! et votre parapluie ! »

J'étais au bas de l'escalier que je l'entendais encore s'écrier et gémir.

10 octobre 1869[a].

J'attendais la réponse du seigneur Michel-Ange Polizzi[b] avec une impatience que je contenais mal. Je ne *tenais pas* en place; je faisais des mouvements brusques; j'ouvrais et je fermais bruyamment mes livres. Il m'arriva un jour de culbuter du coude un tome du *Moréri*[2]. Hamilcar, qui se léchait, s'arrêta soudain et, la patte par-dessus l'oreille, me regarda d'un œil fâché. Était-ce donc à cette vie tumultueuse qu'il devait s'attendre sous mon toit ? N'étions-nous pas tacitement convenus de mener une existence paisible ? J'avais rompu le pacte.

« Mon pauvre compagnon, lui répondis-je, je suis

en proie à une passion violente, qui m'agite et me mène. Les passions sont ennemies du repos[1], j'en conviens; mais, sans elles, il n'y aurait ni industries ni arts en ce monde. Chacun sommeillerait nu sur un tas de fumier, et tu ne dormirais pas tout le jour, Hamilcar, sur un coussin de soie, dans la cité des livres. »

Je n'exposai pas plus avant à Hamilcar la théorie des passions, parce que ma gouvernante m'apporta une lettre. Elle était timbrée de Naples et disait :

Illustrissime seigneur,

Je possède en effet l'incomparable manuscrit de la Légende dorée, *qui n'a point échappé à votre lucide attention. Des raisons capitales s'opposent impérieusement et tyranniquement à ce que je m'en dessaisisse pour un seul jour, pour une seule minute. Ce sera pour moi une joie et une gloire de vous le communiquer dans mon humble maison de Girgenti, laquelle sera embellie et illuminée par votre présence. C'est donc dans l'impatiente espérance de votre venue que j'ose me dire, seigneur académicien, votre humble et dévoué serviteur.*

MICHEL-ANGELO POLIZZI,
négociant en vins et archéologue
à Girgenti (Sicile).

Eh bien ! j'irai en Sicile :

Extremum hunc, Arethusa, mihi concede laborem[2].

25 octobre 1869[a].

Ma résolution étant prise et mes arrangements faits, il ne me restait plus qu'à avertir ma gouvernante. J'avoue que j'hésitai longtemps à lui annoncer mon départ. Je craignais ses remontrances, ses railleries, ses objurgations, ses larmes. « C'est une brave fille, me disais-je; elle m'est attachée; elle voudra me retenir, et Dieu sait que quand elle veut quelque chose, les paroles, les gestes et les cris lui coûtent peu. En cette circonstance, elle appellera à son aide la concierge, le frotteur, la cardeuse de matelas et les sept fils du fruitier; ils se mettront tous à genoux, en rond, à mes pieds; ils pleureront et ils seront si laids que je leur céderai pour ne plus les voir. »

Telles étaient les affreuses images, les songes de malade que la peur assemblait dans mon imagination. Oui, la peur, la peur féconde, comme dit le poète, enfantait ces monstres dans mon cerveau. Car, je le confesse en ces pages intimes : j'ai peur de ma gouvernante. Je sais qu'elle sait que je suis faible, et cela m'ôte tout courage dans mes luttes avec elle. Ces luttes sont fréquentes et j'y succombe invariablement.

Mais il fallait bien annoncer mon départ à Thérèse. Elle vint dans la bibliothèque avec une brassée de bois pour allumer un petit feu, « une flambée », disait-elle. Car les matinées sont fraîches. Je l'observais du coin de l'œil, tandis qu'elle était accroupie, la tête sous le tablier de la cheminée. Je ne sais d'où me vint alors mon courage, mais je n'hésitai pas. Je me levai, et me promenant de long en large dans la chambre :

« À propos, dis-je, d'un ton léger, avec cette crânerie particulière aux poltrons, à propos, Thérèse, je pars pour la Sicile. »

Ayant parlé, j'attendis, fort inquiet. Thérèse ne répondait pas. Sa tête et son vaste bonnet restaient enfouis dans la cheminée, et rien dans sa personne, que j'observais, ne trahissait la moindre émotion. Elle fourrait du petit bois sous les bûches, voilà tout.

Enfin, je revis son visage; il était calme, si calme que je m'en irritai.

« Vraiment, pensai-je, cette vieille fille n'a guère de cœur. Elle me laisse partir sans seulement dire “Ah ! ” Est-ce donc si peu pour elle que l'absence de son vieux maître ? »

« *Allez*, monsieur, me dit-elle enfin, mais revenez à six heures. Nous avons aujourd'hui, à dîner, un plat qui n'attend pas. »

Naples, 10 novembre 1869[a].

« *Co tra calle*[1] *vive, magne e lave a faccia.*

— J'entends, mon ami; je puis, pour trois centimes, boire, manger et me laver le visage, le tout au moyen d'une tranche de ces pastèques que tu étales sur une petite table. Mais des préjugés occidentaux m'empêcheraient de goûter avec assez de candeur cette simple volupté. Et comment sucerais-je des pastèques ? J'ai assez à faire de me tenir debout dans cette foule. Quelle nuit lumineuse et bruyante à *Santa Lucia* ! Les fruits[a] s'élèvent en montagnes dans les boutiques éclairées de falots multicolores. Sur les fourneaux, allumés en plein vent, l'eau fume dans les chaudrons et la friture chante dans les poêles. L'odeur des poissons frits et des viandes chaudes me chatouille le nez et me fait éternuer. Je m'aperçois, en cette circonstance, que mon mouchoir a quitté la poche de ma redingote. Je suis poussé, soulevé et viré dans tous les sens par le peuple le plus gai, le plus bavard, le plus vif et le plus adroit qu'on puisse imaginer, et voici précisément une jeune commère qui, tandis que j'admire ses magnifiques cheveux noirs, m'envoie, d'un coup de son épaule élastique et puissante, à trois pas en arrière, sans m'endommager, dans les bras d'un mangeur de macaroni qui me reçoit en souriant.

Je suis à Naples. Comment j'y parvins avec quelques restes informes et mutilés de mes bagages, je ne puis le dire, pour la raison que je ne le sais pas moi-même. J'ai voyagé dans un effarement perpétuel et je crois bien que j'avais tantôt en cette ville claire la mine d'un hibou au soleil. Cette nuit, c'est bien pis ! Voulant observer les mœurs populaires, j'allai dans la *Strada di Porto*, où je suis présentement. Autour de moi, des groupes animés se pressent devant les boutiques de victuailles, et je flotte comme une épave au gré de ces flots vivants qui, quand ils submergent, caressent encore. Car ce peuple napolitain a, dans sa vivacité, je ne sais quoi de doux et de flatteur. Je ne suis point bousculé, je suis bercé et je pense que, à force de me balancer deçà, delà, ces gens vont m'endormir debout. J'admire, en foulant les dalles de lave de la *Strada*, ces portefaix et ces pêcheurs qui vont, parlent, chantent, fument, gesticulent, se querellent et s'embrassent avec une étonnante rapidité. Ils vivent à la fois par tous les sens et, sages sans le savoir, mesurent leurs désirs à la brièveté de la vie. Je m'approchai d'un cabaret fort achalandé et je lus sur la porte ce quatrain en patois de Naples[1] :

Amice, alliegre magnammo e bevimmo
Nfin che n'ce stace noglio a la lucerna :
Chi sa s'a l'autro munno n'ce vedimmo ?
Chi sa s'a l'autro munno n'ce taverna ?

Amis, mangeons et buvons joyeusement
Tant qu'il y a de l'huile dans la lampe :
Qui sait si dans l'autre monde nous nous reverrons ?
Qui sait si dans l'autre monde il y a une taverne ?

Horace donnait de semblables conseils à ses amis. Vous les reçûtes, Postumus ; vous les entendîtes, Leuconoé, belle révoltée qui vouliez savoir les secrets de l'avenir[1]. Cet avenir est maintenant le passé et nous le connaissons. En vérité, vous aviez bien tort de vous tourmenter pour si peu, et votre ami se montrait homme de sens en vous conseillant d'être sage et de filtrer vos vins grecs. *Sapias, vina liques*. C'est ainsi qu'une belle terre et qu'un ciel pur conseillent les calmes voluptés. Mais il y a des âmes tourmentées d'un sublime mécontentement ; ce sont les plus nobles. Vous fûtes de celles-là, Leuconoé[2] ; et, venu sur le déclin de ma vie dans la ville où brilla votre beauté, je salue avec respect votre ombre mélancolique. Les âmes semblables à la vôtre qui parurent dans la chrétienté furent des âmes de saintes, et leurs miracles emplissent la *Légende dorée*. Votre ami Horace a laissé une postérité moins généreuse, et je vois un de ses petits-fils en la personne du cabaretier poète qui, présentement, verse du vin dans des tasses, sous son enseigne épicurienne.

Et pourtant la vie donne raison à l'ami Flaccus, et sa philosophie est la seule qui s'accommode au train des choses. Voyez-moi ce gaillard qui, appuyé à un treillis couvert de pampres, mange une glace en regardant les étoiles. Il ne se baisserait pas pour ramasser ce vieux manuscrit que je vais chercher à travers tant de fatigues. Et en vérité l'homme est fait plutôt pour manger des glaces que pour compulser de vieux textes.

Je continuais à errer autour des buveurs et des chanteurs. Il y avait des amoureux qui mordaient à de beaux fruits en se tenant par la taille. Il faut bien que l'homme soit naturellement mauvais, car toute cette joie étrangère m'attristait profondément. Cette foule étalait un goût si naïf de la vie que toutes mes pudeurs de vieux scribe s'en effarouchaient. Puis, j'étais désespéré de ne rien comprendre aux paroles qui résonnaient dans l'air. C'était pour un philologue une humiliante épreuve. J'étais donc fort maussade, quand quelques mots prononcés derrière moi me firent dresser l'oreille.

« Ce vieillard est certainement un Français, Dimitri. Son air embarrassé me fait peine. Voulez-vous lui parler ?... Il a[a] un bon dos rond, ne trouvez-vous pas, Dimitri ? »

Cela était dit en français par une voix de femme. Il me fut assez désagréable tout d'abord de m'entendre traiter de vieillard. Est-on un vieillard à soixante-deux ans ? L'autre jour, sur le pont des Arts, mon collègue Perrot d'Avrignac[1] me fit compliment de ma jeunesse, et il s'entend mieux en âges, apparemment, que cette jeune alouette qui chante sur mon dos[b], si toutefois les alouettes chantent la nuit. Mon dos est rond, dit-elle. Ah ! ah ! j'en avais quelque soupçon; mais je n'en crois plus rien depuis que c'est l'avis d'une oiselle. Je ne tournerai[c] certes pas la tête pour voir qui a parlé, mais je suis sûr que c'est une jolie femme. Pourquoi ?

Parce que la voix des femmes qui sont belles ou le furent, qui plaisent ou qui plurent, peut seule avoir cette abondance d'inflexions heureuses et ce son argentin qui est un rire encore. De la bouche d'une laide coulera, peut-être, une parole plus suave et plus mélodieuse, mais non point certes aussi vive, ni d'un tel gazouillis.

Ces idées se formèrent dans mon esprit en moins d'une seconde et, tout aussitôt, pour fuir ces deux inconnus, je me jetai dans le plus épais de la foule napolitaine et enfilai un *vicoletto*[2] tortueux qu'éclairait seulement une lampe allumée devant la niche d'une madone. Là, songeant plus à loisir, je reconnus que cette jolie femme (assurément elle était jolie) avait exprimé à mon égard une pensée bienveillante, qui méritait ma reconnaissance.

« Ce vieillard est certainement un Français, Dimitri. Son air embarrassé me fait peine. Voulez-vous lui parler ?... Il a un bon dos rond, ne trouvez-vous pas, Dimitri ? »

En entendant ces paroles gracieuses, je ne devais pas prendre une fuite soudaine. Il me convenait bien plutôt d'aborder de façon courtoise la dame au parler clair, de m'incliner devant elle et de lui tenir ce langage : « Madame, j'ai entendu malgré moi ce que vous venez de dire. Vous vouliez rendre un bon office à un pauvre vieillard. Cela eﬆ fait, madame : seul le son d'une voix française me fait un plaisir dont je vous remercie. » Assurément je lui devais adresser ces paroles ou d'autres semblables. Sans doute elle eﬆ française, car sa voix eﬆ française. La voix des dames de France eﬆ la plus agréable du monde. Comme nous, les étrangers en éprouvent le charme. Philippe de Bergame[1] a dit en 1483 de Jeanne la Pucelle : « Son langage était doux comme celui des femmes de son pays. » Le compagnon à qui elle parlait s'appelle Dimitri. Sans doute il eﬆ russe. Ce sont des gens riches, qui promènent leur ennui par le monde. Il faut plaindre les riches : leurs biens les environnent et ne les pénètrent pas ; ils sont pauvres et dénués au-dedans d'eux-mêmes. La misère des riches eﬆ lamentable.

Au bout de ces réflexions[a], je me trouvai dans une venelle, ou pour parler napolitain, dans un *sotto-portico*[2] qui cheminait sous des arches si nombreuses et sous des balcons d'une telle saillie qu'aucune lueur du ciel n'y descendait. J'étais perdu et condamné selon toute apparence à chercher mon chemin toute la nuit. Quant à le demander, il m'eût fallu pour cela rencontrer un visage humain et je désespérais d'en voir un seul. Dans mon désespoir je pris une rue au hasard, une rue ou pour mieux dire un affreux coupe-gorge. C'en avait tout l'air, et c'en était un, car j'y étais engagé depuis quelques minutes quand je vis deux hommes qui jouaient du couteau. Ils s'attaquaient de la langue plus encore que de la lame, et je compris aux injures qu'ils échangeaient que c'étaient deux amoureux. J'enfilai prudemment une ruelle voisine pendant que ces braves gens continuaient à s'occuper de leur affaire, sans se soucier le moins du monde des miennes. Je cheminai quelque temps à l'aventure et m'assis découragé sur un banc de pierre, où je me lamentai d'avoir fui si éperdument et par tant de détours Dimitri et sa compagne à la voix claire.

« Bonjour, signor[a]. Revenez-vous de San-Carlo ? Avez-vous entendu la diva ? Il n'y a qu'à Naples qu'on chante comme elle. »

Je levai la tête et reconnus mon hôte. J'étais assis contre la façade de mon hôtel, sous ma propre fenêtre.

Monte-Allegro, 30 novembre 1869[b].

Nous nous reposions, moi, mes guides et leurs mules, sur la route de Sciacca à Girgenti, dans une auberge du pauvre village de Monte-Allegro[1], dont les habitants, consumés par la *mal'aria*, grelottent au soleil. Mais ce sont des Grecs encore, et leur gaieté résiste à tout. Quelques-uns d'entre eux entouraient l'auberge avec une curiosité souriante. Un conte, si j'avais su leur en conter un, leur eût[c] fait oublier les maux de la vie. Ils avaient l'air intelligent, et les femmes, bien que hâlées et flétries, portaient avec grâce un long manteau noir.

Je voyais devant moi des ruines rongées par le vent[d] de la mer et sur lesquelles l'herbe même ne croît pas. La morne tristesse du désert règne sur cette terre aride dont le sein gercé nourrit à peine quelques mimosas dépouillés, des cactus et des palmiers nains. À vingt pas de moi, le long d'une ravine, des cailloux blanchissaient comme une traînée d'ossements. Mon guide m'apprit que c'était un ruisseau.

J'étais depuis quinze jours en Sicile. Entré dans cette baie de Palerme, qui s'ouvre entre les deux masses arides et puissantes[2] du Pellegrino et du Catalfano et qui se creuse le long de la Conque d'or, pleine de myrtes et d'orangers, je ressentis[e] une telle admiration que je résolus de visiter cette île, si noble par ses souvenirs et si belle par les lignes de ses collines. Vieux pèlerin, blanchi dans l'Occident barbare, j'osai[f] m'aventurer sur cette terre classique et, m'arrangeant avec un guide, j'allai de Palerme à Trapani, de Trapani à Sélinonte, de Sélinonte à Sciacca que j'ai quitté ce matin pour me rendre à Girgenti où je dois trouver le manuscrit de Jean Toutmouillé. Les belles[a] choses que j'ai vues sont si présentes à mon esprit, que je considère comme une vaine fatigue le soin de les décrire. Pourquoi gâter mon voyage en amassant des notes ? Les amants qui aiment bien n'écrivent pas leur bonheur.

Tout à la mélancolie du présent et à la poésie du passé, l'âme ornée de belles images et les yeux pleins de lignes harmonieuses et pures, je goûtais dans l'auberge de Monte-Allegro l'épaisse rosée d'un vin de feu, quand je vis entrer dans la salle[b] une belle jeune femme coiffée d'un chapeau de paille et vêtue d'une robe de foulard écru. Sa chevelure était sombre, son regard noir et brillant. À sa façon de marcher, je la reconnus pour une Parisienne. Elle s'assit. L'hôte posa près d'elle un verre d'eau fraîche avec un bouquet de roses. M'étant levé dès sa venue, je m'écartai un peu de la table, par discrétion, et fis mine d'examiner les images pieuses accrochées aux murs. Je m'aperçus fort bien qu'alors, me voyant de dos, elle fit un petit mouvement de surprise. Je m'approchai de la fenêtre et regardai passer les carrioles peintes sur le chemin pierreux bordé de cactus et de figuiers de Barbarie.

Tandis qu'elle buvait de l'eau glacée, je regardais le ciel. On goûte, en Sicile, une volupté inexprimable à boire de l'eau fraîche et à respirer le jour. Je murmurai au-dedans de moi-même le vers du poète athénien :

Ô sainte lumière, œil du jour d'or[1].

Cependant, la dame *française* m'observait avec une curiosité singulière et, bien que je me défendisse de la regarder plus qu'il n'était convenable, je sentais ses yeux sur moi. J'ai le don, paraît-il, de deviner les regards qui m'atteignent sans rencontrer les miens. Beaucoup de gens croient posséder aussi cette faculté mystérieuse ; mais, en réalité, il n'y a point de mystère et nous sommes avertis par quelque indice si léger qu'il nous échappe. Il n'est pas impossible que j'aie vu les beaux yeux de cette dame reflétés dans les vitres de la fenêtre.

Quand je me retournai vers elle nos regards se rencontrèrent.

Une poule noire vint picorer dans la chambre mal balayée.

« Tu veux du pain, sorcière », dit la jeune femme en lui jetant des miettes qui restaient sur la table.

Je reconnus la voix que j'avais entendue la nuit à Santa Lucia.

« Excusez, madame, dis-je aussitôt. Bien qu'inconnu de vous, je dois acquitter un devoir en vous remerciant de la sollicitude que vous a inspiré un vieux compatriote errant, sur le tard, dans les rues de Naples.

— Vous me reconnaissez, monsieur, répondit-elle, je vous reconnais aussi.

— À mon dos, madame ?

— Ah ! vous avez entendu quand j'ai dit à mon mari que vous aviez le dos bon. Cela ne peut pas vous déplaire. Je serais désolée de vous avoir fâché.

— Vous m'avez flatté, au contraire, madame. Et votre observation me semble, tout au moins dans son principe, juste et profonde. La physionomie n'e[illegible] que dans les traits du visage. Il y a des mains s[illegible]tuelles et des mains sans imagination. Il y a des geno[illegible] hypocrites, des coudes égoïstes, des épaules arrogantes et de bons dos.

— C'est vrai, me dit-elle. Mais je vous reconnais aussi de visage. Nous nous étions déjà rencontrés auparavant, en Italie o[illegible]rs, je ne sais p[illegible]s. Le prince et moi nous v[illegible] beaucoup.

— Je ne crois pas a[illegible] jamais eu l'heureuse fortune de vous rencontrer, madame, lui répondis-je. Je suis un vieux solitaire. J'ai passé ma vie sur des livres et n'ai guère voyagé. Vous l'avez vu à mon embarras, qui vous a fait pitié. Je regrette d'avoir mené une vie recluse et sédentaire. On apprend sans doute quelque chose dans les livres, mais on apprend beaucoup plus en voyant du pays.

— Vous êtes parisien ?

— Oui, madame. J'habite depuis quarante ans la même maison et je n'en sors guère. Il est vrai que cette maison est située sur le bord de la Seine, dans le lieu le plus illustre et le plus beau du monde. Je vois de ma fenêtre les Tuileries et le Louvre, le Pont-Neuf, les tours de Notre-Dame, les tourelles du Palais de Justice et la flèche de la Sainte-Chapelle. Toutes ces pierres parlent : elles me content la prodigieuse histoire des Français. »

À ce discours, la jeune femme semblait émerveillée.

« Votre appartement est sur le quai ? me dit-elle vivement.

— Sur le quai Malaquais, lui répondis-je, au troisième étage, dans la maison du marchand de gravures[1]. Je me nomme Sylvestre Bonnard. Mon nom est peu connu, mais c'est celui d'un membre de l'Institut, et c'est assez pour moi que mes amis ne l'oublient pas. »

Elle me regarda avec une expression extraordinaire de surprise, d'intérêt, de mélancolie et d'attendrissement, et je ne pouvais concevoir qu'un si simple récit pût donner à cette jeune inconnue des émotions si diverses et si vives.

J'attendais qu'elle expliquât sa surprise, mais un colosse silencieux, doux et triste entra dans la salle.

« Mon mari, me dit-elle ; le prince Trépof. »

Et me désignant à lui :

« M. Sylvestre Bonnard, membre de l'Institut de France. »

Le prince salua des épaules. Il les avait hautes, larges et mornes.

« Ma chère amie, dit-il, je suis désolé de vous arracher à la conversation de M. Sylvestre Bonnard. Mais la voiture est attelée et il faut que nous arrivions à Mello[2] avant la nuit. »

Elle se leva, prit les roses que son hôte lui avait offertes et sortit de l'auberge. Je la suivis, tandis que le prince surveillait l'attelage des mules et éprouvait la solidité des sangles et des courroies. Demeurée sous la treille, elle me dit en souriant :

« Nous allons à Mello, c'est un horrible village à six lieues de Girgenti, et vous ne devineriez jamais pourquoi nous y allons. N'essayez pas. Nous allons chercher une boîte d'allumettes. Dimitri collectionne les boîtes d'allumettes. Il a essayé de toutes les collections, les colliers de chiens, les boutons d'uniforme, les timbres-poste. Mais il n'y a plus que les boîtes d'allumettes qui l'intéressent..., les petites boîtes en carton avec des chromos. Nous avons déjà réuni cinq mille deux cent quatorze types différents. Il y en a qui nous ont donné une peine affreuse à trouver. Ainsi, nous savions qu'on avait fait à Naples des boîtes avec les portraits de Mazzini et de Garibaldi[1] et que la police avait saisi les boîtes et emprisonné le fabricant. À force de chercher et de demander, nous avons trouvé une de ces boîtes chez un contadin[2] qui nous l'a vendue cent lires et nous a dénoncés à la police. Les sbires visitèrent nos bagages. Ils ne trouvèrent pas la boîte, mais ils emportèrent mes bijoux. Alors j'ai pris goût à cette collection. Nous irons, l'été, en Suède pour compléter nos séries. »

J'éprouvai (dois-je le dire ?) quelque pitié sympathique pour ces opiniâtres collectionneurs. Sans doute j'eusse préféré voir M. et Mme Trépof recueillir en Sicile des marbres antiques, des vases peints ou des médailles. J'eusse aimé les voir occupés des ruines d'Agrigente et des traditions poétiques de l'Éryx[3]. Mais enfin ils faisaient une collection, ils étaient de la confrérie, et pouvais-je les railler sans me railler un peu moi-même ?

« Vous savez maintenant, ajouta-t-elle, pourquoi nous voyageons dans cet affreux pays. »

À ce coup, ma sympathie cessa et je ressentis quelque indignation.

« Ce pays n'est pas affreux, madame, répondis-je. Cette terre est une terre de gloire. La beauté est une si grande et si auguste chose, que des siècles de barbarie ne peuvent l'effacer à ce point qu'il n'en reste des vestiges adorables. La majesté de l'antique Cérès plane encore sur ces collines arides et la Muse grecque, qui fit résonner de ses accents divins Aréthuse[4] et le Ménale[5], chante encore à mes oreilles sur la montagne dénudée et dans la source tarie. Oui, madame, aux derniers jours de la terre, quand notre globe inhabité, comme aujourd'hui la lune, roulera dans l'espace son cadavre blême, le sol qui porte les ruines de Sélinonte[6] gardera dans la mort universelle les signes de la beauté, et alors, alors du moins, il n'y aura plus de bouche frivole pour blasphémer ses grandeurs solitaires. »

À peine eus-je prononcé ces paroles que j'en sentis la sottise. « Bonnard, me dis-je, un vieil homme, qui, comme toi, consuma sa vie sur les livres, ne sait pas converser avec les femmes. » Heureusement pour moi, Mme Trépof n'avait pas plus compris mon discours que si c'eût été du grec.

Elle me dit avec douceur :

« Dimitri s'ennuie et moi je m'ennuie. Nous avons les boîtes d'allumettes. Mais on se lasse même des boîtes d'allumettes. Autrefois j'avais des ennuis et je ne m'ennuyais pas; les ennuis, c'est une grande distraction. »

Attendri par la misère morale de cette jolie personne :

« Madame, lui dis-je, je vous plains de n'avoir point d'enfant. Si vous en aviez un, le but de votre vie vous apparaîtrait et vos pensées seraient en même temps plus graves et plus consolantes.

— J'ai un fils, me répondit-elle. Il est grand, mon Georges, c'est un homme : il a huit ans[a]. Je l'aime autant que quand il était tout petit, mais ce n'est plus la même chose. »

Elle me tendit une rose de sa gerbe, sourit et me dit en montant dans sa voiture :

« Vous ne pouvez pas savoir, monsieur Bonnard, la joie que j'ai eue de vous voir. Je compte bien vous retrouver à Girgenti. »

Girgenti, même jour.

Je m'arrangeai de mon mieux dans ma lettica. La lettica[1] est une voiture sans roues ou, si l'on veut, une litière, une chaise portée par deux mules, l'une à l'avant et l'autre à l'arrière. L'usage en est ancien. J'ai vu parfois de ces litières figurées dans des manuscrits du XIVe siècle. Je ne savais pas alors qu'une litière toute semblable me porterait un jour de Monte-Allegro à Girgenti. Il ne faut jurer de rien.

Trois heures durant, les mules firent sonner leurs clochettes et battirent de leurs sabots un sol calciné. Tandis qu'à mes côtés se déroulaient lentement, entre deux haies d'aloès, les formes arides d'une nature africaine, je songeais au manuscrit du clerc Jean Toutmouillé, et je le désirais avec une ardeur candide, dont j'étais moi-même attendri, tant j'y découvrais d'innocence enfantine et de puérilité touchante.

Une odeur de rose, qui se fit mieux sentir vers le soir, me rappela Mme Trépof. Vénus commençait à briller dans le ciel. Je songeais. Mme Trépof est une jolie personne fort simple et tout près de la nature. Elle a des idées de chatte. Je n'ai pas découvert en elle la moindre de ces curiosités nobles qui agitent les âmes pensantes. Et pourtant elle a exprimé à sa manière une pensée profonde : « On ne s'ennuie pas quand on a des ennuis. » Elle sait donc qu'en ce monde l'inquiétude et la souffrance sont nos plus sûrs divertissements. Les grandes vérités ne se découvrent pas sans peine ni travail. Par quels travaux la princesse Trépof a-t-elle acquis celle-là ?

Girgenti, 1er décembre 1869.

Je me réveillai[a] le lendemain à Girgenti, chez Gellias[1]. Gellias fut un riche citoyen de l'ancienne Agrigente[2]. Il était aussi célèbre par sa générosité que par sa magnificence, et il dota la ville d'un grand nombre d'hôtelleries gratuites. Gellias est mort depuis treize cents ans, et il n'y a plus aujourd'hui d'hospitalité gratuite chez les peuples policés. Mais le nom de Gellias est devenu celui d'un hôtel où, la fatigue aidant, je pus dormir ma nuit.

La moderne Girgenti élève sur l'acropole de l'antique Agrigente ses maisons étroites et serrées, que domine une sombre cathédrale espagnole[3]. Je voyais de mes fenêtres, à mi-côte, vers la mer, la blanche rangée des temples à demi détruits. Ces ruines seules ont quelque fraîcheur. Tout le reste est aride. L'eau et la vie ont abandonné Agrigente. L'eau, la divine Nestis de l'Agrigentin Empédocle[4], est si nécessaire aux êtres animés que rien ne vit loin des fleuves et des fontaines. Mais le port de Girgenti[5], situé à trois kilomètres de la ville, fait un grand commerce. C'est donc, me disais-je, dans cette ville morne, sur ce rocher abrupt, qu'est le manuscrit du clerc Jean Toutmouillé ! Je me fis indiquer la maison de M. Michel-Angelo Polizzi et m'y rendis.

Je trouvai M. Polizzi vêtu de jaune[a] des pieds à la tête et faisant cuire des saucisses dans une poêle à frire. À ma vue, il lâcha la queue de la poêle, éleva les bras en l'air et poussa des cris d'enthousiasme. C'était un petit homme dont la face bourgeonnée, le nez busqué, le menton saillant et les yeux ronds formaient une physionomie remarquablement expressive.

Il me traita d'Excellence, dit qu'il marquerait ce jour d'un caillou blanc et me fit asseoir. La salle où nous étions procédait à la fois de la cuisine, du salon, de la chambre à coucher, de l'atelier et du cellier. On y voyait des fourneaux, un lit, des toiles, un chevalet, des bouteilles et des piments rouges. Je jetai[b] un regard sur les tableaux qui couvraient les murs.

« Les arts ! les arts ! s'écria M. Polizzi, en levant de nouveau les bras vers le ciel; les arts ! quelle dignité ! quelle consolation ! Je suis peintre, Excellence ! »

Et il me montra un saint François qui était inachevé et qui eût pu le rester sans dommage pour l'art et pour le culte. Il me fit voir ensuite quelques vieux tableaux d'un meilleur style, mais qui me semblèrent restaurés avec indiscrétion.

« Je répare, me dit-il, les tableaux anciens. Oh ! les vieux maîtres ! quelle âme ! quel génie !

— Il est donc vrai ? lui dis-je, vous êtes à la fois peintre, antiquaire et négociant en vins.

— Pour servir Votre Excellence, me répondit-il. J'ai en ce moment un zucco[1] dont chaque goutte est une perle de feu. Je veux le faire goûter à Votre Seigneurie.

— J'estime les vins de Sicile, répondis-je, mais ce n'est pas pour des flacons que je viens vous voir, monsieur Polizzi. »

Lui :

« C'est donc pour des peintures. Vous êtes amateur. Ma joie est immense de recevoir des amateurs de peinture. Je vais vous montrer le chef-d'œuvre du Monrealese; oui, Excellence, son chef-d'œuvre ! Une *Adoration des bergers* ! C'est la perle de l'école sicilienne ! »

Moi :

« Je verrai cet ouvrage avec plaisir; mais parlons d'abord de ce qui m'amène. »

Ses petits yeux agiles s'arrêtèrent sur moi avec curiosité, et ce n'est pas sans une cruelle angoisse que je m'aperçus qu'il ne soupçonnait pas même l'objet de ma visite.

Très troublé et sentant la sueur glacer mon front, je bredouillais pitoyablement une phrase qui revenait à peu près à celle-ci :

« Je viens exprès de Paris pour prendre communication d'un manuscrit de la *Légende dorée* que vous m'aviez dit posséder. »

À ces mots, il leva les bras, ouvrit démesurément la bouche et les yeux et donna les marques de la plus vive agitation.

« Oh ! le manuscrit de la *Légende dorée* ! une perle, Excellence, un rubis, un diamant ! Deux miniatures si parfaites qu'elles font entrevoir le paradis. Quelle suavité ! Ces couleurs ravies à la corolle des fleurs font un miel pour les yeux ! Julio Clovio[1] n'a pas fait mieux[a].

— Montrez-le-moi, dis-je, sans pouvoir dissimuler ni mon inquiétude ni mon espoir.

— Vous le montrer ! s'écria Polizzi. Et le puis-je, Excellence ? Je ne l'ai plus ! Je ne l'ai plus ! »

Et il semblait vouloir s'arracher les cheveux. Il se les serait bien tous tirés du cuir sans que je l'en empêchasse. Mais il s'arrêta de lui-même avant de s'être fait grand mal.

« Comment ? lui dis-je en colère, comment ? Vous me faites venir de Paris à Girgenti pour me montrer un manuscrit, et, quand je viens, vous me dites que vous ne l'avez plus. C'est indigne, monsieur. Je laisse votre conduite à juger à tous les honnêtes gens. »

Qui m'eût vu alors se fût fait une idée assez juste d'un mouton enragé.

« C'est indigne ! c'est indigne ! » répétai-je en étendant mes bras qui tremblaient.

Michel-Angelo Polizzi se laissa tomber sur une chaise dans l'attitude d'un héros mourant. Je vis ses yeux se gonfler de larmes et ses cheveux, jusque-là flambants au-dessus de sa tête, tomber en désordre sur son front.

« Je suis père, Excellence, je suis père ! » s'écria-t-il en joignant les mains.

Il ajouta avec des sanglots :

« Mon fils Rafaello, le fils de ma pauvre femme, dont je pleure depuis quinze ans la mort, Rafaello, Excellence, il a voulu s'établir à Paris ; il a loué une boutique rue Laffitte pour y vendre des curiosités. Je lui ai donné tout ce que je possédais de précieux, je lui ai donné mes plus belles majoliques[1], mes plus belles faïences d'Urbino, mes tableaux de maître, et quels tableaux, signor ! Ils m'éblouissent encore quand je les revois en imagination ! Et tous signés ! Enfin, je lui ai donné le manuscrit de la *Légende dorée.* Je lui aurais donné ma chair et mon sang. Un fils unique ! le fils de ma pauvre sainte femme.

— Ainsi, dis-je, pendant que, sur votre foi, monsieur, j'allais chercher dans le fond de la Sicile le manuscrit du clerc Toutmouillé, ce manuscrit était exposé dans une vitrine de la rue Laffitte, à quinze cents mètres de chez moi !

— Il y était, c'est la sainte vérité, me répondit[a] M. Polizzi, soudainement rasséréné, et il y est encore, du moins je le pense, Excellence. »

Il prit sur une tablette une carte qu'il m'offrit en me disant :

« Voici l'adresse de mon fils. Faites-la connaître à vos amis et vous m'obligerez. Faïences, émaux, étoffes, tableaux, il possède un assortiment complet d'objets d'art, toute la *roba*[2], et antique, sur mon honneur[b]. Allez le voir : il vous montrera le manuscrit de la *Légende dorée.* Deux miniatures d'une fraîcheur miraculeuse. »

Je pris lâchement la carte qu'il me tendait.

Cet homme abusa de ma faiblesse en m'invitant de nouveau à répandre dans les sociétés le nom de Rafaello Polizzi.

J'avais déjà la main sur le bouton de la porte, quand mon Sicilien me saisit le bras. Il avait l'air inspiré :

« Ah ! Excellence, me dit-il, quelle cité que la nôtre ! Elle a donné naissance à Empédocle[3]. Empédocle ! quel grand homme et quel grand citoyen ! Quelle audace de pensée, quelle vertu ! quelle âme ! Il y a là-bas, sur le port, une statue d'Empédocle devant laquelle je me découvre chaque fois que je passe. Quand Rafaello, mon fils, fut sur le point de partir pour fonder un établissement d'antiquités dans la rue Laffitte, à Paris, je l'ai conduit sur le port de notre ville, et c'est au pied de la statue d'Empédocle que je lui ai donné ma bénédiction paternelle. " Souviens-toi d'Empédocle ", lui ai-je dit. Ah ! signor, c'est un nouvel Empédocle qu'il faudrait aujourd'hui à notre malheureuse patrie ! Voulez-vous que je vous conduise à sa statue, Excellence ? Je vous servirai de guide pour visiter les ruines[1]. Je vous montrerai le temple de Castor et Pollux, le temple de Jupiter Olympien, le temple de Junon Lucinienne, le puits antique, le tombeau de Théron et la Porte d'or. Les guides des voyageurs sont tous des ânes. Moi je suis un bon guide, nous ferons des fouilles, si vous voulez ? et nous découvrirons des trésors. J'ai la science, le don des fouilles. Je découvre des chefs-d'œuvre dans des excavations où les savants, ils n'avaient rien trouvé. »

Je parvins[a] à me dégager. Mais il courut après moi, m'arrêta au pied de l'escalier et me dit à l'oreille :

« Excellence, écoutez : je vous conduirai dans la ville; je vous ferai voir nos Girgentines ! Des Siciliennes, signor, la beauté antique ! Et je vous montrerai de petites contadines, vous voulez ?

— Le diable vous emporte[b] ! » m'écriai-je indigné.

Et je m'enfuis dans la rue, le laissant les bras ouverts.

Quand je fus[c] hors de sa vue, je m'affaissai sur une pierre et me mis à songer, la tête dans mes mains.

« Était-ce donc, pensais-je, était-ce donc pour m'entendre faire de telles offres que j'étais venu en Sicile ? »

Assurément ce Polizzi était un coquin, son fils en était un autre. Mais qu'avaient-ils tramé ? Je ne pouvais le démêler. En attendant, étais-je assez humilié et contristé[2].

Un pas léger dans un bruit d'étoffes me fit lever la tête et je vis venir à moi la princesse Trépof. Elle me retint sur mon banc, me prit la main et me dit avec douceur :

« Je vous cherchais, monsieur Sylvestre Bonnard. C'est une grande joie pour moi de vous avoir rencontré. Je voudrais vous laisser un souvenir agréable de notre rencontre. Vraiment, je le voudrais. »

Et tandis qu'elle parlait, je crus voir sous son voile une larme et un sourire.

Le prince s'approcha à son tour et nous couvrit de son ombre colossale.

« Montrez, Dimitri, montrez à M. Bonnard votre butin précieux. »

Et le géant docile me tendit une boîte d'allumettes, une vilaine petite boîte de carton, ornée d'une tête bleue et rouge que l'inscription disait être celle d'Empédocle.

« Je vois, madame, je vois. Mais l'abominable Polizzi[a], chez qui je vous conseille de ne pas envoyer M. Trépof, m'a brouillé pour la vie avec Empédocle et ce portrait n'est pas de sorte à me rendre cet ancien philosophe plus agréable.

— C'est laid, fit-elle, mais c'est rare. Ces boîtes sont introuvables. Il faut les acheter sur place. À sept heures du matin, Dimitri était à la fabrique. Vous voyez que nous n'avons pas perdu notre temps[b].

— Je le vois certes bien, madame, répondis-je d'un ton amer; mais j'ai perdu le mien et je n'ai pas trouvé ce que j'étais venu chercher si loin ! »

Elle parut s'intéresser à ma déconvenue.

« Vous avez un ennui ? me demanda-t-elle vivement. Puis-je vous aider en quelque chose ? Ne voulez-vous pas, monsieur, me conter votre peine ? »

Je la lui contai[c]. Mon récit fut long; mais elle en fut touchée, car elle me fit ensuite une quantité de questions minutieuses que je pris comme autant de témoignages d'intérêt. Elle voulut savoir le titre exact du manuscrit, son format, son aspect, son âge; elle me demanda l'adresse de M. Rafaello Polizzi.

Et je la lui donnai, faisant de la sorte (ô destin !) ce que l'abominable Michel-Angelo Polizzi m'avait recommandé.

Il est parfois difficile de s'arrêter. Je recommençai mes plaintes et mes imprécations. Cette fois Mme Trépof se mit à rire.

« Pourquoi riez-vous ? lui dis-je.

— Parce que je suis une méchante femme », me répondit-elle.

Et elle prit son vol, me laissant seul et consterné sur ma pierre.

Paris, 8 décembre 1869[a].

Mes malles encore pleines encombraient la salle à manger. J'étais assis devant une table chargée de ces bonnes choses que le pays de France produit pour les gourmets. Je mangeais d'un pâté de Chartres, qui seul ferait aimer la patrie. Thérèse, debout devant moi, les mains jointes sur son tablier blanc, me regardait avec bienveillance, inquiétude et pitié. Hamilcar se frottait contre mes jambes en bavant de joie.

Ce vers d'un vieux poète me revint à la mémoire :

Heureux qui, comme Ulysse, a fait un beau voyage.

« Eh bien, pensai-je, je me suis promené en vain, je rentre les mains vides; mais j'ai fait, comme Ulysse, un beau voyage. »

Et, ayant avalé ma dernière gorgée de café, je demandai à Thérèse ma canne et mon chapeau, qu'elle me donna avec défiance; elle redoutait un nouveau départ. Je la rassurai en l'invitant à tenir le dîner prêt pour six heures.

Ce m'était déjà un sensible plaisir que d'aller le nez au vent par ces rues de Paris dont j'aime avec piété tous les pavés et toutes les pierres. Mais j'avais un but, et j'allai droit rue Laffitte. Je ne tardai pas à y apercevoir la boutique de Rafaello Polizzi. Elle se faisait remarquer par un grand nombre de tableaux anciens qui, bien que signés de noms diversement illustres, présentaient toutefois entre eux un certain air de famille qui eût donné l'idée de la touchante fraternité des génies, si elle n'avait pas attesté plutôt les artifices du pinceau de M. Polizzi père. Enrichie de ces chefs-d'œuvre suspects, la boutique était égayée par de menus objets de curiosité, poignards, buires, hanaps, figulines[1], gaudrons[2] de cuivre et plats hispano-arabes à reflets métalliques.

Posé sur un fauteuil portugais en cuir armorié, un exemplaire des *Heures* de Simon Vostre[3] était ouvert au feuillet qui porte une figure d'astrologie, et un vieux Vitruve[4] étalait sur un bahut ses magistrales gravures de cariatides et de télamons. Ce désordre apparent qui cachait des dispositions savantes, ce faux hasard avec lequel les objets étaient jetés sous leur jour le plus favorable aurait accru ma défiance, mais celle que m'inspirait le nom seul de Polizzi ne pouvait croître, étant sans limites.

M. Rafaello, qui était là comme l'âme unique de toutes ces formes disparates et confuses, me parut un jeune homme flegmatique, une espèce d'Anglais. Il ne montrait à aucun degré les facultés transcendantes que son père déployait dans la mimique et la déclamation.

Je lui dis ce qui m'amenait; il ouvrit une armoire et en tira un manuscrit, qu'il posa sur une table, où je pus l'examiner à loisir.

Je n'éprouvai de ma vie une émotion semblable si j'excepte quelques mois de ma jeunesse dont le souvenir, dussé-je vivre cent ans, restera jusqu'à ma dernière heure aussi frais dans mon âme que le premier jour.

C'était bien le manuscrit décrit par le bibliothécaire de sir Thomas Raleigh; c'était bien le manuscrit du clerc Jean Toutmouillé que je voyais, que je touchais ! L'œuvre de Voragine y était sensiblement écourtée, mais cela m'importait peu. Les inestimables additions du moine de Saint-Germain-des-Prés y figuraient. C'était le grand point ! Je voulus lire la légende de saint Droctovée; je ne pus; je lisais toutes les lignes à la fois et ma tête faisait le bruit d'un moulin à eau, la nuit, dans la campagne. Je reconnus cependant que le manuscrit présentait les caractères de la plus indéniable authenticité. Les deux figures de la *Purification de la Vierge* et du *Couronnement de Proserpine* étaient lourdes de dessin[a] et criardes de couleur. Fort endommagées en 1824, comme l'attestait le catalogue de sir Thomas, elles avaient repris depuis lors une fraîcheur nouvelle. Ce miracle ne me surprit guère. Et que m'importaient d'ailleurs les deux miniatures ! Les légendes et le poème de Jean Toutmouillé, c'était là le trésor. J'en prenais du regard tout ce que mes yeux pouvaient en contenir.

J'affectai un air indifférent pour demander à M. Rafaello le prix de ce manuscrit et je faisais des vœux, en attendant sa réponse, pour que ce prix ne dépassât pas mon épargne, déjà fort diminuée par un voyage coûteux. M. Polizzi me répondit qu'il ne pouvait disposer de cet objet qui ne lui appartenait plus, et qui devait être mis aux enchères, à l'Hôtel des Ventes, avec d'autres manuscrits et quelques incunables.

Ce fut un rude coup pour moi. Je m'efforçai de me remettre et je pus répondre à peu près ceci :

« Vous me surprenez, monsieur. Votre père, que je vis récemment à Girgenti, m'affirma que vous étiez possesseur de ce manuscrit. Il ne vous appartiendra pas de me faire douter de la parole de monsieur votre père.

— Je l'étais en effet, me répondit Rafaello avec une simplicité parfaite, mais je ne le suis plus. J'ai vendu ce manuscrit précieux, à un amateur[a] qu'il m'est défendu de nommer et qui, pour des raisons que je dois taire, se voit obligé de vendre sa collection. Honoré de la confiance de mon client, je fus chargé par lui de dresser le catalogue et de diriger la vente, qui aura lieu le 24 décembre prochain. Si vous voulez bien me donner votre adresse, j'aurai l'honneur de vous faire envoyer le catalogue qui est sous presse, et dans lequel vous trouverez la *Légende dorée* décrite sous le numéro 42. »

Je donnai mon adresse et sortis.

La décente gravité du fils me déplaisait à l'égal de l'impudente mimique du père. Je détestai dans le fond de mon âme les ruses de ces vils trafiquants. Il était clair pour moi que les deux coquins s'entendaient et qu'ils avaient imaginé cette vente aux enchères, par le ministère d'un huissier priseur, pour faire monter à un prix immodéré, sans qu'on pût le leur reprocher, le manuscrit dont je souhaitais la possession. J'étais entre leurs mains. Les désirs, même les plus innocents, ont cela de mauvais[b] qu'ils nous soumettent à autrui et nous rendent dépendants. Cette réflexion me fut cruelle mais elle ne m'ôta pas l'envie de posséder l'œuvre du clerc Toutmouillé. Tandis que je méditais ainsi, pensant traverser la chaussée, je m'arrêtai pour laisser passer une voiture qui montait la rue que je descendais et je reconnus derrière la glace Mme Trépof que deux chevaux noirs et un cocher fourré comme un boyard menaient grand train. Elle ne me vit pas.

« Puisse-t-elle, me dis-je, trouver ce qu'elle cherche ou plutôt ce qui lui convient. C'est le souhait que je forme, en retour du rire cruel avec lequel elle a accueilli ma déconvenue à Girgenti. Elle a une âme de mésange. »

Et, triste, je gagnai les ponts.

Éternellement indifférente[a], la nature amena sans hâte ni retard la journée du 24 décembre. Je me rendis à l'hôtel Bullion[1], et je pris place dans la salle nº 4, au pied même du bureau où devaient siéger le commissaire-priseur Boulouze et l'expert Polizzi. Je vis la salle se garnir peu à peu de figures à moi connues. Je serrai la main à quelques vieux libraires des quais; mais la prudence, que tout grand intérêt inspire aux plus confiants, me fit taire la raison de ma présence insolite dans une des salles de l'hôtel Bullion. Par contre, je questionnai ces messieurs sur l'intérêt qu'ils pouvaient prendre à la vente Polizzi, et j'eus la satisfaction de les entendre parler de tout autre article que le mien.

La salle se remplit lentement d'intéressés et de curieux, et après une demi-heure de retard le commissaire-priseur armé de son marteau d'ivoire, le clerc chargé de bordereaux, l'expert avec son catalogue et le crieur muni d'une sébile fixée au bout d'une perche, prirent place sur l'estrade avec une solennité bourgeoise. Les garçons de salle se rangèrent au pied du bureau. L'officier ministériel ayant annoncé que la vente était commencée, il se fit un demi-silence.

On vendit d'abord, à des prix médiocres, une suite assez banale de *Preces piae*[2] avec miniatures. Il est inutile de dire que ces miniatures étaient d'une entière fraîcheur.

L'humilité des enchères encouragea la troupe des petits brocanteurs, qui se mêlèrent à nous et devinrent familiers. Les chaudronniers vinrent à leur tour, en attendant que les portes d'une salle voisine fussent ouvertes, et les gaietés auvergnates couvrirent la voix du crieur.

Un magnifique codex de la *Guerre des Juifs*[3] ranima l'attention. Il fut longtemps disputé. « Cinq mille francs, cinq mille », annonçait le crieur au milieu du silence des chaudronniers saisis d'admiration. Sept ou huit antiphonaires nous firent retomber dans les bas prix. Une grosse revendeuse en taille et en cheveux, encouragée par la grandeur du livre et la modicité de l'enchère, se fit adjuger un de ces antiphonaires à trente francs.

Enfin, l'expert Polizzi mit sur la table le nº 42 : La *Légende dorée*, manuscrit français, inédit, deux superbes miniatures, trois mille francs marchand.

« Trois mille ! trois mille ! glapit le crieur.

— Trois mille », reprit sèchement le commissaire-priseur.

Mes tempes bourdonnaient, et j'aperçus à travers un nuage une multitude de figures sérieuses qui se tournaient toutes vers le manuscrit qu'un garçon promenait ouvert dans la salle.

« Trois mille cinquante ! » dis-je.

Je fus effrayé du son de ma voix et confus de voir tous les visages[a] se tourner vers moi.

« Trois mille cinquante à droite ! dit le crieur relevant mon enchère.

— Trois mille cent ! » reprit M. Polizzi.

Alors commença un duel héroïque entre l'expert et moi.

« Trois mille cinq cents !

— Six cents.

— Sept cents.

— Quatre mille !

— Quatre mille cinq cents ! »

Puis, par un bond formidable, M. Polizzi sauta tout à coup à six mille.

Six mille francs, c'était tout ce que j'avais à ma disposition. C'était pour moi le possible. Je risquai l'impossible.

« Six mille cent ! » m'écriai-je.

Hélas ! l'impossible même ne suffisait pas.

« Six mille cinq cents », répliqua M. Polizzi avec calme.

Je baissai la tête et restai la bouche pendante, n'osant dire ni oui ni non au crieur qui me criait :

« Six mille cinq cents, par moi ; ce n'est pas par vous à droite, c'est par moi ! pas d'erreur ! Six mille cinq cents !

— C'est bien vu ! reprit le commissaire-priseur.

Six mille cinq cents. C'est bien vu, bien entendu... Le mot ?... Il n'y a pas d'acquéreur au-dessus de six mille cinq cents francs. »

Un silence solennel régnait dans la salle. Tout à coup, je sentis mon crâne se fendre. C'était le marteau de l'officier ministériel qui, frappant un coup sec sur l'estrade, adjugeait irrévocablement le numéro 42 à M. Polizzi. Aussitôt la plume du clerc, courant sur le papier timbré, enregistra ce grand fait en une ligne.

J'étais accablé, j'avais besoin d'air et de repos[a]. Toutefois je ne quittai pas ma place. Peu à peu la réflexion me revint. L'espoir est tenace. J'eus un espoir. Je pensai que le nouvel acquéreur de la *Légende dorée* pouvait être un bibliophile intelligent et libéral qui me donnerait communication du manuscrit et me permettrait même d'en publier les parties essentielles. C'est pourquoi, quand la vente fut finie, je m'approchai de l'expert qui descendait de l'estrade.

« Monsieur l'expert, lui dis-je, avez-vous acheté le numéro 42 pour votre compte ou par commission ?

— Par commission. J'avais ordre de ne le lâcher à aucun prix.

— Pouvez-vous me dire le nom de l'acquéreur ?

— Je suis désolé de ne pouvoir vous satisfaire. Mais cela m'est tout à fait interdit. »

Je le quittai désespéré.

30 décembre 1869[b].

« Thérèse, vous n'entendez donc pas qu'on sonne depuis un quart d'heure à notre porte ? »

Thérèse ne me répond pas. Elle jase dans la loge du concierge. Cela est sûr. Est-ce ainsi que vous souhaitez la fête de votre vieux maître ? Vous m'abandonnez pendant la veillée de la Saint-Sylvestre ! Hélas ! s'il me vient en ce jour des souhaits affectueux, ils sortiront de terre, car tout ce qui m'aimait est depuis longtemps enseveli. Je ne sais trop ce que je fais en ce monde. On sonne encore. Je quitte mon feu lentement, le dos rond, et je vais ouvrir ma porte. Que vois-je sur le palier ? Ce n'est pas l'Amour mouillé[1], et je ne suis pas le vieil Anacréon, mais un joli petit garçon de huit ou neuf ans. Il est tout seul;

il lève[a] la tête pour me voir. Ses joues rougissent, mais son petit nez éventé vous a un air fripon. Il a des plumes à son chapeau et une grande fraise de dentelles sur sa blouse. Le joli petit bonhomme ! Il tient à deux bras un paquet aussi gros que lui et me demande si je suis M. Sylvestre Bonnard. Je lui réponds qu'oui ; il me remet le paquet, dit que c'est de la part de sa maman et s'enfuit dans l'escalier.

Je descends quelques marches, je me penche sur la rampe et je vois le petit chapeau tournoyer dans la spirale de l'escalier comme une plume au vent. Bonsoir, mon petit garçon[b] ! J'aurais été bien aise de lui parler. Mais que lui aurais-je demandé ? Il n'est pas délicat de questionner les enfants. D'ailleurs, le paquet m'instruira mieux que le messager.

C'est un très gros paquet, mais pas très lourd. Je défais dans ma bibliothèque les faveurs et le papier qui l'entourent et je trouve... quoi ? une bûche, une maîtresse bûche, une vraie bûche de Noël, mais si légère que je la crois creuse. Je découvre, en effet, qu'elle est composée de deux morceaux qui sont joints par des crochets et s'ouvrent sur charnières. Je tourne les crochets et me voilà inondé de violettes. Il en coule sur ma table, sur mes genoux, sur mon tapis. Il s'en glisse dans mon gilet, dans mes manches. J'en suis tout parfumé.

« Thérèse ! Thérèse ! apportez des vases pleins d'eau ! Voici des violettes qui nous viennent de je ne sais quel pays, ni de quelle main, mais ce doit être d'un pays parfumé et d'une main gracieuse. Vieille corneille, m'entendez-vous ? »

J'ai mis les violettes sur ma table, qu'elles recouvrent tout entière de leur buisson parfumé. Il y a encore quelque chose dans la bûche, un livre, un manuscrit. C'est... je ne puis le croire et ne puis en douter... C'est la *Légende dorée,* c'est le manuscrit du clerc Jean Toutmouillé. Voici la *Purification de la Vierge* et l'*Enlèvement de Proserpine*, voici la légende de saint Droctovée. Je contemple cette relique parfumée de violettes. Je tourne les feuillets entre lesquels de petites fleurs pâles se sont glissées, et je trouve, contre la légende de sainte Cécile, une carte portant ce nom : PRINCESSE TRÉPOF.

Princesse Trépof ! vous qui riiez et pleuriez tour à tour si joliment sous le beau ciel d'Agrigente, vous qu'un vieillard morose croyait être une petite folle, je suis certain aujourd'hui de votre belle et rare folie, et le bonhomme que vous comblez de joie ira vous baiser les mains en vous rendant ce précieux manuscrit dont la science et lui vous devront une exacte et somptueuse publication.

Thérèse entra en ce moment dans mon cabinet : elle était très agitée.

« Monsieur, me cria-t-elle, devinez qui je viens de voir à l'instant dans une voiture armoriée qui stationnait devant la porte de la maison.

— Mme Trépof, parbleu ! m'écriai-je.

— Je ne connais pas de Mme Trépof, me répondit ma gouvernante. La femme que je viens de voir est mise comme une duchesse, avec un petit garçon qui a des dentelles sur toutes les coutures. Et c'est cette petite Mme Coccoz à qui vous avez envoyé une bûche quand elle accouchait, il y a de cela huit ans[a]. Je l'ai bien reconnue.

— C'est, demandai-je vivement, c'est, dites-vous, Mme Coccoz ? la veuve du marchand d'almanachs ?

— C'est elle, monsieur, la portière était ouverte pendant que son petit garçon, qui sortait de cette maison-ci, remontait en voiture. Elle n'a guère changé. Pourquoi ces femmes-là vieilliraient-elles ? elles ne se donnent point de souci. La Coccoz est seulement un peu plus grasse que par le passé. Une femme qu'on a reçue ici par charité, venir étaler ses velours et ses diamants dans une voiture armoriée ! N'est-ce pas une honte !

— Thérèse, m'écriai-je d'une voix terrible, si vous me parlez de cette dame autrement qu'avec une profonde vénération, nous sommes brouillés ensemble. Apportez ici mes vases de Sèvres pour y mettre ces violettes qui donnent à la cité des livres une grâce qu'elle n'avait jamais eue. »

Pendant que Thérèse cherchait en soupirant les vases de Sèvres, je contemplais ces belles violettes éparses, dont l'odeur répandait autour de moi comme le parfum d'une âme charmante et je me demandais comment je n'avais pas reconnu Mme Coccoz en la princesse Trépof. Mais ç'avait été pour moi une vision bien rapide que celle de la jeune veuve me montrant son petit enfant nu dans l'escalier. J'avais plus de raison de m'accuser d'avoir passé auprès d'une âme gracieuse et belle, sans l'avoir devinée.

« Bonnard, me disais-je, tu sais déchiffrer les vieux textes, mais tu ne sais pas lire dans le livre de la vie. Cette petite étourdie de Mme Trépof, à qui tu n'accordais qu'une âme d'oiseau, a dépensé, par reconnaissance, plus de zèle et d'esprit que tu n'en as jamais mis à obliger personne. Elle t'a payé royalement la bûche des relevailles... Thérèse, vous étiez une pie, vous devenez une tortue ! Venez donner de l'eau à ces violettes de Parme ! »

Deuxième partie

JEANNE ALEXANDRE

I

Lusance, 8 août 1874[a].

Quand je descendis de voiture à la station de Melun, la nuit répandait sa paix sur la campagne silencieuse. La terre chauffée tout[b] le jour par un soleil pesant, par un « gras soleil », comme disent les moissonneurs du val de Vire, exhalait une odeur forte et chaude. Au ras du sol, des parfums d'herbe traînaient lourdement. Je secouai la poussière du wagon et respirai d'une poitrine allègre. Mon sac de voyage, que ma gouvernante avait bourré de linge et de menus objets de toilette, *munditiis*[1], me pesait si peu dans la main, que je l'agitai comme un écolier agite, au sortir de la classe, le paquet sanglé de ses livres rudimentaires.

Plût au ciel que je fusse encore un petit grimaud d'école ! Mais il n'y a pas loin de soixante ans bien sonnés[c] que feu ma bonne mère, m'ayant préparé de ses mains une tartine de raisiné, la mit dans un panier dont elle me passa l'anse au bras, et me mena, ainsi muni, à la pension tenue par M. Douloir, entre cour et jardin, dans un angle du passage du Commerce[d2], bien connu des moineaux. L'énorme M. Douloir nous sourit avec une grâce enjouée, et il me caressa la joue pour mieux exprimer, sans doute, la tendresse que je lui inspirais spontanément. Mais quand ma mère eut traversé la cour, au milieu des moineaux qui s'envolaient devant elle, M. Douloir ne souriait plus, il ne me témoignait plus aucune tendresse et paraissait, au contraire, me considérer comme un petit être fort incommode. Je reconnus depuis qu'il éprouvait des sentiments de cette nature à l'égard de tous ses élèves. Il nous distribuait les coups de férule avec une agilité qu'on n'eût point attendue de son épaisse corpulence. Mais sa première tendresse lui revenait chaque fois qu'il parlait à nos mères en notre présence et alors, tout en vantant nos heureuses dispositions, il nous couvrait d'un regard affectueux. Ce fut un bien bon temps que celui que je passai sur les bancs de M. Douloir avec des petites camarades qui, comme moi, pleuraient et riaient de tout leur cœur, du matin au soir.

Après plus d'un demi-siècle[a], ces souvenirs remontent tout frais et clairs à la surface de mon âme, sous ce ciel étoilé, qui n'a pas changé depuis et dont les clartés immuables et sereines verront, sans faillir, bien d'autres écoliers comme j'étais, devenir des savants catarrheux et chenus comme je suis.

Étoiles, qui avez lui sur la tête légère ou pesante de tous mes ancêtres oubliés, c'est à votre clarté que je sens s'éveiller en moi un regret douloureux ! Je voudrais avoir une postérité qui vous voie encore quand je ne vous verrai plus. Je serais père et grand-père si vous l'aviez voulu, Clémentine[b], vous dont les joues étaient si fraîches sous votre capote rose ! Mais vous épousâtes M. Achille Allier, riche campagnard nivernais, un peu gentilhomme, car le vilain, son père, acquéreur de biens nationaux, avait acheté le chartrier de ses seigneurs avec leur château et leurs terres. Je ne vous ai pas revue depuis votre mariage, Clémentine, et j'imagine que votre vie coula belle, obscure et douce dans votre manoir rustique. J'appris un jour, par hasard, d'un de vos amis, que vous aviez quitté cette vie, laissant une fille qui vous ressemblait. À cette nouvelle qui vingt ans auparavant eût révolté toutes les énergies de mon âme, il se fit en moi comme un grand silence; le sentiment qui me remplit tout entier fut, non pas une douleur aiguë, mais la tristesse profonde et tranquille d'une âme docile aux grands enseignements de la nature. J'ai compris que ce que j'avais aimé n'était qu'une ombre. Mais votre souvenir reste le charme de ma vie. Votre forme aimable, après s'être lentement flétrie, a disparu sous l'herbe grasse. La jeunesse de votre fille eſt déjà passée. Sa beauté sans doute eſt dépouillée. Et je vous vois toujours, Clémentine, avec vos boucles blondes et votre capote rose.

La belle nuit[a] ! Elle règne dans une noble langueur sur les hommes et les bêtes qu'elle a déliés du joug quotidien, et j'éprouve sa bénigne influence, bien que, par une habitude de plus de soixante ans[b], je ne sente plus les choses que par les signes qui les représentent. Il n'y a pour moi dans le monde que des mots, tant je suis philologue ! Chacun fait à sa manière le rêve de sa vie[c]. J'ai fait ce rêve dans ma bibliothèque, et, quand mon heure sera venue de quitter ce monde, Dieu veuille me prendre sur mon échelle, devant mes tablettes chargées de livres !

« Eh ! c'eſt pardieu bien lui ! Bonjour, monsieur Sylveſtre Bonnard. Où donc alliez-vous, battant la campagne de votre pied léger, tandis que je vous attendais devant la gare avec mon cabriolet ? Vous m'aviez échappé à la sortie du train et je rentrais bredouille à Lusance. Donnez-moi votre sac et montez en voiture près de moi. Savez-vous bien qu'il y a, d'ici au château, sept bons kilomètres ? »

Qui me parle ainsi, à pleins poumons, du haut de son cabriolet ? M. Paul de Gabry, neveu et héritier de M. Honoré de Gabry, pair de France en 1842, récemment décédé à Monaco. Aussi bien, c'était M. Paul de Gabry chez qui je me rendais avec ma valise bouclée par ma gouvernante. Cet excellent homme[d] venait d'hériter, conjointement avec ses deux beaux-frères, des biens de son oncle qui, issu d'une très ancienne famille de robe, possédait dans son château de Lusance une bibliothèque riche en manuscrits dont quelques-uns remontent au XIII[e] siècle[e]. C'était pour inventorier et cataloguer ces manuscrits que je venais à Lusance, sur la prière de M. Paul de Gabry, dont le père, galant homme et bibliophile distingué, avait entretenu avec moi, de son vivant, des relations parfaitement courtoises. À vrai dire, le fils n'a point hérité des nobles inclinations du père. M. Paul s'eſt adonné aux sports; il eſt fort entendu en chevaux et en chiens, et je crois que, de toutes les sciences propres à assouvir ou à tromper l'inépuisable curiosité des hommes, celles de l'écurie et du chenil sont les seules qu'il possède pleinement.

Je ne puis dire que je fus surpris de le rencontrer, puisque j'avais rendez-vous avec lui, mais j'avoue qu'entraîné par le cours naturel de mes pensées, j'avais perdu de vue le château de Lusance et ses hôtes, à ce point que l'appel d'un gentilhomme campagnard, au départ de la route qui déroulait devant moi, comme on dit, « un bon ruban de queue[1] », me frappa tout d'abord les oreilles ainsi qu'un bruit insolite. J'ai lieu de craindre que ma physionomie n'ait trahi ma distraction incongrue par une certaine expression de stupidité qu'elle revêt dans la plupart des transactions sociales. Ma valise prit place dans le cabriolet et je suivis ma valise. Mon hôte me plut par sa franchise et sa simplicité.

« Je n'entends rien à vos vieux parchemins, me dit-il, mais vous aurez chez nous à qui parler. Sans compter le curé qui fait des livres et le médecin qui est fort aimable, bien que libéral[a], vous trouverez quelqu'un qui vous tiendra tête. C'est ma femme. Elle n'est pas une savante, mais il n'y a pas de chose[b], je crois, qu'elle ne devine. Je compte, Dieu merci ! d'ailleurs, vous garder assez longtemps pour vous faire rencontrer avec Mlle Jeanne qui a des doigts de magicienne et une âme d'ange.

— Cette demoiselle, dis-je, si heureusement douée, est-elle de votre famille ?

— Non pas, répondit M. Paul, le regard[c] tendu vers les oreilles de son cheval, qui battait du sabot la route bleuie par la lune. C'est une jeune amie de ma femme. Elle est orpheline de père et de mère. Son père nous a fait courir une grosse aventure d'argent et nous en sommes[d] quittes avec lui pour beaucoup plus que la peur. »

Puis il secoua la tête et, changeant de propos, il m'avertit de l'état d'abandon dans lequel je trouverais le parc et le château, restés absolument déserts depuis trente-deux années.

J'appris de lui que M. Honoré de Gabry, son oncle, était, en son vivant, fort mal avec les braconniers du pays, que son garde-chasse tirait comme[e] des lapins. Un d'eux, paysan vindicatif, qui avait reçu en plein visage le plomb du seigneur, le guetta un soir, derrière les arbres du mail et le manqua de peu, car il lui brûla d'une balle le bout de l'oreille.

« Mon oncle, ajouta M. Paul, chercha à découvrir d'où venait le coup, mais il ne vit rien et regagna le château sans hâter le pas. Le lendemain, ayant fait appeler son intendant, il lui donna l'ordre de clore le manoir et le parc et de n'y laisser entrer âme qui vive. Il défendit expressément qu'on touchât à rien, qu'on entretînt ni qu'on réparât rien sur sa terre et dans ses murs jusqu'à son retour. Il ajouta entre ses dents, comme dans la chanson, qu'il reviendrait à Pâques ou à la Trinité, et, comme dans la chanson, la Trinité se passa sans qu'on le revît. Il eſt mort, l'an dernier, à Monaco, et nous sommes[a] entrés les premiers, mon beau-frère et moi, dans le château abandonné depuis trente-deux ans. Nous avons trouvé un marronnier au milieu du salon. Quant au parc, il faudrait pour le visiter qu'il y eût encore des allées. »

Mon compagnon se tut et l'on n'entendait plus que le trot régulier du cheval au milieu du bruissement des inseċtes dans les herbes. Des deux côtés de la route les gerbes dressées dans les champs prenaient sous la clarté incertaine de la lune l'apparence de grandes femmes blanches agenouillées, et je m'abandonnais aux magnifiques enfantillages des séduċtions de la nuit. Ayant passé sous les épais ombrages du mail, nous tournâmes à angle droit et roulâmes sur une avenue seigneuriale au bout de laquelle le château m'apparut brusquement dans sa masse noire, avec ses tours en poivrière. Nous suivîmes une sorte de chaussée qui donnait accès à la cour d'honneur et qui, jetée sur un fossé rempli d'*eau courante*, remplaçait un pont-levis détruit dès longtemps. La perte de ce pont-levis fut, je pense, la première humiliation que ce manoir guerrier eut à subir avant d'être réduit à l'aspeċt pacifique sous lequel il me reçut. Les étoiles se reflétaient dans l'eau sombre avec une merveilleuse netteté. M. Paul[b] me conduisit, en hôte courtois, jusqu'à ma chambre, située dans les combles, au bout d'un long corridor, et, s'excusant sur l'heure tardive de ne pas me présenter tout de suite à sa femme, me souhaita le bonsoir.

Ma chambre, peinte en blanc et tendue de perse, est empreinte des grâces galantes du XVIIIe siècle. Des cendres encore chaudes, qui me montrèrent par quels soins on avait dissipé l'humidité, emplissaient la cheminée dont la tablette supportait un buste en biscuit de la reine Marie-Antoinette. Sur le cadre blanc de la glace assombrie et tachée, deux crochets de cuivre, où s'étaient suspendues les châtelaines[1] des dames d'autrefois, s'offraient à l'envi pour recevoir ma montre, que j'eus soin de remonter; car, contrairement aux maximes des Thélémites[2], j'estime que l'homme n'est maître du temps, qui est la vie même, que lorsqu'il l'a divisé en heures, en minutes et en secondes, c'est-à-dire en parcelles proportionnées à la brièveté de l'existence humaine.

Et je songeai que la vie ne nous semble courte que parce que nous la mesurons inconsidérément à nos folles espérances. Nous avons tous, comme le vieillard de la fable, une aile à ajouter à notre bâtiment[3]. Je veux achever, avant de mourir, l'histoire des abbés de Saint-Germain-des-Prés. Le temps que Dieu accorde à chacun de nous est comme un tissu précieux que nous brodons de notre mieux. J'ai ouvré ma trame de toute sorte d'illustrations philologiques. Ainsi allaient mes pensées, et, en nouant mon foulard sur ma tête, l'idée du temps me ramena au passé, et, pour la seconde fois dans un tour de cadran, je songeai à vous, Clémentine, pour vous bénir dans votre postérité, avant[a] de souffler ma bougie et de m'endormir au chant des grenouilles.

II

Lusance, 9 août[b].

Pendant le déjeuner, j'eus mainte occasion d'apprécier la conversation de Mme de Gabry[c], qui m'apprit que le château était *hanté par des fantômes* et notamment par la Dame « aux trois plis dans le dos », empoisonneuse de son vivant et âme en peine désormais. Je ne saurais dire combien elle sut donner d'esprit et de vie à cette vieille histoire de nourrice. Nous prîmes le café sur la terrasse dont les balustres, embrassés et arrachés à leur rampe de pierre par un lierre vigoureux, restaient pris entre les nœuds de la plante lascive, dans l'attitude éperdue des femmes thessaliennes[1] aux bras[a] des centaures ravisseurs.

Le château, en forme de chariot à quatre roues, flanqué d'une tourelle à chaque angle, avait, par suite de remaniements successifs, perdu tout caractère. C'était une ample et estimable bâtisse, rien de plus. Il ne me parut pas avoir éprouvé de notables dommages pendant un abandon de trente-deux années. Mais lorsque, conduit par Mme de Gabry, j'entrai dans le grand salon du rez-de-chaussée, je vis les planchers bombés, les plinthes pourries, les boiseries fendillées, les peintures des trumeaux tournées au noir et pendant aux trois quarts hors de leurs châssis. Un marronnier, ayant soulevé les lames du parquet, avait grandi là et il tournait vers la fenêtre sans vitres les panaches de ses larges feuilles.

Je ne vis pas ce spectacle sans inquiétude[b], en songeant que la riche bibliothèque de M. Honoré de Gabry, installée dans une pièce voisine, était exposée depuis si longtemps à des influences délétères. Toutefois en contemplant le jeune marronnier du salon, je ne pus m'empêcher d'admirer la vigueur magnifique de la nature et l'irrésistible force qui pousse tout germe à se développer dans la vie. Par contre, je m'attristai à songer que l'effort que nous faisons, nous autres savants, pour retenir et conserver les choses mortes est un pénible et vain effort. Tout ce qui a vécu est l'aliment nécessaire des nouvelles existences. L'Arabe qui se bâtit une cabane avec les marbres des temples de Palmyre est plus philosophe que tous les conservateurs des musées de Londres, de Paris et de Munich.

Lusance, 11 août[c].

Dieu soit loué ! La bibliothèque, située au levant, n'a pas éprouvé d'irréparables dommages. Hors la lourde rangée des vieux *Coutumiers*[2] in-folio, que les loirs ont percée de part en part, les livres sont intacts dans leurs armoires grillées. J'ai passé toute la journée à classer des manuscrits. Le soleil entrait par les hautes fenêtres sans rideaux et j'entendais, à travers mes lectures, parfois très intéressantes, les bourdons alourdis heurter pesamment les vitres, les boiseries craquer et les mouches, ivres de lumière et de chaleur, ronfler des ailes en cercle sur ma tête. Vers trois heures, leur bourdonnement fut tel que je levai la tête de dessus un document fort précieux pour l'histoire de Melun au XIIIe siècle, et je me mis à considérer les mouvements concentriques de ces bestioles ou « bestions », comme dit La Fontaine[1]. Je dus constater[a] que la chaleur agit sur les ailes d'une mouche tout autrement que sur le cerveau d'un archiviste paléographe, car j'éprouvais une grande difficulté à penser et une torpeur assez agréable dont je ne sortis que par un effort violent. La cloche, qui sonna le dîner, me surprit au milieu de mes travaux et il me fallut faire ma toilette en grande hâte pour paraître[b] décemment devant Mme de Gabry.

Le repas, amplement servi, se prolongea de lui-même. J'ai un talent de dégustation qui va peut-être au-dessus du médiocre. Mon hôte, qui s'aperçut de mes connaissances, m'estima assez pour déboucher en mon honneur certaine bouteille de Château-Margaux. Je bus avec respect ce vin de grande race et de noble vertu, dont[c] on ne peut louer assez le bouquet et le feu. Cette ardente rosée se répandit dans mes veines et m'anima d'un zèle juvénile. Assis sur la terrasse, auprès de Mme de Gabry, dans le crépuscule qui baignait de mystère les formes agrandies des arbres, j'eus le plaisir[d] d'exprimer à ma spirituelle hôtesse mes impressions avec une vivacité et une abondance tout à fait remarquables chez un homme dénué, comme je le suis, de toute imagination. Je lui dépeignis spontanément, et sans m'aider d'aucun texte ancien, la tristesse douce du soir et la beauté de cette terre natale qui nous nourrit, non seulement de pain et de vin, mais encore d'idées, de sentiments et de croyances, et qui nous recevra tous dans son sein maternel, comme des petits enfants fatigués d'un long jour.

« Monsieur, me dit cette aimable dame, vous voyez ces vieilles tours, ces arbres, ce ciel : comme les personnages des contes et des chansons populaires sont naturellement sortis de tout cela ! Voici là-bas le sentier par lequel le petit Chaperon rouge alla au bois cueillir des noisettes. Ce ciel changeant et toujours à demi voilé fut sillonné par les chars des fées, et la tour du Nord a pu cacher jadis sous son toit pointu la vieille filandière dont le fuseau piqua la Belle au bois dormant. »

Je songeais encore à ces gracieuses paroles, pendant que M. Paul me racontait, à travers les bouffées d'un cigare capiteux, je ne sais quel procès intenté par lui à la commune au sujet d'une prise d'eau. Mme de Gabry, sentant la fraîcheur du soir, frissonna sous son châle et nous[a] quitta pour gagner sa chambre. Je résolus alors, au lieu de monter dans la mienne, de retourner dans la bibliothèque pour continuer l'examen des manuscrits. Malgré l'opposition de M. Paul, qui voulait que je m'allasse coucher, j'entrai[b] dans ce que j'appellerai, en vieux langage, « la librairie », et je me mis au travail, à la lumière de la lampe.

Après avoir lu quinze pages, évidemment écrites par un scribe ignorant et distrait, car j'eus quelque peine à en saisir le sens, je plongeai la main dans la poche béante de ma redingote pour en tirer ma tabatière, mais ce mouvement si naturel et quasi instinctif me coûta cette fois un peu d'effort et de fatigue ; toutefois j'ouvris la boîte et j'en tirai quelques grains de la poudre odorante, qui s'éparpillèrent le long du plastron de ma chemise, sous mon nez frustré. Je suis certain que mon nez exprima son désappointement, car il est fort expressif. Il a trahi plusieurs fois mes plus intimes pensées et notamment dans la bibliothèque publique de Coutances, où je découvris, à la barbe de mon collègue Brioux, le cartulaire de Notre-Dame des Anges[1].

Quelle ne fut pas ma joie ! Mes yeux, petits et ternes sous leurs lunettes, n'en laissèrent rien voir. Mais à la seule vue de mon nez en pied de marmite, qui frémissait de joie et d'orgueil, Brioux devina que j'avais fait une trouvaille. Il remarqua le volume que je tenais, nota l'endroit où je le mis en quittant la place, l'alla prendre sur mes talons, le copia en cachette et le publia à la hâte, pour me jouer un tour. Mais, croyant m'engeigner[2], il s'engeigna lui-même.

Son édition fourmille de fautes et j'eus la satisfaction d'y relever quelques grosses bévues.

Pour revenir au point où j'étais, je soupçonnai[a] qu'une lourde somnolence pesait sur mon esprit. J'avais sous les yeux une charte dont chacun peut apprécier l'intérêt, quand j'aurai dit que mention y est faite d'un clapier vendu à Jehan d'Estourville, prêtre, en 1212. Mais, bien que j'en sentisse alors toute l'importance, je n'y donnai pas l'attention qu'un tel document exigeait impérieusement. Mes yeux, quoi que je fisse, se tournaient vers un côté de la table qui ne présentait aucun objet important au point de vue de l'érudition. Il n'y avait à cet endroit qu'un assez gros volume allemand, relié en peau de truie, avec des clous de cuivre aux plats et d'épaisses nervures sur le dos. C'était un bel exemplaire de cette compilation recommandable seulement pour les gravures sur bois dont elle est ornée et qui est si connue sous le nom de *Chronique de Nuremberg*[b][1]. Le volume, dont les plats étaient légèrement entrebâillés, reposait sur sa tranche médiane.

Je ne saurais dire depuis combien de temps mes regards étaient attachés sans cause sur ce vieil in-folio, quand ils furent captivés par un spectacle tellement extraordinaire qu'un homme totalement dépourvu d'imagination, comme je suis, devait lui-même en être vivement frappé.

Je vis tout à coup, sans m'être aperçu de sa venue, une petite personne[2] assise sur le dos du livre, un genou replié et une jambe pendante, à peu près dans l'attitude que prennent sur leur cheval les amazones d'Hyde Park ou du bois de Boulogne. Elle était si petite que son pied ballant ne descendait pas jusqu'à la table sur laquelle s'étalait en serpentant la queue de sa robe. Mais son visage et ses formes étaient d'une femme adulte. L'ampleur de son corsage et la rondeur de sa taille ne laissaient aucun doute à cet égard, même à un vieux savant comme moi. J'ajouterai, sans crainte de me tromper, qu'elle était fort belle et de mine fière, car mes études iconographiques m'ont habitué de longue date à reconnaître la pureté d'un type et le caractère d'une physionomie. La figure de cette dame, assise si inopinément sur le dos d'une

Chronique de Nuremberg, respirait[a] une noblesse mélangée de mutinerie. Elle avait l'air d'une reine, mais d'une reine capricieuse; et je jugeai, à la seule expression de son regard, qu'elle exerçait quelque part une grande autorité avec beaucoup de fantaisie. Sa bouche était impérieuse et ironique et ses yeux bleus riaient d'une façon inquiétante sous des sourcils noirs, dont l'arc était très pur. J'ai toujours entendu dire que les sourcils noirs sont très séants aux blondes, et cette dame était blonde. En somme, l'impression qu'elle donnait était celle de la grandeur.

Il peut sembler étrange qu'une personne haute comme une bouteille et qui aurait disparu dans la poche de ma redingote, s'il n'eût pas été irrévérencieux de l'y mettre, donnât précisément l'idée de la grandeur. Mais il y avait dans les proportions de la dame assise sur la *Chronique de Nuremberg* une sveltesse si fière, une harmonie si majestueuse, elle gardait une attitude à la fois si aisée et si noble, qu'elle me parut grande. Bien que mon encrier, qu'elle considérait avec une attention moqueuse comme si elle eût pu lire par avance tous les mots qui devaient en sortir au bout de ma plume, fût pour elle un bassin profond où elle eût noirci jusqu'à la jarretière ses bas de soie rose à coins d'or, elle était grande, vous dis-je, et imposante dans son enjouement.

Son costume, approprié à sa physionomie, était d'une extrême magnificence; il consistait en une robe de brocart d'or et d'argent[1] et en un manteau de velours nacarat[2], doublé de menu vair. La coiffure était une sorte de hennin à deux cornes, que des perles d'un bel orient rendaient clair et lumineux comme le croissant de la lune. Sa petite main blanche tenait une baguette qui attira mon attention d'une manière d'autant plus efficace que mes études archéologiques m'ont disposé à reconnaître avec quelque certitude les insignes par lesquels se distinguent les notables personnes de la légende et de l'histoire. Cette connaissance me fut utile en cette occasion. J'examinai la baguette, et je reconnus qu'elle avait été taillée dans une menue branche de coudrier. C'est, me dis-je, une baguette de fée; conséquemment, la dame qui la tient est une fée.

Heureux de connaître la personne à qui j'avais affaire, j'essayai de rassembler mes idées pour lui adresser un compliment respectueux. J'eusse éprouvé quelque satisfaction, je le confesse, à lui parler doctement du rôle de ses pareilles, tant dans les races saxonne et germanique, que dans l'Occident latin. Une telle dissertation était dans ma pensée une façon ingénieuse de remercier cette dame d'être apparue à un vieil érudit, contrairement à l'usage constant de ses semblables, qui ne se montrent qu'aux enfants naïfs et aux villageois incultes.

« Pour être fée[a], on n'en est pas moins femme, me disais-je, et puisque Mme Récamier, ainsi que je l'ouïs dire à J.-J. Ampère[1], comptait pour quelque chose l'impression que produisait sa beauté sur les petits ramoneurs, la dame[b] surnaturelle qui est assise sur la *Chronique de Nuremberg* sera sans doute flattée d'entendre un érudit la traiter doctement comme une médaille, un sceau, une fibule ou un jeton. » Mais cette entreprise, qui coûtait beaucoup à ma timidité, me devint vraiment impossible, quand je vis la dame de la *Chronique* tirer vivement d'une aumônière, qu'elle portait au côté, des noisettes plus petites que je n'en vis jamais, en briser les coquilles entre ses dents et me les jeter au nez, tandis qu'elle croquait l'amande avec la gravité d'un enfant qui tète.

En une telle conjoncture, je fis ce qu'exigeait la dignité de la science, je me tus. Mais les coquilles m'ayant causé un chatouillement pénible, je portai la main à mon nez et je constatai alors, à ma grande surprise, que mes lunettes en chevauchaient l'extrémité et que je voyais la dame non à travers, mais par-dessus les verres, chose incompréhensible, puisque mes yeux, usés sur les vieux textes, ne distinguent pas sans bésicles un melon d'une carafe, placés tous deux au bout de mon nez.

Ce nez, remarquable par sa masse, sa forme et sa coloration, attira légitimement l'attention de la fée, car elle saisit ma plume d'oie, qui s'élevait comme un panache au-dessus de l'encrier, et elle promena sur mon nez les barbes de cette plume. J'eus parfois, en compagnie, l'occasion de me prêter aux espiègleries innocentes des jeunes demoiselles qui, m'associant à leurs jeux, m'offraient leur joue à baiser à travers un dossier de chaise ou m'invitaient à éteindre une bougie qu'elles élevaient tout à coup hors de portée de mon souffle. Mais jusque-là aucune personne du sexe ne m'avait soumis à des caprices aussi familiers que de m'agacer les narines avec les barbes de ma propre plume. Je me rappelai heureusement une maxime de feu mon grand-père, qui avait coutume de dire que tout eſt permis aux dames, et que tout ce qui vient d'elles eſt grâce et faveur. Je reçus donc comme faveur et grâce les coquilles des noisettes et les barbes de la plume, et j'essayai de sourire. Bien plus ! je pris la parole :

« Madame, dis-je avec politesse et dignité, vous[a] accordez l'honneur de votre visite, non à un morveux ni à un ruſtre, mais bien à un bibliothécaire assez heureux pour vous connaître et qui sait que jadis vous emmêliez dans les crèches les crins de la jument, buviez le lait dans les jattes écumeuses, couliez des graines à gratter dans le dos des aïeules, faisiez pétiller l'âtre aux nez des bonnes gens et, pour tout dire, mettiez le désordre et la gaieté dans la maison. Vous pouvez vous vanter, de plus, d'avoir, le soir, dans les bois, fait les plus jolies peurs du monde aux couples attardés. Mais je vous croyais évanouie à jamais depuis trois siècles au moins. Se peut-il, madame, qu'on vous voie en ce temps de chemins de fer et de télégraphes ? Ma concierge, qui fut[b] nourrice en son temps, ne sait pas votre hiſtoire, et mon petit voisin, que sa bonne mouche encore, affirme que vous n'exiſtez point.

— Qu'en dites-vous ? s'écria-t-elle d'une voix argentine, en se campant dans sa petite taille royale d'une façon cavalière et en fouettant comme un hippogriffe le dos de la *Chronique de Nuremberg*.

— Je ne sais », lui répondis-je, en me frottant les yeux.

Cette réponse, empreinte d'un scepticisme profondément scientifique, fit sur mon interlocutrice le plus déplorable effet.

« Monsieur Sylveſtre Bonnard, me dit-elle, vous n'êtes qu'un cuiſtre. Je m'en étais toujours doutée. Le plus petit des marmots qui vont par les chemins avec un pan de chemise à la fente de leur culotte me connaît mieux que tous les gens à lunettes de vos Instituts et de vos Académies. Savoir n'est rien, imaginer est tout. Rien n'existe que ce qu'on imagine. Je suis imaginaire. C'est exister cela, je pense ! On me rêve et je parais ! Tout n'est que rêve, et, puisque personne ne rêve de vous, Sylvestre Bonnard, c'est vous qui n'existez pas. Je charme le monde; je suis partout, sur un rayon de lune, dans le frisson d'une source cachée, dans le feuillage mouvant qui chante, dans les blanches vapeurs qui montent, chaque matin, du creux des prairies, au milieu des bruyères roses, partout !... On me voit, on m'aime. On soupire, on frissonne sur la trace légère de mes pas qui font chanter les feuilles mortes. Je fais sourire les petits enfants, je donne de l'esprit aux plus épaisses nourrices. Penchée sur les berceaux, je lutine, je console et j'endors, et vous doutez que j'existe ! Sylvestre Bonnard, votre chaude douillette recouvre le cuir d'un âne[1]. »

Elle se tut; l'indignation gonflait ses fines narines et, tandis que j'admirais, malgré mon dépit, la colère héroïque de cette petite personne, elle promena ma plume dans l'encrier, comme un aviron dans un lac, et me la jeta au nez le bec en avant.

Je me frottai le visage que je sentis tout mouillé d'encre. Elle avait disparu. Ma lampe s'était éteinte; un rayon de lune traversait la vitre et descendait sur la *Chronique de Nuremberg*. Un vent frais, qui s'était élevé sans que je m'en aperçusse, faisait voler plumes, papiers et pains à cacheter. Ma table était toute tachée d'encre. J'avais laissé ma fenêtre entrouverte pendant l'orage. Quelle imprudence !

III

Lusance, 12 août[a].

J'ai écrit à ma gouvernante, comme je m'y étais engagé, que j'étais sain et sauf. Mais je me suis bien gardé de lui dire que j'eus un rhume de cerveau pour m'être endormi le soir, dans la bibliothèque, pendant que la fenêtre était ouverte, car l'excellente femme ne m'eût pas plus ménagé les remontrances que les parlements aux rois. « À votre âge, monsieur, m'eût-elle dit, être si peu raisonnable ! » Elle est assez simple pour croire que la raison augmente avec les années. Je lui semble une exception à cet égard.

N'ayant pas les mêmes motifs de taire mon aventure à Mme de Gabry, je lui contai mon rêve tout au long. Je le lui contai comme il est dans ce journal et comme je l'eus en dormant. J'ignore l'art des fictions. Il se peut toutefois qu'en le contant et en l'écrivant j'aie mis çà et là quelques circonstances et quelques paroles qui n'y étaient point d'abord, non certes pour altérer la vérité, mais plutôt par un secret désir d'éclaircir et d'achever ce qui demeurait obscur et confus et en cédant peut-être à ce goût de l'allégorie que, dans mon enfance, j'ai reçu des Grecs.

Mme de Gabry m'écouta sans déplaisir.

« Votre vision, me dit-elle[a], est charmante, et il faut bien de l'esprit pour en avoir de pareilles.

— C'est donc, lui répondis-je, que j'ai de l'esprit quand je dors.

— Quand vous rêvez, reprit-elle; et vous rêvez toujours ! »

Je sais bien qu'en parlant ainsi, Mme de Gabry n'avait pas d'autre idée que de me faire plaisir, mais cette seule pensée mérite toute ma reconnaissance, et c'est dans un esprit de gratitude et de douce remembrance que je la note en ce cahier, que je relirai jusqu'à ma mort et qui ne sera lu par personne autre que moi.

J'employai[b] les jours qui suivirent à achever l'inventaire des manuscrits de la bibliothèque de Lusance. Quelques mots confidentiels qui échappèrent à M. Paul de Gabry me causèrent une surprise pénible et me déterminèrent à conduire mon travail autrement que je ne l'avais commencé. J'appris de lui que la fortune de M. Honoré de Gabry, mal gérée depuis longtemps et emportée en grande partie par la faillite d'un banquier dont il me tut le nom, n'était transmise aux héritiers de l'ancien pair de France que sous la forme d'immeubles hypothéqués et de créances irrécouvrables.

M. Paul, d'accord avec ses cohéritiers, était décidé

à vendre la bibliothèque, et je dus rechercher les moyens d'opérer cette vente le plus avantageusement possible. Étranger comme je le suis à tout négoce et trafic, je résolus de prendre conseil d'un libraire de mes amis. Je lui écrivis de me venir trouver à Lusance et, en attendant sa venue, je pris ma canne et mon chapeau et m'en allai visiter les églises du diocèse, dont quelques-unes renferment des inscriptions funéraires qui n'ont pas encore été relevées correctement.

Je quittai donc mes hôtes et partis en pèlerinage. Explorant tout le jour les églises et les cimetières, visitant les curés et les tabellions de village, soupant à l'auberge avec les colporteurs et les marchands de bestiaux, couchant dans des draps parfumés de lavande, je goûtai pendant une semaine entière un plaisir calme et profond à voir, tout en songeant aux morts, les vivants accomplir leur travail quotidien. Je ne fis, en ce qui concerne l'objet de mes recherches, que des découvertes médiocres qui me causèrent une joie modérée et par cela même salubre et nullement fatigante. Je relevai quelques épitaphes intéressantes et j'ajoutai à ce petit trésor plusieurs recettes de cuisine rustique dont un bon curé voulut bien me faire part.

Ainsi enrichi, je retournai à Lusance et je traversai la cour d'honneur avec l'intime satisfaction d'un bourgeois qui rentre chez lui. C'est là un effet de la bonté de mes hôtes, et l'impression que je ressentis alors sur leur seuil prouve mieux que tous les raisonnements l'excellence de leur hospitalité.

J'entrai jusque dans le grand salon sans rencontrer personne, et le jeune marronnier qui étendait là ses grandes feuilles me fit l'effet d'un ami. Mais ce que je vis ensuite sur la console me causa une telle surprise que je rajustai à deux mains mes bésicles sur mon nez et que je me tâtai pour me redonner une notion au moins superficielle de ma propre existence. Il me vint à l'esprit, en une seconde, une vingtaine d'idées dont la plus soutenable fut que j'étais devenu fou. Il me semblait impossible que ce que je voyais existât, et il m'était impossible de ne pas le voir comme une chose existante. Ce qui causait ma surprise reposait, comme j'ai dit, sur la console que surmontait une glace plombée et piquée.

Je m'aperçus dans cette glace et je puis dire que j'ai vu une fois en ma vie l'image accomplie de la stupéfaction. Mais je me donnai raison à moi-même et je m'approuvai d'être stupéfait d'une chose stupéfiante.

L'objet, que j'examinais avec un étonnement que la réflexion ne diminuait pas, s'imposait à mon examen dans une entière immobilité. La persistance et la fixité du phénomène excluaient toute idée d'hallucination. Je suis totalement exempt des affections nerveuses qui perturbent le sens de la vue. La cause en est généralement due à des désordres stomacaux, et je suis pourvu, Dieu merci ! d'un excellent estomac. D'ailleurs, les illusions de la vue sont accompagnées de circonstances particulières et anormales qui frappent les hallucinés eux-mêmes et leur inspirent une sorte d'effroi. Or, je n'éprouvais rien de semblable et l'objet que je voyais, bien qu'impossible en soi, m'apparaissait dans toutes les conditions de la réalité naturelle. Je remarquais qu'il avait trois dimensions et des couleurs et qu'il portait ombre. Ah ! si je l'examinais ! Les larmes[a] m'en vinrent aux yeux, et je dus essuyer les verres de mes lunettes.

Enfin il fallut me rendre à l'évidence et constater que j'avais, devant les yeux, la fée, la fée que j'avais rêvée l'autre soir dans la bibliothèque. C'était elle, c'était elle, vous dis-je ! Elle avait encore son air de reine enfantine, son attitude souple et fière; elle tenait dans la main sa baguette de coudrier; elle portait le hennin à deux cornes et la queue de la robe de brocart serpentait autour de ses petits pieds. Même visage, même taille. C'est bien elle, et, pour qu'on ne s'y trompât pas, elle était assise sur le dos d'un vieux et gros bouquin tout semblable à la *Chronique de Nuremberg*. Son immobilité me rassurait à demi et je craignis en vérité qu'elle ne tirât encore des noisettes de son aumônière pour m'en jeter les coquilles au visage.

Je restais là, bras ballants et bouche bée, quand la voix de Mme de Gabry résonna à mon oreille.

« Vous examinez votre fée, monsieur Bonnard, me dit mon hôtesse; eh bien ! la trouvez-vous ressemblante ? »

Cela fut vite dit; mais, en l'entendant, j'eus le temps de reconnaître que ma fée était une statuette modelée en cires colorées, avec beaucoup de goût et de sentiment, par une main encore inexpérimentée. Le phénomène[a], ainsi ramené à une interprétation rationnelle, ne laissait pas de me surprendre encore. Comment et par qui la dame de la *Chronique* était-elle parvenue à une existence matérielle ? C'est ce qu'il[b] me tardait d'apprendre.

Me tournant vers Mme de Gabry, je m'aperçus qu'elle n'était pas seule. Une jeune fille vêtue de noir se tenait près d'elle. Elle avait des yeux d'un gris aussi doux[c] que le ciel de l'Ile-de-France, et d'une expression à la fois intelligente et naïve. Au bout[d] de ses bras un peu grêles se tourmentaient deux mains déliées, mais rouges, comme il convient à des mains de jeune fille. Prise dans sa robe de mérinos, elle était tout d'un jet comme un jeune arbre, et sa grande bouche annonçait la franchise. Je ne puis dire combien cette enfant me plut tout d'abord. Elle n'était pas belle, mais les trois fossettes de ses joues et de son menton riaient, et toute sa personne, qui gardait la gaucherie de l'innocence, avait je ne sais quoi de brave et de bon.

Mes regards allaient de la statuette à la fillette et je vis celle-ci rougir, mais franchement, largement, à flot.

« Eh bien, me dit mon hôtesse, qui, accoutumée à mes distractions, me faisait volontiers deux fois la même question, est-ce là véritablement la dame qui, pour vous voir, entra par la fenêtre que vous aviez laissée ouverte ? Elle fut bien effrontée, mais vous bien imprudent. Enfin la reconnaissez-vous ?

— C'est elle, répondis-je, et je la revois sur cette console telle que je la vis sur la table de la bibliothèque.

— S'il en est ainsi, répondit Mme de Gabry, prenez-vous-en de cette ressemblance à vous d'abord qui, pour un homme dénué de toute imagination, comme vous dites être, savez peindre vos songes sous de vives couleurs, à moi ensuite qui retins et sus redire fidèlement votre rêve, et enfin et surtout à Mlle Jeanne, qui a, sur mes indications précises, modelé la cire que vous voyez là. »

Mme de Gabry avait pris, en parlant, la main de la

jeune fille, mais celle-ci s'était dégagée et fuyait déjà dans le parc.

Mme de Gabry la rappela.

« Jeanne !... Peut-on être sauvage à ce point ! Venez qu'on vous gronde ! »

Mais rien ne fit[a], et l'effarouchée disparut dans le feuillage. Mme de Gabry s'assit dans le seul fauteuil qui restât au salon délabré.

« Je serais bien surprise, me dit-elle, si mon mari ne vous avait pas déjà parlé de Jeanne. Nous l'aimons beaucoup, et c'est une excellente enfant. Dites vrai, comment trouvez-vous sa statuette ? »

Je répondis que c'était un ouvrage plein d'esprit et de goût, mais qu'il manquait à l'auteur l'étude et la pratique; qu'au reste j'étais touché au possible de ce que de jeunes doigts eussent brodé de la sorte sur le canevas d'un bonhomme, et figuré d'une façon si brillante les songeries d'un vieux radoteur.

« Si je vous demande ainsi votre avis, reprit Mme de Gabry[b], c'est que Jeanne est une pauvre orpheline. Croyez-vous qu'elle puisse gagner quelque argent à faire[c] des statuettes comme celle-ci ?

— Pour cela, non ! répondis-je; et il n'y a pas trop à le regretter. Cette demoiselle est, dites-vous, affectueuse et tendre; je vous en crois et j'en crois son visage. La vie d'artiste a des entraînements qui[d] font sortir de la règle et de la mesure les âmes généreuses. Cette jeune créature est pétrie d'une argile aimante[e]. Mariez-la.

— Mais elle n'a pas de dot ! » me répondit Mme de Gabry.

Puis, baissant un peu la voix :

« À vous, monsieur Bonnard, je puis tout dire. Le père de cette enfant était un financier bien connu. Il montait de grandes affaires. Il avait l'esprit aventureux et séduisant. Ce n'était pas un malhonnête homme : il se trompait lui-même avant de tromper les autres. Et c'est encore là, peut-être, la plus grande habileté. Nous étions en relations fréquentes avec lui. Il nous ensorcela tous, mon mari, mon oncle, mes cousins. Son effondrement fut subit. Dans ce désastre, la fortune de mon oncle — Paul vous l'a dit — sombra aux trois quarts. Nous fûmes beaucoup moins atteints, et, puisque nous n'avons pas d'enfants !... Il mourut peu de temps après sa ruine, ne laissant absolument rien; c'est ce qui me fait dire qu'il était probe. Vous devez connaître son nom, qu'on a vu dans les journaux : Noël Alexandre. Sa femme était fort aimable; je crois qu'elle avait été jolie. Elle aimait un peu trop paraître. Mais elle montra du courage et de la dignité lors de la ruine de son mari. Elle mourut un an après lui, laissant Jeanne seule au monde. Elle n'avait rien pu sauver de sa fortune personnelle, qui était assez belle. Mme Noël Alexandre était une Allier, la fille d'Achille Allier, de Nevers.

— La fille de Clémentine ! m'écriai-je. Clémentine est morte et sa fille est morte ! L'humanité se compose presque tout entière des morts, tant c'est peu que les vivants au regard de la multitude de ceux qui ont vécu. Qu'est-ce donc que cette vie, plus brève que la brève mémoire des hommes ! »

Et je fis cette prière mentale :

« D'où vous êtes aujourd'hui, Clémentine, regardez ce cœur maintenant refroidi par l'âge, mais dont le sang bouillonna jadis pour vous, et dites s'il ne se ranime pas à la pensée d'aimer ce qui reste de vous sur la terre. Tout passe, puisque vous avez passé, vous et votre fille; mais la vie est immortelle; c'est elle qu'il faut aimer dans ses figures sans cesse renouvelées.

« J'étais avec mes livres comme l'enfant qui agite des osselets. Ma vie, en ses derniers jours, prend un sens, un intérêt, une raison d'être. Je suis grand-père. La petite-fille de Clémentine est pauvre. Je ne veux pas qu'un autre que moi la pourvoie et la dote. »

Voyant que je pleurais, Mme de Gabry s'éloigna lentement[a].

IV[b]

Paris, 16 avril.

Saint Droctovée et les premiers abbés de Saint-Germain-des-Prés m'occupent depuis quarante ans, mais je ne sais si j'écrirai leur histoire avant d'aller les rejoindre. Il y a déjà longtemps que je suis vieux.

Un jour de l'an passé, sur le pont des Arts, quelqu'un de mes confrères de l'Institut se plaignit devant moi de l'ennui de vieillir. « C'est encore, lui répondit Sainte-Beuve, le seul moyen qu'on ait trouvé de vivre longtemps. » J'ai usé de ce moyen, et je sais ce qu'il vaut. Le dommage est, non point de trop durer, mais bien de voir tout passer autour de soi. Mère, femme, amis, enfants, la nature fait et défait ces divins trésors avec une morne indifférence, et il se trouve qu'enfin nous n'avons aimé, nous n'avons embrassé que des ombres. Mais il en est de si douces ! Si jamais créature glissa comme une ombre dans la vie d'un homme, c'est bien la jeune fille que j'aimais quand (chose incroyable à cette heure) j'étais moi-même un jeune homme. Et pourtant le souvenir de cette ombre est encore aujourd'hui une des meilleures réalités de ma vie.

Un sarcophage chrétien des catacombes de Rome porte une formule d'imprécation dont j'ai appris avec le temps à comprendre le sens terrible. Il y est dit : « Si quelque impie viole cette sépulture, qu'il meure le dernier des siens[1] ! » En ma qualité d'archéologue, j'ai ouvert des tombeaux, remué des cendres, pour recueillir les lambeaux d'étoffes, les ornements de métal et les gemmes qui étaient mêlés à ces cendres. Je l'ai fait par une curiosité de savant, de laquelle la vénération et la piété n'étaient point absentes. Puisse la malédiction gravée par un des premiers disciples des apôtres sur la tombe d'un martyr ne jamais m'atteindre ! Mais comment me frapperait-elle ? Je ne dois pas craindre[a] de survivre aux miens tant qu'il y aura des hommes sur la terre, car il en est toujours qu'on peut aimer.

Hélas ! la puissance d'aimer[b] s'affaiblit et se perd avec l'âge comme toutes les autres énergies de l'homme. L'exemple le prouve et c'est là ce qui m'effraie. Suis-je certain de n'avoir pas moi-même éprouvé déjà ce grand dommage ? Je l'aurais assurément éprouvé sans une heureuse rencontre qui m'a rajeuni[c]. Les poètes parlent de la fontaine de Jouvence: elle existe, elle jaillit de dessous terre à chacun de nos pas. Et l'on passe sans y boire !

Depuis que j'ai trouvé la petite-fille de Clémentine,

ma vie[a], qui n'avait plus d'utilité, a repris un sens et une raison d'être.

Aujourd'hui, je prends le soleil, comme on dit en Provence[b]; je le prends sur la terrasse du Luxembourg, au pied de la statue de Marguerite de Navarre[1]. C'est un soleil de printemps, capiteux comme un vin jeune. Je suis assis et je songe. Mes pensées s'échappent de ma tête comme la mousse d'une bouteille de bière. Elles sont légères et leur pétillement m'amuse. Je rêve; cela est bien permis, je pense, à un bonhomme qui publia trente volumes de textes anciens et collabora pendant vingt-six ans au *Journal des savants*[2]. J'ai la satisfaction d'avoir fait ma tâche aussi bien qu'il m'était possible et d'avoir pleinement exercé les médiocres facultés que la nature m'avait données. Mes efforts ne furent pas tout à fait vains, et j'ai contribué, pour ma modeste part, à cette renaissance des travaux historiques qui restera l'honneur de ce siècle inquiet. Je serai compté certes parmi les dix ou douze érudits qui révélèrent à la France ses antiquités littéraires. Ma publication des œuvres poétiques de Gauthier de Coincy[3] inaugura une méthode judicieuse et fit date. C'est dans le calme[c] sévère de la vieillesse que je me décerne à moi-même ce prix mérité, et Dieu, qui voit mon âme, sait si l'orgueil ou la vanité ont la moindre part à la justice que je me rends.

Mais je suis las, mes yeux se troublent, ma main tremble, et je vois mon image en ces vieillards d'Homère, que leur faiblesse écartait des combats, et qui, assis sur les remparts, élevaient leurs voix comme les cigales dans la feuillée[4].

Ainsi allaient[d] mes pensées quand trois jeunes gens s'assirent bruyamment dans mon voisinage. Je ne sais si chacun d'eux était venu en trois bateaux[5], comme le singe de La Fontaine, mais il est certain que les trois se mirent sur douze chaises. Je pris plaisir à les observer, non qu'ils eussent rien de bien extraordinaire, mais parce que je leur trouvai cet air brave et joyeux qui est naturel à la jeunesse. Ils appartenaient aux écoles. J'en fus assuré moins peut-être aux livres qu'ils tenaient à la main qu'au caractère de leur physionomie. Car tous ceux qui s'occupent des choses de l'esprit se reconnaissent dès l'abord par un je-ne-sais-quoi qui leur est commun. J'aime beaucoup les jeunes gens et ceux-ci me plurent, malgré certaines façons provocantes et farouches qui me rappelèrent à merveille le temps de mes études. Toutefois ils ne portaient point, comme nous, de longs cheveux sur des pourpoints de velours ; ils ne se promenaient pas, comme nous, avec une tête de mort ; ils ne s'écriaient pas, comme nous : « Enfer et malédiction ! » Ils étaient correctement vêtus et ni leur costume ni leur langage n'empruntaient rien au Moyen Âge. Je dois ajouter qu'ils s'occupèrent des femmes qui passaient sur la terrasse et qu'ils en apprécièrent quelques-unes en termes assez vifs. Mais leurs réflexions sur ce sujet n'allèrent point jusqu'à m'obliger à quitter la place. Au reste, quand la jeunesse est studieuse, je lui permets d'avoir ses gaietés.

Un d'eux ayant fait je ne sais quelle plaisanterie galante :

« Qu'est-ce à dire ? s'écria, avec un léger accent gascon, le plus petit et le plus brun des trois. C'est à nous autres physiologistes à nous occuper de la matière vivante. Quant à vous, Gélis, qui, comme tous vos confrères les archivistes paléographes, n'existez que dans le passé, occupez-vous de ces femmes de pierre qui sont vos contemporaines. »

Et il lui montrait du doigt les statues des dames de l'ancienne France qui s'élèvent toutes blanches, en demi-cercle sous les arbres de la terrasse. Cette plaisanterie, insignifiante en elle-même, m'apprit du moins que celui qu'on nommait Gélis était un élève de l'École des chartes. La suite de la conversation me fit savoir que son voisin, blond et blême jusqu'à l'effacement, silencieux et sarcastique, était Boulmier, son camarade d'école. Gélis et le futur docteur (je souhaite qu'il le devienne un jour) discouraient ensemble avec beaucoup de fantaisie et de verve. Après s'être élevés jusqu'aux plus hautes spéculations, ils jouaient sur les mots et disaient de ces bêtises particulières aux gens d'esprit ; je veux dire des bêtises énormes. Je n'ai pas besoin d'ajouter qu'ils[a] ne consentaient à soutenir que les plus monstrueux paradoxes. À la bonne heure[b] ! Je n'aime pas les jeunes gens trop raisonnables.

L'étudiant en médecine, ayant regardé le titre du livre que Boulmier tenait à la main :

« Tiens ! lui dit-il, tu lis du Michelet[1], toi !

— Oui, répondit gravement Boulmier, j'aime les romans. »

Gélis, qui les dominait de sa belle taille élancée, de son geste impérieux et de sa parole prompte, prit le livre, le feuilleta et dit :

« C'est le Michelet de la dernière manière[2], le meilleur Michelet. Plus de récit ! Des colères, des pâmoisons[a], une crise d'épilepsie à propos de faits qu'il dédaigne d'exposer. Des cris de petit enfant, des envies de femme grosse ! des soupirs et pas une phrase faite[b] ! C'est étonnant ! »

Et il rendit le livre à son camarade. « Cette folie est amusante, me dis-je, et non pas si dénuée de sens qu'elle en a l'air. Car il y a bien un peu d'agitation et je dirais même de trépidation dans les derniers écrits de notre grand Michelet. »

Mais l'étudiant provençal[c] affirma que l'histoire était un exercice de rhétorique tout à fait méprisable. Selon lui, la seule et vraie histoire est l'histoire naturelle de l'homme. Michelet était dans la voie quand il rencontra la fistule de Louis XIV[3], mais il retomba tout aussitôt dans la vieille ornière.

Ayant exprimé cette judicieuse pensée, le jeune physiologiste alla rejoindre un groupe d'amis qui passait. Les deux archivistes, moins apparentés dans le jardin trop distant de la rue Paradis-au-Marais[4], restèrent en tête à tête et se mirent à causer de leurs études. Gélis, qui achevait sa troisième année d'école, préparait une thèse dont il exposa le sujet avec un enthousiasme juvénile. À la vérité, ce sujet me parut bon et d'autant meilleur que j'ai cru devoir moi-même en traiter récemment une notable partie. C'était le *Monasticon gallicanum*. Le jeune érudit (je lui donne ce nom comme un présage) voulait expliquer toutes[d] les planches gravées vers 1690 pour l'ouvrage que Dom Germain[5] eût fait imprimer sans l'irrémédiable empêchement qu'on ne prévoit guère et qu'on n'évite jamais. Dom Germain laissa du moins en mourant son manuscrit complet et bien en ordre. En ferai-je autant du mien ? Mais ce n'est point la question.

M. Gélis, autant que je pus le comprendre, se proposait de consacrer une notice archéologique à chacune des abbayes figurées par les humbles graveurs de Dom Germain.

Son ami lui demanda s'il connaissait tous les documents manuscrits et imprimés relatifs à son sujet. C'eſt alors que je dressai l'oreille. Ils parlèrent d'abord des sources originales, et je dois reconnaître qu'ils le firent avec une suffisante méthode, malgré d'innombrables et difformes calembours. Puis ils en vinrent aux travaux de la critique contemporaine.

« As-tu lu, dit Boulmier, la notice de Courajod[1] ? »

« Bon ! » me dis-je.

« Oui, répondit Gélis ; c'eſt un travail consciencieux.

— As-tu lu[a], dit Boulmier, l'article de Tamisey de Larroque[2] dans la *Revue des queſtions hiſtoriques* ? »

« Bon ! » me dis-je pour la seconde fois.

« Oui, répondit Gélis, et j'y ai trouvé des indications utiles.

— As-tu[b] lu, dit Boulmier, le *Tableau des abbayes bénédictines en 1600*, par Sylveſtre Bonnard ? »

« Bon ! » me dis-je pour la troisième fois.

« Mon Dieu ! non, répondit Gélis. Et je ne sais si je le lirai. Sylveſtre Bonnard eſt un imbécile. »

En tournant[c] la tête, je vis que l'ombre avait gagné la place où j'étais. Il faisait frais et je m'eſtimai fort sot de risquer un rhumatisme à écouter les impertinences de deux jeunes fats.

« Ah ! ah ! me dis-je en me levant. Que cet oisillon jaseur fasse sa thèse et la soutienne. Il trouvera mon collègue Quicherat ou quelque autre professeur de l'école pour lui montrer son béjaune[d]. Je le nomme proprement un polisson, et vraiment, en y songeant comme j'y songe à cette heure, ce qu'il a dit de Michelet eſt intolérable et passe les bornes. Parler ainsi d'un vieux maître plein de génie ! c'eſt abominable ! »

17 avril[e].

« Thérèse, donnez-moi mon chapeau neuf, ma meilleure redingote et ma canne à pomme d'argent. »

Mais Thérèse eſt sourde comme un sac de charbon

et lente comme la justice. Les ans en sont la cause. Le pis est qu'elle croit avoir ouïe fine et bon pied : et, fière de ses soixante ans d'honnête domesticité, elle sert son vieux maître avec le plus vigilant despotisme.

Que vous disais-je ?... La voici qui ne veut pas me donner ma canne à pomme d'argent, de peur que je ne la perde. Il est vrai que j'oublie assez souvent parapluies et béquilles dans les omnibus et chez les libraires. Mais j'ai une bonne raison pour prendre aujourd'hui mon vieux jonc dont la pomme d'argent ciselé représente don Quichotte galopant, la lance en arrêt, contre des moulins à vent, tandis que Sancho Pança, les bras au ciel, le conjure en vain de s'arrêter. Cette canne est tout ce que j'ai recueilli de l'héritage de mon oncle, le capitaine Victor, qui fut de son vivant plus semblable à don Quichotte qu'à Sancho Pança et qui aimait les coups aussi naturellement qu'on les craint d'ordinaire.

Depuis trente ans, je la porte, cette canne, à chaque course mémorable ou solennelle que je fais, et les deux figurines du seigneur et de l'écuyer[1] m'inspirent et me conseillent. Je crois les entendre. Don Quichotte me dit :

« Pense fortement de grandes choses, et sache que la pensée est la seule réalité du monde. Hausse la nature à ta taille, et que l'univers entier ne soit pour toi que le reflet de ton âme héroïque. Combats pour l'honneur; cela seul est digne d'un homme, et s'il t'arrive de recevoir des blessures, répands ton sang comme une rosée bienfaisante et souris. »

Et Sancho Pança me dit à son tour :

« Reste ce que le ciel t'a fait, mon compère. Préfère la croûte de pain qui sèche dans ta besace aux ortolans qui rôtissent dans la cuisine du seigneur. Obéis à ton maître, sage ou fou, et ne t'embarrasse pas le cerveau de trop de choses inutiles. Crains les coups : c'est tenter Dieu que de chercher le péril. »

Mais si le chevalier incomparable et son nonpareil écuyer sont en image au bout de ce bâton, ils sont en réalité dans mon for intérieur. Nous avons tous en nous un don Quichotte et un Sancho que nous écoutons, et alors même que Sancho nous persuade, c'est don Quichotte qu'il nous faut admirer... Mais trêve de radotage ! et allons chez Mme de Gabry pour une affaire qui passe le train ordinaire de la vie.

Même jour.

Je trouvai Mme de Gabry vêtue de noir et mettant ses gants.

« Je suis prête », me dit-elle.

Prête, c'est ainsi que je l'ai trouvée en toute occasion de bien faire.

Nous descendîmes[a] l'escalier et montâmes en voiture.

Je ne sais quelle secrète influence je craignais de dissiper en rompant le silence, mais nous suivîmes les larges boulevards déserts en regardant, sans rien dire, les croix, les cippes et les couronnes qui attendent chez le marchand leur funèbre clientèle.

Le fiacre s'arrêta aux derniers confins de la terre des vivants, devant la porte sur laquelle sont gravées des paroles d'espérance.

Nous allâmes[b] le long d'une allée de cyprès, puis nous suivîmes un chemin étroit ménagé entre des tombes.

« C'est là », me dit-elle.

Sur la frise ornée de torches renversées, cette inscription était gravée :

FAMILLES ALLIER ET ALEXANDRE

Une grille fermait l'entrée du monument. Au fond, surmontant un autel couvert de roses, une plaque de marbre portait des noms parmi lesquels je lus ceux de Clémentine et de sa fille.

Ce que je ressentis alors[c] fut quelque chose de profond et de vague qui ne peut s'exprimer que par les sons d'une belle musique. J'entendis des instruments d'une douceur céleste chanter dans ma vieille âme. Aux graves harmonies d'un hymne funéraire se mêlaient les notes voilées d'un cantique d'amour, car mon âme confondait dans un même sentiment la morne gravité du présent et les grâces familières du passé.

En quittant cette tombe que Mme de Gabry avait

parfumée de roses, nous traversâmes le cimetière sans nous rien dire. Quand nous fûmes de nouveau au milieu des vivants, ma langue se délia.

« Tandis que je vous suivais dans ces allées muettes, dis-je à Mme de Gabry, je songeais à ces anges des légendes qu'on rencontre aux confins mystérieux de la vie et de la mort. La tombe à laquelle vous m'avez conduit, et que j'ignorais comme presque tout ce qui touche celle qu'elle recouvre avec les siens, m'a rappelé des émotions uniques dans ma vie et qui sont dans cette vie si terne comme une lumière sur un chemin noir. La lumière s'éloigne à mesure que la route s'allonge; je suis presque au bas de la dernière côte, et pourtant, je vois la lueur aussi vive chaque fois que je me retourne. Les souvenirs se pressent dans mon âme. Je suis comme un vieux chêne noueux et moussu qui réveille des nichées d'oiseaux chanteurs en agitant ses branches. Par malheur la chanson de mes oiseaux est vieille comme le monde et ne peut amuser que moi.

— Cette chanson me charmera, me dit-elle. Contez-moi vos souvenirs, et parlez-moi[a] comme à une vieille femme. J'ai trouvé ce matin trois fils blancs dans mes cheveux.

— Voyez-les venir sans regret, madame, répondis-je : le temps n'est doux que pour ceux qui le prennent en douceur. Et quand, dans de longues années, une légère écume d'argent brodera vos bandeaux noirs, vous serez revêtue d'une beauté nouvelle, moins vive, mais plus touchante que la première, et vous verrez votre mari admirer vos cheveux blancs à l'égal de la boucle noire que vous lui donnâtes en vous mariant et qu'il porte dans un médaillon comme une chose sainte. Ces boulevards sont larges et peu fréquentés. Nous pourrons causer tout à l'aise en cheminant. Je vous dirai d'abord[b] comment j'ai connu le père de Clémentine. Mais n'attendez rien d'extraordinaire, rien de remarquable, car vous seriez grandement déçue.

« M. de Lessay[1] habitait le second étage d'une vieille maison de l'avenue de l'Observatoire, dont la façade de plâtre ornée de bustes antiques, et le grand jardin sauvage furent les premières images qui s'imprimèrent dans mes yeux d'enfant; et sans doute, lorsque viendra le jour inévitable, elles se glisseront les dernières sous mes paupières appesanties. Car c'est dans cette maison que je suis né; c'est dans ce jardin que j'appris, en jouant, à sentir et à connaître quelques parcelles de ce vieil univers. Heures charmantes, heures sacrées ! quand l'âme toute fraîche découvre le monde qui se revêt pour elle d'un éclat caressant et d'un charme mystérieux. C'est qu'en effet, madame, l'univers n'est que le reflet de notre âme.

« Ma mère était une créature bien heureusement douée. Elle se levait avec le soleil comme les oiseaux, auxquels elle ressemblait par l'industrie domestique, par l'instinct maternel, par un perpétuel besoin de chanter et par une sorte de grâce brusque que je sentais fort bien, tout enfant que j'étais. Elle était l'âme de la maison, qu'elle remplissait de son activité ordonnée et joyeuse. Mon père était aussi lent qu'elle était vive. Je me rappelle son visage placide sur lequel passait par moments un sourire ironique. Il était fatigué, et il aimait sa fatigue. Assis près de la fenêtre, dans son grand fauteuil, il lisait du matin au soir et c'est de lui que je tiens l'amour des livres. J'ai dans ma bibliothèque un Mably[1] et un Raynal[2] qu'il a annotés de sa main d'un bout à l'autre. Il ne fallait point espérer qu'il se mêlât de rien au monde. Quand ma mère essayait par des ruses gracieuses de le tirer de son repos, il hochait la tête avec cette douceur inexorable qui fait la force des caractères faibles. Il désespérait la pauvre femme qui n'entrait pas du tout dans cette sagesse contemplative et ne comprenait de la vie que les soins quotidiens et le gai travail de chaque heure. Elle le croyait malade et craignait qu'il le devînt davantage. Mais son apathie avait une autre cause.

« Mon père, entré dans les bureaux de la marine, sous M. Decrès[3], en 1801, fit preuve d'un véritable talent d'administrateur. L'activité était grande alors dans le département de la marine, et mon père devint, en 1805, chef de la deuxième division administrative. Cette année-là, l'empereur, auquel il avait été signalé par le ministre, lui demanda un rapport sur l'organisation de la marine anglaise. Ce travail, empreint, à l'insu du rédacteur, d'un esprit profondément libéral et philosophique, ne fut terminé qu'en 1807, dix-huit mois environ après la défaite de l'amiral Villeneuve à Trafalgar. Napoléon qui, depuis cette sinistre journée, ne voulait plus entendre parler d'un vaisseau, feuilleta le mémoire avec colère, et le jeta au feu en s'écriant : " Des phrases ! des phrases ! des phrases ! " On rapporta à mon père que la colère de l'empereur était telle en ce moment qu'il foulait le manuscrit sous sa botte, dans le feu de la cheminée. C'était d'ailleurs son habitude, quand il était irrité, de tisonner avec ses pieds, jusqu'à ce qu'il eût roussi ses semelles.

« Mon père ne se releva jamais de cette disgrâce, et l'inutilité de tous ses efforts pour bien faire fut certainement la cause de l'apathie dans laquelle il tomba plus tard. Pourtant Napoléon, de retour de l'île d'Elbe, le fit appeler et le chargea de rédiger, dans un esprit patriotique et libéral, des proclamations et des bulletins à la flotte. Après Waterloo, mon père, plus attristé que surpris, resta à l'écart et ne fut point inquiété. Seulement on s'accorda à dire que c'était un jacobin, un buveur de sang, un de ces hommes qu'on ne peut pas voir. Le frère aîné de ma mère, Victor Maldent[1], capitaine d'infanterie, mis à la demi-solde en 1814 et licencié en 1815, aggravait par sa mauvaise attitude les difficultés que la chute de l'Empire avait causées à mon père. Le capitaine Victor criait dans les cafés et dans les bals publics que les Bourbons avaient vendu la France aux Cosaques. Il découvrait à tout venant une cocarde tricolore cachée dans la coiffe de son chapeau; il portait avec ostentation une canne dont le pommeau, travaillé au tour, avait pour ombre la silhouette de l'empereur.

« Si vous n'avez pas vu, madame, certaines lithographies de Charlet[2], vous ne pouvez vous faire aucune idée de la physionomie de l'oncle Victor quand, serré à la taille dans sa redingote à brandebourgs, portant sur la poitrine sa croix d'honneur et des violettes[3], il se promenait dans le jardin des Tuileries avec une farouche élégance.

« L'oisiveté et l'intempérance donnèrent le plus mauvais goût à ses passions politiques. Il insultait les gens qu'il voyait lire *La Quotidienne* ou *Le Drapeau blanc*[1], et les forçait à se battre avec lui. Il eut ainsi la douleur et la honte de blesser en duel un enfant de seize ans. Enfin, mon oncle Victor était tout le contraire d'un homme sage; et, comme il venait déjeuner et dîner chez nous tous les jours que Dieu faisait, son mauvais renom s'attachait à notre foyer. Mon pauvre père souffrait cruellement des incartades de son hôte, mais, comme il était bon, il laissait sans rien dire sa porte ouverte au capitaine qui l'en méprisait cordialement.

« Ce que je vous raconte là, madame, me fut expliqué depuis. Mais mon oncle le capitaine m'inspirait alors le plus pur enthousiasme et je me promettais bien de lui ressembler un jour autant qu'il me serait possible. Un beau matin, pour commencer la ressemblance, je me campai le poing sur la hanche et jurai comme un mécréant. Mon excellente mère m'appliqua sur la joue un soufflet si leste, que je restai quelque temps stupéfait avant de fondre en larmes. Je vois encore le vieux fauteuil de velours d'Utrecht jaune derrière lequel je répandis ce jour-là d'innombrables pleurs.

« J'étais alors un bien petit homme. Un matin mon père, m'ayant pris dans ses bras, selon son habitude, me sourit avec cette nuance de raillerie qui donnait quelque chose de piquant à son éternelle douceur. Pendant qu'assis sur ses genoux je jouais avec ses longs cheveux gris[a], il me disait des choses que je ne comprenais pas très bien, mais qui m'intéressaient beaucoup par cela même qu'elles étaient mystérieuses. Je crois, sans en être bien sûr, qu'il me contait, ce matin-là, l'histoire du petit roi d'Yvetot[2], d'après la chanson. Tout à coup nous entendîmes un grand bruit et les vitres résonnèrent. Mon père m'avait laissé glisser à ses pieds; ses bras étendus battaient l'air en tremblant; sa face était inerte et toute blanche, avec des yeux énormes. Il essaya de parler, mais ses dents claquaient. Enfin, il murmura : “ Ils l'ont fusillé ! ” Je ne savais ce qu'il voulait dire et j'éprouvais une terreur obscure. J'ai su depuis qu'il parlait du maréchal Ney[3], tombé, le 7 décembre 1815, sous le mur qui fermait un terrain vague attenant à notre maison.

« Vers ce temps, je rencontrais souvent dans l'escalier un vieillard (ce n'était peut-être pas tout à fait un vieillard), dont les petits yeux noirs brillaient avec une extraordinaire vivacité sur un visage basané et immobile. Il ne me semblait pas vivant, ou du moins, il ne me semblait pas vivre de la même façon que les autres hommes. J'avais vu, chez M. Denon[1], où mon père m'avait mené, une momie rapportée d'Égypte; et je me figurais de bonne foi que la momie de M. Denon se réveillait quand elle était seule, sortait de son coffre doré, mettait un habit noisette et une perruque poudrée, et que c'était M. de Lessay. Et aujourd'hui même, chère madame, tout en repoussant cette opinion, comme dénuée de fondement, je dois confesser que M. de Lessay ressemblait beaucoup à la momie de M. Denon. C'est assez pour expliquer que ce personnage m'inspirait une terreur fantastique.

« En réalité, M. de Lessay était un petit gentilhomme et un grand philosophe. Disciple de Mably et de Rousseau, il se flattait d'être sans préjugés, et cette prétention était à elle seule un gros préjugé. Je vous parle, madame, d'un contemporain d'un âge disparu. Je crains de ne pas me faire comprendre et je suis certain de ne pas vous intéresser. Cela est si loin de nous ! Mais j'abrège autant qu'il est possible; d'ailleurs, je ne vous ai rien promis d'intéressant, et vous ne pouviez pas vous attendre à ce qu'il y eût de grandes aventures dans la vie de Sylvestre Bonnard. »

Mme de Gabry m'encouragea à poursuivre et je le fis en ces termes :

« M. de Lessay était brusque avec les hommes et courtois envers les dames. Il baisait la main de ma mère, que les mœurs de la République et de l'Empire n'avaient point habituée à cette galanterie. Par lui, je touchai à l'époque de Louis XVI. M. de Lessay était géographe, et personne, à ce que je crois, ne s'est montré aussi fier que lui de s'occuper de la figure de cette terre. Il avait fait dans l'ancien régime de l'agriculture en philosophe et consumé ainsi ses champs jusqu'au dernier arpent. N'ayant plus une motte de terre à lui, il s'empara du globe entier et dressa une quantité extraordinaire de cartes, d'après les relations de voyageurs. Nourri comme il l'était de la plus pure moelle de l'Encyclopédie, il ne se bornait pas à parquer les humains à tel degré, tant de minutes et tant de secondes de latitude et de longitude. Il s'occupait de leur bonheur, hélas ! Il est à remarquer, madame, que les hommes qui se sont occupés du bonheur des peuples ont rendu leurs proches bien malheureux. M. de Lessay était royaliste voltairien, espèce assez commune alors parmi les ci-devant. Il était plus géomètre que d'Alembert, plus philosophe que Jean-Jacques et plus royaliste que Louis XVIII[a]. Mais son amour pour le roi n'était rien en comparaison de sa haine pour l'empereur. Il était entré dans la conspiration de Georges[1] contre le premier consul; l'instruction l'ayant ignoré ou méprisé, il ne figura pas parmi les accusés; il ne pardonna jamais cette injure à Bonaparte, qu'il nommait l'ogre de Corse et à qui il n'aurait jamais confié, disait-il, un régiment, tant il le trouvait un pitoyable militaire.

« En 1813[b], M. de Lessay, veuf depuis de longues années, épousa, à l'âge de cinquante-cinq ans environ[c], une très jeune femme qu'il employa à dessiner des cartes géographiques, et qui lui donna[d] une fille et mourut en couches. Ma mère l'avait soignée dans sa courte maladie; elle veilla à ce que l'enfant ne manquât de rien. Cette enfant se nommait Clémentine.

« De cette mort et de cette naissance datent les relations de ma famille avec M. de Lessay. Comme je sortais alors de la première enfance, je m'obscurcis et m'épaissis; je perdis le don charmant de voir et de sentir, et les choses ne me causèrent plus ces surprises délicieuses qui font l'enchantement de l'âge le plus tendre. Aussi ne me reste-t-il plus aucun souvenir des temps qui suivirent la naissance de Clémentine; je sais seulement qu'à peu de mois d'intervalle j'éprouvai un malheur dont la pensée me serre encore le cœur. Je perdis ma mère. Un grand silence, un grand froid et une grande ombre enveloppèrent subitement la maison.

« Je tombai dans une sorte d'engourdissement. Mon père m'envoya au lycée, et j'eus bien de la peine à sortir de ma torpeur.

« Je n'étais pourtant pas tout à fait un imbécile et

mes professeurs m'apprirent à peu près tout ce qu'ils voulurent, c'est-à-dire un peu de grec et de latin[a]. Je n'eus commerce qu'avec les anciens. J'appris à estimer Miltiade et à admirer Thémistocle. Quintus Fabius[1] me devint familier, autant du moins que la familiarité m'était possible avec un si grand consul. Fier de ces hautes relations, je n'abaissai plus les yeux[b] sur la petite Clémentine et sur son vieux père, qui d'ailleurs partirent un jour[c] pour la Normandie sans que je daignasse m'inquiéter de leur retour.

« Ils revinrent pourtant, madame, ils revinrent ! Influences du ciel, énergies de la nature, puissances mystérieuses qui répandez sur les hommes le don d'aimer, vous savez si j'ai revu Clémentine ! Ils entrèrent dans notre triste demeure. M. de Lessay ne portait plus perruque. Chauve, avec des mèches grises sur ses tempes rouges, il annonçait une robuste vieillesse. Mais cette divine créature que je voyais resplendir à son bras et dont la présence illuminait le vieux salon fané, ce n'était donc pas une apparition, c'était donc Clémentine ! Je le dis en vérité : ses yeux bleus, ses yeux de pervenche me parurent une chose surnaturelle, et encore aujourd'hui je ne puis m'imaginer que ces deux joyaux animés aient subi les fatigues de la vie et la corruption de la mort.

« Elle se troubla un peu en saluant mon père qu'elle ne connaissait pas. Son teint était légèrement rosé et sa bouche entrouverte souriait de ce sourire qui fait songer à l'infini, sans doute parce qu'il ne trahit aucune pensée précise et qu'il n'exprime que la joie de vivre et le bonheur d'être belle. Son visage brillait sous une capote rose comme un bijou dans un écrin ouvert; elle portait une écharpe de cachemire sur une robe de mousseline blanche froncée à la taille[d] et qui laissait passer le bout d'une bottine mordorée... Ne vous moquez point, chère madame; c'était la mode alors, et je ne sais si les nouvelles ont autant de simplicité, de fraîcheur et de grâce décente.

« M. de Lessay nous dit qu'ayant entrepris la publication d'un atlas historique, il revenait habiter Paris et s'arrangerait avec plaisir de son ancien appartement, s'il était vacant. Mon père demanda à Mlle de

Lessay si elle était heureuse de venir dans la capitale. Elle l'était, car son sourire s'épanouit. Elle souriait aux fenêtres ouvertes sur le jardin vert et lumineux; elle souriait au Marius de bronze[1] assis dans les ruines de Carthage sur le cadran de la pendule; elle souriait aux vieux fauteuils de velours jaune et au pauvre étudiant qui n'osait lever les yeux sur elle. À compter de ce jour, comme je l'aimai !

« Mais nous voici arrivés rue de Sèvres et bientôt nous verrons vos fenêtres. Je suis un bien mauvais conteur[a] et, si je m'avisais par impossible de composer un roman, je n'y réussirais guère. J'ai préparé longuement un récit que je vais vous faire en quelques mots; car il y a une certaine délicatesse, une certaine grâce de l'âme qu'un vieillard blesserait en s'étendant avec complaisance sur les sentiments de l'amour même le plus pur. Faisons quelques pas sur ce boulevard bordé de couvents et mon récit tiendra aisément dans l'espace qui nous sépare du petit clocher que vous voyez là-bas.

« M. de Lessay[b], apprenant que je sortais de l'École des chartes, me jugea digne de collaborer à son atlas historique. Il s'agissait de déterminer sur une suite de cartes ce que le vieillard philosophe nommait les vicissitudes des empires depuis Noé jusqu'à Charlemagne. M. de Lessay avait emmagasiné dans sa tête toutes les erreurs du XVIIIe siècle en matière d'antiquités. J'étais, en histoire, de l'école des novateurs et dans un âge où l'on ne sait guère feindre. La façon dont le vieillard comprenait ou plutôt ne comprenait pas les temps barbares, son obstination à voir dans la haute Antiquité des princes ambitieux, des prélats hypocrites et cupides, des citoyens vertueux, des poètes philosophes et autres personnages, qui n'ont jamais existé que dans les romans de Marmontel[2], me rendait horriblement malheureux et m'inspira d'abord toutes sortes d'objections fort rationnelles sans doute, mais parfaitement inutiles et quelquefois dangereuses. M. de Lessay était bien irascible et Clémentine était bien belle. Entre elle et lui, je passais des heures de tortures et de délices. J'aimais; je fus lâche, et lui accordai bientôt tout ce qu'il exigea sur la figure historique et politique que cette terre, qui plus tard devait porter Clémentine, affectait aux époques d'Abraham, de Ménès[1] et de Deucalion.

« À mesure que nous dressions nos cartes, Mlle de Lessay les lavait à l'aquarelle. Penchée sur la table, elle tenait le pinceau à deux doigts; une ombre lui descendait des paupières sur les joues et baignait ses yeux mi-clos d'une ombre charmante. Parfois elle levait la tête et je voyais sa bouche entrouverte. Il y avait tant d'expression dans sa beauté qu'elle ne pouvait respirer sans avoir l'air de soupirer et ses attitudes les plus ordinaires me plongeaient dans une rêverie profonde. En la contemplant, je convenais avec M. de Lessay que Jupiter avait régné despotiquement sur les régions montueuses de la Thessalie et qu'Orphée fut imprudent en confiant au clergé l'enseignement de la philosophie. Je ne sais pas encore aujourd'hui si j'étais un lâche ou un héros quand j'accordais cela à l'entêté vieillard.

« Mlle de Lessay, je dois le dire, ne me prêtait pas grande attention. Cette indifférence me semblait si juste et si naturelle que je ne songeais pas à m'en plaindre; j'en souffrais, mais c'était sans le savoir. J'espérais : nous n'en étions encore qu'au premier empire d'Assyrie.

« M. de Lessay venait chaque soir prendre le café avec mon père. Je ne sais comment ils s'étaient liés, car il est rare de rencontrer deux natures aussi complètement différentes. Mon père admirait peu et pardonnait beaucoup. Avec l'âge il avait pris en haine toutes les exagérations. Il revêtait ses idées de mille nuances fines et n'épousait jamais une opinion qu'avec toutes sortes de réserves. Ces habitudes d'un esprit délicat faisaient bondir le vieux gentilhomme sec et cassant que la modération d'un adversaire ne désarmait jamais, bien au contraire ! Je flairais un danger. Ce danger était Bonaparte. Mon père n'avait gardé aucune tendresse pour lui, mais ayant travaillé sous *ses ordres,* il n'aimait pas à l'entendre injurier, surtout au profit des Bourbons contre lesquels il avait des griefs sanglants. M. de Lessay, plus voltairien et plus légitimiste que jamais, faisait remonter à Bonaparte l'origine de tout mal politique, social et religieux. En cet état de choses, le capitaine Victor m'inquiétait par-dessus tout. Cet oncle terrible était devenu parfaitement intolérable depuis que sa sœur n'était plus là pour le calmer. La harpe de David était brisée et Saül se livrait à ses fureurs. La chute de Charles X augmenta l'audace du vieux napoléonien qui fit toutes les bravades imaginables. Il ne fréquentait plus avec assiduité notre maison trop silencieuse pour lui. Mais parfois, à l'heure du dîner, nous le voyions apparaître couvert de fleurs, comme un mausolée. Communément, il se mettait à table en jurant du fond de sa gorge, vantait, entre les bouchées, ses bonnes fortunes de vieux brave. Puis, le dîner fini, il pliait sa serviette en bonnet d'évêque, avalait un demi-carafon d'eau-de-vie et s'en allait avec la hâte d'un homme épouvanté à l'idée de passer sans boire un temps quelconque en tête à tête avec un vieux philosophe et un jeune savant. Je sentais bien que, s'il rencontrait un jour M. de Lessay, tout serait perdu. Ce jour arriva, madame !

« Le capitaine disparaissait cette fois sous les fleurs et ressemblait si bien à un monument commémoratif des gloires de l'Empire qu'on avait envie de lui passer une couronne d'immortelles à chaque bras. Il était extraordinairement satisfait et la première personne qui bénéficia de cette heureuse disposition fut la cuisinière qu'il prit par la taille au moment où elle posait le rôti sur la table.

« Après le dîner, il repoussa le carafon qu'on lui présenta en disant qu'il ferait flamber tout à l'heure l'eau-de-vie dans son café. Je lui demandai en tremblant s'il n'aimerait pas mieux qu'on lui servît son café tout de suite. Il était fort défiant et point sot, mon oncle Victor. Ma précipitation lui parut de mauvais aloi, car il me regarda d'un certain air et me dit :

« " Patience ! mon neveu. Ce n'est pas à l'enfant de troupe à sonner la retraite, que diable ! Vous êtes donc bien pressé, monsieur le magister, de voir si j'ai des éperons à mes bottes. "

« Il était clair que le capitaine avait deviné que je souhaitais son prompt départ. Le connaissant, j'eus la certitude qu'il resterait. Il resta. Les moindres circonstances de cette soirée demeurent empreintes dans ma mémoire. Mon oncle était tout à fait jovial.

La seule pensée d'être importun le gardait en belle humeur. Il nous conta dans un excellent style de caserne, ma foi, certaine histoire d'une religieuse, d'un trompette[a] et de cinq bouteilles de chambertin qui doit être fort goûtée dans les garnisons et que je n'essayerais pas de vous conter, madame, même si je me la rappelais. Quand nous passâmes dans le salon, il nous signala le mauvais état de nos chenets et nous enseigna doctement l'emploi du tripoli[1] pour le polissage des cuivres. De politique, pas un mot. Il se ménageait. Huit coups sonnèrent dans les ruines de Carthage. C'était l'heure de M. de Lessay. Quelques minutes après il entra dans le salon avec sa fille. Le train ordinaire des soirées commença. Clémentine se mit à broder près de la lampe dont l'abat-jour laissait sa jolie tête dans une ombre légère et ramenait sur ses doigts une clarté qui les rendait presque lumineux. M. de Lessay parla d'une comète annoncée par les astronomes et développa à cette occasion des théories qui, si hasardeuses qu'elles fussent, témoignaient de quelque culture intellectuelle. Mon père, qui avait des connaissances en astronomie, exprima de saines idées, qu'il termina par son éternel : " Que sais-je, enfin ? " Je produisis à mon tour l'opinion de notre voisin de l'Observatoire, le grand Arago[2]. L'oncle Victor affirma que les comètes ont une influence sur la qualité des vins et cita à l'appui une joyeuse histoire de cabaret. J'étais si content de cette conversation que je m'efforçai de la maintenir, à l'aide de mes plus fraîches lectures, par un long exposé de la constitution chimique de ces astres légers qui, répandus dans les espaces célestes sur des milliards de lieues, tiendraient dans une bouteille. Mon père, un peu surpris de mon éloquence, me regardait avec sa placide ironie. Mais on ne peut rester toujours dans les cieux. Je parlai, en regardant Clémentine, d'une comète de diamants que j'avais admirée la veille à la montre d'un joaillier. Je fus bien mal inspiré.

« " Mon neveu, s'écria le capitaine Victor, *ta* comète ne valait pas celle qui brillait dans les cheveux de l'impératrice Joséphine quand elle vint à Strasbourg distribuer des croix à l'armée[3].

« — Cette petite Joséphine aimait grandement la

parure, reprit M. de Lessay, entre deux gorgées de café. Je ne l'en blâme pas; elle avait du bon, quoique un peu légère. C'était une Tascher et elle fit grand honneur à Buonaparte en l'épousant. Une Tascher ce n'est pas beaucoup dire, mais un Buonaparte ce n'est rien dire du tout.

« — Qu'entendez-vous par là, monsieur le marquis ? demanda le capitaine Victor.

« — Je ne suis pas marquis, répondit sèchement M. de Lessay, et j'entends que Buonaparte eût été fort bien apparié en épousant une de ces femmes cannibales que le capitaine Cook[1] décrit dans ses voyages, nues, tatouées, un anneau dans les narines et dévorant avec délices des membres humains putréfiés. "

« " Je l'avais prévu ", pensai-je, et dans mon angoisse (ô pauvre cœur humain !) ma première idée fut de remarquer la justesse de mes prévisions. Je dois dire que la réponse du capitaine fut du genre sublime. Il se campa le poing sur la hanche, toisa dédaigneusement M. de Lessay et dit :

« " Napoléon, monsieur le vidame, eut une autre femme que Joséphine et que Marie-Louise. Cette compagne, vous ne la connaissez pas et moi je l'ai vue de près; elle porte un manteau d'azur constellé d'étoiles, elle est couronnée de lauriers; la croix d'honneur brille sur sa poitrine; elle se nomme[a] la Gloire. "

« M. de Lessay posa sa tasse sur la cheminée et dit tranquillement :

« " Votre Buonaparte était un polisson. "

« Mon père se leva avec nonchalance, étendit lentement le bras et dit d'une voix très douce à M. de Lessay :

« " Quel qu'ait été l'homme qui est mort à Sainte-Hélène, j'ai travaillé dix ans dans son gouvernement et mon beau-frère fut blessé trois fois sous ses aigles[b]. Je vous supplie, monsieur et ami, de ne plus l'oublier à l'avenir. "

« Ce que n'avaient pas fait les insolences sublimes et burlesques du capitaine, la remontrance courtoise de mon père[c] jeta M. de Lessay dans une colère furieuse.

« " Je l'oubliais, s'écria-t-il, blême, les dents

serrées, l'écume à la bouche; j'avais tort. La caque sent toujours le hareng et quand on a servi des coquins... ”

« À ce mot, le capitaine lui sauta à la gorge. Il l'aurait, je crois, étranglé sans sa fille et sans moi.

« Mon père, les bras croisés, un peu plus pâle qu'à l'ordinaire, regardait ce spectacle avec une indicible expression de pitié. Ce qui suivit fut plus lamentable encore, mais à quoi bon insister sur la folie de deux vieillards ? Enfin, je parvins à les séparer. M. de Lessay fit un signe à sa fille et sortit. Comme elle le suivait, je courus après elle dans l'escalier.

« “ Mademoiselle, lui dis-je, éperdu, en lui pressant la main, je vous aime ! je vous aime ! ”

« Elle garda une seconde ma main dans la sienne; sa bouche s'entrouvrit. Qu'allait-elle dire ? Mais tout à coup, levant les yeux vers son père qui montait l'étage, elle retira sa main et me fit un geste d'adieu.

« Je ne l'ai pas revue depuis. Son père alla se loger du côté du Panthéon dans un appartement qu'il avait loué pour la vente de son atlas historique. Il y mourut, peu de mois après, d'une attaque d'apoplexie. Sa fille se retira à Nevers dans sa famille maternelle. C'est à Nevers qu'elle épousa le fils d'un riche paysan, Achille Allier.

« Quant à moi[a], madame, je vécus seul en paix avec moi-même : mon existence, exempte de grands maux et de grandes joies, fut assez heureuse. Mais je n'ai pu de longtemps voir dans les soirées d'hiver un fauteuil vide auprès du mien, sans que mon cœur ne se serrât douloureusement[b]. Clémentine est morte depuis longtemps. Sa fille l'a suivie dans l'éternel repos. J'ai vu chez vous sa petite-fille. Je ne dirai pas encore comme le vieillard de l'Écriture : “ Et maintenant[c], rappelez à vous votre serviteur, Seigneur. ” Si un bonhomme comme moi peut être utile à quelqu'un, c'est à cette orpheline que je veux, avec votre aide, consacrer mes dernières forces. »

J'avais prononcé ces derniers mots dans le vestibule de l'appartement de Mme de Gabry, et j'allais me séparer de cette aimable guide, quand elle me dit :

« Cher monsieur, je ne puis vous aider en cela autant que je voudrais. Jeanne est orpheline et mineure. Vous ne pouvez rien faire pour elle sans l'autorisation de son tuteur.

— Ah ! m'écriai-je, je n'avais pas songé le moins du monde que Jeanne eût un tuteur. »

Mme de Gabry me regarda avec quelque surprise. Elle n'attendait pas d'un vieillard tant de simplicité[a]. Elle reprit :

« Le tuteur de Jeanne Alexandre est maître Mouche, notaire à Levallois-Perret. Je crains que vous ne vous entendiez pas bien avec lui, car c'est un homme sérieux.

— Eh ! bon Dieu ! m'écriai-je, avec qui donc voulez-vous que je m'entende à mon âge, si ce n'est avec les personnes sérieuses ? »

Elle sourit avec une douce malice, comme souriait mon père, et dit :

« Avec ceux qui vous ressemblent. M. Mouche n'est pas précisément de ceux-là : il ne m'inspire aucune confiance. Il faudra que vous lui demandiez l'autorisation d'aller voir Jeanne, qu'il a mise dans un pensionnat des Ternes où elle n'est pas heureuse. »

Je baisai[b] les mains de Mme de Gabry et nous nous séparâmes.

Du 2 au 5 mai.

Je l'ai vu dans son étude, maître Mouche le tuteur de Jeanne. Petit, maigre et sec, son teint semble fait de la poussière de ses paperasses. C'est un animal lunetté, car[c] on ne peut l'imaginer sans ses lunettes. Je l'ai entendu, maître Mouche; il a une voix de crécelle et il parle en termes choisis, mais j'eusse préféré qu'il ne choisît pas du tout ses termes. Je l'ai observé, maître Mouche; il est cérémonieux et guette son monde du coin de l'œil, sous ses lunettes.

Maître Mouche est heureux, m'a-t-il dit; il est ravi de l'intérêt que je porte à[d] sa pupille. Mais il ne croit pas qu'on soit sur la terre pour s'amuser. Non, il ne le croit pas; et je dirai, pour être juste, qu'on est de son avis quand on est près de lui, tant il est peu récréatif. Il craindrait qu'on donnât une idée fausse et pernicieuse de la vie à sa chère pupille en lui procurant trop de plaisirs. C'est pourquoi, me dit-il, il a supplié

Mme de Gabry de ne prendre que très rarement cette jeune fille chez elle.

Je quittai le[a] poudreux tabellion et sa poudreuse étude, avec une autorisation en règle (tout ce qui vient de maître Mouche est en règle) de voir le premier jeudi de chaque mois Mlle Jeanne Alexandre chez Mlle Préfère, institutrice, rue Demours[1], aux Ternes.

Le premier jeudi de mai, je me rendis chez Mlle Préfère dont l'établissement me fut signalé d'assez loin par une enseigne en lettres bleues. Ce bleu me fut un premier indice du caractère de Mlle Virginie Préfère, lequel j'eus depuis l'occasion d'étudier amplement. Une servante effarée prit ma carte et m'abandonna sans un mot d'espoir dans un froid parloir où je respirai cette odeur fade particulière aux réfectoires des maisons d'éducation. Le plancher de ce parloir avait été ciré avec une si impitoyable énergie que je pensai rester en détresse sur le seuil. Mais, ayant heureusement remarqué des petits carrés de laine semés sur le parquet devant les chaises de crin, je parvins, en mettant successivement le pied sur chacun de ces îlots de tapisserie, à m'avancer jusqu'à l'angle de la cheminée où je m'assis essoufflé.

Il y avait sur cette cheminée, dans un grand cadre doré, un écriteau qui s'intitulait, en gothique flamboyant : Tableau d'honneur, et qui contenait un très grand nombre de noms, parmi lesquels je n'eus pas le plaisir de trouver celui de Jeanne Alexandre. Après avoir lu plusieurs fois ceux des élèves qui s'étaient honorées aux yeux de Mlle Préfère, je m'inquiétai de ne rien entendre venir. Mlle Préfère aurait certainement réussi à établir sur ses domaines pédagogiques le silence absolu des espaces célestes, si les moineaux n'avaient choisi sa cour pour y venir en essaims innombrables piailler à bec que veux-tu. C'était plaisir de les entendre. Mais de les voir, le moyen, je vous prie, à travers les vitres dépolies ? Il fallut me contenter du spectacle qu'offrait le parloir décoré du haut en bas, sur les quatre murs, des dessins exécutés par les pensionnaires de l'établissement. Il y avait là des vestales, des fleurs, des chaumières, des chapiteaux, des volutes et une énorme tête de Tatius, roi des Sabins[1], signée Estelle Mouton.

J'admirais depuis assez longtemps l'énergie avec laquelle Mlle Mouton avait accusé les sourcils en broussailles et les yeux irrités du guerrier antique, quand un bruit plus léger que celui d'une feuille morte qui glisse au vent me fit tourner la tête. En effet, ce n'était pas une feuille morte : c'était Mlle Préfère. Les mains jointes, elle avançait sur le miroir du parquet comme les saintes de la *Légende dorée*[2] sur le cristal des eaux. Mais en toute autre occasion Mlle Préfère ne m'aurait pas fait songer, je crois, aux vierges chères à la pensée mystique. À ne considérer que son visage, elle m'aurait plutôt rappelé une pomme de rainette conservée pendant l'hiver dans le grenier d'une sage ménagère. Elle avait sur les épaules une pèlerine à franges qui n'offrait par elle-même rien de considérable, mais qu'elle portait comme si c'eût été un vêtement sacerdotal ou l'insigne d'une haute magistrature.

Je lui expliquai le but de ma visite et lui remis ma lettre d'introduction.

« Vous avez vu M. Mouche, me dit-elle. Sa santé est-elle aussi bonne que possible ? C'est un homme si honnête, si... »

Elle n'acheva pas et ses regards s'élevèrent au plafond. Les miens les y suivirent et rencontrèrent une petite spirale en dentelle de papier, qui, suspendue à la place d'un lustre, était destinée, selon mes conjectures, à attirer les mouches et à les détourner, par conséquent, des cadres dorés des glaces et du tableau d'honneur.

« J'ai rencontré, dis-je, Mlle Alexandre chez Mme de Gabry et j'ai pu apprécier l'excellent caractère et la vive intelligence de cette jeune fille. Ayant autrefois connu ses grands-parents[a], je me sens enclin à reporter sur elle l'intérêt qu'ils m'inspiraient. »

Pour toute réponse, Mlle Préfère soupira profondément, pressa sur son cœur sa mystérieuse pèlerine et contempla de nouveau la petite spirale de papier.

Enfin elle me dit :

« Monsieur, puisque vous avez connu M. et Mme Noël Alexandre[b], j'aime à croire que vous avez déploré, comme M. Mouche et comme moi, les folles spéculations qui les ont conduits à la ruine et ont réduit leur fille à la misère. »

Je songeai, en entendant ces paroles, que c'est un grand tort que d'être malheureux et que ce tort est impardonnable à ceux qui furent longtemps dignes d'envie. Leur chute nous venge et nous flatte, et nous sommes impitoyables.

Après avoir déclaré en toute franchise que j'étais tout à fait étranger aux affaires de finance, je demandai à la maîtresse de pension si elle était contente de Mlle Alexandre.

« Cette enfant est indomptable », s'écria Mlle Préfère.

Et elle prit une attitude de haute école pour exprimer symboliquement la situation que lui créait une élève si difficile à dresser. Puis, revenue à des sentiments plus calmes :

« Cette jeune personne, dit-elle, n'est pas sans intelligence. Mais elle ne peut se résoudre à apprendre les choses par principes. »

Quelle étrange demoiselle que la demoiselle Préfère ! Elle marchait sans lever les jambes et parlait sans remuer les lèvres. Sans m'arrêter plus que de raison à ces particularités, je lui répondis que les principes étaient sans doute quelque chose d'excellent et que je m'en rapportais sur ce point à ses lumières, mais qu'enfin, quand on savait une chose, il était indifférent qu'on l'eût apprise d'une façon ou d'une autre.

Mlle Préfère fit lentement un signe de dénégation. Puis en soupirant :

« Ah ! monsieur, dit-elle; les personnes étrangères à l'éducation s'en font des idées bien fausses. Je suis certaine qu'elles parlent dans les meilleures intentions du monde, mais elles feraient mieux, beaucoup mieux de s'en rapporter aux personnes compétentes. »

Je n'insistai pas et lui demandai si je pourrais voir sans tarder Mlle Alexandre.

Elle contempla sa pèlerine, comme pour lire dans l'emmêlement des franges, ainsi qu'en un grimoire, la réponse qu'elle devait rendre, et dit enfin :

« Mlle Alexandre a une répétition à donner. Ici les grandes enseignent les petites. C'est ce qu'on appelle l'enseignement mutuel[1]... Mais je serais désolée[a] que vous vous fussiez dérangé inutilement. Je vais la faire appeler. Permettez-moi seulement, monsieur, pour plus de régularité, d'inscrire votre nom sur le registre des visiteurs. »

Elle s'assit devant la table, ouvrit un gros cahier et, tirant de dessous sa pèlerine la lettre de maître Mouche qu'elle y avait glissée :

« Bonnard par un *d*, n'est-ce pas ? me dit-elle en écrivant; excusez-moi d'insister sur ce détail. Mais mon opinion est que les noms propres ont une orthographe. Ici, monsieur, on fait des dictées de noms propres... de noms historiques, bien entendu ! »

Ayant inscrit mon nom d'une main déliée, elle me demanda si elle ne pourrait pas le faire suivre d'une qualité quelconque, telle qu'ancien négociant, employé, rentier, ou toute autre. Il y avait dans son registre une colonne pour les qualités.

« Mon Dieu ! madame, lui dis-je, si vous tenez absolument à remplir votre colonne, mettez : membre de l'Institut. »

C'était bien la pèlerine de Mlle Préfère que je voyais devant moi; mais ce n'était plus Mlle Préfère qui en était revêtue; c'était une nouvelle personne, avenante, gracieuse, câline, heureuse, radieuse, celle-là. Ses yeux souriaient : les petites rides de son visage (le nombre en est grand !) souriaient; sa bouche aussi souriait, mais d'un seul côté. Elle parla; sa voix allait à son air, c'était une voix de miel :

« Vous disiez donc, monsieur, que cette chère Jeanne est très intelligente. J'ai fait de mon côté la même observation et je suis fière de m'être rencontrée avec vous. Cette jeune fille m'inspire en vérité beaucoup d'intérêt. Bien qu'un peu vive, elle a ce que j'appelle[b] un heureux caractère. Mais pardonnez-moi d'abuser de vos précieux moments. »

Elle appela la servante qui se montra plus empressée et plus effarée que devant et qui disparut sur l'ordre d'avertir Mlle Alexandre que M. Sylvestre Bonnard, membre de l'Institut, l'attendait au parloir.

Mlle Préfère n'eut que le temps de me confier qu'elle

avait un profond respect pour les décisions de l'Institut quelles qu'elles fussent, et Jeanne parut, essoufflée, rouge comme une pivoine, les yeux grands ouverts, les bras ballants, charmante dans sa gaucherie naïve.

« Comme vous êtes faite, ma chère enfant ! » murmura Mlle Préfère, avec une douceur maternelle, en lui arrangeant son col.

Jeanne était faite, il est vrai, d'une bien étrange façon. Ses cheveux, tirés en arrière et pris dans un filet duquel ils s'échappaient par mèches, ses bras maigres enfermés jusqu'au coude dans des manches de lustrine, ses mains rouges d'engelures et dont elle semblait fort embarrassée, sa robe trop courte qui laissait voir des bas trop larges et des bottines éculées, une corde à sauter passée comme une ceinture autour de sa taille, tout cela faisait de Jeanne une demoiselle peu présentable[a].

« Petite folle ! » soupira Mlle Préfère qui cette fois semblait, non plus une mère, mais une sœur aînée.

Puis, elle s'échappa en glissant comme une ombre sur le miroir du plancher.

Je dis à Jeanne :

« Asseyez-vous, Jeanne, et parlez-moi comme à un ami. Ne vous plaisez-vous pas ici ? »

Elle hésita, puis me répondit avec un sourire résigné :

« Pas beaucoup. »

Elle tenait dans ses mains les deux bouts de sa corde et se taisait.

Je lui demandai si, grande comme elle était, elle sautait encore à la corde.

« Oh ! non, monsieur, me répondit-elle vivement. Quand la bonne m'a dit qu'un monsieur m'attendait au parloir, je faisais sauter les petites. Alors j'ai noué la corde autour de ma taille pour ne pas la perdre. Ce n'était pas convenable. Je vous prie de m'excuser. Mais j'ai si peu l'habitude de recevoir des visites !

— Juste ciel ! pourquoi serais-je offensé de votre cordelière ? Les clarisses portaient une corde à la ceinture, et c'étaient de saintes filles.

— Vous êtes bien bon, monsieur, me dit-elle, d'être venu me voir et de me parler comme vous me parlez. Je n'ai pas pensé à vous remercier quand je suis entrée, parce que j'étais trop surprise. Avez-vous vu Mme de Gabry ? Parlez-moi d'elle, voulez-vous, monsieur ?

— Mme de Gabry, répondis-je, va bien. Elle eſt dans sa belle terre de Lusance. Je vous dirai d'elle, Jeanne, ce qu'un vieux jardinier disait de la châtelaine, sa maîtresse, quand on s'inquiétait d'elle à lui : “ Madame eſt dans son chemin. ” Oui, Mme de Gabry eſt dans son chemin; vous savez, Jeanne, comme ce chemin eſt bon et de quel pas égal elle y marche. L'autre jour, avant qu'elle partît pour Lusance, je suis allé avec elle loin, bien loin, et nous avons parlé de vous[a]. Nous avons parlé de vous, mon enfant, sur la tombe de votre mère.

— Je suis bien heureuse », me dit Jeanne.

Et elle se mit à pleurer.

C'eſt avec respeɛt que je laissai couler ces larmes d'une jeune fille. Puis, tandis qu'elle s'essuyait les yeux, je la priai de me dire quelle était sa vie dans cette maison.

Elle m'apprit qu'elle était à la fois élève et maîtresse.

« On vous commande et vous commandez. Cet état de choses eſt fréquent dans le monde. Endurez-le, mon enfant. »

Mais elle me fit comprendre qu'elle n'était pas enseignée et qu'elle n'enseignait pas, qu'elle était chargée d'habiller les enfants de la petite classe, de les laver, de leur apprendre la bienséance, l'alphabet, l'usage de l'aiguille, de les faire jouer et de les coucher, la prière dite.

« Ah ! m'écriai-je, c'eſt cela que Mlle Préfère nomme l'enseignement mutuel. Je ne puis vous le cacher, Jeanne, Mlle Préfère ne me plaît pas tout à fait et je ne la crois pas aussi bonne que je voudrais.

— Oh ! me répondit Jeanne, elle eſt comme la plupart des gens. Elle eſt bonne avec les gens qu'elle aime et elle n'eſt pas bonne avec les gens qu'elle n'aime pas. Mais voilà ! je crois qu'elle ne m'aime pas beaucoup.

— Et M. Mouche ? Jeanne, que faut-il penser de M. Mouche ? »

Elle me répondit vivement :

« Monsieur, je vous supplie de ne pas me parler de M. Mouche. Je vous en supplie. »

Je cédai à cette prière ardente et presque farouche et changeai de propos.

« Jeanne, modelez-vous ici des figures de cire ? Je n'ai pas oubliée la fée qui me surprit si fort à Lusance.

— Je n'ai pas de cire, me répondit-elle en laissant tomber ses bras.

— Pas de cire, m'écriai-je, dans une république d'abeilles ! Jeanne, je vous apporterai des cires colorées et lucides comme des joyaux.

— Je vous remercie, monsieur; mais ne le faites pas. Je n'ai pas le temps ici de travailler à mes poupées de cire. Pourtant j'avais commencé un petit saint Georges pour Mme de Gabry, un tout petit saint Georges avec une cuirasse dorée. Mais les petites filles ont compris que c'était une poupée, elles ont joué avec et l'ont mis en pièces. »

Elle tira de la poche de son tablier une figurine dont les membres disloqués étaient retenus à peine par leur âme de fil de fer. À cette vue elle fut prise de tristesse et de gaieté; la gaieté l'emporta et elle sourit, d'un sourire qui s'arrêta brusquement.

Mlle Préfère était debout, amène, à la porte du parloir.

« Cette chère enfant ! soupira la maîtresse de pension de sa voix la plus tendre. Je crains qu'elle ne vous fatigue. D'ailleurs, vos moments sont précieux. »

Je la priai de perdre cette illusion et, me levant pour prendre congé, je tirai de mes poches quelques tablettes de chocolat et autres douceurs que j'avais apportées.

« Oh ! monsieur, s'écria Jeanne, il y en a pour toute la pension. »

La dame à la pèlerine[a] intervint :

« Mademoiselle Alexandre, dit-elle, remerciez monsieur de sa générosité. »

Jeanne la regarda d'un air assez farouche; puis, se tournant vers moi :

« Je vous remercie, monsieur, de ces friandises et je vous remercie surtout de la bonté que vous avez eue de venir me voir[b].

— Jeanne, lui dis-je en lui serrant les deux mains, restez une bonne et courageuse enfant. Au revoir. »

En se retirant avec ses paquets de chocolat et de pâtisseries, il lui arriva de faire claquer les poignées de sa corde contre le dossier d'une chaise. Mlle Préfère indignée pressa son cœur à deux mains sous sa pèlerine et je m'attendis à voir s'évanouir son âme scolastique.

Quand nous fûmes seuls, elle reprit sa sérénité, et je dois dire, sans me flatter, qu'elle me sourit de tout un côté du visage.

« Mademoiselle, lui dis-je, profitant de ses bonnes dispositions, j'ai remarqué que Jeanne Alexandre était un peu pâle. Vous savez mieux que moi combien l'âge indécis où elle est exige de ménagements et de soins. Je vous offenserais en la recommandant plus instamment à votre vigilance. »

Ces paroles semblèrent la ravir. Elle contempla avec un air d'extase la petite spirale du plafond et s'écria en joignant les mains :

« Comme ces hommes éminents savent descendre jusque dans les plus infimes[a] détails ! »

Je lui fis observer que la santé d'une jeune fille n'était pas un infime détail, et j'eus l'honneur de la saluer. Mais elle m'arrêta sur le seuil et me dit en confidence :

« Excusez ma faiblesse, monsieur. Je suis femme et j'aime la gloire. Je ne puis vous cacher que je me sens honorée par la présence d'un membre de l'Institut dans ma modeste institution. »

J'excusai la faiblesse de Mlle Préfère et, songeant à Jeanne avec l'aveuglement de l'égoïsme, je me dis le long du chemin :

« Que ferons-nous de cette enfant ? »

2 juin[b].

J'avais conduit ce jour-là jusqu'au cimetière de Marnes[1] un vieux collègue de grand âge qui, selon la pensée de Goethe, avait consenti à mourir. Le grand Goethe, dont la puissance vitale était extraordinaire, croyait en effet qu'on ne meurt que quand on le veut bien, c'est-à-dire quand toutes les énergies qui résistent à la décomposition finale, et dont l'ensemble fait la vie même, sont détruites jusqu'à la dernière. En d'autres termes, il pensait qu'on ne meurt que quand on ne peut plus vivre. À la bonne heure ! il ne s'agit que de s'entendre et la magnifique pensée de Goethe se ramène, quand on sait la prendre, à la chanson de La Palice.

Donc, mon excellent collègue avait consenti à mourir, grâce à deux ou trois attaques d'apoplexie des plus persuasives et dont la dernière fut sans réplique. Je l'avais peu pratiqué de son vivant, mais il paraît que je devins son ami dès qu'il ne fut plus, car nos collègues me dirent d'un ton grave, avec un visage pénétré, que je devais tenir un des cordons du poêle et parler sur la tombe.

Après avoir lu fort mal un petit discours que j'avais écrit de mon mieux, ce qui n'est pas beaucoup dire, j'allai me promener dans les bois de Ville-d'Avray et suivis, sans trop peser sur la canne du capitaine, un sentier[a] couvert sur lequel le jour tombait en disques d'or. Jamais l'odeur de l'herbe et des feuilles humides, jamais la beauté du ciel et la sérénité puissante des arbres n'avaient[b] pénétré si avant mes sens et toute mon âme, et l'oppression que je ressentais dans ce silence traversé d'une sorte de tintement continu était à la fois sensuelle et religieuse.

Je m'assis à l'ombre du chemin sous un bouquet de jeunes chênes. Et là, je me promis de ne point mourir, ou du moins de ne point consentir à mourir, avant de m'être assis de nouveau sous un chêne où, dans la paix d'une large campagne, je songerais à la nature de l'âme et aux fins dernières de l'homme. Une abeille, dont le corsage brun brillait au soleil comme une armure de vieil or, vint se poser sur une fleur de mauve d'une sombre richesse et bien ouverte sur sa tige touffue. Ce n'était certainement pas la première fois que je voyais un spectacle si commun, mais c'était la première que je le voyais avec une curiosité si affectueuse et si intelligente. Je reconnus qu'il y avait entre l'insecte et la fleur toutes sortes de sympathies et mille rapports ingénieux que je n'avais pas soupçonnés jusque-là.

L'insecte, rassasié de nectar, s'élança en ligne

hardie. Je me relevai du mieux que je pus, et me rajustai sur mes jambes.

« Adieu, dis-je à la fleur et à l'abeille. Adieu. Puissé-je vivre encore le temps de deviner le secret de vos harmonies. Je suis bien fatigué. Mais l'homme est ainsi fait qu'il ne se délasse d'un travail que par un autre. Ce sont les fleurs et les insectes qui me reposeront, si Dieu le veut, de la philologie et de la diplomatique. Combien le vieux mythe d'Antée est plein de sens ! J'ai touché la terre et je suis un nouvel homme, et voici qu'à soixante-huit ans[a] de nouvelles curiosités naissent dans mon âme comme on voit des rejetons s'élancer du tronc creux d'un vieux saule. »

4 juin.

J'aime à regarder de ma fenêtre la Seine et ses quais par ces matins d'un gris tendre qui donnent aux choses une douceur infinie. J'ai contemplé le ciel d'azur qui répand sur la baie de Naples sa sérénité lumineuse. Mais notre ciel de Paris est plus animé, plus bienveillant et plus spirituel. Il sourit, menace, caresse, s'attriste et s'égaie comme un regard humain. Il verse en ce moment une molle clarté sur les hommes et les bêtes de la ville, qui accomplissent leur tâche quotidienne. Là-bas, sur l'autre berge, les forts du port Saint-Nicolas déchargent des cargaisons de cornes de bœuf, et des coltineurs posés sur une passerelle volante font sauter lestement, de bras en bras, des pains de sucre jusque dans la cale du bateau à vapeur. Sur le quai du nord, les chevaux de fiacre, alignés à l'ombre des platanes, la tête dans leur musette, mâchent tranquillement leur avoine, tandis que les cochers rubiconds vident leur verre devant le comptoir du marchand de vin, en guettant du coin de l'œil le bourgeois matinal[b].

Les bouquinistes déposent leurs boîtes sur le parapet. Ces braves marchands d'esprit, qui vivent sans cesse dehors, la blouse au vent, sont si bien travaillés par l'air, les pluies, les gelées, les neiges, les brouillards et le grand soleil, qu'ils finissent par ressembler aux vieilles statues des cathédrales. Ils sont tous mes amis et je ne passe guère devant leurs boîtes sans en tirer quelque bouquin qui me manquait jusque-là, sans que j'eusse le moindre soupçon qu'il me manquât.

À mon retour au logis, ce sont les cris de ma gouvernante, qui m'accuse de crever toutes mes poches et d'emplir la maison de vieux papiers qui attirent les rats. Thérèse est sage en cela, et c'est justement parce qu'elle est sage que je ne l'écoute pas; car, malgré ma mine tranquille, j'ai toujours préféré la folie des passions à la sagesse de l'indifférence. Mais, parce que mes passions ne sont point de celles qui éclatent, dévastent et tuent, le vulgaire ne les voit pas. Elles m'agitent pourtant, et il m'est arrivé plus d'une fois de perdre le sommeil pour quelques pages écrites par un moine oublié ou imprimées par un humble apprenti de Pierre Schœffer[1]. Et si ces belles ardeurs s'éteignent en moi, c'est que je m'éteins lentement moi-même. Nos passions, c'est nous. Mes bouquins, c'est moi. Je suis vieux et racorni comme eux.

Un vent léger balaye avec la poussière de la chaussée les graines ailées des platanes et les brins de foin échappés à la bouche des chevaux. Ce n'est rien que cette poussière, mais en la voyant s'envoler, je me rappelle que dans mon enfance je regardais tourbillonner une poussière pareille; et mon âme de vieux Parisien en est émue. Tout ce que je découvre de ma fenêtre, cet horizon qui s'étend à ma gauche jusqu'aux collines de Chaillot et qui me laisse apercevoir l'Arc de Triomphe comme un dé de pierre, la Seine, fleuve de gloire, et ses ponts, les tilleuls de la terrasse des Tuileries, le Louvre de la Renaissance, ciselé comme un joyau; à ma droite, du côté du Pont-Neuf, *pons Lutetiae Novus dictus*, comme on lit sur les anciennes estampes, le vieux et vénérable Paris avec ses tours et ses flèches, tout cela c'est ma vie, c'est moi-même, et je ne serais rien sans ces choses qui se reflètent en moi avec les mille nuances de ma pensée et m'inspirent et m'animent. C'est pourquoi j'aime Paris d'un immense amour.

Et pourtant je suis las, et je sens qu'on ne peut se reposer au sein de cette ville qui pense tant, qui m'a appris à penser et qui m'invite sans cesse à penser. Comment n'être point agité au milieu de ces livres qui sollicitent sans cesse ma curiosité et la fatiguent sans la satisfaire ? Tantôt, c'est une date qu'il faut chercher, tantôt un lieu qu'il importe de déterminer précisément ou quelque vieux terme dont il est intéressant de connaître le vrai sens. Des mots ? — Eh ! oui, des mots. Philologue, je suis leur souverain, ils sont mes sujets, et je leur donne, en bon roi, ma vie entière. Ne pourrai-je abdiquer un jour ? Je devine qu'il y a quelque part, loin d'ici, à l'orée d'un bois, une maisonnette où je trouverais le calme dont j'ai besoin, en attendant qu'un plus grand calme, irrévocable celui-là, m'enveloppe tout entier. Je rêve un banc sur le seuil et des champs à perte de vue. Mais il faudrait qu'un frais visage sourît près de moi pour refléter et concentrer toute cette fraîcheur ; je me croirais grand-père et tout le vide de ma vie serait comblé.

Je ne suis point un homme violent[a] et pourtant je m'irrite aisément et tous mes ouvrages m'ont causé autant de chagrins que de plaisirs. Je ne sais comment il se fit que je songeai alors à la très vaine et très négligeable[b] impertinence que se permit à mon égard, voilà trois mois, mon jeune ami du Luxembourg. Je ne lui donne pas par ironie ce nom d'ami, car j'aime la jeunesse studieuse avec ses témérités et ses écarts d'esprit. Toutefois mon jeune ami passa les bornes. Maître Ambroise Paré qui procéda le premier à la ligature des artères et qui, ayant trouvé la chirurgie exercée par des barbiers empiriques, l'éleva à la hauteur où elle est aujourd'hui, fut attaqué dans sa vieillesse par tous les apprentis porte-lancette. Pris à partie en termes injurieux par un jeune étourdi qui pouvait être le meilleur fils du monde mais qui *n'avait pas le sentiment du respect*, le vieux maître lui répondit dans son traité[1] *De la mumie, de la licorne, des venins et de la peste*. « Je le prie, lui dit le grand homme, je le prie, s'il a envie d'opposer quelques contredits à ma réplique, qu'il quitte les animosités et qu'il traite plus doucement le bon vieillard. » Cette réponse est admirable sous la plume d'Ambroise Paré ; mais, vînt-elle d'un rebouteux de village, blanchi dans le travail et moqué par un jouvenceau, elle serait louable encore.

On croira peut-être que ce souvenir n'était que

l'éveil d'une basse rancune. Je le crus aussi et je m'accusai de m'attacher misérablement aux propos d'un enfant qui ne sait ce qu'il dit. Par bonheur, mes réflexions à ce sujet prirent ensuite un meilleur cours; c'est pourquoi je les note sur mon cahier. Je me rappelai qu'un beau jour de ma vingtième année (il y a de cela près d'un demi-siècle[a]), je me promenais dans ce même jardin du Luxembourg avec quelques camarades. Nous parlâmes de nos vieux maîtres et un de nous vint à nommer M. Petit-Radel[1], érudit estimable qui jeta le premier quelque lumière sur les origines étrusques, mais qui eut le malheur de dresser un tableau chronologique des amants d'Hélène. Ce tableau nous fit beaucoup rire et je m'écriai : « Petit-Radel est un sot, non pas en trois lettres, mais bien en douze volumes. »

Cette parole d'adolescent est trop légère pour peser sur la conscience d'un vieillard. Puissé-je n'avoir lancé dans la bataille de la vie que des traits aussi innocents ! Mais je me demande aujourd'hui si, dans mon existence, je n'ai pas fait, sans m'en douter, quelque chose d'aussi ridicule que le tableau chronologique des amants d'Hélène. Le progrès des sciences rend inutiles les ouvrages qui ont le plus aidé à ce progrès. Comme ces ouvrages ne servent plus à grand-chose, la jeunesse croit de bonne foi qu'ils n'ont jamais servi à rien; elle les méprise et, pour peu qu'il s'y trouve quelque idée trop surannée, elle en rit. Voilà comment, à vingt ans, je m'amusai de M. Petit-Radel et de son tableau de chronologie galante; voilà comment hier, au Luxembourg, mon jeune et irrévérencieux ami...

Rentre en toi-même, Octave, et cesse de te plaindre.
Quoi ! tu veux qu'on t'épargne et n'as rien épargné[2].

6 juin.

C'était le premier jeudi de juin. Je fermai mes livres et pris congé du saint abbé Droctovée qui, jouissant de la béatitude céleste, n'est pas bien pressé, je pense, de voir son nom et ses travaux glorifiés, sur cette terre, dans une humble compilation sortie de mes mains. Le dirai-je ? Ce pied de mauve que je vis l'autre semaine visité par une abeille m'occupe plus que tous les vieux abbés crossés et mitrés. Et tantôt encore, ma gouvernante me surprit à la fenêtre de la cuisine examinant à la loupe des fleurs de giroflée. Il y a dans un livre de Sprengel[1] que j'ai lu dans ma première jeunesse, alors que je lisais tout, quelques idées sur les amours des fleurs qui me reviennent à l'esprit après un demi-siècle d'oubli et qui, aujourd'hui, m'intéressent à ce point que je regrette de n'avoir pas consacré les humbles facultés de mon âme à l'étude des insectes et des plantes.

C'était[a] en cherchant ma cravate que je faisais ces réflexions. Mais ayant fouillé inutilement un très grand nombre de tiroirs, j'eus recours à ma gouvernante. Thérèse vint clopin-clopant.

« Monsieur, me dit-elle, il fallait me dire que vous sortiez et je vous aurais donné votre cravate.

— Mais Thérèse, répondis-je, ne serait-il pas meilleur de la placer dans un endroit où je pusse la trouver sans votre aide ? »

Thérèse ne daigna pas me répondre.

Thérèse ne me laisse plus la disposition de rien. Je ne puis avoir un mouchoir sans le lui demander, et, comme elle est sourde, impotente et que, de plus, elle perd tout à fait la mémoire, je languis dans un perpétuel dénuement. Cependant elle jouit avec un si tranquille orgueil de son autorité domestique, que je ne me sens pas le courage de tenter un coup d'État contre le gouvernement de mes armoires.

« Ma cravate, Thérèse ! m'entendez-vous ? ma cravate ! ou, si vous me désespérez par de nouvelles lenteurs, ce n'est pas une cravate qu'il me faudra, c'est une corde pour me pendre.

— Vous êtes donc bien pressé, monsieur, me répond Thérèse. Votre cravate n'est pas perdue. Rien ne se perd ici, car j'ai soin de tout. Mais laissez-moi au moins le temps de la trouver. »

« Voila pourtant, pensai-je, voilà le résultat d'un demi-siècle de dévouement. Ah ! si, par bonheur, cette inexorable Thérèse avait, une fois, une seule fois dans sa vie, manqué à ses devoirs de servante, si elle s'était trouvée une minute en faute, elle n'aurait pas pris sur moi cet empire inflexible et j'oserais du moins lui résister. Mais résiste-t-on à la vertu ? Les gens qui n'eurent point de faiblesses sont terribles; on n'a point de prise sur eux. Voyez plutôt Thérèse : pas un vice par où la prendre. Elle ne doute ni d'elle, ni de Dieu, ni du monde. C'est la femme forte, c'est la vierge sage de l'Écriture et, si les hommes l'ignorent, je la connais. Elle apparaît dans mon âme tenant à la main une lampe, une humble lampe de ménage qui brille sous les solives d'un toit rustique et qui ne s'éteindra jamais au bout de ce bras maigre, tors et fort comme un sarment. »

« Thérèse, ma cravate ! Ne savez-vous pas, malheureuse, que c'est aujourd'hui le premier jeudi de juin et que Mlle Jeanne m'attend ? La maîtresse du pensionnat a dû faire cirer à point le plancher du parloir; je suis sûr qu'on s'y mire à l'heure qu'il est et ce sera une distraction pour moi, quand je m'y romprai les os, ce qui ne peut tarder, d'y voir comme dans une glace ma triste figure. Prenant alors pour modèle l'aimable et admirable héros dont l'image est ciselée sur la canne de l'oncle Victor, je m'efforcerai de montrer un visage riant et une âme constante. Voyez[a] ce beau soleil. Les quais en sont tout dorés et la Seine sourit par d'innombrables petites rides étincelantes. La ville est d'or; une poussière blonde flotte sur ses beaux contours comme une chevelure... Thérèse, ma cravate !... Ah ! je comprends aujourd'hui le bonhomme Chrysale qui serrait ses rabats dans un gros Plutarque[1]. À son exemple, je mettrai désormais toutes mes cravates entre les feuillets des *Acta sanctorum*. »

Thérèse me laissait dire et cherchait en silence. J'entendis qu'on sonnait doucement à la porte.

« Thérèse, dis-je, on sonne. Donnez-moi ma cravate et allez ouvrir; ou bien allez ouvrir et, avec l'aide du ciel, vous me donnerez ensuite ma cravate. Mais ne restez pas ainsi, je vous en prie, entre ma commode et notre porte comme une haquenée, si j'ose dire, entre deux selles. »

Thérèse marcha vers la porte comme à l'ennemi. Mon excellente gouvernante est devenue très[b] inhospitalière. L'étranger lui est suspect. À l'entendre, cette disposition procède d'une longue expérience des hommes. Je n'eus pas le temps de considérer si la même expérience faite par un autre expérimentateur donnerait le même résultat. Maître Mouche m'attendait dans mon cabinet.

Maître Mouche eſt encore plus jaune que je n'avais cru. Il a des lunettes bleues et ses prunelles trottent dessous, comme des souris derrière un paravent.

Maître Mouche s'excuse d'être venu me déranger dans un moment... Il ne caraƈtérise pas ce moment, mais je pense qu'il veut dire un moment où je n'ai pas de cravate. Ce n'eſt pas de ma faute, comme vous savez. Maître Mouche, qui n'en sait rien, n'en paraît d'ailleurs nullement offensé. Il craint seulement d'être importun. Je le rassure à demi. Il me dit que c'eſt comme tuteur de Mlle Alexandre qu'il eſt venu causer avec moi. Tout d'abord il m'invite à ne tenir aucun compte des reſtriƈtions qu'il a cru devoir apporter primitivement à l'autorisation à nous accordée[a] de voir Mlle Jeanne dans son pensionnat. Désormais l'établissement de Mlle Préfère me serait ouvert tous les jours de midi à quatre heures. Sachant l'intérêt que je porte à cette jeune fille, il croit de son devoir de me renseigner sur la personne à laquelle il a confié sa pupille. Mlle Préfère, qu'il connaît depuis longtemps, eſt en possession de toute sa confiance. Mlle Préfère eſt, selon lui, une personne éclairée, de bon conseil et de bonnes mœurs.

« Mademoiselle Préfère, me dit-il, a des principes; et c'eſt chose rare, monsieur, par le temps qui court. Tout eſt bien changé aƈtuellement, et cette époque ne vaut pas les précédentes.

— Témoin mon escalier, monsieur, répondis-je; il se laissait monter, il y a vingt-cinq ans, le plus aisément du monde, et maintenant il m'essouffle[b] et me rompt les jambes dès les premières marches. Il s'eſt gâté. Il y a aussi les journaux et les livres que jadis je dévorais sans peine au clair[c] de la lune et qui aujourd'hui, par le plus beau soleil, se moquent de ma curiosité et ne me montrent que du blanc et du noir, quand je n'ai point de lunettes. La goutte me travaille les membres. C'eſt là encore une des malices du temps.

— Non seulement cela, monsieur, me répondit gravement maître Mouche; mais ce qu'il y a de réellement mauvais dans notre époque, c'est que personne n'est content de sa position. Il règne du haut en bas de la société, dans toutes les classes, un malaise, une inquiétude, une soif de bien-être.

— Mon Dieu ! monsieur, répondis-je, croyez-vous que cette soif de bien-être soit un signe des temps ? Les hommes n'ont eu à aucune époque l'appétit du malaise. Ils ont toujours cherché à améliorer leur état. Ce constant effort a produit de constantes révolutions. Il continue, voilà tout !

— Ah ! monsieur, me répondit maître Mouche, on voit bien que vous vivez dans vos livres, loin des affaires ! Vous ne voyez pas, comme moi, les conflits d'intérêts, les luttes d'argent. C'est du grand au petit la même effervescence. On se livre à une spéculation effrénée. Ce que je vois m'épouvante. »

Je me demandais si maître Mouche n'était venu chez moi que pour m'exprimer sa misanthropie vertueuse; mais j'entendis des paroles plus consolantes sortir de ses lèvres. Maître Mouche me présentait Virginie Préfère comme une personne digne de respect, d'estime et de sympathie, pleine d'honneur, capable de dévouement, instruite, discrète, lisant à haute voix, pudique et sachant poser des vésicatoires. Je compris alors qu'il ne m'avait fait une peinture si sombre de la corruption universelle, qu'afin de faire mieux ressortir, par le contraste, les vertus de l'institutrice. J'appris que l'établissement de la rue Demours était bien achalandé, lucratif et en possession de l'estime publique[a]. Maître Mouche, pour confirmer ses déclarations, étendit sa main gantée de laine noire. Puis il ajouta :

« Je suis à même, par ma profession, de connaître le monde. Un notaire est un peu un confesseur. J'ai cru de mon devoir, monsieur, de vous apporter ces *bons renseignements* au moment où un heureux hasard vous a mis en rapport avec Mlle Préfère. Je n'ai qu'un mot à ajouter : cette demoiselle, qui ignore absolument la démarche que je fais près de vous, m'a parlé l'autre jour de vous en termes profondément sympathiques. Je les affaiblirais en les répétant, et je ne pourrais d'ailleurs les redire sans trahir en quelque sorte la confiance de Mlle Préfère.

— Ne la trahissez pas, monsieur, répondis-je, ne la trahissez pas. À vous dire vrai, j'ignorais que Mlle Préfère me connût le moins du monde. Toutefois, puisque vous avez sur elle l'influence d'une ancienne amitié, je profiterai, monsieur, de vos bonnes dispositions à mon égard pour vous prier d'user de votre crédit auprès de votre amie en faveur de Mlle Jeanne Alexandre. Cette enfant, car c'est une enfant, est surchargée de travail. À la fois élève et maîtresse, elle se fatigue beaucoup. De plus, on lui fait trop sentir, je crains, sa pauvreté, et c'est[a] une nature généreuse que les humiliations pousseraient à la révolte.

— Hélas ! me répondit maître Mouche, il faut bien la préparer à la vie. On n'est pas sur la terre pour s'amuser et pour faire ses quatre cents volontés.

— On est sur la terre, répondis-je vivement, pour se plaire dans le beau et dans le bien et pour faire ses quatre cents volontés quand elles sont nobles, spirituelles et généreuses. Une éducation qui n'exerce pas les volontés est une éducation qui déprave les âmes. Il faut que l'instituteur enseigne à vouloir. »

Je crus voir que maître Mouche m'estimait un pauvre homme. Il reprit avec beaucoup de calme et d'assurance :

« Songez, monsieur, que l'éducation des pauvres doit être faite avec beaucoup de circonspection et en vue de l'état de dépendance qu'ils doivent avoir dans la société. Vous ne savez peut-être pas que Noël Alexandre est mort insolvable, et que sa fille est élevée presque par charité.

— Oh ! monsieur ! m'écriai-je, ne le disons pas. Le dire c'est se payer, et ce ne serait plus vrai.

— Le passif de la succession, poursuivit le notaire, excédait l'actif. Mais j'ai pris des arrangements avec les créanciers, dans l'intérêt de la mineure. »

Il m'offrit de me donner des explications détaillées; je les refusai, étant incapable de comprendre les affaires en général et celles de maître Mouche en particulier. Le notaire s'appliqua de nouveau à justifier le système d'éducation de Mlle Préfère, et me dit, en manière de conclusion :

« On n'apprend pas en s'amusant.

— On n'apprend qu'en s'amusant, répondis-je. L'art d'enseigner n'est que l'art d'éveiller la curiosité des jeunes âmes pour la satisfaire ensuite, et la curiosité n'est vive et saine que dans les esprits heureux. Les connaissances qu'on entonne de force dans les intelligences les bouchent et les étouffent. Pour digérer le savoir, il faut l'avoir avalé avec appétit. Je connais Jeanne. Si cette enfant m'était confiée je ferais d'elle, non pas une savante, car je lui veux du bien, mais une enfant brillante d'intelligence et de vie et en laquelle toutes les belles choses de la nature et de l'art se refléteraient avec un doux éclat. Je la ferais vivre en sympathie avec les beaux paysages, avec les scènes idéales de la poésie et de l'histoire, avec la musique noblement émue. Je lui rendrais aimable tout ce que je voudrais lui faire aimer. Il n'est pas jusqu'aux travaux d'aiguille que je ne rehausserais pour elle par le choix des tissus, le goût des broderies et le style des guipures. Je lui donnerais un beau chien et un poney pour lui enseigner à gouverner des créatures; je lui donnerais des oiseaux à nourrir pour lui apprendre le prix d'une goutte d'eau et d'une miette de pain. Afin de lui créer une joie de plus, je voudrais qu'elle fût charitable avec allégresse. Et puisque la douleur est inévitable, puisque la vie est pleine de misères, je lui enseignerais cette sagesse chrétienne qui nous élève au-dessus de toutes les misères et donne une beauté à la douleur même. Voilà comment j'entends l'éducation d'une jeune fille !

— Je m'incline », répondit maître Mouche en joignant ses deux gants de laine noire.

Et il se leva.

« Vous entendez bien, lui dis-je en le reconduisant, que je ne prétends pas imposer à Mlle Préfère mon système d'éducation qui est tout intime et parfaitement incompatible avec l'organisation des pensionnats les *mieux tenus*. Je vous supplie seulement de lui persuader de donner moins de travail et plus de récréation à Jeanne, de ne la point humilier et de lui accorder[a] autant de liberté d'esprit et de corps qu'en comporte le règlement de l'institution. »

C'est avec un sourire pâle et mystérieux que maître

Mouche m'assura que mes observations seraient prises en bonne part et qu'on en tiendrait grand compte.

Là-dessus il me fit un petit salut et sortit, me laissant dans un certain état de trouble et de malaise. J'ai pratiqué dans ma vie des personnes de diverses sortes, mais aucune qui ressemble à ce notaire ou à cette institutrice[a].

6 juillet.

Maître Mouche m'ayant fort retardé par sa visite, je renonçai à aller voir Jeanne ce jour-là. Des devoirs professionnels m'occupèrent le reste de la semaine. Bien que dans l'âge du détachement, je tiens encore par mille liens au monde dans lequel j'ai vécu. Je préside des académies, des congrès, des sociétés. Je suis accablé de fonctions honorifiques; j'en remplis jusqu'à sept bien comptées dans un seul ministère. Les bureaux voudraient bien se débarrasser de moi, et je voudrais bien me débarrasser d'eux. Mais l'habitude est plus forte qu'eux et que moi, et je monte clopin-clopant les escaliers de l'État. Après moi, les vieux huissiers se montreront entre eux mon ombre errant dans les couloirs. Quand on est très vieux, il devient extrêmement difficile de disparaître. Il est pourtant temps, comme dit la chanson, de prendre ma retraite et de songer à faire une fin.

Une vieille marquise philosophe, amie d'Helvétius en son bel âge, et que je vis fort âgée chez mon père, reçut à sa dernière maladie la visite de son curé qui voulut la préparer à mourir.

« Cela est-il si nécessaire ? lui répondit-elle. Je vois tout le monde y réussir parfaitement du premier coup. »

Mon père l'alla voir peu de temps après et la trouva fort mal.

« Bonsoir, mon ami, lui dit-elle, en lui serrant la main, je vais voir si Dieu gagne à être connu. »

Voilà comment mouraient les belles amies des philosophes. Cette manière de finir n'est point, certes, d'une vulgaire impertinence, et des légèretés comme celle-là ne se trouvent pas dans la tête des sots. Mais elles me choquent. Ni mes craintes ni mes espérances ne s'arrangent d'un tel départ. Je voudrais au mien un peu de recueillement, et c'est pour cela qu'il faudra bien que je songe, d'ici à quelques années, à me rendre à moi-même, sans quoi je risquerais bien... Mais, chut ! Que Celle qui passe ne se retourne pas en entendant son nom. Je puis bien encore soulever sans elle mon fagot[1].

J'ai trouvé Jeanne tout heureuse. Elle m'a conté que, jeudi dernier, après la visite de son tuteur, Mlle Préfère l'avait affranchie du règlement et allégée de divers travaux. Depuis ce bienheureux jeudi, elle se promène librement dans le jardin qui ne manque que de fleurs et de feuilles; elle a même des facilités pour travailler à son malheureux petit saint Georges.

Elle me dit en souriant :

« Je sais bien que c'est à vous que je dois tout cela. »

Je lui parlai d'autre chose, mais je remarquai qu'elle ne m'écoutait pas aussi bien qu'elle aurait voulu.

« Je vois que quelque idée vous occupe, lui dis-je; parlez-moi de cela, ou nous ne dirons rien qui vaille, ce qui ne serait digne ni de vous ni de moi. »

Elle me répondit :

« Oh ! je vous écoutais bien, monsieur; mais il est vrai que je pensais à quelque chose. Vous me pardonnerez, n'est-ce pas ? Je pensais qu'il faut que Mlle Préfère vous aime beaucoup pour être devenue tout d'un coup si bonne avec moi. »

Et elle me regarda d'un air à la fois souriant et effaré qui me fit rire.

« Cela vous étonne ? dis-je.

— Beaucoup, me répondit-elle.

— Pourquoi, s'il vous plaît ?

— Parce que je ne vois pas du tout de raisons[a] pour que vous plaisiez à Mlle Préfère.

— Vous me croyez donc bien déplaisant, Jeanne ?

— Oh ! non, mais vraiment je ne vois aucune raison[b] pour que vous plaisiez à Mlle Préfère. Et pourtant vous lui plaisez beaucoup, beaucoup. Elle m'a fait appeler et m'a posé toutes sortes de questions sur vous.

— En vérité ?

— Oui, elle voulait connaître votre intérieur. C'est au point qu'elle m'a demandé l'âge de votre gouvernante !

— Eh bien[a] ! lui dis-je, qu'en pensez-vous ? »

Elle garda longtemps les yeux fixés sur le drap usé de ses bottines et elle semblait absorbée par une méditation profonde. Enfin, relevant la tête :

« Je me défie, dit-elle. Il est bien naturel, n'est-ce pas, qu'on soit inquiète de ce qu'on ne comprend pas ? Je sais bien que je suis une étourdie, mais j'espère que vous ne m'en voulez pas.

— Non, certes, Jeanne, je ne vous en veux pas. »

J'avoue que sa surprise me gagnait et je remuais dans ma vieille tête cette pensée de la jeune fille : on est inquiet de ce qu'on ne comprend pas.

Mais Jeanne reprit en souriant :

« Elle m'a demandé... devinez !... Elle m'a demandé[b] si vous aimiez la bonne chère.

— Et comment avez-vous reçu, Jeanne, cette averse d'interrogations ?

— J'ai répondu : " Je ne sais pas, mademoiselle. " Et mademoiselle m'a dit : " Vous êtes une petite sotte. Les moindres détails de la vie d'un homme supérieur doivent être remarqués. Sachez, mademoiselle, que M. Sylvestre Bonnard est une des gloires de la France. "

— Peste ! m'écriai-je. Et qu'en pensez-vous, mademoiselle ?

— Je pense que Mlle Préfère avait raison. Mais je ne tiens pas... (c'est mal, ce que je vais vous dire) je ne tiens pas du tout à ce que[c] Mlle Préfère ait raison en quoi que ce soit.

— Eh bien ! soyez satisfaite, Jeanne : Mlle Préfère n'avait pas raison.

— Si ! si ! elle avait bien raison. Mais je voulais aimer tous ceux qui vous aiment, tous sans exception, et je ne le peux plus, car il ne me sera jamais possible d'aimer Mlle Préfère.

— Jeanne, écoutez-moi, répondis-je gravement, Mlle Préfère est devenue bonne avec vous, soyez bonne avec elle. »

Elle répliqua d'un ton sec :

« Il est très facile à Mlle Préfère d'être bonne avec

moi; et il me serait très difficile d'être bonne avec elle. »

C'est en donnant plus de gravité encore à mon langage que je repris :

« Mon enfant, l'autorité des maîtres est sacrée. Votre maîtresse de pension représente auprès de vous la mère que vous avez perdue. »

À peine avais-je dit cette solennelle bêtise que je m'en repentis cruellement. L'enfant pâlit, ses yeux se gonflèrent.

« Oh ! monsieur ! s'écria-t-elle, comment pouvez-vous dire une chose pareille, vous ? »

Oui, comment avais-je pu dire[a] cette chose ?

Elle répétait :

« Maman ! ma chère maman ! ma pauvre maman ! »

Le hasard m'empêcha d'être sot jusqu'au bout. Je ne sait comment il se fit que j'eus l'air de pleurer. On ne pleure plus à mon âge. Il faut qu'une toux maligne m'ait tiré des larmes des yeux. Enfin, c'était à s'y tromper. Jeanne s'y trompa. Oh ! quel pur, quel radieux sourire brilla alors sous ses beaux cils mouillés comme du soleil dans les branches après une pluie d'été ! Nous nous prîmes les mains, et nous restâmes longtemps sans nous rien dire, heureux.

« Mon enfant[b], dis-je enfin, je suis très vieux et bien des secrets de la vie, que vous découvrirez peu à peu, me sont révélés. Croyez-moi : l'avenir est fait du passé. Tout ce que vous ferez pour bien vivre ici, sans haine et sans amertume, vous servira à vivre un jour en paix et en joie dans votre maison. Soyez douce et sachez souffrir. Quand on souffre bien on souffre moins. S'il vous arrive un jour d'avoir un vrai sujet de plainte, je serai là pour vous entendre. Si vous êtes offensée, Mme de Gabry et moi nous le serons avec vous.

— Votre santé est-elle tout à fait bonne, cher monsieur ? »

C'était Mlle Préfère, venue en tapinois, qui me faisait cette question accompagnée d'un sourire. Ma première pensée fut de la vouer à tous les diables, la seconde de constater que sa bouche était faite pour sourire comme une casserole pour jouer du violon, la troisième fut de lui rendre sa politesse et de lui dire que j'espérais qu'elle se portait bien.

Elle envoya la jeune fille se promener dans le jardin; puis, une main sur sa pèlerine et l'autre étendue vers le tableau d'honneur, elle me montra le nom de Jeanne Alexandre écrit en ronde en tête de la liste.

« Je vois avec un sensible plaisir, lui dis-je, que vous êtes satisfaite de la conduite de cette enfant. Rien ne peut m'être plus agréable, et je suis porté à attribuer cet heureux résultat à votre affectueuse vigilance. J'ai pris la liberté de vous faire envoyer quelques livres qui peuvent intéresser et instruire des jeunes filles. Vous jugerez, après y avoir jeté les yeux, si vous devez les communiquer à Mlle Alexandre et à ses compagnes. »

La reconnaissance de la maîtresse de pension alla jusqu'à l'attendrissement et s'étendit en paroles. Pour y couper court :

« Il fait bien beau aujourd'hui, dis-je.

— Oui, me répondit-elle, et, si cela continue, ces chères enfants auront un beau temps pour prendre leurs ébats.

— Vous voulez sans doute parler des vacances. Mais Mlle Alexandre, qui n'a plus de parents, ne sortira pas d'ici. Que fera-t-elle, mon Dieu, dans cette grande maison vide ?

— Nous lui donnerons le plus de distractions que nous pourrons. Je la conduirai dans les musées et... »

Elle hésita, puis en rougissant :

« ... et chez vous, si vous le permettez.

— Comment donc ! m'écriai-je. Mais voilà une excellente idée. »

Nous nous quittâmes fort amis l'un et l'autre. Moi d'elle parce que j'avais obtenu ce que je souhaitais; elle de moi, sans motif appréciable, ce qui, selon Platon, la met au plus haut degré de la hiérarchie des âmes[1].

Pourtant, c'est avec de mauvais pressentiments que j'introduis cette personne chez moi. Et je voudrais bien que Jeanne fût en d'autres mains que les siennes. Maître Mouche et Mlle Préfère sont des esprits qui passent le mien. Je ne sais jamais pourquoi ils disent ce qu'ils disent, ni pourquoi ils font ce qu'ils font;

il y a en eux des profondeurs mystérieuses qui me troublent[a]. Comme Jeanne me le disait tout à l'heure : on est inquiet de ce qu'on ne comprend pas.

Hélas ! à mon âge on sait trop combien la vie est peu innocente; on sait trop ce qu'on perd à durer en ce monde et l'on n'a de confiance qu'en la jeunesse.

16 août.

Je les attendais. Vraiment, je les attendais avec impatience. Pour amener Thérèse à les bien accueillir, j'ai employé tout mon art d'insinuer et de plaire, mais c'est peu. Elles vinrent. Jeanne était, ma foi ! toute pimpante. Ce n'est point sa grand-mère, assurément[b]. Mais aujourd'hui, pour la première fois, je m'aperçus qu'elle avait une physionomie agréable, chose qui, en ce monde, est fort utile à une femme. Elle sourit, et la cité[c] des livres en fut tout égayée.

J'épiai Thérèse; j'observai si ses rigueurs de vieille gardienne s'adoucissaient à la vue de la jeune fille. Je la vis arrêter sur Jeanne ses yeux ternes, sa face à longues peaux, sa bouche creuse, son menton pointu de vieille fée puissante. Et ce fut tout.

Mlle Préfère, de bleu vêtue, avançait, reculait, sautillait, trottinait, s'écriait, soupirait, baissait les yeux, levait les yeux, se confondait en politesses, n'osait pas, osait, n'osait plus, osait encore, faisait la révérence, bref, un manège.

« Que de livres ! s'écria-t-elle. Et vous les avez tous lus, monsieur Bonnard ?

— Hélas ! oui, répondis-je, et c'est pour cela que je ne sais rien du tout, car il n'y a pas un de ces livres qui n'en démente un autre, en sorte que, quand on les connaît tous, on ne sait que penser. J'en suis là, madame. »

Là-dessus, elle appela Jeanne pour lui communiquer ses impressions. Mais Jeanne regardait par la fenêtre :

« Que c'est beau ! nous dit-elle. J'aime voir couler la rivière. Cela fait penser à tant de choses ! »

Mlle Préfère ayant ôté son chapeau et découvert un front orné de boucles blondes, ma gouvernante empoigna fortement le chapeau en disant qu'il lui déplaisait de voir traîner les hardes sur les meubles. Puis elle s'approcha de Jeanne et lui demanda « ses nippes » en l'appelant sa petite demoiselle. La petite demoiselle, lui donnant son mantelet et son chapeau, dégagea un cou gracieux et une taille ronde dont les contours se détachaient nettement sur la grande lumière de la fenêtre, et j'aurais souhaité qu'elle fût vue en ce moment par toute autre personne qu'une vieille servante, une maîtresse de pension frisée comme un agneau et un bonhomme d'archiviste paléographe.

« Vous regardez la Seine, lui dis-je; elle étincelle au soleil.

— Oui, répondit-elle, accoudée à la barre d'appui. On dirait une flamme qui coule. Mais voyez là-bas comme elle semble fraîche sous les saules de la berge qu'elle reflète. Ce petit coin-là me plaît encore mieux que tout le reste.

— Allons ! répondis-je, je vois que la rivière vous tente. Que diriez-vous si, avec l'agrément de Mlle Préfère, nous allions à Saint-Cloud par le bateau à vapeur[1] que nous ne manquerons pas de trouver en aval du pont Royal ? »

Jeanne était très contente de mon idée et Mlle Préfère résolue à tous les sacrifices. Mais ma gouvernante n'entendait pas nous laisser partir ainsi. Elle me conduisit dans la salle à manger où je la suivis en tremblant.

« Monsieur, me dit-elle quand nous fûmes seuls, vous ne pensez jamais à rien et il faut que ce soit moi qui songe à tout. Heureusement que j'ai bonne mémoire. »

Je ne jugeai pas opportun d'ébranler cette illusion téméraire. Elle poursuivit :

« Ainsi ! vous vous en alliez sans me dire ce qui plaît à la petite demoiselle ? Vous êtes bien difficile à contenter, vous, monsieur, mais au moins vous savez ce qui est bon. Ce n'est pas comme ces jeunesses. Elles ne se connaissent pas en cuisine. C'est souvent le meilleur qu'elles trouvent le pire et le mauvais qui leur semble bon, à cause du cœur qui n'est pas encore bien assuré à sa place, tant et si bien qu'on ne sait que faire avec elles. Dites-moi si la petite demoiselle aime les pigeons aux petits pois et les profiterolles.

— Ma bonne Thérèse, répondis-je, faites à votre gré, et ce sera très bien. Ces dames sauront se contenter de notre modeste ordinaire. »

Thérèse reprit sèchement :

« Monsieur, je vous parle de la petite demoiselle; il ne faut pas qu'elle s'en aille de la maison sans avoir un peu profité. Quant à la vieille frisée, si mon dîner ne lui convient pas, elle pourra bien se sucer les pouces. Je m'en moque. »

Je retournai, l'âme en repos, dans la cité des livres où Mlle Préfère travaillait au crochet si tranquillement, qu'on eût dit qu'elle était chez elle. Je faillis le croire moi-même. Elle tenait peu de place, il est vrai, au coin de la fenêtre. Mais elle avait si bien choisi sa chaise et son tabouret, que ces meubles semblaient faits pour elle.

Jeanne, au contraire, donnait aux livres et aux tableaux un long regard, qui semblait presque un affectueux adieu[a].

« Tenez, lui dis-je; amusez-vous à feuilleter ce livre, qui ne peut manquer de vous plaire, car il contient de belles gravures. »

Et j'ouvris devant elle le recueil des costumes de Vecellio[1]; non pas, s'il vous plaît, la banale copie maigrement exécutée par des artistes modernes, mais bien un magnifique et vénérable exemplaire de l'édition princeps, laquelle est noble à l'égal des nobles dames qui figurent sur ses feuillets jaunis et embellis par le temps.

En feuilletant les gravures avec une naïve curiosité, Jeanne me dit :

« Nous parlions de promenade, mais c'est un voyage que vous me faites faire. Un grand voyage.

— Eh bien ! mademoiselle, lui dis-je, il faut s'arranger commodément pour voyager. Vous êtes assise sur un coin de votre chaise que vous faites tenir sur un seul pied, et le Vecellio doit vous fatiguer les genoux. Asseyez-vous pour de bon, mettez votre chaise d'aplomb et posez votre livre sur la table. »

Elle m'obéit en souriant et me dit :

« Regardez, monsieur, le beau costume (c'était[b] celui d'une dogaresse). Que c'est noble et quelles magnifiques idées cela donne ! C'est pourtant beau, le luxe !

— Il ne faut pas[a] exprimer de semblables pensées, mademoiselle, dit la maîtresse de pension, en levant de dessus son ouvrage un petit nez imparfait[b].

— C'est bien innocent, répondis-je. Il y a des âmes de luxe qui ont le goût inné de la magnificence. »

Le petit nez imparfait se rabattit aussitôt.

« Mlle Préfère aime le luxe aussi, dit Jeanne; elle découpe des transparents de papier pour les lampes. C'est du luxe économique, mais c'est du luxe tout de même. »

Retournés à Venise, nous faisions la connaissance d'une patricienne vêtue d'une dalmatique brodée, quand j'entendis la sonnette. Je crus que c'était quelque patronnet avec sa manne, mais la porte de la cité des livres s'ouvrit et... Tu souhaitais tout à l'heure, vieux Sylvestre Bonnard, que d'autres yeux que des yeux lunettés[c] et desséchés vissent ta protégée dans sa grâce; tes souhaits sont comblés de la façon la plus inattendue. Et comme à l'imprudent Thésée, une voix te dit :

Craignez, Seigneur, craignez que le Ciel rigoureux
Ne vous haïsse assez pour exaucer vos vœux[1].

La porte[d] de la cité des livres s'ouvrit et un beau jeune homme parut, introduit par Thérèse. Cette vieille âme simple ne sait qu'ouvrir ou fermer la porte aux gens; elle n'entend rien aux finesses de l'antichambre et du salon. Il n'est dans ses mœurs ni d'annoncer ni de faire attendre. Elle jette les gens sur le palier ou bien elle vous les pousse à la tête.

Voilà donc le beau jeune homme tout amené et je ne puis vraiment pas l'aller enfermer tout de suite, comme un animal dangereux, dans[e] la pièce voisine. J'attends qu'il s'explique; il le fait sans embarras, mais il me semble qu'il a remarqué la jeune fille qui, penchée sur la table, feuillette le Vecellio. Je le regarde; ou je me trompe fort, ou je l'ai déjà vu quelque part. Il se nomme Gélis. C'est là un nom que j'ai entendu je ne sais où. En fait, M. Gélis (puisque Gélis il y a) est fort bien tourné. Il me dit qu'il est en troisième année à l'École des chartes, et qu'il prépare depuis quinze ou dix-huit mois sa thèse de sortie dont le sujet est l'état des abbayes bénédictines en 1700. Il vient de lire mes travaux sur le *Monasticon* et il est persuadé qu'il ne peut mener sa thèse à bonne fin sans mes conseils, d'abord, et sans un certain manuscrit que j'ai en ma possession et qui n'est autre que le registre des comptes de l'abbaye de Cîteaux de 1683 à 1704.

M'ayant édifié sur ces points, il me remet une lettre de recommandation signée du nom du plus illustre de mes confrères.

À la bonne heure, j'y suis : M. Gélis est tout uniment le jeune homme qui, l'an passé, m'a traité d'imbécile, sous les marronniers. Ayant déplié sa lettre d'introduction, je songe :

« Ah ! ah ! malheureux, tu es bien loin de soupçonner que je t'ai entendu et que je sais ce que tu penses de moi... ou du moins ce que tu pensais ce jour-là, car ces jeunes têtes sont si légères ! Je te tiens, jeune imprudent ! te voilà dans l'antre du lion et si soudainement, ma foi ! que le vieux lion surpris ne sait que faire de sa proie. Mais toi, vieux lion, ne serais-tu pas un imbécile ? si tu ne l'es pas, tu le fus. Tu fus un sot d'avoir écouté M. Gélis au pied de la statue de Marguerite de Valois, un double sot de l'avoir entendu, et un triple sot de n'avoir pas oublié ce qu'il eût mieux valu ne pas entendre. »

Ayant ainsi gourmandé le vieux lion, je l'exhortai à se montrer clément; il ne se fit pas trop tirer l'oreille et devint bientôt si gai qu'il se retint pour ne pas éclater en joyeux rugissements.

À la manière dont je lisais la lettre de mon collègue, je pouvais passer pour ne pas savoir mes lettres. Ce fut long, et M. Gélis aurait pu s'ennuyer, mais il regardait Jeanne et prenait son mal en patience. Jeanne tournait quelquefois la tête de notre côté. On ne peut rester immobile, n'est-ce pas ? Mlle Préfère arrangeait ses boucles, et sa poitrine se gonflait de petits soupirs. Il faut dire que j'ai été moi-même honoré souvent de ces petits soupirs.

« Monsieur, dis-je, en pliant la lettre, je suis heureux de pouvoir vous être utile. Vous vous occupez de recherches qui m'ont, pour ma part, bien vivement intéressé. J'ai fait ce que j'ai pu. Je sais comme vous — et mieux encore que vous — combien il reste à faire. Le manuscrit que vous me demandez est à votre disposition ; vous pouvez l'emporter, mais il n'est pas des plus petits, et je crains...

— Ah ! monsieur, me dit Gélis, les gros livres ne me font pas peur. »

Je priai le jeune homme de m'attendre et j'allai dans un cabinet voisin chercher le registre que je ne trouvai pas d'abord et que je désespérai même de trouver quand je reconnus, à des signes certains, que ma gouvernante avait mis de l'ordre dans le cabinet. Mais le registre était si grand et si gros que Thérèse n'était pas parvenue à le ranger assez complètement. Je le soulevai avec peine et j'eus la joie de le trouver pesant à souhait.

« Attends, mon garçon, me dis-je avec un sourire qui devait être très sarcastique, attends : je t'en vais accabler, il te rompra les bras, puis la cervelle. C'est la première vengeance de Sylvestre Bonnard. Nous aviserons ensuite. »

Quand je rentrai dans la cité des livres, j'entendis M. Gélis qui disait à Jeanne : « Les Vénitiennes se trempaient les cheveux dans une teinture blonde. Elles avaient le blond de miel[1] et le blond d'or. Mais il y a des cheveux dont la couleur naturelle est bien plus jolie que celle du miel et de l'or. » Et Jeanne répondait par son silence pensif et recueilli. Je devinai que ce coquin de Vecellio était de l'affaire et que penchés sur le livre ils avaient regardé ensemble la dogaresse et les patriciennes.

Je parus avec[a] mon énorme bouquin, pensant que Gélis ferait la grimace. C'était la charge d'un commissionnaire et j'en avais les bras endoloris. Mais le jeune homme le souleva comme une plume et le mit sous son bras en souriant. Puis il me remercia avec cette brièveté que j'estime, me rappela qu'il avait besoin de mes conseils, et ayant pris jour pour un nouvel entretien, partit en nous saluant tous le plus aisément du monde...

Je dis :

« Il est gentil, ce garçon. »

Jeanne tourna quelques feuillets du Vecellio et ne répondit pas.

Nous allâmes à Saint-Cloud[b].

Septembre-décembre.

Les visites au bonhomme se sont succédé avec une exactitude dont je suis profondément reconnaissant à Mlle Préfère, qui a fini par avoir un coin attitré dans la cité des livres. Elle dit maintenant : « ma chaise », « mon tabouret », « mon casier ». Son casier est une tablette dont elle a expulsé les poètes champenois[1] pour loger son sac à ouvrage. Elle est bien aimable et il faut que je sois un monstre pour ne pas l'aimer. Je la souffre dans toute la rigueur du mot. Mais que ne souffrirait-on pas pour Jeanne ? Elle donne à la cité des livres un charme dont je goûte le souvenir quand elle est partie. Elle est peu instruite, mais[a] si bien douée que, quand je veux lui montrer une belle chose, il se trouve que je ne l'avais jamais vue et que c'est elle qui me la fait voir. S'il m'a été jusqu'ici impossible de lui faire suivre mes idées, j'ai souvent pris plaisir à suivre le spirituel caprice des siennes.

Un homme plus sensé que moi songerait à la rendre utile. Mais n'est-il point utile dans la vie d'être aimable ? Sans être jolie, elle charme. Charmer, cela sert autant, peut-être, que de ravauder des bas. D'ailleurs, je ne suis pas immortel et elle ne sera sans doute pas encore très vieille quand mon notaire (qui n'est point maître Mouche) lui lira certain papier que j'ai signé tantôt.

Je n'entends pas qu'un autre que moi la pourvoie et la dote. Je ne suis pas moi-même bien riche et l'héritage paternel ne s'est pas accru dans mes mains. On n'amasse pas des écus à compulser des vieux textes. Mais mes livres, au prix où se vend aujourd'hui cette noble denrée, valent quelque chose. Il y a sur cette tablette plusieurs poètes du XVIe siècle que des banquiers disputeraient à des princes. Et je crois que ces *Heures* de Simon Vostre[2] ne passeraient point inaperçues à l'hôtel Silvestre[3], non plus que ces *Preces piae*[4] à l'usage de la reine Claude. J'ai pris soin de réunir et de conserver tous ces exemplaires rares et curieux qui peuplent la cité des livres, et j'ai cru longtemps qu'ils étaient aussi nécessaires à ma vie que l'air et la lumière. Je les ai bien aimés, et aujourd'hui encore je ne puis m'empêcher de leur sourire et de les caresser. Ces maroquins sont si plaisants à l'œil et ces vélins si doux au toucher ! Il n'est pas un seul de ces livres qui ne soit digne, par quelque mérite singulier, de l'estime d'un galant homme. Quel autre possesseur saura les priser comme il faut ? Sais-je seulement si un nouveau propriétaire ne les laissera pas périr dans l'abandon, ou ne les mutilera pas par un caprice d'ignorant ? Dans quelles mains tombera cet incomparable exemplaire de l'*Histoire de l'abbaye de Saint-Germain-des-Prés*, aux marges duquel l'auteur lui-même, dom Jacques Bouillard[1], mit de sa main des notes substantielles ?... Maître Bonnard, tu es un vieux fou[a]. Ta gouvernante, la pauvre créature, est aujourd'hui clouée dans son lit par un rhumatisme rigoureux. Jeanne doit venir avec son chaperon et, au lieu d'aviser à les recevoir, tu songes à mille sottises. Sylvestre Bonnard, tu n'arriveras à rien, c'est moi qui te le dis.

Et précisément je les vois de ma fenêtre qui descendent de l'omnibus. Jeanne saute comme une chatte et Mlle Préfère se confie au bras robuste du conducteur avec les grâces pudiques d'une Virginie[2] réchappée du naufrage et résignée cette fois à se laisser sauver. Jeanne lève la tête, me voit, et me fait un imperceptible signe d'amitié confiante. Je m'aperçois qu'elle est jolie. Elle est moins jolie que n'était sa grand-mère. Mais sa grâce fait la joie et la consolation du vieux fou que je suis. Quant aux jeunes[b] fous (il s'en trouve encore), je ne sais ce qu'ils en penseront ; ce n'est pas mon affaire... Mais faut-il[c] te répéter, Bonnard, mon ami, que ta gouvernante est au lit et que tu dois aller toi-même ouvrir ta porte ?

Ouvre, bonhomme Hiver... c'est le Printemps qui sonne.

C'est Jeanne, en effet, Jeanne toute rose. Il s'en faut d'un étage que Mlle Préfère, essoufflée et indignée, atteigne le palier.

J'expliquai l'état de ma gouvernante et proposai un dîner au restaurant. Mais Thérèse, toute-puissante encore sur son lit de douleur, décida qu'il fallait dîner à la maison. Les honnêtes gens, à son avis, ne dînaient pas au restaurant. D'ailleurs, elle avait tout prévu. Le dîner était acheté ; la concierge le cuirait.

L'audacieuse Jeanne voulut aller voir si la vieille malade n'avait besoin de rien. Comme bien vous pensez, elle fut lestement renvoyée au salon, mais pas avec tant de rudesse que j'avais lieu de le craindre.

« Si j'ai besoin de me faire servir, ce qu'à Dieu ne plaise ! lui fut-il répondu, je trouverai quelqu'un de moins mignon que vous. Il me faut du repos. C'est une marchandise dont vous ne tenez pas boutique à la foire, sous l'enseigne de Motus-un-doigt-sur-la-bouche. Allez rire et ne restez pas ici. C'est malsain : la vieillesse se gagne. »

Jeanne[a], nous ayant rapporté ces paroles, ajouta qu'elle aimait beaucoup la langue de la vieille Thérèse. Sur quoi, Mlle Préfère lui reprocha d'avoir des goûts peu distingués. J'essayai de l'excuser par l'exemple de tant de bons artisans du parler maternel qui tenaient pour leurs maîtres en langage les forts du port au foin et les vieilles lavandières[1]. Mais Mlle Préfère avait des goûts trop distingués pour se rendre à mes raisons.

Cependant Jeanne prit un visage suppliant[b] et me demanda la faveur de mettre un tablier blanc et d'aller à la cuisine s'occuper du dîner.

« Jeanne, répondis-je avec la gravité d'un maître, je crois que, s'il s'agit de briser les assiettes, d'ébrécher les plats, de bosseler les casseroles et de défoncer les bouillottes, la créature sordide que Thérèse a placée dans la cuisine suffira à sa tâche, car il me semble entendre en ce moment dans la cuisine des bruits désastreux. Toutefois, je vous prépose, Jeanne, à la confection du dessert. Allez chercher un tablier blanc; je vous le ceindrai moi-même. »

En effet, je lui nouai solennellement le tablier de toile à la taille, et elle s'élança dans la cuisine pour y apprêter, comme nous le sûmes plus tard, des mets délicats.

Je n'eus pas[c] à me louer de ce petit arrangement, car Mlle Préfère, restée seule avec moi, prit des allures inquiétantes. Elle me regarda avec des yeux pleins de larmes et de flammes et poussa d'énormes soupirs.

« Je vous plains, me dit-elle, un homme comme vous, un homme d'élite, vivre seul avec une grossière servante (car elle est grossière, cela est incontestable) !

Quelle cruelle existence ! Vous avez besoin de repos, de ménagements, d'égards, de soins de toutes sortes; vous pouvez tomber malade. Et il n'y a pas de femme qui ne se ferait honneur de porter votre nom et de partager votre existence. Non ! il n'y en a pas : c'est mon cœur qui me le dit. »

Et elle pressait des deux mains ce cœur prêt sans cesse à s'échapper.

J'étais littéralement désespéré. J'essayai de remontrer à Mlle Préfère que j'entendais ne rien changer au train de ma vie fort avancée et que j'avais autant de bonheur qu'en comportaient ma nature et ma destinée.

« Non ! vous n'êtes pas heureux, s'écria-t-elle; il faudrait auprès de vous une âme capable de vous comprendre. Sortez de votre engourdissement, jetez les yeux autour de vous. Vous avez des relations étendues, de belles connaissances. On n'est pas membre de l'Institut sans fréquenter la société. Voyez, jugez, comparez. Une femme sensée ne vous refusera pas sa main. Je suis femme, monsieur : mon instinct ne me trompe pas; il y a quelque chose là qui me dit que vous trouverez le bonheur dans le mariage. Les femmes sont si dévouées, si aimantes (pas toutes, sans doute, mais quelques-unes) ! Et puis elles sont sensibles à la gloire ! Votre cuisinière[a] n'a plus de forces; elle est sourde, elle est infirme; s'il vous arrivait malheur la nuit ! Tenez, je frémis, rien que d'y penser ! »

Et elle frémissait réellement; elle fermait les yeux, serrait les poings, trépignait. Mon abattement était extrême. Avec quelle formidable ardeur elle reprit :

« Votre santé ! votre chère santé ! Je donnerais avec joie tout mon sang pour conserver les jours d'un savant, d'un littérateur, d'un homme de mérite, d'un membre de l'Institut. Et une femme qui n'en ferait pas autant, je la mépriserais. Tenez, monsieur, j'ai connu la femme d'un grand mathématicien, d'un homme qui faisait des cahiers entiers de calculs dont il remplissait toutes les armoires de sa maison. Il avait une maladie de cœur et il dépérissait à vue d'œil. Et je voyais sa femme, là, tranquille auprès de lui. Je n'ai pas pu y tenir, je lui ai dit un jour : " Ma chère, vous n'avez pas de cœur. À votre place, je ferais... je ferais... Je ne sais pas ce que je ferais ! " »

Elle s'arrêta épuisée. Ma situation était terrible. Dire nettement à Mlle Préfère ce que je pensais de ses conseils, il ne fallait pas y songer. Car me brouiller avec elle, c'était perdre Jeanne. Je pris donc la chose en douceur. D'ailleurs, elle était chez moi : cette considération m'aida à garder quelque courtoisie.

« Je suis très vieux, mademoiselle, lui répondis-je, et je crains bien que vos avis ne viennent un peu tard. J'y songerai toutefois. En attendant, remettez-vous. Il serait bon que vous prissiez un verre d'eau sucrée. »

À ma grande surprise, ces paroles la calmèrent soudainement, et je la vis s'asseoir avec tranquillité dans son coin, près de son casier, sur sa chaise, les pieds sur son tabouret.

Le dîner était tout à fait manqué. Mlle Préfère, perdue dans un rêve, n'y prit point garde. Je suis fort sensible d'ordinaire à ces sortes de mésaventures ; mais celle-ci causa à Jeanne une telle joie que je finis moi-même par y prendre plaisir. Je ne savais pas encore, à mon âge, qu'un poulet brûlé d'un côté et cru de l'autre fût une chose comique; les rires clairs de Jeanne[a] me l'apprirent. Ce poulet nous fit dire mille choses très spirituelles que j'ai oubliées et je fus enchanté qu'on ne l'eût pas raisonnablement rôti.

Le dîner s'acheva non sans grâce quand la jeune fille en tablier blanc, mince et droite, apporta le plat d'œufs à la neige qu'elle avait apprêté. Dans leur bain d'or pâle, ils brillaient du plus candide éclat et répandaient une fine odeur de vanille. Et elle les posa sur la table avec la gravité ingénue d'une ménagère de Chardin.

Dans le fond de mon âme, j'étais très inquiet[b]. Il me paraissait à peu près impossible de me maintenir longtemps en bons termes avec Mlle Préfère dont les fureurs matrimoniales avaient éclaté. Et la maîtresse partie, adieu l'écolière ! Je profitai de ce que la bonne âme était allée mettre son manteau, pour demander à Jeanne très précisément quel âge elle avait. Elle avait dix-huit ans et un mois. Je comptai sur mes doigts et trouvai qu'elle ne serait pas majeure avant deux ans et onze mois. Comment passer tout ce temps-là ?

En me quittant, Mlle Préfère me regarda avec tant[a] d'expression que j'en tremblai de tous mes membres.

« Au revoir, dis-je gravement à la jeune fille. Mais écoutez-moi : votre ami est vieux et peut vous manquer. Promettez-moi de ne jamais vous manquer à vous-même et je serai tranquille. Dieu vous garde, mon enfant ! »

Ayant fermé la porte sur elle, j'ouvris la fenêtre pour la voir s'en aller. La nuit était sombre et je n'aperçus que des ombres confuses qui glissaient sur le quai noir. Le bourdonnement immense et sourd de la ville montait jusqu'à moi, et j'eus le cœur serré[b].

15 décembre.

Le roi de Thulé gardait une coupe d'or que son amante lui avait laissée en souvenir. Près de mourir et sentant qu'il avait bu pour la dernière fois, il jeta la coupe à la mer. Je garde ce cahier de souvenirs comme le vieux prince des mers brumeuses gardait sa coupe ciselée et de même qu'il abîma son joyau d'amour, je brûlerai ce livre de raison. Ce n'est pas[c], certes, par une avarice hautaine et par un orgueil égoïste que je détruirai ce monument d'une humble vie; mais je craindrais que les choses qui me sont chères et sacrées n'y parussent, par défaut d'art, vulgaires et ridicules.

Je ne dis pas cela en vue de ce qui va suivre. Ridicule je l'étais certainement quand, prié à dîner chez Mlle Préfère, je m'assis dans une bergère (c'était bien une bergère) à la droite de cette inquiétante personne. La table était dressée dans un petit salon. Assiettes[d] ébréchées, verres dépareillés, couteaux branlant dans le manche, fourchettes à dents jaunes, rien ne manquait de ce qui coupe net l'appétit d'un honnête homme.

On me confia que le dîner était fait pour moi, pour moi seul, bien que maître Mouche en fût. Il faut que Mlle Préfère se soit imaginée que j'ai pour le beurre des goûts de Sarmate[1], car celui qu'elle m'offrit était rance à l'excès[e].

Le rôti acheva de m'empoisonner. Mais j'eus le

plaisir d'entendre maître Mouche et Mlle Préfère parler de la vertu. Je dis le plaisir, je devrais dire la honte, car les sentiments qu'ils exprimaient sont fort au-dessus de ma grossière nature.

Ce qu'ils disaient me prouva clair comme le jour que le dévouement était leur pain quotidien et que le sacrifice leur était aussi nécessaire que l'air et l'eau. Voyant que je ne mangeais pas, Mlle Préfère fit mille efforts pour vaincre ce qu'elle était assez bonne pour nommer ma discrétion. Jeanne n'était pas de la fête parce que, me dit-on, sa présence, contraire au règlement, aurait blessé l'égalité si nécessaire à maintenir entre tant de jeunes élèves.

La servante désolée servit un maigre dessert, et disparut[a] comme une ombre.

Alors Mlle Préfère raconta à maître Mouche avec de grands transports tout ce qu'elle m'avait dit dans la cité des livres, pendant que ma gouvernante était au lit. Son admiration pour un membre de l'Institut, ses craintes de me voir malade et seul, la certitude où elle était qu'une femme intelligente serait heureuse et fière de partager mon existence, elle ne dissimula rien; bien au contraire, elle ajouta de nouvelles folies. Maître Mouche approuvait de la tête en cassant des noisettes. Puis, après tout ce verbiage, il demanda avec un agréable sourire ce que j'avais répondu.

Mlle Préfère, une main sur son cœur et l'autre étendue vers moi, s'écria :

« Il est si affectueux, si supérieur, si bon et si grand ! Il a répondu... Mais je ne saurais pas moi, simple femme, répéter les paroles d'un membre de l'Institut : il suffit que je les résume. Il a répondu : “ Oui, je vous comprends, et j'accepte. ” »

Ayant ainsi parlé, elle me prit une main. Maître Mouche se leva, tout ému, et me saisit l'autre main.

« Je vous félicite, monsieur », me dit-il.

J'ai quelquefois eu peur dans ma vie, mais je n'avais jamais éprouvé un effroi d'une nature aussi écœurante.

Je dégageai[b] mes deux mains et, m'étant levé pour donner toute la gravité possible à mes paroles :

« Madame, dis-je, je me serai mal expliqué chez moi ou je vous aurai mal comprise ici. Dans les deux cas, une déclaration nette est nécessaire. Permettez-moi, madame, de la faire tout uniment. Non, je ne vous ai pas comprise; non je n'ai rien accepté; j'ignore absolument quel peut être le parti que vous avez en vue pour moi, si toutefois vous en avez un. Dans tous les cas, je ne veux pas me marier. Ce serait à mon âge une impardonnable folie et je ne puis pas encore, à l'heure qu'il est, me figurer qu'une personne de sens, comme vous, ait pu me donner le conseil de me marier. J'ai même tout lieu de croire que je me trompe, et que vous ne m'avez rien dit de semblable. Dans ce cas, vous excuserez un vieillard déshabitué du monde, peu fait au langage des dames et désolé de son erreur. »

Maître Mouche se rassit tout doucement à sa place où, faute de noisettes, il tailla un bouchon.

Mlle Préfère, m'ayant considéré pendant quelques instants avec de petits yeux ronds et secs que je ne lui connaissais pas encore, reprit sa douceur et sa grâce ordinaires. C'est d'une voix mielleuse qu'elle s'écria :

« Ces savants ! ces hommes de cabinet ! ils sont comme des enfants. Oui, monsieur Bonnard, vous êtes un véritable enfant. »

Puis, se tournant vers le notaire, qui se tenait coi, le nez sur son bouchon :

« Oh ! ne l'accusez pas ! lui dit-elle d'une voix suppliante. Ne l'accusez pas ! Ne pensez pas de mal de lui, je vous en prie. N'en pensez pas ! Faut-il vous le demander à genoux ? »

Maître Mouche examina son bouchon sur toutes ses faces, sans s'expliquer autrement.

J'étais indigné; à en juger à la chaleur que je sentais à la tête, mes joues devaient être extrêmement rouges. Cette circonstance me fait comprendre les paroles que j'entendis alors à travers le bourdonnement de mes tempes :

« Il m'effraie, notre pauvre ami. Monsieur Mouche, veuillez ouvrir la fenêtre. Il me semble qu'une compresse d'arnica lui ferait du bien. »

Je m'enfuis dans la rue avec un indicible sentiment de dégoût et d'effroi[a].

20 décembre.

Je fus huit jours sans entendre parler de l'institution Préfère. Ne pouvant rester plus longtemps sans nouvelles de Jeanne et songeant[a] d'ailleurs que je me devais à moi-même de ne pas quitter la place, je pris le chemin des Ternes.

Le parloir me sembla plus froid, plus humide, plus inhospitalier, plus insidieux et la servante plus effarée, plus silencieuse que jamais. Je demandai Jeanne et ce fut, après un assez long temps, Mlle Préfère qui se montra, grave, pâle, les lèvres minces, les yeux durs.

« Monsieur, je regrette vivement, me dit-elle en croisant les bras sous sa pèlerine, de ne pouvoir vous permettre de voir aujourd'hui Mlle Alexandre; mais cela m'est impossible.

— Et pourquoi donc ?

— Monsieur, les raisons qui m'obligent à vous demander de rendre vos visites ici moins fréquentes sont d'une nature particulièrement délicate et je vous prie de m'épargner la contrariété de les dire.

— Madame, répondis-je, je suis autorisé par le tuteur de Jeanne à voir sa pupille tous les jours. Quelles raisons pouvez-vous avoir de vous mettre en travers des volontés de M. Mouche ?

— Le tuteur de Mlle Alexandre (et elle pesait sur ce nom de tuteur comme sur un point d'appui solide) souhaite aussi vivement que moi de voir la fin de vos assiduités.

— Veuillez, s'il en est ainsi, me donner ses raisons et les vôtres. »

Elle contempla la petite spirale de papier et répondit avec un calme sévère :

« Vous le voulez ? Bien qu'une telle explication soit pénible pour une femme, je cède à vos exigences. Cette maison, monsieur, est une maison honorable. J'ai ma responsabilité : je dois veiller comme une mère sur chacune de mes élèves. Vos assiduités auprès de Mlle Alexandre ne pourraient se prolonger sans nuire à cette jeune fille. Mon devoir est de les faire cesser.

— Je ne vous comprends pas », répondis-je.

Et c'était bien la vérité. Elle reprit lentement :

« Vos assiduités dans cette maison sont interprétées par les personnes les plus respectables et les moins soupçonneuses d'une telle façon que je dois, dans l'intérêt de mon établissement et dans l'intérêt de Mlle Alexandre, les faire cesser au plus vite.

— Madame, m'écriai-je, j'ai entendu bien des sottises dans ma vie, mais aucune qui soit comparable à celle que vous venez de dire ! »

Elle me répondit simplement :

« Vos injures ne m'atteignent pas. On est bien forte quand on accomplit un devoir. »

Et elle pressa sa pèlerine contre son cœur, non plus cette fois pour contenir, mais sans doute pour caresser ce cœur généreux.

« Madame, dis-je, en la marquant du doigt, vous avez soulevé l'indignation d'un vieillard. Faites en sorte que ce vieillard vous oublie, et n'ajoutez pas de nouveaux méfaits à ceux que je découvre. Je vous avertis que je ne cesserai pas de veiller sur Mlle Alexandre. Si vous la violentez en quoi que ce soit, malheur à vous ! »

Elle devenait plus tranquille à mesure que je m'animais et c'est avec un beau sang-froid qu'elle me répondit :

« Monsieur, je suis trop éclaircie sur la nature de l'intérêt que vous portez à cette jeune fille pour ne pas la soustraire à cette surveillance dont vous me menacez. J'aurais dû, voyant l'intimité plus qu'équivoque dans laquelle vous vivez avec votre gouvernante, épargner votre contact à une innocente enfant. Je le ferai à l'avenir. Si j'ai été jusqu'ici trop confiante, ce n'est pas vous, c'est Mlle Alexandre qui peut me le reprocher ; mais elle est trop naïve, trop pure, grâce à moi, pour soupçonner la nature du péril que vous lui avez fait courir. Vous ne m'obligerez pas, je suppose, à l'en instruire. »

« Allons, me dis-je, en haussant les épaules, il fallait, mon pauvre Bonnard, que tu vécusses jusqu'à présent pour apprendre exactement ce que c'est qu'une méchante femme. À présent, ta science est complète à cet égard. »

Je sortis sans répondre, et j'eus le plaisir de voir, à la subite rougeur de la maîtresse de pension, que mon silence la touchait beaucoup plus que n'avaient fait mes paroles.

Je traversai la cour en regardant de tous côtés si je n'apercevrais pas Jeanne. Elle me guettait; elle courut à moi.

« Si on touche à un de vos cheveux, Jeanne, écrivez-moi. Adieu.

— Non ! pas adieu ! »

Je répondis :

« Non ! non ! pas adieu. Écrivez-moi. »

J'allai tout droit chez Mme de Gabry.

« Madame est à Rome, avec monsieur. Monsieur ne le savait donc pas ?

— Si fait ! répondis-je, madame me l'a écrit. »

Elle me l'avait écrit en effet et il fallait que j'eusse un peu perdu la tête pour l'oublier. Ce fut l'opinion du domestique, car il me regarda d'un air qui disait : « M. Bonnard est tombé en enfance », et il se pencha sur la rampe de l'escalier pour voir si je ne me livrerais pas à quelque action extraordinaire. Je descendis raisonnablement les degrés et il se retira désappointé.

En rentrant chez moi, j'appris que M. Gélis était dans le salon. Ce jeune homme me fréquente assidûment. Il n'a certes pas le jugement sûr, mais son esprit n'est pas banal. Cette fois sa visite ne laissa pas que de m'embarrasser. « Hélas ! pensai-je, je vais dire à mon jeune ami quelque sottise et il trouvera aussi que je baisse. Je ne puis pourtant pas lui expliquer que j'ai été demandé en mariage et traité d'homme sans mœurs, que Thérèse est soupçonnée et que Jeanne reste au pouvoir de la femme la plus scélérate de la terre. Je suis vraiment en bel état pour parler des abbayes cisterciennes avec un jeune et malveillant érudit. Allons, pourtant, allons !... »

Mais Thérèse m'arrêta :

« Comme vous êtes rouge, monsieur ! me dit-elle d'un ton de reproche.

— C'est le printemps », lui répondis-je.

Elle se récria :

« Le printemps au mois de décembre ? »

Nous sommes en effet au mois de décembre. Ah ! quelle tête est la mienne et le bel appui qu'a en moi la pauvre Jeanne !

« Thérèse, prenez ma canne et mettez-la, s'il se peut, dans un endroit où on la retrouve.

« Bonjour, monsieur Gélis. Comment vous portez-vous ? »

Sans date.

Le lendemain le bonhomme voulut se lever; il ne le put pas. Elle était rude, la main invisible qui le tenait étendu sur son lit. Le bonhomme, exactement cloué, se résigna à ne pas bouger, mais ce furent ses idées qui trottèrent.

Il fallait qu'il eût une forte fièvre, car Mlle Préfère, les abbés de Saint-Germain-des-Prés et le maître d'hôtel de Mme de Gabry[a] lui apparaissaient sous des formes fantastiques. Le maître d'hôtel notamment s'allongeait sur sa tête en grimaçant comme une gargouille de cathédrale. J'avais l'idée qu'il y avait beaucoup de monde, beaucoup trop de monde dans ma chambre.

Cette chambre est meublée à l'antique; le portrait de mon père en grand uniforme et celui de ma mère en robe de cachemire pendent au mur sur une tapisserie de papier à ramages verts. Je le sais et je sais même que tout cela est bien fané. Mais la chambre d'un vieil homme n'a pas besoin d'être coquette; il suffit qu'elle soit propre et Thérèse y pourvoit. Celle-ci est, de plus, assez imagée pour plaire à mon esprit resté un peu enfantin et musard. Il y a, aux murs et sur les meubles, des choses qui d'ordinaire me parlent et m'égaient. Mais que me veulent aujourd'hui toutes ces choses ? Elles sont devenues criardes, grimaçantes et menaçantes. Cette statuette, moulée sur une des Vertus théologales de Notre-Dame de Brou[1], si ingénue et si gracieuse dans son état naturel, fait maintenant des contorsions et me tire la langue. Et cette belle miniature, dans laquelle un des plus suaves élèves de Jehan Fouquet[2] s'est représenté, ceint de la cordelière des fils de Saint-François, offrant à genoux son livre au bon duc d'Angoulême, qui donc l'a ôtée de son cadre, pour mettre à la place une grosse tête de chat qui me regarde avec des yeux phosphorescents ? Les ramages du papier sont devenus aussi des têtes, des têtes vertes et difformes... Non pas, ce sont bien, aujourd'hui comme il y a vingt ans, des feuillages imprimés et pas autre chose... Non, je disais bien, ce sont des têtes avec des yeux, un nez, une bouche, des têtes !... Je comprends : ce sont à la fois des têtes et des feuillages. Je voudrais bien ne pas les voir.

Là, à ma droite, la jolie miniature du franciscain est revenue, mais il me semble que je la retiens par un accablant effort de ma volonté et que, si je me lasse, la vilaine tête de chat va reparaître. Je n'ai pas le délire : je vois bien Thérèse au pied de mon lit; j'entends bien qu'elle me parle, et je lui répondrais avec une parfaite lucidité si je n'étais pas occupé à maintenir dans leur figure naturelle tous les objets qui m'entourent.

Voici venir le médecin. Je ne l'avais pas demandé; mais j'ai plaisir à le voir. C'est un vieux voisin à qui j'ai été de peu de profit, mais que j'aime beaucoup. Si je ne lui dis pas grand-chose, j'ai du moins toute ma connaissance et même je suis singulièrement rusé, car j'épie ses gestes, ses regards, les moindres plis de son visage. Il est fin, le docteur, et je ne sais vraiment pas ce qu'il pense de mon état. Le mot profond de Goethe me revient à l'esprit et je dis :

« Docteur, le vieil homme a consenti à être malade; mais il n'en accordera pas davantage pour cette fois à la nature. »

Ni le docteur ni Thérèse ne rient de ma plaisanterie. Il faut qu'ils ne l'aient pas comprise.

Le docteur s'en va, le jour tombe, et des ombres de toutes sortes se forment et se dissipent comme des nuages dans les plis de mes rideaux. Des ombres passent en foule devant moi; à travers elles je vois la face immobile de ma fidèle servante. Tout à coup un cri, un cri aigu, un cri de détresse me déchire les oreilles. Est-ce vous, Jeanne, qui m'appelez ?

Le jour est tombé, et les ombres s'installent à mon chevet pour toute la longue nuit.

À l'aube, je sens une paix, une paix immense m'envelopper tout entier. Est-ce votre sein que vous m'ouvrez, Seigneur mon Dieu ?

Février 1876[a].

Le docteur est tout à fait jovial. Il paraît que je lui fais beaucoup d'honneur en me tenant debout. À l'entendre, des maux sans nombre ont fondu ensemble sur mon vieux corps.

Ces maux, effroi de l'homme, ont des noms, effroi du philologue. Ce sont des noms hybrides, mi-grecs, mi-latins, avec des désinences en *ite* indiquant l'état inflammatoire et en *algie*, exprimant la douleur. Le docteur me les débite avec un nombre suffisant d'adjectifs en *ique*, destinés à en caractériser la détestable qualité. Bref une bonne colonne du *Dictionnaire de médecine*.

« Touchez là[b], docteur. Vous m'avez rendu à la vie, je vous pardonne. Vous m'avez rendu à mes amis, je vous en remercie. Je suis solide, dites-vous. Sans doute, sans doute; mais j'ai beaucoup duré. Je suis un vieux meuble fort comparable au fauteuil de mon père. C'était un fauteuil que cet homme de bien tenait d'héritage et dans lequel il s'asseyait du matin au soir. Vingt fois le jour, je me perchais, en bambin que j'étais, sur le bras de ce siège antique. Tant qu'il tint bon, on n'y prit point garde. Mais il se mit à boiter d'un pied, et on commença à dire que c'était un bon fauteuil. Il boita ensuite de trois pieds, grinça du quatrième et devint presque manchot des deux bras. C'est alors qu'on s'écria : “ Quel solide fauteuil ! ” On admirait que, n'ayant pas un bras vaillant et pas une jambe d'aplomb, il gardât figure de fauteuil, se tînt à peu près debout et fît encore quelque service. Le crin lui sortit du corps, il rendit l'âme. Et quand Cyprien, notre domestique, lui scia les membres pour le mettre au bûcher, les cris d'admiration redoublèrent : “ L'excellent, le merveilleux fauteuil ! Il fut à l'usage de Pierre-Sylvestre Bonnard, marchand drapier, d'Épiménide Bonnard son fils et de Jean-Baptiste Bonnard, chef de la 3e division maritime et philosophe pyrrhonien. Quel vénérable et robuste fauteuil ! ” En réalité c'était un fauteuil mort. Eh bien, docteur, je suis ce fauteuil. Vous me jugez solide parce que j'ai résisté à des assauts qui auraient tué tout à fait bon nombre de gens et qui ne m'ont tué, moi, qu'aux trois quarts. Grand merci. Je n'en suis pas moins quelque chose d'irrémédiablement avarié. »

Le docteur veut me prouver, à l'aide de grands mots grecs et latins, que je suis en bon état. Le français est trop clair pour une démonstration de ce genre. Toutefois je consens à être persuadé et je le reconduis jusqu'à ma porte.

« À la bonne heure ! me dit Thérèse, voilà comme il faut mettre dehors les médecins. Pour peu que vous vous y preniez encore deux ou trois fois de cette manière, il n'y reviendra plus, et ce sera bien fait.

— Eh bien, Thérèse, puisque je suis redevenu un si vaillant homme, ne me refusez plus mes lettres. Il y en a un bon paquet sans doute, et ce serait une méchanceté de m'empêcher plus longtemps de les lire. »

Thérèse, après quelques façons, me donna mes lettres. Mais, à quoi bon ? j'ai regardé toutes les enveloppes et aucune n'est écrite par cette petite main que je voudrais voir ici, feuilletant le Vecellio. J'ai rejeté tout le paquet qui ne me dit plus rien.

Avril-juin.

L'affaire a été chaude.

« Attendez, monsieur, que j'aie mis mes nippes propres, m'a dit Thérèse, et cette fois, encore, je sortirai avec vous ; je prendrai votre pliant, comme j'ai fait ces derniers jours, et nous irons nous mettre au soleil. »

En vérité, Thérèse me croit infirme. J'ai été malade, sans doute, mais il y a fin à tout. Madame la Maladie s'en est allée, il y a beau temps, et voilà bien trois mois que sa suivante au pâle et gracieux visage, dame Convalescence, m'a fait gentiment ses adieux. Si j'écoutais ma gouvernante, je serais M. Argant[1] tout bonnement, et je me coifferais, pour le reste de mes jours, d'un bonnet de nuit à rubans... Pas de cela ! J'entends sortir seul. Thérèse ne l'entend pas. Elle tient mon pliant et veut me suivre.

« Thérèse, nous nous mettrons demain en espalier contre le mur de la petite Provence, tant qu'il vous fera plaisir. Mais aujourd'hui j'ai des affaires qui pressent. »

Des affaires ! Elle croit qu'il s'agit d'argent et m'explique que rien ne presse.

« Tant mieux ! mais il y a d'autres affaires que celles-là, en ce monde. »

Je supplie, je gronde, je m'échappe.

Il fait assez beau temps. Moyennant un fiacre et si Dieu ne m'abandonne, je viendrai à bout de mon aventure.

Voici le mur qui porte en lettres bleues ces mots : *Pensionnat de demoiselles tenu par mademoiselle Virginie Préfère.* Voici la grille qui s'ouvrirait largement sur la cour d'honneur, si elle s'ouvrait jamais. Mais la serrure en est rouillée et des lames de tôle, appliquées aux barreaux, protègent contre les regards indiscrets les petites âmes auxquelles Mlle Préfère enseigne sans nul doute la modestie, la sincérité, la justice et le désintéressement. Voici une fenêtre grillée dont les carreaux barbouillés révèlent les communs, œil terne, seul ouvert sur le monde extérieur.

Quant à la petite porte bâtarde par laquelle je suis tant de fois entré et qui m'est désormais interdite, je la retrouve avec son judas grillé. Le degré de pierre qui y conduit est usé, et, sans avoir de trop bons yeux sous mes lunettes, je vois sur la pierre les petites lignes blanches qu'ont faites en passant les semelles ferrées des écolières. Ne puis-je donc y passer à mon tour ? Il me semble que Jeanne souffre dans cette maison maussade, et qu'elle m'appelle en secret. Je ne puis m'éloigner. L'inquiétude me prend : je sonne. La servante effarée vient m'ouvrir, plus effarée que jamais. La consigne est donnée; je ne puis voir Mlle Jeanne. Je demande au moins de ses nouvelles. La servante, après avoir regardé de droite et de gauche, me dit qu'elle va bien et me referme la porte au nez. Me voilà de nouveau dans la rue.

Et depuis, que de fois j'ai erré ainsi, sous ce mur, et passé devant la petite porte, honteux, désespéré d'être plus faible moi-même que l'enfant qui n'a en ce monde d'appui que le mien.

10 juin.

J'ai surmonté ma répugnance et suis allé voir maître Mouche. Je remarque tout d'abord que l'étude est plus poudreuse et plus moisie que l'an passé. Le notaire m'apparaît avec ses gestes étroits et ses prunelles agiles sous les lunettes. Je lui fais mes plaintes. Il me répond... Mais à quoi bon fixer, même dans un cahier qui doit être brûlé, le souvenir d'un plat coquin ? Il donne raison à Mlle Préfère dont il a depuis longtemps apprécié l'esprit et le caractère. Sans vouloir se prononcer sur le fond du débat, il doit dire que les apparences ne me sont pas favorables. Cela me touche peu. Il ajoute (et cela me touche davantage) que la faible somme qu'il avait entre les mains pour l'éducation de sa pupille se trouve épuisée et qu'en cette circonstance il admire vivement le désintéressement de Mlle Préfère qui consent à garder près d'elle Mlle Jeanne.

Une magnifique lumière, la lumière d'un beau jour, verse ses ondes incorruptibles dans ce lieu sordide et éclaire cet homme. Au-dehors, elle répand sa splendeur sur toutes les misères d'un quartier populeux.

Qu'elle est douce, cette lumière dont mes yeux s'emplissent depuis si longtemps, et dont je ne jouirai bientôt plus ! Je m'en vais, songeur, les mains derrière le dos, le long des fortifications, et je me trouve, sans savoir comment, dans des faubourgs perdus, plantés de maigres jardins. Sur le bord d'un chemin poudreux, je rencontre une plante dont la fleur à la fois éclatante et sombre semble faite pour s'associer aux deuils les plus nobles et les plus purs. C'est une ancolie[1]. Nos pères la nommaient le gant de Notre-Dame. Une Notre-Dame qui se ferait toute petite, pour apparaître à des enfants, pourrait seule glisser ses doigts mignons dans les étroites capsules de cette fleur.

Voici un gros bourdon[2] qui s'y fourre brutalement; sa bouche ne peut atteindre au nectar et le gourmand s'efforce en vain. Il renonce enfin et sort tout barbouillé de pollen. Il a repris son vol lourd; mais les fleurs sont rares dans ce faubourg souillé par la suie des usines. Il revient à l'ancolie et, cette fois, il perce la corolle et suce le nectar à travers l'ouverture qu'il a faite; je n'aurais pas cru qu'un bourdon eût tant de sens. Cela eſt admirable. Les inſectes et les fleurs m'émerveillent davantage à mesure que je les observe mieux. Je suis comme le bon Rollin[1] que les fleurs de ses pêchers ravissaient. Je voudrais bien avoir un beau jardin, et vivre à l'orée d'un bois.

Août-septembre.

J'eus l'idée de venir, un dimanche matin, épier le moment où les élèves de Mlle Préfère vont en file à la messe paroissiale. Je les vis passer deux par deux, les petites en tête, avec des mines sérieuses. Il y en avait trois, semblablement vêtues, courtes, rondes, importantes, que je reconnus pour être les demoiselles Mouton. Leur sœur aînée eſt l'artiſte qui dessina la terrible tête de Tatius, roi des Sabins. Au flanc de la colonne, la sous-maîtresse, un paroissien à la main, s'agitait et fronçait les sourcils. Les moyennes, puis les grandes passèrent en chuchotant. Mais je ne vis pas Jeanne.

J'ai demandé au miniſtère de l'Inſtruction publique s'il n'y avait pas[a] au fond de quelque carton des notes sur l'inſtitution de la rue Demours. J'ai obtenu qu'on y envoyât des inspectrices. Elles sont revenues apportant les meilleures notes. La pension Préfère eſt à leur avis une pension modèle. Si je provoque une enquête, il eſt certain que Mlle Préfère recevra les palmes académiques[b].

3 octobre.

Ce jeudi étant jour de sortie, je rencontrai, aux abords de la rue Demours, les trois petites demoiselles Mouton. Ayant salué leur mère, je demandai à l'aînée, qui peut avoir douze ans, comment se portait Mlle Jeanne Alexandre, sa compagne.

La petite demoiselle Mouton me répondit tout d'un trait :

« Jeanne Alexandre n'eſt pas ma compagne. Elle eſt dans la pension par charité, alors on lui fait balayer la classe. C'eſt mademoiselle qui l'a dit. »

Les trois[c] petites demoiselles se remirent en marche

et Mme Mouton les suivit de près, en me jetant, par-dessus sa large épaule, un regard de défiance.

Hélas ! je suis réduit à des démarches suspectes. Mme de Gabry ne reviendra à Paris que dans trois mois au plus tôt. Loin d'elle, je n'ai ni tact, ni esprit ; je ne suis qu'une lourde, incommode et nuisible machine.

Et je ne puis pourtant souffrir que Jeanne, servante de pensionnat, demeure exposée aux offenses de M. Mouche.

28 décembre.

Le temps[a] était noir et froid. Il faisait déjà nuit. Je sonnai à la petite porte avec la tranquillité d'un homme qui ne craint plus rien. Dès que la servante timide m'eut ouvert, je lui glissai une pièce d'or dans la main et lui en promis une autre si elle parvenait à me faire voir Mlle Alexandre. Sa réponse fut :

« Dans une heure, à la fenêtre grillée. »

Et elle me referma la porte au nez si rudement que mon chapeau en trembla sur ma tête.

J'attendis[b] une longue heure dans des tourbillons de neige, puis je m'approchai de la fenêtre. Rien ! Le vent faisait rage et la neige tombait dru. Les ouvriers qui passaient près de moi, leurs outils à l'épaule, tête basse sous les flocons épaissis, me heurtaient. Rien. Je craignais qu'on ne me remarquât. Je savais avoir mal fait en soudoyant une servante, mais je n'en avais nul regret. Celui-là est méprisable qui ne sait sortir au besoin de la règle commune. Un quart d'heure[c] se passa. Rien. Enfin, la fenêtre s'entrouvrit.

« C'est vous, monsieur Bonnard ?

— C'est vous, Jeanne ? En un mot que devenez-vous ?

— Je vais bien, très bien !

— Mais encore ?

— On m'a mise dans la cuisine et je balaye les salles.

— Dans la cuisine ! balayeuse, vous ! Bonté divine !

— Oui, parce que mon tuteur ne paye plus ma pension.

— Votre tuteur eſt un misérable.

— Vous savez donc[a] ?...

— Quoi ?

— Oh ! ne me faites pas dire cela. Mais j'aimerais mieux mourir que de me trouver seule avec lui.

— Et pourquoi ne m'avez-vous pas écrit ?

— J'étais surveillée. »

En ce moment, ma résolution était prise et rien ne pouvait plus m'en faire changer. Il me vint bien à l'idée que je pouvais ne pas être dans mon droit, mais je me moquai bien de cette idée. Étant résolu, je fus prudent. J'agis avec un calme remarquable.

« Jeanne, demandai-je, cette chambre où vous êtes, communique-t-elle avec la cour ?

— Oui.

— Pouvez-vous tirer vous-même le cordon ?

— Oui, s'il n'y a personne dans la loge.

— Allez voir, et tâchez qu'on ne vous voie pas. »

J'attendis, surveillant la porte et la fenêtre.

Jeanne reparut derrière les barreaux au bout de cinq ou six secondes, enfin !

« La bonne eſt dans la loge, me dit-elle.

— Bien, dis-je. Avez-vous une plume et de l'encre ?

— Non.

— Un crayon ?

— Oui.

— Passez-le-moi. »

Je tirai de ma poche un vieux journal et, sous le vent qui soufflait à éteindre les lanternes, dans la neige qui m'aveuglait, j'arrangeai de mon mieux autour de ce journal une bande à l'adresse de Mlle Préfère.

Tout en écrivant, je demandai à Jeanne :

« Quand le facteur passe, il met les lettres et les papiers dans la boîte, il sonne ? La bonne ouvre la boîte et va porter tout de suite à Mlle Préfère ce qu'elle y a trouvé ? N'eſt-ce pas ainsi que cela se passe à chaque diſtribution ? »

Jeanne me dit qu'elle croyait que cela se passait ainsi.

« Nous verrons bien. Jeanne, guettez encore, et dès que la bonne aura quitté la loge, tirez le cordon et venez dehors. »

Ayant dit, je glissai mon journal dans la boîte,

sonnai roide et m'allai cacher dans l'embrasure d'une porte voisine.

J'y étais depuis quelques minutes quand la petite porte tressaillit, puis s'entrouvrit et une jeune tête passa à travers. Je la pris, je l'attirai à moi.

« Venez, Jeanne, venez. »

Elle me regardait avec inquiétude. Certainement elle craignait que je ne fusse fou. J'étais, au contraire, plein de sens.

« Venez, venez, mon enfant.

— Où ?

— Chez Mme de Gabry. »

Alors elle me prit le bras. Nous courûmes quelque temps comme des voleurs. La course n'est pas ce qui convient à ma corpulence. M'arrêtant à demi suffoqué, je m'appuyai à quelque chose qui se trouva être la poêle d'un marchand de marrons établi au coin d'un débit de vin où buvaient des cochers. Un de ceux-ci nous demanda s'il ne nous fallait pas une voiture. Certes ! il nous en fallait une. L'homme au fouet, ayant posé son verre sur le comptoir d'étain, monta sur son siège et poussa son cheval en avant. Nous étions sauvés.

« Ouf ! » m'écriai-je, en m'épongeant le front, car, malgré le froid, je suais à grosses gouttes.

Ce qui est étrange, c'est que Jeanne semblait avoir plus que moi conscience de l'acte que nous venions de commettre. Elle était très sérieuse et visiblement inquiète.

« Dans la cuisine ! » m'écriai-je avec indignation.

Elle secoua la tête comme pour dire : « Là ou ailleurs, que m'importe ! » Et, à la lueur des lanternes, je remarquai avec douleur que son visage était maigre et ses traits tirés. Je ne lui trouvai plus cette vivacité, ces brusques élans, cette rapide expression qui m'avaient tant plu en elle. Ses regards étaient lents, ses gestes contraints, son attitude morne. Je lui pris la main : une main durcie, endolorie et froide. La pauvre enfant avait bien souffert. Je l'interrogeai : elle me raconta tranquillement que Mlle Préfère l'avait fait appeler un jour et l'avait traitée de monstre et de petite vipère, sans qu'elle sût pourquoi.

« Elle ajouta : “Vous ne reverrez plus M. Bonnard qui vous donnait de mauvais conseils et qui s'est fort mal conduit à mon égard. " Je lui dis : " Cela, mademoiselle, je ne le croirai jamais. " Mademoiselle me donna un soufflet et me renvoya à l'étude. Cette nouvelle que je ne vous verrais plus, ce fut pour moi comme la nuit qui tombe. Vous savez, ces soirs où l'on est triste quand l'ombre vous prend, eh bien ! figurez-vous ce moment-là prolongé pendant des semaines, pendant des mois. Un jour j'appris que vous étiez au parloir avec la maîtresse, je vous guettai[a] ; nous nous sommes dit : " Au revoir. " J'étais un peu consolée. À quelque temps de là, mon tuteur vint me prendre un jeudi. Je refusai de sortir avec lui. Il me répondit bien doucement[b] que j'étais une petite capricieuse. Et il me laissa tranquille. Mais, le surlendemain, Mlle Préfère vint à moi avec un air si méchant que j'eus peur. Elle tenait une lettre à la main. " Mademoiselle, me dit-elle, votre tuteur m'apprend qu'il a épuisé toutes les sommes qui vous appartenaient. N'ayez pas peur : je ne veux pas vous abandonner; mais vous conviendrez qu'il est juste que vous gagniez votre vie. "

« Alors elle m'employa à nettoyer la maison et, quelquefois, elle m'enfermait[c] dans un grenier pendant des journées. Voilà, monsieur, ce qui est arrivé en votre absence. Si j'avais pu vous écrire, je ne sais pas si je l'aurais fait, parce que je ne croyais pas qu'il vous fût possible de me tirer du pensionnat, et, comme on ne me forçait pas à aller voir M. Mouche, rien[d] ne pressait. Je pouvais attendre dans le grenier et dans la cuisine.

— Jeanne, m'écriai-je, dussions-nous fuir jusqu'en Océanie, l'abominable Préfère ne vous reprendra plus. J'en fais un grand serment. Et pourquoi n'irions-nous pas en Océanie ? Le climat y est sain et je voyais l'autre jour dans un journal qu'on y a des pianos. En attendant, allons chez Mme de Gabry qui, par bonheur, est à Paris depuis trois ou quatre jours; car nous sommes deux innocents et nous avons grand besoin d'aide. »

Tandis que je parlais, les traits de Jeanne pâlissaient et s'effaçaient; un voile était sur ses regards, un pli douloureux contracta ses lèvres entrouvertes. Elle laissa tomber sa tête sur mon épaule et resta sans connaissance.

Je la pris dans mes bras et la montai dans l'escalier de Mme de Gabry comme un petit enfant endormi. Abîmé de fatigue et d'émotion, je m'affaissai avec elle sur la banquette du palier. Là, bientôt, elle se ranima :

« C'est vous ! me dit-elle en rouvrant les yeux. Je suis contente. »

Nous nous fîmes ouvrir en cet état la porte de notre amie.

Huit heures sonnaient. Mme de Gabry accueillit le vieillard et l'enfant avec bonté. Surprise, elle l'était certainement, mais elle ne nous interrogea pas.

« Madame, lui dis-je[a], nous venons nous mettre tous deux sous votre protection. Et, avant tout, nous venons vous demander à souper. Jeanne du moins, car elle vient de s'évanouir de faiblesse en voiture. Pour moi, je ne pourrais me mettre un morceau sous la dent à cette heure tardive, sans me préparer une nuit d'agonie. J'espère que M. de Gabry se porte bien.

— Il est ici », me dit-elle.

Et aussitôt elle le fit avertir de notre venue.

J'eus plaisir à voir sa face ouverte et à serrer[b] sa main carrée. Nous passâmes tous quatre dans la salle à manger et pendant qu'on servait à Jeanne de la viande froide, à laquelle elle ne touchait pas, je contai notre affaire. Paul de Gabry me demanda la permission d'allumer sa pipe, puis il m'écouta silencieusement. Quand j'eus fini, il gratta sur ses joues sa barbe courte et drue.

« Sacrebleu ! s'écria-t-il, vous vous êtes mis dans de jolis draps, monsieur Bonnard ! »

Puis, remarquant[c] Jeanne qui tournait alors de lui à moi ses grands yeux effarés :

« Venez donc », me dit-il.

Je le suivis[d] dans son cabinet où brillaient à la lueur des lampes, sur la tenture sombre, des carabines et des couteaux de chasse. Là, m'entraînant sur un canapé de cuir :

« Qu'avez-vous fait, me dit-il, qu'avez-vous fait, grand Dieu ! Détournement de mineure, rapt, enlèvement ! Vous vous êtes mis une belle affaire sur les bras. Vous êtes tout bonnement sous le coup de cinq à dix ans de prison.

— Miséricorde ! m'écriai-je; dix ans de prison pour avoir sauvé une innocente enfant !

— C'est la loi ! répondit M. de Gabry. Je connais assez bien le code, voyez-vous, mon cher monsieur Bonnard, non pas parce que j'ai fait mon droit, mais parce que, étant maire de Lusance, j'ai dû me renseigner moi-même pour renseigner mes administrés. Mouche est un coquin, la Préfère une drôlesse et vous un... je ne trouve pas de mot assez fort. »

Ayant ouvert sa bibliothèque qui contenait des colliers à chien, des cravaches, des étriers, des éperons, des boîtes de cigares et quelques livres usuels, il prit un code et se mit à le feuilleter.

« *Crimes et délits... séquestration de personnes*, ce n'est pas votre cas... *Enlèvement de mineurs*, nous y sommes... ARTICLE 354. — *Quiconque aura, par fraude ou violence, enlevé ou fait enlever des mineurs, ou les aura entraînés, détournés ou déplacés, ou les aura fait entraîner, détourner ou déplacer des lieux où ils étaient mis par ceux à l'autorité ou la direction desquels ils étaient soumis ou confiés, subira la peine de la réclusion. Voir code pénal, 21 et 28... 21. — La durée de la réclusion sera au moins de cinq années... 28. — La condamnation à la réclusion emporte la dégradation civique.* C'est bien clair, n'est-ce pas, monsieur Bonnard ?

— Parfaitement clair.

— Continuons : ARTICLE 356. — *Si le ravisseur n'avait pas encore vingt et un ans, il ne sera puni que d'un...* Cela ne nous regarde pas. ARTICLE 357[a]. — *Dans le cas où le ravisseur aurait épousé la fille qu'il a enlevée, il ne pourra être poursuivi que sur la plainte des personnes qui, d'après le code civil, ont le droit de demander la nullité du mariage, ni condamné qu'après que la nullité du mariage aura été prononcée.* Je ne sais pas s'il est dans vos projets d'épouser Mlle Alexandre. Vous voyez que le code est bon enfant et qu'il vous ouvre une porte de ce côté-là. Mais j'ai tort de plaisanter, car votre situation est mauvaise. Comment un homme comme vous a-t-il pu s'imaginer qu'on pouvait à Paris, au XIXe siècle, enlever impunément une jeune fille ? Nous ne sommes plus au Moyen Âge, et le rapt n'est plus permis.

— Ne croyez pas, répondis-je, que le rapt fût permis dans l'ancien droit. Vous trouverez dans Baluze[1] un décret rendu par le roi Childebert à Cologne, en 593 ou 94, sur cette matière. Qui ne sait, d'ailleurs, que la fameuse ordonnance de Blois, de mai 1579, dispose formellement que ceux qui se trouveront avoir suborné fils ou fille mineurs de vingt-cinq ans, sous prétexte de mariage ou autre couleur, sans le gré, vouloir ou consentement exprès des père, mère et des tuteurs seront punis de mort ? *Et pareillement*, ajoute l'ordonnance, *et pareillement, seront punis extraordinairement tous ceux qui auront participé audit rapt, et qui auront prêté conseil, confort et aide en aucune manière que ce soit.* Ce sont là, ou peu s'en faut, les propres termes de l'ordonnance. Quant à cet article du Code Napoléon que vous venez de me faire connaître, et qui excepte des poursuites le ravisseur marié à la demoiselle qu'il a enlevée, il me rappelle que d'après la coutume de Bretagne, le rapt suivi de mariage n'était pas puni. Mais cet usage qui causa des abus fut supprimé vers 1720.

« Je vous donne cette date comme exacte à dix ans près. Ma mémoire n'est plus très bonne, et le temps n'est plus où je pouvais réciter par cœur, sans prendre haleine, quinze cents vers de Girart de Roussillon[2].

« Pour ce qui est du capitulaire de Charlemagne qui règle la compensation du rapt, si je ne vous en parle pas, c'est parce qu'il est assurément présent à votre mémoire. Vous voyez donc bien, mon cher monsieur de Gabry, que le rapt fut considéré comme un crime punissable sous les trois dynasties de la vieille France. On a bien tort si l'on croit que le Moyen Âge était un temps de chaos. Persuadez-vous, au contraire... »

M. de Gabry m'interrompit :

« Vous connaissez, s'écria-t-il, l'ordonnance de Blois, Baluze, Childebert et les Capitulaires, et vous ne connaissez pas le Code Napoléon ! »

Je lui répondis qu'en effet je n'avais jamais lu ce code, et il parut surpris.

« Comprenez-vous maintenant, ajouta-t-il, la gravité de l'action que vous avez commise ? »

En vérité, je ne la comprenais pas encore. Mais, peu à peu, par l'effet des représentations très sensées de

M. Paul, j'arrivai à sentir que je serais jugé, non sur mes intentions qui étaient innocentes, mais sur mon action qui était condamnable. Alors je me désespérai et me lamentai.

« Que faire ? m'écriai-je, que faire ? Suis-je donc perdu sans ressource et ai-je donc perdu avec moi la pauvre enfant que je voulais sauver ? »

M. de Gabry bourra silencieusement sa pipe et l'alluma avec tant de lenteur que son bon et large visage resta pendant trois ou quatre minutes rouge comme celui d'un forgeron au feu de sa forge. Puis :

« Vous me demandez que faire : ne faites rien, mon cher monsieur Bonnard. Pour l'amour de Dieu et dans votre intérêt, ne faites rien du tout. Vos affaires sont assez mauvaises ; ne vous en mêlez plus, de peur d'un nouveau dommage. Mais promettez-moi de répondre de tout ce que je ferai. J'irai dès demain matin voir M. Mouche, et s'il est ce que nous croyons, c'est-à-dire un gredin, je trouverai bien, quand le diable s'en mêlerait, un moyen de le rendre inoffensif. Car tout dépend de lui. Comme il est trop tard ce soir pour reconduire Mlle Jeanne à son pensionnat, ma femme gardera cette nuit la jeune fille auprès d'elle. Cela constitue bel et bien le délit de complicité, mais nous ôtons ainsi tout caractère équivoque à la situation de la jeune fille. Quant à vous, cher monsieur, retournez vivement au quai Malaquais, et si l'on vient y chercher Jeanne, il vous sera facile de prouver qu'elle n'est pas chez vous. »

Pendant que nous parlions ainsi, Mme de Gabry prenait des arrangements pour coucher sa pensionnaire. Je vis passer dans un couloir sa femme de chambre qui *portait sur son bras*[a] *des draps* parfumés de lavande.

« Voilà, dis-je, une honnête et douce odeur.

— Que voulez-vous, me répondit Mme de Gabry ? Nous sommes des paysans.

— Ah ! lui répondis-je, puissé-je devenir aussi un paysan ! puissé-je, un jour, comme vous à Lusance, respirer d'agrestes senteurs, sous un toit perdu dans le feuillage, et si ce vœu est trop ambitieux pour un vieillard dont la vie s'achève, je désire du moins que mon linceul soit, comme ce linge, parfumé de lavande. »

Nous convînmes que je viendrais déjeuner le lendemain. Mais on me défendit expressément de me présenter avant midi. Jeanne, en m'embrassant, me supplia de ne pas la ramener à la pension. Nous nous quittâmes attendris et troublés.

Je trouvai sur mon palier Thérèse en proie à une inquiétude qui la rendait furieuse. Elle ne parla de rien moins que[1] de m'enfermer à l'avenir.

Quelle nuit je passai ! Je ne fermai pas l'œil un seul instant. Tantôt, je riais comme un gamin du succès de mon aventure, tantôt, je me voyais, avec une angoisse inexprimable, traîné devant les magistrats et répondant sur le banc des accusés du crime que j'avais si naturellement commis. J'étais épouvanté, et pourtant je n'avais ni remords ni regrets. Le soleil, entré dans ma chambre, caressa gaiement le pied de mon lit, et je fis cette prière :

« Mon Dieu, vous qui fîtes le ciel et la rosée[2], comme il est dit dans *Tristan*, jugez-moi dans votre équité, non selon mes actes, mais d'après mes intentions, qui furent droites et pures; et je dirai : " Gloire à vous dans le ciel et paix sur la terre aux hommes de bonne volonté. " Je remets en vos mains l'enfant que j'ai volée ! Faites ce que je n'ai su faire; gardez-la de tous ses ennemis, et que votre nom soit béni ! »

29 décembre.

Quand j'entrai chez Mme de Gabry, je trouvai Jeanne transfigurée.

Avait-elle, comme moi, aux premiers rayons de l'aube, invoqué Celui qui fit le ciel et la rosée ? Elle souriait dans une douce quiétude.

Mme de Gabry la rappela pour achever sa coiffure, car cette aimable hôtesse avait voulu arranger de ses mains les cheveux de l'enfant qui lui était confiée. *Venu un* peu avant l'heure convenue, j'avais interrompu cette gracieuse toilette. Pour me punir, on me fit attendre seul dans le salon. M. de Gabry m'y rejoignit bientôt. Il venait évidemment du dehors, car son front portait encore la marque du chapeau. Son visage exprimait une animation joyeuse. Je ne crus pas devoir lui faire de questions et nous allâmes tous déjeuner. Quand les domestiques eurent achevé leur service, M. Paul, qui gardait son histoire pour le café, nous dit :

« Eh bien ! je suis allé à Levallois.

— Vous avez vu maître Mouche ? lui demanda vivement Mme de Gabry.

— Non ! » répondit-il, en observant nos visages qui marquaient le désappointement.

Après avoir joui un temps raisonnable de notre inquiétude, l'excellent homme ajouta :

« Maître Mouche n'est plus à Levallois. Maître Mouche a quitté la France. Il y aura après-demain huit jours qu'il a mis la clef sous la porte, emportant l'argent de ses clients, une somme assez ronde. J'ai trouvé l'étude fermée. Une voisine m'a dit la chose avec force malédictions et imprécations. Le notaire n'a pas pris seul le train de 7 heures 55 ; il a enlevé la fille du perruquier de Levallois. Le fait[a] m'a été confirmé par le commissaire de police. Vraiment, maître Mouche pouvait-il lever le pied plus à propos ? il aurait retardé son coup d'une semaine que, représentant de la société, il vous traînait comme un criminel, monsieur Bonnard, devant les juges. Maintenant nous n'avons plus rien à craindre. À la santé de maître Mouche ! » s'écria-t-il, en versant de l'armagnac.

Je voudrais vivre longtemps pour me rappeler longtemps cette matinée. Nous étions réunis tous quatre dans la grande salle à manger blanche, autour de la table de chêne ciré. M. Paul avait la joie forte et même un peu rude, et il buvait l'armagnac à longs traits, le brave homme ! Mme de Gabry et Mlle Alexandre me souriaient d'un sourire qui me paya de mes peines.

Je reçus[b] en rentrant au logis les plus aigres remontrances de Thérèse, qui ne concevait plus rien à ma nouvelle manière de vivre. Il fallait à son avis que monsieur eût perdu le sens.

« Oui, Thérèse, je suis un vieux fou et vous êtes une vieille folle. Cela est certain. Le bon Dieu nous bénisse, Thérèse, et nous donne de nouvelles forces, car nous avons de nouveaux devoirs. Mais laissez-moi m'étendre sur ce canapé, car je ne puis me tenir debout. »

15 janvier 1877[a].

« Bonjour, monsieur, me dit Jeanne en m'ouvrant notre porte, tandis que Thérèse, distancée par l'enfant, grognait dans l'ombre du corridor.

— Mademoiselle, je vous prie de me nommer solennellement par mon titre et de me dire : " Bonjour, mon tuteur. "

— C'est donc fait ? Quel bonheur ! me dit l'enfant, en tapant des mains.

— Cela s'est fait, mademoiselle, dans la salle commune, devant le juge de paix, et vous subirez dès aujourd'hui mon autorité... Vous riez, ma pupille ? Je le vois dans vos yeux : il vous passe quelque folle idée par la tête. Encore une lune !

— Oh ! non, monsieur... mon tuteur. Je regardais vos cheveux blancs. Ils s'enroulent sur les bords de votre chapeau comme du chèvrefeuille sur un balcon. Ils sont très beaux et je les aime.

— Asseyez-vous, ma pupille, et, s'il est possible, ne dites plus de choses déraisonnables ; j'en ai de sérieuses à vous dire. Écoutez-moi : vous ne tenez pas absolument, je pense, à retourner chez Mlle Préfère ?... Non. Que diriez-vous si je vous gardais ici pour achever votre éducation, jusqu'à ce que... que sais-je ? Toujours, comme on dit.

— Oh ! monsieur ! » s'écria-t-elle, rouge de bonheur.

Je poursuivis :

« Il y a là, derrière, une petite chambre que ma gouvernante a préparée à votre intention. Vous y remplacerez des bouquins comme le jour succède à la nuit. Allez voir avec Thérèse si cette chambre est *habitable*. Il est entendu avec Mme de Gabry que vous y coucherez ce soir. »

Elle y courait déjà ; je la rappelai :

« Jeanne, écoutez-moi encore. Vous vous êtes fait jusqu'ici bien venir de ma gouvernante qui, comme toutes les vieilles gens, est assez morose de son naturel.

Ménagez-la. J'ai cru devoir la ménager moi-même et souffrir ses impatiences. Je vous dirai, Jeanne, respectez-la. Et, en parlant ainsi, je n'oublie pas qu'elle est ma servante et la vôtre : elle ne l'oubliera pas davantage. Mais vous devez respecter en elle son grand âge et son grand cœur. C'est une humble créature qui a longtemps duré dans le bien; elle s'y est endurcie. Souffrez la roideur de cette âme droite. Sachez commander; elle saura obéir. Allez, ma fille; arrangez votre chambre de la façon qui vous semblera la plus convenable pour votre travail et votre repos. »

Ayant ainsi poussé Jeanne, avec ce viatique, dans son chemin de bonne ménagère, je me mis à lire une revue qui, bien que menée par des jeunes gens, est excellente. Le ton en est rude, mais l'esprit zélé. L'article que je lus passe en précision et en fermeté tout ce qu'on faisait dans ma jeunesse. L'auteur de cet article, M. Paul Meyer[1], marque chaque faute d'un coup d'ongle incisif.

Nous n'avions pas, nous autres, cette impitoyable justice. Notre indulgence était vaste. Elle allait à confondre le savant et l'ignorant dans la même louange. Pourtant il faut savoir blâmer et c'est là un devoir rigoureux. Je me rappelle le petit Raymond (c'était ainsi qu'on l'appelait). Il ne savait rien, il avait l'esprit étroitement borné, mais il aimait beaucoup sa mère. Nous nous gardâmes de dénoncer l'ignorance et la stupidité d'un si bon fils, et le petit Raymond, grâce à notre complaisance, parvint à l'Institut. Il n'avait plus sa mère et les honneurs pleuvaient sur lui. Il était tout-puissant, au grand préjudice de ses confrères et de la science. Mais voici venir mon jeune ami du Luxembourg.

« Bonsoir, Gélis. Vous avez aujourd'hui la mine réjouie. Que vous arrive-t-il, mon cher enfant ? »

Il lui arrive qu'il a soutenu très convenablement sa thèse et qu'il est reçu dans un bon rang. C'est ce qu'il m'annonce en ajoutant que mes travaux, dont il fut question incidemment dans le cours de la séance, ont été, de la part des professeurs de l'école, l'objet d'un éloge sans réserve.

« Voilà qui va bien, répondis-je, et je suis heureux, Gélis, de voir ma vieille réputation associée à votre jeune gloire. Je m'intéressais vivement, vous le savez, à votre thèse; mais des arrangements domestiques m'ont fait oublier que vous la souteniez aujourd'hui. »

Mlle Jeanne vint à point le renseigner au sujet de ces arrangements. L'étourdie entra comme une brise légère dans la cité des livres, et s'écria que sa chambre était une petite merveille. Elle devint toute rouge en voyant M. Gélis. Mais nul ne peut éviter sa destinée.

J'observai que, cette fois, ils furent timides l'un et l'autre et ne causèrent point entre eux.

Tout beau ! Sylvestre Bonnard, en observant votre pupille[a] vous oubliez que vous êtes tuteur. Vous l'êtes de ce matin et cette nouvelle fonction vous impose déjà des devoirs délicats. Vous devez, Bonnard, écarter habilement ce jeune homme, vous devez... Eh ! sais-je ce que je dois faire ?...

M. Gélis prend des notes dans mon exemplaire unique de *La Ginevera delle clare donne*[1]. J'ai tiré au hasard un livre de la tablette la plus proche[b]; je l'ouvre et j'entre avec respect au milieu d'un drame de Sophocle. En vieillissant, je me prends d'amour pour les deux antiquités, et désormais les poètes de la Grèce et de l'Italie sont, dans la cité des livres, à la hauteur de mon bras. Je lis ce chœur suave et lumineux[c] qui déroule sa belle mélopée au milieu d'une action violente, le chœur des vieillards Thébains « Ἔρως ἀνίκατε[2]... Invincible Amour, ô toi qui fonds sur les riches maisons, qui reposes sur les joues délicates de la jeune fille, qui passes les mers et visites les étables, aucun des immortels ne peut te fuir, ni aucun des hommes qui vivent peu de jours; et qui te possède est en délire. » Et quand j'eus relu ce chant délicieux, la figure d'Antigone m'apparut dans son inaltérable pureté. Quelles images, dieux et déesses qui flottiez dans le plus pur des cieux ! Le vieillard aveugle, le roi mendiant qui longtemps erra, conduit par Antigone, a reçu maintenant une sépulture sainte, et sa fille, belle comme les plus belles images que l'âme humaine ait jamais conçues, résiste au tyran et ensevelit pieusement son frère. Elle aime le fils du tyran, et ce fils l'aime. Et tandis qu'elle va au supplice où sa piété l'a conduite, les vieillards chantent :

« Invincible amour, ô toi qui fonds sur les riches maisons, toi qui reposes sur les joues délicates de la jeune fille... »

Je ne suis pas un égoïste[a]. Je suis sage; il faut que j'élève cette enfant, elle est trop jeune pour que je la marie. Non ! je ne suis pas un égoïste, mais il faut que je la garde quelques années avec moi, avec moi seul. Ne peut-elle attendre ma mort ? Soyez tranquille, Antigone; le vieil Œdipe trouvera à temps le lieu saint de sa sépulture.

Pour le moment, Antigone aide notre gouvernante à éplucher les navets. Elle dit que cela lui revient comme étant de la sculpture.

Mai.

Qui reconnaîtrait la cité des livres ? Il y a maintenant des fleurs sur tous les meubles. Jeanne a raison : ces roses sont fort belles dans ce vase de faïence bleue. Elle accompagne chaque jour Thérèse au marché, et en rapporte des fleurs. Les fleurs sont[b] en vérité de charmantes créatures. Il faudra bien un jour que je suive mon dessein et que je les étudie chez elles, à la campagne, avec tout l'esprit de méthode dont je suis capable.

Et que faire ici ? Pourquoi achever de brûler mes yeux sur de vieux parchemins qui ne me disent plus rien qui vaille ? Je les déchiffrais jadis, ces anciens textes, avec une ardeur magnanime. Qu'espérais-je donc y trouver alors ? La date d'une fondation pieuse, le nom de quelque moine imagier ou copiste, le prix d'un pain, d'un bœuf ou d'un champ, une disposition administrative ou judiciaire, cela et quelque chose encore, quelque chose de mystérieux, de vague et de sublime qui échauffait mon enthousiasme. Mais j'ai cherché soixante ans sans trouver ce quelque chose. Ceux qui valaient mieux que moi, les maîtres, les grands, les Fauriel[1], les Thierry[2] qui ont découvert tant de choses sont morts à la tâche sans avoir découvert non plus ce quelque chose qui, n'ayant pas de corps, n'a pas de nom, et sans lequel pourtant aucune œuvre de l'esprit ne serait entreprise sur cette terre.

Maintenant que je ne cherche que ce que je puis raisonnablement trouver, je ne trouve plus rien du tout, et il est probable que je n'achèverai jamais l'histoire des abbés de Saint-Germain-des-Prés.

« Devinez, tuteur, ce que j'apporte dans mon mouchoir ?

— Il y a toute apparence que ce sont des fleurs, Jeanne.

— Oh ! non, ce ne sont pas des fleurs, Regardez. »

Je regarde et je vois une petite tête grise qui sort du mouchoir. C'est celle d'un petit chat gris. Le mouchoir s'ouvre : l'animal saute sur le tapis, se secoue, redresse une oreille, puis l'autre et examine prudemment le lieu et les personnes.

Le panier au bras, Thérèse arrive, hors d'haleine. Son défaut n'est pas de dissimuler; elle reproche[a] véhémentement à mademoiselle d'apporter dans la maison un chat qu'elle ne connaît pas. Jeanne, pour se justifier, raconte l'aventure. Passant avec Thérèse devant la boutique d'un pharmacien, elle voit un apprenti qui envoie d'un grand coup de pied un petit chat dans la rue. Le chat, surpris et incommodé, se demande s'il restera dans la rue malgré les passants qui le bousculent et l'effraient ou s'il rentrera dans la boutique au risque d'en sortir de nouveau au bout d'un soulier. Jeanne estime que sa position est critique et comprend qu'il hésite. Il a l'air stupide; elle pense que c'est l'indécision qui lui donne cet air. Elle le prend dans ses bras. Et n'étant à son aise ni dehors ni dedans, il consent à rester en l'air. Tandis qu'elle achève de le rassurer par des caresses, elle dit à l'apprenti pharmacien :

« Si cette bête vous déplaît, il ne faut pas la battre; il faut me la donner.

— Prenez-la, répond le potard.

— Voilà !... » ajoute Jeanne en matière de conclusion.

Et elle se fait une voix flûtée pour promettre au minet toutes sortes de douceurs.

« Il est bien maigre, dis-je, en examinant ce pitoyable animal; de plus, il est bien laid. »

Jeanne ne le trouve pas laid, mais elle reconnaît qu'il a l'air plus stupide que jamais; ce n'est pas cette fois l'indécision, c'est la surprise qui, selon elle, imprime ce fâcheux caractère à sa physionomie. Si nous nous mettions à sa place, pense-t-elle, nous conviendrions qu'il lui est impossible de rien comprendre à son aventure. Nous rions au nez de la pauvre bête qui garde un sérieux comique. Jeanne veut le prendre dans ses bras, mais il se cache sous la table et n'en sort pas même à la vue d'une soucoupe pleine de lait.

Nous nous éloignons ; la soucoupe est vide.

« Jeanne, dis-je, votre protégé a une triste mine ; il est d'un naturel sournois ; je souhaite qu'il ne commette pas dans la cité des livres des méfaits qui nous obligent à le renvoyer à sa pharmacie. En attendant, il faut lui donner un nom. Je vous propose de le nommer don Gris de Gouttière ; mais cela est peut-être un peu long. Pilule, Drogue ou Ricin serait plus bref et aurait l'avantage de rappeler sa première condition. Qu'en dites-vous ?

— Pilule irait bien, me répondit Jeanne, mais est-il généreux de lui donner un nom qui lui rappelle sans cesse les malheurs dont nous l'avons tiré ? Ce serait lui faire payer notre hospitalité. Soyons plus gracieux, et donnons-lui un joli nom, dans l'espoir qu'il le mérite. Voyez comme il nous regarde : il voit qu'on s'occupe de lui. Il est déjà moins bête depuis qu'il n'est plus malheureux. Le malheur abêtit, je le sais bien.

— Eh bien, Jeanne, si vous le voulez, nous appellerons votre protégé Hannibal. La convenance de ce nom ne vous frappe pas tout d'abord. Mais l'angora qui le précéda dans la cité des livres et à qui j'avais l'*habitude de faire mes confidences*, car il était sage et discrète personne, se nommait Hamilcar. Il est naturel que ce nom engendre l'autre et qu'Hannibal succède à Hamilcar. »

Nous tombâmes d'accord sur ce point.

« Hannibal ! s'écria Jeanne, venez ici. »

Hannibal, épouvanté par la sonorité étrange de son propre nom, s'alla tapir sous une bibliothèque dans un espace si petit qu'un rat n'y eût pas tenu.

Voilà un grand nom bien porté !

J'étais ce jour-là d'humeur à travailler et j'avais

trempé dans l'encrier le bec de ma plume, quand j'entendis qu'on sonnait. Si jamais quelques oisifs lisaient ces feuillets barbouillés par un vieillard sans imagination, ils riraient bien de ces coups de sonnette qui retentissent à tout moment dans le cours de mon récit, sans jamais introduire un personnage nouveau ni préparer une scène inattendue. Au rebours le théâtre. M. Scribe[1] n'ouvre ses portes qu'à bon escient et pour le plus grand plaisir des dames et des demoiselles. C'est de l'art cela. Je me serais pendu plutôt que d'écrire un vaudeville, non par mépris de la vie, mais à cause que je ne saurais rien inventer de divertissant. Inventer ! Il faut pour cela avoir reçu l'influence secrète. Ce don me serait funeste. Voyez-vous que, dans mon histoire de l'abbaye de Saint-Germain-des-Prés, j'invente quelque moinillon. Que diraient les jeunes érudits ? Quel scandale à l'école ! Quant à l'Institut, il ne dirait rien et n'en penserait pas davantage. Mes confrères, s'ils écrivent encore un peu, ne lisent plus du tout. Ils sont de l'avis de Parny[2], qui disait :

Une paisible indifférence
Est la plus sage des vertus.

Être le moins possible pour être le mieux possible, c'est à quoi s'efforcent ces bouddhistes sans le savoir. S'il est plus sage sagesse, je l'irai dire à Rome. Tout cela à propos du coup de sonnette de M. Gélis.

Ce jeune homme a changé du tout au tout ses façons d'être. Il est maintenant aussi grave qu'il était léger, aussi taciturne qu'il était bavard. Jeanne suit cet exemple. Nous sommes dans la phase de la passion contenue. Car, tout vieux que je suis, je ne m'y trompe pas : ces deux enfants s'aiment avec force et durée. Jeanne l'évite maintenant; elle se cache dans sa chambre quand il entre dans la bibliothèque. Mais qu'elle le retrouve bien quand elle est seule ! Seule, elle lui parle chaque soir dans la musique qu'elle joue sur le piano avec un accent rapide et vibrant qui est l'expression nouvelle de son âme nouvelle.

Eh bien ! pourquoi ne pas le dire ? pourquoi ne pas avouer ma faiblesse ? Mon égoïsme, si je me le cachais à moi-même, en deviendrait-il moins blâmable ? Je le dirai donc : oui, j'attendais autre chose; oui, je comptais la garder pour moi seul, comme mon enfant, comme ma petite fille, non toujours, pas même longtemps, mais quelques années encore. Je suis vieux. Ne pourrait-elle attendre ? Et, qui sait ? la goutte et l'arthrite aidant, je n'aurais peut-être pas trop abusé de sa patience. C'était mon désir, c'était mon espoir. Je comptais sans elle, je comptais sans ce jeune étourdi. Mais, si le compte était mauvais, le mécompte n'en est pas moins cruel. Et puis, il me semble que tu te condamnes bien légèrement, mon ami Sylvestre Bonnard. Si tu voulais garder cette jeune fille quelques années encore, c'était dans son intérêt autant que dans le tien. Elle a beaucoup à apprendre et tu n'es pas un maître à dédaigner. Quand ce tabellion de Mouche, qui s'est livré depuis à une coquinerie si opportune, te fit l'honneur d'une visite, tu lui exposas ton système d'éducation avec la chaleur d'une âme bien éprise. Tout ton zèle tendait à l'appliquer, ce système. Jeanne est une ingrate et Gélis un séducteur.

Mais enfin, si je ne le mets pas à la porte, ce qui serait d'un goût et d'un sentiment détestables, il faut bien que je le reçoive; il y a assez longtemps qu'il attend dans mon petit salon, en face des vases de Sèvres qui me furent gracieusement donnés par le roi Louis-Philippe. Les *Moissonneurs* et les *Pêcheurs* de Léopold Robert[1] sont peints sur ces vases de porcelaine que Gélis et Jeanne s'accordent à trouver affreux.

« Mon cher enfant[a], excusez-moi de ne vous avoir pas reçu tout de suite. J'achevais un travail. »

Je dis vrai : la méditation est un travail, mais Gélis ne l'entend pas ainsi; il croit qu'il s'agit d'archéologie, et me souhaite de terminer bientôt mon histoire des abbés de Saint-Germain-des-Prés. C'est seulement après m'avoir donné cette marque d'intérêt qu'il me demande comment va Mlle Alexandre. À quoi je réponds : « Fort bien », d'un ton sec par lequel se révèle mon autorité morale de tuteur.

Et après un moment de silence, nous causons de l'École, des publications nouvelles et du progrès des sciences historiques. Nous entrons dans les généralités[a]. Les généralités sont d'une grande ressource. J'essaie d'inculquer à Gélis un peu de respect pour la génération d'historiens à laquelle j'appartiens. Je lui dis :

« L'histoire qui était un art et qui comportait toutes les fantaisies de l'imagination, est devenue de notre temps une science à laquelle il faut procéder avec une rigoureuse méthode. »

Gélis me demande la permission de n'être pas de mon avis. Il me déclare qu'il ne croit pas que l'histoire soit ni devienne jamais une science.

« Et d'abord, me dit-il, qu'est-ce que l'histoire[1] ? La représentation écrite des événements passés. Mais qu'est-ce qu'un événement ? Est-ce un fait quelconque ? Non pas ! me dites-vous, c'est un fait notable. Or, comment l'historien juge-t-il qu'un fait est notable ou non ? Il en juge arbitrairement, selon son goût et son caprice, à son idée, en artiste enfin ! car les faits ne se divisent pas, de leur propre nature, en faits historiques et en faits non historiques. D'ailleurs un fait est quelque chose d'extrêmement complexe. L'historien représentera-t-il les faits dans leur complexité ? Non, cela est impossible. Il les représentera dénués de la plupart des particularités qui les constituent, par conséquent tronqués, mutilés, différents de ce qu'ils furent. Quant au rapport des faits entre eux, n'en parlons pas. Si un fait dit historique est amené, ce qui est possible, par un ou plusieurs faits non historiques et, comme tels, inconnus, le moyen, pour l'historien, je vous prie, de marquer la relation de ces faits entre eux ? Et je suppose dans tout ce que je dis là, monsieur Bonnard, que l'historien a sous les yeux des témoignages certains, tandis qu'en réalité, il n'accorde sa confiance à tel ou tel témoin que par des raisons de sentiment. L'histoire n'est pas une science, c'est un art et on n'y réussit que par l'imagination. »

M. Gélis me rappelle en ce moment certain jeune fou que j'entendis un certain jour discourir à tort et à travers dans le jardin du Luxembourg, sous la statue de Marguerite de Navarre. Et voici qu'à un tournant de la conversation, nous nous rencontrons nez à nez avec Walter Scott[1], à qui mon jeune dédaigneux trouve un air rococo, troubadour et « dessus de pendule ». Ce sont ses propres expressions.

« Mais, dis-je, en m'échauffant pour la défense du père magnifique de Lucy et de la jolie fille de Perth, tout le passé vit dans ses admirables romans; c'est de l'histoire, c'est de l'épopée !

— C'est de la friperie », me répond Gélis.

Et croiriez-vous que cet enfant insensé m'affirme qu'on ne peut, si savant qu'on soit, se figurer précisément comment les hommes vivaient il y a cinq ou dix siècles, puisque ce n'est qu'à grand-peine qu'on se les figure à peu près comme ils étaient il y a dix ou quinze ans ? Pour lui le poème historique, le roman historique, la peinture d'histoire sont des genres abominablement faux !

« Dans tous les arts, ajoute-t-il, l'artiste ne peint que son âme; son œuvre, quel qu'en soit le costume, est sa contemporaine par l'esprit. Qu'admirons-nous dans *La Divine Comédie*, sinon la grande âme de Dante ? Et les marbres de Michel-Ange, que nous représentent-ils d'extraordinaire, sinon Michel-Ange lui-même ? Artiste, on donne sa propre vie à ses créations ou bien l'on taille des marionnettes et l'on habille des poupées. »

Que de paradoxes et d'irrévérences ! mais les audaces ne me déplaisent pas dans un jeune homme. Gélis se lève, et se rassied; je sais bien ce qui l'occupe et qui il attend. Le voici qui me parle des quinze cents francs qu'il gagne, auxquels il convient d'ajouter une petite rente de deux mille francs qu'il tient d'héritage. Je ne suis pas dupe de ses confidences. Je sais bien qu'il me fait ses petits comptes afin que je sache qu'il est un homme établi, rangé, casé, renté, pour tout dire : bon à marier. C.Q.F.D., comme disent les géomètres.

Il s'est levé et rassis vingt fois. Il se lève une vingt et unième fois et, comme il n'a pas vu Jeanne, il sort désolé.

Sitôt qu'il est parti, Jeanne entre dans la cité des livres sous prétexte de surveiller Hannibal. Elle est désolée et c'est d'une voix dolente qu'elle appelle son protégé pour lui donner du lait. Vois ce visage attristé,

Bonnard ! Tyran, contemple ton ouvrage. Tu les as tenus séparés, mais ils ont même visage, et tu vois, à l'expression pareille de leurs traits, qu'ils sont malgré toi unis de pensée. Cassandre, sois heureux ! Bartholo, réjouis-toi ! Ce que c'est que d'être tuteur ! La voyez-vous, les deux genoux sur le tapis et la tête d'Hannibal dans les mains ?

Oui ! caresse ce stupide animal ! plains-le ! gémis sur lui ! On sait, petite perfide, où vont vos soupirs et ce qui cause vos plaintes.

Cela fait un tableau que je contemple longtemps; puis, ayant jeté un regard sur ma bibliothèque :

« Jeanne, dis-je, tous ces livres m'ennuient; nous allons les vendre. »

20 septembre.

C'en est fait : ils sont fiancés. Gélis qui est orphelin, comme Jeanne est orpheline, m'a fait faire sa demande par un de ses professeurs, mien collègue, hautement estimé pour sa science et son caractère. Mais quel messager d'amour, juste ciel ! Un ours, non pas ours des Pyrénées, mais ours de cabinet, et cette seconde variété est beaucoup plus féroce que la première.

« À tort ou à raison (à tort, selon moi) Gélis ne tient pas à la dot; il prend votre pupille avec sa chemise. Dites : oui, et l'affaire est faite. Dépêchez-vous, je voudrais vous montrer deux ou trois jetons de Lorraine[1] assez curieux et que vous ne connaissez pas, j'en suis sûr. »

C'est littéralement ce qu'il m'a dit. Je lui répondis que je consulterais Jeanne et je n'eus pas un mince plaisir à lui déclarer que ma pupille avait une dot.

La dot, la voilà ! C'est ma bibliothèque. Henri et Jeanne sont à mille lieues de s'en douter, et c'est un fait qu'on me croit généralement plus riche que je ne suis. J'ai la mine d'un vieil avare. Voilà certainement une mine bien menteuse, et qui m'a valu beaucoup de considération. Il n'est sorte de personne que le monde respecte à l'égal d'un riche crasseux.

J'ai consulté Jeanne, mais avais-je besoin d'écouter sa réponse pour l'entendre ? C'en est fait ! ils sont fiancés.

Il ne va ni à mon caractère ni à ma figure d'épier ces deux jeunes gens pour noter ensuite leurs paroles et leurs gestes. *Noli me tangere*. C'est le mot des belles amours. Je sais mon devoir : il est de respecter le secret de cette âme innocente sur laquelle je veille. Qu'ils s'aiment, ces enfants ! Rien de leurs longs épanchements, rien de leurs candides imprudences ne sera retenu sur ce cahier par le vieux tuteur dont l'autorité fut douce et dura si peu !

D'ailleurs, je ne me croise pas les bras et, s'ils ont leurs affaires, j'ai les miennes. Je dresse moi-même le catalogue de ma bibliothèque en vue d'une vente aux enchères. C'est une tâche qui m'afflige et m'amuse à la fois. Je la fais durer, peut-être un peu plus longtemps que de raison, et je feuillette ces exemplaires si familiers à ma pensée, à ma main, à mes yeux, au-delà du nécessaire et de l'utile. C'est un adieu, et il fut de tout temps dans la nature de l'homme de prolonger les adieux.

Ce gros volume qui m'a tant servi depuis trente ans, puis-je le quitter sans les égards qu'on doit à un bon serviteur ? Et celui-ci, qui m'a réconforté par sa saine doctrine, ne dois-je point le saluer une dernière fois, comme un maître ? Mais chaque fois que je rencontre un volume qui m'a induit en erreur, qui m'a affligé par ses fausses dates, lacunes, mensonges et autres pestes de l'archéologue : « Va ! lui dis-je avec une joie amère, va ! imposteur, traître, faux témoin, fuis loin de moi, *vade retro*, et puisses-tu, indûment couvert d'or, grâce à ta réputation usurpée et à ton bel habit de maroquin, entrer dans la vitrine de quelque agent de change bibliomane, que tu ne pourras séduire comme tu m'as séduit, puisqu'il ne te lira jamais. »

Je mettais à part, pour les garder toujours, les livres qui m'ont été donnés en souvenir. Quand je plaçai dans cette rangée le manuscrit de la *Légende dorée*, je pensai le baiser, en souvenir de Mme Trépof qui resta reconnaissante malgré son élévation et ses richesses, et qui, pour se montrer mon obligée, devint ma bienfaitrice. J'avais donc une réserve. C'est alors que je connus le crime. Les tentations me venaient pendant la nuit; à l'aube, elles étaient irrésistibles.

Alors, tandis que tout dormait encore dans la maison, je me levais et je sortais furtivement de ma chambre.

Puissances de l'ombre, fantômes de la nuit, si, vous attardant chez moi après le chant du coq, vous me vîtes alors me glisser sur la pointe des pieds dans la cité des livres, vous ne vous écriâtes certainement pas, comme Mme Trépof à Naples : « Ce vieillard a un bon dos ! » J'entrais ; Hannibal, la queue toute droite, se frottait à mes jambes en ronronnant. Je saisissais un volume sur sa tablette, quelque vénérable gothique ou un noble poète de la Renaissance, le joyau, le trésor dont j'avais rêvé toute la nuit, je l'emportais et je le coulais au plus profond de l'armoire des ouvrages réservés, qui devenait pleine à en crever. C'est horrible à dire : je volais la dot de Jeanne. Et quand le crime était consommé, je me remettais à cataloguer vigoureusement jusqu'à ce que Jeanne vînt me consulter sur quelque détail de toilette ou de trousseau. Je ne comprenais jamais bien de quoi il s'agissait, faute de connaître le vocabulaire actuel de la couture et de la lingerie. Ah ! si une fiancée du XIVe siècle venait par miracle me parler chiffons, à la bonne heure ! je comprendrais son langage. Mais Jeanne n'est pas de mon temps, et je la renvoie à Mme de Gabry qui, en ce moment, lui sert de mère.

La nuit vient, la nuit est venue ! Accoudés à la fenêtre, nous regardons la vaste étendue sombre, criblée de pointes de lumière. Jeanne, penchée sur la barre d'appui, tient son front dans sa main et semble attristée. Je l'observe et je me dis en moi-même : « Tous les changements, même les plus souhaités, ont leur mélancolie, car ce que nous quittons, c'est une partie de nous-mêmes ; il faut mourir à une vie pour entrer dans une autre. »

Comme répondant à ma pensée, la jeune fille me dit :

« Mon tuteur, je suis bien heureuse, et pourtant j'ai envie de pleurer. »

DERNIÈRE PAGE

21 août 1882[a].

Page quatre-vingt-septième..... Encore une vingtaine de lignes et mon livre sur les insectes et les fleurs sera terminé. Page quatre-vingt-septième et dernière... *Comme on vient de le voir, les visites des insectes ont une grande importance*[1] *pour les plantes ; ils se chargent en effet de transporter au pistil le pollen des étamines. Il semble que la fleur soit disposée et parée dans l'attente de cette visite nuptiale. Je crois avoir démontré que le nectaire de la fleur distille une liqueur sucrée qui attire l'insecte et l'oblige à opérer inconsciemment la fécondation directe ou croisée. Ce dernier mode est le plus fréquent. J'ai fait voir que les fleurs sont colorées et parfumées de manière à attirer les insectes et construites intérieurement de sorte à offrir à ces visiteurs un passage tel qu'en pénétrant dans la corolle, ils déposent sur le stigmate le pollen dont ils sont chargés. Sprengel, mon maître vénéré, disait à propos du duvet qui tapisse la corolle du géranium des bois : « Le sage auteur de la nature n'a pas voulu créer un seul poil inutile. » Je dis à mon tour : Si le lis des champs, dont parle l'Évangile, est plus richement vêtu que le roi Salomon, son manteau de pourpre est un manteau de noces et cette riche parure est une nécessité de sa perpétuelle existence*.*

Brolles, le 21 août 1882[c].

Brolles[3] ! Ma maison est la dernière qu'on trouve dans la rue du village, en allant à la forêt. C'est une maison à pignon dont le toit d'ardoise s'irise au soleil comme une gorge de pigeon. La girouette qui

* M. Sylvestre Bonnard ne savait pas que de très illustres naturalistes avaient fait avant lui[b] des recherches sur les rapports des insectes et des plantes. Il ignorait les travaux de M. Darwin, ceux du docteur Hermann Müller, ainsi que les observations de Sir John Lubbock. Il est à remarquer que les conclusions de M. Sylvestre Bonnard se rapprochent très sensiblement de celles de ces trois savants. Il est moins utile, mais peut-être assez intéressant, de remarquer que Sir John Lubbock est, comme M. Bonnard, un archéologue adonné sur le tard aux sciences naturelles. *(Note de l'éditeur*[2]*.)*

s'élève sur ce toit me vaut plus de considération dans le pays que tous mes travaux d'histoire et de philologie. Il n'y a pas un marmot qui ne connaisse la girouette de M. Bonnard. Elle est rouillée et grince aigrement au vent. Parfois elle refuse tout service, comme Thérèse qui se laisse aider, en grognant, par une jeune paysanne. La maison n'est pas grande, mais j'y vis à l'aise. Ma chambre a deux fenêtres et reçoit le premier soleil. Au-dessus est la chambre des enfants. Jeanne et Henri y viennent habiter deux fois l'an.

Le petit Sylvestre y avait son berceau. C'était un joli enfant, mais il était bien pâle. Quand il jouait sur l'herbe, sa mère le suivait d'un regard inquiet et à tout moment arrêtait son aiguille pour le reprendre sur ses genoux. Le pauvre petit ne voulait pas s'endormir. Il disait que quand il dormait il allait loin, bien loin, où c'était noir et où il voyait des choses qui lui faisaient peur et qu'il ne voulait plus voir.

Alors sa mère m'appelait, et je m'asseyais près de son berceau : il prenait un de mes doigts dans sa petite main chaude et sèche et il me disait :

« Parrain, il faut que tu me contes une histoire. »

Je lui faisais des contes de toute sorte, qu'il écoutait gravement. Tous l'intéressaient, mais il y en avait un surtout dont sa petite âme était émerveillée : c'était l'*Oiseau bleu*. Quand j'avais fini, il me disait :

« Encore ! encore ! »

Je recommençais et sa petite tête pâle et veinée tombait sur l'oreiller.

Le médecin répondait à toutes nos questions :

« Il n'a rien d'extraordinaire ! »

Non ! Le petit Sylvestre n'avait rien d'extraordinaire. Un soir de l'an dernier, son père m'appela :

« Venez, me dit-il; le petit est plus mal. »

J'approchai du berceau près duquel la mère se tenait immobile, attachée par toutes les puissances de son âme.

Le petit Sylvestre tourna lentement vers moi ses prunelles qui montaient sous ses paupières et ne voulaient plus redescendre.

« Parrain, me dit-il, il ne faut plus me dire des histoires. »

Non, il ne fallait plus lui dire des histoires !

Pauvre Jeanne, pauvre mère !

Je suis trop vieux pour rester bien sensible mais, en vérité, c'est un mystère douloureux que la mort d'un enfant.

Aujourd'hui, le père et la mère sont revenus pour six semaines sous le toit du vieillard. Les voici qui reviennent de la forêt en se donnant le bras. Jeanne est serrée dans sa mante noire[a] et Henri porte un crêpe à son chapeau de paille; mais ils sont tous deux brillants de jeunesse et ils se sourient doucement l'un à l'autre, ils sourient à la terre qui les porte, à l'air qui les baigne, à la lumière que chacun d'eux voit briller dans les yeux de l'autre. Je leur fais signe de ma fenêtre avec mon mouchoir, et ils sourient à ma vieillesse.

Jeanne monte lestement l'escalier, m'embrasse et murmure à mon oreille quelques mots que je devine plutôt que je ne les entends. Et je lui réponds :

« Dieu vous bénisse, Jeanne, vous et votre mari, dans votre postérité la plus reculée. *Et nunc dimittis servum tuum, Domine*[1]. »

Appendices

LE STRATAGÈME*[1]
Nouvelle

Tout en travaillant à votre guipure, écoutez, Jeanne, une histoire de mon enfance. Et d'abord, mademoiselle, ne laissez pas voir sur votre front candide une telle surprise de ce que je vous dis. Il est inconcevable que j'aie été jeune, et il est inconcevable que vous deveniez vieille; mais l'un sera et l'autre fut. Si je vous ennuie, faites semblant d'écouter, et laissez-moi croire que ce n'est pas à lui-même que l'égoïste vieillard conte ses histoires.

J'avais quatorze ans, et j'étais en troisième. Mon professeur, qui se nommait Chotard, avait le teint fleuri d'un vieux moine; et c'en était un. Il avait prononcé ses vœux dans le monastère de Saint-Ouen, de Rouen. Mais l'Assemblée nationale l'en avait délié par son décret du 13 février 1790, et, quand le bercail de Saint-Benoît fut dispersé, dom Chotard, qui en était une des plus douces ouailles, prit l'habit séculier, sans réussir toutefois à le porter avec élégance. Il donna des leçons et vécut tant et si bien qu'il grisonnait des cheveux, florissait des joues et rougeoyait du nez quand je fus conduit avec mes camarades au pied de sa chaire. Quel belliqueux professeur de troisième nous avions là ! Il fallait le voir, lorsque, texte en main, il conduisait les chevaliers romains au bord du Trasimène. Quel héroïsme ! Mais il prenait son temps pour être un héros, et ce temps n'était pas le temps présent. M. Chotard était inquiet et craintif dans le cours ordinaire de la vie. On l'effrayait facilement. Il avait peur des voleurs, des chiens enragés, du tonnerre, des voitures et généralement de tout ce qui peut, de près ou de loin, endommager le cuir d'un honnête homme.

* Récit tiré des *Mémoires inédits de Silvestre Bonnard*, membre de l'Institut.

Il avait vécu pendant les guerres de la République et de l'Empire, il avait lu les bulletins de la grande armée, il avait entendu quelques soldats des Pyramides, de Marengo et d'Austerlitz faire le récit de ces grandes batailles, il avait vu l'oncle Victor, mais il ne s'était aperçu de rien de cela. Un jour qu'il dînait chez mon père, je remarquai que, pendant que le capitaine racontait, en jurant suffisamment, ses aventures de guerre, M. Chotard contemplait une poularde et n'écoutait rien. Il vivait, cet excellent homme, aux Thermopyles avec Léonidas; dans la mer de Salamine, sur la nef de Thémistocle; dans les champs de Cannes, près de Paul-Émile; à Pharsale, au côté de Pompée et des dieux. Il brandissait son glaive rompu sur le cadavre de Crassus, dans la forêt Hercynie. Mais son ardeur martiale ne survivait pas à la chute de l'Empire romain. Il suivait sans amour Philippe-Auguste à Bouvines. Charles XII à Bender le trouvait indifférent.

L'âge de fer, l'âge héroïque de M. Chotard était compris entre la première et la troisième guerre punique. C'est alors que, résolu lui-même à tous les sacrifices, il m'inspirait des rêves sublimes. Quand, de sa voix grasse de vieux sermonnaire, il prononçait lentement cette phrase : « Les débris de l'armée romaine gagnèrent Brindusium à la faveur de la nuit », je voyais passer en silence, à la clarté de la lune, dans la campagne nue, sur une voie bordée de tombeaux, des visages livides, souillés de sang et de poussière, des casques bosselés, des cuirasses ternies et faussées, des glaives rompus. Et cette vision à demi voilée, qui s'effaçait lentement, était si grave, si morne et si fière, que mon cœur en bondissait et que mes yeux se gonflaient de larmes généreuses.

M. Chotard nous donnait pour sujets de compositions, tant latines que françaises, des combats, des sièges, des cérémonies expiatoires et propitiatoires, et c'est en dictant le corrigé de ces narrations qu'il déployait toute son éloquence. Son style et son débit exprimaient dans les deux langues la même ardeur martiale. Il lui arrivait parfois d'interrompre le cours de son idée pour nous distribuer des punitions méritées, mais le ton de sa voix restait héroïque jusque dans ces incidences; en sorte que, parlant tour à tour, avec le même accent, comme un consul qui exhorte ses troupes et comme un professeur de troisième qui distribue des pensums, il jetait les esprits des élèves dans un trouble d'autant plus grand qu'il était impossible de savoir si c'était le consul ou le professeur qui parlait. Il lui arriva un jour de se surpasser en ce genre, par un discours incomparable. Ce discours, nous le sûmes tous par cœur; j'eus soin de l'écrire sur mon cahier sans en rien omettre.

Je suis peut-être seul à me le rappeler, pour la bonne raison que je survis peut-être seul à tous les petits grimauds qui l'entendirent. Vous saurez, Jeanne, que, quand on s'achemine, avec sa béquille, vers ses quatre-vingts ans, on n'a pas beaucoup de compagnons de route. Hélas ! donc, j'emporterai un de ces jours le souvenir d'un chef-d'œuvre, car le discours, ou, pour employer le mot technique, « le corrigé » de M. Chotard était un chef-d'œuvre. Jugez-en, Jeanne. Le voici tel que je l'entendis, tel que je l'entends encore, car il me semble que la voix grasse de M. Chotard résonne encore à mes oreilles et les emplit de sa solennité monotone.

Dernières paroles de Décius Mus

Près de se dévouer aux dieux Mânes et pressant déjà de l'éperon les flancs de son coursier impétueux, Décius Mus se retourna une dernière fois vers ses compagnons d'armes et leur dit : « Si vous n'observez pas mieux le silence, je vous infligerai une retenue générale. J'entre, pour la patrie, dans l'immortalité. Le gouffre m'attend. Je vais mourir pour le salut commun. Monsieur Chanot, vous me copierez dix pages de rudiment. Ainsi l'a décidé dans sa sagesse Jupiter Capitolinus, l'éternel gardien de la Ville éternelle. Monsieur Bonnard, si, comme il me semble, vous passez encore votre devoir à M. Chanot pour qu'il le copie, selon son habitude, j'écrirai à monsieur votre père. Il est juste et nécessaire qu'un citoyen se dévoue pour le salut commun. Enviez-moi et ne me pleurez pas. Il est inepte de rire sans motif. Monsieur Chanot, vous serez consigné jeudi. Mon exemple vivra parmi vous. Messieurs, vos ricanements sont d'une inconvenance que je ne puis tolérer. J'informerai M. le proviseur de votre conduite. Et je verrai, du sein de l'Élysée ouvert aux mânes des héros, les vierges de la République suspendre des guirlandes de fleurs au pied de mes images. »

Ce M. Chanot, dont les affaires se mêlaient de la sorte à celles de Décius Mus, était un jeune homme extrêmement rustique de langage et de manières, qui, par son inélégance, irritait outre mesure M. Chotard, fort juste d'ailleurs. Que M. Chanot père, maçon de son état, ne sachant pas lire et possédant autant d'écus de six livres qu'il avait manié de moellons, eût voulu faire de son fils un monsieur et un savant, c'est ce que les mœurs de la Révolution et de l'Empire expliquent suffisamment, mais il est certain que le naturel de Chanot fils répondait mal aux ambitions de Chanot père. Le fils du maçon était pétri d'une pâte épaisse, et son cerveau pouvait compter parmi les plus compactes bâtisses que Chanot père pût se vanter d'avoir construites. Après les plus minutieuses explorations M. Chotard n'y découvrit jamais, au grand jamais, une petite fente à travers laquelle il pût insinuer quelque mince extrait de l'éloquence de Cicéron. Notre ami Chanot disait *aveindre* pour atteindre et jargonnait avec la grâce du naturel. Bref, un béotien, comme disait M. Chotard.

Mais le fils du maçon se montrait à nous tout à son avantage dans la cour des récréations. Quel jarret et quels poings ! Si M. Chotard les avait vus en exercice, il se fût certainement rappelé Castor et Pollux et toutes les gloires du stade. M. Chanot, si épais qu'il fût, avait la raisonnable idée d'empêcher qu'on se moquât de lui à son nez. Il nous en empêcha bien, je vous assure. Sitôt qu'il nous eut persuadés à la force de son bras, il devint le meilleur camarade du monde et n'usa plus de sa force que pour défendre les faibles. Il se montrait supérieur dans ces parties de barres que nous poussions avec un enthousiasme inspiré par le souvenir encore récent des guerres de l'Empire. Chanot fut notre chef de camp le plus aimé et le mieux obéi. Chanot était populaire. Il y parut bien, un jour.

Ce jour-là, M. Chotard nous expliquait un chapitre d'Élien sur les stratagèmes, et ce sujet exerçait amplement l'enthousiasme et l'éloquence de M. Chotard, qui, résolu à vendre chèrement sa vie sur les bords de l'Ægos Potamos et résigné à vider la coupe libératrice dans Numance assiégée, ne dédaignait nullement de recourir, avec les rusés capitaines, aux stratagèmes les plus perfides.

« Un des stratagèmes qu'il faut recommander, nous disait M. Chotard en commentant son texte, est d'attirer l'armée ennemie dans un défilé et de l'y écraser sous des quartiers de roc. » M. Chotard ne nous dit point si l'armée ennemie avait souvent l'obligeance de se prêter à cette manœuvre. Mais il s'adressa à M. Chanot et le pria de répéter ses paroles. M. Chanot se leva et, par une confusion des plus fâcheuses, recommanda aux généraux d'engager leur armée dans un défilé étroit. Malheureux Chanot ! C'était conduire vos légions à une perte certaine. Le pis fut qu'il prononça *stratigisme* pour stratagème et que, dans son embarras, il tira son mouchoir de sa poche et en fit tomber des billes qui rebondirent de gradin en gradin sur le plancher sonore. Comme il avait l'âme simple et qu'il tenait à son bien, il se coula à quatre pattes sous les pupitres pour ramasser ses billes. Or sa culotte rapiécée n'était pas précisément de nature à diminuer l'incongruité de son attitude. M. Chotard ne put souffrir avec calme un tel excès d'inélégance.

« Monsieur Chanot, lui dit-il, j'ai le regret de ne pouvoir parler à votre visage pour vous informer que, sur ma demande expresse, vous serez mis au séquestre depuis le jour de Mercure, *vulgo* mercredi, jusqu'à la fin de la semaine. »

Et nous vîmes M. Chotard écrire au proviseur.

Notre pensée commune, que nous exprimâmes par des regards muets et toute sorte de grimaces, fut qu'il importait à l'honneur de la classe d'épargner la honte et les souffrances du séquestre à un chef de camp aussi populaire qu'était Chanot. *Mais le moyen ?*

« C'est alors, pensai-je, qu'il faut recourir aux stratagèmes, et il est fâcheux que ni le défilé avec les quartiers de roche, ni les renards ayant une torche à la queue ne s'appliquent aux conjonctures présentes. »

Après la classe, il y avait une récréation d'un quart d'heure à l'issue de laquelle M. Chotard donnait à trois ou quatre d'entre nous une répétition qui eût été sans doute fort instructive, si notre excellent professeur n'avait contracté l'habitude d'y dormir bouche ouverte et poings fermés. La délibération (*l'agora*, comme eût dit M. Chotard) fut tumultueuse. Mais au premier son de la cloche tout était résolu et préparé.

Notre répétition allait comme à l'ordinaire. M. Chotard sommeillait sans remords, quand il fut réveillé par la plus âcre fumée qui ait jamais raclé de doctes narines. La classe en était remplie, en sorte qu'on ne pouvait voir d'où elle venait. Nous le savions bien, nous, pour avoir bourré le poêle de bois vert, allumé, sous le nez du maître, des papiers nombreux et fait flamber certains chiffons à l'usage du lampiste et dont l'odeur était aussi nauséabonde qu'on pouvait le souhaiter.

« Qu'est cela ? » s'écria M. Chotard, à son réveil, en éternuant.

Nous répondîmes :

« Un incendie, monsieur, un incendie ! »

La figure bouleversée par la peur, il sauta de sa chaire plus lestement qu'on n'eût pu l'attendre d'un si gros homme. Nous l'arrêtâmes :

« Ne sortez pas ! ne sortez pas, monsieur Chotard ! l'escalier est en feu. »

M. Chotard se laissa arrêter et se mit à tousser en larmoyant pitoyablement.

« Qu'allons-nous devenir ? » s'écria-t-il.

Un de nous ouvrit la porte et s'élança à travers les flammes, car Chanot lui-même, attentif à nos signaux, se tenait dans le corridor, et il venait d'allumer un tas de papiers, au risque d'être vu par un surveillant. Mais, si l'on ne risquait rien, on n'agirait jamais. La fumée s'était un peu dissipée. Au bout d'un instant, Chanot parut, les vêtements en désordre et le visage horriblement barbouillé de suie.

« C'est lui ! s'écria notre camarade, en rentrant avec lui, c'est lui qui a éteint le feu ! Il nous a sauvés !

— Dieu soit loué ! s'écria M. Chotard, je vais donc m'en aller ! »

Nous lui dîmes qu'il y aurait danger à passer par l'escalier. Il y en avait en effet un très grand pour nous. Car il aurait vu clairement qu'il n'y avait pas plus d'incendie que sur la main. De gré et de force nous le fîmes passer par un chemin à nous connu, corridor noir, échelle de meunier, lampisterie et porte bâtarde. Quand il fut dehors, nous lui criâmes :

« Monsieur Chotard ! monsieur Chotard ! La grâce de Chanot ! la grâce de notre sauveur ! »

Il nous l'accorda sans délai, et nous déchirâmes, avec sa permission, la lettre au proviseur, qu'il avait oubliée sur sa chaire.

Le lendemain et les jours suivants étaient jours de congé. Nous avions compté là-dessus. Mais notre stratagème n'avait pas été des plus prudents. Il réussit toutefois. Nous vîmes M. Chotard traverser la rue, puis, accoté à la maison d'en face, chercher, sans les découvrir, les traces extérieures de l'incendie. Nous le vîmes s'en aller. À ce moment, le proviseur entra dans notre classe et nous demanda d'où venait cette fumée.

Nous répondîmes effrontément :

« C'est le poêle, monsieur le proviseur, c'est le poêle. »

Il regarda le poêle avec stupéfaction, et, renonçant à comprendre, il s'en alla d'un pas solennel, reprochant sans doute en lui-même à M. Chotard l'excès avec lequel il entassait pour se chauffer bûches sur fagots et charbon sur charbon. Car, ainsi que nous le sûmes plus tard, il invita, le lundi suivant, M. Chotard à se chauffer modérément. Ce conseil, qui impliquait un reproche, fit croire au professeur de troisième qu'il était l'auteur de l'incendie; et, voyant en somme la maison debout, il n'en demanda pas davantage.

C'est là mon premier stratagème, et j'eus de nombreux complices.

Il est tard, voici votre bougeoir et voilà mon flambeau. Allumez votre bougie avant que j'emporte la mienne; donnez-moi la main. Bonsoir et dormez bien, Jeanne.

ANATOLE FRANCE.

MARGUERITE[1]

LETTRE-PRÉFACE

Cher Monsieur André Coq, publiez cette Marguerite *si vous en avez envie et permettez-moi de n'en prendre nul souci.*

Il y aurait de ma part trop de vanité littéraire à tenter de la remettre au jour ; il y en aurait plus encore, peut-être, à vouloir la tenir cachée. Vous ne la disputerez pas pour longtemps à l'éternel oubli auquel elle est vouée. Qu'elle est vieille !

J'en avais perdu tout souvenir ; je viens de la lire sans prévention, ni faveur, comme une œuvre étrangère, et il ne m'a pas semblé découvrir un chef-d'œuvre. J'aurais mauvaise grâce à vous en dire davantage. Je me suis plu seulement à voir que, dès le temps lointain où j'écrivais cette petite chose, je n'aimais guère la troisième République et ses vertus bourgeoises, et ses mœurs impérialistes et militaires et son esprit de conquête, et son amour de l'or, et son mépris du travail manuel, et son goût infaillible de la laideur. Ses maîtres me donnaient de terribles inquiétudes. Pourtant l'événement a passé mes craintes.

Mais n'allais-je pas me donner le ridicule de présenter des considé-

rations générales sur la politique de la France à la fin du XIXe siècle et au commencement du XXe à propos de Marguerite *?*

Les spécimens typographiques et les dessins que vous me montrez promettent un petit livre bien agréable. Croyez, cher Monsieur Coq, à mes sentiments dévoués.

ANATOLE FRANCE.

La Béchellerie, 16 avril 1920.

MARGUERITE

5 juillet.

En sortant du Palais-Bourbon, à cinq heures, je respirais avec délices l'air et le jour. Le ciel était léger, l'eau brillante, le feuillage frais ; tout conseillait la paresse. Les victorias et les landaus emportaient, le long du pont de la Concorde, vers les Champs-Élysées, des femmes dont le visage était tout clair dans la capote abaissée des voitures, et je me plaisais à les voir passer comme des espérances renaissant aussitôt que disparues. Chacune d'elles me laissait en passant un éclair et un parfum. Le sage, à mon avis, ne doit pas demander beaucoup plus à la beauté des femmes. Un éclair et un parfum ! Il y a bien des amours qui n'en laissent pas tant. Ce jour-là, d'ailleurs, si la Fortune avait poussé devant moi sa roue rapide sur les pavés du pont de la Concorde, je n'aurais pas seulement allongé le bras pour la saisir par sa chevelure d'or. Je ne voulais rien ; j'avais tout. Il était cinq heures et j'étais libre jusqu'au dîner. Oui, libre. Je pouvais me promener, respirer pendant deux heures, voir et ne rien dire et songer à l'aise. J'avais tout, vous dis-je. Le bonheur me rendait égoïste. Je considérais tout ce qui m'entourait comme un tableau mouvant et splendide fait à souhait pour le plaisir de mes yeux. Il me semblait que le soleil ne brillait que pour moi et qu'il répandait pour moi seul des torrents de flammes sur la rivière. Il me semblait que toute cette foule bigarrée ne fourmillait gaiement autour de moi que pour animer ma solitude sans m'en distraire. Aussi, je n'étais pas bien éloigné de croire que les gens étaient tout petits, qu'ils n'avaient que leur grandeur apparente et que c'était des marionnettes. Voilà de ces pensées qu'on a quand on ne pense à rien. Il faut les pardonner à un malheureux dont la tête est pleine, depuis dix ans, de politique et de législation, et qui use sa vie dans ces petites affaires qu'on appelle des affaires d'État.

Une loi est pour le public une chose abstraite, sans forme ni couleur. Pour moi, une loi c'est une table verte, des pains à cacheter, du papier, des plumes, des pâtés d'encre, des bougies brûlant sous un abat-jour vert, des volumes reliés en veau, des papiers encore humides de l'imprimerie et sentant l'encre grasse, des conversations dans des cabinets verts, des cartons, des dossiers, une odeur de renfermé, des discours, des journaux; une loi, enfin, c'est mille choses, mille soins qui vous prennent toutes les heures, les heures grises et légères du matin, les heures blanches de midi, les heures empourprées du soir, les heures silencieuses et méditatives de la nuit, et qui vous ôtent la possession de vous-même et jusqu'au sentiment de votre identité.

C'est comme je vous le dis. J'y ai laissé mon moi. Il s'est éparpillé dans des notes et dans des rapports. Des garçons de bureau soigneux en ont mis une parcelle dans chacun de leurs beaux cartons verts. Cela fait, j'ai vécu sans mon moi, comme vivent d'ailleurs tous les hommes politiques. Mais un moi est chose étrangement subtile. Ô merveille ! Le mien m'est revenu à l'instant, sur le pont de la Concorde. C'était bien lui. Et même il n'avait pas trop souffert de son séjour au milieu de paperasses moisies. Dès son arrivée, je me suis retrouvé, j'ai reconnu mon existence, que je n'avais pas constatée depuis dix ans. Ah ! ah ! me suis-je dit, puisque j'existe, je ne suis pas fâché de le savoir. Je vais même profiter incontinent de cette connaissance en faisant une promenade sentimentale dans les Champs-Élysées.

Et voilà pourquoi je me trouve à cette heure au pied des chevaux de Marly, plus fringant que ces généreuses bêtes, et que j'entre dans l'avenue dont leurs sabots de pierre, éternellement levés, marquent l'entrée. Les voitures s'écoulent sans fin, comme une coulée étincelante et sombre de bitume et de lave, où les chapeaux des femmes semblent emportés ainsi que des fleurs. Cela est, comme tout ce qu'on voit à Paris, à la fois énorme et joli. J'allume un cigare, et, sans rien regarder, je vois tout. Ma volupté est si grande qu'elle m'effraie. C'est le premier cigare que je fume depuis dix ans. J'en ai bien allumé dix par jour dans mon cabinet, mais je les ai brûlés, mordus, mâchés, perdus; je ne les ai pas fumés. Celui-ci, je le fume véritablement et la fumée qui s'en exhale est une fumée-poète; elle répand autour d'elle le charme et la grâce.

Que je trouve d'intérêt à tout ce que je vois ! Ces petites boutiques, qui ouvrent à intervalles réguliers leur étal bigarré, me ravissent. En voici une, entre autres, devant laquelle je ne puis me défendre de m'arrêter. Ce que j'y contemple de préférence, c'est du coco dans une carafe. La carafe reflète en miniature sur ses flancs polis les arbres et les femmes et le ciel. Elle est coiffée d'un citron et cette coiffure lui donne je ne sais quel aspect oriental. Pourtant ce n'est pas par sa forme et sa couleur qu'elle m'attire. Je ne puis en détacher mes yeux parce qu'elle me rappelle mon enfance. À sa vue, mille images charmantes s'éveillent à la fois dans ma mémoire. Je revois les heures candides, les heures divines de mes premiers jours. Ah ! que ne donnerais-je pas pour redevenir le petit enfant que j'étais alors et boire un verre de ce coco !

Dans la petite boutique, je retrouve à côté de la carafe de

coco et de la bouteille de sirop de groseille, tout ce qui enchanta mon enfance. Voici des fouets, des trompettes, des sabres, des fusils, des gibernes, des ceinturons, des sabretaches. Ces jouets magiques me firent éprouver, de cinq à neuf ans, la destinée d'un Napoléon. Je la vécus, sous mon harnais de treize sous, cette destinée prodigieuse, je la vécus tout entière, moins Waterloo et l'exil. Car j'étais toujours vainqueur. Voici les images d'Épinal dans lesquelles je commençai à déchiffrer ces signes qui révèlent aux savants quelques lambeaux du secret universel. Eh ! oui, la plus méchante image, coloriée au patron dans un village des Vosges, n'est-ce pas un texte et des figures ? Et qu'est-ce que toute la substance de la science sinon des figures et des textes ?

Je dois aux images d'Épinal de plus belles et de plus utiles connaissances que je n'en puisai jamais dans les petits livres de grammaire et d'histoire que les maîtres d'école me firent apprendre. Les images d'Épinal, voyez-vous, c'est des contes, et les contes, c'est la destinée. L'enfance qui se nourrit de contes est bénie. Elle promet une maturité pleine d'imagination et de sagesse. Justement, voici l'*Oiseau bleu*. C'est le mien; je le reconnais à sa queue en panache. C'est lui ! Je me retiens à grand-peine de sauter au cou de la marchande et de l'embrasser sur ses joues molles, tachées de rouge et de jaune ! L'*Oiseau bleu* ! Que ne lui dois-je pas ? Si j'ai fait quelque bien, c'est grâce à lui. Quand nous préparions une loi avec le ministre, le souvenir de l'*Oiseau bleu* passait dans mon esprit au milieu des textes législatifs et parlementaires dont j'étais entouré.

Je songeais alors qu'il y a dans l'âme humaine des désirs infinis, des métamorphoses incroyables et de pieuses douleurs et je donnais sous ces impressions, à tel article du projet, un sens plus humain, plus large, plus respectueux des droits de l'âme et de l'ordre universel. Cet article ne manquait pas de rencontrer à la Chambre une vive opposition. Les conseils de l'*Oiseau bleu* triomphaient rarement dans les commissions. Pourtant le Parlement en a voté quelques-uns.

Je m'aperçois que je ne suis pas seul à contempler la petite boutique en plein air. Une fillette est en arrêt devant le brillant étalage. Je la vois de dos; ses longs cheveux clairs tombent à flots sous sa capote de velours grenat et se répandent sur la grande collerette de guipure et sur la robe pareille à la capote. On ne peut pas dire la couleur de ces cheveux (il n'y a pas de couleur aussi belle), mais on peut en dire la lumière; ils sont d'une lumière vive, pure et changeante, d'une lumière blonde comme un rayon de soleil et pâle comme la lueur d'une étoile. Mieux que cela encore ! Ils brillent; ils coulent aussi. Ils ont la splendeur de la lumière; ils ont le charme d'une belle eau. Il me semble que, si j'étais poète, je ferais sur cette chevelure autant de sonnets que M. José Maria de Heredia en a faits sur les conquérants de la Castille-d'Or. Ils seraient moins beaux; mais ils seraient plus doux. La fillette, autant que j'en puis juger, a de quatre à cinq ans. Je n'aperçois de son visage qu'un bout d'oreille plus fin que le plus fin joyau et la courbe pure de la joue. Elle ne bouge pas. Elle tient son cerceau de la main gauche. Elle a porté l'autre main à ses lèvres et il me semble bien qu'elle se mord les ongles dans un excès d'attention. Que regarde-t-elle avec un si grand désir ? La boutique ne contient pas seulement les armes et le coco des braves. Des ballons et des cordes à sauter sont suspendus à l'auvent. Sur l'étal, des poupards, dont le corps est formé d'une gaine de carton gris, sourient comme ces idoles dont ils ont la forme monstrueuse et la sérénité. Des poupées à treize sous, habillées comme des bonnes, écartent leurs bras trop courts et si légers que le moindre souffle les fait trembler. Mais la fillette, dont les cheveux sont faits de lumière liquide, ne regarde ni ces poupées, ni ces poupards. Son âme est suspendue aux lèvres d'un beau bébé qui semble l'appeler sa maman. Il est accroché à un des montants de la baraque, seul. Il domine, il efface tout le reste. Une fois qu'on l'a vu, on ne voit plus que lui.

Tout droit dans son épais maillot, la tête coiffée d'un béguin blanc, une bavette de molleton passée au cou, il étend ses petits bras ronds pour qu'on le prenne. Il parle au cœur de la fillette, il la touche par tout ce qu'il y a en elle d'instinct maternel. Il est ravissant. Son visage : trois petits points, deux noirs pour les yeux, un rouge pour la bouche. Mais ses yeux parlent, sa bouche appelle. Il vit.

Les philosophes ne songent à rien. Ils passent devant des poupées sans s'inquiéter. Pourtant la poupée est plus que la statue et plus que l'idole; elle prend la femme aux entrailles bien avant qu'elle soit femme; elle lui donne le premier frisson de la maternité. La poupée est auguste. Pourquoi un grand sculpteur ne voudrait-il pas être très bon et se donner la peine de modeler des poupées dont le visage s'animerait sous ses doigts et exprimerait la sagesse et la beauté ?

Mais la fillette sort enfin de sa contemplation muette. Elle se retourne et je vois ses yeux de violette agrandis encore par l'admiration, son nez qu'on ne peut voir sans sourire, son petit nez qui, tout blanc, rappelle le nez tout noir des toutous, sa bouche sérieuse, son menton pur et trop fin, ses joues un peu pâles. Je la reconnais. Oh ! oui, je la reconnais avec cette certitude de l'intinstct qui est plus forte que toutes les convictions appuyées de toutes les preuves. Oh ! oui, c'est elle, c'est tout ce qui reste de la plus charmante des femmes. Je veux fuir et ne puis la quitter. Ces cheveux d'or vivant, ce sont les cheveux de sa mère, et ces yeux de violette, ce sont les yeux de sa mère. Ô fille de mon rêve et de mon désespoir ! je veux te presser dans mes bras, te voler, t'emporter.

Mais une gouvernante s'approche, appelle et tire l'enfant par le bras : « Allons, Marguerite, allons, il faut rentrer. »

Et Marguerite, donnant un regard triste d'adieu au bébé qui lui tend les bras, suit en traînant les pieds la femme noire, longue et empanachée de plumes d'autruche.

10 juillet.

« Jean, donnez-moi le carton 117...

« Voyons, M. Boscheron, terminons cette circulaire. Écrivez... *J'attire spécialement votre attention sur ce point, M. le préfet. Il importe de faire cesser dans le plus bref délai un abus qui, s'il se prolongeait plus longtemps, tendrait à... tendrait à... J'attire spécialement votre attention sur ce point, M. le préfet. Il importe de faire cesser dans le plus bref délai un abus...* Écrivez, M. Boscheron. »

Mais M. Boscheron, mon secrétaire, me fait observer respectueusement que je lui dicte toujours la même phrase. Jean pose avec déférence un carton sur ma table.

« Qu'est-ce que c'est que ça, Jean ?

— Monsieur, c'est le carton 117 que vous m'avez demandé.

— Je vous ai demandé le carton 117, Jean ?

— Oui, monsieur. »

(Jean me regarde avec inquiétude et se retire.)

« Où en étions-nous, M. Boscheron ?

— *Il importe de faire cesser dans le plus bref délai un abus...*

— C'est cela... *un abus qui tendrait de plus en plus à déconsidérer aux yeux des populations les agents du gouvernement et à les transformer...* "Transformer", que de secrets sont renfermés dans ce mot ! Je ne puis le prononcer sans qu'un monde confus d'idées et de sentiments n'envahissent tout mon être intérieur.

— Monsieur, s'il vous plaît.

— Que disiez-vous, M. Boscheron ?

— Veuillez répéter, monsieur ; je n'ai pas bien suivi le sens de votre dictée.

— Vraiment, M. Boscheron ? Peut-être aurai-je manqué de clarté. Eh bien ! si vous voulez, tenons-nous-en là. Donnez-moi ce que je vous ai dicté. Je terminerai seul. »

M. Boscheron me remet sa dictée, ramasse ses papiers, salue et se retire. Resté seul dans mon cabinet, j'examine avec une attention stupide le papier de tenture qui est une espèce de feutrage vert, jauni par endroits ; je dessine des bonshommes sur mon papier ; je veux écrire ; car enfin le ministre a déjà demandé trois fois la circulaire et il a promis à des députés de la majorité de l'envoyer tout de suite aux préfets. Il faut la lui donner. Je relis : ... *à déconsidérer aux yeux des populations les agents du gouvernement et à les transformer...* Je fais un pâté ; puis, avec ma plume, j'y mets une chevelure. Je le transforme en comète. Je songe à la chevelure de Marguerite. L'autre jour, aux Champs-Élysées, des petits fils d'or finement crépelés se détachaient sur le fond de la toison légère avec un éclat singulier. On en voit de pareils dans les miniatures du XVe siècle; aussi dans des miniatures plus anciennes. Dante dit dans sa *Vie nouvelle* : " Un jour que j'étais occupé à dessiner des têtes d'ange... " Et voici que sur la circulaire ministérielle, je m'essaie aussi à dessiner des têtes d'ange... Rédigeons ! Rédigeons ! *les agents du gouvernement et à les transformer... transformer...* Pourquoi m'est-il impossible d'écrire un seul mot, après celui-là ? Pourquoi me voici rêvant encore, comme je fais toujours depuis que j'ai retrouvé mon *moi* sur le pont de la Concorde, par un beau soleil couchant ? Transformer ? Dieu de mystère, nature, vérité ! si celle dont je n'ose, après quatre ans, prononcer le nom, si celle-là était morte en donnant la vie à Marguerite, je croirais, je saurais, avec la certitude de l'instinct, que l'âme de la mère a passé dans la fille et qu'elles sont toutes deux la même personne.

1er novembre.

Tout est bien. J'ai reperdu mon *moi*. Il est rentré dans les cartons verts. Le carton 117 en contient une bonne part. J'ai terminé ma circulaire. Elle est d'un bon style administratif. Nous avons une belle loi à enlever avant les vacances. Mon ministre parle tous les jours à la Chambre. Je corrige la nuit les épreuves de ses discours. Si l'oiseau bleu vient alors, de temps à autre, me visiter dans la petite salle du Palais-Bourbon, c'est pour me conseiller d'adoucir quelque expression trop violente et il ne parle point à mon imagination. Je ne sais si je vis heureux ou malheureux, puisque je ne sais point que je vis. Je ne reconnais pas mes habits; j'ai pris par mégarde et porté trois jours, sans le savoir, le chapeau de l'honorable comte de Mérodac; pourtant c'est une espèce de bolivar romantique comme ce vieux gentilhomme en porte seul aujourd'hui. J'étais étonnant avec, m'a-t-on dit, mais je ne me suis pas vu. Et si, d'aventure, je m'étais vu, je n'aurais pas fait attention à ce que je voyais, puisque ce n'était pas de la politique. Je ne suis plus une personne; je suis une pièce de la machine administrative. Ce soir je n'ai ni discours à corriger, ni réception officielle où me rendre. J'ai mis mes pantoufles. L'on trouve toujours un peu de son *moi* au fond de ses pantoufles. Je suis dans ma chambre, au coin de mon feu, et je m'aperçois que j'y suis. Ma foi, je serais curieux de voir si je me reconnais dans ma glace... Voyons... Hum ! pas trop... Je ne me croyais pas l'air si grave et si convenable.

Je vois bien qu'il faut que je me prenne au sérieux. J'y ai bien tardé, mais aussi ce n'était pas à moi à commencer.

Je suis considérable, je me considère. Mais, hélas ! je ne me reconnais pas. Et je ne tiens pas à refaire ma connaissance; ce doit être ennuyeux. Non, je n'ai pas envie du tout de causer avec ce monsieur grave et froid qui imite tous mes mouvements. Au contraire, si j'osais, quelle bonne partie je ferais avec ce petit bonhomme que je vois là peint en miniature, dans ce médaillon contre le panneau de la glace. Il fait un château avec des dominos. Quel bon petit garçon ! J'ai envie de l'appeler et de lui dire : Nous allons jouer ensemble, veux-tu ?... Mais, hélas ! il est loin, bien loin. C'est moi, c'est moi comme j'étais il y a quarante ans. Il est mort, il est aussi mort que si j'étais couché sous terre et scellé dans un cercueil de plomb. Car, qu'y a-t-il de commun entre lui et moi ? En quoi est-ce que je le continue aujourd'hui ? En quoi mes châteaux de cartes ressemblent-ils à sa tour de dominos ?

Nous disons que nous vivons, malheureux, parce que nous mourons mille fois.

Je me rappelle, il est vrai, mes jeux, le soir, tandis que ma mère brodait près de la table, à côté de moi, et me jetait de temps en temps un de ces regards simples et si beaux qu'ils font adorer la vie, bénir Dieu, et qu'ils donnent du courage pour plus de vingt batailles. Oui, souvenirs sacrés, je vous garde en mon âme comme un baume précieux qui m'adoucira jusqu'au bout les amertumes de la vie et les affres de la mort ! Mais l'enfant que j'étais alors, survit-il en moi ? Non. Il m'est étranger ; je sens que je peux l'aimer sans égoïsme et le pleurer sans lâcheté. Il est mort, emportant mes saintes ignorances et mes espérances infinies. Nous mourons tous dans les aubes. La petite Marguerite, cette image délicieuse de vie naissante, combien n'est-elle pas morte de fois et quel abîme profond d'oublis irréparables, quel ossuaire de pensées et de sentiments est déjà creusé dans son âme de cinq ans ! Moi, un étranger, un passant, je sais mieux sa vie qu'elle et par conséquent je suis plus elle qu'elle-même. Après cela, qu'on parle encore du sentiment de l'identité et de la conscience intime !

Mon Dieu ! Mon Dieu ! qu'est-ce que c'est que de nous ! et dans quel gouffre de terreurs nous plongerions-nous sans cesse si nous avions le temps de penser au lieu de faire des lois ou de planter des choux ! Je veux arracher de mes pieds mes pantoufles et les jeter par la fenêtre, puisqu'elles m'ont rappelé au sentiment de mon existence. La vie est tolérable à la condition qu'on n'y pense pas.

5 juillet.

Il y a aujourd'hui un an que j'ai rencontré, devant une petite boutique des Champs-Élysées, la fille de celle qui m'a révélé la beauté des choses.

J'étais heureux avant de l'avoir vue. Mais je ne savais pas ce que c'est que la poésie de l'univers et je n'avais pas connu la joie triste d'aimer. Je vis pour la première fois Marie, un Vendredi saint, dans un concert spirituel où son père, vieux diplomate mélomane, habitué aux musiques de toutes les cours de l'Europe, l'avait menée en solennels vêtements noirs. Son deuil pieux rendait la joie de sa beauté plus vive et plus ardente. J'éprouvai à la voir un sentiment qui ressemble beaucoup, je crois, à l'exaltation religieuse. Je n'étais plus très jeune; ma fortune, encore incertaine et ballottée par la politique, s'accorda avec mon naturel timide pour m'ôter toute espérance. Je la vis souvent chez son père et elle me montra une sorte d'amitié confiante qui n'était pas de nature à m'encourager. Il était clair que je ne lui donnais pas l'idée de quelqu'un qu'on pût aimer. Pour moi, sa vue et le son de sa voix me jetaient dans un trouble délicieux dont le souvenir seul, mêlé de douleurs, suffit encore à me faire aimer la vie.

Pourtant, le dirai-je ? je souhaitais l'entendre et la voir toujours, ou mourir de délices à son côté, mais je ne souhaitais pas l'épouser. Non, un instinct d'harmonie éloignait de mon cœur tout désir. Ce n'était pas de l'amour alors, dira-t-on. Je ne sais pas ce que c'était, mais je sais que cela emplissait mon âme.

Il faut bien pourtant que le sentiment que j'éprouvais fût un sentiment humain, puisque j'en trouve l'expression ardente et douce çà et là, dans les vers des poètes, dans Virgile, dans Racine, dans Lamartine. Ils ont parlé, j'ai senti. Je n'ai pu que me taire : on ne saura jamais les merveilles accomplies dans mon âme par une enfant. Mon enchantement dura deux ans; puis un jour, elle m'annonça son mariage. Mes sentiments, je l'ai dit, ressemblent beaucoup aux sentiments religieux. Ils sont tristes, mais, dans la tristesse, ils gardent leur douceur. Le chagrin ne les corrompt point. Ils puisent dans la souffrance une saine amertume qui les fortifie. Je l'écoutai avec ce doux courage que donne le renoncement. Elle épousait un homme plus âgé que moi, un veuf, presque un vieillard, que la naissance et la fortune avaient destiné à la vie publique où il montra un génie hautain, une courageuse maladresse. Bien que me mouvant dans une sphère inférieure, je me rencontrai plusieurs fois avec lui dans des occasions considérables. J'appartenais à un parti très voisin du sien : mais nous n'avions pu nous rencontrer sans d'assez rudes froissements, et, bien que les journaux nous confondissent souvent dans les mêmes sympathies, plus souvent dans la même haine, nous n'étions point amis, tant s'en faut, et nous nous évitions l'un l'autre avec grand soin.

J'assistai au mariage. Je vis, je verrai toujours Marie dans sa robe blanche, sous son voile de dentelle; elle était un peu pâle, bien belle. Je fus frappé, sans cause apparente, de l'impression de fragilité que donnait cet être si poétiquement animé. Cette impression, que personne, je crois, n'éprouva que moi, n'était que trop juste. Je n'ai plus jamais revu Marie.

Elle mourut après trois ans de mariage, laissant une petite fille de dix mois. Je ne sais quel sentiment de tendresse émue m'a toujours attiré vers cette enfant, vers la Marguerite de Marie. Un désir invincible de la voir s'empara de moi.

On l'élevait à ***, près Melun, où son père avait un château entouré d'un parc magnifique.

Un jour j'allai à ***, je rôdai longtemps comme un voleur autour du saut-de-loup; enfin je vis par une éclaircie la petite Marguerite dans les bras de sa nourrice en deuil. Elle portait un chapeau à plumes blanches et une pelisse brodée. Je ne saurais dire en quoi elle se distinguait d'une autre enfant; mais je la trouvai la plus belle du monde. C'était l'automne. Le vent qui soufflait dans les arbres faisait tournoyer dans l'air les feuilles mortes. Les feuilles mortes couvraient la longue allée sur laquelle on portait l'enfant toute blanche. Et je fus saisi d'une tristesse infinie. Au bord d'une corbeille de fleurs aussi blanches que les aubes de Marguerite, un vieux jardinier, qui enlevait les feuilles tombées, salua sa petite maîtresse en souriant et, la main sur son râteau, chapeau bas, lui parla avec la gaieté légère des vieux qui ne pensent à rien. Mais elle, sans l'écouter, cherchait de sa petite main, semblable à une étoile, le sein de sa nourrice. Tandis que je m'enfuyais désolé, la nourrice avait repris sa marche et j'entendais les feuilles mortes crier douloureusement sous chacun de ses pas.

10 juillet.

Le président de la Chambre se lève et dit : « Je mets aux voix l'ordre du jour présenté par MM. *** et ***. »

Le président du Conseil dit, de son banc : « Le gouvernement n'accepte pas cet ordre du jour. »

Le président agite sa sonnette et dit : « Une demande de scrutin public a été déposée. Il va être procédé au scrutin. Ceux qui seront d'avis d'adopter l'ordre du jour de MM. *** et *** mettront un bulletin blanc dans l'urne; ceux qui seront d'un avis contraire mettront un bulletin bleu. »

Il se produit un grand mouvement dans la salle. Les députés se précipitent en désordre vers les couloirs, cependant que les huissiers promènent à travers les bancs les urnes de fer-blanc. Les couloirs s'emplissent de pas, de gestes et de cris. Il passe des jeunes gens graves et des vieillards agités. Des appels et des chiffres volent en l'air :

« Onze voix.

— Non, neuf voix.

— Il y a pointage.

— Huit voix contre.

— Mais non ! Mais non ! huit voix pour.

— Comment ? L'amendement est adopté ?

— Oui.

— Le ministère est battu.

— Oui.

— Ah ! »

On entend des couloirs retentir la sonnette du président ; la salle se remplit peu à peu.

Le président debout, un papier à la main, agite une dernière fois sa sonnette et dit :

« Voici le résultat du dépouillement du scrutin public sur l'ordre du jour proposé par MM. *** et ***. Nombre de votants, quatre cent soixante-dix; majorité absolue, deux cent trente-six; pour l'adoption, deux cent trente-neuf; contre, deux cent trente et un. La Chambre a adopté. »

Une rumeur immense s'élève. Les ministres se lèvent et quittent leur banc. Deux ou trois amis leur serrent timidement la main. C'est fait, ils sont battus. Ils tombent. Je disparais avec eux. Je ne suis plus rien. J'en prends mon parti; dire que j'en suis heureux, ce serait trop dire. C'est la fin de mes tracas, de mes soucis et de mes fatigues. Je redeviens libre; mais ce n'est pas volontairement. Mon repos, ma liberté, c'est la défaite qui me les rend. Défaite honorable, mais pénible, puisque nos idées sont frappées avec nous. Que de choses tombent par notre chute, hélas ! L'économie, la sécurité publique, la paix des consciences et cet esprit de prudence, cette suite dans le conseil qui fait les nations fortes. Je cours serrer la main à mon ministre, fier d'avoir bien servi un si ferme maître. Puis, fendant la foule amassée aux abords du Palais-Bourbon, je traverse la Seine et me dirige lentement vers la Madeleine.

À l'entrée du boulevard, je rencontre une charrette de fleurs arrêtée le long du trottoir. Entre les deux brancards, une jeune fleuriste faisait des bouquets de violettes. Je m'approchai d'elle et lui demandai un de ses bouquets. Je vis alors une fillette de quatre ans assise dans la charrette au milieu des fleurs. Elle essayait avec ses petits doigts de faire des bouquets à l'exemple de sa mère. Elle leva la tête à mon approche et me tendit en souriant toutes les fleurs qu'elle avait dans les mains. Et, quand elle me les eut toutes données, elle m'envoya des baisers.

J'en fus extrêmement flatté. Il faut, me dis-je, que j'aie l'air aimable pour que ma bienvenue me rie dans les yeux d'un enfant.

« Comment t'appelles-tu ? lui demandai-je.

— Marguerite », répondit sa mère.

Il était six heures et demie. Un kiosque était tout proche. J'y achetai un journal. Au premier coup d'œil que j'y jetai, je vis que j'étais pris à partie. Le rédacteur politique, après avoir traité mon ministre d'homme néfaste, me qualifiait moi-même, en première page, de figure sinistre. Mais je ne pus le croire, après les baisers de Marguerite la fleuriste. Je me sens léger, mais un peu vide; content et triste.

Huit jours après je partais pour ***, près Melun, où j'avais loué une maisonnette près le château où Marguerite fut élevée. C'est pour moi le plus beau pays du monde.

Aux approches de la station, je mis la tête à la portière. La rivière argentée coulait entre les saules et s'allait perdre en courbes gracieuses. Mais on pouvait deviner longtemps encore les sinuosités de son cours aux lignes de peupliers qui la bordaient. Une flèche et deux clochers, s'élevant dans la verdure, marquaient la place de la ville. Alors je m'écriai : Ici est le lieu de mon repos et la pierre où je poserai ma tête !

25 juillet.

Saint-Jean est ma promenade préférée. C'est là qu'à cent pas de la ville est un petit bois, ou plutôt un groupe à demi sauvage de charmilles, d'érables, de frênes, de tilleuls et de lilas, un bouquet chantant dans la brise. Du jour où je le découvris, je le trouvai charmant. Je me mis à l'aimer, je me promis bien de le connaître arbre par arbre, d'en découvrir les plus humbles plantes, les coronilles et les saxifrages, et de voir si le sceau-de-Salomon n'y croissait pas à l'ombre des gros arbres. Je tins parole et je commence à connaître aujourd'hui la flore et la faune de mon petit bois. J'étais couché dans l'herbe depuis une heure, mon livre à la main, quand j'entendis de faibles cris. Je levai les yeux et j'aperçus une fillette qui pleurait à côté d'un vieillard. C'était bien un vieillard : il avait la face longue et blême, les yeux mornes, la bouche pendante. Il tenait à la main une corde à sauter et regardait fixement l'enfant. Puis il se détourna pour s'essuyer une larme sur la joue. Je vis alors en plein son visage, je le reconnus, c'était X***, le père de Marguerite. Il me fit peur, tant la maladie et la douleur avaient ruiné sa fière nature. Son visage exprimait un véritable désespoir et il semblait appeler au secours.

Je m'approchai de lui et, sur l'offre que je lui fis de le servir s'il m'était possible, il m'expliqua d'une langue embarrassée que le ballon avec lequel jouait sa fille s'était niché dans un arbre, qu'alors il avait jeté sa canne en l'air pour l'atteindre et que la canne n'était pas redescendue. Il était consterné.

Cet homme avait tenu en échec, quelques années auparavant, la diplomatie de l'Angleterre et imprimé un mouvement vigoureux à l'action de la France en Europe. Puis, il était tombé avec honneur, suivi dans sa retraite par une grande et honorable impopularité. Et maintenant, c'était une fatalité supérieure à son génie qu'un ballon perché dans un arbre. Voilà la fragilité humaine ! Quant à sa fille, la fille de Marie, je n'osais, par un pressentiment, la regarder en face. Mais, quand je l'eus regardée, je ne pus me dégager de ma contemplation douloureuse. Elle n'était plus la rose et blanche enfant que j'avais vue aux Champs-

Élysées. Grandie, maigrie, elle avait le visage jaune comme la cire des cierges. Ses yeux languissants étaient entourés d'un grand cercle bleu. Et ses tempes... Quelle invisible main avait posé sur ses tempes deux funèbres violettes ?

« Là ! là ! là ! » disait le vieillard en étendant un bras désobéissant qui s'égarait dans toutes les directions.

Il fallait tout d'abord lui porter secours.

Au moyen d'une pierre que je lançai dans l'arbre, j'eus bien vite fait de dégager le ballon; X*** le regarda tomber avec une joie d'enfant. Il ne m'avait pas reconnu. Je m'échappai pour lui éviter le travail de me remercier, et pour échapper moi-même à l'angoisse de voir la fille de Marie telle qu'elle était devenue.

10 août.

Je sors peu. Je ne suis plus sensible à la beauté des choses. Ou plutôt les spectacles voluptueux ou splendides de la nature me font mal. Je barbouille du papier toute la journée et j'amuse mon ennui avec les images à demi effacées de mon enfance. Ce que j'écris sera brûlé; je serais confus que des pages trempées de larmes et de rêves tombassent sous les yeux des gens graves. Qu'y verraient-ils ? Des figures d'enfants...

20 août.

Aujourd'hui je suis allé faire une promenade le long de la rivière, qui reflète dans ses eaux bleues les saules et les maisons blanches de ses rives. L'eau qui court a des séductions. Elle entraîne à son fil clair les oisifs qui rêvent.

La rivière m'a conduit jusqu'au château de ***, qui vit les fiançailles et la mort de Marie et la naissance de Marguerite. Mon cœur battait un glas dans ma poitrine quand je revis cette paisible habitation qui, après avoir contenu un si grand deuil, n'offre, sur sa façade blanche ornée de colonnes, que les images d'une douce richesse et d'un repos fastueux. Pour ne pas tomber, je me suis tenu aux barreaux de la grille du parc et j'ai regardé les grandes pelouses qui s'étendent jusqu'aux marches du perron qu'effleura la robe de Marie. J'étais là depuis quelques minutes quand la grille s'ouvrit. X*** sortit.

Il était accompagné, cette fois encore, de son enfant qui, aujourd'hui, ne marchait plus. Elle était couchée dans une petite voiture que roulait une gouvernante. La tête sur un oreiller brodé, dans l'ombre de la capote baissée, elle ressemblait à ces martyres de cire, enjolivées de filigrane d'argent, dont les religieuses espagnoles contemplent, dans leurs cellules, les plaies et les bijoux. Le père, élégamment vêtu, montrait un visage fardé, tout barbouillé de larmes. Il s'avança vers moi à pas saccadés, me prit la main et me conduisit près de la fillette :

« N'est-ce pas, monsieur, me dit-il avec le ton d'un enfant

qui supplie, n'eſt-ce pas qu'elle n'eſt point changée depuis que vous l'avez vue. C'était le jour où elle avait jeté son... ballon dans un... un arbre... »

La petite voiture, que nous suivions en silence, s'arrêta dans le bois Saint-Jean. La gouvernante baissa[1] la capote. Marguerite, renversée en arrière, les yeux grands d'épouvante, étendait les bras pour écarter quelque chose que nous ne voyions pas. Oh ! je devinai quelle main invisible, après s'être posée sur la mère, touchait alors la fille. Je tombai à genoux. Mais le fantôme s'éloigna. Marguerite souleva la tête et reposa doucement. Je cueillis des fleurs et je les posai pieusement à ses genoux. Elle sourit. La voyant renaître, j'essayai de l'amuser avec des fleurs et des chansons. L'air et le plaisir lui rendirent le goût de vivre qu'elle avait perdu. Au bout d'une heure, ses joues étaient presque roses.

Quand, l'air ayant fraîchi, il fallut reconduire la petite malade au château, et que nous dûmes nous séparer, son père me pressa la main et dit d'une voix suppliante :

« Revenez demain. »

21 août.

Je suis revenu le lendemain. Sur le perron du château Empire, j'ai rencontré le médecin de la famille ***. Je le connais un peu. C'eſt un maigre vieillard qu'on rencontre partout où se joue de la bonne musique. Il semble sans cesse écouter un concert intérieur. Il eſt conſtamment sous l'empire des sons et ne vit que par l'oreille. Il eſt connu pour soigner spécialement les maladies nerveuses. Les uns disent qu'il a du génie, les autres le regardent comme un fou. Il eſt au moins certain que ce bonhomme eſt étrange. Quand je le vis, il descendait le perron en marquant du pied, du doigt et des lèvres, un rythme savant.

« Eh bien ! doƈteur, lui dis-je, avec un involontaire tremblement dans la voix, et votre petite malade ?

— *Elle veut vivre* », me répondit-il.

Je le pressai :

« Vous nous la sauverez, n'eſt-ce pas ?

— Je vous dis qu'elle veut vivre.

— Et vous pensez, doƈteur, qu'on vit tant qu'on le veut bien, et que nous ne pouvons mourir sans notre consentement.

— C'eſt évident. »

Je l'accompagnai sur l'allée sablée. Il s'arrêta un moment à la grille, baissa la tête comme un homme qui pense, et répéta :

« C'eſt évident ! Mais il faut vouloir réellement et non pas croire qu'on veut. La volonté consciente eſt une illusion qui ne peut tromper que le vulgaire. Ceux qui croient qu'ils veulent parce qu'ils disent : je veux, sont des imbéciles. Il n'y a de volonté véritable que celle à laquelle concourent toutes les forces obscures de notre être. Elle eſt inconsciente, elle eſt divine. Elle fait le monde. C'est par elle que nous sommes. Quand elle défaille, on cesse d'être. Le monde *veut*. Sans cela, il ne serait pas. »

Nous fîmes quelques pas.

« Tenez, ajouta-t-il en frappant du bout de sa canne l'écorce d'un chêne qui étendait sur nous sa large tête ronde et grise. Si ce gaillard-là n'avait pas *voulu* pousser, je vous demande un peu quelle force aurait pu l'y contraindre. »

Je n'écoutais plus :

« Ainsi vous espérez, lui dis-je, que Marguerite... »

Mais c'était un entêté petit vieillard.

Il s'éloigna en murmurant : « Le triomphe de la volonté, c'est l'amour ».

Et je le vis qui s'en allait, trottinant, le long de la berge, en battant la mesure.

Je retournai rapidement au château et je trouvai la petite Marguerite. Dès que je la vis, je compris qu'elle voulait vivre. Elle était bien pâle et bien maigre encore. Mais ses yeux semblaient moins blancs et moins grands, et ses lèvres, naguère muettes et mortes, s'égayaient de mouvement et de bruit.

« Vous arrivez bien tard, me dit-elle. Venez ici. J'ai un théâtre et des acteurs. Jouez-moi une belle pièce. On dit que *Le Petit Poucet*, c'est joli. Jouez-moi *Le Petit Poucet*. »

Vous pensez bien que je ne refusai pas. Pourtant, je rencontrai de grandes difficultés dès le début de cette entreprise. Je fis remarquer à Marguerite qu'elle n'avait pour acteurs que des princes et des princesses et qu'il nous fallait des bûcherons, des cuisiniers et un certain nombre de personnes de toute condition.

Mais elle réfléchit un moment; puis elle me dit :

« Un prince habillé en cuisinier, ça doit ressembler beaucoup à un cuisinier, dis ?

— J'en conviens.

— Eh bien ! ajouta-t-elle, nous allons faire des bûcherons et des cuisiniers avec les princes qui sont de trop ! »

Et nous le fîmes. Ô sagesse !

La bonne journée que nous passâmes ensemble ! Elle fut suivie de beaucoup d'autres. J'ai vu Marguerite se rattacher de jour en jour à la vie. Elle est guérie aujourd'hui. J'ai ma part dans ce miracle. J'ai retrouvé une parcelle de ce don qui abondait chez les apôtres quand ils guérissaient par l'imposition des mains.

. . . .

NOTE DE L'ÉDITEUR. J'ai trouvé ce manuscrit dans une voiture du chemin du fer du Nord. Je le publie sans altération d'aucune sorte. J'ai seulement ôté les noms propres qui sont trop connus.

LES DÉSIRS
DE JEAN SERVIEN

I

Jean Servien naquit dans une arrière-boutique de la rue Notre-Dame-des-Champs[1]. Son père était relieur[2] et travaillait pour les couvents. Jean fut un petit enfant chétif que sa mère nourrissait tout en cousant les livres, feuille à feuille, avec l'aiguille courbe. Un jour qu'elle traversait la boutique en chantonnant une romance dont les paroles exprimaient pour elle la splendeur confuse des ambitions maternelles, le pied lui glissa sur le carreau humide de colle.

Elle leva instinctivement le bras pour protéger l'enfant qu'elle tenait contre son sein, et, de sa poitrine découverte, heurta rudement l'angle de fonte de la presse. Elle ne sentit pas d'abord une très vive douleur, mais il lui vint au sein un abcès qui se ferma et se rouvrit, puis une fièvre hectique[3] qui l'étendit au lit.

Là, pendant les heures infinies du soir, de son seul bras libre, elle *entourait son petit enfant* en lui murmurant d'un souffle embrasé quelques lambeaux de sa chère romance :

Comme un pêcheur, quand l'aube est près d'éclore,
Vient épier le réveil de l'aurore...

Elle aimait surtout le refrain régulier et changeant dont elle berçait son Jean qui devenait tour à tour, au gré de la chanson, général, avocat et « lévite » en espérance.

En femme du peuple qui ne connaissait les hautes fonctions sociales que par quelques éclats de leur pompe extérieure et par les révélations informes des portiers, des valets et des cuisinières, elle rêvait son fils à vingt ans plus beau qu'un archange et couvert de décorations, dans un salon plein de fleurs, au milieu de femmes du monde ayant toutes d'aussi bonnes manières que les actrices du Gymnase[1] :

En attendant, sur mes genoux,
Beau cavalier, endormez-vous.

Puis elle contemplait ce même fils, debout cette fois dans le prétoire, l'hermine à l'épaule, sauvant par son éloquence la vie et l'honneur de quelque illustre client :

En attendant, sur mes genoux,
Bel avocat, endormez-vous.

Elle le voyait ensuite en brillant uniforme, dans la mitraille, sur un cheval cabré, remportant une victoire, comme ceux dont elle avait vu les portraits, un dimanche à Versailles :

En attendant, sur mes genoux,
Beau général, endormez-vous.

Mais quand la nuit envahissait la chambre, une nouvelle image étalait à ses yeux d'incomparables splendeurs.

Dans sa maternité à la fois orgueilleuse et humble, elle contemplait, du fond obscur d'un sanctuaire, son fils, son Jean, revêtu d'ornements sacerdotaux, élevant le ciboire dans la nef parfumée par les battements d'aile des chérubins à demi visibles. Et elle frémissait comme la mère d'un dieu, cette pauvre ouvrière malade dont l'enfant chétif languissait près d'elle dans le mauvais air d'une arrière-boutique :

En attendant, sur mes genoux,
Mon beau lévite, endormez-vous.

Un soir, comme son mari lui tendait une potion, elle lui dit avec un accent de regret :

« Pourquoi m'as-tu appelée ? Je voyais la Sainte Vierge dans des fleurs, des pierreries, des lumières. C'était si beau ! »

Elle ajouta qu'elle ne souffrait plus, qu'elle voulait que son Jean apprît le latin. Et elle mourut.

II

Le veuf, qui était beauceron[1], envoya son fils dans le département d'Eure-et-Loir, au village, chez ses parents. Quant à lui, robuste et résigné, économe par instinct comme un patron et comme un père, il ne quittait le tablier de serge verte que pour aller le dimanche au cimetière. Il pendait une couronne au bras de la croix noire et, s'il faisait chaud, s'asseyait, au retour, sur le boulevard, contre la grille d'un marchand de vins. Là, en vidant lentement son verre, il regardait passer les mères et les petits enfants.

Ces jeunes femmes qu'il voyait venir et s'éloigner lui étaient de rapides images de sa Clotilde et lui inspiraient de la mélancolie sans qu'il s'en rendît compte, car il n'était pas habitué à réfléchir.

Le temps coula. Peu à peu, le souvenir de la morte prit dans la mémoire du relieur un caractère de douceur et de vague. Une nuit il essaya, sans y réussir, de se représenter la figure de Clotilde, alors il se dit qu'il pourrait peut-être retrouver les traits de la mère sur le visage de l'enfant, et il lui vint un grand désir de revoir et de reprendre ce reste de celle qui n'était plus.

Le matin, il écrivit à sa vieille sœur la Servien une lettre pour la prier de venir s'installer avec le petit dans la rue Notre-Dame-des-Champs. La Servien, qui avait vécu longtemps à Paris, à la charge de son frère, car elle était paresseuse avec délices, consentit à revenir vivre dans une ville où, disait-elle, les gens sont libres et ne dépendent point de leurs voisins.

Un soir d'automne, elle fit son entrée par la gare de l'Ouest[2] avec son Jean et ses paniers, droite, sèche, l'œil enflammé, prête à défendre le petit contre des

périls imaginaires. Le relieur embrassa l'enfant et dit :
« C'est bon ! »
Puis il le mit à califourchon sur ses épaules et, lui recommandant de se bien tenir aux cheveux de son père, il l'emporta fièrement à la maison.
Jean avait sept ans. Des habitudes furent bientôt prises. À midi, la vieille fille mettait son châle et s'en allait avec l'enfant du côté de Grenelle[1].
Ils suivaient tous deux les larges allées bordées de murs écaillés et de cabarets peints en rouge. Le plus souvent un ciel gris pommelé comme les percherons qui passaient recouvrait avec une douce tristesse le faubourg tranquille. Elle s'asseyait sur un banc et, pendant que le petit jouait au pied d'un arbre, elle tricotait un bas et conversait avec un invalide à qui elle confiait qu'il était dur de vivre chez les autres.
Un jour, un des derniers beaux jours de l'automne, Jean accroupi à terre piquait dans le sable humide et fin des écorces de platanes. Cette puissance d'illusion qui fait vivre les enfants dans un miracle perpétuel changeait pour lui une poignée de terre et de bois en de merveilleuses galeries, en des châteaux féeriques; il en battit des mains; il en bondit de joie. Alors, il se sentit pris dans quelque chose de doux et de parfumé. C'était la robe d'une dame qui passait et dont il ne vit rien, sinon qu'elle souriait en l'écartant doucement. Il alla dire à sa tante :
« Comme elle sent bon, la dame ! »
La Servien murmura que les grandes dames ne valaient pas mieux que les autres et qu'elle s'estimait plus, avec sa jupe de mérinos[2], que toutes ces mijaurées en falbalas.
Elle ajouta :
« Bonne renommée vaut mieux que ceinture dorée. »
Mais Jean ne comprenait pas ce langage. Cette soie parfumée qui avait effleuré sa joue lui laissa le souvenir doux et vague d'une caresse dans une apparition.

III

Un soir d'été, comme le relieur prenait le frais devant sa porte, un gros homme au nez rouge, assez vieux et qui portait un gilet écarlate taché de graisse, le salua avec politesse et mystère et lui dit d'une voix chantante à laquelle l'artisan lui-même reconnut un accent italien :

« Monsieur, j'ai traduit la *Jerusalem liberata*, le chef-d'œuvre immortel de Torquato Tasso[1]. »

Et il avait en effet un gros cahier de papier sous le bras.

« Oui, monsieur, j'ai consacré mes veilles à cette tâche glorieuse et ingrate. Sans famille, sans patrie, j'ai écrit ma traduction dans ces soupentes obscures et glacées, sur du papier à chandelle[2], sur des cartes à jouer, sur des cornets à tabac ! Voilà quelle a été la tâche du proscrit. Vous, monsieur, vous vivez dans votre pays, au sein d'une famille florissante, du moins je le souhaite. »

À ces mots, qui le frappaient par leur ampleur et leur étrangeté, le relieur songea à la morte qu'il avait aimée et il la revit, roulant ses beaux cheveux, comme aux premiers matins.

Le gros homme poursuivit :

« Je dis : l'homme est une plante que les orages tuent en le déracinant.

« Voici votre fils, n'est-il pas vrai ? Il vous ressemble. »

Et posant la main sur la tête de Jean, qui, pendu à la veste de son père, s'étonnait de ce gilet rouge et de ce parler chantant, il demanda si l'enfant apprenait bien ses leçons, s'il devenait un savant, s'il n'étudierait pas bientôt la langue latine.

« Cette noble langue, ajouta-t-il, dont les monuments inimitables m'ont fait si souvent oublier mes infortunes.

« Oui, monsieur, j'ai souvent déjeuné d'une page de Tacite et soupé d'une satire de Juvénal. »

À ces mots, il imprima subitement la tristesse sur sa face enluminée, et baissant la voix :

« Pardonnez-moi, monsieur, si je vous tends le casque de Bélisaire[1]. Je suis le marquis Tudesco, de Venise. Quand j'aurai reçu du libraire le prix de mon labeur, je n'oublierai pas que vous m'aurez assisté d'une pièce de monnaie dans mes plus dures épreuves. »

Le relieur, fort endurci contre tous les mendiants qui les soirs d'hiver entraient avec la bise dans sa boutique, éprouvait, au contraire, une sorte de sympathie et de respect pour le marquis Tudesco. Il lui glissa une pièce de vingt sous dans la main.

Alors, le vieillard, d'un air inspiré :

« Il y a, dit-il, une nation malheureuse, l'Italie[2]; une nation généreuse, la France; et un lien qui les unit, l'humanité.

« Quelle vertu ! l'humanité ! l'humanité ! »

Cependant le relieur songeait aux dernières paroles de sa femme : « Je veux que mon Jean apprenne le latin. » Il hésita, puis, voyant M. Tudesco saluer en souriant pour partir :

« Monsieur, lui dit-il, si vous vouliez donner deux ou trois fois par semaine des leçons de français et de latin à cet enfant, nous pourrions nous entendre. »

Le marquis Tudesco ne parut point surpris. Il sourit et dit :

« Certes, monsieur, puisqu'il vous est agréable, je me ferai une grande joie d'initier votre fils aux mystères du rudiment latin.

« Nous ferons de lui un homme et un citoyen, et Dieu sait jusqu'où ira mon élève, en ce beau pays de liberté et d'humanité. Il peut devenir ambassadeur, mon cher monsieur. Je dis : savoir c'est pouvoir.

— Vous reconnaîtrez la boutique, dit le relieur; il y a mon nom sur l'enseigne. »

Le marquis Tudesco, ayant caressé l'oreille du fils et salué le père avec une familiarité noble, s'éloigna d'un pas encore léger.

+ Spinoza : la connaissance en vérité est la puissance

IV

Le marquis Tudesco revint, sourit à la Servien qui lui lançait des regards empoisonnés, salua le relieur de l'air d'un protecteur discret et fit acheter des grammaires.

Il donna d'abord ses leçons assez régulièrement. Il s'était pris de goût pour ces récitations de noms et de verbes qu'il écoutait d'un air vénérable et propice, en déployant lentement son cornet de tabac, et qu'il entrecoupait de réflexions badines dont la bonhomie, relevée d'une pointe de férocité, trahissait son génie de sacripant bon apôtre. Il était facétieux et grave, et feignait longtemps de ne pas voir sur la table le verre rempli de vin à son intention.

Le relieur, le considérant comme un homme capable mais désordonné, le traitait avec beaucoup d'égards, car les vices de conduite ne nous choquent guère que chez des voisins, ou tout au plus chez des compatriotes. Jean s'amusait à son insu des malices et de l'éloquence de ce vieillard, qui réunissait en lui le prélat et le bouffon. Les récits de ce rare conteur passaient l'intelligence de l'enfant mais non sans y laisser certaines impressions confuses d'audace, d'ironie et de cynisme. Seule la Servien gardait à cet homme une haine et un mépris entiers. Elle ne s'expliquait point sur lui, mais elle opposait un visage rigide, à longues peaux, et deux yeux de flamme aux salutations courtoises que le professeur ne manquait jamais de lui faire, avec un tour particulier de ses petites prunelles grises.

Un jour le marquis Tudesco entra dans la boutique en titubant; ses yeux qui pétillaient et sa bouche arrondie par une disposition à l'éloquence et à la volupté, son nez capable, ses joues roses de beau vieillard, ses mains grasses entrouvertes et son gros ventre lestement porté lui donnaient, sous le veston et le feutre, une parfaite ressemblance avec un petit dieu agreste de ses ancêtres, le vieux Silène.

La leçon fut, ce jour-là, vague et capricieuse. Jean récitait d'un ton monotone : *moneo, mones, monet...*

monebam, monebas, monebat... Tout à coup, M. Tudesco se poussa en avant, fit horriblement grincer sa chaise et, posant le bras sur l'épaule de son élève, lui dit :

« Jeune enfant, je vais te donner aujourd'hui une leçon plus profitable que tout le misérable enseignement dans lequel je me suis renfermé jusqu'à présent.

« C'est une leçon de philosophie transcendante : Écoute-moi bien, jeune enfant. Si tu t'élèves un jour au-dessus de ta condition et si tu parviens à prendre connaissance de toi-même et du monde, tu reconnaîtras que les hommes n'agissent que par égard à l'opinion de leurs semblables, en quoi ils sont, *per Bacco*[1] ! de bien grands insensés. Ils craignent qu'on les blâme et souhaitent qu'on les loue.

« Ils ne savent donc pas, les sots, que le monde ne se soucie pas plus d'eux que d'une noisette et que leurs plus chers amis les verront glorifiés ou déshonorés sans perdre une bouchée de leur festin. Apprends de moi, *caro figliuolo*[2], que l'opinion ne vaut pas le sacrifice d'un seul de nos désirs. Si tu mets cela dans ta tête, tu seras un homme fort et tu pourras te vanter d'être l'élève du marquis Tudesco, de Venise, le proscrit qui a traduit dans une soupente glacée, sur du papier à chandelles, le poème immortel de Torquato Tasso. Quel labeur ! »

L'enfant écoutait, sans le comprendre, ce bavardage d'ivrogne philosophe; mais M. Tudesco lui faisait l'effet d'un homme singulier, effrayant, et plus grand de cent pieds que tous ceux qu'il avait encore vus.

Le professeur s'échauffait :

« Eh ! s'écria-t-il, en se levant, quel prix l'immortel et infortuné Torquato Tasso remporta-t-il de tout son génie ? Quelques baisers furtifs sur les marches d'un palais[3]. Et il mourut de faim dans un infâme hôpital. Je dis : l'opinion ! l'opinion, cette reine du monde : je lui arracherai sa couronne et son sceptre. L'opinion, elle règne sur la pauvre Italie, comme sur le reste du monde. Ah ! l'Italie ! quelle fulgurante épée viendra donc un jour briser ses fers, comme je brise cette chaise ? »

En effet il avait saisi sa chaise par le dossier et il la frappait rudement contre le plancher.

Mais il s'arrêta tout à coup, sourit finement et dit à mi-voix :

« Non, non, marquis Tudesco, laissez, laissez cette pauvre Venise en proie à la barbarie tudesque. Les fers de la patrie, c'est le gagne-pain du proscrit. »

Le menton dans sa cravate, il riait en lui-même et son gilet se soulevait par saccades.

La Servien, qui assistait à la leçon en tricotant un bas et qui depuis quelques instants, ses lunettes relevées au milieu du front, observait le professeur d'un air stupéfait et défiant, s'écria comme en elle-même :

« Si ce n'est pas abominable de venir chez les gens quand on est ivre ! »

M. Tudesco ne sembla pas l'entendre. Il était redevenu calme et facétieux.

« Jeune enfant, dit-il, écrivez la matière d'un thème. Écrivez : " La pire des choses... la pire des choses... écrivez... est une femme vieille et méchante. " »

Et, se levant, il salua la Servien avec la grâce noble d'un prélat, donna une tape amicale sur la joue de l'enfant, puis sortit.

Mais à compter de la leçon suivante, il étala tous ses respects et toutes ses grâces devant la vieille femme. Il arrondissait les coudes, mettait sa bouche en cœur, faisait la roue. Elle ne se rendait pas et gardait une immobilité haineuse de vieille chouette.

Mais un jour qu'elle cherchait ses lunettes, ce qui était son occupation ordinaire, M. Tudesco lui offrit les siennes et l'obligea à les essayer; elle les trouva à sa vue et en éprouva pour lui un peu de sympathie. L'Italien, profitant de cet avantage, entra en conversation et dit habilement du mal des riches. La bonne femme l'approuva. Il s'ensuivit un petit commerce de menus propos. Tudesco avait des remèdes contre la pituite[1]. Cela aussi fut bien reçu. Il redoubla de câlineries, et la concierge, qui le voyait sourire sur le pas de la porte, dit à la tante Servien : « C'est votre amoureux. » La tante avait beau dire qu'à son âge on n'avait pas besoin d'amoureux, elle était flattée. M. Tudesco y gagna ce qu'il voulait, c'est-à-dire d'avoir, à chaque leçon, son verre rempli jusqu'au bord. On lui laissait même, par politesse, le litre quand il n'était qu'à moitié plein. Mais il avait le tort de le vider.

Il demanda un jour du fromage. « Ce qu'il en faut, dit-il, pour le repas d'une souris. Les souris aiment, comme moi, l'ombre, le silence et les livres; elles vivent de miettes, comme moi. »

Ces façons de sage indigent firent un mauvais effet; la tante redevint muette et sombre.

M. Tudesco disparut au printemps.

V

Le relieur, bien qu'il gagnât peu, se résolut à faire entrer son Jean dans une pension où l'enfant pût recevoir un enseignement régulier et complet. Il choisit un externat voisin du Luxembourg, parce qu'il vit la tête d'un acacia sur le mur et que la maison lui sembla gaie.

Jean, nouveau et petit (il avait alors onze ans), garda pendant quelques semaines la stupeur dont l'accablaient la brutalité joyeuse des écoliers et l'épaisse gravité des maîtres. Peu à peu, il s'accoutuma à sa tâche, s'appropria quelques-unes des ruses par lesquelles on évite les punitions, inspira à ses camarades assez d'indifférence pour qu'ils ne lui volassent plus sa casquette[1] et apprit à jouer aux billes. Mais il n'aimait guère la pension et, à cinq heures du soir, quand la prière était dite et la gibecière bouclée, il se jetait d'un élan joyeux dans la rue toute dorée par le soleil couchant[2]. Dans l'ivresse de la liberté, il faisait de grands bonds, voyait tout, gens et bêtes, voitures et boutiques, sous un charme, et il en mordait de plaisir le bras, la main, de la Servien qui l'accompagnait en portant la gibecière et le panier.

Les soirées étaient paisibles. Jean faisait des bonshommes et rêvait sur ses cahiers à un bout de la table que la Servien achevait de desservir. Le père lisait. En vieillissant il avait pris goût aux livres; il lisait les fables de La Fontaine, l'*Histoire de France* d'Anquetil[3] et le *Dictionnaire philosophique* de Voltaire, « pour se rendre compte », disait-il. Sa sœur tentait vainement de l'interrompre par quelques aigres observations sur les voisins ou sur « le gros homme qui n'était pas revenu », car elle s'était obstinée à ne point retenir le nom du marquis Tudesco.

VI

Jean fut bientôt occupé tout entier par le catéchisme, les sermons, les cantiques qui précèdent la première communion. Enivré de chants d'orgue, parfumé d'encens et de fleurs, chargé de scapulaires, de chapelets, de médailles et d'images, il prit, comme ses camarades, un air important et un ton de retenue. Il se montrait dur et froid envers sa tante qui ne parlait pas avec assez d'exaltation du « grand jour ». Bien qu'elle eût mené longtemps son neveu chaque dimanche à la messe, elle n'était pas dévote. Probablement elle confondait dans une commune haine le luxe des riches et les pompes du culte. On l'avait plus d'une fois entendue sur les bancs des boulevards déclarer à quelque invalide qu'elle avait de la religion, mais qu'elle n'aimait pas les prêtres, qu'elle priait Dieu chez elle et que ses prières valaient bien celles qu'on faisait dans les églises en étalant des crinolines. Le père s'associait mieux à la nouvelle humeur de l'enfant. Il se sentait intéressé et presque ému. Il tenait à relier lui-même un livre de messe pour la cérémonie.

Quand vinrent les jours de retraites et de confessions générales. Jean s'enfla d'un vague orgueil. Il attendait quelque chose d'extraordinaire. Le soir, en sortant de Saint-Sulpice, avec deux ou trois de ses camarades, il se sentait enveloppé d'une atmosphère de miracles ; il lui semblait nécessaire que quelque chose de divin s'accomplît. Ces enfants se racontaient des histoires étranges et pieuses qu'ils avaient lues dans quelque petit livre d'édification. C'était l'apparition d'un moine sorti de la tombe avec les pieds et les mains percés et le côté ouvert ; ou quelque religieuse, belle comme les figures voilées des tableaux d'église, expiant dans le feu de l'enfer des péchés mystérieux. Jean avait son histoire préférée. Il contait en frissonnant que saint François de Borgia[1], après la mort de la reine Isabelle[2], qui était d'une beauté magnifique, dut faire ouvrir le cercueil où elle reposait dans sa robe brodée de perles; son imagination refaisait cette morte royale, la revêtait de toutes les magies de l'inconnu et épiait sur elle les enchantements de la beauté dans les abîmes de la mort[3]. Et tout en parlant, il entendait, par le crépuscule, passer des soupirs dans les platanes du Luxembourg.

Le grand jour vint. Le relieur, qui assistait à la cérémonie avec la Servien, songea à sa femme, et pleura.

Il approuva entièrement l'exhortation du curé, dans laquelle le jeune homme sans foi était comparé au coursier sans frein qui vole aux précipices. Cette comparaison le frappa; et il lui arriva longtemps après de la citer avec complaisance. Il résolut de lire la Bible, comme il avait lu Voltaire, « pour se rendre compte ».

Jean quitta la nappe de lin, surpris d'être le même et déjà déçu. Il ne devait plus jamais ressentir la ferveur première.

VII

Les vacances approchaient. Par un midi brûlant, Jean était assis à l'ombre sur le parapet qui bordait la cour du côté du jardin du maître. Il jouait mollement à la marelle phénicienne[4] avec un camarade joli comme une fille sous ses cheveux bouclés et dans sa veste de coutil écru.

« Ewans[5], lui dit Jean, en poussant un petit caillou le long d'une des lignes tracées au fusain sur la margelle de pierre, *Ewans, tu* dois bien t'ennuyer d'être pensionnaire ?

— Maman ne peut pas me garder chez elle », répondit Ewans.

Servien demanda pourquoi.

« Parce que... », répondit Ewans.

Il regarda longtemps le caillou blanc qui lui servait à jouer, puis il ajouta :

« Maman voyage.

— Et ton père ?

— Il eſt en Amérique. Je ne l'ai jamais vu. Tu as perdu. Recommençons. »

Servien, qui s'intéressait à Mme Ewans à cause des magnifiques boîtes de bonbons qu'elle apportait à son enfant, fit cette queſtion :

« Tu l'aimes bien, ta mère ? »

L'autre répondit :

« Pardi ! »

Puis il ajouta :

« Il faudra que tu viennes me voir un jour, pendant les vacances, chez maman. Tu verras : c'eſt très joli chez nous ; il y a des canapés et des coussins à n'en pas finir. Mais il ne faudra pas tarder, parce que nous irons bientôt à la mer. »

Un maigre domeſtique parut dans la cour et jeta au milieu des cris aigus des écoliers un appel que n'entendirent pas les deux joueurs de marelle. Un gros garçon, qui se tenait par punition seul contre le mur avec la tranquillité de l'habitude, souffla dans ses deux mains ajuſtées en cornet :

« Ewans, on te demande au parloir. »

Le surveillant s'approcha :

« Monsieur Garneret, dit-il, vous ferez ce soir une demi-heure de piquet pour avoir rompu le silence qui vous était ordonné. Monsieur Ewans, allez au parloir. »

Ewans battit des mains, sauta de joie et dit à son ami :

« C'eſt maman ! Je lui dirai que tu viendras à la maison. »

Servien, rougissant de plaisir, balbutia qu'il demanderait la permission à son père. Mais Ewans avait déjà traversé la cour en laissant derrière lui un sillage de poussière.

La permission fut aisément donnée par M. Servien, bien persuadé que tous les enfants admis dans un pensionnat si coûteux étaient issus de parents bien situés dans le monde et dont la fréquentation ne pouvait être qu'avantageuse aux manières présentes et à l'établissement futur de son fils.

Les renseignements que Jean lui donna sur Mme Ewans devaient paraître excessivement vagues, mais le relieur était accoutumé à ce que les mœurs des gens riches fussent enveloppées pour lui d'un impénétrable mystère.

La tante Servien fit à ce sujet quelques observations très générales touchant les gens qui vont en voiture. Puis elle se rappela l'histoire d'une grande dame qui, comme Mme Ewans, avait mis son fils en pension et qui, de plus, fut compromise dans une affaire de pots-de-vin, sous Louis-Philippe[1].

Elle ajouta en manière de conclusion que l'habit ne fait pas le moine, qu'elle se croyait, bien que ne portant pas de chapeaux, plus honnête que les femmes de « la haute », toutes des sucrées, et elle plaça son proverbe préféré : « Bonne renommée vaut mieux que ceinture dorée. »

Jean n'avait jamais vu de ceintures dorées; mais l'image, dans son vague, lui souriait.

Les vacances étant venues, la tante, un jeudi, après le déjeuner, tira de l'armoire un gilet blanc. Jean, tout endimanché, monta sur un omnibus qui le conduisit à la rue de Rivoli. Il monta quatre étages d'un escalier dont le tapis, fixé aux degrés par des tringles de cuivre, lui parut surprenant.

Les notes d'un piano arrivaient sur le palier. Il sonna, rougit et regretta d'avoir sonné. Il eût voulu s'enfuir. Une femme de chambre ouvrit la porte. Edgar Ewans était derrière elle, dans un de ces costumes de toile écrue qu'il portait si aisément.

« Viens », lui dit-il.

Et il l'entraîna dans un salon dont les rideaux mi-clos laissaient passer des flèches de lumière qui se brisaient en éclats sur des glaces et des appliques dorées. Une odeur irritante et douce traînait dans cette pièce étouffée par l'abondance des sièges capitonnés et l'amas des coussins.

Jean aperçut dans cette ombre une dame trop différente de celles qu'il avait remarquées jusque-là pour pouvoir se faire une idée de sa nature, de sa beauté, de son âge. Il n'avait jamais vu d'yeux d'un éclat si vif sur une peau si mate, ni de lèvres si rouges, souriant avec une telle expression d'habitude et presque de fatigue. Elle était assise devant son piano dont elle agaçait lentement les touches, sans former aucune phrase mélodique. Jean voyait surtout d'elle une chevelure dont l'arrangement le frappait comme quelque chose de mystérieux et de beau.

Elle tourna la tête vers lui et, caressant d'une main la blonde[1] de son peignoir :

« Vous êtes l'ami d'Edgar ? dit-elle, d'un ton cordial, mais d'une voix qui sembla rude à l'enfant, dans ce salon parfumé comme une chapelle.

— Oui, madame.

— Vous plaisez-vous à la pension ?

— Oui, madame.

— Les maîtres ne sont pas trop sévères ?

— Non, madame.

— Vous n'avez plus votre mère ? »

À cette question, la voix de Mme Ewans s'était adoucie.

« Non, madame.

— Que fait votre père ?

— Il est relieur, madame. »

Et le fils du relieur rougit en faisant cette réponse. En cette seconde, il eût bien consenti à ne jamais revoir son père, qu'il aimait, s'il eût pu, à ce prix, passer pour le fils d'un capitaine de frégate ou d'un secrétaire d'ambassade. Il songea tout à coup qu'un de ses condisciples était fils d'un médecin célèbre[2] et que le portrait de ce médecin était exposé dans les vitrines des papetiers.

C'était un père comme celui-là qu'il fallait annoncer à Mme Ewans. Par quelle injustice ne le pouvait-il pas ? Il était honteux, comme s'il avait dit une inconvenance.

Mais la mère de son ami l'avait écouté avec une indifférence parfaite.

Elle continuait à promener ses doigts au hasard sur le clavier.

Puis :

« Il faut bien vous amuser aujourd'hui, mes enfants. Nous irons nous promener. Voulez-vous que je vous mène à la fête de Saint-Cloud[3] ? »

Edgar fut d'avis qu'on y allât, à cause des chevaux de bois.

Mme Ewans se leva, rajusta par un joli geste ses cheveux cendrés et donna en passant un regard oblique à la glace.

« Je vais m'habiller, dit-elle; ce ne sera pas long. »

Pendant qu'elle s'habillait, son fils, assis au piano, cherchait à se rappeler un air d'opéra bouffe, et Jean, mal à l'aise sur le bord de sa chaise, contemplait dans le salon des choses étranges et somptueuses qui lui semblaient tenir mystérieusement à la personne de Mme Ewans et qui le troublaient presque autant qu'elle-même l'avait troublé.

Enveloppée d'une odeur légère et d'un frisson de soie, elle reparut en ajustant les brides du chapeau qui lui faisait un léger diadème.

Elle souriait.

Edgar la regarda :

« Maman, il y a quelque chose... Je ne sais pas quoi, qui te change. »

Elle contempla dans la glace sa chevelure dont la couleur blonde avait des reflets d'un violet pâle.

« Il n'y a rien, dit-elle; seulement j'ai mis de la poudre dans mes cheveux[1]. »

Elle ajouta :

« Comme l'Impératrice. »

Et elle sourit encore.

Elle mettait ses gants. On sonna. La femme de chambre vint dire à sa maîtresse que M. Delbèque attendait.

Mme Ewans fit la moue et dit qu'elle ne pouvait recevoir; la femme de chambre fit tout bas quelques observations très sèches, Mme Ewans haussa les épaules.

« Vous, restez là ! » dit-elle aux enfants, et elle passa dans la salle à manger d'où s'éleva bientôt le murmure de deux voix.

Jean demanda tout bas à Edgar qui était ce monsieur.

« M. Delbèque, répondit Edgar. Il a des chevaux et une voiture. Il vend des cochons. Un jour, il nous a menés au théâtre, maman et moi. »

Jean était surpris et un peu choqué de ce que

M. Delbèque vendît des cochons. Mais il n'en dit rien et demanda si c'était un parent.

« Non, dit Edgar, c'est un de nos amis. Il y a longtemps... au moins un an que nous le connaissons. »

Jean, revenant à son idée, fit cette question :

« Est-ce que tu lui as vu vendre ses cochons ?

— Que tu es bête ! répondit Edgar; il les vend en gros. Maman dit que c'est un fameux métier. Il a un porte-cigare avec un bout d'ambre et une femme toute nue sculptée en écume de mer. Imagine-toi que l'autre jour, il est venu conter à maman que sa femme lui faisait des scènes abominables. »

Mme Ewans passa la tête par la porte entrouverte :

« Allons, dit-elle, allons ! »

Et ils allèrent. À peine dans la rue, un homme qui fumait salua familièrement la jeune femme, d'un geste de sa main gantée. Elle murmura entre ses dents :

« Nous n'en aurons jamais fini ! »

L'homme dit en grasseyant :

« Chère amie, j'allais chez vous vous offrir une boîte de cigarettes du Levant. Mais je vois que vous promenez une pension, ma parole d'honneur ! une pension. Vous prenez des élèves. Tous mes compliments. Faites-en des hommes, chère amie, faites-en des hommes. »

Mme Ewans, le sourcil froncé et les lèvres pincées, répondit :

« Je suis avec mon fils et un ami de mon fils. »

Le monsieur considéra au hasard un des enfants qui se trouva être Jean Servien.

« Très bien, très bien, dit-il. Ce garçon-là est votre fils ?

— Ah ! non, par exemple ! » s'écria-t-elle avec vivacité.

Jean se sentit comme renié et, pendant que, d'un beau geste, elle posait la main sur l'épaule de son fils, il remarquait la tenue aisée et le costume élégant de son camarade, et il regardait avec dégoût sa propre jaquette taillée par la Servien dans une redingote du relieur.

« Aura-t-on l'honneur de vous voir ce soir aux Bouffes ? demanda le monsieur.

— Non ! » répondit Mme Ewans, et du bout de son ombrelle elle poussa les enfants en avant.

Ils vont tous trois légers sous les marronniers des Tuileries, traversent le pont, descendent sur la berge, enjambent la passerelle branlante, puis le ponton d'embarquement.

Ils sont à bord du bateau à vapeur qui exhale au soleil une robuste odeur de goudron. Les longs parapets gris passent, puis les berges boisées.

Saint-Cloud ! Dès que les amarres sont jetées, Mme Ewans saute sur le pont du débarcadère. Elle va droit au bruit des clarinettes et des grosses caisses, avec ses petits compagnons qu'elle guide du bout de son ombrelle.

Ce fut une grande surprise pour Jean, quand Mme Ewans lui fit « essayer sa chance » à la loterie. Il s'était déjà promené avec la Servien dans les foires de banlieue, mais sa tante l'y avait détourné si énergiquement de toute dépense, qu'il croyait les tourniquets et les tirs réservés à une classe de personnes dont il n'était pas. Mme Ewans prit un grand intérêt au jeu de son fils à qui elle recommanda de pousser fortement la manivelle.

Elle avait sur la chance les idées les plus superstitieuses. Elle « appelait » les gros lots. Elle battait les mains quand Edgar gagnait un coquetier; les coups malheureux la désolaient, soit qu'elle fût aveuglément cupide pour le bien de son fils, soit plutôt qu'elle vît dans cette malchance un présage. Après deux ou trois tours de perte, elle écarta son fils, fit tourner le disque de bois si brusquement que son faix de porcelaine et de verrerie en tinta, et elle joua pour son propre compte une fois, deux fois, vingt fois, trente fois, avec fureur. Ce fut ensuite toute une affaire de changer les petits lots contre un gros, suivant l'usage. Elle se décida pour un service à bière dont elle donna les pièces à porter aux deux amis. Ce n'était qu'un commencement. Elle retint les enfants à chaque boutique. Elle leur fit tirer des macarons au jeu de la rouge et de la noire[1]. Elle leur fit éprouver leur adresse dans tous les tirs, avec des arbalètes chargées de petits cylindres de terre glaise, avec des pistolets et des carabines à capsules et balles de plomb, à toutes les distances, sur toutes les cibles, contre des figurines de plâtre, des pipes tournantes, des poupées et contre l'œuf dansant à la cime d'un jet d'eau.

Jean Servien n'avait jamais fait un tel exercice, ni usé si vite de tant de choses diverses.

Les yeux criblés de formes brutales et de couleurs criardes, la gorge brûlée de poussière, coudoyé, pressé, poussé, bousculé par la foule, il était ivre de cette débauche de jeux.

Il voyait Mme Ewans ouvrir sans cesse son petit porte-monnaie en cuir de Russie, et une puissance nouvelle lui était révélée. Ce n'était pas tout encore. Il fallut faire tourner la toupie hollandaise[1], monter sur les chevaux de bois, rouler du haut des montagnes russes, et tourner dans les gondoles vénitiennes, se faire peser dans la balance, toucher le bras de la femme-torpille.

Mais Mme Ewans revenait sans cesse devant la maringote[2] d'une somnambule translucide de Paris munie d'un certificat signé par le ministre de l'Agriculture et du Commerce et par trois médecins de la Faculté. Elle regardait avec envie les bonnes monter en rougissant dans la voiture meublée d'un lit et de deux chaises; mais elle n'osait pas monter comme elles.

Elle se rappelait qu'une somnambule avait aidé une de ses amies à retrouver des couverts volés.

Elle avait même consulté une tireuse de cartes peu de temps avant la naissance d'Edgar, et celle-ci lui avait annoncé un garçon. Ils étaient las tous les trois et chargés de porcelaine, de verrerie, de mirlitons, de bâtons de sucre de pomme, de pains d'épice et de macarons. Ils entrèrent pourtant dans la baraque des figurines de cire, où ils virent le corps de Mgr Sibour[3] exposé dans la chapelle ardente de l'archevêché, l'exécution de Marie Stuart, des membres atteints de différentes maladies hideuses et une Géorgienne sortant du bain. Un écriteau indiquait que cette Géorgienne était le type le plus pur de la beauté féminine. Mme Ewans l'examina avec une curiosité qui bien vite devint malveillante.

« On dira tout ce qu'on voudra, murmura-t-elle; je ne voudrais pas pour tout au monde avoir des pieds si grands et une taille si forte. Et puis, ces figures régulières ne plaisent pas du tout. On aime mieux un visage expressif. »

Quand ils sortirent de la baraque, le soleil était bas et la poussière flottait en nuages d'or sur la foule des femmes, des ouvriers et des militaires.

C'était l'heure de dîner. Mais en passant devant le cirque des singes, Mme Ewans vit une telle queue de curieux se couler sous la draperie de toile à matelas de l'estrade, qu'elle ne put résister à la force de l'exemple. Du reste une curiosité l'attirait vers les singes qu'on lui avait dits sensibles à la beauté des femmes. Mais le spectacle détourna ses idées. Elle vit un caniche en pantalon rouge fusillé comme déserteur malgré sa mine honnête. Les larmes lui en vinrent aux yeux; tant elle était sensible aux illusions du théâtre !

« C'est pourtant vrai, dit-elle, le cœur gros. On a vu des pauvres militaires fusillés pour avoir couru sans permission au lit de mort de leur mère; ou pour avoir souffleté un officier insolent[1]. »

Quelque vieille chanson de Béranger, entendue chez des ouvriers, dans son enfance plébéienne, lui remontait à la mémoire et ajoutait à son attendrissement. Elle raconta la lamentable histoire du chien condamné, et rendit les deux enfants tout tristes.

Mais au pied même du cirque, un marchand de mirlitons, coiffé d'un casque de papier, les fit éclater de rire.

Il fallait songer à dîner. Elle savait une auberge, au bord de la Seine, où l'on pourrait manger une friture sous la tonnelle. Ils y allèrent.

La Parisienne et la cabaretière se saluèrent d'un clignement d'œil. Il y avait longtemps que celle-ci n'avait vu madame, elle ne connaissait pas les deux petits messieurs ; mais ils étaient tout de même bien mignons. Mme Ewans commanda le repas comme eût fait un connaisseur, savamment et dans l'argot des restaurants. Elle, son chapeau débridé; eux, le dos contre la treille, ils savouraient en silence leur lassitude délicieuse. Ils voyaient la rivière et ses berges vertes à travers une arcade de vigne vierge. Leur pensée coulait insensiblement comme l'eau qu'ils regardaient. L'ombre et la fraîcheur du soir vinrent les caresser mollement. C'est alors que Jean Servien, en regardant Mme Ewans, éprouva pour la première fois la douceur de se sentir près d'une femme.

Bientôt, échauffé par un peu de vin mêlé d'eau qu'il avait bu, il ne vit plus rien que ses rêves pleins d'images élégantes, absurdes et nobles. Et c'est environné de ces visions qu'il retourna à la fête, où l'entraîna Mme Ewans, insatiable de spectacle et de bruit. Des arcs lumineux s'élevaient à intervalles réguliers sur l'avenue bordée d'échoppes et de tréteaux, mais les allées latérales étaient sombres et désertes sous leurs grands arbres noirs. Des couples y passaient lentement. Le bruit des musiques foraines y venait en s'adoucissant. Ils étaient là, quand un orchestre de clarinettes, de trombones et d'ophicléides éclata près d'eux, en jouant une polka[1] de bal public. Dès les premières mesures, Mme Ewans n'y put tenir. Elle attira Jean contre elle, lui arrangea les bras dans les siens et, d'un coup de hanche l'élevant de terre, se mit à danser avec lui. Elle se balançait au rythme de la musique, mais lui, gauche et troublé, ne s'enlevait pas ; il la retardait et la heurtait. Elle se détacha brusquement de lui et dit avec une impatience sèche :

« Vous ne savez donc pas danser ! Viens, Edgar. »

Elle fit, dans l'ombre, quelques temps de danse avec lui. Puis, rose et souriante :

« À la bonne heure ! » dit-elle.

Servien, sentant son impuissance, était devenu sombre. Une colère sourde lui montait au cœur. Il souffrait, et il se sentait un besoin de haïr.

Le retour en fiacre fut silencieux.

Jean se rompait les jambes pour ne pas frôler les genoux de Mme Ewans qui sommeillait au fond de la voiture. Elle le laissa descendre devant sa porte sans se réveiller tout à fait pour lui dire : « Adieu, monsieur. »

En rentrant au logis, il s'aperçut pour la première fois d'une odeur de colle qui lui sembla insupportable. La chambre où il avait longtemps dormi heureux et aimé lui parut misérable. Il s'assit sur son lit et regarda avec une tristesse amère le bénitier de porcelaine dorée, l'estampe commémorative de sa première communion, la cuvette posée sur la commode et, dans les angles, des piles de cartons et de papiers vernis pour reliures.

Tout ce qui l'entourait lui semblait animé contre lui d'un esprit méchant et injuste. Il entendait de la pièce voisine son père qui ronflait. Il se le figura à son établi, avec son tablier de serge, tranquille, content. Quelle honte ! Et, pour la seconde fois dans un tour de cadran, il rougit de son père.

Ses songes furent pesants; il rêva qu'il tournait indéfiniment dans des appareils compliqués, sans pouvoir éviter de toucher le genou de Mme Ewans, malgré la peur qu'il en avait.

Il vit aussi, dans un champ, d'innombrables cochons de marbre, élevés sur des socles de pierre, et M. Delbèque se promenant lentement au milieu de ces troupeaux inanimés.

VIII

Le lendemain, il se réveilla maussade et abattu.

« Eh bien ! lui dit son père, en aspirant avec bruit chaque cuillerée d'une écuelle de soupe, eh bien ! t'es-tu amusé hier, mon garçon ? »

Il répondit brièvement et avec répugnance. Tout lui soulevait le cœur. La robe d'indienne[1] de sa tante lui donnait une sorte de rage.

Le père faisait des questions minutieuses; il aurait eu plaisir à refaire, tout en mangeant son potage, la promenade de son fils. Il avait vu Saint-Cloud du temps qu'il était militaire. Mais il n'y était jamais retourné depuis. Il avait une idée : ils iraient tous trois à Versailles; sa sœur aurait soin de faire cuire la veille un morceau de veau qu'on pût emporter. Ils visiteraient le musée, mangeraient sur le tapis vert et prendraient beaucoup de plaisir.

Jean, à qui ces projets faisaient horreur, ouvrit ses cahiers et mit la tête dans ses livres, pour se dispenser d'entendre davantage et de répondre. Il se mettait d'ordinaire plus lentement à l'ouvrage. Son père lui en fit la remarque, en le louant de son zèle.

« Il faut, dit-il, s'amuser quand c'est l'heure de l'amusement et travailler quand c'est l'heure du travail. »

Et il se mit à laminer sa peau de chagrin.

Jean rêva. Il avait entrevu tout un monde qu'il savait à jamais fermé pour lui et vers lequel toutes les forces de sa jeune nature l'entraînaient irrésistiblement. Il n'imaginait pas que Mme Ewans pût être jamais différente de ce qu'il l'avait vue. Il ne se la figura ni autrement vêtue, ni autrement environnée. Il ne savait rien des femmes ; celle-là lui était apparue toute maternelle, et c'était une mère comme Mme Ewans qu'il eût voulu avoir. Mais avec quels battements de cœur et quelle chaleur au front il évoquait cette mère chimérique !

À compter de la journée de Saint-Cloud, Jean se crut malheureux et il le devint en effet. Il s'efforça d'être insoumis ; il était fier de rompre la discipline et de mépriser les châtiments.

Il suivait avec ses camarades de pension les classes d'un lycée du quartier Latin[1]. Dès qu'il avait pris sa place sur le plus haut des gradins de la salle bien chauffée, il lisait quelque roman sentimental, dissimulé sous des piles d'auteurs latins et grecs. Parfois le professeur découvrait, malgré sa myopie, le livre clandestin. Jean avait ses heures d'éclat[2]. Ses versions étaient remarquables, sinon par l'exactitude, du moins par l'élégance. De même, il n'était pas sans exemple qu'on relevât dans ses thèmes des tournures heureuses. Il fit, sur ce sujet : *« La vierge Théano*[3] *défendant Alcibiade contre les Athéniens irrités »*, un discours latin qui, chaudement approuvé par M. Duruy, alors inspecteur de l'Instruction publique, valut à l'élève quelques semaines de popularité scolaire.

Il allait, les jours de congé, sur les boulevards et il contemplait avidement, à travers les glaces des boutiques, les bijoux, les étoffes, les bronzes, les photographies de femmes, les mille choses dont les caprices frivoles lui semblaient les formes nécessaires du bonheur.

Entré en philosophie, il eut son premier chapeau de haute forme et il fuma des cigarettes, en compagnie. Son esprit avait quelque chose de brillant et de fin qui amusait ses camarades. Il leur était supérieur par l'imagination.

Ses dernières vacances se passèrent d'une façon tolérable. Son père, le trouvant un peu pâle, l'envoya au village chez des parents chartrains[1]. Jean, après les longs dîners de la ferme, allait s'asseoir sous un arbre, et lisait un roman. Parfois il allait à la ville dans la voiture du meunier. Souvent il recevait le long de la route la pluie qui tombait tristement à la tombée du jour. Puis il avait le plaisir de se sécher à la grande cheminée d'une auberge du faubourg, devant le tournebroche odorant. Il lui arriva même de chasser avec un fusil à pierre en compagnie de son cousin le meunier. Enfin, il pouvait se flatter, à son retour, d'être allé à la campagne.

IX

À dix-huit ans, il fut reçu bachelier.

Le soir de l'examen, M. Servien déboucha une bouteille cachetée, qu'il gardait depuis longtemps en vue de cette solennité domestique et dont le vin, en se dépouillant, était devenu rose...

« Un jeune homme qui a son diplôme dans sa poche peut entrer par toutes les portes », disait M. Servien, en buvant avec respect ce vin passé, qui avait été bon.

Jean expédia lestement le repas de famille et courut au théâtre. Il ne connaissait encore les spectacles que par les affiches. Il choisit, pour cette soirée, un grand théâtre où l'on jouait une tragédie[2]. Il prit son billet de parterre avec l'espoir confus d'entrer dans un monde de passions et de voluptés. Tout est trouble aux âmes troublées. En entrant dans la salle, il fut surpris et contristé du peu de spectateurs qu'il y avait aux fauteuils et dans les loges. Mais dès qu'il entendit les premiers grincements des violons qu'on accordait, il regarda fixement la toile, qui se leva enfin.

Alors, il vit, dans un palais romain, debout, accoudée au dossier d'un siège antique, une femme qui portait sur sa robe de laine blanche la palla[3] couleur de safran. Elle récitait, dans le bruit des pas, des étoffes et des petits bancs, un long monologue, et faisait des gestes lents. Il sentit en la voyant une joie inconnue qui peu à peu devint aiguë et presque douloureuse. La succession des scènes amena sur le théâtre une confidente, puis un héros, puis des comparses. Mais il ne voyait que la première apparition. Ses regards s'attachaient avidement à elle; ils caressaient les deux bras nus, autour desquels jouaient des anneaux; ils glissaient le long de la hanche, sous la haute ceinture; ils plongeaient dans les cheveux bruns, ondulés sur le front et liés au chignon par trois bandelettes blanches; ils se pressaient contre cette bouche qui remuait et contre les dents humides que, par moments, un reflet de la rampe faisait étinceler. Il voulait sentir, prendre, retenir cette chose belle et vivante[1] qui lui était offerte en spectacle; il l'enveloppait, l'étreignait des yeux.

L'entracte (car on change de décor[2] au cours de cette tragédie) lui sembla fastidieux. Ses voisins parlaient politique; on se passait devant lui des quartiers d'orange; le marchand de journaux et le loueur de lorgnettes l'assourdissaient. Il redoutait que quelque événement subit vînt interrompre le spectacle.

La toile se releva sur des scènes de politique cornélienne, qui n'existèrent pas pour Servien. Par bonheur, la belle figure en robe blanche reparut. Mais il la regardait trop : il ne la voyait plus; à force de fixer son regard sur les longs pendants d'or qui tombaient des oreilles de l'actrice, il était ébloui; ses yeux humides se fermaient et il n'entendait plus que le tintement clair de ses tempes.

Par un grand effort, lors de la scène finale, il la revit et l'entendit d'une manière nette et précise et non point toutefois comme une personne naturelle, car alors elle revêtait pour lui la simplicité d'une vision surhumaine. Et quand, au signal de la sonnette, la toile se déroula pour la dernière fois, il eut la sensation d'un irréparable écroulement.

On joua ensuite le *Tartuffe*, mais ni la verve correcte des comédiens, ni le joli visage et les épaules rondes d'Elmire, ni les beaux bras de la soubrette, ni les jeunes yeux de l'ingénue, ni les grands vers heureux qui remplissaient la salle réveillée ne remuèrent son âme arrêtée sur les lèvres d'une tragédienne.

En sortant, le premier souffle d'air frais qui lui frappa le visage dissipa son ivresse. Il se remit à sentir et à penser. Mais il ne pensait qu'à la tragédienne et ne voyait distinctement que l'image de cette femme. Cette obsession dans les rues noires lui était douce, et il fit de longs détours sur les quais pour prolonger son rêve, emportant de volupté autant et plus qu'il n'en pouvait contenir. Il était heureux parce qu'il était las; nul désir ne s'élevait dans son âme accablée d'une fatigue délicieuse et ses yeux seuls avaient pourvu jusqu'à l'excès aux appétits de sa nature vierge.

Il tomba à demi vêtu sur son lit, avec la joie de garder une belle image dans son âme. Le seul besoin qu'il éprouvât était de s'anéantir dans le sommeil enchanté qui pesait sur ses paupières d'adolescent.

À son réveil il chercha des yeux quelque chose. Il ne savait pas encore qu'il était amoureux, mais quelque chose lui manquait. Il n'eut pourtant d'autre envie que de lire les vers qu'il avait entendu réciter par l'actrice. Il prit sur son étagère un tome de Corneille et lut le rôle d'Émilie. Tous les vers l'enchantaient également parce qu'ils ranimaient tous en lui le même souvenir.

Son père et sa tante avec lesquels il vivait n'avaient plus pour lui un sens et une figure bien nets.

Leurs plus rudes familiarités ne pouvaient le distraire, et les brutalités d'une vie étroite et pauvre ne troublèrent point sa fête intérieure. Tout le jour, au fond de la boutique où l'odeur de colle forte se mêlait au fumet de la soupe aux choux, il vivait dans une incomparable splendeur. Son petit livre, criblé de coups d'ongles aux couplets d'Émilie, suffisait à l'entretenir dans la plus belle des illusions. Une image et des sons, c'était pour lui le monde.

En peu de jours il sut par cœur tous les vers de la tragédie; il les récitait d'une voix enflée et lente, et sa tante lui disait après *chaque tirade*, tout en épluchant des légumes :

« Tu veux donc te faire curé, que tu prêches comme à l'église ? »

Mais elle approuvait en somme ces exercices et,

quand M. Servien se plaignait en se grattant la tête de ce que son fils ne se décidât à embrasser aucune profession, elle prenait toujours la défense « du petit » et fermait la bouche au relieur en lui déclarant qu'il n'entendait rien à rien.

Le bonhomme retournait alors à sa peau de mouton. Mais, bien qu'il ne se fît pas une idée très nette de ce qui se passait dans l'esprit de son fils, parce que celui-ci, étant devenu « un monsieur », échappait à sa compétence, il s'inquiétait de ce qu'un repos, légitime d'ailleurs à la suite d'un examen heureusement subi, se prolongeât ainsi. Il était pressé de voir son fils gagner quelque argent dans une administration. On lui avait parlé de l'Hôtel de Ville et des ministères, et il cherchait dans sa tête s'il ne trouverait pas quelque protecteur dans sa clientèle. Mais il n'était pas homme à brusquer les choses.

Un jour que Jean Servien faisait une de ces longues promenades dont il avait pris l'habitude, il lut sur l'affiche que son Émilie, Mlle Gabrielle T***, jouait dans le spectacle du soir. Cette fois, il mit, malgré l'opposition de sa tante, ses habits du dimanche, fit apprêter ses cheveux au fer et s'assit à l'orchestre. Il la revit !

Tout d'abord, elle lui sembla moins belle qu'il ne se l'était figurée. Il avait tant travaillé, tant veillé sur la première image emportée d'elle que cette image s'était transformée à son insu, et le type même qui l'avait formée n'y répondait plus. Puis il était déconcerté de ne revoir ni la stola blanche et le manteau couleur de safran, ni les bracelets et les bandelettes qui lui avaient semblé tenir à la chair qu'ils ornaient. Maintenant, elle portait le turban de Roxane et le léger pantalon noué à la cheville. Il ne s'habitua que peu à peu à ce changement. Il reconnut qu'elle avait les bras un peu grêles[1] et qu'une de ses dents était en arrière de la blanche rangée. Mais à la longue ces défauts lui furent agréables parce qu'ils étaient en elle, et il l'en aima davantage. Cette fois, par le changement qui est l'essence même de la vie et par l'imperfection qui est le caractère des êtres vivants, elle lui inspirait un intérêt sensuel et l'idée d'une chose humaine à laquelle on pouvait se prendre et se mêler.

Son admiration fut alors pénétrée d'attendrissement et pleine d'une tristesse infinie. Il pleura.

Le lendemain il eut un grand désir de la voir telle qu'elle était dans la vie, en toilette de ville. C'était déjà quelque chose d'intime que de la rencontrer dans la rue. Un soir qu'elle jouait, il la guetta à la porte de l'administration par laquelle sortirent tour à tour les machinistes, les acteurs, les gardes de Paris, les pompiers, les habilleuses, les comédiennes, puis elle, bien enveloppée dans son manteau de fourrure, un bouquet à la main, grande, et si blanche dans l'ombre, qu'elle lui semblait éclairée par une lumière intérieure. Elle attendit sur le seuil qu'on fît avancer une voiture.

Il pressa de ses deux mains sa poitrine et craignit de mourir.

Quand il fut sur le quai désert, il arracha une feuille à une branche qui pendait d'un platane. Puis, accoudé au parapet du pont, il jeta cette feuille dans le fleuve et il la regarda couler au fil de cette eau argentée par la lune et semée de feux tremblants. Il la regarda aussi longtemps qu'il put la voir : c'était son propre emblème. Il s'abandonnait, lui aussi, au courant d'une passion brillante et qu'il croyait profonde.

X

Il y avait, cette année-là, une Exposition universelle sur le Champ-de-Mars[1]. C'était, sur les avenues, au soleil et dans la poussière, un long fourmillement d'hommes. Jean franchit le tourniquet du péage et entra dans le palais de fonte. Il suivait encore son amour, car il associait celle qu'il aimait à toutes les représentations de l'art et du luxe. Il prit le parc et alla droit à l'édicule égyptien[2]. L'Égypte avait occupé ses rêves du temps qu'il ne songeait pas qu'à une femme. Dans l'allée de sphinx et devant le temple peint, il ressentit cette impression de poésie qui se dégage des femmes anciennes et singulières et que ressentent vivement les amoureux. Le sanctuaire lui sembla vénérable, malgré l'usage forain auquel il servait dans cette exhibition universelle. En voyant les bijoux de la reine Aahotep[1] qui vécut et fut belle au temps des patriarches, il songea avec mélancolie à ce qui avait été et n'était plus. Il se représenta les cheveux noirs qui avaient parfumé ce diadème de sphinx, les bras fins et bruns que ces perles d'or et de lapis avaient touchés, les épaules sur lesquelles ces ailes de vautour s'étaient posées, les seins aigus que ces chaînes, que ces gorgerins avaient pressés, la poitrine contre laquelle ce scarabée d'or aux élytres bleues tiédissait autrefois, la petite main royale qui avait tenu ce poignard couvert de fleurs et de têtes de femmes. Il ne pouvait concevoir que ce qui était un songe pour lui eût été une réalité pour d'autres hommes. Il se perdait à suivre l'écoulement des choses. Il se disait qu'une autre forme vivante s'évanouirait à son heure et qu'il serait vain alors qu'elle eût été tant désirée. Cette idée l'attrista et le calma. Il pensait, devant ces bijoux funéraires, à tous ces hommes qui dans l'abîme des temps avaient tour à tour aimé, convoité, joui, souffert, que la mort avait pris affamés ou repus et qu'elle avait également comblés. Une tristesse tranquille l'envahit, et il resta immobile, la tête dans ses mains.

XI

Le lendemain, pendant le déjeuner, Jean remarqua pour la première fois que son père avait l'air vénérable et bon. Le relieur, en effet, prenait avec l'âge une sorte de beauté. Son front, sous les boucles de ses cheveux blancs, s'était poli et révélait l'habitude des pensées calmes et honnêtes. L'âge, en rendant moins aisé le jeu des membres, cachait les déformations causées par le travail de l'atelier sous les déformations plus solennelles que le long travail de la vie imprime uniformément à tous les hommes. Le vieillard avait lu, réfléchi, tendu vers le mieux avec bonne volonté et reçu cette onction que la foi religieuse donne aux simples : car il était devenu pieux, et il suivait les offices de sa paroisse. Jean se dit qu'aimer ce père serait chose facile et douce, et il résolut d'entrer dans une vie de travail et de sacrifice. Mais il n'avait pas d'état et il ne savait que faire.

Enfermé dans sa chambre, il eut pitié de lui-même et il voulut se redonner la paix du cœur, le calme des sens, la bonne vie qui s'en était allée avec cette feuille de platane livrée, l'autre soir, au fil de l'eau. Ayant ouvert un roman, à la première page d'amour il rejeta le livre, se mit à lire un récit de voyages et suivit un explorateur anglais dans le palais de roseaux du roi de l'Ouganda[1]. Il remonta le Nil à Ourondogami : les hippopotames renâclaient dans l'eau, les floricains et les pintades prenaient leur vol, tandis qu'un troupeau d'antilopes fuyait dans les hautes herbes. Il fut rappelé de si loin par sa tante qui criait dans l'escalier :

« Petit ! petit ! descends dans la boutique; ton père t'appelle ! »

Un gros homme sanguin, voûté comme on l'est par l'habitude du bureau, était assis près du comptoir. M. Servien le regardait d'un air soumis.

Quand Jean parut, l'étranger demanda si c'était là le jeune homme en question. Il ajouta d'un ton bourru :

« Vous êtes tous les mêmes. Vous travaillez, vous suez, vous vous épuisez pour faire de vos fils des bacheliers et vous croyez que le lendemain de l'examen ces gaillards-là seront nommés ambassadeurs. Pour Dieu ! ne nous donnez plus de bacheliers. Nous ne savons qu'en faire... Les bacheliers ! ils encombrent le pavé; ils sont cochers de fiacre, ils distribuent des prospectus dans les rues. Il en meurt à l'hôpital, il en va au bagne. Pourquoi n'avez-vous pas appris votre métier à votre fils ? Pourquoi n'avez-vous pas fait de lui un relieur ?... Oh ! je le sais bien ! vous n'avez pas besoin de me le dire : c'est par ambition. Eh bien ! un jour votre fils crèvera de faim en rougissant de vous, et ce sera bien fait ! L'État ! dites-vous, l'État ! vous *n'avez que* ce mot-là dans la bouche. Mais il est encombré, l'État ! Aux Finances, on *nous* envoie des bacheliers qui ne savent pas l'orthographe : qu'est-ce que vous voulez que nous fassions de tous ces clampins-là ? »

Il passa la main sur son front rouge. Puis, marquant d'un geste qu'il s'adressait à Jean :

« Au moins avez-vous une bonne écriture ? »

M. Servien répondit pour son fils qu'elle était lisible.

« Lisible ! lisible ! reprit le protecteur en agitant ses joues lourdes. Une écriture d'expéditionnaire doit être régulière. Jeune homme, votre écriture est-elle régulière[1] ? »

Jean dit qu'il ne savait pas, qu'elle avait pu être gâtée, qu'il y avait attaché peu d'importance.

L'homme fronça les sourcils.

« C'est un tort, dit-il; et j'ose dire qu'il *y* a chez les jeunes gens une affectation puérile à ne pas écrire convenablement... Je puis avoir une certaine influence au ministère, mais il ne faut pas me demander l'impossible. »

À ces mots, le relieur fit un geste timide. Il n'avait pas l'air, en vérité, d'un homme qui demande l'impossible.

L'homme se leva.

« Vous prendrez, dit-il à Jean, des leçons d'écriture et de calcul. Vous avez huit mois devant vous. Dans huit mois le ministre ouvrira une session d'examens. Je vous ferai inscrire. Mettez-vous à l'œuvre sans perdre une minute. »

Ayant dit, il tira sa montre, comme pour voir si, en effet, son protégé laissait passer une seule minute avant de commencer sa tâche. Il recommanda au relieur de se mettre sans retard aux livres qu'il lui donnait à cartonner, et il sortit. Quand le relieur l'eut reconduit jusqu'à sa voiture :

« Jean, mon garçon, dit-il, M. Bargemont, à qui *j'ai parlé* de toi et que tu viens d'entendre, t'aidera à entrer au ministère des Finances où il occupe une grande position. Tu as compris ce qu'il t'a dit pour les examens : tu connais, Dieu merci ! ces choses-là mieux que moi. Je ne suis qu'un ignorant, mon garçon, mais je suis ton père. Écoute bien ce que je veux t'expliquer, afin que, de ce jour-ci jusqu'au jour où j'irai retrouver ta pauvre mère, nous puissions nous regarder tranquillement en face et nous comprendre d'un clin d'œil. Ta mère t'a bien aimé, Jean.

Il n'y a pas de mine d'or qui puisse donner une idée de la richesse du cœur qu'avait cette femme-là. Dès qu'elle te vit venir au monde elle vécut, autant dire, plus en toi qu'en elle. Son amour était trop fort. Enfin elle est morte. Ce n'est la faute de personne. »

Le vieillard tourna involontairement les yeux vers l'angle le plus obscur de la boutique, et Jean, regardant du même côté, vit dans l'ombre les formes anguleuses de la presse à bras.

M. Servien poursuivit :

« Elle me demanda en mourant de faire de toi un homme instruit, parce qu'elle savait que l'instruction est la clef qui ouvre toutes les portes.

« J'ai voulu ce qu'elle avait voulu. Elle n'était plus là, Jean, et quand la parole d'un mort vous remonte aux oreilles et vous dit : " J'ordonne pour le bien ", il faut obéir. Je m'y suis pris comme j'ai pu, mais sans doute que Dieu était avec moi, puisque j'ai réussi. Te voilà instruit, c'est bon ! mais il ne faut pas que ce qui est fait pour le bien tourne pour le mal. Le mal, c'est l'oisiveté. J'ai travaillé comme une bête de somme et j'ai, du matin au soir, la bricole au cou, donné de fameux coups de collier. Je me rappelle particulièrement un train de cartonnages pour la maison Pigoreau qui me tint debout pendant trente-six heures consécutives. Et cette année-ci encore, pour payer tes examens, j'ai accepté une commande dans le genre anglais qui m'a donné une peine terrible parce que ce n'est pas mon genre à moi et qu'à mon âge on n'est pas bon pour faire du nouveau. Ils voulaient une façon légère, avec un carton souple comme du papier. J'en ai pleuré, mais j'ai réussi. C'est un fameux outil, que la main d'un ouvrier ! Mais le cerveau d'un homme instruit est un outil bien plus merveilleux encore, et celui-là tu l'as, grâce à Dieu d'abord, à ta mère ensuite. C'est elle qui a eu l'idée de t'instruire, je n'ai fait que suivre cette idée. Ta besogne sera plus douce que la mienne, mais il faudra que tu la fasses. Je suis pauvre, *tu le sais ;* mais je serais riche que je ne te donnerais pas les moyens de vivre sans rien faire, parce que ce serait te donner des vices et de la honte. Ah ! si je savais que ton instruction t'eût fait prendre le goût de la paresse, je regretterais de n'avoir pas fait de toi un ouvrier comme moi. Mais je suis certain que tu as du cœur; tu n'as pas encore pris ton élan : voilà tout ! Les commencements seront durs; M. Bargemont l'a bien dit. L'État est encombré; il y a trop de bacheliers, ce qui est tout de même un bien. D'ailleurs, je suis là; je t'aiderai, je travaillerai pour toi; mes bras sont bons encore. Tu auras de l'argent de poche, car il en faut dans le monde où tu vas. Nous nous gênerons. Mais aide-toi, sois brave à l'ouvrage, cogne fort et pousse droit. On n'en est pas moins gai pour cela. Ta besogne faite, ris, chante, amuse-toi, mon garçon; ce n'est pas moi qui y trouverai à redire. Et, quand tu auras une belle position, si je suis encore de ce monde, ne crains rien : je ne te gênerai pas. Je ne fais pas de bruit, moi. Je me cacherai dans un petit trou avec ta tante, et personne n'entendra parler du bonhomme. »

La tante, qui s'était glissée dans la boutique depuis un moment, éclata en sanglots; elle voulait bien, comme son frère, se cacher dans un coin; mais quand son neveu serait dans les grandeurs, elle irait tous les jours mettre de l'ordre chez lui. Elle ne voulait pas laisser « le petit » en proie aux femmes de ménage, qu'on devrait plutôt nommer les femmes de déménagement.

« Ces créatures, disait-elle, ont de grands cabas dans lesquels s'engouffrent bouteilles, poulets froids et autres bons morceaux, linge fin, vieille toile, huile, sucre et bougie, bref tout le bien des riches. Non, je ne souffrirai pas que mon petit Jean soit sucé tout vif par de pareils vampires. C'est moi qui tiendrai ton ménage. On ne saura pas que je suis sa tante. Et quand on le saurait, personne, j'aime à le croire, n'y trouverait à redire. Je ne vois pas pourquoi on aurait honte de moi. On pourrait mettre toute ma vie au grand jour sans que j'aie à rougir. Et il y a bien des duchesses qui ne pourraient pas en dire autant. Quant à abandonner l'enfant de peur de lui faire du tort, c'est une idée qui ne m'étonne pas de toi, Servien, parce que tu as toujours été un peu simple. Moi, je resterai toute ma vie avec Jean. N'est-ce pas, mon petit, que tu ne renverras jamais ta vieille tante ? Et qu'est-ce qui saurait faire ton lit comme moi, mon loup ? »

Jean promit sincèrement, oh ! bien sincèrement, à son père une vie laborieuse. Puis il s'enferma dans sa chambre et il se représenta d'avance une suite de jours austères et réguliers.

Il arrangea sa vie pour le travail. Le matin, il copiait sur un coin de l'établi des modèles d'écriture. Après le déjeuner, il faisait de l'arithmétique dans sa chambre. Le soir, il traversait le jardin du Luxembourg pour aller rue Soufflot chez un vieux répétiteur qui lui faisait des dictées et lui posait des règles d'intérêt simple. Quand il avait atteint la grille qui touche à la fontaine Médicis, il tournait la tête pour voir les statues de femmes qui lui apparaissaient sur la terrasse comme de blancs fantômes, sous les arbres. Il avait laissé, dans le chemin de la vie, une autre ombre charmante.

Il ne lisait jamais une affiche de théâtre, et il oubliait ses poètes préférés, de peur de souffrir.

XII

Cette vie en coulant lui parut douce dans sa monotonie et il y trouvait un goût salubre. Un soir, comme il descendait l'escalier du vieux répétiteur, un gros homme lui présenta avec un geste arrondi la carte d'un traiteur du voisinage, dont il tenait un millier sous son bras gauche, puis s'arrêtant tout à coup, s'écria :

« *Per Bacco !* je reconnais mon élève. Droit et souple comme un jeune arbre, voici M. Jean Servien ! »

C'était le marquis Tudesco qui parlait ainsi. Il n'avait plus son gilet rouge; il portait à la place une sorte de camisole en toile à matelas[1], mais sur son lumineux visage aux petits yeux ronds et au nez aquilin, il gardait une gaieté malicieuse de vieux perroquet.

Jean, surpris et content après tout de le revoir, lui demanda affectueusement ce qu'il devenait.

« Eh ! vous le voyez, répondit le marquis; je distribue aux passants la carte d'un empoisonneur du quartier, et par là je mérite de ne point manquer de la vénéneuse cuisine à la gloire de laquelle je travaille. Camoens[1] tendit la main dans les rues de Lisbonne. Tudesco tend les siennes sur le pavé de la moderne Babylone, mais c'est pour donner et non pour recevoir : déjeuners à 1 fr. 25 ; dîners à 1 fr. 75[2]. »

Et il tendait un de ses papiers à un homme qui passa, les mains dans les poches, sans le prendre.

Alors le marquis Tudesco s'écria en soupirant :

« Et pourtant j'ai traduit la *Jerusalem liberata*, le chef-d'œuvre de l'immortel Torquato Tasso ! Mais les grossiers libraires méprisent ce fruit de mes veilles, et du haut des cieux la Muse se voile la face pour n'être pas témoin de l'injure faite à son nourrisson.

— Et qu'êtes-vous devenu depuis tout le temps qu'on ne vous a vu ? demanda le jeune homme avec candeur.

— Dieu seul le sait, et encore, je crois qu'il l'a oublié. »

Telle fut la réponse du marquis Tudesco.

Il noua son millier de prospectus dans une toilette et, prenant le bras de son élève, le poussa vers la rue Saint-Jacques.

« Jeune ami, dit-il, voyez que le dôme du Panthéon est à moitié caché par le brouillard. L'école de Salerne[3] enseigne que l'humidité du soir est funeste à l'estomac. Il y a près d'ici un honnête établissement où nous pourrons causer comme deux philosophes, et je devine que votre secret désir est d'y conduire le vieux maître qui vous a initié aux mystères du rudiment latin. »

Ils entrèrent dans une boutique parfumée d'une odeur de kirsch et d'absinthe qui prit Servien au cœur. La salle était étroite et longue, et, contre les murs, des tonneaux vernis à robinets de cuivre formaient une double rangée dont la perspective se perdait dans un lointain, rendu plus profond par la fumée de tabac qui traînait dans l'air sous les becs de gaz. Assis devant les petites tables de bois peint, des buveurs, vêtus de noir avec de longs chapeaux de soie cassés et lustrés par la pluie, fumaient silencieusement. À la gueule du poêle, quelques jambes maigres s'allongeaient et un filet de vapeur montait de la pointe des bottes. Une impression de torpeur pesait sur toutes ces figures blêmes.

Tandis que M. Tudesco distribuait des poignées de main à de vieilles connaissances, Jean, saisi d'une grande tristesse, entendait des lambeaux de conversation. C'étaient des plaintes de pions sur la cuisine des marchands de soupe, des grognements paisibles d'ivrognes enchantés de leur propre sagesse, des projets de fortune, des discussions politiques, des propos salés sur l'amour et les femmes, et aussi cette phrase :

« L'harmonie des sphères emplit les espaces infinis, et, si nous ne l'entendons pas, c'est, comme dit Platon, parce que nous avons les oreilles bouchées avec de la terre. »

M. Tudesco mangea des cerises à l'eau-de-vie avec une grande élégance. Puis le garçon servit du dantzig[1] dans deux petites coupes de verre. Jean admira cette liqueur blanche, semée de paillettes d'or, et M. Tudesco redemanda « deux dantzig ». Puis, soulevant sa coupe :

« À la santé de M. Servien, votre vénérable père, dit-il. Il est vert et florissant, du moins je le souhaite; c'est un homme supérieur à sa condition mécanique[2] et mercantile par son caractère bienveillant pour les savants nécessiteux. Et madame votre tante ? Elle tricote encore des bas avec le même zèle. Du moins je le souhaite. C'est une dame austère. Je devine que vous voulez commander encore un dantzig, mon jeune ami. »

Jean regarda autour de lui : le débit de liqueurs était transfiguré; les tonneaux lui semblaient énormes, avec leurs robinets qui étincelaient, et il les voyait prolongés indéfiniment dans une atmosphère vibrante et dorée. Mais ce qui grandissait le plus à ses yeux, c'était le marquis Tudesco; le vieillard lui apparaissait véritablement comme un géant légendaire, et il attendait de lui des prodiges.

Tudesco souriait :

« Vous ne buvez pas, mon jeune ami. Je devine que vous êtes amoureux. Ah ! l'amour, c'est à la fois ce qu'il y a de plus doux et de plus amer au monde. Moi aussi j'ai senti mon cœur palpiter pour une femme. Mais j'ai passé, depuis de longues années, le temps d'aimer. Je suis maintenant un vieil homme opprimé par l'adverse fortune; mais en un temps plus serein, il y avait à Rome une diva d'une beauté si magnifique et d'un génie si touchant, que des cardinaux s'égorgeaient à la porte de sa loge : eh bien ! cette sublime créature, je l'ai pressée contre ma poitrine, et l'on m'a rapporté depuis qu'à son dernier soupir elle a murmuré mon nom. Je suis comme un vieux temple en ruine, déshonoré par l'injure du temps et des hommes, mais à jamais sanctifié par la déesse. »

Ce récit, soit qu'il rappelât emphatiquement quelque banale aventure de la jeunesse de l'Italien, soit plutôt qu'il fût imaginé d'après des lectures romanesques, fut accepté par le jeune Servien comme une vérité frappante. L'effet en fut foudroyant. Il vit aussitôt, avec la netteté de la plus miraculeuse apparition, au milieu des buveurs, la tragédienne qu'il aimait, les cheveux noués à l'antique, ses longs pendants d'or lui tombant de chaque oreille, les bras nus, toute blanche avec des lèvres rouges. Et il s'écria :

« Moi aussi, j'aime une actrice ! »

Il buvait, sans savoir quoi; mais il sentait couler dans sa gorge un philtre qui ranimait son amour. Alors les paroles lui montèrent aux lèvres à flots pressés. La représentation de *Cinna*, celle de *Bajazet*, la mâle beauté d'Émilie, la férocité délicieuse de Roxane, la tragédienne rencontrée en manteau de velours[1] avec un visage si clair dans les ombres de la nuit, les rêves, les désirs, l'impossibilité d'oublier, il raconta tout avec des cris et des larmes.

M. Tudesco tendait l'oreille en lapant goutte à goutte un verre de chartreuse et en prenant du tabac dans un cornet de papier. Parfois il approuvait de la tête, et il écoutait avec l'air de quelqu'un qui guette. Quand il jugea qu'après de longs retours et des recommencements sans nombre, les confidences étaient épuisées, il prit un air grave, posa sa belle main de prélat sur l'épaule de Servien et dit :

« Ah ! mon jeune ami, si je croyais que la chose que vous ressentez fût le véritable amour... mais je ne le crois pas. »

Et il secoua la tête et laissa retomber sa main.

Jean protesta. Tant souffrir, n'était-ce pas aimer ?

M. Tudesco reprit :

« Si je croyais que cette chose fût le véritable amour... mais je ne le crois pas encore. »

Jean répondit avec une grande violence, il parla de mort et de couteau planté dans le cœur.

M. Tudesco répéta pour la troisième fois :

« Je ne crois pas que ce soit le véritable amour. »

Alors Jean devint furieux, et il se mit à froisser et à arracher son gilet, comme pour montrer son cœur à nu. M. Tudesco lui prit les mains et lui dit doucement :

« Eh bien, mon jeune ami, puisque vous ressentez le véritable amour, je vous aiderai. Je suis un grand tacticien, et si le roi Carlo-Alberto avait lu un mémoire militaire que je lui envoyai, il aurait gagné la bataille de Novare[1]. Il ne lut pas mon mémoire et la bataille fut perdue, mais ce fut une défaite glorieuse. Oh ! combien fortunés les fils de l'Italie qui moururent pour leur mère dans cette sainte bataille ! Les hymnes des poètes et les larmes des femmes leur firent des funérailles dignes d'envie. Je dis : quelle belle et héroïque chose, la jeunesse ! quelles divines flammes s'échappent des jeunes poitrines pour remonter vers le Créateur ! J'admire surtout les jeunes gens qui se précipitent dans les aventures de la guerre et du sentiment, avec l'impétuosité naturelle de leur âge. »

Le Tasse, Novare et la diva tant aimée des cardinaux se mêlaient dans la tête échauffée de Jean Servien qui, avec un sentiment sublime et confus, serra la main du vieux misérable. Il ne voyait plus rien distinctement; il croyait nager dans une atmosphère de métal fondu.

M. Tudesco, qui buvait en ce moment-là un verre de kummel, montra son gilet de toile à matelas.

« Le malheur, dit-il, est que je suis vêtu à la manière d'un philosophe. Comment me montrer dans un tel costume chez des femmes élégantes ? C'est dommage ! car il me serait facile de me présenter chez une actrice d'un grand théâtre. J'ai traduit la *Jérusalem délivrée*, ce chef-d'œuvre de Torquato Tasso; je pourrais proposer à la tragédienne que vous aimez et qui est digne de votre amour, du moins je le souhaite, une adaptation française de la *Myrrha* du fameux Alfieri[2].

Quelle éloquence, quel feu dans cette tragédie ! Le rôle de Myrrha est sublime et terrible; elle voudra le jouer. Pendant ce temps vous traduisez *Myrrha* en vers français; puis je vous introduis avec votre manuscrit dans le sanctuaire de Melpomène; vous y apportez la gloire et l'amour ! Quel rêve, heureux jeune homme !... Mais, hélas ! ce n'est qu'un rêve, car je ne puis pas pénétrer dans un boudoir sous cette enveloppe grossière et sordide. »

Cependant on fermait le débit; il fallait sortir. Jean se sentit si étourdi au grand air qu'il ne sut pas comment il avait perdu M. Tudesco, après lui avoir vidé son porte-monnaie dans la main.

Il erra toute la nuit, par la pluie. Il courait dans les flaques d'eau qui lui éclaboussaient le visage. Les projets les plus fous s'élevaient, s'entrechoquaient et s'écroulaient dans sa tête retentissante. Parfois il s'arrêtait pour essuyer la sueur de son front, puis il reprenait sa course. La fatigue le calma; il eut alors une idée nette. Il alla droit à la maison où demeurait l'actrice et contempla de la rue ses fenêtres closes et noires, puis, s'approchant de la porte cochère, il la baisa.

XIII

À partir de cette nuit, Jean Servien passa ses journées à traduire *Myrrha* par lambeaux, avec une peine infinie. Ce travail lui ayant un peu appris à faire les vers, il composa une élégie qu'il envoya par la poste à la tragédienne. Et cette poésie, écrite dans les larmes, était banale et froide comme un devoir d'écolier. Il y parlait pourtant de cette belle image de femme attachée à ses yeux et de la porte baisée dans une nuit de folie. M. Servien voyait avec inquiétude son fils, inexact, distrait, hagard, rentrer tard dans la nuit et se lever à peine à midi. Sous le regard muet du père, le fils baissait les yeux. Mais sa vie n'était plus dans la maison, elle était tout entière là-bas, près de l'inconnue, dans des régions qu'il imaginait éclatantes de poésie, de richesse et de volupté.

Il retrouvait parfois, à un coin de rue, le marquis Tudesco qui ne parvenait pas à remplacer son gilet de toile à matelas et qui, d'ailleurs, conseillait à Jean d'adresser ses vœux à des demoiselles de magasin.

Quand vint l'été, les affiches de théâtre annoncèrent coup sur coup *Mithridate, Adrienne Lecouvreur, Rodogune, Les Enfants d'Édouard, La Fiammina*[1]. Jean, ayant obtenu le prix de sa place par ruse, par mensonge, en exploitant sa tante ou en glissant les doigts dans la caisse, assistait d'un fauteuil d'orchestre aux éclatantes transfigurations de celle qu'il aimait. Il la voyait, tour à tour ceinte du bandeau blanc des vierges de la Hellas, semblable à ces figures taillées si pures dans le marbre des bas-reliefs antiques et qui semblent revêtues d'une inaltérable innocence; puis en robe à ramages, avec des boucles poudrées sur ses épaules nues, dont la minceur avait un accent indéfinissable et un goût de verte volupté, comparable alors à quelque amoureux pastel du temps jadis que le fils du relieur avait vu chez les marchands du quai Voltaire; puis coiffée d'un épervier d'or, ceinte de lames d'or sur lesquelles des rubis dessinaient des signes magiques, et revêtue de la magnificence inhumaine d'une reine d'Orient; puis sous le chaperon noir, en pointe sur le front, et dans la sombre robe de velours d'une veuve royale dont il semblait qu'on eût vu le portrait religieusement conservé dans un salon du Louvre; puis enfin (et c'était ainsi qu'il la trouvait le plus désirable) en amazone moderne, prise du col au talon dans une étroite robe de drap et coiffée hardiment d'un mignon chapeau d'homme.

Pour passer sa vie dans ces mondes poétiques, il lisait Racine, les tragiques grecs, Corneille, Shakespeare, les vers de Voltaire sur la mort d'Adrienne Lecouvreur[2] et tout ce qui, dans la littérature moderne, lui semblait élégant ou passionné. Et dans toutes ces créations il ne voyait qu'une image[3].

Étant allé, un soir, chez le distillateur avec le marquis Tudesco, qui gardait décidément son gilet à carreaux, il fit la connaissance d'un vieillard dont les cheveux blancs se répandaient en boucles sur les épaules et qui avait gardé les yeux bleus d'un enfant. C'était un architecte tombé en ruine avec les petites constructions gothiques qu'il avait élevées à grands frais aux environs de Paris vers 1840. Il se nommait Théroulde; ce bonhomme, misérable et souriant, abondait en histoires d'artistes et de femmes. Il avait bâti en son beau temps des maisons de campagne pour des actrices et pendu de joyeuses crémaillères, dont le souvenir pétillait encore dans sa tête restée légère. Il n'en était plus à choisir des auditeurs et, mis en verve par du marasquin, il déroulait ses souvenirs comme une riche broderie en loques. Le fils du relieur, voyant un artiste pour la première fois, écoutait le vieux bohème en frissonnant d'enthousiasme. Toutes ces demi-gloires oubliées, toutes ces vieilles jeunesses dont parlait Théroulde et que Servien se représentait en bandeaux plats, une ferronnière au front ou bien avec de grosses boucles à l'anglaise sur les joues, comme il les avait vues dans les lithographies moisies qui traînent sur les quais, prenaient pour lui une vie, un éclat inattendus et des familiarités piquantes. Possédé par son idée, il essaya d'amener au temps présent un homme qui semblait si bien connaître les femmes de théâtre. Il parla de la tragédie, mais Théroulde dit que c'était un genre ridicule et récita des parodies. Jean nomma Gabrielle T***.

« T***, dit l'architecte romantique, j'ai beaucoup connu sa mère. »

Jean n'avait de sa vie entendu une phrase aussi intéressante.

« Je l'ai connue en 1842, poursuivit Théroulde, à Nantes où elle créa quatorze grands rôles d'opéra en six semaines. Et l'on croit que les chanteuses n'ont rien à faire ! C'est beau, le théâtre ! mais le malheur est qu'il n'y a pas un seul architecte capable de construire avec intelligence une salle de spectacle. Quant à l'aménagement de la scène, il est, même à l'Opéra, d'une naïveté à faire rougir un Polynésien. J'ai imaginé un système de décors circulaires dans le but de supprimer ces bandes de toile qui figurent le ciel sans produire la moindre illusion. J'ai aussi inventé un appareil de quinquets et de réflecteurs situés de manière à éclairer les personnages de haut en bas, comme le soleil, ce qui est rationnel, et non plus de bas en haut, comme la rampe[1], ce qui est absurde.

— En effet, dit Servien. Mais vous parliez de la mère de Gabrielle T***.

— C'était une belle femme, reprit l'architecte, grande, brune, avec de petites moustaches qui lui allaient très bien... Vous concevez l'effet de mon décor circulaire : un ciel immense répandant une lumière égale sur les acteurs et donnant aux formes leurs ombres naturelles. On joue *La Muette* je suppose; la cavatine du sommeil[1] résonne sous un ciel diaphane, arrondi en voûte et donnant l'impression de l'infini. L'effet de la musique est doublé ! Fenella se réveille, elle marche à pas rythmés; son ombre, qui l'accompagne sur le sol, est rythmique comme elle; c'est la nature et l'art tout ensemble. Voilà ce que j'ai inventé ! Et quant aux moyens d'exécution, ils sont d'une simplicité enfantine. »

Alors il entra dans des explications interminables, employant des termes techniques et s'aidant de tout ce qu'il trouvait sur la table : verres, soucoupes, allumettes. Ses manches râpées, allant et venant, essuyaient le marbre et choquaient les verres. À ce bruit, le marquis Tudesco, qui dormait, entrouvrait instinctivement les yeux.

Servien approuvait et disait comprendre, pour en finir. Il conseilla ensuite à l'architecte d'essayer de mettre cette invention en pratique. Le vieillard haussa les épaules. Il y avait longtemps qu'il n'essayait plus rien. Mais au fond il ne lui importait guère que son système fût appliqué. C'était un inventeur !

Ramené une troisième fois, par le jeune homme, à la mère de Gabrielle T*** :

« Elle n'a jamais bien réussi au théâtre, dit-il; mais, comme c'était une femme d'ordre, elle fit des économies. Elle frisait la cinquantaine quand je la retrouvai à Paris vivant avec Adolphe, fort joli garçon de vingt-cinq à vingt-six ans, neveu d'un agent de change. C'était le ménage le plus tendre, le plus gai, le plus mignon du monde. Je n'ai jamais déjeuné une seule fois dans leur petit cinquième de la rue Taitbout sans être attendri jusqu'aux larmes. " Mange, ma chatte. — Bois, mon loup ! " et des regards et des caresses et un air de contentement. Il lui dit un jour : " Ma chatte, ton argent ne te rapporte pas assez, donne-moi tes titres et dans quarante-huit heures j'aurai doublé ton capital. " Elle ouvrit tout doucement son armoire à glace et lui remit ses valeurs une à une, avec un petit tremblement dans les doigts.

« Il les prit sans émotion et lui apporta le soir même un reçu où l'on lisait la signature de son oncle. Trois mois après elle touchait des revenus magnifiques. Le sixième mois Adolphe disparut. La vieille T*** court chez l'oncle avec son chiffon de papier. " Je n'ai jamais signé cela, dit l'agent de change, et mon neveu ne m'a jamais remis de titres. " T*** grimpe comme une folle chez le commissaire de police; elle apprend qu'Adolphe, exécuté à la Bourse, est parti pour la Belgique, emportant cent vingt mille francs escroqués à une autre vieille femme. Elle ne se remit jamais de ce coup, mais il faut lui rendre justice : elle élevait sévèrement sa fille et ne plaisantait pas sur le chapitre de la vertu. Cette pauvre Gabrielle doit encore aujourd'hui se sentir la joue chaude rien qu'à penser à ses années de Conservatoire; car sa mère lui donnait alors, matin et soir, de belles gifles. Je la vois encore, Gabrielle, dans sa robe bleu céleste, courant à ses leçons en grignotant des grains de café. C'était une bonne fille.

— Vous l'avez connue ! » s'écria Jean pour qui cette confidence était la plus grande aventure d'amour qu'il eût jamais eue.

Le vieillard répondit :

« Nous avons fait autrefois avec elle, en compagnie d'artistes, de bonnes promenades à cheval et à âne dans les bois de Ville-d'Avray[1]; elle s'habillait en homme et je me rappelle qu'un jour... » Il acheva tout bas son récit, qui devenait scabreux. Il ajouta qu'il ne la voyait plus guère depuis qu'elle était avec M. Didier, du Crédit bourguignon. Ce financier avait chassé les artistes; c'était un personnage guindé, gourmé, plat et ennuyeux.

Jean ne fut ni surpris ni choqué outre mesure d'entendre qu'elle avait un amant, parce que, ayant observé les mœurs des comédiennes dans les proverbes en vers d'Alfred de Musset, il se figurait l'existence de toutes les actrices de Paris comme une fête spirituelle et galante. Il aimait celle-là. Avec ou sans Didier il l'aimait. Elle aurait eu, comme Lesbie[1], trois cents amants, qu'il l'eût aimée tout autant. N'est-ce point ainsi que vont les passions de tous les hommes ? On aime parce qu'on aime et malgré tout. Quant à se sentir jaloux de M. Didier, il n'y songea même pas. Il n'était pas fou, cet enfant ! Il était jaloux des hommes et des femmes qui la voyaient souvent passer dans la rue et des employés du théâtre qui s'approchaient d'elle les soirs de représentation. Pour le présent ceux-là seuls étaient ses rivaux. Quant au reste, félicités et tortures, il s'en reposait sur l'avenir, sur l'ineffable avenir. D'ailleurs la littérature romantique lui avait inspiré beaucoup d'estime pour les courtisanes, à condition qu'elles fussent accoudées mélancoliquement au balcon de leur palais de marbre.

Ce qui le choquait dans les récits de l'architecte bohème, ce qui blessait son amour sans l'affaiblir, c'est tout ce que ces récits supposaient de vie inélégante dans la jeunesse de l'actrice. La grossièreté lui répugnait plus que tout au monde.

M. Tudesco, certain qu'on lui payerait ses cerises à l'eau-de-vie, ne se donnait pas la peine de parler, et la conversation tombait quand l'architecte reprit négligemment :

« À propos ! En allant à Bellevue, avant-hier, pour mes affaires, je l'ai rencontrée, jeune homme, votre actrice, à la grille de sa propriété... une maisonnette de rien, bâtie pour durer le temps d'une passion, avec un jardin de six mètres carrés, destiné à donner à un agent de change une idée approximative de la nature. Elle m'a invité à entrer, mais à quoi bon ?... »

Elle était à Bellevue ! Jean oublia tout ce que le récit du vieillard contenait d'ignominieux, et retint seulement qu'elle était à Bellevue, et qu'on pouvait l'y voir dans la familiarité de la campagne.

Il se leva. M. Tudesco le retint par un pan de sa jaquette :

« Mon jeune ami, j'admire que vous vous éleviez d'un vol audacieux au-dessus des empêchements d'une humble condition, vers la beauté glorieuse et opulente. Vous cueillerez la splendide fleur qui vous attire, du moins je le souhaite. Mais combien il serait préférable que vous eussiez de l'amour pour une simple ouvrière que vous pourriez séduire en lui offrant pour dix centimes de pommes de terre frites et une place au paradis pour voir jouer un mélodrame. Je crains que vous ne soyez dupe de l'opinion, car une femme n'eſt pas beaucoup différente d'une autre femme, et c'eſt l'opinion seule, cette maîtresse du monde, qui donne un grand prix aux unes et un petit aux autres. Profitez, mon jeune et très doux ami, de l'expérience que m'ont donnée les vicissitudes de ma fortune, qui sont telles que je suis obligé, à cette heure, de vous emprunter la modique somme de deux livres dix sous. »

Ainsi parla le marquis Tudesco.

XIV

Jean avait monté à pied le coteau de Bellevue[1]. C'était à l'approche du soir. La rue du village, bordée de ronces et de chardons, grimpait entre des murs bas. Devant lui, les bois se perdaient dans un lointain bleui; à ses pieds s'étendait la ville, avec son fleuve, ses toits, ses clochers et ses dômes, la ville énorme et fumeuse, qui avait allumé les désirs de Servien au gaz des théâtres et nourri ses fièvres dans la poussière des rues. Au couchant, une bande pourprée unissait le ciel à la terre. Une paix délicieuse descendait sur la campagne avec les lueurs tremblantes des premières étoiles. Mais ce n'était pas la paix que Jean Servien venait chercher.

Encore quelques pas sur la chaussée pierreuse, et voici la grille tapissée de vigne vierge, telle qu'on la lui a décrite.

Il la regarde longuement, avec piété. Il admire, à travers les barreaux, entre les branches sombres d'un arbre de Judée, un pavillon blanc à perron de pierre, orné de deux vases bleus. Rien ne bouge aux fenêtres, rien sur le sable de l'allée; ni voix, ni souffles, ni bruits de pas. Et pourtant, après une longue contemplation, il s'en va presque heureux, l'âme remplie.

Il attendit sous les vieux noyers de l'avenue l'heure où les fenêtres s'éclairent une à une dans la nuit sombre, puis il revint sur ses pas. Comme il passait devant la gare où quelques personnes se hâtaient à l'approche du train, il vit dans cette confusion une grande femme en mantille embrasser une jeune fille qui partait. Ce visage clair sous la mantille, et ces longues mains fines, qui semblaient nues par volupté, comme il les reconnut ! comme il vit cette femme tout entière en un moment ! Ses genoux fléchirent. Il sentit quelque chose de doux, comme s'il allait cesser d'être. Non ! il ne savait pas qu'elle fût si belle, ni qu'elle eût tant de prix ! Et il avait cru l'oublier ! Il avait cru pouvoir vivre hors d'elle, comme si elle n'était pas à elle seule le monde et la vie !

Elle prit la ruelle qui conduisait à sa maison. Elle marchait d'un pas brusque en laissant traîner sa robe qui s'accrochait aux ronces et qu'elle dégageait en ramenant la main en arrière par un mouvement brutal.

Jean, derrière elle, se frottait contre les mêmes ronces, s'y prenait, s'y piquait avec délices.

Elle s'arrêta devant la grille, et son profil, grand et pur, apparut à Jean dans la clarté bleue de la lune. Comme elle fut longtemps à tourner la clef dans la serrure, Jean put observer son visage, d'autant plus voluptueux qu'il n'était empreint d'aucun travail de la pensée. Il gémit de douleur et de colère à l'idée que, dans une seconde, les barreaux de fer se dresseraient entre elle et lui. Il ne voulut pas que ce fût ainsi.

Il s'élança; il lui prit la main, la pressa, la baisa.

Elle jeta un grand cri de peur, le cri affreux de l'animal[1]. Jean était à genoux sur la pierre du seuil. Il froissait cette main contre ses dents; il enfonçait les bagues dans ses lèvres.

Une femme de chambre accourut essoufflée avec une bougie éteinte.

« Qu'est-ce qu'il y a ? » dit-elle.

Jean lâcha la main qu'il avait marquée d'une goutte de sang et il se releva.

Gabrielle, haletante, cette main sur la poitrine, s'appuya contre la grille.

« Je veux vous parler, à vous; je le veux, dit Jean.

— En voilà des manières ! s'écria la femme de

chambre. Passez votre chemin. » Et elle montra avec son chandelier les deux bouts de la rue.

L'actrice avait encore le visage contracté par la peur. Sa lèvre, retroussée et vibrante, découvrait les dents qui brillaient. Mais elle comprit qu'elle n'avait rien à craindre.

« Que me voulez-vous ? » lui dit-elle.

Il avait perdu son audace depuis qu'il ne touchait plus la main. C'est avec une grande douceur qu'il dit :

« Madame, je vous en supplie, écoutez-moi seule un moment.

— Rosalie, dit-elle, après une seconde d'hésitation, faites deux pas dans le jardin. Parlez maintenant, monsieur. »

Et elle resta sur le seuil, laissant la grille entrouverte comme elle l'était depuis le moment du baiser.

Il parla dans toute la sincérité de son âme :

« J'ai seulement à vous dire, madame, que vous ne devez pas me repousser, car je vous aime trop pour vivre sans vous. »

Elle parut chercher dans sa mémoire.

« N'est-ce pas vous, dit-elle, qui m'avez envoyé des vers ? »

Il répondit que c'était lui.

Elle reprit :

« Vous m'avez suivie, un soir. Ce n'est pas bien, cela, monsieur, de suivre les dames.

— Je n'ai suivi que vous, et c'était bien malgré moi.

— Vous êtes jeune.

— Oui, mais il y a déjà longtemps que je vous aime.

— Cela vous est venu tout d'un coup, n'est-ce pas ?

— Oui, en vous voyant.

— C'est ce que je pensais. Vous êtes inflammable, à ce qu'il paraît.

— Je ne sais, madame. Je vous aime et je suis bien malheureux. Je ne sais plus comment vivre, et je ne veux pas mourir, puisque je ne vous verrais plus. Laissez-moi près de vous quelquefois. On doit y être si bien !

— Mais, monsieur, je ne vous connais pas, moi !

— C'est mon malheur, cela. Mais comment puis-je être un étranger pour vous ? Vous n'êtes pas, oh, non ! vous n'êtes pas une étrangère pour moi. Je ne connais, je ne sais que vous au monde. »

Et il lui reprit la main, qu'elle lui laissa baiser. Puis :

« C'est très joli, dit-elle, mais ce n'est pas un état que d'être amoureux. Qu'est-ce que vous êtes ? Qu'est-ce que vous faites ? »

Il répondit avec assez de franchise :

« Mon père est commerçant; il me cherche un emploi. »

L'actrice comprit que c'était un menu bourgeois, vivant tranquillement de peu, nourri dans l'épargne, serré, mesquin comme ces petits fournisseurs qui venaient lui demander des acomptes en geignant, et qu'elle rencontrait le dimanche en habit neuf dans les bois de Meudon. Elle ne ressentit pas pour lui l'intérêt qu'il lui eût également inspiré riche avec des bouquets et des bijoux ou pauvre et affamé à lui tirer des larmes. Il fallait l'éblouir ou l'attendrir, cette femme ! Puis elle était habituée à des jeunes gens plus dégourdis. Elle se rappela un petit violon du Conservatoire qui, un soir qu'elle avait du monde, fit mine de partir avec les autres et se cacha dans le cabinet de toilette; comme elle se déshabillait, se croyant seule, il sortit de sa cachette avec une bouteille de champagne dans chaque main et riant comme un fou. Le nouveau était moins amusant. Pourtant elle lui demanda son nom.

« Jean Servien.

— Eh bien, monsieur Jean Servien, je suis fâchée, très fâchée de vous avoir rendu malheureux, puisque vous dites que vous l'êtes. »

Et, comme elle était au fond de son cœur plus flattée que chagrine du mal qu'elle avait causé, elle répéta plusieurs fois qu'elle était très fâchée.

Elle ajouta :

« Je n'aime pas à faire de la peine aux gens. Chaque fois qu'un jeune homme est malheureux à cause de moi, j'en suis désolée; mais, de bonne foi, qu'est-ce que vous voulez que j'y fasse ? Allez, et soyez raisonnable. Il est inutile que vous reveniez me voir. D'ailleurs cela serait ridicule. J'ai une vie toute d'intérieur, et il m'est impossible de recevoir des étrangers. »

Il lui dit avec des sanglots :

« Oh ! je voudrais que vous fussiez pauvre et délaissée. Je viendrais alors et nous serions heureux. »

Elle fut assez surprise qu'il ne lui prît pas la taille et qu'il ne pensât pas à l'entraîner dans le jardin, sous le massif où il y avait un banc. Elle fut un peu déçue et comme embarrassée de n'avoir pas à se défendre. Trouvant que la suite de l'entretien ne répondait pas au début et que ce jeune homme devenait ennuyeux, elle lui poussa la grille au nez et se coula dans le jardin.

Il la vit disparaître dans l'ombre.

Elle emportait à sa main, sur le doigt, à côté d'un saphir, une goutte de sang. Dans sa chambre, en versant de l'eau sur ses mains pour laver ce sang, elle songea que tout ce qu'il y en avait dans les veines de ce jeune homme coulerait pour elle, quand elle le voudrait. Et cette idée la fit sourire. Alors, s'il avait été là, dans cette chambre, près d'elle, peut-être qu'elle ne l'aurait pas renvoyé.

XV

Jean descendit la ruelle et courut par la campagne dans un état d'exaltation qui lui ôtait le sens des réalités et qui supprimait en lui toute joie, toute douleur et toute intelligence. Il ne lui souvenait plus de ce qu'il avait été avant ce baiser sur la main, et il était un étranger pour lui-même. Il lui restait aux lèvres un goût voluptueux qu'il ressentait en les pressant l'une contre l'autre.

Le lendemain matin, son ivresse étant dissipée, il tomba dans un grand abattement. Il se dit que tout était perdu. Il comprit que la grille tapissée de vigne vierge et de lierre, cette grille ouverte à plus d'un, lui était fermée par cette main capricieuse et facile mieux et plus impitoyablement qu'elle n'eût pu l'être par les verrous et les clefs d'une femme chaste. Il devinait que son baiser n'avait pas mis de frisson dans cette chair, et qu'il n'avait pas su mordre sur cette créature.

Il ne savait plus ce qu'il avait dit, mais il savait bien qu'il avait parlé dans la grande sincérité de son âme. Il avait montré son ignorance et sa méprisable candeur. La chose irréparable était faite. Pouvait-on être plus malheureux ? Il avait perdu jusqu'à l'avantage d'être inconnu d'elle.

Bien qu'il n'eût point d'orgueil, il rejeta sur le sort les insuffisances de sa nature. Ainsi donc, songeait-il, il était pauvre et n'avait pas le droit d'aimer. Oh ! s'il était riche et formé à toute la science des oisifs et des heureux, comme les magnificences de sa fortune seraient en harmonie avec les magnificences de son amour ! Quel Dieu inepte et féroce avait muré dans la pauvreté son âme pleine de désirs ?

Il ouvrit sa fenêtre et il vit l'apprenti de son père, qui, en se rendant à l'atelier, abordait sur le trottoir, avec une effronterie toute simple, une brocheuse de sa connaissance. Il donnait des baisers à la fille, sans souci des passants, et sifflait en amateur. La fille malsaine et jolie, admirablement campée dans ses loques sur des bottines bien faites, le retenait en feignant de le repousser. Et vraiment ce garçon robuste et mince dans sa veste de toile bleue avait une grâce faubourienne et le bel air des bals de barrière. En s'en allant, elle retourna plusieurs fois la tête; mais il examinait les cervelas à la montre d'un charcutier et ne songeait plus à la fille.

Jean, témoin de cette scène, se sentit jaloux de l'apprenti de son père.

XVI

Il lut, ce jour-là, sur les affiches, qu'elle jouait dans le spectacle du soir. Il la guetta à la sortie du théâtre et la vit qui donnait des poignées de main avant de monter en fiacre. Ce qu'il y avait d'âcre et de mauvais en elle, et qu'il n'avait pas remarqué dans la conversation de la veille, le frappa tout à coup. Alors il s'aperçut qu'il la haïssait, qu'il l'exécrait de toute la

haine comme l'envers de l'amour

force de son intelligence, de ses muscles et de ses nerfs. Il eût voulu la déchirer, la broyer. Il ne pouvait soutenir sans fureur l'idée qu'elle se mouvait, qu'elle parlait, qu'elle riait, qu'elle vivait enfin. Il lui semblait bon du moins qu'elle souffrît, que la vie la blessât et fît saigner sa chair. Il fut content à la pensée qu'elle mourrait un jour et que rien alors ne resterait plus d'elle, rien de ses formes, rien de sa chaleur, et qu'on ne verrait plus les jeux magnifiques de la lumière dans sa chevelure, sur ses yeux et sur sa chair tantôt mate et tantôt nacrée. Mais ce corps, qui lui donnait tant de colère, était jeune, tiède et souple pour longtemps encore, et plus d'un à qui il serait offert, le sentirait frémir et s'animer. Elle existerait pour d'autres sans exister pour lui. Cela était-il tolérable ? Oh ! quelles délices de plonger un poignard dans ce sein tout chaud ! oh ! la volupté de bien tenir cette femme renversée sous un genou et de lui dire entre deux coups de couteau :

« Suis-je ridicule, maintenant ? »

Telles étaient ses imprécations, quand il sentit une main peser sur ses épaules. En se retournant, il vit une singulière figure : un gros nez en pied de marmite, des épaules hautes et fortes, des mains énormes et bien faites, un ensemble malgracieux, puissant et sympathique. Il chercha un instant d'où venait le monstre, puis il s'écria : « Garneret ! »

Et sa mémoire lui représenta en une seconde dans la cour et dans les classes du pensionnat de la rue d'Assas un gros garçon toujours au piquet pendant les récréations, recevant et donnant de grands coups de poing, terrible de sincérité et de courage, laborieux, rude à ses maîtres, sans cesse enguignonné[1], mais étonnant, de temps à autre, la classe par des coups de génie.

Il eut de la joie à retrouver ce camarade qui lui parut presque vieux avec ses paupières froissées et ses gros traits[2]. Ils se prirent le bras et, en se promenant sur le quai désert, tandis que le léger clapotement de l'eau montait à leurs oreilles dans le silence de la nuit, ils se dirent l'un à l'autre leur passé bien court, leurs idées présentes et leurs espérances infinies. Garneret n'avait pas conjuré son ancien guignon; il faisait, de l'aube au soir, des travaux gigantesques pour un géographe qui le payait comme le dernier de ses commis; mais sa large tête était pleine de choses. Il s'occupait de physiologie et se levait avant le soleil pour faire des expériences sur le sens de la lumière chez les invertébrés; afin d'apprendre à la fois l'anglais et la politique, il traduisait les discours de M. Disraeli[1], il accompagnait tous les dimanches les élèves de M. Hébert[2] dans leurs excursions géologiques aux environs de Paris; le soir il faisait aux ouvriers des conférences sur la peinture italienne et l'économie politique et il ne se passait pas une semaine qu'il ne fût terrassé pendant vingt-quatre ou quarante-huit heures par une migraine atroce. Il passait aussi de longues heures chez sa fiancée, jeune fille sans dot, pas jolie, mais douce et délicate, qu'il adorait et qu'il comptait bien épouser dès qu'il aurait cinq cents francs devant lui.

Servien comprenait mal cette nature de bon ouvrier, pour laquelle le monde est une immense usine où l'on travaille habit bas, les manches retroussées, la sueur au front et une chanson aux lèvres. Il concevait encore moins un amour qui n'était pas né dans les prestiges du théâtre ou parmi les somptuosités de la vie oisive. Mais il sentait à tout cela un grand sens et une véritable force, et, comme il avait besoin de confident, il raconta ses amours à Garneret, avec l'accent d'un amer désespoir et un secret orgueil d'éprouver des douleurs distinguées.

Garneret n'admira pas.

« Mon bonhomme, dit-il, tu as pris toutes ces idées-là dans des bouquins romantiques. Comment peux-tu aimer cette femme, puisque tu ne la connais pas ? »

Comment ? Jean Servien ne le savait pas; mais ses nuits, ses jours, les battements de son cœur, la fixité de sa pensée obsédée, tout lui prouvait que cela était. Il se récria; il parla d'influences mystérieuses, d'affinités, d'effluves et de divine essence.

Garneret se prit la face dans les mains. Il ne comprenait pas.

« Mais enfin, dit-il, cette femme n'est pas d'une nature différente de celle des autres femmes ! »

Cette idée si simple surprit beaucoup Jean Servien. Elle le choquait à ce point que, pour ne pas l'admettre, il cherchait dans son esprit des raisons désespérées.

Garneret parla des femmes. C'était un esprit judicieux que Garneret.

Il rendait un compte exact des relations des sexes, mais il ne disait point à Jean pourquoi une figure aperçue entre mille donne plus de joie et de douleur que la vie ne semblait pouvoir en contenir. Il essaya pourtant d'expliquer cela, car il était d'humeur raisonnante.

« C'est bien simple, dit-il; il y a une douzaine de violons chez un brocanteur. Je passe, moi vulgaire racleur de boyaux, je les accorde, je les essaye et joue sur chacun d'eux à grand renfort de fausses notes *Au clair de la lune* et *J'ai du bon tabac dans ma tabatière*; une musique à faire hurler des chats. Paganini passe après moi; il explore d'un seul coup d'archet les plus secrètes profondeurs de ces boîtes harmonieuses : le premier violon est sourd, le deuxième aigre, le troisième presque muet, le quatrième enroué, cinq autres n'ont ni force ni justesse, mais le douzième rend sous l'archet du maître des sons suaves et puissants. Paganini reconnaît un stradivarius; il l'emporte; il le garde en jaloux; il tire de cet instrument, qui aurait toujours été pour moi un sabot sonore, des notes qui font pleurer, qui font aimer et qui donnent l'extase; il fait un testament pour qu'on renferme ce violon avec lui dans le cercueil. Paganini, c'est l'amant, la machine à table d'harmonie, c'est la femme. Il faut qu'elle soit bien construite, cette machine, et sorte de la boutique d'un savant luthier; il faut surtout qu'elle tombe aux mains d'un exécutant habile. Mais, mon pauvre Jean, à supposer que ta tragédienne soit un divin instrument de musique amoureuse[1], je ne te crois pas capable d'en tirer une seule note de volupté... Voyons : je ne passe pas mes nuits à souper avec des femmes de théâtre, mais nous savons ce que c'est qu'une actrice. C'est un animal généralement agréable à voir et à entendre, toujours mal élevé, gâté par la misère d'abord et par le luxe ensuite. Fort occupée de plus, ce qui la rend aussi peu romanesque que possible[2]. Quelque chose comme une concierge devenue princesse et joignant les rancunes de la loge aux caprices du boudoir et aux fatigues de l'étude.

« Tu n'as pas la prétention d'étonner T*** par des munificences de bon goût. Ton père te donne cent sous par semaine; c'est beaucoup pour un relieur, mais c'est peu pour une femme dont les robes coûtent de cinq cents à trois mille francs chaque. Et, comme tu n'es ni directeur de théâtre pour signer des engagements, ni auteur dramatique pour donner des rôles, ni journaliste pour faire des articles, ni commis de nouveautés pour profiter d'un caprice dans les hasards de la livraison à domicile, je ne vois pas du tout comment tu pourras te faire aimer et je trouve que ta tragédienne a eu bien raison de te fermer sa grille au nez.

— Eh bien ! s'écria Jean Servien, je t'ai dit que je l'aimais. Ce n'est pas vrai. Je la hais ! Je la hais pour tous les tourments qu'elle m'a donnés, je la hais parce qu'elle est belle et qu'on l'aime. Et je hais toutes les femmes parce que toutes aiment, et que ce n'est pas moi ! »

Garneret se mit à rire.

« Franchement, dit-il, elles n'ont pas tout à fait tort de ne pas t'aimer. Tu n'as dans tes passions rien d'affectueux, rien de bienfaisant ni d'utile. Depuis que tu aimes Mlle T***, as-tu jamais pensé un seul moment à lui épargner une peine ? As-tu rêvé de te sacrifier pour elle ? S'est-il glissé quelque chose d'humain dans ton amour ? Y sent-on la force ou la bonté ? Non. Eh bien ! lorsqu'on est de pauvres diables comme nous et qu'on a tout à conquérir dans la vie, il faut être courageux et bon. Il est une heure et demie, je dois me lever à cinq. Bonne nuit. Calme-toi et viens me voir. »

XVII

Il ne restait plus que trois jours à Jean pour se préparer à l'examen pour l'admission au ministère des Finances. Il les passa à la maison, où les figures de son père, de sa tante et de l'apprenti lui semblaient étrangères tant elles étaient sorties de sa pensée. M. Servien, mécontent de son fils, se taisait devant lui par timidité et par délicatesse. La tante le subjuguait par son excès de tendresse radoteuse; elle entrait la nuit dans sa chambre pour voir s'il dormait bien. Tout le jour elle lui contait ses misères et ses haines.

Ayant surpris ses propres lunettes sur le nez de l'apprenti, elle gardait de cette profanation une sorte d'horreur religieuse.

« Ce garçon eſt capable de tout », disait-elle. Un des divertissements de l'apprenti était d'exécuter sur le dos de la vieille fille la danse des Caraïbes anthropophages, qu'il avait vue dans quelque théâtre. Il se mettait dans les cheveux des plumes arrachées à un plumeau; il tenait entre ses dents un grand couteau sans manche et il s'approchait d'elle, accroupi et sautillant, avec des grimaces féroces qu'il remplaçait peu à peu par l'expression d'une avidité déçue, à mesure qu'il conſtatait combien sa proie était dure et coriace. Et Jean riait de cette mimique vulgaire et drôle. La tante n'avait jamais eu de ce petit drame joué sur ses talons une idée bien nette; mais s'étant parfois brusquement retournée, elle avait soupçonné quelque irrévérence. Et pourtant, elle supportait cet enfant parce qu'il était du peuple. Elle ne haïssait vraiment que les riches. Elle s'indignait que sa bouchère fût allée en robe de soie à une messe de mariage.

Il y avait au haut de la rue de Rennes, au bord d'un terrain vague[1], dans une échoppe, une marchande de pain d'épice poudreux et de bâtons de sucre d'orge rances. Cette femme avait un teint couleur de brique sous une marmotte de cotonnade et des yeux d'un bleu clair et dur. Tout son étal n'avait pas coûté deux francs et quand il faisait du vent, la poussière blanche des maisons en conſtruction le couvrait comme un badigeon. Les bonnes et les mères tiraient vivement les petits enfants qui lorgnaient la marchandise :

« C'eſt sale ! » disaient-elles.

Mais cette femme n'avait pas l'air d'entendre; et l'on eût dit qu'elle ne ressentait plus rien. Elle ne mendiait pas. La Servien lui disait bonjour en passant, l'appelait par son nom, parlait avec elle, devant l'échoppe, quelquefois un quart d'heure. Elles conversaient toutes deux des voisins, des accidents arrivés sur la voie publique, des chevaux maltraités par les cochers, des peines de cette vie et du bon Dieu « qui n'est pas toujours juste ».

Il arriva à Jean d'assister à un de ces entretiens. Cette saveur des petites existences, ce goût particulier des vies misérables, paresseuses et résignées, remuait tout son sang dans ses veines de plébéien[1]. En un moment, entre ces deux vieilles, couleur de pierre, et n'ayant de vie que celle de la rue, tantôt sombre et déserte, tantôt ensoleillée et peuplée, le jeune homme en apprit plus sur l'existence qu'on ne lui en avait enseigné au collège. Sa pensée alla de cette femme à l'autre, si belle et qu'il aimait, et il se fit de la vie une idée mélancolique et large. Il se dit qu'elles mourraient toutes deux, et une affreuse vieille, accroupie devant des gâteaux moisis, lui rendit cette impression de morne sérénité qu'il avait ressentie devant les joyaux funéraires de la reine d'Égypte.

XVIII

Après s'être exercé tout le jour à des petits problèmes d'arithmétique, il s'en alla le soir en habit de travail jusqu'à l'avenue de l'Observatoire. Là, entre deux chandelles, devant un châssis tapissé de romances à vignettes, un homme chantait d'une voix éraillée en s'accompagnant d'une guitare. En cercle autour de lui, des ouvriers et des filles écoutaient la musique. Jean s'y glissa par cet instinct qui pousse vers la lumière et le bruit les promeneurs distraits et par cette sorte d'amitié pour la foule qui est dans les mœurs parisiennes. Là, plus isolé, plus seul qu'ailleurs, il songeait aux magnificences voluptueuses de quelque belle tragédie d'Euripide ou de Shakespeare. Quelque chose de doux, qu'il ne sentit pas tout d'abord, le touchait et le pressait. Il se retourna et vit une ouvrière en petit chapeau noir, à rubans bleus. Elle était jeune et assez jolie. Il songeait aux grâces terribles et surhumaines d'une Électre ou d'une Lady

Macbeth. Elle continua de se tapir contre son dos, jusqu'à ce qu'il tournât de nouveau la tête.

« Monsieur, lui dit-elle alors, voulez-vous me permettre de passer devant vous ? Je suis si petite ! je ne vous empêcherai pas de voir. »

Elle avait une jolie voix. Sa tête, toute levée et tendue sur un cou potelé, montrait des yeux brillants et des dents saines entre des lèvres gourmandes. Elle se coula, gaie et vibrante, à la place que Jean lui céda sans rien dire.

L'homme à la guitare chanta une romance sur les oiseaux en cage et les fleurs en pots.

« Moi, dit l'ouvrière à Jean, j'ai des giroflées et des oiseaux, ce sont des serins. »

Il songeait à quelque blanche figure errant sous les créneaux d'une tour.

L'ouvrière reprit :

« J'en ai deux, vous comprenez, pour pas qu'ils s'ennuient. Deux, c'est un joli nombre, pas vrai ? »

Il s'en alla avec ses visions sous les vieux arbres de l'avenue. Après deux tours de promenade, il vit la petite ouvrière au bras d'un beau garçon, habillé à la mode, avec une grosse chaîne de montre. Ce garçon lui prenait la taille dans l'ombre; elle riait.

Alors Jean Servien eut regret de l'avoir dédaignée.

XIX

Jean, appelé à subir l'examen, sans préparation suffisante, s'embrouilla dans les entortillements d'une dictée obscure et captieuse et dans des calculs trop longs pour le temps fixé aux candidats. Il rentra désespéré à la maison. Son père essaya par bonté de le rassurer. Mais appelé, à quinze jours de là, par une lettre non affranchie, il fut introduit, après trois heures d'attente, dans le cabinet de M. Bargemont. Il reconnut sa propre dictée dans la main du gros homme.

« J'ai le regret, lui dit le fonctionnaire, de vous annoncer que vous avez totalement succombé dans les épreuves qui vous étaient imposées. Vous ignorez la langue de votre pays[1], monsieur : vous écrivez *Maisons-Laffitte* sans *s* à *maisons*. C'est une faute d'orthographe ! et, qui plus est, vous ne barrez point vos *t*. Comment pouvez-vous ignorer à votre âge qu'un *t* doit être barré ? C'est inexplicable ! »

Et, frappant à grands coups la feuille de papier sur laquelle les fautes étaient marquées à l'encre rouge, il répétait : « C'est inexplicable ! » Sa face s'empourprait et on lui voyait au front une grosse veine. Quelque chose de singulier dans la physionomie de Jean l'arrêta :

« Jeune homme, reprit-il, d'un ton plus calme, tout ce que je pourrai faire pour vous, je le ferai, soyez-en sûr : mais il ne faut pas me demander l'impossible. Nous ne pouvons pas attacher au service de l'État des jeunes gens qui ignorent l'orthographe jusqu'à écrire *Maisons-Laffitte* sans *s* à *maisons*. C'est en quelque sorte un devoir de patriotisme pour un Français de connaître sa langue. Dans un an, le ministre ouvrira une session d'examens; je vous inscrirai. Vous avez un an devant vous; travaillez, apprenez votre langue. »

Jean tout rouge, enflammé de haine et de colère, les yeux fixes, la gorge sèche, les dents serrées, incapable de dire un mot, se retourna tout d'une pièce et fit claquer la porte avec un bruit de tonnerre; des piles de papiers et de livres s'éboulèrent du coup dans le cabinet du chef.

M. Bargemont seul et stupéfait songea toutefois à sauver l'honneur de l'administration. Il rouvrit la porte et cria : « Sortez ! » à Jean qui, repris par sa timidité naturelle, se sauvait comme un voleur dans les corridors.

XX

Dans la cour égayée par une corbeille de rosiers, Jean, une lettre à la main, cherchait à se reconnaître d'après les indications données à voix basse, comme un secret, par le frère portier. Il allait de porte en porte, hésitant, le long du vieux bâtiment désert, quand un petit garçon remarqua son embarras et dit : « Vous voulez voir M. le directeur ? Il est dans son cabinet avec maman. Attendez dans le parloir. »

C'était une grande salle blanche, d'aspect assez noble dans sa nudité, malgré de pauvres chaises de crin rangées contre les murs. Sur la cheminée sans glace une *mater dolorosa* attirait le regard par sa blancheur éclatante. De grosses larmes de marbre étaient arrêtées sur les joues de cette figure, qui exprimait l'engourdissement béat des douleurs saintes. Jean Servien lut cette inscription[1] gravée sur le socle en lettres rouges :

À MONSIEUR L'ABBÉ BORDIER,
EN MÉMOIRE DE
PHILIPPE-GUY DE THIERERCHE,
DÉCÉDÉ À PAU
LE 11 NOVEMBRE 1867,
DANS SA DIX-SEPTIÈME ANNÉE,
LA COMTESSE VALENTINE DE THIERERCHE,
NÉE DE BRUILLE DE SAINT-AMAND.
Laudate pueri dominum.

Alors il oublia ses inquiétudes de solliciteur et l'effroi instinctif qui l'avait saisi au seuil de cette maison silencieuse. Il oublia sa crainte et son espérance... l'espérance d'être pion[2] ! Il assistait au drame domestique et cruel qui lui était révélé par cette inscription. Un enfant d'une des plus grandes familles de France, un élève de l'abbé Bordier, atteint de phtisie au milieu de ses études inutiles et sortant du collège, non pour jouir de la vie et goûter ces magnifiques plaisirs que méprisent ceux-là seuls qui les ont épuisés, mais pour aller mourir dans une ville du Midi entre les bras de sa mère remplie d'une douleur immense, mais pompeuse, à en juger par le symbole de marbre qui la consacre. Il sentait, il voyait cela. Les trois mots latins qui font dire à cette mère : « Enfants, louez le Seigneur qui m'a pris mon enfant », l'étonnaient par leur piété inhumaine, et il admirait aussi qu'on gardât jusque dans la mort un tel air d'aristocratie.

Il s'oubliait dans ces rêveries quand un vieux prêtre lui fit signe d'entrer. Le bonhomme prit la lettre de présentation que Jean lui tendit, mit sur son gros nez des besicles dont les verres étaient ronds, peu s'en faut, comme les deux roues d'un petit chariot d'argent, et lut la lettre en l'éloignant de toute la longueur de son bras. Les fenêtres, qui donnaient sur le jardin, étaient ouvertes; une branche de vigne vierge venait pendre sur le bureau, au pied d'un crucifix de vieil ivoire. Une petite brise faisait palpiter les papiers comme des ailes blanches. L'abbé Bordier[1], ayant fini de lire, tourna vers le jeune homme sa large face labourée et son front que l'âge avait admirablement poli. Il ôta ses lunettes et se frotta les yeux. Ses paupières fripées, remontant lentement, découvrirent des prunelles d'un gris qui faisait songer aux matins d'automne. Renversé dans son fauteuil, il allongeait ses pieds chaussés de souliers à boucles d'argent et montrait ses bas noirs.

« Ainsi donc, mon cher enfant, dit-il, vous voulez, comme me l'apprend mon respectable ami M. l'abbé Marguerite, vous consacrer à l'enseignement; et votre intention serait de préparer votre licence tout en remplissant les fonctions de maître d'étude. Ce sont des fonctions modestes; mais il ne tiendra qu'à vous, mon cher enfant, de les relever par le zèle du cœur et la volonté de bien faire. Je vous confierai l'étude des *Moyens*. M. l'économe vous dira quelles sont nos conditions. »

Jean s'inclina. Il allait sortir. L'abbé Bordier le retint par un geste brusque et lui dit :

« Vous entendez-vous aux vers ?

— Aux vers latins ? demanda Jean.

— Non pas ! aux vers français. Feriez-vous rimer *trône* et *couronne* ? L'oreille, il faut l'avouer, n'est pas très satisfaite de cette rime, mais l'exemple des grands écrivains l'autorise. »

À ces mots, le bonhomme saisit un gros cahier.

« Écoutez, dit-il, écoutez : C'est saint Fabrice qui parle au proconsul Flavius[2] :

Achève, fais dresser l'appareil souhaité
De ma mort, ou plutôt de ma félicité.
Le Roi des Rois, du haut de son céleste trône
Déjà me tend la palme et tresse ma couronne.

« Préférez-vous qu'il dise :

Achève, fais dresser l'appareil souhaité
De ma mort, ou plutôt de ma félicité.
Je vois le Roi des Rois me tendre la couronne,
Quel n'en est pas le prix quand c'est Dieu qui la donne !

« Ces vers sont plus corrects sans doute que les autres, mais ils ont moins de force, et le poète ne doit point sacrifier l'idée à la rime.

Le Roi des Rois, du haut de son céleste trône,
Déjà me tend la palme et tresse ma couronne. »

Cette fois il faisait, en déclamant, les gestes d'offrir et de tresser.

« C'est mieux, ajouta-t-il, c'est mieux ainsi ! »

Jean, un peu surpris, dit que c'était mieux en effet.

« N'est-ce pas ? » s'écria le vieux poète.

Et il souriait avec la candeur d'un petit enfant.

Alors il confia à Jean que c'était une tâche difficile que de faire des vers. Il fallait observer la césure, amener la rime sans effort, faire régner une harmonie tantôt forte, tantôt douce, parfois imitative, n'employer que des termes ou nobles ou relevés par quelque circonstance.

Il lut un morceau de sa tragédie parce qu'il avait des doutes sur le nombre de la période, un autre parce qu'il y trouvait des audaces heureuses, puis un troisième afin de faire mieux comprendre les précédents, puis les cinq actes d'un bout à l'autre. Il jouait en lisant, changeait de voix selon les personnages, se démenait, et, pour retenir sa calotte noire qui tombait aux endroits pathétiques, se donnait sur le crâne des coups de poing retentissants.

Cette tragédie sacrée, dont la femme était absente[1], devait être jouée par les élèves de l'institution dans une solennité. L'année précédente, il avait fait représenter une première tragédie de sa façon, *Le Baptême de Clovis*. Un religieux, M. Schuver, avait suspendu des guirlandes de roses en papier pour figurer le champ de bataille de Tolbiac et la basilique de Reims. Afin de donner un aspect farouche aux enfants qui représentaient les compagnons de Clovis, la sœur lingère avait relevé jusqu'aux genoux leurs pantalons blancs. Mais l'abbé Bordier souhaitait mieux encore pour sa nouvelle œuvre.

Jean soutint et agrandit cette ambition. Il fut admirable dans ses projets de décors et de costumes. Il voulait que le farouche Flavius siégeât sur une chaise d'ivoire garnie de pourpre, devant un portique peint sur la toile de fond. Il voulait que les costumes des soldats romains fussent copiés sur ceux de la colonne Trajane.

Il ouvrait ainsi des perspectives magnifiques au bonhomme enchanté, ravi, mais inquiet. Car, hélas ! M. Schuver ne valait plus rien comme décorateur quand on le sortait de ses roses en papier. Il fallut que Jean visitât le hangar, et ils recherchèrent tous deux le moyen d'ouvrir la scène et d'agencer des coulisses. Jean prit des mesures, leva un plan, fit un devis. Il y mettait une passion singulière, mais qui ne surprenait pas du tout le vieux poète. Ici un portant, là un praticable. L'acteur entrerait par là...

Le bon prêtre l'arrêta :

« Dites le récitateur[1], mon cher enfant; *acteur* n'est pas un terme honnête. »

À cela près, ils s'entendirent à merveille. Le jour baissait; l'ombre démesurée de l'abbé Bordier s'agitait sur le sable du hangar; sa voix brisée jetait des rimes jusqu'au fond des cours. Et Jean Servien souriait au fantôme, visible pour lui seul, de Gabrielle, son inspiratrice.

XXI

La longue étude du soir se terminait dans un calme profond. Les grands abat-jour des lampes ramenaient la lumière sur les chevelures emmêlées des élèves qui travaillaient ou rêvaient le nez sur leur pupitre. On entendait le craquement du papier, le souffle des enfants et le grincement des plumes de fer. Le plus jeune, les joues encore brunies par la mer, songeait, sur son thème inachevé, à la plage normande et aux châteaux de sable qu'il élevait avec ses petits amis à la marée montante pour lutter contre la lame.

Au fond de la salle, dans la haute chaire où le préfet des études l'avait installé solennellement sous le grand crucifix noir, Jean Servien, la tête dans les mains, lisait quelque poète latin.

Il était pris d'une tristesse infinie, mais il n'avait pas encore le sentiment que sa nouvelle vie fût réelle, et il s'attendait à ce que la salle d'étude s'évanouît tout à coup avec les pupitres chargés de dictionnaires et les jeunes têtes dorées par la lumière des lampes.

Tout à coup une boulette de papier, lancée du fond de la salle, le frappa à la joue. Il pâlit et s'écria en tremblant de colère :

« Monsieur de Grizolles, sortez ! »

Il y eut des chuchotements, des petits rires, puis l'apaisement se fit. Les plumes grincèrent de nouveau et on se passait les devoirs en cachette pour les copier.

Il était pion.

Son père en avait décidé ainsi sur le conseil de M. Marguerite, vicaire de sa paroisse, ami de l'abbé Bordier. Le relieur, plein de respect pour le savoir, se faisait une haute idée de tous ceux qui le donnent. Ce titre de maître d'étude sonnait bien à ses oreilles. Il lui souriait de voir son fils entrer dans une institution aristocratique et religieuse.

« Monsieur votre fils, lui disait l'abbé Marguerite, préparera sa licence dans l'intervalle de ses fonctions, et le titre de licencié ès lettres lui donnera accès dans le haut enseignement. On a vu des maîtres d'étude, devenus grands maîtres de l'Université, s'asseoir dans le fauteuil de M. de Fontanes[1]. »

Ces raisons avaient déterminé le relieur et Jean était pion depuis trois jours.

XXII

Trois mois s'étaient lentement passés. C'était un vendredi; une écœurante odeur de friture tiède emplissait le réfectoire; un courant d'air froid saisissait les pieds à travers les chaussures humides; les murs suintaient et l'on voyait, derrière le grillage des fenêtres, une pluie fine tomber du ciel gris. Les élèves, assis devant les tables de marbre, faisaient avec leurs fourchettes et leurs timbales un bruit agaçant, tandis qu'un de leurs camarades, assis dans la chaire au milieu de la grande salle, lisait, selon la règle, un passage de l'*Histoire ancienne* de Rollin[1].

Jean, au bout d'une table, le nez sur son assiette de faïence mal essuyée, avait froid aux pieds et mal au cœur. Quelque chose comme du bois pourri restait au fond de son verre, et les domestiques faisaient circuler des plats de pruneaux dont le jus leur lavait les pouces. Parfois, dans le tintement de la vaisselle, la voix âpre du lecteur de dix-sept ans lui arrivait aux oreilles. Il entendit le nom de Cléopâtre et quelques lambeaux de phrases : *Elle allait paraître devant Antoine dans un âge où les femmes joignent à la fleur de leur beauté toute la force de l'esprit... sa personne plus puissante que toutes les parures... Elle entra dans le Cydnus... La poupe de son vaisseau était tout éclatante d'or, les voiles de pourpre, les rames d'argent.*

Puis les noms caressants de *Néréides*, de *flûtes*, de *parfums*. Alors le sang lui monta aux joues. La femme qui était pour lui l'unique incarnation de tout l'éternel féminin lui apparut avec une netteté prodigieuse; un douloureux frisson de volupté hérissa tous les poils de sa chair, ses ongles entraient dans la paume de ses mains, et ce qu'il voyait lui causait des souffrances indicibles, des souffrances délicieuses : c'était Gabrielle en peignoir devant les fleurs et les cristaux d'une table élégante et petite. Il voyait nettement et fouillait des yeux tous les plis de la molle étoffe que soulevait à la gorge le souffle de la jeune femme. Son visage, son cou, ses mains animées avaient un éclat extraordinaire et pourtant si naturel que le désir s'en exhalait comme de la réalité même. Le magnifique tissu des lèvres, pleines comme un fruit mûr, et le beau grain de la peau étalaient ces trésors pour lesquels on risque la mort et le crime. C'était la tragédienne enfin vue par les deux yeux qui de tous les yeux du monde avaient su le mieux la voir. Elle n'était pas seule : un homme la regardait dans les prunelles en lui versant à boire. Ils se penchaient l'un vers l'autre. Jean retenait ses sanglots. Tout à coup il lui sembla qu'il tombait du haut d'une tour. Le préfet des études était devant lui et lui disait :

« Monsieur Servien, *voyez voir* à punir l'élève Laboriette qui verse son abondance[1] dans la poche de son voisin. »

XXIII

Le préfet des études, avec sa large face plate et ses façons sournoises de moine paysan, agaçait Jean Servien à qui il recommandait tous les jours *la fermeté, la fermeté*, et qu'il desservait en toute occasion auprès du directeur.

Les premiers temps s'étaient passés dans une monotonie assoupissante. Jean, avec ses manières discrètes, ses délicatesses d'esprit et son air d'indifférence bienveillante, plaisait aux élèves intelligents. Les autres, qu'il ne tracassait pas, le laissaient tranquille, hors un : Henri de Grizolles, joli et féroce, fier de son nom qu'il écrivait en grosses lettres sur ses pantalons clairs, et heureux de nuire, avait, dès le premier jour, déclaré la guerre au pauvre pion. Il versait des bouteilles d'encre dans son pupitre, mettait de la poix sur sa chaise et lançait des pétards au milieu des études.

Le préfet, attiré par le bruit, entrait comme un commissaire de police et recommandait à Jean *la fermeté, la fermeté.*

Jean afficha, au contraire, une facilité excessive. Un jour, on fit sa caricature. Il la surprit, la regarda et la rendit à l'élève en haussant les épaules.

Cette mansuétude ne fut pas comprise et elle affaiblit son autorité. Les souffrances du pion devinrent aiguës. Il perdit la patience qui allégeait ses maux. Il ne tolérait plus l'agitation joyeuse des enfants, leurs rires, leur contentement léger de vivre. Il punissait, avec un sentiment visible de haine, leur étourderie et jusqu'à leur joie. Puis il tombait dans une sorte d'engourdissement. Il avait des absences pendant lesquelles il n'entendait aucun tapage. Ce devint une mode d'élever des oiseaux, de faire des filets, de jouer de l'arc, et d'imiter le chant du coq dans l'étude de

M. Jean Servien. Et les élèves des autres divisions s'échappaient pour voir à travers les vitres cette étude dont on contait tant de merveilles et où des pantins collés au plafond par du papier mâché se balançaient au bout d'un fil.

M. de Grizolles avait installé une véritable baliste pour lancer des haricots à la tête du pion.

Jean chassait M. de Grizolles de l'étude. M. le préfet y réintégrait M. de Grizolles que Jean chassait de nouveau. Et c'était chaque fois un nouveau rapport au directeur. L'abbé Bordier, qui ne parvenait jamais à écouter M. le préfet jusqu'au bout, levait les bras au ciel et s'écriait qu'on le ferait mourir. Mais il lui restait dans l'esprit que le surveillant des *Moyens* était une cause de trouble.

XXIV

Les dimanches, tout parfumés d'encens, se consumaient en offices dans une allégresse langoureuse. À vêpres, pendant que les psalmodies claires des élèves traînaient dans la chapelle, Jean contemplait quelque figure de femme effacée dans l'ombre des tribunes. C'est là que, pendant l'office, les mères, les sœurs des élèves se tenaient, agenouillées et pourtant hautaines. Au chant de l'*Ave maris stella*, le fils du relieur levait les yeux sur ces femmes de vieille race dont les moins belles se sentent d'un grand prix et gardent une fierté naturelle et simple. Les chants, l'encens, les fleurs, les images pieuses, tout ce qui fait qu'on se trouble et qu'on prie amollissait son âme et la livrait tremblante à ces patriciennes. Mais c'est Gabrielle qu'il aimait en elles. Il l'appelait, l'évoquait, et tout ce qui dans la religion donne à l'amour l'attrait de la chose défendue prenait pour lui un intérêt puissant. Athée, il aimait le Dieu de Madeleine[1] et goûtait la religion qui a donné aux amants une volupté de plus, la volupté de se perdre[2].

XXV

Les élèves se fatiguèrent peu à peu d'un tumulte que leur imagination ne savait plus renouveler. M. de Grizolles lui-même renonça à lancer des haricots. Il eut l'idée de faire du chocolat dans son pupitre avec une lampe à esprit-de-vin et une casserole d'argent. Jean le laissa faire, respira et rouvrit son Sophocle. M. le préfet, passant dans la cour, sentit une odeur de cuisine, fouilla les pupitres et trouva la casserole qu'il alla tendre, chaude encore, à M. le directeur en s'écriant : « Voilà ce qu'on fait dans l'étude de M. Servien ! » M. le directeur se frappa le front, dit qu'on le ferait mourir, fit rendre à l'élève sa casserole, manda M. le surveillant et lui adressa de vifs reproches, parce qu'il crut que son devoir l'y obligeait.

Le lendemain qui était jour de congé, Jean alla chez son père pour y passer la journée. Le relieur lui demanda s'il avait bien préparé son examen de professeur.

« Mon garçon, ajouta-t-il, dépêche-toi de prendre un bon rang, si tu veux que je t'y voie. Un de ces jours, ta tante et moi, nous nous en irons les pieds devant. La vieille a eu un étourdissement la semaine passée dans l'escalier. Moi, je ne souffre pas, mais je sens que je suis usé. J'ai beaucoup travaillé sur cette terre. »

Il regarda ses outils, et s'éloigna tout courbé !

Alors Jean rassembla dans ses deux mains les vieux outils usés et luisants, ciseaux, poinçons, couteaux, plioirs, racloirs, et il les baisa.

Il pleurait. Sa tante vint à lui, cherchant ses besicles. Tout bas, en secret, elle lui demanda un peu d'argent. Autrefois elle économisait les sous pour les glisser dans la main « de l'enfant »; maintenant, plus faible que l'enfant, elle craignait de manquer; elle avait des cachettes et demandait des secours aux prêtres. D'ailleurs sa tête n'était plus solide. Elle annonçait souvent à son frère qu'elle ne laisserait point passer la semaine sans aller voir les Bideau. Et les Bideau, en leur vivant portiers-tailleurs à Montrouge, étaient morts tous deux, femme et mari, depuis deux ans. Jean lui donna un louis qu'elle prit avec une joie si laide que le pauvre garçon s'enfuit dehors.

Il se trouva, sans savoit comment, sur le quai, près du pont d'Iéna. La journée était claire, mais les murs sombres des bâtiments comme l'aspect gris de la berge disaient que la vie est dure. Dans le fleuve une dragueuse, toute jaune de marnes, vidait l'un après l'autre ses seaux pleins de gravier fangeux. Au bord de l'eau, une robuste potence de chêne déchargeait des pierres meulières en virant sur son axe. Près du pont, contre le parapet, une vieille cuivrée gardait, en tricotant des bas, un étal de vieux gâteaux aux pommes.

Jean Servien songea à son enfance. Sa tante l'avait mené bien des fois sur ce quai[1]. Bien des fois ensemble ils avaient regardé la dragueuse amener à son bord, seau par seau, le fond fangeux du fleuve. Bien des fois sa tante avait échangé des paroles avec la marchande de gâteaux aux pommes, tandis qu'il examinait, sur la table couverte d'une serviette, la carafe qu'emplissait une eau de réglisse et que bouchait un citron. Rien n'était changé, ni la dragueuse, ni les radeaux de bois flotté, ni la marchande de gâteaux, ni les lourds étalons élevés aux quatre angles du pont d'Iéna.

Et Jean Servien entendait les arbres du quai, l'eau de la rivière, les pierres du parapet qui lui criaient :

« Nous te reconnaissons; tu es le petit garçon que ta tante, en bonnet de paysanne, nous amenait autrefois. Mais nous ne reverrons plus ta tante, ni son châle d'indienne, ni son parapluie qu'elle ouvrait au soleil; car elle est vieille maintenant et ne promène plus son neveu grandi. Et l'enfant devenu homme a été blessé par la vie, tandis qu'il poursuivait des ombres. »

XXVI

Un jour, pendant la récréation de midi, il fut averti qu'un visiteur le demandait au parloir; il eut un mouvement de joie, car il était très jeune et comptait encore sur l'inconnu. Il trouva dans le parloir M. Tudesco avec son gilet de toile à matelas et dans la main un chapeau pointu.

« Mon jeune ami, lui dit l'Italien, j'ai connu, par l'apprenti de monsieur votre père, que vous êtes renfermé dans le sanctuaire des études. Je vous dis : Votre fortune est voilée de nuages, du moins je le crains. La médiocrité de votre condition n'est pas dorée comme celle du poète latin, et vous luttez d'un cœur vaillant contre la fortune adverse. C'est pourquoi je viens vous tendre la main, et je vous dis : Vous considérerez comme une marque de mon amitié et de mon estime la demande que je vous fais d'une pièce de cinq livres qui m'est nécessaire pour soutenir une existence consacrée aux études. »

Le parloir s'emplissait de parents et d'élèves. On entendait de gros baisers sonner sur les joues des mères, puis des exclamations : « Comme tu as chaud ! » et de longs chuchotements. Les sœurs des élèves, en toilettes claires, épiaient avec malice les amis de leurs frères, et les papas tiraient de leurs poches des tablettes de chocolat.

M. Tudesco, parfaitement à son aise dans cette belle société, ne semblait pas s'apercevoir de l'horrible gêne du maître d'étude. Celui-ci ayant dit : « Venez, nous serons mieux ailleurs », le gros homme répondit : « Je ne crois pas. »

Il faisait de profondes révérences aux dames qui entraient, et donnait des tapes amicales sur la joue des petits collégiens.

Renversé dans un fauteuil et multipliant de toutes les façons l'effet de son gilet de toile à matelas, il racontait de sa vie ce qui lui en semblait le plus beau :

« Les destins étaient domptés, disait-il à Servien, ma vie était assurée. Le patron d'un hôtel m'avait confié sa comptabilité et je me livrais chez lui à des calculs de mathématique, non point, comme l'illustre et infortuné Galilée, pour mesurer les astres, mais pour établir avec exactitude les profits et les pertes d'un industriel. Après deux jours de ces fonctions honorables, le commissaire de police fit une descente dans l'hôtel, arrêta le patron et la patronne et emporta mes livres de comptabilité. Non, je n'avais point dompté les destins ! »

Toutes les têtes se tournaient avec de grands yeux vers cet extraordinaire homme. On chuchotait, il y avait des rires étouffés. Jean, se voyant entouré de figures moqueuses et de mines allongées, entraîna Tudesco vers la porte. Mais tandis que, pour prendre congé, le marquis faisait de grandes révérences aux dames, Jean se trouva face à face avec le préfet des études qui lui dit :

« Monsieur Servien, *voyez voir* à présider la retenue en l'absence de M. Schuver. »

Le marquis serra la main à son ami, le regarda s'éloigner, puis, se retournant vers les groupes assemblés dans le parloir, il fit un geste à la fois suppliant et noble pour demander le silence.

« Mesdames et messieurs, dit-il, j'ai traduit dans la langue française, que Brunetto Latini[1] disait être la plus délectable de toutes, la *Jerusalem liberata*, le chef-d'œuvre glorieux du divin Torquato Tasso. J'ai écrit ce grand ouvrage dans un grenier sans feu, sur du papier à chandelle, sur des cornets de tabac... »

Alors, d'un des coins du parloir, un rire d'enfant partit comme une fusée.

M. Tudesco s'arrêta et sourit, les cheveux épars, l'œil noyé, les bras ouverts comme pour embrasser et bénir; puis il reprit :

« Je dis : Le rire de l'innocence, c'est la joie du vieillard infortuné. Je vois d'ici des groupes dignes du pinceau du Corrège et je dis : Heureuses les familles réunies en paix dans le sein de la patrie ! Mesdames et messieurs, excusez-moi si je vous tends le casque de Bélisaire. Je suis un vieil arbre foudroyé. »

Et il tendait de groupe en groupe son feutre pointu où, dans un silence glacial, tombaient une à une de menues pièces d'argent.

Mais tout à coup le préfet des études saisit le chapeau et poussa le vieil homme dehors.

« Rendez-moi mon chapeau, criait M. Tudesco au préfet qui s'efforçait de restituer les pièces blanches aux donateurs; rendez le chapeau du vieil homme, le chapeau de l'homme blanchi dans les études. »

Le préfet, rouge de colère, jeta le feutre dans la cour et cria :

« Filez, ou je vous fais arrêter. »

Le marquis Tudesco s'enfuit lestement.

Le soir même, le maître d'étude, appelé chez le directeur, reçut son congé.

« Malheureux enfant ! malheureux enfant ! dit l'abbé Bordier en se frappant le front, vous avez causé un scandale inconcevable, inouï dans cette maison, et cela au moment où j'avais tant à faire. »

Et les petits papiers voltigeaient comme de blancs oiseaux sur la table du directeur.

En traversant le parloir, Jean revit la *Mater dolorosa* et relut les noms de Philippe-Guy de Thiererche et de la comtesse Valentine.

« Je les hais, dit-il, les dents serrées, je les hais tous. »

Pendant ce temps le bon prêtre se sentait pris de pitié. On lui rompait tous les jours la tête avec des rapports contre Jean Servien. Cette fois il avait cédé; il avait sacrifié le jeune surveillant; mais il ne comprenait rien à cette histoire de mendiant. Il se ravisa, il courut à la porte et rappela le maître d'étude.

Jean se retourna vers lui.

« Non ! dit-il, non ! je ne puis plus supporter cette vie; je suis malheureux, je souffre, je hais !

— Pauvre enfant ! » soupira le prêtre en laissant tomber ses bras.

Ce soir-là, il ne fit pas un seul vers de sa tragédie.

XXVII

Le bon relieur ne fit aucun reproche à son fils.

Après dîner, il alla s'asseoir à la porte de sa boutique et regarda la première étoile allumée dans le ciel.

« Mon garçon, dit-il, je ne suis pas un savant comme toi; mais j'ai une idée et il ne faut pas me l'ôter, parce qu'elle me console. C'est que, quand j'aurai fini de relier des livres, j'irai dans cette étoile-là. Cette pensée m'est venue de ce que j'ai lu dans le journal que toutes les étoiles étaient des mondes. Comment nommes-tu cette étoile ?

— Papa, c'est Vénus.

— Dans mon pays, on dit que c'est l'étoile du Berger. Elle est belle et je pense que ta mère y est. C'est pour cela que je voudrais y aller. »

Le vieillard passa ses doigts tordus sur son front et murmura :

« Comme on oublie ceux qui sont partis, mon Dieu ! »

Jean recueillit dans des lectures de poètes et dans des promenades rêveuses son âme endolorie. Sa tête s'emplit de visions.

Ce fut bientôt un désordre sublime dans lequel flottaient Ophélie et Cassandre, Marguerite, Délie, Phèdre, Manon et Virginie et, au milieu d'elles, des ombres sans nom encore, presque sans forme et pourtant séduisantes ! Tenant des coupes et des poignards et traînant de longs voiles, elles allaient et venaient, s'effaçaient et se coloraient. Et Jean les entendait qui lui disaient : « Si nous existons jamais, nous existerons par toi. Et quel bonheur ce sera pour toi, Jean Servien, de nous avoir créées. Comme tu nous aimeras ! » Jean Servien leur répondait : « Revenez, revenez, ou plutôt ne me quittez pas. Mais je ne sais comment vous rendre plus visibles; vous vous effacez dès que je vous contemple, et je ne puis vous prendre dans le filet des beaux vers ! »

Il essaya à plusieurs reprises d'écrire des poèmes, des tragédies, des romans; mais sa paresse, sa stérilité, ses scrupules et ses délicatesses l'arrêtaient dès les premières lignes et il jetait au feu la page à peine noircie. Bientôt découragé, il tourna ses pensées vers la politique. Les funérailles de Victor Noir[1], les émeutes de Belleville[2], le plébiscite[3], l'occupaient; il lisait les journaux, se mêlait aux groupes formés sur *les boul*evards, suivait la foule ameutée des blouses blanches, et était de ceux qui huaient le commissaire de police pendant les trois sommations. Le désordre et les criailleries le grisaient; son cœur battait, sa poitrine se gonflait, toute son âme s'exaltait au milieu de ces stupides bousculades. Enfin après avoir piétiné côte à côte avec les badauds, bien avant dans la nuit, les jarrets rompus, les côtes endolories, la tête vague, grisé d'emphase et de tapage, il regagnait à travers les rues désertes le faubourg Saint-Germain. Et là, il jetait en passant un regard de haine à quelque hôtel portant un écu à son fronton et dont deux lions de pierre bleuis par la lune gardaient la porte close. Puis, continuant son chemin, il s'imaginait debout, un fusil à la main, sur une barricade, dans la fumée de l'émeute, avec des ouvriers et des jeunes gens des écoles, comme cela se voit dans les lithographies.

Un jour, au mois de juillet, il vit une troupe de blouses blanches qui passait sur le boulevard en criant : « À Berlin[1] ! » Des gamins dépenaillés glapissaient à l'entour. Les bourgeois surpris faisaient la haie, et ne disaient rien; mais un d'eux, gros, grand et coloré, agita son chapeau et cria :

« À Berlin ! vive l'Empereur ! »

Jean reconnut M. Bargemont.

XXVIII

La rue du rempart[2]. Des baraques de campement et des fusils en faisceaux gardés par un factionnaire. Les gardes nationaux jouent au bouchon[3]. Un soleil d'automne répand sa clarté magnifique et douce sur les dômes de la ville assiégée. Par-delà les remparts, la campagne grise et nue; au loin, les casernes des forts, au-dessus desquelles montent des flocons de fumée; à l'horizon, les collines où les batteries prussiennes qui *tirent font traîner* des nuages blancs. Le canon gronde. Il gronde depuis un mois; on ne l'entend plus. Servien et Garneret[4], portant le képi à passepoil rouge et la vareuse à boutons de cuivre, sont assis sur des sacs de terre et se penchent sur le même livre.

C'était un Virgile, et Jean lisait tout haut les délicieux vers du *Silène*[5]. Deux jeunes hommes ont surpris le vieillard divin, endormi dans cette ivresse dont il a l'habitude et qui le rend risible en le laissant vénérable;

ils l'ont lié avec des fleurs pour obtenir de lui des chants. Les joues teintes par Églé, la belle Naïade, du suc rouge des mûres, il chante.

« Il chante comment dans le vide immense furent condensés les germes de la terre, de l'air, des mers et aussi du feu subtil ; comme de ces principes sortirent toutes choses et se consolida le tendre globe du monde ; comme alors le sol commença de s'affermir et d'enfermer Nérée dans la mer et de prendre peu à peu les formes des choses. Et déjà la terre s'étonne que brille le premier soleil, et de plus haut les pluies tombent des nuées allégées ; les forêts d'abord commencent à s'élever et de rares animaux errent par les montagnes innommées. »

Et Jean s'interrompait :

« Que cela, disait-il, peint bien l'âme sérieuse et tendre de Virgile ! Le poète a mis une genèse dans une idylle. L'Antiquité le surnommait la Vierge. C'est le nom qu'il faut donner à sa Muse, et il faut se la figurer comme une Mnémosyne méditant sur les travaux des hommes et les causes des choses ! »

Pendant ce temps, Garneret, plus sérieux et le doigt sur le texte, rassemblait ses idées. Les joueurs de bouchon faisaient rouler jusqu'à ses pieds les palets de cuivre ; la cantinière passait et repassait avec son petit tonneau.

« Vois-tu, Servien, dit-il enfin, dans ces vers, Virgile, ou plutôt le poète alexandrin qu'il imitait, a pressenti la grande hypothèse de Laplace et les théories de Charles Lyell. Il montre la matière cosmique, ce néant d'où tout doit sortir, se condensant pour former des mondes, la jeune écorce du globe se consolidant ; puis la formation des îles et des continents ; au milieu des pluies, l'apparition du soleil, jusque-là voilé par des nuages opaques ; la vie végétale se manifestant avant la vie animale, parce que celle-ci ne peut se soutenir et durer qu'en absorbant les éléments de la première... »

À ce moment il se fit un mouvement dans la rue du rempart. Les joueurs de bouchon s'arrêtèrent et les deux amis levèrent la tête. C'était un convoi de blessés qui passait. Les grandes tapissières[1], marquées de la croix rouge de Genève, laissaient voir sous leurs rideaux des faces blêmes, entourées de linges sanglants. Des lignards et des mobiles, le bras en écharpe, suivaient à pied. Les gardes nationaux leur tendaient des poignées de tabac et leur demandaient des nouvelles.

Les blessés secouaient la tête et passaient leur chemin.

« Est-ce que, nous aussi, nous n'allons pas bientôt nous battre ? » s'écria Garneret.

Servien lui répondit :

« Il faut déposer les traîtres et les incapables qui nous gouvernent, proclamer la Commune et marcher tous contre les Prussiens[1]. »

XXIX

La haine de l'Empire qui l'avait laissé souffrir dans une arrière-boutique et dans une salle d'étude, l'amour de la République dont il attendait tout, avaient échauffé dès le 4 septembre l'enthousiasme guerrier de Jean Servien. Mais il se fatigua vite des longs exercices dans le jardin du Luxembourg et des gardes inutiles au pied des remparts. L'ivresse sentimentale des boutiquiers pris de vin et de patriotisme l'écœurait, et ce jeu au soldat à jeun, dans la boue, lui sembla à la longue d'un goût détestable.

Garneret était, par bonheur, son compagnon de garde, et Servien subissait l'influence de cette pensée ordonnée et riche, soumise au devoir et à la réalité. Cela seul le sauvait d'un amour sans passé comme sans espoir qui prenait la fixité dangereuse d'une maladie mentale.

Il y avait longtemps qu'il n'avait revu Gabrielle. Les théâtres étaient fermés ; il savait seulement, d'après les journaux, qu'elle soignait les blessés dans l'ambulance du théâtre. Il ne la cherchait plus.

Quand il n'était pas de service, il lisait dans son lit (car l'hiver était rude et l'on manquait de bois) ou bien il courait aux nouvelles sur les boulevards et se mêlait aux groupes. Un soir, dans les premiers jours de janvier, comme il passait devant la rue Drouot, il fut attiré par des bruits de voix, et vit M. Bargemont malmené par des gardes nationaux de mauvaise mine.

« Je suis plus républicain que vous, s'écriait le gros homme; j'ai toujours protesté contre les infamies de l'Empire. Mais quand vous criez : Vive Blanqui !... permettez... j'ai le droit de crier : Vive Jules Favre[1] ! permettez, j'ai le droit... » Les huées qui s'étaient élevées lui couvrirent la voix. Des gens en képi lui montraient le poing et l'appelaient « traître, capitulard, badingouin[2] ». Sur sa large face, défaite par la peur, restaient encore de vieux plis d'insolence bourgeoise. Une fille qui passait cria : « À l'eau ! » Cent voix répétèrent : « À l'eau ! » À ce moment il se fit une grande poussée et M. Bargemont se jeta dans la cour de la mairie. Une escouade de gardiens de la paix le reçut et se referma sur lui. Il était sauvé !

La foule amassée s'écoula peu à peu et Jean entendit le récit de l'affaire passer de bouche en bouche avec toutes sortes de déformations. Les derniers venus apprirent qu'on venait d'arrêter un général allemand qui s'était introduit comme espion dans Paris, pour livrer la ville avec l'aide des bonapartistes.

Le passage redevenu libre, Jean vit M. Bargemont sortir de la mairie. Il était fort rouge et la manche de son pardessus disloquée.

Jean eut l'idée de le suivre.

Le long des boulevards, il le suivit par amusement, de fort loin et sans s'inquiéter de le perdre; mais quand le fonctionnaire prit une rue transversale, le jeune homme le serra de plus près; il ne songeait encore à rien; un instinct le poussait. M. Bargemont tourna à droite; la rue assez large était déserte et mal éclairée par des quinquets de pétrole qui remplaçaient les becs de gaz. Cette rue, Jean Servien la connaissait mieux que toute autre. Il y était tant de fois venu ! La forme des portes, la couleur des boutiques, les lettres des enseignes, tout lui en était familier; il n'y avait pas jusqu'à la sonnette de nuit du pharmacien qui ne lui fût un souvenir et ne l'émût. Le pas des deux hommes retentissait dans le silence. M. Bargemont se retourna. Il fit quelques pas encore et sonna à une porte. Jean Servien l'avait rejoint. Il était là aussi devant la porte. C'était celle qu'il avait embrassée dans une nuit de désespoir, c'était celle de Gabrielle. La porte s'ouvrit. Jean fit un pas et M. Bargemont, entrant le premier, la laissa ouverte, pensant que ce garde national était un locataire qui rentrait. Jean se coula dans l'escalier noir et monta deux étages. M. Bargemont sonnait au troisième palier. On ouvrit. Jean entendit la voix de Gabrielle[1] :

« Comme tu viens tard, mon cher; j'ai envoyé Rosalie se coucher; je t'attendais, tu vois. »

Le gros homme, tout soufflant, répondait :

« Figure-toi qu'ils ont voulu me jeter à l'eau, ces coquins ! Mais c'est égal, je t'apporte quelque chose de rare et de cher : un pot de beurre !

— Comme le Petit Chaperon rouge, reprit la voix de Gabrielle. Entre, tu me conteras cela... Entends-tu !

— Le canon ? Ça ne cesse pas.

— Non, le bruit d'une chute dans l'escalier.

— Tu crois ?

— Donne-moi la bougie, je vais voir. »

M. Bargemont descendit quelques marches et vit Jean étendu sans mouvement sur le palier.

« Un ivrogne, dit-il; il y en a tant ! Ce sont des ivrognes aussi qui voulaient me noyer. »

Il éclairait de sa bougie la face blême de Jean. Gabrielle, penchée sur la rampe, regardait :

« Ce n'est pas un homme ivre, dit-elle, il est trop pâle. C'est peut-être un malheureux garçon qui meurt de faim. Quand on en est réduit au pain du gouvernement et à la viande de cheval[2]... »

Puis elle regarda plus attentivement sous ses sourcils froncés et murmura :

« C'est singulier, c'est vraiment singulier !

— Est-ce que tu le reconnais ? demanda le gros homme.

— Je cherche à me rappeler... »

Mais déjà elle s'était rappelé le baiser sur la main, devant la grille de la petite maison.

Elle courut dans son appartement, revint avec une carafe et un flacon d'éther, s'agenouilla devant l'homme évanoui, puis, de son bras qu'entourait le brassard blanc des infirmières, elle souleva la tête de Jean. Il rouvrit les yeux, la vit, poussa le plus grand soupir d'amour qui soit jamais sorti d'une poitrine humaine et sentit ses paupières retomber doucement. Il ne se rappelait rien; seulement elle était penchée sur lui, et elle l'avait caressé de son souffle. Elle lui mouillait les tempes, et il se sentait renaître, délicieusement. M. Bargemont pencha la bougie sur Jean Servien qui, rouvrant les yeux pour la seconde fois, vit la joue rouge du gros homme effleurant l'oreille délicate de la tragédienne. Il poussa un grand cri et s'agita convulsivement.

« C'est peut-être une crise d'épilepsie », dit M. Bargemont en toussant ; car il s'enrhumait dans cet escalier.

Elle reprit :

« On ne peut pas laisser un malade sans secours. Réveillez Rosalie. »

Comme il remontait en grognant, Jean s'était remis debout.

Il détournait la tête.

Elle lui dit tout bas :

« Vous m'aimez donc encore ! »

Il la regarda avec une indéfinissable tristesse :

« Non, je ne vous aime plus. »

Et il descendit l'escalier en trébuchant. M. Bargemont reparut :

« C'est particulier, dit-il, Rosalie ne me répond pas. »

L'actrice haussa les épaules.

« Tenez, allez-vous-en; j'ai une horrible migraine. Allez-vous-en, Bargemont. »

XXX

Elle était la maîtresse de Bargemont ! c'était pour Jean Servien la plus horrible torture et la plus inattendue. Il avait de la haine et du mépris pour ce gros homme dont il connaissait la fausse bonhomie, la brutalité, la sottise et la platitude. Cette face couperosée, ces yeux hors de la tête, ce front traversé par une veine bleu noir, cette main lourde, cette âme louche et vulgaire, était-ce donc là... Oh ! quel dégoût de le penser ! Le dégoût, voilà ce que la nature délicate de Servien ressentait le plus péniblement. Dans sa moralité peu sûre, il aurait pardonné à Gabrielle des vices élégants, des monstruosités exquises, des crimes romanesques. Mais ce Bargemont et son pot de beurre !... Ne jamais posséder la plus désirable des femmes, ne plus la revoir, il le voulait bien encore, mais la savoir dans les bras de cette lourde brute, c'est ce qui lui rendait impossibles la pensée et la vie.

En songeant ainsi, il avait regagné instinctivement son quartier. De longs sifflements lui passaient au-dessus de la tête[1] et il entendait d'effroyables détonations. Des gens le croisaient, coiffés de foulards et portant des matelas sur leur dos. Au coin de la rue de Rennes il heurta du pied un réverbère couché sur le trottoir près d'un mur éventré. Devant la boutique du relieur il vit un grand trou. Il allait ouvrir la porte : un obus l'avait défoncée, et l'on voyait dans l'ombre l'établi culbuté.

Il se rappela alors que les Allemands bombardaient la rive gauche, et il voulut courir dans les rues sous les obus.

Une voix qui sortait de dessous terre l'appela :

« C'est toi, mon garçon ? Viens vite, tu m'as causé une fameuse inquiétude. Descends, nous sommes installés dans la cave. »

Il suivit son père et trouva des lits dans les caveaux. Le plus grand caveau servait de cuisine et de salon. Là, le relieur montrait sur une carte au concierge et aux locataires la position des armées de secours. La tante Servien, dans l'ombre, les yeux ternes et fixes, suçait lentement du biscuit trempé dans du vin. Elle ne comprenait rien à tout ce qui se passait et gardait de la défiance.

Ce petit monde, ainsi terré depuis la veille au soir, demanda des nouvelles au fils Servien. Puis le relieur reprit les explications qu'on lui avait demandées comme à un ancien militaire et à un homme sérieux.

« Il s'agit, disait-il, de tendre la main à l'armée de la Loire, à travers le cercle de fer qui nous étreint. L'amiral La Roncière[2] a enlevé les positions d'Épinay en avant de Longjumeau... »

Puis s'adressant à Jean :

« Mon garçon, trouve donc Longjumeau sur la carte, je n'ai plus mes yeux de vingt ans, et ces chandelles éclairent très mal. »

À ce moment, une formidable explosion secoua les pierres de taille et remplit la cave de poussière. Les femmes poussèrent de grands cris ; le portier alla faire sa ronde, tâtant les murs avec ses grosses clefs ; une énorme araignée courut sur la voûte.

Puis la conversation reprit tranquillement et deux locataires se mirent à jouer aux cartes sur un tonneau.

Jean, brisé de fatigue, s'endormit à terre d'un affreux sommeil.

« Est-ce que le petit est rentré ? » demanda la tante Servien en suçant son biscuit.

. . . .

XXXI

Le bonhomme Servien, en veste de travail, s'approcha du lit ; puis s'en éloignant sur la pointe des pieds :

« Il dort, monsieur Garneret ; il dort. Le médecin nous dit qu'il est sauvé. C'est un bien bon médecin ! D'ailleurs vous le savez, puisque c'est votre ami et que c'est vous qui nous l'avez amené. Vous nous avez sauvés, monsieur Garneret. »

Et le relieur détourna la tête pour s'essuyer les yeux, alla vers la fenêtre, souleva le rideau et regarda la rue toute claire.

« Le beau temps va le remettre tout à fait. Mais nous avons passé six semaines affreuses. Je n'ai jamais désespéré, parce qu'il n'est pas naturel qu'un père désespère de la vie de son fils ; pourtant vous savez, monsieur Garneret, qu'il a été bien malade.

« Les voisins ont été très bons pour nous ; mais on n'avait pas ses aises dans cette maudite cave. Pensez, monsieur Garneret, qu'il a fallu lui tenir pendant vingt jours le front dans la glace.

— Oui, c'est le traitement de la méningite. »

Le relieur se rapprocha de Garneret. Il se grattait l'oreille, il se frottait le front, il se caressait le menton. Il était embarrassé.

« Mon pauvre Jean dit-il enfin, il est amoureux. Il a une passion; je l'ai compris par tout ce qu'il disait dans son délire. Je n'ai pas l'habitude de m'occuper de ce qui ne me regarde pas; mais, comme je vois que la chose est grave, je vous demanderai, dans son intérêt, de me la dire, si vous la savez. »

Garneret haussa les épaules :

« Une actrice, une tragédienne ! bah ! »

Le relieur réfléchit un instant; puis :

« Voyez-vous, monsieur Garneret, bien que j'aie agi pour le mieux à l'égard de mon pauvre garçon, je me fais des reproches. Je me dis que l'instruction que je lui ai donnée l'a détourné du travail et de la vie pratique... Une tragédienne, dites-vous ? Ces goûts-là doivent se prendre dans les collèges. Du temps qu'il allait en classe, je prenais ses cahiers dès qu'il était au lit, et je lisais tout ce qui était en français. C'était pour moi une manière de me rendre compte de son travail; parce que, tout ignorant qu'on est, on voit bien, avec un peu d'instinct, ce qui est fait proprement et ce qui est galopé. Eh bien ! monsieur Garneret, je fus effrayé de trouver dans ses devoirs tant de pensées exaltées; il y en avait de très belles, sans doute; et j'ai recopié sur un papier celles qui m'ont le plus frappé. Mais je me disais : Tous ces discours, toutes ces histoires, prises dans les livres des anciens Romains, vont mettre en effervescence la tête de ce garçon, et il ne saura jamais la vérité des choses. J'avais raison, mon bon monsieur Garneret : et c'est le collège, voyez-vous, qui l'a rendu amoureux d'une tragédienne... »

Jean Servien se souleva sur son lit.

« C'est toi, Garneret ? Je suis bien content de te voir. »

Puis il tendit l'oreille.

« Qu'est-ce qu'on entend donc ? »

Garneret lui répondit que c'était le mont Valérien qui tirait sur les remparts[1]. On était en pleine Commune.

« Vive la Commune ! » s'écria Jean Servien.

Et il posa, en souriant, sa tête sur l'oreiller.

XXXII

Il était guéri et faisait, un livre à la main, une douce promenade dans le jardin du Luxembourg. Il ressentait cet égoïsme innocent, cette pitié de soi-même que donne la convalescence. De sa vie antérieure, il ne voulait rappeler que le souvenir d'un visage charmant penché sur le sien et d'une voix plus belle que la plus belle des musiques, murmurant : « Vous m'aimez donc encore ? » Oh ! certes en ce moment il ne répondrait pas comme dans l'escalier douloureux : « Je ne vous aime plus. » Il répondrait des yeux et des lèvres et en ouvrant les bras. « Je vous aimerai toujours ! » Pourtant l'odieuse figure de l'autre repassait par moments dans sa mémoire et le faisait souffrir. Tout à coup ses yeux furent surpris par un spectacle étrange.

À deux pas de lui, dans le jardin, devant l'orangerie, était M. Tudesco, ample et fleuri, comme à son ordinaire, mais combien différent par le costume ! Il portait une vareuse de garde national, couverte d'aiguillettes étincelantes ; de sa ceinture rouge sortaient deux crosses de pistolet. Il était coiffé d'un képi à cinq galons d'or. Debout au milieu d'un groupe de femmes et d'enfants, il regardait le ciel avec l'attendrissement dont ses petits yeux verts étaient capables. Toute sa personne exprimait la puissance et la bonté. Il tenait sa main droite étendue sur la tête d'un petit garçon et lui adressait ce discours :

« Jeune citoyen, orgueil de ta mère, ornement des promenades publiques, espoir de la Commune, je t'adresse les paroles du proscrit et je dis : jeune citoyen, le 18 mars t'a sauvé de l'esclavage. Tu graveras dans ton cœur cette date immortelle.

« Je dis : Nous *avons souffert et* combattu pour *toi. Fils* des désespérés, tu seras un homme libre[1] ! »

Ayant ainsi parlé, il remit l'enfant à sa mère et sourit aux citoyennes qui admiraient son éloquence, sa ceinture rouge, ses galons d'or et sa verte vieillesse.

Bien qu'il fût trois heures de l'après-midi, il n'avait

pas bu plus que sa capacité, et il marchait en maître, sur le sable des allées, au milieu du peuple.

Jean alla au-devant de lui. Jean avait quelque tendresse pour ce vieil homme. M. Tudesco lui prit la main avec une bonté paternelle et s'écria :

« Je suis heureux de voir mon cher disciple, le fils de mon intelligence. Monsieur Servien, contemplez ce spectacle et ne l'oubliez jamais : c'est celui d'un peuple libre. »

En effet, les citoyens et les citoyennes marchaient sur les gazons, cueillaient les fleurs des parterres et cassaient les branches des arbres.

Les deux amis voulurent s'asseoir sur un banc; mais tous étaient occupés par des fédérés de tout grade, qui y ronflaient en tas. C'est pourquoi M. Tudesco pensa qu'il valait mieux aller au café.

Ils en trouvèrent un sur la place de l'Odéon, où M. Tudesco put étaler son éclatant uniforme.

« Je suis ingénieur, dit-il, devant son bitter; je suis ingénieur au service de la Commune, avec le grade de colonel. »

Jean trouvait cela pourtant bien extraordinaire. M. Tudesco eut beau lui conter ses conférences chez le distillateur avec les chefs de la Commune, il lui semblait étrange que le Tudesco qu'il connaissait fût devenu quelque part ingénieur et colonel. Mais c'était un fait. M. Tudesco, lui, ne s'étonnait pas :

« La science, disait-il, la science ! Les études ! quelle puissance ! Savoir, c'est pouvoir. Pour vaincre les satellites du despotisme, il faut la science. C'est pourquoi je suis ingénieur avec le grade de colonel. »

Et M. Tudesco raconta qu'il était spécialement préposé à la recherche des souterrains[1] que les suppôts de la tyrannie avaient creusés sous la capitale, à travers les deux bras de la Seine, pour transporter des armes. À la tête d'une escouade de terrassiers, il visitait les palais, les hôpitaux, les casernes et les couvents, défonçant les caves et crevant les tuyaux d'égouts. La science ! la science ! Il visitait aussi les cryptes[2] des églises, pour y découvrir les vestiges de la lubricité des prêtres. Les études ! les études !

Après le bitter, il y eut l'absinthe, et le colonel

Tudesco proposa à Servien un poste avantageux à la délégation des Affaires étrangères.

Mais Jean secoua la tête. Il était fatigué et n'avait pas confiance.

« Je vois ce que c'est, s'écria le colonel en lui tapant sur l'épaule; vous êtes jeune et amoureux. Il y a deux génies qui soufflent tour à tour leurs inspirations irrésistibles à l'oreille des humains : l'Amour et l'Ambition. L'Amour parle le premier : et vous l'écoutez encore, mon jeune ami. »

Jean, qui avait bu de l'absinthe, avoua qu'il aimait plus que jamais et qu'il était jaloux. Il raconta l'aventure de l'escalier et se répandit en invectives contre M. Bargemont. Il ne manqua pas de confondre sa cause avec celle de la Commune en représentant l'amant de Gabrielle comme un bonapartiste et un ennemi du peuple.

Le colonel Tudesco tira un carnet de sa poche, y écrivit le nom et l'adresse de Bargemont et s'écria :

« Si cet homme n'a pas fui comme un lâche, nous en ferons un otage ! Je suis l'ami du citoyen délégué à la Préfecture de Police, et je vous dis : Vous serez vengé de l'infâme Bargemont. Avez-vous lu le décret sur les otages ? non ? Lisez-le. C'est un monument inimitable de la sagesse populaire.

« Je m'arrache à regret à votre compagnie, mon jeune ami. Mais il faut que j'aille découvrir un souterrain[1] que les sœurs de Marie-Joseph ont creusé par méchanceté depuis la prison de Saint-Lazare jusqu'à la maison mère dans le village d'Argenteuil. C'est un long souterrain par lequel elles communiquent avec les traîtres de Versailles. Venez me voir en mon domicile, à l'état-major, place Vendôme. Salut et fraternité. »

Jean paya les consommations du colonel et prit le chemin de sa maison. Les murs étaient tout revêtus d'affiches[2]. Il en lut une à demi couverte par des bulletins de victoires :

« ARTICLE IV. *Tous accusés retenus par le verdict du jury d'accusation seront les otages du peuple de Paris.*

« ARTICLE V. *Toute exécution d'un prisonnier de guerre ou d'un partisan du gouvernement de la commune de Paris sera sur-le-champ suivie de l'exécution d'un nombre triple des otages retenus en vertu de l'article IV, et qui seront désignés par le sort.* »

Il fronça le sourcil et songea :

« Est-ce que j'aurais dénoncé un otage ? » Puis il se rassura; le colonel Tudesco n'était qu'un fantoche et ne pouvait arrêter les gens pour de bon. D'ailleurs, comment croire que Bargemont, chef de service dans un ministère, fût encore à Paris ? Et, après tout, s'il lui arrivait malheur, tant pis pour lui !

XXXIII

Le surlendemain, un fiacre, dont chaque portière laissait passer un canon de fusil, s'arrêta devant la boutique du relieur. Les deux gardes nationaux, qui en sortirent en trébuchant, demandèrent le citoyen Jean Servien, lui remirent un pli cacheté et lui firent signe d'ouvrir la porte toute grande et de les attendre. Ils reparurent bientôt avec un portrait en pied.

C'était celui d'une femme de quarante ans environ, avec un visage jaune, très long et beaucoup trop grand pour surmonter le corps infirme et malingre que revêtait une robe noire de façon modeste. Elle avait l'air triste et soumis. Ses yeux gris exprimaient l'humilité et l'effarement, ses joues pendaient et son menton lui descendait jusqu'à la gorge. Cette figure faisait peine à voir : Jean l'examinait sans y pouvoir rattacher aucun souvenir. Il ouvrit la lettre et lut :

Commune de Paris. — État-major général.

Ordre de remettre au citoyen Jean Servien
le portrait de Mme Bargemont.

Le colonel,
commandant les souterrains de la Commune,

TUDESCO.

Jean voulut demander aux gardes nationaux ce que cela signifiait, mais déjà le fiacre s'éloignait avec ses deux portières armées de baïonnettes. Et les passants, que rien n'étonnait plus, le suivaient de l'œil un moment.

Jean, resté seul en face du portrait de Mme Bargemont, se demandait pourquoi l'inquiétant Tudesco le lui avait envoyé.

« Le malheureux, se disait-il, aura arrêté Bargemont et pillé son appartement. »

Mme Bargemont le regardait avec ses vilains yeux de victime. Elle avait l'air si malheureux que Jean fut pris de pitié.

« La pauvre femme ! » dit-il.

Il retourna la toile contre le mur, et sortit.

Le relieur revenu à son établi eut, bien que nullement curieux, l'idée de regarder ce grand tableau qui encombrait la boutique. Il imagina, en se grattant la tête, que ce pouvait bien être la tragédienne aimée de son fils. Il songea qu'il fallait qu'elle fût bien éprise du jeune homme pour lui envoyer un portrait si grand et si richement encadré. Il ne lui trouvait rien de séduisant.

« Enfin, se dit-il, elle n'a pas l'air d'une mauvaise femme. »

quelle bonté, [illegible] du père

XXXIV

Jean enjamba quelques gardes nationaux ivres et se trouva dans la salle où se tenait le colonel Tudesco. Le colonel, étendu sur un canapé de satin, ronflait à côté d'un poulet froid. Il avait des éperons. Jean le secoua vivement et lui demanda d'où venait ce portrait, que lui, Jean, n'avait pas le moins du monde l'intention de garder. Le colonel se réveilla, mais sa langue était épaisse et sa mémoire confuse. Les souterrains le préoccupaient. Il les commandait tous et n'en trouvait aucun. Il y avait là quelque chose qui offensait la rectitude de son esprit. La supérieure des sœurs de Marie-Joseph avait refusé de lui livrer le fameux souterrain de Saint-Lazare.

« Elle a refusé par perversité et peut-être aussi parce qu'il n'existe pas, disait le vieil Italien. Et en vérité, je dis : Si je n'étais pas commandant des souterrains de la capitale, je croirais qu'il n'y en a pas. »

Les idées lui revenaient peu à peu :

« Jeune homme, vous avez vu le repos du soldat. Que venez-vous demander au vieux défenseur de la liberté ?...

— Bargemont ? Ce portrait ?...

— Je sais, je sais. Je me suis rendu chez lui, avec douze hommes, pour l'arrêter, mais il était en fuite, le lâche ! Et j'ai opéré une perquisition dans son appartement. J'ai vu dans le salon le portrait de Mme Bargemont et j'ai dit : Cette dame est aussi triste que M. Jean Servien. Ils sont tous deux victimes de l'infâme Bargemont; je les réunirai et ils se consoleront. Monsieur Servien, goûtez-moi ce cognac; il vient de la cave de votre odieux rival. »

Il versa l'eau-de-vie dans deux grands verres et dit en riant :

« Le cognac d'un ennemi sent bon. »

Puis il retomba sur le canapé en murmurant :

« Le repos du soldat... »

Il était cramoisi. Jean haussa les épaules et sortit. Il avait à peine ouvert la porte que le vieillard poussa des hurlements dans son sommeil : « Au secours ! au secours ! on me tue. »

Jean Servien vit aussitôt les fédérés de garde se jeter sur lui; il sentit des canons de revolver sur ses tempes et entendit les fusils qui partaient seuls dans l'antichambre.

Le colonel, en proie au délire alcoolique, se tordait dans des convulsions horribles et hurlait : « Il m'a tué ! Il m'a tué ! »

« Il a tué le colonel, criaient les fédérés. Il l'a empoisonné. Conduisez-le devant la cour martiale.

— Fusillez-le de suite. C'est un assassin envoyé par les Versaillais.

— Au dépôt ! »

Servien niait et se débattait; il répétait :

« Vous voyez bien qu'il dort et qu'il est ivre.

— Il insulte les citoyens !

— À l'eau !

— À la lanterne !

— Fusillez-le ! »

Poussé dans les escaliers à coups de crosse dans les reins, il fut conduit à un officier des fédérés qui signa immédiatement un ordre d'arrestation.

XXXV

Il était au secret dans une cellule du dépôt[1], depuis seize jours, ou quinze (il ne savait plus). Les heures passaient sur lui horriblement égales et lentes.

Il avait d'abord demandé justice et crié son innocence. Mais il avait compris à la longue que la justice n'avait rien à voir dans son affaire ni dans celle des prêtres et des gendarmes[2] enfermés dans les mêmes murs. Il ne cherchait plus à raisonner avec la folie furieuse de la Commune; il croyait plus sage de se taire et meilleur d'être oublié, et il craignait bien que tout cela ne finît tragiquement. Une angoisse l'étouffait.

Parfois, dans ses rêveries, il voyait un arbre sur un peu de ciel, et de grosses larmes lui venaient aux yeux.

C'est là, dans cette cellule, qu'il connut les pâles délices du souvenir.

Il songeait à son bonhomme de père assis devant l'établi, ou serrant la vis de la presse; il songeait à la boutique pleine de livres et de cartons, à sa petite chambre où il lisait des voyages, le soir; enfin à toutes les choses familières. Et à chaque fois qu'il repassait dans son esprit l'humble et grêle roman de sa vie, il s'indignait d'en voir tous les épisodes dominés et presque remplis par cet ivrogne, ce mendiant de Tudesco ! Cela était vrai, pourtant ! et qu'il regardât ses études, ses amours, ses périls, il voyait sur tout cela la face enluminée du vieux mauvais homme. Quelle honte ! Il avait vécu bien mal ! mais aussi, il avait vécu bien peu, le pauvre enfant ! et, dans sa justice, il se sentait pour lui-même plus de pitié que de colère.

Il songeait tous les jours, il songeait toutes les heures à Gabrielle; mais comme il sentait pour elle un amour nouveau ! C'était une pensée tranquille et tendre, un sentiment désintéressé, un rêve plein de douceur.

C'était un songe merveilleusement délicat, comme la solitude et le malheur en forment seuls dans les âmes qu'elles arrachent aux rudesses de la vie commune : l'idée d'une belle vie pleine d'ombre, vouée tout entière, sans salaire ni retour, à la femme aimée de loin, comme la vie du bon curé de campagne est vouée au Dieu qui ne descend point du tabernacle.

Son gardien était un bon sous-officier[1] étonné et choqué de ce qui se passait et qui, dans l'effondrement général, se cramponnait à la discipline. Il avait pour ses prisonniers une pitié rude et gauche qui se taisait dans le service et que Jean ne devina pas. Jean n'entendait rien aux militaires. Celui-ci cependant devenait moins roide et plus expansif à mesure que l'armée de la loi se rapprochait.

Ce jour-là, il avait dit au prisonnier, en clignant de l'œil :

« Bon courage ! il y aura bientôt du nouveau. »

Dans l'après-midi, Jean entendit un bruit lointain de fusillade; puis tout à coup, la porte de sa cellule s'ouvrit et il vit une avalanche de prisonniers rouler d'un bout à l'autre du corridor. Le gardien avait ouvert toutes les cellules et crié : « Sauve qui peut ! » Jean fut lui-même emporté à travers les escaliers jusqu'à la cour du dépôt et précipité la tête la première contre le mur. Quand il se releva de sa chute étourdissante, les prisonniers avaient disparu. Il était seul devant le guichet ouvert. Il sortit. La fusillade crépitait. La Seine coulait sous les lourdes fumées de Paris incendié. Des pantalons rouges paraissaient sur le quai de l'École[2]. Le Pont au Change était couvert de fédérés. Ne sachant où fuir, il allait rentrer dans la prison; mais des Vengeurs de Lutèce[3], qui fuyaient lestement, le poussèrent la baïonnette dans les reins vers le Pont au Change. Une femme, une cantinière leur criait : « Ne le lâchez pas, faites-lui son affaire. C'est un Versaillais. » La petite troupe s'arrêta sur le Quai aux fleurs, et Jean fut poussé contre le mur de l'Hôtel-Dieu. La cantinière s'agitait devant lui[4]. Échevelée sous son képi galonné, ample de poitrine, cambrée des reins, dressée fièrement sur ses jambes fines et fortes, elle avait la puissance d'une magnifique bête féroce. De sa petite bouche toute ronde sortaient des menaces obscènes, elle agitait un revolver. Les Vengeurs de Lutèce, harassés et stupides, regardaient leur prisonnier, pâle contre le mur, et se regardaient entre eux. Elle les menaçait, interpellait chacun par quelque surnom ignoble, et, passant devant eux avec un balancement de sa croupe puissante, les enveloppait et les pénétrait de son influence.

Ils se formèrent en peloton.

« Feu ! » cria-t-elle.

Jean étendit les bras en avant.

Deux ou trois coups de feu partirent. Il entendit les balles s'écraser contre le mur. Il n'était pas touché.

« Feu ! feu ! » répéta la femme avec une obstination d'enfant colère.

Elle avait traversé la bataille, cette fille ! elle avait bu à même les tonneaux défoncés et dormi sur le dos, pêle-mêle avec les hommes, au milieu de la place publique rougie par l'incendie. On ne faisait que tuer autour d'elle, et on n'avait encore tué personne pour elle. Elle voulait qu'on lui fusillât quelqu'un, à la fin ! Et elle criait en trépignant :

« Feu, feu ! feu ! »

Les fusils s'armaient de nouveau et les canons s'abaissaient; mais les Vengeurs de Lutèce manquaient d'entrain; leur chef avait disparu, ils étaient dispersés, ils fuyaient, dégrisés, hébétés, ils comprenaient que la fête était finie. Ils voulaient bien, tout de même, fusiller ce bourgeois-là, avant d'aller se cacher chacun dans son trou.

Jean essaya de dire : « Ne me faites pas souffrir ! » mais la voix s'arrêta dans sa gorge.

Un des Vengeurs regarda du côté du Pont au Change et vit les fédérés qui lâchaient pied.

Il dit, en se mettant l'arme à l'épaule :

« F..s le camp, nom de Dieu ! »

Ils hésitaient. Quelques-uns s'en allaient.

Alors la cantinière hurla :

« Sacrés c..s ! c'est donc moi qui lui ferai son affaire[1]. »

Elle se jeta sur Jean Servien, lui cracha au visage, se livra du geste et de la voix à des farces d'une obscénité frénétique et lui mit le canon du revolver sur la tempe. Alors il sentit que tout était fini et il attendit.

Pendant une seconde il revit mille choses ; il revit les allées plantées de vieux arbres où sa tante le menait promener jadis ; il se revit lui-même petit enfant heureux et étonné ; il se rappela les châteaux qu'il construisait avec des écorces de platane... Le revolver partit. Jean battit l'air de ses bras et tomba la face en avant. Les hommes l'achevèrent à coups de baïonnette, puis la femme dansa sur le cadavre en poussant des cris de joie.

La bataille se rapprochait. Une fusillade nourrie balaya le quai. La femme partit la dernière. Le corps de Jean Servien resta étendu sur la voie déserte. Son visage avait pris une expression de tranquillité étrange ; il y avait à la tempe un petit trou à peine visible ; du sang et de la boue souillaient ces beaux cheveux qu'une mère avait baisés avec tant d'amour.

le père, bon, aimant ; [illegible] Servien, mais Jean, lui, n'aime pas ; effet castrateur de l'échec de la bourse avec Mme Evans ; influence de l'absurde Tudesco, symbole de l'érudition. Au fond, c'est à la fois cette "érudition" et ce "[illegible]" qui ont empêché Jean de vivre ; il a tjrs cherché l'amour de sa mère ; sa tristesse l'a, en quelque sorte, abstrait du monde vrai, celui de Garnerot.

Appendice

PRÉFACE DE L'ÉDITION ORIGINALE DE 1882

Ce petit ouvrage a été écrit il y a une dizaine d'années et j'aurais dû, pour bien des raisons, le publier en ce temps-là. Il eſt reſté trop longtemps dans un tiroir et il me semble qu'il y a vieilli. Ceux qui écrivent ne savent pas tous donner à leurs œuvres une jeunesse immortelle.

Il eſt bon, dans tous les cas, qu'un livre paraisse dans sa nouveauté, parce que alors il eſt compris facilement et très bien senti. En relisant cette année *Les Désirs de Jean Servien*, je n'y ai pas retrouvé moi-même tout ce que j'y avais mis autrefois. J'ai dû, pour bien faire, déchirer la moitié des pages et récrire presque toutes les autres.

C'eſt sous une forme réduite et châtiée que je prends la liberté d'offrir ce récit aux personnes assez nombreuses aujourd'hui qui s'intéressent aux romans d'analyse. C'en eſt un et, en réalité, mon premier essai dans ce genre, car, si deſtructeur qu'ait été mon travail de révision, le fonds primitif de l'ouvrage eſt reſté. Ce fonds a quelque chose d'âcre et de dur qui me choque à présent. J'aurais aujourd'hui plus de douceur. Il faut bien que le temps, en compensation de tous les trésors qu'il nous ôte, donne à nos pensées une indulgence que la jeunesse ne connaît pas.

Avant d'écrire sur le monde moderne, j'ai étudié, autant que je l'ai pu, les mondes d'autrefois, et je ne me suis détourné de la vue du passé qu'après avoir senti jusqu'au malaise l'impossibilité de me bien figurer les anciennes formes de la vie. Pendant ce temps, le romancier le plus affiché de l'école naturaliſte m'appelait *néo-grec* et me signalait seulement, disait-il, « pour l'étrangeté du cas[1] ».

Vous entendez bien qu'il s'agit d'un cas pathologique, car c'eſt maintenant une maladie que de s'intéresser au passé et de suivre à travers les âges les magnifiques aventures des hommes. C'est la maladie des Leconte de Lisle, des Taine et des Renan. Bien que la faiblesse de ma complexion parût devoir m'en préserver, j'en fus atteint, moi aussi, jusqu'à lire les poètes grecs.

Hélas ! Je ne crains pas pourtant qu'on trouve à mon *Jean Servien* un reflet trop lumineux de la beauté antique.

A. F.

LE LIVRE DE MON AMI

Le Livre de Pierre

31 décembre 188...

Nel mezzo del cammin di nostra vita...
Au milieu du chemin de la vie...

Ce vers, par lequel Dante commence la première cantique[a1] de *La Divine Comédie*, me vient à la pensée, ce soir, pour la centième fois peut-être. Mais c'est la première fois qu'il me touche.

Avec quel intérêt je le repasse en esprit, et comme je le trouve sérieux et plein ! C'est qu'à ce coup j'en puis faire l'application à moi-même. Je suis, à mon tour, au point où fut Dante quand le vieux soleil marqua la première année du XIVᵉ siècle. Je suis au milieu du chemin de la vie, à supposer ce chemin égal pour tous et menant à la vieillesse.

Mon Dieu ! je savais, il y a vingt ans, qu'il faudrait en arriver là : je le savais, mais je ne le sentais pas. Je me souciais alors du milieu du chemin de la vie comme de la route de Chicago. Maintenant que j'ai gravi la côte, je retourne la tête pour embrasser d'un regard tout l'espace que j'ai traversé si vite, et le vers du poète florentin me remplit d'une telle rêverie, que je passerais volontiers la nuit devant mon feu à soulever des fantômes. Les morts sont si légers, hélas !

Il est doux de se souvenir. Le silence de la nuit y invite. Son calme apprivoise les revenants, qui sont timides et fuyants par nature et veulent l'ombre avec la solitude pour venir parler à l'oreille de leurs amis vivants. Les rideaux des fenêtres sont tirés, les portières pendent à plis lourds sur le tapis. Seule une porte est entrouverte, là, du côté où mes yeux se tournent par instinct. Il en sort une lueur d'opale; il en vient des souffles égaux et doux, dans lesquels je ne saurais distinguer moi-même celui de la mère de ceux des enfants.

Dormez, chéris, dormez !

Nel mezzo del cammin di nostra vita...

Au coin du feu qui meurt, je rêve et je me figure que cette maison de famille, avec la chambre où luit en tremblant la veilleuse et d'où s'exhalent ces souffles purs, est une auberge[a] isolée sur cette grand-route dont j'ai déjà suivi la moitié.

Dormez, chéris; nous repartirons demain !

Demain ! Il fut un temps où ce mot contenait pour moi la plus belle des magies. En le prononçant, je voyais des figures inconnues et charmantes me faire signe du doigt et murmurer : « Viens ! » J'aimais tant la vie, alors ! J'avais en elle la belle confiance d'un amoureux, et je ne pensais pas qu'elle pût me devenir sévère, elle qui pourtant est sans pitié.

Je ne l'accuse pas. Elle ne m'a pas fait les blessures qu'elle a faites à tant d'autres. Elle m'a même quelquefois caressé par hasard, la grande indifférente ! En retour de ce qu'elle m'a pris ou refusé, elle m'a donné des trésors auprès desquels tout ce que je désirais n'était que cendre et fumée. Malgré tout, j'ai perdu l'espérance, et maintenant je ne puis entendre dire : « À demain ! » sans éprouver un sentiment d'inquiétude et de tristesse.

Non ! je n'ai plus confiance en mon ancienne amie la vie. Mais je l'aime encore. Tant que je verrai son divin rayon briller sur trois fronts blancs, sur trois fronts aimés, je dirai qu'elle est belle et je la bénirai.

Il y a des heures où tout me surprend, des heures où les choses les plus simples me donnent le frisson du mystère.

Ainsi, il me paraît, en ce moment, que la mémoire est une faculté merveilleuse et que le don de faire apparaître le passé est aussi étonnant et bien meilleur que le don de voir l'avenir.

C'est un bienfait que le souvenir. La nuit est calme,

j'ai rassemblé les tisons dans la cheminée et ranimé le feu.

Dormez, chéris, dormez !

J'écris mes souvenirs d'enfance et c'est POUR VOUS TROIS.

PREMIÈRES CONQUÊTES

I

LES MONSTRES

Les personnes qui m'ont dit ne se rien rappeler des premières années de leur enfance m'ont beaucoup surpris. Pour moi, j'ai gardé de vifs souvenirs du temps où j'étais un très petit enfant. Ce sont, il est vrai, des images isolées, mais qui, par cela même, ne se détachent qu'avec plus d'éclat sur un fond obscur et mystérieux. Bien que je sois encore assez éloigné de la vieillesse, ces souvenirs, que j'aime, me semblent venir d'un passé infiniment profond. Je me figure qu'alors le monde était dans sa magnifique nouveauté et tout revêtu de fraîches couleurs. Si j'étais un sauvage, je croirais le monde aussi jeune ou, si vous voulez, aussi vieux que moi. Mais j'ai le malheur de n'être point un sauvage. J'ai lu beaucoup de livres[1] sur l'antiquité de la terre et l'origine des espèces, et je mesure avec mélancolie la courte durée des individus à la longue durée des races. Je sais donc qu'il n'y a pas très longtemps que j'avais mon lit à galerie[2] dans une grande chambre d'un vieil hôtel fort déchu[3], qui a été démoli depuis pour faire place aux bâtiments neufs de l'École des beaux-arts. C'est là qu'habitait mon père, modeste médecin et grand collectionneur de curiosités naturelles. Qui est-ce qui dit que les enfants n'ont pas de mémoire ? Je la vois encore, cette chambre, avec son papier vert à ramages et une jolie gravure en couleur qui représentait, comme je l'ai su depuis, Virginie traversant dans les bras de Paul le gué de la rivière Noire. Il m'arriva dans cette chambre des aventures extraordinaires.

J'y avais, comme j'ai dit, un petit lit à galerie qui restait tout le jour dans un coin et que ma mère plaçait, chaque nuit, au milieu de la chambre, sans doute pour le rapprocher du sien, dont les rideaux immenses me remplissaient de crainte et d'admiration. C'était toute une affaire de me coucher. Il y fallait des supplications, des larmes, des embrassements. Et ce n'était pas tout : je m'échappais en chemise et je sautais comme un lapin. Ma mère me rattrapait sous un meuble pour me mettre au lit. C'était très gai.

Mais à peine étais-je couché, que des personnages tout à fait étrangers à ma famille se mettaient à défiler autour de moi. Ils avaient des nez en bec de cigogne, des moustaches hérissées, des ventres pointus et des jambes comme des pattes de coq. Ils se montraient de profil, avec un œil rond au milieu de la joue, et défilaient, portant balais, broches, guitares, seringues et quelques instruments inconnus. Laids comme ils étaient, ils n'auraient pas dû se montrer; mais je dois leur rendre une justice : ils se coulaient sans bruit le long du mur et aucun d'eux, pas même le plus petit et le dernier, qui avait un soufflet au derrière, ne fit jamais un pas vers mon lit. Une force les retenait visiblement aux murs le long desquels ils glissaient sans présenter une épaisseur appréciable. Cela me rassurait un peu; d'ailleurs, je veillais. Ce n'est pas en pareille compagnie, vous pensez bien, qu'on ferme l'œil. Je tenais mes yeux ouverts. Et pourtant (cela est un autre prodige) je me retrouvais tout à coup dans la chambre pleine de soleil, n'y voyant que ma mère en peignoir rose et ne sachant pas du tout comment la nuit et les monstres s'en étaient allés.

« Quel dormeur tu fais ! » disait ma mère en riant.

Il fallait, en effet, que je fusse un fameux dormeur.

Hier, en flânant sur les quais, je vis dans la boutique d'un marchand de gravures un de ces cahiers de *grotesques* dans lesquels le Lorrain Callot[1] exerça sa pointe fine et dure et qui se sont faits rares. Au temps de mon enfance, une marchande d'estampes[2], la mère Mignot[a], notre voisine, en tapissait tout un mur, et je les regardais chaque jour, en allant à la promenade et en en revenant; je nourrissais mes yeux de ces monstres, et, quand j'étais couché dans mon petit lit à galerie, je les revoyais sans avoir l'esprit de les reconnaître. Ô magie de Jacques Callot !

Le petit cahier[a] que je feuilletais réveilla en moi tout un monde évanoui, et je sentis s'élever dans mon âme comme une poussière embaumée au milieu de laquelle passaient des ombres chéries.

II

LA DAME EN BLANC[1]

En ce temps-là, deux dames habitaient la même maison que nous, deux dames vêtues l'une tout de blanc, l'autre tout de noir.

Ne me demandez pas si elles étaient jeunes : cela passait ma connaissance. Mais je sais qu'elles sentaient bon et qu'elles avaient toute sorte de délicatesses. Ma mère, fort occupée et qui n'aimait pas à voisiner, n'allait guère chez elles. Mais j'y allais souvent, moi, surtout à l'heure du goûter, parce que la dame en noir me donnait des gâteaux. Donc, je faisais seul mes visites. Il fallait traverser la cour. Ma mère me surveillait de sa fenêtre, et frappait sur les vitres quand je m'oubliais trop longtemps à contempler le cocher qui pansait ses chevaux. C'était tout un travail de monter l'escalier à rampe de fer, dont les hauts degrés n'avaient point été faits pour mes petites jambes. J'étais bien payé de ma peine dès que j'entrais dans la chambre des dames; car il y avait là mille choses qui me plongeaient dans l'extase. Mais rien n'égalait les deux magots de porcelaine qui se tenaient assis sur la cheminée, de chaque côté de la pendule. D'eux-mêmes, ils hochaient la tête et tiraient la langue. J'appris qu'ils venaient de Chine et je me promis d'y aller. La difficulté était de m'y faire conduire par ma bonne. J'avais acquis la certitude que la Chine était derrière l'Arc de Triomphe, mais je ne trouvais jamais moyen de pousser jusque-là.

Il y avait aussi, dans la chambre des dames, un tapis

à fleurs, sur lequel je me roulais avec délices, et un petit canapé doux et profond, dont je faisais tantôt un bateau, tantôt un cheval ou une voiture. La dame en noir, un peu grasse, je crois, était très douce et ne me grondait jamais. La dame en blanc avait ses impatiences et ses brusqueries, mais elle riait si joliment ! Nous faisions bon ménage tous les trois, et j'avais arrangé dans ma tête qu'il ne viendrait jamais que moi dans la chambre aux magots. La dame en blanc, à qui je fis part de cette décision, se moqua bien un peu de moi, à ce qu'il me sembla; mais j'insistai et elle me promit tout ce que je voulus.

Elle promit. Un jour pourtant, je trouvai un monsieur assis dans mon canapé, les pieds sur mon tapis et causant avec mes dames d'un air satisfait. Il leur donna même une lettre qu'elles lui rendirent après l'avoir lue. Cela me déplut, et je demandai de l'eau sucrée parce que j'avais soif et aussi pour qu'on fît attention à moi. En effet, le monsieur me regarda.

« C'est un petit voisin, dit la dame en noir.

— Sa mère n'a que celui-là, n'est-il pas vrai ? reprit le monsieur.

— Il est vrai, dit la dame en blanc. Mais qu'est-ce qui vous a fait croire cela ?

— C'est qu'il a l'air d'un enfant bien gâté, reprit le monsieur. Il est indiscret et curieux. En ce moment[a], il ouvre des yeux comme des portes cochères. »

C'était pour le mieux voir. Je ne veux pas me flatter, mais je compris admirablement, après la conversation, que la dame en blanc avait un mari qui était quelque chose dans un pays[b] lointain, que le visiteur apportait une lettre de ce mari, qu'on le remerciait de son obligeance, et qu'on le félicitait d'avoir été nommé premier secrétaire. Tout cela[c] ne me contenta pas et, en m'en allant, je refusai d'embrasser la dame en blanc, pour la punir.

Ce jour-là, au dîner, je demandai à mon père ce que c'était qu'un secrétaire. Mon père ne me répondit point, et ma mère me dit que c'était un petit meuble dans lequel on range des papiers. Conçoit-on cela ? On me coucha, et les monstres, avec un œil au milieu de la joue, défilèrent autour de mon lit en faisant plus de grimaces que jamais.

Si vous croyez que je pensai le lendemain au monsieur que j'avais trouvé chez la dame en blanc, vous vous trompez; car je l'avais oublié de tout mon cœur, et il n'eût tenu qu'à lui d'être à jamais effacé de ma mémoire. Mais il eut l'audace de se représenter chez mes deux amies. Je ne sais si ce fut dix jours ou dix ans après sa première visite. J'incline à croire aujourd'hui que ce fut dix jours. Il était étonnant, ce monsieur, de prendre ainsi ma place. Je l'examinai, cette fois, et ne lui trouvai rien d'agréable. Il avait des cheveux très brillants, des moustaches noires, des favoris noirs, un menton rasé avec une fossette au milieu, la taille fine, de beaux habits, et sur tout cela un air de contentement. Il parlait du cabinet du ministre des Affaires étrangères, des pièces de théâtre, des modes et des livres nouveaux, des soirées et des bals dans lesquels[a] il avait vainement cherché ces dames. Et elles l'écoutaient ! Était-ce une conversation, cela ? Et ne pouvait-il parler, comme faisait avec moi la dame en noir, du pays où les montagnes sont en caramel, et les rivières en limonade ?

Quand il fut parti, la dame en noir dit que c'était un jeune homme charmant. Je dis, moi, qu'il était vieux et qu'il était laid. Cela fit beaucoup rire la dame en blanc. Ce n'était pas risible, pourtant. Mais voilà, elle riait de ce que je disais ou bien elle ne m'écoutait pas parler. La dame en blanc avait ces deux défauts, sans compter un troisième qui me désespérait : celui de pleurer, de pleurer, de pleurer. Ma mère m'avait dit que les grandes personnes ne pleuraient jamais. Ah ! c'est qu'elle n'avait pas vu comme moi la dame en blanc, tombée de côté sur un fauteuil, une lettre ouverte sur ses genoux, la tête renversée et son mouchoir sur les yeux. Cette lettre (je parierais aujourd'hui que c'était une lettre anonyme) lui faisait bien de la peine. C'était dommage, car elle savait si bien rire ! Ces deux visites me donnèrent l'idée de la demander en mariage. Elle me dit qu'elle avait un grand mari en Chine, qu'elle[b] en aurait un petit sur le quai Malaquais; ce fut arrangé, et elle me donna un gâteau.

Mais le monsieur aux favoris noirs revenait bien souvent. Un jour[c] que la dame en blanc me contait qu'elle ferait venir pour moi de Chine des poissons bleus, avec une ligne pour les pêcher, il se fit annoncer et fut reçu. À la façon dont nous nous regardâmes, il était clair que nous ne nous aimions pas. La dame en blanc lui dit que sa tante (elle voulait dire la dame en noir) était allée faire une emplette aux *Deux Magots*[1]. Je voyais les deux magots sur la cheminée et je ne concevais pas qu'il fallût sortir pour leur acheter quoi que ce fût. Mais il se présente tous les jours des choses si difficiles à comprendre ! Le monsieur ne parut[a] nullement affligé de l'absence de la dame en noir, et il dit à la dame en blanc qu'il voulait lui parler sérieusement. Elle s'arrangea avec coquetterie dans sa causeuse et lui fit signe qu'elle l'écoutait. Cependant il me regardait et semblait embarrassé.

« Il eſt très gentil, ce petit garçon, dit-il enfin, en me passant la main sur la tête; mais...

— C'eſt mon petit mari, dit la dame en blanc.

— Eh bien ! reprit le monsieur, ne pourriez-vous le renvoyer à sa mère ? Ce que j'ai à vous dire ne doit être entendu que de vous. »

Elle lui céda.

« Chéri, me dit-elle, va jouer dans la salle à manger, et ne reviens que quand je t'appellerai. Va, chéri ! »

J'y allai le cœur gros. Elle était pourtant très curieuse, la salle à manger, à cause d'un tableau à horloge qui représentait une montagne au bord de la mer avec une église, sous un ciel bleu. Et quand l'heure sonnait, un navire s'agitait sur les flots, une locomotive avec ses voitures sortait d'un tunnel et un ballon s'élevait dans les airs. Mais, quand l'âme eſt triſte, rien ne peut lui sourire. D'ailleurs, le tableau à horloge reſtait immobile. Il paraît que la locomotive, le navire et le ballon ne partaient que toutes les heures, et c'eſt long, une heure ! Du moins, ce l'était en ce temps-là. Par bonheur, la cuisinière vint chercher quelque chose dans le buffet et, me voyant tout triſte, me donna des confitures qui charmèrent les peines de mon cœur. *Mais, quand* je n'eus plus de *confitures*, *je* retombai dans le chagrin. Bien que[b] le tableau à horloge n'eût pas encore sonné, je me figurais que des heures et des heures s'amoncelaient sur ma triſte solitude. Par moments, il me venait de la chambre voisine quelques éclats de la voix du monsieur; il suppliait la dame en blanc, puis il semblait en colère contre elle. C'était bien fait. Mais n'en finiraient-ils donc jamais ? Je m'aplatis le nez contre les vitres, je tirai des crins aux chaises, j'agrandis les trous du papier de tenture, j'arrachai les franges des rideaux, que sais-je ? L'ennui est une terrible chose. Enfin, n'y pouvant plus tenir, je m'avançai sans bruit jusqu'à la porte qui donnait accès dans la chambre aux magots et je haussai le bras pour atteindre le bouton. Je savais bien que je faisais une action indiscrète et mauvaise; mais cela même me donnait une espèce d'orgueil.

J'ouvris la porte et je trouvai la dame en blanc debout contre la cheminée. Le monsieur, à genoux à ses pieds, ouvrait de grands bras comme pour la prendre. Il était plus rouge qu'une crête de coq; les yeux lui sortaient de la tête. Peut-on se mettre dans un état pareil ?

« Cessez, monsieur, disait la dame en blanc, qui était plus rose que de coutume et très agitée... Cessez, puisque vous me dites que vous m'aimez; cessez... et ne me faites pas regretter... »

Et elle avait l'air de le craindre et d'être à bout de forces.

Il se releva vite en me voyant, et je crois bien qu'il eut un moment l'idée de me jeter par la fenêtre. Mais elle, au lieu de me gronder comme je m'y attendais, me serra dans ses bras en m'appelant son chéri.

M'ayant emporté sur le canapé, elle pleura longtemps et doucement sur ma joue. Nous étions seuls. Je lui dis, pour la consoler, que le monsieur aux favoris était un vilain homme et qu'elle n'aurait pas de chagrin si elle était restée seule avec moi, comme c'était convenu. Mais, c'est égal, je trouvai que les grandes personnes étaient quelquefois bien drôles.

À peine étions-nous remis, que la dame en noir entra avec des paquets.

Elle demanda s'il n'était venu personne.

« M. Arnould est venu, répondit tranquillement la dame en blanc; mais il n'est resté qu'une seconde. »

Pour cela, je savais bien que c'était un mensonge; mais le bon génie de la dame en blanc, qui sans doute était avec moi depuis quelques instants, me mit son doigt invisible sur la bouche.

Je ne revis plus M. Arnould, et mes amours avec la dame en blanc ne furent plus troublées ; c'est pourquoi, sans doute, je n'en ai pas gardé le souvenir. Hier encore, c'est-à-dire après plus de trente ans, je ne savais pas ce qu'elle était devenue.

Hier, j'allai au bal du ministre des Affaires étrangères. Je suis de l'avis de lord Palmerston, qui disait que la vie serait supportable sans les plaisirs. Mon travail quotidien n'excède ni mes forces, ni mon intelligence, et j'ai pu parvenir à m'y intéresser. Ce sont les réceptions officielles qui m'accablent. Je savais qu'il serait fastidieux et inutile d'aller au bal du ministre ; je le savais et j'y allai, parce qu'il est dans la nature humaine de penser sagement et d'agir d'une façon absurde.

À peine étais-je entré dans le grand salon, qu'on annonça l'ambassadeur de*** et Mme***. J'avais rencontré plusieurs fois l'ambassadeur, dont la figure fine porte l'empreinte de fatigues qui ne sont point toutes dues aux travaux de la diplomatie. Il eut, dit-on, une jeunesse orageuse et il court sur son compte, dans les réunions d'hommes, plusieurs anecdotes galantes. Son séjour en Chine, il y a trente ans[a], est particulièrement riche en aventures qu'on aime à conter à huis clos en prenant le café. Sa femme, que je n'avais pas l'honneur de connaître, me sembla passer la cinquantaine. Elle était tout en noir ; de magnifiques dentelles enveloppaient admirablement sa beauté passée, dont l'ombre s'entrevoyait encore. Je fus heureux de lui être présenté ; car j'estime infiniment la conversation des femmes âgées. Nous causâmes de mille choses, au son des violons qui faisaient danser les jeunes femmes, et elle en vint à me parler par hasard du temps où elle logeait dans un vieil hôtel du quai Malaquais.

« Vous étiez[b] la dame en blanc ! m'écriai-je.

— En effet, monsieur, *me dit-elle* ; je m'habillais *toujours* en blanc.

— Et moi, madame, j'étais votre petit mari.

— Quoi ! monsieur, vous êtes le fils de cet excellent docteur Nozière ? Vous aimiez beaucoup les gâteaux. Les aimez-vous encore ? Venez donc en manger chez nous. Nous avons tous les samedis un petit thé intime. Comme on se retrouve !

— Et la dame en noir ?

— C'est moi qui suis aujourd'hui la dame en noir. Ma pauvre tante est morte l'année de la guerre. Dans les derniers temps de sa vie elle parlait souvent de vous[a]. »

Tandis que nous causions ainsi, un monsieur à moustaches et à favoris blancs salua respectueusement l'ambassadrice, avec toutes les grâces raides d'un vieux beau. Il me semblait bien reconnaître son menton.

« M. Arnould, me dit-elle, un vieil ami. »

III

JE TE DONNE CETTE ROSE

Nous habitions un grand appartement plein de choses étranges. Il y avait sur les murs des trophées d'armes sauvages surmontés de crânes et de chevelures; des pirogues avec leurs pagaies étaient suspendues aux plafonds, côte à côte avec des alligators empaillés; les vitrines contenaient des oiseaux, des nids, des branches de corail et une infinité de petits squelettes qui semblaient pleins de rancune et de malveillance. Je ne savais quel pacte mon père avait fait avec ces créatures monstrueuses, je le sais maintenant : c'était le pacte du collectionneur[1]. Lui, si sage et si désintéressé, il rêvait de fourrer la nature entière dans une armoire. C'était dans l'intérêt de la science; il le disait, il le croyait; en fait, c'était par manie de collectionneur.

Tout l'appartement était rempli de *curiosités* naturelles. Seul, le petit salon n'avait été envahi ni par la zoologie, ni par la minéralogie, ni par l'ethnographie, ni par la tératologie; là, ni écailles de serpents, ni carapaces de tortues, point d'ossements, point de flèches de silex, point de tomahawks, seulement des roses. Le papier du petit salon en était semé. C'étaient des roses en bouton, closes, modestes, toutes pareilles et toutes jolies.

Ma mère, qui avait des griefs sérieux contre la zoologie comparée et la mensuration des crânes, passait sa journée dans le petit salon, devant sa table à ouvrage. Je jouais à ses pieds sur le tapis, avec un mouton qui n'avait que trois pieds, après en avoir eu quatre, en quoi il était indigne de figurer[a] avec les lapins à deux têtes dans la collection tératologique de mon père; j'avais aussi un polichinelle qui remuait les bras et sentait la peinture : il fallait que j'eusse en ce temps-là beaucoup d'imagination, car ce polichinelle et ce mouton me représentaient les personnages divers de mille drames curieux. Quand il arrivait quelque chose de tout à fait intéressant au mouton ou au polichinelle, j'en faisais part à ma mère. Toujours inutilement. Il est à remarquer que les grandes personnes ne comprennent jamais bien ce qu'expliquent les petits enfants. Ma mère était distraite. Elle ne m'écoutait pas avec assez d'attention. C'était son grand défaut. Mais elle avait une façon de me regarder avec ses grands yeux et de m'appeler « petit bêta » qui raccommodait les choses.

Un jour, dans le petit salon, laissant sa broderie, elle me souleva dans ses bras et, me montrant une des fleurs du papier, elle me dit :

« Je te donne cette rose. »

Et, pour la reconnaître, elle la marqua d'une croix avec son poinçon à broder.

Jamais présent ne me rendit plus heureux.

IV

LES ENFANTS D'ÉDOUARD

« Il a l'air d'un brigand, mon petit garçon[b], avec ses cheveux ébouriffés ! Coiffez-le " aux enfants d'Édouard ", monsieur Valence. »

M. Valence, à qui ma mère parlait de la sorte, était un vieux perruquier agile et boiteux, dont la seule vue me rappelait une odeur écœurante de fers chauds, et que je redoutais, tant à cause de ses mains grasses de pommade que parce qu'il ne pouvait me couper les cheveux sans m'en laisser tomber dans le cou. Aussi[a], quand il me passait un peignoir blanc et qu'il me nouait une serviette autour du cou, je résistais, et il me disait :

« Tu ne veux pourtant pas, mon petit ami, rester avec une chevelure de sauvage, comme si[b] tu sortais du radeau de *la Méduse.* »

Il racontait à tout propos, de sa voix vibrante de Méridional, le naufrage de *la Méduse*[1], dont il n'avait échappé qu'après d'effroyables misères. Le radeau, les inutiles signaux de détresse, les repas de chair humaine, il disait tout cela avec la belle humeur de quelqu'un qui prend les choses par leur bon côté; car c'était un homme jovial, M. Valence !

Ce jour-là, il m'accommoda trop lentement la tête à mon gré, et d'une façon que je jugeai bien étrange dès que je pus me regarder dans la glace. Je me vis alors les cheveux rabattus et taillés droit comme un bonnet au-dessus des sourcils et tombant sur les joues comme des oreilles d'épagneul.

Ma mère était ravie : Valence m'avait véritablement coiffé aux enfants d'Édouard[2]. Vêtu comme je l'étais d'une blouse de velours noir, on n'avait plus, disait-elle, qu'à m'enfermer dans la tour avec mon frère aîné...

« Si l'on ose ! » ajouta-t-elle, en me soulevant dans ses bras avec une crânerie charmante.

Et elle me porta, étroitement embrassé, jusqu'à la voiture. Car nous allions en visite.

Je lui demandai quel était ce frère aîné que je ne connaissais pas et cette tour qui me faisait peur.

Et ma mère, qui avait la divine patience et la simplicité joyeuse des âmes dont la seule affaire en ce monde est *d'aimer*, me conta, dans un babil enfantin et poétique, comment les deux enfants du roi Édouard, qui étaient beaux et bons, furent arrachés à leur mère et étouffés dans un cachot de la tour de Londres par leur méchant oncle Richard.

Elle ajouta, s'inspirant selon toute apparence d'une peinture à la mode, que le petit chien des enfants aboya pour les avertir de l'approche des meurtriers.

Elle finit en disant que cette histoire était très ancienne, mais si touchante et si belle, qu'on ne cessait d'en faire des peintures et de la représenter sur les théâtres, et que tous les spectateurs pleuraient, et qu'elle avait pleuré comme eux.

Je dis à maman qu'il fallait être bien méchant pour la faire pleurer ainsi, elle et tout le monde.

Elle me répondit qu'il y fallait, au contraire, une grande âme et un beau talent, mais je ne la compris pas. Je n'entendais rien alors à la volupté des larmes.

La voiture nous arrêta dans l'île Saint-Louis, devant[a] une vieille maison que je ne connaissais pas. Et nous montâmes un escalier de pierre, dont les marches usées et fendues me faisaient grise mine.

Au premier tournant, un petit chien se mit à japper : « C'est lui, pensai-je, c'est le chien des enfants d'Édouard. » Et une peur subite, invincible, folle, s'empara de moi. Évidemment, cet escalier, c'était celui de la tour, et, avec mes cheveux découpés en bonnet et ma blouse de velours, j'étais un enfant d'Édouard. On allait me faire mourir. Je ne voulais pas ; je me cramponnai à la robe de ma mère en criant :

« Emmène-moi, emmène-moi ! Je ne veux pas monter dans l'escalier de la tour.

— Tais-toi donc, petit sot... Allons, allons, mon chéri, n'aie pas peur... Cet enfant est vraiment trop nerveux... Pierre, Pierre, mon petit bonhomme, sois[b] raisonnable. »

Mais, pendu à sa jupe, raidi, crispé, je n'entendais rien ; je criais, je hurlais, j'étouffais. Mes regards, pleins d'horreur, nageaient dans les ombres animées par la peur féconde.

À mes cris, une porte s'ouvrit sur le palier et il en sortit un vieux monsieur en qui, malgré mon épouvante et malgré son bonnet grec et sa robe de chambre, je reconnus mon ami Robin, Robin mon ami, qui m'apportait une fois la semaine des gâteaux secs dans la coiffe de son chapeau. C'était Robin lui-même ; mais je ne pouvais concevoir qu'il fût dans la tour, ne sachant pas que la tour *était une* maison, et que, cette *maison* étant vieille, il était naturel que ce vieux monsieur y habitât.

Il nous tendit les bras avec sa tabatière dans la main gauche et une pincée de tabac entre le pouce et l'index de la main droite. C'était lui.

« Entrez donc, chère dame ! ma femme va mieux; elle sera enchantée de vous voir. Mais maître Pierre, à ce qu'il me semble, n'est pas très rassuré. Est-ce notre petite chienne qui lui fait peur ? — Ici, Finette. »

J'étais rassuré; je dis :

« Vous demeurez dans une vilaine tour, monsieur Robin. »

À ces mots, ma mère me pinça le bras dans l'intention, que je saisis fort bien, de m'empêcher de demander un gâteau à mon bon ami Robin, ce que précisément j'allais faire.

Dans le salon jaune de M. et Mme Robin, Finette me fut d'un grand secours. Je jouai avec elle et ceci me resta dans l'esprit qu'elle avait aboyé aux meurtriers des enfants d'Édouard. C'est pourquoi je partageai avec elle le gâteau que M. Robin me donna. Mais on ne peut s'occuper longtemps du même objet, surtout quand on est un petit enfant. Mes pensées sautèrent d'une chose à l'autre, comme des oiseaux de branche en branche, puis se reposèrent de nouveau sur les enfants d'Édouard. M'étant fait à leur égard une opinion, j'étais pressé de la produire. Je tirai M. Robin par la manche.

« Dis donc, monsieur Robin, vous savez, si maman avait été dans la tour de Londres, elle aurait empêché le méchant oncle d'étouffer les enfants d'Édouard sous leurs oreillers. »

Il me sembla que M. Robin ne comprenait pas ma pensée dans toute sa force; mais, quand nous nous retrouvâmes seuls, maman et moi, dans l'escalier, elle m'éleva dans ses bras :

« Monstre ! que je t'embrasse ! »

V

LA GRAPPE DE RAISIN

J'étais heureux, j'étais très heureux. Je me représentais mon père, ma mère et ma bonne, comme des géants très doux, témoins des premiers jours du monde, immuables, éternels, uniques dans leur espèce.

J'avais la certitude qu'ils sauraient me garder de tout mal et j'éprouvais près d'eux une entière sécurité. La confiance que m'inspirait ma mère était quelque chose d'infini : quand je me rappelle cette divine, cette adorable confiance, je suis tenté d'envoyer des baisers au petit bonhomme que j'étais, et ceux qui savent combien il est difficile en ce monde de garder un sentiment dans sa plénitude comprendront un tel élan vers de tels souvenirs.

J'étais heureux. Mille choses, à la fois familières et mystérieuses, occupaient mon imagination, mille choses qui n'étaient rien en elles-mêmes, mais qui faisaient partie de ma vie. Elle était toute petite, ma vie; mais c'était une vie, c'est-à-dire le centre des choses, le milieu du monde. Ne souriez pas à ce que je dis là, ou n'y souriez que par amitié et songez-y : quiconque vit, fût-il petit chien[1], est au milieu des choses.

J'étais heureux de voir et d'entendre. Ma mère n'entrouvrait pas son armoire à glace sans me faire éprouver une curiosité fine et pleine de poésie. Qu'y avait-il donc, dans cette armoire ? Mon Dieu ! ce qu'il pouvait y avoir : du linge, des sachets d'odeur, des cartons, des boîtes. Je soupçonne aujourd'hui ma pauvre mère d'un faible pour les boîtes. Elle en avait de toute sorte et en prodigieuse quantité. Et ces boîtes, qu'il m'était interdit de toucher, m'inspiraient de profondes méditations. Mes jouets aussi faisaient travailler ma petite tête; du moins, les jouets qu'on me promettait, et que j'attendais; car ceux que je possédais n'avaient pour moi plus de mystère, partant plus de charme. Mais qu'ils étaient beaux, les joujoux de mes rêves ! Un autre miracle, c'était la quantité de traits et de figures qu'on peut tirer d'un crayon ou d'une plume. Je dessinais des soldats; je faisais une tête ovale et je mettais un shako au-dessus. Ce n'est qu'après de nombreuses observations que je fis entrer la tête dans le shako *jusqu'aux* sourcils. J'étais sensible *aux fl*eurs, aux parfums, au luxe de la table, aux beaux vêtements. Ma toque à plumes et mes bas chinés me donnaient quelque orgueil. Mais ce que j'aimais plus que chaque chose en particulier, c'était l'ensemble des choses : la maison, l'air, la lumière, que sais-je ? la vie enfin ! Une grande douceur m'enveloppait. Jamais petit oiseau ne se frotta plus délicieusement au duvet de son nid.

J'étais heureux, j'étais très heureux. Pourtant, j'enviais un autre enfant. Il se nommait Alphonse. Je ne lui connaissais pas d'autre nom, et il est fort possible qu'il n'eût que celui-là. Sa mère était blanchisseuse et travaillait en ville. Alphonse vaguait tout le long de la journée dans la cour ou sur le quai, et j'observais de ma fenêtre son visage barbouillé, sa tignasse jaune, sa culotte sans fond et ses savates, qu'il traînait dans les ruisseaux. J'aurais bien voulu, moi aussi, marcher en liberté dans les ruisseaux. Alphonse hantait les cuisinières et gagnait près d'elles force gifles et quelques vieilles croûtes de pâté. Parfois les palefreniers l'envoyaient puiser à la pompe un seau d'eau qu'il rapportait fièrement, avec une face cramoisie et la langue hors de la bouche. Et je l'enviais. Il n'avait pas comme moi des fables de La Fontaine à apprendre; il ne craignait pas d'être grondé pour une tache à sa blouse, lui ! Il n'était pas tenu de dire *bonjour, monsieur ! bonjour, madame !* à des personnes dont les jours et les soirs, bons ou mauvais, ne l'intéressaient pas du tout; et, s'il n'avait pas comme moi une arche de Noé et un cheval à mécanique, il jouait à sa fantaisie avec les moineaux qu'il attrapait, les chiens errants comme lui, et même les chevaux de l'écurie, jusqu'à ce que le cocher l'envoyât dehors au bout d'un balai. Il était libre et hardi. De la cour, son domaine, il me regardait à ma fenêtre comme on regarde un oiseau en cage.

Cette cour était gaie à cause des bêtes de toute espèce et des gens de service qui la fréquentaient. Elle était grande; le corps de logis qui la fermait au midi était tapissé d'une vieille vigne noueuse et maigre, au-dessus de laquelle était un cadran solaire dont le soleil et la pluie avaient effacé les chiffres, et cette aiguille d'ombre qui coulait insensiblement sur la pierre m'étonnait. De tous les fantômes que j'évoque, celui de cette vieille cour est un des plus étranges pour les Parisiens d'aujourd'hui. Leurs cours ont quatre mètres carrés; on peut y voir un morceau du ciel, grand comme un mouchoir, par-dessus cinq étages de garde-manger en surplomb. C'eſt là un progrès, mais il eſt malsain.

Il advint[a] un jour que cette cour si gaie, où les ménagères venaient le matin emplir leur cruche à la pompe et où les cuisinières secouaient, vers six heures, leur salade dans un panier de laiton, en échangeant des propos avec les palefreniers, il advint que cette cour fut dépavée. On ne la dépavait que pour la repaver; mais, comme il avait plu pendant les travaux, elle était fort boueuse, et Alphonse, qui y vivait comme un satyre dans son bois, était, de la tête aux pieds, de la couleur du sol. Il remuait les pavés avec une joyeuse ardeur. Puis, levant la tête et me voyant muré là-haut, il me fit signe de venir. J'avais bien envie de jouer avec lui à remuer des pavés. Je n'avais pas de pavés à remuer dans ma chambre, moi. Il se trouva que la porte de l'appartement était ouverte. Je descendis dans la cour.

« Me voilà, dis-je à Alphonse.

— Porte ce pavé », me dit-il.

Il avait l'air sauvage et la voix rauque; j'obéis. Tout à coup le pavé me fut arraché des mains et je me sentis enlevé de terre. C'était ma bonne qui m'emportait, indignée. Elle me lava au savon de Marseille et me fit honte de jouer avec un polisson, un rôdeur, un vaurien.

« Alphonse, ajouta ma mère, Alphonse eſt mal élevé; ce n'eſt pas sa faute, c'eſt son malheur; mais les enfants bien élevés ne doivent pas fréquenter ceux qui ne le sont pas. »

J'étais un petit enfant très intelligent et très réfléchi. Je retins les paroles de ma mère et elles s'associèrent, je ne sais comment, à ce que j'appris des enfants maudits en me faisant expliquer ma vieille Bible en eſtampes[1]. Mes sentiments pour Alphonse changèrent tout à fait. Je ne l'enviai plus; non. Il m'inspira un mélange de terreur et de pitié. « Ce n'eſt pas sa faute, c'eſt son malheur. » Cette parole *de ma* mère me troublait *pour lui.* Vous fîtes bien, maman, de me parler ainsi; vous fîtes bien de me révéler dès l'âge le plus tendre l'innocence des misérables. Votre parole était bonne; c'était à moi à la garder présente dans la suite de ma vie.

Pour cette fois du moins, elle eut son effet et je m'attendris sur le sort de l'enfant maudit. Un jour, tandis qu'il tourmentait dans la cour le perroquet d'une vieille locataire, je contemplai ce Caïn sombre et puissant, avec toute la componction d'un bon petit Abel. C'est le bonheur, hélas ! qui fait les Abel. Je m'ingéniai à donner à l'autre un témoignage de ma pitié. Je songeai à lui envoyer un baiser; mais son visage farouche me parut peu propre à le recevoir et mon cœur se refusa à ce don. Je cherchai longtemps ce que je pourrais bien donner; mon embarras était grand. Donner à Alphonse mon cheval à mécanique, qui précisément n'avait plus ni queue ni crinière, me parut toutefois excessif. Et puis, est-ce bien par le don d'un cheval qu'on marque sa pitié ? Il fallait un présent convenable à un maudit. Une fleur peut-être ? Il y avait des bouquets dans le salon. Mais une fleur, cela ressemble à un baiser. Je doutais qu'Alphonse aimât les fleurs. Je fis, dans une grande perplexité, le tour de la salle à manger. Tout à coup, je frappai joyeusement dans mes mains : j'avais trouvé !

Il y avait sur le buffet, dans une coupe, de magnifiques raisins de Fontainebleau. Je montai sur une chaise et pris de ces raisins une grappe longue et pesante qui remplissait la coupe aux trois quarts. Les grains d'un vert pâle étaient dorés d'un côté et l'on devait croire qu'ils fondraient délicieusement dans la bouche; pourtant je n'y goûtai pas. Je courus chercher un peloton de fil dans la table à ouvrage de ma mère. Il m'était interdit d'y rien prendre. Mais il faut savoir désobéir. J'attachai la grappe au bout d'un fil, et, me penchant sur la barre de la fenêtre, j'appelai Alphonse et fis descendre lentement la grappe dans la cour. Pour la mieux voir, l'enfant maudit écarta de ses yeux les mèches de ses cheveux jaunes, et, quand elle fut à portée de son bras, il l'arracha avec le fil; puis, relevant la tête, il me tira la langue, me fit un pied de nez et s'enfuit avec la grappe en me montrant son derrière. Mes petits amis ne m'avaient pas accoutumé à ces façons. J'en fus d'abord très irrité. Mais une considération me calma. « J'ai bien fait, pensai-je, de n'envoyer ni une fleur ni un baiser. »

Ma rancune s'évanouit à cette pensée, tant il est

vrai que, quand l'amour-propre est satisfait, le reste importe peu.

Toutefois, à l'idée qu'il faudrait confesser mon aventure à ma mère, je tombai dans un grand abattement. J'avais tort; ma mère me gronda, mais avec de la gaieté : je le vis à ses yeux qui riaient.

« Il faut donner son bien, et non celui des autres, me dit-elle, et il faut savoir donner.

— C'est le secret du bonheur, et peu le savent », ajouta mon père.

Il le savait, lui !

VI

MARCELLE AUX YEUX D'OR[a1]

J'avais cinq ans et je me faisais du monde une idée que j'ai dû changer depuis; c'est dommage, elle était charmante. Un jour, tandis que j'étais occupé à dessiner des bonshommes, ma mère m'appela sans songer qu'elle me dérangeait. Les mères ont de ces étourderies.

Cette fois, il s'agissait de me faire ma toilette. Je n'en sentais pas la nécessité et j'en voyais le désagrément, je résistais, je faisais des grimaces; j'étais insupportable.

Ma mère me dit :

« Ta marraine va venir : ce serait joli si tu n'étais pas habillé ! »

Ma marraine ! je ne l'avais pas encore vue; je ne la connaissais pas du tout. Je ne savais même pas qu'elle existât. Mais je savais très bien ce que c'est qu'une marraine : je l'avais lu dans les contes et vu dans les images; je savais qu'une marraine est une fée.

Je me laissai peigner et savonner tant qu'il plut à ma chère maman. Je songeais à ma marraine avec une extrême curiosité de la connaître. Mais, bien que grand questionneur d'ordinaire, je ne demandai rien de tout ce que je brûlais de savoir.

« Pourquoi ?

— Vous me demandez pourquoi ? Ah ! c'est que

je n'osais; c'est que les fées, telles que je les comprenais, voulaient le silence et le mystère; c'est qu'il est dans les sentiments un vague si précieux, que l'âme la plus neuve en ce monde est, par instinct, jalouse de le garder; c'est qu'il existe, pour l'enfant comme pour l'homme, des choses ineffables; c'est que, sans l'avoir connue, j'aimais ma marraine. »

Je vais bien vous surprendre, mais la vérité a parfois heureusement quelque chose d'imprévu, qui la rend supportable... Ma marraine était belle à souhait. Quand je la vis, je la reconnus. C'était bien celle que j'attendais, c'était ma fée. Je la contemplais sans surprise, ravi. Pour cette fois, et par extraordinaire, la nature égalait les rêves de beauté d'un petit enfant.

Ma marraine me regarda : elle avait des yeux d'or. Elle me sourit et je lui vis des dents aussi petites que les miennes. Elle parla : sa voix était claire et chantait comme une source dans les bois. Elle me baisa, ses lèvres étaient fraîches; je les sens encore sur ma joue.

Je goûtai à la voir une infinie douceur, et il fallait, paraît-il, que cette rencontre fût charmante de tout point; car le souvenir qui m'en reste est dégagé de tout détail qui l'eût gâté. Il a pris une simplicité lumineuse. C'est la bouche entrouverte pour un sourire et pour un baiser, debout, les bras ouverts, que m'apparaît invariablement ma marraine.

Elle me souleva de terre et me dit :

« Trésor, laisse-moi voir la couleur de tes yeux. »

Puis, agitant les boucles de ma chevelure :

« Il est blond, mais il deviendra brun. »

Ma fée connaissait l'avenir. Pourtant ses prédictions indulgentes ne l'annonçaient pas tout entier. Mes cheveux, aujourd'hui, ne sont plus ni blonds ni noirs.

Elle m'envoya, le lendemain, des joujoux qui ne me parurent pas faits pour moi. Je vivais avec mes livres, mes images, mon pot de colle, mes boîtes de couleur et tout mon attirail de petit garçon intelligent et chétif, déjà sédentaire, qui s'initiait naïvement par ses jouets à ce sentiment des formes et des couleurs, cause de tant de douleurs et de joies.

Les présents choisis par ma marraine n'entraient pas dans ces mœurs. C'était un mobilier complet de sportboy et de petit gymnaste à trapèze, cordes, barres, poids, haltères, tout ce qu'il faut pour exercer la force d'un enfant et préparer la grâce virile.

Par malheur, j'avais déjà le pli du bureau, le goût des découpures faites patiemment le soir à la lampe, le sens profond des images, et, quand je sortais de mes amusements d'artiste prédestiné, c'était par des coups de folie, par une rage de désordre, pour jouer éperdument à des jeux sans règle, sans rythme : au voleur, au naufrage, à l'incendie. Tous ces appareils de buis verni et de fer me parurent froids, lourds, sans caprice et sans âme, jusqu'à ce que ma marraine y eût mis, en m'en enseignant l'usage, un peu de son charme. Elle soulevait les haltères avec beaucoup de crânerie, et, portant les coudes en arrière, elle me montrait comment les barres, passées sur le dos et sous les bras, développent la poitrine.

Un jour, elle me prit sur ses genoux et me promit un bateau, un bateau avec tous ses gréements, toutes ses voiles et des canons aux sabords. Ma marraine parlait marine comme un loup de mer. Elle n'oubliait ni hune, ni dunette, ni haubans, ni perroquet, ni cacatois. Elle n'en finissait point avec ces mots étranges et elle mettait comme de l'amitié à les dire. Ils lui rappelaient sans doute bien des choses. Une fée, cela va sur les eaux.

Je ne l'ai pas reçu, ce bateau. Mais je n'ai jamais eu besoin, même en bas âge, de posséder les choses pour en jouir, et le bateau de la fée m'a occupé bien des heures. Je le voyais. Je le vois encore. Ce n'est plus un jouet. C'est un fantôme. Il coule en silence sur une mer brumeuse, et j'aperçois à son bord une femme immobile, les bras inertes, les yeux grands et vides.

Je ne devais plus revoir ma marraine.

J'avais dès lors une idée juste de son caractère. Je sentais qu'elle était née pour plaire et pour aimer, que c'était là son affaire en ce monde. Je ne me trompais pas, hélas ! J'ai su depuis que Marcelle (elle se nommait Marcelle) n'a jamais *fait que cela*.

C'est bien des années plus tard que j'appris quelque chose de sa vie. Marcelle et ma mère s'étaient connues au couvent. Mais ma mère, plus âgée de quelques années, était trop sage et trop mesurée pour devenir la compagne assidue de Marcelle, qui mettait dans ses amitiés une ardeur extraordinaire et une sorte de folie. La jeune pensionnaire qui inspira à Marcelle les sentiments les plus extravagants était la fille d'un négociant, une grosse personne calme, moqueuse et bornée. Marcelle ne la quittait pas des yeux, fondait en larmes pour un mot, pour un geste de son amie, l'accablait de serments, lui faisait toutes les heures des scènes de jalousie, et lui écrivait à l'étude des lettres de vingt pages, tant qu'enfin la grosse fille, impatientée, déclara qu'il y en avait assez et qu'elle voulait être tranquille.

La pauvre Marcelle se retira si abattue et si triste, qu'elle fit pitié à ma mère. C'est alors que commença leur liaison, peu de temps avant que ma mère sortît du couvent. Elles promirent de se rendre visite et tinrent parole.

Marcelle avait pour père le meilleur homme du monde, charmant, avec bien de l'esprit et pas le sens commun. Il quitta la marine, sans motif, après vingt ans de navigation. On s'en étonnait. Il fallait s'étonner qu'il fût resté si longtemps au service. Sa fortune était médiocre et son économie détestable.

Regardant par sa fenêtre, un jour de pluie, il vit sa femme et sa fille à pied, fort embarrassées de leurs jupes et de leur en-tout-cas[1]. Il s'aperçut pour la première fois qu'elles n'avaient point voiture, et cette découverte le chagrina beaucoup. Sur-le-champ il réalisa ses valeurs, vendit les bijoux de sa femme, emprunta de l'argent à divers amis et courut à Bade[2]. Comme il avait une martingale infaillible, il joua gros jeu à l'effet de gagner chevaux, carrosse et livrée. Au bout de huit jours, il rentra chez lui sans un sou, et croyant plus que jamais à sa martingale.

Il lui restait une petite terre dans la Brie, où il éleva des ananas. Après un an de cette culture, il dut vendre le fonds pour payer les serres. Alors il se jeta dans des inventions de machines, et sa femme mourut sans qu'il y prît garde. Il envoyait aux ministres, aux Chambres, à l'Institut, aux sociétés savantes, à tout le monde, des plans et des mémoires. Ces mémoires étaient quelquefois rédigés en vers. Pourtant il se faisait quelque argent, il vivait. C'était miraculeux. Marcelle trouvait cela simple, et achetait des chapeaux avec toutes les pièces de cent sous qui lui tombaient sous la main.

Pour jeune fille qu'elle était alors, ma mère ne comprenait pas la vie de cette façon, et Marcelle la faisait trembler. Mais elle aimait Marcelle.

« Si tu savais, m'a dit cent fois ma mère, si tu savais comme elle était charmante alors !

— Ah ! chère maman, je l'imagine bien. »

Il y eut pourtant une brouille entre elles, et la cause en fut un sentiment délicat qu'il ne faudrait point laisser dans l'ombre où l'on cache les fautes de ceux qui nous sont chers, mais que je ne dois pas analyser, moi, comme tout autre pourrait le faire. Je ne le dois pas, dis-je, et ne le puis non plus, n'ayant sur ce sujet que des indices extrêmement vagues. Ma mère était alors fiancée à un jeune médecin qui l'épousa peu après et devint mon père. Marcelle était charmante; on vous l'a dit assez. Elle inspirait et respirait l'amour. Mon père était jeune. Ils se voyaient, se parlaient. Que sais-je encore ?... Ma mère se maria et ne revit plus Marcelle.

Mais, après deux ans d'exil, la belle aux yeux d'or eut son pardon. Elle l'eut si bien qu'on la pria d'être ma marraine. Dans l'intervalle, elle s'était mariée. Cela, je pense, avait beaucoup aidé au raccommodement. Marcelle adorait son mari, un monstre de petit moricaud qui naviguait depuis l'âge de sept ans sur un navire de commerce, et que je soupçonne véhémentement d'avoir fait la traite des Noirs. Comme il possédait des biens à Rio de Janeiro, il y emmena ma marraine.

Ma mère m'a dit souvent :

« Tu ne peux te figurer ce qu'était le mari de Marcelle : un magot, un singe, un singe habillé de jaune des pieds[a] à la tête. Il ne parlait aucune langue. Il savait seulement un peu de toutes, et s'exprimait par des cris, des gestes et des roulements d'yeux. Pour être juste, il avait des yeux superbes. Et ne crois pas, mon enfant, qu'il fût des Îles[1], ajoutait ma mère; il était français, natif de Brest, et se nommait Dupont. »

Il faut vous apprendre, en passant, que ma mère disait « les Îles » pour tout ce qui n'est pas l'Europe;

et cela désespérait mon père, auteur de divers travaux d'ethnographie comparée.

« Marcelle, poursuivait ma mère, Marcelle était folle de son mari. Dans les premiers temps, on avait toujours l'air de les gêner en allant les voir. Elle fut heureuse pendant trois ou quatre ans; je dis heureuse parce qu'il faut tenir compte des goûts. Mais, pendant le voyage qu'elle fit en France..., tu ne te rappelles pas, tu étais trop petit.

— Oh ! maman, je me rappelle parfaitement.

— Eh bien ! pendant ce voyage, son moricaud prit là-bas, dans les Îles, d'horribles habitudes : il s'enivrait dans les cabarets de matelots avec des créatures. Il reçut un coup de couteau. Au premier avis qu'elle en eut, Marcelle s'embarqua. Elle soigna son mari avec cette ardeur superbe qu'elle mettait à tout. Mais il eut un vomissement de sang et mourut.

— Marcelle n'est-elle pas revenue en France ? Maman, pourquoi n'ai-je pas revu ma marraine ? »

À cette question, ma mère répondit avec embarras :

« Étant veuve, elle connut à Rio de Janeiro des officiers de marine qui lui firent grand tort. Il ne faut pas penser du mal de Marcelle, mon enfant. C'est une femme à part, qui n'agissait pas comme les autres. Mais il devenait difficile de la recevoir.

— Maman, je ne pense pas du mal de Marcelle; dites-moi seulement ce qu'elle est devenue.

— Mon fils, un lieutenant de vaisseau l'aima, ce qui était bien naturel, et la compromit, parce qu'une si belle conquête flattait son amour-propre. Je ne te le nommerai pas; il est aujourd'hui contre-amiral, et tu as dîné plusieurs fois avec lui.

— Quoi ! c'est V..., ce gros homme rougeaud ? Eh bien, maman, il raconte de jolies histoires de femmes, après dîner, cet amiral-là[a] !

— Marcelle l'aima à la folie. Elle le suivait partout. Tu conçois, mon enfant, que je ne sais pas très bien cette histoire-là. Mais elle finit d'une façon terrible. Ils étaient tous deux en Amérique, je ne puis te dire exactement en quel endroit, parce que je n'ai jamais pu retenir les noms de la géographie. S'étant lassé d'elle, il la quitta sous quelque prétexte et revint en France. Tandis qu'elle l'attendait là-bas, elle apprit, par un petit journal de Paris, qu'il se montrait au théâtre avec une actrice. Elle n'y put tenir, et, bien que souffrant de la fièvre, elle s'embarqua. Ce fut son dernier voyage. Elle mourut à bord, mon enfant, et ta pauvre marraine, cousue dans un drap, fut jetée à la mer. »

Voilà ce que m'a conté ma mère. Je n'en sais pas davantage. Mais, chaque fois que le ciel est d'un gris tendre et que le vent a des plaintes douces, ma pensée s'envole vers Marcelle et je lui dis :

« Pauvre âme en peine, pauvre âme errant sur l'antique océan qui berça les premières amours de la terre, cher fantôme, ô ma marraine et ma fée, sois bénie par le plus fidèle de tes amoureux, par le seul, peut-être, qui se souvienne encore de toi ! Sois bénie pour le don que tu mis sur mon berceau en t'y penchant seulement; sois bénie pour m'avoir révélé, quand je naissais à peine à la pensée, les tourments délicieux que la beauté donne aux âmes avides de la comprendre; sois bénie par celui qui fut l'enfant que tu soulevas de terre pour chercher la couleur de ses yeux ! Il fut, cet enfant, le plus heureux, et, j'ose dire, le meilleur de tes amis. C'est à lui que tu donnas le plus, ô généreuse femme ! car tu lui ouvris, avec tes deux bras, le monde infini des rêves. »

VII

NOTE ÉCRITE À L'AUBE[a]

Voilà la moisson d'une nuit d'hiver, ma première gerbe de souvenirs. La laisserai-je aller au vent ? Ne vaut-il pas mieux la lier et la porter à la grange ? Elle sera, je crois, une bonne nourriture pour les esprits.

Le meilleur et le plus savant des hommes, M. Littré[1], aurait voulu que chaque famille eût ses archives et son histoire morale. « Depuis a-t-il dit, qu'une bonne philosophie m'a enseigné à estimer grandement la tradition et la conservation, j'ai bien des fois regretté que, durant le Moyen Âge, des familles bourgeoises n'aient pas songé à former de modestes registres où seraient consignés les principaux incidents de la vie domestique, et qu'on se transmettrait tant que la famille durerait. Combien curieux seraient ceux de ces registres qui auraient atteint notre époque, quelque succinctes qu'en fussent les notices ! Que de notions et d'expériences perdues, qui auraient été sauvées par un peu de soin et d'esprit de suite ! »

Eh bien, je réaliserai pour ma part le désir du sage vieillard : ceci sera gardé et commencera le registre de la famille Nozière. Ne perdons rien du passé. Ce n'est qu'avec le passé qu'on fait l'avenir.

c'est moins précieux que P, très léger et tellement agréable...

NOUVELLES AMOURS

I

L'ERMITAGE DU JARDIN DES PLANTES

Je ne savais pas lire, je portais des culottes fendues, je pleurais quand ma bonne me mouchait et j'étais dévoré par l'amour de la gloire. Telle est la vérité : dans l'âge le plus tendre, je nourrissais le désir de m'illustrer sans retard et de durer dans la mémoire des hommes. J'en cherchais les moyens tout en déployant mes soldats de plomb sur la table de la salle à manger. Si j'avais pu, je serais allé conquérir l'immortalité dans les champs de bataille et je serais devenu semblable à quelqu'un de ces généraux que j'agitais dans mes petites mains et à qui je dispensais la fortune des armes sur une toile cirée.

Mais il n'était pas en moi d'avoir un cheval, un uniforme, un régiment et des ennemis, toutes choses essentielles à la gloire militaire. C'est pourquoi je pensai devenir un saint. Cela exige[a] moins d'appareil et rapporte beaucoup de louanges. Ma mère était pieuse. Sa piété — comme elle aimable et sérieuse — me touchait beaucoup. Ma mère me lisait souvent la *Vie des saints*[1], que j'écoutais avec délices et qui remplissait mon âme de surprise et d'amour. Je savais donc comment les hommes du Seigneur s'y prenaient pour rendre leur vie précieuse et pleine de mérites. Je savais quelle céleste odeur répandent les roses du martyre. Mais le martyre est une extrémité à laquelle je ne m'arrêtai pas. Je ne songeai pas non plus à l'apostolat et à la prédication, qui n'étaient guère dans mes moyens. Je m'en tins aux austérités, comme étant d'un usage facile et sûr.

Pour m'y livrer sans perdre de temps, je refusai de déjeuner. Ma mère, qui n'entendait rien à ma nouvelle vocation, me crut souffrant et me regarda avec une inquiétude qui me fit de la peine. Je n'en jeûnai pas moins. Puis, me rappelant saint Siméon Stylite[1], qui vécut sur une colonne, je montai sur la fontaine de la cuisine; mais je ne pus y vivre, car Julie, notre bonne, m'en délogea promptement. Descendu de ma fontaine, je m'élançai avec ardeur dans le chemin de la perfection et résolus d'imiter saint Nicolas de Patras[2], qui distribua ses richesses aux pauvres. La fenêtre du cabinet de mon père[a] donnait sur le quai. Je jetai par cette fenêtre une douzaine de sous qu'on m'avait donnés parce qu'ils étaient neufs et qu'ils reluisaient; je jetai ensuite des billes et des toupies et mon sabot avec son fouet de peau d'anguille.

« Cet enfant est stupide ! » s'écria mon père en fermant la fenêtre.

J'éprouvai de la colère et de la honte à m'entendre juger ainsi. Mais je considérai que mon père, n'étant pas saint comme moi, ne partagerait pas avec moi la gloire des bienheureux, et cette pensée me fut une grande consolation.

Quand vint l'heure de m'aller promener, on me mit mon chapeau; j'en arrachai la plume, à l'exemple du bienheureux Labre[3], qui, lorsqu'on lui donnait un vieux bonnet tout crasseux, avait soin de le traîner dans la fange avant de le mettre sur sa tête. Ma mère, en apprenant l'aventure des richesses et celle du chapeau, haussa les épaules et poussa un gros soupir. Je l'affligeais vraiment.

Pendant la promenade, je tins les yeux baissés pour ne pas me laisser distraire par les objets extérieurs, me conformant ainsi à un précepte souvent donné dans la *Vie des saints*.

C'est au retour de cette promenade salutaire que, pour achever ma sainteté, je me fis un cilice en me fourrant dans le dos le crin d'un vieux fauteuil. J'en éprouvai de nouvelles tribulations, car Julie me surprit au moment où j'imitais ainsi les fils de saint François. S'arrêtant à l'apparence sans pénétrer l'esprit, elle vit que j'avais crevé un fauteuil et me fessa par simplicité.

En réfléchissant aux pénibles incidents de cette journée, je reconnus qu'il est bien difficile de pratiquer la sainteté dans la famille[1]. Je compris pourquoi les saints Antoine et Jérôme s'en étaient allés au désert parmi les lions et les ægipans[2]; et je résolus de me retirer dès le lendemain dans un ermitage. Je choisis, pour m'y cacher, le labyrinthe du Jardin des Plantes. C'est là que je voulais vivre dans la contemplation, vêtu, comme saint Paul l'Ermite[3], d'une robe de feuilles de palmier. Je pensais : « Il y aura dans ce jardin des racines pour ma nourriture. On y découvre une cabane au sommet d'une montagne. Là, je serai au milieu de toutes les bêtes de la création; le lion[4] qui creusa de ses ongles la tombe de sainte Marie l'Égyptienne viendra sans doute me chercher pour rendre les devoirs de la sépulture à quelque solitaire des environs. Je verrai, comme saint Antoine[5], l'homme aux pieds de bouc et le cheval au buste d'homme. Et peut-être que les anges me soulèveront de terre en chantant des cantiques. »

Ma résolution paraîtra moins étrange quand on saura que, depuis longtemps, le Jardin des Plantes était pour moi un lieu saint, assez semblable au Paradis terrestre, que je voyais figuré sur ma vieille Bible en estampes[6]. Ma bonne m'y menait souvent et j'y éprouvais un sentiment de sainte allégresse. Le ciel même m'y semblait plus spirituel et plus pur qu'ailleurs, et, dans les nuages qui passaient sur la volière des aras, sur la cage du tigre, sur la fosse de l'ours et sur la maison de l'éléphant, je voyais confusément Dieu le père avec sa barbe blanche et dans sa robe bleue, le bras étendu pour me bénir avec l'antilope et la gazelle, le lapin et la colombe; et quand j'étais assis sous le cèdre du Liban, je voyais descendre sur ma tête, à travers les branches, les rayons que le Père éternel laissait échapper de ses doigts[7]. Les animaux qui mangeaient dans ma main en me regardant avec douceur me rappelaient ce que ma mère m'enseignait d'Adam et des jours de l'innocence première. La création réunie là, comme jadis dans la maison flottante du patriarche, se reflétait dans mes yeux, toute parée de grâce enfantine. Et rien ne me gâtait mon Paradis. Je n'étais pas choqué d'y voir des bonnes, des militaires et des marchands de coco. Au contraire, je me sentais heureux près de ces humbles et de ces petits, moi le plus petit de tous. Tout me semblait clair, aimable et bon, parce que, avec une candeur souveraine, je ramenais tout à mon idéal d'enfant.

Je m'endormis dans la résolution d'aller vivre au milieu de ce jardin pour acquérir des mérites et devenir l'égal des grands saints dont je me rappelais l'histoire fleurie.

Le lendemain matin, ma résolution était ferme encore. J'en instruisis ma mère. Elle se mit à rire.

« Qui t'a donné l'idée de te faire ermite sur le labyrinthe du Jardin des Plantes ? me dit-elle en me peignant les cheveux et en continuant de rire.

— Je veux être célèbre, répondis-je, et mettre sur mes cartes de visite : " Ermite et saint du calendrier ", comme papa met sur les siennes : " Lauréat de l'Académie de médecine et secrétaire de la Société d'anthropologie[a] ". »

À ce coup, ma mère laissa tomber le peigne qu'elle passait dans mes cheveux.

« Pierre ! s'écria-t-elle, Pierre ! quelle folie et quel péché ! Je suis bien malheureuse ! Mon petit garçon a perdu la raison à l'âge où l'on n'en a pas encore. »

Puis, se tournant vers mon père :

« Vous l'avez entendu, mon ami ; à sept ans[b] il veut être célèbre !

— Chère amie, répondit mon père, vous verrez qu'à vingt ans il sera dégoûté de la gloire.

— Dieu le veuille ! dit ma mère ; je n'aime point les vaniteux. »

Dieu l'a voulu et mon père ne se trompait pas. Comme le roi d'Yvetot, *je vis* fort bien sans gloire[1] et n'ai plus la moindre envie de graver *le nom* de Pierre Nozière dans la mémoire des hommes.

Toutefois, quand maintenant je me promène[c], avec mon cortège de souvenirs lointains, dans ce Jardin des Plantes, bien attristé et abandonné[2], il me prend une incompréhensible envie de conter aux amis inconnus le rêve que je fis jadis d'y vivre en anachorète, comme si ce rêve d'un enfant pouvait, en se mêlant aux pensées d'autrui, y faire passer la douceur d'un sourire[a].

C'est aussi pour moi une question de savoir si vraiment j'ai bien fait de renoncer dès l'âge de six ans à la vie militaire; car le fait est que je n'ai pas songé depuis à être soldat. Je le regrette un peu. Il y a, sous les armes, une grande dignité de vie. Le devoir y est clair et d'autant mieux déterminé que ce n'est pas le raisonnement qui le détermine. L'homme qui peut raisonner ses actions découvre bientôt qu'il en est peu d'innocentes. Il faut être prêtre ou soldat pour ne pas connaître les angoisses du doute[1].

Quant au rêve d'être un solitaire, je l'ai refait toutes les fois que j'ai cru sentir que la vie était foncièrement mauvaise : c'est dire que je l'ai fait chaque jour. Mais, chaque jour, la nature me tira l'oreille et me ramena aux amusements dans lesquels s'écoulent les humbles existences.

II

LE PÈRE LE BEAU[b2]

On trouve dans les *Mémoires* de Henri Heine[3] des portraits[c] d'une réalité frappante, qu'enveloppe pourtant une sorte de poésie. Tel est le portrait de Simon de Geldern, oncle du poète. « C'était, dit Henri Heine, un original de l'extérieur le plus humble et aussi le plus bizarre, une petite figure placide, un visage pâle et sévère, dont le nez avait une rectitude grecque, bien qu'il fût assurément d'un tiers plus long que les Grecs n'avaient l'habitude de porter leur nez... Il allait toujours vêtu d'après une mode surannée, portait des culottes courtes, des bas de soie blancs, des souliers à boucle, et, selon l'ancienne coutume, une queue assez longue. Lorsque ce petit bonhomme trottait à *pas menus* à travers les rues, sa queue sautillait d'une épaule sur l'autre, faisait des cabrioles de toute sorte, et semblait se moquer de son propre maître derrière son dos. »

Ce bonhomme avait l'âme la plus magnanime, et

sa petite redingote, terminée en queue de bergeronnette, enveloppait le dernier des chevaliers. Ce chevalier, toutefois, ne fut point errant. Il resta chez lui à Düsseldorf, dans l'*Arche de Noé*. « C'est le nom que portait la petite maison patrimoniale, à cause de l'arche que l'on voyait joliment sculptée sur la porte et peinte en couleurs voyantes. Là, il put s'adonner sans repos à tous ses goûts, à tous ses enfantillages d'érudition, à sa bibliomanie et à sa rage d'écrivailler, principalement dans les gazettes politiques et les revues obscures. »

C'est par le zèle du bien public que le pauvre Simon de Geldern était poussé à écrire. Il y peinait beaucoup. Penser seulement lui coûtait des efforts désespérés. Il se servait d'un vieux style roide qu'on lui avait enseigné dans les écoles de jésuites.

« Ce fut justement cet oncle, nous dit Henri Heine, qui exerça une grande influence sur la culture de mon esprit, et auquel, sur ce point, je suis infiniment redevable. Si différente que fût notre manière de voir, ses aspirations littéraires, pitoyables d'ailleurs, contribuèrent peut-être à éveiller en moi le désir d'écrire. »

La figure du vieux Geldern m'en rappelle une autre qui, n'existant, celle-là, que par mes propres souvenirs, semblera pâle et sans charme. À la vérité, je n'en saurai jamais faire un de ces portraits à la fois fantastiques et vrais dont Rembrandt et Heine eurent le secret. C'est dommage ! l'original méritait un savant peintre.

Oui, j'eus aussi mon Simon de Geldern pour m'inspirer dès l'enfance l'amour des choses de l'esprit et la folie d'écrire. Il se nommait Le Beau ; c'est peut-être à lui que je dois de barbouiller, depuis quinze ans, du papier avec mes rêves. Je ne sais si je peux l'en remercier. Du moins, il n'inspira à son élève qu'une manie innocente comme la sienne.

Sa manie était de faire des catalogues. Il cataloguait, cataloguait, cataloguait. Je l'admirais, et, à dix ans, je trouvais plus beau de faire des catalogues que de gagner des batailles. Je me suis, depuis, un peu gâté le jugement ; mais, au fond, je n'ai pas changé d'avis autant qu'on pourrait croire. Le père Le Beau, comme on l'appelait, me semble encore digne de louanges et d'envie, et, si parfois il m'arrive de sourire en pensant à ce vieil ami, ma gaieté est tout affectueuse et tout attendrie.

Le père Le Beau était fort vieux quand j'étais fort jeune; ce qui nous permit de nous entendre très bien ensemble.

Tout en lui m'inspirait une curiosité confiante. Ses lunettes chaussées au bout du nez qu'il avait gros et rond, son visage rose et plein, ses gilets à fleurs, sa grande douillette dont les poches béantes regorgeaient de bouquins, sa personne entière vous avait une bonhomie relevée par un grain de folie. Il se coiffait d'un chapeau bas à grands bords autour desquels ses cheveux blancs s'enroulaient comme le chèvrefeuille aux balustrades des terrasses. Tout ce qu'il disait était simple, court, varié, en images, ainsi qu'un conte d'enfant. Il était naturellement puéril, et m'amusait sans s'efforcer en rien. Grand ami de mes parents et voyant en moi un petit garçon intelligent et tranquille, il m'encourageait à l'aller voir dans sa maison, où il n'était guère visité que par les rats.

C'était une vieille maison, bâtie de côté sur une rue étroite et montueuse[1] qui mène au Jardin des Plantes, et où je pense qu'alors tous les fabricants de bouchons et tous les tonneliers de Paris étaient réunis. On y sentait une odeur de bouc et de futailles que je n'oublierai de ma vie. On traversait, conduit par Nanon, la vieille servante, un petit jardin de curé; on montait le perron et l'on entrait dans le logis le plus extraordinaire. Des momies rangées tout le long de l'antichambre vous faisaient accueil; une d'elles était renfermée dans sa gaine dorée, d'autres n'avaient plus que des linges noircis autour de leur corps desséché; une enfin, dégagée de ses bandelettes, regardait avec des yeux d'émail et montrait ses dents blanches. L'escalier n'était pas moins effrayant : des chaînes, des carcans, des clefs de prison plus grosses que le bras pendaient aux murs.

Le père Le Beau était de force à mettre, comme Bouvard[2], un vieux gibet dans sa collection. Il possédait du moins l'échelle de Latude[3] et une douzaine de belles poires d'angoisse[4]. Les quatre pièces de son logis ne différaient point les unes des autres ; des livres y montaient jusqu'au plafond et couvraient les planches pêle-mêle avec des cartes, des médailles, des armures, des drapeaux, des toiles enfumées et des morceaux mutilés de vieille sculpture en bois ou en pierre. Il y avait là, sur une table boiteuse et sur un coffre vermoulu, des montagnes de faïences peintes.

Tout ce qui peut se pendre pendait du plafond dans des attitudes lamentables. En ce musée chaotique, les objets se confondaient sous une même poussière, et ne semblaient tenir que par les innombrables fils dont les araignées les enveloppaient.

Le père Le Beau, qui entendait à sa façon la conservation des œuvres d'art, défendait à Nanon de balayer les planchers. Le plus curieux, c'est que tout dans ce fouillis avait une figure ou triste ou moqueuse et vous regardait méchamment. J'y voyais un peuple enchanté de malins esprits.

Le père Le Beau se tenait d'ordinaire dans sa chambre à coucher, qui était aussi encombrée que les autres, mais non point aussi poudreuse ; car la vieille servante avait, par exception, licence d'y promener le plumeau et le balai. Une longue table couverte de petits morceaux de carton en occupait la moitié.

Mon vieil ami, en robe de chambre à ramages et coiffé d'un bonnet de nuit, travaillait devant cette table avec toute la joie d'un cœur simple. Il cataloguait. Et moi, les yeux grands ouverts, retenant mon souffle, je l'admirais. Il cataloguait surtout les livres et les médailles. Il s'aidait d'une loupe et couvrait ses fiches d'une petite écriture régulière et serrée. Je n'imaginais pas qu'on pût se livrer à une occupation plus belle. Je me trompais. Il se trouva un imprimeur pour *imprimer* le catalogue du père Le Beau, et je vis alors mon ami corriger *les épreuves*. Il mettait des signes mystérieux en marge des placards. *Pour* le coup, je compris que c'était la plus belle occupation du monde et je demeurai stupide d'admiration.

Peu à peu, l'audace me vint et je me promis d'avoir aussi un jour des épreuves à corriger. Ce vœu n'a point été exaucé. Je le regrette médiocrement, ayant reconnu, dans le commerce d'un homme de lettres de mes amis, qu'on se lasse de tout, même de corriger des épreuves. Il n'en est pas moins vrai que mon vieil ami détermina ma vocation. Par le spectacle peu commun de son ameublement, il accoutuma mon esprit d'enfant aux formes anciennes et rares, le tourna vers le passé et lui donna des curiosités ingénieuses; par l'exemple d'un labeur intellectuel régulièrement accompli sans peine et sans inquiétude, il me donna dès l'enfance l'envie de travailler à m'instruire. C'est grâce à lui enfin que je suis devenu en mon particulier grand liseur, zélé glossateur de textes anciens et que je griffonne des mémoires qui ne seront point imprimés.

J'avais douze ans, quand mourut[a] doucement ce vieillard aimable et singulier. Son catalogue, comme vous pensez bien, restait en placards; il ne fut point publié. Nanon vendit aux brocanteurs les momies et le reste, et ces souvenirs sont vieux maintenant de plus d'un quart de siècle.

La semaine dernière, je vis exposée à l'hôtel Drouot une de ces petites Bastilles que le patriote Palloy[1] taillait, en 1789, dans des pierres de la forteresse détruite et qu'il offrait, moyennant salaire, aux municipalités et aux citoyens. La pièce était peu rare et de maniement incommode. Je l'examinai pourtant avec une curiosité instinctive, et j'éprouvai quelque émotion en lisant, à la base d'une des tours, cette mention à demi effacée : « *Du cabinet de M. Le Beau.* »

III[b]

LA GRAND-MAMAN NOZIÈRE

Ce matin-là, mon père avait le visage bouleversé. Ma mère, affairée, parlait tout bas. Dans la salle à manger, une couturière cousait des vêtements noirs.

Le déjeuner fut triste et plein de chuchotements. Je sentais bien qu'il y avait quelque chose.

Enfin, ma mère, tout de noir habillée et voilée, me dit :

« Viens, mon chéri. »

Je lui demandai où nous allions; elle me répondit :

« Pierre, écoute-moi bien. Ta grand-maman Nozière... tu sais, la mère de ton père... est morte cette nuit[1]. Nous allons lui dire adieu et l'embrasser une dernière fois. »

Et je vis que ma mère avait pleuré. Pour moi, je ressentis une impression bien forte, car elle ne s'est pas encore effacée depuis tant d'années, et si vague, qu'il m'est impossible de l'exprimer par des mots. Je ne puis même pas dire que c'était une impression triste. La tristesse du moins n'y avait rien de cruel. Un mot peut-être, un seul, celui de romanesque, peut s'appliquer en quelque chose à cette impression qui n'était formée en effet par aucun élément de réalité.

Tout le long du chemin, je pensais à ma grand-mère; mais je ne pus me faire une idée de ce qui lui était arrivé. Mourir ! je ne devinais pas ce que cela pouvait être. Je sentais seulement que l'heure en était grave.

Par une illusion qui peut s'expliquer, je crus voir, en approchant de la maison mortuaire, que les alentours et tout le voisinage étaient sous l'influence de la mort de ma grand-mère, que le silence matinal des rues, les appels des voisins et des voisines, l'allure rapide des passants[a], le bruit des marteaux du maréchal avaient pour cause la mort de ma grand-mère. À cette idée, qui m'occupait tout entier, j'associais la beauté des arbres, la douceur de l'air et l'éclat du ciel, remarqués pour la première fois.

Je me sentais marcher dans une voie de mystère, et, quand, au détour d'une rue, je vis le petit jardin et le pavillon bien connus, j'éprouvai comme une déception de n'y rien trouver d'extraordinaire. Les oiseaux chantaient.

J'eus peur et je regardai ma mère. Ses yeux étaient fixés, avec une expression de crainte religieuse, sur un point[b] vers lequel à mon tour je dirigeai mon regard.

Alors j'aperçus à travers les vitres et les rideaux blancs de la chambre de ma grand-mère une lueur, une faible et pâle lueur, qui tremblait. Et cette lueur était si funèbre dans la grande clarté du jour, que je baissai la tête pour ne plus la voir.

Nous montâmes le petit escalier de bois et nous

traversâmes l'appartement, qu'emplissait un vaste silence. Quand ma mère allongea la main pour ouvrir la porte de la chambre[a], je voulus lui arrêter le bras... Nous entrâmes. Une religieuse assise dans un fauteuil se leva et nous fit place au chevet du lit. Ma grand-mère était là, couchée, les yeux clos.

Il me semblait que sa tête était devenue lourde, lourde comme une pierre, tant elle creusait l'oreiller ! Avec quelle netteté je la vis ! Un bonnet blanc lui cachait les cheveux; elle paraissait moins vieille qu'à l'ordinaire, bien que décolorée.

Oh ! qu'elle n'avait pas l'air de dormir ! Mais d'où lui venait ce petit sourire narquois et obstiné qui faisait tant de peine à voir ?

Il me sembla que les paupières palpitaient un peu, sans doute parce qu'elles étaient exposées à la clarté tremblante des deux cierges allumés sur la table, à côté d'une assiette où un rameau de buis trempait dans l'eau bénite.

« Embrasse ta grand-mère », me dit maman.

J'avançai mes lèvres. L'espèce de froid que je sentis n'a pas de nom et n'en aura jamais.

Je baissai les yeux et j'entendis ma mère qui sanglotait.

Je ne sais pas, en vérité, ce que je serais devenu si la servante de ma grand-mère ne m'eût pas emmené de cette chambre.

Elle me prit par la main, me mena chez un marchand de jouets et me dit :

« Choisis. »

Je choisis une arbalète et je m'amusai à lancer des pois chiches dans les feuilles des arbres.

J'avais oublié ma grand-mère.

C'est le soir seulement, en voyant mon père, que les pensées du matin me revinrent. Mon pauvre père n'était plus reconnaissable. Il avait le visage gonflé, luisant, plein de feux, les yeux noyés, les lèvres convulsives[b].

Il *n'entendait* pas ce qu'on lui disait et passait de l'accablement à l'impatience. Près de lui, ma mère écrivait des adresses sur des lettres bordées de noir. Des parents vinrent l'aider. On me montra à plier les lettres. Nous étions une dizaine autour d'une grande table. Il faisait chaud. Je travaillais à une besogne nouvelle; cela me donnait de l'importance et m'amusait.

Après sa mort[a], ma grand-mère vécut pour moi d'une seconde vie plus remarquable que la première. Je me représentais avec une force incroyable tout ce que je lui avais vu faire ou entendu dire autrefois, et mon père faisait d'elle tous les jours des récits qui nous la rendaient vivante, si bien que parfois, le soir, à table, après le repas, il nous semblait presque l'avoir vue rompre notre pain. Pourquoi n'avons-nous pas dit à cette chère ombre ce que dirent au Maître les pèlerins d'Emmaüs :

« Demeurez avec nous, car il se fait tard et déjà le jour baisse. »

Oh ! quel gentil revenant elle faisait, avec son bonnet de dentelles à rubans verts ! Il n'entrait pas dans la tête qu'elle s'accommodât de l'autre monde. La mort lui convenait moins qu'à personne. Cela va à un moine de mourir, ou encore à quelque belle héroïne. Mais cela ne va pas du tout à une petite vieille rieuse et légère, joliment chiffonnée, comme était grand-maman Nozière.

Je vais vous dire ce que j'avais découvert tout seul, quand elle vivait encore.

Grand-maman était frivole; grand-maman avait une morale facile; grand-maman n'avait pas plus de piété qu'un oiseau. Il fallait voir le petit œil rond qu'elle nous faisait quand, le dimanche, nous partions, ma mère et moi, pour l'église. Elle souriait du sérieux que ma mère apportait à toutes les affaires de ce monde et de l'autre. Elle me pardonnait facilement mes fautes et je crois qu'elle était femme à en pardonner de plus grosses que les miennes. Elle avait coutume de dire de moi :

« Ce sera un autre gaillard que son père. »

Elle entendait par là que j'emploierais ma jeunesse à danser et que je serais amoureux des cent mille vierges. Elle me flattait. La seule chose qu'elle approuverait en moi, si elle était encore de ce monde (où elle compterait aujourd'hui cent dix ans d'âge[1]), c'est une grande facilité à vivre et une heureuse tolérance que je n'ai pas payées trop cher en les achetant au prix de quelques croyances morales et politiques. Ces qualités avaient chez ma grand-mère l'attrait des grâces naturelles. Elle mourut sans savoir qu'elle les possédait. Mon infériorité eſt de connaître que je suis tolérant et sociable.

Elle datait du XVIIIe siècle, ma grand-mère. Et il y paraissait bien ! Je regrette qu'on n'ait pas écrit ses Mémoires. Quant à les écrire elle-même, elle en était bien incapable. Mais mon père n'eût-il pas dû le faire au lieu de mesurer des crânes de Papous et de Boschimans ? Caroline Nozière naquit à Versailles le 16 avril 1772; elle était fille du médecin Dussuel, dont Cabanis eſtimait l'intelligence et le caractère. Ce fut Dussuel qui, en 1786, soigna le dauphin, atteint d'une légère scarlatine. Une voiture de la reine allait tous les jours à Luciennes le prendre dans la maisonnette où il vivait pauvrement avec ses livres et son herbier, comme un disciple de Jean-Jacques. Un jour la voiture rentra vide au palais; le médecin avait refusé de venir. À la visite suivante, la reine irritée lui dit :

« Vous nous aviez donc oubliés, monsieur !

— Madame, répondit Dussuel, vos reproches m'offensent; mais ils font honneur à la nature et je dois les pardonner à une mère. N'en doutez pas, je soigne votre fils avec humanité. Mais j'ai été retenu hier auprès d'une paysanne en couches[1]. »

En 1789, Dussuel publia une brochure que je ne puis ouvrir sans respect ni lire sans sourire. Cela a pour titre : *Les Vœux d'un citoyen*, et pour épigraphe : *Miseris succurrere disco*[2]. L'auteur dit en commençant qu'il forme, sous le chaume, des vœux pour le bonheur des Français. Il trace ensuite, avec candeur, les règles de la félicité publique; ce sont celles d'une sage liberté, garantie par la Conſtitution. Il termine en signalant à la reconnaissance des hommes sensibles Louis XVI, roi d'un peuple libre, et il annonce le retour de l'âge d'or.

Trois ans après, on lui guillotinait ses malades, qui étaient en même temps ses amis, et lui-même, suspect de modérantisme, était conduit, sur l'ordre du comité de Sèvres, à Versailles, dans le couvent des Récollets transformé en maison d'arrêt. Il y arriva couvert de poussière et plus semblable à un vieux gueux qu'à un médecin philosophe. Il posa à terre un petit sac contenant les œuvres de Raynal et de Rousseau, se laissa[a] tomber sur une chaise et soupira :

« Eſt-ce donc la récompense de cinquante ans de vertu ? »

Une jeune femme[1] admirablement belle, qu'il n'avait pas vue d'abord, s'approchant avec une cuvette et une éponge, lui dit :

« Il eſt croyable que nous serons guillotinés, monsieur. Voulez-vous, en attendant, me permettre de vous laver la figure et les mains ? car vous êtes fait comme un sauvage.

— Femme sensible, s'écria le vieux Dussuel, eſt-ce dans le séjour du crime que je devais vous rencontrer ! Votre âge, votre visage, vos procédés, tout me dit que vous êtes innocente.

— Je ne suis coupable que d'avoir pleuré la mort du meilleur des rois, répondit la belle captive.

— Louis XVI eut des vertus, reprit mon aïeul; mais quelle n'eût point été sa gloire s'il avait été fidèle jusqu'au bout à cette sublime Conſtitution !...

— Quoi ! monsieur, s'écria la jeune femme en agitant son éponge dégouttante, vous êtes un jacobin et du parti des brigands !...

— Eh quoi ! madame vous êtes de la faction des ennemis de la France ? soupira Dussuel[b] à demi débarbouillé. Se peut-il qu'on trouve de la sensibilité chez une ariſtocrate ? »

Elle se nommait de Laville et avait porté le deuil du roi. Pendant les quatre mois qu'ils furent enfermés ensemble, elle ne cessa de quereller son compagnon et de s'ingénier à lui rendre service. Contre leur attente, *on ne* leur coupa point la tête; ils furent relaxés sur un rapport du *député* Battelier[2], et Mme de Laville devint par la suite la meilleure amie *de ma* grand-mère, qui était alors âgée de vingt et un ans et mariée depuis trois ans au citoyen Danger, adjudant-major d'un bataillon de volontaires du Haut-Rhin.

« C'eſt un fort joli homme, disait ma grand-mère, mais je ne serais pas sûre de le reconnaître dans la rue. »

Elle assurait ne l'avoir jamais vu, en tout, plus de

six heures en cinq fois. Elle l'avait épousé par une idée d'enfant, afin de pouvoir porter une coiffure *à la nation*. En réalité, elle ne voulait point de mari. Et lui voulait toutes les femmes. Il s'en alla ; elle le laissa aller sans lui en vouloir le moins du monde.

En partant pour la gloire, Danger laissait pour tout bien à sa femme, dans le tiroir d'un secrétaire, des reçus d'argent d'un sien frère, Danger de Saint-Elme, officier à l'armée de Condé, et un paquet de lettres écrites par des émigrés. Il y avait là de quoi faire guillotiner ma grand-mère et cinquante personnes avec elle.

Elle en avait bien quelque soupçon, et, à chaque visite domiciliaire qu'on faisait dans le quartier, elle se disait : « Il faudra pourtant que je brûle les papiers de mon coquin de mari. » Mais les idées lui dansaient dans la tête. Elle s'y décida pourtant un matin.

Elle avait bien pris son temps !...

Assise devant la cheminée, elle triait les papiers du secrétaire, après les avoir répandus pêle-mêle sur le canapé. Et tranquillement, elle faisait des petits tas, mettant à part ce qu'on pouvait garder, à part ce qu'il fallait détruire. Elle lisait une ligne de çà, une ligne de là, telle page ou telle autre, et son esprit, voyageant de souvenir en souvenir, picorait en route quelque brin du passé, quand tout à coup elle entendit ouvrir la porte d'entrée. Aussitôt, par une révélation soudaine de l'instinct, elle sut que c'était une visite domiciliaire[1].

Elle saisit à brassée tous les papiers et les jeta sous le canapé, dont la hausse traînait jusqu'à terre. Et, comme ils débordaient, elle les repoussa du pied sous le meuble. Une corne de lettre passait encore comme le bout de l'oreille d'un petit chat blanc, quand un délégué du Comité de sûreté générale entra dans la chambre avec six hommes de la section, armés de fusils, de sabres et de piques. Mme Danger se tenait debout devant le canapé. Elle songeait que la certitude de sa perte n'était pas tout à fait entière, qu'il lui restait une petite chance sur mille et mille, et ce qui allait se passer l'intéressait extrêmement.

« Citoyenne, lui dit le président de la section, tu es dénoncée comme entretenant une correspondance avec les ennemis de la République. Nous venons saisir tous tes papiers. »

L'homme du Comité de sûreté générale[a] s'assit sur le canapé pour écrire le procès-verbal de la saisie.

Alors ces gens fouillèrent tous les meubles, crochetèrent les serrures et vidèrent les tiroirs. N'y trouvant rien, ils défoncèrent les placards, culbutèrent les commodes, retournèrent les tableaux et crevèrent à coups de baïonnette les fauteuils et les matelas; mais ce fut en vain. Ils éprouvèrent les murs à coups de crosse, explorèrent les cheminées et firent sauter quelques lames du parquet. Ils y perdirent leur peine. Enfin, après trois heures de fouilles infructueuses et de ravages inutiles, lassés, désespérés, humiliés, ils se retirèrent en promettant bien de revenir. Ils ne s'étaient pas avisés de regarder sous le canapé.

Peu de jours après, comme elle revenait de la comédie, ma grand-mère trouva à la porte de sa maison un homme décharné, blême, défiguré par une barbe grise et sale, qui se jeta à ses pieds et lui dit :

« Citoyenne Danger, je suis Alcide[1], sauvez-moi ! »

Elle le reconnut alors.

« Mon Dieu ! lui dit-elle, se peut-il que vous soyez M. Alcide, mon maître à danser ? En quel état vous revois-je, monsieur Alcide !

— Je suis proscrit, citoyenne; sauvez-moi !

— Je ne puis que l'essayer. Je suis moi-même suspecte, et ma cuisinière est jacobine. Suivez-moi. Mais veillez à ce que mon portier ne vous voie pas. Il est officier municipal. »

Ils montèrent l'escalier, et cette bonne petite Mme Danger[b] s'enferma dans son appartement avec le déplorable Alcide, qui grelottait la fièvre et répétait en *claquant* des dents :

« Sauvez-moi, sauvez-moi ! »

À lui voir une si pitoyable mine, elle avait envie de rire. La situation pourtant était critique.

« Où le fourrer ? » se demandait ma grand-mère en parcourant du regard les armoires et les commodes.

Faute de lui trouver une autre place, elle eut l'idée de le mettre dans son lit.

Elle tira deux matelas en dehors des autres et, formant ainsi un espace près du mur, elle y coula Alcide.

Le lit avait de la sorte un air bouleversé. Elle se déshabilla et s'y mit. Puis, sonnant la cuisinière :

« Zoé, je suis souffrante; donnez-moi un poulet, de la salade, et un verre de vin de Bordeaux. Zoé, qu'y a-t-il de nouveau aujourd'hui ?

— Il y a un complot de ces gueux d'aristocrates, qui veulent se faire guillotiner jusqu'au dernier. Les sans-culottes ont l'œil. Ça ira ! ça ira !... Le portier m'a dit qu'un scélérat du nom d'Alcide est recherché dans la section, et que vous pouvez vous attendre à une visite domiciliaire pour cette nuit. »

Alcide, entre deux matelas, entendait ces douceurs. Il fut pris, après le départ de Zoé, d'un tremblement nerveux qui secouait tout le lit, et sa respiration devint si pénible qu'elle emplissait toute la chambre d'un sifflement strident.

« Voilà qui va bien », se dit la petite Mme Danger.

Et elle mangea son aile de poulet, et passa au triste Alcide deux doigts de vin de Bordeaux.

« Ah ! madame !... ah ! Jésus !... » s'écriait Alcide.

Et il se mit à geindre avec plus de force que de raison.

« À merveille ! se dit Mme Danger; la municipalité n'a qu'à venir... »

Elle en était là de ses pensées, quand un bruit de crosses tombant lourdement à terre ébranla le palier. Zoé introduisit quatre officiers municipaux et trente soldats de la garde nationale[a].

Alcide ne bougeait plus et ne faisait plus entendre le moindre souffle.

« Levez-vous, citoyenne », dit un des gardes.

Un autre objecta que la citoyenne ne pouvait s'habiller devant des hommes.

Un citoyen, voyant une bouteille de vin, la saisit, y goûta, et les autres burent à la régalade.

Un joyeux compère s'assit sur le lit, et, prenant le menton de Mme Danger :

« Quel dommage qu'*avec une si* jolie figure elle *soit une ari*stocrate et qu'il faille couper ce petit cou-là !

— Allons ! dit Mme Danger, je vois que vous êtes des gens aimables. Faites vite et cherchez tout ce que vous avez à chercher, car je meurs de sommeil. »

Ils restèrent deux mortelles heures dans la chambre; ils passèrent vingt fois l'un après l'autre devant le lit et regardèrent s'il n'y avait personne dessous. Puis, après avoir débité mille impertinences, ils s'en allèrent.

Le dernier avait à peine tourné les talons, que la petite Mme Danger, la tête dans la ruelle, appela :

« Monsieur Alcide ! monsieur Alcide ! »

Une voix gémissante répondit :

« Ciel ! on peut nous entendre. Jésus ! madame, ayez pitié de moi !

— Monsieur Alcide, poursuivait ma grand-mère, quelle peur vous m'avez faite ! Je ne vous entendais plus, je croyais que vous étiez mort, et, à l'idée de coucher sur un mort, j'ai pensé cent fois m'évanouir. Monsieur Alcide, vous n'en usez pas bien à mon égard. Quand on n'est pas mort, on le dit, vertubleu ! Je ne vous pardonnerai jamais la peur que vous m'avez faite. »

Ne fut-elle pas excellente, ma grand-mère[a], avec son pauvre M. Alcide ? Elle l'alla cacher le lendemain à Meudon et le sauva gentiment.

On ne soupçonnerait pas la fille du philosophe Dussuel d'avoir cru facilement aux miracles, ni de s'être aventurée sur les confins du monde surnaturel. Elle n'avait pas[b] un brin de religion et son bon sens, un peu court, s'offensait de tout mystère. Pourtant, cette personne si raisonnable racontait à qui voulait l'entendre un fait merveilleux dont elle avait été témoin.

En visitant son père, aux Récollets de Versailles, elle avait connu Mme de Laville, qui y était prisonnière. Quand cette dame fut libre, elle alla habiter rue de Lancry, dans la même maison que ma grand-mère. Les deux appartements donnaient sur le même palier.

Mme de Laville habitait avec sa jeune sœur nommée Amélie[1].

Amélie était grande et belle. Son visage pâle, décoré d'une chevelure noire, avait une incomparable beauté d'expression. Ses yeux, chargés de langueur ou de flammes, cherchaient autour d'elle quelque chose d'inconnu.

Chanoinesse au chapitre séculier de l'Argentière,

en attendant un établissement dans le monde, Amélie avait éprouvé, disait-on, dès le sortir de l'enfance, les douleurs d'un amour qui ne fut point partagé et qu'elle fut obligée de taire.

Elle paraissait accablée d'ennui. Il lui arrivait de fondre en larmes sans raison apparente. Tantôt elle restait des journées entières dans une immobilité stupide, tantôt elle dévorait des livres de dévotion. Mordue par ses propres chimères, elle se tordait dans d'indicibles souffrances.

L'arrestation de sa sœur, le supplice de plusieurs de ses amis, guillotinés comme conspirateurs, et d'incessantes alertes achevèrent de ruiner sa constitution ébranlée. Elle devint d'une maigreur effrayante. Les tambours qui appelaient tous les jours les sections aux armes, les bandes de citoyens en bonnet rouge et armés de piques qui défilaient devant ses fenêtres en chantant le *Ça ira !* la jetaient dans une épouvante que suivaient des alternatives de torpeur et d'exaltation. Des troubles nerveux se manifestèrent avec une force terrible et produisirent des effets étranges.

Amélie eut des songes dont la lucidité étonna ceux qui l'entouraient.

Errant la nuit, éveillée ou endormie, elle entendait des bruits lointains, des soupirs de victimes. Parfois, debout, elle étendait le bras et, montrant dans l'ombre quelque chose d'invisible, elle prononçait le nom de Robespierre.

« Elle a, disait sa sœur, des pressentiments certains et elle prophétise les malheurs. »

Or, dans la nuit du 9 au 10 thermidor[1], ma grand-mère se tenait, ainsi que son père, dans la chambre des deux sœurs : ils étaient tous quatre fort agités, résumant les graves événements de la journée et s'efforçant d'en deviner l'issue : le tyran décrété d'arrestation, conduit au Luxembourg et refusé par le concierge, mené ensuite aux bureaux de la police, sur le quai des Orfèvres, puis délivré *par la Commune* et porté à *l'Hôtel de Ville*[a]...

Y était-il encore, et dans quelle attitude, humiliée ou menaçante ? Ils éprouvaient tous quatre une grande anxiété et n'entendaient rien, sinon, par intervalles, le galop des chevaux des estafettes d'Henriot qui brûlaient le pavé des rues. Ils attendaient, échangeant par moments un souvenir, un doute, un vœu. Amélie restait silencieuse.

Tout à coup, elle poussa un grand cri.

Il était une heure et demie du matin. Penchée sur une glace, elle semblait contempler une scène tragique. Elle disait :

« Je le vois ! je le vois ! Qu'il est pâle ! Le sang s'échappe à flots de sa bouche, ses dents et ses mâchoires sont brisées. Louanges, louanges à Dieu ! le buveur de sang ne boira plus que le sien !... »

En achevant ces paroles, qu'elle prononçait sur une étrange mélopée, elle poussa un cri d'horreur et tomba à la renverse. Elle avait perdu connaissance.

À ce moment même, dans la salle du conseil de l'Hôtel de Ville, Robespierre recevait le coup de pistolet qui lui brisa la mâchoire et mit fin à la Terreur.

Ma grand-mère, qui était un esprit fort, croyait fermement à cette vision.

« Comment expliquez-vous cela ?

— Je l'explique en faisant remarquer que ma grand-mère, pour esprit fort qu'elle était, croyait assez au diable et au loup-garou. Jeune, toute cette sorcellerie l'amusait, et elle était, comme on dit, une grande faiseuse d'almanachs. Plus tard, elle prit peur du diable; mais il était trop tard : il la tenait, elle ne pouvait plus n'y pas croire. »

Le 9 thermidor rendit la vie supportable à la petite société de la rue de Lancry. Ma grand-mère goûta fort ce changement; mais il lui fut impossible de garder rancune aux hommes de la Révolution. Elle ne les admirait pas — elle n'a jamais admiré que moi — mais elle n'avait point de haine contre eux; il ne lui vint jamais en tête de leur demander compte de la peur qu'ils lui avaient faite. Cela tient peut-être à ce qu'ils ne lui avaient point fait peur. Cela tient surtout à ce que ma grand-mère était une Bleue, une Bleue dans l'âme. Et, comme a dit l'autre, les Bleus seront toujours les Bleus.

Cependant Danger[a] poursuivait à travers tous les champs de bataille sa brillante carrière. Toujours heureux, il était en grand uniforme, à la tête de sa brigade, quand il fut tué d'un boulet de canon le 20 avril 1808, dans le beau combat d'Abensberg[1].

Ma grand-mère apprit par *Le Moniteur* qu'elle était veuve et que le brave général Danger « était enseveli sous des lauriers ».

Elle s'écria :

« Quel malheur ! un si bel homme ! »

Elle épousa[a], l'année suivante, M. Hippolyte Nozière, commis principal au ministère de la Justice, homme pur et jovial, qui jouait de la flûte de six à neuf heures du matin et de cinq à huit heures du soir. Ce fut, cette fois, un mariage pour de bon. Ils s'aimaient et, n'étant plus très jeunes, ils surent être indulgents l'un pour l'autre. Caroline pardonna à Hippolyte son éternelle flûte. Et Hippolyte passa à Caroline toutes les lunes qu'elle avait dans la tête. Ils furent heureux.

Mon grand-père Nozière est l'auteur d'une *Statistique des prisons, Paris, Imprimerie royale,* 1817-19, 2 vol. in-4°; et des *Filles de Momus, chansons nouvelles, Paris, chez l'auteur*, 1821, in-18.

La goutte lui fit grand-guerre; mais elle ne put lui ôter sa gaieté, même en l'empêchant de jouer de la flûte; finalement, elle l'étouffa. Je ne l'ai pas connu. Mais j'ai là son portrait; on l'y voit en habit bleu, frisé comme un agneau et le menton perdu dans une cravate immense.

« Je le regretterai jusqu'à mon dernier jour, disait à quatre-vingts ans ma grand-mère, veuve alors depuis une quinzaine d'années.

— Vous avez bien raison, madame, lui répondit un vieil ami : Nozière avait toutes les vertus qui font un bon mari.

— Toutes les vertus et tous les défauts, s'il vous plaît, reprit ma grand-mère.

— Pour être un époux accompli, madame, il faut donc avoir des défauts ?

— Pardi ! fit ma grand-mère en haussant les épaules; il faut n'avoir pas de vices, et c'est un grand défaut, cela ! »

Elle mourut, le 4 juillet 1853, dans sa quatre-vingt et unième année.

IV

LA DENT[a]

Si l'on mettait à se cacher autant de soin qu'on en met d'ordinaire à se montrer, on éviterait bien des peines. J'en fis de bonne heure une première expérience.

C'était un jour de pluie. J'avais reçu en cadeau tout un attirail de postillon, casquette, fouet, guides et grelots. Il y avait beaucoup de grelots. J'attelai; c'est moi que j'attelai à moi-même, car j'étais tout ensemble le postillon, les chevaux et la voiture. Mon parcours s'étendait de la cuisine à la salle à manger par un couloir. Cette salle à manger me représentait très bien une place de village. Le buffet d'acajou où je relayais me semblait sans difficulté l'auberge du Cheval Blanc. Le couloir m'était une grande route avec ses perspectives changeantes et ses rencontres imprévues. Confiné dans un petit espace sombre, je jouissais d'un vaste horizon et j'éprouvais, entre des murs connus, ces surprises qui font le charme des voyages. C'est que j'étais alors un grand magicien. J'évoquais pour mon amusement des êtres aimables et je disposais à souhait de la nature. J'ai eu, depuis, le malheur de perdre ce don précieux. J'en jouissais abondamment dans ce jour de pluie où je fus postillon.

Cette jouissance aurait dû suffire à mon contentement; mais est-on jamais content ? L'envie me vint de surprendre, d'éblouir, d'étonner des spectateurs. Ma casquette de velours et mes grelots ne m'étaient plus de rien si personne ne les admirait. Comme j'entendais mon père et ma mère causer dans la chambre voisine, j'y entrai avec un grand fracas. Mon père m'examina pendant quelques instants; puis il haussa les épaules et dit :

« Cet enfant ne sait que faire ici. Il faut le mettre en pension.

— Il est encore bien petit, dit ma mère.

— Eh bien, dit mon père, on le mettra avec les petits. »

Je n'entendis que trop bien ces paroles; celles qui suivirent m'échappèrent en partie, et, si je peux les rapporter exactement, c'est qu'elles m'ont été répétées plusieurs fois depuis.

Mon père ajouta :

« Cet enfant, qui n'a ni frères ni sœurs, développe ici, dans l'isolement, un goût de rêverie qui lui sera nuisible par la suite. La solitude exalte son imagination et j'ai observé que déjà sa tête était pleine de chimères. Les enfants de son âge qu'il fréquentera à l'école lui donneront l'expérience du monde. Il apprendra d'eux ce que sont les hommes; il ne peut l'apprendre de vous et de moi qui lui apparaissons comme des génies tutélaires. Ses camarades se comporteront avec lui comme des égaux qu'il faut tantôt plaindre et défendre, tantôt persuader ou combattre. Il fera avec eux l'apprentissage de la vie sociale.

— Mon ami, dit ma mère, ne craignez-vous pas que, parmi ces enfants, il n'y en ait de mauvais ?

— Les mauvais eux-mêmes, répondit mon père, lui seront utiles s'il est intelligent, car il apprendra à les distinguer des bons, et c'est une connaissance fort nécessaire. D'ailleurs[a], vous visiterez vous-même les écoles du quartier, et vous choisirez une maison fréquentée[b] par des enfants dont l'éducation correspond à celle que vous avez su donner à Pierre. La nature des hommes est partout la même; mais leur « nourriture », comme disaient nos anciens, diffère beaucoup d'un lieu à un autre. Une bonne culture, pratiquée depuis plusieurs générations, produit une fleur d'une extrême délicatesse, et cette fleur qui a coûté un siècle à former peut se perdre en peu de jours. Des enfants incultes feraient, par leur contact, dégénérer sans profit pour eux la culture de notre fils. La noblesse des pensées vient de Dieu; celle des manières s'acquiert par l'exemple et se fixe par l'hérédité. Elle passe en beauté la noblesse du nom. Elle est naturelle et se prouve par sa propre grâce, tandis que l'autre se prouve par des vieux papiers qu'on ne sait comment débrouiller.

— Vous avez raison, mon ami, répondit ma mère. J'irai dès demain à la recherche d'une bonne pension pour notre enfant. Je la choisirai comme vous dites, et je m'assurerai qu'elle eśt prospère, car les soucis d'argent détournent l'esprit du maître et aigrissent son caraćtère. Que pensez-vous, mon ami, d'une pension tenue par une femme ? »

Mon père ne répondait point.

« Qu'en pensez-vous ? répéta ma mère.

— C'eśt un point qu'il faut examiner », dit mon père.

Assis dans son fauteuil, devant son bureau à cylindre, il examinait depuis quelques inśtants une espèce de petit os pointu d'un bout et tout fruśte de l'autre. Il le roulait dans ses doigts; certainement il le roulait aussi dans sa pensée et, dès lors, avec tous mes grelots, je n'exiśtais plus pour lui.

Ma mère, accoudée au dossier du fauteuil, suivait l'idée qu'elle venait d'exprimer.

Le doćteur lui montra le vilain petit os et dit :

« Voici la dent d'un homme qui vécut au temps du mammouth, pendant l'âge des glaces, dans une caverne jadis nue et désolée, maintenant à demi couverte de vigne vierge et de giroflée et près de laquelle s'élève depuis plusieurs années cette jolie maison blanche que nous habitâmes pendant deux mois d'été, l'année de notre mariage. Ce furent deux mois heureux. Comme il s'y trouvait un vieux piano, tu y jouais du Mozart tout le jour, ma chérie, et, grâce à toi, une musique spirituelle et charmante, qui s'envolait par les fenêtres, animait cette vallée, où l'homme de la caverne n'avait entendu que les miaulements du tigre. »

Ma mère posa sa tête sur l'épaule de mon père, qui continua ainsi :

« Cet homme ne connaissait que la peur et la faim. Il ressemblait à une bête. Son front était déprimé. Les muscles de ses sourcils formaient en se contraćtant de hideuses rides; ses mâchoires faisaient sur sa face une énorme saillie; ses dents avançaient hors de sa bouche. Voyez comme celle-ci eśt longue et pointue.

« Telle fut la première humanité. Mais insensiblement, par de lents et magnifiques efforts, les hommes, devenus moins misérables, devinrent moins féroces; leurs organes se modifièrent par l'usage. L'habitude de la pensée développa le cerveau, et le front s'agrandit.

Les dents, qui ne s'exerçaient plus à déchirer la chair crue, poussèrent moins longues dans la mâchoire moins forte. La face humaine prit une beauté sublime et le sourire naquit sur les lèvres de la femme. »

Ici, mon père baisa la joue de ma mère, qui souriait; puis, élevant lentement au-dessus de sa tête la dent de l'homme des cavernes, il s'écria :

« Vieil homme, dont voici la rude et farouche relique, ton souvenir me remue dans le plus profond de mon être; je te respecte et t'aime, ô mon aïeul ! Reçois, dans l'insondable passé où tu reposes, l'hommage de ma reconnaissance, car je sais combien je te dois[1]. Je sais ce que tes efforts m'ont épargné de misères. Tu ne pensais point à l'avenir, il est vrai; une faible lueur d'intelligence vacillait dans ton âme obscure; tu ne pus guère songer qu'à te nourrir et à te cacher. Tu étais homme, pourtant. Un idéal confus te poussait vers ce qui est beau et bon aux hommes. Tu vécus misérable; tu ne vécus pas en vain, et la vie que tu avais reçue si affreuse, tu la transmis un peu moins mauvaise à tes enfants. Ils travaillèrent à leur tour à la rendre meilleure. Tous, ils ont mis la main aux arts : l'un inventa la meule, l'autre la roue. Ils se sont tous ingéniés, et l'effort continu de tant d'esprits à travers les âges a produit des merveilles qui maintenant embellissent la vie. Et, chaque fois qu'ils inventaient un art ou fondaient une industrie, ils faisaient naître par cela même des beautés morales et créaient des vertus. Ils donnèrent des voiles à la femme, et les hommes connurent le prix de la beauté. »

Ici, mon père posa sur son bureau la dent préhistorique et il embrassa ma mère.

Il parlait encore. Il disait :

« Ainsi nous leur devons tout, à ces ancêtres, tout et même l'amour ! »

Je voulus toucher cette dent qui avait inspiré à mon père des paroles que je ne comprenais pas. Je m'approchai du bureau pour la saisir. Mais, au bruit que firent mes grelots, mon père tourna la tête de mon côté, me regarda gravement et dit :

« Tout beau ! la tâche n'est pas finie; nous serions moins généreux que les hommes des cavernes si, notre tour étant venu, nous ne travaillions pas à rendre à nos enfants la vie plus sûre et meilleure qu'elle n'est pour nous-mêmes. Il est deux secrets pour cela : aimer et connaître. Avec la science et l'amour, on fait le monde.

— Sans doute, mon ami, dit ma mère; mais plus j'y songe, plus je me persuade que c'est à une femme qu'il faut confier un petit garçon de l'âge de notre Pierre. J'ai entendu parler d'une demoiselle Lefort. J'irai la voir demain. »

V[a]

LA RÉVÉLATION DE LA POÉSIE

Mlle Lefort, qui tenait dans le faubourg Saint-Germain une pension pour des enfants en bas âge, consentit à me recevoir de dix heures à midi et de deux heures à quatre. Je m'étais fait par avance une idée affreuse de cette pension, et, quand ma bonne m'y traîna pour la première fois, je me jugeai perdu.

Aussi je fus extrêmement surpris, en entrant, de voir dans une grande chambre cinq ou six petites filles et une douzaine de petits garçons qui riaient, faisaient des grimaces et donnaient toute sorte de signes de leur insouciance et de leur espièglerie. Je les jugeai bien endurcis.

Je vis, par contre, que Mlle Lefort était profondément triste. Ses yeux bleus étaient humides et ses lèvres entrouvertes.

De pâles boucles à l'anglaise pendaient le long de ses joues, comme au bord des eaux les branches mélancoliques[b] des saules. Elle regardait sans voir et semblait perdue dans un rêve.

La douceur de cette demoiselle affligée et la gaieté des enfants m'inspirèrent de la confiance; à la pensée que j'allais partager le sort de plusieurs petites filles, peu à peu, toutes mes craintes s'évanouirent.

Mlle Lefort, m'ayant donné une ardoise avec un crayon, me fit asseoir à côté d'un garçon de mon âge qui avait les yeux vifs et l'air fin.

« Je m'appelle Fontanet, me dit-il, et toi ? »

Puis il me demanda ce que faisait mon père. Je lui dis qu'il était médecin.

« Le mien est avocat[1], répondit Fontanet; c'est mieux.

— Pourquoi ?

— Tu ne vois pas que c'est plus joli d'être avocat ?

— Non.

— Alors c'est que tu es bête. »

Fontanet avait l'esprit fertile. Il me conseilla d'élever des vers à soie et me montra une belle table de Pythagore qu'il avait faite lui-même. J'admirai Pythagore et Fontanet. Moi, je ne savais que des fables.

En partant, je reçus de Mlle Lefort un bon point dont je ne pus parvenir à découvrir l'usage. Ma mère[a] m'expliqua que n'avoir point d'utilité était le propre des honneurs. Elle me demanda ensuite ce que j'avais fait dans cette première journée. Je lui répondis que j'avais regardé Mlle Lefort.

Elle se moqua de moi, mais j'avais dit la vérité. J'ai été enclin de tout temps à prendre la vie comme un spectacle. Je n'ai jamais été un véritable observateur; car il faut à l'observation un système qui la dirige, et je n'ai point de système. L'observateur conduit sa vue; le spectateur se laisse prendre par les yeux. Je suis né spectateur et je conserverai, je crois, toute ma vie cette ingénuité des badauds de la grande ville, que tout amuse et qui gardent, dans l'âge de l'ambition, la curiosité désintéressée des petits enfants. De tous les spectacles auxquels j'ai assisté, le seul qui m'ait ennuyé est celui qu'on a dans les théâtres en regardant la scène. Au contraire, les représentations de la vie m'ont toutes diverti, à commencer par celles que j'eus dans la pension de Mlle Lefort.

Je continuai donc à regarder ma maîtresse et, me confirmant dans l'idée qu'elle était triste, je demandai à Fontanet d'où venait cette tristesse. Sans rien affirmer de positif, Fontanet l'attribuait au remords et croyait bien se rappeler qu'elle fut subitement imprimée sur les traits de Mlle Lefort, au jour, déjà ancien, où cette personne lui confisqua sans nul droit une toupie de buis et commit presque aussitôt un nouvel attentat; car, pour étouffer les plaintes de celui qu'elle avait spolié, elle lui enfonça le bonnet d'âne sur la tête.

Fontanet concevait qu'une âme souillée de ces actes eût perdu à jamais la joie et le repos; mais les raisons de Fontanet ne me suffisaient pas et j'en cherchais d'autres.

Il était difficile, à vrai dire, de chercher quelque chose dans la classe de Mlle Lefort, à cause du tumulte qui y régnait sans cesse. Les élèves s'y livraient de grands combats devant Mlle Lefort, visible, mais absente. Nous nous jetions les uns aux autres tant de catéchismes et de croûtes de pain, que l'air en était obscurci et qu'un crépitement continu remplissait la salle. Seuls, les plus jeunes enfants, les pieds dans les mains et la langue tirée hors la bouche, regardaient le plafond avec un sourire pacifique.

Soudain Mlle Lefort, entrant dans la mêlée d'un air de somnambule, punissait quelque innocent; puis elle rentrait dans sa tristesse comme dans une tour. Faites réflexion, je vous prie, à l'état d'esprit d'un petit garçon de huit ans qui, au milieu de cette agitation incompréhensible, écrit depuis six semaines sur une ardoise :

La faim mit au tombeau Malfilâtre ignoré[1].

C'était là ma tâche. Par moments je me pressais la tête dans les mains pour contenir mes idées; mais une seule était distincte : l'idée de la tristesse de Mlle Lefort. Je m'occupais sans cesse de ma désolée maîtresse. Fontanet augmentait ma curiosité par d'étranges récits. Il contait qu'on ne pouvait passer le matin devant la chambre de Mlle Lefort sans entendre des cris lamentables, mêlés à des bruits de chaînes.

« Je me rappelle, ajouta-t-il, qu'il y a longtemps, un mois peut-être, elle lut à toute la classe, en sanglotant, une histoire qu'on croit être en vers. »

Il y avait dans le récit de Fontanet une expression d'horreur qui me pénétra. J'eus lieu de penser, dès le lendemain, que ce récit n'était pas imaginaire, du moins quant à la lecture à haute voix; car, pour ce qui est des chaînes qui faisaient pâlir Fontanet, je n'en ai jamais rien su et je suppose aujourd'hui que le bruit de ces chaînes était en réalité un bruit de pelles et de pincettes.

Le lendemain, voici ce qui eut lieu :

Mlle Lefort frappa sur sa table avec une règle pour obtenir le silence, toussa et dit d'une voix sourde : *« Pauvre Jeanne ! »*

Après une pause, elle ajouta :

« Des vierges du hameau Jeanne[a] *était la plus belle*[1]. »

Fontanet me donna un coup de coude dans la poitrine en lançant un rire en fusée. Mlle Lefort lui jeta un regard indigné; puis, d'une voix plus triste que les psaumes de la pénitence, elle continua l'histoire de la pauvre Jeanne. Il est probable et même certain que cette histoire était en vers d'un bout à l'autre; mais je suis bien forcé de la conter comme je l'ai retenue. On reconnaîtra, j'espère, dans ma prose les membres épars du poète dispersé.

Jeanne était fiancée; elle avait engagé sa foi à un jeune et vaillant montagnard. Oswald était le nom de cet heureux pasteur. Déjà tout est préparé pour l'hyménée, les compagnes de Jeanne lui apportent le voile et la couronne. Heureuse Jeanne ! Mais une langueur l'envahit. Ses joues se couvrent d'une pâleur mortelle. Oswald descend de la montagne. Il accourt et lui dit : « N'es-tu pas ma compagne ? » Elle répond d'une voix éteinte : « Cher Oswald, adieu ! Je meurs ! » Pauvre Jeanne ! Le tombeau fut son lit nuptial, et les cloches du hameau, qui devaient sonner pour son hymen, sonnèrent pour ses funérailles.

Il y avait dans ce récit un grand nombre de termes que j'entendais pour la première fois et dont je ne savais pas la signification; mais l'ensemble m'en sembla si triste et si beau que je ressentis, à l'entendre, un frisson inconnu; le charme de la mélancolie m'était révélé par une trentaine de vers[b] dont j'aurais été incapable d'expliquer le sens littéral. C'est que, à moins d'être vieux, on n'a pas besoin de beaucoup comprendre pour beaucoup sentir. Des choses obscures peuvent être des choses touchantes, et il est bien vrai que le vague plaît aux jeunes âmes.

Les larmes jaillirent de mon cœur trop plein, et Fontanet ne put, ni par ses grimaces, ni par ses moqueries, arrêter mes sanglots. Pourtant je ne doutais pas alors de la supériorité de Fontanet. Il a fallu qu'il devînt sous-secrétaire d'État pour m'en faire douter.

Mes larmes furent agréables à Mlle Lefort; elle m'appela auprès d'elle et me dit :

« Pierre Nozière, vous avez pleuré; voici la croix d'honneur. Apprenez que c'est moi qui ai fait cette poésie. J'ai un gros cahier rempli de vers aussi beaux que ceux-là; mais je n'ai pas encore trouvé d'éditeur pour les imprimer. Cela n'est-il pas horrible et même inconcevable ?

— Oh ! mademoiselle, lui dis-je, je suis bien content. Je sais maintenant la cause de votre chagrin. Vous aimez la pauvre Jeanne qui est morte dans le hameau, et c'est parce que vous pensez à elle, n'est-ce pas, que vous êtes triste et que vous ne vous apercevez jamais de ce que nous faisons dans la classe ? »

Malheureusement, ces propos lui déplurent; car elle me regarda avec colère et dit :

« Jeanne est une fiction. Vous êtes un sot. Rendez cette croix et retournez à votre place. »

Je retournai à ma place en pleurant. Cette fois, c'est sur moi que je pleurais, et j'avoue que ces nouvelles larmes n'avaient pas cette espèce de douceur qui s'était mêlée à celles que la pauvre Jeanne m'avait tirées. Une chose augmentait mon trouble : je ne savais pas du tout ce que c'était qu'une fiction; Fontanet ne le savait pas davantage.

Je le demandai à ma mère, quand je fus de retour à la maison.

« Une fiction, me répondit ma mère, c'est un mensonge.

— Ah ! maman, lui dis-je, c'est un malheur que Jeanne soit un mensonge.

— Quelle Jeanne ? demanda ma mère.

— *Des vierges du hameau Jeanne était la plus belle.* »

Et je contai l'histoire de Jeanne telle qu'elle me restait dans l'esprit.

Ma mère ne me répondit rien; mais je l'entendis qui disait à l'oreille de mon père :

« Quelles pauvretés on apprend à cet enfant !

— Ce sont, en effet, de grandes pauvretés, dit mon père. Que voulez-vous aussi qu'une vieille fille entende à la pédagogie ? J'ai un système d'éducation que je vous exposerai un jour. D'après ce système, il faut apprendre à un enfant de l'âge de notre Pierre les mœurs des animaux[1] auxquels il ressemble par les appétits et par l'intelligence. Pierre est capable de comprendre la fidélité d'un chien, le dévouement d'un éléphant, les malices d'un singe : c'est cela qu'il faut lui conter, et non cette Jeanne, ce hameau et ces cloches qui n'ont pas le sens commun.

— Vous avez raison, répondit ma mère; l'enfant et la bête s'entendent fort bien, ils sont tous deux près de la nature. Mais[a], croyez-moi, mon ami, il y a une chose que les enfants comprennent mieux encore que les ruses des singes : ce sont les belles actions des grands hommes. L'héroïsme est clair comme le jour, même pour un petit garçon; et, si l'on raconte à Pierre la mort du chevalier d'Assas, il la comprendra, avec l'aide de Dieu, comme vous et moi.

— Hélas ! soupira mon père, je crois, au contraire, que l'héroïsme s'entend de diverses façons, selon les temps, les lieux et les personnes. Mais il n'importe; ce qui importe dans le sacrifice, c'est le sacrifice même. Si l'objet pour lequel on se dévoue est une illusion, le dévouement n'en est pas moins une réalité; et cette réalité est la plus splendide parure dont l'homme puisse décorer sa misère morale. Chère amie, votre générosité naturelle vous a fait comprendre ces vérités mieux que je ne les comprenais moi-même avec le secours de l'expérience et de la réflexion. Je les ferai entrer dans mon système. »

Ainsi disputaient le docteur et ma mère.

Huit jours après, j'écrivais pour la dernière fois sur mon ardoise, au milieu du tumulte :

La faim mit au tombeau Malfilâtre ignoré.

Fontanet et moi, nous quittâmes ensemble la pension de Mlle Lefort.

VI

TEUTOBOCHUS[a]

Il ne me paraît pas possible qu'on puisse avoir l'esprit tout à fait commun, si l'on fut élevé sur les quais de Paris[1], en face du Louvre et des Tuileries, près du[b] palais Mazarin, devant la glorieuse rivière de Seine, qui coule entre les tours, les tourelles et les flèches du vieux Paris. Là, de la rue Guénégaud à la rue du Bac, les boutiques des libraires, des antiquaires et des marchands d'estampes étalent à profusion les plus belles formes de l'art et les plus curieux témoignages du passé. Chaque vitrine est, dans sa grâce bizarre et son pêle-mêle amusant, une séduction pour les yeux et pour l'esprit. Le passant qui sait voir en emporte toujours quelque idée, comme l'oiseau s'envole avec une paille pour son nid.

Puisqu'il y a là des arbres avec des livres, et que des femmes y passent, c'est le plus beau lieu du monde.

Au temps de mon enfance, bien plus encore qu'à présent, ce marché de la curiosité était abondamment fourni de meubles anciens, d'estampes anciennes, de vieux tableaux et de vieux livres, de crédences sculptées, de potiches à fleurs, d'émaux, de faïences décorées, d'orfrois, d'étoffes brochées, de tapisseries à personnages, de livres à figures et d'éditions princeps reliées en maroquin. Ces aimables choses[c] s'offraient à des amateurs délicats et savants auxquels les agents de change et les actrices ne les disputaient point encore. Elles étaient déjà familières à Fontanet et à moi, quand nous avions encore des grands cols brodés, des culottes courtes et les mollets nus.

Fontanet demeurait au coin de la rue Bonaparte, où son père avait son cabinet d'avocat. L'appartement de mes parents touchait[d] à une des ailes de l'hôtel de Chimay. Nous étions, Fontanet et moi, voisins et amis. En allant ensemble, les jours de congé, jouer aux Tuileries, nous passions par ce docte quai Voltaire[2], et, là, cheminant, un cerceau à la main et une balle dans la poche, nous regardions aux boutiques tout comme les vieux messieurs, et nous nous faisions à notre façon des idées sur toutes ces choses étranges, venues du passé, du mystérieux passé.

Eh oui ! nous flânions, nous bouquinions, nous examinions des images.

Cela nous intéressait beaucoup. Mais Fontanet, je dois le dire, n'avait pas comme moi le respect de toutes les vieilleries. Il riait des antiques plats à barbe et des saints évêques dont le nez était cassé. Fontanet était dès lors l'homme de progrès[1] que vous avez entendu à la tribune de la Chambre. Ses irrévérences[a] me faisaient frémir. Je n'aimais point qu'il appelât têtes de pipe les portraits bizarres des ancêtres. J'étais conservateur. Il m'en est resté quelque chose, et toute ma philosophie m'a laissé l'ami des vieux arbres et des curés de campagne.

Je me distinguais encore de Fontanet par un penchant à admirer ce que je ne comprenais pas. J'adorais les grimoires; et tout, ou peu s'en faut, m'était grimoire. Fontanet, au contraire, ne prenait plaisir à examiner un objet qu'autant qu'il en concevait l'usage. Il disait : « Tu vois, il y a une charnière, cela s'ouvre. Il y a une vis, cela se démonte. » Fontanet était un esprit juste. Je dois ajouter qu'il était capable d'enthousiasme en regardant des tableaux de batailles. Le *Passage de la Bérézina* lui donnait de l'émotion. La boutique[b] de l'armurier nous intéressait l'un et l'autre. Quand nous voyions, au milieu des lances, des targes, des cuirasses et des rondaches, M. Petit-Prêtre, revêtu d'un tablier de serge verte, s'en aller, boitant comme Vulcain, prendre au fond de l'atelier une antique épée qu'il posait ensuite sur son établi et qu'il serrait dans un étau de fer pour nettoyer la lame et réparer la poignée, nous avions la certitude d'assister à un grand spectacle; M. Petit-Prêtre nous apparaissait haut de cent coudées. Nous restions muets, collés à la vitre. Les yeux noirs de Fontanet brillaient et toute sa petite figure brune et fine s'animait.

Le soir, ce souvenir nous exaltait beaucoup, et mille projets enthousiastes germaient dans nos têtes.

Fontanet me dit une fois :

« Si, avec du carton et le papier couleur d'argent

qui enveloppe le chocolat, nous faisions des armes semblables à celles de Petit-Prêtre !... »

L'idée était belle. Mais nous ne parvînmes pas à la réaliser convenablement. Je fis un casque, que Fontanet prit pour un bonnet de magicien.

Alors je dis :

« Si nous fondions un musée !... »

Excellente pensée ! Mais nous n'avions pour le moment à mettre dans ce musée qu'un demi-cent de billes et une douzaine de toupies.

C'est à ce coup que Fontanet eut une troisième conception. Il s'écria :

« Composons une *Histoire de France*, avec tous les détails, en cinquante volumes[a1]. »

Cette proposition m'enchanta, et je l'accueillis avec des battements de mains et des cris de joie. Nous convînmes que nous commencerions le lendemain matin, malgré une page du *De viris* que nous avions à apprendre.

« Tous les détails ! répéta Fontanet. Il faut mettre tous les détails ! »

C'est bien ainsi que je l'entendais. Tous les détails !

On nous envoya coucher. Mais je restai bien un quart d'heure dans mon lit sans dormir, tant j'étais agité par la pensée sublime d'une *Histoire de France* en cinquante volumes, avec tous les détails.

Nous la commençâmes, cette histoire. Je ne sais, ma foi, plus pourquoi nous la commençâmes par le roi Teutobochus[2]. Mais telle était l'exigence de notre plan. Notre premier chapitre nous mit en présence du roi Teutobochus, qui était haut de trente pieds, comme on put s'en assurer en mesurant ses ossements retrouvés par hasard. Dès le premier pas, affronter un tel géant ! *La rencontre* était terrible. Fontanet lui-même en fut étonné.

« Il faut sauter par-dessus Teutobochus », me dit-il.

Je n'osai point.

L'*Histoire de France* en cinquante volumes[b] s'arrêta à Teutobochus.

Que de fois, hélas ! j'ai recommencé dans ma vie cette aventure du livre et du géant ! Que de fois, sur le point de commencer une grande œuvre ou de conduire une vaste entreprise, je fus arrêté net par un Teutobochus nommé vulgairement sort, hasard, nécessité ! J'ai pris le parti de remercier et de bénir tous ces Teutobochus qui, me barrant les chemins hasardeux de la gloire, m'ont laissé à mes deux fidèles gardiennes, l'obscurité et la médiocrité. Elles me sont douces toutes deux et m'aiment. Il faut bien que je le leur rende !

Quant à Fontanet, mon subtil ami Fontanet, avocat, conseiller général, administrateur de diverses compagnies, député, c'est merveille de le voir se jouer et courir entre les jambes de tous les Teutobochus de la vie publique, contre lesquels, à sa place, je me serais mille fois cassé le nez.

VII[1]

LE PRESTIGE DE L'ABBÉ JUBAL

C'est le cœur gros de crainte et d'orgueil que j'entrai en huitième préparatoire. Le professeur de cette classe, M. l'abbé Jubal, n'était pas bien terrible par lui-même; il n'avait pas l'air d'un homme cruel; il avait plutôt l'air d'une demoiselle. Mais il se tenait dans une grande chaire haute et noire, et cela me le rendait effrayant. Il avait la voix et le regard doux, les cheveux bouclés, les mains blanches, l'âme bienveillante. Il ressemblait à un mouton, plus peut-être qu'il n'était séant à un professeur.

Ma mère, l'ayant vu un jour au parloir, murmura : « Il est bien jeune ! » Et cela était dit d'un certain ton.

Je commençais à ne plus le craindre quand je me vis contraint de l'admirer. Cela arriva pendant que je récitais ma leçon, qui consistait en des vers de l'abbé Gauthier[2], sur les premiers rois de France.

Je disais chaque vers tout d'une haleine et comme s'il eût été fait d'un mot unique :

Pharamondfutdit-onlepremierdecesrois
QuelesFrancsdanslaGauleontmissurlepavois
ClodionprendCambraipuisrègneMérovée...

Là, je m'arrêtai court et répétai : « *Mérovée, Mérovée, Mérovée.* » Cette rime, mêlant l'utile à l'agréable, me rappela que, lorsque régna *Mérovée*, Lutèce fut *préservée*... Mais de quoi ? Il m'était bien impossible de le dire, l'ayant complètement oublié. La chose, je l'avoue, m'avait peu frappé. J'avais l'idée que Lutèce était une vieille dame. J'étais content qu'elle eût été préservée, mais ses affaires m'intéressaient en somme extrêmement peu. Malheureusement[a], M. l'abbé Jubal semblait tenir beaucoup à ce que je disse de quel dommage elle avait été préservée. Je faisais : « Heu... Mérovée !... heu, heu, heu. » J'aurais donné ma langue au chat pour peu que c'en eût été l'usage dans la classe de huitième préparatoire. Mon voisin Fontanet se moquait de moi, et M. Jubal se limait les ongles. Enfin :

« *Des fureurs d'Attila Lutèce est préservée,*

me dit-il. Puisque vous aviez oublié ce vers, monsieur Nozière, il fallait le refaire au lieu de rester court. Vous pouviez dire :

« *De l'invasion d'Attila Lutèce est préservée,*

« ou bien

« *Du sombre Attila Lutèce est préservée,*

« ou plus élégamment :

« *Du fléau de Dieu Lutèce est préservée.*

« On peut[b] changer les mots pourvu qu'on respecte la mesure. »

J'eus un mauvais point; mais M. l'abbé Jubal acquit un grand prestige à mes yeux par sa facilité poétique. Ce prestige devait croître encore.

M. Jubal, que ses fonctions attachaient à la grammaire de Noël et Chapsal[1] et à l'*Histoire de France* de l'abbé Gauthier, ne négligeait pourtant pas l'enseignement moral et religieux.

Un jour, je ne sais à quel propos, il prit un air grave et nous dit :

« Mes enfants, s'il vous fallait recevoir un ministre, vous vous empresseriez de lui faire les honneurs de votre logis, comme à un représentant du souverain. Eh bien, quels hommages ne devez-vous pas rendre aux prêtres, qui représentent Dieu sur la terre ? Autant Dieu est au-dessus des rois, autant le prêtre est au-dessus des ministres. »

Je n'avais jamais reçu de ministre et ne comptais pas en recevoir de longtemps. J'avais même la certitude que, s'il en venait un à la maison, ma mère m'enverrait dîner, ce jour-là, avec les bonnes, comme cela se pratiquait malheureusement à chaque repas de gala. Je n'en comprenais pas moins que les prêtres sont prodigieusement respectables et, faisant à M. Jubal l'application de cette vérité, je ressentis un grand trouble. Je me rappelai avoir, en sa présence, attaché un pantin de papier dans le dos de Fontanet. Cela était-il respectueux ? Aurais-je attaché un pantin de papier dans le dos de Fontanet devant un ministre ? Assurément non. Et pourtant je l'avais attaché, ce pantin, à l'insu, il est vrai, mais en la présence de M. l'abbé Jubal, qui est au-dessus des ministres. Même il tirait la langue, le pantin ! Mon âme était éclairée. Je vécus bourrelé de remords. Ma résolution fut d'honorer M. l'abbé Jubal, et, s'il m'arriva depuis de fourrer des petits cailloux dans le cou de Fontanet pendant la classe et de dessiner des bonshommes sur la chaire même de l'abbé Jubal, je le fis du moins avec la satisfaction de connaître toute l'étendue de ma faute.

Il me fut donné, à quelque temps de là, de mesurer la grandeur spirituelle de M. l'abbé Jubal.

J'étais dans la chapelle, attendant avec deux ou trois camarades mon tour de me confesser. Le jour baissait. La lueur de la lampe perpétuelle faisait trembler les étoiles d'or de la voûte assombrie. Au fond du chœur, la Vierge peinte s'effaçait dans le vague d'une apparition. L'autel était chargé de vases dorés, pleins de fleurs; une odeur d'encens flottait dans l'air; on entrevoyait confusément mille choses, et l'ennui, l'ennui même, ce grand mal des enfants, prenait une teinte douce dans l'atmosphère de cette chapelle. Il me semblait que, du côté de l'autel, elle touchait au paradis.

Le jour était tombé. Tout à coup je vis M. l'abbé Jubal s'avancer avec une lanterne jusqu'au chœur. Il fit une génuflexion profonde, puis, ouvrant la grille, il monta les degrés de l'autel. Je l'observais : il défit un paquet d'où sortirent des guirlandes de fleurs artificielles, qui ressemblaient à ces thyrses de cerises qu'au mois de juillet de vieilles femmes nous vendaient dans les rues. Et je m'émerveillai de voir mon professeur s'approcher de l'Immaculée Conception. Vous mîtes une pincée de pointes dans votre bouche, monsieur l'abbé; je craignis d'abord que ce ne fût pour les avaler, mais c'était pour les tenir à portée de votre main. Car vous montâtes sur un escabeau et vous commençâtes à clouer les guirlandes autour de la niche de la Sainte Vierge. Mais vous descendiez de temps en temps de votre escabeau pour juger à distance de l'effet de votre ouvrage, et vous en étiez content; vos joues étaient rouges, votre œil était clair; vous eussiez souri, sans les pointes que vous teniez entre vos dents. Et moi, je vous admirais de tout mon cœur. Et, bien que la lanterne qui était à terre vous éclairât les narines d'une façon comique, je vous trouvais très beau. Je compris que vous étiez au-dessus des ministres, comme vous nous l'aviez insinué dans un discours habile. Je pensai que monter tout empanaché sur un cheval blanc pour gagner une bataille n'était pas une chose aussi belle et désirable que de suspendre des guirlandes aux murs d'une chapelle. Je connus que ma vocation était de vous imiter.

Je vous imitai dès le soir même à la maison, en découpant avec les ciseaux de ma mère tout le papier que je pus trouver et dont je fis des guirlandes. Mes devoirs en souffrirent. Mon exercice français en souffrit notamment dans des proportions considérables.

C'était un exercice d'après le manuel d'un M. Coquempot[1], dont le livre était un livre cruel. Je n'ai point de rancune, et, si cet auteur avait eu un nom moins mémorable, je l'aurais généreusement oublié. Mais on n'oublie pas Coquempot. Je ne veux pas abuser contre lui de cette circonstance fortuite. Pourtant qu'il me soit permis de m'étonner qu'il faille faire des exercices si douloureux pour apprendre une langue qu'on nomme maternelle et que ma mère m'apprenait fort bien, seulement en causant devant moi. Car elle parlait à ravir, ma mère !

Mais M. l'abbé Jubal était pénétré de l'utilité de Coquempot, et, comme il ne pouvait entrer dans mes raisons, il me donna un mauvais point. L'année scolaire s'acheva sans incident notable. Fontanet se mit à élever des chenilles dans son pupitre. Alors j'en élevai aussi par amour-propre, bien qu'elles me fissent horreur. Fontanet haïssait Coquempot, cette haine nous réunit. Au seul nom de Coquempot, nous échangions sur nos bancs des regards d'intelligence et des grimaces expressives. Cela nous vengeait. Fontanet me confia que, si l'on faisait encore du Coquempot en huitième, il s'engageait comme mousse sur un grand navire. Cette résolution me plut et je promis à Fontanet de m'engager avec lui. Nous nous jurâmes amitié.

Le jour de la distribution des prix, nous étions méconnaissables, Fontanet et moi. Cela tenait, sans doute, à ce que nous étions peignés. Nos vestes neuves, nos pantalons blancs, la tente de coutil, l'affluence des parents, l'estrade ornée de drapeaux, tout cela m'inspirait l'émotion des grands spectacles. Les livres et les couronnes formaient un amas éclatant dans lequel je cherchais anxieusement à deviner ma part, et je frissonnais sur mon banc. Mais Fontanet, plus sage, n'interrogeait pas la destinée. Il gardait un calme admirable. Tournant dans tous les sens sa petite tête de furet, il remarquait les nez difformes des pères et les chapeaux ridicules des mères, avec une présence d'esprit dont j'étais incapable.

La musique éclata. Le directeur, ayant sur sa soutane le petit manteau de cérémonie, parut sur l'estrade au côté d'un général en grand uniforme et à la tête des professeurs. Je les reconnus tous. Ils prirent place, selon leur rang, derrière le général : d'abord le sous-directeur, puis les professeurs des hautes classes; puis M. Schuwer, professeur de solfège; M. Trouillon, professeur d'écriture, et le sergent Morin, professeur de gymnastique. M. l'abbé Jubal parut le dernier et s'assit tout au fond sur un pauvre petit tabouret qui, faute de place, ne posait que de trois pieds sur l'estrade et crevait la toile avec le quatrième. Encore M. l'abbé Jubal ne put-il garder longtemps cette humble place.

Des nouveaux venus le refoulèrent dans un coin où il disparut sous un drapeau. On mit une table sur lui et ce fut tout. Fontanet s'amusa beaucoup de cette suppression. Pour moi, j'étais confondu qu'on laissât ainsi dans un coin, comme une canne ou un parapluie, une personne qui excellait dans les fleurs et la poésie et représentait Dieu sur la terre.

VIII

LA CASQUETTE DE FONTANET

Chaque samedi, on nous menait à confesse. Si quelqu'un peut me dire pourquoi, il me fera plaisir. Cette pratique m'inspirait beaucoup de respect et d'ennui. Je ne crois pas que M. l'aumônier prît un véritable intérêt à entendre mes péchés; mais il m'était certainement désagréable de les lui dire. La première difficulté était de les trouver. Vous me croirez peut-être si je vous déclare qu'à dix ans je ne possédais pas les qualités psychiques et les méthodes d'analyse qui m'eussent permis d'explorer rationnellement ma conscience interne.

Pourtant, il fallait avoir des péchés; car, point de péchés, point de confession. On m'avait donné, il est vrai, un petit livre qui les contenait tous. Je n'avais qu'à choisir. Mais le choix même était difficile. Il y en avait là tant et de si obscurs sur le larcin, la simonie, la prévarication, la fornication et la concupiscence ! Je trouvais dans ce petit livre : « Je m'accuse d'avoir désespéré. — Je m'accuse d'avoir entendu de mauvaises conversations. » Cela encore ne laissait pas de m'embarrasser beaucoup.

C'est pourquoi je m'en tenais d'ordinaire au chapitre des distractions. Distractions à l'office, distractions pendant les repas, distractions dans « les assemblées », j'avouais tout, et le vide déplorable de ma conscience m'inspirait une grande honte.

J'étais humilié de n'avoir pas de péchés.

Un jour, enfin, je songeai à la casquette de Fontanet; je tenais mon péché; j'étais sauvé !

À compter de ce jour, je me déchargeai chaque samedi, aux pieds de M. l'aumônier, du poids de la casquette de Fontanet[a].

Par la façon dont j'endommageais en elle le bien du prochain, cette casquette m'inspirait, chaque samedi, pendant quelques minutes, de vives inquiétudes sur le salut de mon âme. Je la remplissais de sable; je la jetais dans les arbres, d'où il fallait l'abattre à coups de pierres comme un fruit avant sa maturité; j'en faisais un chiffon pour effacer les figures à la craie sur le tableau noir; je la jetais par un soupirail dans des caves inaccessibles, et lorsque au sortir de la classe l'ingénieux Fontanet parvenait à la retrouver, ce n'était plus qu'un lambeau sordide.

Mais une fée veillait sur sa destinée, car elle reparaissait le lendemain matin sur la tête de Fontanet avec l'aspect imprévu d'une casquette propre, honnête, presque élégante. Et cela tous les jours. Cette fée était la sœur aînée de Fontanet. À ce seul trait, on peut l'estimer bonne ménagère.

Plus d'une fois, tandis que je m'agenouillais au pied du sacré tribunal, la casquette de Fontanet plongeait, de mon fait, au fond du bassin de la cour d'honneur. Il y avait alors dans ma situation quelque chose de délicat.

Et quel sentiment m'animait contre cette casquette ? La vengeance.

Fontanet me persécutait, à cause d'une gibecière de forme antique et bizarre que mon oncle, homme économe, m'avait donnée pour mon malheur. Elle était beaucoup trop grande pour moi et j'étais beaucoup trop petit pour elle. De plus, cette gibecière ne ressemblait pas à une gibecière, par la raison que ce n'en était pas une. C'était un vieux portefeuille, qui se tirait comme un accordéon et auquel le cordonnier de mon oncle avait mis une courroie.

Ce portefeuille m'était odieux, non sans raison. Mais je ne crois pas aujourd'hui qu'il fût assez laid pour mériter les indignités qu'on lui fit. Il était de maroquin rouge à large dentelle d'or, et portait au-dessus d'une serrure de cuivre une couronne et des armoiries lacérées. Une soie passée, qui avait été bleue, le tapissait intérieurement. S'il existait encore, avec quelle attention je l'examinerais ! Car, à me rappeler la couronne, qui devait être une couronne royale, et l'écu, sur lequel on voyait encore (à moins que je ne l'aie rêvé) trois fleurs de lys mal effacées à coups de canif, je soupçonne aujourd'hui ce portefeuille d'avoir été, à l'origine, le portefeuille d'un ministre de Louis XVI.

Mais Fontanet, qui ne le considérait point dans son passé, ne pouvait me le voir au dos sans y jeter des boules de neige ou des marrons d'Inde, selon la saison, et des balles élastiques toute l'année.

Dans le fait, mes camarades, et Fontanet lui-même, n'avaient qu'un seul grief contre ma gibecière : son étrangeté. Elle n'était pas comme les autres; de là tous les maux qu'elle m'a causés. Les enfants ont un sentiment brutal de l'égalité. Ils ne souffrent rien de distinctif ni d'original. C'est ce caractère que mon oncle n'avait pas assez observé quand il me fit son pernicieux présent. La gibecière de Fontanet était affreuse; ses deux frères aînés l'ayant traînée tour à tour sur les bancs du lycée, elle ne pouvait plus être salie; le cuir en était tout écorché et crevé; les boucles, disparues, étaient remplacées par des ficelles; mais, comme elle n'avait rien d'extraordinaire, Fontanet n'en éprouva jamais de désagrément. Et moi, quand j'entrais dans la cour de la pension, mon portefeuille au dos, j'étais immédiatement assourdi par des huées, entouré, bousculé, renversé à plat ventre. Fontanet appelait cela me faire faire la tortue, et il montait sur ma carapace. Il n'était pas bien lourd, mais j'étais humilié. Aussitôt remis debout, je sautais sur sa casquette.

Sa casquette était toujours neuve et ma gibecière indestructible, hélas ! Et nos violences s'enchaînaient par une inexorable fatalité, comme les crimes dans l'antique maison des Atrides[a].

IX

LES DERNIÈRES PAROLES DE DÉCIUS MUS[a]

Ce matin, en bouquinant sur les quais, je trouvai dans la boîte à deux sous un tome dépareillé de Tite-Live. Comme je le feuilletais au hasard, je tombai sur cette phrase : « Les débris de l'armée romaine gagnèrent Canusium[1] à la faveur de la nuit », et cette phrase me rappela le souvenir de M. Chotard. Or, quand je pense à M. Chotard, c'est pour un bon moment. Je pensais encore à lui en rentrant à la maison, à l'heure du déjeuner. Et, comme j'avais un sourire aux lèvres, on m'en demanda la cause.

« La cause, mes enfants, c'est M. Chotard.

— Quel est ce Chotard qui te fait sourire ?

— Je vais vous le dire. Si je vous ennuie, faites semblant d'écouter et laissez-moi croire que ce n'est pas à lui-même que l'entêté conteur conte ses histoires.

« J'avais quatorze ans et j'étais en troisième. Mon professeur, qui se nommait Chotard, avait le teint fleuri d'un vieux moine, et c'en était un.

« Frère Chotard, après avoir été une des plus douces ouailles du bercail de saint François, jeta en 1830 le froc aux orties et prit l'habit des laïques sans réussir toutefois à le porter avec élégance. Quelle raison eut frère Chotard d'agir ainsi ? Les uns disent que ce fut l'amour; les autres disent que ce fut la peur, et qu'après les Trois Glorieuses, le peuple souverain ayant jeté quelques trognons de choux aux capucins de ***, le frère Chotard sauta par-dessus les murs du couvent, pour épargner à ses persécuteurs un aussi gros péché que de malmener un capucin.

« Ce bon frère était un *savant homme*. Il prit ses *grades*, donna des leçons et vécut tant et si bien qu'il grisonnait des cheveux, florissait des joues et rougeoyait du nez quand je fus amené avec mes camarades au pied de sa chaire.

« Quel belliqueux professeur de troisième nous

avions là ! Il fallait le voir, lorsque, texte en main, il conduisait à Philippes les soldats de Brutus[1]. Quel courage ! quelle grandeur d'âme ! quel héroïsme ! Mais il choisissait son temps pour être un héros, et ce temps n'était pas le temps présent. M. Chotard se montrait inquiet et craintif dans le cours de la vie. On l'effrayait facilement.

« Il avait peur des voleurs, des chiens enragés, du tonnerre, des voitures et de tout ce qui peut, de près ou de loin, endommager le cuir d'un honnête homme.

« Il eſt vrai de dire que son corps seul demeurait parmi nous ; son âme était dans l'Antiquité[2]. Il vivait, cet excellent homme, aux Thermopyles avec Léonidas ; dans la mer de Salamine, sur la nef de Thémiſtocle ; dans les champs de Cannes, près de Paul-Émile ; il tombait tout sanglant dans le lac Trasimène, où, plus tard, un pêcheur trouvera son anneau de chevalier romain. Il bravait, à Pharsale, César et les dieux ; il brandissait son glaive rompu sur le cadavre de Varus[3], dans la forêt Hercynie. C'était un fameux homme de guerre.

« Résolu à vendre chèrement sa vie sur les bords de l'Ægos-Potamos[4] et fier de vider la coupe libératrice dans Numance[5] assiégée, M. Chotard ne dédaignait nullement de recourir, avec les rusés capitaines, aux ſtratagèmes les plus perfides.

« " Un des ſtratagèmes qu'il faut recommander, nous dit un jour M. Chotard, en commentant un texte d'Élien[6], eſt d'attirer l'armée ennemie dans un défilé et de l'y écraser sous des quartiers de roc. "

« Il ne nous dit point si l'armée ennemie avait souvent l'obligeance de se prêter à cette manœuvre. Mais j'ai hâte d'en venir au point par lequel Chotard s'illuſtra *dans les esprits* de tous ses élèves.

« Il nous donnait pour sujet de compositions, tant latines que françaises, des combats, des sièges, des cérémonies expiatoires et propitiatoires, et c'eſt en dictant le corrigé de ces narrations qu'il déployait toute son éloquence. Son ſtyle et son débit exprimaient dans les deux langues la même ardeur martiale. Il lui arrivait parfois d'interrompre le cours de son idée pour nous dispenser des punitions méritées, mais le ton de sa voix reſtait héroïque jusque dans ces incidences; en sorte que, parlant tour à tour avec le même accent comme un consul qui exhorte ses troupes et comme un professeur de troisième qui distribue des pensums, il jetait les esprits des élèves dans un trouble d'autant plus grand qu'il était impossible de savoir si c'était le consul ou le professeur qui parlait. Il lui arriva un jour de se surpasser dans ce genre, par un discours incomparable. Ce discours, nous le sûmes tous par cœur; j'eus soin de l'écrire sur mon cahier sans en rien omettre.

« Le voici tel que je l'entendis, tel que je l'entends encore, car il me semble que la voix grasse de M. Chotard résonne encore à mes oreilles et les emplit de sa solennité monotone.

DERNIÈRES PAROLES DE DÉCIUS MUS[1]

« *Près de se dévouer aux dieux Mânes et pressant déjà de l'éperon les flancs de son coursier impétueux, Décius Mus se retourna une dernière fois vers ses compagnons d'armes et leur dit :*

« " *Si vous n'observez pas mieux le silence, je vous infligerai une retenue générale. J'entre, pour la patrie, dans l'immortalité. Le gouffre m'attend. Je vais mourir pour le salut commun. Monsieur Fontanet, vous me copierez dix pages de rudiment. Ainsi l'a décidé, dans sa sagesse, Jupiter Capitolinus, l'éternel gardien de la Ville éternelle. Monsieur Nozière, si, comme il me semble, vous passez encore votre devoir à M. Fontanet pour qu'il le copie, selon son habitude, j'écrirai à monsieur votre père. Il est juste et nécessaire qu'un citoyen se dévoue pour le salut commun. Enviez-moi et ne me pleurez pas. Il est inepte de rire sans motif. Monsieur Nozière, vous serez consigné jeudi. Mon exemple vivra parmi vous. Messieurs, vos ricanements sont d'une inconvenance que je ne puis tolérer. J'informerai monsieur le proviseur de votre conduite. Et je verrai, du sein de l'Élysée, ouvert aux mânes des héros, les vierges de la République suspendre des guirlandes de fleurs au pied de mes images.* "

« J'avais, en ce temps-là, une prodigieuse faculté de rire. Je l'exerçai tout entière sur les dernières paroles de Décius Mus, et, quand, après nous avoir donné le plus puissant motif de rire, M. Chotard ajouta qu'il est inepte de rire sans motif, je me cachai la tête dans un dictionnaire et perdis le sentiment. Ceux qui n'ont pas été secoués à quinze ans par un fou rire sous une grêle de pensums ignorent une volupté.

« Mais il ne faut pas croire que j'étais capable seulement de muser en classe. J'étais à ma manière un bon petit humaniste. Je sentais avec beaucoup de force ce qu'il y a d'aimable et de noble dans ce qu'on appelle si bien les belles-lettres.

« J'avais dès lors un goût du beau latin et du beau français que je n'ai pas encore perdu, malgré les conseils et les exemples de mes plus heureux contemporains. Il m'est arrivé à cet égard ce qui arrive communément aux gens dont les croyances sont méprisées. Je me suis fait un orgueil de ce qui n'était peut-être qu'un ridicule. Je me suis entêté dans ma littérature, et je suis resté un classique. On peut me traiter d'aristocrate et de mandarin; mais je crois que six ou sept ans de culture littéraire donnent à l'esprit bien préparé pour la recevoir une noblesse, une force élégante, une beauté qu'on n'obtient point par d'autres moyens.

« Quant à moi, j'ai goûté avec délices Sophocle et Virgile. M. Chotard, je l'avoue, M. Chotard aidé de Tite-Live, m'inspirait des rêves sublimes. L'imagination des enfants est merveilleuse. Et il passe de bien magnifiques images dans la tête des petits polissons ! Quand il ne me donnait pas un fou rire, M. Chotard me remplissait d'enthousiasme.

« Chaque fois que de sa voix grasse de vieux sermonnaire il prononçait lentement cette phrase : " Les débris de l'armée romaine gagnèrent Canusium à la faveur de la nuit ", je voyais passer en silence, à la clarté de la lune, dans la campagne nue, sur une voie bordée de tombeaux, des visages livides, souillés de sang et de poussière, des casques bossués, des cuirasses ternies et faussées, des glaives rompus. Et cette vision, à demi voilée, qui s'effaçait lentement, était si grave, si morne et si fière, que mon cœur en bondissait de douleur et d'admiration dans ma poitrine. »

X

LES HUMANITÉS[a]

Je vais vous dire ce que me rappellent, tous les ans, le ciel agité de l'automne[b], les premiers dîners à la lampe et les feuilles qui jaunissent dans les arbres qui frissonnent; je vais vous dire ce que je vois quand je traverse le Luxembourg dans les premiers jours d'octobre, alors qu'il est un peu triste et plus beau que jamais; car c'est le temps où les feuilles tombent une à une sur les blanches épaules des statues. Ce que je vois alors dans ce jardin, c'est un petit bonhomme qui, les mains dans les poches et sa gibecière au dos, s'en va au collège en sautillant comme un moineau. Ma pensée seule le voit; car ce petit bonhomme est une ombre; c'est l'ombre du *moi* que j'étais il y a vingt-cinq ans. Vraiment, il m'intéresse, ce petit : quand il existait, je ne me souciais guère de lui; mais, maintenant qu'il n'est plus, je l'aime bien. Il valait mieux, en somme, que les autres *moi* que j'ai eus après avoir perdu celui-là. Il était bien étourdi; mais il n'était pas méchant et je dois lui rendre cette justice qu'il ne m'a pas laissé un seul mauvais souvenir; c'est un innocent que j'ai perdu : il est bien naturel que je le regrette; il est bien naturel que je le voie en pensée et que mon esprit s'amuse à ranimer son souvenir.

Il y a vingt-cinq ans, à pareille époque, il traversait, avant huit heures, ce beau jardin pour aller en classe. Il avait le cœur un peu serré : c'était la rentrée[1].

Pourtant, il trottait, ses livres sur son dos, et sa toupie dans sa poche. L'idée de revoir ses camarades lui remettait de la joie au cœur. Il avait tant de choses à dire et à entendre ! Ne lui fallait-il pas savoir si Laboriette avait chassé pour de bon dans la forêt de l'Aigle ? Ne lui fallait-il pas répondre qu'il avait, lui, monté à cheval dans les montagnes d'Auvergne[2] ? Quand on fait une pareille chose, ce n'est pas pour la tenir cachée. Et puis c'est si bon de retrouver des camarades ! Combien il lui tardait de revoir Fontanet, son ami, qui se moquait si gentiment de lui, Fontanet qui, pas plus gros qu'un rat et plus ingénieux qu'Ulysse, prenait partout la première place avec une grâce naturelle !

Il se sentait tout léger[1], à la pensée de revoir Fontanet. C'est ainsi qu'il traversait le Luxembourg dans l'air frais du matin. Tout ce qu'il voyait alors, je le vois aujourd'hui. C'est le même ciel et la même terre; les choses ont leur âme d'autrefois, leur âme qui m'égaye et m'attriste, et me trouble; lui seul n'est plus.

C'est pourquoi, à mesure que je vieillis, je m'intéresse de plus en plus à la rentrée des classes.

Si j'avais été pensionnaire dans un lycée, le souvenir de mes études me serait cruel et je le chasserais. Mais mes parents ne me mirent point à ce bagne. J'étais externe dans un vieux collège un peu monacal et caché; je voyais chaque jour la rue et la maison et n'étais point retranché, comme les pensionnaires, de la vie publique et de la vie privée. Aussi, mes sentiments n'étaient point d'un esclave; ils se développaient avec cette douceur et cette force que la liberté donne à tout ce qui croît en elle. Il ne s'y mêlait pas de haine. La curiosité y était bonne et c'est pour aimer que je voulais connaître. Tout ce que je voyais en chemin dans la rue, les hommes, les bêtes, les choses, contribuait, plus qu'on ne saurait croire, à me faire sentir la vie dans ce qu'elle a de simple et de fort.

Rien ne vaut la rue pour faire comprendre à un enfant la machine sociale. Il faut qu'il ait vu, au matin, les laitières, les porteurs d'eau, les charbonniers; il faut qu'il ait examiné les boutiques de l'épicier, du charcutier et du marchand de vin; il faut qu'il ait vu passer les régiments, musique en tête; il faut enfin qu'il ait humé l'air de la rue, pour sentir que la loi du travail est divine et qu'il faut que chacun fasse sa tâche en ce monde. J'ai conservé de ces courses du matin et du soir, de la maison au collège et du collège à la maison, une curiosité affectueuse pour les métiers et les gens de métier.

Je dois avouer, pourtant, que je n'avais pas pour tous une amitié égale. Les papetiers qui étalent à la devanture de leur boutique des images d'Épinal furent d'abord mes préférés. Que de fois, le nez collé contre la vitre, j'ai lu d'un bout à l'autre la légende de ces petits drames figurés !

J'en connus beaucoup en peu de temps : il y en avait de fantastiques qui faisaient travailler mon imagination et développaient en moi cette faculté sans laquelle on ne trouve rien, même en matière d'expériences et dans le domaine des sciences exactes. Il y en avait qui, représentant les existences sous une forme naïve et saisissante, me firent regarder pour la première fois la chose la plus terrible, ou pour mieux dire la seule chose terrible, la destinée. Enfin, je dois beaucoup aux images d'Épinal.

Plus tard, à quatorze ou quinze ans, je ne m'arrêtai plus guère aux étalages des épiciers, dont les boîtes de fruits confits, pourtant, me semblèrent longtemps admirables. Je dédaignai les merciers et ne cherchai plus à deviner le sens de l'Y énigmatique[1] qui brille en or sur leur enseigne. Je m'arrêtais à peine à déchiffrer les rébus naïfs, figurés sur la grille historiée des vieux débits de vin, où l'on voit un coing[2] ou une comète en fer forgé.

Mon esprit, devenu plus délicat, ne s'intéressait plus qu'aux échoppes d'estampes, aux étalages de bric-à-brac et aux boîtes de bouquins.

Ô vieux juifs sordides de la rue du Cherche-Midi, naïfs bouquinistes des quais, mes maîtres, que je vous dois de reconnaissance ! Autant et mieux que les professeurs de l'Université, vous avez fait[a] mon éducation intellectuelle. Braves gens, vous avez étalé devant mes yeux ravis les formes mystérieuses de la vie passée et toute sorte de monuments précieux de la pensée humaine. C'est en furetant dans vos boîtes, c'est en contemplant vos poudreux étalages, chargés des pauvres reliques de nos pères et de leurs belles pensées, que je me pénétrai insensiblement de la plus saine philosophie.

Oui, mes amis, à pratiquer les bouquins rongés des vers, les ferrailles rouillées et les boiseries vermoulues que vous vendiez pour vivre, j'ai pris, tout enfant, un profond sentiment de l'écoulement des choses et du néant de tout. J'ai deviné que les êtres n'étaient que des images changeantes dans l'universelle illusion, et j'ai été dès lors enclin à la tristesse, à la douceur et à la pitié.

L'école en plein vent m'enseigna, comme vous voyez, de hautes sciences. L'école domestique me fut plus profitable encore. Les repas en famille, si doux quand les carafes sont claires, la nappe blanche et les visages tranquilles, le dîner de chaque jour avec sa causerie familière, donnent à l'enfant le goût et l'intelligence des choses de la maison, des choses humbles et saintes de la vie. S'il a le bonheur d'avoir, comme moi, des parents intelligents et bons, les propos de table qu'il entend lui donnent un sens juste et le goût d'aimer[1]. Il mange chaque jour de ce pain béni que le père spirituel rompit et donna aux pèlerins dans l'auberge d'Emmaüs. Et il se dit comme eux : « Mon cœur est tout chaud en dedans de moi[2]. »

Les repas que les pensionnaires prennent au réfectoire n'ont point cette douceur et cette vertu. Oh ! la bonne école que l'école de la maison !

Pourtant on entrerait bien mal[a] dans ma pensée si l'on croyait que je méprise les études classiques. Je crois que, pour former un esprit, rien ne vaut l'étude des deux Antiquités d'après les méthodes des vieux humanistes français. Ce mot d'humanités, qui veut dire élégance[3], s'applique bien à la culture classique.

Le petit bonhomme[b] dont je vous parlais tout à l'heure avec une sympathie qu'on me pardonnera peut-être, en songeant qu'elle n'est point égoïste et que c'est à une ombre qu'elle va, ce petit bonhomme qui traversait le Luxembourg en sautant comme un moineau, était, je vous prie de le croire, un assez bon humaniste. Il goûtait, en son âme enfantine, la force romaine et les grandes images de la poésie antique. *Tout ce qu'il voyait et sentait* dans sa bonne liberté d'externe qui flâne aux boutiques et dîne avec ses parents, ne le rendait point insensible au beau langage qu'on enseigne au collège. Loin de là : il se montrait aussi attique et aussi cicéronien, peu s'en faut, qu'on peut l'être dans une troupe de petits grimauds régie par d'honnêtes barbacoles.

Il travaillait peu pour la gloire[4] et ne brillait guère sur les palmarès ; mais il travaillait beaucoup pour que cela l'amusât, comme disait La Fontaine. Ses versions étaient fort bien tournées et ses discours latins eussent mérité les louanges même de M. l'Inspecteur, sans quelques solécismes qui les déparaient généralement. Ne vous a-t-il pas déjà conté qu'à douze ans les récits de Tite-Live lui arrachaient des larmes généreuses ?

Mais c'est en abordant la Grèce qu'il vit la beauté dans sa simplicité magnifique. Il y vint tard. Les fables d'Ésope lui avaient d'abord assombri l'âme. Un professeur bossu[a] les lui expliquait, bossu de corps et d'âme. Voyez-vous Thersite[1] conduisant les jeunes Galates dans les bosquets des Muses ? Le petit bonhomme ne concevait pas cela. On croira que son pédagogue bossu, se vouant spécialement à expliquer les fables d'Ésope, était admissible dans cet emploi : non pas ! c'était un faux bossu, un bossu géant, sans esprit et sans humanité, enclin au mal et le plus injuste des hommes. Il ne valait rien, même pour expliquer les pensées d'un bossu. D'ailleurs, ces méchantes petites fables sèches, qui portent le nom d'Ésope, nous sont parvenues limées par un moine byzantin[2], qui avait un crâne étroit et stérile sous sa tonsure. Je ne savais pas, en cinquième, leur origine, et je me souciais peu de la savoir; mais je les jugeais exactement comme je les juge à présent.

Après Ésope, on nous donna Homère. Je vis Thétis se lever comme une nuée blanche au-dessus de la mer, je vis Nausicaa et ses compagnes, et le palmier de Délos, et le ciel et la terre et la mer, et le sourire en larmes d'Andromaque... Je compris, je sentis. Il me fut impossible[b], pendant six mois, de sortir de *L'Odyssée*. Ce fut pour moi la cause de punitions nombreuses. Mais que me faisaient les pensums ? J'étais avec Ulysse « sur la mer violette » ! Je découvris ensuite les tragiques. Je ne compris pas grand-chose à Eschyle; mais Sophocle, mais Euripide[3] m'ouvrirent le monde enchanté des héros et des héroïnes et m'initièrent à la poésie du malheur. À chaque tragédie[c] que je lisais, c'étaient des joies et des larmes nouvelles et des frissons nouveaux.

Alceste et Antigone me donnèrent les plus nobles rêves qu'un enfant ait jamais eus. La tête enfoncée dans mon dictionnaire, sur mon pupitre barbouillé d'encre, je voyais des figures divines, des bras d'ivoire tombant sur des tuniques blanches, et j'entendais des voix plus belles que la plus belle musique, qui se lamentaient harmonieusement.

Cela encore me causa de nouvelles punitions. Elles étaient justes : je m'occupais de choses étrangères à la classe. Hélas ! l'habitude m'en resta. Dans quelque classe de la vie qu'on me mette pour le reste de mes jours, je crains bien, tout vieux, d'encourir encore le reproche que me faisait mon professeur de seconde : « Monsieur Pierre Nozière, vous vous occupez de choses étrangères à la classe. »

Mais c'est surtout[a] par les soirs d'hiver, au sortir du collège, que je m'enivrais dans les rues de cette lumière et de ce chant. Je lisais sous les réverbères et devant les vitrines éclairées des boutiques les vers que je me récitais ensuite à demi-voix en marchant. L'activité des soirs d'hiver régnait dans les rues étroites du faubourg, que l'ombre enveloppait déjà.

Il m'arriva bien souvent de heurter quelque patronnet[1] qui, sa manne sur la tête, menait son rêve comme je menais le mien, ou de sentir subitement à la joue l'haleine chaude d'un pauvre cheval qui tirait sa charrette. La réalité ne me gâtait point mon rêve, parce que j'aimais bien mes vieilles rues de faubourg dont les pierres m'avaient vu grandir. Un soir, je lus des vers d'Antigone[2] à la lanterne d'un marchand de marrons, et je ne puis pas, après un quart de siècle, me rappeler ces vers :

Ô tombeau ! ô lit nuptial !...

sans revoir l'Auvergnat soufflant dans un sac de papier et sans sentir à mon côté la chaleur de la poêle où rôtissaient les marrons. Et le souvenir de ce brave homme se mêle harmonieusement dans ma mémoire aux lamentations de la vierge thébaine.

Ainsi j'appris beaucoup de vers. Ainsi j'acquis des connaissances utiles et précieuses. Ainsi je fis mes humanités.

Ma manière était bonne[b] pour moi; elle ne vaudrait rien pour un autre. Je me garderais bien de la recommander à personne.

Au reste, je dois vous confesser que, nourri d'Homère et de Sophocle, je manquais de goût quand j'entrai en rhétorique. C'est mon professeur qui me le déclara, et je le crois volontiers. Le goût qu'on a ou qu'on montre à dix-sept ans est rarement bon. Pour améliorer le mien, mon professeur de rhétorique[1] me recommanda l'étude attentive des œuvres complètes de Casimir Delavigne[2]. Je ne suivis point sa recommandation. Sophocle m'avait fait prendre un certain pli que je ne pus défaire. Ce professeur de rhétorique ne me paraissait point et ne me paraît point encore un fin lettré; mais il avait, avec un esprit chagrin, un caractère droit et une âme fière. S'il nous enseigna quelques hérésies littéraires, il nous montra du moins, par son exemple, ce que c'est qu'un honnête homme.

Cette science a bien son prix. M. Charron[a] était respecté de tous ses élèves. Car les enfants apprécient avec une parfaite justesse la valeur morale de leurs maîtres. Ce que je pensais, il y a vingt-cinq ans, de l'injurieux bossu et de l'honnête Charron, je le pense encore aujourd'hui.

Mais le soir tombe sur les platanes du Luxembourg et le petit fantôme que j'avais évoqué se perd dans l'ombre. Adieu, petit *moi* que j'ai perdu et que je regretterais à jamais, si je ne te retrouvais embelli dans mon fils !

XI

LA FORÊT DE MYRTES[b]

J'avais été un enfant très intelligent, mais, vers dix-sept ans, je devins stupide. Ma timidité était telle alors, que je ne pouvais ni saluer ni m'asseoir en compagnie, sans que la sueur me mouillât le front. La présence des femmes me jetait dans une sorte d'effarement. J'observais à la lettre ce précepte de l'*Imitation de Jésus-Christ*[3], qu'on m'avait appris dans je ne sais quelle basse classe et que j'avais retenu parce que les vers, qui sont de Corneille, m'en avaient semblé bizarres :

Fuis avec un grand soin la pratique des femmes ;
Ton ennemi par là peut savoir ton défaut.

Recommande en commun aux bontés du Très-Haut
Celles dont les vertus embellissent les âmes,
Et, sans en voir jamais qu'avec un prompt adieu,
Aime-les toutes, mais en Dieu.

Je suivais le conseil du vieux moine mystique; mais, si je le suivais, c'était bien malgré moi. J'aurais voulu voir les femmes avec un adieu moins prompt.

Parmi les amies de ma mère[a], il en était une auprès de laquelle j'aurais particulièrement aimé me tenir et causer longtemps. C'était la veuve d'un pianiste mort jeune et célèbre, Adolphe Gance. Elle se nommait Alice. Je n'avais jamais bien vu ni ses cheveux, ni ses yeux, ni ses dents... Comment bien voir ce qui flotte, brille, étincelle, éblouit ? mais elle me semblait plus belle que le rêve et d'un éclat surnaturel. Ma mère avait coutume de dire qu'à les détailler les traits de Mme Gance n'avaient rien d'extraordinaire. Chaque fois que ma mère exprimait ce sentiment, mon père secouait la tête avec incrédulité. C'est qu'il faisait sans doute comme moi, cet excellent père : il ne détaillait pas les traits de Mme Gance. Et, quel qu'en fût le détail, l'ensemble en était charmant. N'en croyez point maman; je vous assure que Mme Gance était belle. Mme Gance m'attirait : la beauté est une douce chose; Mme Gance me faisait peur : la beauté est une chose terrible.

Un soir que mon père recevait quelques personnes, Mme Gance entra dans le salon avec un air de bonté qui m'encouragea un peu. Elle prenait quelquefois, au milieu des hommes, l'air d'une promeneuse qui jette à manger aux petits oiseaux. Puis, tout à coup, elle affectait une attitude hautaine; son visage se glaçait et elle agitait son éventail avec une lenteur maussade. Je ne m'expliquais pas cela[b]. Je me l'explique aujourd'hui parfaitement : Mme Gance était coquette, voilà tout.

Je vous disais donc qu'en entrant dans le salon ce soir-là, elle jeta à tout le monde et même au plus humble, qui était moi, quelque miette de son sourire. Je ne la quittai point du regard et je crus surprendre dans ses beaux yeux une expression de tristesse; j'en fus bouleversé. C'est que, voyez-vous, j'étais une bonne créature. On la pria de jouer au piano. Elle joua un nocturne de Chopin : je n'ai jamais rien entendu de si beau. Je croyais sentir les doigts mêmes d'Alice, ses doigts longs et blancs, dont elle venait d'ôter les bagues, effleurer mes oreilles d'une céleste caresse.

Quand elle eut fini, j'allai d'instinct et sans y penser la ramener à sa place et m'asseoir auprès d'elle. En sentant les parfums de son sein, je fermai les yeux. Elle me demanda si j'aimais la musique; sa voix me donna le frisson. Je rouvris les yeux et je vis qu'elle me regardait; ce regard me perdit.

« Oui, monsieur », répondis-je dans mon trouble...

Puisque la terre ne s'entrouvrit pas en ce moment pour m'engloutir, c'est que la nature est indifférente aux vœux les plus ardents des hommes.

Je passai la nuit dans ma chambre à m'appeler idiot et brute et à me donner des coups de poing par le visage. Le matin, après avoir longuement réfléchi, je ne me réconciliai pas avec moi-même. Je me disais : « Vouloir exprimer à une femme qu'elle est belle, qu'elle est trop belle et qu'elle sait tirer du piano des soupirs, des sanglots et des larmes véritables, et ne pouvoir lui dire que ces deux mots : " *Oui, monsieur* ", c'est être dénué plus que de raison du don d'exprimer sa pensée. Pierre Nozière, tu es un infirme, va te cacher ! »

Hélas ! je ne pouvais pas même me cacher tout à fait. Il me fallait paraître en classe, à table, en promenade. Je cachais mes bras, mes jambes, mon cou, comme je pouvais. On me voyait encore et j'étais bien malheureux. Avec mes camarades, j'avais au moins la ressource de donner et de recevoir des coups de poing; c'est une attitude, cela. Mais avec les amies de ma mère, j'étais pitoyable. J'éprouvais la bonté de ce précepte de l'*Imitation* :

Fuis avec un grand soin la pratique des femmes.

« Quel conseil salutaire ! me disais-je. Si j'avais fui Mme Gance dans cette soirée funeste où, jouant un nocturne avec tant de poésie, elle fit passer dans l'air de voluptueux frissons; si je l'avais fuie alors, elle ne m'aurait pas dit : “ Aimez-vous la musique ? ” et je ne lui aurais pas répondu : “ Oui, monsieur. ” »

Ces deux mots : « Oui, monsieur », me tintaient sans cesse aux oreilles. Le souvenir m'en était toujours présent ou plutôt, par un horrible phénomène de conscience, il me semblait que, le temps s'étant subitement arrêté, je restais indéfiniment à l'instant où venait d'être articulée cette parole irréparable : « Oui, monsieur. » Ce n'était pas un remords qui me torturait. Le remords est doux auprès de ce que je ressentais. Je demeurai dans une sombre mélancolie pendant six semaines, au bout desquelles mes parents eux-mêmes s'aperçurent que j'étais imbécile.

Ce qui complétait mon imbécillité, c'est que j'avais autant d'audace dans l'esprit que de timidité dans les manières. D'ordinaire, l'intelligence des jeunes gens est rude. La mienne était inflexible. Je croyais posséder la vérité. J'étais violent et révolutionnaire, quand j'étais seul.

Seul, quel gaillard, quel luron je faisais ! J'ai bien changé depuis lors. Maintenant, je n'ai pas trop peur de mes contemporains. Je me mets autant que possible à ma place entre ceux qui ont plus d'esprit que moi et ceux qui en ont moins, et je compte sur l'intelligence des premiers. Par contre, je ne suis plus trop rassuré en face de moi-même... Mais je vous conte une histoire de ma dix-septième année. Vous concevez qu'alors cette timidité et cette audace mêlées faisaient de moi un être tout à fait absurde.

Six mois après l'affreuse aventure que je vous ai dite, et ma rhétorique étant terminée avec quelque honneur, mon père m'envoya passer les vacances au grand air. Il me recommanda à un de ses plus humbles et de ses plus dignes confrères, à un vieux médecin de campagne, lequel pratiquait à Saint-Patrice.

C'est là que j'allai. Saint-Patrice est un petit village de la côte normande qui s'adosse à une forêt et qui descend doucement vers une plage de sable, resserrée entre deux falaises. Cette plage était alors sauvage et déserte. La mer, que je voyais pour la première fois, et les bois, dont le calme était si doux, me causèrent[a] d'abord une sorte de ravissement. Le vague des eaux et des feuillages était en harmonie avec le vague de mon âme. Je courais à cheval dans la forêt; je me roulais à demi nu sur la grève, plein du désir de quelque chose d'inconnu que je devinais partout et que je ne trouvais nulle part.

Seul tout le jour, je pleurais sans cause; il m'arrivait quelquefois de sentir tout à coup mon cœur se gonfler si fort, que je croyais mourir. Enfin, j'éprouvais un grand trouble; mais est-il en ce monde un calme qui vaille l'inquiétude que je sentais ? Non. J'en atteste les bois dont les branches cinglaient mon visage; j'en atteste la falaise où j'allais voir le soleil descendre dans la mer, rien ne vaut le mal dont j'étais alors tourmenté, rien ne vaut les premiers rêves des hommes ! Si le désir embellit toutes les choses sur lesquelles il se pose, le désir de l'inconnu embellit l'univers.

J'ai toujours eu, avec assez de finesse, d'étranges naïvetés. J'aurais peut-être ignoré pendant bien des jours encore la cause de mon trouble et de mes vagues désirs. Mais un poète me la révéla.

J'avais pris aux poètes, dès le collège, un goût que j'ai heureusement gardé. À dix-sept ans, j'adorais Virgile[1] et je le comprenais presque aussi bien que si mes professeurs ne me l'avaient pas expliqué. En vacances, j'avais toujours un Virgile dans ma poche. C'était un méchant petit Virgile anglais de Bliss[2]; je l'ai encore. Je le garde aussi précieusement qu'il m'est possible de garder quelque chose; des fleurs desséchées s'en échappent à chaque fois que je l'ouvre. Les plus anciennes de ces fleurs viennent de ce bois de Saint-Patrice où j'étais si heureux et si malheureux à dix-sept ans.

Or, un jour que je passais seul à l'orée de ce bois, respirant avec délices l'odeur des foins coupés, tandis que le vent qui soufflait de la mer mettait du sel sur mes lèvres, j'éprouvai un invincible sentiment de lassitude, je m'assis à terre et regardai longtemps les nuages du ciel.

Puis, par habitude, j'ouvris mon Virgile et je lus : « *Hic, quos durus amor*[3]... »

« Là, ceux qu'un impitoyable amour a fait périr en une langueur cruelle vont cachés dans des allées mystérieuses, et la forêt de myrtes étend son ombrage[a] alentour... »

« Et la forêt de myrtes étend son ombrage... » Oh ! je la connaissais, cette forêt de myrtes; je l'avais en moi tout entière. Mais je ne savais pas son nom. Virgile venait de me révéler la cause de mon mal. Grâce à lui, je savais que j'aimais.

Mais je ne savais pas encore qui j'aimais. Cela me fut révélé l'hiver suivant, quand je revis Mme Gance. Vous êtes sans doute plus perspicace que je ne fus. Vous l'avez deviné, c'est Alice que j'aimais. Admirez cette fatalité ! J'aimais précisément la femme devant laquelle je m'étais couvert de ridicule et qui devait penser de moi pis même que du mal. Il y avait de quoi se désespérer. Mais alors le désespoir était hors d'usage; pour s'en être trop servi, nos pères l'avaient usé. Je ne fis rien[a] de terrible ni de grand. Je ne m'allai point cacher sous les arceaux ruinés d'un vieux cloître; je ne promenai point ma mélancolie dans les déserts; je n'appelai point les aquilons[1]. Je fus seulement très malheureux et passai mon baccalauréat.

Mon bonheur même était cruel : c'était de voir et d'entendre Alice et de penser : « Elle est la seule femme au monde que je puisse aimer; je suis le seul homme qu'elle ne puisse souffrir. » Quand elle déchiffrait au piano, je tournais les pages en regardant les cheveux légers qui se jouaient sur son cou blanc. Mais, pour ne pas m'exposer à lui dire encore une fois : « Oui, monsieur », je fis vœu de ne plus lui adresser la parole. Des changements survinrent bientôt dans ma vie et je perdis Alice de vue sans avoir violé mon serment.

J'ai retrouvé Mme Gance aux eaux, dans la montagne, cet été. Un demi-siècle pèse aujourd'hui sur la beauté qui me donna mes premiers troubles, et les plus délicieux. Mais cette beauté ruinée a de la grâce encore. Je me relevai moi-même en cheveux gris du vœu de mon adolescence :

« Bonjour, madame », dis-je à Mme Gance.

Et, cette fois, hélas ! l'émotion des jeunes années ne troubla ni mon regard ni ma voix.

Elle me reconnut sans trop de peine. Nos souvenirs nous unirent et nous nous aidâmes l'un l'autre à charmer par des causeries la vie banale de l'hôtel.

Bientôt des liens nouveaux se formèrent d'eux-mêmes entre nous, et ces liens ne seront que trop solides : c'est la communauté des fatigues et des peines qui les forme. Nous causions tous les matins, sur un banc vert, au soleil, de nos rhumatismes et de nos deuils. C'était matière à longs propos. Pour nous divertir, nous mélangions le passé au présent.

« Que vous fûtes belle, lui dis-je un jour, madame, et combien admirée !

— Il est vrai, me répondit-elle en souriant. Je puis le dire, maintenant que je suis une vieille femme; je plaisais. Ce souvenir me console de vieillir. J'ai été l'objet d'hommages assez flatteurs. Mais je vous surprendrais bien si je vous disais quel est, de tous les hommages, celui qui m'a le plus touchée.

— Je suis curieux de le savoir.

— Eh bien, je vais vous le dire. Un soir (il y a bien longtemps), un petit collégien éprouva en me regardant un tel trouble qu'il répondit : *" Oui, monsieur ! "* à une question que je lui faisais. Il n'y a pas de marque d'admiration qui m'ait autant flattée et mieux contentée que ce " Oui, monsieur ! " et l'air dont il était dit[a]. »

XII

L'OMBRE

Il m'arriva, dans ma vingtième année, une aventure extraordinaire. Mon père m'ayant envoyé dans le bas Maine pour régler une affaire de famille[1], je partis un après-midi de la jolie petite ville d'Ernée, pour aller, à sept lieues de là, visiter, dans la pauvre paroisse de Saint-Jean, la maison, maintenant déserte, qui abrita pendant plus de deux cents ans ma famille paternelle. On entrait en décembre. Il neigeait depuis le matin. La route, qui cheminait entre des haies vives, était défoncée en beaucoup d'endroits, et nous avions grand-peine, mon cheval et moi, à éviter les fondrières.

Mais, à cinq ou six kilomètres de Saint-Jean, je la trouvai moins mauvaise, et, malgré un vent furieux qui se leva et la neige qui me cinglait le visage, je pris le galop. Les arbres qui bordaient la route fuyaient à mes côtés comme des ombres difformes et douloureuses dans la nuit. Ils étaient horribles, ces arbres noirs, la tête coupée, couverts de tumeurs et de plaies, les bras tordus. On les nomme dans le bas Maine des émousses. Ils me faisaient une sorte de peur, à cause de ce qu'un vicaire de Saint-Marcel-d'Ernée m'avait conté la veille. Un de ces arbres, m'avait dit le vicaire, un de ces vieux mutilés du Bocage, un châtaignier étêté depuis plus de deux cents ans et creux comme une tour, fut fendu du haut en bas par la foudre, le 24 février 1849. Alors, à travers la fente, on vit dedans un squelette d'homme qui se tenait tout debout, ayant à son côté un fusil et un chapelet. Sur une montre trouvée aux pieds de cet homme, on lut le nom de Claude Nozière. Ce Claude, grand-oncle de mon père, fut en son vivant contrebandier et brigand. En 1794, il prit part à la chouannerie, dans la bande de Treton[1], dit Jambe-d'Argent. Blessé grièvement, poursuivi, traqué par les Bleus, il alla se cacher et mourir dans le creux de cet émousse. Ni amis ni ennemis ne surent ce qu'il était devenu; et c'est un demi-siècle après sa mort que le vieux chouan fut exhumé par un coup de tonnerre.

Je songeais à lui, en voyant fuir les émousses des deux côtés du chemin, et j'allongeais l'allure de mon cheval. Il était nuit noire quand j'arrivai à Saint-Jean.

J'entrai dans l'auberge, dont l'enseigne faisait grincer tristement sa chaîne au vent, dans l'ombre. Et, après avoir conduit moi-même mon cheval à l'écurie, j'entrai dans la salle basse et me jetai dans un vieux fauteuil à oreilles, au coin de la cheminée. Tandis que je me réchauffais ainsi, je pus voir, à la clarté de la flamme, le visage de mon hôtesse. C'était celui d'une horrible vieille. Sur sa face, déjà couverte d'un peu de terre, on ne voyait qu'un nez rongé et des yeux morts dans des paupières sanglantes. Elle m'examinait avec défiance, comme un étranger. C'est pourquoi je lui dis, pour la rassurer, mon nom qu'elle devait bien connaître. Elle répondit, en secouant la tête, qu'il n'y avait plus de Nozière. Pourtant, elle voulut bien m'apprêter à souper. Elle jeta un fagot dans l'âtre et sortit.

J'étais triste et las, et tourmenté d'une angoisse indicible. Des images sombres et violentes venaient m'assaillir. Je m'assoupis un moment; mais, dans mon demi-sommeil, je continuai d'entendre dans la trémie les gémissements du vent dont les rafales soulevaient sur mes bottes les cendres du foyer.

Quand, au bout de quelques minutes, je rouvris les yeux, je vis ce que je n'oublierai jamais, je vis distinctement, au fond de la chambre, sur le mur blanchi à la chaux, une ombre immobile; c'était l'ombre d'une jeune fille. Le profil en était si doux, si pur et si charmant, que je sentis, en le voyant, toute ma fatigue et toute ma tristesse se fondre en un sentiment délicieux d'admiration.

Je la contemplai, ce me semble, pendant une minute; il se peut toutefois que mon ravissement ait été plus ou moins long, car je n'ai aucun moyen d'en estimer la véritable durée. Je tournai ensuite la tête pour voir celle qui faisait une si belle ombre. Il n'y avait personne dans la chambre... personne que la vieille cabaretière occupée à mettre une nappe blanche sur la table.

De nouveau je regardai le mur : l'ombre n'y était plus.

Alors quelque chose comme une peine d'amour me prit le cœur, et la perte que je venais de faire me désola.

Je réfléchis quelques instants, avec une entière lucidité, puis :

« La mère ! dis-je, la mère ! qui donc était là, tout à l'heure ? »

Mon hôtesse, surprise, me dit qu'elle n'avait vu personne.

Je courus à la porte. La neige, qui tombait abondamment, couvrait le sol, et aucun pas n'était marqué dans la neige.

« La mère ! vous êtes sûre qu'il n'y a point une femme dans la maison ? »

Elle répondit qu'il n'y avait qu'elle.

« Mais cette ombre ? » m'écriai-je.

Elle se tut.

Alors je m'efforçai de déterminer, d'après les principes d'une exacte physique, la place du corps dont j'avais vu l'ombre, et, montrant du doigt cette place :

« Elle était là, là, vous dis-je... »

La vieille s'approcha, une chandelle à la main, et arrêta sur moi ses horribles yeux sans regard, puis :

« Je vois, à cette heure, dit-elle, que vous ne me trompez pas, et que vous êtes bien un Nozière. Seriez-vous point le fils à Jean, le docteur de Paris ? J'ai connu son oncle, le gars René. Il voyait, lui aussi, une femme que personne ne voyait. Il faut croire que c'est une punition de Dieu sur toute la famille pour la faute de Claude le chouan, qui perdit son âme avec la femme du boulanger.

— Parlez-vous, lui dis-je, de Claude, dont le squelette fut trouvé dans le tronc creux d'un émousse, avec un fusil et un chapelet ?

— Mon jeune monsieur, le chapelet ne lui servit de rien. Il s'était damné pour une femme. »

La vieille ne m'en dit pas davantage. Je pus à peine goûter le pain, les œufs, le lard et le cidre qu'elle me servit. Mes yeux se tournaient sans cesse vers le mur où j'avais vu l'ombre. Oh ! je l'avais bien vue ! Elle était fine et plus nette que n'aurait dû l'être une ombre produite naturellement par la clarté tremblante de l'âtre et la flamme fumeuse d'une chandelle.

Le lendemain je visitai la maison déserte où vécurent en leur temps Claude et René; je parcourus le pays, j'interrogeai le curé; mais je n'appris rien qui pût me faire connaître la jeune fille dont j'avais vu l'ombre.

Aujourd'hui encore, je ne sais s'il faut en croire la vieille cabaretière. Je ne sais si quelque fantôme visitait, dans l'âpre solitude du Bocage, les paysans dont je sors, et si l'Ombre héréditaire, qui hantait mes aïeux farouches et mystiques, ne s'est pas montrée avec une grâce nouvelle à leur enfant rêveur.

Ai-je vu dans l'auberge de Saint-Jean le démon familier des Nozière, ou plutôt ne me fut-il pas annoncé, dans cette nuit d'hiver, que ma part des choses de ce monde serait la meilleure, et que l'indulgente nature m'avait accordé le plus cher de ses dons, le don des rêves ?

Le Livre de Suzanne[1]

SUZANNE

I

LE COQ[a]

Suzanne ne s'était pas encore mise à la recherche du beau. Elle s'y mit à trois mois et vingt jours avec beaucoup d'ardeur.

C'était dans la salle à manger. Elle a, cette salle, un faux air d'ancienneté à cause des plats de faïence, des bouteilles de grès, des buires d'étain et des fioles de verre de Venise qui chargent les dressoirs. C'est la maman de Suzanne qui a arrangé tout cela en Parisienne entichée de bibelots. Suzanne, au milieu de ces vieilleries, paraît plus fraîche dans sa robe blanche brodée, et l'on se dit, en la voyant là : « C'est, en vérité, une petite créature toute neuve ! »

Elle est indifférente à cette vaisselle d'aïeux, aux vieux portraits noirs et aux grands plats de cuivre pendus aux murs. Je compte bien que, plus tard, toutes ces antiquités lui donneront des idées fantastiques et feront germer dans sa tête des rêves bizarres, absurdes et charmants. Elle aura ses visions. Elle y exercera, si son esprit s'y prête, cette jolie imagination de détail et de style qui embellit la vie. Je lui conterai des histoires insensées qui ne seront pas beaucoup plus fausses que les autres, mais qui seront beaucoup plus belles ; elle en deviendra folle. Je souhaite à tous ceux que j'aime un petit grain de folie. Cela rend le cœur gai. En attendant, Suzanne ne sourit même pas au petit Bacchus assis sur son tonneau. On est sérieux, à trois mois et vingt jours.

Or, c'était un matin, un matin d'un gris tendre. Des liserons emmêlés à la vigne vierge encadraient la fenêtre de leurs étoiles diversement nuancées. Nous avions fini de déjeuner, ma femme et moi, et nous causions comme des gens qui n'ont rien à dire. C'était une de ces heures où le temps coule comme un fleuve tranquille. Il semble qu'on le voie couler et que chaque mot qu'on dit soit un petit caillou qu'on y jette. Je crois bien que nous parlions de la couleur des yeux de Suzanne. C'est un sujet inépuisable.

« Ils sont d'un bleu d'ardoise.

— Ils ont un ton de vieil or et de soupe à l'oignon.

— Ils ont des reflets verts.

— Tout cela est vrai; ils sont miraculeux. »

En ce moment Suzanne entra; ils étaient, pour cette fois, de la couleur du temps, qui était d'un si joli gris. Elle entra dans les bras de sa bonne. L'élégance mondaine voudrait que ce fût dans les bras de sa nourrice. Mais Suzanne fait comme l'agneau de La Fontaine et comme tous les agneaux : elle tète sa mère. Je sais bien qu'en pareil cas et dans cet excès de rusticité, on doit sauver au moins les apparences et avoir une nourrice sèche. Une nourrice sèche a des grosses épingles et des rubans à son bonnet comme une autre nourrice; il ne lui manque que du lait. Le lait, cela regarde seulement l'enfant, tandis que tout le monde voit les rubans et les épingles. Quand une mère a la faiblesse de nourrir, elle prend, pour cacher sa honte, une nourrice sèche.

Mais la maman de Suzanne est une étourdie qui n'a pas songé à ce bel usage.

La bonne de Suzanne est une petite paysanne qui vient de son village, où elle a élevé sept ou huit petits frères, et qui chante du matin au soir des chansons lorraines. On lui accorda une journée pour voir Paris; elle revint enchantée : elle avait vu de beaux radis. Le reste ne lui semblait point laid, mais les radis l'émerveillaient : elle en écrivit au pays. Cette simplicité la rend parfaite avec Suzanne, qui, de son côté, ne semble remarquer dans la nature entière que les lampes et les carafes.

Quand Suzanne parut, la salle à manger devint très gaie. On rit à Suzanne; Suzanne nous rit : il y a toujours moyen de s'entendre quand on s'aime. La maman tendit ses bras souples, sur lesquels la manche du peignoir coulait dans l'abandon d'un matin d'été. Alors Suzanne tendit ses petits bras de marionnette qui ne pliaient pas dans leur manche de piqué. Elle écartait les doigts, en sorte qu'on voyait cinq petits rayons roses au bout des manches. Sa mère, éblouie, la prit sur ses genoux, et nous étions tous trois parfaitement heureux; ce qui tient peut-être à ce que nous ne pensions à rien. Cet état ne pouvait durer. Suzanne, penchée vers la table, ouvrit les yeux tant et si bien, qu'ils devinrent tout ronds, et secoua ses petits bras comme s'ils eussent été en bois, ainsi qu'ils en avaient l'air. Il y avait de la surprise et de l'admiration dans son regard. Sur la stupidité touchante et vénérable de son petit visage, on voyait se glisser je ne sais quoi de spirituel.

Elle poussa un cri d'oiseau blessé.

« C'est peut-être une épingle qui l'a piquée », pensa sa mère, fort attachée, par bonheur, aux réalités de la vie.

Ces épingles anglaises se défont sans qu'on s'en aperçoive et Suzanne en a huit sur elle !

Non, ce n'était pas une épingle qui la piquait. C'était l'amour du beau.

« L'amour du beau à trois mois et vingt jours ?

— Jugez plutôt : coulée à demi hors des bras de sa mère, elle agitait les poings sur la table et, s'aidant de l'épaule et du genou, soufflant, toussant, bavant, elle parvint à embrasser une assiette. Un vieil ouvrier rustique de Strasbourg (ce devait être un homme simple; la paix soit à ses os !) avait peint sur cette assiette un coq rouge. »

Suzanne voulut prendre ce coq; ce n'était pas pour le manger, c'était donc parce qu'elle le trouvait beau. Sa mère, à qui je fis ce simple raisonnement, me répondit :

« Que tu es bête ! si Suzanne avait pu saisir ce coq, elle l'aurais mis tout de suite à sa bouche au lieu de le contempler. Vraiment, les gens d'esprit n'ont pas le sens commun !

— Elle n'y eût point manqué, répondis-je; mais qu'est-ce que cela prouve, sinon que ses facultés diverses et déjà nombreuses ont pour principal organe la bouche ? Elle a exercé sa bouche avant d'exercer ses yeux, et elle a bien fait ! Maintenant sa bouche exercée, délicate et sensible, eſt le meilleur moyen de connaissance qu'elle ait encore à son service. Elle a raison de l'employer. Je vous dis que votre fille eſt la sagesse même. Oui, elle aurait mis le coq dans sa bouche; mais elle l'y aurait mis comme une belle chose et non comme une chose nourrissante. Notez que cette habitude, qui exiſte en fait chez les petits enfants, reſte en figure dans la langue des hommes. Nous disons goûter un poème, un tableau, un opéra. »

Pendant que j'exprimais ces idées insoutenables que le monde philosophique accepterait toutefois, si elles étaient émises dans un langage inintelligible[a], Suzanne frappait l'assiette avec ses poings, la grattait de l'ongle, lui parlait (et dans quel joli babil myſtérieux !) puis la retournait avec de grandes secousses.

Elle n'y mettait pas beaucoup d'adresse; non ! et ses mouvements manquaient d'exactitude. Mais un mouvement, si simple qu'il paraisse, eſt très difficile à faire quand il n'eſt pas habituel. Et quelles habitudes voulez-vous qu'on ait à trois mois et vingt jours ? Songez à ce qu'il faut gouverner de nerfs, d'os et de muscles pour seulement lever le petit doigt. Conduire tous les fils des marionnettes de M. Thomas Holden[1] n'eſt, en comparaison, qu'une bagatelle. Darwin, qui eſt un observateur sagace, s'émerveillait de ce que les petits enfants pussent rire et pleurer. Il écrivit un gros volume[2] pour expliquer comment ils s'y prenaient. Nous sommes sans pitié, « nous autres savants », comme dit M. Zola[3].

Mais je ne suis pas, heureusement, un aussi grand savant que M. Zola. Je suis superficiel. Je ne fais pas des expériences sur Suzanne, et je me contente de l'observer, quand je puis le faire sans la contrarier.

Elle grattait son coq et devenait perplexe, ne concevant pas qu'une chose visible fût insaisissable. Cela passait son intelligence, que d'ailleurs tout passe. C'eſt même cela qui rend Suzanne admirable. Les petits enfants vivent dans un perpétuel miracle; tout leur eſt prodige; voilà pourquoi il y a une poésie dans leur regard. Près de nous, ils habitent d'autres régions que nous. L'inconnu, le divin inconnu les enveloppe.

« Petite bête[a] ! dit sa maman.

— Chère amie, votre fille est ignorante, mais raisonnable. Quand on voit une belle chose, on veut la posséder. C'est un penchant naturel, que les lois ont prévu. Les Bohémiens[1] de Béranger, qui disent que *voir, c'est avoir*, sont des sages d'une espèce fort rare. Si tous les hommes pensaient comme eux, il n'y aurait pas de civilisation et nous vivrions nus et sans arts, comme les habitants de la Terre de Feu. Vous n'êtes point de leur sentiment; vous aimez les vieilles tapisseries où l'on voit des cigognes sous des arbres et vous en couvrez tous les murs de la maison. Je ne vous le reproche pas, loin de là. Mais comprenez donc Suzanne et son coq.

— Je la comprends, elle est comme petit Pierre, qui demanda la lune dans un seau d'eau. On ne la lui donna pas. Mais, mon ami, n'allez pas dire qu'elle prend un coq peint pour un coq véritable, puisqu'elle n'en a jamais vu.

— Non; mais elle prend une illusion pour une réalité. Et les artistes sont bien un peu responsables de sa méprise. Voilà bien longtemps qu'ils cherchent à imiter, par des lignes et des couleurs, la forme des choses. Depuis combien de milliers d'années est mort[b] ce brave homme des cavernes qui grava d'après nature un mammouth sur une lame d'ivoire ! La belle merveille qu'après tant et de si longs efforts dans les arts d'imitation, ils soient parvenus à séduire une petite créature de trois mois et vingt jours ! Les apparences ! Qui ne séduisent-elles pas ? La science elle-même, dont on nous assomme, va-t-elle au-delà de ce qui semble ? Qu'est-ce que M. le professeur Robin[2] trouve au fond de son microscope ? Des apparences et rien que des apparences. “ Nous sommes vainement agités par des mensonges ”, a dit Euripide[3]... »

Je parlais ainsi et, me préparant à commenter le vers d'Euripide, j'y aurais sans doute trouvé des significations profondes auxquelles le fils de la marchande d'herbes[4] n'avait jamais pensé. Mais le milieu devenait tout à fait impropre aux spéculations philosophiques; car, ne pouvant parvenir à détacher le coq de l'assiette, Suzanne se jeta dans une colère qui la rendit rouge comme une pivoine, lui élargit le nez à la façon des

Cafres, lui remonta les joues dans les yeux et les sourcils jusqu'au sommet du front. Ce front, tout à coup rougi, bouleversé, travaillé de bosses, de cavités, de sillons contraires, ressemblait à un sol volcanique. Sa bouche se fendit jusqu'aux oreilles et il en sortit, entre les gencives, des hurlements barbares.

« À la bonne heure ! m'écriai-je. Voilà l'éclat des passions ! Les passions, il n'en faut pas médire. Tout ce qui se fait de grand en ce monde est fait par elles. Et voici qu'un de leurs éclairs rend un tout petit bébé presque aussi effrayant qu'une menue idole chinoise. Ma fille, je suis content de vous. Ayez des passions fortes, laissez-les grandir et croissez avec elles. Et si, plus tard, vous devenez leur maîtresse inflexible, leur force sera votre force et leur grandeur votre beauté. Les passions, c'est toute la richesse morale de l'homme.

— Quel vacarme ! s'écria la maman de Suzanne. On ne s'entend plus dans cette salle, entre un philosophe qui déraisonne et un bébé qui prend un coq peint pour je ne sais quoi de véritable. Les pauvres femmes ont bien besoin de sens commun pour vivre avec un mari et des enfants[1] !

— Votre fille, répondis-je, vient de chercher le beau pour la première fois. C'est la fascination de l'abîme, dirait un romantique; c'est, dirai-je, l'exercice naturel des nobles esprits. Mais il ne faut pas s'y livrer trop tôt et avec des méthodes trop insuffisantes. Chère amie, vous avez des charmes souverains pour calmer les douleurs de Suzanne. Endormez votre fille. »

II

ÂMES OBSCURES[a]

Tout dans l'immuable nature
Est miracle aux petits enfants ;
Ils naissent, et leur âme obscure
Éclôt dans des enchantements.

Le reflet de cette magie
Donne à leur regard un rayon.

Déjà la belle Illusion
Excite leur frêle énergie.

L'inconnu, l'inconnu divin,
Les baigne comme une eau profonde ;
On les presse, on leur parle en vain :
Ils habitent un autre monde ;

Leurs yeux purs, leurs yeux grands ouverts,
S'emplissent de rêves étranges.
Oh ! qu'ils sont beaux, ces petits anges
Perdus dans l'antique univers !

Leur tête légère et ravie
Songe tandis que nous pensons ;
Ils font de frissons en frissons
La découverte de la vie.

III

L'ÉTOILE[a]

Suzanne a accompli ce soir le douzième mois de son âge, et, depuis un an qu'elle est sur cette vieille terre, elle a fait bien des expériences. Un homme capable de découvrir en douze ans autant de choses et de si utiles que Suzanne en a découvertes en douze mois serait un mortel divin. Les petits enfants sont des génies méconnus; ils prennent possession du monde avec une énergie surhumaine. Rien ne vaut cette première poussée de la vie, ce premier jet de l'âme.

Concevez-vous que ces petits êtres voient, touchent, parlent, observent, comparent, se souviennent ? Concevez-vous qu'ils marchent, qu'ils vont et viennent ? Concevez-vous qu'ils jouent ? Cela surtout est merveilleux qu'ils jouent, car le jeu est le principe de tous les arts. Des poupées et des chansons, c'est déjà presque tout Shakespeare.

Suzanne a une grande corbeille pleine de joujoux, dont quelques-uns seulement sont des joujoux par nature et par destination, tels qu'animaux en bois blanc et bébés de caoutchouc. Les autres ne sont devenus des jouets que par un tour particulier de leur fortune : ce sont de vieux porte-monnaie, des chiffons, des fonds de boîte, un mètre, un étui à ciseaux, une bouillotte, un indicateur des chemins de fer et un caillou. Ils sont les uns et les autres pitoyablement avariés. Chaque jour, Suzanne les tire un par un de la corbeille pour les donner à sa mère. Elle n'en remarque aucun d'une façon spéciale, et elle ne fait généralement aucune distinction entre ce petit bien et le reste des choses. Le monde est pour elle un immense joujou découpé et peint.

Si on voulait se pénétrer de cette conception de la nature et y rapporter tous les actes, toutes les pensées de Suzanne, on admirerait la logique de cette petite âme; mais on la juge d'après nos idées, non d'après les siennes. Et, parce qu'elle n'a pas *notre* raison, on décide qu'elle n'a pas de raison. Quelle injustice ! Moi qui sais me mettre au vrai point de vue, je découvre un esprit de suite là où le vulgaire n'aperçoit que des façons incohérentes.

Pourtant, je ne m'abuse pas; je ne suis pas un père idolâtre; je reconnais que ma fille n'est pas beaucoup plus admirable qu'un autre enfant. Je n'emploie pas, en parlant d'elle, des expressions exagérées. Je dis seulement à sa mère :

« Chère amie, nous avons là une bien jolie petite fille. »

Elle me répond à peu près ce que Mme Primerose répondait[1] quand ses voisins lui faisaient un semblable compliment :

« Mon ami, Suzanne est ce que Dieu l'a faite : assez belle, si elle est assez bonne. »

Et, en disant cela, elle répand sur Suzanne un long regard magnifique et candide, où l'on devine, sous les paupières abaissées, des prunelles brillantes d'orgueil et d'amour.

J'insiste, je dis : « Convenez qu'elle est jolie. »

Mais elle a, pour n'en pas convenir, plusieurs raisons que je découvre mieux encore qu'elle ne ferait elle-même.

Elle veut s'entendre dire encore et toujours que sa petite enfant est jolie. En le disant elle-même, elle croirait manquer à certaine bienséance, et ne pas montrer toute la délicatesse qu'il faut. Elle craindrait surtout d'offenser on ne sait quelle puissance invisible, obscure, qu'elle ne connaît pas, mais qu'elle sent là, dans l'ombre, prête à punir sur leurs bébés les mamans qui s'enorgueillissent.

Et quel heureux ne le craindrait pas, ce spectre si certainement caché dans les rideaux de la chambre ? Qui donc, le soir, pressant dans ses bras sa femme et son enfant, oserait dire en présence du monstre invisible : « Mes cœurs, où en sommes-nous de notre part de joie et de beauté ? » C'est pourquoi je dis à ma femme :

« Vous avez raison, chère amie, vous avez toujours raison. Le bonheur repose ici, sous ce petit toit. Chut ! Ne faisons pas de bruit : il s'envolerait. Les mères athéniennes craignaient Némésis, cette déesse toujours présente, jamais visible, dont elles ne savaient rien, sinon qu'elle était la jalousie des dieux, Némésis, hélas ! dont le doigt se reconnaissait partout, à toute heure, dans cette chose banale et mystérieuse : l'accident. Les mères athéniennes !.. J'aime à me figurer une d'elles endormant au cri des cigales, sous le laurier, au pied de l'autel domestique, son nourrisson nu comme un petit dieu. »

« J'imagine qu'elle se nommait Lysilla, qu'elle craignait Némésis comme vous la craignez, mon amie, et que, comme vous, loin d'humilier les autres femmes par l'éclat d'un faste oriental, elle ne songeait qu'à se faire pardonner sa joie et sa beauté... Lysilla ! Lysilla ! avez-vous donc passé sans laisser sur la terre une ombre de votre forme, un souffle de votre âme charmante ? Êtes-vous donc comme si vous n'aviez jamais été ? »

La maman de Suzanne coupe le fil capricieux de ces pensées.

« Mon ami, dit-elle, pourquoi parlez-vous ainsi de cette femme ? Elle eut son temps comme nous avons le nôtre. Ainsi va la vie.

— Vous concevez donc, mon âme, que ce qui a été puisse n'être plus ?

— Parfaitement. Je ne suis pas comme vous qui vous étonnez de tout, mon ami. »

Et ces paroles, elle les prononce d'un ton tranquille en préparant la toilette de nuit de Suzanne. Mais Suzanne refuse obstinément de se coucher.

Ce refus passerait dans l'histoire romaine pour un beau trait de la vie d'un Titus, d'un Vespasien ou d'un Alexandre Sévère[1]. Ce refus fait que Suzanne est grondée. Justice humaine, te voilà ! À vrai dire, si Suzanne veut rester debout, c'est, non pas pour veiller au salut de l'Empire, mais pour fouiller dans le tiroir d'une vieille commode hollandaise à gros ventre et à massives poignées de cuivre.

Elle y plonge; elle se tient d'une main au meuble, et, de l'autre, elle empoigne des bonnets, des brassières, des robes qu'elle jette, avec un grand effort, à ses pieds, en poussant de petits cris changeants, légers et sauvages. Son dos, couvert d'un fichu en pointe, est d'un ridicule attendrissant; sa petite tête, qu'elle tourne par moments vers moi, exprime une satisfaction plus touchante encore.

Je n'y puis tenir. J'oublie Némésis, je m'écrie :

« Voyez-la : elle est adorable dans son tiroir ! »

D'un geste à la fois mutin et craintif, sa maman me met un doigt sur la bouche. Puis elle retourne auprès du tiroir saccagé. Cependant je poursuis ma pensée :

« Chère amie, si Suzanne est admirable par ce qu'elle sait, elle est non moins admirable par ce qu'elle ne sait pas. C'est dans ce qu'elle ignore qu'elle est pleine de poésie. »

À ces mots, la maman de Suzanne tourna ses yeux vers moi en souriant un peu de côté, ce qui est signe de moquerie, puis elle s'écria :

« La poésie de Suzanne ! la poésie de votre fille ! Mais elle ne se plaît qu'à la cuisine, votre fille ! Je la trouvai l'autre jour radieuse au milieu des épluchures. Vous appelez cela de la poésie, vous ?

— Sans doute, chère amie, sans doute. La nature tout entière se reflète en elle avec une si magnifique pureté, qu'il n'y a rien au monde de sale pour elle, pas même le panier aux épluchures. C'est pourquoi vous la trouvâtes perdue, l'autre jour, dans l'enchantement des feuilles de chou, des pelures d'oignon et des queues de crevettes. C'était un ravissement, madame. Je vous dis qu'elle transforme la nature avec une puissance angélique, et que tout ce qu'elle voit, tout ce qu'elle touche s'empreint pour elle de beauté. »

Pendant ce discours, Suzanne quitta sa commode et s'approcha de la fenêtre. Sa mère l'y suivit et la prit dans ses bras. La nuit était tranquille et chaude. Une ombre transparente baignait la fine chevelure de l'acacia dont nous voyions les fleurs tombées former des traînées blanches dans notre cour. Le chien dormait, les pattes hors de sa niche. La terre était trempée au loin d'un bleu céleste. Nous nous taisions tous trois.

Alors, dans le silence, dans l'auguste silence de la nuit, Suzanne leva le bras aussi haut qu'il lui fut possible et, du bout de son doigt, qu'elle ne peut jamais ouvrir tout à fait, elle montra une étoile. Ce doigt, qui est d'une petitesse miraculeuse, se courbait par intervalles comme pour appeler.

Et Suzanne parla à l'étoile !

Ce qu'elle disait n'était pas composé de mots, c'était un parler obscur et charmant, un chant étrange, quelque chose de doux et de profondément mystérieux, ce qu'il faut enfin pour exprimer l'âme d'un bébé quand un astre s'y reflète.

« Elle est drôle, cette petite », dit sa mère en l'embrassant.

IV

GUIGNOL[a]

Hier, j'ai mené Suzanne à Guignol. Nous y prîmes tous deux beaucoup de plaisir; c'est un théâtre à la portée de notre esprit. Si j'étais auteur dramatique, j'écrirais pour les marionnettes. Je ne sais si j'aurais assez de talent pour réussir; du moins, la tâche ne me ferait point trop de peur. Quant à composer des phrases pour la bouche savante des belles comédiennes de la Comédie-Française, je n'oserais jamais. Et puis, le théâtre, comme l'entendent les grandes personnes, est quelque chose d'infiniment trop compliqué pour moi. Je ne comprends rien aux intrigues bien ourdies. Tout mon art serait de peindre des passions, et je choisirais les plus simples. Cela ne vaudrait rien pour le Gymnase, le Vaudeville ou les Français; mais ce serait excellent pour Guignol.

Ah ! c'est là que les passions sont simples et fortes. Le bâton est leur instrument ordinaire. Il est certain que le bâton dispose d'une grande force comique. La pièce reçoit de cet agent une vigueur admirable; elle se précipite vers le « grand charassement final ». C'est ainsi que les Lyonnais, chez qui le type de Guignol fut créé[1], désignent la mêlée générale qui termine toutes les pièces de son répertoire. C'est une chose éternelle et fatale que ce « grand charassement » ! C'est le 10 août, c'est le 9 thermidor, c'est Waterloo !

Je vous disais donc que j'ai mené hier Suzanne à Guignol. La pièce que nous vîmes représenter pèche sans doute par quelques endroits; je lui trouvai notamment des obscurités; mais elle ne peut manquer de plaire à un esprit méditatif, car elle donne beaucoup à penser. Telle que je l'ai comprise, elle est philosophique; les caractères en sont vrais et l'action en est forte. Je vais vous la conter comme je l'ai entendue.

Quand la toile se leva, nous vîmes paraître Guignol lui-même. Je le reconnus; c'était bien lui. Sa face large et placide gardait la trace des vieux coups de bâton qui lui avaient aplati le nez, sans altérer l'aimable ingénuité de son regard et de son sourire.

Il ne portait ni la souquenille en serge ni le bonnet de coton qu'en 1815, sur l'allée des Brotteaux, les Lyonnais ne pouvaient regarder sans rire. Mais, si quelque survivant de ces petits garçons qui virent ensemble, au bord du Rhône, Guignol et Napoléon, était venu, avant de mourir de vieillesse, s'asseoir hier avec nous aux Champs-Élysées, il aurait reconnu le fameux « salsifis » de sa chère marionnette, la petite queue qui frétille si drôlement sur la nuque de Guignol. Le reste du costume, habit vert et bicorne noir, était dans la vieille tradition parisienne qui fait de Guignol une espèce de valet.

Guignol nous regarda avec ses grands yeux, et je fus tout de suite gagné par son air de candeur effrontée et cette visible simplicité d'âme qui donne au vice une inaltérable innocence. C'était bien là, pour l'âme et l'expression, le Guignol guignolant que le bonhomme Mourguet, de Lyon, anima avec tant de fantaisie. Je croyais l'entendre répondre à son propriétaire, M. Canezou, qui lui reproche de « faire des contes à dormir debout » :

« Vous avez bien raison : allons nous coucher. »

Notre Guignol n'avait encore rien dit; sa petite queue frétillait sur sa nuque. On riait déjà.

Gringalet, son fils, vint le rejoindre et lui donna un grand coup de tête dans le ventre avec une grâce naturelle. Le public ne s'en fâcha point; au contraire il éclata de rire. Un tel début est le comble de l'art. Et, si vous ne savez point pourquoi cette audace réussit, je vais vous le dire : Guignol est valet et porte la livrée. Gringalet, son fils, porte la blouse; il ne sert personne et ne sert à rien. Cette supériorité lui permet de malmener son père sans manquer aux convenances.

C'est ce que Mlle Suzanne comprit parfaitement et son amitié pour Gringalet ne fut point diminuée. Gringalet est, en effet, un personnage sympathique. Il est grêle et mince; mais son esprit est plein de ressources. C'est lui qui rosse le gendarme. À six ans, Mlle Suzanne a son opinion faite sur les agents de l'autorité : elle est contre eux et rit quand Pandore est bâtonné. Elle a tort sans doute. Pourtant, il me déplairait, je l'avoue, qu'elle n'eût point ce tort. J'aime qu'à tout âge on soit un peu mutin. Celui qui vous parle est un paisible citoyen, respectueux de l'autorité et fort soumis aux lois; cependant si, devant lui, on joue un bon tour à un gendarme, à un sous-préfet ou à un garde champêtre, il sera le premier à en rire. Mais nous en étions à une contestation entre Guignol et Gringalet.

Mlle Suzanne donne raison à Gringalet. Je donne raison à Guignol. Écoutez et jugez : Guignol et Gringalet ont longtemps cheminé pour atteindre un village mystérieux, qu'eux seuls ont découvert et où courraient en foule les hommes hardis et cupides, s'ils le connaissaient. Mais ce village est mieux caché que ne le fut, pendant cent années, le château de la Belle au bois dormant. Il y a quelque magie à cela; car le lieu est habité par un enchanteur, qui réserve un trésor à quiconque sortira victorieux de plusieurs épreuves, dont l'idée seule fait frémir d'épouvante. Nos deux voyageurs entrent dans la région enchantée, avec des dispositions bien dissemblables. Guignol est las; il se couche. Son fils lui reproche cette mollesse.

« Est-ce ainsi, lui dit-il, que nous nous emparerons des trésors que nous sommes venus chercher ? »

Et Guignol répond :

« Est-il un trésor qui vaille le sommeil ? »

J'aime cette réponse. Je vois en Guignol un sage qui sait la vanité de toute chose, et qui aspire au repos comme à l'unique bien après les agitations coupables ou stériles de la vie. Mais Mlle Suzanne le tient pour un lourdaud qui dort mal à propos et perdra, par sa faute, les biens qu'il était venu chercher, de grands biens, peut-être : des rubans, des gâteaux et des fleurs. Elle loue Gringalet de son zèle à conquérir ces trésors magnifiques.

Les épreuves, je l'ai dit, sont terribles. Il faut affronter un crocodile et tuer le Diable. Je dis à Suzanne :

« Mam'selle Suzon, voilà le Diable ! »

Elle me répond :

« Ça, c'est un nègre ! »

Cette réponse, empreinte de rationalisme, me désespère. Mais moi, qui sais à quoi m'en tenir, j'assiste avec intérêt à la lutte du Diable et de Gringalet. Lutte terrible qui finit par la mort du Diable. Gringalet a tué le Diable !

Franchement, ce n'est pas ce qu'il a fait de mieux, et je comprends que les spectateurs plus spiritualistes que mam'selle Suzon restent froids et même un peu effrayés. Le Diable mort, adieu le péché ! Peut-être la beauté, cette alliée du Diable, s'en ira-t-elle avec lui ! peut-être ne verrons-nous plus les fleurs dont on s'enivre et les yeux dont on meurt ! Alors que deviendrons-nous en ce monde ? Nous restera-t-il même la ressource d'être vertueux ? J'en doute. Gringalet n'a pas assez considéré que le mal est nécessaire au bien, comme l'ombre à la lumière; que la vertu est toute dans l'effort et que, si l'on n'a plus de diable à combattre, les saints seront aussi désœuvrés que les pécheurs. On s'ennuiera mortellement. Je vous dis qu'en tuant le Diable, Gringalet a commis une grave imprudence.

Polichinelle est venu nous faire la révérence, la toile est tombée, les petits garçons et les petites filles s'en sont allés, et je reste plongé dans mes réflexions. Mam'selle Suzon, qui me voit songeur, me croit triste. Elle a communément cette idée que les gens qui réfléchissent sont des malheureux. C'est avec une pitié délicate qu'elle me prend la main et me demande pourquoi j'ai du chagrin.

Je lui avoue que je suis fâché que Gringalet ait tué le Diable.

Alors elle me passe ses petits bras autour du cou et, approchant ses lèvres de mon oreille :

« Je vais te dire une chose : Gringalet a tué le nègre, mais il ne l'a pas tué pour de bon. »

Cette parole me rassure; je me dis que le Diable n'est pas mort, et nous partons contents.

LES AMIS DE SUZANNE

I

ANDRÉ[a]

Vous avez connu le docteur Trévière. Vous vous rappelez sa large face ouverte et lumineuse et son beau regard bleu. Il avait la main et l'âme d'un grand chirurgien. On admirait sa présence d'esprit dans les circonstances difficiles. Un jour qu'il faisait, à l'amphithéâtre, une grave opération, le patient, à demi opéré, tomba dans une extrême faiblesse. Plus de chaleur, plus de circulation; l'homme passait. Alors Trévière le saisit à deux bras, poitrine contre poitrine, et secoua avec la puissance d'un lutteur ce corps sanglant et mutilé. Puis il reprit son scalpel et le mania avec cette audace prudente qui lui était habituelle. La circulation était rétablie, l'homme était sauvé.

En quittant le tablier, Trévière redevenait naïf et bonhomme. On aimait son gros rire. Quelques mois après l'opération que je viens de rappeler, il se fit, en essuyant son bistouri, une piqûre à laquelle il ne prit pas garde et qui lui inocula une affection purulente dont il mourut en deux jours, à l'âge de trente-six ans. Il laissait une femme et un enfant qu'il adorait.

On voyait, tous les jours de soleil, sous les sapins du bois de Boulogne, une jeune femme en deuil qui faisait de la guipure et regardait par-dessus son aiguille un petit garçon à quatre pattes entre sa pelle, sa brouette et des petits tas de terre. C'était Mme Trévière. Le soleil caressait la chaude pâleur de sa face et un trop-plein de vie et d'âme s'échappait en effluves de sa poitrine, parfois oppressée, et de ses grands yeux bruns pailletés d'or. Elle couvait du regard son enfant, qui, pour lui montrer les « pâtés » de terre qu'il avait faits, levait sa tête rousse et ses yeux bleus, la tête et les yeux de son père.

Il était rond et rose. Puis il s'amincit en grandissant, et ses joues, tiquetées de taches de rousseur, pâlirent. Sa mère s'inquiétait. Parfois, tandis qu'il s'amusait à courir dans le Bois avec ses petits camarades, s'il frôlait la chaise où elle brodait, elle le saisissait au vol, lui soulevait le menton sans rien dire, fronçait le sourcil en examinant ce visage pâlot et secouait imperceptiblement la tête, tandis qu'il reprenait sa volée. La nuit, au moindre bruit, elle se relevait et restait nu-pieds, penchée sur le petit lit. Des médecins, anciens camarades de son mari, la rassurèrent. L'enfant n'était que délicat. Mais il lui fallait la pleine campagne.

Mme Trévière fit ses malles et partit pour Brolles, où les parents de son mari étaient cultivateurs. Car vous savez que Trévière était fils de paysans et que, jusqu'à douze ans, il dénicha des merles en revenant de l'école.

On s'embrassa sous les jambons pendus aux solives de la salle enfumée. La mère Trévière, accroupie devant les tisons de la grande cheminée et ne lâchant pas la queue de la poêle, regardait d'un œil méfiant la Parisienne et sa bonne. Mais elle trouva le petit « bien mignon et tout le portrait de son père ». Quant au bonhomme Trévière, sec et roide dans sa veste de gros drap, il était bien content de voir son petit-fils André.

On n'avait pas fini de souper, et déjà André donnait de gros baisers à son grand-papa, dont le menton piquait, piquait. Puis, monté tout droit sur les genoux du bonhomme, il lui enfonçait le poing dans la joue, en lui demandant pourquoi c'était creux.

« Parce que je n'ai plus de dents.

— Et pourquoi tu n'as plus de dents ?

— Parce qu'elles étaient devenues noires et que je les ai semées dans le sillon pour voir s'il n'en pousserait point des blanches. »

Et André riait de tout son cœur. Les joues de son

grand-père, c'était bien autre chose que les joues de sa maman !

On avait réservé à la Parisienne et au petit la chambre d'honneur, où étaient le lit nuptial, dans lequel les bonnes gens n'avaient couché qu'une fois, et l'armoire de chêne, bourrée de linge, fermée à clef. La couchette qui avait autrefois servi à l'enfant de la maison avait été tirée du grenier pour le petit-fils. On l'avait dressée dans le coin le plus abrité, sous une tablette chargée de pots de confitures. Mme Trévière, en femme ordonnée, fit, pour se reconnaître, trente-six petits tours sur le plancher de sapin qui craquait. Mais elle eut la déception de ne découvrir aucun portemanteau.

Le plafond à poutres saillantes et les murs étaient blanchis à la chaux. Mme Trévière remarqua peu les images coloriées qui égayaient cette belle chambre; pourtant, elle vit au-dessus du lit nuptial une gravure représentant des enfants en veste noire et en pantalon blanc, un brassard au coude, un cierge à la main, défilant dans une église gothique. Elle lut au-dessous cette formule gravée, avec les noms, date, et signature remplis à la main : *« Je, soussigné, certifie que Pierre-Agénor Trévière a fait sa première communion, dans l'église paroissiale de Brolles*[1]*, le 15 mai 1849. Gontard, curé. »*

La veuve lut et poussa un soupir, un de ces soupirs de femme raisonnable et forte qui sont, avec les larmes d'amour, les plus beaux trésors de la terre. Ceux qui sont aimés ne devraient pas mourir.

Quand elle eut déshabillé André :

« Allons, lui dit-elle, fais ta prière. »

Il murmura :

« Maman, je t'aime. »

Et, sur cette dévotion, laissant tomber sa tête et fermant les deux poings, il s'endormit en paix.

À son réveil, il découvrit la basse-cour. Surpris, émerveillé, enchanté, il vit les poules, la vache, le vieux cheval borgne et le cochon. Le cochon surtout le ravit. Et le charme dura des jours et des jours. Quand c'était l'heure du repas, on parvenait à grand-peine à le ramener, couvert de paille et de fumier, avec des toiles d'araignée dans les cheveux et du purin dans les bottines, les mains noires, les genoux écorchés, les joues roses, riant, heureux.

« Ne m'approche pas, petit monstre ! » lui criait sa mère.

Et c'étaient des embrassements sans fin.

Assis devant la table, sur le bord de la bancelle et mordant un énorme pilon de volaille, il avait l'air d'un petit Hercule dévorant sa massue.

Il mangeait sans s'en apercevoir, oubliait de boire et babillait.

« Maman, qu'est-ce que c'est qu'un poulet vert ?

— Cela ne peut être qu'un perroquet », répondit trop légèrement la Parisienne.

C'est ainsi qu'André fut induit à désigner par le nom de perroquets les canards de son grand-père, ce qui rendait ses récits prodigieusement obscurs.

Mais il ne s'en laissait pas facilement imposer.

« Maman, sais-tu ce que grand-père m'a dit ? Il m'a dit que c'était les poules qui faisaient les œufs. Mais je sais bien que non. Je sais bien que c'est le fruitier de l'avenue de Neuilly qui fait les œufs; alors on les porte aux poules pour qu'elles les réchauffent. Car, comment veux-tu, maman, que les poules fassent des œufs, puisqu'elles n'ont pas de mains ? »

Et André continua à explorer la nature. En se promenant dans la forêt avec sa maman, il éprouvait toutes les émotions de Robinson Crusoé. Un jour, tandis que Mme Trévière, assise sous un chêne au bord de la route, travaillait à sa guipure, il trouva une taupe. C'est très grand, une taupe. Il est vrai que celle-là était morte. Elle avait même du sang au museau. Sa maman lui cria :

« André ! veux-tu bien laisser ces horreurs... Tiens, regarde vite *là, dans* l'arbre. »

Et il aperçut un écureuil qui sautait dans les branches. Sa maman avait raison : un écureuil vivant est plus joli qu'une taupe morte.

Mais il était parti trop vite, et André demandait si les écureuils ont des ailes, quand un passant, dont la face mâle et franche était encadrée d'une belle barbe brune, tira son chapeau de paille et s'arrêta devant Mme Trévière.

« Bonjour, madame; vous vous portez bien ?

Comme on se retrouve ! Voilà votre petit bonhomme ? Il eſt très gentil. On m'avait bien dit que vous logiez ici chez le père Trévière... Excusez-moi. Je le connais depuis si longtemps !

— Nous sommes venus ici parce que mon petit garçon avait besoin du grand air. Mais vous, monsieur, je me rappelle que vous habitiez déjà dans ces parages quand j'avais mon mari. »

Comme la voix de la jeune veuve s'éteignait, il reprit d'un ton grave :

« Je sais, madame. »

Et, très naturellement, il inclina la tête comme pour saluer au passage le souvenir d'un grand deuil.

Puis, après un moment de silence :

« C'était le bon temps ! Que de braves gens il y avait alors, qui sont partis depuis ! Mes pauvres paysagiſtes ! Mon pauvre Millet[1] ! C'eſt égal. Je suis reſté l'ami des peintres, comme ils m'appellent tous là-bas, à Barbizon. Je les connais tous. Ce sont de bons enfants.

— Et votre fabrique ?

— Ma fabrique ? elle va toute seule. »

André vint se jeter entre eux.

« Maman ! maman ! il y a sous une grosse pierre des bêtes au bon Dieu. Il y en a au moins un million, vrai !

— Tais-toi et va jouer », lui répondit sèchement sa mère.

L'ami des peintres reprit de sa belle voix chaude :

« Cela fait plaisir de se revoir ! Les amis me demandent bien souvent ce qu'eſt devenue la belle Mme Trévière. Je leur dirai qu'elle eſt toujours et plus que jamais la belle Mme Trévière. Au revoir, madame.

— Bonjour, monsieur Lassalle. »

André reparut.

« Maman, eſt-ce que toutes les bêtes ne sont pas au bon Dieu ? Eſt-ce *qu'il y a* des bêtes au Diable ? *Maman ?* tu ne me réponds pas... Pourquoi ? »

Et il la tira par sa jupe. Alors elle le gronda.

« André, il ne faut pas m'interrompre, quand je parle à quelqu'un. Tu m'entends ?

— Pourquoi ?

— Parce que ce n'est pas poli. »

Il y eut quelques larmes qui finirent par un sourire dans des baisers. Ce fut encore une jolie journée. On voit sur les campagnes de ces ciels humides et traversés de rayons qui attristent et charment.

À quelques jours de là, par une grosse pluie, M. Lassalle, haut botté, fit une visite à la jeune veuve.

« Bonjour, madame. Eh bien, père Trévière, plus solide que jamais ?...

— Le coffre est encore bon, mais les jambes ne valent plus rien.

— Et vous, la mère ? toujours le nez sur la marmite, donc ? Vous goûtez la soupe. C'est d'une bonne cuisinière. »

Et ces familiarités faisaient sourire la vieille, dont les prunelles pétillaient entre les pommettes ridées.

Il prit André sur ses genoux et lui pinça les joues. Mais l'enfant se dégagea brusquement et alla enfourcher les jambes de son grand-père.

« Tu es le cheval. Je suis le postillon. Hue ! Plus fort, plus fort !... »

La visite se passa sans que la veuve et le visiteur eussent échangé quatre paroles, mais leurs regards avaient plusieurs fois croisé des lueurs, comme ces éclairs qui jaillissent entre ciel et terre dans les chaudes nuits d'été.

« Papa, est-ce que vous connaissez beaucoup ce monsieur ? demanda la jeune femme, avec un air d'indifférence.

— Je le connaissais avant qu'il portât culottes. Et qu'est-ce qui ne connaissait pas son père dans le pays ? Des braves gens tout à fait, tout francs et tout ronds. Ils ont du bien. M. Philippe... (nous l'appelons M. Philippe) n'emploie pas moins de soixante ouvriers dans son usine. »

André crut le moment venu d'exprimer son sentiment :

« Il est vilain, le monsieur », dit-il.

Sa maman lui répondit vivement que, s'il ne parlait que pour dire des sottises, il ferait mieux de se taire.

Depuis lors, le hasard voulut que Mme Trévière rencontrât M. Lassalle à tous les tournants de la route.

Elle devenait inquiète, distraite, songeuse. Elle tressaillait au bruit du vent dans les feuilles. Elle oubliait sa guipure commencée et prenait l'habitude de soutenir son menton dans le creux de sa main.

Un soir d'automne, tandis qu'une grande tempête, venue de la mer, passait avec de longs hurlements sur la maison du père Trévière et sur toute la contrée, la jeune femme eut hâte de renvoyer la bonne qui faisait le feu et de coucher André. Pendant qu'elle lui tirait ses bas de laine et qu'elle tâtait à pleines mains les petits pieds froids, lui, écoutant les grondements sourds du vent et les tintements de la pluie contre les vitres, il noua ses deux bras sur le cou de sa mère penchée.

« Maman, dit-il, j'ai peur. »

Mais elle[a], en lui donnant un baiser :

« Ne t'agite pas; dors, mon chéri. »

Puis elle alla s'asseoir près du feu et lut une lettre. À mesure qu'elle lisait, ses joues se coloraient; un souffle chaud lui montait de la poitrine. Et, quand elle eut fini de lire, elle resta étendue dans son fauteuil, les mains inertes et l'âme perdue dans un rêve. Elle songeait :

« Il m'aime; il est si bon, si franc, si honnête ! Les soirées d'hiver sont bien tristes quand on est seule. Il s'est montré si délicat avec moi ! Certainement, il a beaucoup de cœur. J'en vois la preuve, rien qu'à la manière dont il m'a fait sa demande. »

Alors ses yeux rencontrèrent la gravure de la première communion. *« Je, soussigné, certifie que Pierre-Agénor Trévière... »*

Elle baissa les yeux. Puis elle songea de nouveau.

« Une femme ne sait pas bien élever toute seule un garçon... André aura un père. »

« Maman ! »

Cet appel, sorti du petit lit, la fit tressaillir.

« Que me veux-tu, *André ? Tu* es bien agité ce *soir !*

— Maman, je pensais à une chose.

— Au lieu de dormir... À laquelle ?

— Papa est mort, n'est-ce pas ?

— Oui, mon pauvre enfant.

— Alors il ne reviendra plus ?

— Hélas ! non, mon chéri.

— Eh bien, maman, c'est bien heureux tout de même. Parce que je t'aime tant, vois-tu, maman ! tant, que je t'aime pour tous les deux. Et, s'il revenait, je ne pourrais plus l'aimer du tout. »

Elle le considéra quelque temps avec inquiétude et retomba dans le fauteuil, où elle resta immobile, la tête dans les mains.

Il y avait déjà plus de deux heures que l'enfant dormait aux bruits de la tempête quand, s'étant approchée de lui, elle soupira tout bas :

« Dors ! il ne reviendra pas[a]. »

Et pourtant deux mois plus tard il revint. Il revint sous la grosse figure hâlée de M. Lassalle, le nouveau maître de la maison. Et le petit André recommença de jaunir, de maigrir et de tomber en langueur.

Maintenant il est guéri. Et il aime sa bonne comme autrefois il aimait sa mère. Il ne sait pas que sa bonne a un amoureux.

II

PIERRE[b]

« Quel âge a votre petit garçon, madame ? »

À cette question, elle regarde son petit garçon comme on regarde la pendule pour voir l'heure. Et elle répond :

« Pierre ! il a vingt-neuf mois, madame. »

Il valait autant dire deux ans et demi; mais, comme le petit Pierre a beaucoup d'esprit et fait mille choses étonnantes pour son âge, on craint de rendre les autres mères un peu moins jalouses, si on le leur présente un peu plus âgé qu'il n'est, et par conséquent un peu moins prodigieux. C'est pour une autre raison encore qu'elle ne veut pas qu'on lui vieillisse son Pierre d'un seul jour. Ah ! c'est qu'elle veut le garder tout petit, tout bébé. Elle sent bien que, plus il grandira, moins il sera son enfant. Elle sent qu'il lui échappe peu à peu. Hélas ! ils ne cherchent qu'à se détacher, ces petits ingrats ! La première séparation date de leur naissance. Alors, on a beau être leur mère, on n'a plus qu'un sein et deux bras pour les retenir.

Tout cela fait que Pierre a tout juste vingt-neuf mois. C'est, d'ailleurs, un bel âge et qui m'inspire, pour ma part, beaucoup de considération ; j'ai plusieurs amis de cet âge dont les procédés sont excellents à mon égard. Mais aucun de ces jeunes amis n'a autant d'imagination que Pierre. Pierre assemble les idées avec une extrême facilité et un peu de caprice.

Il se rappelle certaines idées très anciennes. Il reconnaît des visages absents depuis plus d'un mois. Il découvre, dans les images coloriées qu'on lui donne, mille particularités qui le charment et l'inquiètent. Quand il feuillette le livre illustré qu'il préfère et dont il n'a déchiré que la moitié des pages, ses joues se tachent de rouge, et une lueur trop vive passe dans ses yeux.

Sa mère a peur de ce teint-là et de ces yeux-là ; elle craint que trop de travail ne fatigue une tête si petite et molle encore ; elle craint la fièvre, elle craint tout. Elle a peur de porter malheur à l'enfant dont elle s'est enorgueillie. Elle en est presque à souhaiter que son petit garçon, dont elle fut si fière, ressemble au petit du boulanger qu'elle voit tous les jours sur le pas de la boutique, avec une face énorme et plate, des yeux bleus sans regard, une bouche perdue sous les joues et un air de santé bête.

Il ne donne pas d'inquiétude, au moins, celui-là ! Tandis que Pierre change de couleur à chaque instant ; il a ses petites mains brûlantes, et il dort dans son berceau d'un sommeil agité.

Le médecin n'aime guère, non plus, que notre petit ami regarde des images. Il recommande le calme des idées.

Il dit :

« Élevez-le comme un *petit chien*. Ce n'est pourtant *pas difficile !* »

En quoi il se trompe ; c'est, au contraire, très difficile. Le docteur n'a aucune idée de la psychologie d'un petit garçon de vingt-neuf mois. Et puis le docteur est-il sûr que les petits chiens s'élèvent tous dans le calme de la pensée ? J'en ai connu un qui, âgé de six semaines environ, rêvait toute la nuit et passait, dans son sommeil, du rire aux larmes avec une rapidité pénible. Il emplissait ma chambre de l'expression des sentiments les plus désordonnés. Est-ce du calme, cela ?

Non pas ! Aussi le petit animal faisait comme Pierre : il maigrissait. Il vécut pourtant. Pierre a de même en lui les germes d'une généreuse vie. Il n'est atteint dans aucun organe essentiel. Mais on voudrait le voir moins maigre et moins pâle.

Paris convient mal à ce petit Parisien. Ce n'est pas qu'il s'y déplaise. Au contraire, il s'y amuse trop; il y est attiré par trop de formes, de couleurs et de mouvements; il a trop à sentir et à comprendre; il s'y fatigue.

Au mois de juillet, sa mère l'emmena tout pâle et mince dans un petit coin de la Suisse, où l'on ne voyait que des sapins aux flancs de la montagne, de l'herbe et des vaches au creux de la vallée.

Un tel repos[a] sur le sein de la grande et calme nourrice dura trois mois, trois mois pleins de riantes images et pendant lesquels beaucoup de pain bis fut mangé. Et je vis revenir, dans les premiers jours d'octobre, un petit Pierre nouveau, régénéré; un petit Pierre bruni, doré, cuit, presque joufflu, les mains noires, la voix grosse et le rire gros.

« Regardez mon Pierre, il est affreux, disait la maman joyeuse; il a les couleurs d'un bébé à vingt-neuf sous ! »

Mais elles ne durèrent pas, ces couleurs. Bébé pâlit, redevint nerveux, délicat, avec quelque chose de trop rare et de trop fin. Paris reprenait son influence. Je veux dire le Paris spirituel, qui n'est nulle part et qui est partout, le *Paris qui inspire* le goût et l'esprit, qui trouble, qui fait qu'on s'ingénie, même quand on est tout petit.

Et voilà Pierre de nouveau blêmissant et rougissant sur des images. Vers la fin de décembre, je le trouvai nerveux avec des yeux énormes et de petites mains sèches. Il dormait mal et ne voulait plus manger.

Le médecin disait :

« Il n'a rien; faites-le manger. »

Mais le moyen ? Sa pauvre mère avait essayé de

tout, et rien n'avait réussi. Elle en pleurait et Pierre ne mangeait pas.

La nuit de Noël apporta à Pierre des polichinelles, des chevaux et des soldats en grand nombre. Et, le lendemain matin, devant la cheminée, la maman en peignoir, les mains pendantes, regardait avec défiance toutes ces figures grimaçantes de jouets.

« Cela va encore l'exciter ! se disait-elle. Il y en a trop ! »

Et doucement, de peur d'éveiller Pierre, elle prit dans ses bras le polichinelle qui lui avait l'air méchant, les soldats qu'elle redoutait, les croyant fort capables d'entraîner plus tard son fils dans les batailles ; elle prit le bon cheval rouge lui-même, et elle alla, sur la pointe des pieds, cacher tous ces joujoux dans son armoire.

N'ayant laissé dans la cheminée qu'une boîte de bois blanc, le cadeau d'un pauvre homme, une bergerie de trente-neuf sous, elle alla s'asseoir près du petit lit, et regarda dormir son fils. Elle était femme, et le petit air de fraude qu'avait sa bonne action la faisait sourire. Mais, voyant les paupières bleuies du bébé, elle songea de nouveau :

« C'est horrible qu'on ne puisse pas le faire manger, cet enfant ! »

À peine habillé, le petit Pierre ouvrit la boîte et vit les moutons, les vaches, les chevaux, les arbres, des arbres frisés. C'était, pour être exact, une ferme plutôt qu'une bergerie.

Il vit le fermier et la fermière. Le fermier portait une faux et la fermière un râteau. Ils allaient au pré faire les foins ; mais ils n'avaient pas l'air de marcher. La fermière était vêtue d'un chapeau de paille et d'une robe rouge. Pierre lui donna des baisers et elle lui barbouilla la joue. Il vit la maison : elle était si petite, et si basse, que la fermière n'aurait pu s'y tenir debout ; mais cette maison *avait une* porte, et c'est à quoi *Pierre la* reconnut pour une maison.

Comment ces figures peintes se reflétèrent-elles dans les yeux barbares et frais d'un petit enfant ? On ne sait, mais ce fut une magie. Il les pressait dans ses petits poings, qui en furent tout poissés ; il les dressait sur sa petite table et les nommait par leurs noms avec l'accent de la passion : « *Dada ! toutou ! moumou !* » En soulevant un de ces étranges arbres verts, au tronc lisse et droit et dont le feuillage en copeaux forme un cône, il s'écria : « Un pin ! »

Ce fut, pour sa mère, une sorte de révélation. Elle n'eût jamais trouvé cela. Et pourtant un arbre vert, en forme de cône, sur un fût droit, c'est certainement un sapin. Mais il fallait que Pierre le lui dît pour qu'elle s'en avisât :

« Ange ! »

Et elle l'embrassa si fort, que la bergerie en fut aux trois quarts renversée.

Cependant Pierre découvrait aux arbres de la boîte une ressemblance avec des arbres qu'il avait vus là-bas dans la montagne, au bon air.

Il voyait encore d'autres choses que sa maman ne voyait pas. Tous ces petits morceaux de bois enluminés évoquaient en lui des images touchantes. Il revivait par eux dans une nature alpestre; il était une seconde fois dans cette Suisse qui l'avait si grassement nourri. Alors, les idées se liant les unes aux autres, il pensa à manger et dit :

« Je voudrais du lait et du pain. »

Il but et mangea. L'appetit se réveilla. Il soupa le soir comme il avait déjeuné le matin. Le lendemain, la faim lui revint en revoyant la bergerie. Ce que c'est que d'avoir de l'imagination ! Quinze jours après, c'était un gros petit bonhomme. Sa mère était ravie. Elle disait :

« Regardez donc : quelles joues ! un vrai bébé à treize sous ! C'est la bergerie de ce pauvre monsieur X... qui a fait cela. »

III

JESSY[a]

Il y avait à Londres, sous le règne d'Élisabeth, un savant nommé Bog, qui était fort célèbre, sous le nom de Bogus, pour un traité des *Erreurs humaines*[1], que personne ne connaissait.

Bogus, qui y travaillait depuis vingt-cinq ans, n'en avait encore rien publié; mais son manuscrit, mis au net et rangé sur des tablettes dans l'embrasure d'une fenêtre, ne comprenait pas moins de dix volumes in-folio. Le premier traitait de l'erreur de naître, principe de toutes les autres. On voyait dans les suivants les erreurs des petits garçons et des petites filles, des adolescents, des hommes mûrs et des vieillards, et celles des personnages des diverses professions, tels que : hommes d'État, marchands, soldats, cuisiniers, publicistes, etc. Les derniers volumes, encore imparfaits, comprenaient les erreurs de la république, qui résultent de toutes les erreurs individuelles et professionnelles. Et tel était l'enchaînement des idées, dans ce bel ouvrage, qu'on ne pouvait retrancher une page sans détruire tout le reste. Les démonstrations sortaient les unes des autres, et il résultait certainement de la dernière que le mal est l'essence de la vie et que, si la vie est une quantité, on peut affirmer avec une précision mathématique qu'il y a autant de mal que de vie sur la terre.

Bogus n'avait pas fait l'erreur de se marier. Il vivait dans sa maisonnette seul avec une vieille gouvernante nommée Kat, c'est-à-dire Catherine, et qu'il appelait Clausentina[1], parce qu'elle était de Southampton.

La sœur du philosophe, d'un esprit moins transcendant que celui de son frère, avait, d'erreur en erreur, aimé un marchand de draps de la Cité, épousé ce marchand et mis au monde une petite fille nommée Jessy.

Sa dernière erreur avait été de mourir après dix ans de ménage, et de causer ainsi la mort du marchand de draps, qui ne put lui survivre. Bogus recueillit chez lui l'orpheline, par pitié, et aussi dans l'espoir qu'elle lui fournirait un bon exemplaire des erreurs enfantines.

Elle avait alors six ans. Pendant les huit premiers jours qu'elle fut chez *le docteur*, elle pleura et ne dit rien. Le matin du neuvième, elle dit à Bog :

« J'ai vu maman; elle était toute blanche; elle avait des fleurs dans un pli de sa robe; elle les a répandues sur mon lit, mais je ne les ai pas retrouvées ce matin. Donne-les-moi, dis, les fleurs de maman. »

Bog nota cette erreur, mais il reconnut, dans le commentaire qu'il en fit, que c'était une erreur innocente et en quelque sorte gracieuse.

À quelque temps de là, Jessy dit à Bog :

« Oncle Bog, tu es vieux, tu es laid; mais je t'aime bien et il faut bien m'aimer. »

Bog prit sa plume; mais, reconnaissant, après quelque contention d'esprit, qu'il n'avait plus l'air très jeune et qu'il n'avait jamais été très beau, il ne nota pas la parole de l'enfant. Seulement il dit :

« Pourquoi faut-il t'aimer, Jessy ?

— Parce que je suis petite. »

« Eſt-il vrai, se demanda Bog, eſt-il vrai qu'il faille aimer les petits ? il se pourrait; car, dans le fait, ils ont grand besoin qu'on les aime. Par là s'excuserait la commune erreur des mères qui donnent à leurs petits enfants leur lait et leur amour. C'eſt un chapitre de mon traité qu'il va falloir reprendre. »

Le matin de sa fête, le docteur, en entrant dans la salle où étaient ses livres et ses papiers et qu'il nommait sa librairie, sentit une bonne odeur et vit un pot d'œillets sur le rebord de sa fenêtre.

C'étaient trois fleurs, mais trois fleurs écarlates que la lumière caressait joyeusement. Et tout riait dans la docte salle : le vieux fauteuil de tapisserie, la table de noyer; les dos antiques des bouquins riaient dans leur veau fauve, dans leur parchemin et dans leur peau de truie. Bogus, desséché comme eux, se mit comme eux à sourire. Jessy lui dit en l'embrassant :

« Vois, oncle Bog, vois : ici, c'eſt le ciel (et elle montrait, à travers les vitres lamées de plomb, le bleu léger de l'air); puis, plus bas, c'eſt la terre, la terre fleurie (et elle montrait le pot d'œillets); puis, au-dessous, les gros livres noirs[a], c'eſt l'enfer. »

Ces gros livres noirs étaient précisément les dix tomes du traité des *Erreurs humaines*, rangés sous la fenêtre, dans l'embrasure. Cette erreur de Jessy rappela au docteur son œuvre, qu'il négligeait depuis quelque temps pour se promener dans les rues et dans les parcs avec sa nièce. L'enfant découvrait mille choses aimables et les faisait découvrir en même temps à Bogus, qui n'avait guère de sa vie mis le nez dehors. Il rouvrit ses manuscrits, mais il ne se reconnut plus dans son ouvrage, où il n'y avait ni fleurs ni Jessy.

Par bonheur, la philosophie lui vint en aide en lui suggérant cette idée transcendante que Jessy n'était bonne à rien. Il s'attacha d'autant plus solidement à cette vérité, qu'elle était nécessaire à l'économie de son œuvre.

Un jour qu'il méditait sur ce sujet, il trouva Jessy qui, dans la librairie, enfilait une aiguille devant la fenêtre où étaient les œillets. Il lui demanda ce qu'elle voulait coudre.

Jessy lui répondit :

« Tu ne sais donc pas, oncle Bog, que les hirondelles sont parties. »

Bogus n'en savait rien, la chose n'étant ni dans Pline, ni dans Avicenne. Jessy continua :

« C'est Kat qui m'a dit hier...

— Kat ? s'écria Bogus, cette enfant veut parler de la respectable Clausentina !

— Kat m'a dit hier : " Les hirondelles sont parties cette année plus tôt que de coutume; cela nous présage un hiver précoce et rigoureux. " Voilà ce que m'a dit Kat. Et puis j'ai vu maman en robe blanche, avec une clarté dans les cheveux; seulement elle n'avait pas de fleurs comme l'autre fois. Elle m'a dit : " Jessy, il faudra tirer du coffre la houppelande fourrée de l'oncle Bog et la réparer si elle est en mauvais état. " Je me suis éveillée et, sitôt levée, j'ai tiré la houppelande du coffre; et, comme elle a craqué en plusieurs endroits, je vais la recoudre. »

L'hiver vint et fut tel que l'avaient prédit les hirondelles. Bogus, dans sa houppelande, les pieds au feu, cherchait à raccommoder certains chapitres de son traité. Mais, à chaque fois qu'il parvenait à concilier ses nouvelles expériences avec la théorie du mal universel, Jessy brouillait ses idées en lui apportant un pot de bonne ale, ou seulement en montrant ses yeux et son sourire.

Quand revint l'été, ils firent, l'oncle et la nièce, des promenades dans les champs. Jessy en rapportait des herbes qu'il lui nommait et qu'elle classait, le soir, selon leurs propriétés. Elle montrait, dans ces promenades, un esprit juste et une âme charmante. Or, un soir, comme elle étalait sur la table les herbes cueillies dans le jour, elle dit à Bogus :

« Maintenant, oncle Bog, je connais par leur nom toutes les plantes que tu m'as montrées. Voici celles qui guérissent et celles qui consolent. Je veux les garder, pour les reconnaître toujours et les faire connaître à d'autres. Il me faudrait un gros livre pour les sécher dedans.

— Prends celui-ci », dit Bog.

Et il lui montra le tome premier du traité des *Erreurs humaines.*

Quand le volume eut une plante à chaque feuillet, on prit le suivant, et, en trois étés, le chef-d'œuvre du docteur fut complètement changé en herbier.

LA BIBLIOTHÈQUE DE SUZANNE

I[a]

À MADAME D***

Paris, le 15 décembre 188*.

Voici venir le premier jour de l'an. Ce jour étant celui des dons et des souhaits, les enfants en ont la meilleure part. Et c'est bien naturel. Ils ont grand besoin qu'on les aime. Et puis ils ont cela de charmant, qu'ils sont pauvres. Ceux même d'entre eux qui sont nés dans le luxe n'ont rien que ce qu'on leur donne. Enfin, ils ne rendent pas; c'est pourquoi il y a plaisir à leur faire des présents.

Rien n'est plus intéressant que de choisir les joujoux et les livres qui leur conviennent. J'écrirai quelque jour un essai philosophique sur les jouets. C'est un sujet qui me tente, mais que je n'ose aborder sans une longue et sérieuse préparation.

Aujourd'hui, je m'en tiendrai aux livres destinés à récréer l'enfance, et, puisque vous avez bien voulu m'y inviter, je vous soumettrai, madame, quelques réflexions à ce sujet.

Une question[b] se pose tout d'abord. Faut-il donner de préférence aux enfants des livres écrits spécialement pour eux ?

Pour répondre à cette question, l'expérience suffit. Il est remarquable que *les enfants* montrent, la plupart *du temps*, une extrême répugnance à lire les livres qui sont faits pour eux. Cette répugnance ne s'explique que trop bien. Ils sentent, dès les premières pages, que l'auteur s'est efforcé d'entrer dans leur sphère au lieu de les transporter dans la sienne, qu'ils ne trouveront pas, par conséquent, sous sa conduite, cette nouveauté, cet inconnu dont l'âme humaine a soif à tout âge. Ils sont déjà possédés, ces petits, de la curiosité qui fait les savants et les poètes. Ils veulent qu'on leur révèle l'univers, le mystique univers. L'auteur qui les replie sur eux-mêmes et les retient dans la contemplation de leur propre enfantillage les ennuie cruellement.

C'est pourtant à cela qu'on s'applique, par malheur, quand on travaille, comme on dit, pour le jeune âge. On veut se rendre semblable aux petits. On devient enfant, sans l'innocence et la grâce. Je me rappelle un *Collège incendié*[1] qu'on me donna avec les meilleures intentions du monde. J'avais sept ans et je compris que c'était une niaiserie. Un autre *Collège incendié* m'eût dégoûté des livres, et j'adorais les livres.

« Il faut bien pourtant, me direz-vous, se mettre à la portée des jeunes intelligences. »

Sans doute, mais on y réussit mal par le moyen ordinairement employé, qui consiste à affecter la niaiserie, à prendre un ton béat, à dire sans grâce des choses sans force, enfin à se priver de tout ce qui, dans une intelligence adulte, charme ou persuade.

Pour être compris de l'enfance, rien ne vaut un beau génie. Les œuvres qui plaisent le mieux aux petits garçons et aux petites filles sont les œuvres magnanimes, pleines de grandes créations, dans lesquelles la belle ordonnance des parties forme un ensemble lumineux, et qui sont écrites dans un style fort et plein de sens.

J'ai plusieurs fois fait lire à de très jeunes enfants quelques chants de *L'Odyssée*, dans une bonne traduction. Ces enfants étaient ravis. Le *Don Quichotte* est, moyennant de larges coupures, la lecture la plus agréable où puisse se plonger une âme de douze ans. Pour moi, dès que j'ai su lire, j'ai lu le généreux livre de Cervantès, et je l'ai tant aimé et si bien senti, que c'est à cette lecture que je dois une forte part de la gaieté que j'ai encore aujourd'hui dans l'esprit.

Robinson Crusoé[a] lui-même, qui est, depuis un siècle, le classique de l'enfance, fut écrit en son temps pour de graves hommes, pour des marchands de la cité de Londres et pour des marins de Sa Majesté. L'auteur y mit tout son art, toute sa rectitude d'esprit, son vaste savoir, son expérience. Et cela se trouva n'être que le nécessaire pour amuser des écoliers.

Les chefs-d'œuvre que je cite là contiennent un drame et des personnages. Le plus beau livre du monde n'a pas de sens pour un enfant, si les idées y sont exprimées d'une façon abstraite. La faculté d'abstraire et de comprendre l'abstraction se développe tard et très inégalement chez les hommes. Mon professeur de sixième, qui, sans lui en faire un reproche, n'était ni un Rollin ni un Lhomond, nous disait[a][1] de lire pendant les vacances, pour nous délasser, le *Petit Carême* de Massillon[2]. Mon professeur de sixième nous disait cela pour nous faire croire qu'il se délassait lui-même à cette lecture et nous étonner ainsi. Un enfant que le *Petit Carême* intéresserait serait un monstre. Je crois d'ailleurs qu'il n'y a pas d'âge pour se plaire à de tels ouvrages.

Quand vous écrivez pour les enfants, ne vous faites point une manière particulière. Pensez très bien, écrivez très bien. Que tout vive, que tout soit grand, large, puissant dans votre récit. C'est là l'unique secret pour plaire à vos lecteurs.

Cela dit[b], j'aurais tout dit, si, depuis vingt ans, nous n'avions en France, et je crois bien, dans le monde entier, l'idée qu'il ne faut donner aux enfants que des livres de science, de peur de leur gâter l'esprit par de la poésie.

Cette idée est si profondément enracinée dans l'esprit public qu'aujourd'hui, quand on réimprime Perrault, c'est seulement pour les artistes et les bibliophiles. Voyez, par exemple, les éditions qu'en ont données Perrin et Lemerre[3]. Elles vont dans les bibliothèques des amateurs et se relient[c] en maroquin plein avec des dorures au petit fer.

Par contre[d], les catalogues illustrés des livres d'étrennes enfantines présentent aux yeux, pour les séduire, des crabes, des araignées, des nids de chenilles, des appareils à gaz. C'est à décourager d'être enfant. À chaque fin d'année, les traités de vulgarisation scientifique, innombrables comme les lames de l'Océan, inondent et submergent nous et nos familles[4]. Nous en sommes aveuglés, noyés. Plus de belles formes, plus de nobles pensées, plus d'art, plus de goût, rien d'humain. Seulement des réactions chimiques et des états physiologiques.

On m'a montré hier l'*Alphabet des merveilles de l'industrie* !

Dans dix ans, nous serons tous[a] électriciens.

M. Louis Figuier[1], qui pourtant est un homme de bien, sort de sa placidité ordinaire à la seule pensée que les petits garçons et les petites filles de France peuvent connaître encore *Peau d'Âne*. Il a composé une préface tout exprès pour dire aux parents de retirer à leurs enfants les *Contes de Perrault* et de les remplacer par les ouvrages du docteur Ludovicus Ficus[2] son ami. « Fermez-moi ce livre, mademoiselle Jeanne, laissez là, s'il vous plaît, " l'Oiseau bleu, couleur du temps " que vous trouvez si aimable et qui vous fait pleurer, et étudiez vite l'éthérisation. Il serait beau[b] qu'à sept ans vous n'eussiez pas encore une opinion faite sur la puissance anesthésique du protoxyde d'azote ! » M. Louis Figuier a découvert que les fées sont des êtres imaginaires. C'est pourquoi il ne peut souffrir qu'on parle d'elles aux enfants. Il leur parle du guano, qui n'a rien d'imaginaire. — Eh bien, docteur, les fées existent précisément parce qu'elles sont imaginaires. Elles existent dans les imaginations naïves et fraîches, naturellement ouvertes à la poésie toujours jeune des traditions populaires.

Le moindre petit livre qui inspire une idée poétique, qui suggère un beau sentiment, qui remue l'âme enfin, vaut infiniment mieux, pour l'enfance et pour la jeunesse, que tous vos bouquins bourrés de notions mécaniques.

Il faut des contes aux petits et aux grands enfants, de beaux contes en vers ou en prose, des écrits qui nous donnent à rire ou à pleurer, et qui nous mettent dans l'enchantement.

Je reçois aujourd'hui même, avec bien du plaisir, un livre qui s'appelle *Le Monde enchanté*[3], et qui contient une douzaine de contes de fées.

L'aimable[c] et savant homme qui les a réunis, M. de Lescure, montre, dans sa préface, à quel besoin éternel de l'âme répond la féerie.

« Le besoin, dit-il, d'oublier la terre, la réalité, leurs

déceptions, leurs affronts, si durs aux âmes fières, leurs chocs brutaux, si douloureux aux sensibilités délicates, est un besoin universel. Le rêve, plus que le rire, distingue l'homme des animaux et établit sa supériorité. »

Eh bien, ce besoin de rêver, l'enfant l'éprouve. Il sent son imagination qui travaille, et c'est pour cela qu'il veut des contes.

Les conteurs refont le monde à leur manière et ils donnent aux faibles, aux simples, aux petits, l'occasion de le refaire à la leur. Aussi ont-ils l'influence la plus sympathique. Ils aident à imaginer, à sentir, à aimer.

Et ne craignez point qu'ils trompent l'enfant en peuplant son esprit de nains ou de fées. L'enfant sait bien que la vie n'a point de ces apparitions charmantes. C'est votre science amusante qui le trompe; c'est elle qui sème des erreurs difficiles à corriger. Les petits garçons qui n'ont point de défiance se figurent, sur la foi de M. Verne, qu'on va en obus dans la lune et qu'un organisme peut se soustraire sans dommage aux lois de la pesanteur.

Ces caricatures de la noble science des espaces célestes, de l'antique et vénérable astronomie sont sans vérité comme sans beauté.

Quel profit tirent les enfants d'une science sans méthode, d'une littérature faussement pratique qui ne parle ni à l'intelligence ni au sentiment ?

Il faudrait en revenir aux belles légendes, à la poésie des poètes et des peuples, à tout ce qui donne le frisson du beau.

Hélas ! notre société est pleine de pharmaciens qui craignent l'imagination. Et ils ont bien tort. C'est elle, avec ses mensonges, qui sème toute beauté et toute vertu dans le monde. On n'est grand que par elle. Ô mères ! n'ayez pas peur qu'elle perde vos enfants : elle les gardera, au contraire, des fautes vulgaires et des erreurs faciles[a].

II

DIALOGUE SUR LES CONTES DE FÉES[a]

LAURE, OCTAVE, RAYMOND

LAURE : La bande de pourpre qui barrait le couchant a pâli et l'horizon s'est teint d'une lueur orangée, au-dessus de laquelle le ciel est d'un vert très pâle. Voici la première étoile; elle est toute blanche et elle tremble... Mais j'en découvre une autre et une autre encore, et tout à l'heure on ne pourra plus les compter. Les arbres du parc sont noirs et semblent agrandis. Ce petit chemin, qui descend là-bas entre des haies d'épines et dont je connais tous les cailloux, me paraît, à l'heure qu'il est, profond, aventureux et mystérieux, et je m'imagine, malgré moi, qu'il mène dans des contrées semblables à celles qu'on voit dans les rêves. La belle nuit ! et comme il est bon de respirer ! Je vous écoute, mon cousin; parlez-nous des contes de fées, puisque vous avez tant de choses curieuses à nous en dire. Mais, de grâce, ne me les gâtez pas. Je vous préviens que je les adore. C'est à ce point que j'en veux un petit peu à ma fille, qui me demande si les ogres et les fées, « c'est vrai ».

RAYMOND : C'est un enfant du siècle. Le doute lui pousse avant les dents de sagesse. Je ne suis pas de l'école de cette philosophe en jupe courte, et je crois aux fées. Les fées existent, cousine, puisque les hommes les ont faites. Tout ce qu'on imagine est réel : il n'y a même que cela qui soit réel. Si un vieux moine venait me dire : « J'ai vu le Diable; il a une queue et des cornes », je répondrais à ce vieux moine : « Mon père, en admettant que, par hasard, le Diable n'existât pas, vous l'avez créé; maintenant, à coup sûr, il existe. Gardez-vous-en ! » Cousine, croyez aux fées, aux ogres et au reste.

LAURE : Parlons des fées, et laissons le reste. Vous nous disiez tantôt que des savants s'occupent de nos contes bleus. Je vous le répète, j'ai une peur affreuse qu'ils ne me les gâtent. Tirer le Petit Chaperon rouge de la « nursery » pour le mener à l'Institut ! Imagine-t-on cela !

OCTAVE : Je croyais les savants d'aujourd'hui plus dédaigneux; mais je vois que vous êtes bons princes et que vous ne méprisez pas des récits parfaitement absurdes et d'une extrême puérilité.

LAURE : Les contes de fées sont absurdes et puérils, cela est sûr. Mais j'ai bien de la peine à en convenir, tant je les trouve jolis.

RAYMOND : Convenez-en, cousine, convenez-en sans crainte. *L'Iliade* est enfantine aussi, et c'est le plus beau poème qu'on puisse lire. La poésie la plus pure est celle des peuples enfants. Les peuples sont comme le rossignol de la chanson : ils chantent bien tant qu'ils ont le cœur gai. En vieillissant, ils deviennent graves, savants, soucieux, et leurs meilleurs poètes ne sont plus que des rhéteurs magnifiques. Certes, *La Belle au bois dormant*[a] est chose puérile. C'est ce qui la fait ressembler à un chant de *L'Odyssée*. Cette belle simplicité, cette divine ignorance du premier âge qu'on ne retrouve pas dans les ouvrages littéraires des époques classiques, est conservée en fleur avec son parfum dans les contes et les chansons populaires. Ajoutons bien vite, comme Octave, que ces contes sont absurdes. S'ils n'étaient pas absurdes, ils ne seraient pas charmants. Dites-vous bien que les choses absurdes sont les seules agréables, les seules belles, les seules qui donnent de la grâce à la vie et qui nous empêchent de mourir d'ennui. Un poème, une statue, un tableau raisonnables feraient bâiller tous les hommes, même les hommes raisonnables. Tenez, cousine, ces volants à votre jupe, ces plissés, ces bouillons, ces nœuds, tout ce jeu d'étoffes est absurde, et c'est délicieux. Je vous en fais mon compliment.

LAURE : Ne parlez point chiffons; vous n'y entendez rien. Je vous accorde qu'il ne faut pas être trop uniment raisonnable en art. Mais dans la vie...

RAYMOND : Il n'y a de beau dans la vie que les passions, et les passions sont absurdes. La plus belle de toutes est la plus déraisonnable de toutes : c'est l'amour. Il y a[b] une passion moins absurde que les autres, c'est l'avarice; aussi est-elle effroyablement laide. « Les fous seuls m'amusent », disait Dickens[1].

Malheur à qui ne ressemble pas quelquefois à don Quichotte et ne prit jamais des moulins à vent pour des géants ! Ce magnanime don Quichotte était son propre enchanteur. Il égalait la nature à son âme.

Ce n'est point être dupe, cela ! Les dupes sont ceux qui ne voient devant eux rien de beau ni de grand.

OCTAVE : Il me semble, Raymond, que cette absurdité, que vous admirez si fort, a sa source dans l'imagination et que ce que vous venez de nous dire sous une forme brillante et paradoxale peut se traduire tout uniment ainsi : l'imagination fait d'un homme ému un artiste, et d'un brave homme un héros.

RAYMOND : Vous exprimez assez exactement une des faces de ma pensée; mais je voudrais bien savoir ce que vous entendez par le mot *imagination* et si, dans votre esprit, c'est la faculté de se représenter des choses qui sont ou des choses qui ne sont pas.

OCTAVE : Je suis un homme qui ne sait que planter des choux, et je parle de l'imagination comme un aveugle des couleurs. Mais je crois qu'elle n'est digne de son nom que quand elle donne l'être à des formes ou à des âmes nouvelles, en un mot, quand elle crée.

RAYMOND : L'imagination, telle que vous la définissez, n'est point une faculté humaine. L'homme est absolument incapable d'imaginer ce qu'il n'a ni vu, ni entendu, ni senti, ni goûté. Je ne me mets pas à la mode et m'en tiens à mon vieux Condillac[1]. Toutes les idées nous viennent par les sens, et l'imagination consiste, non pas à créer, mais à assembler des idées.

LAURE : Osez-vous parler ainsi ? Je puis, quand je veux, voir des anges.

RAYMOND : Vous voyez des enfants avec des ailes d'oie. Les Grecs voyaient des centaures, des sirènes, des harpies, parce qu'ils avaient vu précédemment des hommes, des chevaux, des femmes, des poissons et des oiseaux. Swedenborg[2], qui a de l'imagination, décrit les habitants des planètes, ceux de Mars, ceux de Vénus, ceux de Saturne. Eh bien, il ne leur donne pas une seule qualité qui ne se trouve sur la terre; mais il assemble ces qualités de la manière la plus extravagante; il délire constamment. Voyez, au contraire, ce que fait une belle imagination naïve : Homère, ou, pour mieux dire, le rapsode inconnu, fait émerger de la blanche mer une jeune femme, « comme une nuée ». Elle parle, elle se lamente avec une sérénité céleste ! « Hélas ! enfant, dit-elle, pourquoi t'ai-je nourri ?... Je t'enfantai dans ma maison pour une mauvaise destinée. Mais j'irai sur l'Olympe neigeux... J'irai dans la maison d'airain de Zeus, j'embrasserai ses genoux, et je crois qu'il sera gagné[1]. » Elle parle, c'est Thétis, elle est déesse. La nature a donné la femme, la mer et la nuée; le poète les a associées. Toute poésie, toute féerie est dans ces associations heureuses.

Voyez comme à travers la sombre ramure un rayon de lune glisse sur l'écorce argentée des bouleaux. Le rayon tremble, ce n'est pas un rayon, c'est la robe blanche d'une fée. Les enfants qui l'apercevront vont s'enfuir, saisis d'un effroi délicieux.

Ainsi naquirent les fées et les dieux[2]. Il n'y a pas, dans le monde surnaturel, un atome qui n'existe dans le monde naturel.

LAURE : Comme vous mêlez les déesses d'Homère et les fées de Perrault !

RAYMOND : Elles ont, les unes et les autres, la même origine et la même nature. Ces rois, ces princes charmants, ces princesses belles comme le jour, ces ogres qui amusent et effrayent les petits enfants, furent des dieux et des déesses autrefois et remplirent d'épouvante ou d'allégresse l'enfance de l'humanité. *Le Petit Poucet, Peau-d'Âne* et *Barbe-Bleue* sont d'antiques et vénérables récits qui viennent de loin, de très loin.

LAURE : D'où ?

RAYMOND : Eh ! le sais-je ? On a voulu, on veut encore nous prouver qu'ils sont originaires de la Bactriane; on veut qu'ils aient été inventés sous les térébinthes de cette âpre contrée, par les aïeux nomades des Hellènes, des Latins, des Celtes et des Germains. Cette théorie a été élevée et soutenue par des savants très graves qui, s'ils se trompent, du moins ne se trompent point à la légère. Et il faut une bonne tête pour édifier scientifiquement des billevesées. Un polyglotte peut seul divaguer en vingt langues. Les savants dont je vous parle ne divaguent jamais. Mais certains faits, relatifs aux contes, fables et légendes qu'ils tiennent pour indo-européens, leur causent un embarras inextricable. Quand ils ont bien sué pour vous prouver que *Peau-d'Âne* vient de la Bactriane et que le roman du *Renard* est propre à la race japhétique, des voyageurs retrouvent le roman du *Renard* chez les Zoulous[1] et *Peau-d'Âne* chez les Papous. Leur théorie en souffre cruellement. Mais les théories ne sont créées et mises au monde que pour souffrir des faits qu'on y met, être disloquées dans tous leurs membres, enfler et finalement crever comme des ballons. Toutefois, ceci est assez probable que les contes de fées, et notamment ceux de Perrault, procèdent des plus antiques traditions de l'humanité !

OCTAVE : Je vous arrête, Raymond. Bien que peu au fait de la science contemporaine, et plus occupé d'agriculture que d'érudition, j'ai lu dans un petit livre fort bien écrit que les ogres n'étaient autres que ces Hongres ou Hongrois[2] qui ravagèrent l'Europe au Moyen Âge, et que la légende de *Barbe-Bleue* s'était formée d'après l'histoire trop vraie de ce monstrueux maréchal de Raiz qui fut pendu sous Charles VII.

RAYMOND : Nous avons changé tout cela, mon cher Octave, et votre petit livre, qui a pour auteur le baron Walckenaer[3], est bon à faire des cornets. Les *Hongrois* s'abattirent, en effet, comme des sauterelles sur l'Europe à la fin du XIe siècle. C'étaient[a] d'épouvantables barbares; mais la forme de leur nom dans les langues romanes s'oppose à la dérivation proposée par le baron Walckenaer. Diez donne au mot ogre une plus ancienne origine; il le fait sortir du latin *orcus*, qui, selon Alfred Maury, est d'origine étrusque[4]. Orcus est l'enfer, le dieu dévorant, qui se repaît de chair et préfère celle des enfants au berceau. Quant à Gilles de Raiz, il fut, en effet, pendu à Nantes en 1440. Mais ce n'est pas pour avoir égorgé sept femmes; son histoire trop véridique ne ressemble en rien au conte, et c'est faire tort[b] à Barbe-Bleue que de le confondre avec cet abominable maréchal. Barbe-Bleue n'est pas aussi noir qu'on le fait.

LAURE : Pas aussi noir ?

RAYMOND : Il n'est pas noir du tout, puisque c'est le soleil.

LAURE : Le soleil[5] qui tue ses femmes et qui est tué par un dragon et par un mousquetaire ! Cela est ridicule ! Je ne connais ni votre Gilles de Raiz, ni vos Hongrois ; mais il me semble beaucoup plus raisonnable de croire, avec mon mari, qu'un fait historique...

RAYMOND : Eh ! cousine, il vous semble raisonnable de vous tromper. L'humanité tout entière est comme vous. Si l'erreur paraissait absurde à tout le monde, personne ne se tromperait. C'est le sens commun qui donne lieu à tous les faux jugements. Le sens commun nous enseigne que la terre est fixe, que le soleil tourne autour et que les hommes qui vivent aux antipodes marchent la tête en bas. Défiez-vous du bon sens, cousine. C'est en son nom qu'on a commis toutes les bêtises et tous les crimes. Fuyons-le, et revenons à Barbe-Bleue, qui est le soleil. Les sept femmes qu'il tue sont sept aurores. En effet, chaque jour de la semaine, le soleil, en se levant, met fin à une aurore. L'astre chanté dans les hymnes védiques a pris dans le conte gaulois, je l'avoue, la physionomie passablement féroce d'un tyranneau féodal ; mais il a gardé un attribut qui témoigne de son antique origine et qui fait reconnaître en ce méchant hobereau un ancien dieu solaire. Cette barbe à laquelle il doit son nom, cette barbe couleur du temps, l'identifie à l'Indra védique, le dieu du firmament, le dieu radieux, pluvieux, tonnant, dont la barbe est d'azur.

LAURE : Cousin, dites-moi, de grâce, si les deux cavaliers, dont l'un était dragon et l'autre mousquetaire, sont aussi des dieux de l'Inde.

RAYMOND : Avez-vous entendu parler des Açwins et des Dioscures ?

LAURE : Jamais.

RAYMOND : Les Açwins chez les Indous et les Dioscures chez les Hellènes figuraient les deux crépuscules. C'est ainsi que, dans le mythe grec, les Dioscures Castor et Pollux délivrent Hélène, la lumière matinale que Thésée, le soleil[a], tient prisonnière. Le dragon et le mousquetaire du conte *n'en font ni* plus ni moins *en dél*ivrant Mme Barbe-Bleue, leur sœur.

OCTAVE : Je ne nie pas que ces interprétations ne soient ingénieuses ; mais je les crois dénuées de tout fondement. Vous m'avez renvoyé tantôt à mes avoines avec mes Hongrois. Je vous dirai à mon tour que votre système n'est pas neuf et que feu mon grand-père, grand liseur de Dupuis[1], de Volney et de Dulaure, voyait le zodiaque à l'origine de tous les cultes. Le brave homme me disait, au grand scandale de ma pauvre mère, que Jésus-Christ était le soleil, et ses douze apôtres les douze mois de l'année. Mais savez-vous, monsieur le savant, comment un homme d'esprit confondit Dupuis, Volney, Dulaure et mon grand-père ? Il appliqua leur théorie à l'histoire de Napoléon Ier et démontra, par ce moyen, que Napoléon n'avait pas existé, que son histoire était un mythe. Ce héros qui naît dans une île, triomphe dans des contrées orientales et méridionales, perd sa puissance l'hiver dans le Nord et disparaît dans l'Océan, c'est, disait l'auteur dont j'ai oublié le nom, c'est évidemment le soleil. Ses douze maréchaux sont les douze signes du zodiaque, et ses quatre frères, les quatre saisons. Je crains bien, Raymond, que vous ne procédiez, à l'égard de Barbe-Bleue, comme cet homme d'esprit à l'égard de Napoléon Ier.

RAYMOND : L'auteur dont vous parlez avait de l'esprit, comme vous le dites, et du savoir; il se nommait Jean-Baptiste Pérès[2]. Il est mort bibliothécaire, à Agen, en 1840. Son curieux petit livre : *Comme quoi Napoléon n'a jamais existé*, fut imprimé, si je ne me trompe, en 1817.

C'est, en effet, une critique très ingénieuse du système de Dupuis. Mais la théorie, dont je vous ai fait une application isolée et par conséquent sans force, est établie sur la grammaire et la mythologie comparées. Les frères Grimm ont recueilli, comme vous savez, les contes populaires de l'Allemagne. Leur exemple a été suivi dans presque tous les pays, et nous possédons aujourd'hui des collections de contes scandinaves, danois, flamands, russes, anglais, italiens, zoulous[3], etc. En lisant ces contes, d'origines si diverses, on remarque avec surprise qu'ils procèdent tous ou presque tous d'un petit nombre de types. Tel conte scandinave semble calqué sur tel conte français, qui lui-même reproduit les traits principaux d'un conte italien. Or il n'est pas admissible que ces ressemblances soient l'effet d'échanges successifs entre les différents peuples. On a donc supposé, comme je vous le disais tout à l'heure, que les familles humaines possédaient ces récits avant leur séparation et qu'elles les imaginèrent pendant leur repos immémorial dans leur commun berceau. Mais, comme on n'a entendu parler ni d'une contrée ni d'un âge où les Zoulous, les Papous et les Indous paissaient leurs bœufs ensemble, il faut penser que les combinaisons de l'esprit humain, à son enfance, sont partout les mêmes, que les mêmes spectacles ont produit les mêmes impressions dans toutes les têtes primitives, et que les hommes, également sujets à la faim, à l'amour et à la peur, ayant tous le ciel sur leur tête et la terre sous leurs pieds, ont tous, pour se rendre compte de la nature et de la destinée, imaginé les mêmes petits drames.

Les contes de nourrice n'étaient pas moins, à leur origine, qu'une représentation de la vie et des choses, propre à satisfaire des êtres très naïfs. Cette représentation se fit probablement d'une manière peu différente dans le cerveau des hommes blancs, dans celui des hommes jaunes et dans celui des hommes noirs.

Cela dit, je crois qu'il sera sage de nous en tenir à la tradition indo-européenne et de remonter à nos aïeux de la Bactriane, sans plus nous inquiéter des autres familles humaines.

OCTAVE : Je vous suis avec plaisir. Mais ne croyez-vous pas qu'un sujet si obscur ne puisse être livré sans danger aux hasards de la conversation ?

RAYMOND : À vous dire vrai, je crois que les hasards d'une causerie familière sont moins dangereux pour mon sujet que les développements logiques d'une étude écrite. N'abusez pas contre moi de cet aveu, que je rétracterai, je vous en préviens, dès que vous ferez mine de vous en prévaloir à mes dépens. Désormais, je ne procéderai plus que par affirmations. Je me donnerai le plaisir d'être certain de ce que je dirai. Tenez-vous pour averti. J'ajoute que si je me contredis, ce qui arrivera très probablement, je confondrai dans un même amour *les deux fils* ennemis de ma *pensée*, afin d'être sûr de ne point faire tort à celui des deux qui est le bon. Enfin, je serai âpre, tranchant, et, s'il se peut, fanatique.

LAURE : Nous verrons si cet air-là va à votre visage. Mais qui vous force à le prendre ?

RAYMOND : L'expérience. Elle me démontre que le scepticisme le plus étendu cesse là où commence soit la parole, soit l'action. Dès qu'on parle, on affirme. Il faut en prendre son parti. Je m'y résigne. Je vous épargnerai de la sorte les « peut-être », les « si j'ose dire », les « en quelque sorte », et autres mantilles du langage, dont un Renan peut seul se parer avec grâce.

OCTAVE[a] : Soyez âpre, tranchant. Mais, de grâce, mettez un peu d'ordre dans votre exposition. Et qu'on sache quelle est votre thèse, maintenant que vous en avez une.

RAYMOND : Tous ceux qui savent conduire leur esprit dans les recherches d'érudition générale ont reconnu, dans les contes de fées, des mythes antiques et d'antiques adages. Max Muller a dit (je crois pouvoir citer exactement ses paroles) : « Les contes sont[1] le patois moderne de la mythologie, et, s'ils doivent devenir le sujet d'une étude scientifique, le premier travail à entreprendre est de faire remonter chaque conte moderne à une légende plus ancienne, et chaque légende à un mythe primitif. »

LAURE : Eh bien, ce travail, l'avez-vous fait, cousin ?

RAYMOND : Si je l'avais fait, ce travail formidable, il ne me resterait pas un cheveu sur la tête, et je n'aurais plus le plaisir de vous voir qu'à travers quatre paires de besicles, sous le reflet protecteur d'une visière verte. Ce travail n'a pas été fait; mais des matériaux suffisants[b] ont été réunis pour permettre aux savants de se convaincre que les contes de fées ne sont pas des imaginations en l'air, et qu'au contraire, « dans bien des cas, ils tiennent, comme dit Max Muller, par toutes leurs racines, aux germes mêmes de l'ancien langage et de l'ancienne pensée[2] ». Les vieux dieux décrépits, tombés en enfance, et mis hors des affaires humaines, servent encore à amuser les petits garçons et les petites filles. C'est l'emploi des grands-pères. En est-il un seul qui convienne mieux à la vieillesse de ces anciens seigneurs de la terre et du ciel ? Les contes de fées sont de beaux poèmes religieux oubliés par les hommes et retenus par les pieuses aïeules à la longue mémoire. Ces poèmes sont devenus puérils et sont restés charmants sur les lèvres molles de la vieille filandière qui les contait aux petits de ses fils, accroupis autour d'elle devant l'âtre.

Les tribus des hommes blancs se sont séparées; les unes sont allées sous un ciel transparent, le long des blancs promontoires que baigne une mer bleue qui chante; les autres se sont plongées dans les brumes mélancoliques qui, sur les rivages des mers du Nord, mêlent la terre au ciel et ne laissent deviner que des formes incertaines et monstrueuses. D'autres ont campé dans les steppes monotones où paissaient leurs maigres chevaux; d'autres ont couché sur la neige durcie, ayant sur la tête un firmament de fer et de diamants. Il en est qui sont allées cueillir la fleur d'or sur une terre de granit. Et les fils de l'Inde ont bu à tous les fleuves de l'Europe. Mais, partout, dans la cabane, ou sous la tente, ou devant le feu de broussailles allumé dans la plaine, l'enfant d'autrefois, devenue aïeule à son tour, répétait aux petits les contes qu'elle avait entendus dans son enfance. C'étaient les mêmes personnages et la même aventure; seulement la conteuse donnait, sans le savoir, à son récit les teintes de l'air qu'elle avait si longtemps respiré et de la terre qui l'avait nourrie et qui allait bientôt la recevoir. La tribu reprenait sa marche à travers les fatigues et les périls, laissant derrière elle, du côté de l'Orient, l'aïeule couchée au milieu des morts jeunes ou vieux. Mais les contes sortis de ses lèvres, maintenant glacées, s'envolaient comme les papillons de Psyché, et ces frêles immortels, se posant de nouveau sur la bouche des vieilles filandières, étincelaient aux yeux agrandis des nouveaux nourrissons de l'antique race. Et qui donc apprit *Peau-d'Âne* aux fillettes et aux garçonnets de France, « de douce France », comme dit la chanson ? C'est *« Ma Mère l'Oie »*, répondent les savants de village, Ma Mère l'Oie[1], qui filait sans cesse et sans cesse devisait. Et les savants de s'enquérir. Ils ont reconnu Ma Mère l'Oie dans cette reine Pédauque que les maîtres imagiers représentèrent sur le portail de Sainte-Marie de Nesles dans le diocèse de Troyes, sur le portail de Sainte-Bénigne de Dijon, sur le portail de Saint-Pourçain en Auvergne et de Saint-Pierre de Nevers[2]. Ils ont identifié Ma Mère l'Oie à la reine Bertrade, femme et commère du roi Robert; à la reine Berthe au grand pied, mère de Charlemagne; à la reine de Saba, qui, étant idolâtre, avait le pied fourchu; à Freya au pied de cygne, la plus belle des déesses scandinaves; à sainte Lucie, dont le corps, comme le nom, était lumière. Mais c'est chercher bien loin et s'amuser à se perdre. Qu'est-ce que Ma Mère l'Oie, sinon notre aïeule à tous et les aïeules de nos aïeules[1], femmes au cœur simple, aux bras noueux, qui firent leur tâche quotidienne avec une humble grandeur et qui, desséchées par l'âge, n'ayant, comme les cigales, ni chair ni sang, devisaient encore au coin de l'âtre, sous la poutre enfumée, et tenaient à tous les marmots de la maisonnée ces longs discours qui leur faisaient voir mille choses ? Et la poésie rustique, la poésie des champs, des bois et des fontaines, sortait fraîche des lèvres de la vieille édentée,

... comme ces eaux si pures et si belles,
Qui coulent sans effort des sources naturelles[2].

Sur le canevas des ancêtres, sur le vieux fonds indou, la Mère l'Oie brodait des images familières, le château et les grosses tours, la chaumière, le champ nourricier, la forêt mystérieuse et les belles dames, les fées tant connues des villageois et que Jeanne d'Arc aurait pu voir, le soir[a], sous le gros châtaignier, au bord de la fontaine...

Eh bien, cousine, vous ai-je gâté les contes de fées ?

LAURE : Parlez, parlez, je vous écoute.

RAYMOND : Pour moi, s'il fallait choisir, je donnerais de bon cœur toute une bibliothèque de philosophes, pour qu'on me *laissât*[b] *Peau-d'Âne*. Il n'y a dans toute notre littérature que La Fontaine qui *ait senti* comme Ma Mère l'Oie la poésie du terroir, le charme robuste et profond des choses domestiques.

Mais permettez-moi de rassembler et de resserrer quelques observations importantes, qu'il ne faut pas laisser s'éparpiller dans les hasards de la conversation. Les premières langues étaient tout en images[c] et animaient tout ce qu'elles nommaient. Elles dotaient de sentiments humains les astres, les nuages, « vaches célestes », la lumière, les vents, l'aurore. De la parole imagée, vivante, animée, le mythe jaillit et le conte sortit du mythe. Le conte se transforma sans cesse; car le changement est la première nécessité de l'existence. Il fut pris au mot et à la lettre et ne rencontra pas, par bonheur, des gens d'esprit pour le réduire en allégorie et le tuer du coup. Les bonnes gens voyaient, en Peau-d'Âne, Peau-d'Âne elle-même, rien de plus, rien de moins. Perrault n'y chercha pas autre chose. La science vint qui embrassa d'un coup d'œil le long trajet du mythe et du conte et dit : « L'aurore devint Peau-d'Âne. » Mais il faut qu'elle ajoute que, dès que Peau-d'Âne fut imaginée, elle prit une physionomie particulière et vécut pour son propre compte.

LAURE : Je commence à voir clair dans ce que vous dites. Mais, puisque vous nommez Peau-d'Âne, je vous avouerai qu'il y a dans son histoire quelque chose qui me choque au dernier point. Est-ce un Indien qui a donné au père de Peau-d'Âne cette odieuse passion pour sa fille ?

RAYMOND : Pénétrons le sens du mythe, et l'inceste qui vous fait horreur vous paraîtra bien innocent. Peau-d'Âne est l'aurore; elle est fille du soleil, puisqu'elle sort de la lumière. Quand on dit que le roi est amoureux de sa fille, cela signifie que le soleil, à son lever, court après l'aurore. De même, dans la mythologie védique, Prajâpati[1], seigneur de la création, protecteur de toute créature, identique au soleil, poursuit sa fille Ouschas, l'aurore, qui fuit devant lui.

LAURE : Tout soleil qu'il est, votre roi me choque et j'en veux[a] à ceux qui l'ont imaginé.

RAYMOND : Ils étaient innocents et par conséquent immoraux... Ne vous récriez pas, cousine, c'est la corruption qui donne une raison d'être à la morale, de même que c'est la violence qui nécessite la loi. Ce sentiment du roi pour sa fille, respecté avec une naïveté religieuse par la tradition et par Perrault, atteste la *vénérable antiquité* du conte et le fait remonter jusqu'aux tribus patriarcales de l'Ariadne. L'inceste était considéré sans horreur dans ces innocentes familles de pâtres chez qui le père se nommait « celui qui protège[2] », le frère « celui qui aide », la sœur « celle qui console », la fille « celle qui trait les vaches », le mari « le fort » et l'épouse « la forte ». Ces bouviers du pays du soleil n'avaient point inventé la pudeur. Parmi eux, la femme, étant sans mystère, était sans danger. La volonté du patriarche était la seule loi qui permettait ou non au mari d'emmener une épouse dans le chariot attelé de deux bœufs blancs. Si, par la force des choses, l'union du père et de la fille était rare, cette union n'était pas réprouvée. Le père de Peau-d'Âne ne fit point scandale. Le scandale est propre aux sociétés polies, et c'est même une de leurs distractions les plus chères.

OCTAVE : Je vous laisse dire. Mais je suis bien sûr que vos explications ne valent rien. La morale est innée dans l'homme.

RAYMOND : La morale est la science des mœurs ; elle change avec les mœurs. Elle diffère dans tous les pays et ne reste nulle part dix ans la même.

Votre morale, Octave, n'est pas celle de votre père. Quant aux idées innées, c'est une grande rêverie.

LAURE : Messieurs, laissons, s'il vous plaît, la morale et les idées innées[1], qui sont des choses fort ennuyeuses, et revenons au père de Peau-d'Âne, qui est le soleil.

RAYMOND : Vous rappelez-vous qu'il nourrissait dans son écurie, au milieu des plus nobles chevaux richement caparaçonnés et « roides d'or et de broderies, un âne que la nature avait formé si extraordinaire, dit le conte, que sa litière, au lieu d'être malpropre, était couverte, tous les matins, de beaux écus au soleil et de beaux louis d'or de toute espèce » ? Eh bien, cet âne oriental, onagre, hémione ou zèbre, est le coursier du soleil, et les louis d'or dont il couvre sa litière sont les disques lumineux que l'astre répand à travers *la feuillée*. Sa peau est elle-même un emblème distinct qui représente la nuée. L'aurore s'en voile et disparaît. Vous rappelez-vous la jolie scène, quand Peau-d'Âne est vue, dans sa robe couleur du ciel, par le beau prince qui a mis l'œil sur le trou de la serrure ? Ce prince, fils du roi, est un rayon de soleil...

LAURE : Dardé à travers la porte, c'est-à-dire entre deux nuages, n'est-il pas vrai ?

RAYMOND : On ne peut mieux dire, cousine, et je vois que vous vous entendez admirablement en mythologie comparée. — Prenons le conte le plus simple de tous, cette histoire d'une jeune fille qui laisse échapper de sa bouche deux roses, deux perles et deux diamants. Cette jeune fille est l'aurore qui fait éclore les fleurs et les baigne de rosée et de lumière. Sa méchante sœur, qui vomit des crapauds, est la brume[1]. — Cendrillon, noircie par les cendres du foyer, c'est l'aurore assombrie par les nuages. Le jeune prince qui l'épouse est le soleil.

OCTAVE : Ainsi les femmes de Barbe-Bleue sont des aurores, Peau-d'Âne est une aurore, la jeune fille qui laisse tomber de sa bouche des roses et des perles est une aurore, Cendrillon[2] est une aurore. Vous ne nous montrez que des aurores.

RAYMOND : C'est que l'aurore, l'aurore magnifique de l'Inde, est la plus riche source de la mythologie aryenne. Elle est célébrée, sous des noms et des formes multiples, dans les hymnes védiques. Dès la nuit, on l'appelle, on l'attend avec une espérance mêlée de crainte :

« Notre antique amie[3], l'Aurore, reviendra-t-elle ? Les puissances de la nuit seront-elles vaincues par le dieu de la lumière ? » Mais elle vient, la claire jeune fille, « elle s'approche de chaque maison[4] », et chacun se réjouit dans son cœur. C'est elle, c'est la fille de Dyaus, la divine bouvière, qui conduit, chaque matin, au pâturage les vaches célestes[5], dont les lourdes mamelles laissent s'égoutter sur la terre aride une rosée fraîche et féconde.

Comme on a chanté sa venue, on chantera sa fuite, et l'hymne va célébrer la victoire du soleil :

« Voici encore une forte et mâle action que tu as accomplie, ô Indra ! Tu frappes la fille de Dyaus, une femme qu'il est difficile de vaincre. Oui, la fille de Dyaus, la glorieuse, l'Aurore, toi, Indra, grand héros, tu l'as mise en pièces.

« L'Aurore se précipita à bas de son char brisé, craignant qu'Indra, le taureau, ne la frappât.

« Son char gisait là, brisé en morceaux; quant à elle, elle s'enfuit bien loin. »

L'Indou primitif se faisait de l'aurore une image changeante, mais toujours vive, et les reflets affaiblis et altérés de cette image sont encore visibles dans les contes dont nous venons de parler, comme aussi dans *Le Petit Chaperon rouge*. La couleur du bonnet que porte la petite-fille de la Mère Grand eſt un premier indice de sa céleſte origine[1]. L'office qu'on lui donne de porter une galette et un pot de beurre la fait ressembler à l'aurore des Védas, qui eſt une messagère. Quant au loup qui la dévore...

LAURE : C'eſt un nuage.

RAYMOND : Non pas, cousine. C'eſt le soleil.

LAURE : Le soleil, un loup ?

RAYMOND : Le loup dévorateur, au poil brillant, Vrika, le loup védique. N'oubliez pas que deux dieux solaires, l'Apollon Lycien des Grecs et l'Apollon Soranus des Latins, ont le loup pour emblème.

OCTAVE : Comment a-t-on pu comparer le soleil à un loup ?

RAYMOND : Quand le soleil tarit les citernes, brûle les prés et sèche le cuir sur l'échine amaigrie des bœufs haletants qui tirent la langue, n'eſt-ce point un loup dévorant ? Le poil du loup reluit, ses prunelles brillent; il montre des dents blanches, sa mâchoire et ses reins sont forts : il procède du soleil par l'éclat de son pelage et de ses yeux et par la puissance destructive de ses mâchoires. Vous craignez peu le soleil, Octave, dans ce pays humide où fleurissent les pommiers; mais le Petit Chaperon rouge, qui vient de loin, a traversé de chaudes contrées.

LAURE : L'aurore meurt et renaît. Mais le Petit Chaperon rouge meurt pour ne plus revenir. Elle eut tort de cueillir des noisettes et d'écouter le loup; toutefois eſt-ce une raison pour qu'elle soit mangée sans miséricorde ? Ne vaudrait-il pas mieux qu'elle sortît du ventre de la bête, comme l'aurore de la nuit ?

RAYMOND : Votre pitié, cousine, eſt pleine d'esprit. La mort du Petit Chaperon rouge ne peut être définitive. La Mère l'Oie n'avait pas bien retenu la fin du conte.

On peut bien oublier quelque chose à son âge.

Mais les aïeules d'Allemagne et d'Angleterre savent bien que le Chaperon rouge meurt et renaît comme l'aurore[1]. Elles content qu'un chasseur ouvrit le ventre de la bête et en tira l'enfant rose, qui ouvrit de grands yeux et dit :

« Oh ! que j'ai eu de frayeur et qu'il faisait noir là-dedans[2] ! »

Je feuilletais tantôt, dans la chambre de votre fille, un de ces cahiers d'images en couleurs que l'Anglais Walter Crane[3] enlumine avec tant de fantaisie et d'humour. Ce gentleman a l'imagination à la fois savante et familière; il a le sens des légendes et l'amour de la vie; il respecte le passé et goûte le présent. C'est l'esprit anglais. Le cahier que je feuilletais contient le texte et les dessins du *Little Red Riding Hood* (*Le Petit Chaperon rouge* de l'Angleterre). Le loup l'avale; mais un gentleman-farmer, en habit vert, culotte jaune et bottes à revers, loge une balle entre les deux yeux luisants du loup, ouvre avec son couteau de chasse le ventre de la bête, et l'enfant en sort, fraîche comme une rose.

Some sportsman (he certainly was a dead shot)
Had aimed at the Wolf when she cried ;
So Red Riding Hood got safe home did she not ?
And lived happily there till she died[4].

Voilà la vérité, cousine, et vous l'aviez devinée. Quant à *La Belle au bois dormant*, dont l'aventure est d'une poésie naïve et profonde...

OCTAVE : C'est l'aurore !

RAYMOND : Non. *La Belle au bois dormant, Le Chat botté* et *Le Petit Poucet* se rattachent à une autre classe de légendes aryennes, à celles qui symbolisent la lutte entre l'hiver et l'été, le renouvellement de la nature, l'éternelle aventure de l'Adonis universel, de cette rose du monde qui se flétrit et refleurit sans cesse. La Belle au bois dormant[5] n'est autre qu'Astéria, claire sœur de Latone, que Cora et que Proserpine[a]. L'imagination populaire fut bien inspirée en donnant à la lumière la forme de ce que la lumière caresse le plus amoureusement sur la terre, la forme d'une belle jeune fille. Pour ma part, j'aime la princesse du bois dormant à l'égal de l'Euridyce de Virgile et de la Brunhild de l'Edda[6] qui, piquées, l'une par un serpent, l'autre par une épine, sont ramenées de l'ombre éternelle, la Grecque par un poète, la Scandinave par un guerrier, tous deux amoureux. C'est le sort commun des héros lumineux des mythes de s'évanouir à l'atteinte d'un objet aigu, épine, griffe ou fuseau. Dans une légende du Dekkan, recueillie par miss Frere, une petite fille se pique à l'ongle qu'une Rakchasa a laissé dans une porte; aussitôt elle tombe inanimée. Un roi passe, l'embrasse et la réchauffe. Le propre[a] de ces drames de l'hiver et de l'été, de l'ombre et de la lumière, de la nuit et du jour est de recommencer sans cesse. Le conte rapporté par Perrault recommence quand on le croit fini. La Belle épouse le prince et a de ce mariage deux enfants[1], le petit Jour et la petite Aurore, l'Aithra et l'Héméros d'Hésiode, ou, si vous voulez, Phœbus et Artémis[b]. En l'absence du prince, sa mère, une ogresse, une Rakchasa, c'est-à-dire l'épouvante nocturne, menace de dévorer les deux enfants royaux, les deux jeunes lumières, que sauve le retour du roi-soleil. La Belle au bois dormant a, dans l'ouest de la France, une sœur rustique dont l'histoire est contée naïvement dans une très vieille chanson que je vais vous dire :

Quand j'étais chez mon père,
Guenillon,
Petite jeune fille,
Il m'envoyait au bois,
Guenillon,

Pour cueillir la nouzille,
Ah ! ah ! ah ! ah ! ah !
Guenillon,
Saute en guenille.

Il m'envoyait au bois
Pour cueillir la nouzille !
Le bois était trop haut,
La belle trop petite...

Le bois était trop haut,
La belle trop petite.
Elle se mit en main
Une tant verte épine...

Elle se mit en main
Une tant verte épine,
À la douleur du doigt
La bell' s'est endormie...

À la douleur du doigt,
La bell' s'est endormie...
Et au chemin passa
Trois cavaliers bons drilles...

Et le premier des trois
Dit : « Je vois une fille. »
Et le second des trois
Dit : « Elle est endormie. »

Et le second des trois,
Guenillon,
Dit : « Elle est endormie. »
Et le dernier des trois,
Guenillon,

Dit : « Ell' sera ma mie. »
Ah ! ah ! ah ! ah ! ah !
Guenillon,
Saute en guenille.

Ici la légende divine est tombée au dernier étage de la dégradation, et il serait impossible, si les intermédiaires manquaient, de reconnaître en cette rustique Guenillon la lumière céleste qui languit pendant l'hiver et se ranime au printemps. L'épopée de la Perse, le Schahnameh, nous fait connaître un héros dont la destinée ressemble à celle de la Belle au bois dormant. Isfendiar, qui ne peut être blessé par aucune épée, doit mourir d'une épine qui l'atteindra dans l'œil. L'histoire de Balder, dans l'Edda scandinave[1], présente avec cette Belle au bois dormant des analogies encore plus saisissantes.

Comme les fées au berceau de la fille du roi, tous les dieux devant le divin enfant Balder jurent de rendre inoffensif pour lui tout ce qui est sur la terre. Mais le gui, qui ne croît pas sur le sol, a été oublié par les immortels comme, par le roi et la reine, la vieille qui filait au faîte de leur tour. Un fuseau pique la belle; une branche de gui tue Balder.

« Ainsi, par terre, gît Balder, mort, et tout autour gisent, amoncelés, glaives, torches, javelots et lances que, pour s'amuser, les dieux avaient jetés sans effet contre Balder, que ne perçait et n'entamait aucune arme; mais dans sa poitrine était enfoncée la fatale branche de gui, que Lok, l'accusateur, donna à Hoder, et que Hoder lança sans pensée mauvaise[a]. »

LAURE : Tout cela est fort beau; mais n'avez-vous rien à nous dire de la petite chienne Pouffe qui était sur le lit de la princesse ? Je lui trouve un air galant : Pouffe fut élevée sur les genoux des marquises, et je m'imagine que Mme de Sévigné la caressa de ces mains qui écrivirent des lettres si belles.

RAYMOND : Pour vous être agréable, nous donnerons à la petite chienne Pouffe[1] des aïeux célestes; nous ferons remonter sa race à Saramâ, la chienne en quête de l'aurore, et au chien Seirios, gardien des étoiles. Voilà, si je ne me trompe, une belle noblesse. Il ne reste plus à Pouffe qu'à faire la preuve de ses quartiers pour être admise comme chanoinesse au chapitre d'un Remiremont-Canin. Un d'Hozier[b] à quatre pattes aurait seul autorité pour établir cette filiation. Je me contenterai d'indiquer un des rameaux de ce grand arbre généalogique. Branche finlandaise : le petit[c] chien Flô, à qui sa maîtresse dit par trois fois :

« Va, mon petit chien Flô, et vois s'il fera bientôt jour. »

À la troisième fois, l'aube se lève.

OCTAVE : J'admire la facilité avec laquelle vous logez au ciel les bêtes et les gens des contes. Les Romains n'envoyaient pas plus aisément leurs empereurs parmi les constellations. À votre gré, le marquis de Carabas ne peut manquer d'être pour le moins le soleil en personne[2].

RAYMOND : N'en doutez pas, Octave. Ce personnage pauvre, humilié, qui croît en richesse et en puissance, c'est le soleil qui se lève dans la brume et brille par un midi pur. Notez ce point : le marquis de Carabas sort de l'eau pour se revêtir d'habits resplendissants. On ne peut représenter le lever du soleil par un symbole plus clair.

LAURE : Mais, dans le conte, le marquis est un personnage inerte, qu'on mène; c'est le chat qui pense et qui agit, et il n'est que juste que ce chat soit, comme la chienne Pouffe, un être céleste.

RAYMOND : C'en est un, et, comme son maître, il figure le soleil.

LAURE : J'en suis bien aise. Mais a-t-il, comme Pouffe, des parchemins en règle ? Peut-il prouver sa noblesse ?

RAYMOND : Ainsi que le dit Racine :

L'hymen n'est pas toujours entouré de flambeaux[1].

Il se peut que le Chat botté descende de ces chats qui traînèrent le char de Freya, la Vénus scandinave. Mais les tabellions de gouttière n'en disent rien. On connaît un très ancien chat solaire, le chat égyptien, identique à Râ, qui parle dans un rituel funéraire, traduit par M. de Rougé, et dit : « Je suis le grand chat qui était en l'avenue de l'arbre de vie, dans An, la nuit du grand combat. » Mais ce chat est un Kouschite, un fils de Cham. Le Chat botté[2] est de la race de Japhet, et je ne vois pas du tout comment on pourrait les rattacher l'un à l'autre.

LAURE : Ce grand chat kouschite, qui parle si obscurément dans votre rituel funéraire, était-il besacier et botté ?

RAYMOND : Le rituel ne le dit pas. Les bottes du chat du marquis sont analogues aux bottes de sept lieues que chausse le Petit Poucet et qui symbolisent la rapidité de la lumière. Le Petit Poucet fut originairement, selon le savant M. Gaston Paris[3], un de ces dieux aryens, conducteurs et voleurs de bœufs célestes, comme cet Hermès enfant, à qui les peintres de vases donnent un soulier pour berceau. L'imagination populaire logea Poucet dans la plus petite étoile de la Grande Ourse. À propos de bottes, comme on dit, vous savez que Jacquemart[4], qui faisait des eaux-fortes si belles, rassembla une riche collection de chaussures. Si l'on voulait faire, à son exemple, un musée de chaussures mythologiques, on remplirait plus d'une vitrine. À côté des bottes[5] de sept lieues, du soulier d'Hermès enfant et des bottes du maître chat, il faudrait placer les talonnières d'Hermès adulte, les sandales de Persée[a], les chaussures d'or d'Athénè, les pantoufles de verre[1] de Cendrillon et les mules étroites de Marie, la petite Russe. Tous ces vêtements de pied expriment à leur façon la vitesse de la lumière et le cours des aſtres.

LAURE : C'eſt par erreur, n'eſt-il pas vrai, qu'on a dit que les pantoufles de Cendrillon étaient de verre ? On ne peut pas se figurer des chaussures faites de la même étoffe qu'une carafe. Des chaussures de vair, c'eſt-à-dire des chaussures fourrées, se conçoivent mieux, bien que ce soit une mauvaise idée d'en donner à une fillette pour la mener au bal. Cendrillon devait avoir avec les siennes les pieds pattus comme un pigeon. Il fallait, pour danser si chaudement chaussée, qu'elle fût une petite enragée. Mais les jeunes filles le sont toutes; elles danseraient avec des semelles de plomb.

RAYMOND : Cousine, je vous avais pourtant bien avertie de vous défier du bon sens. Cendrillon avait des pantoufles non de fourrure, mais de verre, d'un verre transparent comme une glace de Saint-Gobain, comme l'eau de source et le criſtal de roche. Ces pantoufles étaient fées; on vous l'a dit, et cela seul lève toute difficulté. Un carrosse sort d'une citrouille. La citrouille était fée. Or, il eſt très naturel qu'un carrosse fée sorte d'une citrouille fée. C'eſt le contraire qui serait surprenant. La Cendrillon russe[2] a une sœur qui se coupe le gros orteil pour chausser la pantoufle, que le sang macule et qui révèle ainsi au prince l'héroïque supercherie de l'ambitieuse.

LAURE : Perrault se contente de dire que les deux méchantes sœurs firent tout leur possible pour faire entrer leur pied dans la pantoufle, mais qu'elles ne purent en venir à bout. J'aime mieux cela.

RAYMOND : C'eſt aussi comme cela que l'entendait Ma Mère l'Oie. Mais, si vous étiez slave, vous seriez un peu féroce, et l'orteil coupé serait tout à fait de votre goût.

OCTAVE : Voilà déjà quelque temps que Raymond nous parle des contes de fées, et il ne nous a pas encore dit un mot des fées elles-mêmes.

LAURE : Cela eſt vrai. Mais il vaut mieux laisser les fées dans leur vague et leur myſtère.

RAYMOND : Vous craignez, cousine, que ces capricieuses créatures, tantôt bonnes, tantôt méchantes, jeunes ou vieilles à leur gré, qui dominent la nature et semblent toujours sur le point de s'évanouir en elle, ne se prêtent pas à notre curiosité et ne nous échappent au moment où nous croirons les saisir. Elles sont faites d'un rayon de lune. Le bruissement des feuilles trahit seul leur passage, et leur voix se mêle aux murmures des fontaines. Si l'on ose saisir un pan de leur robe d'or, on n'a dans la main qu'une poignée de feuilles sèches. Je n'aurai point l'impiété de les poursuivre; mais leur nom seul nous révélera le secret de leur nature.

Fée[1], en italien *fata*, en espagnol *hada*, en portugais et en provençal *fada* et *fade*; *fadette* dans ce patois berrichon qu'illustra George Sand, est sorti du latin *fatum*, qui signifie destin. Les fées[a] résultent de la conception la plus douce et la plus tragique, la plus intime et la plus universelle de la vie humaine. Les fées sont nos destinées. Une figure de femme sied bien à la destinée, qui est capricieuse, séduisante, décevante, pleine de charme, de trouble et de péril. Il est bien vrai qu'une fée est la marraine de chacun de nous et que, penchée sur son berceau, elle lui fait des dons heureux ou terribles qu'il gardera toute sa vie. Prenez les êtres, demandez-vous ce qu'ils sont, ce qui les fait et ce qu'ils font; vous trouverez que la raison suprême de leur existence heureuse ou funeste, c'est la fée. Claude plaît parce qu'il chante bien; il chante bien parce que les cordes de sa voix sont harmonieusement construites. Qui les disposa ainsi dans le gosier de Claude? C'est la fée. Pourquoi la fille du roi se piqua-t-elle au fuseau de la vieille? Parce qu'elle était vive, un peu étourdie... et que l'arrêt des fées l'ordonnait ainsi.

C'est précisément ce que répond le conte, et la sagesse humaine ne va pas au-delà de cette réponse. Pourquoi, cousine, êtes-vous belle, spirituelle et bonne? Parce qu'une fée vous donna la bonté, une autre l'esprit, une autre la grâce. Il fut fait comme elles avaient dit. Une mystérieuse marraine détermine à notre naissance tous les actes, toutes les pensées de notre vie, et nous ne serons heureux et bons qu'autant qu'elle l'aura voulu. La liberté est une illusion et la fée une vérité. — Mes amis, la vertu eſt, comme le vice, une nécessité qu'on ne peut éluder... Oh ! ne vous récriez pas. Pour être involontaire, la vertu n'en eſt pas moins belle et ne mérite pas moins qu'on l'adore.

Ce qu'on aime dans la bonté, ce n'eſt pas le prix qu'elle coûte, c'eſt le bien qu'elle fait.

Les belles pensées sont les émanations des belles âmes qui répandent leur propre subſtance, comme les parfums sont les particules des fleurs qui s'évaporent. Une âme noble ne peut donner à respirer que de la noblesse, de même qu'une rose ne peut sentir que la rose. Ainsi l'ont voulu les fées. Cousine, rendez-leur grâce.

LAURE : Je ne vous écoute plus. Votre sagesse eſt horrible. Je sais le pouvoir des fées; je sais leurs caprices; elles ne m'ont pas épargné plus qu'à d'autres les faiblesses intérieures, les chagrins et les fatigues. Mais je sais qu'au-dessus d'elles, au-dessus des hasards de la vie, plane la pensée éternelle qui nous inspira la foi, l'espérance et la charité. — Bonne nuit, cousin.

BALTHASAR

BALTHASAR

Appendices :

« *Histoire de Gaspar et de la reine de Saba* »

CHAPITRE V D' « ABEILLE »

BALTHASAR

Au vicomte Eugène Melchior de Vogüe[1].

Magos reges fere habuit Oriens[2].

TERTULLIEN.

I

En ce temps-là, Balthasar, que les Grecs ont nommé Saracin[3], régnait en Éthiopie. Il était noir, mais beau de visage[4]. Il avait l'esprit simple et le cœur généreux. La troisième année de son règne, qui était la vingt-deuxième de son âge, il alla rendre visite à Balkis[5], reine de Saba. Le mage Sembobitis et l'eunuque Menkéra l'accompagnaient. Il était suivi de soixante-quinze chameaux, portant du cinnamome[6], de la myrrhe[7], de la poudre d'or et des dents d'éléphant[8]. Pendant qu'ils cheminaient, Sembobitis lui enseignait tant l'influence des planètes que les vertus des pierres, et Menkéra lui chantait des chansons liturgiques; mais il ne les écoutait pas et il s'amusait à voir les petits chacals[9] assis sur leur derrière, les oreilles droites, à l'horizon des sables.

Enfin, après douze jours de marche, Balthasar et ses compagnons sentirent une odeur de roses, et bientôt ils virent les jardins qui entourent la ville de Saba.

Là, ils rencontrèrent des jeunes filles qui dansaient sous des grenadiers en fleur.

« La danse est une prière, dit le mage Sembobitis.

— On vendrait ces femmes un très grand prix », dit l'eunuque Menkéra.

Étant entrés dans la ville, ils furent émerveillés de la grandeur des magasins, des hangars et des chantiers qui s'étendaient devant eux, ainsi que de la quantité de marchandises qui y étaient entassées. Ils marchèrent longtemps dans des rues pleines de chariots, de portefaix, d'ânes et d'âniers, et découvrirent tout à coup les murailles de marbre, les tentes de pourpre, les coupoles d'or, du palais de Balkis[a].

La reine de Saba les reçut dans une cour rafraîchie par des jets d'eau parfumée qui retombaient en perles avec un murmure clair. Debout dans une robe de pierreries, elle souriait.

Balthasar, en la voyant, fut saisi d'un grand trouble. Elle lui sembla plus douce que le rêve et plus belle que le désir.

« Seigneur, lui dit tout bas Sembobitis, songez à conclure avec la reine un bon traité de commerce.

— Prenez garde, seigneur, ajouta Menkéra. On dit qu'elle emploie la magie pour se faire aimer des hommes. »

Puis, s'étant prosternés, le mage et l'eunuque se retirèrent[b].

Balthasar, resté seul avec Balkis, essaya de parler, il ouvrit la bouche, mais il ne put prononcer une seule parole. Il se dit : « La reine sera irritée de mon silence. »

Pourtant la reine souriait encore et n'avait pas l'air fâché.

Elle parla la première et dit d'une voix plus suave que la plus suave musique :

« Soyez le bienvenu et seyez-vous près de moi. »

Et d'un doigt, qui semblait un rayon de lumière blanche, elle lui montra des coussins de pourpre étendus à terre.

Balthasar s'assit, poussa un grand soupir et, saisissant un coussin dans chaque main, s'écria très vite :

« Madame, je voudrais que ces deux coussins fussent deux géants, vos ennemis. Car je leur tordrais le cou. »

Et, en parlant ainsi, il serra si fort les coussins dans ses poings que l'étoffe se creva et qu'il en sortit une nuée de duvet blanc. Une des petites plumes voltigea un moment dans l'air; puis elle vint se poser sur le sein de la reine.

« Seigneur Balthasar, dit Balkis en rougissant, pourquoi donc voulez-vous tuer des géants ?

— Parce que je vous aime, répondit Balthasar.

— Dites-moi, demanda Balkis, si dans votre capitale l'eau des puits eſt bonne ?

— Oui, répondit Balthasar surpris.

— Je suis curieuse aussi de savoir, reprit Balkis, comment on fait les confitures sèches[1] en Éthiopie. »

Le roi ne savait que répondre. Elle le pressa :

« Dites, dites, pour me faire plaisir. »

Alors, il fit un grand effort de mémoire et décrivit les pratiques des cuisiniers éthiopiens, qui font confire des coings dans du miel. Mais elle ne l'écoutait pas. Tout à coup elle l'interrompit :

« Seigneur, on dit que vous aimez la reine Candace[2], votre voisine. Ne me trompez pas : eſt-elle plus belle que moi ?

— Plus belle, madame, s'écria Balthasar en tombant aux pieds de Balkis, eſt-il possible ?... »

La reine poursuivit :

« Ainsi ! ses yeux ? sa bouche ? son teint ? sa gorge ?... »

Balthasar étendit les bras vers elle et s'écria :

« Laissez-moi prendre la petite plume qui s'eſt posée sur votre cou et je vous donnerai la moitié de mon royaume avec le sage Sembobitis et l'eunuque Menkéra. »

Mais elle se leva et s'enfuit en riant d'un rire clair.

Quand le mage et l'eunuque revinrent, ils trouvèrent leur maître dans une attitude pensive, qui ne lui était pas habituelle.

« Seigneur, n'auriez-vous conclu[a] un bon traité de commerce ? » demanda Sembobitis.

Ce jour-là, Balthasar soupa avec la reine de Saba et but du vin de palmier.

« Il eſt donc vrai ? lui dit Balkis, tandis qu'ils soupaient : la reine Candace n'eſt pas aussi belle que moi ?

— La reine Candace eſt noire », répondit Balthasar.

Balkis regarda vivement Balthasar et dit :

« On peut être noir sans être laid.

— Balkis ! » s'écria le roi...

Il n'en dit pas davantage. L'ayant saisie dans ses bras, il tenait renversé sous ses lèvres le front de la reine. Mais il vit qu'elle pleurait. Alors il lui parla tout bas d'une voix caressante, en chantant un peu, comme font les nourrices. Il l'appela sa petite fleur et sa petite étoile.

« Pourquoi pleurez-vous ? lui dit-il. Et que faut-il faire pour que vous ne pleuriez plus ? Si vous avez quelque désir, faites-le-moi connaître et je le contenterai. »

Elle ne pleurait plus et elle restait songeuse. Il la pressa longtemps de lui confier son désir.

Enfin elle lui dit :

« Je voudrais avoir peur[1]. »

Comme Balthasar semblait ne pas comprendre, elle lui expliqua que depuis longtemps elle avait envie de courir quelque danger inconnu, mais qu'elle ne pouvait pas, parce que les hommes et les dieux sabéens veillaient sur elle.

« Pourtant, ajouta-t-elle en soupirant, je voudrais sentir pendant la nuit le froid délicieux de l'épouvante pénétrer dans ma chair. Je voudrais sentir mes cheveux se dresser sur ma tête. Oh ! ce serait si bon d'avoir peur ! »

Elle noua ses bras au cou du roi noir et dit de la voix d'un enfant qui supplie :

« Voici la nuit venue. Allons tous deux par la ville sous un déguisement. Voulez-vous ? »

Il voulut. Aussitôt elle courut à la fenêtre et regarda, à travers le treillis, sur la place publique.

« Un mendiant, dit-elle, est couché contre le mur du palais. Donnez-lui vos vêtements et demandez-lui en échange son turban en poil de chameau et l'étoffe grossière dont il se ceint les reins. Faites vite, je vais m'apprêter. »

Et elle courut hors de la salle du banquet en frappant ses mains l'une contre l'autre pour marquer sa joie.

Balthasar quitta sa tunique de lin, brodée d'or, et ceignit le jupon du mendiant. Il avait l'air ainsi d'un véritable esclave. La reine reparut bientôt, vêtue de la robe bleue sans couture des femmes qui travaillent aux champs.

« Allons ! » dit-elle.

Et elle entraîna Balthasar par d'étroits corridors, jusqu'à une petite porte qui s'ouvrait sur les champs.

II

La nuit était noire. Balkis était toute petite dans la nuit.

Elle conduisit Balthasar dans un des cabarets où les crocheteurs et les portefaix de la ville s'assemblent avec des prostituées. Là, s'étant assis tous deux à une table, ils voyaient, à la lueur d'une lampe infecte, dans l'air épais, les brutes puantes qui se frappaient à coups de poing et à coups de couteau pour une femme ou pour une tasse de boisson fermentée, tandis que d'autres ronflaient, les poings fermés, sous les tables. Le cabaretier, couché sur des sacs, observait prudemment, du coin de l'œil, les rixes des buveurs.

Balkis, ayant vu des poissons salés qui pendaient aux solives du toit, dit à son compagnon :

« Je voudrais bien manger un de ces poissons, avec de l'oignon pilé. »

Balthasar la fit servir. Quand elle eut mangé, il s'aperçut qu'il n'avait point emporté d'argent. Il en prit peu de souci et pensa sortir avec elle sans payer son écot. Mais le cabaretier leur barra le chemin, en les appelant vilain esclave et méchante ânesse. Balthasar l'abattit à terre d'un coup de poing. Plusieurs buveurs, le couteau levé, se jetèrent alors sur les deux inconnus. Mais le Noir, s'étant armé d'un énorme pilon qui servait à piler les oignons d'Égypte, assomma deux de ses agresseurs et força les autres à reculer. Cependant il sentait la chaleur du corps de Balkis blottie contre lui; c'est pourquoi il était invincible. Les amis du cabaretier, n'osant plus approcher, firent voler sur lui, du fond de la boutique, les jarres d'huiles, les tasses d'étain, les lampes allumées et même l'énorme marmite de bronze où cuisait un mouton tout entier. Cette marmite tomba avec un bruit horrible[a] sur la tête de Balthasar, qui en eut le crâne fendu. Il resta un moment étonné, puis, rassemblant ses forces, il renvoya la marmite avec tant de vigueur que le poids en fut décuplé. Au choc de l'airain se mêlèrent des hurlements inouïs et des râles de mort. Profitant de l'épouvante des survivants et craignant que Balkis ne reçût quelque blessure, il la prit dans ses bras et s'enfuit avec elle par des ruelles sombres et désertes. Le silence de la nuit enveloppait la terre, et les fugitifs entendaient décroître derrière eux les clameurs des buveurs et des femmes, qui les poursuivaient au hasard, dans l'ombre. Bientôt ils n'entendirent plus que le bruit léger des gouttes de sang qui tombaient une à une du front de Balthasar sur la gorge de Balkis.

« Je t'aime », murmura la reine.

Et la lune, sortant d'un nuage, fit voir au roi une lueur humide et blanche dans les yeux demi-clos de Balkis. Ils descendaient le lit desséché d'un torrent. Tout à coup, le pied de Balthasar glissa dans la mousse. Ils tombèrent tous deux embrassés. Ils crurent s'abîmer sans fin dans un néant délicieux et le monde des vivants cessa d'exister pour eux. Ils goûtaient encore l'oubli charmant du temps, du nombre et de l'espace, quand les gazelles vinrent, à l'aube, boire dans le creux des pierres.

À ce moment, des brigands qui passaient virent les deux amants couchés dans la mousse.

« Ils sont pauvres, se dirent ces brigands, mais nous les vendrons un grand prix, à cause de leur jeunesse et de leur beauté. »

Alors ils s'approchèrent d'eux, les chargèrent de liens et, les ayant attachés à la queue d'un âne, ils poursuivirent leur chemin.

Le Noir, enchaîné, proférait contre les brigands des menaces de mort. Mais Balkis, frissonnant dans l'air frais du matin, semblait sourire à quelque chose d'invisible.

Ils marchèrent dans d'affreuses solitudes jusqu'à ce que la chaleur du jour se fît sentir. Le soleil était déjà haut quand les brigands délièrent leurs prisonniers et, les faisant asseoir près d'eux à l'ombre d'un rocher, leur jetèrent un peu de pain moisi, que Balthasar dédaigna de ramasser, mais dont Balkis mangea avidement.

Elle riait. Et le chef des brigands lui ayant demandé pourquoi elle riait :

« Je ris, lui répondit-elle, à la pensée que je vous ferai tous pendre.

— Vraiment ! s'écria le chef des brigands, voilà un propos étrange dans la bouche d'une laveuse d'écuelles comme toi, ma mie ! C'est sans doute avec l'aide de ton galant noir que tu nous feras tous pendre ? »

En entendant ces paroles outrageantes, Balthasar entra dans une grande fureur; il se jeta sur le brigand et lui pressa le cou si fort qu'il l'étrangla presque.

Mais celui-ci lui enfonça son couteau dans le ventre jusqu'au manche. Le pauvre roi, roulant à terre, tourna vers Balkis un regard mourant qui s'éteignit presque aussitôt.

III

À ce moment, il se fit un grand bruit d'hommes, de chevaux et d'armes, et Balkis reconnut le brave Abner[1] qui venait à la tête de sa garde délivrer sa reine, dont il avait appris dès la veille la disparition mystérieuse.

Il se prosterna trois fois aux pieds de Balkis et fit avancer près d'elle une litière préparée pour la recevoir. Cependant, les gardes liaient les mains des brigands. La reine se tourna vers le chef et lui dit avec douceur :

« Vous ne me reprocherez pas, mon ami, de vous avoir fait une vaine promesse, quand je vous ai dit que vous seriez pendu. »

Le mage Sembobitis et l'eunuque Menkéra, qui se tenaient aux côtés d'Abner, poussèrent de grands cris en voyant leur prince étendu à terre, immobile, un couteau planté dans le ventre. Ils le soulevèrent avec précaution. Sembobitis, qui excellait dans l'art de la médecine, vit qu'il respirait encore. Il fit un premier pansement, tandis que Menkéra essuyait l'écume qui souillait la bouche du roi. Ensuite ils le lièrent sur un cheval et le conduisirent doucement jusqu'au palais de la reine.

Balthasar resta pendant quinze jours en proie à un délire violent. Il parlait sans cesse de la marmite fumante et de la mousse[a] du ravin, et il appelait Balkis à grands cris. Enfin, le seizième jour, ayant rouvert les yeux, il vit à son chevet Sembobitis et Menkéra, et il ne vit pas la reine.

« Où est-elle ? Que fait-elle ?

— Seigneur, répondit Menkéra, elle est enfermée avec le roi de Comagène[1].

— Ils conviennent, sans doute, d'échanger des marchandises, ajouta le sage Sembobitis. Mais ne vous troublez point ainsi, seigneur, car votre fièvre en redoublerait.

— Je veux la voir ! » s'écria Balthasar.

Et il s'élança vers l'appartement de la reine, sans que ni le vieillard ni l'eunuque pussent le retenir. Arrivé près de la chambre à coucher, il vit le roi de Comagène qui en sortait, tout couvert d'or et brillant comme un soleil.

Balkis, étendue sur un lit de pourpre, souriait, les yeux clos.

« Ma Balkis, ma Balkis ! » cria Balthasar.

Mais elle ne détournait pas la tête et elle semblait prolonger un songe.

Balthasar s'approcha et lui prit une main qu'elle retira brusquement.

« Que me voulez-vous ? lui dit-elle.

— Vous le demandez ! » répondit le roi noir en fondant en larmes.

Elle tourna vers lui des yeux tranquilles et durs. Il comprit qu'elle avait tout oublié et il lui rappela la nuit du torrent. Mais elle :

« Je ne sais, en vérité, ce que vous voulez dire, seigneur. Le vin de palmier ne vous vaut rien. Il faut que vous ayez rêvé.

— Quoi ! s'écria le malheureux prince en se tordant les bras, tes baisers et le couteau dont j'ai gardé la marque, ce sont des rêves !... »

Elle se leva; les pierreries de sa robe firent le bruit de la grêle et lancèrent des éclairs.

« Seigneur, dit-elle, voici l'heure où s'assemble mon conseil. Je n'ai pas le loisir d'éclaircir les songes de votre cerveau malade. Prenez du repos. Adieu ! »

Balthasar, se sentant défaillir, fit effort pour ne point montrer sa faiblesse à cette méchante femme et il courut dans sa chambre où il tomba évanoui, sa blessure rouverte.

IV

Il resta trois semaines insensible et comme mort, puis, s'étant ranimé le vingt-deuxième jour, il saisit la main de Sembobitis, qui le veillait en compagnie de Menkéra, et il s'écria en pleurant :

« Oh ! mes amis, que vous êtes heureux tous deux, l'un d'être vieux et l'autre d'être semblable aux vieillards !... Mais non ! il n'est pas de bonheur au monde, et tout y est mauvais, puisque l'amour est un mal et que Balkis est méchante.

— La sagesse rend heureux, répondit Sembobitis.

— J'en veux essayer, dit Balthasar. Mais partons tout de suite pour l'Éthiopie. » Et, comme il avait perdu ce qu'il aimait, il résolut de se consacrer à la sagesse et de devenir un mage. Si cette résolution ne lui donnait point de plaisir, du moins lui rendait-elle un peu de calme. Chaque soir, assis sur la terrasse de son palais, en compagnie du mage Sembobitis et de l'eunuque Menkéra, il contemplait les palmiers immobiles à l'horizon, ou bien il regardait, à la clarté de la lune, les crocodiles flotter sur le Nil comme des troncs d'arbres.

« On ne se lasse point d'admirer la nature, disait Sembobitis.

— Sans doute, répondait Balthasar. Mais il y a dans la nature quelque chose de plus beau que les palmiers et que les crocodiles. »

Il parlait ainsi parce qu'il lui souvenait de Balkis.

Et Sembobitis, qui était vieux, disait :

« Il y a le phénomène des crues du Nil qui est admirable et que j'ai expliqué. L'homme est fait pour comprendre.

— Il est fait pour aimer, répondait Balthasar en soupirant. Il y a des choses qui ne s'expliquent pas.

— Lesquelles ? demanda Sembobitis.

— La trahison d'une femme », répondit le roi.

Pourtant Balthasar, ayant résolu d'être un mage, fit construire une tour du haut de laquelle[a] on découvrait plusieurs royaumes et tous les espaces du ciel. Cette tour était de brique[1] et elle s'élevait au-dessus de toutes les autres tours. Elle ne fut pas construite en moins de deux ans, et Balthasar avait dépensé pour l'élever le trésor entier du roi son père. Chaque nuit il montait au faîte de cette tour et, là, il observait le ciel sous la direction du sage Sembobitis.

« Les figures du ciel sont les signes de nos destinées », lui disait Sembobitis.

Et il lui répondait :

« Il faut le reconnaître : ces signes sont obscurs. Mais, tandis que je les étudie, je ne pense pas à Balkis, et c'est un grand avantage. »

Le mage lui enseignait, entre autres vérités utiles à connaître, que les étoiles sont fixées comme des clous dans la voûte du ciel et qu'il y a cinq planètes, savoir : Bel, Mérodach et Nébo, qui sont mâles[1]; Sin et Mylitta, qui sont femelles[2].

« L'argent, lui disait-il encore, correspond à Sin, qui est la lune, le fer à Mérodach, l'étain à Bel[3]. »

Et le bon Balthasar disait :

« Voilà des connaissances que je veux acquérir. Pendant que j'étudie l'astronomie, je ne pense ni à Balkis, ni à quoi que ce soit au monde. Les sciences sont bienfaisantes : elles empêchent les hommes de penser. Sembobitis, enseigne-moi les connaissances qui détruisent le sentiment chez les hommes, et je t'élèverai en honneurs parmi mon peuple. »

C'est pourquoi Sembobitis enseigna la sagesse au roi.

Il lui apprit l'apotélesmatique[4], d'après les principes d'Astrampsychos, de Gobryas et de Pazatas. Balthasar, à mesure qu'il observait les douze maisons du soleil[5], songeait moins à Balkis.

Menkéra, qui s'en aperçut, en conçut une grande joie.

« Avouez, seigneur, dit-il un jour, que la reine Balkis cachait sous sa robe d'or des pieds fourchus comme en ont les chèvres.

— Qui t'a conté une pareille sottise ? demanda le roi.

— C'est la créance publique, seigneur, en Saba, comme en Éthiopie, répondit l'eunuque. Chacun y dit couramment que la reine Balkis a la jambe velue et le pied fait de deux cornes noires[6]. »

Balthasar haussa les épaules. Il savait que les jambes et les pieds de Balkis étaient faits comme les pieds et les jambes des autres femmes et parfaitement beaux. Pourtant cette idée lui gâta le souvenir de celle qu'il avait tant aimée. Il fit comme un grief à Balkis de ce que sa beauté n'était pas sans offense dans l'imagination de ceux qui l'ignoraient. À la pensée qu'il avait possédé une femme, bien faite en réalité, mais qui passait pour monstrueuse, il éprouva un véritable malaise et il ne désira plus revoir Balkis. Balthasar avait l'âme simple; mais l'amour est toujours un sentiment très compliqué.

À compter de ce jour, le roi fit de grands progrès en magie et en astrologie. Il était extrêmement attentif aux conjonctions des astres et il tirait les horoscopes aussi exactement que le sage Sembobitis lui-même.

« Sembobitis, disait-il, réponds-tu sur ta tête de la vérité de mes horoscopes ? »

Et le sage Sembobitis répondait :

« Seigneur, la science est infaillible; mais les savants se trompent toujours. »

Balthasar avait un beau génie naturel. Il disait :

« Il n'y a de vrai que ce qui est divin et le divin nous est caché. Nous cherchons vainement la vérité. Pourtant voici que j'ai découvert une étoile nouvelle dans le ciel. Elle est belle, elle semble vivante et, quand elle scintille, on dirait un œil céleste qui cligne avec douceur. Je crois l'entendre qui m'appelle. Heureux, heureux, heureux, qui naîtra sous cette étoile ! Sembobitis, vois quel regard nous jette cet astre charmant et magnifique. »

Mais Sembobitis ne vit pas l'étoile parce qu'il ne voulait pas la voir. Savant et vieux, il n'aimait pas les nouveautés.

Et Balthasar répétait seul dans le silence de la nuit :

« Heureux, heureux, heureux, qui naîtra sous cette étoile ! »

V

Or, le bruit s'était répandu dans toute l'Éthiopie et dans les royaumes voisins que le roi Balthasar n'avait plus d'amour pour Balkis.

Quand la nouvelle en parvint au pays des Sabéens, Balkis s'indigna comme si elle était trahie. Elle courut vers le roi de Comagène qui oubliait son empire dans la ville de Saba, et elle lui cria :

« Mon ami, savez-vous ce que je viens d'apprendre ? Balthasar ne m'aime plus.

— Qu'importe ! répondit en souriant le roi de Comagène, puisque nous nous aimons.

— Mais vous ne sentez donc pas l'affront que ce Noir me fait ?

— Non, répondit le roi de Comagène, je ne le sens pas. »

Elle le chassa ignominieusement et ordonna à son grand vizir de tout préparer pour un voyage en Éthiopie.

« Nous partons cette nuit même, dit-elle. Je te fais couper la tête si tout n'est pas prêt avant le coucher du soleil. »

Puis, quand elle fut seule, elle se mit à sangloter.

« Je l'aime ! Il ne m'aime plus, et je l'aime ! » soupirait-elle dans la sincérité de son cœur.

Or, une nuit qu'il était sur sa tour, pour observer l'étoile miraculeuse, Balthasar, abaissant le regard vers la terre, vit une longue file noire qui serpentait au loin sur le sable du désert comme une armée de fourmis. Peu à peu, ce qui semblait des fourmis grandit et devint assez net pour que le roi reconnût des chevaux, des chameaux et des éléphants.

La caravane s'étant approchée de la ville, Balthasar distingua les cimeterres luisants et les chevaux noirs des gardes de la reine de Saba. Il la reconnut elle-même. Et il fut saisi d'un grand trouble. Il sentit qu'il allait l'aimer encore. L'étoile brillait au zénith d'un éclat merveilleux. En bas, Balkis, couchée dans une litière de pourpre et d'or, était petite et brillante comme l'étoile.

Balthasar se sentait attiré vers elle par une force terrible. Pourtant, il détourna la tête en un effort désespéré et, levant les yeux, il revit l'étoile. Alors l'étoile parla et dit :

« Gloire à Dieu dans les cieux et paix sur la terre aux hommes de bonne volonté[1] !

« Prends une mesure de myrrhe, doux roi Balthasar, et suis-moi. Je te conduirai aux pieds du petit enfant qui vient de naître dans une étable, entre l'âne et le bœuf.

« Et ce petit enfant eſt le roi des rois. Il consolera ceux qui veulent être consolés.

« Il t'appelle à lui, ô toi, Balthasar, dont l'âme eſt aussi obscure que le visage, mais dont le cœur eſt simple comme celui d'un enfant.

« Il t'a choisi parce que tu as souffert, et il te donnera la richesse, la joie et l'amour.

« Il te dira : Sois pauvre avec allégresse ; c'eſt là la richesse véritable. Il te dira encore : La véritable joie eſt dans le renoncement à la joie. Aime-moi, et n'aime les créatures qu'en moi, car seul je suis l'amour. »

À ces mots, une paix divine se répandit comme une lumière sur le visage sombre du roi.

Balthasar, ravi, écoutait l'étoile. Et il se sentait devenir un homme nouveau. Sembobitis et Menkéra, prosternés le front contre la pierre, adoraient à son côté.

La reine Balkis observait Balthasar. Elle comprit qu'il n'y aurait plus jamais d'amour pour elle dans ce cœur rempli par l'amour divin. Elle pâlit de dépit et donna l'ordre à la caravane de retourner immédiatement au pays de Saba.

Quand l'étoile eut cessé de parler, le roi et ses deux compagnons descendirent de la tour[a]. Puis, ayant préparé une mesure de myrrhe, ils formèrent une caravane et s'en allèrent où les conduisait l'étoile. Ils voyagèrent longtemps par des contrées inconnues, et l'étoile marchait devant eux.

Un jour, se trouvant à un endroit où trois chemins se rencontraient, ils virent deux rois qui s'avançaient avec une suite nombreuse. L'un était jeune et blanc de visage. Il salua Balthasar et lui dit :

« Je me nomme Gaspar, je suis roi et je vais porter de l'or en présent à l'enfant qui vient de naître dans Bethléem de Juda. »

Le second roi s'avança à son tour. C'était un vieillard dont la barbe blanche couvrait la poitrine.

« Je me nomme Melchior, dit-il, je suis roi et je vais porter de l'encens à l'enfant divin qui vient enseigner la vérité aux hommes.

— J'y vais comme vous, répondit Balthasar; j'ai vaincu ma luxure, c'est pourquoi l'étoile m'a parlé.

— Moi, dit Melchior, j'ai vaincu mon orgueil, et c'est pourquoi j'ai été appelé.

— Moi, dit Gaspar, j'ai vaincu ma cruauté, c'est pourquoi je vais avec vous. »

Et les trois mages continuèrent ensemble leur voyage. L'étoile qu'ils avaient vue en Orient les précédait jusqu'à ce que, venant au-dessus du lieu où était l'enfant, elle s'y arrêta[1].

Or, en voyant l'étoile s'arrêter, ils se réjouirent d'une grande joie.

Et, entrant dans la maison, ils trouvèrent l'enfant avec Marie, sa mère, et, se prosternant, ils l'adorèrent. Et, ouvrant leurs trésors, ils lui offrirent de l'or, de l'encens et de la myrrhe ainsi qu'il est dit dans l'Évangile.

LE RÉSÉDA DU CURÉ

À Jules Lemaître[1].

J'ai connu jadis, dans un village du Bocage, un saint homme de curé qui se refusait toute sensualité, pratiquait le renoncement avec allégresse et ne connaissait de joie que celle du sacrifice. Il cultivait dans son jardin des arbres fruitiers, des légumes et des plantes médicinales. Mais, craignant la beauté jusque dans les fleurs, il ne voulait ni roses ni jasmin. Il se permettait seulement l'innocente vanité de quelques pieds de réséda, dont la tige tortueuse, si humblement fleurie, n'attirait point son regard quand il lisait son bréviaire entre ses carrés de choux, sous le ciel du bon Dieu. Le saint homme se défiait si peu de son réséda que, bien souvent, en passant, il en cueillait un brin et le respirait longtemps. Cette plante ne demande qu'à croître. Une branche coupée en fait renaître quatre. Si bien que, le diable aidant, le réséda du curé en vint à couvrir un vaste carré du jardin. Il débordait sur l'allée et tirait au passage par sa soutane le bon prêtre qui, distrait par cette plante folle, s'arrêtait vingt fois l'heure de lire ou de prier. Du printemps à l'automne, le presbytère fut tout embaumé de réséda.

Voyez ce que c'est que de nous, et combien nous sommes fragiles ! On a raison de dire qu'une inclination naturelle nous porte tous au péché. L'homme de Dieu[a] avait su garder ses yeux; mais il avait laissé ses narines sans défense, et voilà que le démon le tenait par le nez. Ce saint respirait maintenait l'odeur du réséda avec sensualité et concupiscence, c'est-à-dire avec ce mauvais instinct qui nous fait désirer la jouissance des biens sensibles et nous induit en toutes sortes de tentations. Il goûtait dès lors avec moins d'ardeur les odeurs du ciel et les parfums de Marie; sa sainteté en était diminuée, et il serait peut-être tombé dans la mollesse, son âme serait devenue peu à peu semblable à ces âmes tièdes que le ciel vomit, sans un secours qui lui vint à point. Jadis, dans la Thébaïde, un ange vola à un ermite la coupe d'or par laquelle le saint homme tenait encore aux vanités de ce monde[1]. Pareille grâce fut faite au curé du Bocage. Une poule blanche gratta tant et si bien la terre au pied du réséda, qu'elle le fit tout mourir. On ignore d'où venait cet oiseau. Pour moi, j'incline à croire que l'ange qui déroba, dans le désert, la coupe de l'ermite se changea en poule blanche pour détruire l'obstacle qui barrait au bon prêtre le chemin de la perfection.

M. PIGEONNEAU

À Gilbert Augustin-Thierry[1].

J'ai voué, comme on sait, ma vie entière à l'archéologie égyptienne. Je serais bien ingrat envers la patrie, la science et moi-même, si je regrettais d'avoir été appelé, dès ma jeunesse, dans la voie que je suis avec honneur depuis quarante ans. Mes travaux n'ont pas été stériles. Je dirai, sans me flatter, que mon *Mémoire sur un manche de miroir égyptien, du musée du Louvre*, peut encore être consulté avec fruit, bien qu'il date de mes débuts. Quant à l'étude assez volumineuse que j'ai consacrée postérieurement à l'un des poids de bronze trouvés, en 1851, dans les fouilles du Sérapéon[2], j'aurais mauvaise grâce à n'en penser aucun bien, puisqu'elle m'ouvrit les portes de l'Institut.

Encouragé par l'accueil flatteur que mes recherches en ce sens avaient reçu de plusieurs de mes nouveaux collègues, je fus tenté, un moment, d'embrasser dans un travail d'ensemble les poids et mesures en usage à Alexandrie sous le règne de Ptolémée Aulète[3] (80-52). Mais je reconnus bientôt qu'un sujet si général ne peut être traité par un véritable érudit, et que la science sérieuse ne saurait l'aborder sans risquer de se compromettre dans toutes sortes d'aventures. Je sentis qu'en considérant plusieurs objets à la fois, je sortais des principes fondamentaux de l'archéologie. Si je confesse aujourd'hui mon erreur, si j'avoue l'enthousiasme inconcevable que m'inspira une conception tout à fait démesurée, je le fais dans l'intérêt des jeunes gens, qui apprendront, sur mon exemple, à vaincre l'imagination. Elle est notre plus cruelle ennemie. Tout savant qui n'a pas réussi à l'étouffer en lui est à jamais perdu pour l'érudition. Je frémis encore à la pensée des abîmes dans lesquels mon esprit aventureux allait me précipiter. J'étais à deux doigts de ce qu'on appelle l'histoire. Quelle chute ! J'allais tomber dans l'art. Car l'histoire n'est qu'un art, ou tout au plus une fausse science. Qui ne sait aujourd'hui que les historiens ont précédé les archéologues, comme les astrologues ont précédé les astronomes, comme les alchimistes ont précédé les chimistes, comme les singes ont précédé les hommes ? Dieu merci ! j'en fus quitte pour la peur.

Mon troisième ouvrage, je me hâte de le dire, était sagement conçu. C'était un mémoire intitulé : *De la toilette d'une dame égyptienne, dans le Moyen Empire*[1], *d'après une peinture inédite*. Je traitai le sujet de façon à ne point m'égarer. Je n'y introduisis pas une seule idée générale. Je me gardai de ces considérations, de ces rapprochements et de ces vues dont certains de me collègues gâtent l'exposé des plus belles découvertes. Pourquoi fallut-il qu'une œuvre si saine eût une destinée si bizarre ? Par quel jeu du sort devait-elle être pour mon esprit la cause des égarements les plus monstrueux ? Mais n'anticipons pas sur les faits et ne brouillons point les dates. Mon mémoire fut désigné pour être lu dans une séance publique des cinq académies, honneur d'autant plus précieux qu'il échoit rarement à des productions d'un tel caractère. Ces réunions académiques sont très suivies depuis quelques années par les gens du monde.

Le jour où je fis ma lecture, la salle était envahie par un public d'élite. Les femmes s'y trouvaient en grand nombre. De jolis visages et d'élégantes toilettes brillaient dans les tribunes. Ma lecture fut écoutée avec respect. Elle ne fut pas coupée par ces manifestations irréfléchies et bruyantes que soulèvent naturellement les morceaux littéraires. Non; le public garda une attitude mieux en harmonie avec la nature de l'œuvre qui lui était présentée. Il se montra sérieux et grave.

Comme, pour mieux détacher les pensées, je

mettais des pauses entre les phrases, j'eus le loisir d'examiner attentivement par-dessus mes lunettes la salle entière. Je puis dire qu'on ne voyait point errer des sourires légers sur les lèvres. Loin de là ! Les plus frais visages prenaient une expression austère. Il semblait que j'eusse mûri tous les esprits par enchantement. Çà et là, tandis que je lisais, des jeunes gens chuchotaient à l'oreille de leur voisine. Ils l'entretenaient sans doute de quelque point spécial traité dans mon mémoire.

Bien plus ! une belle personne de vingt-deux à vingt-quatre ans, assise à l'angle gauche de la tribune du Nord, tendait l'oreille et prenait des notes. Son visage présentait une finesse de traits et une mobilité d'expression vraiment remarquables. L'attention qu'elle prêtait à ma parole ajoutait au charme de sa physionomie étrange. Elle n'était pas seule. Un homme grand et robuste, portant, comme les rois assyriens, une longue barbe bouclée et de longs cheveux noirs, se tenait près d'elle et lui adressait de temps en temps la parole à voix basse. Mon attention, partagée d'abord entre tout mon public, se concentra peu à peu sur cette jeune femme. Elle m'inspirait, je l'avoue, un intérêt que certains de mes collègues pourront considérer comme indigne du caractère scientifique qui est le mien, mais j'affirme qu'ils n'auraient pas été plus indifférents que moi s'ils s'étaient trouvés à pareille fête. À mesure que je parlais, elle griffonnait sur un petit carnet de poche; visiblement elle passait, en écoutant mon mémoire, par les sentiments les plus contraires, depuis le contentement et la joie jusqu'à la surprise et même l'inquiétude. Je l'examinais avec une curiosité croissante. Plût à Dieu que je n'eusse plus regardé qu'elle, ce jour-là, sous la coupole !

J'avais presque terminé; il ne me restait que vingt-cinq ou trente pages tout au plus à lire, quand mes yeux rencontrèrent tout à coup ceux de l'homme à la barbe assyrienne. Comment vous expliquer ce qui se passa alors, puisque je ne le conçois pas moi-même ? Tout ce que je puis dire, c'est que le regard de ce personnage me jeta instantanément dans un trouble inconcevable. Les prunelles qui me regardaient étaient fixes et verdâtres. Je ne pus en détourner les miennes. Je restai muet, le nez en l'air ! Comme je me taisais, on applaudit. Le silence s'étant rétabli, je voulus reprendre ma lecture. Mais, malgré le plus violent effort, je ne parvins pas à arracher mes regards des deux vivantes lumières auxquelles ils étaient mystérieusement rivés. Ce n'est pas tout. Par un phénomène plus inconcevable encore, je me jetai, contrairement à l'usage de toute ma vie, dans une improvisation. Dieu sait si celle-là fut involontaire ! Sous l'influence d'une force étrangère, inconnue, irrésistible, je récitai avec élégance et chaleur des considérations philosophiques sur la toilette des femmes à travers les âges ; je généralisai, je poétisai, je parlai, Dieu me pardonne ! de l'éternel féminin et du désir errant comme un souffle autour des voiles parfumés dont la femme sait parer sa beauté.

L'homme à la barbe assyrienne ne cessait de me regarder fixement. Et je parlais. Enfin il baissa les yeux et je me tus. Il m'est pénible d'ajouter que ce morceau, aussi étranger à ma propre inspiration que contraire à l'esprit scientifique, fut couvert d'applaudissements enthousiastes. La jeune femme de la tribune du Nord battait des mains et souriait.

Je fus remplacé au pupitre par un membre de l'Académie française, visiblement contrarié d'avoir à se faire entendre après moi. Ses craintes étaient peut-être exagérées. La pièce qu'il lut fut écoutée sans trop d'impatience. J'ai bien cru[a] m'apercevoir qu'elle était en vers.

La séance ayant été levée, je quittai la salle en compagnie de plusieurs de mes confrères, qui me renouvelèrent des félicitations à la sincérité desquelles je veux croire.

M'étant arrêté un moment sur le quai, auprès des lions du Creuzot[1], pour échanger quelques poignées de main, je vis l'homme à la barbe assyrienne et sa belle compagne monter en coupé. Je me trouvai alors, par hasard, au côté d'un éloquent philosophe qu'on dit aussi versé dans les élégances mondaines que dans les théories cosmiques. La jeune femme, passant à travers la portière sa tête fine et sa petite main, l'appela par son nom, et lui dit avec un léger accent anglais :

« Très cher, vous m'oubliez, c'est mal ! »

Quand le coupé se fut éloigné, je demandai à mon illustre confrère qui étaient cette charmante personne et son compagnon.

« Quoi ! me répondit-il, vous ne connaissez pas miss Morgan et son médecin Daoud, qui traite toutes les maladies par le magnétisme[1], l'hypnotisme et la suggestion[2]. Annie Morgan est la fille du plus riche négociant de Chicago. Elle est venue à Paris avec sa mère, il y a deux ans, et elle a fait construire un hôtel merveilleux sur l'avenue de l'Impératrice[3]. C'est une personne très instruite et d'une intelligence remarquable.

— Vous ne me surprenez pas, répondis-je. J'avais déjà quelque raison de croire que cette Américaine est d'un esprit très sérieux. »

Mon brillant confrère sourit en me serrant la main.

Je regagnai à pied la rue Saint-Jacques, où j'habite depuis trente ans un modeste logis du haut duquel je découvre la cime des arbres du Luxembourg, et je m'assis à ma table de travail.

J'y restai trois jours assidu, en face d'une statuette représentant la déesse Pacht[4] avec sa tête de chat. Ce petit monument porte une inscription mal comprise par M. Grébault[5]. J'en préparai[a] une bonne lecture avec commentaire. Mon aventure de l'Institut me laissait une impression moins vive qu'on n'aurait pu craindre. Je n'en étais point troublé outre mesure. À dire vrai, je l'avais même un peu oubliée, et il a fallu des circonstances nouvelles pour m'en raviver le souvenir.

J'eus donc le loisir de mener à bien, pendant ces trois jours, ma lecture et mon commentaire. Je n'interrompais mon labeur archéologique que pour lire les journaux, tout remplis de mes louanges. Les feuilles les plus étrangères à l'érudition parlaient avec éloge du « charmant morceau » qui terminait mon mémoire. « C'est une révélation, disaient-elles, et M. Pigeonneau nous a ménagé la plus agréable surprise. » Je ne sais pourquoi je rapporte de semblables bagatelles, car je reste tout à fait indifférent à ce qu'on dit de moi dans la presse.

Or, j'étais renfermé dans mon cabinet depuis trois

jours quand un coup de sonnette me fit tressaillir. La secousse imprimée au cordon avait quelque chose d'impérieux, de fantasque et d'inconnu, qui me troubla, et c'est avec une véritable anxiété que j'allai moi-même ouvrir la porte. Qui trouvai-je sur le palier ? La jeune Américaine naguère si attentive à la lecture de mon mémoire, miss Morgan en personne.

« Monsieur Pigeonneau !

— C'est moi-même.

— Je vous reconnais bien, quoique vous n'ayez plus votre bel habit à palmes vertes. Mais, de grâce, n'allez pas le mettre pour moi. Je vous aime beaucoup mieux avec votre robe de chambre. »

Je la fis entrer dans mon cabinet. Elle jeta un regard curieux sur les papyrus, les estampages et les figurations de toute sorte qui le tapissent jusqu'au plafond, puis elle considéra quelque temps en silence la déesse Pacht, qui était sur ma table. Enfin :

« Elle est charmante, me dit-elle.

— Vous voulez parler, mademoiselle, de ce petit monument ? Il présente en effet une particularité épigraphique assez curieuse. Mais pourrai-je savoir ce qui me vaut l'honneur de votre visite ?

— Oh ! me répondit-elle, je me moque des particularités épigraphiques. Elle a une figure de chatte d'une finesse exquise. Vous ne doutez pas que ce ne soit une vraie déesse, n'est-ce pas, monsieur Pigeonneau ? »

Je me défendis contre ce soupçon injurieux.

« Pareille croyance, dis-je, serait du fétichisme. »

Elle me regarda avec surprise de ses grands yeux verts.

« Ah ! vous n'êtes pas fétichiste. Je ne croyais pas qu'on pût être archéologue sans être fétichiste. Comment Pacht peut-elle vous intéresser si vous ne croyez pas que c'est une déesse ? Mais laissons cela. Je suis venue vous voir, monsieur Pigeonneau, pour une affaire très importante.

— Très importante ?

— Oui, pour un costume. Regardez-moi.

— Avec plaisir.

— Est-ce que vous ne trouvez pas que j'ai dans le profil certains caractères de la race kouschite[1] ? »

Je ne savais que répondre. Un semblable entretien sortait tout à fait de mes habitudes. Elle reprit :

« Oh ! ce n'eſt pas étonnant. Je me rappelle avoir été égyptienne. Et vous, monsieur Pigeonneau, avez-vous été égyptien ? Vous ne vous souvenez pas ? C'eſt étrange. Vous ne doutez pas, du moins, que nous ne passions par une série d'incarnations successives[1] ?

— Je ne sais, mademoiselle.

— Vous me surprenez, monsieur Pigeonneau.

— M'apprendrez-vous, mademoiselle, ce qui me vaut l'honneur ?...

— C'eſt vrai, je ne vous ai pas encore dit que je venais vous prier de m'aider à composer un coſtume égyptien pour le bal coſtumé de la comtesse N***. Je veux un coſtume d'une vérité exacte et d'une beauté ſtupéfiante. J'y ai déjà beaucoup travaillé, monsieur Pigeonneau. J'ai consulté mes souvenirs, car je me rappelle fort bien avoir vécu à Thèbes il y a six mille ans. J'ai fait venir des dessins de Londres, de Boulaq[2] et de New York.

— C'était plus sûr.

— Non ! Rien n'eſt plus sûr que la révélation intérieure. J'ai étudié aussi le musée égyptien du Louvre. Il eſt plein de choses ravissantes ! Des formes grêles et pures, des profils d'une finesse aiguë, des femmes qui ont l'air de fleurs, avec je ne sais quoi de raide et de souple à la fois ! Et un dieu Bès qui ressemble à Sarcey[3] ! Mon Dieu ! que tout cela eſt joli !

— Mademoiselle, je ne sais pas bien encore...

— Ce n'eſt pas tout. Je suis allée entendre votre mémoire sur la toilette d'une femme du Moyen Empire et j'ai pris des notes. Il était un peu dur, votre mémoire ! Mais je l'ai pioché ferme. Avec tous ces documents j'ai composé un coſtume. Il n'eſt pas encore tout à fait bien. Je viens vous prier de me le corriger. Venez demain chez moi, cher monsieur. Faites cela pour l'amour de l'Égypte. C'eſt entendu. À demain ! Je vous quitte vite. Maman m'attend dans la voiture. »

En prononçant ces derniers mots, elle s'était envolée; je la suivis. Quand j'atteignis l'antichambre, elle était déjà au bas de l'escalier, d'où montait sa voix claire :

« À demain ! avenue du Bois-de-Boulogne, au coin de la villa Saïd[1]. »

« Je n'irai point chez cette folle », me dis-je.

Le lendemain, à quatre heures, je sonnais à la porte de son hôtel. Un laquais m'introduisit dans un immense hall vitré où s'entassaient des tableaux, des statues de marbre ou de bronze; des chaises à porteurs en vernis Martin[2] chargées de porcelaines; des momies péruviennes; douze mannequins d'hommes et de chevaux couverts d'armures, que dominaient de leur haute taille un cavalier polonais portant au dos des ailes blanches et un chevalier français en costume de tournoi, le casque surmonté d'une tête de femme en hennin, peinte et voilée. Tout un bois de palmiers en caisse s'élevait dans cette salle, au centre de laquelle siégeait un gigantesque Bouddha d'or. Au pied du dieu, une vieille femme, sordidement vêtue, lisait la Bible. J'étais encore ébloui par tant de merveilles quand Mlle Morgan, soulevant une portière de drap pourpre, m'apparut en peignoir blanc, garni de cygne. Elle s'avança vers moi. Deux grands danois à long museau la suivaient.

« Je savais bien que vous viendriez, monsieur Pigeonneau. »

Je balbutiai un compliment :

« Comment refuser à une si charmante personne ?

— Oh ! ce n'est pas parce que je suis jolie qu'on ne me refuse rien. Mais j'ai des secrets pour me faire obéir. »

Puis, me désignant la vieille dame qui lisait la Bible :

« Ne faites pas attention, c'est maman. Je ne vous présente pas. Si vous lui parliez, elle ne pourrait pas vous répondre; elle est d'une secte religieuse qui interdit les paroles vaines. C'est une secte de la dernière nouveauté. Les adhérents s'habillent d'un sac et mangent dans des écuelles de bois. Maman se plaît beaucoup à ces pratiques. Mais vous concevez que je ne vous ai pas fait venir pour vous parler de maman. Je vais mettre mon costume égyptien. Ce ne sera pas long. Regardez, en attendant, ces petites choses. »

Et elle me fit asseoir devant une armoire qui contenait un cercueil de momie, plusieurs statuettes du Moyen Empire, des scarabées et quelques fragments d'un beau rituel funéraire.

Resté seul, j'examinai ce papyrus avec d'autant plus d'intérêt qu'il porte un nom que j'avais déjà lu sur un cachet. C'est le nom d'un scribe du roi Séti Ier[1]. Je me mis aussitôt à relever diverses particularités intéressantes du document. J'étais plongé dans ce travail depuis un temps que je ne saurais mesurer avec exactitude, quand je fus averti par une sorte d'instinct que quelqu'un se tenait derrière moi. Je me retournai et je vis une merveilleuse créature coiffée d'un épervier d'or, et prise dans une gaine étroite, toute blanche, qui révélait l'adorable et chaste jeunesse de son corps. Sur cette gaine, une légère tunique rose, serrée à la taille par une ceinture de pierreries, descendait en s'écartant et faisait des plis symétriques. Les bras, les pieds étaient nus et chargés de bagues.

Elle se montrait à moi de face, en tournant la tête sur son épaule droite dans une attitude hiératique qui donnait à sa délicieuse beauté je ne sais quoi de divin.

« Quoi ! m'écriai-je, c'est vous, miss Morgan ?

— A moins que ce ne soit Néférou-Râ en personne. Vous savez, la Néférou-Râ de Leconte de Lisle, la Beauté du Soleil ?...

Voici qu'elle languit sur son lit virginal,
Très pâle, enveloppée avec des fines toiles[2].

« Mais non, vous ne savez pas ! vous ne savez pas de vers. C'est pourtant joli les vers !.. Allons, travaillons. »

Ayant maîtrisé mon émotion, je fis à cette charmante personne quelques remarques sur son ravissant costume. J'osai en contester plusieurs détails comme s'éloignant de l'exactitude archéologique. Je proposai de remplacer, au chaton des bagues, certaines pierres par d'autres d'un usage plus constant dans le Moyen Empire. Enfin, je m'opposai décidément au maintien d'une agrafe en émail cloisonné. En effet, ce bijou constituait un odieux anachronisme. Nous convînmes d'y substituer une plaque de pierres précieuses serties dans de minces alvéoles d'or. Elle m'écouta avec une docilité extrême et se montra satisfaite de moi jusqu'à vouloir me retenir à dîner. Je m'excusai sur la régularité de mes habitudes et la frugalité de mon régime, et je pris congé.

J'étais déjà dans l'antichambre quand elle me cria :

« Hein ? est-il assez nitide, mon costume ? N'est-ce pas qu'au bal de la comtesse N***, je ferai bisquer les autres femmes[a] ? »

Je fus choqué d'un tel propos. Mais, m'étant retourné vers elle, je la revis et je retombai sous le charme.

Elle me rappela.

« Monsieur Pigeonneau, vous êtes un aimable homme. Faites-moi un petit conte, et je vous aimerai beaucoup, beaucoup, beaucoup.

— Je ne saurais », lui répondis-je.

Elle haussa ses belles épaules et s'écria :

« De quelle utilité serait donc la science, si elle ne servait à faire des contes ? Vous me ferez un conte, monsieur Pigeonneau. »

Ne jugeant point utile de renouveler mon refus absolu, je me retirai sans rien répondre.

Je me croisai à la porte avec cet homme à la barbe assyrienne, le docteur Daoud, dont le regard m'avait si étrangement troublé sous la coupole de l'Institut. Il me fit l'effet d'un homme des plus vulgaires et sa rencontre me fut pénible.

Le bal de la comtesse N*** eut lieu quinze jours environ après ma visite. Je ne fus point surpris de lire dans les journaux que la belle miss Morgan y avait fait sensation dans le costume de Néférou-Râ.

Je n'entendis plus parler d'elle tout le reste de l'année 1886. Mais[b], le premier jour du nouvel an, comme j'écrivais dans mon cabinet, un valet m'apporta une lettre et un panier.

« De la part de miss Morgan », me dit-il.

Et il se retira.

Le panier étant posé sur ma table, il en sortit un miaulement. Je l'ouvris; un petit chat gris s'en échappa.

Ce n'était pas un angora. C'était un chat d'une

espèce orientale plus svelte que les nôtres, et fort ressemblant, autant que j'en pus juger, à ceux de ses congénères dont on trouve en si grand nombre, dans les hypogées de Thèbes, les momies enveloppées de bandelettes grossières. Il se secoua, regarda autour de lui, fit le gros dos, bâilla, puis s'alla frotter en ronronnant contre la déesse Pacht, qui élevait sur ma table sa taille pure et son fin museau. Bien que de couleur sombre et de pelage ras, il était gracieux. Il semblait intelligent et se montrait aussi peu sauvage que possible. Je ne pouvais concevoir les raisons d'un si bizarre présent. La lettre de miss Morgan ne m'instruisit pas beaucoup à cet égard. Elle était ainsi conçue :

Cher monsieur,

Je vous envoie un petit chat que le docteur Daoud a rapporté d'Égypte et que j'aime beaucoup. Traitez-le bien par amour pour moi. Baudelaire, le plus grand poète français après Stéphane Mallarmé, a dit :

Les amoureux fervents et les savants austères
Aiment également, dans leur mûre saison,
Les chats puissants et doux, orgueil de la maison,
Qui comme eux sont frileux et comme eux sédentaires[1].

Je n'ai pas besoin de vous rappeler que vous devez *me faire un conte. Vous me l'apporterez le jour des Rois. Nous dînerons ensemble.*

ANNIE MORGAN.

P.-S. : *Votre petit chat se nomme Porou.*

Après avoir lu cette lettre, je regardai Porou qui, debout sur ses pattes de derrière, léchait le museau noir de Pacht, sa sœur divine. Il me regarda, et je dois dire que, de nous deux, ce n'était pas lui le plus étonné.

Je me demandais en moi-même :

« Qu'est-ce que cela veut dire ? »

Mais je renonçai bientôt à y rien comprendre. « Je suis bien bon, me dis-je, de chercher un sens aux folies d'une jeune détraquée. Travaillons. Quant à ce petit animal, Mme Magloire, ma gouvernante, pourvoira à ses besoins. » Je me remis à un travail de chronologie d'autant plus intéressant pour moi que j'y malmène quelque peu mon éminent confrère, M. Maspéro[1]. Porou ne quitta pas ma table. Assis sur son derrière, les oreilles droites, il me regardait écrire. Chose incroyable, je ne fis rien de bon ce jour-là. Mes idées se brouillaient; il me venait à l'esprit des bribes de chansons et des lambeaux de contes bleus. J'allai me coucher assez mécontent de moi. Le lendemain je retrouvai Porou assis sur ma table et se léchant la patte. Ce jour-là encore, je travaillai mal; Porou et moi nous passâmes le plus clair des heures à nous regarder. Le lendemain alla de même et le surlendemain, bref, toute la semaine. J'aurais dû m'en affliger; mais il faut confesser que peu à peu je prenais mon mal en patience et même en gaieté. La rapidité avec laquelle un honnête homme se déprave est quelque chose d'effrayant. Le dimanche de l'Épiphanie, je me levai tout joyeux et je courus à ma table, où Porou m'avait précédé selon sa coutume. Je pris un beau cahier de papier blanc, je trempai ma plume dans l'encre et j'écrivis en grandes lettres, sous le regard de mon nouvel ami : « *Mésaventures d'un commissionnaire borgne*[2]. » Puis, sans que mes yeux quittassent le regard de Porou, j'écrivis tout le jour, avec une prodigieuse rapidité, un récit d'aventures si merveilleuses, si plaisantes, si diverses, que j'en étais moi-même tout égayé. Mon crocheteur borgne se trompait de fardeaux et commettait les méprises les plus comiques. Des amoureux placés dans une situation critique recevaient de lui, sans qu'il s'en doutât, un secours imprévu. Il transportait des armoires avec des hommes cachés dedans. Et ceux-ci, introduits dans un nouveau domicile, effrayaient des vieilles dames. Mais comment analyser un conte si joyeux ? Vingt fois j'éclatai de rire en l'écrivant. Si Porou, lui, ne riait pas, son air grave était aussi plaisant que les mines les plus hilares. Il était sept heures du soir quand je traçai la dernière ligne de cet aimable ouvrage. Depuis une heure, la chambre n'était éclairée que par les yeux phosphorescents de Porou. J'avais écrit aussi facilement dans l'obscurité que je l'eusse pu faire à la clarté d'une bonne lampe. Mon conte une fois terminé, je m'habillai; je mis mon habit noir et ma cravate blanche, puis, prenant congé de Porou, je descendis rapidement mon escalier et m'élançai dans la rue. Je n'y avais pas fait vingt pas que je me sentis tiré par la manche.

« Où courez-vous ainsi, mon oncle, comme un somnambule ? »

C'était mon neveu Marcel qui m'interpellait de la sorte, un honnête et intelligent jeune homme, interne à la Salpêtrière. On dit qu'il réussira dans la médecine. Et, de fait, il aurait l'esprit assez bon s'il se défiait davantage de son imagination capricieuse.

« Mais, lui répondis-je, je vais porter un conte de ma façon à miss Morgan.

— Quoi ! mon oncle, vous faites des contes et vous connaissez miss Morgan ? Elle est bien jolie. Connaissez-vous aussi le docteur Daoud, qui la suit partout ?

— Un empirique, un charlatan !

— Sans doute, mon oncle, mais à coup sûr un expérimentateur extraordinaire. Ni Bernheim, ni Liégeois, ni Charcot[1] lui-même n'ont obtenu les phénomènes qu'il produit à volonté. Il produit l'hypnotisme et la suggestion sans contact, sans action directe, par l'intermédiaire d'un animal. Il se sert ordinairement pour ses expériences de petits chats à poils ras. Voici comment il procède : il suggère un acte quelconque à un chat, puis il envoie l'animal dans un panier au sujet sur lequel il veut agir. L'animal transmet la suggestion qu'il a reçue, et le patient, sous l'influence de la bête, exécute ce que l'opérateur a commandé.

— En vérité, mon neveu ?

— En vérité, mon oncle.

— Et quelle est la part de miss Morgan dans ces belles expériences ?

— Miss Morgan, mon oncle, fait travailler Daoud à son profit et se sert de l'hypnotisme et de la suggestion pour faire faire des bêtises aux gens, comme si sa beauté n'y suffisait pas. »

Je n'en entendis pas davantage. Une force irrésistible m'entraînait vers miss Morgan.

LA FILLE DE LILITH[1]

À Jean Psichari[2].

J'avais quitté Paris la veille au soir et passé dans un coin de wagon une longue et muette nuit de neige. J'attendis six mortelles heures à X... et trouvai dans l'après-midi seulement une carriole de paysan pour me conduire à Artigues. La plaine, dont les plis s'élèvent et s'abaissent tour à tour des deux côtés de la route et que j'avais vue jadis riante au grand soleil, était maintenant couverte d'un voile épais de neige sur laquelle se tordaient les pieds noirs des vignes. Mon guide poussait mollement son vieux cheval, et nous allions, enveloppés d'un silence infini que déchirait par intervalles le cri plaintif d'un oiseau. Triste jusqu'à la mort, je murmurai dans mon cœur cette prière : « Mon Dieu, Dieu de miséricorde, préservez-moi du désespoir et ne me laissez pas commettre, après tant de fautes, le seul péché que vous ne pardonniez pas. » Alors je vis le soleil, rouge et sans rayons, descendre comme une hostie sanglante à l'horizon et, me rappelant le divin sacrifice du Calvaire, je sentis l'espérance entrer dans mon âme. Les roues continuèrent quelque temps encore à faire craquer la neige. Enfin, le voiturier me montra du bout de son fouet le clocher d'Artigues qui se dressait comme une ombre dans la brume rougeâtre.

« Eh ! donc, me dit cet homme, vous descendez au presbytère ? Vous connaissez M. le curé ?

— Je le connais depuis mon enfance. Il était mon maître quand j'étais écolier.

— Il eſt savant dans les livres ?

— Mon ami, M. le curé Safrac eſt aussi savant qu'il eſt vertueux.

— On le dit. On dit pareillement autre chose.

— Que dit-on, mon ami ?

— On dit ce qu'on veut, et moi je laisse dire.

— Quoi encore ?

— Donc, il y en a qui croient que M. le curé eſt devin et qu'il jette des sorts.

— Quelle folie !

— Moi, monsieur, je ne dis rien. Mais, si M. Safrac n'eſt pas un devin qui jette des sorts, pourquoi lit-il dans les livres, donc ? »

La carriole s'arrêta devant le presbytère.

Je laissai cet imbécile et suivis la servante du curé, qui me conduisit à son maître, dans la salle où déjà la table était servie. Je trouvai M. Safrac bien changé depuis trois ans que je ne l'avais vu. Son grand corps s'était voûté. Sa maigreur devenait excessive. Deux yeux perçants luisaient sur son visage émacié. Son nez, qui semblait agrandi, descendait sur la bouche amincie. Je tombai dans ses bras et je m'écriai en sanglotant : « Mon père, mon père ! je viens à vous parce que j'ai péché. Mon père, mon vieux maître, ô vous, dont la science profonde et myſtérieuse épouvantait mon esprit, mais qui rassuriez mon âme en me montrant votre cœur maternel, tirez votre enfant du bord de l'abîme. Ô mon seul ami, sauvez-moi ; éclairez-moi, ô mon unique lumière ! »

Il m'embrassa, me sourit avec cette exquise bonté dont il m'avait donné tant de preuves dans ma première jeunesse, et, reculant d'un pas comme pour mieux me voir :

« Eh ! adieu ! » me dit-il, en me saluant à la mode de son pays, car M. Safrac eſt né sur le bord de la Garonne, au milieu de ces vins illuſtres qui semblent l'emblème de son âme généreuse et parfumée.

Après avoir professé la philosophie avec éclat à Bordeaux, à Poitiers et à Paris, il demanda pour unique faveur une pauvre cure dans le pays où il était né et où il voulait mourir. Curé d'Artigues depuis six ans, il pratique dans ce village perdu la plus humble piété et la science la plus haute.

« Eh ! adieu ! mon enfant, répétait-il. Vous m'avez écrit, pour m'annoncer votre arrivée, une lettre qui m'a bien touché. Il eſt donc vrai que vous n'avez point oublié votre vieux maître ? »

Je voulus me jeter à ses pieds, en balbutiant encore : « Sauvez-moi ! sauvez-moi ! » Mais il m'arrêta d'un geſte à la fois impérieux et doux.

« Ary, me dit-il, vous me direz demain ce que vous avez à me dire. Présentement, chauffez-vous. Puis nous souperons, car vous devez avoir grand froid et grand-faim ! »

La servante apporta sur la table la soupière, d'où montait une colonne de vapeur odorante. C'était une vieille femme dont les cheveux étaient cachés sous un foulard noir et qui mêlait étrangement sur sa face ridée la beauté du type à la laideur de la décrépitude. J'étais profondément troublé; pourtant la paix de la sainte demeure, la gaieté du feu de sarments, de la nappe blanche, du vin versé et des plats fumants entrèrent peu à peu dans mon âme. Tout en mangeant, j'oubliais presque que j'étais venu au foyer de ce prêtre changer l'aridité de mes remords en la rosée féconde du repentir. M. Safrac me rappela les heures déjà lointaines qui nous avaient réunis sous le toit du collège, où il professait la philosophie.

« Ary, me dit-il, vous étiez mon meilleur élève. Votre prompte intelligence allait sans cesse au-delà de la pensée du maître. C'eſt pourquoi je m'attachai tout de suite à vous. J'aime la hardiesse chez un chrétien. Il ne faut pas que la foi soit timide quand l'impiété montre une indomptable audace. L'Église n'a plus aujourd'hui que des agneaux : il lui faut des lions. Qui nous rendra les pères et les docteurs dont le regard embrassait toutes les sciences ? La vérité eſt comme le soleil; elle veut l'œil de l'aigle pour la contempler.

Ah ! monsieur Safrac, vous portiez, vous, sur toutes les queſtions cet œil audacieux que rien n'éblouit. Je me rappelle que vos opinions effrayaient parfois ceux mêmes de vos confrères que la sainteté de votre vie remplissait d'admiration. Vous ne redoutiez pas les nouveautés. C'est ainsi, par exemple, que vous incliniez à admettre la pluralité des mondes habités. »

Son œil s'alluma :

« Que diront les timides quand ils liront mon livre ? Ary, sous ce beau ciel, dans ce pays que Dieu fit avec un spécial amour, j'ai médité, j'ai travaillé. Vous savez que je possède assez bien l'hébreu, l'arabe, le persan et plusieurs idiomes de l'Inde. Vous savez aussi que j'ai transporté ici une bibliothèque riche en manuscrits anciens. Je suis entré profondément dans la connaissance des langues et des traditions de l'Orient primitif. Ce grand labeur, avec l'aide de Dieu, n'aura pas été sans fruit. Je viens de terminer mon livre des *Origines* qui répare et soutient cette exégèse sacrée dont la science impie croyait voir la ruine imminente. Ary, Dieu a voulu, dans sa miséricorde, que la science et la foi fussent enfin réconciliées. Pour opérer un tel rapprochement, je suis parti de cette idée : la Bible, inspirée par le Saint-Esprit, ne dit rien que de vrai, mais elle ne dit pas tout ce qui est vrai. Et comment le dirait-elle, puisqu'elle se propose, pour objet unique, de nous informer de ce qui est nécessaire à notre salut éternel ? Hors de ce grand dessein, il n'existe rien pour elle. Son plan est aussi simple qu'il est immense. Il embrasse la chute et la rédemption. C'est l'histoire divine de l'homme. Elle est complète et limitée. Rien n'y a été admis pour satisfaire de profanes curiosités. Or, il ne faut pas que la science impie triomphe plus longtemps du silence de Dieu. Il est temps de dire : “ Non, la Bible n'a pas menti, parce qu'elle n'a pas tout révélé. ” Telle est la vérité que je proclame. M'aidant de la géologie, de l'archéologie préhistorique, des cosmogonies orientales, des monuments hittites et sumériens, des traditions chaldéennes et babyloniennes, des antiques légendes conservées dans le Talmud, j'ai affirmé l'existence des préadamites, dont l'auteur inspiré de la Genèse ne parle point pour la seule raison que leur existence n'intéressait point le salut éternel des enfants d'Adam. Bien plus, un examen minutieux des premiers chapitres de la Genèse m'a démontré l'existence de deux créations successives, séparées par de longs âges, et dont la seconde n'est, pour ainsi dire, que l'adaptation d'un canton de la terre aux besoins d'Adam et de sa postérité. »

Il s'arrêta une seconde et reprit à voix basse, avec une gravité vraiment religieuse :

« Moi, Martial Safrac, prêtre indigne, docteur en théologie, soumis comme un enfant obéissant à l'autorité de notre sainte mère l'Église, j'affirme avec une certitude absolue — sous la réserve expresse de l'autorité de notre saint-père le pape et des conciles — qu'Adam, créé à l'image de Dieu, eut deux femmes, dont Ève est la seconde. »

Ces paroles singulières me tiraient peu à peu hors de moi-même et j'y prenais un étrange intérêt. Aussi éprouvai-je quelque déception quand M. Safrac, laissant tomber ses coudes sur la table, me dit :

« C'en est assez sur ce sujet. Peut-être lirez-vous un jour mon livre qui vous instruira sur ce point. J'ai dû, pour obéir à un strict devoir, soumettre cet ouvrage à Monseigneur et solliciter l'approbation de Sa Grandeur. Le manuscrit est à cette heure à l'archevêché et j'attends d'un moment à l'autre une réponse que j'ai tout lieu de croire favorable. Mon cher enfant, goûtez ces cèpes de nos bois et ce vin de nos crus et dites si ce pays n'est pas la seconde Terre promise, dont la première n'était que l'image et la prophétie. »

À partir de ce moment, la conversation, plus familière, roula sur nos souvenirs communs.

« Oui, mon enfant, me dit M. Safrac, vous étiez mon élève de prédilection. Dieu permet les préférences quand elles sont fondées sur un jugement équitable. Or, je jugeai tout de suite qu'il y avait en vous l'étoffe d'un homme et d'un chrétien. Ce n'est pas qu'il ne parût en vous de grandes imperfections. Vous étiez inégal, incertain, prompt à vous troubler. Des ardeurs, encore secrètes, couvaient dans votre âme. Je vous aimais pour votre grande inquiétude, comme un autre de mes élèves pour des qualités contraires. Je chérissais *Paul* d'Ervy pour l'inébranlable fermeté de son esprit et de son cœur. »

À ce nom, je rougis, je pâlis, j'eus peine à retenir un cri, et, quand je voulus répondre, il me fut impossible de parler. M. Safrac ne parut pas s'apercevoir de mon trouble.

« Si j'ai bonne mémoire, c'était votre meilleur camarade, ajouta-t-il. Vous êtes resté lié intimement avec lui, n'est-il pas vrai ? Je sais qu'il est entré dans la carrière diplomatique où on lui présage un bel avenir. Je souhaite qu'il soit appelé dans des temps meilleurs auprès du Saint-Siège. Vous avez en lui un ami fidèle et dévoué.

— Mon père, répondis-je avec effort, je vous parlerai demain de Paul d'Ervy et d'une autre personne. »

M. Safrac me serra la main. Nous nous séparâmes et je me retirai dans la chambre qu'il m'avait fait préparer. Dans mon lit parfumé de lavande, je rêvai que j'étais encore enfant et qu'agenouillé dans la chapelle du collège j'admirais les femmes blanches et lumineuses dont la tribune était remplie, quand tout à coup une voix, sortie d'un nuage, parla au-dessus de ma tête et dit : « Ary, tu crois les aimer en Dieu, mais c'est Dieu que tu aimes en elles. »

Le matin à mon réveil, je trouvai M. Safrac debout au chevet de mon lit.

« Ary, me dit-il, venez entendre la messe que je célébrerai à votre intention. À l'issue du saint sacrifice, je serai prêt à écouter ce que vous avez à me dire. »

L'église d'Artigues est un petit sanctuaire de ce style roman qui fleurissait encore en Aquitaine au XIIe siècle. Restauré il y a vingt ans, elle reçut un clocher qui n'était point prévu dans le plan primitif. Du moins, étant pauvre, elle garda sa pure nudité. Je m'associai, autant que mon esprit me le permettait, aux prières du célébrant, puis je rentrai avec lui au presbytère. Là, nous déjeunâmes d'un peu de pain et de lait, puis nous entrâmes dans la chambre de M. Safrac.

Ayant approché une chaise de la cheminée, au-dessus de laquelle un crucifix était suspendu, il m'invita à m'asseoir, et, s'étant assis lui-même près de moi, il me fit signe de parler. Au-dehors, la neige tombait. Je commençai ainsi :

« Mon père, il y a dix ans qu'au sortir de vos mains je suis entré dans le monde. J'y ai gardé ma foi ;

hélas ! non pas ma pureté. Mais je n'ai pas besoin de vous retracer mon existence; vous la connaissez, vous mon guide spirituel, l'unique directeur de ma conscience. D'ailleurs, j'ai hâte d'arriver à l'événement qui a bouleversé ma vie. L'année dernière, ma famille avait résolu de me marier et j'y avais moi-même consenti volontiers. La jeune fille qui m'était destinée présentait tous les avantages que recherchent d'ordinaire les parents. De plus, elle était jolie; elle me plaisait, en sorte qu'au lieu d'un mariage de convenance j'allais faire un mariage d'inclination. Ma demande fut agréée. On nous fiança. Le bonheur et le repos de ma vie semblaient assurés, quand je reçus une lettre de Paul d'Ervy qui, revenu de Constantinople, m'annonçait son arrivée à Paris et témoignait une grande envie de me voir. Je courus chez lui et lui annonçai mon mariage. Il me félicita cordialement.

« " Mon vieux frère, me dit-il, je me réjouis de ton bonheur. "

« Je lui dis que je comptais qu'il serait mon témoin, il accepta bien volontiers. La date de mon mariage était fixée au 15 mai et il ne devait rejoindre son poste que dans les premiers jours de juin.

« " Voilà qui va bien, lui dis-je. Et toi ?...

« — Oh ! moi, répondit-il avec un sourire qui exprimait à la fois la joie et la tristesse, moi, quel changement !... je suis fou... une femme... Ary, je suis bien heureux ou bien malheureux ! Quel nom donner au bonheur qu'on a acheté par une mauvaise action ? J'ai trahi, j'ai désolé un excellent ami... j'ai enlevé, là-bas, à Constantinople, la... " »

M. Safrac m'interrompit :

« Mon fils, retranchez de votre récit les fautes des autres et ne nommez personne. »

Je promis d'obéir et je continuai de la sorte :

« Paul avait à peine achevé de parler quand une femme entra dans la chambre. C'était elle, manifestement : vêtue d'un long peignoir bleu, elle semblait chez *elle*. Je vous peindrai d'un seul mot l'impression terrible qu'elle me fit. Elle ne me parut pas *naturelle*. Je sens combien ce terme est obscur et rend mal ma pensée. Mais peut-être deviendra-t-il plus intelligible par la suite de mon récit. En vérité, dans l'expression de ses yeux d'or qui jetaient par moments des gerbes d'étincelles, dans la courbe de sa bouche énigmatique, dans le tissu de sa chair à la fois brune et lumineuse, dans le jeu des lignes heurtées et pourtant harmonieuses de son corps, dans la légèreté aérienne de ses pas, jusque dans ses bras nus auxquels des ailes invisibles semblaient attachées; enfin dans tout son être ardent et fluide, je sentis je ne sais quoi d'étranger à la nature humaine, je ne sais quoi d'inférieur et de supérieur à la femme telle que Dieu l'a faite, en sa bonté redoutable, pour qu'elle fût notre compagne sur cette terre d'exil. Du moment que je la vis, un sentiment monta dans mon âme et l'emplit toute : je ressentis le dégoût infini de tout ce qui n'était pas cette femme.

« En la voyant entrer, Paul avait froncé légèrement le sourcil; mais, se ravisant tout aussitôt, il essaya de sourire.

« “ Leila, je vous présente mon meilleur ami. ”

« Leila répondit :

« “ Je connais M. Ary. ”

« Cette parole devait sembler étrange, puisque certainement nous ne nous étions jamais vus; mais l'accent dont elle fut dite était plus étrange encore. Si le cristal pensait, il parlerait ainsi.

« “ Mon ami Ary, ajouta Paul, se marie dans six semaines. ”

« À ces mots, Leila me regarda et je vis clairement que ses yeux d'or disaient *non*.

« Je sortis fort troublé, sans que mon ami montrât la moindre envie de me retenir. Tout le jour, j'errai au hasard dans les rues, le cœur vide et désolé; puis, me trouvant, par hasard, le soir sur le boulevard devant une boutique de fleuriste, je me rappelai ma fiancée et j'entrai prendre pour elle une branche de lilas blanc. J'avais à peine la fleur entre les doigts qu'une petite main me l'arracha et je vis Leila qui s'en allait en riant. Elle était vêtue d'une courte robe grise, d'une veste également grise et d'un petit chapeau rond. Ce costume de Parisienne en course allait, je dois le dire, aussi mal que possible à la beauté féerique de cette créature et semblait sur elle une sorte de déguisement. C'est pourtant en la voyant ainsi que je sentis que je l'aimais d'un inextinguible amour. Je voulus la rejoindre, mais elle m'échappa au milieu des passants et des voitures.

« À compter de ce moment, je ne vécus plus. J'allai plusieurs fois chez Paul, sans revoir Leila. Il me recevait amicalement, mais il ne me parlait pas d'elle. Nous n'avions rien à nous dire et je le quittais tristement. Un jour enfin, le valet de chambre me dit : " Monsieur est sorti. " Et il ajouta : " Monsieur veut-il parler à Madame ? " Je répondis *oui*. Oh ! mon père, ce mot, ce petit mot, quelles larmes de sang pourront jamais l'expier ? J'entrai. Je la trouvai dans le salon, à demi couchée sur un divan, dans une robe jaune comme l'or, sous laquelle elle avait ramené ses pieds. Je la vis... Mais non, je ne voyais plus. Ma gorge s'était tout à coup séchée, je ne pouvais parler. Une odeur de myrrhe et d'aromates qui venait d'elle m'enivra de langueur et de désirs, comme si tous les parfums du mystique Orient étaient entrés à la fois dans mes narines frémissantes. Non, certes, ce n'était pas là une femme naturelle, car rien d'humain ne transparaissait en elle ; son visage n'exprimait aucun sentiment bon ou mauvais, hors celui d'une volupté à la fois sensuelle et céleste. Sans doute, elle vit mon trouble, car elle me demanda, de sa voix plus pure que le chant des ruisseaux dans les bois :

« " Qu'avez-vous ? "

« Je me jetai à ses pieds et je m'écriai dans les larmes :

« " Je vous aime éperdument !... "

« Alors elle ouvrit les bras ; puis, répandant sur moi le regard de ses yeux voluptueux et candides :

« " Pourquoi ne l'avez-vous pas dit plus tôt, mon ami ? "

« Heure sans nom ! Je pressai Leila renversée dans mes bras. Et il me sembla que, tous deux emportés ensemble en plein ciel, nous le remplissions tout entier. Je me sentis devenir l'égal de Dieu, et je crus posséder en mon sein toute la beauté du monde et toutes les harmonies de la nature, les étoiles et les fleurs, et les forêts qui chantent, et les fleuves et les mers profondes. J'avais mis l'infini dans un baiser... »

À ces mots, M. Safrac, qui m'écoutait depuis quelques instants avec une impatience visible, se leva et, debout contre la cheminée, ayant retroussé sa soutane jusqu'aux genoux pour se chauffer les jambes, il me dit avec une sévérité qui allait jusqu'au mépris :

« Vous êtes un misérable blasphémateur et, loin de détester vos crimes, vous ne les confessez que par orgueil et par délectation. Je ne vous écoute plus. »

À ces mots, je fondis en larmes et lui demandai pardon. Reconnaissant que mon humilité était sincère, il m'autorisa à poursuivre mes aveux, à la condition de m'y déplaire.

Je repris mon récit comme il suit, avec la résolution de l'abréger le plus possible :

« Mon père, je quittai Leila, déchiré de remords. Mais, dès le lendemain, elle vint chez moi, et alors commença une vie qui me brisa de délices et de tortures. J'étais jaloux de Paul, que j'avais trahi, et je souffrais cruellement. Je ne crois pas qu'il y ait un mal plus avilissant que la jalousie, ni qui remplisse l'âme de plus odieuses images. Leila ne daignait même pas mentir pour me soulager. D'ailleurs sa conduite était inconcevable. Je n'oublie pas à qui je parle, et je me garderai bien d'offenser les oreilles du plus vénérable des prêtres. Je dirai seulement que Leila semblait étrangère à l'amour qu'elle me laissait prendre. Mais elle avait répandu dans mon être tous les poisons de la volupté. Je ne pouvais me passer d'elle, et je tremblais de la perdre. Leila était absolument dénuée de ce que nous appelons le sens moral. Il ne faut pas croire pour cela qu'elle se montrât méchante ou cruelle. Elle était, au contraire, douce et pleine de pitié. Elle n'était pas non plus inintelligente, mais son intelligence n'était pas de même nature que la nôtre. Elle parlait peu, refusait de répondre à toute question qu'on lui faisait sur son passé. Elle ne savait rien de ce que nous savons. Par contre, elle savait beaucoup de choses que nous ignorons. Élevée en Orient, elle connaissait toute sorte de légendes hindoues et persanes qu'elle contait d'une voix monotone avec une grâce infinie. À l'entendre raconter l'aurore charmante du monde, on l'aurait dite contemporaine de la jeunesse de l'univers. Je lui en fis un jour la remarque. Elle répondit en souriant :

« “ Je suis vieille, il eſt vrai. ” »

M. Safrac, toujours debout devant la cheminée, se penchait depuis quelque temps vers moi dans l’attitude d’une vive attention.

« Continuez, me dit-il.

— Plusieurs fois, mon père, j’interrogeai Leila sur sa religion. Elle me répondit qu’elle n’en avait pas et qu’elle n’avait pas besoin d’en avoir; que sa mère et ses sœurs étaient filles de Dieu, et que pourtant elles n’étaient liées à lui par aucun culte. Elle portait à son cou un médaillon rempli d’un peu de terre rouge, qu’elle disait avoir recueilli pieusement pour l’amour de sa mère. »

À peine avais-je prononcé ces mots que M. Safrac, pâle et tremblant, bondit et, me pressant le bras, me cria aux oreilles :

« Elle disait vrai ! Je sais, je sais maintenant quelle était cette créature. Ary, votre inſtinct ne vous trompait pas. Ce n’était pas une femme. Achevez, achevez, je vous prie !

— Mon père, j’ai presque terminé. Hélas ! j’avais rompu, pour l’amour de Leila, des fiançailles solennelles, j’avais trahi mon meilleur ami. J’avais offensé Dieu. Paul, ayant appris l’infidélité de Leila, en devint fou de douleur. Il menaça de la tuer, mais elle lui répondit doucement :

« “ Essayez, mon ami; je souhaiterais mourir, et je ne peux pas. ”

« Six mois elle se donna à moi; puis, un matin, elle m’annonça qu’elle retournait en Perse et qu’elle ne me verrait plus. Je pleurai, je gémis, je m’écriai : “ Vous ne m’avez jamais aimé ! ” Et elle me répondit avec douceur :

« “ Non, mon ami. Mais combien de femmes, qui ne vous ont pas aimé davantage, ne vous ont pas donné ce que vous avez reçu de moi ! Vous me devez encore de la reconnaissance. Adieu. ”

« Je demeurai deux jours entre la fureur et la ſtupidité. Puis, songeant au salut de mon âme, je courus à vous, mon père. Me voici; purifiez, élevez, fortifiez mon cœur ! Je l’aime encore ! »

Je cessai de parler. M. Safrac reſtait pensif, le front dans la main. Le premier, il rompit le silence :

« Mon fils, voilà qui confirme mes grandes découvertes. Voilà de quoi confondre la superbe de nos modernes sceptiques. Écoutez-moi. Nous vivons aujourd'hui dans les prodiges, comme les premiers-nés des hommes. Écoutez, écoutez ! Adam eut, comme je vous l'ai dit, une première femme dont la Bible ne parle pas, mais que le Talmud nous fait connaître. Elle se nommait Lilith. Formée, non d'une de ses côtes, mais de la terre rouge dont lui-même était pétri, elle n'était pas la chair de sa chair. Elle se sépara volontairement de lui. Il vivait encore dans l'innocence quand elle le quitta pour aller en ces régions où les Perses s'établirent de longues années après et qu'habitaient alors des préadamites plus intelligents et plus beaux que les hommes. Elle n'eut donc pas de part à la faute de notre premier père et ne fut point souillée du péché originel. Aussi échappa-t-elle à la malédiction prononcée contre Ève et sa postérité. Elle est exempte de douleur et de mort; n'ayant point d'âme à sauver, elle est incapable de mérite comme de démérite. Quoi qu'elle fasse, elle ne fait ni bien ni mal. Ses filles, qu'elle eut d'un hymen mystérieux, sont immortelles comme elle et, comme elle, libres de leurs actes et de leurs pensées, puisqu'elles ne peuvent ni gagner ni perdre devant Dieu. Or, mon fils, je le reconnais à des signes certains, la créature qui vous fit tomber, cette Leila, était une fille de Lilith. Priez, je vous entendrai demain en confession. »

Il resta songeur un moment, puis, tirant de sa poche un papier, il reprit :

« Cette nuit, après vous avoir souhaité le bonsoir, j'ai reçu du facteur, qui s'était attardé dans les neiges, une lettre pénible. M. le premier vicaire m'écrit que mon livre a contristé Monseigneur et assombri par avance, dans son âme, les joies du Carmel. Cet écrit, ajoute-t-il, est plein de propositions téméraires et d'opinions déjà condamnées par les docteurs. Sa Grandeur ne saurait approuver des élucubrations si malsaines. Voilà ce qu'on m'écrit. Mais je raconterai votre aventure à Monseigneur. Elle lui prouvera que Lilith existe et que je ne rêve pas. »

Je priai M. Safrac de m'écouter un moment encore :

« Leila, mon père, m'a laissé, en partant, une feuille de cyprès sur laquelle des caractères que je ne puis lire sont gravés à la pointe du style. Voici cette espèce d'amulette... »

M. Safrac prit le léger copeau que je lui tendais, l'examina attentivement, puis :

« Ceci, dit-il, est écrit en langue persane de la belle époque et se traduit sans peine ainsi :

PRIÈRE DE LEILA, FILLE DE LILITH

Mon Dieu, promettez-moi la mort, afin que je goûte la vie. Mon Dieu, donnez-moi le remords, afin que je trouve le plaisir. Mon Dieu, faites-moi l'égale des filles d'Ève !

LÆTA ACILIA[1]

À Ary Renan[2].

I

Læta Acilia vivait à Marseille, sous Tibère empereur[3]. Mariée depuis plusieurs années à un chevalier romain nommé Helvius, elle n'avait point encore d'enfant et elle souhaitait ardemment d'être mère. Un jour qu'elle se rendait au temple pour adorer les dieux, elle vit le portique envahi par une troupe d'hommes demi-nus, décharnés, rongés de lèpre et d'ulcères. Elle s'arrêta effrayée sur le premier degré du monument. Læta Acilia n'était point impitoyable. Elle plaignait les pauvres, mais elle en avait peur. Or, elle n'avait jamais vu de mendiants aussi farouches que ceux qui se pressaient en ce moment devant elle, livides, inertes, leurs besaces vides jetées à leurs pieds. Elle pâlit et porta la main à son cœur. Incapable d'avancer ni de fuir, elle sentait ses jambes fléchir, lorsqu'une femme d'une beauté éclatante, se détachant du *groupe des malheureux*, s'avança vers elle.

« Ne crains rien, ô jeune femme, dit cette inconnue d'une voix grave et douce, ceux que tu vois ici ne sont point des hommes cruels. Ils apportent, non la fraude et l'injure, mais la vérité et l'amour. Nous venons de Judée, où le fils de Dieu est mort et ressuscité. Quand il fut remonté à la droite de son père, ceux qui croyaient en lui souffrirent de grands maux. Étienne fut lapidé par le peuple. Quant à nous, les prêtres nous mirent dans un navire sans voiles et sans gouvernail, et nous fûmes livrés aux flots de la mer afin d'y périr[1]. Mais le Dieu qui nous aimait en sa vie mortelle nous conduisit heureusement au port de cette ville. Hélas ! les Massaliotes sont avares, idolâtres et cruels. Ils laissent mourir de faim et de froid les disciples de Jésus. Et si nous n'étions réfugiés dans ce temple, qu'ils tiennent pour un asile sacré, ils nous auraient déjà traînés dans de sombres prisons. Pourtant il conviendrait de nous souhaiter la bienvenue, puisque nous apportons la bonne nouvelle. »

Ayant ainsi parlé, l'étrangère étendit le bras vers ses compagnons, et, désignant chacun d'eux tour à tour :

« Ce vieillard, dit-elle, qui tourne vers toi, femme, son regard lumineux, c'est Cédon[2], l'aveugle de naissance que le maître a guéri. Cédon voit aujourd'hui avec une égale clarté les choses visibles et les choses invisibles. Cet autre vieillard, dont la barbe est blanche comme la neige des monts, c'est Maximin. Cet homme jeune encore et qui semble si las, c'est mon frère. Il possédait de grandes richesses à Jérusalem; près de lui se tiennent Marthe, ma sœur, et Mantille, la fidèle servante qui, dans les jours heureux, cueillait les olives sur les collines de Béthanie[3].

— Et toi, demanda Læta Acilia, toi, dont la voix est si douce et le visage si beau, quel est ton nom ? »

La juive répondit :

« Je me nomme Marie-Madeleine. J'ai deviné aux broderies d'or de ta robe et à l'innocente fierté de ton regard que tu étais la femme d'un des principaux citoyens de cette ville. C'est pourquoi je suis venue à toi, afin que tu émeuves le cœur de ton époux en faveur des disciples de Jésus-Christ. Dis à cet homme riche : " Seigneur, ils sont nus, vêtons-les; ils ont faim et soif, donnons-leur le pain et le vin, et Dieu nous rendra dans son royaume ce qui nous aura été emprunté en son nom. " »

Læta Acilia répondit :

« Marie, *je ferai* ce que tu demandes. Mon mari se nomme Helvius, il est chevalier et c'est un des plus riches citoyens de la ville; jamais il ne me refuse longtemps ce que je veux, car il m'aime. Maintenant tes compagnons, ô Marie, ne me font plus peur; j'oserai passer tout près d'eux, bien que des ulcères dévorent leurs membres, et j'irai dans le temple prier les dieux immortels, afin qu'ils m'accordent ce que je désire. Hélas ! ils me l'ont refusé jusqu'à ce jour !... »

Marie, de ses deux bras étendus, lui barra le chemin.

« Femme, garde-toi bien, s'écria-t-elle, d'adorer de vaines idoles. Ne demande pas à des simulacres de marbre les paroles d'espérance et de vie. Il n'y a qu'un Dieu, et ce Dieu fut un homme, et mes cheveux ont essuyé ses pieds[1]. »

À ces mots, des éclairs et des larmes jaillirent ensemble de ses yeux, plus sombres qu'un ciel d'orage, et Læta Acilia se dit en elle-même :

« Je suis pieuse, j'accomplis exactement les cérémonies que la religion prescrit, mais il y a en cette femme un étrange sentiment de l'amour divin. »

Et la Madeleine poursuivit dans l'extase :

« C'était le Dieu du ciel et de la terre, et il disait des paraboles, assis sur le banc du seuil, à l'ombre du vieux figuier. Il était jeune et beau; il voulait bien être aimé. Quand il venait souper dans la maison de ma sœur, je m'asseyais à ses pieds, et les paroles coulaient de ses lèvres comme l'eau du torrent. Et quand ma sœur[2], se plaignant de ma paresse, s'écriait : " Nabi, dites-lui qu'il est juste qu'elle m'aide à préparer le souper ", il m'excusait en souriant, me gardait à ses pieds et me disait que j'avais pris la bonne part. On eût cru voir un jeune berger de la montagne, et pourtant ses prunelles jetaient des flammes pareilles à celles qui sortaient du front de Moïse. Sa douceur ressemblait à la paix des nuits et sa colère était plus terrible que la foudre. Il aimait les humbles et les petits. Les enfants couraient au-devant de lui sur les routes[3] et s'attachaient à sa robe. C'était le Dieu d'Abraham et de Jacob. Et de ces mêmes mains qui avaient fait le soleil et les étoiles, il caressait sur la joue les nouveau-nés que lui tendaient, au seuil des cabanes, les mères joyeuses. Lui-même, il était simple comme un enfant et il ressuscitait les morts. Tu vois ici, parmi nos compagnons, mon frère qu'il a tiré du tombeau[4]. Regarde, ô femme ! Lazare conserve sur son front la pâleur de la mort et dans ses yeux l'horreur d'avoir vu les limbes. »

Mais depuis quelques instants Læta Acilia n'écoutait plus.

Elle leva vers la juive ses yeux candides et son petit front poli :

« Marie, lui dit-elle, je suis une femme pieuse, attachée à la religion de mes pères. L'impiété est mauvaise pour mon sexe. Et il ne conviendrait pas à l'épouse d'un chevalier romain d'embrasser des nouveautés religieuses. J'avoue pourtant qu'il y a dans l'Orient des dieux aimables. Le tien, Marie, me semble de ceux-là. Tu m'as dit qu'il aimait les petits enfants, et qu'il les baisait sur la joue dans les bras des jeunes mères. À cela, je reconnais qu'il est un dieu propice aux femmes; je regrette qu'il ne soit pas en honneur dans l'aristocratie et parmi les fonctionnaires, car je lui ferais volontiers des offrandes de gâteaux au miel. Mais, écoute, Marie la Juive, invoque-le, toi qu'il aime, et demande-lui pour moi ce que je n'ose lui demander et ce que mes déesses m'ont refusé. »

Læta Acilia avait prononcé ces paroles en hésitant. Elle s'arrêta et rougit.

« Qu'est-ce donc, demanda vivement la Madeleine, et que manque-t-il, femme, à ton âme inquiète ? »

Se rassurant peu à peu, Læta Acilia répondit :

« Marie, tu es femme, et, bien que je ne te connaisse point, il m'est permis de te confier un secret de femme. Depuis six ans que je suis mariée, je n'ai point encore d'enfant et c'est un grand chagrin pour moi. Il me faut un enfant à aimer; l'amour que j'ai là au cœur pour le petit être que j'attends et qui ne viendra peut-être jamais m'étouffe. Si ton dieu, Marie, m'accorde, par ton entremise, ce que mes déesses m'ont refusé, je dirai qu'il est un bon dieu, et je l'aimerai et je le ferai aimer par mes amies, qui sont comme moi jeunes, riches, et des premières familles de la ville. »

Madeleine répondit gravement :

« Fille des Romains, quand tu auras reçu ce que tu demandes, qu'il te souvienne de la promesse que tu viens de faire à la servante de Jésus !

— Il m'en souviendra, répondit la Massaliote. En attendant, Marie, prends cette bourse et partage avec tes compagnons les pièces d'argent qu'elle renferme. Adieu, je retourne dans ma maison. Dès que j'y serai, je ferai envoyer à tes compagnons et à toi des corbeilles pleines de pains et de viandes. Dis à ton frère, à ta sœur, à tes amis qu'ils peuvent quitter sans crainte l'asile où ils se sont réfugiés et se rendre dans quelque hôtellerie des faubourgs. Helvius, qui est puissant dans la ville, empêchera qu'on leur fasse aucun mal. Que les dieux te gardent, Marie-Madeleine ! Quand il te plaira de me revoir, demande aux passants la maison de Læta Acilia; tous les citoyens te l'indiqueront sans peine. »

II

Or, à six mois de là, Læta Acilia, couchée sur un lit de pourpre dans la cour de sa maison, murmurait une chanson qui n'avait point de sens et que sa mère chantait autrefois. L'eau de la vasque d'où s'élevaient de jeunes tritons de marbre chantait gaiement, et l'air tiède agitait avec douceur les feuilles bruissantes du vieux platane. Lasse, alanguie, heureuse, lourde comme l'abeille au sortir du verger, la jeune femme, croisant les bras sur sa taille arrondie, ayant cessé son chant, promena ses regards tout autour d'elle et soupira de joie et d'orgueil. À ses pieds, ses esclaves noires, jaunes ou blanches s'empressaient à manier l'aiguille, la navette et le fuseau, et travaillaient à l'envi au trousseau de l'enfant attendu. Læta, allongeant le bras, prit le petit bonnet qu'une vieille esclave noire lui présentait en riant. Elle en coiffa son poing fermé et rit à son tour. C'était un petit bonnet de pourpre, d'or, d'argent et de perles, magnifique comme les rêves d'une pauvre Africaine.

En ce moment une femme étrangère parut dans cette cour intérieure. Elle était vêtue d'une robe d'une seule pièce, semblable par sa couleur à la poussière des chemins. Ses longs cheveux étaient couverts de cendre, mais son visage, brûlé par les larmes, rayonnait encore de gloire et de beauté.

Les esclaves, la prenant pour une mendiante, se levaient déjà pour la chasser, quand Læta Acilia, la reconnaissant du premier coup d'œil, se leva et courut à elle en s'écriant :

« Marie, Marie, il eſt vrai que tu fus la préférée d'un dieu. Celui que tu aimas sur la terre t'a entendue dans son ciel et il m'a accordé ce que j'avais demandé par ton entremise. Vois ! » ajouta-t-elle.

Et elle montra le petit bonnet qu'elle tenait encore dans sa main.

« Comme je suis heureuse et combien je te rends grâce !

— Je le savais, répondit Marie-Madeleine, et je viens, Læta Acilia, t'inſtruire dans la vérité du Chriſt Jésus. »

Alors la Massaliote renvoya ses esclaves et tendit à la juive un fauteuil d'ivoire dont les coussins étaient brodés d'or. Mais Madeleine, repoussant ce siège avec dégoût, s'assit à terre, les jambes croisées, au pied du grand platane, que les souffles de l'air remplissaient de murmures.

« Fille des gentils, dit-elle, tu n'as pas méprisé les disciples du Seigneur. Ils avaient soif et tu leur as donné à boire; ils étaient affamés et tu leur as donné à manger. C'eſt pourquoi je te ferai connaître Jésus comme je l'ai connu, afin que tu l'aimes comme je l'aime. J'étais une pécheresse quand je vis pour la première fois le plus beau des fils des hommes. »

Et elle conta comment elle s'était jetée aux genoux de Jésus, dans la maison de Simon le Lépreux[1], et comment elle avait versé sur les pieds adorés du nabi tout le nard contenu dans un vase d'albâtre. Elle rapporta les paroles que le doux maître avait prononcées alors, en réponse aux murmures de ses disciples grossiers.

« Pourquoi reprenez-vous cette femme ? avait-il dit. Ce qu'elle m'a fait eſt bien fait. Car vous aurez toujours parmi vous des pauvres; mais moi, vous ne m'aurez pas toujours. Elle a d'avance parfumé mon corps pour ma sépulture. En vérité, je vous le dis, dans le monde entier, *partout* où sera prêché cet Évangile, on racontera ce qu'elle a fait et elle en sera louée. »

Elle expliqua ensuite comment Jésus avait chassé les sept démons[2] qui s'agitaient en elle.

Elle ajouta :

« Depuis lors, ravie, consumée par toutes les joies de la foi et de l'amour, j'ai vécu dans l'ombre du maître comme dans un nouvel éden. »

Elle parla des lis des champs qu'ils contemplaient ensemble et du bonheur infini, du seul bonheur de croire. Puis elle dit comment il avait été trahi et mis à mort pour le salut de son peuple. Elle rappela les scènes ineffables de la passion, de la mise au tombeau et de la résurrection.

« C'est moi, s'écria-t-elle, c'est moi qui l'ai vu la première. J'ai trouvé deux anges vêtus de blanc, assis, l'un à la tête, l'autre aux pieds, là où l'on avait porté le corps de Jésus. Et ils me dirent : " Femme, pourquoi pleures-tu ? — Je pleure parce qu'ils ont enlevé mon Seigneur, et je ne sais où ils l'ont mis. " Ô joie ! Jésus vint à moi et je crus d'abord que c'était le jardinier. Mais il m'appela " Marie " et je le reconnus à sa voix. Je m'écriai : " Nabi ! " et j'étendis les bras; mais il me répondit doucement : " Ne me touche point, car je ne suis pas encore monté vers mon père[1]. " »

En écoutant ce récit, Læta Acilia perdait peu à peu sa joie et sa quiétude. Faisant un retour sur elle-même, elle examinait sa vie, et elle la trouvait bien monotone auprès de la vie de cette femme qui avait aimé un dieu. Les jours qui marquaient pour elle, jeune et pieuse patricienne, étaient ceux où elle mangeait des gâteaux avec ses amies. Les jeux du cirque, l'amour d'Helvius et les travaux d'aiguille occupaient aussi son existence. Mais qu'était-ce que tout cela auprès des scènes dont la Madeleine échauffait ses sens et son âme ? Elle se sentit monter au cœur d'amères jalousies et d'obscurs regrets. Elle enviait les divines aventures et jusqu'aux douleurs sans nom de cette juive dont l'ardente beauté brillait encore sous les cendres de la pénitence.

« Va-t'en ! juive, s'écria-t-elle en retenant les larmes dans ses yeux avec les poings, va-t'en ! J'étais si tranquille tout à l'heure ! Je me croyais heureuse. Je ne savais pas qu'il y eût au monde d'autres bonheurs que ceux que j'ai goûtés. Je ne connaissais pas d'autre amour que celui de mon excellent Helvius et pas d'autre joie sainte que de célébrer les mystères des déesses à la mode de ma mère et de mon aïeule. Oh ! c'était bien simple. Méchante femme, tu voulais me donner le dégoût de la bonne vie que j'ai menée. Mais tu n'as pas réussi. Que viens-tu me parler de tes amours avec un dieu visible ? Pourquoi te vantes-tu devant moi d'avoir vu le nabi ressuscité, puisque je ne le verrai pas, moi ? Tu espérais me gâter jusqu'à la joie d'avoir un enfant. C'était mal ! Je ne veux pas[a] connaître ton dieu. Tu l'as trop aimé; il faut pour lui plaire se prosterner échevelée à ses pieds. Ce n'est pas là une attitude convenable à la femme d'un chevalier. Helvius se fâcherait si j'étais jamais une telle adorante. Je ne veux pas d'une religion qui dérange les coiffures. Non, certes, je ne ferai pas connaître ton Christ au petit enfant que je porte dans mon sein. Si ce pauvre petit être est une fille, je lui ferai aimer nos petites déesses de terre cuite, qui ne sont pas plus hautes que le doigt et avec lesquelles elle pourra jouer sans crainte. Voilà les divinités qu'il faut aux mères et aux enfants. Tu es bien audacieuse de me vanter tes amours, et de m'inviter à les partager. Comment ton dieu pourrait-il être le mien ? Je n'ai pas mené la vie d'une pécheresse, je n'ai pas été possédée de sept démons, je n'ai pas erré par les chemins; je suis une femme respectable. Va-t'en ! »

Madeleine[b], voyant que l'apostolat n'était point dans ses voies, se retira dans une grotte sauvage qui fut dite depuis la Sainte-Baume[1]. Les hagiographes pensent unanimement que Læta Acilia ne fut convertie à la foi chrétienne que de longues années après l'entretien que j'ai fidèlement rapporté.

NOTE SUR UN POINT D'EXÉGÈSE

Quelques personnes m'ont reproché d'avoir confondu dans ce conte Marie de Béthanie, sœur de Marthe, et Marie-Madeleine. Je dois convenir tout d'abord que l'Évangile semble faire de la Marie qui répandit du parfum de nard sur les pieds de Jésus et de la Marie à qui le maître dit : « *Noli me tangere* » deux femmes absolument distinctes. Sur ce point je donne satisfaction à ceux qui m'ont fait l'honneur de me reprendre. Il se trouve dans le nombre une princesse attachée à l'orthodoxie grecque. Je n'en suis pas surpris. Les Grecs ont de tout temps distingué deux Marie[1]. Il n'en fut pas de même pour l'Église d'Occident[2]. Là, au contraire, l'identification de la sœur de Marthe et de Madeleine la Pécheresse se fit de bonne heure. Les textes s'y prêtaient assez mal[3], mais les difficultés opposées par les textes ne gênent jamais que les savants; la poésie populaire est plus subtile que la science; rien ne l'arrête, elle sait tourner les obstacles devant lesquels la critique vient se heurter. Par un tour heureux de son imagination, le populaire fondit ensemble les deux Marie et créa ainsi le type merveilleux de la Madeleine. La légende l'a consacré, et c'est de la légende que je m'inspire dans mon petit conte. En cela, je me crois absolument irréprochable. Ce n'est pas tout. Je puis encore invoquer l'autorité des docteurs. Sans me flatter, j'ai pour moi la Sorbonne. Elle déclara, le 1er décembre 1521, qu'il n'y a qu'une Marie.

L'ŒUF ROUGE

À Samuel Pozzi[1].

Le docteur N*** posa sa tasse de café sur la cheminée, jeta son cigare dans le feu et me dit :

« Cher ami, vous avez raconté jadis l'étrange suicide d'une femme bourrelée de terreur et de remords[2]. Sa nature était fine et sa culture exquise. Soupçonnée de complicité dans un crime dont elle avait été le muet témoin, désespérée de son irréparable lâcheté, agitée par de perpétuels cauchemars qui lui représentaient son mari mort et décomposé la désignant du doigt aux magistrats curieux, elle était la proie inerte de sa sensibilité exaspérée. Dans cet état, une circonstance insignifiante et fortuite décida de son sort. Son neveu, un enfant, vivait chez elle. Un matin, il fit, comme à son ordinaire, ses devoirs dans la salle à manger. Elle s'y trouvait elle-même. L'enfant se mit à traduire mot à mot des vers de Sophocle. Il prononçait tout haut les termes grecs et français à mesure qu'il les écrivait : Κάρα θεῖον, la tête divine; 'Ιοκστής, de Jocaste; τέθνεκε, est morte... Σπόσα κόμην, déchirant sa chevelure; κάλει, elle appelle; Λάϊον νεκρὸν, Laïos mort... Εἰσέδομεν, nous vîmes; τήν γυναῖκα κρεμαστὴν, la femme pendue. Il fit un paraphe qui troua le papier, tira une langue toute violacée d'encre, puis il chanta : " Pendue ! pendue ! pendue ! " La malheureuse, dont la volonté était détruite, obéit sans défense à la suggestion du mot qu'elle avait entendu trois fois. Elle se leva droite, sans voix, sans regard, et elle entra dans sa chambre. Quelques heures après, le commissaire de police, appelé pour constater la mort violente, fit cette réflexion : " J'ai vu bien des femmes suicidées; c'est la première fois que j'en vois une pendue."

« On parle de suggestion. C'en est là de la plus naturelle et de la plus croyable. Je me méfie un peu, malgré tout, de celle qui est préparée dans les cliniques[1]. Mais qu'un être chez qui la volonté est morte obéisse à toutes les excitations extérieures, c'est une vérité que la raison admet et que démontre l'expérience. L'exemple que vous en apportez m'en rappelle un autre assez analogue. C'est celui de mon malheureux camarade Alexandre Le Mansel. Un vers de Sophocle tua votre héroïne. Une phrase de Lampride perdit l'ami dont je veux vous parler.

« Le Mansel, avec qui j'ai fait mes classes au lycée d'Avranches, ne ressemblait à aucun de ses camarades. Il paraissait à la fois plus jeune et plus vieux qu'il n'était en réalité. Petit et fluet, il avait peur, à quinze ans, de tout ce dont les petits enfants s'effrayent. L'obscurité lui causait une épouvante invincible. Il ne pouvait rencontrer, sans fondre en larmes, un des domestiques du lycée qui avait une grosse loupe au sommet du crâne. Mais par moments, à le voir de près, il avait l'air presque vieux. Sa peau aride, collée sur les tempes, nourrissait mal ses maigres cheveux. Son front était poli comme le front des hommes mûrs. Quant à ses yeux, ils étaient sans regard. Maintes fois des étrangers le prirent pour un aveugle. Sa bouche donnait seule une physionomie à son visage. Ses lèvres mobiles exprimaient tour à tour une joie enfantine et de mystérieuses souffrances. Le timbre de sa voix était clair et charmant. Quand il récitait ses leçons, il donnait aux vers leur nombre et leur rythme, ce qui nous faisait beaucoup rire. Pendant les récréations, il partageait volontiers nos jeux, et il n'y était pas maladroit, mais il y apportait une ardeur fébrile et des allures de somnambule qui inspiraient à quelques-uns d'entre nous une antipathie insurmontable. Il n'était pas aimé; nous en aurions fait notre souffre-douleur, s'il ne nous eût imposé par je ne sais quelle fierté sauvage et par son renom d'élève fort. Bien qu'inégal dans son travail, il tenait souvent la tête de la classe. On disait qu'il parlait, la nuit, dans le dortoir, et que même il sortait tout endormi de son lit. C'est ce qu'aucun de nous n'avait guère observé de ses propres yeux, car nous étions à l'âge des profonds sommeils.

« Il m'inspira longtemps plus de surprise que de sympathie. Nous devînmes subitement amis dans une promenade que nous fîmes avec toute la classe à l'abbaye du Mont-Saint-Michel. Nous étions venus pieds nus par la grève, portant nos souliers et notre pain au bout d'un bâton et chantant à tue-tête. Nous passâmes sous la poterne, puis, ayant jeté notre baluchon au pied des Michelettes[1], nous nous assîmes côte à côte sur une de ces vieilles bombardes de fer que la pluie et l'embrun écaillent depuis cinq siècles. Là, promenant des vieilles pierres au ciel son regard vague, et balançant ses pieds nus, il me dit : " J'aurais voulu vivre du temps de ces guerres et être un chevalier. J'aurais pris les deux Michelettes, j'en aurais pris vingt, j'en aurais pris cent; j'aurais pris tous les canons des Anglais. J'aurais combattu seul devant la poterne. Et l'archange saint Michel se serait tenu au-dessus de ma tête comme un nuage blanc. "

« Ces paroles et le chant traînant dont il les disait me firent tressaillir. Je lui dis : " J'aurais été ton écuyer. Le Mansel, tu me plais; veux-tu être mon ami ? " Et je lui tendis la main, qu'il prit avec solennité.

« Au commandement du maître, nous chaussâmes nos souliers et notre petite troupe gravit la rampe étroite qui mène à l'abbaye. À mi-chemin, près d'un figuier rampant, nous vîmes la maisonnette où Tiphaine Raguel, veuve de Bertrand Du Guesclin, vécut, au péril de la mer. Ce logis est si étroit que c'est merveille s'il a été habité. Il faut que, pour y vivre, la bonne Tiphaine ait été une étrange petite vieille ou plutôt une sainte, menant une existence toute spirituelle. Le Mansel ouvrit les bras, comme pour embrasser cette bicoque angélique; puis, s'étant agenouillé, il se mit à baiser les pierres sans entendre les rires de ses camarades qui, dans leur gaieté, commençaient à lui jeter des cailloux. Je ne raconterai pas notre promenade à travers les cachots, le cloître, les salles et la chapelle. Le Mansel semblait ne rien voir. D'ailleurs je n'ai rappelé cet épisode que pour vous montrer comment notre amitié était née.

« Le lendemain, au dortoir, je fus réveillé par une voix qui me disait à l'oreille : “ Tiphaine n'est pas morte. ” Je me frottai les yeux et vis à côté de moi Le Mansel en chemise. Je l'invitai rudement à me laisser dormir et ne songeai plus à cette bizarre confidence.

« À compter de ce jour, je compris le caractère de notre condisciple beaucoup mieux que je n'avais fait jusqu'alors, et j'y découvris un orgueil immense, que je n'avais pas soupçonné. Je ne vous surprendrai pas en vous disant qu'à quinze ans j'étais un médiocre psychologue; mais l'orgueil de Le Mansel était trop subtil pour qu'on pût en être frappé tout d'abord. Il s'étendait sur de lointaines chimères et n'avait point de forme tangible. Cependant il inspirait tous les sentiments de mon ami et il donnait une espèce d'unité à ses idées baroques et incohérentes.

« Pendant les vacances qui suivirent notre promenade au Mont-Saint-Michel, Le Mansel m'invita à passer une journée chez ses parents, cultivateurs et propriétaires à Saint-Julien. Ma mère me le permit, non sans quelque répugnance. Saint-Julien est à six kilomètres de la ville. Ayant mis un gilet blanc et une belle cravate bleue, je m'y rendis un dimanche, de bon matin.

« Alexandre m'attendait sur le seuil, en souriant comme un petit enfant. Il me prit par la main et me fit entrer dans la “ salle ”. La maison, à demi rustique, à demi bourgeoise, n'était ni pauvre ni mal tenue. Pourtant j'eus le cœur serré en y entrant, tant il y régnait de silence et de tristesse. Là, près de la fenêtre, dont les rideaux étaient un peu soulevés, comme par une curiosité timide, je vis une femme qui me sembla vieille. Je ne répondrais pas qu'elle le fût alors autant qu'il me parut. Elle était maigre et jaune; ses yeux brillaient dans leur orbite noire, sous des paupières rouges. Bien qu'on fût en été, son corps et sa tête disparaissaient sous de sombres vêtements de laine. Mais ce qui la rendait tout à fait étrange, c'est la lame de métal qui cerclait son front comme un diadème.

« “ C'eſt maman, me dit Le Mansel. Elle a sa migraine. ”

« Mme Le Mansel me fit un compliment d'une voix gémissante et, remarquant sans doute mon regard étonné qui s'attachait à son front :

« “ Mon jeune monsieur, me dit-elle en souriant, ce que je porte aux tempes n'eſt point une couronne; c'eſt un cercle magnétique pour guérir les maux de tête. ”

« Je cherchais à répondre de mon mieux, quand Le Mansel m'entraîna dans le jardin, où nous trouvâmes un petit homme chauve qui glissait dans les allées comme un fantôme. Il était si mince et si léger qu'on pouvait craindre que le vent l'emportât. Son allure timide, son long cou décharné qu'il tendait en avant, sa tête grosse comme le poing, ses regards de côté, son pas sautillant, ses bras courts soulevés comme des ailerons, lui donnaient, autant que possible et plus que de raison, l'aspeƈt d'une volaille plumée.

« Mon ami Le Mansel me dit que c'était son papa, mais qu'il fallait le laisser aller à la basse-cour, parce qu'il ne vivait que dans la compagnie de ses poules et qu'il avait perdu près d'elles l'habitude de causer avec les hommes. Pendant qu'il parlait, M. Le Mansel père disparut à nos yeux, et nous entendîmes bientôt des gloussements joyeux s'élever dans l'air. Il était dans sa cour.

« Le Mansel fit avec moi quelques tours de jardin et m'avertit que tout à l'heure, au dîner, je verrais sa grand-mère; que c'était une bonne dame, mais qu'il ne faudrait pas faire attention à ce qu'elle dirait, parce qu'elle avait quelquefois l'esprit dérangé. Puis il me mena dans une jolie charmille, et là il me dit à l'oreille, en rougissant :

« “ J'ai fait des vers sur Tiphaine Raguel; je te les dirai une autre fois. Tu verras ! tu verras ! ”

« La cloche sonna le dîner. Nous rentrâmes dans la salle. M. Le Mansel père y entra après nous avec un panier plein d'œufs.

« “ Dix-huit ce matin ”, dit-il d'une voix qui gloussait.

« On nous servit une omelette délicieuse. J'étais assis entre Mme Le Mansel, qui soupirait sous son diadème, et sa mère, une vieille Normande aux joues rondes, qui, n'ayant plus de dents, souriait des yeux. Elle me parut tout à fait avenante. Pendant que nous mangions le canard rôti et le poulet à la crème, la bonne dame nous faisait des contes agréables, et je ne remarquai pas que son esprit fût le moins du monde dérangé comme l'avait dit son petit-fils. Il me sembla au contraire qu'elle était la gaieté de la maison.

« Après le dîner, nous passâmes dans un petit salon dont les meubles de noyer étaient garnis de velours d'Utrecht jaune. Une pendule à sujet brillait sur la cheminée entre deux flambeaux. Sur le socle noir de la pendule reposait, protégé par le globe qui la recouvrait, un œuf rouge. Je ne sais pourquoi, ayant une fois remarqué cet œuf, je me mis à le considérer attentivement. Les enfants ont de ces curiosités inexplicables. Je dois dire aussi que cet œuf était d'une couleur extraordinaire et magnifique. Il ne ressemblait en rien à ces œufs de Pâques qui, trempés dans du jus de betterave, y prennent cette teinte vineuse qu'admirent les marmots arrêtés devant l'étalage des fruitiers. Il était teint d'une pourpre royale. Je ne pus m'empêcher d'en faire la remarque avec l'indiscrétion de mon âge.

« M. Le Mansel père y répondit par une sorte de cocorico qui trahissait son admiration.

« “ Mon jeune monsieur, ajouta-t-il, cet œuf n'est point teint, comme vous semblez le croire. Il a été pondu tel que vous le voyez par une poule ceylandaise de mon poulailler. C'est un œuf phénoménal.

« — Il ne faut point oublier de dire, mon ami, ajouta Mme Le Mansel d'une voix dolente, que cet œuf fut pondu le jour même de la naissance de notre Alexandre.

« — C'est positif ”, reprit M. Le Mansel.

« Cependant la vieille grand-mère me regardait avec des yeux moqueurs et, pinçant ses lèvres molles, me faisait signe de n'en rien croire.

« “ Hum ! fit-elle tout bas, les poules couvent quelquefois ce qu'elles n'ont point pondu, et si quelque malin voisin glisse dans leur nitée un... ”

« Son petit-fils l'interrompit avec violence. Il était pâle, ses mains tremblaient.

« " Ne l'écoute pas, me cria-t-il. Tu sais ce que je t'ai dit. Ne l'écoute pas !

« — C'est positif ", répétait M. Le Mansel en fixant de côté son œil rond sur l'œuf pourpre.

« La suite de mes relations avec Alexandre Le Mansel ne présente rien qui mérite d'être conté. Mon ami me parla souvent de ses vers à Tiphaine, mais il ne me les montra jamais. D'ailleurs je le perdis bientôt de vue. Ma mère m'envoya terminer mes études à Paris. J'y passai mes deux baccalauréats et j'y étudiai la médecine. Dans le temps que je préparais ma thèse de doctorat, je reçus une lettre de ma mère qui m'annonçait que ce pauvre Alexandre avait été très malade et qu'à la suite d'une terrible crise il était devenu craintif et défiant à l'excès, qu'il restait d'ailleurs tout à fait inoffensif et que, malgré le trouble de sa santé et de sa raison, il montrait une aptitude extraordinaire pour les mathématiques. Ces nouvelles n'étaient pas pour me surprendre. Bien des fois, en étudiant les troubles des centres nerveux, j'avais fait un retour sur mon pauvre ami de Saint-Julien et pronostiqué malgré moi la paralysie générale qui menaçait cet enfant d'une migraineuse et d'un microcéphale rhumatisant.

« Les apparences ne me donnèrent pas raison d'abord. Alexandre Le Mansel, ainsi qu'on me le manda d'Avranches, retrouva à l'âge adulte une santé normale et donna des preuves certaines de la beauté de son intelligence. Il poussa très avant ses études mathématiques; même il envoya à l'Académie des sciences la solution de plusieurs équations non encore résolues, qui fut trouvée aussi élégante que juste. Absorbé par ces travaux, il ne trouvait que rarement le temps de m'écrire. Ses lettres étaient affectueuses, claires, bien ordonnées; il ne s'y rencontrait rien qui pût être suspect au neurologiste le plus soupçonneux. Mais bientôt notre correspondance cessa tout à fait et je restai dix ans sans entendre parler de lui.

« Je fus bien surpris, l'an passé, quand mon domestique me remit la carte d'Alexandre Le Mansel en me disant que ce monsieur attendait dans l'antichambre. J'étais dans mon cabinet, et je traitais avec un de mes confrères une affaire professionnelle d'une certaine importance. Toutefois, je priai mon confrère de m'attendre une minute et je courus embrasser mon ancien camarade. Je le trouvai bien vieilli, chauve, hâve, d'une excessive maigreur. Je le pris par le bras et le conduisis dans le salon.

« " Je suis bien content de te revoir, me dit-il, et j'ai beaucoup à te dire. Je suis en butte à des persécutions inouïes. Mais j'ai du courage, je lutterai vaillamment, je triompherai de mes ennemis ! "

« Ces paroles m'inquiétèrent comme elles eussent inquiété à ma place tout autre médecin neurologiste.

« J'y découvrais un symptôme de l'affection dont mon ami était menacé par les lois fatales de l'hérédité, et qui avait paru enrayée.

« " Cher ami, nous causerons de tout cela, lui dis-je. Reste ici un moment. Je termine une affaire. Prends un livre pour te distraire en attendant. "

« Vous savez que j'ai beaucoup de livres et que mon salon contient, dans trois bibliothèques d'acajou, six mille volumes environ. Pourquoi fallut-il que mon malheureux ami prît justement celui qui pouvait lui faire du mal et l'ouvrît à la page funeste ? Je conférai vingt minutes environ avec mon collègue, puis, l'ayant congédié, je rentrai dans le salon où j'avais laissé Le Mansel. Je trouvai le malheureux dans l'état le plus effrayant. Il frappait un livre ouvert devant lui, que je reconnus tout de suite pour être la traduction de l'*Histoire auguste*. Et il récitait à haute voix cette phrase de Lampride : " Le jour de la naissance d'Alexandre Sévère, une poule appartenant au père du nouveau-né pondit un œuf rouge, présage de la pourpre impériale que l'enfant devait revêtir[1]. "

« Son exaltation allait jusqu'à la fureur. Il écumait. Il criait : " L'œuf, l'œuf de mon jour natal ! Je suis empereur. Je sais que tu veux me tuer. N'approche pas, misérable ! " Il faisait les cent pas. Puis, revenant vers moi, les bras ouverts : " Mon ami, me disait-il, mon vieux camarade, que veux-tu que je te donne ?... Empereur... Empereur... Mon père avait raison... L'œuf pourpre... Empereur, il faut l'être... Scélérat ! pourquoi me cachais-tu ce livre ? Je châtierai ce crime de haute trahison... Empereur ! Empereur ! Je dois l'être. Oui, c'est le devoir. Allons, allons !... "

« Il sortit. J'essayai en vain de le retenir. Il m'échappa. Vous savez le reste. Tous les journaux ont raconté comment, en sortant de chez moi, il acheta un revolver et brûla la cervelle au factionnaire qui lui barrait la porte de l'Élysée.

« Ainsi une phrase écrite au IVe siècle par un historien latin occasionne quinze cents ans plus tard la mort d'un malheureux pioupiou de notre pays. Qui démêlera jamais l'écheveau des causes et des effets ? Qui peut se flatter de dire en accomplissant un acte quelconque : Je sais ce que je fais ? Mon cher ami, c'est tout ce que j'avais à vous conter. Le reste n'intéresse que les statistiques médicales et peut se dire en deux mots. Le Mansel, enfermé dans une maison de santé, y resta quinze jours en proie à une folie furieuse. Puis il tomba dans une imbécillité complète, pendant laquelle sa gloutonnerie était telle qu'il dévorait jusqu'à la cire à frotter le parquet. Il s'est étouffé il y a trois mois en avalant une éponge. »

Le docteur se tut et alluma une cigarette. Après un moment de silence :

« Docteur, lui dis-je, vous nous avez conté là une affreuse histoire.

— Elle est affreuse, répondit le docteur[a], mais elle est vraie. Je prendrais bien un petit verre de cognac. »

ABEILLE

À Florentin Loriot[1].

CHAPITRE PREMIER

QUI TRAITE DE LA FIGURE DE LA TERRE ET SERT D'INTRODUCTION

La mer recouvre aujourd'hui le sol où fut le duché des Clarides. Nul vestige de la ville et du château. Mais on dit qu'à une lieue au large, on voit, par les temps calmes, d'énormes troncs d'arbres debout au fond de l'eau. Un endroit du rivage qui sert de poste aux douaniers se nomme encore en ce temps-ci l'Échoppe-du-Tailleur. Il est extrêmement probable que ce nom est un souvenir d'un certain maître Jean dont il est parlé dans notre récit. La mer, qui gagne tous les ans de ce côté, recouvrira bientôt ce lieu si singulièrement nommé.

De tels changements sont dans la nature des choses. Les montagnes s'affaissent dans le cours des âges; le fond de la mer se soulève au contraire et porte jusqu'à la région des nuées et des glaces les coquillages et les madrépores.

Rien *ne dure. La figure* des terres et des mers change sans cesse. Seul le souvenir des âmes et des formes traverse les âges et nous rend présent ce qui n'était plus depuis longtemps.

En vous parlant des Clarides, c'est vers un passé très ancien que je veux vous ramener. Je commence :

La comtesse de Blanchelande[2], ayant mis sur ses cheveux d'or un chaperon noir brodé de perles...

Mais, avant d'aller plus avant, je supplie les personnes graves de ne point me lire. Ceci n'est pas écrit pour elles. Ceci n'est point écrit pour les âmes raisonnables qui méprisent les bagatelles et veulent qu'on les instruise toujours. Je n'ose offrir cette histoire qu'aux gens qui veulent bien qu'on les amuse et dont l'esprit est jeune et joue parfois. Ceux à qui suffisent des amusements pleins d'innocence me liront seuls jusqu'au bout. Je les prie, ceux-là, de faire connaître mon *Abeille* à leurs enfants, s'ils en ont de petits. Je souhaite que ce récit plaise aux jeunes garçons et aux jeunes filles; mais, à vrai dire, je n'ose l'espérer. Il est trop frivole pour eux et bon seulement pour les enfants du vieux temps. J'ai une jolie petite voisine de neuf ans dont j'ai examiné l'autre jour la bibliothèque particulière. J'y ai trouvé beaucoup de livres sur le microscope et les zoophytes[1], ainsi que plusieurs romans scientifiques. J'ouvris un de ces derniers et je tombai sur ces lignes : « La sèche, *Sepia officinalis*, est un mollusque céphalopode dont le corps contient un organe spongieux à trame de chiline associé à du carbonate de chaux[2]. » Ma jolie petite voisine trouve ce roman très intéressant. Je la supplie, si elle ne veut pas me faire mourir de honte, de ne jamais lire l'histoire d'*Abeille*.

CHAPITRE II

OÙ L'ON VOIT CE QUE LA ROSE BLANCHE ANNONCE À LA COMTESSE DE BLANCHELANDE

Ayant mis sur ses cheveux d'or un chaperon noir brodé de perles et noué à sa taille les cordelières des veuves, la comtesse de Blanchelande entra dans l'oratoire où elle avait coutume de prier chaque jour pour l'âme de son mari, tué en combat singulier par un géant d'Irlande.

Ce jour-là, elle vit une rose blanche sur le coussin de son prie-Dieu : à cette vue, elle pâlit; son regard se voila; elle renversa la tête et se tordit les mains. Car elle savait que lorsqu'une comtesse de Blanchelande doit mourir, elle trouve une rose blanche sur son prie-Dieu.

Connaissant par là que son heure était venue de quitter ce monde où elle avait été en si peu de jours épouse, mère et veuve, elle alla dans la chambre où son fils Georges dormait sous la garde des servantes. Il avait trois ans; ses longs cils faisaient une ombre charmante sur ses joues, et sa bouche ressemblait à une fleur. En le voyant si petit et si beau, elle se mit à pleurer.

« Mon petit enfant, lui dit-elle d'une voix éteinte, mon cher petit enfant, tu ne m'auras pas connue et mon image va s'effacer à jamais de tes doux yeux. Pourtant je t'ai nourri de mon lait, afin d'être vraiment ta mère, et j'ai refusé pour l'amour de toi la main des meilleurs chevaliers. »

Ce disant, elle baisa un médaillon où étaient son portrait et une boucle de ses cheveux, et elle le passa au cou de son fils. Alors une larme de la mère tomba sur la joue de l'enfant, qui s'agita dans son berceau et se frotta les paupières avec ses petits poings. Mais la comtesse détourna la tête et s'échappa de la chambre. Comment deux yeux qui allaient s'éteindre eussent-ils supporté l'éclat de deux yeux adorés où l'esprit commençait à poindre ?

Elle fit seller un cheval, et, suivie de son écuyer Francœur, elle se rendit au château des Clarides.

La duchesse des Clarides embrassa la comtesse de Blanchelande :

« Ma belle, quelle bonne fortune vous amène ?

— La fortune qui m'amène n'est point bonne; écoutez-moi, amie. Nous fûmes mariées à peu d'années de distance et nous devînmes veuves par semblable aventure. Car en ce temps de chevalerie, les meilleurs périssent les premiers, et il faut être moine pour vivre longtemps. Quand vous devîntes mère, je l'étais depuis deux ans. Votre fille Abeille est belle comme le jour et mon petit Georges est sans méchanceté. Je vous aime et vous m'aimez. Or, apprenez que j'ai trouvé une rose blanche sur le coussin de mon prie-Dieu. Je vais mourir : je vous laisse mon fils. »

La duchesse n'ignorait pas ce que la rose blanche annonce aux dames de Blanchelande. Elle se mit à pleurer et elle promit, au milieu des larmes, d'élever Abeille et Georges comme frère et sœur, et de ne rien donner à l'un sans que l'autre en eût la moitié.

Alors se tenant embrassées, les deux femmes approchèrent du berceau où, sous de légers rideaux bleus comme le ciel, dormait la petite Abeille, qui, sans ouvrir les yeux, agita ses petits bras. Et, comme elle écartait les doigts, on voyait sortir de chaque manche cinq petits rayons roses.

« Il la défendra, dit la mère de Georges.

— Et elle l'aimera, répondit la mère d'Abeille.

— Elle l'aimera », répéta une petite voix claire que la duchesse reconnut pour celle d'un Esprit logé depuis longtemps sous une pierre du foyer.

À son retour au manoir, la dame de Blanchelande distribua ses bijoux à ses femmes et, s'étant fait oindre d'essences parfumées et habiller de ses plus beaux vêtements afin d'honorer ce corps qui doit ressusciter au jour du jugement dernier, elle se coucha sur son lit et s'endormit pour ne plus s'éveiller.

CHAPITRE III

OÙ COMMENCENT LES AMOURS DE GEORGES DE BLANCHELANDE ET D'ABEILLE DES CLARIDES

Contrairement au sort commun, qui est d'avoir plus de bonté que de beauté, ou plus de beauté que de bonté, la duchesse des Clarides était aussi bonne que belle, et elle était si belle que, pour avoir vu seulement son portrait, des princes la demandaient en mariage. Mais, à toutes les demandes, elle répondait :

« Je n'aurai qu'un mari, parce que je n'ai qu'une âme. »

Pourtant, après cinq ans de deuil, elle quitta son long voile et ses vêtements noirs, afin de ne pas gâter la joie de ceux qui l'entouraient, et pour qu'on pût sourire et s'égayer librement en sa présence. Son duché comprenait une grande surface de terres avec des landes dont la bruyère couvrait l'étendue désolée, des lacs où les pêcheurs prenaient des poissons dont quelques-uns étaient magiques, et des montagnes qui s'élevaient dans des solitudes horribles au-dessus des régions souterraines habitées par les Nains.

Elle gouvernait les Clarides par les conseils d'un vieux moine échappé de Constantinople[1], lequel, ayant vu beaucoup de violences et de perfidies, croyait peu à la sagesse des hommes. Il vivait enfermé dans une tour avec ses oiseaux et ses livres, et, de là, il remplissait son office de conseiller d'après un petit nombre de maximes. Ses règles étaient : « Ne jamais remettre en vigueur une loi tombée en désuétude ; céder aux vœux des populations de peur des émeutes, et y céder le plus lentement possible parce que, dès qu'une réforme est accordée, le public en réclame une autre, et qu'on est renversé pour avoir cédé trop vite, de même que pour avoir résisté trop longtemps. »

La duchesse le laissait faire, n'entendant rien elle-même à la politique. Elle était compatissante et, ne pouvant estimer tous les hommes, elle plaignait ceux qui avaient le malheur d'être mauvais. Elle aidait les malheureux de toutes les manières, visitant les malades, consolant les veuves et recueillant les pauvres orphelins.

Elle élevait sa fille Abeille avec une sagesse charmante. Ayant formé cette enfant à n'avoir de plaisir qu'à bien faire, elle ne lui refusait aucun plaisir.

Cette excellente femme tint la promesse qu'elle avait faite à la pauvre comtesse de Blanchelande. Elle servit de mère à Georges et ne fit point de différence entre Abeille et lui. Ils grandissaient ensemble et Georges trouvait Abeille à son goût, bien que trop petite. Un jour, comme ils étaient encore au temps de leur première enfance, il s'approcha d'elle et lui dit :

« Veux-tu jouer avec moi ?

— Je veux bien, dit Abeille.

— Nous ferons des pâtés avec de la terre », dit Georges.

Et ils en firent. Mais, comme Abeille ne faisait pas bien les siens, Georges lui frappa les doigts avec sa pelle. Abeille poussa des cris affreux, et l'écuyer Francœur, qui se promenait dans le jardin, dit à son jeune maître :

« Battre les demoiselles n'est pas le fait d'un comte de Blanchelande, Monseigneur. »

Georges eut d'abord envie de passer sa pelle à travers le corps de l'écuyer. Mais, l'entreprise présentant des difficultés insurmontables, il se résigna à accomplir une action plus aisée, qui fut de se mettre le nez contre un gros arbre et de pleurer abondamment.

Pendant ce temps, Abeille prenait soin d'entretenir ses larmes en s'enfonçant les poings dans les yeux; et, dans son désespoir, elle se frottait le nez contre le tronc d'un arbre voisin. Quand la nuit vint envelopper la terre, Abeille et Georges pleuraient encore, chacun devant son arbre. Il fallut que la duchesse des Clarides prît sa fille d'une main et Georges de l'autre pour les ramener au château. Ils avaient les yeux rouges, le nez rouge, les joues luisantes; ils soupiraient et reniflaient à fendre l'âme. Ils soupèrent de bon appétit; après quoi on les mit chacun dans son lit. Mais ils en sortirent comme de petits fantômes dès que la chandelle eut été soufflée, et ils s'embrassèrent en chemise de nuit, avec de grands éclats de rire.

Ainsi commencèrent les amours d'Abeille des Clarides et de Georges de Blanchelande.

CHAPITRE IV

QUI TRAITE DE L'ÉDUCATION EN GÉNÉRAL ET DE CELLE DE GEORGES EN PARTICULIER

Georges grandit dans ce château au côté d'Abeille, qu'il nommait sa sœur en manière d'amitié et bien qu'il sût qu'elle ne l'était pas.

Il eut des maîtres en escrime, équitation, natation, gymnastique, danse, vénerie, fauconnerie, paume, et généralement en tous les arts. *Il avait même un maître* d'écriture. C'était un vieux clerc, humble de manières et très fier intérieurement, qui lui enseigna diverses écritures d'autant moins lisibles qu'elles étaient plus belles. Georges prit peu de plaisir et partant peu de profit aux leçons de ce vieux clerc, non plus qu'à celles d'un moine qui professait la grammaire en termes barbares. Georges ne concevait pas qu'on prît de la peine à apprendre une langue qu'on parle naturellement et qu'on nomme maternelle[1].

Il ne se plaisait qu'avec l'écuyer Francœur, qui, ayant beaucoup chevauché par le monde, connaissait les mœurs des hommes et des animaux, décrivait toutes sortes de pays et composait des chansons qu'il ne savait pas écrire. Francœur fut de tous les maîtres de Georges le seul qui lui apprit quelque chose, parce que c'était le seul qui l'aimât vraiment et qu'il n'y a de bonnes leçons que celles qui sont données avec amour. Mais les deux porte-lunettes, le maître d'écriture et le maître de grammaire, qui se haïssaient l'un l'autre de tout leur cœur, se réunirent pourtant tous deux dans une commune haine contre le vieil écuyer, qu'ils accusèrent d'ivrognerie.

Il est vrai que Francœur fréquentait un peu trop le cabaret du *Pot d'Étain*. C'est là qu'il oubliait ses chagrins et qu'il composait ses chansons. Il avait tort assurément.

Homère faisait les vers encore mieux que Francœur, et Homère ne buvait que l'eau des sources. Quant aux chagrins, tout le monde en a, et ce qui peut les faire oublier, ce n'est pas le vin qu'on boit, c'est le bonheur qu'on donne aux autres. Mais Francœur était un vieil homme blanchi sous le harnais, fidèle, plein de mérite, et les deux maîtres d'écriture et de grammaire devaient cacher ses faiblesses au lieu d'en faire à la duchesse un rapport exagéré.

« Francœur est un ivrogne, disait le maître d'écriture, et, quand il revient de la taverne du *Pot d'Étain*, il fait en marchant des S sur la route. C'est d'ailleurs la seule lettre qu'il ait jamais tracée; car cet ivrogne est un âne, madame la Duchesse. »

Le maître de grammaire ajoutait :

« Francœur chante, en titubant, des chansons qui pèchent par les règles et ne sont sur aucun modèle. Il ignore la synecdoche[2], madame la Duchesse. »

La duchesse avait un dégoût naturel des cuistres et des délateurs. Elle fit ce que chacun de nous eût fait à sa place : elle ne les écouta pas d'abord; mais, comme ils recommençaient sans cesse leurs rapports, elle finit par les croire et résolut d'éloigner Francœur. Toutefois, pour lui donner un exil honorable, elle l'envoya à Rome chercher la bénédiction du pape. Ce voyage était d'autant plus long pour l'écuyer Francœur que beaucoup de tavernes, hantées par des musiciens, séparent le duché des Clarides du siège apostolique.

On verra par la suite du récit que la duchesse regretta bientôt d'avoir privé les deux enfants de leur gardien le plus sûr.

CHAPITRE V

QUI DIT COMMENT LA DUCHESSE MENA ABEILLE ET GEORGES À L'ERMITAGE ET LA RENCONTRE QU'ILS Y FIRENT D'UNE AFFREUSE VIEILLE

Ce matin-là, qui était celui du premier dimanche après Pâques, la duchesse sortit du château sur son grand alezan, ayant à gauche Georges de Blanchelande[a], qui montait un cheval jayet dont la tête était noire avec une étoile au front, et, à sa droite, Abeille, qui gouvernait avec des rênes roses son cheval à la robe isabelle. Ils allaient entendre la messe à l'Ermitage. Des soldats armés de lances leur faisaient escorte et la foule se pressait sur leur passage pour les admirer. Et, en vérité, ils étaient bien beaux tous les trois. Sous son voile aux fleurs d'argent et dans son manteau flottant, la duchesse avait un air de majesté charmante; et les perles dont sa coiffure était brodée jetaient un éclat plein de douceur qui convenait à la figure et à l'âme de cette belle personne. Près d'elle, les cheveux *flottants et l'œil vif,* Georges avait tout à fait bonne mine. Abeille, qui chevauchait de l'autre côté, laissait voir un visage dont les couleurs tendres et pures étaient pour les yeux une délicieuse caresse; mais rien n'était plus admirable que sa blonde chevelure, qui, ceinte d'un bandeau à trois fleurons d'or, se répandait sur ses épaules comme l'éclatant manteau de sa jeunesse et de sa beauté. Les bonnes gens disaient en la voyant : « Voilà une gentille demoiselle ! »

Le maître tailleur, le vieux Jean, prit son petit-fils Pierre dans ses bras pour lui montrer Abeille, et Pierre demanda si elle était vivante ou si elle n'était pas plutôt une image de cire. Il ne concevait pas qu'on pût être si blanche et si mignonne en appartenant à l'espèce dont il était lui-même, le petit Pierre, avec ses bonnes grosses joues hâlées et sa chemisette bise lacée dans le dos d'une rustique manière.

Tandis que la duchesse recevait les hommages avec bienveillance, les deux enfants laissaient voir le contentement de leur orgueil, Georges par sa rougeur, Abeille par ses sourires. C'est pourquoi la duchesse leur dit :

« Ces braves gens nous saluent de bon cœur. Georges qu'en pensez-vous ? Et qu'en pensez-vous, Abeille ?

— Qu'ils font bien, répondit Abeille.

— Et que c'est leur devoir, ajouta Georges.

— Et d'où vient que c'est leur devoir ? » demanda la duchesse.

Voyant qu'ils ne répondaient pas, elle reprit :

« Je vais vous le dire. De père en fils, depuis plus de trois cents ans, les ducs des Clarides défendent, la lance au poing, ces pauvres gens, qui leur doivent de pouvoir moissonner les champs qu'ils ont ensemencés. Depuis plus de trois cents ans, toutes les duchesses des Clarides filent la laine pour les pauvres, visitent les malades et tiennent les nouveau-nés sur les fonts du baptême. Voilà pourquoi l'on vous salue, mes enfants. »

Georges songea : « Il faudra protéger les laboureurs. » Et Abeille : « Il faudra filer de la laine pour les pauvres. »

Et, ainsi devisant et songeant, ils cheminaient entre les prairies étoilées de fleurs. Des montagnes bleues dentelaient l'horizon. Georges étendit la main vers l'orient :

« N'est-ce point, demanda-t-il, un grand bouclier d'acier que je vois là-bas ?

— C'eſt plutôt une agrafe d'argent grande comme la lune, dit Abeille.

— Ce n'eſt point un bouclier d'acier ni une agrafe d'argent, mes enfants, répondit la duchesse, mais un lac qui brille au soleil. La surface des eaux, qui vous semble de loin unie comme un miroir, eſt agitée d'innombrables lames. Les bords de ce lac, qui vous apparaissent si nets comme taillés dans le métal, sont en réalité couverts de roseaux aux aigrettes légères et d'iris dont la fleur eſt comme un regard humain entre des glaives. Chaque matin, une blanche vapeur revêt le lac, qui, sous le soleil de midi, étincelle comme une armure. Mais il n'en faut point approcher ; car il eſt habité par les Ondines, qui entraînent les passants dans leur manoir de criſtal. »

À ce moment, ils entendirent la clochette de l'Ermitage.

« Descendons, dit la duchesse, et allons à pied à la chapelle. Ce n'eſt ni sur leur éléphant ni sur leur chameau que les rois mages s'approchèrent de la crèche. »

Ils entendirent la messe de l'ermite. Une vieille, hideuse et couverte de haillons, s'était agenouillée au côté de la duchesse, qui, en sortant de l'église, offrit de l'eau bénite à la vieille et dit :

« Prenez, ma mère. »

Georges s'étonnait.

« Ne savez-vous point, dit la duchesse, qu'il faut honorer dans les pauvres les préférés de Jésus-Chriſt ? Une mendiante semblable à celle-ci vous tint avec le bon duc des Rochesnoires sur les fonts du baptême ; et votre petite sœur Abeille eut pareillement un pauvre pour parrain. »

La vieille, qui avait deviné les sentiments du jeune garçon, se pencha vers lui en ricanant et dit :

« Je vous souhaite, beau prince, de conquérir autant de royaumes que j'en ai perdus. J'ai été reine de l'Île des Perles et des Montagnes d'Or ; j'avais chaque jour quatorze sortes de poissons à ma table, et un négrillon me portait ma queue.

— Et par quel malheur avez-vous perdu vos îles et vos montagnes, bonne femme ? demanda la duchesse.

— J'ai mécontenté les Nains, qui m'ont transportée loin de mes États.

— Les Nains ont-ils tant de pouvoir ? demanda Georges.

— Vivant dans la terre, répondit la vieille, ils connaissent les vertus des pierres, travaillent les métaux et découvrent les sources. »

La duchesse :

« Et que fîtes-vous qui les fâcha, la mère ? »

La vieille :

« Un d'eux vint, par une nuit de décembre, me demander la permission de préparer un grand réveillon dans les cuisines du château, qui, plus vaștes qu'une salle capitulaire, étaient meublées de casseroles, poêles, poêlons, chaudrons, coquemars, fours de campagne, grils, sauteuses, lèchefrites, cuisinières, poissonnières, bassines, moules à pâtisserie, cruches de cuivre, hanaps d'or et d'argent et de madre madré[1], sans compter le tournebroche de fer artiștement forgé et la marmite ample et noire suspendue à la crémaillère. Il me promit de ne rien égarer ni endommager. Je lui refusai pourtant ce qu'il me demandait, et il se retira en murmurant d'obscures menaces. La troisième nuit, qui était celle de Noël, le même Nain revint dans la chambre où je dormais; il était accompagné d'une infinité d'autres qui, m'arrachant de mon lit, me transportèrent en chemise sur une terre inconnue.

« “ Voilà, dirent-ils en me quittant, voilà le châtiment des riches qui ne veulent point accorder de part dans leurs trésors au peuple laborieux et doux des Nains, qui travaillent l'or et font jaillir les sources. ” »

Ainsi parla l'édentée vieille femme, et la duchesse, l'ayant réconfortée de paroles et d'argent, reprit avec les deux enfants le chemin du château.

CHAPITRE VI

QUI TRAITE DE CE QUE L'ON VOIT DU DONJON DES CLARIDES

À peu de temps de là, Abeille et Georges montèrent un jour, sans qu'on les vît, l'escalier du donjon qui s'élevait au milieu du château des Clarides. Parvenus sur la plate-forme, ils poussèrent de grands cris et battirent des mains.

Leur vue s'étendait sur des coteaux coupés en petits carrés bruns ou verts de champs cultivés. Des bois et des montagnes bleuissaient à l'horizon lointain.

« Petite sœur, s'écria Georges, petite sœur, regarde la terre entière !

— Elle eſt bien grande, dit Abeille.

— Mes professeurs, dit Georges, m'avaient enseigné qu'elle était grande; mais comme dit Gertrude, notre gouvernante, il faut le voir pour le croire. »

Ils firent le tour de la plate-forme.

« Vois une chose merveilleuse, petit frère, s'écria Abeille. Le château eſt situé au milieu de la terre et nous, qui sommes sur le donjon qui eſt au milieu du château nous nous trouvons au milieu du monde. Ha ! ha ! ha ! »

En effet, l'horizon formait autour des enfants un cercle dont le donjon était le centre.

« Nous sommes au milieu du monde[1], ha ! ha ! ha ! » répéta Georges.

Puis tous deux se mirent à songer.

« Quel malheur que le monde soit si grand ! dit Abeille : on peut s'y perdre et y être séparé de ses amis. »

Georges haussa les épaules :

« Quel bonheur que le monde soit si grand ! on peut y chercher des aventures. Abeille, je veux, quand je serai grand, conquérir ces montagnes qui sont tout au bout de la terre. C'eſt là que se lève la lune; je la saisirai au passage et je te la donnerai, mon Abeille.

— C'eſt cela ! dit Abeille; tu me la donneras et je la mettrai dans mes cheveux. »

Puis ils s'occupèrent à chercher comme sur une carte les endroits qui leur étaient familiers.

« Je me reconnais très bien, dit Abeille (qui ne se reconnaissait point du tout), mais je ne devine pas ce que peuvent être toutes ces petites pierres carrées semées sur le coteau.

— Des maisons ! lui répondit Georges; ce sont des maisons. Ne reconnais-tu pas petite sœur, la capitale du duché des Clarides ? C'eſt pourtant une grande ville : elle a trois rues dont une eſt carrossable. Nous la traversâmes la semaine passée pour aller à l'Ermitage. T'en souvient-il ?

— Et ce ruisseau qui serpente ?

— C'eſt la rivière. Vois, là-bas, le vieux pont de pierre.

— Le pont sous lequel nous pêchâmes des écrevisses ?

— Celui-là même, et qui porte dans une niche la ſtatue de la “ Femme sans tête[1] ”. Mais on ne la voit pas d'ici parce qu'elle eſt trop petite.

— Je me la rappelle. Pourquoi n'a-t-elle pas de tête ?

— Mais probablement parce qu'elle l'a perdue. »

Sans dire si cette explication la contentait, Abeille contemplait l'horizon.

« Petit frère, petit frère, vois-tu ce qui brille du côté des montagnes bleues ? C'eſt le lac !

— C'eſt le lac ! »

Ils se rappelèrent alors ce que la duchesse leur avait dit de ces eaux dangereuses et belles où les Ondines avaient leur manoir.

« Allons-y ! » dit Abeille.

Cette résolution bouleversa Georges, qui, ouvrant une grande bouche, s'écria :

« La duchesse nous a défendu de sortir seuls, et comment irions-nous à ce lac qui eſt au bout du monde ?

— Comment nous irons, je ne le sais pas, moi. Mais tu dois le savoir, toi qui es un homme et qui as un maître de grammaire. »

Georges, piqué, répondit qu'on pouvait être un

homme et même un bel homme sans savoir tous les chemins du monde. Abeille prit un petit air dédaigneux qui le fit rougir jusqu'aux oreilles, et elle dit d'un ton sec :

« Je n'ai pas promis, moi, de conquérir les montagnes bleues et de décrocher la lune. Je ne sais pas le chemin des lacs, mais je le trouverai bien, moi !

— Ah ! ah ! ah ! s'écria Georges en s'efforçant de rire.

— Vous riez comme un cornichon, monsieur.

— Abeille, les cornichons ne rient ni ne pleurent.

— S'ils riaient, ils riraient comme vous, monsieur. J'irai seule au lac. Et pendant que je découvrirai les belles eaux qu'habitent les Ondines, vous resterez seul au château, comme une petite fille. Je vous laisserai mon métier et ma poupée. Vous en aurez grand soin, Georges, vous en aurez grand soin. »

Georges avait de l'amour-propre. Il fut sensible à la honte que lui faisait Abeille. La tête basse, très sombre, il s'écria d'une voix sourde :

« Eh bien ! nous irons au lac ! »

CHAPITRE VII

OÙ IL EST DIT COMMENT ABEILLE ET GEORGES S'EN ALLÈRENT AU LAC

Le lendemain après le dîner de midi, tandis que la duchesse était retirée dans sa chambre, Georges prit Abeille par la main.

« Allons ! lui dit-il.

— Où ?

— Chut ! »

Ils descendirent l'escalier et traversèrent les cours. Quand ils eurent passé la poterne, Abeille demanda pour la seconde fois où ils allaient.

« Au lac ! » répondit résolument Georges.

Demoiselle Abeille ouvrit une grande bouche et resta coite. Aller si loin sans permission, en souliers de satin ! Car elle avait des souliers de satin. Était-ce raisonnable ?

« Il faut y aller et il n'est pas nécessaire d'être raisonnable. »

Telle fut la sublime réponse de Georges à Abeille. Elle lui avait fait honte et maintenant elle faisait l'étonnée... C'est lui, cette fois, qui la renvoyait dédaigneusement à sa poupée. Les filles poussent aux aventures et s'y dérobent. Fi ! le vilain caractère ! Qu'elle reste ! Il irait seul.

Elle lui prit le bras; il la repoussa. Elle se suspendit au cou de son frère.

« Petit frère ! disait-elle en sanglotant, je te suivrai. »

Il se laissa toucher par un si beau repentir.

« Viens, dit-il, mais ne passons pas par la ville, car on pourrait nous voir. Il vaut mieux suivre les remparts et gagner la grand-route par le chemin de traverse. »

Et ils allèrent en se tenant par la main. Georges expliquait le plan qu'il avait arrêté.

« Nous suivrons, disait-il, la route que nous avons prise pour aller à l'Ermitage; nous ne manquerons pas d'apercevoir le lac comme nous l'avons aperçu l'autre fois et alors nous nous y rendrons à travers champs, en ligne d'abeille. »

En ligne d'abeille est une agreste et jolie façon de dire en ligne droite; mais ils se mirent à rire à cause du nom de la jeune fille qui venait bizarrement dans ce propos.

Abeille cueillit des fleurs au bord du fossé : c'étaient des fleurs de mauve, des bouillons-blancs, des asters et des chrysanthèmes dont elle fit un bouquet; dans ses petites mains, les fleurs se fanaient à vue d'œil et elles étaient pitoyables à voir quand Abeille passa le vieux pont de pierre. Comme elle ne savait que faire de son bouquet, elle eut l'idée de le jeter à l'eau pour le rafraîchir, mais elle aima mieux le donner à la « Femme sans tête ».

Elle pria Georges de la soulever dans ses bras pour être assez grande, et elle déposa sa brassée de fleurs agrestes entre les mains jointes de la vieille figure de pierre.

Quand elle fut loin, elle détourna la tête et vit une colombe sur l'épaule de la statue.

Ils marchaient depuis quelque temps, Abeille dit :

« J'ai soif.

— Moi aussi, dit Georges, mais la rivière est loin derrière nous et je ne vois ni ruisseau ni fontaine.

— Le soleil est si ardent qu'il les aura tous bus. Qu'allons-nous faire ? »

Ainsi ils parlaient et se lamentaient, quand ils virent venir une paysanne qui portait des fruits dans un panier.

« Des cerises ! s'écria Georges. Quel malheur que je n'aie pas d'argent pour en acheter !

— J'ai de l'argent, moi ! » dit Abeille.

Elle tira de sa poche une bourse garnie de cinq pièces d'or et, s'adressant à la paysanne :

« Bonne femme, dit-elle, voulez-vous me donner autant de cerises que ma robe en pourra tenir ? »

Ce disant, elle soulevait à deux mains le bord de sa jupe. La paysanne y jeta deux ou trois poignées de cerises. Abeille prit d'une seule main sa jupe retroussée, tendit de l'autre une pièce d'or à la femme et dit :

« Est-ce assez, cela ? »

La paysanne saisit cette pièce d'or, qui eût payé largement toutes les cerises du panier avec l'arbre qui les avait portées et le clos où cet arbre était planté. Et la rusée répondit :

« Je n'en demande pas davantage, pour vous obliger, ma petite princesse.

— Alors, reprit Abeille, mettez d'autres cerises dans le chapeau de mon frère et vous aurez une autre pièce d'or. »

Ce fut fait. La paysanne continua son chemin en se demandant dans quel bas de laine, au fond de quelle paillasse elle cacherait ses deux pièces d'or. Et les deux enfants suivirent leur route, mangeant les cerises et jetant les noyaux à droite et à gauche. Georges chercha les cerises qui se tenaient deux à deux par la queue, pour en faire des pendants d'oreilles à sa sœur, *et il riait* de voir ces beaux fruits jumeaux, à la chair vermeille, se balancer sur la joue d'Abeille.

Un caillou arrêta leur marche joyeuse. Il s'était logé dans le soulier d'Abeille qui se mit à clocher. À chaque saut qu'elle faisait, ses boucles blondes s'agitaient sur ses joues, et elle alla, ainsi clochant, s'asseoir sur le talus de la route. Là, son frère, agenouillé à ses pieds, retira le soulier de satin; il le secoua et un petit caillou blanc en sortit.

Alors, regardant ses pieds, elle dit :

« Petit frère, quand nous retournerons au lac, nous mettrons des bottes. »

Le soleil s'inclinait déjà dans le firmament radieux; un souffle de brise caressa les joues et le cou des jeunes voyageurs, qui, rafraîchis et ranimés, poursuivirent hardiment leur voyage. Pour mieux marcher, ils chantaient en se tenant par la main, et ils riaient de voir devant eux s'agiter leurs deux ombres unies. Ils chantaient[1] :

Marian' s'en allant au moulin,
Pour y faire moudre son grain,
Ell' monta sur son âne.
Ma p'tite mam' sell' Marianne !
Ell' monta sur son âne Martin
Pour aller au moulin...

Mais Abeille s'arrête; elle s'écrie :

« J'ai perdu mon soulier, mon soulier de satin ! »

Et cela était comme elle le disait. Le petit soulier, dont les cordons de soie s'étaient relâchés dans la marche, gisait tout poudreux sur la route.

Alors elle regarda derrière elle et, voyant les tours du château des Clarides effacées dans la brume lointaine, elle sentit son cœur se serrer et des larmes lui venir aux yeux.

« Les loups nous mangeront, dit-elle; et notre mère ne nous verra plus, et elle mourra de chagrin. »

Mais Georges lui remit son soulier et lui dit :

« Quand la cloche du château sonnera le souper, nous serons de retour aux Clarides. En avant ! »

Le meunier qui la voit venir
Ne peut s'empêcher de lui dire :
Attachez là votre âne,
Ma p'tite mam' sell' Marianne,
Attachez là votre âne Martin
Qui vous mène au moulin.

« Le lac ! Abeille, vois : le lac, le lac, le lac !

— Oui, Georges, le lac ! »

Georges cria *hourra !* et jeta son chapeau en l'air. Abeille avait trop de retenue pour jeter semblablement sa coiffe; mais, ôtant son soulier qui ne tenait guère, elle le lança par-dessus sa tête en signe de réjouissance. Il était là, le lac, au fond de la vallée, dont les pentes circulaires faisaient aux ondes argentées une grande coupe de feuillage et de fleurs. Il était là, tranquille et pur, et l'on voyait un frisson passer sur la verdure encore confuse de ses rives. Mais les deux enfants ne découvraient dans la futaie aucun chemin qui menât à ces belles eaux.

Tandis qu'ils en cherchaient un, ils eurent les mollets mordus par des oies qu'une petite fille, vêtue d'une peau de mouton, suivait avec sa gaule. Georges lui demanda comment elle se nommait.

« Gilberte.

— Eh bien, Gilberte, comment va-t-on au lac ?

— On n'y va pas.

— Pourquoi ?

— Parce que...

— Mais si on y allait ?

— Si on y allait, il y aurait un chemin et on prendrait ce chemin. »

Il n'y avait rien à répondre à la gardeuse d'oies.

« Allons, dit Georges, nous trouverons sans doute plus loin un sentier sous bois.

— Nous y cueillerons des noisettes, dit Abeille, et nous les mangerons, car j'ai faim. Il faudra, quand nous retournerons au lac, emporter une valise pleine de choses bonnes à manger. »

Georges :

« Nous ferons ce que tu dis, petite sœur; j'approuve à présent l'écuyer Francœur, qui, lorsqu'il partit pour Rome, emporta un jambon pour la faim et une dame-jeanne pour la soif. Mais hâtons-nous, car il me semble que le jour s'avance, quoique je ne sache pas l'heure.

— Les bergères la savent en regardant le soleil, dit Abeille; mais je ne suis pas bergère. Il me semble pourtant que le soleil, qui était sur notre tête quand nous partîmes, est maintenant là-bas, loin derrière la ville et le château des Clarides. Il faudrait savoir s'il en est ainsi tous les jours et ce que cela signifie. »

Tandis qu'ils observaient ainsi le soleil, un nuage de poussière se leva sur la route, et ils aperçurent des cavaliers qui s'avançaient à bride abattue et dont les armes brillaient. Les enfants eurent grand-peur et s'allèrent cacher dans les fourrés. Ce sont des voleurs ou plutôt des ogres, pensaient-ils. En réalité, c'étaient des gardes que la duchesse des Clarides avait envoyés à la recherche des deux petits aventureux.

Les deux petits aventureux trouvèrent dans le fourré un sentier étroit, qui n'était point un sentier d'amoureux, car on n'y pouvait marcher deux de front en se tenant par la main à la façon des fiancés. Aussi n'y trouvait-on point l'empreinte de pas humains. On y voyait seulement le creux laissé par une infinité de petits pieds fourchus.

« Ce sont des pieds de diablotins, dit Abeille.

— Ou de biches », dit Georges.

La chose n'a point été éclaircie. Mais ce qu'il y a de certain, c'est que le sentier descendait en pente douce jusqu'au bord du lac, qui apparut aux deux enfants dans sa languissante et silencieuse beauté. Des saules arrondissaient sur les bords leur feuillage tendre. Des roseaux balançaient sur les eaux leurs glaives souples et leurs délicats panaches; ils formaient des îles frissonnantes autour desquelles les nénufars étalaient leurs grandes feuilles en cœur et leurs fleurs à la chair blanche. Sur ces îles fleuries, les demoiselles, au corsage d'émeraude ou de saphir et aux ailes de flamme, traçaient d'un vol strident des courbes brusquement brisées.

Et les deux enfants *trempaient* avec délice leurs pieds brûlants dans le gravier humide où couraient la pesse touffue et la massette aux longs dards. L'acore[1] leur jetait les parfums de son humble tige; autour d'eux le plantain déroulait sa dentelle au bord des eaux dormantes, que l'épilobe étoilait de ses fleurs violettes.

CHAPITRE VIII

OÙ L'ON VOIT CE QU'IL EN COÛTA À GEORGES DE BLANCHELANDE POUR S'ÊTRE APPROCHÉ DU LAC HABITÉ PAR LES ONDINES

Abeille s'avança sur le sable entre deux bouquets de saules, et devant elle le petit Génie du lieu sauta dans l'eau en laissant à la surface des cercles qui s'agrandirent et s'effacèrent. Ce Génie était une petite grenouille verte au ventre blanc. Tout se taisait ; un souffle frais passait sur ce lac clair, dont chaque lame avait le pli gracieux d'un sourire.

« Ce lac est joli, dit Abeille ; mais mes pieds saignent dans mes petits souliers déchirés et j'ai grand-faim. Je voudrais bien être dans le château.

— Petite sœur, dit Georges, assieds-toi sur l'herbe. Je vais, pour les rafraîchir, envelopper tes pieds dans des feuilles ; puis j'irai te chercher à souper. J'ai vu là-haut, proche de la route, des ronces toutes noires de mûres. Je t'apporterai dans mon chapeau les plus belles et les plus sucrées. Donne-moi ton mouchoir, j'y mettrai des fraises, car il y a des fraisiers ici près, au bord du sentier, à l'ombre des arbres. Et je remplirai mes poches de noisettes. »

Il arrangea au bord du lac, sous un saule, un lit de mousse pour Abeille, et il partit.

Abeille, étendue, les mains jointes, sur son lit de mousse, vit des étoiles s'allumer en tremblant dans le ciel pâle ; puis ses yeux se fermèrent à demi ; pourtant il lui sembla voir en l'air un petit Nain monté sur un corbeau. Ce n'était point une illusion. Ayant tiré *les rênes* que mordait l'oiseau noir, le Nain s'arrêta au-dessus de la jeune fille et fixa sur elle ses yeux ronds ! Puis il piqua des deux et partit au grand vol. Abeille vit confusément ces choses et s'endormit.

Elle dormait quand Georges revint avec sa cueillette, qu'il déposa près d'elle. Il descendit au bord du lac en attendant qu'elle se réveillât. Le lac dormait sous sa délicate couronne de feuillage. Une vapeur légère traînait mollement sur les eaux. Tout à coup la lune se montra entre les branches; aussitôt les ondes furent jonchées d'étincelles.

Georges vit bien que ces lueurs qui éclairaient les eaux n'étaient pas toutes le reflet brisé de la lune, car il remarqua des flammes bleues qui s'avançaient en tournoyant avec des ondulations et des balancements comme si elles dansaient des rondes. Il reconnut bientôt que ces flammes tremblaient sur des fronts blancs, sur des fronts de femmes. En peu de temps, de belles têtes couronnées d'algues et de pétoncles[1], des épaules sur lesquelles se répandaient des chevelures vertes, des poitrines brillantes de perles, et d'où glissaient des voiles, s'élevèrent au-dessus des vagues. L'enfant reconnut les Ondines et voulut fuir. Mais déjà des bras pâles et froids l'avaient saisi et il était emporté, malgré ses efforts et ses cris, à travers les eaux, dans des galeries de cristal et de porphyre.

CHAPITRE IX

OÙ L'ON VOIT COMMENT ABEILLE FUT CONDUITE CHEZ LES NAINS

La lune s'était élevée au-dessus du lac, et les eaux ne reflétaient plus que le disque émietté de l'astre. Abeille dormait encore. Le Nain qui l'avait observée revint vers elle sur son corbeau. Il était suivi cette fois d'une troupe de petits hommes. C'étaient de très petits hommes. Une barbe blanche leur pendait jusqu'aux genoux. Ils avaient l'aspect de vieillards avec une taille d'enfant. À leurs tabliers de cuir et aux marteaux qu'ils portaient suspendus à leur ceinture, on les reconnaissait pour des ouvriers travaillant les métaux. Leur démarche était étrange; sautant à de grandes hauteurs et faisant d'étonnantes culbutes, ils montraient une inconcevable agilité, et en cela ils étaient moins semblables à des hommes qu'à des esprits. Mais en faisant leurs cabrioles les plus folâtres ils gardaient une inaltérable gravité, en sorte qu'il était impossible de démêler leur véritable caractère.

Ils se placèrent en cercle autour de la dormeuse.

« Eh bien ! dit du haut de sa monture emplumée le plus petit des Nains; eh bien ! vous ai-je trompés en vous avertissant que la plus jolie princesse dormait au bord du lac, et ne me remerciez-vous pas de vous l'avoir montrée ?

— Nous t'en remercions, Bob, répondit un des Nains qui avait l'air d'un vieux poète; en effet, il n'est rien au monde de si joli que cette jeune demoiselle. Son teint est plus rose que l'aurore qui se lève sur la montagne, et l'or que nous forgeons n'est pas aussi éclatant que celui de cette chevelure.

— Il est vrai, Pic; Pic, rien n'est plus vrai ! répondirent les nains; mais que ferons-nous de cette jolie demoiselle ? »

Pic, semblable à un poète très âgé, ne répondit point à cette question des Nains, parce qu'il ne savait pas mieux qu'eux ce qu'il fallait faire de la jolie demoiselle.

Un Nain, nommé Rug, leur dit :

« Construisons une grande cage et nous l'y enfermerons. »

Un autre Nain, nommé Dig, combattit la proposition de Rug. De l'avis de Dig, on ne mettait en cage que les animaux sauvages, et rien ne pouvait encore faire deviner que la jolie demoiselle fût de ceux-là.

Mais Rug tenait à son idée, faute d'en avoir une autre à mettre à la place. Il la défendit avec subtilité :

« Si cette personne, dit-il, n'est point sauvage, elle ne manquera pas de le devenir par l'effet de la cage, qui deviendra, en conséquence, utile et même indispensable. »

Ce raisonnement déplut aux Nains, et l'un d'eux, nommé Tad, le condamna avec indignation. C'était un Nain plein de vertu. Il proposa de ramener la belle enfant à ses parents, qu'il pensait être de puissants seigneurs.

Cet avis du vertueux Tad fut repoussé comme contraire à la coutume des Nains.

« C'est la justice, disait Tad, et non la coutume qu'il faut suivre. »

On ne l'écoutait plus, et l'assemblée s'agitait tumultueusement, lorsqu'un Nain, nommé Pau, qui avait l'esprit simple, mais juste, donna son avis en ces termes :

« Il faut commencer par réveiller cette demoiselle, puisqu'elle ne se réveille pas d'elle-même; si elle passe la nuit de la sorte, elle aura demain les paupières gonflées et sa beauté en sera moindre, car il est très malsain de dormir dans un bois au bord d'un lac. »

Cette opinion fut généralement approuvée, parce qu'elle n'en contrariait aucune autre.

Pic, semblable à un vieux poète accablé de maux, s'approcha de la jeune fille et la contempla gravement, dans la pensée qu'un seul de ses regards suffirait pour tirer la dormeuse du fond du plus épais sommeil. Mais Pic s'abusait sur le pouvoir de ses yeux, et Abeille continua à dormir les mains jointes.

Ce que voyant, le vertueux Tad la tira doucement par la manche. Alors elle entrouvrit les yeux et se souleva sur son coude. Quand elle se vit sur un lit de mousse, entourée de Nains, elle crut que ce qu'elle voyait était un rêve de la nuit et elle frotta ses yeux pour les dessiller, et afin qu'il y entrât, au lieu de la vision fantastique, la pure lumière du matin visitant sa chambre bleue, où elle croyait être. Car son esprit, engourdi par le sommeil, ne lui rappelait pas l'aventure du lac. Mais elle avait beau se frotter les yeux, les Nains n'en sortaient pas; il lui fallut bien croire qu'ils étaient véritables. Alors, promenant ses regards inquiets, elle vit la forêt, rappela ses souvenirs et cria avec angoisse :

« Georges ! mon frère Georges ! »

Les Nains s'empressaient autour d'elle; et, de peur de les voir, elle se cachait le visage dans les mains.

« Georges ! Georges ! où est mon frère Georges ? » criait-elle en sanglotant.

Les Nains ne le lui dirent pas, par la raison qu'ils l'ignoraient. Et elle pleurait à chaudes larmes en appelant sa mère et son frère.

Pau eut envie de pleurer comme elle; mais, pénétré

du désir de la consoler, il lui adressa quelques paroles vagues.

« Ne vous tourmentez point, lui dit-il; il serait dommage qu'une si jolie demoiselle se gâtât les yeux à pleurer. Contez-nous plutôt votre histoire, elle ne peut manquer d'être divertissante. Nous y prendrons un plaisir extrême. »

Elle ne l'écoutait point. Elle se mit debout et voulut s'enfuir. Mais ses pieds enflés et nus lui causèrent une si vive douleur qu'elle tomba sur ses genoux en sanglotant de plus belle. Tad la soutint dans ses bras et Pau lui baisa doucement la main. C'est pourquoi elle osa les regarder et elle vit qu'ils avaient l'air plein de pitié. Pic lui sembla un être inspiré, mais innocent, et, s'apercevant que tous ces petits hommes lui montraient de la bienveillance, elle leur dit :

« Petits hommes, il est dommage que vous soyez si laids; mais je vous aimerai tout de même si vous me donnez à manger, car j'ai faim.

— Bob ! s'écrièrent à la fois tous les Nains; allez chercher à souper. »

Et Bob partit sur son corbeau. Toutefois les Nains ressentaient l'injustice qu'avait cette fillette de les trouver laids. Rug en était fort en colère. Pic se disait : « Ce n'est qu'une enfant et elle ne voit pas le feu du génie qui brille dans mes regards et leur donne tour à tour la force qui terrasse et la grâce qui charme. » Pau songeait : « J'aurais peut-être mieux fait de ne pas éveiller cette jeune demoiselle qui nous trouve laids. » Mais Tad dit en souriant :

« Mademoiselle, vous nous trouverez moins laids quand vous nous aimerez davantage. »

À ces mots, Bob reparut sur son corbeau. Il portait sur un plat d'or une perdrix rôtie, avec un pain de gruau et une bouteille de vin de Bordeaux. Il déposa ce souper aux pieds d'Abeille en faisant un nombre incalculable de culbutes.

Abeille mangea et dit :

« Petits hommes, votre souper était très bon. Je me nomme Abeille; cherchons mon frère et allons ensemble aux Clarides, où maman nous attend dans une grande inquiétude. »

Mais Dig, qui était un bon Nain, représenta à Abeille qu'elle était incapable de marcher; que son frère était assez grand pour se retrouver lui-même; qu'il n'avait pu lui arriver malheur dans cette contrée où tous les animaux féroces avaient été détruits. Il ajouta :

« Nous ferons un brancard, nous le couvrirons d'une jonchée de feuilles et de mousses, nous vous y coucherons, nous vous porterons ainsi couchée dans la montagne et nous vous présenterons au roi des Nains, comme le veut la coutume de notre peuple. »

Tous les Nains applaudirent. Abeille regarda ses pieds endoloris et se tut. Elle était bien aise d'apprendre qu'il n'y avait pas d'animaux féroces dans la contrée. Pour le reste, elle s'en remettait à l'amitié des Nains.

Déjà ils construisaient le brancard. Ceux qui avaient des cognées entaillaient à grands coups le pied de deux jeunes sapins.

Cela remit à Rug son idée en tête.

« Si, au lieu d'un brancard, dit-il, nous construisions une cage ? »

Mais il souleva une réprobation unanime. Tad, le regardant avec mépris, s'écria :

« Rug, tu es plus semblable à un homme qu'à un Nain. Mais ceci du moins est à l'honneur de notre race que le plus méchant des Nains en est aussi le plus bête. »

Cependant l'ouvrage se faisait. Les Nains sautaient en l'air pour atteindre les branches qu'ils coupaient au vol et dont ils formaient habilement un siège à claire-voie. L'ayant recouvert de mousse et de feuillée, ils y firent asseoir Abeille; puis ils saisirent à la fois les deux montants, ohé ! se les mirent sur l'épaule, hop ! et prirent leur course vers la montagne, hip !

CHAPITRE X

QUI RELATE FIDÈLEMENT L'ACCUEIL QUE LE ROI LOC FIT À ABEILLE DES CLARIDES

Ils montaient par un chemin sinueux la côte boisée. Dans la verdure grise des chênes nains, des blocs de granit se dressaient çà et là, stériles et rouillés, et la montagne rousse avec ses gorges bleuâtres fermait l'âpre paysage.

Le cortège, que Bob précédait sur sa monture ailée, s'engagea dans une fissure tapissée de ronces. Abeille, avec ses cheveux d'or répandus sur ses épaules, ressemblait à l'aurore levée sur la montagne, s'il est vrai que parfois l'aurore s'effraye, appelle sa mère et veut fuir, car la fillette en vint à ces trois points sitôt qu'elle aperçut confusément des Nains terriblement armés, en embuscade dans toutes les anfractuosités du rocher.

L'arc bandé ou la lance en arrêt, ils se tenaient immobiles. Leurs tuniques de peaux de bêtes et de longs couteaux pendus à leur ceinture rendaient leur aspect terrible. Du gibier de poil et de plume gisait à leurs côtés. Mais ces chasseurs, à ne regarder que leur visage, n'avaient pas l'air farouche; ils paraissaient au contraire doux et graves comme les Nains de la forêt, auxquels ils ressemblaient beaucoup.

Debout au milieu d'eux se tenait un Nain plein de majesté. Il portait à l'oreille une plume de coq et au front un diadème fleuronné de pierres énormes. Son manteau, relevé sur l'épaule, laissait voir un bras robuste, chargé de cercles d'or. Un olifant d'ivoire et d'argent ciselé pendait à sa ceinture. Il s'appuyait de la main gauche sur sa lance dans l'attitude de la force au repos, et il tenait la droite au-dessus de ses yeux pour regarder du côté d'Abeille et de la lumière.

« Roi Loc, lui dirent les Nains de la forêt, nous

t'amenons la belle enfant que nous avons trouvée : elle se nomme Abeille.

— Vous faites bien, dit le roi Loc. Elle vivra parmi nous comme le veut la coutume des Nains. »

Puis, s'approchant d'Abeille :

« Abeille, lui dit-il, soyez la bienvenue. »

Il lui parlait avec douceur, car il se sentait déjà de l'amitié pour elle. Il se haussa sur la pointe des pieds pour baiser la main qu'elle laissait pendre, et il l'assura que non seulement il ne lui serait point fait de mal, mais encore qu'on la contenterait dans tous ses désirs, quand bien même elle souhaiterait des colliers, des miroirs, des laines de Cachemire et des soies de la Chine.

« Je voudrais bien des souliers », répondit Abeille.

Alors le roi Loc frappa de sa lance un disque de bronze qui était suspendu à la paroi du rocher et aussitôt l'on vit quelque chose venir du fond de la caverne en bondissant comme une balle. Cela grandit et montra la figure d'un Nain qui rappelait par le visage les traits que les peintres donnent à l'illustre Bélisaire[1], mais dont le tablier de cuir à bavette révélait un cordonnier.

C'était, en effet, le chef des cordonniers.

« Truc, lui dit le roi, choisis dans nos magasins le cuir le plus souple, prends du drap d'or et d'argent, demande au gardien de mon trésor mille perles de la plus belle eau, et compose avec ce cuir, ces tissus et ces perles, une paire de souliers pour la jeune Abeille. »

À ces mots, Truc se jeta aux pieds d'Abeille et il les mesura avec exactitude. Mais elle dit :

« Petit roi Loc, il faut me donner tout de suite les beaux souliers que tu m'as promis, et, quand je les aurai, je retournerai aux Clarides vers ma mère.

— Vous aurez vos souliers, Abeille, répondit le roi Loc, vous les aurez pour vous promener dans la montagne et non pour retourner aux Clarides, car vous ne sortirez point de ce royaume où vous apprendrez de beaux secrets qu'on n'a point devinés sur la terre. Les Nains sont supérieurs aux hommes, et c'est pour votre bonheur que vous avez été recueillie par eux.

— C'est pour mon malheur, répondit Abeille. Petit roi Loc, donne-moi des sabots comme ceux des paysans et laisse-moi retourner aux Clarides. »

Mais le roi Loc fit un signe de tête pour exprimer que cela n'était pas possible. Alors Abeille joignit les mains et prit une voix caressante :

« Petit roi Loc, laisse-moi partir et je t'aimerai bien.

— Vous m'oublierez, Abeille, sur la terre lumineuse.

— Petit roi Loc, je ne vous oublierai pas et je vous aimerai autant que Souffle-des-Airs.

— Et qui est Souffle-des-Airs ?

— C'est mon cheval isabelle; il a des rênes roses et il mange dans ma main. Quand il était petit, l'écuyer Francœur me l'amenait le matin dans ma chambre et je l'embrassais. Mais maintenant Francœur est à Rome et Souffle-des-Airs est trop grand pour monter les escaliers. »

Le roi Loc sourit :

« Abeille, voulez-vous m'aimer mieux encore que Souffle-des-Airs ?

— Je veux bien.

— À la bonne heure.

— Je veux bien, mais je ne peux pas; je vous hais, petit roi Loc, parce que vous m'empêchez de revoir ma mère et Georges.

— Qui est Georges ?

— C'est Georges et je l'aime. »

L'amitié du roi Loc pour Abeille s'était beaucoup accrue en peu d'instants, et, comme il avait déjà l'espérance de l'épouser quand elle serait en âge et de réconcilier par elle les hommes avec les Nains, il craignit que Georges ne devînt plus tard son rival et ne renversât ses projets. C'est pourquoi il fronça les sourcils et s'éloigna en baissant la tête comme un homme soucieux.

Abeille, voyant qu'elle l'avait fâché, le tira doucement par un pan de son manteau.

« Petit roi Loc, lui dit-elle d'une voix triste et tendre, pourquoi nous rendons-nous malheureux l'un l'autre ?

— Abeille, c'est la faute des choses, répondit le roi Loc; je ne puis vous ramener à votre mère, mais je lui enverrai un songe qui l'instruira de votre sort, chère Abeille, et qui la consolera.

— Petit roi Loc, répondit Abeille en souriant dans ses larmes, tu as une bonne idée, mais je vais te dire ce qu'il faudra faire. Il faudra envoyer, chaque nuit, à ma mère un songe dans lequel elle me verra, et m'envoyer à moi, chaque nuit, un songe dans lequel je verrai ma mère. »

Le roi Loc promit de le faire. Et ce qui fut dit fut fait. Chaque nuit, Abeille vit sa mère, et chaque nuit la duchesse vit sa fille. Cela contentait un peu leur amour.

CHAPITRE XI

OÙ LES CURIOSITÉS DU ROYAUME DES NAINS SONT PARFAITEMENT DÉCRITES, AINSI QUE LES POUPÉES QUI FURENT DONNÉES À ABEILLE

Le royaume des Nains était profond et s'étendait sous une grande partie de la terre. Bien qu'on n'y vît le ciel que çà et là, à travers quelques fentes de rocher, les places, les avenues, les palais et les salles de cette région souterraine n'étaient pas plongés dans d'épaisses ténèbres. Quelques chambres et plusieurs cavernes restaient seules dans l'obscurité. Le reste était éclairé, non par des lampes ou des torches, mais par des astres et des météores qui répandaient une clarté *étrange et fantastique, et* cette clarté luisait sur d'étonnantes merveilles. Des édifices immenses avaient été taillés dans le roc et l'on voyait par endroits des palais découpés dans le granit à de telles hauteurs que leurs dentelles de pierre se perdaient sous les voûtes de l'immense caverne dans une brume traversée par la lueur orangée de petits astres moins lumineux que la lune.

Il y avait dans ces royaumes des forteresses d'une masse écrasante, des amphithéâtres dont les gradins de pierre formaient un demi-cercle que le regard ne pouvait embrasser dans son étendue, et de vastes puits aux parois sculptées dans lesquels on descendait toujours sans jamais trouver le fond. Toutes ces constructions, peu appropriées en apparence à la taille des habitants, convenaient parfaitement à leur génie curieux et fantasque.

Les Nains, couverts de capuchons où des feuilles de fougère étaient piquées, circulaient autour des édifices avec une agilité spirituelle. Il n'était pas rare d'en voir qui sautaient de la hauteur de deux ou trois étages sur la chaussée de lave et y rebondissaient comme des balles. Leur visage gardait pendant ce temps cette gravité auguste que la statuaire donne à la figure des grands hommes de l'Antiquité.

Aucun n'était oisif et tous s'empressaient à leur travail. Des quartiers entiers retentissaient du bruit des marteaux; les voix déchirantes des machines se brisaient contre les voûtes des cavernes, et c'était un curieux spectacle que de voir la foule des mineurs, forgerons, batteurs d'or, joailliers, polisseurs de diamants, manier avec la dextérité des singes le pic, le marteau, la pince, la lime. Mais il était une région plus tranquille.

Là, des figures grossières et puissantes, des piliers informes sortaient confusément de la roche brute et semblaient dater d'une Antiquité vénérable. Là, un palais aux portes basses étendait ses formes trapues : c'était le palais du roi Loc. Tout contre était la maison d'Abeille, maison ou plutôt maisonnette ne contenant qu'une seule chambre, laquelle était tapissée de mousseline blanche. Des meubles en sapin sentaient bon dans cette chambre. Une déchirure de la roche y laissait passer la lumière du ciel et, par les belles nuits, on y voyait des étoiles.

Abeille n'avait point de serviteurs attitrés, mais tout le peuple des Nains s'empressait à l'envi de pourvoir à ses besoins et de prévenir tous ses désirs, hors celui de remonter sur la terre.

Les plus savants Nains, qui possédaient de grands secrets, se plaisaient à l'instruire, non pas avec des livres, car les Nains n'écrivent pas, mais en lui montrant toutes les plantes des monts et des plaines, les espèces diverses d'animaux et les pierres variées qu'on extrait du sein de la terre. Et c'est par des exemples et des spectacles qu'ils lui enseignaient avec une gaieté innocente les curiosités de la nature et les procédés des arts.

Ils lui faisaient des jouets tels que les enfants des riches de la terre n'en eurent jamais; car ces Nains étaient industrieux et inventaient d'admirables machines. C'est ainsi qu'ils construisirent pour elle des poupées sachant se mouvoir avec grâce et s'exprimer selon les règles de la poésie. Quand on les assemblait sur un petit théâtre dont la scène représentait le rivage des mers, le ciel bleu, des palais et des temples, elles figuraient les actions les plus intéressantes. Bien qu'elles ne fussent pas plus hautes que le bras, elles ressemblaient exactement les unes à des vieillards respectables, les autres à des hommes dans la force de l'âge ou à de belles jeunes filles vêtues de blanches tuniques. Il y avait aussi parmi elles des mères pressant contre leur sein des petits enfants innocents. Et ces poupées éloquentes s'exprimaient et agissaient sur la scène comme si elles étaient agitées par la haine, l'amour ou l'ambition. Elles passaient habilement de la joie à la douleur et elles imitaient si bien la nature qu'elles excitaient le sourire ou tiraient les larmes des yeux. Abeille battait des mains à ce spectacle. Les poupées qui aspiraient à la tyrannie lui faisaient horreur. Elle se sentait, au contraire, des trésors de pitié pour la poupée jadis princesse, maintenant veuve et captive, la tête ceinte de cyprès, qui n'a d'autre ressource pour sauver la vie de son enfant que d'épouser, hélas ! le barbare qui la fit veuve[1].

Abeille ne se lassait point de ce jeu que les poupées variaient à l'infini. Les Nains lui donnaient aussi des concerts et lui enseignaient à jouer du luth, de la viole d'amour, du téorbe, de la lyre et de divers autres instruments. En sorte qu'elle devenait bonne musicienne et que les actions représentées sur le théâtre par les poupées lui communiquaient l'expérience des hommes et de la vie. Le roi Loc assistait aux représentations et aux concerts, mais il ne voyait et n'entendait qu'Abeille, en qui il mettait peu à peu toute son âme.

Cependant les jours et les mois s'écoulaient, les

années accomplissaient leur tour et Abeille restait parmi les Nains, sans cesse divertie et toujours pleine du regret de la terre. Elle devenait une belle jeune fille. Son étrange destinée donnait quelque chose d'étrange à sa physionomie, qui n'en était que plus agréable.

CHAPITRE XII

DANS LEQUEL LE TRÉSOR DU ROI LOC EST DÉCRIT AUSSI BIEN QUE POSSIBLE

Il y avait six ans jour pour jour qu'Abeille était chez les Nains. Le roi Loc l'appela dans son palais et il donna devant elle l'ordre à son trésorier de déplacer une grosse pierre qui semblait scellée dans la muraille, mais qui, en réalité, n'y était que posée. Ils passèrent tous trois par l'ouverture que laissa la grosse pierre et se trouvèrent dans une fissure du roc où deux personnes ne pouvaient se tenir de front. Le roi Loc s'avança le premier dans ce chemin obscur et Abeille le suivit en tenant un pan du manteau royal. Ils marchèrent longtemps. Par intervalles, les parois du rocher se rapprochaient tellement que la jeune fille craignait d'y être prise, sans pouvoir ni avancer ni reculer, et de mourir là. Et le manteau du roi Loc fuyait sans cesse devant elle par l'étroit et noir sentier. Enfin le roi Loc rencontra une porte de bronze qu'il ouvrit et une grande clarté se fit :

« Petit roi Loc, s'écria Abeille, je ne savais pas encore que la lumière fût une si belle chose. »

Mais le roi Loc, la prenant par la main, l'introduisit dans la salle d'où venait la lumière et lui dit : « Regarde ! »

Abeille, éblouie, ne vit rien d'abord, car cette salle immense, portée sur de hautes colonnes de marbre, était, du sol au faîte, tout éclatante d'or.

Au fond, sur une estrade formée de gemmes étincelantes serties dans l'or et l'argent, et dont les degrés étaient couverts d'un tapis merveilleusement brodé, s'élevait un trône d'ivoire et d'or avec un dais composé d'émaux translucides aux côtés duquel deux palmiers, âgés de trois mille ans, s'élançaient hors de deux vases gigantesques ciselés autrefois par le meilleur artiste des Nains. Le roi Loc monta sur ce trône et fit tenir la jeune fille debout à sa droite.

« Abeille, lui dit-il, ceci est mon trésor ; choisissez-y tout ce qu'il vous plaira. »

Pendus aux colonnes, d'immenses boucliers d'or recevaient les rayons du soleil et les renvoyaient en gerbes étincelantes ; des épées, des lances s'entre-croisaient, ayant une flamme à leur pointe. Des tables qui régnaient autour des murailles étaient chargées de hanaps, de buires, d'aiguières, de calices, de ciboires, de patènes, de gobelets et de vidrecomes[1] d'or, de cornes à boire en ivoire avec des anneaux d'argent, de bouteilles énormes en cristal de roche, de plats d'or et d'argent ciselé, de coffrets, de reliquaires en forme d'église, de cassolettes, de miroirs, de candélabres et de torchères aussi admirables par le travail que par la matière, et de brûle-parfum représentant des monstres. Et l'on distinguait sur une des tables un jeu d'échecs en pierre de lune[2].

« Choisissez, Abeille », répéta le roi Loc.

Mais, levant les yeux au-dessus de ces richesses, Abeille vit le ciel bleu par une ouverture du plafond, et, comme si elle avait compris que la lumière du ciel donnait seule à ces choses tout leur éclat, elle dit seulement :

« Petit roi Loc, je voudrais remonter sur la terre. »

Alors le roi Loc fit un signe à son trésorier, qui, soulevant d'épaisses draperies, découvrit un coffre énorme, tout armé de lames de fer et de ferrures découpées. Ce coffre étant ouvert, il en sortit des rayons de mille nuances diverses et charmantes ; chacun de ces rayons jaillissait d'une pierre précieuse artistement taillée. Le roi Loc y trempa les mains et alors on vit rouler dans une confusion lumineuse l'améthyste violette et la pierre des vierges, l'émeraude aux trois natures ; l'une d'un vert sombre, l'autre qu'on nomme miellée parce qu'elle est de la couleur du miel, la troisième d'un vert bleuâtre qu'on appelle béryl et qui donne de beaux rêves ; la topaze orientale, le rubis, aussi beau que le sang des braves, le saphir d'un bleu sombre qu'on nomme saphir mâle et le saphir d'un bleu pâle qu'on nomme saphir femelle; le cynophane, l'hyacinthe, l'euclase, la turquoise, l'opale dont les lueurs sont plus douces que l'aurore, l'aigue-marine et le grenat syrien[1]. Toutes ces pierres étaient de l'eau la plus limpide et du plus lumineux orient. Et de gros diamants jetaient, au milieu de ces feux colorés, d'éblouissantes étincelles blanches.

« Abeille, choisissez », dit le roi Loc.

Mais Abeille secoua la tête et dit :

« Petit roi Loc, à toutes ces pierres je préfére un seul des rayons de soleil qui se brisent sur le toit d'ardoise du château des Clarides. »

Alors le roi Loc fit ouvrir un second coffre qui ne contenait que des perles. Mais ces perles étaient rondes et pures; leurs reflets changeants prenaient toutes les teintes du ciel et de la mer, et leur éclat était si doux qu'il semblait exprimer une pensée d'amour.

« Prenez », dit le roi Loc.

Mais Abeille lui répondit :

« Petit roi Loc, ces perles me rappellent le regard de Georges de Blanchelande; j'aime ces perles, mais j'aime mieux les yeux de Georges. »

En entendant ces mots, le roi Loc détourna la tête. Pourtant il ouvrit un troisième coffre et montra à la jeune fille un cristal dans lequel une goutte d'eau était prisonnière depuis les premiers temps du monde; et, quand on agitait le cristal, on voyait cette goutte d'eau remuer. Il lui montra aussi des morceaux d'ambre jaune dans lesquels des insectes plus brillants que des pierreries étaient pris depuis des milliards d'années. On distinguait leurs pattes délicates et leurs fines antennes, et ils se seraient remis à voler si quelque puissance avait fait fondre comme de la glace leur prison parfumée[2].

« Ce sont là de grandes curiosités naturelles; je vous les donne, Abeille. »

Mais Abeille répondit :

« Petit roi Loc, gardez l'ambre et le cristal, car je ne saurais rendre la liberté ni à la mouche ni à la goutte d'eau. »

Le roi Loc l'observa quelque temps et dit :

« Abeille, les plus beaux trésors seront bien placés entre vos mains. Vous les posséderez et ils ne vous posséderont pas. L'avare est la proie de son or; ceux-là seuls qui méprisent la richesse peuvent être riches sans danger : leur âme sera toujours plus grande que leur fortune. »

Ayant parlé ainsi, il fit un signe à son trésorier, qui présenta sur un coussin une couronne d'or à la jeune fille.

« Recevez ce joyau comme un signe de l'estime que nous faisons de vous, Abeille, dit le roi Loc. On vous nommera désormais la princesse des Nains. »

Et il mit lui-même la couronne sur le front d'Abeille.

CHAPITRE XIII

DANS LEQUEL LE ROI LOC SE DÉCLARE

Les Nains célébrèrent par des fêtes joyeuses le couronnement de leur première princesse. Des jeux pleins d'innocence se succédèrent sans ordre dans l'immense amphithéâtre; et les petits hommes, ayant un brin de fougère ou deux feuilles de chêne coquettement attachés à leur capuchon, faisaient des bonds joyeux à travers les rues souterraines. Les réjouissances durèrent trente jours. Pic gardait dans l'ivresse l'apparence d'un mortel inspiré; le vertueux Tad s'enivrait du bonheur public; le tendre Dig se donnait le plaisir de répandre des larmes; Rug, dans sa joie, demandait de nouveau qu'Abeille fût mise en cage, afin que les Nains n'eussent point à craindre de perdre une princesse si charmante; Bob, monté sur son corbeau, emplissait l'air de cris si joyeux que l'oiseau noir, pris lui-même de gaieté, faisait entendre de petits croassements folâtres.

Seul, le roi Loc était triste.

Or, le trentième jour, ayant offert à la princesse et à tout le peuple des Nains un festin magnifique, il monta tout debout sur son fauteuil et, sa bonne figure étant ainsi haussée jusqu'à l'oreille d'Abeille :

« Ma princesse Abeille, lui dit-il, je vais vous faire une demande que vous pourrez accueillir ou repousser en toute liberté. Abeille des Clarides, princesse des Nains, voulez-vous être ma femme ? »

Et, ce disant, le roi Loc, grave et tendre, avait la beauté pleine de douceur d'un caniche auguste. Abeille lui répondit en lui tirant la barbe :

« Petit roi Loc, je veux bien être ta femme pour rire; mais je ne serai jamais ta femme pour de bon. Au moment où tu me demandes en mariage, tu me rappelles Francœur qui, sur la terre, me contait, pour m'amuser, les choses les plus extravagantes. »

À ces mots, le roi Loc tourna la tête, mais non pas assez vite pour qu'Abeille ne vît pas une larme arrêtée dans les cils du Nain. Alors Abeille eut regret de lui avoir fait de la peine.

« Petit roi Loc, lui dit-elle, je t'aime comme un petit roi Loc que tu es; et si tu me fais rire comme faisait Francœur, il n'y a rien là pour te déplaire, car Francœur chantait bien, et il aurait été beau sans ses cheveux gris et son nez rouge. »

Le roi Loc lui répondit :

« Abeille des Clarides, princesse des Nains, je vous aime dans l'espoir que vous m'aimerez un jour. Mais je n'aurais pas cet espoir que je vous aimerais tout autant. Je ne vous demande, en retour de mon amitié, que d'être toujours sincère avec moi.

— Petit roi Loc, je te le promets.

— Eh bien ! Abeille, dites-moi si vous aimez quelqu'un jusqu'à l'épouser.

— Petit roi Loc, je n'aime personne jusque-là. »

Alors le roi Loc sourit et, saisissant sa coupe d'or, il porta d'une voix retentissante la santé de la princesse des Nains. Et une rumeur immense s'éleva de toutes les profondeurs de la terre, car la table du festin allait d'un bout à l'autre de l'empire des Nains.

CHAPITRE XIV

OÙ IL EST DIT COMMENT ABEILLE REVIT SA MÈRE ET NE PUT L'EMBRASSER

Abeille, le front ceint d'une couronne, était plus songeuse encore et plus triste que quand ses cheveux coulaient en liberté sur ses épaules et qu'aux jours où elle allait en riant dans la forge des Nains tirer la barbe à ses bons amis Pic, Tad et Dig, dont la face colorée du reflet des flammes prenait à sa bienvenue un air de gaieté. Les bons Nains, qui naguère la faisaient danser sur leurs genoux en la nommant leur Abeille, s'inclinaient maintenant sur son passage et gardaient un silence respectueux. Elle regrettait de n'être plus une enfant, et elle souffrait d'être la princesse des Nains.

Elle n'avait plus de plaisir à voir le roi Loc depuis qu'elle l'avait vu pleurer à cause d'elle. Mais elle l'aimait parce qu'il était bon et qu'il était malheureux.

Un jour (si l'on peut dire qu'il y a des jours dans l'empire des Nains), elle prit le roi Loc par la main et l'attira sous cette fissure du roc qui laissait passer un rayon du soleil dans lequel dansait une poussière dorée.

« Petit roi Loc, lui dit-elle, je souffre. Vous êtes roi, vous m'aimez et je souffre. »

En entendant ces paroles de la jolie demoiselle, le roi Loc répondit :

« Je vous aime, Abeille des Clarides, princesse des Nains; et c'est pourquoi je vous ai gardée dans ce monde, afin de vous enseigner nos secrets, qui sont plus grands et plus curieux que tout ce que vous pouviez apprendre sur la terre parmi les hommes, car les hommes sont moins habiles et moins savants que les Nains.

— Oui, dit Abeille, mais ils sont plus semblables à moi que les Nains; c'est pourquoi je les aime mieux. Petit roi Loc, laissez-moi revoir ma mère, si vous ne voulez pas que je meure. »

Le roi Loc s'éloigna sans répondre.

Abeille, seule et désolée, contemplait le rayon de cette lumière dont la face de la terre est toute baignée et qui revêt de ses ondes resplendissantes tous les hommes vivants et jusqu'aux mendiants qui vont par les routes. Lentement ce rayon pâlit et changea sa clarté dorée en une lueur d'un bleu pâle. La nuit était venue sur la terre. Une étoile, à travers la fissure du rocher, scintilla.

Alors quelqu'un lui toucha doucement sur l'épaule et elle vit le roi Loc enveloppé d'un manteau noir. Il avait à son bras un autre manteau dont il couvrit la jeune fille.

« Venez », lui dit-il.

Et il la conduisit hors du souterrain. Quand elle revit les arbres agités par le vent, les nuages qui passaient sur la lune et toute la grande nuit fraîche et bleue, quand elle sentit l'odeur des herbes, quand l'air qu'elle avait respiré dans son enfance lui rentra à flots dans la poitrine, elle poussa un grand soupir et crut mourir de joie.

Le roi Loc l'avait prise dans ses bras; tout petit qu'il était, il la portait aussi facilement qu'une plume et ils glissaient tous deux sur le sol comme l'ombre de deux oiseaux.

« Abeille, vous allez revoir votre mère. Mais écoutez-moi. Toutes les nuits, vous le savez, j'envoie votre image à votre mère. Toutes les nuits, elle voit votre cher fantôme; elle lui sourit, elle lui parle, elle l'embrasse. Je vous montrerai cette nuit à elle, vous-même, au lieu de votre simulacre. Vous la verrez; mais ne la touchez pas, ne lui parlez pas, car alors le charme serait rompu et elle ne reverrait plus jamais ni vous ni votre image, qu'elle ne distingue pas de vous-même.

— Je serai donc prudente, hélas ! petit roi Loc... Le voilà ! le voilà ! »

En effet, le donjon des Clarides s'élevait tout noir sur le mont. Abeille eut à peine le temps d'envoyer un baiser aux vieilles pierres bien-aimées et déjà elle voyait fuir à son côté les remparts fleuris de giroflées de la ville des Clarides; déjà elle montait par une rampe où des vers luisants brillaient dans l'herbe jusqu'à la poterne, que le roi Loc ouvrit aisément, car les Nains, dompteurs des métaux, ne sont point arrêtés par les serrures, les cadenas, les verrous, les chaînes et les grilles.

Elle monta l'escalier tournant qui menait à la chambre de sa mère et elle s'arrêta pour contenir à deux mains son cœur qui battait. La porte s'ouvrit doucement, et, à la lueur d'une veilleuse suspendue au plafond de la chambre, Abeille vit, dans le silence religieux qui régnait, sa mère, sa mère amaigrie et pâlie, ayant aux tempes des cheveux gris, mais plus belle ainsi pour sa fille qu'aux jours passés des magnifiques parures et des hardies chevauchées. Comme alors cette mère voyait sa fille en rêve, elle ouvrit les bras pour l'embrasser. Et l'enfant, riant et sanglotant, voulut se jeter dans ses bras ouverts; mais le roi Loc l'arracha à cet embrassement et l'emporta comme une paille par les campagnes bleues, dans le royaume des Nains.

CHAPITRE XV

DANS LEQUEL ON VERRA LA GRANDE PEINE QU'EUT LE ROI LOC

Abeille, assise sur les degrés de granit du palais souterrain, regardait encore le ciel bleu à travers la fissure du rocher. Là, des sureaux tournaient vers la lumière leurs ombelles blanches. Abeille se mit à pleurer. Le roi Loc lui prit la main et lui dit :

« Abeille, pourquoi pleurez-vous et que désirez-vous ? »

Et, comme *elle était triste* depuis plusieurs jours, les Nains assis à ses pieds lui jouaient des airs naïfs sur la flûte, le flageolet, le rebec et les timbales. D'autres Nains faisaient, pour lui plaire, des culbutes telles, qu'ils piquaient l'un après l'autre dans l'herbe la pointe de leur capuchon orné d'une cocarde de feuillage, et rien n'était plaisant à voir comme les jeux de ces petits hommes à barbes d'ermite. Le vertueux Tad, le sensible Dig, qui l'aimaient depuis le jour où ils l'avaient vue endormie au bord du lac, et Pic, le vieux poète, la prenaient doucement par le bras et la suppliaient de lui confier le secret de son chagrin. Pau, dont l'esprit était simple, mais juste, lui présentait des raisins dans une corbeille; et tous, la tirant par le bord de sa jupe, répétaient avec le roi Loc :

« Abeille, princesse des Nains, pourquoi pleurez-vous ? »

Abeille répondit :

« Petit roi Loc et vous tous, petits hommes, mon chagrin augmente votre amitié, parce que vous êtes bons; vous pleurez quand je pleure. Sachez que je pleure en songeant à Georges de Blanchelande, qui doit être aujourd'hui un brave chevalier et que je ne reverrai pas. Je l'aime et je voudrais être sa femme. »

Le roi Loc retira sa main de la main qu'il pressait et dit :

« Abeille, pourquoi m'avez-vous trompé en me disant, à la table du festin, que vous n'aviez d'amour pour personne ? »

Abeille répondit :

« Petit roi Loc, je ne t'ai pas trompé à la table du festin. Je ne désirais pas alors épouser Georges de Blanchelande, et c'est aujourd'hui mon envie la plus chère qu'il me demande en mariage. Mais il ne me demandera pas, puisque je ne sais où il est et qu'il ne sait où me trouver. Et c'est pourquoi je pleure. »

À ces mots, les musiciens s'arrêtèrent de jouer de leurs instruments; les sauteurs interrompirent leurs sauts et restèrent immobiles sur la tête ou sur le derrière; Tad et Dig répandirent des pleurs silencieux sur la manche d'Abeille; le simple Pau laissa tomber la corbeille avec les grappes de raisins, et tous les petits hommes poussèrent des gémissements affreux.

Mais le roi des Nains, plus désolé qu'eux tous sous sa couronne aux fleurons étincelants, s'éloigna sans rien dire en laissant traîner derrière lui son manteau comme un torrent de pourpre.

CHAPITRE XVI

OÙ L'ON RAPPORTE LES PAROLES DU SAVANT NUR QUI CAUSÈRENT UNE JOIE EXTRAORDINAIRE AU PETIT ROI LOC

Le roi Loc n'avait pas laissé voir sa faiblesse à la jeune fille; mais, quand il fut seul, il s'assit à terre et, se tenant les pieds dans les mains, il s'abandonna à sa douleur.

Il était jaloux et il se disait :

« Elle aime, et ce n'est pas moi qu'elle aime ! Pourtant je suis roi et je suis plein de science; j'ai des trésors, je sais des secrets merveilleux; je suis meilleur que tous les autres Nains, qui valent mieux que les hommes. Elle ne m'aime pas et elle aime un jeune homme qui n'a point la science des Nains et qui n'en a peut-être aucune. Certes, elle n'estime point le mérite et n'est guère sensée. Je devrais rire de son peu de jugement; mais je l'aime, et je n'ai de goût à rien au monde parce qu'elle ne m'aime pas. »

Pendant de longs jours le roi Loc erra seul dans les gorges les plus sauvages de la montagne, roulant dans son esprit des pensées tristes et parfois mauvaises. Il songeait à réduire par la captivité et la faim Abeille à devenir sa femme. Mais chassant cette idée presque aussitôt après l'avoir formée, il se proposait d'aller trouver la jeune fille et de se jeter à ses pieds. Il ne s'arrêtait pas non plus à cette résolution et il ne savait que faire. C'est qu'en effet, il ne dépendait pas de lui qu'Abeille vînt à l'aimer. Sa colère se tournait tout à coup contre Georges de Blanchelande; il souhaitait que ce jeune homme fût emporté bien loin par quelque enchanteur, ou du moins, s'il devait jamais connaître l'amour d'Abeille, qu'il le méprisât.

Et le roi songeait :

« Sans être vieux, j'ai vécu déjà trop longtemps pour n'avoir pas quelquefois souffert. Mais mes souffrances, si profondes qu'elles fussent, étaient moins âpres que celles que j'éprouve aujourd'hui. La tendresse ou la pitié qui les causaient y mêlaient quelque chose de leur céleste douceur. Au contraire, je sens qu'à cette heure mon chagrin a la noirceur et l'âcreté d'un mauvais désir. Mon âme est aride, et mes yeux nagent dans leurs pleurs comme dans un acide qui les brûle. »

Ainsi songeait le roi Loc. Et, craignant que la jalousie ne le rendît injuste et méchant, il évitait de rencontrer la jeune fille, de peur de lui tenir, sans le vouloir, le langage d'un homme faible ou violent.

Un jour qu'il était plus tourmenté qu'à l'ordinaire par la pensée qu'Abeille aimait Georges, il prit la résolution de consulter Nur, qui était le plus savant des Nains et habitait au fond d'un puits creusé dans les entrailles de la terre.

Ce puits avait l'avantage d'une température égale et douce. Il n'était point obscur, car deux petits astres, un soleil pâle et une lune rouge, en éclairaient alternativement toutes les parties. Le roi Loc descendit dans ce puits et trouva Nur dans son laboratoire. Nur avait le visage d'un bon vieux petit homme et portait un brin de serpolet sur son capuchon. Malgré sa science, il partageait l'innocence et la candeur de sa race.

« Nur, lui dit le roi en l'embrassant, je viens te consulter parce que tu sais beaucoup de choses.

— Roi Loc, répondit Nur, je pourrais savoir beaucoup de choses et n'être qu'un imbécile. Mais je connais le moyen d'apprendre quelques-unes des innombrables choses que j'ignore, et c'est pourquoi je suis justement renommé comme un savant.

— Eh bien, reprit le roi Loc, sais-tu où est présentement un jeune garçon nommé Georges de Blanchelande ?

— Je ne le sais point et n'eus jamais la curiosité de l'apprendre, répondit Nur. Sachant combien les hommes sont ignorants, sots et méchants, je me soucie peu de ce qu'ils pensent et de ce qu'ils font. À cela près que, pour donner du prix à la vie de cette race orgueilleuse et misérable, les hommes ont le courage, les femmes la beauté et les petits enfants l'innocence, ô roi Loc, l'humanité tout entière est déplorable ou ridicule. Soumis comme les Nains à la nécessité de travailler pour vivre, les hommes se sont révoltés contre cette loi divine, et, loin d'être comme nous des ouvriers pleins d'allégresse, ils préfèrent la guerre au travail et ils aiment mieux s'entretuer que s'entraider. Mais il faut reconnaître, pour être juste, que la brièveté de leur vie est la cause principale de leur ignorance et de leur férocité. Ils vivent trop peu de temps pour apprendre à vivre. La race des Nains qui vivent sous la terre est plus heureuse et meilleure. Si nous ne sommes point immortels, du moins chacun de nous durera aussi longtemps que la terre qui nous porte dans son sein et nous pénètre de sa chaleur intime et féconde, tandis qu'elle n'a pour les races qui naissent sur sa rude écorce qu'une haleine, tantôt brûlante, tantôt glacée, soufflant la mort en même temps que la vie. Les hommes toutefois doivent à l'excès de leur misère et de leur méchanceté une vertu qui rend l'âme de quelques-uns d'entre eux plus belle que l'âme des Nains. Cette vertu, dont la splendeur est pour la pensée ce qu'est pour l'œil le doux éclat des perles, ô roi Loc, c'est la pitié[1]. La souffrance l'enseigne et les Nains la connaissent mal, parce que, plus sages que les hommes, ils ont moins de peines. Aussi les Nains sortent-ils parfois de leurs grottes profondes et vont-ils sur l'écorce inclémente de la terre se mêler aux hommes, afin de les aimer, de souffrir avec eux et par eux, et goûter ainsi la pitié, qui rafraîchit les âmes comme une céleste rosée. Telle est la vérité sur les hommes, ô roi Loc; mais ne m'as-tu point demandé la destinée particulière de quelqu'un d'entre eux ? »

Le roi Loc ayant répété sa question, le vieux Nur regarda dans une des lunettes qui emplissaient la chambre. Car les Nains n'ont point de livres; ceux qu'on trouve chez eux viennent des hommes et servent de jouets. Pour s'instruire, ils ne consultent pas, comme nous, des signes sur le papier; ils regardent dans des lunettes et y voient l'objet même de leur curiosité. La difficulté est seulement de choisir la lunette convenable et de la bien diriger.

Il en est de cristal, il en est de topaze et d'opale; mais celles dont la lentille est un gros diamant poli ont plus de puissance et servent à voir des choses très éloignées.

Les Nains ont aussi des lentilles d'une substance diaphane, inconnues aux hommes. Celles-là permettent au regard de traverser comme du verre les murailles et les rochers. D'autres, plus admirables encore, reproduisent aussi fidèlement qu'un miroir tout ce que le temps emporta dans sa fuite, car les Nains savent rappeler, du sein infini de l'éther jusque dans leurs cavernes, la lumière des anciens jours avec les formes et les couleurs des temps révolus. Ils se donnent le spectacle du passé en ressaisissant les gerbes lumineuses qui, s'étant un jour brisées contre des formes d'hommes, d'animaux, de plantes ou de rochers, rejaillissent à travers les siècles dans l'insondable éther.

Le vieux Nur excellait à découvrir les figures de l'Antiquité et celles même, impossibles à concevoir, qui vécurent avant que la terre eût revêtu l'aspect que nous lui connaissons. Aussi ne fut-ce qu'un amusement pour lui de trouver Georges de Blanchelande.

Ayant regardé pendant moins d'une minute dans une lunette tout à fait simple, il dit au roi Loc :

« Roi Loc, celui que tu cherches est chez les Ondines, dans le manoir de cristal d'où l'on ne revient pas et dont les murs irisés confinent à ton royaume.

— Il y est ? Qu'il y reste ! s'écria le roi Loc en se frottant les mains. Je lui souhaite bien du plaisir. »

Et, ayant embrassé le vieux Nur, il sortit du puits en éclatant de rire.

Tout le long de son chemin, il se tint le ventre pour rire à son aise : son chef en branlait; sa barbe allait et venait sur son estomac. « Ha ! ha ! ha ! ha ! ha ! ha ! ha ! » Les petits hommes qui le rencontraient se mettaient à rire comme lui, par sympathie. En les voyant rire, les autres riaient aussi; ce rire gagna de proche en proche, en sorte que tout l'intérieur de la terre fut secoué par un hoquet extrêmement jovial. Ha ! ha ! ha ! ha ! ha ! ha ! ha ! ha ! ha ! ha ! ha ! ha ! ha ! ha ! ha ! ha !

CHAPITRE XVII

OÙ L'ON RACONTE LA MERVEILLEUSE AVENTURE DE GEORGES DE BLANCHELANDE

Le roi Loc ne rit pas longtemps ; au contraire, il cacha sous les couvertures de son lit le visage d'un petit homme tout à fait malheureux. Songeant à Georges de Blanchelande, captif des Ondines, il ne put dormir de la nuit. Aussi, dès l'heure où les Nains qui ont une servante de ferme pour amie vont traire les vaches à sa place tandis qu'elle dort, les poings fermés, dans son lit blanc, le petit roi Loc alla retrouver le savant Nur dans son puits profond.

« Nur, lui dit-il, tu ne m'as pas dit ce qu'il faisait chez les Ondines. »

Le vieux Nur crut que le roi Loc avait perdu la raison et il n'en fut pas beaucoup effrayé, parce qu'il était certain que le roi Loc, s'il devenait fou, ne manquerait pas de faire un fou gracieux, spirituel, aimable et bienveillant. La folie des Nains est douce comme leur raison et pleine d'une fantaisie délicieuse. Mais le roi Loc n'était pas fou ; du moins il ne l'était pas plus que ne le sont d'ordinaire les amoureux.

« Je veux parler de Georges de Blanchelande », dit-il au vieillard, qui avait oublié ce jeune homme aussi parfaitement que possible.

Alors le savant Nur disposa dans un ordre exact, mais si compliqué qu'il avait l'apparence du désordre, des lentilles et des miroirs, et fit voir dans une glace au roi Loc la propre figure de Georges de Blanchelande, tel qu'il était quand les Ondines le ravirent. Par un bon choix et une habile direction des appareils, le Nain montra à l'amoureux roi les images de toute l'aventure du fils de cette comtesse qu'une rose blanche avertit de sa fin. Et voici, exprimé par des paroles, ce que les deux petits hommes virent dans la réalité des formes et des couleurs :

Quand Georges fut emporté dans les bras glacés

des filles du lac, il sentit l'eau lui presser les yeux et la poitrine, et il crut mourir. Pourtant il entendait des chansons semblables à des caresses et il était pénétré d'une fraîcheur délicieuse. Quand il rouvrit les yeux, il se vit dans une grotte dont les piliers de cristal reflétaient les nuances délicates de l'arc-en-ciel. Au fond de cette grotte, une grande coquille de nacre, irisée des teintes les plus douces, servait de dais au trône de corail et d'algues de la reine des Ondines. Mais le visage de la souveraine des eaux avait des lueurs plus tendres que la nacre et le cristal. Elle sourit à l'enfant que les femmes lui amenaient et reposa longtemps sur lui ses yeux verts.

« Ami, lui dit-elle enfin, sois le bienvenu dans notre monde où toute peine te sera épargnée. Pour toi, ni lectures arides ni rudes exercices, rien de grossier qui rappelle la terre et ses travaux, mais seulement les chansons, les danses et l'amitié des Ondines. »

En effet, les femmes aux cheveux verts enseignèrent à l'enfant la musique, la valse et mille amusements. Elles se plaisaient à nouer sur son front les pétoncles dont s'étoilaient leurs chevelures. Mais lui, songeant à sa patrie, se mordait les poings dans son impatience.

Les années se passaient et Georges souhaitait avec une constante ardeur de revoir la terre, la rude terre que le soleil brûle, que la neige durcit, la terre natale où l'on souffre, où l'on aime, la terre où il avait vu, où il voulait revoir Abeille. Cependant il devenait un grand garçon et un fin duvet lui dorait la lèvre. Le courage lui venant avec la barbe, il se présenta un jour devant la reine des Ondines et s'étant incliné lui dit :

« Madame, je viens, si vous daignez le permettre, prendre congé de vous ; je retourne aux Clarides.

— Bel ami, répondit la reine en souriant, je ne puis vous accorder le *congé* que vous me demandez, *car je vous* garde en mon manoir de cristal pour faire de vous mon ami.

— Madame, reprit Georges, je me sens indigne d'un si grand honneur.

— C'est l'effet de votre courtoisie. Tout bon

chevalier ne croit jamais avoir assez gagné l'amour de sa dame. D'ailleurs vous êtes bien jeune pour connaître encore tous vos mérites. Sachez, bel ami, qu'on ne vous veut que du bien. Obéissez seulement à votre dame.

— Madame, j'aime Abeille des Clarides et je ne veux d'autre dame qu'elle. »

La reine, très pâle, mais plus belle encore s'écria :

« Une fille mortelle, une grossière fille des hommes, cette Abeille, comment pouvez-vous aimer cela ?

— Je ne sais, mais je sais que je l'aime.

— C'est bon. Cela vous passera. »

Et elle retint le jeune homme dans les délices du manoir de cristal.

Il ne savait pas ce que c'est qu'une femme et il ressemblait plus à Achille parmi les filles de Lycomède qu'à Tannhäuser dans le bourg enchanté[1]. C'est pourquoi il errait tristement le long des murs[a] de l'immense palais, cherchant une issue pour fuir; mais il voyait de toutes parts l'empire magnifique et muet des ondes fermer sa prison lumineuse. À travers les murs transparents il regardait s'épanouir les anémones de mer et le corail fleurir, tandis qu'au-dessus des madrépores délicats et des étincelants coquillages, les poissons de pourpre, d'azur et d'or faisaient d'un coup de queue jaillir des étincelles. Ces merveilles ne le touchaient guère; mais, bercé par les chants délicieux des Ondines, il sentait peu à peu sa volonté se rompre, et toute son âme se détendre.

Il n'était plus que mollesse et qu'indifférence, quand il trouva par hasard dans une galerie du palais un vieux livre tout usé dans sa reliure de peau de truie, à grands clous de cuivre. Ce livre, recueilli d'un naufrage au milieu des mers, traitait de la chevalerie et des dames et on y trouvait contées tout au long les aventures des héros qui allèrent par le monde combattant les géants, redressant les torts, protégeant les veuves et recueillant les orphelins pour l'amour de la justice et l'honneur de la beauté. Georges rougissait et pâlissait tour à tour d'admiration, de honte et de colère, au récit de ces belles aventures. Il n'y put tenir :

« Moi aussi, s'écria-t-il, je serai un bon chevalier;

moi aussi j'irai par le monde punissant les méchants et secourant les malheureux pour le bien des hommes et au nom de ma dame Abeille. »

Alors, le cœur gonflé d'audace, il s'élança, l'épée nue, à travers les demeures de cristal. Les femmes blanches fuyaient et s'évanouissaient devant lui comme les lames argentées d'un lac. Seule, leur reine le vit venir sans trouble; elle attacha sur lui le regard froid de ses prunelles vertes.

Il court à elle, il lui crie :

« Romps le charme qui m'enveloppe. Ouvre-moi le chemin de la terre. Je veux combattre au soleil comme un chevalier. Je veux retourner où l'on aime, où l'on souffre, où l'on lutte. Rends-moi la vraie vie et la vraie lumière. Rends-moi la vertu; sinon, je te tue, méchante femme ! »

Elle secoua, pour dire non, la tête en souriant. Elle était belle et tranquille. Georges la frappa de toutes ses forces; mais son épée se brisa contre la poitrine étincelante de la reine des Ondines.

« Enfant ! » dit-elle.

Et elle le fit enfermer dans un cachot qui formait au-dessous du manoir une sorte d'entonnoir de cristal autour duquel les requins rôdaient en ouvrant leurs monstrueuses mâchoires armées d'une triple rangée de dents aiguës. Et il semblait qu'à chaque effort ils devaient briser la mince paroi de verre, en sorte qu'il n'était pas possible de dormir dans cet étrange cachot.

La pointe de cet entonnoir sous-marin reposait sur un fond rocheux qui servait de voûte à la caverne la plus lointaine et la moins explorée de l'empire des Nains.

Voilà ce que les deux petits hommes virent en une heure aussi exactement que s'ils avaient suivi Georges tous les jours de sa vie. Le vieux Nur, après avoir déployé la scène du cachot dans toute sa tristesse, parla au roi Loc à *peu près* comme parlent les *Savoyards* quand ils ont montré la lanterne magique aux petits enfants.

« Roi Loc, lui dit-il, je t'ai montré tout ce que tu voulais voir et, ta connaissance étant parfaite, je n'y puis rien ajouter. Je ne m'inquiète pas de savoir si ce que tu as vu t'a fait plaisir; il me suffit que ce soit la vérité. La science ne se soucie ni de plaire ni de déplaire. Elle eſt inhumaine. Ce n'eſt point elle, c'eſt la poésie qui charme et qui console. C'eſt pourquoi la poésie eſt plus nécessaire que la science. Roi Loc, va te faire chanter une chanson. »

Le roi Loc sortit du puits sans prononcer une parole.

CHAPITRE XVIII

DANS LEQUEL LE ROI LOC ACCOMPLIT UN TERRIBLE VOYAGE

Au sortir du puits de la science, le roi Loc s'en alla à son trésor, prit un anneau dans un coffre dont il avait seul la clef, et se le mit au doigt. Le chaton de cet anneau jetait une vive lumière, car il était fait d'une pierre magique dont on connaîtra la vertu par la suite de ce récit. Le roi Loc se rendit ensuite dans son palais, où il revêtit un manteau de voyage, chaussa de fortes bottes et prit un bâton; puis il se mit en route à travers les rues populeuses, les grands chemins, les villages, les galeries de porphyre, les nappes de pétrole et les grottes de criſtal, qui communiquaient entre elles par d'étroites ouvertures.

Il semblait songeur et prononçait des paroles qui n'avaient pas de sens. Mais il marchait obſtinément. Des montagnes lui barraient le chemin et il gravissait les montagnes; des précipices s'ouvraient sous ses pieds et il descendait les précipices; il passait les gués; il traversait des régions affreuses qu'obscurcissaient des vapeurs de soufre. Il cheminait sur des laves brûlantes, où ses pieds laissaient leur empreinte; il avait l'air d'un voyageur extrêmement têtu. Il s'engagea dans des cavernes sombres où l'eau de la mer, filtrant goutte à goutte, coulait comme des larmes le long des algues et formait sur le sol inégal des lagunes où d'innombrables cruſtacés croissaient monſtrueusement. Des crabes énormes, des languſtes et des homards géants, des araignées de mer craquaient sous les pieds du Nain, puis s'en allaient en abandonnant quelqu'une de leurs pattes et réveillaient dans leur fuite des limules hideux, des poulpes séculaires qui soudain agitaient leurs cent bras et crachaient de leur bec d'oiseau un poison fétide. Le roi Loc avançait pourtant. Il parvint jusqu'au fond de ces cavernes, dans un entassement de carapaces armées de pointes, de pinces à doubles scies, de pattes qui lui grimpaient jusqu'au cou, et d'yeux mornes dardés au bout de longues branches. Il gravit le flanc de la caverne en s'accrochant aux aspérités du roc, et les monstres cuirassés montaient avec lui, et il ne s'arrêta qu'après avoir reconnu au toucher une pierre qui faisait saillie au milieu de la voûte naturelle. Il toucha de son anneau magique cette pierre qui s'écroula tout à coup avec un horrible fracas, et aussitôt un flot de lumière répandit ses belles ondes dans la caverne et mit en fuite les bêtes nourries dans les ténèbres.

Le roi Loc, passant sa tête par l'ouverture d'où venait le jour, vit Georges de Blanchelande qui se lamentait dans sa prison de verre en songeant à Abeille et à la terre. Car le roi Loc avait accompli son voyage souterrain pour délivrer le captif des Ondines. Mais, voyant cette grosse tête chevelue, sourcilleuse et barbue, le regarder du fond de l'entonnoir de cristal, Georges crut qu'un grand danger le menaçait et il chercha à son côté son épée, ne songeant plus qu'il l'avait brisée sur la poitrine de la femme aux yeux verts. Cependant le roi Loc le considérait avec curiosité.

« Peuh ! se dit-il, ce n'est qu'un enfant. »

C'était en effet un enfant très simple et il devait à sa grande simplicité d'avoir échappé aux baisers délicieux et mortels de la reine des Ondines. Aristote, avec toute sa science, ne s'en serait pas tiré si aisément.

Georges, se voyant[a] sans défense, dit :

« Que *me veux*-tu, grosse tête ? Pourquoi me faire *du* mal, si je ne t'en ai jamais fait ? »

Le roi Loc répondit d'un ton à la fois jovial et bourru :

« Mon mignon, vous ne savez pas si vous m'avez

fait du mal, car vous ignorez les effets et les causes, les actions réflexes et généralement toute la philosophie. Mais ne parlons point de cela. Si vous ne répugnez pas[a] à sortir de votre entonnoir, venez par ici. »

Georges se coula aussitôt dans la caverne, glissa le long de la paroi, et sitôt qu'il fut au bas :

« Vous êtes un brave petit homme, dit-il à son libérateur; je vous aimerai toute ma vie; mais savez-vous où est Abeille des Clarides?

— Je sais bien des choses, répondit le Nain, et notamment que je n'aime pas les questionneurs. »

Georges, en entendant ces paroles, resta tout confus, et il suivit en silence son guide dans l'air épais et noir où s'agitaient les poulpes et les crustacés. Alors le roi Loc lui dit en ricanant :

« La route n'est pas carrossable, mon jeune prince !

— Monsieur, lui répondit Georges, le chemin de la liberté est toujours beau, et je ne crains pas de m'égarer en suivant mon bienfaiteur. »

Le petit roi Loc se mordit les lèvres. Parvenu aux galeries[b] de porphyre, il montra au jeune homme un escalier pratiqué dans le roc par les Nains pour monter sur la terre.

« Voici votre chemin, lui dit-il, adieu.

— Ne me dites pas adieu, répondit Georges; dites-moi que je vous reverrai. Ma vie est à vous après ce que vous avez fait pour moi. »

Le roi Loc répondit :

« Ce que j'ai fait n'était pas pour vous, mais pour une autre. Il vaut mieux ne pas nous revoir, car nous ne pourrions pas nous aimer. »

Georges reprit avec un air simple et grave :

« Je n'avais pas cru que ma délivrance me causerait une peine. Et pourtant cela est. Adieu, monsieur.

— Bon voyage ! » cria le roi Loc d'une voix rude.

Or l'escalier des Nains aboutissait à une carrière abandonnée qui était située à moins d'une lieue du château des Clarides.

Le roi Loc poursuivit son chemin en murmurant :

« Ce jeune garçon n'a ni la science ni la richesse des Nains. Je ne sais vraiment pas pourquoi il est aimé d'Abeille, à moins que ce ne soit parce qu'il eſt jeune, beau, fidèle et brave. »

Il rentra dans la ville en riant dans sa barbe, comme un homme qui a joué un bon tour à quelqu'un. En passant devant la maison d'Abeille, il coula sa grosse tête par la fenêtre, comme il avait fait dans l'entonnoir de verre, et il vit la jeune fille qui brodait des fleurs d'argent sur un voile.

« Soyez en joie, Abeille, lui dit-il.

— Et toi, répondit-elle, petit roi Loc, puisses-tu n'avoir jamais rien à désirer, ou du moins rien à regretter ! »

Il avait bien quelque chose à désirer, mais vraiment il n'avait rien à regretter. Cette pensée le fit souper de bon appétit. Après avoir mangé un grand nombre de faisans truffés, il appela Bob.

« Bob, lui dit-il, monte sur ton corbeau ; va trouver la princesse des Nains et dis-lui que Georges de Blanchelande, qui fut longtemps prisonnier des Ondines, eſt aujourd'hui de retour aux Clarides. »

Il dit, et Bob s'envola sur son corbeau.

CHAPITRE XIX

QUI TRAITE DE LA MERVEILLEUSE RENCONTRE QUE FIT JEAN, LE MAITRE TAILLEUR, ET DE LA BONNE CHANSON QUE LES OISEAUX DU BOCAGE CHANTÈRENT À LA DUCHESSE

Quand Georges se retrouva sur la terre où il était né, la première personne qu'il rencontra fut Jean, le vieux maître tailleur, portant sur son bras un habit rouge au majordome du château. Le bonhomme poussa un grand cri à la vue du jeune seigneur.

« Saint Jacques ! dit-il, si vous n'êtes pas monseigneur Georges de Blanchelande, qui s'eſt noyé dans le lac voilà sept ans, vous êtes son âme ou le diable en personne !

— Je ne suis ni âme ni diable, mon bon Jean, mais bien ce Georges de Blanchelande qui se glissait autrefois dans votre échoppe et vous demandait des petits morceaux de drap pour faire des robes aux poupées de ma sœur Abeille. »

Mais le bonhomme se récriait :

« Vous n'avez donc point été noyé, Monseigneur ? J'en suis aise ! Vous avez tout à fait bonne mine. Mon petit fils Pierre, qui grimpait dans mes bras pour vous voir passer le dimanche matin à cheval au côté de la duchesse, eſt devenu un bon ouvrier et un beau garçon. Il eſt, Dieu merci, tel que je vous le dis, Monseigneur. Il sera content de savoir que vous n'êtes pas au fond de l'eau et que les poissons ne vous ont point mangé comme il le croyait. Il a coutume de dire à ce sujet les choses les plus plaisantes du monde; car il eſt plein d'esprit, Monseigneur. Et c'eſt un fait qu'on vous regrette dans toutes les Clarides. Votre enfance était pleine de promesses. Il me souviendra jusqu'à mon dernier soupir qu'un jour vous me demandâtes mon aiguille à coudre, et, comme je vous la refusai parce que vous n'étiez pas d'âge à la manier sans danger, vous me répondîtes que vous iriez au bois cueillir les belles aiguilles vertes des sapins. Vous dîtes cela, et j'en ris encore. Sur mon âme ! vous dîtes cela. Notre petit Pierre trouvait aussi d'excellentes reparties. Il eſt aujourd'hui tonnelier, à votre service, Monseigneur.

— Je n'en veux pas d'autre que lui. Mais donnez-moi, maître Jean, des nouvelles d'Abeille et de la duchesse.

— Hélas ! d'où venez-vous, Monseigneur, si vous ne savez pas que la princesse Abeille fut enlevée, il y a sept ans, par les Nains de la montagne ? Elle disparut le jour même où vous fûtes noyé, et l'on peut dire que ce jour-là les Clarides perdirent leurs deux plus douces fleurs. La duchesse en mena un grand deuil. C'eſt ce qui me fait dire que les puissants de ce monde ont aussi leurs peines comme les plus humbles artisans et qu'on connaît à ce signe que nous sommes tous fils d'Adam. En conséquence de quoi un chien peut bien regarder un évêque, comme on dit. À telles enseignes que la bonne duchesse en vit blanchir ses cheveux et perdit toute gaieté. Et quand, au printemps, elle se promène en robe noire sous la charmille où chantent les oiseaux, le plus petit de ces oiseaux eſt plus digne d'envie que la souveraine des Clarides. Toutefois sa peine n'eſt pas sans un peu d'espoir, Monseigneur; car, si elle n'a point de nouvelles de vous, elle sait du moins par des songes que sa fille Abeille eſt vivante. »

Le bonhomme Jean disait ces choses et d'autres encore; mais Georges ne l'écoutait plus depuis qu'il savait qu'Abeille était prisonnière des Nains.

Il songeait :

« Les Nains retiennent Abeille sous la terre; un Nain m'a tiré de ma prison de criſtal; ces petits hommes n'ont pas tous les mêmes mœurs; mon libérateur n'eſt certainement pas de la race de ceux qui enlevèrent ma sœur. »

Il ne savait que penser, sinon qu'il fallait délivrer Abeille.

Cependant ils traversaient la ville et, sur leur passage, les commères qui se tenaient sur le seuil de leur porte se demandaient entre elles qui était ce jeune étranger, et elles convenaient qu'il avait bonne mine. Les plus avisées, ayant reconnu le seigneur de Blanchelande, crurent voir un revenant et s'enfuirent en faisant de grands signes de croix.

« Il faudrait, dit une vieille, lui jeter de l'eau bénite, et il s'évanouirait en répandant une dégoûtante odeur de soufre. Il emmène maître Jean, le tailleur, et il le plongera sans faute tout vif dans les flammes de l'enfer.

— Tout doux ! la vieille, répondit un bourgeois, le jeune seigneur eſt aussi vivant et plus vivant que vous et moi. Il eſt frais comme une rose et il semble venir de quelque cour galante plutôt que de l'autre monde. On revient de loin, bonne dame, témoin l'écuyer Francœur qui nous arriva de Rome à la Saint-Jean passée. »

Et Marguerite la haumière[1], ayant admiré Georges, monta dans sa chambre de jeune fille et là s'agenouillant devant l'image de la sainte Vierge : « Sainte Vierge, dit-elle, faites que j'aie un mari tout semblable à ce jeune seigneur ! »

Chacun parlait à sa façon du retour de Georges, tant et si bien que la nouvelle en vola de bouche en bouche jusqu'aux oreilles de la duchesse, qui se promenait alors dans le verger. Son cœur battit bien fort et elle entendit tous les oiseaux de la charmille chanter :

Cui, cui, cui,
Oui, oui, oui,
Georges de Blanchelande,
Cui, cui, cui,
Dont vous avez nourri l'enfance,
Cui, cui, cui,
Est ici, est ici, est ici !
Oui, oui, oui.

Francœur s'approcha respectueusement d'elle et lui dit :

« Madame le duchesse, Georges de Blanchelande, que vous avez cru mort, est de retour; j'en ferai une chanson. »

Cependant les oiseaux chantaient :

Cucui, cui, i, cui, cui, cui,
Oui, oui, oui, oui, oui, oui,
Il est ici, ici, ici, ici, ici, ici !

Et quand elle vit venir l'enfant qu'elle avait élevé comme un fils, elle ouvrit les bras et tomba pâmée.

CHAPITRE XX

QUI TRAITE D'UN PETIT SOULIER DE SATIN

On ne doutait guère aux Clarides qu'Abeille eût été enlevée par les Nains. C'était aussi la croyance de la duchesse; mais ses songes ne l'en instruisaient pas précisément.

« Nous la retrouverons, disait Georges.

— Nous la retrouverons, répondait Francœur.

— Et nous la ramènerons à sa mère, disait Georges.

— Et nous l'y ramènerons, répondait Francœur.

— Et nous l'épouserons, disait Georges.

— Et nous l'épouserons », répondait Francœur.

Et ils s'enquéraient auprès des habitants des mœurs des Nains et des circonstances mystérieuses de l'enlèvement d'Abeille.

C'est ainsi qu'ils interrogèrent la nourrice Maurille, qui avait nourri de son lait la duchesse des Clarides; mais maintenant Maurille n'avait plus de lait pour les petits enfants et elle nourrissait les poules dans sa basse-cour.

C'est là que le maître et l'écuyer la trouvèrent. Elle criait : « Psit ! psit ! psit ! petits ! petits ! petits ! psit ! psit ! psit ! » et elle jetait du grain à ses poussins.

« Psit ! psit ! psit ! petits, petits, petits ! C'est vous, Monseigneur ! psit ! psit ! psit ! Est-il possible que vous soyez devenu si grand... psit ! et si beau ? Psit ! psit ! chu ! chu ! chu ! Voyez-vous ce gros-là qui mange toute la pitance des petits ? Chu ! chu ! fu ! C'est l'image du monde, Monseigneur. Tout le bien va aux riches. Les maigres maigrissent, tandis que les gras engraissent. Car la justice n'est point de la terre. Qu'y a-t-il pour votre service, Monseigneur ? Vous accepterez bien chacun un verre de cervoise !

— Nous l'accepterons, Maurille, et je vous embrasserai parce que vous avez nourri de votre lait la mère de celle que j'aime le plus au monde.

— C'est la vérité, Monseigneur; mon nourrisson eut sa première dent à six mois et quatorze jours. Et à cette occasion la défunte duchesse me fit un présent. C'est la vérité.

— Eh bien, dites-nous, Maurille, ce que vous savez des Nains qui ont enlevé Abeille.

— Hélas ! Monseigneur, je ne sais rien des Nains qui l'ont enlevée. Et comment voulez-vous qu'une vieille femme comme moi sache quelque chose. Il y a beau temps que j'ai oublié le peu que j'avais appris et je n'ai pas même assez de mémoire pour me rappeler où j'ai pu fourrer mes lunettes. Il m'arrive de les chercher quand je les ai *sur le* nez. Goûtez cette boisson, elle *est fraîche*.

— À votre santé, Maurille; mais on conte que votre mari connut quelque chose de l'enlèvement d'Abeille.

— C'est la vérité, Monseigneur. Bien qu'il n'eût

CHAPITRE XXI

OÙ L'ON RACONTE UNE PÉRILLEUSE AVENTURE

Dès la nuit, quand tout fut endormi dans le manoir, Georges et Francœur se glissèrent dans la salle basse pour y chercher des armes. Là, sous les solives enfumées, lances, épées, dagues, espadons, couteaux de chasse, poignards brillaient : tout ce qu'il faut pour tuer l'homme et le loup. Sous chaque poutre, une armure complète se tenait debout, dans une si ferme et si fière attitude qu'elle semblait encore remplie de l'âme du brave homme qui l'avait revêtue jadis pour de grandes aventures. Et le gantelet pressait la lance entre dix doigts de fer, tandis que l'écu reposait sur les tassettes de la cuisse, comme pour enseigner que la prudence est nécessaire au courage et que l'excellent homme de guerre est armé pour la défense aussi bien que pour l'attaque.

Georges choisit entre tant d'armures celle que le père d'Abeille avait portée jusque dans les îles d'Avalon et de Thulé[1]. Il la ceignit avec l'aide de Francœur et il n'oublia pas l'écu sur lequel était peint au naturel le soleil d'or des Clarides. Francœur revêtit à son tour la bonne vieille cotte d'acier de son grand-père et se coiffa d'un bassinet hors d'usage auquel il ajouta une espèce de plumet, plumail ou plumeau miteux et dépenaillé. Il fit ce choix par fantaisie et pour avoir l'air réjouissant; car il estimait que la gaieté, bonne en toute rencontre, est particulièrement utile là où il y a de grands dangers à courir.

S'étant ainsi armés, ils s'en allèrent, sous la lune, dans la campagne noire. Francœur avait attaché les chevaux à l'orée d'un petit bois, proche la poterne, où ils les trouvèrent qui mordaient l'écorce des arbustes; ces chevaux étaient très vites, et il leur fallut moins d'une heure pour atteindre, au milieu de Follets et d'apparitions confuses, la montagne des Nains.

« Voici la grotte », dit Francœur.

Le maître et l'écuyer mirent pied à terre et s'engagèrent, l'épée à la main, dans la caverne. Il fallait un grand courage pour tenter une pareille aventure. Mais Georges était amoureux et Francœur était fidèle. Et c'était le cas de dire avec le plus délicieux des poètes :

Que ne peut l'Amitié conduite par l'Amour[1] ?

Le maître et l'écuyer marchèrent dans les ténèbres pendant près d'une heure, après quoi ils virent une grande lumière dont ils furent étonnés. C'était un de ces météores dont nous savons que le royaume des Nains est éclairé.

À la lueur de cette clarté souterraine ils virent qu'ils étaient au pied d'un antique château.

« Voilà, dit Georges, le château dont il faut nous emparer.

— Effectivement, répondit Francœur; mais souffrez que je boive quelques gouttes de ce vin que j'ai emporté comme une arme; car tant vaut le vin tant vaut l'homme, et tant vaut l'homme tant vaut la lance, et tant vaut la lance tant moins vaut l'ennemi. »

Georges, ne voyant âme qui vive, heurta rudement du pommeau de son épée la porte du château. Une petite voix chevrotante lui fit lever la tête et il aperçut à l'une des fenêtres un très petit vieillard à longue barbe qui demanda :

« Qui êtes-vous ?

— Georges de Blanchelande.

— Et que voulez-vous ?

— Reprendre Abeille des Clarides, que vous retenez injustement dans votre taupinière, vilaines taupes que vous êtes ! »

Le Nain disparut et de nouveau Georges se trouva seul avec Francœur qui lui dit :

« Monseigneur, je ne sais si j'exagère en déclarant que, dans votre réponse au Nain, vous n'avez peut-être pas épuisé toutes les séductions de l'éloquence la plus persuasive. »

Francœur n'avait peur de rien, mais il était vieux; son cœur était, comme son crâne, poli par l'âge, et il n'aimait pas qu'on fâchât les gens. Georges, au contraire, se démenait et poussait de grands cris :

« Vils habitants de la terre, taupes, blaireaux, loirs, furets et rats d'eau, ouvrez seulement cette porte et je vous couperai les oreilles à tous ! »

Mais à peine avait-il parlé de la sorte que la porte de bronze du château s'ouvrit lentement d'elle-même sans qu'on pût voir qui en poussait les énormes battants.

Georges eut peur, et pourtant il franchit cette porte mystérieuse parce que son courage était encore plus grand que sa peur. Entré dans la cour, il vit à toutes les fenêtres, dans toutes les galeries, sur tous les toits, sur tous les pignons, dans la lanterne et jusque sur les tuyaux de cheminée des Nains armés d'arcs et d'arbalètes.

Il entendit la porte de bronze se refermer sur lui et une grêle de flèches commença à tomber dru sur sa tête et sur ses épaules. Pour la seconde fois il eut grand-peur et pour la seconde fois il surmonta sa peur.

L'écu au bras, l'épée au poing, il monte les degrés, quand tout à coup il aperçoit, debout sur la plus haute marche, dans un calme auguste, un Nain majestueux, portant le sceptre d'or, la couronne royale et le manteau de pourpre. Et il reconnaît en ce Nain le petit homme qui l'avait délivré de la prison de verre. Alors il se jette à ses pieds et lui dit en pleurant :

« Ô mon bienfaiteur, qui êtes-vous ? Êtes-vous donc de ceux qui m'ont pris Abeille que j'aime ?

— Je suis le roi Loc, répondit le Nain. J'ai gardé Abeille près de moi pour lui enseigner les secrets des Nains. Enfant, vous tombez dans mon royaume comme la grêle dans un verger en fleurs. Mais les Nains, moins faibles que les hommes, ne s'irritent point comme eux. Je suis trop au-dessus de vous par l'intelligence pour ressentir quelque colère de vos actes, quels qu'ils puissent être. De toutes les supériorités que j'ai sur vous il en est une que je garderai jalousement : c'est celle de la justice. Je vais faire venir Abeille et je lui demanderai si elle veut vous suivre. Je ferai cela, non parce que vous le voulez, mais parce que je le dois. »

Il se fit un grand silence, et Abeille parut en robe blanche, ses blonds cheveux épars. Sitôt qu'elle vit

Georges, elle courut se jeter dans ses bras, et elle pressa de toutes ses forces la poitrine de fer du chevalier.

Alors le roi Loc lui dit :

« Abeille, eſt-il vrai que voilà l'homme que vous voulez épouser ?

— Il eſt vrai, très vrai, que le voilà, petit roi Loc, répondit Abeille. Voyez tous, petits hommes, comme je ris et comme je suis heureuse. »

Et elle se mit à pleurer. Ses larmes coulaient sur la joue de Georges, et c'étaient des larmes de bonheur; elle y mêlait des éclats de rire et mille mots charmants qui n'avaient point de sens, pareils à ceux que bégayent les petits enfants. Elle ne songeait pas que la vue de son bonheur pouvait attriſter le cœur du roi Loc.

« Ma bien-aimée, lui dit Georges, je vous retrouve telle que je le désirais : la plus belle et la meilleure des créatures. Vous m'aimez ! Grâce au ciel, vous m'aimez ! Mais, Abeille, n'aimez-vous point aussi un peu le roi Loc qui m'a tiré de la prison de verre où les Ondines me gardaient loin de vous ? »

Abeille se tourna vers le roi Loc :

« Petit roi Loc, tu as fait cela ! s'écria-t-elle; tu m'aimais et tu as délivré celui que j'aimais et qui m'aimait... »

Elle n'en put dire davantage et tomba à genoux, la tête dans ses mains.

Tous les petits hommes, témoins de cette scène, répandaient des larmes sur leurs arbalètes. Seul, le roi Loc gardait un visage tranquille. Abeille, lui découvrant tant de grandeur et de bonté, se sentait pour lui l'amour d'une fille pour son père. Elle saisit la main de son amant et dit :

« Georges, je vous aime; Georges, Dieu sait combien je vous aime. Mais comment quitter le petit roi Loc ?

— Holà ! *vous êtes tous* deux mes prisonniers », s'écria le roi Loc d'une voix terrible.

Il avait pris une voix terrible en manière d'amusement et pour faire une bonne plaisanterie. Mais, en réalité, il n'était point en colère. Francœur s'approcha de lui en mettant un genou en terre.

« Sire, lui dit-il, qu'il plaise à Votre Majesté de me faire partager la captivité des maîtres que je sers ! »

Abeille, le reconnaissant, lui dit :

« C'est vous, mon bon Francœur; j'ai joie à vous revoir. Vous avez un bien vilain panache. Dites-moi, avez-vous fait de nouvelles chansons ? »

Et le roi Loc les emmena tous trois dîner.

CHAPITRE XXII

PAR LEQUEL TOUT FINIT BIEN

Le lendemain, Abeille, Georges et Francœur revêtirent les somptueux vêtements que les Nains leur avaient préparés, et ils se rendirent dans la salle des fêtes où le roi Loc, en habit d'empereur, vint bientôt les rejoindre comme il l'avait promis. Il était suivi de ses officiers portant des armes et des fourrures d'une sauvage magnificence et des casques sur lesquels s'agitaient des ailes de cygne. Les Nains, accourus en foule, entraient par les fenêtres, les soupiraux et les cheminées, et se coulaient sous les banquettes.

Le roi Loc monta sur une table de pierre à une extrémité de laquelle étaient rangés des buires, des flambeaux, des hanaps et des coupes d'or fin, d'un travail merveilleux. Il fit signe à Abeille et à Georges d'approcher, et dit :

« Abeille, une loi de la nation des Nains veut qu'une étrangère reçue dans nos demeures soit libre au bout de sept ans révolus. Vous avez passé sept années au milieu de nous, Abeille; et je serais un mauvais citoyen et un roi coupable si je vous retenais davantage. Mais avant de vous laisser aller, je veux, n'ayant pu vous épouser, vous fiancer moi-même à celui que vous avez choisi. Je le fais avec joie, parce que je vous aime plus que moi-même et que ma peine, s'il m'en reste, est comme une petite ombre que votre bonheur efface. Abeille des Clarides, princesse des Nains, donnez-moi votre main; et vous, Georges de Blanchelande, donnez-moi la vôtre. »

Ayant mis la main de Georges dans celle d'Abeille,

le roi Loc se tourna vers le peuple et dit d'une voix forte :

« Petits hommes, mes enfants, vous êtes témoins que les deux qui sont là s'engagent l'un l'autre à s'épouser sur la terre. Qu'ils y retournent ensemble et y fassent ensemble fleurir le courage, la modestie et la fidélité, comme les bons jardiniers font éclore les roses, les œillets et les pivoines. »

À ces mots, les Nains poussèrent de grands cris, et, ne sachant s'ils devaient se plaindre ou se réjouir, ils étaient agités de sentiments contraires. Le roi Loc se tourna de nouveau vers les fiancés, et, leur montrant les buires, les hanaps, toute la belle orfèvrerie :

« Voilà, leur dit-il, les présents des Nains. Recevez-les, Abeille, ils vous rappelleront vos petits amis ; cela est offert par eux et non par moi. Vous saurez tout à l'heure ce que je veux vous donner. »

Il y eut un long silence. Le roi Loc contempla avec une expression magnifique de tendresse Abeille, dont la belle tête radieuse s'inclinait, couronnée de roses, sur l'épaule du fiancé.

Puis il reprit de la sorte :

« Mes enfants, ce n'est pas assez de s'aimer beaucoup ; il faut encore se bien aimer. Un grand amour est bon, sans doute ; un bel amour est meilleur. Que le vôtre ait autant de douceur que de force ; que rien n'y manque, pas même l'indulgence, et qu'il s'y mêle un peu de pitié. Vous êtes jeunes, beaux et bons ; mais vous êtes hommes, et, par cela même, sujets à bien des misères. C'est pourquoi, s'il n'entre pas quelque pitié dans les sentiments que vous éprouvez l'un pour l'autre, ces sentiments ne seront pas appropriés à toutes les circonstances de votre vie commune ; ils seront comme des habits de fête qui ne garantissent point du vent et de la pluie. On n'aime sûrement que ceux qu'on aime jusque dans leurs faiblesses et leurs pauvretés. Épargner, pardonner, consoler, voilà toute *la science de l'amour*. »

Le roi Loc s'arrêta, saisi d'une émotion forte et douce. Puis il reprit :

« Mes enfants, soyez heureux ; gardez votre bonheur, gardez-le bien. »

Pendant qu'il parlait, Pic, Tad, Dic, Bob, Truc et

Pau, pendus au manteau blanc d'Abeille, couvraient de baisers les bras nus et les mains de la jeune fille. Et ils la suppliaient de ne les point quitter. Alors le roi Loc tira de sa ceinture une bague dont le chaton jetait des gerbes de lumière. C'était la bague magique qui avait ouvert la prison des Ondines. Il la passa au doigt d'Abeille et dit :

« Abeille, recevez de ma main cet anneau qui vous permettra d'entrer à toute heure, vous et votre mari, dans le royaume des Nains. Vous y serez reçus avec joie et aidés de toutes les manières. Enseignez, en retour, aux enfants que vous aurez à ne point mépriser les petits hommes innocents et laborieux qui vivent sous la terre[a]. »

CHAPITRE V D'« ABEILLE » DANS « LA REVUE BLEUE » DU 8 JUILLET 1882[1]

CHAPITRE V

QUI RELATE LES PROPOS DE DAME GERTRUDE

Ce matin-là, qui était celui du premier dimanche après Pâques, dame Gertrude disait à Georges en l'habillant : / « Venez çà, Monseigneur, qu'on noue vos jarretières ! Vous manquerez la messe; Mme la duchesse vous grondera et vous serez pire que ces géants païens dont les pas sont empreints dans les rochers et qui font trembler la terre dans laquelle ils sont engloutis. / — Gertrude, je voudrais bien être un de ces géants. / — Seigneur Dieu de bonté, ne l'écoutez pas ! Et que feriez-vous donc si vous étiez un géant ? / — Je décrocherais la lune. / — Ce serait dommage ! Et qu'en feriez-vous donc, Monseigneur ? / — Je la donnerais à Abeille. / — L'on sait que vous aimez bien demoiselle Abeille, et ce n'est que raison, car elle a une jolie figure et de la politesse à l'égard des inférieures. Elle ne peut passer près de moi sans me dire : " Bonjour, ma bonne Gertrude. Ma bonne Gertrude, comment vous portez-vous ? " Ce sont là d'excellentes paroles. La bouche qui les prononce sera bénie. / — Mais, Gertrude, ce n'est pas du tout parce qu'Abeille vous dit bonjour que je l'aime; elle ne vous dirait pas bonjour que je l'aimerais tout autant. Quel dommage qu'elle ne soit pas véritablement ma sœur ! / — Vous vous en consolerez un jour, Monseigneur; vous vous en consolerez un jour. Veuillez mettre votre pied sur l'escabeau, afin que je vous lace vos guêtres. Elles sont mignonnes. Ah ! c'est un fait qu'on a la jambe fine dans votre famille... Encore un lacet qui s'est rompu ! Votre grand-oncle Philippe avait raison de clouer les marchands par l'oreille à leur porte. Ce lacet vous fera manquer la messe. Que le diable en étrangle le mercier qui l'a vendu ! / — Gertrude, il sera mal étranglé avec un lacet qui casse si vite. / — Vous avez de l'esprit comme un ange, Monseigneur. C'est de famille. Le feu comte votre grand-père ne valait rien à jeun; mais, après un bon souper, il avait des reparties excellentes. Il lui arrivait alors de me dire des douceurs : " Ma belle Gertrude ! " me disait-il. En vérité, il m'appelait sa belle Gertrude. / — Gertrude, tu es vieille ? / — Assez, Monseigneur, et de jour en jour un peu plus. Mais il en est de plus anciens que moi sur la terre. Le prince des Troisfontaines, par exemple, était déjà un garçonnet en culottes de chamois quand je naquis l'an du jubilé. / — Il se peut, Gertrude; mais il a une longue barbe, de beaux habits, de beaux chiens et de beaux chevaux; il va à la chasse. Toi, Gertrude, tu ne vas pas à la chasse; tu n'as pas de beaux habits. Je ne vois pas quel plaisir tu as à vivre. Je crois même que tu n'en as aucun. / — Monseigneur, feu mon pauvre mari avait beaucoup d'esprit. Entre autres choses qu'il avait inventées et qui ont péri avec lui, faute d'avoir été mises dans des livres, j'ai retenu celle-ci : " Chaque âge a ses plaisirs. " Et c'est là une belle pensée. Le plaisir de ma vieillesse est de faire mon salut en voyant le monde se damner... Voilà une jambe lacée. Veuillez me donner l'autre, Monseigneur. / — Gertrude, si vous avez un plaisir, c'est celui de causer avec la lingère et le sommelier, car c'est ce que vous faites le plus souvent. / — Ce que vous dites est injuste, Monseigneur. Mais la jeunesse n'a pas de balance pour peser à chacun ce qui lui est dû. La lingère, Monseigneur, est une dame vertueuse; elle serait parfaite sans le tort qu'elle se donne, étant vieille et bossue, de croire que tous les hommes veulent l'épouser. Quant au sommelier, c'est un homme jovial; il sait beaucoup; tantôt encore il me contait une belle histoire du temps de votre grand-père. / — Celui qui ne valait rien à jeun, mais qui avait d'excellentes reparties après un bon souper ? / — Celui-là même; mais, mon Dieu ! qui vous a parlé ainsi du bon seigneur ? / — Toi-même, à l'instant, Gertrude. / — Il faut que ma langue ait fourché. Je voulais sans doute parler du sommelier, qui est un bon vivant. / — Gertrude, conte-moi ce qu'il te contait tantôt; mais ne garde point ces quatre épingles dans ta bouche : elles te font faire la grimace et empêchent d'entendre ce que tu dis. / — Mon petit Seigneur, il faut pourtant bien attacher le col de votre chemisette qui va tout de guingois. / — Laisse-le aller, bonne Gertrude. Les épingles sont l'affaire des filles. Les garçons n'en portent pas. Tu vas me conter l'histoire du sommelier. Mais, dis-moi, est-elle bien vraie ? / — Elle l'est. Vous n'en douterez pas quand vous l'aurez entendue, Monseigneur. / — Gertrude, à quoi reconnaît-on qu'une histoire est vraie ? / — Monseigneur, une histoire est vraie quand on y croit. / — Mais, Gertrude, n'arrive-t-il pas qu'on croie qu'une histoire est vraie quand pourtant elle est fausse ? / — Pour cela, Monseigneur, il faudrait se tromper, et, si on se trompait, on ne pourrait plus être sûr de rien en ce monde; on ne se ferait l'idée d'aucune chose et l'on aurait la tête comme celle d'un homme ivre. Quelle pensée aviez-vous là, Monseigneur ?.. Vous n'aviez pas réfléchi. Voici votre ceinture. / — Gertrude, tu me fais bien attendre l'histoire du sommelier. / — Voici exactement *ce qu'il me raconta*, mon petit Seigneur : *Une nuit, le* comte votre grand-père fut réveillé dans son lit par un bruit étrange. Il lui semblait qu'il tombait de la grêle bien que le ciel fût clair, ou qu'on vidait des sacs de haricots dans les escaliers, ce qui n'était pas possible, car personne n'est assez insensé pour vider des sacs de haricots la nuit dans l'escalier d'un château. Ne pouvant se rendormir, votre grand-père mit sa robe de chambre et alla dans la galerie découvrir un peu ce qui se passait. Mais quelle ne fut pas sa surprise de voir au clair de la lune une troupe nombreuse de lutins qui sautaient par le trou de la serrure ou par les fentes des fenêtres avec un bruit de pois secs ! Ils étaient magnifiquement vêtus, comme on l'est à la noce. C'en était une, en effet. Ils dansaient de tout leur cœur sur le parquet luisant, tandis qu'un orchestre de grillons leur faisait de la musique. Votre grand-père ne leur fit point de peur et ils l'invitèrent à danser le menuet avec la mariée. Comme il était un vert galant, il accepta de bonne grâce, et c'était un spectacle joyeux que de voir le bon seigneur en bonnet de nuit se démener avec une si petite personne. »

THAÏS

I

LE LOTUS[1]

En ce temps-là le désert était peuplé d'anachorètes[2]. Sur les deux rives du Nil, d'innombrables cabanes, bâties de branchages et d'argile par la main des solitaires, étaient semées à quelque distance les unes des autres, de façon que ceux qui les habitaient pouvaient vivre isolés et pourtant s'entraider au besoin. Des églises, surmontées du signe de la croix, s'élevaient de loin en loin au-dessus des cabanes et les moines s'y rendaient dans les jours de fête, pour assister à la célébration des mystères et participer aux sacrements. Il y avait aussi, tout au bord du fleuve, des maisons où les cénobites, renfermés chacun dans une étroite cellule, ne se réunissaient qu'afin de mieux goûter la solitude[3].

Anachorètes et cénobites vivaient dans l'abstinence, ne prenant de nourriture qu'après le coucher du soleil, mangeant pour tout repas leur pain avec un peu de *sel* et d'hysope[4]. Quelques-uns, s'enfonçant dans les sables, faisaient *leur* asile d'une caverne ou d'un tombeau et menaient une vie encore plus singulière[5].

Tous gardaient la continence, portaient le cilice et la cuculle, dormaient sur la terre nue après de longues veilles, priaient, chantaient des psaumes, et, pour tout dire, accomplissaient chaque jour les chefs-d'œuvre de la pénitence[6]. En considération du péché originel, ils refusaient à leur corps, non seulement les plaisirs et les contentements, mais les soins mêmes qui passent pour indispensables selon les idées du siècle. Ils estimaient que les maladies de nos membres assainissent nos âmes et que la chair ne saurait recevoir de plus glorieuses parures que les ulcères et les plaies[1]. Ainsi s'accomplissait la parole des prophètes qui avaient dit : « Le désert se couvrira de fleurs[2]. »

Parmi les hôtes de cette sainte Thébaïde, les uns consumaient leurs jours dans l'ascétisme et la contemplation, les autres gagnaient leur subsistance en tressant les fibres des palmes, ou se louaient aux cultivateurs voisins pour le temps de la moisson. Les gentils en soupçonnaient faussement quelques-uns de vivre de brigandage et de se joindre aux Arabes nomades qui pillaient les caravanes. Mais à la vérité ces moines méprisaient les richesses et l'odeur de leurs vertus montait jusqu'au ciel.

Des anges[a] semblables à de jeunes hommes venaient, un bâton à la main, comme des voyageurs, visiter les ermitages, tandis que des démons, ayant pris des figures d'Éthiopiens ou d'animaux, erraient autour des solitaires, afin de les induire en tentation. Quand les moines allaient, le matin, remplir leur cruche à la fontaine, ils voyaient des pas de Satyres et de Centaures imprimés dans le sable[3]. Considérée sous son aspect véritable et spirituel, la Thébaïde[b] était un champ de bataille où se livraient à toute heure, et spécialement la nuit, les merveilleux combats du ciel et de l'enfer.

Les ascètes, furieusement assaillis par des légions de damnés, se défendaient avec l'aide de Dieu et des anges, au moyen du jeûne, de la pénitence et des macérations. Parfois, l'aiguillon des désirs charnels les déchirait si cruellement qu'ils en hurlaient de douleur et que leurs lamentations répondaient, sous le ciel plein d'étoiles, aux miaulements des hyènes affamées. C'est alors que les démons se présentaient à eux sous des formes ravissantes. Car, si les démons sont laids en réalité, ils se *revêtent* parfois d'une beauté *apparente* qui empêche de discerner leur nature intime. Les ascètes de la Thébaïde virent avec épouvante, dans leur cellule, des images du plaisir inconnues même aux voluptueux du siècle. Mais, comme le signe de la croix était sur eux, ils ne succombaient pas à la tentation, et les esprits immondes, reprenant leur véritable figure, s'éloignaient dès l'aurore, pleins de honte et de rage. Il n'était pas rare, à l'aube, de rencontrer un de ceux-là s'enfuyant tout en larmes, et répondant à ceux qui l'interrogeaient : « Je pleure et je gémis, parce qu'un des chrétiens qui habitent ici m'a battu avec des verges et chassé ignominieusement. »

Les anciens[a] du désert étendaient leur puissance sur les pécheurs et sur les impies. Leur bonté était parfois terrible. Ils tenaient des apôtres le pouvoir de punir les offenses faites au vrai Dieu, et rien ne pouvait sauver ceux qu'ils avaient condamnés. L'on contait avec épouvante dans les villes et jusque dans le peuple d'Alexandrie que la terre s'entrouvrait pour engloutir les méchants qu'ils frappaient de leur bâton. Aussi étaient-ils très redoutés des gens de mauvaise vie et particulièrement des mimes, des baladins, des prêtres mariés et des courtisanes[1].

Telle était[b] la vertu de ces religieux, qu'elle soumettait à son pouvoir jusqu'aux bêtes féroces. Lorsqu'un solitaire était près de mourir, un lion lui venait creuser une fosse avec ses ongles. Le saint homme, connaissant par là que Dieu l'appelait à lui, s'en allait baiser la joue à tous ses frères. Puis il se couchait avec allégresse, pour s'endormir dans le Seigneur.

Or, depuis qu'Antoine, âgé de plus de cent ans[2], s'était retiré sur le mont Colzin avec ses disciples bien-aimés, Macaire et Amathas[3], il n'y avait pas dans toute la Thébaïde de moine plus abondant en œuvres que Paphnuce, abbé d'Antinoé[4]. À vrai dire, Éphrem et Sérapion commandaient à un plus grand nombre de moines et excellaient dans la conduite spirituelle et temporelle de leurs monastères. Mais Paphnuce observait les jeûnes les plus rigoureux et demeurait parfois trois jours entiers sans prendre de nourriture. Il portait un cilice d'un poil très rude, se flagellait matin et soir et se tenait souvent prosterné le front contre terre.

Ses vingt-quatre disciples, ayant construit leurs cabanes proche la sienne, imitaient ses austérités. Il les aimait chèrement en Jésus-Christ et les exhortait sans cesse à la pénitence. Au nombre de ses fils spirituels se trouvaient des hommes qui, après s'être livrés au brigandage pendant de longues années, avaient été touchés par les exhortations du saint abbé au point d'embrasser l'état monastique. La pureté de leur vie édifiait leurs compagnons. On distinguait parmi eux l'ancien cuisinier d'une reine d'Abyssinie[1] qui, converti semblablement par l'abbé d'Antinoé, ne cessait de répandre des larmes, et le diacre Flavien[a], qui avait la connaissance des Écritures et parlait avec adresse. Mais le plus admirable des disciples de Paphnuce était un jeune paysan nommé Paul et surnommé le Simple[2], à cause de son extrême naïveté. Les hommes raillaient sa candeur, mais Dieu le favorisait en lui envoyant des visions et en lui accordant le don de prophétie.

Paphnuce sanctifiait ses heures par l'enseignement de ses disciples et les pratiques de l'ascétisme. Souvent aussi, il méditait sur les livres sacrés pour y trouver des allégories. C'est pourquoi, jeune encore d'âge, il abondait en mérites. Les diables qui livrent de si rudes assauts aux bons anachorètes n'osaient s'approcher de lui. La nuit, au clair de lune, sept petits chacals se tenaient devant sa cellule, assis sur leur derrière, immobiles, silencieux, dressant l'oreille[3]. Et l'on croit que c'était sept démons qu'il retenait sur son seuil par la vertu de sa sainteté.

Paphnuce était né à Alexandrie de parents nobles, qui l'avaient fait instruire dans les lettres profanes. Il avait même été séduit par les mensonges des poètes, et tels étaient, en sa première jeunesse, l'erreur de son esprit et le dérèglement de sa pensée, qu'il croyait que la race humaine avait été noyée par les eaux du déluge au temps de Deucalion[4], et qu'il disputait avec ses condisciples sur la nature, les attributs et l'existence même de Dieu. Il vivait alors dans la dissipation, à la manière des gentils. Et c'est un temps qu'il ne se rappelait qu'avec honte et pour sa confusion.

« Durant ces jours, disait-il à ses frères, je bouillais dans *la chaudière* des fausses délices. »

Il entendait par là qu'il mangeait des viandes habilement apprêtées et qu'il fréquentait les bains publics. En effet, il avait mené jusqu'à sa vingtième année cette vie du siècle, qu'il conviendrait mieux d'appeler mort que vie. Mais, ayant reçu les leçons du prêtre Macrin, il devint un homme nouveau.

La vérité le pénétra tout entier, et il avait coutume de dire qu'elle était entrée en lui comme une épée. Il embrassa la foi du Calvaire et il adora Jésus crucifié. Après son baptême, il resta un an encore parmi les gentils, dans le siècle où le retenaient les liens de l'habitude. Mais un jour, étant entré dans une église, il entendit le diacre qui lisait ce verset de l'Écriture : « Si tu veux être parfait, va et vends tout ce que tu as et donnes-en l'argent aux pauvres[1]. » Aussitôt il vendit ses biens, en distribua le prix en aumônes et embrassa la vie monastique.

Depuis dix ans qu'il s'était retiré loin des hommes, il ne bouillait plus dans la chaudière des délices charnelles, mais il macérait profitablement dans les baumes de la pénitence.

Or, un jour que, rappelant, selon sa pieuse habitude, les heures qu'il avait vécues loin de Dieu, il examinait ses fautes une à une, pour en concevoir exactement la difformité, il lui souvint d'avoir vu jadis au théâtre d'Alexandrie une comédienne d'une grande beauté, nommée Thaïs[2]. Cette femme se montrait dans les jeux et ne craignait pas de se livrer à des danses dont les mouvements, réglés avec trop d'habileté, rappelaient ceux des passions les plus horribles. Ou bien elle simulait quelqu'une de ces actions honteuses que les fables des païens prêtent à Vénus, à Léda ou à Pasiphaé[3]. Elle embrasait ainsi tous les spectateurs du feu de la luxure; et, quand de beaux jeunes hommes ou de riches vieillards venaient, pleins d'amour, suspendre des fleurs au seuil de sa maison, elle leur faisait accueil et se livrait à eux. En sorte qu'en perdant son âme, elle perdait un très grand nombre d'autres âmes.

Peu s'en était fallu qu'elle eût induit Paphnuce lui-même au péché de la chair. Elle avait allumé le désir dans ses veines et il s'était une fois approché de la maison de Thaïs. Mais il avait été arrêté au seuil de la courtisane par la timidité naturelle à l'extrême jeunesse (il avait alors quinze ans), et par la peur de se voir repoussé, faute d'argent, car ses parents veillaient à ce qu'il ne pût faire de grandes dépenses.

Dieu, dans sa miséricorde, avait pris ces deux moyens pour le sauver d'un grand crime. Mais Paphnuce ne lui en avait eu d'abord aucune reconnaissance, parce qu'en ce temps-là il savait mal discerner ses propres intérêts et qu'il convoitait les faux biens. Donc, agenouillé dans sa cellule devant le simulacre de ce bois salutaire où fut suspendue, comme dans une balance, la rançon du monde, Paphnuce se prit à songer à Thaïs, parce que Thaïs était son péché, et il médita longtemps, selon les règles de l'ascétisme, sur la laideur épouvantable des délices charnelles, dont cette femme lui avait inspiré le goût, aux jours de trouble et d'ignorance. Après quelques heures de méditation, l'image de Thaïs lui apparut avec une extrême netteté. Il la revit telle qu'il l'avait vue lors de la tentation, belle selon la chair[1]. Elle se montra d'abord comme une Léda, mollement couchée sur un lit d'hyacinthe, la tête renversée, les yeux humides et pleins d'éclairs, les narines frémissantes, la bouche entrouverte, la poitrine en fleur et les bras frais comme deux ruisseaux. À cette vue, Paphnuce se frappait la poitrine et disait :

« Je te prends à témoin, mon Dieu, que je considère la laideur de mon péché ! »

Cependant l'image changeait insensiblement d'expression. Les lèvres de Thaïs révélaient peu à peu, en s'abaissant aux deux coins de la bouche, une mystérieuse souffrance. Ses yeux agrandis étaient pleins de larmes et de lueurs ; de sa poitrine gonflée de soupirs montait une haleine semblable aux premiers souffles de l'orage. À cette vue, Paphnuce se sentit troublé jusqu'au fond de l'âme. S'étant prosterné, il fit cette prière :

« Toi qui as mis la pitié dans nos cœurs comme la rosée du matin sur les prairies, Dieu juste et miséricordieux, sois béni ! Louange, louange à toi ! Écarte de ton serviteur cette fausse tendresse qui mène à la concupiscence et fais-moi la grâce de ne jamais aimer qu'en toi les créatures, car elles passent et tu demeures. Si je m'intéresse à cette femme, c'est parce qu'elle est ton ouvrage. Les anges eux-mêmes se penchent vers elle avec sollicitude. N'est-elle pas, ô Seigneur, le souffle de ta bouche ? Il ne faut pas qu'elle continue à pécher avec tant de citoyens et d'étrangers. Une grande pitié s'eſt élevée pour elle dans mon cœur. Ses crimes sont abominables et la seule pensée m'en donne un tel frisson que je sens se hérisser d'effroi tous les poils de ma chair. Mais plus elle eſt coupable et plus je dois la plaindre. Je pleure en songeant que les diables la tourmenteront durant l'éternité. »

Comme il méditait de la sorte, il vit un petit chacal assis à ses pieds. Il en éprouva une grande surprise, car la porte de sa cellule était fermée depuis le matin. L'animal semblait lire dans la pensée de l'abbé et il remuait la queue comme un chien. Paphnuce se signa : la bête s'évanouit. Connaissant alors que pour la première fois le diable s'était glissé dans sa chambre, il fit une courte prière; puis il songea de nouveau à Thaïs.

« Avec l'aide de Dieu, se dit-il, il faut que je la sauve ! »

Et il s'endormit.

Le lendemain matin, ayant fait sa prière, il se rendit auprès du saint homme Palémon[1], qui menait, à quelque diſtance, la vie anachorétique. Il le trouva qui, paisible et riant, bêchait la terre selon sa coutume. Palémon était un vieillard; il cultivait un petit jardin : les bêtes sauvages venaient lui lécher les mains, et les diables ne le tourmentaient pas.

« Dieu soit loué ! mon frère Paphnuce, dit-il, appuyé sur sa bêche.

— Dieu soit loué ! répondit Paphnuce. Et que la paix soit avec mon frère !

— La paix soit semblablement avec toi, frère Paphnuce ! reprit le moine Palémon; et il essuya avec sa manche la sueur de son front.

— Frère Palémon, nos discours doivent avoir pour unique objet la louange de Celui qui a promis de se trouver au milieu de ceux qui s'assemblent en son nom. Ce pourquoi je viens t'entretenir d'un dessein que j'ai formé en vue de glorifier le Seigneur.

— Puisse donc le Seigneur bénir ton dessein, Paphnuce, comme il a béni mes laitues ! Il répand tous les matins sa grâce avec sa rosée sur mon jardin et sa bonté m'incite à le glorifier dans les concombres et les citrouilles qu'il me donne. Prions-le qu'il nous garde en sa paix ! Car rien n'est plus à craindre que les mouvements désordonnés qui troublent les cœurs. Quand ces mouvements nous agitent, nous sommes semblables à des hommes ivres et nous marchons, tirés de droite et de gauche, sans cesse près de tomber ignominieusement. Parfois ces transports nous plongent dans une joie déréglée, et celui qui s'y abandonne fait retentir dans l'air souillé le rire épais des brutes. Cette joie lamentable entraîne le pécheur dans toutes sortes de désordres. Mais parfois aussi ces troubles de l'âme et des sens nous jettent dans une tristesse impie, plus funeste mille fois que la joie. Frère Paphnuce, je ne suis qu'un malheureux pécheur; mais j'ai éprouvé dans ma longue vie que le cénobite n'a pas de pire ennemi que la tristesse. J'entends par là cette mélancolie tenace qui enveloppe l'âme comme une brume et lui cache la lumière de Dieu. Rien n'est plus contraire au salut, et le plus grand triomphe du diable est de répandre une âcre et noire humeur dans le cœur d'un religieux. S'il ne nous envoyait que des tentations joyeuses, il ne serait pas de moitié si redoutable. Hélas ! il excelle à nous désoler. N'a-t-il pas montré à notre père Antoine un enfant noir d'une telle beauté que sa vue tirait des larmes[1] ? Avec l'aide de Dieu, notre père Antoine évita les pièges du démon. Je l'ai connu du temps qu'il vivait parmi nous; il s'égayait avec ses disciples[2], et jamais il ne tomba dans la mélancolie. Mais n'es-tu pas venu, mon frère, m'entretenir d'un dessein formé dans ton esprit ? Tu me favoriseras en m'en faisant part, si toutefois ce dessein a pour objet la gloire de Dieu.

— Frère Palémon, je me propose en effet de glorifier le Seigneur. Fortifie-moi de ton conseil, car tu as beaucoup de lumières et le péché n'a jamais obscurci la clarté de ton intelligence.

— Frère Paphnuce, je ne suis pas digne de délier la courroie de tes sandales et mes iniquités sont innombrables comme les sables du désert. Mais je suis vieux et je ne te refuserai pas l'aide de mon expérience.

— Je te confierai donc, frère Palémon, que je suis pénétré de douleur à la pensée qu'il y a dans Alexandrie une courtisane nommée Thaïs, qui vit dans le péché et demeure pour le peuple un objet de scandale.

— Frère Paphnuce, c'est là, en effet, une abomination dont il convient de s'affliger. Beaucoup de femmes vivent comme celle-là parmi les gentils. As-tu imaginé un remède applicable à ce grand mal ?

— Frère Palémon, j'irai trouver cette femme dans Alexandrie, et, avec le secours de Dieu, je la convertirai. Tel est mon dessein; ne l'approuves-tu pas, mon frère ?

— Frère Paphnuce, je ne suis qu'un malheureux pécheur, mais notre père Antoine avait coutume de dire : “ En quelque lieu que tu sois, ne te hâte pas d'en sortir pour aller ailleurs. ”

— Frère Palémon, découvres-tu quelque chose de mauvais dans l'entreprise que j'ai conçue ?

— Doux Paphnuce, Dieu me garde de soupçonner les intentions de mon frère ! Mais notre père Antoine disait encore : “ Les poissons qui sont tirés en un lieu sec y trouvent la mort : pareillement il advient que les moines qui s'en vont hors de leurs cellules et se mêlent aux gens du siècle s'écartent des bons propos. ” »

Ayant ainsi parlé, le vieillard Palémon enfonça du pied dans la terre le tranchant de sa bêche et se mit à creuser le sol avec ardeur autour d'un jeune pommier. Tandis[a] qu'il bêchait, une antilope, ayant franchi d'un saut rapide, sans courber le feuillage, la haie qui fermait le jardin, s'arrêta, surprise, inquiète, le jarret frémissant, puis s'approcha en deux bonds du vieillard[b] et coula sa fine tête dans le sein de son ami.

« Dieu soit loué dans la gazelle du désert ! » dit Palémon.

Et il alla prendre dans sa cabane un morceau de pain noir qu'il fit manger dans le creux de sa main à la bête légère.

Paphnuce demeura quelque temps pensif, le regard fixé sur les pierres du chemin. Puis il regagna lentement sa cellule, songeant à ce qu'il venait d'entendre. Un grand travail se faisait dans son esprit.

« Ce solitaire, se disait-il, est de bon conseil; l'esprit de prudence est en lui. Et il doute de la sagesse de mon dessein. Pourtant il me serait cruel d'abandonner plus longtemps cette Thaïs au démon qui la possède. Que Dieu m'éclaire et me conduise ! »

Comme il poursuivait son chemin, il vit un pluvier pris dans les filets qu'un chasseur avait tendus sur le sable et il connut que c'était une femelle, car le mâle vint à voler jusqu'aux filets et il en rompait les mailles une à une avec son bec, jusqu'à ce qu'il fît dans les rets une ouverture par laquelle sa compagne pût s'échapper. L'homme de Dieu contemplait ce spectacle et, comme, par la vertu de sa sainteté, il comprenait aisément le sens mystique des choses, il connut que l'oiseau captif n'était autre que Thaïs, prise dans les lacs des abominations, et que, à l'exemple du pluvier, qui coupait les fils du chanvre avec son bec, il devait rompre, en prononçant des paroles puissantes, les invisibles liens par lesquels Thaïs était retenue dans le péché. C'est pourquoi il loua Dieu et fut raffermi dans sa résolution première. Mais, ayant vu ensuite le pluvier pris par les pattes et embarrassé lui-même au piège qu'il avait rompu, il retomba dans son incertitude.

Il ne dormit pas[a] de toute la nuit et il eut avant l'aube une vision. Thaïs lui apparut encore. Son visage n'exprimait pas les voluptés coupables et elle n'était point vêtue, selon son habitude, de tissus diaphanes. Un suaire l'enveloppait tout entière et lui cachait même une partie du visage, en sorte que l'abbé ne voyait que deux yeux qui répandaient des larmes blanches et lourdes.

À cette vue, il se mit lui-même à pleurer et, pensant que cette vision lui venait de Dieu, il n'hésita plus. Il se leva, saisit un bâton noueux, image de la foi chrétienne, sortit de sa cellule, dont il ferma soigneusement la porte afin que les animaux qui vivent sur le sable et les oiseaux de l'air ne pussent venir souiller le livre des Écritures qu'il conservait au chevet de son lit, appela le diacre Flavien pour lui confier le gouvernement des vingt-trois disciples ; puis, vêtu seulement d'un long cilice, prit sa route vers le Nil, avec le dessein de suivre à pied la rive libyque jusqu'à la ville fondée par le Macédonien. Il marchait depuis l'aube sur le sable, méprisant la fatigue, la faim, la soif ; le soleil était déjà bas à l'horizon quand il vit le fleuve effrayant[1] qui roulait ses eaux sanglantes entre des rochers d'or et de feu. Il longea la berge, demandant son pain aux portes des cabanes isolées, pour l'amour de Dieu, et recevant l'injure, les refus, les menaces avec allégresse. Il ne redoutait ni les brigands ni les bêtes fauves, mais il prenait grand soin de se détourner des villes et des villages qui se trouvaient sur sa route. Il craignait de rencontrer des enfants jouant aux osselets devant la maison de leur père, ou de voir, au bord des citernes, des femmes en chemise bleue[2] poser leur cruche et sourire. Tout est péril au solitaire : c'est parfois un danger pour lui de lire dans l'Écriture que le divin maître allait de ville en ville et soupait avec ses disciples. Les vertus que les anachorètes brodent soigneusement sur le tissu de la foi sont aussi fragiles que magnifiques : un souffle du siècle peut en ternir les agréables couleurs. C'est pourquoi Paphnuce évitait d'entrer dans les villes, craignant que son cœur ne s'amollît à la vue des hommes.

Il s'en allait donc par les chemins solitaires. Quand venait le soir, le murmure des tamaris, caressés par la brise, lui donnait le frisson, et il rabattait son capuchon sur ses yeux pour ne plus voir la beauté des choses. Après six jours[a] de marche, il parvint en un lieu nommé Silsilé[3]. Le fleuve y coule dans une étroite vallée que borde une double chaîne de montagnes de granit. C'est là que les Égyptiens, au temps où ils adoraient les démons, taillaient leurs idoles. Paphnuce y vit une énorme tête de Sphinx, encore engagée dans la roche. Craignant qu'elle ne fût animée de quelque vertu diabolique, il fit le signe de la croix et prononça le nom de Jésus ; aussitôt une chauve-souris s'échappa d'une des oreilles de la bête, et Paphnuce connut qu'il avait chassé le mauvais esprit qui était en cette figure depuis plusieurs siècles[4]. Son zèle s'en accrut et, ayant ramassé une grosse pierre, il la jeta à la face de l'idole. Alors le visage mystérieux du Sphinx exprima une si profonde tristesse, que Paphnuce en fut ému. En vérité, l'expression de douleur surhumaine dont cette face de pierre était empreinte aurait touché l'homme le plus insensible. C'est pourquoi Paphnuce dit au Sphinx :

« Ô Bête, à l'exemple des Satyres et des Centaures que vit dans le désert notre père Antoine[1], confesse la divinité du Christ Jésus ! et je te bénirai au nom du Père, du Fils et de l'Esprit. »

Il dit : une lueur rose sortit des yeux du Sphinx; les lourdes paupières de la bête tressaillirent et les lèvres de granit articulèrent péniblement, comme un écho de la voix de l'homme, le saint nom de Jésus-Christ; c'est pourquoi Paphnuce, étendant la main droite, bénit le Sphinx de Silsilé.

Cela fait, il poursuivit son chemin et, la vallée s'étant élargie, il vit les ruines d'une ville immense. Les temples, restés debout, étaient portés par des idoles qui servaient de colonnes et, avec la permission de Dieu, des têtes de femmes aux cornes de vache attachaient sur Paphnuce un long regard qui le faisait pâlir[2]. Il marcha ainsi dix-sept jours, mâchant pour toute nourriture quelques herbes crues et dormant la nuit dans les palais écroulés, parmi les chats sauvages et les rats de Pharaon[3], auxquels venaient se mêler des femmes dont le buste se terminait en poisson squameux. Mais Paphnuce savait que ces femmes venaient de l'enfer et il les chassait en faisant le signe de la croix.

Le dix-huitième jour, ayant découvert, loin de tout village, une misérable hutte de feuilles de palmier, à demi ensevelie sous le sable qu'apporte le vent du désert, il s'en approcha, avec l'espoir que cette cabane était habitée par quelque pieux anachorète. Comme il n'y avait point de porte, il aperçut à l'intérieur une cruche, un tas d'oignons et un lit de feuilles sèches.

« Voilà, se dit-il, le mobilier d'un ascète. Communément les ermites s'éloignent peu de leur cabane. Je ne manquerai pas de rencontrer bientôt celui-ci. Je veux lui donner le baiser de paix, à l'exemple du saint solitaire Antoine, qui, s'étant rendu auprès de l'ermite Paul, l'embrassa par trois fois. Nous nous entretiendrons des choses éternelles et peut-être notre *Seigneur* nous enverra-t-il par un corbeau un pain que mon hôte m'invitera honnêtement à rompre[4]. »

Tandis qu'il se parlait ainsi à lui-même, il tournait autour de la hutte, cherchant s'il ne découvrirait personne. Il n'avait pas fait cent pas, qu'il aperçut un homme assis, les jambes croisées, sur la berge du Nil. Cet homme était nu; sa chevelure comme sa barbe entièrement blanche, et son corps plus rouge que la brique. Paphnuce ne douta point que ce ne fût l'ermite. Il le salua par les paroles que les moines ont coutume d'échanger quand ils se rencontrent.

« Que la paix soit avec toi, mon frère ! Puisses-tu goûter un jour le doux rafraîchissement du Paradis. »

L'homme ne répondit point. Il demeurait immobile et semblait ne pas entendre. Paphnuce s'imagina que ce silence était causé par un de ces ravissements dont les saints sont coutumiers. Il se mit à genoux, les mains jointes, à côté de l'inconnu et resta ainsi en prière jusqu'au coucher du soleil. À ce moment, voyant que son compagnon n'avait pas bougé, il lui dit :

« Mon père, si tu es sorti de l'extase où je t'ai vu plongé, donne-moi ta bénédiction en Notre-Seigneur Jésus-Christ. »

L'autre lui répondit sans tourner la tête :

« Étranger, je ne sais ce que tu veux dire et ne connais point ce Seigneur Jésus-Christ.

— Quoi ! s'écria Paphnuce. Les prophètes l'ont annoncé; des légions de martyrs ont confessé son nom; César lui-même l'a adoré et tantôt encore j'ai fait proclamer sa gloire par le Sphinx de Silsilé. Est-il possible que tu ne le connaisses pas ?

— Mon ami, répondit l'autre, cela est possible. Ce serait même certain, s'il y avait quelque certitude au monde. »

Paphnuce était surpris et contristé de l'incroyable ignorance de cet homme.

« Si tu ne connais Jésus-Christ, lui dit-il, tes œuvres ne te serviront de rien et tu ne gagneras pas la vie éternelle. »

Le vieillard répliqua :

« Il est vain d'agir ou de s'abstenir; il est indifférent de vivre ou de mourir.

— Eh quoi ! demanda Paphnuce, tu ne désires pas vivre dans l'éternité ? Mais, dis-moi, n'habites-tu pas une cabane dans ce désert à la façon des anachorètes ?

— Il paraît.

— Ne vis-tu pas nu et dénué de tout ?

— Il paraît.

— Ne te nourris-tu[a] pas de racines et ne pratiques-tu pas la chasteté ?

— Il paraît.

— N'as-tu pas[b] renoncé à toutes les vanités de ce monde ?

— J'ai renoncé en effet aux choses vaines qui font communément le souci des hommes.

— Ainsi tu es comme moi pauvre, chaste et solitaire. Et tu ne l'es pas comme moi pour l'amour de Dieu, et en vue de la félicité céleste ! C'est ce que je ne puis comprendre. Pourquoi es-tu vertueux si tu ne crois pas en Jésus-Christ ? Pourquoi te prives-tu des biens de ce monde, si tu n'espères pas gagner les biens éternels ?

— Étranger, je ne me prive d'aucun bien, et je me flatte d'avoir trouvé une manière de vivre assez satisfaisante, bien qu'à parler exactement, il n'y ait ni bonne ni mauvaise vie. Rien n'est en soi honnête ni honteux, juste ni injuste, agréable ni pénible, bon ni mauvais. C'est l'opinion qui donne les qualités aux choses comme le sel donne la saveur aux mets.

— Ainsi donc, selon toi, il n'y a pas de certitude. Tu nies la vérité que les idolâtres eux-mêmes ont cherchée. Tu te couches dans ton ignorance, comme un chien fatigué qui dort dans la boue.

— Étranger, il est également vain d'injurier les chiens et les philosophes. Nous ignorons ce que sont les chiens et ce que nous sommes. Nous ne savons rien.

— Ô vieillard, appartiens-tu donc à la secte ridicule des sceptiques ? Es-tu donc de ces misérables fous qui nient également le mouvement et le repos et qui ne savent point distinguer la lumière du soleil d'avec les ombres de la nuit ?

— Mon ami, je suis sceptique en effet, et d'une secte qui me paraît louable, tandis que tu la juges ridicule. Car les mêmes choses ont diverses apparences. Les pyramides de Memphis semblent, au lever de l'aurore, des cônes de lumière rose. Elles apparaissent, au coucher du soleil, sur le ciel embrasé, comme de noirs triangles. Mais qui pénétrera leur intime substance ? Tu me reproches de nier les apparences, quand au contraire les apparences sont les seules réalités que je reconnaisse. Le soleil me semble lumineux, mais sa nature m'est inconnue. Je sens que le feu brûle, mais je ne sais ni comment ni pourquoi. Mon ami, tu m'entends bien mal. Au reste, il est indifférent d'être entendu d'une manière ou d'une autre.

— Encore une fois, pourquoi vis-tu de dattes et d'oignons dans le désert ? Pourquoi endures-tu de grands maux ? J'en supporte d'aussi grands et je pratique comme toi l'abstinence dans la solitude. Mais c'est afin de plaire à Dieu et de mériter la béatitude sempiternelle. Et c'est là une fin raisonnable, car il est sage de souffrir en vue d'un grand bien. Il est insensé au contraire de s'exposer volontairement à d'inutiles fatigues et à de vaines souffrances. Si je ne croyais pas — pardonne ce blasphème, ô Lumière incréée ! —, si je ne croyais pas à la vérité de ce que Dieu nous a enseigné par la voix des prophètes, par l'exemple de son fils, par les actes des apôtres, par l'autorité des conciles et par le témoignage des martyrs, si je ne savais pas que les souffrances du corps sont nécessaires à la santé de l'âme, si j'étais, comme toi, plongé dans l'ignorance des sacrés mystères, je retournerais tout de suite dans le siècle, je m'efforcerais d'acquérir des richesses pour vivre dans la mollesse comme les heureux de ce monde, et je dirais aux voluptés : " Venez, mes filles, venez, mes servantes, venez toutes me verser vos vins, vos philtres et vos parfums ". Mais toi, vieillard insensé, tu te prives de tous les avantages ; tu perds sans attendre aucun gain ; tu donnes sans espoir de retour et tu imites ridiculement les travaux admirables de nos anachorètes, comme un singe effronté pense, en barbouillant un mur, copier le tableau d'un peintre ingénieux. Ô le plus stupide des hommes, quelles sont donc tes raisons ? »

Paphnuce parlait ainsi avec une grande violence. Mais le vieillard demeurait paisible.

« Mon ami, répondit-il doucement, que t'importent les raisons d'un chien endormi dans la fange et d'un singe malfaisant ? »

Paphnuce n'avait jamais en vue que la gloire de

Dieu. Sa colère étant tombée, il s'excusa avec une noble humilité.

« Pardonne-moi, dit-il, ô vieillard, ô mon frère, si le zèle de la vérité m'a emporté au-delà des justes bornes. Dieu m'est témoin que c'est ton erreur et non ta personne que je haïssais. Je souffre de te voir dans les ténèbres, car je t'aime en Jésus-Christ et le soin de ton salut occupe mon cœur. Parle, donne-moi tes raisons : je brûle de les connaître afin de les réfuter. »

Le vieillard répondit avec quiétude :

« Je suis également disposé à parler et à me taire. Je te donnerai donc mes raisons, sans te demander les tiennes en échange, car tu ne m'intéresses en aucune manière. Je n'ai souci ni de ton bonheur ni de ton infortune et il m'est indifférent que tu penses d'une façon ou d'une autre. Et comment t'aimerais-je ou te haïrais-je ? L'aversion et la sympathie sont également indignes du sage. Mais, puisque tu m'interroges, sache donc que je me nomme Timoclès et que je suis né à Cos[1] de parents enrichis dans le négoce. Mon père armait des navires. Son intelligence ressemblait beaucoup à celle d'Alexandre, qu'on a surnommé le Grand. Pourtant elle était moins épaisse. Bref, c'était une pauvre nature d'homme. J'avais deux frères qui suivaient comme lui la profession d'armateur. Moi, je professais la sagesse. Or, mon frère aîné fut contraint par notre père d'épouser une femme carienne nommée Timaessa, qui lui déplaisait si fort qu'il ne put vivre à son côté sans tomber dans une noire mélancolie. Cependant Timaessa inspirait à notre frère cadet un amour criminel et cette passion se changea bientôt en manie furieuse. La Carienne les tenait tous deux en égale aversion. Mais elle aimait un joueur de flûte et le recevait la nuit dans sa chambre. Un matin, il y laissa la couronne qu'il portait d'ordinaire dans les festins. Mes deux frères, ayant trouvé cette couronne, jurèrent de tuer le joueur de flûte et, dès le lendemain, ils le firent périr sous le fouet, malgré ses larmes et ses prières. Ma belle-sœur en éprouva un désespoir qui lui fit perdre la raison, et ces trois misérables, devenus semblables à des bêtes, promenaient leur démence sur les rivages de Cos, hurlant comme des loups, l'écume aux lèvres, le regard attaché à la terre, parmi les huées des enfants qui leur jetaient des coquilles. Ils moururent et mon père les ensevelit de ses mains. Peu de temps après, son estomac refusa toute nourriture et il expira de faim, assez riche pour acheter toutes les viandes et tous les fruits des marchés de l'Asie. Il était désespéré de me laisser sa fortune. Je l'employai à voyager. Je visitai l'Italie, la Grèce et l'Afrique sans rencontrer personne de sage ni d'heureux. J'étudiai la philosophie à Athènes et à Alexandrie et je fus étourdi du bruit des disputes. Enfin, m'étant promené jusque dans l'Inde, je vis au bord du Gange un homme nu, qui demeurait là, immobile, les jambes croisées depuis trente ans. Des lianes couraient autour de son corps desséché et les oiseaux nichaient dans ses cheveux. Il vivait pourtant. Je me rappelai, à sa vue, Timaessa, le joueur de flûte, mes deux frères et mon père, et je compris que cet Indien était sage. " Les hommes, me dis-je, souffrent parce qu'ils sont privés de ce qu'ils croient être un bien, ou que, le possédant, ils craignent de le perdre, ou parce qu'ils endurent ce qu'ils croient être un mal. Supprimez toute croyance de ce genre et tous les maux disparaissent. " C'est pourquoi je résolus de ne jamais tenir aucune chose pour avantageuse, de professer l'entier détachement des biens de ce monde et de vivre dans la solitude et dans l'immobilité, à l'exemple de l'Indien[1]. »

Paphnuce avait écouté attentivement le récit du vieillard.

« Timoclès de Cos, répondit-il, je confesse que tout, dans tes propos, n'est pas dépourvu de sens. Il est sage, en effet, de mépriser les biens de ce monde. Mais il serait insensé de mépriser pareillement les biens éternels et de s'exposer à la colère de Dieu. Je déplore ton ignorance, Timoclès, et je vais t'instruire dans la vérité, afin que, connaissant qu'il existe un Dieu en trois hypostases, tu obéisses à ce Dieu comme un enfant à son père. »

Mais Timoclès, l'interrompant :

« Garde-toi, étranger, de m'exposer tes doctrines et ne pense pas me contraindre à partager ton sentiment. Toute dispute est stérile. Mon opinion est de n'avoir pas d'opinion. Je vis exempt de troubles à la condition de vivre sans préférences. Poursuis ton chemin, et ne tente pas de me tirer de la bienheureuse apathie[1] où je suis plongé, comme dans un bain délicieux, après les rudes travaux de mes jours. »

Paphnuce était profondément instruit dans les choses de la foi. Par la connaissance qu'il avait[a] des cœurs, il comprit que la grâce de Dieu n'était pas sur le vieillard Timoclès et que le jour du salut n'était pas encore venu pour cette âme acharnée à sa perte. Il ne répondit rien, de peur que l'édification tournât en scandale. Car il arrive parfois qu'en disputant contre les infidèles, on les induit de nouveau en péché, loin de les convertir. C'est pourquoi ceux qui possèdent la vérité doivent la répandre avec prudence.

« Adieu donc ! dit-il, malheureux Timoclès. »

Et, poussant un grand soupir, il reprit dans la nuit son pieux voyage.

Au matin, il vit des ibis immobiles sur une patte, au bord de l'eau qui reflétait leur cou pâle et rose. Les saules étendaient au loin sur la berge leur doux feuillage gris; des grues volaient en triangle dans le ciel clair et l'on entendait parmi les roseaux le cri des hérons invisibles. Le fleuve roulait à perte de vue ses larges eaux vertes[2] où des voiles glissaient comme des ailes d'oiseaux, où, çà et là, au bord, se mirait une maison blanche, et sur lesquelles flottaient au loin des vapeurs légères, tandis que des îles, lourdes de palmes, de fleurs et de fruits, laissaient s'échapper de leurs ombres des nuées bruyantes de canards, d'oies, de flamants et de sarcelles. À gauche, la grasse vallée étendait jusqu'au désert ses champs et ses vergers qui frissonnaient dans la joie, le soleil dorait les épis, et la fécondité de la terre s'exhalait en poussières odorantes. À cette vue, Paphnuce, tombant à genoux, s'écria :

« Béni soit le Seigneur, qui a favorisé mon voyage ! Toi qui répands ta rosée sur les figuiers de l'Arsinoïtide[3], mon Dieu, fais descendre ta grâce dans l'âme de cette Thaïs que tu n'as pas formée avec moins d'amour que les fleurs des champs et les arbres des jardins. Puisse-t-elle fleurir par mes soins comme un rosier balsamique dans ta Jérusalem céleste ! »

Et chaque fois qu'il voyait un arbre fleuri ou un brillant oiseau, il songeait à Thaïs. C'est ainsi que, longeant le bras gauche du fleuve à travers des contrées fertiles et populeuses, il atteignit en peu de journées cette Alexandrie que les Grecs ont surnommée la belle et la dorée. Le jour était levé depuis une heure quand il découvrit du haut d'une colline la ville spacieuse dont les toits étincelaient dans la vapeur rose. Il s'arrêta et, croisant les bras sur sa poitrine :

« Voilà donc, se dit-il, le séjour délicieux où je suis né dans le péché, l'air brillant où j'ai respiré des parfums empoisonnés, la mer voluptueuse où j'écoutais chanter les Sirènes[1] ! Voilà mon berceau selon la chair, voilà ma patrie selon le siècle ! Berceau fleuri, patrie illustre, au jugement des hommes ! Il est naturel à tes enfants, Alexandrie, de te chérir comme une mère, et je fus engendré dans ton sein magnifiquement paré. Mais l'ascète méprise la nature, le mystique dédaigne les apparences, le chrétien regarde sa patrie humaine comme un lieu d'exil, le moine échappe à la terre. J'ai détourné mon cœur de ton amour, Alexandrie. Je te hais ! Je te hais pour ta richesse, pour ta science, pour ta douceur et pour ta beauté. Sois maudit, temple des démons ! Couche impudique des gentils, chaire empestée des ariens[2], sois maudite ! Et toi, fils ailé du Ciel qui conduisis le saint ermite Antoine, notre père, quand, venu du fond du désert, il pénétra dans cette citadelle de l'idolâtrie pour affermir la foi des confesseurs et la constance des martyrs[3], bel ange du Seigneur, invisible enfant, premier souffle de Dieu, vole devant moi et parfume du battement de tes ailes l'air corrompu que je vais respirer parmi les princes ténébreux du siècle ! »

Il dit et reprit sa route. Il entra dans la ville par la porte du Soleil[4]. Cette porte était de pierre et s'élevait avec orgueil. Mais des misérables, accroupis dans son ombre, offraient aux passants des citrons et des figues ou mendiaient une obole en se lamentant.

Une vieille femme en haillons, qui était agenouillée là, saisit le cilice du moine, le baisa et dit :

« Homme du Seigneur, bénis-moi afin que Dieu

me bénisse. J'ai beaucoup souffert en ce monde, je veux avoir toutes les joies dans l'autre. Tu viens de Dieu, ô saint homme, c'eſt pourquoi la poussière de tes pieds eſt plus précieuse que l'or.

— Le Seigneur soit loué ! » dit Paphnuce.

Et il forma de sa main entrouverte le signe de la rédemption sur la tête de la vieille femme.

Mais à peine avait-il fait vingt pas dans la rue qu'une troupe d'enfants se mit à le huer et à lui jeter des pierres en criant :

« Oh ! le méchant moine ! Il eſt plus noir qu'un cynocéphale et plus barbu qu'un bouc. C'eſt un fainéant ! Que ne le pend-on dans quelque verger, comme un Priape de bois, pour effrayer les oiseaux ? Mais non, il attirerait la grêle sur les amandiers en fleurs. Il porte malheur. Qu'on le crucifie, le moine ! qu'on le crucifie ! »

Et les pierres[a] volaient avec les cris.

« Mon Dieu ! bénissez ces pauvres enfants », murmura Paphnuce.

Et il poursuivit son chemin, songeant :

« Je suis en vénération à cette vieille femme et en mépris à ces enfants. Ainsi un même objet eſt apprécié différemment par les hommes, qui sont incertains dans leurs jugements et sujets à l'erreur. Il faut en convenir, pour un gentil, le vieillard Timoclès n'eſt pas dénué de sens. Aveugle, il se sait privé de lumière. Combien il l'emporte pour le raisonnement sur ces idolâtres qui s'écrient du fond de leurs épaisses ténèbres : Je vois le jour ! Tout dans ce monde eſt mirage et sable mouvant. En Dieu seul eſt la ſtabilité[b]. »

Cependant il traversait la ville d'un pas rapide[c]. Après dix années d'absence, il en reconnaissait chaque pierre, et chaque pierre était une pierre de scandale qui lui rappelait un péché. C'eſt pourquoi il frappait rudement de ses pieds nus les dalles des larges chaussées, et il se réjouissait d'y marquer la trace sanglante de ses talons déchirés. Laissant à sa gauche les magnifiques portiques du temple de Sérapis[1], il s'engagea dans une voie bordée de riches demeures qui semblaient assoupies parmi les parfums. Là les pins, les érables, les térébinthes élevaient leur tête au-dessus des corniches rouges et des acrotères d'or. On voyait, par les portes entrouvertes, des statues d'airain dans des vestibules de marbre et des jets d'eau au milieu du feuillage. Aucun bruit ne troublait la paix de ces belles retraites. On entendait seulement le son lointain d'une flûte. Le moine s'arrêta devant une maison assez petite, mais de nobles proportions et soutenue par des colonnes gracieuses comme des jeunes filles. Elle était ornée des bustes en bronze des plus illustres philosophes de la Grèce.

Il y reconnut Platon, Socrate, Aristote, Épicure et Zénon, et, ayant heurté le marteau contre la porte, il attendit en songeant :

« C'est en vain que le métal glorifie ces faux sages, leurs mensonges sont confondus; leurs âmes sont plongées dans l'enfer et le fameux Platon lui-même, qui remplit la terre du bruit de son éloquence, ne dispute désormais qu'avec les diables. »

Un esclave vint ouvrir la porte et, trouvant un homme pieds nus sur la mosaïque du seuil, il lui dit durement :

« Va mendier ailleurs, moine ridicule, et n'attends pas que je te chasse à coups de bâton.

— Mon frère, répondit l'abbé d'Antinoé, je ne te demande rien, sinon que tu me conduises à Nicias, ton maître. »

L'esclave répondit avec plus de colère :

« Mon maître ne reçoit pas des chiens comme toi.

— Mon fils, reprit Paphnuce, fais, s'il te plaît, ce que je te demande, et dis à ton maître que je désire le voir.

— Hors d'ici, vil mendiant ! » s'écria le portier furieux.

Et il leva son bâton sur le saint homme, qui, mettant ses bras en croix contre sa poitrine, reçut sans s'émouvoir le coup en plein visage, puis répéta doucement :

« Fais ce que j'ai demandé, mon fils, je te prie. »

Alors le portier, tout tremblant, murmura :

« Quel est cet homme qui ne craint point la souffrance ? »

Et il courut avertir son maître.

Nicias sortait du bain. De belles esclaves promenaient les strigiles[1] sur son corps. C'était un homme gracieux et souriant. Une expression de douce ironie était répandue sur son visage. À la vue du moine, il se leva et s'avança les bras ouverts :

« C'est toi, s'écria-t-il, Paphnuce, mon condisciple, mon ami, mon frère ! Oh ! je te reconnais, bien qu'à vrai dire tu te sois rendu plus semblable à une bête qu'à un homme. Embrasse-moi. Te souvient-il du temps où nous étudiions ensemble la grammaire, la rhétorique et la philosophie ? On te trouvait déjà l'humeur sombre et sauvage, mais je t'aimais pour ta parfaite sincérité. Nous disions que tu voyais l'univers avec les yeux farouches d'un cheval, et qu'il n'était pas surprenant que tu fusses ombrageux. Tu manquais un peu d'atticisme, mais ta libéralité n'avait pas de bornes. Tu ne tenais ni à ton argent ni à ta vie. Et il y avait en toi un génie bizarre, un esprit étrange qui m'intéressait infiniment. Sois le bienvenu, mon cher Paphnuce, après dix ans d'absence. Tu as quitté le désert; tu renonces aux superstitions chrétiennes, et tu renais à l'ancienne vie. Je marquerai ce jour d'un caillou blanc.

« Crobyle et Myrtale, ajouta-t-il en se tournant vers les femmes, parfumez les pieds, les mains et la barbe de mon cher hôte. »

Déjà elles apportaient en souriant l'aiguière, les fioles et le miroir de métal. Mais Paphnuce, d'un geste impérieux, les arrêta et tint les yeux baissés pour ne les plus voir; car elles étaient nues. Cependant Nicias lui présentait des coussins, lui offrait des mets et des breuvages divers, que Paphnuce refusait avec mépris.

« Nicias, dit-il, je n'ai pas renié ce que tu appelles faussement la superstition chrétienne, et qui est la vérité des vérités. Au commencement était le Verbe et le Verbe était en Dieu et le Verbe était Dieu. Tout a été fait par Lui, et rien de ce qui a été fait n'a été fait sans Lui. En Lui était la vie, et la vie était la lumière des hommes[2].

— Cher Paphnuce, répondit Nicias, qui venait de revêtir une tunique parfumée, penses-tu m'étonner en récitant des paroles assemblées sans art et qui ne sont qu'un vain murmure ? As-tu oublié que je suis moi-même quelque peu philosophe ? Et penses-tu me contenter avec quelques lambeaux arrachés par des hommes ignorants à la pourpre d'Amélius, quand Amélius, Porphyre et Plotin, dans toute leur gloire, ne me contentent pas ! Les systèmes construits par les sages ne sont que des contes imaginés pour amuser l'éternelle enfance des hommes. Il faut s'en divertir comme des contes de l'Âne, du Cuvier, de la Matrone d'Éphèse ou de toute autre fable milésienne[1]. »

Et, prenant son hôte par le bras, il l'entraîna dans une salle où des milliers de papyrus étaient roulés dans des corbeilles.

« Voici ma bibliothèque, dit-il; elle contient une faible partie des systèmes que les philosophes ont construits pour expliquer le monde. Le Serapeum lui-même, dans sa richesse, ne les renferme pas tous. Hélas ! ce ne sont que des rêves de malades. »

Il força son hôte à prendre place dans une chaise d'ivoire et s'assit lui-même. Paphnuce promena sur les livres de la bibliothèque un regard sombre et dit :

« Il faut les brûler tous.

— Ô doux hôte, ce serait dommage ! répondit Nicias. Car les rêves des malades sont parfois amusants. D'ailleurs, s'il fallait détruire tous les rêves et toutes les visions des hommes, la terre perdrait ses formes et ses couleurs et nous nous endormirions tous dans une morne stupidité. »

Paphnuce poursuivait sa pensée :

« Il est certain que les doctrines des païens ne sont que de vains mensonges. Mais Dieu, qui est la vérité, s'est révélé aux hommes par des miracles. Et il s'est fait chair et il a habité parmi nous. »

Nicias répondit :

« Tu parles excellemment, chère tête de Paphnuce, quand tu dis qu'il s'est fait chair. Un Dieu qui pense, qui agit, qui parle, qui se promène dans la nature comme l'antique Ulysse sur la mer glauque, est tout à fait un homme. Comment[a] peux-tu croire à ce nouveau Jupiter, quand les marmots d'Athènes, au temps de Périclès, ne croyaient déjà plus à l'ancien ? Mais laissons cela. Tu n'es pas venu, je pense, pour disputer sur les trois hypostases. Que puis-je faire pour toi, cher condisciple ?

— Une chose tout à fait bonne, répondit l'abbé d'Antinoé. Me prêter une tunique parfumée semblable à celle que tu viens de revêtir. Ajoute à cette tunique, par grâce, des sandales dorées et une fiole d'huile, pour oindre ma barbe et mes cheveux. Il convient aussi que tu me donnes une bourse de mille drachmes. Voilà, ô Nicias, ce que j'étais venu te demander, pour l'amour de Dieu et en souvenir de notre ancienne amitié. »

Nicias fit apporter par Crobyle et Myrtale sa plus riche tunique; elle était brodée, dans le style asiatique, de fleurs et d'animaux. Les deux femmes la tenaient ouverte et elles en faisaient jouer habilement les vives couleurs, en attendant que Paphnuce retirât le cilice dont il était couvert jusqu'aux pieds. Mais le moine ayant déclaré qu'on lui arracherait plutôt la chair que ce vêtement, elles passèrent la tunique par-dessus. Comme ces deux femmes étaient belles, elles ne craignaient pas les hommes, bien qu'elles fussent esclaves. Elles se mirent à rire de la mine étrange qu'avait le moine ainsi paré. Crobyle l'appelait son cher satrape, en lui présentant le miroir, et Myrtale lui tirait la barbe. Mais Paphnuce priait le Seigneur et ne les voyait pas. Ayant chaussé les sandales dorées et attaché la bourse à sa ceinture, il dit à Nicias, qui le regardait d'un œil égayé :

« Ô Nicias ! il ne faut pas que les choses que tu vois soient un scandale pour tes yeux. Sache bien que je ferai un pieux emploi de cette tunique, de cette bourse et de ces sandales.

— Très cher, répondit Nicias, je ne soupçonne point le mal, car je crois les hommes également incapables de mal faire et de bien faire. Le bien et le mal n'existent que dans l'opinion. Le sage n'a[a], pour raisons d'agir, que la coutume et l'usage. Je me conforme aux préjugés qui règnent à Alexandrie. C'est pourquoi je passe pour un honnête homme. Va, ami, et réjouis-toi. »

Mais Paphnuce songea qu'il convenait d'avertir son hôte de son dessein.

« Tu connais, lui dit-il, cette Thaïs qui joue dans les jeux du théâtre ?

— Elle est belle, répondit Nicias, et il fut un temps

où elle m'était chère. J'ai vendu pour elle un moulin et deux champs de blé et j'ai composé à sa louange trois livres d'élégies fidèlement imitées de ces chants si doux dans lesquels Cornélius Gallus célébra Lycoris[1]. Hélas ! Gallus chantait, en un siècle d'or, sous les regards des muses ausoniennes. Et moi, né dans des temps barbares, j'ai tracé avec un roseau du Nil mes hexamètres et mes pentamètres. Les ouvrages produits en cette époque et dans cette contrée sont voués à l'oubli. Certes, la beauté[a] est ce qu'il y a de plus puissant au monde et, si nous étions faits pour la posséder toujours, nous nous soucierions aussi peu que possible du démiurge, du logos, des éons[2] et de toutes les autres rêveries des philosophes. Mais j'admire, bon Paphnuce, que tu viennes du fond de la Thébaïde me parler de Thaïs. »

Ayant dit, il soupira doucement. Et Paphnuce le contemplait avec horreur, ne concevant pas qu'un homme pût avouer si tranquillement un tel péché. Il s'attendait à voir la terre s'ouvrir et Nicias s'abîmer dans les flammes. Mais le sol resta ferme et l'Alexandrin silencieux, le front dans la main, souriait tristement aux images de sa jeunesse envolée. Le moine, s'étant levé, reprit d'une voix grave :

« Sache donc, ô Nicias ! qu'avec l'aide de Dieu j'arracherai cette Thaïs aux immondes amours de la terre et la donnerai pour épouse à Jésus-Christ. Si l'Esprit-Saint ne m'abandonne, Thaïs quittera aujourd'hui cette ville pour entrer dans un monastère.

— Crains d'offenser Vénus, répondit Nicias ; c'est une puissante déesse. Elle sera irritée contre toi, si tu lui ravis sa plus illustre servante.

— Dieu me protégera, dit Paphnuce. Puisse-t-il *éclairer* ton cœur, ô Nicias, et te tirer de l'abîme où tu es plongé ! »

Et il sortit. Mais Nicias l'accompagna sur le seuil, il lui posa la main sur l'épaule et lui répéta dans le creux de l'oreille :

« Crains d'offenser Vénus ; sa vengeance est terrible. »

Paphnuce dédaigneux des paroles légères sortit sans détourner la tête. Les propos de Nicias ne lui inspiraient que du mépris ; mais ce qu'il ne pouvait souffrir, c'est l'idée que son ami d'autrefois avait reçu les caresses de Thaïs. Il lui semblait que pécher avec cette femme, c'était pécher plus détestablement qu'avec toute autre. Il y trouvait une malice singulière, et Nicias lui était désormais en exécration. Il avait toujours haï l'impureté, mais certes les images de ce vice ne lui avaient jamais paru à ce point abominables; jamais il n'avait partagé d'un tel cœur la colère de Jésus-Christ et la tristesse des anges.

Il n'en éprouvait que plus d'ardeur à tirer Thaïs du milieu des gentils, et il lui tardait de voir la comédienne afin de la sauver. Toutefois, il lui fallait attendre, pour pénétrer chez cette femme, que la grande chaleur du jour fût tombée. Or, la matinée s'achevait à peine et Paphnuce allait par les voies populeuses. Il avait résolu de ne prendre aucune nourriture en cette journée afin d'être moins indigne des grâces qu'il demandait au Seigneur. À la grande tristesse de son âme, il n'osait entrer dans aucune des églises de la ville, parce qu'il les savait profanées par les ariens, qui y avaient renversé la table du Seigneur. En effet, ces hérétiques, soutenus par l'empereur d'Orient[1], avaient chassé le patriarche Athanase de son siège épiscopal, et ils remplissaient de trouble et de confusion les chrétiens d'Alexandrie.

Il marchait[a] donc à l'aventure, tantôt tenant ses regards fixés à terre par humilité, tantôt levant les yeux vers le ciel, comme en extase. Après avoir erré quelque temps, il se trouva sur un des quais de la ville. Le port artificiel[2] abritait devant lui d'innombrables navires aux sombres carènes, tandis que souriait au large, dans l'azur et l'argent, la mer perfide. Une galère, qui portait une Néréide à sa proue, venait de lever l'ancre. Les rameurs frappaient l'onde en chantant; déjà, la blanche fille des eaux, couverte de perles humides, ne laissait plus voir au moine qu'un fuyant profil : elle franchit, conduite par son pilote, l'étroit passage ouvert sur le bassin d'Eunostos et gagna la haute mer, laissant derrière elle un sillage fleuri.

« Et moi aussi, songeait Paphnuce, j'ai désiré jadis m'embarquer en chantant sur l'océan du monde.

Mais bientôt j'ai connu ma folie et la Néréide ne m'a point emporté. »

En rêvant de la sorte, il s'assit sur un tas de cordages et s'endormit. Pendant son sommeil, il eut une vision. Il lui sembla entendre le son d'une trompette éclatante et, le ciel étant devenu couleur de sang, il comprit que les temps étaient venus. Comme il priait Dieu avec une grande ferveur, il vit une bête énorme qui venait à lui, portant au front une croix de lumière, et il reconnut le Sphinx de Silsilé. La bête le saisit entre les dents sans lui faire de mal et l'emporta pendu à sa bouche comme les chattes ont accoutumé d'emporter leurs petits. Paphnuce parcourut ainsi plusieurs royaumes, traversant les fleuves et franchissant les montagnes, et il parvint en un lieu désolé, couvert de roches affreuses et de cendres chaudes. Le sol, déchiré en plusieurs endroits, laissait passer par ces bouches une haleine embrasée. La bête posa doucement Paphnuce à terre et lui dit :

« Regarde ! »

Et Paphnuce, se penchant sur le bord de l'abîme, vit un fleuve de feu qui roulait dans l'intérieur de la terre, entre un double escarpement de roches noires. Là, dans une lumière livide, des démons tourmentaient des âmes. Les âmes gardaient l'apparence des corps qui les avaient contenues, et même des lambeaux de vêtements y restaient attachés. Ces âmes semblaient paisibles au milieu des tourments. L'une d'elles, grande, blanche, les yeux clos, une bandelette au front, un sceptre à la main, chantait; sa voix remplissait d'harmonie le stérile rivage; elle disait les dieux et les héros. De petits diables verts lui perçaient les lèvres et la gorge avec des fers rouges. Et l'ombre *d'Homère* chantait encore. Non loin, le vieil Anaxagore, chauve et chenu, traçait au compas des figures sur la poussière. Un démon lui versait de l'huile bouillante dans l'oreille sans pouvoir interrompre la méditation du sage. Et le moine découvrit une foule de personnes qui, sur la sombre rive, le long du fleuve ardent, lisaient ou méditaient avec tranquillité, ou conversaient en se promenant, comme des maîtres et des disciples à l'ombre des platanes de l'Académie. Seul, le vieillard Timoclès se tenait à l'écart et secouait la tête comme un homme qui nie. Un ange de l'abîme agitait une torche sous ses yeux et Timoclès ne voulait voir ni l'ange ni la torche[1].

Muet de surprise à ce spectacle, Paphnuce se tourna vers la bête. Elle avait disparu, et le moine vit à la place du Sphinx une femme voilée, qui lui dit :

« Regarde et comprends : tel est l'entêtement de ces infidèles, qu'ils demeurent dans l'enfer victimes des illusions qui les séduisaient sur la terre. La mort ne les a pas désabusés, car il est bien clair qu'il ne suffit pas de mourir pour voir Dieu. Ceux-là, qui ignoraient la vérité parmi les hommes, l'ignoreront toujours. Les démons qui s'acharnent autour de ces âmes, qui sont-ils, sinon les formes de la justice divine ? C'est pourquoi ces âmes ne la voient ni ne la sentent. Étrangères à toute vérité, elles ne connaissent point leur propre condamnation, et Dieu même ne peut les contraindre à souffrir.

— Dieu peut tout, dit l'abbé d'Antinoé.

— Il ne peut l'absurde, répondit la femme voilée. Pour les punir, il faudrait les éclairer et, s'ils possédaient la vérité, ils seraient semblables aux élus. »

Cependant, Paphnuce, plein d'inquiétude et d'horreur, se penchait de nouveau sur le gouffre. Il venait de voir l'ombre de Nicias qui souriait, le front ceint de fleurs, sous des myrtes en cendre. Près de lui, Aspasie de Milet, élégamment serrée dans son manteau de laine, semblait parler tout ensemble d'amour et de philosophie, tant l'expression de son visage était à la fois douce et noble. La pluie de feu qui tombait sur eux leur était une rosée rafraîchissante, et leurs pieds foulaient, comme une herbe fine, le sol embrasé. À cette vue, Paphnuce fut saisi de fureur.

« Frappe, mon Dieu, s'écria-t-il, frappe ! c'est Nicias ! Qu'il pleure ! qu'il gémisse ! qu'il grince des dents !... Il a péché avec Thaïs ! »

Et Paphnuce se réveilla dans les bras d'un marin robuste comme Hercule qui le tirait sur le sable en criant :

« Paix ! paix ! l'ami. Par Protée, vieux pasteur de phoques ! tu dors avec agitation. Si je ne t'avais retenu, tu tombais dans l'Eunostos. Aussi vrai que ma mère vendait des poissons salés, je t'ai sauvé la vie.

— J'en remercie Dieu », répondit Paphnuce.

Et, s'étant mis debout, il marcha droit devant lui, méditant sur la vision qui avait traversé son sommeil.

« Cette vision, se dit-il, est manifestement mauvaise; elle offense la bonté divine, en représentant l'enfer comme dénué de réalité. Sans doute, elle vient du diable. »

Il raisonnait ainsi parce qu'il savait discerner les songes que Dieu envoie de ceux qui sont produits par les mauvais anges[1]. Un tel discernement est utile au solitaire qui vit sans cesse entouré d'apparitions; car, en fuyant les hommes, on est sûr de rencontrer les esprits. Les déserts sont peuplés de fantômes. Quand les pèlerins approchaient du château en ruine où s'était retiré le saint ermite Antoine, ils entendaient des clameurs comme il s'en élève aux carrefours des villes, dans les nuits de fête[2]. Et ces clameurs étaient poussées par les diables qui tentaient ce saint homme.

Paphnuce se rappela ce mémorable exemple. Il se rappela saint Jean d'Égypte[3] que, pendant soixante ans, le diable voulut séduire par des prestiges. Mais Jean déjouait les ruses de l'enfer. Un jour pourtant le démon, ayant pris le visage d'un homme, entra dans la grotte du vénérable Jean et lui dit : « Jean, tu prolongeras ton jeûne jusqu'à demain soir. » Et Jean, croyant entendre un ange, obéit à la voix du démon, et jeûna le lendemain, jusqu'à l'heure de vêpres. C'est la seule victoire que le prince des Ténèbres ait jamais remportée sur saint Jean l'Égyptien, et cette victoire est petite. C'est pourquoi il ne faut pas s'étonner si Paphnuce *reconnut* tout de suite *la fausseté* de la vision qu'il avait eue pendant son sommeil.

Tandis qu'il reprochait doucement à Dieu de l'avoir abandonné au pouvoir des démons, il se sentit poussé et entraîné[a] par une foule d'hommes qui couraient tous dans le même sens. Comme il avait perdu l'habitude de marcher par les villes, il était ballotté d'un passant à un autre, ainsi qu'une masse inerte; et, s'étant embarrassé dans les plis de sa tunique, il pensa tomber plusieurs fois. Désireux de savoir où allaient tous ces hommes, il demanda à l'un d'eux la cause de cet empressement.

« Étranger, ne sais-tu pas, lui répondit celui-ci, que les jeux vont commencer et que Thaïs paraîtra sur la scène ? Tous ces citoyens vont au théâtre, et j'y vais comme eux. Te plairait-il de m'y accompagner ? »

Découvrant tout à coup qu'il était convenable à son dessein de voir Thaïs dans les jeux, Paphnuce suivit l'étranger. Déjà, le théâtre[1] dressait devant eux son portique orné de masques éclatants, et sa vaste muraille ronde, peuplée d'innombrables statues. En suivant la foule, ils s'engagèrent dans un étroit corridor au bout duquel s'étendait l'amphithéâtre éblouissant de lumière. Ils prirent leur place sur un des rangs de gradins qui descendaient en escalier vers la scène, vide encore d'acteurs, mais décorée magnifiquement. La vue n'en était point cachée par un rideau, et l'on y remarquait un tertre semblable à ceux que les anciens peuples dédiaient aux ombres des héros. Ce tertre s'élevait au milieu d'un camp. Des faisceaux de lances étaient formés devant les tentes et des boucliers d'or pendaient à des mâts, parmi des rameaux de laurier et des couronnes de chêne. Là, tout était silence et sommeil. Mais un bourdonnement, semblable au bruit que font les abeilles dans la ruche, emplissait l'hémicycle chargé de spectateurs. Tous les visages, rougis par le reflet du voile de pourpre qui les couvrait de ses longs frissons, se tournaient, avec une expression d'attente curieuse, vers ce grand espace silencieux, rempli par un tombeau et des tentes. Les femmes riaient en mangeant des citrons, et les familiers des jeux s'interpellaient gaiement, d'un gradin à l'autre.

Paphnuce priait au-dedans de lui-même et se gardait des paroles vaines, mais son voisin commença à se plaindre du déclin du théâtre[2] :

« Autrefois, dit-il, d'habiles acteurs déclamaient sous le masque les vers d'Euripide et de Ménandre. Maintenant, on ne récite plus les drames, on les mime, et des divins spectacles dont Bacchus s'honora dans Athènes nous n'avons gardé que ce qu'un Barbare, un Scythe même peut comprendre : l'attitude et le geste. Le masque, dont l'embouchure, armée de lames de métal, enflait le son des voix, le cothurne qui élevait les personnages à la taille des dieux, la majesté tragique et le chant des beaux vers, tout cela s'en est allé. Des mimes, des ballerines, le visage nu, remplacent Paulus et Roscius[1]. Qu'eussent dit les Athéniens de Périclès, s'ils avaient vu une femme se montrer sur la scène ? Il est indécent qu'une femme paraisse en public. Nous sommes bien dégénérés pour le souffrir.

« Aussi vrai que je me nomme Dorion, la femme est l'ennemie de l'homme et la honte de la terre.

— Tu parles sagement, répondit Paphnuce, la femme est notre pire ennemie. Elle donne le plaisir et c'est en cela qu'elle est redoutable.

— Par les Dieux immobiles, s'écria Dorion, la femme apporte aux hommes non le plaisir, mais la tristesse, le trouble et les noirs soucis ! L'amour est la cause de nos maux les plus cuisants. Écoute, étranger : je suis allé dans ma jeunesse[a] à Trézène, en Argolide, et j'y ai vu un myrte[2] d'une grosseur prodigieuse, dont les feuilles étaient couvertes d'innombrables piqûres. Or, voici ce que rapportent les Trézéniens au sujet de ce myrte : la reine Phèdre, du temps qu'elle aimait Hippolyte, demeurait tout le jour languissamment couchée sous ce même arbre qu'on voit encore aujourd'hui. Dans son ennui mortel, ayant tiré l'épingle d'or qui retenait ses blonds cheveux, elle en perçait les feuilles de l'arbuste aux baies odorantes. Toutes les feuilles furent ainsi criblées de piqûres. Après avoir perdu l'innocent qu'elle poursuivait d'un amour incestueux, Phèdre, tu le sais, mourut misérablement. Elle s'enferma dans sa chambre nuptiale et se pendit par sa ceinture d'or à une cheville d'ivoire. Les dieux voulurent que le myrte, témoin d'une si cruelle misère, continuât à porter sur ses feuilles nouvelles des piqûres d'aiguille. J'ai cueilli une de ces feuilles; je l'ai placée au chevet de mon lit, afin d'être sans cesse averti par sa vue de ne point m'abandonner aux fureurs de l'amour et pour me confirmer dans la doctrine du divin Épicure, mon maître, qui enseigne que le désir est redoutable. Mais, à proprement parler, l'amour[b] est une maladie de foie et l'on n'est jamais sûr de ne pas tomber malade. »

Paphnuce demanda :

« Dorion, quels sont tes plaisirs ? »

Dorion répondit tristement :

« Je n'ai qu'un seul plaisir et je conviens qu'il n'est pas vif : c'est la méditation. Avec un mauvais estomac il n'en faut pas chercher d'autres[1]. »

Prenant avantage de ces dernières paroles, Paphnuce entreprit d'initier l'Épicurien aux joies spirituelles que procure la contemplation de Dieu. Il commença :

« Entends la vérité, Dorion, et reçois[a] la lumière. »

Comme il s'écriait de la sorte, il vit de toutes parts des têtes et des bras tournés vers lui, qui lui ordonnaient de se taire. Un grand silence s'était fait dans le théâtre et bientôt éclatèrent les sons d'une musique héroïque.

Les jeux commençaient. On voyait des soldats sortir des tentes et se préparer au départ quand, par un prodige effrayant, une nuée couvrit le sommet du tertre funéraire. Puis, cette nuée s'étant dissipée, l'ombre d'Achille[2] apparut, couverte d'une armure d'or. Étendant le bras vers les guerriers, elle semblait leur dire : « Quoi ! vous partez, enfants de Danaos; vous retournez dans la patrie que je ne verrai plus et vous laissez mon tombeau sans offrandes ? » Déjà, les principaux chefs des Grecs se pressaient au pied du tertre. Acanas, fils de Thésée, le vieux Nestor, Agamemnon, portant le sceptre et les bandelettes, contemplaient le prodige. Le jeune fils d'Achille, Pyrrhus, était prosterné dans la poussière. Ulysse, reconnaissable au bonnet d'où s'échappait sa chevelure bouclée, montrait par ses gestes qu'il approuvait l'ombre du héros. Il disputait avec Agamemnon et l'on devinait leurs paroles :

« Achille, disait le roi d'Ithaque, est digne d'être honoré parmi nous, lui qui mourut glorieusement pour l'Hellas[b]. Il demande que la fille de Priam, la vierge Polyxène, soit immolée sur sa tombe. Danaens, contentez les mânes du héros, et que le fils de Pélée se réjouisse dans l'Hadès. »

Mais le roi des rois répondait :

« Épargnons les vierges troyennes que nous avons

arrachées aux autels. Assez de maux ont fondu sur la race illustre de Priam. »

Il parlait ainsi parce qu'il partageait la couche de la sœur de Polyxène, et le sage Ulysse lui reprochait de préférer le lit de Cassandre à la lance d'Achille.

Tous les Grecs l'approuvèrent avec un grand bruit d'armes entrechoquées. La mort de Polyxène fut résolue et l'ombre apaisée d'Achille s'évanouit. La musique, tantôt furieuse et tantôt plaintive, suivait la pensée des personnages. L'assistance éclata en applaudissements.

Paphnuce, qui rapportait tout à la vérité divine, murmura :

« Ô lumières et ténèbres répandues sur les gentils ! De tels sacrifices, parmi les nations, annonçaient et figuraient grossièrement le sacrifice salutaire du fils de Dieu.

— Toutes les religions[a] enfantent des crimes[1], répliqua l'Épicurien. Par bonheur, un Grec divinement sage vint affranchir les hommes des vaines terreurs de l'inconnu... »

Cependant Hécube, ses blancs cheveux épars, sa robe en lambeaux, sortait de la tente où elle était captive. Ce fut un long soupir quand on vit paraître cette parfaite image du malheur. Hécube, avertie par un songe prophétique, gémissait sur sa fille et sur elle-même. Ulysse était déjà près d'elle et lui demandait Polyxène. La vieille mère s'arrachait les cheveux, se déchirait les joues avec les ongles et baisait les mains de cet homme cruel qui, gardant son impitoyable douceur, semblait dire :

« Sois sage, Hécube, et cède à la nécessité. Il y a aussi[b] dans nos maisons de *vieilles* mères qui pleurent *leurs enfants* endormis à jamais sous les pins de l'Ida. »

Et Cassandre, reine autrefois de la florissante Asie, maintenant esclave, souillait de poussière sa tête infortunée.

Mais voici que, soulevant la toile de la tente, se montre la vierge Polyxène. Un frémissement unanime agita les spectateurs. Ils avaient reconnu Thaïs. Paphnuce la revit[c], celle-là qu'il venait chercher. De son bras blanc, elle retenait au-dessus de sa tête la lourde toile. Immobile, semblable à une belle statue, mais promenant autour d'elle le paisible regard de ses yeux de violette, douce et fière, elle donnait à tous le frisson tragique de la beauté.

Un murmure de louange s'éleva, et Paphnuce, l'âme agitée, contenant son cœur avec ses mains, soupira :

« Pourquoi donc[a], ô mon Dieu, donnes-tu ce pouvoir à une de tes créatures ? »

Dorion, plus paisible, disait :

« Certes, les atomes qui s'associent pour composer cette femme présentent une combinaison agréable à l'œil. Ce n'est qu'un jeu de la nature et ces atomes ne savent ce qu'ils font. Ils se sépareront un jour avec la même indifférence qu'ils se sont unis. Où sont maintenant les atomes qui formèrent Laïs ou Cléopâtre ? Je n'en disconviens pas : les femmes sont quelquefois belles, mais elles sont soumises à de fâcheuses disgrâces et à des incommodités dégoûtantes[1]. C'est à quoi songent les esprits méditatifs, tandis que le vulgaire des hommes n'y fait point attention. Et les femmes inspirent l'amour, bien qu'il soit déraisonnable de les aimer. »

Ainsi, le philosophe et l'ascète contemplaient Thaïs et suivaient leur pensée. Ils n'avaient vu ni l'un ni l'autre Hécube[b], tournée vers sa fille, lui dire par ses gestes :

« Essaie de fléchir le cruel Ulysse. Fais parler tes larmes, ta beauté, ta jeunesse ! »

Thaïs, ou plutôt Polyxène elle-même, laissa retomber la toile de la tente. Elle fit un pas, et tous les cœurs furent domptés. Et quand, d'une démarche noble et légère, elle s'avança vers Ulysse, le rythme de ses mouvements, qu'accompagnait le son des flûtes, faisait songer à tout un ordre de choses heureuses, et il semblait qu'elle fût le centre divin des harmonies du monde. On ne voyait plus qu'elle, et tout le reste était perdu dans son rayonnement. Pourtant, l'action continuait.

Le prudent fils de Laërte[c] détournait la tête et cachait sa main sous son manteau, afin d'éviter les regards, les baisers de la suppliante. La vierge lui fit signe de ne plus craindre. Ses regards tranquilles disaient :

« Ulysse, je te suivrai pour obéir à la nécessité et parce que je veux mourir. Fille de Priam et sœur d'Hector, ma couche, autrefois jugée digne des rois, ne recevra pas un maître étranger. Je renonce librement à la lumière du jour. »

Hécube, inerte dans la poussière, se releva soudain et s'attacha à sa fille d'une étreinte désespérée. Polyxène dénoua avec une douceur résolue les vieux bras qui la liaient. On croyait l'entendre :

« Mère, ne t'expose pas aux outrages du maître. N'attends pas[a] que, t'arrachant à moi, il te traîne indignement. Plutôt, mère bien-aimée, tends-moi cette main ridée et approche tes joues creuses de mes lèvres. »

La douleur était belle sur le visage de Thaïs ; la foule se montrait reconnaissante à cette femme de revêtir ainsi d'une grâce surhumaine les formes et les travaux de la vie, et Paphnuce, lui pardonnant sa splendeur présente en vue de son humilité prochaine, se glorifait[b] par avance de la sainte qu'il allait donner au ciel.

Le spectacle touchait au dénouement. Hécube tomba comme morte et Polyxène, conduite par Ulysse, s'avança vers le tombeau qu'entourait l'élite des guerriers. Elle gravit, au bruit des chants de deuil, le tertre funéraire au sommet duquel le fils d'Achille faisait, dans une coupe d'or, des libations aux mânes du héros. Quand les sacrificateurs levèrent les bras pour la saisir, elle fit signe qu'elle voulait mourir libre, comme il convenait à la fille de tant de rois. Puis, déchirant sa tunique, elle montra la place de son cœur. Pyrrhus y plongea son glaive en détournant la tête, et, *par un habile* artifice, le sang jaillit à *flots de la* poitrine éblouissante de la vierge qui, la tête renversée et les yeux nageant dans l'horreur de la mort, tomba avec décence.

Cependant que les guerriers voilaient la victime et la couvraient de lis et d'anémones, des cris d'effroi et des sanglots déchiraient l'air, et Paphnuce, soulevé sur son banc, prophétisait d'une voix retentissante :

« Gentils[c], vils adorateurs des démons ! Et vous, ariens plus infâmes que les idolâtres, instruisez-vous ! Ce que vous venez de voir est une image et un symbole. Cette fable renferme un sens mystique et bientôt la femme que vous voyez là sera immolée, hostie bienheureuse, au Dieu ressuscité ! »

Déjà, la foule s'écoulait en flots sombres dans les vomitoires. L'abbé d'Antinoé, échappant à Dorion surpris, gagna la sortie en prophétisant encore.

Une heure après[a], il frappait à la porte de Thaïs.

La comédienne alors, dans le riche quartier de Racotis[1], près du tombeau d'Alexandre, habitait une maison entourée de jardins ombreux, dans lesquels s'élevaient des rochers artificiels et coulait un ruisseau bordé de peupliers. Une vieille esclave noire, chargée d'anneaux, vint lui ouvrir la porte et lui demanda ce qu'il voulait.

« Je veux voir Thaïs, répondit-il. Dieu m'est témoin que je ne suis venu ici que pour la voir. »

Comme il portait une riche tunique et qu'il parlait impérieusement, l'esclave le fit entrer.

« Tu trouveras Thaïs, dit-elle, dans la grotte des Nymphes. »

II

LE PAPYRUS[2]

Thaïs était née de parents libres et pauvres, adonnés à l'idolâtrie. Du temps qu'elle était petite, son père gouvernait, à Alexandrie, proche la porte de la Lune[3], un cabaret que fréquentaient les matelots. Certains souvenirs vifs et détachés lui restaient de sa première enfance. Elle revoyait son père assis à l'angle du foyer, les jambes croisées, grand, redoutable et tranquille, tel qu'un de ces vieux Pharaons que célèbrent les complaintes chantées par les aveugles dans les carrefours. Elle revoyait aussi sa maigre et triste mère[b], errant comme un chat affamé dans la maison, qu'elle emplissait des éclats de sa voix aigre et des lueurs de ses yeux de phosphore. On contait dans le faubourg qu'elle était magicienne et qu'elle se changeait en chouette, la nuit[4], pour rejoindre ses amants. On mentait : Thaïs savait bien, pour l'avoir souvent épiée, que sa mère ne se livrait point aux arts magiques, mais que, dévorée d'avarice, elle comptait toute la nuit le gain de la journée. Ce père inerte et cette mère avide la laissaient chercher sa vie comme les bêtes de la basse-cour. Aussi était-elle devenue très habile à tirer une à une les oboles de la ceinture des matelots ivres, en les amusant par des chansons naïves et par des paroles infâmes dont elle ignorait le sens. Elle passait de genoux en genoux dans la salle imprégnée de l'odeur des boissons fermentées et des outres résineuses; puis, les joues poissées de bière et piquées par les barbes rudes, elle s'échappait, serrant les oboles dans sa petite main, et courait acheter des gâteaux de miel à une vieille femme accroupie derrière ses paniers sous la porte de la Lune. C'était tous les jours les mêmes scènes : les matelots, contant leurs périls, quand l'Euros[1] ébranlait les algues sous-marines, puis jouant aux dés ou aux osselets, et demandant, en blasphémant les dieux, la meilleure bière de Cilicie[2].

Chaque nuit, l'enfant était réveillée par les rixes des buveurs. Les écailles d'huîtres, volant par-dessus les tables, fendaient les fronts, au milieu des hurlements furieux. Parfois, à la lueur des lampes fumeuses, elle voyait les couteaux briller et le sang jaillir.

Ses jeunes ans ne connaissaient la bonté humaine que par le doux Ahmès, en qui elle était humiliée. Ahmès, l'esclave de la maison, Nubien plus noir que la marmite qu'il écumait gravement, était bon comme une nuit de sommeil. Souvent, il prenait Thaïs sur ses genoux et il lui contait d'antiques récits où il y avait des souterrains pleins de trésors, construits pour des rois avares, qui mettaient à mort les maçons et les architectes. Il y avait aussi, dans ces contes, d'habiles voleurs qui épousaient des filles de rois et des courtisanes qui élevaient des pyramides. La petite Thaïs aimait Ahmès comme un père, comme une mère, comme une nourrice et comme un chien. Elle s'attachait au pagne de l'esclave et le suivait dans le cellier aux amphores et dans la basse-cour, parmi les poulets maigres et hérissés, tout en bec, en ongles et en plumes, qui voletaient mieux que des aiglons devant le couteau du cuisinier noir. Souvent, la nuit, sur la paille, au lieu de dormir, il construisait pour Thaïs des petits moulins à eau et des navires grands comme la main avec tous leurs agrès.

Accablé[a] de mauvais traitements par ses maîtres, il avait une oreille déchirée et le corps labouré de cicatrices. Pourtant, son visage gardait un air joyeux et paisible. Et personne[b] auprès de lui ne songeait à se demander d'où il tirait la consolation de son âme et l'apaisement de son cœur. Il était aussi simple qu'un enfant.

En accomplissant sa tâche grossière, il chantait d'une voix grêle des cantiques qui faisaient passer dans l'âme de l'enfant des frissons et des rêves. Il murmurait sur un ton grave et joyeux :

« Dis-nous, Marie, qu'as-tu vu là d'où tu viens ?

— J'ai vu le suaire et les linges, et les anges assis sur le tombeau.

Et j'ai vu la gloire du Ressuscité[1]*. »*

Elle lui demandait[c] :

« Père, pourquoi chantes-tu les anges assis sur le tombeau ? »

Et il lui répondait :

« Petite lumière de mes yeux, je chante les anges, parce que Jésus Notre-Seigneur est monté au ciel. »

Ahmès était chrétien. Il avait reçu le baptême, et on le nommait Théodore dans les banquets des fidèles, où il se rendait secrètement pendant le temps qui lui était laissé pour son sommeil.

En ces jours-là, l'Église subissait l'épreuve suprême. Par l'ordre de l'empereur, les basiliques étaient renversées, les livres saints brûlés, les vases sacrés et les chandeliers fondus. Dépouillés de leurs honneurs, les chrétiens n'attendaient que la mort[2]. La terreur régnait sur la communauté d'Alexandrie; les prisons regorgeaient de victimes. On contait avec effroi, parmi les fidèles, qu'en Syrie, en Arabie, en Mésopotamie, en Cappadoce, par tout l'empire, les fouets, les chevalets, les ongles de fer, la croix, les bêtes féroces déchiraient les pontifes et les vierges[3]. Alors Antoine, déjà célèbre par ses visions et ses solitudes, chef et prophète des croyants d'Égypte, fondit comme l'aigle, du haut de son rocher sauvage, sur la ville d'Alexandrie, et, volant d'église en église, embrasa de son feu la communauté tout entière. Invisible aux païens, il était présent à la fois dans toutes les assemblées des chrétiens, soufflant à chacun l'esprit de force et de prudence dont il était animé. La persécution s'exerçait avec une particulière rigueur sur les esclaves. Plusieurs d'entre eux, saisis d'épouvante, reniaient leur foi. D'autres, en plus grand nombre, s'enfuyaient au désert, espérant y vivre, soit dans la contemplation, soit dans le brigandage. Cependant, Ahmès fréquentait comme de coutume les assemblées, visitait les prisonniers, ensevelissait les martyrs et professait avec joie la religion du Christ. Témoin de ce zèle véritable, le grand Antoine, avant de retourner au désert, pressa l'esclave noir dans ses bras et lui donna le baiser de paix.

Quand Thaïs eut sept ans, Ahmès commença à lui parler de Dieu.

« Le bon Seigneur Dieu, lui dit-il, vivait dans le ciel comme un pharaon sous les tentes de son harem et sous les arbres de ses jardins. Il était l'ancien des anciens et plus vieux que le monde, et n'avait qu'un fils, le prince Jésus, qu'il aimait de tout son cœur et qui passait en beauté les vierges et les anges. Et le bon Seigneur Dieu dit au prince Jésus :

« " Quitte mon harem et mon palais, et mes dattiers et mes fontaines vives. Descends sur la terre pour le bien des hommes. Là, tu seras semblable à un petit enfant et tu vivras pauvre parmi les pauvres. La souffrance sera ton pain de chaque jour et tu pleureras avec tant d'abondance que tes larmes formeront des fleuves où l'esclave fatigué se baignera délicieusement. Va, mon fils ! "

« Le prince Jésus obéit au bon Seigneur et il vint sur la terre en un lieu nommé Bethléem de Juda. Et il se promenait dans les prés fleuris d'anémones, disant à ses compagnons :

« " Heureux ceux qui ont faim, car je les mènerai à la table de mon père ! Heureux ceux qui ont soif, car ils boiront aux fontaines du ciel ! Heureux ceux qui pleurent, car j'essuierai leurs yeux avec des voiles plus fins que ceux des princesses syriennes. "

« C'est pourquoi[a] les pauvres l'aimaient et croyaient en lui. Mais les riches le haïssaient, redoutant qu'il n'élevât les pauvres au-dessus d'eux. En ce temps-là, Cléopâtre et César étaient puissants sur la terre. Ils haïssaient tous deux Jésus et ils ordonnèrent aux juges et aux prêtres de le faire mourir. Pour obéir à la reine d'Égypte, les princes de Syrie dressèrent une croix sur une haute montagne et ils firent mourir Jésus sur cette croix. Mais des femmes lavèrent le corps et l'ensevelirent, et le prince Jésus, ayant brisé le couvercle de son tombeau, remonta vers le bon Seigneur son père.

« Et depuis ce temps-là, tous ceux qui meurent en lui vont au ciel.

« Le Seigneur Dieu, ouvrant les bras, leur dit :

« " Soyez les bienvenus, puisque vous aimez le prince mon fils. Prenez un bain, puis mangez. "

« Ils prendront leur bain au son d'une belle musique et, tout le long de leur repas, ils verront des danses d'almées et ils entendront des conteurs dont les récits ne finiront point. Le bon Seigneur Dieu les tiendra plus chers que la lumière de ses yeux, puisqu'ils seront ses hôtes, et ils auront dans leur partage les tapis de son caravansérail et les grenades de ses jardins. »

Ahmès parla plusieurs fois de la sorte et c'est ainsi que Thaïs connut la vérité. Elle admirait et disait :

« Je voudrais bien manger les grenades du bon Seigneur. »

Ahmès lui répondait :

« Ceux-là seuls qui sont baptisés en Jésus goûteront les fruits du ciel. »

Et Thaïs demandait à être baptisée. Voyant par là qu'elle espérait en Jésus, l'esclave résolut de l'instruire plus profondément, afin qu'étant baptisée, elle entrât dans l'Église. Et il s'attacha étroitement à elle, comme à sa fille en esprit.

L'enfant, sans cesse repoussée par ses parents injustes, n'avait point de lit sous le toit paternel. Elle couchait dans un coin de l'étable parmi les animaux domestiques. C'est là que, chaque nuit, Ahmès allait la rejoindre en secret.

Il s'approchait doucement de la natte où elle

reposait, et puis s'asseyait sur ses talons, les jambes repliées, le buste droit, dans l'attitude héréditaire de toute sa race. Son corps et son visage, vêtus de noir, restaient perdus dans les ténèbres; seuls, ses grands yeux blancs brillaient, et il en sortait une lueur semblable à un rayon de l'aube à travers les fentes d'une porte. Il parlait d'une voix grêle et chantante, dont le nasillement léger avait la douceur triste des musiques qu'on entend le soir dans les rues. Parfois, le souffle d'un âne et le doux meuglement d'un bœuf accompagnaient, comme un chœur d'obscurs esprits, la voix de l'esclave qui disait l'Évangile. Ses paroles coulaient paisiblement dans l'ombre qui s'imprégnait de zèle, de grâce et d'espérance; et la néophyte, la main dans la main d'Ahmès, bercée par les sons monotones et voyant de vagues images, s'endormait calme et souriante, parmi les harmonies de la nuit obscure et des saints mystères, au regard d'une étoile qui clignait entre les solives de la crèche.

L'initiation dura toute une année, jusqu'à l'époque où les chrétiens célèbrent avec allégresse les fêtes pascales. Or, une nuit de la semaine glorieuse, Thaïs, qui sommeillait déjà sur sa natte dans la grange, se sentit soulevée par l'esclave dont le regard brillait d'une clarté nouvelle. Il était vêtu, non point, comme de coutume, d'un pagne en lambeaux, mais d'un long manteau blanc sous lequel il serra l'enfant en disant tout bas :

« Viens, mon âme ! viens, mes yeux ! viens, mon petit cœur ! viens revêtir les aubes du baptême. »

Et il emporta l'enfant pressée sur sa poitrine. Effrayée et curieuse, Thaïs, la tête hors du manteau, attachait ses bras au cou de son ami qui courait dans la nuit. Ils suivirent des ruelles noires; ils traversèrent le quartier des Juifs[1]; ils longèrent un cimetière où l'orfraie poussait son cri sinistre[2]. Ils passèrent, dans un carrefour, sous des croix auxquelles pendaient les corps des suppliciés et dont les bras étaient chargés de corbeaux qui claquaient du bec. Thaïs cacha sa tête dans la poitrine de l'esclave. Elle n'osa plus rien voir le reste du chemin. Tout à coup, il lui sembla qu'on la descendait sous terre. Quand elle rouvrit les yeux, elle se trouva dans un étroit caveau, éclairé par des torches de résine et dont les murs étaient peints de grandes figures droites qui semblaient s'animer sous la fumée des torches. On y voyait des hommes vêtus de longues tuniques et portant des palmes, au milieu d'agneaux, de colombes et de pampres.

Thaïs, parmi ces figures, reconnut Jésus[a] de Nazareth à ce que des anémones[1] fleurissaient à ses pieds. Au milieu de la salle, près d'une grande cuve de pierre remplie d'eau jusqu'au bord, se tenait un vieillard coiffé d'une mitre basse et vêtu d'une dalmatique écarlate[2], brodée d'or. De son maigre visage pendait une longue barbe. Il avait l'air humble et doux sous son riche costume. C'était l'évêque Vivantius, qui, prince exilé de l'Église de Cyrène, exerçait, pour vivre, le métier de tisserand et fabriquait de grossières étoffes de poil de chèvre. Deux pauvres enfants se tenaient debout à ses côtés. Tout proche, une vieille négresse présentait déployée une petite robe blanche. Ahmès, ayant posé l'enfant à terre, s'agenouilla devant l'évêque et dit :

« Mon père, voici la petite âme, la fille de mon âme. Je te l'amène afin que, selon ta promesse et s'il plaît à Ta Sérénité[3], tu lui donnes le baptême de vie. »

À ces mots, l'évêque, ayant ouvert les bras, laissa voir ses mains mutilées. Il avait eu les ongles arrachés en confessant la foi aux jours de l'épreuve. Thaïs eut peur et se jeta dans les bras d'Ahmès. Mais le prêtre la rassura par des paroles caressantes :

« Ne crains rien, petite bien-aimée. Tu as ici un père selon l'esprit, Ahmès, qu'on nomme Théodore parmi les vivants, et une douce mère dans la grâce, qui t'a préparé de ses mains une robe blanche. »

Et se tournant vers la négresse :

« Elle se nomme Nitida, ajouta-t-il; elle est esclave sur cette terre. Mais Jésus l'élèvera dans le ciel au rang de ses épouses. »

Puis il interrogea l'enfant néophyte :

« *Thaïs, crois-tu* en Dieu, le père tout-puissant, en son fils unique qui mourut pour *notre* salut et en tout ce qu'ont enseigné les apôtres ?

— Oui », répondirent ensemble le nègre et la négresse, qui se tenaient par la main.

Sur l'ordre de l'évêque, Nitida, agenouillée, dépouilla Thaïs de tous ses vêtements. L'enfant était nue, une amulette au cou. Le pontife[a] la plongea trois fois dans la cuve baptismale[1]. Les acolytes présentèrent l'huile avec laquelle Vivantius fit les onctions et le sel dont il posa un grain sur les lèvres de la catéchumène. Puis, ayant essuyé ce corps destiné, à travers tant d'épreuves, à la vie éternelle, l'esclave Nitida le revêtit de la robe blanche qu'elle avait tissée de ses mains.

L'évêque donna à tous le baiser de paix et, la cérémonie terminée, dépouilla ses ornements sacerdotaux.

Quand ils furent tous hors de la crypte, Ahmès dit[b] :

« Il faut nous réjouir en ce jour d'avoir donné une âme au bon Seigneur Dieu; allons dans la maison qu'habite Ta Sérénité, pasteur Vivantius, et livrons-nous à la joie tout le reste de la nuit.

— Tu as bien parlé, Théodore », répondit l'évêque.

Et il conduisit la petite troupe dans sa maison qui était toute proche. Elle se composait d'une seule chambre, meublée de deux métiers de tisserand, d'une table grossière et d'un tapis tout usé. Dès qu'ils y furent entrés :

« Nitida, cria le Nubien, apporte la poêle et la jarre d'huile, et faisons un bon repas. »

En parlant ainsi, il tira de dessous son manteau de petits poissons qu'il y tenait cachés. Puis, ayant allumé un grand feu, il les fit frire. Et tous, l'évêque, l'enfant, les deux jeunes garçons et les deux esclaves, s'étant assis en cercle sur le tapis, mangèrent les poissons en bénissant le Seigneur. Vivantius parlait du martyre qu'il avait souffert et annonçait le triomphe prochain de l'Église. Son langage était rude, mais plein de jeux de mots et de figures. Il comparait la vie des justes à un tissu de pourpre[2] et, pour expliquer le baptême, il disait :

« L'Esprit-Saint flotta sur les eaux, c'est pourquoi les chrétiens reçoivent le baptême de l'eau[3]. Mais les démons habitent aussi les ruisseaux; les fontaines consacrées aux nymphes sont redoutables et l'on voit que certaines eaux apportent diverses maladies de l'âme et du corps. »

Parfois, il s'exprimait par énigmes et il inspirait ainsi à l'enfant une profonde admiration. À la fin du repas, il offrit un peu de vin à ses hôtes dont les langues se délièrent et qui se mirent à chanter des complaintes et des cantiques. Ahmès et Nitida, s'étant levés, dansèrent une danse nubienne qu'ils avaient apprise enfants, et qui se dansait sans doute dans la tribu depuis les premiers âges du monde. C'était une danse amoureuse; agitant les bras et tout le corps balancé en cadence, ils feignaient tour à tour de se fuir et de se chercher. Ils roulaient de gros yeux et montraient dans un sourire des dents étincelantes.

C'est ainsi que Thaïs reçut le saint baptême[a].

Elle aimait les amusements et, à mesure qu'elle grandissait, de vagues désirs naissaient en elle. Elle dansait et chantait tout le jour des rondes avec les enfants errants dans les rues, et elle regagnait, à la nuit, la maison de son père, en chantonnant encore :

« Torti tortu, pourquoi gardes-tu la maison ?
— Je dévide la laine et le fil de Milet.
— Torti tortu, comment ton fils a-t-il péri ?
— Du haut des chevaux blancs il tomba dans la mer. »

Maintenant[b], elle préférait à la compagnie du doux Ahmès celle des garçons et des filles. Elle ne s'apercevait point que son ami était moins souvent auprès d'elle. La persécution s'étant ralentie, les assemblées des chrétiens devenaient plus régulières et le Nubien les fréquentait assidûment. Son zèle s'échauffait; de mystérieuses menaces s'échappaient parfois de ses lèvres. Il disait que les riches ne garderaient point leurs biens. Il allait dans les places publiques où les chrétiens d'une humble condition avaient coutume de se réunir et là, rassemblant les misérables étendus à l'ombre des vieux murs, il leur annonçait l'affranchissement des esclaves et le jour prochain de la justice.

« Dans le royaume de Dieu, disait-il, les esclaves boiront des vins frais et mangeront des fruits délicieux, tandis que les riches, couchés à leurs pieds comme des chiens, dévoreront les miettes de leur table. »

Ces propos ne restèrent point secrets; ils furent publiés dans le faubourg et les maîtres craignirent qu'Ahmès n'excitât les esclaves à la révolte. Le cabaretier en ressentit une rancune profonde qu'il dissimula soigneusement.

Un jour, une salière d'argent, réservée à la nappe des dieux, disparut du cabaret. Ahmès fut accusé de l'avoir volée, en haine de son maître et des dieux de l'empire. L'accusation était sans preuve et l'esclave la repoussait de toutes ses forces. Il n'en fut pas moins traîné devant le tribunal et, comme il passait pour un mauvais serviteur, le juge le condamna au dernier supplice.

« Tes mains, lui dit-il, dont tu n'as pas su faire un bon usage, seront clouées au poteau. »

Ahmès écouta paisiblement cet arrêt, salua le juge avec beaucoup de respect et fut conduit à la prison publique. Durant les trois jours qu'il y resta, il ne cessa de prêcher l'Évangile aux prisonniers et l'on a conté depuis que des criminels et le geôlier lui-même, touchés par ses paroles, avaient cru en Jésus crucifié.

On le conduisit à ce carrefour qu'une nuit, moins de deux ans auparavant, il avait traversé avec allégresse, portant dans son manteau blanc la petite Thaïs, la fille de son âme, sa fleur bien-aimée. Attaché sur la croix, les mains clouées, il ne poussa pas une plainte; seulement il soupira à plusieurs reprises : « J'ai soif ! »

Son supplice dura trois jours et trois nuits. On n'aurait pas cru la chair humaine capable d'endurer une si longue torture. Plusieurs fois, on pensa qu'il était mort; les mouches dévoraient la cire de ses paupières; mais tout à coup il rouvrait ses yeux sanglants. Le matin du quatrième jour, il chanta d'une voix plus pure que la voix des enfants :

« Dis-nous, Marie, qu'as-tu vu là d'où tu viens ? »

Puis il sourit, et dit :

« Les voici, les anges du bon Seigneur ! Ils m'apportent du vin et des fruits. Qu'il est frais, le battement de leurs ailes ! »

Et il expira.

Son visage conservait dans la mort l'expression de

l'extase bienheureuse. Les soldats qui gardaient le gibet furent saisis d'admiration. Vivantius, accompagné de quelques-uns de ses frères chrétiens, vint réclamer le corps pour l'ensevelir parmi les reliques des martyrs, dans la crypte de Saint-Jean-le-Baptiste. Et l'Église garda la mémoire vénérée de saint Théodore le Nubien[1].

Trois ans plus tard, Constantin, vainqueur de Maxence, publia un édit[2] par lequel il assurait la paix aux chrétiens, et désormais les fidèles ne furent plus persécutés que par les hérétiques.

Thaïs achevait sa onzième année, quand son ami mourut dans les tourments. Elle en ressentit une tristesse et une épouvante invincibles. Elle n'avait pas l'âme assez pure pour comprendre que l'esclave Ahmès, par sa vie et sa mort[a], était un bienheureux. Cette idée germa dans sa petite âme, qu'il n'est possible d'être bon en ce monde qu'au prix des plus affreuses souffrances. Et elle craignit d'être bonne, car sa chair délicate redoutait la douleur.

Elle se donna avant l'âge à des jeunes garçons du port et elle suivit les vieillards qui errent le soir dans les faubourgs; et avec ce qu'elle recevait d'eux, elle achetait des gâteaux et des parures.

Comme elle ne rapportait à la maison rien de ce qu'elle avait gagné, sa mère l'accablait de mauvais traitements. Pour éviter les coups, elle courait pieds nus jusqu'aux remparts de la ville et se cachait avec les lézards dans les fentes des pierres. Là, elle songeait, pleine d'envie, aux femmes qu'elle voyait passer, richement parées, dans leur litière entourée d'esclaves.

Un jour que, frappée plus rudement que de coutume, elle se tenait accroupie devant la porte, dans une immobilité farouche, une vieille femme s'arrêta devant elle, la considéra quelques instants en silence, puis s'écria :

« Ô la jolie fleur, la belle enfant ! Heureux le père qui t'engendra et la mère qui te mit au monde. »

Thaïs restait muette et tenait ses regards fixés vers la terre. Ses paupières étaient rouges et l'on voyait qu'elle avait pleuré.

« Ma violette blanche, reprit la vieille, ta mère n'est-elle pas heureuse d'avoir nourri une petite déesse telle que toi, et ton père, en te voyant, ne se réjouit-il pas dans le fond de son cœur ? »

Alors l'enfant, comme se parlant à elle-même :

« Mon père est une outre gonflée de vin et ma mère une sangsue avide. »

La vieille regarda à droite et à gauche si on ne la voyait pas. Puis, d'une voix caressante :

« Douce hyacinthe fleurie, belle buveuse de lumière, viens avec moi et tu n'auras, pour vivre, qu'à danser et à sourire. Je te nourrirai de gâteaux de miel, et mon fils, mon propre fils t'aimera comme ses yeux. Il est beau, mon fils, il est jeune ; il n'a au menton qu'une barbe légère ; sa peau est douce, et c'est, comme on dit, un petit cochon d'Acharné[1]. »

Thaïs répondit :

« Je veux bien aller avec toi. »

Et, s'étant levée, elle suivit la vieille hors de la ville.

Cette femme, nommée Mœroé[2], conduisait de pays en pays des filles et des jeunes garçons qu'elle instruisait dans la danse et qu'elle louait ensuite aux riches pour paraître dans les festins.

Devinant que Thaïs deviendrait bientôt la plus belle des femmes, elle lui apprit, à coups de fouet, la musique et la prosodie, et elle flagellait avec des lanières de cuir ces jambes divines, quand elles ne se levaient pas en mesure au son de la cithare. Son fils, avorton décrépit, sans âge et sans sexe, accablait de mauvais traitements cette enfant en qui il poursuivait de sa haine la race entière des femmes. Rival des ballerines, dont il affectait la grâce, il enseignait à Thaïs l'art de feindre, dans les pantomimes, par l'expression du visage, le geste et l'attitude, tous les sentiments humains et surtout les passions de l'amour. Il lui donnait avec dégoût les conseils d'un maître habile ; mais, jaloux de son élève, il lui griffait les joues, lui pinçait le bras ou la venait piquer par-derrière avec un poinçon, à la manière des filles méchantes, dès qu'il s'apercevait trop vivement qu'elle était née pour la volupté des hommes. Grâce à ces leçons, elle devint en peu de temps musicienne, mime et danseuse excellente. La méchanceté de ses maîtres ne la surprenait point et il lui semblait naturel d'être indignement traitée. Elle éprouvait même quelque respect pour cette vieille femme qui savait la musique et buvait du vin grec. Mœroé, s'étant arrêtée à Antioche[1], loua son élève comme danseuse et comme joueuse de flûte aux riches négociants de la ville qui donnaient des festins. Thaïs dansa et plut. Les plus gros banquiers l'emmenaient, au sortir de table, dans les bosquets de l'Oronte. Elle se donnait à tous, ne sachant pas le prix de l'amour. Mais une nuit qu'elle avait dansé devant les jeunes hommes les plus élégants de la ville, le fils du proconsul s'approcha d'elle, tout brillant de jeunesse et de volupté, et lui dit d'une voix qui semblait mouillée de baisers :

« Que ne suis-je, Thaïs, la couronne qui ceint ta chevelure, la tunique qui presse ton corps charmant, la sandale de ton beau pied ! Mais je veux que tu me foules à tes pieds comme une sandale; je veux que mes caresses soient ta tunique et ta couronne. Viens, belle enfant, viens dans ma maison et oublions l'univers. »

Elle le regarda tandis qu'il parlait et elle vit qu'il était beau. Soudain, elle sentit la sueur qui lui glaçait le front; elle devint verte comme l'herbe; elle chancela; un nuage descendit sur ses paupières. Il la priait encore. Mais elle refusa de le suivre. En vain, il lui jeta des regards ardents, des paroles enflammées, et quand il la prit dans ses bras en s'efforçant de l'entraîner, elle le repoussa avec rudesse. Alors, il se fit suppliant et lui montra ses larmes. Sous l'empire d'une force nouvelle, inconnue, invincible, elle résista.

« Quelle folie ! disaient les convives. Lollius est noble; il est beau, il est riche, et voici qu'une joueuse de flûte le dédaigne ! »

Lollius rentra seul dans sa maison et la nuit l'embrasa tout entier d'amour. Il vint dès le matin, pâle et les yeux rouges, suspendre des fleurs à la porte de la joueuse de flûte. Cependant, Thaïs, saisie de trouble et d'effroi, fuyait Lollius et le voyait sans cesse au-dedans d'elle-même. Elle souffrait et ne connaissait pas son mal. Elle se demandait pourquoi elle était ainsi changée et d'où lui venait sa mélancolie. Elle repoussait tous ses amants : ils lui faisaient horreur. Elle ne voulait plus voir la lumière et restait tout le jour couchée sur son lit, sanglotant la tête dans les coussins. Lollius, ayant su forcer la porte de Thaïs, vint plusieurs fois supplier et maudire cette méchante enfant. Elle restait devant lui craintive comme une vierge et répétait :

« Je ne veux pas ! Je ne veux pas ! »

Puis, au bout de quinze jours, s'étant donnée à lui, elle connut qu'elle l'aimait; elle le suivit dans sa maison et ne le quitta plus. Ce fut une vie délicieuse. Ils passaient tout le jour enfermés, les yeux dans les yeux, se disant l'un à l'autre des paroles qu'on ne dit qu'aux enfants. Le soir, ils se promenaient sur les bords solitaires de l'Oronte et se perdaient dans les bois de lauriers. Parfois, ils se levaient dès l'aube pour aller cueillir des jacinthes sur les pentes du Silpicus. Ils buvaient dans la même coupe, et, quand elle portait un grain de raisin à sa bouche, il le lui prenait entre les lèvres avec ses dents.

Mœroé vint chez Lollius réclamer Thaïs à grands cris :

« C'est ma fille, disait-elle, ma fille qu'on m'arrache, ma fleur parfumée, mes petites entrailles !... »

Lollius la renvoya avec une grosse somme d'argent. Mais, comme elle revint demandant encore quelques staters d'or, le jeune homme[a] la fit mettre en prison, et les magistrats ayant découvert plusieurs crimes dont elle s'était rendue coupable, elle fut condamnée à mort et livrée aux bêtes.

Thaïs aimait Lollius avec toutes les fureurs de l'imagination et toutes les surprises de l'innocence. Elle lui disait dans toute la vérité de son cœur :

« Je n'ai jamais été qu'à toi. »

Lollius lui répondait :

« *Tu ne* ressembles à aucune autre femme. »

Le charme dura six mois et se rompit en un jour. Soudainement, Thaïs se sentit vide et seule. Elle ne reconnaissait plus Lollius; elle songeait :

« Qui me l'a ainsi changé en un instant ? Comment se fait-il qu'il ressemble désormais à tous les autres hommes et qu'il ne ressemble plus à lui-même ? »

Elle le quitta, non sans un secret désir de chercher Lollius en un autre, puisqu'elle ne le retrouvait plus en lui. Elle songeait aussi que vivre avec un homme qu'elle n'aurait jamais aimé serait moins triste que de vivre avec un homme qu'elle n'aimait plus. Elle se montra, en compagnie de riches voluptueux, à ces fêtes sacrées où l'on voyait des chœurs de vierges nues dansant dans les temples et des troupes de courtisanes traversant l'Oronte à la nage. Elle prit sa part de tous les plaisirs qu'étalait la ville élégante et monstrueuse; surtout, elle fréquenta assidûment les théâtres, dans lesquels des mimes habiles, venus de tous les pays, paraissaient aux applaudissements d'une foule avide de spectacles.

Elle observait avec soin les mimes, les danseurs, les comédiens et particulièrement les femmes qui, dans les tragédies, représentaient les déesses amantes des jeunes hommes et les mortelles aimées des dieux. Ayant surpris les secrets par lesquels elles charmaient la foule, elle se dit que, plus belle, elle jouerait mieux encore. Elle alla trouver le chef des mimes et lui demanda d'être admise dans sa troupe. Grâce à sa beauté et aux leçons de la vieille Mœroé, elle fut accueillie et parut sur la scène dans le personnage de Dircé[1].

Elle plut médiocrement, parce qu'elle manquait d'expérience et aussi parce que les spectateurs n'étaient pas excités à l'admiration par un long bruit de louanges. Mais, après quelques mois d'obscurs débuts, la puissance de sa beauté éclata sur la scène avec une telle force, que la ville entière s'en émut. Tout Antioche s'étouffait au théâtre. Les magistrats impériaux et les premiers citoyens s'y rendaient, poussés par la force de l'opinion. Les portefaix, les balayeurs et les ouvriers du port se privaient d'ail et de pain pour payer leur place. Les poètes composaient des épigrammes en son honneur. Les philosophes barbus déclamaient contre elle dans les bains et dans les gymnases; sur le passage de sa litière, les prêtres des chrétiens détournaient la tête. Le seuil de sa maison était couronné de fleurs et arrosé de sang[2]. Elle recevait de ses amants de l'or, non plus compté, mais mesuré au médimne[3], et tous les trésors amassés par les vieillards économes venaient, comme des fleuves, se perdre à ses pieds. C'est pourquoi son âme était sereine. Elle se réjouissait dans un paisible orgueil de la faveur publique et de la bonté des dieux, et, tant aimée, elle s'aimait elle-même.

Après avoir joui pendant plusieurs années de l'admiration et de l'amour des Antiochiens, elle fut prise du désir de revoir Alexandrie et de montrer sa gloire à la ville dans laquelle, enfant, elle errait sous la misère et la honte, affamée et maigre comme une sauterelle au milieu d'un chemin poudreux. La ville d'or la reçut avec joie et la combla de nouvelles richesses. Quand elle parut dans les jeux, ce fut un triomphe. Il lui vint des admirateurs et des amants innombrables. Elles les accueillait indifféremment, car elle désespérait enfin de retrouver Lollius.

Elle reçut parmi tant d'autres le philosophe Nicias qui la désirait, bien qu'il fît profession de vivre sans désirs. Malgré sa richesse, il était intelligent et doux ; mais il ne la charma ni par la finesse de son esprit ni par la grâce de ses sentiments. Elle ne l'aimait pas et même elle s'irritait parfois de ses élégantes ironies. Il la blessait par son doute perpétuel. C'est qu'il ne croyait à rien et qu'elle croyait à tout. Elle croyait à la Providence divine, à la toute-puissance des mauvais esprits, aux sorts, aux conjurations, à la justice éternelle. Elle croyait en Jésus-Christ et en la bonne déesse des Syriens ; elle croyait encore que les chiennes aboient quand la sombre Hécate passe dans les carrefours et qu'une femme inspire l'amour en versant un philtre dans une coupe qu'enveloppe la toison sanglante d'une brebis[1]. Elle avait soif d'inconnu ; elle appelait des êtres sans nom et vivait dans une attente perpétuelle. L'avenir lui faisait peur et elle voulait le connaître. Elle s'entourait de prêtres d'Isis, de mages chaldéens, de pharmacopoles et de sorciers[2], *qui la trompaient* toujours et ne la lassaient jamais. Elle craignait la mort et la voyait partout. Quand elle cédait à la volupté, il lui semblait tout à coup qu'un doigt glacé touchait son épaule nue et, toute pâle, elle criait d'épouvante dans les bras qui la pressaient.

Nicias lui disait :

« Que notre destinée soit de descendre en cheveux blancs et les joues creuses dans la nuit éternelle, ou que ce jour même, qui rit maintenant dans le vaste ciel, soit notre dernier jour, qu'importe, ô ma Thaïs !

Goûtons la vie. Nous aurons beaucoup vécu si nous avons beaucoup senti. Il n'est pas d'autre intelligence que celle des sens : aimer c'est comprendre. Ce que nous ignorons n'est pas. À quoi bon nous tourmenter pour un néant ? »

Elle lui répondait avec colère :

« Je méprise ceux qui comme toi n'espèrent ni ne craignent rien. Je veux savoir ! Je veux savoir ! »

Pour connaître le secret de la vie, elle se mit à lire les livres des philosophes, mais elle ne les comprit pas. À mesure que les années de son enfance s'éloignaient d'elle, elle les rappelait dans son esprit plus volontiers. Elle aimait à parcourir, le soir, sous un déguisement, les ruelles, les chemins de ronde, les places publiques où elle avait misérablement grandi. Elle regrettait d'avoir perdu ses parents et surtout de n'avoir pu les aimer. Quand elle rencontrait des prêtres chrétiens, elle songeait à son baptême et se sentait troublée. Une nuit, qu'enveloppée d'un long manteau et ses blonds cheveux cachés sous un capuchon sombre, elle errait dans les faubourgs de la ville, elle se trouva, sans savoir comment elle y était venue, devant la pauvre église de Saint-Jean-le-Baptiste. Elle entendit qu'on chantait dans l'intérieur et vit une lumière éclatante qui glissait par les fentes de la porte. Il n'y avait là rien d'étrange, puisque depuis vingt ans les chrétiens, protégés par le vainqueur de Maxence, solennisaient publiquement leurs fêtes. Mais ces chants signifiaient un ardent appel aux âmes. Comme conviée aux mystères, la comédienne, poussant du bras la porte, entra dans la maison. Elle trouva là une nombreuse assemblée, des femmes, des enfants, des vieillards à genoux devant un tombeau adossé à la muraille. Ce tombeau n'était qu'une cuve de pierre grossièrement sculptée de pampres et de grappes de raisins; pourtant, il avait reçu de grands honneurs : il était couvert de palmes vertes et de couronnes de roses rouges. Tout autour, d'innombrables lumières étoilaient l'ombre dans laquelle la fumée des gommes d'Arabie semblait les plis des voiles des anges. Et l'on devinait sur les murs des figures pareilles à des visions du ciel. Des prêtres vêtus de blanc se tenaient prosternés au pied du sarcophage.

Les hymnes qu'ils chantaient avec le peuple exprimaient les délices de la souffrance et mêlaient, dans un deuil triomphal, tant d'allégresse à tant de douleur, que Thaïs, en les écoutant, sentait les voluptés de la vie et les affres de la mort couler à la fois dans ses sens renouvelés.

Quand ils eurent fini de chanter, les fidèles se levèrent pour aller baiser à la file la paroi du tombeau. C'étaient des hommes simples, accoutumés à travailler de leurs mains. Ils s'avançaient d'un pas lourd, l'œil fixe, la bouche pendante, avec un air de candeur. Ils s'agenouillaient, chacun à son tour, devant le sarcophage et y appuyaient leurs lèvres. Les femmes élevaient dans leurs bras les petits enfants et leur posaient doucement la joue contre la pierre.

Thaïs, surprise et troublée, demanda à un diacre pourquoi ils faisaient ainsi.

« Ne sais-tu pas, femme, lui répondit le diacre, que nous célébrons aujourd'hui la mémoire bienheureuse de saint Théodore le Nubien, qui souffrit pour la foi au temps de Dioclétien empereur ? Il vécut chaste et mourut martyr, c'est pourquoi, vêtus de blanc, nous portons des roses rouges à son tombeau glorieux. »

En entendant ces paroles, Thaïs tomba à genoux et fondit en larmes. Le souvenir à demi éteint d'Ahmès se ranimait dans son âme. Sur cette mémoire obscure, douce et douloureuse, l'éclat des cierges, le parfum des roses, les nuées de l'encens, l'harmonie des cantiques, la piété des âmes jetaient les charmes de la gloire. Thaïs songeait dans l'éblouissement :

« Il était humble et voici qu'il est grand et qu'il est beau ! Comment s'est-il élevé au-dessus des hommes ? Quelle est donc cette chose inconnue qui vaut mieux que la richesse et que la volupté ? »

Elle se leva lentement, tourna vers la tombe du saint qui l'avait aimée ses yeux de violette où brillaient des larmes à la clarté des cierges ; puis, la tête baissée, humble, lente, la dernière, de ses lèvres où tant de désirs s'étaient suspendus, elle baisa la pierre de l'esclave.

Rentrée dans sa maison, elle y trouva Nicias qui, la chevelure parfumée et la tunique déliée, l'attendait en lisant un traité de morale. Il s'avança vers elle les bras ouverts.

« Méchante Thaïs, lui dit-il d'une voix riante, tandis que tu tardais à venir, sais-tu ce que je voyais dans ce manuscrit dicté par le plus grave des stoïciens ? Des préceptes vertueux et de fières maximes ? Non ! Sur l'austère papyrus, je voyais danser mille et mille petites Thaïs. Elles avaient chacune la hauteur d'un doigt, et pourtant leur grâce était infinie et toutes étaient l'unique Thaïs. Il y en avait qui traînaient des manteaux de pourpre et d'or; d'autres, semblables à une nuée blanche, flottaient dans l'air sous des voiles diaphanes. D'autres encore, immobiles et divinement nues, pour mieux inspirer la volupté, n'exprimaient aucune pensée. Enfin, il y en avait deux qui se tenaient par la main, deux si pareilles, qu'il était impossible de les distinguer l'une de l'autre. Elles souriaient toutes deux. La première disait : " Je suis l'amour. " L'autre : " Je suis la mort[1]. " »

En parlant ainsi, il pressait Thaïs dans ses bras, et, ne voyant pas le regard farouche qu'elle fixait à terre, il ajoutait les pensées aux pensées, sans souci qu'elles fussent perdues :

« Oui, quand j'avais sous les yeux la ligne où il est écrit : " Rien ne doit te détourner de cultiver ton âme[2] ", je lisais : " Les baisers de Thaïs sont plus ardents que la flamme et plus doux que le miel. " Voilà comment, par ta faute, méchante enfant, un philosophe comprend aujourd'hui les livres des philosophes. Il est vrai que, tous tant que nous sommes, nous ne découvrons que notre propre pensée dans la pensée d'autrui, et que, tous, nous lisons un peu les livres comme je viens de lire celui-ci... »

Elle ne l'écoutait pas, et son âme était encore devant le tombeau du Nubien. Comme il l'entendit soupirer, il lui mit un baiser sur la nuque et lui dit :

« Ne sois pas triste, mon enfant. On n'est heureux au monde que quand on oublie le monde. Nous avons des secrets pour cela. Viens; trompons la vie : elle nous le rendra bien. Viens; aimons-nous. »

Mais elle le repoussa :

« Nous aimer ! s'écria-t-elle amèrement. Mais tu n'as jamais aimé personne, toi ! Et je ne t'aime pas !

Non, je ne t'aime pas ! Je te hais. Va-t'en ! Je te hais. J'exècre et je méprise tous les heureux et tous les riches. Va-t'en ! va-t'en !... Il n'y a de bonté que chez les malheureux. Quand j'étais enfant, j'ai connu un esclave noir qui est mort sur la croix. Il était bon; il était plein d'amour et il possédait le secret de la vie. Tu ne serais pas digne de lui laver les pieds. Va-t'en ! Je ne veux plus te voir. »

Elle s'étendit à plat ventre sur le tapis et passa la nuit à sangloter, formant le dessein de vivre désormais, comme saint Théodore, dans la pauvreté et dans la simplicité.

Dès le lendemain, elle se rejeta dans les plaisirs auxquels elle était vouée. Comme elle savait que sa beauté, encore intacte, ne durerait plus longtemps, elle se hâtait d'en tirer toute joie et toute gloire. Au théâtre, où elle se montrait avec plus d'étude que jamais, elle rendait vivantes les imaginations des sculpteurs, des peintres et des poètes. Reconnaissant dans les formes, dans les attitudes, dans les mouvements, dans la démarche de la comédienne une idée de la divine harmonie qui règle les mondes, savants et philosophes mettaient une grâce si parfaite au rang des vertus et disaient : « Elle aussi, Thaïs, est géomètre[1] ! » Les ignorants, les pauvres, les humbles, les timides, devant lesquels elle consentait à paraître, l'en bénissaient comme d'une charité céleste. Pourtant, elle était triste au milieu des louanges et, plus que jamais, elle craignait de mourir. Rien ne pouvait la distraire de son inquiétude, pas même sa maison et ses jardins, qui étaient célèbres et sur lesquels on faisait des proverbes dans la ville.

Elle avait fait planter des arbres apportés à grands frais de l'Inde et de la Perse. Une eau vive les arrosait en chantant et des colonnades en ruine, des rochers sauvages, imités par un habile architecte, étaient reflétés dans un lac où se miraient des statues. Au milieu du jardin, s'élevait la grotte des Nymphes[2], qui devait son nom à trois grandes figures de femmes, en marbre peint avec art, qu'on rencontrait dès le seuil. Ces femmes se dépouillaient de leurs vêtements pour prendre un bain. Inquiètes, elles tournaient la tête, craignant d'être vues, et elles semblaient vivantes.

La lumière ne parvenait dans cette retraite qu'à travers de minces nappes d'eau qui l'adoucissaient et l'irisaient. Aux parois pendaient de toutes parts, comme dans les grottes sacrées, des couronnes, des guirlandes et des tableaux votifs, dans lesquels la beauté de Thaïs était célébrée. Il s'y trouvait aussi des masques tragiques et des masques comiques revêtus de vives couleurs, des peintures représentant ou des scènes de théâtre, ou des figures grotesques, ou des animaux fabuleux. Au milieu, se dressait sur une stèle un petit Éros d'ivoire, d'un antique et merveilleux travail. C'était un don de Nicias. Une chèvre de marbre noir se tenait dans une excavation, et l'on voyait briller ses yeux d'agate. Six chevreaux d'albâtre se pressaient autour de ses mamelles; mais, soulevant ses pieds fourchus et sa tête camuse, elle semblait impatiente de grimper sur les rochers. Le sol était couvert de tapis de Byzance, d'oreillers brodés par les hommes jaunes de Cathay et de peaux de lions libyques. Des cassolettes d'or y fumaient imperceptiblement. Çà et là, au-dessus des grands vases d'onyx, s'élançaient des perséas fleuris. Et, tout au fond, dans l'ombre et dans la pourpre, luisaient des clous d'or sur l'écaille d'une tortue géante de l'Inde[1], qui, renversée, servait de lit à la comédienne. C'est là que chaque jour, au murmure des eaux, parmi les parfums et les fleurs, Thaïs, mollement couchée, attendait l'heure du souper en conversant avec ses amis ou en songeant seule, soit aux artifices du théâtre, soit à la fuite des années.

Or, ce jour-là, elle se reposait après les jeux dans la grotte des Nymphes. Elle épiait dans son miroir les premiers déclins de sa beauté et pensait avec épouvante que le temps viendrait enfin des cheveux blancs et des rides. En vain, elle cherchait à se rassurer, en se disant qu'il suffit, pour recouvrer la fraîcheur du teint, de brûler certaines herbes en prononçant des formules magiques. Une voix impitoyable lui criait : « Tu vieilliras, Thaïs, tu vieilliras ! » Et la sueur de l'épouvante lui glaçait le front. Puis, se regardant de nouveau dans le miroir avec une tendresse infinie, elle se trouvait belle encore et digne d'être aimée. Se souriant à elle-même, elle murmurait :

« Il n'y a pas dans Alexandrie une seule femme qui puisse lutter avec moi pour la souplesse de la taille, la grâce des mouvements et la magnificence des bras, et les bras, ô mon miroir, ce sont les vraies chaînes de l'amour ! »

Comme elle songeait ainsi, elle vit un inconnu debout devant elle, maigre, les yeux ardents, la barbe inculte et vêtu d'une robe richement brodée. Laissant tomber son miroir, elle poussa un cri d'effroi.

Paphnuce[a] se tenait immobile et, voyant combien elle était belle, il faisait du fond du cœur cette prière :

« Fais, ô mon Dieu, que le visage de cette femme, loin de me scandaliser, édifie ton serviteur. »

Puis s'efforçant de parler, il dit :

« Thaïs, j'habite une contrée lointaine et le renom de ta beauté m'a conduit jusqu'à toi. On rapporte que tu es la plus habile des comédiennes et la plus irrésistible des femmes. Ce que l'on conte de tes richesses et de tes amours semble fabuleux et rappelle l'antique Rhodopis[1], dont tous les bateliers du Nil savent par cœur l'histoire merveilleuse. C'est pourquoi j'ai été pris du désir de te connaître et je vois que la vérité passe la renommée. Tu es mille fois plus savante et plus belle qu'on ne le publie. Et maintenant que je te vois, je me dis : " Il est impossible d'approcher d'elle sans chanceler comme un homme ivre[b]. " »

Ces paroles étaient feintes; mais le moine, animé d'un zèle pieux, les répandait avec une ardeur véritable. Cependant, Thaïs regardait sans déplaisir cet être étrange qui lui avait fait peur. Par son aspect rude et sauvage, par le feu sombre qui chargeait ses regards, Paphnuce l'étonnait. Elle était curieuse de connaître l'état et la vie d'un homme si différent de tous ceux qu'elle connaissait. Elle lui répondit avec une douce raillerie :

« Tu sembles prompt à l'admiration, étranger. Prends garde que mes regards ne te consument jusqu'aux os ! Prends garde de m'aimer ! »

Il lui dit :

« Je t'aime, ô Thaïs ! Je t'aime plus que ma vie et plus que moi-même. Pour toi, j'ai quitté mon désert regrettable; pour toi, mes lèvres, vouées au silence, ont prononcé des paroles profanes; pour toi, j'ai vu ce que je ne devais pas voir, j'ai entendu ce qu'il m'était interdit d'entendre; pour toi, mon âme s'est troublée, mon cœur s'est ouvert et des pensées en ont jailli, semblables aux sources vives où boivent les colombes; pour toi, j'ai marché jour et nuit à travers des sables peuplés de larves et de vampires; pour toi, j'ai posé mon pied nu sur les vipères et les scorpions ! Oui, je t'aime ! Je t'aime, non point à l'exemple de ces hommes qui, tout enflammés du désir de la chair, viennent à toi comme des loups dévorants ou des taureaux furieux. Tu es chère à ceux-là comme la gazelle au lion. Leurs amours carnassières te dévorent jusqu'à l'âme, ô femme ! Moi, je t'aime en esprit et en vérité, je t'aime en Dieu et pour les siècles des siècles; ce que j'ai pour toi dans mon sein se nomme ardeur véritable et divine charité. Je te promets mieux qu'ivresse fleurie et que songes d'une nuit brève. Je te promets de saintes agapes et des noces célestes. La félicité que je t'apporte ne finira jamais; elle est inouïe; elle est ineffable et telle que, si les heureux de ce monde en pouvaient seulement entrevoir une ombre, ils mourraient aussitôt d'étonnement. »

Thaïs, riant d'un air mutin :

« Ami, dit-elle, montre-moi donc un si merveilleux amour. Hâte-toi ! de trop longs discours offenseraient ma beauté, ne perdons pas un moment. Je suis impatiente de connaître la félicité que tu m'annonces; mais, à vrai dire, je crains de l'ignorer toujours et que tout ce que tu me promets ne s'évanouisse en paroles. Il est plus facile de promettre un grand bonheur que de le donner. Chacun a son talent. Je crois que le tien est de discourir. Tu parles d'un amour inconnu. Depuis si longtemps qu'on se donne des baisers, il serait bien extraordinaire qu'il restât encore des secrets d'amour. Sur ce sujet, les amants en savent plus que les mages.

— Thaïs, ne raille point. Je t'apporte l'amour *inconnu*.

— Ami, tu viens *tard*. Je connais tous les amours.

— L'amour que je t'apporte est plein de gloire, tandis que les amours que tu connais n'enfantent que la honte. »

Thaïs le regarda d'un œil sombre; un pli dur traversait son petit front :

« Tu es bien hardi, étranger, d'offenser ton hôtesse. Regarde-moi et dis si je ressemble à une créature accablée d'opprobre. Non ! je n'ai pas honte, et toutes celles qui vivent comme je fais n'ont pas de honte non plus, bien qu'elles soient moins belles et moins riches que moi. J'ai semé la volupté sur tous mes pas, et c'est par là que je suis célèbre dans tout l'univers. J'ai plus de puissance que les maîtres du monde. Je les ai vus à mes pieds. Regarde-moi, regarde ces petits pieds : des milliers d'hommes paieraient de leur sang le bonheur de les baiser. Je ne suis pas bien grande et ne tiens pas beaucoup de place sur la terre. Pour ceux qui me voient du haut du Serapeum, quand je passe dans la rue, je ressemble à un grain de riz; mais ce grain de riz causa parmi les hommes des deuils, des désespoirs et des haines et des crimes à remplir le Tartare. N'es-tu pas fou de me parler de honte, quand tout crie la gloire autour de moi ?

— Ce qui est gloire aux yeux des hommes est infamie devant Dieu. Ô femme, nous avons été nourris dans des contrées si différentes, qu'il n'est pas surprenant que nous n'ayons ni le même langage ni la même pensée. Pourtant, le ciel m'est témoin que je veux m'accorder avec toi et que mon dessein est de ne pas te quitter que nous n'ayons les mêmes sentiments. Qui m'inspirera des discours embrasés pour que tu fondes comme la cire à mon souffle, ô femme, et que les doigts de mes désirs puissent te modeler à leur gré ? Quelle vertu te livrera à moi, ô la plus chère des âmes, afin que l'esprit qui m'anime, te créant une seconde fois, t'imprime une beauté nouvelle et que tu t'écries en pleurant de joie : " C'est seulement d'aujourd'hui que je suis née ! " Qui fera jaillir de mon cœur une fontaine de Siloé, dans laquelle tu retrouves, en te baignant, ta pureté première ? Qui me changera en un Jourdain, dont les ondes, répandues sur toi, te donneront la vie éternelle ? »

Thaïs n'était plus irritée.

« Cet homme, pensait-elle, parle de vie éternelle et tout ce qu'il dit semble écrit sur un talisman. Nul doute que ce ne soit un mage et qu'il n'ait des secrets contre la vieillesse et la mort. »

Et elle résolut de s'offrir à lui. C'est pourquoi, feignant de le craindre, elle s'éloigna de quelques pas et, gagnant le fond de la grotte, elle s'assit au bord du lit, ramena avec art sa tunique sur sa poitrine, puis, immobile, muette, les paupières baissées, elle attendit. Ses longs cils faisaient une ombre douce sur ses joues. Toute son attitude exprimait la pudeur; ses pieds nus se balançaient mollement et elle ressemblait à une enfant qui songe, assise au bord d'une rivière.

Mais Paphnuce la regardait[a] et ne bougeait pas. Ses genoux tremblants ne le portaient plus; sa langue s'était subitement desséchée dans sa bouche; un tumulte effrayant s'élevait dans sa tête. Tout à coup, son regard se voila et il ne vit plus devant lui qu'un nuage épais. Il pensa que la main de Jésus s'était posée sur ses yeux pour lui cacher cette femme. Rassuré par un tel secours, raffermi, fortifié, il dit avec une gravité digne d'un ancien du désert :

« Si tu te livres à moi, crois-tu donc être cachée à Dieu[1] ? »

Elle secoua la tête.

« Dieu ! Qui le force à toujours avoir l'œil sur la grotte des Nymphes ? Qu'il se retire si nous l'offensons ! Mais pourquoi l'offenserions-nous? Puisqu'il nous a créés, il ne peut être ni fâché ni surpris de nous voir tels qu'il nous a faits et agissant selon la nature qu'il nous a donnée. On parle beaucoup trop pour lui et on lui prête bien souvent des idées qu'il n'a jamais eues. Toi-même, étranger, connais-tu bien son véritable caractère ? Qui es-tu pour me parler en son nom ? »

À cette question, le moine, entrouvrant sa robe d'emprunt, montra son cilice et dit :

« Je suis Paphnuce, abbé d'Antinoé, et je viens du saint désert. La main qui retira Abraham de Chaldée et Loth de Sodome[2] m'a séparé du siècle. Je n'existais déjà plus pour les hommes. Mais ton *image m'est* apparue dans ma Jérusalem des sables et j'ai connu que *tu étais pleine* de corruption et qu'en toi était la mort. Et me voici devant *toi, femme*, comme devant un sépulcre et je te crie : “ Thaïs, lève-toi ! ” »

Aux noms de Paphnuce, de moine et d'abbé, elle avait pâli d'épouvante. Et la voilà qui, les cheveux épars, les mains jointes, pleurant et gémissant, se traîne aux pieds du saint :

« Ne me fais pas de mal ! Pourquoi es-tu venu ? que me veux-tu ? Ne me fais pas de mal ! Je sais que les saints du désert détestent les femmes qui, comme moi, sont faites pour plaire. J'ai peur que tu ne me haïsses et que tu ne veuilles me nuire[a]. Va ! je ne doute pas de ta puissance. Mais sache, Paphnuce, qu'il ne faut ni me mépriser ni me haïr. Je n'ai jamais, comme tant d'hommes que je fréquente, raillé ta pauvreté volontaire. À ton tour, ne me fais pas un crime de ma richesse. Je suis belle et habile aux jeux. Je n'ai pas plus choisi ma condition que ma nature. J'étais faite pour ce que je fais. Je suis née pour charmer les hommes. Et, toi-même, tout à l'heure, tu disais que tu m'aimais. N'use pas de ta science contre moi. Ne prononce pas des paroles magiques qui détruiraient ma beauté ou me changeraient en une statue de sel. Ne me fais pas peur ! je ne suis déjà que trop effrayée. Ne me fais pas mourir ! je crains tant la mort ! »

Il lui fit signe de se relever et dit :

« Enfant, rassure-toi. Je ne te jetterai pas l'opprobre et le mépris. Je viens à toi de la part de Celui qui, s'étant assis au bord du puits, but à l'urne que lui tendait la Samaritaine et qui, lorsqu'il soupait au logis de Simon, reçut les parfums de Marie. Je ne suis pas sans péché pour te jeter la première pierre. J'ai souvent mal employé les grâces abondantes que Dieu a répandues sur moi. Ce n'est pas la Colère, c'est la Pitié qui m'a pris par la main pour me conduire ici. J'ai pu sans mentir t'aborder avec des paroles d'amour, car c'est le zèle du cœur qui m'amène à toi. Je brûle du feu de la charité et, si tes yeux, accoutumés aux spectacles grossiers de la chair, pouvaient voir les choses sous leur aspect mystique, je t'apparaîtrais comme un rameau détaché de ce buisson ardent que le Seigneur montra sur la montagne à l'antique Moïse, pour lui faire comprendre le véritable amour, celui qui nous embrase sans nous consumer et qui, loin de laisser après lui des charbons et de vaines cendres, embaume et parfume pour l'éternité tout ce qu'il pénètre.

— Moine, je te crois et je ne crains plus de toi ni embûche ni maléfice. J'ai souvent entendu parler des solitaires de la Thébaïde. Ce que l'on m'a conté de la vie d'Antoine et de Paul est merveilleux. Ton nom ne m'était pas inconnu et l'on m'a dit que, jeune encore, tu égalais en vertu les plus vieux anachorètes. Dès que je t'ai vu, sans savoir qui tu étais, j'ai senti que tu n'étais pas un homme ordinaire. Dis-moi, pourras-tu pour moi ce que n'ont pu ni les prêtres d'Isis, ni ceux d'Hermès, ni ceux de la Junon céleste, ni les devins de Chaldée, ni les mages babyloniens ? Moine, si tu m'aimes, peux-tu m'empêcher de mourir ?

— Femme, celui-là[a] vivra qui veut vivre. Fuis les délices abominables où tu meurs à jamais. Arrache aux démons, qui le brûleraient horriblement, ce corps que Dieu pétrit de sa salive et anima de son souffle. Consumée de fatigue, viens te rafraîchir aux sources bénies de la solitude; viens boire à ces fontaines cachées dans le désert, qui jaillissent jusqu'au ciel. Âme anxieuse, viens posséder enfin ce que tu désirais ! Cœur avide de joie, viens goûter les joies véritables : la pauvreté, le renoncement, l'oubli de soi-même, l'abandon de tout l'être dans le sein de Dieu. Ennemie du Christ et demain sa bien-aimée, viens à lui. Viens ! toi qui cherchais, et tu diras : " J'ai trouvé l'amour ! " »

Cependant, Thaïs semblait contempler des choses lointaines :

« Moine, demanda-t-elle, si je renonce à mes plaisirs et si je fais pénitence, est-il vrai que je renaîtrai au ciel avec mon corps intact et dans toute sa beauté ?

— Thaïs, je t'apporte la vie éternelle. Crois-moi, car ce que j'annonce est la vérité.

— Et qui me garantit que c'est la vérité ?

— David et les prophètes, l'Écriture et les merveilles dont tu vas être témoin.

— Moine, je voudrais te croire. Car je t'avoue que je n'ai pas trouvé le bonheur en ce monde. Mon sort fut plus beau que celui d'une reine et cependant la vie m'a apporté bien des tristesses et bien des amertumes, et voici que je suis lasse infiniment. Toutes les femmes envient ma destinée, et il m'arrive parfois d'envier le sort de la vieille édentée qui, du temps que j'étais petite, vendait des gâteaux de miel sous une porte de la ville. C'est une idée qui m'est venue bien des fois, que seuls les pauvres sont bons, sont heureux, sont bénis, et qu'il y a une grande douceur à vivre humble et petit. Moine, tu as remué les ondes de mon âme et fait monter à la surface ce qui dormait au fond. Qui croire, hélas ! Et que devenir ? Et qu'est-ce que la vie ? »

Tandis qu'elle parlait de la sorte, Paphnuce était transfiguré; une joie céleste inondait son visage :

« Écoute, dit-il, je ne suis pas entré seul dans ta demeure. Un Autre m'accompagnait, un Autre qui se tient ici debout à mon côté. Celui-là, tu ne peux le voir, parce que tes yeux sont encore indignes de le contempler; mais bientôt tu le verras dans sa splendeur charmante, et tu diras : " Il est seul aimable ! " Tout à l'heure, s'il n'avait posé sa douce main sur mes yeux, ô Thaïs ! je serais peut-être tombé avec toi dans le péché, car je ne suis par moi-même que faiblesse et que trouble. Mais il nous a sauvés tous deux; il est aussi bon qu'il est puissant et son nom est Sauveur. Il a été promis au monde par David et la Sibylle[1], adoré dans son berceau par les bergers et les mages, crucifié par les Pharisiens, enseveli par les saintes femmes, révélé au monde par les apôtres, attesté par les martyrs. Et le voici qui, ayant appris que tu crains la mort, ô femme ! vient dans ta maison pour t'empêcher de mourir ! N'est-ce pas, ô mon Jésus ! que tu m'apparais en ce moment, comme tu apparus aux hommes de Galilée en ces jours merveilleux où les étoiles, descendues avec toi du ciel, *étaient si près* de la terre, que les Saints Innocents pouvaient les saisir dans leurs mains, quand ils jouaient aux bras de leurs mères, sur les terrasses de Bethléem ? N'est-ce pas, mon Jésus, que nous sommes en ta compagnie et que tu me montres la réalité de ton corps précieux ? N'est-ce pas que c'est là ton visage et que cette larme qui coule sur ta joue est une larme véritable ? Oui, l'ange de la justice éternelle la recueillera, et ce sera la rançon de l'âme de Thaïs. N'est-ce pas que te voilà, mon Jésus ? Mon Jésus, tes lèvres adorables s'entrouvrent. Tu peux parler : parle, je t'écoute. Et toi, Thaïs, heureuse Thaïs ! entends ce que le Sauveur vient lui-même te dire : c'est lui qui parle et non moi. Il dit : " Je t'ai cherchée longtemps, ô ma brebis égarée ! Je te trouve enfin ! Ne me fuis plus. Laisse-toi prendre par mes mains, pauvre petite, et je te porterai sur mes épaules jusqu'à la bergerie céleste. Viens, ma Thaïs, viens, mon élue, viens pleurer avec moi ! " »

Et Paphnuce tomba à genoux, les yeux pleins d'extase. Alors, Thaïs vit sur la face du saint le reflet de Jésus vivant.

« Ô jours envolés de mon enfance ! dit-elle en sanglotant. Ô mon doux père Ahmès ! bon saint Théodore, que ne suis-je morte dans ton manteau blanc tandis que tu m'emportais aux premières lueurs du matin, toute fraîche encore des eaux du baptême ! »

Paphnuce s'élança vers elle en s'écriant :

« Tu es baptisée !... Ô Sagesse divine ! ô Providence ! ô Dieu bon ! Je connais maintenant la puissance qui m'attirait vers toi. Je sais ce qui te rendait si chère et si belle à mes yeux. C'est la vertu des eaux baptismales qui m'a fait quitter l'ombre de Dieu où je vivais pour t'aller chercher dans l'air empoisonné du siècle. Une goutte, une goutte sans doute des eaux qui lavèrent ton corps a jailli sur mon front. Viens, ô ma sœur, et reçois de ton frère le baiser de paix. »

Et le moine effleura de ses lèvres le front de la courtisane.

Puis il se tut, laissant parler Dieu ; et l'on n'entendait plus, dans la grotte des Nymphes, que les sanglots de Thaïs mêlés au chant des eaux vives.

Elle pleurait sans essuyer ses larmes quand deux esclaves noires vinrent, chargées d'étoffes, de parfums et de guirlandes.

« Ce n'était guère à propos de pleurer, dit-elle en essayant de sourire. Les larmes rougissent les yeux et gâtent le teint. Je dois souper cette nuit chez des amis, et je veux être belle, car il y aura là des femmes pour épier la fatigue de mon visage. Ces esclaves viennent m'habiller. Retire-toi, mon père, et laisse-les faire. Elles sont adroites et expérimentées ; aussi les ai-je payées très cher. Vois celle-ci, qui a de gros anneaux d'or et qui montre des dents si blanches. Je l'ai enlevée à la femme du proconsul. »

Paphnuce eut d'abord la pensée de s'opposer de toutes ses forces à ce que Thaïs allât à ce souper. Mais, résolu d'agir prudemment, il lui demanda quelles personnes elle y rencontrerait.

Elle répondit qu'elle y verrait l'hôte du festin, le vieux Cotta, préfet de la flotte, Nicias et plusieurs autres philosophes avides de disputes, le poète Callicrate, le grand prêtre de Sérapis, des jeunes hommes riches occupés surtout à dresser des chevaux, enfin des femmes dont on ne saurait rien dire et qui n'avaient que l'avantage de la jeunesse. Alors, par une inspiration surnaturelle :

« Va parmi eux, Thaïs, dit le moine. Va ! Mais je ne te quitte pas. J'irai avec toi à ce festin et je me tiendrai sans rien dire à ton côté. »

Elle éclata de rire. Et, tandis que les deux esclaves noires s'empressaient autour d'elle, elle s'écria :

« Que diront-ils quand ils verront que j'ai pour amant un moine de la Thébaïde ? »

☆

Lorsque[a], suivie de Paphnuce, Thaïs entra dans la salle du banquet, les convives étaient déjà, pour la plupart, accoudés sur les lits, devant la table en fer à cheval, couverte d'une vaisselle étincelante[b]. Au centre de cette table s'élevait une vasque d'argent que surmontaient quatre satyres inclinant des outres d'où coulait sur des poissons *bouillis* une saumure dans *laquelle ils* nageaient. À la venue de Thaïs, les acclamations s'élevèrent de toutes parts.

« Salut à la sœur des Charites !

— Salut à la Melpomène silencieuse, dont les regards savent tout exprimer !

— Salut à la bien-aimée des dieux et des hommes !

— À la tant désirée !

— À celle qui donne la souffrance et la guérison !

— À la perle de Racotis !

— À la rose d'Alexandrie ! »

Elle attendit impatiemment que ce torrent de louanges eût coulé; et puis elle dit à Cotta, son hôte :

« Lucius, je t'amène un moine du désert, Paphnuce, abbé d'Antinoé; c'est un grand saint, dont les paroles brûlent comme du feu. »

Lucius Aurelius Cotta, préfet de la flotte, s'étant levé :

« Sois le bienvenu, Paphnuce, toi qui professes la foi chrétienne. Moi-même, j'ai quelque respect pour un culte désormais impérial. Le divin Constantin a placé tes coreligionnaires au premier rang des amis de l'empire. La sagesse latine devait en effet admettre ton Christ dans notre Panthéon. C'est une maxime de nos Pères qu'il y a en tout dieu quelque chose de divin. Mais laissons cela. Buvons et réjouissons-nous tandis qu'il en est temps encore. »

Le vieux Cotta parlait ainsi avec sérénité. Il venait d'étudier un nouveau modèle de galère et d'achever le sixième livre de son histoire des Carthaginois. Sûr de n'avoir pas perdu sa journée, il était content de lui et des dieux.

« Paphnuce, ajouta-t-il, tu vois ici plusieurs hommes dignes d'être aimés : Hermodore, grand prêtre de Sérapis, les philosophes Dorion, Nicias et Zénothémis, le poète Callicrate, le jeune Chéréas et le jeune Aristobule, tous deux fils d'un cher compagnon de ma jeunesse; et près d'eux Philinna avec Drosé[1], qu'il faut louer grandement d'être belles. »

Nicias vint embrasser Paphnuce et lui dit à l'oreille :

« Je t'avais bien averti, mon frère, que Vénus était puissante. C'est elle dont la douce violence t'a amené ici malgré toi. Écoute, tu es un homme rempli de piété; mais, si tu ne reconnais pas qu'elle est la mère des dieux, ta ruine est certaine. Sache que le vieux mathématicien Mélanthe a coutume de dire : " Je ne pourrais pas, sans l'aide de Vénus, démontrer les propriétés d'un triangle[2]. " »

Dorion, qui depuis quelques instants considérait le nouveau venu, soudain frappa des mains et poussa des cris d'admiration.

« C'est lui, mes amis ! Son regard, sa barbe, *sa* tunique : c'est lui-même ! Je l'ai rencontré au théâtre pendant que notre Thaïs montrait ses bras ingénieux.

Il s'agitait furieusement et je puis attester qu'il parlait avec violence. C'est un honnête homme : il va nous invectiver tous ; son éloquence est terrible. Si Marcus est le Platon des chrétiens[1], Paphnuce est leur Démosthène. Épicure, dans son petit jardin[2], n'entendit jamais rien de pareil. »

Cependant Philinna et Drosé dévoraient Thaïs des yeux. Elle portait dans ses cheveux blonds une couronne de violettes pâles dont chaque fleur rappelait, en une teinte affaiblie, la couleur de ses prunelles, si bien que les fleurs semblaient des regards effacés et les yeux des fleurs étincelantes. C'était le don de cette femme : sur elle tout vivait, tout était âme et harmonie. Sa robe, couleur de mauve et lamée d'argent, traînait dans ses longs plis une grâce presque triste, que n'égayaient ni bracelets ni colliers, et tout l'éclat de sa parure était dans ses bras nus. Admirant malgré elles la robe et la coiffure de Thaïs, ses deux amies ne lui en parlèrent point.

« Que tu es belle ! lui dit Philinna. Tu ne pouvais l'être plus quand tu vins à Alexandrie. Pourtant, ma mère, qui se souvenait de t'avoir vue alors, disait que peu de femmes étaient dignes de t'être comparées.

— Qui est donc, demanda Drosé, ce nouvel amoureux que tu nous amènes ? Il a l'air étrange et sauvage. S'il y avait des pasteurs d'éléphants, assurément, ils seraient faits comme lui. Où as-tu trouvé, Thaïs, un si sauvage ami ? Ne serait-ce pas parmi les Troglodytes[3] qui vivent sous la terre et qui sont tout barbouillés des fumées du Hadès ? »

Mais Philinna posant un doigt sur la bouche de Drosé :

« Tais-toi, les mystères de *l'amour* doivent rester *secrets et il est* défendu de les connaître. Pour moi, certes, j'aimerais mieux être baisée par la bouche de l'Etna fumant que par les lèvres de cet homme. Mais notre douce Thaïs, qui est belle et adorable comme les déesses, doit, comme les déesses, exaucer toutes les prières et non pas seulement, à notre guise, celles des hommes aimables.

— Prenez garde toutes deux ! répondit Thaïs. C'est un mage et un enchanteur. Il entend les paroles prononcées à voix basse et même les pensées. Il vous arrachera le cœur pendant votre sommeil; il le remplacera par une éponge, et le lendemain, en buvant de l'eau, vous mourrez étouffées[1] ! »

Elle les regarda pâlir, leur tourna le dos et s'assit sur un lit à côté de Paphnuce. La voix de Cotta, impérieuse et bienveillante, domina tout à coup le murmure des propos intimes :

« Amis, que chacun prenne sa place ! Esclaves, versez le vin miellé[2] ! »

Puis, l'hôte, élevant sa coupe :

« Buvons d'abord au divin Constance et au Génie de l'empire. La patrie doit être mise au-dessus de tout, et même des dieux, car elle les contient tous. »

Tous les convives portèrent à leurs lèvres leurs coupes pleines. Seul, Paphnuce ne but point, parce que Constance persécutait la foi de Nicée et que la patrie du chrétien n'est point de ce monde.

Dorion, ayant bu, murmura :

« Qu'est-ce que la patrie ? Un fleuve qui coule. Les rives en sont changeantes et les ondes sans cesse renouvelées.

— Je sais, Dorion, répondit le préfet de la flotte, que tu fais peu de cas des vertus civiques et que tu estimes que le sage doit vivre étranger aux affaires. Je crois, au contraire, qu'un honnête homme ne doit rien tant désirer que de remplir de grandes charges dans l'État. C'est une belle chose que l'État ! »

Hermodore, grand prêtre de Sérapis, prit la parole :

« Dorion vient de demander : " Qu'est-ce que la patrie ? " Je lui répondrai : " Ce qui fait la patrie, ce sont les autels des dieux et les tombeaux des ancêtres. On est concitoyen par la communauté des souvenirs et des espérances[3]. " »

Le jeune Aristobule interrompit Hermodore :

« Par Castor, j'ai vu aujourd'hui un beau cheval. C'est celui de Démophon. Il a la tête sèche, peu de ganache et les bras gros. Il porte le col haut et fier comme un coq. »

Mais le jeune Chéréas secoua la tête :

« Ce n'est pas un aussi bon cheval que tu dis, Aristobule. Il a l'ongle mince. Les paturons portent à terre et l'animal sera bientôt estropié[4]. »

Ils continuaient leur dispute quand Drosé poussa un cri perçant :

« Hai[1] ! j'ai failli avaler une arête plus longue et plus acérée qu'un stylet. Par bonheur, j'ai pu la tirer à temps de mon gosier. Les dieux m'aiment !

— Ne dis-tu pas, ma Drosé, que les dieux t'aiment ? demanda Nicias en souriant. C'est donc qu'ils partagent l'infirmité des hommes. L'amour suppose chez celui qui l'éprouve le sentiment d'une intime misère. C'est par lui que se trahit la faiblesse des êtres. L'amour qu'ils ressentent pour Drosé est une grande preuve de l'imperfection des dieux. »

À ces mots, Drosé se mit dans une grande colère :

« Nicias, ce que tu dis là est inepte et ne répond à rien. C'est, d'ailleurs, ton caractère de ne point comprendre ce qu'on dit et de répondre des paroles dépourvues de sens. »

Nicias souriait encore :

« Parle, parle, ma Drosé. Quoi que tu dises, il faut te rendre grâce chaque fois que tu ouvres la bouche. Tes dents sont si belles ! »

À ce moment[a], un grave vieillard, négligemment vêtu, la démarche lente et la tête haute, entra dans la salle et promena sur les convives un regard tranquille. Cotta lui fit signe de prendre place à son côté, sur son propre lit.

« Eucrite, lui dit-il, sois le bienvenu ! As-tu composé ce mois-ci un nouveau traité de philosophie ? Ce serait, si je compte bien, le quatre-vingt-douzième sorti de ce roseau du Nil que tu conduis d'une main attique. »

Eucrite répondit, en caressant sa barbe d'argent :

« Le rossignol est fait pour chanter et, moi, je suis fait *pour louer* les dieux immortels. »

DORION : Saluons respectueusement en Eucrite le dernier des stoïciens. Grave et blanc, il s'élève au milieu de nous comme une image des ancêtres ! Il est solitaire dans la foule des hommes et prononce des paroles qui ne sont point entendues.

EUCRITE : Tu te trompes, Dorion. La philosophie de la vertu n'est pas morte en ce monde. J'ai de nombreux disciples dans Alexandrie, dans Rome et dans Constantinople. Plusieurs parmi les esclaves et parmi les neveux des Césars savent encore régner sur eux-mêmes, vivre libres et goûter dans le détachement des choses une félicité sans limites. Plusieurs font revivre en eux Épictète et Marc Aurèle. Mais, s'il était vrai que la vertu fût à jamais éteinte sur la terre, en quoi sa perte intéresserait-elle mon bonheur, puisqu'il ne dépendait pas de moi qu'elle durât ou pérît ? Les fous seuls, Dorion, placent leur félicité hors de leur pouvoir[1]. Je ne désire rien que ne veuillent les dieux et je désire tout ce qu'ils veulent. Par là, je me rends semblable à eux et je partage leur infaillible contentement. Si la vertu périt, je consens qu'elle périsse et ce consentement me remplit de joie comme le suprême effort de ma raison et de mon courage. En toutes choses, ma sagesse copiera la sagesse divine, et la copie sera plus précieuse que le modèle : elle aura coûté plus de soins et de plus grands travaux.

NICIAS : J'entends. Tu t'associes à la Providence céleste. Mais, si la vertu consiste seulement dans l'effort, Eucrite, et dans cette tension par laquelle les disciples de Zénon[2] prétendent se rendre semblables aux dieux, la grenouille qui s'enfle pour devenir aussi grosse que le bœuf accomplit le chef-d'œuvre du stoïcisme.

EUCRITE : Nicias, tu railles et, comme à ton ordinaire, tu excelles à te moquer. Mais, si le bœuf dont tu parles est vraiment un dieu, comme Apis et comme ce bœuf souterrain dont je vois ici le grand prêtre, et si la grenouille, sagement inspirée, parvient à l'égaler, ne sera-t-elle pas, en effet, plus vertueuse que le bœuf, et pourras-tu te défendre d'admirer une bestiole si généreuse ?

Quatre serviteurs posèrent sur la table un sanglier couvert encore de ses soies. Des marcassins, faits de pâte cuite au four, entourant la bête comme s'ils voulaient téter, indiquaient que c'était une laie[3].

Zénothémis, se tournant vers le moine :

« Amis, un convive est venu de lui-même se joindre à nous. L'illustre Paphnuce, qui mène dans la solitude une vie prodigieuse, est notre hôte inattendu. »

COTTA : Dis mieux, Zénothémis. La première place lui est due, puisqu'il est venu sans être invité.

ZÉNOTHÉMIS : Aussi devons-nous, cher Lucius, l'accueillir avec une particulière amitié et rechercher ce qui peut lui être le plus agréable. Or, il est certain qu'un tel homme est moins sensible au fumet des viandes qu'au parfum des belles pensées. Nous lui ferons plaisir, sans doute, en amenant l'entretien sur la doctrine qu'il professe et qui est celle de Jésus crucifié. Pour moi, je m'y prêterai d'autant plus volontiers que cette doctrine m'intéresse vivement par le nombre et la diversité des allégories qu'elle renferme. Si l'on devine l'esprit sous la lettre, elle est pleine de vérités, et j'estime que les livres des chrétiens abondent en révélations divines. Mais je ne saurais, Paphnuce, accorder un prix égal aux livres des Juifs. Ceux-là furent inspirés, non, comme on l'a dit, par l'esprit de Dieu, mais par un mauvais génie. Iaveh, qui les dicta, était un de ces esprits qui peuplent l'air inférieur et causent la plupart[a] des maux dont nous souffrons; mais il les surpassait tous en ignorance et en férocité. Au contraire, le serpent aux ailes d'or, qui déroulait autour de l'arbre de la science sa spirale d'azur, était pétri de lumière et d'amour[1]. Aussi, la lutte[b] était-elle inévitable entre ces deux puissances, celle-ci brillante et l'autre ténébreuse. Elle éclata dans les premiers jours du monde. Dieu venait à peine de rentrer dans son repos, Adam et Ève, le premier homme et la première femme, vivaient heureux et nus au jardin d'Éden, quand Iaveh forma, pour leur malheur, le dessein de les gouverner, eux et toutes les générations qu'Ève portait déjà dans ses flancs magnifiques. Comme il ne possédait ni le compas ni la lyre et qu'il ignorait également la science qui commande et l'art qui persuade, il effrayait ces deux pauvres enfants par des apparitions difformes, des menaces capricieuses et des coups de tonnerre. Adam et Ève, sentant son ombre sur eux, se pressaient l'un contre l'autre et leur amour redoublait dans la peur. Le serpent[c] eut pitié d'eux et résolut de les instruire, afin que, possédant la science, ils ne fussent plus abusés par des mensonges. L'entreprise exigeait une rare prudence et la faiblesse[d] du premier couple humain la rendait presque désespérée. Le bienveillant démon la tenta pourtant. À l'insu de Iaveh[e], qui prétendait tout voir mais dont la vue en réalité n'était pas bien perçante, il s'approcha des deux créatures, charma leurs regards par la splendeur de sa cuirasse et l'éclat de ses ailes. Puis il intéressa leur esprit en formant devant eux, avec son corps, des figures exactes, telles que le cercle, l'ellipse et la spirale, dont les propriétés admirables ont été reconnues depuis par les Grecs. Adam, mieux qu'Ève, méditait sur ces figures. Mais quand le serpent, s'étant mis à parler, enseigna les vérités les plus hautes[a], celles qui ne se démontrent pas, il reconnut qu'Adam, pétri de terre rouge, était d'une nature trop épaisse pour percevoir ces subtiles connaissances et qu'Ève, au contraire, plus tendre et plus sensible, en était aisément pénétrée. Aussi l'entretenait-il seule, en l'absence de son mari, afin de l'initier la première...

DORION : Souffre, Zénothémis, que je t'arrête ici. J'ai d'abord reconnu dans le mythe que tu nous exposes un épisode de la lutte de Pallas Athéné contre les géants. Iaveh ressemble beaucoup à Typhon[b1], et Pallas est représentée par les Athéniens avec un serpent à son côté. Mais ce que tu viens de dire m'a fait douter tout à coup de l'intelligence ou de la bonne foi du serpent dont tu parles. S'il avait vraiment possédé la sagesse, l'aurait-il confiée à une petite tête femelle, incapable de la contenir ? Je croirai plutôt qu'il était, comme Iaveh, ignorant et menteur et qu'il choisit Ève parce qu'elle était facile à séduire et qu'il supposait à Adam plus d'intelligence et de réflexion.

ZÉNOTHÉMIS : Sache, Dorion, que c'est non par la réflexion et l'intelligence, mais bien par le sentiment qu'on atteint les vérités les plus hautes et les plus pures. Aussi les femmes, qui, d'ordinaire, sont moins réfléchies, mais plus sensibles que les hommes, s'élèvent-elles plus facilement à la connaissance des choses divines. En elles est le don de prophétie et ce n'est pas sans raison qu'on représente quelquefois Apollon Citharède et Jésus de Nazareth, vêtus, comme des femmes, d'une robe flottante. Le serpent initiateur fut donc sage, quoi que tu dises, Dorion, en préférant au grossier Adam, pour son œuvre de lumière, cette Ève plus blanche que le lait et que les étoiles. Elle l'écouta docilement et se laissa conduire à l'arbre de la science dont les rameaux s'élevaient jusqu'au ciel et que l'esprit divin baignait comme une rosée. Cet arbre était couvert de feuilles qui parlaient toutes les langues des hommes futurs et dont les voix unies formaient un concert parfait. Ses fruits abondants donnaient aux initiés qui s'en nourrissaient la connaissance des métaux, des pierres, des plantes ainsi que des lois physiques et des lois morales; mais ils étaient de flamme, et ceux qui craignaient la souffrance et la mort n'osaient les porter à leurs lèvres. Or, ayant écouté docilement les leçons du serpent, Ève s'éleva au-dessus des vaines terreurs et désira goûter aux fruits qui donnent la connaissance de Dieu. Mais, pour qu'Adam, qu'elle aimait, ne lui devînt pas inférieur, elle le prit par la main et le conduisit à l'arbre merveilleux. Là, cueillant une pomme ardente, elle y mordit et la tendit ensuite à son compagnon. Par malheur, Iaveh, qui se promenait d'aventure dans le jardin, les surprit et, voyant qu'ils devenaient savants, il entra dans une effroyable fureur. C'est surtout dans la jalousie qu'il était à craindre. Rassemblant[a] ses forces, il produisit un tel tumulte dans l'air inférieur que ces deux êtres débiles en furent consternés. Le fruit échappa des mains de l'homme, et la femme, s'attachant au cou du malheureux, lui dit : « Je veux ignorer et souffrir avec toi. » Iaveh triomphant maintint Adam et Ève et toute leur semence dans la stupeur et dans l'épouvante. Son art, qui se réduisait à fabriquer de grossiers météores, l'emporta sur la science du serpent, musicien et géomètre. Il enseigna aux hommes l'injustice, l'ignorance et la cruauté et fit régner le mal sur la terre. Il poursuivit *Caïn* et ses fils, parce qu'ils étaient *industrieux*; il extermina les Philistins parce qu'ils composaient des poèmes orphiques et des fables comme celles d'Ésope[1]. Il fut l'implacable[b] ennemi de la science et de la beauté, et le genre humain expia pendant de longs siècles, dans le sang et les larmes, la défaite du serpent ailé. Heureusement, il se trouva parmi les Grecs des hommes subtils, tels que Pythagore et Platon, qui retrouvèrent, par la puissance du génie, les figures et les idées que l'ennemi de Iaveh avait tenté vainement d'enseigner à la première femme. L'esprit du serpent était en eux ; c'est pourquoi le serpent, comme l'a dit Dorion, est honoré par les Athéniens. Enfin, dans des jours plus récents, parurent, sous une forme humaine, trois esprits célestes, Jésus de Galilée, Basilide et Valentin, à qui il fut donné de cueillir les fruits les plus éclatants de cet arbre de la science[a] dont les racines traversent la terre et qui porte sa cime au faîte des cieux. C'est ce que j'avais à dire pour venger les chrétiens à qui l'on impute trop souvent les erreurs des Juifs.

DORION : Si je t'ai bien entendu, Zénothémis, trois hommes admirables, Jésus, Basilide et Valentin[1], ont découvert des secrets qui restaient cachés à Pythagore, à Platon, à tous les philosophes de la Grèce et même au divin Épicure, qui pourtant affranchit l'homme de toutes les vaines terreurs. Tu nous obligeras en nous disant par quel moyen ces trois mortels acquirent des connaissances qui avaient échappé à la méditation des sages.

ZÉNOTHÉMIS : Faut-il donc te répéter, Dorion, que la science et la méditation ne sont que les premiers degrés de la connaissance et que l'extase seule conduit aux vérités éternelles ?

HERMODORE : Il est vrai, Zénothémis, l'âme se nourrit d'extase comme la cigale de rosée. Mais disons mieux encore : l'esprit seul est capable d'un entier ravissement. Car l'homme est triple, composé d'un corps matériel, d'une âme plus subtile mais également matérielle, et d'un esprit incorruptible. Quand, sortant de son corps comme d'un palais rendu subitement au silence et à la solitude, puis traversant au vol les jardins de son âme, l'esprit se répand en Dieu, il goûte les délices d'une mort anticipée ou plutôt de la vie future, car mourir, c'est vivre, et dans cet état, qui participe de la pureté divine, il possède à la fois la joie infinie et la science absolue. Il entre dans l'unité qui est tout. Il est parfait.

NICIAS : Cela est admirable. Mais, à vrai dire, Hermodore, je ne vois pas grande différence entre le tout et le rien. Les mots même me semblent manquer pour faire cette distinction. L'infini ressemble parfaitement au néant : ils sont tous deux inconcevables.

À mon avis, la perfection coûte très cher : on la paye de tout son être, et pour l'obtenir il faut cesser d'exister. C'est là une disgrâce à laquelle Dieu lui-même n'a pas échappé depuis que les philosophes se sont mis en tête de le perfectionner. Après cela, si nous ne savons pas ce que c'est que de ne pas être, nous ignorons par là même ce que c'est que d'être. Nous ne savons rien. On dit qu'il est impossible aux hommes de s'entendre. Je croirais, en dépit du bruit de nos disputes, qu'il leur est au contraire impossible de ne pas tomber finalement d'accord, ensevelis côte à côte sous l'amas des contradictions qu'ils ont entassées, comme Pélion sur Ossa.

COTTA : J'aime beaucoup la philosophie et je l'étudie à mes heures de loisir. Mais je ne la comprends bien que dans les livres de Cicéron. Esclaves, versez le vin miellé !

CALLICRATE : Voilà une chose singulière ! Quand je suis à jeun, je songe au temps où les poètes tragiques s'asseyaient aux banquets des bons tyrans et l'eau m'en vient à la bouche. Mais dès que j'ai goûté le vin opime que tu nous verses abondamment, généreux Lucius, je ne rêve que luttes civiles et combats héroïques. Je rougis de vivre en des temps sans gloire, j'invoque la liberté et je répands mon sang en imagination avec les derniers Romains dans les champs de Philippes.

COTTA : Au déclin de la république, mes aïeux sont morts avec Brutus pour la liberté. Mais on peut douter si ce qu'ils appelaient la liberté du peuple romain n'était pas, en réalité, la faculté de le gouverner eux-mêmes. Je ne nie pas que la liberté ne soit pour une nation le premier des biens. Mais plus je vis et plus je me persuade qu'un gouvernement fort peut seul l'assurer aux citoyens. J'ai exercé pendant quarante ans les plus hautes charges de l'État et ma longue expérience m'a enseigné que le peuple est opprimé quand le pouvoir est faible. Aussi ceux qui, comme la plupart des rhéteurs, s'efforcent d'affaiblir le gouvernement, commettent-ils un crime détestable. Si la volonté d'un seul s'exerce parfois d'une façon funeste, le consentement populaire rend toute résolution impossible. Avant que la majesté[a] de la paix romaine couvrît le monde, les peuples ne furent heureux que sous d'intelligents despotes[1].

HERMODORE : Pour moi, Lucius, je pense qu'il n'y a point de bonne forme de gouvernement et qu'on n'en saurait découvrir, puisque les Grecs ingénieux, qui conçurent tant de formes heureuses, ont cherché celle-là sans pouvoir la trouver. À cet égard, tout espoir nous est désormais interdit. On reconnaît à des signes certains que le monde est près de s'abîmer dans l'ignorance et dans la barbarie. Il nous était donné, Lucius, d'assister à l'agonie terrible de la civilisation. De toutes les satisfactions que procuraient l'intelligence, la science et la vertu, il ne nous reste plus que la joie cruelle de nous regarder mourir.

COTTA : Il est certain que la faim du peuple et l'audace des Barbares sont des fléaux redoutables. Mais avec une bonne flotte, une bonne armée et de bonnes finances...

HERMODORE : Que sert de se flatter ? L'empire expirant offre aux Barbares une proie facile. Les cités qu'édifièrent le génie hellénique et la patience latine seront bientôt saccagées par des sauvages ivres. Il n'y aura plus sur la terre ni art ni philosophie. Les images des dieux seront renversées dans les temples et dans les âmes. Ce sera la nuit de l'esprit et la mort du monde. Comment croire en effet que les Sarmates se livreront jamais aux travaux de l'intelligence, que les Germains cultiveront la musique et la philosophie, que les Quades et les Marcomans[2] adoreront les dieux immortels ? Non ! Tout penche et s'abîme. Cette vieille Égypte qui a été le berceau du monde en sera l'hypogée; Sérapis, dieu de la mort, recevra les suprêmes adorations des mortels et j'aurai été le dernier prêtre du dernier dieu.

À ce moment[a], une figure étrange souleva la tapisserie, et les convives virent devant eux un petit homme bossu dont le crâne chauve s'élevait en pointe. Il était vêtu, à la mode asiatique, d'une tunique d'*azur* et portait autour des jambes, comme les Barbares, des braies *rouges*, semées d'étoiles d'or. En le voyant, Paphnuce reconnut *Marcus* l'Arien, et, craignant de voir tomber la foudre, il porta ses mains au-dessus de sa tête et pâlit d'épouvante. Ce que n'avaient pu, dans ce banquet des démons, ni les blasphèmes des païens ni les erreurs horribles des philosophes, la seule présence de l'hérétique étonna son courage. Il voulut fuir, mais son regard ayant rencontré celui de Thaïs, il se sentit soudain rassuré. Il avait lu dans l'âme de la prédestinée et compris que celle qui allait devenir une sainte le protégeait déjà. Il saisit un pan de la robe qu'elle laissait traîner sur le lit, et pria mentalement le Sauveur Jésus.

Un murmure flatteur avait accueilli la venue du personnage qu'on nommait le Platon des chrétiens. Hermodore lui parla le premier :

« Très illustre Marcus, nous nous réjouissons tous de te voir parmi nous et l'on peut dire que tu viens à propos. Nous ne connaissons de la doctrine des chrétiens que ce qui en est publiquement enseigné. Or, il est certain qu'un philosophe tel que toi ne peut penser ce que pense le vulgaire et nous sommes curieux de savoir ton opinion sur les principaux mystères de la religion que tu professes. Notre cher Zénothémis, qui, tu le sais, est avide de symboles, interrogeait tout à l'heure l'illustre Paphnuce sur les livres des Juifs. Mais Paphnuce ne lui a point fait de réponse et nous ne devons pas en être surpris, puisque notre hôte est voué au silence et que le Dieu a scellé sa langue dans le désert. Mais toi, Marcus, qui as porté la parole dans les synodes des chrétiens et jusque dans les conseils du divin Constantin, tu pourras, si tu veux, satisfaire notre curiosité en nous révélant les vérités philosophiques qui sont enveloppées dans les fables des chrétiens. La première de ces vérités n'est-elle pas l'existence de ce Dieu unique, auquel, *pour ma* part, je crois fermement ? »

MARCUS : Oui, vénérables frères, je crois en un seul Dieu, non engendré, seul éternel, principe de toutes choses.

NICIAS : Nous savons, Marcus, que ton Dieu a créé le monde. Ce fut, certes, une grande crise dans son existence. Il existait déjà depuis une éternité avant d'avoir pu s'y résoudre. Mais, pour être juste, je reconnais que sa situation était des plus embarrassantes. Il lui fallait demeurer inactif pour rester parfait et il devait agir s'il voulait se prouver à lui-même sa propre existence. Tu m'assures qu'il s'est décidé à agir. Je veux te croire, bien que ce soit de la part d'un Dieu parfait une impardonnable imprudence. Mais dis-nous, Marcus, comment il s'y est pris pour créer le monde.

MARCUS : Ceux qui, sans être chrétiens, possèdent, comme Hermodore et Zénothémis, les principes de la connaissance, savent que Dieu n'a pas créé le monde directement et sans intermédiaire. Il a donné naissance à un fils unique, par qui toutes choses ont été faites.

HERMODORE : Tu dis vrai, Marcus; et ce fils est indifféremment adoré sous les noms d'Hermès, de Mithra, d'Adonis, d'Apollon et de Jésus[1].

MARCUS : Je ne serais point chrétien si je lui donnais d'autres noms que ceux de Jésus, de Christ et de Sauveur. Il est le vrai fils de Dieu. Mais il n'est pas éternel, puisqu'il a eu un commencement; quant à penser qu'il existait avant d'être engendré, c'est une absurdité qu'il faut laisser aux mulets de Nicée et à l'âne rétif qui gouverna trop longtemps l'Église d'Alexandrie sous le nom maudit d'Athanase[2].

À ces mots, Paphnuce, blême et le front baigné d'une sueur d'agonie, fit le signe de la croix et persévéra dans son silence sublime.

Marcus poursuivit :

« Il est clair que l'inepte symbole de Nicée attente à la majesté du Dieu unique, en l'obligeant à partager ses indivisibles attributs avec sa propre émanation, le médiateur par qui toutes choses furent faites. Renonce à railler le Dieu vrai des chrétiens, Nicias. Sache que, pas plus que les lis des champs, il ne travaille ni ne file. L'ouvrier, ce n'est pas lui, c'est son fils unique, c'est Jésus qui, ayant créé le monde, vint ensuite réparer son ouvrage. Car la création ne pouvait être parfaite et le mal s'y était mêlé nécessairement au bien. »

NICIAS : Qu'est-ce que le bien et qu'est-ce que le mal ?

Il y eut un moment de silence pendant lequel Hermodore, le bras étendu sur la nappe, montra un petit âne, en métal de Corinthe, qui portait deux paniers contenant, l'un des olives blanches, l'autre des olives noires[1].

« Voyez ces olives, dit-il. Notre regard est agréablement flatté par le contraste de leurs teintes, et nous sommes satisfaits que celles-ci soient claires et celles-là sombres. Mais si elles étaient douées de pensée et de connaissance, les blanches diraient : il est bien qu'une olive soit blanche, il est mal qu'elle soit noire, et le peuple des olives noires détesterait le peuple des olives blanches. Nous en jugeons mieux, car nous sommes autant au-dessus d'elles que les dieux sont au-dessus de nous. Pour l'homme qui ne voit qu'une partie des choses, le mal est un mal; pour Dieu, qui comprend tout, le mal est un bien. Sans doute la laideur est laide et non pas belle; mais si tout était beau, le tout ne serait pas beau. Il est donc bien qu'il y ait du mal, ainsi que l'a démontré le second Platon[2], plus grand que le premier. »

EUCRITE : Parlons plus vertueusement. Le mal est un mal, non pour le monde, dont il ne détruit pas l'indestructible harmonie, mais pour le méchant qui le fait et qui pouvait ne pas le faire[3].

COTTA : Par Jupiter ! voilà un bon raisonnement !

EUCRITE : Le monde est la tragédie d'un excellent poète. Dieu, qui la composa, a désigné chacun de nous pour y jouer un rôle. S'il veut que tu sois mendiant, prince ou boiteux, fais de ton mieux le personnage qui t'a été assigné[4].

NICIAS : Assurément, il sera bon que le boiteux de la tragédie boite comme Héphaïstos; il sera bon que l'insensé s'abandonne aux fureurs d'Ajax, que la femme incestueuse renouvelle les *crimes* de Phèdre, que le traître *trahisse*, que le fourbe mente, que le *meurtrier* tue, et quand la pièce sera jouée, tous les acteurs, rois justes, tyrans sanguinaires, vierges pieuses, épouses impudiques, citoyens magnanimes et lâches assassins, recevront du poète une part égale de félicitations.

EUCRITE : Tu dénatures ma pensée, Nicias, et changes une belle jeune fille en gorgone hideuse. Je te plains d'ignorer la nature des dieux, la justice et les lois éternelles.

ZÉNOTHÉMIS : Pour moi[a], mes amis, je crois à la réalité du bien et du mal. Mais je suis persuadé qu'il n'est pas une seule action humaine, fût-ce le baiser de Judas, qui ne porte en elle un germe de rédemption[1]. Le mal concourt au salut final des hommes, et, en cela, il procède du bien et participe des mérites attachés au bien. C'est ce que les chrétiens ont admirablement exprimé par le mythe de cet homme au poil roux qui pour trahir son maître lui donna le baiser de paix, et assura par un tel acte le salut des hommes. Aussi rien n'est-il, à mon sens, plus injuste et plus vain que la haine dont certains disciples de Paul le tapissier poursuivent le plus malheureux des apôtres de Jésus, sans songer que le baiser de l'Iscariote, annoncé par Jésus lui-même, était nécessaire selon leur propre doctrine à la rédemption des hommes et que, si Judas n'avait pas reçu la bourse de trente sicles, la sagesse divine était démentie, la Providence déçue, ses desseins renversés et le monde rendu au mal, à l'ignorance, à la mort.

MARCUS : La sagesse divine avait prévu que Judas, libre de ne pas donner le baiser du traître, le donnerait pourtant. C'est ainsi qu'elle a employé le crime de l'Iscariote comme une pierre dans l'édifice merveilleux de la rédemption.

ZÉNOTHÉMIS : Je t'ai parlé tout à l'heure, Marcus, comme si je croyais que la rédemption des hommes avait été accomplie par Jésus crucifié, parce que je sais que telle est la croyance des chrétiens et que j'entrais dans leur pensée pour mieux saisir le défaut de ceux qui croient à la damnation éternelle de Judas. Mais en réalité, Jésus n'est à mes yeux que le précurseur de Basilide et de Valentin. Quant au mystère de la rédemption[b], je vous dirai, chers amis, pour peu que vous soyez curieux de l'entendre, comment il s'est véritablement accompli sur la terre.

Les convives firent un signe d'assentiment[c]. Semblables aux vierges athéniennes avec les corbeilles sacrées de Cérès, douze jeunes filles, portant sur leur tête des paniers de grenades et de pommes, entrèrent dans la salle d'un pas léger dont la cadence était marquée par une flûte invisible. Elles posèrent les paniers sur la table, la flûte se tut et Zénothémis parla de la sorte :

« Quand Eunoia, la pensée de Dieu, eut créé le monde[1], elle confia aux anges le gouvernement de la terre. Mais ceux-ci ne gardèrent point la sérénité qui convient aux maîtres. Voyant que les filles des hommes étaient belles, ils les surprirent, le soir, au bord des citernes, et ils s'unirent à elles. De ces hymens sortit une race violente qui couvrit la terre d'injustice et de cruautés, et la poussière des chemins but le sang innocent[2]. À cette vue, Eunoia fut prise d'une tristesse infinie :

« “ Voilà donc ce que j'ai fait ! soupira-t-elle, en se penchant vers le monde. Mes enfants sont plongés par ma faute dans la vie amère. Leur souffrance est mon crime et je veux l'expier. Dieu même, qui ne pense que par moi, serait impuissant à leur rendre la pureté première. Ce qui est fait est fait, et la création est à jamais manquée. Du moins, je n'abandonnerai pas mes créatures. Si je ne puis les rendre heureuses comme moi, je peux me rendre malheureuse comme elles. Puisque j'ai commis la faute de leur donner des corps qui les humilient, je prendrai moi-même un corps semblable aux leurs et j'irai vivre parmi elles. ”

« Ayant ainsi parlé, Eunoia descendit sur la terre et s'incarna dans le sein d'une Tyndaride. Elle naquit petite et débile et reçut le nom d'Hélène. Soumise aux travaux de la vie, elle grandit bientôt en grâce et en beauté, et devint la plus désirée des femmes, comme elle l'avait résolu, afin d'être éprouvée dans son corps mortel par les plus illustres souillures. Proie inerte des hommes lascifs et violents, elle se dévoua au rapt et à l'adultère en expiation de tous les adultères, de toutes les violences, de toutes les iniquités, et causa par sa beauté la ruine des peuples, pour que Dieu pût pardonner les crimes de l'univers. Et jamais la pensée céleste, jamais Eunoia ne fut si adorable qu'aux jours où, femme, elle se prostituait aux héros et aux bergers. Les poètes devinaient sa divinité, quand ils la peignaient si paisible, si superbe et si fatale, et lorsqu'ils lui faisaient cette invocation : “ Âme sereine comme le calme des mers[3] ! ”

« C'est ainsi qu'Eunoia fut entraînée par la pitié

dans le mal et dans la souffrance. Elle mourut, et les Lacédémoniens montrent son tombeau, car elle devait connaître la mort après la volupté et goûter tous les fruits amers qu'elle avait semés. Mais, s'échappant de la chair décomposée d'Hélène, elle s'incarna dans une autre forme de femme et s'offrit de nouveau à tous les outrages. Ainsi, passant de corps en corps, et traversant parmi nous les âges mauvais, elle prend sur elle les péchés du monde. Son sacrifice ne sera point vain. Attachée à nous par les liens de la chair, aimant et pleurant avec nous, elle opérera sa rédemption et la nôtre, et nous ravira, suspendus à sa blanche poitrine, dans la paix du ciel reconquis.

HERMODORE : Ce mythe ne m'était point inconnu. Il me souvient qu'on a conté qu'en une de ses métamorphoses, cette divine Hélène vivait auprès du magicien Simon[1], sous Tibère empereur. Je croyais toutefois que sa déchéance était involontaire et que les anges l'avaient entraînée dans leur chute.

ZÉNOTHÉMIS : Hermodore, il est vrai que des hommes mal initiés aux mystères ont pensé que la triste Eunoia n'avait pas consenti sa propre déchéance. Mais, s'il en était ainsi qu'ils prétendent, Eunoia ne serait pas la courtisane expiatrice, l'hostie couverte de toutes les macules, le pain imbibé du vin de nos hontes, l'offrande agréable, le sacrifice méritoire, l'holocauste dont la fumée monte vers Dieu. S'ils n'étaient point volontaires ses péchés n'auraient point de vertu.

CALLICRATE : Mais veux-tu que je t'apprenne, Zénothémis, dans quel pays, sous quel nom, en quelle forme adorable vit aujourd'hui cette Hélène toujours renaissante ?

ZÉNOTHÉMIS : Il faut être très sage pour découvrir un tel secret. Et la sagesse, Callicrate, n'est pas donnée aux poètes, qui vivent dans le monde grossier des formes et s'amusent, comme les enfants, avec des sons et de vaines images.

CALLICRATE : Crains d'offenser les dieux, impie Zénothémis ; les poètes leur sont chers. Les premières lois furent dictées en vers par les immortels eux-mêmes, et les oracles des dieux sont des poèmes. Les hymnes ont pour les oreilles célestes d'agréables sons.

Qui ne sait que les poètes sont des devins et que rien ne leur est caché ? Étant poète moi-même et ceint du laurier d'Apollon, je révélerai à tous la dernière incarnation d'Eunoia. L'éternelle Hélène est près de nous : elle nous regarde et nous la regardons. Voyez cette femme accoudée aux coussins de son lit, si belle et toute songeuse, et dont les yeux ont des larmes, les lèvres des baisers. C'est elle ! Charmante comme aux jours de Priam et de l'Asie en fleurs, Eunoia se nomme aujourd'hui Thaïs.

PHILINNA : Que dis-tu, Callicrate ? Notre chère Thaïs aurait connu Pâris, Ménélas et les Achéens aux belles cnémides qui combattaient devant Ilion ! Était-il grand, Thaïs, le cheval de Troie ?

ARISTOBULE : Qui parle d'un cheval ?

« J'ai bu comme un Thrace ! » s'écria Chéréas. Et il roula sous la table.

Callicrate, élevant sa coupe :

« Je bois aux Muses héliconiennes, qui m'ont promis une mémoire que n'obscurcira jamais l'aile sombre de la nuit fatale ! »

Le vieux Cotta[a] dormait et sa tête chauve se balançait lentement sur ses larges épaules.

Depuis quelque temps, Dorion s'agitait dans son manteau philosophique. Il s'approcha en chancelant du lit de Thaïs :

« Thaïs, je t'aime, bien qu'il soit indigne de moi d'aimer une femme. »

THAÏS : Pourquoi ne m'aimais-tu pas tout à l'heure ?

DORION : Parce que j'étais à jeun.

THAÏS : Mais moi, mon pauvre ami, qui n'ai bu que de l'eau, souffre que je ne t'aime pas.

Dorion n'en voulut pas entendre davantage et se glissa auprès de Drosé qui l'appelait du regard pour l'enlever à son amie. Zénothémis, prenant la place quittée, donna à Thaïs un baiser sur la bouche.

THAÏS : Je te croyais plus vertueux.

ZÉNOTHÉMIS : Je suis parfait, et les parfaits ne sont tenus à aucune loi[1].

THAÏS : Mais ne crains-tu pas de souiller ton âme dans les bras d'une femme ?

ZÉNOTHÉMIS : Le corps peut céder au désir, sans que l'âme en soit occupée.

THAÏS : Va-t'en ! Je veux qu'on m'aime de corps et d'âme. Tous ces philosophes sont des boucs[a] !

Les lampes s'éteignaient une à une. Un jour pâle, qui pénétrait par les fentes des tentures, frappait les visages livides et les yeux gonflés des convives. Aristobule, tombé les poings fermés à côté de Chéréas, envoyait en songe ses palefreniers tourner la meule. Zénothémis pressait dans ses bras Philinna défaite. Dorion versait sur la gorge nue de Drosé des gouttes de vin qui roulaient comme des rubis de la blanche poitrine agitée par le rire et que le philosophe poursuivait avec ses lèvres pour les boire sur la chair glissante. Eucrite se leva; et, posant le bras sur l'épaule de Nicias, il l'entraîna au fond de la salle.

« Ami, lui dit-il en souriant, si tu penses encore, à quoi penses-tu ?

— Je pense que les amours des femmes sont semblables aux jardins d'Adonis[1].

— Que veux-tu dire ?

— Ne sais-tu pas, Eucrite, que les femmes font chaque année de petits jardins sur leur terrasse, en plantant pour l'amant de Vénus des rameaux dans des vases d'argile ? Ces rameaux verdoient peu de temps et se fanent.

— Ami, n'ayons donc souci ni de ces amours ni de ces jardins. C'est folie de s'attacher à ce qui passe.

— Si la beauté n'est qu'une ombre, le désir n'est qu'un éclair. Quelle folie y a-t-il à désirer la beauté ? N'est-il pas raisonnable, au contraire, que ce qui passe aille à ce qui ne dure pas, et que l'éclair dévore l'ombre glissante ?

— Nicias, tu me sembles un enfant qui joue aux osselets. Crois-moi : sois libre. C'est par là qu'on est homme.

— Comment peut-on être libre, Eucrite, quand on a un corps ?

— Tu le verras tout à l'heure, mon fils. Tout à l'heure tu diras : *Eucrite* était libre. »

Le vieillard parlait adossé à une colonne de porphyre, le front éclairé par les premiers rayons de l'aube. Hermodore et Marcus, s'étant approchés, se tenaient devant lui à côté de Nicias, et tous quatre, indifférents aux rires et aux cris des buveurs, s'entretenaient des choses divines. Eucrite s'exprimait avec tant de sagesse que Marcus lui dit :

« Tu es digne de connaître le vrai Dieu. »

Eucrite répondit :

« Le vrai Dieu est dans le cœur du sage. »

Puis ils parlèrent de la mort.

« Je veux, dit Eucrite, qu'elle me trouve occupé à me corriger moi-même et attentif à tous mes devoirs. Devant elle, je lèverai au ciel mes mains pures et je dirai aux dieux : " Vos images, dieux, que vous avez posées dans le temple de mon âme, je ne les ai point souillées ; j'y ai suspendu mes pensées ainsi que des guirlandes, des bandelettes et des couronnes. J'ai vécu en conformité avec votre Providence, j'ai assez vécu. ". »

En parlant ainsi, il levait les bras au ciel et son visage resplendissait de lumière.

Il resta pensif un instant. Puis il reprit avec une allégresse profonde :

« Détache-toi de la vie, Eucrite, comme l'olive mûre qui tombe, en rendant grâce à l'arbre qui l'a portée et en bénissant la terre sa nourrice ! »

À ces mots, tirant d'un pli de sa robe un poignard nu, il le plongea dans sa poitrine.

Quand ceux qui l'écoutaient saisirent ensemble son bras, la pointe du fer avait pénétré dans le cœur du sage ; Eucrite était entré dans le repos. Hermodore et Nicias portèrent le corps pâle et sanglant sur un des lits du festin, au milieu des cris aigus des femmes, des grognements des convives dérangés dans leur assoupissement et des souffles de volupté étouffés dans l'ombre des tapis. Le vieux Cotta, réveillé de son léger sommeil de soldat, était déjà auprès du cadavre, examinant la plaie et criant :

« Qu'on appelle mon médecin Aristée ! »

Nicias secoua la tête :

« Eucrite n'est plus, dit-il. Il a voulu mourir comme d'autres veulent aimer. Il a, comme nous tous, obéi à l'ineffable désir. Et le voilà maintenant semblable aux dieux qui ne désirent rien. »

Cotta se frappait le front :

« Mourir ? vouloir mourir quand on peut encore servir l'État, quelle aberration ! »

Cependant, Paphnuce et Thaïs étaient restés immobiles, muets, côte à côte, l'âme débordant de dégoût, d'horreur et d'espérance.

Tout à coup, le moine saisit par la main la comédienne, enjamba avec elle les ivrognes abattus près des êtres accouplés et, les pieds dans le vin et le sang répandus, il l'entraîna dehors.

Le jour se levait rose sur la ville. Les longues colonnades s'étendaient des deux côtés de la voie solitaire, dominées par le faîte étincelant du tombeau d'Alexandre. Sur les dalles de la chaussée, traînaient çà et là des couronnes effeuillées et des torches éteintes. On sentait dans l'air les souffles frais de la mer. Paphnuce arracha avec dégoût sa robe somptueuse et en foula les lambeaux sous ses pieds.

« Tu les as entendus, ma Thaïs ! s'écria-t-il. Ils ont craché toutes les folies et toutes les abominations. Ils ont traîné le divin Créateur de toutes choses aux gémonies des démons de l'enfer, nié impudemment le bien et le mal, blasphémé Jésus et vanté Judas. Et le plus infâme de tous, le chacal des ténèbres, la bête puante, l'arien plein de corruption et de mort, a ouvert la bouche comme un sépulcre. Ma Thaïs, tu les as vues ramper vers toi, ces limaces immondes, et te souiller de leur sueur gluante; tu les as vues, ces brutes endormies sous les talons des esclaves; tu les as vues, ces bêtes accouplées sur les tapis souillés de leurs vomissements; tu l'as vu, ce vieillard insensé, répandre un sang plus vil que le vin répandu dans la débauche, et se jeter au sortir de l'orgie à la face du Christ inattendu ! Louanges à Dieu ! Tu as regardé l'erreur et tu as connu qu'elle était hideuse. Thaïs, Thaïs, Thaïs, rappelle-toi les folies de ces philosophes, et dis si tu veux délirer avec eux. Rappelle-toi les regards, les gestes, les rires de leurs dignes compagnes, ces deux guenons lascives et malicieuses, et dis si tu veux rester semblable à elles ! »

Thaïs, le cœur soulevé des dégoûts de cette nuit, et ressentant l'indifférence et la brutalité des hommes, la méchanceté des femmes, le poids des heures, soupirait :

« Je suis fatiguée à mourir, ô mon père ! Où trouver le repos ? Je me sens le front brûlant, la tête vide et les bras si las que je n'aurais pas la force de saisir le bonheur, si l'on venait le tendre à portée de ma main... »

Paphnuce la regardait avec bonté :

« Courage, ô ma sœur : l'heure du repos se lève pour toi, blanche et pure comme ces vapeurs que tu vois monter des jardins et des eaux. »

Ils approchaient de la maison de Thaïs et voyaient déjà, au-dessus du mur, les têtes des platanes et des térébinthes, qui entouraient la grotte des Nymphes, frissonner dans la rosée au souffle du matin. Une place publique était devant eux, déserte, entourée de stèles et de statues votives, et portant à ses extrémités des bancs de marbre en hémicycle, et que soutenaient des chimères. Thaïs se laissa tomber sur un de ces bancs. Puis, élevant vers le moine un regard anxieux, elle demanda :

« Que faut-il faire ?

— Il faut, répondit le moine, suivre Celui qui est venu te chercher. Il te détache du siècle comme le vendangeur cueille la grappe qui pourrirait sur l'arbre et la porte au pressoir pour la changer en vin parfumé. Écoute : il est, à douze heures d'Alexandrie, vers l'Occident, non loin de la mer, un monastère de femmes dont la règle, chef-d'œuvre de sagesse, mériterait d'être mise en vers lyriques et chantée aux sons du théorbe et des tambourins. On peut dire justement que les femmes qui y sont soumises, posant les pieds à terre, ont le front dans le ciel. Elles mènent en ce monde la vie des anges. Elles veulent être pauvres afin que Jésus les aime, modestes afin qu'il les regarde, chastes afin qu'il les épouse. Il les visite chaque jour en habit de *jardinier*, les pieds nus, ses belles mains *ouvertes*, et tel enfin qu'il se montra à Marie sur la voie du Tombeau. Or, je te conduirai aujourd'hui même dans ce monastère, ma Thaïs, et bientôt, unie à ces saintes filles, tu partageras leurs célestes entretiens. Elles t'attendent comme une sœur. Au seuil du couvent, leur mère, la pieuse Albine, te donnera le baiser de paix et dira : " Ma fille, sois la bienvenue ! " »

La courtisane poussa un cri d'admiration :

« Albine ! une fille des Césars ! La petite nièce de l'empereur Carus[1] !

— Elle-même ! Albine, qui, née dans la pourpre, revêtit la bure et, fille des maîtres du monde, s'éleva au rang de servante de Jésus-Christ. Elle sera ta mère. »

Thaïs se leva et dit :

« Mène-moi donc à la maison d'Albine. »

Et Paphnuce, achevant sa victoire :

« Certes, je t'y conduirai et, là, je t'enfermerai dans une cellule où tu pleureras tes péchés. Car il ne convient pas que tu te mêles aux filles d'Albine avant d'être lavée de toutes tes souillures. Je scellerai ta porte, et, bienheureuse prisonnière, tu attendras dans les larmes que Jésus lui-même vienne, en signe de pardon, rompre le sceau que j'aurai mis. N'en doute pas, il viendra, Thaïs; et quel tressaillement agitera la chair de ton âme quand tu sentiras des doigts de lumière se poser sur tes yeux pour en essuyer les pleurs ! »

Thaïs dit pour la seconde fois :

« Mène-moi, mon père, à la maison d'Albine. »

Le cœur inondé de joie, Paphnuce promena ses regards autour de lui et goûta presque sans crainte le plaisir de contempler les choses créées; ses yeux buvaient délicieusement la lumière de Dieu, et des souffles inconnus passaient sur son front. Tout à coup, reconnaissant à l'un des angles de la place publique la petite porte par laquelle on entrait dans la maison de Thaïs, et songeant que les beaux arbres dont il admirait les cimes ombrageaient les jardins de la courtisane, il vit en pensée les impuretés qui y avaient souillé l'air, aujourd'hui si léger et si pur, et son âme en fut soudain si désolée qu'une rosée amère jaillit de ses yeux.

« Thaïs, dit-il, nous allons fuir sans tourner la tête. Mais nous ne laisserons pas derrière nous les instruments, les témoins, les complices de tes crimes passés, ces tentures épaisses, ces lits, ces tapis, ces urnes de parfums, ces lampes qui crieraient ton infamie ! Veux-tu qu'animés par les démons, emportés par l'esprit maudit qui est en eux, ces meubles criminels courent après toi jusque dans le désert ? Il n'est que trop vrai qu'on voit des tables de scandale, des sièges infâmes servir d'organes aux diables, agir, parler, frapper le sol et traverser les airs. Périsse tout ce qui vit ta honte ! Hâte-toi, Thaïs ! et, tandis que la ville est encore endormie, ordonne à tes esclaves de dresser au milieu de cette place un bûcher sur lequel nous brûlerons tout ce que ta demeure contient de richesses abominables. »

Thaïs y consentit[1].

« Fais ce que tu veux, mon père, dit-elle. Je sais que les objets inanimés servent parfois de séjour aux esprits. La nuit, certains meubles[2] parlent, soit en frappant des coups à intervalles réguliers, soit en jetant des petites lueurs semblables à des signaux. Mais cela n'est rien encore. N'as-tu pas remarqué, mon père, en entrant dans la grotte des Nymphes, à droite, une statue de femme nue et prête à se baigner ? Un jour, j'ai vu de mes yeux cette statue tourner la tête comme une personne vivante et reprendre aussitôt son attitude ordinaire. J'en ai été glacée d'épouvante. Nicias, à qui j'ai conté ce prodige, s'est moqué de moi ; pourtant, il y a quelque magie en cette statue, car elle inspira de violents désirs à un certain Dalmate que ma beauté laissait insensible. Il est certain que j'ai vécu parmi des choses enchantées et que j'étais exposée aux plus grands périls, car on a vu des hommes étouffés par l'embrassement d'une statue d'airain[3]. Pourtant, il est regrettable de détruire des ouvrages précieux faits avec une rare industrie, et si l'on brûle mes tapis et les tentures, ce sera une grande perte. Il y en a dont la beauté des couleurs est vraiment admirable et qui ont coûté très cher à ceux qui me les ont donnés. Je possède également des coupes, des statues et des *tableaux* dont le prix est grand. Je *ne crois* pas qu'il faille les faire périr. Mais toi qui sais ce qui est nécessaire, fais ce que tu veux, mon père. »

En parlant ainsi, elle suivit le moine jusqu'à la petite porte où tant de guirlandes et de couronnes avaient été suspendues et, l'ayant fait ouvrir, elle dit au portier d'appeler tous les esclaves de la maison. Quatre Indiens, gouverneurs des cuisines, parurent les premiers. Ils avaient tous quatre la peau jaune et tous quatre étaient borgnes. Ç'avait été pour Thaïs un grand travail et un grand amusement de réunir ces quatre esclaves de même race et atteints de la même infirmité. Quand ils servaient à table, ils excitaient la curiosité des convives, et Thaïs les forçait à conter leur histoire. Ils attendirent en silence. Leurs aides les suivaient. Puis vinrent les valets d'écurie, les veneurs, les porteurs de litière et les courriers aux jarrets de bronze, deux jardiniers velus comme des Priapes, six nègres d'un aspect féroce, trois esclaves grecs, l'un grammairien, l'autre poète et le troisième chanteur. Ils s'étaient tous rangés en ordre sur la place publique, quand accoururent les négresses, curieuses, inquiètes, roulant de gros yeux ronds, la bouche fendue jusqu'aux anneaux de leurs oreilles. Enfin, rajustant leurs voiles et traînant languissamment leurs pieds, qu'entravaient de minces chaînettes d'or, parurent, l'air maussade, six belles esclaves blanches. Quand ils furent tous réunis, Thaïs leur dit en montrant Paphnuce :

« Faites ce que cet homme va vous ordonner, car l'esprit de Dieu est en lui et, si vous lui désobéissiez, vous tomberiez morts. »

Elle croyait en effet, pour l'avoir entendu dire, que les saints du désert avaient le pouvoir de plonger dans la terre entrouverte et fumante les impies qu'ils frappaient de leur bâton.

Paphnuce renvoya les femmes et avec elles les esclaves grecs qui leur ressemblaient et dit aux autres :

« Apportez du bois au milieu de la place, faites un grand feu et jetez-y pêle-mêle tout ce que contiennent la maison et la grotte. »

Surpris, ils demeuraient immobiles et consultaient leur maîtresse du regard. Et comme elle restait inerte et silencieuse, ils se pressaient les uns contre les autres, en tas, coude à coude, doutant si ce n'était pas une plaisanterie.

« Obéissez », dit le moine.

Plusieurs étaient chrétiens. Comprenant l'ordre qui leur était donné, ils allèrent chercher dans la maison du bois et des torches. Les autres les imitèrent sans déplaisir, car, étant pauvres, ils détestaient les richesses et avaient, d'instinct, le goût de la destruction. Comme déjà ils élevaient le bûcher, Paphnuce dit à Thaïs :

« J'ai songé un instant à appeler le trésorier de quelque église d'Alexandrie (si tant est qu'il en reste une seule digne encore du nom d'église et non souillée par les bêtes ariennes), et à lui donner tes biens, femme, pour les distribuer aux veuves et changer ainsi le gain du crime en trésor de justice. Mais cette pensée ne venait pas de Dieu, et je l'ai repoussée, et, certes, ce serait trop grièvement offenser les bien-aimées de Jésus-Christ que de leur offrir les dépouilles de la luxure. Thaïs, tout ce que tu as touché doit être dévoré par le feu jusqu'à l'âme. Grâce au ciel, ces tuniques, ces voiles, qui virent des baisers plus innombrables que les rides de la mer, ne sentiront plus que les lèvres et les langues des flammes. Esclaves, hâtez-vous ! Encore du bois ! Encore des flambeaux et des torches ! Et toi, femme, rentre dans ta maison, dépouille tes infâmes parures et va demander à la plus humble de tes esclaves, comme une faveur insigne, la tunique qu'elle revêt pour nettoyer les planchers. »

Thaïs obéit. Tandis que les Indiens agenouillés soufflaient sur les tisons, les nègres jetaient dans le bûcher des coffres d'ivoire ou d'ébène ou de cèdre qui, s'entrouvrant, laissaient couler des couronnes, des guirlandes et des colliers. La fumée montait en colonne sombre comme dans les holocaustes agréables de l'ancienne loi. Puis le feu qui couvait, éclatant tout à coup, fit entendre un ronflement de bête monstrueuse, et des flammes presque invisibles commencèrent à dévorer leurs précieux aliments. Alors, les serviteurs s'enhardirent à l'ouvrage; ils traînaient allégrement les riches tapis, les voiles brodés d'argent, les tentures fleuries. Ils bondissaient sous le poids des tables, des fauteuils, des coussins épais, des lits aux chevilles d'or. Trois robustes Éthiopiens accoururent tenant embrassées ces statues colorées des nymphes dont l'une avait été aimée comme une mortelle; et l'on eût dit des grands singes ravisseurs de femmes. Et quand, tombant des bras de ces monstres, les belles formes nues se brisèrent sur les dalles, on entendit un gémissement.

À ce moment, Thaïs parut, ses cheveux dénoués coulant à longs flots, nu-pieds et vêtue d'une tunique informe et grossière qui, pour avoir seulement touché son corps, s'imprégnait d'une volupté divine. Derrière elle, s'en venait un jardinier portant, noyé dans sa barbe flottante, un Éros d'ivoire.

Elle fit signe à l'homme de s'arrêter et, s'approchant de Paphnuce, elle lui montra le petit dieu :

« Mon père, demanda-t-elle, faut-il aussi le jeter dans les flammes ? Il est d'un travail antique et merveilleux et il vaut cent fois son poids d'or. Sa perte serait irréparable, car il n'y aura plus jamais au monde un artiste capable de faire un si bel Éros. Considère aussi, mon père, que ce petit enfant est l'Amour et qu'il ne faut pas le traiter cruellement. Crois-moi : l'amour est une vertu et, si j'ai péché, ce n'est pas par lui, mon père, c'est contre lui. Jamais je ne regretterai ce qu'il m'a fait faire et je pleure seulement ce que j'ai fait malgré sa défense. Il ne permet pas aux femmes de se donner à ceux qui ne viennent point en son nom. C'est pour cela qu'on doit l'honorer. Vois, Paphnuce, comme ce petit Éros est joli ! Comme il se cache avec grâce dans la barbe de ce jardinier ! Un jour, Nicias, qui m'aimait alors, me l'apporta en me disant : " Il te parlera de moi. " Mais l'espiègle me parla d'un jeune homme que j'avais connu à Antioche et ne me parla pas de Nicias. Assez de richesses ont péri sur ce bûcher, mon père ! Conserve cet Éros et place-le dans quelque monastère. Ceux qui le verront tourneront leur cœur vers Dieu, car l'Amour sait naturellement s'élever aux célestes pensées. »

Le jardinier, croyant déjà le petit Éros sauvé, lui souriait comme à un enfant, quand Paphnuce, arrachant le dieu des bras qui le tenaient, le lança dans les flammes en s'écriant :

« Il suffit que Nicias l'ait touché pour qu'il répande tous les poisons. »

Puis, saisissant lui-même à pleines mains les robes étincelantes, les manteaux de pourpre, les sandales d'or, les peignes, les strigiles, les miroirs, les lampes, les théorbes et les lyres, il les jetait dans ce brasier plus somptueux que le bûcher de Sardanapale, pendant que, ivres de la joie de détruire, les esclaves dansaient en poussant des hurlements sous une pluie de cendres et d'étincelles.

Un à un, les voisins, réveillés par le bruit, ouvraient leurs fenêtres et cherchaient, en se frottant les yeux, d'où venait tant de fumée. Puis ils descendaient à demi vêtus sur la place et s'approchaient du bûcher :

« Qu'est cela ? » pensaient-ils.

Il y avait parmi eux des marchands auxquels Thaïs avait coutume d'acheter des parfums ou des étoffes, et ceux-là, tout inquiets, allongeant leur tête jaune et sèche, cherchaient à comprendre. Des jeunes débauchés qui, revenant de souper, passaient par là, précédés de leurs esclaves, s'arrêtaient, le front couronné de fleurs, la tunique flottante, et poussaient de grands cris. Cette foule de curieux, sans cesse accrue, sut bientôt que Thaïs, sous l'inspiration de l'abbé d'Antinoé, brûlait ses richesses avant de se retirer dans un monastère.

Les marchands songeaient :

« Thaïs quitte cette ville; nous ne lui vendrons plus rien; c'est une chose affreuse à penser. Que deviendrons-nous sans elle ? Ce moine lui a fait perdre la raison. Il nous ruine. Pourquoi le laisse-t-on faire ? À quoi servent les lois ? Il n'y a donc plus de magistrats à Alexandrie ? Cette Thaïs n'a souci ni de nous, ni de nos femmes, ni de nos pauvres enfants. Sa conduite est un scandale public. Il faut la contraindre à rester malgré elle dans cette ville. »

Les jeunes gens songeaient de leur côté :

« Si Thaïs renonce aux jeux et à l'amour, c'en est fait de nos plus chers amusements. Elle était la gloire délicieuse, le doux honneur du théâtre. Elle faisait la joie de ceux mêmes qui ne la *possédaient* pas. Les femmes qu'on *aimait*, on les aimait en elle; il ne se *donnait* pas de baisers dont elle fût tout à fait absente, car elle était la volupté des voluptés, et la seule pensée qu'elle respirait parmi nous nous excitait au plaisir. »

Ainsi pensaient les jeunes hommes, et l'un d'eux, nommé Cérons[1], qui l'avait tenue dans ses bras, criait au rapt et blasphémait le dieu Christ. Dans tous les groupes, la conduite de Thaïs était sévèrement jugée :

« C'est une fuite honteuse !

— Un lâche abandon !

— Elle nous retire le pain de la bouche.
— Elle emporte la dot de nos filles.
— Il faudra bien au moins qu'elle paie les couronnes que je lui ai vendues.
— Et les soixante robes qu'elle m'a commandées.
— Elle doit à tout le monde.
— Qui représentera après elle Iphigénie, Électre et Polyxène ? Le beau Polybe lui-même n'y réussira pas comme elle.
— Il sera triste de vivre quand sa porte sera close.
— Elle était la claire étoile, la douce lune du ciel alexandrin. »

Les mendiants les plus célèbres de la ville, aveugles, culs-de-jatte et paralytiques, étaient maintenant rassemblés sur la place ; et, se traînant dans l'ombre des riches, ils gémissaient :

« Comment vivrons-nous quand Thaïs ne sera plus là pour nous nourrir ? Les miettes de sa table rassasiaient tous les jours deux cents malheureux, et ses amants, qui la quittaient satisfaits, nous jetaient en passant des poignées de pièces d'argent. »

Des voleurs, répandus dans la foule, poussaient des clameurs assourdissantes et bousculaient leurs voisins afin d'augmenter le désordre et d'en profiter pour dérober quelque objet précieux.

Seul, le vieux Taddée qui vendait la laine de Milet et le lin de Tarente, et à qui Thaïs devait une grosse somme d'argent, restait calme et silencieux au milieu du tumulte. L'oreille tendue et le regard oblique, il caressait sa barbe de bouc, et semblait pensif. Enfin, s'étant approché du jeune Cérons, il le tira par la manche et lui dit tout bas :

« Toi, le préféré de Thaïs, beau seigneur, montre-toi et ne souffre pas qu'un moine te l'enlève.

— Par Pollux et sa sœur, il ne le fera pas ! s'écria Cérons. Je vais parler à Thaïs et, sans me flatter, je pense qu'elle m'écoutera un peu mieux que ce Lapithe[1] barbouillé de suie. Place ! Place, canaille ! »

Et, frappant du poing les hommes, renversant les vieilles femmes, foulant aux pieds les petits enfants, il parvint jusqu'à Thaïs et la tirant à part :

« Belle fille, lui dit-il, regarde-moi, souviens-toi, et dis si vraiment tu renonces à l'amour. »

Mais Paphnuce, se jetant entre Thaïs et Cérons :

« Impie, s'écria-t-il, crains de mourir si tu touches à celle-ci : elle est sacrée, elle est la part de Dieu.

— Va-t'en, cynocéphale ! répliqua le jeune homme furieux; laisse-moi parler à mon amie, sinon je traînerai par la barbe ta carcasse obscène jusque dans ce feu où je te grillerai comme une andouille. »

Et il étendit la main sur Thaïs. Mais, repoussé par le moine avec une raideur inattendue, il chancela et alla tomber à quatre pas en arrière, au pied du bûcher, dans les tisons écroulés.

Cependant, le vieux Taddée allait de l'un à l'autre, tirant l'oreille aux esclaves et baisant la main aux maîtres, excitant chacun contre Paphnuce, et déjà il avait formé une petite troupe qui marchait résolument sur le moine ravisseur. Cérons se releva, le visage noirci, les cheveux brûlés, suffoqué de fumée et de rage. Il blasphéma les dieux et se jeta parmi les assaillants, derrière lesquels les mendiants rampaient en agitant leurs béquilles. Paphnuce fut bientôt enfermé dans un cercle de poings tendus, de bâtons levés et de cris de mort.

« Au gibet ! le moine, au gibet !

— Non, jetez-le[a] dans le feu. Grillez-le tout vif ! »

Ayant saisi sa belle proie, Paphnuce la serrait sur son cœur.

« Impies, criait-il d'une voix tonnante, n'essayez pas d'arracher la colombe à l'aigle du Seigneur. Mais plutôt imitez cette femme et, comme elle, changez votre fange en or. Renoncez, sur son exemple, aux faux biens que vous croyez posséder et qui vous possèdent. Hâtez-vous : les jours sont proches et la patience divine commence à se lasser. Repentez-vous, confessez votre honte, pleurez et priez. Marchez sur les pas de Thaïs. Détestez vos crimes qui sont aussi grands que les siens. Qui de vous, pauvres ou riches, marchands, soldats, esclaves, illustres citoyens, oserait se dire, devant Dieu, meilleur qu'une prostituée ? Vous n'êtes tous que de vivantes immondices et c'est par un miracle de la bonté céleste que vous ne vous répandez pas soudain en ruisseaux de boue. »

Tandis qu'il parlait, des flammes jaillissaient de ses prunelles; il semblait que des charbons ardents sortissent de ses lèvres, et ceux qui l'entouraient l'écoutaient malgré eux.

Mais le vieux Taddée ne restait point oisif. Il ramassait des pierres et des écailles d'huîtres, qu'il cachait dans un pan de sa tunique et, n'osant les jeter lui-même, il les glissait dans la main des mendiants. Bientôt, les cailloux volèrent et une coquille, adroitement lancée, fendit le front de Paphnuce. Le sang, qui coulait sur cette sombre face de martyr, dégouttait, pour un nouveau baptême, sur la tête de la pénitente, et Thaïs, oppressée par l'étreinte du moine, sa chair délicate froissée contre le rude cilice, sentait courir en elle les frissons de l'horreur et de la volupté.

À ce moment[a], un homme élégamment vêtu, le front couronné d'ache, s'ouvrant un chemin au milieu des furieux, s'écria :

« Arrêtez ! arrêtez ! Ce moine est mon frère ! »

C'était Nicias qui, venant de fermer les yeux au philosophe Eucrite, et qui, passant sur cette place pour regagner sa maison, avait vu sans trop de surprise (car il ne s'étonnait de rien) le bûcher fumant, Thaïs vêtue de bure et Paphnuce lapidé.

Il répétait :

« Arrêtez, vous dis-je; épargnez mon vieux condisciple; respectez la chère tête de Paphnuce. »

Mais, habitué aux subtils entretiens des sages, il n'avait point l'impérieuse énergie qui soumet les esprits populaires. On ne l'écouta point. Une grêle de cailloux et d'écailles tombait sur le moine qui, couvrant Thaïs de son corps, louait le Seigneur dont la bonté lui changeait les blessures en caresses. Désespérant de se faire entendre et trop assuré de ne pouvoir sauver son ami, soit par la force, soit par la persuasion, Nicias se résignait déjà à laisser faire aux dieux, en qui il avait peu de confiance, quand il lui vint en tête d'user d'un stratagème que son mépris des hommes lui avait tout à coup suggéré. Il détacha de sa ceinture sa bourse qui se trouvait gonflée d'or et d'argent, étant celle d'un homme voluptueux et charitable; puis il courut à tous ceux qui jetaient des pierres et fit sonner les pièces à leurs oreilles. Ils n'y prirent point garde d'abord, tant leur fureur était vive; mais peu à peu leurs regards se tournèrent vers l'or qui tintait et bientôt leurs bras amollis ne menacèrent plus leur victime. Voyant qu'il avait attiré leurs yeux et leurs âmes, Nicias ouvrit la bourse et se mit à jeter dans la foule quelques pièces d'or et d'argent. Les plus avides se baissèrent pour les ramasser. Le philosophe, heureux de ce premier succès, lança adroitement çà et là les deniers et les drachmes. Au son des pièces de métal qui rebondissaient sur le pavé, la troupe des persécuteurs se rua à terre. Mendiants, esclaves et marchands se vautraient à l'envi, tandis que, groupés autour de Cérons, les patriciens regardaient ce spectacle en éclatant de rire. Cérons lui-même y perdit sa colère. Ses amis encourageaient les rivaux prosternés, choisissaient des champions et faisaient des paris, et, quand naissaient des disputes, ils excitaient ces misérables comme on fait des chiens qui se battent. Un cul-de-jatte ayant réussi à saisir une drachme, des acclamations s'élevèrent jusqu'aux nues. Les jeunes hommes se mirent eux-mêmes à jeter des pièces de monnaie, et l'on ne vit plus sur toute la place qu'une infinité de dos qui, sous une pluie d'airain, s'entrechoquaient comme les lames d'une mer démontée. Paphnuce était oublié.

Nicias courut à lui, le couvrit de son manteau et l'entraîna avec Thaïs dans des ruelles où ils ne furent pas poursuivis. Ils coururent quelque temps en silence, puis, se jugeant hors d'atteinte, ils ralentirent le pas et Nicias dit d'un ton de raillerie un peu triste :

« C'est donc fait ! Pluton ravit Proserpine, et Thaïs veut suivre loin de nous mon farouche ami.

— Il est vrai, Nicias, répondit Thaïs, je suis fatiguée de vivre avec des hommes comme toi, souriants, parfumés, bienveillants, égoïstes. Je suis lasse de tout ce que je connais, et je vais chercher l'inconnu. J'ai éprouvé que la joie n'était pas la joie et voici que cet homme m'enseigne qu'en la douleur est la véritable joie. Je le crois, car il possède la vérité.

— Et moi, âme amie, reprit Nicias, en souriant, je possède les vérités. Il n'en a qu'une ; je les ai toutes. Je suis plus riche que lui, et n'en suis, à vrai dire, ni plus fier ni plus heureux. »

Et, voyant que le moine lui jetait des regards flamboyants :

« Cher Paphnuce, ne crois pas que je te trouve extrêmement ridicule, ni même tout à fait déraisonnable. Et si je compare ma vie à la tienne, je ne saurais dire laquelle est préférable en soi. Je vais tout à l'heure prendre le bain que Crobyle et Myrtale m'auront préparé, je mangerai l'aile d'un faisan du Phase, puis je lirai, pour la centième fois, quelque fable milésienne ou quelque traité de Métrodore[1]. Toi, tu regagneras[a] ta cellule où, t'agenouillant comme un chameau docile, tu rumineras je ne sais quelles formules d'incantation depuis longtemps mâchées et remâchées, et le soir, tu avaleras des raves sans huile. Eh bien ! très cher, en accomplissant ces actes, dissemblables quant aux apparences, nous obéirons tous deux au même sentiment, seul mobile de toutes les actions humaines; nous rechercherons tous deux notre volupté et nous nous proposerons une fin commune : le bonheur, l'impossible bonheur ! J'aurais donc mauvaise grâce à te donner tort, chère tête, si je me donne raison.

« Et toi, ma Thaïs, va et réjouis-toi; sois plus heureuse encore, s'il est possible, dans l'abstinence et dans l'austérité que tu ne l'as été dans la richesse et dans le plaisir. À tout prendre, je te proclame digne d'envie. Car, si dans toute notre existence, obéissant à notre nature, nous n'avons, Paphnuce et moi, poursuivi qu'une seule espèce de satisfaction, tu auras goûté dans la vie, chère Thaïs, des voluptés contraires qu'il est rarement donné à la même personne de connaître. En vérité, je voudrais être pour une heure un saint de l'espèce de notre cher Paphnuce. Mais cela ne m'est point permis. Adieu donc, Thaïs ! Va où te conduisent les puissances secrètes de ta nature et de ta destinée. Va, et emporte au loin les vœux de Nicias. J'en sais l'inanité; mais puis-je te donner mieux que des regrets stériles et de vains souhaits pour prix des illusions délicieuses qui m'enveloppaient jadis dans tes bras et dont il me reste l'ombre ? Adieu, ma bienfaitrice ! adieu, bonté qui s'ignore, vertu mystérieuse, volupté des hommes ! adieu, la plus adorable des images que la nature ait jamais jetées, pour une fin inconnue, sur la face de ce monde décevant ! »

Tandis qu'il parlait, une sombre colère couvait dans le cœur du moine; elle éclata en imprécations :

« Va-t'en, maudit ! Je te méprise et te hais ! Va-t'en, fils de l'enfer, mille fois plus méchant que ces pauvres égarés, qui, tout à l'heure, me jetaient des pierres avec des injures. Ils ne savaient pas ce qu'ils faisaient et la grâce de Dieu, que j'implore pour eux, peut un jour descendre dans leurs cœurs. Mais toi, détestable Nicias, tu n'es que venin perfide et poison acerbe. Le souffle de ta bouche exhale le désespoir et la mort. Un seul de tes sourires contient plus de blasphèmes qu'il n'en sort en tout un siècle des lèvres fumantes de Satan. Arrière, réprouvé ! »

Nicias le regardait avec tendresse.

« Adieu, mon frère, lui dit-il, et puisses-tu conserver jusqu'à l'évanouissement final les trésors de ta foi, de ta haine et de ton amour ! Adieu ! Thaïs : en vain tu m'oublieras, puisque je garde ton souvenir. »

Et, les quittant, il s'en alla pensif par les rues tortueuses qui avoisinent la grande nécropole d'Alexandrie et qu'habitent les potiers funèbres. Leurs boutiques étaient pleines de ces figurines d'argile, peintes de couleurs claires, qui représentent des dieux et des déesses, des mimes, des femmes, de petits génies ailés, et qu'on a coutume d'ensevelir avec les morts[1]. Il songea que peut-être quelques-uns de ces légers simulacres, qu'il voyait là de ses yeux, seraient les compagnons de son sommeil éternel; et il lui sembla qu'un petit Éros, sa tunique retroussée, riait d'un rire moqueur. L'idée de ses funérailles, qu'il voyait par avance, lui était pénible. Pour remédier à sa tristesse, il essaya de la philosophie et construisit un raisonnement :

« Certes, se dit-il, le temps n'a point de réalité. C'est une pure illusion de notre esprit. Or, comment, s'il n'existe pas, pourrait-il m'apporter ma mort ?... Est-ce à dire que je vivrai éternellement ? Non, mais j'en conclus que ma mort est, et fut toujours autant qu'elle sera jamais. Je ne la sens pas encore; pourtant elle est, et je ne dois pas la craindre, car ce serait folie de redouter la venue de ce qui est arrivé. Elle existe comme la dernière page d'un livre que je lis et que je n'ai pas fini. »

Ce raisonnement l'occupa sans l'égayer tout le long de sa route; il avait l'âme noire quand, arrivé au seuil de sa maison, il entendit les rires clairs de Crobyle et de Myrtale, qui jouaient à la paume en l'attendant.

Paphnuce et Thaïs sortirent de la ville par la porte de la Lune et suivirent le rivage de la mer.

« Femme, disait le moine, toute cette grande mer bleue ne pourrait laver tes souillures. »

Il lui parlait avec colère et mépris :

« Plus immonde que les lices et les laies, tu as prostitué aux païens et aux infidèles un corps que l'Éternel avait formé pour s'en faire un tabernacle, et tes impuretés sont telles que, maintenant que tu sais la vérité, tu ne peux plus unir tes lèvres ou joindre les mains sans que le dégoût de toi-même te soulève le cœur. »

Elle le suivait docilement, par d'âpres chemins, sous l'ardent soleil. La fatigue rompait ses genoux et la soif enflammait son haleine. Mais, loin d'éprouver cette fausse pitié qui amollit les cœurs profanes, Paphnuce se réjouissait des souffrances expiatrices de cette chair qui avait péché. Dans le transport d'un saint zèle, il aurait voulu déchirer de verges ce corps qui gardait sa beauté comme un témoignage éclatant de son infamie. Ses méditations entretenaient sa pieuse fureur et, se rappelant que Thaïs avait reçu Nicias dans son lit, il en forma une idée si abominable que tout son sang reflua vers son cœur et que sa poitrine fut près de se rompre. Ses anathèmes, étouffés dans sa gorge, firent place à des grincements de dents. Il bondit, se dressa devant elle, pâle, terrible, plein de Dieu, la regarda jusqu'à l'âme, et lui cracha au visage.

Tranquille, elle s'essuya la face sans cesser de marcher. Maintenant il la suivait, attachant sur elle sa vue comme sur un abîme. Il allait, saintement irrité. Il méditait de venger le Christ afin que le Christ ne se vengeât pas, quand il vit une goutte de sang qui du pied de Thaïs coula sur le sable. Alors, il sentit la fraîcheur d'un souffle inconnu entrer dans son cœur ouvert, des sanglots lui montèrent abondamment aux lèvres, il pleura, il courut se prosterner devant elle, il l'appela sa sœur, il baisa ses pieds qui saignaient. Il murmura cent fois :

« Ma sœur, ma sœur, ma mère, ô très sainte ! »

Il pria :

« Anges du ciel, recueillez précieusement cette goutte de sang et portez-la devant le trône du Seigneur. Et qu'une anémone miraculeuse fleurisse sur le sable arrosé par le sang de Thaïs, afin que tous ceux qui verront cette fleur recouvrent la pureté du cœur et des sens ! Ô sainte, sainte, très sainte Thaïs ! »

Comme il priait et prophétisait ainsi, un jeune garçon vint à passer sur un âne. Paphnuce lui ordonna de descendre, fit asseoir Thaïs sur l'âne, prit la bride et suivit le chemin commencé. Vers le soir, ayant rencontré un canal ombragé de beaux arbres, il attacha l'âne au tronc d'un dattier et, s'asseyant sur une pierre moussue, il rompit avec Thaïs un pain qu'ils mangèrent assaisonné de sel et d'hysope[1]. Ils buvaient l'eau fraîche dans le creux de leur main et s'entretenaient des choses éternelles. Elle disait :

« Je n'ai jamais bu d'une eau si pure ni respiré un air si léger, et je sens que Dieu flotte dans les souffles qui passent. »

Paphnuce répondait :

« Vois, c'est le soir, ô ma sœur. Les ombres bleues de la nuit couvrent les collines. Mais bientôt tu verras briller dans l'aurore les tabernacles de vie; bientôt, tu verras s'allumer les roses de l'éternel matin. »

Ils marchèrent toute la nuit, et, tandis que le croissant de la lune effleurait la cime argentée des flots, ils chantaient des psaumes et des cantiques. Quand le soleil se leva, le désert s'étendait devant eux comme une immense peau de lion sur la terre libyque. À la lisière du sable, des cellules blanches s'élevaient près des palmiers dans l'aurore.

« Mon père, demanda Thaïs, sont-ce là les tabernacles de vie ?

— Tu l'as dit, ma fille et ma sœur. C'est la maison du salut où je t'enfermerai de mes mains[2]. »

Bientôt, ils découvrirent de toutes parts des femmes qui s'empressaient près des demeures ascétiques comme des abeilles autour des ruches. Il y en avait qui cuisaient le pain ou qui apprêtaient les légumes;

plusieurs filaient la laine, et la lumière du ciel descendait sur elles ainsi qu'un sourire de Dieu. D'autres méditaient à l'ombre des tamaris ; leurs mains blanches pendaient à leur côté, car, étant pleines d'amour, elles avaient choisi la part de Madeleine, et elles n'accomplissaient pas d'autres œuvres que la prière, la contemplation et l'extase. C'est pourquoi on les nommait les Maries et elles étaient vêtues de blanc. Et celles qui travaillaient de leurs mains étaient appelées les Marthes et portaient des robes bleues. Toutes étaient voilées, mais les plus jeunes laissaient glisser sur leur front des boucles de cheveux ; et il faut croire que c'était malgré elles, car la règle ne le permettait pas. Une dame très vieille, grande, blanche, allait de cellule en cellule, appuyée sur un sceptre de bois dur. Paphnuce s'approcha d'elle avec respect, lui baisa le bord de son voile, et dit :

« La paix du Seigneur soit avec toi, vénérable Albine ! J'apporte à la ruche dont tu es la reine une abeille que j'ai trouvée perdue sur un chemin sans fleurs. Je l'ai prise dans le creux de ma main et réchauffée de mon souffle[1]. Je te la donne. »

Et il lui désigna du doigt la comédienne, qui s'agenouilla devant la fille des Césars.

Albine arrêta un moment sur Thaïs son regard perçant, lui ordonna de se relever, la baisa au front, puis, se tournant vers le moine :

« Nous la placerons, dit-elle, parmi les Maries. »

Paphnuce lui conta alors par quelles voies Thaïs avait été conduite à la maison du salut et il demanda qu'elle fût d'abord enfermée dans une cellule. L'abbesse y consentit, elle conduisit la pénitente dans une cabane restée vide depuis la mort de la vierge Læta qui l'avait sanctifiée. Il n'y avait dans l'étroite chambre qu'un lit, une table et une cruche, et Thaïs, quand elle posa le pied sur le seuil, fut pénétrée d'une joie infinie.

« Je veux moi-même clore la porte, dit Paphnuce, et poser le sceau que Jésus viendra rompre de ses mains. »

Il alla prendre au bord de la fontaine une poignée d'argile humide, y mit un de ses cheveux avec un peu de salive et l'appliqua sur une des fentes de l'huis.

Puis, s'étant approché de la fenêtre près de laquelle Thaïs se tenait paisible et contente, il tomba à genoux, loua par trois fois le Seigneur et s'écria :

« Qu'elle est aimable celle qui marche dans les sentiers de vie ! Que ses pieds sont beaux et que son visage est resplendissant ! »

Il se leva, baissa sa cuculle sur ses yeux et s'éloigna lentement.

Albine appela une de ses vierges.

« Ma fille, lui dit-elle, va porter à Thaïs ce qui lui est nécessaire : du pain, de l'eau et une flûte à trois trous[1]. »

III

L'EUPHORBE[2]

Paphnuce était de retour au saint désert. Il avait pris, vers Athribis[3], le bateau qui remontait le Nil pour porter des vivres au monastère de l'abbé Sérapion. Quand il débarqua, ses disciples s'avancèrent au-devant de lui avec de grandes démonstrations de joie. Les uns levaient les bras au ciel; les autres, prosternés à terre, baisaient les sandales de l'abbé. Car ils savaient déjà ce que le saint avait accompli dans Alexandrie. C'est ainsi que les moines recevaient ordinairement, par des voies inconnues et rapides, les avis intéressant la sûreté ou la gloire de l'Église. Les nouvelles couraient dans le désert avec la rapidité du simoun.

Et, tandis que Paphnuce s'enfonçait dans les sables, ses disciples le suivaient en louant le Seigneur. Flavien, qui était l'ancien de ses frères, saisi tout à coup d'un pieux délire, se mit à chanter un cantique inspiré :

« Jour béni ! Voici que notre père nous est rendu !

« Il nous revient, chargé de nouveaux mérites dont le prix nous sera compté !

« Car les vertus du père sont la richesse des enfants et la sainteté de l'abbé embaume toutes les cellules.

« Paphnuce, notre père, vient de donner à Jésus-Christ une nouvelle épouse.

« Il a changé par son art merveilleux une brebis noire en brebis blanche.

« Et voici qu'il nous revient chargé de nouveaux mérites,

« Semblable à l'abeille de l'Arsinoïtide, qu'alourdit le nectar des fleurs,

« Comparable au bélier de Nubie, qui peut à peine supporter le poids de sa laine abondante.

« Célébrons ce jour en assaisonnant nos mets avec de l'huile ! »

Parvenus au seuil de la cellule abbatiale, ils se mirent tous à genoux et dirent :

« Que notre père nous bénisse et qu'il nous donne à chacun une mesure d'huile pour fêter son retour ! »

Seul, Paul le Simple, resté debout, demandait : « Quel est cet homme ? » et ne reconnaissait point Paphnuce. Mais personne ne prenait garde à ce qu'il disait, parce qu'on le savait dépourvu d'intelligence, bien que rempli de piété.

L'abbé d'Antinoé, renfermé dans sa cellule, songea :

« J'ai donc enfin regagné l'asile de mon repos et de ma félicité. Je suis donc rentré dans la citadelle de mon contentement. D'où vient que ce cher toit de roseaux ne m'accueille point en ami, et que ces murs ne me disent pas : sois le bienvenu ! Rien, depuis mon départ, n'est changé dans cette demeure d'élection. Voici ma table et mon lit. Voici la tête de momie qui m'inspira tant de fois des pensées salutaires, et voici le livre où j'ai si souvent cherché les images de Dieu. Et pourtant je ne retrouve rien de ce que j'ai laissé. Les choses m'apparaissent tristement dépouillées de leurs grâces coutumières, et il me semble que je les vois aujourd'hui pour la première fois. En regardant cette table et cette couche, que j'ai jadis taillées de mes mains, cette tête noire et desséchée, ces rouleaux de papyrus remplis des dictées de Dieu, je crois voir les meubles d'un mort. Après les avoir tant connus, je ne les reconnais pas. Hélas ! puisqu'en réalité rien n'est changé autour de moi, c'est moi qui ne suis plus celui que j'étais. Je suis un autre. Le mort, c'était moi ! Qu'est-il devenu, mon Dieu ? Qu'a-t-il emporté ? Que m'a-t-il laissé ? Et qui suis-je ? »

Et il s'inquiétait surtout de trouver malgré lui

que sa cellule était petite, tandis qu'en la considérant par les yeux de la foi, on devait l'estimer immense, puisque l'infini de Dieu y commençait.

S'étant mis à prier, le front contre terre, il recouvra un peu de joie. Il y avait à peine une heure qu'il était en oraison, quand l'image de Thaïs passa devant ses yeux. Il en rendit grâces à Dieu :

« Jésus ! c'est toi qui me l'envoies. Je reconnais là ton immense bonté : tu veux que je me plaise, m'assure et me rassérène à la vue de celle que je t'ai donnée. Tu présentes à mes yeux son sourire maintenant désarmé, sa grâce désormais innocente, sa beauté dont j'ai arraché l'aiguillon. Pour me flatter, mon Dieu, tu me la montres telle que je l'ai ornée et purifiée à ton intention, comme un ami rappelle en souriant à son ami le présent agréable qu'il en a reçu. C'est pourquoi je vois cette femme avec plaisir, assuré que sa vision vient de toi. Tu veux bien ne pas oublier que je te l'ai donnée, mon Jésus. Garde-la, puisqu'elle te plaît, et ne souffre pas surtout que ses charmes brillent pour d'autres que pour toi. »

Pendant toute la nuit il ne put dormir et il vit Thaïs plus distinctement qu'il ne l'avait vue dans la grotte des Nymphes. Il se rendit témoignage, disant :

« Ce que j'ai fait, je l'ai fait pour la gloire de Dieu. »

Pourtant, à sa grande surprise, il ne goûtait pas la paix du cœur. Il soupirait :

« Pourquoi es-tu triste, mon âme, et pourquoi me troubles-tu[1] ? »

Et son âme demeurait inquiète. Il resta trente jours dans cet état de tristesse qui présage au solitaire de redoutables épreuves. L'image de Thaïs ne le quittait ni le jour ni la nuit. Il ne la chassait point parce qu'il pensait encore qu'elle venait de Dieu et que c'était l'image d'une sainte. Mais, un matin, elle le visita en rêve, les cheveux ceints de violettes, et si redoutable dans sa douceur, qu'il en cria d'épouvante et se réveilla couvert d'une sueur glacée. Les yeux encore cillés par le sommeil, il sentit un souffle humide et chaud lui passer sur le visage : un petit chacal, les deux pattes posées au chevet du lit, lui soufflait au nez son haleine puante et riait du fond de sa gorge.

Paphnuce en éprouva un immense étonnement et

il lui sembla qu'une tour s'abîmait sous ses pieds. Et, en effet, il tombait du haut de sa confiance écroulée. Il fut quelque temps incapable de penser; puis, ayant recouvré ses esprits, sa méditation ne fit qu'accroître son inquiétude.

« De deux choses l'une, se dit-il : ou bien cette vision, comme les précédentes, vient de Dieu; elle était bonne et c'est ma perversité naturelle qui l'a gâtée, comme le vin s'aigrit dans une tasse impure. J'ai, par mon indignité, changé l'édification en scandale, ce dont le chacal diabolique a immédiatement tiré un grand avantage. Ou bien cette vision vient, non pas de Dieu, mais, au contraire, du diable, et elle était empestée. Et dans ce cas, je doute à présent si les précédentes avaient, comme je l'ai cru, une céleste origine. Je suis donc incapable d'une sorte de discernement, qui est nécessaire à l'ascète. Dans les deux cas, Dieu me marque un éloignement dont je sens l'effet sans m'en expliquer la cause. »

Il raisonnait de la sorte et demandait avec angoisse :

« Dieu juste[a], à quelles épreuves réserves-tu tes serviteurs, si les apparitions de tes saintes sont un danger pour eux ? Fais-moi connaître, par un signe intelligible, ce qui vient de toi et ce qui vient de l'Autre ! »

Et, comme Dieu, dont les desseins sont impénétrables, ne jugea pas convenable d'éclairer son serviteur, Paphnuce, plongé dans le doute, résolut de ne plus songer à Thaïs. Mais sa résolution demeura stérile. L'absente était sur lui. Elle le regardait tandis qu'il lisait, qu'il méditait, qu'il priait ou qu'il contemplait. Son approche idéale était précédée par un bruit léger, tel que celui d'une étoffe qu'une femme froisse en marchant, et ces visions avaient une exactitude que n'offrent point les réalités, lesquelles sont par elles-mêmes mouvantes et confuses, tandis que les fantômes, qui procèdent de la solitude, en portent les profonds caractères et présentent une fixité puissante. Elle venait à lui sous diverses apparences : tantôt pensive, le front ceint de sa dernière couronne périssable, vêtue, comme au banquet d'Alexandrie, d'une robe couleur de mauve, semée de fleurs d'argent; tantôt voluptueuse dans le nuage de ses voiles légers et baignée encore des ombres tièdes de la grotte des Nymphes ; tantôt pieuse et rayonnant, sous la bure, d'une joie céleste ; tantôt tragique, les yeux nageant dans l'horreur de la mort et montrant sa poitrine nue, parée du sang de son cœur ouvert. Ce qui l'inquiétait le plus dans ces visions, c'était que les couronnes, les tuniques, les voiles, qu'il avait brûlés de ses propres mains, pussent ainsi revenir ; il lui devenait évident que ces choses avaient une âme impérissable et il s'écriait :

« Voici que les âmes innombrables des péchés de Thaïs viennent à moi ! »

Quand il détournait la tête, il sentait Thaïs derrière lui et il n'en éprouvait que plus d'inquiétude. Ses misères étaient cruelles. Mais, comme son âme et son corps restaient purs au milieu des tentations, il espérait en Dieu et lui faisait de tendres reproches.

« Mon Dieu, si je suis allé la chercher si loin parmi les gentils, c'était pour toi, non pour moi. Il ne serait pas juste que je pâtisse de ce que j'ai fait dans ton intérêt. Protège-moi, mon doux Jésus ! mon Sauveur, sauve-moi ! Ne permets pas que le fantôme accomplisse ce que n'a point accompli le corps. Quand j'ai triomphé de la chair, ne souffre pas que l'ombre me terrasse. Je connais que je suis exposé présentement à des dangers plus grands que ceux que je courus jamais. J'éprouve et je sais que le rêve a plus de puissance que la réalité. Et comment en pourrait-il être autrement, puisqu'il est lui-même une réalité supérieure ? Il est l'âme des choses. Platon lui-même, bien qu'il ne fût qu'un idolâtre, a reconnu l'existence propre des idées. Dans ce banquet des démons où tu m'as accompagné, Seigneur, j'ai entendu des hommes, il est vrai, souillés de crimes, mais non point, certes, dénués d'intelligence, s'accorder à reconnaître que nous percevons dans la solitude, dans la méditation et dans l'extase des objets véritables ; et ton Écriture, mon Dieu, atteste maintes fois la vertu des songes et la force des visions formées, soit par toi, Dieu splendide, soit par ton adversaire[1]. »

Un homme nouveau était en lui et maintenant il raisonnait avec Dieu, et Dieu ne se hâtait point de l'éclairer. Ses nuits n'étaient plus qu'un long rêve et ses jours ne se distinguaient point des nuits. Un matin, il se réveilla en poussant des soupirs tels qu'il en sort, à la clarté de la lune, des tombeaux qui recouvrent les victimes des crimes. Thaïs était venue, montrant ses pieds sanglants, et, tandis qu'il pleurait, elle s'était glissée dans sa couche. Il ne lui restait plus de doutes : l'image de Thaïs était une image impure.

Le cœur soulevé de dégoût, il s'arracha de sa couche souillée et se cacha la face dans les mains, pour ne plus voir le jour. Les heures coulaient sans emporter sa honte. Tout se taisait dans la cellule. Pour la première fois depuis de longs jours, Paphnuce était seul. Le fantôme l'avait enfin quitté et son absence même était épouvantable. Rien, rien pour le distraire du souvenir du songe. Il pensait, plein d'horreur :

« Comment ne l'ai-je point repoussée ? Comment ne me suis-je pas arraché de ses bras froids et de ses genoux brûlants ? »

Il n'osait plus prononcer le nom de Dieu près de cette couche abominable et il craignait que, sa cellule étant profanée, les démons n'y pénétrassent librement à toute heure. Ses craintes ne le trompaient point. Les sept petits chacals, retenus naguère sur le seuil, entrèrent à la file et s'allèrent blottir sous le lit. À l'heure de vêpres, il en vint un huitième dont l'odeur était infecte. Le lendemain, un neuvième se joignit aux autres et bientôt il y en eut trente, puis soixante, puis quatre-vingts. Ils se faisaient plus petits à mesure qu'ils se multipliaient et, n'étant pas plus gros que des rats, ils couvraient l'aire, la couche et l'escabeau. Un d'eux, ayant sauté sur la tablette de bois placée au chevet du lit, se tenait les quatre pattes réunies sur la tête de mort et regardait le moine avec des yeux ardents. Et il venait chaque jour de nouveaux chacals.

Pour expier l'abomination de son rêve et fuir les pensées impures, Paphnuce résolut de quitter sa cellule, désormais immonde, et de se livrer au fond du désert à des austérités inouïes, à des travaux singuliers, à des œuvres très neuves. Mais avant d'accomplir son dessein, il se rendit auprès du vieillard Palémon, afin de lui demander conseil.

Il le trouva qui, dans son jardin, arrosait ses laitues.

C'était au déclin du jour. Le Nil était bleu et coulait au pied des collines violettes. Le saint homme marchait doucement pour ne pas effrayer une colombe qui s'était posée sur son épaule.

« Le Seigneur, dit-il, soit avec toi, frère Paphnuce ! Admire sa bonté : il m'envoie les bêtes qu'il a créées pour que je m'entretienne avec elles de ses œuvres et afin que je le glorifie dans les oiseaux du ciel. Vois cette colombe, remarque les nuances changeantes de son cou, et dis si ce n'est pas un bel ouvrage de Dieu. Mais n'as-tu pas, mon frère, à m'entretenir de quelque pieux sujet ? S'il en est ainsi, je poserai là mon arrosoir et je t'écouterai. »

Paphnuce conta au vieillard son voyage, son retour, les visions de ses jours, les rêves de ses nuits, sans omettre le songe criminel et la foule des chacals.

« Ne penses-tu pas, mon père, ajouta-t-il, que je dois m'enfoncer dans le désert, afin d'y accomplir des travaux extraordinaires et d'étonner le diable par mes austérités ?

— Je ne suis qu'un pauvre pécheur, répondit Palémon, et je connais mal les hommes, ayant passé toute ma vie dans ce jardin, avec des gazelles, de petits lièvres et des pigeons. Mais il me semble, mon frère, que ton mal vient surtout de ce que tu as passé sans ménagement des agitations du siècle au calme de la solitude. Ces brusques passages ne peuvent que nuire à la santé de l'âme. Il en est de toi, mon frère, comme d'un homme qui s'expose presque dans le même temps à une grande chaleur et à un grand froid. La toux l'agite et la fièvre le tourmente. À ta place, frère Paphnuce, loin de me retirer tout de suite dans quelque désert affreux, je prendrais les distractions qui conviennent à un moine et à un saint abbé. Je visiterais les monastères du voisinage. Il y en a d'admirables, à ce que l'on rapporte. Celui de l'abbé Sérapion contient, m'a-t-on dit, mille quatre cent trente-deux cellules, et les moines y sont divisés en autant de légions qu'il y a de lettres dans l'alphabet grec. On assure même que certains rapports sont observés entre le caractère des moines et la figure des lettres qui les désignent et que, par exemple, ceux qui sont placés sous le Z ont le caractère tortueux, tandis que les légionnaires rangés sous l'I ont l'esprit parfaitement droit[1]. Si j'étais de toi, mon frère, j'irais m'en assurer de mes yeux, et je n'aurais point de repos que je n'aie contemplé une chose si merveilleuse. Je ne manquerais pas d'étudier les constitutions des diverses communautés qui sont semées sur les bords du Nil, afin de pouvoir les comparer entre elles. Ce sont là des soins convenables à un religieux tel que toi. Tu n'es pas sans avoir ouï dire que l'abbé Ephrem a rédigé des règles spirituelles d'une grande beauté[2]. Avec sa permission, tu pourrais en prendre copie, toi qui es un scribe habile. Moi, je ne saurais; et mes mains, accoutumées à manier la bêche, n'auraient pas la souplesse qu'il faut pour conduire sur le papyrus le mince roseau de l'écrivain. Mais toi, mon frère, tu possèdes la connaissance des lettres et il faut en remercier Dieu, car on ne saurait trop admirer une belle écriture. Le travail de copiste et de lecteur offre de grandes ressources contre les mauvaises pensées. Frère Paphnuce, que ne mets-tu par écrit les enseignements de Paul et d'Antoine, nos pères ? Peu à peu, tu retrouveras dans ces pieux travaux la paix de l'âme et des sens; la solitude redeviendra aimable à ton cœur et bientôt tu seras en état de reprendre les travaux ascétiques que tu pratiquais autrefois et que ton voyage a interrompus. Mais il ne faut pas attendre un grand bien d'une pénitence excessive. Du temps qu'il était parmi nous, notre père Antoine avait coutume de dire : " L'excès du jeûne produit la faiblesse et la faiblesse engendre l'inertie. Il est des moines qui ruinent leur corps par des abstinences indiscrètement prolongées. On peut dire de ceux-ci qu'ils se plongent le poignard dans le sein et qu'ils se livrent inanimés au pouvoir du démon. " Ainsi parlait le saint homme Antoine; je ne suis qu'un ignorant, mais, avec la grâce de Dieu, j'ai retenu les propos de notre père. »

Paphnuce rendit grâces à Palémon et promit de méditer ses conseils. Ayant franchi la barrière de roseaux qui fermait le petit jardin, il se retourna et vit le bon jardinier qui arrosait ses salades, tandis que la colombe se balançait sur son dos arrondi. À cette vue, il fut pris de l'envie de pleurer.

En rentrant dans sa cellule, il y trouva un étrange

fourmillement. On eût dit des grains de sable agités par un vent furieux, et il reconnut que c'était des myriades de petits chacals. Cette nuit-là, il vit en songe une haute colonne de pierre, surmontée d'une figure humaine, et il entendit une voix qui disait : « Monte sur cette colonne ! »

À son réveil, persuadé que ce songe lui était envoyé du ciel, il assembla ses disciples et leur parla de la sorte : « Mes fils bien-aimés, je vous quitte pour aller où Dieu m'envoie. Pendant mon absence, obéissez à Flavien comme à moi-même et prenez soin de notre frère Paul. Soyez bénis. Adieu. »

Tandis qu'il s'éloignait, ils demeuraient prosternés à terre et, quand ils relevèrent la tête, ils virent sa grande forme noire à l'horizon des sables.

Il marcha jour et nuit, jusqu'à ce qu'il eût atteint les ruines de ce temple bâti jadis par les idolâtres et dans lequel il avait dormi parmi les scorpions et les sirènes lors de son voyage merveilleux. Les murs couverts de signes magiques étaient debout. Trente fûts gigantesques qui se terminaient en têtes humaines ou en fleurs de lotus soutenaient encore d'énormes poutres de pierre. Seule à l'extrémité du temple, une de ces colonnes avait secoué son faix antique et se dressait libre. Elle avait pour chapiteau la tête d'une femme aux yeux longs, aux joues rondes, qui souriait, portant au front des cornes de vache[1].

Paphnuce en la voyant reconnut la colonne qui lui avait été montrée dans son rêve et il l'estima haute de trente-deux coudées[2]. S'étant rendu dans le village voisin, il fit faire une échelle de cette hauteur et, quand l'échelle fut appliquée à la colonne, il y monta, s'agenouilla sur le chapiteau et dit au Seigneur :

« Voici donc, mon Dieu, la demeure que tu m'as choisie. Puissé-je y rester en ta grâce jusqu'à l'heure de ma mort. »

Il n'avait point pris de vivres, s'en remettant à la Providence divine et comptant que des paysans charitables lui donneraient de quoi subsister. Et en effet, le lendemain, vers l'heure de none, des femmes vinrent avec leurs enfants, portant des pains, des dattes et de l'eau fraîche, que les jeunes garçons montèrent jusqu'au faîte de la colonne.

Le chapiteau n'était pas assez large pour que le moine pût s'y étendre tout de son long, en sorte qu'il dormait les jambes croisées et la tête contre la poitrine, et le sommeil était pour lui une fatigue plus cruelle que la veille[1]. À l'aurore, les éperviers l'effleuraient de leurs ailes, et il se réveillait plein d'angoisse et d'épouvante.

Il se trouva que le charpentier, qui avait fait l'échelle, craignait Dieu. Ému à la pensée que le saint était exposé au soleil et à la pluie, et redoutant qu'il ne vînt à choir pendant son sommeil, cet homme pieux établit sur la colonne un toit et une balustrade.

Cependant, le renom d'une si merveilleuse existence se répandait de village en village et les laboureurs de la vallée venaient, le dimanche, avec leurs femmes et leurs enfants contempler le stylite. Les disciples de Paphnuce, ayant appris avec admiration le lieu de sa retraite sublime, se rendirent auprès de lui et obtinrent la faveur de se bâtir des cabanes au pied de la colonne. Chaque matin, ils venaient se ranger en cercle autour du maître qui leur faisait entendre des paroles d'édification :

« Mes fils, leur disait-il, demeurez semblables à ces petits enfants que Jésus aimait. Là est le salut. Le péché de la chair est la source et le principe de tous les péchés : ils sortent de lui comme d'un père. L'orgueil, l'avarice, la paresse, la colère et l'envie sont sa postérité bien-aimée. Voici ce que j'ai vu dans Alexandrie : j'ai vu les riches emportés par le vice de luxure qui, semblable à un fleuve à la barbe limoneuse, les poussait dans le gouffre amer. »

Les abbés Ephrem et Sérapion, instruits d'une telle nouveauté, voulurent la voir de leurs yeux. Découvrant au loin sur le fleuve la voile en triangle qui les amenait vers lui, Paphnuce ne put se défendre de penser que Dieu l'avait érigé en exemple aux solitaires. À sa vue, les deux saints abbés ne dissimulèrent point leur surprise ; s'étant consultés, ils tombèrent d'accord pour blâmer une pénitence si extraordinaire, et ils exhortèrent Paphnuce à descendre[2].

« Un tel genre de vie est contraire à l'usage,

disaient-ils; il est singulier et hors de toute règle. »

Mais Paphnuce leur répondit :

« Qu'est-ce donc que la vie monacale sinon une vie prodigieuse ? Et les travaux du moine ne doivent-ils pas être singuliers comme lui-même ? C'est par un signe de Dieu que je suis monté ici; c'est un signe de Dieu qui m'en fera descendre. »

Tous les jours, des religieux venaient par troupe se joindre aux disciples de Paphnuce et se bâtissaient des abris autour de l'ermitage aérien. Plusieurs d'entre eux, pour imiter le saint, se hissèrent sur les décombres du temple; mais, blâmés de leurs frères et vaincus par la fatigue, ils renoncèrent bientôt à ces pratiques.

Les pèlerins affluaient. Il y en avait qui venaient de très loin et ceux-là avaient faim et soif. Une pauvre veuve eut l'idée de leur vendre de l'eau fraîche et des pastèques. Adossée à la colonne, derrière ses bouteilles de terre rouge, ses tasses et ses fruits, sous une toile à raies bleues et blanches, elle criait : « Qui veut boire ? » À l'exemple de cette veuve, un boulanger apporta des briques et construisit un four tout à côté, dans l'espoir de vendre des pains et des gâteaux aux étrangers. Comme la foule des visiteurs grossissait sans cesse et que les habitants des grandes villes de l'Égypte commençaient à venir, un homme avide de gain éleva un caravansérail pour loger les maîtres avec leurs serviteurs, leurs chameaux et leurs mulets. Il y eut bientôt devant la colonne un marché où les pêcheurs du Nil apportaient leurs poissons et les jardiniers leurs légumes. Un barbier, qui rasait les gens en plein air, égayait la foule par ses joyeux propos. Le vieux temple, si longtemps enveloppé de silence et de paix, se remplit des mouvements et des rumeurs innombrables de la vie. Les cabaretiers transformaient en caves les salles souterraines et clouaient aux antiques piliers des enseignes surmontées de l'image du saint homme Paphnuce, et portant cette inscription en grec et en égyptien : *« On vend ici du vin de grenades, du vin de figues et de la vraie bière de Cilicie*[1]. *»* Sur les murs, sculptés de figures antiques, les marchands suspendaient des guirlandes d'oignons et des poissons fumés, des lièvres morts et des moutons écorchés. Le soir, les vieux hôtes des ruines, les rats, s'enfuyaient en longue file vers le fleuve, tandis que les ibis, inquiets, allongeant le cou, posaient une patte incertaine sur les hautes corniches vers lesquelles montaient la fumée des cuisines, les appels des buveurs et les cris des servantes. Tout alentour, des arpenteurs traçaient des rues, des maçons bâtissaient des couvents, des chapelles, des églises. Au bout de six mois, une ville était fondée, avec un corps de garde, un tribunal, une prison et une école tenue par un vieux scribe aveugle.

Les pèlerins succédaient sans cesse aux pèlerins. Les évêques et les chorévêques[1] accouraient, pleins d'admiration. Le patriarche d'Antioche, qui se trouvait alors en Égypte, vint avec tout son clergé. Il approuva hautement la conduite si extraordinaire du stylite et les chefs des églises de Libye suivirent, en l'absence d'Athanase, le sentiment du patriarche. Ce qu'ayant appris, les abbés Ephrem et Sérapion vinrent s'excuser aux pieds de Paphnuce de leurs premières défiances. Paphnuce leur répondit :

« Sachez, mes frères, que la pénitence que j'endure est à peine égale aux tentations qui me sont envoyées et dont le nombre et la force m'étonnent. Un homme, à le voir du dehors, est petit, et, du haut du socle où Dieu m'a porté, je vois les êtres humains s'agiter comme des fourmis. Mais, à le considérer en dedans, l'homme est immense : il est grand comme le monde, car il le contient. Tout ce qui s'étend devant moi, ces monastères, ces hôtelleries, ces barques sur le fleuve, ces villages, et ce que je découvre au loin de champs, de canaux, de sables et de montagnes, tout cela n'est rien au regard de ce qui est en moi. Je porte dans mon cœur des villes innombrables et des déserts illimités. Et le mal, le mal et la mort, étendus sur cette immensité, la couvrent comme la nuit couvre la terre. Je suis à moi seul un univers de pensées mauvaises. »

Il parlait ainsi parce que le désir de la femme était en lui.

Le septième mois, il vint d'Alexandrie, de Bubaste et de Saïs[2] des femmes, qui, longtemps stériles, espéraient obtenir des enfants par l'intercession du saint homme et la vertu de la stèle. Elles frottaient contre la pierre leurs ventres inféconds. Puis ce furent, à perte de vue, des chariots, des litières, des brancards qui s'arrêtaient, se pressaient, se poussaient sous l'homme de Dieu. Il en sortait des malades effrayants à voir. Des mères présentaient à Paphnuce leurs jeunes garçons dont les membres étaient retournés, les yeux révulsés, la bouche écumeuse et la voix rauque. Il imposait sur eux les mains. Des aveugles s'approchaient, les bras allongés, et levaient vers lui, au hasard, leur face percée de deux trous sanglants. Des paralytiques lui montraient l'immobilité pesante, la maigreur mortelle et le raccourcissement hideux de leurs membres; des boiteux lui présentaient leur pied bot; des cancéreuses, prenant leur poitrine à deux mains, découvraient devant lui leur sein dévoré par l'invisible vautour. Des femmes hydropiques se faisaient déposer à terre, et il semblait qu'on déchargeât des outres. Il les bénissait. Des Nubiens, atteints de la lèpre éléphantine, avançaient d'un pas lourd et le regardaient avec des yeux en pleurs sur un visage inanimé. Il faisait sur eux le signe de la croix. On lui porta sur une civière une jeune fille d'Aphroditopolis[1] qui, après avoir vomi du sang, dormait depuis trois jours. Elle semblait une image de cire et ses parents, qui la croyaient morte, avaient posé une palme sur sa poitrine. Paphnuce ayant prié Dieu, la jeune fille souleva la tête et ouvrit les yeux.

Comme le peuple publiait partout les miracles opérés par le saint, les malheureux, atteints du mal que les Grecs nomment le mal divin, accouraient de toutes les parties d'Égypte en légions innombrables. Dès qu'ils apercevaient la stèle, ils étaient saisis de convulsions, se roulaient à terre, se cabraient, se mettaient en boule. Et, chose à peine croyable ! les assistants, agités à leur tour par un violent délire, imitaient les contorsions des épileptiques. Moines et pèlerins, hommes, femmes, se vautraient, se débattaient pêle-mêle, les membres tordus, la bouche écumeuse, avalant de la terre à poignées et prophétisant. Et Paphnuce, du haut de sa colonne, sentait un frisson lui secouer les membres et criait vers Dieu :

« Je suis le bouc émissaire et je prends en moi toutes les impuretés de ce peuple, et c'est pourquoi, Seigneur, mon corps est rempli de mauvais esprits. »

Chaque fois qu'un malade s'en allait guéri, les assistants l'acclamaient, le portaient en triomphe et ne cessaient de répéter :

« Nous venons de voir une autre fontaine de Siloé[1]. »

Déjà, des centaines de béquilles pendaient à la colonne miraculeuse; des femmes reconnaissantes y suspendaient des couronnes et des images votives. Des Grecs y traçaient des distiques ingénieux, et, comme chaque pèlerin venait y graver son nom, la pierre fut bientôt couverte à hauteur d'homme d'une infinité de caractères latins, grecs, coptes, puniques, hébreux, syriaques et magiques.

Quand vinrent les fêtes de Pâques, il y eut dans cette cité du miracle une telle affluence de peuple que les vieillards se crurent revenus au temps des mystères antiques. On voyait se mêler, se confondre sur une vaste étendue la robe bariolée des Égyptiens, le burnous des Arabes, le pagne blanc des Nubiens, le manteau court des Grecs, la toge aux longs plis des Romains, les sayons et les braies écarlates des Barbares et les tuniques lamées d'or des courtisanes. Des femmes voilées passaient sur leur âne, précédées d'eunuques noirs qui leur frayaient un chemin à coups de bâton. Des acrobates, ayant étendu un tapis à terre, faisaient des tours d'adresse et jonglaient avec élégance devant un cercle de spectateurs silencieux. Des charmeurs de serpents, les bras allongés, déroulaient leurs ceintures vivantes. Toute cette foule brillait, scintillait, poudroyait, tintait, clamait, grondait. Les imprécations des chameliers qui frappaient leurs bêtes, les cris des marchands qui vendaient des amulettes contre la lèpre et le mauvais œil, la psalmodie des moines qui chantaient des versets de l'Écriture, les miaulements des femmes tombées en crise prophétique, les glapissements des mendiants qui répétaient d'antiques chansons de harem, le bêlement des moutons, le braiment des ânes, les appels des marins aux passagers attardés, tous ces bruits confondus faisaient un vacarme assourdissant, que dominait encore la voix stridente des petits négrillons nus, courant partout, pour offrir des dattes fraîches.

Et tous ces êtres divers s'étouffaient sous le ciel blanc, dans un air épais, chargé du parfum des femmes, de l'odeur des nègres, de la fumée des fritures et des vapeurs des gommes que les dévotes achetaient à des bergers pour les brûler devant le saint.

La nuit venue, de toutes parts s'allumaient des feux, des torches, des lanternes, et ce n'étaient plus qu'ombres rouges et formes noires. Debout au milieu d'un cercle d'auditeurs accroupis, un vieillard, le visage éclairé par un lampion fumeux, contait comment jadis Bitiou enchanta son cœur, se l'arracha de la poitrine, le mit dans un acacia et puis se changea lui-même en arbre[1]. Il faisait de grands gestes, que son ombre répétait avec des déformations risibles, et l'auditoire émerveillé poussait des cris d'admiration. Dans les cabarets, les buveurs, couchés sur des divans, demandaient de la bière et du vin. Des danseuses, les yeux peints et le ventre nu, représentaient devant eux des scènes religieuses et lascives. À l'écart, des jeunes hommes jouaient aux dés ou à la mourre et des vieillards suivaient dans l'ombre les prostituées. Seule au-dessus de ces formes agitées, s'élevait l'immuable colonne; la tête aux cornes de vache regardait dans l'ombre et au-dessus d'elle Paphnuce veillait, entre le ciel et la terre. Tout à coup, la lune se lève sur le Nil, semblable à l'épaule nue d'une déesse. Les collines ruissellent de lumière et d'azur, et Paphnuce croit voir la chair de Thaïs étinceler dans les lueurs des eaux, parmi les saphirs de la nuit.

Les jours s'écoulaient et le saint demeurait sur son pilier. Quand vint la saison des pluies, l'eau du ciel, passant à travers les fentes de la toiture, inonda son corps; ses membres engourdis devinrent incapables de mouvement. Brûlée par le soleil, rongée par la rosée, sa peau se fendait; de larges ulcères dévoraient ses bras et ses jambes[2]. Mais le désir de Thaïs le consumait intérieurement et il criait :

« Ce n'est pas assez, Dieu puissant ! Encore des tentations ! Encore des pensées immondes ! Encore de monstrueux désirs ! Seigneur, fais passer en moi toute la luxure des hommes, afin que je l'expie toute ! S'il est faux que la chienne de Sparte ait pris sur elle les péchés du monde, comme je l'ai entendu dire à certain forgeron d'impostures, cette fable contient pourtant un sens caché dont je reconnais aujourd'hui l'exactitude. Car il est vrai que les immondices des peuples entrent dans l'âme des saints pour s'y perdre comme dans un puits. Aussi les âmes des justes sont-elles souillées de plus de fange que n'en contint jamais l'âme d'un pécheur. Et c'est pourquoi je te glorifie, mon Dieu, d'avoir fait de moi l'égout de l'univers. »

Mais voici qu'une grande rumeur s'éleva un jour dans la ville sainte et monta jusqu'aux oreilles de l'ascète : un très grand personnage, un homme des plus illustres, le préfet de la flotte d'Alexandrie, Lucius Aurelius Cotta, va venir, il vient, il approche !

La nouvelle était vraie. Le vieux Cotta, parti pour inspecter les canaux et la navigation du Nil, avait témoigné à plusieurs reprises le désir de voir le stylite et la nouvelle ville, à laquelle on donnait le nom de Stylopolis. Un matin, les Stylopolitains virent le fleuve tout couvert de voiles. À bord d'une galère dorée et tendue de pourpre, Cotta apparut, suivi de sa flottille. Il mit pied à terre et s'avança, accompagné d'un secrétaire, qui portait ses tablettes, et d'Aristée, son médecin, avec qui il aimait à converser.

Une suite nombreuse marchait derrière lui et la berge se remplissait de laticlaves et de costumes militaires. À quelques pas de la colonne, il s'arrêta et se mit à examiner le stylite en s'épongeant le front avec un pan de sa toge. D'un esprit naturellement curieux, il avait beaucoup observé dans ses longs voyages. Il aimait à se souvenir et méditait d'écrire, après l'histoire punique, un livre des choses singulières qu'il avait vues. Il semblait s'intéresser beaucoup au spectacle qui s'offrait à lui.

« Voilà qui est étrange ! disait-il tout suant et soufflant. Et, circonstance digne d'être rapportée, cet homme est mon hôte. Oui, ce moine vint souper chez moi l'an passé; après quoi il enleva une comédienne. »

Et, se tournant vers son secrétaire :

« Note cela, enfant, sur mes tablettes, ainsi que

les dimensions de la colonne, sans oublier la forme du chapiteau. »

Puis, s'épongeant le front de nouveau :

« Des personnes dignes de foi m'ont assuré que, depuis un an qu'il eśt monté sur cette colonne, notre moine ne l'a pas quittée un moment. Ariśtée, cela eśt-il possible ?

— Cela eśt possible à un fou et à un malade, répondit Ariśtée, et ce serait impossible à un homme sain de corps et d'esprit. Ne sais-tu pas, Lucius, que parfois les maladies de l'âme et du corps communiquent à ceux qui en sont affligés des pouvoirs que ne possèdent pas les hommes bien portants ? Et, à vrai dire, il n'y a réellement ni bonne ni mauvaise santé. Il y a seulement des états différents des organes. À force d'étudier ce qu'on nomme les maladies, j'en suis arrivé à les considérer comme les formes nécessaires de la vie. Je prends plus de plaisir à les étudier qu'à les combattre. Il y en a qu'on ne peut observer sans admiration et qui cachent, sous un désordre apparent, des harmonies profondes, et c'eśt certes une belle chose qu'une fièvre quarte ! Parfois, certaines affećtions du corps déterminent une exaltation subite des facultés de l'esprit. Tu connais Créon. Enfant, il était bègue et śtupide. Mais, s'étant fendu le crâne en tombant du haut d'un escalier, il devint l'habile avocat que tu sais. Il faut que ce moine soit atteint dans quelque organe caché. D'ailleurs, son genre d'exiśtence n'eśt pas aussi singulier qu'il te semble, Lucius. Rappelle-toi les gymnosophiśtes de l'Inde, qui peuvent garder une entière immobilité, non point seulement le long d'une année, mais durant vingt, trente et quarante ans.

— *Par Jupiter !* s'écria Cotta, voilà une grande aberration ! Car l'homme eśt né pour agir et l'inertie eśt un crime impardonnable, puisqu'il eśt commis au préjudice de l'État. Je ne sais trop à quelle croyance rapporter une pratique si funeśte. Il eśt vraisemblable qu'on doit la rattacher à certains cultes asiatiques. Du temps que j'étais gouverneur de Syrie, j'ai vu des phallus érigés sur les propylées de la ville d'Héra[1]. Un homme y monte deux fois l'an et y demeure pendant sept jours. Le peuple eśt persuadé que cet homme, conversant avec les dieux, obtient de leur providence la prospérité de la Syrie. Cette coutume me parut dénuée de raison; toutefois, je ne fis rien pour la détruire. Car j'estime qu'un bon administrateur doit[a], non point abolir les usages des peuples, mais au contraire en assurer l'observation. Il n'appartient pas au gouvernement d'imposer des croyances; son devoir est de donner satisfaction à celles qui existent et qui, bonnes ou mauvaises, ont été déterminées par le génie des temps, des lieux et des races. S'il entreprend de les combattre, il se montre révolutionnaire par l'esprit, tyrannique dans ses actes, et il est justement détesté. D'ailleurs, comment s'élever au-dessus des superstitions du vulgaire, sinon en les comprenant et en les tolérant ? Aristée, je suis d'avis qu'on laisse ce néphélococcygien[1] en paix dans les airs, exposé seulement aux offenses des oiseaux. Ce n'est point en le violentant que je prendrai avantage sur lui, mais bien en me rendant compte de ses pensées et de ses croyances. »

Il souffla, toussa, posa la main sur l'épaule de son secrétaire :

« Enfant, note que, dans certaines sectes chrétiennes, il est recommandable d'enlever des courtisanes et de vivre sur des colonnes. Tu peux ajouter que ces usages supposent le culte des divinités génésiques. Mais, à cet égard, nous devons l'interroger lui-même. »

Puis, levant la tête et portant sa main sur ses yeux pour n'être point aveuglé par le soleil, il enfla sa voix :

« Holà ! Paphnuce. S'il te souvient que tu fus mon hôte, réponds-moi. Que fais-tu là-haut ? Pourquoi y es-tu monté et pourquoi y demeures-tu ? Cette colonne a-t-elle dans ton esprit une signification phallique ? »

Paphnuce, considérant que Cotta était idolâtre, ne daigna pas lui faire de réponse. Mais Flavien, son disciple, s'approcha et dit :

« *Illustrissime* Seigneur, ce saint homme prend les péchés du monde et *guérit* les maladies.

— Par Jupiter ! tu l'entends, Aristée, s'écria *Cotta*. Le néphélococcygien exerce, comme toi, la médecine ! Que dis-tu d'un confrère si élevé ? »

Aristée secoua la tête :

« Il est possible qu'il guérisse mieux que je ne fais moi-même certaines maladies, telles, par exemple, que l'épilepsie, nommée vulgairement mal divin, bien que toutes les maladies soient également divines, car elles viennent toutes des dieux. Mais la cause de ce mal est en partie dans l'imagination et tu reconnaîtras, Lucius, que ce moine ainsi juché sur cette tête de déesse frappe l'imagination des malades plus fortement que je ne saurais le faire, courbé dans mon officine sur mes mortiers et sur mes fioles. Il y a des forces, Lucius, infiniment plus puissantes que la raison et la science.

— Lesquelles ? demanda Cotta.

— L'ignorance et la folie, répondit Aristée.

— J'ai rarement vu quelque chose de plus curieux que ce que je vois en ce moment, reprit Cotta, et je souhaite qu'un jour un écrivain habile raconte la fondation de Stylopolis. Mais les spectacles les plus rares ne doivent pas retenir plus longtemps qu'il ne convient un homme grave et laborieux. Allons inspecter les canaux. Adieu, bon Paphnuce ! ou plutôt, au revoir ! Si jamais, redescendu sur la terre, tu retournes à Alexandrie, ne manque pas, je t'en prie, de venir souper chez moi. »

Ces paroles, entendues par les assistants, passèrent de bouche en bouche et, publiées par les fidèles, ajoutèrent une incomparable splendeur à la gloire de Paphnuce. De pieuses imaginations les ornèrent et les transformèrent, et l'on contait que le saint, du haut de sa stèle, avait converti le préfet de la flotte à la foi des apôtres et des Pères de Nicée[1]. Les croyants donnaient aux dernières paroles de Lucius Aurélius Cotta un sens figuré; dans leur bouche le souper auquel ce personnage avait convié l'ascète devenait une sainte communion, des agapes spirituelles, un banquet céleste. On enrichissait le récit de cette rencontre de circonstances merveilleuses, auxquelles ceux qui les imaginaient ajoutaient foi les premiers. On disait qu'au moment où Cotta, après une longue dispute, avait confessé la vérité, un ange était venu du ciel essuyer la sueur de son front. On ajoutait que le médecin et le secrétaire du préfet de la flotte l'avaient suivi dans sa conversion. Et, le miracle étant notoire, les diacres des principales églises de Libye en rédigèrent les actes authentiques. On peut dire sans exagération que, dès lors, le monde entier fut saisi du désir de voir Paphnuce, et qu'en Occident comme en Orient, tous les chrétiens tournaient vers lui leurs regards éblouis. Les plus illustres cités d'Italie lui envoyèrent des ambassadeurs, et le césar de Rome, le divin Constant, qui soutenait l'orthodoxie chrétienne, lui écrivit une lettre que des légats lui remirent avec un grand cérémonial. Or, une nuit, tandis que la ville éclose à ses pieds dormait dans la rosée, il entendit une voix qui disait :

« Paphnuce, tu es illustre par tes œuvres et puissant par la parole. Dieu t'a suscité pour sa gloire. Il t'a choisi pour opérer des miracles, guérir les malades, convertir les païens, éclairer les pécheurs, confondre les ariens et rétablir la paix de l'Église. »

Paphnuce répondit :

« Que la volonté de Dieu soit faite ! »

La voix reprit :

« Lève-toi, Paphnuce, et va trouver dans son palais l'impie Constance, qui, loin d'imiter la sagesse de son frère Constant, favorise l'erreur d'Arius et de Marcus. Va ! Les portes d'airain s'ouvriront devant toi et tes sandales résonneront sur le pavé d'or des basiliques, devant le trône des Césars, et ta voix redoutable changera le cœur du fils de Constantin. Tu régneras sur l'Église pacifiée et puissante; et, de même que l'âme conduit le corps, l'Église gouvernera l'empire. Tu seras placé au-dessus des sénateurs, des comtes et des patrices. Tu feras taire la faim du peuple et l'audace des Barbares. Le vieux Cotta, sachant que tu es le premier dans le gouvernement, recherchera l'honneur de te laver les pieds. À ta mort, on portera ton cilice au patriarche d'Alexandrie, et le grand Athanase, blanchi dans la gloire, le baisera comme la relique d'un saint. Va ! »

Paphnuce répondit :

« Que la volonté de Dieu soit accomplie ! »

Et, faisant effort pour se mettre debout, il se préparait à descendre. Mais la voix, devinant sa pensée, lui dit :

« Surtout, ne descends point par cette échelle. Ce serait agir comme un homme ordinaire et méconnaître les dons qui sont en toi. Mesure mieux ta puissance, angélique Paphnuce. Un aussi grand saint que tu es doit voler dans les airs. Saute; les anges sont là pour te soutenir[1]. Saute donc ! »

Paphnuce répondit :

« Que la volonté de Dieu règne sur la terre et dans les cieux ! »

Balançant ses longs bras étendus comme les ailes dépenaillées d'un grand oiseau malade, il allait s'élancer, quand tout à coup un ricanement hideux résonna à son oreille. Épouvanté, il demanda :

« Qui donc rit ainsi ?

— Ah ! ah ! glapit la voix, nous ne sommes encore qu'au début de notre amitié; tu feras un jour plus intime connaissance avec moi. Très cher, c'est moi qui t'ai fait monter ici et je dois te témoigner toute ma satisfaction de la docilité avec laquelle tu accomplis mes désirs. Paphnuce, je suis content de toi ! »

Paphnuce murmura d'une voix étranglée par la peur :

« Arrière, arrière ! Je te reconnais : tu es celui qui porta Jésus sur le pinacle du Temple et lui montra tous les royaumes de ce monde. »

Il retomba consterné sur la pierre.

« Comment ne l'ai-je pas reconnu plus tôt ? songeait-il. Plus misérable que ces aveugles, ces sourds, ces paralytiques qui espèrent en moi, j'ai perdu le sens des choses surnaturelles, et, plus dépravé que les maniaques qui mangent de la terre et s'approchent des cadavres, je ne distingue plus les clameurs de l'enfer des voix du ciel. J'ai perdu jusqu'au discernement du nouveau-né qui pleure quand on le tire du sein de sa nourrice, du chien qui flaire la trace de son maître, de la plante qui se tourne vers le soleil. Je suis le jouet des diables. Ainsi, c'est Satan qui m'a conduit ici. Quand il me hissait sur ce faîte, la luxure et l'orgueil y montaient à mon côté. Ce n'est pas la grandeur de mes tentations qui me consterne : Antoine sur sa montagne en subit de pareilles; et je veux bien que leurs épées transpercent ma chair sous le regard des anges. J'en suis arrivé même à chérir mes tortures, mais Dieu se tait et son silence m'étonne.

Il me quitte, moi qui n'avais que lui; il me laisse seul, dans l'horreur de son absence. Il me fuit. Je veux courir après lui. Cette pierre me brûle les pieds. Vite, partons, rattrapons Dieu ! »

Aussitôt, il saisit l'échelle qui demeurait appuyée à la colonne, y posa les pieds et, ayant franchi un échelon, il se trouva face à face avec la tête de la bête : elle souriait étrangement. Il lui fut certain alors que ce qu'il avait pris pour le siège de son repos et de sa gloire n'était que l'instrument diabolique de son trouble et de sa damnation. Il descendit à la hâte tous les degrés et toucha le sol. Ses pieds avaient oublié la terre; ils chancelaient. Mais, sentant sur lui l'ombre de la colonne maudite, il les forçait à courir. Tout dormait. Il traversa sans être vu la grande place entourée de cabarets, d'hôtelleries et de caravansérails et se jeta dans une ruelle qui montait vers les collines libyques. Un chien, qui le poursuivait en aboyant, ne s'arrêta qu'aux premiers sables du désert. Et Paphnuce s'en alla par la contrée où il n'y a de route que la piste des bêtes sauvages. Laissant derrière lui les cabanes abandonnées par les faux monnayeurs, il poursuivit toute la nuit et tout le jour sa fuite désolée.

Enfin, près d'expirer de faim, de soif et de fatigue, et ne sachant pas encore si Dieu était loin, il découvrit une ville muette qui s'étendait à droite et à gauche et s'allait perdre dans la pourpre de l'horizon. Les demeures, largement isolées et pareilles les unes aux autres, ressemblaient à des pyramides coupées à la moitié de leur hauteur[1]. C'étaient des tombeaux. Les portes en étaient brisées et l'on voyait dans l'ombre des salles luire les yeux des hyènes et des loups qui nourrissaient leurs petits, tandis que les morts gisaient sur le seuil, dépouillés par les brigands et rongés par les bêtes. Ayant traversé cette ville funèbre, Paphnuce tomba exténué devant un tombeau qui s'élevait à l'écart près d'une source couronnée de palmiers. Ce tombeau était très orné et, comme il n'avait plus de porte, on apercevait du dehors une chambre peinte dans laquelle nichaient des serpents.

« Voilà, soupira-t-il, ma demeure d'élection, le tabernacle de mon repentir et de ma pénitence. »

Il s'y traîna, chassa du pied les reptiles et demeura prosterné sur la dalle pendant dix-huit heures, au bout desquelles il alla à la fontaine boire dans le creux de sa main. Puis il cueillit des dattes et quelques tiges de lotus dont il mangea les graines. Pensant que ce genre de vie était bon, il en fit la règle de son existence. Depuis le matin jusqu'au soir, il ne levait pas son front de dessus la pierre.

Or, un jour qu'il était ainsi prosterné, il entendit une voix qui disait :

« Regarde ces images afin de t'instruire. »

Alors, levant la tête, il vit sur les parois de la chambre des peintures qui représentaient des scènes riantes et familières. C'était un ouvrage très ancien et d'une merveilleuse exactitude. On y remarquait des cuisiniers qui soufflaient le feu, en sorte que leurs joues étaient toutes gonflées; d'autres plumaient des oies ou faisaient cuire des quartiers de mouton dans des marmites. Plus loin, un chasseur rapportait sur ses épaules une gazelle percée de flèches. Là, des paysans s'occupaient aux semailles, à la moisson, à la récolte. Ailleurs, des femmes dansaient au son des violes, des flûtes et de la harpe. Une jeune fille jouait du cinnor[1]. La fleur[a] du lotus brillait dans ses cheveux noirs, finement nattés. Sa robe transparente laissait voir les formes pures de son corps. Son sein, sa bouche étaient en fleur. Son bel œil regardait de face sur un visage tourné de profil. Et cette figure était exquise. Paphnuce l'ayant considérée baissa les yeux et répondit à la voix :

« Pourquoi m'ordonnes-tu de regarder ces images ? Sans doute elles représentent les journées terrestres de l'idolâtre dont le corps *repose ici sous mes* pieds, *au fond d'un* puits, dans un cercueil de basalte noir[b]. Elles rappellent la vie d'un mort et sont, malgré leurs vives couleurs, les ombres d'une ombre. La vie d'un mort ! Ô vanité !...

— Il est mort, mais il a vécu, reprit la voix, et toi, tu mourras, et tu n'auras pas vécu. »

À compter de ce jour, Paphnuce n'eut plus un moment de repos. La voix lui parlait sans cesse. La joueuse de cinnor, de son œil aux longues paupières, le regardait fixement. À son tour, elle parla :

« Vois : je suis mystérieuse et belle. Aime-moi; épuise dans mes bras l'amour qui te tourmente. Que te sert de me craindre ? Tu ne peux m'échapper : je suis la beauté de la femme. Où penses-tu me fuir, insensé ? Tu retrouveras mon image dans l'éclat des fleurs et dans la grâce des palmiers, dans le vol des colombes, dans les bonds des gazelles, dans la fuite onduleuse des ruisseaux, dans les molles clartés de la lune, et, si tu fermes les yeux, tu la retrouveras en toi-même. Il y a mille ans[1] que l'homme qui dort ici, entouré de bandelettes, dans un lit de pierre noire, m'a pressée sur son cœur. Il y a mille ans qu'il a reçu le dernier baiser de ma bouche, et son sommeil en est encore parfumé. Tu me connais bien, Paphnuce. Comment ne m'as-tu pas reconnue ? Je suis une des innombrables incarnations de Thaïs. Tu es un moine instruit et très avancé dans la connaissance des choses. Tu as voyagé, et c'est en voyage qu'on apprend le plus. Souvent, une journée qu'on passe dehors apporte plus de nouveautés que dix années pendant lesquelles on reste chez soi. Or, tu n'es pas sans avoir entendu dire que Thaïs a vécu jadis dans Sparte sous le nom d'Hélène. Elle eut dans Thèbes Hécatompyle une autre existence. Et Thaïs de Thèbes, c'était moi. Comment ne l'as-tu pas deviné ? J'ai pris, vivante, ma large part des péchés du monde, et maintenant, réduite ici à l'état d'ombre, je suis encore très capable de prendre tes péchés, moine bien-aimé. D'où vient ta surprise ? Il était pourtant certain que partout où tu irais, tu retrouverais Thaïs. »

Il se frappait le front contre la dalle et criait d'épouvante. Et chaque nuit la joueuse de cinnor quittait la muraille, s'approchait et parlait d'une voix claire, mêlée de souffles frais. Et, comme le saint homme résistait aux tentations qu'elle lui donnait, elle lui dit ceci :

« Aime-moi; cède, ami. Tant que tu me résisteras, je te tourmenterai. Tu ne sais pas ce que c'est que la patience d'une morte. J'attendrai, s'il le faut, que tu sois mort. Étant magicienne, je saurai faire entrer dans ton corps sans vie un esprit qui l'animera de nouveau et qui ne me refusera pas ce que je t'aurai demandé en vain. Et songe, Paphnuce, à l'étrangeté de ta situation, quand ton âme bienheureuse verra du haut du ciel son propre corps se livrer au péché. Dieu, qui a promis de te rendre ce corps après le jugement dernier et la consommation des siècles, sera lui-même fort embarrassé ! Comment pourra-t-il installer dans la gloire céleste une forme humaine habitée par un diable et gardée par une sorcière ? Tu n'as pas songé à cette difficulté. Dieu non plus, peut-être. Entre nous, il n'est pas bien subtil. La plus simple magicienne le trompe aisément, et, s'il n'avait ni son tonnerre, ni les cataractes du ciel, les marmots de village lui tireraient la barbe. Certes, il n'a pas autant d'esprit que le vieux serpent, son adversaire. Celui-là est un merveilleux artiste. Je ne suis si belle que parce qu'il a travaillé à ma parure. C'est lui qui m'a enseigné à natter mes cheveux et à me faire des doigts de rose et des ongles d'agate. Tu l'as trop méconnu. Quand tu es venu te loger dans ce tombeau, tu as chassé du pied les serpents qui y habitaient, sans t'inquiéter de savoir s'ils étaient de sa famille, et tu as écrasé leurs œufs. Je crains, mon pauvre ami, que tu ne te sois mis une méchante affaire sur les bras. On t'avait pourtant averti qu'il était musicien et amoureux. Qu'as-tu fait ? Te voilà brouillé avec la science et la beauté; tu es tout à fait misérable, et Iaveh ne vient point à ton secours. Il n'est pas probable qu'il vienne. Étant aussi grand que tout, il ne peut pas bouger, faute d'espace, et si, par impossible, il faisait le moindre mouvement, toute la création serait bousculée. Mon bel ermite, donne-moi un baiser. »

Paphnuce n'ignorait pas les prodiges opérés par les arts magiques. Il songeait dans sa grande inquiétude :

« Peut-être le mort enseveli à mes pieds sait-il *les paroles* écrites dans ce livre mystérieux, qui demeure caché non loin d'ici au fond d'une tombe royale. Par la vertu de ces paroles les morts, reprenant la forme qu'ils avaient sur la terre, voient la lumière du soleil et le sourire des femmes[1]. »

Sa peur était que la joueuse de cinnor et le mort pussent se joindre, comme de leur vivant, et qu'il les vît s'unir. Parfois, il croyait entendre le souffle léger des baisers.

Tout lui était trouble et maintenant, en l'absence

de Dieu, il craignait de penser autant que de sentir. Certain soir, comme il se tenait prosterné selon sa coutume, une voix inconnue lui dit :

« Paphnuce, il y a sur la terre plus de peuples que tu ne crois et, si je te montrais ce que j'ai vu, tu mourrais d'épouvante. Il y a des hommes qui portent au milieu du front un œil unique. Il y a des hommes qui n'ont qu'une jambe et marchent en sautant. Il y a des hommes qui changent de sexe, et de femelles deviennent mâles. Il y a des hommes arbres qui poussent des racines en terre. Et il y a des hommes sans tête, avec deux yeux, un nez, une bouche sur la poitrine[1]. De bonne foi, crois-tu que Jésus-Christ soit mort pour le salut de ces hommes ? »

Une autre fois, il eut une vision[2]. Il vit dans une grande lumière une large chaussée, des ruisseaux et des jardins. Sur la chaussée, Aristobule et Chéréas passaient au galop de leurs chevaux syriens et l'ardeur joyeuse de la course empourprait la joue des deux jeunes hommes. Sous un portique, Callicrate déclamait des vers ; l'orgueil satisfait tremblait dans sa voix et brillait dans ses yeux. Dans le jardin, Zénothémis cueillait des pommes d'or et caressait un serpent aux ailes d'azur. Vêtu de blanc et coiffé d'une mitre étincelante, Hermodore méditait sous un perséa sacré, qui portait, en guise de fleurs, de petites têtes au pur profil, coiffées, comme les déesses des Égyptiens, de vautours, d'éperviers ou du disque brillant de la lune ; tandis qu'à l'écart au bord d'une fontaine, Nicias étudiait sur une sphère armillaire[3] le mouvement harmonieux des astres.

Puis une femme[a] voilée s'approcha du moine tenant à la main un rameau de myrte. Et elle lui dit :

« Regarde. Les uns cherchent la beauté éternelle et ils mettent l'infini dans leur vie éphémère. Les autres vivent sans grande pensée. Mais, par cela seul qu'ils cèdent à la belle nature, ils sont heureux et beaux et, seulement en se laissant vivre, ils rendent gloire à *l'artiste* souverain des choses ; car l'homme est un bel hymne de Dieu. Ils pensent tous que le bonheur est innocent et que la joie est permise. Paphnuce, si pourtant ils avaient raison, quelle dupe tu serais ! »

Et la vision s'évanouit.

C'est ainsi que[a] Paphnuce était tenté sans trêve dans son corps et dans son esprit. Satan ne lui laissait pas un moment de repos. La solitude de ce tombeau était plus peuplée qu'un carrefour de grande ville. Les démons y poussaient de grands éclats de rire, et des millions de larves, d'empuses, de lémures[1] y accomplissaient le simulacre de tous les travaux de la vie. Le soir, quand il allait à la fontaine, des satyres mêlés à des faunesses dansaient autour de lui et l'entraînaient dans leurs rondes lascives. Les démons ne le craignaient plus. Ils l'accablaient de railleries, d'injures obscènes et de coups. Un jour un diable, qui n'était pas plus haut que le bras, lui vola la corde dont il se ceignait les reins.

Il songeait :

« Pensée, où m'as-tu conduit ? »

Et il résolut de travailler de ses mains afin de procurer à son esprit le repos dont il avait besoin. Près de la fontaine, des bananiers aux larges feuilles croissaient dans l'ombre des palmes. Il en coupa des tiges qu'il porta dans le tombeau. Là, il les broya sous une pierre et les réduisit en minces filaments, comme il l'avait vu faire aux cordiers. Car il se proposait de fabriquer une corde en place de celle qu'un diable lui avait volée. Les démons en éprouvèrent quelque contrariété : ils cessèrent leur vacarme et la joueuse de cinnor elle-même, renonçant à la magie, resta tranquille sur la paroi peinte. Paphnuce, tout en écrasant les tiges des bananiers, rassurait son courage et sa foi.

« Avec le secours du ciel, se disait-il, je dompterai la chair. Quant à l'âme, elle a gardé l'espérance. En vain les diables, en vain cette damnée voudraient m'inspirer des doutes sur la nature de Dieu. Je leur répondrai par la bouche de l'apôtre Jean : " Au commencement était le Verbe et le Verbe était Dieu. " C'est ce que je crois fermement, et si ce que je crois est absurde, je le crois plus fermement encore; et, pour mieux dire, il faut que ce soit absurde[2]. Sans cela, je ne le croirais pas, je le saurais. Or, ce que l'on sait ne donne point la vie, et c'est la foi seule qui sauve. »

Il exposait au soleil et à la rosée les fibres détachées et, chaque matin, il prenait soin de les retourner pour les empêcher de pourrir, et il se réjouissait de sentir renaître en lui la simplicité de l'enfance. Quand il eut tissé sa corde, il coupa des roseaux pour en faire des nattes et des corbeilles. La chambre sépulcrale ressemblait à l'atelier d'un vannier et Paphnuce y passait aisément du travail à la prière. Pourtant, Dieu ne lui était pas favorable, car une nuit il fut réveillé par une voix qui le glaça d'horreur; il avait deviné que c'était celle du mort.

La voix faisait entendre un appel rapide, un chuchotement léger :

« Hélène ! Hélène ! viens te baigner avec moi ! viens vite ! »

Une femme, dont la bouche effleurait l'oreille du moine, répondit :

« Ami, je ne puis me lever : un homme est couché sur moi. »

Tout à coup, Paphnuce s'aperçut que sa joue reposait sur le sein d'une femme. Il reconnut la joueuse de cinnor qui, dégagée à demi, soulevait sa poitrine. Alors, il étreignit désespérément cette fleur de chair tiède et parfumée et, consumé du désir de la damnation, il cria :

« Reste, reste, mon Ciel ! »

Mais elle était déjà debout, sur le seuil. Elle riait, et les rayons de la lune argentaient son sourire.

« À quoi bon rester ? disait-elle. L'ombre d'une ombre suffit à un amoureux doué d'une si vive imagination. D'ailleurs, tu as péché. Que te faut-il de plus ? Adieu ! mon amant m'appelle. »

Paphnuce pleura dans la nuit et, quand vint l'aube, il exhala une prière plus douce qu'une plainte :

« Jésus, mon Jésus, pourquoi m'abandonnes-tu ? Tu vois le danger où je suis. Viens me secourir, doux Sauveur. Puisque ton père ne m'aime plus, puisqu'il ne m'écoute pas, songe que je n'ai que toi. De lui à moi, *rien n'est possible*; je ne puis le comprendre, et il ne peut me plaindre. Mais *toi, tu es né* d'une femme et c'est pourquoi j'espère en toi. Souviens-toi que tu as été homme. Je t'implore, non parce que tu es Dieu de Dieu, lumière de lumière, Dieu vrai du

Dieu vrai, mais parce que tu vécus pauvre et faible, sur cette terre où je souffre, parce que Satan voulut tenter ta chair, parce que la sueur de l'agonie glaça ton front. C'est ton humanité que je prie, mon Jésus, mon frère Jésus ! »

Après qu'il eut prié ainsi, en se tordant les mains, un formidable éclat de rire ébranla les murs du tombeau et la voix qui avait résonné sur le faîte de la colonne dit en ricanant :

« Voilà une oraison digne du bréviaire de Marcus l'hérétique. Paphnuce est arien ! Paphnuce est arien ! »

Comme frappé de la foudre, le moine tomba inanimé.

. . . .

Quand il rouvrit les yeux, il vit autour de lui des religieux revêtus de cuculles noires, qui lui versaient de l'eau sur les tempes et récitaient des exorcismes[1]. Plusieurs se tenaient dehors, portant des palmes.

« Comme nous traversions le désert, dit l'un d'eux, nous avons entendu des cris dans ce tombeau et, étant entrés, nous t'avons vu gisant inerte sur la dalle. Sans doute des démons t'avaient terrassé et ils se sont enfuis à notre approche. »

Paphnuce, soulevant la tête, demanda d'une voix faible :

« Mes frères, qui êtes-vous ? Et pourquoi tenez-vous des palmes dans vos mains ? N'est-ce point en vue de ma sépulture ? »

Il lui fut répondu :

« Frère, ne sais-tu pas que notre père Antoine, âgé de cent cinq ans, et averti de sa fin prochaine, descend du mont Colzin où il s'était retiré et vient bénir les innombrables enfants de son âme ? Nous nous rendons avec des palmes au-devant de notre père spirituel. Mais toi, frère, comment ignores-tu un si grand événement ? Est-il possible qu'un ange ne soit pas venu t'en avertir dans ce tombeau ?

— Hélas ! répondit Paphnuce, je ne mérite pas une telle grâce, et les seuls hôtes de cette demeure sont des démons et des vampires. Priez pour moi ! Je suis Paphnuce, abbé d'Antinoé, le plus misérable des serviteurs de Dieu. »

Au nom de Paphnuce, tous, agitant leurs palmes, murmuraient des louanges. Celui qui avait déjà pris la parole s'écria avec admiration :

« Se peut-il que tu sois ce saint Paphnuce, célèbre par de tels travaux qu'on doute s'il n'égalera pas un jour le grand Antoine lui-même ? Très vénérable, c'est toi qui as converti à Dieu la courtisane Thaïs et qui, élevé sur une haute colonne, as été ravi par les séraphins. Ceux qui veillaient la nuit, au pied de la stèle, virent ta bienheureuse assomption. Les ailes des anges t'entouraient d'une blanche nuée, et ta droite étendue bénissait les demeures des hommes. Le lendemain, quand le peuple ne te vit plus, un long gémissement monta vers la stèle découronnée. Mais Flavien, ton disciple, publia le miracle et prit à ta place le gouvernement des moines. Seul, un homme simple, du nom de Paul, voulut contredire le sentiment unanime. Il assurait qu'il t'avait vu en rêve emporté par des diables; la foule voulait le lapider et c'est merveille qu'il ait pu échapper à la mort. Je suis Zozime, abbé de ces solitaires que tu vois prosternés à tes pieds. Comme eux, je m'agenouille devant toi, afin que tu bénisses le père avec les enfants. Puis, tu nous conteras les merveilles que Dieu a daigné accomplir par ton entremise.

— Loin de m'avoir favorisé comme tu crois, répondit Paphnuce, le Seigneur m'a éprouvé par d'effroyables tentations. Je n'ai point été ravi par les anges. Mais une muraille d'ombre s'est élevée à mes yeux et elle a marché devant moi. J'ai vécu dans un songe. Hors de Dieu tout est rêve. Quand je fis le voyage d'Alexandrie, j'entendis en peu d'heures beaucoup de discours, et je connus que l'armée de l'erreur était innombrable. Elle me poursuit et je suis environné d'épées. »

Zozime répondit :

« Vénérable père, il faut considérer que les saints et spécialement les saints solitaires subissent de terribles épreuves. Si tu n'as pas été porté au ciel dans les bras des séraphins, il est certain que le Seigneur a accordé cette grâce à ton image, puisque Flavien, les moines et le peuple ont été témoins de ton ravissement. »

Cependant, Paphnuce résolut d'aller recevoir la bénédiction d'Antoine.

« Frère Zozime, dit-il, donne-moi une de ces palmes et allons au-devant de notre père.

— Allons ! répliqua Zozime; l'ordre militaire convient aux moines qui sont les soldats par excellence. Toi et moi, étant abbés, nous marcherons devant. Et ceux-ci nous suivront en chantant des psaumes. »

Ils se mirent en marche et Paphnuce disait :

« Dieu est l'unité, car il est la vérité qui est une. Le monde est divers parce qu'il est l'erreur. Il faut se détourner de tous les spectacles de la nature, même des plus innocents en apparence. Leur diversité qui les rend agréables est le signe qu'ils sont mauvais. C'est pourquoi je ne puis voir un bouquet de papyrus sur les eaux dormantes sans que mon âme se voile de mélancolie. Tout ce que perçoivent les sens est détestable. Le moindre grain de sable apporte un danger. Chaque chose nous tente. La femme n'est que le composé de toutes les tentations éparses dans l'air léger, sur la terre fleurie, dans les eaux claires. Heureux celui dont l'âme est un vase scellé ! Heureux qui sut se rendre muet, aveugle et sourd et qui ne comprend rien du monde afin de comprendre Dieu ! »

Zozime, ayant médité ces paroles, y répondit de la sorte :

« Père vénérable, il convient que je t'avoue mes péchés, puisque tu m'as montré ton âme. Ainsi nous nous confesserons l'un à l'autre, selon l'usage apostolique. Avant que d'être moine, j'ai mené dans le siècle une vie abominable. À Madaura[1], ville célèbre par ses courtisanes, *je recherchais* toutes sortes *d'amours*. Chaque nuit, je soupais en compagnie de jeunes débauchés et de joueuses de flûte, et je ramenais chez moi celle qui m'avait plu davantage. Un saint tel que toi n'imaginerait jamais jusqu'où m'emportait la fureur de mes désirs. Il me suffira de te dire qu'elle n'épargnait ni les matrones ni les religieuses et se répandait en adultères et en sacrilèges. J'excitais par le vin l'ardeur de mes sens, et l'on me citait avec raison pour le plus grand buveur de Madaura. Pourtant, j'étais chrétien et je gardais, dans mes égarements, ma foi en Jésus crucifié. Ayant dévoré mes biens en débauches, je ressentais déjà les premières atteintes de la pauvreté, quand je vis le plus robuste de mes compagnons de plaisir dépérir rapidement aux atteintes d'un mal terrible. Ses genoux ne le soutenaient plus ; ses mains inquiètes refusaient de le servir ; ses yeux obscurcis se fermaient. Il ne tirait plus de sa gorge que d'affreux mugissements. Son esprit, plus pesant que son corps, sommeillait. Car, pour le châtier d'avoir vécu comme les bêtes, Dieu l'avait changé en bête. La perte de mes biens m'avait déjà inspiré des réflexions salutaires ; mais l'exemple de mon ami fut plus précieux encore : il fit une telle impression sur mon cœur que je quittai le monde et me retirai dans le désert. J'y goûte depuis vingt ans une paix que rien n'a troublée. J'exerce avec mes moines les professions de tisserand, d'architecte, de charpentier et même de scribe, quoique, à vrai dire, j'aie peu de goût pour l'écriture, ayant toujours à la pensée préféré l'action. Mes jours sont pleins de joie et mes nuits sont sans rêves, et j'estime que la grâce du Seigneur est en moi parce que au milieu des péchés les plus horribles j'ai toujours gardé l'espérance. »

En entendant ces paroles, Paphnuce leva les yeux au ciel et murmura :

« Seigneur, cet homme souillé de tant de crimes, cet adultère, ce sacrilège, tu le regardes avec douceur, et tu te détournes de moi, qui ai toujours observé tes commandements ! Que ta justice est obscure, ô mon Dieu ! et que tes voies sont impénétrables ! »

Zozime étendit les bras :

« Regarde, père vénérable : on dirait, des deux côtés de l'horizon, des files noires de fourmis émigrantes. Ce sont nos frères, qui vont, comme nous, au-devant d'Antoine. »

Quand ils parvinrent au lieu du rendez-vous, ils découvrirent un spectacle magnifique. L'armée des religieux s'étendait sur trois rangs en un demi-cercle immense. Au premier rang se tenaient les anciens du désert, la crosse à la main, et leurs barbes pendaient jusqu'à terre. Les moines gouvernés par les abbés Éphrem et Sérapion, ainsi que tous les cénobites du Nil, formaient la seconde ligne. Derrière eux apparaissaient les ascètes venus des rochers lointains. Les uns portaient sur leurs corps noircis et desséchés d'informes lambeaux; d'autres n'avaient pour vêtements que des roseaux liés en botte avec des viornes. Plusieurs étaient nus, mais Dieu les avait couverts d'un poil épais comme la toison des brebis. Ils tenaient tous à la main une palme verte; l'on eût dit un arc-en-ciel d'émeraude et ils étaient comparables aux chœurs des élus, aux murailles vivantes de la cité de Dieu.

Il régnait dans l'assemblée un ordre si parfait que Paphnuce trouva sans peine les moines de son obéissance. Il se plaça près d'eux, après avoir pris soin de cacher son visage sous sa cuculle, pour demeurer inconnu et ne point troubler leur pieuse attente. Tout à coup s'éleva une immense clameur :

« Le saint ! criait-on de toutes parts. Le saint ! voilà le grand saint ! voilà celui contre lequel l'enfer n'a point prévalu, le bien-aimé de Dieu ! notre père Antoine ! »

Puis, un grand silence se fit et tous les fronts se prosternèrent dans le sable.

Du faîte d'une colline, dans l'immensité déserte, Antoine s'avançait soutenu par ses disciples bien-aimés, Macaire et Amathas. Il marchait à pas lents, mais sa taille était droite encore et l'on sentait en lui les restes d'une force surhumaine. Sa barbe blanche s'étalait sur sa large poitrine, son crâne poli jetait des rayons de lumière comme le front de Moïse. Ses yeux avaient le regard de l'aigle; le sourire de l'enfant brillait sur ses joues rondes. Il leva, pour bénir son peuple, ses bras fatigués par un siècle de travaux inouïs, et sa voix jeta ses derniers éclats dans cette parole d'amour :

« *Que tes pavillons sont beaux, ô Jacob ! Que tes tentes sont aimables, ô Israël !* »

Aussitôt, d'un bout à l'autre de la muraille animée, retentit comme un grondement harmonieux de tonnerre le psaume : *Heureux l'homme qui craint le Seigneur.*

Cependant, accompagné de Macaire et d'Amathas, Antoine parcourait les rangs des anciens, des anachorètes et des cénobites. Ce voyant, qui avait vu le ciel et l'enfer, ce solitaire, qui, du creux d'un rocher, avait gouverné l'Église chrétienne, ce saint, qui avait soutenu la foi des martyrs aux jours de l'épreuve suprême, ce docteur, dont l'éloquence avait foudroyé l'hérésie, parlait tendrement à chacun de ses fils et leur faisait des adieux familiers, à la veille de sa mort bienheureuse, que Dieu, qui l'aimait, lui avait enfin promise.

Il disait aux abbés Éphrem et Sérapion :

« Vous commandez de nombreuses armées et vous êtes tous deux d'illustres stratèges. Aussi serez-vous revêtus dans le ciel d'une armure d'or et l'archange Michel vous donnera le titre de Kiliarques[1] de ses milices. »

Apercevant le vieillard Palémon, il l'embrassa et dit :

« Voici le plus doux et le meilleur de mes enfants. Son âme répand un parfum aussi suave que la fleur des fèves qu'il sème chaque année. »

À l'abbé Zozime, il parla de la sorte :

« Tu n'as pas désespéré de la bonté divine, c'est pourquoi la paix du Seigneur est en toi. Le lis de tes vertus a fleuri sur le fumier de ta corruption. »

Il tenait à tous des propos d'une infaillible sagesse. Aux anciens il disait :

« L'apôtre a vu autour du trône de Dieu vingt-quatre vieillards assis, vêtus de robes blanches et la tête couronnée[2]. »

Aux jeunes hommes :

« Soyez joyeux; laissez la tristesse aux heureux de ce monde. »

C'est ainsi que, parcourant le front de son armée filiale, il semait les exhortations. Paphnuce, le voyant approcher, tomba à genoux, déchiré entre la crainte et l'espérance.

« Mon père, mon père, cria-t-il dans son angoisse, mon père ! viens à mon secours, car je péris. J'ai donné à Dieu l'âme de Thaïs, j'ai habité le faîte d'une colonne et la chambre d'un sépulcre. Mon front, sans cesse prosterné, est devenu calleux comme le genou d'un chameau. Et pourtant Dieu s'est retiré de moi. Bénis-moi, mon père, et je serai sauvé; secoue l'hysope et je serai lavé et je brillerai comme la neige. »

Antoine ne répondait point. Il promenait sur ceux

d'Antinoé ce regard dont nul ne pouvait soutenir l'éclat. Ayant arrêté sa vue sur Paul, qu'on nommait le Simple, il le considéra longtemps, puis il lui fit signe d'approcher. Comme ils s'étonnaient tous que le saint s'adressât à un homme privé de sens, Antoine dit :

« Dieu a accordé à celui-ci plus de grâces qu'à aucun de vous. Lève les yeux, mon fils Paul, et dis ce que tu vois dans le ciel. »

Paul le Simple leva les yeux; son visage resplendit et sa langue se délia.

« Je vois dans le ciel, dit-il, un lit orné de tentures de pourpre et d'or. Autour, trois vierges font une garde vigilante afin qu'aucune âme n'en approche, sinon l'élue à qui le lit est destiné. »

Croyant que ce lit était le symbole de sa glorification, Paphnuce rendait déjà grâces à Dieu. Mais Antoine lui fit signe de se taire et d'écouter le Simple qui murmurait dans l'extase :

« Les trois vierges me parlent; elles me disent : " Une sainte est près de quitter la terre; Thaïs d'Alexandrie va mourir. Et nous avons dressé le lit de sa gloire, car nous sommes ses vertus : la Foi, la Crainte et l'Amour. " »

Antoine demanda :

« Doux enfant, que vois-tu encore ? »

Paul promena vainement ses regards du zénith au nadir, du couchant au levant, quand tout à coup ses yeux rencontrèrent l'abbé d'Antinoé. Une sainte épouvante pâlit son visage, et ses prunelles reflétèrent des flammes invisibles.

« Je vois, murmura-t-il, trois démons, qui, pleins de joie, s'apprêtent à saisir cet homme. Ils sont à la semblance d'une tour, d'une femme et d'un mage. Tous trois portent leur nom marqué au fer rouge : le premier sur le front, le second sur le ventre, le troisième sur la poitrine, et ces noms sont : Orgueil, Luxure et Doute. J'ai vu. »

Ayant ainsi parlé, Paul, les yeux hagards, la bouche pendante, rentra dans sa simplicité.

Et, comme les moines d'Antinoé regardaient Antoine avec inquiétude, le saint prononça ces seuls mots :

« Dieu a fait connaître son jugement équitable. Nous devons l'adorer et nous taire. »

Il passa. Il allait bénissant. Le soleil, descendu à l'horizon, l'enveloppait d'une gloire, et son ombre, démesurément grandie par une faveur du ciel, se déroulait derrière lui comme un tapis sans fin, en signe du long souvenir que ce grand saint devait laisser parmi les hommes.

Debout mais foudroyé, Paphnuce ne voyait, n'entendait plus rien. Cette parole unique emplissait ses oreilles : « Thaïs va mourir ! » Une telle pensée ne lui était jamais venue. Vingt ans, il avait contemplé une tête de momie et voici que l'idée que la mort éteindrait les yeux de Thaïs l'étonnait désespérément.

« Thaïs va mourir ! » Parole incompréhensible ! « Thaïs va mourir ! » En ces trois mots, quel sens terrible et nouveau ! « Thaïs va mourir ! » Alors, pourquoi le soleil, les fleurs, les ruisseaux et toute la création ? « Thaïs va mourir ! » À quoi bon l'univers ? Soudain il bondit. « La revoir, la voir encore ! » Il se mit à courir. Il ne savait où il était ni où il allait, mais l'instinct le conduisait avec une entière certitude; il marchait droit au Nil. Un essaim de voiles couvrait les hautes eaux du fleuve. Il sauta dans une embarcation montée par des Nubiens et là, couché à l'avant, les yeux dévorant l'espace, il cria de douleur et de rage :

« Fou, fou que j'étais de n'avoir pas possédé Thaïs quand il en était temps encore ! Fou d'avoir cru qu'il y avait au monde autre chose qu'elle ! Ô démence ! J'ai songé à Dieu, au salut de mon âme, à la vie éternelle, comme si tout cela comptait pour quelque chose quand on a vu Thaïs. Comment n'ai-je pas senti que l'éternité bienheureuse était dans un seul des baisers de cette femme, que sans elle la vie n'a pas de sens et n'est qu'un mauvais rêve ? Ô stupide ! tu l'as vue et tu as désiré les biens de l'autre monde. Ô lâche ! tu l'as vue et tu as craint Dieu. Dieu ! le Ciel ! qu'est-ce que cela ? et qu'ont-ils à t'offrir qui vaille la moindre parcelle de ce qu'elle t'eût donné ? Ô lamentable insensé, qui cherchais la bonté divine ailleurs que sur les lèvres de Thaïs ! Quelle main était sur tes yeux ? Maudit soit Celui qui t'aveuglait alors ! Tu pouvais acheter au prix de la damnation un moment de son amour et tu ne l'as pas fait ! Elle t'ouvrait ses bras, pétris de la chair et du parfum des fleurs, et tu ne t'es pas abîmé dans les enchantements indicibles de son sein dévoilé ! Tu as écouté la voix jalouse qui te disait : " Abstiens-toi. " Dupe, dupe, triste dupe ! Ô regrets ! Ô remords ! Ô désespoir ! N'avoir pas la joie d'emporter en enfer la mémoire de l'heure inoubliable et de crier à Dieu : " Brûle ma chair, dessèche tout le sang de mes veines, fais éclater mes os : tu ne m'ôteras pas le souvenir qui me parfume et me rafraîchit pour les siècles des siècles ! "... Thaïs va mourir ! Dieu ridicule, si tu savais comme je me moque de ton enfer ! Thaïs va mourir et elle ne sera jamais à moi, jamais, jamais ! »

Et, tandis que la barque suivait le courant rapide, il restait des journées entières couché sur le ventre, répétant :

« Jamais ! jamais ! jamais ! »

Puis, à l'idée qu'elle s'était donnée et que ce n'était pas à lui, qu'elle avait répandu sur le monde des flots d'amour et qu'il n'y avait pas trempé ses lèvres, il se dressait debout, farouche, et hurlait de douleur. Il se déchirait la poitrine avec ses ongles et mordait la chair de ses bras. Il songeait :

« Si je pouvais tuer tous ceux qu'elle a aimés ! »

L'idée de ces meurtres l'emplissait d'une fureur délicieuse. Il méditait d'égorger Nicias lentement, à loisir, en le regardant jusqu'au fond des yeux. Puis sa fureur tombait tout à coup. Il pleurait, il sanglotait. Il devenait faible et doux. Une tendresse inconnue amollissait son âme. Il lui prenait envie de se jeter au cou du compagnon de son enfance et de lui dire : « Nicias, je t'aime, puisque tu l'as aimée. Parle-moi d'elle ! Dis-moi ce qu'elle te disait. » Et sans cesse le fer de cette parole lui perçait le cœur « Thaïs va mourir ! »

« Clartés du jour ! ombres argentées de la nuit, astres, cieux, arbres aux cimes tremblantes, bêtes sauvages, animaux familiers, âmes anxieuses des hommes, n'entendez-vous pas ? " Thaïs va mourir ! " Lumières, souffles et parfums, disparaissez. Effacez-vous, formes et pensées de l'univers ! ' Thaïs va mourir !... » Elle était la beauté du monde et tout ce qui l'approchait s'ornait des reflets de sa grâce. Ce vieillard et ces sages assis près d'elle, au banquet d'Alexandrie, qu'ils étaient aimables ! que leur parole était harmonieuse ! L'essaim des riantes apparences voltigeait sur leurs lèvres et la volupté parfumait toutes leurs pensées. Et, parce que le souffle de Thaïs était sur eux, tout ce qu'ils disaient était amour, beauté, vérité. L'impiété charmante prêtait sa grâce à leurs discours. Ils exprimaient aisément la splendeur humaine. Hélas ! et tout cela n'est plus qu'un songe. Thaïs va mourir ! Oh ! comme naturellement je mourrai de sa mort ! Mais peux-tu seulement mourir, embryon desséché, fœtus macéré dans le fiel et les pleurs arides ? Avorton misérable, peux-tu goûter la mort, toi qui n'as pas connu la vie ? Pourvu que Dieu existe et qu'il me damne ! Je l'espère, je le veux. Dieu que je hais, entends-moi. Plonge-moi dans la damnation. Pour t'y obliger je te crache à la face. Il faut bien que je trouve un enfer éternel, afin d'y exhaler l'éternité de rage qui est en moi. »

. . . .
. . . .

Dès l'aube, Albine reçut l'abbé d'Antinoé au seuil des cellules.

« Tu es le bienvenu dans nos tabernacles de paix, vénérable père, car sans doute tu viens bénir la sainte que tu nous avais donnée. Tu sais que Dieu, dans sa clémence, l'appelle à lui ; et comment ne saurais-tu pas une nouvelle que les anges ont portée de désert en désert ? Il est vrai, Thaïs touche à sa fin bienheureuse. Ses travaux sont accomplis, et je dois t'instruire en peu de mots de la conduite qu'elle a tenue parmi nous. Après ton départ, comme elle était enfermée dans la cellule marquée de ton sceau, je lui envoyai avec sa nourriture une flûte semblable à celles dont jouent aux festins les filles de sa profession. Ce que je faisais était pour qu'elle ne tombât pas dans la mélancolie et pour qu'elle n'eût pas moins de grâce et de talent devant Dieu qu'elle n'en avait montré au regard des hommes. Je n'avais pas agi sans prudence ; car Thaïs célébrait tout le jour sur la flûte les louanges du Seigneur, et les vierges qu'attiraient les sons de cette flûte invisible disaient : " Nous entendons le rossignol des bocages célestes, le cygne mourant de Jésus crucifié. " C'est ainsi que Thaïs accomplissait sa pénitence, quand, après soixante jours, la porte que tu avais scellée s'ouvrit d'elle-même et le sceau d'argile se rompit sans qu'aucune main humaine l'eût touché. À ce signe je reconnus que l'épreuve que tu avais imposée devait cesser et que Dieu pardonnait les péchés de la joueuse de flûte. Dès lors, elle partagea la vie de mes filles, travaillant et priant avec elles. Elle les édifiait par la modestie de ses gestes et de ses paroles et elle semblait parmi elles la statue de la pudeur. Parfois elle était triste; mais ces nuages passaient. Quand je vis qu'elle était attachée à Dieu par la foi, l'espérance et l'amour, je ne craignis pas d'employer son art et même sa beauté à l'édification de ses sœurs. Je l'invitais à représenter devant nous les actions des femmes fortes et des vierges sages de l'Écriture. Elle imitait Esther, Déborah, Judith, Marie, sœur de Lazare, et Marie, mère de Jésus. Je sais, vénérable père, que ton austérité s'alarme à l'idée de ces spectacles. Mais tu aurais été touché toi-même, si tu l'avais vue, dans ces pieuses scènes, répandre des pleurs véritables et tendre au ciel ses bras comme des palmes. Je gouverne depuis longtemps des femmes et j'ai pour règle de ne point contrarier leur nature. Toutes les graines ne donnent pas les mêmes fleurs. Toutes les âmes ne se sanctifient pas de la même manière. Il faut considérer aussi que Thaïs s'est donnée à Dieu quand elle était belle encore, et un tel sacrifice, s'il n'est point unique, est du moins très rare... Cette beauté, son vêtement naturel, *ne l'a* pas encore *quittée après trois* mois de la fièvre dont elle meurt. Comme, pendant sa maladie, elle demande sans cesse à voir le ciel, je la fais porter chaque matin dans la cour, près du puits, sous l'antique figuier, à l'ombre duquel les abbesses de ce couvent ont coutume de tenir leurs assemblées; tu l'y trouveras, père vénérable; mais hâte-toi, car Dieu l'appelle, et ce soir un suaire couvrira ce visage que Dieu fit pour le scandale et pour l'édification du monde. »

Paphnuce suivit Albine dans la cour inondée de

lumière matinale. Le long des toits de brique, des colombes formaient une file de perles. Sur un lit, à l'ombre du figuier, Thaïs reposait toute blanche, les bras en croix. Debout à ses côtés, des femmes voilées récitaient les prières de l'agonie.

« *Aie pitié de moi, mon Dieu, selon ta grande mansuétude et efface mon iniquité selon la multitude de tes miséricordes*[1] *!* »

Il l'appela :

« Thaïs ! »

Elle souleva les paupières et tourna du côté de la voix les globes blancs de ses yeux.

Albine fit signe aux femmes voilées de s'éloigner de quelques pas.

« Thaïs ! » répéta le moine.

Elle souleva la tête; un souffle léger sortit de ses lèvres blanches :

« C'est toi, mon père ?... Te souvient-il de l'eau de la fontaine et des dattes que nous avons cueillies ?... Ce jour-là, mon père, je suis née à l'amour... à la vie. »

Elle se tut et laissa retomber sa tête.

La mort était sur elle et la sueur de l'agonie couronnait son front. Rompant le silence auguste, une tourterelle éleva sa voix plaintive. Puis les sanglots du moine se mêlèrent à la psalmodie des vierges.

« *Lave-moi de mes souillures et purifie-moi de mes péchés. Car je connais mon injustice et mon crime se lève sans cesse contre moi.* »

Tout à coup, Thaïs se dressa sur son lit. Ses yeux de violette s'ouvrirent tout grands; et, les regards envolés, les bras tendus vers les collines lointaines, elle dit d'une voix limpide et fraîche :

« Les voilà, les roses de l'éternel matin ! »

Ses yeux brillaient; une légère ardeur colorait ses tempes. Elle revivait plus suave et plus belle que jamais. Paphnuce, agenouillé, l'enlaça de ses bras noirs.

« Ne meurs pas, criait-il d'une voix étrange qu'il ne reconnaissait pas lui-même. Je t'aime, ne meurs pas ! Écoute, ma Thaïs. Je t'ai trompée, je n'étais qu'un fou misérable. Dieu, le ciel, tout cela n'est rien. Il n'y a de vrai que la vie de la terre et l'amour des êtres. Je t'aime ! ne meurs pas; ce serait impossible tu es trop précieuse. Viens, viens avec moi. Fuyons; je t'emporterai bien loin dans mes bras. Viens, aimons-nous. Entends-moi donc, ô ma bien-aimée, et dis : " Je vivrai, je veux vivre. " Thaïs, Thaïs, lève-toi ! »

Elle ne l'entendait pas. Ses prunelles nageaient dans l'infini.

Elle murmura :

« Le ciel s'ouvre. Je vois les anges, les prophètes et les saints... Le bon Théodore est parmi eux, les mains pleines de fleurs; il me sourit et m'appelle... Deux séraphins viennent à moi. Ils approchent... qu'ils sont beaux !... Je vois Dieu. »

Elle poussa un soupir d'allégresse et sa tête retomba inerte sur l'oreiller. Thaïs était morte. Paphnuce, dans une étreinte désespérée, la dévorait de désir, de rage et d'amour[1].

Albine lui cria :

« Va-t'en, maudit ! »

Et elle posa doucement ses doigts sur les paupières de la morte. Paphnuce recula, chancelant, les yeux brûlés de flammes et sentant la terre s'ouvrir sous ses pas.

Les vierges entonnaient le cantique de Zacharie :

« Béni soit le Seigneur, le dieu d'Israël. »

Brusquement, la voix s'arrêta dans leur gorge. Elles avaient vu la face du moine et elles fuyaient d'épouvante en criant :

« Un vampire ! un vampire ! »

Il était devenu si hideux, qu'en passant la main sur son visage il sentit sa laideur.

Appendices

LA LÉGENDE DE SAINTE THAÏS, COMÉDIENNE*

En ce temps-là vivait une femme au pays
Des Égyptiens, belle, et qu'on nommait Thaïs;
Et les graves vieillards venus de Galilée
Prêcher le nouveau Dieu dans la vieille vallée
Du Nil, tournaient la tête et fronçaient le sourcil
Lorsque Thaïs passait : or, ils faisaient ainsi
Parce que cette femme avait des mœurs infâmes
Mais ils disaient qu'il faut craindre toutes les femmes
Chacune ayant en elle un puits d'impureté,
Lieu sale et dangereux, par le diable hanté;
Que s'il est beau, leur corps est une tour très sûre
Où guette tout armé le démon de luxure,
Et qu'enfin la beauté n'est qu'un piège qu'il plut
Au Seigneur de dresser au chemin du salut.
Ils rapportaient d'ailleurs, et la chose est à croire,
Que la Vierge Marie était difforme et noire :
Car autrement son corps, vase d'élection,
Eût exhalé le trouble et la perdition.
De plus, bien que Thaïs eût reçu le baptême,
Elle jouait aux jeux qui tous sont anathèmes;
Et c'était aux gentils un spectacle très cher
De voir Thaïs — triomphe odieux de la chair ! —
N'avoir pas honte alors qu'en la danse profane,
Ses flancs nus blanchissaient leur voile diaphane.
Elle avait de son corps fait à l'Esprit du mal
Non pas un logement mais bien un arsenal :
Elle avait de grands yeux fendus comme l'amande,
Une lèvre charnelle et froide, et très friande,

* Cette pièce est extraite d'un recueil actuellement sous presse.

Et les ailes du nez souples qui par moments
Se soulevaient avec de longs frémissements.
Quelquefois, languissant au feu subtil des fièvres,
Seule, elle savourait les baisers de ses lèvres ;
Puis des candeurs d'enfant lui venaient tout à coup :
Elle avait de l'oiseau, de la chatte beaucoup,
De la panthère même — étant très femme en somme,
Faite comme Ève enfin pour la perte de l'homme.
Thaïs était surtout célèbre pour le chant,
Et les Pères disaient : Qu'elle meure ! sachant
Que la luxure avide et semblable à l'hyène
Du désert, rôde autour de la comédienne.
Cette femme perdait les âmes à foison,
Et les pères avaient certainement raison
De condamner la danse et les jeux du théâtre
Que Sénéca blâmait, bien qu'il fût idolâtre.

Thaïs n'y prenait garde, ayant l'utile honneur
D'être assez familière avec le gouverneur :
C'était un petit homme à ventre de Silène,
Lourd, un peu bien colère, ayant déjà l'haleine
Courte, mais portant bien son quadruple menton,
Et ronflant en public sur un très noble ton ;
Il était d'une humeur atroce, mais à table
Ses convives l'auraient trouvé fort supportable,
N'eût été toutefois son malheureux travers,
Sitôt qu'il avait bu, de réciter des vers.
Pourtant il eut du goût un soir qu'il était ivre,
Et, de l'aveu de tous, sut bien choisir son livre :
Il prit le saint poème, au vulgaire inconnu,
Que chante pour le sage un corps splendide et nu :
Déliant de Thaïs les ceintures glissantes,
Il fit jaillir ses seins en strophes frémissantes ;
Et, calme, triomphant, ce corps harmonieux,
Pareil au marbre où rit Kypris, mère des dieux,
Comme aux beaux jours d'Hellas et sur le mode antique,
Chantait l'hymne sacré de la beauté plastique.

Ces nudités de marbre, ayant de froids ennuis,
Des nudités de chair, par d'indulgentes nuits,
Aux regards d'un amant livraient Thaïs sans voiles,
Baignant ses flancs du lait que versent les étoiles.
Cet amant, cet heureux profanateur était
Un beau centurion qui souvent la battait,
Mais s'était fait près d'elle une invincible attache
Par sa belle façon de friser sa moustache,
Et son art à sangler son ceinturon de fer.

Ainsi vivait Thaïs, sans souci de l'enfer,
Quand, un jour, son amant, assis sous le portique,
Ayant bu longuement du vin maréotique
Avec un avocat de Thrace son pays,
Devint très expansif en causant de Thaïs,
Et mit notamment sa rhétorique à décrire
Cette chute des reins qui dessine un sourire,
Et que la Kallipige en pleurs, ayant un pli
Farouche sur son front de marbre encor pâli,
Brûle de fouetter d'épines et de roses.
Il roula sous la table en racontant ces choses,
Et se réveilla, fort surpris, dans un cachot
Où l'on lui fit un bain, le temps étant fort chaud,
Avec avis pressant que pour être agréable
Au gouverneur, il eût, comme soin préalable,
La bonté de s'ouvrir les veines.

Thaïs prit
Excessivement mal ce petit trait d'esprit
Du gouverneur, et lui fit des nuits difficiles :
Il la laissa, n'aimant que les beautés dociles.
Vers ce temps-là, Thaïs, par hasard, traversait
La ville au clair de lune, et, lorsqu'elle passait,
Les grands sphinx, accroupis le long des avenues,
Se sentaient pénétrés de douceurs inconnues ;
Les passants, aveuglés de ses gorgerins d'or,
Disaient : « Nous en mourrons, c'est la déesse Hathor ! »
Isis de ses rayons la baisait amoureuse ;
Mais elle eut un frisson, étant un peu peureuse,
Quand elle vit un groupe étrange, sale, impur,
Qui tachait d'un gris brun le stuc rouge du mur.
Cachant ce qu'elle put de ses blancheurs de cygne
Elle n'en vit pas moins le groupe faire un signe
De croix, à son approche ; et sentit une odeur
D'huile rance et d'oignon lui soulever le cœur.
Aussi, chez les chrétiens, c'est un signe de race
D'avoir l'haleine infecte *et de suer la* crasse,
Et de n'aller au bain de leur vie ; étant, eux,
Couverts de lèpre blanche et de maux très honteux,
Ils ont soin de cacher leur chair, avec décence,
Pour n'induire la femme en la concupiscence ;
Et, comme le seul bien qui doit nous être cher
Réside, à leur avis, au tourment de la chair,
Torturer leur paraît chose très charitable,
Et l'œuvre du bourreau, pieuse et délectable.
Le groupe s'allongea pour barrer le chemin ;
Chaque chrétien tenait une pierre à la main,
L'un d'eux : « Cette femme a souillé son corps, demeure

Du Saint-Esprit, dit-il, ainsi donc qu'elle meure !
— Qu'elle meure ! » reprit la troupe lentement;
Et l'ombre eut, à leur voix, un morne ébranlement.
Thaïs ne bougeait pas : elle était blanche, roide,
Sans voix, le front perlé par une sueur froide;
Les bras s'étant levés, elle ferma les yeux...
Puis se sentit saisie par un poignet nerveux.
Thaïs ne doutait point qu'elle fût vraiment morte;
Mais sa foi n'était pas très arrêtée, en sorte
Qu'elle ne savait trop, du diable ou de Typhon,
Qui l'emportait ainsi dans l'abîme sans fond.
Elle s'abandonnait : la suave cambrure
De ses reins sur le sol versait sa chevelure;
Sa chair silencieuse avait cette clarté
Que verse au front des morts l'aube d'éternité.
Cependant sa paupière, avec effort, se lève :
Elle voit vaguement, comme à travers un rêve,
Un grand vieillard farouche, à l'œil étincelant,
Et dont le crâne lisse était tout ruisselant
De lumière. Il parlait et sa grande voix sombre
Avait des grondements qui s'enfonçaient dans l'ombre,
Et sa barbe d'argent, se tordant et rampant,
Pareille aux clairs anneaux d'un mystique serpent,
Jetait de grands éclairs sur sa large poitrine,
Qu'enflait le souffle saint de la grâce divine.
Or il disait ceci :

« Je suis vraiment touché
De voir autant de gens n'ayant jamais péché :
Puisque chacun de vous, soulevant une pierre,
Semble avoir grand souci de jeter la première,
Se souvenant d'ailleurs de ce qu'a dit le Christ
Aux Juifs lapidateurs, ainsi qu'il est écrit,
Je tiens pour assuré que, par grâce très haute,
Aucun d'entre vous tous ne commit une faute.
Or, moi, je viens vous dire avec humilité :
Jugez-moi donc aussi, selon votre équité.
J'ai prié soixante ans, et ma chair est restée,
Dans la soif et la faim, débile et révoltée;
Certes, pour la dompter, j'ai souffert de grands maux :
J'ai fait mon front semblable aux genoux des chameaux,
Le tenant prosterné jour et nuit sur le sable,
Et je suis cependant un pécheur misérable.
Vous *levant vous* avez dit : Nous sommes la loi;
Je me lève et je dis : Le coupa*ble c'est moi.*
Donc frappez, comme Dieu, sans colère ni haine,
Ce vieux pécheur avec cette chananéenne.
Mais, si l'esprit de meurtre est en vous, je vous dis :

Allez et périssez; vous êtes des maudits;
Tenez, comme Caïn, votre droite cachée
Sous vos manteaux, et soit votre droite séchée. »

Il dit, et le troupeau des rôdeurs effarés
S'enfuit, la tête basse et les coudes serrés;
Chacun, pour mieux courir, jetait sur la sandale
De son voisin la pierre énorme de scandale.
Et Thaïs était là qui baisait les pieds nus
Du vieillard, ses pieds noirs mais beaux d'être venus.
Enfin elle lui dit : « Sois mon seigneur et maître,
Et je te servirai, si tu veux le permettre...
Tu me fais peur, vieillard, et je voudrais t'aimer !
— Femme, répondit-il, cesse de blasphémer !
Va cacher loin de moi la flamme incendiaire
De tes yeux effrontés, toi qui, dans la chaudière
Des charnelles amours, des sales voluptés,
Bous, sous les flots infects de tes impuretés ! »
Elle : « J'ai honte ô ciel ! » Lui : « Pour cette parole,
Dieu rallume ta lampe, ô pauvre vierge folle ! »
Thaïs alors : « Je vois clair enfin, et je sens
S'élever dans mon cœur des repentirs puissants.
Par-delà les longs jours de ma jeunesse amère,
Je me souviens l'*Ave* que m'apprenait ma mère;
Puis elle me parlait de Notre Père aux Cieux,
Et j'avais vaguement un vieillard dans les yeux...
Père il te ressemblait... mais avec moins de flamme
Au regard... Je prierai ce Dieu du fond de l'âme.
Enfant, je sentais bon lorsque j'avais prié.
— Femme, le parfum tourne en un vase souillé;
Tu ne peux prier Dieu, source éternelle et pure,
D'une bouche salie aux baisers de luxure,
Ni regarder les cieux, son séjour de clarté,
Avec des yeux, miroirs de l'impudicité.
Mais, un cilice aux reins, aux hanches une corde,
Regarde l'orient, criant : Miséricorde !
Debout dans la cellule où je te conduirai. »
La folle enfant, pensive alors, lui dit : « J'irai. »
Puis elle lui demande à revoir sa demeure.
Là, d'amoureux parfums la troublent; mais, sur l'heure,
Elle entasse en monceaux ses gorgerins d'émail,
Ses bagues, ses colliers, l'écrin et l'éventail
De cygne, y met le feu : l'âcre et sombre fumée
Couvre d'un voile noir la panoplie aimée,
Les grands vases d'argent aux flancs lisses et clairs,
Les petits miroirs ronds qui lancent des éclairs,
Les voiles, les tissus aux blancheurs profanées,
Les écrins vomissant des perles égrenées,

Et le coffret de cèdre avare et sûr, qui rend
Ses lourds trésors avec son esprit odorant.
Thaïs allait tremper ses lèvres altérées
Dans le torrent profond des voluptés sacrées.

Le vieillard la mena par les sables brûlants.
Elle marchait avec ses petits pieds sanglants;
Ignorant que Jésus, au bord de la fontaine,
But dans l'urne de grès de la Samaritaine,
Elle allait par la plaine aride, elle cherchait
Le frais torrent d'amour que le dogme cachait.
Quand ils eurent atteint la dure Thébaïde,
Le vieillard mit Thaïs dans une loge vide,
C'était comme un cercueil se dressant sur un bout,
Et dont le mort vivant restait toujours debout.
Comme on scelle une tombe, il en scella la porte
Avec un sceau de plomb, car Thaïs était morte.
Morte à l'Éternité par la damnation,
En elle, étaient les vers et la corruption.
Elle cria vingt mois, et, le vingt et unième,
L'homme leva le sceau qu'il avait mis lui-même.
Puis, ayant vu le front de celle qui pécha,
Lui, le saint et le fort entre tous, il coucha
Son front dans la poussière et dit : « Femme très sainte,
Car la gloire t'éclaire et ta tête en est ceinte,
Je te viens demander ta bénédiction;
Je suis le bouc impur, brebis d'élection !
Au nom du bon pasteur, verse-moi l'espérance :
Le verbe est dans ton sein, car le verbe est SOUFFRANCE. »

Mais, le front nuageux, l'ange alors descendit
Vers Thaïs pénitente et gravement lui dit :
« Tu n'as pas versé, femme, ainsi que Madeleine,
L'amphore de parfums en ton cœur encor pleine,
Donc, ceins tes reins, ô femme, et prends un bâton blanc,
Et suis, par le désert, l'étoile au front tremblant. »
Il dit, et de sa main fait glisser une étoile,
Comme un doigt féminin laisse échapper un voile.

Thaïs suivait l'étoile, et le soir incertain
Sous l'astre conducteur tout à coup sembla teint
D'une blancheur d'aurore et de lueurs d'opale.
Thaïs vit une femme au long sourire pâle,
Et dit : « *Je viens à toi*, comme jadis alla,
Emportant ses parfums, celle de Magd*ala*. »
La femme répondit : « C'est le Ciel qui t'amène,
Ma sœur; j'ai soif du lait de la tendresse humaine.
Interrompant leur cours au ciel étincelant,

Vers toi qui t'avançais blanche, sous tes blancs voiles,
J'ai vu les astres clairs se pencher en tremblant;
Et j'ai vu, dans ton front, se mirer les étoiles.

— Et toi, tu me semblais, de bien loin à te voir,
Un palmier solitaire, ô ma sœur bien-aimée;
Et je buvais, parmi les souffles frais du soir,
La semence d'amour de ta bouche embaumée. »

L'étoile scintillait sous le bleu firmament,
Et le frais ruisselet susurrait mollement.
Et leurs lèvres alors, avec de doux murmures,
S'entrouvrirent ainsi que des grenades mûres;
Et, comme des oiseaux qui veulent se poser,
Voletèrent devant le fascinant baiser.
L'ange était radieux; il descendit vers elles,
Et leur faisant un dais avec ses grandes ailes
De lumière et d'azur, plus pures que le jour,
Aimez-vous, leur dit-il, car le verbe est AMOUR.

ANATOLE FRANCE.

NOTES SUR LES GNOSTIQUES PRISES PAR ANATOLE FRANCE

[Sur papier à en-tête du Sénat :] Les gnostiques disaient aux chrétiens / Votre chef est une intelligence de l'ordre le plus élevé; mais les apôtres n'ont pas compris leur maître et à leur tour, leurs disciples ont altéré les textes qu'il leur avait laissés / c'était des théosophes.

[Sur papier ordinaire :] Matter : *Histoire du Gnosticisme* 1828-1842 — 3 vol. in-8° — Orientaux — syncrétistes (Inde Perse Égypte Platon Plotin Mosaïsme Christianisme) *gnose* science *ésotérique et mystérieuse* EONS Forces — Esprits émanés de Dieu participant à son être éternel, et ayant présidé aux diverses époques-créations du monde. Toutes choses émanent d'un dieu suprême dont les puissances et les vertus remplissent et pénètrent — tout l'homme est une émanation directe de la divinité.

Le retour à la pureté primitive n'est point le résultat d'une vertu pratique *mais le prix d'une aspiration vers les choses d'en haut d'une contemplation mystique.*

Gnost. Ier s[iècle] : unissent direct l'*h* à D. Le gnosticisme donne accès au panthéisme.

Simon le Magicien de Samarie disciple de Dosithée. Il achète une courtisane, Hélène, qui servait à ses opérations magiques (Tertullien).

Ménandre le Samaritain/Ceninthe distinguant le Christ descendu du ciel et Jésus fils de Marie qui seul avait été crucifié/ Dosithée magicien de Samarie — Messie (immobilité). Philon le juif né à Alexandrie. Il expliquait l'origine des choses par le dualisme de Platon et l'éternité du monde pour aboutir au système oriental de l'émanation.

IIᵉ et IIIᵉ s[iècle] Marcion de Sinope âme émanation de l'être bienfaisant — corps — id — malfaisant. Cerdon maître de Marcion dualiste. Tous deux rejette *[sic]* l'ancien testament. Saturnin d'Antioche / Bardosane Syrien contemporain de Marc-Aurèle nie que J.-C. eut un corps humain et la résurrection des corps / Tatien interdit le mariage à sa secte / Basilide 2 âmes fait l'*abraxas* 365 en lettres grecques, chiffre qui plaît à dieu / Valentin monde invisible — le visible œuvre d'un démiurge / Carpocrate.

PROJET DE PRÉFACE POUR « THAÏS »

Quand *Thaïs* parut dans la *Revue des Deux Mondes*, on l'intitula Conte philosophique, non pour marquer que c'était une fiction inspirée par l'amour de la sagesse, mais afin d'avertir tout de suite les personnes simples qu'elles y rencontreraient des difficultés. C'était seulement une manière de dire à une infinité d'excellentes personnes qu'on ne les amuserait point et qu'on risquait même de leur déplaire. La précaution est désormais inutile, et je cesse de la prendre, ne craignant point que le public ordinaire des romans se jette avec trop d'empressement sur ce petit livre.

Exactement il devrait s'appeler *Paphnuce*, du nom de mon héros, qui fut moine dans cette Égypte où le monachisme produisit ses chefs-d'œuvre les plus étranges. Mais le nom [de] Paphnuce est d'un aspect bizarre et rébarbatif et l'on m'a dit qu'il valait mieux mettre cette pieuse légende sous l'invocation de sainte Thaïs. C'est ce que j'ai fait, comme il était juste, car j'y raconte la conversion de cette prédestinée.

L'histoire de sainte Thaïs et de saint Paphnuce est un vieux *conte* copte qui, traduit en latin au temps de Théodose par Torannius Rufinus, *prêtre, fit p*endant quatorze siècles les délices de la chrétienté. Recueilli dans les *V*ies *des pères* des déserts où tous les enfants au XVIIIᵉ siècle apprenaient à lire, il se peut qu'il édifie encore aujourd'hui, au fond d'une province, quelque vieille dame janséniste. Ces petits volumes reliés en veau, tout pleins de gravures d'un ascétisme naïf, sont peut-être ce que la mythologie chrétienne a produit de plus extraordinaire.

J'y ai lu avec tant de plaisir l'histoire de sainte Thaïs, que le désir m'est venu de la conter, à mon tour, mais non pas telle à la vérité que je l'avais lue. J'en ai changé quelque peu la forme et l'esprit. Les légendes ont cela de merveilleux qu'elles se prêtent d'elles-mêmes à l'expression de toutes les idées. Il y a en elles une admirable plasticité et une aptitude précieuse à se colorer de teintes nouvelles.

Ma Thaïs a fâché beaucoup un R. père jésuite, lequel m'a adressé des injures innocentes dans une revue à lui qu'il m'a fait envoyer à propos; faute de ce soin, j'ignorais encore le R. P. et ses fureurs. Dans le même temps, une revue publiée à Odessa me reprocha avec la même indignation de m'être écarté dans mon récit de l'orthodoxie grecque. Je me consolai de n'avoir contenté ni l'un ni l'autre en songeant que je ne pouvais pas, quoi que je fisse, les contenter tous deux.

Je l'avoue, le révérend père m'a flatté en m'injuriant. Il avait lu mon conte et même il l'avait si bien lu que quand il essaya de rétablir l'histoire de sainte Thaïs et de saint Paphnuce dans sa pureté première il ne put s'empêcher d'introduire dans son récit des traits qui sont de mon invention. Il affirma que Paphnuce était abbé d'Antinoé et que Thaïs habitait Alexandrie. Or c'est moi qui ai imaginé cela. Rufin dit que Paphnuce avait établi son monastère à l'extrémité du territoire d'Héraclée en basse Thébaïde, et que Thaïs habitait une certaine ville d'Égypte. Ce n'était certainement pas Alexandrie que les coptes tenaient pour une ville étrangère. Ils disaient qu'il fallait sortir d'Égypte pour y aller.

Je ne dis pas cela pour en faire un grief au R. P. mais pour l'induire à méditer sur son état. Il a pris quelque chose du poison qu'il voulait détruire et il connaît à ses dépens que le diable est subtil.

L'ÉTUI DE NACRE

LE PROCURATEUR DE JUDÉE

L. Ælius Lamia, né en Italie de parents illustres, n'avait pas encore quitté la robe prétexte, quand il alla étudier la philosophie aux écoles d'Athènes. Il demeura ensuite à Rome et mena, dans sa maison des Esquilies[1], parmi de jeunes débauchés, une vie voluptueuse. Mais accusé d'entretenir des relations criminelles avec Lepida, femme de Sulpicius Quirinus, personnage consulaire, et reconnu coupable, il fut exilé par Tibère César[2]. Il entrait alors dans sa vingt-quatrième année. Pendant dix-huit ans que dura son exil, il parcourut la Syrie, la Palestine, la Cappadoce, l'Arménie, et fit de longs séjours à Antioche, à Césarée, à Jérusalem. Quand, après la mort de Tibère, Caïus[3] fut élevé à l'Empire, Lamia obtint de rentrer dans la Ville; il recouvra même une partie de ses biens. Ses misères l'avaient rendu sage.

Il évita tout commerce avec *les femmes de condition libre*, ne brigua point les emplois publics, se tint éloigné des honneurs et vécut caché dans sa maison des Esquilies. Mettant par écrit ce qu'il avait vu de remarquable en ses lointains voyages, il faisait, disait-il, de ses peines passées le divertissement des heures présentes. C'est au milieu de ces paisibles travaux et dans la méditation assidue des livres d'Épicure, qu'avec un peu de surprise et quelque chagrin il vit venir la vieillesse. En sa soixante-deuxième année, tourmenté d'un rhume assez incommode, il alla prendre les eaux de Baïes[1]. Ce rivage, jadis cher aux alcyons[2], était alors fréquenté par les Romains riches et avides de plaisirs. Depuis une semaine, Lamia vivait seul et sans ami dans leur foule brillante, quand, un jour, après dîner, se sentant dispos, il lui prit la fantaisie de gravir les collines qui, couvertes de pampres comme des bacchantes, regardent les flots.

Ayant atteint le sommet, il s'assit au bord d'un sentier, sous un térébinthe, et laissa errer sa vue sur le beau paysage[3]. À sa gauche s'étendaient livides et nus les champs Phlégréens jusqu'aux ruines de Cumes. À sa droite le cap Misène enfonçait son éperon aigu dans la mer Tyrrhénienne. Sous ses pieds, vers l'occident, la riche Baïes, suivant la courbe gracieuse du rivage, étalait ses jardins, ses villas peuplées de statues, ses portiques, ses terrasses de marbre, au bord de la mer bleue où se jouaient les dauphins. Devant lui, de l'autre côté du golfe, sur la côte de Campanie, dorée par le soleil déjà bas, brillaient les temples, que couronnaient au loin des lauriers du Pausilippe, et dans les profondeurs de l'horizon riait le Vésuve[a].

Lamia tira d'un pli de sa toge un rouleau contenant le *Traité sur la nature*[4], s'étendit à terre et commença de lire. Mais les cris d'un esclave l'avertirent de se lever pour laisser passage à une litière qui montait l'étroit sentier des vignes. Comme la litière s'approchait tout ouverte, Lamia vit, étendu sur les coussins, un vieillard d'une vaste corpulence qui, le front dans la main, regardait d'un œil sombre et fier. Son nez aquilin descendait sur ses lèvres, que pressaient un menton proéminent et des mâchoires puissantes.

Tout d'abord, Lamia fut certain de connaître ce visage. Il hésita un moment à le nommer. Puis soudain, s'élançant vers la litière dans un mouvement de surprise et de joie :

« Pontius Pilatus ! s'écria-t-il, grâces aux dieux, il m'est donné de te revoir ! »

Le vieillard, faisant signe aux esclaves d'arrêter, fixa un regard attentif sur l'homme qui le saluait.

« Pontius, mon cher hôte, reprit celui-ci, vingt années ont assez blanchi mes cheveux et creusé mes joues pour que tu ne reconnaisses plus ton Ælius Lamia. »

À ce nom, Pontius Pilatus descendit de litière aussi vivement que le permettaient la fatigue de son âge et la gravité de son allure. Et il embrassa deux fois Ælius Lamia.

« Certes, il m'est doux de te revoir, dit-il. Hélas ! tu me rappelles les jours anciens, alors que j'étais procurateur de Judée, dans la province de Syrie. Voilà trente ans que je te vis pour la première fois. C'était à Césarée[1], où tu venais traîner les ennuis de l'exil. Je fus assez heureux pour les adoucir un peu, et, par amitié, Lamia, tu me suivis dans cette triste Jérusalem, où les Juifs m'abreuvèrent d'amertume et de dégoût. Tu demeuras pendant plus de dix ans mon hôte et mon compagnon, et tous deux, parlant de la Ville, nous nous consolions ensemble, toi de tes infortunes, moi de mes grandeurs. »

Lamia l'embrassa de nouveau.

« Tu ne dis pas tout, Pontius : tu ne rappelles point que tu usas en ma faveur de ton crédit auprès d'Hérode Antipas[2] et que tu m'ouvris ta bourse avec libéralité.

— N'en parlons point, répondit Pontius, puisque, dès ton retour à Rome, tu m'envoyas par un de tes affranchis une somme d'argent qui me payait avec usure.

— Pontius, je ne me crois pas quitte envers toi par une somme d'argent. Mais réponds-moi[a] : les dieux ont-ils comblé tes désirs ? Jouis-tu de tout le bonheur que tu mérites ? Parle-moi de ta famille, de ta fortune, de ta santé.

— Retiré en Sicile, *où je possède* des terres, je *cultive* et je vends mon blé. Ma fille aînée, ma très chère Pontia, devenue veuve, vit chez moi et gouverne ma maison. J'ai gardé, grâces aux dieux, la vigueur de l'esprit ; ma mémoire n'est point affaiblie. Mais la vieillesse ne vient pas sans un long cortège de douleurs et d'infirmités. Je suis cruellement travaillé de la goutte. Et tu me vois à cette heure allant chercher par les champs Phlégréens un remède à mes maux. Cette terre brûlante, d'où, la nuit, s'échappent des flammes, exhale d'âcres vapeurs de soufre qui, dit-on, calment les douleurs et rendent la souplesse aux jointures des membres[1]. Du moins les médecins l'assurent.

— Puisses-tu, Pontius, l'éprouver toi-même ! Mais, en dépit de la goutte et de ses brûlantes morsures, tu sembles à peine aussi âgé que moi, bien qu'en réalité tu sois mon aîné de dix ans. Certes, tu as conservé plus de vigueur que je n'en eus jamais, et je me réjouis de te retrouver si robuste. Pourquoi, très cher, as-tu renoncé avant l'âge aux charges publiques ? Pourquoi, au sortir de ton gouvernement de Judée, as-tu vécu sur tes domaines de Sicile dans un exil volontaire ? Instruis-moi de tes actions à partir du moment où j'ai cessé d'en être le témoin. Tu te préparais à réprimer une révolte des Samaritains lorsque je partis pour la Cappadoce[2], où j'espérais tirer quelque profit de l'élève des chevaux et des mulets. Je ne t'ai pas revu depuis lors. Quel fut le succès de cette expédition ? Instruis-moi, parle. Tout ce qui te touche m'intéresse. »

Pontius Pilatus secoua tristement la tête.

« Une naturelle sollicitude, dit-il, et le sentiment du devoir m'ont porté à remplir les fonctions publiques non seulement avec diligence, mais encore avec amour. Mais la haine m'a poursuivi sans trêve. L'intrigue et la calomnie ont brisé ma vie en pleine sève et séché les fruits qu'elle devait mûrir. Tu m'interroges sur la révolte des Samaritains[3]. Asseyons-nous sur ce tertre. Je vais te répondre en peu de mots. Ces événements me sont aussi présents que s'ils s'étaient accomplis hier.

« Un homme de la plèbe, puissant par la parole, comme il s'en trouve beaucoup en Syrie, persuada aux Samaritains de s'assembler en armes sur le mont Gazim, qui passe en ce pays pour un lieu saint, et il promit de découvrir à leurs yeux les vases sacrés qu'un héros éponyme, ou plutôt un dieu indigète[4], nommé Moïse, y avait cachés, aux temps antiques d'Évandre et d'*Énée, notre père*[5]. Sur cette assurance, les Samaritains se révoltèrent. Mais, averti à temps pour les prévenir, je fis occuper la montagne par des détachements[a] d'infanterie et plaçai des cavaliers pour en surveiller les abords.

« Ces mesures de prudence étaient urgentes. Déjà les rebelles assiégeaient le bourg de Tyrathaba, situé au pied du Gazim. Je les dispersai aisément et j'étouffai la révolte à peine formée. Puis, pour faire un grand exemple avec peu de victimes, je livrai au supplice les chefs de la sédition. Mais tu sais, Lamia, dans quelle étroite dépendance me tenait le proconsul Vitellius[1] qui, gouvernant la Syrie non pour Rome mais contre Rome, estimait que les provinces de l'Empire se donnent comme des fermes aux tétrarques. Les principaux d'entre les Samaritains vinrent à ses pieds pleurer en haine de moi. À les entendre, rien n'était plus éloigné de leur pensée que de désobéir à César. J'étais un provocateur, et c'est pour résister à mes violences qu'ils s'étaient assemblés autour de Tyrathaba. Vitellius entendit leurs plaintes et, confiant leurs affaires de Judée à son ami Marcellus[2], il m'ordonna d'aller me justifier devant l'empereur[3]. Le cœur gros de douleur et de ressentiment, je pris la mer. Quand j'abordai les côtes d'Italie, Tibère, usé par l'âge et l'Empire, mourait subitement sur le cap Misène dont on voit d'ici la corne s'allonger dans la brume du soir. Je demandai justice à Caïus, son successeur, qui avait l'esprit naturellement vif et connaissait les affaires de Syrie. Mais admire avec moi, Lamia, l'injure de la fortune obstinée à ma perte. Caïus retenait alors près de lui, dans la Ville, le Juif Agrippa[4], son compagnon, son ami d'enfance, qu'il chérissait plus que ses yeux. Or, Agrippa favorisait Vitellius parce que Vitellius était l'ennemi d'Antipas qu'Agrippa poursuivait de sa haine. L'empereur suivit le sentiment de son cher Asiatique et refusa même de *m'entendre. Il* me fallut[a] rester sous le coup d'une disgrâce imméritée. Dévorant mes larmes, nourri de fiel, je me retirai dans mes terres de Sicile, où je serais mort de douleur si ma douce Pontia n'était venue consoler son père. J'ai cultivé le blé et fait croître les plus gras épis de toute la province. Aujourd'hui ma vie est faite. L'avenir jugera entre Vitellius et moi.

— Pontius, répondit Lamia, je suis persuadé que tu as agi envers les Samaritains selon la droiture de ton esprit et dans le seul intérêt de Rome. Mais n'as-tu pas trop obéi dans cette occasion à ce courage impétueux qui t'entraînait toujours ? Tu sais qu'en Judée, alors que, plus jeune que toi, je devais être plus ardent, il m'arriva souvent de te conseiller la clémence et la douceur.

— La douceur envers les Juifs ! s'écria Pontius Pilatus. Bien qu'ayant vécu chez eux, tu connais mal ces ennemis du genre humain. Tout ensemble fiers et vils, unissant une lâcheté ignominieuse à une obstination invincible, ils lassent également l'amour et la haine. Mon esprit s'est formé, Lamia, sur les maximes du divin Auguste. Déjà, quand je fus nommé procurateur de Judée, la majesté de la paix romaine enveloppait la terre. On ne voyait plus, comme au temps de nos discordes civiles, les proconsuls s'enrichir du sac des provinces. Je savais mon devoir. J'étais attentif à n'user que de sagesse et de modération[1]. Les dieux m'en sont témoins : je ne me suis opiniâtré que dans la douceur. De quoi m'ont servi ces pensées bienveillantes ? Tu m'as vu, Lamia, quand, au début de mon gouvernement, éclata la première révolte. Est-il besoin de t'en rappeler les circonstances ? La garnison de Césarée était allée prendre ses quartiers d'hiver à Jérusalem. Les légionnaires portaient sur leurs enseignes les images de César. Cette vue offensa les Hiérosolymites qui ne reconnaissaient point la divinité de l'empereur, comme si, puisqu'il faut obéir, il n'était pas plus honorable d'obéir à un dieu qu'à un homme. Les prêtres de la nation vinrent, devant mon tribunal, me prier avec une humilité hautaine de faire porter les enseignes hors de la Ville sainte[2]. Je m'y refusai par respect pour la divinité de César et la majesté de l'empire. Alors la plèbe, se joignant aux sacerdotes, fit entendre autour du prétoire des supplications menaçantes. J'ordonnai aux soldats de former les piques en faisceaux devant la tour Antonia[a3] et d'aller, armés de baguettes, comme des licteurs, disperser cette *foule insolente*[4]. Mais, insensibles aux coups, les Juifs m'adjuraient encore, et les plus obstinés, se couchant à terre, tendaient la gorge et se laissaient mourir sous les verges. Tu fus alors témoin de mon humiliation, Lamia. Sur l'ordre de

Vitellius, je dus renvoyer les enseignes à Césarée. Certes, cette honte ne m'était pas due. À la face des dieux immortels, je jure que je n'ai pas offensé une seule fois, dans mon gouvernement, la justice et les lois. Mais je suis vieux. Mes ennemis et mes délateurs sont morts. Je mourrai non vengé. Qui défendra ma mémoire ? »

Il gémit et se tut. Lamia répondit :

« Il est sage de ne mettre ni crainte ni espérance dans l'avenir incertain. Qu'importe ce que les hommes penseront de nous ? Nous n'avons de témoins et de juges que nous-mêmes. Assure-toi, Pontius Pilatus, dans le témoignage que tu te rends de ta vertu. Contente-toi de ta propre estime et de celle de tes amis. Au reste, on ne gouverne pas les peuples par la seule douceur. Cette charité du genre humain que conseille la philosophie a peu de part aux actions des hommes publics.

— Laissons cela, dit Pontius. Les vapeurs de soufre qui s'exhalent des champs Phlégréens ont plus de force quand elles sortent de la terre encore échauffée par les rayons du soleil. Il faut que je me hâte. Adieu. Mais, puisque je retrouve un ami, je veux profiter de cette bonne fortune. Ælius Lamia, accorde-moi la faveur de venir souper demain chez moi. Ma maison est située sur le rivage de la mer, à l'extrémité de la ville, du côté de Misène. Tu la reconnaîtras facilement au portique où l'on voit une peinture représentant Orphée parmi les tigres et les lions qu'il charme des sons de sa lyre.

« À demain, Lamia, dit-il encore en remontant dans sa litière. Demain nous causerons de la Judée. »

Le lendemain Lamia se rendit, à l'heure du souper, dans la maison de Pontius Pilatus. Deux lits seulement attendaient les convives. Servie sans faste, mais honorablement, la table supportait des plats d'argent dans lesquels étaient préparés des becfigues au miel, des grives, des huîtres du Lucrin et des lamproies de Sicile[1]. Pontius et Lamia, tout en mangeant, s'interrogèrent l'un l'autre sur leurs maladies dont ils décrivirent longuement les symptômes, et ils se firent part mutuellement de divers remèdes qu'on leur avait recommandés. Puis, se félicitant d'être réunis à Baïes, ils vantèrent à l'envi la beauté de ce rivage et la douceur du jour qu'on y respirait. Lamia célébra la grâce des courtisanes qui passaient sur la plage, chargées d'or et traînant des voiles brodés chez les Barbares. Mais le vieux procurateur déplorait une ostentation qui, pour de vaines pierres et des toiles d'araignées tissues de main d'homme, faisaient passer l'argent romain chez des peuples étrangers et même chez des ennemis de l'Empire. Ils vinrent ensuite à parler des grands travaux accomplis dans la contrée, de ce pont prodigieux établi par Caïus entre Putéoles et Baïes[1] et de ces canaux creusés par Auguste pour verser les eaux de la mer dans les lacs Averne et Lucrin[2].

« Moi aussi, dit Pontius en soupirant, j'ai voulu entreprendre de grands travaux d'utilité publique. Quand je reçus, pour mon malheur, le gouvernement de la Judée, je traçai le plan d'un aqueduc de deux cents stades qui devait porter à Jérusalem des eaux abondantes et pures. Hauteur des niveaux, capacité des modules, obliquité des calices d'airain auxquels s'adaptent les tuyaux de distribution, j'avais tout étudié, et, sur l'avis des machinistes[3], tout résolu moi-même. Je préparais un règlement pour la police des eaux, afin qu'aucun particulier ne pût faire des prises illicites. Les architectes et les ouvriers étaient commandés. J'ordonnai qu'on commençât les travaux. Mais, loin de voir s'élever avec satisfaction cette voie qui, sur des arches puissantes, devait porter la santé avec l'eau dans leur ville, les Hiérosolymites poussèrent des hurlements lamentables. Assemblés en tumulte, criant au sacrilège et à l'impiété, ils se ruaient sur les ouvriers et dispersaient les pierres des fondations[4]. Conçois-tu, Lamia, des Barbares plus immondes ? Pourtant Vitellius leur donna raison et je reçus l'ordre d'interrompre l'ouvrage.

— C'est une grande question, dit Lamia, de savoir si l'on *doit faire le bonheur* des hommes malgré eux. »

Pontius Pilatus poursuivit sans l'entendre :

« Refuser un aqueduc, quelle folie ! Mais tout ce qui vient des Romains est odieux aux Juifs. Nous sommes pour eux des êtres impurs et notre seule présence leur est une profanation. Tu sais qu'ils n'osaient entrer dans le prétoire de peur de se souiller et qu'il me fallait exercer la magistrature publique dans un tribunal en plein air[1], sur ce pavé de marbre où tu posas si souvent le pied.

« Ils nous craignent et nous méprisent. Pourtant Rome n'est-elle pas la mère et la tutrice des peuples qui tous, comme des enfants, reposent et sourient sur son sein vénérable ? Nos aigles ont porté jusqu'aux bornes de l'univers la paix et la liberté. Ne voyant que des amis dans les vaincus, nous laissons, nous assurons aux peuples conquis leurs coutumes et leurs lois. N'est-ce point seulement depuis que Pompée l'a soumise que la Syrie, autrefois déchirée par une multitude de rois, a commencé de goûter le repos et les heures prospères ? Et quand Rome pouvait vendre ses bienfaits à prix d'or, a-t-elle enlevé les trésors dont regorgent les temples barbares ? A-t-elle dépouillé la déesse Mère à Pessinonte[2], Jupiter dans la Morimène et dans la Cilicie, le dieu des Juifs à Jérusalem ? Antioche, Palmyre, Apamée, tranquilles malgré leurs richesses, et ne craignant plus les Arabes du désert, élèvent des temples au Génie de Rome et à la Divinité de César. Seuls, les Juifs nous haïssent et nous bravent. Il faut leur arracher le tribut, et ils refusent obstinément le service militaire[3].

— Les Juifs, répondit Lamia, sont très attachés à leurs coutumes antiques. Ils te soupçonnaient, sans raison, j'en conviens, de vouloir abolir leur loi et changer leurs mœurs. Souffre, Pontius, que je te dise que tu n'as pas toujours agi de sorte à dissiper leur malheureuse erreur. Tu te plaisais, malgré toi, à exciter leurs *inquiétudes, et je t'ai vu* plus d'une fois trahir devant eux le mépris que t'inspiraient leurs croyances et leurs cérémonies religieuses. Tu les vexais particulièrement en faisant garder par des légionnaires, dans la tour Antonia, les habits et les ornements sacerdotaux du grand prêtre[4]. Il faut reconnaître que, sans s'être élevés comme nous à la contemplation des choses divines, les Juifs célèbrent des mystères vénérables par leur antiquité. »

Pontius Pilatus haussa les épaules :

« Ils n'ont point, dit-il, une exacte connaissance

de la nature des dieux. Ils adorent Jupiter, mais sans lui donner de nom ni de figure. Ils ne le vénèrent pas même sous la forme d'une pierre, comme font certains peuples d'Asie[1]. Ils ne savent rien d'Apollon, de Neptune, de Mars, de Pluton, ni d'aucune déesse. Toutefois, je crois qu'ils ont anciennement adoré Vénus. Car encore aujourd'hui les femmes présentent à l'autel des colombes pour victimes et tu sais comme moi que des marchands, établis sous les portiques du Temple, vendent des couples de ces oiseaux pour le sacrifice. On m'avertit même, un jour, qu'un furieux venait de renverser avec leurs cages ces vendeurs d'offrandes[2]. Les prêtres s'en plaignaient comme d'un sacrilège. Je crois[a] que cet usage de sacrifier des tourterelles fut établi en l'honneur de Vénus. Pourquoi ris-tu, Lamia ?

— Je ris, dit Lamia, d'une idée plaisante qui, je ne sais comment, m'a traversé la tête. Je songeais qu'un jour le Jupiter des Juifs pourrait bien venir à Rome et t'y poursuivre de sa haine. Pourquoi non ? L'Asie et l'Afrique nous ont déjà donné un grand nombre de dieux. On a vu s'élever à Rome des temples en l'honneur d'Isis et de l'aboyant Anubis. Nous rencontrons dans les carrefours et jusque dans les carrières la Bonne Déesse des Syriens, portée sur un âne[3]. Et ne sais-tu pas que, sous le principat de Tibère, un jeune chevalier se fit passer pour le Jupiter cornu des Égyptiens et obtint sous ce déguisement les faveurs d'une dame illustre, trop vertueuse pour rien refuser aux dieux[4]. Crains, Pontius, que le Jupiter invisible des Juifs ne débarque un jour à Ostie ! »

À l'idée qu'un dieu pouvait venir de Judée, un rapide sourire glissa sur le visage sévère du procurateur. Puis il répondit gravement :

« Comment les Juifs imposeraient-ils leur loi sainte aux peuples du dehors, quand eux-mêmes se déchirent entre eux pour l'interprétation de cette loi ? Divisés en vingt sectes rivales, tu les as vus, Lamia, sur les places publiques, leurs rouleaux à la main, s'injuriant les uns les autres et se tirant par la barbe; tu les as vus, sur le stylobate du temple, déchirer en signe de désolation leurs robes crasseuses autour de quelque misérable en proie au délire prophétique. Ils ne conçoivent pas qu'on dispute en paix, avec une âme sereine, des choses divines qui, pourtant, sont couvertes de voiles et pleines d'incertitude[1]. Car la nature des Immortels nous demeure cachée et nous ne pouvons la connaître. Je pense toutefois qu'il est sage de croire à la Providence des dieux. Mais les Juifs n'ont point de philosophie et ils ne souffrent pas la diversité des opinions. Au contraire, ils jugent dignes du dernier supplice ceux qui professent sur la divinité des sentiments contraires à leur loi. Et, comme depuis que le Génie de Rome est sur eux, les sentences capitales prononcées par leurs tribunaux ne peuvent être exécutées qu'avec la sanction du proconsul ou du procurateur, ils pressent à tout moment le magistrat romain de souscrire à leurs arrêts funestes; ils obsèdent le prétoire de leurs cris de mort. Cent fois je les ai vus, en foule, riches et pauvres, tous réconciliés autour de leurs prêtres, assiéger en furieux ma chaise d'ivoire et me tirer par les pans de ma toge, par les courroies de mes sandales, pour réclamer, pour exiger de moi la mort de quelque malheureux dont je ne pouvais discerner le crime et que j'estimais seulement aussi fou que ses accusateurs. Que dis-je, cent fois ! C'était tous les jours, à toutes les heures. Et pourtant, je devais faire exécuter leur loi comme la nôtre, puisque Rome m'instituait non point le destructeur, mais l'appui de leurs coutumes, et que j'étais sur eux les verges et la hache[2]. Dans les premiers temps, j'essayai de leur faire entendre raison; je tentais d'arracher leurs misérables victimes au supplice[3]. Mais cette douceur les irritait davantage; ils réclamaient leur proie en battant de l'aile et du bec autour de moi comme des vautours. Leurs prêtres écrivaient à César que je violais leur loi, et leurs suppliques, appuyées par Vitellius, m'attiraient un blâme sévère. Que de fois, il me prit envie d'envoyer ensemble, comme disent les Grecs, aux corbeaux les accusés et les juges !

« Ne crois pas, Lamia, que je nourrisse des rancunes impuissantes et des colères séniles contre ce peuple qui a vaincu en moi Rome et la paix. Mais je prévois l'extrémité où ils nous réduiront tôt ou tard.

Ne pouvant les gouverner, il faudra les détruire. N'en doute point; toujours insoumis, couvant la révolte dans leur âme échauffée, ils feront éclater un jour contre nous une fureur auprès de laquelle la colère des Numides et les menaces des Parthes ne sont que des caprices d'enfant. Ils nourrissent dans l'ombre des espérances insensées et méditent follement notre ruine. En peut-il être autrement, tant qu'ils attendent, sur la fois d'un oracle, le prince de leur sang qui doit régner sur le monde ? On ne viendra pas à bout de ce peuple. Il faut qu'il ne soit plus. Il faut détruire Jérusalem de fond en comble[1]. Peut-être, tout vieux que je suis, me sera-t-il donné de voir le jour où tomberont ses murailles, où la flamme dévorera ses maisons, où ses habitants seront passés au fil de l'épée, où l'on sèmera le sel sur la place où fut le Temple. Et ce jour-là je serai enfin justifié. »

Lamia s'efforça de ramener l'entretien sur un ton plus doux.

« Pontius, dit-il, je m'explique sans peine et tes vieux ressentiments et tes pressentiments sinistres. Certes, ce que tu as connu du caractère des Juifs n'est pas à leur avantage. Mais moi, qui vivais à Jérusalem, en curieux, et qui me mêlais au peuple, j'ai pu découvrir chez ces hommes des vertus obscures, qui te furent cachées. J'ai connu des Juifs pleins de douceur, dont les mœurs simples et le cœur fidèle me rappelaient ce que nos poètes ont dit du vieillard d'Ébalie[2]. Et toi-même, Pontius, tu as vu expirer sous le bâton de tes légionnaires des hommes simples qui, sans dire leur nom, mouraient pour une cause qu'ils croyaient juste. De tels hommes ne méritent point nos mépris. Je parle ainsi, parce qu'il convient de garder en toutes choses la mesure et l'équité. Mais j'avoue n'avoir jamais éprouvé pour les Juifs une vive sympathie. Les Juives, au contraire, me plaisaient beaucoup. J'étais jeune alors, et les Syriennes me jetaient dans un grand trouble des sens. Leur lèvre rouge, leurs yeux humides et brillant dans l'ombre, leurs longs regards, me pénétraient jusqu'aux moelles. Fardées et peintes, sentant le nard et la myrrhe, macérées dans les aromates[3], leur chair est d'un goût rare et délicieux. »

Pontius entendit ces louanges avec impatience.

« Je n'étais pas homme à tomber dans les filets des Juives, dit-il, et puisque tu m'amènes à le dire, Lamia, je n'ai jamais approuvé ton incontinence. Si je ne t'ai pas assez marqué autrefois que je te tenais pour très coupable d'avoir séduit, à Rome, la femme d'un consulaire, c'est qu'alors tu expiais durement ta faute. Le mariage est sacré chez les patriciens; c'est une institution sur laquelle Rome s'appuie. Quant aux femmes esclaves ou étrangères, les relations qu'on peut nouer avec elles seraient de peu de conséquence, si le corps ne s'y habituait à une honteuse mollesse. Souffre que je te dise que tu as trop sacrifié à la Vénus des carrefours; et ce dont je te blâme[a] surtout, Lamia, c'est de ne t'être pas marié selon la loi et de n'avoir pas donné des enfants à la République, comme tout bon citoyen doit le faire. »

Mais l'exilé de Tibère n'écoutait plus le vieux magistrat. Ayant vidé sa coupe de falerne, il souriait à quelque image invisible.

Après un moment de silence, il reprit d'une voix très basse, qui s'éleva peu à peu :

« Elles dansent avec tant de langueur, les femmes de Syrie ! J'ai connu une Juive de Jérusalem qui, dans un bouge, à la lueur d'une petite lampe fumeuse, sur un méchant tapis, dansait en élevant ses bras pour choquer ses cymbales. Les reins cambrés, la tête renversée et comme entraînée par le poids de ses lourds cheveux roux, les yeux noyés de volupté, ardente et languissante, souple, elle aurait fait pâlir d'envie Cléopâtre elle-même. J'aimais ses danses barbares, son chant un peu rauque et pourtant si doux, son odeur d'encens, le demi-sommeil dans lequel elle semblait vivre. Je la suivais partout. Je me mêlais au monde vil de soldats, de bateleurs et de publicains dont elle était entourée. Elle disparut un jour, et je ne la revis plus. Je la cherchai longtemps dans les ruelles suspectes et dans les tavernes. On avait plus de peine à se déshabituer d'elle que du vin grec. Après quelques mois que je l'avais perdue, j'appris, par hasard, qu'elle s'était jointe à une petite troupe d'hommes et de femmes qui suivaient un jeune thaumaturge galiléen. Il se faisait appeler Jésus le

Nazaréen*[1], et il fut mis en croix[b] pour je ne sais quel crime. Pontius, te souvient-il de cet homme ? »

Pontius Pilatus fronça les sourcils et porta la main à son front comme quelqu'un qui cherche dans sa mémoire. Puis, après quelques instants de silence :

« Jésus ? murmura-t-il, Jésus le Nazaréen[c] ? Je ne me rappelle pas[2]. »

* Le Nazaréen, c'est-à-dire le saint. Les éditions antérieures portaient *Jésus de Nazareth*; mais il ne paraît pas qu'on connût une ville de Nazareth au premier siècle de l'ère chrétienne[a].

AMYCUS ET CÉLESTIN[1]

À Georges de Porto-Riche[2].

Prosterné au seuil de sa grotte sauvage, l'ermite Célestin passa en prière la vigile de Pâques, cette nuit angélique pendant laquelle les démons frémissants sont précipités dans l'abîme. Et tandis que les ombres couvraient la terre, à l'heure où l'Ange exterminateur avait plané sur l'Égypte[3], Célestin frissonna, saisi d'angoisse et d'inquiétude. Il entendait au loin dans la forêt les miaulements des chats sauvages et la voix flûtée des crapauds; plongé dans les ténèbres impures, il doutait que le mystère glorieux pût s'accomplir. Mais, quand il vit poindre le jour, l'allégresse avec l'aube entra dans son cœur; il connut que le Christ était ressuscité et il s'écria :

« Jésus est sorti du tombeau ! l'amour a vaincu la mort, alléluia ! Il s'élève radieux du pied de la colline ! alléluia ! La création est refaite et réparée. L'ombre et le mal sont dissipés; la grâce et la lumière se répandent sur le monde. Alléluia ! »

Une alouette, qui s'éveillait dans les blés, lui répondit en chantant :

« Il est ressuscité. J'ai rêvé de nids et d'œufs, d'œufs blancs, tiquetés de brun. Alléluia ! Il est ressuscité ! »

Et l'ermite Célestin sortit de sa grotte pour aller, à la chapelle voisine, solenniser le saint jour de Pâques.

Comme il traversait la forêt, il vit au milieu d'une

clairière un beau hêtre[1] dont les bourgeons gonflés laissaient déjà échapper des petites feuilles d'un vert tendre; des guirlandes de lierre et des bandelettes de laine étaient suspendues aux branches, qui descendaient jusqu'à terre; des tablettes votives, attachées au tronc noueux, parlaient de jeunesse et d'amour, et, çà et là, des Éros d'argile, les ailes ouvertes et la tunique envolée, se balançaient aux rameaux. À cette vue, l'ermite Célestin fronça ses sourcils blancs :

« C'est l'arbre des fées, se dit-il, et les filles du pays l'ont chargé d'offrandes, selon l'antique coutume. Ma vie se passe à lutter contre les fées, et l'on ne s'imagine pas le tracas que ces petites personnes me donnent. Elles ne me résistent pas ouvertement. Chaque année, à la moisson, j'exorcise l'arbre, selon les rites, et je leur chante l'Évangile de saint Jean[2].

« On ne saurait mieux faire; l'eau bénite et l'Évangile de saint Jean les mettent en fuite, et l'on n'entend plus parler de ces dames de tout l'hiver; mais elles reviennent au printemps et c'est à recommencer tous les ans.

« Elles sont subtiles; il suffit d'un buisson d'aubépine pour en abriter tout un essaim. Et elles répandent des charmes sur les jeunes garçons et sur les jeunes filles.

« Depuis que je suis vieux, ma vue a baissé et je ne les aperçois plus guère. Elles se moquent de moi, me passent sous le nez et rient à ma barbe. Mais, quand j'avais vingt ans, je les voyais dans les clairières, dansant des rondes, en chapeau de fleurs, sous un rayon de lune. Seigneur Dieu, vous qui fîtes le ciel et la rosée, soyez loué dans vos œuvres ! Mais pourquoi avez-vous fait des arbres païens et des fontaines féeriques ? Pourquoi avez-vous mis sous le coudrier la mandragore qui chante ? Ces choses naturelles induisent la jeunesse au péché et causent des fatigues sans nombre aux anachorètes qui, comme moi, ont entrepris de sanctifier les créatures. Si encore l'Évangile de saint Jean suffisait à chasser les démons ! Mais il n'y suffit pas, et je ne sais plus que faire. »

Et, comme le bon ermite s'éloignait en soupirant, l'arbre, qui était fée, lui dit dans un frais bruissement :

« Célestin, Célestin, mes bourgeons sont des œufs, de vrais œufs de Pâques ! Alléluia ! alléluia ! »

Célestin s'enfonça dans le bois, sans tourner la tête. Il s'avançait avec peine, par un étroit sentier, au milieu des épines qui déchiraient sa robe, quand, soudain, bondissant d'un fourré, un jeune garçon lui barra le passage. Il était à demi vêtu d'une peau de bête, et c'était plutôt un faune qu'un garçon; son regard était perçant, son nez camus, sa face riante. Ses cheveux bouclés cachaient les deux petites cornes de son front têtu; ses lèvres découvraient des dents aiguës et blanches; des poils blonds descendaient en deux pointes de son menton. Un duvet d'or brillait sur sa poitrine. Il était agile et svelte; ses pieds fourchus se dissimulaient dans l'herbe.

Célestin, qui possédait toutes les connaissances que donne la méditation, vit aussitôt à qui il avait affaire, et il leva le bras pour décrire le signe de la croix. Mais le faune, lui saisissant la main, l'empêcha d'achever ce geste puissant :

« Bon ermite, lui dit-il, ne m'exorcise pas. Ce jour est pour moi comme pour toi un jour de fête. Il ne serait pas charitable de me contrister dans le temps pascal. Si tu veux, nous cheminerons ensemble et tu verras que je ne suis pas méchant. »

Célestin était, par bonheur, très versé dans les sciences sacrées. Il lui souvint à propos que saint Jérôme avait eu pour compagnons de route, dans le désert, des satyres et des centaures qui avaient confessé la vérité[1].

Il dit au faune :

« Faune, sois un hymne de Dieu[2]. Dis : il est ressuscité.

— *Il* est ressuscité, répondit le faune. Et tu m'en vois tout réjoui. »

Le sentier s'étant élargi, ils cheminaient côte à côte. L'ermite allait pensif et songeait :

« Ce n'est point un démon, puisqu'il a confessé la vérité. J'ai bien fait de ne le point contrister. L'exemple du grand saint Jérôme n'a point été perdu pour moi. »

Et se tournant vers son compagnon capripède, il lui demanda :

« Quel est ton nom ?

— Je me nomme Amycus, répondit le faune. J'habite ce bois où je suis né. Je suis venu à toi, mon père, parce que tu as l'air assez bonhomme sous ta longue barbe blanche. Il me semble que les ermites sont des faunes accablés par les ans. Quand je serai vieux, je serai semblable à toi.

— Il est ressuscité, dit l'ermite.

— Il est ressuscité », dit Amycus.

Et, s'entretenant ainsi, ils gravirent la colline où s'élevait une chapelle consacrée au vrai Dieu. Elle était petite et de structure grossière; Célestin l'avait bâtie de ses mains avec les débris d'un temple de Vénus. À l'intérieur, la table du Seigneur se dressait informe et nue.

« Prosternons-nous, dit l'ermite, et chantons alléluia, car il est ressuscité. Et toi, créature obscure, reste agenouillé pendant que j'offrirai le sacrifice. »

Mais le faune, s'approchant de l'ermite, lui caressa la barbe et dit :

« Bon vieillard, tu es plus savant que moi et tu vois l'invisible. Mais je connais mieux que toi les bois et les fontaines. J'apporterai au dieu des feuillages et des fleurs. Je sais les berges où le cresson entrouvre ses corymbes lilas, les prés où le coucou fleurit en grappes jaunes. Je devine à son odeur légère le gui du pommier sauvage. Déjà, une neige de fleurs couronne les buissons d'épine noire. Attends-moi, vieillard. »

En trois bonds de chèvre il fut dans les bois et, quand il revint, Célestin crut voir marcher un buisson d'aubépine. Amycus disparaissait sous sa moisson parfumée. Il suspendit des guirlandes de fleurs à l'autel rustique; il le couvrit de violettes et dit gravement :

« Ces fleurs, au Dieu qui les fait naître ! »

Et pendant que Célestin célébrait le sacrifice de la messe, le capripède, inclinant jusqu'à terre son front cornu, adorait le soleil et disait :

« *La terre est un gros œuf que tu fécondes, soleil, soleil sacré !* »

Depuis ce jour, Célestin et Amycus vécurent de compagnie. L'ermite ne parvint jamais, malgré tous ses efforts, à faire comprendre au demi-homme les myştères ineffables ; mais, comme, par les soins d'Amycus, la chapelle du vrai Dieu était toujours ornée de guirlandes et mieux fleurie que l'arbre des fées, le saint prêtre disait : « Le faune eşt un hymne de Dieu. »

C'eşt pourquoi il lui donna le saint baptême.

Sur la colline où Céleştin avait conştruit l'étroite chapelle qu'Amycus ornait des fleurs des montagnes, des bois et des eaux, s'élève aujourd'hui une église dont la nef remonte au XIe siècle, et dont le porche a été réédifié sous Henri II, dans le ştyle de la Renaissance. C'eşt un lieu de pèlerinage et les fidèles y vénèrent la mémoire bienheureuse des saints Amic et Céleştin.

LA LÉGENDE DES SAINTES OLIVERIE ET LIBERETTE

À Mlle Jeanne Pouquet[1].

I

COMMENT M. SAINT BERTAULD[2], FILS DE THÉODULE, ROI D'ÉCOSSE, VINT DANS LES ARDENNES POUR ÉVANGÉLISER LES HABITANTS DU PAYS PORCIN

La forêt des Ardennes s'étendait, en ce temps-là, jusqu'à la rivière de l'Aisne et couvrait le pays Porcin, dans lequel s'élève aujourd'hui la ville de Rethel. D'innombrables sangliers en peuplaient les gorges; des cerfs de haute taille, dont la race est perdue, se réunissaient dans les halliers impénétrables, et des loups, d'une force prodigieuse, se montraient l'hiver à l'orée des bois. Le basilic et la licorne avaient leur retraite dans cette forêt, ainsi qu'un dragon effrayant, qui fut détruit plus tard, par la grâce de Dieu, à la prière d'un saint ermite. Parce qu'alors la nature mystique était révélée aux hommes et que les choses invisibles devenaient visibles pour la gloire du Créateur, on rencontrait dans les clairières des nymphes, des satyres, des centaures et des égipans.

Et il n'est point douteux que ces êtres malfaisants n'aient été vus tels qu'ils sont décrits dans les fables des païens. Mais il faut savoir que ce sont des diables, comme il apparaît à leur pied, qui est fourchu. Malheureusement, il est moins facile de reconnaître les fées; elles ressemblent à des dames, et parfois, cette ressemblance est telle, qu'il faut avoir toute la prudence d'un ermite pour ne pas s'y tromper. Les fées sont aussi des démons, et il y en avait beaucoup dans la forêt des Ardennes. C'est pourquoi cette forêt était pleine de mystère et d'horreur.

Les Romains, au temps de César, l'avaient consacrée à Diane, et les habitants du pays Porcin adoraient, au bord de l'Aisne, une idole en forme de femme. Ils lui offraient des gâteaux, du lait et du miel, et lui chantaient des hymnes.

Or, Bertauld, fils de Théodule, roi d'Écosse, ayant reçu le saint baptême, vivait dans le palais de son père, moins en prince qu'en ermite[1]. Enfermé dans sa chambre, il y passait tout le jour à réciter des prières et à méditer sur les saintes Écritures, et il brûlait du désir d'imiter les travaux des apôtres. Ayant appris, par une voie miraculeuse, les abominations du pays Porcin, il les détesta et résolut de les faire cesser.

Il traversa la mer dans une barque sans voile ni gouvernail, conduite par un cygne. Heureusement parvenu dans le pays Porcin, il allait par les villages, les bourgs et les châteaux, annonçant la bonne nouvelle.

« Le Dieu que je vous enseigne, disait-il, est le seul véritable. Il est unique en trois personnes, et son fils est né d'une vierge. »

Mais ces hommes grossiers lui répondaient :

« Jeune étranger, c'est une grande simplicité de ta part de croire qu'il n'y a qu'un Dieu. Car les dieux sont innombrables. Ils habitent les bois, les montagnes et les fleuves. Il y a aussi des dieux plus amis qui prennent place au foyer des hommes pieux. D'autres, enfin, se tiennent dans les étables et dans les écuries, et la race des dieux emplit l'univers. Mais ce que tu dis d'une vierge divine n'est pas sans vérité. Nous connaissons une vierge au triple visage[2], et nous lui chantons des cantiques et nous lui disons : "Salut, douce ! Salut, *terrible !*" *Elle* se nomme *Diane*, et son pied d'argent effleure, sous les pâles clartés de la lune, le thym des montagnes. Elle n'a pas dédaigné de recevoir dans son lit d'hyacinthes fleuries des bergers et des chasseurs comme nous. Pourtant elle est toujours vierge. »

Ainsi parlaient ces hommes ignorants, et ils chassaient l'apôtre hors du village, et ils le poursuivaient avec des paroles railleuses.

II

DE LA RENCONTRE QUE FIT M. SAINT BERTAULD DES DEUX SŒURS OLIVERIE ET LIBERETTE

Or, un jour, comme il s'en allait, accablé de fatigue et de douleur, il rencontra deux jeunes filles qui sortaient de leur château pour se rendre au bois. Ayant fait quelques pas vers elles, il se tint à distance, de peur de les effrayer, et leur dit :

« Jeunes vierges, entendez : je suis Bertauld, fils de Théodule, roi d'Écosse. Mais j'ai dédaigné les couronnes périssables, afin d'être digne de recevoir, de la main des anges, la couronne éternelle. Et je suis venu, dans une barque conduite par un cygne, vous porter la bonne nouvelle.

— Sire Bertauld, répondit l'aînée, je me nomme Oliverie, et ma sœur se nomme Liberette. Notre père, Thierry, qu'on nomme aussi Porphyrodime, est le plus riche seigneur de la contrée. Nous écouterons volontiers tes bonnes paroles. Mais tu sembles accablé de fatigue. Je te conseille d'aller nous attendre chez notre père, qui, en ce moment, boit la cervoise avec ses amis. Il te donnera sans doute une place à sa table, quand il saura que tu es un prince d'Écosse. Au revoir, sire Bertauld. Nous allons, ma sœur et moi, cueillir des fleurs pour les offrir à Diane. »

Mais l'apôtre Bertauld répondit :

« Je n'irai pas m'asseoir à la table d'un païen. Cette Diane, que vous croyez une vierge du ciel, est, en réalité, un démon de l'enfer. Le Dieu véritable est unique en trois personnes; et Jésus-Christ, son fils, s'est fait homme et est mort sur la croix pour le salut des hommes. Et je vous le dis en vérité, Oliverie et Liberette, une goutte de son sang a coulé pour l'une et l'autre de vous. »

Et il leur parla avec tant de chaleur des saints mystères que le cœur des deux sœurs en fut ému. L'aînée prit de nouveau la parole :

« Sire Bertauld, dit-elle, vous révélez des mystères inouïs. Mais il n'est pas toujours facile de distinguer la vérité de l'erreur. Il nous en coûterait de quitter l'amour de Diane. Toutefois, faites-nous paraître un signe de la vérité de vos paroles et nous croirons en Jésus crucifié. »

Mais la plus jeune dit à l'apôtre :

« Ma sœur Oliverie demande un signe parce qu'elle est prudente et pleine de sagesse. Mais, si votre Dieu est véritable, sire Bertauld, puissé-je le connaître et l'aimer sans y être forcée par un signe ! »

L'homme de Dieu comprit à ces paroles que Liberette était née pour devenir une grande sainte. C'est pourquoi il répondit :

« Sœur Liberette et sœur Oliverie, je suis résolu à me retirer dans cette forêt et à y mener la vie érémitique, qui est belle et singulière. Je vivrai dans une cabane de branchages et me nourrirai de racines. Sans cesse, je demanderai à Dieu de changer le cœur des hommes de cette contrée et je bénirai les fontaines afin que les dames fées n'y puissent plus venir pour la damnation des pécheurs. Cependant, ma sœur Oliverie recevra le signe qu'elle a demandé. Et un guide, envoyé par le Seigneur, vous conduira toutes deux à mon ermitage, afin que je vous instruise dans la foi de Jésus-Christ. »

Ayant parlé de la sorte, saint Bertauld bénit les deux sœurs par l'imposition des mains. Puis il entra dans la forêt pour n'en plus jamais sortir.

III

COMMENT LA LICORNE VINT EN LA MAISON DE THIERRY, AUTREMENT NOMMÉ PORPHYRODIME, ET CONDUISIT AUPRÈS DE M. SAINT BERTAULD LES DEUX SŒURS OLIVERIE ET LIBERETTE, ET DE DIVERSES MERVEILLES QUI S'ENSUIVIRENT

Or, un jour que, seule dans la cuisine, Oliverie filait la laine sous le manteau de la cheminée, elle vit venir à elle une bête toute blanche, qui avait le corps d'une chèvre et la tête d'un cheval et qui portait sur le front une épée étincelante. Oliverie reconnut aussitôt quel animal c'était, et, comme elle avait gardé son innocence, elle n'en fut pas effrayée, sachant que la licorne ne fait jamais de mal aux sages demoiselles[1]. En effet, la licorne posa doucement sa tête sur les genoux d'Oliverie. Puis, retournant vers la porte, elle invita de l'œil la jeune fille à la suivre dehors.

Oliverie appela aussitôt sa sœur : mais, quand Liberette entra dans la chambre, la licorne avait disparu, et ainsi Liberette, selon son désir, connut le vrai Dieu sans y avoir été contrainte par un signe.

Elles allèrent toutes deux du côté de la forêt, et la licorne, redevenue visible, marchait devant elles. Elles suivaient, pour tout chemin, la piste des bêtes féroces. Et il advint que, parvenues déjà très avant dans le bois, elles virent la bête traverser un torrent à la nage. Et quand elles parvinrent au bord, elles s'aperçurent qu'il était large et profond. Elles se penchèrent pour voir s'il ne se trouvait pas quelques pierres sur lesquelles elles pussent passer, et elles n'en découvraient aucune. Mais, tandis qu'en s'appuyant sur un saule elles contemplaient les eaux écumeuses, l'arbre s'inclina soudainement et les porta sans peine sur l'autre bord.

Elles parvinrent ainsi à l'ermitage où saint Bertauld leur fit entendre les paroles de vie. À leur retour, le saule, en se redressant, les porta sur l'autre rive.

Chaque jour, elles se rendaient auprès du saint homme et, quand elles rentraient à la maison, elles trouvaient qu'une main invisible avait filé tout le lin de leur quenouille. C'est pourquoi, ayant reçu le baptême, elles crurent en Jésus-Christ.

Elles recevaient depuis plus d'une année les leçons de saint Bertauld, quand Thierry, leur père, qu'on nomme aussi Porphyrodime, fut atteint d'une cruelle maladie. Connaissant que la fin de leur père était proche, ses filles l'instruisirent dans la foi chrétienne. Il connut la vérité. C'est pourquoi sa mort fut pleine de mérites. Il fut enseveli proche sa demeure mortelle en un lieu dit la Montagne-du-Géant, et sa sépulture fut vénérée, par la suite, dans le pays Porcin.

Cependant les deux sœurs se rendaient chaque jour auprès du saint ermite Bertauld, et elles recueillaient sur ses lèvres les paroles de vie. Mais, un certain jour, comme la fonte des neiges avait beaucoup grossi les rivières, Oliverie, en traversant les vignes, prit un échalas afin de franchir plus sûrement le torrent dont les eaux élargies roulaient avec fureur.

Liberette, dédaignant tout secours humain, refusa de l'imiter. Elle s'approcha du torrent la première, les mains armées seulement du signe de la croix. Et le saule s'inclina comme de coutume. Puis il se redressa, et quand Oliverie voulut passer à son tour il resta droit. Et le courant brisa l'échalas comme un fétu de paille et l'emporta. Et Oliverie demeura sur le bord. Comme elle était sage, elle comprit qu'elle était justement punie pour avoir douté de la puissance céleste et pour n'être pas allée à la grâce de Dieu, comme avait fait sa sœur Liberette. Elle ne songea plus qu'à mériter son pardon par les travaux de la pénitence et de l'ascétisme. Résolue à mener, à l'exemple de saint Bertauld, la vie érémitique, qui est belle et singulière, elle resta en deçà du torrent, dans la forêt, et se bâtit une cabane de branchages en un lieu où jaillit une source, qu'on a nommée depuis « la Source de Sainte-Olive ».

IV

COMMENT M. SAINT BERTAULD ET MMES SAINTE LIBERETTE ET SAINTE OLIVERIE EN VINRENT À LEUR FIN BIENHEUREUSE

Liberette, s'étant rendue seule auprès du bienheureux Bertauld, le trouva mort, dans l'attitude de la contemplation. Son corps, exténué par le jeûne, répandait une odeur délicieuse. Elle l'ensevelit de ses mains. À compter de ce jour, la vierge Liberette, renonçant au monde, mena la vie érémitique au-delà du torrent, dans une cabane, au bord d'une source qui a été dite depuis la fontaine Sainte-Liberette ou Libérie, et dont les eaux miraculeuses guérissent la fièvre, ainsi que diverses maladies des bestiaux.

Les deux sœurs ne se revirent plus jamais en ce monde. Or, par l'intercession du bienheureux Bertauld, Dieu envoya du pays des Lombards dans les Ardennes le diacre Vulfaï ou Valfroy[1], qui renversa l'idole de Diane et convertit à la foi chrétienne les habitants du pays Porcin. C'est pourquoi Oliverie et Liberette furent comblées de joie.

À peu de temps de là, le Seigneur rappela à lui sa servante Liberette, et il envoya la licorne pour creuser une fosse et ensevelir le corps de la sainte. Oliverie connut, par révélation, la mort bienheureuse de sa sœur Liberette, et une voix lui dit :

« Parce que tu as demandé un signe afin de croire et pris un bâton pour appui, l'heure de ta mort bienheureuse sera retardée et le jour de ta glorification reculé. »

Et Oliverette répondit à la voix :

« Que la volonté du Seigneur soit faite sur la terre comme aux cieux ! »

Elle vécut dix ans encore dans l'attente de la félicité éternelle, qui commença pour elle le 9 d'octobre de l'an de Notre-Seigneur 364.

SAINTE EUPHROSINE

À Gaston Arman de Caillavet[1].

LES ACTES DE LA VIE DE SAINTE EUPHROSINE D'ALEXANDRIE, EN RELIGION FRÈRE SMARAGDE, TELS QU'ILS FURENT RÉDIGÉS DANS LA LAURE DU MONT ATHOS, PAR GEORGES, DIACRE

Euphrosine[2] était la fille unique d'un riche citoyen d'Alexandrie, nommé Romulus, qui prit soin de la faire instruire dans la musique, dans la danse et dans l'arithmétique, en telle manière qu'au sortir de l'enfance elle montrait un esprit subtil et curieusement orné. Elle n'avait pas encore accompli sa onzième année, quand les magistrats d'Alexandrie firent afficher dans les rues qu'une coupe d'or serait donnée en prix à quiconque trouverait une réponse exacte aux trois questions suivantes :

« Première question. Je suis l'enfant noir d'un père lumineux; oiseau sans ailes, je m'élève jusqu'aux nuées. Je fais pleurer, sans motif de chagrin, les yeux que je rencontre. À peine né, je m'évanouis dans l'air. Ami, dis quel est mon nom ?

« Deuxième question. J'engendre ma mère et je suis par elle engendré, et tantôt je suis plus long et tantôt plus court. Ami, dis quel est mon nom ?

« Troisième question. Antipater possède ce que possède Nicomède et le tiers de la part de Thémistius. Nicomède a ce qu'a Thémistius et le tiers de ce qu'a Antipater. Thémistius a dix mines et le tiers de la part de Nicomède. Quelle somme appartient à chacun ? »

Or, au jour fixé pour le concours, plusieurs jeunes

hommes se présentèrent devant les juges dans l'espoir de gagner la coupe d'or, mais aucun ne répondit exactement. Le président était près de lever la séance quand la jeune Euphrosine, s'approchant à son tour du tribunal, demanda à être entendue. Chacun admirait la modestie de son maintien et l'aimable pudeur qui colorait ses joues.

« Illustrissimes juges, dit-elle en baissant les yeux, après avoir rendu gloire à Notre-Seigneur Jésus-Christ, principe et fin de toute connaissance, j'essayerai de répondre aux questions que Vos Lumières ont posées, et je commencerai par la première. L'enfant noir, c'est la fumée qui naît du feu, s'élève dans les airs et, par son âcreté, fait pleurer les yeux. Voilà pour la première question.

« Je vais répondre à la deuxième. Celui qui engendre sa mère et qui est engendré par elle n'est autre que le jour, qui est tantôt long et tantôt court, selon les saisons. Voilà pour la deuxième question.

« Je vais répondre à la troisième. Antipater a quarante-cinq mines; Nicomède en a trente-sept et demie; Thémistius, vingt-deux et demie. Voilà pour la troisième question. »

Les juges, admirant l'exactitude de ces réponses, donnèrent le prix à la jeune Euphrosine. En conséquence, le plus ancien d'entre eux, s'étant levé, lui présenta la coupe d'or et lui ceignit le front d'une couronne de papyrus, afin d'honorer en elle la subtilité de l'esprit. Et la vierge fut reconduite à la maison de son père, au son des flûtes, avec un grand concours de peuple.

Mais comme elle était chrétienne et d'une piété peu commune, loin de s'enorgueillir de ces honneurs, elle en conçut la vanité et se promit d'appliquer, à l'avenir, la pénétration de son intelligence à résoudre des problèmes plus dignes d'intérêt, comme, par exemple, à faire la somme des nombres représentés par les *lettres du nom* de Jésus et à considérer les propriétés merveilleuses de ces nombres.

Cependant, elle croissait en sagesse et en beauté, et elle était recherchée en mariage par beaucoup de jeunes hommes. L'un d'eux était le comte Longin, qui possédait de grandes richesses. Romulus accueillit ce prétendant avec faveur, espérant qu'une alliance avec cet homme puissant l'aiderait à rétablir ses propres affaires qu'il avait dérangées par le luxe de son palais, de sa vaisselle et de ses jardins. Romulus, qui était un des plus magnifiques parmi les habitants d'Alexandrie, avait surtout dépensé des sommes considérables pour réunir dans sa maison, sous une vaste coupole, les machines les plus admirables, telles qu'une sphère aussi brillante que le saphir avec les constellations du ciel exactement figurées par des pierres précieuses. On remarquait aussi dans cette salle une fontaine d'Héron[1], qui répandait des eaux parfumées, et deux miroirs si artistement faits qu'ils changeaient quiconque s'y mirait l'un en une personne longue et mince, l'autre en une personne courte et grosse. Mais ce qu'on voyait de plus merveilleux dans cette demeure était un buisson d'aubépine tout couvert d'oiseaux qui, par un mécanisme ingénieux, chantaient en battant des ailes comme s'ils eussent été vivants[2]. Romulus avait dépensé le reste de son bien pour acquérir ces machines dont il était curieux. C'est pourquoi il accueillit avec faveur le comte Longin qui possédait de grandes richesses. Il pressait de toutes ses forces la conclusion d'un mariage dont il attendait le bonheur de sa fille et le repos de sa vieillesse. Mais chaque fois qu'il vantait à Euphrosine les mérites du comte Longin, elle détournait le regard et ne faisait point de réponse. Il lui dit un jour :

« Ne me concédez-vous point, ma fille, qu'il est le plus beau, le plus riche, et le plus noble des citoyens d'Alexandrie ? »

La sage Euphrosine répondit :

« Je vous l'accorde volontiers, mon père, et je crois, en effet, que le comte Longin passe en noblesse, en opulence et en beauté tous les citoyens de cette ville. C'est pourquoi, si je le refuse pour époux, il y a peu d'apparence qu'un autre, faisant ce que celui-là n'a pu faire, m'amène à changer ma résolution, qui est de consacrer ma virginité à Jésus-Christ. »

En entendant ce propos, Romulus entra dans une grande colère et jura qu'il saurait bien obliger

Euphrosine à épouser le comte Longin, et, sans se répandre en vaines menaces, il ajouta que ce mariage, étant résolu dans son cœur, s'accomplirait sans tarder et que, si l'autorité paternelle n'y suffisait point, il y ajouterait celle de l'empereur, dont La Divinité ne souffrirait point qu'une fille désobéît à son père dans une chose qui, comme le mariage d'une patricienne, intéressait le public et l'État.

Euphrosine savait que son père avait beaucoup de crédit auprès de l'empereur, dont La Divinité habitait Constantinople. Elle comprit qu'elle n'avait, en ce péril, de secours à espérer que du comte Longin lui-même. C'est pourquoi elle le manda près d'elle, dans la basilique, pour un entretien secret.

Ému d'espérance et de curiosité, le comte Longin se rendit dans la basilique, tout couvert d'or et de pierreries. La vierge ne se fit point attendre. Mais quand il la vit paraître les cheveux dénoués et enveloppée d'un voile noir, comme une suppliante, il en conçut un fâcheux augure et son cœur s'en irrita.

Euphrosine parla la première :

« Clarissime Longin, lui dit-elle, si vous m'aimez autant que vous le dites, vous craindrez de me déplaire, et ce serait, en effet, me causer un mortel déplaisir que de me traîner dans votre maison et d'user à votre contentement d'un corps que j'ai donné avec mon âme à Notre-Seigneur Jésus-Christ, principe et fin de tout amour. »

Mais le comte Longin lui répondit :

« Clarissime Euphrosine, l'amour est plus fort que la volonté; c'est pourquoi il convient de lui obéir comme à un maître jaloux. Je ferai à votre égard ce qu'il m'ordonne, qui est de vous prendre pour ma femme.

— Convient-il à un homme, même illustre, de prendre la fiancée du Seigneur ?

— C'est ce que j'apprendrai des évêques, non de vous. »

Ces propos jetèrent la jeune fille dans les plus vives alarmes; elle comprit qu'elle n'avait aucune pitié à attendre de cet homme violent, gouverné par les sens, et que les évêques ne pourraient reconnaître les vœux secrets qu'elle avait faits devant Dieu seul. Et, dans l'excès de son inquiétude, elle eut recours à un artifice si singulier qu'on doit le tenir plus admirable qu'exemplaire.

Sa résolution étant prise, elle feignit de céder à la volonté de son père et aux assiduités de son amant. Elle souffrit même qu'on prît jour pour la cérémonie des fiançailles. Le comte Longin faisait déjà placer dans les coffres les joyaux et les parures destinées à l'épouse; il avait commandé pour elle douze robes sur lesquelles étaient brodées les scènes de l'Ancien et du Nouveau Testament, les fables des Grecs, l'histoire des animaux ainsi que les Divinités de l'empereur et de l'impératrice, avec leur suite d'officiers et de dames. Et l'un de ces coffres contenait des livres de théologie et d'arithmétique, écrits en lettres d'or sur des feuilles de parchemin teint de pourpre, que protégeaient des plaques d'ivoire et d'or.

Cependant Euphrosine se tenait tout le jour enfermée seule dans sa chambre. Et elle donnait pour raison de sa retraite qu'il convenait qu'elle apprêtât ses habits de noces.

« Il ne serait pas convenable, disait-elle, que certains vêtements fussent taillés et cousus par d'autres mains que les miennes. »

Et, en effet, elle maniait l'aiguille du matin au soir. Mais ce qu'elle préparait ainsi dans le secret, ce n'était ni le voile virginal ni la robe blanche des fiancées. C'était le capuchon grossier, la tunique courte, et les caleçons qu'ont coutume de porter les jeunes artisans des villes pour vaquer à leurs travaux. Et elle accomplissait cet ouvrage en invoquant Jésus-Christ, principe et fin de toutes les entreprises des justes. C'est pourquoi elle acheva heureusement sa tâche clandestine le huitième jour avant celui qui avait été fixé pour la solennité du mariage. Elle demeura tout ce jour en prière; puis, étant allée recevoir, selon sa coutume, le baiser de son père, elle rentra dans sa chambre, se coupa les cheveux, qui tombèrent à ses pieds comme des écheveaux d'or, revêtit la tunique courte, attacha les caleçons autour de ses jambes par des courroies de laine, baissa le capuchon sur ses yeux, et, la nuit étant venue, elle sortit sans bruit de la maison, tandis que tout dormait, maîtres et serviteurs. Seul, le chien veillait; mais comme il la connaissait, il la suivit quelque temps en silence et rentra dans sa niche.

Elle traversa d'un pas rapide la ville déserte où l'on entendait seulement par intervalles les cris des matelots ivres et le pas lourd des soldats du guet qui poursuivaient des voleurs. Parce que Dieu était avec elle, elle ne reçut aucune offense des hommes. Et, ayant franchi une des portes d'Alexandrie, elle s'en alla vers le désert, en suivant les canaux couverts de papyrus et de lotus bleus. Au lever du jour, elle passa par un pauvre village d'artisans. Un vieillard chantait devant sa porte en polissant un cercueil de bois de sycomore. Quand elle fut devant lui, il leva sa face camuse et velue et s'écria :

« Par Jupiter ! Voici l'enfant Éros qui porte un petit pot d'onguent à sa mère. Qu'il est tendre et beau ! Comme il brille de vénusté ! Ils mentent ceux qui disent que les dieux s'en sont allés. Car ce jeune homme est un vrai petit dieu. »

Et la sage Euphrosine, connaissant à ce propos que ce vieillard était païen, prit pitié de son ignorance et pria Dieu pour son salut. Cette prière fut exaucée. Ce vieillard, qui était un fabricant de cercueils, du nom de Porou, se convertit par la suite et prit le nom de Philothée.

Or, après un jour de marche, Euphrosine parvint au monastère où six cents moines observaient, sous le gouvernement de l'abbé Onuphre, la règle admirable de saint Pacôme[1]. Elle se fit conduire auprès d'Onuphre et lui dit :

« Mon père, je me nomme Smaragde et je suis orphelin. Je vous prie de me recevoir dans votre sainte demeure, afin que j'y goûte les délices du jeûne et de la pénitence. »

L'abbé Onuphre, qui était alors âgé de cent six ans, répondit :

« Enfant Smaragde, tes pieds sont beaux, puisqu'ils t'ont conduit dans cette maison ; tes mains sont belles, puisqu'*elles ont frappé* à cette porte. Tu as faim et soif de jeûne et d'abstinence. Viens et tu seras *rassasié*. Heureux l'enfant qui fuit le siècle dans sa robe d'innocence ! Les âmes des hommes sont exposées à de grands périls dans les villes, et particulièrement à Alexandrie, à cause des femmes qui y sont en grand nombre. La femme est un tel danger pour l'homme, que la seule pensée m'en donne encore à mon âge un frisson qui secoue toute ma chair. S'il s'en trouvait une assez effrontée pour entrer dans cette sainte maison, mon bras retrouverait soudain sa vigueur pour la chasser à grands coups de cette crosse pastorale. Nous devons adorer Dieu, mon fils, dans tous ses ouvrages; mais c'est un grand mystère de sa Providence qu'il ait créé la femme. Demeure, enfant Smaragde, car c'est Dieu qui t'a conduit. »

Ayant été reçue en cette manière parmi les enfants du saint homme Onuphre, Euphrosine revêtit l'habit monastique.

Dans sa cellule, elle louait le Seigneur et se réjouissait de sa fraude pieuse, par cette considération que son père et son fiancé ne manqueraient pas de l'aller rechercher dans tous les monastères de femmes afin de la reprendre par ordre de l'empereur, et qu'ils ne parviendraient jamais à la découvrir en cet asile où Jésus-Christ, lui-même, l'avait amoureusement cachée.

Pendant trois ans, elle mena dans sa cellule la vie la plus édifiante et les vertus de l'enfant Smaragde embaumaient le monastère. C'est pourquoi l'abbé Onuphre lui confia les fonctions d'ostiaire ou de portier, comptant sur la sagesse du jeune moine pour recevoir les étrangers et surtout pour repousser les femmes qui tenteraient d'entrer dans le monastère. Car, disait le saint homme, la femme est impure, et la seule trace de ses pas est une souillure infecte.

Or, Smaragde était ostiaire depuis cinq ans, lorsqu'un étranger frappa à la porte du monastère. C'était un homme encore jeune, *magnifique* dans ses *habillements* et gardant un reste de fierté, mais pâle, décharné, l'œil enflammé par une fureur mélancolique.

« Frère ostiaire, dit cet homme, conduisez-moi auprès du saint abbé Onuphre, afin qu'il me guérisse, car je suis en proie à un mal mortel. »

Smaragde, ayant prié l'étranger de s'asseoir sur un escabeau, l'avertit qu'Onuphre, parvenu à sa cent quatorzième année, était allé visiter, en vue de sa fin prochaine, les grottes des saints anachorètes Amon et Orcise[1].

À cette nouvelle, le visiteur se laissa tomber sur l'escabeau et se cacha la tête dans les mains.

« Je n'espère donc plus guérir », murmura-t-il.

Et, relevant la tête, il ajouta :

« C'est l'amour d'une femme qui m'a réduit à cet état misérable. »

Seulement alors, Euphrosine reconnut le comte Longin; elle craignit qu'il ne la reconnût de même. Mais elle se rassura bientôt et fut prise de pitié à le voir si triste et dans un tel égarement.

Après un long silence le comte Longin s'écria :

« Je voudrais me faire moine pour échapper au désespoir. »

Et il lui conta son amour et comment sa fiancée Euphrosine avait disparu soudainement, et qu'il la cherchait depuis huit ans sans pouvoir la trouver, et qu'il était brûlé, desséché d'amour et de douleur.

Elle lui répondit avec une douceur céleste :

« Seigneur, cette Euphrosine dont vous pleurez si amèrement la perte ne méritait pas tant d'amour. Sa beauté n'est précieuse que par l'idée que vous vous en faites; elle est vile et méprisable en réalité. Elle était périssable et ce qui en reste ne vaut pas un regret. Vous ne croyez pas pouvoir vivre sans Euphrosine et, s'il vous arrivait de la rencontrer, vous pourriez ne pas même la reconnaître. »

Le comte Longin ne répondit point, mais ces paroles ou peut-être la voix qui les prononçait fit une heureuse impression sur son âme. Il partit plus tranquille et promit de revenir.

Il revint en effet; et, désireux d'embrasser l'état monastique, il demanda une cellule au saint abbé Onuphre et fit don au monastère de ses biens qui étaient immenses. Euphrosine en éprouva une grande satisfaction. Mais, à quelque temps de là, son cœur fut comblé d'une joie encore plus grande.

En effet, un mendiant, courbé sous sa besace et n'ayant pour couvrir sa nudité que des lambeaux sordides, étant venu demander aux moines secourables un morceau de pain, Euphrosine reconnut Romulus, son père; mais, feignant de ne pas savoir qui il était, elle le fit asseoir, lui lava les pieds et lui donna à manger.

« Fils de Dieu, lui dit le mendiant, je ne fus pas toujours un pauvre vagabond tel que tu me vois. J'ai possédé de grandes richesses et une fille très belle, très sage, très savante, qui devinait les énigmes proposées dans les concours publics et qui même reçut un jour des magistrats une couronne de papyrus. Je l'ai perdue; j'ai perdu tous mes biens. Je suis dévoré du regret de ma fille et de mes richesses. J'avais surtout un buisson d'oiseaux chanteurs d'un artifice merveilleux. Et maintenant je n'ai pas un manteau pour me couvrir. Pourtant je serais consolé si je pouvais, avant de mourir, revoir ma fille bien-aimée. »

Comme il achevait ces mots, Euphrosine se jeta à ses pieds et lui dit en pleurant :

« Mon père, je suis Euphrosine, votre fille, qui s'est enfuie une nuit de votre maison. Et le chien n'a point aboyé. Pardonnez-moi, mon père. Car je n'ai pas accompli ces choses sans la permission de Notre-Seigneur Jésus-Christ. »

Et, après avoir conté au vieillard comment elle s'en était allée, déguisée en artisan, jusqu'à cette maison où elle avait depuis vécu paisible et cachée, elle lui montra un signe qu'elle avait au cou. Et Romulus reconnut sa fille à ce signe. Il l'embrassa tendrement et la baigna de ses larmes, admirant les desseins mystérieux du Seigneur.

C'est pourquoi il résolut de se faire moine et de demeurer dans le monastère du saint abbé Onuphre. Il se bâtit de ses mains une cellule de roseaux auprès de celle du comte Longin. Ils chantaient des psaumes et bêchaient la terre. Pendant les heures de repos, ils s'entretenaient de la *vanité des amours terrestres et des biens* de ce monde. Mais jamais Romulus ne révéla rien à personne touchant la reconnaissance merveilleuse de sa fille Euphrosine, estimant qu'il valait mieux que le comte Longin et que l'abbé Onuphre apprissent toute cette aventure dans le Paradis, quand ils auraient une pleine intelligence des voies de Dieu. Longin ne sut point que sa fiancée était près de lui. Ils vécurent tous trois, quelques années encore, dans la pratique de toutes les vertus et, par une faveur spéciale de la Providence, ils s'endormirent dans le

Seigneur tous trois presque en même temps; le comte Longin trépassa le premier, Romulus mourut deux mois plus tard et sainte Euphrosine, après lui avoir fermé les yeux, fut appelée au ciel dans la même semaine par Jésus-Christ qui lui dit : « Viens, ma colombe ! » Saint Onuphre les suivit dans la tombe où il descendit, plein de mérites, dans la cent trente-deuxième année de son âge, le saint jour de Pâques de l'année 395e depuis l'Incarnation du Fils de Dieu. Que l'intercession de l'archange saint Michel soit pour nous ! Ici finissent les actes de sainte Euphrosine. *Amen.*

Telle est la relation que le diacre Georges écrivit dans la laure du mont Athos, à une époque qui peut aller du VIIe au XIVe siècle de l'ère chrétienne; je flotte à cet égard dans une grande incertitude. Cette relation est tout à fait inédite : j'ai les meilleures raisons pour le croire. Je vòudrais en avoir d'aussi bonnes pour penser qu'elle méritait d'être connue. Je l'ai traduite avec une fidélité qui n'a, sans doute, été que trop sensible, en communiquant à mon style une raideur byzantine dont l'incommodité me semble à moi-même presque intolérable. Le diacre Georges contait avec moins de grâce qu'Hérodote et même que Plutarque. Et l'on voit, par son exemple, que les décadences ont parfois moins de charme et de délicatesse qu'on ne se le figure communément aujourd'hui. Cette démonstration est peut-être le principal mérite de mon travail. Ce travail sera vivement critiqué, et l'on me fera sans doute des questions auxquelles il me sera difficile de répondre. Le texte que j'ai suivi n'est pas de la main du diacre Georges. Je ne sais s'il est complet. Je prévois qu'on signalera des lacunes et des interpolations. M. Schlumberger tiendra pour suspects divers protocoles employés au cours du récit, et M. Alfred Rambaud[1] contestera l'épisode du vieillard Porou. Je réponds d'avance que, n'ayant qu'un seul texte, c'est celui-là que j'ai dû suivre. Il est en fort mauvais état et peu lisible. Mais il faut dire que tous les chefs-d'œuvre de l'Antiquité classique, dont nous faisons nos délices, nous sont parvenus dans cet état. J'ai de bonnes raisons de croire qu'en lisant le texte de mon diacre j'ai fait d'énormes bévues et que ma traduction fourmille de contresens. Elle n'est même, peut-être, qu'un contresens perpétuel. Si cela n'y paraît pas autant qu'on pouvait le craindre, c'est qu'il est constant que le texte le plus inintelligible a toujours un sens pour celui qui le traduit. Sans cela l'érudition n'aurait point de raison d'être. J'ai conféré la relation du diacre Georges avec les endroits de Rufin[1] et de saint Jérôme relatifs à sainte Euphrosine. Je dois dire qu'elle ne concorde pas tout à fait. C'est sans doute pour cela que mon éditeur a inséré ce docte travail dans un léger recueil de contes[a].

SCOLASTICA[1]

À Maurice Spronck[2].

En ce temps-là, qui était le IVe siècle de l'ère chrétienne, le jeune Injuriosus, fils unique d'un sénateur d'Auvergne (on appelait ainsi les officiers municipaux), demanda en mariage une jeune fille du nom de Scolastica, unique enfant comme lui d'un sénateur. Elle lui fut accordée. Et la cérémonie du mariage ayant été célébrée, il l'emmena dans sa maison et lui fit partager sa couche. Mais elle, triste et tournée contre le mur, pleurait amèrement.

« De quoi te tourmentes-tu, dis-moi, je te prie ? »

Et, comme elle se taisait, il ajouta :

« Je te supplie, par Jésus-Christ, fils de Dieu, de m'exposer clairement le sujet de tes plaintes. »

Alors elle se retourna vers lui :

« Quand je pleurerais tous les jours de ma vie, dit-elle, je n'aurais pas assez de larmes pour répandre la douleur immense qui remplit mon cœur. J'avais résolu de garder toute pure cette faible chair et d'offrir ma virginité à Jésus-Christ. Malheur à moi, qu'il a tellement abandonnée que je ne puis accomplir ce que je désirais ! Ô jour que je n'aurais jamais dû voir ! Voici que, divorcée d'avec l'Époux céleste qui me promettait le Paradis pour dot, je suis devenue l'épouse d'un homme mortel, et que cette tête qui devait être couronnée de roses immortelles est ornée ou plutôt flétrie de ces roses déjà effeuillées; hélas ! ce corps, qui, sur le quadruple fleuve de l'agneau[3], devait revêtir l'étole de pureté, porte comme un vil fardeau le voile nuptial. Pourquoi le premier jour de ma vie n'en fut-il pas le dernier ? Oh ! heureuse si j'avais pu franchir la porte de la mort avant de boire une goutte de lait ! et si les baisers de mes douces nourrices eussent été déposés sur mon cercueil ! Quand tu tends les bras vers moi, je songe aux mains qui furent percées de clous pour le salut du monde. »

Et, comme elle achevait ces paroles, elle pleura amèrement.

Le jeune homme lui répondit avec douceur :

« Scolastica, nos parents, qui sont nobles et riches parmi les Arvernes, n'avaient, les tiens qu'une fille et les miens qu'un fils. Ils ont voulu nous unir pour perpétuer leur famille, de peur qu'après leur mort un étranger ne vînt à hériter de leurs biens. »

Mais Scolastica lui dit :

« Le monde n'est rien; les richesses ne sont rien; et cette vie même n'est rien. Est-ce vivre que d'attendre la mort ? Seuls ceux-là vivent qui, dans la béatitude éternelle, boivent la lumière et goûtent la joie angélique de posséder Dieu. »

En ce moment, touché par la grâce, Injuriosus s'écria :

« Ô douces et claires paroles ! la lumière de la vie éternelle brille à mes yeux ! Scolastica, si tu veux tenir ce que tu as promis, je resterai chaste auprès de toi. »

À demi rassurée et souriant déjà dans les larmes :

« Injuriosus, dit-elle, il est difficile à un homme d'accorder une pareille chose à une femme. Mais si tu fais que nous demeurions sans tache dans ce monde, je te donnerai *une part de la dot* qui m'a été *promise* par mon Époux et Seigneur Jésus-Christ. »

Alors, armé du signe de la croix, il dit :

« Je ferai ce que tu désires. »

Et s'étant donné la main, ils s'endormirent.

Et par la suite ils partagèrent le même lit dans une incomparable chasteté. Après dix années d'épreuves, Scolastica mourut.

Selon la coutume du temps, elle fut portée dans la basilique en habit de fête et le visage découvert, au chant des psaumes, et suivie de tout le peuple.

Agenouillé près d'elle, Injuriosus prononça à haute voix ces paroles :

« Je te rends grâce, Seigneur Jésus, de ce que tu m'as donné la force de garder intact ton trésor. »

À ces mots, la morte se souleva de son lit funèbre, sourit et murmura doucement :

« Mon ami, pourquoi dis-tu ce qu'on ne te demande pas ? »

Puis elle se rendormit du sommeil éternel.

Injuriosus la suivit de près dans la mort. On l'ensevelit non loin d'elle, dans la basilique de Saint-Allire. La première nuit qu'il y reposa, un rosier miraculeux, sorti du cercueil de l'épouse virginale, enlaça les deux tombes de ses bras fleuris. Et le lendemain, le peuple vit qu'elles étaient liées l'une à l'autre par des chaînes de roses. Connaissant à ce signe la sainteté du bienheureux Injuriosus et de la bienheureuse Scolastica, les prêtres d'Auvergne signalèrent ces sépultures à la vénération des fidèles. Mais il y avait encore des païens dans cette province, évangélisée par les saints Allire et Népotien[1]. L'un d'eux, nommé Silvanus, vénérait les fontaines des nymphes, suspendait des tableaux aux branches d'un vieux chêne et gardait à son foyer des petites figures d'argile représentant le soleil et les déesses mères. À demi caché dans le feuillage, le dieu des Jardins protégeait son verger. Silvanus occupait sa vieillesse à faire des poèmes. Il composait des églogues et des élégies d'un style un peu dur, mais d'un tour ingénieux et dans lesquelles il introduisait les vers des Anciens chaque fois qu'il en trouvait le moyen. Ayant visité avec la foule la sépulture des époux chrétiens, le bonhomme admira le rosier qui fleurissait les deux tombes. Et, comme il était pieux à sa manière, il y reconnut un signe céleste. Mais il attribua le prodige à ses dieux et il ne douta pas que le rosier n'eût fleuri par la volonté d'Éros.

« La triste Scolastica, se dit-il, maintenant qu'elle n'est plus qu'une ombre vaine, regrette le temps d'aimer et les plaisirs perdus. Les roses qui sortent d'elle, et qui parlent pour elle, nous disent : Aimez, vous qui vivez. Ce prodige nous enseigne à goûter les joies de la vie, tandis qu'il en est temps encore. »

Ainsi songeait ce simple païen. Il composa sur ce sujet une élégie que j'ai retrouvée par le plus grand des hasards dans la bibliothèque publique de Tarascon, sur la garde d'une bible du XIe siècle, cotée : fonds Michel Chasles[1], F *n*, 7439, 17⁹ *bis*. Le précieux feuillet, qui avait échappé jusqu'ici à l'attention des savants, ne compte pas moins de quatre-vingt-quatre lignes d'une cursive mérovingienne assez lisible, qui doit dater du VIIe siècle. Le texte commence par ce vers :

Nunc piget ; et quaeris, quod non aut ista voluntas
Tunc fuit...

et finit par celui-ci :

Stringamus mœsti carminis obsequio[2] *:*

Je ne manquerai pas de publier le texte complet dès que j'en aurai achevé la lecture. Et je ne doute point que M. Léopold Delisle[3] ne se charge de présenter lui-même cet inestimable document à l'Académie des inscriptions.

LE JONGLEUR DE NOTRE-DAME[1]

À Gaston Paris[2].

I

Au temps du roi Louis, il y avait en France un pauvre jongleur, natif de Compiègne, nommé Barnabé, qui allait par les villes, faisant des tours de force et d'adresse.

Les jours de foire, il étendait sur la place publique un vieux tapis tout usé, et, après avoir attiré les enfants et les badauds par des propos plaisants qu'il tenait d'un très vieux jongleur et auxquels il ne changeait jamais rien, il prenait des attitudes qui n'étaient pas naturelles et il mettait une assiette d'étain en équilibre sur son nez. La foule le regardait d'abord avec indifférence.

Mais quand, se tenant sur les mains la tête en bas, il jetait en l'air et rattrapait avec ses pieds six boules de cuivre qui brillaient au soleil, ou quand, se renversant jusqu'à ce que sa nuque touchât ses talons, il donnait à son corps la forme d'une roue parfaite et jonglait, dans cette posture, avec douze couteaux, un murmure d'admiration s'élevait dans l'assistance et les pièces de monnaie pleuvaient sur le tapis.

Pourtant, comme la plupart de ceux qui vivent de leurs talents, Barnabé de Compiègne avait grand-peine à vivre.

Gagnant son pain à la sueur de son front, il portait plus que sa part des misères attachées à la faute d'Adam, notre père.

Encore, ne pouvait-il travailler autant qu'il aurait

voulu. Pour montrer son beau savoir, comme aux arbres pour donner des fleurs et des fruits, il lui fallait la chaleur du soleil et la lumière du jour. Dans l'hiver, il n'était plus qu'un arbre dépouillé de ses feuilles et quasi mort. La terre gelée était dure au jongleur. Et, comme la cigale dont parle Marie de France[1], il souffrait du froid et de la faim dans la mauvaise saison. Mais, comme il avait le cœur simple, il prenait ses maux en patience.

Il n'avait jamais réfléchi à l'origine des richesses, ni à l'inégalité des conditions humaines. Il comptait fermement que, si ce monde est mauvais, l'autre ne pourrait manquer d'être bon, et cette espérance le soutenait. Il n'imitait pas les baladins larrons et mécréants, qui ont vendu leur âme au diable. Il ne blasphémait jamais le nom de Dieu; il vivait honnêtement, et, bien qu'il n'eût pas de femme, il ne convoitait pas celle du voisin, parce que la femme est l'ennemie des hommes forts, comme il apparaît par l'histoire de Samson, qui est rapportée dans l'Écriture.

À la vérité, il n'avait pas l'esprit tourné aux désirs charnels, et il lui en coûtait plus de renoncer aux brocs qu'aux dames. Car, sans manquer à la sobriété, il aimait à boire quand il faisait chaud. C'était un homme de bien, craignant Dieu, et très dévot à la Sainte Vierge.

Il ne manquait jamais, quand il entrait dans une église, de s'agenouiller devant l'image de la Mère de Dieu, et de lui adresser cette prière :

« Madame, prenez soin de ma vie jusqu'à ce qu'il plaise à Dieu que je meure, et quand je serai mort, faites-moi avoir les joies du Paradis. »

II

Or, un certain soir, après une journée de pluie, tandis qu'il s'en allait, triste et courbé, portant sous son bras ses boules et ses couteaux cachés dans son vieux tapis, et cherchant quelque grange pour s'y coucher sans souper, il vit sur la route un moine qui suivait le même chemin, et le salua honnêtement.

Comme ils marchaient du même pas, ils se mirent à échanger des propos.

« Compagnon, dit le moine, d'où vient que vous êtes habillé tout de vert ? Ne serait-ce point pour faire le personnage d'un fol dans quelque mystère ?

— Non point, mon père, répondit Barnabé. Tel que vous me voyez, je me nomme Barnabé, et je suis jongleur de mon état. Ce serait le plus bel état du monde si on y mangeait tous les jours.

— Ami Barnabé, reprit le moine, prenez garde à ce que vous dites. Il n'y a pas de plus bel état que l'état monastique. On y célèbre les louanges de Dieu, de la Vierge et des saints, et la vie du religieux est un perpétuel cantique au Seigneur. »

Barnabé répondit :

« Mon père, je confesse que j'ai parlé comme un ignorant. Votre état ne se peut comparer au mien et, quoiqu'il y ait du mérite à danser en tenant au bout du nez un denier en équilibre sur un bâton, ce mérite n'approche pas du vôtre. Je voudrais bien comme vous, mon père, chanter tous les jours l'office, et spécialement l'office de la très Sainte Vierge, à qui j'ai voué une dévotion particulière. Je renoncerais bien volontiers à l'art dans lequel je suis connu, de Soissons à Beauvais, dans plus de six cents villes et villages, pour embrasser la vie monastique. »

Le moine fut touché de la simplicité du jongleur, et, comme il ne manquait pas de discernement, il reconnut en Barnabé un de ces hommes de bonne volonté de qui Notre-Seigneur a dit : « Que la paix soit avec eux sur la terre ! » C'est pourquoi il lui répondit :

« Ami Barnabé, venez avec moi, et je vous ferai entrer dans le couvent dont je suis prieur. Celui qui conduisit Marie l'Égyptienne dans le désert m'a mis sur votre chemin pour vous mener dans la voie du salut. »

C'est ainsi que Barnabé devint moine. Dans le couvent où il fut reçu, les religieux célébraient à l'envi le culte de la Sainte Vierge, et chacun employait à la servir tout le savoir et toute l'habileté que Dieu lui avait donnés.

Le prieur, pour sa part, composait des livres qui

traitaient, selon les règles de la scolastique, des vertus de la Mère de Dieu.

Le frère Maurice copiait, d'une main savante, ces traités sur des feuilles de vélin.

Le frère Alexandre y peignait de fines miniatures. On y voyait la Reine du Ciel, assise sur le trône de Salomon, au pied duquel veillent quatre lions; autour de sa tête nimbée voltigeaient sept colombes, qui sont les sept dons du Saint-Esprit : dons de crainte, de piété, de science, de force, de conseil, d'intelligence et de sagesse. Elle avait pour compagnes six vierges aux cheveux d'or : l'Humilité, la Prudence, la Retraite, le Respect, la Virginité et l'Obéissance.

À ses pieds, deux petites figures nues et toutes blanches se tenaient dans une attitude suppliante. C'étaient des âmes qui imploraient, pour leur salut et non, certes, en vain, sa toute-puissante intercession.

Le frère Alexandre représentait sur une autre page Ève au regard de Marie, afin qu'on vît en même temps la faute et la rédemption, la femme humiliée et la vierge exaltée. On admirait encore dans ce livre le Puits des eaux vives, la Fontaine, le Lis, la Lune, le Soleil et le Jardin clos dont il est parlé dans le Cantique, la Porte du Ciel et la Cité de Dieu[1], et c'étaient là des images de la Vierge.

Le frère Marbode était semblablement un des plus tendres enfants de Marie.

Il taillait sans cesse des images de pierre, en sorte qu'il avait la barbe, les sourcils et les cheveux blancs de poussière, et que ses yeux étaient perpétuellement gonflés et larmoyants; mais il était plein de force et de joie dans un âge avancé et, visiblement, la Reine du Paradis protégeait la vieillesse de son enfant. Marbode la représentait assise dans une chaire, le front ceint d'un nimbe à orbe perlé. Et il avait soin que les plis de la robe couvrissent les pieds de celle dont le prophète a dit : « Ma bien-aimée est comme un jardin clos. »

Parfois aussi il la figurait sous les traits d'un enfant plein de grâce, et elle semblait dire : « Seigneur, vous êtes mon Seigneur ! — *Dixi de ventre matris meae : Deus meus es tu.* » (Psalm. XXI, 11.)

Il y avait aussi, dans le couvent, des poètes, qui

composaient, en latin, des proses et des hymnes en l'honneur de la bienheureuse Vierge Marie, et même il s'y trouvait un Picard qui mettait les miracles de Notre-Dame en langue vulgaire et en vers rimés.

III

Voyant un tel concours de louanges et une si belle moisson d'œuvres, Barnabé se lamentait de son ignorance et de sa simplicité.

« Hélas, soupirait-il en se promenant seul dans le petit jardin sans ombre du couvent, je suis bien malheureux de ne pouvoir, comme mes frères, louer dignement la sainte Mère de Dieu à laquelle j'ai voué la tendresse de mon cœur. Hélas ! Hélas ! je suis un homme rude et sans art, et je n'ai pour votre service, madame la Vierge, ni sermons édifiants, ni traités bien divisés selon les règles, ni fines peintures, ni statues exactement taillées, ni vers comptés par pieds et marchant en mesure. Je n'ai rien, hélas ! »

Il gémissait de la sorte et s'abandonnait à la tristesse. Un soir que les moines se récréaient en conversant, il entendit l'un d'eux conter l'histoire d'un religieux qui ne savait réciter autre chose qu'*Ave Maria*. Ce religieux était méprisé pour son ignorance; mais, étant mort, il lui sortit de la bouche cinq roses en l'honneur des cinq lettres du nom de Marie, et sa sainteté fut ainsi manifestée.

En écoutant ce récit, Barnabé admira une fois de plus la bonté de la Vierge; mais il ne fut pas consolé par l'exemple de cette mort bienheureuse, car son cœur était plein de zèle et il voulait servir la gloire de sa dame qui est aux cieux.

Il en cherchait le moyen sans pouvoir le trouver et il s'affligeait chaque jour davantage, quand un matin, s'étant réveillé tout joyeux, il courut à la chapelle et y demeura seul pendant plus d'une heure. Il y retourna l'après-dîner.

Et, à compter de ce moment, il allait chaque jour dans cette chapelle, à l'heure où elle était déserte, et il y passait une grande partie du temps que les autres moines consacraient aux arts libéraux et aux arts mécaniques. Il n'était plus triste et il ne gémissait plus.

Une conduite si singulière éveilla la curiosité des moines.

On se demandait, dans la communauté, pourquoi le frère Barnabé faisait des retraites si fréquentes.

Le prieur, dont le devoir est de ne rien ignorer de la conduite de ses religieux, résolut d'observer Barnabé pendant ses solitudes. Un jour donc que celui-ci était renfermé, comme à son ordinaire, dans la chapelle, dom prieur vint, accompagné de deux anciens du couvent, observer, à travers les fentes de la porte, ce qui se passait à l'intérieur.

Ils virent Barnabé qui, devant l'autel de la Sainte Vierge, la tête en bas, les pieds en l'air, jonglait avec six boules de cuivre et douze couteaux. Il faisait, en l'honneur de la sainte Mère de Dieu, les tours qui lui avaient valu le plus de louanges. Ne comprenant pas que cet homme simple mettait ainsi son talent et son savoir au service de la Sainte Vierge, les deux Anciens criaient au sacrilège.

Le prieur savait que Barnabé avait l'âme innocente; mais il le croyait tombé en démence. Ils s'apprêtaient tous trois à le tirer vivement de la chapelle, quand ils virent la Sainte Vierge descendre les degrés de l'autel pour venir essuyer d'un pan de son manteau bleu la sueur qui dégouttait du front de son jongleur.

Alors le prieur, se prosternant le visage contre la dalle, récita ces paroles :

« Heureux les simples, car ils verront Dieu !

— *Amen !* » répondirent les Anciens en baisant la terre.

LA MESSE DES OMBRES[1]

À M. Jean-François Bladé, d'Agen, le « scribe pieux », qui a recueilli les contes populaires de la Gascogne[2].

Voici ce que le sacristain de l'église Sainte-Eulalie, à La Neuville-d'Aumont, m'a conté sous la treille du Cheval-Blanc, par une belle soirée d'été, en buvant une bouteille de vin vieux à la santé d'un mort très à son aise, qu'il avait le matin même porté en terre avec honneur, sous un drap semé de belles larmes d'argent.

« Feu mon pauvre père (c'est le sacristain qui parle) était de son vivant fossoyeur. Il avait l'esprit agréable, et c'était sans doute un effet de son état, car on a remarqué que les personnes qui travaillent dans les cimetières sont d'humeur joviale. La mort ne les effraye point : ils n'y pensent jamais. Moi qui vous parle, monsieur, j'entre dans un cimetière, la nuit, aussi tranquillement que sous la tonnelle du Cheval-Blanc. Et si, d'aventure, je rencontre un revenant, je ne m'en inquiète point, par cette considération qu'il peut bien aller à ses affaires comme je vais aux miennes. Je connais les habitudes des morts et leur caractère. Je sais à ce sujet des choses que les prêtres eux-mêmes ne savent pas. Et si je contais tout ce que j'ai vu, vous seriez étonné. Mais toutes les vérités ne sont pas bonnes à dire, et mon père, qui pourtant aimait à conter des histoires, n'a pas révélé la vingtième partie de ce qu'il savait. En revanche, il répétait souvent les mêmes récits, et il a bien narré cent fois, à ma connaissance, l'aventure de Catherine Fontaine.

Catherine Fontaine était une vieille demoiselle qu'il lui souvenait d'avoir vue quand il était enfant. Je ne serais point étonné qu'il y eût encore dans le pays jusqu'à trois vieillards qui se rappellent avoir ouï parler d'elle, car elle était très connue et de bon renom, quoique pauvre. Elle habitait, au coin de la rue aux Nonnes, la tourelle que vous pouvez voir encore et qui dépend d'un vieil hôtel à demi détruit qui regarde sur le jardin des Ursulines. Il y a sur cette tourelle des figures et des inscriptions à demi effacées. Le défunt curé de Sainte-Eulalie, M. Levasseur, assurait qu'il y est dit en latin que *l'amour est plus fort que la mort*. Ce qui s'entend, ajoutait-il, de l'amour divin.

Catherine Fontaine vivait seule dans ce petit logis. Elle était dentellière. Vous savez que les dentelles de nos pays étaient autrefois très renommées. On ne lui connaissait ni parents ni amis. On disait qu'à dix-huit ans elle avait aimé le jeune chevalier d'Aumont-Cléry, à qui elle avait été secrètement fiancée. Mais les gens de bien n'en voulaient rien croire et ils disaient que c'était un conte qui avait été imaginé parce que Catherine Fontaine avait plutôt l'air d'une dame que d'une ouvrière, qu'elle gardait sous ses cheveux blancs les restes d'une grande beauté, qu'elle avait l'air triste et qu'on lui voyait au doigt une de ces bagues sur lesquelles l'orfèvre a mis deux petites mains unies, et qu'on avait coutume, dans l'ancien temps, d'échanger pour les fiançailles. Vous saurez tout à l'heure ce qu'il en était.

Catherine Fontaine vivait saintement. Elle fréquentait les églises et, chaque matin, quelque temps qu'il fît, elle allait entendre la messe de six heures à Sainte-Eulalie.

Or, une nuit de décembre, tandis qu'elle était couchée dans sa chambrette, elle fut réveillée par le son des cloches; ne doutant point qu'elles sonnassent la messe première, la pieuse fille s'habilla et descendit dans la rue, où la nuit était si sombre qu'on ne voyait point les maisons et que pas une lueur ne se montrait dans le ciel noir. Et il y avait un tel silence dans ces ténèbres que pas seulement un chien n'aboyait au loin et qu'on s'y sentait séparé de toute créature vivante. Mais Catherine Fontaine, qui connaissait chaque pierre où elle posait le pied et qui aurait pu aller à l'église les yeux fermés, atteignit sans peine l'angle de la rue des Nonnes et de la rue de la Paroisse, là où s'élève la maison de bois qui porte un arbre de Jessé, sculpté sur une grosse poutre. Arrivée à cet endroit, elle vit que les portes de l'église étaient ouvertes et qu'il en sortait une grande clarté de cierges. Elle continua de marcher et, ayant franchi le porche, elle se trouva dans une assemblée nombreuse qui emplissait l'église. Mais elle ne reconnaissait aucun des assistants, et elle était surprise de voir tous ces gens vêtus de velours et de brocart, avec des plumes au chapeau et portant l'épée à la mode des anciens temps. Il y avait là des seigneurs qui tenaient de hautes cannes à pommes d'or et des dames avec une coiffe de dentelle attachée par un peigne en diadème. Des chevaliers de Saint-Louis donnaient la main à ces dames qui cachaient sous l'éventail un visage peint, dont on ne voyait que la tempe poudrée et une mouche au coin de l'œil ! Et tous, ils allaient se ranger à leur place sans aucun bruit, et l'on n'entendait, tandis qu'ils marchaient, ni le son des pas sur les dalles ni le frôlement des étoffes. Les bas-côtés s'emplissaient d'une foule de jeunes artisans, en veste brune, culotte de basin et bas bleus, qui tenaient par la taille des jeunes filles très jolies, roses, les yeux baissés. Et, près des bénitiers, des paysannes en jupe rouge, le corsage lacé, s'asseyaient par terre avec la tranquillité des animaux domestiques, tandis que des jeunes gars, debout derrière elles, ouvraient de gros yeux en tournant entre leurs doigts leur chapeau. Et tous ces visages silencieux semblaient éternisés dans la même pensée, douce et triste. Agenouillée à sa place coutumière, Catherine Fontaine vit le prêtre s'avancer vers l'autel, précédé de deux desservants. Elle ne reconnut ni le prêtre ni les clercs. La messe commença. C'était une messe silencieuse, où l'on n'entendait point le son des lèvres qui remuaient, ni le tintement de la sonnette vainement agitée. Catherine Fontaine se sentait sous la vue et sous l'influence de son voisin mystérieux, et, l'ayant regardé sans presque tourner la tête, elle reconnut le jeune chevalier d'Aumont-Cléry, qui l'avait aimée et qui était mort depuis quarante-cinq ans. Elle le reconnut à un petit signe qu'il avait sous l'oreille gauche et surtout à l'ombre que ses longs cils noirs faisaient sur ses joues. Il était vêtu de l'habit de chasse, rouge, à galons d'or, qu'il portait le jour où, l'ayant rencontrée dans le bois de Saint-Léonard, il lui avait demandé à boire et pris un baiser. Il avait gardé sa jeunesse et sa bonne mine. Son sourire montrait encore des dents de jeune loup. Catherine lui dit tout bas :

« Monseigneur, qui fûtes mon ami et à qui je donnai jadis ce qu'une fille a de plus cher, Dieu vous ait en sa grâce ! Puisse-t-il m'inspirer enfin le regret du péché que j'ai commis avec vous ; car il est vrai qu'en cheveux blancs et près de mourir, je ne me repens pas encore de vous voir aimé. Mais, ami défunt, mon beau seigneur, dites-moi qui sont ces gens à la mode du vieux temps qui entendent ici cette messe silencieuse. »

Le chevalier d'Aumont-Cléry répondit d'une voix plus faible qu'un souffle et pourtant plus claire que le cristal :

« Catherine, ces hommes et ces femmes sont des âmes du purgatoire qui ont offensé Dieu en péchant comme nous par l'amour des créatures, mais qui ne sont point pour cela retranchées de Dieu, parce que leur péché fut, comme le nôtre, sans malice.

« Tandis que, séparés de ce qu'ils aimaient sur la terre, ils se purifient dans le feu lustral du purgatoire, ils souffrent les maux de l'absence, et cette souffrance est pour eux la plus cruelle. Ils sont si malheureux qu'un ange du ciel prend pitié de leur peine d'amour. Avec la permission de Dieu, il réunit chaque année, pendant une heure de nuit, l'ami à l'amie dans leur église paroissiale, où il leur est permis d'entendre la messe des ombres en se tenant par la main. Telle est la vérité. S'il m'est donné de te voir ici avant ta mort, Catherine, c'est une chose qui ne s'est pas accomplie sans la permission de Dieu. »

Et Catherine Fontaine lui répondit :

« Je voudrais bien mourir pour redevenir belle comme aux jours, mon défunt seigneur, où je te donnais à boire dans la forêt. »

Pendant qu'ils parlaient ainsi tout bas, un chanoine très vieux faisait la quête et présentait un grand plat de cuivre aux assistants qui y laissaient tomber tour à tour d'anciennes monnaies qui n'ont plus cours depuis longtemps : écus de six livres, florins, ducats et ducatons, jacobus, nobles à la rose[1], et les pièces tombaient en silence. Quand le plat de cuivre lui fut présenté, le chevalier mit un louis qui ne sonna pas plus que les autres pièces d'or et d'argent.

Puis le vieux chanoine s'arrêta devant Catherine Fontaine, qui fouilla dans sa poche sans y trouver un liard. Alors, ne voulant refuser son offrande, elle détacha de son doigt l'anneau que le chevalier lui avait donné la veille de sa mort, et le jeta dans le bassin de cuivre. L'anneau d'or, en tombant, sonna comme un lourd battant de cloche, et au bruit retentissant qu'il fit, le chevalier, le chanoine, le célébrant, les clercs, les dames, les cavaliers, l'assistance entière s'évanouit; les cierges s'éteignirent et Catherine Fontaine demeura seule dans les ténèbres.

Ayant achevé de la sorte son récit, le sacristain but un grand coup de vin, resta un moment songeur et puis reprit en ces termes :

« Je vous ai conté cette histoire telle que mon père me l'a contée maintes fois, et je crois qu'elle est véritable parce qu'elle est conforme à tout ce que j'ai observé des mœurs et des coutumes particulières aux trépassés. J'ai beaucoup pratiqué les morts depuis mon enfance et je sais que leur usage est de revenir à leurs amours. »

C'est ainsi que les morts avaricieux errent, la nuit, près des trésors qu'ils ont cachés de leur vivant. Ils font bonne garde autour de leur or; mais les soins qu'ils se donnent, loin de leur servir, tournent à leur dommage, et il n'est pas rare de découvrir de l'argent enfoui dans la terre en fouillant la place hantée par un fantôme. De même les maris défunts viennent tourmenter, *la nuit*, *leurs femmes* mariées en secondes noces, et j'en pourrais nommer plusieurs qui, morts, ont mieux gardé leurs épouses qu'ils n'avaient fait vivants.

Ceux-là sont blâmables, car, en bonne justice, les

défunts ne devraient point faire les jaloux. Mais je vous rapporte ce que j'ai observé. C'est à quoi il faut prendre garde quand on épouse une veuve. D'ailleurs, l'histoire que je vous ai contée est prouvée dans la manière que voici :

Le matin, après cette nuit extraordinaire, Catherine Fontaine fut trouvée morte dans sa chambre. Et le suisse de Sainte-Eulalie trouva dans le plat de cuivre qui servait aux quêtes une bague d'or avec deux mains unies. D'ailleurs, je ne suis pas homme à faire des contes pour rire. Si nous demandions une autre bouteille de vin !...

LESLIE WOOD

À Mme la comtesse de Martel Janville[1].

Il y avait concert et comédie chez Mme N***, boulevard Malesherbes.

Tandis qu'autour d'un parterre d'épaules nues les jeunes gens s'étouffaient aux embrasures des portes, dans les parfums chauds, nous autres, vieux habitués un peu grognons, nous nous tenions au frais dans un petit salon d'où l'on ne pouvait rien voir, et où la voix de Mlle Réjane[2] ne nous parvenait que comme le bruit légèrement strident du vol d'une libellule. De temps à autre, nous entendions les rires et les applaudissements éclater dans la fournaise, et nous étions enclins à prendre en douce pitié un plaisir que nous ne partagions pas. Nous échangions d'assez jolis riens, quand l'un de nous, un député aimable, M. B***, nous dit :

« Vous savez : Wood est ici. »

À cette nouvelle, chacun se récria :

« Wood ? Leslie Wood ? pas possible ! Il y a dix ans qu'on ne l'a vu à Paris. On ne sait ce qu'il est devenu.

— On dit qu'il a fondé une république noire au bord du Victoria-Nyanza.

— *C'est un conte* ! Vous savez qu'il est prodigieusement riche et que c'est un grand *réalisateur* d'impossibilités. Il habite, à Ceylan, un palais féerique, au milieu de jardins enchantés où, nuit et jour, dansent des bayadères.

— Comment pouvez-vous croire des bêtises pareilles ? La vérité est que Leslie Wood est allé, avec une Bible et une carabine, évangéliser les Zoulous. »

M. B*** reprit à voix basse :

« Il est ici; regardez plutôt. »

Et il nous désigna, d'un mouvement de la tête et des prunelles, un homme appuyé à l'embrasure de la porte et qui, dominant de sa haute taille les crânes entassés devant lui, semblait attentif au spectacle.

Cette stature athlétique, ce visage rouge avec des favoris blancs, cet œil clair et ce regard tranquille, c'était bien Leslie Wood.

Me rappelant les admirables correspondances qu'il donna, pendant dix ans, au *World*, je dis à B*** :

« Cet homme est le premier journaliste de ce temps.

— Vous avez peut-être raison, me répondit B***; du moins puis-je vous affirmer qu'il y a dix ans, personne ne connaissait l'Europe comme Leslie Wood. »

Le baron Moïse, qui nous écoutait, secoua la tête :

« Vous ne savez pas ce que c'est que Wood. Je le sais, moi. C'était avant tout un financier. Il entendait les affaires mieux que personne. Pourquoi riez-vous, princesse ? »

Répandue sur le canapé, dans l'ennui morne de ne pouvoir fumer une cigarette, la princesse Zévorine avait souri.

« Vous ne comprenez Wood ni les uns ni les autres, dit-elle. Wood n'a jamais été qu'un mystique et un amoureux.

— *Je ne crois pas cela*, répliqua le baron Moïse. Mais je voudrais bien savoir où ce diable d'homme est allé passer les dix plus belles années de sa vie.

— Où mettez-vous les dix plus belles années de la vie ?

— De cinquante à soixante ans; on a sa position faite et l'on peut jouir de l'existence.

— Baron, vous pouvez interroger Wood lui-même. Le voici qui vient. »

Le bruit des applaudissements, cette fois, annonçait que la représentation était terminée. Les habits noirs, dégageant les portes, se répandaient dans le petit salon et, tandis que la procession des couples s'acheminait vers le buffet, Leslie Wood venait à nous.

Il nous serra la main avec une cordialité placide.

« Un revenant ! un revenant ! s'écriait le baron Moïse.

— Oh ! dit Wood, je ne peux pas revenir de bien loin. La terre eſt petite.

— Savez-vous ce que disait la princesse ? Elle disait que vous n'êtes qu'un myſtique, mon cher Wood. Eſt-ce vrai ?

— Cela dépend de ce qu'on entend par myſtique.

— Le mot s'explique de lui-même. Un myſtique eſt celui qui s'occupe des affaires de l'autre monde. Or, vous connaissez trop bien les affaires de ce monde-ci pour vous soucier de celles de l'autre. »

À ces mots, Wood fronça légèrement le sourcil :

« Vous vous trompez, Moïse. Les affaires de l'autre monde sont de beaucoup les plus importantes, de beaucoup, Moïse.

— Ce cher Leslie Wood ! s'écria le baron en ricanant. Il a de l'esprit ! »

La princesse répliqua très gravement :

« Wood, n'eſt-ce pas que vous n'avez pas d'esprit ? J'ai en horreur les gens d'esprit. »

Elle se leva.

« Wood, conduisez-moi au buffet. »

Une heure plus tard, pendant que G*** charmait, par ses chansons, les hommes et les femmes, je retrouvai Leslie Wood et la princesse Zévorine, seuls devant le buffet déserté.

La princesse parlait, avec un enthousiasme presque sauvage, du comte Tolſtoï[1], dont elle était l'amie. Elle représentait ce grand homme, devenu un homme simple, revêtant l'habit et l'âme d'un moujik et, de ses mains qui écrivirent des chefs-d'œuvre, faisant des souliers pour les pauvres.

À ma grande surprise, Wood approuvait un genre de vie si contraire *au sens commun*. De sa voix un peu haletante, à laquelle un commencement d'aſthme donnait une singulière douceur :

« Oui, disait-il, Tolſtoï a raison. Toute la philosophie eſt dans cette parole : “Que la volonté de

Dieu soit faite ! " Il a compris que tous les maux de l'humanité lui viennent d'avoir eu une volonté distincte de la volonté divine. Je crains seulement qu'il ne gâte une si belle doctrine par de la fantaisie et de l'extravagance.

— Oh ! répliqua la princesse à voix basse, en hésitant un peu, la doctrine du comte n'est extravagante que sur un point; elle prolonge jusqu'à l'âge le plus avancé les droits et les devoirs des époux et elle impose aux saints des nouveaux jours la vieillesse féconde des patriarches. »

Le vieux Wood répondit avec une exaltation contenue :

« Cela encore est excellent et très saint. L'amour physique et naturel convient à toutes les créatures de Dieu, et s'il ne s'y mêle ni trouble ni inquiétude, il entretient cette simplicité divine, cette sainte animalité sans laquelle il n'est point de salut. L'ascétisme n'est qu'orgueil et révolte. Ayons présent à l'esprit l'exemple de l'homme de bien Booz, et rappelons-nous que la Bible fait de l'amour le pain des vieillards. »

Et, tout à coup, ravi, illuminé, transfiguré, en extase, appelant des yeux, des bras, de toute l'âme, quelque chose d'invisible :

« Annie ! murmura-t-il, Annie, Annie ma bien-aimée, n'est-ce pas que le Seigneur veut que ses saints et ses saintes s'aiment avec l'humilité des animaux des champs ? »

Puis il tomba accablé dans un fauteuil. Un souffle effrayant secouait sa large poitrine, et il avait l'air ainsi plus robuste que jamais, comme ces machines qui semblent plus formidables quand elles sont détraquées. La princesse Zévorine, sans s'étonner, lui essuya le front avec son mouchoir et lui fit boire un verre d'eau.

Pour moi, j'étais stupéfait. Je ne pouvais reconnaître en cet illuminé l'homme qui, tant de fois, dans son cabinet encombré de *Blue-Books*, m'avait entretenu si lucidement des affaires d'Orient, du traité de Francfort et des perturbations de nos marchés financiers. Comme je laissais voir mon inquiétude à la princesse, elle me dit en haussant les épaules :

« Vous êtes bien français, vous ! Vous tenez pour

fous tous ceux qui ne pensent pas exactement ce que vous pensez vous-même. Rassurez-vous : notre ami Wood est raisonnable, très raisonnable. Allons entendre G***. »

Après avoir conduit la princesse dans le grand salon, je me disposai à partir. Dans l'antichambre, je trouvai Wood qui mettait son paletot. Il ne semblait pas se ressentir de sa crise.

« Cher ami, me dit-il, je crois que nous sommes voisins. Vous habitez toujours le quai Malaquais, et je suis descendu dans un hôtel de la rue des Saints-Pères. Par un temps sec comme celui-ci, c'est un plaisir que d'aller à pied. Si vous voulez, nous ferons la route ensemble, et nous causerons. »

J'acceptai de bon cœur. Sur le perron, il m'offrit un cigare et me tendit la flamme d'un briquet électrique[1].

« C'est très commode », me dit-il. Et il m'en exposa clairement la théorie.

Je reconnaissais le Wood des anciens jours. Nous fîmes une centaine de pas, dans la rue, en causant de choses indifférentes. Tout à coup, mon compagnon me posa doucement la main sur l'épaule :

« Cher ami, quelques-unes des paroles que j'ai prononcées ce soir ont pu vous surprendre. Vous voudrez peut-être que je vous les explique.

— Vous m'intéressez vivement, mon cher Wood.

— Je le ferai donc volontiers. J'ai de l'estime pour votre esprit. Nous n'envisageons pas la vie de la même façon. Mais les idées ne vous font pas peur, et c'est là un courage assez rare, surtout en France.

— Je crois cependant, mon cher Wood, que, pour la liberté de penser...

— Oh ! non, vous n'êtes pas, comme l'Angleterre, un peuple de théologiens. Mais laissons cela. Je veux vous faire, en très peu de mots, l'histoire de mes idées. Quand vous m'avez connu, il y a quinze ans, j'étais correspondant du *World*, de Londres. Le journalisme est, chez nous, plus lucratif et plus considérable que chez vous. Ma situation était bonne, et j'en tirais, je crois, le meilleur parti possible. J'entends les affaires; j'en fis d'excellentes, et je conquis, en peu d'années, deux choses très enviables : l'influence et la fortune. Vous savez que je suis un homme pratique.

« Je n'ai jamais marché sans but. Et j'étais surtout préoccupé d'atteindre le but suprême, le but de la vie. D'assez fortes études théologiques, entreprises dans ma jeunesse, m'indiquaient que ce but est situé au-delà de l'existence terrestre. Mais il me restait des doutes quant aux moyens pratiques de l'atteindre. J'en souffrais cruellement. L'incertitude est tout à fait insupportable à un homme de mon caractère.

« En cet état d'esprit, je donnais une sérieuse attention aux recherches psychiques de M. William Crookes[1], un des membres les plus distingués de l'Académie royale. Je le connaissais personnellement et le tenais, avec raison, pour un savant et un gentleman. Il faisait alors des expériences sur une jeune personne douée de facultés psychiques tout à fait singulières, et, comme autrefois Saül, il était favorisé par la présence d'un fantôme authentique.

« Une femme charmante, qui avait autrefois vécu de notre vie et qui vivait désormais de la vie d'outre-tombe, se prêtait aux expériences de l'éminent spiritualiste et se soumettait à tout ce qu'il exigeait d'elle dans la limite de la bienséance. Je pensai que de telles investigations, portant sur le point où l'existence terrestre confine aux existences extra-terrestres, me conduiraient, si je les suivais pas à pas, à découvrir ce qu'il est nécessaire de connaître, c'est-à-dire le véritable but de la vie. Mais je ne tardai pas à être déçu dans mes espérances. Les recherches de mon respectable ami, bien que dirigées avec une précision qui ne laissait rien à désirer, n'aboutissaient pas à une conclusion théologique *et morale* suffisamment nette.

« *D'ailleurs,* William Crookes fut privé, tout à coup, du concours de l'incomparable dame morte qui lui avait gracieusement accordé plusieurs séances de spiritualisme.

« Découragé par l'incrédulité publique et offensé par les railleries de ses confrères, il cessa de publier aucune communication relative aux connaissances psychiques. Je fis part de ma déconvenue au révérend Burthogge, avec qui j'étais en relation depuis son retour de l'Afrique australe, qu'il a évangélisée avec un esprit religieux et pratique vraiment digne de la vieille Angleterre.

« Le révérend Burthogge est, de tous les hommes, celui dont l'action fut toujours, sur moi, la plus forte et la plus décisive.

— Il est donc bien intelligent ? demandai-je.

— Il a une grande intelligence doctrinale, reprit Leslie Wood. Il a surtout un grand caractère, et vous n'ignorez pas, cher ami, que c'est par le caractère qu'on agit sur les hommes. Mes mécomptes ne lui causèrent aucune surprise; il les attribua à mon défaut de méthode, et surtout à la pitoyable infirmité morale dont j'avais fait preuve en cette circonstance.

« " Une recherche d'ordre scientifique, me dit-il, n'amènera jamais qu'une découverte du même ordre. Comment n'avez-vous point compris cela ? Vous avez été étrangement léger et frivole, Leslie Wood. L'esprit cherche l'esprit, a dit l'apôtre saint Paul[1]. Pour découvrir les vérités spirituelles, il faut entrer dans la voie spirituelle. »

« Ces paroles produisirent sur moi une impression profonde.

« " Mon révérend père, demandai-je, comment entrerai-je dans la voie spirituelle ?

« — Par la pauvreté et par la simplicité ! me répondit Burthogge. Vendez vos biens et donnez-en l'argent aux pauvres. Vous êtes connu. Cachez-vous. Priez, accomplissez des œuvres de charité. Faites-vous un esprit simple, une âme pure, et vous aurez la vérité. "

« Je résolus de suivre ces préceptes à la lettre. Je donnai ma démission de correspondant du *World*. Je réalisai ma fortune qui était engagée, en grande partie, dans les affaires, et, redoutant de renouveler le crime d'Ananias et de Saphira[2], je conduisis cette difficile opération de manière à ne pas perdre un centime de ces capitaux qui ne m'appartenaient plus. Le baron Moïse, qui me vit à l'œuvre, conçut de mon génie *financier* une admiration religieuse. Sur l'ordre du révérend Burthogge, je versai dans la caisse de la *Société évangélique* les sommes que j'avais réalisées. Et, comme je témoignais à cet éminent théologien ma joie d'être pauvre :

« “ Prenez garde, me dit-il, de ne goûter dans la pauvreté que le triomphe de votre énergie. Que sert de se dépouiller extérieurement, si l'on garde au-dedans de soi l'idole d'or ? Soyez humble. ” »

Leslie Wood en était là de son récit quand nous arrivâmes au pont Royal. La Seine, où tremblaient des lumières, coulait sous les arches avec un gémissement sourd.

« Il faut que j'abrège, reprit le narrateur nocturne. Chaque épisode de ma nouvelle vie dévorerait une nuit entière. Burthogge, à qui j'obéissais comme un enfant, m'envoya chez les Bassoutos[1] avec la mission de combattre la traite des Noirs. J'y vécus sous la tente, seul avec ce généreux compagnon de chevet qui s'appelle le danger, et dans la fièvre et dans la soif, voyant Dieu.

« Au bout de cinq ans, le révérend Burthogge me rappela en Angleterre. Sur le bateau, je rencontrai une jeune fille. Quelle vision ! Quelle apparition mille fois plus rayonnante que le fantôme qui se montrait à M. William Crookes !

« C'était la fille orpheline et pauvre d'un colonel de l'armée des Indes. Elle n'avait point une particulière beauté de lignes. Son teint pâle, son visage amaigri décelaient la souffrance; mais ses yeux exprimaient tout ce qu'on peut imaginer du ciel; sa chair semblait éclairée doucement d'une lumière intérieure. Comme je l'aimai ! Comme, à sa vue, je pénétrai le sens caché de la création tout entière ! Comme cette simple jeune fille me révéla d'un regard le secret de l'harmonie des mondes !

« Oh ! simple, bien simple, mon initiatrice, ma dame bien-aimée, la douce Annie Fraser ! Je lus *dans son* âme transparente la sympathie qu'elle avait pour moi. Une nuit, une nuit limpide, comme nous étions seuls tous deux sur le pont du navire, en présence de l'assemblée séraphique des étoiles, qui palpitaient en chœur dans le ciel, je pris sa main et lui dis :

« “ Annie Fraser, je vous aime. Je sens qu'il serait bon que vous fussiez ma femme, mais je me suis interdit de faire ma destinée, afin que Dieu la fasse lui-même. Puisse-t-il vouloir nous unir ! J'ai remis ma volonté entre les mains du révérend Burthogge. Quand nous serons en Angleterre, nous irons le trouver tous deux, voulez-vous, Annie Fraser ? et, s'il le permet, nous nous marierons. "

« Elle y consentit. Tout le reste de la traversée, nous lûmes la Bible ensemble.

« Dès notre arrivée à Londres, j'amenai ma compagne de voyage au révérend, et je lui dis ce que l'amour de cette jeune fille était pour moi, et de quelle belle lumière il me pénétrait.

« Burthogge la considéra longtemps avec bienveillance.

« " Vous pouvez vous marier, dit-il enfin. L'apôtre Paul a dit : ' Les époux se sanctifieront l'un l'autre. ' Mais que votre union soit semblable aux unions en honneur parmi les chrétiens de la primitive Église ! Qu'elle reste purement spirituelle et que le glaive de l'ange demeure entre vous dans votre couche. Allez, restez humbles et cachés, et que le monde ignore votre nom. "

« J'épousai Annie Fraser et je n'ai pas besoin de vous dire que nous observâmes exactement la loi que le révérend Burthogge nous avait imposée. Pendant quatre années, je me délectai dans cette union fraternelle.

« Par la grâce de la simple, simple Annie Fraser, j'avançai dans la connaissance de Dieu. Rien ne pouvait plus nous faire souffrir.

« Annie était malade et ses forces déclinaient, et nous disions avec allégresse : " Que la volonté de Dieu soit faite sur la terre et dans le ciel ! "

« Après quatre ans de cette union, un jour, le jour de Noël, le révérend Burthogge me fit appeler :

« " Leslie Wood, me dit-il, je vous ai imposé une épreuve salutaire. Mais ce serait tomber dans l'erreur des papistes que de croire que l'union des êtres selon la chair ne plaît point à Dieu. Il a béni deux fois, dans le Paradis terrestre et dans l'arche de Noé, les couples des hommes et des animaux. Allez et vivez désormais avec Annie Fraser, votre épouse, comme un mari avec sa femme. "

« Quand je rentrai chez moi, Annie, mon Annie bien-aimée, était morte...

« J'avoue ma faiblesse. Je prononçai des lèvres et non du cœur cette parole : “ Mon Dieu ! que votre volonté soit faite ! ” Et, songeant à ce que le révérend Burthogge venait d'accorder à notre amour, je sentis ma bouche amère et mon cœur plein de cendres.

« Et c'est l'âme désolée que je m'agenouillai au pied du lit où mon Annie reposait sous une croix de roses, muette, blanche, et les pâles violettes de la mort sur les joues.

« Homme de peu de foi, je lui dis adieu et je restai plongé pendant une semaine dans une tristesse stérile, qui ressemblait au désespoir. Combien j'aurais dû me réjouir, au contraire, dans mon âme et dans ma chair !...

« La nuit du huitième jour, tandis que je pleurais, le front sur le lit vide et froid, j'eus la certitude soudaine que la bien-aimée était près de moi dans ma chambre[1].

« Je ne me trompais pas. Ayant levé la tête, je vis Annie souriante et lumineuse, qui m'ouvrait les deux bras. Mais comment exprimer le reste ? Comment dire l'ineffable ? Et doit-on révéler de tels mystères d'amour ?

« Certes, quand le révérend Burthogge m'avait dit : “ Vivez avec Annie comme un mari avec sa femme ! ” il savait que l'amour est plus fort que la mort.

« Enfin, mon ami, apprenez que, depuis cette heure de grâce et de joie, mon Annie revient chaque soir près de moi, embaumée de parfums célestes. »

Il parlait avec une effrayante exaltation.

Nous avions ralenti le pas. Il s'arrêta devant un hôtel de pauvre apparence.

« *C'est* ici que j'habite, me dit-il. Voyez-vous à cette fenêtre, au second étage, cette lueur ? Elle m'attend. »

Et il me quitta brusquement.

Huit jours après, j'apprenais par les journaux la mort subite de Leslie Wood, ancien correspondant du *World*.

GESTAS[1]

À Charles Maurras[2].

Gestas, dixt li Signor, entrez en paradis.
« Gestas, dans nos anciens mystères, c'est le nom du larron crucifié à la droite de Jésus-Christ. »

(AUGUSTIN THIERRY,
La Rédemption de Larmor[3].)

On conte qu'il est en ce temps-ci un mauvais garçon nommé Gestas, qui fait les plus douces chansons du monde. Il était écrit sur sa face camuse qu'il serait un pécheur charnel et, vers le soir, les mauvaises joies luisent dans ses yeux verts. Il n'est plus jeune. Les bosses de son crâne ont pris l'éclat du cuivre; sur sa nuque pendent de longs cheveux verdis. Pourtant il est ingénu et il a gardé la foi naïve de son enfance. Quand il n'est point à l'hôpital, il loge en quelque chambrette d'hôtel entre le Panthéon et le jardin des Plantes. Là, dans le vieux quartier pauvre, toutes les pierres le connaissent, les ruelles sombres lui sont indulgentes, et l'une de ces ruelles est selon son cœur, car, bordée de mastroquets et de bouges, elle porte, à l'angle d'une maison, une Sainte Vierge grillée dans sa niche bleue. Il va le soir de café en café et fait ses stations de bière et d'alcool dans un ordre constant : les grands travaux de la débauche veulent de la méthode et de la régularité. La nuit s'avance quand il a regagné son taudis sans savoir comment, et retrouvé, par un miracle quotidien, le lit de sangles où il tombe tout habillé. Il y dort à poings fermés du sommeil des vagabonds et des enfants. Mais ce sommeil est court.

Dès que l'aube blanchit la fenêtre et jette entre les rideaux, dans la mansarde, ses flèches lumineuses, Gestas ouvre les yeux, se soulève, se secoue comme le chien sans maître qu'un coup de pied réveille, descend à la hâte la longue spirale de l'escalier et revoit avec délices la rue, la bonne rue si complaisante aux vices des humbles et des pauvres. Ses paupières clignent sous la fine pointe du jour; ses narines de Silène se gonflent d'air matinal. Robuste et droit, la jambe raidie par son vieux rhumatisme, il va s'appuyant sur ce bâton de cornouiller dont il a usé le fer en vingt années de vagabondage. Car, dans ses aventures nocturnes, il n'a jamais perdu ni sa pipe ni sa canne. Alors, il a l'air très bon et très heureux. Et il l'est en effet. En ce monde, sa plus grande joie, qu'il achète au prix de son sommeil, est d'aller dans les cabarets boire avec les ouvriers le vin blanc du matin. Innocence d'ivrogne : ce vin clair, dans le jour pâle, parmi les blouses blanches des maçons, ce sont là des candeurs qui charment son âme restée naïve dans le vice.

Or, un matin de printemps, ayant de la sorte cheminé de son garni jusqu'au *Petit More*[1], Gestas eut la douceur de voir s'ouvrir la porte que surmontait une tête de Sarrasin en fonte peinte et d'aborder le comptoir d'étain dans la compagnie d'amis qu'il ne connaissait pas : toute une escouade d'ouvriers de la Creuse, qui choquaient leurs verres en parlant du pays et faisaient des *gabs* comme les douze pairs de Charlemagne[2]. Ils buvaient un verre et cassaient une croûte; quand l'un d'eux avait une bonne idée, il en riait très fort, et, pour la mieux faire entendre aux camarades, leur donnait de grands coups de poing dans le dos. Cependant les vieux levaient lentement le coude en silence. Quand ces hommes s'en furent allés à leur ouvrage, Gestas sortit le dernier du *Petit More* et gagna le *Bon Coing*[3], dont la grille en fers de lance lui était connue. Il y but encore en aimable compagnie et même il offrit un verre à deux gardiens de la paix méfiants et doux. Il visita ensuite un troisième cabaret dont l'antique enseigne de fer forgé représente deux petits hommes portant une énorme grappe de raisin, et là il fut servi par la belle Mme Trubert, célèbre dans tout le quartier pour sa sagesse, sa force et sa jovialité. Puis, s'approchant des fortifications, il but encore chez les distillateurs où l'on voit, dans l'ombre, luire les robinets de cuivre des tonneaux et chez les débitants dont les volets verts demeurent clos entre deux caisses de lauriers. Après quoi, il rentra dans les quartiers populeux et se fit servir le vermouth et le marc en divers cafés. Huit heures sonnaient. Il marchait très droit, d'une allure égale, rigide et solennelle; étonné quand des femmes, courant aux provisions, nu-tête, le chignon tordu sur la nuque, le poussaient avec leurs lourds paniers ou lorsqu'il heurtait, sans la voir, une petite fille serrant dans ses bras un pain énorme. Parfois encore, s'il traversait la chaussée, la voiture du laitier où dansaient en chantant les boîtes de fer-blanc s'arrêtait si près de lui, qu'il sentait sur sa joue le souffle chaud du cheval. Mais, sans hâte, il suivait son chemin, sous les jurons dédaignés du laitier rustique. Certes, sa démarche, assurée sur le bâton de cornouiller, était fière et tranquille. Mais au-dedans le vieil homme chancelait. Il ne lui restait plus rien de l'allégresse matinale. L'alouette qui avait jeté ses trilles joyeux dans son être avec les premières gouttes du vin paillet[1] s'était envolée à tire-d'aile, et maintenant son âme était une rookery[2] brumeuse où les corbeaux croassaient sur les arbres noirs. Il était mortellement triste. Un grand dégoût de lui-même lui soulevait le cœur. La voix de son repentir et de sa honte lui criait : « Cochon ! cochon ! Tu es un cochon[a] ! » Et il admirait cette voix irritée et pure, cette belle voix d'ange qui était en lui mystérieusement et qui répétait : « Cochon ! cochon ! Tu es un cochon ! » Il lui naissait un désir infini d'innocence et de pureté. Il pleurait; de grosses larmes coulaient sur sa barbe de bouc. Il pleurait sur lui-même. Docile à la parole du maître qui a dit : « Pleurez sur vous et sur vos enfants, filles de Jérusalem », il versait la rosée amère de ses yeux sur sa chair prostituée aux sept péchés et sur ses rêves obscènes, enfantés par l'ivresse. La foi de son enfance se ranimait en lui, s'épanouissait toute fraîche et toute fleurie. De ses lèvres coulaient des prières naïves. Il disait tout bas : « Mon Dieu, donnez-moi de redevenir semblable au petit enfant que j'étais. »

Un jour qu'il faisait[b] cette simple oraison, il se trouva sous le porche d'une église.

C'était une vieille église, jadis blanche et belle sous sa dentelle de pierre, que le temps et les hommes ont déchirée. Maintenant elle est devenue noire comme la Sulamite et sa beauté ne parle plus qu'au cœur des poètes; c'était une église « pauvrette et ancienne » comme la mère de François Villon qui, peut-être, en son temps, vint s'y agenouiller et vit sur les murailles, aujourd'hui blanchies à la chaux, ce paradis peint dont elle croyait entendre les harpes, et cet enfer où les damnés sont « bouillus », ce qui faisait grand-peur à la bonne créature. Gestas entra dans la maison de Dieu. Il n'y vit personne, pas même un donneur d'eau bénite, pas même une pauvre femme comme la mère de François Villon. Formée en bon ordre dans la nef, l'assemblée des chaises attestait seule la fidélité des paroissiens et semblait continuer la prière en commun.

Dans l'ombre humide et fraîche qui tombait des voûtes, Gestas tourna sur sa droite vers le bas-côté où, près du porche, devant la statue de la Vierge, un if de fer dressait ses dents aiguës, sur lesquelles aucun cierge votif ne brûlait encore. Là, contemplant l'image blanche, bleue et rose, qui souriait au milieu des petits cœurs d'or et d'argent suspendus en offrande, il inclina sa vieille jambe raidie, pleura les larmes de saint Pierre[1] et soupira des paroles très douces qui ne se suivaient pas. « Bonne Vierge, ma mère, Marie, Marie, votre enfant, votre enfant, maman ! » Mais, très vite, il se releva, fit quelques pas rapides et s'arrêta devant un confessionnal. De chêne bruni par le temps, huilé comme les poutres des pressoirs, ce confessionnal avait l'air honnête, intime et domestique d'une vieille armoire à linge. Sur les panneaux, des emblèmes religieux, sculptés dans des écussons de coquilles et de rocailles, faisaient songer aux bourgeoises de l'ancien temps qui vinrent incliner là leur bonnet à hautes barbes de dentelle et laver à cette piscine symbolique leur âme ménagère. Où elles avaient mis le genou Gestas mit le genou et, les lèvres contre le treillis de bois, il appela à voix basse : « Mon père, mon père ! » Comme personne ne répondait à son appel, il frappa tout doucement du doigt au guichet.

« Mon père, mon père ! »

Il s'essuya les yeux pour mieux voir par les trous du grillage, et il crut deviner dans l'ombre le surplis blanc d'un prêtre.

Il répétait :

« Mon père, mon père, écoutez-moi donc ! Il faut que je me confesse, il faut que je lave mon âme; elle est noire et sale; elle me dégoûte, j'en ai le cœur soulevé. Vite, mon père, le bain de la pénitence, le bain du pardon, le bain de Jésus. À la pensée de mes immondices le cœur me monte aux lèvres, et je me sens vomir du dégoût de mes impuretés. Le bain, le bain ! »

Puis il attendit. Tantôt croyant voir qu'une main lui faisait signe au fond du confessionnal, tantôt ne découvrant plus dans la logette qu'une stalle vide, il attendit longtemps. Il demeurait immobile, cloué par les genoux au degré de bois, le regard attaché sur ce guichet d'où lui devaient venir le pardon, la paix, le rafraîchissement, le salut, l'innocence, la réconciliation avec Dieu et avec lui-même, la joie céleste, le contentement dans l'amour, le souverain bien. Par intervalles, il murmurait des supplications tendres :

« Monsieur le curé, mon père, monsieur le curé ! j'ai soif, donnez-moi à boire, j'ai bien soif ! Mon bon monsieur le curé, donnez-moi de quoi vous avez, de l'eau pure, une robe blanche et des ailes pour ma pauvre âme. Donnez-moi la pénitence et le pardon. »

Ne recevant point de réponse, il frappa plus fort à la grille et dit tout haut :

« La confession, s'il vous plaît ! »

Enfin, il perdit patience, se releva et frappa à grands coups de son bâton de cornouiller les parois du confessionnal en hurlant :

« Oh ! hé ! le curé ! Oh ! hé ! le vicaire ! »

Et, à mesure qu'il parlait, il frappait plus fort, les coups tombaient furieusement sur le confessionnal d'où s'échappaient des nuées de poussière et qui répondait à ces offenses par le gémissement de ses vieux ais vermoulus.

Le suisse qui balayait la sacristie accourut au bruit, les manches retroussées. Quand il vit l'homme au bâton, il s'arrêta un moment, puis s'avança vers lui avec la lenteur prudente des serviteurs blanchis dans les devoirs de la plus humble police. Parvenu à portée de voix, il demanda :

« Qu'est-ce que vous voulez ?

— Je veux me confesser.

— On ne se confesse pas à cette heure-ci.

— Je veux me confesser.

— Allez-vous-en.

— Je veux voir le curé.

— Pour quoi faire ?

— Pour me confesser.

— Le curé n'est pas visible.

— Le premier vicaire, alors.

— Il n'est pas visible non plus. Allez-vous-en.

— Le second vicaire, le troisième vicaire, le quatrième vicaire, le dernier vicaire.

— Allez-vous-en !

— Ah çà ! est-ce qu'on va me laisser mourir sans confession ? C'est pire qu'en 93, alors ! Un tout petit vicaire. Qu'est-ce que ça vous fait que je me confesse à un tout petit vicaire pas plus haut que le bras ? Dites à un prêtre qu'il vienne m'entendre en confession. Je lui promets de lui confier des péchés plus rares, plus extraordinaires et plus intéressants, bien sûr, que tous ceux que peuvent lui défiler ses péronnelles de pénitentes. Vous pouvez l'avertir qu'on le demande pour une belle confession.

— Allez-vous-en !

— Mais tu n'entends donc pas, vieux Barrabas[1] ? Je te dis que je veux me réconcilier avec le bon Dieu, sacré nom de Dieu ! »

Bien qu'il *n'eût pas la* stature majestueuse d'un suisse de paroisse riche, ce porte-hallebarde était robuste. Il vous prit notre Gestas par les épaules et vous le jeta dehors.

Gestas, dans la rue, n'avait qu'une idée en tête, qui était de rentrer dans l'église par une porte latérale afin de surprendre, s'il était possible, le suisse sur ses derrières et de mettre la main sur un petit vicaire qui consentît à l'entendre en confession.

Malheureusement pour le succès de ce dessein, l'église était entourée de vieilles maisons et Gestas se perdit sans espoir de retour dans un dédale inextricable de rues, de ruelles, d'impasses et de venelles.

Il s'y trouvait un marchand de vin où le pauvre pénitent pensa se consoler dans l'absinthe. Il y parvint. Mais il lui poussa bientôt un nouveau repentir. Et c'est ce qui assure ses amis dans l'espérance qu'il sera sauvé. Il a la foi, la foi simple, forte et naïve. Ce sont les œuvres plutôt qui lui manqueraient. Pourtant il ne faut pas désespérer de lui, puisque lui-même, il ne désespère jamais.

Sans entrer dans les difficultés considérables de la prédestination ni considérer à ce sujet les opinions de saint Augustin, de Gotescale, des albigeois, des wiclefistes, des hussites, de Luther, de Calvin, de Jansénius et du grand Arnaud[1], on estime que Gestas est prédestiné à la béatitude éternelle.

Gestas, dixt li Signor, entrez en paradis[a].

LE MANUSCRIT D'UN MÉDECIN DE VILLAGE

À Marcel Schwob[1].

Le docteur H***, récemment décédé à Servigny (Aisne), où il exerçait depuis plus de quarante ans la médecine, a laissé un *journal* qu'il ne destinait pas à la publicité. Je n'oserais point publier le manuscrit intégralement, ni même en donner des fragments de quelque étendue, bien que beaucoup de personnes pensent aujourd'hui, avec M. Taine, qu'il convient surtout d'imprimer ce qui n'a pas été fait pour l'impression[2]. Pour dire des choses intéressantes, il ne suffit pas, quoi qu'on dise, de n'être pas un écrivain. Le *mémorial* de mon médecin ennuierait par sa rusticité monotone. Pourtant, l'homme qui l'écrivait avait, dans une humble condition, un esprit peu ordinaire. Ce médecin de village était un médecin philosophe. On lira peut-être sans trop de déplaisir les dernières pages de son journal. Je prends la liberté de les *transcrire ici :*

EXTRAIT DU JOURNAL DE FEU M. H***, MÉDECIN À SERVIGNY (AISNE)

« C'est une vérité philosophique que rien au monde n'est absolument mauvais et rien absolument bon. La plus douce, la plus naturelle, la plus utile des vertus, la pitié, n'est pas toujours bonne pour le soldat ni pour le prêtre; elle doit, chez l'un et chez l'autre, se taire devant l'ennemi. On ne voit pas que les officiers la recommandent avant le combat, et j'ai lu dans un vieux livre que M. Nicole la redoutait comme le principe de la concupiscence[1]. Je ne suis pas prêtre, je suis soldat encore moins. Je suis médecin, et des plus petits, médecin de campagne. J'ai une obscure et longue pratique de mon art, et je puis affirmer que, si la pitié peut seule inspirer dignement notre vocation, elle doit nous quitter à jamais en présence de ces misères qu'elle nous a donné l'envie de soulager. Un médecin qu'elle accompagne au chevet des malades n'a ni le regard assez net ni les mains assez sûres. Nous allons où la charité du genre humain nous envoie, mais nous y allons sans elle. Au reste, les médecins acquièrent très facilement, pour la plupart, l'insensibilité qui leur est nécessaire. C'est une grâce d'état qui ne saurait longtemps leur manquer. Il y a plusieurs raisons à cela. La pitié s'émousse vite au contact de la souffrance; on songe moins à plaindre les misères qu'on peut soulager; enfin, la maladie présente au médecin une succession intéressante de phénomènes.

« Du temps que je commençais à pratiquer la médecine, je l'aimais avec passion. Je ne voyais dans les maux qu'on me découvrait qu'une occasion d'exercer mon art. Quand les affections se développaient pleinement, selon leur type normal, je leur trouvais de la beauté. Les phénomènes morbides, qui présentaient d'apparentes anomalies, excitaient la curiosité de mon esprit; enfin j'aimais la maladie. Que dis-je ? Au point de vue où je me plaçais, maladie et santé n'étaient que de pures entités. Observateur enthousiaste de la machine humaine, je l'admirais dans ses modifications les plus funestes comme dans les plus salutaires. Je me fusse écrié volontiers avec Pinel : " Voilà un beau cancer ! " C'était bien dire, et j'étais en chemin de devenir un médecin philosophe. Il ne me manqua que d'avoir le génie de mon art pour goûter pleinement et posséder la beauté *nosologique*. C'est le propre du génie de découvrir la splendeur des choses. Où l'homme vulgaire ne voit qu'une plaie dégoûtante, le naturaliste digne de ce nom admire un champ de bataille sur lequel les forces mystérieuses de la vie se disputent l'empire dans une mêlée plus aveugle et plus terrible que cette bataille si furieusement peinte par Salvator Rosa[1]. Je n'ai fait qu'entrevoir ce spectacle dont les Magendie et les Claude Bernard[2] furent les témoins familiers, et c'est mon honneur de l'avoir entrevu; mais, résigné à n'être qu'un humble praticien, j'ai gardé comme une nécessité professionnelle la faculté d'envisager froidement la douleur. J'ai donné à mes malades mes forces et mon intelligence. Je ne leur ai pas donné ma pitié. À Dieu ne plaise que je mette un don quelconque, si précieux qu'il soit, au-dessus du don de la pitié ! La pitié, c'est le denier de la veuve ; c'est l'offrande incomparable du pauvre qui, plus généreux que tous les riches de ce monde, donne avec ses larmes un lambeau de son cœur. C'est pour cela même que la pitié n'a rien à faire dans l'accomplissement d'un devoir professionnel, si noble que soit la profession.

« Pour entrer dans des considérations plus particulières, je dirai que les hommes au milieu desquels je vis inspirent dans leur malheur un sentiment qui n'est pas la pitié. Il y a quelque chose de vrai dans cette idée qu'on n'inspire que ce qu'on éprouve. Or, les paysans de nos contrées ne sont point tendres. Durs aux autres et à eux-mêmes, ils vivent dans une gravité morose. Cette gravité se gagne, et l'on se sent près d'eux l'âme triste et morne. Ce qu'il y a de beau dans leur physionomie morale, c'est qu'ils gardent très pures les grandes lignes de l'humanité. Comme ils pensent rarement et peu, leur pensée revêt d'elle-même, à certaines heures, un aspect solennel. J'ai entendu quelques-uns d'entre eux prononcer *en mourant* de courtes et fortes paroles, dignes des vieillards de la Bible. Ils peuvent être admirables; ils ne sont point touchants. Tout est simple en eux, même la maladie. La réflexion n'augmente pas leurs souffrances. Ils ne sont pas comme ces êtres trop réfléchis qui se font de leurs maux une image plus importune que leurs maux eux-mêmes. Ils meurent si naturellement qu'on ne peut s'en inquiéter beaucoup. Enfin j'ajouterai qu'ils se ressemblent tous et que rien de particulier ne disparaît avec chacun d'eux.

« Il résulte de tout ce que je viens de dire que j'exerce tranquillement la profession de médecin de village. Je ne regrette point de l'avoir choisie. J'y suis, je crois, quelque peu supérieur; or, s'il est fâcheux pour un homme d'être au-dessus de sa position, le dommage est bien plus grand quand on est au-dessous. Je ne suis pas riche et ne le serai de ma vie. Mais a-t-on besoin de beaucoup d'argent pour vivre seul dans un village ? Jenny, ma petite jument grise, n'a encore que quinze ans; elle trotte comme au temps de sa jeunesse, surtout quand nous prenons le chemin de l'écurie. Je n'ai pas, comme mes illustres confrères de Paris, une galerie de tableaux à montrer aux visiteurs; mais j'ai des poiriers comme ils n'en ont pas. Mon verger est renommé à vingt lieues à la ronde et l'on vient des châteaux voisins me demander des greffes. Or, un certain lundi, il y aura demain juste un an, comme je m'occupais dans mon jardin à surveiller mes espaliers, un valet de ferme vint me prier de passer le plus tôt possible aux Alies.

« Je lui demandai si Jean Blin, le fermier des Alies, avait fait quelque chute la veille au soir en rentrant chez lui. Car, en mon pays, les entorses sévissent le dimanche et il n'est pas rare qu'on s'enfonce ce jour-là deux ou trois côtes en sortant du cabaret. Jean Blin n'est point un mauvais sujet, mais il aime à boire en compagnie et il lui est arrivé plus d'une fois d'attendre dans un fossé bourbeux l'aube du lundi.

« Le domestique de la ferme me répondit que Jean Blin n'était point malade, mais qu'Éloi, le petit gars à Jean Blin, était pris de fièvre.

« Sans plus songer à mes espaliers, j'allai quérir mon bâton et mon chapeau, et partis à pied pour les Alies, qui sont à vingt minutes de ma maison. Chemin faisant, je pensais au petit gars à Jean Blin qui était pris de fièvre. Son père est un paysan comme tous les paysans, avec cela de particulier que la Pensée qui le créa oublia de lui faire un cerveau. Ce grand diable de Jean Blin a la tête grosse comme le poing. La sagesse divine n'a mis dans ce crâne-là que ce qui était strictement indispensable; c'est un nécessaire. Sa femme, la plus belle femme du pays, est une ménagère active et criarde, d'épaisse vertu. Eh bien ! à eux deux, ils ont donné un enfant qui est bien le petit être le plus délicat et le plus spirituel qui jamais ait effleuré cette vieille terre. L'hérédité a de ces surprises et il est bien vrai de dire qu'on ne sait pas ce qu'on fait quand on fait un enfant. L'hérédité, dit mon vieux Nysten, est le phénomène biologique qui fait que, outre le type de l'espèce, les ascendants transmettent aux descendants des particularités d'organisation et d'aptitude. J'entends bien. Mais quelles particularités sont transmises et quelles ne le sont point, c'est ce qu'on ne sait guère, même après avoir lu les beaux travaux du docteur Lucas et de M. Ribot[1]. Mon voisin le notaire m'a prêté l'an passé un volume de M. Émile Zola; et je vis que cet auteur se flatte d'avoir sur ce sujet des lumières spéciales. Voici, dit-il, en substance, un ascendant affecté d'une névrose; ses descendants seront névropathiques, à moins qu'ils ne le soient pas; il y en aura de fous et il y en aura de sensés; un d'eux aura peut-être du génie. Il a même dressé un tableau généalogique pour rendre cette idée plus sensible. À la bonne heure ! La découverte n'est pas bien neuve et celui qui l'a faite aurait tort, sans doute, d'en être fier; il n'en est pas moins vrai qu'elle contient sur l'hérédité à peu près tout ce que nous savons. Et voilà comment il se fait qu'Éloi, le petit gars à Jean Blin, est plein d'esprit ! Il a l'imagination qui crée. Je l'ai surpris plus d'une fois quand, n'étant pas plus haut que mon bâton, il faisait l'école buissonnière avec les polissons du village. Pendant qu'ils dénichaient des nids, j'ai vu ce petit bonhomme construire *de petits moulins* et faire des siphons avec des chalumeaux de paille. Ingénieux et sauvage, il interrogeait la nature. Son maître d'école désespérait de jamais rien faire d'un enfant si distrait, et, de fait, Éloi ne savait pas encore ses lettres à huit ans. Mais, à cet âge, il apprit à lire et à écrire avec une rapidité surprenante, et il devint en six mois le meilleur écolier du village.

« Il en était aussi l'enfant le plus affectueux et le mieux aimant. Je lui donnai quelques leçons de mathématiques et je fus étonné de la fécondité que cet esprit annonçait dès l'enfance. Enfin, je l'avouerai sans craindre qu'on me raille, car on pardonnera quelque exagération à un vieillard rustique : je me plaisais à surprendre en ce petit paysan les prémices d'une de ces âmes lumineuses, qui apparaissent à de longs intervalles dans notre sombre humanité et qui, sollicitées par le besoin d'aimer autant que par le zèle de connaître, accomplissent, partout où le destin les place, une œuvre utile et belle.

« Ces songeries et d'autres de même nature me conduisirent jusqu'aux Alies. En entrant dans la salle basse, je trouvai le petit Éloi couché dans le grand lit de cotonnade, où ses parents l'avaient transporté eu égard, sans doute, à la gravité de son état. Il sommeillait; sa tête, petite et fine, creusait pourtant l'oreiller d'un poids énorme. J'approchai. Le front était brûlant; il y avait de la rougeur aux conjonctives; la température de tout le corps était très haute. La mère et la grand-mère se tenaient près de lui, anxieuses. Jean Blin, désœuvré dans son inquiétude, ne sachant que faire et n'osant s'en aller, les mains dans les poches, nous regardait les uns après les autres. L'enfant tourna vers moi son visage aminci et, me cherchant d'un bon regard douloureux, il répondit à mes questions qu'il avait bien mal au front et dans l'œil, qu'il entendait des bruits qui n'existaient pas, et qu'il me reconnaissait, et que j'étais son vieil ami.

« " Il a des frissons et puis il lui vient des chaleurs ", ajouta sa mère.

« Jean Blin, ayant réfléchi quelques instants, dit :

« " C'est sans doute dans l'intérieur que ça le tient. "

« Puis il rentra dans son silence.

« Il ne m'avait été que trop facile de constater les symptômes d'une méningite aiguë. Je prescrivis des révulsifs aux pieds et des sangsues derrière les oreilles. Je m'approchai de nouveau de mon jeune ami et j'essayai de lui dire une bonne parole, une parole meilleure, hélas ! que la réalité. Mais il se passa alors en moi un phénomène entièrement nouveau. Bien que j'eusse tout mon sang-froid, je vis le malade comme à travers un voile et si loin de moi qu'il m'apparaissait tout petit, tout petit. Ce trouble dans l'idée de l'espace fut bientôt suivi d'un trouble analogue dans l'idée du temps. Bien que ma visite n'eût pas duré cinq minutes, je m'imaginai que j'étais depuis longtemps, depuis très longtemps, dans cette salle basse, devant ce lit de cotonnade blanche, et que les mois, les années s'écoulaient sans que je fisse un mouvement.

« Par un effort d'esprit qui m'est très naturel, j'analysai sur-le-champ ces impressions singulières et la cause m'en apparut nettement. Elle est bien simple. Éloi m'était cher. De le voir malade si inopinément et si gravement, " je n'en revenais pas ". C'est le terme populaire et il est juste. Les moments cruels nous paraissent de longs moments. C'est pourquoi j'eus l'impression que les cinq ou six minutes passées auprès d'Éloi avaient quelque chose de quasi séculaire. Quant à la vision que l'enfant était loin de moi, elle venait de l'idée que j'allais le perdre. Cette idée, fixée en moi sans mon consentement, avait pris, dès la première seconde, le caractère d'une absolue certitude.

« Le lendemain, Éloi était dans un état moins alarmant. Le mieux persista pendant quelques jours. J'avais envoyé à la ville chercher de la glace; cette glace fit bon effet. Mais le cinquième jour, je constatai un délire violent. Le malade parlait beaucoup; parmi les mots sans suite que je lui entendis prononcer, je distinguai ceux-ci :

« " Le ballon ! le ballon ! Je tiens le gouvernail du ballon. Il monte. Le ciel est noir. Maman, maman, pourquoi ne viens-tu pas avec moi ? Je conduis mon ballon où ce sera si beau ! Viens, on étouffe ici. "

« Ce *jour-là, Jean Blin* me suivit sur la route. Il se dandinait, de l'air embarrassé d'un homme qui veut dire quelque chose et qui n'ose. Enfin, après avoir fait en silence une vingtaine de pas avec moi, il s'arrêta et, me posant la main sur le bras :

« " Voyez-vous, docteur, me dit-il, j'ai l'idée que c'est dans l'intérieur que ça le tient. "

« Je poursuivis tristement mon chemin, et, pour la première fois, l'envie de revoir mes poiriers et mes abricotiers ne me fit point hâter le pas. Pour la première fois, après quarante ans de pratique, j'étais troublé dans mon cœur par un de mes malades, et je pleurais en dedans de moi l'enfant que je ne pouvais sauver.

« Une angoisse cruelle vint bientôt s'ajouter à ma douleur. Je craignis que mes soins ne fussent mauvais. Je me surprenais oubliant le jour les prescriptions de la veille, incertain dans mon diagnostic, timide et troublé. Je fis venir un de mes confrères, un homme jeune et habile, qui exerce dans la ville voisine. Quand il vint, le pauvre petit malade, devenu aveugle, était plongé dans un coma profond.

« Il mourut le lendemain.

« Un an s'étant écoulé sur ce malheur, il m'arriva d'être appelé en consultation au chef-lieu. Le fait est singulier. Les causes qui l'ont amené sont bizarres; mais, comme elles n'ont point d'intérêt, je ne les rapporterai pas ici. Après la consultation, le docteur C***, médecin de la préfecture, me fit l'honneur de me retenir à déjeuner chez lui, avec deux de mes confrères. Après le déjeuner, où je fus réjoui par une conversation solide et variée, nous prîmes le café dans le cabinet du docteur. Comme je m'approchais de la cheminée pour y poser ma tasse vide, j'aperçus, suspendu au cadre de la glace, un portrait dont la vue me causa une si vive émotion, que j'eus peine à retenir un cri. C'était une miniature, un portrait d'enfant. Cet enfant ressemblait d'une manière si frappante à celui que je n'avais pu sauver et auquel je pensais tous les jours, depuis un an, que je ne pus m'empêcher de croire, un moment, que c'était lui-même. Pourtant cette supposition était absurde. Le cadre de bois noir et le cercle d'or qui entouraient la miniature attestaient le goût de la fin du XVIIIe siècle, et l'enfant était représenté avec une veste rayée de rose et de blanc comme un petit Louis XVII; mais le visage était tout à fait le visage du petit Éloi. Même front, volontaire et puissant, un front d'homme sous des boucles de chérubin; même feu dans les yeux; même grâce souffrante sur les lèvres ! Sur les mêmes traits, enfin, c'était la même expression !

« Il y avait déjà longtemps peut-être que j'examinais ce portrait, quand le docteur C***, me frappant sur l'épaule :

« “ Cher confrère, me dit-il, vous regardez là une relique de famille que je suis fier de posséder. Mon aïeul maternel fut l'ami de l'homme illustre que vous voyez représenté ici tout enfant, et c'est de mon aïeul que cette miniature me vient. ”

« Je lui demandai s'il voulait bien nous dire le nom de cet illustre ami de son aïeul. Alors il décrocha la miniature et me la tendit :

« “ Lisez, me dit-il, cette date en exergue... *Lyon*, 1787. Cela ne vous rappelle-t-il rien ?... Non ?... Eh bien ! cet enfant de douze ans, c'est le grand Ampère[1]. ”

« En ce moment-là, j'eus la notion exacte et la mesure certaine de ce que la mort avait détruit un an auparavant dans la ferme des Alies. »

MÉMOIRES D'UN VOLONTAIRE*

À Paul Arène[2].

I

Je suis né en 1770 dans le faubourg rustique d'une petite ville du pays de Langres où mon père[a], à demi citadin, à demi paysan, vendait des couteaux et soignait son verger. Là, des religieuses, qui n'élevaient que des filles, m'apprirent à lire parce que j'étais petit et qu'elles étaient bonnes amies de ma mère. Au sortir de leurs mains, je reçus des leçons de latin d'un prêtre de la ville, fils d'un cordonnier et excellent humaniste[3]. L'été nous travaillions sous de vieux châtaigniers, et c'est près de ses ruches que l'abbé Lamadou m'expliquait les *Géorgiques* de Virgile[4]. Je n'imaginais pas de bonheur plus grand que le mien[b] et je vivais content entre mon maître et Mlle Rose, la fille du maréchal. Mais il n'est point au monde de félicité durable. Un matin, ma mère en m'embrassant coula un écu de six livres dans la poche de ma veste. Mes paquets étaient faits. Mon père sauta à cheval et, m'ayant pris en croupe, me mena au collège de Langres[5]. Je songeai[c], tout le long du chemin, à ma petite chambre que parfumait, vers l'automne, l'odeur des fruits conservés dans le grenier; à l'enclos où, le dimanche, mon père me menait cueillir les pommes des arbres greffés de sa main; à Rose, à mes sœurs,

* Toutes les circonstances de ces *Mémoires* sont véritables, et empruntées à divers écrits du XVIIIe siècle. Il ne s'y trouve pas un détail, si petit qu'il soit, qu'on ne rapporte d'après un témoignage authentique[1].

à ma mère; à moi-même, pauvre exilé[a] ! Je me sentais le cœur gros et je retenais à grand-peine les larmes qui gonflaient mes paupières. Enfin, après cinq heures de voyage, nous arrivâmes à la ville et nous mîmes pied à terre devant une grande porte sur laquelle je lus ce mot qui me fit frissonner : *Collegium*. Nous fûmes reçus dans une grande salle blanchie à la chaux, par le régent, le père Féval, de l'Oratoire. C'était un homme jeune encore, de belle taille, dont le sourire me rassura. Mon père montrait en toute rencontre une rondeur, une vivacité et une franchise qui ne se démentaient jamais.

« Mon révérend, dit-il en me désignant de la main, je vous amène mon fils unique, Pierre, du nom de son parrain, et Aubier, du nom que je lui ai donné sans tache, tel que je l'avais reçu de feu mon père. Pierre est mon unique garçon, sa mère, Madeleine Ordalu, m'ayant donné un fils et trois filles, que j'élève de mon mieux. Mes filles auront le sort qu'il conviendra à Dieu premièrement et ensuite à leurs maris de leur faire. On les dit jolies et je ne puis me défendre de le croire. Mais la beauté n'est qu'un bien trompeur dont il ne faut pas se soucier. Elles seront assez belles si elles sont assez bonnes[1]. Quant à mon fils Pierre, ici présent (en prononçant ces paroles mon père posa sa main si lourdement sur mon épaule, qu'il me fit fléchir), moyennant qu'il craigne Dieu et sache le latin, il sera prêtre. Je vous prie donc très humblement, mon révérend, de l'examiner à loisir, afin de discerner son véritable naturel. Si vous découvrez en lui quelque mérite, gardez-le. Je paierai volontiers ce qu'il faudra. Si au contraire vous estimez ne pouvoir *rien faire de lui*, mandez-le-moi, je viendrai le reprendre aussitôt et je lui apprendrai à fabriquer des couteaux, comme son père. Car je suis coutelier, pour vous servir, mon révérend. »

Le père Féval promit qu'il ferait ce qu'on demandait. Et, sur cette assurance, mon père prit congé du régent et de moi. Comme il était très ému, et qu'il avait peine à retenir ses sanglots, il prit un visage rude et contracté et me donna, en guise d'embrassement, une terrible bourrade. Quand il fut parti, le père Féval m'entraîna hors du parloir, dans un jardin que bordait une épaisse charmille; puis, en passant sous l'ombre des arbres, il me dit :

« O Sylvaï dulces umbras frondsaï ! »

Je fus assez heureux pour reconnaître dans ces formes archaïques et dans cette lourde prosodie un vers du vieil Ennius[1] et je répondis à propos au père Féval que Virgile était plus digne encore que son antique précurseur de célébrer la beauté de ces frais ombrages, *frigus opacum*. Mon régent parut assez satisfait de ce compliment. Il m'interrogea avec bonté sur quelques points du rudiment. Puis, ayant entendu mes réponses :

« C'est bien, me dit-il; avec du travail, beaucoup de travail, vous pourrez suivre la classe de quatrième. Venez, je veux vous présenter moi-même à votre professeur et à vos condisciples. »

Pendant le temps qu'avait duré notre promenade, je me sentais recueilli dans mon abandon et soutenu dans ma détresse. Mais quand je me vis au milieu des collégiens de ma classe, en présence de M. Joursanvault mon professeur, je retombai dans un profond désespoir. M. Joursanvault n'avait ni l'abord facile ni la belle simplicité du régent. Il me sembla beaucoup plus pénétré de son importance et aussi plus dur et plus fermé. C'était un petit homme à grosse tête dont les paroles passaient en sifflant entre deux lèvres blanches et quatre dents jaunes. Je songeai tout de suite qu'une pareille bouche n'était pas faite pour prononcer ce nom de Lavinie[2], que j'aimais encore plus que celui de Rose[a]. Car, il faut que je le confesse, l'idyllique et royale fiancée du malheureux Turnus était parée dans mon imagination de grâces augustes. Son image idéale me cachait la beauté plus vulgaire de la fille du maréchal[b]. M. Joursanvault, tel était le nom de mon professeur de quatrième, ne me plaisait guère; mes condisciples me faisaient peur : ils m'avaient l'air terriblement hardis et je craignais, avec raison, que ma naïveté ne leur parût ridicule. J'avais grande envie de pleurer.

Le respect humain, plus fort que ma douleur, retint seul mes larmes.

Le soir étant venu, je sortis du collège et m'en allai chercher dans la ville le gîte que m'avait retenu mon père. Je logeais, avec cinq autres écoliers, chez un artisan[1], dont la femme nous faisait la cuisine. Nous lui donnions chacun vingt-cinq sous chaque mois.

Mes condisciples[a] essayèrent d'abord de me railler, sur mes habits mal faits et mon air rustique. Mais ils cessèrent leurs plaisanteries, quand ils virent qu'elles ne me fâchaient pas. Un seul d'entre eux, le fils étique d'un procureur, ayant continué d'imiter insolemment mon maintien lourd et gauche, je le châtiai d'une main si pesante, qu'il ne fut plus tenté d'y revenir. Je ne plaisais guère à M. Joursanvault; mais, accomplissant mes devoirs avec régularité, je ne lui fournissais pas l'occasion de me punir. Comme il faisait étalage d'une autorité violente, incertaine et tracassière, il invitait à la révolte, et il y eut en effet, dans sa classe, plusieurs mutineries auxquelles je ne pris point de part. Un jour, me promenant dans le jardin avec le régent, qui me témoignait beaucoup de bonté, il me vint malheureusement en tête de me vanter de ma sagesse.

« Mon père, lui dis-je, je n'étais pas de la dernière révolte.

— Il n'y a pas de quoi vous en vanter », me répondit le père Féval, avec un accent de mépris qui me déchira le cœur.

Il haïssait la bassesse plus que tout au monde. Je me promis bien, en l'entendant, de ne jamais plus rien dire ni faire de vil, et, si depuis j'ai su me garder du mensonge et de la lâcheté, c'est à cet excellent homme que je le dois.

M. Féval n'était *pas un prêtre* philosophe, il professait les vertus et non la foi du vicaire savoyard. Il croyait tout ce qu'un prêtre doit croire. Mais il avait horreur des momeries et il ne pouvait tolérer qu'on intéressât Dieu à des bagatelles. Il y parut bien en ce jour de Noël, où M. Joursanvault vint lui dénoncer les impies qui, la veille, avaient mis de l'encre dans les bénitiers.

Le scandalisé Joursanvault mâchait des exorcismes et murmurait :

« Certes, le trait est noir !

— À cause de l'encre », répondit paisiblement notre régent[1].

Cet homme vertueux considérait la faiblesse comme le principe unique de tous les maux. Il disait souvent : « Lucifer et les anges rebelles ont failli par orgueil. C'est pourquoi ils restent jusque dans l'enfer princes et rois et exercent sur les damnés une terrible souveraineté. S'ils avaient péri lâchement, ils seraient au milieu des flammes la risée et le jouet des âmes des pécheurs, et l'hégémonie du mal aurait même échappé à leurs mains avilies. »

Quand vinrent les vacances, j'eus grande joie à revoir notre maison. Mais je la trouvai bien petite. Quand j'entrai, ma mère, courbée sur le foyer, écumait le pot-au-feu. Je la trouvai toute petite aussi, ma bonne mère, et je l'embrassai en sanglotant.

L'écumoire à la main, elle me conta que mon père, alourdi par l'âge et les douleurs, ne soignait plus le verger; que l'aînée[a] de mes sœurs était promise en mariage au fils du tonnelier et que le sacristain de la paroisse avait été trouvé mort dans sa chambre, une bouteille à la main; les doigts crispés serraient si fort le goulot qu'on crut qu'on ne les détacherait pas. Pourtant il n'était pas décent qu'on portât le sacristain à l'église avec sa bouteille de vin gris. En écoutant[b] ma mère, j'eus pour la première fois l'idée sensible de la fuite du temps et de l'écoulement des choses; je tombai dans une sorte de torpeur.

« Que tu as bon air, mon fils ! disait ma mère. Va ! dans ta veste de basin, tu sembles déjà un petit curé tout craché. »

À ce moment, Mlle Rose entra dans la salle, elle rougit en me voyant et feignit une grande surprise. Je vis que je lui inspirais de l'intérêt, et j'en fus secrètement flatté. Mais j'affectai devant elle le maintien grave et réservé d'un ecclésiastique. Je passai la plus grande partie des vacances à me promener avec M. Lamadou.

Il avait été convenu entre nous que nous ne parlerions que latin[2]. *Et nous allions* par les routes, au milieu des humbles travaux des champs, dans l'ardente nature, côte à côte, droit devant nous, graves, sérieux, purs, dédaigneux des plaisirs vulgaires et très vains de notre science.

Je retournai au collège avec la ferme résolution d'entrer dans les ordres. Je me voyais déjà comme M. Lamadou, coiffé d'un grand chapeau à trois cornes, portant la soutane avec une culotte noire, des bas de laine, et des souliers à boucle, méditant tour à tour l'éloquence de Cicéron et la doctrine de saint Augustin, et traversant la foule en rendant gravement des saluts aux dames et aux pauvres inclinés devant moi. Hélas ! un fantôme de femme vint troubler ce beau rêve. Jusque-là je ne connaissais que Lavinie et Mlle Rose. Je connus Didon et je sentis courir des flammes dans mes veines. L'image de celle qui, déchirée d'une blessure immortelle, errait dans la forêt des myrtes, se penchait la nuit sur mon lit agité.

Moi aussi, dans mes promenades du soir, je croyais la voir glisser toute blanche derrière les arbustes des bois comme la lune au milieu des nuées. Plein de cette brillante image, je redoutai d'entrer dans les ordres. Pourtant je pris l'habit ecclésiastique qui m'allait à ravir. Quand je retournai chez moi ainsi vêtu, ma mère me fit la révérence et Rose, cachant ses yeux dans son tablier, se mit à pleurer[1]. Puis me regardant de ses beaux yeux aussi limpides que ses larmes :

« Monsieur Pierre, me dit-elle, je ne sais pas pourquoi je pleure. »

Elle était touchante ainsi. Mais elle ne ressemblait pas à la lune dans les nuées. Je ne l'aimais pas; c'est Didon que j'aimais.

Cette année-là fut marquée pour moi par un grand deuil. Je perdis mon père, qui succomba assez subitement à une hydropisie de poitrine[2].

À ses derniers *moments, il re*commanda à ses enfants de vivre dans l'honnêteté et dans la religion et il les bénit. Il mourut avec une douceur qui n'était point dans son caractère. Il semblait quitter sans regrets et même avec allégresse cette vie à laquelle il était fortement attaché par tous les liens d'une ardente nature. J'appris de lui qu'il est plus facile qu'on ne pense de mourir quand on est homme de bien.

Je résolus[a] d'être à mon tour le père de ces sœurs aînées, déjà bonnes à marier, et de cette mère en larmes, qui, d'année en année, se faisait plus petite, plus faible et plus touchante.

C'est ainsi qu'en un moment, d'enfant je devins homme. J'achevai mes études chez les oratoriens sous des maîtres excellents, les père Lance, Porriquet et Marion, qui, perdus dans une province reculée et sauvage, consacraient à l'éducation de quelques pauvres enfants des facultés brillantes et une érudition profonde qui eussent honoré l'Académie des inscriptions. Le régent les dépassait tous par l'élévation de son esprit et la beauté de son âme.

Tandis que j'achevais ma philosophie sous ces maîtres éminents, une grande rumeur parvenait jusque dans notre province et traversait les murs épais du collège. On parlait d'assembler les États, on demandait des réformes; et l'on attendait de grands changements. Des livres nouveaux, que nos maîtres nous laissaient lire, annonçaient le retour prochain de l'âge d'or.

Quand vint le moment de quitter le collège, j'embrassai le père Féval en pleurant.

Il me retint dans ses bras avec une profonde sensibilité. Puis il m'entraîna sous cette charmille où six ans auparavant j'avais eu avec lui mon premier entretien.

Là, me prenant par la main, il se pencha sur moi, me regarda dans les yeux et me dit :

« Souvenez-vous, mon enfant, que, sans le caractère, l'esprit n'est rien. Vous vivrez assez longtemps, peut-être, pour voir naître dans ce pays un ordre nouveau. Ces grands changements ne s'accompliront pas sans troubles. Qu'il vous souvienne alors de ce que je vous dis aujourd'hui : dans les conjonctures difficiles, l'esprit est une faible ressource; seule, la vertu sauve ce qui doit être sauvé. »

Pendant qu'il parlait ainsi, au sortir de la charmille, le soleil, déjà bas à l'horizon, l'enveloppait d'une pourpre ardente et revêtait de lumière son beau visage pensif. J'eus le bonheur de retenir ses paroles qui me frappaient, *bien que je ne* les comprisse pas exactement. Je n'étais alors qu'un écolier, et des plus simples. Depuis, la vérité de ces maximes m'a été révélée dans toute sa profondeur par la leçon terrible des événements.

II

J'avais renoncé à l'état ecclésiastique. Il fallait vivre. Je n'avais point appris le latin pour fabriquer des couteaux dans le faubourg d'une petite ville. Je faisais[a] de grands rêves. Notre métairie, nos vaches, notre jardin ne suffisaient pas à mon ambition. Je trouvais à Mlle Rose un air rustique. Ma mère s'imaginait que mon mérite ne pourrait se développer tout entier que dans une ville comme Paris. J'en arrivai sans peine à penser de même. Je me fis faire un habit par le meilleur tailleur de Langres. Cet habit[b] avec une épée à poignée d'acier, qui en soulevait les basques, me donna si bon air, que je ne doutai plus de ma fortune. Le père Féval me fit une lettre pour le duc de Puybonne[1], et le 12 juillet de l'an de grâce 1789, je montai dans le coche, en pleurant, chargé de livres latins, de galettes, de lard et de baisers. J'entrai dans Paris par le faubourg Saint-Antoine, que je trouvai plus hideux[2] que les plus misérables hameaux de ma province. Je plaignais[c] de tout mon cœur et les malheureux qui habitaient là et moi qui avais quitté la maison et le verger de mon père pour chercher fortune au milieu de tant d'infortunés. Un négociant en vins, qui avait pris le coche avec moi, m'expliqua pourtant que tout ce peuple était dans l'allégresse parce qu'on avait détruit une vieille prison, nommée la Bastille-Saint-Antoine. Il m'assura que M. Necker[3] ramènerait bientôt l'âge d'or. Mais un perruquier qui avait entendu notre conversation affirma à son tour que M. Necker perdrait la nation, si le roi ne le renvoyait pas tout de suite. « La Révolution, ajouta-t-il, est un grand mal. On ne se coiffe plus. Et un peuple qui ne fait pas de coiffures est au-dessous des bêtes. »

Ces paroles fâchèrent le marchand de vin.

« Apprenez, monsieur le merlan, répondit-il, qu'un peuple régénéré dédaigne les vaines parures. Je vous corrigerais de votre impertinence si j'en avais le temps; mais je vais vendre du vin à M. Bailly[4], maire de Paris, qui m'honore de son amitié. »

Ils se quittèrent ainsi, et moi, j'allai à pied, avec mes livres latins, mon lard et le souvenir des baisers de ma mère, chez M. le duc de Puybonne à qui j'étais recommandé. Son hôtel est situé à l'extrémité de la ville, dans la rue de Grenelle. Les passants me l'indiquèrent à l'envi, car le duc est célèbre pour sa bienfaisance.

Il me reçut avec bonté. Rien dans ses habits ni dans ses façons ne sort de la simplicité. Il a cet air joyeux qu'on ne voit qu'aux hommes qui travaillent beaucoup sans y être forcés.

Il lut la lettre du père Féval et me dit :

« Cette recommandation est bonne, mais que savez-vous ? »

Je lui répondis que je savais le latin, un peu de grec, l'histoire ancienne, la rhétorique et la poétique.

« Voilà de belles connaissances ! me répondit-il en souriant. Mais il serait préférable que vous eussiez quelque idée de l'agriculture, des arts mécaniques, du commerce, de la banque et de l'industrie. Vous connaissez les lois de Solon[1], je gage ? »

Je lui fis signe qu'oui.

« C'est fort bien. Mais vous ignorez la Constitution de l'Angleterre. Il n'importe. Vous êtes jeune et dans l'âge d'apprendre. Je vous attache à ma personne, avec cinq cents écus d'appointements. M. Mille, mon secrétaire, vous dira ce que j'attends de vous. Au revoir, monsieur. »

Un laquais me conduisit à M. Mille, qui écrivait devant une table au milieu d'un grand salon blanc. Il me fit signe d'attendre. C'était un petit homme rond, de figure assez douce, mais qui roulait des yeux terribles et grondait à mi-voix en écrivant.

J'entendais sortir de sa bouche les mots de *tyrans, fers, enfers, homme, Rome, esclavage, liberté*. Je le crus fou. Mais, ayant posé sa plume, il me salua de la tête en souriant.

« Hein ? me dit-il, vous regardez l'appartement. Il est simple comme la maison d'un vieux Romain. Plus de dorures sur les lambris, plus de magots sur les cheminées[2], rien qui rappelle les temps détestés du feu roi, rien qui soit indigne de la gravité d'un homme libre. *Libre, Tibre*, il faut que je note cette rime. Elle est bonne, n'est-il point vrai ? Aimez-vous les vers, monsieur Pierre Aubier ? »

Je répondis que je ne les aimais que trop et qu'il eût mieux valu, pour faire ma cour à Monseigneur, que je préférasse M. Burke[1] à Virgile.

« Virgile est un grand homme, répondit M. Mille. Mais que pensez-vous de M. Chénier ? Pour moi, je ne connais rien de plus beau que son *Charles IX*[2]. Je ne vous cacherai pas que je m'essaye moi-même dans la tragédie. Et, au moment où vous êtes entré, j'achevais une scène dont je suis assez content. Vous me semblez un fort honnête homme. Je veux bien vous confier le sujet de ma tragédie, mais n'en dites rien. Vous sentez de quelle conséquence serait la moindre indiscrétion. Je compose une *Lucrèce.* »

Soulevant alors un cahier dans ses mains, il lut : *Lucrèce, tragédie en cinq actes, dédiée à Louis le Bien-Aimé, restaurateur de la liberté en France.*

Il m'en déclama deux cents vers, puis il s'arrêta, donnant pour excuse que le reste demeurait encore imparfait.

« Le courrier du duc, dit-il en soupirant, m'enlève les plus belles heures du jour. Nous sommes en correspondance avec tous les hommes éclairés de l'Angleterre, de la Suisse et de l'Amérique. Je vous dirai, à ce propos, monsieur Aubier, que vous serez employé à la copie et au classement des lettres. S'il vous est agréable de savoir tout de suite de quelles affaires nous nous occupons présentement, je vais vous le dire. Nous aménageons à Puybonne une ferme, avec des colons anglais chargés d'introduire en France les améliorations agricoles réalisées dans la Grande-Bretagne. Nous faisons venir d'Espagne quelques-unes de ces brebis à soyeuses toisons dont les troupeaux ont enrichi Ségovie de leur laine; négociation si ardue, qu'il a fallu unir à nos efforts ceux du roi lui-même. Enfin nous achetons des vaches suisses pour les donner à nos vassaux[3].

« Je ne parle point de la correspondance sur les affaires publiques. Celle-là est tenue secrète. Mais vous n'ignorez point que les efforts du duc de Puybonne tendent à faire appliquer en France la Constitution de l'Angleterre. Permettez-moi de vous quitter, monsieur Aubier. Je vais à la Comédie. On joue *Alzire*[1]. »

Cette nuit-là[a] je dormis dans des draps fins et je ne dormis pas bien. Je rêvais que les abeilles de ma mère volaient sur les ruines de la Bastille, autour du duc de Puybonne qui souriait avec bonté, dans une lumière élyséenne. Le lendemain, j'allai rejoindre de grand matin M. Mille, à qui je demandai s'il s'était bien diverti à la Comédie. Il me répondit qu'il se flattait d'avoir surpris, pendant la représentation d'*Alzire*, quelques-uns des secrets par lesquels M. de Voltaire excitait la sensibilité des spectateurs. Puis il me fit copier des lettres relatives à l'achat de ces vaches suisses dont le bon seigneur faisait présent à ses vassaux. Tandis que je m'appliquais à cette tâche :

« Le duc est sensible, me dit-il. J'ai célébré sa bienfaisance dans des vers dont je ne suis pas trop mécontent. Connaissez-vous la terre de Puybonne ? Non ! C'est un séjour enchanteur. Mes vers vous en feront connaître les beautés. Je vais vous les dire :

Vallon délicieux, asile du repos,
Bocages toujours verts, où l'onde la plus pure
Roule paisiblement ses flots,
Et vient mêler son doux murmure
Aux tendres concerts des oiseaux,
Que mon cœur est ému de vos beautés champêtres !
Que j'aime à confier, sous ces riants berceaux,
Le doux nom d'une nymphe à l'écorce des hêtres.
De ces beaux lieux Puybonne est possesseur ;
Avec lui la bonté, la douce bienfaisance,
Dans ce palais habitent en silence :
Le sentiment y retient le bonheur.
Puybonne enseigne aux folâtres bergères
À s'assembler sous les ormeaux,
Il se mêle parfois à leurs danses légères,
Puis il leur donne des troupeaux[2]. »

J'étais émerveillé. Je n'avais rien entendu à Langres d'aussi galant[b], et je reconnus qu'il y avait dans l'air de Paris un je-ne-sais-quoi qui ne se trouve point ailleurs.

L'après-dîner, j'allais visiter les principaux monuments de la ville. Le génie des arts a répandu depuis deux siècles ses trésors sur les rives illustres de la Seine. Je ne connaissais encore que des châteaux et des églises gothiques[1] dont la mélancolie, empreinte de rudesse, inspire seulement à l'âme des pensées disgracieuses. Paris, il est vrai, possède encore quelques-uns de ces édifices barbares. La cathédrale même, qui s'élève dans la Cité, témoigne, par l'irrégularité et la confusion de sa structure, de l'ignorance des âges où elle fut construite. Les Parisiens pardonnent à sa laideur en raison de son antiquité. Le père Féval avait coutume de dire que toutes les antiquités sont vénérables.

Mais quel spectacle différent offrent les monuments des siècles polis ! La régularité du plan, l'exacte proportion des parties, la large ordonnance de l'ensemble, enfin la beauté des ordres imités de l'antique, voilà les qualités qui brillent dans les ouvrages des modernes architectes. Elles se réunissent toutes pour faire de la colonnade du Louvre un chef-d'œuvre digne de la France et de ses rois. Quelle ville que Paris ! M. Mille m'a montré le théâtre où les plus belles actrices du monde prêtent leur voix et leurs charmes aux inspirations de Mozart et de Gluck. Bien plus ! il m'a mené dans le jardin du Luxembourg où j'ai vu, sous d'antiques ombrages, Raynal[2] se promenant avec Dussaulx[3]. Ô mon vénéré régent, ô mon maître, ô mon père, ô monsieur Féval ! Que n'êtes-vous témoin de la joie et de l'émotion de votre élève, de votre fils !

Je menai pendant six semaines la vie la plus douce. On annonçait autour de moi le retour de l'âge d'or[4] et je voyais déjà s'avancer le char de Saturne et de Rhée. Le matin, je copiais des lettres sous la direction de M. Mille. C'est un bon compagnon que M. Mille, toujours souriant, toujours fleuri et léger comme un zéphyr.

Après dîner, je lisais quelques pages de l'*Encyclopédie* à notre bon seigneur, et j'étais libre jusqu'au lendemain matin. Un soir, j'allais souper aux Porcherons[5] avec M. Mille. Des femmes, portant à leur bonnet les couleurs de la Nation, se tenaient à la porte des guinguettes avec des fleurs dans un panier.

L'une d'elles s'étant approchée de moi, me prit par le bras, et me dit :

« Mon cher monsieur, voici un bouquet de roses que je vous donne. »

Je rougis et ne sus que répondre. Mais M. Mille, qui avait le ton de la ville, me dit :

« Il faut payer ces roses d'une pièce de six sous et dire une parole d'honnêteté à la jolie demoiselle[1]. »

Je fis l'un et l'autre, puis je demandai à M. Mille s'il pensait que cette bouquetière fût une personne de bien. Il me répondit qu'il s'en fallait de tout, mais qu'on devait être poli avec toutes les femmes. Je m'attachais tous les jours davantage à l'excellent duc de Puybonne. C'était le meilleur et le plus simple des hommes. Il croyait n'avoir rien donné aux malheureux, quand il ne s'était pas donné lui-même. Il vivait comme un homme du commun, tenant le luxe des riches pour un vol fait aux pauvres. Sa bienfaisance était ingénieuse. Je l'entendis nous dire un jour :

« Il n'est pas de plaisir plus doux que de travailler au bonheur des inconnus, soit en plantant quelque arbre utile, soit en greffant sur de jeunes bourgeons, dans les bois, des branches dont les fruits puissent apaiser un jour la soif du voyageur égaré. »

Le bon seigneur ne s'occupait pas que de philanthropie. Il travaillait ardemment à la nouvelle Constitution du royaume. Député de la noblesse à l'Assemblée nationale, il siégeait dans les rangs de ces amateurs de la liberté anglaise qu'on nommait monarchiques, aux côtés de Malouet[2] et de Stanislas de Clermont-Tonnerre[3]. Et, bien que, dès lors, ce parti semblât condamné, il voyait s'acheminer, avec toute la ferveur de l'espérance, la plus humaine des révolutions. Nous partagions sa joie.

Malgré bien des causes d'inquiétude, cet enthousiasme nous soutint encore l'année suivante. J'accompagnai M. Mille au Champ-de-Mars dans les premiers jours de juillet[4]. Là deux cent mille personnes de toutes conditions, hommes, femmes, enfants, élevaient de leurs mains l'autel où ils devaient jurer de vivre ou de mourir libres. Des perruquiers en veste bleue, des porteurs d'eau, des abbés, des charbonniers, des capucins, des filles de l'Opéra en robes à fleurs, coiffées de rubans et de plumes, piochaient ensemble la terre sacrée de la patrie. Quel exemple de fraternité ! Nous vîmes MM. Sieyès et de Beauharnais[1] attelés à la même charrette; nous vîmes le père Gérard[2], qui, comme un ancien Romain, passe du Sénat à la charrue, manier la pelle et remuer la terre; nous vîmes toute une famille travaillant au même endroit : le père piochait, la mère chargeait la brouette, et leurs enfants la roulaient tour à tour, tandis que le plus jeune, âgé de quatre ans, sur les genoux de son aïeul, qui en avait quatre-vingt-treize, bégayait : *Ah ! ça ira ! ça ira*[3] ! Nous vîmes défiler en corps les garçons jardiniers portant des laitues et des marguerites au bout de leurs bêches. Plusieurs corporations les suivaient, musique en tête : les imprimeurs dont la bannière portait cette inscription; *Imprimerie, premier drapeau de la Liberté*; puis les bouchers. Sur leur étendard était peint un large couteau avec ces mots : *Tremblez, aristocrates, voici les garçons bouchers*[4].

Et cela même nous semblait encore de la fraternité.

« Aubier, mon ami, mon frère ! s'écria M. Mille, je me sens ravi par l'enthousiasme poétique ! Je vais composer une ode qui vous sera dédiée. Écoutez :

Ami[a], vois-tu ce peuple immense,
Comme il accourt de toutes parts :
Des artisans chers à la France
Vois-tu flotter les étendards ?
C'est à l'autel de la Patrie
Que l'amour dirige leurs pas ;
Tous vont à leur mère chérie
Se dévouer jusqu'au trépas[5]. »

M. Mille récitait ces vers avec chaleur; il était petit, mais il faisait de grands gestes. Il portait un habit amarante. Toutes ces circonstances le faisaient remarquer, et quand il eut achevé cette strophe, un cercle de curieux l'entourait. On l'applaudissait. Il continua, transporté :

« Ouvre les yeux, fixe ton âme
Sur ce spectacle solennel... »

Mais à peine avait-il prononcé ces mots qu'une

dame coiffée d'un vaste chapeau noir à plumes se jeta dans ses bras et le pressa contre le fichu qui lui couvrait la gorge.

« Que cela est beau ! s'écria-t-elle. Monsieur Mille, souffrez que je vous embrasse. »

Un capucin qui, son menton sur le manche de sa bêche, se tenait dans le cercle des curieux, battit des mains à la vue d'un si grand embrassement. Alors de jeunes patriotes qui l'entouraient le poussèrent en riant vers l'embrassante dame, qui l'embrassa au milieu des acclamations. M. Mille m'embrassa, j'embrassai M. Mille.

« Les beaux vers ! s'écriait encore la dame au grand chapeau. Bravo, Mille ! C'est du Jean-Baptiste[1] !

— Oh ! fit M. Mille avec modestie, la tête sur l'épaule, et la joue ronde et rouge comme une pomme.

— Oui, du pur Jean-Baptiste ! répétait la dame ; il faut chanter cela sur l'air " *Du serin qui te fait envie* ".

— Vous êtes trop honnête, lui répondit M. Mille. Permettez-moi, madame Berthemet, de vous présenter mon ami Pierre Aubier, qui vient du Limousin[2]. Il a du mérite et se fera à l'air de Paris.

— Ce cher enfant, répondit Mme Berthemet en me pressant la main. Qu'il vienne chez nous. Amenez-nous-le, monsieur Mille. Nous faisons de la musique tous les jeudis. Aime-t-il la musique ? Mais la belle question ! Pour ne pas l'aimer, il faudrait être un barbare en proie à toutes les fureurs. Venez jeudi prochain, monsieur Aubier ; ma fille Amélie vous chantera une romance. »

En parlant ainsi, Mme Berthemet désigna une jeune demoiselle coiffée à la grecque et vêtue de blanc, dont les cheveux blonds et les yeux bleus me parurent les plus beaux du monde[3]. Je rougis en la saluant. Mais elle ne parut point s'apercevoir de mon trouble.

En rentrant à l'hôtel de Puybonne, je ne dissimulai pas à M. Mille l'impression que me fit la beauté d'une si aimable personne.

« Il faut donc, me répondit M. Mille, ajouter une strophe à mon ode. »

Et après quelques secondes de réflexion :

« Voilà qui est fait, ajouta-t-il.

> *Si d'une belle honnête et sage*
> *Tu sais un jour te faire aimer,*
> *Le nœud sacré du mariage*
> *Est le seul que tu dois former ;*
> *Mais à l'autel de la Patrie*
> *Courez tous deux pour vous unir.*
> *Que jamais votre foi trahie*
> *N'ordonne au ciel de vous punir.* »

Hélas ! M. Mille n'avait pas ce don de lire dans l'avenir, que l'Antiquité attribuait aux poètes. Nos jours heureux étaient désormais comptés et nos belles illusions devaient tomber toutes. Au lendemain de la Fédération, la nation se réveilla cruellement divisée. Le roi, faible et borné, répondait mal aux espérances infinies que le peuple avait mises en lui.

L'émigration criminelle des princes et des nobles appauvrissait le pays, irritait le peuple et menait à la guerre. Les clubs dominaient l'Assemblée. Les haines populaires devenaient de plus en plus menaçantes. Si la nation était en proie au trouble, la paix ne régnait pas dans mon cœur. J'avais revu Amélie. J'étais devenu l'hôte assidu de sa famille et il n'y avait pas de semaine que je n'allasse deux ou trois fois dans la maison qu'ils habitaient dans la rue Neuve-Saint-Eustache. Leur fortune, autrefois brillante, avait beaucoup souffert de la Révolution, et je puis dire que le malheur mûrit notre amitié. Amélie, devenue pauvre, m'en parut plus touchante et je l'aimai. Je l'aimai sans espoir. Qu'étais-je, pauvre petit paysan, pour plaire à une si gracieuse citadine ?

J'admirais ses talents. C'est en faisant de la musique, de la peinture ou en traduisant quelque roman anglais, qu'elle se divertissait noblement des malheurs publics et de ceux de sa famille. Elle montrait en toute rencontre une fierté qui se tournait volontiers à mon égard en raillerie badine. Il était visible que, sans toucher son cœur, j'amusais son esprit. Son père était le plus beau grenadier de la section, homme nul au demeurant. Quant à Mme Berthemet, c'était, malgré sa pétulance, la meilleure des femmes. Elle débordait d'enthousiasme. Les perroquets, les économistes et les vers de M. Mille la faisaient tomber en pâmoison. Elle m'aimait, quand elle en avait le temps, car les gazettes et l'Opéra lui en prenaient beaucoup. Elle était, après sa fille, la personne du monde que j'avais le plus de plaisir à voir.

J'avais fait de grands progrès dans la confiance de M. de Puybonne. Il ne m'occupait plus à copier des lettres; il m'employait aux négociations les plus délicates et il me faisait souvent des confidences dans lesquelles M. Mille n'avait point de part.

D'ailleurs il avait perdu la foi, sinon le courage. La fuite humiliante de Louis XVI l'affligea plus que je ne saurais dire; mais après le retour de Varennes, il se montra assidu auprès du souverain prisonnier qui avait méprisé ses conseils et suspecté ses sentiments. Mon cher seigneur resta désespérément fidèle à la royauté mourante. Le 10 août, il était au Château, et c'est par une sorte de miracle qu'il échappa au peuple et qu'il put regagner son hôtel. Dans la nuit, il me fit appeler. Je le trouvai revêtu des habits d'un de ses intendants.

« Adieu, me dit-il, je fuis une terre dévouée à tous les genres de désolations et de crimes. Après-demain j'aurai touché les côtes de l'Angleterre. J'emporte trois cents louis; c'est tout ce que j'ai pu réaliser de ma fortune. Je laisse ici des biens considérables. Je n'ai que vous à qui me fier. Mille est un sot. Prenez mes intérêts. Je sais qu'il y aura du danger à le faire; mais je vous estime assez pour vous confier des soins périlleux. »

Je lui pris les mains, les baisai et les mouillai de larmes; ce fut ma seule réponse.

Tandis qu'il s'échappait de Paris à la faveur de son déguisement et d'un faux passeport dont il s'était muni, je brûlai dans les cheminées de l'hôtel des papiers qui eussent pu compromettre des familles entières et coûter la vie à des centaines de personnes. Dans les jours qui suivirent, je fus assez heureux pour vendre, à très bas prix, il est vrai, les voitures, les chevaux et la vaisselle de M. de Puybonne, et je sauvai de la sorte de soixante-dix à quatre-vingt mille livres qui passèrent le détroit[1]. Ce ne fut pas sans courir les plus grands dangers que je conduisis ces négociations délicates. Il y allait de ma vie. La terreur régnait sur la capitale au lendemain du 10 août. Dans les rues, la veille encore animées par la bigarrure des costumes, où retentissaient les cris des marchands et les pas des chevaux, s'étendaient maintenant la solitude et le silence. Toutes les boutiques étaient fermées; les citoyens, cachés dans leurs logis, tremblaient pour leurs amis, et pour eux-mêmes.

Les barrières étaient gardées, et nul ne pouvait sortir de la ville épouvantable. Des patrouilles d'hommes armés de piques parcouraient les rues. On ne parlait que de visites domiciliaires. J'entendais de ma chambre, située dans les combles de l'hôtel, les pas des citoyens armés, le bruit des piques et des crosses de fusil contre les portes voisines, les plaintes et les cris des habitants qu'on traînait aux sections. Et quand les sans-culottes avaient tout le jour terrorisé les âmes paisibles du quartier, ils se rendaient dans la boutique d'un épicier, mon voisin; ils y buvaient, y dansaient la carmagnole, chantaient le *Ça ira* jusqu'au matin, et il m'était impossible de fermer l'œil de la nuit. L'inquiétude rendait mon insomnie plus cruelle. Je craignais que quelque valet ne m'eût dénoncé et qu'on ne vînt pour m'arrêter.

Il y avait alors une fièvre de délation. Pas un marmiton qui ne se crût un Brutus pour avoir trahi les maîtres qui le nourrissaient[1].

J'étais constamment sur mes gardes : un serviteur fidèle devait m'avertir au premier coup de marteau. Je me jetais habillé sur mon lit ou dans un fauteuil. J'avais sur moi la clef de la petite porte du jardin. Mais pendant les exécrables journées de Septembre, quand j'appris que des centaines de prisonniers avaient été massacrés au milieu de l'indifférence publique, sous le regard approbateur des magistrats, l'horreur l'emporta en moi sur la crainte et je rougis de prendre tant soin de ma sûreté et de défendre si prudemment une existence que devaient désoler les crimes de ma patrie.

Je ne craignais plus de me montrer dans les rues ni de croiser les patrouilles. Pourtant j'aimais la vie. Il y avait un charme puissant à mes angoisses et à mes douleurs. Une image délicieuse effaçait à mes yeux tout le sombre tableau qui se déroulait devant moi. J'aimais Amélie, et son jeune visage, multiplié dans mon imagination, l'enchantait tout entière. Je l'aimais sans espoir. Pourtant il me semblait que j'étais moins indigne d'elle, depuis que je m'étais conduit en homme de cœur. Je me flattais que, du moins, mes périls me rendraient intéressant à ses yeux.

C'est dans ces dispositions que j'allai la voir un matin. Je la trouvai seule. Elle me parla avec plus de douceur qu'elle n'avait fait encore. Ses yeux se tournèrent vers le ciel et il en coula une larme. Cette vue me jeta dans un trouble inexprimable. Je me jetai à ses pieds, je saisis sa main et la baignai de pleurs.

« Ô mon frère[1] ! » me dit-elle en s'efforçant de me relever.

Je ne compris pas en ce moment la cruelle douceur de ce nom de frère. Je lui parlais avec toute la sensibilité de mon âme.

« Oui, m'écriai-je, ces temps sont affreux. Les hommes sont méchants, fuyons-les. Le bonheur est dans la solitude. Il est encore des îles lointaines où l'on peut vivre innocent et caché, allons-y. Allons chercher le bonheur à l'ombre des lataniers, sur le tombeau de Virginie[2]. »

Tandis que je parlais ainsi, elle regardait au loin et semblait rêveuse; mais je ne devinai pas si elle faisait le même rêve que moi.

III

Je passai le reste de la journée dans la plus cruelle incertitude. Je ne pouvais ni prendre aucun repos ni m'occuper d'aucun soin. La solitude m'était affreuse et la compagnie importune. Dans ces dispositions j'errais au hasard par les rues et les quais de la ville, contemplant tristement les armoiries mutilées au fronton des hôtels, et les saints décapités au portail des églises. Ma rêverie me conduisit insensiblement dans le jardin du Palais-Royal où se pressait une foule bigarrée de promeneurs qui venaient lire les gazettes en buvant du café. Aussi les galeries de bois[1] avaient-elles tous les jours un air de fête.

Depuis la déclaration de la guerre et les progrès des armées coalisées, les Parisiens venaient ainsi chercher des nouvelles aux Tuileries et au Palais-Royal. La foule était grande quand le temps était beau, et l'inquiétude même apportait avec elle un certain divertissement.

Beaucoup de femmes, vêtues à la grecque, avec simplicité, portaient à la taille ou dans les cheveux les couleurs de la Nation. Je me sentais plus seul encore dans cette foule; tout ce bruit, tout ce mouvement qui m'environnait ne servait, pour ainsi dire, qu'à repousser et à renfermer mes pensées en moi.

« Hélas ! me disais-je, ai-je assez parlé ? Ai-je laissé voir tous mes sentiments ? Ou plutôt n'en ai-je que trop dit ? Consentira-t-elle à me revoir encore, maintenant qu'elle sait que je l'aime ? Mais le sait-elle ? et le veut-elle savoir ? »

Ainsi je gémissais sur l'incertitude de mon sort quand mon attention fut brusquement attirée par une voix connue. Je levai la tête et je vis M. Mille qui, debout dans un café, chantait au milieu de patriotes et de citoyennes. Vêtu en garde national, il pressait de son bras gauche une jeune femme que je reconnus pour une des bouquetières de Ramponneau, et chantait sur l'air de *Lisette* :

S'il eſt douze cents députés
Qui brisent nos entraves,
Le vœu de cent mille beautés
Eſt de nous rendre esclaves :
Toutes nos dames ont regret
À l'ancien régime,
Et louer un nouveau décret
C'eſt perdre leur eſtime[2].

Un murmure d'approbation accueillit ce couplet. M. Mille sourit, s'inclina légèrement, puis se tournant vers sa compagne, il continua de chanter :

Ah ! ne les imitez jamais,
Adorable Sophie,
Et connaissez mieux les bienfaits
De la philosophie :

C'est elle qui dicte des lois
Aux Solons de la France,
Et qui fera dans tous ses droits
Rentrer un peuple immense.

On applaudit et M. Mille, tirant de sa poche un nœud de ruban, le remit à Sophie en chantant :

Hâtez-vous donc de l'arborer,
Cette belle cocarde,
Dont j'aime tant à me parer
Quand je monte ma garde :
Vous devez préférer à l'or
Les fleurs à peine écloses ;
Ce joli ruban tricolor
À tout l'éclat des roses.

Sophie piqua le ruban à son bonnet en promenant sur l'assistance un regard stupide et triomphant. On applaudit. M. Mille salua. Il contemplait la foule sans y distinguer ni moi ni personne; ou plutôt, dans cette foule, il ne voyait que lui-même.

« Ah ! monsieur, s'écria mon voisin, qui dans son enthousiasme m'embrassait tendrement; ah ! si les Prussiens, si les Autrichiens voyaient cela ! Ils trembleraient, monsieur ! Ils ont eu des intelligences à Longwy et à Verdun. Mais Paris, s'ils y venaient, serait leur tombeau. L'esprit du peuple est tout à fait martial. Je viens du jardin des Tuileries, monsieur. J'ai entendu des chanteurs, placés devant la statue de la Liberté, entonner le chant de guerre des Marseillais. Une foule frémissante répétait en chœur le refrain :

Aux armes, citoyens !

Que les Prussiens n'étaient-ils là ! ils fussent tous rentrés sous terre ! »

Mon interlocuteur était un homme ordinaire; ni beau ni laid, ni petit ni grand. Il ressemblait à tout le monde, et n'avait rien de propre ni de distinctif : comme il parlait haut, il fut vite entouré. Après avoir toussé avec importance, il poursuivit :

« L'ennemi approche de Châlons. Il faut l'enfermer dans un cercle de fer. Citoyens, veillons nous-mêmes au salut public. Mais défiez-vous de vos généraux, défiez-vous de l'état-major des troupes de ligne, défiez-vous de vos ministres, bien que vous les ayez choisis, défiez-vous même de vos députés à la Convention, et sauvons-nous nous-mêmes.

— Bravo ! s'écria un des assistants, volons à Châlons ! »

Un petit homme l'interrompit vivement :

« Les patriotes ne doivent quitter Paris qu'après avoir exterminé les traîtres. »

Ces paroles sortaient d'une bouche que je reconnus aussitôt. Je ne pouvais m'y tromper. Cette tête énorme et chancelante sur d'étroites épaules, cette face plate et livide, toute cette personne chétive et monstrueuse, c'était mon ancien maître, le père Joursanvault. Une méchante veste avait remplacé sa soutane. Sa tête était coiffée d'un bonnet rouge. Son visage suait la haine et l'apostasie. Je détournai le mien, mais je ne pus me défendre d'entendre l'ancien oratorien qui poursuivait sa harangue en ces termes :

« On n'a pas assez versé de sang dans les glorieuses journées de Septembre. Le peuple, toujours magnanime, a trop épargné les conspirateurs et les traîtres. »

À ces terribles paroles, je m'enfuis épouvanté. Enfant, je soupçonnais M. Joursanvault de n'être ni juste ni bienveillant. Je ne l'aimais pas. Mais j'étais bien loin de deviner la noirceur de son âme. En découvrant que mon ancien maître n'était qu'un vil scélérat, j'éprouvai une douleur amère.

« Que ne suis-je encore qu'un enfant ! m'écriai-je en moi-même. Et à quoi bon vivre, si la vie nous ménage de semblables rencontres ! Ô bon régent, père Féval ! que votre souvenir vienne adoucir les tristesses de mon âme ! Où la tourmente vous a-t-elle jeté, ô mon seul, ô mon vrai maître ? Du moins, partout où vous êtes, j'en suis sûr, l'humanité, la pitié et l'héroïsme résident avec vous. Vous m'avez enseigné, ô mon vénérable regent, la droiture et le courage. Vous avez fortifié mon cœur en prévision des jours d'épreuve. Puisse votre élève, votre enfant, ne pas se montrer trop indigne de vous ! »

À peine avais-je achevé cette invocation mentale,

que je me sentis un courage nouveau. Et ma pensée, revenant, par une pente naturelle, à ma chère Amélie, je connus tout à coup mon devoir et je résolus de l'accomplir. J'avais révélé mes sentiments à Amélie. Ne devais-je pas le même aveu[a] à Mme Berthemet ?

J'étais à quelques pas de sa porte, et mes rêveries m'avaient conduit naturellement vers la maison où respirait Amélie. J'entrai, je parlai.

Mme Berthemet me répondit en souriant que j'étais un bien honnête homme. Puis prenant un ton plus grave :

« Je vais donc vous faire une confidence nécessaire à votre repos. Ne vous abusez pas ; renoncez à tout espoir. Ma fille est aimée du chevalier de Saint-Ange et je ne la crois pas insensible à cet hommage. Je souhaiterais pourtant qu'elle en perdît le souvenir. Car notre fortune décline chaque jour, et l'amour du chevalier est mis par là à une épreuve dont les sentiments les plus ardents ne sont pas toujours victorieux. »

Le chevalier de Saint-Ange ! À ce nom je frémis ; j'avais pour rival le poète le plus tendre, le conteur le plus aimable ! Naissance, famille, beauté, talents, il avait tout pour plaire ! La veille, j'avais vu dans les mains d'une dame, sur une boîte d'écaille, le portrait peint à la miniature du chevalier de Saint-Ange, en costume de dragon.

En le voyant, j'avais envié, comme tous les hommes, sa mâle élégance et sa grâce souveraine. Tous les matins, j'entendais ma voisine, la mercière, chanter, sur le seuil de sa porte, l'immortelle romance, le *Gage* :

Ô toi qui n'eus jamais dû naître,
Gage trop cher d'un fol amour.
Puisses-tu ne jamais connaître
L'erreur qui te donna le jour !

Naguère encore je lisais avec délices le roman philosophique qui ouvrit au chevalier de Saint-Ange les portes de l'Académie française, cet admirable *Cynégyre*[1] qui laisse bien loin derrière lui le *Numa Pompilius* de M. de Florian. « Votre *Cynégyre*, disait le vénérable M. Sedaine au chevalier de Saint-Ange en le recevant dans l'illustre Compagnie, votre *Cynégyre* a été dédié par vous aux mânes de Fénelon et l'offrande n'a pas déparé l'autel[1]. » Tel était mon rival : l'auteur sensible du *Gage*, l'émule de Fénelon et de Voltaire ! Je restais confus : l'étonnement engourdissait ma douleur.

« Quoi ! madame, m'écriai-je, le chevalier de Saint-Ange...

— Oui, reprit Mme Berthemet en secouant la tête, un beau talent. Mais n'imaginez pas qu'il soit l'homme de ses poèmes héroïques. Hélas ! son amour décline avec notre fortune. »

Elle ajouta[a] avec bonté qu'elle regrettait que le choix de sa fille ne se fût pas porté sur moi.

« Les talents, disait-elle, ne font pas le bonheur. Au contraire, les hommes doués de facultés extraordinaires, les poètes, les orateurs, devraient vivre seuls. Qu'ont-ils besoin de compagnons en cette vie où ils ne peuvent rencontrer d'égaux ? Leur génie même les condamne à l'égoïsme. On n'est pas impunément un homme supérieur. »

Mais je ne l'écoutais plus, je demeurais étonné. Cette révélation avait tué mon amour, je n'avais jamais rien espéré. Sans espoir l'amour n'est guère vivace. Le mien était mort d'un seul mot.

Le chevalier de Saint-Ange ! L'avouerai-je ? Tandis que mon cœur saignait, j'éprouvais une sorte de satisfaction d'amour-propre à songer que tout autre aurait été repoussé comme moi, prévenu par un tel rival.

Je baisai cent fois les mains de Mme Berthemet et je sortis de chez elle tranquille, muet, lent, comme l'ombre de ce généreux amant qui était venu une heure auparavant porter à la mère d'Amélie ses scrupules et ses aveux. J'étais désespéré; je ne souffrais pas, j'éprouvais seulement de la surprise, de la honte et de la crainte en me sentant survivre au meilleur de moi-même, à mon amour.

Comme je traversais le Pont-Neuf pour rentrer dans mon vieux faubourg désert, je vis sur le terre-plein, au pied du socle sur lequel s'élevait naguère la statue de Henri IV[2], un chanteur de l'Académie de musique qui disait l'hymne des Marseillais d'une voix pathétique. La foule assemblée, tête nue, reprenait le refrain en chœur : *Aux armes, citoyens !* Mais quand le chanteur entonna le dernier couplet : *Amour sacré de la Patrie*, d'une voix lente et profonde, tout le peuple frémit dans une sainte ivresse. À ce vers :

Liberté, liberté chérie...

je tombai à genoux sur le pavé, et je vis que tout le peuple s'était prosterné avec moi. Ô Patrie ! Patrie ! qu'y a-t-il en toi pour que tes enfants t'adorent ainsi ? Au-dessus de la boue et du sang s'élève ton image radieuse. Ô Patrie ! heureux ceux qui meurent pour toi.

Le soleil qui descendait alors à l'horizon dans les nuées ensanglantées répandait des flammes liquides sur les eaux du plus illustre des fleuves. Salut, dernier rayon de mes beaux jours !

Oh ! dans quel sombre hiver j'entrai ce soir-là ! Quand je m'enfermai dans ma petite chambre, sous les combles de l'hôtel de Puybonne, je crus poser sur moi la pierre de mon tombeau.

« C'est fait ! me dis-je en sanglotant, je n'aime plus Amélie. Mais d'où vient que je suis obligé de me le redire sans cesse ? D'où vient que, ne l'aimant plus, je ne puis songer qu'à elle ? Pourquoi pleuré-je avec tant d'amertume mon pauvre amour déraciné ? »

De cruelles angoisses vinrent se joindre aux tristesses de mon cœur. L'état des affaires publiques me désespérait. Ma détresse était extrême et, loin d'espérer obtenir du travail, j'étais réduit à me cacher pour n'être point arrêté comme suspect.

M. Mille n'avait pas reparu à l'hôtel depuis le 10 août. Je ne sais trop où il logeait; mais il ne manquait pas une seule séance de la Commune et il récitait tous les jours devant la municipalité, aux grands applaudissements des tricoteuses et des sans-culottes, un hymne nouveau. Il était le plus patriote des poètes et le citoyen Dorat-Cubières[1] lui-même semblait auprès de lui un timide feuillant[2] suspect aux démagogues. J'étais d'un commerce dangereux; aussi M. Mille ne venait pas me visiter, et la délicatesse me faisait un facile devoir de ne point le rechercher. Pourtant, comme il était honnête homme, il m'envoya le recueil imprimé de ses chansons. Oh ! que sa seconde muse ressemblait peu à la première ! Celle-ci était poudrée, fardée, musquée. L'autre avait l'air d'une furie à chevelure de serpents. Je me rappelle encore la chanson des sans-culottes qui voulait être bien méchante. Elle commençait ainsi :

Amis, assez et trop longtemps,
Sous le règne affreux des tyrans,
On chanta des despotes :
Sous celui de l'Égalité,
Des Lois et de la Liberté,
Chantons les Sans-Culottes[1].

Le procès du roi me jeta dans un trouble indicible. Mes jours s'écoulaient dans l'horreur. Un matin, on vint frapper à ma porte. Je devinai une main douce et amie; j'ouvris, Mme Berthemet se jeta dans mes bras :

« Sauvez-moi, sauvez-nous, me dit-elle. Mon frère Eustance[2], mon frère unique, porté sur une liste d'émigrés, est venu chercher un asile chez moi. Il a été dénoncé, arrêté. Il est en prison depuis cinq jours. Heureusement, l'accusation qui pèse sur lui est vague et mal fondée. Mon frère n'a jamais émigré. Il suffit, pour qu'il soit relâché, qu'on vienne témoigner de sa résidence. J'ai demandé ce service au chevalier de Saint-Ange. Il me l'a refusé prudemment. Eh bien ! mon ami, mon fils, ce service, périlleux pour lui, et plus périlleux encore pour vous, je viens vous le demander. »

Je la remerciai de cette demande comme d'une faveur. C'en était une, en effet, et la plus précieuse dont un honnête homme pût être honoré.

« Je savais bien que vous ne refuseriez pas, vous ! s'écria Mme Berthemet en m'embrassant. Mais ce n'est pas tout, ajouta-t-elle. Il faut que vous trouviez un second témoin, il est nécessaire qu'il s'en présente deux pour que mon frère soit relâché. Mon ami, en quel temps vivons-nous ! M. de Saint-Ange s'éloigne de nous : notre malheur l'importune; et M. Mille craindrait de fréquenter des suspects. Qui l'eût dit, mon ami; qui l'eût dit ? Vous souvient-il du jour de la Fédération ? Nous étions tous animés de sentiments fraternels, et j'avais une bien belle robe. »

Elle me quitta en pleurant. Je descendis l'escalier sur ses pas pour quérir un témoin, et j'étais, à vrai dire, fort embarrassé d'en trouver un. En me prenant le menton dans les mains, je m'avisai que j'avais une barbe de huit jours qui pourrait me rendre suspect, et je me rendis tout de suite chez mon barbier au coin de la rue Saint-Guillaume.

Ce barbier était un très bon homme nommé Larisse, long comme un peuplier, agité comme un tremble. Quand j'entrai dans son échoppe, il accommodait un marchand de vin du quartier, qui de sa bouche barbouillée de savon vomissait toutes sortes de gentillesses.

« Joli merlan des dames, disait-il, on te coupera la tête et on la mettra au bout d'une pique, pour satisfaire tes aspirations aristocratiques. Il faut que tous les ennemis du peuple crachent dans le panier, depuis le gros Capet jusqu'au mince Larisse. Et ça ira ! »

M. Larisse, plus pâle que la lune et plus tremblant que la feuille, rasait avec d'infinies précautions le menton du patriote injurieux. Je constatai que jamais perruquier n'avait éprouvé plus d'effroi. Et j'en augurai bien pour le succès du dessein que j'avais soudainement formé. Mon intention en effet était de prier M. Larisse de venir témoigner avec moi au comité.

« Il est si poltron, me disais-je, qu'il n'osera pas me refuser. »

Le marchand de vin se retira en grommelant de nouvelles menaces et me laissa seul avec le perruquier qui, tout frémissant encore, me passa une serviette au cou.

« Ah ! monsieur, me dit-il à l'oreille d'une voix plus faible qu'un soupir, l'enfer est déchaîné sur nous ! N'ai-je donc étudié l'art de la coiffure que pour accommoder des démons ? Les têtes qui me faisaient honneur sont maintenant à Londres ou à Coblence. Comment se porte Mgr le duc de Puybonne ? C'était un bon maître. »

Je l'assurai que le duc vivait à Londres, en donnant des leçons d'écriture. En effet, le duc m'avait fait tenir récemment un papier où il me mandait qu'il vivait parfaitement heureux à Londres avec quatre shillings six pence par jour.

« Il se peut, me répondit M. Larisse, mais on n'est pas coiffé à Londres comme à Paris. Les Anglais savent faire des Constitutions, mais ils ne savent pas faire des perruques, et leur poudre n'est pas d'un blanc assez pur. »

M. Larisse m'eut vite rasé. Je n'avais pas alors la barbe bien rude. À peine avait-il fermé son rasoir que, lui saisissant le poignet, je lui dis résolument :

« Mon cher monsieur Larisse, vous êtes un galant homme : vous allez m'accompagner à l'assemblée générale de la section des Postes[1], en la ci-devant église Saint-Eustache. Vous y attesterez avec moi que M. Eustance n'a jamais émigré. »

À ces mots, M. Larisse pâlit et murmura d'une voix mourante :

« Mais je ne connais pas M. Eustance.

— Moi non plus », lui répondis-je.

Ce qui était la pure vérité. J'avais bien auguré du caractère de M. Larisse. Il était anéanti. La peur même le jetait dans le péril. Je le pris par le bras, il me suivit sans résistance.

« Mais vous me menez à la mort, me dit-il doucement.

— À la gloire ! » lui répondis-je.

Je ne sais s'il connaissait ses tragiques, mais il était sensible à l'honneur; il parut flatté. Il avait quelque littérature, car me quittant le bras pour se rendre dans son arrière-boutique :

« Cher monsieur, me dit-il, laissez-moi mettre du moins mon bel habit. Dans l'Antiquité, les victimes étaient parées de fleurs. Je l'ai lu dans l'*Almanach des honnêtes gens*[2]. »

Il tira de sa commode un habit bleu qu'il passa autour de sa longue et flexible personne. C'est dans cet équipage qu'il m'accompagna à l'assemblée générale de la section des Postes, qui était en permanence.

Au seuil de l'église désaffectée, sur la porte de laquelle on lisait les mots : *Liberté, égalité, fraternité ou la mort*, M. Larisse sentit une sueur lui monter au front; il entra pourtant. Un des citoyens qui dormait là, au milieu de bouteilles vides, se réveilla à demi pour examiner notre affaire, puis il nous renvoya au comité révolutionnaire de la section.

Je connaissais ce comité pour y avoir accompagné deux fois M. Berthemet. Le président en était un petit logeur de la rue de la Truanderie dont les plus fidèles pratiques étaient des demoiselles du monde[1]. Parmi les membres figuraient un rémouleur à brouette, un portier et un dégraisseur, nommé Bistac. C'est au rémouleur que nous eûmes affaire. Il siégeait sans façon, les manches retroussées; il se montra bonhomme.

« Citoyens, nous dit-il, du moment que vous apportez une attestation en forme, je n'ai rien à objecter, parce que je suis magistrat et que conséquemment la forme me suffit. Je n'ajouterai qu'un mot : Un homme qui a de l'intelligence et de l'esprit ne doit pas être autorisé à quitter Paris en ce moment. Parce que, voyez-vous, citoyens... »

Il hésita, puis, s'aidant du geste pour exprimer sa pensée, il étendit son bras nu et musclé, puis il le porta à son front qu'il frappa du doigt en disant : « Il ne faut pas seulement de ça (ce qu'il entendait de son bras, instrument de travail), il faut aussi de ça (ce qu'il entendait de son front, siège de l'intelligence). »

Il nous vanta ensuite son génie naturel et se plaignit que ses parents ne lui eussent pas donné d'instruction. Puis il se mit en devoir de signer notre déclaration. En dépit de sa bonne volonté, ce fut long. Pendant que ses mains, habituées à la meule, maniaient péniblement la plume, le dégraisseur Bistac entra dans la salle. Bistac n'avait pas la bonne humeur du gagne-petit. Il avait l'âme jacobine. À notre vue, son front se plissa, ses narines se gonflèrent : il flairait des *aristocrates*.

« Qui es-tu ? me demanda-t-il.

— Pierre Aubier.

— Eh bien ! Pierre Aubier, t'es-tu flatté de coucher cette nuit dans ton lit[2] ? »

Je fis assez bonne contenance, mais mon compagnon se mit à frissonner de tous ses membres. Ses os claquaient si fort que Bistac y prit garde et m'oublia pour ne plus s'occuper que du pauvre Larisse.

« Tu m'as tout l'air d'un conspirateur, dit Bistac, d'une voix terrible. Quelle est ta profession ?

— Barbier, pour vous servir, citoyen.

— Tous les barbiers sont des feuillants. »

La peur faisait faire communément à M. Larisse les actions les plus courageuses. Il m'a confessé depuis qu'à ce moment il avait eu toutes les peines du monde à se défendre de crier : « Vive le roi ! » Dans le fait il ne cria point, mais il répondit fièrement qu'il ne devait pas tant de grâces à la Révolution qui avait supprimé les perruques et la poudre, et qu'il était las de trembler sans cesse.

« Prenez ma tête, ajouta-t-il, j'aime mieux mourir une fois que de craindre toujours. »

Ce discours rendit Bistac perplexe.

Cependant le rémouleur, qui roulait dans sa cervelle des pensées confuses mais bienveillantes, nous invita à nous retirer.

« Allez, citoyens, nous dit-il, mais rappelez-vous que la République a besoin de ça. »

Et il montrait son front.

Le frère de Mme Berthemet fut relâché le lendemain. La mère d'Amélie m'en témoigna beaucoup de reconnaissance et m'embrassa, car elle était embrassante. Elle fit mieux :

« Vous avez, me dit-elle, acquis des droits à la reconnaissance d'Amélie. Je veux que ma fille vienne elle-même vous témoigner toute sa gratitude. Elle vous doit un oncle. C'est moins qu'une mère, il est vrai, mais quelles louanges ne mérite pas votre courage... »

Elle alla chercher Amélie.

Resté seul dans le salon, j'attendis. Je me demandai si j'aurais la force de la revoir. Je craignais, j'espérais, je souffrais mille morts.

Au bout de cinq minutes, Mme Berthemet reparut seule.

« Excusez une ingrate[1], me dit-elle. Ma fille refuse de venir. " Je ne saurais souffrir sa présence, m'a-t-elle dit. Sa vue me serait cruelle : désormais, il m'eſt odieux. En montrant plus de courage que l'homme que j'aime, il s'eſt acquis un cruel avantage. Je ne le reverrai de ma vie : il eſt généreux, il me pardonnera. " »

Après m'avoir rapporté ces paroles, Mme Berthemet conclut par ces mots :

« Oubliez une ingrate. »

Je promis de m'y efforcer et je tins parole. Les événements m'y aidèrent. La terreur régnait. L'affreuse journée du 31 mai avait ôté aux modérés leurs dernières espérances.

Dénoncé plusieurs fois comme conspirateur à cause de la correspondance que j'entretenais avec M. de Puybonne, j'étais sans cesse menacé de perdre la liberté et la vie.

N'ayant plus de carte de civisme et n'osant en demander de peur d'être mis aussitôt en état d'arrestation, l'exiſtence n'était plus supportable pour moi.

On faisait alors la réquisition de douze cent mille hommes, depuis l'âge de dix-huit ans jusqu'à vingt-cinq. Je me fis inscrire. Le 7 brumaire an II[1], à six heures du matin, je pris la route de Nancy[2] pour rejoindre mon régiment. Le bonnet de police sur la tête, sac au dos, vêtu d'une carmagnole, je me trouvais un air assez martial.

De temps en temps je me retournais vers la grand-ville où j'avais tant souffert et tant aimé. Puis je reprenais mon chemin en essuyant une larme. Je m'avisai de chanter pour me donner du cœur et j'entonnai l'hymne des Marseillais :

Allons, enfants de la Patrie !

À la première étape, je présentai ma feuille de route à des paysans qui m'envoyèrent coucher à l'étable, dans la paille. J'y dormis d'un sommeil délicieux. Et je songeai, en me réveillant :

« Voilà qui eſt bien. Je ne risque plus d'être guillotiné. Il me semble que je n'aime plus Amélie ; ou plutôt, il me semble que je ne l'ai jamais aimée. Je vais avoir un sabre et un fusil. Je n'aurai plus à craindre que les balles des Autrichiens. Brindamour et Trompelamort ont raison : il n'eſt pas de plus beau métier que celui de soldat. Mais qui l'eût dit, quand j'étudiais le latin sous les pommiers en fleur de M. l'abbé Lamadou, qu'un jour je défendrais la République ? Ah ! monsieur Féval, qui l'eût dit que le petit Pierre votre élève s'en irait en guerre ? »

À l'étape suivante, une bonne femme me coucha dans des draps blancs, parce que je ressemblais à son fils.

Je logeai le lendemain chez une chanoinesse qui me mit dans un grenier, à la pluie et au vent[1]; encore le fit-elle d'une âme bien angoissée, tant un défenseur de la République lui semblait une dangereuse espèce de brigand.

Enfin, je rejoignis mon corps sur le bord de la Meuse. On me donna une épée. J'en rougis de plaisir et me crus plus grand d'un pied. Ne m'en raillez pas; c'est là de la vanité, j'en conviens; mais c'est celle qui fait les héros. À peine équipés nous reçûmes l'ordre de partir pour Maubeuge.

Nous arrivâmes sur la Sambre par une nuit noire. Tout se taisait. Nous vîmes des feux allumés sur les collines, de l'autre côté de la rivière. J'appris que c'étaient les bivouacs de l'ennemi. Et mon cœur battit à se rompre.

C'est d'après Tive-Live que je m'étais fait une image de la guerre. Or, je vous atteste, bois, prés, collines, rives de la Sambre et de la Meuse, cette image était fausse. La guerre, telle que je la fis, consiste à traverser des villages incendiés, à coucher dans la boue, à entendre siffler des balles pendant les longues et mélancoliques factions de la nuit; mais de combats singuliers et de batailles rangées, je n'en vis point. Nous dormions peu et nous ne mangions pas. Floridor, mon sergent, ancien garde française, jurait que nous menions « une vie de fête[2] »; il exagérait, mais nous n'étions pas malheureux, car nous avions la conscience de faire notre devoir et d'être utiles à la patrie.

Nous étions justement fiers de notre régiment qui s'était couvert de gloire à Wattignies. Il était composé en grande partie de soldats de l'Ancien Régime, solides et bien instruits. Comme il avait perdu beaucoup de monde dans plusieurs affaires, on avait bouché les trous, tant bien que mal, avec de jeunes réquisitionnaires. Sans les vétérans qui nous encadraient, nous n'eussions rien valu. Il faut beaucoup de temps pour former un soldat, et l'enthousiasme, à la guerre, ne remplace pas l'expérience.

Mon colonel était un ci-devant noble de chez moi. Il me traita avec bonté. Vieux royaliste de province, soldat et non courtisan, il avait fort tardé à changer l'habit blanc des troupes de Sa Majesté contre l'habit bleu des soldats de l'an II. Il détestait la République et donnait tous les jours sa vie pour elle[1].

Je bénis la Providence de m'avoir conduit à la frontière, puisque j'y ai trouvé la vertu.

(Écrit au bivouac, sur la Sambre, du septidi 27 frimaire, au sextidi 6 nivôse[2] an II de la République française, par Pierre Aubier, réquisitionnaire[a].)

L'AUBE

À Mlle Léonie Bernardini[1].

Le Cours-la-Reine était désert. Le grand silence des jours d'été régnait sur les vertes berges de la Seine, sur les vieux hêtres taillés dont les ombres commençaient à s'allonger vers l'orient et dans l'azur tranquille d'un ciel sans nuages, sans brises, sans menaces et sans sourires. Un promeneur, venu des Tuileries, s'acheminait lentement vers les collines de Chaillot[2]. Il avait la maigreur agréable de la première jeunesse et portait l'habit, la culotte, les bas noirs des bourgeois, dont le règne était enfin venu. Cependant son visage exprimait plus de rêverie que d'enthousiasme. Il tenait un livre à la main; son doigt, glissé entre deux feuillets, marquait l'endroit de sa lecture, mais il ne lisait plus. Par moments, il s'arrêtait et tendait l'oreille pour entendre le murmure léger et pourtant terrible qui s'élevait de Paris, et dans ce bruit plus faible qu'un soupir il devinait des cris de mort, de haine, de joie, d'amour, des appels de tambours, des coups de feu, enfin tout ce que, du pavé des rues, les révolutions font monter vers le chaud soleil de férocité stupide et d'enthousiasme sublime. Parfois, il tournait la tête et frissonnait. Tout ce qu'il avait appris, tout ce qu'il avait vu et entendu en quelques heures emplissait sa tête d'images épouvantables : la Bastille prise et déjà décrénelée par le peuple; le prévôt des marchands tué d'un coup de pistolet au milieu d'une foule furieuse; le gouverneur, le vieux de Launay, massacré sur le perron de l'Hôtel de Ville; une plèbe terrible, pâle comme la faim, ivre, hors d'elle-même, perdue dans un rêve de sang et de gloire, roulant de la Bastille à la Grève, et, au-dessus de cent mille têtes hallucinées, les corps des invalides pendus à une lanterne[1] et le front couronné de chêne d'un triomphateur en uniforme blanc et bleu; les vainqueurs, précédés des registres, des clefs et de la vaisselle d'argent de l'antique forteresse, montant au milieu des acclamations le perron ensanglanté; et devant eux, les magistrats du peuple, La Fayette et Bailly[2], émus, glorieux, étonnés, les pieds dans le sang, la tête dans un nuage d'orgueil ! Puis, la peur régnant encore sur la foule déchaînée, au bruit semé que les troupes royales vont entrer de nuit dans la ville; les grilles des palais arrachées pour en faire des piques, les dépôts d'armes pillés, les citoyens élevant des barricades dans les rues et les femmes montant des grès sur les toits des maisons pour en écraser les régiments étrangers !

Ces scènes violentes se sont réfléchies dans son imagination avec les teintes de la mélancolie. Il a pris son livre préféré, un livre anglais de méditations sur les tombeaux[3], et il s'en est allé le long de la Seine, sous les arbres du Cours-la-Reine, vers la maison blanche, où nuit et jour va sa pensée. Tout est calme autour de lui. Il voit sur la berge des pêcheurs à la ligne, assis, les pieds dans l'eau; et il suit en rêvant le cours de la rivière. Parvenu aux premières rampes des collines de Chaillot, il rencontre une patrouille qui surveille les communications entre Paris et Versailles. Cette troupe, armée de fusils, de mousquets, de hallebardes, est composée d'artisans portant le tablier de serge ou de cuir, d'hommes de loi de noir vêtus, d'un prêtre et d'un géant barbu, en chemise, nu-jambes. Ils arrêtent quiconque veut passer : on a surpris des intelligences entre le gouverneur de la Bastille et la cour; on craint une surprise.

Le promeneur est jeune et son air ingénu. Il dit à peine quelques mots et la troupe le laisse passer en souriant.

Il monte une ruelle en pente, parfumée de sureaux en fleur, et s'arrête à mi-côte devant la grille d'un jardin.

Ce jardin est petit, mais des allées sinueuses[1], des plis de terrain en allongent la promenade. Des saules trempent le bout de leurs branches dans un bassin où nagent des canards. À l'angle de la rue, sur un tertre, s'élève une gloriette légère et une pelouse fraîche s'étend devant la maison. Là, sur un banc rustique, une jeune femme est assise, elle penche la tête; son visage est caché par un grand chapeau de paille, couronné de fleurs naturelles. Elle porte sur sa robe à raies blanches et roses un fichu noué à la taille qui, marquée un peu haut, donne à la jupe une longueur élancée, pleine de grâce. Les bras, serrés dans une manche étroite, reposent. Une corbeille de forme antique, remplie de pelotes de laine, est à ses pieds. Près d'elle, un enfant, dont les yeux bleus brillent à travers les mèches de ses cheveux d'or, fait des tas de sable avec sa pelle[2].

La jeune femme reste immobile sans rien voir et comme charmée, et lui, debout à la grille, se refuse à rompre un charme si doux. Enfin, elle lève la tête et montre un visage jeune, presque enfantin, dont les traits ronds et purs ont une expression naturelle de douceur et d'amitié[3]. Il s'incline devant elle. Elle lui tend la main.

« Bonjour, monsieur Germain; quelle nouvelle ? Quelle nouvelle apportez ? comme dit la chanson. Je ne sais que des chansons.

— Pardonnez-moi, madame, d'avoir troublé vos songes. Je vous contemplais. Seule, immobile, accoudée, vous m'avez semblé l'ange du rêve.

— Seule ! seule ! répondit-elle, comme si elle n'avait entendu que ce mot : seule ! L'est-on jamais ? »

Et, comme elle vit qu'il la regardait sans comprendre, elle ajouta :

« Laissons cela : ce sont des idées que j'ai... Quelles nouvelles ? »

Alors, il lui conta la grande journée, la Bastille vaincue, la liberté fondée.

Sophie l'écouta gravement, puis :

« Il faut se réjouir, dit-elle; mais notre joie doit être la joie austère du sacrifice. Désormais les Français ne s'appartiennent plus; ils se doivent à la Révolution qui va changer le monde. »

Comme elle parlait ainsi, l'enfant se jeta joyeusement sur ses genoux.

« Regarde, maman; regarde le beau jardin. »

Elle lui dit en l'embrassant :

« Tu as raison, mon Émile; rien n'eſt plus sage au monde que de faire un beau jardin[1].

— Il eſt vrai, ajouta Germain; quelle galerie de porphyre et d'or vaut une verte allée ? »

Et songeant à la douceur de conduire à l'ombre des arbres cette jeune femme appuyée à son bras :

« Ah ! s'écria-t-il en jetant sur elle un regard profond, que m'importent les hommes et les révolutions !

— Non ! dit-elle, non ! je ne puis détacher ainsi ma pensée d'un grand peuple qui veut fonder le règne de la juſtice. Mon attachement aux idées nouvelles vous surprend, monsieur Germain. Nous ne nous connaissons que depuis peu de temps. Vous ne savez pas que mon père m'apprit à lire dans le *Contrat social* et dans l'Évangile. Un jour, dans une promenade, il me montra Jean-Jacques. Je n'étais qu'une enfant, mais je fondis en larmes en voyant le visage assombri du plus sage des hommes. J'ai grandi dans la haine des préjugés[2]. Plus tard, mon mari, qui comme moi professait la philosophie de la nature, voulut que notre fils s'appelât Émile et qu'on lui enseignât à travailler de ses mains. Dans sa dernière lettre, écrite il y a trois ans à bord du navire sur lequel il périt quelques jours après[3], il me recommandait encore les préceptes de Rousseau sur l'éducation. Je suis pénétrée de l'esprit nouveau. Je crois qu'il faut combattre pour la juſtice et pour la liberté.

— Comme vous, madame, soupira Germain, j'ai horreur du fanatisme et de la tyrannie; j'aime comme vous la liberté, mais mon âme eſt sans force. Ma pensée s'échappe à chaque inſtant de moi-même. Je ne m'appartiens pas, et je souffre. »

La jeune femme ne répondit pas. Un vieillard poussa la grille et s'avança les bras levés, en agitant son chapeau. Il ne portait ni poudre ni perruque. Des cheveux gris et longs tombaient des deux côtés de son crâne chauve. Il était entièrement vêtu de ratine grise; ses bas étaient bleus, ses souliers sans boucles.

« Victoire ! victoire ! s'écriait-il. Le monstre est en notre pouvoir et je vous en apporte la nouvelle, Sophie !

— Mon voisin, je viens de l'entendre de M. Germain que je vous présente. Sa mère était à Angers l'amie de ma mère. Depuis six mois qu'il est à Paris il veut bien venir me voir de temps en temps au fond de mon ermitage. Monsieur Germain, vous voyez devant vous mon voisin et ami, M. Franchot de La Cavanne[1], homme de lettres.

— Dites : Nicolas Franchot, laboureur.

— Je sais, mon voisin, que c'est ainsi que vous avez signé vos mémoires sur le commerce des grains. Je dirai donc, pour vous plaire et bien que je vous croie plus habile à manier la plume que la charrue, M. Nicolas Franchot, laboureur. »

Le vieillard embrassa Germain et s'écria :

« Elle est donc tombée, cette forteresse qui dévora tant de fois la raison et la vertu ! Ils sont tombés, les verrous sous lesquels j'ai passé huit mois sans air et sans lumière. Il y a de cela trente et un ans[2], le 17 février 1768, ils m'ont jeté à la Bastille pour avoir écrit une lettre sur la tolérance. Enfin, aujourd'hui, le peuple m'a vengé. La raison et moi nous triomphons ensemble. Le souvenir de ce jour durera autant que l'univers : j'en atteste ce soleil qui vit périr Hipparque et fuir les Tarquins[3]. »

La voix éclatante de M. Franchot effraya le petit Émile qui saisit la robe de sa mère. Franchot, apercevant tout à coup l'enfant, l'éleva de terre et lui dit avec enthousiasme :

« Plus heureux que nous, enfant, tu grandiras libre ! »

Mais Émile, épouvanté, renversa la tête en arrière et poussa de grands cris.

« Messieurs, dit Sophie en essuyant les larmes de son fils, vous voudrez bien souper avec moi. J'attends M. Duvernay, si toutefois il n'est pas retenu auprès d'un de ses malades. »

Et se tournant vers Germain :

« Vous savez que M. Duvernay, médecin du roi, est électeur de Paris hors les murs. Il serait député à l'Assemblée nationale, si comme M. de Condorcet, il ne s'était pas dérobé par modestie à cet honneur. C'est un homme de grand mérite; vous aurez plaisir et profit à l'entendre.

— Jeune homme, dit Franchot par surcroît, je connais M. Jean Duvernay et je sais de lui un trait qui l'honore[1]. Il y a deux ans, la reine le fit appeler pour soigner le dauphin atteint d'une maladie de langueur. Duvernay habitait alors Sèvres, où une voiture de la cour le venait prendre chaque matin pour le conduire à Saint-Cloud auprès de l'enfant malade. Un jour, la voiture rentra vide au château. Duvernay n'était pas venu. Le lendemain, la reine lui en fit des reproches :

« " Monsieur, lui dit-elle, vous aviez donc oublié le dauphin ?

« — Madame, répondit cet honnête homme, je soigne votre fils avec humanité, mais hier j'étais retenu auprès d'une paysanne en couches. "

— Eh bien ! dit Sophie, cela n'est-il pas beau et ne devons-nous pas être fiers de notre ami ?

— Oui, cela est beau », répondit Germain.

Une voix grave et douce s'éleva près d'eux.

« Je ne sais, dit cette voix, ce qui excite vos transports; mais j'aime à les entendre. On voit en ce temps-ci tant de choses admirables ! »

L'homme qui parlait ainsi portait une perruque poudrée et un jabot de fine dentelle. C'était Jean Duvernay; Germain reconnut son visage pour l'avoir vu en estampe dans les boutiques du Palais-Royal.

« Je viens de Versailles, dit Duvernay. Je dois au duc d'Orléans le plaisir de vous voir en ce grand jour, Sophie. Il m'a amené, dans son carrosse, jusqu'à Saint-Cloud. J'ai fait le reste du chemin de la manière la plus commode : je l'ai fait à pied. »

En effet, ses souliers à boucle d'argent et ses bas noirs étaient couverts de poussière.

Émile attacha ses petites mains aux boutons d'acier qui brillaient sur l'*habit* du médecin, et Duvernay, le pressant sur ses genoux, sourit quelques instants aux lueurs de cette petite âme naissante. Sophie appela Nanon. Une grosse fille parut, elle prit et emporta dans ses bras l'enfant dont elle étouffait, sous les baisers sonores, les cris désespérés.

Le couvert était mis dans la gloriette. Sophie suspendit son chapeau de paille à une branche de saule : les boucles de ses cheveux blonds se répandirent sur ses joues.

« Vous souperez le plus simplement du monde, dit-elle, à la manière anglaise. »

De la place où ils s'assirent, ils découvraient la Seine et les toits de la ville, les dômes, les clochers. Ils restèrent silencieux à ce spectacle, comme s'ils voyaient Paris pour la première fois. Puis ils parlèrent des événements du jour, de l'Assemblée, du vote par tête, de la réunion des Ordres[1] et de l'exil de M. Necker[2]. Ils étaient tous quatre d'accord que la liberté était à jamais conquise. M. Duvernay voyait s'élever un ordre nouveau et vantait la sagesse des législateurs élus par le peuple. Mais sa pensée restait calme, et parfois il semblait qu'une inquiétude se mêlât à ses espérances. Nicolas Franchot ne gardait point cette mesure. Il annonçait le triomphe pacifique du peuple et l'ère de la fraternité. En vain le savant, en vain la jeune femme lui disaient :

« La lutte commence seulement et nous n'en sommes qu'à notre première victoire.

— La philosophie nous gouverne, leur répondait-il. Quels bienfaits la raison ne répandra-t-elle pas sur les hommes soumis à son tout-puissant empire ? L'âge d'or imaginé par les poètes deviendra une réalité. Tous les maux disparaîtront avec le fanatisme et la tyrannie qui les ont enfantés. L'homme vertueux et éclairé jouira de toutes les félicités. Que dis-je ! Avec l'aide des physiciens et des chimistes, il saura conquérir l'immortalité sur la terre. »

En l'entendant, Sophie secoua la tête.

« Si vous voulez nous priver de la mort, dit-elle, trouvez-nous donc une fontaine de Jouvence. Sans cela votre immortalité me fait peur. »

Le vieux philosophe lui demanda en riant si la résurrection chrétienne la rassurait davantage.

« Pour moi, dit-il après avoir vidé son verre, je crains bien que les anges et les saints ne se sentent portés à favoriser le chœur des vierges aux dépens de celui des douairières.

— Je ne sais, répondit la jeune femme d'une voix

lente, en levant les yeux, je ne sais de quel prix sont aux yeux des anges ces pauvres charmes formés du limon de la terre; mais je crois que la puissance divine saura mieux réparer les outrages du temps, s'il en est besoin dans un tel séjour, que votre physique et votre chimie ne pourront jamais y parvenir en ce monde[1]. Vous qui êtes athée, monsieur Franchot, et qui ne croyez pas que Dieu règne dans les cieux, vous ne pouvez rien comprendre à la Révolution qui est l'avènement de Dieu sur la terre. »

Elle se leva. La nuit était venue, et l'on voyait au loin la grande ville s'étoiler de feux.

Tandis que les deux vieillards raisonnaient ensemble dans la gloriette, Germain offrit son bras à Sophie et ils se promenèrent tous deux dans les sombres allées. Elle lui en contait le nom et l'histoire.

« Nous sommes dans l'allée de Jean-Jacques, qui conduit au salon d'Émile. Cette allée était droite, je l'ai recourbée pour qu'elle passât sous le vieux chêne. Il donne, tout le jour, de l'ombre à ce banc rustique que j'ai appelé “le Repos des amis[2]”. Asseyons-nous un moment sur ce banc. »

Germain entendait dans le silence les battements de son cœur.

« Sophie, je vous aime », murmura-t-il en lui prenant la main.

Elle la retira doucement, et, montrant au jeune homme les feuilles qu'une brise légère faisait frissonner :

« Entendez-vous ?

— J'entends le vent dans les feuilles. »

Elle secoua la tête et dit d'une voix douce comme un chant :

« Germain ! Germain ! Qui vous dit que c'est le vent dans les feuilles ? Qui vous dit que nous sommes seuls ? Seriez-vous donc aussi de ces âmes vulgaires qui n'ont rien deviné du monde mystérieux ? »

Et, comme il l'interrogeait d'un regard plein d'anxiété :

« Monsieur Germain, lui dit-elle, veuillez monter dans ma chambre. Vous trouverez un petit livre sur la table et vous me l'apporterez... »

Il obéit. Tout le temps qu'il fut absent, la jeune

veuve regarda le feuillage noir qui frissonnait au vent de la nuit. Germain revint avec un petit livre à tranche dorée.

« *Les Idylles de Gessner* ; c'est bien cela, dit Sophie; ouvrez le livre à l'endroit qui est marqué, et, si vos yeux sont assez bons pour lire au clair de lune, lisez. »

Il lut ces mots :

« Ah ! souvent mon âme viendra planer autour de toi; souvent, lorsque, rempli d'un sentiment noble et sublime, tu méditeras dans la solitude, un souffle léger effleurera tes joues : qu'un doux frémissement pénètre alors ton âme[1] ! »

Elle l'arrêta :

« Comprenez-vous maintenant, mon ami, que nous ne sommes jamais seuls, et qu'il est des mots que je ne pourrai pas entendre tant qu'un souffle venu de l'Océan passera dans les feuilles des chênes ? »

Les voix des deux vieillards se rapprochaient.

« Dieu, c'est le bien, disait Duvernay.

— Dieu, c'est le mal, disait Franchot, et nous le supprimerons. »

Tous deux, en même temps que Germain, prirent congé de Sophie.

« Adieu, messieurs, leur dit-elle. Crions : " Vive la liberté et vive le roi ! " Et vous, mon voisin, ne nous empêchez pas de mourir quand nous en aurons besoin. »

MADAME DE LUZY

[Manuscrit du 15 septembre 1792]

À Marcel Proust[1].

I

Quand j'entrai, Pauline de Luzy me tendit la main. Puis nous gardâmes un moment le silence. Son écharpe et son chapeau de paille reposaient négligemment sur un fauteuil.

La prière d'*Orphée*[2] était ouverte sur l'épinette. S'approchant de la fenêtre, elle regarda le soleil descendre à l'horizon sanglant.

« Madame, lui dis-je enfin, vous souvient-il des paroles que vous avez prononcées, il y a deux ans jour pour jour, au pied de cette colline, au bord du fleuve vers lequel vous tournez en ce moment les yeux ?

« Vous souvient-il que, tendant une main prophétique, vous m'avez fait voir par avance les jours d'épreuve, les jours de crime et d'épouvante ? Vous avez arrêté sur les lèvres l'aveu de mon amour, et vous m'avez dit : " Vivez, combattez pour la justice et pour la liberté. " Madame, depuis que votre main, que je n'ai pas assez couverte de larmes et de baisers, m'a montré la voie, j'ai marché hardiment. Je vous ai obéi, j'ai écrit, j'ai parlé. Pendant deux ans, j'ai combattu sans trêve les brouillons faméliques[3] qui sèment le trouble et la haine, les tribuns qui séduisent le peuple par les démonstrations convulsives d'un faux amour et les lâches qui sacrifient aux dominations prochaines. »

Elle m'arrêta d'un geste et me fit signe d'écouter.

Nous entendîmes alors venir, à travers l'air embaumé du jardin, où chantaient les oiseaux, des cris lointains de mort : « À la lanterne, l'aristocrate !... »

Pâle, immobile, elle tenait un doigt sur la bouche.

« C'est, repris-je, quelque malheureux qu'ils poursuivent. Ils font des visites domiciliaires et des arrestations nuit et jour dans Paris. Peut-être vont-ils entrer ici. Je dois me retirer pour ne pas vous compromettre; bien que peu connu dans ce quartier, je suis, par le temps qui court, un hôte dangereux.

— Restez ! » me dit-elle.

Pour la seconde fois, des cris déchirèrent l'air paisible du soir. Ils étaient mêlés de bruits de pas et de coups de feu. Ils se rapprochaient; on entendait : « Fermez les issues, qu'il ne s'échappe pas, le scélérat ! »

Mme de Luzy semblait plus calme à mesure que le danger se rapprochait.

« Montons au second étage, dit-elle; nous pourrons voir, à travers les jalousies, ce qui se passe dehors. »

Mais à peine avions-nous ouvert la porte, que nous vîmes, sur le palier, un homme livide, défait, dont les dents claquaient, dont les genoux s'entrechoquaient. Ce spectre murmurait d'une voix étouffée :

« Sauvez-moi, cachez-moi !... Ils sont là... Ils ont forcé ma porte, envahi mon jardin. Ils viennent... »

II

Mme de Luzy, reconnaissant Planchonnet, le vieux philosophe qui habitait la maison voisine, lui demanda tout bas :

« Ma cuisinière vous a-t-elle vu ? Elle est jacobine !

— Personne ne m'a vu.

— Dieu soit loué, mon voisin ! »

Elle l'entraîna dans sa chambre à coucher où je les suivis. Il fallait aviser, il fallait trouver quelque cachette où elle pût garder Planchonnet plusieurs jours, plusieurs heures au moins, le temps de tromper et de lasser ceux qui le cherchaient. Il fut convenu que j'observerais les alentours et que, sur le signal que je donnerais, le pauvre ami sortirait par la petite porte du jardin.

En attendant, il ne pouvait se tenir debout. C'était un homme étonné.

Il essaya de faire entendre qu'il était recherché, lui, l'ennemi des prêtres et des rois, pour avoir conspiré avec M. de Cazotte[1] contre la Constitution et s'être joint, le 10 août, aux défenseurs des Tuileries. C'était une indigne calomnie. La vérité était que Lubin le poursuivait de sa haine, Lubin, naguère son boucher, qu'il avait voulu cent fois bâtonner pour lui apprendre à mieux peser sa viande et qui maintenant présidait la section où il avait eu son étal.

En murmurant ce nom d'une voix étranglée, il crut voir Lubin lui-même, et se cacha la face dans les mains. On heurtait à la porte de la chambre. Mme de Luzy poussa le vieillard derrière un paravent et ouvrit. C'était la cuisinière qui venait l'avertir que la municipalité était à la grille, avec la garde nationale, et qu'ils venaient faire une perquisition.

« Ils disent, ajouta la fille, que Planchonnet est dans la maison. Moi, je sais bien que non, que vous ne cacheriez pas un scélérat de cette espèce; mais ils ne veulent pas me croire.

— Eh bien, qu'ils montent ! répondit Mme de Luzy avec tranquillité. Faites-leur visiter toute la maison, de la cave au grenier. »

En entendant ce dialogue, le pauvre Planchonnet s'était évanoui derrière son paravent, où je parvins à grand-peine à le ranimer, en lui jetant de l'eau sur les tempes. Quand ce fut fait :

« Mon ami, dit tout bas la jeune femme au vieillard, fiez-vous à moi. Rappelez-vous que les femmes sont rusées. »

Aussitôt, elle tira[a] le lit un peu en avant de l'alcôve, défit la couverture et, avec mon aide, disposa les *trois matelas de manière* à ménager, du côté de la ruelle, un espace vide.

Comme elle prenait ces dispositions, un grand bruit de souliers, de sabots, de crosses et de voix rauques éclata dans l'escalier. Ce fut, pour moi, je l'avoue, une minute terrible; mais le bruit monta peu à peu au-dessus de nos têtes. Nous comprîmes que la garde, conduite par la cuisinière jacobine, fouillait d'abord les greniers. Le plafond craquait; on entendait des menaces, de gros rires, des coups de pied et des coups de baïonnette dans les cloisons. Nous respirions, mais il n'y avait pas une seconde à perdre. J'aidai Planchonnet à se couler dans l'espace ménagé sous les matelas.

En nous regardant faire, Mme de Luzy secouait la tête. Le lit, ainsi bouleversé, avait un air suspect.

Elle essaya de le refaire exactement; mais n'y put parvenir.

« Il faut que je m'y mette », dit-elle.

Elle regarda à la pendule; il était sept heures du soir. Elle songea qu'on ne trouverait pas naturel qu'elle fût couchée si tôt. Quant à se dire malade, il n'y fallait pas songer : la cuisinière jacobine découvrirait la ruse.

Elle demeura ainsi songeuse quelques secondes; puis, tranquillement, simplement, elle se déshabilla[a] devant moi, se mit au lit et m'ordonna de retirer mes souliers, mon habit et ma cravate :

« Il faut que vous soyez mon amant et qu'ils nous surprennent. Quand ils viendront, vous n'aurez pas eu le temps de réparer le désordre de votre toilette. Vous leur ouvrirez en veste*, les cheveux défaits. »

Toutes nos dispositions étaient prises quand la troupe civile descendit du grenier en sacrant et pestant.

Le malheureux Planchonnet fut saisi d'un tel tremblement qu'il secouait tout le lit.

De plus, sa respiration était si forte, qu'on en devait entendre le sifflement jusque dans le corridor.

« C'est dommage, murmura Mme de Luzy, j'étais si contente de mon petit artifice. Enfin ! ne désespérons point, et que Dieu nous aide ! »

Un poing rude secoua la porte.

« Qui frappe ? demanda Pauline.

* La veste se portait sous l'habit. C'était une sorte de gilet, plus long que les nôtres, et auquel étaient attachées de longues manches.

— Les représentants de la Nation.

— Ne pouvez-vous attendre un moment ?

— Ouvre, ou nous brisons la porte !

— Mon ami, allez ouvrir. »

Tout à coup, par une espèce de miracle, Planchonnet cessa de trembler et de râler.

III

C'est Lubin qui entra le premier, ceint de son écharpe et suivi d'une douzaine de piques. Tournant alternativement ses regards sur Mme de Luzy et sur moi :

« Peste ! s'écria-t-il, nous dénichons des amoureux. Excusez-nous, la belle ! »

Puis, se tournant vers les gardes :

« Seuls, les sans-culottes ont des mœurs. »

Mais, en dépit de cette maxime, une telle rencontre l'avait mis en gaieté.

Il s'assit sur le lit et, prenant le menton de la belle aristocrate :

« Il est vrai, dit-il, que cette bouche-là n'est pas faite pour marmotter jour et nuit des *Pater*. Ce serait dommage. Mais la République avant tout. Nous cherchons le traître Planchonnet. Il est ici, j'en suis sûr. Il me le faut. Je le ferai guillotiner. Ce sera ma fortune.

.— Cherchez-le donc ! »

Ils regardèrent sous les meubles, dans les armoires, passèrent des piques sous le lit et sondèrent les matelas avec des baïonnettes.

Lubin, se grattant l'oreille, me regardait du coin de l'œil. Mme de Luzy, craignant pour moi un interrogatoire embarrassant :

« Mon ami, me dit-elle, tu connais aussi bien que moi la maison; prends les clefs et conduis partout M. Lubin. Je sais que ce sera un plaisir pour toi que de guider des patriotes. »

Je les conduisis à la cave, où ils culbutèrent les margotins et burent un assez grand nombre de bouteilles. Après quoi, Lubin défonça, à coups de crosse, les tonneaux pleins et, sortant de la cave inondée de vin, donna le signal du départ. Je les reconduisis jusqu'à la grille, que je refermai sur leurs talons, et je courus annoncer à Mme de Luzy que nous étions sauvés.

À cette nouvelle, penchant la tête dans la ruelle, elle appela :

« Monsieur Planchonnet ! monsieur Planchonnet ! »

Un faible soupir lui répondit.

« Dieu soit loué ! s'écria-t-elle. Monsieur Planchonnet, vous m'avez fait une peur affreuse. Je vous croyais mort[a]. »

LA MORT ACCORDÉE

À Albert Tournier[1].

Après avoir erré longtemps dans les rues désertes, André alla s'asseoir au bord de la Seine et contempla cette vaste colline de Saint-Cloud où habitait Lucie, sa maîtresse, aux jours de joie et d'espérance.

De longtemps il n'avait été si calme.

À huit heures, il prit un bain. Il entra chez un traiteur du Palais-Royal et, regardant les papiers publics en attendant son repas, lut dans le *Courrier de l'Égalité*[2] la liste des condamnés à mort exécutés sur la place de la Révolution le 24 floréal.

Il déjeuna de bon appétit. Puis il se leva, s'assura devant une glace si sa toilette était en ordre et s'il avait le teint bon, et s'en alla d'un pas léger jusqu'à la maison basse qui fait le coin des rues de Seine et Mazarine. C'est là que logeait le citoyen Lardillon[3], substitut de l'accusateur public au Tribunal révolutionnaire, homme serviable, qu'André avait connu capucin à Angers et sans-culotte à Paris.

Il sonna. Après quelques minutes de silence, une figure parut à travers un judas grillé et le citoyen Lardillon, s'étant assuré prudemment de la mine et du *nom du visiteur*, ouvrit enfin la porte du logis. Il avait la face pleine, le teint fleuri, l'œil brillant, la bouche humide et l'oreille rouge. Son apparence était d'un homme jovial, mais craintif. Il conduisit André dans la première pièce de son appartement.

Une petite table ronde, de deux couverts, y était

servie. On y voyait un poulet, un pâté, un jambon, une terrine de foie gras et des viandes froides couvertes de gelée. À terre, trois bouteilles rafraîchissaient dans un seau. Un ananas, des fromages et des confitures couvraient la tablette de la cheminée. Des flacons de liqueurs étaient posés sur un bureau encombré de dossiers.

Par une porte entrouverte, on apercevait dans la chambre voisine un grand lit défait.

« Citoyen Lardillon, dit André, je viens te demander un service.

— Citoyen, je suis prêt à te le rendre, s'il n'en coûte rien à la sûreté de la République. »

André lui répondit en souriant :

« Le service que je te demande s'accordera parfaitement avec la sécurité de la République et la tienne. »

Sur un signe de Lardillon, André s'assit.

« Citoyen substitut, dit-il, tu sais que depuis deux ans je conspire contre tes amis et que je suis l'auteur de l'écrit intitulé : *Les Sans-Culottes dévoilés*[1]. Tu ne me feras pas[a] de faveur en m'arrêtant; tu ne feras que ton devoir. Aussi, n'est-ce pas là le service que je te demande. Mais écoute-moi : j'aime, et ma maîtresse est en prison. »

Lardillon inclina la tête avec bienveillance.

« Je sais que tu n'es pas insensible, citoyen Lardillon; je te prie de me réunir à celle que j'aime et de m'envoyer immédiatement à Port-Libre[2].

— Eh ! eh ! dit Lardillon avec un sourire sur ses lèvres à la fois fines et fortes, c'est plus que la vie, c'est le bonheur que tu me demandes, citoyen. »

Il allongea le bras du côté de la chambre à coucher et cria :

« Épicharis ! Épicharis ! »

Une grande femme brune apparut, les bras et la gorge nus, en chemise et en jupon, une cocarde dans les cheveux.

« Ma nymphe, lui dit Lardillon en l'attirant sur ses genoux, contemple le visage de ce citoyen et ne l'oublie jamais ! Comme nous, Épicharis, il est sensible; comme nous, il sait que la séparation est le plus grand des maux. Il veut aller en prison et à la guillotine avec sa maîtresse. Épicharis, peut-on lui refuser ce bienfait ?

— Non, répondit la fille en tapotant les joues du moine en carmagnole.

— Tu l'as dit, ma déesse, nous servirons deux tendres amants. Citoyen André, donne-moi ton adresse et tu coucheras à Port-Libre ce soir.

— C'est entendu ? dit André.

— C'est entendu, répondit Lardillon en lui tendant la main. Va retrouver ta bonne amie, et dis-lui que tu as vu Épicharis dans les bras de Lardillon. Puisse cette image faire naître en vos cœurs de riantes pensées ! »

André lui répondit que peut-être ils assembleraient des images plus touchantes, mais qu'il ne lui en était pas moins reconnaissant et qu'il regrettait de ne pouvoir vraisemblablement lui rendre service à son tour.

« L'humanité ne veut pas de salaire », répondit Lardillon.

Il se leva et, pressant Épicharis contre son cœur : « Qui sait quand viendra notre tour ?

Omnes eodem cogimur : omnium
Versatur urna ; serius ocius
Sors exitura, et nos in aeternum
Exilium impositura cymbae[1].

En attendant, buvons ! Citoyen, veux-tu partager notre repas ? »

Epicharis ajouta que ce serait galant et elle retint André par le bras. Mais il s'échappa, emportant la promesse du substitut de l'accusateur public.

ANECDOTE DE FLORÉAL, AN II

À Mlle Jeanne Cantel[1].

I

Le guichetier a refermé la porte de la maison d'arrêt sur la ci-devant comtesse Fanny d'Avenay[2], appréhendée « par mesure de sûreté générale », comme dit le registre d'écrou, et, en réalité, pour avoir donné asile à des proscrits.

La voilà dans le vieux bâtiment où, jadis, les solitaires de Port-Royal goûtaient en commun la solitude, et dont on a pu faire une prison sans y rien changer.

Assise sur une banquette, pendant que le greffier inscrit son nom, elle songe :

« Pourquoi ces choses, mon Dieu, et que voulez-vous de moi ? »

Le porte-clefs a l'air plus bourru que méchant, et sa fille, qui est jolie, porte à ravir le bonnet blanc avec la cocarde et les nœuds aux couleurs de la Nation. Cet homme conduit Fanny dans une grande cour, au milieu de laquelle est un bel acacia. Elle attendra là qu'il lui ait préparé un lit et une table dans une chambre où l'on a déjà renfermé cinq ou six prisonnières, car la maison est encombrée. En vain elle verse chaque jour son trop-plein au Tribunal révolutionnaire et à la guillotine; chaque jour les comités l'emplissent de nouveau.

Dans la cour, Fanny voit une jeune femme occupée à graver un chiffre sur l'écorce de l'arbre, et reconnaît Antoinette d'Auriac, son amie d'enfance.

« Toi ici, Antoinette ?

— Toi ici, Fanny ? Fais mettre ton lit près du mien. Nous aurons bien des choses à nous dire.

— Bien des choses... Et M. d'Auriac, Antoinette ?

— Mon mari ? Ma foi, ma chérie, je l'avais un peu oublié. C'était injuste. Il a toujours été parfait pour moi... Je pense qu'en ce moment il est en prison quelque part.

— Et que fais-tu là, Antoinette ?

— Chut !... Quelle heure est-il ? S'il est cinq heures, l'ami dont j'unis sur cette écorce le nom au mien n'est plus de ce monde, car il a passé à midi au Tribunal révolutionnaire. Il se nommait Gesrin et était volontaire à l'armée du Nord. Je l'ai connu dans cette prison. Nous avons passé ensemble de douces heures, au pied de cet arbre. C'était un jeune homme de mérite[1]... Mais il faut que je m'occupe de t'installer ici, ma belle. »

Et, saisissant Fanny par la taille, elle l'entraîna dans la chambre où elle avait un lit, et elle obtint du porte-clefs qu'il ne séparât pas les deux amies.

Elles convinrent de laver, ensemble, dès le lendemain matin, le carreau de leur chambre.

Le repas du soir, servi maigrement par un gargotier patriote, se prenait en commun. Chaque prisonnier apportait son assiette et son couvert de bois (il était interdit d'en avoir en métal), et recevait sa portion de porc aux choux[2]. Fanny vit à cette table grossière des femmes dont la gaieté l'étonna. Comme Mme d'Auriac, elles étaient coiffées avec étude et portaient de fraîches toilettes[3]. Près de mourir, elles gardaient l'envie de plaire. Leur conversation était galante comme leur personne, et Fanny fut bientôt instruite des intrigues qui se nouaient et se dénouaient sous les verrous, dans ces préaux sombres où la mort aiguillonnait l'amour. Alors, prise d'un indicible trouble, elle se sentit un grand désir de presser une main dans la sienne.

Il lui souvint de celui qui l'aimait et à qui elle ne s'était pas donnée, et un regret aussi cruel qu'un remords déchira son cœur. Des larmes ardentes comme la volupté roulèrent sur ses joues. À la lueur du lampion fumeux qui éclairait le repas, elle observait ses compagnes dont les yeux brillaient de fièvre, et elle songeait :

« Nous allons mourir ensemble. D'où vient que je suis triste et que mon âme est troublée, quand, pour ces femmes, la vie et la mort sont également légères ? »

Et elle pleura toute la nuit sur son grabat.

II

Vingt longs jours monotones ont passé lourdement. La cour où les amants vont chercher le silence et l'ombre est déserte ce soir. Fanny, qui étouffait dans l'air humide des corridors, vient s'asseoir sur le tertre de gazon qui entoure le pied du vieil acacia dont la cour est ombragée. L'acacia est en fleur, et la brise qui le caresse en sort tout embaumée. Fanny voit un écriteau cloué à l'écorce de l'arbre, au-dessous du chiffre gravé par Antoinette. Elle lit sur cet écriteau les vers du poète Vigée, prisonnier comme elle.

Ici des cœurs exempts de crimes,
Du soupçon dociles victimes,
Grâce aux rameaux d'un arbre protecteur,
En songeant à l'amour oubliaient leur douleur.
Il fut le confident de leurs tendres alarmes ;
Plus d'une fois il fut baigné de larmes.
Vous, que des temps moins rigoureux
Amèneront dans cette enceinte,
Respectez, protégez cet arbre généreux.
Il consolait la peine, il rassurait la crainte ;
Sous son feuillage on fut heureux[1].

Après avoir lu ces vers, Fanny resta songeuse. Elle revit intérieurement sa vie, douce et calme, son mariage sans amour, son esprit amusé de musique et de poésie, occupé d'amitié, riant, sans trouble ; puis l'amour d'un galant homme qui lui avait inspiré de l'estime mais ne l'avait point troublée, et dont elle sentait mieux le mérite dans le silence de la prison. Il l'avait vraiment aimée. Et, songeant qu'elle allait mourir, elle se désola. Une sueur d'agonie lui monta aux tempes. Dans son angoisse, elle leva ses regards ardents au ciel plein d'étoiles et elle murmura en se tordant les bras :

« Mon Dieu ! rendez-moi l'espérance. »

À ce moment, un pas léger s'approcha d'elle. C'était Rosine, la fille du porte-clefs, qui venait lui parler en secret[1].

« Citoyenne, lui dit la jolie fille, demain soir un homme qui t'aime t'attendra sur l'avenue de l'Observatoire avec une voiture. Prends ce paquet, il contient des vêtements pareils à ceux que je porte; tu t'en revêtiras, dans ta chambre, pendant le souper. Tu es de ma taille et blonde comme moi. On peut, dans l'ombre, nous prendre l'une pour l'autre. Un gardien, qui est mon amoureux et que nous avons mis dans le complot, montera dans ta chambre et t'apportera le panier avec lequel je vais aux provisions.

« Tu descendras avec lui par l'escalier dont il a la clef et qui conduit à la loge de mon père. De ce côté, la porte n'est ni fermée ni gardée. Il faut seulement éviter que mon père ne te voie. Mon amoureux se mettra le dos contre le carreau de la loge, et il te parlera comme à moi. Il te dira : " Au revoir, citoyenne Rose, et ne soyez plus si méchante. " Tu t'en iras tranquillement dans la rue. Pendant ce temps, je sortirai par le guichet principal et nous nous rejoindrons toutes deux dans le fiacre qui doit nous emmener. »

Fanny buvait, avec ces paroles, les souffles de la nature et du printemps. De toutes les forces de sa poitrine, gonflée de vie, elle aspirait la liberté.

Elle voyait, goûtait son salut par avance. Et comme il s'y mêlait une idée d'amour, elle mit ses deux mains sur son cœur pour contenir son bonheur. Mais peu à peu la réflexion, puissante chez elle, domina le sentiment. Elle fixa sur la fille du porte-clefs un regard attentif et lui dit :

« *Ma belle enfant*, pour quelle raison vous dévouez-vous ainsi à moi, que vous ne connaissez pas ?

— C'est, lui répondit Rose en oubliant de la tutoyer, parce que votre bon ami me donnera beaucoup d'argent quand vous serez libre, et qu'alors j'épouserai Florentin, mon amoureux. Vous voyez, citoyenne, que c'est pour moi que je travaille. Mais je suis plus contente de vous sauver que d'en sauver une autre.

— Je vous en rends grâce, mon enfant; mais pourquoi cela ?

— Parce que vous êtes mignonne et que votre bon ami a beaucoup de chagrin loin de vous. C'est convenu, n'est-ce pas ? »

Fanny allongea la main pour saisir le paquet de hardes que Rose lui tendait.

Mais, retirant aussitôt le bras :

« Rose, savez-vous que, si on nous découvrait, ce serait la mort pour vous ?

— La mort ! s'écria la jeune fille, vous me faites peur. Oh ! non, je ne le savais pas. »

Puis, déjà rassurée :

« Citoyenne, votre bon ami saura bien me cacher.

— Il n'est pas de retraite sûre à Paris. Je vous remercie de votre dévouement, Rose; mais je ne l'accepte pas. »

Rose demeurait stupéfaite.

« Vous serez guillotinée, citoyenne, et je n'épouserai pas Florentin !

— Rassurez-vous, Rose. Je puis vous rendre service sans accepter ce que vous me proposez.

— Oh ! non. Ce serait de l'argent volé. »

La fille du porte-clefs pria, pleura, supplia longtemps. Elle s'agenouilla et saisit le bord de la robe de Fanny.

Fanny la repoussa de la main et détourna la tête. Un rayon de lune éclairait le calme de son beau visage.

La nuit était riante, une brise passait. L'arbre des prisonniers, secouant ses branches odorantes, répandit de pâles fleurs sur la tête de la victime volontaire.

LA PERQUISITION

La chambre était tendue de soie bleu pâle. Une épinette sur laquelle était ouverte le *Devin du village*[1], des chaises ayant une lyre pour dossier, un bonheur-du-jour en acajou, un lit blanc orné de roses, le long de la corniche des couples de colombes, tout souriait avec une grâce attendrie. La lampe brillait doucement et la flamme du foyer faisait palpiter comme des ailes dans l'ombre. Assise en robe de chambre devant le bonheur-du-jour, son cou délicat incliné sous la magnifique et pâle auréole de ses cheveux, Julie feuillette les lettres qui dormaient, liées avec des faveurs dans les tiroirs du meuble.

Minuit sonne; c'est le signe du passage d'une année à l'autre. La mignonne pendule, où rit un amour doré, annonce que l'année 1793 est finie.

Au moment de la conjonction des aiguilles, un petit fantôme a paru. Un joli enfant, sorti du cabinet où il couche et dont la porte reste entrouverte, est venu, en chemise, se jeter dans les bras de sa mère et lui souhaiter une bonne année.

« Une bonne année, Pierre... Je te remercie. Mais *sais-tu ce que c'est* qu'une bonne année ? »

Il croit savoir; pourtant, elle veut le lui mieux enseigner.

« Une année est bonne, mon chéri, pour ceux qui l'ont passée sans haine et sans peur. »

Elle l'embrasse; elle le porte dans le lit d'où il

s'est échappé, puis elle revient s'asseoir devant le bonheur-du-jour. Elle regarde tour à tour la flamme qui brille dans l'âtre et les lettres d'où s'échappent des fleurs séchées. Il lui en coûte de les brûler. Il le faut pourtant. Car ces lettres, si elles étaient découvertes, feraient envoyer à la guillotine celui qui les a écrites et celle qui les a reçues. S'il ne s'agissait que d'elle, elle ne les brûlerait pas, tant elle est lasse de disputer sa vie aux bourreaux. Mais elle songe à lui, proscrit, dénoncé, recherché, qui se cache dans quelque grenier à l'autre bout de Paris. Il suffit d'une de ces lettres pour retrouver ses traces et le livrer à la mort.

Pierre dort chaudement dans le cabinet voisin; la cuisinière et Nanon se sont retirées dans les chambres hautes. Le grand silence du temps de neige règne au loin. L'air vif et pur active la flamme du foyer. Julie va brûler ces lettres, et c'est une tâche qu'elle ne pourra accomplir, elle le sait, sans de profondes et tristes songeries. Elle va brûler ces lettres, mais non pas sans les relire.

Les lettres sont bien en ordre, car Julie met dans tout ce qui l'entoure l'exactitude de son esprit.

Celles-ci, déjà jaunies, datent de trois ans, et Julie revit dans le silence de la nuit les heures enchantées. Elle ne livre une page aux flammes qu'après en avoir épelé dix fois les syllabes adorées.

Le calme est profond autour d'elle. D'heure en heure, elle va à la fenêtre, soulève le rideau, voit dans l'ombre silencieuse le clocher de Saint-Germain-des-Prés argenté par la lune, puis reprend son œuvre de lente et pieuse destruction. Et comment ne pas boire une dernière fois ces pages délicieuses ? Comment livrer aux flammes ces lignes si chères avant de les avoir à jamais imprimées dans son cœur ? Le calme est profond autour d'elle, son âme palpite de jeunesse et d'amour.

Elle lit :

Absent, je vous vois, Julie. Je marche environné des images que ma pensée fait naître. Je vous vois, non point immobile et froide, mais vive, animée, toujours diverse et toujours parfaite. J'assemble autour de vous, dans mes rêves, les plus magnifiques spectacles de l'univers. Heureux, l'amant de Julie ! Tout le charme, parce qu'il voit tout en elle. En l'aimant il aime vivre ; il admire ce monde qu'elle éclaire ; il chérit cette terre qu'elle fleurit. L'amour lui révèle le sens caché des choses. Il comprend les formes infinies de la création ; elles lui montrent toutes l'image de Julie ; il entend les voix sans nombre de la nature ; elles lui murmurent toutes le nom de Julie. Il noie ses regards avec délices dans la lumière du jour, en songeant que cette heureuse lumière baigne aussi le visage de Julie, et jette comme une caresse divine sur la plus belle des formes humaines. Ce soir les premières étoiles le feront tressaillir ; il se dira : Elle les regarde peut-être en ce moment. Il la respire dans tous les parfums de l'air. Il veut baiser la terre qui la porte...

Ma Julie, si je dois tomber sous la hache des proscripteurs, si je dois, comme Sidney, mourir pour la liberté, la mort elle-même ne pourra retenir dans l'ombre où tu ne seras pas mes mânes indignés. Je volerai vers toi, ma bien-aimée. Souvent mon âme reviendra flotter en ta présence.

Elle lit et songe. La nuit s'achève. Déjà une lueur blême traverse les rideaux : c'est le matin. Les servantes ont commencé leur travail. Elle veut achever le sien. N'a-t-elle pas entendu des voix ? Non, le calme est profond autour d'elle...

Le calme est profond; c'est que la neige étouffe le son des pas. On vient, on est là. Des coups ébranlent la porte.

Cacher les lettres, fermer le bonheur-du-jour, elle n'en a plus le temps. Tout ce qu'elle peut faire, elle le fait; elle prend les papiers à brassées et les jette sous le canapé dont la housse traîne à terre. Quelques lettres se répandent sur le tapis; elle les repousse du pied, saisit un livre et se jette dans un fauteuil.

Le président du district entre suivi de douze piques. C'est un ancien rempailleur, nommé Brochet, qui *grelotte la fièvre* et dont les yeux sanglants nagent dans une perpétuelle horreur.

Il fait signe à ses hommes de garder les issues, et s'adressant à Julie :

« Citoyenne, nous venons d'apprendre que tu es en correspondance avec des agents de Pitt, des émigrés et des conspirateurs des prisons. Au nom de la loi, je viens saisir tes papiers. Il y a longtemps que tu m'étais désignée comme une aristocrate de la plus dangereuse espèce. Le citoyen Rapoix, qui est devant tes yeux (et il désigna un de ses hommes), a avoué que dans le grand hiver de 1789, tu lui as donné de l'argent et des vêtements pour le corrompre. Des magistrats modérés et dépourvus de civisme t'ont épargnée trop longtemps. Mais je suis le maître à mon tour, et tu n'échapperas pas à la guillotine. Livre-nous tes papiers, citoyenne.

— Prenez-les vous-même, dit Julie, mon secrétaire est ouvert. »

Il y restait encore quelques billets de naissance, de mariage, ou de mort, des mémoires de fournisseurs et des titres de rente que Brochet examinait un à un. Il les tâtait et les retournait comme un homme défiant, qui ne sait pas bien lire, et disait de temps à autre : « Mauvais ! Le nom du ci-devant roi n'est pas effacé, mauvais, mauvais, cela ! »

Julie en augure que la visite sera longue et minutieuse. Elle ne peut se défendre de jeter un regard furtif du côté du canapé et elle voit un coin de lettre qui passe sous la housse comme l'oreille blanche d'un chat. À cette vue, son angoisse cesse tout à coup. La certitude de sa perte met dans son esprit une tranquille assurance et sur son visage un calme tout semblable à celui de la sécurité. Elle est certaine que les hommes verront ce bout de papier qu'elle voit. Blanc sur le tapis rouge, il crève les yeux. Mais elle ne sait pas s'ils le découvriront tout de suite ou s'ils tarderont à le voir. Ce doute l'occupe et l'amuse. Elle se *fait* dans ce moment tragique une sorte de jeu d'esprit à regarder les patriotes *s'éloigner* ou s'approcher du canapé.

Brochet, qui en a fini avec les papiers du bonheur-du-jour, s'impatiente et jure qu'il trouvera bien ce qu'il cherche.

Il culbute les meubles, retourne les tableaux et frappe du pommeau de son sabre sur les boiseries pour découvrir les cachettes. Il n'en découvre point. Il fait sauter le panneau de glace pour voir s'il n'y a rien derrière. Il n'y a rien.

Pendant ce temps, ses hommes lèvent quelques lames de parquet. Ils jurent qu'une gueuse d'aristocrate ne se moquera pas des bons sans-culottes. Mais aucun d'eux n'a vu la petite corne blanche qui passe sous la housse du canapé.

Ils emmènent Julie dans les autres pièces de l'appartement et demandent toutes les clefs. Ils défoncent les meubles, font voler les vitres en éclats, crèvent les chaises, éventrent les fauteuils. Et ils ne trouvent rien.

Pourtant Brochet ne désespère pas encore, il retourne dans la chambre à coucher.

« Nom de Dieu ! les papiers sont ici; j'en suis sûr ! »

Il examine le canapé, le déclare suspect et y enfonce à cinq ou six reprises son sabre dans toute sa longueur. Il ne trouve rien encore de ce qu'il cherche, pousse un affreux juron et donne à ses hommes l'ordre du départ.

Il est déjà à la porte quand, se retournant vers Julie le poing tendu :

« Tremble de me revoir; je suis le peuple souverain ! »

Et il sort le dernier.

Enfin, ils sont partis. Elle entend le bruit de leurs pas se perdre dans l'escalier. Elle est sauvée ! Son imprudence ne l'a point trahi, lui ! Elle court, avec un rire mutin, embrasser son Émile qui dort les poings fermés, comme si tout n'avait pas été bouleversé autour de son berceau.

LE PETIT SOLDAT DE PLOMB

Cette nuit-là, comme la fièvre de l' « influenza » m'empêchait de dormir, j'entendis très distinctement trois coups frappés sur la glace d'une vitrine qui est à côté de mon lit et dans laquelle vivent pêle-mêle des figurines en porcelaine de Saxe ou en biscuit de Sèvres, des statuettes en terre cuite de Tanagra ou de Myrina[1], des petits bronzes de la Renaissance, des ivoires japonais, des verres de Venise, des tasses de Chine, des boîtes en vernis Martin, des plateaux de laque, des coffrets d'émail; enfin, mille riens que j'aime pour le fini du travail ou la beauté de la matière. Les coups[a] étaient légers, mais parfaitement nets et je reconnus, à la lueur de la veilleuse, que c'était un petit soldat de plomb, logé dans le meuble, qui essayait de se donner la liberté. Il y réussit, et, bientôt, sous son poing, la porte vitrée s'ouvrit toute grande. *À vrai dire*, je ne fus pas surpris plus que de raison. Ce petit soldat m'a toujours eu l'air d'un fort mauvais sujet. Et depuis deux ans que Mme G. M*** me l'a donné, je m'attends de sa part à toutes les impertinences. Il porte l'habit blanc bordé de bleu : c'est un garde-française, et l'on sait que ce régiment-là ne se distinguait point par la discipline.

« Holà ! criai-je, La Fleur, Brindamour, La Tulipe ! ne pourriez-vous faire moins de bruit et me laisser reposer en paix, car je suis fort souffrant ? »

Le drôle me répondit en grognant :

« Tel que vous me voyez, bourgeois, il y a cent ans que j'ai pris la Bastille, ensuite de quoi on vida nombre de pots. Je ne crois pas qu'il reste beaucoup de soldats de plomb aussi vieux que moi. Bonne nuit, je vais à la parade.

— La Tulipe, répondis-je sévèrement, votre régiment fut cassé par ordre de Louis XVI le 31 août 1789[1]. Vous ne devez plus aller à aucune parade. Restez dans cette vitrine. »

La Tulipe se frisa la moustache et, me regardant du coin de l'œil avec mépris :

« Quoi, me dit-il, ne savez-vous pas que, chaque année, dans la nuit du 31 décembre, pendant le sommeil des enfants, la grande revue des soldats de plomb défile sur les toits, au milieu des cheminées qui fument joyeusement, et d'où s'échappent encore les dernières cendres de la bûche de Noël ? C'est une cavalcade éperdue, où chevauche maint cavalier qui n'a plus de tête. Les ombres de tous les soldats de plomb qui périrent à la guerre passent ainsi dans un tourbillon infernal. Ce ne sont que baïonnettes tordues et sabres brisés. Et les âmes des poupées mortes, toutes pâles au clair de lune, les regardent passer. »

Ce discours me laissa perplexe.

« Ainsi donc, La Tulipe, c'est un usage, un usage solennel ? J'ai infiniment de respect pour les usages, les coutumes, les traditions, les légendes, les croyances populaires. Nous appelons cela le folk-lore[2], et nous en faisons des études qui nous divertissent beaucoup. La Tulipe, je vois avec grand plaisir que vous êtes traditionniste. D'un autre côté, je ne sais si je dois vous laisser sortir de cette vitrine.

— Tu le dois », dit une voix harmonieuse et pure que je n'avais pas encore entendue et que je reconnus aussitôt pour celle de la jeune femme de Tanagra qui, serrée dans les plis de son himation[3], se tenait debout auprès du garde-française qu'elle dominait de l'élégante majesté de sa taille. « Tu le dois. Toutes les coutumes transmises par les aïeux sont également respectables. Nos pères savaient mieux que nous ce qui est permis et ce qui est défendu, car ils étaient plus près des dieux. Il convient donc de laisser ce

Galate[1] accomplir les rites guerriers des ancêtres. De mon temps[a], ils ne portaient pas, comme celui-ci, un ridicule habit bleu à revers rouges. Ils n'étaient couverts que de leurs boucliers. Et nous en avions grand-peur. C'étaient des Barbares. Toi aussi, tu es un Galate et un Barbare. En vain tu as lu les poètes et les historiens, tu ne sais point ce que c'est que la beauté de la vie. Tu n'étais point à l'agora, tandis que je filais la laine de Milet, dans la cour de la maison, sous l'antique mûrier. »

Je m'efforçai de répondre avec mesure :

« Belle Pannychis, ton petit peuple grec a conçu des formes dont se réjouissent à jamais les âmes et les yeux. Il a créé les arts et fondé les sciences. Pannychis, il convient de reconnaître[b] que tu as bien parlé. La coutume doit être suivie, sans quoi elle ne serait plus la coutume. Blanche Pannychis, toi qui filais la laine de Milet, sous le mûrier antique, tu ne m'auras pas fait entendre en vain des paroles de bon conseil; sur ton avis, je permets à La Tulipe d'aller partout où la tradition l'appelle. »

Alors une petite batteuse de beurre en biscuit de Sèvres, les deux mains sur sa baratte, tourna vers moi des regards suppliants.

« Monsieur, ne le laissez point partir. Il m'a promis le mariage. C'est l'amoureux des onze mille vierges. S'il s'en va, je ne le reverrai plus. »

Et, cachant ses joues rondes dans son tablier, elle pleura toutes les larmes de son cœur.

Je la rassurai du mieux que je pus et j'invitai mon garde-française à ne point s'attarder, après la revue, dans quelque cabaret. Il le promit[c] et je lui souhaitai *bon voyage*. Mais il ne partait pas. Chose étrange, il demeurait tranquille sur sa tablette, ne bougeant pas plus que les magots qui l'entouraient. Je lui en témoignai ma surprise.

« Patience, me répondit-il. Je ne pourrais partir ainsi sous vos regards sans contrarier toutes les lois de la magie. Quand vous sommeillerez, il me sera facile de m'échapper dans un rayon de lune, car je suis subtil. Mais rien ne me presse et je puis attendre encore une heure ou deux. Pour l'instant nous n'avons rien de mieux à faire que de causer. Voulez-vous que je vous conte une histoire du vieux temps ? J'en sais plus d'une.

— Contez, dit Pannychis.

— Contez, dit la batteuse de beurre.

— Contez donc, La Tulipe », fis-je à mon tour.

Il s'assit, bourra sa pipe, se versa un verre de vin, toussa et commença en ces termes :

« Il y a quatre-vingt-dix-neuf ans, jour pour jour[a], j'étais sur un guéridon avec une douzaine de camarades qui me ressemblaient comme des frères, les uns en assez bon état, les autres endommagés de la tête ou des pieds : débris héroïques d'une boîte de soldats de plomb, achetée l'année précédente à la foire Saint-Germain. La chambre était tendue de soie bleu pâle; une épinette[b]... »

Je l'interrompis :

« La Tulipe, je connais cette histoire : c'est celle d'une visite domiciliaire au temps de la Terreur. Elle ne va pas à votre air : je la conterai moi-même, et dès demain. Dites-nous une histoire de guerre.

— Soit, reprit La Tulipe. Donnez-moi à boire et je vais vous narrer la bataille de Fontenoy[1], où je fus. Nous y abîmâmes les Anglais. Il y avait aussi contre nous, dans cette bataille, des Autrichiens, des Hollandais et, s'il m'en souvient, des Allemands; mais ces individus-là ne comptent pas. La France n'a qu'un seul ennemi, l'Angleterre. Nous arrivâmes sur le champ de bataille. Dès l'abord, les lauriers sous mes pas levaient de terre. Quand nous fûmes à cinquante pas de l'ennemi, nous fîmes halte, et le milord Charles Hay, capitaine des gardes anglaises, ôta son chapeau et nous cria :

« " Messieurs les gardes françaises, tirez. "

« À quoi nos officiers répliquèrent :

« " Messieurs les gardes anglaises, à vous l'honneur. Tirez d'abord. " Et ce cri fut répété par tout mon régiment, et ma voix, plus forte que les autres, les dominait. *On n'entendait* que moi.

— Il est resté célèbre, dis-je. D'où vous vint, La Tulipe, ce mouvement de générosité sublime, qui fait l'admiration de la postérité ?

— De générosité ? s'écria La Tulipe, en roulant des yeux furieux. Comment l'entendez-vous ? Bonhomme, me prenez-vous pour une andouille ? Regardez-moi bien. Ai-je l'air d'un jocrisse ?... De générosité ?... Vous me la baillez belle avec votre générosité. Ne croyez pas que je sois un homme qu'on mène voir les poules pisser. Et voulez-vous que je vous coupe les oreilles ? Vous êtes un faquin. Il serait beau vraiment qu'un garde-française chevronné jusqu'à l'épaule se montrât généreux avec les *goddam*. Nous disions aux Anglais de tirer d'abord, parce que d'ordinaire la première salve ne fait pas grand mal à celui qui la reçoit. On la tire au hasard et sans les points de repère que donne la fumée de l'ennemi. Vous ne savez donc pas que nos règlements nous interdisent de tirer les premiers ? Il faut que vous soyez bien ignorant.

— Je sais pourtant, La Tulipe, que cette première salve de Fontenoy fut, contrairement à votre dire, excessivement meurtrière. »

La Tulipe en convint.

« Il eѕt vrai; elle le fut à cause de la proximité inusitée où les Anglais se trouvaient des Français. Nos premiers rangs furent fauchés. Mais nous avions fait en cette rencontre comme nous avions appris à faire. La première vertu du militaire eѕt de se conformer au règlement. Mais entendez la suite : cette bataille qui eut un commencement sévère se poursuivit joyeusement. On y tua beaucoup d'Anglais. Le maréchal de Saxe, monté sur un cheval fougueux, menait nos troupes au combat. »

À ce coup, je l'interrompis :

« Je croyais, lui dis-je, que le maréchal de Saxe, fort malade, se faisait porter en litière.

— Vous avez raison de le croire. Car c'eѕt vrai et je le vis de mes yeux sur son lit volant, où il gisait tout à plat. Mais j'omettais de le dire par bon goût, bienséance, convenance et révérence. Et comme je sais comment il faut dire, j'avais mis au lieu d'un grabat un coursier impétueux. Voilà comme il faut écrire l'hiѕtoire. Monsieur, ne vous y essayez point. Vous n'avez pas l'esprit assez sublime pour y réussir... Une litière, quel attirail pour un guerrier... Donc le maréchal de Saxe, excitant un cheval indompté, brûlait de se baigner dans le sang des ennemis. La bataille qui avait commencé sévèrement se poursuivit dans la joie : on y tua beaucoup d'Anglais. Ce sont de vilains animaux. Vous savez qu'ils ont une queue au derrière[1].

— Je ne le savais pas, La Tulipe.

— C'est donc, monsieur, que vous n'êtes pas bien instruit. Mais je poursuis : à un certain moment de cette grande action, mon courage m'emporta presque seul, assez loin du champ de bataille, au pied d'un ravin, devant une redoute formidable, défendue par une cinquantaine de ces animaux ; j'en tuai quarante et un, j'en blessai trente-quatre. Le reste prit la fuite et la redoute fut prise. Mon ardeur m'entraînant plus loin encore, je me trouvai dans un bois où l'on n'entendait plus le bruit du combat. Après avoir marché assez longtemps, je rencontrai un vieil homme qui faisait des fagots. Je lui demandai s'il n'avait pas vu, d'aventure, mon régiment que j'avais perdu. Il me fit signe que non. Débordant d'enthousiasme, je lui criai d'une voix enflée par l'ardeur de la gloire :

« " Nous sommes vainqueurs. Crie : ' Vive le Roi ! '. "

« Mais, pour toute réponse, haussant les épaules, il continua à lier son fagot. Alors, indigné de tant de bassesse, je lui enfonçai ma baïonnette dans le ventre et passai mon chemin.

« Dès le lendemain nous logeâmes chez l'habitant. On m'assigna la demeure d'un riche marchand, nommé Jean Gosbec, où je me rendis fort avant dans la nuit. J'y fus reçu par une servante assez propre qui me conduisit au grenier où elle me fit un lit. Je m'aperçus que je lui plaisais et j'en profitai pour faire d'elle à mon plaisir. Bien qu'elle fût gaillarde, ma vigueur l'étonna.

« De bon matin, je descendis de mon grenier et accostai, dans la salle basse, la drapière qui se nommait Ursule et avait bonne mine. Je l'entrepris incontinent. Elle fit quelque résistance sur ce que son mari était jaloux et la tuerait s'il la surprenait avec moi.

« " Je lui couperai le nez ", lui dis-je.

« Et ces paroles la rassurèrent assez pour qu'elle ne retardât plus son plaisir, que je lui donnai incontinent. Au moment où j'y travaillais de bon cœur, elle poussa tout à coup un cri de frayeur à l'aspect de son mari qui était entré, par malencontre, dans la chambre et s'y tenait pétrifié. Il ne pouvait voir mon visage. Mais quand je le tournai sur lui, il fut terrifié et quitta la place sans rien dire.

« Voilà, monsieur, le récit complet de la bataille de Fontenoy.

— J'avoue, dis-je, que Voltaire[1] n'en a pas fait un si bon.

— Je le pense bien, me dit le garde française. Mais qui était ce Voltaire ? Un bourgeois, sans doute, qui n'entendait rien à la guerre. J'ai grand-soif. Faites monter une chopine. »

Appendice

LES AUTELS DE LA PEUR

I. 14 JUILLET 1789

Le Cours-la-Reine était désert. Le grand silence des jours d'été régnait sur les vertes berges de la Seine, sur les vieux hêtres taillés dont les ombres commençaient à s'allonger vers l'orient et dans l'azur tranquille d'un ciel sans nuages, sans brises, sans menaces et sans sourires. Un promeneur, venu des Tuileries, s'acheminait lentement vers les collines de Chaillot. Il avait la maigreur agréable de la première jeunesse et portait l'habit, la culotte, les bas noirs des bourgeois, dont le règne était enfin venu. Cependant son visage exprimait plus de rêverie que d'enthousiasme. Il tenait un livre à la main; son doigt, glissé entre deux feuillets, marquait l'endroit de sa lecture, mais il ne lisait plus. Par momens, il s'arrêtait et tendait l'oreille pour entendre le murmure léger et pourtant terrible qui s'élevait de Paris, et dans ce bruit plus faible qu'un soupir il devinait des cris de mort, de haine, de joie, d'amour, des appels de tambours, des coups de feu, enfin tout ce que, du pavé des rues, les révolutions font monter vers le chaud soleil de férocité stupide et d'enthousiasme sublime. Parfois, il tournait la tête et frissonnait. Tout ce qu'il avait appris, tout ce qu'il avait vu et entendu en quelques heures emplissait sa tête d'images confuses et terribles : la Bastille prise et déjà décrénelée par le peuple; le prévôt des marchands tué d'un coup de pistolet au milieu d'une foule furieuse; le gouverneur, le vieux de Launay, massacré sur le perron de l'Hôtel de Ville; une foule terrible, pâle comme la faim et comme la peur, ivre, hors d'elle-même, perdue dans un rêve de sang et de gloire, roulant de la Bastille à la Grève et, au-dessus de cent mille têtes hallucinées, les corps des invalides pendus à une lanterne et le front couronné de chêne d'un triomphateur en uniforme blanc et bleu; les vainqueurs, précédés des registres, des clés et de la vaisselle d'argent de l'antique forteresse, montant au milieu des acclamations; le perron ensanglanté; et devant eux les magistrats du peuple, La Fayette et Bailly, émus, glorieux, étonnés, les pieds dans le sang, et la tête dans un nuage d'orgueil ! Puis la peur régnant encore sur la foule déchaînée; au bruit semé que les troupes royales vont entrer de nuit dans la ville, les grilles des palais arrachées pour en faire des piques, les dépôts d'armes pillés, les citoyens élevant des barricades dans les rues et les femmes montant des grés sur les toits des maisons pour en écraser les régimens étrangers !

Mais les scènes violentes se sont réfléchies dans son imagination jeune et rêveuse avec les teintes de la mélancolie. Il a pris son livre préféré, un livre anglais plein de méditations sur les tombeaux, et il s'en est allé le long de la Seine, sous les arbres du Cours-la-Reine, vers la maison blanche, où nuit et jour va sa pensée. Tout est calme autour de lui. Il voit sur la berge des pêcheurs à la ligne, assis, les pieds dans l'eau; il sourit en pensant qu'ils prennent des goujons le 14 juillet 1789, et il suit en rêvant le cours de la rivière. Parvenu aux premières rampes des collines de Chaillot, il rencontre une patrouille qui surveille les communications entre Paris et Versailles. Cette troupe, armée de fusils, de mousquets, de hallebardes, est composée d'artisans portant le tablier de serge ou de cuir, d'hommes de loi de noir vêtus, d'un prêtre et d'un géant barbu, en chemise, nu-jambes. Ils arrêtent quiconque veut passer : on a surpris des intelligences entre le gouverneur de la Bastille et la cour; on craint une surprise.

Mais le promeneur est jeune et son air ingénu. Les amoureux sont marqués d'un signe : ils ont une douceur obstinée qui fait tomber tous les obstacles. Celui-ci dit à peine quelques mots et la troupe le laisse passer en souriant. Il entre dans le village et s'arrête à mi-côte devant la grille d'un jardin.

Ce jardin est petit, mais des allées sinueuses, des plis de terrain en prolongent la promenade. Des saules trempent le bout de leurs branches dans un bassin où nagent des canards. À l'angle de la rue, sur un tertre, s'élève une gloriette légère et une pelouse fraîche s'étend devant la maison. Là, sur un banc rustique une jeune femme est assise; elle penche la tête; son visage est caché par un grand chapeau de paille, couronné de fleurs naturelles. Elle porte sur sa robe à raies blanches et roses un fichu noué à la taille qui, placée un peu haut, donne à la jupe une longueur élancée, non sans grâce. Les bras, serrés dans une manche étroite, reposent. Une corbeille de forme antique, posée à ses pieds, est remplie de pelotes de laine. Près d'elle, un enfant, dont les yeux bleus brillent à travers les mèches de ses cheveux d'or, fait des tas de sable avec sa pelle.

La jeune femme restait immobile et comme charmée, et lui, debout à la grille, se refusait à rompre un charme si doux.

Enfin, elle leva la tête et montra un visage jeune, presque enfantin, dont les traits ronds et purs avaient une expression naturelle de douceur et d'amitié. Il s'inclina devant elle. Elle lui tendit la main.

« Bonjour, monsieur Germain; quelle nouvelle ? Quelle nouvelle apportez ? comme dit la chanson. Je ne sais que des chansons.

— Pardonnez-moi, madame, d'avoir troublé vos songes. Je vous contemplais. Seule, immobile, accoudée, vous m'avez semblé l'ange du rêve.

— Seule ! seule ! répondit-elle, comme si elle n'avait entendu que ce mot : seule ! L'eﬅ-on jamais ? »

Et, comme elle vit qu'il la regardait sans comprendre, elle ajouta :

« Laissons cela; ce sont des idées que j'ai... Quelles nouvelles ? »

Alors il lui conta la grande journée, la Baﬅille vaincue, la liberté fondée.

Fanny l'écouta gravement, puis :

« Il faut se réjouir, dit-elle; mais notre joie doit être la mâle joie du sacrifice. Désormais les Français ne s'appartiennent plus; ils se doivent à la Révolution qui va changer le monde. »

Comme elle parlait ainsi, l'enfant se jeta joyeusement sur ses genoux.

« Regarde, maman; regarde le beau jardin. »

Elle lui dit en l'embrassant :

« Tu as raison, mon Émile; rien n'eﬅ plus sage au monde que de faire un beau jardin.

— Il eﬅ vrai, ajouta Germain; quelle galerie de porphyre et d'or vaut une verte allée ? »

Et il se représentait la douceur de conduire à l'ombre des arbres cette jeune femme appuyée à son bras.

« Ah ! s'écria-t-il, en jetant sur elle un regard profond, que m'importent les hommes et les révolutions !

— Non, dit-elle, non ! je ne puis détacher ainsi ma pensée d'un grand peuple qui veut fonder le règne de la juﬅice. Mon attachement aux idées nouvelles vous surprend, monsieur Germain. Nous ne nous connaissons que depuis peu de temps. Vous ne savez pas que mon père m'apprit à lire dans le *Contrat social* et dans l'Évangile. Un jour, dans une promenade, il me montra Jean-Jacques. Je n'étais qu'une enfant, mais je fondis en larmes en voyant le visage assombri du plus sage des hommes. J'ai grandi dans la haine des préjugés. Plus tard, mon mari, disciple comme moi de la philosophie de la nature, voulut que notre fils s'appelât Émile et qu'on lui enseignât à travailler de ses mains. Dans sa dernière lettre, écrite il y a trois ans à bord du navire sur lequel il périt quelques jours après, il me recommandait encore les préceptes de Rousseau sur l'éducation.

Je suis pénétrée de l'esprit nouveau. Je crois qu'il faut combattre pour la justice et pour la vérité.

— Comme vous, madame, soupira Germain, j'ai l'horreur du fanatisme et de la tyrannie; j'aime comme vous la liberté, mais mon âme est sans force. Ma pensée s'échappe à chaque instant de moi-même. Je ne m'appartiens pas, et je souffre. »

La jeune femme ne répondit pas. Un vieillard poussa la grille et s'avança les bras levés, en agitant son chapeau. Il ne portait ni poudre ni perruque. Des cheveux gris et longs tombaient des deux côtés de son crâne chauve. Il était entièrement vêtu de ratine grise; les bas étaient bleus, les souliers sans boucles.

« Victoire ! victoire ! s'écriait-il. Le monstre est dans nos mains et je vous en apporte la nouvelle, Fanny !

— Mon voisin, je viens de l'entendre de M. Marcel Germain que je vous présente. Sa mère était à Angers l'amie de ma mère. Depuis six mois qu'il est à Paris il veut bien venir me voir de temps en temps au fond de mon ermitage. Monsieur Germain, vous voyez devant vous mon voisin et ami M. Franchot de La Cavanne, homme de lettres.

— Dites : Nicolas Franchot, laboureur.

— Je sais, mon voisin, que c'est ainsi que vous avez signé vos mémoires sur le commerce des grains. Je dirai donc, pour vous plaire et bien que je vous croie plus habile à manier la plume que la charrue, M. Nicolas Franchot, laboureur. »

Le vieillard saisit la main de Marcel et s'écria :

« Elle est donc tombée, cette forteresse qui dévora tant de fois la raison et la vertu ! Ils sont tombés, les verrous sous lesquels j'ai passé huit mois sans air et sans lumière. Il y a de cela trente et un ans, le 17 février 1768, ils m'ont jeté à la Bastille pour avoir écrit à M. de Voltaire une lettre sur la tolérance. Enfin, aujourd'hui, le peuple m'a vengé. La raison et moi nous triomphons ensemble. Le souvenir de ce jour durera autant que l'univers : j'en atteste le soleil qui vit périr Harmodius et fuir les Tarquins. »

La voix éclatante de M. Franchot effraya le petit Émile qui saisit la robe de sa mère. Franchot, apercevant tout à coup l'enfant, l'éleva de terre et lui dit avec enthousiasme :

« Plus heureux que nous, enfant, tu grandiras libre ! »

Mais Émile, épouvanté, renversa la tête en arrière et poussa de grands cris.

« Messieurs, dit Fanny en essuyant les larmes de son fils, vous voudrez bien souper avec moi. J'attends M. Duvernay, si toutefois il n'est pas retenu auprès d'un de ses malades. »

Et se tournant vers Marcel :

« Vous savez que M. Duvernay, médecin du roi, est électeur de Paris, hors les murs. Il serait député à l'Assemblée nationale si, comme M. de Condorcet, il ne s'était pas dérobé par modestie à cet honneur. C'est un homme de grand mérite; vous aurez plaisir et profit à l'entendre.

— Jeune homme, ajouta Franchot, je connais M. Jean Duvernay et je sais de lui un trait qui l'honore. Il y a deux ans, la reine le fit appeler pour soigner le dauphin atteint d'une maladie de langueur. Duvernay habitait alors Sèvres, où une voiture de la cour le venait prendre chaque matin pour le conduire à Saint-Cloud auprès de l'enfant malade. Un jour, la voiture rentra vide au palais. Duvernay n'était pas venu. Le lendemain, la reine lui en fit des reproches. " Monsieur, lui dit-elle, vous aviez donc oublié le dauphin ?

« — Madame, répondit cet honnête homme, je soigne votre fils avec humanité, mais hier j'étais retenu auprès d'une paysanne en couches. "

— Eh bien ! dit Fanny, cela n'est-il pas beau et ne devons-nous pas être fiers de notre ami ?

— Oui, cela est beau », répondit Germain.

Une voix grave et douce s'éleva près d'eux.

« Je ne sais, dit cette voix, ce qui excite vos transports; mais j'aime à les entendre. On voit en ce temps-ci tant de choses admirables ! »

L'homme qui parlait ainsi avait l'air robuste. Sa mise était sévère, mais plaisante à l'œil. Il portait une perruque poudrée et un jabot de fine dentelle. C'était Jean Duvernay; Marcel reconnut son visage pour l'avoir vu bien des fois en estampe dans les boutiques du quai des Augustins.

« Je viens de Versailles, dit Duvernay. Je dois au duc d'Orléans le plaisir de vous voir en ce grand jour, Fanny. Il m'a amené, dans son carrosse, jusqu'à Saint-Cloud. J'ai fait le reste du chemin de la manière la plus commode : je l'ai fait à pied. »

En effet, les souliers à boucle d'argent et les bas noirs étaient couverts de poussière.

Émile attacha ses petites mains aux boutons d'acier qui brillaient sur l'habit du médecin; et Duvernay, le pressant sur ses genoux, s'amusa quelques instants des lueurs de cette petite âme naissante. Fanny appela Nanon. Une grosse fille parut, elle prit et emporta dans ses bras l'enfant dont elle étouffait, sous des baisers sonores, les cris désespérés.

Le couvert était mis dans la gloriette. Fanny suspendit son chapeau de paille à une branche de saule : les boucles de ses beaux cheveux blonds se répandirent sur ses joues.

« Vous souperez le plus simplement du monde, dit-elle, à la manière anglaise. »

C'était la mode alors. Fanny était femme et suivait la mode.

De la place où ils s'assirent ils voyaient la Seine, et les toits de la ville, les dômes, les clochers. Ils restèrent silencieux à ce spectacle, comme s'ils voyaient Paris pour la première fois.

Puis ils parlèrent des événements du jour, de l'Assemblée, du vote par tête, de la réunion des Ordres et de l'exil de M. Necker. Ils étaient tous quatre d'accord que la liberté était à jamais conquise. M. Duvernay voyait s'élever un ordre nouveau et vantait la sagesse des législateurs élus par le peuple. Mais sa pensée restait calme et parfois il semblait qu'une inquiétude se mêlât à ses espérances. Nicolas Franchot ne gardait point cette mesure. Il annonçait le triomphe pacifique du peuple et l'ère de la fraternité. En vain le docteur, en vain Fanny lui disaient : « La lutte commence seulement et nous n'en sommes qu'à notre première victoire. — La philosophie nous gouverne, leur répondait-il. Quels bienfaits la raison ne répandra-t-elle pas sur les hommes soumis à son tout-puissant empire ? L'âge d'or imaginé par les poètes deviendra une réalité. Tous les maux disparaîtront avec le fanatisme et la tyrannie qui les ont enfantés. L'homme vertueux et éclairé jouira de toutes les félicités. Que dis-je ! Avec l'aide des physiciens et des chimistes, il saura conquérir l'immortalité sur la terre. »

En l'entendant, Fanny secoua la tête.

« Si vous voulez nous priver de la mort, dit-elle, trouvez-nous donc une fontaine de Jouvence. Sans cela votre immortalité me fait peur. »

Le vieux philosophe lui demanda en riant si la résurrection chrétienne la rassurait davantage.

« Pour moi, dit-il, après avoir vidé son verre, je crains bien que les anges et les saints ne se sentent portés à favoriser le chœur des vierges aux dépens de celui des douairières.

— Je ne sais, répondit la jeune femme d'une voix lente, en levant les yeux. Je ne sais de quel prix seront aux yeux des anges ces pauvres charmes formés du limon de la terre; mais je crois que la puissance divine saura mieux réparer les outrages du temps, s'il en est besoin dans un tel séjour, que votre physique et votre chimie ne pourront y parvenir en ce monde. Vous qui êtes athée, monsieur Franchot, et qui ne croyez pas que Dieu règne dans les cieux, vous ne pouvez rien comprendre à la révolution qui est l'avènement de Dieu sur la terre. »

Elle se leva. La nuit était venue, et l'on voyait au loin la grande ville s'étoiler de feux.

Marcel offrit son bras à Fanny, et, tandis que les vieillards raisonnaient ensemble, ils se promenèrent tous deux sous les sombres allées. Il les trouvait charmantes; elle lui en contait le nom et l'histoire.

« *Nous* sommes, disait-elle, dans l'allée de Jean-Jacques, qui conduit au salon d'Émile. Cette allée était droite, je l'ai recourbée pour qu'elle passât sous le vieux chêne. Il donne, tout le jour, de l'ombre à ce banc rustique que j'ai appelé " le Repos des amis ".

— Asseyons-nous un moment sur ce banc », dit Marcel.

Ils s'assirent. Marcel entendait dans le silence les battements de son cœur.

« Fanny ! » s'écria-t-il, en lui prenant la main.

Elle la retira doucement et, montrant au jeune homme les feuilles qu'une brise légère faisait frissonner :

« Entendez-vous ?

— J'entends le vent dans les feuilles. »

Elle secoua la tête et dit d'une voix douce comme un chant :

« Marcel, Marcel ! Qui vous dit que c'est le vent dans les feuilles ? Qui vous dit que nous sommes seuls ? Êtes-vous donc aussi de ces âmes vulgaires qui n'ont rien deviné du monde mystérieux ? »

Et, comme il l'interrogeait d'un regard plein d'anxiété :

« Monsieur Germain, lui dit-elle, veuillez monter dans ma chambre. Vous trouverez un petit livre sur la table et vous me l'apporterez... »

Il obéit. Tout le temps qu'il fut absent, la jeune veuve regarda le feuillage noir qui frissonnait au vent de la nuit. Il revint avec un petit livre à tranches dorées.

« *Les Idylles de Gessner*; c'est bien cela, dit Fanny; ouvrez le livre à l'endroit qui est marqué, et, si vos yeux sont assez bons pour lire au clair de lune, lisez. »

Il lut ces mots :

« Ah ! souvent mon âme viendra planer autour de toi; souvent, lorsque, rempli d'un sentiment noble et sublime, tu méditeras dans la solitude, un souffle léger effleurera tes joues : qu'un doux frémissement pénètre alors ton âme. »

Elle l'arrêta :

« Comprenez-vous maintenant, Marcel, que nous ne sommes jamais seuls, et qu'il est des mots que je ne pourrai pas entendre tant qu'un souffle venu de l'Océan passera dans les feuilles des chênes ? »

Les voix des deux vieillards se rapprochaient.

« Dieu, c'est le bien, disait Duvernay.

— Dieu, c'est le mal, disait Franchot, et nous le supprimerons. »

Tous deux et Marcel prirent congé de Fanny.

« Adieu, messieurs, leur dit-elle. Crions : " Vive la liberté et vive le roi ! " Et vous, mon voisin, ne nous empêchez pas de mourir quand nous en aurons besoin. »

J'aurais voulu m'épargner la faute de piquer une note critique à un petit conte qui ne veut que distraire et toucher. Mais il fallait bien dire que je n'ai rien inventé dans tout ce récit. Les épisodes en sont pris à des écrits de l'époque, et j'ai même introduit dans mon texte des propos qui ont été tenus réellement.

A.F.

II. 9 JUILLET 1790

Le ciel riait entre deux averses sur le Champ-de-Mars où, comme des fourmis dans une fourmilière, s'empressaient deux cent mille personnes de toutes conditions. Hommes, femmes, vieillards, enfans étaient venus là pour préparer la fête de la Fédération et pour élever de leurs mains l'autel où il devaient jurer dans cinq jours de vivre ou de mourir libres. Déjà un tertre de vingt pieds s'élevait au centre du vaste champ qu'entourait un cercle de gradins. Devant l'École militaire, des ouvriers tendaient de draperies bleu et or la galerie réservée au roi et à l'Assemblée. Du côté opposé, au bord du fleuve, des peintres couvraient de figures et de sentences la charpente d'un grand arc de triomphe à trois portes. La scène était merveilleuse par la vivacité des mouvemens, la bigarrure des habits et la généreuse expression des visages. Des perruquiers en veste bleue, des porteurs d'eau, des abbés, des charbonniers, des capucins, des filles de l'Opéra en robe à fleurs, coiffées de rubans et de plumes, piochaient ensemble la terre sur laquelle ils étaient nés et dans laquelle tous devaient un jour descendre. Un magnétisme inconnu traversait cette foule diverse et l'échauffait d'une ardeur fraternelle. Les jeunes gens, pour être plus dispos, ôtaient leurs habits, et les jetaient en tas, laissant dans les goussets montres et tabatières d'or, sans plus craindre les voleurs que s'ils eussent été dans la maison paternelle. Un citoyen, tirant par la bride un petit âne attelé à une charrette chargée d'un tonneau, s'en allait de groupe en groupe offrir gratis du vin aux travailleurs fatigués. Les visages étaient roses et moites, les lèvres s'entrouvraient, les yeux brillaient, et toutes les physionomies exprimaient vivement la gaieté d'aimer. On travaillait avec une sainte fureur et l'on chantait des chansons; les pioches se levaient, s'abaissaient en mesure; les pelletées de terre sautaient en cadence dans les paniers. Tous s'empressaient à l'envi. Mais le plus ardent était le vieux Nicolas Franchot.

Il poussait une énorme brouette et criait : « Place ! place ! C'est pour l'autel de la nation. » Il croyait dans son zèle que la terre qu'il portait était la meilleure, et d'un cœur magnanime il culbutait ses concitoyens. La sueur coulait de son crâne nu le long de ses grands cheveux droits. À mi-chemin du tertre central, il s'arrêta pour respirer et il essuya son front avec un foulard aux trois couleurs de la Nation. Il reprenait, en soufflant, sa brouette embourbée, quand Fanny, accompagnée de Jean Duvernay et de Marcel Germain, s'approcha de lui.

« Quel exemple de fraternité, leur dit-il. Je viens de voir MM. Sieyès et de Beauharnais attachés à la même charrette, et le père Gérard, qui, comme un ancien Romain, passe du Sénat à la charrue, manier la pelle et remuer la terre. J'ai vu toute une famille travaillant au même endroit : le père piochait, la mère chargeait la brouette, et leurs enfans la roulaient tour à tour, tandis que le plus jeune, âgé de quatre ans, porté dans les bras de son aïeul, qui en avait quatre-vingt-treize, bégayait : " Ah ! ça ira ! ça ira ! ". »

Comme il parlait ainsi, les larmes aux yeux, une jolie musique éclata, qui jouait *Le Carillon national*[1], et l'on vit défiler en corps les garçons jardiniers portant des laitues et des marguerites au manche de leurs bêches. Plusieurs corporations les suivaient, musique en tête : les imprimeurs dont le drapeau portait cette inscription : *Imprimerie, premier drapeau de la Liberté*; puis les bouchers : sur leur bannière était peint un large couteau avec ces mots : *Tremblez, aristocrates, voici les garçons bouchers.*

« Ô fraternité ! s'écria Franchot.

— Je la voudrais moins pressante, dit Duvernay en montrant la bannière. Est-il convenable de dire : sois mon frère ou je te tue ?

— Salut et fraternité ! » s'écria alors une jeune femme qui appuyait sur le manche d'une mignonne bêche ses deux mains gantées de longs gants souples. Elle était coiffée « à la nation » avec un chapeau de paille mis de côté sur la tête et une touffe de roses dans les cheveux, à l'oreille. La poitrine tendue, retenant entre les genoux le devant de sa jupe courte, elle laissait voir ses bas roses. Des jeunes gens poudrés, en habit clair, l'entouraient.

« Bonjour, Cécile, lui dit Fanny. Votre patriotisme me fait honte. Moi, je n'ai pour travailler à l'autel de la Nation ni bêche ni roses. »

Les deux femmes, s'étant approchées, se mirent à causer. Marcel les regardait. Il aimait Fanny, mais il vit que Cécile était belle.

Duvernay lui dit qu'elle se nommait Cécile de Rochemore[2] et que son mari, le vicomte Alexandre de Rochemore, était major en second d'un régiment d'infanterie et député de la noblesse à l'Assemblée nationale; qu'ils étaient tous deux ardens patriotes et amis du duc d'Orléans, qu'Alexandre s'était rendu un des premiers de son ordre dans la salle du Tiers État et que Cécile avait ouvert avec M. de Beauharnais le bal donné aux Parisiens sur l'emplacement de la Bastille.

Comme si elle eût deviné qu'on parlait d'elle, Cécile tournait par momens sur Marcel ses yeux brillans et noirs qui le troublaient. Mais une grande agitation, une longue rumeur partie de l'esplanade, du côté du fleuve, gagna de proche en proche. Un cri s'éleva : « Le roi ! le roi ! » et la foule ouvrit respectueusement passage à un gros homme dont la face épaisse et rougeaude exprimait la bonté. Louis XVI s'avançait au milieu de son peuple, sans gardes, sans escorte, accompagné seulement de deux gentilshommes[3]. Les vivats, les cris d'allégresse s'élevaient de toutes parts. Cécile de Rochemore s'était coulée au premier rang. Elle attendait le cou tendu, les doigts sur sa bouche entrouverte, et, quand le roi passa, elle lui envoya un baiser. Il la regarda d'un gros œil paisible et continua son chemin. En se retournant, Cécile se heurta à un garçon boucher qui lui cria : « Vive la fraternité, ma belle dame ! — Eh bien ! embrassons-nous ! » lui dit-elle. Il referma sur elle ses bras énormes et nus et lui marqua deux pesans baisers sur les joues, aux applaudissements de la foule. Elle sortit rose et riante de cette étreinte. Chacun se remit à bêcher, à piocher, à voiturer, et Franchot poussa sa brouette.

Fanny était lasse et voulait partir. Comme M. Duvernay avait été appelé auprès d'un travailleur blessé, elle prit le bras de Marcel. Quand ils eurent passé le pont de bateaux qu'on avait jeté pour la fête :

« Que pensez-vous de tout cela ? dit-elle à son jeune compagnon.

— Je ne sais que penser. Dans tout ce monde je n'ai vu que vous, Fanny. »

Elle le regarda tristement et lui dit avec la douce autorité des jeunes mères :

« Ce n'est pas ce genre de langage, Marcel, que nous étions convenus de parler ensemble. »

Il fit un geste d'impatience.

« Et pourquoi taire ce que vous savez ?

— Je ne sais rien, je ne veux rien savoir. »

Ils suivirent quelque temps en silence la berge déserte, au pied des collines. Puis ils s'assirent sur un banc :

« Marcel, lui dit-elle, écoutez-moi : n'est-ce pas déjà beaucoup pour un homme que d'être estimé très haut de celle qu'il aime ? Cela ne vaut-il pas qu'on y fasse effort ? Eh bien ! sachez-le : les femmes estiment, non pas ceux qui parlent avec douceur, mais ceux qui agissent avec force. Marcel, vous êtes plongé depuis deux ans dans une indigne langueur. Quand tout respire autour de vous l'enthousiasme et l'énergie, vous restez inerte et froid. Et ne dites pas qu'une autre en est la cause. Vous devez seul compte de votre vie à Dieu et aux hommes. Voici venir les jours d'épreuve, élevez votre cœur et confessez votre foi.

— Ma foi ! s'écria Germain, en ai-je une ? Vous les avez vus, Fanny ; ils ne s'entendent point pendant qu'ils s'embrassent. À quoi se décider ? Comment choisir entre tant d'opinions ?

— *Tout vaut mieux* que l'indifférence ! Et d'ailleurs le choix est-il si difficile ? Attachez-vous à la justice et à la vérité. Vivez, mourez pour elles. Vous êtes instruit ; vous vous sentirez peut-être quelque talent d'écrire quand vous aurez autre chose à exprimer que des plaintes égoïstes. Écrivez, parlez : la parole est l'arme de la liberté. La Révolution n'est pas finie, quoi qu'en dise notre vieil ami. Jetez-vous dans la lutte. Soyez courageux : si vous l'êtes, vous aurez bien des chances de distinguer ce qu'il faut combattre et ce qu'il faut défendre. Le devoir est toujours facile à reconnaître pour des yeux que la crainte ne trouble pas. »

Elle montra du doigt le Champ-de-Mars :

« Vous voyez cet autel de la Patrie, le tertre immense que grossit d'heure en heure l'enthousiasme d'un grand peuple. Il s'écroulera, et j'entrevois un jour où sur toutes les places publiques de la France d'autres autels s'élèveront en silence : les autels de la Peur. Germain, au nom de celle que vous aimez, je vous adjure de n'y sacrifier jamais. »

Marcel se dressa tout debout, lui prit la main et s'écria avec l'accent d'un enthousiasme profond :

« Fanny, je jure de rendre digne de vous l'âme que je vous ai donnée. »

III. 15 SEPTEMBRE 1792

Le petit salon aux boiseries blanches avait une grâce modeste. L'écharpe et le chapeau de paille de Fanny étaient jetés sur la housse claire du canapé. *La Prière d'Orphée* était ouverte sur l'épinette. Rien, dans cette chambre, ne brillait que des fleurs. La jeune femme, debout à la fenêtre, regardait le soleil sanglant descendre à l'horizon. Marcel, assis à rebours sur une chaise, reposait son front sur le dossier en forme de lyre. Ils restèrent longtemps immobiles et silencieux. Enfin, Marcel releva la tête.

Son visage était bien changé depuis quinze mois. On n'y voyait plus, comme jadis, la mollesse d'une tardive adolescence. Ses traits, autrefois noyés de langueur, étaient maintenant serrés et tendus par l'effort visible d'une mâle pensée. Une flamme sombre animait son regard; sa bouche avait pris comme le pli de l'éloquence, et son visage semblait sculpté par une main céleste.

« Fanny d'Avenay, dit-il enfin d'une voix sonore et douce; Fanny d'Avenay, vous souvient-il de ce que vous m'avez dit le 9 juillet de l'année dernière, au pied de cette colline, au bord du fleuve vers lequel vous tournez en ce moment les yeux? Vous souvient-il que, étendant tout autour de vous une main prophétique, vous m'avez fait voir par avance les autels de la Peur. Fanny, vous m'avez, ce jour-là, montré d'un coup le destin et le devoir. Aujourd'hui, le destin est accompli et j'ai fait ce que je devais faire. J'ai combattu pour la justice et pour la liberté. »

Il tira de sa poche un cahier de papier et le tendit à Mme d'Avenay. C'était une brochure, imprimée en têtes de clou sur du papier à chandelle, produit hâtif de quelque presse clandestine. Fanny lut sur le titre ces mots imprimés : « LES

AUTELS DE LA PEUR[1], *lettre de Marcel Germain à ses concitoyens* »; et, au-dessous, deux lignes écrites de la main de l'ardent publiciste : « *À Fanny d'Avenay, à qui je dois plus que la vie, car je lui dois les sentimens qui en font le prix.* »

Elle lui tendit la main.

« Fanny, s'écria le jeune homme; Fanny, depuis que votre main, que je n'ai pas assez couverte de larmes et de baisers, m'a montré la voie, je l'ai suivie hardiment. Je vous ai obéi : j'ai écrit, j'ai parlé; j'ai défendu dans les journaux, au club, dans ma section et jusque sur les bornes des carrefours le roi et la Constitution. C'est pourquoi je suis devenu en horreur à la cour et aux patriotes. Pendant deux ans j'ai combattu sans trêve les brouillons faméliques[2] qui sèment le trouble et la haine, les tribuns qui séduisent le peuple par les démonstrations convulsives d'un faux amour et les lâches qui sacrifient aux dominations prochaines. Dans une feuille rédigée par moi seul et répandue par milliers dans les sections, j'ai flétri les émigrés qui méditent un retour parricide sur la terre qui les a nourris, les législateurs qui ne savent faire que des lois obéissantes et le peuple insensé, qui, le 20 juin[3] et le 10 août[4], prépara l'anarchie et la dictature.

« J'ai vu, Fanny, j'ai vu la réalité de votre vision; j'ai vu s'élever jusqu'aux nuées les autels de la Peur. Les assassins et les bourreaux y montaient seuls, et la nation entière se prosternait autour pour les adorer. »

Fanny l'arrêta d'un geste et lui fit signe d'écouter. Ils entendirent alors venir, à travers l'air embaumé du jardin où chantaient les oiseaux, des cris lointains de mort : « À la lanterne, l'aristocrate !... Sa tête sur une pique !... »

« Vous avez entendu ? dit Fanny, pâle, un doigt sur la bouche.

— C'est quelque malheureux qu'ils poursuivent. Ils font des visites domiciliaires et des arrestations nuit et jour dans Paris. Peut-être vont-ils entrer ici. Fanny, je dois me retirer pour ne pas vous compromettre. Bien que peu connu dans le quartier, je suis, par le temps qui court, un hôte dangereux.

— Restez », dit Fanny.

Ils prêtèrent l'oreille aux cris qu'ils entendirent s'éloigner et se perdre dans le lointain.

« Oh ! s'écria Marcel, les poings fermés, les dents serrées; oh ! l'exécrable mois de septembre[5] ! Des forcenés se sont rués en plein jour dans les prisons et ils ont tué des hommes dont la nation qui les gardait répondait sur son honneur; ils ont massacré des vieillards et des femmes. Je passais hier devant l'Abbaye; les ruisseaux y sont encore teints de sang. Et pendant ces massacres, que faisaient l'Assemblée, la Commune, la garde nationale ? Que faisaient Pétion, maire de Paris; Roland, ministre de l'intérieur; Danton, ministre de la justice ? Ils étaient impuissans, me dit-on, soit ! Pour les magistrats, l'impuissance est un crime. Et Manuel, procureur-syndic de la Commune, qui conjure les égorgeurs d'observer dans leur vengeance une certaine justice ! Et Billaud-Varennes, son digne substitut, qui recommande à ceux qui tuent de ne pas du moins dérober les dépouilles des victimes ! Et le Comité civil qui délivre aux travailleurs des prisons des bons de pain, de vin, de paille ! Et le Comité de surveillance qui expédie dans tous les départemens l'apologie des massacres ! Et la nation en armes qui a vu, entendu et n'a pas bougé[1] ! Ô lâcheté ! honte ! honte ! Personne qui ose s'indigner. Pas un écrivain dans toute la presse qui nomme le crime par son nom ! On le flatte, on le caresse ! Dans *Les Révolutions de Paris*, le vil Prudhomme s'écrie : " Ce peuple est humain[2] "; le rédacteur du *Moniteur* vante " la mansuétude " des assassins[3]. Et les modérés ? Ils se taisent comme Brissot, dont la feuille n'a pas un mot de blâme, ou bien, comme Dulaure dans le *Thermomètre*, et le triste Gorsas dans le *Courrier des Départemens*, ils balbutient les mots de " justice terrible mais nécessaire " et de " vengeance inspirée par de puissans motifs[4] ". J'ai voulu que du moins on ne pût pas dire qu'en ces jours abominables personne n'éleva la voix contre les scélérats triomphans. J'ai parlé, Fanny. Ô fortune ! ô joie ! ô récompense ! l'humanité, la vertu sont vengées par l'homme qui vous aime. »

Il se jeta aux pieds de la jeune femme et, lui pressant les mains, il goûta une joie délicieuse à voir le plus pur des visages lui sourire avec orgueil. Il sentit son cœur s'épanouir et sa pensée se détendre. C'est avec une espèce de gaieté et d'un ton léger qu'il raconta comment il avait fait imprimer clandestinement *Les Autels de la peur* dans une remise de la cour du Commerce[5], sous les fenêtres de Marat. Son journal avait été supprimé après le 10 août[6]. Lui-même, recherché par le Tribunal du 17 août, errait d'asile en asile, et trouvait, chaque nuit, un grenier pour écrire.

« J'ai sur une planche, disait-il, une chandelle de deux sous, de l'encre, du papier, une bouteille de vin de champagne et mes pistolets. Que faut-il davantage au publiciste indépendant ? Ce crapaud de Marat se plaît dans l'humidité des caves. Moi, je suis de contraire complexion. J'aime les greniers; on y voit le ciel. Si la maison est haute, je puis, quand tout dort autour de moi, passer, avec agilité, par la fenêtre à tabatière, et contempler, assis sur le plancher des chats, l'espace sombre qui me sépare de la colline où Fanny repose. Ne vous vient-il rien de mes vœux et de mes pensées, Fanny, dans votre sommeil ? »

Elle répondit d'un ton tranquille :

« Marcel, Marcel, vous savez bien que je n'entends la nuit que le murmure des feuilles. »

À ce moment, pour la seconde fois, des cris déchirèrent l'air paisible du soir. Ils étaient mêlés de bruits de pas et de coups de feu. Ils se rapprochaient; on entendait : « Fermez les issues, qu'il ne s'échappe pas, le scélérat ! »

« Allons dans la salle à manger, dit Fanny, qui semblait plus calme à mesure que le danger se rapprochait. Nous pourrons voir à travers les jalousies ce qui se passe dehors. »

Mais à peine avait-elle ouvert la porte qu'ils virent sur le palier un homme livide, défait, dont les dents claquaient, dont les genoux s'entrechoquaient. Ce spectre, qui semblait l'image à demi effacée du vieux Franchot plutôt que Franchot lui-même, murmurait d'une voix faible comme un souffle :

« Sauvez-moi, cachez-moi !... Ils sont là... Ils ont forcé ma porte, envahi ma maison. J'ai sauté par la fenêtre dans votre jardin. Ils viennent...

— Malheureux ! dit tout bas Mme d'Avenay. Ma cuisinière vous a-t-elle vu ? Elle est jacobine.

— Personne ne m'a vu.

— Dieu soit loué, mon voisin ! »

Elle l'entraîna dans sa chambre à coucher où Marcel les suivit. Il fallait aviser. Il fallait trouver quelque cachette où elle pût garder Franchot plusieurs jours, plusieurs heures au moins, le temps de tromper et de lasser ceux qui le cherchaient. Puis Marcel observerait les alentours, et, sur le signal qu'il donnerait, le pauvre ami sortirait par la petite porte du jardin.

En attendant, il ne pouvait se tenir debout. Dans l'anéantissement de toutes ses facultés, il ne se survivait encore que par un sentiment d'épouvante et de surprise. Il ne comprenait rien en vérité à sa disgrâce. C'était un homme étonné.

Il essaya de faire entendre qu'il était recherché, lui, l'ennemi des cours et des rois, pour avoir défendu les Tuileries au 10 août. C'était une indigne calomnie. La vérité était que Colin le poursuivait de sa haine. Colin, naguère son boucher, qu'il avait voulu cent fois bâtonner pour lui apprendre à mieux peser sa viande et qui maintenant présidait la section où il avait eu son étal, Colin !...

*

En murmurant ce nom d'une voix étranglée, il crut voir Colin lui-même et se cacha la face dans les mains. Véritablement des pas montaient dans l'escalier. Fanny tira le verrou et poussa le vieillard derrière un paravent. On heurta à la porte, et Mme d'Avenay reconnut la voix de sa cuisinière qui lui criait d'ouvrir, que la municipalité était à la grille avec la garde nationale, et qu'ils venaient faire une perquisition.

« Ils disent, ajouta la fille, que Franchot est dans la maison. Moi, je sais bien que non et que vous ne voudriez pas cacher un scélérat de cette espèce; mais ils ne veulent pas me croire.

— Eh bien ! qu'ils montent ! cria Fanny à travers la porte. Faites-leur visiter toute la maison de la cave au grenier. Priez-les seulement d'entrer dout toucement dans la chambre bleue pour ne pas effrayer mon petit enfant qui dort avec Nanon. »

En entendant ces paroles, le pauvre Franchot s'était évanoui derrière son paravent, où Marcel l'alla ranimer un peu en lui jetant de l'eau sur les tempes.

« Mon ami, dit tout bas la jeune femme au vieillard, ayez confiance en moi ; je suis rusée. »

Alors, avec sa tranquillité ordinaire, comme s'il s'agissait de quelque arrangement domestique et quotidien, elle tira le lit un peu en avant de l'alcôve, défit la couverture et arrangea les trois matelas, avec l'aide de Marcel, de manière à ménager du côté de la ruelle un espace entre le plus bas et le plus élevé. Comme elle prenait ces dispositions, un grand bruit de souliers, de sabots, de crosses et de voix rauques éclata dans l'escalier. Ce fut pour tous trois une minute terrible ; mais le bruit monta peu à peu au-dessus de leurs têtes. Ils comprirent que la garde, conduite par la cuisinière jacobine, fouillait d'abord les greniers. Le plafond craquait ; on entendait des menaces, des gros rires, des coups de pied et des coups de baïonnette dans les cloisons.

Cependant, Marcel saisit le vieillard et le coula dans l'espace ménagé entre les matelas. Fanny fronça le sourcil : le lit, ainsi bouleversé, avait un air suspect.

« Il faut que je m'y mette », dit-elle.

Elle regarda à la pendule. Il était sept heures du soir. Elle songea qu'ils ne trouveraient pas naturel qu'elle fût couchée si tôt. En effet, ce n'était pas son habitude. Les hommes de la section, qui étaient tous ses voisins, devaient avoir vu souvent, bien tard, de la lumière aux fenêtres de sa chambre et entendu les notes de son clavecin, dans les nuits d'été. Quant à se dire malade, il n'y fallait pas songer ; la cuisinière jacobine découvrirait la ruse. Elle réfléchit quelques secondes, puis, tranquillement, simplement, avec une auguste candeur, elle se déshabilla devant le jeune homme, se mit au lit et lui ordonna de donner lui-même l'apparence du désordre à ses vêtements.

« Il faut qu'ils vous prennent pour mon amant », lui dit-elle.

Toutes *leurs dispositions* étaient prises quand la troupe descendit du grenier en sacrant et en pestant. Le malheureux Franchot, qui, à ce moment, reprit toute sa connaissance, fut saisi d'un tel tremblement qu'il secouait tout le lit. De plus, sa respiration était si forte qu'on en devait entendre le sifflement jusque dans le corridor.

« C'est dommage, dit Fanny, j'étais si contente de mon petit artifice ! Enfin ! ne désespérons point et que Dieu nous aide ! »

Une main rude secoua la porte.

« Qui va là ? demanda Fanny.

— Les représentans de la Nation.

— Ne pouvez-vous attendre un moment ?

— Ouvre ou nous brisons la porte.

— Marcel, mon ami, va ouvrir. »

À ce moment la peur fit une espèce de miracle. Franchot cessa de trembler et de râler.

C'est Colin qui entra le premier, ceint de son écharpe, et suivi d'une douzaine de piques. Il regarda tour à tour la belle aristocrate au lit et le jeune homme en veste, sa cravate défaite.

« Peste ! dit-il, nous dénichons des amoureux. Excusez-nous, la belle. »

Puis, se tournant vers les gardes :

« Voilà le libertinage des cours ! Seuls les sans-culottes ont des mœurs. »

Pourtant cette rencontre l'avait mis en gaieté.

« Citoyens, lui dit Fanny, accoudée à son oreiller, faites-vous donc un crime à une patriote de céder à la nature ? »

Cette réplique lui parut sans doute joliment tournée. Il s'approcha du lit, s'assit dessus et, prenant le menton de la jeune femme :

« Il est vrai, dit-il, que cette bouche-là n'est pas faite pour marmotter toute la nuit des *Pater* et des *Ave*. Mais nous ne sommes pas venus pour te dire des douceurs, citoyenne. Nous cherchons le traître Franchot, un des assassins du 10 août. Des patriotes l'ont surpris dans la ruelle qui longe ton jardin. J'ai fait cerner le quartier. Nous avons fouillé toutes les maisons moins la tienne, sans rien trouver. Il est certain qu'il est ici. Il me le faut. Je le ferai guillottiner. Ce sera ma fortune.

— Cherchez-le donc ! » dit Fanny.

Ils regardèrent sous les meubles, dans les armoires, passèrent des piques sous le lit et sondèrent les matelas avec des baïonnettes.

Colin se grattait l'oreille et regardait Marcel du coin de l'œil.

Fanny craignant pour le proscrit un interrogatoire embarrassant rompit d'un mot la pensée du sans-culottes.

« Mon ami, dit-elle à Marcel, tu connais aussi bien que moi la maison ; prends les clés et conduis partout ces messieurs. Je sais que ce sera un plaisir pour toi que de guider des patriotes. »

Marcel quitta la chambre suivi de Colin et des gardes. Deux d'entre eux cependant restèrent dans la chambre.

« Il faut encore fouiller le lit, dit l'un.

— Oui », dit l'autre.

Ils prirent, chacun, à une applique une bougie qu'ils allumèrent, *se mirent à plat* ventre au pied et à la tête du lit et restèrent fort longtemps en observation. Un de leurs camarades en bonnet rouge, qui venait les chercher, resta au contraire avec eux, se plaignant très haut de la chaleur et de la fatigue. Il comptait bien, disait-il, boire un coup quand ce gredin de Franchot serait pris.

Fanny leur demanda s'ils voulaient boire tout de suite. Elle sonna sa cuisinière et lui recommanda d'apporter des bouteilles et des verres. Le citoyen en bonnet rouge ne refusa pas; mais il savait à quoi la politesse l'obligeait. Il invita la citoyenne à trinquer avec lui. Elle but à la santé des braves sans-culottes. Les bouteilles se vidèrent. Le citoyen attendri dit à la jeune femme :

« Citoyenne, tu as observé les convenances. Il s'en faut qu'il y ait seulement la moitié des citoyens pour les observer aussi bien que toi. C'est dommage qu'il faille couper un si joli cou ! »

Mais la voix irritée de Colin interrompit les gracieusetés. Colin était dans la cave avec le gros de ses hommes, qu'il occupait à culbuter les margotins, à vider les sacs de charbon et à retourner les fûts. La besogne était rude. Il appela à l'aide les trois fainéans, qui quittèrent à regret la belle dame et les bouteilles. On resta deux heures à fouiller la cave. Enfin, lassé, déçu, furieux, Colin défonça à coups de crosse les tonneaux pleins, et, quittant la cave inondée de vin, donna le signal du départ. Marcel les suivit jusqu'à la grille, qu'il ferma sur leurs talons, et courut annoncer à Fanny la délivrance.

Elle, penchant la tête dans la ruelle, appela tout bas :

« Monsieur Franchot ! monsieur Franchot ! »

Un long soupir lui répondit.

« Dieu soit loué ! s'écria-t-elle. Monsieur Franchot, vous m'avez fait une peur affreuse. Je vous croyais mort. »

Ses nerfs se détendirent, et elle éclata de rire.

Elle donna un peu d'air à son pauvre ami et lui conseilla de remercier Dieu.

« Si je croyais en Dieu, répondit le bonhomme un peu ranimé, je ne lui pardonnerais pas d'avoir fabriqué des créatures semblables à celles que vous venez de voir. Pour moi, il m'a suffi de les entendre. Ce sont des scélérats dépourvus de toute philosophie. »

Ils attendirent qu'il n'y eût plus de lune et, quand la nuit fut noire, les deux hommes sortirent par la petite porte du jardin.

IV. 12 *BRUMAIRE* AN II[1]

Sous un ciel livide, chargé de neige, Fanny, enveloppée d'un épais manteau, descendit de fiacre sur la place Dauphine[2], au pied d'un arbre de la liberté que coiffait un bonnet rouge. Devant elle se dressait le socle mutilé d'où l'on venait d'arracher la statue d'Henri IV. Aussitôt, un homme, vêtu d'une carmagnole, sans cravate, en guenilles, s'approcha d'elle et retira son bonnet; ses cheveux étaient coupés à la Titus.

« C'est bien, lui dit-elle, vous êtes tout à fait comme il faut, Marcel. »

C'était Marcel, en effet, rendu méconnaissable moins par son déguisement que par les fatigues d'une année de misère, de douleurs et de rage.

« Je vous ai demandé de vous trouver ici, Marcel, pour me conduire au tribunal révolutionnaire.

— Moi, Fanny, vous conduire aux bourreaux !

— Vous savez bien que c'est aujourd'hui qu'ils jugent mon vieil ami Duvernay, accusé de fédéralisme.

— Je le sais, Fanny, et je sais qu'il ne vivra plus demain.

— Et moi, Marcel, je sais seulement que je lui dois mon témoignage. Je l'ai entendu dès le 12 juillet 91 se prononcer pour la république; je puis prouver qu'à cette époque on lui a offert la place de gouverneur du dauphin et qu'il l'a refusée. J'ai mille preuves de son patriotisme. Je les apporte à ses juges.

— Ils ne vous écouteront pas. Écrivez, faites parler; mais n'allez pas là. »

Elle le regarda d'un air suppliant.

« Marcel, ne me faites pas peur; si vous saviez comme les foules m'effrayent et quelle peine j'ai à faire mon devoir... J'y vais en tremblant et parce qu'il le faut.

— Fanny, dit Marcel en rougissant, pardonnez-moi. Je vous donnais des conseils qui n'étaient pas pour vous. Allons ! »

Elle lui prit le bras et ils suivirent le quai en parlant à voix basse de l'homme de bien que son courage avait conduit au sanglant tribunal.

« Notre ami, dit Mme d'Avenay, s'était caché rue du Mail, chez une excellente femme, Mme Aubry. La retraite était sûre, mais Duvernay la quitta pour ne pas compromettre sa bienfaitrice. Il put sortir de Paris et gagner Argenteuil. Mais il fut reconnu dans un cabaret de ce village par des jacobins qui le ramenèrent à Paris. »

Comme ils tournaient l'angle de la tour de la grosse horloge, ils virent une multitude d'hommes armés s'agiter devant les grilles. Alors elle quitta le bras de Marcel.

« Dans mon intérêt, lui dit-elle, et pour mon salut, ne m'accompagnez pas; du moins, ne le faites pas d'une manière ostensible. Mon instinct m'avertit que je serai moins en danger si je me livre seule aux bêtes. »

Il s'arrêta et suivit des yeux, à travers la grille, la jeune femme qui traversait la cour du Palais de Justice au milieu des sabres et des piques. La foule était presque impénétrable sur les degrés du grand escalier qui donnait accès aux diverses salles du tribunal révolutionnaire. De cette foule en sabots, en carmagnole, en bonnet rouge, montaient des chants et des cris.

On parlait dans les groupes de justice sommaire et de massacres en bloc; on accusait la lenteur du Tribunal, trop enclin à sauver les coupables. Des marchands de journaux parcouraient la foule en criant : « Voilà la liste des gagnans à la loterie de la très sainte guillotine[1]. Qui veut voir la liste ?... Demandez la grande trahison de Jean Duvernay ci-devant médecin du traître Capet. Demandez la conspiration de l'infâme Duvernay pour provoquer le massacre des patriotes. » Fanny avait traversé la place; elle montait les degrés.

« Où vas-tu, citoyenne, lui demanda un porteur de carmagnole qui montait à la porte une faction volontaire ?

— Citoyen, je me rends dans la salle où l'on juge Duvernay : je suis témoin. »

Il la laissa passer; mais une horrible femme qui tenait un enfant dans ses bras cria qu'on ne devait pas laisser approcher des juges les femmes aristocrates capables de les corrompre.

« Celle-ci, disait la tricoteuse, montrera son visage, ses larmes; elle se pâmera, et elle fera tourner la tête à tout le tribunal. Ces gueuses font des hommes tout ce qu'elles veulent. Et voilà comment on arrête la justice et comment on sauve tous les j...-f... qui affament le peuple ! »

Les cris de cette femme firent le tour de la place et y ranimèrent la peur et la haine.

« Hélas ! disait-on de toutes parts, nous n'avons plus Marat; nous avons perdu notre ami. Depuis que les méchans l'ont tué, les aristocrates relèvent la tête. Mais ils ont beau faire, il faudra bien qu'ils la crachent au panier. À mort, les conspirateurs ! À la guillotine, les ennemis du peuple ! Duvernay, à la guillotine ! Les enjôleuses, les faux témoins, les aristocrates, à la guillotine ! »

Marcel parcourait les groupes, inquiet, tâtant le couteau caché sous sa chemise.

L'affaire Jean Duvernay était appelée, l'interrogatoire commencé; d'instant en instant, le peuple apprenait, par l'intermédiaire des citoyens présens dans la salle, des épisodes grossièrement altérés, et qui allaient, se déformant de bouche en bouche, jusqu'à ce que la sottise et la haine eussent achevé de les façonner dans la perfection. C'est ainsi qu'on raconta, dans la cour, que l'infâme Duvernay feignait de préparer des médicamens aux pauvres, et leur donnait, en réalité, du poison.

Quand on apprit qu'un témoin, une femme déposait en sa faveur, un souffle terrible de fureur s'éleva : « C'est sa complice, qu'on la guillotine avec lui ! » À ce sujet, d'interminables disputes, nourries d'ignorance et de cruauté, grosses de bêtise, s'allongeaient, grossissaient d'heure en heure. Peu à peu on s'impatienta : la condamnation se faisait attendre. Erreur ou mensonge, des bruits d'acquittement commençaient à courir et soulevaient une immense rumeur. Les cris redoublèrent : « Mort aux faux témoins ! » Les septembriseurs se pressèrent sur les marches et voulurent forcer la porte...

Elle s'ouvrit; Fanny parut. Elle resta, droite et blanche, sur le plus haut degré. Un cercle de bras nus, de poings fermés, de sabres, l'enveloppait, Marcel était dans le cercle; il fit un mouvement pour se jeter entre elle et la foule. Elle l'arrêta d'un imperceptible signe. Cependant, les cris de mort redoublaient; les femelles couvraient de leurs glapissemens aigus les grognemens rauques des mâles avinés. La plus hideuse de toutes les créatures, celle qui depuis plusieurs heures animait la foule et tenait un enfant dans ses bras, fit un pas en avant, montra du doigt une des marches de l'escalier et cria à la victime :

« Regarde la place où la Lamballe a été abattue. On va t'y saigner, gueuse ! »

Alors, un colosse velu, demi nu, écarta les femmes, retroussa les manches de sa chemise et leva son sabre.

Fanny, se sentant pâlir, mordit ses joues froides, pour y ramener le sang. Elle comprit qu'instinctivement ils attendaient, pour la frapper, qu'elle donnât un signe de peur et s'avouât la victime. Son air d'innocence auguste, son regard de vierge la protégeait encore. Elle promena lentement les yeux sur la foule et, remarquant l'horrible mère qui la menaçait, elle s'approcha d'elle et lui dit :

« Vous avez un bel enfant. »

À ces seuls mots, les plus doux qu'elle eût jamais entendus, cette femme, cette mère, se sentit remuée dans ses entrailles. Des larmes lui montèrent aux paupières :

« Prenez-le ! » dit-elle.

Et elle le tendit à Fanny, qui le prit dans ses bras et descendit, en lui souriant, l'escalier du palais, tandis que la foule, étonnée, s'écartait devant elle.

Elle traversa ainsi la cour avec son innocent protecteur. Elle était sauvée. Quand elle eut passé la grille, elle remit l'enfant à sa mère sans prononcer une parole; mais une de ses larmes avait roulé sur les langes.

Marcel la suivait de près; il la fit entrer dans le fiacre qui les attendait au coin de la tour carrée. Le fiacre, en tournant, se heurta à la charrette qui attendait Jean Duvernay pour le conduire à l'échafaud.

V. 12 NIVÔSE AN II (1er JANVIER 1794)

Fanny d'Avenay est assise devant son petit secrétaire d'acajou. Son visage semble éclairé par une lueur intérieure; mais personne n'est là pour en goûter la *pureté* délicieuse : c'est ainsi qu'elle *accomplit* sa destinée de fleur solitaire. Minuit sonne. C'est le signe du passage idéal d'une année à l'autre. La mignonne pendule, où rit un Amour doré, annonce que l'année 1793 est finie.

Au moment de la conjonction des aiguilles, un petit fantôme a paru. Émile, sorti du cabinet bleu où il couche, est venu, en chemise, se jeter dans les bras de sa mère, et lui souhaiter une bonne année.

« Une bonne année, Émile... Je te remercie. Mais sais-tu ce que c'est qu'une bonne année ? »

Il croit savoir; pourtant elle veut le lui mieux enseigner.

« Une année est bonne, mon chéri, pour ceux qui l'ont passée sans haine et sans peur. »

Elle l'embrasse; elle le porte dans le lit d'où il s'est échappé, puis elle revient s'asseoir devant le petit secrétaire d'acajou. Une lettre est ouverte devant elle; une lettre qu'un enfant de faubourg est venu, ce soir, nu-pieds dans la neige, lui porter en secret; une lettre lamentable, écrite sur un lambeau de papier d'une plume brisée.

Adieu, Fanny. Je suis las de me cacher et de me taire ; c'est assez d'amertume et de honte. Je veux cracher mon mépris à la face des bourreaux. Mille desseins confus s'agitent dans ma tête. Oh ! si je pouvais me jeter dans les rangs des défenseurs de la patrie, qui font reculer Wurmser et Brunswick[1] *! Mais je suis proscrit et je n'ai que la liberté de ma mort. Dois-je m'armer du poignard d'Harmodius et de Charlotte*[2] *? Dois-je, comme Condorcet, tromper mes assassins et leur épargner un crime*[3] *? Je ne puis, hélas ! vous revoir avant de mourir, Fanny. On me recherche ; vous-même êtes suspecte depuis que vous avez osé défendre Jean Duvernay. En vous allant voir, je craindrais de vous perdre, Fanny, mon âme, ma vie, ma force, mon génie, Fanny, adieu pour la dernière fois.*

MARCEL.

Les yeux qui lisent cette page sont beaux et doux comme un ciel pur. Mais vont-ils s'embellir encore du sombre éclat des orages et s'emplir d'éclairs ? Non, ils ne verseront pas de larme qui les trouble : ces pleurs qui glissent au bord de leurs paupières sont trop limpides : ce sont des pleurs de pitié.

Accoudée, Fanny regarde tour à tour la flamme qui brille dans l'âtre et la lettre de son ami. Mais elle ne veut pas la brûler encore. Elle la pose sur la tablette du secrétaire, puis, ouvrant les tiroirs du meuble, elle en tire des papiers de toute sorte : feuilles dont la tranche est dorée, parchemins timbrés de fleurs de lis, petits cahiers reliés en maroquin, paquets de lettres. Tout le passé déjà lointain de cette jeune femme est dans ces petites archives.

Elle a songé qu'elle avait là dans quatre tiroirs de quoi envoyer à la guillotine elle et cinquante personnes, et elle s'est résolue à brûler toute sa correspondance. C'est cette nuit qu'elle a choisie pour cette tâche qu'elle ne pourra accomplir (elle le sait) sans de profondes et tristes songeries.

Son enfant dort chaudement dans le cabinet voisin; la cuisinière et Nanon sont retirées dans leur chambre. Le grand silence des temps de neige règne alentour. L'air vif et pur active la flamme du foyer. C'est cette nuit que Fanny a choisie pour brûler ses papiers.

Ils sont en ordre, car elle met dans tout ce qui l'entoure l'exactitude de son esprit. Voici ses lettres d'enfant, les complimens qu'elle faisait chaque année à sa grand-mère qui, toujours immobile dans son fauteuil à oreilles, épiait à la fenêtre les jeunes voisines en disant son chapelet. Voici les petits vers que son père fit pour elle quand elle vint au monde. Voici le livre où sa mère écrivit les prières du Sacré-Cœur, des recettes contre la migraine et les dépenses de sa maison. Voici les lettres du jeune mari dont l'amour lui fut si doux et la laissa si pure. Voici, rangée en petits paquets, la correspondance de ses vieux amis : elle en avait beaucoup; elle était, malgré sa jeunesse, sûre confidente et bonne conseillère.

Ces lettres, qu'elle feuillette, sont signées avec un grand paraphe : Franchot, laboureur. Le pauvre ami y parle de marier les capucins, de fesser les jésuites et de régénérer le monde par la raison.

« L'homme, dit-il, est une machine perfectible comme toutes les machines. Il faut l'améliorer par la science comme on améliore les montres et les tournebroches. » Elle ne peut s'empêcher de sourire. Puis elle déchire ces lettres par petits morceaux, et la pensée du bonhomme s'envole en papillons noirs dans la cheminée. Elle ouvre un autre paquet et relit des pages admirables de sagesse et de bonté, où respire l'amour de la patrie et des hommes. La main qui les écrivit est maintenant dévorée par la chaux dans le cimetière des suppliciés. Au souvenir de Jean Duvernay, une rougeur tragique anime les joues de Fanny. Avant d'anéantir ces feuilles, elle les pose, en tremblant, sur la tablette de la cheminée.

Ce sont les lettres de Marcel Germain qu'elle a prises ensuite. Elle est lente à les relire et s'y plaît : l'âme dans laquelle elle a mis son souffle la charme maintenant et l'étonne. Elle joint ces lettres à celles de Jean Duvernay pour que la flamme les consume ensemble. Mais elle brûle d'abord des lettres de femmes et d'indifférens, des billets de Mme de Beauharnais, des lettres folles de Mme de Rochemore, des invitations à dîner et au bal, des lettres de baptême et d'enterrement. Pendant plus de deux heures elle nourrit la flamme claire du foyer. Déjà une lueur blême traverse les rideaux; c'est le matin. Les servantes ont commencé leur travail; Fanny veut hâter le sien. N'a-t-elle pas entendu des voix ? Non, le calme est profond autour d'elle... Le calme est profond, mais c'est que la neige étouffe le son des pas. Car on vient, on est là. Des coups ébranlent sa porte...

Elle sent, elle sait qui vient. Cacher les lettres, fermer le secrétaire, elle n'en a pas le temps. Tout ce qu'elle peut faire, elle le fait : elle prend les papiers à brassée et les jette sous le canapé dont la housse traîne à terre. Quelques-uns débordent sur le tapis ; elle les repousse du pied, saisit un livre et se jette dans un fauteuil. Le président du district entre suivi de trente piques. Ce n'est plus Colin, destitué pour cause de modérantisme, c'est un ancien rempailleur, Brochet, qui grelotte la fièvre et dont les yeux sanglans nagent sans cesse dans une sorte d'horreur. Il est sobre et il est ivre.

Brochet fait signe à ses hommes de garder les issues, et, s'adressant à Mme d'Avenay :

« Citoyenne, lui dit-il, je viens d'apprendre que tu es en correspondance avec les agens de Pitt, les émigrés et les conspirateurs des prisons. Au nom de la loi, je viens me saisir de tes papiers... Il y a longtemps que tu m'étais désignée comme une aristocrate de la plus dangereuse espèce. Le citoyen Rapoix qui est devant tes yeux (et il désigna un de ses hommes) a avoué que, dans l'hiver de 1789, tu lui as donné de l'argent et des vêtemens pour le corrompre. Des magistrats tièdes et sans vigueur t'ont épargnée ; mais je suis le maître à mon tour et tu n'échapperas pas à la guillotine. Livre-nous tes papiers.

— Prenez-les vous-même, dit Fanny, mon secrétaire est ouvert. »

Il y restait encore quelques mémoires de fournisseurs et des titres de propriété que Brochet examina un à un. Il les tâtait et les retournait, comme un homme défiant qui ne sait pas bien lire.

Fanny comprend que la visite sera longue et minutieuse. Elle ne peut se défendre de regarder du côté du canapé et elle voit un coin de la lettre de Marcel qui passe sous la housse comme l'oreille d'un chat blanc. À cette vue son inquiétude cesse. La certitude de sa perte met dans son esprit une tranquille assurance et sur son visage un calme tout semblable à celui de la sécurité. Elle est certaine que les hommes verront ce bout de papier qu'elle a vu ; mais elle ne sait pas s'ils le découvriront tout de suite ou s'ils tarderont à le voir. Ce doute l'occupe et l'amuse. Elle se fait dans ce moment tragique une sorte de jeu d'esprit à voir les commissaires s'éloigner ou s'approcher du canapé. Brochet, qui en a fini avec les papiers du secrétaire, s'impatiente et dit qu'il trouvera bien ce qu'il cherche.

Il culbute les meubles, retourne les tableaux et frappe du pommeau de son sabre sur les boiseries pour découvrir les cachettes. Il n'en découvre point. Il fait sauter le panneau de glace pour voir si rien n'est caché derrière.

Pendant ce temps, ses hommes lèvent quelques lames du parquet. Ils jurent qu'une gueuse d'aristocrate ne se moquera pas des patriotes. Mais aucun d'eux n'a vu la petite corne blanche qui passe sous la housse du canapé.

Ils emmènent Fanny et vont visiter les autres pièces. Ils

défoncent les meubles, font tomber les vitres en morceaux et crier les parquets sous la pesée des baïonnettes qui les lèvent; ils crèvent les matelas, éventrent les paillasses. Et ils ne trouvent rien. Pourtant Brochet ne désespère pas encore. Il retourne dans le salon.

« Les papiers sont là, dit-il; j'en suis sûr. »

Il examine le canapé, le déclare suspect et y enfonce à cinq ou six reprises son sabre dans toute sa longueur. Il ne trouve rien encore, pousse un affreux juron et sort suivi de ses hommes. Fanny écoute le léger craquement de leurs pas dans la neige : ils sont partis; elle est sauvée. Est-elle joyeuse ? Non : mais elle ressent une sorte de gaieté mutine. Elle court, avec des rires et des sauts d'enfant, baiser le front de son Émile qui dort les poings fermés, comme si la maison n'avait pas été bouleversée autour de son petit lit.

VI. 13-17 FLORÉAL AN II[1]

Quatre mois sont passés; la Terreur a grandi. La justice selon le cœur du citoyen Brochet est enfin rendue.

Le guichetier a refermé la porte de la maison d'arrêt sur Fanny appréhendée « par mesure de sûreté générale ». La voilà dans ce vieux bâtiment où jadis les solitaires de Port-Royal ont fait en priant le rêve de la vie et qui est devenu sans peine une prison.

Assise sur une banquette, pendant que le greffier inscrit son nom dans le registre d'écrou, elle songe, et sa destinée l'étonne.

« Pourquoi ces choses, mon Dieu, et que voulez-vous de moi ? »

Elle est surprise, mais elle n'est pas triste. Le porte-clefs a l'air plus bourru que méchant. Il l'a conduite dans une grande cour, au milieu de laquelle est un bel acacia; elle attendra là qu'il lui ait préparé un lit et une table dans une chambre où l'on a déjà renfermé cinq ou six prisonnières, car la maison est encombrée. Dans la cour, elle voit une jeune femme occupée à graver un chiffre sur l'écorce de l'arbre, et reconnaît Cécile de Rochemore.

« Vous ici, Cécile ?

— Vous ici, Fanny ? Faites mettre votre lit près du mien. Nous aurons bien des choses à nous dire.

— Bien des choses... Et M. de Rochemore, Cécile ?

— Mon mari ? Ma foi, ma chérie, *je l'avais* un peu oublié. C'était *injuste. Tu sais* que, général à vingt-cinq ans, il couvrit *très bien* la retraite de Mons[2] et reçut les félicitations de l'Assemblée législative. Mais, depuis, nous avons été exclus, comme nobles, des emplois militaires; nous sommes devenus suspects. Il est très probable qu'Alexandre est en prison quelque part.

— Et que faisais-tu là, Cécile ?

— Chut !... Quelle heure est-il ? S'il est cinq heures, l'ami dont j'unis sur cette écorce le nom au mien n'est plus de ce monde, car il a passé à midi au Tribunal révolutionnaire. Il se nommait Armand et était volontaire à l'armée du Nord. Je l'ai connu dans cette prison. Nous avons passé ensemble de douces heures au pied de cet arbre. C'était un jeune homme de mérite. J'ai pleuré hier en lui disant adieu. Mais, tandis que nous nous pressions les mains en soupirant, nous vîmes s'avancer à pas de loup un vieux gentilhomme enveloppé d'une robe de chambre à ramages et coiffé d'un bonnet de nuit, surmonté d'un énorme nœud de satin orange. Il tenait à la main un flambeau qu'il approcha de mon visage, pour voir si j'étais celle qu'il cherchait, car il avait un rendez-vous galant. Nous vîmes alors qu'il s'était mis du rouge au visage, et nous partîmes d'un terrible éclat de rire, qui dura jusqu'au départ du malheureux Armand. C'est ainsi que nous nous sommes quittés. »

Après ce beau récit, elle saisit Fanny par la taille, l'entraîna dans la chambre où elle avait son lit et veilla à ce que celui de Mme d'Avenay fût tout à côté. Elles convinrent de laver ensemble, dès le lendemain matin, le carreau de cette chambre. C'est un soin que Cécile prenait très souvent : elle ne pouvait souffrir la poussière.

Le repas du soir, servi maigrement par un gargotier patriote, se prenait en commun. Chaque prisonnier apportait son assiette et son couvert de bois (il était interdit d'en avoir en métal) et recevait sa portion de porc aux choux. Fanny vit à cette table grossière des femmes charmantes dont la gaieté légère l'étonna. Comme Cécile, elles étaient coiffées avec soin et portaient de fraîches toilettes. Près de mourir, elles gardaient l'envie de plaire. Leur conversation était galante comme leur personne, et Fanny fut bientôt instruite des intrigues qui se nouaient et dénouaient sous les verrous. La folie d'aimer était dans l'air de la prison. La mort aiguillonnait l'amour.

Et Fanny fut prise d'un indicible trouble; elle se sentit un grand désir de presser une main dans la sienne. Des larmes ardentes comme la volupté roulèrent sur ses joues. À la lueur du lampion fumeux qui éclairait le repas, elle observait ses compagnes dont les yeux brillaient de fièvre et elle songeait : « Nous allons mourir ensemble. D'où vient que je suis triste et que mon âme est troublée, quand pour ces femmes la vie et la mort sont également légères ? »

Elle pleura toute la nuit sur son grabat. Mais, dès l'aube, elle retrouva la paix intérieure. Un calme céleste descendit sur son beau visage.

Les prisonniers qui venaient dans l'après-midi se mêler aux femmes furent frappés de cette angélique sérénité. Fanny les tranquillisait et les consolait. Aussi, son idée héroïque et sentimentale des choses humaines et divines convenait-elle parfaitement aux esprits de ces prisonniers philosophes qui, sous la menace d'une mort prochaine, cherchaient l'Espérance, sans songer un instant, jeunes ou vieux, royalistes ou républicains, à ressaisir la foi de leur enfance. Car à cette fin de siècle la religion catholique n'existait plus pour l'élite des Français.

Dès le lendemain de sa venue, Fanny rendit à ses compagnons des services dont ils étaient justement reconnaissans : elle raccommodait leur linge et leurs hardes. Par là elle s'acquit la reconnaissance d'un vieux conseiller au parlement de Toulouse qu'elle aimait pour sa simplicité. Il prouvait sans cesse qu'on l'avait injustement accusé. Quand on lui remit son acte d'accusation :

« Je ne voudrais pas être à la place de mes juges, dit-il; car je les embarrasserai terriblement. »

Il récitait une douzaine de textes de droit romain pour prouver son innocence, et il ajoutait :

« Je vous demande ce qu'ils répondront à cela ? »

Il embrassa Fanny et s'en alla tranquille, ne pouvant, vieux juge, douter de la justice[1].

Il y avait aussi dans la prison un Allemand qui jouait de la viole d'amour et un jeune patriote qui composait des chansons. Ils donnaient des concerts, le soir; quand le plus grand nombre des prisonniers s'était retiré, la musique se faisait entendre encore. La réunion devenait intime et mystérieuse; on se cherchait; on se parlait tout bas; l'ombre enveloppait les couples rapprochés et le bruit des baisers se mêlait au son de la viole. Et ceux qui faisaient ainsi l'amour avaient leur arrêt de mort dans leur poche.

Cependant Fanny élevait son âme et regardait au-delà de ce monde. Rentrée dans sa chambre, elle écrivait à son fils des lettres d'une adorable gaieté et d'une sagesse sublime.

Le cinquième jour de sa détention, comme elle faisait dans le préau sa promenade accoutumée, elle reconnut, tristement assis sur un banc, le vieux Nicolas Franchot, tout courbé par l'âge et la misère. Marcel l'avait longtemps caché sous un toit; mais le pauvre vieillard s'était fait prendre en essayant de fuir. Il venait d'arriver à Port-Libre, et la poussière du chemin souillait encore son visage. Fanny lui prit en souriant la main.

« Mon vieil ami, lui dit-elle; je ne puis me réjouir de vous voir ici; mais je serai contente s'il m'est possible de vous aider en quelque chose. »

Franchot, les mains sur les genoux, *secoue la* tête et pleure[2]. Les larmes *délayent la* poussière dont ses joues sont couvertes, et le visage du pauvre philosophe est tout barbouillé. Fanny court à sa chambre et revient avec une éponge et de l'eau, dont elle lave son vieil ami en lui murmurant des paroles consolantes.

Pourtant il n'est point consolé. Il la regarde avec des yeux pâles et vides ; ses lèvres molles ont des mouvemens convulsifs et les larmes coulent sans s'arrêter sur ses joues creuses. Alors elle s'assied auprès de lui, lui passe les bras autour du cou et lui dit doucement :

« Mon ami, il est croyable que nous allons mourir tous deux. Mais d'où vient que vous êtes triste quand je suis gaie ? Perdez-vous plus que moi en perdant la vie ?

— Fanny, lui répondit-il, vous êtes jeune, vous êtes riche, vous êtes saine et jolie, et vous perdez beaucoup en perdant la vie ; mais comme vous êtes incapable de réflexion, vous ne savez pas ce que vous perdez. Pour moi, je suis pauvre, je suis vieux, je suis malade ; et m'ôter la vie, c'est m'ôter peu de chose ; mais je suis philosophe et physicien, j'ai la notion de l'être et du non-être que vous n'avez point ; et je sais exactement ce que je perds. Voilà, Fanny, d'où vient que je suis triste quand vous êtes gaie. »

À ces mots, il essuya ses yeux, se leva en soupirant, prit un petit paquet qui contenait un peu de linge et cinq ou six volumes du baron d'Holbach, d'Helvétius et de Lamettrie, puis il gagna, tout courbé, sa cellule.

Elle le regardait partir, quand Mme de Rochemore la tira par le bras en s'écriant :

« Mon mari vient ici. On l'a vu au greffe. Quel désagrément ! »

VII. 14-22 FLORÉAL AN II[1]

Quand Marcel entra dans le jardin, il trouva Nanon accroupie sur la plus basse marche de l'escalier.

« Ah ! monsieur, lui dit-elle en pleurant, ils ont emmené hier ma bonne maîtresse en prison et mis les scellés dans toutes les chambres ; ils la feront mourir, et son fils et moi nous serons déshonorés... »

Nanon ne distinguait pas entre la justice d'autrefois et celle du temps présent, et elle ne pouvait séparer les idées de supplice et d'infamie.

« Cette nuit, ajouta la pauvre fille, j'ai couché M. Émile avec moi dans la cuisine. Vous le voyez qui joue là-bas dans le jardin, le cher innocent. »

Marcel la pressa de questions, mais elle savait seulement que sa maîtresse avait été menée en fiacre à la Bourbe (c'était le nom populaire de Port-Libre), qu'on ne pouvait la voir, qu'ils permettaient seulement qu'on remît pour elle, au greffe, de l'argent et des effets. En partant elle avait dit : « Nanon, mon fils est seul au monde ; je vous le confie. Il est intelligent et bon ; vous le placerez dans une condition obscure et il pourra être heureux. »

Ayant rapporté ces paroles, Nanon se cacha la tête dans son tablier et éclata en sanglots. Marcel, promenant autour de lui des regards désolés, vit Émile qui jouait devant le bassin. Il le prit dans ses bras et l'embrassa en pleurant. Mais l'enfant, impatienté, se dégagea :

« Laisse-moi, monsieur, dit-il ; J'envoie deux frégates à la recherche de M. de Lapeyrouse[1]. »

Et il lança dans le bassin deux petits bateaux. Marcel, respectant la joie de l'orphelin, le laissa à ses jeux, et, après avoir contemplé un moment la maison déserte, il se jeta dans la rue comme un insensé et ne s'arrêta que dans le quartier d'Enfer, devant une grande façade dont on avait bouché les fenêtres. C'était là, derrière ce mur aveugle et noir, qu'ils avaient traîné Fanny. Il restait immobile, les yeux fixes, les pieds attachés au sol. Observé avec inquiétude par le factionnaire, il s'arracha enfin de cette place, pour exécuter le dessein qu'il avait formé.

S'acheminant dans la campagne, à travers les ruelles bordées de jardins, il fit le tour de l'énorme prison et en examina tous les abords. Après quoi il entra dans une maison basse dont la porte vitrée était surmontée d'une branche de houx. C'était le cabaret le plus proche de la prison et celui par conséquent que devaient fréquenter les guichetiers et les porte-clefs.

Il s'assit dans la salle commune, et commanda son dîner. Le cabaretier lui servit une omelette au lard. Pendant qu'il mangeait, un gros chien allongea le museau dans son assiette.

« Ah ! ah ! c'est Ravage[2], dit le cabaretier ; le chien du porte-clefs. Il est chargé de garder la nuit la cour qui sépare les hommes des femmes ; ce qui n'est pas, à vrai dire, une mince besogne. La semaine dernière, il a laissé des prisonniers entrer dans le corridor des femmes. Le lendemain matin, il se promenait fièrement, portant attaché à la queue un assignat de cent sous et un billet sur lequel étaient écrits ces mots : “ On peut corrompre Ravage avec un assignat de cent sous et un paquet de pieds de mouton. ” Ravage perdit contenance en voyant tout le monde rire. Il fut mis au cachot. T'en souviens-tu, Ravage ? »

Le chien alla, la tête basse, se coucher devant la cheminée.

« Ah ! dit le cabaretier, c'est que son maître ne plaisante pas avec la consigne. Les guichetiers de la Bourbe ne se laissent pas corrompre comme leur chien.

— Fort bien ! dit Marcel. Ce sont des patriotes. Je voudrais bien causer avec l'un d'eux. »

Le cabaretier lui assura que rien n'était plus facile, puisqu'ils venaient deux fois le jour dans son établissement.

Pourtant Marcel fréquenta pendant trois jours ce cabaret sans pouvoir se faire un autre ami que Ravage. Le porte-clefs acceptait bien un verre de vin blanc, mais sa mine n'encourageait pas du tout les confidences. C'était un homme simple, bourru, probe et tout à fait résolu à faire honnêtement son métier, qui lui semblait le plus beau, le plus digne d'envie.

Marcel était désespéré. Il passait de longues heures de la nuit dans les champs du faubourg à contempler les fenêtres bouchées aux trois quarts du quartier des femmes. Et, chaque jour, il revenait fumer des pipes de tabac dans le cabaret de la rue d'Enfer.

Un soir, pendant son souper, il fut attentif, malgré son inquiétude, aux propos de deux amoureux assis sur un banc à côté de lui.

« Tu sais bien que je t'aime, Florentin, disait la jeune fille.

— Eh bien, Rose, puisque nous nous aimons, épousons-nous, répondait le jeune homme, qui semblait aussi jeune qu'elle et portait l'habit de velours des commissionnaires.

— Tu sais bien, disait Rose en baissant les yeux, que papa ne veut pas; il dit que tu es trop jeune et que nous serions trop pauvres.

— Rose, ton père, qui est porte-clefs, pourrait bien me faire nommer gardien. Alors nous serions assez riches.

— Florentin, mon père ne nomme pas les gardiens de la prison, et s'il les nommait, il ne te choisirait pas, parce qu'il n'a pas d'amitié pour toi. »

Ils se regardaient quelque temps sans rien dire comme des gens qui ne savent point de mots pour exprimer leurs sentimens. Puis Florentin vida d'un coup son verre de vin, se leva gauchement et sortit. Rose avait l'air désolé en le regardant partir. Elle resta longtemps occupée à compter les carreaux de son fichu, puis elle sortit sans regarder personne.

Marcel la suivit et l'appela doucement dans la rue.

« Mademoiselle Rose, je voudrais vous parler de quelque chose qui vous intéresse.

— Monsieur, vous perdez vos paroles. Je suis une honnête fille et plus rien ne m'intéresse au monde.

— Pas même Florentin ? »

À ce nom elle s'arrêta. Marcel poursuivit.

« Vous aimez Florentin, écoutez-moi, Rose : vous pouvez, si vous voulez, devenir dès demain assez riche et bien plus riche qu'il ne faut pour épouser Florentin. Pour cela vous n'aurez rien à faire de mal; vous aurez seulement à faire une bonne action. Rose, il y a dans la prison une dame que j'aime comme vous aimez Florentin. Promettez-moi de m'aider à la délivrer et je vous dirai son nom. Elle est bonne, elle est riche : sauvez-la et votre fortune est faite. »

Ils s'étaient tous deux retirés au bord d'une allée. La jeune fille ne répondait rien et semblait incertaine. Marcel la supplia; il lui prit les mains, qu'il sentit trembler. Mais Rose se dégagea tout à coup et courut d'un bond au guichet de la Bourbe qui se referma sur elle.

VIII. 25 FLORÉAL AN II

La cour où les amans vont chercher le silence et l'ombre eſt déserte ce soir. Fanny, qui étouffait dans l'air humide des corridors, vient s'asseoir sur le tertre de gazon qui entoure le pied du vieil acacia dont la cour eſt ombragée. L'acacia eſt en fleur, et la brise qui le caresse en eſt tout embaumée. Fanny voit un écriteau cloué à l'écorce de l'arbre, au-dessous du chiffre gravé par Cécile. Elle lit sur cet écriteau les vers du poète Vigée, prisonnier comme elle :

Ici des cœurs exempts de crimes,
Du soupçon dociles victimes,
Grâce aux rameaux d'un arbre protecteur,
En songeant à l'amour oubliaient leur douleur ;
Il fut le confident de leurs tendres alarmes.
Plus d'une fois, il fut baigné de larmes.
Vous que des temps moins rigoureux
Amèneront dans cette enceinte,
Respectez, protégez cet arbre généreux.
Il consolait la peine, il rassurait la crainte,
Sous son feuillage on fut heureux.

Après avoir lu ces vers, Fanny reſta songeuse. Elle revit intérieurement toute sa vie si douce et si calme, son mariage paisible, sa douce maternité; son esprit amusé de musique et de poésie, occupé d'amitié, grave, sans trouble; et, songeant qu'elle allait mourir, elle se désola; une sueur d'agonie lui monta aux tempes. Dans son angoisse, elle leva ses yeux ardens vers le ciel plein d'étoiles et elle murmura en se tordant les bras : « Mon Dieu ! rendez-moi l'espérance. »

À ce moment un pas léger s'approcha d'elle.

C'était Rose, la fille du guichetier qui venait lui parler en secret.

Après avoir repoussé pendant plusieurs jours les offres de Marcel, elle avait cédé.

Elle était prête à sauver la jeune femme par les moyens convenus entre elle et l'ami de Fanny.

« Citoyenne Avenay, dit-elle, demain soir, un homme qui t'aime t'attendra sur l'avenue de l'Observatoire avec une voiture. Prends ce paquet, il contient des vêtemens pareils à ceux que je porte; tu t'en revêtiras, dans ta chambre, pendant le souper. Tu es de ma taille et blonde comme moi. On peut, de loin, nous prendre l'une pour l'autre. Un gardien, qui eſt mon amoureux et que nous avons mis dans le complot, montera dans ta chambre et t'apportera le panier avec lequel je vais aux provisions. Tu descendras avec lui par l'escalier dont il a la clef et qui conduit à la loge de mon père. De ce côté, la porte n'eſt ni fermé ni gardée. Il faut seulement éviter que mon père te voie. Mon amoureux se mettra le dos contre le carreau de la loge, et il te parlera comme à moi. Il te dira : " Au revoir, citoyenne Rose, et ne soyez plus si méchante. " Tu t'en iras tranquillement dans la rue. Pendant ce temps, je sortirai par le guichet principal et nous nous rejoindrons toutes deux dans le fiacre qui doit nous emmener. »

Fanny regarda avec surprise la fille du porte-clefs et lui demanda la raison d'un si grand dévouement.

« C'est, lui répondit Rose en oubliant de la tutoyer, parce que vous me donnerez beaucoup d'argent quand vous serez libre et qu'alors j'épouserai mon amoureux.

— Le gardien ?

— Oh ! non pas ! Je me moque de lui. J'épouserai Florentin. Vous voyez, citoyenne, que c'est pour moi que je travaille. Mais je suis plus contente de vous sauver que d'en sauver une autre.

— Je vous en rends grâce, mon enfant, mais pourquoi cela ?

— Parce que vous êtes mignonne et que votre amoureux a beaucoup de chagrin loin de vous. C'est convenu, n'est-ce pas ? »

Fanny songea qu'en acceptant elle serait libre, qu'elle vivrait, qu'elle verrait grandir son fils. Elle allongea la main pour prendre le paquet de hardes que Rose lui tendait.

Mais retirant aussitôt le bras :

« Rose, savez-vous, dit-elle, que, si on nous découvrait, ce serait la mort pour vous ?

— La mort ! s'écria la jeune fille; vous me faites peur. Oh ! non, je ne le savais pas. »

Puis elle se rassura à demi :

« Citoyenne, votre amoureux saura bien me cacher.

— Il n'est pas de retraite sûre à Paris. Je vous remercie de votre dévouement, Rose, mais je ne l'accepte pas. »

Rose était stupéfaite :

« Vous serez guillotinée, citoyenne, et je n'épouserai pas Florentin.

— Rose, je puis vous rendre service sans accepter ce que vous me proposez.

— Oh ! non. Ce serait de l'argent volé. »

La fille du porte-clefs pria, pleura, supplia longtemps, elle s'agenouilla et saisit le bord de la robe de Fanny.

Fanny la repoussa de la main et détourna le visage. Un rayon de lune en éclairait le calme et la beauté.

La nuit était riante; une brise passait. L'arbre des prisonniers, secouant ses branches odorantes, répandit de pâles fleurs sur la tête de la victime volontaire.

IX. 26 FLORÉAL AN II[1]

Quand, sur l'avenue de l'Observatoire, Marcel vit la fille du porte-clefs s'approcher seule de la voiture, il ne l'interrogea pas.

« Elle n'a pas voulu ! elle n'a pas voulu ! s'écria Rose en pleurant.

— Je le pensais », dit Marcel.

Il erra longtemps dans les rues désertes, alla s'asseoir au bord de la Seine, et il regarda l'aube blanchir cette colline où habitait Fanny aux jours de joie et d'espérance.

De longtemps il n'avait été si calme.

À huit heures, il prit un bain. Il entra chez un traiteur du Palais-Royal et regarda les papiers publics en attendant son repas. Il lut dans le *Courrier de l'Égalité* :

« *Liste des condamnés à mort exécutés sur la place de la Révolution:* Du 24 floréal.

« COLIN (Narcisse), ROCHEMORE (Alexandre), ci-devant noble, FRANCHOT (Nicolas)... »

Il déjeuna de bon appétit. Puis il se leva, regarda dans une glace si sa toilette était en ordre et s'il avait le teint bon, et s'en alla d'un pas léger, par-delà le fleuve jusqu'à la maison basse qui fait le coin des rues de Seine et Mazarine. C'est là que logeait le citoyen Lardillon, substitut de l'accusateur public au Tribunal révolutionnaire, homme serviable, que Marcel avait connu capucin à Angers et retrouvé sans-culotte à Paris.

Il sonna. Après quelques minutes de silence une figure parut à travers un judas grillé et le citoyen Lardillon, s'étant assuré prudemment de la mine et du nom du visiteur, ouvrit enfin la porte du logis. Il avait la face pleine, le teint fleuri, l'œil brillant, la bouche humide et l'oreille rouge. Son apparence était d'un homme jovial, mais craintif. Il conduisit Marcel dans la première pièce de son appartement. Une petite table ronde, de deux couverts, y était servie. On y voyait un poulet, un pâté, un jambon, une terrine de foie gras et des viandes froides couvertes de gelée. À terre, six bouteilles rafraîchissaient dans un seau. Un ananas, des fromages et des confitures couvraient la tablette de la cheminée. Des flacons de liqueurs étaient posés sur un énorme bureau encombré de dossiers.

Par la porte entrouverte de la chambre voisine, on apercevait un grand lit défait.

« Citoyen Lardillon, dit Marcel, je viens te demander un service.

— Citoyen Germain, je suis prêt à te le rendre s'il n'en coûte rien à la sûreté de la république. »

Marcel lui répondit en souriant :

« Le service que je te demande s'accordera parfaitement avec la sécurité de la république et la tienne. »

Sur un signe de Lardillon, Marcel s'assit :

« Citoyen substitut, dit-il, tu sais que depuis deux ans je conspire contre tes amis et que je suis l'auteur de l'écrit intitulé : *Les Autels de la peur*. Tu ne me feras pas de faveur en m'arrêtant. Tu ne feras que ton devoir. Aussi n'est-ce pas là le service que je te demande. Mais écoute-moi : j'aime. »

Lardillon inclina la tête pour marquer qu'il approuvait ce sentiment.

« Je sais que tu n'es pas insensible, citoyen Lardillon; je te prie de me réunir à celle que j'aime et de m'envoyer immédiatement à Port-Libre.

— Eh ! eh ! dit Lardillon avec un sourire sur ses lèvres à la fois fines et fortes, c'est plus que la vie, c'est le bonheur que tu me demandes, citoyen. »

Il allongea le bras du côté de la chambre à coucher et cria :

« Épicharis ! Épicharis ! »

Une grande femme brune apparut, les bras et la gorge nus, en chemise et en jupon, une cocarde dans les cheveux.

« Ma nymphe, lui dit Lardillon en l'attirant sur ses genoux, contemple le visage de ce citoyen et ne l'oublie jamais ! Comme nous, Épicharis, il est sensible; comme nous, il sait que la séparation est le plus grand des maux. Il veut aller en prison et à la guillotine avec sa maîtresse. Épicharis, peut-on lui refuser ce bienfait ?

— Non, répondit la fille en tapotant les joues du moine en carmagnole.

— Tu l'as dit, ma déesse, nous servirons deux tendres amans. Citoyen Germain, donne-moi ton adresse et tu coucheras à la Bourbe ce soir.

— C'est entendu, dit Marcel.

— C'est entendu, répondit Lardillon en lui tendant la main. Va retrouver ta bonne amie, et dis-lui que tu as vu Épicharis dans les bras de Lardillon. Puisse cette image faire naître en vos cœurs de riantes pensées ! »

Marcel lui répondit que peut-être ils n'avaient pas tous deux la même façon d'aimer, qu'il ne lui en était pas moins reconnaissant et qu'il regrettait de ne pouvoir vraisemblablement lui rendre service à son tour.

« L'humanité ne veut pas de salaire », répondit Lardillon.

Il se leva et, pressant Épicharis contre son cœur :

« Qui sait quand viendra notre tour ? »

Omnes eodem cogimur : omnium
Versatur urna ; serius ocius
Sors exitura, et nos in aeternum
Exilium impositura cymboe.

« En attendant, buvons ! Citoyen Germain, veux-tu partager notre repas ? »

Épicharis ajouta que « ce serait gentil » et elle retint Marcel par le bras. Mais il s'échappa, emportant la promesse du substitut de l'accusateur public.

X. 26 FLORÉAL AN II

Lardillon tint parole. Le soir même Marcel fut conduit à la Bourbe. Comme un des gardiens venait d'être nommé guichetier, des rubans et des bouquets étaient suspendus, pour le fêter, aux barreaux du guichet, et Marcel passa sous des fleurs. En entrant dans le préau il vit Fanny en robe rose, une rose dans les cheveux. Elle lui tendit la main et il couvrit de baisers cette belle main qui le tirait doucement vers la mort.

« Malheureux ! lui dit Fanny. Je craignais de vous voir, et pourtant je vous attendais. C'est moi qui vous tue !...

— À quoi bon vivre, Fanny ? et qu'ai-je à faire dans un monde où vous ne serez plus ?

— Marcel, si vous m'aimez, il fallait vivre pour mon fils. »

Ils parlèrent longtemps à voix basse. Ce qu'ils dirent ne peut se répéter; c'était des paroles simples, comme en disent les gens heureux. Ils voyaient les prisonniers glisser autour d'eux comme des Ombres. Un peu avant l'heure du souper, le porte-clefs les aborda sans rien dire et remit à chacun un papier. Il portait l'en-tête imprimé du tribunal et contenait leur acte d'accusation. Lardillon s'était fait une joie de servir deux amans; il avait eu la délicatesse de les impliquer dans le même complot et de leur reprocher les mêmes crimes.

Pendant qu'ils lisaient, le porte-clefs tenait son bonnet à la main. Cet homme était Parisien et habitué, comme tous les Parisiens, à se découvrir devant les morts.

Comme Marcel et Fanny devaient comparaître le lendemain devant le tribunal, les prisonniers leur offrirent le souper des adieux. Marcel fut placé entre Fanny et Cécile. Le jeune poète chanta des vers qu'il avait composés pour eux et que le musicien allemand accompagna sur la viole d'amour. Tant que dura le repas, Mme de Rochemore s'étudia à attirer sur elle les regards que Marcel tournait vers Fanny.

Elle lui dit à l'oreille :

« Vous méritez qu'on vous adore. Mais Fanny ne sait point aimer. »

Après le souper on laissa aux deux amis la cour de l'acacia. Assise au pied de l'arbre, sur le banc de gazon, Fanny dit à Marcel, agenouillé devant elle.

« Marcel, l'ombre même d'un mensonge me fait horreur. Écoutez-moi. Je suis contente de mourir avec vous. Je vous aime mieux que personne au monde. Mais je n'eus jamais d'amour pour personne, et je n'en ai pas pour vous. Oh ! malgré le vent de l'Océan qui souffle dans les feuilles, s'il n'y allait que du salut de mon âme, Marcel, je vous jure que je me donnerais à vous au prix de ma félicité céleste. Mais je ne peux pas me donner sans amour. »

Marcel resta longtemps sans répondre. Enfin :

« Qu'importe votre amour ! dit-il ; le mien est sans bornes et mon bonheur est infini comme mon amour. »

XI. 27 FLORÉAL AN II[1]

Fanny s'était coupé elle-même les cheveux avant de monter au Tribunal. C'est en robe blanche et coiffée comme les victimes qu'elle parut devant ses juges. Marcel Germain comparaissait avec elle. Le greffier lut l'acte d'accusation que le substitut avait rédigé dans son plus beau style. D'après cet acte, Fanny d'Avenay était une de ces Phrynés aristocratiques qui excitent les citoyens à la débauche, dans le but d'étouffer leur patriotisme. Marcel Germain, séduit par les artifices de cette Circé, avait conspiré avec elle la perte de la République par l'assassinat, la famine, la fabrication des faux assignats, la dépravation de l'esprit public et le soulèvement des prisons.

Après cette lecture, Fanny s'assit au fauteuil et répondit aux questions du président avec une bonne humeur charmante.

Germain fut ensuite interrogé.

Épicharis était dans la salle. Accoudée à la cloison qui fermait l'espace réservé au public, elle jetait à l'accusé des regards romanesques.

Comme il répondait avec éloquence, son interrogatoire fut vite terminé. Ni lui ni Fanny n'avaient de défenseurs, le tribunal leur donna d'office un savetier qui se trouvait dans la salle. Cet homme avait appris à parler dans les clubs :

« Citoyens jurés, dit-il d'une voix sourde, les aristocrates qui paraissent devant vous ont déjà eu deux défenseurs : l'accusateur qui vous exposa leurs crimes et le président qui vient de leur en arracher l'aveu. Je n'ajouterai rien à ce qu'ils ont dit l'un et l'autre. Je m'en rapporte pour le surplus, citoyens jurés, à votre équité et à votre patriotisme. »

Après cette défense, la délibération du *jury* fut courte.

Fanny d'Avenay, ci-devant noble, et Marcel Germain furent condamnés à la peine de mort. Il était cinq heures vingt minutes du soir.

Les jugemens du tribunal étant immédiatement exécutoires, les deux condamnés furent conduits au greffe de la Conciergerie où déjà des personnes jugées précédemment attendaient sur des bancs et sur deux méchantes paillasses. Leur toilette était faite et leurs mains liées. Des mèches de cheveux couvraient les dalles. Marcel et Fanny trouvèrent là des ci-devant nobles, des filles du peuple, des sans-culottes, un hussard et une vieille maréchale sourde et boiteuse. Le bourreau avait son compte. Il chargea la charrette dans la cour et le cortège des gendarmes et des condamnés se mit en marche.

Autour de la Conciergerie, la foule était peu nombreuse et composée presque entièrement d'enfans et de vieilles femmes, amis du soleil. Quelques cris de : « Vive la République ! » se firent entendre.

La soirée était d'une infinie douceur. En passant le long de la Seine, Fanny et Germain furent saisis de la beauté du ciel et de l'eau et de la grâce des arbres qui frissonnaient dans l'air.

« Je ne croyais pas, dit Fanny, que la terre fût si belle ! »

Et, songeant à son fils, elle pleura.

Et une de ces chastes larmes coula sur les mains liées de Marcel.

Sur le Pont-Neuf, une femme du peuple qui tenait son petit enfant dans ses bras regarda avec tristesse la charrette funèbre. En y voyant une femme jeune comme elle et dont le regard était doux, elle prit la petite main de son enfant qui ne parlait pas encore, la lui mit sur les lèvres et dit :

« Bébé, envoie un baiser à la jolie dame.

— Vous l'avez vue, dit Fanny à Marcel ; ce qu'elle a fait m'a rendue bien heureuse. »

Cependant Marcel goûtait des siècles de délices à contempler le visage de Fanny.

Elle retrouvait peu à peu le calme dans lequel elle avait vécu.

« Marcel, dit-elle, nous voilà bien bons amis. Je ne sais ce qu'il adviendra de nous dans le monde où nous allons ; comptons, pour nous y revoir, sur Dieu qui nous a montrés l'un à l'autre en cette terre. Vous serez ma dernière pensée, Marcel ; vous, et aussi l'enfant dont je ne prononce pas le nom, de peur de pleurer encore, et dont cette femme m'a montré tout à l'heure l'image dans ses bras. Il y a six ans, quand je vous vis pour la première fois, Marcel, il marchait à peine et il ressemblait tout à fait à l'enfant qui m'a envoyé un baiser. Vous voulez bien que je pense à lui aussi, Marcel ? »

Dans la rue Saint-Honoré, à la hauteur du Palais-Royal, la foule devint plus épaisse. Des femmes montraient le poing aux condamnés et des cris s'élevèrent :

« À la guillotine, les scélérats !

— Vive la liberté ! répondirent les condamnés.

— Vive la liberté ! » répéta Marcel.

Il sortait de cette dernière épreuve purifié de toute haine et de toute colère.

« Fanny ! s'écria-t-il, ne vois-tu rien planer sur cette immense cité dont le front est radieux et qui lavera bientôt en une heure la boue et le sang de ses pieds ? Moi, je vois la France apportant la Justice au Monde. Vive la Révolution ! »

Ils touchaient au terme de leur voyage. La charrette déboucha sur la place que le soleil couchant inondait d'une poussière d'or. Marcel se jeta entre Fanny et ce qu'il venait de voir. Il venait de voir sur une haute charpente deux poteaux dressés vers le ciel et réunis à leur faîte par quelque chose qu'un reflet du soleil changeait en flamme. Une dernière secousse de la charrette, qui s'arrêtait, poussa contre ses lèvres le front de Fanny. Il le baisa pour la première fois, et ses yeux se fermèrent.

Quand il les rouvrit, la blanche victime montait dans la lumière à la mort. Alors il s'élança sur l'échafaud qu'elle avait sanctifié.

NOTICES, NOTES ET VARIANTES

JOCASTE ET LE CHAT MAIGRE

NOTICE

Quand Anatole France publie *Jocaste* dans *Le Temps*, il a trente-quatre ans, et un certain renom dans le monde des lettres. Auteur des *Poèmes dorés* et des *Noces corinthiennes*, préfacier d'auteurs classiques chez Lemerre, chroniqueur littéraire, mais aussi auteur d'articles plus généraux sur l'histoire, ou sur la pensée de son temps, il n'a guère tâté, en revanche, du récit en prose. Il est très difficile de dater *Les Désirs de Jean Servien*. Sans nul doute, à l'époque où il écrit *Jocaste*, France en possède-t-il au moins une première version par-devers lui. En dehors de ce roman, il a publié en 1865 dans *Les Petites Nouvelles* un récit historique, *Ezilda, duchesse de Normandie (dixième siècle)*, qui met en scène, dans un camp d'Asie, une belle se sacrifiant pour son mari et mourant d'avoir sucé sa blessure empoisonnée. Il y a bien du bric-à-brac sentimental et historique dans ce récit à la Walter Scott, qui, certes, ne retiendrait pas, s'il n'était le premier témoignage personnel d'Anatole France prosateur. On y note déjà un certain ton d'ironie, une certaine distanciation par rapport aux poncifs du genre, et, ce qui peut nous sembler plus significatif par rapport à *Jocaste*, la comparaison du sacrifice d'Ezilda à celui d'Alceste, donc le goût d'établir des relations entre l'Antiquité, réserve de modèles et de mythes, et les temps ultérieurs. Mais, dans *Ezilda*, la comparaison sent la recette rhétorique pour « relever » un sujet; elle est assimilation pure et simple entre deux personnages. Dans *Le Chasseur bibliographe* du 1er février 1867, *Le Beau Chef Mastarna, chronique antique*, est un morceau de reconstitution agréable de l'Antiquité, qui nous présente un banquet de l'empereur Claude, et une histoire où paraît un bouffon haut en couleur; scène et personnages sont destinés à un long avenir dans l'œuvre de l'écrivain, mais rien, dans *Jocaste*, n'est comparable à ce récit. Il ne nous est donc rien demeuré d'Anatole France prosateur, avant 1870, qui puisse faire prévoir ce récit de mœurs contemporaines, qui, la préface de 1879 nous en avertit[1], se veut fondé sur des observations réelles. Ceux qui lurent le premier roman d'Anatole France purent plutôt songer à une nouvelle d'allure flaubertienne, *La Cure du docteur Hardel*[2], parue peu auparavant : un jeune clerc de notaire tombe amoureux de la femme du médecin du bourg; il est à ses genoux, quand le médecin survenant feint de croire que le jeune homme a besoin de ses soins. Le mari lui arrache une molaire saine, et le clerc, ridiculisé, non payé de retour, d'ailleurs, par la jeune femme, s'exile à Avranches. Ce récit très court met déjà en scène un personnage faible qui perd sa vie, un médecin cynique, une Normandie connue de France. Ces éléments, et l'influence de Flaubert, mais un Flaubert considérablement « corrigé » par la pratique de la fiche médicale dans la description romanesque, se retrouvent dans *Jocaste*.

Mais, bien plus qu'au fugitif récit que nous évoquons, le lecteur du *Temps* devait songer à l'œuvre poétique considérable et récente d'Anatole France. Or, il se trouve que l'écrivain ne devait pour ainsi dire plus écrire de poèmes; on comptera pour peu de chose les quelques pièces intimistes et le fragment de *Genèse* qu'il donna encore jusqu'en 1881. Nous sommes donc au moment d'une cassure des plus nettes. On peut assurément énumérer les causes extérieures qui firent renoncer France à la poésie. Marié, occupant à la bibliothèque du Sénat une place fixe, mais non glorieuse, l'écrivain débarrassé de la tutelle de ses parents aspire à une aisance et à une renommée qui le rendront digne de sa jeune femme. Descendante d'une famille dont elle est fière, épousée avec une belle dot, elle pousse sans doute son mari à ne pas se contenter d'une notoriété forcément limitée, celle d'un bon poète. Et, à l'époque, la véritable renommée s'acquiert par le roman, que l'on publie tout d'abord et profitablement en feuilletons dans un journal ou une revue. Le statut de l'écrivain est essentiellement celui du prosateur journaliste : Zola, les Goncourt, Daudet, tous ceux qui comptent, vivent ainsi. France est en quelque sorte précipité dans son choix par sa rupture avec Lemerre, l'éditeur du Parnasse, et son contrat avec Calmann-Lévy, un éditeur en quête d'écrivains à lancer. Le hasard, comme la volonté de parvenir après une longue obscurité et des efforts à demi couronnés de succès, cela n'est pas à négliger, mais n'explique pourtant pas l'abandon, par un auteur qui n'est plus tout jeune, d'une forme d'expression pour une autre. France ne ressentait plus le besoin d'écrire de la poésie. Et les raisons profondes s'en

1. Voir p. 147.
2. Parue dans le *Musée des Deux Mondes* du 1er octobre 1876.

trouvent expliquées dans *Jocaste*, comme dans *Le Chat maigre* et *Les Désirs de Jean Servien.* Sous des formes différentes, ces trois romans sont une sorte d'examen de conscience, et ils établissent un constat d'échec. Ils représentent un adieu à ce que fut, à ce que crut Anatole France; il n'est pas indifférent que la part la plus notable de leur action se situe sous le second Empire, l'époque durant laquelle France vit sa seconde enfance, son adolescence, s'intègre au groupe parnassien, croit sans réticence aux vérités scientifiques de son temps.

Jocaste est le roman de personnages qui manquent leur vie. On pourrait facilement voir en M. Fellaire, spéculateur d'abord servi par les bouleversements d'Haussmann, mais trop vulgaire et trop dispersé pour réussir véritablement, une sorte de contre-portrait du Saccard de Zola. Il tient cependant à France par des liens étroits, longtemps tenus secrets : en bien des traits, il est en effet inspiré par Jean-Pierre Dufour, le second mari de la grand-mère de l'écrivain, le mauvais sujet de la famille. Il n'est pas entièrement antipathique, il s'en faut, mais ce bohème, ce sensuel, est finalement exilé par l'écrivain d'un Paris sans lequel il ne peut survivre. France se délivre avec lui de l'attirance qu'il ressentit enfant pour l'irresponsable Dufour, qu'il montre ici comme un mythomane et un faux sentimental. Jérôme Coignard eut beaucoup de caractères du personnage, mais combinés tout autrement. France, dans *Jocaste,* s'amuse de lui, mais il le juge. C'est d'une amertume plus radicale qu'il se délivre en peignant Haviland. Ce maigre et raide personnage, dont l'amour ne va jamais sans mesquinerie, possède certains traits de Noël France. Paul Bourget, qui connut celui-ci vers 1873, le décrit « très sec, très droit, de haute taille, le masque distant et froid, avec des traits durs qu'éclairait rarement un sourire volontiers ironique[1] ». On sait que l'entente avait été médiocre entre ce père méthodique et raisonnable et son fils qu'il accusait de poursuivre des chimères, au lieu de reprendre la librairie paternelle. Anatole France camoufle la ressemblance entre Noël France et Haviland, en accentuant les caractères de celui-ci qui le rattachent au type conventionnel du Britannique. Mais Haviland n'en manifeste pas moins, poussés à la caricature, certains réflexes de Noël France; il a l'âge d'être le père des incarnations d'Anatole France dans *Jocaste* : Hélène et Longuemare. Et il s'adonne à la recherche tenace du descendant d'une victime de la Révolution, ce qui transpose assez bien les occupations de Noël France, libraire spécialiste de l'histoire d'une Révolution qu'il désavouait. Haviland meurt sans avoir mené à bien sa recherche; il meurt victime de son esprit méthodique, qui l'a poussé à faire confiance à son valet criminel. Autre délivrance de l'imagination d'Anatole France, que l'élaboration

1. *L'Illustration*, « Réflexions sur Anatole France », 25 octobre 1924.

de ce personnage et son « meurtre ». Elle n'est certes pas sans âcreté.

Mais l'âcreté la plus grande réside dans les portraits d'Hélène et de Longuemare, en qui Anatole France projette et refuse sa propre vie passée. Hélène, a-t-on dit, c'est l'incarnation de la moderne fatalité psycho-physiologique, tout comme la Jocaste antique est l'incarnation de la fatalité supérieure aux dieux mêmes. La réalité est plus trouble. Hélène doit beaucoup au souvenir douloureux qu'Anatole France a gardé de son amour non payé de retour pour l'actrice Élise Devoyod, illustrée par l'interprétation de rôles tragiques, Émilie dans *Cinna*, Phèdre qu'elle osa, la première, jouer après Rachel, et Jocaste dans *Œdipe roi*.

Ô déesse, ô muse sacrée
Le masque antique est dans tes mains[1]

rimait maladroitement le jeune Anatole France, en 1865, c'est-à-dire à peu près au moment où il fait commencer l'action de *Jocaste*. Cette femme antique incarnée par l'actrice, Anatole France en est obsédé. Sans doute est-ce la raison du choix du prénom d'Hélène, dont l'écrivain avait déclaré, en 1868 : « Comme Hélène est le type essentiel de la femme antique, Magdelaine est le type de la femme chrétienne[2]. » Hélène « aux bras blancs », c'est l' « éternelle amante », la calme beauté des siècles préchrétiens. Avec ses « bras de reine[3] », Élise Devoyod la représentait aux yeux passionnés de France; seulement, la femme, qu'il osa célébrer, puis approcher après quatre ans d'admiration lointaine, déçut le jeune homme, lui fit comprendre qu'une liaison sérieuse ne pouvait s'établir entre elle et un inconnu sans situation. Cela est rapporté presque sans fard dans *Les Désirs de Jean Servien*. Dans *Jocaste*, Anatole France se venge de son ancienne déception, en dégradant Hélène, puis en la tuant. Quelque chose demeure, d'emblée, de cette référence à un rôle de femme antique : c'est que la jeune fille élevée au couvent, la jeune femme vivant dans une société catholique qu'est Hélène Fellaire, ne manifeste jamais un élan vers le Dieu des chrétiens. Ses remords, ses terreurs n'ont point cette coloration religieuse que les médecins du temps sont unanimes à déceler chez les hystériques. L'omission est d'autant plus caractéristique, que France a d'autre part fidèlement suivi leurs descriptions cliniques. Hélène Fellaire, avec sa beauté et sa sensualité spontanée, est une païenne gâtée par son milieu et son tempérament. Par son milieu : pauvre, elle est intéressée; le seul motif de son mariage avec Haviland est là. Par son tem-

1. Cité par Georges Girard, *La Jeunesse d'Anatole France*, NRF, 1925, p. 173.
2. *Le Bibliophile français*, « Marie-Magdelaine », mai 1868.
3. Girard, ouvr. cité, p. 177.

pérament : née d'une mère phtisique, elle a hérité d'un terrain nerveux et chlorotique à la fois, propice à l'éclosion d'une névrose hystérique. La vie passe devant elle sans qu'elle agisse : comme elle laisse partir Longuemare, elle laisse tuer son mari par l'abominable Groult. Ce n'est pas, comme chez l'Hélène antique, persuasion que « les dieux » ont « résolu ces maux » : Anatole France explique par cette lucide connaissance de la fatalité le calme que l'héroïne, d'Homère à Goethe, montre « dans ses malheurs et dans ses souvenirs ». En un monde matérialiste, mesquin, toute lucidité, toute vue sur le sens et les fins de sa propre vie sont au contraire refusées à Hélène Fellaire. Elle est travaillée d'un remords aveugle, emportée par un mouvement qu'elle ne maîtrise pas. Son suicide même ne lui appartient pas : il est le produit d'un automatisme de suggestion. Quelle différence avec le suicide de Jocaste dans l'*Œdipe roi* de Sophocle ! C'est en pleine lucidité — c'est parce qu'elle a recouvré sa lucidité — que l'héroïne antique se tue. Hélène Fellaire s'enfonce, elle, dans l'opacité de la maladie, dans la laideur d'une mort qui nous est montrée crûment, au lieu d'être noblement racontée comme chez Sophocle. Une tragédie gâchée, rapetissée, comme la femme qui en est l'héroïne, telle est la signification générale du roman. Élise Devoyod est dégradée par ce portrait. Ce n'est certes pas inconsciemment. Car l'intermédiaire des paroles de Sophocle qui lui sont fatales, qui est-il, sinon un écolier qui ressemble à Anatole France comme un frère, cet élève étourdi, malicieux, mais capable de bon travail, qu'est Georges au collège Stanislas ? En vérité, France lui-même retourne meurtrièrement contre Élise les paroles d'*Œdipe roi* qu'elle lui avait fait entendre et aimer. Il y a bien des profondeurs sombres, sous l'apparence objective de la description romanesque. La suicidée, au visage couvert de son voile noir de veuve (comme se présentaient les parricides menés au supplice), est le négatif et la négation de Jocaste aux voiles blancs, de l'actrice Élise en Jocaste.

René Longuemare, c'est France lui-même, tel qu'il ne se veut plus. D'abord dans cette inconstance, cette faiblesse qui le firent *échouer* auprès des femmes : Élise Devoyod, Élisa Rauline, Marie Charavay. Puis dans ce cynisme scientifique qui est une caricature des anciens enthousiasmes de l'écrivain lui-même. Sans doute n'a-t-il jamais adhéré à l'étroit matérialisme du jeune médecin, qui professe ce que la doctrine de Pinel, de Taine, de Moreau de Tours, de Darwin, a de plus brutalement réducteur : l'homme n'est qu'une série de réactions physico-chimiques. France, lui, a cru, d'une façon bien plus large, mais tout aussi radicale, qu'il existe des lois intangibles dans le monde. *Les Poèmes dorés* procèdent de cette idée, qui a traversé tout le romantisme, d'une globalité de l'univers, d'un échange constant entre l'homme et les constellations. L'idée de divinité n'est pas absente de cette période de la pensée francienne; elle s'exprime dans les termes d' « harmonie », de « lumière », d' « universelle vie », que l'on trouve sans arrêt dans *Les Poèmes dorés*. Goethe et Taine inspirent alors l'écrivain : sa philosophie de l'histoire, loin d'être froide, s'inscrit dans le vitalisme qu'il professe. Découvrir des relations entre l'homme et son temps, l'homme et son milieu, c'est étudier le microcosme humain correspondant au macrocosme organique. Darwin, Lyell sont les autres intercesseurs de cette pensée que France évoque avec nostalgie dans *Le Temps* du 23 juin 1889, par exemple, lors de son premier article sur *Le Disciple* de Paul Bourget : « Comme je m'imaginais comprendre la vie et l'amour ! Comme sincèrement je croyais avoir surpris le plan divin[1] ! » Mais cet article pourrait présenter une reconstruction *a posteriori*. Nous avons maints témoignages qu'il n'en est rien. Le plus probant est cet ensemble de pages sur « Les Origines humaines » qu'Anatole France donne en 1873 dans le *Musée des Deux Mondes*; il y retrace l'hypothèse de Laplace, les théories de Lyell et de Darwin. Hypothèse ? Mais « une hypothèse si rigoureusement scientifique qu'elle concorde avec toutes les lois cosmiques aujourd'hui connues et que des analogies évidentes la viennent confirmer de toutes parts[2] ». Théories ? mais pressenties par le « génie divinateur » des pythagoriciens et du Virgile des *Géorgiques*, et établissant « la majesté d'une évolution lente, constante, certaine et vraiment divine ». Pour le darwinisme, « ce n'est qu'une hypothèse qu'on raille à tort, mais qu'on ne peut imposer ». Mais « il y a dans la nature », selon la parole de Buffon, « un plan général qu'on peut suivre très longtemps ». C'est ce que confirma Geoffroy Saint-Hilaire « aux applaudissements de Goethe[3] ». La possibilité que l'homme descende du singe est examinée avec beaucoup de précaution, mais il ne faut pas oublier qu'elle était alors un objet de scandale. « Il est vrai, écrit en tout cas France, qu'un plan mystérieux, qu'un lien souvent rompu, toujours renoué, conduit du poisson au reptile, du reptile au marsupial, du marsupial au mammifère jusqu'au quadrumane et du quadrumane jusqu'à l'homme[4]. » Longuemare prend ici le relais de France qui écrivait cinq ans auparavant, et il affirme là où France nuance; mais enfin, c'est le même esprit. Et tout à fait le même, quand il dit : « les dieux sont des adjectifs », et que France écrit : « À chaque fois que l'homme désignait par la parole une substance ou une propriété de cette substance, il se donnait un *Dieu*. Car pour l'homme soumis à la nature, c'est un Dieu que

1. « *Le Disciple.* » Repris dans *La Vie littéraire*, III, sous le titre : « La Morale et la Science. M. Paul Bourget. I ».
2. 1er juillet 1873, p. 38.
3. 13 juillet 1873, p. 45-46.
4. *Ibid.*, p. 46.

tout adjectif et que tout substantif[1]. » En ce qui concerne domaine de l'homme, il apparaît bien que France donne à son héros, tout en les simplifiant beaucoup, les opinions que lui-même a professées.

Du coup, elles paraissent brutales, et peu adaptées aux hésitations, aux douleurs que vit d'autre part René Longuemare. C'est que France, corrélativement à sa foi scientifique, et bien plus encore depuis 1874 ou 1875, ressent un appel vers le relativisme, une inquiétude qui se généralise. Il s'inspire de Spencer pour proclamer en janvier 1875, dans « Racine et Nicole. — La querelle des Imaginaires », que les choses ne sont que des apparences pour nos sens perpétuellement abusés[2]; cette idée, désormais, est un des fondements de sa pensée; il en tire un doute méthodique niant le matérialisme comme le spiritualisme, dans un article du *Globe* du 14 août 1879 : « L'illusion éternelle nous étreint de toutes parts, et, comme le dit Euripide, nous sommes enveloppés par des mensonges. » Ce serait, dit-il, d'un anthropocentrisme excessif que de partir de l'homme pour expliquer la nature : celle-ci possède une finalité inhumaine, mais du moins les nobles et poétiques aspirations du spiritualisme sont-elles des chimères nécessaires à l'exercice et même à la survie de l'humanité, contrairement à ce que crurent les positivistes. Si nous ne savons rien sûrement, nulle doctrine ne peut s'imposer à nous avec intolérance; et, sans même parler des origines de la terre, nous ignorons nos propres origines. Dans la *Revue bleue* du 14 octobre 1882, sous le titre « Vacances sentimentales en Alsace », France émet des doutes sur l'archéologie préhistorique, qu'il a « bien aimée », mais qui a solidement établi une seule vérité sur nous-mêmes, c'est « la haute antiquité de l'homme ». Autrement, elle conte des « sornettes ». Non que France tombe dans l'obscurantisme : l'effort qu'accomplit l'homme pour s'expliquer, et expliquer l'univers, demeure admirable. Dans *La Jeune France* de février-avril 1880, l'écrivain peut sans contradiction publier de nouveau ses études sur « les origines humaines ». Seulement, le caractère hypothétique de celles-ci est fort accentué par les considérations de plus en plus nombreuses sur l'incertitude généralisée, auxquelles se livre France, dans d'autres articles contemporains. De plus en plus, il a tendance à préférer l'étude de l'homme à ces spéculations globales sur l'univers. Si, dans *La Jeune France* du 1er juillet 1880, paraît *Genèse*, qualifié en note de « fragment d'un poème cosmogonique en préparation », ce fragment est en fait le seul qui ait été publié d'un poème qui évoque assez, dans son projet, *Les Fossiles* de Louis Bouilhet. Il a tourné court, et la carrière poétique d'Anatole France s'est arrêtée là, parce que l'écrivain

1. 1er août 1873, p. 54.
2. *L'Amateur d'autographes.*

n'était plus aussi assuré que naguère de l'unicité de l'univers et de l'explication scientifique de celui-ci. *Jocaste* se situe à la charnière de son évolution. Aussi bien, en parlant de Sully Prudhomme dans *Le Temps* du 1er janvier 1878, loue-t-il des poètes qui de Lucrèce aux modernes se sont pénétrés de science, mais il les loue pour leur curiosité d'esprit, leur « liberté », leur « mâle énergie » : pour leur *désir*, plus que leur *savoir*.

Rien de plus éloigné de l'attitude de Longuemare, cassant, brutal, le premier des intolérants de l'œuvre d'Anatole France, et, comme tous les autres, en désaccord si net avec l'humanité sensible, qu'il fait son malheur et celui de ses proches. C'est d'une partie de lui-même que France se délivre en la caricaturant dans ce personnage. Car d'autres curiosités, d'autres inquiétudes ont très vite requis l'écrivain. Le goût d'un sensualisme qui apparaît dans les poèmes *La Légende de sainte Thaïs* de 1867, « Le Venusberg » des *Poèmes dorés, Les Noces corinthiennes*, et dont il auréole la jeunesse d'Hélène. L'attirance irrépressible pour le mystère qui s'est plusieurs fois marquée dans ses articles sur les illuministes[1] ou sur Apulée[2]. « Le scepticisme ne va pas sans inquiétude. Qui ne peut rien affirmer ne peut rien nier. L'impossible se trouve supprimé », écrit France en 1870. Sceptique, mais fort peu porté à la crédulité, Anatole France à la fois est séduit par les visionnaires, et tente d'expliquer médicalement leurs visions. Son intérêt pour Jeanne d'Arc, qui ne devait pas se démentir durant trente ans, se marque dans *La République des lettres* du 15 octobre 1876 par un long article où il tente de la replacer dans son milieu, de porter sur elle un diagnostic : « La mission de Jeanne d'Arc ». « Un mal nerveux troublait des milliers de jeunes filles. » L'époque suscita, note l'écrivain, des états psychologiques et physiques qui firent naître des « chargés de mission » : non seulement Jeanne d'Arc, mais la pucelle de La Rochelle ou le pasteur du Gévaudan. « Les actes les plus singuliers en apparence résultent de l'état général des esprits. » La visionnaire Hélène est décrite par Anatole France comme relevant de cette psychologie nouvelle, qui étudie les faits physiques intimement liés aux faits psychiques, et dont il fait l'éloge dans *Le Globe* du 14 août 1879. Stuart Mill, Spencer, Bain, les médecins aliénistes sont ses maîtres dans cette science qui, appliquée à l'homme, risque moins de se tromper que les sciences de la nature. Les étapes de la maladie nerveuse de l'héroïne sont décrites conformément aux traités de Brierre de Boismont, Gilles de La Tourette, *Trousseau*, *Ball*, Charcot. Chlorotique dans son adolescence,

1. *L'Amateur d'autographes*, septembre-décembre 1869 ; *Le Bibliophile français*, août 1870.
2. *Le Bibliophile français*, juillet 1872 ; *Le Siècle littéraire*, 15 octobre et 1er novembre 1875.

à la fois languide et nerveuse, mal mariée et mariée à un malade, Hélène reçoit un choc nerveux décisif en assistant en complice à l'empoisonnement de son mari. C'est alors la fausse fièvre cérébrale des hystériques, puis le délire lors de la mort de son mari. La rencontre du vieux mendiant suscite une crise chez la veuve poursuivie par le remords : visions, puis accès épileptiforme. C'est enfin le délire de persécution et le suicide accompli dans un état d'automatisme. L'étude est faite du dehors, d'après les symptômes, et le milieu. Elle traduit bien, et l'attirance d'Anatole France pour les maladies de l'esprit, et son désir d'en rendre compte. La fatalité biologique se substitue bien ici aux Érinnyes antiques. Il reste que tout n'est pas rationalisable, et que *Jocaste* est l'histoire de deux vies absurdement séparées, illisibles l'une à l'autre, autant que d'une maladie : la preuve, c'est que le roman continue après le suicide d'Hélène, dans l'enlisement des vies de son père et de Longuemare.

Roman-destin : on ne s'en étonne pas, quand on mesure à quel point Anatole France y tue son passé et y exprime ses préoccupations. Œuvre de liquidation de sa jeunesse, non sans autodestruction, *Jocaste* l'est : France sent si bien que son héroïne emporte un peu de lui-même, qu'il lui donne son âge, vingt-deux ans au plus fort des grands travaux du second Empire. Élise Devoyod était plus âgée. Une autre des jeunes filles qui le repoussèrent n'est pas mieux traitée : l'usurier « Reuline » s'appelle « Rauline » dans le feuilleton du *Temps*, comme Élisa. Il y a beaucoup de violence dans cette histoire, que son auteur qualifie de « scélérate » : deux meurtres, un suicide, des crises, des soupçons, des complicités. Beaucoup, aussi, de personnages et de thèmes destinés à reparaître obsessionnellement dans l'œuvre : les prisons révolutionnaires, les promenades improvisées entre amoureux, les rapports ambigus entre père et fille, le petit homme grotesque et pauvre.

Sans doute peut-on relever des influences extérieures subies par France. Hélène, par sa maladie qui l'éloigne de celui qu'elle aime, évoque Thérèse Raquin : mais, là où Zola installe d'emblée le drame (meurtre du mari, remords des amants qui les mène à la mort), France atténue : Hélène n'est pas la meurtrière; elle n'est pas la maîtresse de Longuemare. Le père d'Hélène peut rappeler les ratés dépeints par Daudet dans *Fromont jeune et Risler aîné* : Delobelle, qui porte beau, Chèbe surtout, « cerveau toujours fumant d'idées nouvelles, qui par malheur n'aboutissaient jamais », Chèbe l'exploiteur de son gendre, s'installant dans un magasin vide qu'il surmonte de l'écriteau « Commission-Exportation ». Fellaire tient aussi de l'oncle Jack des *Aventures de Pisistrate Caxton* d'E. L. Bulwer, homme charmant, « joyeux compagnon, enthousiaste à la langue dorée, grand discoureur qui avait dépensé trois petites fortunes à essayer d'en faire une grande[1] ». À propos de Groult, on évoque Jérémie Flintwinch de *La Petite Dorrit* de Dickens ; à propos du journaliste ami de Longuemare, le Bourniche de *Charles Demailly* des Goncourt, qui « sautait et rebondissait d'une tartine sur les eaux d'Ems à une critique de poésies madécasses, du compte rendu des courses du bois de Boulogne au compte rendu des ventes de l'hôtel Drouot, de la biographie d'un guillotiné tout chaud à un *canard* en faveur de la pâte Aubril ».

À dire vrai, les influences ne sont pas si évidentes que dans d'autres œuvres d'Anatole France. On pourrait plutôt parler de sujets qui se trouvent « dans l'air », sans que le jeu des sources soit bien concluant. En revanche, il est des influences de *ton littéraire* qui ne trompent pas. Celle de Flaubert, lorsqu'il est question de la jeunesse d'Hélène au couvent. Celle d'Alphonse Daudet, dans les portraits du père d'Hélène, dans certaines gentillesses de style qui ont vieilli : « Dans les soupirs de cette femme ennuyée, n'y en avait-il pas qui, poussés vers quelqu'un, allaient loin, bien loin, sans arriver jamais ? », et surtout dans les analyses psychologiques longues, apparemment subtiles, et en fait assez faciles : « Il faisait des largesses d'une façon étroite ; la prodigalité avait chez lui un air d'avarice [...] Il mettait une obstination invincible à ne pas se laisser voler d'un sou : il s'y fût volontiers ruiné. »

Jocaste porte la marque des tâtonnements d'Anatole France pour traiter un sujet moderne d'une manière qui ne soit pas trop systématique. Ses articles de critique littéraire au *Temps* prouvent qu'il rejette la recherche des existences d'exception à laquelle se livrent les Goncourt en mettant en scène des artistes, des déracinés et des Dalilas contemporaines. Il rejette aussi leur « irritation du nerf optique », cette « hypertrophie de l'appareil visuel » qui les pousse à relever les petits détails, aux dépens des idées générales. Puis, il leur reproche de n'avoir pas d'autre antiquité que le XVIIIe siècle. D'eux est née une école de romanciers trop complaisants aux étrangetés ; France classe Émile Zola parmi eux, et il conclut : « On ne rompt pas sans danger la chaîne des traditions [...] Charles Lyell a démontré que les grandes évolutions géologiques se sont produites lentement et doucement. Les formes sociales, et, par suite, les formes littéraires doivent être modifiées, ce me semble, avec cette lenteur clémente des forces naturelles[2]. » Ses préférences vont à Alphonse Daudet[3], qui sait décrire les êtres avec sympathie, et surtout à Dickens, qui sait unir observation et pitié, Dickens

1. Hachette, 1857, chap. II, IIe partie, p. 32.
2. « Variétés. — Romanciers contemporains. — Edmond et Jules de Goncourt », 4 novembre 1875.
3. *Le Temps*, 31 août 1876.

Tours et de Lombroso[1] qui prétendent comme Labarre que la poésie eſt « une monſtruosité sublime », et « un beau poème un beau crime ». Ce sont des contemporains, des étudiants nourris des doctrines de Herder sur la spontanéité des chants homériques qui soutiennent, comme Branchut ou Labarre encore, que « l'art décline à mesure que la poésie se développe » L'exagération va ici à la bouffonnerie, alors que dans *Jocaſte*, touchant les opinions scientifiques du temps, elle avait de tragiques conséquences. Il s'agit souvent des mêmes doctrines. Labarre et Branchut sont donc des anti-Longuemare, des doubles caricaturaux et drôles d'Anatole France et de ses camarades du Parnasse. Quant à Godet-Laterrasse, dans son admiration républicaine pour Tacite, il n'eſt pas sans évoquer le jeune poète qui faisait paraître dans *La Gazette rimée* du 20 juin 1867 « Les Légions de Varus » :

Auguſte regardait pensif couler le Tibre
Il songeait aux Germains : ce peuple pur et libre
L'étonnait ; ces gens-là lui causaient quelque effroi
Ils avaient de grands cœurs et n'avaient point de roi.

Seulement, jamais Anatole France ne donna dans le socialisme utopique, à la différence du mulâtre. Il n'eſt pas impossible qu'en lui, Anatole France ait donné un portrait-charge de son maître Leconte de Lisle, originaire, lui, de la Réunion, et créole. Le poète était fort orgueilleux de son rôle dans l'école parnassienne; il professait des doctrines intransigeantes, comme le montre le *Catéchisme populaire républicain* qu'il publia en 1870[2]. Il regardait de haut les jeunes poètes. Anatole France eut à souffrir de ses allures protectrices, comme il avait difficilement supporté l'autorité de ses maîtres au collège Stanislas. Godet-Laterrasse eſt le héraut d'une contre-pédagogie bouffonne. Ses projets de « baccalauréat civique » et de guerre contre l'Université combinent l'auſtérité et l'incohérence, pour la joie d'un France médiocre dans ses études et peu passionné pour la politique.

À la différence de Tudesco, jamais il ne devient odieux, parce que jamais il n'eſt *considéré* sérieusement par son nonchalant pupille. À la fin du roman, on le voit suivre Sainte-Lucie dans la quête ridicule d'un Rémi disparu; le dernier mot eſt sur lui, enfermé et oublié dans une chambre d'hôtel. France se venge narquoisement ainsi de tous ceux dont il eut à supporter les directives. En cela, *Le Chat maigre*, qui peut être opposé à *Jocaſte* en bien des points, eſt à l'opposé des *Désirs de Jean Servien*. Car ses désirs, le jeune Rémi les suit, et ne suit même qu'eux. Il eſt notable que pour leur donner une innocence,

1. *Le Génie et la Folie* date de 1864, *L'Homme criminel* de 1875.
2. Chez Lemerre.

France les ait rendus tout à fait étrangers à la littérature. Rémi fréquente avec curiosité le groupe d'artistes qui rappelle si bien les groupes agités du Parnasse, avec leurs revues éphémères et utopiques presque autant que cette *Idée* conçue au *Chat maigre*. Pensons par exemple au « Groupisme », école imaginée par Charles Cros, son frère le sculpteur Henry Cros, et Gustave Pradelle, en 1868. Ou encore aux « Vilains Bonshommes », école formée après le succès du *Passant* de Coppée, avec les frères Cros, Verlaine, Valade, Mérat, Coppée. Le café de Bobino, en bordure de la rue de Fleurus, devait assez bien ressembler au *Chat maigre*, quand il réunissait, avec ces artistes, le musicien Cabaner, et les méridionaux Aicard, Alphonse Daudet, Paul Arène[1]. En les peignant avec humour, Anatole France pourrait bien prendre sa revanche sur des écrivains comme Charles Cros, qui fut son rival et l'humilia.

Rémi, lui, n'écrit pas, à la grande stupéfaction de ses compagnons. « N'écris pas » : tel est le titre du vingt-huitième chapitre de *La Vie en fleur*. C'est le conseil qu'y donne le sage M. Dubois au jeune Anatole. Conseil qu'il ne suivit pas, éprouvant ainsi la douleur que suscite le talent chez celui qui le possède. Plus insouciant, plus instinctif, Rémi réussit tout naturellement à « ne pas écrire ». Au début de sa carrière de romancier, Anatole France a inventé ce double plus heureux que lui. Vieillard, dans son dernier ouvrage publié, en 1922, il redit qu'il eût été peut-être mieux avisé en lui ressemblant. Mais alors comme alors, il sait bien qu'on ne choisit pas de ne pas être écrivain. Du moins prend-il dans *Le Chat maigre* ses distances par rapport à sa jeunesse littéraire.

Quoique situé en 1877, *Le Chat maigre* est une humoristique « petite chronique », pour parler comme Anatole France à Charles Edmond[2], des années d'opposition républicaine que l'écrivain vécut à la fin du second Empire. C'est d'autant plus vrai, que l'évocation du règne de Soulouque à Haïti servit aux ennemis de Napoléon III pour caricaturer le règne de celui-ci. L'allusion est rendue plus évidente, parce que Anatole France modifie la chronologie réelle pour placer, au chapitre VIII, la chute de Télémaque le général au moment précis du coup d'État de Louis-Napoléon. Si bien que le partisan de l'Empire n'est pas mieux traité que les opposants à l'Empire. Dans la mascarade universelle, accentuée par l'étrange port de tête de Godet-Laterrasse et les mouvements nerveux de « Branchut du Tic », ne manque même pas l'opportuniste, ami de tous les régimes successifs, dont Anatole France pouvait côtoyer quelques modèles à la bibliothèque du Sénat. M. Sainte-Lucie a seul tiré son épingle du jeu, quoiqu'il soit infiniment plus dan-

1. Les meilleurs renseignements sont fournis par Louis Forestier, *Charles Cros, l'homme et l'œuvre*, Minard, 1969.
2. Voir p. 147.

gereux et cruel qu'un Godet-Laterrasse ou un Télémaque. Cela en dit long sur le scepticisme politique d'Anatole France. Seul lui paraît sage l'inoffensif renversement de la mascarade : le chien et les enfants se livrant à l'exercice militaire, sous les ordres de Télémaque, devenu gargotier et philosophe.

France avait ses raisons pour choisir ses héros parmi des personnages originaires des « Îles ». Elles remontent à la librairie de Noël France, source, décidément, de bien des directions de l'imaginaire de son fils. Cette librairie, en effet, ne se limitait pas à rassembler des documents sur la Révolution; dès le numéro 4 du catalogue, il est indiqué : « Collection de mémoires, livres sur les colonies ». Le numéro 3 de la nouvelle série, en décembre 1845, porte essentiellement sur ce sujet. Il indique toute une liste d'ouvrages sur Saint-Domingue, un *Code civil* d'Haïti, et l'*Histoire politique et statistique de l'île d'Haïti*, par Placide Justin. En août 1847, le catalogue annonce que la librairie France édite l'*Histoire générale des Antilles*, par Dessalles; en mai 1863, il indique le livre de Boyer-Peyreleau sur *Les Antilles françaises*. En somme, jamais Noël France ne cessa tout à fait de s'intéresser à son fonds sur les colonies. Combinant en quelque sorte les deux spécialités paternelles, mais avec l'inversion politique que l'on sait, le jeune Anatole France rime, lui, « La Mort d'un juste », ce poème sur Billaud-Varenne qui parut dans l'*Almanach de la Révolution pour 1870*. Le Conventionnel exilé à Saint-Domingue, parvenu à l'heure de l'agonie, se fait porter aux Mornes-Charbonnières afin de terminer sa vie « en liberté » :

Le vent de la montagne emportera ma vie ! s'écrie-t-il.
Et l'âme de Billaud-Varenne s'exhala
En grondant l'entretien d'Eucrate et de Sylla.

Saint-Domingue; le républicain proscrit; l'Empire attaqué à travers les considérations de Montesquieu sur la décadence romaine, lieu commun de transposition de la France de Napoléon III : les ingrédients du *Chat maigre* sont là, mais pris au sérieux par celui qui, dix ans après, les combine en farce. Aussi ne faut-il pas trop en croire Anatole France, quand il assure dans *Le Globe* du 4 septembre 1879[1], à propos d'un livre de Georges Verbrugghe sur l'Amérique : « Je crois avoir lu à peu près tout ce qui a été écrit sur Haïti. » Il semble bien que les ouvrages ci-dessus mentionnés lui aient suffi pour la documentation du *Chat maigre*, une fois complétés par l'ouvrage de Gustave d'Alaux, *L'Empereur Soulouque et son empire* — un ouvrage ancien aussi, remontant à 1860, dont France tire en les « embellissant » tous les détails sur le sacre de Faustin Ier. On a ici un exemple de l'extraordinaire mémoire sélective de l'écri-

1. « Revue littéraire. — Voyages et voyageurs. »

vain, qui, à des années de distance, utilise les lectures qui l'ont frappé. Il exprime dans son article du *Globe* son admiration pour Georges Verbrugghe, qui a su traduire en quelques pages la paresse des Haïtiens et leur goût de la parade (passion des monuments, passion des grades et distinctions honorifiques), et dépeindre les cérémonies vaudou, comme les naïves revues militaires et les prudhommesques discours politiques. Telle est bien l'atmosphère haïtienne évoquée par France lui-même, quelques mois auparavant, à la lumière de livres remontant au second Empire. Elle est aussi vaine et drôle que le milieu français de la bohème.

Au début de la IIIe République, l'écrivain avait pu lui-même approcher une société qui mêlait les deux pittoresques. Il collabora en effet en 1872 et 1873 au *Journal d'outre-mer*, hebdomadaire qui inséra des articles de lui sur les poètes créoles du groupe parnassien, Leconte de Lisle et Léon Dierx. Le journal était dirigé par Pierre Alype, dans un esprit « radical » qui se réclamait à la fois de Michelet et de Victor Schoelcher. Pierre Alype menait dans *Le Journal d'outre-mer* une ardente campagne en faveur de « la classe de couleur » de la Martinique et de la Guadeloupe. Non sans ambition politique. Nous lisons dans le numéro du 5 août 1873 qu'il est très important que les électeurs de la Martinique soucieux de leur liberté fassent du directeur de l'hebdomadaire leur député à la Chambre française. Même, le journal contient des bulletins de vote pour « Pierre Alype, candidat républicain colonial »... Nous lisons aussi dans la brochure que le candidat à la députation publia en 1879 : *Nouvelles vérités au peuple de la Martinique*[1], qu'il était le correspondant des jeunes gens de couleur faisant leurs études à Paris, les recevant chez lui le dimanche, les entourant de soins. Ces efforts portèrent leurs fruits : Pierre Alype fut élu député en 1881, 1885 et 1889. Sans nul doute, grâce à sa collaboration au *Journal d'outre-mer*, Anatole France a pu fréquenter Pierre Alype et son entourage, qui ne devait pas être banal, à en juger par certains articles à la fois familiers et déclamatoires. On en trouve un écho dans *Le Chat maigre*.

Anatole France est, d'emblée, mieux à son aise dans ce ton-là que dans le ton d'analyse scientifique et de réalisme de *Jocaste*. La farce dont est victime Branchut à la fontaine Saint-Sulpice, les fantasmes qu'il développe par la suite sont d'une bonne verve, comme les imaginations de Labarre pour rendre « supportable à l'œil » l'Arc de Triomphe : les surréalistes ne les eussent point reniées. Dans le détail, l'écriture de France présente cette ironie rentrée, rapide, qui restera l'une de ses plus frappantes caractéristiques. Ainsi de tout le paragraphe du chapitre v qui relate la passion naissante de Branchut pour Vir-

1. Imprimerie Moderne.

ginie : « Mais le philosophe, malgré sa grandeur d'âme, ne put se maintenir longtemps à ces hauteurs [...]. » Ailleurs, pointe un peu de la tendresse du *Crime de Sylvestre Bonnard*, quand Anatole France décrit la petite Jeanne et sa mère.

C'est à leur propos cependant que l'on pourrait objecter au *Chat maigre* une invraisemblance. Il est infiniment peu probable que, dans l'état des mœurs en France en 1877, la main de Jeanne ait été aussi facilement accordée qu'elle l'est dans la nouvelle à Rémi Sainte-Lucie, « homme de couleur », c'est-à-dire mulâtre. Mais nous sommes dans un univers de fantaisie, où tout est possible, et où comptent surtout les grotesques qui divertissent. On retiendra plus la plantureuse et amoureuse cuisinière du *Chat maigre*, Virginie et la présentation progressive des divers types de bohèmes qui forment le « cénacle » du *Chat maigre*. Le projet de revue, la farce faite à Branchut, la quête de Rémi à travers Paris par Godet et Branchut, puis par Sainte-Lucie et Godet, tiennent beaucoup plus de place que les amours juvéniles de Rémi. Il y a dans *Le Chat maigre* une allégresse de ballet, une vivacité qui annoncent *La Rôtisserie de la reine Pédauque*. C'est une pochade. Mais à certains égards, on l'a vu, cette pochade n'est pas innocente : elle est le pendant de *Jocaste*, en ce qu'elle contient le gai adieu d'Anatole France à un milieu, à des convictions de jeunesse. Elle se place psychologiquement, non en 1877, mais dix ans auparavant, tout comme *Jocaste* : c'est le profil clair du jeune France après son profil sombre. Ou, plutôt, en même temps que lui : « Jocaste *et* le Chat maigre », cela dit assez que la vérité de l'écrivain se trouve au cœur de son ambiguïté. L' « histoire scélérate » et la « petite chronique », à l'orée de l'œuvre en prose d'Anatole France, ouvrent bien des pistes, laissent pressentir bien des jeux de structure et d'écriture. Flaubert le sentit, écrivant de Croisset à France, le 7 mars 1879 : « Voilà longtemps que je n'ai lu quelque chose d'aussi *propre*. Votre premier conte est excellent, mais j'ose qualifier le second de chef-d'œuvre. La seule chose que je reproche à *Jocaste*, c'est un peu d'obscurité dans le sentiment de l'héroïne. On ne sait pas trop pourquoi elle a tant de remords. » Nous savons, nous, que France lui prêtait tout le remords qu'il eût souhaité faire ressentir à Élise Devoyod, tout en évoquant aussi, avec un sourire ironique, le peu de consistance de ses anciens rêves.

NOTE SUR LE TEXTE

On ne connaît pas de manuscrit de *Jocaste et le Chat maigre*, sauf quelques feuillets ne présentant aucune variante par rapport au texte définitif, qu'Anatole France a réemployés pour écrire au verso un passage de la seconde partie de *Thaïs*. Ce manuscrit est la propriété de M. Daniel Sicklès. Il s'agit de la visite de Mme Haviland dans la chambre de son mari, et d'autre part de la tirade du précepteur Godet-Laterrasse contre l'Université.

Jocaste parut dans *Le Temps* des 9, 10, 11, 12, 13, 16, 17, 18, 19, 20, 23 et 24 octobre 1878, en douze feuilletons qui ont été mal numérotés : le neuvième, du 19 octobre, est par erreur dénommé « huitième », ce qui fait que *Le Temps* donne pour « onzième » le douzième et dernier. Ces feuilletons sont signés xxx. Le 15 octobre, Calmann-Lévy écrit à Charles Edmond, directeur littéraire du journal et bibliothécaire en chef à la bibliothèque du Sénat : « Mon cher ami, vous avez commencé dans *Le Temps* la publication d'un roman intitulé *Jocaste*. Le manuscrit vous a, dit-on, été remis par M. France, au nom de l'auteur qui m'est inconnu. Seriez-vous assez aimable pour faire part à M. France du désir que j'aurais de lui parler à propos de cet ouvrage. S'il n'avait pas le temps de venir me voir (de 10 heures à midi), j'irais volontiers le trouver au jour et à l'heure qu'il voudrait bien m'indiquer. » (Franciana, t. VI, feuillet 114.)

La *Revue des grands procès contemporains*, t. XXX, année 1912, p. 402-556, sous le titre : « M. Alphonse Lemerre contre M. Anatole France », a reproduit les plaidoiries des avocats des deux parties dans l'affaire qui opposa le 30 octobre et le 6 novembre 1911 l'écrivain à son ancien éditeur, au sujet de la publication de l'*Histoire de France* de 1882. Anatole France devait fournir à Lemerre une *Histoire de France* dont le premier tome était prêt en 1878 et dont il livra en 1882 la partie allant jusqu'à la veille de la Révolution, avec une chronologie de l'avènement de Louis XVI à la IIIe République. Lemerre paya 3 000 F cette *Histoire de France*. Mais il ne s'avisa de la publier qu'en 1909, et l'écrivain s'éleva contre cette prétention. Bien des détails de l'œuvre avaient vieilli; les opinions de France avaient évolué. Il y eut procès. Finalement, Lemerre ne publia pas l'*Histoire de France* et l'écrivain lui remboursa la somme qu'il avait touchée. Maître Dreyfous plaidait pour Lemerre, maître Poincaré pour Anatole France. Ils livrent les détails du passage d'Anatole France de la maison Lemerre à la maison Calmann-Lévy. Le traité avec cette dernière fut conclu bien peu de temps après la lettre citée plus haut. Paul Calmann-Lévy ne connaissait même pas alors, ou feignait de ne pas connaître, l'auteur de *Jocaste*. Or, c'est du 24 octobre 1878 qu'est daté le contrat : « M. Anatole France cède à M. Calmann-Lévy qui l'accepte le droit exclusif de publier dans les termes des lois actuelles et futures sur la propriété littéraire un ouvrage de sa composition formant la matière d'un volume et actuellement en cours de publication dans le journal *Le Temps*, sous le titre *Jocaste*, et, comme complément nécessaire, une nouvelle ayant pour titre *Le Chat maigre*. » Le 8 novembre 1878, Anatole France écrivit à Lemerre : « Mon cher ami, / J'ai donné ma *Jocaste* à Calmann-Lévy qui me l'avait demandée. En agissant ainsi, je n'ai fait que ratifier des engagements pris à mon insu. Je me suis déterminé en cette circonstance d'après le conseil unanime de toutes les personnes que j'ai consultées et qui toutes ont considéré comme une condition essentielle de mon avenir littéraire d'accepter la publicité qui m'était offerte. / J'ai agi sous l'empire d'une nécessité évidente. D'ailleurs, j'ai pu croire longtemps t'être agréable en te déchargeant du poids de mon petit roman. Il était tard, bien tard quand tu m'as témoigné un intérêt que rien ne faisait prévoir. Tu es trop mon ami pour ne pas m'encourager toi-même à me faire connaître littérairement un peu plus et un peu mieux. / Songe enfin que, si je puis donner un peu de valeur à ma prose, ta maison en profitera, car je compte bien que nous ferons de belles et bonnes publications ensemble. Tes livres font honneur à mes préfaces et mes préfaces font honneur à tes livres. J'ai même, peut-être, comme poète, une valeur qu'on reconnaîtra un jour en te louant d'y avoir cru. Nous sommes destinés à collaborer tous deux. / Mon désir est d'être, comme par le passé, utile dans l'avenir à ta maison que j'aime et dont je sens toute l'importance. Crois-moi ton ami, / ANATOLE FRANCE. »

Cette lettre, malgré le caractère précautionneux d'Anatole France, respire le désir d'être reconnu comme un écrivain de talent, mieux qu'il ne l'était dans la maison Lemerre, qui rétribuait chichement ses services. Cela apparaît par le contrat signé le 16 novembre 1878 entre France et Lemerre, alarmé de voir l'écrivain se tourner vers un autre éditeur. Ce contrat règle les conditions d'exploitation des deux recueils de poèmes déjà parus. Il prévoit que France donnera « d'ici à cinq ans » à Lemerre deux volumes en prose, dont un « d'ici à trois mois : Jean Servien ». France s'engageait à donner à Lemerre pour la « Petite bibliothèque littéraire » toutes ses œuvres parues chez quelque éditeur que ce soit, un an après la publication première, et à lui rétrocéder les deux romans dont il avait traité avec Calmann-Lévy, après expiration du traité. Enfin, il s'engageait à livrer l'*Histoire de France* complète, dont Lemerre possédait le premier tome, au plus tard le 31 décembre 1879, et à donner des préfaces qui lui avaient déjà été payées. On apprend à cette occasion que la *Notice sur Glatigny* lui avait été payée 100 F, alors qu'un « premier-Paris » dans un grand quotidien était couramment payé 200 ou 300 F. D'autre part, ce traité était évidemment des plus contraignants. Respecté à la lettre, il aurait compromis la carrière d'Anatole France chez tout autre éditeur que Lemerre. Celui-ci, dans des conditions restées obscures, avait fait fabriquer des épreuves de *Jocaste* chez l'imprimeur Reton, à Abbeville. Il lui fut naturellement fait interdiction de publier le livre. Le traité signé par France avec Calmann-Lévy étant daté du jour même où parut le dernier feuilleton de *Jocaste* dans *Le Temps*, on peut penser que Calmann prit ainsi ses précautions contre son confrère, qui avait jusqu'alors publié sans contrat les œuvres d'Anatole France.

Il existe des épreuves du *Jocaste* imprimé chez Lemerre, livre qui ne parut point et dont les épreuves auraient dû être détruites. Un jeu en fut exposé au foyer de la Comédie-Française, en 1925 ; on en vendit un à l'hôtel Drouot, en juin 1932, lors de la dispersion de la bibliothèque de Mme de Caillavet, pour 8 020 F. Ces épreuves reproduisent le texte du *Temps*. Le roman devait paraître en 1879 et comptait 216 p. in-12.

L'édition Calmann-Lévy fut annoncée au *Journal de la librairie* du 22 février 1879, in-18 jésus, XVI-305 p., 3,50 F. Elle comptait une préface dédiée à Charles Edmond. Celle-ci fut supprimée à une date qu'on peut situer entre 1885 (publication du *Livre de mon ami*, qui contient la nouvelle *André*, partie principale de la préface) et 1890 (démission d'Anatole France de son poste à la bibliothèque du Sénat, après des démêlés avec Charles Edmond qui en était le conservateur). Nous donnons cette préface en Appendice, p. 147-148.

Jocaste et le Chat maigre parut pour la dernière fois du vivant d'Anatole France en 1921, en édition de luxe, aux éditions de la Banderole.

Jocaste fit en 1925 l'objet d'une adaptation cinématographique, réalisée par Gaston Ravel, Signoret jouant Haviland.

Nous donnons exceptionnellement un choix de variantes de *Jocaste* entre l'édition du *Temps* (*T*) et l'édition définitive, quoique ces variantes soient minimes, et, en somme, peu nombreuses. On vérifie ainsi la fausseté des assertions qui prétendent qu'il existe de grandes différences d'une version à l'autre. On n'a pas tenu compte des variations de ponctuation, qui peuvent être le fait du typographe, non plus que des coquilles que l'on trouve parfois dans le texte du journal.

Jocaste

NOTES ET VARIANTES

Page 3.

a. la douleur du sujet devient *T*

1. Ensemble des replis du péritoine qui maintiennent les intestins en position dans l'abdomen.

2. Charles Richet, *Recherches expérimentales et cliniques sur la sensibilité*, Masson, 1877, note l'action anesthésique du froid (p. 119) et hyperesthésique de la chaleur (p. 123). La sensibilité des grenouilles est, dit-il à propos de ses expériences de vivisection, très amortie en hiver et très vive en été (p. 238). L'effet réflexe de la douleur sur le cœur est noté (p. 240).

3. Zénon de Citium, qui, élève de Cratès le Cynique et de Xénocrate, fonda vers 310 son école sous le « portique », στοά, qui donna son nom à l'école stoïcienne. Il ne nous reste rien de ses écrits. Diogène Laërce en parle au septième livre de ses *Vies, doctrines et sentences des philosophes illustres*. On sait qu'il professait que l'homme est doué de la faculté de tendre sa volonté au point de surmonter toute douleur. Cicéron conte dans les *Tusculanes* le trait du stoïcien Posidonius, qui s'écria : « Douleur, tu n'es pas un mal ! », alors qu'accablé par la souffrance, il s'entretenait avec Pompée.

4. Sous les apparences de la plaisanterie, Anatole France s'exprime par la bouche du jeune Longuemare. Nulle idée ne lui était plus antipathique que celle de l'excellence d'une nature humaine, séparée par sa volonté et ses possibilités d'exercice de celle des animaux : c'est la thèse contraire qu'il soutient dans ses grands articles sur la cosmogonie et l'origine de l'homme, comme dans des notes d'étendue plus restreinte, par exemple dans *Le Bibliophile français*, de février 1872, à propos du livre *L'Homme et la Bête* d'A. Mangin.

4. En fidèle disciple d'Épicure et de Lucrèce, Anatole France a célébré le désir universel dans *Les Poèmes dorés*, non seulement dans le poème intitulé « Le Désir », mais dans « Vénus, étoile du soir », « Les Cerfs », « La Mort ». Longuemare ne parle qu'au plan physiologique de la nécessité de la douleur, en des termes employés par Flourens comme par Richet. Cela borne sa doctrine, que France, lui, étend en théorie cosmique : douleur et plaisir sont en corrélation constante et définissent la vie même :

C'est par l'Amour fatal, et ses luttes cruelles,
Que l'univers s'anime en des formes plus belles,
S'achève et se connaît en des esprits plus purs.
(*Les Cerfs.*)

Idées fort contraires à celles de Zénon, qui rejetait la volupté comme la douleur, proclamant que l' « apathie », absence de passion, était le seul état de sagesse.

Page 4.

1. Charles Richet, *Recherches expérimentales et cliniques sur la sensibilité*, ouvr. cité, IIe partie, chap. III, « De la sensibilité à la douleur » : « En fait, la douleur est une fonction intellectuelle, et l'homme tient le premier rang, aussi bien pour l'aptitude à la douleur que pour toutes les autres facultés intellectuelles. » (P. 235.) Du même auteur, dans *Les Poisons de l'intelligence* (1877) : « À mesure que l'on considère des animaux plus intelligents, on voit la sensibilité devenir de plus en plus délicate, en sorte que l'homme, le plus intelligent de tous, est aussi le plus sensible. » (P. 44-45.) Nous n'avons pas trouvé exactement, dans ces œuvres de Richet, la phrase citée par Longuemare.

2. C'est en 1862 que la cour d'Annam, à la suite de nombreuses expéditions françaises, dut signer le traité qui reconnaissait à la France la possession de trois provinces de Cochinchine; les frontières de la colonie furent élargies en 1867, sous le gouvernement de l'amiral La Grandière. Le gouverneur de la Cochinchine fut en effet un officier général jusqu'en 1879 (date à laquelle il fut remplacé par un haut fonctionnaire civil). C'est ce qui explique la présence dans cette colonie de médecins militaires.

Page 5.

1. Ce port chinois avait été ouvert au commerce international dès 1843, et il y existait une concession française défendue par l'infanterie de marine, concession établie en 1845.

2. Ainsi, dans *Les Désirs de Jean Servien*, l'actrice aimée de Jean habite à Bellevue dans un paysage aux éléments très proches de celui-ci : on y retrouve l'arbre de Judée, la grille, le panorama de Paris avec « ses toits, ses clochers et ses dômes » (chap. XIV). L'arbre de Judée est resté associé pour Anatole France aux amours malheureuses, aux séparations : c'est sous un de ces arbres que Robert Le Ménil, quitté par Thérèse, la supplie en vain (*Le Lys rouge*, chap. XXXI).

3. Ce portrait est celui d'une jeune fille atteinte de cette anémie que l'on nommait alors « chlorose » ou « pâles couleurs », sous une forme diffuse. Pâleur, langueur, mollesse augmentent la suggestibilité du sujet et sa disposition névropathique.

Page 7.

1. À partir de l'époque de la Restauration, mais surtout sous le second Empire, les cafés furent ornés de peintures : motifs géométriques ou floraux, ou véritables fresques. « Pour quelques sous, on a un luxe de millionnaire sous les yeux », écrit Jules Vallès dans son *Tableau de Paris* (1882). Luxe un peu clinquant, on le devine, surtout dans les cafés des boulevards, centres des rencontres et des plaisirs : le Tortoni, le café de Paris, le café d'Apollon, par exemple.

2. La province sicilienne de Syracuse produisait des vins estimés.

3. L'agent d'affaires se charge de suivre les affaires d'intérêt des particuliers. Le métier prit naturellement une extension particulière lors des travaux entrepris par le préfet Haussmann. Nous sommes aux environs de 1866-1867. Zola écrit *La Curée*, au sommet des spéculations haussmanniennes, en 1869. Anatole France a vécu cette période de bouleversement de la ville, et il en écrit dans *La Vie en fleur*, chap. III, que ce furent des percées « par lesquelles entrèrent abondamment la monotonie, la médiocrité, la laideur et l'ennui ».

4. Cette rue ne fut ouverte qu'à partir de 1838 par le préfet Rambuteau ; au moment où Fellaire débute dans les affaires, elle est donc peu construite, et située dans le quartier très populaire des Halles.

Page 8.

1. L'évolution du nom de ce personnage est un lieu commun de la littérature du temps. On la retrouve jusque dans *Bel Ami* (1885) où Duroy se nomme Duroy (de Cantel), d'après son lieu natal de Canteleu, puis supprime la parenthèse et se donne le titre de baron.

2. La rue des Petits-Champs s'est appelée ainsi jusqu'en 1881, parce que la rue Croix-des-Petits-Champs, parfois appelée « des Petits-Champs » tout court, fut prolongée par elle en 1634.

3. Saint-Mamet-la-Salvétat est un chef-lieu de canton, à 18 km d'Aurillac.

4. La butte des Moulins, à l'angle de la rue Sainte-Anne et de la rue des Petits-Champs, avait été formée artificiellement lors des travaux de fortification de la butte Saint-Roch en 1536, par les déblais de ceux-ci. Elle fut arasée en 1677, à la fin des travaux de Villedo. Mais le nom de « butte des Moulins » demeura au quartier. La partie sud de la rue Sainte-Anne a été absorbée en 1865 (date où se déroule l'action du chapitre), puis en 1876, donc à une date proche de celle où France écrivit le roman, par l'élargissement de la rue de l'Échelle et l'ouverture de l'avenue de l'Opéra. C'est alors que l'on démolit une maison que tous les connaisseurs de l'histoire du XVIIIe siècle et de l'histoire révolutionnaire chérissaient particulièrement, la mai-

son dans laquelle vécut Helvétius de 1760 à 1771, puis dans laquelle Mme de Sainte-Amaranthe établit un salon illustré par la beauté de sa fille Émilie. Elles devaient être guillotinées en 1794, dans une fournée de cinquante-quatre personnes. Rappelons qu'Helvétius était fermier général, et d'origine hollandaise, ce qui autorise France, peut-être, à installer dans cet hôtel une famille de banquiers anglais. Le trésorier général Duchesnay y vécut également de 1781 à 1792. Cette maison occupait l'emplacement des actuels numéros 16 et 18, rue Sainte-Anne.

5. Philippe-Égalité, né à Saint-Cloud en 1747, exécuté le 6 novembre 1793, cousin de Louis XVI et ennemi de Marie-Antoinette. Il avait adopté les idées et les modes à l'anglaise, ce qui rend plus plausible l'attachement du banquier Haviland à sa cause. En 1789, il soutint le Tiers État et se posa en protecteur du peuple. Accusé par le parti de la cour d'avoir provoqué les journées des 5 et 6 octobre, il fut pour peu de temps exilé en Angleterre. Quand, après la fuite à Varennes de Louis XVI, le roi fut suspendu de ses pouvoirs (juin-septembre 1791), Philippe d'Orléans, loin de manifester l'intention d'être souverain constitutionnel, déclara qu'il renonçait à toute prérogative. Membre de la Convention, siégeant à l'extrême gauche, il se fit appeler « Philippe-Égalité » par la Commune de Paris. Il vota la mort du roi. Mais il n'en devint pas moins suspect à son tour, et finit sur l'échafaud. Sa faiblesse de caractère, sa complaisance aux flatteurs sont un lieu commun de la littérature contre-révolutionnaire du temps, notamment des *Mémoires* de son ancienne maîtresse, Mme Elliott.

6. Née en Écosse vers 1758, d'un père avocat, Grace Dalrymple Elliott fut élevée dans un couvent français, fit un sot mariage avec le médecin sir John Elliott, plus âgé que son père, et le quitta promptement. Elle fut la maîtresse du prince de Galles, puis de Philippe-Égalité, et s'établit à Paris vers 1786. Elle passa en France toute la révolution, et elle embrassa promptement le parti de la cour. Ses *Mémoires sur la Révolution française*, traduits par le comte de Baillon en 1861, sont fort bien connus d'Anatole France, qui s'en est inspiré notamment dans un épisode du *Livre de mon ami*.

7. Généralissime des armées alliées contre la France, auteur du *Manifeste* du 25 juillet 1792, qui menaçait le pays d'extermination si Louis XVI n'était pas rétabli dans la plénitude de ses pouvoirs, ce qui aboutit à la journée révolutionnaire parisienne du 10 août et à la proclamation de la chute de la royauté, le 18 août. Parmi les coalisés, se trouvaient les émigrés français commandés par les princes du sang : comte d'Artois, comte de Provence, prince de Condé. Le parti de la cour, notamment Marie-Antoinette, était depuis le début de la Révolution en rapport avec les émigrés, massés à Coblence et à Worms. Leur armée devait combattre Dumouriez en 1792 et 1793, et passer en 1794 à la solde de l'Angleterre : le rôle du banquier Haviland est donc fort plausible.

8. L'histoire de cet héroïque vieillard est inspirée à Anatole France par ses nombreuses lectures sur les prisons durant la Terreur, en particulier par l'étude de l'ouvrage de C.-A. Dauban, *Les Prisons de Paris sous la Révolution, d'après les relations des contemporains*, Plon, 1870, dont il fit le compte rendu dans

Le Bibliophile français de juillet 1870, et dans *La Vogue parisienne* du 15 juillet 1870 et du 19 août 1870. Ce livre allait être pour Anatole France une mine d'allusions et d'anecdotes que l'on trouve jusque dans *Les Dieux ont soif.* Il mentionne l'exécution de très jeunes gens et de vieillards de soixante-dix à quatre-vingts ans, dont les plus illustres sont Cazotte et Malesherbes. David Ewart fait partie, peu avant la chute de Robespierre, d'une des « fournées » où les accusés étaient jugés par groupes et exécutés sur-le-champ. La guillotine avait été transférée le 14 juin 1794 de la place de la Révolution (l'actuelle place de la Concorde) à la place du Trône-Renversé, ex-place du Trône, aujourd'hui place de la Nation. Elle resta jusqu'au 27 juillet, 9 thermidor, installée sur cette place, au sud, près de la « barrière » du mur des Fermiers-Généraux. 1 306 personnes furent décapitées durant ces six semaines. Notons, en ce qui concerne le nom même d'Ewart, qu'Anatole France a donné au vieux caissier le nom de l'un de ses condisciples au collège Stanislas.

Page 10.

1. On pense ici au souvenir gardé par France du mari de sa grand-mère, Jean-Pierre Dufour, évoqué par lui au moment où il calligraphia *La Légende de sainte Radegonde* : « Du matin au soir et bien souvent la nuit, établi dans un cabaret de la rue Rambuteau, il y tenait bureau d'homme d'affaires [...] C'est dans le cabaret de la rue Rambuteau que, devant un litre de vin rouge et un sac de marrons rôtis [il] calligraphia sur papier autographique *La Légende de sainte Radegonde*, en novembre 1859. » (Lettre de France à Louis Barthou, citée par ce dernier dans l'*Annuaire de la Société des amis des livres*, 1924.) On le voit, un modèle de M. Fellaire de Sisac, lui aussi établi dans un cabaret de la rue Rambuteau, est ce mauvais sujet de Dufour qui ne déplaisait pas au jeune France. Sous les traits de l' « oncle Hyacinthe », il apparaît dans *Le Petit Pierre*, tenant « cabinet d'affaires » dans « l'arrière-boutique d'un cabaretier de la rue Rambuteau », « attablé devant un verre de vin blanc et un sac de marrons rôtis ».

Page 11.

1. Remise sur reçu au destinataire. Nous dirions aujourd'hui : recommandée.

2. Personnage de la comédie italienne, vieillard imbécile et dupé, qui fut l'objet de très nombreuses pièces jouées en France à la fin du XVIIIe siècle. Son nom passa du coup dans notre langue.

Page 13.

1. Hélène va développer son hystérie sur un terrain que les *aliénistes* du temps, Charcot, par exemple, dans ses *Leçons du mardi* publiées en 1873, jugeaient propice à cette affection nerveuse : la diathèse arthritique, et par conséquent la tuberculose. Le docteur J. Grasset soutenait même, au moment où France écrit, la thèse que, dans certaines familles, se manifestent systématiquement des séries « tuberculose » et des séries « névrose », manifestations du même terrain (*Des rapports de l'hystérie avec*

les diathèses scrofuleuse et tuberculeuse, ouvrage publié en 1879, Delahaye et Lecrosnier, II, p. 555).

Page 15.

1. Il y a ici confusion, par Anatole France, entre deux épigrammes funéraires de l'*Anthologie*. Praxo est une jeune mère, morte à vingt-deux ans, qui souhaite au passant que la fortune le comble. L'enfant qui élève un tombeau à sa cigale (et à sa sauterelle) se nomme Myro (épigramme d'Anyté ou Léonidas) : « Myro a construit pour une sauterelle, rossignol des guérets, et pour une cigale prise sur un chêne, ce tombeau qu'elle a baigné de ses larmes ; la jeune fille est bien désolée, car l'implacable Pluton lui a ravi les deux objets de sa tendresse. »

2. « Âmes obscures » est le titre d'un poème sur les petits enfants, qu'Anatole France allait faire paraître en 1882 dans *Le Calendrier des dames* de Charavay.

Page 16.

1. L'absinthe, amère et apéritive.

2. On ne trouve pas de « Dames du Calvaire » dans les « Institutions pour jeunes personnes » citées dans l'annuaire de 1878. Mais on trouve des « Dames du Sacré-Cœur », des « Dames du Saint-Sacrement », des « Dames de la Providence ».

Page 18.

a. hygiéniques, qui venaient jeter sur son bureau à cylindre une botte de jugements et d'assignations. *T*

Page 19.

1. Ce portrait d'une adolescente évoque assurément celui d'Emma Rouault en pension chez les religieuses, au chapitre VI de *Madame Bovary* : sentimentalisme et rêverie. Mais Emma est d'esprit bien plus positif qu'Hélène. Et l'observation, chez France, est de type clinique : caprices du goût et apathie sont les prodromes, non perçus par les éducatrices d'Hélène, d'une anémie chronique dont le portrait de la jeune fille note les signes.

2. Ainsi, dans *Le Lys rouge*, Montessuy, « brutal et savoureux », « grand carnassier », lui, à la différence de Fellaire, mais du même type humain, se conduit avec sa fille Thérèse de manière équivoque : « Près d'elle son instinct, son appétit de conquêtes l'inspiraient encore. » (Chap. I.)

Page 20.

1. Les propositions de René Longuemare forment une sorte de compendium des idées scientifiques du temps. On reconnaît dans « l'homme descend du singe » le lieu commun, alors scandaleux, qui résume en la simplifiant la doctrine darwinienne. C'est Taine que cite inexactement Longuemare ensuite : dans *L'Histoire de la littérature anglaise*, 1863, le philosophe écrit : « Le vice et la vertu sont des produits comme le vitriol et le sucre [...] ! » (p. XV.) L'opinion sur l'héroïsme et la sainteté, effets de la congestion du cerveau, est soutenue par les psycho-

physiologues du temps, à la suite de A. Brierre de Boismont, qui, dans son traité *Des hallucinations* (1852), décrit les symptômes de l'extase aussi bien chez les fous que chez Socrate, Plotin, Luther, Jeanne d'Arc.

Le paradoxe sur la paralysie générale provient de la fameuse phrase de Moreau de Tours : « Le génie est une névrose. » Quant à la proposition « Les dieux sont des adjectifs », elle fait référence à l'opinion de Max Muller (1823-1900), linguiste et mythologue, qui voit dans une personnification abusive des termes métaphoriques l'origine de la mythologie (*Introduction à la science comparée des religions*, 1874). Cette opinion eut grand succès chez les mythologues français comme Darmesteter et Bréal. L'étude des lois de la matière conduit à l'affirmation que la création *ex nihilo* est impossible. Les atomistes Auguste Laurent (1807-1853), Charles-Frédéric Gerhardt (1816-1856) et Charles-Adolphe Wurtz (1817-1884) sont cités par Anatole France dans son article du *Temps* du 1er janvier 1878 (« Variétés. — Les poètes contemporains. — M. Sully Prudhomme ») comme ayant renouvelé dans ce sens la science ; ils ont manifesté aux temps modernes la même liberté d'esprit que Lucrèce dans l'Antiquité. Si l'on considère que France avait, dans le numéro du 1er juillet 1873 du *Musée des Deux Mondes*, écrit : « Rien ne finit, rien ne commence » (« Les Origines humaines »), qu'il avait publié sur « La Mission de Jeanne Darc » un article rejoignant les thèses de l'hallucination (*La République des lettres*, 15 octobre 1876), et, dans *Le Bibliophile français*, des éloges de Lyell et de Darwin (février 1872, « Les Livres », à propos de Mangin, *L'Homme et la Bête*), on sentira combien Longuemare est issu de lui-même. Seulement, Longuemare, pour plaisanter, simplifie tout ; il aime scandaliser, il est sec, positiviste sans générosité apparente, et France se moque à travers lui d'une tendance de lui-même.

Page 22.

1. Chevandier du Valdrôme (Jean-Pierre), 1810-1878, député de la Meurthe au corps législatif de 1859 à 1869, ministre de l'Intérieur du cabinet Émile Ollivier sous l'Empire libéral, démissionnaire en 1870. C'est en 1869, sous son ministère, que les travaux entrepris par Haussmann furent arrêtés, en raison des spéculations auxquelles ils donnaient lieu et de leur coût élevé.

Page 23.

a. et ne pouvait pas souffrir *T* ↔ *b.* incapable d'exprimer un sentiment *T*

1. Ainsi Champfleury, dans *Les Bourgeois de Molinchart* (1855), chap. x, intitulé *« Delirium archeologicum tremens »*, présente le « savant M. Bonneau », qui « se jeta avec fureur dans les bras de l'archéologie » et entreprit de mesurer tous les monuments de sa province à l'aide de son parapluie.

Le « tertre de Virgile », lieu de pèlerinage poétique et touristique, était situé dans les jardins qui bordent le Pausilippe, à l'ouest de Naples. C'était un petit monument pyramidal de brique, voûté au-dedans. Un laurier croissait sur le monument.

Page 24.

1. Ce boulevard fut prolongé en 1858 entre l'avenue de La Motte-Picquet et le quai d'Orsay, et bâti d'hôtels à la fin du second Empire.

Page 26.

1. C'est la dilatation intense des pupilles qui donne cette impression. Dans la *Clinique médicale de l'Hôtel-Dieu de Paris*, 1877, Paris, Baillière, 3 vol., le professeur A. Trousseau indique ce symptôme comme celui d'un empoisonnement par la belladone ou l'atropine (t. II, p. 152). Quant aux hallucinations toxiques, Brierre de Boismont, dans son ouvrage : *Des hallucinations*, 1855, leur consacre tout un chapitre (« Des hallucinations par intoxication ») et signale que la belladone suscite des délires et des visions d'animaux.

Page 27.

1. Celles qu'adressait Jean-Pierre Dufour à sa femme et à sa belle-fille étaient fréquentes. Des lettres sont restées par exemple où, en 1858, Dufour, de Rochefort, demande mille francs avec un mélange assez savoureux de filouterie et de sentiment. Noël France, son faux « gendre », était excédé de ce personnage. Il écrit le 8 avril 1869 à son beau-frère Hippolyte : « Le désordre de M. Dufour a été le fléau de toute ma vie. »

Page 28.

a. et il se ferait scrupule *T*

1. Les projets de banques ouvrières, contrairement à ce que dit M. Fellaire, ont pullulé sous le second Empire. L'empereur se piquait de vues sociales, et une banque se fonda même sous le titre de « Banque du Prince impérial ». Mais ces établissements, dont le premier semble être né à Lyon en 1856, et qui furent assez nombreux en 1864-1865, déclinèrent très rapidement. Les débuts de la IIIe République tentèrent vainement de susciter des banques populaires, alors que la formule prospérait en Italie et en Angleterre.

Page 30.

1. C'est seulement en 1868, en effet que la rue de Rome fut prolongée jusqu'au boulevard Haussmann.

Page 32.

a. L'aide-major contait *T* ↔ *b.* Jeanne Darc *T*

1. Rappel ironique de ce passage de Chateaubriand, *Itinéraire de Paris à Jérusalem*, Ire partie : « Je me suis toujours fait un plaisir de boire de l'eau des rivières célèbres que j'ai passées dans ma vie : ainsi j'ai bu des eaux du Mississipi, de la Tamise, du Rhin, du Pô, du Tibre, de l'Eurotas, du Céphise, de l'Hermus, du Granique, du Jourdain, du Nil, du Tage et de l'Èbre. Que d'hommes au bord de ces fleuves peuvent dire comme les Israélites : *Sedimus et flevimus !* » (*Œuvres romanesques et voyages*, Bibl. de la Pléiade, t. II, p. 857.)

2. Au nombre de celles qui sont énumérées en un désordre baroque, se trouvent des reliques typiques des curiosités du temps. Lacenaire (Pierre-François), 1800-1836, déserteur, voleur et plusieurs fois assassin, fut condamné à mort après un procès durant lequel il se présenta comme un révolté contre la société. Il écrivait, et il rédigea ses souvenirs et des poèmes durant sa détention. Ils furent publiés en 1836, sous le titre *Mémoires, révélations et poèmes de Lacenaire*. Le porte-montre volé aux Tuileries en 1848 évoque l'invasion du château par la foule, et son pillage, le 24 février 1848 : on trouve dans *L'Éducation sentimentale* de Flaubert, chap. VI de la seconde partie, une description de ces scènes. On connaît l'immense popularité de la comédienne Élisa Félix, dite Mlle Rachel, 1820-1858. Celle de Joseph Smith, pour être différente, n'en était pas moindre : il fut assassiné en 1844 dans la prison de Carthage (États-Unis), par la foule opposée à la tyrannie du fondateur du mormonisme et à la polygamie qu'il instaurait. On remarquera combien ces reliques, sauf le peigne de Mlle Rachel, évoquent la violence et la mort.

La chambre encombrée de M. Haviland a peut-être été imaginée par Anatole France sur le modèle de la maison du père Le Beau, au chapitre II du *Livre de mon ami*, dont les quatre pièces constituent un « musée chaotique » d'objets en tout genre (Le Beau était en réalité le colonel Maurin, collectionneur, vivant rue des Boulangers-Saint-Victor, dont France parle dans *Le Temps* du 4 mars 1888) ; mais Haviland ordonne et étiquette son bric-à-brac.

Page 34.

a. occupé silencieusement des petites pierres qu'il avait arrachées *T*

1. L'hyperesthésie du cuir chevelu est un signe observé chez les hystériques par les spécialistes contemporains d'Anatole France, Charcot dans ses *Leçons du mardi* (1873) en particulier.

2. On évoque ici, et dans la suite de la conduite de Groult, le Jérémie Flintwinch de *La Petite Dorrit* de Dickens : mi-homme d'affaires, mi-domestique de la vieille mère paralytique d'Arthur Clennam, il est l'animateur d'une louche affaire qu'il traite nuitamment. Sa femme, effacée et terrorisée par lui, « rêve » qu'elle le voit traiter ces tripotages ; elle est persuadée par lui qu'elle est somnambule. Finalement, Flintwinch, soupçonné de meurtre, disparaît en emportant les fonds de la société qu'il avait amené sa maîtresse à fonder avec lui.

3. L'atropine, alcaloïde toxique de la belladone, s'élimine en effet en dix à vingt heures. En revanche, ses effets sont presque immédiats après absorption. C'était un médicament fort utilisé contre tous les genres de névralgie et les rhumatismes articulaires. Trousseau le prône fort dans sa *Clinique médicale* de 1877, mais en indiquant qu'il faut interrompre le traitement s'il se manifeste une dilatation excessive des pupilles, et une sécheresse de la gorge, signes d'intoxication (t. II, p. 152, 412 et 547). On administrait la belladone sous forme de pilules, ou de solution, dans de l'eau-de-vie, du sulfate neutre d'atropine.

Page 36.

a. au sulfate de chlorhydrate d'atropine; *T*

Page 37.

1. Toute la description qui suit est conforme à celle de la fausse méningite produite par l'aliénation hystérique, telle qu'on la trouve dans les traités de Charcot, *Les Leçons sur les maladies mentales* professées à la Faculté de médecine de Paris en 1875 et 1876 par B. Ball et le *Dictionnaire de médecine* de Bernutz, 1874, t. XXIII. La cause de l'aliénation passagère est un état de remords ou une forte émotion agissant sur une malade anémiée. Des hallucinations se produisent alors, retraçant la vie passée, ou présentant des animaux redoutables. L'oppression de la poitrine, les horribles maux de tête sont habituels dans cette maladie qui se manifeste d'autre part par le délire, les contractures et les cris. La convalescence est marquée par une amnésie totale ou partielle, et une asthénie fort longue.

Page 38.

a. Ma mère, j'ai mal à la tête. *T*

Page 39.

a. par des palefreniers cagneux; puis *T*

1. Il y avait en effet sur les Champs-Élysées, alors peu bâtis, de nombreuses maisons de carrosserie, comme Moussard au 7, Cotet au 21, Pilon au 23, Poulain au 5, Belvalette au 24, Desouches au 40, Bail au 50, Rostaing au 104.

Page 40.

a. les voitures égayées de peaux de tigre, de vives toilettes *T* ↔ *b.* pour y boire du lait. *T* ↔ *c.* des langues féminines. Mais devant elle, *T*

1. Voiture découverte à quatre roues.

Page 41.

1. Poussées au paradoxe, telles sont bien les théories de Pinel, que rejetaient les médecins contemporains d'Anatole France. A. Trousseau, dans sa *Clinique médicale de l'Hôtel-Dieu de Paris*, 1877, au chapitre final de l'ouvrage, « De la percussion », fait ainsi l'éloge des vrais thérapeutes contre les médecins de l'école de Pinel, celle de « la science pour la science » : « La maladie est devenue un sujet d'étude de l'ordre abstrait; on l'a étudiée comme on aurait fait d'une plante, d'un animal ou d'un simple phénomène physique. La physiologie n'a plus été alors que l'histoire naturelle des maladies. C'est dans cette direction d'idées que Pinel a écrit sa *Nosographie.* » Or, « Il n'est pas vrai que les maladies soient des êtres et qu'on puisse les classer comme des animaux ou comme des plantes ». « Ces doctrines avaient d'ailleurs un inconvénient bien autrement grave, qui était de conduire à une abstention presque

complète, à l'expectation en thérapeutique, le médecin devant croire à la marche nécessaire et presque méthodique de la maladie. »

Page 42.

1. Cette sensation de brûlure correspond à une hyperesthésie nerveuse décrite par les spécialistes du temps chez les hystériques, et concernant spécialement la moelle épinière et les organes digestifs et sexuels. Pour Haviland, il est en proie à une agonie, produite par un agent toxique, qui imite un cas de « folie circulaire », tour à tour furieuse et mélancolique, avec altération de la voix par dessèchement des muqueuses. À cette ivresse toxique succède une agonie, qui présente des symptômes très classiques. La mort de son mari suscite enfin chez Hélène un délire de culpabilité.

Page 43.

a. pas moi qui l'ai empoisonné ! *T*

Page 44.

1. L'expression, courante alors, signifiait une « poitrine chargée de mucosités qui provoquent de fréquentes expectorations » *(Dictionnaire Larousse)*. Si l'on ajoute à ce symptôme l'aspect « albumineux » du corps de M. Fellaire de Sisac, on en conclut à un délabrement organique dû, dans son cas, à l'abus de l'alcool.

Page 46.

a. n'admettait pas, en l'état des choses, la culpabilité de Mme Haviland. *T* ↔ *b.* sculptés sur les contreforts de la grille, quand il fut arrêté *T*

1. Ces épidémies étaient endémiques à Paris; chaque été, l'eau de source des canalisations venait à manquer; on la remplaçait par l'eau de Seine, évidemment polluée; la conservation des aliments ne se faisait pas non plus dans de bonnes conditions hygiéniques, car on ignorait la conservation par le froid. C'est ce qui explique l'allure toute naturelle de la notation d'Anatole France.

Page 47.

1. *Robert le Diable*, opéra de Meyerbeer sur des paroles de Scribe et Germain Delavigne, fut représenté en 1831 et ne quitta jamais le répertoire, ce qui fait que la citation de Bouteiller est plutôt une « scie » que la preuve d'un goût musical réel. En 1872, Alphonse Daudet a déjà montré Tartarin de Tarascon *chantant (ou croyant chanter)* le duo de *Robert le Diable* avec Mme Bézuquet, la femme du pharmacien. L'air cité par Bouteiller est celui que chante au troisième acte Bertram, ami des démons, pour évoquer des nonnes sacrilèges qui devront entraîner Robert de Normandie en enfer : « Nonnes, qui reposez sous cette froide pierre... »

2. Peut-être déformation du très connu « Brébant », 32, bou-

levard Poissonnière. Il n'y a pas de restaurant « Bréval » dans les bottins des années 1870.

3. Les inondations sont habituelles dans le midi de la France, à la fin du printemps, en cette époque où les travaux de régulation des fleuves ne sont pas encore très amples. En juillet 1876, par exemple, *Le Temps* annonce la formation d'un comité de secours pour les inondés du Midi, patronné par la femme du président de la République.

4. Décrite pour la première fois en France à la fin du second Empire, cette maladie de la vigne prit les proportions d'une catastrophe, et ravagea les vignobles du Midi à partir de 1875. La Société d'agriculture, réorganisée en 1878, s'en préoccupait fort, et une commission de l'Académie des sciences avait publié en janvier 1876 des instructions pour la combattre.

5. Au café de Suède : 5, boulevard Montmartre.

Page 48.

1. La rue du Château-des-Rentiers, dans le XIIIe arrondissement, se prolongeant dans la commune d'Ivry où Anatole France fut « pion » un certain temps, était fort populaire.

2. « À prendre les êtres en général, le total de la quantité de vie est donc toujours le même. » *(Discours sur la nature des animaux.)* Ces paroles sont citées dans les classiques *Morceaux choisis* de chez Belin, par Labbé, p. 124.

3. Le « nœud vital » est pour le naturaliste Flourens le centre qui gouverne tous les mouvements respiratoires : il suffit de le diviser pour les anéantir tous (*Recherches expérimentales sur les propriétés et les fonctions du système nerveux dans les animaux vertébrés*, 1824).

4. La phrase exacte est « la vie est l'ensemble des fonctions qui résistent à la mort » (F.-X. Bichat, *Recherches physiologiques sur la vie et la mort*, p. 1 de l'édition Victor Masson, 1852). Rappelons que L. Du Bois écrivit des *Recherches historiques et physiologiques sur la guillotine* (1843) qui sont indiquées dans le catalogue de la librairie de Noël France, nº 7, août 1847.

5. Cette phrase est placée dans la bouche d'un vieux reporter de ses amis par Anatole France, dans les « Menus-Propos » du *Télégraphe* du 24 mai 1884, où il est constaté que Dieu est maintenant, au contraire, une « actualité », avec les *Blasphèmes* de Jean Richepin.

Page 49.

1. Anatole France fit des séjours de vacances dans l'Avranchin en 1859 et 1861. Une voisine liée à la famille, Marie-Thérèse Foulon, née Rauline, avait dans l'arrondissement d'Avranches, à Saint-Pierre-Langers, à deux lieues de Granville, un neveu et une nièce, Henri et Élisa Rauline, chez les tuteurs desquels le jeune France fut envoyé. Le nom de « Reuline » est donc une minime déformation qui date de l'édition en volume : *Le Temps* donne « Rauline ». Il est attribué à un criminel, usurier véreux de son état; rappelons que France, refusé par Élisa Rauline qui se fit religieuse, en conçut une durable amertume. Peut-être a-t-on ici une vengeance, consciente ou inconsciente. France était reparti pour l'Avranchin en 1873

en compagnie d'Étienne Charavay. Il donna dans *L'Amateur d'autographes* d'août et septembre de la même année des articles sur cette province (« Deux points de l'histoire du Mont-Saint-Michel. — Collection préhistorique de M. Le Bœuf, à Avranches », et « Le Mont-Saint-Michel en 1793 »), dans laquelle il situe le cadre de la nouvelle *La Cure du docteur Hardel*, dans la version de la *Jeune France* en 1878.

Page 50.

a. Tancrède Rauline *T. Partout dans la suite, Reuline est nommé Rauline.*

1. La pointe de Carolles est à une dizaine de kilomètres au sud de Granville, et Bréhal, chef-lieu de canton, à une dizaine de kilomètres au nord.

Page 51.

1. Telle est l'expression qu'emploie dans le délire de l'agonie Mme Laroque, qui eut pour modèle Mme Foulon : « Espérez un peu, ma mère; faut que je ramène la vache à l'étable. » (*La Vie en fleur*, chap. IV.)

2. Carteret est un petit port de cabotage en face de Jersey, au nord de Granville.

Page 54.

a. cheminée, qui lui fit un trou à la tête. Groult, tombé *T*

1. Petit couteau à manche de bois et à lame sans ressort, de fabrication française, qui remonte au XIVe siècle.

Page 56.

a. en lieu et place *T*

Page 59.

a. comme il suit *T. Le texte du « Temps » est imprimé dans les mêmes caractères que le reste du texte, mais il se trouve placé entre guillemets.*

Page 60.

a. médicale, composa un sonnet et s'attacha *T*

1. Situé au 27, boulevard des Italiens, depuis 1853.

Page 61.

a. un sourire charmant. *T* ↔ *b.* lui donnerait quelque argent pour s'établir. Elle approuvait; elle avait à Neuilly des amis *T*

Page 62.

1. C'est un goût que France continue à donner à ses héroïnes sympathiques. Ainsi Thérèse, dans *Le Lys rouge*, chap. XXVII, prend « par fantaisie » avec son amant le bateau jusqu'au Bas-Meudon, où les accueille un cabaret rustique.

2. Comparaison elle aussi retrouvée dans *Le Lys rouge*, chap. XXIII, quand Dechartre dit à Thérèse : « Auprès de l'amphore arrondie et ceinte de guirlandes, qu'est-ce que l'humble et rude potier ? »

3. Papier à lettres de belle qualité, de provenance anglaise, originairement fabriqué dans la ville de Bath et qui avait été, avant le moment où se déroule *Jocaste*, de telle vogue qu'il donna lieu à l'expression argotique « c'est bath ». Mais cette vogue était bien passée. Elle date de l'époque de la Dame aux camélias (personnage créé en 1848), qui écrivait toujours sur un papier bath rose.

Page 63.

a. affleurait au niveau de la berge. *T*

1. « Comme la faim et l'amour sont les seuls mobiles de toutes les actions humaines, ces actions sont rarement innocentes. La vie n'est point d'elle-même inoffensive. Elle se nourrit de meurtre. Vivre c'est détruire. » (« Euripide et l'*Hippolyte porte-couronnes* », fin, *Le Siècle littéraire*, 1er janvier 1876.) On voit que France prête à Longuemare une part de sa propre pensée.

Page 64.

1. Ces symptômes correspondent à ceux d'une crise hystérique fruste, de type épileptoïde. Brierre de Boismont constate que le délire des hystériques porte toujours sur ce qui les a fortement frappés au moment où l'hystérie s'est déclarée, et suscite des hallucinations. C'est ce qui se produit ici, par l'intermédiaire de l'image inductrice et réelle du mendiant.

2. C'est le stigmate psychique majeur de l'hystérie, que la suggestibilité extrême conduisant à l'obsession et à la mélancolie qui, de consciente, devient peu à peu dépressive, selon les descriptions de B. Ball. Le malade perd peu à peu le sens de la réalité, dont il ne distingue pas ses hallucinations. Ainsi d'Hélène ci-dessus. Le délire de persécution se produit aisément dans cet état.

Page 67.

a. Elle le voyait : il était assis et feuilletait une revue. Elle avait peur de lui plus que de tous les vivants, *plus que* du bourreau. Lui, au contraire, *semblait* tranquille comme un homme rentré *chez soi*. *T*

Page 68.

1. Cette scène évoque évidemment le jeune Anatole, lui aussi élève externe au collège Stanislas, lui aussi médiocre élève avec des éclairs de réussite. Le professeur « Python » pourrait bien être celui que, dans *La Vie en fleur*, chap. III, Anatole France voue à l'exécration de la postérité sous le nom de Crottu, portraituré par le jeune garçon sous les traits de Marsyas, « la face bestiale, le nez camus, la chevelure inculte », « cuistre » de surcroît. On a quelque raison de l'identifier avec M. Triaire, professeur de quatrième du jeune Anatole Thibault.

Page 69.

a. un laïus, c'est un speech, mais en grec *T*

1. Le neveu d'Hélène traduit des fragments du récit du serviteur au coryphée dans l'*Œdipe roi* de Sophocle, vers 1235, 1242-1245, et 1263. Le goût d'Anatole France pour le théâtre de Sophocle et celui d'Euripide, auteurs qu'il préférait à Eschyle, est attesté dans *Le Livre de mon ami* : « Sophocle [...] Euripide m'ouvrirent le monde enchanté des héros et des héroïnes et m'initièrent à la poésie du malheur. » (Chap. x.) Mais il ne faut pas oublier que le rôle de Jocaste dans *Œdipe roi* fut joué par Élise Devoyod, l'actrice en vain aimée par le jeune France ; parmi les vers qu'il compose pour elle de février à décembre 1865, se trouvent les suivants : *Dès que j'ouvrais surtout mon vieil* Œdipe roi */ Sur le feuillet noirci, je te voyais, sereine / Portant une corbeille entre tes bras de reine.* (Georges Girard, ouvr. cité, p. 177.)

Page 70.

1. Cet aspect somnambulique a été noté chez l'hystérique par Ball ; il s'agit d'une sorte d'anesthésie de la volonté accompagnée par une hyperesthésie des sensations. Quant à la tentation suicidaire, elle est notée dès 1832 par Esquirol dans son mémoire : *Aliénation mentale. — Des illusions chez les aliénés* (libr. de Crochard).

2. Il y avait en effet près du pont Royal un établissement de bains chauds pour hommes et pour dames, situé dans un bateau, et qui se nommait « Bains des Tuileries ».

Page 71.

a. suicidées ; c'est la première que je vois pendue. *T*

1. Il existait alors un service régulier de bateaux-mouches, dont l'embarcadère était situé près du pont du quai d'Orsay, et qui allaient soit jusqu'à Billancourt, soit jusqu'à Suresnes.

2. Il y a cyanose, et congestion céphalique, parce que la pendaison a été asymétrique et que l'arrêt de la circulation cérébrale s'est fait d'un seul côté.

3. Les statistiques du début du XXe siècle comptent cinq fois moins de suicidés par pendaison chez les femmes que chez les hommes.

Page 73.

a. de son trou, comme un lézard. Sans doute *T*

Page 74.

1. Fondé en 1863, employant dès 1867 les rotatives, ce journal, républicain libéral après la guerre, était de tous les journaux du monde celui dont le tirage était le plus élevé.

Page 75.

1. La description du lieu ne correspond naturellement à aucune station thermale connue. En revanche, la source est

située près du Mont-Dore, et son développement est à ses débuts ; ces détails, comme l'analyse de l'eau, la feraient volontiers comparer aux sources de La Bourboule, dont l'exploitation par forage ne se faisait que depuis 1876, et dont les installations existaient à peine. On sait que les stations auvergnates s'enorgueillissent de leur antiquité : il existe une « source César » au Mont-Dore, des « Bains romains » à Saint-Nectaire, et, à Royat, une « source César » et une « buvette de César ». Anatole France connaît bien cette dernière station, pour y avoir séjourné en 1875 avec Frédéric Plessis, Laprade et des Essarts. Rappelons d'autre part que, depuis son enfance, il avait pu entendre parler des affaires entreprises à propos des établissements thermaux, car Timothée Larade, époux de sa marraine, s'était « ruiné dans les eaux minérales » d'Alet, dans l'Aude.

Les stations thermales françaises connurent après la guerre de 1870 un essor tout particulier, car les médecins prenaient à tâche de démontrer que les eaux françaises valaient largement les eaux allemandes, jusqu'alors les plus exploitées. Maupassant allait publier en 1887 *Mont-Oriol*, histoire du développement de l'une de ces stations (Châtelguyon, en Auvergne, servit de modèle).

Page 77.

1. Entre la rue des Dames et la rue Cardinet, dans le XVIIe arrondissement. Zola y habita de 1868 à 1869.

Page 78.

1. Les symptômes qu'énumère Longuemare, y compris la douleur dans l'épaule droite due à l'irradiation par le nerf phrénique, sont ceux d'une amibiase hépatique parvenue au stade de la suppuration.

Le Chat maigre

NOTES

Page 79.

1. *Cette description* fait penser au début et à la fin de *L'Assommoir*, dont la publication avait fait grand bruit en 1877. Zola y évoque le « piétinement de troupeau » des ouvriers passant la barrière Poissonnière vers Paris (chap. I, p. 4 de l'édition Charpentier de 1877), et, au chapitre XII, « les bêtes de somme se traînant, éreintées », au retour de leur travail, se disant : « Encore une journée de finie ! » (P. 527.)

2. C'est la rue Ramey, ancienne section de la chaussée de Clignancourt, qui fut prolongée en 1858 de la rue Marcadet à la rue Hermel.

3. C'est l'actuelle rue du Baigneur, jadis impasse de 58 m de long débouchant dans la rue Ramey. On l'appela « impasse des Bains » jusqu'en 1877, et « impasse du Baigneur » à partir

de cette date. C'est le nom qu'elle porte p. 162, ce qui situe *Le Chat maigre* dans l'immédiate actualité. L'établissement de bains qui justifiait son nom avait été fondé en 1853.

Anatole France emploie ici le mot « impasse » au masculin. C'est l'usage courant de Voltaire, qui introduisit ce mot dans la langue francaise, par horreur du terme « cul-de-sac ». Mais le féminin est établi au XIXe siècle, et l'emploi du masculin est donc archaïsant.

Page 80.

1. Les sels de bains produits par la ville thermale de Barèges étaient violemment parfumés, pour masquer l'odeur d'œufs pourris qui est celle des eaux de la station.

2. On évoque Moronval, le directeur de l' « institution » pour jeunes gens dépeint par Alphonse Daudet dans *Jack* (1876), « un grand mulâtre maigre, dont la cravate blanche enroulée plusieurs fois autour de son cou pelé faisait paraître la figure encore plus noire et plus terreuse » (chap. II, « Le Gymnase Moronval »).

3. Cela indique une falsification du vin, coupé d'eau et artificiellement renforcé en tanin par l'écorce de bouleau, de sapin ou de saule.

Page 81.

1. Ou passage Cottin, voie privée qui va de la rue Ramey à la rue du Chevalier-de-la-Barre, alors dénommée rue de la Fontenelle.

Page 82.

1. Entre le boulevard des Capucines, les rues Scribe et Auber, il fut construit en 1860 par une société financière qui voulut frapper les imaginations en le dotant de tout le confort possible.

2. La *Grande encyclopédie* n'ayant été entreprise qu'en 1885, Anatole France désigne sans doute ici le *Grand dictionnaire universel du XIXe siècle* de Larousse, auquel notre écrivain lui-même collabora durant sa besogneuse jeunesse.

3. Saint-Paul est situé sur la côte ouest de l'île de la Réunion (elle garda assez longtemps dans l'usage le nom d'île Bourbon, qui lui fut donné de 1814 à 1848). On sait la fréquence des cyclones qui sévissent sur cette île durant la saison des pluies (de novembre à avril) : les vicissitudes du frère de Godet-Laterrasse s'expliquent par le climat de l'île, assez fertile pour que les plantations détruites se reconstituent rapidement.

Page 83.

1. Les enterrements et mariages civils constituaient alors de véritables manifestations de libre pensée. Les journaux anarchistes les annonçaient, et l'on diffusait des invitations à ces cérémonies pour les militants libres-penseurs.

2. Il y a ici une inexactitude, car un créole est une personne de race blanche née aux colonies. Toutefois, on disait exceptionnellement « un nègre créole », pour distinguer celui-ci, né aux colonies antillaises, du nègre né en Afrique.

Page 85.

1. La basilique du Sacré-Cœur fut édifiée de 1875 à 1912, l'intérieur ayant été inauguré en 1891; on sait que son édification fut décidée le 24 juillet 1873 par l'Assemblée nationale, en témoignage de contrition et comme manifestation d'espérance après la défaite de 1871 et la perte du pouvoir temporel du pape. Le début de la rue de la Fontenelle (aujourd'hui rue Ramey), que longe ici Godet-Laterrasse, fut dévié pour laisser place au chevet du Sacré-Cœur.

2. Après le suicide du roi Christophe en 1820, le général Boyer fut le seul à garder le pouvoir longuement à Haïti : il gouverna de 1820 à 1842, moment où, menacé par une révolte, il se retira à la Jamaïque. Après une période fort confuse, qui vit successivement portés au pouvoir, puis renversés, des généraux perpétuant les abus de l'administration, le général Soulouque fut élu président de la République le 1er mars 1847. Jusqu'alors, il avait joué un rôle secondaire. Il déploya subitement son ambition, et se fit proclamer empereur par le Sénat en 1849, sous le nom de Faustin Ier. Hanté par le modèle de Napoléon Ier, il fit célébrer le 17 avril 1852 un sacre qui prétendait reproduire d'aussi près que possible celui de 1805, et dont la cérémonie se déroula assez ridiculement, comme on le verra plus loin. On devine que les opposants français au second Empire n'épargnèrent point leurs lazzis à Sa Majesté noire. Soulouque, de race noire, était opposé aux mulâtres, dont il craignait les maléfices : cette opposition entre noirs et mulâtres, qu'on nommait « hommes de couleur », était au reste traditionnelle à Haïti. Alidor Sainte-Lucie se conduit donc comme un transfuge d'un camp à l'autre, et ce n'est pas peu dire. Car Faustin Ier gouverna par les pillages et les massacres.

3. Soulouque s'enfuit en 1859 à la Jamaïque, chassé par une révolution, et ne rentra à Haïti qu'en 1867, pour y mourir. Une république fut proclamée, sous la présidence du général Geffrard. Ce fut la troisième république haïtienne, d'essence conservatrice, de gouvernement absolu. Geffrard fut très discuté pour avoir signé un concordat avec Rome, en 1860. Mais il tenait à la culture; il établit des écoles, des lycées, des écoles supérieures.

Page 86.

1. La suite de l'histoire d'Haïti fut en effet aussi agitée. En 1867, le président Geffrard démissionna, remplacé par le général Salnave, fusillé en 1870, puis par Saget, puis, en 1874, par Domingue, aidé de son neveu Septimus Rameau; Domingue prit la fuite en 1876 et fut remplacé par le falot Boisrond-Canal, lequel s'enfuit à son tour en 1879. Ce ne furent enfin que troubles et révoltes continuels, avec des conséquences financières d'autant plus catastrophiques, que l'administration était incompétente et corrompue.

2. Il est bien clair qu'Anatole France, sceptique envers tous les pouvoirs qui suscitent des opportunismes, fait ici une caricature de la colonne de la Bastille et de son génie ailé qui s'envole en brisant des fers.

Page 88.

1. Les protestations contre le monopole de la collation des grades n'étaient pas le seul apanage de l'enseignement religieux, mais encore de tous ceux qui entendaient dispenser une culture orientée systématiquement — par exemple, vers le socialisme.

2. Le nombre de ceux qui se présentaient au baccalauréat était alors assez restreint pour que les candidats parisiens passent le baccalauréat ès lettres devant des professeurs à la Sorbonne (il y eut en tout 878 admis à la première partie et 776 à la seconde dans toute l'Académie de Paris en 1885).

3. Elme Caro, professeur de philosophie à la Sorbonne depuis 1864, académicien depuis 1871, était le professeur à succès mondain, soutenant un spiritualisme opportuniste peu prisé des intellectuels, qui l'attaquèrent beaucoup. Il écrivit notamment des *Études morales sur le temps présent* (1855), et de *Nouvelles études morales* en 1861 ; en 1878, il venait de donner sur *Le Pessimisme au XIX*[e] *siècle* un livre naturellement opposé à Spencer et Schopenhauer, mais qui contribua paradoxalement à les faire connaître au grand public français, dans une version très vulgarisée. On devine qu'Anatole France ne lui était guère favorable.

4. René Taillandier, dit Saint-René Taillandier, occupait à la Sorbonne depuis 1868 la chaire d'éloquence française ; il était académicien depuis 1873. Il eut le mérite d'écrire des études sur la littérature étrangère, notamment la littérature allemande, en un temps où cette littérature était fort peu connue en France. Mais il ne pouvait assurément passer pour libéral.

Page 89.

1. Un employé de ministère débutant gagnait alors environ 150 F par mois.

Page 91.

1. « La Nymphe d'Asnières » est une œuvre imaginaire, correspondant au « Machin » qui termine l'énumération des artistes.

2. C'est l'*Antiope endormie*, qui représente Antiope couchée auprès de l'Amour, tandis qu'un satyre soulève la draperie qui la couvrait. Anatole France avait, rappelons-le, une grande prédilection pour le Corrège.

3. On sait quelle influence exerça la pensée de Hegel, combinée avec celle de Schopenhauer, sur les symbolistes français, tout particulièrement sur Villiers de L'Isle-Adam. Hegel avait été traduit et commenté par Auguste Vera, de nationalité italienne, qui professa et écrivit longtemps en français. Il avait donné aussi une *Introduction à la philosophie de Hegel* (1855) et un ouvrage sur *L'Hégélianisme et la philosophie* (1861).

Page 93.

1. Il date de l'ultime et de la plus grande prospérité des colons français à Saint-Domingue, avant le soulèvement suscité par Toussaint Louverture en 1795 et l'indépendance d'Haïti, proclamée par Dessalines en 1804.

Page 94.

1. « Olive » était le nom de la fille de Faustin Ier, proclamée princesse quand son père se fit proclamer empereur.

2. Sapotille : fruit tropical grisâtre, de la taille d'un citron, à la savoureuse chair jaune rouge.

3. Il peut s'agir du soulèvement de 1870, qui porta au pouvoir Saget, ou de 1874, qui vit le triomphe momentané de Domingue.

4. Nantes et Bordeaux étaient en relation assidue avec les Antilles, et recevaient tout naturellement les lycéens provenant des familles riches des « Îles ». À Nantes, on promenait les pensionnaires sur le quai de la Fosse, ombragé par des arbres séculaires, mais gâté en 1852 par l'établissement d'un chemin de fer.

Page 95.

1. Elles étaient de Petitot, et représentaient, sous la forme de femmes assises à chaque angle du pont, l'Abondance, l'Industrie, la Seine et la Ville de Paris. Grandes par la taille, mais non par l'exécution, elles se dressaient depuis 1846, blanches sur leur socle de bronze. Peut-être peut-on expliquer par le mépris qu'elles inspiraient aux gens de goût leur qualification de « statues de plâtre ». Le pont des Saints-Pères, construit en fer fondu de 1831 à 1834, fut nommé « du Carrousel » en 1886. Ce n'est pas le pont actuel, qui fut construit en 1936-1939 un peu en aval de l'ancien.

2. Au pied du Louvre. La partie qui se trouvait devant la petite galerie du Louvre était le théâtre d'un trafic très important. En particulier, les bateaux allant de Londres à Paris y abordaient.

3. Edgar Quinet, 1803-1875, auteur d'épopées socialisantes (*Ahasvérus*, 1833; *Prométhée*, 1838), vit en 1843 et 1844 son cours au Collège de France suspendu par Guizot, car il y attaquait le clergé *(Les Jésuites, L'Ultramontanisme.)* Député en 1848, exilé au Deux-Décembre en Belgique, puis en Suisse, il publia de nombreux ouvrages révolutionnaires (*Philosophie de l'histoire de France*, 1858; *Histoire de mes idées*, même date; *La Mort de la conscience humaine*, 1867). Il fut député à l'Assemblée nationale, après la chute de l'Empire, et publia une synthèse de ses idées avec *L'Esprit nouveau* (1874).

Étienne Cabet (1788-1856), avocat, député, professa dans son *Voyage en Icarie* (1842) un communisme utopiste que ses disciples essayèrent de mettre en action au Texas, puis en Illinois. Il mourut dans le Missouri, délaissé de tous, après avoir vu l'échec de sa cité modèle.

Pierre Esquiros (1814-1876), député en 1848, exilé en 1851, député des Bouches-du-Rhône en 1872 et sénateur du même département en 1876, était l'auteur d'ouvrages socialistes, comme *L'Évangile du peuple* (1840), *La Morale universelle* (1859).

On voit que Godet-Laterrasse professe des idées vagues, mais avancées, qui, toutes, veulent rompre avec l'ancien état social des choses. Rien n'est plus contraire aux opinions d'Anatole France.

Page 96.

1. Paul de Kock (1794-1871), polygraphe amusant, connut de 1820 à sa mort une grande vogue dans le public non averti, par ses romans mal écrits, mais adroitement conçus pour plaire au lecteur : rebondissements, portraits rapides et drôles, facilité générale de l'intrigue et du langage (*La Laitière de Montfermeil*, 1827 ; *La Pucelle de Belleville*, 1834 ; *M. Choublanc à la recherche de sa femme*, 1858). À l'époque où se déroule *Le Chat maigre*, il est déjà délaissé, sauf en province.

2. Bullier se trouvait avenue de l'Observatoire, et, fondé en 1847, ne disparut que peu avant la Seconde Guerre mondiale. De style « oriental », avec des girandoles de couleur, il contenait des attractions (tir, billards, etc.), et surtout fit les beaux jours des filles faciles et des fêtards.

3. Ce n'est pas, comme on pourrait le croire, une transposition du *Chat noir*, fondé en 1881 seulement par Rodolphe Salis. Mais de nombreux cabarets se sont placés avant celui-là sous une invocation féline ; citons *Le Chat qui pelote*, fondé au XVIIe siècle au coin de la rue Vieille-du-Temple et de la rue des Francs-Bourgeois, *Le Chat qui dort*, fondé au XVIIIe siècle rue Quincampoix. Des enseignes et des peintures murales en représentaient la raison sociale. Nous n'avons pas trouvé de *Chat maigre*.

Quant à la rue Saint-Jacques, on y comptait nombre de cabarets, dont certains étaient spécialement fréquentés par la bohème des déclassés, fabricants de thèses, collaborateurs à d'obscures revues. Par exemple, au numéro 176, *L'Académie*, qui comprenait même un cénacle d' « artistes » : un poète, Poussin, un sculpteur, Deska, qui déclarait : « Moi, je sculpterai les Pyrénées ! » Au débouché de la rue Clovis, *Le Roi Clovis* se signalait par une enseigne peinte sur toile, et, au numéro 289, *Le Lapin voyageur* offrait des fresques représentant son éponyme, de même qu'un peu plus loin *Le Cochon fidèle*. Ces cabarets avaient été extrêmement fréquentés sous l'Empire par l'opposition : Paschal Grousset, Ranc, Vallès. On voyait quelquefois encore Verlaine à *L'Académie*.

Page 98.

1. L'évêque Gozlin, bâtard de Louis le Débonnaire, évêque de Paris en 882, défendit très vaillamment la ville contre les Normands au cours du siège de 885-886. Il mourut en 886 des suites de ses blessures.

Rappelons que l'Hôtel de Ville de Paris, incendié sous la Commune, fut en reconstruction de 1873 à 1883. Des niches contiennent, sur les façades, les statues de notabilités parisiennes des lettres et des arts, ou de ceux qui se sont distingués dans la *défense* du pouvoir municipal de Paris. À notre connaissance, l'évêque Gozlin n'y figure point.

2. Dans ces vers de névrose postbaudelairienne, on pourrait reconnaître un pastiche des *Névroses* de Rollinat, dont les poèmes parurent en revue avant le recueil de 1883, plus encore peut-être que des *Amours jaunes* de Tristan Corbière (1873), qu'évoque évidemment le titre *Amour fauve*.

Page 99.

1. Claude Saumaise, 1588-1653, avocat polygraphe d'une immense érudition, écrivit des traités en français et en latin, parmi lesquels le *De usuris liber, « Claudio Salmasio auctore »*, paru à Lyon en 1638.

Page 103.

1. Tacite, *Annales*, XIII, 17, début de la première phrase : « La même nuit réunit le trépas de Britannicus et son bûcher [car on avait fait d'avance l'apprêt de ses funérailles, qui furent modestes]. » Cette citation du treizième livre des *Annales* de Tacite était des plus courantes, et ne révèle chez Godet-Laterrasse qu'une érudition de grimaud. Quant à l'éloge qu'il fait de Tacite, il était un lieu commun de l'opposition républicaine au second Empire. Ennemi de l'Empire romain, attaché à l'ancienne République (aristocratique il est vrai, mais seul modèle de vertu communautaire qu'il eût à sa disposition), tel est dépeint Tacite dans le *Grand Larousse universel du XIXe siècle*, fidèle reflet d'une partie libérale de l'opinion.

Page 106.

1. C'est l'actuelle rue Joseph-Bara, entre la rue d'Assas et la rue Notre-Dame-des-Champs.

2. Ce portrait pourrait bien être inspiré par le peintre Jacques Dubroquet, qu'Anatole France évoque dans *Le Télégraphe* du 16 août 1884. Il changea son nom en celui de Jacobus Dubroquens, qui lui semblait plus « idéal » pour un peintre, et rêva éternellement d'avoir une toile de cent pieds carrés pour figurer une apothéose où se mêleraient Jésus-Christ et Victor Considérant. Il dissertait sur l'art et la philosophie, tout en se livrant, pour vivre, à de médiocres travaux. Mourant, il dit à l'écrivain qui le visitait dans sa soupente : « J'emporte avec moi la peinture philosophique. » Anatole France fait remonter à vingt ans auparavant sa première rencontre avec Jacques Dubroquet : il avait donc lui-même vingt ans. Jacques Dubroquet est le héros du chapitre x de *Pierre Nozière*, « Les Deux Copains », qui reprend l'article du *Télégraphe*.

Page 107.

1. Alexandre Cabanel, 1823-1889, prix de Rome en 1845, auteur d'une *Mort de Moïse* qui attira sur lui l'attention, fut avant tout le portraitiste à la mode pendant vingt ans dans la bonne société; on devine que ses œuvres ne manquent pas de fadeur.

Page 109.

1. Dans *Le Jardin d'Épicure*, France écrit : « En art comme en amour, l'instinct suffit, et la science n'y porte qu'une lumière importune. » Mais il se moque de ceux qui, comme Labarre, en déduisent que le primitivisme seul est beau. « On ne peut mettre au rang des vérités éternelles qu'Homère est barbare et que la barbarie est admirable. »

2. L'abbé Winckelmann (1717-1768), conservateur des collections du Vatican, a publié sur l'Antiquité des ouvrages qui renouvelèrent l'esthétique, en étudiant les monuments d'une façon scientifique. Son influence en France fut considérable à partir du début du XIXe siècle. Citons de lui *Remarques sur l'architecture des Anciens*, 1761; *De la capacité de sentir le beau dans les ouvrages de l'art*, 1769; *Histoire de l'art chez les Anciens*, 1764.

3. Les métopes ouest du Parthénon sont en effet dédiées à la gloire de Thésée, avec une amazonomachie.

4. Il s'agit sans doute de la « statue Pourtalès » d'Auguste, en général; le Louvre possède aussi un Auguste en toge très estimable, et d'autres représentations plus communes de l'empereur.

Page 110.

1. Anatole France donne ici une vision parodique d'un état de choses très réel, car, après 1870, les petites revues pullulèrent, souvent éphémères. *La Renaissance littéraire et artistique* tint de 1872 à 1874; Charles Cros fonda en 1872 *La Revue du monde nouveau*, Villiers de L'Isle-Adam *Le Spectateur*. France, pour sa part, collabora à *La République des lettres*, fondée en 1875.

Page 115.

1. Charles-Pierre Colardeau, 1732-1776, commença sa carrière poétique en 1758 par une imitation en prose de la *Lettre d'Héloïse à Abailard* de Pope, qui obtint un grand succès public. Il continua par une autre « héroïde », *La Lettre d'Armide à Renaud*, puis des imitations en vers des *Nuits* de Young. Ses *Œuvres choisies* ont été réunies à celles de Malfilâtre, dans la *Collection des poètes français* éditée chez la veuve Dabo, t. XIV (« Collection des poètes du premier ordre et des meilleurs ouvrages en vers de second ordre. — Poésies du premier ordre, Colardeau et Malfilâtre »; 1821, et de nombreuses rééditions).

Page 117.

1. C'est la fontaine de Visconti, érigée en 1844, au centre de la place Saint-Sulpice, et ornée des statues de Bossuet, Fléchier, Fénelon, Massillon. Paul Gsell (*Les Matinées de la villa Saïd*, Grasset, 1921, p. 245) fait dire à France que c'est Baudelaire qui monta en réalité cette mystification, contre Bermudez de Castro.

Page 118.

1. Commence rue Bonaparte et finit rue Cassette.

2. Télémaque est le nom d'un habitant de Saint-Domingue que, le 20 avril 1804, l'on força à tuer de ses mains un Français prisonnier, lors des troubles qui accompagnèrent la décolonisation de l'île sous la direction du général Dessalines. C'est aussi le nom d'un général noir que Soulouque fit exécuter en 1848, avec tout son état-major.

3. Nous sommes dans le bas Courbevoie, sur l'avenue qui, en 800 m, conduisait des casernes construites par Louis XV au rond-point encore appelé « de l'Empereur » par habitude, mais qui était débaptisé; la statue de Napoléon qui se dressait

au centre de ce rond-point avait été enlevée, en attendant que l'on y place un groupe en bronze de *La Défense nationale* par Barrias, groupe qui donna son nom au rond-point.

Page 119.

1. Miragoane est le nom d'un port situé au sud-ouest de Port-au-Prince, et négociant essentiellement le café et le campêche.

Page 120.

1. Anatole France s'inspire, pour décrire ce sacre, du livre de Gustave d'Alaux, *L'Empereur Soulouque et son empire*, paru en 1860 chez Michel Lévy, recueil d'articles auparavant parus dans *La Revue des Deux Mondes*. Ce sacre avait été conçu sur le modèle de celui de Napoléon, dont le costume était copié par celui de Soulouque-Faustin Ier. Toute une noblesse avait été créée pour l'occasion, ainsi qu'un ordre de Saint-Faustin et une Légion d'honneur. Les fêtes du 18 avril 1852 furent minutieusement réglées par un protocole qui définissait les costumes des dignitaires et imposait aux dames la robe de cour. En fait, lorsque les fêtes s'ouvrirent sur cent un coups de canon, on vit la plupart des hommes, soit en uniforme de l'armée, soit en costume mi-partie ville, mi-partie cour. Quant aux dames, qui devaient paraître en carrosse, elles étaient pour la plupart à pied, sauf l'impératrice et quatre ou cinq princesses. « Le programme (écrit G. d'Alaux) plaçait à la suite les carrosses des dames d'atour, dames d'honneur, princesses, duchesses, comtesses, baronnes et chevalières; mais, à part quatre ou cinq exceptions, le programme se trouva sur ce point en défaut. La plupart de ces dames exerçaient, je l'ai dit, des professions utiles et n'auraient guère pu exhiber, en fait de voitures, que les carrioles et les brouettes sur lesquelles elles transportent leurs denrées. » On voit qu'Anatole France renchérit sur l'ironie, en faisant arriver Olivette dans une brouette.

Page 121.

1. La première guerre à la partie espagnole de l'île, devenue en 1843 république Dominicaine, fut en réalité menée par Soulouque en mars 1849. Anatole France, en parlant de la campagne de décembre 1851 comme postérieure au sacre, commet une erreur de chronologie dont la raison est évidente : Soulouque-Faustin Ier, c'est l'image carnavalesque de Napoléon III; au moment même où ce dernier prend le pouvoir, Faustin Ier se ridiculise.

2. Les titres réellement conférés par Faustin Ier étaient aussi étonnants pour des oreilles françaises. Il y eut des ducs de Grand-Gosier, de la Seringue, de la Limonade. Des barons s'appellent Azor, Arlequin, Jolicœur. La défaite de l'armée de Faustin Ier est plausible : les expéditions que, chaque année de son règne, l'empereur mena contre la république Dominicaine restèrent infructueuses.

Page 123.

1. Liqueur fermentée obtenue avec des fruits, de la sève ou des graines.

Page 126.

1. Ce grotesque, inspiré directement du « savant M. Bonneau » des *Bourgeois de Molinchart* de Champfleury, est comme une version adoucie et bonhomme du mari d'Hélène Fellaire (voir note à *Jocaste*, p. 43). L'inoffensif monomane évoqué ici porte, d'autre part, le même nom que le bibliothécaire fou décrit dans *La Révolte des anges*. Autant de variations d'Anatole France sur le thème de l'original. Les arguments du procès intenté à propos de *La Révolte des anges* par un véritable bibliothécaire qui se reconnaissait dans le père Sariette y perdent de leur crédibilité.

2. Les vulnéraires, diurétiques et stimulants destinés à guérir des blessures ou des traumatismes étaient vendus dans les foires par des personnages accoutrés en effet d'uniformes de fantaisie, comme on peut le voir dans *Les Mésaventures de Jean-Paul Chopart*.

Page 127.

1. On sait comment la célèbre philosophe et mathématicienne d'Alexandrie fut mise en pièces par la foule fanatique, sans doute soulevée par l'évêque Cyrille, en 415. Avant d'être une héroïne choisie de *Sous l'œil des Barbares* de Maurice Barrès, en 1888, elle avait été pour les penseurs qui gravitaient autour des parnassiens (Louis Ménard en particulier) le symbole de l'Antiquité païenne injustement vaincue par le christianisme.

Page 130.

1. C'est une danse haïtienne d'origine africaine.

Page 136.

1. Blouse froncée aux épaules, costume ordinaire alors du paysan normand.

Page 141.

1. Collines assez hautes, dans le langage de toutes les Antilles.

Page 143.

1. C'est l'épisode de la cérémonie vaudou qui précède l'immolation de la victime, et qui comporte des chants et des danses.

Appendice

NOTES

Page 147.

PRÉFACE À L'ÉDITION CALMANN-LÉVY DE 1879

1. Charles-Edmond Chojecki, dit Charles Edmond, né en Pologne en 1822, s'exila en France en 1845, Il collabora à *La Revue indépendante* en 1846 et 1847, fut envoyé en mars 1848 à la diète révolutionnaire de Prague, puis s'exila de nouveau en

France. Il fut proudhonien, partit pour l'Égypte à la suite d'un procès de presse, et mena donc une vie fort agitée jusqu'à ce qu'il accompagnât dans un voyage en mer du Nord le prince Napoléon. Ce dernier étant ministre de l'Algérie, il fut nommé bibliothécaire dans son ministère, puis à la bibliothèque du Sénat dont il devint administrateur en 1869. Il le demeura sous la République. Il collaborait au *Temps*, dont il dirigeait la rubrique littéraire; il introduisit France au journal. Polygraphe, il publia des récits de voyage, des nouvelles, des romans, des drames.

2. « Un écrivain français, étant à Londres en 1866, porta ses hommages au créateur de Pickwick et de David Copperfield [...] Il se retire assez vite, après avoir dit à Dickens qu'il doit recevoir toutes sortes de visites, et, même, des visites de fous / " — Des fous ! s'écria Dickens, en le poussant dehors, des fous ! oui, des fous ! Ceux-là seuls m'amusent. ". » *Le Télégraphe*, 28 juin 1884, Anatole France, « Menus-Propos ».

3. Il s'agit des héros de la nouvelle *Le Lendemain de la Toussaint*, parue dans *La Revue alsacienne* de mai 1878, p. 306-317, et juin 1878, p. 362-378. Tous deux, veufs, évoquent avec attendrissement leurs souvenirs, ce qui est un prétexte à l'évocation bonhomme d'une série de « scènes d'intérieur » alsaciennes.

Page 148.

1. *Le Lendemain de la Toussaint*, dans *La Revue alsacienne* de mai 1878.
2. Voir p. 540.

LE CRIME DE SYLVESTRE BONNARD

NOTICE

Lorsqu'en avril 1881 Anatole France fait paraître en un volume, sous le titre *Le Crime de Sylvestre Bonnard*, deux longues nouvelles, *La Bûche* et *La Fille de Clémentine*, son livre est très apprécié par les contemporains hostiles au naturalisme. L'école naturaliste s'est désignée comme telle depuis la publication, en avril 1880, des *Soirées de Médan*. Mais depuis trois ou quatre ans déjà, Zola faisait parler de lui : *L'Assommoir* remonte à 1876, Les naturalistes passent pour brutaux, pessimistes par principe. ridiculement attachés à une science qui ne peut se transposer en matière romanesque. Taine a félicité Anatole France, dans une lettre du 19 avril 1876, d'avoir loué George Sand dans *Le Temps* : « Contrepoison du roman contemporain », écrit-il[1]. Même réaction, à propos du *Crime de Sylvestre Bonnard*, chez Francisque Sarcey, dans le feuilleton du *Temps* du 11 juillet 1881.

1. Bibliothèque nationale.

Quoiqu'il écrive une chronique théâtrale, le critique y parle du roman pour déclarer : « C'est du Sterne avec moins d'afféterie et un je ne sais quoi de plus léger, de plus poétique. » « Cela est délicieux et repose des romans naturalistes. » Couronné par l'Académie française, l'ouvrage se vend bien. Dès le 15 septembre 1881, Calmann-Lévy écrit à France : « J'ai le plaisir de vous apprendre que je fais faire un troisième tirage à mille exemplaires du *Crime de Sylvestre Bonnard*. Je tiens, dès à présent, à votre disposition les 300 F qui vous reviennent pour cette nouvelle édition. » Le public féminin du temps accueille favorablement ce roman. Cependant, en raison des absurdes conventions d'éducation de l'époque, il s'agit du public des femmes mariées. Le *Journal des demoiselles* de novembre 1883 déclare : « Nous ne le recommandons pas aux jeunes filles, aucun roman ne leur semble destiné, parmi ceux qu'a tracés une plume masculine; mais les jeunes femmes le liront avec agrément[1] .» France est mis en pendant pour cette œuvre avec le Ludovic Halévy de *L'Abbé Constantin*, ce qui est un grand éloge dans la bonne bourgeoisie et le monde.

Il est de fait que *Le Crime de Sylvestre Bonnard* fit sortir de l'ombre, ou de la pénombre, son auteur. Quand Maurice Barrès, en février 1883, consacre à Anatole France la treizième rubrique des « Hommes de *La Jeune France* », il en loue la délicatesse, l'intimité, l'accent d'apaisement. L'écrivain semble dans ce livre, il est vrai, avoir rompu avec l'amertume de ses souvenirs de jeunesse, qui imprègne *Jocaste* et *Les Désirs de Jean Servien* (livre non encore publié, mais déjà conçu et, sans doute, écrit). D'autre part, il paraît également avoir renoncé à l'âpreté de l'anticléricalisme des *Noces corinthiennes*, et à la tristesse des vues philosophiques exprimées dans *Les Poèmes dorés*. Sa situation matérielle est stable, quoique modeste. Rue Chalgrin, son jeune ménage accueille des amis : Henry Roujon, Charles Grandjean, les Calmettes, Étienne Charavay, Robert de Bonnières, Gilbert-Augustin Thierry. Suzanne naît en 1881; elle a l'âge du livre, et, quoiqu'il ait été écrit en partie avant que France eût des espérances de paternité, il les appelle alors, les évoque ensuite. Apaisement. Bonnard n'est plus d'âge à rappeler sur un ton tragique ses amours malheureuses. Il vit, avec *La Bûche*, un conte de Noël fort édifiant : le manuscrit de ses rêves lui est offert par le petit garçon dont il secourut la mère, alors qu'il a vainement cherché ce manuscrit au fond de la Sicile. Supériorité du sentiment sur les efforts du corps et de l'intelligence... Cette « moralité » fait le lien entre *La Bûche* et *La Fille de Clémentine*[2], autrement peu homogènes, sauf par la personnalité

1. P. 285, signé « M. B. ».
2. Cette partie porta, à partir de l'édition de 1902, le titre de *Jeanne Alexandre*, car Jeanne y est, non plus la fille, mais la petite-fille de celle qui fut aimée par Sylvestre Bonnard.

de Bonnard. La seconde partie du roman est cette fois un conte de fées, car c'est ce petit personnage, assis sur la chronique de Nuremberg, qui patronne la rencontre entre le savant et la fille de Clémentine. Ainsi l'auteur s'est-il mis à l'abri du reproche qu'on pourrait lui adresser, d'utiliser une surprenante coïncidence en ménageant pareille rencontre. Elle est, nous en sommes prévenus, d'ordre *magique*.

Contes pour adultes, à la manière de Dickens ? Oui; France a voulu qu'il en soit ainsi. D'abord, il n'aime pas les présupposés de la littérature naturaliste. Il l'a déjà montré dans *Jocaste et le Chat maigre*. Puis ses réflexions sur l'état de la pensée scientifique et philosophique l'ont conduit à constater que nous baignons dans l'universelle illusion. C'est tout juste le temps où les ouvrages de vulgarisation scientifique sont répandus avec succès par la librairie Hachette, à l'usage des grands comme des petits. Le 21 août 1879, Anatole France, dans *Le Globe*, consacre au « roman scientifique » sa « Revue littéraire », et se moque du « docteur Ludwig Feigenbaum ». Lisons : Louis Figuier, auteur alors illustre des vulgarisations pour enfants, jugées fort utiles pour donner à notre jeunesse la science qui nous avait manqué en 1870 contre les Allemands. « Le docteur Ludwig Feigenbaum sort de sa béatitude, à la seule pensée que les petits garçons et les petites filles de France connaissent encore les contes de fées. Il a composé une préface tout exprès pour dire aux parents de retirer à leurs enfants les contes de Perrault et de les remplacer par les livres du docteur Ludovicus Ficus[1]. » Alors commence la période durant laquelle l'écrivain prône les droits de l'imagination, contre tous les positivismes contemporains. On a reconnu dans l'article du *Globe* le premier crayon d'un développement qui sera repris dans *Le Livre de mon ami*. *Le Crime de Sylvestre Bonnard, Balthasar*, appartiennent à cette période, ainsi que *Nos enfants* ; les dates de publication, en revues ou journaux, de fragments de ces œuvres, prouvent que, de l'une à l'autre, il y a continuité. C'est en avril 1882 que *Le Coq*, futur chapitre du *Livre de mon ami*, est publié dans *La Revue bleue* ; *Abeille* paraît en juillet de la même année dans *La Revue politique et littéraire de la France et de l'étranger*. En octobre, à propos de ses « Vacances sentimentales en Alsace », France vitupère dans *La Revue bleue* notre société « pleine de pharmaciens », qui ignore des contes aussi gracieux que les contes chrétiens d'Alsace. En décembre, *Jessy* paraît dans *Le Magasin pittoresque* : c'est le récit de la conquête du vieux philosophe Bogus par une enfant aimante et curieuse des fleurs; lui aussi a été repris dans *Le Livre de mon ami*.

1. Il est à peine utile de signaler que *Feigenbaum* est le nom allemand du figuier, *ficus* son nom latin, et qu'Anatole France désigne toujours le même personnage à la vindicte du lecteur.

Toute cette défense du merveilleux, du spontané, du sentiment préférable aux vains travaux de l'esprit, apparaît comme parfaitement homogène. Elle correspond peut-être à une tactique d'Anatole France, qui a pu flairer le recul ou la lassitude du public devant l'assaut des littératures à prétentions scientifiques. Le succès du *Crime de Sylvestre Bonnard* prouve que, s'il y eut calcul, celui-ci était bon. Mais encore, la conviction d'Anatole France va dans le sens de la transformation de son œuvre. Après le 1er juillet 1880, date de la publication de *Genèse*, « fragment d'un poème cosmogonique en préparation », il renonce à éditer des poèmes philosophiques, par épuisement de ses certitudes. En revanche, depuis 1875, il s'élève contre la vague de brutalité qui submerge le roman ; il prône Dickens, Daudet, parce qu'ils sont capables de tendresse. Préserver le merveilleux, aimer la naïveté de la jeunesse, être indulgent aux faiblesses d'amour comme celles de Mme Coccoz, et bienveillant aux amours candides comme celles de Jeanne et de Gélis, telle est la nature de Sylvestre Bonnard. On dirait que France, en lui, a voulu peindre ces « âmes d'élite » en qui, écrit-il dans son article sur Daudet du 31 août 1876, « s'échauffe, s'exalte encore » « ce je ne sais quoi de facile et de bon qui court aujourd'hui le monde ». La générosité mélancolique de Sylvestre Bonnard, qui ne songe qu'avec dévotion à cette Clémentine qui l'oublia, et se résigne ensuite à ne point même garder auprès de lui Jeanne, amoureuse d'un jeune chartiste, pourrait susciter un personnage empreint de fadeur. C'est ce qui arrive à l'abbé Daniel d'André Theuriet, auquel on a parfois comparé Bonnard. Le héros de cette nouvelle, parue dans *La Revue des Deux Mondes* en 1863, souffre lui aussi d'un amour contrarié. Il se résigne à devenir prêtre, et, malade de sa solitude, il adopte un jeune orphelin, nommé Daniel comme lui. La Denise de sa jeunesse meurt, laissant une petite Denise qu'élève le prêtre. On devine la suite. Après avoir combattu en Crimée, Daniel le jeune épouse Denise la jeune, et l'abbé Daniel murmure « avec de douces larmes » : « Maintenant, Seigneur, laissez partir en paix votre serviteur. » Cette fin évoque assurément celle du *Crime de Sylvestre Bonnard*. Encore Anatole France a-t-il fait, avant cette conclusion attendrie, traverser au jeune couple l'épreuve de perdre un enfant. Mais, pour le reste, l'œuvre de France est, bien moins que celle de Theuriet, une bluette. Cela tient en partie au caractère très typé de Sylvestre Bonnard, plein de mérites scientifiques, méticuleux, gourmet, à la fois audacieux et casanier. Plus que Theuriet, on évoque Daudet. D'autant plus que, lorsque Sylvestre Bonnard reçoit successivement les conseils de don Quichotte et de Sancho Pança, on ne peut que se rappeler le fameux duel intérieur dont Tartarin de Tarascon est le théâtre : Bonnard en serait-il la transposition moins caricaturale, plus attendrie ?

C'est précisément, au contraire, à cette évocation si frappante d'emblée que l'on peut mesurer la différence entre la manière de Daudet et celle de France. Celui-ci, dans le dialogue entre don Quichotte, Pança et Bonnard, a opéré ce qu'on pourrait appeler un « faux collage » de Daudet. Tartarin est décrit du dehors; il est pure passivité entre deux tendances de son caractère, qui se traduisent toutes deux par des penchants pour des actions sans conséquence, voire un peu vulgaires. Quichotte veut des armes, Pança une flanelle, et tout s'apaise à l'odeur d'un bol de chocolat. Sylvestre Bonnard, quant à lui, suscite très consciemment un débat de type philosophique entre le stoïque don Quichotte et le diogénique Pança. Il n'a pas non plus d'autre conclusion que philosophique, et, quoique mesurée, elle penche du côté de don Quichotte. Si Bonnard aime en général ses aises, il n'hésite pas à commettre le « crime » de rapt pour sauver Jeanne, et à se dépouiller en sa faveur d'une bibliothèque dont il a sans doute compris la vanité, mais qui tient à lui par les fibres de l'habitude et de la joie collectionneuse. Certes, on pourrait trouver chez Alphonse Daudet des personnages sérieusement, non caricaturalement traités. Risler, Mme Delobelle ne sont pas Tartarin. Mais si France a choisi de se démarquer de ce dernier, c'est qu'il représente très clairement un aspect de Daudet que France retrouvait partout et n'aimait guère. « Tout y est facile, tout y est léger, même la douleur », écrit-il de son œuvre le 23 octobre 1879, dans *Le Globe*, à propos des *Rois en exil*, en rappelant *Le Petit Chose* et *Jack*. Malgré l'agrément constant du style et de la conduite de Sylvestre Bonnard, celui-ci ne se rappelle jamais à la légère ses amours perdues, ni ne tente de se faire plaindre, avec ce rien de hâblerie qui, chez Daudet, nous éloignerait plutôt de la pitié envers ses personnages. Touchant le domaine du sentiment, il parle avec une retenue et un respect que l'on ne trouve point chez Daudet. D'autre part, il s'est fait un art de vivre fondé sur des connaissances et des conceptions philosophiques qui sont le fruit de la culture d'Anatole France, incomparablement plus vaste que celle de l'écrivain dont il s'éloigne en le citant. On peut en dire autant de Töpffer, dont l'érudit et tendre oncle Tom de *La Bibliothèque de mon oncle* put inspirer des traits de Sylvestre Bonnard.

Il est une autre influence qu'Anatole France laisse voir avec ostentation : celle de Victor Hugo, qu'il transpose aussi très fortement. Les rapports entre Sylvestre Bonnard et le bibliophile Mabeuf des *Misérables* sont évidents; mais ils s'arrêtent à l'engagement politique de Mabeuf. Si Bonnard recueillant et mariant Jeanne fait songer à Jean Valjean recueillant et mariant Cosette, Bonnard a la conscience légère et ne disparaît pas tragiquement pour laisser les jeunes époux à leur bonheur. Le petit Sylvestre est séduit par une poupée vulgaire exposée dans une devanture, alors que la petite Cosette de Victor Hugo est fascinée par une superbe, inaccessible poupée. Point de

« misérables » chez France, mais des gens à la destinée moyenne. Tout est modifié, détourné dans un registre plus souriant et plus quotidien. Dans ce cas comme dans les autres, on dirait que France s'est donné systématiquement des modèles à démarquer. Il les a traités selon son propre sentiment de la vie.

C'est bien, en effet, Anatole France qui nous parle à travers Sylvestre Bonnard. Son personnage habite la maison de son enfance. Il eut un oncle dans lequel il est aisé de reconnaître Jean-Pierre Dufour, déjà mis en scène dans *Jocaste* en la personne de M. Fellaire. Il fut dédaigné par Clémentine, fille d'un original géographe; cet échec évoque naturellement ceux que connut le jeune France. Plutôt qu'à l'actrice dédaigneuse, évoquée dans *Jocaste* et *Les Désirs de Jean Servien*, on songe à Isabelle Combrouse, fille d'un client de Noël France qui avait publié un *Décaméron numismatique*. Elle préféra au jeune France un M. de Launay, qu'elle épousa. Comme, dans la première version du roman, la jeune fille aimée de Sylvestre Bonnard se retire « à Caen, chez une vieille parente », on songe également à Élisa Rauline, la jeune Normande aimée en vain par Anatole France. N'oublions pas non plus, parmi les jeunes filles dont France fut amoureux sans succès, Marie Charavay, la sœur d'Étienne, ce chartiste qui joue d'autre part un si grand rôle dans la conception du *Crime de Sylvestre Bonnard*. La figure de Clémentine est donc composite, mais renvoie de toute façon aux déceptions infligées par des « femmes honnêtes » à un garçon encore inconnu et sans charme. Si d'ailleurs il nous restait le moindre doute sur l'identification entre Sylvestre Bonnard et France, il serait levé par la constatation que c'est tout d'abord Bonnard qui est censé vivre les aventures du *Stratagème*, paru dans *La Jeune France* du 1er novembre 1880 : or ces aventures ont été prises en compte par France lui-même, dans *Le Livre de mon ami*[1]. Au prix d'une transposition, dont évidemment les modalités et les effets sont à étudier, Anatole France pense et parle dans cette œuvre. Or, il nous y décrit une *Weltanschauung* qui résulte d'une transformation considérable dans les vues du savant. Au début du roman, il nous apparaît comme un spécialiste et comme un humaniste à la fois. Spécialiste, il a été l'un de ceux par qui les études médiévales ont revécu en France. Il « étudie depuis quarante ans la Gaule chrétienne », a édité Gauthier de Coincy, se voue à l'histoire de l'abbaye de Saint-Germain-des-Prés, collectionne les manuscrits. Humaniste, il ne visite pas la Sicile sans évoquer avec émotion la splendeur de l'Antiquité grecque, ou Naples sans citer Horace et le trouble temps de la jonction entre Antiquité et christianisme. Leuconoé lui inspire une tendre préférence, dont il sait faire bénéficier l'inquiète et légère Mme Trépof, naguère malheureuse dans son

1. Voir Note sur le texte, p. 1130-1131.

grenier. Dans l'émule de Renan et l'analyste de Leuconoé, nous retrouvons Anatole France. Pour le spécialiste, il nous rappelle que l'écrivain a entrepris l'étude de Jeanne d'Arc, et qu'il a auparavant, depuis des années, multiplié fiches bibliographiques, notes et courtes critiques sur des sujets fort divers et savants, dans des revues comme *Le Bibliophile français* ou *L'Amateur d'autographes*. Or, Sylvestre Bonnard - France se rend compte de l'extrême relativité de la valeur de son travail de spécialiste. L'histoire lui a inspiré une passion qui ne pouvait être que vaine, à l'image du désir qui conduit notre vie, « ce quelque chose qui, n'ayant pas de corps, n'a pas de nom, et sans lequel pourtant aucune œuvre de l'esprit ne serait entreprise sur cette terre[1] ». En elle-même, en outre, l'histoire n'est pas exacte; ce « n'est pas une science, c'est un art et on n'y réussit que par l'imagination[2] », comme le soutient Gélis, que Bonnard ne contredit pas.

Ainsi Anatole France a-t-il abandonné l'idée qu'un système, une méthode pouvaient rendre compte du monde. Taine, Darwin sont frappés de relativité. Reste l'humanisme dans ce qu'il a de plus largement poétique, tel ce chœur d'*Antigone* sur « L'Invincible Amour » que Bonnard relit près des jeunes gens. Reste aussi l'étude de la nature, avec sa force toujours renouvelée, qui pousse un marronnier à s'épanouir dans le salon abandonné du château de Gabry. Avec, surtout, l'exemple des « sympathies » qui existent entre plantes et insectes : tenté par cette étude dans sa promenade au bois de Ville-d'Avray, Bonnard s'adonne à elle, une fois retiré à Brolles. Qu'est-ce à dire, si ce n'est qu'il reconnaît pour seule science digne d'intérêt celle de la *relation* entre les êtres du monde ? Taine félicita France pour sa peinture des chats Hamilcar et Hannibal, dont peut-être le chat « Pascal » de la rue Chalgrin fut le modèle; Bonnard prend à sa charge la compréhension avec laquelle France les décrit, comme la douce volupté qu'il ressent à la vue de Paris patiné par les siècles. Sensibilité, universelle sympathie, goût de la beauté harmonique, voilà ce qui demeure à Sylvestre Bonnard après sa « conversion ». On songe aux qualités que, le 18 avril 1876, Anatole France louait en George Sand : « La libre étude des phénomènes de la vie a pour effet inévitable de révéler les relations intimes entre l'homme et les choses, de découvrir une constante analogie entre les appétits, et par conséquent entre les misères et les grandeurs des hommes et des bêtes[3]. » France prisait beaucoup les *Contes d'une grand-mère*, apaisés, proches de la nature et merveilleux à la fois. Bonnard pourrait bien ressembler à la George Sand de la vieillesse. Il ne songe plus à trouver la vérité universelle, mais observe hum-

1. P. 301.
2. P. 306.
3. *Le Temps*, 18 avril 1876, « Variétés. La nature dans les romans de George Sand ».

blement ce qu'il peut saisir de l'âme de notre terre. Et, certes, ce ne sont plus les grands développements des *Poèmes dorés* que l'on trouve en ce roman, mais la forme atténuée des anciennes croyances de France. La fée, on le sait bien, est l'incarnation même de ces petits dieux qui survivent aux grands ; puis le chat Hamilcar, le fauteuil de famille de Bonnard, le pommeau de la canne de l'oncle Victor ont aussi une part de la vie générale ; ils ont parfois une voix. À défaut d'une métaphysique et d'une physique sûres, il se dégage du *Crime de Sylvestre Bonnard* un art de bien vivre et de bien mourir, une recherche de l'harmonie. Maurice Barrès ne se trompait pas sur l'Anatole France de cette période, en titrant « Un romancier moraliste » l'étude qu'il fit paraître dans *La Suisse romande*, le 15 mai 1885. Moraliste, et même déiste, prêt à admettre la pratique de la religion comme marque de vertu chez Mme de Gabry, et faisant prononcer à Sylvestre Bonnard une invocation au Dieu de *Tristan* qui « fit le ciel et la rosée ». Bien mieux qu'aux *Noces corinthiennes*, pourraient convenir au *Crime de Sylvestre Bonnard*, en préface, les phrases : « Ç'eût été trop manquer du sens de l'harmonie que de traiter sans pitié ce qui est pieux [...] Tant que l'homme sucera le lait de la femme, il sera consacré dans le temple et initié à quelque divin mystère. Il rêvera. Et qu'importe que le rêve mente, s'il est beau ? »

Pareille sagesse peut étonner de la part d'un homme qui, bien peu d'années auparavant, avait fait preuve d'anticléricalisme, d'âpreté, d'inquiétude. Il se trouve d'ailleurs dans *Le Crime de Sylvestre Bonnard* (mais revêtues de l'indulgence de Bonnard) des idées qui évoquent, à qui connaît l'œuvre d'Anatole France, des méditations bien plus subversives ; par exemple, le développement sur l'extrême fragilité de la vérité historique, repris dans *La Vie littéraire* en 1887 pour prêter finalement, en 1910, dans *L'Île des pingouins*, à une féroce satire de l'histoire universelle. En réalité, *Le Crime de Sylvestre Bonnard* est le résultat d'un camouflage à plusieurs degrés, et l'intériorisation provisoire de conflits qui demeurent fort réels. Le premier camouflage tient évidemment à l'âge de Sylvestre Bonnard. Mettons de côté pour l'instant la difficulté de dater le roman d'une manière cohérente, qui entraîna plusieurs remaniements entre la première édition et les suivantes. Il reste l'impression générale que France a voulu donner : celle d'un homme vieux, et même d'un vieillard. Il précise qu'il a soixante-dix ans en 186.., au début de l'épisode de *La Fille de Clémentine*, ce qui lui donne près de soixante-quinze ans à la fin du livre. Quand la datation de celui-ci a été modifiée, l'âge de Bonnard est demeuré le même. En effet, les dernières pages du roman sont datées de 1882, et, au chapitre IV de la seconde partie, Bonnard précise qu'il était enfant lors de l'exécution du maréchal Ney en 1815. C'est presque le double de l'âge d'Anatole France au moment où il écrit. Telle mise à distance des événements de sa propre jeunesse, tel choix, pour le représenter, d'un homme qui a toute sa carrière derrière lui, et doit songer à la mort, ne sont évidemment pas sans conséquence. Au prix d'un vieillissement considérable, il peut désormais songer avec sérénité aux échecs amoureux de sa jeunesse, et les transposer en désir de paternité adoptive. L'évocation de son enfance est nostalgique comme il est naturel à un vieillard. Mais nous voyons bien aisément que c'est une enfance tout à fait transposée par rapport à celle d'Anatole France, mis à part le capitaine Maldent qui a gardé les traits du « grand-père » Dufour. En effet, la mère de Sylvestre Bonnard n'a point les scrupules et l'esprit parfois chagrin d'Antoinette Thibault-France. Pour le père, il est bien plus profondément transformé, puisqu'il est dépeint comme une sorte de philosophe républicain désabusé. On peut dire qu'il est tout l'inverse de Noël Thibault-France. Du même coup, il est permis de s'interroger sur la réalité de l'apaisement d'Anatole France. Un essai de liquidation qui aboutit à de pareils détournements laisse impayés bien des arriérés.

Si Bonnard a arrêté sa vie amoureuse sur l'échec infligé par Clémentine, ce qui n'est pas le cas d'Anatole France, il a en revanche connu des succès de carrière tout à fait supérieurs à ceux de l'écrivain. Longtemps faiseur de catalogues, auteur d'articles placés dans diverses petites revues, et enfin pourvu d'un poste honorable, mais assez médiocre, à la bibliothèque du Sénat, France peut craindre de ne jamais connaître la réussite de Bonnard, ancien élève de l'École des chartes, redécouvreur de notre littérature du Moyen Âge dès sa jeunesse, enfin savant respecté et membre de l'Institut. Avec son héros, il prend une revanche sur la réalité. L'humiliation avait été grande pour lui de passer à vingt ans seulement le baccalauréat, en même temps que son cadet de quatre ans, Étienne Charavay. Puis celui-ci entra à l'École des chartes, en sortit pour reprendre le fonds paternel. C'est ce que Noël France aurait précisément souhaité que fît Anatole : sa déception dut sans nul doute s'exprimer dans des comparaisons d'autant plus pénibles que son fils avait du mal à se faire une place dans la société. La blessure du jeune homme demeura vive, puisqu'un passage manuscrit de *L'Histoire contemporaine* en porte encore le témoignage. Ce manuscrit du chapitre « Émile », paru le 13 décembre 1899 dans *Le Figaro*, dépeint Étienne comme plus âgé que Bergeret, et ridiculement « accroché à une démesurée latte de carabinier », lui qui est tout petit, lors de la campagne de 1870. Pourtant, l'amitié de France et d'Étienne Charavay est en apparence fort profonde; par Étienne, France se lie avec d'autres chartistes, en particulier Fernand Calmettes qui épousa Julie Charavay. Il collabore aux publications de la librairie de la rue de Seine, y dirige depuis 1879 une « Collection choisie » d'auteurs français. Auparavant, l'ami

Charavay lui a fourni maints renseignements pour les préfaces et notices qu'il donne chez Lemerre.

France fréquente donc assidûment des hommes qui ont la formation qu'il attribue à Sylvestre Bonnard. Sans compter qu'il est des familiers de la librairie Honoré-Champion, située quai Malaquais, au lieu même où se trouvait naguère la librairie France. Il rencontre là Courajod, Arbois de Jubainville. Il se trouve au cœur de la renaissance des études romanes, puisque Champion assure la publication de l'*Inventaire général et méthodique des manuscrits français de la Bibliothèque nationale*, par Léopold Delisle, et qu'il est spécialisé dans la vente de tout ce qui concerne notre Moyen Âge. Or, sous l'impulsion d'hommes comme Gaston Paris et Paul Meyer, celui-ci est étudié avec la méthode scientifique qui convient. *La Romania* est fondée en 1872, *La Revue historique* en 1876. Sylvestre Bonnard cite Paul Meyer comme un jeune, plein de talent; il nomme Courajod, il s'inspire des travaux de Delisle. Gélis et ses amis, nouvelle génération de chartistes, se moquent des anciennes conceptions romantiques sur le Moyen Âge. Comme le fit Taine dans l'*Histoire de la littérature anglaise*, ils considèrent que Walter Scott est « de la friperie ». Poèmes et romans historiques leur semblent des genres « abominablement faux », et l'on songe ici que France, avec *Ezilda, duchesse de Normandie*, avait donné dans ce genre-là, assez apprécié par Sylvestre Bonnard dans son jeune temps, mais considéré par lui comme désormais dépassé.

En s'incarnant dans le vieux savant, Anatole France utilise donc tout ce qu'il apprend dans le milieu des érudits qu'il fréquente, et il se donne la joie de faire de Bonnard leur maître. Un maître tout plein de la culture dont lui, Anatole France, a pu acquérir une teinture au cours de ses propres travaux. Il a effleuré l'histoire des bénédictins de Saint-Maur en étudiant la vie de l'abbé Prévost. Il établit pour Charavay une édition de La Fontaine, qui lui donne des connaissances sur l'ancien langage français. Il a emmagasiné, au cours des travaux de bibliographie et de critique auxquels il a dû se livrer pour vivre, une érudition très étendue, dont il fait servir des fragments à former la pensée de Bonnard. Quant à l'humanisme de ce dernier, on sait qu'avec sa couleur particulière, il est celui même de France. Tout cela prouve bien que la figure de Bonnard est une figure de compensation pour son auteur. Mais, chez Anatole France, nous ne sommes point étonnés de trouver, à côté de l'admiration pour la science, une forte ironie à son égard. Le *texte même du Crime de Sylvestre Bonnard* reproduit en abyme les doutes sur la véracité historique exprimés par Gélis. Le manuscrit de *La Légende dorée*, tel qu'il est décrit avec la plus grande gravité par le vieux savant, est un manuscrit tout imaginaire; or, sa « fiche » est obtenue, non pas en faussant ou créant de toutes pièces certains détails, mais en juxtaposant des descriptions, des noms, des documents tout à fait authentiques, mais qui forment un ensemble inauthentique. C'est ce que l'on pourrait appeler une fiche perverse. Anatole France s'amuse même, dans l'édition de 1902, à y faire paraître un prêtre qui figure dans l'histoire de Jeanne d'Arc, Jean Toutmouillé, au nom lui-même paradoxal. On sait qu'il a toujours porté son attention sur les documents mystificateurs, et même qu'il en a fabriqué un, lorsqu'il n'était pas encore bachelier : « Dix vers d'André Chénier », parus dans l'*Intermédiaire des chercheurs et curieux* du 10 août 1864, sont d'Anatole France, et trompèrent Gabriel de Chénier, qui les inséra dans son édition des œuvres de son oncle. Pour les œuvres apocryphes, les Charavay se trouvaient par leur métier les connaître tout particulièrement. Étienne Charavay consacra à l'affaire Vrain-Lucas le numéro du 1er-16 mars 1870 de *L'Amateur d'autographes*, et France analysa ce travail en juillet de la même année, dans *Le Bibliophile français*. Le manuscrit qu'il cite dans *Le Crime de Sylvestre Bonnard* à propos de *La Légende dorée*[1], c'est, justement, un apocryphe.

Mais la fiche du manuscrit de *La Légende dorée* n'est pas, il s'en faut bien, le seul exemple de la malice de l'écriture de France dans *Le Crime de Sylvestre Bonnard*. Le savant aime à pratiquer la citation des bons auteurs, comme il sied à son métier. Vers d'Horace et de Racine, vieux mots employés par La Fontaine, termes latins relevant la réalité quotidienne[2] parsèment son récit. Citations reconnues par l'emploi des guillemets ou d'italique, elles peuvent être de grande étendue, comme le rappel des lois qui punissent le rapt en vieux droit français[3], ou constituées d'un seul terme; leur rôle est, soit d'appuyer le discours par appel à une autorité reconnue, soit de servir d'ornement par référence au passé. En cela, Bonnard se montre fidèle aux préceptes classiques de la rhétorique. Il l'est moins lorsque, dans un passage supprimé dans le volume, il « invente » un texte de Sophocle en avouant ensuite à Gélis qu'il s'agit d'une « scolie » sur Antigone[4]. Il ne l'est plus du tout, lorsqu'il s'approprie sans guillemets, sans italique, des passages entiers d'œuvres très diverses. L'exemple le plus étendu de cette appropriation est le récit du voyage en Sicile, qui juxtapose des morceaux du guide Joanne, lui-même empli de citations et d'emprunts à d'autres descriptions de voyage, et des morceaux du récit publié par Renan dans *La Revue des Deux Mondes* de son propre voyage en Sicile, avec, là encore, citations ou allusions à des textes antiques. C'est la bibliothèque de Babel, le renvoi au renvoi, sans crier

1. P. 157.
2. « Mon sac de voyage, que ma gouvernante avait bourré de linge et de menus objets de toilette, *munditiis* [...] », p. 199.
3. P. 293-294.
4. Var. *a*, p. 301.

gare. Encore l'appropriation n'est-elle pas tout à fait la même dans l'un et l'autre cas. Il faut avoir lu le guide Joanne pour déceler l'emprunt, qui, au contraire, est signé dans l'édition de 1902, en ce qui concerne Renan, par une référence au texte si célèbre de la *Prière sur l'Acropole*. Mais enfin, il y a dans les deux cas emprunt, souvent textuel, long, *nullement signalé*. La couture entre les deux textes et celui d'Anatole France, et le passage d'un texte à l'autre, sont invisibles. France a retenu les seuls passages qui s'accordaient avec l'humeur indulgente et curieuse de Bonnard, éliminant par exemple les mises en garde, réserves, détails un peu sordides qui ne manquent point dans le guide. Et quelques mots déplacés, une expression un peu différente, suffisent à faire naître chez France une harmonie qui n'est point dans le guide. Celui-ci mentionne-t-il « *la strada di Porto*, avec sa double rangée de petites boutiques illuminées et couvertes de montagnes de fruits, de légumes, de victuailles de toutes sortes », continuant : « Sur un brasier ardent, sont des chaudronnées d'eau bouillante prêtes à recevoir le macaroni », Sylvestre Bonnard, lui, parle ainsi : « Les fruits s'élèvent en montagnes dans les boutiques éclairées de falots multicolores. Sur les fourneaux, allumés en plein vent, l'eau fume dans les chaudrons et la friture chante dans les poêles[1]. » Ces phrases-là sont « du France » par le rythme et la douceur évocatrice. Bien des écrivains de la fin du XIXe siècle pratiquèrent ces emprunts transmués. Huysmans en donne peut-être l'exemple le plus notable; tout lui sert, catalogues de fleurs, œuvres oubliées des siècles passés; pas plus que France, il n'avoue travailler sur sources ou citer textuellement.

Nous savons combien France a été mis en accusation, pour s'être ainsi « servi » chez les autres. On exagéra le nombre de ses emprunts, au temps de l'hypercriticisme. Ainsi, le château de Lusance, parce qu'il a des « tours en poivrière[2] », serait inspiré par le modèle de Combourg, dont parla France lorsqu'il écrivit sur Lucile de Chateaubriand. Mais Lusance en diffère par les autres aspects, et celui-là est vraiment peu original.

Il n'en est pas moins certain qu'on trouve au *Crime de Sylvestre Bonnard* des « sources » irrécusables, nombreuses et à peine démarquées. Or, il existe des critiques qui exigent de l'œuvre une autonomie, de l'auteur une originalité totale. Ils s'inspirent d'une idée romantique de la création, qui, chez les romantiques eux-mêmes, n'est pas mise en pratique. France ne peut en aucune façon être jugé selon cette idée. Il imite.

Encore faut-il distinguer entre les modes de l'imitation. Certes, on admira en France, jusqu'à la fin du XVIIIe siècle, les écrivains qui suivaient les grands modèles. Un Racine était

1. P. 174.
2. P. 203.

plus jaloux de s'inspirer des Anciens que de lui-même. Chez des écrivains aussi indépendants d'esprit que Voltaire ou Diderot, la citation, l'inspiration par les textes reconnus dignes d'admiration tiennent une place importante. Mais on constate qu'à partir de 1660 environ, les écrits les plus prisés sont ceux qui appartiennent à des genres comme le théâtre, l'éloquence religieuse, la maxime morale; ceux qui font servir la citation, *avouée comme telle*, à appuyer une démonstration sociale, à consolider le « moi » du lecteur (ou de l'auditeur) en appuyant les dires de l'écrivain (ou de l'orateur).

C'est plutôt des écrivains de l'âge préclassique, comme Montaigne, qu'il convient de rapprocher Anatole France, quand on examine sa manière d'emprunter. Ils empruntent beaucoup, et tantôt *en l'avouant*, tantôt *en maquillant leurs emprunts*. Les écrits des autres qui le requièrent et l'attirent apparaissent à Montaigne comme faisant partie de son « moi »; il les appelle à lui; il les déclare siens. Les limites de son identité propre ne sont pas aussi nettement tracées pour lui que pour les écrivains classiques dont nous parlions précédemment. Anatole France montre une disposition d'esprit comparable. Son « moi » est ductile et multiple. Il utilise la citation des autres, et l'autocitation, en se les appropriant dans son œuvre présente. Il peut avouer en clair ces emprunts, ou glisser une allusion qui permette de les reconnaître comme tels (une phrase très connue de Renan au milieu de l'adaptation d'un texte moins connu de cet auteur, dans le voyage en Sicile de Bonnard), ou bien maquiller complètement l'emprunt. Oscillation entre le « déjà fait » et l'œuvre en train de se faire, culture très vaste et très assimilée qu'on utilise comme une plante appartenant à qui veut en faire son miel : l'emprunt maquillé devient toujours « du France », mais c'est parce que France se reconnaît plusieurs personnalités et ne se définit pas une fois pour toutes par rapport au monde extérieur.

En cela, il rejoint beaucoup de ses contemporains. La fin du XIXe siècle retrouve une subjectivité, et des manières d'écrire la citation, antérieures à la doctrine classique, parce qu'elle se définit elle-même comme anticlassique, comme portée vers une expression foisonnante et biaisante. Ce n'est pas par jeunesse, c'est par fatigue de riche et vieille civilisation qui produit de dernières et magnifiques fleurs. France est l'auteur d'une « Apologie pour le plagiat » parue dans *Le Temps* du 4 janvier 1891[1]. Il y proclame que la combinaison de la culture héritée et de l'individualisme exacerbé fait de cette fin de siècle un temps si intéressant, que seule « peut-être l'époque d'Hadrien[2] » l'est davantage. On ne saurait mieux situer le « pla-

1. *La Vie littéraire*, t. IV.
2. *Ibid.*

giat » de l'auteur moderne comme faisant partie de l'esprit d'une civilisation. Il est bon de replacer l'emprunt francien dans cet esprit.

Témoignage d'une hantise du texte des autres écrivains, et d'une hésitation sur les frontières de l'écriture personnelle, le maquillage des textes est aussi, chez France, une manière d'exercer son ironie vis-à-vis du lecteur. Ainsi, quand il fabrique une « fiche perverse » sur le manuscrit de *La Légende dorée*, ou quand il fait raconter par Bonnard son voyage en Sicile. Ce voyage est écrit par un Anatole France qui n'est jamais allé en Italie ni en Sicile, et que rien n'oblige à évoquer ces pays. Mais il y voit une bonne occasion de mystifier le lecteur; car ce voyage, construit à coups de citations, semble tout à fait plausible.

On est frappé par les ambiguïtés d'un texte qui se présente d'abord comme uni et innocent. La plus grande ambiguïté, peut-être, est cette présentation de l'auteur en vieil homme éloigné de l'action au profit de la méditation. Désormais, les figures principales des livres d'Anatole France seront celles d'hommes âgés, Coignard, Bergeret, faisant profiter de leur science des disciples comme Tournebroche ou Jean Marteau. Le seul héros encore jeune, celui du *Lys rouge*, connaîtra les tourments de l'amour malheureux, comme les jeunes gens de *Jocaste* et des *Désirs de Jean Servien*. Tout se passe comme si la passion profonde était, pour France, une telle source de douleur, et la proximité de l'enfance un tel prétexte d'amertume, qu'il préfère interposer entre lui et le monde des années, des textes, des scepticismes acquis. Le désir n'est supportable qu'émoussé et transposé. Ainsi naît une douceur de vivre qui n'est pas inventée de toutes pièces, mais qui est payée par toutes sortes de renoncements. Quelque chose de ces renoncements passe, sur le mode doux-amer, dans l'épisode de la poupée follement aimée par le petit Sylvestre Bonnard, et à lui refusée par l'oncle Victor. Cette poupée de « mauvais ton[1] », si présente physiquement à l'esprit du vieux Bonnard, a pour équivalent permis la fée « haute comme une bouteille[2] » qui apparaît dans le second épisode. La fée, elle, est belle et même majestueuse dans son costume et ses discours. Seulement, elle est tout imaginaire : elle est née des études de Bonnard sur le folklore et l'histoire. Et elle se moque du vieux savant, avant de lui révéler l'objet du seul amour qu'il puisse décemment nourrir désormais, l'amour paternel.

De tels épisodes désamorcent le pathétique, parce qu'ils nous transportent dans un univers lilliputien. Le contraste entre la violence du désir et l'enfant, ou la poupée, fait naître un ton de

1. P. 163.
2. P. 209.

tendresse humoristique. Ce ton est certainement celui qui domine en apparence dans l'ensemble du *Crime de Sylvestre Bonnard*. Que la servante, incapable de situer la Sicile, recommande à Bonnard de revenir « à six heures[1] » de son voyage; que le chat Hamilcar se fasse adresser un discours en bonne règle rhétorique[2]; que l'abominable Préfère multiplie les naïvetés et les sottises, limitant ainsi sa propre méchanceté, tout cela nous avertit qu'il ne faut pas trop prendre le monde au sérieux. Comme le livre est écrit sous la forme faussement sincère du journal, Sylvestre Bonnard peut exercer son humour envers lui-même, et il le fait bien souvent, se moquant de son allure d'innocent perdu en Italie, ou de son corps usé par l'âge. Décousu, libre, très nonchalant, ce journal a rappelé aux critiques contemporains (Francisque Sarcey le premier) l'œuvre de Sterne, que France admirait : il le compare à Xavier de Maistre, au désavantage de celui-ci, dans son introduction au *Voyage autour de ma chambre* parue chez Lemerre en 1878. Il est bien possible aussi que Bulwer Lytton, ce Sterne plus domestique, ait déjà inspiré *Le Crime de Sylvestre Bonnard*, comme il inspire largement *Le Livre de mon ami*. Mais le grand inspirateur du ton d'Anatole France reste Cervantès, dont il dit le plus grand bien dans l'article sur « Le Roman scientifique » du 21 août 1879 dans *Le Globe*. Éloge plusieurs fois repris, éloge du « rire de contraste » suscité par Cervantès. Don Quichotte désire sans cesse; désir de l'illusoire, mais qui fait aussi la grandeur du héros. Dans un registre beaucoup plus familier, on peut en dire autant de Bonnard poursuivant son manuscrit, ou espérant trouver enfin en Jeanne une compagne qui lui est aussitôt ravie par Gélis. Son rapt fait de lui le noble défenseur d'une orpheline : acte de chevalerie qui le rapproche, cette fois par la générosité, de don Quichotte. Plus heureux que l'hidalgo de la Manche, il ne perd pas son existence en des exploits tout à fait vains. Il lui reste l'affection filiale de Jeanne, et la douceur de constater une harmonie entre la nature qu'il étudie désormais, et la jeune fille « tout d'un jet comme un jeune arbre[3] » qu'il rencontre pour la première fois à Lusance.

Telle est, loin des imaginations lilliputiennes qui le déçoivent, la seule consolation que lui laisse la réalité : vénérer un souvenir, admirer une jeune fille à l'égal du jeune marronnier qui pousse dans la salle abandonnée du château. Image de son propre désir, que ce château déshabité. Cela nous éclaire sur la signification de l'humour dans le roman : il apparaît comme parcellisé, fragmentaire, se renouvelant à chaque mésaventure. Il aide à supporter la vie. Mais celle-ci demeure de tonalité grave. Encore

1. P. 173.
2. P. 151.
3. P. 216.

l'équilibre obtenu par Sylvestre Bonnard n'est-il pas celui d'Anatole France, dont les feintes psychologiques et techniques sont telles, qu'elles font apparaître une ironie provisoirement apaisée, en surface seulement : les vicissitudes de son « moi profond » apparaissent bien clairement dans la nouvelle *Marguerite*. France travailla beaucoup sur son roman, tout particulièrement sur sa seconde partie. L'édition du *Crime de Sylvestre Bonnard* par fragments, dans *La Revue alsacienne* et *La Nouvelle Revue*, comprend les épisodes de « La Fée », de la « très vieille histoire d'amour » de Sylvestre Bonnard, et du « crime » proprement dit du vieux savant, l'enlèvement de Jeanne et ses amours avec Gélis. Ce sont des morceaux travaillés pour eux-mêmes, on le sent, et qui offrent un sens complet. Le premier porte la mention « fragment tiré du *Journal* de M. Silvestre Bonnard », le second « récit tiré des *Mémoires* de Silvestre Bonnard, de l'Institut ». *Journal, Mémoires*, ce n'est pas tout à fait le même genre d'écrit. Le Journal est plus intime, les Mémoires plus « décoratifs », et destinés à la postérité. La diversité des désignations de l'auteur, simple particulier dans le premier cas et membre de l'Institut dans l'autre, le montre bien. De fait, il existe une différence entre le conte de « La Fée » et le récit des amours manquées avec Clémentine, qui met l'amour entre parenthèses, pour restituer avec verve des scènes très « datées » du début du XIXe siècle. Scènes domestiques assurément, mais toutes frémissantes d'historicité : exécution du maréchal Ney, luttes entre royalistes et bonapartistes, souvenir du siècle des lumières dans le personnage du père de Bonnard. L'unité de ton du roman de 1880 n'est pas sa plus grande qualité : France marque, dans les éditions préoriginales, un certain éclatement des épisodes. En revanche, Journal ou Mémoires impliquent un abandon au fil du récit, une apparente franchise; ce sont de ces genres estimés dans les périodes où l'incertitude du « moi » s'avoue, le XVIe ou le XIXe siècle, et qui sont occultés au profit de genres plus stricts au cours de la période classique.

Cette prépublication nous offre un Silvestre Bonnard très difficile à situer dans la chronologie. En effet, celui-ci se présente, lors de ses visites à Jeanne pensionnaire, comme âgé de soixante-dix ans. L'épisode de « La Fée » se situe l'année précédente. Or, le savant nous dit que sa mère l'emmena pour la première fois en classe un demi-siècle auparavant, ce qui le ferait entrer à vingt ans en classe élémentaire ! D'autre part, Jeanne est dans ce récit la fille de Clémentine : autres difficultés de datation. Clémentine est née d'un mariage célébré en 1820, et elle est née quelques années après le mariage. Bonnard, qui est en 1815 un « bien petit homme », est donc âgé d'une quinzaine d'années de plus qu'elle. Or, il sort de l'École des chartes lorsqu'il revoit Clémentine. Supposons qu'il ait vingt-cinq ans au maximum. Il tomberait donc amoureux d'une fillette de dix ans, ce qui est absurde et ne correspond nullement d'ailleurs à la description de la « divine créature » qui paraît à ses yeux. Quant à Jeanne, qui a cinquante-deux ans de moins que Bonnard, elle serait l'enfant d'une Clémentine de trente-sept ans, ce qui n'est sans doute pas impossible, mais qui paraît fort peu probable. Anatole France a donc pensé en situations (un vieux savant, une jeune fille, un ancien échec amoureux dû à des dissensions politiques, des parents), mais, romancier inexpérimenté, il n'a pas songé à la vraisemblance chronologique. L'édition de 1881 reproduit ces incohérences, et les aggrave par la datation de *La Bûche*. L'aventure napolitaine et sicilienne se déroule en effet en 1859, lorsque Bonnard aurait une cinquantaine d'années, selon les dates de son « histoire d'amour »; or, il y est présenté comme un « vieillard » de soixante-deux ans. Cela le ferait naître en 1797; mais comme l'épisode de la poupée refusée par l'oncle Victor ne peut se dérouler qu'après Waterloo, et que Bonnard a huit ans lorsqu'il essuie ce refus, nous sommes en pleine incohérence dans cette première partie du *Crime de Sylvestre Bonnard* : dans l'épisode de la poupée, en effet, Bonnard retrouve l'âge que France lui donne dans la « très vieille histoire d'amour ». C'est en reprenant son roman qu'Anatole France a tenté de mieux ajuster les dates. Il y a réussi assez bien en corrigeant, il est vrai, son texte à plusieurs reprises (1902 et 1922) pour parvenir à une plus grande crédibilité. En effet, il a donné dix ans, et non huit, au jeune Sylvestre amoureux de la poupée, et il a fait naître Clémentine d'un mariage célébré non plus en 1820, mais en 1813. Comme le voyage à Naples et en Sicile se déroule en 1869, nous en déduisons que Bonnard est né en 1807, connaît ses déboires avec l'oncle Victor en 1817, et tombe amoureux vers 1830-1832 d'une Clémentine qui peut avoir seize ou dix-sept ans. Comme la maladie qui manque de le tuer est datée de février 1876, on en déduit que le séjour à Lusance est de 1874, quand Bonnard a soixante-sept ans, et qu'il enlève Jeanne à son pensionnat, lorsqu'il compte près de soixante-dix ans. Le livre se termine en 1882, quand le vieux savant est âgé de soixante-quinze ans. Jeanne n'est plus la fille, mais la petite-fille de Clémentine. Celle-ci a épousé le fils d'un riche paysan, Achille Allier, et l'on peut très bien l'imaginer ayant vécu toute son existence calmement. Sa figure y gagne en sérénité, et s'éloigne dans le temps : c'est sa fille (une inconnue pour nous) qui épouse un financier peu digne de confiance, abusée peut-être par sa propre frivolité. Mme de Gabry dit qu'elle « aimait un peu trop paraître ». Née en 1858, Jeanne Alexandre est bien mieux située vis-à-vis de Bonnard, dont elle est la petite-fille d'adoption, que dans la revue et l'édition originale.

Cependant, il demeure de la première incertitude de la chronologie des traces de détail. Au début du livre, quand Bonnard, en 1862, dit qu'il étudie « depuis quarante ans la Gaule chrétienne[1] », il fait remonter cette étude à ses quinze ans, ce qui est bien tôt pour devenir un historien. Durant son voyage en Sicile, il note que le portrait de Garibaldi est interdit par la police; c'était vrai en 1859, ce ne l'était plus en 1869, car la Sicile était alors réunie au royaume d'Italie. Quand il fait la rencontre de Gélis, Bonnard situe l'École des chartes rue Paradis-au-Marais; ce n'est plus vrai depuis 1868. Mais ce sont là, il est vrai, des inadvertances mineures. Sylvestre Bonnard est désormais daté d'une manière qui, par rapport à Anatole France et à son entourage, est assez significative : il habite depuis quarante ans, dit-il lors de son voyage en Sicile, la maison du quai Malaquais dans laquelle Anatole France est né. Celui-ci situe donc son double, dans ce lieu aimé entre tous, à l'âge adulte (sans doute juste après la déception que lui a fait subir Clémentine) et loin de son père, qui habite avenue de l'Observatoire. Bonnard est en 1869 membre de l'Institut, homme connu, au faîte de sa carrière : or, c'est précisément en 1869 que Charavay et Calmettes soutinrent leur thèse à l'École des chartes. Il est donc leur maître, à la date même où ils commencent leur carrière. Peut-être cependant cette position, exigée par les corrections chronologiques, est-elle moins significative que la position de Sylvestre Bonnard en 1869 dans la première version : c'était en effet à cette date que se terminait le livre; le savant était donc revenu de son savoir, adonné désormais à l'histoire naturelle, et il sentait son existence accomplie. On voit bien en tout cas l'importance de cette année 1869 dans l'imaginaire (conscient ou inconscient) d'Anatole France.

Le romancier exercé de 1902 qui revoyait *Le Crime de Sylvestre Bonnard* corrigea certaines inadvertances de langage. Le petit Sylvestre attendait avec impatience, dans la première version du roman, « le moment [...] où une barbe blanche et piquante[2] » lui « hérisserait le menton ». Il ne souhaitait évidemment qu' « une barbe piquante », comme Anatole France l'écrit en 1902. Ou bien, quand Gélis se moque du vieux savant, celui-ci fait d'abord des vœux pour qu'un confrère puisse « lui river son béjaune[3] »; cette expression insolite est remplacée par « lui montrer son béjaune ». Des considérations un peu hasardeuses sont supprimées : il était en effet bien peu probable que, devant Jeanne, M. de Gabry dise que le notaire Mouche était parti avec une jeune personne « fort connue dans le pays par sa beauté et ses talents : on dit qu'elle faisait la barbe mieux que monsieur son père[4] ». Des traits de mœurs sont modifiés dans le sens de la vraisemblance : à huit ans, et, à plus forte raison, à dix, un garçon portait culottes. Le jeune Bonnard,

1. P. 158.
2. Voir var. *c*, p. 162.
3. Var. *d*, p. 223.
4. Var. *a*, p. 297.

dans l'histoire de la poupée[1], n'en portait pas. Ailleurs, le médecin du village de Lusance devient « libéral » au lieu de « radical[2] », parti qui n'existait point en 1874. L'oncle terrible à qui appartenait le château ne tire plus lui-même sur les braconniers du pays[3], mais fait tirer sur eux par son garde-chasse. Mme de Gabry ne tient plus elle-même sur son bras les draps parfumés de lavande qu'elle destine à Jeanne, quand elle la recueille[4]; c'est sa femme de chambre qui en est chargée. Des détails de costume sont modifiés : la jeune Clémentine, si elle avait porté une jupe « plissée à la taille[5] », eût été étrangement grossie. La jupe est désormais « froncée ». À la fin du roman, Jeanne porte une « mante » et non un « châle[6] » noir, ce qui est plus convenable à sa situation sociale.

D'autres corrections ponctuelles concernent la tournure des phrases, soit qu'Anatole France évite une répétition, soit qu'il rende une formule plus brève et plus frappante. « M. de Lessay, plus géomètre que d'Alembert, plus philosophe que Jean-Jacques, était aussi plus royaliste que Louis XVIII[7] », est remplacé par : « Il était plus géomètre que d'Alembert, plus philosophe que Jean-Jacques et plus royaliste que Louis XVIII. » Mais la plupart des corrections, brèves ou plus considérables, tendent surtout à modifier le caractère des personnages du roman. Une seule de ses modifications est d'ordre idéologique. Elle concerne Mme de Gabry : l'Anatole France anticlérical de 1902 ne la pouvait garder aussi pieuse que dans le texte de 1881, qui la dépeint comme une sainte femme, une « femme chrétienne[8] » aussi pratiquante que les exilées polonaises. Du coup, Sylvestre Bonnard entend, grâce à elle, sur la tombe de Clémentine, résonner de « célestes harmonies[9] ». Quelques retouches ont suffi pour laïciser le roman, dont les invocations aux « influences du Ciel », à des « instruments d'une douceur céleste[10] », peuvent désormais passer pour des figures de style à la manière du XVIIIe siècle. Quant aux autres modifications, de beaucoup les plus nombreuses, elles donnent aux acteurs des aventures du roman plus de cohérence et plus de personnalité. Polizzi est tourné à la charge : il est « vêtu de jaune », non plus de blanc[11], ce qui était assez peu étonnant. Il ne possède plus chez lui de « magnifique lustre de verre filé et coloré[12] »,

1. Var. *a*, p. 163.
2. Var. *a*, p. 202.
3. Var. *e*, p. 202.
4. Var. *a*, p. 295.
5. Var. *d*, p. 232.
6. Var. *a*, p. 313.
7. Var. *a*, p. 231.
8. Var. *c*, p. 225.
9. Var. *b*, p. 262.
10. P. 225.
11. Var. *a*, p. 185.
12. Var. *b*, p. 185.

mais vit dans une sorte de capharnaüm que rien ne relève. Ses paroles sont plus pittoresques, plus mêlées d'italianismes. Mme Coccoz, elle, devenue princesse Trépof, se métamorphose totalement entre la première et la seconde version. C'était d'abord une écervelée, une capricieuse, qui abandonnait le savant dans les embarras de Naples en apprenant qu'il habitait quai Malaquais, dans son ancienne maison de misère[1]. Leur rencontre dans l'auberge de Monte Allegro n'était pas agréable[2]; à la fin du voyage, seulement, la princesse laissait entrevoir à Bonnard qu'elle était moins méchante qu'il n'y paraissait[3]. Tel caractère était bien proche, dans ses inconstances, ses langueurs et ses brusques générosités, du caractère des courtisanes de la décadence latine qu'Anatole France avait étudiées. Il n'était certes pas fait pour attirer toute la sympathie du lecteur. La princesse de 1902, d'emblée, apparaît digne de la reconnaissance que lui voue le vieux savant après avoir reçu d'elle le manuscrit tant convoité.

Jeanne Alexandre, elle aussi, a été heureusement métamorphosée. La première version la présentait comme une enfant très spontanée, toujours riant, et très jeune de caractère. Punie à la pension par le port du bonnet de nuit ou l'emprisonnement au cabinet noir, elle ne sait ni s'habiller, ni se coiffer, ni confectionner le moindre plat, ce qui la rend bien peu mariable[4]. France a mieux fondu en elle, dans la seconde version, un reste d'enfance à la grâce de la jeune fille qui séduit Gélis.

Enfin, il a quelque peu changé son double, et, du même coup, le journal de son double. Bonnard est dans la première version moins raffiné que dans la version de 1902 : il s'y traite de « bonhomme », et se vêt à Lusance, pour dîner, d'une « houppelande[5] » qui sent son magister. De fait, il cite plus, il fait plus la leçon que dans la version définitive du roman. Hamilcar est pour lui « pareil au chat divin qui combattit les impies dans Héliopolis, pendant la nuit du grand combat[6] ». Il rétablit pour Mlle Préfère la juste syntaxe d'une phrase de Malherbe[7]. Il joue au scoliaste de Sophocle en présence des deux amoureux[8]. Quand il écrit — quand France écrit en son nom —, il ne prend pas encore ses distances vis-à-vis des textes qu'il utilise, ni du genre même du journal. La première version du voyage en Sicile est plus proche du texte du guide Joanne que la seconde[9]. Elle présente d'autre part Bonnard comme un « vieux pèlerin,

1. Var. *a*, p. 177.
2. Var. *a*, p. 184.
3. Var. *c*, p. 189.
4. Var. *b*, p. 271 ; var. *b*, p. 274.
5. Var. *b*, p. 206.
6. Var. *b*, p. 151.
7. Var. *b*, p. 272.
8. Var. *a*, p. 301.
9. Var. *a*, p. 177.

blanchi dans l'Occident gothique[1] »; on sent combien la leçon « dans l'Occident barbare » a une résonance plus renanienne. Enfin, d'emblée, Anatole France a prévenu son lecteur, dans la seconde version, que le « journal » de Sylvestre Bonnard n'est qu'une sincérité feinte : « Que mes paroles aient été prononcées telles que je les rapporte, je n'oserais l'affirmer. Peut-être les ai-je quelque peu amplifiées en les mettant par écrit. Il est bien difficile d'observer, même en un journal, la vérité littérale. Mais si ce ne fut mon discours, c'était ma pensée[2]. »

Peut-on mieux dire qu'il ne faut pas se laisser prendre à la naïveté apparente du texte ? Ce *Crime de Sylvestre Bonnard* qui reçut le prix Montyon, et qui sembla, dans sa tendresse humoristique, une contrepartie bien venue aux brutalités du roman naturaliste, constitue de fait le premier témoignage du mode d'écriture et de pensée qui va être celui de toute l'œuvre d'Anatole France. L'écrivain même, nous venons de le dire, « signe » en 1902 ce témoignage d'une écriture infiniment biaisante. Que de « sources » il utilise, mais pour les organiser dans un système personnel ! Le texte ainsi prélevé garde sans doute de sa signification originelle, mais il est aussi réinterprété. Le culte des vieux manuscrits est *aussi* doute sur la validité de notre représentation du passé; la première impression d'un voyageur est *aussi* mystification vis-à-vis du lecteur, puisque, justement, cette « première impression » fut celle d'autres que l'écrivain. À cet usage conscient du collage de textes de provenances diverses, il faut ajouter le camouflage constant d'une existence par une autre, qui la rejoint en partie, mais en partie seulement. Il serait tout à fait hasardeux de conjecturer à quel niveau de conscience se situe le camouflage, qui est un besoin viscéral chez France. En tout cas, ce Sylvestre Bonnard, au nom si débonnaire, fabrique bien des pièges pour son lecteur et (peut-être) pour son auteur. Il nous propose un art du « mentir vrai » qui est proprement celui d'un « moi » indécis, fuyant, et d'une ambiguïté décadente.

NOTE SUR LE TEXTE

Le manuscrit du *Crime de Sylvestre Bonnard* nous est inconnu, soit qu'il ait disparu, soit qu'il se trouve dans une collection privée. Le roman fut annoncé à la *Bibliographie de la France* le 16 avril 1881, sous le titre *Le Crime de Sylvestre Bonnard, membre de l'Institut*. Le texte de cette édition fut remanié assez profondément dans l'édition de 1902. Du coup furent aggravées certaines disparités chronologiques. Anatole France confia à un ami la correction de la chronologie, lors de la nouvelle édition corrigée de 1922.

1. Var. *f*, p. 178.
2. P. 154.

Lors de la première édition du roman, une erreur de fabrication fit omettre la qualité de « membre de l'Institut » attribuée par France à Sylvestre Bonnard; le premier tirage du roman, à couverture bleue, fut donc retiré de la vente. Il en demeure un certain nombre d'exemplaires. La couverture fut remplacée par une couverture jaune, sur laquelle on lit le titre au complet. Un troisième état de la couverture porte la mention : « Ouvrage couronné par l'Académie française », lorsque l'un des prix Montyon, de 2 500 F chacun, eut été attribué au roman, sur rapport de Camille Doucet, en 1882. On relève dans ce rapport des phrases qui caractérisent bien le jugement porté sur *Le Crime de Sylvestre Bonnard* par des contemporains qui l'opposèrent au roman naturaliste : « La naïveté du savant, l'ingénuité de son âme, et sa bonté que rien ne déroute à travers les embûches qui ne cessent de l'entourer, sont peintes de façon charmante. Si parfois le style tombe un peu dans la préciosité, sa facture, en général, est plutôt bonne, élégante et correcte. »

Édition préoriginale.

Une première version des chapitres I à III de la seconde partie du *Crime de Sylvestre Bonnard* parut dans *La Revue alsacienne* sous le titre *La Fée, fragment tiré du journal de M. Silvestre Bonnard*, en décembre 1879 (p. 61 à 71) et janvier 1880 (p. 118-124). En novembre 1880, dans la même revue, parut sous le titre *Une très vieille histoire d'amour. Récit tiré des Mémoires de Silvestre Bonnard, de l'Institut*, p. 15-26, la partie de l'actuel chapitre IV qui commence p. 226 et se termine p. 238. Le ton de la revue, éditée chez Berger-Levrault, était passablement conservateur. Charles Edmond y avait fait paraître en mai et juin 1878 la nouvelle *Le Lendemain de la Toussaint*, dont parle Anatole France dans la première édition de *Jocaste et le Chat maigre*.

Une partie de l'actuel chapitre IV de la partie *Jeanne Alexandre* du *Crime de Sylvestre Bonnard* et la « Dernière page » ont été publiées dans *La Nouvelle Revue* du 1er décembre 1880, p. 580-605, du 15 décembre, p. 879-910, et du 1er janvier 1881, p. 148-176, sous le titre *Le Crime de Silvestre Bonnard, membre de l'Institut* (il s'agit des p. 218-223 et 239 à la fin). La revue avait été fondée en 1879 par Juliette Lamber (Mme Adam), qui, dans l' « Avis au lecteur », définit son intention de trouver des « éléments de la santé sociale » à travers la paléontologie, la linguistique, l'ethnologie. G.-A. Thierry, Coppée, Leconte de Lisle, Erckmann-Chatrian, Flammarion, Littré, Déroulède collaborèrent à la revue. Anatole France écrivit le 7 décembre 1880 à sa directrice une lettre de remerciement qui est conservée à la Bibliothèque nationale : « Madame, permettez-moi de vous remercier du fond du cœur du bon accueil que vous avez bien voulu me faire. *Je suis heureux et flatté* d'avoir paru sous vos auspices dans *La Nouvelle Revue*. » Une lettre antérieure, sans date, que possédait Robert Calmann-Lévy, prouve qu'Anatole France avait hésité sur le titre qu'il allait donner à sa nouvelle : « Madame [...] Voulez-vous appeler ma nouvelle *La Fille de Clémentine* ou *Le Crime de M. Bonnard, membre de l'Institut*. Si vous avez un autre titre, je l'accepte d'avance. »

La nouvelle *Le Stratagème, récit tiré des Mémoires de Silvestre*

Bonnard, parue dans *La Jeune France* du 1er novembre 1880, devait primitivement être jointe au roman, comme le prouve un jeu d'épreuves de cette nouvelle, paginé 325-340, avec bon à tirer de la main d'Anatole France (*Le Crime de Sylvestre Bonnard* comporte 324 pages[1]). Ces épreuves passèrent à la vente de Pierre Dauze, Leclerc-Blaizot, 1918. Nous n'y avons pas eu accès personnellement. L'anecdote contée dans *Le Stratagème* constitua par la suite le chapitre x du *Livre de mon ami* et fut donc attribuée au jeune Pierre, et non à Sylvestre Bonnard, une fois que France eut renoncé à l'intégrer à l'histoire de ce dernier.

Nous indiquons les Variantes de *La Revue alsacienne* par le sigle *RA*, celles de *La Nouvelle Revue* par le sigle *NR*. Notons ici une fois pour toutes que dans la version de *La Revue alsacienne*, comme dans celle de *La Nouvelle Revue*, la graphie du prénom de Bonnard est Silvestre. De même dans *La Jeune France*.

Nous donnons enfin en Appendice la nouvelle intitulée *Marguerite*, parue dans *Les Lettres et les arts* du 1er décembre 1886, p. 241-260, éditée en 1920 par André Coq à 550 exemplaires. Cette nouvelle présente d'évidentes affinités avec *Le Crime de Sylvestre Bonnard*. Le héros y retrouve la fille de la femme qu'il a aimée. Des allusions au « vouloir-vivre », la thématique de l'arbre, établissent des communautés de détails entre le roman et la nouvelle. Celle-ci va beaucoup plus loin dans l'analyse du « moi » que ne le comportait le propos même du *Crime de Sylvestre Bonnard*. Nous avons dit tout l'intérêt que présente à ce sujet *Marguerite*, dans l'Introduction générale de ce volume.

Pierre Frondaie tira du roman une pièce en trois actes et quatre tableaux, représentée au théâtre Antoine à partir du 22 décembre 1916. Le texte en fut publié dans *Les Annales* des 4, 11, 18, 25 mars 1917, et en 1918 chez Calmann-Lévy.

En 1931, *Le Crime de Sylvestre Bonnard* fit l'objet d'une adaptation cinématographique; le réalisateur était André Berthomieu; Matrat jouait Sylvestre Bonnard, et Simone Bourday jouait Jeanne.

NOTES ET VARIANTES

Page 151.

a. 24 décembre 1849 *1881, 1902* ↔ *b.* gardien nocturne \ Pareil au chat divin qui combattit les impies dans Héliopolis, pendant la nuit du grand combat, tu défends *1881* ↔ *c.* Dans cette bibliothèque que protègent *1881*

1. C'est dire que Sylvestre Bonnard habite au lieu de naissance et de jeunesse d'Anatole France. « [...] Je respirais avec délices le jour qui baigne cette région d'élégance et de gloire, les Tuileries, le Louvre, le palais Mazarin », écrit l'auteur de *Pierre Nozière* (chap. i). Un M. Augustin-Henri de Bonnard, géologue, membre de l'Institut, demeurait 19, quai Malaquais, quand Noël France s'y installa.

1. On trouvera cette nouvelle en Appendice, p. 315.

2. Cette expression, qui revient plusieurs fois dans *Le Crime de Sylvestre Bonnard*, a été employée par Anatole France dans l'*Histoire de Manon Lescaut*, notice, p. IX, éditée par lui chez Lemerre en 1878. Il y dépeint les bénédictins de Saint-Maur et les bibliothèques de leur couvent : « Mais les jésuites jetèrent le trouble dans cette cité des livres, en soutirant, jusque dans les alcôves, des lettres de cachet contre les plus illustres bénédictins. » « Cité des Livres » était le surnom du couvent du Mont-Saint-Michel, et Éd. Le Héricher, dans son *Itinéraire descriptif et historique du voyageur dans le Mont-Saint-Michel*, 1857, le rappelle en page 15. Or Anatole France le lut, et même de près, comme le prouvent les descriptions fortement inspirées de l'ouvrage qu'il envoya à ses parents lors de son voyage en Avranchin.

Page 152.

a. ainsi. / — Cet homme aux bouquins, songeait évidemment Hamilcar, parle *1881*

1. Ainsi sont nommés, du nom du fondateur de l'œuvre, Jean de Bolland, les prêtres et religieux qui travaillent depuis le XVIIe siècle à la *Vie des saints* rangés d'après le calendrier. Au temps où fut écrit *Le Crime de Sylvestre Bonnard*, les *Acta sanctorum*, repris au XIXe siècle par les jésuites belges, en étaient au mois d'octobre, et la première table alphabétique avait été publiée en 1875 pour les dix premiers mois de l'année.

2. La référence est tout imaginaire, naturellement. Le nom de Thomas Raleigh est inspiré du célèbre Walter Raleigh, dont la renommée de grand capitaine ne doit pas faire oublier qu'il fut aussi un poète de valeur.

3. Tel était le nom d'un libraire installé rue de l'École-de-Médecine en 1850, et, dans les années 1875, 11, rue de l'Ancienne-Comédie. Anatole France habita rue de Tournon; le quartier lui était familier.

Page 153.

1. Terme familier, mais en même temps se rapportant à la tradition occultiste, puisque Paracelse indique la recette pour fabriquer un « homoncule » dans ses ouvrages *De natura rerum* et *Archidoxorum libri decem*. Cet homme en miniature était censé procurer la connaissance des choses les plus cachées à celui qui le possédait. Les sorciers en fabriquèrent en argile, cire ou métal, afin de se rendre maîtres des richesses ou de se rendre invulnérables. Il y a dans le *Faust* de Goethe, que France connaissait bien, un homonculus fabriqué par Wagner, l'élève maladroit des puissances surnaturelles.

2. *L'Histoire de la tour de Nesle*, sans date, est une étrange compilation (non signée) qui évoque, non seulement Marguerite et Buridan, mais Isabeau de Bavière, l'assassinat du duc d'Orléans, et la Saint-Barthélemy : suite de stupres et d'horreurs, avec de naïves illustrations destinées à provoquer la haine du régime qui les permit. Rien ne prouve au reste que la tour de Nesle fut le théâtre des débauches qu'Alexandre Dumas et Gaillardet représentèrent dans leur drame de 1832, qui connut un grand succès à la porte Saint-Martin.

3. *Les Amours d'Héloïse et d'Abeilard*, par Alluis (mais qui ne signe point son œuvre), parut « à Amsterdam » au début du XVIIIe siècle. L'histoire des deux illustres amants y est totalement adultérée, car le livre les dépeint comme séparés contre leur gré. Héloïse est à cette occasion jetée dans un couvent où se commettent mille abus. Ainsi l'œuvre, plusieurs fois rééditée, prend-elle place dans celles qui attaquent les institutions ecclésiastiques.

Page 154.

a. monsieur. / J'appelai *1881, 1902* ↔ *b.* mon paroissien romain et ma *Cuisinière* *1881*

1. Plusieurs recueils portèrent ce titre depuis le XVIIIe siècle. Au XIXe siècle, les plus usuels étaient, en très petit format, celui de « Mlle Thérèse », dont on remarquera que la servante de Bonnard porte le prénom, et, en manuel complet, celui de « Mlle Catherine », vendu quai des Grands-Augustins.

Page 155.

1. *L'Histoire d'Estelle et de Némorin*, pastorale de Florian, 1788, rééditée bien des fois et, par exemple, en tout petit format chez Giroux et Vialat en 1847. Les amours traversées d'Estelle, parfaite jeune fille adorant l'Etre suprême, et du pasteur Némorin, y connaissent un heureux dénouement, après des péripéties fort surprenantes qui n'ont rien d'historique.

2. *Les Crimes des papes et de l'Inquisition*, édités chez Gauthier en 1832 en format commode, offrent la combinaison de l'anticléricalisme et de la littérature d'horreur dont un certain public se montre friand de nos jours encore.

Page 156.

1. Cette anecdote sur Jeanne d'Albret, qui, ayant épousé à vingt ans, en 1548, Antoine de Bourbon, eut de lui en 1553 le futur Henri IV, est des plus connues. Elle est notamment rapportée par Mlle Vauvilliers, dans son *Histoire de Jeanne d'Albret, reine de Navarre*, Guitel, 1818, t. I, p. 59. C'est le père de Jeanne, Henri de Navarre, qui lui avait demandé de chanter en accouchant, pour que l'enfant ne fût « ni pleureux ni rechigné ».

Page 157.

a. au clerc Alexandre. *1881. Dans la suite, le texte de 1881 porte toujours* Alexandre *quand on lit* Toutmouillé *dans l'édition de 1902 et celles qui suivent.*

1. Anatole France réunit ici des renseignements de plusieurs origines. L'essentiel de la description du manuscrit provient de la *Notice préliminaire* par M. G. B. (Gustave Brunet) à *La Légende dorée* traduite du latin, éd. Charles Gosselin, 1843. Gustave Brunet y cite, p. 9-10, l'ouvrage où Paulin Paris récapitule les manuscrits de la Bibliothèque du roi. Parmi eux se trouvent neuf manuscrits de *La Légende dorée*, dont sept dans la traduction de Jean de Vignay. « Dans celui qui porte le no 889, 2 et 3,

outre de petites vignettes en nombre égal à celui des légendes, l'on trouve cinq grandes compositions de la hauteur d'une page entière; la troisième est consacrée à la purification de la Vierge; elle est partagée en quatre compartiments, et le troisième offre aux regards des personnages qu'on n'attendait pas là. C'est le couronnement de Proserpine par les mains de Pluton [...] Des rencontres aussi disparates ne sont pas fort rares dans les manuscrits du Moyen Âge. » Le manuscrit en question est du XVe siècle, mais la traduction de Jean de Vignay suit assez fidèlement celle d'un prédécesseur du XIVe siècle, Jean Belet. Anatole France donne comme auteur de la traduction « Jean Toutmouillé », à partir de l'édition de 1902. Toutmouillé est le nom d'un dominicain de Rouen qui pénètra dans la cellule de Jeanne d'Arc et l'exhorta, le jour de son supplice. Il devait déposer au procès de réhabilitation de l'héroïne. Le « clerc Alexandre », auteur de la traduction dans les éditions précédentes, figure dans l'ouvrage de dom Jacques Bouillart, « prêtre, religieux bénédictin, de la congrégation de Saint-Maur », *Histoire de l'abbaye royale de Saint-Germain-des-Prez*, à Paris, chez Grégoire Dupuis, rue Saint-Jacques, 1724. Il y est fait mention, p. 325, de l'épitaphe qui se trouve devant la porte d'une chapelle de l'église : « Ci gist Alexandre moyne de cette église qui fist mettre en argent le menton seint Vincent, et le chef seint Amant et le pié des Innocents, qui toujours en son vivant fu preud'homme et vayllant. Priez pour l'âme de luy. » Alexandre vécut, lui, au XIIIe siècle.

Cette « fiche brouillée » ne correspond donc pas à une réalité historique, et les deux ajouts décrits à la traduction de Jacques de Voragine ne correspondent pas à un manuscrit existant. Le premier des ajouts, outre les saints Ferréol et Ferrution (Ferrution du VIIIe siècle; Ferréol, soit l'évêque de Limoges du VIe siècle, soit celui d'Uzès du même siècle, soit celui de Grenoble du VIIe siècle), mentionne Germain, évêque de Paris sous Childebert, dont on parle plus loin; Droctovée, fêté le 10 mars, institué (par le précédent) abbé de l'église qui contenait l'étole de saint Vincent, et enterré dans la sacristie de ladite église du monastère Saint-Vincent, devenu ensuite le monastère Saint-Germain-des-Prés; saint Vincent, diacre à Saragosse, martyrisé en 304, dont le culte est très ancien en Gaule puisqu'il remonte à Grégoire de Tours, et dont l'étole fut donnée à Childebert Ier, lors de son voyage en Espagne, par l'évêque de Saragosse. On le fête le 22 janvier. Il est bon de dire que l'on ne connaît guère en détail la vie de ces saints, Vincent mis à part, car les invasions normandes du IXe siècle ont dispersé les documents qui les concernaient. Celle de saint Droctovée, en particulier, a été recomposée par le moine Gislemar après ces invasions.

Page 158.

a. en hagiographie romaine. Rédigée par un moine italien, elle se complaît dans le domaine terrestre de saint Pierre. Voragine *1881* ↔ *b.* aquitains et saxons *1881*

1. Anatole France suit ici l'ouvrage de Jacques Bouillart. Il y est dit que saint Germain, évêque de Paris, ayant guéri le roi Childebert d'un mal désespéré, reçut en remerciement

l'abbaye que le roi fit construire pour lui. Pour premier abbé, saint Germain choisit son disciple saint Droctovée. En ce temps, l'abbaye portait le nom de saint Vincent, l'un des autres saints dont la biographie est ajoutée à *La Légende dorée* de Sylvestre Bonnard. Ferréol et Ferrution furent également en vénération dans l'abbaye, qui compta au nombre de ses abbés Robert de Paris, Hugues le Grand et Hugues Capet, ces « rois-moines ». Mais Anatole France commet une erreur en parlant de la sépulture de saint Germain d'Auxerre. C'est naturellement saint Germain de Paris qui est enterré dans la nef.

2. Anatole France s'inspire ici de la *Notice préliminaire* de Gustave Brunet, p. 7 et suiv. Un « définiteur » est un administrateur d'un ordre religieux. Gustave Brunet s'étend fort sur la carrière de Jacques de Voragine, ici résumée, et sur ses autres écrits, passés ici sous silence.

3. Erreur d'Anatole France, pour Jean de Vignay.

4. Étienne Baluze, 1630-1718, attaché à l'évêque de Toulouse, puis bibliothécaire de Colbert en 1667, professeur de droit canon en 1670, exilé en 1710 pour avoir donné des pièces suspectes sur la maison de Bouillon dans son *Histoire généalogique de la maison d'Auvergne*, 1708, puis rappelé à la cour, mais non réintégré dans ses charges, en 1713. Il a publié de nombreuses éditions d'écrivains ecclésiastiques, les *Capitularia regum francorum*, des ouvrages d'histoire. Les notes qu'il a laissées sont une source précieuse pour les érudits.

Page 159.

a. 30 août 1850 *1881, 1902* ↔ *b.* anciens invitaient mes yeux *1881*

1. Emery Bigot, Normand, né en 1626, conseilla Mabillon et fut en relation avec Ménage et Chapelain. Il s'était formé une vaste bibliothèque, contenant entre autres plus de cinq cents manuscrits provenant de bibliothèques monastiques. Il mourut en 1689, et sa bibliothèque fut vendue en 1706. Beaucoup de manuscrits furent acquis par la Bibliothèque royale. Léopold Delisle en donna en 1877 une description (catalogues de la Bibliothèque nationale).

2. *Notice préliminaire* de Brunet, p. 10 : « Deux éditions sans date, et probablement antérieures à 1474, sont indiquées avec quelque détail dans le *Manuel du libraire* de M. J. Ch. Brunet [...] Le bibliographe Panzer en indique plus de soixante-quatorze éditions (dont six douteuses), jusques et y compris 1500, et plus de trente traductions en diverses langues. »

Page 160.

a. d'une mélancolie charmante. *1881* ↔ *b.* La dame qui vient *1881* ↔ *c.* mystérieux et malin; elle s'arrête, 1881 ↔ *d.* me dit-elle, n'est-ce pas *1881* ↔ *e.* au monsieur. / Et, serrant le petit être *1881*

1. Il faut rappeler que toute femme respectable ou qui voudrait le paraître porte chapeau. Les petites ouvrières de Huysmans, dans *Les Sœurs Vatard* (1879), ne sortent pas « en cheveux » de leur fabrique. Une ordonnance de police oblige

les filles en carte à se chapeauter, et des « descentes » ont lieu dans les lieux mal famés de Pigalle pour vérifier que l'ordonnance est bien suivie.

Page 161.

a. du ciel ! / — Je dois rendre grâce au ciel, qui m'a épargné cette malédiction. Mais prenez ma canne *1881*

1. Il s'agit du *Grand dictionnaire historique ou le Mélange curieux de l'histoire sacrée et profane* (1674), dont la meilleure édition est la vingtième et dernière, en dix tomes, de 1759, du religieux Louis Moréri (1643-1680). Cette compilation riche et curieuse était fort utilisée par Anatole France lui-même.

Page 162.

a. 7 mai 1851 *1881, 1902* ↔ *b.* j'avais huit ans, *1881* ↔ *c.* où une barbe blanche et piquante *1881*

1. « Dans un recoin avec un petit livre », expression déjà employée par Anatole France dans sa *Notice* sur l'*Heptaméron* de Marguerite de Navarre, p. 2, 1879. Elle vient de l'auteur de l'*Imitation de Jésus-Christ*.

2. C'est de Marguerite de Navarre que France tire cette idée de « l'ennui de vivre commun à toute créature bien née », dont il adoucit ici l'expression, conformément au ton général du roman.

Page 163.

a. que j'étais et ne portant pas encore de culottes, *1881*

1. Il s'agit évidemment du second mari de la grand-mère maternelle d'Anatole France, Jean-Pierre Dufour, dont certains traits ont été prêtés dans *Jocaste* à M. Fellaire de Sisac. C'était un ancien militaire, né en 1792, volontaire de l'armée impériale, qui ne dépassa jamais dans la réalité le grade de sergent. Il ne put non plus combattre à Waterloo, ayant reçu congé du 11e régiment d'infanterie légère le 30 juin 1814. Tout au plus a-t-il pu participer à la campagne de France. On sait qu'il inspira au père d'Anatole France les mêmes sentiments que ceux du père de Sylvestre envers l'oncle Victor. Il vécut avec sa femme, d'abord rue des Petits-Augustins, de 1842 à 1850, puis dans la même maison que les parents d'Anatole France, avant d'aller rejoindre son fils à Rochefort en 1857. Il fit retour à Paris peu après et logea rue Mazarine avec sa femme.

Page 164.

1. Chapeau évasé par le haut, dont la forme revint, selon le caprice des modes, entre l'Empire et 1830, et tomba ensuite en désuétude. Les « ratapoils » bonapartistes demeurèrent, quelle que fût la mode, fidèles à cette coiffure.

Page 165.

a. ces goûts-là, tu n'auras guère *1881* ↔ *b.* en jupons le sentiment *1881*

Page 166.

a. Cette fleur que vous laissiez cueillir aux demoiselles de boutique, à ce que je crois, cette fleur au cœur grand ouvert *1881* ↔ *b.* méprisiez ni l'absinthe, ni le tabac, *1881* ↔ *c.* J'ai, sans le savoir, poussé *1881*

1. Les restes de l'armée napoléonienne se regroupèrent après Waterloo sous la direction du maréchal Davout, et les armées de la Coalition exigèrent leur licenciement, qui fut prononcé le 16 juillet 1815 et exécuté à partir du 10 août par le maréchal Macdonald. Les royalistes nommèrent « brigands de la Loire » ces soldats désormais dispersés, et le sobriquet s'étendit à tous ceux qui avaient appartenu à l'armée de Napoléon lors de sa campagne contre les « Alliés ».

Page 167.

a. mondaine, et je me suis arrêté stupidement devant *1881* ↔ *b.* les avoir, monsieur *1881, 1902.*

1. Ce passage rappelle le début du poème en prose de Baudelaire *Le Joujou du pauvre.* Le poète y recommande de donner « aux enfants inconnus et pauvres » des bagatelles à un sol dont on s'est auparavant muni. « Vous verrez leurs yeux s'agrandir démesurément. D'abord ils n'oseront pas prendre; ils douteront de leur bonheur. Puis leurs mains agripperont vivement le cadeau, et ils s'enfuiront comme font les chats qui vont manger loin de vous le morceau que vous leur avez donné, ayant appris à se défier de l'homme. » (*Le Spleen de Paris*, XIX; Baudelaire, *Œuvres complètes*, Bibl. de la Pléiade, t. I, p. 304.) Ce poème parut d'abord dans *La Presse* en 1862, avant de figurer dans le tome IV des *Œuvres complètes* de 1869. Anatole France a écrit sur Baudelaire dès novembre et décembre 1868, « Bibliographie » de *L'Amateur d'autographes*, et il a consacré au poète, dans *Le Globe* du 24 juillet 1879 (« Revue littéraire : " Alfred de Vigny et Charles Baudelaire, candidats à l'Académie" », étude par E. Charavay), un article extrêmement élogieux.

Page 168.

a. que j'ai à peine aperçue une fois *1881* ↔ *b.* 8 juillet 1852 *1881, 1902* ↔ *c.* me montra gracieusement une pierre *1881*

1. Citation inexacte des fameux derniers vers de l'*Églogue* IV de Virgile : [...] *cui non risere parentes, / Nec Deus hunc mensa, Dea nec dignata cubili est*, « Celui qui n'a pas vu ses parents lui sourire, / Celui-là n'est digne ni de la table des dieux, ni du lit des déesses ».

2. L'épitaphe du moine Alexandre (voir n. 1, p. 157), légèrement modernisée dans la langue, est ainsi prêtée à Jehan Toutmouillé.

Page 169.

a. 20 août 1859 *1881, 1902* ↔ *b.* de dix années. Voilà dix ans, en effet *1881, 1902*

1. Sylvestre Bonnard fait allusion à l'acte IV, sc. 1, v. 1 à 32,

du *Conte d'hiver*. Le Temps, « qui est le chœur », se présente comme le maître des métamorphoses. C'est le début de sa tirade que traduit ici Anatole France (Shakespeare, *Œuvres complètes*, Bibl. de la Pléiade, t. II, p. 1429).

Page 170.

a. au sceptique Hamilcar *1881*

1. En évoquant les tragiques grecs, Dante, Shakespeare, Rousseau et Goethe, Sylvestre Bonnard dresse une liste « exemplaire » des créateurs de grandes amoureuses. Anatole France, rappelons-le, ne les mettait point au même plan, estimant que Rousseau avait jeté dans le monde des germes nocifs de philosophie sentimentale.

2. « J » a été introduit comme sigle numérique dans la numération romaine, pour remplacer I (i dans les anciennes graphies), ou concurremment à I, en fin de nombre. On sait que l'alphabet romain ne connaissait pas la lettre j.

Page 171.

a. 10 octobre 1859. *1881, 1902* ++ *b.* la réponse de M. Polizzi *1881*

1. « Polizzi » est un nom que l'on trouve chez Ernest Renan; il est bibliothécaire à Trapani, lors du voyage que Renan décrit dans *La Revue des Deux Mondes* du 15 novembre 1875, sous le titre « Vingt jours en Sicile. Le congrès de Palerme », p. 241-265. Anatole France s'est inspiré de près de ce récit. Mais il a modifié totalement le caractère de l'honnête bibliothécaire. Il se peut qu'il ait pensé à Raffaelo Politi, archéologue établi à Girgenti, auteur d'un guide, *Il viaggiatore in Girgenti e il cicerone di piazza*, dont se gausse le guide Joanne *Italie méridionale et Sicile*, par A.-J. Du Pays, Hachette, 1877.

2. Voir n. 1, p. 161.

Page 172.

a. 25 octobre 1859 *1881, 1902*

1. Cet éloge de la passion est typique de la pensée postkantienne, et particulièrement de Hegel, qui proclame que « rien de grand n'a jamais été accompli, ni ne saurait s'accomplir sans passion » *(La Phénoménologie de l'esprit)*.

2. *Accorde-moi, Arethusa, d'accomplir cette dernière œuvre.* Ce vers est rappelé par Ernest Renan dans l'article cité plus haut de *La Revue des Deux Mondes*, p. 242. C'est le premier vers de la dixième *Églogue* de Virgile.

Page 173.

a. 10 novembre 1859 *1881, 1902*

1. Ici commence un pastiche du guide Joanne *Italie méridionale et Sicile*, par A.-J. Du Pays, 1877, que France utilise largement, n'étant encore jamais allé lui-même en Italie. On lit à propos de Naples, p. 395-396, les lignes suivantes : « Pour avoir

d'une manière complète ce spectacle [celui de la foule], il faut, après avoir préalablement mis à l'abri sa montre et son mouchoir, aller, le soir, se promener dans *La Strada di Porto*, avec sa double rangée de petites boutiques illuminées et couvertes de montagnes de fruits, de légumes, de victuailles de toutes sortes. Sur un brasier ardent, sont des chaudronnées d'eau bouillante prêtes à recevoir le macaroni. De toutes parts s'exhalent d'épais parfums de viandes cuites, de poissons frits tandis que la foule, qui attend son souper, se presse autour de ces officines et surveille les préparatifs. Les marchands de pastèques surtout se distinguent par le mouvement qu'ils se donnent, par leurs cris et leur langage expressif. Ils ouvrent à chaque instant une nouvelle pastèque, la découpent en longues tranches, en morceaux plus petits, et en vantent sur tous les modes l'excellence au client : "*Co tre* [et non : *tra*] *calle vive, magne et te lave a faccia* " (Avec trois centimes tu bois, tu manges et tu te laves la figure). Tous accourent et se procurent cette triple volupté. Malheureusement, l'opération terminée, hommes, femmes, enfants, jettent çà et là les écorces sur les dalles, et cela devient une occasion fréquente de chute pour les passants.

« [...] Les femmes du peuple napolitaines, à qui l'on a voulu, à tort, faire une réputation de laideur, ont, en général, outre l'expression animée de la physionomie et la vivacité du regard, de belles chevelures noires dont elles semblent prendre grand soin. À certaines heures, on peut les voir, dans certaines rues, devant leurs portes, se coiffant les unes les autres avec recherche, et on a peine à comprendre comment, avec ces soins assidus, d'odieux insectes les obligent à un nettoyage préliminaire [...]. »

On voit comme France « subjectivise » cette description, et comment il en élimine les détails déplaisants, dont la notation conviendrait mal à l'esprit bienveillant de son héros.

Page 174.

a. bruyante dans la Strada di Porto ! Les fruits *1881*

1. Ce quatrain est cité et traduit p. 392 du guide Joanne, comme ayant figuré naguère sur un cabaret du Pausilippe. Il comporte des mots en dialecte napolitain, ainsi « magnammo » (de même « magne », p. 173, 4 lignes avant la fin).

Page 175.

1. Horace, *Odes*, II, 14 : « Ah, Postumus, Postumus, elles *coulent, fugitives*, les années... » Quant à Leuconoé, c'est le nom, imaginaire ou non, qu'Horace *donne à une courtisane* rencontrée à Baïes ; c'est à elle qu'il adresse le fameux *« Carpe diem »*, lui conseillant de filtrer ses vins *(« Vina liques »)*, et de ne point tenter de savoir l'avenir par les sorts babyloniens (*Odes*, I, XI).

2. Le poème *Leuconoé* parut dans *La République des lettres* le 20 janvier 1876 :

Le mal des jours nouveaux s'allume dans ses veines, [...]
Ses soupirs ont monté dans la sainte lumière, [...]
Mais toi, Leuconoé, mais vous, soyez bénies,
Femmes aux longs désirs, pour avoir aspiré,
Du fond des jours d'orgueil, aux douceurs infinies,
De la sainte tristesse et de l'amour sacré.

Cette publication avait été précédée par la publication, dans *Le Temps* du 5 janvier 1875, d'un article sur « Les Femmes d'Horace » : « Ces créatures troublées, inquiètes, lasses de tout, parce que tout leur était facile, se sentaient prises d'un incurable ennui, d'un grand mal de cœur. » Anatole France voit en ces courtisanes inquiètes les grandes introductrices du christianisme, reprenant ainsi l'idée de son poème de 1867, *La Légende de sainte Thaïs, comédienne.*

Page 176.

a. Voulez-vous que je lui parle ? Il a *1881* ↔ *b.* cette jeune corneille qui babille dans mon dos *1881* ↔ *c.* l'avis d'une petite folle. Je ne tournerai *1881*

1. Nom imaginaire, formé sur celui de l'auteur bien connu des « Belles Infidèles », Perrot d'Ablancourt. Ce n'est certainement pas sans malice qu'Anatole France évoque ici ce traducteur qui appelait les textes à lui. Ne vient-il pas justement de démarquer des pages écrites par autrui, et aussi, en d'autres temps, par lui-même ?

2. Ruelle. Cette traduction est donnée p. 393 du guide Joanne.

Page 177.

a. Pourquoi *[p. 176, 19e ligne en partant du bas]* ? Parce qu'elle parle comme une personne capricieuse et comme une enfant gâtée. Les laides seraient capricieuses tout autant que les jolies; mais, comme on ne les gâte pas, comme on ne leur passe rien, il faut qu'elles perdent leurs caprices ou qu'elles les cachent. Au contraire, les jolies sont fantasques tout à leur aise. Ma voisine est de celles-là. Toutefois en y songeant, elle a exprimé en somme, à mon égard, une pensée bienveillante qui mérite ma reconnaissance. / Mes réflexions, avec cette dernière qui les couronna, se succédèrent dans mon esprit en moins d'une seconde, et, si j'ai mis toute une minute à les dire, c'est que je suis un mauvais écrivain, qualité commune à tous les philologues. Il n'y avait donc pas une seconde que la voix s'était tue quand, me retournant, je vis une jolie femme petite, brune et très vive. / — Madame, lui dis-je en m'inclinant, excusez mon indiscrétion involontaire. J'ai entendu malgré moi ce que vous venez de dire. Vous vouliez rendre service à un pauvre vieillard. Cela est fait, madame : le seul son d'une voix française me fait un plaisir dont je vous remercie. / Je saluai de nouveau et voulus m'éloigner. Mais mon talon glissa sur une écorce de pastèque, et j'embrassais certainement le sol parthénopéen si la jeune femme n'eût avancé le bras pour me soutenir. / Il y a dans les choses, et même dans les plus petites choses, une force à laquelle on ne peut résister. Je me résignai à rester le protégé de l'inconnue. / — Il est tard, me dit-elle; ne voulez-vous point regagner votre hôtel, qui doit être voisin du nôtre, si ce n'est le même ? / — Madame, répondis-je, je ne sais quelle heure il est, parce qu'on m'a volé ma montre, mais je crois, comme vous, qu'il est temps de faire retraite, et je serai heureux de regagner l'hôtel de Gênes, en compagnie de courtois compatriotes. / Ce disant, je m'inclinai de nouveau devant la jeune dame et je saluai son compagnon qui était un colosse silencieux, doux et triste. / Après avoir fait quelques pas avec eux, j'appris entre autres choses que c'étaient le prince et la princesse Trépof et qu'ils accomplissaient le tour du monde pour recueillir des boîtes d'allumettes dont ils faisaient collection. / Nous longeâmes un *vicoletto* étroit et tortueux, qu'éclairait seulement une lampe allumée devant la niche d'une Madone. La transparence et la pureté de l'air donnaient à l'ombre même une légèreté céleste, et l'on se conduisait sans peine à la faveur de cette nuit limpide. Mais nous enfilâmes une venelle, ou pour parler napolitain, un *sotto-portico* qui cheminait sous des arches si nombreuses et sous des balcons d'une telle saillie qu'aucune lueur du ciel n'y descendait. Ma jeune guide nous avait fait prendre ce chemin pour abréger, disait-elle, mais aussi, à ce que je crois, pour montrer qu'elle avait le pied napolitain, et connaissait la ville. Il fallait en effet connaître la ville pour se hasarder de nuit dans ce dédale de voies souterraines et d'escaliers. Si jamais homme se laissa guider docilement, c'est bien moi. Dante ne suivait point les pas de Béatrice avec plus de confiance que je ne suivais ceux de la princesse Trépof. / Cette dame prenait quelque plaisir à ma conversation, car elle m'offrit une place dans sa voiture pour visiter le lendemain la grotte de Pausilippe et le tombeau de Virgile. Elle me déclara qu'elle m'avait vu quelque part; mais elle ne savait si c'était à Stockholm ou à Canton. Dans le premier cas, j'étais un professeur de géologie très distingué; dans le second, j'étais un négociant en comestibles, duquel on appréciait le savoir-vivre et l'obligeance. Ce qui est certain, c'est qu'elle avait vu mon dos quelque part. / — Excusez-moi, ajouta-t-elle; nous voyageons sans cesse, mon mari et moi, pour rassembler des boîtes d'allumettes et changer d'ennui en changeant de pays. Il vaudrait mieux, peut-être, s'ennuyer d'une seule façon. Mais nous sommes installés pour voyager; cela va tout seul, et ce serait toute une affaire s'il fallait que nous nous arrêtions quelque part. Je vous dis cela pour que vous ne soyez pas surpris de ce que mes idées se brouillent un peu dans ma tête. Mais du plus loin que je vous ai aperçu ce soir, j'ai senti, j'ai su que je vous revoyais. Où vous avais-je déjà vu ? Voilà la question. Vous n'êtes décidément ni le géologue ni le marchand de comestibles ? / — Non, madame, répondis-je; je ne suis ni l'un ni l'autre, et je le regrette, puisque vous avez eu à vous louer d'eux. Je n'ai rien qui me recommande à votre attention. J'ai passé ma vie sur des livres et je n'ai jamais voyagé; vous l'avez vu à mon embarras qui vous a fait pitié. Je suis membre de l'Institut. / — Vous êtes membre de l'Institut ! Mais c'est charmant, cela ! Vous m'écrirez quelque chose sur mon album. Savez-vous le chinois ? J'aimerais beaucoup que vous missiez du chinois ou du persan sur mon album. Je vous présenterai à mon amie, miss Fergusson, qui voyage pour voir toutes les célébrités du monde. Elle sera enchantée. Dimitri, vous entendez ! monsieur est membre de l'Institut et il a passé sa vie sur des livres ! / Le prince approuva de la tête. / — Monsieur, lui dis-je, en essayant de le mêler à la conversation, on apprend sans doute quelque chose dans les livres, mais on apprend beaucoup plus en voyageant, et je regrette de n'avoir pas, comme vous, parcouru le monde. J'habite depuis trente ans la même maison et je n'en sors guère. / — Habiter trente ans la même maison, est-ce possible ? s'écria Mme Trépof. / — Oui, madame, lui dis-je. Il est vrai que cette maison est située sur le bord de la Seine, dans le lieu le plus illustre et le plus beau du monde. Je vois de ma fenêtre les Tuileries et le Louvre, le Pont-Neuf, les tours de Notre-Dame, les tourelles du Palais de Justice et la flèche de la Sainte-Chapelle. Toutes ces pierres me parlent; elles me content des histoires du temps de Saint Louis, des Valois, d'Henri IV et de Louis XIV. Je les comprends et je les aime. Ce n'est qu'un petit coin, mais de bonne foi, madame, en est-il un plus glorieux ? / À ce moment nous nous trouvions sur une place, un *largo* que baignaient les douces clartés de la nuit. Mme Trépof me regarda d'un air inquiet, ses sourcils relevés rejoignaient presque ses cheveux frisés et noirs. / — Où habitez-vous ? me dit-elle brusquement. / — Sur le quai Malaquais, madame, et je me nomme Bonnard. Mon nom est peu connu, mais c'est assez pour moi que mes amis ne l'oublient pas. / Cette révélation, si peu importante qu'elle fût, produisit sur Mme Trépof un effet extraordinaire. Elle me tourna le dos et saisit le bras de son mari : / — Allons, Dimitri, lui dit-elle, hâtez-vous ! Je suis horriblement fatiguée et vous n'avancez pas. Nous n'arriverons jamais. Quant à vous, monsieur, votre chemin est par là. / Elle me montra d'un geste vague quelque obscur *vicolo*, poussa son mari dans un sens opposé et me cria sans tourner la tête : / — Adieu, monsieur. Nous n'irons pas demain au Pausilippe, ni après-demain non plus. J'ai une migraine affreuse, affreuse. Dimitri, vous êtes insupportable, vous n'avancez pas ! / Je restai stupide, cherchant dans mon esprit, sans pouvoir le découvrir, ce qui avait pu indisposer contre moi Mme Trépof. Au bout de ces réflexions, *1881*

1. Jacques-Philippe Bergame, 1434-1520, moine augustin, composa des biographies de femmes illustres qui furent pour la première fois réunies en 1497, sous le titre de *De feminis illustribus* (Ferrare).

2. Un *sotto-portico* : nom donné à un *vico* (rue de traverse) quand il passe sous des portiques. Cela est dit p. 393 du guide.

Page 178.

a. où je maugréai intérieurement contre les caprices de madame Trépof. / — Bonjour, signor *1881* ↔ *b.* 30 novembre 1859 *1881, 1902* ↔ *c.* leur en faire, leur eût *1881* ↔ *d.* des ruines blanchies par le vent *1881* ↔ *e.* le long de la Conque d'or, je ressentis *1881* ↔ *f.* collines dans lesquelles se retrouve le principe de l'art grec. Vieux pèlerin, blanchi dans l'Occident gothique, j'osai *1881*

1. P. 586 du guide, sur la route du Sciacca à Girgenti, est signalé « Montallegro », « 1 437 *habitants*, pauvre village *autrefois* assis sur un rocher voisin, dont la population souffre de malaria ». « Monte Allegro et Siculiana, dit M. Viollet-Le-Duc, ne présentent guère qu'un amas de ruines blanchies par le vent de la mer et sur lesquelles l'herbe ne croît même pas [...] pas d'autre végétation que le palmier nain, quelques mimosas dépouillés, des cactus. Quelquefois la trace d'un ruisseau desséché dès le mois de mai. »

2. Ici, la source change et passe à Renan, article cité plus haut du 15 novembre 1875 dans *La Revue des Deux Mondes*. On s'en aperçoit à ce que le guide Joanne encadre la baie de Palerme par le monte Pellegrino au nord et le cap Zafferana à l'est, tandis que Renan, comme France, parle du mont Catalfano, p. 242 de l'article, et précise que si la baie de Palerme n'est pas aussi grande et variée que la baie de Naples, « elle a une simplicité de lignes qui charme ». Au reste, la référence à Renan est bien évidente quand Sylvestre Bonnard se qualifie de « vieux pèlerin, blanchi dans l'Occident barbare ». On songe à la *Prière sur l'Acropole*, parue dans *La Revue des Deux Mondes* le 1er décembre 1876 : « Je suis né, déesse aux yeux bleus, de parents barbares [...] »

Page 179.

a. le manuscrit du clerc Alexandre. Les belles *1881* ↔
b. Voir var. a, p. 184.

1. Ces paroles se trouvent dans un chœur de l'*Antigone* de Sophocle, v. 103-104.

Page 181.

1. Au 1, quai Malaquais, habitait Danlos aîné, vendeur d'estampes. Il se peut que ce soit l'inspirateur de France, qui habite au 15, en même temps que les libraires Mathias et Comon. Un marchand d'estampes habitait également au 7 (Auvray) et d'autres au 21 (Clerot et Danneval).

2. Mello : ce nom n'est pas mentionné ni dans le guide Joanne ni chez Ernest Renan.

Page 182.

1. C'est là un reliquat de la première datation du *Crime de Sylvestre Bonnard*, non corrigée par Anatole France dans l'édition définitive. Car, s'il est normal en 1869 que le portrait du républicain Mazzini (1805-1872), fondateur du mouvement libéral « Jeune Italie » et sans cesse exilé de son pays, même après l'unification sous Victor-Emmanuel 1er, soit interdit sur des boîtes d'allumettes, il n'en est pas de même du portrait de Garibaldi. Celui-ci avait reconquis en 1860 Naples et la Sicile pour Victor-Emmanuel, à la tête de l'expédition des Mille. En revanche, il va de soi que son portrait était interdit à Naples en 1859, ce qui est la première datation du passage, dans les éditions antérieures à 1902 et l'édition de 1902.

2. Un contadin : un habitant de la campagne.

3. L'Éryx est la ville qui, construite sur le monte Giuliano, à quinze kilomètres de Trapani, avait une réputation internationale due à sa forteresse, à ses fortifications attribuées aux Cyclopes et à Dédale, et au sanctuaire de Vénus Érycine. Elle fut ruinée par les Carthaginois lors de la première guerre punique, puis elle réapparut au Moyen Âge. La petite ville actuelle d'Erice ne conserve que quelques restes du fameux sanctuaire.

4. C'est, à Syracuse, la fontaine en quoi fut transformée par Diane la nymphe de ce nom, poursuivie par le fleuve Alphée.

5. Montagne de l'Arcadie, sur laquelle Hercule atteignit la biche aux pieds d'airain. Nous sommes donc transportés ici en Grèce continentale.

6. À 72 km de Trapani, Sélinonte garde les ruines de trois temples aux colonnes colossales, renversées par un tremblement de terre.

Page 183.

a. C'est un homme : il a onze ans. *1902*

1. Guide Joanne, p. 555, « Sicile. Renseignements sur la manière de voyager ». « En dehors des grandes routes, un mode de voyage encore usité, mais qui tombe en désuétude, et n'existe plus que sur quelques points où il n'y a pas de routes carrossables, consistait en portantines ou litières *(lettighe)*. La voiture nationale, dite litière *(lettica* ou *littiga)*, dont Garazzi a dit qu'elle était faite pour changer les meilleurs amis en ennemis acharnés, après un voyage de quelques lieues, est une caisse contenant deux personnes en vis-à-vis et portée sur deux longs brancards, auxquels sont attelés deux mulets, l'un en avant, l'autre en arrière. »

Page 184.

a. dans la salle *[p. 179, 12ᵉ ligne]* commune deux personnes qu'après un peu d'hésitation je reconnus être M. et Mme Trépof. / Je vis cette fois la princesse dans la lumière, et dans quelle lumière ! À jouir de celle de la Sicile, on comprend mieux ces expressions de Sophocle : « Ô sainte lumière..., œil du jour d'or ! » Mme Trépof, vêtue de toile écrue et coiffée d'un large chapeau de paille, me parut une très jolie femme de vingt-huit ans. Ses yeux étaient d'un enfant, mais son menton replet annonçait l'âge de la plénitude. Elle est, je dois l'avouer, une agréable personne. Elle est souple et changeante : c'est l'onde, et je ne suis point navigateur, grâce au ciel ! Je lui trouvai présentement un air de mauvaise humeur que j'attribuai, d'après quelques mots entrecoupés qu'elle jeta, à ce qu'elle n'avait rencontré aucun brigand sur sa route. / — Ces choses-là n'arrivent qu'à nous ! disait-elle en laissant tomber ses bras avec découragement. / Elle demanda un verre d'eau glacée que son hôte lui présenta d'un geste qui me rappela les scènes d'offrandes funéraires peintes sur les vases grecs. / Je ne me hâtais point de me présenter à cette dame qui m'avait si vite abandonné sur une place de Naples; mais elle m'aperçut dans mon coin, et son sourcil froncé m'avertit suffisamment que ma rencontre lui était désagréable. / Après qu'elle eut avalé une gorgée d'eau, soit que son caprice eût tourné, soit que ma solitude lui eût fait pitié, elle alla droit à moi. / — Bonjour, monsieur Bonnard, me dit-elle. Comment vous portez-vous ? Quel hasard de vous rencontrer dans cet affreux pays. / — Ce pays n'est pas affreux, madame, répondis-je. Cette terre est une terre de gloire. La beauté est une si grande et si auguste chose, que des siècles de barbarie ne peuvent l'effacer à ce point qu'il n'en reste des vestiges adorables. La majesté de l'antique Cérès plane encore dans ces vallées arides, et la Muse grecque qui fit retentir de ses accents divins Aréthuse et le Ménale, chante encore à mes oreilles sur la montagne dénudée et dans la source tarie. Oui, madame, quand notre globe inhabité roulera dans l'espace, comme la lune, son cadavre blême, le sol qui porte les ruines de Sélinonte gardera encore dans la mort universelle l'empreinte de la beauté, et alors, alors du moins, il n'y aura plus de bouche frivole pour blasphémer ces grandeurs solitaires. / Je sentais bien que ces paroles passaient l'entendement de la jolie petite tête vide qui m'écoutait. Mais un bonhomme qui, comme moi, consuma sa vie sur des livres ne sait pas varier le ton à propos. D'ailleurs, j'étais heureux de donner à Mme Trépof une leçon de respect. Elle la reçut avec tant de soumission et un tel air d'intelligence, que j'ajoutai avec autant de bonhomie qu'il me fut possible : / — Quant à savoir si le hasard qui me fait vous rencontrer est heureux ou fâcheux, je ne le puis avant d'être certain que ma présence ne vous est point importune. L'autre jour, à Naples, vous parûtes brusquement fatiguée de ma compagnie. Je ne puis attribuer qu'à mon naturel déplaisant la cause de cette disgrâce, puisque j'avais alors l'honneur de vous voir pour la première fois de ma vie. / Ces paroles lui inspirèrent une joie inexplicable. Elle me sourit avec le plus gracieux enjouement et, me tendant une main de laquelle j'approchai mes lèvres : / — Monsieur Bonnard, me dit-elle vivement, ne me refusez pas la moitié de ma voiture. Vous me parlerez en chemin de l'Antiquité et cela m'amusera beaucoup. / — Ma chère amie, dit le prince, ce sera comme il vous plaira mais vous savez qu'on est horriblement moulu dans votre voiture et je crains que vous n'offriez à M. Bonnard l'occasion d'une affreuse courbature. / Mme Trépof secoua la tête pour laisser entendre qu'elle n'entrait pas dans des considérations de ce genre, puis elle défit son chapeau. L'ombre de ses cheveux noirs descendait sur ses yeux et les baignait d'une brume veloutée. Elle restait immobile et son visage avait pris l'expression inattendue de la rêverie. Mais elle se jeta tout à coup sur des oranges que l'aubergiste avait apportées dans une corbeille et elle les mit une à une dans un pli de sa robe. / — Ce sera pour la route, nous dit-elle. Nous allons comme vous à Girgenti. Mais savez-vous pourquoi nous allons à Girgenti ? Je vais vous l'apprendre. Vous savez que mon mari collectionne les boîtes d'allumettes. Nous en avons acheté treize cents à Marseille. Mais nous avons appris qu'il y en avait une fabrique à Girgenti. C'est, à ce qu'on nous a dit, une petite fabrique dont les produits, fort laids, ne sortent guère de la ville et des environs. Eh bien ! nous allons à Girgenti acheter des boîtes d'allumettes. Dimitri a essayé de toutes les collections, mais il n'y a que celle des boîtes d'allumettes qui l'intéresse. Il possède déjà cinq mille deux cent quatorze types différents. Il y en a qui nous ont donné une peine affreuse à trouver. Nous savions, par exemple, qu'on avait fait à Naples des boîtes avec les portraits de Mazzini et de Garibaldi, et que la police avait saisi les planches des portraits et emprisonné le fabricant. À force de chercher et de demander, nous trouvâmes une de ces boîtes pour cent francs, au lieu de deux sous. Ce n'était pas trop cher, mais on nous dénonça. Nous fûmes pris pour des conspirateurs. On visita nos effets; on ne trouva pas la boîte que j'avais bien cachée, mais on trouva mes bijoux qu'on emporta. Ils les ont encore. L'affaire fit du bruit et nous devions être arrêtés. Mais le roi se fâcha et dit qu'on nous laissât tranquilles. Jusque-là j'avais trouvé stupide de collectionner les boîtes d'allumettes; mais quand je vis qu'il y allait de la liberté et de la vie, peut-être, j'y pris goût. Maintenant j'ai le fanatisme des boîtes d'allumettes. Nous irons l'été prochain en Suède, pour compléter notre série. N'est-ce pas, Dimitri ? / J'éprouvai (dois-je le dire ?) quelque sympathie pour ces intrépides collectionneurs. Sans doute j'eusse préféré voir M. et Mme Trépof recueillir en Sicile des marbres antiques et des vases peints. J'eusse aimé les voir occupés des ruines d'Agrigente et des traditions poétiques de l'Éryx. Mais enfin, ils faisaient une collection, ils étaient de la confrérie, et pouvais-je les railler sans me railler un peu moi-même ? D'ailleurs Mme Trépof avait parlé de sa collection avec un mélange d'enthousiasme et d'ironie qui m'en rendait l'idée très plaisante. / Nous nous disposions à quitter l'auberge, quand nous vîmes descendre de la salle haute quelques personnages qui portaient des escopettes sous leurs manteaux sombres. Ils m'eurent tout l'air de bandits qualifiés et, après leur départ, je communiquai à M. Trépof l'impression que j'en avais. Il me répondit tranquillement qu'il croyait comme moi que c'étaient des bandits, et nos guides nous conseillèrent de nous faire escorter par les gendarmes; mais Mme Trépof nous supplia de n'en rien faire. Il ne fallait pas, disait-elle, lui gâter son voyage. / Elle ajouta, en tournant vers moi des yeux persuasifs : / — N'est-ce pas, monsieur Bonnard, que rien n'est bon dans la vie que les émotions ? / — Sans doute, madame, répondis-je, mais faut-il encore s'entendre sur la nature des émotions. Celles qu'inspire un noble souvenir ou un grand spectacle sont en effet le meilleur de la vie, mais celles qui résultent de l'imminence d'un péril me semblent devoir être soigneusement évitées. Trouveriez-vous bon, madame, qu'à minuit, dans la montagne, on vous appuyât sur le front le canon d'une escopette ? / — Oh ! non, me répondit-elle; l'opéra-comique a rendu les escopettes tout à fait ridicules, et c'est un grand malheur pour une jeune femme d'être tuée avec une arme ridicule. Mais parlez-moi d'une lame de couteau, d'une lame bien blanche et bien froide qui fait sentir dans le cœur un frisson. / Elle frissonna en parlant ainsi, ferma les yeux et renversa la tête. Puis elle reprit : / — Vous êtes heureux, vous ! vous vous intéressez à toutes sortes de choses. / Elle regarda de côté et vit son mari qui parlait à l'aubergiste. Alors elle se pencha vers moi et me dit tout bas : / — Dimitri et moi, nous nous ennuyons, voyez-vous ? Il nous reste les boîtes d'allumettes. Mais on se lasse même des boîtes d'allumettes. D'ailleurs notre collection sera bientôt complète. Que ferons-nous alors ? / — Ah ! madame, dis-je, attendri par la misère morale de cette jolie personne, si vous aviez un fils, vous sauriez que faire. Le but de votre vie vous apparaîtrait et vos pensées seraient en même temps plus graves et plus consolantes. / — J'ai un fils, me répondit-elle. Il est grand, c'est un homme; il a onze ans, et il s'ennuie. Oui, il s'ennuie, lui aussi, mon Georges. C'est désolant. / Elle jeta de nouveau un regard sur son mari qui surveillait, sur la route, l'attelage des mules et éprouvait la solidité des sangles et des courroies; puis elle me demanda si rien n'était changé depuis dix ans sur le quai Malaquais. Elle me déclara qu'elle n'y passait jamais parce que c'était trop loin. / — Trop loin de Monte Allegro ? demandai-je. / — Eh ! non, me répondit-elle; trop loin de l'avenue des Champs-Élysées, où nous avons notre hôtel. / Puis elle murmura comme en elle-même : / — Trop loin ! trop loin ! avec une expression rêveuse dont il me fut impossible de découvrir le sens. Tout à coup elle sourit et me dit : / — Je vous aime beaucoup, monsieur Bonnard, beaucoup. / Les mules étaient attelées. La jeune femme rassembla les oranges qui s'échappaient de son giron, se leva et éclata de rire en me regardant. / — Que je voudrais, me dit-elle, vous voir aux prises avec les brigands ! Vous leur diriez des choses si extraordinaires !... Prenez mon chapeau et tenez-moi mon ombrelle, voulez-vous, monsieur Bonnard ? / — Voilà, me dis-je en la suivant, voilà une bien étrange petite tête ! C'est par une impardonnable distraction que la nature a donné un fils à une créature aussi folle. // Girgenti, même jour. / Ses façons m'avaient choqué. Je la laissai s'arranger dans sa *lettica* et je m'installai de mon mieux dans la mienne. Ces voitures, sans roues, sont portées par deux mules, l'une à l'avant et l'autre à l'arrière. Cette sorte de litière ou de chaise est d'un usage ancien. J'en vis bien souvent de semblables figurées sur des manuscrits français du quatorzième siècle. Je ne savais pas alors qu'une de ces voitures serait un jour à mon usage. Il ne faut jurer de rien. / Pendant trois heures, les mules firent sonner leurs clochettes et battirent du sabot un sol calciné. À nos côtés défilaient lentement les formes arides et monstrueuses d'une nature africaine. / Nous nous arrêtâmes à moitié route pour laisser souffler nos bêtes. / Mme Trépof vint à moi sur la route, me prit le bras et m'entraîna quelques pas en avant. Puis, tout à coup, elle me dit d'une voix que je ne lui connaissais pas : / — Ne croyez pas que je sois une méchante femme. Mon Georges sait bien que je suis une bonne mère. / Nous marchâmes un instant en silence. Elle leva la tête et je vis qu'elle pleurait. / — Madame, lui dis-je, regardez cette terre gercée par cinq mois torrides. Un petit lis blanc l'a percée. / Et je lui montrais du bout de ma canne la tige frêle que terminait une fleur double. / — Votre âme, ajoutai-je, si aride qu'elle soit, porte aussi son lis blanc. C'est assez pour que je croie que vous n'êtes point, comme vous dites, une méchante femme. / — Si ! Si ! Si ! s'écria-t-elle avec une obstination d'enfant. Je suis une méchante femme, mais j'ai honte de le paraître devant vous qui êtes bon, qui êtes très bon. / — Vous n'en savez rien, lui dis-je. / — Je le sais; je vous connais, me dit-elle en souriant. / Et elle regagna d'un bond sa *lettica.* / Girgenti, même jour *[sic]*. / Je me réveillai *1881. L'édition de 1902 donne le texte de l'édition définitive à l'exception de la variante a, p. 183, et de la date* : Girgenti, 30 novembre 1859.

1. Renan, article cité, p. 259 : « Nous reçumes avec joie la nouvelle que l'hospitalité nous était préparée chez Gellias. Gellias fut un riche citoyen de l'antique Agrigente (ve siècle avant Jésus-Christ) qui avait fait bâtir un grand nombre d'hôtelleries, à chacune desquelles était attaché un portier qui invitait

les étrangers à entrer pour recevoir une gratuite et splendide hospitalité. Son nom est devenu celui d'un hôtel, où nous prîmes un fort doux repos — doux, mais court. » Le guide Joanne indique en effet l'existence de cet hôtel. Remarquons qu'Anatole France fait commettre à Sylvestre Bonnard une notable erreur en faisant remonter la mort de Gellias à « treize cents ans ». C'est deux mille trois cents qu'il faudrait dire.

2. Il est à peine besoin de noter que « Girgenti » est le nom moderne d' « Agrigente ».

3. Renan, article cité, p. 258 : « La ville moderne, avec ses rues étroites, son air sombre, inaccessible et fermé, sa cathédrale étrange, toute espagnole, semble un reste d'un autre monde. À mi-côte s'étend la ville antique avec ses sept ou huit temples. »

4. C'est le vers 212 des *Fragments* d'Empédocle (Firmin-Didot, 1860) qui nous présente la Νῆστις comme un élément constitutif de l'eau et de l'air, peut-être nommée ainsi du nom d'une divinité sicilienne.

5. Molo di Girgenti, maintenant appelé comme on l'appelait parfois dès la fin du XIXe siècle, Porto Empedocle, est en fait à une dizaine de kilomètres de Girgenti, précise le guide Joanne, p. 587. On y trafique du blé et du soufre.

Page 185.

a. vêtu de blanc *1881* ↔ *b.* des bouteilles, des bottes d'oignons et un magnifique lustre de verre filé et coloré. Je jetai *1881*

1. Le zucco est un vin blanc sicilien, assez chargé en alcool.

Page 186.

a. les yeux ! Un Sicilien n'aurait pas fait mieux ! *1881*

1. Don Giulio Clovio, miniaturiste né en Croatie en 1498, mort à Rome en 1578. Il vécut longtemps à la cour de France, et ne rentra en Italie qu'après la mort de Louis XII. Il fut ensuite attaché à la maison d'Alexandre Farnèse. Il était particulièrement renommé pour la finesse de ses couleurs. Des manuscrits ornés par lui se trouvent à Florence et à Paris, à la Bibliothèque nationale.

Page 187.

a. Il y était, c'est positif, me répondit *1881* ↔ *b.* d'objets d'art, le tout au plus juste prix et d'une authenticité que je vous garantis sur mon honneur *1881*

1. Ce sont des faïences communes italiennes, dont la fabrication remonte à la fin du XVe siècle et fleurit surtout au XVIe siècle. Les enduits en sont à l'oxyde d'étain, permettant des fonds blancs unis. Parmi les plus célèbres de ces majoliques, figurent celles qui furent fabriquées sous le règne de Guidobado II, duc d'Urbin, de 1530 à 1560. Une coupe d'Orazio Fontana d'Urbin est demeurée un modèle du genre; elle représente *L'Enlèvement d'Europe*.

Mais il faut noter que les majoliques sont très faciles à imiter; le sieur Polizzi est fort capable d'en écouler de fausses.

2. Le terme de « robe » désigne un ensemble de biens, de marchandises.

3. Toute la tirade du Sicilien concernant Empédocle est inspirée de Renan, article cité, p. 257 : « Nous y [à Porto Empedocle] abordâmes sous un portique décoré des statues de Victor-Emmanuel et d'Empédocle. Empédocle, en effet, est encore le demi-dieu d'Agrigente. Philosophe, savant, ingénieur, musicien, médecin, prophète, thaumaturge, il trouva encore avec cela le temps d'être un démocrate, de donner une constitution à sa république, de fonder l'égalité civile, de refuser une couronne, d'abattre l'aristocratie de son temps. Ce dernier trait n'a pas peu contribué à sa moderne fortune. Le parti libéral de Girgenti vit à la lettre d'Empédocle. Son image se voit à chaque pas; son nom est prodigué aux lieux publics à l'égal de celui de Garibaldi [...]. »

Page 188.

a. le don des fouilles, un don du ciel / Je parvins *1881* ↔ *b.* voir des Girgentines. Quelle race ! Quel type ! Quelles formes ! des Siciliennes, signor, la beauté antique / Le diable vous emporte ! *1881* ↔ *c.* le laissant s'agiter avec autant de noblesse que d'enthousiasme. / Quand je fus *1881*

1. Le temple de Jupiter Olympien est, dit le guide Joanne, le temple très grand et inachevé que l'on surnomme « palais des Géants ». Celui de Junon est situé à l'autre extrémité du champ de ruines, à côté du puits dont il est ici question, alors que la « Porta aurea » est proche du temple de Jupiter. Quant au monument improprement nommé « tombeau de Théron », du nom d'un tyran d'Agrigente, c'est un massif de maçonnerie de date incertaine. Le guide Joanne indique que certains le croient romain, mais que Raphaël Politi dans sa monographie sur Agrigente déclare qu'il faut se garder d' *« una simile bestialita »*, ce qui fait bien penser au nom d' « ânes » que donne aux autres guides Polizzi. Celui-ci, d'ailleurs, n'en a pas moins énuméré les ruines dans le désordre le plus complet !

Page 189.

a. contristé *[p. 188, 9e ligne en partant du bas]*. / Un grand éclat de rire me fit lever la tête, et je vis Mme Trépof qui, devançant son mari, courait en agitant dans sa main un objet *imperceptible.* / *Elle s'assit* à côté de moi et me montra, en riant de plus belle, une abominable petite boîte de carton sur laquelle était une tête bleue et rouge, que l'inscription disait être celle d'Empédocle. / — Oui madame, dis-je; mais l'abominable Polizzi *1881* ↔ *b.* Ces boîtes-là ne s'exportent pas, il faut les acheter sur place. Dimitri en a six toutes pareilles dans sa poche. Nous les avons prises pour pouvoir faire des échanges avec les collectionneurs. Vous comprenez ? À neuf heures du matin nous étions à la fabrique. Vous voyez que nous n'avons pas perdu notre temps *1881* ↔ *c.* mais j'ai perdu le mien. / Je reconnus alors que c'était une assez bonne femme. Elle perdit toute sa joie. / — Pauvre monsieur Bonnard ! pauvre monsieur Bonnard ! murmura-t-elle. / Et, me prenant la main, elle ajouta : / — Contez-moi vos peines. / Je les lui contai *1881*

Page 190.

a. 8 décembre 1859 *1881, 1902*

1. Poteries émaillées comportant des figures d'animaux en relief.

2. Plus souvent écrit « godrons », désigne les saillies en spirale qui ornent une pièce d'orfèvrerie, et par extension la pièce d'orfèvrerie elle-même.

3. La Bibliothèque nationale possède des *Heures* à l'usage d'Orléans, avec la marque typographique de Simon Vostre, qui tint négoce de 1491 à 1528, à l'enseigne de *Saint-Jean l'Évangéliste*, à Paris, rue Neuve-Notre-Dame. À une date indéterminée, Anatole France se rendit acquéreur de ces *Heures*; l'exemplaire de la Bibliothèque nationale porte son ex-libris. L'ouvrage comporte des bois figurant notamment l'Apocalypse, la résurrection de Lazare et les miracles de Notre-Dame.

4. Ce traité d'architecture du Ier siècle fut maintes fois réédité à partir de la Renaissance, et orné de gravures. Celles que décrit Sylvestre Bonnard comportent des « télamons », c'est-à-dire des figures d'hommes (et non de femmes, comme dans le cas des cariatides) supportant, comme les cariatides, les corniches ou parties en saillie d'un monument.

Page 191.

a. étaient maigres de dessin *1881*

Page 192.

a. ce manuscrit, dont l'intérêt puissant ne vous a pas échappé, à un amateur *1881* ↔ *b.* entre leurs mains. Les passions, même les plus nobles, ont cela de mauvais *1881*

Page 193.

a. du clerc Alexandre *[p. 192, 6e ligne en partant du bas]*. Tandis que je méditais, un cocher jurait. Et je m'aperçus que c'était à moi qu'il en voulait quand je me sentis dans les côtes le timon de sa voiture. Je me rangeai à temps pour n'être point renversé; et que vis-je à travers la glace du coupé ? Mme Trépof que deux beaux chevaux et un cocher fourré comme un boyard menaient dans la rue que je quittais. Elle ne me vit pas; elle riait toute seule avec cette franchise d'expression qui lui laissait, à trente ans, le charme de la première jeunesse. / — Eh ! eh ! me dis-je, elle rit; c'est qu'elle a trouvé une nouvelle boîte d'allumettes. / Et je regagnai piteusement les ponts. / Éternellement indifférente, *1881*

1. L'hôtel Bullion, situé rue du Coq-Héron, construit en 1613 pour Claude de Bullion, servit d'hôtel des Ventes de la Révolution à 1830; l'hôtel des Ventes fut ensuite transféré rue Notre-Dame-des-Victoires, et, en 1858, *rue Drouot*. C'est bien en ce dernier lieu que doit se trouver Sylvestre Bonnard, mais on nomma longtemps par habitude l'hôtel des Ventes « hôtel Bullion », lors même qu'il eut déménagé.

2. Sous ce titre a été réuni, durant des siècle, un choix de prières quelque peu variable, mais toujours destiné à accompagner le bon chrétien laïc dans les heures de sa vie.

3. *La Guerre des Juifs*, de Flavius Josèphe, historien du Ier siècle, a été écrite en grec, et raconte le siège et la prise de Jérusalem.

Page 194.

a. confus de voir ou de croire voir tous les visages *1881*

Page 195.

a. accablé et j'éprouvais un immense besoin de solitude et de repos. *1881* ↔ *b.* 30 décembre 1859. *1881, 1902*

1. Il s'agit de la pièce nº 31 de l'*Anthologie palatine*, « L'Amour mouillé ». Cette anthologie conserve soixante poèmes attribués, à vrai dire, à Anacréon, sans que cette attribution soit bien plausible. On sait combien Ronsard et ses disciples s'en sont inspirés.

Page 196.

a. un joli petit garçon de dix ans. Il est seul; il lève *1881* un joli petit garçon de dix ou onze ans. Il est tout seul; il lève *1902* ↔ *b.* au vent. Bonjour, mon petit garçon ! *1881*

Page 197.

a. il y a de cela onze ans. *1881*

Page 199.

a. La fée. Fragment tiré du journal de M. Silvestre Bonnard / 9 août *RA* : La fille de Clémentine / I / La fée / Lusance *1881* : Jeanne Alexandre / I / Lusance, 8 août *1902*. *Voir la Notice, p. 1125.* ↔ *b.* la terre brûlée tout *RA* ↔ *c.* Mais il y a cinquante ans bien sonnés *RA, 1881, 1902* ↔ *d. Voir var. a, p. 200.*

1. Raffinements, élégances. Bonnard, qui connaît son Horace, peut songer à l'expression « *Simplex munditiis* » des *Odes* (I, 5) : « Simple dans sa coquetterie. »

2. Le passage du Commerce reliait à angle droit la rue Volta à la rue Phélipeaux, qui allait rue du Temple. Cette rue, comme le passage du Commerce, a été supprimée par le prolongement de la rue Réaumur en 1858. Pourtant l'on est saisi de doute : Bonnard, citoyen des quais dans sa vieillesse, est né et a passé son enfance avenue de l'Observatoire, comme il est dit au chapitre « 17 avril ». Le passage du Commerce est bien éloigné. Ne s'agirait-il pas plutôt de la cour du Commerce-Saint-André, appelée « passage de la Cour-du-Commerce » de 1791 à 1877 ? Elle est située entre la rue Saint-André-des-Arts, la rue de l'Ancienne-Comédie et les arrières du café Procope, et elle était avant le percement du boulevard Saint-Germain (1866) beaucoup plus grande et pleine de recoins. C'est un lieu bien connu d'Anatole France, qui fréquenta le café Procope, et dut s'intéresser à ce passage, où Marat eut l'imprimerie de son journal *L'Ami du peuple*.

Page 200.

a. passage du Commerce. *[p. 199, 9e ligne en partant du bas]* Après un demi-siècle, *RA* : passage du Commerce. [...] du matin au soir. / Après un demi-siècle, *1881, 1902* ↔ *b.* avoir un fils qui vous voie encore quand je ne vous verrai plus. Comme je l'aimerais ! / Ah ! il serait, ce fils, que dis-je, il aurait vingt ans, si vous l'eussiez voulu, Clémentine, *RA, 1881*

Page 201.

a. Mais vous épousâtes un commis de banque, ce Noël Alexandre qui, depuis, gagna tant de millions. Je ne vous ai pas revue depuis votre mariage, Clémentine, et je vous vois toujours avec vos boucles blondes et votre capote rose. / Un miroir ! un miroir ! un miroir ! En vérité je serais curieux d'observer la mine que j'ai sous mes mèches blanches, en soupirant aux étoiles le nom de Clémentine. / Toutefois, il ne convient pas d'achever dans une pensée de stérile ironie ce qui fut commencé avec un esprit de foi et d'amour. Clémentine, si par cette belle nuit votre nom m'est venu aux lèvres, que votre nom soit béni, et puissiez-vous, heureuse mère, heureuse aïeule, vous rassasier jusqu'au bout, au bras de votre riche époux, du bonheur que vous avez jugé, en toute liberté, ne pouvoir goûter auprès du jeune et pauvre savant qui vous aimait ! / Si, malgré que je ne le puisse imaginer, vos cheveux ont blanchi, Clémentine, portez dignement le trousseau de clefs que Noël Alexandre vous a confié et enseignez à vos petits-enfants les vertus domestiques ! / La belle nuit ! *RA, 1881* ↔ *b.* de plus de cinquante ans, *RA* : de soixante ans, *1881, 1902, 1922* ↔ *c.* de la Vie. *RA, 1881* ↔ *d.* Cet excellent jeune homme *RA, 1881* ↔ *e.* au XIVe siècle. *RA, 1881*

Page 202.

a. bien que radical, *RA, 1881* ↔ *b.* Elle n'est pas très instruite, mais il n'y a pas de chose, *RA, 1881* ↔ *c.* Non pas, me répondit M. Paul / — C'est donc une amie, répondis-je assez niaisement. / — Elle est orpheline de père et de mère, reprit M. de Gabry, le regard *RA, 1881* ↔ *d.* la lune. Son père nous a fait courir une grosse aventure et nous en sommes *RA, 1881, inadvertance de RA et 1881 puisqu'elle est orpheline ?* ↔ *e.* du pays, qu'il tirait comme *RA, 1881*

1. C'est une allusion au ruban qui nouait la queue des chevaux; par extension, cette expression a signifié « la route » dans le langage des conducteurs. Elle vieillissait du temps d'Anatole France. Barbey d'Aurevilly parle dans *Le Rideau cramoisi* de « cette longue route que les postillons appelaient encore un fier ruban de queue » (*Les Diaboliques, Œuvres romanesques complètes*, Bibl. de la Pléiade, t. II).

Page 203.

a. l'an passé à Monaco, et nous sommes *RA, 1881* : l'an dernier, à Cannes, et nous sommes *1902* ↔ *b.* il me reçut. M. Paul *RA*

Page 204.

a. dans votre postérité, si vous en avez une, avant RA, *1881* ↔ *b.* 10 août. *(pas d'indication de chapitre ni de lieu)* RA : chapitre II *(pas de datation ni de lieu)* *1881* ↔ *c.* d'apprécier le goût, le tact et l'intelligence de Mme de Gabry, RA, *1881*

1. C'étaient les chaînes ouvragées que les dames portaient à la ceinture pour y attacher clefs, montre, ciseaux, etc.

2. [Les Thélémites] « Se levoient du lict quand bon leur sembloit, beuvoient, mangeoient, travailloient, dormoient quand le désir leur venoit [...] » (*Gargantua*, chap. LVII, Rabelais, *Œuvres complètes*, Bibl. de la Pléiade, p. 159.) Aussi, lors de la fondation de l'abbaye, « [...] feut décrété que là ne seroit horrologe ny quadrant aulcun, mais selon les occasions et opportunitéz seroient toutes les œuvres dispensées » (chap. LII, *ibid.*, p. 148).

3. « La Mort et le Mourant », *Fables*, VIII, 1, v. 28 : *Souffrez qu'à mon logis j'ajoute encore une aile.* (La Fontaine, *Œuvres complètes*, Bibl. de la Pléiade, t. I, p. 181.)

Page 205.

a. éperdue des Athéniennes aux bras RA, *1881* ↔ *b.* feuilles. Bien que ce spectacle eût son charme, je ne le contemplai pas sans inquiétude, RA, *1881* ↔ *c.* influences délétères. / 11 août RA, *1882, qui ne donnent pas d'indication de lieu.*

1. Allusion au fameux festin des noces de Pirithoos et Hippodamie, durant lequel les Centaures se prirent de querelle avec les Lapithes et voulurent enlever la mariée et sa suite. Ce combat mythologique fit l'objet de nombreuses représentations plastiques, et notamment il est le sujet des métopes du Parthénon, parce que les Athéniens, dit-on, se trouvèrent les alliés des Lapithes dans une lutte qui tourna à leur avantage. De là peut-être la première version, qui faisait mention, de manière erronée, des femmes athéniennes, et non des Thessaliennes.

2. Il s'agit des recueils de règles fixées par le droit coutumier; l'un d'entre eux concerne notamment la Normandie, pays où ce droit a longtemps régné sous une forme particulièrement homogène. Mais nous sommes près de Melun, et il s'agirait plutôt du *Grand coutumier de France*, dit aussi de *Charles VI*, compilation d'ordonnances et de droit romain et coutumier, qui connut une grande vogue jusqu'à la fin du XVIe siècle.

Page 206.

a. comme dit Lafontaine *[sic]*, qui puisa cette forme dans le vieux fonds populaire, d'où vient l'expression de « tapisserie à bestions », c'est-à-dire à figurines. Je dus constater RA, *1881* ↔ *b.* travaux et je n'eus que le temps d'endosser ma houppelande neuve pour paraître RA, *1881* ↔ *c.* vertu, qui vient des coteaux du Bordelais et dont RA, *1881* ↔ *d.* le crépuscule qui répandait sur les arbres du parc une mélancolie charmante et donnait aux moindres choses un air de mystère, j'eus le plaisir RA, *1881*

1. Anatole France, dans l'édition des *Fables* qu'il procura chez Lemerre en 1883, annote ainsi le mot « bestion » qui se trouve dans « La Goutte et l'Araignée », III, 8 : « Petite bête, emploi d'ailleurs impropre. *Bestione* en italien : grosse bête [...] Les dictionnaires contemporains de La Fontaine ne donnent à bestion qu'un sens : ce mot signifie, disent-ils, le bec ou la pointe d'un navire, partie qui porte ordinairement la figure de quelque bête, surtout celle d'un lion. » (P. 106.) Anatole France donne ici la définition de Furetière. L'ensemble des paroles de Sylvestre Bonnard fait songer aux commentaires d'Anatole France pour les *Fables* : utilisant les termes « ruban de queue » (p. 202) pour « route » et « librairie » (p. 207) pour « bibliothèque », Bonnard parle ce vieux langage dont France prononce l'éloge. Citant Rabelais, il a les mêmes lectures que France, relevant les emprunts de La Fontaine à l'écrivain qui fut l'un de ses maîtres.

Page 207.

a. sous le châle que son mari lui avait jeté sur les épaules, et nous *RA, 1881* ↔ *b.* M. Paul, j'entrai *RA, 1881*

1. L'abbaye portant ce nom a été fondée à Coutances au XVIIe siècle seulement; il ne peut donc y avoir à son sujet de « cartulaire », mot utilisé au Moyen Âge pour désigner les recueils *in extenso* d'actes concernant les propriétés territoriales ecclésiastiques.

2. Encore une réminiscence de La Fontaine : *Tel, comme dit Merlin, cuide engeigner autrui, / Qui souvent s'engeigne soi-même.* (IV, 11, « La Grenouille et le Rat ».)

Anatole France fit dans sa notice sur la langue de La Fontaine, éd. citée, p. XXII-XXIII, l'historique du mot « engeigner », d'après Littré.

Page 208.

a. de ma chemise. *[p. 207, 16e ligne en partant du bas]* Je soupçonnai *RA* ↔ *b.* sous le nom de Cosmographie de Munster *RA, 1881. Ici et partout dans la suite où l'édition porte* Chronique de Nuremberg.

1. C'est le *Chronican mundi* de Hartmann Schedel, qui va du début du monde à l'an 1480, énorme in-folio imprimé à Nuremberg en 1483 chez Koburger. Dans une première version, la fée est assise sur la *Cosmographie* de Sébastien Munster, mathématicien et hébraïsant (Ingelheim, 1489 - Bâle, 1552), que France connaissait depuis la librairie de son père. Mais le costume de la dame n'est point assorti à un livre du XVIe siècle.

2. Anatole France peut avoir été inspiré par la lecture de *La Poupée*, par M. de Bibiena (La Haye, 1747), ouvrage qui fait parler un abbé de mœurs mignardes et de langue acérée, corrigé par une poupée qui s'anime tout à coup. Elle « s'assied sur un tome des *Confessions du comte de* *** », et mesure alors sept à huit pouces (p. 30). Elle explique qu'elle est en réalité une Sylphide. L'abbé s'amendant peu à peu en sa compagnie, elle

grandit assez pour s'asseoir sur le dictionnaire de Trévoux (p. 151), puis prend la taille d'une enfant de cinq ans, puis d'une adolescente, puis d'une adulte. La fin est friponne, ainsi que bien des notations dans le cours du livre, qui mêle la satire sociale à des éléments de la kabbale. Tel n'est pas le ton du *Crime de Sylvestre Bonnard*, mais l'image de la Sylphide a pu servir de modèle à France. *La Poupée* allait l'inspirer d'une autre manière dans *La Rôtisserie de la reine Pédauque*.

Page 209.

a. inopinément sur cet in-folio du XVIe siècle, respirait *RA, 1881*

1. Anatole France donne à sa fée le costume d'une noble dame du temps d'Isabeau de Bavière ; cela n'est pas étonnant, car il a déjà commencé ses études sur Jeanne d'Arc et son époque (*La République des lettres*, 15 octobre 1876, « La Mission de Jeanne Darc »). Jules Quicherat, dans son *Histoire du costume en France* (Hachette, 1875), décrit des toilettes semblables et situe la grande vogue du hennin de 1440 à 1470 (p. 285). Il s'agit ici du hennin en forme de pain fendu, soutenu par une calotte élevée. Quicherat cite p. 265 la *Chronique* de Monstrelet rapportant les prédications du frère Thomas Couette, en 1428, dans le nord de la France, contre les hennins, qu'il faisait brûler, mais dont la mode résista fort bien à ses homélies.

2. Rouge clair à reflets de nacre. Cet adjectif vient de l'espagnol, et semble avoir été introduit au XVIe siècle en français, sous la forme « nacarade » (d'Aubigné), puis sous sa forme actuelle en 1640, d'après Bloch et Wartburg.

Page 210.

a. Compliment respectueux / Pour être fée, *RA, 1881* ↔ *b.* J.-J. Ampère, rougissait de plaisir quand les petits ramoneurs ouvraient de grands yeux pour la mieux voir, la dame *RA, 1881*

1. J.-J. Ampère, 1800-1864, fils du célèbre savant, s'illustra par des travaux sur la littérature française au Moyen Âge et ses récits de voyage, qui sont aussi une sorte de préfiguration des études de littérature comparée. Il aima Juliette Récamier, avec laquelle il entretint une vaste correspondance.

Page 211.

a. de mon nez. *[p. 210, 8e ligne en partant du bas]* / — Madame, dis-je avec une politesse digne, vous *RA* ↔ *b.* Ma gouvernante, qui fut *RA*

Page 212.

a. La Fée, Fragment tiré du Journal de M. Silvestre Bonnard (suite et fin) / 17 août *RA* : Chapitre III *(pas d'indication de lieu ni de date) 1881*

1. Alan Gribben, « Anatole France and Mark Twain's Satan », *American Literature*, janvier 1976, p. 634-636, pense que les paroles de la fée ont inspiré celles de Satan dans « N° 44 » de Twain.

Page 213.

a. je lui contai tout au long ma rêverie, à laquelle elle prit un grand plaisir. / — Votre vision, me dit-elle, *RA, 1881* ↔ *b.* que moi. / Le roi de Thulé gardait une coupe d'or que son amante lui avait laissée en souvenir. Près de mourir et sentant qu'il avait bu pour la dernière fois, il jeta la coupe à la mer. Je garde ce cahier de souvenirs comme le vieux prince des mers brumeuses gardait sa coupe ciselée, et, de même qu'il abîma son joyau d'amour, je brûlerai ce livre de mémoire. / Ce n'est pas, certes, par une avance hautaine et par un orgueil égoïste que je détruirai ce monument de mon humble vie, mais je craindrais que les choses qui me sont chères et sacrées n'y parussent, par défaut d'art, vulgaires et ridicules. / J'employai *RA*

Page 215.

a. couleurs, qu'il portait ombre, enfin qu'il était inerte. Ah ! si je l'examinai ! les larmes *RA*

Page 216.

a. par une main novice. Le phénomène, *RA, 1881* ↔ *b.* à une existence plastique ? C'est ce qu'il *RA, 1881* ↔ *c.* Elle avait de grands yeux intelligents, d'un gris aussi doux *RA, 1881* ↔ *d.* à la fois naïve et puissante. Au bout *RA, 1881*

Page 217.

a. à Mlle Jeanne, que je vous présente, et qui a, sur mes indications précises, modelé la cire que vous voyez là. / Mme de Gabry avait pris, en parlant, la main de la jeune fille, mais celle-ci s'était dégagée et elle fuyait déjà dans le parc d'un pas léger comme un vol. / — Petite folle ! lui cria Mme de Gabry. Peut-on être sauvage à ce point ! Venez, qu'on vous gronde et qu'on vous embrasse ! / Mais rien ne fit, *RA, 1881* ↔ *b.* reprit gravement Mme de Gabry, *RA 1881* ↔ *c.* gagner sa vie à faire *RA, 1881* ↔ *d.* des entraînements et des facilités qui *RA, 1881* ↔ *e. Voir var. a, p. 218.*

Page 218.

a. Cette jeune créature *[p. 217, 16e ligne en partant du bas]* est pétrie d'une argile aimante; gardez-la pour le foyer domestique. Là seulement est le vrai bien. / — Mais elle n'a pas de dot ! me répondit Mme de Gabry. / Puis, étendant le bras vers moi, elle ajouta : / — Vous êtes notre ami, je puis tout vous dire. Le père de cette enfant était un banquier de nos amis. Il montait des affaires colossales; c'est ce qui l'a perdu. Il n'a survécu que peu de mois à sa faillite, dans laquelle (Paul a dû vous le dire) la fortune de mon oncle a sombré aux trois quarts et la nôtre plus qu'à moitié. / Nous l'avions connu à Monaco pendant l'hiver que nous passâmes auprès de mon oncle. / Il avait l'esprit aventureux, mais si séduisant ! Il se trompait lui-même avant de tromper les autres. C'est encore là, n'est-il pas vrai, la plus grande habileté ? Nous y fûmes pris, mon oncle, mon mari et moi, et nous risquâmes dans une affaire périlleuse plus qu'il n'était raisonnable. Mais bah ! comme dit Paul, puisque nous n'avons pas d'enfants !... / D'ailleurs nous avons la satisfaction de savoir que l'ami auquel nous nous sommes confiés était un honnête homme... Vous devez connaître son nom qu'on a tant vu dans les journaux et sur les affiches : Noël Alexandre. Sa femme était fort aimable. Je ne l'ai connue que déjà passée, avec de jolis restes et un goût de faste et de représentation qui lui allait bien. Elle aimait un peu le tapage, mais elle montra beaucoup de courage et de dignité lors de la mort de son mari. Elle mourut un an après lui, laissant Jeanne seule au monde. / — Clémentine, m'écriai-je ! / En apprenant ce que je n'avais jamais imaginé et ce dont la seule idée eût révolté toutes les énergies de mon âme, en apprenant que Clémentine n'était plus sur la terre, il se fit en moi comme un grand silence, et le sentiment qui me remplit tout entier fut, non pas une douleur vive et aiguë, mais une tristesse calme et solennelle; j'éprouvai je ne sais quel allégement et ma pensée s'éleva tout à coup à des hauteurs inconnues. / — D'où vous êtes aujourd'hui, Clémentine, m'écriai-je en moi-même, regardez ce cœur maintenant refroidi par l'âge, mais dont le sang bouillonna jadis pour vous, et dites s'il ne se ranime pas à la pensée d'aimer ce qui reste de vous sur la terre. Tout passe, puisque vous avez passé; mais la vie est immortelle; c'est elle qu'il faut aimer dans ses figures sans cesse renouvelées. Le reste est jeu d'enfant, et je suis avec tous mes livres comme un petit garçon qui agite des osselets. Le salut de la vie, c'est vous, Clémentine, qui me l'avez révélé. / Mme de Gabry me tira de mes pensées en murmurant : / — Cette enfant est pauvre ! / — La fille de Clémentine est pauvre, dis-je à haute voix; que cela est heureux ! Je ne veux pas qu'un autre que moi la pourvoie et la dote. Oui, m'écriai-je, la fille de Clémentine ne sera dotée que par moi ! / Et m'approchant[a] de Mme de Gabry qui s'était levée, je lui pris la main droite; je baisai cette main, la posai sur mon bras et dis : / — Vous me conduirez sur la tombe de la veuve de Noël Alexandre. / Et j'entendis Mme de Gabry qui me disait : / — Pourquoi pleurez-vous ? *Fin du chapitre. RA, 1881, à la réserve de la variante notée au bas de la page.* ↔ *b. La partie qui va de* Saint Droctovée *à* cette institutrice *(p. 259) de ce chapitre IV forme le début de la publication du « Crime de Sylvestre Bonnard, membre de l'Institut », dans « La Nouvelle Revue » du 1er décembre 1880, p. 580-605 ; puis de* Maître Mouche *(p. 259)* *à* palmes académiques *(p. 287) c'est le numéro du 15 décembre, p. 879-910. Enfin la partie qui va de* Ce jeudi *(p. 287) à la fin du roman est publiée* dans *le numéro du 1er janvier 1881, p. 148-176.* ↔ *c.* 16 avril *(pas de nom de lieu)* *NR* : LE PETIT SAINT-GEORGES / 16 avril *1881*

Page 219.

a. Le dernier des siens. Je ne dois pas craindre *NR* ↔ *b.* aimer. / Mais la puissance d'aimer *NR, 1881* ↔ *c.* rencontre et c'est ce qui m'a rajeuni. *NR, 1881*

a. est pauvre. Je ne veux pas qu'un autre que moi la pourvoie et la dote. Non ! La fille de Clémentine ne sera dotée que par moi ! / Et m'approchant *1881*

1. France se cite lui-même, car la fin de l'*Épigramme funéraire* de Daphné dans *Les Noces corinthiennes* est la suivante :

Si quelque impie attente à cette sépulture,
Qu'il meure le dernier des siens.

Page 220.

a. y boire ! *[p. 219, avant-dernière ligne]* La jeune fille que j'aimais, mariée selon son cœur à un rival, entra en cheveux blancs dans l'éternel repos. J'ai retrouvé sa fille, de sorte que ma vie, NR*, 1881* ↔ *b. Entre les deux paragraphes, est intercalé dans la revue un résumé des chapitres qui précèdent dans le livre* :

Cette rencontre fut inattendue et de tous points charmante. J'allai l'été dernier à Lusance, près de Melun, chez M. Paul de Gabry, neveu et héritier de l'illustre bibliophile qui fut mon ami. Dans le château, où j'étais venu examiner la bibliothèque, je trouvai en M. Paul un hôte cordial et en Mme de Gabry la plus accomplie des châtelaines. Elle a beaucoup d'esprit, j'en gagnai un peu à son côté. C'est là un miracle. Mais s'étonne-t-on d'un miracle à mon âge ? Un soir que j'avais fait honneur à un dîner savamment conçu, je m'endormis dans la bibliothèque et j'eus un songe. Mme de Gabry m'avait spirituellement parlé des *Contes* de Perrault. Je vis en rêve une fée vêtue d'une robe de drap d'or sous un manteau de menu vair et coiffée d'un hennin à deux cornes, qui, haute comme une bouteille, donnait, par la beauté de ses proportions et la noblesse de ses attitudes, l'idée de la grandeur. Elle s'assit sur un gros livre relié en peau de truie et, tirant des noisettes de son aumônière, elle se mit à les croquer. / — Madame, lui dis-je, c'est trop d'honneur que vous me faites de m'apparaître, contrairement à l'usage constant des dames vos pareilles qui ne se montrent guère qu'aux petits enfants et aux grand-mères. Mais j'ai acquis méthodiquement des notions positives et je crois, entre nous, que vous n'existez pas. / — Maître Bonnard, me répondit cette petite et noble personne, votre chaude douillette enveloppe le cuir d'un âne. On me chante, on me rêve, on m'imagine : c'est exister, cela, je crois. Et puisque personne ne rêve de vous, puisqu'on ne vous a jamais chanté, Silvestre Bonnard, c'est vous qui n'existez pas. / À ces mots, elle promena ma plume d'oie dans l'encrier comme un aviron dans un lac et me la jeta au nez, le bec en avant. / Quand je m'éveillai, je vis que j'avais laissé ma fenêtre ouverte pendant l'orage. Un vent violent avait soulevé plumes et papiers et ma table était toute tachée d'encre. / Le lendemain, au déjeuner, je racontai mon rêve à Mme de Gabry, avec quelques enjolivements que je mis par envie, non de briller, mais d'amuser, et ma fée plut beaucoup à mes hôtes. Le soir même, je partis pour Melun, où je passai quelques jours à copier un document conservé dans les archives de la ville. De retour à Lusance, je trouvai sur une console du grand salon la fée de mon rêve, ma fée, modelée en cire colorée avec une naïve ignorance du dessin, mais beaucoup d'esprit, de goût et de sentiment. Mme de Gabry, qui souriait, m'amena de gré et de force, comme elle put, une grande fillette de dix-sept à dix-huit ans, pas jolie, mais charmante avec ses grands yeux et sa grande bouche. Mais à mes premiers compliments, l'enfant rougissant s'enfuit jusqu'au fond du parc. / — C'est une petite amie à nous, me dit Mme de Gabry. / Et j'appris bientôt que cette enfant était la fille de Clémentine qui... Mais à quoi bon rappeler ces souvenirs ? Il y a une certaine délicatesse, une certaine grâce de l'âme qu'un vieillard blesserait en s'étendant avec complaisance sur les sentiments de l'amour même le plus pur. / Placé à table près de la fille de Clémentine, je lui fis plusieurs questions auxquelles elle me répondit fort bien et tout droit. Lui ayant demandé si elle se plaisait en pension, elle me regarda avec ses grands yeux hardis et doux et me dit : / — Oh ! non ! / Il y avait surtout un Me Mouche, notaire, son tuteur, qui ne lui plaisait guère, à ce qu'il me semble. / Elle partit le lendemain, sachant qu'elle avait un ami de plus sur cette terre qu'elle foule si légèrement et où elle tient si peu de place dans sa petite robe de mérinos noir. / Quelques heures plus tard, je bouclai ma valise pour revenir à mes livres. En quittant Lusance, je dis à Mme de Gabry : / — Vous me mènerez devant la tombe de Clémentine et chez le tuteur de sa fille. / Et cela me fut promis. Mais Mme de Gabry alla selon son habitude passer l'hiver à Rome. Elle est de retour à Paris depuis une semaine, et j'irai dès demain lui rappeler sa double promesse. / Aujourd'hui, je prends le soleil, comme on dit en Provence; ↔ *c.* ce siècle inquiet. C'est dans le calme. *NR* ↔ *d.* la justice que je me rends. Ainsi allaient *NR*

1. Anatole France avait, pour la reine dont il préfaça *L'Heptaméron des nouvelles* chez Lemerre, en 1879, une particulière dilection, à cause de sa franchise et de son savoir.

2. *Le Journal des savants*, qui existait depuis 1665, était, au temps où écrit Anatole France, édité par l'Imprimerie nationale. Il comptait, dans son bureau, Renan et Littré, et ses collaborateurs étaient des érudits de la plus grande distinction, comme Chevreul, Barthélemy-Saint-Hilaire, Alfred Maury.

3. Gautier de Coincy avait été édité par l'abbé Paquet (*Les Miracles de la Sainte Vierge*, 1857, chez Parmantier et Didron). Dédiée au comte de Montalembert, cette édition fait état des récentes études qui ont réhabilité l'art du Moyen Âge. Rappelons que c'est sous l'influence des Allemands et principalement dans les années 1860, par les encouragements de Victor Duruy, que les études romanes commencèrent à se développer en France. France ne cite pas au hasard Gautier de Coincy. Dans son étude sur « La Mission de Jeanne Darc », 15 octobre 1876, dans *La République des lettres*, il mentionne son poème pour avoir été en vogue du XIIIe au XVIe siècle, comme, d'autre part, furent en vogue les récits de *La Légende dorée*.

4. *L'Iliade*, ch. III, v. 150-153 : « Leur vieillesse les tient éloignés du combat, mais, comme discoureurs, ils n'ont pas leurs pareils : on dirait des cigales, qui, dans une forêt, sur un arbre posées, font entendre leur voix à la douceur de lis » (Homère, *L'Iliade, L'Odyssée*, Bibl. de la Pléiade, p. 138.)

5. C'est une citation de la fable « Le Singe et le Léopard », livre IX, fable 3. Dans l'édition qu'il en procura chez Lemerre en 1883, Anatole France précise que cette expression vient de Rabelais, *Pantagruel*, I, XVI, et en donne l'explication : « Se dit d'une chose nouvelle et qui n'est pas petite. » (P. 292.)

Page 221.

a. sur les mots et plaisantaient avec cette bêtise particulière aux gens d'esprit, je veux dire une bêtise énorme. Je n'ai pas besoin d'ajouter, n'est-ce pas, qu'ils *NR, 1881* ↔ *b.* paradoxes. Ils employaient toute leur imagination à se rendre absurdes, et tout leur jugement à choisir le contraire du sens commun. À la bonne heure ! *NR, 1881*

Page 222.

a. et dit : / — Michelet a toujours eu des propensions à l'attendrissement; il a versé de douces larmes sur Maillard, ce petit homme propre qui introduisit la paperasserie dans les massacres de septembre. Mais, comme l'attendrissement mène à la fureur, le voilà tout à coup furieux contre les victimes. Que voulez-vous ? C'est le sentimentalisme moderne. On a pitié de l'assassin, mais on considère que la victime est impardonnable. Dans sa dernière manière, Michelet est devenu plus Michelet que jamais. Cela n'a plus le sens commun; c'est admirable ! Ni art, ni science, ni critique, ni récit; des colères, des pâmoisons, *NR, 1881* ↔ *b.* grosse ! Et un style, mes amis ! Pas une phrase faite ! *NR, 1881* ↔ *c.* qu'elle en a l'air. Ce jeune homme a vivement touché, en se jouant, le défaut de la cuirasse. / Mais l'étudiant provençal *NR, 1881* ↔ *d.* voulait signaler toutes *NR, 1881*

1. Michelet était l'un des collaborateurs prévus pour l'*Encyclopédie de la Révolution* par France et L.-X. de Ricard, en 1868. Il fut l'un des auteurs qui figuraient (avec Anatole France) dans l'*Almanach de la Révolution pour 1870*. Sans doute un tel rapprochement n'est-il guère significatif, Michelet étant une sorte de symbole obligé du républicanisme. Mais nous savons que France lut Michelet, qu'il cite par exemple dans *L'Amateur d'autographes* du 16 mars 1869 à propos du Moyen Âge. Son article de 1876 sur Jeanne d'Arc montre l'influence persistante de l'historien sur lui. L'histoire romantique avait été, il est vrai, mise en cause par un Taine, un Renan, dont France était le disciple enthousiaste, avec tout son cercle d'amis, vers 1870. Ce passage du *Crime de Sylvestre Bonnard* établit une sorte d'équilibre dans l'opinion d'Anatole France.

2. Nous sommes, dans la première datation du roman, en 1867-1868, c'est-à-dire au moment où Michelet préface l'*Histoire de la Révolution* pour la seconde fois; il développe depuis dix ans un naturalisme, une philosophie utopique de la communion des êtres et des choses, dans *L'Oiseau, L'Insecte* et *La Montagne*. De cette décennie, datent aussi *La Femme, L'Amour, La Sorcière*. Dans ses ouvrages d'histoire, même, il se laisse désormais emporter par la polémique, un peu trop loin des sources : il attaque le Moyen Âge et dénigre la royauté, de façon enthousiaste, mais beaucoup moins scientifique que dans la première partie de son *Histoire de France*. Il avait interrompu sa rédaction en 1844, et, la reprenant, se ressentait des déceptions et des persécutions qui suivirent l'échec de la révolution de 1848.

3. Michelet, *Histoire de France*, t. XIII, chap. xxv (1686-1687), paru chez Chamerot en 1860 : « Tel le roi, telle la France.

Elle subit toutes les variations de sa santé. La proscription s'aigrit avec le mal du roi. L'opération amène une détente subite, une faiblesse, une énervation générale. Résultat pitoyable qui n'est point d'amélioration. La Révocation, en 1686, est une fureur; en 1687, *une affaire.* » (P. 384.)

4. Ce fut le nom d'une partie de l'actuelle rue des Francs-Bourgeois, entre 1291 et 1868. L'École des chartes, fondée en 1821, était depuis 1846 installée dans le palais des Archives; c'est en 1897 qu'elle fut transférée rue de la Sorbonne. On notera qu'en parlant de la rue Paradis-au-Marais, France est exact dans son premier système de datation, qui situe son épisode en 186.. Mais il a négligé de corriger le nom de la rue en modifiant cette datation après l'édition de 1902.

5. Dom Michel Germain, *Monasticon gallicanum*, « collection de 168 planches de vues photographiques représentant les monastères de l'ordre de Saint-Benoît, congrégation de Saint-Maur, le tout reproduit par les soins de M. Peigné-Delacourt, avec une préface par M. Léopold Delisle », V. Palmé, 1871, 2 vol., in-folio.

Page 223.

a. répondit Gélis; c'est exact / — As-tu lu *NR, 1881* ↔ *b.* Gélis, c'est plein de choses / — As-tu *NR, 1881* ↔ *c.* Ma foi ! Non, répondit Gélis. Bonnard est un imbécile. En tournant *NR, 1881* ↔ *d.* pour lui river son béjaune. *NR, 1881* ↔ *e.* c'est abominable ! » / Du 2 au 5 mai : *La revue passe au texte de la page 239. L'édition de 1881, de la page 148 à 153, raccorde les textes de « La Nouvelle Revue » et de « La Revue alsacienne » avec les Variantes qui suivent par rapport à l'édition définitive.*

1. Dans la *Revue critique d'histoire et de littérature*, dirigée par P. Meyer, Ch. Morel et G. Paris, en 1869, 3 juillet, p. 24, Fernand Calmettes avait rendu compte du *Monasticon gallicanum* de Louis Courajod, publié par Liepmansohn et Dufour en mai 1869, en précisant que c'était la mise en ordre selon un plan méthodique, suivant le catalogue de D. Germain, des planches qu'il projetait pour l'ouvrage *Monasticon gallicanum.* Il mourut avant d'avoir pu faire imprimer son ouvrage, mais quelques tirages des planches projetées avaient été conservées. On les reproduisit toujours dans le désordre avant Courajod, et parfois en intercalant entre elles des estampes étrangères.

2. Jacques-Philippe Tamisey de Larroque, qui collaborait en vérité à la *Revue des questions historiques*, publia dans le *Bulletin du bouquiniste* des 1er et 15 août 1873 « Deux documents inédits pour servir à l'histoire du *Gallia christiana* ».

Page 224.

1. On songe ici au chapitre VI des *Aventures prodigieuses de Tartarin de Tarascon* d'Alphonse Daudet, « Les Deux Tartarins. — Dialogue mémorable entre Tartarin. — Quichotte et Tartarin. — Sancho »... « Ô le beau dialogue à écrire pour Lucien ou pour Saint-Évremond, un dialogue entre les deux Tartarins, le Tartarin-Quichotte et le Tartarin-Sancho ! Tartarin-Qui-

chotte s'exaltant aux récits de Gustave Aymard et criant : “ Je pars ! ” Tartarin-Sancho ne pensant qu'aux rhumatismes et disant : “ Je reste ! ” » Ce dialogue se poursuit, don Quichotte demandant des armes, Sancho prônant flanelle et gilets tricotés, jusqu'à ce qu'il triomphe de son interlocuteur à l'odeur du chocolat et des grillades apportés par la servante.

Page 225.

a. bien faire. Après quelques compliments sur la bonne santé de son mari alors en promenade, nous descendîmes *1881* ↔ *b.* d'espérance / — Suivez-moi, me dit Mme de Gabry, dont je remarquai pour la première fois la haute taille. Nous allâmes *1881* ↔ *c.* tombes. Enfin, devant une pierre couchée : / — C'est là, me dit-elle. Et elle s'agenouilla. Je remarquai malgré moi le beau mouvement d'abandon par lequel cette femme chrétienne tomba les deux genoux à terre, laissant les flots de sa robe se répandre au hasard autour d'elle. Je n'avais jamais vu de dame s'agenouiller si franchement et avec un tel oubli de soi-même, hors deux exilées polonaises, un soir, dans une église déserte de Paris. / Cette image me traversa comme un éclair et je ne vis plus que la pierre inclinée sur laquelle était le nom de Clémentine. / Ce que je ressentis alors *1881*

Page 226.

a. que je me retourne. / — Vous, Madame, qui avez connu Clémentine en cheveux blancs, épouse et mère, vous ne pouvez l'imaginer jeune fille, blonde, rose et blanche, comme je la vis. Les souvenirs se pressent dans mon âme. Je suis comme un vieux chêne noueux et moussu qui réveille des nichées d'oiseaux chanteurs en agitant ses branches. Par malheur, la chanson de mes oiseaux est vieille comme le monde et ne peut amuser que moi. / — Contez-moi vos souvenirs, me dit Mme de Gabry. Je ne puis lire vos livres qui sont faits pour les savants, mais j'aime beaucoup à vous entendre, parce que vous savez donner de l'intérêt aux choses les plus ordinaires de la vie. Et parlez-moi *RA, 1881* ↔ *b.* comme une chose sainte. Je vous dirai d'abord *RA*

1. Il est fort possible que ce nom ait été emprunté à la lande du Cotentin que Barbey d'Aurevilly a magistralement décrite, dans sa solitude et son mystère, dans *L'Ensorcelée*. France la connaissait, et par le roman, et par ses propres voyages dans l'Avranchin.

Page 227.

1. Gabriel de Mably, 1709-1785, auteur de nombreux ouvrages parmi lesquels on citera *Observations sur les Romains*, 1751, *Observations sur l'histoire de France*, 1765, et *De la manière d'écrire l'histoire*, 1783, considère que l'histoire doit être, non une narration vide, mais un enseignement utile, et il prône un communisme utopique pour remédier aux inconvénients des nations riches.

2. Guillaume Raynal, 1713-1796, est célèbre pour ses *Mémoires politiques de l'Europe*, et surtout pour l'*Histoire philosophique et*

politique des établissements et du commerce des Européens dans les deux Indes, livre qui fut brûlé par la main du bourreau en 1781, parce qu'il contenait contre le clergé et les institutions de violentes attaques. Raynal dut alors s'enfuir en Russie, d'où il revint en 1787. On voit que le père de Sylvestre Bonnard porte sa préférence sur les écrivains d'idées avancées au siècle des lumières. En quoi il ne peut être comparé à Noël France !

3. Denis Decrès, contre-amiral en l'an VI, prisonnier après Aboukir, devint ministre de la Marine le 9 vendémiaire an X et le demeura jusqu'à la chute de l'Empire.

Page 228.

1. Voir n. 1, p. 163.

2. Nicolas-Toussaint Charlet, 1792-1845, commis de mairie congédié en 1815 pour ses opinions bonapartistes, entra dans l'atelier de Gros en 1817 et dessina l'épopée impériale en très nombreuses lithographies dont le succès fut éclatant. De 1838 à 1840, il exécuta les planches de la *Vie civile, politique et militaire du caporal Valentin*, puis il illustra le *Mémorial de Sainte-Hélène*.

3. Sous la seconde Restauration, la violette a été l'emblème des bonapartistes, parce que Napoléon était revenu en mars, saison des violettes, de l'île d'Elbe.

Page 229.

a. cheveux blancs, *RA, 1881*

1. *La Quotidienne, Le Drapeau blanc,* journaux royalistes « ultras » sous la Restauration. *La Quotidienne* avait été fondée en 1792, et fut plusieurs fois obligée de changer de nom sous la Révolution et l'Empire. Elle parut sans discontinuer de juillet 1815 à février 1847. *Le Drapeau blanc* parut du 16 juin 1819 au 1er février 1827, et outra le royalisme au point de paraître excentrique aux modérés de la Restauration. Il était animé par Martainville, un ancien rédacteur de journaux drôles converti à la politique.

2. Il s'agit de la fameuse chanson de Béranger, composée en 1813 pour célébrer le roi retiré dans ses terres : on y vit une allusion hostile aux instincts conquérants de Napoléon, et la France, fatiguée de la campagne de Russie, adopta tout de suite la chanson comme signe d'opposition au pouvoir.

3. *Le maréchal* Ney fut fusillé sur ordre des Bourbons rentrés « dans les fourgons de l'ennemi », et son exécution creusa un fossé infranchissable entre les partisans de l'Empire et ceux de la Restauration. L'exécution eut lieu à 9 h 20 du matin devant l'emplacement de l'actuel numéro 43 de l'avenue de l'Observatoire.

Page 230.

1. La maison du 9, quai Voltaire, où Noël France installa sa librairie en 1853, est celle même dans laquelle a vieilli Vivant Denon (1747-1825), diplomate, dessinateur, auteur d'un *Voyage pittoresque de Naples et de Sicile* (1785). Sauvé de l'échafaud par David, il accompagna Bonaparte en Égypte, comme savant

attaché à l'expédition : son livre *Expédition d'Égypte*, accompagné de gravures, connut le plus grand succès. Anatole France écrivit en 1890 une *Notice historique sur Vivant Denon*, parue chez Charavay. Il rapporte p. VIII une anecdote concernant un petit pied de momie conservé par Vivant Denon sous vitrine.

Page 231.

a. M. de Lessay, plus géomètre que d'Alembert, plus philosophe que Jean-Jacques, était aussi plus royaliste que Louis XVIII. *RA, 1881* ↔ *b.* En 1820, *RA, 1881* ↔ *c.* à l'âge de soixante ans environ, *RA, 1881* ↔ *d.* qu'il employa impitoyablement à la confection de ses cartes et qui, après quelques années de mariage, lui donna *RA, 1881*

1. Cadoudal, chef de chouans et conspirateur royaliste, né en 1771, exécuté en 1804 après l'attentat à la machine infernale contre Bonaparte (1802). Ayant réussi à s'enfuir, il vint secrètement à Paris en 1803 et fut arrêté le 9 mars 1804. Son exécution se fit le 25 juin.

Page 232.

a. un peu de grec et beaucoup de latin. *RA, 1881* ↔ *b.* je ne daignai plus abaisser les yeux *RA* ↔ *c.* un beau jour *RA, 1881* ↔ *d.* plissée à la taille *RA, 1881*

1. Miltiade, le vainqueur de Marathon, Thémistocle, le vainqueur de Salamine, Quintus Fabius, le « Temporisateur » qui usa les forces carthaginoises en Italie; héros du grimaud qu'est alors Sylvestre Bonnard, ils nous font songer au « belliqueux professeur de troisième » Chotard, qui s'était composé un panthéon de gloires antiques, mais avait peur de tout en ce monde. Il est évoqué au chapitre IX du *Livre de mon ami*, mais il appartient bien au cycle de Bonnard, puisque ce chapitre, avec une présentation passablement différente, forme le récit paru dans *La Jeune France* du 1er novembre 1880 sous le titre *Le Stratagème* et aurait dû figurer dans *Le Crime de Sylvestre Bonnard*, comme le prouvent des épreuves du livre.

Page 233.

a. comme je l'aimai ! Mais je suis un bien mauvais conteur *RA* ↔ *b.* même le plus pur. M. de Lessay, *RA*

1. Quelque pendule « à sujet » dut frapper Anatole France dans sa jeunesse, car celle-ci nous fait songer à la pendule qu'il place dans le salon de ses parents (*Le Petit Pierre*, XXVII), en l'ornant d'un Spartacus farouche qui vient de briser ses fers.

2. *Bélisaire*, publié en 1767, condamné par mandement de l'archevêque, présentait le vieux capitaine exilé par Justinien comme le sage par excellence, pardonnant à ses persécuteurs, donnant au roi des Bulgares des leçons de tolérance, et finalement éclairant sur son injustice l'empereur Justinien lui-même. L'éloge de la loi naturelle et l'assertion que Dieu admet dans son paradis les païens vertueux attirèrent à ce roman les foudres de la Faculté de théologie et valurent sa destitution au censeur

qui l'avait accepté. Ce livre connut une vogue immense, mais il est très « daté » : les héros du ve siècle y parlent comme des adeptes de la philosophie des lumières.

Page 234.

1. Forme hellénisée de Mani, le légendaire premier roi d'Égypte, qui aurait détourné le Nil et fondé Memphis. On sait que Deucalion, fils de Prométhée, fondateur mythique de la race hellénique, échappa au déluge et lança sur la terre des pierres qui se transformèrent en hommes.

Page 236.

a. histoire d'un moine, d'un trompette *RA, 1881*

1. Substance siliceuse formée de débris fossiles, qui servait à nettoyer et polir les métaux.

2. François Arago, 1786-1853, directeur de l'Observatoire et, après 1830, secrétaire perpétuel de l'Académie des sciences, l'un des plus grands astronomes de son temps. Il travailla surtout sur la théorie des ondulations, la polarisation chromatique et l'électromagnétisme.

3. En août 1804, lors de son voyage dans les provinces rhénanes, lorsque Joséphine agit au nom de l'empereur et fut traitée avec tous les honneurs dus aux personnes régnantes. La famille Tascher, à laquelle appartenait Joséphine par la naissance, est une ancienne famille de l'Orléanais qui remonte au xve siècle, documents à l'appui.

Page 237.

a. de lauriers; elle se nomme *RA* ↔ *b.* sous ses drapeaux *RA* ↔ *c.* la remontrance de mon père *RA*

1. L'illustre navigateur était mort en 1779. Ses *Voyages* parurent traduits en français entre 1774 et 1785, et connurent aussitôt une vogue immense. Il est naturel que M. de Lessay fasse allusion à cette littérature, lui qui est resté un homme de l' « époque Louis XVI ».

Page 238.

a. se retira, me dit-on, à Caen, chez une vieille parente. C'est là qu'ayant passé la première jeunesse, elle épousa un commis *de banque, Noël A*lexandre, qui devint si riche et mourut si pauvre. / Quant à moi, *RA, 1881* ↔ *b.* auprès du mien, devant le feu, sans que mon cœur se serrât douloureusement. *Fin de la publication dans « La Revue alsacienne ». Voir var. a, p. 226.* ↔ *c.* douloureusement. L'an passé, j'ai appris de vous, qui l'avez connue, sa vieillesse et sa mort. J'ai vu sa fille chez vous. Je l'ai vue, mais je ne dirai pas encore comme le vieillard de l'écriture : « Et maintenant *1881*

Page 239.

a. avec une visible impression de surprise. Elle n'attendait pas du bonhomme tant de simplicité *1881* ↔ *b.* vous ressemblent, les innocents qui ont les mains pleines. M. Mouche n'est pas précisément de ceux-là : il a l'esprit retors et les mains crochues. Bien que j'aie très peu de plaisir à le rencontrer, nous irons ensemble, si vous voulez, lui demander la permission d'aller voir Jeanne, qu'il a mise dans un pensionnat des Ternes où elle est très malheureuse. / Nous prîmes jour ; je baisai *1881*

Ici reprend le texte de « La Nouvelle Revue ». ↔ *c.* lunetier, car *NR, 1881* ↔ *d.* que nous portons à *NR, 1881*

Page 240.

a. Nous quittâmes le *NR, 1881*

1. La rue Pierre-Demours, entre l'avenue des Ternes et l'avenue de Villiers, était pour partie de création récente, ayant été prolongée en 1862.

Page 241.

a. Ayant beaucoup connu ses parents, *NR, 1881* ↔ *b.* Puisque vous avez été, monsieur, l'ami de M. et de Mme Alexandre, *NR, 1881*

1. Tatius prit les armes contre Rome pour venger l'enlèvement des filles de son peuple par les Romains ; mais, se jetant entre leurs époux et les membres de leur famille, les Sabines firent cesser la guerre, et Tatius régna sur Rome en alternance avec Romulus.

Faut-il se rappeler ici la « tête de Minerve, au crayon noir, encadrée de dorure — qui portait en bas, écrit en lettres gothiques : " À mon cher papa " », de la salle où se tient Emma Ravault dans *Madame Bovary* ? Disons que la bêtise de ces représentations aura frappé France comme Flaubert, sans qu'il y ait forcément influence : elles étaient imposées en classe de dessin aux jeunes filles, en 1880 comme trente ans auparavant.

2. Ainsi sainte Marie l'Égyptienne traversant un fleuve à la rencontre de Zozime (éd. Gustave Brunet, II, p. 65).

Page 243.

a. a une pénitence à faire et une répétition à donner ; mais je serais désolée NR, 1881 ↔ b. d'intérêt. Elle a ce que j'appelle *NR, 1881*

1. La méthode avait prospéré en Angleterre à la fin du XVIIIe siècle avec les instituteurs Bell et Lancaster ; elle s'était répandue en Europe ; elle entre en France après la chute de l'Empire, et connut l'engouement des libéraux. Mais Mlle Préfère n'en donne que la caricature, en négligeant tout à fait l'instruction de Jeanne, monitrice, mais non élève elle-même. Tel est d'ailleurs l'inconvénient, sans cesse dénoncé par ses détracteurs, de « l'enseignement mutuel », manière économique, bien souvent, de se passer d'instituteurs.

Page 244.

a. une demoiselle assez peu présentable *NR, 1881*

Page 245.

a. Ne vous plaisez-vous pas *[p. 244, 19e ligne en partant du bas]* mieux ici cette année que l'année dernière ? / Elle hésita, puis me répondit avec un bon sourire résigné : / — Pas beaucoup mieux. / Je la priai de me dire quelle était sa vie dans cette maison. Elle commença à m'énumérer toutes sortes d'exercices, piano, style, chronologie des rois de France, couture, dessin, danse, catéchisme, savoir-vivre..., que sais-je encore ! Elle tenait dans ses mains, sans s'en apercevoir, les deux bouts de sa corde qu'elle soulevait et abaissait régulièrement en faisant son énumération ; mais elle s'en avisa tout à coup, rougit, balbutia, et je dus renoncer à connaître le programme complet des études de l'institution Préfère. / Ayant interrogé Jeanne sur divers points et obtenu les réponses les plus confuses, je vis que la corde occupait cette jeune âme tout entière, et j'entrai bravement dans ce grave sujet. / — Vous sautez à la corde, lui dis-je. C'est un agréable exercice dont il ne faut pas abuser, car un excès de ce genre pourrait nuire gravement à votre santé, et je ne m'en consolerai pas, Jeanne, je ne m'en consolerais pas. / — Vous êtes bien bon, monsieur, me répondit la jeune fille, d'être venu me voir et de me parler comme vous me parlez. Je n'ai pas pensé à vous remercier quand je suis entrée, parce que j'étais trop surprise. Avez-vous vu Mme de Gabry ? Parlez-moi d'elle, voulez-vous, monsieur ? / — Mme de Gabry, répondis-je, va bien. Je vous dirai d'elle, Jeanne, ce qu'un vieux jardinier disait de la châtelaine, sa maîtresse, quand on s'enquérait d'elle à lui : « Madame est dans son chemin. » Oui, Mme de Gabry est dans son chemin ; vous savez, Jeanne, comme ce chemin est bon et de quel pas égal elle y marche. Je suis allé avec elle l'autre jour, loin, bien loin, et nous avons parlé de vous. *NR, 1881*

Page 246.

a. C'est avec respect que je laissai couler ces larmes d'une jeune fille *[p. 245, 18e ligne]*. Puis, tandis qu'elle s'essuyait les yeux : / — Ne me direz-vous pas, Jeanne, lui demandai-je, pourquoi cette corde vous occupait tant tout à l'heure ? / — Bien volontiers, monsieur ; c'est parce que je ne devais pas paraître avec une corde dans le parloir. Vous pensez bien qu'à mon âge on ne joue plus à la corde. Quand la bonne m'a dit qu'un vieux monsieur... oh !... qu'un monsieur m'attendait dans le parloir, j'étais occupée à faire sauter les petites ; alors, j'ai noué la corde *autour de moi, comme cela, pour* ne pas la perdre. C'était mal ; mais j'ai si peu l'habitude de recevoir des visites ! Mlle Préfère ne pardonne pas les fautes contre la tenue ; elle me punira, bien sûr ; et j'en suis très fâchée. / — Cela est fâcheux, en effet, Jeanne. / Elle prit un air très grave : / — Oui, monsieur, cela est fâcheux, parce que quand je suis punie, je n'ai plus d'autorité sur les petites. / Je ne me faisais pas une idée très nette de cet inconvénient, mais Jeanne m'expliqua qu'étant chargée par Mlle Préfère d'habiller les enfants de la petite classe, de les laver, de leur apprendre la bienséance, l'alphabet, l'usage de l'aiguille, de les faire jouer et finalement de les coucher, la prière faite, elle ne pouvait se faire obéir de ce turbulent petit peuple les jours où elle était condamnée à garder son bonnet de nuit dans la classe ou à manger debout sa viande sur une assiette retournée.

/ Ayant admiré intérieurement les pénalités édictées par la dame à la pèlerine enchantée, je répondis : / — Si j'ai bien compris vos paroles, Jeanne, vous êtes à la fois élève et maîtresse. C'est un état fréquent dans le monde. On vous punit et vous punissez. / — Oh ! monsieur, me répondit-elle, jamais je ne punis. / — Et je devine, dis-je, que cette indulgence vous attire les réprimandes de Mlle Préfère. / Elle sourit et cligna de l'œil. / Je lui représentai alors que les difficultés où nous nous mettons en agissant de notre mieux, selon notre conscience, ne nous écœurent ni ne nous lassent, mais que ce sont, au contraire, de salutaires épreuves. Cette philosophie la toucha très peu. Elle parut même tout à fait indifférente à ma morale. N'était-ce point naturel ? et ne sais-je donc pas qu'il faut n'être plus innocent pour se plaire aux moralistes ? J'eus l'esprit de couper court à mes maximes : / — Jeanne, dis-je, vous parliez tout à l'heure de Mme de Gabry. Parlons de votre fée. Elle était très joliment faite. Modelez-vous ici des figures de cire ? / — Je n'ai pas de cire, me répondit-elle, en laissant tomber ses bras, pas de cire ! / — Pas de cire, m'écriai-je, dans une république d'abeilles ! / Elle rit. / — Et puis, voyez-vous, monsieur, ajouta-t-elle, mes figurines, comme vous dites, ne sont pas dans le programme de Mlle Préfère. Pourtant j'avais commencé un tout petit saint-Georges pour Mme de Gabry, une poupée de saint-Georges avec une cuirasse dorée. N'est-ce pas, monsieur Bonnard, que c'était bien pour un saint-Georges, une cuirasse dorée ? / — Fort bien, Jeanne. Mais qu'est-il devenu ? / — Je vais vous dire : je l'ai gardé dans ma poche, parce que je n'avais pas d'autre place pour le mettre et... je me suis assise dessus. / Elle tira de sa poche une petite figure de cire qui n'avait plus forme humaine et dont les membres disloqués étaient retenus à peine par leur âme de fil de fer. À la vue de son héros ainsi fait, elle fut prise d'attendrissement et de gaieté. La gaieté l'emporta, et elle partit d'un éclat de rire, qui s'arrêta brusquement. / Mlle Préfère était debout, souriante, à la porte du parloir. / — Cette chère enfant ! soupira la maîtresse de pension de sa voix la plus tendre. Je crains qu'elle ne vous fatigue. D'ailleurs vos moments sont précieux. / Je priai Mlle Préfère de perdre cette illusion. / Et me levant, pour prendre congé, je tirai de mes poches quelques tablettes de chocolat et autres douceurs que j'avais apportées. / — C'est cela ! me dit Jeanne, il y en a pour toute la pension. / La dame à la pèlerine *NR, 1881* ↔ *b.* elle me dit avec une remarquable fermeté : / — Je vous remercie, monsieur, de la bonté que vous avez eue de venir me voir. *NR, 1881*

Page 247.

a. savent embrasser les plus infimes NR ↔ *b.* 3 juin NR

1. Alors dans le département de Seine-et-Oise, et dans le voisinage du bois qu'Anatole France connaissait bien, car les Calmettes avaient à Ville-d'Avray une villa qui lui servit notamment de refuge en mai 1871 ; les Lemerre aussi possédaient là une campagne dans laquelle fut reçu Anatole France.

Page 248.

a. sur ma canne, un sentier *NR* ↔ *b.* jamais la beauté du ciel sur les arbres et la sérénité puissante des formes végétales n'avaient *NR, 1881*

Page 249.

a. à soixante-dix ans *NR, 1881, 1902* ↔ *b.* du coin de l'œil la pratique matinale. *1881*

Page 250.

1. Peter Schöffer, à Mayence, imprima vers 1460 Ésope, Cicéron, Valère Maxime. C'était un ancien compagnon de Gutenberg, qui s'associa avec Johann Fust pour son propre compte.

Page 251.

a. C'est ici que commence dans NR *le paragraphe daté du 4 juin. Tout le passage, allant de* J'aime à regarder *(p. 249) à* serait comblé *a été ajouté, dans l'édition en volume.* ↔ *b.* Je ne sais comment il se fit que, ce matin, accoudé à ma fenêtre et regardant un bouquiniste poser ses boîtes sur le parapet, je songeai à la très vaine et très négligeable *NR*

1. À la fin du 21ᵉ livre des *Œuvres* d'Ambroise Paré (édition de 1614 à Paris chez N. Buon), livre *Des venins* dont le discours « de La Licorne » occupe les chapitres XLVII à L, se trouve une « Réplique d'Ambroise Paré, premier chirurgien du Roy, à la responce faicte contre son discours de La Licorne ». À la fin de celle-ci, se trouvent les phrases citées par Anatole France, suivies de cette conclusion : « Il est bien séant aux jeunes gens, pour faire preuve de leur esprit, éloquence et doctrine, de discourir des points problématiques librement : et aux gens de mon âge, de s'arrêter tellement à la vérité, que l'on ne s'en departe aucunement, pourveu que l'un et l'autre se fasse sans pique, riotte, blâme, et offense de son prochain. » (P. 814.) Le 22ᵉ livre des *Œuvres* est celui de *La Peste*. Quant au discours de *La Mumie* (on utilisait en médecine la poudre de momie), il forme les chapitres VII et XIII du 12ᵉ livre, *Des contusions*. Le titre donné par Sylvestre Bonnard n'est donc point inventé, mais pittoresquement synthétique.

Page 252.

a. plus d'un demi-siècle *NR, 1881, 1902*

1. L.-C. Petit-Radel, membre de l'Institut, bibliothécaire administrateur de la bibliothèque Mazarine, publia en 1827 à l'Imprimerie royale un *Examen analytique et tableau comparatif des synchronismes de l'histoire des temps héroïques de la Grèce*. À la page 204, on trouve une liste de dix prétendants, sous la rubrique : « Âge des prétendants à la main d'Helena, dans leurs rapports avec celui de cette princesse. » Le terme « amants », lorsque Sylvestre Bonnard parle des « amants d'Hélène », est donc pris dans son acception ancienne.

2. *Cinna*, acte IV, sc. II, Auguste : « Rentre en toi-même, Octave, et cesse de te plaindre / Quoi ! tu veux qu'on t'épargne, et n'as rien épargné ! » (V. 1130-1131.) [Corneille, *Œuvres complètes*, Bibl. de la Pléiade, t. I, p. 948.]

Page 253.

a. mitrés. Il y a dans un livre [...] plantes. Et tantôt encore ma gouvernante [...] fleurs de giroflée. C'était *NR, 1881*

1. Le livre de Sprengel est cité p. 311 et Sylvestre Bonnard en utilise un extrait. On renvoie aux notes concernant ces passages. Quant au regret qu'exprime le vieux savant de n'avoir point consacré son étude aux insectes et aux plantes, il évoque la lettre d'Ernest Renan à Marcelin Berthelot d'août 1863, « Les Sciences de la nature et les sciences historiques » (lettre reprise dans les *Fragments philosophiques*) : « Ici, au bord de la mer, revenant à mes plus anciennes idées, je me suis pris à regretter d'avoir préféré les sciences historiques à celles de la nature, surtout à la physiologie comparée. » On sait que Michelet vieillissant choisit, quant à lui, d'écrire sur la nature, après avoir fait œuvre d'historien : *L'Insecte, La Montagne, La Mer, L'Oiseau* datent de la période, sombre pour lui, du second Empire.

Page 254.

a. Prenant alors pour modèle, s'il m'est possible, le gladiateur antique, je m'efforcerai de ne point faire une trop laide grimace. Voyez *NR* ↔ *b.* devenue, avec l'âge, très *NR, 1881*

1. « Et, hors un gros Plutarque à mettre mes rabats, / Vous devriez brûler tout ce meuble inutile, / Et laisser la science aux docteurs de la ville. » (*Les Femmes savantes*, acte II, sc. VII, Molière, *Œuvres complètes*, Bibl. de la Pléiade, t. II, p. 1012.)

Page 255.

a. l'autorisation à moi accordée *NR* ↔ *b.* il m'étouffe *NR* ↔ *c.* je dévorais sans résistance au clair *NR, 1881*

Page 256.

a. était modeste, bien achalandé et en possession de l'estime publique *NR*

Page 257.

a. De plus, on la punit avec une puérilité dégoûtante, et c'est *NR, 1881*

Page 258.

a. à Jeanne, de ne la punir que dans les cas de nécessité et de lui accorder *NR, 1881*

Page 259.

a. à cette institutrice. *Ici se termine la première partie du roman, p. 605 de la livraison du 1er décembre 1880. Voir var. b, p. 218.*

Page 260.

a. parce que je ne vois pas du tout, du tout, mais là ! pas du tout de raisons *NR, 1881* ↔ *b.* Jeanne ? / Elle mordilla ses lèvres, comme pour les punir d'avoir remué à tort, puis elle reprit d'un ton câlin, en me faisant de gros yeux doux, des yeux de caniche : / — Je sens bien que j'ai dit une bêtise; mais, en vérité, je ne vois aucune raison *NR, 1881*

1. Allusion à la fable de La Fontaine, livre I, 16, « La Mort et le Bûcheron » : « Il appelle la Mort; elle vient sans tarder, / Lui demande ce qu'il faut faire. / " C'est, dit-il, afin de m'aider / À recharger ce bois; tu ne tarderas guère. " » (*Œuvres complètes*, Bibl. de la Pléiade, t. I, p. 45.)

Page 261.

a. de votre bonne ! / Et Jeanne éclata de rire / — Eh bien, *NR, 1881* ↔ *b.* devinez : je vous le donne en cent, je vous le donne en mille. Vous donnez votre langue aux chats. Elle m'a demandé *NR, 1881* ↔ *c.* pas du tout, du tout, du tout à ce que *NR, 1881*

Page 262.

a. vous ? Vous n'avez pas connu maman. / Oui, juste ciel, je l'avais connue, sa maman ! Et comment, en effet, avais-je pu dire *NR, 1881* ↔ *b.* heureux, les célestes harmonies que j'entendis résonner dans mon âme, sur cette tombe devant laquelle une sainte femme m'avait conduit, se prolongèrent en ce moment en moi avec une infinie douceur. L'enfant dont je tenais les mains les entendait sans doute; et le pauvre vieillard et la simple jeune fille, ravis hors du monde sensible, virent un moment la même ombre palpiter au-dessus d'eux. / — Mon enfant, *NR, 1881*

Page 263.

1. Platon a maintes fois développé l'idée que l'âme la plus haute est celle qui comprend la gratuité des plaisirs de l'intelligence; voir notamment les livres VI et VII de *La République* (Platon, *Œuvres complètes*, Bibl. de la Pléiade, t. I, p. 1065 et suiv.) et *Phèdre*, 278 (*ibid.*, t. II, p. 80-81).

Page 264.

a. il y a en eux un fonds mystérieux qui me trouble *NR, 1881* ↔ *b.* sa mère, assurément *NR, 1881* ↔ *c.* à une femme. Je crois que son chapeau était un peu de travers; mais elle souriait, et la cité *NR, 1881*

Page 265.

1. L'embarcadère des bateaux-mouches était situé sur la rive gauche de la Seine, près du pont du quai d'Orsay. Les stations étaient : Alma, Passy, Auteuil, Billancourt, Meudon, Sèvres, Saint-Cloud, Suresnes. Ces bateaux étaient alors organisés en lignes régulières, empruntées par les Parisiens pour aller au travail (ils coûtaient 30 centimes en semaine) comme pour se délasser (50 centimes les dimanches et fêtes).

Page 266.

a. un beau regard expressif, presque triste, qui semblait un affectueux adieu *NR* : un bon regard expressif, presque triste, qui semblait un affectueux adieu *1881* ↔ *b.* en riant. / Je la regardais. Elle s'écria : / — Venez voir le beau costume. (C'était *NR, 1881*

1. Cesare Vecellio, *De gli habiti antichi e moderni di diverse parti del mundo*, Venise, 1590, avec 420 planches. On croit que Le Titien collabora à l'œuvre de Cesare Vecellio, son cousin. Ce livre est le premier tome de la *Corona delle nobile e vertuose donne*, Venise 1591. Il fut réédité en 1861-1862, en français, chez Didot, l'édition princeps étant une rareté bibliophilique.

Page 267.

a. cela donne ! Je vais vous dire : j'adore le luxe / — Il ne faut pas *NR, 1881* ↔ *b.* nez informe. *NR, 1881, ainsi que trois lignes plus bas.* ↔ *c.* yeux lunetiers *NR* ↔ *d. vœux* : / Souvent dans sa colère il reçoit nos victimes, Ses présents sont souvent la peine de nos crimes. / La porte *NR, 1881* ↔ *e.* et je ne puis vraiment pas l'aller cacher de suite, comme un trésor, dans *NR, 1881*

1. *Phèdre*, acte V, sc. III, Aricie à Thésée : « Craignez, Seigneur, craignez que le ciel rigoureux / Ne vous haïsse assez pour exaucer vos vœux. » (V. 1435-1436, Racine, *Œuvres complètes*, Bibl. de la Pléiade, t. I, p. 796.)

Page 269.

a. j'entendis M. Gélis et Mlle Jeanne causer ensemble, s'il vous plaît, comme les meilleurs amis du monde. Mlle Préfère, pleine de retenue, ne disait rien; mais les deux autres jasaient comme des oiseaux. Et de quoi ? Du blond vénitien ! Oui, du blond vénitien ! Ce petit serpent de Gélis donnait à Jeanne, d'après les textes authentiques, le secret de la teinture dont les femmes du Titien et de Véronèse trempaient leur chevelure. Et Mlle Jeanne donnait gentiment son avis sur le blond miel et le blond d'or. Je devinai que ce coquin de Vecellio était de l'affaire, qu'on s'était penché sur le livre et qu'on avait admiré ensemble la dogaresse de tantôt ou quelque autre patricienne de Venise. / N'importe ! Je parus avec *NR, 1881* ↔ *b.* répondit pas. / — Hé ! hé ! pensai-je. / Et nous allâmes à Saint-Cloud. *NR, 1881*

1. Le blond de miel, blond roux, qui était de loin la nuance la plus prisée à Venise.

Page 270.

a. Elle est parfaitement ignorante, mais *NR, 1881*

1. Ces poètes, qui se multiplièrent quand une fille d'Aliénor d'Aquitaine et de Louis VII eut épousé le comte de Champagne, au XIIe siècle, avaient fait l'objet d'une édition de Prosper Tarbé dont les cinq premiers tomes parurent chez Techener et à Reims, et dont les suivants, imprimés à Reims, furent procurés

directement par l'auteur : *Collection des poètes champenois antérieurs au XVIe siècle*, 24 vol. de 1847 à 1864, réunissant notamment les œuvres de Guillaume Coquillart, Guillaume de Machault, Eustache Deschamps, Philippe de Vitry, Thibault IV de Champagne.

2. Voir n. 3, p. 190.

3. Silvestre, éditeur, était établi 30, rue des Bons-Enfants, depuis la monarchie de Juillet, et il était spécialisé en tout ce qui concerne le Moyen Âge; il s'alliait parfois avec Techener, pour publier par exemple *La Légende latine de saint Brandaines* de Jubinal. Or, Noël France travailla un temps chez Techener, avant de s'établir à son compte. Anatole France a donc de bonnes raisons pour connaître Silvestre comme un expert en ouvrages anciens, comme pour avoir eu entre les mains la description des divers manuscrits de *La Légende dorée* par Paulin Paris, puisque c'est Techener qui édita en 1838 son livre *Les Manuscrits français de la Bibliothèque du roi.* Une autre conjecture pour situer cet « hôtel Silvestre » est d'y voir la « salle Sylvestre », salle de l'hôtel des Ventes où se déroulaient les ventes de bibliothèques; Anatole France aurait commis la bévue de désigner tout l'hôtel du nom de la salle.

4. *Preces piae* : voir n. 2, p. 193. La reine Claude est la fille de Louis XII et d'Anne de Bretagne, Claude de France (1499-1524), mariée en 1514 au duc d'Angoulême, devenu François Ier. Comme sa mère, elle fut très pieuse.

Page 271.

a. la cité des livres *[p. 270, 4 lignes en partant du bas]*, peu différent en cela du petit enfant qui ramasse des cailloux. Il m'arriva un jour de visiter, dans un château abandonné, la bibliothèque d'un vieux parlementaire. La salle où étaient les livres n'avait point été ouverte depuis trente ans, mais quelque orage en avait brisé les vitres. Un jeune marronnier, poussé dans une fente du parquet, étendait vers la fenêtre ses feuilles en parasol. En le considérant, je ne pus m'empêcher d'admirer la vigueur de la nature et l'irrésistible force qui pousse tout germe à se développer dans la vie. Par contre, je m'attristai à songer que l'effort que nous faisons, nous autres savants, pour retenir et conserver les choses mortes est un pénible et vain effort. Tout ce qui vécut est l'aliment nécessaire des nouvelles existences. L'Arabe qui se bâtit une cabane avec les marbres des temples de Palmyre est plus philosophe que tous les conservateurs des musées de Londres, de Paris et de Munich... Maître Bonnard, tu es un vieux fou. *NR* ↔ *b.* me voit, rit, et c'est Mlle Préfère qui l'empêche d'agiter son ombrelle en signal d'amitié. Il y a un degré de civilisation auquel on n'amènera jamais Mlle Jeanne. Vous lui apprendrez, si vous voulez, tous les arts (ce n'est pas précisément à Mlle Préfère que je m'adresse en ce moment), mais vous ne lui enseignerez jamais toutes les manières. Elle a le tort, étant agréable, de l'être à sa façon. Il faut être un vieux fou comme moi pour pardonner cela. Quant aux jeunes *NR, 1881* ↔ *c.* mon affaire. La voyez-vous qui file sur le trottoir, serrée dans son mantelet, le chapeau en arrière, plume au vent, comme un brick pavoisé ? Et véritablement elle a l'allure svelte et fière d'un fin voilier, si bien qu'elle me rappelle qu'un jour, étant au Havre... Mais faut-il *NR, 1881*

1. Voir n. 1, p. 158.
2. Rappelons qu'en 1877, Anatole France avait procuré chez Lemerre une édition de *Paul et Virginie* de Bernardin de Saint-Pierre, avec notice et notes.

Page 272.

a. pas ici, de peur que la vieillesse ne se gagne / Jeanne, *NR, 1881* ↔ *b.* J'essayai de l'excuser par l'exemple de Molière. Il arriva alors que, montée sur mon échelle pour chercher un volume, elle en fit tomber toute une rangée. Ce fut un écroulement sonore; et Mlle Préfère en eut, en personne délicate, une petite attaque de nerfs. Jeanne suivit lestement les livres au pied de l'échelle. C'était la chatte métamorphosée en femme attrapant des souris métamorphosées en bouquins. Un de ceux-là l'intéressant, elle se mit à le lire, assise sur ses talons. C'était, nous dit-elle, *Le Prince Grenouille*. Mlle Préfère se plaignit, à cette occasion, du peu de goût que Jeanne avait pour la poésie. On ne pouvait lui faire réciter sans faute *La Mort de Jeanne Darc*, par Casimir Delavigne. C'est à peine si elle avait pu retenir *Le Petit Savoyard*. La maîtresse de pension n'admettait pas qu'on lût *Le Prince Grenouille* avant de savoir par cœur les stances à Duperrier. Emportée par l'enthousiasme, elle récita d'une voix plus douce qu'un bêlement : / *Ta douleur, Duperrier, sera donc éternelle, / Et les tristes discours / Que te met en l'esprit l'amitié paternelle / L'augmenteront toujours ! // Je sais de quels appas son enfance était pleine, / Et n'ai pas entrepris, / Injurieux ami, de consoler ta peine / Avecque son mépris.* / Puis elle s'extasia : / — Que cela est beau ! Quelle harmonie ! Comment ne pas admirer des vers si jolis, si touchants ? Mais pourquoi Malherbe traite-t-il d'injurieux ami ce pauvre Duperrier déjà si éprouvé par la perte de sa fille ? Injurieux ami ! Convenez que le terme est dur. / J'expliquai à cette poétique personne que cet « injurieux ami » qui la choquait si fort était une apposition, etc. Ce que je dis lui dégagea si bien le cerveau, qu'elle semblait prise d'une forte envie d'éternuer. Il fallait cependant que l'histoire du Prince Grenouille fût extrêmement joyeuse, car Jeanne, sur son tapis, retenait à grand-peine une forte envie de rire. Mais quand elle en eut fini avec le prince et la princesse du conte et les nombreux enfants qu'ils ne manquèrent pas d'avoir, elle prit un visage suppliant *NR, 1881* ↔ *c.* où elle procéda, comme nous le sûmes plus tard, à des préparations inconnues à Vatel, inconnues même à ce grand Carême qui commença ainsi son traité des pièces montées : *« Les Beaux-Arts sont au nombre de cinq : la peinture, la musique, la poésie, la sculpture et l'architecture, laquelle a pour branche principale la pâtisserie. »* Je n'eus pas *NR, 1881*

1. Pareil éloge du parler maternel se trouve dans la notice qui accompagne l'édition des *Fables* de La Fontaine procurée chez Lemerre par Anatole France en 1883, à propos des emprunts de La Fontaine à Rabelais et à la langue populaire du Moyen Âge. Le plus clair de la notice est en effet constitué par des *Remarques sur la langue de La Fontaine* (p. XI à XLIV).

Page 273.

a. à la gloire. Songez qu'à votre âge on a besoin, comme Œdipe, d'une Égérie. Votre cuisinière *NR, 1881*

Page 274.

a. les éclats de rire de Jeanne *NR, 1881* ↔ *b.* raisonnablement rôti. Jeanne le remit à la broche, le grilla, le sauta au beurre. Et à chaque fois qu'il revenait sur la table, il était moins comestible et plus hilare que devant. C'était, quand nous le mangeâmes, une chose qui n'a de nom dans aucune cuisine. / Le nougat fut encore plus extraordinaire. Il vint avec son poêlon, faute d'avoir pu en sortir. J'invitai Jeanne à le servir elle-même, pensant l'embarrasser. Mais elle cassa le poêlon et nous en donna à chacun un morceau. Croire qu'à mon âge on mange des choses pareilles, c'est une idée qui ne peut entrer que dans une tête innocente. Mlle Préfère, sortie de son rêve, repoussa avec indignation ce tesson au caramel, et me confia à ce propos qu'elle excellait à préparer les plats sucrés. / — Ah ! s'écria Jeanne avec un air de surprise qui n'était pas tout à fait sans malice. / Puis elle mit tous les morceaux du poêlon dans du papier, à l'intention de ses petites amies et spécialement des trois petites demoiselles Mouton, qui sont naturellement enclines à la gourmandise. / Au fond, j'étais très inquiet *NR, 1881*

Page 275.

a. me serra la main avec tant *NR, 1881* ↔ *b.* serré. / Pauvre enfant ! *NR, 1881* ↔ *c.* ce livre de mémoire. Ce n'est pas, *NR, 1881* ↔ *d.* petit salon, et je reconnus, au mauvais état du couvert, que la maîtresse de pension était un de ces esprits éthérés, qui planent au-dessus des réalités terrestres. Assiettes *NR, 1881* ↔ *e.* car celui qu'elle m'offrit, préparé en fines coquilles, était rance à souhait. *NR, 1881*

1. Hérodote nous décrit les mœurs de ces Sarmates, peuple nomade qui occupait au nord du Pont-Euxin d'immenses territoires allant du Danube à l'Orient, au-delà de la mer Caspienne. On sait que le beurre rance est encore couramment consommé par les peuples mongols et tibétains.

Page 276.

a. élèves. Je la félicitai intérieurement d'avoir échappé au beurre mérovingien, aux radis amples et creux comme des urnes, au rôti coriace et autres curiosités de bouche auxquelles je m'étais exposé par l'amour d'elle. / La servante désolée servit quelque chose de liquide qu'on nomma, je ne sais pourquoi, une crème et disparut *NR, 1881* ↔ *b.* d'une nature aussi nauséabonde. Je ressentais une terreur écœurante. / Je dégageai *NR, 1881*

Page 277.

a. sentiment de honte. / — Ma pauvre Jeanne ! *NR, 1881*

Page 278.

a. de la fille de Clémentine et songeant *NR, 1881*

Page 281.

a. et le domestique de Mme de Gabry *NR, 1881, ainsi qu'à la ligne suivante.*

1. France se trompe, il s'agit d'une des dix célèbres statues représentant les vertus du prince Philibert le Beau, petites statues de facture flamande, gracieuses jusqu'à la préciosité, tout en étant réalistes. Il n'y a pas à Brou de représentation des Vertus théologales.

2. Dans *Le Bibliophile français* de mai 1870, Anatole France a rendu compte du livre que Curmer avait dédié à reproduire les *Œuvres de Jehan Foucquet*, en 1866-1867.

Page 283.

a. Février 186... *NR, 1881, 1902* ↔ *b.* Bref, une bonne moitié de ce parfait exemplaire du dictionnaire de médecine contenu dans la trop authentique boîte de Pandore. / — Docteur, voilà une histoire sensée que celle de Pandore, si j'étais poète, je la mettrais en vers français. Touchez là, *NR, 1881*

Page 284.

1. M. Argant, ou mieux Argan, le Malade imaginaire de Molière, toujours couvert d'un bonnet de malade qu'il se refuse à ôter, de peur des conséquences.

Page 286.

1. Fleur de la famille des renonculacées, à profond calice, ce qui explique son surnom populaire. Elle était prise au Moyen Âge comme modèle par les peintres et artisans; il existe notamment des gobelets du XVe siècle « à façon d'ancolie ».

2. John Lubbock, *Les Insectes et les fleurs sauvages*, ouvr. cité, p. 23 : « H. Müller raconte qu'il a surveillé un jour un bourdon femelle *(B. terrestris)* qui examinait une Ancolie *(Aquilegia)*; elle fit plusieurs essais infructueux pour sucer le nectar, puis, convaincue, sans doute, qu'elle n'y parviendrait pas, elle finit par perforer la corolle. S'étant ainsi assuré la possession du nectar, elle visita plusieurs autres fleurs de la même espèce, et les perfora immédiatement, sans essayer de pénétrer dans la fleur, comme si elle comprenait que c'était prendre une peine inutile. »

Page 287.

a. au Ministère s'il n'y avait pas *NR, 1881* ↔ *b.* les palmes académiques. *Ici se termine la seconde partie de la publication en revue, p. 910 du numéro du 15 décembre.* ↔ *c.* dit. Et Jeanne Alexandre est méchante, alors on l'enferme dans la chambre noire, et c'est bien fait. Moi, je suis sage et on ne m'enferme pas dans la chambre noire. / Les trois *NR, 1881*

1. En 1697, Rollin acquit au 8 de la rue Neuve-Saint-Étienne-du-Mont une petite maison avec un jardin, dont il parle avec

ravissement dans une lettre du 6 avril 1697 à Claude Le Pelletier : « Je commence à sentir et à aimer plus que jamais les douceurs de la vie rustique [...] Un petit espalier couvert de cinq abricotiers et de dix pêchers fait tout mon fruitier [...] Ma joie n'est pourtant pas sans inquiétude, et la tendresse que j'ai pour mon petit espalier et pour quelques œillets me fait craindre pour eux le froid de la nuit. »

Page 288.

a. machine. Il ne se peut pas pourtant que Jeanne devienne une servante de pensionnat ! / 28 décembre. / L'idée que Jeanne balaye les classes m'était devenue absolument intolérable. / Le temps *NR, 1881* ↔ *b.* mon chapeau en tomba dans le ruisseau. / J'attendis *NR, 1881* ↔ *c.* regret. Malheur à qui ne sait sortir au besoin de la règle sociale ! Un quart d'heure *NR, 1881*

Page 289.

a. pension. / — Bonté divine ! Votre tuteur m'a tout l'air d'un gredin. / — Vous savez donc ? *NR, 1881*

Page 291.

a. pendant des mois. Vous rappelez-vous mon petit saint-Georges ? Jusque-là j'y avais travaillé de mon mieux, tout simplement, tout bonnement. Mais quand j'eus perdu l'espoir de vous revoir, je repris ma figure de cire d'une tout autre façon. Je ne modelai plus avec des bouts d'allumettes, comme avant, mais avec des épingles à cheveux. J'employai même des épingles à la neige. Enfin, je devins minutieuse comme vous ne pouvez pas imaginer. Je mis sur le casque du saint-Georges un dragon, et je passai des heures et des heures à lui faire une tête, des yeux et une queue. Oh ! les yeux surtout. Je n'eus pas de cesse qu'ils n'eussent des prunelles rouges, des paupières blanches, des sourcils, tout ! Je suis bête ; j'avais l'idée que je mourrais quand mon petit saint-Georges serait fini. J'y travaillais pendant les récréations et Mlle Préfère me laissait tranquille. Un jour, j'appris que vous étiez au parloir avec la maîtresse ! je vous guettai ; *NR, 1881* ↔ *b.* voulut me faire sortir, un jeudi. Je refusai d'aller chez lui. Ne me demandez pas pourquoi, monsieur ! Il me répondit bien doucement *NR, 1881* ↔ *c.* et, *quand j'étais* en faute, elle m'enfermait *NR, 1881* ↔ *d.* et, comme M. Mouche ne revenait pas me voir, rien *NR, 1881*

Page 292.

a. comme un petit enfant endormi. / Je tombais moi-même, abîmé de fatigue et d'émotion, quand elle se ranima. / — C'est vous ! me dit-elle. Tant mieux ! / Nous sonnâmes en cet état à la porte de notre amie. / Même jour. / Il était huit heures. Mme de Gabry fut, comme on pense, bien surprise de cette apparition. Mais elle accueillit le vieillard et l'enfant avec cette bonté qui s'exprimait en elle par de si beaux gestes. Il semble (pour prendre le langage de la dévotion qui lui était familier), il semble qu'une grâce coule de ses mains à chaque fois qu'elles s'ouvrent, et il n'est pas jusqu'au parfum dont elle est imprégnée qui ne donne la douce et paisible ivresse de la charité et des bonnes œuvres. Surprise, elle l'était certainement, mais elle ne nous interrogea pas, et ce silence me parut admirable. / — Madame, lui dis-je, *NR, 1881* ↔ *b.* aussitôt elle l'appela : / — Venez, Paul ! venez voir M. Bonnard et Mlle Alexandre. Il vint. J'eus plaisir à voir sa face ouverte et large et à serrer *NR, 1881* ↔ *c.* drue, et poussa un formidable « Sacrebleu ! ». Mais, remarquant *NR, 1881* ↔ *d.* effarés, il ajouta : / — Nous causerons de cela demain matin. Venez dans mon cabinet; je veux vous montrer un vieux bouquin dont vous me direz des nouvelles. / Je le suivis *NR, 1881*

Page 293.

a. d'un... — Nous ne pouvons malheureusement invoquer cet article. — Article 357. *NR, 1881*

Page 294.

1. Étienne Baluze imprima chez François Muguet, en 1674, les *Capitularia regum francorum*. Les autres renseignements se trouvent dans le *Larousse du dix-neuvième siècle*, à l'article « Rapt ».

2. Girart de Roussillon est l'un des héros de la *Geste bourguignonne*, de la fin du XIIe siècle. Paul Meyer avait publié sa légende dans le tome VII de *La Romania*, 1878, p. 161 à 235. L'un des manuscrits de la *Vie* latine de Girart avait été décrit en 1867 par Léopold Delisle dans son *Inventaire des manuscrits latins de Saint-Germain-des-Prés*.

Page 295.

a. pensionnaire. Quand elle me donna le bonsoir, elle tenait sur son bras *NR, 1881*

Page 296.

1. En principe, l'expression « rien moins que » a un sens négatif, et, dans cette phrase, il faudrait donc employer « rien de moins que », au sens positif qui est évidemment le bon (« elle parla bel et bien de m'enfermer »). Mais les exemples sont très nombreux de « rien moins que » au sens positif. Bossuet, Chateaubriand, Stendhal, Colette l'emploient ainsi.

2. Il n'y a pas d'exemple de ce type de vers dans *Tristan*; on peut citer dans le *Tristan* de Béroul, v. 1777-1778 :

Par un matin, a la rousée
L'oisel chantent l'ainsjornée [l'aube],

mais cela nous éloigne du texte de Sylvestre Bonnard, qui a bien l'air d'attribuer à Tristan, en le modernisant discrètement, un vers de style épique (dissyllabique), emprunté à *Renaut de Montauban*, v. 421 :

Mais se Jesus n'en pense, qui fist ciel et rosée,

ou encore à *Aubéron* :

Par Dieu qui fist rosée, Dame, dist-il,

ou à *Jourdain de Blayes*, v. 3950 :

Dex les maudie, qui fist ciel et rousee.

C'est en effet un cliché épique que cite France, du reste assez rare, car les rimes en -ée sont peu fréquentes. *Renaut de Montauban* avait été édité par H. Michelant à Stuttgart, en 1862. *Jourdain de Blayes* allait être édité par K. Hofmann à Erlangen en 1882. Mais il est très possible que, familier de médiévistes, France ait entendu citer l'expression, qu'il aura retenue pour sa beauté.

Page 297.

a. de Levallois, jeune personne fort connue dans le pays par sa beauté et ses talents : on dit qu'elle faisait la barbe mieux que monsieur son père. Enfin, Mouche est parti avec elle; le fait *NR, 1881* ↔ *b.* homme ! Mme de Gabry me souriait d'un sourire si doux, si pur et si noble, qu'une telle femme en devrait réserver les pareils à récompenser les bonnes actions, afin que tout le monde fît le bien autour d'elle. Pour nous payer de nos peines, Jeanne, revenue à sa vive nature, nous fit en un quart d'heure une dizaine de questions, dont les réponses eussent embrassé, pour le moins, la nature et l'homme, la physique et la métaphysique, le macrocosme et le microcosme, sans compter l'ineffable et l'inconnaissable. / Elle tira de sa poche son petit saint-Georges, qui avait cruellement souffert pendant notre évasion. Il n'avait plus ni bras ni jambes, mais il gardait son casque d'or surmonté d'un dragon vert. Jeanne prit solennellement la résolution de le restaurer en l'honneur de Mme de Gabry. / Ces bons amis ! je les quittai, accablé de fatigue et de joie. / Je reçus *NR, 1881*

Page 298.

a. 15 janvier 186... *NR, 1881, 1902*

Page 299.

1. Paul Meyer, né en 1840, sorti en 1861 de l'École des chartes, archiviste à Tarascon, puis attaché au département des manuscrits de la Bibliothèque impériale (1863-1865), archiviste à Paris (1866-1872), secrétaire de l'École des chartes (1872-1875) et professeur au Collège de France en 1876, fut en 1882 directeur de l'École des chartes. Il publia de nombreuses recherches sur les épopées françaises, en 1867-1868, et procura des éditions commentées. Il fut un des fondateurs de *La Revue critique* et de *La Romania*, revues qui n'hésitent pas, dans les comptes rendus critiques en particulier, à traiter assez raidement les ouvrages considérés comme insuffisamment documentés, ou de méthode défectueuse.

Page 300.

a. sa destinée. *[p. 300, 9ᵉ ligne].* / M. Gélis lui demanda comment elle allait, du ton d'un garçon qui se prévaut d'une rencontre antérieure et qui se pose en ancienne connaissance. Oh ! ne craignez rien ! Elle ne l'avait pas oublié; il y parut bien quand ils reprirent à mon nez leur conversation de l'an passé, sur le blond vénitien. Ils la poursuivirent vivement. Je me demandais ce que je faisais là, en vérité. Il ne me restait plus qu'à tousser pour me faire entendre. Quant à placer un mot, ils ne m'en donnaient guère l'occasion. Gélis parlait avec enthousiasme, non seulement des coloristes vénitiens, mais encore du reste des choses humaines et naturelles. Et Jeanne lui répondait : / — Oui, monsieur, vous avez raison... C'est précisément ce que je pensais, monsieur... Monsieur, vous exprimez très bien ce que je ressens... Je réfléchirai, monsieur, à ce que vous venez de me dire là. / Quand je parle, mademoiselle ne me répond pas de ce ton. C'est du bout des lèvres qu'elle goûte ce que je dis, et elle en rejette une bonne moitié. Mais M. Gélis faisait en toute chose autorité. En réponse à tout son bavardage, c'était des : Oh ! oui. Oh ! certainement. Et les yeux de Jeanne ! Je ne les avais jamais vus si grands et si fixes; mais son regard était comme toujours franc, naïf et brave. Gélis lui plaisait; elle admirait Gélis, et ses yeux révélaient ce sentiment, ils l'eussent crié à tout l'univers. — Tout beau ! maître Bonnard; en observant votre pupille *NR, 1881* ↔ *b.* J'ai pris au hasard un livre sur la tablette la plus proche *NR, 1881* ↔ *c.* Monsieur et mademoiselle daignent s'inquiéter de moi, maintenant que j'ai tout l'air de ne pas me soucier d'eux. Je crois, en vérité, que Mlle Jeanne me demande ce que je lis. Non ! certes, je ne vous le dirai pas. Ce que je lis, c'est ce chœur sauve et lumineux *NR, 1881*

1. Littéralement « Le genièvre des dames illustres ». Le livre existe-t-il ou non ? En tout cas, c'est un de ces recueils sur les dames illustres, si nombreux en Italie au XVe siècle (le plus connu étant celui de Boccace), qu'imita en France Brantôme au siècle suivant.

2. Il s'agit du chœur qui suit la condamnation prononcée par Créon contre Antigone, aux vers 781-800 de l'*Antigone* de Sophocle : « Éros, combattant invincible [...] » (Tragiques grecs, *Eschyle-Sophocle*, Bibl. de la Pléiade, p. 599.)

Page 301.

a. jeune fille !... » / — En vérité, mademoiselle Jeanne, tenez-vous bien à savoir ce que je lis ? Je lis, mademoiselle, je lis qu'Antigone ayant enseveli le vieillard aveugle, broda une belle tapisserie sur laquelle se déroulaient de riantes figures. / — Ah ! me dit Gélis en riant, ce n'est pas dans le texte. / — C'est une scolie, lui répondis-je. / — Elle est inédite, ajouta-t-il en se levant. / Je ne suis pas un égoïste *NR, 1881* ↔ *b.* au marché, sous prétexte d'aider la vieille servante à faire les provisions; mais elle ne rapporte que des fleurs. Les fleurs sont *NR, 1881*

1. Claude Fauriel (1772-1844) a publié, outre *Les Chants populaires de la Grèce moderne* (1824-1825), qui le placent parmi les folkloristes, une *Histoire de la France méridionale sous les conquérants germains* (1826), seconde partie d'un ouvrage monumental sur la France du Midi, depuis les origines jusqu'au XIIIe siècle. Il est resté plus connu par son activité de comparatiste et de folkloriste que par son œuvre d'historien, car ses vues sur l'épopée provençale ont assez rapidement été révisées, ainsi que ses opinions sur le rôle global de la France du Midi. Pourtant, ses méthodes ont bien été à l'origine de celles de l'histoire scientifique du XIXe siècle.

2. Augustin Thierry (1795-1856) connut en 1825 un très grand succès avec sa *Conquête de l'Angleterre par les Normands*, à laquelle on reprocha par la suite son allure trop dramatique, trop « littéraire », mais qui le placèrent cependant parmi les initiateurs de l'histoire moderne, comme lui-même le rappela en publiant en 1828 ses *Lettres sur l'histoire moderne*. Ses *Récits des temps mérovingiens* (1840) s'attachent à l'histoire analytique du Tiers État et de la révolution communale. Il fut à l'origine du renouveau des travaux d'histoire locale. Aveugle, frappé de paralysie, il termina sa vie en dictant ses ouvrages. Renan dit dans ses *Essais de morale et de critique* : « Ses écrits resteront comme un monument de ce que peut la volonté humaine contre des obstacles en apparence insurmontables. » (P. 139, éd. Calmann-Lévy.)

Page 302.

a. hors d'haleine, se présente à point à cet examen, qui ne lui est pas extraordinairement favorable, car le jeune chat s'éloigne d'elle avec lenteur, sans toutefois tomber dans mes jambes, ni s'approcher de Jeanne, qui lui dit des douceurs avec une grande volubilité. Thérèse, dont le défaut n'est pas de dissimuler, reproche *NR, 1881*

Page 304.

1. Eugène Scribe (1792-1861) écrivit depuis 1810 des piécettes (*L'Ours et le Pacha*, 1820), à partir de 1825, date du grand succès de *La Dame blanche*, des livrets d'opéra, et une quantité de pièces pour le Gymnase, comme *La Veuve de Malabar* (1822), *Le Diplomate* (1827). Enfin il s'essaya au genre historique, et fit jouer à la Comédie-Française de nombreuses pièces, comme *La Calomnie*, 1840. Ce polygraphe, au style peu correct, mais agréable à entendre, machine très bien les situations; il est parfaitement superficiel à tous autres égards.

2. *Œuvres* de Parny, élégies et poésies diverses, avec une préface de M. Sainte-Beuve, Garnier, 1869. P. 71-74 se trouve reproduite l'élégie « Ma retraite », qui se termine par ces vers incorrectement transcrits par Anatole France :

La haine est pour moi trop pénible,
La sensibilité n'est qu'un tourment de plus :
Une indifférence paisible
Est la plus sage des vertus.

Page 305.

a. que Gélis déclare affreux, aux applaudissements de Jeanne qu'il a ensorcelée. / — Mon cher enfant, *NR, 1881*

1. Léopold Robert, né à La Chaux-de-Fonds en 1794, élève de David, admis à dessiner à Rome en 1819, dans une prison, des « brigands » d'origine paysanne, se promit de ne plus dessiner que des figures et des scènes de mœurs populaires. Il jouit d'une grande vogue durant les années 1830; mais il devint à la lettre amoureux fou de la princesse Charlotte Bonaparte, et se suicida en 1835. Atteint d'une sorte de maladie du scrupule, hanté par

l'idée qu'il fallait unir la grandeur et la familiarité, il peignit dans cette dernière partie de sa vie des compositions très froides et se démoda vite.

Page 306.

a. Mlle Alexandre *[p. 305, 5 lignes en partant du bas]* et, rassuré sur la santé de Mlle Jeanne par un « fort bien » très sec dans lequel se révèle mon autorité morale de tuteur, nous voilà causant tous deux des sciences historiques. Nous entrons dans les généralités. *NR, 1881*

1. Et d'abord, qu'est-ce que l'histoire ? Le 13 mai 1888, Anatole France reprend dans *Le Temps* ces paroles, en les prenant à son propre compte (*La Vie littéraire*, II, « Les Torts de l'histoire »). Mais il n'en approuve pas pour cela toute condamnation de l'histoire, et le livre à propos duquel il écrit sa chronique, *L'Histoire et les historiens* par Louis Bourdeau, ne lui semble pas bien inspiré en la réduisant pour l'avenir à des suites de statistiques. Il réclame le droit d'aimer ce « roman », cette « suite d'images », par quoi il a été enchanté. C'est un art, dit France ; étant un art, elle contient par là même une forme de vérité que nulle statistique ne fournira jamais.

Page 307.

1. L'opposition que W. Scott établit entre conquérants normands et autochtones, si frappante et à bien des égards si fausse, avait inspiré non seulement les romanciers, mais encore les historiens français. Quand Augustin Thierry écrit *La Conquête de l'Angleterre par les Normands*, il le suit ; mais également quand il construit l'histoire des origines de la France sur l'opposition entre Gallo-Romains et Barbares germaniques *(Récits des temps mérovingiens, Essai sur l'histoire de la formation et des progrès du Tiers État)*. Taine, dans son *Histoire de la littérature anglaise*, avait été très sévère pour Walter Scott.

Page 308.

1. On a compté jusque sous Louis XIV avec des jetons, qui portaient des marques semblables à celles des monnaies, sans être en métal précieux. Il y eut aussi, pour compter au jeu, des jetons frappés aux armes des nobles et souvent à leur nom.

Page 311.

a. 21 août 1869 *NR, 1881, 1902* ↔ *b.* naturalistes faisaient en même temps que lui *NR, 1881* ↔ *c. Brolles, le 21 août 1869 NR, 1881, 1902*

1. Cette première phrase, depuis « Les visites des insectes ont une grande importance » jusqu'à « le pollen des étamines », est littéralement copiée de celle qui ouvre le second paragraphe de la page 3 de la traduction de l'ouvrage de sir John Lubbock, *Les Insectes et les fleurs sauvages. Leurs rapports réciproques*, par Edmond Barbier, Paris, Reinwald et Cie, 1879. Les autres phrases sont des extraits et quintessences de cet ouvrage : la phrase de Sprengel sur le *Geranium sylvaticum* est citée p. 2, la

théorie de la fécondation croisée est exposée p. 4 à 6. Seule, la conclusion sur le lis des champs est étrangère à l'ouvrage de Lubbock.

2. La « Note de l'éditeur » est inspirée par la préface de sir John Lubbock à son ouvrage précédemment cité, p. v à VII. Il y cite avec grands éloges, comme ses prédécesseurs, Sprengel, *Das Entdeckte Geheimnis der Natur*, 1793, Darwin, et Hermann Müller, *Die Befruchtung der Blumen durch Insekten.* Sir John Lubbock a fait paraître son ouvrage, en anglais, en 1875. Il a auparavant écrit sur l'astronomie, la préhistoire (*L'Homme avant l'histoire*, 1868) et l'archéologie (*Les Origines de la civilisation*, 1872). Il faut noter que, s'il est tout à fait plausible que Bonnard ignore en 1869 ces recherches, ce l'est beaucoup moins en 1882, après la rectification des dates de son journal; entre-temps, les conclusions des savants cités avaient atteint la notoriété publique.

3. Anatole France passa en famille à Brolles plusieurs étés; il en écrit des lettres qui nous sont demeurées, par exemple en 1883, à Jacques Roujon, sur les naïvetés de Suzanne. La maison de Brolles, près de Fontainebleau, appartenait à Étienne Charavay, qui y mourut le 2 octobre 1899.

Page 313.

a. dans son châle noir *NR, 1881*

1. « Et maintenant, rappelez à vous votre serviteur, Seigneur. » Ainsi, *Le Crime de Sylvestre Bonnard* se termine par les paroles du vieillard Siméon, que le savant avait déjà évoquées, p. 238, mais en les disant prématurées.

Appendices

NOTES

Page 315.

LE STRATAGÈME

1. Voir la Note sur le texte, p. 1130-1131.

Page 320.

MARGUERITE

1. Voir la Note sur le texte, p. 1131.

LES DÉSIRS DE JEAN SERVIEN

NOTICE

Voici, parmi les romans d'Anatole France, celui qui soulève le plus grand nombre d'énigmes. Il semble isolé dans l'œuvre de l'écrivain. Il représente assurément, en 1882, un « accident » dans les publications de France. Celui-ci est désormais connu comme l'auteur du *Crime de Sylvestre Bonnard* ; le héros du roman, le ton ironique et aimable, l'intrigue pleine de douceur jusque dans l'amertume ont conquis un public et des critiques las des brutalités naturalistes. S'il est dans ce petit roman de 1881 des impertinences et des doutes, s'il recèle plusieurs traits d'un examen personnel, cela est bien caché par Anatole France. Il fait preuve, dans *Le Crime de Sylvestre Bonnard,* d'un apaisement venu avec son installation dans la vie, mais aussi d'un talent nouveau de camouflage. C'est dans cette direction qu'il continue à travailler : tandis qu' « Âmes obscures » et « La Perdrix[1] » sont les derniers témoignages publiés d'une activité poétique désormais sans grande signification (car ce sont d'aimables exercices sur des sujets un peu minces), France publie au début de 1882, en revue, des fragments du futur *Livre de mon ami.* Il parle de l'enfance heureuse de sa fille; il parle de la sienne, mais sur ce ton « distancié » qu'il a inauguré en plaçant l'anecdote du *Stratagème* dans la bouche de Sylvestre Bonnard. Il écrit, avec *Abeille*, un conte pour les enfants. Et voilà que paraît, en avril, un roman dont le héros est jeune, dont le fond a « quelque chose d'âcre et de dur[2] », écrit France dans la « Préface », supprimée par la suite. C'est assurément une autobiographie transposée. On ne peut trouver de meilleure preuve que l'écrivain est un homme double.

Cette preuve, il l'administre malgré lui. Ayant encore des obligations envers Lemerre, il a dû publier *Les Désirs de Jean Servien.* La « Préface » qu'il écrit pour le roman exprime les réticences de son auteur; elles sont sincères, car une lettre d'Anatole France à son ami Grandjean, datée des 28 et 29 mars 1882, les exprime d'autre part : « Lemerre m'imprime en ce moment un petit roman qui lui appartient et qui a le tort d'avoir été écrit il y a dix ans. Cela paraîtra dans une quinzaine de jours. Comme vous êtes à Rome, je vous permets de lire cette chose sur laquelle je *n'ai pas d'opinion* bien arrêtée et dont je me défie

1. « Âmes obscures » parut dans *Le Calendrier des dames* de Charavay de 1882, et « La Perdrix » dans *Le Calendrier des dames* de 1884. Ces poèmes furent intégrés dans les éditions postérieures des *Poèmes dorés*, dont l'édition originale remonte à 1873.

2. Voir l'Appendice, p. 429.

horriblement. Elle se nomme *Les Désirs de Jean Servien* et elle est sensuelle[1]. » C'est donc à dix ans que remonterait, d'après France, la rédaction des *Désirs de Jean Servien.* À « une dizaine d'années », écrit-il encore dans la « Préface », non sans reconnaître qu'il a dû, en reprenant l'œuvre pour la publier, « déchirer la moitié des pages et récrire presque toutes les autres[2] ». La seule certitude, c'est que le 16 novembre 1878, lorsque France signait avec Lemerre un contrat qu'il ne devait jamais honorer complètement, car l'*Histoire de France* dont la livraison était prévue donna lieu à des contestations que nous avons rappelées dans la Note sur le texte de *Jocaste*, son roman semblait prêt pour la publication. « M. France s'engage [...] à livrer d'ici à cinq ans deux volumes de prose dont un d'ici à trois mois : *Jean Servien.* » En fait, Lemerre dut entreprendre un procès pour obtenir livraison du manuscrit, qui lui fut donné le 27 octobre 1881, non sans avoir été corrigé entre-temps par l'écrivain. Cela ne nous renseigne pas sur le moment où il le commença. Comme on sent bien que l'auteur a intérêt à éloigner le plus possible de lui la conception première du roman, on éprouve des doutes sur la date qu'il lui attribue. En 1872-1873, France n'était-il pas tout occupé de poésie et de méditation sur la science, géologie et anthropologie ? Le lecteur de Lyell et de Lucrèce qu'il était alors songeait à objectiver son expression littéraire, et à célébrer *le* désir épars dans le monde, plutôt que la fragmentation irrémédiable *des* désirs de Jean Servien.

Nul témoignage, manuscrit ou lettre, ne nous est hélas ! parvenu, qui permette d'étayer la supposition que le premier stade de la composition du roman se situerait, non pas dans ces années, mais vers 1875 ou 1876. Les présomptions psychologiques et stylistiques qui font avancer cette date sont fortes : Anatole France, alors, a cessé de croire en la positivité indiscutable de la science. Il se rallie en 1875, dans la Note sur *La Querelle des Imaginaires*, à l'idée spencérienne que tout est apparence pour nos sens abusés. C'est l'auteur des *Noces corinthiennes*, à la fois désenchanté, sensuel et anticlérical, qui a pu entreprendre *Les Désirs de Jean Servien*, beaucoup plus que l'auteur des *Poèmes dorés.* Nous savons d'autre part qu'il se tourne alors vers la prose, et une prose très influencée par le modèle de Flaubert : témoin la nouvelle *La Cure du docteur Hardel*, parue le 1er octobre 1876 dans *Le Musée des Deux Mondes*. Le jeune héros de l'histoire, déçu dans ses entreprises amoureuses et berné de surcroît, ne manque pas de rapports avec Jean Servien. Puis, nous sommes alors en des années toutes voisines de *Jocaste et le Chat maigre*. Cette œuvre est en bien des points susceptible d'être rapprochée des *Désirs de Jean Servien.* Tudesco est le

1. Lettre communiquée par Jacques Suffel.
2. P. 429.

parent des bouffons du *Chat maigre*; il possède également la mégalomanie du père d'Hélène, Fellaire de Sisac, dans *Jocaste*. Mais ce n'est certes point la comparaison la plus frappante que l'on puisse faire entre *Les Désirs de Jean Servien* et *Jocaste*. Les deux œuvres sont tout imprégnées du souvenir d'Élise Devoyod, et toutes remplies du refus de l'ancien « moi » d'Anatole France, qui avait connu l'échec amoureux. Seulement, René Longuemare, cet homme lui aussi double, à la fois sentimental et scientiste, est plus complexe que le jeune et faible Servien. Celui-ci est condamné par le destin, pendant qu'un autre personnage, Garneret, porte le poids du refus prononcé par France contre le scientisme. On constate également qu'Élise Devoyod est évoquée de façon immédiate dans le personnage de Gabrielle, tandis qu'Hélène Haviland ne l'incarne que d'une façon médiate, déguisée, et que France parvient à s'en « débarrasser » en la tuant, au lieu de se tuer lui-même en la personne de Jean Servien. Autant d'indices que le premier crayon des *Désirs de Jean Servien* pourrait se situer avant la composition de *Jocaste*. Mais peu avant elle. Jusque dans le ton, jusque dans certaines scènes, il existe des affinités entre ces deux œuvres : une phrase moins moelleuse que celle d'Anatole France après 1880; une étude plus brutale des caractères; l'évocation de tableaux comme le repas dans une guinguette au bord de la Seine, qui réunit ici Mme Ewans et les enfants, là Hélène, son père et Longuemare.

Il est des preuves tangibles qu'Anatole France a remanié son roman jusqu'à une date proche de la publication : ce sont les emprunts qu'il a faits aux *Convulsions de Paris* de Maxime Du Camp, très violent ouvrage relatant les scènes de la Commune comme autant de folies et d'actes de terrorisme. Il parut en partie dans la *Revue des Deux Mondes* en 1878, et, dans son intégralité, chez Hachette en 1878-1880. Les passages que nous en citons dans les Notes, à propos de la « monomanie du souterrain » chez les communards, de la recherche de cryptes dans les bâtiments occupés par des congrégations religieuses, de la vie au Dépôt de la Préfecture et des massacres pratiqués par les communards aux derniers jours de mai, sont trop conformes à certains passages des *Désirs de Jean Servien* pour que l'on puisse parler de pure coïncidence. Ce sont des passages étendus, qui forment l'essentiel des quatre derniers chapitres. Il faut donc croire que le dénouement du roman de France fut, ou bien écrit tout entier, ou bien très fortement remanié, après la publication de l'ouvrage de Maxime Du Camp. Anatole France le reconnut lui-même en adressant *Les Désirs de Jean Servien* à Maxime Du Camp, puisque nous possédons une lettre très explicite de ce dernier, qui le remercie en ces termes : « Mon confrère, vous êtes très aimable de m'avoir envoyé les Désirs de votre Jean Servien; je m'en vais les lire. Vous avez très bien fait de prendre les cantinières et les souterrains où vous les avez trouvés; cela et le reste, tout est à votre disposition[1]. » On sera beaucoup plus prudent en ce qui concerne d'autres emprunts possibles. Sans doute Mme Ewans fait-elle songer à la mère du Jack d'Alphonse Daudet; mais cette femme légère a réussi, elle, à placer son fils dans une pension religieuse, et elle s'occupe de lui avec sollicitude, alors que Jack est un abandonné. Sans doute le destin de Jean Servien fait-il songer à celui de Vingtras du *Bachelier* de Vallès, paru en 1879 dans *La Révolution française* sous le titre *Les Mémoires d'un révolté*, puis, sous son titre actuel, en 1881 chez Charpentier. Mais il peut très bien s'agir d'une rencontre, plus fondamentale et plus intéressante d'ailleurs, dans la mesure où elle traduit toute une mentalité : Anatole France avait été lui-même bachelier sans travail, et « pion », comme Vallès. Son expérience devait lui suffire à imaginer les aventures de Servien. De même, il est inutile d'évoquer l'œuvre des Goncourt ou *Les Rois en exil* de Daudet pour trouver l'origine de la description de la foire, au chapitre VII des *Désirs de Jean Servien*. Anatole France aima toujours les foires. Il l'affirme plusieurs fois dans *L'Univers illustré* et nous n'avons point sujet de le mettre en doute : il n'y a donc pas à s'étonner de trouver dépeint par sa plume ce lieu commun de la littérature contemporaine, quand on lit d'autre part dans *L'Univers illustré*, le 23 juin 1883, la description voluptueuse de la fête de Neuilly avec ses lutteurs, ses lions, ses « femmes silures », ses « somnambules translucides »; Anatole France déplore que la traction à vapeur et les baraques à sujets « instructifs » défigurent cette ancienne foire. Le thème est repris dans la même revue, le 12 juillet 1884, le 15 mai 1886, le 30 juin 1888; il appartient bien à l'écrivain. C'est décidément pour l'évocation de la Commune, essentiellement, qu'il eut recours à des écrits étrangers. Hostile à la Commune, il emprunta sans difficulté dans l'écrit de Maxime Du Camp. Mais, ailleurs, il dévia son emprunt et le rendit dérisoire, lorsqu'il plaça dans la bouche de Tudesco, devenu colonel, les phrases triomphantes de Vallès dans *Le Cri du peuple* du 28 mars 1871 : « Le 17 mars te l'a sauvé belle, gamin ! tu pouvais, comme nous, grandir dans le brouillard [...] C'est fini ! Nous avons saigné et pleuré pour toi. Tu recueilleras notre héritage. Fils des désespérés, tu seras un homme libre ! » Impossible de discuter la référence au texte. Tudesco s'écrie : « Nous avons souffert et combattu pour toi. Fils des désespérés, tu seras un homme libre ! » Cela prouve que France eut recours à la lecture du journal même de Vallès, car une première version de *L'Insurgé* (qui reprend l'article du *Cri du peuple*) n'allait paraître dans *La Nouvelle Revue*

1. Lettre datée « Baden-Baden, Grand-Duché — 19 juin 1882 », inédite, en possession de M.-Ph. Delatte.

de Juliette Adam qu'après la publication des *Désirs de Jean Servien* : en août et septembre 1882.

Peu sûr de l'exactitude de ses références personnelles sur 1871, Anatole France a donc particulièrement travaillé d'après d'autres à les rendre plausibles. Lui-même, à partir de mars 1871, avait prudemment vécu à Paris, ne se souciant pas d'être mêlé aux événements, et il avait réussi à fuir la capitale au début de mai. Pourtant, la fin des *Désirs de Jean Servien* — la transformation de Tudesco, et l'emprisonnement, puis l'assassinat de Jean — ne donne pas l'impression sensible d'être rapportée artificiellement au reste du roman. Elle en continue bien les grands motifs, dérision et sensualité détournée dans la mort, parce qu'elle correspond, sinon à l'expérience journalière de France, du moins à son jugement global sur la Commune. En cela, elle est parfaitement « autobiographique ». Ce qui nous reste de la correspondance d'Anatole France durant les événements de 1871 prouve que, d'emblée, il détesta les communards, « comité des assassins », écrit-il à Mme Charavay. Certes, il avait été opposant sous l'Empire, mais la République qu'il avait un temps souhaitée était girondine; ce n'était point la République sociale. Les excès et les erreurs des communards firent le reste, et rejetèrent pour longtemps Anatole France dans une attitude de méfiance envers toute forme de gouvernement prétendant rompre avec le passé. De Paris, il avait écrit à Fernand Calmettes : « Leconte de Lisle qui me prend en affection me raconte tous les jours une fraîche histoire de quelques " pauvres jeunes gens " réfractaires menés au fort d'Issy entre huit hommes ou recevant un grand nombre de coups de baïonnette dans les fesses. Dans le fait la Commune me laisse dans une tranquillité aussi douce qu'humiliante, si bien qu'en dépit de tous les Escarpeski et de tous les Fouille dans les pocheski du monde, je fais deux ou trois vers par jour au son du canon [...] Les versaillais et les gens d'ici font un tapage d'enfer. Les communeux chargent leurs canons avec un zèle si démocratique que les pièces leur éclatent au nez. C'est assourdissant. Ce sont de vrais massacres certains jours. Mais ceux qui ne sont pas tués chantent et se battent, ivres. Il y en a pour six semaines. Dans six semaines ils feront sauter la moitié de Paris[1]. » Puis le voici hors Paris, et écrivant à Charles Asselineau le 4 mai : « J'ai fui, à Ville-d'Avray, la Commune qui menaçait d'*attenter à ma sérénité*[2]. » Il suit avec sympathie la lutte de l'armée versaillaise : « Hier [écrit-il à sa mère] la prise du fort de Vanves était affichée à Versailles. Tous les jours les canons viennent, ornés de lilas et d'aubépines, se ranger sur la place d'armes, ce sont des canons pris aux insurgés. Personne

1. BN, Correspondance, t. I, ff^os 25-26, nafr 15421.
2. BN, *ibid.*, f° 31.

ne doute du succès définitif. C'est une affaire de plus ou moins de temps[1]. » Après la Semaine sanglante, le 31 mai, il mande à Lemerre : « Dites-moi vite en deux mots comment vous et les vôtres [...] avez vécu dans ces épouvantables journées de crime et de châtiment[2]. » Il rentre le 4 juin à Paris chez ses parents : « Enfin, le gouvernement du crime et de la démence, écrit-il ce jour-là à Étienne Charavay, pourrit à l'heure qu'il est dans les champs d'exécution[3]. »

Aucune nuance, donc, dans la condamnation que France porte sur le moment. Le 31 mai, il félicite son père[4] d'avoir noté heure par heure les événements ; un fragment de ce journal, conservé par l'écrivain, passa entre les mains de Jacques Lion, et Léon Carias le publia dans *La Grande Revue* de décembre 1930. Ces feuillets écrits au crayon nous montrent que, pour une fois, il existait entre le père et le fils une parfaite identité de vues. Noël France suit avec anxiété et enthousiasme les progrès des soldats de ligne contre les communards. « Midi et demie, nous pleurons tous de joie chez Mlle Brignon : le poste de la caser[ne] de Tournon enlève le drapeau rouge et il s'en va la crosse en l'air. Nous passons subito à la douleur. Nous voyons les flammes sortir du palais du Luxembourg. On vient d'y mettre le feu. Consternation : chacun fait ses paquets de départ. Une p... crie dans la rue. Aux cris perçants on croit que les blessés brûlent. Nous, navrés, en descendant l'escalier nous distinguons : Versailles — 250 lignards passant dans la rue [allant] au Sénat. Les vivats sont étourdissants. » Telles sont quelques notations du 24 mai, suivies, jusqu'au 27, par la mention des exécutions de communards « par centaines dans tous les quartiers », des incendies et de la canonnade. Anatole France put, en lisant ces lignes, vivre par procuration, sinon les événements, du moins l'atmosphère dans laquelle ils se déroulèrent pour un paisible libraire parisien. Lui-même avait pu voir les incendies de Paris. « Mon cher ami, écrit-il le 31 mai à Lemerre, j'ai passé quatre effroyables jours à regarder, du haut de Saint-Cloud, Paris fumer. Je pensais à tous nos amis enveloppés dans le brasier. Ma mère m'a écrit avant-hier que tout était sauf chez elle : elle n'a point bougé de sa maison et ne sait rien de vous[5]. » L'opposition à la Commune demeura vivace chez lui : par exemple, dans *L'Univers illustré* du 25 août 1888, il la met en relation avec son opposition à la Terreur, en faisant remarquer combien pouvaient être tendres les égorgeurs de Septembre et les exécuteurs de Clément Thomas. L'un de ceux-ci, « qui puait le vin, le crime et la charité universelle », se jeta dans les bras

1. Girard, ouvr. cité, p. 206.
2. Collection de M. Daniel Sicklès.
3. Girard, ouvr. cité, p. 208.
4. Girard, *ibid.*
5. Collection de M. Daniel Sicklès.

d'Anatole France, chez un marchand de tabac de la rue Montmartre, en lui disant : « Le peuple n'a plus d'ennemis. » Devenu dreyfusard et socialiste, France ne fit guère d'allusion élogieuse à la Commune. Immédiatement et pour longtemps, elle fut pour lui le règne de l'ivrognerie, de la mystification et du crime. Aussi est-il plausible qu'il y fasse triompher Tudesco, ce bohème veule, et que le faible Jean Servien, après l'avoir applaudie, parce qu'elle venge ses rancœurs sociales, meure par elle — pour rien.

C'est une figure d'Anatole France qui meurt là. L'accent autobiographique est particulièrement fort dans *Les Désirs de Jean Servien*, plus fort, en un sens, que dans les œuvres écrites ensuite à la première personne et avouées comme des Mémoires. Là où, ultérieurement, France embellit et adoucit ce qui fut la réalité, ici, il la ramasse et la rend plus amère. Il se contemple lui-même avec chagrin et pitié ; la censure est telle, au contraire, dans les œuvres où par la suite il conte sa jeunesse, que son caractère apparaît d'une manière assez floue. Il est ici son propre bourreau. Jean Servien n'est pas, comme France le fut, un garçon de formation lente, choyé par sa mère, et trouvant en son père un homme contre qui se développer. Jean a perdu sa mère tout jeune : perte qui fait peser une obscure responsabilité sur la presse du relieur, contre quoi elle s'est heurtée, mais également sur Jean, car c'est pour protéger l'enfant que sa mère est tombée à faux. Le destin de Jean est orienté par cette perte première. C'est pour accomplir les rêves de la morte que le relieur fait poursuivre ses études à son fils, et d'abord qu'il lui fait apprendre le latin. Tudesco, le mauvais génie de Jean, a été suscité par l'ignorante naïveté de celle qui s'imaginait cette connaissance comme le sésame des hautes fonctions sociales. Toujours par la même illusion, elle se figurait les femmes du monde « ayant toutes d'aussi bonnes manières que les actrices du Gymnase ». La vie de Jean développe cette mystification : Mme Ewans, la courtisane, semble à l'enfant appartenir à la bonne société ; Gabrielle, l'actrice, lui apparaît comme l'idéal de la femme. Tout le roman déplie mélancoliquement, négativement, ses cinq premières pages. C'est comme une malédiction originelle, imposée non certes par la douce morte, mais par l'injustice de la société. Quel rêve de Mme France son fils dramatise-t-il ? Nous savons qu'elle avait des trésors d'indulgence pour Anatole, une entière confiance en lui. Du moins l'accompagna-t-elle de ses espoirs. En la tuant dès le début de la vie de Jean, Anatole France ne laisse plus à son héros que la tendresse trop grossière et matérielle de la tante Servien. On note une forte ressemblance de celle-ci avec Mme Mathias, la bonne de Pierre Nozière, peuple comme elle, comme elle amie des humbles marchandes des rues. La Servien, c'est la grand-mère d'Anatole France par cet aspect-là. Mais elle a le caractère

difficile de la mère de France, qui n'a laissé à Jean que les traits pénibles des femmes qui veillèrent sur lui-même.

Il a métamorphosé son père d'une autre manière, qu'il définit clairement dans le fragment d'autobiographie écrit par lui vers 1885 (il y précise en effet que Noël France a quatre-vingts ans) et demeuré inédit jusqu'en 1924. Servien n'a pas le « grand air » de Noël France; il n'en a ni le costume austère ni la coiffure en coup de vent, symbole des hommes de toute une génération, « nés dans l'orage, et vivant sur les hauteurs d'où nous sommes descendus ». Il n'a pas de Noël France le « spiritualisme habituel », la « gravité constante », la manie de la maxime. Mais il est notable que le fragment d'autobiographie de 1885 s'arrête aux considérations de France sur cette manie : « Il faut ajouter que les maximes n'étaient pas toutes de même qualité : l'insuffisance de son éducation intellectuelle qu'il n'a jamais bien faite ni mieux refaite se montrait parfois d'une façon singulière et presque comique, mais d'un comique adorable. » Gageons que le fils n'a pas toujours trouvé « adorable » ce comique, lorsque, suffisamment cultivé lui-même pour en juger, et sans avoir encore conquis d'indépendance intellectuelle, il entendit son père parler à la clientèle raffinée de la librairie. Il a épargné ce ridicule au relieur Servien; il en a fait un brave homme, un artisan instruit même à sa manière, à force de lire quelques ouvrages. On pense aux figures d'artisans tracées par Michelet, dans *Le Peuple*, par exemple : lente maturité donnée par l'expérience de la vie, et par de rares références livresques; bonté, chaleur, sentiment vivace et jugement droit. Servien a le goût humble, mais bon : imagine-t-il une sortie, c'est pour visiter le château de Versailles, en pique-niquant, il est vrai, avec un morceau de veau froid. Considère-t-il l'existence de son fils, c'est pour en dénoncer le côté chimérique, sans comprendre, il est vrai, sa poésie. Bourget allait en 1902 dire dans *L'Étape* combien l'accès brutal à une classe sociale supérieure peut engendrer de manques. Noël France témoignait de ces manques. Anatole France les a évités au père de Jean Servien, dont le seul tort, mais excusable, est de vouloir faire brûler l'étape à son fils. Du coup, celui-ci est bien plus coupable que le jeune France, lorsqu'il rougit de son père, ou lorsqu'il perd sa vie à des imaginations vaines.

Plus coupable, ou plus digne de pitié. Héritier du tempérament maternel, Jean n'est pas armé pour la vie; il reste constamment un enfant qui souffre et rêve, et souffre de ses rêves. L'imagination le rend autre, et il refuse la positivité active de l'ami Garneret. Le ton ironique sur lequel France trace le portrait de celui-ci donne bien à penser. Garneret, c'est Fernand Calmettes; compagnon de Jean durant la campagne de 1870, comme Fernand d'Anatole France, et tout à fait conforme au portrait que France allait tracer de son ami dans

L'Univers illustré du 4 mai 1889, Garneret témoigne de la rancœur du jeune homme envers ce garçon plus jeune que lui et qui, longtemps, se tira mieux d'affaire. On est ici dans l'atmosphère du *Crime de Sylvestre Bonnard*, celle d'une compensation et d'un camouflage. Garneret, en effet, peine à l'ouvrage, et sa fiancée est pauvre et sans beauté. Calmettes, lui, avait été bon élève de l'École des chartes, et il avait épousé Julie, la fille du parrain Charavay, sœur d'Étienne le chartiste et de cette Marie Charavay qu'Anatole France eût tant voulu épouser lui-même.

Garneret a le même âge que Jean Servien. Or, celui-ci a cinq ans de moins qu'Anatole France, car l'écrivain précise qu'il a dix-huit ans lors de l'Exposition de 1867; il rattrape ainsi, dans l'imaginaire, les années qui le séparent de ses amis. Toutes les rancunes de France, on le voit, ne sont pas immédiatement exprimées dans *Les Désirs de Jean Servien*... Pourtant c'est « en clair » qu'il dit la plupart d'entre elles; en les outrant même, parce qu'elles sont dégagées de toute la tendresse qu'il trouvait près de sa mère, de toutes les possibilités de culture qu'il trouvait véritablement chez son père et dans l'entourage de celui-ci. Jean souffre de ne pas appartenir à la même classe sociale que ses condisciples : à Stanislas, France en souffrit, mais il sut s'attirer l'amitié de très réels représentants de la bonne bourgeoisie et de la noblesse, tandis que Jean ne conquiert que le fils d'une femme légère. Anatole France, durant ses vacances de 1861, décrivait en vers l'abbaye de la Lucerne pour Edmond de Lachesnais; il était, aussi, fort lié avec Gaston de Lansac, grâce auquel il devait publier *Ezilda, duchesse de Normandie*, et avec Louis Cazeaux, ce fils de médecin dont il parle avec tant d'envie dans *Les Désirs de Jean Servien*. Aucune de ces amitiés ne paraît dans le roman, qui accentue la solitude de l'enfant. De même, l'infériorité du père Servien, sollicitant pour Jean une place auprès de M. Bargemont, est beaucoup plus grande que celle de Noël France mettant ses relations en œuvre pour faire entrer Anatole à la bibliothèque du Sénat[1]. Il y eut bien, cependant, sollicitation et échec. Et Anatole France, très sensible, devait assurément se rendre compte de l'allure protectrice de certains clients de son père envers lui. Edmond de

1. Même, on songea pour Anatole France à une place d'employé. Le jeune homme est bachelier depuis novembre 1864. Le 21 juin 1865, Guillaume Combrouse, l'érudit collègue et ami de Noël France, lui écrit : « Mon cher monsieur Anatole, / J'ai été charmé, au milieu de tout le brouhaha qui commence à s'emparer de la solitude du Mont-Dore, de recevoir une aimable et spirituelle confidence sur vos projets d'avenir. / Profitez de la bienveillance et du crédit de M. de Calmont ; visez à l'administration des Finances ; car pour moi et les travaux littéraires et les travaux d'érudition [...] doivent conduire à la vallée de misère, tant la voie me semble encombrée [...] visons le solide, la fin du siècle le veut [...] » Cette lettre, en possession de M. Lucien Psichari et communiquée par lui, évoque une situation bien proche de celle de Jean Servien après son baccalauréat.

Goncourt parle-t-il avec assez de mépris du jeune enchifrené qu'il rencontrait dans la boutique de Noël France[1] ! Blessures cachées, affronts mal dévorés, toute l'amertume accumulée pendant une jeunesse difficile déborde dans le roman. C'est encore dans le *Journal* des Goncourt, à la date du 4 juillet 1857[2], qu'on lit ces lignes : « Nous entrons chez France, le libraire honnête et légitimiste. Son fils est à Stanislas. Au lieu d'avoir, comme son père, un état indépendant et lucratif, lui donnant ses aises et de l'argent assez pour éduquer ses enfants, il sera, ses études faites, lui, fils d'un bouquiniste, très fièrement bureaucrate à 1 800 francs. Le fonctionnarisme, ceci est la plaie; l'instruction, ceci est le malaise moderne. Chaque génération surmonte son ascendante. C'est une crue d'ambitions, de surhaussements, de rougeurs de la boutique ou du métier paternel. Cela fait l'engorgement des surnumérariats, les chutes de rêves, les insurrections d'ambitions malsaines et trop chauffées. » Ne croirait-on pas, en vérité, entendre parler M. Bargemont au père Servien ? La coïncidence est trop frappante pour qu'Anatole France n'ait pas eu réellement à souffrir de pareils propos, que ses habitués rentiers ne devaient pas épargner à Noël France.

Sur l'épisode qui oppose le pion Servien à ses élèves riches, aux autorités du collège religieux et à l'abbé Bordier, les documents font défaut. Nous savons qu'Anatole France quitta brusquement le collège Stanislas, au milieu de sa classe de première. Nous savons qu'il conçut contre l'Église qui lui « prit » Élisa Rauline, dont il était amoureux, une rancune tenace. Mais nous ignorons jusqu'à présent quelle scène précise et capitale put se dérouler, pour laisser chez Anatole France une trace ineffaçable. Le seul autre jeune héros qu'il devait imaginer au centre d'un roman (d'ailleurs non mené à bien), Firmin Piédagnel, vingt ans après Jean Servien, est renvoyé du séminaire par un prêtre et en conçoit « une haine à emplir toute la vie ». La concordance est trop évidente pour qu'il n'existe pas, à la matrice de ces récits, une image frappante que nous ne connaissons pas. En revanche, tout ce que nous savons de l'amour malheureux d'Anatole France pour Élise Devoyod coïncide avec les « désirs » de Jean pour Gabrielle; les scènes sont ramassées dans le temps; l'amour longuement tu, puis entretenu et exprimé en maints poèmes, dure ici peu de mois, en 1867, jusqu'à la nouvelle flambée catastrophique de 1871. Mais les péripéties de l'aventure, mais les états d'âme du jeune homme et les images majeures de son malheur, tout s'y retrouve — le dénouement mis à part, bien entendu. De ce dénouement spectaculaire, qui laisserait dans l'âme de l'actrice un ineffaçable

1. 27 novembre 1875, t. II, *Journal*, éd. Robert Ricatte, Fasquelle-Flammarion, 1956, p. 1092-1093.
2. Éd. citée, t. I, p, 375.

regret, qui en ferait la *dédaignée* d'un homme voué à une mort prochaine, combien de fois Anatole France ne dut-il pas rêver ! Un romantisme exacerbé se greffe ici sur la réalité : c'est une « ficelle » un peu grosse que de faire retrouver à Jean Servien son persécuteur Bargemont, devenu l'amant de Gabrielle, et c'est une facilité un peu bien grande que de rendre Jean Servien malade de fièvre cérébrale après son ultime rencontre avec Gabrielle. Au moins, dans *Jocaste*, cette maladie est-elle étudiée sous son aspect clinique et justifiée par les antécédents d'Hélène Haviland. On a un peu trop l'impression que, dans *Les Désirs de Jean Servien*, elle comble utilement pour l'auteur la période qui sépare le bombardement de Paris du triomphe de la Commune; sans elle, Jean, ce déçu, serait vraisemblablement devenu communard lui-même, puisqu'il approuve le soulèvement en reprenant ses esprits.

Si la conclusion du roman est amenée d'une manière un peu trop artificielle, l'existence de Jean est, elle, garantie par l'amertume d'une autobiographie transposée : la transposition est cohérente, elle va dans le sens des sentiments que ressentit le jeune Anatole France. Elle les explicite et les rend exemplaires. Des plus pénibles d'entre eux, France, devenu adulte, ne parla jamais directement. En revanche, il eut plusieurs fois l'occasion d'évoquer la vie d'écolier, en la considérant dans son principe même. Il tait, bien entendu, ses tristesses d'enfant de petite bourgeoisie. Mais il évoque l'univers scolaire de telle sorte que les mauvais souvenirs l'emportent sur les bons. Pour un maître vénéré comme Paul Chéron, que de cuistres insultants, incapables de supporter la plus timide occasion de rêver ! C'est dans *Le Temps* du 7 octobre 1888 que France, par exemple, parle du professeur qui déchira haineusement le frontispice illustré du *Jardin des racines grecques*, dont il possédait l'édition du XVIIe siècle; dans *La Vie en fleur*, bien plus tard, qu'il évoque son « injurieux » professeur de quatrième. C'est dans *L'Univers illustré* qu'il parle, le 6 mars 1886, des pions « imbéciles ou féroces » qui le surveillèrent à Stanislas, n'exceptant de leur lot qu'un petit jeune homme trapu et laid, blond, vêtu en décembre comme en été, qui venait de son Jura natal pour faire jouer une tragédie à l'Odéon. France se rappelle qu'il « piochait » à l'étude sa tragédie, *Didon*, pendant que le jeune Anatole songeait à l'actrice Blanche Pierson dont il était amoureux sans qu'elle en sût rien. Dans la même revue, l'écrivain parle, le 16 juin 1888, de la « cour étroite et poudreuse » dans laquelle les récréations « étaient plus pénibles que les classes ». Il dit le profond ennui des tragédies de collège jouées par les élèves, sans citer, il est vrai, les œuvres de l'abbé Lalanne, mais bien le *Philoctète* de Sophocle joué dans le texte. Le 8 janvier 1887, à propos du *Crocodile* de Sardou, il écrit sur sa jeunesse : « Je ne goûtai les plaisirs du théâtre qu'en entendant *Philoctète* joué en grec, sous un hangar, par mes camarades de collège. Je ne crains pas d'avouer que c'était là un plaisir austère »; et le 19 février de la même année, à propos du *Voyage à Dieppe* représenté par l'école Bossuet avec des rôles masculins remplaçant les rôles de femmes, il renchérit : le théâtre ainsi modifié perd de son charme, mais « reste beaucoup plus amusant que le *Philoctète* de Sophocle, que je jouai en grec, avec six de mes camarades, il y a vingt-cinq ans, dans un préau de collège ». L'ensemble de ces souvenirs est si morose qu'il justifie la déclaration d'Anatole France le 3 octobre 1885 : « Le collège, c'est le bagne. » Pour en adoucir la présentation, il doit, dans *Le Livre de mon ami*, fragmenter cette vie en épisodes fugitifs de chahut, ou de rêverie réussie. Mais l'authenticité de sa peinture globale doit bien être cherchée dans *Les Désirs de Jean Servien*. L'atmosphère sensible du roman, dans ces chapitres, est parfaitement fondée, venant du plus intime de l'être de France. De même l'attirance pour certains quartiers de Paris, plus tard décrits comme faisant partie intégrante de la jeunesse de l'auteur. De même la rêverie sur Madeleine et Cléopâtre, figures de l'éternel féminin, relais mythiques de la rêverie sur la comédienne. À ce propos encore, si France tait des chagrins trop intimes, il s'explique sur leur origine psychologique : « Moi aussi, j'aime les comédiennes. Elles ont été la poésie de mes rêves, lorsque, tout jeune encore, je ne savais pas distinguer la personne réelle de la personne idéale qu'elle représentait. Je leur donnais alors de belles vertus et des faiblesses plus belles encore que toutes les vertus; enfin, je croyais ce qu'elles disaient sur les planches[1]. »

Comment Anatole France ne serait-il pas attaché à ce Jean Servien qui est son double plus faible, plus violent, plus déraisonnable ? « Je crains plus que la peste les jeunes gens raisonnables. Celui qui ne descend jamais au-dessous de ce qui est sensé ne s'élève jamais au-dessus de la médiocre raison », écrit-il dans *L'Univers illustré* du 9 mars 1889. Mais il est vrai que Jean ne parvient pas, lui, à s'élever au-dessus du médiocre. Telle réussite est chanceuse; France put en mesurer la précarité, et même en douter plus d'une fois, avant de parvenir à s'imposer comme écrivain. Attente si intolérable, qu'il préfère, une fois écrit ce roman, se livrer à un travail d'édification consciente du « surmoi » : s'incarner dans des personnages âgés, parvenus, par l'expérience et la méditation, au détachement devant l'existence. Jean demeure unique dans son œuvre. Tué au terme du roman, il demeure anéanti une fois pour toutes. Il est le seul personnage à souffrir « naïvement » de cette relation entre l'amour et la mort, tant de fois reconnue par France. « Un grand amour, une volupté parfaite, amènent avec eux

1. *L'Univers illustré*, 19 septembre 1885.

l'idée de la mort », écrit-il par exemple dans *L'Univers illustré* du 18 mars 1893.

Est-ce là une relation aussi évidente et naturelle qu'il tente de le faire croire ? Non, mais la relation vécue par un être pour qui, d'emblée, l'existence apparaît comme balancée entre deux pôles, au moment même des plus grands bonheurs. Une telle sensibilité unit au néant la sensualité. Messagère du destin, force aussi fondamentale, mais aussi implacable que la mort, cette sensualité n'est pas *agie*, mais *ressentie* avec passivité. Nous sommes ici dans un autre registre que celui de la méditation philosophique sur l'alternance des forces de vie et de mort, qui domine *Les Poèmes dorés*. Plus proche déjà est l'épitaphe des *Noces corinthiennes* :

Deux Éros sont gravés sur la stèle de pierre
L'un donne et l'autre enlève aux mortels la lumière
Mais ils sont beaux tous deux, et tous deux souriants.

Seulement, la sérénité qu'Anatole France se plaisait à prêter au monde antique n'est plus celle de notre civilisation ; et, à vrai dire, cette sérénité antique, France, dans la préface même des *Désirs de Jean Servien*, semble avoir soupçonné qu'elle était fabriquée par lui : « Je ne me suis détourné de la vue du passé qu'après avoir senti jusqu'au malaise l'impossibilité de me bien figurer les anciennes formes de la vie. » Toute projection philosophique ou historique supprimée, demeure la mélancolie d'une existence menée par des puissances irrésistibles, parfois belles, toujours entachant de nullité sentiments et actions.

Ainsi l'existence de Jean, développement malheureux du souhait d'une morte, est-elle dominée par une sensualité qui s'impose à lui du dehors. « Il se sentit pris dans quelque chose de doux et de parfumé. C'était la robe d'une dame [...]. » Cette première expérience enfantine est suivie de l'aventure avec Mme Ewans, qui lui fait éprouver « la douceur de se sentir près d'une femme », mais qui mène le jeune garçon aux jeux de la foire et les lui révèle, et qui, dans la danse, « attir[e] Jean contre elle, lui arrang[e] les bras dans les siens, et, d'un coup de hanche, l'enlevant de terre, se m[et] à danser avec lui ». Ces termes sont assez évocateurs pour donner son plein sens au terme d'« impuissance » qui suit, pour qualifier la maladresse de Jean à suivre les leçons de Mme Ewans. Même passivité quand, à dix-huit ans, il sent « une joie inconnue qui peu à peu devi[e]nt aiguë et presque douloureuse », en apercevant pour la première fois Gabrielle au théâtre. C'est à distance, par « ses regards », qu'il en rêve la possession physique. La voit-il à la ville, il craint aussitôt, dans l'excès de sa joie, de mourir. Jean se laisse envahir, sans pouvoir ni se maîtriser (« il rejeta sur le sort les insuffisances de sa nature »), ni donner en retour une véritable effusion d'âme. Les vers qu'il écrit à Gabrielle sont froids. Toucher par la caresse, c'est admettre une réciprocité. Son seul geste de contact avec elle est un geste de brutalité : « Il froissait cette main contre ses dents. » Garneret a raison de lui dire : « Tu n'as dans tes passions rien d'affectueux, rien de bienfaisant ni d'utile. » Ce faible, en effet, n'a de défense possible que dans le renfermement en soi et dans une vie toute d'imagination, qui, elle, réalise pleinement cette union de la mort et de la sensualité, du négatif et du positif, diffuse et médiocre dans le courant de son existence. Des défuntes lui offrent « les enchantements de la beauté dans les abîmes de la mort » : la reine Isabelle, quand il a onze ans ; la reine Aahotep, quand il en a dix-huit, et Cléopâtre allant consommer la perte d'Antoine, quand il a vingt ans. C'est en songeant à elles qu'il ressent ses désirs physiques les plus précis : il se figure les « seins aigus » d'Aahotep, et, à l'évocation de Cléopâtre, joint celle du « magnifique tissu » des lèvres de Gabrielle, du « beau grain de la peau » de la comédienne. Si bien qu'il ne peut concevoir la vie des sens en dehors d'une somptuosité fabuleuse : robe brodée de perles d'Isabelle, bijoux d'Aahotep, pompe royale de Cléopâtre. Ce rêve, nourri depuis que le jeune garçon est capable de sentir son charme, s'achève lui-même en dérision. La dernière des femmes qui apparaît dans le roman unit bien la beauté de la chair et la mort, mais sous les espèces les plus grossières : la cantinière par laquelle il meurt est « ample de poitrine, cambrée des reins, dressée fièrement sur ses jambes fines et fortes ». En un temps où le roman qui s'avouait à tous risquait très peu la description crue du corps de la femme, ces lignes, comme les notations physiques que nous avons également relevées, ont une nette charge érotique. Mais c'est à un érotisme de la canaille qu'aboutit l'idéal de Jean, comme sa passivité reçoit un châtiment dérisoire dans les « farces d'une obscénité frénétique » auxquelles se livre « du geste et de la voix » la femme, avant de décharger son revolver sur la tempe du jeune homme. Si artificielle que soit la conduite logique du roman, sa trame sensible est, elle, parfaitement cohérente. Après cette suite de femmes mal comprises ou imaginaires, et cette femme ignoble, réapparaît la figure de la mère elle-même bafouée : « Du sang et de la boue souillaient ces beaux cheveux qu'une mère avait baisés avec tant d'amour. »

Précipitant la dérision qui dirige le destin du héros, Tudesco, le bouffon malfaisant, est un personnage créé par Anatole France comme tenant lui-même au théâtre. Sa faconde, ses gestes excessifs et son physique accentué de gros homme au nez rouge évoquent le bouffon Maccus, décrit par Anatole France dans *Le Chasseur bibliographe* du 1er février 1867. Ces « Variétés historiques et littéraires » nous transportent sous le règne de l'empereur Claude ; la chronique s'intitule « Le Beau Chef Mastarna », et présente une séance de lecture d'un manuscrit reconstituant lui-même les antiquités étrusques de Rome : dans le *comitium*, s'avance une charrette occupée par « deux drôles », « l'un barbouillé de lie, l'autre de suie », encadrant Maccus, « avec ses deux bosses, son nez crochu et son menton pointu ». Il chante d'une « voix enrouée et criarde » les louanges du vin pur, et du « rire énorme, éternel, triomphant » qui raille toute recherche de gloire guerrière. Par ce mime au « nez rubicond », commence humblement le théâtre latin. France (qui signe « D^r^ von Jacobus ») fait référence à l'ouvrage de Maurice Sand, *Masques et bouffons*, pour justifier historiquement son personnage. S'il a été attiré par son évocation, c'est assurément parce que le bouffon ressemble à certains égards au « grand-père » Jean-Pierre Dufour, et, peut-être, à des bohèmes avec lesquels il lia connaissance en cette période mal connue de sa vie. *Le Chat maigre* en trace des portraits, pour lesquels nous savons au moins que le peintre « Jacobus Dubroquens » a servi de modèle. La signature qu'adopte Anatole France, filleul de *Jacques* Charavay, dans *Le Chasseur bibliographe*, ne serait-elle pas une allusion comique au peintre ? Dans le salon de Nina de Callias, qui recevait toute sorte de gens, le jeune homme put rencontrer d'autres excentriques qui lui ressemblaient. Mais le modèle de Maccus est certainement tiré de sources littéraires autant que de la réalité. Victor Hugo et Shakespeare inspirent en effet au jeune Anatole France, vers 1865 ou peut-être un peu plus tard, le personnage de sir Punch, dans le drame demeuré inachevé qui porte son nom; Georges Girard a publié des passages des trois premiers actes de cette pièce, qui se déroule à Londres et met en scène une espèce de Falstaff, originaire de Naples, qui rappelle avec nostalgie ses exploits :

> *Quand la lune aux ravins des Calabres*
> *Accrochait des éclairs sur la pointe des sabres.*

Ce personnage proclame : « Je suis grand moraliste et je suis bon enfant »; vaurien, en vérité, qui berne gaiement don Juan lui-même, il est de la famille de Maccus et de Tudesco, italien comme lui. Tudesco, c'est une espèce de sir Punch qui tourne mal.

Tudesco sort de ces modèles. Il n'a point la générosité paternelle de M. Fellaire de Sisac dans *Jocaste*, ni l'innocente légèreté des ratés du *Chat maigre*. Dans un roman directement influencé par le souvenir d'Élise Devoyod, France se rappelle le Maccus moderne qu'il avait inventé. Tudesco porte la peine de son échec. Il introduit dans la vie de Jean l'artifice théâtral dont Gabrielle est la face plus aimable, mais aussi trompeuse. Il est, plus tard, mêlé à ce qui concerne la comédienne, et s'en mêle tout de travers : son idée que Jean doit traduire pour elle *Myrrha* est aussi ridicule que celle d'offrir à Jean, pour le consoler, le portrait de la triste Mme Bargemont. Son nom même est grotesque, pour un proscrit qui gémit de savoir son pays « en proie à la barbarie tudesque ». Mais c'est un grotesque dangereux, parce qu'il fait partie du gouvernement de la Commune. Aux yeux d'Anatole France, il est tout désigné pour cela par sa double qualité de proscrit et de raté éloquent. Ainsi les adversaires de la Commune jugeaient-ils les assez nombreux proscrits qui réellement furent communards : le Polonais Iaroslaw Dombrowski, l'Italien Napoléon La Cécilia, qui, après avoir combattu avec Garibaldi, devint colonel dans l'armée de la Loire, puis adhéra à la Commune et devint général. Il aimait beaucoup paraître, avec « son fameux cheval noir » qu'il faisait souvent piaffer, et qu'évoque Vallès dans *L'Insurgé*. Il n'est pas impossible qu'il ait inspiré Anatole France pour décrire le dernier avatar de Tudesco, impliquant par méprise Jean Servien dans une aventure qui le conduit à la mort.

Plus tard, ce personnage de bohème instruit, méprisant l'opinion publique et la gloire, aimant le vin et les femmes, devait donner naissance au bon maître Jérôme Coignard. Jules Lemaître devait noter la persistance dans l'œuvre d'Anatole France de ces « quarts d'homme de génie et maniaques », si attirants pour un méditatif comme l'écrivain[1]. Mais le type est ici entièrement marqué de signes négatifs, et participe à l'amertume qui emplit le roman tout entier. C'est qu'il offre à Jean la vision de ce qu'il pourrait lui-même devenir, avec son « moi » faible, fragmenté, irrémédiablement rompu par d'inconsistants désirs. Cette hantise de l'incohérence, l'un des thèmes majeurs du roman, se marque aussi bien dans ses protagonistes que dans l'image qu'il donne de Paris et de ses environs immédiats, projection spatiale d'une psychologie. Aimée, amoureusement décrite, la ville n'apparaît qu'en vues partielles et non reliées entre elles. Ce sont les « douces tristesses » du faubourg de Grenelle; la rue animée au sortir de la pension; la fête de Saint-Cloud; le cabaret de la rue Saint-Jacques; le petit cercle d'auditeurs autour d'un chanteur en plein vent, avenue de l'Observatoire; le quai mélancolique auprès du pont d'Iéna; les hauteurs de Bellevue; la rue de Rennes bombardée pendant le siège. Aucune description n'est plus caractéristique de cette fragmentation que celle de l'Exposition de 1867, parce qu'il existait à son sujet un modèle littéraire évidemment connu de tout le public : l'hymne à Paris qu'écrivit Victor Hugo en préface au *Paris-Guide*, célébrant la puissance de la ville, « point vélique de la civilisation[2] », et voyant en elle la future capitale des nations. Rien de cet enthousiasme, rien d'une quelconque perception globale de Paris dans l'Exposition visitée par Jean : il n'y voit que l'édicule égyptien et les bijoux d'Aahotep. C'est

1. *La Lecture*, « Anatole France », 10 et 17 octobre 1893.
2. *Paris-Guide*, t. I : « Introduction », III, p. 2, Librairie internationale, 1867 ; *Œuvres*, « Choses vues », Paris, éd. Ollendorf, 1913, p. 319,

dire qu'il ramène tout à lui, et que lui n'a pas de *lieu* dans le présent et dans un ensemble équilibré.

Combien son caractère peut faire songer au Frédéric de *L'Éducation sentimentale*, Maurice Barrès le sentit, en lisant ce roman de la désillusion. « Il réveille en moi l'admirable et précieuse tristesse de *L'Éducation sentimentale* », écrivit-il à France, le 24 juin 1882. « Il y a là une sincérité poignante, je ne sais quel *air autobiographique*, une âpreté qui n'est que la réalité, tout un ensemble enfin, qui en feront, si je ne me trompe, *le bréviaire* de plus d'un de nos contemporains[1]. » Mais l'âpreté de Jean a également une tout autre résonance que celle de Frédéric : elle prend l'allure d'une revendication sociale. Fils de bourgeois, Frédéric ne souffre que d'être provincial et de très médiocre fortune. Jean, lui, est fils d'artisan. Il souffre d'être un déclassé, un de ces bacheliers que leur origine voue à d'obscurs travaux. Quelque chose en lui, malgré ses aspirations au luxe et à la beauté, sympathise avec le peuple, s'oppose à la morgue bourgeoise et à la pompe aristocratique. Anatole France lui prête son propre goût, avoué, des existences médiocres, comme celle de la marchande de coco, ou de la foule populaire, que l'écrivain décrit le 15 mai 1886 dans *L'Univers illustré* à propos de la foire aux pains d'épice : « J'aime la foule, la bonne foule parisienne, badaude et qui s'amuse; j'aime les ouvriers en goguette et qui chantent en se tenant par le bras, les petites demoiselles qui ont mis leur belle robe; j'aime les honnêtes familles dont les membres ploient sous le faix de paniers de provisions. » Mais France n'avoue qu'à travers Jean des violences, des dégoûts, des révoltes trop sentis pour ne pas être siens : la scène que Jean fait à Bargemont, « enflammé de haine et de colère », celle au cours de laquelle il crie à l'abbé Bordier : « Je suis malheureux, je souffre, je hais ! », montrent l'aigreur à quoi peuvent mener « les brutalités d'une vie étroite et pauvre ». Opposant à l'Empire qui l'a « laissé souffrir dans une arrière-boutique et dans une salle d'étude », Jean pousse à l'extrême des dispositions qui ont été celles d'Anatole France. L'opposition viscérale de celui-ci à la Commune ne doit pas nous dissimuler la très profonde parenté des *Désirs de Jean Servien* avec l'œuvre de Jules Vallès, précédant et suivant la Commune. Avant son avatar en colonel, Tudesco peut être compté au nombre de ces « réfractaires », Cressot, Leclerc, Chaque, « ancien Pallikare », dont Vallès parle de 1857 à 1865; le cabaret de la rue Saint-Jacques, plein d'intellectuels ratés, évoque bien ceux de « la rue » décrits dans *L'Événement* de 1865. Vallès encore dit et redit les amertumes du bachelier pauvre, en 1864, dans *La Confession d'un saltimbanque*, en 1869-1870 dans *Le Testament d'un blagueur* et *Pierre*

1. Henri Mondor, *Barrès avant le Quartier latin*, 1956, p. 136.

Moras, en 1878 et 1879 dans les feuilletons qui devaient être publiés en volume sous le titre *L'Enfant* et *Le Bachelier*. Comme Jean Servien, ses héros regrettent de ne pas être des artisans; quand ils sont pions, il ne parviennent pas à le demeurer; ils ratent tous leurs essais de carrière, parce qu'ils ne possèdent aucune des connaissances pratiques nécessaires. « Tous ces discours, toutes ces histoires, prises dans les livres des anciens Romains, vont mettre en effervescence la tête de ce garçon, et il ne saura jamais la vérité des choses », reconnaît tristement le père Servien. Jacques Vingtras, dans « Mes humanités », fait le procès du même enseignement : « Ils me disent toujours qu'il faut se mettre à la place de celui-ci, de celui-là — avec le nez coupé comme Zopyre ? avec le poignet rôti comme Scévola ? C'est toujours des généraux, des rois, des reines ! Moi, j'ai quatorze ans, je ne sais pas ce qu'il faut faire dire à Annibal, à Caracalla, ni à Torquatus, non plus ! » Dans l'œuvre de Vallès qui précède la trilogie, les romans qui mettent en scène un « jeune homme en colère », *Le Testament d'un blagueur*, *Pierre Moras*, se terminent par le suicide du héros. Il faut l'accomplissement que représente à ses yeux la Commune, même vaincue, pour que Vallès sauve son héros au terme de *L'Insurgé*. Encore a-t-il dédié le second tome de sa trilogie : « À ceux / qui / nourris de grec et de latin / sont morts de faim. » Il s'agit bien d'une impasse, d'une civilisation invivable : celle même qui tue Jean Servien.

Les concordances sont frappantes. Chez deux hommes aussi différents, elles prennent la valeur d'un témoignage sur la mentalité d'une génération et d'une classe sociale. On ne saurait pour cela être assuré que France ait lu Valles, hormis la citation textuelle qui en a été notée. Il peut, aussi bien, l'avoir lu : opposant lui-même durant quelque temps au second Empire, il aurait manifesté son intérêt pour une autre œuvre d'opposition. Les différences entre républicains extrémistes et modérés s'estompaient alors dans le refus commun du régime, comme le prouve l'amitié nouée entre Vallès et Hector Malot. Au demeurant, la communauté des thèmes, très significative, ne saurait en aucun cas voiler la différence des tempéraments. Le ton et les images maîtresses de Vallès, qui n'était pas un sensuel, n'ont rien de commun avec ceux des *Désirs de Jean Servien*. Vallès est attaché aux bonheurs de la vie quotidienne : manger, s'habiller, être à l'aise dans une campagne qu'on aime. De lui-même, grâce à ce sens du concret, il critique l'éducation dispensée par le collège. Jean Servien ne peut le faire, et c'est son père qui s'en charge. De là cette réussite de l'instantané dans la trilogie vallésienne. On vit d'impressions au présent. On accepte de s'inscrire dans une histoire, quand celle-ci pourrait faire vivre l'homme sans transposition, sans mystification, dans un présent éternel : illusion, certes, mais c'est ce qui justifie aux yeux de Vallès la Commune. Au contraire, Jean Servien ne saurait vivre sans mythes qui le transportent loin du présent, pour lui présenter un éternel féminin. Celui-ci, bien entendu, n'a point de réalité dans l'histoire du passé : Jean la déforme et se l'approprie. Il refuse également l'histoire de son temps. Aussi la vraie respiration du roman, morcelé malheureusement en trente-cinq très courts chapitres, ne serait-elle point celle de l'instantané, mais celle d'un rêve poétique contrarié, qui se situerait hors du temps et de l'espace. Quelque brisée qu'elle soit, la volupté demeure au centre de ce roman ; quelque « second Empire » que soient ses thèmes, ils sont traversés par une sensibilité inquiète et anxieuse du détail, qui fait d'Anatole France le maître d'une certaine forme de littérature « fin de siècle » : par exemple quand l'écrivain fait s'attacher son héros aux défauts corporels de Gabrielle, des bras trop grêles, une dent en retrait, parce que l' « imperfection est le caractère des êtres vivants ». Ce n'est pas par flatterie que Barrès termina sa lettre à France par ces mots : « Votre jeune suivant. » On pourrait trouver trace de la lecture des *Désirs de Jean Servien* dans la première trilogie barrésienne, comme dans le procès qu'ouvre très vite son auteur contre l'éducation dispensée par le collège. Barrès proclama encore l'intérêt et l'importance de ce roman pour les jeunes gens, dans l'étude qu'il donna sur Anatole France dans *La Jeune France* du 1er février 1883.

Le roman ne reçut pas d'autre part grand accueil, et cet accueil ne fut pas toujours favorable. L'évocation de la Commune, même après l'amnistie de ses survivants, le 11 juillet 1880, faisait peur, sauf condamnation pleine et entière. Or, on sent bien dans *Les Désirs de Jean Servien* que cette condamnation n'exclut pas la révolte du héros contre la société, ni le mouvement profond d'une sensualité qui appelle la censure. C'est ce qu'expriment les fortes réserves de l'article signé « P » dans *Le Livre. Bibliographie moderne*. France « fait occire » Jean, « sans rime ni raison, sous la Commune, par une cantinière avinée. S'il a voulu recommencer à sa manière *L'Éducation sentimentale*, à la bonne heure ! Encore eussions-nous préféré lui voir employer à une telle analyse la phrase simple, claire et nette, plutôt que le rythme cadencé, la mélopée chantante de Théophile Gautier ou de Paul de Saint-Victor ». Pour d'autres raisons, France, dont *Le Crime de Sylvestre Bonnard* fut couronné par l'Académie deux mois après la publication des *Désirs de Jean Servien*, ressentait lui-même une gêne devant ce roman. Il témoigne pour nous que la conquête d'une apparente sérénité et d'une ironie salvatrice fut bien difficile pour l'écrivain, qui y exprime, sous forme d'adieu, la seule confession violente que nous possédions sur lui. Encore n'est-elle pas développée ; chacun des chapitres apparaît plutôt comme une ébauche, dans un « roman de formation » qui n'a pas trouvé toute son ampleur.

NOTE SUR LE TEXTE

On ne connaît pas de manuscrit du roman.

Les Désirs de Jean Servien parut chez Lemerre à la fin d'avril 1882, VIII-215 p. in-18. Le roman était précédé d'une Préface, supprimée par Anatole France en 1898, lors de la cinquième édition. Cette suppression s'explique par les allusions peu amicales qui était faites à Émile Zola dans cette Préface[1] : en 1898, les rapports entre les deux écrivains avaient notablement évolué.

Les éditions Calmann-Lévy éditèrent le roman à partir de 1907. Le texte de cette édition est le même que celui de l'édition originale chez Lemerre, et demeura le même dans toutes les réimpressions.

NOTES

Page 337.

1. Le collège Stanislas qui se trouve, depuis 1847, au 22, rue Notre-Dame-des-Champs. Anatole France situe dans cette rue la maison d'enfance de Servien, tandis que l'externat qu'il fréquente (chap. V) reste situé rue d'Assas, près du Luxembourg.

2. « Mon père était libraire [...]. Quelques personnes ont cru que je l'avais peint sous le nom de Servien, dans un petit roman de ma façon qui commence très bien et finit très mal. Elles se trompaient. Il est vrai que ce Servien, pauvre vieux relieur qui travaille pour les couvents dans une boutique de la rue Notre-Dame-des-Champs, est remarquable par un sentiment égal et continu du devoir, un spiritualisme pratique et une bonté silencieuse dont j'eus l'exemple à la maison. Mais mon père, dans le temps même où sa fortune était dure et petite, n'a jamais ressemblé à un grossier artisan. » (« Autobiographie. Fragment », *La Revue de France*, 1er novembre 1924, p. 8.)

3. Fièvre lente, amenant un dépérissement qu'on appelait « consomption ».

Page 338.

1. Ce sont les actrices du Vaudeville, qui, incendié en 1838, vint s'installer en 1839-1840 au « Gymnase musical », boulevard de Bonne-Nouvelle.

Page 339.

1. C'est la mère d'Anatole France, comme on sait, qui est native, non d'un village d'Eure-et-Loir, mais de la ville de Chartres. Le père d'Anatole France est bien né dans un village, mais en Anjou.

2. La première gare Montparnasse du chemin de fer de l'Ouest, à l'angle de l'avenue du Maine et du boulevard de Vaugirard, fut inaugurée le 17 septembre 1840 et remplacée en 1852 par la gare située sur la place de Rennes, qui demeura

1. Voir l'Appendice, p. 429, et n. 1.

en service jusqu'en 1975. Jean est né en 1849; il s'agit donc de la seconde gare Montparnasse.

Page 340.

1. La réunion des villages périphériques à la Ville de Paris n'ayant eu lieu qu'en 1860, Grenelle est encore en effet un de ces villages. On l'atteint de la demeure de Jean en suivant les boulevards et les chemins de ronde qui, jusqu'en 1863, longeaient intérieurement et extérieurement le mur des Fermiers-Généraux. Les Invalides, par l'avenue de Lowendal, étaient tout proches.

2. Étoffe de laine légère, appelée aussi « drap d'été », qui était portée par les bourgeoises modestes et jamais par les « dames ».

Page 341.

1. Le Tasse, 1544-1595, qui commença à écrire sa *Jérusalem délivrée* comme il faisait partie de la suite du cardinal Louis d'Este, et la termina dans la disgrâce; bientôt jeté en prison, il se vit dérober le manuscrit de son œuvre, qui était condamnée par l'Inquisition et qu'il voulait refaire. *La Jérusalem délivrée* fut imprimée en 1580, et désavouée par son auteur qui entreprit d'écrire une *Jérusalem conquise*, conforme à la censure de l'Inquisition. La vie si traversée du Tasse, disgracié, enfermé à l'hôpital des fous, puis errant de ville en ville et souvent misérable, a fréquemment inspiré les peintres romantiques et postromantiques, à commencer par Delacroix; elle a longtemps été l'exemple même de la vie de l'artiste incompris, et c'est bien comme telle qu'elle séduit Tudesco.

2. Sur le mauvais papier dont on enveloppe les chandelles.

Page 342.

1. La légende de Bélisaire, général porté au faîte du pouvoir, puis disgracié par Justinien et, les yeux brûlés par son ordre, réduit à demander l'aumône, a été mise en circulation dès le XIIe siècle. Elle a été reprise par Marmontel dans son roman de 1767, et par Népomucène Lemercier dans une romance mise en musique par Garat, sous le Directoire. C'est elle que cite sans doute Tudesco :

> *Je tiens le casque du guerrier*
> *Effroi du Goth et du Vandale,*

chante le guide du général aveuglé par le « tyran ».

2. Après l'abdication de Charles-Albert de Sardaigne en 1849, son fils Victor-Emmanuel Ier, aidé de Cavour et de Garibaldi, allait peu à peu libérer l'Italie de la domination autrichienne, sensible dans toute la péninsule et directe dans le Milanais et la Vénétie, qui lui avaient été donnés par les traités de 1815. Le Piémont fut reconquis par Victor-Emmanuel en 1859, et la Vénétie fut acquise seulement en 1866 grâce à l'alliance prussienne. Au moment où parle Tudesco, Victor-Emmanuel n'est qu'au début de son œuvre d'unification.

Page 344.

1. « Par Bacchus », exclamation équivalant à notre « palsambleu ».

2. « Mon cher garçon. »

3. La légende veut que si le duc de Ferrare disgracia, puis fit enfermer celui qu'il avait naguère protégé, c'est que le Tasse s'était attiré l'amour de Léonore d'Este, la propre sœur du duc.

Page 345.

1. Vomissement qui survient à jeun chez les malades atteints de gastrite.

Page 346.

1. Dans *Le Livre de mon ami*, c'est la casquette de Fontanet qui est plongée par le héros dans un bassin, ou transformée en chiffon, pour lui fournir un péché à confesser le samedi (chap. VIII, « La Casquette de Fontanet », p. 501).

2. Cet éloge de la liberté et de la rue se retrouve, quarante ans, plus tard, dans le chapitre III de *La Vie en fleur*, « L'École buissonnière ».

3. Louis-Pierre Anquetil, ecclésiastique, 1723-1806, écrivit de nombreux travaux historiques avant cette *Histoire de France* qu'il composa à quatre-vingts ans, sur l'invitation de Bonaparte. Histoire narrative, lente mais assez facile et agréable, qui méconnaît totalement le travail critique.

Page 348.

1. Saint François de Borgia, troisième général des jésuites, né à Gandie (royaume de Valence) en 1510, mort à Rome en 1572; après la mort de sa femme Éléonore de Castro, il décida d'entrer dans l'ordre fondé par saint Ignace, qui le chargea d'aller comme vicaire général dans les grandes villes d'Espagne et du Portugal, puis fut élu général de l'ordre.

2. C'est une allusion évidente au tableau que Jean-Paul Laurens exposa en 1876, sous le titre : *François de Borgia devant le cercueil d'Isabelle de Portugal.* Grand d'Espagne, et encore dans le monde, François de Borgia est chargé en 1539 par Charles Quint de faire ensevelir Isabelle, son impératrice, naguère très belle, dont le cercueil est ouvert devant lui. Elle apparaît livide et marquée des signes de la mort. Frappé du néant des grandeurs humaines, François de Borgia fait vœu d'entrer dans les ordres, si son épouse vient à mourir. Ce tableau fut estimé comme un des morceaux les plus saisissants de la peinture. Il semble bien qu'il ait suscité ou ressuscité chez Anatole France une image féminine selon son cœur. Peut-être s'agit-il de résurrection. Le 21 février 1892, il écrit dans *Le Temps* à propos de Renan que, pour bien comprendre l'enseignement de l'Église sur les femmes et le danger qu'elles font courir, « il faut avoir fréquenté les mystiques. Il faut surtout avoir coulé son adolescence dans une atmosphère religieuse. Il faut avoir suivi les retraites et les pratiques du culte. / Il faut avoir lu, à douze ans, ces petits livres édifiants qui ouvrent le monde surnaturel aux âmes naïves. Il faut avoir lu l'histoire de saint François de Borgia contemplant le cercueil ouvert de la reine Isabelle, [...] » (« Le Missel des femmes », article recueilli dans le tome V de *La Vie littéraire*).

3. On se rappelle, dans *Atala*, la morte qui « paraissait

enchantée par l'Ange de la mélancolie, et par le double sommeil de l'innocence et de la tombe ».

4. La marelle phénicienne est un jeu de calcul qui se joue à deux, en plaçant des pions sur des cases tracées sur un carton ou toute autre surface plane, et non pas en lançant des palets et en sautant à cloche-pied sur une figure tracée sur le sol, ce qui est la « marelle » la plus courante.

5. Un « Ewart » fut condisciple de France au collège Stanislas. Son nom est ici déformé et très proche de celui du docteur Evans, dentiste de l'impératrice Eugénie, qui l'aida à s'enfuir après le désastre de Sedan.

Page 350.

1. Ce ne sont pas ces affaires qui ont manqué, à la fin de la royauté constitutionnelle surtout : elles ont été parmi les origines de la révolution de 1848. Citons la fameuse affaire Teste : un temps ministre, puis président de la Cour de cassation, il fut en mai 1847 accusé d'avoir reçu par l'intermédiaire du général Cubières, ancien ministre de la Guerre, une somme de 94 000 F pour accorder à des tiers la concession d'une mine de sel gemme.

Page 351.

1. Dentelle faite au fuseau avec de la soie plate, originairement écrue, souvent aussi noire au XIXe siècle. Elle était fabriquée au Puy ou en Normandie.

2. Il s'agit de Cazeaux, le « Fontanet » du *Livre de mon ami*. Pierre Cazeaux, le père de Louis Cazeaux, né à Bordeaux en 1808, agrégé à la Faculté de Paris en 1844, membre de l'Académie de médecine en 1851, était l'auteur d'un *Traité théorique et pratique de l'art des accouchements*. Ce livre était un classique. Le portrait du docteur Cazeaux, lithographié par Zéphirin Belliard pour l'éditeur Rosselin, fut exposé : l'éditeur était au 24, quai Voltaire, donc voisin des France. On s'explique l'envie du petit Anatole pour Louis Cazeaux, mieux « né » que lui, et, de surcroît, élève brillant.

3. Chaque année, du 17 au 22 septembre, se tenait à Saint-Cloud une foire très courue par un public populaire.

Page 352.

1. C'est l'influence de la mode du XVIIIe siècle, lancée par les Goncourt (*L'Art au XVIIIe siècle* est commencé en 1859, *La Femme au XVIIIe siècle* paraît en 1862), qui conduit les grandes dames à se poudrer les cheveux, tout comme, d'ailleurs, la Castiglione, qui consigne le fait dans son journal du 21 février 1856.

Page 354.

1. On indique au banquier quelle est la couleur de la première carte qu'il va tirer du paquet, et l'on gagne si cette couleur est conforme à celle de la carte tirée.

Page 355.

1. Grosse toupie creuse et percée; quand on la fait tourner,

l'air passe à travers des lames disposées dans la toupie, qui « chante ».

2. Petite voiture de saltimbanque.

3. Marie-Dominique-Auguste Sibour, 1792-1857, libéral qui collabora à *L'Avenir* de Lamennais après la révolution de 1830. Il fut vicaire général de Nîmes en 1838, évêque de Digne en 1839, et archevêque à Paris en 1848, après la mort de Mgr Affre. Il devait, après avoir professé des sentiments républicains, se rallier à l'Empire et célébrer le 3 janvier 1852 le *Te Deum* que stigmatisa Victor Hugo dans *Les Châtiments*. Il fut assassiné en décembre 1854 par un prêtre interdit, Jean Verger, en l'église Saint-Étienne-du-Mont.

Page 356.

1. Dans les *Œuvres complètes* de Béranger publiées par Perrotin en 1857, on ne trouve point de chanson contant exactement cette anecdote. *Le Vieux Caporal*, de 1829, est celle qui s'en rapproche le plus : ayant blessé un « morveux d'officier » qui l'outrageait, le vieux caporal des armées napoléoniennes est conduit au supplice par des conscrits qui se plaisaient naguère aux récits de ses exploits, et il évoque sa mère qui vit encore au village.

Page 357.

1. Cette danse, d'origine bohémienne, pénétra en France vers 1844. Elle fut aussitôt en vogue, au point qu'il y eut des robes, des coiffures, des gâteaux polka. On la dansait avec infiniment plus de vivacité que plus tard, dans les salons du début du XXe siècle : Céleste Mogador fut une des célèbres « polkistes » du bal Mabille.

Page 358.

1. L'indienne est une légère étoffe de coton imprimée, bon marché.

Page 359.

1. Ce n'était pas le cas du collège Stanislas. Mais nombre de pensions conduisaient en effet leurs élèves au lycée Louis-le-Grand ou au lycée Henri-IV, avec un système de répétitions des cours et de préparation du travail à la pension même. Qu'on se rappelle *L'Enfant* de Jules Vallès : la « pension Legnagna » mène au lycée Bonaparte (chap. XXII).

2. Ainsi en fut-il d'Anatole France, dont certaines compositions littéraires eurent les honneurs du livre d'or de l'académie du collège Stanislas, mais qui fut généralement estimé comme un flâneur, un élève trop mou, par ses maîtres.

3. Prêtresse athénienne, Théano refusa de prononcer des imprécations vouant aux dieux vengeurs Alcibiade, traître et exilé; elle proclama : « Je suis ministre des dieux pour prier et bénir, non pour détester et maudire. » Alcibiade était passé dans le camp des Lacédémoniens, après avoir remporté sur eux des victoires en Sicile, quand il apprit que ses compatriotes athéniens l'avaient condamné à mort pour avoir mutilé des hermès et tourné en dérision les mystères d'Éleusis.

Page 360.

1. Souvenir des vacances qu'Anatole France passa dans l'Avranchin, à Saint-Pierre-Langers, en 1859 et 1861.

2. C'est en réalité en 1861, bien avant d'être bachelier, qu'Anatole France vit pour la première fois Élise Devoyod au théâtre; il devait pendant quatre ans nourrir pour elle une passion silencieuse, puis composer, de février à décembre 1869, trente-huit poèmes d'amour dont l'un évoque effectivement une représentation de *Cinna*. Élise Devoyod avait dès 1860 interprété le rôle d'Émilie.

3. Manteau, en forme de toge, qui se portait par-dessus la *stola* (tunique) et pouvait se draper en forme de voile.

Page 361.

1. Georges Huard, dans l'article du supplément littéraire du *Figaro* du 2 octobre 1926, cite des fragments des poèmes de France à Élise Devoyod qui témoignent de cette admiration à la fois idéale et charnelle : *Ô déesse, ô muse sacrée / Le masque antique est dans tes mains // Ses cheveux sur son col tombaient en flots châtains / Elle était grande autant que peut l'être une femme / Tout son air décelait la fierté de son âme.*

À propos d'*Œdipe roi*, France évoque encore les « bras de reine » de son idole (« Élise Devoyod et Anatole France »).

2. En effet, Corneille, dans *L'Examen* de *Cinna*, écrit : « Il est vrai qu'il s'y rencontre une duplicité de lieu particulier. La moitié de la pièce se passe chez Émilie, et l'autre dans le cabinet d'Auguste. » (*Œuvres complètes*, Bibl. de la Pléiade, t. I, p. 911.) Aussi Corneille ne plaide-t-il pas sans ambiguïté pour l'unité de lieu de la pièce, sauvée, dit-il, malgré tout, parce qu'elle se déroule en entier dans le palais d'Auguste... On joua au XIXe siècle la pièce, tantôt sans changer de décor, tantôt en en changeant : ce fut le cas le 21 novembre 1860, Édouard Thierry dirigeant la représentation, à la Comédie-Française.

Page 363.

1. Les critiques moins bienveillants disaient en effet qu'ils étaient un peu osseux et longs (M. Maret-Leriche, cité dans l'article de Georges Huard, n. 1, p. 361).

Page 364.

1. C'est l'Exposition universelle de 1867, qui s'ouvrit en avril et attira l'Europe entière, ainsi que le montre *La Curée* de Zola. Elle se tint au Champ-de-Mars, sur lequel on avait édifié un palais destiné à abriter les machines et produits manufacturés.

2. L'édicule égyptien faisait partie des constructions « typiques » édifiées autour du palais du Champ-de-Mars, kiosques, mosquée, etc. Il se trouvait dans le nord-ouest du Champ-de-Mars, au milieu du « parc égyptien ». C'était un temple en réduction, qui reproduisait d'assez près le « temple de l'Ouest » de Philae. Il était décoré de peintures, reproductions de modèles envoyées d'Égypte, et de moulages.

Page 365.

1. Mariette découvrit son tombeau en 1859. Il contenait de somptueux objets et bijoux, notamment un pectoral en or et des bracelets. Recueillis sur la momie de la reine, femme du dernier roi de la XVIIe dynastie, ils étaient exposés dans une cage, dans la salle intérieure de l'édicule égyptien. Anatole France parle ici du diadème orné d'une boîte en forme de cartouche royal gardé par deux petits sphinx affrontés, en or; d'un des bracelets, perles d'or et de lapis enfilées sur des fils d'or espacés; d'un autre bracelet de grandes dimensions, destiné à être porté à l'humérus, représentant un vautour aux ailes déployées, dont les plumes sont en différentes pierres enchâssées dans des cloisons d'or; d'une chaîne d'or à laquelle append un scarabée dont le corps en or massif est orné d'un corselet et d'élytres en pâte de verre bleu tendre rayée de lignes d'or; enfin, du poignard d'or dont le pommeau de bois est couvert de quatre têtes de femme en feuilles d'or repoussées, et dont la lame est ornée sur une face de quinze fleurs épanouies (*Description du parc égyptien*, par Auguste Mariette, Dentu 1867).

Page 366.

1. Dans le palais de roseaux du roi de l'Ouganda : cet explorateur anglais est John Haming Speke, 1827-1864, qui pénétra en 1860 jusque dans l'Ouganda où le roi Mtésa lui fit bon accueil. Ce voyage était destiné à découvrir les sources du Nil. Il venait à la suite d'un voyage durant lequel Speke découvrit le lac Oukéréoué, qu'il nomma « Victoria ». Ces voyages furent contés par Speke dans *Journal of the Discovery of the Source of the Nile*, 1863, traduit en 1864 en français par E. Farbes, sous le titre : *Les Sources du Nil*. Après avoir rendu visite au roi Mtésa, l'explorateur remonte le Nil à partir de « Rondagori », transcrit ici autrement par Anatole France. « Les hippopotames renâclaient dans l'eau, et [...] sous nos pieds, à chaque instant, floricains et pintades prenaient leur vol. » (P. 232 de l'édition abrégée, d'après la traduction Farbes, du voyage de Speke, par J. Belin-de-Launay, Hachette 1867.)

Page 367.

1. Jules Vallès rappelle aussi, au chapitre XXIX du *Bachelier* (*« Monsieur, Monsieur Bonardel »*) qu'il fallait avoir une « belle main » pour être copiste ou teneur de livres : « Mon écriture me tue. Toutes mes tentatives pour entrer n'importe où saignent et meurent sous le bec de ma plume maladroite. »

Page 370.

1. Dans l'article « Les Fous dans la littérature », du 19 juin 1887, recueilli dans *La Vie littéraire*, Anatole France évoque un vieillard qu'il avait connu dans son enfance, et qui était devenu fou à la nouvelle de la mort d'un fils unique. « Sa folie consistait à s'habiller de toile à matelas. À cela près, il était parfaitement sage. » C'était, dit France, un bon savant et un humaniste, qui racontait des récits de voyage et donna au jeune France quelques leçons de grec et de latin.

Page 371.

1. Luis de Camoens, 1525-1580, auteur des *Lusiades*, né et mort à Lisbonne. Il connut mille aventures et disgrâces aux Indes, puis, de retour à Lisbonne, eut un moment de prospérité sous le règne de son protecteur le roi Sébastien qui mourut en 1578. Camoens acheva sa vie dans le dénuement, mais il semble bien que c'est une légende qui le montre mendiant dans les rues et mourant à l'hôpital.

2. Ces prix sont presque les plus bas des prix fixes. Au *Rosbif*, rue de la Bourse, on déjeunait pourtant pour un franc, en 1855.

3. Très fameuse école de médecine, dont le renom dura pendant tout le Moyen Âge.

Page 372.

1. C'est une liqueur, « l'eau dorée de Dantzig », *Dantziger Goldwasser*.

2. *Mécanique* est pris ici dans son acception ancienne, « qui dépend essentiellement du travail de la main ».

Page 373.

1. Erreur de France : le manteau était de fourrure, p. 364.

Page 374.

1. Charles-Albert, roi de Sardaigne, perdit le 25 mars 1849 la bataille de Novare contre les Autrichiens conduits par Radetzky; cette défaite entraîna son abdication. Mais le fils de Charles-Albert, Victor-Emmanuel, reprit son œuvre d'unification de l'Italie.

2. C'est en 1791 qu'Alfieri porta sur la scène ce sujet scabreux, car il s'agit d'un inceste : fille du roi de Chypre, Cinyras, Myrrha profite d'une absence de sa mère pour prendre sa place à l'insu de son père. L'inceste découvert, elle fuit en Arabie, où elle donne le jour à Adonis. Alfieri (1749-1803), après une vie agitée, écrivit une vingtaine de tragédies qui renouvelèrent l'art du théâtre en Italie, par leur style serré et l'énergie des caractères qu'elles mettent en scène. Il est évidemment peu probable que l'actrice aimée de Jean veuille jouer un rôle aussi peu « convenable » que celui de Myrrha. Ajoutons qu'Alfieri, après avoir considéré la France révolutionnaire comme une « terre de liberté », se troubla si fort du règne de la démocratie, qu'il repartit pour l'Italie, d'où il lança des pamphlets antifrançais dont le plus connu est le *Misogallo*. Cela n'était pas oublié en France, soixante ans après.

Page 376.

1. *Mithridate*, tragédie de Racine, dont l'héroïne féminine est la Grecque Monime (1673); *Adrienne Lecouvreur*, drame en cinq actes en prose de Scribe et E. Legouvé, 1849, met en scène la grande tragédienne récitant au moment le plus pathétique quelques vers de *Phèdre*; le rôle fut créé par Rachel. *Rodogune*, tragédie de Corneille créée en 1645 et mettant aux prises Rodogune, sœur du roi des Parthes, et Cléopâtre, reine de Syrie. *Les Enfants d'Édouard*, tragédie en trois actes de Casimir Delavigne, 1833, dont l'héroïne féminine est la mère d'Édouard V

et de Richard d'York, la reine Élisabeth. *La Fiammina*, drame de Mario Uchard, 1857, histoire d'une comédienne emportée par le démon de la scène loin de son enfant, qui la renie.

Élise Devoyod joua Émilie, Phèdre, Roxane, Adrienne Lecouvreur, Rodogune, la reine des *Enfants d'Édouard* et *Fiammina*, en effet. Dans *La Vogue parisienne* du 30 avril 1869, Anatole France évoque l'actrice priant à l'église Saint-Roch ; « vous reconnaîtrez la Fiammina qui prie », écrit-il sous le pseudonyme de « Camille d'Ivry ». On sait qu'il signa de ce nom les « Croquis féminins » parus dans *La Vogue parisienne*, parce qu'il était surveillant dans une institution d'Ivry. Nous sommes tout à fait dans l'atmosphère des *Désirs de Jean Servien*.

2. Ce poème fut écrit en 1730, après que le clergé eut refusé à l'actrice la sépulture ecclésiastique, et il fut immédiatement célèbre.

Ils privent de la sépulture
Celle qui dans la Grèce aurait eu des autels,

écrit Voltaire, qui fait l'éloge du libéralisme anglais envers les acteurs et conclut :

Dieux ! pourquoi mon pays n'est-il plus la patrie
Et de la gloire et des talents ?

3. *Tu glissais entre le livre et moi*, dit un poème du jeune Anatole France cité par G. Girard, *La Jeunesse d'Anatole France*, p. 177.

Page 377.

1. Rappelons que la rampe du théâtre, alors à gaz, était placée au ras et au bord du plancher de l'avant-scène, éclairant en effet de bas en haut les acteurs.

Page 378.

1. La « cavatine du sommeil » (durant le sommeil de Fenella) est chantée par le pêcheur Masaniello au quatrième acte de *La Muette de Portici* d'Auber, paroles de Scribe et Germain Delavigne (première à l'Opéra, le 29 février 1828). C'est un des morceaux célèbres de cet opéra maintes fois représenté ; il commence par : « Du pauvre, seul ami fidèle. »

Page 379.

1. C'était la promenade estivale classique des Parisiens, particulièrement de ceux qui se piquaient de goûts artistiques. Corot habita longtemps Ville-d'Avray, et en peignit les bois et les étangs. Les hommes de lettres et hommes d'affaires assez fortunés louaient pour l'été, ou possédaient des maisons de campagne dans la localité, d'où ils pouvaient se rendre tous les jours à Paris. Les Lemerre et les Calmettes étaient du nombre.

Page 380.

1. Maîtresse de Catulle, pour laquelle il composa ses *Élégies* et ses épigrammes. Dans ces dernières, il la présente comme adonnée à la plus vive débauche.

Page 381.

1. Il se dresse au-dessus du pont de Sèvres. L'avenue Mélanie offrait à son extrémité une terrasse d'où l'on découvrait la « belle vue » décrite ici. Les rues de Bellevue étaient bordées de haies, comme celles des villages anglais, et menaient à des bois situés au sommet du coteau. Le guide Joanne de 1882 en célèbre la beauté, pourtant entamée déjà par une exploitation de pierres meulières.

Page 382.

1. Les vers qu'Anatole France adresse à Élise Devoyod poétisent ce moment. Ils sont datés d'avril 1866 : *Quand sur ton gant ma lèvre s'est glissée / Pourquoi ces cris d'hirondelle blessée ? / Jamais ta mère à tes sombres cheveux, / En les baisant, n'essuya donc ses yeux ? / Des vents jamais tu ne fus caressée ?* (Manuscrit en la possession de M.-Ph. Delatte.)

Page 387.

1. Le vieux mot « guignon », « mauvaise chance persistante », est d'usage familier au XIXe siècle. Mais Baudelaire lui a fait ses lettres de noblesse en le donnant pour titre à un poème des *Fleurs du mal* (« Spleen et idéal », XI). Quant à « enguignonné », le supplément de *Littré* le signale comme un néologisme, employé par Alphonse Daudet dans le *Journal officiel* du 6 septembre 1875.

2. Il apparaît bien que Garneret, ce gros travailleur de bon sens, qui va être garde national en même temps que Jean, a plusieurs traits de Fernand Calmettes, dont Anatole France devait écrire dans *L'Univers illustré* du 4 mai 1889 : « M. Fernand Calmettes est un robuste garçon, dont la tête énorme va toujours en avant sous une immense chevelure noire, furieuse et bouclée [...] De petits yeux intelligents, un gros nez très bon [...] Un air sauvage, fier, doux, aimable, et, dans toute sa personne, l'oubli de soi-même. » « Très habile homme [dit France], peintre, romancier, archéologue, curieux, comme Diderot, de tous les métiers et de toutes les industries, laborieux, inventif, il a vécu, jeune encore, plusieurs existences diverses. »

Page 388.

1. Disraeli joua un rôle public de 1837 à 1869, à la Chambre des communes, puis, de 1874 à 1880, fut premier ministre. Il s'agit donc de la première période de ses affaires publiques. Il est typique de voir le sérieux Garneret traduire de Disraeli ses discours, et non les nombreux romans où il a exposé ses doctrines.

2. Géologue, Edmond Hébert (1812-1890), professeur à la Sorbonne, fut l'auteur d'un ouvrage intitulé *Les Mers anciennes et leurs rivages dans le bassin de Paris* (1857).

Page 389.

1. On songe au vers de Louis Bouilhet disant à la femme dont il est séparé qu'elle ne fut jamais qu' « un banal instrument sous [son] archet vainqueur ».

2. C'est ainsi qu'Anatole France, dans *L'Univers illustré* du 19 septembre 1885, conclut un développement sur les comé-

diennes par cette phrase : « Ce qu'il faut [...] à une femme de théâtre, c'est une âme que tout affleure et que rien ne blesse, une sensibilité peu profonde, un cœur mobile et libre. »

Page 391.

1. La rue de Rennes a été ouverte en 1853, entre la place de Rennes et la rue Notre-Dame-des-Champs, et en 1866 entre cette rue et la rue Guillaume-Apollinaire.

Page 392.

1. Ce passage semble bien faire allusion à un véritable épisode de l'enfance d'Anatole France, car, au chapitre III de *Pierre Nozière*, « Madame Mathias », il rapporte les entretiens de cette vieille femme de charge avec une marchande de gâteaux aux pommes et de coco contenu dans des carafes bouchées d'un citron; il conclut : « Mme Mathias était peuple. »

Page 394.

1. Anatole France est souvent revenu sur la question de l'orthographe, pour faire remarquer que les honnêtes gens et les grands écrivains du XVIIe et du XVIIIe siècle ne la mettaient pas exactement. C'est, dit France, une invention du XIXe siècle bourgeois que de confondre l'orthographe et la langue. Au reste, il n'est pas non plus un chaud partisan d'une réforme orthographique qui défigurerait les mots; simplement, il voudrait plus d'indulgence en ce domaine. L'un des exposés les plus complets qu'Anatole France ait faits à ce sujet se trouve dans *L'Univers illustré* du 14 décembre 1889

Page 395.

1. Sans que l'on puisse trouver dans les archives du collège Stanislas un détail qui corresponde précisément à l'esprit de cette inscription, on remarquera que deux des camarades de classe d'Anatole France au collège moururent jeunes et peuvent être les modèles de « Philippe-Guy de Thiererche » : Ernest-Marie de Bridieu, mort à dix-neuf ans à Paris, le 31 mars 1864, et Gaston de Lansac, mort à vingt-deux ans à Paris, le 7 avril 1866.

2. Anatole France le fut vraisemblablement vers 1869. Jacques Suffel expose les indices qui permettent de le penser, dans *Le Soir* (Bruxelles) du 2 septembre 1950. Une lettre de *France à Lacaussade* mentionne un cours qu'il donne à Ivry; le roman de Fernand Calmettes, *Simplette*, comporte une dédicace dans laquelle il dit : « Te souviens-tu quand, tous deux, nous menions côte à côte le rude métier de professeur, te souviens-tu ? » Il est possible que France ait enseigné dans l'école Sigisbert-Pompée, seule école privée d'Ivry vers 1860. L'école avait bonne renommée, mais c'etait évidemment un établissement d'instruction élémentaire.

Page 396.

1. C'est l'abbé Lalanne, qui dirigea le collège Stanislas de 1855 à 1871, original laid et sympathique qui institua l'académie du collège, et, à la mi-carême, organisait des représentations scéniques. Il était à la fois l'auteur et le metteur en scène de ces

pièces auxquelles il tenait beaucoup : l'abbé de Lagarde dit même que, s'il était dérangé au cours d'une répétition, il était capable d'éclater en « colères d'artiste » (*Histoire du collège Stanislas*, Putois-Crotté, 1881, p. 314). Mais la lecture du cinquième chapitre de cet ouvrage, consacré à la « restauration du collège Stanislas », prouve que Lalanne avait d'autres qualités que l'abbé Bordier, et mit beaucoup de fermeté à reprendre en main le collège Stanislas, dont il assuma la direction à partir de 1855. Anatole France aura voulu brouiller les pistes. Aurait-il été renvoyé de Stanislas au cours de l'année 1862 ? L'abbé de Lagarde insiste sur le travail continuel d'« épuration » auquel se livrait Lalanne, renvoyant les élèves jugés « dangereux » pour la moralité de leurs camarades.

2. Nous n'avons pas trouvé de sujet de tragédie semblable parmi les tragédies des jésuites, mis à part un *Sanctus Adrianus martyr* qui se trouve dans le recueil de 1630 du père Cellot, et dans lequel figure un consul Flavius qui convoite la femme d'Adrien; celle-ci se précipite dans la fournaise dans laquelle a été jeté son mari. Le théâtre de l'abbé Lalanne, outre le *Cyrille* dont il sera parlé à la note 2 de la page 397, semble s'être davantage spécialisé dans le récit du développement du christianisme en France : on cite *Les Quatre Fils d'Aymon, La Trêve du Seigneur* (exaltant l'influence du clergé sur la civilisation), *Clodoald*.

Page 397.

1. On sait que le théâtre scolaire fut fort développé par les jésuites, dont la *Ratio studiorum* de 1583 est la charte en matière d'enseignement et de divertissement pédagogique. Il y est précisé : *Nec persona ulla muliebris vel habitus introducatur*, « Qu'aucun personnage ou costume de femme n'y soit introduit ». Les tragédies furent ou latines, ou françaises; beaucoup plus souvent latines. Une tragédie de *Clovis* fut jouée au collège Louis-le-Grand le 7 août 1686 (voir Ernest Boysse, *Le Théâtre des jésuites*, H. Vaton, 1880). L'abbé Lalanne suivit l'exemple de ces illustres pédagogues en écrivant *Cyrille ou le Triomphe du christianisme dans les Gaules, essai de tragédie à la manière des Anciens, exercice de collège*, pièce qui fut éditée à la librairie classique et religieuse de Cent-Brière, en 1855. Anatole France cite ici, par conséquent, une source très précise. La tragédie met en scène « Clodovig » (Clovis), des druides, des guerriers, des bardes, et Flaminius, patricien romain; le fils de celui-ci, chrétien, est sur le point d'être sacrifié par les druides sur un dolmen, dans une forêt profonde, et en présence de son père qui se repent de l'avoir laissé mettre en prison. Fort opportunément, survient Clovis qui, après la victoire de Tolbiac, donne décidément sa faveur au christianisme. Il délivre le jeune Cyrille, qui obtient la grâce de son père, coupable de s'être laissé entraîner dans une intrigue de palais contre le parti de Clotilde. Celle-ci, toute sainte qu'elle est, n'est représentée dans cette tragédie que par un guerrier qui lui est fidèle : la pièce ne comporte aucun rôle féminin. C'est un curieux morceau pour le lecteur actuel. On y trouve beaucoup de bons sentiments filiaux, et de longs plaidoyers en faveur du christianisme.

Page 398.

1. C'est le nom de la personne qui récite quelque chose par cœur. Le nom d' « acteur » semble peu honnête au prêtre, en souvenir de l'excommunication qui frappait la profession jusqu'au XVIIIe siècle, et parce que, dans la bonne société du XIXe siècle, l'opinion « comme il faut » bouda encore les comédiens.

Page 399.

1. Louis de Fontanes fut grand maître de l'Université en 1808.

Page 400.

1. Ce passage concernant Cléopâtre se trouve dans le tome III de l'édition Chanerot de 1843, livre XXIII de l'*Histoire ancienne*, p. 142. La première phrase est une citation textuelle, mais tronquée : elle se termine dans Rollin par « toute la force de l'esprit pour manier et conduire les plus grandes affaires ». Les passages cités ensuite ne sont pas tout à fait textuels. Rollin a écrit : « Les grâces de sa personne, plus puissantes que toutes les parures et que l'or même »; et : « La poupe de son vaisseau était tout éclatante d'or, les voiles de pourpre, et les rames garnies d'argent ».

Page 401.

1. C'est de l'eau additionnée de très peu de vin, boisson traditionnelle pour les élèves des collèges.

Page 402.

1. Anatole France écrivit sur « Magdelaine », « le type de la femme chrétienne », un article plein d'admiration voluptueuse paru en mai 1868 dans *Le Bibliophile français* (« Marie-Magdelaine — visite à la Sainte-Baume et à Saint-Maximin, par G. d'Audiffret »). Son poème « La Part de Magdeleine », avant d'être inséré dans le *Deuxième Parnasse contemporain* et *Les Poèmes dorés*, fut pour lui l'occasion de son premier succès public, car il fut récité en 1869 par Agar, salle Gerson.

2. Dans la *Préface* d'Anatole France aux *Œuvres de Jean Racine* éditées chez Lemerre en 1874, il est déjà dit que « la religion offre aux âmes voluptueuses une volupté de plus : la volupté de se perdre ». Dans la *Notice* donnée par France aux *Poésies complètes* de C.-A. Sainte-Beuve, éditées chez Lemerre en 1879, France répète que la religion fut pour Sainte-Beuve « un assaisonnement qui donne à la volupté plus de saveur ».

Page 404.

1. Anatole France, dans *L'Univers illustré* du 5 février 1887, évoque ainsi ses propres souvenirs d'enfance : « En ce temps-là, le pont d'Iéna était au bout du monde. On me menait souvent promener jusque-là, quand j'étais petit. Les quais à l'entour étaient mornes, gris, poudreux. Point de fiacres, quelques promeneurs à peine. Çà et là, accoudés au parapet, des petits soldats qui taillaient une baguette et regardaient couler l'eau. Au pied du cavalier romain, une vieille accroupie au parapet vendait des chaussons aux pommes et du coco. Le coco était

dans une carafe coiffée d'un citron. La poussière et le silence passaient avec mélancolie sur ces choses. »

Page 406.

1. Brunetto Latini, maître de Guido Cavalcanti et de Dante, composa en 1240 le *Trésor* en langue française. C'est une sorte d'encyclopédie qui traite « de la naissance de toutes choses », de la morale et de l'art de bien dire. Latini la composa en français, « pour deux raisons : l'une est parce que nous sommes en France, l'autre si est parce que françois est plus délitables langages et plus communs que moult d'aultres ».

Page 408.

1. Le journaliste Victor Noir, rédacteur au *Figaro* et à *La Marseillaise,* fut blessé mortellement par le prince Pierre Bonaparte qui tira sur lui plusieurs coups de feu; il mourut le jour même, 10 janvier 1870. Ses funérailles, le 12 janvier, furent une des grandes manifestations des opposants au second Empire. Jules Vallès les relate au chapitre XV de *L'Insurgé,* « Victor Noir ».

2. Il s'agit sans doute de l' « affaire » avortée de la caserne de La Villette, conduite par Blanqui et ses sections. Elle fait l'objet du chapitre XVII de *L'Insurgé* de Vallès.

3. Il s'agit du plébiscite de mai 1870, qui fit s'évanouir les espoirs des républicains, car les Français votèrent à une énorme majorité en faveur de Napoléon III.

Page 409.

1. On lira une description symétrique, mais d'un autre ton, car Jules Vallès est hostile à la guerre, dans le chapitre XVI de *L'Insurgé,* « La Guerre », daté du 15 juillet 1870. Il y montre que bourgeois et anciens quarante-huitards sont d'accord pour pousser d'enthousiasme le cri de guerre contre les Prussiens.

2. Les remparts étaient une enceinte bastionnée à la Vauban, longue de 39 km, dont la construction avait été commencée en 1841. Cette enceinte ne fut détruite qu'au XXe siècle; elle était alors désignée par le nom de *fortifs.*

3. C'est un jeu dans lequel on superposait des pièces de monnaie sur un bouchon de liège, qu'on cherchait à renverser avec un palet.

4. Anatole France et Fernand Calmettes étaient tous deux gardes nationaux à la 1re compagnie du 20e bataillon (France allait être déclaré impropre au service pour faiblesse de constitution, par certificat du 4 janvier 1871). Le 30 novembre 1870, ils furent placés sous le fort de La Faisanderie en réserve des troupes combattantes.

5. Il s'agit de la sixième *Églogue* de Virgile. Dans la bouche de Servien et de Garneret, Anatole France met ici les considérations qu'il avait prises à sa charge dans *Le Musée des Deux Mondes* des 1er et 15 juillet 1873, sous le titre « Les Origines humaines ». Il y expose les théories de Laplace sur la formation de l'univers, et, le 15 juillet, en vient aux « intuitions » des poètes latins : « Les poètes ont un génie vraiment divinateur, mais il faut se souvenir que les Alexandrins, ceux-là mêmes qui mirent au ciel, parmi les constellations, la chevelure de Bérénice,

avaient fondé l'astronomie mathématique bien avant le siècle d'Auguste et que c'est à la lumière de cette science qu'on peut faire sur l'origine du monde des hypothèses ingénieuses et probables. / La culture grecque avait produit de beaux fruits en Italie [...] Un mot que les Anciens attribuaient à Virgile peint bien son âme sérieuse et tendre que travaillait la grande curiosité. *On se lasse de tout excepté de comprendre.* Ce mot, si mâle et si sage dans sa tristesse, est bien digne de celui qui fit *Les Géorgiques.* Car, si le nom que l'Antiquité décerna à Virgile, comme au plus pur de ses poètes, *La Vierge*, convient à sa Muse, il faut se figurer cette vierge comme une Mnémosyne, méditant sur les travaux des hommes et sur les causes des choses. / [...] Deux jeunes hommes ont surpris le vieillard divin endormi dans l'ivresse coutumière d'un vin sacré et l'ont lié avec des fleurs pour obtenir de lui des chants. Les joues teintées par Eglé, la belle naïade, du suc rouge des mûres, il chante » [suit une traduction du chant du Silène]. « Dans ces vers dont ma traduction a trop voilé la beauté native, Virgile pressent la cosmogonie de Laplace et les théories positives de nos géologues [...] C'était assez de rappeler *le Silène* pour faire passer sur cette étude trop sévère et trop terne un rayon de lumière et de grâce. »

Page 410.

1. Voitures suspendues, couvertes d'un toit supporté par plusieurs montants, ouvertes de tous côtés et pouvant se fermer par des rideaux.

Page 411.

1. Les dispositions de France et de son ami semblaient moins belliqueuses. Une lettre de Fernand Calmettes à Mme Charavay, citée dans P. Calmettes, ouvr. cité, p. 31, indique que les deux camarades sont « dans les bataillons qui feront le service des remparts mais qui, non mobilisés, ne sortiront pas de l'enceinte et ne feront pas en tout cas la guerre ailleurs qu'à Paris » (fin 1870). En janvier 1871, pendant le bombardement, Anatole France retrouvait chez Étienne Charavay (chez lequel il habitait) des amis avec lesquels il campait dans une atmosphère assez joyeuse, malgré les inquiétudes que suscitait la situation.

Page 412.

1. Jules Favre, né en 1809, défenseur des accusés d'avril 1834 et député de 1848, devint à l'avènement de la République en 1870 ministre des Affaires étrangères dans le gouvernement de la Défense nationale. « La France ne cédera ni un pouce de terrain ni une pierre de ses forteresses », proclama-t-il. Mais le malheur des temps en disposa autrement, et, le 28 février 1871, il fut de ceux qui signèrent la capitulation au quartier général prussien à Versailles. Nous sommes en janvier 1871; Jules Favre représente un dernier espoir gouvernemental pour les modérés, alors que les partisans de l'émeute, les futurs communards, invoquent le nom de Louis-Auguste Blanqui, le chef des « Sections ». Il avait fondé le 7 septembre 1870 le journal *La Patrie en danger*, et avait participé à la journée d'émeute du 31 octobre.

2. Badingouin est le surnom méprisant donné aux partisans de « Badinguet », Napoléon III.

Page 413.

1. C'est la dramatisation d'une scène que vécut Anatole France. Il croisa Élise Devoyod au bras d'un autre, et écrivit alors ces vers :

> *Vous alliez, vous marchiez, doucement appuyée,*
> *Tantôt droite, tantôt la nuque un peu ployée.*
> *Je vis que j'étais seul et que vous étiez deux*
> *Et ne vis rien ; des pleurs avaient brouillé mes yeux.*

(Vandegans, *Anatole France*, p. 14.)

2. C'est en novembre 1870 que, la viande de bœuf ayant disparu, on distribua aux Parisiens de la viande de cheval à raison de 30 g par jour et par adulte. Pourtant les soldats en exercice demeurèrent à la ration de 100 g. Quant au pain, il fut bis à partir du 20 décembre, et noir à partir du 15 janvier. Il était fabriqué à partir des grains des magasins de l'État, à raison de 30 % de blé, 30 % de riz, 20 % de seigle et 20 % d'avoine.

Page 415.

1. Le bombardement de la ville commença le 5 janvier 1871 et dura jusqu'au 27 à onze heures du soir. Il se faisait généralement la nuit, à raison d'un obus toutes les deux minutes les nuits de grand bombardement. Les projectiles étaient lancés par les batteries prussiennes de Châtillon et de Clamart, et allèrent jusqu'au quartier des Invalides. Ce sont les obus de calibre 14 qui causèrent le plus de dégâts. « Je ne sache pas de bruit plus sinistre que le sifflement de ces terribles projectiles, qui précédait leur chute à peine d'une seconde. » (*Histoire critique du siège de Paris par un officier de marine ayant pris part au siège*, Dentu, 1871, p. 278.) Les habitants de la rive gauche bombardée passaient la nuit dans les caves, ou se rendaient chez des hôtes rive droite. Il y eut 383 personnes atteintes, et une centaine de morts.

2. Camille Clément de La Roncière commandait les marins détachés dans les forts de Paris, puis, après le 4 septembre, le corps d'armée de Saint-Denis. À la bataille de Champigny, il fit une diversion vers Épinay-sur-Seine. Cette bataille se déroula le 30 novembre et le 2 décembre 1870. L'amiral La Roncière demeura sur les positions qu'il avait conquises, mais ne réussit point la jonction avec l'armée de la Loire qui était sous le commandement de Chanzy. L'armistice fut conclu le 28 janvier.

Page 417.

1. Occupé par les troupes régulières de Versailles, il tirait *sur Paris*, et repoussait les sorties des communards vers Châtillon et Courbevoie.

Page 418.

1. Tout ce passage est très évidemment inspiré, sur le ton de la dérision, puisqu'il est placé dans la bouche du grotesque Tudesco, de l'article de Jules Vallès dans *Le Cri du peuple* du

26 mars 1871, reproduit au chapitre XXVI de *L'Insurgé* : « Le 17 mars te l'a sauvé belle, gamin ! [...] C'est fini ! / Nous avons saigné et pleuré pour toi. Tu recueilleras notre héritage / Fils des désespérés, tu seras un homme libre ! »

Page 419.

1. Maxime Du Camp parle dans *Les Convulsions de Paris* de la « monomanie du souterrain » qui posséda les membres de la Commune : on croyait qu'il en existait entre le séminaire de Saint-Sulpice et Versailles, entre les Tuileries et Saint-Germain-l'Auxerrois, et que les égouts eux-mêmes servaient de souterrains (p. 134-135, t. I).

2. « Parmi les hommes de la première armée on ne parlait que des cadavres et des instruments de torture découverts dans les souterrains du couvent de l'Assomption. » (Maxime Du Camp, *Les Convulsions de Paris*, Hachette, 1880, chap. III, « Les Congrégations religieuses », p. 202.)

Page 420.

1. « Méphisto et La Brunière de Médrais poursuivaient une idée fixe en venant s'installer à Saint-Lazare. Ils savaient que la maison de retraite des sœurs de la congrégation de Marie-Joseph est située à Argenteuil, et tous deux s'étaient mis en tête de découvrir le souterrain qui va de la vieille maison de Saint-Vincent-de-Paul à Argenteuil » [...] (et permet) « à la supérieure de faire passer des armes aux réactionnaires de Versailles ». (Maxime Du Camp, *Les Convulsions de Paris*, I, p. 134.) « Méphisto » était ainsi surnommé à cause de son uniforme rouge. Il n'est pas exclu qu'Anatole France s'en soit souvenu, en décrivant l' « éclatant uniforme » de Tudesco.

2. C'est le décret adopté par la Commune en sa séance du 17 mai 1871. Il suscita l'indignation, non seulement bien entendu du gouvernement français régulier, mais de Victor Hugo, qui écrivit à son propos le poème « Pas de représailles ». Maxime Du Camp signale les deux articles citées par Anatole France, t. I, II-2, p. 103.

Page 424.

1. Le dépôt de la préfecture de police, construit à la fin du second Empire, dans la préfecture même, contenait des salles communes et des cellules individuelles. Depuis la fin de mars, les otages de la Commune y furent incarcérés.

2. Mgr Darboy et plusieurs aumôniers d'ambulance et de prison, l'abbé Deguerry, curé de La Madeleine, etc. Ils furent ensuite transférés à Mazas et à la Grande-Roquette. Quant aux gendarmes, c'est après la défaite des troupes communardes, le 3 avril, qu'ils furent emprisonnés, comme suspects de bonapartisme et de défaitisme.

Page 425.

1. Dans cette page, se trouvent résumés et simplifiés les événements qui se déroulèrent au dépôt entre le 22 mai et le 25 mai; le sous-brigadier Pierre Braquand tenta d'arrêter l'incendie de la préfecture, et fit emmener les détenus au terre-plein

du Pont-Neuf, puis à la Monnaie, où ils se séparèrent (Du Camp, *Les Convulsions de Paris*, II, IV, « Le Sous-Brigadier Braquand », p. 99-112).

2. À partir du XVIIe siècle, la partie de l'actuel quai du Louvre située entre le Pont-Neuf et la rue du Louvre se nomma « quai de l'École », après s'être nommé « quai de l'École-Saint-Germain-devant-les-Buttes ». Anatole France commet un léger anachronisme, car c'est en 1868 que plusieurs quais réunis formèrent le « quai du Louvre ». Les « pantalons rouges » qui paraissent sur le quai sont ceux de l'armée régulière, ce qui explique que les Vengeurs de Lutèce poussent Servien vers le quai aux Fleurs, partie non encore reconquise par les Versaillais. Il s'en faut de très peu toutefois : le « quai de l'École » jouxte le Pont-Neuf, qui suit immédiatement le Pont-au-Change. Jean sera tué à cinq cents mètres de l'armée versaillaise.

3. Des corps francs s'étaient formés sous le nom de *Défenseurs de la République, Amis de la France, Vengeurs de Flourens, Enfants de Paris, Enfants perdus*, etc. Du Camp énumère ces noms p. 21, t. I, de son livre, et précise que les corps francs étaient au nombre de vingt-huit. Ce sont *Les Vengeurs de Flourens*, écrit-il, qui fusillèrent systématiquement les prisonniers à partir du 22 mai (p. 95). Anatole France s'est contenté de modifier légèrement la dénomination.

4. « Aux derniers jours, ces viragos tinrent derrière les barricades plus longtemps que les hommes; elles furent là où le crime fut sans merci : à l'avenue Parmentier, quand on assassina le comte de Beaufort; à l'avenue d'Italie, quand on chassa les dominicains; devant les murs de la Petite-Roquette, lorsqu'on y tua les otages évadés; à la rue Haxo, quand on y massacra les gendarmes et les prêtres. » (Du Camp, ouvr. cité, II, p. 62.)

Page 426.

1. « Les otages, d'un seul mouvement, furent entraînés dans le terrain qui précédait le petit mur inachevé. La cantinière qui les avait guidés était descendue de cheval, elle se jeta vers eux; les femmes excellent aux actes de cruauté, qu'elles prennent pour des actes de courage. Elle porta le premier coup et tous les hommes qui étaient là devinrent des assassins. » (M. Du Camp, *Les Convulsions de Paris*, I, p. 429, chap. VIII, V, à propos du massacre de la rue Haxo.) *La Nouvelle Revue* publie le 15 septembre 1882 la fin de *L'Insurgé* de Vallès; p. 440, à la fin du chapitre XXXVI, on lit l'histoire de la fille de trente ans qui a tué un prêtre pour venger sa sœur, et de la cantinière qui a « envoyé la première balle à Largillière » parce qu'elle est fille d'un homme mort en prison pour avoir été dénoncé comme républicain, sous l'Empire.

Appendice

NOTES

Page 429.

PRÉFACE DE L'ÉDITION ORIGINALE

1. Anatole France fait ici allusion à un article intitulé « Les Poètes contemporains », publié par Zola dans *Le Messager de l'Europe* en février 1878 et recueilli par lui dans *Documents littéraires*, Charpentier, 1881. Hostile à l'ensemble des poètes parnassiens, dont il reconnaît cependant l'amour qu'ils portent au métier du vers, Zola écrit sur France ce paragraphe : « M. Anatole France s'est réfugié en Grèce. Le recueil qu'il a publié s'appelle *Les Noces corinthiennes*. C'est un Chénier, moins la grâce. Il croit nous rendre l'Antiquité. Je le nomme, parce qu'il représente toute une espèce, celle des romantiques qui ont rompu avec le Moyen Âge pour inventer une poésie néo-classique, d'une vérité aussi discutable, d'ailleurs, que la poésie classique du XVIIe siècle. » (P. 433 de l'édition des *Œuvres complètes* de Zola, t. XXXV, Cercle du bibliophile, 1969.) La date à laquelle parut le recueil d'articles de Zola en France prouve bien que la « Préface » de France a été écrite peu avant la publication des *Désirs de Jean Servien*. Un autographe de cette « Préface », vendu par Andrieux dans la vente des 7-9-10 dévembre 1929 (numéro 412 du catalogue), porte la date « 15 avril 1882 ».

LE LIVRE DE MON AMI

NOTICE

« Ceux qui eurent le don délicieux de donner de la vie une belle image n'ont jamais exercé ce don d'une façon plus charmante que lorsqu'ils représentaient leurs premiers sentiments et la délicieuse nouveauté de leur âme. » Voilà ce qu'écrit Anatole France, dans *L'Univers illustré* du 12 mai 1883, à propos des *Souvenirs d'enfance et de jeunesse* de Renan qui viennent de paraître. Il cite à l'appui de son opinion les souvenirs de Rousseau, Chateaubriand, George Sand et Dickens. Dans *Le Temps* du 20 mars 1887[1], il reprend quelques-uns de ces exemples, à propos cette fois du *Journal* des Goncourt, pour appuyer tout un développement sur les mérites de l'autobiographie. Les souvenirs d'un écrivain sont, dit-il, ce qui nous requiert le plus personnellement et le plus constamment dans toute son œuvre. Celle-ci peut être presque oubliée, quand on lit encore avec sympathie les mémoires de l'écrivain, à cause de leur

1. *La Vie littéraire*, I, « À propos du *Journal* des Goncourt ».

fraîcheur : ainsi des Mémoires de Marmontel. S'agit-il d'une œuvre qui a tout entière traversé le temps, c'est quand même aux relations personnelles que le lecteur s'attache le plus : Rousseau, Chateaubriand ne sont jamais si grands et touchants que lorsqu'ils nous parlent d'eux-mêmes. Anatole France discerne deux raisons à cette pérennité de l'autobiographie. D'abord, elle ne se présente pas comme une œuvre d'art; elle échappe ainsi aux modes passagères, aux formes imposées par le goût d'une époque. Ensuite, elle touche en nous un très fort instinct, celui de la vérité : il s'agit en outre d'une vérité que nous pouvons retrouver dans notre propre cœur. « Je découragerais volontiers certains de mes amis d'écrire un drame ou une épopée; je ne découragerais personne de dicter ses Mémoires, personne pas même ma cuisinière bretonne [...[1]]. » Et d'évoquer une collection de Mémoires d'humbles personnages, sergent, vieille dame, que Lorédan Larchey publia pour la grande satisfaction des lecteurs, car les âmes obscures éveillent en nous une résonance poétique : nous retrouvons en elles des aïeules charmantes de notre propre pensée.

Cette apologie pour l'écrit personnel n'est pas si unie qu'on pourrait le croire, et qu'elle se donne à croire. Elle confond deux types d'écrits, la confession informe et spontanée des simples, et le retour du grand écrivain sur son existence; et deux périodes bien différentes de l'existence, l'enfance dans sa fraîcheur, et l'âge adulte, celui d'une réflexion dont les Goncourt consignent le témoignage journalier. Confusion qui, au vrai, semble entretenue à dessein par Anatole France. Plutôt que l'éloge de la spontanéité, il faut lire chez lui l'éloge de la subjectivité. Ce n'est certes point la même catégorie d'écrits qu'elles engendrent, et elles ne correspondent pas du tout aux mêmes zones de notre sympathie. Les « âmes obscures », celles des simples et des enfants, sont considérées de loin, avec un écart sans doute nostalgique, mais impossible à combler : elles se réfèrent à une compréhension toute mythique de l'existence. La subjectivité d'un écrivain conscient n'est point innocente. Elle implique le travail réflexif sur soi-même, avoué chez les Goncourt, mais présent jusque dans les souvenirs d'enfance des auteurs prônés par Anatole France, parce qu'il s'agit de « donner de la vie une belle image », c'est-à-dire de transposer la vie dans une œuvre. Celle-ci peut, tant qu'on voudra, être indépendante des conventions qui régissent les genres codifiés. Elle n'en est pas moins au second degré par rapport à l'existence. Anatole France le reconnaît, lorsqu'il écrit de Chateaubriand : « Nous préférons le livre où il se peint je ne dis pas sans apprêt, mais sans déguisement[2]. » Si pourtant il unit toutes les litté-

1. *La Vie littéraire*, I, « À propos du *Journal* des Goncourt ».
2. *Ibid.*

ratures du « je » en une même estime, c'est qu'il les considère comme des littératures qui reconnaissent comme fondamental le point de vue de celui qui parle. Inconsciente dans le cas de l'enfant ou du simple, beaucoup moins ingénue chez l'écrivain qui prétend se livrer à nous, l'équation personnelle est le sujet même de l'autobiographie. En ce sens, le mythographe, l'aïeule, la cuisinière et l'auteur de confessions, Mémoires ou journaux intimes, sont du même côté; ils « sonnent » de la même façon à nos sensibilités. Ils se désintéressent d'une évaluation objective du monde.

Or, c'est ce qui attire au premier chef Anatole France vers leurs écrits. Nous avons, à la fin du XXe siècle, perdu l'idée de ce que pouvait être un certain terrorisme de l' « objectif », du « scientifique », tel qu'il régnait dans les années 1880. Il se manifestait non seulement dans la science même, qui prétendait découvrir une vérité en soi, extérieure à l'homme, mais encore dans la philosophie et dans les formes littéraires — en particulier dans la plus subjective, en apparence, de toutes les formes en prose, après l'autobiographie, c'est-à-dire dans le roman. Anatole France ne cesse de se gausser des prétentions scientifiques d'un Zola. Mais s'il les rejette si violemment, c'est que lui-même est passé par une période de très forte croyance en la valeur de l'explication scientifique et de la reconstitution historique. L'époque où il se rattachait au Parnasse est aussi celle où il se passionnait pour les théories de Taine sur la critique, pour les découvertes de l'archéologie préhistorique, de la biologie, et pour l'évolution des sociétés, considérée comme un avatar de l'évolution naturelle. Ce n'est pas un hasard si, à cette période « positiviste » de sa pensée, correspond une pratique poétique très surveillée. Avec le relativisme vient en revanche, chez Anatole France, l'abandon de la poésie, et le rejet de la notion du genre littéraire comme catégorie objective. Quoi qu'on écrive, on n'écrit que soi-même; quoi que l'on étudie, on est enfermé dans les bornes d'une intelligence et d'une sensibilité limitées. Ces deux relativismes se répondent. France parle au passé de ses ambitions historiques dans la préface des *Désirs de Jean Servien*; il revient beaucoup des mérites de l'archéologie préhistorique, dont il montre les incertitudes[1]; et il proclame en préface du premier tome de *La Vie littéraire* : « [...] la critique est, comme la philosophie et l'histoire, une espèce de roman à l'usage des esprits avisés et curieux, et tout roman, à le bien prendre, est une autobiographie. »

Le Livre de mon ami doit tout d'abord être considéré selon cet ordre de cohérence, qui n'est plus tout à fait le nôtre. Pour un lecteur de 1885, une ligne de séparation très nette se trace

1. *La Revue politique et littéraire*, « Vacances sentimentales. - En Alsace », 14 octobre 1882.

entre la littérature à prétention objective et la littérature à prétention subjective. C'est en songeant à cette séparation, et contre elle, que, deux ans plus tard, Maupassant va écrire, en guise de préface à *Pierre et Jean*, une *Étude sur le roman* qui ne prend sa valeur que si on la projette sur « l'écran de réception » des contemporains. Projetons sur ce même écran les épisodes du *Livre de mon ami* qui pourraient nous sembler décousus, voire de tonalités trop diverses pour justifier leur réunion en un même volume. Nous constaterons qu'il existe une indéniable continuité entre l'évocation par l'écrivain de sa propre enfance, dans *Le Livre de Pierre*, puis de l'enfance de sa fille dans *Le Livre de Suzanne*, puis, dans *Les Amis de Suzanne*, de l'enfance en général et en tout temps, car le développement sur Jessy se situe sous le règne d'Élisabeth, à Londres. Enfin, *La Bibliothèque de Suzanne* va au plus général, en considérant le passé mythique de l'humanité. Nous parcourons précisément toute la gamme des écrits personnels énumérés par Anatole France dans son éloge de l'autobiographie. Il n'y manque ni les Mémoires, sous la forme des aventures de la grand-maman Nozière pendant la Terreur, ni la remontée aux origines collectives que représente le dialogue sur les contes de fées. Dans le livre, nous allons du « je » au « il » regardé à quelque distance, que ce soit le « petit bonhomme » que fut Anatole France lui-même il y a vingt-cinq ans, ou les enfants dont il parle ensuite. Mais c'est pour trouver, dans le « Dialogue sur les contes de fées », un « nous » qui réunit les différences dans une identité collective. Partout c'est la même voix, qui proclame, contre les « pharmaciens qui craignent l'imagination », dont est pleine la société contemporaine, le droit au rêve, à la poésie, à l'organique. Rien d'étonnant à ce qu'Anatole France choisisse une anecdote sur la petite Suzanne pour déclarer ironiquement qu'il n'est pas « un aussi grand savant que M. Zola », tout comme il attaque le scientisme à la mode dans son développement sur les livres d'étrennes. Il a présenté contre ces faux savants son modèle à lui de science intelligente : c'est Littré, qu'il évoque dans *Note écrite à l'aube* comme l'initiateur de sa propre entreprise. L'auteur des *Origines organiques de la morale* proclame en effet, contre ceux qui veulent couper la France de ses racines, qu'il existe une profonde continuité entre les générations. Notre langue et notre personnalité ne s'expliquent pas sans elle. Nous sommes redevables de notre sens de la beauté et de la bonté aux mythologies des peuples primitifs et à la poésie de nos aînés; dans son développement, de la première enfance à l'adolescence, l'homme suit le chemin de l'humanité même. Il trouve sa propre expression dans les contes, dans les aventures, dans les récits d'amour qui lui furent légués. Dante, invoqué au seuil du *Livre de mon ami* comme le maître de l'adulte arrivé « au milieu du chemin de la vie », n'est pas lui-même, on le sait, sans relation avec Littré, qui traduisit son *Enfer* en langue d'oïl du XIVe siècle. Sous le patronage de Littré, Anatole France choisit en somme un modèle biologique de développement, contre le modèle mécaniste qui menace, selon lui, et la société, et les bonnes lettres. Interprétation bien grave d'un livre sur l'enfance ? Ce n'est certes pas la seule que l'on puisse donner : de la douceur ironique de l'écriture au culte du « mentir-vrai », bien des aspects de l'œuvre nous échapperaient, si nous ne considérions que celui-là. Mais il est bon de le mettre en évidence, et d'observer que, dans *Le Livre de mon ami*, la méditation sur les origines et le développement de l'homme revient par intervalles : le docteur Nozière évoque au chapitre « La Dent » les phases d'une évolution qui conduisit de la demi-bestialité à l'art et à l'industrie. Anatole France, devant son bébé attiré par un coq peint, philosophe sur les apparences, au nombre desquelles il range la science. Il craint la Némésis des dieux pour sa femme et sa fille, comme les Athéniens purent la craindre, et il évoque non sans angoisse l'irrémédiable chute des êtres dans la mort. Enfin, l'ensemble de l'œuvre présente une discrète, mais insistante apologie de la passion contre la raison, qui ne va point sans une mise en cause de la morale normative; celle-ci apparaît en clair dans le chapitre du « Coq » et dans le « Dialogue sur les contes de fées », dans lequel Octave proclame l'instabilité fondamentale des mœurs et des règles de conduite. Tout cela est très alerte, très agréablement inséré dans de petits tableaux intimistes. Anatole France n'en insinue que mieux des opinions qui ne sont conformes ni à l'orthodoxie officielle de la IIIe République ni aux convenances morales héritées du christianisme. Il prône une épistémologie des « paysages particuliers » — particuliers, soit à un individu, soit à l'espèce humaine considérée comme un individu. C'est la même qui était ébauchée dans la tirade de Gélis sur les torts de l'histoire, dans *Le Crime de Sylvestre Bonnard*, et qui sera développée dans *Le Jardin d'Épicure*, réunion de réflexions publiées dans les articles du *Temps* peu après la publication du *Livre de mon ami*.

Ce livre est le premier des livres d'Anatole France à être constitué *précisément* par une réunion d'articles parus dans *La Revue bleue, La Nouvelle Revue, La Jeune France, Le Télégraphe, Le Temps*, entre 1879 et 1884, et parfois remployés dans une autre revue avant d'être réunis en volume. Un noyau important du livre est formé par les chapitres parus dans *La Nouvelle Revue* sous le titre « Le Petit Bonhomme »; autour d'eux s'agglomèrent, parfois avec des retouches appelées par l'intention autobiographique, des développements d'origines fort diverses; l'un par exemple est pris dans la préface de l'édition originale de *Jocaste et le Chat maigre*, l'autre dans une partie du *Crime de Sylvestre Bonnard* supprimée au dernier moment, l'autre dans une chronique du *Temps* : « André », « Le Stratagème », le « Dialogue sur les contes de fées » ne s'adressaient point, au départ, au même public. Il y a dans « André », dédié à Charles Edmond, une volonté de douce édification qui va fort bien au collaborateur de *La Revue alsacienne*; le récit original se termine en effet par la renonciation de la mère d'André à un remariage qui lui apparaît comme une trahison du souvenir de son premier mari. Anatole France sentit bien que cette conclusion était trop fade pour l'esprit d'ensemble du livre; en 1901, il la récrivit dans un sens tout différent, plus ironique, plus mélancolique aussi : le petit André ne garde pas sa mère pour lui seul, et, s'il transfère à sa bonne son attachement exclusif, c'est qu' « il ne sait pas que sa bonne a un amoureux ». « Le Stratagème », lui, était (comme l'indique une note de *La Nouvelle Revue*) un « récit tiré des *Mémoires inédits* de Sylvestre Bonnard, membre de l'Institut ». Bonnard l'adressait à sa pupille Jeanne. Il contenait toute une aventure de potaches; les élèves du pittoresque Chotard, pour sauver l'un d'eux d'une punition, feignaient un incendie dans leur classe et présentaient le jeune indiscipliné comme le héros qui éteignait les flammes. Pareille espièglerie ne convenait guère au ton général du *Livre de mon ami* en ce qui regarde les années de collège : le jeune Pierre les *subit* (en bien ou en mal) plus qu'il ne les *agit*. Aussi, dès la publication originale, Anatole France remanie-t-il profondément l'article, en n'en préservant que le malicieux portrait de Chotard, et en se donnant à la fin du chapitre comme un élève qui, s'il peut être saisi d'un fou rire en pleine classe, n'en est pas moins pénétré du « goût du beau latin et du beau français », et capable de très bien sentir les textes anciens. Ainsi le chapitre « Les Dernières Paroles de Décius Mus » entre-t-il bien en liaison avec celui qui suit, « Les Humanités ». En revanche, l'étude sur les contes de fées passe, sans modification notable d'orientation, du *Temps* de 1879 au *Livre de mon ami*, dont elle forme le dernier volet. C'est que la réflexion générale d'Anatole France se développe d'emblée beaucoup plus aisément que ses récits concernant des individus, qu'ils soient à la première ou à la troisième personne; accoutumé à transposer dans ses poèmes ses croyances philosophiques sur la nature, grand liseur, annotateur par goût et par profession, France expose avec beaucoup d'aisance le point de vue moderne sur les contes de fées. La forme du dialogue, à la manière de Fontenelle, lui permet de faire passer aux lecteurs le contenu d'œuvres en somme assez arides, les *Essais sur la mythologie comparée* de Max Müller et *La Chaîne traditionnelle* d'Hyacinthe Husson, sans parler de très nombreuses références aux mythographes de la fin du XVIIIe siècle et à une étude récente de Gaston Paris. Ce dialogue constitue un exemple d'assimilation de textes. France pratique heureusement la marqueterie d'allusions, aussi bien que la citation textuelle. Il met des notions difficiles à la portée du lecteur de son temps, pour peu qu'il soit familier des contes illustrés par Walter Crane, ou de *Don Quichotte*. Textes religieux védiques, chants germaniques et chansons populaires sont brassés dans ce dialogue, qui témoigne sur le mode sérieux de la même dextérité que, sur le mode de l'érudition « manipulée », les descriptions et méditations de Sylvestre Bonnard à propos de son voyage en Sicile ou de l'exemplaire convoité de *La Légende dorée*.

Les trois plus anciens fragments du *Livre de mon ami*, par le traitement qu'ils ont subi dans le volume définitif, prouvent que la spontanéité d'Anatole France ne se trouve pas dans l'anecdote, mais dans l'utilisation de lectures devenues consubstantielles à son intelligence. On parle évidemment ici d'une spontanéité seconde, celle d'un écrivain passé par des échecs et des épreuves qui l'ont rendu méfiant à l'égard de son moi, hésitant sur son identité. Alors il compose un livre qui ressemble tout entier à l'image lisse et aimable qu'il donne de ses compositions de lecture dans « Dialogue sur les contes de fées ». Des matériaux de provenances très diverses sont agencés de manière à donner l'impression d'une narration continue, qui coule de source. Des protocoles sont respectés : l'entreprise autobiographique est une entreprise initiatique de descente en soi-même. Cela est impliqué dans l'allusion à Dante, tout au début du livre; dans la rêverie qui suit sur l'usage de l'existence parvenue à la moitié de son chemin; dans l'évocation de Littré, et l'ambition concomitante de faire œuvre pour la postérité, d'être un maillon dans la chaîne qui commence à l'humanité primitive. Un certain ton, à la fois charme le lecteur, et malgré tout, au second examen, le met en défiance. Qu'est-ce qu'une initiation, si elle repose sur des épreuves annulées ? sur des méditations poétiques qui tournent court ? Or, tel est bien le cas : le petit garçon connaît un échec auprès de la Dame en blanc; mais, un quart de siècle après, la Dame en blanc est devenue la Dame en noir; vieillie, elle est incapable d'inspirer à quiconque la passion malheureuse qu'elle fit connaître au petit Pierre et à M. Arnould. On trouve un doublon de cette aventure dans celle de Mme Gance. L'expression même le fait sentir : la Dame en blanc retrouvée « me sembla passer la cinquantaine », écrit France, et pareillement de Mme Gance : « Un demi-siècle pèse aujourd'hui sur la beauté qui me donna mes premiers troubles, et les plus délicieux. » L'adolescent éperdu de jadis constate que Mme Gance ne peut plus rendre quiconque fou d'amour. La marraine qu'il attendit passionnément dans son enfance, et qui ne le déçut pas par son apparition, s'est dégradée dans son souvenir : compromise, usée, morte, elle n'inspire plus que la pitié. Voilà pour les trois figures féminines majeures de ces souvenirs, trois Béatrice vaincues par l'usure de la vie. Mlle Lefort en est un reflet aussitôt éteint, car l'institutrice du petit Pierre est présentée immédiatement comme un leurre. L'enfant ne l'admire qu'à la suite d'un malentendu. Il en va de même des figures masculines qui pourraient servir de guides dans le « chemin de la vie ». L'abbé Jubal abuse le jeune Pierre, comme le fit Mlle Lefort. M. Chotard est un grotesque, et l'honnête M. Charron, professeur de rhétorique de Pierre, ne saurait lui inspirer qu'une estime tout à fait dénuée de passion. Resteraient les parents. Mais il faut reconnaître qu'ils sont décrits d'une manière très conventionnelle ; le père presque absent, et, quand il est représenté, se présentant lui-même comme un intercesseur abstrait entre les générations passées et son fils ; la mère proche et affectueuse, la seule à donner à l'enfant l'exclusivité d'une rose, dans la tapisserie parsemée de semblables roses. Mais, en cela aussi, conforme à son rôle. Elle disparaît de l'univers de Pierre, quand il grandit. La seule allusion qui est faite à elle, une fois son fils adolescent, la montre incapable d'apprécier l'influence de Mme Gance sur les hommes, et recluse par conséquent dans le gynécée des femmes vertueuses. Ce n'est certes pas la mère de Suzanne qui pourrait, auprès de l'écrivain, suppléer aux manques dont Pierre fut la victime. Elle n'apparaît que fugitivement, et pour refuser tout ce qui guide son mari, érudition, poésie, enthousiasme.

Ainsi, la figure de l'initiateur Dante pourrait être sans objet, au seuil d'un livre qui, niant de relais en relais les initiations par les vivants, ne laisse finalement subsister que des figures de convention ou des pastels pâlis, et semble ne reconnaître que la présence d'anecdotes aimables dans une vie d'enfant. Aimables, mais, somme toute, anonymes : déceptions infligées par la fréquentation d'un garnement, galerie d'inoffensifs originaux qui sont les maîtres du jeune Pierre, anodines espiègleries d'un enfant qui ne sait comment préparer sa confession. En fait, les initiateurs ne sont point parmi les vivants. Cela donne d'ailleurs bien à penser sur le détournement que représente une autobiographie conçue dans un sentiment de solitude individuelle, que tempère, mais ne supprime pas, l'humour partout attaché à la relation des échecs, des à-peu-près, des mystifications auxquels sa vie expose le « petit bonhomme ». Les maîtres, les consolateurs et les guides, c'est dans les livres qu'il les trouve, ou bien dans la collectivité humaine. Il mesure bien les limites de Fontanet, mais pas celles des curiosités qu'il éprouve devant les magasins du bord de Seine, ou, plus tard, devant les richesses concrètes et artistiques étalées dans la rue du Cherche-Midi. Il sait que ses professeurs sont, ou méchants, ou bornés ; mais il s'enthousiasme aux textes que lui font lire ses professeurs. Plus tard, désespéré de sa maladresse devant Mme Gance, c'est en Virgile qu'il se réfugie, et qu'il identifie son mal. Dante, Littré, Virgile, les tragiques grecs, les historiens latins : tels sont ceux qui le conduisent à connaître, une fois adulte, les « âmes obscures » des enfants, les mythes obscurs des premiers âges. Leur influence n'est point abstraite ; on dirait presque qu'elle n'est pas livresque, tant les lamentations d'Antigone souffrent peu du voisinage du marchand de marrons, et Tite-Live de celui des pupitres tachés d'encre. Les passages qui laissent place entièrement à la tendresse, ou au lyrisme, sont ceux qui les évoquent directement ou indirectement : la fin du chapitre IX, « Les Dernières Paroles de Décius Mus », qui décrit les harmoniques suscitées par la phrase : « Les débris de l'armée romaine gagnèrent Canusium à la faveur de la nuit[1] », ou bien le début du chapitre suivant, sur la rentrée, ce « temps où les feuilles tombent une à une sur les blanches épaules des statues[2] ». Dans ce dernier passage, ne sent-on pas une mélancolie virgilienne s'exprimer à propos d'une époque irrémédiablement enfuie, dans un passé où elle rejoint toutes les antiquités ? Charnelles et lointaines, distanciées et concrètes, telles elles sont, ces antiquités individuelles ou collectives. Le vieux Paris tire d'elles ses magies. Ce n'est pas un hasard si les pages du *Livre de mon ami* qui les font revivre demeurent dans l'esprit et la sensibilité du lecteur comme autant de pages anthologiques, au meilleur sens du terme.

Un moi qui, pour se sentir lui-même, a besoin de la médiation de l'art : c'est ainsi que l'on pourrait qualifier le moi d'Anatole France. Le récit du « premier souvenir » confirme cette définition. Un tel récit, on le sait, fait partie des récits canoniques de l'autobiographie. Il la fonde en quelque sorte, en posant les fondements de toute une personnalité. On peut discuter s'il est un « vrai premier souvenir », ou un souvenir qui a été maintes fois évoqué devant l'enfant par son entourage. En réalité, cela n'est peut-être pas si important à distinguer, à partir du moment où, dans son œuvre, l'écrivain prend le souvenir en charge : celui-ci a dès lors une valeur fantasmatique. Il passe de l'imagination à l'imaginaire, dont il devient le modèle moteur. Or, dans *Le Livre de mon ami*, ce premier souvenir est celui des personnages étranges qui défilent dans les rêves de l'enfant, avec « des nez en bec de cigogne, des moustaches hérissées, des ventres pointus et des jambes comme des pattes de coq[3] ». Ils sont perçus par l'enfant comme sans épaisseur, c'est-à-dire comme représentés sur le papier. De fait, par la suite, l'écrivain les identifie aux grotesques gravés par Jacques Callot, que tient la marchande d'estampes voisine de sa maison. L'image fondatrice est donc bien sortie des livres, et elle excite l'esprit de l'enfant au point qu'il se croit éveillé en la contemplant. Son sommeil ressemble à une hallucination peuplée de figures lilli-

1. P. 507.
2. P. 508.
3. P. 438.

putiennes, tenant du réel et de la représentation à la fois. Autant que cela est possible chez un petit enfant, la rêverie est bien de celles qui, plus tard, le requerront : elle prend pour intermédiaires la vision, la description d'un autre artiste.

Les vivants sont exclus de cette rêverie, qui prend vite appui, consciemment, sur le papier imprimé : Bible en estampes, épreuves corrigées par le père Le Beau, lectures classiques. L'ambition de l'enfant tout petit est d'entrer, lui-même, parmi les personnalités qui ont droit à figurer officiellement dans les listes, et de devenir « saint du calendrier ». Plus tard, il voudrait être un jour appelé comme son vieil ami à corriger des épreuves; il entreprend enfin avec Fontanet cette *Histoire de France* en cinquante volumes, qui s'arrête court au roi Teutobochus, et par laquelle Anatole France a railleusement figuré ses propres essais de jeunesse. Et il est bien vrai que, dès l'âge de sept ans, le petit Anatole écrivit pour sa mère des *Pensées chrétiennes*, dans la dédicace desquelles il se promet d'être un auteur de livre imprimé à vingt ans; il est bien vrai qu'il voulut plus tard diriger une *Encyclopédie de la Révolution* dont le projet gigantesque en demeura au prospectus. La différence, c'est qu'il est réellement devenu un écrivain. Dans *Le Livre de mon ami*, l'auteur feint de n'avoir jamais publié, et de tenir ses Mémoires seulement pour laisser une trace de lui à sa famille. Le petit Pierre, s'il est bien véritablement doté de sa forme d'imagination, ne la rend point créatrice; il est censé ne jamais devoir le faire. Le livre est clos sur un tempérament; il n'est pas ouvert sur une vocation. Cela rend plus doucement ironiques certaines mésaventures de l'enfant persuadé d'être un « enfant d'Édouard », ou médusé par la facilité poétique de Mlle Lefort et de l'abbé Jubal. Mais, pipé ou non, il n'en vit pas moins de références. On est frappé du nombre de titres de chapitres qui font, d'une manière ou d'une autre, allusion à des acquis culturels, dans ce livre sur un enfant : « Les Monstres », « Les Enfants d'Édouard », « La Révélation de la poésie », « Teutobochus », « Les Dernières Paroles de Décius Mus », « Les Humanités », « La Forêt de myrtes » : plus du tiers des titres, dans *Le Livre de Pierre*.

Si le but d'une autobiographie est, ressaisissant dans le présent les événements et sentiments du passé, de trouver la vérité sur soi-même, c'est en effet cette vérité-là qu'Anatole France a trouvée : un moi qui ne se forme qu'à travers des médiations écrites, peintes, gravées. Ce que l'on a coutume de demander à une autobiographie, c'est-à-dire une fidélité, aussi transposée que l'on voudra, au déroulement réel d'une enfance et d'une adolescence, c'est assurément dans *Le Livre de mon ami* qu'on le découvrira le moins. Rarement souvenirs furent moins « authentiques », au sens de l'histoire littéraire. Anatole France est beaucoup plus éloigné de Pierre, par exemple, que Colette ne l'est de Claudine, pour citer un écrivain qui a clairement proclamé la distance entre son héroïne et elle. Seulement, cette distance, Anatole France se garde bien de la marquer, lui. Il mime au contraire la démarche de ces autobiographes « de bonne foi », qui, tel Renan au seuil de ses *Souvenirs d'enfance et de jeunesse*, reconnaissent sans doute qu'il y a lieu comme Goethe d'intituler *Poésie et vérité* de pareils ouvrages, parce que rien n'y est dit froidement, et que tout n'y est pas dit — mais se donnent en même temps comme relatant des souvenirs exacts, autant qu'ils peuvent le faire. France respecte dès le départ la règle de l'intervalle, qui veut que l'on reconnaisse un abîme entre la vie présente et la vie racontée : le « petit bonhomme » est bien mort; lui-même, dans une retraite qui est la maison de famille, écrit comme si le monde qu'il évoque était totalement englouti dans le néant. Les jeunes femmes sont devenues vieilles; la maison d'enfance a disparu, et même son type d'architecture n'existe plus à Paris; des parents, il n'est jamais dit qu'ils sont encore vivants. À cause de cet intervalle, il semble au lecteur que le bilan soit plus facile à établir, et que l'authenticité aille de soi. Or, il n'en est rien, et quand un récit d'enfance d'Anatole France paraît le plus empreint de naïveté et de fraîcheur, c'est souvent alors qu'il est une imitation des écrits des autres. Imitation trop proche de ces textes pour que l'on puisse parler de réminiscence inconsciente. C'est volontairement que France les suit; en d'autres termes, il écrit une série de faux. Ainsi la volonté du petit Pierre de se faire ermite est-elle la transposition d'une tentative de Bernardin de Saint-Pierre enfant, tentative d'autant mieux connue d'Anatole France qu'il l'avait rapportée lui-même dans la *Notice* qu'il écrivit sur *Paul et Virginie*. Encore la source, ici, est-elle modifiée par l'intervention d'objets et de décors propres au petit France : la Bible en estampes, le labyrinthe du Jardin des Plantes. Mais, si l'on considère d'autres passages du *Livre de mon ami*, la source est suivie de si près que la transposition est purement stylistique, exactement comme dans les pages du *Crime de Sylvestre Bonnard* qui s'inspirent d'un guide de voyage ou d'un récit de Renan. Les aventures de la grand-maman Nozière sont celles que raconte la belle Mme Elliott dans ses *Mémoires sur la Révolution française*, et elles ont le même ton léger, alors que pareilles aventures sont traversées avec angoisse par la Fanny des *Autels de la peur*. Les visions de Lucile de Chateaubriand sont attribués, elles, à une amie de la grand-maman. Si bien que presque tout le charmant chapitre III des « Nouvelles amours » est un faux. De même le chapitre XII, « L'Ombre », s'inspire de fort près des *Scènes de la chouannerie* d'Émile Souvestre.

Le réseau des citations, dans ces souvenirs d'enfance, est organisé tout comme dans *Le Crime de Sylvestre Bonnard* : parfois, elles sont avouées et entre guillemets, comme les phrases de Dante, de Littré, de Virgile; parfois et plus souvent, elles sont incorporées au texte. L'autocitation est elle-même pratiquée : les paroles qu'Anatole France place dans la bouche du père de Pierre, quand on se décide à l'envoyer à l'école, sont très fortement inspirées de ses propres méditations, telles qu'elles ont paru en 1873 dans *Le Musée des Deux Mondes*. En examinant la place de ces « faux » dans le texte de France, on constate qu'ils interviennent toujours quand il est question de la relation de l'enfant ou de l'adolescent avec les autres, et avec la société. Tant que le petit Pierre vit avec ses médiateurs de papier, ou avec des êtres qui les impliquent immédiatement, comme le père Le Beau, les références sont avouées. Mais s'il faut situer Pierre dans la société, fût-ce une société familiale, il est décrit alors de la manière la plus anonyme, comme n'importe quel petit garçon qui joue au postillon, ou qui a perdu sa grand-mère. Rien que de général, rien qui n'appartienne au « lieu commun » (aussi bien écrit que l'on voudra) dans ces descriptions. L'imitation des textes des autres vient juste après elles, quand il s'agit de donner à l'enfant et à son entourage une figure particulière : l'enfant veut être ermite, le père est un philosophe qui a médité sur l'ethnologie, la grand-mère a connu d'intéressantes aventures, dans un milieu choisi, au cours de la Révolution, et la famille descend d'autre part de chouans connus. En somme, les imitations servent d'aventures et d'état civil de substitution. L'épisode de l'enfant qui se veut ermite éclaire sur les raisons de ce dérapage. Pierre a beau être « heureux, très heureux », assure France, il rêve de se séparer du reste du monde, et de n'être plus connu que par l'écrit (la carte de visite portant la mention « Ermite et saint du calendrier »). C'est un simple avatar chez lui. Nous savons bien que le jeune Anatole, lui, souffrit souvent et violemment de la modestie de ses origines, et fut embarrassé de lui-même en société. Tous les témoignages sur son attitude en public, jusqu'à sa relative réussite ou même jusqu'à sa liaison avec Mme de Caillavet, la montrent gauche jusqu'à paraître hypocrite ou empêtrée.

Aussi les « faux en écriture » sont-ils pratiqués par Anatole France pour se donner une feinte famille, qui compense les médiocrités et les obscurités de la famille réelle. France les avait exagérées, ces médiocrités, dans *Les Désirs de Jean Servien*. Son activité de compensation avait commencé avec Sylvestre Bonnard. Elle continue ici. Pierre reçoit pour père ce médecin qui était le père d'un camarade jalousé par Jean Servien. La grand-maman Nozière a quelque chose de l'humble grand-mère Gallas, sauf précisément l'humilité de l'origine et l'irrégularité de la vie. Rattachant Pierre aux chouans, Anatole France explique et magnifie l'ardent royalisme de Noël France, qui n'était nullement, on le sait, un royalisme d'héritage familial. Dès que l'on quitte la description d'une imagination confrontée à ses sources, on a donc affaire, dans *Le Livre de mon ami*, à une vie imaginaire, à une autobiographie mimée, non pas authentique. Cette autobiographie prend la dimension de Mémoires, lorsque la grand-mère, lorsque l'arrière-grand-oncle vivent de leur point de vue particulier une histoire en train de se faire. On notera qu'il s'agit de la même période de l'histoire de France, cette période révolutionnaire sur laquelle France n'avait cessé de travailler et qu'il choisit en 1884 comme théâtre des *Autels de la peur*. Ainsi, la tonalité si franche et si cordiale, pourrait-on dire, envers le lecteur, de « Note écrite à l'aube », est-elle également un faux. « Ne perdons rien du passé. Ce n'est qu'avec le passé qu'on fait l'avenir », écrit le narrateur en entreprenant « Le Registre de la famille Nozière ». Ce passé est feint. Aucune intimité réelle ne s'établit non plus entre les vivants et le petit garçon. De l' « intime intérieur » de celui-ci, que savons-nous, au fond ? Ses pulsions, ses amours, ses haines sont très rapidement évoquées. On dira que Freud n'était pas encore passé par là, et qu'un écrivain ne se sentait pas tenu à l'analyse. Mais Rousseau, mais Chateaubriand étaient des auteurs canoniques. Ou bien, si, après le retrait de l'âge positiviste par rapport à l'autobiographie, on hésitait devant les confidences, on pouvait, comme Renan, entreprendre une histoire d'une crise spirituelle et de la formation d'une pensée. France ne fait ni l'un ni l'autre. Il arrête *Le Livre de mon ami* lorsque Pierre est trop jeune encore pour affermir sa personnalité. Il refuse l'épanchement. On voit bien ce qu'il aurait pu dégager de trouble, d'inédit, de poétique de son attirance pour la Dame en blanc, ou pour Alphonse, ou pour Mme Gance. Il ne le fait pas, et, dans *La Forêt de myrtes*, cite ouvertement Chateaubriand pour se défendre de le suivre sur ce terrain.

Du point de vue de l'autobiographie à laquelle nous nous attendons, quelque chose, dans *Le Livre de mon ami*, semble donc « passer à côté ». Mais le titre même n'éclaire-t-il pas sur ce sentiment d' « à côté » ? L'autobiographie implique en quelque manière une réconciliation avec le moi. France n'a pas opéré cette réconciliation avec ce qui fut sa vie. Le moi qui *serait son « ami »* est celui qu'il imagine. Il aurait eu une famille que lui, France, n'a pas eue. Il aurait tiré de ses anciennes et malheureuses amours enfantines une vengeance toute naturelle, en retrouvant vieillies, apaisées, hors de l'âge de l'amour, les femmes aimées par lui précocement. Anatole France aima en réalité, dans l'âge de l'amour, des femmes qui étaient à peu près ses contemporaines : il n'a pas à espérer les compensations qu'il fait connaître à Pierre. On sent bien quelle résistance Anatole France oppose à tout ce qui serait une plongée dans l'obscur continent de son passé. Pierre Nozière n'est pas lui. Le narrateur, qui écrit pour une femme et deux enfants, parmi lesquels on compte un fils, n'est pas lui ; *Le Livre de Suzanne* le garantirait du reste, qui présente la fille unique de France, et une femme assez peu apte, à tout prendre, à aider une entreprise comme celle du *Livre de mon ami*. On dirait que l'écrivain a cherché par tous les moyens à boucher les trous de son existence. Père de famille désabusé par la vie, mais extérieurement comblé, enfant qui fut heureux dans un entourage équilibré, enraciné, telle est l'image qu'il choisit de donner de lui. Elle est fantasmatique. Longtemps, on l'a tenue pour vraie; l'œuvre en devenait tout aimable, et ce qui achevait de rassurer, c'était une langue qui paraissait unie, charmante, coulant de source.

On a vu ce qu'il en est, et à combien de niveaux elle se situe. C'est un trompe-l'œil, comme la vie de Pierre Nozière est un « mentir-vrai ». Elle est d'ailleurs, aux deux extrémités du livre, placée sous le signe de la feinte, entre les monstres du début, et l'ombre de la jeune fille sur le mur de l'auberge à la fin. L'illusion, qui enveloppe l'enfant comme le jeune homme, ne recèle-t-elle pas une menace contre le bonheur qu'Anatole France a voulu dépeindre ? Ne tient-il pas, ce bonheur, de l' « universelle illusion » qui nous entoure, et, créé par l'écrivain, peut-il satisfaire l'écrivain qui en sait l'arbitraire ? C'est dans cet esprit que l'on peut lire les passages de l'introduction qui laissent voir le narrateur dépourvu de confiance en la vie, la vie « sans pitié ». « J'ai perdu l'espérance », écrit-il. En ce chapitre placé sous l'intercession de Dante, est-ce à dire que le narrateur s'estime entré dans l'Enfer ? De fait, toutes les fois qu'il abandonne le passé pour revenir au présent, il parle des « angoisses du doute », du « rêve d'être un solitaire » parce que la vie est « foncièrement mauvaise ». Il présente la destinée comme « la seule chose terrible ». Qui plus est, tout en déclarant que le souvenir est bon, au regard du présent et de l'avenir, il présente Pierre Nozière comme frappé, dès qu'il atteint l'âge des premières réflexions, par « un profond sentiment de l'écoulement des choses et du néant de tout ». « J'ai deviné, écrit-il, que les êtres n'étaient que des images changeantes dans l'universelle illusion, et j'ai été dès lors enclin à la tristesse, à la douceur et à la pitié[1]. »

C'est à propos des bouquinistes des quais — à propos des reliques, imprimées ou non, qu'ils exposent — que le narrateur se livre à cette réflexion. Pour que la « douceur » se mêle à la « tristesse », il lui faut en effet des êtres et des événements passés à l'état d'objets classés, distanciés. Autrement, il craint la Némésis; autrement, il rencontre des Teutobochus qui ne sont pas des êtres imaginaires, et il a peur de les combattre. On constate que, si tout ce qui a trait à la culture livresque est animé de la vie de l'imagination dans *Le Livre de mon ami*, les personnages vivants, eux, sont l'objet d'un traitement inverse.

1. P. 510.

France essaie au sens propre de les faire « entrer dans le décor », afin de n'en point souffrir. Cela est bien facile pour les comparses, un abbé Jubal qu'on relègue dans un coin, « comme une canne ou un parapluie[1] », le jour de la distribution des prix, ou un Chotard qui est un être de contrastes grotesques. Mais cela est vrai des êtres les plus aimés. Le père Le Beau est dépeint sur le modèle de Simon de Geldern, oncle du doux-amer Heine. La référence est bien caractéristique : pour se démarquer des naturalistes, Anatole France, certes, n'entre point dans le clan des Theuriet ou des Daudet. La mort de son maître à vivre pourrait, devrait, selon une certaine esthétique de l' « authentique », donner lieu à de douloureuses réflexions. Point : on passe sur elle. Et il ne demeure du père Le Beau, pour susciter le souvenir, qu'une petite Bastille taillée dans une pierre de la forteresse, pièce « peu rare et d'un maniement incommode ». Même effacement volontaire de la mort de « Marcelle aux yeux d'or », la marraine. Le narrateur ne l'apprend que très tard, lorsqu'il est déjà un jeune homme qui partage les conversations de fumoir du contre-amiral V..., ancien amant de Marcelle. Celle-ci a été anéantie comme souvenir charnel : sa tombe est l'Océan où elle a été jetée, cousue dans un drap. Il n'en reste plus que le fantôme, sur un bateau fantôme qui « coule en silence sur une mer brumeuse[2] », dans les rêves du narrateur. Voilà ce qu'est devenue l'ancienne fée de l'enfant : une fée atténuée, rendue lilliputienne par la distance, aussi peu réelle que celle qui apparut un jour à Sylvestre Bonnard. De la grand-maman Nozière, il demeure cette fois un « gentil revenant », situé entre l'autre monde et celui-ci, car « la mort lui convenait moins qu'à personne[3] ». Pour la mère, l'acte le plus chaleureux qu'elle accomplit à l'égard de son fils est de piquer une rose parmi cent roses, dans une tapisserie, pour lui en faire don : rose aussi peu rare que la Bastille du père Le Beau, elle nous émeut certes, mais elle est là, plate, sur le mur, figure de fleur et non fleur, semblable à beaucoup d'autres.

Les êtres sont ainsi réduits aux choses, quand ils ne sont point eux-mêmes changés en choses, en marionnettes. Plus que le « *pacte* autobiographique », tel qu'il a été récemment décrit par Philippe Lejeune, Anatole France pratique le « pacte du collectionneur[4] », tel qu'il le définit à propos du père de Pierre Nozière. « Fourrer la nature entière dans une armoire » — ou dans un livre —, c'est lui ôter son imprévu blessant, sa virulence, et l'avoir à disposition pour rêver sur elle. Cela implique une fois de plus une réduction à des dimensions mesurées, qui n'effarouchent point. Comment supporter autrement l'infini

1. P. 501.
2. P. 456.
3. P. 473.
4. P. 445.

fractionnement du temps, qui, à l'ombre du moi « vieilli » d'un quart de siècle, fait succéder sans cesse « les autres moi » ? Le représentant d'Anatole France dans « Dialogue sur les contes de fées », Raymond, se proclame disciple de Condillac; la grand-maman Nozière est fille du médecin Dussuel, ami de Cabanis : avec l'auteur du *Traité du physique et du moral de l'homme*, nous sommes encore dans la mouvance de Condillac, et à l'extrême de la pensée de celui-ci. C'est bien de l'école de la philosophie sensualiste qu'Anatole France est le plus proche. La sensation s'ajoute à la sensation, l'expérience à l'expérience; le monde extérieur fait et emplit le moi. Mais de l'intimité de ce moi, que dire ? Il n'a pas d'unité, il n'a pas de continuité, sauf la faculté de sentir le malheur et la beauté, et de s'en souvenir. Suzanne France, bébé, refait après tant d'autres, grâce à la sensation, l'expérience esthétique. Pierre Nozière tombe amoureux de la Dame en blanc. Mais Suzanne, à six ans, n'est plus le bébé Suzanne, et le narrateur adulte est indifférent à la Dame en blanc, devenue la Dame en noir. Nous mourons sans cesse à nous-mêmes, et les constellations de la vie changent sans cesse autour de nous. C'est le début de l'expérience proustienne. Mais, après ce temps perdu, ne vient pas le temps retrouvé dans une chaude saisie. La seule manière de le retrouver, c'est de le faire passer du côté du rêve écrit — du côté du papier, bien senti comme tel. Qui se voit, voit sa mort. Cela est très clair dans le conte de *Marguerite*. Reste donc à rendre cette mort distante et pour ainsi dire aimable, en adoucissant l'aspérité du souvenir, ou en créant de faux souvenirs, ou, mieux encore, un constant aller et retour entre le faux et le vrai. La peur devant le fractionnement du moi est assurément affaire de tempérament, et, comme telle, elle est de tous les temps. Peut-être Anatole France a-t-il pourtant été particulièrement poussé par son temps à la ressentir. Ce fractionnement est analysé par des philosophes comme Taine. Mais, ce qui est plus important, il est ressenti par les écrivains de cette génération dans leur immense majorité. Les uns, comme Laforgue, peuvent en ressentir un désespoir. Les autres tentent plutôt des manœuvres de camouflage, des contre-mines littéraires. Ainsi s'explique la recrudescence de la littérature fantastique, transfert contrôlé des craintes d'émiettement du moi. Maupassant, Jean Lorrain, Marcel Schwob sont d'éminents représentants de cette tentative de passage « ailleurs ». D'autres, ayant mesuré l'impossibilité de ressaisir une unité du moi par l'esthétique, se convertissent au Diable ou à Dieu. C'est le cas de Huysmans après *À rebours*, ou de Stanislas de Guaita, ou de tant d'occultistes. Anatole France, quant à lui, ne cesse de prendre des éloignements apaisants. Taine, cité dans *Jocaste* comme un maître, laisse place à Condillac et Cabanis; le moi et son histoire font l'objet d'une culture atténuée. Cet exercice cependant ne masque pas le néant final de l'existence. Il le prouverait plutôt, tout en le rendant tolérable dans l'instant. De là ces « trous » de pessimisme que l'on observe dans l'aimable trame du *Livre de mon ami*.

Ce livre offre l'exemple paradoxal d'une histoire du moi dont le centre n'est nulle part, et surtout pas dans les récits d'allure autobiographique, mais dont les éclats sont partout, puisqu'il n'existe pas de création ni de perception hors de lui. Ce serait vrai, aussi bien, si le livre était un traité scientifique. Anatole France écrit de l'imagination qu'elle est « cette faculté sans laquelle on ne trouve rien, même en matière d'expériences et dans le domaine des sciences exactes ». C'est vrai plus encore de toute matière qui prend l'homme pour modèle et pour étude. Le petit traité sur les contes de fées, qui termine l'ouvrage, est un développement sur les probabilités de l'histoire de l'imagination dans notre espèce. Les découvertes récentes de la mythologie et de la philologie ne sont nullement considérées comme dévalorisantes pour cette imagination, ou comme desséchantes pour le savant : elles viennent au contraire à l'appui d'une apologie du donquichottisme prononcée par Raymond. Nos aïeux ont empli la nature de leur fantasmagorie consolante : Soleil, Aurore, lutte entre les saisons ont été personnifiés et transfigurés en personnages légendaires. De ces légendes, erreurs, mais erreurs vitales, puisqu'elles fondaient la religion et la société, Anatole France écrit l'éloge; aussi bien, tout étant erreur, puisque tout nous vient des sens, un *Traité des erreurs humaines* n'est-il autre chose que le récit de la vie des hommes. Une histoire ne saurait être que subjective, et c'est aux Mémoires qu'il faut se fier pour mieux connaître une époque. L'évocation de l'espace n'est pas plus « objective » que celle du temps : Pierre Nozière, parce qu'il a le goût du passé, se figure le labyrinthe du Jardin des Plantes comme le Paradis terrestre de sa Bible en estampes, et voit les rues de Paris comme une sorte de musée vivant. *Le Livre de mon ami* émacie donc, d'un côté, les reconstitutions de l'autobiographie jusqu'à les faire ressembler à un théâtre d'ombres ou à un Guignol; mais, de l'autre, il fait entrer dans la composition du moi toutes sortes de genres qu'on n'a pas coutume de lui annexer. Il va sans dire que ces genres y perdent leur aspect canonique. Dans ces récits divers et éclatés, nous reconnaissons le premier des ouvrages de France qui sont une sorte de journal de ses préoccupations et sensations du moment : écrire sur les enfants et pour les enfants, faire une chronique de la période révolutionnaire, mettre au point ses opinions sur la science et la littérature... Bien d'autres livres ont été ainsi composés par la suite, des *Opinions de Jérôme Coignard* à *L'Ile des pingouins*. Le goût et l'obligation où se trouvait Anatole France, comme beaucoup d'écrivains de son temps, de collaborer régulièrement aux journaux et revues n'est pas étranger à cette dispersion, où la personnalité du narrateur fait cependant entendre toujours sa note fondamentale. La presse littéraire, si développée à la fin du XIXe siècle, fait ainsi naître une nouvelle forme de littérature, à mi-chemin de la nouvelle, de la chronique et de la critique. Nulle forme ne convenait précisément mieux au tempérament d'un écrivain secret sur lui-même, mais persuadé qu'il ne pouvait sortir de lui.

NOTE SUR LE TEXTE

On ne connaît pas de manuscrit de l'œuvre. Elle fut publiée par fragments dans des journaux et des revues, de 1879 à 1885 :

Le liminaire et les six premiers chapitres, réunis dans *Le Livre de mon ami* sous le titre *Premières conquêtes*, parurent dans *La Nouvelle Revue* du 1er février 1883, sous le titre *Le Petit Bonhomme*. Le chapitre II fut d'autre part repris dans *Le Télégraphe* du 25 octobre 1884, et le chapitre VI dans *La Jeune France* de juin 1884.

Pour la partie réunie dans *Le Livre de mon ami*, sous le titre *Nouvelles amours, La Revue politique et littéraire (La Revue bleue)* en a publié sous le titre général *Les Souvenirs du Petit Pierre*, le 10 novembre 1883, les chapitres I, IV et V; le chapitre I a été repris dans *Le Télégraphe* du 8 octobre 1884, le chapitre IV dans *Le Télégraphe* du 11 octobre 1884. Le chapitre II de cette partie a été publié dans *Le Télégraphe* du 10 mai 1884.

Les chapitres III, VI, VII, VIII, ainsi que la « Note écrite à l'aube », ont paru dans *La Nouvelle Revue* du 15 février 1883, sous le titre général *Le Petit Bonhomme — seconde partie*. Le chapitre IX avait fait l'objet d'une première édition, mais dans une version très différente, dans *La Jeune France* du 1er novembre 1880, sous le titre *Le stratagème*. Cette nouvelle fit l'objet d'une publication en plaquette de 18 pages in-8° à 25 exemplaires numérotés, en 1880. L'une de ces plaquettes fut vendue par Simon Kra le 1er juin 1926, n° 53 du catalogue. Il parut dans la version que nous possédons dans *Le Télégraphe* du 12 juillet 1884. Dans le même journal, parurent les chapitres X, le 27 septembre 1884, et XI, le 20 septembre 1884. Nous n'avons pas trouvé de publication préoriginale du chapitre XII.

Pour *Le Livre de Suzanne, Le Coq* a paru dans *La Revue politique et littéraire* du 29 avril 1882, *Âmes obscures*, dans *Les Étrennes aux dames pour l'an 1882* chez Charavay, *L'Étoile* dans *Le Télégraphe* du 9 août 1884, *Guignol* dans *Les Étrennes aux dames pour l'an 1885* chez Charavay.

Pour *Les Amis de Suzanne, André* a fait partie de la préface de *Jocaste, Pierre* a paru dans *La Jeune France* du 1er avril 1883, *Jessy*, successivement dans *Le Magasin pittoresque* de 1882, *Les Étrennes aux dames pour l'an 1883* chez Charavay, *La Jeune France* du 1er août 1883.

Pour *La Bibliothèque de Suzanne*, le chapitre I a paru dans *La Jeune France* du 1er janvier 1883, le chapitre II dans *Le Temps* des 10 et 17 octobre 1879, puis dans *La Suisse romande* des 15 janvier, 1er février, 15 février 1885. Une partie du chapitre avait été utilisée dans *Les Étrennes aux dames pour l'an 1881*, chez Charavay.

Le Livre de mon ami parut chez Calmann-Lévy en mars 1885 (in-8° jésus, 3,50 F). Il avait été annoncé dans *L'Univers illustré* du 1er novembre 1884 sous le titre *Les Aventures de Pierre Nozière*; mais la même revue donne à l'ouvrage son titre définitif le 10 janvier 1885, quand elle rend compte de la lecture du premier chapitre du livre par Anatole France dans le salon de Mme Aubernon.

Anatole France corrigea l'édition originale de son livre d'une manière importante lors de la réédition de 1901. Ces corrections sont portées directement de la main de France sur les épreuves qui reproduisent le texte original, ou, quand elles sont considérables, sont portées sur des encarts manuscrits. En tête de ces épreuves, qui nous ont été communiquées par M. Robert Calmann-Lévy, on peut lire, de la main d'Anatole France : « Je prie messieurs Calmann-Lévy de faire relire ces épreuves soigneusement. J'ai mis ici le bon à tirer pour bien indiquer que je ne lirai plus le texte et qu'il est inutile de me le retourner. »

Le texte de l'édition originale est indiqué par l'abréviation « orig. ». Les journaux et revues sont désignés par les abréviations ou sigles suivants : *La Nouvelle Revue, NR ; Le Télégraphe, Tél. ; La Jeune France, JF ; La Revue politique et littéraire, RPL ; La Suisse romande, SR.*

L'étude des Variantes montre qu'Anatole France a le plus souvent ajusté son texte à la publication en volume, car il partait d'une publication très fragmentaire en périodiques. Dans ceux-ci, parfois, des allusions à l'actualité fugitive étaient faites et ont été supprimées, comme il arrive pour le chapitre I de *La Bibliothèque de Suzanne*. Ailleurs, des développements plus considérables sur l'humanisme ou sur le mode d'éducation des enfants sont ajoutés par France dans le volume (chap. X des *Nouvelles amours*). Le cas extrême est présenté par la modification d'*Un stratagème*, devenu le chapitre IX des *Nouvelles amours* grâce à un changement de héros et à une profonde modification de l'anecdote.

Le reste des Variantes concerne la propriété ou la beauté de la langue. On retiendra comme particulièrement significatif l'abandon d'ironies un peu lourdes ou de gentillesses un peu mièvres à la Daudet, dans le chapitre I de la première partie; et, dans le « Dialogue sur les contes de fées », le passage de la transcription des noms de dieux et de héros selon la graphie grecque, à la manière des poètes parnassiens, à l'appellation coutumière en français.

NOTES ET VARIANTES

Page 433.

Le Livre de Pierre

Cette introduction et les six premiers chapitres du *Livre de mon ami* parurent tout d'abord dans *La Nouvelle Revue* du 1er février 1883, sous le titre général *Le Petit Bonhomme*, p. 572-597. Le chapitre II a paru dans *Le Télégraphe* du 25 octobre 1884, avec le titre « Menus propos » et le sous-titre « Le Petit Mari ». Le chapitre VI a paru dans *La Jeune France* de juin 1884.

a. le premier cantique *orig.*

1. L'usage au féminin du substantif « cantique » est absolument inhabituel. Mais Anatole France traduit ici le terme italien *cantica*, du féminin, qui désigne chacune des trois parties de *La Divine Comédie*.

Page 434.

a. ces souffles purs, ces souffles chers, est une auberge *orig.*

Page 437.

PREMIÈRES CONQUÊTES

Ce titre général ne se trouve pas dans La Nouvelle Revue.

1. Les articles du *Musée des Deux Mondes* sur « Les Origines humaines », sorte de condensé des lectures de France sur « l'antiquité de la terre et l'origine des espèces », se réfèrent à Cuvier, Charles Lyell, Geoffroy Saint-Hilaire, Lamarck, Darwin, Littré, et à de nombreux paléontologues (1er juillet, 15 juillet, 1er août 1873). France cite des évaluations qui font remonter à deux cent soixante mille ans l'apparition de l'homme sur la terre; il évoque les salles du Muséum qui sont remplies de toutes les formes organiques, « depuis la fleur de pierre des encrines et les longues mâchoires des grands sauriens antiques », jusqu'à une Vénus de marbre, beauté où conduisirent toutes les combinaisons naturelles (« La Terre », 15 juillet, p. 46).

2. Pierre Calmettes, dans *La Grande Passion d'Anatole France* (Seheur, 1929), rapporte que Mme France mère avait donné à Fernand et Julie Calmettes ce lit, à galeries ajourées, à flèche, en acajou, dans lequel le jeune Fernand, né en 1873, coucha lui-même durant toute son enfance (p. 19).

3. C'est le « petit hôtel Chimay », 15, quai Malaquais, où France habita de 1844 à 1853. Ce petit hôtel eut la même histoire que le « grand hôtel Chimay », son voisin du 19. Il fut construit en 1640 par Mansart pour un trésorier de l'épargne; on y travailla de nouveau à la fin du XVIIe siècle, Le Nôtre traçant le jardin et Lebrun ornant les plafonds. La duchesse de Bouillon l'habita. L'hôtel, restauré au milieu du XVIIIe siècle, connut

diverses vicissitudes et fut enfin acheté, en 1823, par le receveur général des finances Pellapra, dont la femme avait eu des bontés pour Napoléon. La fille de cette liaison, fille putative de Pellapra, fut mariée au prince de Chimay. En 1852, l'hôtel passa donc au prince, en héritage. Il fut revendu en 1892 à l'État et affecté à l'École des beaux-arts. Anatole France parle de sa maison d'enfance au chapitre xv du *Petit Pierre.*

Il n'est pas vrai que l'hôtel du 15, quai Malaquais, ait été détruit. Il est aujourd'hui occupé par un service public; un passage voûté conduit au 17, occupé par l'École des beaux-arts. Anatole France brouille les pistes. C'est l'hôtel voisin, situé au 13, quai Malaquais, qui fut détruit en 1845 pour être remplacé par un bâtiment destiné à l'École des beaux-arts, construit de 1858 à 1862. On voit bien, à ce détail, que l'écrivain voudrait effacer les traces réelles de son enfance.

Page 438.

a. la mère Letort, notre voisine *NR, orig*

1. Jacques Callot (1592-1635) donna en 1617 une série d'eaux-fortes intitulées *Caprices*, et grava également des *Diableries*, des *Grotesques*, une *Tentation de saint Antoine*. Remis à la mode par les romantiques français, à la suite de E.-T.-A. Hoffmann *(Fantaisies à la manière de Callot)*, il avait été reproduit en éditions populaires.

2. Dans l'*Annuaire du commerce*, on relève quai Malaquais plusieurs marchands d'estampes : au 1, Danlos aîné; au 3, Lenoir; au 7, Auvray; au 9, Collette. Aucun ne se nomme « Mignot », on le voit; le nom de « Letort », employé dans la revue, est déjà plus proche de « Lenoir ».

Page 439.

a. de les reconnaître. Ce coquin de Callot ! / Le petit cahier *NR, orig.*

1. On peut se demander si cette dame, présentée ici comme la femme d'un ambassadeur, n'est pas cette « belle Mme Moser » qui « n'avait pas une très bonne renommée », mais dont répondait un ambassadeur, que *Le Petit Pierre* cite parmi les locataires de la maison du quai Malaquais (chap. xv). Anatole France dit que, dans son enfance, il allait souvent chez elle malgré la *défense de ses parents,* parce qu'elle lui donnait des dragées, contait des histoires et chantait des romances. Il la dépeint en peignoir rose, dans un appartement meublé à la turque (chap. xvi).

Jean Ménard (« Un larcin d'Anatole France », *Revue de l'université Laval*, septembre 1957, p. 52-54), rapproche ce chapitre d'une nouvelle de Töpffer, *La Peur*, qui se trouve dans *Les Nouvelles genevoises*. On y voit un adolescent amoureux d'une belle voisine. Le jeune homme qui va épouser celle-ci lui dit : « Ah çà, vous êtes le petit mari; moi, je vais être le grand. » Désespéré de son échec, l'adolescent fuit hors de Genève, laisse s'écouler l'heure de fermeture des portes de la ville, et il passe la nuit au-dehors, en proie à des épouvantes qui tournent à l'hallucination. Comme le fait remarquer Jean Ménard, si le conte de Töpffer a pu fournir à France une situation de départ, le déroulement de celle-ci est absolument différent chez lui.

Page 440.

a. le monsieur. En ce moment, *NR, orig.* ↔ *b.* qui était secrétaire d'ambassade dans un pays *N R* ↔ *c.* de son obligeance. Tout cela *NR, orig.*

Page 441.

a. du cabinet du ministère des Affaires étrangères où il était attaché depuis deux ans. J'avais bien vu des chiens à la chaîne, mais je ne savais pas qu'on attachât dans des cabinets des messieurs à favoris noirs. J'étais content qu'on l'eût attaché, seulement j'aurais voulu voir si c'était par le cou. Il parlait aussi des bals et des réceptions, dans lesquels *NR* : du cabinet du ministre des Affaires étrangères, où il était attaché depuis deux ans, des modes et des livres nouveaux, des soirées et des bals dans lesquels *orig.* ↔ *b.* mari, au Japon, qu'elle *NR, orig.* ↔ *c.* bien souvent. Il fallait croire qu'il était mal attaché. Un jour *NR*

Page 442.

a. quoi que ce fût. Ma mère ne m'avait pas appris qu'il y avait un magasin de nouveautés à l'enseigne des *Deux Magots*, et je tombais de prodige en prodige. Les petits enfants ont bien de la peine à comprendre les choses. Le monsieur ne parut *NR* ↔ *b.* dans le désespoir. Bien que *NR*

1. *Les Deux Magots*, magasin de nouveautés, était situé à l'angle des rues de Seine et de Buci. Anatole France en parle longuement au chapitre VIII du *Petit Pierre*, et en décrit l'enseigne disparue : deux Chinois entourant une jeune Chinoise.

Page 444.

a. son séjour au Japon, il y a trente ans, *NR, orig.* ↔ *b.* du quai Voltaire / — Vous étiez *NR*

Page 445.

a. elle parlait quelquefois de vous *NR*

1. Ainsi le père de Pierre annonce-t-il le grand collectionneur maniaque qu'est le père Le Beau (voir n. 2, p. 466), et rappelle-t-il l'Anglais Haviland de *Jocaste*.

Page 446.

a. *il était* digne de figurer *NR* ↔ *b.* d'un sauvage, mon petit garçon *NR*

Page 447.

a. m'en laisser tomber dans le cou une quantité de petits qui me piquaient cruellement tout le reste de la journée. Aussi *NR* ↔ *b.* une chevelure en tête de loup, comme si *NR*

1. Le naufrage de la *Méduse* eut lieu le 2 juillet 1816; le navire avait été envoyé par le gouvernement français pour reprendre possession de la colonie du Sénégal, qui avait été restituée par les traités de 1815 à la France. Il s'échoua à quarante lieues de la côte, et cent quarante-neuf occupants du navire se réfugièrent sur un radeau improvisé. Douze jours après, le brick l'*Argus* recueillit quinze mourants, les autres ayant été jetés à la mer après leur mort ou dévorés par les survivants. Géricault exposa au Salon de 1819 un tableau, qui montre les survivants faisant des signaux de détresse au brick qui paraît à l'horizon. Morts et mourants occupent le radeau disjoint, sur une mer agitée.

2. *Les Enfants d'Édouard*, tableau de Paul Delaroche exposé au Salon de 1831, représente les enfants d'Édouard IV, Édouard V et Richard d'York, assis sur leur lit dans une chambre de la Tour de Londres, et se retournant vers la porte que vont ouvrir les assassins. Un petit chien regarde lui aussi la porte, les oreilles dressées. Ce tableau jouit d'une immense popularité; on mit à la mode la coiffure « aux enfants d'Édouard »; Casimir Delavigne fit représenter une tragédie, *Les Enfants d'Édouard*, au Théâtre-Français, en 1833. En fait, la mort des deux enfants spoliés par leur oncle Richard, duc de Glocester, en 1483, est vraisemblablement due à un assassinat, mais on en ignore les détails. Il est à remarquer qu'Anatole France recule son enfance dans le passé, car la scène qu'il décrit se déroule quand il a environ quatre ans, vers 1848, et la mode des enfants d'Édouard est antérieure.

Page 448.

a. dans le quartier du Jardin des Plantes, devant *NR* ↔ *b.* mon petit homme, sois *NR*

Page 450.

1. Ainsi le petit chien Riquet de M. Bergeret proclamera-t-il : « Je suis toujours au milieu de tout, et les hommes, les animaux et les choses sont rangés, hostiles ou favorables, autour de moi. » (Pensée VIII des *Pensées de Riquet*.)

Page 452.

a. mais il est laid. / Il advint *NR*

1. Cette Bible, dans laquelle le jeune Pierre se fait lire le passage de la Genèse, 4, qui concerne la postérité de Caïn, est longuement décrite par Anatole France dans *Le Temps* du 16 décembre 1888 (« Histoire du peuple d'Israël », *VL*, II). C'était, dit-il, une Bible que sa mère lui avait donnée; elle datait du début du XVIIe siècle, et les dessins étaient d'un Hollandais « qui avait représenté le Paradis terrestre sous l'aspect d'un paysage des environs d'Amsterdam »; on voyait encore l'arche de Noé, et la tour de Babel. À partir de ce dernier épisode, les personnages bibliques étaient habillés comme durant la Renaissance, ou bien comme on entendait l'antique durant la Renaissance. France écrit là que les personnages de sa Bible défilaient dans son sommeil, avant de s'aller « ranger d'eux-mêmes dans

une boîte de joujoux de Nuremberg ». Il évoque encore sa Bible et son Paradis terrestre le 31 mars 1889 dans *Le Temps* (« Pourquoi sommes-nous tristes ? », *VL*, III).

Page 454.

a. Ce chapitre, sous le titre « Le Filleul de la fée », fut publié dans « La Jeune France » de juin 1884, p. 1 à 6. Le texte en est conforme à celui de « La Nouvelle Revue ».

1. En fait, la marraine d'Anatole France, Henriette-Stéphanie Lelarge, avait épousé Thimothée Larade (1803-1865), « banquier » à Paris et propriétaire des eaux minérales d'Alet dans l'Aude. Il fit de mauvaises affaires, et, semble-t-il, engagea Noël France dans des spéculations malheureuses. Toujours est-il que Larade publia chez France, en 1842, une *Physiologie de l'électeur, par quelqu'un qui a le malheur de l'être... Électeur*, et en 1844 un *Guide et formulaire des gardes champêtres communaux et particuliers*, qui ne fut pas réédité chez France. Une brouille avait dû se produire. Henriette Larade mourut à Alet, le 16 janvier 1889, à quatre-vingts ans. On voit que « Marcelle aux yeux d'or » est une figure inventée, ou du moins profondément remaniée. Pourtant il put y avoir un voyage lointain de la marraine, une rencontre soudaine entre elle et l'enfant. Un document antérieur au *Livre de mon ami* porte à le croire. Dans *Le Siècle littéraire* du 1er octobre 1875, Anatole France publie, p. 6-7, un poème intitulé « Le Bain ». Poème d'un intimisme plutôt laborieux, qui nous renseigne en tout cas sur la rêverie de l'enfant à propos de sa marraine : *Sa marraine, longtemps absente et désirée, / Doit en ce matin même arriver d'outremer // Il la verra bientôt, en manteau de voyage / Belle et sereine, ouvrir ses deux bras caressants / Et peut-être elle apporte au filleul qu'on dit sage, / Dans un coffre secret, quelque rare présent, /...| Il médite en son cœur la marraine inconnue / Qu'il vit, dit-on, aux jours solennels et premiers, // Quand, dans l'église, ouvrant les langes de dentelle, / Elle l'offrit au prêtre et le promit aux Cieux, / Ou lorsque, l'élevant du berceau devant elle, / Pensive, elle épiait la couleur de ses yeux // Il rêve et se fait d'elle une sublime image / On lui dit qu'elle est grande et blanche et jeune encor / Il juge qu'elle est fée ainsi que veut l'usage, / Et qu'elle arme sa main de sa baguette d'or.* On rencontre de nouveau l'histoire de la marraine-fée dans le chapitre I du *Petit Pierre.*

Page 457.

1. C'était une sorte d'ombrelle assez grande pour pouvoir, le cas échéant, protéger de la pluie.

2. Bade était une des villes où l'on jouait gros jeu. Elle attirait un demi-monde qui ne contribuait pas à la réputation de la ville d'eaux et de villégiature, si bien que l'on fut conduit à supprimer *les jeux* à la fin du XIXe siècle.

Page 458.

a. de jaune clair des pieds *NR, JF*

1. Îles : « Se dit absolument des îles qui forment l'archipel du Mexique : " Faire un voyage dans les Îles. ". » *(Grand dictionnaire universel Larousse du XIXe siècle,)*

Page 459.

a. après dîner, dans le fumoir, cet animal-là ! *NR, JF*

Page 460.

a. Ce passage figure dans « La Nouvelle Revue » sous le titre « Conclusion au Petit Bonhomme II ». Voir var. a, p. 503.

1. Les lignes d'Émile Littré rapportées ici par Anatole France sont extraites de la *Causerie en guise de préface* qui précède *Mémoires d'un imbécile, écrits par lui-même, recueillis et complétés par Eugène Noël*, Germer Baillière, 1875, p. XXVI-XXVII ; la citation est littérale, sauf au début : « Depuis qu'une meilleure philosophie », écrit Littré, et non « une bonne philosophie ». La préface de Littré est un plaidoyer en faveur de la relativité établie dans le domaine humain par la doctrine positiviste bien comprise, qui s'oppose à toute théologie comme à un scientisme excessif. Quant à l'ouvrage d'Eugène Noël, ce sont les *Mémoires* feints d'un homme simple, de bonne foi, qui mène sur ses terres une vie tout unie, alors que ses frères font tous très brillamment leur chemin dans l'administration, la politique ou le commerce à Paris. Cet homme assure la continuité de la vie familiale, ses aïeux ayant été fermiers. Ainsi l'ouvrage justifie-t-il l'analyse de Littré. Analyse sociale qui rejoint l'analyse que Lyell, tant admiré par France, donne de l'évolution de la terre elle-même : non point bouleversements, mais lentes modifications.

Page 462.

NOUVELLES AMOURS

Le chapitre I de cette partie du Livre de mon ami *parut dans* La Revue politique et littéraire *du 10 novembre 1883, p. 584-585, sous le même titre « L'Ermitage du Jardin des Plantes », mais sous le titre général « Les Souvenirs du Petit Pierre ». Le chapitre II de ces souvenirs est constitué par « La Dent », actuel chapitre IV de cette partie du* Livre de mon ami, *et le chapitre III par l'actuel chapitre V. Le chapitre I a également paru dans* Le Télégraphe *du 4 octobre 1884, sous le titre « Menus propos » et avec le sous-titre : « L'Amour de la gloire (troisième et dernier extrait du manuscrit de Pierre Nozière). »*

a. militaire. Je pensai alors être un saint. Cela exige *RPL, Tél.*

1. *La Vie des saints*, par le père Ribadeneira, Madrid, 1599-1610, 2 vol., fut traduite en diverses langues, abrégée, mise à la portée des simples, et jouit d'une vogue considérable jusqu'à la fin du XIXe siècle.

Page 463.

a. du cabinet du docteur Nozière, mon père, *RPL, Tél.*

1. L'hagiographie ne compte pas moins de trois saints Siméon Stylite, surnommés ainsi du grec *Stulos*, colonne. L'un

d'eux vécut près d'Antioche au Ve siècle, et il est fêté le 5 janvier. Le second vécut au VIe siècle; il est fêté le 24 mai; le troisième vécut lui aussi au VIe siècle, mais non pas, comme le premier et le second, près d'Antioche : il s'établit près d'Ega en Cilicie sur une colonne, où il fut d'ailleurs foudroyé. Il est fêté le 26 juillet.

2. La légende de saint Nicolas de Patras se trouve au tome I de *La Légende dorée*, éd. Brunet, Gosselin, 1843, p. 25-33. Il est dit p. 25 qu'après la mort de ses riches parents, il distribua leur fortune, « non pas pour être loué des hommes, mais pour contribuer à la gloire de Dieu » (p. 25).

3. Saint Benoît-Joseph Labre, né en 1748 sur la paroisse de Saint-Sulpice d'Amettes, au diocèse de Boulogne-sur-Mer, aîné des quinze enfants d'un petit boutiquier, observe le jeûne dès son enfance, ne cesse de se mortifier, entre à la Trappe après beaucoup de tribulations, mais se sent alors appelé à devenir pèlerin mendiant. Il parcourt Italie, Suisse, Allemagne, France et Espagne. Il était vêtu de haillons, plein de plaies mal soignées, et cultivait la malpropreté. Il mourut à Rome en 1783. Il fut béatifié en 1860, et canonisé en 1883, le 8 décembre. Anatole France le cite encore dans *L'Univers illustré* du 10 mars 1888, à propos des mendiants de Saint-Germain-des-Prés.

Page 464.

1. Dans l'*Essai sur la vie et les ouvrages de Bernardin de Saint-Pierre*, qui précède l'édition de ses œuvres par L. Aimé-Martin, 1838, chez Méquignon-Marvis, on lit p. 7-9 que le jeune Bernardin de Saint-Pierre, vivement frappé par la lecture des visions des saints ermites du désert dans un in-folio possédé par son père, résolut d'imiter ces saints. Ce fut à l'occasion, il est vrai, d'une menace de son maître d'école. Pour ne pas être fouetté s'il ne savait pas sa leçon de latin, il sortit de la ville du Havre où il vivait avec ses parents, et marcha dans la campagne jusqu'à « l'entrée d'un bouquet de bois d'où s'échappait un petit ruisseau. Ce lieu lui parut un désert, il le crut inaccessible aux hommes et propre à remplir ses projets. Résolu de s'y faire ermite, il y passa toute la journée dans la plus douce oisiveté, s'amusant à ramasser des fleurs et à entendre chanter les oiseaux ». Retrouvé par sa bonne, il fut ramené à ses parents et placé en pension à Caen chez un curé. Anatole France, frappé par cette anecdote qui, dit Aimé-Martin, « décelait une âme passionnée », la reprit dans la *Notice* qu'il donna en 1872 pour *Paul et Virginie*, chez Lemerre : « Il marcha jusqu'à l'orée d'un petit bois qu'il jugea être un désert et il résolut d'y vivre en hermite *(sic)*, à l'exemple des saints Paul et Jérôme. » (P. 2.)

2. Petit homme au nez recourbé, avec des cornes et des pieds de chèvre, que saint Antoine aurait rencontré au désert (voir note suivante).

3. Paul l'Ermite, mort en 342, fut le premier des ermites : ayant fui les persécutions de Décius au désert de la Thébaïde, il aperçut un palmier, une fontaine et une caverne dans laquelle poussait le palmier. Il décida que celui-ci lui fournirait le vivre et le vêtement, et qu'il contemplerait désormais les œuvres de Dieu dans la solitude. Cette vie dura quatre-vingt-dix ans.

Antoine, âgé de 90 ans, décida de faire visite à Paul, âgé de 113 ans. C'est sur son chemin qu'il rencontra un hippocentaure, puis un ægipan, qui implora le secours de ses prières. Paul mourut durant cette visite d'Antoine, qui l'inhuma, aidé par deux lions.

4. Lorsque Zozime trouva dans le désert le corps de Marie l'Égyptienne, il entreprit de creuser la terre pour lui donner une sépulture. Mais il ne put y parvenir, car il était vieux et affaibli. C'est alors qu'il vit venir un « lion très doux », qui, sur sa prière, creusa la fosse et « s'en retourna aussi paisible qu'un agneau » (*La Légende dorée*, II, p. 65).

5. La légende de saint Antoine est contée p. 84-88 du tome I de l'édition Brunet de *La Légende dorée*, et celle de saint Jérôme au tome II, p. 156-162. Jérôme vit parmi les bêtes féroces; dans la ville de Bethléem, il guérit un lion qui a mal à la patte, et lui fait garder l'âne de la communauté. Pour saint Antoine, il fut, comme on sait, tourmenté par les diables qui prirent toutes sortes de formes; mais l'ægipan et l'hippocentaure ne sont point des diables; comme il est dit n. 3 de cette page, Antoine en fit la rencontre lors de son voyage vers la retraite de Paul l'Ermite.

6. Voir n. 1 à la page 452. France explique plus longuement cette identification du Jardin des Plantes au Paradis terrestre dans *Pierre Nozière*, chap. 1.

7. « Oh ! ma vieille Bible en figures, quelles délices j'éprouvais à la feuilleter le soir quand mes prunelles nageaient à demi déjà dans les ondes ravissantes du sommeil enfantin ! Comme j'y voyais Dieu en barbe blanche ! ce qui est peut-être après tout la seule façon de le voir réellement. Comme je croyais en lui ! [...] Tous nous nous sommes fait de l'origine du monde et des choses une idée simple, enfantine et naïve. Il y a quelque chose d'émouvant, ce me semble, à rapprocher cette idée puérile de la réalité telle que la science nous la fait toucher. » (« Histoire du peuple d'Israël », art. cité, p. 452, n. 1.)

Page 465.

a. sur les siennes : « Membre de l'Académie de médecine et de la Société d'anthropologie. » *RPL, Tél.* ↔ *b.* à six ans *RPL, Tél.* ↔ *c.* quand ces jours-ci je me promène *RPL, Tél.*

1. Allusion au premier couplet de la fameuse chanson que Béranger composa en 1813 : *Il était un roi d'Yvetot / Peu connu dans l'histoire ; / Se levant tard, se couchant tôt / Dormant fort bien sans gloire, / Et couronné par Jeanneton / D'un simple bonnet de coton, / Dit-on.*

2. Le Jardin des Plantes avait été délaissé par le responsable de la chaire de culture, M. Decaisne, qui préférait la botanique systématique. Après sa mort en 1882, sa chaire demeura deux ans sans titulaire, ce qui accentua l'état d'abandon du Jardin, qui, deux fois séculaire, eût mérité au contraire des soins attentifs. En 1884, le professeur Cornu entreprit de le restaurer, ce qui fut long.

Page 466.

a. passer l'éclair d'un sourire. *Tél. Ici se termine l'article du « Télégraphe ».* ↔ *b. Ce chapitre parut d'abord dans « Le Télégraphe » du 10 mai 1884. Anatole France tenait dans ce journal la rubrique « Menus propos ». C'est sous ce titre qu'il donna le contenu de ce chapitre du « Livre de mon ami » ↔ c.* de Henri Heine, dont l'éditeur, M. Calmann-Lévy, m'a envoyé obligeamment les bonnes feuilles, des portraits *Tél.*

1. Anatole France a publié en 1868, chez Bachelin-Deflorenne, une étude sur *Alfred de Vigny*. Le début du chapitre IX en est consacré à *Servitude et grandeur militaires*. France écrit des soldats selon Vigny : « Il avait compris que c'étaient là des esclaves, mais des esclaves pleins de grandeur. » Ce passage du *Livre de mon ami* semble en contradiction avec le chapitre XV de *La Vie en fleur*, dans lequel France se montre, après le baccalauréat, rêvant de devenir « l'officier d'Alfred de Vigny, magnanime et mélancolique ».

2. Le colonel Maurin, collectionneur acharné, vivait rue des Boulangers-Saint-Victor. Il céda au colonel La Bédoyère des numéros de *L'Ami du peuple* de Marat, parmi lesquels se trouvait un journal que Marat lisait lorsqu'il fut assassiné par Charlotte Corday. Ce numéro de *L'Ami du peuple*, teint du sang de Marat, fut donné par Noël France à Anatole France, qui le céda au baron de Vinck. Anatole France évoque sous son vrai nom le colonel Maurin dans *Le Temps* du 4 mars 1888, article repris dans *La Vie littéraire*, II, « Bibliophilie » : « Il possédait des boîtes de momies, l'échelle de Latude, des pierres de la Bastille. Il était de ces hommes qui veulent fourrer l'univers dans une armoire. Tel est le rêve de tous les collectionneurs. » Mais la première mention du colonel est faite par Anatole France dans l'article du *Bibliophile français* du 1er mars 1870, « Le Comte Henri de La Bédoyère ». Écrivant que son père fut « l'obscur et modeste guide de bien des hommes de lettres », Anatole France rappelle comment, bien souvent sur les conseils de Noël France, la collection La Bédoyère fut formée de diverses collections achetées à des amateurs, parmi eux le colonel Maurin. « Les collectionneurs se rappellent la petite maison de la rue des Boulangers-Saint-Victor, où le vieux colonel vivait enseveli dans un amas de choses précieuses et mortes. On longeait le mur d'un petit jardin où les abricots mûrissaient en espaliers, et on entrait dans des salles sombres où des débris de tous les pays et de tous les temps se confondaient sous un voile épais de poussière grise, poussière sacrée que le colonel Maurin défendait qu'on enlevât jamais. On voyait là l'échelle de Latude, des sarcophages égyptiens avec leurs momies, des verres de Venise, des olifans d'ivoire, des bancs d'œuvre dont les miséricordes, sculptées d'ânes et de porcs, soutenaient des Diane et des Vénus au lieu de chanoines; on y voyait des insignes révolutionnaires : piques, médailles, plaques, boutons; de très patriotiques montres en bois, des pierres de la Bastille taillées par le patriote Palloy, mille choses. Michelet se souvient d'y avoir contemplé, ému, un portrait en miniature de l'aimable Lucile Desmoulins. Il se demande ce qu'est devenue cette charmante relique. » (P. 262-263.) France a ici donné à Maurin le nom de Le Beau, auteur d'une *Histoire du Bas-Empire* (1836) qui figure au catalogue de Noël France.

3. Les passages des *Mémoires de Henri Heine* cités par Anatole

France sont extraits de la traduction J. Bourdeau, Calmann-Lévy, 1884. Le portrait de Simon de Geldern est amputé de tout un paragraphe portant sur le nez du personnage (entre « leur nez » et « il allait toujours vêtu »). Il se trouve au chapitre II, p. 36, et p. 37 se trouve le passage sur *L'Arche de Noé.* Mais là où France affirme que Simon de Geldern écrivit par zèle du bien public, Heine se contente d'interroger : « Cette rage d'écrire venait-elle d'un zèle irrésistible pour le bien public ? » Enfin, le dernier passage cité, « Ce fut justement », se trouve p. 38 de l'édition.

Page 468.

1. C'est l'actuelle rue des Boulangers, appelée « Neuve-des-Boulangers » au XVIe siècle, puis « des Boulangers » en 1844; on la nomma alors « des Boulangers-Saint-Victor », parce que l'actuelle rue Linné toute proche s'appela « Saint-Victor » jusqu'en 1867, et la place Jussieu « place Saint-Victor ». Une abbaye de ce nom s'éleva en effet, du XIIe siècle à 1811-1813, à l'emplacement actuel de bâtiments universitaires, eux-mêmes construits sur l'emplacement de la halle aux vins placée dans les terrains de l'abbaye Saint-Victor, par ordre de Napoléon. La proximité de la halle aux vins explique tout naturellement la présence des tonneliers et fabricants de bouchons, rue des Boulangers.

2. C'est au chapitre IV de *Bouvard et Pécuchet* que Flaubert montre ses deux « bonshommes » atteints du vertige de l'archéologie. Ils dressent dans leur vestibule une vieille poutre de bois, que Bouvard présente aux visiteurs comme « l'ancien gibet de Falaise », au dire du menuisier qui l'a vendue, et qui « tient ce renseignement de son grand-père ». Le roman posthume de Flaubert avait paru en 1881 chez Lemerre.

3. Jean-Henry de Latude s'évada du donjon de Vincennes en 1750, de la Bastille en 1756, et de Vincennes en 1765. Son « échelle » a toute chance de n'être point authentique !

4. Ce sont des instruments en fer, en forme de poire, munis d'un ressort, que l'on introduisait dans la bouche des suppliciés pour les empêcher de crier.

Page 470.

a. et sans inquiétude, il me donna l'envie de travailler dans *les lettres et* m'en fit, dès l'âge de dix ans, entrevoir la possibilité. / J'avais douze ans, quand mourut *Tél.* ↔ *b. Ce chapitre, ainsi que le chapitre VI de cette partie, « Teutobochus », le chapitre VII, « Le Prestige de M. l'abbé Jubal », et le chapitre VIII, « La Casquette de Fontanet », forment les chapitres VII, VIII, IX, X, de la publication dans « La Nouvelle Revue » du 15 février 1883 du « Petit Bonhomme, seconde partie » ; la première partie, comprenant les chapitres I à VI de « Premières Conquêtes », avait été publiée le 1er février. La publication du 15 février occupe les pages 856-879 de la revue.*

1. Palloy, né à Paris en 1754, était entrepreneur de bâtiments. Il fut dans les rangs de ceux qui marchèrent sur la Bastille le 14 juillet 1789, et, par la suite, fut chargé de la démolition de la

forteresse. Avec ses pierres, il fabriqua des Bastilles en miniature, puis des bustes de Rousseau, Mirabeau, La Fayette. Louis XVI même en reçut, et les paya fort bien. Après le 10 août 1792, il faillit renouveler ses fructueuses opérations en démolissant des hôtels proches des Tuileries. Mais il fut soupçonné de concussion, et courut en 1794 de grands dangers. Après un temps de prison, il fit retraite à Sceaux jusqu'à la chute de Robespierre. Il publia alors dans les journaux une lettre signée « Le Patriote pour la vie », et, instruit par l'expérience, se rallia à tous les régimes successifs jusqu'à sa mort en 1835.

Page 471.

a. l'allure des passants, *NR* ↔ *b.* avec une indicible impression d'horreur, sur un point *NR, orig.*

1. Anatole France ne connut point sa grand-mère paternelle, morte quand il avait un an. Sa grand-mère maternelle mourut l'année même de publication du *Livre de mon ami*, le 3 septembre 1885. On se reportera aux indications chronologiques et biographiques de ce volume, pour constater qu'elle n'était point du tout de naissance si relevée ni de vie si honorablement aventureuse que la grand-maman Nozière.

Page 472.

a. de la dernière chambre, *NR* ↔ *b.* noyés et comme détruits, les lèvres convulsives *NR*

Page 473.

a. nouvelle et cela m'amusait beaucoup. / Après sa mort, *NR*

1. Née en 1791, Aimable-Antoinette Gallas mourut à 94 ans en 1885. France donnerait à la grand-maman Nozière 110 ans en 1882, puisqu'il la fait naître en 1772 (il a négligé de corriger cet âge lorsque *Le Livre de mon ami* parut en volume, en 1885). Elle a vingt ans de plus que sa vraie grand-mère, qui n'a pu vivre les scènes révolutionnaires ici rapportées. En revanche, il semble bien que son caractère fût facile et sa morale large, en quoi elle ressemble à Caroline Nozière.

Page 474.

1. Pareille anecdote est contée dans *Les Autels de la peur, Le Journal des débats* du 2 mars 1884, à propos d'un médecin nommé Duvernay (voir p. 1029). Duvernay était effectivement cité par Cabanis dans ses *Œuvres philosophiques, Coup d'œil sur les révolutions et sur la réforme de la médecine*, comme un des « esprits qui ont cultivé la chirurgie ». J.-G. Duvernay vécut de 1648 à 1730, et il est l'auteur d'*Œuvres anatomiques*. Rien dans le texte de Cabanis, en revanche, ne permet de trouver l'origine de l'aventure ici vécue par Dussuel, et dans *Les Autels de la peur* par Duvernay.

2. « J'enseigne à porter secours aux malheureux. »

Page 475.

a. contenant les œuvres de Locke et d'Helvétius, se laissa *NR, orig.* ↔ *b.* France ? s'écria Dussuel *NR*

1. Il eſt probable que France s'inspire là d'une anecdote racontée par Mme Elliott dans ses *Mémoires sur la Révolution française*, 1861, p. 183 : mise en prison aux Récollets de Versailles, elle partage la chambre du docteur Gem, athée et philosophe, et débarbouille avec une éponge son visage tout sali de larmes et de poussière. Il regrette la vie, et, plus que Mme Elliott, craint de la perdre, parce qu'il en a une plus juſte notion. France rappelle cette anecdote le 22 mai 1888, « Sur le scepticisme » (*La Vie littéraire*, II). Il l'a utilisée dans *Les Autels de la peur, Le Journal des débats* du 14 mars 1884; mais c'eſt alors sans nulle coloration politique. Fanny débarbouille Franchot qui vient d'être emprisonné; le vieil homme lui démontre que s'il craint, plus qu'elle, de mourir, c'eſt qu'il eſt philosophe et physicien, et sait mieux qu'elle ce qu'il perd en perdant la vie.

2. Jean-César Battelier, né en 1757 à Vitry-le-François, horloger, devint maire de sa ville, puis, en 1792, membre de la Convention élu par le département de la Marne. Montagnard, il vota la mort du roi. Sous le Directoire, il fut commissaire du pouvoir exécutif dans la Marne, et, sous l'Empire, procureur impérial à Vitry-le-François. Il mourut en 1808.

Page 476.

1. Pareille anecdote eſt contée à propos de Fanny dans *Les Autels de la peur, Le Journal des débats* du 12 mars 1884.

Page 477.

a. papiers / Le président du comité de sûreté générale *NR* ↔ *b.* cette adorable petite Mme Danger *NR*

1. Dans *Les Mémoires de Mme Elliott sur la Révolution française, traduits de l'anglais par le comte de Baillon avec une appréciation critique de M. Sainte-Beuve*, Lévy frères, 1861, on trouve le récit de la manière dont Mme Elliott sauva en septembre 1792 le gouverneur des Tuileries, Champcenez, en le cachant entre deux matelas et en se mettant elle-même au lit. Sa cuisinière jacobine lui raconta, tandis que Champcenez était ainsi caché, que l'échafaud était dressé pour ce traître dont on espérait la capture prochaine. La cuisinière partie, Mme Elliott put donner à Champcenez une cuillerée de vin chaud : « J'étais mortellement effrayée, car l'entendant respirer péniblement, je le croyais mourant. » Par moments, elle le croit mort, ne l'entendant plus du tout. Il n'eſt pas quatre heures du matin, quand les officiers municipaux entrent chez Mme Elliott pour perquisitionner. Ils visitent toutes les pièces, sondant les matelas des domestiques à la baïonnette, puis entrent dans la chambre : « Ils vinrent droit à mon lit et me dirent de me lever. L'un d'eux pourtant, moins grossier que les autres, dit qu'il n'y avait pas lieu de me faire sortir du lit, puisque je ne pouvais pas m'habiller devant tant d'hommes : ils étaient plus de quarante. Je lui répondis aussitôt que je me lèverais avec plaisir, s'ils le dési-

raient, mais que j'avais passé une bien triste nuit et que j'étais très fatiguée. " Je vous avais attendus de meilleure heure, leur dis-je, et j'avais espéré passer le reste de la nuit en repos. " Je leur avouai que j'avais été fort effrayée d'une pareille visite à la fin de la nuit, mais que, reconnaissant maintenant combien ils étaient bons, obligeants et discrets, mes alarmes s'étaient tout à fait dissipées; que je me lèverais s'ils le voulaient et que je les mènerais moi-même dans toute la maison. J'ajoutai qu'ils étaient sûrement très fatigués et je leur proposai du vin, des liqueurs et un pâté froid. / Quelques-uns des chefs furent enchantés de moi, firent quelques plaisanteries grossières, avouèrent qu'aucun de ceux qu'ils avaient vus cette nuit n'avait été à moitié aussi poli que moi; qu'ils étaient désolés de n'être pas venus plus tôt, afin de me laisser encore une bonne nuit après leur départ; qu'ils ne me feraient pas lever, mais qu'ils étaient obligés de continuer leur visite et de chercher partout, dans et sous mon lit. Ils se contentèrent pourtant de toucher le haut et le pied du lit et regardèrent ensuite dessous; ils défirent aussi tous les coussins des sofas, dans ma chambre, mon boudoir et le salon; ils regardèrent dans ma salle de bains et passèrent une heure dans ma chambre et dehors. Je m'attendais à tout moment à les voir fouiller encore mon lit, car quelques-uns d'entre eux murmuraient en disant que je devais me lever, parce qu'ils étaient sûrs que Champcenez était chez moi. Je leur représentai qu'ils connaissaient ma cuisinière et qu'ils pouvaient lui demander la manière dont je l'avais reçu. Ils restèrent quelque temps encore dans la maison, et je continuai à ne pas bouger; j'entendis enfin les portes se fermer et mes gens entrèrent dans ma chambre pour m'annoncer qu'ils étaient tous partis. J'eus alors une violente attaque de nerfs par suite de l'épouvante que j'avais eue; mais m'étant un peu remise, je dis à ma cuisinière et aux autres domestiques de me laisser et d'aller se coucher, parce que je voulais prendre quelque chose et tâcher de dormir. Je fis fermer ma porte au verrou par ma femme de chambre et je lui découvris ce que j'avais fait et qui était caché dans le lit. Elle poussa un cri d'effroi et avoua qu'elle n'aurait jamais eu le courage de supporter la visite, si elle l'avait su. / Nous tirâmes le prisonnier hors du lit avec beaucoup de difficultés, parce que, en entendant les soldats entrer dans la chambre, il avait essayé de garder sa respiration autant que possible, et qu'il était suffoqué, sans voix et aussi trempé de sueur que s'il avait été dans un bain. Nous l'étendîmes par terre, en ouvrant les fenêtres, et ma femme de chambre lui fit prendre un grand verre d'eau-de-vie. À la fin il revint à lui, m'exprima toute sa gratitude et me dit combien il avait été effrayé et surpris de mon courage en présence de ces hommes, surtout quand j'avais offert de me lever. / J'étais très souffrante des agitations que j'avais subies depuis vingt-quatre heures; nous essayâmes de faire un lit dans le boudoir pour notre hôte, mais nous étions obligées de prendre toute sorte de précautions à cause de ma cuisinière, aucun de mes gens ne s'étant couché à une heure aussi avancée. Nous fermâmes le boudoir et ma femme de chambre en emporta la clef. Je me couchai alors, mais il me fut impossible de dormir et je sonnai à deux heures, presque morte d'agitation. » (P. 96-99.)

On voit que France s'inspire de bien près de cet épisode, dans l'aventure d'« Alcide », aventure toute semblable à celle qui fut contée dans *Les Autels de la peur*, feuilleton du *Journal des débats* du 8 mars 1884; mais c'est alors l'héroïne du feuilleton, Fanny, qui cache le vieux Franchot dans son lit et garde dans sa chambre son ami Marcel, ce qui fait que les gardes nationaux prennent Fanny et Marcel pour un couple d'amants dérangé dans ses ébats.

Page 478.

a. de la garde civique. *NR*

Page 479.

a. Ne fut-elle pas adorable, ma grand-mère, *NR* ↔ *b.* d'avoir étudié la magie et de s'être égarée dans les arcanes de la philosophie extra-naturelle. Elle n'avait pas *NR*

1. Anatole France démarque ici les aventures de Lucile de Chateaubriand, sur la vie de laquelle il avait publié une *Étude* chez Charavay en 1879 (on sait que Lucile fut nommée « Amélie » dans *René* par son frère; France le rappelle, p. XXXIV). Elle eut dès son enfance des songes prémonitoires (XVII), et, en 1792, « dans l'atmosphère de trouble qui l'entourait, Lucile, énervée, souffrante, en proie au mal des vierges, eut des extases et des visions. Un jour, étant devant une glace, elle poussa un grand cri et dit : " Je viens de voir entrer la mort. ". » Or, on était à la veille des massacres de Septembre (XXIX-XXX). Rappelons enfin que Mme de Chateaubriand, amie d'enfance de Lucile à Saint-Malo, s'appelait « Mlle de Lavigne » avant son mariage.

Ce qui est notable, c'est que, dans son étude sur Lucile, France monte en épingle et déforme un court texte de Chateaubriand sur les visions de sa sœur, *Mémoires d'outre-tombe*, I, « Lucile ». La scène de la mort vue au miroir est en effet placée par l'écrivain « quelques jours avant le 10 août », c'est-à-dire le massacre au couvent des Carmes.

Page 480.

a. sur le quai des Orfèvres, et, de là, porté à l'Hôtel de Ville... *NR*

1. Robespierre fut décrété d'arrestation par la Convention, aux cris de « Vive la République ! »; il fut en effet conduit au Luxembourg, puis au quai des Orfèvres, et délivré par les troupes de la Commune conduites par Henriot. C'est alors qu'il se retira dans le « Cabinet vert » de l'Hôtel de Ville, avec ses amis politiques, et rédigea une proclamation à la Commune. Robespierre ne put achever de la signer. Les troupes de la Convention ayant investi l'Hôtel de Ville, le gendarme Méda parvint jusqu'au Cabinet vert (qui servait de secrétariat à la grande salle du Conseil), et tira sur Robespierre un coup qui lui brisa la mâchoire inférieure. Porté au Comité général, Robespierre râla toute la nuit sur une table. Il fut guillotiné le 10 thermidor.

Page 481.

a. était une bleue. Cependant Danger *NR*

Page 482.

a. un si bel homme ! Mais j'ai oublié comment il avait le nez. / Elle épousa, *NR*

1. Abensberg est une petite ville de Bavière, où les Français battirent les Autrichiens le 20 avril 1809 (et non 1808).

Page 483.

a. Ce chapitre a d'abord paru, sous le même titre, dans « La Revue politique et littéraire » du 10 novembre 1883, p. 585-588. Il forme le chapitre II des « Souvenirs du Petit Pierre » (voir p. 462). Il a paru également, sauf le premier paragraphe, dans « Le Télégraphe » du 11 octobre 1884, sous le titre « Menus propos » et avec le sous-titre « Mes souvenirs I — Le Postillon et l'homme des cavernes ».

Page 484.

a. une connaissance qui est fort nécessaire pour le succès de la vie. D'ailleurs *RPL* ↔ *b.* vous préférerez celle qui est fréquentée *RPL*

Page 485.

1. « La faim fut leur première et longtemps leur unique institutrice », écrit Anatole France des premiers hommes. « Il faut se figurer la constitution de ces hommes aussi rudes que leur vie. /.../ Leur crâne épais recouvre un cerveau que l'exercice de la pensée n'a pas développé. » France montre ensuite l'homme se faisant des armes de pierre, découvrant le feu et nommant les choses : « C'était déjà la vie moins inquiète et moins rude. » (*Le Musée des Deux Mondes*, « Les Origines humaines », III, « Ancienneté de l'homme », 1er août 1873, p. 54.)

Page 486.

1. Cette invocation est à rapprocher de l'article cité plus haut du *Musée des Deux Mondes*, p. 53 : « C'est du labeur aveugle, lent, obstiné des générations que résulte enfin pour les peuples la vie heureuse et belle, et l'on ne peut concevoir un grand empire qui n'ait été précédé de longs âges d'ignorance, de violence et d'inquiétude. »

Page 487.

a. Ce chapitre a paru, sous le même titre, comme chapitre III des « Souvenirs du Petit Pierre » (voir notule, p. 462). ↔ *b.* au bord des eaux les ramures mélancoliques *RPL*

Page 488.

a. découvrir l'utilité. Ma mère *RPL*

1. En fait, le père de Louis Cazeaux, P. Cazeaux, professeur

agrégé à la faculté de médecine de Paris, avait été l'objet de l'admiration et de l'envie du jeune France. *Les Désirs de Jean Servien* rendent très bien compte de ces sentiments. Spécialiste des accouchements, son *Traité théorique et pratique de l'art des accouchements* (1840) fut adopté par le Conseil royal de l'Université en 1841, et mis au rang des livres classiques destinés aux élèves sages-femmes de la Maternité. Dans l'exposé de ses *Titres scientifiques*, imprimerie Martinet, 1850, P. Cazeaux précise à propos de son ouvrage : « Le premier, il popularisa en Europe les idées de Naegèle, P. Dubois et Stoltz. » Cet ouvrage fut plusieurs fois réédité. La troisième édition, parue chez Chamerot, en 1850, est un in-8° de 1 044 pages.

Page 489.

1. *La faim mit au tombeau Malfilâtre ignoré*
S'il n'eût été qu'un sot, il aurait prospéré.

Ces vers du poète Gilbert, qui usurpa lui aussi la réputation de grand poète incompris, ont transmis à la postérité le souvenir du poète Jacques de Malfilâtre (1732-1767). Après avoir été quatre fois couronné aux Palinods de Normandie, et publié par Marmontel dans *Le Mercure*, Malfilâtre se rendit à Paris, publia une traduction des *Géorgiques* et de quelques *Églogues* de Virgile, et écrivit un *Narcisse dans l'île de Vénus*. Il passa beaucoup de temps et dépensa beaucoup d'argent en plaisirs; il mourut des suites d'une chute, et non de faim.

Page 490.

a. Jane *(ainsi orthographié dans la suite du texte également) RPL, orig.* ↔ *b.* de mauvais vers *RPL, orig.*

1. Un nommé Ernest Lagarde publia en 1859 chez Delages une brochure de 16 pages intitulée *Feuilles volantes*. Un poème de la page 6 débute par : *Des vierges du village elle était la plus belle.* Il s'agit d'une jeune fille séduite par le neveu du marquis, et tombée à Paris dans la débauche. P. 16 et dernière, il est question des poètes qui se suicident à vingt ans, et cela peut évidemment évoquer Malfilâtre.

Page 492.

a. près de la terre. Mais, *RPL, orig.*

1. En quoi le père de Pierre est d'accord avec La Fontaine, qui, dans la Préface de ses *Fables*, dit qu'un exemple moral tiré de la vie des animaux vaut mieux qu'un exemple historique, « comme plus conforme et moins disproportionné que l'autre à la petitesse de (l') esprit d'un enfant » (p. 11 de l'édition procurée par Anatole France chez Lemerre, 1883).

Page 493.

a. Ce chapitre et les deux suivants parurent dans « La Nouvelle Revue » ; voir n. a, p. 67. ↔ *b.* élevé sur le quai Voltaire en face le Louvre et les Tuileries, près du *NR* ↔ *c.* Ces nobles choses *NR* ↔ *d.* parents, ainsi que je vous l'ai dit, touchait *NR*

1. Rappelons qu'Anatole France vécut jusqu'en 1853 au 15, quai Malaquais, puis, jusqu'en 1867, au 9, quai Voltaire.

2. Dans l'*Annuaire du commerce* pour 1850, on relève quai Voltaire des librairies, magasins d'antiquités et de curiosités, d'estampes, de bronzes et de tableaux, qui devaient en effet offrir grand aliment aux flâneries des enfants. Mage, au numéro 1, Dufour, au numéro 7, Gasnier, au numéro 17, Chéry-Vallet, au numéro 25, tenaient commerce d'antiquités et de curiosités. Il n'y a point ce « Petit-Prêtre », armurier, dont il est parlé plus loin; un armurier nommé « Prélat » habitait rue Saint-Honoré.

Page 494.

a. entendu à la tribune du Corps législatif. Ses irrévérences *NR* ↔ *b.* de l'émotion. Fontanet était napoléonien. La boutique *NR*

1. « Fontanet » ne fut en réalité point du tout un homme de progrès; Guillaume-Louis Cazeaux, né en 1845, après avoir fait ses études à Stanislas de sa septième à sa philosophie (1855-1864), fut avocat en 1867, docteur en droit en 1870, secrétaire de la conférence des avocats en 1873, substitut du procureur de la République en 1878, et donna sa démission lors des décrets de 1880 sur les congrégations non autorisées. Devenu avocat à la cour d'appel de Paris, il était d'une grande piété; il fit partie des conférences Saint-Vincent-de-Paul et présida l'œuvre de l'Adoration-Nocturne (nouvelle édition des *Diptyques* du collège Stanislas, 1835-1901, Bar-le-Duc, 1901). Les seuls des camarades proches d'Anatole France qui firent « carrière parlementaire » sont Adrien de Martel, secrétaire du duc de Broglie en 1874 et sous-chef de cabinet du duc en 1877, et Octave Homberg, chef de cabinet d'Eugène Caillaux, partisan aussi de L' « Ordre Moral ».

Page 495.

a. en cinq cents volumes *(et partout dans la suite, au lieu de « cinquante »)* *NR* ↔ *b.* étonné. *L'Histoire de France* en cinq cents volumes *NR*

1. Ce beau programme évoque le prospectus rédigé par L.-X. de Ricard et Anatole France pour l'*Encyclopédie de la Révolution*. Il s'agit de « dégager la tradition révolutionnaire de toutes les légendes autoritaires et réactionnaires qui l'ont troublée et obscurcie », et d'employer une « méthode positive » pour décrire une période allant de 1787 à 1804. Le détail des matières est le suivant : I, Encyclopédie des idées; II, Systèmes; III, Sciences et Arts; IV, Dictionnaire des faits et des hommes; V, Dictionnaire des institutions et des choses; VI, Annexe bibliographique; VII, Annexe philologique.

Quarante-sept collaborateurs étaient prévus, parmi lesquels on compte Quinet, Michelet, Louis Blanc, Étienne Charavay, L. de Lisle, Vacquerie. C'est ainsi qu'est annoncée l'*Encyclopédie* dans *L'Amateur d'autographes*, nos 157-158, 1er-15 juillet 1868. Un prospectus qui porte l'indication : « Deuxième tirage » existe à la Bibliothèque nationale. Louis Blanc ne fait plus partie des collaborateurs. On prévoit 12 volumes de chacun 640 pages, en livraisons hebdomadaires de 32 pages à 1 F, ce qui ferait 240 livraisons. Les mille premiers souscripteurs ne paieraient que 120 F le tout. L'entreprise en demeura au prospectus...

2. Teutobochus est un prétendu roi des Teutons, dont on crut longtemps lire le nom sur l'arc de triomphe d'Orange. C'est que ce roi est nommé par Florus, dans lequel des générations successives de Français apprirent l'histoire romaine. Dans son *Histoire*, I, 38, 11, on lit que Teutobochus était si gigantesque qu'il dépassait les trophées : « *Vir proceritatis eximiae super trophea ipsa eminebat.* » On crut avoir trouvé ses ossements en 1613, lorsqu'on déterra dans le Dauphiné des ossements fossiles. Jacques Tissot en fit un opuscule de 14 pages paru à Lyon, chez Jean Payet, en 1613. Le titre en est très long et explicite : *Discours véritable de la vie, mort, et des os du géant Theutobocus, Roy des Theutons, Cimbres et Ambrosins, lequel fut deffaict 105 ans avant la venue de nostre Seigneur Jesus Christ avec son armée, qui estait en nombre de quatre cents mille combatans, deffaicte par Marius Consul Romain, et fut enterré près un chasteau nommé Chaumon, et à présent, Langon, proche la ville de Romans en Dauphiné. / Là on a trouvé sa tombe de la longueur de trente pieds : sur laquelle son nom estoit escrit en lettre romaine, et les os tirez excedent 25 pieds, y ayant une des dents d'ycelny pesant 11 livres, comme au vray on vous les fera voir en ceste ville, qui est du tout monstrueux, tant en hauteur qu'en grosseur.* Cuvier, dans l'*Esquisse géographique des principaux lieux où l'on a trouvé des ossements fossiles*, t. II, p. 53, conte cette histoire et ajoute qu'un nommé Mazurier montra à Paris les ossements du prétendu Teutobochus.

Page 496.

1. Il s'agit dans ce chapitre des souvenirs que France garde de l'institution Sainte-Marie, 90, rue Bonaparte, devenue le petit collège Stanislas lorsque l'abbé Lalanne accepta d'en prendre la direction en 1854. Il fit entrer dans l'institution des religieux de la Société de Marie, dont il était l'un des fondateurs : c'était une congrégation enseignante qui s'était formée à Bordeaux en 1817 (l'abbé Lalanne était né dans cette ville en 1795). Il usa du même système lorsqu'il prit en main, en janvier 1855, le collège Stanislas lui-même; rapidement, il fit prospérer l'institution, qui périclitait avant lui. Anatole France *entra justement en sixième en 1855*. Ses camarades étaient issus de familles plus aisées que la sienne. On peut penser que l'abbé Lalanne, volontaire royal durant les Cent-Jours, eut en estime le libraire Noël France, qui pensait comme lui, et accueillit volontiers le jeune Anatole, qui venait du petit collège Stanislas.

2. L'abbé Gaultier est l'auteur prolifique de manuels d'études élémentaires portant sur la grammaire, l'histoire et la géographie. Nous avons eu en main ses *Leçons de chronologie et d'histoire*, t. V, *Histoire de France*, revue par F. Demoyencourt, Renouard, 1850. Ces leçons contiennent des « Sommaires de l'histoire de France en vers techniques », qu'il est recommandé de faire apprendre par cœur aux élèves, selon les principes de Port-Royal et de... Voltaire. Les vers portant sur les « Rois de la première race » ne sont point ceux que cite Anatole France,

mais ils les valent : *En l'an quatre cent vingt, Pharamond, premier roi, / Est connu seulement par la salique loi. / Dix ans se sont passés : Clodion lui succède ; / Au fier Aétius, vaincu deux fois, il cède / Mérovée à Châlons combattit Attila.* (P. XIII.) En fait, c'est dans les *Éléments d'histoire de France, Abrégé* tiré de cet ouvrage et destiné par conséquent « aux enfants de 7 à 11 ans », que l'on trouve p. 3 et 4 ces vers, fort exactement cités par Anatole France. Une note à « Lutèce » indique : « Ancien nom de Paris », ce qui prouve que le jeune France n'était guère attentif au livre, quand il prenait Lutèce pour une vieille dame ! Il est à peine besoin de noter la naïveté de l'enfant, admirant la « facilité poétique » de l'abbé Jubal, alors que les alexandrins de substitution de celui-ci sont tous faux, contrairement à ses propres préceptes.

Page 497.

a. préservée, mais il m'était indifférent que ce fût des moustiques ou des engelures. Malheureusement, *NR* ↔ *b.* plus élégamment : / *Du terrible Attila, surnommé le fléau de Dieu, Lutèce est préservée.* / On peut *NR, orig.*

1. Noël et Chapsal publièrent pour la première fois en 1823 une *Nouvelle grammaire française, rédigée sur un plan très méthodique, et contenant de nombreux exercices d'orthographe, de syntaxe et de ponctuation, tirés de nos meilleurs auteurs, et distribués dans l'ordre des règles*, qui connut quatre-vingts éditions dans le cours du XIXe siècle (librairie d'Aumont). Dans *L'Univers illustré* du 5 février 1887, Anatole France qualifie ces deux auteurs comme « une belle paire de cuistres »; quant au « M. Dubois » de *La Vie en fleur*, il appelle leur grammaire « une grammaire de quartier général ».

Page 499.

1. *Nouveaux exercices français gradués, rédigés sur la grammaire de Lhomond*, par J.-B. Cocquempot, instituteur — 9e éd., Paris, Delalain, 1851. Ce sont des exercices qui suivent les catégories grammaticales, verbes, substantifs, articles, adjectifs, etc., en partant des conjugaisons régulières pour le verbe, avant d'arriver aux temps et aux modes; mêmes gradations pour les autres catégories. Tantôt il s'agit de corriger un texte fautif, tantôt de compléter un texte dans lequel on a ménagé des « blancs ». Anatole France fit d'après ce manuel des devoirs de vacances en 1853-1854. Le cahier de ces devoirs était en la possession des Charavay (Girard, ouvr. cité).

Page 501.

a. On poussa une table sur lui *NR*

Page 502.

a. péchés. Enfin, je songeai à la casquette de Fontanet; Je tenais mon péché; j'étais sauvé ! / Je me déchargeai aux pieds de M. l'aumônier du poids de la casquette de Fontanet. *NR*

Page 503.

a. Après ces mots figurait, dans « La Nouvelle Revue », p. 879, sous le titre « Conclusion », la « Note écrite à l'aube » qui constitue le chapitre VII de l'édition définitive (voir p. 460-461). Ce passage ne présentait pas de variantes par rapport à l'édition définitive.

Page 504.

a. La première version de ce chapitre, très différente du texte édité dans « Le Livre de mon ami », parue dans « La Jeune France » du 1er *novembre 1880 sous le titre « Le Stratagème - Nouvelle », et a été donnée, à sa place chronologique, en Appendice au « Crime de Sylvestre Bonnard », p. 311. On a vu que l'écolier qui vit cette anecdote n'est point le petit Pierre, mais Sylvestre Bonnard. « Le Télégraphe » du 12 juillet 1884, sous le titre de la rubrique « Menus propos » tenue par France, donne du chapitre une version en tout conforme à celle du « Livre de mon ami », précédée de quelques lignes dans lesquelles Anatole France proclame qu'il préfère parler du passé, et se laisser entraîner par le souvenir, à se sentir obligé de traiter la curiosité du jour. Parti chez les bouquinistes pour trouver pourtant sur celle-ci (la rivalité entre don Carlos et le comte de Paris) des documents qui lui permissent d'écrire un article, il est tombé sur un tome dépareillé de Tite-Live, qui l'entraîne à évoquer Chotard.*

1. Canusium, aujourd'hui Canosa, dans la province de Bari. Les débris de l'armée romaine s'y réfugièrent après le désastre de Cannes. Tite-Live le conte au chapitre L du livre XIV de son *Histoire romaine.*

Page 505.

1. Philippes, en Macédoine, où se livra en 42 avant notre ère une bataille entre Antoine et Octave, et les républicains Brutus et Cassius. La cavalerie de celui-ci fut enfoncée par les soldats d'Antoine, et Cassius se fit tuer par un affranchi. Brutus avait d'abord été victorieux, mais il dut prendre la fuite après la défaite de son allié. Il se suicida en se jetant sur son épée.

2. Chotard donne à ses élèves l'érudition d'un bon grimaud de troisième, en leur décrivant la bataille des Thermopyles, au cours de laquelle Léonidas, roi de Sparte, avec trois cents Spartiates, réussit à arrêter l'énorme armée perse conduite par Xerxès, et à la retarder suffisamment pour laisser à ses alliés grecs le temps de s'organiser. Sa mort glorieuse, commémorée sur le rocher des Thermopyles par une inscription, fut célébrée par les Anciens et les Modernes, et représentée en 1814 par David dans un célèbre tableau. À Salamine, avec Thémistocle, se remporte une grande victoire navale sur Xerxès, qui, une fois franchies les Thermopyles, avait réduit Athènes en cendres et envahissait toute la Grèce. La population athénienne avait été, sur le conseil de Thémistocle, embarquée sur des vaisseaux; la flotte de guerre des alliés grecs engagea la bataille dans le détroit de Salamine, également sur le conseil de Thémistocle, et la gagna (480 avant notre ère). À Cannes, en 216, c'est du grand désastre de l'armée romaine contre Annibal qu'il s'agit. Le sage et valeureux Paul-Émile avait le malheur d'avoir pour collègue, à la tête des troupes romaines, Terentius Varron,

imprudent et malhabile. Très gravement blessé, Paul-Émile combattit jusqu'à la mort, tandis que Terentius Varron prit la fuite. Quant à la bataille de Trasimène, elle fut gagnée en 217 par Annibal sur les Romains conduits par Flaminius. Les Numides massacrèrent l'armée romaine, prise entre le lac et une étroite chaussée. Il y eut quinze mille morts, beaucoup étant noyés dans le lac. À Pharsale enfin, César, en 48 avant notre ère, remporta sur Pompée une victoire qui décida du sort du gouvernement, donnant le pouvoir absolu à César contre les républicains.

3. Publius Quintilius Varus, général romain qui fut vaincu par Arminius (Hermann) dans les défilés du Teutberg et la forêt de Basse-Germanie. Il se tua, avec beaucoup de ses officiers. Ses légionnaires furent massacrés ou réduits en esclavage. Auguste, à la nouvelle de ce désastre, laissa croître sa barbe, et, dans ses rêves, s'écria longtemps : « Varus, rends-moi mes légions. » Anatole France fit paraître dans *La Gazette rimée* du 20 juin 1867 un poème d'opposition à l'Empire, intitulé « Les Légions de Varus ».

4. L'Aegos-Potamos, petit fleuve de la Chersonèse de Thrace, vit la victoire de Lysandre sur la flotte athénienne, victoire qui termina la guerre du Péloponèse (404 avant notre ère).

5. Numance, ville d'Espagne située aux sources du Douro, avait résisté à plusieurs armées romaines quand Scipion Émilien, en 133, entoura la ville de circonvallations et entreprit un siège si longuement soutenu que les habitants de la ville s'empoisonnèrent, ou en vinrent à se nourrir de chair humaine. Quand ils se rendirent enfin, ils furent presque tous tués, et Numance fut rasée.

6. Élien écrivit au commencement du second siècle un *Traité de la tactique des Grecs*, en cinquante-trois chapitres, dédié à l'empereur Adrien et écrit en grec. Ce *Traité* a été traduit en français en 1757 par Bouchaud de Bussy *(La Milice des Grecs, ou Tactique d'Élien)*. Le chapitre XXXII, « Des escadrons qui ont beaucoup de profondeur », traite de l'ordre praticable quand on est obligé de s'engager dans un défilé. C'est vraisemblablement ce passage que commente Chotard. Anatole France y fait une allusion plaisante, le 31 octobre 1885, dans *L'Univers illustré* : « Élien recommande aux généraux d'attirer l'ennemi dans un défilé et de l'y écraser sous une grêle de traits et sous une avalanche de rochers », écrit-il à propos des propriétaires qui cherchent à tout prix à louer leur appartement à des naïfs. En revanche, c'est au cours d'une méditation mélancolique sur la précarité des renommées littéraires que France écrit dans *Le Temps* du 3 avril 1887 (« Sur le quai Malaquais », *La Vie littéraire*, I) : « Varus était, dit-on, l'égal de Virgile. Il a péri. Élien était un imbécile, il dure. »

Page 506.

1. Deux consuls se sacrifièrent aux dieux mânes, selon la formule religieuse du « dévouement », afin d'assurer la victoire à l'armée romaine : Tite-Live cite Décius au livre VIII, 9, lors d'un combat contre les Latins en 337, et son fils Décius, au livre X, 28, lors d'un combat contre les Gaulois. en 295, à

Sentinum. C'est le second qui est Décius Mus. Les deux hommes se dévouèrent avec les mêmes formules rituelles; leur exemple revient très souvent dans la rhétorique latine, ainsi dans le *Pro Sestio* de Cicéron, 48. Il n'est donc pas étonnant que, suivant l'usage du temps où France faisait ses études, le discours placé dans la bouche de Décius ait servi de texte d'« amplification française ». On proposait alors aux élèves des canevas, qu'il fallait développer selon les meilleurs modèles : les paroles de Décius Mus sont imaginairement placées après son discours de « dévotion », et elles imitent Tite-Live.

Page 508.

a. Ce chapitre parut dans « Le Télégraphe » du 27 septembre 1884, sous le titre général « Menus propos » et avec le sous-titre : « La Rentrée des classes (extrait du manuscrit inédit de Pierre Nozière) » ↔ *b.* le ciel frais et léger de l'automne, *Tél.*

1. « Il est donc venu, ce jour de triste et terrible mémoire », écrit le 4 octobre 1858 le jeune Anatole France dans son journal. *Adieu, / Beaux jours passés comme un songe... / Pleurez, mes tristes yeux... / Fut-il jamais sous le ciel un si juste sujet de larmes ! / Oui, il en fut un, un par an depuis trois ans, il y en aura un encore pendant quatre ans / Ce qui me console, c'est qu'il y a plus malheureux que moi. Les pensionnaires sont encore plus infortunés que moi.* (G. Girard, *La Jeunesse d'Anatole France*, NRF, 1925, p. 69.)

2. On sait qu'Anatole France ne connut les montagnes d'Auvergne qu'en se rendant à Royat pour rencontrer Frédéric Plessis, étant adulte et non pas enfant; ces vacances en Auvergne sont donc imaginaires.

Page 509.

1. Le 3 octobre 1886, dans *Le Temps* (« Pour le latin », *La Vie littéraire*, I), Anatole France évoque ce plaisir de la rentrée pour les écoliers. D'abord, elle est un changement, et par cela seul plaît aux enfants, alors que plus tard l'inconnu n'inspire que défiance.

Page 510.

a. les professeurs du lycée, vous avez fait *Tél.*

1. L'Y « énigmatique » était jadis une enseigne adoptée par les bonnetiers parce qu'elle constituait, comme beaucoup d'autres, un jeu de mots approximatif, qu'on lit « A li grègues » (« aux culottes ») ou bien « A lie-grègues » (à ce qui sert à nouer les culottes, lacets, aiguillettes, etc.). Au XIXe siècle, beaucoup de merciers continuaient à inscrire sur leur devanture cet Y, dont, peut-être, ils avaient oublié l'origine.

2. Le coing figure l'enseigne *Au bon coin*, et la comète représente l'année de la comète, 1811, où le vin fut si bon qu'on le nomma « vin de la comète ».

Page 511.

a. de la pensée humaine. / C'est à la maison paternelle que j'appris mieux encore la meilleure des écoles : l'école domestique m'enseigna l'art d'aimer. Je plains les pauvres pensionnaires à qui on n'enseigne point ces choses dans leur prison. / Pourtant on entrerait bien mal *Tél.* ↔ *b.* Ce beau mot d'humanités, si beau qu'il soit, n'a pas trop de noblesse pour désigner les arts qui font un homme, selon l'idée la plus haute qu'on ne puisse en concevoir. / Le petit bonhomme *Tél., orig.*

1. Nous trouvons dans la bouche de l'abbé Lalanne lui-même, directeur de l'institution Sainte-Marie, puis du collège Stanislas, l'éloge de cette école de la maison. L'une de ses homélies aux parents d'élèves comporte en effet des considérations sur les bienfaits du système de la demi-pension, opposé à la pension : il maintient l'esprit de famille, il permet aux enfants d'acquérir une éducation personnelle et raffinée. L'abbé Lalanne le recommande surtout pour les élèves des petites classes (*Histoire du collège Stanislas*, publiée par les soins de M. l'abbé de Lagarde, directeur du collège, Putois-Cretté, 1881, p. 278).

2. Citation de l'Évangile de Luc, 24, 32, un peu modifiée, car les pèlerins d'Emmaus, après avoir reconnu le Christ, qui a disparu de devant eux, se disent : « Notre cœur n'était-il pas tout chaud au-dedans de nous, lorsqu'il nous parlait en chemin et nous expliquait les Écritures ? »

3. *Humanitas* est employé au sens de « culture générale de l'esprit » et de « politesse, savoir-vivre », par Cicéron (*De oratore* notamment); le terme signifie aussi, chez lui comme chez César, « civilisation ».

4. M. Allain, professeur de sixième d'Anatole France, note sur son carnet, en 1856, « insouciance », « laisser-aller », « nonchalance extrême », et se plaint qu'Anatole passe des phrases entières dans ses versions et thèmes (Girard, ouvr. cité, p. 60-62).

Page 512.

a. tard. La grammaire de Burnouf lui avait d'abord fait grise mine. Un professeur *Tél.* ↔ *b.* Je compris, je pleurai. Il me fut impossible, *Tél.* ↔ *c.* des héros et des héroïnes. À chaque tragédie *Tél.*

1. Thersite, fils d'Agrios, le plus laid et le plus lâche des Grecs qui prirent part à la guerre de Troie. *L'Iliade* conte comment il fut tué d'un coup de poing par Achille, dont il raillait la douleur à la mort de l'amazone Penthésilée.

2. C'est le moine Planude de Constantinople, qui, au XIVe siècle, écrivit une vie du fabuliste reprise par La Fontaine en tête de son recueil de *Fables*. Cette vie est extrêmement conjecturale. Il semble, quel qu'ait été en réalité Ésope, que ses *Fables* ne furent pas à l'origine des récits en vers, mais en prose : c'est ce qu'on peut supposer du qualificatif donné par Hérodote à Ésope, « faiseur de discours ». C'est Babrius, c'est, dit-on, Socrate lui-même, qui mirent en vers certaines des *Fables*. Elles demeurèrent sous le nom d'Ésope.

3. Anatole France consacra à « Euripide et l'*Hippolyte Porte-Couronnes* » trois articles dans *Le Siècle littéraire* des 1er et 15 décembre 1875 et 1er janvier 1876. Il y loue la liberté d'esprit d'Euripide et sa noble pitié pour l'homme. « Savant, intelligent, sensible, profond, aimant la vie pour elle-même, [Euripide] était animé d'un souffle moderne. » (15 décembre, p. 128.)

Page 513.

a. se lamentaient harmonieusement. / C'est surtout *Tél.* ↔ *b.* enveloppait déjà. / Voilà comment j'ai fait mes humanités. Ma manière était bonne *Tél.*

1. *Patronnet* était le nom dont on désignait les garçons pâtissiers.

2. C'est la dernière des longues tirades d'Antigone emmenée à la mort que cite ici Anatole France : *Ô tombeau ! ô lit nuptial ! ô demeure souterraine que je ne quitterai jamais...* (Sophocle, *Antigone*, v. 891.)

Page 514.

a. M. C... *Tél. Ainsi que dans la suite.* ↔ *b. Ce chapitre parut, sous le titre général de la rubrique « Menus propos » et le sous-titre « La Forêt de myrtes / (Extrait du manuscrit inédit de Pierre Nozière) », dans « Le Télégraphe » du 20 septembre 1884.*

1. C'est M. Chéron, dont France parle dans *L'Univers illustré* du 6 mars 1886 en lui donnant son véritable nom, quand il évoque, en des termes qui rappellent ceux de la fin de ce chapitre, sa vie de collège : « J'ai vu des professeurs, et non des plus sots, mal juger leurs élèves; je n'ai jamais vu d'élèves mal juger leurs professeurs. Les soixante polissons qui usent ensemble leurs culottes sur une dizaine de bancs, devant une chaire de bois blanc barbouillée d'encre, constituent — entendez-moi bien — le tribunal le plus équitable, le plus juste, le plus sage, quand le maître est en cause. Expliquez cela comme vous voudrez, c'est la vérité : les écoliers sont d'infaillibles appréciateurs du mérite intellectuel ou moral de leurs maîtres. Pour ma part, de tous les jugements que je portais sur les professeurs du collège Stanislas quand j'étais sous leur férule, il y a vingt-quatre à vingt-cinq ans, je n'en réforme pas un seul /.../ Je savais alors, comme je sais aujourd'hui, que mon professeur de rhétorique avait l'esprit solide et l'âme grande et forte. Il se nommait Chéron; je ne sais ce qu'il est devenu. »

2. Casimir Delavigne, 1793-1843, publia en 1815 trois *Messéniennes*, poèmes libéraux et patriotiques qui lui valurent d'emblée la renommée. Il publia par la suite d'autres *Messéniennes*, et des pièces de théâtre : *Les Vêpres siciliennes*, portées aux nues en 1818; des tragédies, des comédies, des livrets d'opéra. Il était entré à l'Académie en 1825. Son style est d'un classicisme qui parut très vite froid et vieillot.

3. *Imitation de Jésus-Christ*, Corneille, Ballard, 1656, livre I, chap. VIII, v. 552-557 : « Évite avec grand soin la pratique des femmes », la suite étant exactement citée par Anatole France.

Page 515.

a. d'effarement. / Pourtant, parmi les amies de ma mère *Tél.* ↔ *b.* elle agitait son mouchoir parfumé, comme pour chasser au loin le dégoût qui l'enveloppait. Je ne m'expliquais pas cela. *Tél., orig.*

Page 517.

a. dont le calme m'étonnait, me causèrent *Tél.*

Page 518.

a. de myrtes resserre son ombrage *Tél.*

1. Cela est vrai, si l'on en juge par l'un des premiers essais d'écrivain d'Anatole France : il traduisit pour sa mère le début de la première *Églogue* de Virgile. « Première églogue de Virgile — essai de traduction — dédié à une mère chérie par son fils respectueux — Anatole. » (Girard, ouvr. cité, 82.)

2. Philip Bliss, éditeur d'éditions scolaires et d'ancienne littérature anglaise, 1787-1857, Oxford.

3. *Quos durus amor : L'Énéide*, livre VI, v. 442. La traduction que donne France est la fidèle traduction des vers 442-444. Dans *L'Univers illustré* du 31 décembre 1887, France parle des « myrtes qui abritent, dit-on, dans les Champs-Élysées, ceux qui firent beaucoup l'amour en ce monde ».

Page 519.

a. se désespérer si le désespoir n'avait passé de mode alors; nos pères l'avaient usé. Je ne fis rien *Tél.*

1. On reconnaîtra là des allusions ironiques au *René* de Chateaubriand. Conduit par sa passion incestueuse à « s'ensevelir dans les déserts de la Louisiane », René y conte à Chactas et à un religieux comment il a tenté, pour fuir cette passion, la retraite dans les « cloîtres retentissants et solitaires » d'une antique abbaye, puis dans une chaumière battue par « l'aquilon », auquel il adresse la célèbre invocation : « Levez-vous, orages désirés [...]. »

Page 520.

a. l'air dont il était dit. Je ne sais ce qui m'a retenue d'embrasser ce gamin-là sur les deux joues *Tél., orig.*

1. En fait, des membres de la famille paternelle d'Anatole France habitaient toujours près de Saulgé-l'Hôpital, à 25 km d'Angers; la mère de Noël France était morte en 1845, mais Louis, le frère aîné de Noël, qui se maria en 1821, avait eu des enfants; de même sa sœur Marie. Des cousins germains d'Anatole France vivaient donc, mais l'écrivain n'avait pas gardé de relations avec eux. Il les cache ici, et transporte sa famille paternelle dans le bas Maine, où il lui accorde bien plus d'importance que n'en eut jamais la famille Thibault en Anjou.

Page 521.

1. On lit dans *Scènes de la chouannerie*, d'Émile Souvestre, Michel Lévy, 1852, la biographie de Louis Treton, fils d'un pauvre closier qui avait douze enfants et plaça son fils comme berger chez un métayer d'Astillé. Défendant son troupeau contre un loup qu'il égorgea, il fut estropié à la jambe et dut vivre en mendiant. Il se fit chef de bande royaliste dans le Maine. La plaque de fer-blanc destinée à protéger sa blessure l'avait fait surnommer « Jambe-d'Argent » (p. 104-116). Il mourut en octobre 1794, au cours d'un combat contre les Bleus. L'ouvrage de Souvestre peut être une source d'Anatole France,

car, p. 11, on y lit cette anecdote sur « un de ces arbres garnis, depuis la base jusqu'au sommet, de branches que l'on émonde tous les trois ans, et qui bordent les routes du Maine d'une étroite colonnade de verdure ». C'est le compagnon de Souvestre qui parle : « Ah ! vous regardez la grande *émousse*; /.../ avancez la tête de ce côté, et vous verrez que le tronc est creux, comme il arrive le plus souvent quand l'arbre vieillit. Pendant la guerre, c'était la meilleure cachette pour les chouans, et il y a quelques années qu'on a trouvé dans *l'émousse* que vous voyez le squelette de l'un d'eux avec son fusil et son chapelet. Les curés sont venus le retirer de son étui pour le porter en terre sainte; on a cloué à l'émousse une croix de quatre sous. » Mais Anatole France peut aussi s'être directement inspiré de celui qui fut la source d'Émile Souvestre, J. Duchemin-Descepeaux, *Lettres sur l'origine de la chouannerie*, Imprimerie royale, 1825. On lit au tome I, p. 25, l'anecdote sur le squelette trouvé dans une émousse; p. 42, 45, des considérations sur le nombre de faux sauniers et contrebandiers qui furent d'ardents royalistes, ce qui fut le cas de Jean Chouan lui-même. Au tome I, encore, p. 209 et la suite, et au tome II, *passim* on lit toutes sortes de détails sur la vie et la mort de « Jambe-d'Argent ». Cet ouvrage se trouvait dans le fonds de librairie de Noël France : il est catalogué en avril 1860, numéro 9 des catalogues de la nouvelle série.

Page 525.

Le Livre de Suzanne

a. « Le Coq » a tout d'abord paru dans « La Revue politique et littéraire » du 29 avril 1882, p. 526-530, sous le titre : « Le Coq. Scène d'intérieur. » Suzanne s'y prénomme « Jacqueline ».

1. Jacques Roujon (*La Vie et les opinions d'Anatole France*, Plon, 1925) cite des lettres de 1882 dans lesquelles Anatole France, en voyage dans le Hochwald, parle plaisamment du sentiment de la nature de Suzanne (p. 18-19), et, l'année suivante, cite les actes et paroles remarquables de sa fille. Il aima beaucoup cette enfant, qui lui ressemblait; Roujon la décrit *blonde, coiffée* avec une frange, les yeux noirs, très vive d'esprit et sujette à de longs accès de mutisme.

Page 528.

a. Ces idées que le monde philosophique accepterait si elles étaient émises dans un jargon inintelligible, *RPL, orig.*

1. Thomas Holden écrivit sous le titre : *Original — progrès — mystères*, une brochure sur sa propre vie, qui ne manque pas de sel. Il y signe « Thomas Holden, seul Propriétaire des célèbres Fantoches ». Il y rapporte que son père s'adonna avec passion à la fabrication des marionnettes, de même que lui, tout jeune, avec ses nombreux frères et sœurs. Ils donnèrent en Angleterre des spectacles, avec grand succès, dans les foires. Peu à peu, les

marionnettes, étudiées avec grand soin d'après l'anatomie et les spectacles de mimes, valurent la fortune à Thomas Holden. En 1879, quand il écrit sa brochure (imprimée par Appel, rue du Delta), il possède quinze chevaux, sept wagons, tout un théâtre avec maints décors. À vingt ans, Holden fit une tournée triomphale aux États-Unis ; puis il alla en Belgique, Hollande, Allemagne, et maintenant, à vingt-cinq ans, il va se fixer à Paris. Un cartouche loue « Thomas Holden, harmoniste, orateur, musicien, aéronaute, sculpteur, opticien, l'homme de l'art en toute nature ».

2. Charles Darwin, *L'Expression des émotions chez l'homme et les animaux*, trad. Pozzi-Benoît, Reinwald, 1877, 398 p.

3. C'est en 1880 que parut en volume la série d'articles qui composent *Le Roman expérimental* ; Zola y proclame en particulier, au chapitre II : « Dès ce jour, la science entre /.../ dans notre domaine, à nous romanciers, qui sommes à cette heure des analystes de l'homme, dans son action individuelle et sociale. » Ce n'est pas tout à fait le « nous autres savants » dont se gausse Anatole France : Zola pense que la connaissance des lois du déterminisme n'est pas encore assez avancée pour que les romanciers soient tout à fait des savants. Mais il est convaincu qu'ils le deviendront. Dans *Le Globe* du 23 octobre 1879, à propos des *Rois en exil* d'Alphonse Daudet, Anatole France écrit : « Vous savez que le roman, qui jusqu'ici appartenait à la littérature, est entré l'autre jour dans le domaine des sciences expérimentales. C'est M. Zola qui l'a voulu. “Nous autres savants !... ”, dit M. Zola avec une candeur qui m'attendrit jusqu'aux larmes. »

Page 529.

a. les enveloppe. Leurs yeux purs, leurs yeux grands ouverts [...] La découverte de la vie. *[voir p. 531]* — petite bête ! *RPL*
✦✦ *b.* de milliers de siècles est mort *RPL, orig.*

1. *Les Bohémiens*, chanson de Béranger, onzième couplet : *Voir c'est avoir. Allons courir ! / Vie errante / Est chose enivrante / Voir c'est avoir. Allons courir ! / Car tout voir c'est tout conquérir.*

2. Charles Robin, membre de l'Institut, professeur à la faculté de médecine de Paris, savant anatomiste, est l'auteur d'un *Traité du microscope* paru en 1871 chez J.-B. Baillière et fils.

3. *Hippolyte porte-couronnes*, 195. Ce sont des paroles adressées par la Nourrice à Phèdre.

4. Euripide naquit à Salamine, vers 480 ; on dit qu'il était fils d'un cabaretier, Mnésarque, et d'une marchande de légumes, Clito.

Page 530.

a. Ce poème parut d'abord dans « Étrennes aux dames pour l'an 1882 », publié chez Charavay, p. 124-125.

1. Valérie Guérin de Sauville apportait à France, en dot, trois mille écus, et un nom dont elle n'était pas peu fière. Une série d'articles sur « Les Guérin », sans doute d'Étienne Charavay, parut en juillet-octobre 1879 dans *La Revue des documents historiques*, et Anatole France écrivit lui-même sur eux dans *La*

Revue alsacienne d'octobre 1885. C'était une famille de peintres et de graveurs, dont le plus notable fut miniaturiste à la mode, à Paris, juste avant la Révolution de 1789. Valérie, née en 1857, se révéla assez vite vaine et autoritaire, et très jeune de caractère. Il semble que quelque chose transparaisse ici du malaise du ménage. La mère de Suzanne est présentée comme assez frivole, et en même temps si positive dans sa conception de la vie, qu'un homme d'imagination ne peut pas échanger de sentiment ou de pensée avec elle.

Page 531.

a. Ce chapitre parut dans « Le Télégraphe » dans la rubrique et titre « Menus propos », le 9 août 1884, sans variante, si ce n'est que Suzanne s'y prénomme Marguerite.

Page 532.

1. Anatole France cite ici *Le Vicaire de Wakefield* de O. Goldsmith (1766), chap. 1 : Mme Primerose fait cette réponse à un visiteur.

Page 534.

1. Titus et Vespasien sont assez connus pour les campagnes triomphales qui sont relatées à Rome par leurs arcs de triomphe. Pour Alexandre Sévère, 208-235, il est célebre pour avoir réformé les mœurs de sa cour et avoir édicté des lois justes, conseillé par le jurisconsulte Ulpien. Alexandre Sévère fut tué dans une émeute militaire, et unanimement regretté.

Page 535.

a. Ce chapitre a d'abord paru, avec le même titre, dans « Étrennes aux dames pour l'an 1885 », chez Étienne Charavay, p. 78-84. Auparavant, Anatole France, sous le pseudonyme « Gérôme », avait donné dans le « Courrier de Paris » de « L'Univers illustré » du 18 août 1883 un premier crayon de ce chapitre ; Suzanne y est nommée « Mlle Zizi », et France, rapportant qu'elle aime déjà, à son âge, voir bâtonner les représentants de l'autorité, moralise sur un ton demi plaisant : « Comment voulez-vous qu'il y ait jamais un gouvernement stable dans la belle patrie de Mlle Zizi ? » Les variantes sont (à part celle-là), de peu d'importance par rapport au récit définitif, mais le récit de « L'Univers illustré » est plus bref et ne comporte pas l'historique de Guignol.

Page 536.

1. Guignol nous vient de Lyon, où, rue Noire, Laurent Mourguet installa son théâtre en 1795. Puis le théâtre se transporta aux Brotteaux, puis à Vienne en Dauphiné, où son propriétaire mourut en 1844. Il popularisa Guignol avec le costume des ouvriers lyonnais de l'époque, souquenille de serge et bonnet de coton. La pièce qui le met en scène avec son propriétaire Canezou se nomme *Le Déménagement* ; elle est de Mourguet. Par la suite, on habilla Guignol d'un habit vert sombre ou marron, mais il garda son catogan (son « salsifis »), et son

répertoire. À Paris, il eut un fils, grand effronté nommé Guillaume ou Gringalet, sorte de « titi » parisien fort opposé aux gendarmes. La pièce où figurent Guignol, Gringalet et le Diable est donc postérieure au répertoire de Mourguet, publié à Lyon, chez Scheuring, en 1865, sous le titre : *Théâtre lyonnais de Guignol*, 2 t. *Le Déménagement* figure au t. I, p. 318-349.

Page 540.

a. Ce chapitre faisait d'abord partie de la préface de « Jocaste et le Chat maigre », qui fut supprimée par Anatole France (voir la Note sur le texte, p. 1238). La nouvelle qui fait partie de cette préface et l'édition originale du « Livre de mon ami » présentent le même texte que celui que nous publions ici, hormis la conclusion, qui est toute différente. Voir var. a, p. 547.

Page 542.

1. À Brolles était, on se le rappelle, une maison appartenant aux Charavay : Sylvestre Bonnard s'y retire. Anatole France y passa plusieurs fois ses vacances en famille; il écrit de Brolles à Jacques Roujon une longue lettre sur les naïvetés de sa fille Suzanne en 1882 (Roujon, *La Vie et les opinions d'Anatole France*, p. 19). La description de la chambre de Mme Trévière est à rapprocher de la description de la chambre blanchie à la chaux et ornée des gravures d'Estelle et Némorin, des Éléments, du Marié et de la Mariée, que fait Anatole France dans *L'Univers illustré* du 15 septembre 1882, alors qu'il est lui-même en vacances. Cette description est elle-même reprise dans *Pierre Nozière*, livre III, « Pierrefonds ».

Page 544.

1. Millet (Jean-François), né en 1815, est mort à Barbizon en 1875; il s'était fixé dans le village en 1848, et, depuis s'était affranchi de la peinture traditionnelle au profit du paysage de plein air et des représentations de paysans. Rousseau, Corot, Diaz, Troyon s'étaient groupés autour de lui.

Page 546.

a. j'ai peur. Je suis bien. Je nage. / Nager était, dans son langage habituel, la plus forte expression du plaisir. / Mais elle, *JF, orig.*

Page 547.

a. — Dors ! Il ne reviendra pas. Dors ! Il ne reviendra pas... / Il ne reviendra pas. M. Lassalle n'a plus d'espoir. Sa demande a été repoussée. Le soir, dans sa chambre décorée de paysages et de natures mortes, les pieds sur les chenets, il songe, en bourrant sa pipe et en remuant son grog, que les soirs d'hiver sont bien tristes, quand on est seul. Il n'a pas revu la veuve; mais, quand les amis lui demandent ce qu'elle est devenue, il répond courageusement, avec une belle humeur qui recouvre un chagrin profond : — C'est toujours et plus que jamais la belle Mme Trévière. *Préface à Jocaste, orig.* ↔ *b. Ce chapitre a d'abord paru dans « La Jeune France » du 1er avril 1883, sous le titre « La Bergerie. — Récit », p. 705-708.*

Page 549.

a. de la Suisse, dans une tiède vallée où il ne vit que de l'herbe et des vaches : il vit les vaches dont il buvait le lait écumant, il vit l'herbe aromatique qui composait ce lait; cela faisait un bienfaisant spectacle. / Un tel repos *JF, orig.*

Page 551.

a. « Jessy » a paru tout d'abord, sous le titre « Jessy, nouvelle, par M. Anatole France », dans « Le Magasin pittoresque » d'Édouard Charton, 1882, p. 406-407 ; puis, sous le titre « Jessy », dans « Étrennes aux dames pour l'an 1883 » publié par Étienne Charavay, p. 90-98 ; puis, sous le titre « La Sagesse du docteur Bog - Nouvelle », dans « La Jeune France » du Ier août 1883, p. 193-196. Il n'y a point de variante par rapport à l'édition en volume, si ce n'est que France a corrigé dans l'édition (voir var. a, p. 553) une inadvertance de la publication dans « Le Magasin pittoresque » et « La Jeune France ».

1. Le 14 août 1879, dans *Le Globe*, dans un article intitulé « Matérialisme et spiritualisme », Anatole France évoque M. Caxton qui composait une *Histoire des erreurs humaines*, « gros livre qui coûta cher d'impression. J'imagine que le spiritualisme fournit, pour le moins, les trois quarts et demi de la matière totale du livre ». Il fait allusion au livre de sir E. L. Bulwer, *Aventures de Pisistrate Caxton*, trad. par Édouard Scheffter en 1857 (Hachette), quatrième partie, chap. II. Mais M. Caxton veut prouver, lui, que de ces erreurs sortent des vérités.

Page 552.

1. *L'Itinerarium Antonini Augusti*, réédité en 1848, à Berlin, chez Nicolai par G. Parthey et M. Pinder, mentionne « Clausentum » parmi les villes de Bretagne (la Grande-Bretagne actuelle). L'identification de cette ville avec une ville actuelle diffère suivant les auteurs : ou bien Romsey, ou bien Bishops-Waltham, ou le plus souvent, et c'est ce qui nous intéresse, Southampton.

Page 553.

a. entre deux, les gros livres noirs *LMP, JF.*

Page 556.

a. Ce chapitre a paru sous le titre « Littérature du jour de l'an. — Les livres pour les enfants » dans « La Jeune France » du Ier janvier 1883, p. 544-548 ; à cette dernière page et sur la même ligne que la signature « Anatole France », figure la date « 16 décembre 1882 ». L'article ne comporte pas de dédicace. ↔ *b.* préparation. J'y songerai, et nous verrons ensemble si les arts, les métiers et les beaux-arts ne sont pas les principes de tous les jouets, et si une poupée n'est pas, d'une certaine façon, une statue. / Aujourd'hui, nous nous en tiendrons aux livres destinés à récréer l'enfance, et je crois que le devoir d'une revue comme *La Jeune France* est de s'occuper parfois des petits et de soumettre aux mères de famille quelques réflexions à ce sujet. Une question *JF*

Page 557.

a. à cette lecture que je dois d'avoir écrit, à trente-cinq ans, un livre passable. / *Robinson Crusoé JF*

1. *Le Collège incendié ou les Écoliers en voyage*, par Mme J. Delafaye-Brétier. Cet ouvrage remonte à 1821. Il a fait l'objet de très nombreuses rééditions, parmi lesquelles il faut signaler celle de 1839 chez Didier, dans la « Bibliothèque universelle d'éducation », qui est celle qu'a pu connaître Anatole France. La scène de ce récit est en Limousin. Après l'incendie de leur collège, quatre vertueux écoliers de quatorze ou quinze ans se décident à rentrer à pied dans leurs familles. Ils font durant ce voyage diverses rencontres qui les poussent à des réflexions morales entrelardées de citations classiques, s'arrêtent à des curiosités longuement décrites, comme la fontaine de Royat, et, se trouvant tous chez le père de l'un d'eux, plantent quatre pommiers, monument de leur amitié. Celle-ci ne fait que s'accroître lorsqu'ils ont fini leurs études et ont embrassé des professions différentes. Ce roman est à la fois très fade et très long.

Page 558.

a. pas un Rollin ni un abbé Gauthier, nous disait *JF* ↔ *b.* serait un monstre. / Que tout vive, que tout soit grand, large, puissant dans votre récit, et il conviendra bien aux enfants, pourvu toutefois (cela va sans dire) que rien n'y éveille les sens avant l'heure. Aussi voit-on que, s'il est de bons livres écrits spécialement pour les enfants, ces livres sont dus, pour la plupart, à des auteurs exercés à parler aux hommes le langage qui les intéresse. Je citerai, par exemple, les noms de Dickens, Desnoyers, Louis Ratisbonne, Octave Feuillet. En résumé, j'ai peu de goût pour les spécialistes de l'enfance. J'y préfère les femmes aux hommes, et pourtant je ne sais guère que trois ou quatre femmes, parmi lesquelles l'auteur de *L'Histoire d'un petit chat noir [Riquet et le canal du Midi orig.]*, qui, n'ayant travaillé que pour les enfants, savent penser et dire. Dans tous les cas, si vous écrivez en vue de l'enfance, ne vous faites point une manière particulière. Pensez très bien, écrivez très bien. C'est là l'unique secret pour plaire à vos lecteurs. / Cela dit, *JF, orig.* ↔ *c.* dans les bibliothèques des agents de change et des actrices, et se relient *JF, orig.* ↔ *d.* au petit fer qui coûtent 1 500 francs. Par contre, *JF, orig.*

1. Charles Rollin, auteur du célèbre *Traité des études* dont les deux premiers volumes parurent en 1726, fut un des pédagogues les plus probes et les plus « modernistes » de son temps. Charles Lhomond (1727-1794), régent de sixième au collège du Cardinal-Lemoine, s'attacha à sa classe avec passion et composa des traités élémentaires de latin et d'histoire sacrée ou profane. Certes, M. Allain, dont nous avons rapporté (n. 4, p. 511) les avis très réservés sur l'élève France, n'eut pas tous

les torts dans le mauvais tour que prirent ses relations avec le futur écrivain. Si ce que France dit de lui est exact, on peut cependant dire qu'il manquait de sens pédagogique.

2. Jean-Baptiste Massillon (1663-1742), oratorien, connu par les *Carêmes* qu'il prêcha en 1699, 1701 et 1704. Quant au *Petit carême*, il est constitué par le recueil de dix sermons que prêcha Massillon en 1718 devant le jeune Louis XV. Il lui trace un fort bel idéal de paix et de bonté. Mais il faut reconnaître que sa manière, fort prisée par Sainte-Beuve qui en écrit la louange dans ses *Lundis*, n'est pas de sorte à plaire à un enfant, ni même à un Anatole France adulte, car son style est un peu monotone.

3. *Les Contes de Charles Perrault*, éd. Frédéric Dillaye chez Lemerre, 1880, contient une dissertation sur *Les Origines des contes de Perrault et leur sens mythique*, p. 201-227. L'auteur y précise que son édition « s'adresse aux bibliophiles, aux gens du monde et aux érudits ». Les *Contes des fées* de Perrault publiés par Ch. Giraud, de l'Institut, à Lyon, chez Perrin, 1865, est une édition critique, dédiée à la comtesse Primoli et soutenant que les *Contes* sont aussi bien destinés aux adultes lettrés qu'aux enfants.

4. Louis Figuier avait publié en 1866 *La Vie et les mœurs des animaux, zoophytes et mollusques*, Hachette, avec 385 illustrations. Cet ouvrage fut réédité, et donna occasion à de nombreux livres destinés à la jeunesse dans l'esprit qu'indique Louis Figuier, p. x : « Quoi de plus curieux, de plus intéressant pour l'esprit, que de parcourir les anneaux successifs de cette chaîne non interrompue d'êtres vivants, qui commence aux infusoires pour se terminer à l'homme ! »

Page 559.

a. Dans vingt ans, nous serons tous *JF* ↔ *b.* étudiez vite la fermentation. Il serait beau *JF* ↔ *c.* contes de fées, dont il est d'ailleurs question dans le Bulletin bibliographique de la Revue, et qui sont approuvés là comme ils méritent de l'être. Ce sont quelques-uns de ces récits charmants qui, depuis tant d'années, ont bercé tant d'enfances et où tant d'hommes faits et encore de vieillards ont puisé pour une heure le doux oubli des tracas et des misères de la vie. / L'aimable *JF*

1. Louis-Guillaume Figuier écrivit sur *Les Grandes Inventions modernes dans les sciences, l'industrie et les arts*, Hachette, 1874 (9 rééditions au XIXe siècle), un livre de lecture pour les écoles primaires, sans compter des ouvrages sur *Les Merveilles de l'industrie, Les Merveilles de la science, La Terre avant le déluge, La Vie des savants illustres*, les animaux, etc., tous édités par la librairie Hachette et destinés à donner à la jeunesse le goût des sciences et techniques.

2. À propos des *Tribulations d'un Chinois en Chine* de Jules Verne, Anatole France écrit dans *Le Globe* du 21 août 1879 un article sur « le roman scientifique », dans lequel, s'agissant de Louis Figuier, on peut lire : « Le gros docteur Feigenbaum explique la machine pneumatique aux demoiselles. Il lui arrive bien parfois de confondre une algue avec un coléoptère, mais toute la science vient à lui et sort de lui. Il est le père de la

science, comme le vieux Poséidon est le père des eaux. Je me figure pieusement le gros docteur Feigenbaum ceint d'un diadème de petites machines à vapeur, assis sur une pile de Volta comme sur un trône et tenant dans sa main droite, en guise de sceptre, un poteau télégraphique. /.../ Il sait qu'il sait tout; il a réfuté Darwin avec une nuance de pitié, et, grâce à lui, les gens du monde savent, désormais, que l'homme descend, non pas du singe qui est grimacier et malpropre, mais bien de l'éléphant qui débouche les bouteilles et enfile les aiguilles. Mais le docteur Ludwig Feigenbaum sort de sa béatitude, à la seule pensée que les petits garçons et les petites filles de France connaissent encore les contes de fées. Il a composé une préface tout exprès pour dire aux parents de retirer à leurs enfants les contes de Perrault et de les remplacer par les livres du docteur Ludovicus Ficus. Fermez-moi ce livre, mademoiselle Louison. » La suite, à peu de variantes près, est semblable au texte du *Livre de mon ami* jusqu'à « dans l'enchantement ».

Anatole France reprit souvent son développement sur les livre d'étrennes, par exemple dans les « Menus propos » de *La Revue illustrée* du 15 décembre 1889; il situe alors la grande vogue des livres de vulgarisation scientifique entre 1875 et 1880; il souhaite que l'on fasse lire au contraire des écrivains qui développent l'enthousiasme, comme Walter Scott.

3. *Le Monde enchanté, choix de douze contes de fées, précédé d'une Histoire des fées et de la littérature féerique en France*, par M. de Lescure, Firmin-Didot, 1883.

Page 560.

a. des erreurs faciles, et elle fera d'eux la bonne et vraie jeune France. *JF*

Page 561.

a. « Le Dialogue sur les contes de fées » a paru pour la première fois dans « Le Temps » des 10 et 17 octobre 1879, puis dans la revue bimensuelle « La Suisse romande, revue littéraire et artistique » éditée à Genève par Henri Stapelmohr, rédacteur en chef : Adolphe Ribaux, dans la rubrique : « Histoire, critique, littérature, érudition ». Ce « Dialogue » parut en 1885, les 15 janvier (p. 65-73), 1er février (p. 125-134) et 15 février (p. 168-180). Cette dernière livraison contient une note de la rédaction félicitant Anatole France d'avoir été nommé chevalier de la Légion d'honneur, à l'occasion de la nouvelle année, par le ministère de l'Instruction publique et des Beaux-Arts. Emmanuel Des Essarts, Maurice Barrès, F.-A. Aulard, collaborèrent à la rubrique dans laquelle parut le « Dialogue ». Barrès y fit paraître son étude sur le dilettantisme d'Anatole France, reprise de « La Jeune France » (15 mai, p. 433-447). Il est à noter que dans « Le Télégraphe » du 18 octobre 1885, France allait, en post-*scriptum d'un article intitulé « Les Almanachs », chaudement recommander la revue « Taches d'encre » fondée par son jeune confrère.*

Page 562.

a. des peuples enfants. Les nations adultes n'ont que de l'éloquence, et l'éloquence est un art bien inférieur. Vous ne savez pas, cousine, combien il faut être médiocre pour être un grand orateur. Je le sais, et, si nous n'étions pas seuls, j'aurais quelque courage à le dire en ce temps-ci. Certes *La Belle au bois dormant* T, SR ↔ *b.* l'amour. Juliette et Roméo ont-ils un grain de bon sens dans la tête ? Ils sont adorables. Il y a T, SR, *orig.*

1. Cette phrase de Dickens est citée par Anatole France dans *Le Temps* du 19 juin 1887, « Les Fous dans la littérature », *La Vie littéraire*, I. Un visiteur français reçu par Dickens s'excuse de prendre quelques minutes d'une existence sans doute sollicitée par toute sorte d'écrivains, d'artistes, et même de fous. Dickens fait alors au visiteur cette réponse.

Page 563.

1. Condillac est l'auteur du *Traité des sensations* (1754), dans lequel le philosophe place la sensation à la base de toute connaissance, le « moi » étant la somme des sensations présentes et de celles que la mémoire lui rapporte.

2. Swedenborg : la description qu'il fait des habitants des diverses planètes se trouve dans l'énorme ouvrage intitulé *Les Arcanes célestes*. Les habitants de Mars sont très doux, ils ont des visages semblables aux nôtres, mais noirs par le bas, et parlent par la trompe d'Eustache; ils sont vêtus de tissus en fibres d'arbre. Les habitants de Vénus sont de deux caractères totalement opposés; les uns géants, pillards, les autres bons et dévots; ils nous ressemblent physiquement. Les habitants de Saturne sont petits, probes et modestes, se nourrissent de fruits et de légumes, et, leur peau étant épaisse, ne portent que des vêtements légers. Il faut reconnaître que ces descriptions, correspondant à des idées morales et religieuses de Swedenborg, ne constituent pas les meilleurs passages de ses visions. *Les Arcanes célestes*, imprimés à Londres en 8 volumes de 1749 à 1756, sous le titre *Arcana caelestia*, ont été traduits en français en 1845-1848 par Le Boys Des Guays, en 16 volumes, et suivis d'un *Index méthodique* en 1864.

Page 564.

1. Citations du chant I de *L'Iliade*, v. 360, 414-419, 426-427.

2. Anatole France se montre acquis à cette théorie de Max Müller dans son article sur « Les Origines humaines », *Le Musée des Deux Mondes*, III, « Ancienneté de l'homme », p. 54 : « À chaque fois que l'homme désignait par la parole une substance ou une propriété de cette substance, il se donnait un Dieu. Car pour l'homme soumis à la nature, c'est un Dieu que tout adjectif et tout substantif. » Il cite les Védas à propos du Feu divinisé, *« Agni, ignis »*.

Page 565.

a. du onzième siècle, et on n'eût certes pas trouvé parmi eux un gentilhomme diplomate comme leur descendant actuel, le comte Andressy. C'étaient T, SR, *orig.* ↔ *b.* femmes; il n'y a pas de femmes dans son cas, qui n'est pas plus beau pour cela. Bien au contraire ! C'est faire tort T, SR

1. C'est au chapitre VI de la *Mythologie comparée* de Müller, Didier, 1873, qu'Anatole France a pu lire qu'on avait retrouvé des traces de contes du *Renard* chez les Zoulous (p. 254-255).

2. Le baron Walkenaër est cité dans *Le Monde enchanté* de Lescure, p. XLIV-XLV, à ce propos : « *Les Hongrois* au neuvième siècle sont les Oïgours, et dans les écrits en langue romane des douzième et treizième siècles, ce sont les *Ogres*. Ouvrez le dictionnaire de la langue romane, au mot *Ogre*, et vous y trouverez pour synonyme le mot *Hongrois*. Il n'y a rien de plus certain et de mieux prouvé que cette origine. » Ces lignes sont extraites des *Lettres à Amélie sur les contes de fées*, Didot, 1863.

3. *Lettres sur les contes de fées attribués à Perrault et sur l'origine de la féerie*, par C. A. Walckenaër, Firmin-Didot, 1862. Walckenaër y recherche l'origine des fées dans l'histoire celtique et dans la mythologie scandinave. Dans la lettre XXVI, p. 141-143, il rattache les « Ogres » aux Huns et Oïgours féroces qui envahirent la Hongrie et l'Europe occidentale, et dont on disait qu'ils mangeaient les enfants.

4. France a pu trouver cette étymologie dans le *Dictionnaire étymologique de la langue française, tiré de la « Grammaire des langues romanes »* de Frédéric Diez, par Ernest Hauschild, Leipzig, Hinrichs, 1843.

M. de Lescure, *Histoire des fées*, penche pourtant pour l'étymologie « ogre », « Hongrois », contrairement, dit-il, à Littré, qui le fait venir d' « orcus », dieu de l'Enfer. « (Orcus, d'après Maury, est un mot étrusque.) » (P. XLV.)

5. « Dans le Rig-Véda il y a un dieu désigné comme portant une barbe azurée, c'est Indra, le dieu du firmament, le dieu radieux, pluvieux et tonnant. » (H. Husson, *La Chaîne traditionnelle*, Franck, 1874, p. 34.) Husson, p. 36, assimile les femmes de Barbe-Bleue aux aurores, et p. 37 parle des Açwins et des Dioscures.

Page 566.

a. Les Dioscures Kastor et Polydeukès délivrent Hélène, la lumière matinale, que Théseus, le soleil, *T, SR*

Page 567.

1. Charles-François Dupuis, 1742-1809, fit paraître en 1781 un *Mémoire sur l'origine des constellations et sur l'explication de la fable par le moyen de l'astronomie*, fort loué par l'astronome Lalande, qui était son ami. Puis, en 1795, il publia *L'Origine de tous les cultes, ou Religion universelle*, en trois tomes. Cet ouvrage eut un immense retentissement. Dupuis voit dans toutes les divinités de tous les cultes un symbole des astres ou des forces de la nature. Sous la Restauration, on lut beaucoup *L'Abrégé* en un volume que donna Dupuis de son ouvrage, devenu une bible de l'opposition au christianisme, avec les *Ruines* de Volney. Le comte de Volney, 1757-1820, publia cet ouvrage en 1791. Se mettant lui-même en scène sur les ruines de Palmyre, il médite sur la chute des empires, et attribue tous les malheurs des hommes à ce qu'ils ont abandonné la religion naturelle. Il abonde dans le sens de Dupuis, qu'il connaissait bien, quand

il explique l'origine des cultes. Quant à Jacques-Antoine Dulaure, 1755-1835, archéologue, conventionnel, il publia en 1805 *Des cultes qui ont précédé et amené l'idolâtrie*, ouvrage dans lequel il adopte partiellement l'hypothèse de Dupuis, mais ajoute au *sabéisme*, ou adoration du Zodiaque, l'adoration des montagnes, forêts, eaux, enfin de tous les éléments naturels. Notons que les ouvrages de Dupuis et de Volney figurent au catalogue de la librairie France, en mai 1845, et que Dulaure y revient plusieurs fois.

2. *Comme quoi Napoléon n'a jamais existé, ou grand erratum, suivi d'un nombre infini d'errata, à noter dans l'histoire du XIXe siècle*, par M. J.-B. Pérès, bibliothécaire de la ville d'Agen, chez Risler. La première édition ne porte pas de date. La quatrième est de 1838. L'auteur déclare que Napoléon est le Soleil, que ses maréchaux sont les signes du Zodiaque, et que sa vie est toute mythique. Ainsi l'auteur veut-il montrer par ce paradoxe combien l'ouvrage intitulé *L'Origine de tous les cultes* peut être ridicule, et Dupuis, son auteur, sujet à caution. Cet opuscule fut réédité en 1854 par le libraire éditeur Passard, rue des Grands-Augustins, avec des *Histoires drolatiques de l'empereur Napoléon Ier* racontées par H. de Balzac, A. Tousez et F. Soulié.

3. « L'on s'est mis à recueillir des contes, non seulement dans tous les pays de l'Europe, mais jusqu'en Asie, jusque dans l'Afrique australe, jusqu'en Amérique et dans la Polynésie. » (Hyacinte Husson, *La Chaîne traditionnelle*, Franck, 1874, p. 2.)

Page 569.

a. Je m'y résigne, si peu croyant que je sois. Je vous épargnerai de la sorte les « si j'ose dire » et les « en quelque sorte » dont M. Renan perce à jour la fine trame de son langage. / Octave *T, SR* ↔ *b. À partir de* Des matériaux suffisants, *jusqu'à* sous le gros châtaignier, au bord de la fontaine *(p. 237), ce passage a fait la matière de l'article des « Étrennes aux dames » d'Étienne Charavay pour l'année 1881, signé « Anatole France » et intitulé « Les Contes de ma mère l'oie », p. 107-113.*

1. Ces phrases sont extraites des *Essais sur la mythologie comparée, Les traditions et les coutumes*, de Max Müller, trad. Georges Perrot, Didier, 1873, chap. v, p. 235.

2. Max Müller, *Essais sur la mythologie comparée*, p. 237. La citation d'Anatole France est exacte.

Page 570.

1. Ma mère l'Oye a été comparée à la reine Berthe, *« Regina pede aucae »*, la reine Pédauque. La légende dit que la femme du roi Robert le Pieux fut répudiée parce qu'elle avait une patte d'oie, et accoucha d'une oie; ou bien, on dit aussi que la reine Pédauque fut la mère de Charlemagne, Berthe au grand pied, femme du roi Pépin. Mais F. Dillaye, dans la dissertation sur les *Contes* citée plus haut, fait remarquer que l'oie a la réputation d'être très bonne mère, et qu'on appela aussi les contes de fées, pour les mêmes raisons, *Contes de la Cigogne*. Il a pris ces renseignements chez Hyacinthe Husson, *La Chaîne traditionnelle*, p. 73-74.

2. Le *Grand dictionnaire universel du XIXe siècle* de Larousse énumère ces quatre portails d'église comme offrant la représentation de la reine Pédauque. Cet article mentionne l'identification de la reine à Berthe au grand pied, et l'hypothèse de l'abbé Lebeuf disant qu'elle est la reine de Saba. Ni Freya ni sainte Lucie ne sont nommées dans l'article.

Page 571.

a. que Jeanne d'Arc avait vues, le soir, *T, SR* ↔ *b.* de bon cœur toutes les tragédies de Corneille pour qu'on me laissât *T, SR, orig.* ↔ *c.* Les premières langues ou du moins les plus anciennes que la science ait devinées, étaient toutes en images *SR*

1. « N'est-elle pas, en effet, notre mère à tous, cette vieille filandière ? Elle a bercé nos premiers rêves, donné des ailes à nos idées naissantes. » (Paul de Saint-Victor, *Hommes et dieux*, « Les Contes de fées », p. 467-468, Michel Lévy, 1867.)

2. *[Ces faveurs] se font sans y penser, / Semblables à ces eaux si pures et si belles / Qui coulent sans effort des sources naturelles. /* (Molière, *Dom Garcia de Navarre*, I, 1.)

Page 572.

a. me fait horreur et j'en veux *T, SR, orig.*

1. F. Dillaye, p. 209-210 de son édition des *Contes* de Perrault, cite l'auteur sanskrit Koumarilo, que Max Müller a traduit. Le seigneur de la création, Pradjapati, fait violence à sa fille Ouschas : c'est le Soleil qui fait violence à l'Aurore. La peau d'âne représente les vapeurs du crépuscule et les nuages. Husson cite ce texte, p. 51 de *La Chaîne traditionnelle* : « Prajapati, seigneur de la création, est un nom du Soleil, et il est ainsi nommé parce qu'il protège toutes les créatures. Sa fille Ouschas est l'Aurore. Lorsque l'on dit qu'il est amoureux d'elle, cela signifie seulement que le Soleil, à son lever, court après l'Aurore. »

2. Dans son *Essai de mythologie comparée*, Max Müller, p. 29, explique que le mot « père » vient de la racine *Pa* = « protéger, nourrir »; p. 32, que le frère est « celui qui aide » et la sœur « celle qui console », la fille « celle qui trait ». Enfin, p. 49, l'époux, *pati* en sanskrit, signifie selon Müller « le puissant »; forme féminisée pour désigner l'épouse, *patni*, « la puissante ».

Page 573.

1. On sait que la doctrine des idées innées a été posée par Descartes, qui disait, non pas que les mêmes idées étaient possédées de naissance par tous les hommes, mais que tous naissent avec la même faculté de les produire. Locke refusa quant à lui cette théorie. Au temps où écrit Anatole France, ce point de vue s'était déplacé, et l'on parlait, non plus d'idées innées, mais de structures très générales de la sensibilité et de l'esprit de l'homme, lui permettant de saisir les formes de l'espace et du temps et d'organiser l'expérience individuelle. Telle était la doctrine du criticisme kantien, et, d'un autre côté, des évolutionnistes, Herbert Spencer par exemple. La pensée d'Anatole

France est influencée par ces derniers. Il va de soi que pareille doctrine n'implique nullement qu'il existe une morale innée; soumettant au contraire la morale à l'expérience, elle tend plutôt à la présenter comme dépendant des temps, des lieux et des circonstances.

Page 574.

1. Ce conte, intitulé « Les Fées », est ainsi commenté par F. Dillaye, p. 222 de son édition des *Contes* de Perrault, à la suite de Husson, ouvr. cité, p. 11.

2. « La pauvre Cendrillon, livrée aux humiliations et noircie par les cendres du foyer, n'est pas autre chose qu'une de ces personnifications de la lumière éclipsée qui recouvrera, du reste, son éclat primitif, épousera le soleil levant sous la figure d'un jeune prince, [...]. » (Husson, ouvr. cité, p. 15.)

3. Cette phrase et celle qui suit figurent dans l'*Essai de mythologie comparée* de Max Müller, p. 124.

4. « Elle s'approche de chaque maison » : traduction par Max Müller d'un fragment des Védas, p. 118. La même page cite un hymne à « la fille de Dyaus » et le passage des Védas, IV, XXX, où est célébré Indra, vainqueur de l'Aurore. La citation d'Anatole France est textuelle, sauf en ce qui concerne le début : « Voici encore une forte et mâle prouesse que tu as accomplie, ô Indra : tu frappes la fille de Dyaus (l'Aurore), une femme qu'il est difficile de vaincre / Oui, même la fille de Dyaus, la glorieuse, l'Aurore, Toi, Indra, grand héros, tu l'as mise en pièces. »

5. « Les vaches, auxquelles on fait si souvent allusion dans les Védas, que Vritra a enlevées et qu'Indra a reprises, sont en réalité ces mêmes vaches brillantes que l'Aurore conduit chaque matin à leur pâturage, et qui de leurs lourds pis envoient sur la terre desséchée une rosée rafraîchissante et fertilisante, c'est-à-dire les nuages. » (M. Müller, *Essai sur la mythologie comparée*, p. 121.)

Page 575.

1. « Tout en s'acheminant vers sa mère-grand, c'est-à-dire vers les Aurores qui l'ont précédée, la fillette au chaperon rouge est interceptée par le soleil *dévorateur*, sous la forme d'un loup. / Cette image du loup pour figurer le soleil peut d'abord paraître d'un choix invraisemblable. Elle est cependant conforme à une très ancienne conception aryenne. / Une légende védique *fait changer le soleil en loup, Urika*, pour s'unir à Saranyu. [...] Le choix fait du loup pour figurer le soleil, sous un aspect malfaisant, peut tenir au brillant du pelage du loup [...] » (Husson, ouvr. cité, p. 8.)

Page 576.

a. claire sœur de Léto, que Kora et que Persephoné. *T, SR*

1. F. Dillaye, p. 215, rapporte que dans la tradition allemande, un prince éventre le loup et délivre le Chaperon rouge; en Angleterre, le conte concerne trois petits cochons dont les deux premiers sont mangés par le loup; mais le troisième attire le loup dans un piège, et le mange à son tour.

2. « Les frères Grimm ont donné une version du Petit Chaperon rouge *(Roth Kappchen)* [...] la mort de l'adolescente n'y

est point le dénouement définitif. » Le chaperon et sa grand-mère sont tirés par un chasseur du ventre du loup : « Oh ! que j'ai eu de frayeur, dit l'enfant, et qu'il faisait noir là-dedans. » (Husson, ouvr. cité, p. 9-10.)

3. Walter Crane, né en 1845, fut un novateur dans l'illustration des livres, car il professa qu'un livre doit être comme un organisme unique pour l'œil : ornements, vignettes accompagnent le texte et prennent le relais des illustrations proprement dites. De 1865 à 1876, il fit paraître chaque année deux à trois livres de contes pour enfants chez Routledge and Sons, à Londres. Les *Contes* de Grimm suivirent, en 1882.

4. Un chasseur (il était certainement un excellent tireur) avait visé le loup, quand elle avait poussé des cris ; ainsi, n'est-il pas vrai ? le Petit Chaperon rouge regagna saine et sauve sa maison et y vécut heureuse jusqu'à sa mort.

5. « Cette belle dormeuse est, comme en Grèce Asteria, l'image d'une belle nuit calme et sereine, ou si l'on veut de la lumière céleste envahie par la Nuit ou par l'Hiver. » (Husson, ouvr. cité, p. 21.) L'analogie avec Cora, avec Perséphone, avec Balder, Brunhild et Isfendiar, est signalée, mais très brièvement, p. 22.

6. F. Dillaye, p. 212-213 de son édition, explique *La Belle au bois dormant* par la disparition et le retour de la lumière, et compare ce conte à l'histoire d'Eurydice, à celle de Brunhild réveillée par Sigurd. Il cite le conte recueilli par Miss Frere dans le Dekkan, *Sourya-Ba*. Enfin, il cite la chanson de « Guenillon » reprise par Anatole France, et précise qu'elle a été recueillie par Jérôme Bujeaud dans les *Chants et chansons populaires des provinces de l'Ouest*, publiés à Niort, en 1866. Mais, sur ce dernier article, il ne fait que démarquer Husson, ouvr. cité, p. 25-26, qui commente ainsi la chanson : « Exemple assez triste mais curieux des mutations que subissent les choses de ce monde ! [...] La verve de la gueuserie fait entendre sa note égrillarde : l'idéal s'est enfui ! »

Page 577.

a. petite fille rencontre l'ongle qu'un Rakchasa a laissé dans une porte. Un roi passe, l'embrasse et la réchauffe. Le propre *T, SR* ↔ *b*. voulez, Phoibos et Artémis *T, SR*

1. H. Husson, ouvr. cité, contient les mêmes réflexions sur les enfants de la Belle et du Prince. « Ainsi dans Hésiode, la Nuit enfante Aithra et Hemera, l'air pur et le jour. Ainsi Latone enfante le dieu du jour et sa sœur. [...] La grand-mère de ces beaux enfants est une ogresse et ne songe à rien moins qu'à les dévorer. [...] On peut voir dans cette grand-mère féroce une Rackchasi, un de ces êtres malfaisants rôdant la nuit et se nourrissant de chair humaine, dont le type est déjà donné dans les Védas. [...] Je serais cependant disposé à reconnaître ici une *personnification du firmament obscur* et des terreurs qu'il inspire, une Nirriti, puissance du mal et de la destruction. » (P. 23-23.) Anatole France a beaucoup simplifié ce qui concerne le personnage de la belle-mère.

Page 578.

1. La légende de Balder ainsi que le passage de l'*Edda* scan-

dinave cité plus loin par Anatole France se trouvent p. 139 de l'*Essai de mythologie comparée* de Max Müller; même page, la légende d'Isfendiar est contée d'une manière beaucoup plus détaillée que chez Anatole France.

Page 579.

a. Le texte cité par France est le même dans SR, mais il est coupé en vers à : tout autour /, et lances /, sans effet /, armé; /, fatale branche /, donna / *T, SR* ↔ *b.* au chapitre de Remiremont-canin. *Romans : mons canensis.* Un d'Hozier *T, SR* ↔ *c.* branche norraine : le petit *T, SR*

1. « Ne pourrait-on pas voir dans ce petit animal une parente du chien Sirius ou Seirios des mythes grecs, de ce chien gardien des étoiles dont les monnaies de Céas et quelques gemmes antiques donnent une représentation [...]; mais le rapprochement le plus direct qu'il y ait lieu de faire est avec Saramâ la chienne en quête de l'Aurore dans le Rig-Véda. » (Husson, ouvr. cité, p. 22-23.) L'auteur cite ensuite la légende norraine dans laquelle figure le petit chien Flo, dont le nom est d'une racine se rattachant à la lumière.

2. « Nous ne pouvons guère nous empêcher de sourire en prononçant le nom du marquis de Carabas; cependant nous avons lieu de nous dire, quand il nous est montré sortant de l'eau pour se revêtir d'habits resplendissants, que vraisemblablement le fameux marquis a dû être, à l'origine, une image du soleil levant. » (Husson, ouvr. cité., p. 42.)

Page 580.

a. les sandales de Perseus, *T, SR*

1. « L'hymen n'est point toujours entouré de flambeaux. » (Racine, *Phèdre*, acte V, sc. 1; *Œuvres complètes*, Bibl. de la Pléiade, t. I, p. 794.)

2. Husson, ouvr. cité, p. 42, note l'origine complexe du conte du *Chat botté*, à la fois aryen et égypto-syrien. Il cite, p. 44, le texte traduit par Emmanuel de Rougé dans « Études sur le rituel funéraire des anciens Égyptiens », *Revue archéologique*, 1860 : « Je suis ce grand chat qui était à [l'allée ?] du Persea *dans An (Heliopolis)* dans la nuit du grand combat; celui qui a gardé les impies dans le jour où les ennemis du Seigneur universel ont été écrasés. » Husson montre ensuite ce chat représenté dans un papyrus auprès d'un arbre, « le Persea sans doute, l'arbre cosmique, l'arbre de vie, tenant sous sa patte la tête d'un serpent ». France a donc contaminé une source écrite et une représentation. P. 46, on lit dans Husson : « Dans la mythologie scandinave, deux chats sont chargés de traîner le char de la belle déesse Freya, celle qui pleure des larmes d'or. » Cette parenté avec la mythologie scandinave du Chat botté semble plus probable à France que la parenté égyptienne, expliquée conjecturalement par Husson par les relations commerciales entre Égyptiens et Europe du Nord et de l'Ouest (p. 45).

3. Gaston Paris écrivit une savante étude sur *Le Petit Poucet et la Grande Ourse*, Franck, 1875, reprise d'un travail paru dans *Les Mémoires de la Société de linguistique de Paris* en 1868. Partant de l'expression wallonne pour désigner la Grande Ourse, « le char Poucet », qui figure Poucet dans la petite étoile « g » du Chariot, Gaston Paris étudie la conception aryenne de ces étoiles. Dans tous les folklores européens, il retrouve une histoire primitive d'un « Poucet » qui, pour conduire l'attelage de bœufs de ses parents, se niche dans l'oreille de l'un d'eux. Puis Gaston Paris examine une note de Schenkl dans la *Germanie* de Pfeiffer, à propos de l'enfant Hermès (représenté sur un vase grec assis dans un berceau en forme de soulier). Très petit, il joue à Apollon, le jour même de sa naissance, le tour de voler ses bœufs, et il rentre chez lui par le trou de la serrure. Cette très ancienne légende, contée dans un hymne homérique, est mise en relation avec le conte du Poucet dans le folklore. Hermès bouvier céleste reparaît sous une forme dégradée dans ce conte, dont le conte de Perrault n'a conservé, lui, que le titre. Poucet conducteur de bœufs se retrouve pourtant, en France, dans un conte du Forez.

4. Jules-Ferdinand Jacquemart, 1837-1880, reproduisit à l'eau-forte les tableaux de la galerie d'Apollon au Louvre, puis les joyaux de la couronne, du mobilier, des céramiques. Il possédait une collection de chaussures de tous les temps et de tous les pays, qui alla au musée de Cluny après sa mort.

5. « Les bottes de Poucet ne sont peut-être pas sans rapport avec les sandales qui transportent si rapidement à travers l'espace Persée, géant de lumière; avec les chaussures d'or d'Athénée qui, dans *L'Odyssée*, la font voyager sur l'immensité de la terre et de la mer avec la promptitude du vent. » (Husson, ouvr. cité, p. 27.) Anatole France, on le voit, a diversifié l'énumération et l'a introduite plus gracieusement.

Page 581.

1. L'édition Hetzel des *Contes* de Perrault imprime « vair », en 1862, après bien d'autres éditions.

2. Dillaye, p. 223 de son édition, écrit : « Une autre que Cendrillon voudrait-elle chausser cette pantoufle ? Force lui serait de se martyriser le pied, et la supercherie serait vite reconnue. C'est ce qu'on peut lire dans le conte russe, où la sœur aînée de Cendrillon, sur le conseil de sa mère, se coupe le gros orteil. »

Page 582.

a. du latin *fatum* qui se trouve pour Parque. Les fées *T, SR*

1. Ce développement sur l'étymologie du mot « fée » est tiré du *Dictionnaire* de Littré, dont l'article « Fée » est cité et commenté par M. de Lescure, *Le Monde enchanté*, p. VIII. En revanche, les considérations sur le caractère féminin de la Destinée, et sur les divers dons des fées à chacun d'entre nous, sont bien d'Anatole France, semble-t-il.

BALTHASAR

NOTICE

Balthasar eſt, parmi les recueils de nouvelles d'Anatole France, celui qui peut paraître de l'écriture et de l'inspiration les plus composites. Entre le long conte pour enfants d'*Abeille*, publié en revue dès 1882, et les autres contes et nouvelles, publiés entre 1886 et 1888, il semble qu'une telle évolution se soit produite, que la réunion de ces pages eſt de pure opportunité. Heureuse opportunité pour nous, s'il eſt vrai que les contes furent juxtaposés pour former le volume d'environ trois cents pages que le public attendait alors. Car nous pouvons, en les lisant, établir la différence entre l'Anatole France du *Livre de mon ami*, de *Nos enfants*, et celui qui, devenu chroniqueur hebdomadaire au *Temps*, s'affermit dans la société, se fait définitivement une situation dans les lettres, et conjointement met au point ses procédés rhétoriques et l'orientation de sa pensée : l'auteur de *Balthasar*, de *La Fille de Lilith* et de *Læta Acilia* eſt déjà l'auteur de *Thaïs*.

Mais ce recueil de transition, s'il nous éclaire sur une étape décisive de l'écrivain, nous fait découvrir en lui une continuité. Il eſt évidemment difficile, en l'absence d'autres documents, de mesurer la véracité de la dédicace que France inscrivit sur un exemplaire sur japon de son livre : « À mon vieil ami Robert de Bonnières ces contes dont quelques-uns remontent aux soirées de la rue de Condé ou de la rue de Rennes[1]. » Du moins peut-on, certes, établir que l'esprit des *Noces corinthiennes* ou de certains *Poèmes dorés* inspire toujours les contes d'Anatole France sur le chriſtianisme primitif. Ils sont bien les fruits élaborés d'un courant de la pensée parnassienne. Entre *Abeille* et eux, la diſtance temporelle eſt d'autre part moins grande qu'il n'y paraît d'abord. Un premier crayon de *Balthasar* paraît en janvier 1884 dans *L'Univers illuſtré*. Réciproquement, si Anatole France n'a pas continué dans la voie de la littérature enfantine, il n'a pas cessé de s'intéresser à l'univers de l'enfance, aux jouets[2] et aux marionnettes, à vrai dire proposées alors juſtement aux adultes, dans des pièces pour adultes, par le théâtre de la galerie Vivienne : on sait que *Thaïs* fut précisément inspirée par le *Paphnuce* de Hroswita. Voyons plus et mieux qu'une coïncidence dans cette réalisation d'un des fantasmes les plus conſtants d'Anatole France, très

1. Bibliothèque de Paul Voûte, vente Blaizot, 9, 10, 11 mars 1938, n° 312.

2. *Le Temps*, « Les Jouets d'enfants », 1er janvier 1888 ; *La Vie littéraire*, I.

bien exprimé dans *Abeille* où l'on voit les marionnettes jouer *Andromaque*. Si l'écrivain s'est subitement développé, n'est-ce pas que le consensus social, que le courant littéraire ont rejoint des aspirations et une méthode d'écriture longtemps opposées à l'actualité ? En 1882, c'est encore le triomphe de l'observation « scientifique » dans la littérature officielle comme dans les théories de l'école montante, l'école naturaliste. C'est encore la jeunesse intolérante de la IIIe République, laïque et rationaliste. En 1888, celle-ci est contestée par des oppositions dont la plus forte est l'opposition boulangiste; quant à la littérature, avec le Maupassant du *Horla*, le Barrès de *Sous l'œil des Barbares*, et la vogue des contes et romans spiritualistes, elle a franchi un tournant qu'il est classique et très exact de localiser au triomphe d'*À rebours* de Huysmans, paru en 1884. *Balthasar* jette un pont entre ces deux époques. Le dernier de ses contes, qui est aussi le plus ancien, *Abeille*, soutient comme clandestinement les droits de l'imagination, que les premiers dans le recueil, plus récents dans leur composition, affirment, en les faisant jouer sur la tradition religieuse la plus respectée en Occident. D'un contenu mythique apparemment enfantin et anodin, on est passé aux croyances et aux mentalités des adultes.

Abeille est un conte qui peut paraître un peu diffus, et dans lequel Anatole France n'est certes pas aussi à l'aise que dans l'évocation de Sylvestre Bonnard ou de Pierre Nozière. On ne saurait démêler si le personnage principal en est Abeille, ou le roi des Nains. C'est moins qu'il ne faudrait, pour soutenir l'intérêt du texte, qu'on souhaite la réunion d'Abeille et de Georges de Blanchelande, tant celui-ci est effacé. On ne peut dire non plus que l'interpénétration entre le monde réel et le monde merveilleux soit très réussie, car on passe de la reconstitution d'une vie médiévale au royaume des Nains et des Ondines. Il est certain que Victor Hugo, dans *Le Beau Pécopin et la Belle Boudour*[1], a mieux dosé la malice, la reconstitution fantaisiste et le merveilleux. Mais c'est par ces déséquilibres mêmes que le conte d'Anatole France nous intéresse; il ne siérait d'ailleurs pas d'en exagérer l'importance, ni de se défendre de lire avec agrément un conte sinueux, paresseux, dont les chapitres aux titres longs nous transportent à eux seuls dans le monde des vieux récits. On y trouve des charmes à la Nodier, l'essai de faire revivre, contre la littérature « scientifique » à la mode même pour les enfants, une littérature légendaire et imaginative qui reporte aux années 1840-1860. Ces vingt années sont celles de la première collection Hetzel, celles du *Nouveau magasin des enfants*, auquel collaborèrent

1. Ce conte, qui faisait partie du recueil *Le Rhin* (1842), en fut détaché en 1855.

Alexandre Dumas, Nodier, Gozlan, George Sand. Les *Contes d'une grand-mère* que celle-ci publia en 1873 avaient été un témoignage attardé de cette floraison. En fait, depuis que Hetzel était revenu d'exil, sa conception avait changé : fondant en 1864 avec Jean Macé le *Magasin d'éducation et de récréation*, il avait été à l'origine d'une révolution qu'Anatole France ne cessa de juger consternante dans la conception du livre pour les enfants, dont Louis Figuier, Jean Macé, Jules Verne voulaient occuper les loisirs en les instruisant. D'autres éditaient à leur usage des peintures de mœurs, comme André Laure avec ses *Scènes de la vie de collège*, ou, à un autre niveau, Alphonse Daudet, dont l'édition pour la jeunesse du *Petit Chose* parut en 1878. De contes, point. Anatole France déplore leur disparition et évoque leur signification mythique dans le « Dialogue sur les contes de fées », paru en 1879 dans *Le Temps* et repris dans *Le Livre de mon ami*[1]. Il écrit *Abeille* pour prêcher d'exemple. On trouve dans ce conte des schémas typiques : la lignée du héros est en rapport avec l'au-delà (une rose blanche annonce la mort des femmes de la famille); il transgresse un interdit, en se rendant au lac avec Abeille; il est séquestré et séparé de celle qu'il aime; il reçoit un auxiliaire magique; les deux amoureux sont réunis. Mais l'unité d'action et de personnage est rompue par la place prédominante accordée au séjour d'Abeille chez les Nains, à la description de leur royaume et aux aventures particulières de l'auxiliaire magique, le roi Loc Celui-ci conçoit l'amour et la jalousie; il s'en guérit après s'être rendu au « puits de la science » où il voit Georges en captivité, et il s'oblige à le délivrer.

Pareils *excursus* nous permettent d'analyser le tempérament d'Anatole France, mieux, assurément, que ne le permettent des souvenirs d'enfance dont nous avons constaté le caractère fallacieux. L'écrivain ne se livre jamais directement, mais par les obsessions qu'il inscrit dans son œuvre. Or, dans *Abeille*, il développe la description de tout un univers fantasmatique. Monde souterrain qui a ses lunes et ses étoiles, le royaume des Nains comprend des palais, des cavernes et des puits de *plus vastes* proportions que les nôtres. Mais il n'est point épouvantable : il suscite vénération et curiosité, comme une grande mère primitive. Plus on pénètre en elle, plus on est proche de la sagesse : le puits de Nur est entrailles dans les entrailles. Dans ce milieu fermé, protecteur, se développe la vie lilliputienne des Nains : une vie énergique, mais dont l'effort est absent. Lilliput est mis en abyme, avec le théâtre de poupées qui est construit pour Abeille : elles non plus ne suscitent et ne figurent point la véritable émotion tragique, car jamais on ne perd de vue qu'il s'agit de jouets. On sait que

1. P. 561-583 de ce volume.

Sylvestre Bonnard reçoit la vision d'une minuscule fée, et que le jeune Pierre voit en rêve défiler, le long des murs de sa chambre, les personnages des caprices de Callot. Anatole France donne ici tout à fait libre cours à son désir d'une dynamique aisée, d'une action que l'on joue tout en étant sérieux. Les Nains « sautaient de la hauteur de deux ou trois étages sur la chaussée de lave et y rebondissaient comme des balles. Leur visage gardait pendant ce temps cette gravité auguste que la statuaire donne à la figure des grands hommes de l'Antiquité[1] ». Monde où les douleurs et les travaux sont atténués, parce qu'ils sont distanciés. Abeille même n'y est pas malheureuse, parce que sa mère et elle se retrouvent en rêve : cette tendresse, tout éloignée qu'elle est, les satisfait.

En revanche, l'élément aquatique, avec ses irisations et ses étincelles, est redouté. Loin de cacher, il livre, et il livre à la féminité trompeuse. La prison même dans laquelle Georges est enfermé est une prison transparente : une anti-caverne. Curieusement, l'eau douce, élément naturel des Ondines, se mue peu à peu dans le conte, qui parle toujours d'un lac, en eau maritime, peuplée d'anémones de mer et de requins. C'est la mer primitive, agitée, domaine des monstres grouillants, après l'amollissante paix du palais de cristal et de nacre. Point de limites; l'inconnu partout. Les femmes apparaissent ainsi à l'enfant Pierre Nozière, sous les espèces de la Dame en blanc, et à l'adolescent, sous la forme de Mme Gance. *Les Désirs de Jean Servien* et *Jocaste* témoignent bien plus directement encore d'une angoisse devant l'amour, ou même d'un refus : Longuemare s'éloigne, et Jean projette son désir en rêve. Transposition bien significative, ici, que celle de l'élément doux en élément amer, du manoir de cristal en entonnoir de cristal « autour duquel les requins rôdaient en ouvrant leurs monstrueuses mâchoires armées d'une triple rangée de dents aiguës[2] » ! Le sexe est refusé dans le conte au profit de la protection maternelle. On pourrait penser que c'est bien normal dans un récit qui s'adresse à l'enfance; mais il est en réalité très ambigu, car c'est bien à des adultes que parle Anatole France, quand il précise que Georges est comparable à Achille parmi les filles de Lycomède, plus qu'à Tannhäuser dans la montagne enchantée.

Sans doute, pour demeurer fidèle aux conventions du genre, Anatole France a-t-il finalement réuni Abeille et Georges après qu'il eut vaincu sa peur, en entrant dans le royaume des Nains. Mais l'intérêt ne va guère à lui. Les deux véritables héros masculins du conte sont, sur la terre, l'écuyer Francœur, et, sous la terre, le petit roi Loc. Francœur, ivrogne plein d'amour

1. P. 676.
2. P. 694.

pour les deux enfants, est écarté d'eux sur les rapports du maître d'écriture et du maître de grammaire. On reconnaît en lui l'un de ces personnages hauts en couleur pour lesquels Anatole France ressent un penchant. C'est Fellaire de Sisac, c'est Tudesco avant la déchéance. Il chante ridiculement, il a le nez rouge; mais son ridicule, il sait le prendre à son compte. Il y a en lui de ce don Quichotte qu'Anatole France prisait tant : « Francœur revêtit à son tour la bonne vieille cotte d'acier de son grand-père et se coiffa d'un bassinet hors d'usage auquel il ajouta une espèce de plumet, plumail ou plumeau miteux et dépenaillé[1]. » Gai, courageux, aimant, il est le modèle paradoxal du sentiment opposé à la science. Le modèle accompli en est donné par Loc. C'est que la science, dans le monde souterrain, participe de la perfection générale : elle se tient à sa place. Le dépositaire en est le sage Nur, qui moralise, au nom certes d'Anatole France : « La science ne se soucie ni de plaire ni de déplaire. Elle est inhumaine. Ce n'est point elle, c'est la poésie qui charme et qui console. C'est pourquoi la poésie est plus nécessaire que la science[2]. » Aussi Loc devient-il le héros le plus sublime, en étant victorieux de sa jalousie et en acquérant la pitié, seule vertu que Nur concède à l'humanité, d'autre part « déplorable ou ridicule ». Mais vertu suprême : sa splendeur « est pour la pensée ce qu'est pour l'œil le doux éclat des perles[3] ».

Le sens du conte se trouve dans cette vérité spirituelle, énoncée et vécue avant son dénouement, et préparée d'entrée de jeu. Car Anatole France commence *Abeille* en parlant des transformations physiques du globe, qui ont entraîné la submersion du duché des Clarides; mais à ce discours d'allure scientifique est tout aussitôt substitué un discours du cœur : « Rien ne dure. La figure des terres et des mers change sans cesse. Seul le souvenir des âmes et des formes traverse les âges et nous rend présent ce qui n'était plus depuis longtemps[4]. » *Abeille* voit le triomphe de l'ironie et de la pitié, les deux bonnes conseillères qu'Anatole France donne aux hommes, plus tard, dans *Le Jardin d'Épicure*. Il est notable que les deux héros en qui elles s'incarnent soient, l'un sans âge, car les Nains ne connaissent point l'écoulement du temps, l'autre, Francœur, un « vieil homme blanchi sous le harnais[5] ». Ce sont en effet des vertus qui demandent une distanciation vis-à-vis de soi-même, que les jeunes gens ne possèdent guère. Avec Sylvestre Bonnard, France a inauguré la lignée de ces personnages en qui se reflète sa propre sagesse, et il ne rompt pas

1. P. 705.
2. P. 695.
3. P. 689.
4. P. 647.
5. P. 653.

cette lignée dans un conte qui appelle cependant un héros jeune et beau. Il n'aurait garde de la rompre : il a en effet réalisé dans son récit mythique son rêve de monde chaleureux et renfermé dans un espace facile à circonscrire, de monde *vu* plus que directement *vécu*, dans la mesure où la passion de Loc le mène au renoncement. Monde de l'enfant qui vivait dans un Paris très limité, en pleine confiance avec sa mère. Monde que le Guignol ou la boîte à joujoux évoque pour l'auteur du *Livre de Suzanne*, devenu adulte et père; il n'est pas non plus éloigné de l'univers où Sylvestre Bonnard s'est cantonné par sagesse, demandant aux livres de lui construire, en faisant écran entre les passions actives et lui, une cité tolérable. On trouve dans *Abeille* cette distinction et cette hiérarchie entre l'univers de l'enfance et celui des hommes. Les Nains ne possèdent pas de livres, car ils ont directement la connaissance grâce à des lunettes magiques. Les Ondines n'en ont point, mais parce que leur univers est celui de l'oubli mou des choses : quand Georges de Blanchelande trouve dans leur palais un livre, débris d'un naufrage, il puise en lui l'énergie nécessaire pour rompre le charme de la reine. Le livre est donc excellent, dans un monde maléfique et féminin (parce que féminin). Sur la terre, il permet au vieux moine réchappé de Constantinople de vivre en paix dans sa tour, gouvernant le duché des Clarides par l'intermédiaire de la mère d'Abeille. Il est le miroir des vertus et de la sagesse, le médiateur comparable au rêve qui, chaque nuit, restitue à la duchesse des Clarides l'aspect et la tendresse de sa fille, pourvu qu'elle ne tente point de l'étreindre. Il supplée à ces mondes enfuis de l'enfance : l'univers des Nains, et, au plus douillet de lui, le puits à la « température égale et douce », éclairé de « deux petits astres, un soleil pâle et une lune rouge[1] », où se tient le plus sage de tous.

Les divinités, atténuées jusqu'à être anodines, du conte de fées ne sont point comparables au Dieu du christianisme; mais elles n'en expriment pas moins des tendances collectives de l'humanité, et tiennent de près aux racines du tempérament individuel. Nous possédons inversement, avec une chronique de *L'Univers illustré* du 5 janvier 1884, la preuve qu'Anatole France liait les fables du christianisme primitif à l'enfance, et considérait que leur charme rédimait les sécheresses de la science contemporaine. Il s'agit des rois mages : « C'est l'Épiphanie, le récit en a charmé mon enfance[2]. » L'écrivain s'essaie à redonner vie à ce récit, en mettant en scène Gaspar, présenté comme égal en science et en richesse à Salomon; la reine de Saba lui fait visite, mais au moment même où elle entre dans la ville où règne Gaspar, celui-ci part, guidé par l'étoile.

1. P. 688.
2. Voir Appendices, p. 713.

Anatole France oppose expressément ce récit aux romans naturalistes, dénués de « douceur profonde » et de « poésie ». La polémique qui donna prétexte à tous les récits merveilleux, à tous les souvenirs d'un passé reconstruit, est donc bien encore à la source du petit conte pieux sur les mages. Mais, cette fois, le système d'écriture s'est complètement modifié. Il *fallait* le modifier, passant du conte de fées au conte chrétien. Nul, en effet, ne saurait chicaner sur l'identité des petits personnages qui sont présentés dans *Abeille* : il suffit qu'ils soient conformes à la représentation assez vague qu'en donne la conscience collective. Cette représentation avait par exemple été étudiée par Alfred Maury dans *Les Fées du Moyen Âge*[1]. Dames du lac, ondines, nixes, fée de la légende provençale qui attire Brincar dans un palais de cristal sous les eaux, sont d'essence maléfique dans leur séduction. Pour les gnomes, nains en Bretagne, *Bergmännchen* en Allemagne, ils sont partout habiles à forger les métaux et à extraire les pierres précieuses. Leur personnalité, que le christianisme s'est appliqué à rendre maléfique, ne l'est pas toujours : le gnome primitif, inventé par les kabbalistes juifs, est bon, parce qu'il connaît l'âme intérieure de la terre. Libre donc à France de projeter ses propres pulsions dans un conte qui respecte les grandes lignes d'une tradition, dont il est seulement intéressant de noter qu'il choisit la version antichrétienne.

En revanche, la naïveté, touchant les récits bibliques, ne saurait être l'apanage d'un érudit de la fin du XIXe siècle. Elle peut sans doute être reconquise, mais c'est au second degré seulement. Avec l'*Histoire de Gaspar et de la reine de Saba*, Anatole France inaugure une rhétorique de la simplicité passée par le prisme de la science, mise en doute par elle, et affirmée hautement comme préférable pour l'imagination. Jeu qui n'a rien de simple en lui-même ! France en étale les données dans *L'Univers illustré* : la tradition concernant les mages est entièrement fondée sur des incertitudes, ou sur des erreurs manifestes. On ne connaît pas leur nombre; on ne connaît pas leur nom, et chacun d'entre eux en a porté plusieurs; la longueur de leur voyage, enfin, à supposer qu'ils l'aient entrepris, rend tout à fait impossible leur vision de l'Enfant dans la crèche, car Jésus aurait regagné Nazareth avant leur arrivée. Anatole France sait tout cela, mais il « ne veut pas le savoir ». Il est cependant à noter qu'il donne au lecteur les données érudites avant de conter son histoire, et qu'il confère donc à celle-ci l'inauthenticité en même temps que la naïveté. Le système n'est pas très heureusement appliqué, dans la mesure où France demande au lecteur de refaire tout le chemin qu'il a lui-même parcouru.

Aussi demeure-t-il le même, mais beaucoup plus camouflé,

1. Ladrange, 1843.

dans la version définitive de l'histoire, qui concerne cette fois non plus Gaspar, mais Balthasar, et dans *Læta Acilia*, l'autre conte du recueil d'Anatole France qui porte sur le christianisme primitif. Celui-ci est assorti à la fin d'une « Note sur un point d'exégèse[1] », qui prouve que France connaissait parfaitement les incertitudes qui pèsent sur le « type merveilleux » de Marie-Madeleine, tout portant à croire qu'elle ne peut être identifiée à la sœur de Lazare. Mais dans cette note, qui vient seulement après le développement du conte, France montre que la science, elle non plus, n'est pas sans incertitude; la Sorbonne du XVIe siècle a malgré tout proclamé que l'identification était exacte... Touchant l'homme, que croire, qui croire, si les autorités se contredisent ? On sent bien la malignité de l'auteur envers une Sorbonne sottement attachée à la tradition. Il sait, et il écrit, que la légende de Madeleine est une construction de l'âme populaire. Mais, de marche en contremarche, c'est cette légende qui demeure triomphante pour notre sensibilité de lecteur. Elle est seulement reculée dans les brumes du temps, irisée de doutes; elle n'est nullement infirmée, parce qu'on sent que, tout simplement, la question de son authenticité ne se pose pas plus que celle de l'authenticité des contes de fées. Sa vérité est ailleurs.

C'est la tournure générale du conte *Balthasar* et les allusions dont il est tissé qui nous portent à la même conclusion. Cette fois, Anatole France a renoncé à toute intervention personnelle sur l'authenticité; on ne comprend, par exemple, qu'en se rapportant à l'article de *L'Univers illustré* de 1884, combien l'écrivain peut mettre en doute l'assertion de Tertullien portée en épigraphe : que les mages étaient des rois en Orient. Mais tout un réseau de déviations temporelles et stylistiques est inclus dans le conte. Il rapproche, jusqu'à l'identification implicite, le temps de Salomon de celui de Balthasar, qui reçoit la visite de la reine de Saba. Il contient des « collages » littéraires incongrus, dont deux intéressent la chronologie. Ce sont les mentions des deux personnages raciniens connus de tout lecteur cultivé de 1886, Abner, « le brave Abner », chef de la garde de Balkis, et le « roi de Comagène », amoureux de Balkis. *Athalie* et *Bérénice* se mêlent donc à l'histoire du mage noir. Puis ce sont les rappels de l'univers des *Mille et une nuits*, avec ses splendeurs et ses friandises; les dérisions et les amusements des *Contes* de Voltaire, avec les ridicules personnages de l'eunuque et du mage Sembobitis, et l'automatisme de leurs paroles. Avec, aussi, l'irréalité de certaines actions : Balthasar est blessé par le chef des brigands qui lui enfonce « son couteau dans le ventre jusqu'au manche[2] », mais il survit très bien

1. P. 656.
2. P. 593.

à l'aventure. Partout, le récit s'affiche fiction. Il contient même une étude des effets de la fiction sur les hommes, puisque Balthasar aime moins Balkis, quand il apprend que la rumeur populaire lui prête des pieds de chèvre, quoiqu'il n'en soit rien, il le sait, dans la réalité. La légende médiévale de la reine Pédauque s'inscrit ici en filigrane, tandis que la description des caravanes de Balthasar se rendant chez Balkis, et de Balkis se rendant à son tour chez Balthasar, évoque, elle, la transposition de fresques italiennes médiévales.

Naïveté bien savante que celle de *Balthasar*; légende récrite par un homme de culture, à l'intention d'un public cultivé. La comparaison du conte définitif avec l'histoire parue dans *L'Univers illustré*, qui lui servit de matrice, prouve qu'il se développa dans le sens de cette fantaisie pleine d'allusions, car l'histoire ne mentionnait que le voyage de la reine chez un mage blanc, et sa transformation matérielle en femme-chacal. C'est à travers la complexité du jeu des incertitudes que les personnages et l'action prennent un sens actuel, tout en restant tributaires de passés très divers. Le roi connaît l'épreuve de la femme, et celle de la science, avant de parvenir à la divine simplicité. On peut songer qu'il représente au plan fantasmatique une réalisation d'Anatole France, qui connut les deux tentations, et qui en fit la perdition de Jean Servien et de René Longuemare. Mais le conte est en même temps une preuve de la science de son auteur, comme des blandices qu'il ressent à l'évocation de Balkis, capricieuse, mais souveraine par sa beauté et sa richesse. L'ambiguïté ne se résout que lorsque l'écrivain, dans les dernières lignes, rejoint le recit évangélique. Encore est-ce une nouvelle référence, après tant d'autres : la simplicité du roi nègre ne saurait représenter qu'un modèle impossible à vivre, autrement que dans l'imaginaire.

Læta Acilia ne contient pas ces jeux, ce qui explique la nécessité de la note finale pour placer le conte au rang de la fiction. Anatole France, à l'inverse de ce qui se passa pour *Balthasar*, partait d'un récit long et circonstancié, celui de *La Légende dorée*. Il en supprima les anachronismes et en modifia la conclusion. Marie-Madeleine y convertissait le « prince » et la « princesse » de Marseille, après qu'ils eurent traversé mille aventures et connu la protection miraculeuse de Dieu au cours de leur voyage en Terre sainte. France ne garde du récit pieux que le personnage de la sainte, et celui de la femme qui veut un enfant. Mais c'est à une restitution aussi probable que possible du monde romain qu'il se livre, dans un récit cette fois franchement destiné, par son déroulement comme par sa conclusion, à un public adulte.

Il y retrouve ses anciennes méditations sur les femmes du premier siècle de notre ère. Marie-Madeleine est leur type; en la mettant en scène, Anatole France renoue avec une série d'œuvres où il la propose comme telle, en opposition à Hélène, « type essentiel », elle, « de la femme antique ». Dès 1868[1], il voit la beauté de la sainte « dans l'inquiétude et l'inassouvissement », et la dépeint comme errant de l'amour humain à l'amour divin, sans changer de nature. Pécheresse ou sainte, elle demeure ardente : la Renaissance a vu juste en « prêtant à son repentir » « de suaves et antiques grâces », comme le XVIIe siècle en la peignant sous les traits de La Vallière. Pour Anatole France, il l'évoque sous les traits de la Madeleine du Corrège, « belle liseuse dont la sainteté faite d'amour ne craint ni la profondeur, ni la beauté, ni les parfums des bois, ni leurs mousses glissantes ». Cet article écrit à propos d'un ouvrage sur la Sainte-Baume s'épanche en rêverie, et donne de la Madeleine une image qui n'est point différente de celle qui est offerte dans *Læta Acilia*. France s'y inspire déjà du récit de Jacques de Voragine dans *La Légende dorée*; mais c'est pour décrire les élans de la sainte, non pour reprendre le canevas de la légende marseillaise. Un poème des *Poèmes dorés*, « La Part de Madeleine », daté d'août 1869, décrit les inquiétudes de l'amoureuse en quête d'un au-delà qu'elle trouve dans la rencontre du Christ, « tendresse infinie ». L'assimilation de la pécheresse à Marie de Béthanie est faite dès lors par l'écrivain :

Comme Marthe, ma sœur, qui garde la maison,
Je n'aurai point pesé la farine ou la laine.

Ainsi la Madeleine représente-t-elle avec pleine force l'ensemble des amoureuses inquiètes qui firent pencher le monde romain vers le christianisme. À ces femmes, Anatole France dédie un article du *Temps* en 1875[2]. Ce sont des courtisanes d'origine orientale, émigrées dans la romanité. « Toute femme, à travers les plus folles aventures, garde un Dieu chéri dans le pli de sa robe » : ainsi se répandent les cultes d'Isis, Sérapis, Osiris, Mithra, et celui du Christ qui reste vainqueur, étant le plus souffrant et le plus séduisant des dieux. En 1876, le poème « Leuconoé » reprend ce thème : les « saintes aventurières », semblables à cette Leuconoé que vainement le poète Horace exhorte à la raison, cherchent le « souffle divin » dans les lieux les plus mal famés :

Un immense frisson passe dans la nuit sombre,
Femmes, femmes, hâtez vos anxieux travaux,
Et dans l'amas confus des visions sans nombre,
Pressentez, suscitez le Roi des temps nouveaux.

Même balancement qu'à propos de la Madeleine, de l'article au poème; même rêverie ambivalente sur la séduction qu'exerce

1. *Le Bibliophile français*, « Marie-Magdelaine (visite à la Sainte-Baume et à Saint-Maximin par G. d'Audiffret) », mai 1868, p. 41-45.
2. « Les Femmes d'Horace », 5 janvier 1875.

Jésus, car, s'il n'est assurément pas orthodoxe de présenter le christianisme comme l'avatar d'un désir, il y prend un peu du charme

De la sainte tristesse et de l'amour sacré.

L'écrivain se rattache ainsi à tout un aspect de la recherche parnassienne, qui fut un peu tenu à l'écart par Leconte de Lisle. Celui-ci considère en effet de préférence les époques de santé morale dans l'Antiquité; ou bien il oppose, comme dans *Hypathie*, les héritiers de cette sagesse à des chrétiens qu'il condamne sans appel. Telle n'est point la position d'un Victor de Laprade dans ses *Poèmes évangéliques*, ou d'un Louis Ménard. Celui-ci a publié, un mois avant l'article de France sur « Marie-Magdelaine », un article[1] sur « Les Femmes et la Morale chrétienne », dans lequel il considère le culte de Jésus comme le « dernier rêve des courtisanes fatiguées », et dépeint Marie-Madeleine comme le type de celles-ci. Les *Rêveries d'un païen mystique*, qu'il publie en 1876, sont plus nettement antichrétiennes, mais contiennent aussi des pages où les derniers souffles du paganisme se mêlent voluptueusement à la religion naissante : « La Légende de saint Hilarion », « Le Voile d'Isis ». Anatole France lui-même cite d'autre part comme ses inspirateurs, dans l'article du *Temps*, Jules Soury qui écrivit sur « La Délia de Tibulle[2] », et le Michelet de *La Bible de l'humanité*. France se classe donc parmi ces tempéraments trop enclins à la rêverie sur la tendresse sensualisée pour n'être pas séduits par les belles pécheresses converties. Le Christ leur apparaît sans doute comme le meurtrier de l'équilibre antique, mais aussi comme un séducteur, dont Renan, dans la *Vie de Jésus*, a montré l'infinie douceur. C'est bien ce même ton qui règne dans *Læta Acilia*. La belle repentante attire la patricienne par le récit de ses aventures, mais lui fait peur : des deux femmes, certes, ce n'est point la conformiste Læta qui retient le lecteur, mais bien la Madeleine. Il est vrai que la signification antireligieuse du conte n'y perd rien, puisque le christianisme est assimilé à une pulsion sexuelle idéalisée. Mais cette signification est plus latente, plus feutrée qu'une attaque à la manière de Leconte de Lisle. Anatole France modifie en conséquence le récit de *La Légende dorée* : la conversion de Læta Acilia n'est pas opérée par la Madeleine, malgré le miracle qu'elle a suscité en sa faveur; et si la sainte se retire dans une grotte sauvage, c'est précisément parce qu'elle comprend que « l'apostolat n'était pas dans ses voies[3] ».

Malignité tout enveloppée, et justifiée historiquement par une reconstitution de la vie antique au premier siècle. L'écrivain

1. *L'Artiste*, 1er avril 1868, p. 7-34.
2. *La Revue des Deux Mondes*, 1er septembre 1872, p. 68-104.
3. P. 636.

a réussi là une combinaison du rêve, de l'érudition et de la légende, qui fonde tout un aspect de son œuvre future, de *Thaïs* à *Gallion*. Vingt ans lui ont été nécessaires pour mettre au point ce type de récit en prose, dont on voit d'autant mieux les origines parnassiennes que la reconstitution du monde antique est, elle-même, une obsession des écrivains de cette mouvance. Théophile Gautier en a parfaitement exprimé les contours fantasmatiques, si exact que soit en lui-même le tableau des mœurs et des architectures, dans sa nouvelle *Arria Marcella*, que célébra France en 1873, lors de la mort de l'écrivain :

Le creux d'un sein charmant que la cendre moula
Fut la coupe où tu bus cette ivresse éloquente
Qui, sous l'étroit portique aux volutes d'acanthe,
Fit surgir dans la pourpre Arria Marcella[1].

On trouve en effet, à faire revivre cette époque du monde antique où la civilisation païenne mourante exprime toute une volupté que la civilisation chrétienne naissante imprègne de barbarie, le plaisir d'une identification et d'une projection. Identification, car les curiosités et les inquiétudes des écrivains se transfèrent à merveille dans cette époque. Projection, car une telle restitution permet, à travers les livres et les ruines, d'imaginer un monde plus typique, plus franc que le monde contemporain, dans sa splendeur menacée. Anatole France se trouve avoir été l'un des écrivains qui, sous le rapport de ces récits, unit le Parnasse à la littérature « fin-de-siècle ». On sait combien celle-ci se plaît à trouver et à célébrer les symptômes de son propre esprit décadent dans la décadence antique. De Théophile Gautier, de Louis Ménard, à Remy de Gourmont ou Huysmans, Anatole France a été un trait d'union.

Il en a constitué un autre entre la curiosité médicale des naturalistes, et le goût « fin-de-siècle » du mystère. *L'Œuf rouge* se réfère explicitement à *Jocaste* pour étudier un cas clinique de suicide par suggestion, tandis que *Monsieur Pigeonneau* traite du magnétisme sur un mode ambigu, et que *La Fille de Lilith* évoque les possibilités d'ouverture de notre monde sur celui des « hors venus ». *L'Œuf rouge* est une nouvelle du type encadré, comme celles qu'écrivit souvent Maupassant. Un médecin la conte au narrateur-auteur, servant ainsi de garant à la distinction, fermement établie d'emblée, entre la suggestion spontanée et la suggestion provoquée. Celle-ci constitue l'une des thérapeutiques favorites des aliénistes, durant les années 1880. Anatole France prend donc ses distances par rapport à eux, et tente de définir une méthode de diagnostic fondée sur l'observation extérieure d'une névrose héréditaire.

1. *Œuvres*, « À Théophile Gautier », I, 170.

Le Mansel est un dégénéré, fils d'une migraineuse et d'un anémique halluciné; il est élevé dans le délire des grandeurs, toute la maisonnée, sauf sa grand-mère, vivant dans l'obsession de l'œuf rouge pondu à sa naissance. Son tempérament le prédispose à ce que Ball[1], après Moreau de Tours, appelle la « folie circulaire », et que nous appellerions la paranoïa. Les rémissions, voire l'hyperactivité psychique, ne sont pas rares dans cet état; mais il évolue, comme c'est le cas pour Mansel, vers une « mélancolie » accompagnée d'idées délirantes (ici, celle d'être persécuté) et souvent terminée par un *raptus* de meurtre. Autant de symptômes qui vont vers une paralysie générale au dénouement fatal. Mais ce qui interessera le plus dans cette nouvelle, c'est le rôle qu'y joue la chose écrite en un autre âge, et soudain vivante, agissante. Ainsi doit être comprise l'analogie que le médecin établit au début de son récit entre celui-ci et *Jocaste*. Car il n'y a point de comparaison entre la pulsion suicidaire d'Hélène Fellaire et le délire lucide de Le Mansel, si ce n'est l'origine de leur *raptus* : là, des lambeaux d'*Œdipe roi* traduits par un enfant; ici, un passage de l'*Histoire auguste* ouverte par hasard. Dans un recueil comme *Balthasar*, dans lequel le recours au livre joue un si grand rôle, Anatole France montre aussi les puissances noires qu'il recèle. Lire peut tuer, ou faire tuer, si l'on ne tient le texte à distance. Le jeu du « je » est nécessaire pour dominer le danger que fait courir le mot ancien.

De ce jeu, France a donné des exemples dans *Balthasar* et *Læta Acilia*. C'est au contraire le terrible danger de la coïncidence entre la vie et l'écriture que montre le conte intitulé *La Fille de Lilith*. Le récit amoureux du héros n'est en effet que second. Il est enchâssé dans le récit des méditations du curé Martial Safrac sur la Bible. En confrontant la version que donne la Genèse de la création de l'homme aux découvertes de « la géologie, de l'archéologie préhistorique, des cosmogonies orientales[2] », il est parvenu à une certitude qui le rend suspect d'hérésie : celle de l'existence d'une race préadamite. Avec ce méditatif mystique, nous sommes bien proches du marquis d'Astarac de *La Rôtisserie de la reine Pédauque*. Leurs noms sonnent de la même manière. Ils ont même maigreur, même nez en bec d'aigle et même enthousiasme. Ils sont pareillement des marginaux. Tout le début du conte nous renseigne sur l'atmosphère de suspicion qui entoure l'ecclésiastique dans son petit village. La fin nous le montre condamné par l'archevêché. Or, sa « faute » est d'être trop savant, et de s'être livré précisément aux études qui captivèrent Anatole France dans

1. *Leçons sur les maladies mentales*, professées à la Faculté de médecine en 1875 et 1876, P. Asselin, 1876. Édition augmentée des leçons professées à l'hospice Sainte-Anne en 1879, P. Asselin, 1890.
2. P. 619.

sa jeunesse; sa faute est aussi d'être un prosélyte, et de vouloir sauver l'Église en rendant son enseignement conforme à la modernité. Qui s'adonne entièrement à l'écrit, et, bien plus, à cet écrit par excellence qu'est la Bible, voit sortir du livre une puissance étrange; il court à sa perte. Le curé Safrac, trop savant, retrouve les traditions chaldéo-babyloniennes, transmises par les voies, fort suspectes aux orthodoxes, que sont le livre d'Énoch et les commentaires rabbiniques. Ces traditions sur Lilith sont reprises au XVIIIe siècle par Moréri, au XIXe siècle par Collin de Plancy dans son *Dictionnaire infernal*[1] qui déplut si fort aux milieux catholiques (« Lilith : Prince des succubes, ou démons femelles qui couchent avec les hommes »). On voit si le curé Safrac sent le fagot. Or, il est le père spirituel des deux jeunes gens qui eurent Leïla-Lilith pour maîtresse; tout se passe comme si la succube avait voulu se prouver matériellement au curé, qui en a retrouvé spirituellement l'existence. C'est par une trace écrite de son passage que se termine le conte : la feuille de cyprès couverte de caractères persans, qui contient une déclaration faite, elle, pour plaire au lecteur « fin-de-siècle ». La mort et le remords sont la doublure nécessaire de la vie et du plaisir : saveurs du péché, du précaire, ardemment souhaitées par Lilith, ardemment connues par Marie-Madeleine.

Dans ce recueil de *Balthasar*, Anatole France précise sa place parmi les littérateurs de la « décadence ». Il se refuse à suivre aveuglément des modes, ou même des conceptions thérapeutiques à la mode. Si les médecins de l'école de la Salpêtrière lui inspirent un doute méthodique, comme on le voit dans *L'Œuf rouge*, le conte *Monsieur Pigeonneau* raille les entraînements trop faciles des belles dames pour les magnétiseurs et pour les religions marginales. En un temps où un savant aussi éminent que William Crookes se consacre depuis 1873 à la jeune médium Florence Cook, où les recherches sur le domaine parapsychique vont bon train et où les sectes fleurissent, théosophie, doctrine d'Allan Kardec, Rose-Croix, Anatole France incarne dans le médiocre Pigeonneau, tatillon, susceptible et arriviste, le savant saisi par le magnétisme. Trop d'explications naturelles par le « charme » d'une jeune femme sont fournies à son aventure, d'ailleurs traitée comme une pochade, pour que le lecteur la prenne au sérieux. En revanche, Anatole France participe à l'inquiétude d'une époque définie par Bourget dans les *Essais de psychologie contemporaine* comme une « nausée universelle devant les insuffisances de ce monde[2] ». Le Parnasse est tombé pour nous dans un tel discrédit, que nous aurions grand besoin d'une étude qui le remette à sa place : il a servi d'annonciateur

1. 1818. Nombreuses rééditions, jusqu'en 1863, Plon.
2. P. 123.

au symbolisme, par son souci de l'écriture élitiste et sa rupture avec le monde de tous les jours. Aussi bien, chez les plus grands, chez un Mallarmé par exemple, le passage du Parnasse au symbolisme est-il progressif. Mais aussi, par sa curiosité pour l'histoire, par son culte des mystères, il introduit à l'un des discours les plus constants de la prose décadente : l'utilisation des légendes du christianisme naissant, en détournant leur caractère sacré au profit, bien souvent, d'un certain érotisme. Huysmans dans *À rebours*, dès 1884, Gourmont dans *Les Chevaux de Diomède*, en 1897, offrent des exemples typiques de ce discours qu'entreprit Anatole France poète, et qu'il continua comme prosateur. Curieux de sciences, en outre, comme toute sa génération poétique, il transpose cette curiosité en observation clinique qui rejoint les préoccupations avouées par un Maupassant ou un Jean Lorrain : celles des « solitaires et bizarres névroses », définies une fois de plus par Bourget.

Anatole France fait entendre dans cette génération « fin-de-siècle » une voix très personnelle. Tout d'abord parce qu'il a entrepris depuis plus de quinze ans, lorsqu'il commence sa collaboration de conteur au *Temps* en 1886, le dialogue entre l'amour profane et la tradition chrétienne, entre l'imagination et la rigueur scientifique, qui nourrit son recueil. Ensuite, parce que la place éminente de critique littéraire qu'il occupe à partir de janvier 1887, dans le même journal, lui permet d'exercer sa faculté réflexive sur « l'esprit fin-de-siècle » chez un Jules Lemaitre[1], un Maupassant[2], une Marie Bashkirtseff[3], un Loti[4], un Renan[5] qui « nous montre tout ensemble, d'une façon merveilleuse, et le bourgeon plein de sève de la réalité et la fleur épanouie de la légende ». Double mise en perspective des nostalgies et des curiosités contemporaines. D'abord elles lui sont connues depuis longtemps. D'autre part il peut enfin séparer les œuvres où, à travers maints écrans, il les fait jouer comme écrivain, et les œuvres où il les analyse comme critique. La coïncidence des contes de *Balthasar* avec certaines chroniques de *La Vie littéraire* le montre bien. *Monsieur Pigeonneau* paraît le 9 janvier, *L'Œuf rouge* le 10 avril 1887, et, le 24 avril, la critique sur « L'Hypnotisme dans la littérature ». *Læta Acilia* paraît le 1er avril 1888, et, le 15 avril, la chronique sur « La Mort et les Petits Dieux », à propos de *La Nécropole de Myrina*, par I. Pottier et S. Reinach : Anatole France y évoque les « petites figures de terre cuite » représentant des dieux, qui furent trouvées lors des fouilles dans les tombes; Læta Acilia en parle à la Madeleine, comme de figurines gracieuses et

1. 12 décembre 1886.
2. 13 février 1887.
3. 12 juin 1887.
4. 4 décembre 1887.
5. 16 décembre 1888.

dévotes, bien faites pour plaire aux enfants. L'accession à la tribune que représentait la « Vie littéraire » du *Temps* a été d'une importance décisive pour l'art d'un écrivain qui, jusqu'alors, avait exercé la critique beaucoup moins prestigieusement, et avait subi la tentation de mêler à ses œuvres des fragments bruts d'érudition : le didactisme est rarement absent de ses poèmes, et les premières œuvres en prose exorcisent la tentation par le sarcasme (dans *Le Chat maigre*) ou le déguisement (dans *Le Crime de Sylvestre Bonnard*). Désormais, l'aisance du jeu entre la connaissance et l'imagination est beaucoup plus grande chez France : c'est ailleurs qu'il livre au public les fruits de ses lectures. En somme, il ne ressent plus le besoin de « faire la leçon » dans un ouvrage directement issu de lui. Cela le distingue de Huysmans, qui, au chapitre III d'*À rebours*, dresse un véritable catalogue critique de la littérature de la décadence latine, et de Gourmont dans la plupart de ses ouvrages.

Mais il n'a pas non plus, pour parler de son temps, l'amertume de ceux qui sont directement et âprement blessés par lui, Maupassant, Lorrain, Laforgue. Si ce dernier (mort le 20 août 1887, à vingt-sept ans, au moment donc où paraissaient en journal les contes qui formèrent le recueil *Balthasar*) utilise les légendes, c'est en les parodiant, en se battant contre elles, tout en manifestant sa fascination à leur endroit. La manière d'Anatole France est bien différente, parce qu'il tient la légende à distance, et qu'il tient son « moi » à distance. À ces deux égards, sa tactique est la même. Le mot écrit peut blesser, comme blesse la vie. Il sied donc de lui ôter de sa virulence, de le relativiser. *Balthasar* et *Læta Acilia* sont les premiers témoignages pleinement heureux d'une attitude qu'Anatole France va désormais adopter à l'égard du texte. On peut dire qu'il s'agit d'ouvrir un dialogue à l'infini entre la croyance et le jugement sceptique, entre le temps du texte et celui de la scène qu'il relate, entre plusieurs moments aussi de l'écriture d'Anatole France. La Madeleine voluptueuse qu'il nous présente est bien celle qu'il dépeignait en 1869; mais elle connaît l'échec dans son apostolat; mais elle n'a peut-être pas du tout existé comme le conte nous la dépeint. La malice et la saine critique des textes épargnent à France d'être envoûté par la belle pécheresse. Ailleurs, M. Pigeonneau prend à son compte la critique de l'histoire comme art de pure imagination. Il transpose ainsi sur le mode grotesque une interrogation qui avait été déchirante pour Anatole France, durant sa crise scientiste, et qu'il n'avait pas exposée sans sérieux dans *Le Crime de Sylvestre Bonnard*, lors d'un dialogue entre le vieux savant et le jeune Gélis. Dix-sept mois après la publication de *Monsieur Pigeonneau*, paraît dans *Le Temps* la critique intitulée « Les Torts de l'histoire[1] », dans

1. 13 mai 1888.

laquelle Anatole France prend à son compte un plaidoyer en faveur des « conteurs de fables », que sont les historiens, parce qu'ils peignent, dans leur inexactitude, « l'homme et les passions de l'homme ». Cette démarche est celle d'une inquiétude incessamment contrôlée et incessamment renaissante, bien plus que celle d'une indifférence fondamentale : assez de preuves ont été données par France, dans ses œuvres précédentes, de cette division douloureuse de la personne que Théodule Ribot venait d'analyser comme typique de sa génération[1]. Vacillante vérité, passions adoucies, une conscience extrême dans l'usage de la langue permet de les transmettre au lecteur. Mais ce n'est sans doute pas sans la conscience plus aiguë encore de se préserver soi-même, par la pratique de cet art, d'une vérité que l'on connaît pourtant comme redoutable. « Je garde comme un don céleste l'impression de mystère que me causent les sublimités de la poésie et de l'art. Le beau rôle est parfois d'être dupe. La vie enseigne qu'on n'est jamais heureux qu'au prix de quelque ignorance. » Telles sont les phrases qu'Anatole France écrivit en guise de dédicace, sur l'exemplaire de *Balthasar* possédé par Mme de Caillavet[2]. Elles nous garantissent en effet que ce livre est un médiateur entre lui et le monde, entre lui et le monde des livres. Il en atténue les tristesses.

NOTE SUR LE TEXTE

On ne connaît pas de manuscrit de *Balthasar*. Mise à part *Abeille*, publiée dans *La Revue bleue* des 8, 15, 22, 29 juillet 1882, puis chez Charavay en 1883, les contes qui forment ce volume ont été publiés d'abord dans *Le Temps, Balthasar* le 26 décembre 1886, *Le Réséda du curé* le 18 mai 1886, *Monsieur Pigeonneau* le 9 janvier 1887, *La Fille de Lilith* le 25 décembre 1887, *Læta Acilia* le 1er avril 1888, *L'Œuf rouge* le 10 avril 1887.

Le volume parut le 6 avril 1889, chez Calmann-Lévy.

1. Théodule Ribot, *Les Maladies de la volonté* (1883), *Les Maladies de la personnalité* (1885), chez Alcan.

2. *Livres, manuscrits, dessins provenant des bibliothèques de Mme Arman de Caillavet et de Mme Gaston de Caillavet*, vente Andrieux, 1er et 2 juin 1932.

NOTES ET VARIANTES

Page 587.

BALTHASAR

Ce conte a paru dans la rubrique « La Vie à Paris » du Temps *du 26 décembre 1886, sous le titre « Balthasar. — Conte pour le jour de Noël ». Le texte n'est pas coupé en chapitres dans* Le Temps. *Les Variantes sont indiquées avec le sigle T.*

1. Avant d'écrire des contes russes (les plus anciens sont *Histoire d'hiver*, 1883), le vicomte E.-M. de Vogüé avait publié en 1880 chez Calmann-Lévy des *Histoires orientales* dont la première, « Chez les pharaons », peut avoir inspiré Anatole France, et du moins justifie la dédicace de *Balthasar*. L'auteur évoque la majesté de l'immense nécropole de Saqqarah, et il élève ensuite « pour chercher plus d'infini » sa pensée au monde extérieur, « aux étoiles, à ces admirables constellations du ciel d'Égypte, pour y trouver les témoins d'un passé plus insondable encore » (p. 55-56).

2. Cette assertion de Tertullien, que l'Orient eut presque toujours des mages pour rois, se trouve dans *Adversus Judaeos*, 9. Elle est tenue pour entachée de fausseté par les historiens, car les mages étaient des prêtres, non des rois. Au reste, ce n'est pas la seule approximation que l'on trouve dans l'histoire des rois mages, tout entière conjecturale par rapport aux écrits canoniques, sauf la très brève mention qui en est faite dans Matthieu, II, 9-12 (voir n. 1, p. 600). Anatole France fait lui-même le bilan de ces approximations dans le texte de *L'Univers illustré* du 5 janvier 1884, donné en Appendice (voir n. 1, p. 713).

3. C'est la corruption du mot « Sarrasins », qui désigna toute espèce de peuple musulman, tant d'Asie que d'Afrique, pour les Occidentaux du Moyen Âge (latin *saraceni*), et, par extension, les peuples non chrétiens, quels qu'ils soient, dans ces pays. Quant à l'Éthiopie, elle répondit au cours des siècles à des localisations très variables. À l'époque alexandrine, qui correspond à celle où se forma la légende des rois mages, on la situait dans un vaste et vague territoire au sud de l'Égypte, sur la côte est de l'Afrique.

4. « Je suis noire, mais je suis belle. » Cantique des Cantiques, I, 5.

5. Cette reine, Balkis ou Belkis, n'est pas nommée dans Rois, X, 1-10, qui rapporte la visite de la reine de Saba à Salomon, « pour l'éprouver par des énigmes » qu'il résolut, tout en l'éblouissant par sa richesse. Le nom de Balkis apparaît dans les légendes qui se formèrent autour de cette rencontre, chez les auteurs arabes. La *Bibliothèque orientale* d'Herbelot (1776) dit à son propos : « Balkis, nom d'une reine d'Arabie de la postérité d'Iarab, fils de Cahtan, qui régnait dans la ville de Mareb, capitale de la province de Saba. »

6. Plante originaire de Chine et de Ceylan, et que les Arabes importaient en Israël, où elle était en grande estime : le *Cantique*

des Cantiques lui compare la bien-aimée, comme à la myrrhe (IV, 14). On extrayait du cinnamome une huile aromatique qui entrait dans la composition de l'huile sainte prescrite par Dieu à Moïse pour oindre les objets du Temple et les prêtres (Exode, XXX, 23).

7. La myrrhe entre, elle aussi, dans la composition de l'huile sainte des Hébreux. C'est une gomme résineuse, extraite par incision du *balsamodendron myrrha*, et dont l'usage est passé des juifs aux chrétiens. On l'utilisa aussi beaucoup dans la pharmacie, comme stimulante et antispasmodique.

8. L'or et l'ivoire forment le trône du roi Salomon (Rois, X, 18); aromates et or font partie des présents que lui offre la reine de Saba. « Les Nuits du Ramazan », dans le *Voyage en Orient* de Nerval, présentent ainsi les cadeaux de la reine de Saba à Soliman : « ... de l'or, du cinnamome, de la myrrhe, de l'encens surtout, dont l'Yémen faisait un grand commerce; puis des dents d'éléphant, des sachets d'aromates et des pierres précieuses [...]. Cent vingt talents d'or fin » (*Œuvres complètes*, Bibl. de la Pléiade, nouvelle éd. Claude Pichois, t. II, p. 679-680).

9. Le chacal, qui se nourrit de cadavres, est un animal de mauvais augure et représente pour les chrétiens primitifs le désir, la colère et la sensualité. Dans *Thaïs* (« L'Euphorbe », p. 828), de petits chacals, indéfiniment multipliés, figurent les péchés du Paphnuce et envahissent sa cellule.

Page 588.

a. les murailles de marbre et les coupoles d'or du palais de Balkis. *T* ↔ *b.* On dit qu'elle a des jambes de bouc et le pied fourchu. Puis, le mage et l'eunuque, s'étant prosternés, se retirèrent. *T*

Page 589.

a. leur maître prosterné à terre / Seigneur, avez-vous conclu *T*

1. Les pâtes de fruits, fort sucrées, d'usage en Orient, et maintes fois citées dans *Les Mille et une Nuits*.

2. Candace est le nom générique des reines d'Éthiopie. Grecs et Romains ont fait de ce titre un nom propre, pour désigner les reines avec lesquelles ils étaient en relation. Les Actes, VIII, 27-39, parlent ainsi de l'eunuque de « la reine Candace », qui rencontra le diacre Philippe sur la route de Jérusalem vers l'Éthiopie, et fut converti.

Page 590.

1. Ainsi, Bernard Lazare, dans *Le Miroir des légendes* (1892), parle-t-il, dans le conte « La Ville sans effroi », d'une ville insupportable pour ses habitants, parce qu'un saint les a condamnés à ne plus jamais ressentir « L'Effroi, père des joies subtiles ».

Page 591.

a. l'énorme marmite de bronze où bouillaient des tripes, qui tomba avec un bruit horrible *T*

Page 593.

a. sans cesse du chaudron de tripes et de la mousse *T*

1. Abner est le nom de « l'un des principaux officiers du roi de Juda », personnage d'*Athalie* de Racine, qui dialogue dans la première scène du premier acte avec le grand prêtre Joad.

Page 594.

1. La Comagène, province de l'empire des Séleucides, s'étendait de la Cilicie à l'Euphrate. Rappelons qu'Antiochus est roi de Comagène, dans la *Bérénice* de Racine. Cette allusion à Racine ne peut échapper à aucun des lecteurs de France, à la fin du XIXe siècle.

Page 595.

a. pour l'Éthiopie *[25 lignes ci-dessus]* / Rentré dans son royaume, Balthasar résolut de se consacrer à la sagesse et de devenir un mage. C'est pourquoi il fit construire, au milieu de sa capitale, une tour du haut de laquelle *T*

1. On reconnaît là une transposition fantaisiste, en Éthiopie, d'un des fameux observatoires babyloniens. Mais il ne faut pas oublier que, d'après la tradition, les trois mages venaient d'Orient et possédaient la science en même temps que la richesse. Ils étaient donc des « mages » au sens sacerdotal du terme, de ces prêtres savants qui détenaient un grand pouvoir spirituel en Perse, en même temps que des rois très puissants.

Page 596.

1. Bel ou Baal, divinité suprême masculine assimilée au Soleil, se dédouble en deux expressions de sa puissance : Merodach, le dieu guerrier, et Nébo, le dieu de la Science et de l'Inspiration.

2. *Mylitta* est un des noms de l'Astarté chaldéenne retranscrite par Hérodote, I, 131, de « Moledeth », « qui fait enfanter », en langue chaldéenne. C'était l'Astarté voluptueuse et féconde. *Sin* est un dieu-Lune, adoré dans la Chaldée méridionale.

3. Cette correspondance est conforme à toute la tradition occultiste, qui unit l'argent à la lune, le fer à la divinité guerrière, et l'étain à la divinité jupitérienne.

4. L'apotélesmatique est l'astrologie judiciaire fondée sur l'inspection des planètes, science très en vogue au Moyen Âge (l'« astrologie judiciaire » étant l'art de lire dans la destinée des hommes).

5. Les « Maisons », en astrologie, permettent de déterminer comment se situe le ciel pour un individu naissant à une heure donnée dans un lieu donné. Il y a douze Maisons; en combinant avec elles la position du zodiaque et celle des planètes, on dresse le « thème astrologique » d'un individu.

6. Telle était en effet la superstition populaire, qui avait transformé la reine de Saba en magicienne capripède ou dotée de pattes d'oie, car il y eut confusion entre la reine de Saba et la « reine Pédauque » (voir *Le Livre de mon ami*, n. 2, p. 570).

Page 598.

1. L'étoile prononce ici les paroles de l'armée céleste louant Dieu lors de la naissance du Christ, Luc, II, 14.

Page 599.

a. c'est un grand avantage *[p. 596, 11e ligne]* / Or, il y avait trois ans que la tour était construite quand, une nuit, Balthasar, qui veillait sur le faîte, découvrit une étoile nouvelle. L'étoile s'approcha et dit : « Gloire à Dieu [...] car seul je suis l'amour » / Balthasar, ravi, [...] à son côté. Quand l'étoile eut cessé de parler, le roi et ses deux compagnons descendirent de la tour. *T. Le texte du journal passe donc de la page 596 à la page 599 et ne contient pas le voyage de Balkis vers l'Éthiopie.*

Page 600.

1. « L'étoile qu'ils avaient vue en Orient marchait devant eux jusqu'à ce qu'étant arrivée au-dessus du lieu où était le petit enfant, elle s'arrêta. Quand ils aperçurent l'étoile, ils furent saisis d'une très grande joie. Ils entrèrent dans la maison, virent le petit enfant avec Marie, sa mère, se prosternèrent et l'adorèrent. Ils ouvrirent ensuite leurs trésors, et lui offrirent en présent de l'or, de l'encens et de la myrrhe. » (Matthieu, II, 9-12.) Ces présents ont une valeur symbolique : l'encens signifie la divinité de celui à qui on l'offre, l'or sa royauté et la myrrhe son humanité; chacun convient bien, dans le conte, à la personnalité du mage qui l'offre. C'est essentiellement à cause du nombre de ces présents que celui des mages, variant dans l'Église primitive de deux à douze, fut finalement arrêté à trois par la tradition (voir le *Dictionnaire de la Bible,* Letouzey, 1928, à l'article « Mages »).

Page 601.

LE RÉSÉDA DU CURÉ

Cette petite nouvelle constitue un fragment de la chronique qu'Anatole France donna dans Le Temps, *le 16 mai 1886, sous le titre « La Vie à Paris ». Cette chronique est consacrée dans sa plus grande partie à l'exposition d'horticulture. France insère l'anecdote du « Réséda du curé » entre la description des roses, des pensées, des soucis, des pavots, et celle des calcéolaires et des orchidées. Son anecdote n'est pas dédiée à Jules Lemaître.*

a. fragiles ! On a bien raison de dire que nous sommes tous de pauvres pécheurs. L'homme de Dieu *T*

1. Jules Lemaître publia en 1886 : *Sérénus, histoire d'un martyr. Contes d'autrefois et d'aujourd'hui. Sérénus* est un fort beau conte, qui relate la vie et la mort d'un jeune patricien de l'an 90 de notre ère. Après avoir épuisé les joies de la vie, il tente de se suicider en s'ouvrant les veines dans un bain, comme Sénèque, l'ami de son père. Il est sauvé par sa sœur Séréna, qui est chrétienne. Il feint pour lui complaire d'em-

brasser sa foi ; il reçoit le baptême ; mais il demeure incrédule. Arrêté sur l'ordre de Domitien, il se laisse emprisonner et se suicide dans sa prison, laissant en manuscrit le récit de sa vie et de sa mort prochaine. Le prêtre qui recueille son corps lui accorde les honneurs rendus aux corps des martyrs, mais, par scrupule, enterre avec lui le manuscrit. Au IXᵉ siècle, l'abbé des bénédictins de Beaugency obtient ses reliques, qui font grands miracles, cependant qu'un moine de l'abbaye chargé de déchiffrer le manuscrit en garde le contenu secret. C'est à la Révolution que les Actes de saint Marc le Romain et le manuscrit de Marcus Sérénus sont réunis à l'hôtel de ville de Beaugency. À ce conte succèdent des *Contes d'autrefois et d'aujourd'hui*, à demi tendres, à demi ironiques, et portant souvent sur les tentations qu'éprouvent les âmes religieuses en face du péché, ou les esprits laïcs en face des perfections religieuses incarnées en un prêtre ou une religieuse (« La Mère sainte Agathe », « L'Aînée », « Pauvre ami », « Les Deux Saints »). Anatole France écrivit sur *Sérénus* une chronique du *Temps* parue le 12 décembre 1886 et recueillie dans *La Vie littéraire*, I.

Page 602.

1. France s'inspire ici du conte de « L'Ermite qui s'accompagne à l'ange », publié en 1823 par Méon dans son *Nouveau recueil de fabliaux et contes inédits* (II, p. 216). Jérôme Coignard fait allusion à ce conte dans *Les Opinions de M. Jérôme Coignard.*

Page 603.

M. PIGEONNEAU

Ce conte parut dans Le Temps *du 9 janvier 1887, sans dédicace et avec le titre : « M. Pigeonneau. — Conte pour le jour des Rois. »*

1. Gilbert-Augustin Thierry avait en 1887 publié chez Perrin : *Marfa (Le Palimpseste)*, dédié à Anatole France ; le récit avait d'abord paru dans *La Revue des Deux Mondes*, sous le titre *Le Palimpseste*. Il se place sous l'invocation des physiologistes Charcot, Bernheim et Richet, qui mènent des recherches sur l'hypnose, et il développe « les redoutables lois morales de l'hypnose ». Il s'agit pour le héros, un savant français, de recouvrer un palimpseste naguère détenu par un prince Volkine, magnétiseur, propriétaire d'un château en France, et trouvé mort récemment. Ce palimpseste est *La Milésienne* de Lucius de Patras, texte perdu, dont *L'Âne d'or* d'Apulée ne donne qu'une idée approximative. Or, le manuscrit sert de support à une magnétisation posthume : grâce à lui, le prince Volkine, assassiné, obtient les aveux de son meurtrier ; puis le palimpseste disparaît mystérieusement. Sous le titre « L'Hypnotisme dans la littérature », Anatole France consacra à *Marfa* la chronique du *Temps* du 24 avril 1887, recueillie au tome I de *La Vie littéraire* ; *Marfa* avait été écrit durant l'été 1886 à Saint-Valery-sur-Somme, où G.-A. Thierry passait ses vacances avec la famille France.

2. À l'ouest d'Alexandrie, dans le quartier de Rhacotis, ce temple de Sérapis, entouré de magnifiques colonnades, contenait une bibliothèque qui fut détruite par les chrétiens.

3. Ptolémée Aulète, né en 95 avant notre ère, protégé par Pompée, régna sur Alexandrie par deux fois et s'illustra par ses débauches et ses cruautés. Il fut le père de Cléopâtre.

Page 604.

1. L'ancien Empire égyptien était memphite, le Moyen Empire fut thébain. Il se situe de 2160 à 1660 avant notre ère, et correspond à une ère de grande prospérité pour l'Égypte, ère durant laquelle la production artistique fut à son apogée.

Page 606.

a. après moi. Il avait tort : la pièce qu'il lut sembla fort agréable. J'ai bien cru *T*

1. L'architecte Antoine Vaudoyer, chargé d'aménager le ci-devant collège des Quatre-Nations à sa nouvelle destination d'Institut de France, avait placé au perron de sa façade deux groupes coulés au Creusot, et présentant des lions crachant de l'eau dans des vasques. Les vasques et les jets d'eau furent supprimés en 1865, mais les lions de bronze demeurèrent jusqu'en 1950.

Page 607.

a. mal comprise par mes collègues; j'en préparai *T*

1. Le magnétisme, utilisé par Mesmer à la fin du XVIIIe siècle, connut un regain de faveur durant le second Empire (un célèbre dessin de Gill représente, en 1868, le zouave guérisseur, qui obtint à Paris un succès éclatant), puis dans les années 1880-1890. Il s'échapperait essentiellement des mains et du regard, et rendrait au malade le principe équilibrant et dynamique de la matière organisée.

2. Hypnotisme et suggestion étaient conjointement utilisés, afin de plonger le malade dans un état intermédiaire entre la veille et le sommeil, au cours duquel il émettait un diagnostic sur son propre état et parfois se prescrivait des remèdes. Magnétisme et hypnose intéressaient alors les sommités médicales. Le physiologiste Charles Richet observa la paysanne médium Eusapia Palladino, qui mettait les objets en branle et suscitait des visions. J.-M. Charcot (1825-1893) pratiquait sur ses malades de la Salpêtrière la « grande hypnose », alors que l'école de Nancy, avec Liébault et Bernheim, pratiquait la « petite hypnose » (sommeil moins profond) et le magnétisme. On se reportera aux *Leçons sur les maladies du système nerveux faites à la Salpêtrière* de Charcot, particulièrement en 1883 et 1884, et à l'ouvrage de H. Bernheim, *De la suggestion dans l'état hypnotique et dans l'état de veille* (1884). Il existait de profondes rivalités entre l'école de la Salpêtrière, tout à fait « dirigiste » dans ses méthodes, et celle de Nancy, plus nuancée, plus attachée à l'emploi de la suggestion, comme le montre la transformation du titre de l'ouvrage de Bernheim lors de son

édition de 1886, *De la suggestion et de ses applications à la thérapeutique*. Du moins la probité de ces médecins était-elle inattaquable. Mais on se doute bien que des charlatans s'emparèrent de ces thérapeutiques. Ainsi, le magnétiseur Donato, qui se produisait dans les salons, fit-il l'objet d'un procès en 1882 : il fut accusé de débaucher son assistante en annihilant sa volonté. Les écrivains abordèrent ces sujets à la mode. On connaît l'évolution de Huysmans jusqu'à son roman « satanique » *Là-bas* (1891), et celle de Maupassant, sceptique dans le conte *Magnétisme* (*Gil Blas*, 5 avril 1882), et beaucoup plus favorable dans *Le Horla*, en 1886. D'aucuns s'adonnèrent à la magie, comme Gérard Encausse, qui avait commencé des études de médecine, et, acquis à l'occultisme, prit en 1882 le pseudonyme de « Papus », lorsqu'il eut atteint le grade suprême du martinisme. Anatole France aborde donc un sujet d'actualité. Dans sa chronique du *Temps* citée à la note 1 de la page 603, il montre qu'il s'intéresse aux expériences occultistes en cours en Angleterre; il les évoque directement dans *L'Étui de nacre (Leslie Wood)* à quoi nous renvoyons.

3. C'est l'actuelle avenue Foch, créée en 1854 et qui porta jusqu'en 1870 le nom d' « avenue de l'Impératrice ». Mais Anatole France la nomme ainsi par méprise, car il lui donne quelques pages plus loin l'appellation qu'elle portait depuis 1875 d' « avenue du Bois-de-Boulogne ».

4. C'est l'épouse de Ptah, le grand dieu de Memphis, déesse représentée tantôt comme une lionne, tantôt (sous le nom de Bast) comme un chat, ce qui explique le caractère sacré de ces animaux chez les Égyptiens. Ils représentent la divinité solaire invoquée dans le *Rituel funéraire* contre les puissances des ténèbres (F. Lenormant, *Notes sur un voyage en Égypte*, Gauthier-Villars, 1870, 3e note, p. 3).

5. Eugène Grébault publia en 1874 un *Hymne à Ammon-Râ* des papyrus égyptiens du musée de Boulaq, chez Vieweg, et s'attacha ensuite à la description des antiquités du musée du Caire.

Page 608.

1. C'est le nom que porte dans la Bible la race qui peuple l'Égypte méridionale, l'Éthiopie et l'Asie occidentale.

Page 609.

1. Les doctrines indoues de la métempsycose et de la réincarnation (qui se distingue de la métempsycose en ce qu'elle admet la transmigration des âmes, non seulement dans l'humanité, mais à travers toutes les catégories d'êtres, animaux ou végétaux) avaient, elles aussi, profité du regain de curiosité pour le mystère qui se manifestait dans ces années 1880. C'est en 1875 que se fonda par exemple, sous l'impulsion d'Hélène Blavatsky, la « Société théosophique ». On songea un moment à l'appeler « Société égyptologique », en l'honneur du culte d'Isis.

2. Boulaq, ville de basse Égypte, faubourg du Caire, abrita les collections égyptiennes de 1859 à 1890, moment où le musée fut aménagé au Caire même.

3. Le Louvre possède en effet une statuette de sept à huit

centimètres de hauteur représentant le dieu Bès sous les espèces d'un nain ventru, au nez camard, aux lèvres saillantes, aux jambes courtes, qui rit en tirant la langue. On sait combien Francisque Sarcey (né en 1827), surnommé « l'oncle Sarcey », prêta à rire par son physique ventripotent et le ton de magister de ses feuilletons sur le théâtre.

Page 610.

1. La villa Saïd ouvre sur la rue Pergolèse, qui donne elle-même sur les numéros 66-70 de l'avenue du Bois-de-Boulogne (Foch, depuis 1929). Notons qu'Anatole France n'habita qu'à partir de 1893 au 5, villa Saïd.

2. Les Martin sont une dynastie d'ébénistes remontant au début du XVIIIe siècle, qui inventèrent un vernis à l'imitation des vernis de Chine.

Page 611.

1. Séti Ier est un roi égyptien de la XIXe dynastie (1313-1292), fils de Ramsès Ier et père de Ramsès II. Il éleva la salle hypostyle de Karnak et le monument funéraire d'Abydos. Son tombeau fut découvert dans la vallée des Rois en 1817.

2. « Néférou-Râ » fait partie des *Poèmes barbares* (Lemerre, 1878), et met en scène le « Roi des dieux thébains » :

> *[...] Le grand Rhamsès l'attend dans sa vaste demeure.*
> *Les vingt Nomes, les trois Empires sont en deuil,*
> *Craignant que si le Dieu ne se présente au seuil,*
> *La beauté du Soleil, Néférou-Râ, ne meure.*
> *Voici qu'elle languit sur le lit virginal,*
> *Très pâle, enveloppée avec de fines toiles ;*
> *Et ses yeux noirs sont clos, semblables aux étoiles*
> *Qui se ferment quand vient le rayon matinal. [...]*

Anatole France commet une légère inexactitude en écrivant : « son », et non « le » lit virginal.

Page 612.

a. quand elle me cria : / — N'est-ce pas qu'au bal de la comtesse P... mon costume fera bisquer les autres femmes ? *T*
↔ *b.* tout le reste de l'année 1885. Mais, *T*

Page 613.

1. C'est le premier quatrain du sonnet « Les Chats » des *Fleurs du mal*, qu'Anatole France admirait beaucoup (voir *Le Crime de Sylvestre Bonnard*, n. 1, p. 167). On peut penser qu'il classe, à l'inverse de l'excentrique miss Morgan, Baudelaire avant Mallarmé, encore qu'il y ait beaucoup à dire sur son évolution à propos de ce dernier. Le public ne connaît en général que l'exclusion prononcée par Anatole France du *Faune*, lors de la préparation du troisième *Parnasse contemporain* en 1875. Mais Jacques Suffel a publié dans le tome V de *La Vie littéraire* la chronique qu'Anatole France publia dans *Le Temps* du 15 janvier 1893, « Stéphane Mallarmé : *Vers et prose* »; cette chronique est élogieuse.

Page 614.

1. Gaston Maspéro, professeur au Collège de France, directeur général des musées d'Égypte, publia, outre de très nombreux travaux érudits, des *Contes populaires de l'Égypte ancienne*, Maisonneuve, 1re éd., 1882, qui montrent la place occupée par la magie dans la vie courante des Égyptiens.

2. On se rappelle que *Le Journal des dames* publia en 1774 *Le Crocheteur borgne*, qui n'a d'ailleurs point de rapport par son contenu avec le résumé donné par M. Pigeonneau de son propre conte. *Le Crocheteur borgne* fut ensuite imprimé en 1784 par les éditeurs de Kehl, sous le nom de Voltaire, dans une version assez différente. Voir Voltaire, *Romans et contes*, Bibl. de la Pléiade, p. 661 et p. 673-674.

Page 615.

1. Voir n. 2, p. 607.

Page 616.

LA FILLE DE LILITH

Ce conte parut dans la rubrique « La Vie littéraire » du Temps, *le 25 décembre 1887, sans dédicace et sous le titre : « La Fille de Lilith. — Conte de Noël. » La version du* Temps *est la même que celle de* Balthasar.

1. Dans le *Grand dictionnaire historique* de Moréri, édition de 1759, t. VI, on peut lire à l'article « Lilith » : « Les Juifs se servent de ce mot, pour marquer un spectre de nuit, qui enlève les enfants et les tue [...] M. Simon [...] observe que Lilith, selon les fables des Juifs, était la première femme d'Adam, laquelle refusant de se soumettre à la loi, le quitta et s'en alla dans l'air par un secret de magie [...] Buxtorf, au chapitre II de sa Synagogue, parle assez au long de cette Lilith, dont il rapporte cette histoire tirée d'un livre juif : Dieu ayant créé Adam, lui donna une femme qui fut appelée *Lilith*, laquelle refusa de lui obéir ; après plusieurs contestations, ne voulant point se soumettre, elle prononça le grand nom de Dieu *Jehova*, selon les mystères secrets de la Cabale, et par cet artifice elle s'envola dans l'air [...] Cette histoire n'est qu'une fable ; et cependant les Juifs cabalistiques, qui sont les auteurs d'une infinité de contes ridicules, prétendent la tirer du premier chapitre de la Genèse, qu'ils expliquent à leur manière. (" Léon de Modène, Cerem, partie IV, chap. VIII. ") » (P. 315.) F. Lenormant, *Les Origines de l'histoire d'après la Bible et les traditions des peuples orientaux*, Maisonneuve et Cie, 1880, consacre tout le chapitre VII de son livre à l'*interprétation* de la *Genèse*, *VI, 2 et 4, qui* fait la distinction entre les enfants de Dieu et ceux des hommes. Certains docteurs de l'Église ont admis qu'il exista des unions entre les filles des hommes et les anges ; mais il existe aussi, chez les Chaldéo-Babyloniens et les Juifs, la croyance qu'il y eut et qu'il y a union des succubes avec les hommes. Lilith, nommée parmi les anges déchus dans le livre d'Énoch (IV, 70), s'unit à Adam et suscita des démons.

La tradition ajoute que tout homme peut connaître avec Lilith la mésaventure d'Adam. C'est l'opinion de Moïse Maïmonide, et de saint Jérôme qui considère que les incubes, les satyres et les sylvains peuvent être nés de ces unions. On l'a vu d'après Moréri, ce démon femelle, fille de Satan, passait en tout cas pour ne pas partager la volupté de l'homme; dans quelques légendes, elle irait jusqu'à se refuser à l'étreinte d'Adam. Hugo reprit ces traditions dans *La Fin de Satan*, d'une tout autre manière qu'Anatole France : c'est pour expliquer la corruption de l'humanité avant le déluge qu'il dota Satan d'une fille, Isis-Lilith.

2. Ami de Frédéric Plessis, Jean Psichari publia chez Hachette une édition des *Adelphes*, de Térence (1881), abondamment citée dans celle que Plessis publia, lui, chez Klincksieck, en 1884. C'est par son ami intime Plessis que France dut faire sa connaissance. Jean Psichari enseigna dès 1885 à l'École des hautes études, avant d'enseigner, de 1904 à 1929 (année de sa mort), à l'École des langues orientales. Ce fut un grand professeur de la grammaire historique du grec, et le défenseur, dès 1888, de la langue démotique comme langue nationale grecque.

Page 629.

LÆTA ACILIA

Ce conte parut le 1er avril 1888 dans la rubrique « La Vie littéraire » du Temps *sans dédicace, et sous le titre : « Læta Acilia. — Conte pour le jour de Pâques. » Il ne comprend pas la « Note sur un point d'exégèse » qui le termine dans le recueil.*

1. Le nom d' « Acilius » était réellement le nom d'une famille romaine. Quant au prénom « Læta », il signifie « la Joyeuse » : il correspond à cette joie dans le Seigneur que l'Ancien Testament célèbre, par exemple dans le psaume CXXI du bréviaire romain (« *Laetatus sum...* » : « Je me suis réjoui de cette parole qui m'a été dite : Nous irons dans la maison du Seigneur »), tout comme l'ordinaire de la messe, qui commence par : *« Introibo ad altare Dei / Ad Deum qui laetificat juventutem meam »* : « Je m'approcherai de l'autel de Dieu / Du Dieu qui réjouit ma jeunesse. »

2. Ernest Renan avait épousé une fille du peintre Henry Scheffer, frère d'Ary Scheffer. Fils d'Ernest Renan, Ary (1857-1900), élève de Puvis de Chavannes et de Delaunay, exposa au Salon des tableaux à partir de 1880. Beaucoup sont inspirés des voyages qu'il fit avec son père en Syrie et en Terre sainte : *Les femmes de Byblos au fleuve Adonis*, 1883; *La Fille de Jephté*, 1886; *Prédiction sur le lac de Gehézareth*, 1887.

3. Tibère fut empereur jusqu'en l'an 37. Le récit d'Anatole France se situerait donc peu après la passion du Christ, et non, comme le prétend une des traditions que nous rapportons ci-dessous, quatorze ans après elle.

Page 630.

1. Ce récit s'appuie sur le *Bréviaire romain*, fête de sainte

Marthe, 29 juillet : « Marthe, née de parents très nobles et très riches, mais plus célèbre comme hôtesse du Christ, après l'ascension au ciel, avec son frère, sa sœur et Marcelle sa servante, et Maximin, un des soixante-douze disciples du Christ, lequel avait baptisé toute la maison de Marthe et avec beaucoup d'autres chrétiens, fut prise par les Juifs, placée dans un navire sans voiles ni rames et livrée à une mort certaine sur la mer immense. Mais le navire, sous la direction de Dieu, tous étant saufs, arriva à Marseille. » Le récit s'inspire aussi d'anciens offices de sainte Marthe, saint Lazare et sainte Marie-Madeleine : l'exil de Marthe et de ses compagnons se situerait quatorze ans après la Passion du Christ, et le navire aurait touché la Gaule au point actuellement nommé « Les Saintes-Maries-de-la-Mer ». Une vie de Madeleine, du xe siècle (Bibliothèque nationale), précise qu'avec son frère Lazare elle se serait logée dans le péristyle d'un temple en ruine, situé devant le portique du temple de Diane à Marseille. Ils prêchaient là l'Évangile à ceux qui entraient pour adorer la déesse. Le gouverneur alerté les fit arrêter, puis relâcher, peut-être à la suite d'un miracle. On inventa en effet ce miracle : il s'agit de l'histoire du « Prince de Marseille », qu'on trouve chez Jacques de Voragine et Vincent de Beauvais, et qui doit remonter aux Croisades. Le monarque déclare qu'il se convertira si sa femme, jusqu'alors stérile, devient mère, mais qu'il ira aussi vérifier auprès de saint Pierre les dires de Marie-Madeleine. Il part pour Rome, et, au cours du voyage, la reine accouche et meurt. Le roi la fait déposer dans une île avec son enfant. De retour des Lieux saints, il retrouve vivants sur l'île la mère et l'enfant. Tous, évidemment, se font baptiser. Cette légende a inspiré un peintre verrier qui l'a représentée sur un vitrail de la cathédrale d'Auxerre, au XIIIe siècle. Elle est à l'origine du conte d'Anatole France, car il l'a lue dans *La Légende dorée*, sous le titre « Sainte Marie-Madeleine pécheresse (22 juillet) ». Ce qui le fait croire, c'est que la servante de Marthe y est nommée « Matille » et non « Marcelle », comme dans les autres sources, et l'aveugle-né « Cédon ». France reprend ces noms. Compilation de tous les récits que nous avons cités sur Marie-Madeleine, *La Légende dorée* lui offrait la version la plus complète des traditions et des légendes. Inutile de préciser que le récit sur Marie-Madeleine y est totalement édifiant, et que la sainte n'y connaît aucun échec dans son apostolat.

2. Cédon est plus souvent nommé « Cédoine », ou « Célidoine ». Les anciens offices le donnent en effet comme compagnon de la troupe chrétienne chassée par les Juifs dans le vaisseau sans mât. Ils y ajoutent Eutrope, Saturnin, Marie Cléophas, Marie Salomé et Sara l'Égyptienne, ainsi que la servante qu'Anatole France, dans le conte, nomme « Mantille », mais qui est généralement nommée « Marcelle », sauf dans *La Légende dorée*.

3. Béthanie, village sur la route de Jérusalem à Jéricho, non loin du mont des Oliviers. Jean, XI, 1, y fait habiter Lazare, Marthe et Marie.

Page 631.

1. Luc, VII, 37-38 : « Et voici, une pécheresse qui se trouvait dans la ville, ayant su qu'il était à table dans la maison du pharisien, apporta un vase d'albâtre plein de parfums, et se tint aux pieds de Jésus. Bientôt elle les mouilla de ses larmes, puis les essuya avec ses cheveux. » Même récit dans Jean, XII, 3.

2. Luc, X, 38-42 : « Comme Jésus était en chemin avec ses disciples, il entra dans un village, et une femme nommée Marthe le reçut dans sa maison. Elle avait une sœur, nommée Marie, qui, s'étant assise aux pieds du Seigneur, écoutait sa parole. Marthe, occupée aux soins domestiques, survint et dit : " Seigneur, cela t'est-il indifférent que ma sœur me laisse seule pour servir ? Dis-lui donc de m'aider. " Le Seigneur lui répondit : " Marthe, Marthe, tu t'inquiètes et tu t'agites pour beaucoup de choses. Une seule chose est nécessaire. Marie a choisi la bonne part, qui ne lui sera point ôtée. ". » Le terme de « Nabi », employé dans le conte d'Anatole France, est un terme de respect adressé aux religieux chez les Hébreux.

3. Matthieu, XIX, 13-15, dit que l'on amenait les enfants à Jésus, afin qu'il leur imposât les mains.

4. Cette résurrection se lit dans Jean, XI, 38-44. Mais c'est Anatole France qui prête au Ressuscité la pâleur et le regard plein de l' « horreur d'avoir vu les limbes », nom, rappelons-le, du séjour des justes de l'ancienne loi qui moururent avant la venue du Messie.

Page 634.

1. Le récit de l'onction des pieds de Jésus se trouve dans Jean, XII, 1-8; la scène se déroule à Béthanie, peu avant la dernière pâque, comme l'onction de nard sur la tête de Jésus dans Matthieu, XXVI, 6-14, et Marc, XIV, 3-9. Dans les trois cas, les disciples murmurent et s'indignent de la dépense, et Jésus prend la défense de la femme, en proclamant que ce parfum est destiné à sa sépulture.

2. Luc, VIII, 2, mentionne parmi les femmes suivant le Christ Marie dite de Magdala, de laquelle étaient sortis sept démons. *La Légende dorée* écrit : « Et le Sauveur prit sa défense contre les pharisiens, et il chassa d'elle sept démons, et il l'embrasa de l'amour divin. » Renan avait, dans *Les Apôtres*, en 1866, insisté sur le fait que « la possédée Marie de Magdala » « a su mieux que personne affirmer son rêve, imposer à tous la vision sainte de son âme passionnée ». « Après Jésus, écrit-il, c'est Marie qui a le plus fait pour la fondation du christianisme. L'ombre créée par les sens délicats de Madeleine plane encore sur le monde. » (*OC*, 4, p. 478.)

Page 635.

1. Le récit de la résurrection se trouve dans Jean, XX, 11-16.

Page 636.

a. je ne le verrai pas, moi ? Tu m'as gâté jusqu'à la joie d'avoir un enfant. Cruelle, tu m'as montré que ta vie fut lumineuse et pleine et que la mienne eſt terne et vide. Je te hais et je t'envie. Je ne veux pas *T ↔ b.* pas plus hautes que le doigt et avec lesquelles on peut s'amuser sans crainte. Voilà le dieu qu'il faut aux enfants, et moi, je sens que je serai toujours un enfant. Je n'ai pas mené la vie d'une pécheresse, je n'ai pas été possédée de sept démons. Va-t'en, te dis-je, et me laisse à mes petits dieux, qui sont presque des jouets / Madeleine, *T*

1. Maximin, dit la tradition, évangélisa Aix; Marthe évangélisa Tarascon. Le bréviaire romain et celui de Meaux, ainsi que la liturgie d'Arles, font se retirer Madeleine à la Sainte-Baume. Cela semble une addition tardive, car les Actes de la sainte (écrits du ve au vi^e siècle), non plus que Raban Maur, *Vie de sainte Marie-Madeleine et de sainte Marthe,* ne parlent de cette retraite. Les Actes sont conservés par trois manuscrits de la Bibliothèque nationale datant du xe siècle, et Raban Maur par un manuscrit d'Oxford, transcription du xive siècle d'un texte plus ancien. Quant à *La Légende dorée*, après avoir rapporté l'heureux retour du prince de Marseille, de sa femme et de son fils, et leur baptême par Maximin, elle ajoute : « Madeleine et ses disciples allèrent ensuite, suivant l'inspiration de Dieu, à Aix, où ils firent de grands miracles et où le bienheureux Maximin fut ordonné évêque. Alors Madeleine, avide de se consacrer à la contemplation, se retira sur une montagne escarpée, et elle reſta trente ans dans un endroit qu'avaient préparé les mains des anges. »

Page 637.

1. Dans l'Église grecque, en faveur de la diſtinction entre les personnages de Marie, se déclarent Origène au iiie siècle, saint Jean Chrysoſtome au ive, les conſtitutions apoſtoliques au ve, Jean de Thessalonique au viie. Mais Clément d'Alexandrie, au iie siècle, Eusèbe de Césarée, au ive, se prononcent en faveur de l'unité. On ne peut donc pas affirmer comme Anatole France que la diſtinction soit unanime. Elle eſt en tout cas majoritaire.

2. Dans l'Église latine, en effet, règne un courant conſtant d'opinion en faveur de l'unité, depuis le iiie siècle. Tertullien, saint Ambroise, saint Hilaire de Poitiers, saint Jérôme, saint Grégoire le Grand, enfin presque tous les théologiens et docteurs sont attachés à cette unité, qu'en 1516 nie Jacques Lefèvre d'Étaples dans son écrit *Maria Magdalena*. Cet humaniſte eſt attaqué sur la prière de l'évêque de Paris, Étienne Poncher, par Jean Fischer, évêque de Rocheſter, dans *Joannis Fischer de unica Magdalena,* 1519. C'eſt à la suite de cette controverse, que, le 1er décembre 1521, la Faculté de théologie de Paris — autrement dit la Sorbonne — proclame son attachement au sentiment *de saint* Grégoire sur l'unité des Marie, conformément à l'Évangile et à la liturgie, eſt-il précisé. Mais Tillemont, dom Calmet, Bossuet soutinrent la diſtinction des personnages, tandis que Lacordaire se rangea du côté de l'unité. Il n'y a pas là matière qui mette la foi en jeu. Mais on devine bien que l'érudit Anatole France se place plutôt du côté des hypercriticiſtes : un dom Calmet, un Jean de Launoy qui en 1641

écrivit *Dissertatio de commentito Lazari et Maximini, Magdalenae et Marthae in provinciam appulsu*, contre l'opinion que Marie-Madeleine est morte en Provence et même qu'elle s'y est rendue. Jean de Launoy faisait la guerre aux légendes, et beaucoup de ses ouvrages furent mis à l'Index.

3. Les Évangiles appellent en effet Marie, et non Marie-Madeleine, la sœur de Marthe et de Lazare; il y est dit qu'elle est de Béthanie en Judée, et non de Magdala en Galilée. Il semble au reste peu convenable que la sœur de Marthe et de Lazare puisse être une courtisane. Mais les adversaires de la distinction des personnages trouvent à répliquer à chacun de ces arguments, quoique d'une façon un peu retorse.

Page 638.

L'ŒUF ROUGE

Ce conte parut le 10 avril 1887 dans Le Temps, *sous le titre : « L'Œuf rouge. — Conte pour le jour de Pâques », et sans dédicace.*

1. Le docteur Samuel Pozzi, docteur en médecine en 1873, agrégé en 1875, président de la Société d'anthropologie en 1888, se spécialisa en gynécologie, mais commença par la chirurgie générale et fut élève de Broca et de Richet. Il écrivit alors des *Mémoires* sur les circonvolutions cérébrales (1875) et le crâne (1879), et plusieurs articles sur le poids et la morphologie du cerveau. Il traduisit en 1877, en collaboration avec le docteur René Benoit, *L'Expression des émotions chez l'homme et les animaux*, de Charles Darwin. Sa collection de tableaux de l'avenue d'Iéna était célèbre. Il fréquentait les salons mondains, en particulier ceux de Mme Aubernon et de Mme de Caillavet.

2. Anatole France résume ici les chapitres XII et XIII de *Jocaste*.

Page 639.

1. Sur la vogue de l'hypnose et les controverses suscitées par la théorie de la suggestion, voir les notes 1 et 2 à la page 607. Ajoutons qu'en 1886 s'était fondée une *Revue de l'hypnotisme expérimental et thérapeutique*, dans le premier numéro de laquelle A.-A. Liébault publia « Confession d'un médecin hypnotiseur » (p. 105-110 et 143-148). Anatole France se méfia toujours des expériences de suggestion provoquées, tout particulièrement de celles qui étaient à la mode dans les salons : il les attaque dans *L'Univers illustré* le 10 juillet 1886, et le 14 janvier 1888, au moment de la plus grande vogue d'un certain docteur Luys. Mais il était attiré par les questions concernant la folie, tout comme par les fous eux-mêmes. Exprimant cette prédilection dans l'article du *Temps*, « Les Fous dans la littérature » (19 juin 1887, *VL*, I), il admet aussi que nos organes ne nous permettent point de tout percevoir et analyser dans la nature, et qu'il peut exister des « enfants de l'air », comme le Horla de Maupassant.

Page 640.

1. « Quand on a franchi la porte extérieure ou bavolle près de laquelle était jadis le gibet de l'abbé, et qu'on a dépassé l'ancien corps de garde aux bourgeois [...], alors on se trouve dans la place d'armes dite cour du Lion [...] Ces gigantesques tubes de fer, rouillés et écaillés par le temps, ce sont les glorieuses Michelettes, ces canons, trophée de la retraite des Anglais dans le grand siège de 1427. » *Itinéraire descriptif et historique du voyageur dans le Mont-Saint-Michel*, par E. Le Hericher, Avranches, 1857, p. 21. « Au-delà de la herse commence la rue grimpante du Mont. Les maisons [...] ont un intérieur sombre [...] Plusieurs gardent encore les noms d'autrefois [...] la maison du *Goblin*, la *coquille*, la maison de dame Typhaigne, l'épouse de Du Guesclin, la savante astrologue dite Typhaigne la Fée, qui demeurait en haut de la ville, où des ruines romaines montrent la place de son observatoire. » (P. 25-26.)

Page 645.

1. *Histoire auguste*, chap. XIII de la *Vie d'Alexandre Sévère*, trad. A. de V..., Paris, Couterot, 1667 : « Encore le mesme jour qu'il naquit une bonne Vieille apporta un œuf de Pigeon de couleur de Pourpre à sa Mère, lequel venait d'estre pont. D'où les Aruspices dirent qu'il serait Empereur; mais que ce ne serait pas pour longtemps. » *(« Ovum purpurei coloris, eadem die natum qua ille natus est, palumbinum, anicula quaedam matri ejus obtulit : ex quo quidem aruspices dixerunt imperatorem illum, sed non diu futurum, et cito ad imperium perventurum. »)* On voit qu'Anatole France modifie un peu le texte de Lampride, qui parle d'œuf de pigeon. Il est plus facile à un farceur de substituer un œuf à un autre, sans se faire remarquer, dans un poulailler que dans un pigeonnier.

Page 646.

a. vous nous avez conté là un affreux conte de Pâques. / Il est affreux, répondit le docteur, *T*

Page 647.

ABEILLE

Ce conte a été publié dans La Revue bleue *les 8, 15, 22, 29 juillet 1882, et, en février 1883, chez Charavay, avec des illustrations de A. Gouze. Dans* La Revue bleue, *le conte comprenait vingt-trois chapitres ; les éditions suivantes en ont vingt-deux après l'élimination du primitif chapitre V (voir Appendices, p. 715).*

1. Florentin Loriot : ancien élève de l'École des sciences politiques, avocat, il vivait en Normandie et fréquentait Anatole France rue Chalgrin. Il collabora au *Courrier de l'Ouest* et écrivit des poèmes et des essais, d'une inspiration chrétienne et républicaine, dont les mérites tiennent beaucoup plus des bonnes intentions de leur auteur que de son style. Dans *L'Univers*

illustré du 15 juin 1889, France écrit à son propos : « Florentin Loriot, une des intelligences les plus variées et l'âme la plus pure que je connaisse. »

2. Blanchelande est le nom d'une abbaye située dans le Cotentin, à quelques kilomètres du bourg de Lessay. Barbey d'Aurevilly les a tous deux fait figurer dans son roman *L'Ensorcelée*; il se peut qu'Anatole France ait ici une réminiscence du roman, tout comme dans *Le Crime de Sylvestre Bonnard*, où le père de Clémentine s'appelle M. de Lessay. Mais il ne faut pas oublier qu'il connaissait lui-même la région.

Page 648.

1. Louis Figuier écrivit *La Vie et les mœurs des animaux*, livre de vulgarisation expressément destiné aux enfants et aux gens du monde; le premier tome, paru chez Hachette en 1866, s'intitule *Zoophytes et mollusques*. Quant au microscope, il figure dans *Les Grandes Inventions modernes dans les sciences, l'industrie et les arts*, Hachette, 1874.

2. *Vingt mille lieues sous les mers* parut chez Hetzel, dans la « Bibliothèque d'éducation et de récréation », en 1877. Il faut reconnaître que ce n'est pas le roman le plus aisément lisible de Jules Verne, à cause des nomenclatures de bêtes marines qu'il contient. Anatole France le vise vraisemblablement ici, encore que le passage sur la seiche ne s'y trouve point; mais au chapitre I de la seconde partie, on lit cette indigeste description : « L'embranchement des mollusques se divise en cinq classes [...] la première classe, celle des céphalopodes dont les sujets sont tantôt nus, tantôt testacés, comprend deux familles, celle des dibranchiaux et des tétrabranchiaux, qui se distinguent par le nombre de leurs branches [...] la famille des dibranchiaux renferme trois genres, l'argonaute, le calmar et la seiche. » La description de Louis Figuier, dans *Zoophytes et mollusques*, p. 476, comprend celle de l' « os de seiche » formé de carbonate de chaux. Elle n'est guère plus ardue que celle de Jules Verne.

Page 651.

1. Cela situe le conte aux environs de la prise de Constantinople par les Turcs, en 1453.

Page 653.

1. C'est une réflexion qu'Anatole France prend à son propre compte dans *Le Livre de mon ami*, « Nouvelles amours », chap. VII, n. 1, p. 499, à propos de son horreur pour le manuel d'exercices de Coquempot.

2. Autre forme, attestée jusqu'au début du XXe siècle, de « synecdoque » (figure de rhétorique par laquelle on exprime la partie pour le tout, ou inversement).

Page 654.

a. CHAPITRE VI / Qui dit comment la duchesse mena Abeille et Georges à l'ermitage et la rencontre qu'ils y firent d'une affreuse vieille. / Quelques instants après que Gertrude eut fini de conter l'histoire des lutins, la duchesse sortit du château sur son grand alezan, ayant à sa gauche Georges de Blanchelande, *RB*. Voir l'ancien chapitre V à l'Appendice, p. 715-717.

Page 657.

1. On appelait « madre », au Moyen Âge, du bois veiné, comme loupe ou racine d'orme, de frêne ou de bruyère, dont on faisait des vases et des hanaps, ainsi que des tables. « Madré » signifiait « aux veines très apparentes », « de couleurs très variées ».

Page 658.

1. C'est le propre de tout être naïf, animal ou enfant, de se croire le centre du monde. Anatole France l'écrit dans *Le Livre de mon ami*, « Premières conquêtes », chap. v, à propos de sa propre enfance; et le fera écrire par Riquet dans une de ses *Pensées* (voir *Le Livre de mon ami*, n. 1, p. 450).

Page 659.

1. Cette statue servait souvent d'enseigne aux boutiques (n'oublions pas que les ponts étaient bâtis au Moyen Âge); naïve et ironique, cette « femme sans tête » signifiait : « Tout y est bon. »

Page 663.

1. Cette chanson, l'une des plus connues des vieilles chansons de France, est citée par Anatole France dans sa chronique du *Temps* du 4 août 1889, « Chansons populaires de l'ancienne France — I — Chansons d'amour » (*VL*, III), mais pour les couplets suivants, qui sont à double entente.

Page 665.

1. L'acore a pour espèce principale la fleur appelée vulgairement « jonc odorant » ou « lis des marais », dont le rhizome est employé en parfumerie. Le plantain, espèce fort répandue, dont les graines sont goûtées des oiseaux, peut évidemment croître dans ce paysage, mais il s'agirait plutôt du « plantain d'eau », nom impropre de l'alisme des marécages. Quant à l'épilobe, c'est aussi une fleur fort commune en France, où l'on en compte plusieurs espèces; l'une d'entre elles, l' « osier fleuri », donne de belles fleurs violettes sur un plant qui peut atteindre deux mètres de haut.

Page 667.

1. Les pétoncles sont des mollusques marins; il y a donc là une légère impropriété d'Anatole France, puisque les Ondines vivent en eau douce. Mais, peu à peu, cette eau douce se mue *en eau marine*, au chapitre xvi : l'impropriété peut être voulue.

Page 673.

1. Voir *Les Désirs de Jean Servien*, n. 1 à la page 342. Bélisaire fut maintes fois représenté par les peintres : Van Dyck, Salvator Rosa, David, Gérard, notamment.

Page 677.

1. On reconnaît ici l'argument d'*Andromaque*, et le fantasme exprimé par Anatole France dans le chapitre « Guignol » du *Livre de mon ami*, p. 536.

Page 679.

1. C'est un grand verre à boire, que les Allemands ont coutume, dans certaines cérémonies, de faire circuler parmi les convives, chacun d'eux devant le vider à son tour. Son nom est d'ailleurs une francisation de l'allemand *widerkomm*.
2. Variété de feldspath à reflets nacrés.

Page 680.

1. Cette énumération de gemmes fait quelquefois état de leur valeur symbolique : à l'améthyste, qui préserve de l'ivresse, succèdent le jaspe, correspondant à la constellation de la Vierge, l'émeraude, matière première de la nature féconde, le béryl lunaire, la topaze et le rubis qui sont en relation avec Mars guerrier, le saphir sombre qui correspond à Jupiter et le saphir clair à Vénus, la cynophane, aluminate de glucinium de couleur verdâtre extrêmement dur, l'hyacinthe qui défend de la peste et de la foudre, l'euclase, silicate d'alumine vert pâle ou bleu ciel, la turquoise, symbole de la terre dans son éternel renouveau, l'opale dédiée à Iris, l'aigue-marine dédiée à Vénus, et le grenat ou escarboucle, qui guérit des sombres pensées et fortifie le cerveau. L'ensemble de ces gemmes constitue donc une synthèse des influences planétaires, des dons, des sexes.
2. Dans le poème « L'Invention », p. 72 des *Œuvres complètes*, éd. Garnier, André Chénier écrit :

Ainsi des hauts sapins de la Finlande humide,
De l'ambre, enfant du ciel, distille l'or fluide,
Et sa chute souvent rencontre dans les airs
Quelque insecte volant qu'il porte au fond des mers. [...]

Là les arts vont cueillir cette merveille utile,
Tombe odorante où vit l'insecte volatile ;
Dans cet air diaphane il est lui-même encor,
On dirait qu'il respire et va prendre l'essor.

Page 689.

1. « L'Ironie et la Pitié sont deux bonnes conseillères », écrit France dans *Le Temps* du 6 décembre 1891 (repris dans *Le Jardin d'Épicure*).

Page 693.

a. du manoir de cristal. / Il errait tristement le long des murs *RB*, Charavay

1. La mère d'Achille, Thétis, cache son fils parmi les filles du roi de Scyros, Lycomède, pour éviter son départ pour la guerre de Troie, et le jeune héros, déguisé en femme, file parmi

ses compagnes. Tannhäuser est retenu, lui, par les séductions féminines au Venusberg. Anatole France avait dédié au Venusberg l'un des poèmes d' « Idylles et légendes » des *Poèmes dorés* (1873).

Page 696.

a. curiosité. / — Peuh ! se dit-il, c'est un blanc-bec ! / Georges, se voyant *RS*, Charavay

Page 697.

a. Mais ne parlons point de cela. Ma cousine la reine des Ondines est une coquine à qui je veux jouer un bon tour. Si vous ne répugnez pas *RB*, Charavay ↔ *b.* se mordit les lèvres. Il remarqua la gracieuse fermeté avec laquelle le jeune chevalier surmontait les obstacles et bravait les périls de la route, et il en conclut que c'était un écervelé. Enfin, parvenu aux galeries *RB*, Charavay

Page 700.

1. On évoque ici les « Regrets de la Belle Haulmière » de Villon. La Haulmière, jeune élégante, coiffée comme la fée qui figure dans *Le Crime de Sylvestre Bonnard*, est un personnage d'évocation non courante en 1882 : les études médiévales sont alors d'essor relativement récent.

Page 705.

1. Avalon est une presqu'île anglaise où l'enchanteur Merlin et le barde Taliesin transportèrent le roi Arthur lorsqu'il fut blessé mortellement. On passe des terres légendaires des romans de la Table ronde aux terres fabuleuses de l'Antiquité avec Thulé, extrémité septentrionale du monde pour Tacite, Procope et Sénèque, chantée dans la « Ballade du roi de Thulé » du *Faust* de Goethe.

Page 706.

1. Racine, *Andromaque*, acte III, sc. 1, v. 82 (*Œuvres complètes*, Bibl. de la Pléiade, t. I, p. 271).

Page 711.

a. FIN. / TABLE DES XXII CHAPITRES / dans lesquels l'histoire d'Abeille des Clarides est contée / avec mille détails plus précieux encore à connaître / que les actions auxquelles ces détails / se rapportent. / Charavay, *qui donne ensuite la table des chapitres et de leurs titres.*

Appendices

NOTES

Page 713.

« LE COURRIER DE PARIS » DANS « L'UNIVERS ILLUSTRÉ » DU 5 JANVIER 1884

1. Le 5 janvier 1884, sous la signature de « Gérôme », dans *Le Courrier de Paris* de *L'Univers illustré*, Anatole France publia sur les Rois le développement que nous donnons ici. Dans la même revue, le 26 janvier 1889, Anatole France devait encore une fois évoquer la légende des rois mages, car une partie de sa chronique du jour est dédiée à Renan parlant « joliment » des mages au dîner celtique. Il voit en eux, écrit Anatole France, « les princes du royaume d'éternelle chimère ». Et de conclure : « Quel joli mystère on ferait avec Melchior, Balthasar et Gaspard ! »

Page 715.

CHAPITRE V D' « ABEILLE » DANS « LA REVUE BLEUE » DU 8 JUILLET 1882

1. Voir la Note sur le texte, p. 1297, et la Notule, p. 1312.

THAÏS

NOTICE

« J'ai refait deux fois la conversation de Paphnuce et de Nicias et j'ai fini par rétablir la première version, que tu connais. J'ai seulement ajouté quelques traits que je garderai si tu les approuves[1]. » « Je travaille toujours à notre bon abbé. Je crois que son voyage le long du Nil est assez étrange[2]. » « J'ai pensé aussi qu'il fallait montrer Thaïs au théâtre. Et ce sera tout un beau chapitre à faire [...] les Pères du désert que tu m'as donnés me fournissent des trésors[3]. » Les lettres adressées à Mme de Caillavet par Anatole France attestent que *Thaïs* fut le premier de ses romans à être écrit sous le signe de son amie et du salon de celle-ci. Témoin encore cette lettre « officielle », destinée à pouvoir être lue par tous : « Je commence à m'amuser de cet abbé Paphnuce. Il me distrait de la vie et des choses. Il est sorti de nos conversations, enfin c'est notre secret. Vous ai-je

1. 2 août 1888. Copie communiquée par M. Jacques Suffel.
2. 3 août 1888. Même provenance.
3. 6 août 1888. Même provenance.

assez ennuyée à vous conter ses aventures [...] Et puisque vous voulez savoir où il eſt allé, notre pauvre ami, il est allé à Alexandrie. Il a assiſté à une des représentations du théâtre. Il a vu Thaïs qui jouait le rôle de Polyxène, dans une pantomime tragique. Dans le désert il a rencontré un vieillard tout nu, et je crains bien que Brochard ne se plaigne que je lui aie volé cet homme tout nu, car c'eſt un sceptique et vous savez que notre ami n'entend pas qu'il y ait eu des sceptiques visibles à l'œil nu avant qu'il ne nous les ait montrés. Ils sont à lui[1]. » Tendre complicité, influence à demi reconnue d'un intime (très intime !) de l'avenue Hoche, auteur des *Sceptiques grecs* à quoi France avait dédié sa chronique du *Temps* du 22 mai 1888[2]. Cela semble prouver une évolution décisive dans l'œuvre de l'écrivain. On sait quel rôle certains critiques se sont plu à faire jouer à Mme de Caillavet dans l'élaboration de celle-ci. À les lire, elle aurait suggéré à Anatole France ses sujets; elle aurait même tenu la plume à sa place. On peut, à propos de *Thaïs*, s'assurer que tel n'eſt pas le cas, et apprécier le rôle de l'amie comme celui d'une confidente, capable d'écouter, de discuter, d'encourager. « Je suis contente que tu me parles du conte et contente que tu y travailles, ce sera une œuvre rare et exquise telle qu'il ne s'en trouve guère dans aucune littérature[3]. » C'eſt beaucoup d'avoir donné à France confiance en lui-même. Sa femme Valérie n'en avait pas fait autant. Mais ce n'eſt pas comme écrivain que Léontine de Caillavet collabora à *Thaïs*. Sa profonde influence sur le roman se situe ailleurs : elle fit vivre Anatole France, pendant qu'il l'écrivait, dans des exaltations et des souffrances continuelles. Il les projeta dans les personnages qu'il était en train de créer.

Quant aux préoccupations philosophiques et à la sensibilité littéraire qui firent naître *Thaïs*, tout familier des écrits d'Anatole France sait qu'elles exiſtent en lui depuis ses débuts. Le conte de *Læta Acilia*, paru en avril 1888, eſt déjà le signe de leur résurgence. Œuvre plus longue et plus méditée, *Thaïs* épanouit exemplairement en esprit « décadent » tout un aspect de l'eſthétique parnassienne, déjà présent dans le recueil *Balthasar*. Mineur lors de la pleine floraison du Parnasse, c'eſt celui qui dure le mieux, et porte sans interruption des fruits jusqu'à ces années 1885-1890. Leconte de Lisle avait marqué sa préférence pour les époques de la pleine civilisation grecque et latine, exaltant leur vigueur et leur fécondité contre la ſtérilité de l'époque moderne. À côté de lui (qui les écrase un peu, car il tient à être reconnu comme détenteur de l'orthodoxie du groupe), certains de ses disciples s'intéressent, eux, aux époques

1. Vente Andrieux, 1er-2 juin 1932, *Livres, manuscrits, dessins*, n° 1777 du catalogue. Datable d'août 1888 par le contexte, non datée.
2. *La Vie littéraire*, II, « Sur le scepticisme ».
3. Lettre en possession de M. Daniel Sicklès, 26 juillet 1888.

de transition. Ils sont particulièrement attirés par la longue période qui va de la naissance du christianisme à son triomphe, mettant en contact une civilisation multiple et raffinée, mais donnant des signes de fatigue, et le christianisme neuf et fruste. Ainsi de Frédéric Plessis, grand ami d'Anatole France, grand connaisseur des élégiaques, qui donna dans les deux dernières livraisons du *Parnasse contemporain* des poèmes inspirés d'eux. Ainsi de Léon Valade et de Louis Ménard. Anatole France est du côté de ceux-ci; il a de l'Antiquité une vision plus variée, plus vivante, plus inquiète aussi que Leconte de Lisle, qui, au témoignage de Louis-Xavier de Ricard[1], ne la tolère pas toujours bien. C'est au temps de l'empereur Claude qu'il place la lecture du manuscrit *Le Beau Chef Mastarna, chronique antique*[2]; il décrit avec force détails, empruntés pour la plupart à Suétone, la gloutonnerie de l'empereur. Un an après, il fait paraître dans *Le Bibliophile français* son article sur « Marie-Magdelaine », opposant à la figure calme d'Hélène la « pécheresse sublime » d'un temps d'« inassouvissement ». Avant 1870 parurent aussi des poèmes d'Anatole France significatifs de son goût pour une certaine Antiquité : « Un sénateur romain » et « La Part de Madeleine » sont publiés en 1869. Le poème « La Légende de sainte Thaïs, comédienne[3] », paru dans *Le Chasseur bibliographe* du 1er mars 1867, n'est donc pas un hasard dans l'œuvre d'Anatole France. Il s'insère dans une protohistoire cohérente de la sensibilité de l'écrivain.

On parlera de protohistoire, parce que Anatole France n'y a pas encore acquis de douceur de touche. Il s'en faut. Il a modifié le canevas des *Vies des Pères du désert* d'une manière très caractéristique. Déjà, comme dans son roman de 1889, Thaïs n'est plus une courtisane quelconque, mais une comédienne habile au chant et à la danse. On reconnaît l'obsession du personnage d'Élise Devoyod, promis dans son œuvre à maintes métamorphoses. Les chrétiens sont présentés par lui sous un jour odieux : crasseux, puritains, prompts au crime, ils entreprennent de lapider Thaïs, que sauve un grand vieillard invoquant l'Évangile. Rien de tel, on s'en doute, dans les *Vies des Pères*. Paphnuce, auquel Anatole France ne donne pas son nom, y est un pieux abbé, qui entreprend et réussit privément la conversion de la courtisane. Celle-ci est immédiatement frappée par la grâce. Thaïs au contraire ne se repent, chez Anatole France, que parce qu'elle est délaissée par un amant qu'elle a tout d'abord trahi : prétexte à un long récit, au cours duquel le poète donne une description très appuyée des charmes de la jeune femme. Il semblerait que « La Légende de sainte

1. *La Revue*, « Anatole France et le Parnasse contemporain », 1er février 1902, p. 301-319.
2. *Le Chasseur bibliographe*, 1er février 1867, p. 41-46.
3. Voir Appendices, p. 865.

Thaïs, comédienne », rejoigne ensuite la tradition : après la conversion de la courtisane, celle-ci procède à l'holocauste de ses biens; le vieillard l'enferme dans une étroite cellule pour sa pénitence. Mais on assiste ensuite à un étrange rebondissement. La cellule de Thaïs, qui ne se trouve point dans un monastère, mais en pleine Thébaïde, est ouverte par Paphnuce au bout de vingt mois. Un ange la conduit alors vers « une femme au long sourire pâle », à laquelle la courtisane s'unit par un baiser. Curieuse scène, plus qu'à demi allégorique, il est vrai : elle est conçue pour opposer la phrase de l'ascète : « Le verbe est dans ton sein, car le verbe est SOUFFRANCE[1] », à la phrase finale de l'ange : « Aimez-vous, leur dit-il, car le verbe est AMOUR[2]. »

Un anticléricalisme violent, une revendication du droit à la vie contre une doctrine de la souffrance, qui déforme, selon Anatole France, la leçon divine : voilà tout d'abord ce qui frappe dans ce long poème. De facture très médiocre, il ne susciterait certes pas notre intérêt, s'il n'était pas le premier balbutiement d'un roman réussi. On s'avise, en comparant les deux œuvres. que leurs morales finales ne sont pas foncièrement très différentes ! Dans le roman Thaïs est sauvée, parce qu'elle a su aimer : l'abbesse a compris qu'elle pouvait exercer ses talents, naguère impurs, pour l'édification de la communauté. Dieu lui-même a épargné la pénitente : il l'a délivrée de sa cellule au bout de soixante jours seulement, alors que les *Vies des Pères* l'y font demeurer trois longues années dans la solitude et le silence. En revanche, l'austère abbé Paphnuce est puni de son austérité par la damnation; la leçon est plus directe encore que dans le poème, et, pour la rendre plausible, Anatole France a rajeuni l'ascète, qui a seulement trente ans dans le roman. Mais quelle insinuante douceur dans celui-ci, quel art dans la restitution apparemment impartiale, quel chatoiement de mœurs et de doctrines sur un fond d'incertitude !

Anatole France parvint à vrai dire assez rapidement à mieux fondre ces contrastes. Il comprit mieux aussi la grande soif de changement qui travaillait les converties, dans un monde dont il sut traduire l'égarement et l'usure, à la fin des civilisations antiques. Il y fut aidé par ses réflexions scientifiques. Le darwinisme, qu'il explorait passionnément en compagnie de Paul Bourget, lui inspira d'abord une confiance totale; puis il le relativisa sous l'influence de Littré, de Lyell et de Spencer. On a vu dans le personnage de Longuemare de *Jocaste* l'effet du rejet du scientisme intégral, et, dans celui de Sylvestre Bonnard, l'acceptation d'une « voie moyenne » des sciences historiques. C'est en 1875 que, dans la Note sur *La*

1. P. 870.
2. P. 871.

querelle des imaginaires[1], Anatole France proclame que nous sommes irrémédiablement en proie aux apparences, quelque exactes que nous puissions tenter de les rendre par l'étude des phénomènes. Toute connaissance se détache donc, dès lors, sur un fond de néant : Anatole France peut comprendre les méditations du parnassien Henry Cazalis (Jean Lahor) qui publie en 1875 *L'Illusion, chant de l'Amour et de la Mort*, recueil fortement teinté de bouddhisme, tandis que Paul Bourget, avec *La Vie inquiète*, exprime en vers médiocres un très lucide sentiment de malaise. Pour lui, il écrit avec « Les Femmes d'Horace » et « Leuconoé » une analyse des langueurs et des fièvres des femmes les plus sensibles aux suggestions de leur temps, les courtisanes antiques. « Saintes aventurières », elles appellent et hâtent le règne du Christ. Il n'y a plus trace d'anticléricalisme dans ces œuvres.

Il est vrai qu'il n'en va point tout à fait de même dans *Les Noces corinthiennes*, publiées en même temps que *Leuconoé*; Anatole France a beau, dans la *Préface*, protester qu'il « porte aux choses saintes un respect sincère », il prend visiblement parti contre Kallista, mère de Leuconoé, qui engage sa fille à prononcer des vœux de chasteté malgré les promesses qui l'ont fiancée au païen Hippias. Il prend parti, du même coup, contre les austérités, les fanatismes impliqués dans la nouvelle religion, alors qu'Artémis et Aphrodite chantent le lamento d'une civilisation voluptueuse, amoureuse de la beauté et de la sérénité dans l'amour. Contradiction avec « Leuconoé » ? Non pas, mais bien reconnaissance par l'écrivain d'une civilisation de l'amour complexé, qui remplace l'ancienne. Les femmes désormais interdites à l'homme perdent la spontanéité du bonheur. Mais, dans la mesure où celui-ci est douteux et fugitif, elles gagnent d'autre part la bienfaisante illusion d'un autre bonheur, éternel celui-là. Le Christ est leurs recours, leur amour d'autant plus incorruptible qu'il est tout entier transféré dans leur imagination. Sont-elles lasses de la terre et trompées dans leur soif d'idéal, le christianisme leur est bienfaisant. Il les fait souffrir, si elles ont encore en elles de *quoi se plaire* aux charmes de la terre. Ainsi de Daphné; ainsi de l'héroïne d'un poème de 1876 aussi, « La Prise de voile », à laquelle une voix chuchote qu'elle pourrait un jour regretter « le songe de la vie » : *Sais-tu si ton Jésus imprima ses stigmates / À tes pieds, à tes mains, contre tes tempes mates / Et jusqu'en ta poitrine assez profondément ? // Pourras-tu, comme a fait cette ardente Marie, / Portant un paradis dans ton âme fleurie, / Vivre d'un rêve unique et mourir en rêvant ? / Sauras-tu voir, comme elle, au fond des basiliques, / Le tombeau déserté, les témoins angéliques, / Et sentir près de toi l'Ami, le Dieu vivant ?* Du moins le pari

1. *Œuvres* de Jean Racine, t. V, Lemerre.

est-il beau, est-il concevable pour la femme. L'homme, en revanche, a tout à perdre dans cette nouvelle civilisation, s'il se refuse aux troubles blandices de la mort et du manque.

Avec *Les Noces corinthiennes*, Anatole France écrit une sorte de négatif d'*Atala*, précisément parce que le jeune Hippias revendique, lui, le droit à la liberté, à la tranquillité heureuse du désir. L'œuvre prend donc l'allure d'un réquisitoire contre le christianisme. Mais au profit d'une civilisation dont *Les Noces corinthiennes* mêmes marquent, d'autre part, qu'elle est en déperdition. Aphrodite et Artémis en sont les aspects lumineux, mais allégoriques. En revanche, ses aspects noirs sont bien réels : les sorcières qui, parmi les tombes, errent pour procurer des amours interdites, sont le recours de la grande inquiétude païenne. La chrétienne Daphné ne s'adressera que par circonstance à la « Saga » : mais celle-ci, pharmacopole et entremetteuse, a pour cliente désignée Leuconoé, cette païenne douloureuse. France l'a évoquée, elle et ses semblables, faisant « la fortune des Chaldéens immondes et de tout ce qui, dans la ville, vendait des horoscopes et vendait des miracles[1] ». Le crépuscule des dieux païens est sans remède. Si bien que, dans *Les Noces corinthiennes*, l'invocation du poète à la « blanche sœur des Muses », Hellas, est elle-même marquée du signe de la mort : *Moi, j'ai mis sur ton sein de pâles violettes, / Et je t'ai célébrée, alors qu'un Dieu jaloux, / Arrachant de ton front les saintes bandelettes, / Sur le parvis rompu brisa tes blancs genoux*. Les injures qu'adresse le héros du drame au « Dieu des Galiléens », « Prince impur d'une race infestée », sont celles d'un vaincu, d'un rival malheureux, celles que l'amoureux délaissé d'Élisa Rauline pouvait adresser au Christ. Mais elles sont vaines. Ce n'est pas par hasard qu'Anatole France a dédié son œuvre et les différentes parties de celle-ci à des amis qui ressentaient vivement, comme lui, le déclin qui marque les époques de transition : décadence antique, décadence contemporaine. Frédéric Plessis, Henri Cazalis, Emmanuel Des Essarts, Paul Bourget sont cités en témoignage d'un état d'esprit bien différent de l'anticléricalisme primaire de « La Légende de sainte Thaïs, comédienne ». Un personnage de l'œuvre de France en rend aussi bien témoignage, c'est Jean Servien. Il hait son éducation chrétienne; il la rend responsable de ses insuccès et de ses faiblesses. Mais il ne peut s'empêcher de se plaire aux poisons dont il meurt : il aime rêver plus que posséder, briser des interdits plus que s'épanouir. Son idéal féminin, autant que Cléopâtre, est Isabelle la Catholique dans son cercueil, beauté plus émouvante d'être proche de la décomposition.

Si douze ans après « Leuconoé » et *Les Noces corinthiennes*, vingt et un ans après « La Légende de sainte Thaïs », le roman

1. *Le Temps*, « Les Femmes d'Horace », 5 janvier 1876.

Thaïs s'inscrit parfaitement dans le courant de la littérature décadente contemporaine, c'est qu'il prend sa source dans une mouvance de la poésie parnassienne qui se préparait, et qui se réclamait de deux grands précurseurs romantiques de l'état d'âme décadent : Sainte-Beuve et Théophile Gautier. C'est aussi que ce roman correspond à une obsession de la sensibilité de France; on peut même dire à une blessure de celle-ci. Les sources livresques de *Thaïs* sont innombrables. Mais elles sont vivifiées par la force d'une expérience personnelle. On est frappé par la persistance de thèmes et d'images entre le roman et les œuvres antérieures, qui le préparent. Thaïs est comédienne, Thaïs est l'incarnation de l'amour, Thaïs est comparée à la déesse Hâtor, l'Aphrodite égyptienne, dès le poème de 1867. Leuconoé est dévorée des mêmes inquiétudes que Thaïs. Orientale comme elle, elle a, comme elle, recours aux sorciers et aux astrologues. Sa superstition l'attache à des divinités asiatiques, Atys, Adonis, Mithra, Jésus, qui ne triomphe d'eux enfin que parce qu'il est « et plus triste et plus pur[1] ». La figure de Madeleine, figure fondatrice, passe dans le poème sur Thaïs et dans le poème sur « La Prise de voile », avant de s'inscrire dans le roman comme équivalence mystique de la comédienne convertie. Mais en face de cette attirance pour la belle pécheresse devenue sainte, une opposition au « Dieu farouche » du christianisme apparaît, dès qu'un homme jeune est mis en scène par France. C'est lui-même qui prend, maladroitement, la parole dans le poème, paru quand il a trente-trois ans. Plus tard, c'est Hippias, c'est Jean Servien. Dans *Thaïs*, l'opposition est remarquablement camouflée : elle sort de la description du personnage de Paphnuce, sans jamais être prise en compte ni par l'auteur ni par un personnage.

Mais dans Paphnuce, n'est-ce pas un avatar de lui-même que France essaie de liquider ? La critique a pris sa damnation finale pour un « bon tour » joué par l'écrivain à la *Vie des saints*; Thaïs sauvée, l'ascète trompé dans son espoir de salut, c'est une maligne inversion des rôles. Certes. Mais *Thaïs* n'est pas un conte du XVIIIe siècle. Son dessin n'est pas plus intellectuel que son dessein, qui se sépare de celui d'un Flaubert dans *La Tentation de saint Antoine*, d'un Renan ou d'un Louis Ménard. Ce roman est charnel et personnel. On n'en veut pour preuve que sa conclusion, qui reprend l'obsession, ancienne chez France, de l'amour porté à une belle morte, pour l'exorciser. Hippias s'enfuit avec le cadavre de Daphné : « Laissez ! Elle est à moi. Je la prends, je l'emporte[2]. » Jean Servien rêve d'Isabelle dans son cercueil. Puis c'est « la reine morte » qu'Anatole France a essayé de défigurer, en dépeignant comme

1. *Le Temps*, art. cité.
2. *Les Noces corinthiennes*, IIIe partie, sc. VIII et dernière.

hideux le cadavre d'Hélène pendue dans *Jocaste* : Hélène est une Jocaste avilie, la comédienne dont l'écrivain tire vengeance. La fin de *Thaïs* nous montre la comédienne en « reine morte » du monastère, sublime de beauté, en face d'un Paphnuce amoureux, « si hideux qu'en passant la main sur son visage il sentit sa laideur[1] ». Ici se termine le roman; on ne dira pas que cette fin n'est pas significative d'une évolution radicale de la personnalité d'Anatole France. Il a cessé de rêver à une satisfaction imaginairement nécrophilique de l'amour; cessé de salir la figure aimée, de la rendre coupable, elle, et non lui. C'est son ancienne personnalité qu'il met désormais à distance, pour la condamner. Il est probable que sa liaison récente avec Mme de Caillavet a joué un grand rôle dans la résurgence subite dans son œuvre du personnage de la comédienne, objet de longues amours inassouvies, et du personnage de l'amoureux faible et vindicatif, sans cesse abusé par lui-même. Anatole France peut désormais parler de la vie des sens, en véritable amant, et dénoncer une morale qui lui fait obstacle. Il abandonne du même coup une certaine image qu'il avait voulu donner de son monde romanesque : *Thaïs* n'est pas une œuvre tendre ni apaisante, et sa publication va soulever une controverse publique.

Il y a dans la création romanesque des hasards déterminants. Si France écrivit *Thaïs*, il accomplit certes des virtualités qu'il portait en lui depuis longtemps. Catulle Mendès l'avait, dix ans auparavant, caractérisé comme un Alexandrin du second siècle, nourri de Basilide et de Valentin, possédant une profonde science du symbole et une harmonie décadente dans le style[2] : jugement lucide d'un homme qui en porta plus d'un. Mais enfin, l'idée même de l'œuvre sortit d'une série de rencontres, dont les chroniques du *Temps* écrites par Anatole France portent la trace. L'œuvre de Renan sur les origines du christianisme avait suscité l'enthousiasme du critique pour ce qu'il considérait comme une des découvertes fondamentales du XIXe siècle : « Il semble que l'image véritable du passé nous ait été révélée par la grande école historique de notre siècle. Il semble que le sens des origines soit un sens nouveau ou du moins un sens nouvellement exercé chez l'homme[3]. » De ce sens nouveau, il releva des preuves avec d'autant plus de vivacité que Louis Bourdeau venait de faire paraître, sur *L'Histoire et les historiens*, un livre fort négatif : reprenant la critique que lui-même en avait écrite dans *Le Crime de Sylvestre Bonnard*, il n'en soutint pas moins l'intérêt de cet « art [qui] peint l'homme et les

1. P. 863.
2. « Recent French Poets, XVI, Anatole France », *The Gentleman's Magazine*, Londres, 1879, p. 583-588.
3. « M. Ernest Renan, historien des origines », 23 octobre 1887, *La Vie littéraire*, I.

passions de l'homme [...]. L'histoire narrative [poursuit-il] est inexacte par essence. Je l'ai dit et ne m'en cédis pas : mais elle est encore, avec la poésie, la plus fidèle image que l'homme ait tracée de lui-même. Elle est un portrait. Votre histoire statistique ne sera jamais qu'une autopsie[1] ». Ce « portrait de l'homme » était fourni, pour l'Antiquité tardive, et par l'ouvrage de Victor Brochard sur *Les Sceptiques grecs*, et par le travail des archéologues qui exhumaient, des fouilles de Myrina en Asie, de petites statues pleines de sensualité et de mollesse. Anatole France les présente[2], et il établit à leur propos un parallèle entre ces images pieuses et celles de la rue Saint-Sulpice. On trouve dans cet article la préoccupation d'unir deux religions dans un syncrétisme dont *Thaïs* offre maints exemples. Plus qu'à l'ordinaire dans ses chroniques, Anatole France était donc sollicité par des réflexions sur l'opportunité, la convenance et le sens de la recherche historique, dans l'acception la plus large du terme. Il est probable qu'elles ont orienté son projet romanesque. Il prit corps en tout cas à propos de représentations des marionnettes de Signoret, qui obtinrent grand succès à Paris en 1888. Elles jouaient Aristophane et Cervantès. Anatole France en écrivit, consulta les ouvrages de Charles Magnin qui faisaient autorité sur elles, et lut ou relut la traduction que le même Charles Magnin avait donnée en 1845 du théâtre de Hrotswita. De la sorte, il fut amené à *Saint Abraham*, dont il souhaita que Signoret donne une représentation[3], et à *Paphnuce (Panuphtius)*, où il retrouva le personnage de Thaïs.

Que l'ébranlement de son imagination ait été produit par des marionnettes, on ne s'en étonnera pas. Anatole France les aimait beaucoup, à cause de la charge de rêve qu'elles portent, de leur sens symbolique et à la fois de leur innocence. Cette dilection avait été exprimée par lui dans *Le Livre de mon ami* ; elle le fut, et par deux fois[4], dans *Le Temps*. On sait d'ailleurs que France se plaisait aux imaginations d'êtres lilliputiens et animés, comme la Fée de Sylvestre Bonnard. Il est bien possible qu'à la faveur des marionnettes, la courtisane ait pris *en lui cette vie* ; Nicias, dans le roman, se l'imagine sous la forme de « mille et mille petites Thaïs », qui ont « chacune la hauteur d'un doigt[5] », et qui, diversement vêtues ou dévêtues, sont pourtant l'unique Thaïs, et dansent à l'envi sur son traité de philosophie. France s'intéressa ainsi de nouveau à l'histoire de Thaïs. L'abbesse de Gandersheim put lui fournir quelques

1. « Les Torts de l'histoire », 13 mai 1888, *VL*, II.
2. « La Mort et les petits dieux », 15 avril 1888, *VL*, II.
3. « Les Marionnettes de M. Signoret », 10 juin 1888, *VL*, II.
4. Article cité note précédente, et « Hrotswita aux marionnettes », 7 avril 1889, *VL*, III.
5. P. 774.

épisodes de son roman. Elle respecte dans sa pièce, on s'en doute bien, le canevas édifiant des *Vies des Pères du désert* : visite de Paphnuce à Thaïs, recherche d'un lieu de plus en plus retiré de la maison de Thaïs par son feint admirateur; transformation subite de celui-ci, qui remontre à la courtisane l'impossibilité d'échapper au regard de Dieu; conversion immédiate de Thaïs, qui brûle ses biens, suit Paphnuce au monastère, est enfermée trois ans dans une cellule. Au terme de cette pénitence, Paul le Simple, en présence d'Antoine, a la vision du salut de Thaïs. Elle est délivrée par Paphnuce et meurt pieusement. Tout cela est conforme à la *Vita sanctorum* qui, elle-même, allait être suivie par le rédacteur de *La Légende dorée*. Mais l'abbesse du xe siècle a enrichi la légende primitive de détails destinés à l'édification de ses filles. Paphnuce n'est pas chez elle un moine ignorant; il donne à ses disciples, au début de la pièce, un véritable cours sur la haute science, telle qu'on pouvait la concevoir au temps de Hrotswita, c'est-à-dire selon les règles du *quadrivium*, en insistant spécialement sur la musique. Il déplore l'absence d'harmonie profonde en l'homme, c'est-à-dire de la « musique humaine » dont l'autre n'est que la manifestation extérieure.

Naïf transfert des méditations du xe siècle au IVe. Mais Anatole France a pu s'inspirer du développement sur la musique, et du fait même que l'abbesse Hrotswita ne craignait point de faire jouer des pièces de théâtre par ses religieuses, pour inventer les épisodes où l'abbesse Albine fait confier une flûte à Thaïs dans sa cellule, puis lui demande, une fois qu'elle a été libérée, de représenter les actions des femmes fortes de l'Écriture. Un autre ajout de Hrotswita à la légende est à l'origine d'une scène du roman d'Anatole France : les anciens amants de Thaïs, la voyant brûler ses biens pour quitter sa maison et sa ville, tentent, mais en vain, de la retenir. C'est peut-être une autre pièce du théâtre de l'abbesse qui a cependant le plus vivement frappé Anatole France. Il connaissait bien déjà la légende de Thaïs. En revanche, le sujet du *Callimaque* de Hrotswita était plus neuf pour lui, et rejoignait une des scènes d'élection de son propre imaginaire. Aussi conte-t-il tout du long *Callimaque* dans un article du *Temps*[1]. Il s'agit d'un jeune homme violemment amoureux d'une chrétienne. Elle meurt pour lui échapper. Alors Callimaque ouvre sa tombe et tente de violer son cadavre, en s'exclamant : « Maintenant elle est en mon pouvoir ! » Bien entendu, il ne consomme pas son crime, et devient par la suite un grand saint. Mais pareil épisode ne pouvait que retenir notre écrivain, qui parle à son propos des « troubles d'un amour plus puissant que la mort » et de « l'effroyable exemple du délire des sens et des troubles de

1. 7 avril 1889. Voir note 4, page précédente.

l'âme ». La scène finale de son roman a pu être inspirée par cette image, réactivée en lui, du « fantasme du nécrophile ».

Activation d'images. C'est une des dominantes de la création littéraire chez France. On s'en convaincra encore, en considérant que l'une des occasions immédiates de son roman est une représentation d'un type certes différent de la représentation de marionnettes, mais d'un principe aussi simplifié et apparemment naïf : il s'agit de la représentation de *La Tentation de saint Antoine* en « féerie à grand spectacle » montée par Henri Rivière au *Chat noir*, durant l'hiver 1887-1888. L'auteur la publia, ornée d'aquarelles, et Anatole France lui consacra une chronique du *Temps*[1]. L'une des scènes l'avait requis : celle dans laquelle saint Antoine se trouvait en face du Bouddha. Il en parle de telle sorte, qu'on a la certitude de son influence inspiratrice sur l'entrevue entre Timoclès et Paphnuce, dans *Thaïs*. En outre, cette « actualité » donne naissance chez Anatole France à toute une méditation sur la véritable vie de saint Antoine, et sur les ermites de la Thébaïde. On y trouve un essai de « rajustement » des visions et extases de saint Antoine, rapportées par saint Athanase, à la lumière de la science moderne. Les démons qui le tentent sont de conception naïve, voire grossière, comme les hallucinations qu'ils suscitent : Antoine est un copte sans grande culture et sans raffinement sensuel. Il présente un cas typique de névrose non soignée, qu'un « élève de M. Charcot » pourrait diagnostiquer aisément. À ce titre, Anatole France le compare à un fakir chrétien, non des plus notables d'ailleurs, car ses prouesses sont inférieures à celles de Siméon Stylite. Mais il loue chez lui, conjointe à ses extases, une activité prodigieuse d'exégète, d'apologiste et d'administrateur. Les coïncidences entre *Thaïs* et cet essai sur saint Antoine sautent aux yeux : description de la Thébaïde chrétienne, des tentations subies dans un tombeau par Paphnuce, de son état névrotique; présentation d'Antoine, au début et à la fin du roman, comme d'un mystique doublé d'un grand fondateur d'ordre. L'un des historiens qui servit le plus à Anatole France pour se documenter sur l'Égypte ancienne et moderne est cité au passage dans l'article du *Temps* : c'est Gaston Maspéro, déjà nommé dans le conte de *Balthasar*, « M. Pigeonneau ». On ne s'étonne pas de constater que l'un des manuscrits du début de la seconde partie de *Thaïs*[2] a été écrit au verso du manuscrit de l'article sur saint Antoine.

Telles sont les grands cristallisateurs de l'imagination d'Anatole France : des spectacles simples et vifs, comme il les goûtait, sur des sujets qui depuis des années retenaient son attention. Il possédait à leur propos une forte culture, amassée à diverses

1. « Le Grand Saint Antoine », 12 août 1888, *VL*, II.

2. Manuscrit appartenant à M. le colonel Siklès. Voir la Note sur le texte, p. 1345.

époques de sa vie. À en croire *Le Livre de mon ami*, c'est tout jeune que l'écrivain aurait été frappé par les singularités de vie des Pères du désert. En escaladant la fontaine de la cuisine, il se propose d'imiter saint Siméon Stylite; le Jardin des Plantes, avec ses bêtes et ses plantes exotiques, lui paraît une Thébaïde dans laquelle il pourra devenir « ermite et saint du calendrier ». Il peut consulter plus tard dans la librairie paternelle la *Vie des Pères* de Godescard (1808[1]), *Les Vies des Pères des déserts d'Orient* par Michel-Ange Marin (1741), sans compter la *Vita sanctorum* des bollandistes[2]. La plupart des renseignements que nous lisons sur les ascètes de la Thébaïde dans *Thaïs* viennent de ces lectures, et jusqu'à des expressions, il est vrai exploitées sous forme de détournement. Par exemple, la première phrase du roman ne fait que pousser à la pointe, en juxtaposant les trois mots « désert, peuplé, anachorètes », des phrases apologétiques, et non point malicieuses, sur le désert au temps de saint Antoine. Mais c'est tout autre chose que de condenser telles phrases, et d'en faire l'incipit d'une histoire au total peu respectueuse sur les saints du désert ! On pourrait donner maints exemples de ces détournements. Retenons-en un autre : la vie de saint Pacôme rapporte avec admiration la division des moines de Tabène selon les vingt-quatre lettres de l'alphabet grec, qui servent, d'après leur forme, à distinguer les caractères divers des hommes. Ce trait est utilisé dans *Thaïs*, mais l'expression de l'admiration pour une telle « psychologie administrative » est placée dans la bouche du rustique moine Palémon : elle est plutôt propre à faire sourire avec attendrissement qu'à édifier le lecteur.

Ni les *Acta sanctorum*, ni Hrotswita, ni Jacques de Voragine ne situent exactement le lieu d'Égypte où vécut Thaïs. En revanche, Bayle, dans son *Dictionnaire historique et critique* qu'Anatole France pratiquait, parle de « Thaïs l'Alexandrine[3] ». Anatole France retint Alexandrie comme théâtre de la jeunesse de Paphnuce et des exploits amoureux de Thaïs, parce que cette capitale des plaisirs et du savoir du monde décadent était un lieu propice à son projet de montrer une sorte d'apogée mourante de la civilisation antique, en même temps que la naissance d'une forme originale du christianisme. Alexandrie, nouvellement concurrencée par Constantinople, était encore ce creuset de nations et de pensées où se mêlaient latinité, Grèce de la basse époque et judaïsme lettré, tandis que l'antique religion égyptienne survivait dans des formes mêlées à des cultes romains et orientaux. Les mœurs de ce IVe siècle portent à leur paroxysme le raffinement, la mollesse et la liberté des mœurs impériales romaines. Anatole France utilise largement,

1. Catalogue « France », septembre 1859.
2. Ces ouvrages paraissent plusieurs fois dans le catalogue « France ».
3. 3e éd., Rotterdam, 1715, t. III, article « Thaïs », p. 697-698.

pour les décrire, des auteurs qu'il connaît de longue main pour leur pittoresque et leur mystère. Il faut nommer au premier rang de ceux-ci Lucien et Apulée. De Lucien[1], l'écrivain utilise beaucoup les *Dialogues des courtisanes, L'Âne*, le dialogue *De la danse*. Un passage de *Thaïs* supprimé par lui démarquait le traité *De la déesse des Syriens*. Il reste, dans le roman, l'allusion faite par Cotta aux colonnes phalliques du temple de Hiérapolis, quand il essaie d'expliquer la vocation de stylite de Paphnuce. Chez Apulée, Anatole France a pris les principaux traits de superstition qu'il note dans son roman, et la description d'une atmosphère à la fois futile et inquiète, propice à l'éclosion des cultes aberrants. Dès 1872[2], il a décrit l'attirance qu'exerce sur lui l'auteur lascif de *La Métamorphose*, qui sut allier à la description des mollesses de son temps une méditation amère sur les hommes : « Leur temps est rapide, leur sagesse tardive, leur mort prompte. Dans leur vie gémissante, ils habitent la terre. » *(Du Démon de Socrate.)* Ce n'est pas un hasard s'il redit cette attirance dans *Le Temps* du 13 janvier 1889[3] : « Le bonheur d'Apulée fut de naître, dans ce milieu troublé[4], avec une étonnante capacité à concevoir l'absurde et l'impossible. » Avec ceux de Lucien, France prend ses écrits comme toile de fond d'une époque et d'une sensibilité qu'il sent proches des siennes.

Auprès d'eux sont requis de nombreux auteurs anciens, qui ont pour seul trait commun de contribuer à dépeindre un monde jouisseur, mais insatisfait de ses jouissances, et prêt à admettre un monde « d'à côté ». Pareil état d'esprit engendre le snobisme. Le repas chez Cotta et son déroulement sont ordonnés (sauf les discussions philosophiques) selon Apicius, Juvénal, Martial, Pétrone; la discussion entre les jeunes Chéréas et Aristobule, amateurs de chevaux, s'inspire du traité *De l'équitation* de Xénophon. C'est à Porphyre qu'Anatole France prend la description générale de l'antre des Nymphes; on pense aussi à cet *Amaltheum*, grotte dédiée à la nymphe-chèvre qui nourrit Jupiter, dont les jardins d'Atticus étaient ornés[5]. Mais, d'autre part, monstres, sorcières et prodiges sont d'existence aussi *indiscutable*, pour la plupart des acteurs païens du roman, que les blandices du théâtre, de la table, des jeux. Les Pygmées sont à la porte, qu'Aristote décrit dans leur mode de vie curieux. D'autres peuples sont totalement formés de

1. Sur Lucien, consulter J. Bompaire, *Lucien écrivain. Imitation et création*, de Boccard, 1958, qui révèle chez Lucien une « manière » rhétorique trop proche de celle de France pour que celui-ci n'ait pas été profondément attiré par l'auteur grec. Voir aussi Alain Michel, *La Parole et la Beauté*, Les Belles Lettres, 1982.
2. *Le Bibliophile français*, juillet 1872.
3. « Roman et magie », *VL*, II.
4. De la civilisation antonine.
5. Cicéron, *Lettres à Atticus*, notamment I, 13, 1.

monstres; mi-hommes, mi-végétaux ou bêtes. Hérodote, Pline, Aulu-Gelle les ont étudiés. La nature n'est pas rationnelle. On peut donc la solliciter avec des philtres et des incantations. Virgile et Théocrite, comme Lucien et Apulée, décrivent des scènes qui attiraient depuis longtemps Anatole France pour leur bizarrerie : *Les Noces corinthiennes* doivent beaucoup à Phlégon de Tralles, cet affranchi de l'empereur Hadrien qui composa un livre *Sur les choses merveilleuses*. Loin de rejeter toutes ces fables, les premiers auteurs chrétiens les adoptèrent. C'est de saint Jérôme que vient la légende des centaures attirés par saint Antoine à la religion chrétienne. Saint Augustin, et Anatole France le note dans son article du *Temps* sur Apulée, croit volontiers en la transformation, par sorcellerie, des hommes en bêtes.

L'auteur de *Thaïs* se complaît à la description de ce monde infiniment plastique, que les structures administratives de l'Empire romain font encore tenir debout, mais que le seul Cotta, en bon fonctionnaire, croit durable : les Barbares le pressent de toutes parts. Tandis que les femmes et les simples traduisent leur inquiétude en adhérant aux superstitions ou aux cultes irrationnels de provenance orientale, les grandes philosophies qui ont fait la pensée antique jettent un ultime éclat, et de nouveaux mysticismes fleurissent, formés d'un conglomérat de spéculations grecques, égyptiennes et orientales. Anatole France s'est inspiré du *Manuel* d'Épictète et des écrits de Zénon pour écrire les discours d'Eucrite; de Jamblique et des ouvrages de Maspéro sur la religion égyptienne (fondés en particulier sur le déchiffrement du *Livre des morts*), pour tracer le portrait du sage Hermodore, prêtre du Serapeum. Mais ses sources sont aussi des sources beaucoup plus récentes, surtout quand il s'agit de décrire les divers mysticismes nés de la gnose. Les écrits anciens sont dispersés et fragmentaires. C'est pourquoi l'auteur de *Thaïs* a recours aux historiens contemporains pour faire de Zénothémis une des figures modernes les plus homogènes et les plus éloquentes du gnosticisme antique. Un des inspirateurs de France est Ernest Renan, qui, dans *L'Église chrétienne*[1], définit le gnosticisme comme « une aristocratie de la science » en face de l'humilité intellectuelle des premiers chrétiens, et explique son épanouissement à Alexandrie, « le lieu du monde », après Rome, « où la crise de l'esprit humain était la plus vive ». La doctrine des Éons est sortie de la kabbale et des croyances néo-platoniciennes; Jésus est annexé à elle. Basilide, Valentin, et les fondateurs de sectes qui assimilèrent le Christ à celui qui est venu sur la terre pour sauver les hommes de leur créateur

1. Calmann-Lévy, 1879, chap. IX (« Commencement du gnosticisme ») et X (« Basilide, Valentin, Saturnin, Carpocrate »).

misérable, Ialdabaoth, en les élevant vers le vrai Dieu par l'intermédiaire de la Sagesse, paraissent longuement dans *Marc Aurèle et la fin du monde antique*[1]. Mais le gnosticisme est aussi largement représenté dans les doctrines qui tentent saint Antoine, dans *La Tentation de saint Antoine* de Flaubert, où les vicissitudes de la Sagesse divine, tombée et prisonnière de notre monde, sont exposées et mises en scène. Renan, dans *Les Apôtres*[2], comme Flaubert, réserve un large rôle à ce troublant mythe d'Hélène, incarnation de la Sagesse et souffrant d'âge en âge pour racheter les hommes, qu'expose Zénothémis dans la seconde partie du banquet de *Thaïs*. Hélène de Troie, Hélène femme de Simon le mage, autant de figures de l'éternelle pécheresse sanctifiant les hommes, parce qu'elle est sainte elle-même. Renan et Flaubert, comme Anatole France, insistent sur les inversions de l'orthodoxie chrétienne que suscita la gnosticisme : Iaveh-Ialdabaoth, réduit au rôle de Démiurge malfaisant, laissa place au culte de ses adversaires, le Serpent et Caïn. Le Christ devant souffrir pour notre salut, celui qui permit sa souffrance est un inducteur de la *Sophia* divine, et Judas doit être mis au nombre des personnes vénérables. Pourtant, Flaubert et Renan ne sont point les seuls maîtres de France en gnosticisme. Il faut citer auprès d'eux E. Asselineau et son *Essai sur le gnosticisme égyptien*[3]. Puis un auteur qui fut leur source à tous, Jacques Matter, qui écrivit l'*Histoire critique du gnosticisme*[4]; Anatole France prit très soigneusement des notes sur ce dernier[5]. Enfin, Louis Ménard.

On peut s'interroger sur les raisons de la préférence évidente que manifeste Anatole France pour Zénothémis le gnostique, qui tient le dé de la conversation dans le banquet. Il nous semble qu'on peut les déduire d'une comparaison avec les théories exposées par Louis Ménard dans « Le Banquet d'Alexandrie », l'un des chapitres de ces *Rêveries d'un païen mystique*[6] qui, à tant d'égards, eurent sur l'auteur de *Thaïs* une influence fécondante. Chez Louis Ménard comme chez France, des païens hellénisants, un Égyptien et un gnostique, Valentin, discutent sur le salut des hommes et l'origine du mal. Valentin expose les croyances gnostiques concernant le Démiurge et le Christ. Mais l'ensemble du banquet est dédié à l'expression d'un syncrétisme qui, pour les philosophes, fait du christianisme un avatar des mythologies éternelles, et non une religion révélée. Les figures du Pandore et de Prométhée sont des figures du salut, au même titre que le Christ. La reconnaissance

1. Calman-Lévy, 1881.
2. Calmann-Lévy, 1866.
3. Leroux, 1887.
4. Bertrand, 1843.
5. Celles-ci sont citées en Appendice, p. 871
6. Lemerre, 1876.

d'un imaginaire collectif, la pratique d'une tolérance universelle et la négation de la prééminence du christianisme sont les conclusions du banquet chez Louis Ménard. Assurément, le syncrétisme est reconnu par les convives de France : Dorion, Hermodore et Zénothémis instaurent d'ingénieux parallèles entre les religions antiques et le christianisme. Mais ce n'est pas l'essentiel du banquet de *Thaïs*. Les deux discours fondamentaux de Zénothémis portent, l'un sur le mythe du Serpent libérateur, l'autre sur celui d'Eunoia-Hélène. Ils infléchissent l'expression du mysticisme antique dans un sens que ne lui avaient donné, ni Ménard, dont la mise en scène est la plus proche de celle de France, ni à plus forte raison Flaubert, pour qui il s'agit de dresser devant saint Antoine une sorte de « bibliothèque onirique » du savoir, ou Renan, fortement orienté par sa tâche d'historien qui explique les avatars du christianisme primitif et le triomphe final d'une certaine orthodoxie.

Ce qui compte pour Anatole France, et projette en mythologie les aventures romanesques de *Thaïs*, c'est la toute-puissance du désir, exprimée par une sexualisation de la terre entière. Désir fondateur de tout art et de toute science : le Serpent « pétri de lumière et d'amour » constate qu'Adam a besoin de l'intercession d'Ève pour comprendre la géométrie et la physique, parce qu'elles proviennent elles-mêmes d'une inclination de l'esprit aux plus hautes vérités du mysticisme. La femme possède sur l'homme une supériorité sensible. Elle ne craint pas de se donner, malgré les risques de souffrance et de mort. Puisque l'Écriture orthodoxe la rend coupable au premier chef de la malédiction humaine, le mythe de Zénothémis, qui inverse le sens de l'Écriture, fait d'Ève l'initiatrice suprême. Anatole France retrouve ici le souffle des *Poèmes dorés*, écrits à la gloire de la Lumière et du Désir. Le mythe d'Eunoia-Hélène complète celui de la glorification d'Ève, puisque, dans un monde souillé, manqué, Eunoia est la rédemptrice qui prend sur elle la déchéance du désir. Prostituée divine, elle élève les hommes au ciel par la pitié qu'elle leur manifeste et la souffrance qu'elle supporte. C'est l'équivalent du Christ dans un Évangile entièrement sexualisé, et sexualisé même par rapport à l'Évangile gnostique habituel. Si celui-ci magnifie la pécheresse volontaire, il en fait l'incarnation d' « Ennoia », la Pensée de Dieu. Telle est aussi la forme de ce nom chez Flaubert et chez Renan, comme chez Matter. Anatole France adopte une forme qui constitue une variante fort considérable, car « Eunoia » signifie « bienveillante, pleine de pitié » : l'intellection est supprimée par lui au profit de la sensibilité. La féminisation de la puissance rédemptrice est donc absolue chez lui.

L'homme qui obéit au désir charnel suit par conséquent les

voies divines, alors même qu'il encourt la souffrance et la mort : celles-ci sont inséparables de l'amour. Telle est la mystique de Zénothémis. Elle implique évidemment que l'âme et le corps soient également en jeu dans les relations de volupté. Elle permet de réfléchir sur le déroulement romanesque de *Thaïs*. Dans le roman, Zénothémis joue en effet le rôle du « voyeur-raisonneur » si fréquent chez Anatole France. Il ne participe pas à l'action; il est comparable à Sylvestre Bonnard, à Jérôme Coignard, au Bergeret d'avant l'Affaire Dreyfus. On pourra trouver que la scène du banquet est quelque peu hors œuvre par rapport à l'intrigue, quoique l'orgie finale soit l'occasion du dégoût de Thaïs et de sa conversion. Anatole France a pu s'y laisser aller un peu longuement aux charmes d'une forme littéraire très vivante chez Flaubert, Ménard ou Renan, et maintenant tombée en désuétude : le dialogue philosophique, forme dramatisée de la réflexion, qui a de longues lettres de noblesse. Le déclin du genre nous rend plus sensible la coupure que représente la scène du banquet dans *Thaïs*. Encore doit-on considérer qu'Anatole France s'y trouvait confronté à un problème particulier. Les autres raisonneurs de son œuvre se mêlent assez bien à l'action, tout en la tenant à distance. C'était impossible à réaliser pour Zénothémis. On ne l'imagine que s'adonnant à l'extase philosophique, ce qui l'éloigne évidemment de la vie de Paphnuce et de celle de Thaïs. Celles-ci doivent rester, quant à elles, en dehors de la réflexion. Thaïs est tout instinct. Paphnuce, à la différence des ariens, se réclame d'un christianisme non élitiste, qui place au premier rang l'ascèse et la prière. Fallait-il donc éviter toute profession de foi mystique dans le roman ? À vrai dire, c'est au roman entier qu'il manquerait une importante référence, dans ce cas. Zénothémis explique et « légitime » le destin de ses protagonistes. L'épicurien Nicias mène une existence heureuse, mais tiède et comme désabusée d'avance, parce qu'il ne connaît pas l'élan du vrai désir. Le sage Hermodore méconnaît, lui, combien cet élan peut susciter de pulsions dans l'histoire du monde : convaincu de la décadence de la civilisation, il *ne se doute* pas qu'elle sera restaurée avec un éclat nouveau par les Barbares mêmes qu'il méprise. Mais c'est évidemment sur l'histoire de Paphnuce et de Thaïs que la doctrine de Zénothémis irradie le plus.

Elle a en effet pour répondants, au cours du roman, les signes divers par lesquels on a représenté l'universel désir. Thaïs est sauvée, parce que, spontanément, elle les a reconnus. Paphnuce est damné, parce que, tout au long de sa vie, il méprise ces signes ou commet sur eux des contresens. Cela donne évidemment à *Thaïs* une allure fort peu orthodoxe, mais tout à fait conforme à la doctrine de Zénothémis. Ces signes sont très nombreux dans le roman. Ils sont empruntés aux croyances qui se mêlent dans le creuset de la civilisation alexandrine. Quelques-uns sont immédiatement déchiffrables aux lecteurs : « Crains d'offenser Vénus; sa vengeance est terrible[1] », chuchote Nicias à Paphnuce, qui, en effet, ne cesse de l'offenser : en enlevant Thaïs au siècle et en faisant détruire le petit Éros d'ivoire qu'elle possède. Mais c'est encore Vénus, sous sa forme égyptienne d'Hâtor, que Paphnuce offense en s'établissant en stylite sur une colonne de son ancien temple ruiné. Images matérielles du péché de Paphnuce. Dès le début du roman, ce péché est caractérisé par un refus actif du désir amoureux. Alors que Timoclès de Cos se contente de le refuser pour son propre compte, Paphnuce, lui, veut l'effacer de la terre. La vengeance de Vénus est immédiate : la méditation sur Thaïs inspire au moine une concupiscence qu'il ne perçoit même pas, mais qui se matérialise par la présence d'un petit chacal dans sa cellule. Dès lors, l'existence de Paphnuce se déroule sous le signe d'une mystification dont il est la victime : croyant agir pour la gloire de Dieu, il vit entièrement pour lui-même, pour la volupté honteuse qu'il recèle en lui. Telle est la signification de sa rencontre avec le sphinx de Silsilé : le sphinx, symbole de la destinée, ne lui renvoie ses paroles que par l'effet d'un écho; Paphnuce s'imagine que l'animal mythique, les prononçant, est converti. Il s'abuse ainsi tout au long du roman sur sa jalousie, son amour, et n'interprète que comme des châtiments venus de Dieu les preuves visibles de sa propre perversion; invasion de chacals dans sa cellule, rêves au cours desquels il possède Thaïs et la joueuse de cinnor, tentation d'orgueil dont il est l'objet au sommet de sa colonne. C'est pourquoi, refoulé sans arrêt, son désir ne peut éclater que sous le choc d'une révélation qui le rend du même coup sans objet, celle de la mort prochaine de Thaïs. La damnation de Paphnuce d'ailleurs vient du mépris qu'il a manifesté, non seulement pour l'amour de la femme, mais aussi pour la Vénus qui est répandue dans le monde entier sous les espèces de tout ce qui est beau et agéable : la nature épanouie, les arts, la nourriture. Rien n'échappe au pouvoir de Vénus, ni la géométrie ni la danse; cela est explicitement dit dans le roman. C'est pourquoi les signes de la déesse sont multiformes; ceux qui les honorent selon leur nature sont sauvés dans *Thaïs*. Non seulement Thaïs elle-même, qui, convertie, proclame : « Crois-moi : l'amour est une vertu et, si j'ai péché, ce n'est pas par lui, mon père, c'est contre lui[2] »; non seulement Nicias et Zénothémis; mais encore les chrétiens, quand ils suivent naïvement leurs penchants. L'esclave Ahmès professe un syncrétisme primaire, qui mêle aux doctrines chrétiennes les voluptés des

1. P. 745.
2. P. 812.

paradis orientaux. Avec la négresse Nitida, et en présence de l'évêque, il danse sans y voir malice une pantomime voluptueuse. Quant au moine Palémon, premier témoignage d'un franciscanisme que France va épanouir dans *Le Puits de sainte Claire*, il ne se refuse pas à la douceur des plantes et des animaux. Ce sont là des simples. Il n'y a point dans le roman, et pour cause, d'homme affiné qui soit sauvé en suivant les règles de l'ascèse chrétienne depuis sa jeunesse : l'abbé Zozime a épuisé les voluptés avant de se convertir.

Quand Anatole France donnait pour titre à son roman : *Paphnuce, conte philosophique*, il en indiquait fort clairement l'intérêt. C'est bien le moine qui est le personnage principal du roman, celui sur lequel s'éveille et se ferme l'action; Thaïs y figure en tentatrice, en captivante, mais elle *est agie* tout au long du roman; Anatole France, conformément d'ailleurs à la sensibilité de son temps, ne concevait pas qu'une femme pût tenir un autre rôle. Elle est donc celle par qui Vénus existe sur la terre, à la disposition de ses amants. Paphnuce la rejette : ce n'est pas à dire que son personnage soit simpliste, car il est agité de mouvements qu'a ressentis Anatole France, et des mouvements qu'il ressent au moment où il écrit. Sa correspondance avec Mme de Caillavet en dit long sur la jalousie rétrospective dont il souffre, et que dans *Le Lys rouge* il prêtera à son héros, après en avoir fait subir les affres à Paphnuce, quand le moine songe à l'ancienne liaison de Nicias avec Thaïs. En ce double qu'il renie, France a donc exprimé non seulement ses vieilles hésitations à l'égard de l'amour, mais encore les souffrances qui sont les siennes; « J'aime mieux le mal que tu me fais que le plaisir que me donneraient les autres [...] D'ailleurs notre amour n'est pas né dans la joie et je ne t'ai jamais demandé que de larges tristesses et une volupté infinie[1]. » « Je ne t'ai jamais pardonné. Je ne te pardonnerai jamais rien. Mais j'oublierai tout. Viens[2]. » « Ma chérie, je suis désespéré [...] Je ne me sens plus le droit de te désirer. Que suis-je pour cela ? Une heure de ta vie. Et les autres heures ? Tiens ! ton amour me fait horreur [...] Pardonne-moi, je suis jaloux comme je ne croyais pas qu'on pût l'être[3]. » Léontine de Caillavet, de son côté, accable France de reproches lorsqu'elle croit à une bonne entente entre l'écrivain et sa femme : « Vous étiez tous les deux l'autre soir à la fenêtre et ton bras entourait sa taille [...] J'ai déjà bien assez de peine à te pardonner d'avoir associé ta vie à sa vulgarité[4]. » « Je n'ai plus de force ni de courage,

1. 31 juillet 1888. Copie communiquée par M. Jacques Suffel, de même que pour les autres extraits de lettres de France cités ici.

2. 10 août 1888.

3. 17 août 1888.

4. 6 août 1888. Lettre communiquée par M. Daniel Sicklès, de même que pour les autres extraits de lettres de Mme de Caillavet cités ici.

je t'écris pour te dire que je vis encore, mais si tu savais de quelle vie ! [...] Mon Dieu, mon Dieu j'avais mis tant de bonheur en toi et voilà tout gâté[1]. » Lettres, cartes, télégrammes se suivent, les uns furieux, les autres suppliants. Les deux amants se déchirent sans cesse. Cette correspondance est contemporaine de la rédaction de *Thaïs*. Elle prouve assez qu'Anatole France était lui-même saisi par les délices et les tourments de cette Vénus dont la vengeance poursuit Paphnuce, et dont le culte est professé par Zénothémis. Dans une lettre du 2 août 1888, dans laquelle il donne des renseignements sur le point où est parvenu le roman, il s'écrie : « Être bien élevé, poli avec toi, quand je voudrais t'étouffer et te mordre [...] Je suis jaloux à vouloir me tuer[2]. » Qu'on ne vienne pas, après cela, parler de *Thaïs* comme d'une œuvre pleine d'érudition et seulement d'érudition. Non : France s'y est exprimé. Parfois sous un aspect imprévu, car, chez cet incroyant, la passion va jusqu'au mysticisme : « Tu sais bien que j'ai une sorte de sentiment religieux et que tu es mon culte[3]. » « Si tu savais ce que je mets d'idéalisme ardent et de sensualité féroce sur ta boucle de cheveux, sur les fleurs que tu m'as envoyées, sur tes lettres[4] [...] ». La jalousie de Paphnuce comme l'adoration pour Vénus brûlent France au moment même où il écrit.

« Conte philosophique », certes; mais la philosophie qu'il exprime est celle de l'éternité du désir, plus encore que le pyrrhonisme. France retrouve, dans les transports de son nouvel amour, le pansexualisme de son recueil de poèmes, et l'âcreté de la rancune de Jean Servien contre une Église constituée qui s'oppose à la volupté. *Thaïs* n'est pas une œuvre « objective ». Il suffit pour s'en convaincre de comparer le personnage de Paphnuce à celui d'Hilarion, héros de « L'Ermitage de saint Hilarion » qu'on lit dans les *Rêveries d'un païen mystique* de Louis Ménard. Hilarion regrette Ondine; il est sensible jusque dans son ermitage aux beautés de la culture païenne et de la pécheresse sans remords. Mais cette pécheresse, il la convertit, la confie à Marie l'abbesse; et Dieu ne le laisse point sans secours quand il songe à elle, de retour à son ermitage : « Sa prière fut exaucée; ses yeux se fermèrent et il tomba. “ Il est vaincu, dit l'ange noir, il est à nous. ” L'ange blanc écouta quelques instants et dit : “ Silence, on prie pour lui : il est sauvé ! ”. » En peignant un Paphnuce damné, Anatole France, lui, a tout à fait méconnu les possibilités d'espoir et de rachat que le christianisme réserve à tout pécheur : la vision de Paul le Simple est très peu orthodoxe, car elle implique la prédestination la plus implacable. Mais il fallait tuer l'amoureux

1. 7 août 1888.
2. 2 août 1888.
3. 11 août 1888.
4. 12 août 1888.

qui refuse l'amour. Le Christ, son rival heureux auprès de Thaïs, est sans arrêt considéré comme un homme : par l'arien Marcus, par Zénothémis, mais aussi par la petite Thaïs qui le voit peint sur un parterre d'anémones, à l'instar d'Adonis, et par Thaïs repentante à qui le Paradis évoque « les roses de l'éternel matin[1] ». Ce portrait de l'homme-Christ n'est pas appuyé. Mais l'intrigue l'implique sans cesse, comme étant celui du dernier et triomphant amant de Thaïs. Céleste mais charnel, il peut, à l'instar des jeunes dieux antiques, être senti comme se prêtant au désir universel. C'est bien entendu une perspective inversée par rapport à la religion traditionnelle : il devient alors l'ennemi d'Iaveh, Dieu jaloux et buté dans tous les interdits.

Anatole France devait, plus de vingt ans plus tard, retrouver dans *La Révolte des anges* et son admiration pour le Serpent amoureux et géomètre, et son opposition au Dieu de la Bible. Pareille doctrine pouvait à juste titre alarmer la sévère *Revue des Deux Mondes* : les lettres de Mme de Caillavet nous apprennent que Brunetière avait refusé le conte d'Anatole France comme « bien irréligieux[2] »; puis on exigea des coupures, pour que le roman parût en deux livraisons : « Rabusson et Delpit ont seuls droit à davantage[3]. » En fait, il parut en trois fois; nous pouvons constater que les coupures, en dehors d'un passage sur la politique qui pouvait sembler tendancieux au lendemain du boulangisme[4], portent essentiellement sur les passages dont l'impiété paraissait trop grande : le songe dans lequel le sphinx de Silsilé montre à Paphnuce l'inefficacité du châtiment des démons, car « il ne suffit pas de mourir pour voir Dieu[5] »; certaines phrases sur le Serpent et Iaveh, dans le récit de Zénothémis, et son apologie de Judas; la vision de Paphnuce, durant laquelle il est tenté par la pensée que « le bonheur est innocent » et « la joie permise[6] ». Malgré ces suppressions, le roman restait fort explicite. Il alarma le R.P. Brucker, jésuite, qui l'attaqua dans *Études* quatre mois après la publication dans la revue[7], et reprit l'attaque l'année suivante[8]. Il ne ménagea pas l'écrivain : il faut reconnaître ces attaques comme justifiées, de son point de vue, mais sans *nuance.* « Réalisme pornographique », « persiflage sacrilège », « odieux travestissement », « étalage de blasphèmes », c'est ce que le R.P. Brucker voit dans *Thaïs.* Sans

1. P. 862.
2. J.-M. Pouquet, *Le Salon de Mme Arman de Caillavet*, Hachette, 1926, p. 95.
3. *Ibid.*, p. 96.
4. P. 795.
5. P. 748.
6. P. 848.
7. *Études*, « À propos d'un roman de *La Revue des Deux Mondes* », décembre 1889, p. 641-648.
8. *Ibid.*, « M. Anatole France et son dernier roman », novembre 1890, p. 503-510.

compter que le passage où Anatole France décrit la ville commerçante et fort profane installée au pied de la colonne du stylite lui semble dirigé contre « nos pèlerinages vénérés »; et il l'est sans doute, cinq ans avant le *Lourdes* de Zola... L'écrivain apparaît au jésuite comme inspiré par l'œuvre de Renan, tout particulièrement par *L'Abbesse de Jouarre*. Anatole France s'irrita de l'opposition du R.P. Brucker, qui exhortait les croyants à ne point lire un ouvrage aussi subversif que *Thaïs*. Mais cette irritation ne parut qu'en peu de phrases glissées dans des articles du *Temps*[1]. Il finit par renoncer à une préface qu'il avait projetée pour son roman, tout exprès contre le jésuite; il en avait écrit le début, qui nous est parvenu, et qu'il faut compléter par l'introduction qu'il donna à la publication de fragments inédits de *Thaïs* dans *L'Univers illustré* du 14 avril 1894, pour reconstituer le système de défense de l'écrivain. Il n'a point, dit-il, développé l'aventure de Thaïs comme elle dut se dérouler. Thaïs était « une pauvre fille, ayant au front des pièces de cuivre », qui « dansait sur un mauvais tapis devant les bateliers et les âniers », ce qui fâchait fort l'abbé Paphnuce. Celui-ci « exerçait une sorte de police sur les fellahs établis autour de ses laures ». Il fit « enlever et murer [Thaïs] dans quelque laure voisine réservée aux femmes ». Ainsi, dans la revue, l'écrivain mène à bien le projet qu'il résume dans un manuscrit : « 1° dire que je n'ai pas voulu conter la vraie histoire; 2° la conter[2]. » Mais pourquoi avoir modifié cette histoire, et développé la légende en la transformant ? « En vue d'une idée morale », répond France dans la revue. C'est essentiellement pour donner une leçon de ce « doute » qui « n'est supportable qu'aux esprits cultivés » : « Le doute philosophique produit dans les âmes la tolérance, l'indulgence, la sainte pitié, toutes les vertus douces. Ce sont les seules aimables. Les autres ne valent pas ce qu'elles coûtent. »

Interprétation fort partielle, fort couverte, de *Thaïs*, à l'usage du public qui se pressait alors à l'Opéra[3] pour entendre l'œuvre de Massenet. Le livret de Louis Gallet tire l'œuvre dans ce sens, en supprimant les discussions du banquet, et en attribuant le premier rôle à Thaïs. Dans la réalité, le roman, s'il contient une apologie du « doute philosophique », ne s'inspire pas d'aussi douces vertus que celles que prône Anatole France[4].

1. « Joséphin Péladan », 5 janvier 1890, *VL*, III ; « Le R.P. Didon et son livre sur Jésus-Christ », *VL*, IV.

2. Voir la Notule de la page 872.

3. La première fut donnée le 16 mars 1894. Paphnuce, dans l'opéra, se nomme Athanaël, pour éviter sans doute un nom difficile à chanter !

4. L'article non signé, et naturellement inspiré par Anatole France, qui donne deux extraits inédits de *Thaïs* le 23 mars 1894 dans *L'Écho de Paris*, est d'ailleurs moins bénin. L'épisode « imité d'Apulée et de Lucius » relatif aux prêtres de la Bonne Déesse est précédé d'un commentaire qui compare ces prêtres aux « moines porteurs de reliques du XIVe siècle et du XVe ».

Il s'agit d'un doute actif, démolisseur de ce qui va contre la volupté, vraie divinité de l'univers créé par Anatole France. On sait quels liens unissent à ce point de vue les doctrines professées dans le banquet et le déroulement de l'action. Ajoutons que les manifestations de l'inconscient de Paphnuce, consignées dans Thaïs, établissent un étroit rapport entre le doute et la volupté. Car, si l'inconscient n'était pas encore couramment nommé[1], ses émergences étaient étudiées par les aliénistes, à qui France renvoie son lecteur quand il parle des visions de saint Antoine dans *Le Temps*. Paphnuce est visité par des rêves, et par ces rêves éveillés que sont les visions, pour un observateur objectif. Or, ils lui présentent tantôt Thaïs, tantôt la joueuse de cinnor, de telle sorte qu'à la fin le corps de Paphnuce échappe à sa volonté d'ascèse : deux fois, il succombe à des images de plus en plus précises et proches. D'autre part, le sphinx de Silsilé et la femme voilée lui montrent que, pendant la vie comme après la mort, tous les hommes qui ont cru en la beauté, celle des femmes, de la poésie, de la philosophie, connaissent un sort comparable en sérénité, et pareillement enviable. On voit bien quelle relation s'établit d'une forme à l'autre des rêves. Ils sont également opposés à ce que l'on appellerait maintenant le « surmoi » de Paphnuce. Comme le roman tout entier, s'ils contiennent une leçon de tolérance, ils impliquent aussi cette constatation qu'Anatole France devait faire en prononçant l'éloge de Montaigne, en 1912 : « L'intolérance est intolérable[2]. »

« On m'a félicité çà et là d'avoir fait une restitution du monde alexandrin et su mettre la couleur locale. C'est à cela précisément que j'ai le moins songé. En écrivant *Thaïs*, je me suis efforcé au contraire de n'introduire dans mon conte (c'est un conte) que des idées de nature à intéresser mes contemporains. Je me suis fait aussi peu égyptien et alexandrin que possible. » Cette assertion d'Anatole France[3] est paradoxale. Elle répond à un besoin de persuader le public que *Thaïs* n'est pas un roman d'érudition pesante. On voit d'ailleurs que les suppressions opérées pour la publication dans *La Revue des Deux Mondes* du roman, quand elles ne portent pas sur les atteintes à l'orthodoxie (ce sont les plus nombreuses), portent sur la reconstitution du monde antique : discussion du banquet sur les qualités d'un bon cheval, sur le sentiment de la patrie, sur la meilleure

1. Sauf dans le cas, tout différent, d'une allusion à la philosophie de Hartmann, dont la *Philosophie des Unbewusster* (1869) avait été traduite en français en 1877 par D. Noler sous le titre *Philosophie de l'inconscient* (G. Baillière). Il s'agit de « l'inconscient du monde », combinaison de la « pensée logique » et de la « volonté ».

2. 8 juin 1912, au banquet de la Société des amis de Montaigne, *Bulletin des amis de Montaigne*, 1913, p. 25.

3. *L'Univers illustré*, 14 avril 1894.

forme de gouvernement[1]. Les compliments adressés à Anatole France par un André Maurel[2] pouvaient se retourner en reproches : le R.P. Brucker ne manque pas d'écrire qu'Anatole France a cousu des lectures d'écrivains de l'Antiquité à des descriptions empruntées aux journaux de voyage et à des idées de Renan. Cette critique est une interprétation malveillante du travail que d'autres critiques louent dans *Thaïs*. Celui-ci existe : il n'est, pour le constater, qu'à se reporter aux nombreuses sources antiques et modernes de l'écrivain, sans oublier parmi elles *Le Roman de la momie* de Théophile Gautier, lui-même inspiré par un savant ouvrage d'Ernest Feydeau. Pierre Louÿs prit si bien le roman pour un essai de reconstitution, qu'il l'annota dans un exemplaire de 1895 pour en critiquer ce qu'il considérait comme des erreurs[3]. Ces erreurs n'en sont point toujours, et l'auteur des *Chansons de Bilitis* a tort, lorsqu'il note que Mœrœ est un nom de ville et non de femme, ou que Rhacotis, quartier pauvre, ne peut avoir été habité par Thaïs. Mais c'est avec raison qu'il note une incertitude chronologique : la tradition fait mourir saint Antoine à cent cinq ans, le 17 janvier 356 ; il a plus de cent ans au début du roman, qui devrait donc se placer après 351. Mais, d'autre part, Thaïs achevait sa onzième année quand Ahmès mourut dans la grande persécution de Dioclétien : cela la fait naître vers l'an 300. On ne peut guère supposer que Paphnuce vient la trouver lorsqu'elle a plus de cinquante et un ans, car il est dit dans le roman que sa beauté est encore intacte. Si l'on calcule d'après la fin du roman, Thaïs est plus âgée encore : elle meurt lorsque Antoine va lui-même mourir, ce qui lui donne cinquante-six ou cinquante-sept ans, quand elle agonise, « plus suave et plus belle que jamais[4] » ! De fait, Anatole France a pris des libertés avec la chronologie de la vie de saint Antoine, qu'il considère comme fort incertaine dans l'article qu'il lui consacre dans *Le Temps*. Les repères historiques qui nous sont donnés par l'écrivain sont autres : quand Thaïs entre dans l'église de saint Jean le Baptiste, l'édit de paix pour l'Église (porté par Constantin en 313) remonte à vingt ans. Thaïs a donc trente-trois ans environ lors de sa liaison avec Nicias. Elle en a trente-sept ou trente-huit au moins, lorsque l'action du début du roman se déroule, puisque le banquet se situe sous le gouvernement de Constance, après la mort de Constantin en 337. Quant à Paphnuce, il est plus jeune que la courtisane, car il s'est retiré à vingt ans dans le désert, et il y vit depuis dix ans, quand il

1. Voir, par exemple, var. *a*, p. 789 ; var. *a*, p. 796.
2. *La Revue bleue*, « Thaïs et M. Anatole France », 26 avril 1890, p. 542-543.
3. *Le Lys rouge*, nº 6, 1980, p. 1-3, Max-Philippe Delatte, « Pierre Louÿs, critique d'Anatole France ».
4. P. 862.

décide d'arracher Thaïs à la débauche. Telle est donc la chronologie que l'on peut raisonnablement retenir pour le déroulement du roman : quand on aura constaté qu'Anatole France méprise celle qui nous est fournie par l'hagiographie, on n'aura fait qu'enregistrer une de ses désinvoltures envers les vies de saints, qu'il modifie à son gré. Il n'en va pas de même pour cette civilisation du début du IVe siècle qu'il a choisi de dépeindre dans son roman. Description des maisons, du banquet, transcription des philosophies et des mystiques, tout cela est pris aux bons auteurs, et il a mis à cette restitution plus de soin qu'il ne le dit. Anatole France faisait ainsi profiter son roman de la mode de l'Antiquité égyptienne; l'Institut français du Caire remontait à 1881, et il était animé par Gaston Maspéro, dont le public lettré connaissait les écrits. Mais, si l'archéologie pouvait intéresser les profanes, il n'en était évidemment pas de même des spéculations de la haute philosophie antique. France ne trompe qu'à demi en protestant de sa volonté de « n'introduire dans [s]on conte que des idées de nature à intéresser [s]es contemporains ».

Car il est bien vrai que *Thaïs* s'inscrit dans les préoccupations de la littérature « fin-de-siècle »; cette littérature s'éloigne de la peinture directe du monde actuel pour contempler celui-ci au miroir d'époques qui lui ressemblent, comme le proclame Huysmans dans *À rebours*. « De confus désirs de migrations se lèvent qui se débrouillent dans la réflexion et dans l'étude[1] », écrit-il de l'artiste de son temps. Dans ce roman de 1884, Huysmans a précisément rangé en bonne place, dans la bibliothèque de Des Esseintes, les auteurs de la basse latinité : fin du paganisme, début du christianisme. La même année, le sâr Péladan commence à faire paraître son grand roman *La Décadence latine*, qui met explicitement en parallèle l'époque contemporaine avec celles où les Barbares menaçaient le monde romain, puis le monde byzantin. On assiste à un processus de fuite dans le temps, doublé d'un narcissisme : il s'agit bien de regarder une sorte de « double » de l'ennui contemporain, mais en même temps de tromper cet ennui en le transférant en rêve sur des temps révolus. L'œuvre des peintres peut être considérée de ce point de vue : celle de Gustave Moreau, telle qu'elle est interprétée dans *À rebours*; celle de Félicien Rops, qui dessina en 1888, sous le titre *L'Amante du Christ*, une Madeleine tendant les bras vers le Crucifié. Le mal dont souffre la fin du siècle est une dissémination des croyances, qui engendre le scepticisme; le recours à d'autres époques de dissémination constitue une sorte de relation, une sorte d'appui historique, pour l'esprit qui en cherche en vain dans l'heure présente. Paul Bourget donne de ce mal du siècle une excellente analyse, en 1883,

1. P. 308.

dans ses *Essais de psychologie contemporaine*. Anatole France était bien placé pour l'analyser de son côté, dans les choniques du *Temps* où il notait la vogue de l'occultisme et du fantastique; sa propre expérience intellectuelle et sentimentale le portait à ressentir cet « ennui commun à toute créature bien née », expression de Marguerite de Navarre qu'il rappelle volontiers[1]. Après avoir à maintes reprises, notamment à propos du *Sérénus* de Jules Lemaitre, souligné l'impossibilité de croire qui marque son temps, il en donne la description la plus complète dans son article du *Temps* du 31 mars 1889, « Pourquoi sommes-nous tristes[2] ? » : « Nous avons mangé les fruits de l'arbre de la science, et il nous est resté dans la bouche un goût de cendre. Nous avons exploré la terre [...] et nous avons découvert avec effroi que l'humanité était plus diverse que nous ne pensions [...] Noyés dans l'océan du temps et de l'espace, nous avons vu que nous n'étions rien, et cela nous a désolés [...] Le plus grand mal [...] c'est qu'avec la bonne ignorance la foi s'en est allée. »

Paul Bourget avait écrit : « La foi s'en ira, mais le mysticisme, même expulsé de l'intelligence, demeurera dans la sensation[3]. » *Thaïs*, en donnant une peinture mêlée de tendresse du christianisme des simples, et en rapportant la doctrine de Zénothémis, répond à merveille à ce jugement. Le roman parut en volume la même année que *Sixtine* de Remy de Gourmont, roman dans lequel le héros proclame à la fois son incroyance et son attachement instinctif à une croyance de jeunesse : « Pour le moment, vraiment suprême, de la décomposition corporelle, le délicieux Inconscient nous réserve peut-être quelques-uns de ses bons tours[4] ? » C'est le moment où le goût du merveilleux fleurit en France, avec Stanislas de Guaïta et Papus, avec l'ordre Rose-Croix fondé en 1888 et la théosophie implantée dès 1884; celui où naît autour de Maurice Denis un mouvement de peinture mystique. En 1889, paraît l'ouvrage d'Édouard Schuré, *Les Grands Initiés*, qui par son syncrétisme suggère plus d'un rapprochement avec l'esprit qui anime les penseurs du banquet de *Thaïs*. Cette recherche inquiète et à demi sceptique des croyances des siècles passés, on pourrait en accumuler les témoignages. Retenons-en un seul, parce qu'il épanouit un goût dont Anatole France donne les preuves dans *Thaïs* : c'est *Le Latin mystique* de Remy de Gourmont, paru en 1892 avec une préface de Huysmans : « Seule, que l'on soit croyant ou non, seule la littérature mystique convient à notre immense fatigue[5] », écrit Gourmont; et de traduire ces hymnes de la

1. Par exemple dans *Le Temps* du 12 décembre 1886, « Sérénus », *VL*, I.
2. *VL*, III.
3. *Essais de psychologie contemporaine*, Lemerre, 1885, p. 9.
4. P. 26.
5. P. 12.

primitive Église, cette littérature que France pratiquait depuis sa jeunesse et appréciait. France dédia une de ses chroniques au *Latin mystique*[1].

Cette utilisation du sacré n'allait évidemment pas sans une certaine perversion du sacré, qui sert à nourrir la névrose de Des Esseintes, comme, dans *Sixtine*, l'érotisme de l'héroïne; c'était pour certains un des éléments de la corruption de mœurs qui, avec le scepticisme, rendait la fin du XIXe siècle comparable à toutes les périodes de décadence. Par la peinture de cette corruption, *Thaïs* s'inscrit dans toute une série d'œuvres contemporaines : Jean Lombard avait dépeint la Rome du IIIe siècle dans *L'Agonie*, en 1888, avant de publier, l'année où *Thaïs* parut en volume, un roman sur l'Orient au VIIIe siècle, *Byzance*. Pierre Louÿs, après sa traduction des *Dialogues des courtisanes* de Lucien, et *Les Chansons de Bilitis*, allait atteindre à la célébrité avec *Aphrodite*, ces contes sur la magnificence et la déliquescence du monde alexandrin, parus en 1896. Le mariage de l'amour et de la mort, de l'amour et de la religiosité, est célébré diversement dans toutes ces œuvres qui conjuguent, chacune à sa manière, l'alliance du paganisme et du mysticisme que Louis Ménard avait scellée dans le titre même de son œuvre. On voit assez que le spleen « fin-de-siècle », dans cette expression particulière qu'est la mise en scène des périodes du passé où il se reconnaît, est fort inspiré par le courant du Parnasse auquel Ménard et France avaient appartenu.

Thaïs doit la qualité particulière de sa réussite à la coïncidence, chez Anatole France, entre une crise personnelle et une méditation sur l'Éros ambigu des époques de transition, qui est ancienne chez lui et qui redevient « à l'ordre du jour » dans les années où paraît son roman. C'est du même coup un épanouissement stylistique. Le jeu de miroir que représente l'insertion de citations, non reconnues comme telles, dans un discours qui les intègre si bien qu'on ne voit pas les coutures entre lui et les phrases empruntées, est désormais reconnu comme un jeu essentiel entre le passé et le présent, alors que l'esthétique naturaliste l'écartait. Il en résulte une écriture qui tire son *unité même* de sa dissémination, et qui produit un monde : le seul qui soit vivable pour les auteurs « fin-de-siècle », précisément parce qu'il est imaginaire, composant avec l'antique et le contemporain. *Thaïs* contient des fragments d'ouvrages que Huysmans, dans *À rebours*, qualifie comme « ceux que les intelligences qu'ont domestiquées les déplorables leçons ressassées dans les Sorbonnes désignent sous ce nom générique : la décadence[2]. » Pétrone, Tertullien, Lucien, les auteurs de « Vies de saints », parfois cités tels quels, parfois en distorsion,

1. 11 décembre 1892, *VL*, V.
2. *À rebours*, Charpentier, 1884, p. 36.

entrent dans une écriture elle-même composite et raffinée, « syncrétique » en quelque sorte. L'auteur à la fois s'y livre et s'en tient à distance. Rien de plus caractéristique à cet égard que l'adaptation « décadente » de l'*Hécube* d'Euripide qu'il fait mimer par *Thaïs*, mais qu'évidemment, lui, il *écrit* et *décrit* pour son lecteur, tout en la faisant *voir* par deux personnages antinomiques, le passionné Paphnuce, Dorion le détaché.

Comme cette pantomime, le roman tout entier constitue une succession de trompe-l'œil, obtenus par des défaussages de style : le mode de vie et les miracles des anachorètes sont ramenés systématiquement à un plan humain, tout comme la conduite de Dieu lui-même, qui à la fois dévoile et ne dévoile pas la vérité à ses saints. Mais, à l'opposé, le mode de vie et les raisonnements des « détachés » du roman, Timoclès, Dorion, Nicias, le médecin de Cotta, n'aboutissent eux aussi qu'à l'incertitude et à la mort. Dans ce monde d'apparences, seul demeure celui qui parle sur les apparences, Zénothémis, qui projette assurément dans le roman l'image du romancier lui-même. *Thaïs* est une sorte de cristallisation dans l'œuvre d'Anatole France; il y ramasse et y porte à un point de réussite des procédés et une vision de la vie jusqu'alors incertains. Il répond du même coup à une inquiétude manifestée par les plus notables de ses contemporains : que l'on pense au jeune Barrès de *Sous l'œil des Barbares*, construisant son roman en alternances de récits et de « concordances », et faisant appel en son chapitre « Désintéressement[1] » à l'Antiquité alexandrine : « En vérité, ceux qui se retournent avec ferveur vers des images d'outre-tombe ne témoignent-ils pas qu'ils sont mécontents de leurs contemporains, échauffés de quelque sentiment intime, inassouvi ? »

NOTE SUR LE TEXTE

Manuscrits.

1° Anatole France a écrit une première ébauche de *Thaïs*, que nous appellerons « manuscrit α ». Ce manuscrit, que nous n'avons pu consulter, fut en la possession de Gabriel Wells. Il se trouverait actuellement dans une collection privée. E. P. Dargan en donne une description dans l'appendice C (p. 615-618) de son livre, *Anatole France, 1844-1896*, Oxford University Press, New York-Toronto, 1937.

Ce manuscrit est écrit sur toutes sortes de papiers, dans lesquels prédomine le papier à en-tête de la bibliothèque du Sénat. Il contient des dessins d'Anatole France : des lotus, un portique dorique. Réunis en 10 liasses, les papiers représentent plus de 400 feuillets. Ils comprennent des esquisses concernant la première et la seconde partie de *Thaïs*. La liasse 1,

1. *Sous l'œil des Barbares* fut publié en avril 1888. Le chapitre « Désintéressement » est la reprise avec variantes d' « Héroïsmes superflus », nouvelle parue en février 1885 dans *Taches d'encre*.

en 23 feuillets, présente la rencontre entre Paphnuce et Thaïs, la conversion de la courtisane, le départ d'Alexandrie. La liasse 2, en 72 feuillets, présente les caractères des deux protagonistes, leur dialogue, et une longue description de la grotte. La scène qui se déroule dans celle-ci semble avoir été le noyau de la création romanesque de France. La liasse 3 comprend une première description du banquet, avec des entretiens différents de ceux qu'Anatole France a retenus, et un personnage, Diotime, qui a été supprimé au profit du prêtre Hermodore. Les liasses suivantes reprennent la description du banquet, entreprennent de décrire la scène où Thaïs brûle ses biens, le retour de Paphnuce au désert, ses tentations. On note des repentirs, des ratures nombreuses. La liasse 8 semble particulièrement intéressante. Une page porte le titre : « IV : 3e épisode Hélène. » Le personnage d'Hélène a donné lieu à de nombreuses recherches d'Anatole France.

2° M. Daniel Sicklès possède un fragment d'un manuscrit de *Thaïs* auquel il nous a donné accès. Nous appellerons ce manuscrit : *ms. A.* Le fragment que détient M. Sicklès concerne la seconde partie de *Thaïs* (de « Thaïs était née [...] », p. 756, début de la partie « Le Papyrus », jusqu'à « un cri d'effroi », p. 777, ligne 9. Enfance de Thaïs, son baptême (voir Notes, p. 756 à 764). Puis, après une lacune, on passe à la vie de débauche de Thaïs (p. 689) et à sa vie présente, jusqu'à la description de la grotte (p. 776). Les ratures, repentirs, recherches de style sont très nombreux. Nous avons donné en note à la page 756 un exemple de ces variantes ; par la suite, nous avons seulement retenu les variantes qui importent pour la conduite même du récit.

Le manuscrit est folioté de 133 à 182, avec une intercalation au folio 140, comprenant des feuilles foliotées jusqu'à 140^{16} (c'est l'épisode qui développe les persécutions sous Dioclétien, la catéchèse d'Ahmès et le baptême de Thaïs). Les feuillets du *manuscrit A* sont de dimension et de nature diverses, quelques-uns portant l'en-tête du Sénat. Tantôt le verso des feuilles est vierge ; tantôt, les deux faces du feuillet sont écrites, France ayant écarté un premier jet du roman (une première version, très raturée, de l'actuel folio 133, constitue maintenant le verso de l'actuel feuillet 135). D'autres fois, Anatole France a remployé des manuscrits d'autres œuvres. Ainsi, au verso des actuels folios 133, 134, 136, 137, 138, on lit des passages de l'article « *Le Grand Saint Antoine* », paru dans *Le Temps* du 12 août 1888. Au verso des folios 140 *bis* à 140^{15}, on lit des fragments de *Jocaste* (la visite de Mme Haviland à la chambre de son mari malade) et du *Chat maigre* (le discours du précepteur du jeune Rémi contre le privilège de l'Université). Ces passages de manuscrits d'anciens romans sont sans ratures, et conformes au texte définitif.

3° Des notes sur les gnostiques, prises par Anatole France, se trouvent à la Bibliothèque nationale, fonds Seymour de Ricci, *Anatole France. — Varia*, nafr 15366, ffos 86-87. Nous les reproduisons en Appendice, p. 871. Il est évidemment difficile de situer ces notes dans l'histoire de la rédaction de Thaïs. Au plus tard, il convient de les placer avant la rédaction du *manuscrit B*, décrit ci-après.

4° Le manuscrit définitif de *Thaïs* se trouve à la Bibliothèque nationale, sous la cote : nafr 21609. Il est luxueusement relié, à la façon d'un livre de piété. Au début du volume, ont été reliés avant le manuscrit d'Anatole France :

a) Un passage de l'acte II de *Thaïs* de Massenet, daté du vendredi 16 mars 1894, et dédié : « À mon illustre collaborateur Anatole France, de toute admiration. »

b) Des dessins originaux de Jean Veber, copyright Heugel et Cie, 1894, représentant la courtisane, l'ermite, etc.

Le manuscrit d'Anatole France porte le titre *Paphnuce, conte philosophique*. Il se termine par la signature d'Anatole France, suivie de la phrase : « J'offre, avec la plus respectueuse affection, ce manuscrit à Madame Arman de Caillavet. » Il est écrit sur des feuilles de même format et de même papier (sauf les intercalaires), et offre une version complète du roman. Une page (voir var. *b* p. 785) porte le plan de la salle à manger du banquet. Une autre (voir var. *a*, p. 845) représente une jeune femme jouant du théorbe. Les passages qui n'ont pas été insérés dans *La Revue des Deux Mondes* font partie de ce manuscrit, et sont souvent encadrés au crayon. Cela semble bien prouver qu'ils n'ont pas été ajoutés par Anatole France après la publication dans *La Revue des Deux Mondes*, mais qu'ils ont été retranchés du texte pour la publication en revue. Ce texte, fort peu raturé, n'en présente pas moins un assez grand nombre de variantes par rapport à l'édition originale. Beaucoup sont des variantes de style, prouvant le travail que s'imposait Anatole France, mais peu significatives, sauf pour une étude extrêmement spécialisée. On trouvera ici les variantes intéressant la conduite même du récit. L'une d'elles forme un épisode séparé, de pagination différente de la pagination de ce manuscrit définitif, que nous appellerons *manuscrit B*. C'est l'épisode des prêtres de la Bonne Déesse de Syrie (voir var. *a*, p. 766), paginé de 143 à 150, placé entre les pages 121 et 122 du manuscrit. D'autres passages, moins importants, sont repris de même à un autre manuscrit; ils sont de pagination indépendante. Voir par exemple var. *b*, p. 777; var. *a*, p. 780-781.

5° Un projet de préface pour *Thaïs*, en la possession de Louis Barthou en 1924, ainsi qu'un fragment du manuscrit ont été reproduits en phototypie chez Champion, décembre 1924 : *Fragment de Thaïs avec préface inédite*, coll. « Reproduction de manuscrits ». Le projet de préface a été repris au tome V des *Œuvres complètes* d'Anatole France. Nous le reproduisons en Appendice, p. 871. Quant au manuscrit, ce fragment va de « Nous nous entretiendrons », p. 732, 7 lignes avant la fin, à « en Dieu seul est la stabilité », p. 740, 12 lignes avant la fin. À la suite, se trouvent des lignes biffées. Nous désignons ce manuscrit par le sigle : *ms. Barthou.*

Édition préoriginale.

Thaïs parut dans *La Revue des Deux Mondes*, avec le sous-titre « Conte philosophique », les 1er juillet 1889 (« I. — Le Lotus »), p. 110-134. 15 juillet (« II. — Le Papyrus »), p. 318-371, et 1er août (« III. — L'Euphorbe »), p. 606-637. Le texte de *La Revue des Deux Mondes* présente quelques variantes par rapport au texte de l'édition originale, et surtout des coupures sur lesquelles on trouvera des considérations dans la Notice, p. 1337 et p. 1339. Nous signalons les variantes et coupures sous le sigle *R2M*.

Édition originale.

Calmann-Lévy, 1891. En réalité, le *Journal de la librairie* fait l'annonce du roman le 1er novembre 1890, et il indique entre parenthèses la date : « 18 octobre 1890. » Nous désignons cette édition par le sigle : *orig.*

Seconde édition originale.

Revue et corrigée, Calmann-Lévy, 1921. Cette édition offre par rapport à la première, qui se trouvait jusqu'alors reproduite dans les différentes rééditions successives, des variantes dont le projet se trouve à la bibliothèque de la Ville de Paris, fonds Anatole France, non coté.

Anatole France les a portées au dos de papiers d'origine diverse, aussi bien que sur des feuilles blanches. Ainsi, la variante *a* de la page 745 est notée sur un télégramme qui fut envoyé à France le 26 février 1920. D'autres corrections se trouvent au verso d'une convocation de la Ligue française pour la défense des droits de l'homme et du citoyen, datée du 19 mars 1920.

Ce fonds contient encore un intéressant projet manuscrit de préface, auquel Anatole France n'a pas donné suite. Il nous permet de savoir comment l'écrivain, en 1920, désirait que l'on envisageât son œuvre : « Préface / Lu, mais pas compris. / On l'a prise je crois, pour un roman historique / nullement / il n'est pas plus historique que le Sethos de l'abbé Terrasson / C'est un roman philosophique. Il sera compris quand / Il est pessimiste / On me disait / Dira-t-on encore que. »

Rappel des sigles utilisés dans les Variantes : *ms. A*, ici décrit en 2°; *ms. B*, ici décrit en 4°; *ms. Barthou*, ici décrit en 5°; *R2M*; *orig.*

NOTES ET VARIANTES

Page 721.

1. Le lotus, qui s'épanouit à la surface des eaux dormantes et sales, sans être souillé par elles, est un symbole de pureté, et, en Égypte, de renaissance : les hypogées thébains représentent la réunion des morts et des vivants respirant le lotus bleu, qui figure l'accession à la vie divine. Plante à la fois mâle et femelle, le lotus, en outre, est l'image de l'union d'Isis et Osiris.

2. Cette phrase pleine de saveur est imitée des naïvetés que l'on trouve dans les « Vies des saints ». En particulier, dans la *Vie des saints* de Butler, à propos de saint Macaire d'Alexandrie (2 janvier), il est parlé du désert des Cellules, « ainsi nommé de la multitude des cellules de solitaires qu'on y voyait ».

Dans *La Vie des Pères des déserts d'Orient*, du R.P. Michel-Ange Marin, 1761-1764 en Avignon (citée ici d'après l'édition de 1863 chez Vivès), à propos de saint Antoine, p. 20, il est dit qu'il « dépeupla les villes de leurs habitants et peupla les déserts de colonies de saints », si bien que le désert devint « un paradis peuplé d'une infinité d'anges ». Le diable en personne dit à saint Antoine : « Les déserts eux-mêmes sont remplis de solitaires » (p. 33). P. 65, Marin écrit : « Saint Paul avait vécu seul au désert; saint Antoine le peupla », et « au rapport de Rufin, il y avait presque autant d'habitants dans les déserts que dans les villes ».

3. Il y avait en Basse-Égypte le désert des Cellules, celui de Scété et celui de Nitrie, à l'occident, et en Haute-Égypte le désert de la Thébaïde. Nitrie était à seize lieues au sud-ouest d'Alexandrie, le désert des Cellules à cinq lieues de la montagne Nitrie, et celui de Scété à seize lieues d'elle. Chaque désert avait un supérieur général qui gouvernait les cénobites. Ceux-ci vivaient en des monastères groupant des cellules dans chacune desquelles vivaient trois religieux; les cellules étaient groupées en « maisons » de douze à treize cellules; trois ou quatre maisons constituaient une tribu, dont une dizaine formaient le monastère. Il existait aussi des anachorètes isolés dans des cabanes. Chaque désert possédait des églises, en plus ou moins grand nombre : quatre à Scété, par exemple.

4. Les cénobites observaient des règles diverses (réunies dans la *Concordia regularum, auctore S. Benedicto* de 1638) : règles de saint Macaire, de Sérapion d'Arsinoe, de Paphnuce de Scété, de trente-quatre autres abbés. Mais ces règles se rejoignent sensiblement en ce qui concerne le régime alimentaire, qui comporte un jeûne jusqu'au coucher du soleil pour les uns, deux repas pour les autres; la nourriture est de toute façon maigre, sauf les jours de fête. Anatole France exagère ici la rigueur des abstinences proposées aux moines d'un monastère, car des légumes, parfois des laitages, faisaient partie de l'ordinaire, et les cénobites étaient libres d'en consommer ou de s'en abstenir. On voit par les « Vies » qui nous sont parvenues de saint Siméon Stylite que les abbés des monastères n'approuvaient pas les jeûnes qui singularisaient trop un moine par rapport à la communauté. Le régime décrit par Anatole France est véritablement à cet égard le régime le plus strict, car, outre le pain et le sel, il n'admet que l'humble hysope, qui avait la réputation de purifier et de fortifier la poitrine, et qui était la figure de l'humilité sacrée (« Tu m'aspergeras avec l'hysope, et je serai purifié » : Psaumes, L, 9).

5. Saint Paul ermite, fuyant dans le désert, trouva ainsi une caverne propice à la vie érémitique, puisqu'elle était ombragée d'un palmier qui le nourrit, et qu'une fontaine coulait tout auprès. *Pour le tombeau*, il sert de refuge à saint Antoine lors d'une de ses nombreuses tribulations : cet épisode figure dans la *Vie* que saint Athanase en écrivit, et Anatole France les rappelle, dans son article du *Temps* du 12 août 1888, « Le Grand Saint Antoine » (*VL*, 2e série), en supposant que saint Antoine habita le tombeau après avoir délogé une nichée de chacals. C'est lui, et non la plupart des solitaires du désert, qui s'impose de ne manger qu'après le coucher du soleil et de dormir sur

la terre nue. D'autres jeûnent plusieurs jours de suite, comme saint Siméon Stylite, qui ne peut pas se coucher sur sa colonne et dort appuyé sur sa balustrade; d'autres s'enferment dans une cellule murée, comme saint Abraham et saint Jean d'Égypte.

6. C'est ainsi que les emmurés ne peuvent évidemment se laver ni satisfaire leurs besoins naturels en dehors de leur étroite loge. Le *Paphnuce* de Hrotswita montre dans son cinquième tableau, de façon très naïve, les répugnances que ressent Thaïs à cet égard, lorsqu'elle se fait enfermer par Paphnuce. Quant aux ulcères et aux plaies, les vies de saints nous montrent que Siméon Stylite et plus encore son émule saint Daniel, qui vivait sur une colonne sous le rigoureux climat du Pont-Euxin, en furent couverts. Ils rendirent gloire à Dieu de leur donner des souffrances qui les purifiaient en vue de la vie éternelle.

Page 722.

a. se couvrira de fleurs. » / Des anges *R2M* ↔ *b.* Considérée par l'œil du mystique, la Thébaïde *ms. B*

1. Dans « Les Ascètes », Leconte de Lisle *(Poèmes barbares)* retrace l'amour désespéré de l'idéal que nourrissent les saints du désert, alors que l'orgie règne dans le monde romain de la décadence. « Le monde se complaît dans sa vieille folie / Et s'attarde en chantant aux pieds de ses dieux morts. / Au désert, au désert, les sages et les forts ! / Au désert, au désert, ceux que l'Esprit convie, / Ceux qu'a longtemps battus l'orage de la vie / [...] Ô morne solitude, ô grande mer de sables, / Assouvis nos regards de choses périssables / Balaye à tous les vents les vieilles vanités, / La poussière sans nom des dieux et des cités. » Le poète salue en ces ascètes des hommes qui ont reconnu le vide du cœur de l'homme, et, s'infligeant des châtiments sanglants, se purifient du désir mortel.

2. Le désert est la stérilité sans Dieu, mais, comme Dieu seul peut le féconder, il est inversement le symbole de la fertilité divine. Isaïe, XXXII, 15, évoque ainsi le désert changé en verger et devenu l'asile de la droiture.

3. Dans la vie de saint Paul contée par Michel-Ange Marin, se trouve l'épisode du monstre homme et cheval (centaure, donc) qui montre sa route à saint Antoine, lorsqu'il va visiter *son maître en érémitisme*, et, ensuite, l'épisode de l'apparition du satyre qui confesse à Antoine l'existence de Dieu, puis s'enfuit. Saint Jérôme est le premier à conter ces aventures sur lesquelles brodèrent les hagiographes (*Vita S. Pauli primi eremitae*, Migne, *PL* XXIII, col. 22 et 23-24). Il affirme même qu'on amena en vie un satyre à Alexandrie, sous le règne de Constance, et qu'après sa mort on le sala pour l'envoyer à l'empereur. Quant aux Éthiopiens et aux animaux, les uns par la « négativité » de leur couleur noire, les autres, parce qu'ils représentent nos instincts, ils sont considérés comme néfastes par les ermites. Ajoutons que les dieux égyptiens étant figurés par des animaux, ou des hommes à tête d'animal, les démons sont d'autant plus évidemment assimilés aux bêtes par ces chrétiens primitifs.

Page 723.

a. et de rage. / Les anciens *R2M* ↔ *b.* ignominieusement. » / [Les anciens du désert étendaient leur puissance [...] et des courtisanes. *add. sur un feuillet intercalaire 5 bis avec la mention à ajouter à la page 5.*] Telle était *ms. B*

1. Le 15 septembre 1889, Anatole France, sous le titre « Un moine égyptien », rendit compte de l'ouvrage d'E. Amélineau, *Les Moines égyptiens. — Vie de Schnoudi* (*La Vie littéraire*, 3ᵉ série). Il y conte que ce Schnoudi était impitoyable envers les idolâtres et les adultères, et tua un prêtre qui vivait avec une femme mariée. Cet assassinat fut camouflé par la légende en sainte action : Schnoudi aurait fait engloutir les deux pécheurs par la terre qu'il avait frappée de son bâton.

2. Les « Vies de saints », toutes inspirées par la biographie que saint Athanase, qui avait vécu près de lui, écrivit de saint Antoine, font naître celui-ci en 251. Anatole France ne l'ignore pas, puisqu'il cite cette date dans son article « Le Grand Saint Antoine » (voir N. 5, p. 721). Mais c'est pour ajouter tout aussitôt : « Cette date est donnée pour certaine. Mais elle peut ne l'être pas, et, à tout bien considérer, il serait merveilleux qu'elle le fût. » Cela nous met à l'aise sur la chronologie de *Thaïs*. Car, si nous étions en 351 (au moins), Thaïs, qui avait dix ans lors de la mort de l'esclave Ahmès, trois ans avant l'édit de 313 par lequel Constantin proclame la paix pour les chrétiens, aurait plus de cinquante et un ans au moment où Paphnuce l'arrache aux plaisirs d'Alexandrie !

3. Le mont Colzin est à une journée de la mer Rouge, tout à fait à l'est de l'Égypte. Antoine s'y était retiré, mais non sans visiter les monastères de ses disciples, recevoir des pèlerins, entretenir une correspondance avec Constantin et ses fils. Ses disciples Macaire et Amathas héritèrent de son bâton d'abbé.

4. Paphnuce est fêté par les latins, le 3 mars ou le 24 novembre ; il était mort, quand Rufin visita son monastère, vers 390, et écrivit sa vie. On ne précise pas, dans les « Vies des Pères », qu'il s'agissait du monastère d'Antinoé ; Antinoupolis, fondée en 130 par Hadrien à la mémoire d'Antinoüs, était environ à 190 km d'Alexandrie. Il faut penser que l'Antinoé de Paphnuce n'est pas celle-là, mais une autre des villes fondées en Égypte après qu'Antinoüs se fut noyé dans le Nil. Car, dans son voyage vers Alexandrie, Paphnuce passe près de Silsilé (p. 731), qui est tout à fait au sud d'Antinoupolis.

Avec ses vingt-quatre disciples, Paphnuce est loin des dix mille moines de l'abbé Sérapion d'Arsinoé, et des nombreux disciples de saint Éphrem d'Édessa, connu pour son éloquence contre les hérétiques.

Paphnuce est nommé par deux fois dans *La Tentation de saint Antoine* de Flaubert. La mention est très rapide, le saint faisant partie de la cohorte des martyrs (« borgne et boiteux depuis la persécution de Dioclétien », p. 32 de l'édition Rencontre, Lausanne, 1965 ; « le martyr Paphnuce », *ibid.*, p. 42).

Page 724.

a. à la pénitence *[p. 723, dernière ligne]* Il se trouvait parmi eux des hommes [...] le diacre Flavien, *ms. B* : à la pénitence. On distinguait parmi eux le diacre Flavien, *R2M*

1. Ce personnage rappelle l'eunuque de la reine Candace, converti par le diacre Philippe (Actes, VIII, 26-40); mais cet eunuque était un haut dignitaire, gardien des trésors de la reine.

2. Paul le Simple est cité dans les *Vies des Pères* comme anachorète en Thébaïde. Laboureur ignorant, il découvrit à soixante ans que sa femme le trompait, se rendit auprès de saint Antoine, qui commença par vouloir le renvoyer dans le monde ; il le fléchit à force de jeûnes, de prières et d'obéissance. Il bâtit sa cellule à une lieue de celle d'Antoine, qui le donnait souvent en exemple à ses moines. Il avait reçu de Dieu le don de voir les péchés des autres, et de distinguer, dans ses extases, des vérités inconnues aux plus grands : c'est lui, dit la légende, qui vit au bout de trois ans de pénitence de Thaïs que l'ancienne pécheresse était sauvée.

3. Le chacal, qui hurle à la mort et hante les cimetières, symbolise la mort contenue dans le péché de concupiscence : avidité pour les richesses, colère, sensualité. Le dieu égyptien Anubis, dieu psychopompe dirigeant l'errance du mort avant son jugement, a une tête de chacal; les chrétiens en font évidemment un démon souterrain.

4. Deucalion, fils de Prométhée et de Pandore, survécut seul avec sa femme Pyrrha à un déluge que Zeus avait produit pour punir les humains de leurs crimes. Après avoir flotté neuf jours dans un grand coffre construit sur les conseils de Prométhée, le couple aborda sur le mont Parnasse, et, sur l'ordre de l'oracle de Thémis, jeta derrière lui des pierres qui se changèrent en hommes et en femmes. Ainsi Deucalion fut-il l'ancêtre de toutes les races helléniques.

Page 725.

1. Ce sont les paroles du Christ au jeune homme riche qui lui demande ce qu'il faut faire pour avoir la vie éternelle, Matthieu, XIX, 21.

2. Thaïs est, si l'on peut dire, un nom générique de courtisane, que l'on trouve dans la comédie écrite sous ce titre par Ménandre, dans les lettres d'Alciphron, dans les *Dialogues des courtisanes* de Lucien et dans les *Épigrammes* de Martial (livre IV). Alexandre le Grand, amoureux d'une hétaïre de ce nom, la laissa après sa mort à Ptolémée son général, qui l'épousa et devint roi d'Égypte. Rien d'étonnant au nom que les *Acta sanctorum* donnent à la courtisane devenue sainte (*Acta*, 8e jour d'octobre).

3. Léda, qui fut aimée par Jupiter ayant pris la forme d'un cygne, et Pasiphaé, l'amante du Minotaure, étaient, avec d'autres personnages mythologiques unanimement connus, et avec les dieux eux-mêmes, les sujets des pantomimes qui furent en grand honneur à Rome et dans le monde romain à l'époque de la décadence. Parmi les auteurs anciens parlant de ces représentations, citons Arnobe, IV, 35, en ce qui concerne

Vénus; Juvénal, VI, 63, en ce qui concerne Léda; et pour Pasiphaé, Suétone, *Vie de Néron*, 12.

Page 726.

1. « Je te vois sans cesse, la tête renversée et ces paupières baissées, aux lèvres ce sourire profond et si beau qui précède l'oubli du monde ». Anatole France à Mme de Caillavet, 7 août 1888. Communiqué par M. Jacques Suffel.

Page 727.

1. Palémon est un ermite de la haute Thébaïde que les *Vies des saints* donnent comme le maître de saint Pacôme. Mais, en le faisant jardinier, proche des animaux et simple, Anatole France a opéré une contamination avec l'*Églogue* III des *Bucoliques* de Virgile, dans laquelle Ménalque et Damoetas prennent pour juge leur voisin Palémon, dans un décor d'arbres et de prairies.

Page 728.

1. Saint Athanase parle d'un enfant noir et beau qui s'appelle l'esprit de fornication (Migne, *PL* XXIII, col. 850), alors que les *Acta sanctorum* évoquent un « horrible enfant noir » *(« puer horridus atque niger »)*, que les diables suscitèrent pour effrayer Antoine. Il le chassa d'un signe de croix. Le saint Antoine de Flaubert est, lui, visité par ce personnage de saint Athanase, « cet enfant noir apparu au milieu des sables, qui était très beau, et qui me dit s'appeler l'esprit de fornication » (*La Tentation de saint Antoine*, éd. Rencontre, Lausanne, 1965, p. 32).

2. Les *Acta sanctorum* rapportent qu'un chasseur, étant arrivé près de solitaires, se scandalisa de les voir se réjouir avec Antoine. Celui-ci lui demanda de bander son arc, jusqu'à ce que le chasseur déclarât qu'il ne pouvait le faire davantage sans briser la corde. Sur quoi le saint abbé lui démontra que l'esprit de l'homme ne saurait, lui non plus, demeurer sans cesse dans un état de tension extrême.

Page 729.

a. autour d'un figuier chargé de fruits. Tandis *ms. B, R2M* ↔ *b.* ayant franchi d'un bond rapide, dans un bruit de feuillage, la haie qui fermait le jardin, s'arrêta sur ses jarrets frémissants. Inquiète, elle observait de son bel œil timide Paphnuce qu'elle ne connaissait pas. Elle hésita un moment, puis s'approcha en deux sauts du vieillard *ms. B* : ayant franchi, dans un bruit de feuillage, la haie [...] en deux bonds du vieillard *R2M*

Page 730.

a. à la bête légère *[p. 729, 8 lignes en partant du bas]* Il ne dormit pas *R2M*

Page 731.

a. à la vue des hommes. Après six jours *R2M*

1. « Après Silsilé (vers le sud), la vallée du Nil prend un nouvel aspect. Les deux chaînes riveraines, de plus en plus rapprochées, ne laissent au fleuve qu'un espace de plus en plus

resserré [...]. Partout l'image de la stérilité. » Guide Joanne, Hachette, 1878, *Malte, Égypte, Nubie, Abyssinie, Sinaï*, p. 592.

2. Dans sa chronique « Le Grand Saint Antoine », Anatole France précise bien qu'à son avis, le saint n'était point tenté par quelque reine de Saba, mais par des femmes rustiques comme lui : « Nous ne savons rien de précis sur les femmes que vit Antoine dans le désert; mais il est infiniment probable que, vêtues d'une chemise bleue, fendue sur la poitrine, elles portaient, comme les fellahines, une cruche sur la tête. »

3. Silsilé, sur la route de Louqsor à Assouan, à 142 km de Louqsor et 66 km d'Assouan, est un site de carrières de grès calcaires exploitées de toute antiquité. Ramsès II y employait trois mille ouvriers. Dans l'une des carrières, se voit encore un grand sphinx à demi engagé dans le roc (sur la rive droite du Nil). Le Nil est en ce lieu resserré entre les montagnes : il offrait là de grandes facilités d'accostage.

4. Animal impur selon la loi mosaïque, la chauve-souris symbolisait l'idolâtrie.

Page 732.

1. Voir n. 3, p. 722.

2. C'est l'ancienne ville de Tentyra (Dendera) construite au Ier siècle avant notre ère, et qui avait été une capitale. Il s'y trouvait un grand temple d'Hator, déesse de l'Amour, équivalent d'Aphrodite. Elle était représentée avec une tête de vache; ou bien sa tête de femme était surmontée de cornes de vache. Sous cette forme, elle ornait les chapiteaux du pronaos et de la grande salle des colonnes.

3. Le rat de Pharaon est le nom vulgaire de la mangouste d'Égypte. Ce petit mammifère était adoré par les Égyptiens, et fort protégé parce qu'il mange les serpents. On disait même qu'il profitait de ce que les crocodiles gardent la gueule ouverte pour pénétrer dans leur corps et les tuer en mangeant leurs entrailles.

4. La vie de saint Paul l'Ermite, écrite par saint Jérôme en 365 et reprise par toutes les « Vies » du saint, raconte qu'après épuisement du palmier qui l'avait nourri durant vingt et un ans, l'ermite fut l'objet d'un miracle : chaque jour un corbeau lui portait un demi-pain. Saint Antoine lui ayant rendu visite, le corbeau apporte un pain entier, pour nourrir les deux anachorètes.

Page 734.

a. de tout ? / — Il semble. / — Ne te nourris-tu *ms. B, R2M* ↔ *b.* la chasteté ? / — Il est possible. / — N'as-tu pas *ms. B, R2M*

Page 736.

1. L'île de Cos était renommée dans l'Antiquité pour sa richesse en vins et en troupeaux. Elle était dédiée à l'Amour et à la Santé, contenant un temple de Vénus Anadyomène et un temple d'Esculape : on voit que ces dieux sont bien trompeurs pour la famille de Timoclès.

Page 737.

1. Bien qu'Anatole France n'ait pas, lui-même, écrit de

poème portant sur la pensée indienne, il a naturellement connu l'intérêt que portait à celle-ci l'école parnassienne. Rappelons l'invocation à Maya dans la dernière page des *Poèmes tragiques* de Leconte de Lisle (*Éclair, rêve sinistre, éternité qui ment | La vie antique est faite inépuisablement | Du tourbillon sans fin des apparences vaines)*, et, dans le même recueil, le poème intitulé « La Vision de Brahma » (*Mais rien n'a de substance et de réalité, | Rien n'est vrai que l'immense et morne éternité)*. Henri Cazalis (Jean Lahor) était l'un des parnassiens les plus fervents de cette pensée. En 1888, il publia justement de nouveau, chez Lemerre, *L'Illusion*, qui avait d'abord paru en 1872 chez le même éditeur. On y trouve un poème intitulé « La Méditation du Bouddha », un autre intitulé « Le Néant des apparences » (*Et le sage tranquillement | Devant ces flots de l'existence, | Sous la surface qui lui ment, | Voit l'abîme de la substance)*. On voit que la première formation littéraire d'Anatole France avait de quoi le préparer à la vogue des idées sur le néant professées par Schopenhauer. Quant au lien entre les sceptiques et les ascètes hindous, il avait été souligné par Victor Brochard, dont l'ouvrage, présenté sous forme de mémoire en 1884 à l'Académie des sciences morales et politiques, avait été publié en 1887 par l'Imprimerie nationale. Dans *Les Sceptiques grecs*, Brochard expose que le pyrrhonisme est né après la mort d'Alexandre le Grand, chez les hommes qui l'avaient suivi dans ses conquêtes et avaient vu la diversité des mœurs, des religions et des institutions. Pyrrhon avait été jusque sur les bords de l'Indus et les gymnosophistes, ascètes étrangers au monde, l'avaient vivement frappé. Tous les sceptiques cependant n'étaient pas aussi extrêmes dans leurs opinions que Timoclès, ici présenté par Anatole France. Sextus Empiricus, dans les *Hypotyposes*, recommande par exemple la conformité à la vie commune, tout en la joignant à la pratique de la suspension du jugement. Mais Anatole France tient à développer ici avec plus de malice (car, dans *Thaïs*, le sceptique, n'attendant pas de récompense, semble au fond plus vertueux que Paphnuce) une idée qu'il exprima dans son article « Le Grand Saint Antoine » : « Il y avait déjà des ermites en Thébaïde. De tout temps, le sable brûlant du désert a mûri des fakirs, des derviches et des marabouts. Paul [...] renouvelait au bord du Nil les prodiges des gymnosophistes du Gange. » L'idée même de l'entretien entre Paphnuce et le gymnosophiste a dû être inspirée à France par une illustration d'Henri Rivière pour *La Tentation de saint Antoine*, « féerie à grand spectacle » : « L'ascète se trouve en face de Bouddha, écrit France. Il serait curieux d'entendre leur conversation. Car tous deux, le fils du roi de Capilavistu comme le pauvre Égyptien, menèrent, de leur gré et par choix, la même vie de renoncement, de misère et de pauvreté. Mais, s'ils se conduisaient de semblable manière, c'était pour des fins différentes et même contraires. L'un y voulait gagner la vie éternelle, l'autre le néant absolu. Je suis bien fâché qu'on n'ait pas recueilli leur entretien. » Cette *Tentation* avait été représentée pour la première fois au théâtre du *Chat noir* le 28 décembre 1887, et avait été publiée chez Plon-Nourrit en 1888. L'article de France est du 12 août 1888. Voir la *Notice*, p. 1327.

Page 738.

a. les choses de la foi. C'était un grand apôtre des gentils. Il possédait l'art de toucher les âmes et il excellait à convertir les pécheurs. Il avait déjà gagné plusieurs disciples à Jésus-Christ. Mais, par la connaissance qu'il avait *ms. B*

1. Ce terme est à entendre au sens philosophique, celui qu'emploient Timon ou Sextus Empiricus, de même d'ailleurs que les stoïciens : l'état d'une âme qui ne ressent aucune émotion ni passion.

2. Chateaubriand, *Les Martyrs*, livre XI (*Œuvres romanesques et voyages*, Bibl. de la Pléiade, t. II, p. 281) : « Nous entrâmes à pleines voiles dans le fleuve. Les mariniers le saluèrent de leurs cris, et portèrent à leur bouche son onde sacrée. Un paysage à fleur d'eau s'étendait sur l'une et l'autre rive. Ce fertile marais était à peine ombragé par des sycomores chargés de figues, et par des palmiers qui semblent être les roseaux du Nil. Quelquefois le désert, comme un ennemi, se glisse dans la verte plaine. » Grand lecteur de Chateaubriand, Anatole France a pu être influencé par cette description; mais on voit qu'il ne s'en inspire pas de très près.

3. L'Arsinoïdite est le Fayoum, dépression dans la plaine libyque, près du lac Moeris. Ce pays fut tôt christianisé, et les solitaires y étaient nombreux.

Page 739.

1. Anatole France se cite lui-même : « Leuconoé », son poème sur les belles pécheresses de la décadence qui se convertissent au christianisme, commence par le vers :

La mer voluptueuse où chantaient les Sirènes.

2. On sait que les ariens refusaient au Christ une nature divine; ils se manifestèrent fortement à Alexandrie vers 305, et leur croyance se répandit rapidement, malgré la proclamation par le concile de Nicée, en 325, d'un Dieu en trois hypostases. En 328, Athanase, anti-arien, devint évêque d'Alexandrie; mais son histoire est celle d'incessants bannissements, car les ariens tenaient fortement la ville. Ils étaient favorisés par Constantin, et, après sa mort en 337, par son fils Constance. Or, nous nous trouvons dans les années 337.

3. Durant la persécution de Maximin, en 306-313, Antoine sortit de son désert pour encourager les chrétiens emprisonnés et condamnés, sans quitter, dit-on, son habit monastique. On vit un miracle dans le fait qu'il ne fut point arrêté lui-même.

4. La porte du Soleil était la porte orientale, la porte de la Lune la porte occidentale; elles étaient jointes par une grande rue ornée de colonnes. On trouve des descriptions de l'Alexandrie antique dans Philon, *In Flaccum*, Flavius Josèphe, *La Guerre des Juifs*, Achille Tatius, *Leucippe et Clitophon*, mais surtout dans Strabon, qui visita l'Égypte en 24 avant notre ère (XVII, 791).

Page 740.

a. Il attirerait la grêle sur les pommiers en fleurs. Il porte malheur. Aux corbeaux, le moine ! aux corbeaux ! / Et les pierres *ms. B, orig.* ↔ *b.* eſt la ſtabilité. *Le manuscrit Barthou se termine par ces lignes* : [Qu'il soit loué pour s'être glorifié en moi par la bouche de la vieille femme et pour avoir placé sur mes pas l'injure et le mépris comme une épreuve salutaire / Il songeait de la sorte parce qu'il avait éprouvé, dans son voyage, que les mœurs des hommes sont diverses et que Dieu, selon la parole sainte, a livré le monde aux disputes des superbes, *tradidit mundum disputationibus eorum biffé*] ↔ *c.* Il dit et reprit sa route. *[p. 739, 8 lignes en partant du bas de la page]* Il passa sous la porte du Soleil, et traversa la ville d'un pas rapide. *R2M*

1. Le temple de Sérapis à Alexandrie était le plus célèbre du monde antique, avec celui de Memphis. C'était un gigantesque bâtiment entouré de portiques et renfermant de nombreuses salles voûtées. Il abritait une partie de la fameuse bibliothèque qui faisait de la ville un des centres de l'érudition du temps. Le Serapeum fut détruit sous Théodose le Grand, qui proclama le chriſtianisme religion d'État (389). Il était situé dans un quartier appelé « Rhacotis », à l'oueſt de la ville; on y accédait par cent marches, car il était conſtruit sur une éminence artificielle. Rappelons que Sérapis, assimilé à l'époque des Ptolémées à Osiris, fut le grand dieu d'Alexandrie.

Page 742.

1. C'étaient des sortes de racloirs, souvent en matière précieuses (ivoire ou or), avec lesquels on nettoyait la peau après le bain.

2. Ce début de l'Évangile de Jean (1-5) n'eſt pas cité au hasard, car les adversaires des ariens s'appuyaient sur la suite : « Et la parole a été faite chair [...] », pour réfuter leurs doctrines. Paphnuce cite cette suite dans le cours de sa conversation avec Nicias.

Page 743.

a. par des miracles. Et le verbe, qui eſt Dieu, s'eſt fait chair et il a habité parmi nous; car il eſt plein d'amour pour nous. Et la lumière a lui dans les ténèbres et les ténèbres ne l'ont point comprise. / — Ô très cher, répondit Nicias, un Dieu qui pense, qui agit, qui parle, qui se promène dans le temps et dans l'espace, comme l'antique Ulysse sur la mer glauque, eſt un Dieu fini. Il a des limites; il ressemble à un homme; et tu parles excellemment, chère tête de Paphnuce, quand tu dis qu'il s'eſt fait chair. Ô prodige ! Dieu s'eſt suicidé et il eſt devenu homme. Comment *ms. B.*

1. On sait que ces fables milésiennes, dont un bon nombre avaient été reprises au fonds populaire par Ariſtide dans *Les Milésiaques*, traduites en latin par Sisenna au Ier siècle avant notre ère, ne cessèrent d'inspirer les écrivains. *L'Âne* et *La Matrone d'Éphèse* furent des modèles pour Apulée et Pétrone; le dernier conte, après avoir été le sujet de fabliaux, fut à l'origine d'un des *Contes* les plus connus de La Fontaine (il s'agit d'une veuve inconsolable qui, très vite, se laisse décider à remplacer le cadavre de son cher mari par le cadavre d'un voleur,

afin de sauver un soldat qui lui contait fleurette avec succès). Quant au conte du *Cuvier*, il a donné naissance à la farce bien connue de notre Moyen Âge : un mari réduit en esclavage redevient maître chez lui, du consentement de sa femme.

Page 744.

a. que dans l'opinion (Tout en soi est indifférent *biffé*) Le sage n'a, *ms. B*

Page 745.

a. trois livres de détestables élégies. Certes, la beauté *ms. B, R2M, orig.*

1. Lycoris est le nom sous lequel le poète Cornelius Gallus célébra la courtisane Cytheris, qui vécut au Ier siècle avant notre ère, fut esclave, affranchie par le sénateur Volumnius, maîtresse du proconsul Antoine, puis du poète Gallus. Elle abandonna Gallus pour suivre un soldat. Virgile adressa au poète inconsolable sa dixième *Églogue*.

2. Le Démiurge est le fondateur de notre terre suivant les gnostiques : c'est une puissance très médiocre par rapport au Logos, Lumière suprême, car il est né de dégradations successives des émanations divines. Grossier, le Démiurge est jaloux de l'homme dans sa puissance spirituelle; il lui défend, selon la doctrine valentinienne, de toucher à l'arbre de la connaissance, et c'est lui qui le précipite des régions aériennes vers le monde matériel quand il s'aperçoit que son ordre a été violé. Ce Démiurge se nomme Ialdabaoth chez les ophites. Quant aux Éons, ce sont les émanations du vrai Dieu, dont la réunion forme le Plérôme, et dont le dernier est Sophia, créatrice du monde dans sa partie spirituelle. Valentin vécut au second siècle à Alexandrie : c'est de sa doctrine, inspirée du néo-platonisme et de la doctrine juive des Sephiroth, que Nicias entretient Paphnuce, très peu philosophe, et antignostique. Jésus passait pour un des Éons du Logos chez les gnostiques chrétiens.

Page 746.

a. la table du Seigneur. Il marchait *R2M*

1. Cette phrase situe le roman après la mort de Constantin le Grand, en 337. Constantin régnait seul sur l'Empire romain depuis qu'en 323 il avait fait étrangler son beau-frère Licinius, maître de l'Orient. À sa mort, Constantin avait partagé l'Empire entre ses trois fils et deux de ses neveux. Mais ceux-ci furent mis à mort. C'est Constance, fils de Constantin, qui eut en partage l'Égypte et une grande partie de l'Orient. Il louvoya sans cesse entre les ariens et leurs adversaires, mais soutint à Alexandrie l'arianisme, qui était solidement implanté, et fut personnellement favorable aux ariens.

2. Alexandrie avait été fondée en 331 avant notre ère par Alexandre le Grand. Elle n'était auparavant qu'une pauvre bourgade. Alexandre y fit aménager par l'architecte Dinocratès un port, reliant l'île de Pharos au continent par une chaussée

autour de laquelle furent établis le grand port, à l'est, et l'Eunostos, à l'ouest. Les Ptolémées, qui firent la grande prospérité de la ville, avaient respecté les installations du port artificiel.

Page 748.

1. À l'ouverture du septième sceau, un premier ange sonne de la trompette. « Et il y eut de la grêle et du feu mêlés de sang, qui furent jetés sur la terre. » Apocalypse de Jean, VIII, 7 (*La Bible, Nouveau Testament*, Bibl. de la Pléiade, t. IV, p. 879.)

Page 749.

a. En rêvant de la sorte *[p. 747, 3e ligne]*, il se sentit poussé et entraîné *R2M*

1. Dans *Les Vies des Pères* de Michel-Ange Marin, p. 27-28, on peut lire que saint Antoine apprenait aux solitaires à distinguer les mauvais anges des bons, qui ne causent ni bruit ni trouble intérieur ou extérieur.

2. Ce trait de la vie de saint Antoine, évoqué par saint Jérôme, est ainsi relaté dans l'article d'Anatole France sur « Le Grand Saint Antoine » : « Ayant rencontré un château en ruine que les Égyptiens avaient construit autrefois pour se défendre contre les incursions des nomades, il s'y établit dans une telle solitude, qu'il ne souffrait même pas la vue de ceux qui lui apportaient à manger [...] On pense bien que les diables le suivirent dans cette citadelle. Ils persistèrent à se conduire comme des rustres, croyant l'étonner par des bousculades et des vociférations. »

3. Saint Jean d'Égypte, ermite, est fêté le 27 mars. À dire vrai, il est mort en 394, et Paphnuce ne devrait pas pouvoir se remémorer un trait de la vie de cet ermite, qui vécut quarante-huit ans dans trois petites pièces voûtées construites pas ses soins, sans jamais sortir de sa clôture, et que le diable réussit seulement à faire jeûner deux jours au lieu d'un.

Page 750.

1. Le théâtre d'Alexandrie était situé non loin de la mer, vers le grand port oriental et non loin du port fermé appelé « port des Rois ». Des palais intérieurs conduisaient du théâtre à la mer.

2. La pantomime est un art qui naquit d'une très ancienne tradition de l'art scénique à Rome : les *cantica*, ou monologues chantés des tragédies, étaient exécutés par deux acteurs, l'un chantant, l'autre mimant. La pantomime elle-même aurait été inventée au temps d'Auguste, à Rome. Elle se répandit rapidement dans tout l'empire, accompagnée d'un orchestre de flûtes, syrinx, cymbales, lyres, trompettes, et rythmée par un instrument fixé au pied du chef des chœurs. Elle ne fut jouée par des femmes que vers le IVe siècle, et l'on sait que l'impératrice Théodora avait commencé par ce métier décrié. Lucien, dans son dialogue *De la danse*, place dans la bouche de Lycinus l'éloge du danseur, qui doit bien connaître les anciennes fables afin de les imiter avec justesse, et qui sert de truchement

entre les peuples s'exprimant en langues différentes. Il est vrai qu'il parle de rôles joués par des hommes, et sous le masque. Juvénal, dans sa sixième *Satire*, et naturellement tous les apologistes chrétiens, Tertullien en particulier, dénoncent le danger qu'il y a pour les spectatrices à voir représenter des scènes osées de la mythologie; à plus forte raison les écrivains chrétiens condamnent-ils les actrices.

Page 751.

a. s'ils avaient vu une femme se montrer sur la scène ? Mais toi, étranger, aimes-tu les jeux du théâtre ? / Tiré de sa méditation, Paphnuce répondit qu'il les tenait pour abominables, parce qu'ils troublaient les sens et agitaient les âmes de mouvements tumultueux / — Aussi vrai que je me nomme Dorion, s'écria l'autre, ce sont là de bonnes paroles. Il faut redouter comme un grand mal les troubles de l'âme et des sens. Les désordres où nous jette l'amour des femmes sont surtout à craindre / L'abbé d'Antinoé, admirant la sagesse de ces maximes : — Dorion, dit-il, n'es-tu pas chrétien, pour parler de la sorte ? / — Je suis philosophe et de la secte épicurienne / — Comment, ayant de si bonnes pensées, peux-tu frayer avec les pourceaux d'Épicure ? Plutôt, sois chrétien comme moi / — Mille grâces, fit Dorion en fronçant le sourcil. J'aime mieux frayer avec les pourceaux du maître qu'avec des ânes qui adorent un dieu à leur image. / — Cesse de blasphémer ! / — Les dieux ne nous entendent pas. / — Dieu nous écoute. Mais, dis-moi, Dorion : Quelle est, selon toi, la fin de la vie ? / Plaisante question ! Le désir est la seule fin raisonnable de la vie humaine / Eh bien, tu vas être confondu. Pourquoi, si le plaisir est la fin de la vie, tiens-tu l'amour des femmes pour un grand mal ? / — Homme chrétien, je t'admire de supposer que ton contradicteur est parfaitement absurde et qu'il te sera très facile de le convaincre de stupidité. Mais c'est moi qui vais te confondre. Avec tous les hommes sensés, je tiens l'amour pour l'ennemi du plaisir. Et il faudrait être fou, en vérité, pour proclamer heureux un homme en proie aux fureurs du désir. Écoute. Je suis allé dans ma jeunesse *ms. B* ↔ *b.* aux fureurs de l'amour. Il est vrai que la sagesse ne suffit pas toujours à nous préserver d'une telle calamité. À proprement parler, l'amour *ms. B*

1. Quintus Roscius, mort vers 69 avant notre ère, fut un acteur célèbre à Rome; fort honoré et respecté, il donna des leçons de déclamation à Cicéron, qui plaida pour lui contre Fannius Cherea.

Paulus est en fait le Grec Polos, grand acteur qui joua au IVe siècle la tragédie grecque. Plutarque en parle dans son traité *De la gloire des Athéniens*, 348 E.

2. Le myrte, arbre consacré à Vénus parce qu'il croît en abondance à Chypre, Paphos et Cythère, était l'emblème de l'amour. Les feuilles du myrte sont criblées de points dont on attribuait en effet l'origine aux piqûres faites par Phèdre avec son aiguille, lorsque, voyant passer Hippolyte, elle s'abandonnait à la rêverie.

Page 752.

a. Un feuillet manuscrit d'une pagination différente est ici inséré dans le manuscrit B : Paphnuce demanda : / — Quels sont donc tes plaisirs ? / — Et [Lucius *biffé*] Dorion répondit : / — La méditation. Avec un mauvais estomac, il n'en faut point chercher d'autres. / — Voilà donc la sagesse humaine, s'écria Paphnuce [d'une voix tonnante *biffé*]. Ô misérable folie ! ô rêves de malades ! [Écoute, Lucius *biffé*]. Entends la vérité, [Lucius *biffé*] Dorion, et reçois *ms. B* ↔ *b.* pour la Hellas *ms. B, R2M, orig.*

1. On pense au personnage de grand d'Espagne déchu qu'Anatole France connut dans les cafés du quartier Latin, durant sa jeunesse, et qu'il décrivit à Mme de Caillavet dans une lettre timbrée du 30 juillet 1888 : « Il disait : J'ai éprouvé la vanité des choses. Je ne suis plus rien. Il ne me reste que la méditation et c'est bigrement embêtant la méditation. » (Vente Andrieux, 1er-2 juin 1982, nº 175.)

2. Le sacrifice de Polyxène fait partie des récits nés de *L'Iliade*, mais qui n'y figurent point. Il était diversement conté par les Anciens; certains récits parlaient du suicide de Polyxène, amoureuse d'Achille, après la mort de celui-ci; d'autres parlaient du sacrifice de Polyxène par les Grecs sur le tombeau d'Achille. Ce sacrifice était traité par le poème d'Aretinos, Ilioupersis (« Le Sac de Troie »), et par celui de Leschès. Ils sont perdus pour nous, mais Proclus les cite dans sa *Chrestomathie*, et Pausanias (X, 25) y fait allusion en citant les inspirateurs du peintre Polygnote, qui avait représenté ce sacrifice. Sophocle, dans une tragédie aujourd'hui perdue, le porta sur la scène. Mais il nous reste la tragédie *Hécube* d'Euripide, dont la première partie traite ce sujet. Anatole France s'inspire de cette pièce pour décrire la pantomime représentée dans *Thaïs*. Le coryphée y relate la dispute entre Agamemnon, qui partage le lit de Cassandre, et les deux fils de Thésée, Acanas et Démophon, lorsque l'ombre d'Achille réclame le sacrifice de Polyxène. Ulysse intervient en faveur du sacrifice (v. 105-155). Hécube a auparavant évoqué les songes funestes qui l'accablent (v. 70-75); quand Ulysse paraît, elle le supplie, lui rappelant qu'il fut lui-même jadis son suppliant (v. 218-334), mais il demeure inflexible. Polyxène au contraire s'adresse à Ulysse pour lui dire qu'elle le suivra avec joie, plutôt que de vivre sans honneur (v. 343-379), et Ulysse, qui cachait sa main sous le manteau pour éviter ses supplications, peut l'entraîner après les exhortations de Polyxène à sa mère : « Toi, malheureuse, ne lutte pas contre la force... » (V. 404 et suivants.) Hécube s'affaisse. Revenue de son évanouissement, elle entend le Grec Talthybios lui faire le récit de la mort de sa fille (v. 318-582), en tout point semblable à celui qui est dans *Thaïs* la trame de la pantomime. On le voit, Anatole France a suivi parfois textuellement Euripide. Mais il a beaucoup abrégé les débats entre Ulysse et Hécube, entre Polyxène et Hécube, dramatisant et simplifiant le récit. Les scènes indirectement rapportées dans la tragédie sont, d'autre part, directement représentées sur le théâtre d'Alexandrie. Enfin, la tragédie d'Euripide contient un rebondissement : la seconde moitié en est consacrée à la mort de

Polydore, le plus jeune fils d'Hécube, parvenue ainsi au comble du malheur, et à des prophéties sur le meurtre futur d'Agamemnon.

Page 753.

a. murmura : / — On voit par cette fable combien les adorateurs des faux dieux étaient cruels / — Toutes les religions *ms. B, R2M, orig.* ↔ *b.* dire : / — Il y a aussi *ms. B* ↔ *c.* Polyxène. Tous les spectateurs firent entendre de telles acclamations que le voile qui couvrait le théâtre en frissonna. Et Paphnuce la revit, *ms. B*

1. « Tant la religion put enfanter de crimes ! » s'écrie Lucrèce, *De natura rerum*, I, v. 101, après avoir relaté le sacrifice d'Iphigénie et rappelé les mérites d'Épicure dans les termes qu'emploie Dorion.

Page 754.

a. de la beauté. Et Paphnuce pâlissant déchira sa poitrine avec ses ongles et disait à Dieu : Pourquoi donc *ms. B* ↔ *b.* belles, mais elles sont soumises à bien des disgrâces et à bien des incommodités. Il n'est pas raisonnable de les aimer. *N* Paphnuce n'entendait pas. Il n'avait pas vu Hécube *ms. B* ↔ *c.* vers Ulysse d'un pas noble et léger, dont l'orchestre qui entourait la thymélé marquait par des sons de flûtes le rythme plus beau que celui des plus beaux vers, il semblait qu'elle fût le centre de ‹ *illisible* ›. Le prudent fils de Laërte *ms. B*

1. Anatole France, dans les paroles de Dorion, mêle ironiquement l'atomisme d'Épicure à la misogynie d'Alfred de Vigny, accablé dans sa vieillesse de maux d'estomac dus à un cancer, donc souffrant comme Dorion. Bien auparavant, en 1839, il avait écrit à propos de Marie Dorval sa célèbre invective contre « la femme, enfant malade et douze fois impur » (« La Colère de Samson », v. 100). Mais Dorion, peut-être abusé par les maux dont il souffre, n'en professe pas moins la pure doctrine épicurienne à l'égard des inconvénients de l'amour, et des incommodités dégoûtantes dont souffrent les femmes (Lucrèce, *De natura rerum*, livre IV, v. 1171-1176).

Page 755.

a. inerte dans la poussière, se relevait soudain et s'enlaçait à elle ainsi que la vigne à l'ormeau. / La vierge se dégageait *d'un geste* doucement impérieux comme pour dire : / Ne t'expose pas aux outrages d'un bras robuste. N'attends pas *ms. B* ↔ *b.* de mes lèvres. / Une douleur savante embellissait la beauté de la comédienne, tous les spectateurs étaient émus et Paphnuce se glorifiait *ms. B* ↔ *c.* de la poitrine éblouissante de la vierge. / Des cris d'effroi déchiraient l'air et Paphnuce, soulevé sur son banc, disait d'une voix retentissante / Gentils, *ms. B*

Page 756.

a. au Dieu ressuscité. / Cependant, soutenue par le jeune sacrificateur, Thaïs, la tête renversée et les yeux nageant dans l'horreur de la mort, entendit ces paroles étranges. Elle regardait le moine du coin de l'œil et un sourire imperceptible souleva sa lèvre, tandis que les soldats [pour terminer le spectacle *biffé*] voilaient la victime et la couvraient de [fleurs *biffé*] d'anémones. Les jeux étaient terminés, la foule des spectateurs, au son d'une marche héroïque et funèbre, s'écoulait en flots sombres dans les vomitoires, Paphnuce retombé sur son siège y demeurait immobile, en vain Dorion l'invitait à sortir. L'ascète brisé délicieusement par le jeûne et la fatigue sentait son corps fondre comme la cire, les paupières closes et pénétrées d'une lumière surnaturelle, il voyait par les yeux de l'âme des anges vêtus de robes blanches voltiger autour du lit funèbre où Thaïs reposait sous un voile au milieu des fleurs. Et les fils du ciel n'osaient s'approcher de la pécheresse mais ils ne s'éloignaient pas et ils semblaient attendre dans une joie céleste. Et Paphnuce leur disait : / — Encore un peu de temps, messagers du ciel, et j'éloignerai les démons qui défendent celle-ci de votre heureuse approche. Quand il rouvrit les yeux le lit funèbre avait disparu et l'amphithéâtre était plongé dans l'ombre. Il se leva et courut chez Thaïs. / Une heure après *ms. B. Anatole France a cité ce fragment dans un article de « L'Écho de Paris » du 23 mars 1894 et dans un article de « L'Univers illustré » du 14 avril 1894, avec quelques légères retouches.* ↔ *b. Une première version rejetée du début de ce chapitre figure au verso d'une page du manuscrit A. Elle a été biffée deux fois par Anatole France. Nous donnons cette version comme exemple des corrections de style apportées par France dans un passage particulièrement chargé en retouches. Dans la suite, nous nous bornerons à indiquer les variantes principales du ms. A* [Thaïs était née de parents libres *[*mais obscurs *biffé] [*idolâtres et pauvres. *add. interl.] [*Son père tenait *[*quand elle *biffé] [*du temps qu'elle était petite *add. interl.]* un cabaret *biffé en définitive]* Son père tenait à Alexandrie, proche la porte du Soleil, un cabaret *[*où descendaient *biffé]* fréquenté par les *[*bateliers *biffé]* matelots. *[*Il lui souvenait. Les seules images qui lui restaient de sa première enfance *biffé]* Quelques images vives et détachées lui restaient de sa première enfance : *[*la noire marmite au milieu dans le foyer *biffé]*. Son père, grave, tranquille, [son foyer et brutal *biffé*] et puissant à l'ombre du foyer, comme un *[*mage *biffé]* vieux pharaon au fond de son palais, [sa mère, courbée et pressée sur son *biffé*] sa maigre et triste mère] : Thaïs était née de parents libres et pauvres [adonnés à l'idolâtrie *add. interl.*]. Du temps qu'elle était petite, son père [tenait *biffé*] gouvernait à Alexandrie, proche la porte [du Soleil *biffé*] de la Lune, un cabaret que fréquentaient les matelots. [Quelques images] Certains souvenirs [...] Elle revoyait son père accroupi, les jambes croisées à l'angle du foyer, promenant autour de lui un regard [tranquille et dur *biffé*] dur [profond *biffé*] redoutable et puissant comme un de ces vieux pharaons [dont parlent les contes et les chansons *biffé*] [que chantent *add. interl. biffée*] que célèbrent les complaintes chantées [par les aveugles *add. marg.*] dans les carrefours. Elle revoyait aussi sa maigre et triste mère,

1. Donc, au milieu d'Alexandrie, dans le quartier où s'élevait le Serapeum. Le mausolée d'Alexandre donnait sur une

rue garnie de colonnades qui croisait la grande avenue allant de la porte de la Lune à la porte du Soleil. Le quartier de Rhacotis était celui de la vieille bourgade égyptienne, la « vieille Alexandrie ». Il figure au chapitre VII de *La Tentation de saint Antoine* de Flaubert, comme lieu où vit une habile courtisane. Le Brouchion, ancien quartier des monuments et des palais, avait été à peu près entièrement détruit sous Aurélien, en 275 ; il est donc normal que Thaïs vive dans le vieux quartier, seul intact au IVe siècle.

2. Le papyrus, signe de jeunesse, du monde en gestation, était souvent figuré par les colonnes égyptiennes des temples. On l'offrait aux dieux et aux morts. Il est d'autre part le support du livre, symbole de la révélation de l'univers.

3. Voir n. 4, p. 739.

4. Au livre III, 21, de *L'Âne d'or* d'Apulée, on voit la magicienne Pamphilé s'enduire de pommade et se métamorphoser en hibou. Il en va de même dans *Lucius ou l'Âne*, de Lucien de Samosate, où le héros assiste à travers la fente de la porte à une semblable métamorphose de la femme de son hôte.

Page 757.

1. L'Euros est un vent d'est-sud-est, qui souffle durant l'hiver.

2. Cette « bière » était un vin d'orge, sans houblon; la Cilicie, contrée fertile d'Asie Mineure, au sud de la Cappadoce, en produisait d'excellente que l'on buvait en Grèce et en Égypte.

Page 758.

a. du cuisinier noir. *[p. 757, dernière ligne]* Accablé *ms. A* ↔ *b.* paisible. Il égalait la petite Thaïs en enfance et la surpassait en candeur. [Pendant des heures *biffé*] Souvent, la nuit, sur la paille, au lieu de dormir, il construisait pour Thaïs de petits moulins à eau et des navires grands comme la main avec tous leurs agrès. Et personne *ms. A* ↔ *c.* et des rêves / Elle lui demandait *ms. A. Le texte du cantique est noté sur une feuille intercalaire, avec la mention « ajouter ».*

1. C'est la prose que l'on récitait à la messe de Pâques, ou plutôt deux fragments séparés de cette prose : « *Dic nobis, Maria / Quid vidisti in via ?* [...] *Angelicos testes / Sudarium et vestes* », et le second vers du distique qui les réunit : « *Et gloriam vidi resurgentis.* » Anatole France cite cette prose dans sa chronique du *Temps* du 27 avril 1890, « Mysticisme et science », *La Vie littéraire*, IV, et il y voit une preuve du syncrétisme de la tradition chrétienne : « Ces paroles charmantes expriment avec la même puissance le retour du printemps et la victoire du Christ. Elles associent dans une image de passion et de gloire l'éternel Adonis et le Dieu des temps nouveaux. »

2. Nous sommes à l'époque dite de la « grande persécution », qui commença en 303 avec l'édit de Dioclétien : « Les églises seront renversées et les livres saints brûlés, les chrétiens seront

privés de tous honneurs, de toutes dignités, et condamnés au supplice sans distinction d'ordre ni de rang. »

3. « Les fouets, les chevalets, les ongles de fer, la croix, les bêtes féroces, déchirent les tendres enfants avec leurs mères [...] » (Chateaubriand, *Les Martyrs*, livre XVIII; Bibl. de la Pléiade, éd. citée, p. 400.)

Page 759.

a. pour le bien des hommes [les jours de la terre sont *biffé 1*] [Tu seras pauvre, un pauvre parmi eux *biffé 2*] [Tu seras, sur cette terre aride, un enfant et un pauvre, car l'enfance est innocente et la pauvreté seule est bonne. Tu pleureras *[*avec tant *en surcharge sur* tant*]* d'abondance que tes larmes formeront des fleuves rafraîchissants *biffé en définitive*] Là, tu seras semblable *ms. A*

Page 760.

a. plus fins que ceux des almées. C'est pourquoi *ms. B, R2M*

Page 761.

1. Le quartier des Juifs, au-delà du Brochion, sur le bord de la mer, à l'est de la ville, avait, nous apprend Flavius Josèphe dans *La Guerre des Juifs*, II, 8, reçu la lettre « delta » quand on sépara Alexandrie en cinq quartiers appelés des lettres alpha à epsilon. Le Brochion avait été détruit sous le règne d'Aurélien, en 275, et n'avait jamais été entièrement reconstruit. Il servait d'asile aux « marginaux » qu'étaient les chrétiens.

2. C'est la nécropole de l'Est, qui comportait des sépultures juives et chrétiennes. Plus loin se trouvent en effet des catacombes creusées dans le roc. Cette portion des environs d'Alexandrie avait une réputation sinistre, et l'on y supplicia saint Pierre d'Alexandrie, « dans la vallée près des tombeaux » (*« in vallem juxta sepulcra »*).

Page 762.

a. au milieu d'agneaux, de colombes (Thaïs reconnut dans les peintures diaphanes Jésus fils de Dieu, Noé, dans son arche parmi Jonas (le jeune Daniel *add. interl.*) et Noé dont elle savait la merveilleuse histoire, et Jésus [Jésus *biffé*] Parmi ces figures, elle reconnut Jésus *ms. A*

1. Les anémones sont en effet, pense-t-on, les fleurs que les Écritures nomment des lis, et spécialement les « lis des champs » du Sermon sur la montagne. Avec leur couleur pourpre, les anémones figurent mieux que des lis « Salomon dans toute sa gloire », à quoi Jésus les compare. Elles symbolisent l'âme ouverte aux influences spirituelles. Mais il ne faut pas oublier que les anémones sont aussi les fleurs nées du sang d'Adonis. En ce monde oriental, elles ont une valeur étrangement syncrétique.

2. La mitre fut toujours la coiffure des évêques, mais le

bonnet bas auquel semble faire allusion Anatole France fut plutôt porté par eux au Ve siècle, alors qu'au IVe ils se coiffaient d'une sorte de couronne au-dessus d'un voile. Quant à la dalmatique, alors très longue, elle avait été le vêtement des papes, puis celui des évêques que le pape voulait honorer spécialement. Originairement blanche avec des bandes pourpres, elle était portée dans l'aristocratie romaine avant d'être un signe de dignité dans la hiérarchie chrétienne.

3. Ce titre apparaît pour les évêques dans des chartes ecclésiastiques de Clermont et de Tulle, vers l'an 1000, mais ne semble pas avoir été couramment utilisé dans les premiers siècles de l'Église.

Page 763.

a. Sur l'ordre de l'évêque, [Angélique *biffé*] Nitida s'agenouilla devant Thaïs et lui [enleva délia sa tunique *biffé*] lui dénoua sa tunique, en murmurant comme une nourrice des paroles obscures et douces. L'enfant était nue, une amulette au cou [l'ombre sainte du baptistère revêtait tout son corps fin et pur *biffé*] Le pontife *ms. A* ↔ *b.* dans la cuve baptismale. Puis, ayant essuyé ce corps, l'esclave Nitida le revêtit de la robe blanche qu'elle avait tissée de ses mains. [Quand ce fut fait Ahmès prit de nouveau la main de la négresse s'approcha de la négresse et lui donna un baiser *biffé*] Puis ils échangèrent le baiser de paix. L'évêque, ayant dépouillé les ornements sacerdotaux, ils sortirent tous de la crypte. Ahmès dit : *ms. A*

1. Le baptême par immersion fut de règle dans l'Église (sauf maladie du néophyte, qui autorisait l'aspersion) jusqu'au XIIe siècle. Trois immersions, au nom de la Sainte Trinité, étaient considérées comme nécessaires, à peine de déposition du prêtre ou de l'évêque qui officiait (*Canons apostoliques*, 50, *PL* c. LXVII, col. 148) : l'usage de ne pratiquer qu'une seule immersion est d'origine hérétique. Tertullien, saint Basile, Grégoire de Nysse insistent sur le fait que puisqu'on baptise au nom du Père, du Fils et du Saint-Esprit, il faut respecter la règle des trois immersions. Après le baptême, la robe blanche était revêtue par le néophyte en signe d'innocence retrouvée.

2. La couleur pourpre, symbole de conquête, était réservée aux empereurs, le Code de Justinien condamnant même à mort tout vendeur ou acheteur d'une étoffe de pourpre. Spirituellement, c'est la couleur de l'Esprit-Saint. Cette interprétation est claire chez Philon d'Alexandrie.

3. La sagesse de Dieu a en effet, selon la Bible, présidé lors de la création à la formation des eaux (Job, XXVIII, 25-26 ; Apocalypse, XXI). Selon l'hymne de la Pentecôte, l'Esprit-Saint est « source d'eau vive ». Mais, si cet élément transparent et fécond est choisi par l'Esprit (Tertullien, *De baptismo*, 3), il est ambivalent. L'eau douce, fécondante, mais dangereuse parce qu'elle symbolise le subconscient, est dédiée dans l'Antiquité aux dieux guérisseurs et aux Nymphes. Les chrétiens combattent sans arrêt son culte, et Anatole France, si attentif à la vie de Jeanne d'Arc, sait que les jeunes gens de Domremy se rendent à la fontaine des Fées, malgré la défense de l'Église.

Page 764.

a. mangèrent les poissons frits en louant le Seigneur. Vivantius parlait tour à tour avec simplicité du tissage des laines et du salut des hommes. Il offrit un peu de vin à ses hôtes [Ahmès et Nitida montraient dans leur sourire des dents éclatantes. Et Ahmès, s'étant levé, dansa une danse nubienne qu'il avait apprise enfant dans son village. [Il agitait les bras *biffé*] / À la fin du repas, Ahmès et Nitida, s'étant levés, dansèrent une danse nubienne qu'ils avaient apprise enfants. Ils agitaient les bras et se tordaient le cou et les reins, feignaient tour à tour de se fuir et de se chercher, roulaient de gros yeux et montraient dans un sourire des dents étincelantes / C'est ainsi que Thaïs reçut le saint baptême *ms. A* ↔ *b.* la maison de son père. Maintenant *R2M*

Page 766.

a. Entre la page 121 du manuscrit B qui s'achève par l'âme assez pure pour comprendre que *et la page 122 qui commence par* l'esclave Ahmès, par sa vie et sa mort, *se trouvent intercalés des feuillets d'un autre manuscrit, paginés de 143 à 150. Ils concernent le culte de la Grande Mère, et forment un épisode qu'Anatole France a cité dans ses articles de « L'Écho de Paris » et de « L'Univers illustré », comme second fragment inédit de « Thaïs », le 23 mars et le 14 avril 1894, en modifiant quelques détails du manuscrit original, que voici* : Un matin de sa onzième année, abritée sous le figuier qui étendait devant la maison ses rameaux pareils à de grands serpents noirs, Thaïs, se voyant seule, tira de dessous sa robe une pomme volée. Elle méditait, en mordant la chair du fruit vermeil, des ruses pour satisfaire sa paresse et sa gourmandise, quand elle vit venir, du côté de la campagne, un vieillard vêtu à la fois comme un mime et comme un prêtre. Il s'approchait d'elle, tirant par le licou un âne couvert d'une longue housse et portant sur son dos une idole étincelante. Des jeunes hommes le suivaient, couverts de robes blanches, coiffés de mitres dorées, ayant aux mains des épées, des flûtes, des tambours et des cymbales. Ce vieillard était un de ceux qui promènent de ville en ville la déesse syrienne et conduisent le cortège frénétique de la Mère des dieux. Il attacha au tronc du figuier l'âne, porteur de la déesse, et entra dans le cabaret avec les jeunes gens de sa suite. Thaïs resta stupéfaite devant la petite figure qui, siégeant sur un trône dans une tunique de pourpre et d'or, le front ceint d'un diadème, les cheveux flottants, peinte, la regardait avec des petits yeux d'aigue-marine. Et l'enfant admirait cette déesse qui ressemblait à une poupée. De temps en temps, l'âne frissonnait sous la piqûre des mouches qui suçaient le sang de ses plaies, et l'idole, agitée par chaque frisson, semblait vivante. Tout à coup, l'animal tourna vers *l'enfant* sa tête laide et douce et ses beaux yeux patients, dont le regard contait une vie de misère et de résignation. À cette vue, Thaïs eut envie de pleurer. Pour la première fois depuis la mort d'Ahmès, elle rencontrait la bonté sur un visage. / Cependant, les compagnons de la Mère des dieux mangeaient et buvaient avidement, et des rires obscènes, épaissis par l'ivresse, sortaient avec l'odeur des viandes du cabaret plein d'ombres. / Ils burent, se querellèrent et dormirent pendant la chaleur du jour, puis, à l'heure où les passants sont nombreux sur les voies, ils se rendirent, avec l'âne et la déesse, sur la place publique et deux d'entre eux attirèrent la foule en jouant de la flûte. Un cercle vivant, dans lequel était Thaïs, se forma autour d'eux. Quand il fut assez épais, ces prêtres de carrefour commencèrent leurs danses. Au son d'une musique aiguë et monotone, ils s'élancèrent de droite et de gauche en simulant le délire. Bientôt, jetant leurs mitres à terre, ils précipitèrent leurs mouvements. La tête renversée, le cou tordu, ils choquèrent leurs cymbales. Les danseurs, comme en proie au mal sacré, laissaient pendre leur langue hors de leur bouche et la mordaient avec leurs dents. Ils agitent leurs épées, ils se font aux bras, aux jambes de longues entailles. Le sang jaillit et ruisselle, et l'on ne voit plus qu'un tournoiement de formes rouges et monstrueuses sur une aire empourprée. / Pressés autour de ces frénétiques, les marins, les pêcheurs et les esclaves applaudissent. Ils croient voir, dans la mêlée sanglante, les prêtres acrobates renouveler en eux le sacrifice impur d'Atys et des corybantes; ils poussent des cris d'horreur et d'admiration. Mais la fureur des prêtres se ralentit et tombe. Ils s'arrêtent. Et l'un d'eux, tout sanglant, vient, une sébile à la main, mendier pour ses frères, au nom de la Mère des dieux. Il fait le tour de l'assistance, recevant des oboles, des drachmes, des figues, du fromage, du vin. Thaïs, éperdue, frissonnante, pleine d'un dieu inconnu, le suit des yeux tout le long du cercle. À son approche, elle hume l'odeur de la sueur et du sang tiède. Et, quand le bras couvert d'ardentes blessures se tend vers elle, elle arrache de son cou son amulette d'or et la jette dans la sébile. / Depuis ce jour, un sentiment de terreur religieuse resta imprimé au fond de son âme. Les choses divines lui semblaient effrayantes et pourtant infiniment douces, car elle y associait les souvenirs de l'esclave Ahmès et de l'âne de la Bonne Déesse. / Elle mêlait, dans son âme obscure, la religion de l'esclave crucifié au culte des Phrygiens. Elle rêvait l'amitié des personnes célestes, et il y avait des heures où elle souhaitait mourir. Mais, dans le cours ordinaire de sa vie, elle se montrait paresseuse, sensuelle et gourmande. Elle se donna avant l'âge à des jeunes garçons du port d'Eunostos qui lui offraient des beignets, puis elle suivait quelques vieillards qui erraient vers la nuit dans les faubourgs de la ville et avec ce qu'ils lui donnaient elle achetait des parures.

1. Sébastien Lenain de Tillemont, dans ses *Mémoires pour servir à l'histoire ecclésiastique des six premiers siècles*, Robustel, 1698, t. V, après avoir insisté sur les rigueurs des persécutions de Dioclétien à Alexandrie, seconde Église de la chrétienté après Rome (puisqu'elle a été fondée par saint Marc), nomme parmi les martyrs de l'an 310, p. 461, un évêque nommé Théodore, mais sans que ce Théodore soit autrement qualifié. Il ne peut être, en tout cas, confondu avec l'humble Ahmès.

2. C'est en 313 que fut publié cet édit, après la victoire de Constantin à Rome, en 312, sur Maxence, gendre de Galère, empereur d'Orient et fils de Maximin, gouverneur d'Égypte et de Syrie. On dit que Constantin, avant la bataille, avait vu dans

le ciel une croix de feu entourée de l'inscription *In hoc signo vinces*, « Sous ce signe tu vaincras ».

Page 767.

1. Lucien, *Dialogue des courtisanes*, 7, Musarium à sa mère : « Chéréas, au moins, a la peau douce; c'est, comme on dit, un petit cochon d'Acharné. »

2. Moeroe est le nom de la maquerelle dans les *Dialogues des courtisanes* de Lucien, et de la sorcière dans *L'Âne d'or* d'Apulée.

Page 768.

1. Antioche, située dans une plaine arrosée par l'Oronte, était en partie construite également sur les hauteurs du mont Silpicus qui la dominent au sud. Les Séleucides en avaient fait une des premières villes d'Orient, et, après la conquête romaine, elle fut encore embellie par les empereurs. Elle fut un des berceaux de la chrétienté, et, entre 252 et 380, le siège de dix conciles. Mais elle était aussi connue pour sa richesse et ses voluptés. Tous les trois ans, on y célébrait des fêtes solennelles d'Aphrodite au cours desquelles les courtisanes sacrées traversaient le fleuve.

Page 769.

a. quelques médimnes[1], le jeune homme *ms. A*

Page 770.

1. Dircé, fille d'Hélios et femme du roi de Thèbes Lycos, fut enlevée par les fils de la première femme de son mari et attachée sur le Cithéron aux cornes d'un taureau sauvage, qui la déchira. Elle fut transformée en fontaine (la fontaine de Dircé est située au nord-ouest de Thèbes).

2. Ce trait est rapporté dans les *Acta sanctorum*, 8 octobre, et dans *La Légende dorée*, « Légende de sainte Thaïs », éd. Brunet, 1843, t. II, p. 180 : « [...] et ses amants en venaient aux mains entre eux dans leur jalousie, et sa porte était arrosée de sang ».

3. Le médimne est une mesure de capacité athénienne pour matières sèches, valant 52 à 54 l.

Page 771.

1. La « Bonne Déesse » est Cybèle, dont le culte, d'origine asiatique, est célébré par des mystères et répandu au IVe siècle par des prêtres ambulants qui promènent partout la statue de la déesse. Cette allusion à la Bonne Déesse est tout ce qui reste du long épisode qu'avait dédié Anatole France à son culte, dans une version manuscrite du roman. Pour Hécate, déesse grecque des carrefours, elle a un triple visage et gouverne le Ciel, la Terre et les Enfers. Elle est experte en toutes sortes

1. Voir n. 3, p. 770.

de magies, créatrice de spectres et d'hallucinations, en même temps qu'elle est bienfaisante : le carrefour symbolise en effet notre destin. Mais les magiciens insistaient sur son rôle noir; elle prenait alors souvent l'aspect d'un chien, et elle était suivie d'une meute infernale. Le rite qui est enfin évoqué ici pour inspirer l'amour rappelle les scènes de magie des *Dialogues des courtisanes* de Lucien et surtout la seconde *Idylle* de Théocrite, *Les Magiciennes*. Il est vrai que Simaitha y dit seulement : « Où sont les philtres ? Couronne la coupe de fine laine teinte en rouge »; mais elle invoque ensuite le sang noir, à travers lequel Hécate vient au secours de celles qui implorent un amour.

2. « Ces âmes orientales remplirent Rome de divinités étranges, de rites barbares, de cultes énervants. C'était tout un monde secret et nouveau. Elles nourrissaient des troupes d'astrologues, de devins, de charlatans. Elles firent la fortune des Chaldéens immondes et de tout ce qui, dans la ville, tirait des horoscopes et vendait des miracles », écrit Anatole France des courtisanes dans « Leuconoé » (*Le Temps*, 5 janvier 1875). Le portrait de Nicias et les paroles qu'il adresse à Thaïs doivent beaucoup à ce qu'Anatole France dit d'Horace qui possédait, « dans la maturité de l'âge, la connaissance des voluptés jointe à l'habitude de la pensée ». Il rappelle le poème qu'Horace dédia à Leuconoé : le poète exhorte la courtisane à accepter ce qui vient, que Jupiter lui donne encore à vivre de nombreuses années ou que ce soit la dernière, et lui adresse son fameux *« Carpe diem »*.

Page 774.

1. « Deux Éros sont gravés sur la stèle grossière. / L'un donne et l'autre enlève aux mortels la lumière / Mais ils sont beaux tous deux et tous deux souriants. » (Épitaphe d'Hippias, *Les Noces corinthiennes*.)

2. *Manuel* d'Épictète, XLI.

Page 775.

1. Lucien, *De la danse*, 35 : « La danse n'est pas un de ces arts faciles, qui s'apprennent aisément, mais une sorte de complément de toutes les sciences, de la musique, du rythme, de la géométrie, et surtout de cette philosophie qui t'est chère, de la physique et de la morale. »

2. Cette « grotte des Nymphes » rappelle évidemment que Porphyre a écrit, sous le titre *L'Antre des Nymphes*, un ouvrage démontrant que la grotte a une valeur initiatique; particulièrement propice à accueillir les Nymphes, la grotte est l'image d'un monde sacré et agréable, quoique obscur : c'est le symbole de notre terre elle-même (12). Les grottes sacrées étaient en effet censées, dans le monde grec, représenter le cosmos. Homère décrit une grotte des Nymphes située à Ithaque : *Odyssée*, XIII, 101-112. Il y en avait une près de Delphes, et une à Samothrace. C'était aussi dans des grottes que l'on célébrait certains cultes de Dionysos psychopompe, et de Cybèle. Inscriptions et objets votifs les décoraient.

Page 776.

1. À la fin de *L'Âne* de Lucien, l'animal est destiné à rendre hommage en plein cirque à une esclave condamnée à mort; « sur la fin des jeux est-il écrit, on me mit dans un lit, dont le bois était garni d'or et d'écaille de tortue ». C'est alors qu'un homme passant près de lui avec des roses, la bête en mange et redevient homme.

Page 777.

a. elle craignait de mourir *[p. 775, 15 lignes en partant du bas]* [or, il y avait déjà cinq ans qu'elle avait congédié Nicias, elle avait pris le goût *biffé*]. Il lui vint le goût des jardins et elle fit élever à grands frais des rochers sauvages et des colonnades en ruines au bord des bassins et elle fit planter des arbres apportés de l'Inde et de la Perse. Elle rassemblait dans une grotte artificielle [toutes les merveilles des arts *biffé*] des statues d'or et d'ivoire, des tableaux peints à la cire, des vases d'airain et des [étoffes précieuses *biffé*] soies de Cathay. [Elle nommait cette grotte la grotte des Nymphes *biffé*] et elle aimait y goûter l'ombre et la fraîcheur. Or, un jour, après avoir représenté la vierge Polyxène sur le théâtre, retirée selon sa coutume dans la grotte des Nymphes, elle se regardait dans un miroir et songeait : « Je ne suis plus belle, je ne suis plus belle; mais on m'a dit qu'on recouvrait la beauté en brûlant certaines herbes et en prononçant des paroles magiques. D'ailleurs à mon âge et telle que je suis devenue il n'y a pas une seule femme d'Alexandrie qui puisse lutter avec moi pour la grâce des mouvements, la souplesse de la taille. Je n'ai pas non plus de rivale pour la magnificence des bras, et les bras, ô Vénus ! ce sont les vraies chaînes de l'amour / Comme elle songeait ainsi, elle vit un inconnu debout devant elle, maigre, les yeux ardents, la barbe inculte et vêtu d'une robe richement brodée. Elle reconnut le spectateur qui l'avait interpellée pendant le jour et laissant tomber le miroir poussa un cri de surprise et d'effroi / Paphnuce *ms. A* ↔ *b. Entre les pages du manuscrit B qui présentent la version définitive de ce paragraphe, se trouve intercalée une page d'un foliotage différent, donnant une autre version des paroles de Paphnuce* : Tantôt j'étais sur un banc du théâtre, alors que tu représentais je ne sais quelle fable profane. Et bien que je méprise les lettres antiques, j'ai admiré ta beauté et il m'a semblé que tes regards brillaient d'une lumière inconnue aux idolâtres et que, représentée par toi, Thaïs, la mort de Polyxène était l'image d'un sacrifice nouveau et plus sublime. Et maintenant je te vois de près et je me dis : il est impossible d'approcher d'elle sans chanceler comme un homme ivre.

1. Rhodopis était une courtisane originaire d'Asie, qui vivait en Égypte, et dont la renommée était telle qu'un conte populaire, repris par Élien et Strabon, veut qu'un aigle lui ayant enlevé l'une de ses sandales et l'ayant laissé tomber sur les genoux du roi d'Égypte qui rendait la justice à Memphis, le roi fit rechercher la propriétaire de la sandale et l'épousa.

Page 780.

a. Le manuscrit de foliotage différent, dont un feuillet est intercalé ici, dans le manuscrit B, donne la version suivante : assise au bord d'une rivière / Paphnuce, se rappelant ce qui est dit d'Ève, dans la sainte Écriture, sentit ses yeux se gonfler de larmes au souvenir du paradis perdu et de l'innocence première. Et des paroles lui montaient aux lèvres, abondantes et pures comme l'eau des fleuves où buvait Adam.

1. Pareille remarque est faite par Paphnuce à Thaïs à l'acte III du *Paphnuce* de Hrotswitha, et par Sophron à Lucrèce dans « Le Jeune Homme et la Fille de joie », qui fait partie des *Colloques* d'Érasme.

2. C'est dans la Genèse qu'on lit le départ d'Abraham hors de Chaldée vers Canaan (XI, 31), et le départ de Loth hors de Sodome (XIX, 14).

Page 781.

a. « Thaïs, lève-toi *[p. 780, dernière ligne]* ! » / Thaïs avait souvent entendu parler des solitaires de la Thébaïde et de leurs travaux extraordinaires. Comme elle était avide de merveilles, la merveilleuse existence des Paul et des Antoine lui avait inspiré de l'intérêt et une admiration mêlée d'effroi. Elle avait souvent entendu parler comme d'un saint de l'homme qu'elle voyait devant elle. C'est pourquoi elle dit en pâlissant : / — S'il est vrai que tu te nommes Paphnuce, le renom de tes vertus est grand et tu es aussi célèbre que moi. Mais pourquoi es-tu venu, moine ? Que me veux-tu ? Ne me fais pas de mal. Je sais que les saints détestent les femmes qui comme moi sont belles, et faites pour plaire. Je crains que tu ne me haïsses et que tu ne veuilles me nuire. *Feuillet intercalaire de ms. B.*

Page 782.

a. m'empêcher de mourir ? / — Écoute-moi docilement, et je te révélerai le signe sous lequel on va à la vie éternelle / — Hélas ! les prêtres d'Isis, et ceux d'Hermès, et ceux de la Junon céleste et les devins de Chaldée et les mages babyloniens, ils me l'ont tous promise, la vie éternelle ! / — Ils mentaient impudemment. Mais moi, je t'apporte la vérité. Ô femme, entends et crois / Et voyant qu'elle prêtait l'oreille il lui parla de Jésus, lui enseigna comment il avait été promis au monde par David et les prophètes, adoré par les mages, crucifié par les gentils. Il lui rappela les [paroles *biffé*] discours et les paraboles par lesquels le fils de Dieu avait annoncé le salut des hommes et le pardon des pécheurs / — Femme, celui-là *Feuillet intercalaire de ms. B.*

Page 783.

1. Saint Augustin cite la sibylle d'Érythrée dans *La Cité de Dieu*, 18, 23, ce qui explique que dans le *Dies irae*, elle soit citée avec David en témoignage de l'arrivée du dernier jour. Les écrits sibyllins étaient cités comme appuyant et prouvant la légitimité du monothéisme, dès le IIe siècle, par Clément d'Alexandrie et Théophile d'Antioche. On en fabriqua même entre le IIe et le IVe siècle, dans une intention apologétique.

Page 785.

a. LE BANQUET. / Lorsque *orig. Ce titre n'apparaît pas dans* R2*M* ↔ *b. À cet endroit figure, dans ms. B, un plan, dessiné par Anatole France, représentant des lits en fer à cheval autour de la table et indiquant le nom des occupants, qui sont, de gauche à droite :* Marcus arien — Zénothémis gnostique — Paphnuce — Thaïs — Diotime prêtre de Sérapis — Cotta — Dorion — Drosé — Nicias — Aristobule jeune amateur de chevaux — Philinnas — Chéréas jeune amateur de chevaux — Eucrite stoïcien — Callicrate poète.

Page 786.

1. Philinna et Drosé sont deux des héroïnes des *Dialogues des courtisanes* de Lucien.

2. Aphrodite céleste — Vénus Uranie — préside à toute la connaissance de la nature, et par conséquent à la géométrie elle-même.

Page 787.

1. Marcus, originaire de Palestine et très marqué par la kabbale, fut un disciple de Basilide et de Valentin. S'il est surnommé « le Platon des chrétiens », c'est que l'arianisme s'inspire directement des doctrines de Platon et de Philon, loin de l'humilité originelle du christianisme.

2. Le jardin qu'Épicure acheta en 306 avant notre ère à Athènes, pour en faire le siège de son école, allait attacher son nom au recueil qu'Anatole France publia en novembre 1894. Pour désigner les épicuriens, on disait couramment, dans l'Antiquité : « Les philosophes du Jardin ».

3. Pline, Ptolémée et Strabon décrivent ces peuples comme habitant, au sud-est de l'Égypte, des fissures de roche et des cavernes, et ne se livrant pas à l'agriculture.

Page 788.

1. Au livre I, 13, de *L'Âne d'or* d'Apulée, on voit Méroé tuer Socrate, le camarade du narrateur, puis lui ôter le cœur par la blessure qu'elle a faite dans sa gorge. Panthia, la compagne en artifices magiques de Méroé, bouche la cavité avec une éponge. Au chapitre XIX, Socrate, quand il veut boire une fois éveillé, meurt parce que l'éponge retourne à la rivière.

2. Le vin miellé, *mulsum*, se préparait avec le meilleur miel (celui de l'Attique) mêlé au meilleur vin (Falerne ou Massique), à raison d'environ un quart de poids de miel pour trois quarts de poids de vin. On buvait ce vin miellé avec les hors-d'œuvre. Le « toast » à l'empereur et au génie de l'empire, au début du repas, chez un haut fonctionnaire, est de rigueur. Il est accepté par tous, car la « divinité » de l'empereur ne fait pas difficulté chez des étrangers dont les dieux propres ont été adoptés dans le panthéon romain. Seuls, bien entendu, les chrétiens et les juifs, monothéistes, se refusent à ce culte. C'est une des causes pour lesquelles on les considéra longtemps comme inassimilables. L'arien Marcus arrive en retard au banquet; on ne sait

comment il prendrait les vœux exprimés par Cotta au « divin Constance », empereur, et empereur protecteur des ariens.

3. « L'Empire romain fut bien plus près (que les empires précédents) d'être une patrie [...] Ce fut une grande association, synonyme d'ordre, de paix et de civilisation. Dans les derniers temps de l'Empire, il y eut, chez les âmes élevées, chez les évêques éclairés, chez les lettrés, un vrai sentiment de la " paix romaine ", opposée au chaos menaçant de la barbarie. » Ernest Renan, *Qu'est-ce qu'une nation ?* 11 mars 1882, *Œuvres complètes*, Calmann-Lévy, 1947, t. I, p. 889. Dans la suite de sa conférence, Renan donne de la nation une définition proche de celle qu'Hermodore donne de la patrie : « Avoir des gloires communes dans le passé, une volonté commune dans le présent; avoir fait de grandes choses ensemble, vouloir en faire encore, voilà les conditions essentielles pour être un peuple. » (*Ibid.*, p. 904.)

4. Xénophon, *De l'équitation* (trad. Eugène Talbot, Hachette, 1859), dit qu'un bon cheval doit avoir la corne épaisse et non mince, autrement il aura mauvais pied; que les paturons ne doivent pas être inclinés, sinon le cheval s'écorchera le boulet dans les terres labourées et les endroits pierreux. « La tête doit être sèche et la ganache petite, de sorte que l'animal ait son cou devant le cavalier, et qu'il voie bien à ses pieds. » (T. I, p. 265.) Enfin, les jambes doivent être épaisses.

Page 789.

a. n'est point de ce monde *[p. 788, 18e ligne]*. / À ce moment, *R2M*

1. C'est la transposition française de l'exclamation grecque : αἶ, « hélas ! ».

Page 790.

1. « Ne demande pas que ce qui arrive soit conforme à ce que tu désires; mais désire que les choses arrivent comme elles arrivent, et tu seras heureux ! » *Manuel* d'Épictète, VIII. « Sache que le fond de la piété envers les dieux, c'est d'en juger sainement, de penser qu'ils existent et qu'ils gouvernent l'univers avec sagesse et avec justice, et en conséquence de te donner le rôle de leur obéir, de leur céder et de les suivre en tout ce qui t'arrive, dans la pensée que c'est arrangé pour le mieux. » *Ibid.*, XXI (éd. Hachette, 1874, trad. par François Thurot).

2. Il s'agit de Zénon de Citium (336-264), fondateur de l'école stoïcienne. Elle apprend que l'âme des hommes est une parcelle du grand souffle qui emplit le monde, et qui n'est autre que Dieu. La sagesse est donc de se conformer volontairement à l'ordre du monde. Quant à « la grenouille qui s'enfle », c'était une fable fort connue de Phèdre, que Nicias peut citer comme nous citerions celle que La Fontaine a écrite sur le modèle de Phèdre.

3. Pétrone, *Satiricon*, 38, 15, parle d'un *« aper gausapatus »*, c'est-à-dire « vêtu d'un tissu à longs poils », servi à la table d'un affranchi : cela laisse penser que le sanglier avait été cuit sans être échaudé. Au chapitre XL, 4, est servi à la table de

Trimalcion un sanglier : « Tout autour de la bête se pressaient de petits marcassins faits de pâte dure, qui semblaient suspendus à ses mamelles, indiquant par là que c'était une laie. Les petits furent distribués pour être emportés. » Mais les ridicules apprêts de Trimalcion ne se trouvent pas dans le banquet de *Thaïs*, qui est une réunion entre gens de goût. Chez Trimalcion, le sanglier est coiffé d'un bonnet d'affranchi; à ses défenses pendent des corbeilles de fruits, et le sanglier est plein de grives vivantes, prises sur-le-champ par des oiseleurs !

Page 791.

a. l'air inférieur et qui s'interposent, parfois d'une façon désastreuse, entre dieu et les créatures. Ils causent la plupart *ms. B* ↔ *b.* de lumière et d'amour. Il appartenait à la famille de ces bons démons en qui Dieu se connaît et s'achève. Aussi la lutte *ms. B* ↔ *c.* des coups de tonnerre. [...] dans la peur. Aussi bien que Iaveh était méchant, le serpent *ms. B* : des coups de tonnerre. Le serpent R2M ↔ *d. feuillet intercalaire du manuscrit B* : Aussi bienveillant et sage que Iaveh était ignare et féroce, le serpent eut pitié de ces deux enfants et résolut de les instruire afin que, possédant la science, ils ne craignissent plus le Génie qui ne dominait que par la terreur. L'entreprise était périlleuse, elle exposait le serpent au courroux d'Iaveh, et la faiblesse ↔ *e.* mensonges. À l'insu de Iaveh R2M

1. Zénothémis exprime ici les théories des ophites, qui adoptèrent certaines vues de Valentin sur la jalousie du Démiurge décrit dans l'Ancien Testament envers l'homme. Cet esprit inférieur, disent les ophites, est issu de la chute de Sophia, l'un des Éons divins, dans le chaos. Iaveh, aussi nommé Ialdabaoth (« Fils des Ténèbres »), rompt le lien qui l'attache au monde supérieur et crée le monde. Mais l'homme bénéficia d'un rayon divin venu de Sophia, qui lui envoya un génie propre à l'éclairer, Ophis. Anatole France puisa ces renseignements dans l'ouvrage de Jacques Matter, qu'il cite dans ses notes; Renan aussi parla plusieurs fois des ophites, notamment en 1881, dans *Marc Aurèle et la fin du monde antique*.

Page 792.

a. s'approcha des deux créatures et leur enseigna la sagesse. Quand il en vint à exposer les vérités les plus hautes R2M ↔ *b.* ressemble à Encelade et à Typhon *ms. B*

1. Typhon, monstre mi-homme, mi-animal, ailé, grand comme le monde, fut vaincu par Zeus et Athéna et écrasé par la foudre sous le mont Etna. Typhon représente la matière, opposée à l'esprit de sagesse incarné par Athéna, sortie de la tête de Zeus. C'est le chaos absolu, alors que le serpent qui est l'attribut de plusieurs déesses, d'Athéna comme d'Isis et de Cybèle, représente l'inspiration vivifiante profonde de la nature, quand elle est complétée par la spiritualité.

Page 793.

a. effroyable fureur. Rassemblant R2M ↔ *b.* composaient des allégories. Il fut l'implacable *ms. B*

1. Zénothémis passe ici aux doctrines caïnites, qui font de Caïn et des réprouvés de la Bible des martyrs : Caïn est celui qui connaît l'art de travailler les métaux. Les Philistins, eux, qui précédèrent les Juifs en Palestine, étaient bien organisés et aguerris; ils ne furent vaincus qu'après de longues luttes. Les caïnites apparaissent rapidement au chapitre IV de *La Tentation de saint Antoine* de Flaubert.

Page 794.

a. la défaite du serpent ailé. Enfin parurent des hommes célestes, Basilide et Valentin, qui retrouvèrent quelques-uns des secrets du serpent et cueillirent quelques-uns des rameaux d'or de l'arbre de la science *ms. B*

1. Basilide et Valentin paraissent aussi, mais, eux, longuement, dans le même chapitre de *La Tentation de saint Antoine*. Né en Syrie et connu vers 125 à Alexandrie, Basilide enseigne que l'homme est habité par les « mauvaises âmes » des animaux et des plantes, mais peut se purifier progressivement par des initiations successives. Valentin enseigna une dizaine d'années après Basilide; d'origine juive, d'éducation chrétienne, il fut excommunié pour sa croyance en un mauvais Démiurge. Basilide et Valentin sont longuement mentionnés dans le *Marc Aurèle* de Renan.

Page 795.

a. impossible. La multitude ne saurait ni penser ni vouloir et sa tyrannie est effroyable. Avant que la majesté *ms. B*

Page 796.

a. versez le vin miellé ! *[p. 795, 17e ligne]* | À ce moment, *R2M*

1. Le prêtre de Sérapis exprime la doctrine égyptienne selon laquelle l'homme est formé de son corps, d'un esprit personnel qui peut errer dans le monde après la mort du corps, et d'un principe céleste qui l'unit aux dieux. Cette idée de l'existence d'une âme « inférieure » et d'une âme « supérieure » se retrouve aussi bien, du reste, dans *L'Iliade*, ou dans la mythologie chinoise; saint Paul, dans les Premières épîtres aux Thessaloniciens et aux Corinthiens, distingue le corps de la « psyché » qui l'anime et du « pneuma » *qui est sous l'influence* de l'Esprit-Saint.

2. Les Sarmates occupaient d'immenses territoires, de la Caspienne à la Baltique. Les Quades occupaient, au sud-ouest de la Germanie, l'ancienne province de Moravie, et les Marcomans la Bohême. Hermodore cite des peuples qui ont précisément excellé dans les facultés qu'il leur dénie : le roman russe venait à la mode en France lorsque France écrivait *Thaïs*; la philosophie allemande tenait une place prépondérante; et l'on sait quels mystiques naquirent parmi les Moraves et les Tchèques.

Page 798.

1. Hermodore professe un syncrétisme qui, effectivement, était la doctrine de beaucoup de penseurs du IVe siècle, notam-

ment du Syrien Jamblique, qui vécut sous Constantin. Hermès figure dans ce panthéon comme dieu psychopompe, assimilable au Bon Pasteur; Apollon, comme dieu de la spiritualisation suprême, unissant la sagesse de Zeus son père à la force tellurique de son grand-père Titan. Pour Mithra et Adonis, on sait que leurs cultes, venus d'Asie, furent en telle faveur qu'ils concurrencèrent le christianisme.

2. Le concile de Nicée en Bithynie proclama en 325 un Dieu en trois hypostases, et condamna par conséquent les ariens, qui niaient la nature divine du Christ. Ce concile se tint sous le règne de Constantin; son fils Constant en soutint la doctrine, tandis que son fils Constance, qui avait l'Orient en partage, soutint l'arianisme : de là les tribulations d'Athanase, qui avait confondu Arius à Nicée, et qui sans arrêt dut quitter le siège épiscopal d'Alexandrie pour se cacher, fuir au désert, ou se réfugier en Occident. Athanase figure dans *La Tentation de saint Antoine* de Flaubert, chap. III : il est présenté à Antoine par Hilarion comme orgueilleux, cruel et borné. Marcus retourne ici contre les anti-arianistes de Nicée l'injure de « mulets », que Tertullien adresse aux ariens dans son *Adversus haeraticos*.

Page 799.

1. Dans le *Satiricon* de Pétrone, XXXI, 9, lors de la description du banquet de Trimalcion, on lit : « Sur le plateau destiné aux entrées se dressait un ânon en bronze de Corinthe, portant un bissac qui contenait d'un côté des olives blanches, de l'autre, des noires. »

2. Plotin expose une théorie de la « sympathie » qui unit toutes choses, le mal étant solidaire du bien, lequel se confond avec la création divine.

3. *Manuel* d'Épictète, XLII : « Quand on te maltraite ou qu'on t'injurie, souviens-toi que celui qui parle ou agit ainsi croit que c'est ce qu'il doit faire. Il ne peut suivre ta manière de voir : c'est pour lui qu'il y a dommage, puisque c'est lui qui est dans l'erreur. »

4. *Manuel* d'Épictète, XVII : « Souviens-toi que tu es l'acteur d'un rôle, tel qu'il plaît à l'auteur de te le donner : court, s'il l'a voulu court ; long s'il l'a voulu long ; s'il veut que tu joues un rôle de mendiant, joue-le naïvement; ainsi d'un rôle de boiteux, de magistrat, de simple particulier. C'est ton fait de bien jouer le personnage qui t'est donné; mais de le choisir, c'est le fait d'un autre. »

Page 800.

a. Voilà un bon raisonnement! *[p. 799, 20 lignes en partant du bas]* / ZÉNOTHÉMIS : Pour moi, *R2M* ↔ *b.* des mérites attachés au bien. Et ce mystère de la rédemption *R2M* ↔ *c. Feuillet intercalaire ms. B* : comme une pierre dans l'édifice sacré de la rédemption. / ZÉNOTHÉMIS : Tu crois, Marcus, que la rédemption des hommes a été accomplie par Jésus crucifié / MARCUS : Je le crois et ceux-là seuls vivront qui le croiront avec moi / ZÉNOTHÉMIS : Pour moi, je suis d'un autre sentiment et je vous demande la permission, chers amis, de vous exposer ces mystères tels que je les connais / Les convives firent un signe d'assentiment.

1. Zénothémis rejoint ici la doctrine des caïnites — et celle de l'abbé Oegger, contemporain d'Anatole France, qui voulut fonder une secte en l'honneur de Judas, puisque celui-ci, accomplissant les prophéties, permit la Rédemption (« Les Criminels », *Le Temps*, 18 mars 1888, *VL*, II). Les caïnites pensaient pour cette raison que Judas était le seul apôtre « pneumatique », c'est-à-dire inspiré du Saint-Esprit; ils écrivirent des Évangiles de Judas.

Page 801.

1. Le mythe exposé ici par Zénothémis est typiquement gnostique, et fait d'un amalgame de la pensée platonicienne avec des traditions égyptiennes concernant Ammon, et la doctrine juive des Sephiroth. Les émanations de l'Être suprême, ou Éons, forment le Plérôme, et l'un de ces Éons, la Sagesse de Dieu, crée le monde d'éléments à la fois divins et ténébreux. La chute des anges, ici exposée, est retrouvée par les gnostiques chrétiens dans Genèse, VI, 1-2.
2. Genèse, VI, 4-6.
3. Eschyle, *Agamemnon*, 740.

Page 802.

1. À propos de Simon le Magicien, Renan note dans *Les Apôtres* que ce personnage, durant son séjour à Alexandrie, avait, semble-t-il, tiré de sa connaissance de la philosophie grecque une théosophie syncrétique qui rappelle le gnosticisme et l'arbre séphirotique de la kabbale. Selon lui, la Puissance divine subit des incarnations successives dont il est le principe mâle. À côté de lui règne la « Grande Pensée », sa syzygie féminine, que Simon nomme par allégorie Hélène. Il veut signifier par là qu'elle est l'objet de l'éternel désir et la cause des disputes entre les hommes. « Thème bizarre, ajoute Renan, qui, mal compris, ou travesti à dessein, donna lieu chez les Pères de l'Église aux contes les plus puérils. » (*OC*, 4, p. 634.) Saint Irénée notamment a travesti le symbole d' « Hélène » en courtisane attachée à Simon. De même l'ouvrage, d'attribution controversée, intitulé *Philosophumena*. Flaubert a mis en scène Simon et Hélène au chapitre IV de *La Tentation de saint Antoine* (Hélène est devenue successivement Lucrèce, Dalila, une Syrienne de Tyr, « maîtresse des voleurs », avant d'être rachetée par Simon, incarnant lui-même Jupiter, Apollon, le Christ et le Paraclet). Simon devait être le maître de Satornilus, qui eut lui-même pour disciple Basilide.

Eschyle nomme Hélène « âme sereine comme le calme des mers », *Agamemnon*, v. 740. Mais le chœur condamne « celle dont l'alliance allie au deuil » (v. 701), et le coryphée maudit « Hélène, folle Hélène, qui, seule, détruit sous Troie des centaines, des milliers de vies » (v. 1454-1456 et 1469-1471). L'innocence d'Hélène, poussée par la fatalité divine, apparaît donc moins chez Eschyle que dans *L'Odyssée*. Euripide, lui, dans *Les Troyennes* et *Oreste*, développe le seul thème de la vanité et de l'égoïsme d'Hélène, jusqu'à l'extrême fin d'*Oreste* où, par un retournement, il en revient à la vision archaïque du personnage. Pindare et Théocrite célèbrent Hélène comme un modèle de beauté et un exemple de destinée impénétrable. Quant à Leconte de Lisle, socialiste et collaborateur de *La Phalange*, il s'inspire de la George Sand des *Sept cordes de la lyre* pour louer à son tour Hélène, incarnation d'une beauté mystérieuse qui lie choses et gens, prophétesse de la fraternité. Dans les *Poèmes antiques*, elle devient la figure de l'inexorable destin. Flaubert en fait, lui, l'Ennoia prostituée. Voir Pauline Newman-Gordon, *Hélène de Sparte. La fortune du mythe en France*, Debresse, 1968.

Page 803.

a. élevant sa coupe : — Si nous ne buvons en désespérés, nous mourrons sans vengeance ! / Le vieux Cotta *ms. B, R2M*

1. Telle était la théorie de plusieurs chrétiens touchés par le gnosticisme : carpocratiens, nicolaïtes, paterniens, que Flaubert met rapidement en scène au chapitre IV de *La Tentation de saint Antoine*.

Page 804.

a. Feuillet intercalaire ms. B : sont des boucs ! / ZÉNOTHÉMIS : Aime-moi, Thaïs, et je dirai que tu es la pensée de Dieu, l'Hélène éternelle

1. Le jeune dieu syrien, déchiré par un sanglier que certaines légendes croyaient être le dieu Mars, jaloux de l'amour que portait Vénus à Adonis, s'attira l'amour de Proserpine dans les Enfers. Il passait six mois sur la terre, six mois dans les Enfers, après un partage conclu entre les deux déesses. Son culte insistait sur le caractère précaire et sublime à la fois du désir amoureux. Ovide (*Les Métamorphoses*, 10, 710-735) explique que l'anémone est ainsi très vite détachée par le vent. Ce sont des anémones, des herbes et des fenouils que les femmes plantaient lors des fêtes du jeune dieu, que l'on célébrait, à l'époque où se déroule *Thaïs*, dans toute l'étendue du monde romain. Aristophane (*Lysistrata*, v. 389) indique que ces jardins sont plantés sur les terrasses. L'expression « jardins d'Adonis » était proverbiale en Grèce pour désigner ce qui passe rapidement. Platon l'emploie dans *Phèdre*, III, 276, et Plutarque à plusieurs reprises. Les scoliastes écrivent, tantôt qu'il s'agissait de plantes que l'on jetait à peine les graines levées, tantôt qu'il s'agissait de rameaux sans racines.

Page 808.

1. Marcus Aurelius Carus, préfet du prétoire, puis élu empereur après le meurtre de l'empereur Probus, en 282. Il vainquit les Sarmates et les Perses, et fut tué en 283; les uns disent assassiné, les autres foudroyé dans sa tente. Il fut bon et de mœurs simples. Les annales de l'Église ne conservent

pas le souvenir de femme de sa famille qui soit entrée en religion. Mais il est vrai que les femmes de haute condition n'hésitèrent pas, rapporte M.-A. Marin dans ses *Vies des Pères*, à entrer dans le monastère fondé par saint Pacôme, alors qu'auparavant la vie monastique semblait réservée aux pauvresses (p. 341). Ce fut le cas d'Euphrasie, parente de l'empereur Théodore, qui finit en odeur de sainteté.

Page 809.

1. Dans *La Légende dorée*, comme dans les *Vies des Pères des déserts d'Orient* de M.-A. Marin, on voit que c'est Thaïs qui décide elle-même de brûler ces richesses; dans la version de Marin, elle obtint pour cela de Paphnuce un délai de trois heures avant de quitter la ville.

2. Dans *Le Menteur ou l'Incrédule* de Lucien, il est question de statues animées qui se promènent dans la maison, et de bâtons enchantés qui font le service d'un valet (chap. XIX et XXXV-XXXVI).

3. Il faut ici penser à *La Vénus d'Ille* de Mérimée, publiée dans *La Revue des Deux Mondes*, le 15 mai 1837 (voir *Romans et nouvelles*, Bibl. de la Pléiade, p. 729-757). L'écrivain cite en épigraphe de sa nouvelle un passage de *L'Homme qui aime les mensonges* de Lucien; mais il est seulement question, chez Lucien, d'une statue qui descend de son socle pour venger les outrages qu'on lui a fait souffrir. Le conte de la statue d'airain qui étouffe un homme date du Moyen Âge des sources anglaises et italiennes rapportent qu'un jeune époux ayant passé son anneau de mariage au doigt d'une statue de Vénus, celle-ci vint réclamer son droit conjugal. Le jeune homme s'en tire avec des exorcismes, dans ces anciennes versions; c'est dans la nouvelle de Mérimée que la statue d'airain tue dans ses embrassements l'époux peu respectueux de sa présence sacrée, et de la sainteté du mariage. Mérimée a donc certainement servi de source à Anatole France; quand Thaïs évoque, un peu plus haut, la statue qui inspire du désir à un homme, elle nous fait en revanche songer au mythe antique de Pygmalion, et à la légende qui veut qu'un homme, devenu amoureux de la statue de la Vénus de Cnide, se soit laissé enfermer dans son temple pour en jouir (Lucien, *Les Images*).

Page 813.

1. Le nom de ce jeune homme, qui fut l'amant de Thaïs, est celui d'une petite ville de la Gironde dans laquelle Anatole France vit Mme de Caillavet glisser dans la boîte aux lettres une missive qui lui parut aussitôt adressée à quelque amant : « Pardonne-moi et plains-moi, ce que je souffre est inimaginable. Je viens de parcourir ta lettre qui me parle d'amour. Je me figure que c'est celle que je t'ai vu mettre à la poste de Cérons et qui arrive avec un peu de retard. » (17 août 1889; copie communiquée par M. Suffel.) L'épisode est transporté à Orsanmichele, dans *Le Lys rouge*. On voit ici l'étrange, mais explicable, transfert d'un nom qui évoque la jalousie chez Anatole France.

Page 814.

1. Les Lapithes, peuple de la Thessalie, sont demeurés célèbres par leur lutte victorieuse contre les Centaures, lorsque ceux-ci voulurent enlever leurs femmes, au cours des noces de Pirithoüs, roi des Lapithes. Dans la bouche du jeune Cérons, ce nom de « lapithe » est une allusion à un peuple barbare et primitif, d'origine bien plus grossière que les enfants de Léda, Pollux et Hélène, qu'il invoque pour son propre compte.

Page 815.

a. de mort / Aux corbeaux, le moine, aux corbeaux. Non, jetez-le *ms. B, R2M, orig.*

Page 816.

a. de l'horreur et de l'épouvante. À ce moment *ms. B, R2M, orig.*

Page 818.

a. quelque fable d'Apulée ou quelque traité de Porphyre. Toi, tu regagneras *ms. B, R2M, orig.*

1. Métrodore de Chio, philosophe et médecin du début du IVe siècle avant notre ère, est un sceptique fort célèbre dans l'Antiquité, mais dont le *Traité sur la nature* ne nous est pas parvenu. Ce philosophe qui disait : « Nous ne savons pas même si nous ne savons rien », paraît mieux convenir à Nicias que les autres Métrodore philosophes de l'Antiquité : Métrodore de Lampsaque, qui tente d'expliquer les chants homériques par des allégories; Métrodore, peintre et philosophe du second siècle avant notre ère, né à Athènes; et Métrodore de Scepaia, Grec du Ier siècle avant notre ère, ennemi des Romains, qui composa des traités *Sur la lutte* et *Sur l'habitude.*

Page 819.

1. Le 15 avril 1888, Anatole France avait consacré sa chronique du *Temps* aux fouilles exécutées à Myrina par Edmond Pottier et Salomon Reinach (« La Mort et les petits dieux », *La Vie littéraire*, II). Il y évoque les figurines de terre cuite que l'on donnait aux morts : dieux, hommes, « masques comiques, bouffons, esclaves, jeunes femmes coquettement attifées ». Ces figures étaient peintes : « On les recouvrait de teintes claires parmi lesquelles dominaient le bleu et le rose. » Anatole France les compare aux bonnes Vierges, aux Jésus que l'on vend près des églises catholiques.

Page 821.

1. Voir n. 4, p. 721.

2. Dans les *Poèmes barbares* de Leconte de Lisle, on lit à propos de « La Fille de l'émir » une description qui a pu fournir à Anatole France quelques traits des tribulations de Thaïs. La vierge Aïscha, musulmane de Cordoue, est enlevée

dans son jardin délicieux par le Christ : *Ils s'en vont tous deux à travers la plaine, / Longtemps, bien longtemps, et l'enfant, hélas ! / Sent les durs cailloux meurtrir ses pieds las.* Enfin, sanglante, elle arrive à la « noire maison » où l'enferme le Christ : *Tu me reverras du cœur et des yeux, / Et je te réserve, enfant, dans mes cieux, / La vie éternelle après cette terre ! / Parmi les vivants morte désormais, / La vierge Ayscha ne sortit jamais / Du noir monastère.*

Page 822.

1. Chez Hrotswita, Paphnuce dit à l'abbesse : « Je t'apporte une chèvre demi morte, que j'ai arrachée à la dent du loup. » (*Théâtre* de Hrotswita, publié par Charles Magnin, Duprat, 1845, p. 339.)

Page 823.

1. Albine, dans sa sagesse, permet donc à Thaïs de faire usage pour louer Dieu de ses talents profanes. Rappelons que, le 30 septembre 1888, sous le titre « M. Gaston Paris et la littérature française au Moyen Âge » (*La Vie littéraire*, II), Anatole France avait évoqué le conte du *Tombeor Nostre-Dame*, qui montre un jongleur devenu moine exécuter ses tours devant la mère de Dieu. Elle vient elle-même éponger le front de son *tombeor*.

2. L'euphorbe, plante grasse dans sa variété africaine, et qui exsude un suc laiteux lorsqu'on la coupe, est une plante dédiée à Mars, responsable des violences, dévastations et révoltes. Mars gouverne la vie et la mort ; il symbolise les organes génitaux de l'homme et la lutte pour la satisfaction des passions.

3. Athribis était une ville importante au temps romain de l'Égypte ancienne ; il n'en reste que des ruines. Elle était située sur le bras du Nil qui correspond à la bouche de Damiette.

Page 825.

1. Citation du psaume 42,6 ; ces paroles font partie du début de l'ordinaire de la messe.

Page 826.

a. accroître son inquiétude. / — Dieu juste, *R2M*

Page 827.

1. L'Écriture en effet contient la description de songes célèbres pour leur valeur divinatoire : celui que Daniel explique à Nabuchodonosor, celui où Jacob voit une échelle par où montent et descendent les anges, celui où Booz discerne sa postérité.

Page 830.

1. C'est le monastère de Tabenne qui fut divisé par saint Pacôme selon cette méthode : chacun des solitaires était classé dans l'une des 24 lettres de l'alphabet grec, de telle sorte que, par leur forme, elles désignassent son caractère. Les plus simples sont *iota*, lettre la plus petite et la plus facile à tracer ; les plus difficiles, *zeta* ou *xi*, lettres compliquées à écrire. Un monastère de 1 432 cellules est immense, puisque, du temps de saint Pacôme, les grands monastères n'en comptaient guère plus de 500.

2. Saint Éphrem, né en Mésopotamie, mort en 379, assista au concile de Nicée, puis se retira à Edessa où il écrivit de nombreux traités et lettres contre les hérétiques, mais aussi un traité de théologie et des homélies pleines de pathétique. Ses ouvrages ont été traduits en latin par Vossius au XVIe siècle.

Page 831.

1. Voir n. 2, p. 732.

2. La coudée égyptienne, quand il s'agissait des constructions, était la « petite coudée » de 0,450 m, par opposition à la « coudée royale » qui était plus longue. La colonne de Paphnuce est donc haute d'une quinzaine de mètres. Dans la vie de saint Siméon Stylite, il est dit que le solitaire vécut quatre ans sur une colonne de six coudées, treize ans sur une de douze coudées, encore treize sur une de vingt-deux coudées; enfin, il passa vingt-deux ans sur une colonne de quarante coudées.

Page 832.

1. Saint Siméon Stylite, de même, ne pouvait ni s'asseoir ni s'allonger sur le sommet de ses colonnes, qui avaient trois pieds de diamètre; il dormait incliné sur la balustrade qui le défendait des chutes.

2. On lit dans la vie de saint Siméon Stylite qu'ayant appris son genre de vie extraordinaire, qui attirait autour de sa colonne des disciples avides d'écouter les prêches auxquels il se dévouait deux fois par jour, les abbés et les évêques des monastères voulurent l'éprouver. Ils lui ordonnèrent de quitter sa colonne. Mais, contrairement à Paphnuce, qui résista à Éphrem et Sérapion, se rendant coupable du péché d'orgueil, Siméon se disposa en effet à obéir aux ordres qui lui étaient donnés. Cela suffit aux dignitaires, qui constatèrent ainsi sa bonne volonté.

Page 833.

1. Pour la bière de Cilicie, voir n. 2, p. 757. Quant aux vins ici mentionnés, ils sont obtenus en faisant fermenter à l'aide de levure des fruits courants en Égypte, écrasés dans de l'eau. Le vin de vigne n'était pas de consommation courante dans le peuple, car il était très cher.

Page 834.

1. Le *Grand dictionnaire* de Louis Moréri dit : « C'est le nom que l'on donnait autrefois à ceux qui exerçaient les fonctions épiscopales dans les bourgs et dans les villages. Les Latins les appellent les vicaires des évêques. » Ils n'étaient pas ordonnés évêques, mais se trouvaient « au-dessus des autres prêtres par leur dignité ». Leur charge exista en Orient au IVe siècle, en Occident au Ve siècle, et disparut au Xe siècle.

2. Bubastis était un chef-lieu de province à 80 km environ du Caire. Hérodote en parle, à propos des grandes fêtes religieuses célébrées pour la déesse de la ville, déesse-chatte et lionne, Bastet. Saïs, résidence des rois de la XXVIe dynastie,

à 70 km environ du Caire, avait été aussi un lieu de culte d'une grande déesse, Neith. Les fêtes prenaient l'allure d'une foire établie pendant quelques jours dans la ville, et leurs caractéristiques, décrites au livre II des *Histoires* d'Hérodote, ne sont guère différentes de celles de la « foire » permanente qui se tient au pied de la colonne de Paphnuce.

Page 835.

1. Aphroditopolis, au sud de Memphis, dans l'Égypte moyenne, était célèbre par un temple où l'on gardait une vache blanche, incarnation de la déesse Hator.

Page 836.

1. La piscine de Siloé, au sud-est de Jérusalem, fut le théâtre de la guérison par le Christ de l'aveugle de naissance : après avoir oint les yeux de l'infirme d'une boue faite avec sa salive, il lui ordonna d'aller les laver à Siloé, et il recouvra la vue (Jean, IX, 6-12).

Page 837.

1. C'est un des contes populaires égyptiens, relevés par Maspéro dans ses *Contes populaires de l'Égypte ancienne* (Maisonneuve, 1882). On sait que l'acacia passait pour incorruptible : symbole d'immortalité, il dote Bitiou lui-même d'immortalité lorsqu'il y place son cœur (c'était en effet le seul viscère laissé en place dans la momie, parce qu'il était censé être le centre de la vie : lors de la psychostasie, le cœur était dans un des plateaux de la balance, et de l'autre la plume d'autruche symbolisant la Justice). Bitiou, cadet faussement soupçonné par son aîné d'avoir pris pour maîtresse la femme de celui-ci, arrache son cœur par magie et le place « sur la fleur de l'acacia ». Le frère doit chercher le cœur tombé à terre quand on a coupé l'acacia, le placer dans un vase d'eau fraîche, et le frère ressuscite alors qu'il avait été tué par les hommes du pharaon, en même temps qu'ils coupaient l'arbre. Après maintes autres aventures merveilleuses, Bitiou devient roi à son tour. Ce conte des « Deux Frères » fut découvert en 1842. Il remonte aux temps les plus reculés de l'Égypte.

2. C'est ce qui est conté du stylite saint Daniel, fêté le 11 décembre : ayant choisi sa colonne près du Pont-Euxin, dans un climat rigoureux, il souffrait du froid au point de devenir roide de tous ses membres, et il était couvert d'ulcères.

Page 839.

1. Le traité de Lucien *Sur la déesse syrienne* parle du temple de Hiérapolis, que la tradition disait élevé à Rhéa par Attis, ou à Junon par Bacchus. Dans le vestibule du temple, on voyait deux phallus érigés, disait-on, par Bacchus lui-même; ils se trouvaient élevés sur des propylées; deux fois par an, un homme montait sur chacun des phallus, et il y demeurait sept jours, afin de converser avec les dieux et d'obtenir la prospérité de la Syrie.

Page 840.

a. j'estime qu'un fonctionnaire doit *ms. B, R2M, orig.*

1. Néphélococcygie, la « Ville des Coucous », est la ville construite dans les nuées par deux citoyens d'Athènes, dans *Les Oiseaux* d'Aristophane (414). C'est parce qu'ils trouvent que tout va mal sur terre qu'ils entreprennent de bâtir cette ville; les dieux, ne recevant plus la fumée des offrandes qui est interceptée par les Néphélococcygiens, finissent par traiter avec eux. *Les Oiseaux* est l'une des pièces représentées au petit théâtre de la rue Vivienne par les marionnettes de Signoret : Anatole France y fait allusion dans son article du 10 juin 1888 au *Temps* (*La Vie littéraire*, II), « Les Marionnettes de M. Signoret », en même temps qu'il parle du théâtre de Hrostwita.

Page 841.

1. Ainsi attribuait-on à saint Siméon, du haut de sa colonne' les conversions de nombreux et éminents Perses, Arméniens' Ibériens. Siméon fut consulté par les empereurs Théodore et Léon, comme on voit ici Paphnuce consulté par Constant, frère de Constance, et ennemi des ariens.

Page 843.

1. On reconnaît ici l'un des épisodes de la tentation du Christ, Matthieu, IV, 5-7 : « Le diable le transporta dans la Ville sainte, le plaça sur le haut du Temple, et lui dit : Si tu es Fils de Dieu, jette-toi en bas; car il est écrit : " Il donnera des ordres à ses anges à ton sujet; et ils Te porteront sur les mains, de peur que ton pied ne heurte contre une pierre. " Jésus lui dit : Il est aussi écrit " Tu ne tenteras point le Seigneur, ton Dieu ". »

Page 844.

1. La nécropole est donc formée de ces pyramides tronquées que l'on nomme « mastabas » et que l'on trouve en groupe autour des Pyramides. Le mastaba recouvre le puits au fond duquel repose la momie. La chambre mortuaire est murée. Le sarcophage est souvent en pierre, et renferme un cercueil en basalte noir. L'édicule extérieur forme une chapelle où se réunit parfois la famille du mort; il est orné de peintures représentant la vie privée et publique, car le « double » du mort a besoin, pour sa survie, de ces représentations. Gaston Maspéro avait longuement décrit les mastabas dans son *Archéologie égyptienne*, en 1887. Des tombeaux furent effectivement habités par des moines, par exemple le champ de tombes de Dabba. Mais le modèle d'Anatole France est sûrement saint Antoine, dont il dit dans son article du 12 août 1888 : « Il est infiniment probable que le tombeau où s'en alla vivre Antoine était composé, comme les autres, de la chapelle dont nous parlons, d'un puits et d'un souterrain où reposait le mort [...] Il est [...] probable qu'il s'installa dans la chapelle, et il n'est pas impossible qu'il y ait vu des peintures représentant des scènes de voyage et de vie rustique. »

Page 845.

a. jouait du théorbe. La fleur *ms. B, R2M, orig.* ↔ *b. Le manuscrit B n'est écrit que sur les deux tiers droits de la feuille, depuis* était en fleur. *Le tiers gauche comprend le dessin, par Anatole France, de la joueuse d'instrument.*

1. Le cinnor était une sorte de lyre dont on jouait devant l'Arche de Dieu (Samuel, II, 6, 5), et qui peut avoir été répandue dans tout le Proche-Orient.

Page 846.

1. La tombe remonterait donc à l'époque de la XXVIe dynastie.

Page 847.

1. Dans l'*Introduction aux contes populaires de l'Égypte ancienne* qu'il publia en 1882 chez Maisonneuve et Cie, Gaston Maspéro décrit l'intérieur des tombeaux égyptiens, qu'on appelait « maisons éternelles » (p. LXII-LXVI), et explique pourquoi le monde des morts était si présent dans l'ancienne Égypte, que l'apparition d'un revenant paraissait chose naturelle, et que la magie avait la réputation de pouvoir maintenir les momies à l'état de vivants. C'est l'objet du « Conte de Satni-Khâmoïs », dans lequel sont utilisées les formules du livre de Thot pour maintenir les morts en existence.

Page 848.

a. Nicias laissant glisser de ses genoux un livre d'astronomie, attirait doucement Philinna sur son cœur. Puis une femme *ms. B*

1. Pline, au livre VII de son *Histoire naturelle*, a multiplié les exemples de races humaines monstrueuses, dont Hérodote avait déjà décrit quelques-unes. C'est dans les *Histoires* d'Hérodote, IV, 191, que l'on trouve mention des « acéphales qui ont les yeux sur la poitrine, du moins à ce que disent les Libyens ». Aulu-Gelle, dans *Les Nuits attiques*, IX, 4, énumère de son côté les merveilles qu'il a pu lire dans un lot de vieux auteurs achetés d'occasion à Brindes : on y trouve, à l'est de l'Inde, des hommes qui n'ont qu'une jambe et vont par sauts immenses, et des hommes sans tête qui ont les yeux sur les épaules. On peut penser que c'est Aulu-Gelle et Pline qui ont servi de source à Anatole France. Pline parle en son livre VII des hommes qui changent de sexe, des Monocoles qui n'ont qu'une jambe (II, 2). Aulu-Gelle, au livre IX des *Nuits attiques*, dit que certains Scythes n'ont qu'un œil au milieu du front ; ils se nomment Arimaspes. En Inde, où vivent les Monocoles, d'autres peuples, sans tête, ont des yeux dans les épaules. Ces auteurs se réclament eux-mêmes d'une longue tradition. Elle concerne toujours les confins des terres connues. Voir à ce sujet Jean Céard, *La Nature et les prodiges*, Droz, 1977.

2. C'est un souvenir du lieu où Dante vit les grands hommes

de l'Antiquité qui pousse vraisemblablement Anatole France à donner cette description. Son article du *Temps* du 22 mai 1888, « Sur le scepticisme » (*VL*, II) comporte en effet, à propos de Pyrrhon, ce rappel de Dante : « Il est permis d'imaginer que le fils adoptif de Nerva erre dans ces pâles prairies où Dante vit les héros et les sages de l'Antiquité. Leurs regards étaient lents et graves; ils parlaient d'une voix douce. Le Florentin reconnut Anaxagore, Thalès, Empédocle, Héraclite et Zénon. Comment ne vit-il point aussi Pyrrhon parmi les âmes coupables seulement d'avoir vécu dans l'ignorance de la loi sainte ? »

3. C'était un assemblage de bandes de métal ou de bois, en forme de sphère, au centre duquel se trouvait un globe figurant le globe céleste. On étudiait l'effet de la trajectoire des astres sur cette sphère, d'une manière qui bien entendu ne pouvait être qu'approximative.

Page 849.

a. pour le salut de ces hommes ? *[p. 848, 14e ligne]* C'est ainsi que *R2M*

1. Dans l'Antiquité romaine, les larves étaient les revenants d'êtres humains morts de mort violente ou coupables d'un crime, tandis que les lémures étaient les esprits de morts de toute espèce, qui pouvaient parfois revenir tourmenter les vivants, et que l'on éloignait lors des fêtes appelées « lémuries ». Quant aux empuses, c'étaient, dans la religion grecque, des spectres envoyés aux voyageurs pour les vampiriser; elles pouvaient prendre des formes très diverses.

2. C'est le fameux *Credo quia absurdum* qu'on attribue (faussement) à saint Augustin, lorsqu'il explique dans *Sur l'Évangile de saint Jean*, chap. VIII, que ce que l'on comprend n'est pas un objet où l'on ait le mérite de la foi, parce que comprendre, c'est voir, et qu'il y a mérite en revanche à croire ce que l'on n'a pas vu.

Page 851.

1. « Si l'on avait un journal du séjour d'Antoine dans l'hypogée, un élève de M. Charcot ne manquerait pas de constater chez le saint homme une suite logique de désordres nerveux. Mais les documents qui nous ont été transmis sont des plus vagues. Nous voyons seulement qu'à l'hallucination chronique s'ajoutait parfois l'état cataleptique. » (Anatole France, « Le Grand Saint Antoine », art. cité.)

Page 853.

1. Madaura, en Afrique, fut la patrie d'Apulée.

Page 856.

1. Les kiliarques étaient des généraux commandant mille hommes.

2. Apocalypse, III, 4, 4.

Page 862.

1. Ce passage et le suivant appartiennent au psaume L, que l'on récite près des mourants.

Page 863.

1. Il se peut qu'Anatole France ait ici songé au *Callimaque* de Hrotswita, où l'on voit un jeune homme qui a tenté de violer le cadavre de la belle Drusiana. Mais, repentant, il devient un grand saint.

Appendices

Page 865.

LA LÉGENDE DE SAINTE THAÏS, COMÉDIENNE

Ce poème parut dans *Le Chasseur bibliographe*, le 1er mars 1867. Voir la Notice, p. 1319.

Page 871.

NOTES SUR LES GNOSTIQUES
PRISES PAR ANATOLE FRANCE

Voir la Note sur le texte, « Manuscrits », 3°, p. 1345.

Page 872.

PROJET DE PRÉFACE POUR THAÏS

Voir la Note sur le texte, « Manuscrits », 5°, p. 1346. Le texte de ce projet forme 11 feuillets manuscrits numérotés de 1 à 11. Puis vient un autre feuillet manuscrit (numéroté 12) :

« 1° dire que je n'ai pas voulu conter la vraie histoire / 2° la conter. / Vous voyez bien que vous ne savez... / Laissez-nous vos légendes si vous n'en faites rien. »

L'ÉTUI DE NACRE

NOTICE

Anatole France ne s'est pas, à notre connaissance, expliqué sur le titre *L'Étui de nacre*. Il évoque une petite boîte précieuse, dans laquelle on enferme quelque éventail peint de scènes diverses, ou quelques menus objets auxquels on tient. On pense aux bibelots raffinés de la fin du XVIIIe siècle, décrite précisément dans certains contes du recueil. Ce titre annonce un livre travaillé, d'un goût sûr, qui peut susciter rêve ou nostalgie, sans prétention à la grandeur. Il convient bien à un recueil de contes et nouvelles courts et très divers.

Leur diversité s'explique par l'échelonnement de leur première publication sur neuf années de la vie d'Anatole France.

Deux des scènes situées pendant la Révolution qu'il contient, « La Perquisition » et « Madame de Luzy », ont été vécues dès 1883 par la grand-mère du « petit bonhomme », Pierre Nozière, tandis que « Le Procurateur de Judée » est tiré d'un article du *Temps* du 25 décembre 1891. Cet intervalle est encore plus long que celui qui sépare les contes du recueil *Balthasar*. Il permet d'évaluer une évolution psychologique et stylistique d'Anatole France beaucoup plus considérable, et qui n'est pas fonction de la seule durée temporelle. Aucune des nouvelles qui constituent *Balthasar* n'a en effet été écrite après avril 1888, date où paraît « Læta Acilia », qui annonce *Thaïs*. En revanche, les nouvelles de *L'Étui de nacre* se distribuent en deux groupes tranchés : celles qui ont été placées par Anatole France au début du volume paru le 28 septembre 1892, jusqu'à « Gestas » compris, ainsi que la toute dernière, « Le Petit Soldat de plomb », ont été publiées en journal en 1889 et 1891, c'est-à-dire pendant et après la grande crise que traversa France : liaison avec Mme de Caillavet, attaques menées par le père Brucker à propos de *Thaïs*, et querelle avec Brunetière, à propos du *Disciple*. Antérieures à cette crise sont la nouvelle « Manuscrit d'un médecin de village », qui exploite un thème cher aux occultistes, et tout l'ensemble des récits qui se situent à l'époque révolutionnaire, encore qu'ils aient été retouchés au moment de la publication de *L'Étui de nacre*. C'est dire l'intérêt qu'on a, rétablissant une exacte chronologie, à tenter séparément l'analyse des deux groupes de nouvelles.

Les plus anciennes de toutes permettent de suivre le jeu constant vis-à-vis de lui-même que fut pour Anatole France l'exploitation des sources. On ne saurait en connaître toutes les données qu'en lisant « Les Autels de la peur », œuvre qui, publiée en 1884 dans *Le Journal des débats*, ne fut jamais reprise en volume par Anatole France[1], mais dont cinq des nouvelles de *L'Étui de nacre* sont la reproduction presque textuelle, mais partielle, et avec de minimes variantes, ce qui suffit à en modifier le sens. « Les Autels de la peur » sont le fruit des nombreuses lectures d'Anatole France sur la Révolution française, dont on peut suivre le fil dans les catalogues du père France, le catalogue La Bédoyère et les comptes rendus donnés par le jeune écrivain dans des revues spécialisées en bibliophilie. Il faut joindre, à ces lectures, le souvenir de dessins et gravures qui faisaient partie du fonds Noël France. Anatole France, jeune Parnassien, utilise ces documents d'une manière bien contraire aux opinions de son père : il écrit dans son poème « La Mort d'un juste »

1. Nous la donnons en appendice de cette édition, p. 1025 à 1061. Elle a été reprise dans l'étude de Juliette de Gardony Gilman, « Les Autels de la peur », avec une introduction, des notes explicatives et une étude critique, Nizet, 1971. Cette étude doit être citée pour son très sérieux effort critique.

une apologie de Billaud-Varenne proscrit[1]; il projette avec L. X. de Ricard cette *Encyclopédie de la Révolution* dont nous avons dit l'esprit et les ambitions à propos du projet d'histoire de France en cinquante volumes du *Livre de mon ami*[2]. Et même, donnant en mars 1870 au *Bibliophile français* une notice sur le comte de La Bédoyère, possesseur des ouvrages sur la Révolution dont le catalogue est dressé par ses propres soins, il qualifie d' « entêtement breton » les opinions antirévolutionnaires du comte; il se place du côté des Girondins : « La Gironde et Condorcet [...] ont des accents plus profonds, sans doute, que l'ingénieux Royou [...] Les écrivains royalistes avaient gardé le ton de l'Ancien Régime. C'étaient des rieurs qui s'intéressaient fort aux filles du Palais-Royal. » Anatole France se situe alors du côté de Michelet, non, certes, des apologistes de la Terreur. Dans les « Éphémérides » de *La Vogue parisienne*, en 1870, il s'enthousiasme pour les enrôlements volontaires[3] et les arbres de la Liberté[4], mais donne du livre de Dauban sur *Les Prisons de Paris* un compte rendu[5] qui montre combien il prise peu le régime de la guillotine.

Ce républicanisme s'atténue considérablement après la chute de l'Empire. On voit tout d'abord, à travers *Les Désirs de Jean Servien*, et la correspondance d'Anatole France, que l'expérience concrète de la Commune accrut considérablement sa méfiance pour un régime qui tente d'imposer des réformes radicales. Le *vécu*, le *quotidien* d'une Révolution, que la nature des documents amassés par Noël France privilégiait aux dépens des « grands principes », fut bien mieux ressenti alors par Anatole France. Les Goncourt avaient eu comme parti pris de le montrer dans leur *Histoire de la société française pendant la Révolution*[6]; si France, à son tour, en dit les difficultés et les dérisions, l'épreuve de la Commune n'y est sans doute pas pour rien. Elle a recréé une atmosphère. Qu'on lise au chapitre XXVII de *L'Insurgé* de Vallès, pourtant écrit dans un esprit d'apologie, les scènes avec le maître de lavoir devenu ministre de l'Intérieur et le cordonnier devenu ministre de l'Instruction, et l'on y trouvera un certain « air de famille » avec la scène des « Mémoires d'un volontaire » qui fait d'un rémouleur et d'un dégraisseur les maîtres du salut public. Puis l'étude des sciences acquit Anatole France à l'idée que toute transformation, physique ou politique, se fait avec une lenteur presque insensible et préserve la mémoire du passé. Si l'écrivain, anticlérical, ouvert aux recherches évolutionnistes, passe pour assez républicain sous la république mal affermie

1. *Almanach de la Révolution pour 1870*, p. 32.
2. Voir p. 495.
3. 22 juillet.
4. 19 août.
5. *Le Bibliophile français*, juillet 1870, repris dans « Éphémérides » de *La Vogue*, 19 août.
6. Didier, 1864.

de Mac-Mahon (sa nomination à la bibliothèque du Sénat le montre), en revanche il augure mal des mesures radicales prises par les hommes au pouvoir dans les années 1880. Il peut forcer le ton, certes, dans *L'Univers illustré*, qui est un journal conservateur; mais la sincérité de ses attaques contre ceux qui veulent changer sans respecter le passé ne fait pas de doute : « Tous les bons esprits s'uniraient [...], un seul de nos jacobins serait-il corrigé ? Verrions-nous moins de ces petits manuels civiques qui, pour nous faire aimer la patrie, nous la représentent plongée dans douze siècles de barbarie ? [...] Ces ignorants continuent à méconnaître les conditions nécessaires du développement social et ils demandent des fruits à des arbres sans racines[1] ». Et de se moquer des fêtes de la déesse Raison en 1793[2], et de comparer Saint-Just à Raoul Rigault[3], ce qui montre bien la relation qu'il établit entre Révolution et Commune.

C'est l'année même où il écrit ces attaques qu'il fait paraître, dans *La Nouvelle Revue*, les scènes où la grand-mère du « petit bonhomme » dissimule entre ses matelas le malheureux Alcide, et où elle cache par miracle une correspondance compromettante durant une perquisition; il insère dans ce chapitre, avec l'histoire d'Amélie, celle de Lucile de Chateaubriand, visionnaire de la Terreur, qu'il avait étudiée dans sa « Notice » sur elle, parue en 1877[4]. Cette notice prouvait qu'il n'avait point oublié le livre de Dauban, car France y dépeint d'après lui le Paris de 1793. Dans le chapitre de *La Nouvelle Revue*, qui devait devenir le chapitre III de la seconde partie du *Livre de mon ami*, Anatole France s'inspire cette fois des *Mémoires* de Mme Elliott pour conter l'épisode d'Alcide entre ses matelas. Sans doute les jacobins n'y apparaissent-ils pas sous un jour agréable. Mais Anatole France a fait porter l'éclairage sur la grand-mère du « petit bonhomme », qu'il dépeint frivole en même temps que courageuse, et d'une gaieté légère qui ne se dément jamais. Aussi a-t-il modifié en conséquence le récit de Grace Elliott : celle-ci a tellement peur, qu'après le départ des officiers municipaux, elle est prise d'une attaque de nerfs; Champcenez, qu'elle cache, manque mourir de peur et d'étouffement. Tandis que le personnage d'Alcide est ridicule d'un bout à l'autre, et que la grand-mère supporte allègrement les dangers de la visite domiciliaire. Si elle goûte fort la fin de la Terreur, elle ne garde point de haine aux révolutionnaires : c'est « une Bleue dans l'âme[5] ». On sait combien Anatole France a évité dans les souvenirs de « son ami » toute note angoissée ou tragique. Ainsi s'explique l'orientation de cette scène.

1. 12 mai 1883.
2. 7 juillet 1883.
3. 26 mai 1883.
4. Les 3 et 4 avril 1877, dans le feuilleton du *Journal officiel*.
5. P. 481.

Il en va tout autrement dans « Les Autels de la peur », œuvre publiée l'année suivante, et où l'on peut penser qu'Anatole France a donné plein cours à son humeur antijacobine. Il écrit en effet à sa mère, en 1885 : « Il pleut bergère, et comme je n'ai pas de moutons à rentrer, je reprends " Les Autels de la peur ", pour en faire un petit volume qu'il faut publier le plus tôt possible. Il est réactionnaire, c'est le moment de le lancer[1]. » Le projet n'eut apparemment pas de suite, mais le jugement d'Anatole France sur son œuvre n'est pas indifférent : il la sait à contre-courant du radicalisme. C'est que, cette fois, le héros malheureux en est un homme auquel Anatole France porte admiration et attachement. C'est André Chénier, que le jeune France pasticha au début de sa carrière poétique : à lui, il désirait donc s'égaler. Pastiche si réussi, qu'inséré comme une découverte d'inédit dans *L'Intermédiaire des chercheurs et des curieux* du 10 août 1864, il fut accepté par Becq de Fouquières dans son édition de Chénier. La mort de Didon y est contée : « Proserpine incertaine [...] / Sur sa victime encore suspendait les ciseaux, / Et le fer respectant ses longues tresses blondes, / Ne l'avait pas vouée aux infernales ondes / [...] » Le souvenir de ce pastiche est encore évoqué dans *Le Temps* de 1887[2] par Anatole France. Il connut sans nul doute dans la librairie paternelle des documents sur Chénier; son père, en tout cas, en mentionne dans son catalogue de mars 1844. Il écrivit en 1879 dans *Le Globe* un article sur « La Mère d'André Chénier », qui porte plus encore sur le poète lui-même. Rappelons la place que tient celui-ci dans *Stello* de Vigny, auquel *Les Autels de la peur* doivent beaucoup. Peut-être ne peut-on mieux prouver la dilection d'Anatole France pour ce « double désiré » qu'en faisant observer que le pseudonyme de « Germain » est celui qu'il se choisit pour se faire écrire en cachette par Mme de Caillavet. De ce pseudonyme, Chénier avait signé ses « Autels de la peur ». Anatole France est donc, dans son œuvre de 1884, partie prenante contre le régime jacobin. Ses deux personnages sont extrêmement idéalisés. France ne donne point de portrait physique de Chénier, qu'il sait assez laid, son article du *Temps* le prouve. Il tait les hésitations dans l'action, puis les violences partisanes et peut-être non tout à fait désintéressées du véritable Chénier. Il grandit la figure de Fanny le Coulteux, qui n'a point joué auprès de Chénier le rôle d'inspiratrice qu'il lui attribue; afin de l'idéaliser, il la fait veuve et fidèle à la mémoire de son mari par mysticisme. Elle prophétise la Terreur en 1790, elle a le courage de déposer au Tribunal révolutionnaire en faveur d'un ami, elle refuse de faire courir un danger à la fille du geôlier qui lui propose l'évasion : enfin, elle est

1. Communiqué par Jacques Suffel.
2. 16 octobre, « M. Becq de Fouquières », *VL*, I.

sublime, alors que sa biographie réelle la montre bonne et instruite, mais non point au-delà de la moyenne des femmes de sa société.

Anatole France avertit son lecteur qu'il n'a pas avancé un fait qui ne fût attesté par des documents contemporains. Cela est vrai, autant qu'on puisse en juger après avoir répertorié des sources qui, pour être nombreuses, ne sont pas — hélas ! — exhaustives. Mais Anatole France a accumulé sur Fanny les traits de courage ou d'esprit de sacrifice qu'il a trouvés, tantôt chez Mme Elliott, tantôt chez la marquise de Custine. Il lui a donné la tendresse de la Julie de *La Nouvelle Héloïse*, la force d'âme de Mme Roland. Tous ceux qu'elle admet dans son intimité sont d'âme et d'esprit élevés; tous, ils mourront de la Terreur, dont les représentants sont odieux, ou déclamatoires à faux comme le défroqué Lardillon. Il s'ensuit que le roman a une signification incontestablement « réactionnaire » : les rêves utopiques sont déjà ternis, au premier chapitre, par la prise de la Bastille; ils paraissent contradictoires et sanglants lors des préparatifs de la fête de la Fédération et s'évanouissent lors des massacres de Septembre. L'existence alors devient malheur pour l'héroïne : perquisitions, déposition périlleuse devant le Tribunal, arrestation, exécution. S'il y a eu respect des documents contemporains, il faut noter qu'ils n'en ont pas moins été choisis dans les écrits contre-révolutionnaires, Dauban, Mercier, Mme Elliott, Astolphe de Custine, et que le péril extérieur que courait la France, entièrement investie, n'est pas mentionné. S'il ne justifie point, du moins il explique un régime de Terreur qui devient ici fanatisme gratuit.

Tout est sérieux dans ce récit. Les personnages épisodiques de Cécile de Rochemore et de Lardillon prêteraient seuls à sourire, s'ils n'étaient eux-mêmes des acteurs de la tragédie. Anatole France a donc utilisé ses sources en conséquence. Il opère des « collages », parfois textuels, mais rapprochés et commentés de telle sorte que leur signification devienne patente. Ainsi, dans la description des préparatifs du Champ-de-Mars, l'inscription menaçante de la bannière des garçons bouchers inspire à Franchot le cri : « Ô fraternité[1] ! », commenté par Duvernay avec une ironie[2] reprise d'un passage de Louis-Sébastien Mercier, comme la description qui précède. Mais le mot de Chamfort se trouve, dans l'ouvrage de Mercier, séparé de la description par trois cent quarante-sept pages. Ailleurs, les tableaux de la vie dans les prisons, empruntés à Dauban, sont mis en œuvre d'une manière dramatique qui n'est pas le propre (ni d'ailleurs le projet) des récits des anciens détenus qu'on trouve dans *Les Prisons de Paris*. Le courage de la frivole

1. Voir p. 1033.
2. « Est-il convenable de dire : sois mon frère ou je te tue ? » (P. 1033.)

Cécile de Rochemore, la sublimité de Fanny émeuvent le lecteur. De même, le refus de s'évader du marquis de Custine, transporté à Fanny, s'entoure d'harmoniques que le récit d'Astolphe de Custine ne peut, pour de bonnes raisons, faire entendre au lecteur. Marcel Germain va tout faire pour rejoindre Fanny en prison, et ils seront guillotinés ensemble. Il s'en faut que Delphine de Custine, la future « Muse » de Chateaubriand et de quelques autres, ait poussé l'amour aussi loin !

Si l'on veut concevoir nettement ce qui distingue le plagiat de l'emploi des sources tel que le pratique Anatole France, il n'est qu'à comparer la version de l'épisode où un proscrit est caché entre deux matelas dans « Le Petit Bonhomme » à celle des « Autels de la peur ». Ce n'est plus le maître de danse M. Alcide qu'il s'agit de cacher, mais le philosophe Franchot, qui, loin de prêter à sourire, attache par la sincérité de ses croyances. Fanny n'est point la légère Mme Danger. Puis l'anecdote est retouchée et en reçoit un tout autre sens : afin que les révolutionnaires ne s'étonnent pas de la voir au lit, Fanny demande à Marcel de s'y mettre avec elle, et de feindre qu'il est son amant. Il y a là une immolation de sa pudeur qui n'est nullement dans le texte de Mme Elliott, et qui rappelle plutôt le passage du *Chevalier Des Touches*[1] de Barbey d'Aurevilly où Aimée de Spens sauve la vie de Des Touches caché chez elle, en se déshabillant devant lui, tous rideaux ouverts, afin que les Bleus croient qu'elle est seule. Dans « Les Autels de la peur », il faut songer en outre au supplice que représente cette feinte pour Marcel Germain, amoureux de Fanny.

Les raisons pour lesquelles Anatole France ne reprit pas son œuvre en volume n'ont jamais été expliquées par lui. On voit bien que *Les dieux ont soif*, où certains personnages secondaires (Mme de Rochemore notamment) ont été réutilisés, est absolument différent par les personnages principaux et l'intrigue. Les seules reprises sont celles qui ont été faites dans *L'Étui de nacre* : il est possible, par l'étude des coupures et variantes, de discerner les raisons pour lesquelles Anatole France abandonna le projet du volume. Tout d'abord, l'intrigue des « Autels de la peur » est abandonnée dans la continuité qui la rendait touchante. Le personnage d'André Chénier disparaît, car aucune allusion à son œuvre n'est plus faite, sauf, dans la nouvelle « Madame de Luzy », l'expression de « brouillons faméliques », qu'on n'identifie que si l'on a de ses écrits une connaissance très particulière. Le héros masculin des nouvelles se nomme Germain, puis André; il n'est point nommé dans « Anecdote de Floréal, an II », ni dans « La Perquisition », et c'est lui qui, dans « Madame de Luzy », raconte l'anecdote. Pareille variété dans les noms de l'héroïne : Sophie, Pauline de Luzy, Fanny, Julie.

1. Publié en 1864, chez Michel Lévy.

Le roman de 1884 se transforme donc en une série d'anecdotes, modifiées en outre, sauf en ce qui concerne « L'Aube » qui correspond au chapitre 1 des « Autels de la peur ». Le proscrit caché entre deux matelas n'est plus un ami de l'héroïne, et nous ne connaissons pas ses opinions : c'est « Planchonnet, le vieux philosophe qui habitait la maison voisine ». La description des états d'âme de Fanny en prison est notablement écourtée. Surtout, des chapitres entiers des « Autels de la peur » manquent : préparatifs de la fête de la Fédération (dont une partie se retrouve dans « Mémoires d'un volontaire »), déposition de Fanny devant le Tribunal révolutionnaire, découverte par Marcel de l'arrestation de Fanny, réunion des amants en prison et mort des amants.

Avec le morcellement du roman en nouvelles, disparaît d'abord un type de héros chaste et mené psychologiquement par une femme, dont Anatole France, visiblement, ne veut plus après les débuts de sa liaison avec Mme de Caillavet. Désormais, les chastes de son œuvre sont des insatisfaits comme Paphnuce, des fanatiques comme le Gamelin des *Dieux ont soif*. Jamais plus ils ne sont sympathiques[1] : ils correspondent aux complexes qu'Anatole France a cessé de nourrir, et cela seul expliquerait que l'écrivain n'ait pas repris le roman. D'autre part, celui-ci semble décidément être devenu trop « réactionnaire » pour lui. Non certes que France ait cessé de se prononcer contre la Terreur; mais l'éclatement en nouvelles, les suppressions, font que nous tirons de notre lecture une impression bien moins tragique. Ce qui concourt encore à cette atténuation, c'est qu'Anatole France a « cassé » l'émouvante « Anecdote de Floréal, an II », en la faisant suivre par « La Perquisition », récit d'un heureux hasard où les jacobins sont mystifiés, et qui termine l'ensemble des nouvelles. Il faut noter encore que les préoccupations de politique extérieure ne sont plus absentes de la série de nouvelles sur la Révolution, puisque « Mémoires d'un volontaire » intègre précisément à l'ensemble la politique de défense de la République.

Ces « Mémoires d'un volontaire » sont évidemment d'une composition contemporaine d'articles dans lesquels Anatole France, dans *Le Temps* de 1887, rendit compte du livre de Lucien Pérey sur l'*Histoire d'une grande dame au dix-huitième siècle*, et parla du chevalier de Florian et de Lacretelle. Il construisit l'enfance de son héros à partir des *Mémoires d'un père* de Marmontel, dont il avait parlé avec éloge dans un article du *Temps* du 20 mars 1887, « À propos du *Journal* des Goncourt ». La première version de sa nouvelle, qui parut dans *La Revue de famille*, en démarque même toute une page. Anatole France

1. Mettons à part d'Astarac, de *La Rôtisserie de la reine Pédauque*. Encore cet illuminé se croit-il l'objet des faveurs des Salamandres.

a resserré ses emprunts, et a orienté à sa propre guise l'ensemble de ses sources, auxquelles il faut ajouter le livre de Louis-Sébastien Mercier sur Paris pendant la révolution. Son héros n'a pas, dans son enfance, surmonté les mêmes difficultés que Marmontel, et il ne connaît pas non plus les mêmes traverses dans ses études et ses débuts dans la société parisienne. Il n'a pas, en prenant ses fonctions auprès du duc de Puybonne, l'acquis mondain que Jacques Lacretelle, issu d'une bonne famille, possédait quand il entra chez le duc de Liancourt. Le personnage de Florian a été distribué entre M. Mille, secrétaire du duc, et le chevalier de Saint-Ange; Sophie Le Sénéchal et sa mère ont été poussées au type, en devenant la sentimentale Mme Berthemet et l'ingrate Amélie. En toile de fond, une série de personnages absents des sources principales d'Anatole France apparaissent, et font vivre le Paris de la Révolution : l'ignoble Joursanvault[1], le barbier Larisse, les membres de la section des Postes.

Toutes ces modifications nous présentent dans le héros de la nouvelle un jeune homme d'une agréable naïveté, spontané dans ses sentiments et ses actions, une sorte de Candide, assurément opposé à la Terreur, mais patriote, et rejoignant des officiers royalistes dans la défense déterminée de nos frontières. Ce n'est plus du tout l'esprit des « Autels de la peur ». Il s'agit maintenant de montrer que ce sont les éléments les meilleurs de l'ancienne France qui ont préservé et construit la nouvelle, tandis que la Terreur fut l'œuvre de théoriciens pris de folie. Dans une France agitée par le scandale des décorations et le boulangisme, Anatole France, résolument antiparlementaire, s'alarme des périls que fait courir à la France le fanatisme de certains. Mais il incline à insister sur la continuité des vies personnelles et de la vie collective de la nation, plus que sur les massacres de la Terreur. C'est l'acquisition d'une sorte de sagesse qu'il souhaite à son pays, plus que l'entretien des rancunes. Le 4 mai 1889, au moment où se préparaient les fêtes du centenaire de la Révolution, il écrit dans *L'Univers illustré* : « La Révolution fut laide quand elle ne fut pas horrible; parfois sublime, *jamais jolie [...]. Ces hommes étaient* surtout candides. Je dirais même qu'ils étaient gobeurs. La Révolution a été faite par des emballés. » Et de citer l'introduction qu'il a écrite au *Guide de Fontainebleau* de Pfnorr : il faut « respecter, admirer, aimer l'ancienne France [...] Nous croyons trop aisément que la France ne date que de la Révolution. Quelle erreur détestable et funeste ! C'est de la vieille France que la nouvelle est sortie. Ne serait-ce que pour cela, il faudrait la chérir. Il n'y a de salut pour nous que dans la réconciliation de l'ancien esprit et du

1. Anatole France a repris le nom bu baron de Joursanvault, protecteur du peintre P.-P. Prudhon, lui-même peintre et musicien, en le donnant à un personnage bien différent.

nouveau. » Anatole France affirme la « continuité de l'esprit français à travers tous les régimes qu'une illusion nous montre opposés entre eux, mais qui, en réalité, sortent naturellement, nécessairement l'un de l'autre ».

Le charme des « Autels de la peur » est celui d'un été de la Saint-Martin : amours et générosités s'épanouissent comme des fleurs tardives, promises à la mort. Au contraire, les corrections apportées aux nouvelles de *L'Étui de nacre* et leur juxtaposition aux « Mémoires d'un volontaire » orientent le lecteur vers des virtualités : le volontaire, comme la jeune femme dont on fouille l'appartement, continueront à vivre, et c'est leur existence quotidienne qui prend la plus grande importance. La trame des travaux et des jours n'a qu'un rapport circonstanciel, et non essentiel, avec les grands événements qu'a retenus l'histoire. Ainsi France rapporte-t-il dans *L'Univers illustré* qu'il a connu un bouquiniste qui « se rappelait la nuit du 8 au 9 thermidor. Cette nuit-là il avait dansé dans un bal public avec une jeune blanchisseuse, une brunette très vive... Oh ! cela, il ne l'avait pas oublié. Mais de la chute de Robespierre, point de nouvelles[1]. » Cet esprit est proche de celui que l'écrivain allait faire prévaloir dans *Les dieux ont soif*. Mais l'éclairage des récits porte, non point sur le terroriste, mais sur les hommes et les femmes de cette société du XVIIIe siècle dont France regretta toujours la disparition. Voluptueuse et tolérante, elle avait de quoi lui plaire, en des temps où il déplorait le nivellement dans la vulgarité que, sous le nom de démocratie, l'on imposait selon lui en France, par le moyen d'un régime parlementaire où l'affairisme le disputait à la nullité intellectuelle.

« Tu es un merveilleux conteur, tu seras quand tu voudras le plus admirable des historiens », écrivit à Anatole France Mme de Caillavet[2] à propos de son article sur *La Tentation de saint Antoine*, le 19 septembre 1889. Historien, Anatole France voulait l'être avec l'époque révolutionnaire, et avec cette vie de Jeanne d'Arc dont il faisait annoncer en 1890 qu'il la préparait[3], tout en publiant de nombreux articles sur le milieu de visionnaires qui provoqua et permit en quelque sorte sa venue (le « petit berger » par exemple[4]) et les croyances superstitieuses de Lorraine qui expliquent la naissance en Jeanne d'Arc d'une aptitude au merveilleux[5]. Il ne fait aucun doute que ces études,

1. *L'Univers illustré*, 8 septembre 1888.
2. Manuscrit appartenant à M. Ph. Delattre.
3. *André Maurel, Revue bleue*, 11 janvier 1890, « Autour de Jeanne d'Arc », écrit tout son article sur la *Jeanne d'Arc* de Barbier, *qu'on vient* de représenter, sous forme de causerie avec Anatole France, « qui, on le sait, prépare depuis longtemps une histoire de la Pucelle ».
4. *La Revue de famille*, 15 janvier 1890, p. 161-173, « Un émule de Jeanne d'Arc — le petit berger ».
5. *La Revue de famille*, 1er avril 1890, « Jeanne d'Arc et les fées », p. 34-42 ; *ibid.*, 15 novembre 1890, p. 330-343, « Merlin l'enchanteur et la vocation

conduites après les attaques menées par le R.P. Brucker et après la querelle du *Disciple*, portent la marque du nouvel esprit d'Anatole France. Il s'inquiète de l' « intelligence trouble », et de l' « idéalisme vague » qu'il croit reconnaître dans la jeunesse contemporaine. « Nos fils ne nous ressemblent pas [...] ils nous sont mille fois inférieurs par l'audace intellectuelle. » La jeunesse actuelle, dit France, se rattache à ceux qui tentent de dissiper ses craintes morales, en assurant que les valeurs chrétiennes sont les seules stables et justes : elle suit le vicomte de Vogüé, Brunetière, Émile Faguet qui pense tant de mal du XVIIIe siècle parce qu'il était sceptique[1]. Peu de mois après, il revient sur la question, vitupère la « religiosité équivoque et fuyarde » qui est celle de cette génération, et s'écrie : « Si la bonne nouvelle qu'on nous apporte n'est que le vieil Évangile et l'humble catéchisme, il ne convient pas de l'annoncer avec tant de mystère[2]. » S'il reconnaît le charme de ceux qui prêchent le retour à l'ignorance et à l'instinct non contrôlé par l'intelligence, Teodor de Wyzewa[3] ou le Barrès de *L'Ennemi des lois*[4], il n'en discute pas moins leur position, dans laquelle il démêle le danger d'un retour au primitivisme, qui n'est nullement paradisiaque. L'homme est un carnassier cruel à l'origine, et non un innocent. Les sauvages sont plus malheureux que nous. Aussi Anatole France revendique-t-il fermement le droit d'exercer la pensée, et, s'il estime que la science ne doit pas devenir une religion, étant porteuse de vérités toutes relatives, il proclame qu'il lui voue « un amour vif, inquiet et toujours irrité ».

L'étude qu'il donne de Jeanne d'Arc est une étude qui nie la singularité miraculeuse de la mission de la Pucelle, pour la replacer en un temps où les « missionnés » n'étaient pas rares, puisqu'ils nourrissaient leurs rêves aux sources populaires d'un merveilleux mi-chrétien, mi-païen. Jeanne d'Arc est donc l'objet d'une enquête scientifique, qui explique par les dispositions psycho-pathologiques de tout son temps la croyance de la jeune fille en ses voix. Anatole France se refuse à professer à son endroit ce mysticisme vague dont il fait grief à ses contemporains, et même il entreprend de le détruire. Son scepticisme à l'égard des croyances populaires qu'il rapporte est indiscutable. Mais il reconnaît en même temps leur charme, et la naïveté gracieuse de ceux qui, au XVe siècle, les professaient.

de Jeanne d'Arc », et *Le Temps* du 12 janvier 1890, « Sur Jeanne d'Arc », *VL*, III.

1. *Le Temps*, 30 mars 1890, « La Jeunesse nouvelle — Voltaire et M. Émile Faguet », *VL*, VI.
2. *Le Temps*, 18 mai 1890, « À propos du banquet donné par l'association des étudiants » ; *VL*, VI.
3. *Le Temps*, 10 et 17 juillet et 4 décembre 1892, « Un nouvel Évangile — Jésus à Paris », *VL*, V.
4. *Le Temps*, 22 janvier 1893, « Utopie — Maurice Barrès, *L'Ennemi des lois* », *VL*, V.

De ces études sur Jeanne d'Arc sont sortis les contes relatifs au christianisme de *L'Étui de nacre.* Ils sont de deux sortes. Les uns sont des récits tout unis et tendres de légendes; les autres comportent un double sens, chrétien et païen, et une vision ironique. Au premier groupe appartient « Le Jongleur de Notre-Dame », né de quelques lignes de Gaston Paris, « miracle » à la louange de la foi des simples, et les légendes des saintes Oliverie et Liberette et de sainte Euphrosine. Celles-ci montrent bien comment Anatole France utilise ses sources, en les remaniant pour éviter des traits qui choqueraient le lecteur contemporain, et pour mieux le toucher. La légende de sainte Euphrosine est « de la famille » de la légende de Thaïs. Anatole France l'a sans doute rencontrée lors de ses recherches pour son roman. Elle est brève et tout orientée vers l'édification. Anatole France a beaucoup développé le portrait de la jeune Euphrosine, qu'il fait aussi « savante » que sainte Catherine sa compatriote, et il a multiplié les traits de mœurs qui situent la scène : énumération des richesses de Romulus, dialogues aux archaïsmes discrets. Des modifications apportées au récit des bollandistes donnent à celui d'Anatole France familiarité et tendresse : la mention du chien qui n'aboie pas lors de la fuite de sa jeune maîtresse; les morts concomitantes d'Euphrosine, de son père et de son fiancé devenus moines tous les trois, alors que la légende primitive ne se soucie plus du fiancé et fait mourir le père dix ans après sa fille. D'autres traits prêtent à sourire (sans méchanceté d'ailleurs) comme l'insistance qu'apporte l'abbé du couvent à recommander à Euphrosine, costumée en garçon, d'éviter à tout prix que les femmes approchent du monastère. Tout est ici vivant et propre à satisfaire les amateurs de beaux miracles. De même, l'histoire des saintes Oliverie et Liberette transforme une chronique obscure et désordonnée en un gracieux conte, dans lequel aucun détail n'éloigne d'un univers courtois. Cette chronique, Anatole France l'a trouvée dans la mouvance de ses recherches sur Jeanne d'Arc : saint Bertauld est un des épigones de saint Rémi, et le pays porcien, en Ardennes, est proche de Reims. Le cartulaire primitif donne à Bertauld tout un passé de pèlerin qui est négligé par Anatole France, et un compagnon, saint Amand, qui n'apparaît point chez lui, non plus que le lion très doux qui mena le futur saint dans la forêt des Ardennes, puis à Reims. En revanche, le cygne qui conduit la barque de Bertauld, chez Anatole France, le transforme en quelque Parsifal attendu par les deux jeunes filles, qui sont au centre du récit, alors que le cartulaire les mentionne très brièvement. À ce propos, il faut bien noter que si les contes qui concernent Euphrosine et elles gardent constamment un ton pieux, ils ont été orientés délibérément dans le sens de la description, du triomphe de la féminité gracieuse. Euphrosine est comparée à « l'enfant Éros » par le vieillard

Porou. Anatole France, qui a ajouté ce trait au récit des bollandistes, s'est bien gardé de lui reprendre une des ruses d'Euphrosine déguisée, qui se présente au monastère comme un eunuque qui vient de se convertir, afin de ne point étonner l'abbé par sa voix ! Quant à Oliverie et Liberette, il leur a attribué des psychologies, fait connaître des aventures dont le récit primitif ne fait pas mention. Ces trois saintes vivent et meurent jeunes, donc belles, chez notre écrivain. Le cartulaire ardennais se tait là-dessus. Quant à Euphrosine, les bollandistes la font mourir après trente-huit ans passés au couvent : pas plus que pour Thaïs, ce n'est admis par Anatole France. On respire donc dans ces contes une *odor di femina*, aussi pieuse que l'on voudra, qui est fort propre à l'art francien.

Elle se charge de volupté dans « La Messe des ombres », dont le récit primitif, recueilli par Bladé, a été retouché par France. D'abord, son simple conteur est longuement, pittoresquement présenté. Ensuite, l'héroïne n'en est plus une veuve qui voit les ombres des morts, mais une fille qui connut les faiblesses de l'amour, et qui, par permission spéciale de Dieu, revoit l'ombre du jeune seigneur qu'elle aima. Tout le sens du conte en est changé : cette messe qui permet aux âmes du Purgatoire de revoir ceux qu'elles aimèrent dans le péché évoque le Dieu de Madeleine, de la Samaritaine et de la femme adultère, ce Christ doux aux péchés d'amour, qu'Anatole France a toujours dépeint avec prédilection. D'un conte de fantômes, il fait une légende d'indulgence aux voluptés mortes. Encore pourrait-elle passer pour « orthodoxe ».

Il n'en va pas de même d' « Amycus et Célestin », ni de « Scolastica ». Le premier de ces contes insinue que le culte du Soleil s'est glissé dans celui du Christ ressuscité, et qu'un chèvre-pied a été élevé au rang des saints. Un conte de Paul Arène[1] en disait autant; il se terminait par une attaque contre l'Église contemporaine, qui efface, au profit d'un saint « officiel », le culte naïf et local rendu au dieu Pan. Anatole France n'a garde de s'expliquer aussi personnellement. Il maintient son récit tout entier aux époques lointaines de la rencontre *entre l'ermite et le chèvre-pied*, et de leur commune canonisation. C'est la douce atmosphère de naturel et d'amour attachée au paganisme qui fait pencher le conte vers les fées, les arbres et les Éros d'argile. Encore ne voit-on pas, comme dans *La Sorcière* de Michelet, le prêtre chrétien en persécuteur de ces divinités menues. Sans cesse vaincu et tenté par elles, il finit par instaurer lui-même le malentendu qui les fait entrer dans le culte orthodoxe. Il est pris à leur piège gracieux, et cette maldonne emplit de malignité tout le récit d'Anatole France. Dans « Scolastica », on ne quitte pas non plus le temps passé;

1. « La Mort de Pan », dans *La Gueuse parfumée* (Lemerre, 1876).

France a pratiqué là, pour détourner le sens premier de la légende, la méthode de la juxtaposition. Le début de son récit est fidèlement emprunté à Grégoire de Tours, parfois jusqu'au « collage » de phrases entières. Seulement, France fait mourir jeune Scolastica, qui, chez le pieux annaliste, vivait « de longues années » en état de chasteté auprès de son époux. Le phantasme de la belle morte, si fort dans *Les Désirs de Jean Servien* et *Thaïs*, reparaît ici, atténué autant que l'on voudra, mais assez voluptueux pour engendrer l'autre partie du conte : le rosier que les chrétiens jugent miraculeux, en le voyant unir les tombes des époux, est le signe païen des jouissances perdues. Horace prend le relais de Grégoire de Tours, grâce à un poème païen dont Anatole France monte en épingle le caractère de *faux*.

Il revendique ainsi pour son compte l'ironie du détournement. Mais il fait aussi connaître une des ambiguïtés majeures de sa pensée à propos de l'histoire. *Le Crime de Sylvestre Bonnard* rejetait la possibilité d'une histoire scientifique; par la suite, France demeura fidèle à l'idée que la faiblesse, mais aussi la gloire et le charme de l'histoire sont dans le caractère incertain et opaque des vies humaines dont elle rend compte. Ici, le doute à l'égard de la possibilité même de faire revivre le passé prend une autre forme; France avait commencé à l'exprimer dans la « Note sur un point d'exégèse » qui suit « Læta Acilia »; il l'explicite à la fin de « Sainte Euphrosine », et en fait, à la fin de « Scolastica », l'ironique démonstration. C'est que les documents qui sont parvenus à notre connaissance sont incomplets, interprétables de plusieurs manières, et tous déformés d'emblée par les crédulités et superstitions du temps où ils furent écrits. Les recherches d'Anatole France sont celles d'un érudit; mais l'érudition est toujours, à ses yeux, frappée d'ambivalence, et ceux qui la professent encourent le ridicule s'ils la prennent au sérieux. Plus il étudie Jeanne d'Arc, plus il est frappé par cette pensée : son rôle d'historien porte en lui cette contradiction majeure, qui s'épanouit en 1908 avec la publication successive de la *Vie de Jeanne d'Arc* et de *L'Île des pingouins*. Plagiaire d'André Chénier, curieux de la destinée de faussaires aussi heureux que Vrain-Lucas, France sait à quoi tient la transmission de l'événement. Le contresens et la partialité y jouent un rôle majeur.

De là ces doublures légendaires que sont les contes écrits en marge de l'histoire de Jeanne d'Arc. De là ce « conte pour le jour de Noël » qu'est « Le Procurateur de Judée ». Il se place dans un exercice de pensée très particulier à France, qui est la méditation sur les calomniés de l'inconscient collectif. Cette méditation va de Macbeth au capitaine Dreyfus, en suivant les mêmes chemins. Sur Macbeth, France a déjà écrit[1] quand il

1. *Le Temps*, 3 mars 1889, « Le Vrai Macbeth », *VL*, VI.

entreprend de parler de Ponce Pilate. Il a montré que le roi d'Écosse fut « habile et juste » selon les documents qui nous sont parvenus, qu'il « fit respecter la loi », fut grand aumônier et plein de révérence envers la sainte Église. « Tel est le vrai Macbeth. En vain l'histoire le défend : la légende et la poésie l'ont voué à une éternelle exécration. » Il s'agit bien de constater les minces moyens de persuasion que détient la critique érudite, par rapport à l'immense poids des convictions irraisonnées, de caractère traditionnel, transmises de génération en génération. Quand la tradition s'appuie sur la religion, l'erreur judiciaire est sans appel. C'est ce que France démontre à propos de Ponce Pilate, dans un récit qui, passant précisément sous silence tout ce que des siècles religieux ont inscrit dans notre inconscient, entreprend de présenter aussi vraisemblablement que possible le Ponce Pilate de la réalité. L'œuvre a bien entendu une valeur corrosive, parce qu'elle porte sur un mythe vivant, et parce qu'elle est publiée le jour même où l'Occident tout entier fête ce mythe. Mais on passerait à côté de sa signification générale en méconnaissant le paysage mental dont elle fait partie.

Il est à l'opposé de celui de Renan, dont Anatole France était plus proche, quand il exaltait le côté féminin, charmeur, du christianisme. Sans doute la vague contemporaine d'irrationalisme contribue-t-elle à une réaction de notre écrivain contre l'idéalisme de l'interprétation de Jésus. Puis, les révérends pères jésuites avaient assez bien montré ce que cette interprétation avait de trouble chez Anatole France. Elle passait sous silence un aspect de la personnalité de Jésus sur lequel insistait Renan, en le qualifiant de révolutionnaire unissant enthousiasme et sens critique, force et exaltation[1]. Jésus est pour Renan l'expression achevée de l'homme. Il ne l'a jamais été pour Anatole France, qui en fait un Dieu pour femmes malades de l'au-delà. Les catholiques avaient beau s'indigner du Jésus de Renan, expliqué en partie par ses origines galiléennes et ses caractéristiques psycho-physiologiques : il n'en reste pas moins que Renan est, si l'on peut dire, du côté de Jésus, dans lequel il se projette idéalement. Anatole France est du côté du monde antique : personne n'est moins monothéiste ; personne n'est plus enclin à célébrer dans l'Antiquité finissante l'ouverture à la beauté et à la volupté, la tolérance, la large vision de la nature. Assurément il s'inspire de la lecture de la *Vie de Jésus* et des *Apôtres*. Mais il en modifie radicalement l'éclairage, qui, chez Renan, porte évidemment sur Jésus, non pas seulement à cause du sujet même qu'il s'est fixé, mais à cause d'une dilection très forte. Renan ne pourrait admettre l'idée que Jésus ne soit pas apparu, en son temps même, comme un homme exceptionnel.

1. Voir Laudyce Retat, *Religion et imagination religieuse : leurs formes et leurs rapports dans l'œuvre d'Ernest Renan*, Lille, 1979.

S'il s'inspire de Flavius Josèphe pour décrire le gouvernement de Pilate et la toile de fond historique de la vie de Jésus, pour décrire celle-ci, c'est aux Évangiles qu'il a recours. Et à ce que l'on pourrait appeler la « version maximale » des Évangiles. Il retient le long entretien qu'aurait voulu avoir Pilate avec Jésus, version du seul Évangile de Jean, et, tout en le reconnaissant comme peu probable, le songe néfaste qui aurait fait intercéder pour Jésus la femme de Pilate, détail rapporté par le seul Évangile de Matthieu. Parmi les Juifs séditieux et agités de passions religieuses, le Christ se détache. Renan a beau dire que Pilate, bon administrateur, jugeait les Juifs comme « un préfet libéral jugeait autrefois les bas Bretons[1] », il n'en est plus de même, quand il place Jésus devant lui, parce que Jésus ne ressemble pas aux autres. Non que Renan condamne Pilate, qui cherche à sauver Jésus. Non même qu'il pense que l'épisode du prétoire ait marqué la mémoire de Pilate. Mais qu'on relise le récit de cet épisode même, et l'on verra comme il sollicite le lecteur vers la figure prééminente du Christ.

Il n'en va pas de même chez Anatole France, parce que, sur la terre italienne, plus de vingt ans après la mort du Christ, rien n'évoque la condamnation de celui-ci. Elle est tombée dans l'oubli le plus total pour Pilate. Elle n'est rappelée par Lamia que parce qu'il a appris, par hasard, le nom du « jeune thaumaturge galiléen » qu'avait suivi Madeleine, après avoir été sa maîtresse : Madeleine tient beaucoup plus de place que Jésus dans le discours de Lamia, épicurien amateur de femmes. Tout cela est très vraisemblable, et pourtant la fin du conte frappe le lecteur contemporain de stupéfaction, parce qu'elle va à rebours de la connaissance que, lui, il possède de Pilate : cette connaissance n'existe que par rapport à Jésus. Le conte lui donne à soupçonner qu'elle est méconnaissance. Symbole séculaire de la lâcheté devant le juste, Pilate, oublieux de Jésus, reprend une vraisemblance historique que contribue à induire la description du paysage, de la villa, du repas. Reconstitution archéologique, garantissant en somme une reconstitution historique fondée sur le récit de Flavius Josèphe, parfois cité à la lettre, et sur l'idée que nous avons des grands administrateurs romains du Ier siècle. Pilate apparaît comme un homme de probité et de bonne volonté, qui n'est pas étranger aux spéculations intellectuelles de son temps, mais qui possède surtout le sens des bienfaits de la « paix romaine ». Homme de devoir, non sans rigidité, il serait un gouverneur remarquable pour toute autre terre que la Judée. En Judée, il ne « reçoit » pas le langage, les coutumes, les exigences de monothéistes fanatiques. Ce n'est pas seulement parce qu'ils vont contre l'ordre romain. C'est parce qu'à la lettre, il ne les comprend pas :

1. P. 335.

Moïse est à ses yeux « un héros éponyme, ou plutôt un dieu indigète[1] ». Il serait prêt à le placer dans le Panthéon romain avec les autres dieux d'Asie. Mais il n'a pas d'autre code pour déchiffrer le monde que celui-ci, déjà très étendu, mais inadéquat à la mentalité juive. Les intrigues politiques, le hasard de la mort de Tibère en ont fait une victime du devoir. Et, comme l'histoire va basculer, il est incapable d'en prévoir le cours : n'espère-t-il pas qu'on lui rendra justice, après que les séditions juives auront rendu inévitable la destruction de Jérusalem ? Jérusalem a été détruite; Pilate reste en exécration. Il y a maldonne.

Telle est une des significations du « Procurateur de Judée ». Mais il faut encore observer que Pilate n'est pas seul acteur du conte, et que Lamia compte au moins autant que lui. Ernest Renan, écrivant à France le 28 décembre 1891, semble en juger ainsi : « Et votre Lamia ! Quel petit chef-d'œuvre ! Je crois que c'est ce que vous avez écrit de plus profond. La fin surtout est admirable[2]. » C'est Lamia qui suscite et commente les souvenirs de Pilate, comme un double de l'auteur. Il est en effet très proche d'Anatole France par son goût de la volupté, son épicurisme philosophique, son indépendance vis-à-vis de l'État. Il nous présente le degré de compréhension le plus grand qu'un Romain peut avoir des Juifs : il vénère leurs antiquités, il honore la simplicité et le courage de certains; il subit l'étrange séduction de leurs femmes. Mais lui non plus ne peut prévoir le triomphe du christianisme. Incapable d'ailleurs, par la formation de sa pensée, d'imaginer autre chose que l'arrivée en Italie d'un « Jupiter des Juifs », il n'évoque celle-ci que par plaisanterie, parce que les Juifs semblent, à lui comme à Pilate, très peu aptes à la connaissance des choses divines. En cela, il renforce la signification générale du conte. L'homme le plus intuitif ne peut tirer aucune loi pour l'avenir de sa connaissance du présent. L'histoire est d'une opacité invincible. Et, comme elle est aussi dédaignée par le tout-puissant instinct, elle apparaît comme deux fois vaine à l'historien qui, d'autre part, a eu minutieusement recours à ses documents pour écrire le conte. *C'est cet amour toujours inquiet*, toujours contredit, pour la vie passée et les moyens de se l'approprier à soi-même, qui est, avec l'ironie anticatholique, le trait principal des nouvelles de *L'Étui de nacre*.

Deux nouvelles d'une autre veine en témoignent, celles qui ont trait à l'occultisme. « Le Manuscrit d'un médecin de village » et « Leslie Wood » doivent être rapprochés des trois contes de *Balthasar*, portant sur le magnétisme et la tradition kabbalique, et prouvent l'intérêt constant d'Anatole France

1. P. 880
2. Lettre jointe au manuscrit du « Procurateur de Judée » de la Bibliothèque nationale, nafr. 10805.

pour des recherches sur « le monde d'à côté », intérêt qui va s'épanouir avec *La Rôtisserie de la reine Pédauque*. Le récit du médecin de village peut recevoir une explication rationaliste : la phrénologie, l'étude des traits de la physionomie, tentent de rattacher les caractères et les intelligences aux caractéristiques physiques des individus. Si donc un petit paysan possède la même physionomie qu'Ampère enfant, il en possède logiquement les dons exceptionnels. C'est la réduplication de physionomie qui est un fait troublant, explicable à la rigueur par le hasard. « Leslie Wood » transporte beaucoup plus nettement le lecteur dans l'étrange, avec les précautions que le conteur fantastique de la fin du XIXe siècle prenait pour le faire admettre. L' « illuminé » est un homme qui s'est montré capable de spéculations politiques et financières, et qui a l'esprit fort net encore, puisqu'il explique le fonctionnement du briquet électrique. Il a pour garant le savant William Crookes, lui-même converti au spiritisme; enfin, il a aimé passionnément et chastement cette morte qui « revient » pour lui afin de réaliser l'union charnelle qui lui était interdite de son vivant. Le conte reste ambigu : son héros est en effet pris d'une « effrayante exaltation » en révélant son aventure. Mais cette ambiguïté même porte témoignage d'un penchant d'Anatole France pour le merveilleux, penchant qu'il montre aussi en rendant compte dans *Le Temps* d'œuvres de Maupassant, de Péladan, de Marcel Schwob. C'est qu'aux yeux d'un sceptique, le possible et l'impossible ne sont pas séparés par une frontière définitive. « Pourquoi non ? » est sa phrase devant les récits qui paraissent fantastiques. Tout en protestant contre l'obscurantisme volontaire, France est tenté par tout ce qui pourrait éclairer la vie humaine, si désenchantée par la science, et si entourée d'obscurités suscitées par la science elle-même. « Rien n'empêche qu'il existe des enfants de l'air, comme il existe des enfants des eaux et des fils de la terre », avait-il écrit à propos du *Horla* de Maupassant[1]. C'est pour examiner et exorciser cette interrogation que France publie ces contes fantastiques, dans un recueil qui peut, à première vue, apparaître comme disparate et formé de nouvelles pour ainsi dire réunies par opportunité. Des traces de retouches y demeurent : par exemple, le héros des « Mémoires d'un volontaire » est transporté du Limousin à Langres, mais sa première origine est mentionnée une fois par M. Mille. Ou bien, le petit soldat de plomb, qui contait l'aventure de Mme de Luzy, est devenu un « héros » de la bataille de Fontenoy; or Anatole France a oublié que, dans ces conditions, il eût été bien âgé pour participer à la prise de la Bastille. Mais c'est là peu de chose. Si on ne peut trouver d'unité temporelle ou thématique à ce recueil, l'unité existe

1. « Les Fous dans la littérature », *Le Temps*, 19 juin 1887, *VL*, I.

bien; il faut la chercher plus loin : c'est le témoignage d'une étape dans la méditation sur l'histoire sceptique et d'un balancement constant entre raison et sensibilité, mystère et reconstitution érudite, solitude de l'homme et recherche d'une instance globalisante.

NOTE SUR LE TEXTE

La Bibliothèque nationale possède le manuscrit du « Procurateur de Judée ». Les autres manuscrits sont inconnus.

Les nouvelles qui forment ce volume ont toutes été publiées dans des journaux : « Le Procurateur de Judée », dans *Le Temps* du 25 décembre 1891; « Amycus et Célestin », dans *Le Temps* du 6 avril 1890; « La Légende des saintes Oliverie et Liberette », dans *Le Gaulois* du 21 octobre 1890; « Sainte Euphrosine », dans *Le Temps* du 29 mars 1891; « Scolastica », dans *Le Temps* du 9 décembre 1889; « Le Jongleur de Notre-Dame », dans *Le Gaulois* du 10 mai 1890; « La Messe des ombres », dans *Le Temps* du 26 décembre 1890; « Leslie Wood », dans *Le Gaulois* du 7 janvier 1890, « Gestas », dans *Le Temps* du 19 avril 1891; « Le Manuscrit d'un médecin de village », dans *Les Lettres et les Arts* du 1er mars 1886; « Mémoires d'un volontaire », dans *La Revue de famille* des 15 mai, 1er juin, 15 juin 1888; les nouvelles qui suivent sont des *disjecta membra* des *Autels de la peur*, ouvrage paru en feuilleton dans *Le Journal des débats*, 2 et 5 mars, 7 et 8 mars, 11, 12, 14, 15, 16 mars 1884; « L'Aube » n'a pas été publiée dans un autre journal à notre connaissance, non plus que « La Mort accordée » ni « La Perquisition »; « Madame de Luzy » parut dans *Le Gaulois* du 29 juillet 1890, et « Anecdote de floréal, an II », dans *Le Gaulois* du 29 août 1890. Enfin, « Le Petit Soldat de plomb » parut dans *Le Temps* du 1er janvier 1890.

Nous indiquons les variantes de *La Revue de famille* par le sigle *RF*, celles du *Temps* par le sigle *T*.

L'Étui de nacre fut publié chez Calmann-Lévy le 28 septembre 1892. Une édition revue et corrigée par Anatole France parut en 1922. La modification maîtresse porte sur la fin du recueil. Dans les éditions précédentes, le conte « Le Petit Soldat de plomb », conformément à l'article paru dans *Le Temps* du 1er janvier 1890, contenait le récit que France en a extrait en 1922 pour former « La Perquisition »; désormais, le soldat conte la bataille de Fontenoy. Le récit de la perquisition, qui, dans sa bouche, comportait une fin désabusée, ne la comporte plus lorsque le récit devient autonome.

NOTES ET VARIANTES

Le Procurateur de Judée

Le manuscrit du « Procurateur de Judée », dédié à Mme Arman de Caillavet, a été légué par celle-ci à la Bibliothèque nationale, où il est classé sous la cote « nafr 10805 ». Il représente un état du texte postérieur à la publication en revue : il ne porte aucune rature et propose déjà la version « le Vésuve riait » au lieu de « le Vésuve fumait » (voir p. 878 et var. *a*). « Le Procurateur de Judée » a été publié dans *Le Temps* du 25 décembre 1891, sous le titre « Conte pour le jour de Noël / Le Procurateur de Judée ».

Page 877.

1. Le quartier des « Esquilies », situé à l'est de Rome, avait été infecté par le cimetière des pauvres qui s'étendait près de l'actuelle porte Saint-Laurent. Auguste en fit concéder les terrains à Mécène par le Sénat; Mécène fit assainir la région et construisit de magnifiques villas et un jardin aux « Esquilies », qui devinrent désormais un quartier riche et tranquille, étant un peu à l'écart de la ville.

2. La loi Julia *De adulteriis*, promulguée par Auguste en 18, autorisait l'accusation non seulement de la part de l'époux, mais encore de tout étranger. Il en résulta bien entendu des délations et des chantages. Cette loi, promulguée pour sauver les mœurs et revenir à l'antique puritanisme romain, n'eut d'ailleurs, semble-t-il, aucun effet sur la corruption générale. Tacite, Sénèque, Horace, Tibulle et Properce en témoignent éloquemment.

3. Tibère mourut le 16 mars de l'an 37 à Misène, dans la villa de Lucullus (passée au domaine impérial) n'ayant pu à cause de sa faiblesse arriver jusqu'à sa retraite de Caprée. Il a laissé à juste titre le souvenir d'un empereur très cruel; mais ces cruautés n'allaient guère au-delà des classes au pouvoir à Rome, et, en ce qui concerne les provinces et le monde romain, il fut en revanche un administrateur très habile et modéré. Son successeur Caïus Caligula marqua beaucoup plus de ses extravagances l'ensemble du gouvernement.

Page 878.

a. dans les profondeurs de l'horizon fumait le Vésuve[1] *T*

1. Ces eaux, qui jaillissaient au pied des collines, soignaient les maladies de l'appareil respiratoire et les rhumatismes. Les ruines des établissements thermaux peuvent encore se voir. La station était tellement à la mode qu'on y dépensait des sommes disproportionnées, établissant des villas qui empiétaient sur la mer. Horace fustige ces mœurs dans son ode XVIII, livre II. On y rencontrait nombre de courtisanes et de femmes faciles. Cicéron, dans le *Pro Caelio*, dit que ces rivages (sur lesquels il possédait lui-même une villa) retentissaient de chants

1. Cette assertion est une impossibilité historique, car l'éruption fameuse du Vésuve n'a eu lieu qu'en 79 de notre ère, et nous sommes vers l'an 57 (Lamia et Pontius ne se sont pas vus depuis vingt ans, Lamia ayant obtenu sa grâce à la mort de Tibère en 37). Rappelons que le Vésuve ne donnait aucun signe d'activité volcanique jusqu'à une première éruption en 63, et ne fut couronné de fumée qu'après la grande éruption de 79.

et de concerts, et qu'ils étaient lieux de festins et d'intrigues amoureuses.

2. Les alcyons, d'après la croyance antique, ne quittaient jamais les flots de la mer et couvaient même leurs œufs sur leur surface, durant les « jours alcyoniens » qui se marquent par un grand calme. Il va de soi que leur présence est incompatible avec les agitations d'une plage à la mode. On se rappellera à leur propos deux poètes chers à France, Virgile, qui au livre I de ses *Géorgiques*, v. 399, évoque les *dilectae Thetidi Alcyones*, et André Chénier qui traduit Virgile dans sa *Jeune Tarentine* : « Oiseaux chers à Thétis, doux alcyons, pleurez » (v. 2).

3. Baïes, station de séjour luxueuse et station thermale, se situait à l'ouest du golfe de Pouzzoles. Au nord de celui-ci s'étendent les champs Phlégréens, qui contrastent avec la végétation luxuriante des alentours (vignes et myrtes), par leur paysage de solfatare et de cendres; au-delà du lac Fusaro et de ce que l'on appelle aujourd'hui la « région des moffettes », de caractère volcanique, on atteignait Cumes, naguère capitale de la Campanie, érigée en colonie militaire sous Auguste, puis en déclin jusqu'à l'époque chrétienne. À vrai dire, s'il existait des ruines à Cumes au temps de Caligula, elles dataient de l'époque grecque et n'étaient pas très importantes : les principaux monuments étaient constamment restaurés, par exemple le temple d'Apollon ou celui de Jupiter. On peut se demander si Anatole France ne fut pas influencé par les descriptions des guides modernes, qui, bien entendu, indiquaient tous que la ville de Cumes n'est plus que ruines. Pour le cap Misène, il domine le paysage de Baïes au sud, avec ses cent soixante-sept mètres d'altitude. Au nord-est, de l'autre côté du golfe, s'élève la colline du Pausilippe, et, à une dizaine de kilomètres de Naples, le Vésuve.

4. Le *De natura rerum* de Lucrèce, également évoqué par l'épicurien Dorion dans *Thaïs*, p. 753, pour son scepticisme à l'égard de toutes les pratiques religieuses.

Page 879.

a. puisque des lettres de change, que tu souscrivis dès ton retour à Rome, me récompensèrent avec usure. / Pontius, je ne me crois pas quitte envers toi par des lettres de change. Mais réponds-moi *T*

1. Césarée, port de Judée au nord-est de Jérusalem, était la résidence du procurateur impérial. Il n'est pas exclu que passe dans les paroles prêtées à Pontius une reminiscence de *Bérénice*, acte I, sc. IV, « Je demeurai longtemps errant dans Césarée » (Racine, *Œuvres complètes*, Bibl. de la Pléiade, t. I, p. 477). Renan, *Les Apôtres*, t. IV des *Œuvres complètes*, Calmann-Lévy, 1949, p. 568-569, donne de Césarée une description qui fait comprendre qu'elle était le séjour préféré des non-juifs, car c'était un grand port tout nouvellement bâti par Hérode, où la proportion des païens était grande, et où l'on ne parlait que la langue grecque.

2. Hérode Antipas fut tétrarque de la Galilée et de la Pérée, de 4 avant notre ère à l'an 39 de notre ère. C'est lui qui fit

périr Jean-Baptiste, et à lui que Ponce Pilate envoya Jésus-Christ pour le juger, d'après Luc, XXIII, 7; Hérode le renvoya à Pilate. Ayant subi une guerre désastreuse, Hérode fut exilé à Lyon par Tibère, en l'an 36.

Page 880.

a. occuper la montagne sainte par des détachements *T*

1. Au-dessous du lac Lucrin, sur la colline, existaient en effet des étuves où l'on utilisait la chaleur des fumerolles soufrées pour soigner les rhumatismes. On les nomme à présent « Étuves de Tritoli ».

2. En Asie Mineure, au sud du Pont, la Cappadoce était un pays de steppes couvertes de pâturages, où vivaient des peuples de pasteurs nomades.

3. Flavius Josèphe raconte cette révolte dans ses *Antiquités Judaïques*, livre XVIII, chap. V, et il est intéressant d'observer comment Anatole France a à la fois suivi et modifié son récit. Nous le citons d'après la traduction d'Arnaud d'Andilly, Le Petit, 1670, *Histoire des Juifs écrite par Flavius Joseph sous le titre de Antiquités Judaïques*, 3e édition, p. 686. « Les Samaritains ne furent pas non plus exempts de trouble. Un imposteur qui ne faisait conscience de rien pour plaire au menu peuple et gagner son affection lui ordonna de s'assembler sur la montagne de Garizim qui passe en ce pays pour un lieu saint, et lui promit de lui faire voir des vases sacrés que Moïse y avait enterrés. Sur cette assurance ils prirent les armes; et en attendant ceux qui devaient les venir joindre de tous côtés pour monter tous ensemble sur la montagne ils assiégèrent le bourg de Tyrathaba. Mais Pilate les prévint : car s'étant avancé avec sa cavalerie et son infanterie il occupa la montagne, les attaqua auprès de ce bourg, les mit en fuite, en prit plusieurs, et fit trancher la tête aux principaux. Les plus qualifiés des Samaritains allèrent ensuite trouver Vitellius alors gouverneur de Syrie et qui avait été consul, accusèrent Pilate devant lui d'avoir commis tant de meurtres, soutinrent qu'ils n'avaient pas seulement pensé à se soulever contre les Romains, et dirent qu'ils ne s'étaient assemblés auprès de Tyrathaba que pour résister à ses violences. Vitellius sur ces plaintes envoya Marcellus son ami prendre le soin des affaires de la Judée, et commanda à Pilate de s'aller justifier devant l'empereur. Ainsi étant contraint d'obéir il prit le chemin de Rome après avoir gouverné dix ans la Judée : mais Tibère mourut avant qu'il arrivât. »

4. Un héros éponyme donne son nom à une contrée. C'est pourquoi Pilate se reprend en qualifiant Moïse de « dieu indigète », terme qui était réservé aux ancêtres mythiques d'une race, et qui prend évidemment valeur de contresens dans un pays à religion monothéiste.

5. La guerre de Troie peut avoir eu lieu vers le XIIe siècle avant notre ère; ce serait donc l'époque de l'arrivée d'Énée dans le Latium, que, selon la légende, venait de civiliser Évandre. On place Moïse vers le XIIIe siècle avant notre ère.

Page 881.

a. dans la brume du soir. En vain je demandai justice à Caïus, son successeur, qui, trop jeune, n'appliquait point aux affaires un esprit naturellement vif et ingénieux. Je n'obtins point un meilleur accueil du Sénat qui, comme tous les grands corps publics, ne peut s'appliquer promptement et à propos aux affaires particulières. Il me fallut *T*

1. Rappelons que la Judée formait alors, depuis Auguste, une sorte de province de la Syrie, qui était sous le gouvernement d'un légat impérial. Les procurateurs étaient soumis au légat pour toutes les questions importantes, car ils représentaient, eux, ceux qui étaient chargés par l'empereur d'administrer en son nom l'armée, les routes, et de faire régner l'ordre. Leurs pouvoirs se combinaient parfois difficilement avec ceux des tétrarques, qui gouvernaient chacun un quart de la province.

2. « Pilate venait d'être suspendu de ses fonctions [lors de la lapidation d'Étienne], ou était sur le point de l'être. La cause de cette disgrâce fut justement la trop grande fermeté qu'il avait montrée dans son administration. Le fanatisme juif lui avait rendu la vie insupportable [...] Lucius Vitellius (le père de celui qui fut empereur) était alors légat impérial de Syrie. Il cherchait à gagner les bonnes grâces des populations [...] Loin de soutenir Pilate dans ses actes de rigueur, il donna raison aux plaintes des indigènes et renvoya Pilate à Rome pour répondre aux accusations de ses administrés (commencement de l'an 36) [...] Vitellius le remplaça provisoirement par son ami Marcellus. » Renan, *Les Apôtres*, *Œuvres complètes*, Calmann-Lévy, t. IV, 1949, p. 556-557.

3. Renan, *Les Apôtres*, éd. citée, p. 557-558 : « Quand Pilate arriva à Rome, il trouva le nouveau règne déjà commencé. Il est probable que Caligula lui donna tort, puisqu'il confia le gouvernement de Jérusalem à un nouveau fonctionnaire, Marullus, lequel paraît n'avoir pas excité de la part des Juifs les violentes récriminations qui accablèrent d'embarras le pauvre Pilate et l'abreuvèrent d'ennuis. »

4. Flavius Josèphe, ouvr. cité, livre XVIII, chap. VIII : « Un peu avant la mort d'Hérode le Grand Agrippa son petit-fils et fils d'Aristobule était allé à Rome; et comme il mangeait souvent avec Drusus fils de l'empereur Tibère il s'insinua dans son amitié » (p. 691). Agrippa connaît des revers, retourne en Judée, puis retourne en Italie où il s'attache à Caïus Caligula, petit-fils de Drusus. Tibère étant mort au terme d'un règne de plus de vingt-deux ans, Caïus combla de faveurs Agrippa et le fit tétrarque de Syrie.

Page 882.

a. en faisceaux dans la tour Antonia *T*

1. « Centre d'une grande fermentation populaire, Jérusalem était une ville très séditieuse et, pour un étranger, un insupportable séjour. Les exaltés prétendaient que c'était chez le nouveau procurateur un dessein arrêté d'abolir la loi juive. Leur fanatisme étroit, leurs haines religieuses révoltaient ce large sentiment de justice et de gouvernement civil que le Romain le plus médiocre portait partout avec lui. Tous les actes de Pilate qui nous sont connus le montrent comme un bon administrateur [...] Les Juifs devaient lui paraître des gens arriérés; il les

jugeait sans doute comme un préfet libéral jugeait autrefois les bas Bretons. » (Renan, *Vie de Jésus*, t. IV des *Œuvres complètes*, Calmann-Lévy, 1949, p. 335.)

2. Flavius Josèphe, *Histoire des Juifs*, livre XVIII, chap. IV, rapporte que Pilate fit apporter à Jérusalem, des quartiers d'hiver de Césarée, des enseignes à l'effigie de l'empereur, que les Juifs les refusèrent et qu'ils s'offrirent aux coups des soldats plutôt que de revenir sur leur Loi. Sur quoi Pilate, plein d'admiration pour eux, ordonna qu'on fît retirer les troupes à Césarée : la version d'Anatole France est ici différente (*Histoire des Juifs*, traduction d'Arnaud d'Andilly, p. 683).

3. « La tour Antonia, quartier général de la force romaine, dominait toute l'enceinte et permettait de voir ce qui s'y passait. » (Renan, *Vie de Jésus*, éd. citée, p. 217.)

4. Les licteurs étaient chargés de faire respecter l'ordre devant les consuls et les hauts magistrats. Ils étaient pour cela armés d'une longue baguette, « virga », avec laquelle ils écartaient la foule, et qu'ils pouvaient également utiliser comme arme contre des séditieux.

Page 883.

1. Les grives étaient engraissées en volière, ainsi que les becfigues. C'est Lucullus qui avait lancé cette mode. L'élevage des huîtres, considérées comme une délicatesse du repas (Pline, XXXII, 59), fut pratiqué dans le lac Lucrin dès avant la guerre des Marses. La lamproie était très estimée aussi, surtout la lamproie de mer, plus grande que celle de rivière. Le repas ici décrit est certes un repas fin, mais, étant donné les habitudes romaines, ce n'est pas un repas de luxe. On multipliait les plats au cours de ceux-ci, et on les épiçait beaucoup, en les relevant d'ornements. Le banquet de *Thaïs* en donne un exemple qui demeure encore dans le bon goût. (Voir n. 3. p. 790.)

Page 884.

1. Il s'agit d'un pont formé de bateaux liés ensemble et couverts d'un terre-plein, que Caligula fit bâtir au sud de Pouzzoles et qu'il traversa à cheval et en char, revêtu de la cuirasse d'Alexandre, avant de s'enivrer et de s'amuser à jeter à la mer les personnes de sa suite.

2. Agrippa fit abattre la forêt qui entourait le lac d'Averne, et, par un canal et un tunnel, il relia les eaux du lac à la mer et au lac Lucrin; celui-ci était célèbre pour ses parcs à huîtres. (Voir n. 1, p. 881.)

3. C'est le sens étymologique et technique du terme : machiniste, « inventeur de machines ».

4. Flavius Josèphe, *Histoire des Juifs*, éd. citée, n. 1, p. 9, raconte ce refus par les Hiérosolymites d'un aqueduc. Mais Josèphe ajoute que Pilate fit battre les séditieux comme les non-séditieux par les soldats, et que la sédition s'apaisa au prix de morts et de blessures.

Page 885.

1. Renan, *Vie de Jésus*, éd. citée, p. 334, indique que le

prétoire était l'ancien palais d'Hérode, près de la tour Antonia. « On était au matin du jour où l'on devait manger l'agneau pascal [...] Les Juifs se seraient souillés en entrant dans le prétoire et n'auraient pu faire le festin sacré. Ils restèrent dehors. Pilate, averti de leur présence, monta au *bima* ou tribunal situé en plein air, à l'endroit qu'on nommait *Gabbatha* ou, en grec, *Lithostrôtos*, à cause du carrelage qui revêtait le sol. »

2. Pessinonte était une ville de Galatie, capitale de la Galatie IIe, dont le temple de Cybèle possédait une statue que l'on disait tombée du ciel. On adorait Cybèle sous le nom de « Grande Mère ». La Morimène et la Cilicie, proches de Taurus, tout comme la Syrie, avaient été en proie à des invasions et agitations de toutes sortes jusqu'à ce que Pompée leur apportât, avec la conquête, la *pax romana* qui régnait aussi sur Antioche et Apamée, villes capitales situées au bord de l'Oronte, et Palmyre, proche de l'Euphrate, qui, elle, avait un statut de demi-indépendance.

3. Matthieu, XXII, 16-22, Marc, XII, 13-17, Luc, XX, 20-26, mentionnent en effet, parmi les questions captieuses posées à Jésus par les pharisiens et les hérodiens, celle-ci : faut-il payer le tribut à César ? Quant au service militaire, il posait aux Juifs des questions insolubles et incompréhensibles du reste pour les Romains : on y adorait César comme une divinité, on portait dans l'armée des effigies de l'empereur; en outre, aux yeux des Juifs, la nourriture réglementaire y était impure.

4. Renan, *Les Apôtres*, éd. citée, p. 557, indique que le légat impérial, Lucius Vitellius, « cherchait à gagner les bonnes grâces des populations, et il fit rendre aux Juifs les vêtements pontificaux qui, depuis Hérode le Grand, étaient gardés dans la tour Antonia »; il envoya dans le même temps Pilate à Rome, pour répondre aux plaintes de ses administrés.

Page 886.

a. sacrilège. Je ne sais ce qu'il advint de cette affaire, qui, comme tu le penses, m'intéressait fort peu. Mais je crois T

1. Il s'agit de la Pierre noire de Pessinonte, en Asie Mineure, concrétisation de Cybèle. Elle était l'objet de la vénération des Phrygiens. Les Romains la transportèrent en grande cérémonie sur le Palatin, au IIIe siècle de notre ère : preuve de l'influence sur eux des cultes orientaux.

2. Pontius Pilatus conte à sa manière le fameux épisode des marchands chassés du temple par Jésus, que l'on trouve dans Matthieu, XXI, 12-13, Marc, XI, 13-17, et Luc, XIX, 45-46. Rappelons que la colombe était l'oiseau sacré d'Aphrodite.

3. Chacun sait que le culte à mystères d'Isis connut sous l'Empire, à Rome, une vogue considérable. On se reportera, en ce qui concerne la Bonne Déesse des Syriens, au passage du manuscrit de *Thaïs*, supprimé par Anatole France, qui présente, à l'imitation de Lucien, les prêtres de la Bonne Déesse (voir p. 1366). Quant à Anubis, ce dieu psychopompe était lui aussi adoré à Rome; on le représentait avec la tête d'un chacal aux oreilles dressées tout droit, ce qui lui vaut dans la suite du discours de Pilate la désignation de « Jupiter cornu ».

4. Cette histoire de la jeune dévote d'Isis qui fut trompée,

au prix d'une grosse somme d'argent, par les propres prêtres de la déesse, se trouve dans Flavius Josèphe, ouvr. cité, n. 1, p. 9 et p. 684. Les prêtres firent passer auprès de la jeune femme le chevalier Mundus, amoureux d'elle, pour le dieu Anubis. Le subterfuge se découvrit, et les prêtres furent crucifiés par ordre de Tibère.

Page 887.

1. « Le procurateur Pontius, surnommé Pilatus [...] n'avait eu jusque-là aucune relation avec la secte naissante. Indifférent aux querelles intérieures des Juifs, il ne voyait dans tous ces mouvements de sectaires que les effets d'imaginations intempérantes et de cerveaux égarés. » (Renan, *Vie de Jésus*, p. 335.)

2. Cette expression indique les emblèmes de l'autorité romaine, que les licteurs portaient devant les magistrats : verges, et haches entourées de faisceaux.

3. On voit en effet dans les Évangiles que Pilate, représentant aux Juifs que Jésus est innocent, tente de le libérer : mais, en tumulte, les Juifs exigent la condamnation de Jésus et la libération du criminel Barrabas (Matthieu, XXVII, 15-25 ; Marc, XV, 6-15 ; Luc, XXIII, 13-25).

Page 888.

1. C'est en l'an 70 de notre ère que ce souhait de Pontius Pilatus se réalisa : Titus et Vespasien détruisirent Jérusalem, et l'arc de Titus, sur le Forum romain, commémore la prise comme butin des instruments du culte du temple de Jérusalem. Celui-ci fut incendié et les murailles de la ville rasées, après un siège de cinq mois. Pilate ne connut donc pas la chute de cette ville à propos de laquelle il profère son « *delenda est* ».

2. *Namque sub Oebaliae memini me turribus arcis...* (« Je me souviens ainsi d'avoir vu, au pied de la haute ville d'Oebalos... ») Tel est le début du célèbre épisode du « vieillard de Tarente » (*Géorgiques*, IV, v. 125), heureux et sage cultivateur. Tarente a été fondée par les Lacédémoniens, et Oebalos est un ancien roi de Lacédémone.

3. « Chaque jeune fille allait à son tour vers le roi Assuérus, après avoir employé douze mois à s'acquitter de ce qui est prescrit aux femmes : pendant ce temps, elles prenaient soin de leur toilette, six mois avec de l'huile de myrrhe, et six mois avec des aromates et des parfums en usage parmi les femmes. » (Livre d'Esther, II, 12.)

Page 889.

a. qu'on peut nouer avec elles sont de peu de conséquence. *Ce dont je te blâme* *T*

Page 890.

a. Cette note ne figure qu'après les corrections apportées au texte par Anatole France, dans l'édition de 1922. ↔ *b.* galiléen. Il se nommait Jésus ; il était de Nazareth, et il fut mis en croix *T, origin.* ↔ *c.* Jésus, de Nazareth ? *T, orig.*

1. Après avoir lu *Le Problème de Jésus* de Charles Guignebert (Flammarion, 1907) que lui avait communiqué Paul-Louis Couchoud, Anatole France a corrigé « de Nazareth » en « nazaréen », qui signifie « l'obéissant, le saint de Dieu » (P. L. Couchoud, « Monsieur France et les Évangiles », *Le Lys rouge*, hiver 1950, p. 173-182).

2. « Dans sa retraite, Pilate ne songea probablement pas un moment à l'épisode oublié qui devait transmettre sa triste renommée à la postérité la plus lointaine. » (Renan, *Vie de Jésus*, p. 357.)

Amycus et Célestin

Ce conte parut dans *Le Temps* du 6 avril 1890, sous le titre : « Amycus et Célestin / Conte philosophique pour le jour de Pâques ». Il ne contient pas de dédicace. Le texte en est le même que celui de l'édition.

Page 891.

1. Dans *La Gueuse parfumée* (Lemerre 1876), Paul Arène publia un conte intitulé « La Mort de Pan », qui a pu être à l'origine de ce conte. Arène rapporte le récit bien connu de Plutarque, au cours duquel l'équipage d'un navire entend le cri : « Le grand Pan est mort ! » Il dit qu'en Provence, la mort de Pan n'a pas eu lieu, et qu'il a lui-même adoré un « pauvre chèvre-pieds » dissimulant « ses cornes sous une auréole », sous les espèces de saint Pansi, dont la chapelle agreste était gardée par un singulier ermite exerçant en outre la profession de hongreur, et buvant sec. Le culte consistait en offrandes d'aliments; en outre, en se frottant le ventre contre le roc, on acquérait vigueur et fécondité. L'auteur rappelle tous les souvenirs romains que garde le pays, et conclut que le saint local est le dieu Pan, vénéré sur ce même rocher visible de toute la région. L'orthodoxie s'émeut. Rome transforme le culte en culte policé de saint Pie. L'auteur s'écrie : « Pan est mort, bien mort ! », et « une plainte harmonieuse et vague » lui répond : c'est la flûte du vieux hongreur qui confie ses tristesses au soleil couchant.

2. Georges de Porto-Riche, qui avait écrit des poèmes fort conventionnels (Georges Riche, *Prima verba*, Lachaud, 1872), et des pièces peu accueillies du public, accéda tout à coup à la célébrité avec sa pièce psychologique *Amoureuse*, représentée à l'Odéon le 25 avril 1891. Il fréquentait les salons de Mme Straus et de la princesse Mathilde; Proust le connut bien, ainsi que Bourget.

3. « Vers le milieu de la nuit, je passerai au travers de l'Égypte; et tous les premiers-nés mourront dans le pays. » (Exode, XI, 4.)

Page 892.

1. Les rêveries de l'ermite Célestin sur les fées, les arbres

enchantés, les fontaines sacrées et la mandragore qui chante sont inspirées à Anatole France par ses recherches sur Jeanne d'Arc : six jours avant la publication du conte « Amycus et Célestin », dans *Le Temps, La Revue de famille* avait publié son article sur « Jeanne d'Arc et les fées », où l'on trouve les divers éléments de survivance païenne ici mentionnés. On les trouve aussi dans l'article du *Temps* du 12 janvier 1890, « Sur Jeanne d'Arc », *VL*, III. « Tous les cultes païens étaient également superstitieux. Le paysan qui, de nos jours, met un sou dans le tronc d'une chapelle à miracle, qui invoque tel saint pour ses bœufs et ses chevaux, qui boit de certaines eaux dans certaines maladies, est en cela païen. Presque toutes nos superstitions sont les restes d'une religion antérieure au christianisme, que celui-ci n'a pu déraciner entièrement. Si l'on voulait retrouver de nos jours l'image du paganisme, c'est dans quelque village perdu, au fond des campagnes les plus arriérées, qu'il faudrait la chercher. » (Ernest Renan, *Conférences d'Angleterre*, « Rome et le christianisme », Calmann-Lévy, 1880. *Œuvres*, VII, 1955, p. 617.)

2. Le début de l'Évangile de Jean ainsi que l'aspersion d'eau bénite font partie de l'exorcisme dit « ordinaire », dont on emploie également les formules lors du baptême. Dans l'article du *Temps* cité à la note précédente, Anatole France indique que la veille de l'Ascension, avant la procession, le curé de Domremy exorcisait ainsi l'arbre des fées et la fontaine des Groseilliers.

Page 893.

1. Voir *Thaïs*, n. 3, p. 722.
2. Lactance, *Institutionum divinarum libri VII*, livre VI, 25, 7: « L'homme est un hymne de Dieu. »

La Légende des saintes Oliverie et Liberette

Ce conte a paru dans *Le Gaulois* du 21 octobre 1890, sous le titre : « Contes mystiques — La Légende des saintes Oliverie et Liberette ». Il ne contient pas de dédicace dans le journal, qui donne le même texte que celui du volume. Un fragment manuscrit du conte, sans variante, se trouve au verso d'une page classée dans les brouillons des *Dieux ont soif*, Bibliothèque historique de la Ville de Paris.

Page 896.

1. Jeanne Pouquet était la fiancée de Gaston de Caillavet, fils de Mme Arman de Caillavet. Voir Michelle Maurois, *L'Encre dans le sang*, Flammarion, 1982.
2. Bertaud et Amand sont deux saints vénérés au XIIe siècle, à l'abbaye des Prémontrés de Chaumont-Porcien (Ardennes). On dit qu'ils venaient d'Écosse et s'étaient retirés dans la forêt de Beaumont, où ils vécurent en ermites, au Ve ou VIe siècle. Une *Vie* anonyme de saint Bertaud fut écrite après 1147; c'est dire qu'elle est suspecte. Elle décrit la forêt où se retirent

les ermites comme hantée de mauvais esprits, et situe la vie des deux saints au temps de Clovis. Jean Liétau écrivit la *Vie* du « glorieux saint Berthauld, premier abbé de Chaumont en Portien », en 1634 (Reims). Le saint est honoré le 16 juin.

Page 897.

1. D'après les anciens cartulaires de l'abbaye de Chaumont, Bertauld, fils de Théold et de Berthe, naquit vers 452. Ses parents régnaient sur une partie de l'Écosse. Il était modeste et charitable, fuyait la débauche, et il obtint de ses parents la permission de faire le pèlerinage de Jérusalem. Revenu chez lui, il n'eut de cesse de repartir gagner les âmes au christianisme. En compagnie d'Amand, son serviteur, il passa la mer par permission de Dieu sur un petit radeau. Un lion, doux comme un chien, les conduisit à travers la profonde forêt jusqu'à Chateau-Porcien, puis vers le nord, jusqu'à une montagne dénudée, « Calvus mons », Chaumont. Elle était infestée de bêtes venimeuses, que Bertauld et Amand chassèrent par la seule vertu de la croix. Les gens du pays s'habituèrent aux deux ermites, qui, en compagnie de leur lion, firent visite à saint Rémi et reçurent de lui la tâche d'évangéliser la contrée de Chaumont. Ils firent des disciples, et, parmi eux, Olive et Liberette, nées à une lieue et demie de Chaumont, à Hauteville. Elles se firent à leur tour ermites, et deux fontaines marquent le lieu de leur retraite; la fontaine de sainte Olive, près de laquelle s'élève une chapelle, a la réputation de guérir les fièvres. Saint Bertauld mourut en 525, d'autres disent en 505 ou 545. Son tombeau fut vite le théâtre de miracles; il guérissait en particulier les troubles de l'esprit. On construisit un monastère et un hôpital auprès de lui; ces bâtiments eurent beaucoup à souffrir durant la guerre de Cent Ans et les guerres de Religion, et disparurent pendant la Révolution. On honore encore saint Bertauld à Chaumont. Il est toujours représenté avec son lion. Il parut en 1881 à Paris, chez Goupy et Jourdan, une *Notice historique sur les pèlerinages de sainte Olive et de sainte Libérète à Chaumont-Porcien*, par le P. Félix Fressencourt, qu'Anatole France peut avoir consultée pour l'épisode des arbres qui s'inclinent afin de permettre aux sœurs de passer un cours d'eau (p. 900); mais il a tiré l'essentiel de sa documentation des bollandistes et de Liétau.

2. Déesses lunaires, Diane et Hécate sont parfois confondues dans une représentation à trois corps ou à trois têtes, qui symbolise les trois phases de la lune et les trois phases correspondantes de l'évolution vitale. Le culte de Diane, à la fois vierge et déesse des enfantements, a été très répandu en Gaule à l'époque romaine, car la déesse emplissait tous les rôles d'une déesse celtique indigète, avec qui elle se confondit.

Page 900.

1. Anatole France mentionne dès le 21 juin 1884 dans *L'Univers illustré*, à propos de Jeanne d'Arc et des honneurs rendus aux vierges au XVe siècle, la fable de la licorne qui se laisse enchaîner par une pucelle.

Page 902.

1. Dans son *Histoire des Francs*, livre VIII, chap. XV-XVI, Grégoire de Tours a conté sa rencontre avec saint Walfroi, à Yvois, dans les Ardennes, aujourd'hui Carignan, sur la route de Reims à Trèves. Cette rencontre eut lieu en 585. Walfroi venait de Limoges et était le disciple de l'abbé Yrieix; Anatole France lui donne son nom franc, et son nom latin de Vulfilaicus. Il raconte lui-même à Grégoire de Tours qu'il s'établit sur une colonne, pour y vivre à la manière des saints stylites, aux environs d'une statue de Diane vénérée dans le pays de Trèves. Il prêcha contre Diane, convertit des habitants du pays, et, avec l'aide de Dieu, ils renversèrent la statue de Diane avec des cordes, et la brisèrent à coups de maillet. L'évêque de Trèves ordonna bientôt au stylite de quitter un genre de vie si contraire au climat de l'Occident, et il se retira dans un couvent.

Sainte Euphrosine

Ce conte parut dans *Le Temps* du 29 mars 1891, sous le titre : « Conte pour le jour de Pâques / Les Actes de la vie de sainte Euphrosine, / d'Alexandrie, / en religion frère Smaragde, tels qu'ils furent rédigés dans la laure du mont Athos, / par Georges, diacre ». Il ne contient pas de dédicace. Le texte est le même que celui de l'édition.

Page 903.

1. Fils de Mme de Caillavet, Gaston avait déjà publié une bluette, *Colombine*, chez Marpon et Flammarion, en 1891. Sa collaboration avec Robert de Flers devait le rendre célèbre.

2. Euphrosine d'Alexandrie, d'après les bollandistes (t. II, 1883, p. 195), ayant perdu sa mère à dix-huit ans, demeura sous la tutelle de son père Paphnuce. Il la fiança contre son gré, car elle voulait entrer en religion. Euphrosine se dit que si elle se réfugiait dans un monastère de femmes, elle serait vite retrouvée. Aussi prit-elle des vêtements d'homme, cinq cents pièces de monnaie, et, ayant quitté la maison paternelle, fit annoncer à l'abbé Théodose qu'un eunuque désirait entrer dans son couvent. Elle y fut reçue, sous le nom de frère Smaragde. Paphnuce, cherchant partout sa fille, la vit sans la reconnaître sous son costume de moine. Du moins reçut-il d'elle, durant trente-huit ans, de grandes consolations religieuses. Entrant en agonie, elle lui révéla tout. Son père se fit moine à son tour, et, dix ans après, fut lui-même enseveli dans le tombeau de sa fille. Paul Meyer, dans son *Recueil d'anciens textes bas-latins, provençaux et français*, Franck 1874, a donné la *Vie de sainte Euphrosyne* d'après le manuscrit d'Oxford, p. 334-338, juste après la *Vie de sainte Thaïs* de même provenance.

Page 905.

1. La fontaine de Héron, mathématicien et mécanicien qui

vécut à Alexandrie au IIIe siècle, est une fontaine de compression qui produit un jet d'eau.

2. Ces oiseaux animés rappelent ceux de *L'Ève future* de Villiers de L'Isle-Adam (livre III, « L'Éden sous terre », chap. III, « Chant des oiseaux »). Anatole France avait évoqué ce livre dans *Le Temps* du 25 août 1889, « Villiers de L'Isle Adam », *VL*, III.

Page 908.

1. Saint Onuphre, anachorète en Thébaïde, fêté le 12 juin, est mort vers 400; il s'était retiré d'un couvent dans une grotte depuis de longues années, quand il fut visité par le moine Paphnuce et lui apprit sa mort prochaine. Paphnuce l'ensevelit, la grotte s'écroula et le palmier qui avait nourri Onuphre se flétrit aussitôt. Anatole France fait d'Onuphre un abbé, et, plus loin, d'Ammon et Orcise, qui furent abbés, des anachorètes.

Page 909.

1. Ammon, abbé de Pispir en Thébaïde, fêté le 26 janvier, est mort vers 400 et Orsiesius, abbé de Tabenne, fêté le 15 juin, vers 380. Il était disciple de saint Pacôme, dirigea Tabenne, alors qu'Ammon succéda à saint Antoine dans la direction du monastère de Pispir.

Page 912.

1. Gustave-Léon Schlumberger, né en 1844, numismate, membre de l'Académie des inscriptions depuis 1884, avait publié de nombreux ouvrages de numismatique et de sigillographie, et une étude sur *Un empereur byzantin du Xe siècle, Nicéphore Phocas* (1890). Alfred Rambaud, né en 1842, professeur à la Sorbonne, avait d'abord publié des ouvrages sur l'Empire byzantin, puis se consacra à l'histoire de la civilisation française et à l'histoire des relations de la France avec l'Allemagne et la Russie.

Page 913.

a. Fin du conte dans T : C'est sans doute pour cela que l'on a donné dans le journal à mon docte travail le titre frivole de *Conte pour le jour de Pâques.*

1. Tyrannius Rufin, né dans le Frioul, mort en Sicile, en 410, fut moine dans un couvent d'Aquilée où il fut condisciple de saint Jérôme; il resta lié d'amitié avec celui-ci, qui avait embrassé la vie érémitique en Thébaïde, jusqu'à ce qu'une controverse sur Origène les séparât. Rufin vécut en Palestine durant de longues années; il y fonda un couvent. Son œuvre de traducteur et de polémiste est considérable. Il écrivit un traité *De monachis, sive vitis Patrum*, dans lequel on trouve des vies de saints qui recoupent celles qu'écrivit saint Jérôme.

Scolastica

Ce conte a été publié dans une chronique de *La Vie littéraire, Le Temps*, 8 décembre 1889. Anatole France commence par évoquer dans sa chronique les représentations, par les marionnettes de la rue Vivienne, du *Tobie* de Maurice Bouchor. Cette chronique a été reprise dans *La Vie littéraire*, t. III, sous le titre « M. Bouchor et l'histoire de Tobie », et contient le conte de « Scolastica », auquel Anatole France est passé en comparant les noces de Tobie et de Sara aux noces d'époux chrétiens. France y indique qu'il s'inspire de Grégoire de Tours et d'une autre source encore. Il veut évidemment parler de l'épisode du vieillard Silvanus, qui termine le conte.

« Scolastica » ne contient pas de dédicaces dans *Le Temps*, qui offre le même texte que l'édition.

Page 914.

1. Voici le passage de l'*Histoire des Francs* de Grégoire de Tours qui fut à l'origine de la première partie du conte d'Anatole France. Nous la citons dans la traduction de Guizot, Didier, 1861, p. 37 à 40 : « XLII. Dans le même temps Injuriosus, un des riches sénateurs d'Auvergne, rechercha en mariage une jeune fille de condition égale à la sienne, et, après avoir donné des gages, fixa le jour des noces. Leurs parents n'avaient pas d'autres enfants qu'eux. Au jour indiqué, après la cérémonie nuptiale, ils sont, selon l'usage, placés dans un même lit. La jeune fille, pleine d'affliction et se tournant vers la muraille, se mit à pleurer amèrement. Le jeune homme lui demanda : " Quelle est la cause de ton chagrin ? Je t'en prie, fais-le-moi savoir "; et comme elle gardait le silence, il ajouta : " Je te conjure, par Jésus-Christ fils de Dieu, de me faire connaître le sujet de tes larmes. " La jeune fille, se tournant vers lui, répondit : " Dussé-je pleurer tous les jours de ma vie, je n'aurais pas assez de larmes pour effacer la douleur immense de mon cœur; j'avais résolu de garder au Christ mon corps pur du contact des hommes, et malheur à moi qu'il abandonne au point que je ne puis accomplir mon vœu, et que je perds en ce jour, que jamais je n'aurais dû voir, ce que j'avais conservé depuis le commencement de ma vie ! Voici que, délaissée par le Christ immortel qui pour dot me promettait le paradis, je deviens l'épouse d'un homme mortel; au lieu de roses incorruptibles, ce sont des roses flétries qui déparent plutôt qu'elles n'ornent mon front, et l'étole de pureté que je devais revêtir sur le quadruple fleuve de l'agneau fait place à une robe qui m'est un fardeau plutôt qu'un honneur. Mais pourquoi plus de paroles ? Infortunée ! moi qui devais mériter les cieux, me voici dans les abîmes ! Oh ! si tel était mon avenir, pourquoi mon premier jour n'a-t-il pas été aussi le dernier ? Que ne suis-je morte avant d'avoir goûté le lait ! Pourquoi les doux baisers de mes nourrices ne m'ont-ils pas été donnés dans le cercueil ? Les spectacles de la terre me font

horreur, parce que je vois les mains du Rédempteur percées pour le salut du monde; je ne regarde plus les diadèmes étincelants de pierreries, quand mon esprit contemple la couronne d'épines; je dédaigne les vastes espaces de cette terre, car je n'ai d'ardeur que pour les douceurs du paradis, et ces hautes demeures me font pitié quand je lève les yeux vers le Seigneur assis au-dessus des astres. » À ces paroles prononcées au milieu des larmes, le jeune homme, touché de pitié, répondit : « Nous sommes les enfants uniques des plus nobles de l'Auvergne, et ils nous ont unis pour perpétuer leur race, afin de n'avoir pas des héritiers étrangers à leur sortie de ce monde. — Ce monde n'est rien, reprit-elle; ni les richesses, ni la pompe du siècle, ni la vie présente; ce qu'il faut chercher, c'est plutôt cette vie que ne termine pas la mort, que les accidents ne brisent pas, qu'aucun malheur ne vient finir, où l'homme plongé dans une éternelle béatitude jouit d'une lumière impérissable, et, en présence de Dieu, devenu pareil aux anges, goûte dans la contemplation des joies indissolubles. — Par ta douce éloquence, répondit alors le jeune homme, la vie éternelle vient de briller à mes yeux comme une lumière éclatante; si tu veux t'abstenir des désirs de la chair, je partagerai tes résolutions. » Elle répondit : « Cette promesse d'un homme à une femme est bien difficile à tenir; mais si tu fais que nous demeurions immaculés au milieu de ce monde, je te donnerai une part de la dot que mon époux Notre-Seigneur Jésus-Christ m'a promise, à moi sa servante et sa fiancée. » Armé du signe de la croix, il répondit seulement : « Je ferai selon tes conseils. » Et joignant leurs mains droites, ils s'endormirent. Durant de longues années, par la suite, et reposant dans le même lit, ils vécurent dans une admirable chasteté. Ce qui se vit d'une façon manifeste à leur passage en l'autre monde; car le temps des épreuves accompli, comme la vierge s'en allait vers le Seigneur Jésus, le mari s'acquittant des funérailles s'écria en la déposant dans le sépulcre : « Grâces te soient rendues, Seigneur éternel notre Dieu, puisque je remets à ta miséricorde ce trésor immaculé, comme je l'ai reçu de toi ! » À ces mots, la morte dit avec un sourire : « Pourquoi fais-tu savoir ce qu'on ne te demande pas ? » Peu après l'avoir ensevelie, Injuriosus la suivit dans l'autre monde. Or comme on l'avait placé dans un sépulcre aux parois distinctes, un nouveau miracle révéla leur chasteté : car au matin, le peuple, en approchant du lieu où ils reposaient, trouva réunis les deux tombeaux qu'il avait laissés distants l'un de l'autre : le ciel, en les unissant, ne voulait pas que leurs corps fussent séparés dans la sépulture. Jusqu'à ce jour les habitants du lieu les ont appelés les Deux Amants, et nous en avons parlé au *Livre des miracles.* » Grégoire de Tours a donné en effet une version plus courte de cette histoire au chapitre XXXII du *Livre des miracles*. La jeune femme n'y est pas nommée, non plus que dans l'*Histoire des Francs*.

2. Maurice Spronck avait publié en 1889 chez Calmann-Lévy, *Les Artistes littéraires, études sur le XIXe siècle*. Ce livre comporte des pages d'analyse de l'esprit d'Anatole France, qui offre « un tableau fidèle des principaux états d'âme, latents chez les classes intellectuelles de cette fin de siècle » (p. 346). Maurice Spronck le définit comme un humoriste qui a sondé

le néant des choses et qui s'est fait à un apaisement optimiste, ou du moins serein. Anatole France parla de cet ouvrage dans sa chronique du *Temps* du 3 novembre 1890.

3. La Bible indique que le fleuve du Paradis sort d'Éden pour se diviser en quatre bras qui arrosent le monde. Ce fleuve de vie, souillé par la faute, est racheté par le sang de l'Agneau, du trône duquel jaillit le fleuve dans Apocalypse, XXII, 1-2. Au chapitre V de l'Apocalypse, l'agneau égorgé est figuré dans sa fonction rédemptrice; au XIe siècle, de nombreuses miniatures le montrent répandant son sang en quatre fleuves qui vont baigner l'univers, ce qui donne lieu au motif si courant du Pressoir mystique.

Page 916.

1. Saint Allire (Alyre, Allyre : latin Illidius) fut le quatrième évêque de Clermont, d'après Grégoire de Tours qui écrivit sa vie. Il mourut vers 385, et eut pour successeur Népotien. Son tombeau fut, dit Grégoire de Tours, le siège de nombreux miracles; il était situé dans une église très vénérée qui fut détruite par la Révolution. Népotien était honoré non loin d'elle, dans l'église Saint-Venérand. On dit qu'il exauçait les vœux des fidèles; mais son culte resta plus local que celui de saint Allire.

Page 917.

1. Le physicien Michel Chasles crut posséder une foule de lettres de Marie-Madeleine, Vercingétorix, etc., forgées en réalité par le faussaire Vrain-Lucas. Cette affaire de faux était fort connue de l'entourage d'Anatole France, qui comprenait des bibliophiles et des experts en autographes. France connaissait assurément le numéro du 1er-16 mars 1870 de *L'Amateur d'autographes*, consacré par Étienne Charavay à cette affaire. Il l'évoqua souvent, par exemple dans *L'Univers illustré* du 20 mars 1886, et la rappela dans *L'Écho de Paris* du 22 mars 1898, sous le titre « Une vieille affaire »; la semaine suivante, il fit poser à M. Bergerat la question : « Mais dites-moi, M. Mazure, pensez-vous que les papiers de Vrain-Lucas eussent été publiquement reconnus faux si des passions populaires et des intérêts d'État eussent déterminé dans la nation un généreux désir de les trouver authentiques ? »

2. Grâce à M. Claude Moussy, à qui nous adressons nos vifs remerciements, nous avons pu identifier la provenance des vers du faux Silvanus. Pour construire le début et la fin de son « élégie », Anatole France a emprunté à Ausone, dans deux pièces totalement différentes, des vers qu'il a légèrement modifiés. Nous en prenons les références dans l'édition Teubner, R. Peiper, 1886. Les deux premiers vers sont empruntés à l'épigramme 34, p. 325, v. 5-6 : *Nunc piget et quereris, quod non aut ista voluntas / Tunc fuit, aut non est nunc ea forma tibi.* Le dernier vers est le vers 6 de la pièce 21 des *Parentalia*, « Attusia Lucana Talisia et Minucius Regulus Adfines », p. 43 : *Stringamus maestri carminis obsequio.* On peut proposer cette traduction : « Maintenant est venu le temps du regret, et tu demandes ce qu'alors ou bien tu ne désirais pas... », « Mettons là un terme

aux tristes devoirs de ce poème ». Anatole France a donc raffiné dans le faux, en cousant deux fragments du poète bordelais du IVe siècle.

3. Léopold Delisle, né en 1826, élève de l'École des chartes en 1847, auteur d'ouvrages historiques, directeur du *Recueil des historiens des Gaules et de la France*, paléographe et bibliographe, membre de l'Académie des inscriptions et belles-lettres depuis 1857.

Le Jongleur de Notre-Dame

Ce conte parut dans *Le Gaulois* du 10 mai 1890 sous le titre : « Le Jongleur de Notre-Dame / Conte pour le mois de mai », et cette note en épigraphe : « Ce qu'on va lire est tiré d'un " miracle " du XIIIe siècle (voyez Gaston Paris, *La Littérature française au Moyen Âge*, 2e édition, Paris, 1890, p. 208). » Il n'est pas dédié à Gaston Paris dans le journal. Le texte du journal est le même que celui du volume.

Page 918.

1. Les *Miracles de Notre-Dame* en vers français par Adgar dit Willame ont été publiés par Paul Meyer, *Recueil d'anciens textes bas-latins, provençaux et français*, Franck, 1874, p. 343-349. Mais France s'inspire plutôt du chapitre IV de la deuxième partie de *La Littérature française au Moyen Âge* de Gaston Paris, Hachette, 1888; il mentionne le vaste recueil des *Miracles de Nostre Dame* de Gautier de Coincy, qui vécut dans l'Aisne. Puis il mentionne, p. 208, d'autres recueils et des récits isolés sur la Vierge; parmi eux se trouve « l'histoire (chef-d'œuvre peut-être du genre par sa délicieuse et enfantine simplicité) du *Tombeor Nostre Dame*, de ce pauvre jongleur qui, devenu moine, et ne sachant comment servir la Vierge à l'instar de ses confrères, faisait devant elle, en secret, les culbutes qui lui avaient valu le plus de succès; des témoins qui, étonnés de ses retraites, s'étaient cachés dans la chapelle virent, après ses exercices, la mère de Dieu qui venait elle-même éponger le front trempé de sueur de son " tombeor " ». Ces lignes inspirèrent son conte à Anatole France, qui ne se reporta point au texte original. Il l'écrit lui-même dans une lettre au destinataire inconnu, qui est en la possession de Max-Philippe Delatte : « 11 mai 1890. / Monsieur, je regretterais infiniment une rencontre qui me flatte, si votre œuvre pouvait en souffrir. Mais il est évident que mon travail n'est pas de nature à faire tort au vôtre. L'idée me vint, en lisant le livre de Gaston Paris sur la poésie au Moyen Âge, de conter à ma façon l'histoire du " Jongleur de Notre-Dame ". J'en dis même un mot dans un article de *La Vie littéraire* qui a été inséré dans la deuxième série. M'étant engagé cette année à fournir à M. Arthur Meyer un conte par mois, l'idée me vint naturellement de reprendre pour le mois de mai ce miracle de la Vierge. Je souhaiterais bien vivement, Monsieur, que M. Arthur Meyer publiât votre travail, qui ne saurait ressembler au mien. Comme vous l'aviez

deviné, je ne connais pas le texte du poème original et j'ai fait mon conte uniquement d'après les six lignes d'analyse que M. Gaston Paris a données. »

2. Gaston Paris, né en 1839, élève de l'École des chartes, devint professeur au Collège de France en 1872 et membre de l'Académie des inscriptions en 1876. Il publia de fort nombreux travaux sur la littérature du Moyen Âge et fut l'un des fondateurs de la *Romania* (1872). Son *Manuel d'ancien français* (1888) fit autorité; Anatole France lui consacra le 30 septembre 1888 sa chronique du *Temps* (« M. Gaston Paris et la littérature française au Moyen Âge », *La Vie littéraire*, II). Rappelons qu'Anatole France connaissait bien le milieu des chartistes par ses amis Charavay et Calmettes; d'autre part, il fréquentait le rez-de-chaussée de la librairie Champion, 9, quai Voltaire à partir de 1884, c'est-à-dire au lieu même où s'était trouvée la librairie du père France. Cette *Librairie spéciale pour l'histoire de France* voyait se réunir érudits et écrivains (voir Jacques Monfrin, *Honoré Champion et sa librairie*, Champion, 1978).

Page 919.

1. Il s'agit de la fable de Marie de France « D'un gresillon è d'un fromi », qui, inspirée d'Ésope et de Phèdre, a les mêmes sources et la même morale que la fable de La Fontaine « La Cigale et la Fourmi ».

Page 921.

1. Le puits, symbole d'abondance et de connaissance, la fontaine du perpétuel rajeunissement de vie éternelle, le lis symbole de l'élection (« comme le lis entre les chardons, telle ma bien-aimée entre les femmes »), la Lune et le Soleil, principes complémentaires (esprit et âme, forme et manière), le Jardin clos, image du paradis, qualifient la bien-aimée du Cantique des cantiques (IV, 12; II, 1; VI, 10; IV, 12). La Vierge est dite aussi Porte du Ciel, dans les litanies de l'Immaculée Conception, et comparée à Jérusalem dont l'Apocalypse parle comme d'une « jeune mariée parée pour son époux ».

La Messe des ombres

Ce conte parut dans *Le Temps* du 26 décembre 1890 sous le titre : « Conte pour le jour de Noël / La Messe des ombres », et avec la dédicace qui apparaît dans l'édition en volume. Il est identique en revue et en volume.

Page 924.

1. Voici le conte qui a servi de point de départ à « La Messe des ombres » : « LA MESSE DES FANTÔMES[1] : / Il y avait autrefois,

1. On trouve ce conte dans le recueil *Contes populaires de la Gascogne* t. II, p. 266-267, par Jean-François Bladé, collection Les Littératures populaires de toutes les nations, t. XX, Maisonneuve, 1886, avec les notes suivantes : * Ancien couvent de religieuses Claristes, aujourd'hui occupé par un pensionnat des Dames de Nevers. / ** Ancienne cathédrale de Lectoure. / *** Dicté par feu Bernade Dubarry, de Bajonnette (Gers).

à Lectoure, derrière le couvent de Sainte-Claire*, une veuve qui gagnait sa pauvre vie à filer du lin. Cette femme était fort dévotieuse. Chaque matin, elle ne manquait pas d'aller, avant le jour, à la première messe de Saint-Gervais**. / Une nuit d'hiver, la veuve ne dormait pas. À travers le bruit du vent, elle crut entendre les cloches sonner la messe première. Elle s'habille aussitôt et part pour Saint-Gervais. Il n'y avait personne dans les rues. La nuit était noire comme l'âtre. Pourtant, les portes de l'église étaient grandes ouvertes, l'autel préparé et les cierges allumés. La veuve trouva là force gens, vêtus à la mode de l'ancien temps, qui se mouvaient sans faire de bruit. Mais elle n'en connaissait aucun. Elle ne connaissait pas non plus le prêtre qui disait la messe, ni les clercs qui lui répondaient. Elle voyait bien ce prêtre remuer les lèvres. Au moment de la consécration, elle vit aussi le clerc brandir la clochette. Mais elle n'entendit ni parole ni tintement. / Le moment de la quête arrivé, un chanoine, que la veuve n'avait jamais vu, passa avec un grand plat de cuivre. Tous les gens y jetaient des écus, des pistoles, et des louis d'or, comme on en voyait autrefois, et comme il n'y en a plus aujourd'hui. Cet argent et cet or tombaient dans le plat sans tinter. Mais quand le chanoine arriva devant la veuve, la pauvre femme, qui n'avait pas un liard en poche, tira de son doigt son anneau de mariage, et le laissa tomber dans le plat de cuivre. / Au tintement que fit l'anneau, soudain, les cierges s'éteignirent tous à la fois. Le prêtre, les clercs, et le peuple s'évanouirent sans bruit, comme une fumée; et la veuve demeura seule, dans la nuit, au milieu de l'église de Saint-Gervais. / Les voisins la trouvèrent morte le lendemain matin; et les chanoines de Saint-Gervais s'étonnèrent de trouver, dans le plat de quête, un anneau d'or, sans qu'on sût qui l'y avait mis***. »

2. Jean-François Bladé avait dès 1867 publié à la librairie A. Franck, Paris, *Contes et proverbes populaires recueillis en Armagnac*, en langue gasconne. Puis il publia, traduite en français, la littérature orale de la Gascogne, en six volumes préfacés et annotés dont il devait extraire en 1894 un volume pour le grand public, *Contes de la Gascogne*, Calmann-Lévy. Les six volumes publiés chez Maisonneuve à partir de 1886 suscitèrent chez Anatole France un tel intérêt, qu'il leur consacra les chroniques du *Temps* des 14, 21 et 28 septembre 1890 (« Contes et chansons populaires — Jean-François Bladé », *La Vie littéraire*, IV). Il les avait connus à l'occasion des fêtes du Félibrige auxquelles il participa en août 1890.

Page 928.

1. Le florin fut frappé en France sous Saint Louis et Charles V; le ducat était une monnaie d'or adoptée par plusieurs États d'Europe (Allemagne, Hollande) avant la Révolution; le ducaton était une monnaie d'argent des Pays-Bas, de Venise et de Toscane; le jacobus, une monnaie d'or d'Angleterre, frappée sous Jacques Ier; le noble à la rose, une autre monnaie anglaise, ainsi nommée à cause de la rose de Lancastre qui s'y trouvait représentée.

Leslie Wood

Ce conte parut dans *Le Gaulois* du 7 janvier 1890 sous le même titre, sans dédicace. Le texte du *Gaulois* est le même que celui du volume. Dans *L'Univers illustré* du 20 février 1892, une partie du conte a été reprise par Anatole France avec un début autre, plus rapide, indiquant la mort récente de Leslie Wood dans un asile d'aliénés et livrant ensuite d'emblée le dialogue entre lui et le narrateur.

Page 930.

1. La comtesse de Martel, plus connue sous son pseudonyme littéraire de Gyp, publia le *Petit Bob* en 1882, et, depuis, un ou deux livres par an, fantaisies non dénuées d'observation sur la vie parisienne élégante. Elle était fort liée avec Anatole France, qui devait séjourner dans sa maison de Lion-sur-Mer en 1893 et lui confier souvent sa fille Suzanne; il avait, à propos de la publication des livres de Gyp : *Les Séducteurs* et *Loulou*, écrit dans *Le Temps* des 22 janvier et 9 septembre 1888 des chroniques réunies sous le titre « La Sagesse de Gyp » dans *La Vie littéraire*, II.

2. Réjane, née en 1857, débuta au Vaudeville en 1875, puis entra à l'Ambigu en 1882 et au Palais-Royal en 1883. Elle était spécialisée dans le répertoire léger, et fort célèbre.

Page 932.

1. Le roman russe était à la mode au moment où écrivait France; mais autant que ses romans, la personnalité du comte Tolstoï attirait l'attention. On le sent bien à la lecture de l'article que, dans la *Revue des Deux Mondes* du 15 juillet 1884, E. M. de Vogüé lui consacre (p. 264-301) : il insiste sur son quiétisme mystique et sa décision de commenter l'Évangile.

Page 934.

1. Le briquet électrique, inventé par Planté et perfectionné par Voisin et Dranier, était alors une nouveauté; il est fondé sur l'utilisation d'un courant électrique qui fait rougir un fil de platine.

Page 935.

1. Dans *L'Univers illustré* du 11 décembre 1886, Anatole France parle de William Crookes, « le savant distingué qui est devenu un des chefs du spiritisme en Angleterre », et des photographies qui ont été prises de Katie King, « cette créature adorable, ce rêve de la plus délicate poésie, cette jeune femme venue d'une région surnaturelle, qui a visité pendant deux ans M. Crookes au milieu des siens, causant avec sa femme et ses enfants, se laissant serrer la main, et retournant, ainsi qu'elle était venue, d'une façon aussi étrange, aussi insaisissable, au monde inconnu qu'elle habitait ». C'est entre 1871 et 1874 que William Crookes se convertit au spiritisme; il était déjà un

chimiste célèbre. Il accomplit différentes expériences sur les médiums, et s'attacha aux phénomènes de matérialisation des esprits. Le médium Florence Cook le mit en rapport avec une entité nommée Katie King, qui apparut graduellement au savant, et fut même photographiée. Crookes écrivit sur la force psychique une série d'articles dans le *Quarterly Journal of Sciences*, et il fonda la Société de psychologie à Londres. Ses *Recherches sur les phénomènes du spiritualisme* furent traduites en français (1878, Librairie des sciences psychologiques). La position de William Crookes suscita de fortes controverses, et, après 1874, peut-être déçu par certaines expériences, il garda le silence sur les théories qu'il avait défendues si ardemment.

En 1891 parut chez Dentu un livre intitulé *Coup d'œil sur la magie au XIX*e *siècle* et signé U. N. Badaud. Il était écrit par le capitaine Marin, d'autre part auteur d'un ouvrage curieux et documenté sur *Jeanne d'Arc, tacticienne et stratégiste*. Il comportait une préface dédiée « À Monsieur Anatole France » ; l'auteur y dit qu'il s'est entretenu l'année précédente avec Anatole France, rue Chalgrin, de William Crookes et de ses relations avec Katie King, dans lesquelles France estime que Crookes a été dupé. « U. N. Badaud » expose dans son livre les expériences de Crookes et estime au contraire qu'il est très peu probable qu'il ait été dupe. L'ouvrage porte d'autre part sur Papus et ses expériences de magie en 1890, sur le curé d'Ars et sur le docteur Gibier, et sur les nombreux Anglais, Américains et Allemands qui ont soutenu la réalité des forces psychiques.

La même année — 1891 — que le *Coup d'œil sur la magie au XIX*e *siècle*, mais postérieurement, parut *Coup d'œil sur les thaumaturges et les médiums au XIX*e *siècle*, toujours du capitaine Marin, toujours sous la signature U. N. Badaud (Dentu). Anatole France doute toujours, écrit-il, des manifestations réelles de Katie King, mais non de l'authenticité des documents produits dans la traduction française des *Nouvelles expériences sur la force psychique*. Crookes, interrogé par Marin sur le silence qu'il garde depuis 1874, a répondu par écrit qu'il n'avait rien à modifier à son livre sur les recherches psychiques.

Page 936.

1. Épître aux Romains, VIII, 5.
2. Ananias, époux de Saphira, tenta de concert avec elle de tromper saint Pierre sur le prix d'un champ qu'il avait vendu, pour en apporter le produit à la communauté chrétienne. En entendant les reproches de Pierre, Ananias tomba et expira. Sa femme Saphira connut le même sort trois heures après (Actes, V, 2).

Page 937.

1. Peuplade de l'Afrique australe, sur la rive droite du fleuve Orange, évangélisée à partir de 1833.

Page 939.

1. On évoque, en lisant la fin de ce conte, le très beau conte de Villiers de l'Isle-Adam, *Véra*, qui traite un sujet proche de celui-ci. Villiers de l'Isle-Adam était mort en 1889 ; France lui

consacra sa chronique du *Temps* du 25 août 1889, à l'occasion de l'édition des *Contes cruels*, de *L'Ève future* et d'*Axel* (*VL*, III). Mais c'était là un sujet assez fréquemment traité, chez les conteurs de l'occulte et du fantastique, et il se peut bien que l'inspirateur d'Anatole France ait été Léon Hennique, bien plus oublié que Villiers. Le roman *Un caractère* conte un cas de résurrection de la femme aimée, pour celui qui l'aime et lui seul. Anatole France en traite dans *Le Temps* du 22 septembre 1889 (*VL*, III).

Gestas

Ce conte est un article de *La Vie littéraire* du 19 avril 1891 qui parut sous le titre : « Paul Verlaine, *Bonheur* » et avec les épigraphes du conte en volume.

Page 940.

1. On évoque toujours, à propos des relations entre Anatole France et Verlaine, le refus qu'opposa France aux vers proposés par Verlaine pour le troisième *Parnasse contemporain*. C'est vraiment un peu court. Les deux écrivains ne se brouillèrent point : la septième livraison des *Hommes d'aujourd'hui* est écrite par Verlaine sur *Anatole France*, et paraît en 1888. Verlaine évoque sa rencontre avec France vers 1865 chez un ami commun, Destailleurs, en compagnie d'Edmond Lepelletier, puis chez Mme de Ricard et chez Nina de Callias. Verlaine loue le poète et le romancier. De son côté, Anatole France consacra à Verlaine sa chronique du *Temps* du 23 février 1890 (« Paul Verlaine », *La Vie littéraire*, III) et celle du 15 novembre 1891 (« Paul Verlaine : *Mes hôpitaux* », *La Vie littéraire*, V). Il y parle de Verlaine écrivain avec une estime extrême : « Il est fou, dites-vous ? je le crois bien. Et, si je doutais qu'il le fût, je déchirerais les pages que je viens d'écrire. Certes, il est fou. Mais prenez garde que ce pauvre insensé a créé un art nouveau et qu'il y a quelque chance qu'on dise un jour de lui ce qu'on dit aujourd'hui de François Villon auquel il faut bien le comparer : " C'était le meilleur poète de son temps ! " » Voilà donc pour les rapports qui existèrent entre les deux écrivains, après l' « affaire du Parnasse ». Le critique André Maurel fit remarquer dans *La Revue bleue* du 1er mars 1890 que, de tous ses anciens compagnons du Parnasse, c'est Anatole France qui continuait à soutenir Verlaine, et Anatole France seulement (« Dans le monde des lettres — Une souscription », p. 286-287). Avant l' « affaire du Parnasse », Verlaine semble avoir nourri pour France une estime que reflète un curieux document, vendu par Andrieux le 27 juin 1932, une *Carte du Parnasse*, manuscrit autographe qui fut écrit par Verlaine et donné par lui à François Coppée. À l'ouest se trouve la mer de l'Ennui, dans laquelle se jette le fleuve Mérat grossi de la rivière Arène. À l'est, dans l'océan du Génie, se jettent Leconte de Lisle, Heredia, France, et Coppée avec sa rivière des *Intimités*. On date ce document de 1868.

2. C'est au mois d'août 1890, au cours d'un voyage entrepris pour assister à la fête des félibres, qu'Anatole France fit la connaissance du jeune Charles Maurras, qui fut ensuite présenté chez Mme de Caillavet et fréquenta assidûment son salon, jusqu'à ce que l'affaire Dreyfus séparât les anciens amis. Charles Maurras, né en 1868, collaborait alors à différents journaux et contribuait avec Jean Moréas (sur lequel il écrivit en 1891 son premier ouvrage critique) à la fondation de l'école romane. Une correspondance entre Moréas et Anatole France a été échangée depuis mai 1891. C'est France qui recommanda le jeune Maurras à Ferrari, le directeur de *La Revue bleue*, au début de 1891 ; en somme, il contribua fortement à le lancer. Maurras ne l'oublia pas, et dédicaça ses livres à France, même après l'Affaire. Voir *Le Lys rouge*, 1972, p. 1-8, M. Ph. Delatte, « Quelques lettres inédites d'Anatole France et de Mme Arman de Caillavet à Charles Maurras ».

3. Gilbert-Augustin Thierry publia en 1882 dans *La Nouvelle Revue* une longue nouvelle, « La Rédemption de Larmor », qu'il reprit dans ses *Récits de l'occulte* (Armand Colin, 1892), précédés d'une profession de foi idéaliste. Le narrateur de « La Rédemption de Larmor », un archéologue, rencontre à Carnac un personnage appelé Gestas, et s'écrie : « Gestas ? Eh ! mais, dans nos anciens " mystères ", c'est le nom du larron crucifié à la droite de Jésus-Christ, du pécheur repentant qui, le premier d'entre nous, fut racheté de l'enfer. » Et il cite le texte d'un mystère : « Gestas, dixt li Signor, entrez en Paradis » (ouvr. cité, p. 257).

Page 941.

1. *Le Petit More* avait sous le règne de Louis XIII la clientèle des poètes : Agrippa d'Aubigné en parle dans *Les Aventures du baron de Foeneste*, et Théophile dans *Le Parnasse satyrique* ; il se trouvait rue de la Huchette, ou bien rue Visconti (ce cabaret de la rue Visconti dura jusqu'au XIXe siècle).

2. Anatole France a publié un conte, « Le Gab d'Olivier » dans *L'Écho de Paris* du 22 février 1893 ; il a été recueilli dans *Les Contes de Jacques Tournebroche*. Il porte sur un des « gabs » (vanteries, gasconnades) des douze pairs de France rapportés dans la *Chanson du pèlerinage de Charlemagne*, courte chanson de geste qui, par sa singularité, retint l'attention des spécialistes. Gaston Paris lui consacra un article dans la *Romania* de 1880 (t. IX, p. 1 à 50). Cet article est le développement d'une communication faite par Gaston Paris à l'Institut, le 7 décembre 1877. Après avoir quelque peu bu, Charlemagne et ses pairs, hôtes du roi Hugon de Constantinople, rivalisent de vanteries avant de s'endormir. Olivier prétend en particulier qu'il réussira à rendre par cent fois, en une seule nuit, hommage à la fille du roi Hugon, dont il est amoureux. Le roi avait posté un espion, qui lui rapporte les gabs ; mais tout s'arrange très bien pour Olivier, sommé de faire ses preuves, car la fille de Hugon consent à mentir pour l'amour de lui.

3. *Le Bon Coing* était une de ces enseignes à jeu de mots si fréquentes dans l'ancien Paris : on marquait la situation de la maison par la représentation d'un grand fruit.

Page 942.

a. lui criait : « Pourceau ! Pourceau ! Tu es un pourceau ! » *T* ↔ *b.* que j'étais » / Au moment où il faisait *T*

1. Le vin paillet est un vin rouge peu chargé en couleur et tirant sur le paille.

2. Ensemble de nids de corbeaux sur les arbres.

Page 943.

1. Malherbe consacra l'un de ses premiers poèmes aux « Larmes de saint Pierre », ces larmes que, dit-on, le disciple du Christ versa après son reniement. André Chénier commente ce poème de 1587, encore tout imprégné de goût italien. Anatole France ne l'ignore certes pas, et il fait ici une sorte de « sur-citation » poétique à propos de Verlaine.

Page 945.

1. C'est le nom du criminel dont les Juifs exigèrent auprès de Pilate qu'il fût libéré au lieu de Jésus (Matthieu, XXVII, 13-22; Marc, XIII, 6-12; Luc, XXIII, 17-19).

Page 946.

a. L'article continue dans « Le Temps » par des considérations d'Anatole France sur le recueil « Bonheur », à propos duquel il conte cette histoire emblématique. Anatole France loue l'exquise manière dont Verlaine vante la prière, car elle lui semble plus naïve et poétique que les vieux noëls bourguignons de La Monnoye. Mais il observe que « Bonheur », venant après « Sagesse », surprendra moins, et partant aura moins de succès ; d'autre part, le nouveau recueil contient du bizarre et du contourné, « plus de gargouilles encore que de vierges et de séraphins ».

1. On sait combien l'interprétation des passages des Évangiles (notamment Matthieu, XXII, 14, XXIV, 22, XXVIII, 19 et Jean, X, 27 et XVII, 12) sur la prédestination des élus a suscité de controverses parmi les chrétiens. Saint Augustin écrivit son *De praedestinatione sanctorum* contre ceux qui niaient le mystère de la prédestination, pélagiens et semi-pélagiens; le concile d'Orange, en 529, suivit cette condamnation. Au IXe siècle, Gotescalc, moine, souleva toute une tempête par son augustinisme intégral; il fut condamné par un synode et un concile, mais non sans de grandes discussions qui contenaient en germe les batailles des siècles suivants, que l'on connaît assez, sauf peut-être celle qui fut soulevée par John Wyclif (mort en 1384 à Lutterworth). Il prêcha l'autorité absolue de la Bible, la déchéance de ceux qui sont en état de péché mortel, et, en théorie du moins, le « communisme des prédestinés »; ses disciples, les Lollards, furent décimés à grand-peine, et Jean Hus reprit beaucoup de sa doctrine.

Le Manuscrit d'un médecin de village

Cette nouvelle parut dans *Les Lettres et les Arts* du 1er mars 1886, p. 382-390, avec des variantes insignifiantes par rapport au texte définitif. Elle se termine dans la revue par les mots

« p. c. c. : Anatole France ». L'écrivain donna à *La Revue indépendante* de juillet 1887, sous le titre « Éloi », p. 90-98, la seconde partie de la nouvelle : le texte commence dans la revue à : « J'exerce depuis quarante ans la profession de médecin de village. Je ne regrette point de l'avoir choisie. » (P. 950, l. 3.) La suite n'offre pas de variante par rapport à l'édition définitive.

Page 947.

1. Marcel Schwob, né en 1867, avait publié en 1891 un recueil de remarquables nouvelles fantastiques, *Cœur double*, à quoi France consacre sa chronique du *Temps* du 12 juillet 1891 (« M. Marcel Schwob », *La Vie littéraire*, IV). France célébra de nouveau le jeune écrivain à propos du *Roi au masque d'or*, le 27 novembre 1892. (*La Vie littéraire*, V). De son côté, Marcel Schwob avait consacré le 8 novembre 1890, dans *L'Événement*, un article à Anatole France. Le jeune Marcel Schwob était l'ami intime de Pierre Champion, fils d'Honoré Champion dont France fréquentait la boutique (voir p. 918, note 2). Il est probable que les liens entre les deux écrivains prirent naissance de cette relation commune.

2. Dans l'*Introduction à l'histoire de la littérature anglaise* (Hachette, 1863), Taine écrit : « Rien n'existe que par l'individu ; c'est l'individu lui-même qu'il faut connaître. » Il faut chercher, en conséquence, « l'homme vivant, agissant » (p. v). Cela incline évidemment à l'étude des Mémoires, journaux intimes, etc. Mais il ne faut pas s'y tromper : Taine désapprouve en revanche la publication de documents purement personnels. Sa correspondance fut expurgée dans cet esprit, selon sa volonté expresse.

Page 948.

1. Troisième volume des *Essais de morale* de Pierre Nicole, édition Despres, 1713 ; le second traité contenu dans ce livre, p. 111-160, *De la charité et de l'amour-propre*, expose comment l'amour-propre suscite souvent les mêmes sentiments et la même conduite que la charité, et comment il est par conséquent difficile de discerner entre la concupiscence et les sentiments inspirés par Dieu vis-à-vis du prochain.

Page 949.

1. Salvator Rosa (Naples 1615-Rome 1673) peignit plusieurs *Batailles*, dont trois se trouvent au palais Corsini, une au palais Chigi à Rome, une à Florence. Anatole France parle peut-être plutôt de celle qui se voit au Louvre, et fut offerte en 1652 à Louis XIV par un nonce du pape.

2. Magendie, anatomiste et expérimentateur, observa à partir de 1813 le mode de formation de l'image rétinienne, la fonction de l'œsophage, et surtout fit de grandes découvertes sur la moelle épinière et sur la physiologie cellulaire, préparant ainsi le triomphe de la médecine expérimentale en la personne de Claude Bernard, dont les *Leçons de physiologie expérimentale* parurent en 1855, et *L'Introduction à la médecine expérimentale* en 1865. Philippe Pinel avait été le précurseur de leur méthode, depuis sa *Nosographie philosophique* (1798).

Page 951.

1. Prosper Lucas (1805-1885) est connu pour ses travaux sur l'hérédité : *Traité philosophique et physiologique de l'hérédité naturelle* (1848-1850), qui inspirèrent Zola, et Théodule Ribot pour ses travaux sur *Les Maladies de la mémoire* (1881), *Les Maladies de la volonté* (1883), *Les Maladies de la personnalité* (1885). Né à Liège en 1771, Pierre-Hubert Nysten est l'auteur d'un *Dictionnaire de médecine* qui fit autorité au début du XIXe siècle.

Page 955.

1. André-Marie Ampère, 1775-1836, célèbre pour ses travaux sur la probabilité, la chimie, la mécanique rationnelle, la physique des gaz et l'électricité, l'un des esprits les plus universels de son temps, qui termina sa vie par un *Essai sur la philosophie des sciences.*

Mémoires d'un volontaire

Cette nouvelle parut dans *La Revue de famille* du 15 mai 1888 (p. 44-52), 1er juin (p. 149-160) et 15 juin (p. 247-260), sous le titre « À la frontière — Journal d'un volontaire ». Nous désignons les variantes par le sigle *RF*.

Page 956.

a. d'une petite ville limousine où mon père, *RF* ↔ *b.* et c'est près de ses ruches que ce maître m'expliquait les *Géorgiques* de Virgile. À douze ans, je n'avais pas vu un seul riche et pas un seul malheureux. Ma famille vivait, sans argent, dans l'abondance. Notre petit jardin nous donnait des légumes. Nous possédions un clos situé à une demi-lieue de notre maison et planté d'arbres fruitiers. Nos coings, nos pommes et nos poires, confits au miel de nos abeilles, composaient pendant l'hiver des déjeuners exquis. Un petit champ, situé à une demi-lieue de notre demeure, nous fournissait le chanvre que les jeunes filles du voisinage venaient teiller chez nous, aux veillées. Nous élevions des abeilles dont le miel et la cire nous étaient profitables. Ma mère avait le gouvernement des ruches, dont elle s'approchait sans effrayer les essaims. Cette douce créature charmait jusqu'aux abeilles. Dans les jours rigoureux, elle pouvait, sans craindre la piqûre des aiguillons, verser sur le sol de la ruche quelques gouttes de vin destiné à fortifier ces délicates ouvrières. Pendant l'orage, elle recueillait dans le creux de la main celles qui s'étaient laissé surprendre, elle les essuyait et les réchauffait de son haleine. / L'huile exprimée de nos noix encore fraîches l'emportait pour nous en parfum sur celle de l'olive. Enfin nous avions une bergerie, et nos moutons nous habillaient de leur laine. Peut-on rêver des heures plus délicieuses que celles de ces soirs d'hiver, quand, réunis autour du feu qu'alimentait le bois mort ramassé sur la montagne, nous écoutions chanter dans la bouillotte l'eau fumante où cuisaient les châtaignes. Les deux filles du maréchal, Rose et Léocadie, dont la beauté était célèbre par la ville, se brûlaient les doigts à retourner les belles raves qui grillaient sur la cendre. Et moi, dans ma candeur joyeuse, je rêvais, humaniste paysan, aux âges poétiques d'Évandre et de Lavinie. Je n'imaginais pas de bonheur plus grand que le mien *RF* ↔ *c.* au collège de Riom. Je songeai, *RF*

1. Cette note ne figure pas dans *RF.*

2. Paul Arène a écrit des poèmes, mais c'est sa prose inspirée de sa Provence natale (il était né à Sisteron en 1843) qui le rend encore agréable à lire : *Jean des Figues*, roman (1870), *La Gueuse parfumée*, nouvelles (1876), *La Chèvre d'or*, roman (1889), auquel Anatole France consacra sa chronique du *Temps* du 2 juin 1889 (« Paul Arène », *La Vie Littéraire*, III). S'intéressant aux félibres et à la littérature populaire, Anatole France cite assez souvent, d'autre part, Paul Arène dans *Le Temps* des années 1889-1891.

3. « Je passai à l'école d'un prêtre de la ville, qui, gratuitement et par goût, s'était voué à l'instruction des enfants. Fils unique d'un cordonnier, le plus honnête homme du monde, cet ecclésiastique était un vrai modèle de la piété filiale », Marmontel, *Mémoires d'un père*, éd. Barrière, Didot, 1846, p. 17.

4. « Cette petite métairie de Saint-Thomas où je lisais Virgile à l'ombre des arbres fleuris qui entouraient nos ruches d'abeilles. » (Marmontel, ouvr. cité, p. 16.)

5. En réalité, Marmontel, aîné de plusieurs enfants, garçons et filles, ne fut poussé aux études que par sa mère. Son père n'était guère partisan de lui donner une éducation de « fainéant ». Il ne le conduisit au collège de Mauriac que sous condition de son entrée en quatrième. Le père Chalosse fut chargé d'examiner l'enfant, qui fut trouvé très faible en latin, et qui se jeta aux pieds du professeur en lui demandant de le faire entrer en quatrième malgré sa médiocrité. Il promit de travailler tant, qu'il rattraperait le niveau souhaitable; et il le fit avec l'aide de son régent (ouvr. cité p. 19-20).

Page 957.

a. mon père me menait cueillir des raisins de la vigne que lui-même avait plantée, et les pommes des arbres greffés de sa main; à nos abeilles, dont plus d'une, me passant sous le nez tandis que j'étudiais à la fenêtre, avait emporté par les champs sur ses ailes ma pensée studieuse; à son maître, cet abbé si grave qu'il inspirait du respect même à sa vieille mère, et pourtant si bon, que tout le faubourg le chérissait comme son enfant le meilleur; à mes leçons d'autrefois qui s'achevaient en douces promenades par les routes ombreuses et les sentiers fleuris; à mon Virgile dont il me semblait que j'avais laissé tout le charme dans le verger de mon bon maître; à Rose, à mes sœurs, à ma mère, à moi-même, pauvre exilé ! *RF*

1. C'est le mot de Mme Primerose au chapitre I du *Vicaire de Wakefield.*

Page 958.

a. encore plus que les noms de Léocadie et de Rose *RF* ↔ *b.* plus vulgaire des filles du maréchal. *RF*

1. Quintus Ennius, « père de la poésie romaine », né en 239 avant notre ère, auteur d'une épopée sur l'histoire de Rome, intitulée *Annales*, de tragédies et de satires. Son œuvre était portée aux nues par les Latins. Il ne nous en reste que des fragments, parmi lesquels ce vers : « Ô doux ombrages de la forêt feuillue ! »

2. Turnus, roi des Rutules, était fiancé à Lavinie, fille de Latinus. Mais Énée débarquant en Italie obtient de son père Lavinie en mariage. Turnus défie Énée en combat singulier, et trouve la mort dans ce combat. Virgile, *L'Énéide*, livre VII et livre XII.

Page 959.

a. chaque mois. / La vie que je menai au collège coula silencieusement. Elle était triste, et cette tristesse n'était pas sans douceur. Mes condisciples *RF*

1. « Je fus logé, selon l'usage du collège, avec cinq autres écoliers, chez un honnête artisan de la ville. » (Marmontel, ouvr. cité, p. 19.)

Page 960.

a. ne soignait plus la vigne; que l'aînée *RF* ↔ *b.* de vin d'Auvergne. En écoutant *RF*

1. *Histoire d'une grande dame au XVIII*[e] *siècle, la princesse Hélène de Ligne*, par Lucien Perey, Calmann-Lévy, 1887 : p. 62-63, l'épisode de la bouteille d'encre versée dans le bénitier des religieuses de l'Abbaye-aux-Bois par Mlle de Choiseul et Hélène Massaltra est conté; p. 65, l'abbesse ayant rapporté à Mme de Rochechouart l'incartade, « Mme de Rochechouart, qui était vive et haïssait les mômeries, lui répondit que le trait était noir parce qu'il était question d'encre, mais qu'il lui était impossible d'y voir autre chose qu'une espièglerie, un peu forte à la vérité ». Anatole France rendit compte de l'ouvrage de Lucien Perey dans une chronique du *Temps* du 30 janvier 1887, « La Jeune Fille d'autrefois et la Jeune Fille d'aujourd'hui ».

2. « Je trouvai dans ma ville un ancien curé de campagne, mon parent quoique d'un peu loin, homme instruit, qui me fit connaître la logique de Port-Royal, et qui de plus se donna la peine de m'exercer à parler latin, ne voulant, dans nos promenades, employer avec moi que cette langue-là, qu'il parlait lui-même aisément. » (Marmontel, ouvr. cité, 32.)

Page 961.

a. homme de bien. / Dès qu'il eut fermé les yeux, les miens virent le monde sous un jour nouveau, plus triste et plus sombre. J'eus tout à coup le sentiment de ma responsabilité. Devant *le cercueil vénéré, je pris* en face de moi-même l'engagement solennel de remplacer sur cette terre celui qui venait de la quitter en y laissant les fruits de son humble et vertueux labeur, je résolus *RF*

1. Marmontel (ouvr. cité, p. 48-49) paraît en habit ecclésiastique devant la jeune fille avec laquelle il avait noué une idylle : « Je fus moi-même bien confus, bien mal à mon aise [...]

Mlle B*** fut douce, indulgente, et polie avec réserve et bienséance; seulement elle eut soin d'éviter avec moi tout entretien particulier. » Marmontel achevait alors ses études chez les jésuites de Clermont, en donnant des leçons aux « petits » : son père avait voulu le mettre en apprentissage chez un commerçant de Clermont, et c'est de sa propre initiative qu'il avait entrepris sa philosophie, laissant là le commerce. Sa condition matérielle était fort difficile.

2. Le père de Marmontel succomba à une « fatale pulmonie » (ouvr. cité, p. 84), nom dont on baptisait la tuberculose.

Page 963.

a. d'une petite ville limousine. Je faisais *RF* ↔ *b.* de Riom. Cet habit *RF* ↔ *c.* hameaux du Limousin. Je plaignais *RF*

1. Louis-Jean-Marie de Bourbon, duc de Penthièvre, 1725-1793, amiral de France, grand veneur, gouverneur de Bretagne, vécut retiré au château d'Eu au début de la Révolution; il commanda la garde nationale d'Eu. En 1792, il se retira près de Vernon, en son château de Bizy; il mourut peu de jours avant le décret de bannissement des Bourbons. Le duc de Puybonne est à la fois le duc de Penthièvre, possesseur des châteaux d'Anet et de Sceaux, chez qui Florian fut page à seize ans, puis gentilhomme ordinaire (c'est alors qu'il célébra Anet, en des vers qui, retouchés, sont ici attribués à M. Mille), et le duc de Liancourt, chez lequel Charles Lacretelle était secrétaire : il retouchait ses *Mémoires* (Charles Lacretelle, *Dix années d'épreuves pendant la Révolution*, Allevard, 1842). Anatole France avait eu l'occasion de relire et Florian et Lacretelle qui fut son rival malheureux auprès de Sophie Le Sénéchal : il conte leur histoire dans *Le Temps* du 10 juillet 1887, « Les Félibres à la fête de Sceaux — Le Chevalier de Florian », *VL*, I.

2. « Bientôt nous entrâmes dans le faubourg Saint-Antoine; mais qu'y vîmes-nous ? Des rues étroites, malpropres, boueuses, de méchantes maisons et des gens en haillons déchirés », Karamzine, *Voyage en France, 1789-1790*, traduit par A. Legrelle, Hachette, 1885, p. 76.

3. Jacques Necker, 1732-1804, directeur général des Finances en 1777, démissionnaire en 1781, rappelé en 1788, renvoyé le 12 juillet 1789 pour être rappelé le 17 juillet, quitta la France le 18 septembre 1790.

4. Jean-Sylvain Bailly, 1736-1793, membre de l'Académie des sciences en 1763, de l'Académie française en 1784, premier député du Tiers État de Paris aux États Généraux, fut le premier maire de la ville. Il était extrêmement populaire; son portrait ornait des tabatières. Mais il fut accusé de modérantisme et d'enrichissement abusif, et guillotiné le 22 brumaire an II.

Page 964.

1. Hérault de Séchelles, chargé de bâtir un plan de constitution, demande au citoyen Dusaulchoy de lui procurer sur-le-champ les lois de Minos, dont il a un besoin urgent. On voit que le bon duc n'est pas de ces fanatiques de l'Antiquité.

2. Dans le vaste château Renaissance du duc de Liancourt,

écrit Ch. Lacretelle (ouvr. cité, p. 60), « les dorures, les sphinx et les magots avaient fait place à un ameublement commode, sans faste et sans recherche ».

Page 965.

1. Charles Lacretelle (ouvr. cité, p. 68) conte que le gouverneur des fils du duc de Liancourt, Lazouski, d'origine polonaise, était grand admirateur de la constitution anglaise qu'il connaissait surtout par Burke. Celui-ci devait, à partir de 1790, écrire de violents pamphlets contre la Révolution française.

2. Marie-Joseph Chénier fit représenter le 4 novembre ce *Charles IX* à la Comédie-Française. Talma s'y révéla. Mais la tragédie était déjà connue par une lecture chez le vicomte de Ségur, en janvier 1789. Cette représentation d'une cour corrompue et des crimes d'un roi tyrannique tomba fort à propos, en novembre 1789 : le public fut soulevé d'enthousiasme à ces vers :

Ces murs baignés sans cesse et de sang et de pleurs
Ces tombeaux des vivants, ces bastilles affreuses
S'écrouleront alors sous des mains généreuses !

Dans son *Discours préliminaire*, M. J. Chénier put s'enorgueillir d'avoir été le premier à composer « une tragédie vraiment *nationale* ».

3. Le duc de Liancourt pratiquait la bienfaisance : il avait fondé à Liancourt une école militaire, une ferme modèle avec des cultivateurs venus d'Angleterre, un hospice. Il avait installé sur ses terres un troupeau de mérinos importé, par une négociation que Louis XVI lui-même avait dirigée, et des vaches suisses (Ch. Lacretelle, ouvr. cité, p. 59).

Page 966.

a. Alzire. En écoutant ce chef-d'œuvre, je m'efforcerai de surprendre les secrets du génie. Adieu. / Des dieux que nous servons connais la différence. / Les tiens t'ont ordonné le meurtre et la vengeance. / Et le mien, quand ton bras... / Cette nuit-là *RF* ↔ *b.* à Riom d'aussi galant, *RF*

1. *Alzire* est une tragédie de Voltaire, de 1736, écrite à l'éloge de la tolérance.

2. Ces vers sont une transposition des « Vers sur Anet » que Florian écrivit (*Pièces fugitives*, *Œuvres*, t. VI, p. 372-373 dans l'édition P. C. Briand, 1824). Les six premiers vers de la pièce rapportée par Anatole France sont conformes aux six premiers vers de la pièce de Florian. Les deux vers suivants sont inventés par Anatole France; Florian, lui, fait l'historique d'Anet, possédé par Henri II, le duc de Vendôme et la duchesse du Maine. « Enfin de ces beaux lieux Penthièvre est possesseur » est *le vingt-septième* vers de la pièce de Florian, transposé au neuvième de celle de France. La suite a été modifiée par lui de telle sorte que le ton des vers est plus léger que celui des vers de Florian, que voici : « Avec lui la bonté, la douce bienfaisance, / Dans le palais d'Anet habitent en silence. / Les vains plaisirs ont fui, mais non pas le bonheur. / Bourbon n'invite point les folâtres bergères / À s'assembler sous les ormeaux; /

Il ne se mêle point à leurs danses légères; / Mais il leur donne des troupeaux. » Quatre vers de conclusion exhortent le château à se féliciter d'avoir changé de propriétaire. Anatole France a cité les vers dans leur version authentique dans l'article sur « Le Chevalier de Florian » paru le 10 juillet 1887 dans *Le Temps* (*VL*, I).

Page 967.

1. On sait assez que le terme de « gothique » désignait alors tout ce qui était très ancien et d'une architecture qui passait pour peu nette et symétrique. Notre-Dame de Paris déplaisait, et sa façade était voilée de pourpre lors des grandes cérémonies.

2. Guillaume-Thomas Raynal, 1713-1797, prêtre desservant de Saint-Sulpice, auteur d'une *Histoire philosophique* qui fut condamnée à être brûlée par la main du bourreau, fut élu député aux États Généraux par le Tiers État de Marseille, mais renonça à son mandat pour vivre à Passy dans la retraite.

3. Jean Dusaulx, 1728-1799, secrétaire du duc d'Orléans, membre de l'Académie des inscriptions en 1776, membre de la Commune de Paris en 1789, devait être député en 1792, puis emprisonné, et libéré après le 9 thermidor.

4. « On voyait tout en rose. La philosophie nous gouvernera, disait-on. Et quels bienfaits la raison ne répandra-t-elle pas sur les hommes soumis à son tout-puissant empire ? L'âge d'or imaginé par les poètes deviendra une réalité. » (« Le Chevalier de Florian », art. cité.)

5. L'ancien village des Porcherons était situé à l'extrémité de l'actuelle rue Saint-Lazare, appelée « des Porcherons » jusqu'en 1770. En 1720, les cabaretiers, chassés de la Chaussée d'Antin par les beaux hôtels qu'on y bâtissait, obtinrent de se transporter dans ce quartier hors Paris, qui devint alors mal fréquenté. Jean Ramponneau y établit en 1760 son cabaret, « Les Porcherons », où il vendait son vin blanc à trois sous et demi la pinte au lieu de six sous ailleurs.

Page 968.

1. « À la porte de chaque guinguette se tiennent des femmes avec des fleurs. Elles vous prennent par le bras et disent : " Mon cher monsieur, mon beau monsieur, voici un bouquet de roses que je vous donne. " Il faut absolument accepter le cadeau, et remercier au moyen d'une pièce de six sous et dire encore quelque parole aimable, un mot de politesse, d'honnêteté. » (Karamzine, *Voyage en France, 1789-1790*, traduit par A. Legrelle, Hachette, 1885, p. 200.)

2. Pierre-Victor Malouet (1740-1814), intendant de la marine à Toulon, député à la Constituante, émigra en 1792 et revint en France après le 18 brumaire.

3. Stanislas de Clermont-Tonnerre (1747-1792), colonel de cavalerie, membre de la Constituante, fondateur du Club monarchique, fut tué lors des massacres du 10 août.

4. Des gravures nombreuses perpétuèrent le souvenir de cette fête. Le catalogue La Bédoyère, dans la section « Gravures et caricatures », note au nº 2787 des vues perspectives du

Champs-de-Mars et de l'autel de la Patrie, trois pièces in-folio, en largeur, en couleur; au n° 2788, des gravures in-4° et grand in-folio des plans, travaux, cérémonies du Champ-de-Mars. Jusqu'à « nous semblait encore de la fraternité », ce passage s'inspire de la première moitié du chapitre II des « Autels de la peur » (voir Appendice, p. 1032 et 1033, jusqu'à « " Ô fraternité ! " s'écria Franchot »), tout en en modifiant l'esprit général. La description des « Mémoires d'un volontaire » est plus rapide et contient une ironie plus patente que celle des « Autels de la peur ».

Page 969.

a. Écoutez : / La Fête de la Fédération / Ode / À Pierre Aubier. / Ami, *RF*

1. Emmanuel-Joseph Sieyès (1748-1836), grand vicaire de l'évêque de Chartres, un des premiers collaborateurs de la Révolution, auteur en 1790 d'une théorie d'organisation des libertés individuelles qui demeura discutée. Alexandre de Beauharnais, constituant, chef d'état-major de l'armée du Rhin en 1792, commandant en chef de cette armée en 1793, fut guillotiné le 5 thermidor an II. C'est l'homme d'action, opposé à Sieyès qu'on a souvent qualifié de rêveur. A. de Beauharnais, aristocrate, avait sincèrement accepté la Révolution. Le catalogue La Bédoyère, à la section « Hommes », n° 47, note comme preuve de son zèle qu'il se soit attelé à la même charrette que l'abbé Sieyès, ce 14 juillet 1790.

2. Michel Gérard, dit « le père Gérard », 1737-1815, cultivateur à Tual-en-Montgermont, fit partie de la Constituante, puis renonça à la politique, parce qu'il se déplaisait, dit-il, au milieu d'une foule d'avocats, et retourna à sa Bretagne. Il avait toujours siégé en costume de paysan.

3. Le début de la description de la préparation de la fête du Champ-de-Mars est reprise par Anatole France au chapitre II des « Autels de la peur » (*Journal des débats*, 5 mars 1884), qui date la scène du 9 juillet 1790. Ce chapitre s'inspire de l'ouvrage de Louis-Sébastien Mercier, *Paris pendant la Révolution*, p. 68 : « Ici ce sont les charbonniers, là les perruquiers, les forts de la halle, les porteurs d'eau. » « On distinguait [...] le père Gérard, qui, comme un ancien Romain, passe de la charrue au Sénat et du Sénat à la charrue. On a vu toute une famille travaillant au même endroit : le père piochait, la mère chargeait la brouette, et leurs enfants la roulaient tour à tour, tandis que le plus jeune, âgé de quatre ans, porté dans les bras de son aïeul, qui en avait quatre-vingt-treize, bégayait en riant : Ah ! ça ira ! ça ira. » (P. 70.)

4. Cette description est prise à Louis-Sébastien Mercier, ouvr. cité, p. 70 : « Les bouchers avaient sur leur flamme un *large couteau*, et on lisait dessous : " Tremblez, aristocrates, voici les garçons bouchers ! " [...] Les imprimeurs sont accourus mettre la main à l'œuvre patriotique; il était écrit sur leur drapeau : " Imprimerie, premier drapeau de la liberté. " » Ici s'arrête l'emprunt aux « Autels de la peur » — et à Louis-Sébastien Mercier.

5. La chanson citée par Anatole France est formée d'extraits

de la chanson « Un père à son fils ». Air « Du serin qui te fait envie », sans nom d'auteur, *Le Petit Sans-culotte, almanach chantant, pour la présente année, dédiée aux belles républicaines*, Le Prieur et Langlois, 1793, p. 53 à 56. La première strophe citée par France est la seconde de la chanson, un peu modifiée au début (« Ami, vois-tu » au lieu de : « Mon fils, vois-tu »). les deux vers « Ouvre les yeux [...] » sont les vers 3 et 4 de la troisième strophe, et la strophe « Si d'une belle honnête et sage » est la sixième de la chanson, qui en compte huit.

Page 970.

1. Jean-Baptiste Rousseau, 1671-1741, fils d'un pauvre cordonnier qui lui fit donner de l'éducation, s'introduisit dans la plus haute société grâce à ses talents de poète lyrique, mais connut une vie traversée, souvent, semble-t-il, par la faute de son orgueil et de son penchant à la polémique. Ses *Odes* semblent froides, mais elles étaient portées aux nues en un temps où le lyrisme français n'était pas des plus brillants.

2. C'est là une négligence d'Anatole France : son héros, d'abord limousin, est devenu champenois, mais cette phrase a été laissée sans correction.

3. Il s'agit du portrait transposé de Sophie Le Sénéchal, qui, moins âgée que Florian de quatorze ans, n'était point insensible à l'empressement que marquait pour elle le poète. Charles Lacretelle, rival malheureux de Florian, la dépeint dans *Dix années d'épreuves pendant la Révolution* comme pleine d'esprit, de finesse et de vivacité. Elle appartenait à une riche famille bourgeoise, et ses deux sœurs étaient mariées dans la noblesse. Anatole France cite d'après Lacretelle, dans l'article du *Temps* du 10 juillet 1887, le portrait complet de Sophie.

Page 972.

1. Le duc de Liancourt refusa d'abord de suivre l'émigration à Coblence, pour rester près du roi. Puis il dut émigrer, et Lacretelle et Lazouski réussirent à lui faire passer quatre-vingt mille livres (Ch. Lacretelle, ouvr. cité, p. 74). Lacretelle brûla les papiers les plus compromettants du duc (p. 106-107).

Page 973.

1. « Partout la délation, et sans cesse des visites domiciliaires; pas un marmiton qui ne se crût un Brutus pour avoir dénoncé comme conspirateurs à la municipalité les maîtres qui le nourrissaient. » (Anatole France, *Lucile de Chateaubriand, ses contes, ses poèmes, ses lettres*, « Vie de Lucile », XXXI, Charavay, 1879.)

Page 974.

1. Charles Lacretelle, compromis par sa conduite envers le duc de Liancourt, est recueilli par la famille Le Sénéchal retirée à Rouen. Il se prend de passion pour Mlle Sophie, et le confie à Mme Le Sénéchal : « C'est au frère aîné de Sophie que je vais faire une confidence », lui dit Mme Le Sénéchal (ouvr. cité,

p. 103), et elle lui révèle que Florian est son rival, ce qui le décourage tout à fait. L'entrevue est rapportée par France dans l'article cité du *Temps*.

2. Dans l'édition qu'il procure de *Paul et Virginie*, chez Lemerre, en 1877, Anatole France donne une étude intitulée « Le Tombeau de Virginie » (p. 295-297), dans laquelle il relève le « goût Louis XVI pour les tombeaux dans les parcs », avec « des saules sous lesquels on pût lire les *Nuits* d'Young et les *Méditations* d'Harvey ». Il note qu'alors, des mains inconnues élevèrent aux Pamplemousses, dans l'île de France, un tombeau factice à Virginie. La pompe funèbre de Virginie est décrite au dernier chapitre de *Paul et Virginie* : sa tombe, près de l'église des Pamplemousses, est ombragée d'une touffe de bambous. On sait combien le roman de Bernardin de Saint-Pierre fut en vogue, dès sa publication en 1788. Il est tout naturel que Pierre Aubier fasse allusion aux blandices exotiques qu'il suggérait aux lecteurs contemporains.

Page 975.

1. Les « galeries de bois » furent construites en 1784 sur le côté nord de la cour d'honneur du Palais-Royal. Elles comportaient trois rangées de boutiques et deux promenoirs, le tout sous verrière. C'était un lieu très animé et assez mal famé. On le démolit en 1826.

2. Cette chanson est de Dorat-Cubières. Elle s'intitule « L'Exhortation au patriotisme », et se chante sur l'air « Lisette est faite pour Colin ». Anatole France la cite exactement, mais en omettant le troisième couplet qui contient une allusion, difficile à comprendre hors de son temps, aux *Actes des Apôtres* : « Laissez les dames de la cour, / Qu'on nomme aristocrates, / Porter des plaintes chaque jour / Contre les démocrates. / Ces républicains véhéments / sifflés par les Apôtres, / Brisent les chaînes des tyrans / Pour mieux porter les vôtres. » On sait que les *Actes des Apôtres* était un « libelle dirigé contre les patriotes », ainsi que le précise en note le recueil *Le Petit Sans-culotte, almanach chantant, pour la présente année, dédié aux belles républicaines*, Paris, Le Prieur et Langlois, 1793, qui cite la chanson p. 28-29. Celle-ci fut composée pour la fête de la Fédération au Champs-de-Mars du 14 juillet 1790, et se trouve donc opportunément citée ici.

Page 978.

a. à Amélie. Qu'elle m'eût entendu ou non, j'avais livré mon secret à celle qui ne devait point l'entendre. Ne devais-je pas, pour réparer cette faute, en faire l'aveu *RF*

1. Frère d'Eschyle, Cynégyre, à la bataille de Marathon, se jeta à la mer lorsque les Perses prirent la fuite, et saisit le bord d'une galère de sa main droite, qu'un combattant perse coupa d'un coup de hache. Il mourut ainsi ; mais, dans l'Antiquité, son héroïsme fut si exalté qu'il donna lieu à des exagérations : Justin nous montre Cynégyre, les deux mains coupées, s'accrochant à la galère avec les dents !

Page 979.

a. notre fortune. Il a trop de probité pour être un Lovelace, mais il a trop de prudence pour être un Cynégyre. / Elle ajouta RF

1. Sedaine, recevant Florian à l'Académie française, le 14 mai 1788, fit l'éloge du roman *Numa Pompilius* en ces termes : « En composant ce roman moral, s'il vous eût été possible, Monsieur, d'effacer les traces sur lesquelles vous avez essayé de marcher, votre sincérité ne vous l'eût pas permis ; vous avez mieux aimé, fier d'être surpassé par la concurrence, vous livrer aux sentiments de respect dont vous étiez pénétré pour l'illustre Auteur de Télémaque, vous soumettre tout entier à sa haute supériorité, mettre à ses pieds le fruit de vos veilles, et l'offrande n'a point déparé l'autel. » (P. 25 des *Discours* de Florian et Sedaine, imprimés par Demonville, 1788.)

2. Toutes les statues de rois avaient été jetées bas après le 10 août. Pourtant, Henri IV, roi populaire, avait été pavoisé le 14 juillet 1790 ; mais la section Henri IV ne l'épargna point, déclarant : « Nous nous sommes rappelé qu'il n'était pas roi constitutionnel. » (*Annales patriotiques* d'août 1792, citées par les Goncourt, *La Société française pendant la Révolution*, p. 271.)

Page 980.

1. Michel de Cubières, frère cadet du royaliste Simon Cubières, fut au contraire un partisan de la Révolution, et, sous le nom de Dorat-Cubières (il avait beaucoup admiré le poète léger Dorat), il devint après le 10 août 1792 secrétaire greffier de la Commune. Il célébra le gouvernement, Marat et Lepelletier, dans des pièces de vers. Cela ne l'empêcha pas, après avoir malaisément survécu aux derniers moments de la Terreur, de se rallier à l'Empire.

2. En juillet 1791, une partie des constituants quittèrent les jacobins pour se réunir au couvent des Feuillants, près de la salle du Manège à Paris. On comptait parmi eux Barnave, La Fayette, Sieyès, Du Pont de Nemours. La même scission se fit dans les départements. Il va de soi qu'après le 10 août 1792, les feuillants passèrent pour des modérés bons à poursuivre.

Page 981.

1. La « Chanson des sans-culottes », sur l'air « C'est ce qui me console », par Aristide Valcour, fut chantée par l'auteur le 7 juillet 1793 à la séance des jacobins ; voir Constant Pierre, *Les Hymnes et chansons de la Révolution*, Imprimerie nationale, 1904, p. 595. Il y est précisé que le texte de cette chanson se trouve à la Bibliothèque du Sénat.

2. Dans la réalité, c'est le beau-frère de Sophie Le Sénéchal que sauva Charles Lacretelle en témoignant de sa résidence : c'était le marquis d'Audiffret, qui fut inquiété lorsque la famille Le Sénéchal était de retour à Paris. Florian, lui-même assez suspect au gouvernement, refusa son témoignage (Ch. Lacretelle, ouvr. cité, p. 131). Mais Lacretelle courait un plus grand risque, ayant collaboré au *Journal de Paris* avec André Chénier,

et contribué à l'émigration du duc de Liancourt. Anatole France le rappelle dans l'article cité du *Temps*.

Page 983.

1. De 1790 à 1792, Paris fut divisé en quarante-huit sections groupées en douze quartiers. Le quatrième groupait les sections « Oratoire, Louvre, Marché des Innocents, Postes », cette dernière installée dans l'église désaffectée de Saint-Eustache, dans laquelle siégea aussi un club de femmes.

2. *L'Ami du roi, Almanach des honnêtes gens* pour 1792 est signalé au nº 1080 du catalogue La Bédoyère, section « Matières diverses ».

Page 984.

1. C'est ainsi que l'on nommait les filles galantes au XVIIIe siècle.

2. N'ayant pas sa carte de civisme, Charles Lacretelle feint de l'avoir perdue, va au comité révolutionnaire de son quartier pour en faire déclaration, et le citoyen Chrétien, l'un des plus féroces du comité, ne trouvant pas son nom dans les registres, lui demande : « Citoyen, t'es-tu flatté de coucher ce soir dans ton lit ? » (Ouvr. cité, p. 149.) Lacretelle s'en tire, mais il s'engage peu après.

Page 985.

1. En réalité, la réaction de Sophie Le Sénéchal ne fut point aussi vive. Ch. Lacretelle (ouvr. cité, p. 133) écrit : « Mlle Sophie vanta mon courage pour cacher son dépit, mais lui [Florian] et moi nous étions également satisfaits de la conduite que nous avions tenue. » Anatole France respecte cette version dans l'article cité du *Temps*, qui abandonne ensuite le récit de Charles Lacretelle, n'en retenant que la période où les Le Sénéchal, retirés à Montrouge, tâchaient de prendre gaiement leur situation pourtant critique, et jouaient la comédie. Florian venait sans cesse les troubler par ses noires prédictions. Ensuite, sans plus nommer Charles Lacretelle, Anatole France dit la fin de Florian, qui mourut à trente-huit ans le 15 septembre 1794, quelques jours après avoir été élargi de la prison de la Bourbe où il avait été emprisonné. Quant à Sophie, elle fit un riche mariage, peu de mois après sa mort.

Page 986.

1. Le 7 brumaire est le 28 du mois d'octobre du calendrier républicain, qui commence en vendémiaire : nous sommes donc en 1793.

2. Ch. Lacretelle se résolut en effet, n'ayant pas sa carte de civisme, à se faire *inscrire sur le contrôle* d'un régiment. Il prit *la* route de Metz et de Nancy.

Page 987.

1. Le récit de Charles Lacretelle mentionne seulement qu'ayant rejoint à Bar son régiment, il fut logé chez deux chanoinesses, d'abord dans un galetas, puis, s'étant plaint et

les ayant effrayées, dans une belle chambre. Mais son régiment reçut l'ordre de partir pour Maubeuge, où on l'incorpora à un régiment décimé.

2. Le régiment de Lacretelle établit son bivouac à la lueur des feux de l'armée adverse. Le jeune homme oublie peu à peu Sophie : la Sambre est pour lui « un Léthé ». « Mais je n'étais nullement [écrit-il] de l'avis de nos vétérans qui ne cessaient de nous dire *que nous étions à la noce* » (ouvr. cité, p. 164).

Page 988.

a. réquisitionnaire. / Le manuscrit a été retrouvé et fidèlement retracé par / Anatole France *RF*

1. Les officiers qu'avaient élus à Bar les soldats du régiment où se trouvait Lacretelle furent destitués au profit des survivants du régiment décimé de Maubeuge. Ceux-ci se battaient avec feu pour la République, mais ils avaient servi l'Ancien Régime. « Ces héros de la bataille de Wattignies qu'on venait de nous donner pour officiers et sous-officiers étaient tous plus ou moins entachés d'aristocratie. Ils avaient au moins l'aristocratie de l'uniforme. Ils ne se dépouillaient qu'avec regret et fort tard de l'habit blanc de l'ancien régime pour prendre l'habit bleu. Ils se moquaient de la République avec la dernière insolence, et se battaient pour elle en lions. » (Ouvr. cité, p. 162.)

2. Frimaire est au mois de novembre-décembre, nivôse au mois de décembre-janvier. La semaine avait été remplacée par la décade : septidi en est le septième jour, sextidi le sixième. Le 27 frimaire est le 17 décembre, le 6 nivôse le 26 décembre.

L'Aube

Cette nouvelle est reprise à peu près terme à terme au chapitre I des « Autels de la peur », *Journal des débats*, 2 mars 1884, daté du 14 juillet 1789. La jeune femme des « Autels de la peur » se nomme Fanny, et non Sophie; comme le destin du « Marcel Germain » des « Autels de la peur » se calque d'assez près sur celui d'André Chénier, qui signa de ce pseudonyme ses *Autels de la peur*, cette Fanny est évidemment Françoise Le Coulteux, le dernier amour de Chénier, mariée en 1785 à un financier, de très riche famille elle-même, étant fille du banquier Pourrat.

Les suppressions opérées par France dans *L'Étui de nacre* par rapport aux « Autels de la peur » sont minimes et de peu de signification, sauf en ce qui concerne M. Germain voyant les pêcheurs à la ligne : « Il sourit en pensant qu'ils prennent des goujons le 14 juillet 1789 », avait écrit Anatole France en 1884, ce qui ne paraît guère conforme à la personnalité du jeune homme. C'est l'auteur qui parlait là. En ce qui regarde « Les Autels de la peur », texte paru en feuilleton dans *Le Journal des débats* du 2 au 16 mars 1884 et reproduit en annexe de ce volume, précisons qu'il en existe une édition à cent exemplaires hors commerce, fictivement datée du 11 mars 1885. Elle a en réalité été publiée en 1926, par les soins de Joseph Place, Claude Aveline et Jacques Lion.

Nous n'avons pas eu connaissance du manuscrit de l'œuvre. Un dossier relatif à elle a été vendu par Andrieux, le 8 avril 1832, ainsi que le manuscrit même des « Autels de la peur ». De celui-ci n'existe aucune description, si ce n'est que certains des feuillets étaient des coupures du *Journal des débats* corrigées, soit de la main d'Anatole France, soit de celle de Mme de Caillavet. Cela laisse penser qu'il s'agit en fait de la reprise des « Autels de la peur » en vue du recueil *L'Étui de nacre*. L'ensemble, qui figure au catalogue sous le nº 62, a été vendu 7 090 F. Quant au dossier, un article d'Émile Henriot (« Anatole France et la Terreur », *Le Temps*, 13 janvier 1931) indique qu'Anatole France a accumulé des notes de lecture et des extraits d'ouvrages. Mais les exemples qui sont donnés sont assez décevants, car les *Souvenirs de M. Berryer* et *L'Histoire générale des crimes commis pendant la Révolution*, de Prudhomme, n'ont guère été, finalement, utilisés dans les « Autels de la peur ».

L'étude de Juliette de Gardony Gilman, « Les Autels de la peur » (Nizet, 1971), qui reproduit le texte des feuilletons et les éclaire, nous a été d'une très grande aide.

Page 989.

1. Léonie Bernardini publia en 1894, chez Plon-Nourrit, *La Littérature scandinave*, suite d'études sur Strindberg, Brandès, Ibsen, etc. Elle était liée avec Anatole France depuis quelques années : c'est dans sa propriété du « Prieuré », à Saint-Thomas, que l'écrivain passa en 1892 des vacances avec sa fille Suzanne.

2. Anatole France a logé sa « Fanny » à Passy, et non pas à Luciennes (Louveciennes était ainsi nommé alors), où habitait Fanny Le Coulteux. Mais c'est à Passy que fut arrêté Chénier, le 17 ventôse an II, au domicile où s'était caché le marquis de Pastoret. Il l'avait loué au nom de sa belle-mère, Mme Piscatory. Le marquis ayant pris la fuite, Mme de Pastoret désira voir sa mère demeurée seule, et Chénier l'accompagna à Passy. C'est donc par hasard qu'il fut arrêté par le comité révolutionnaire, qui cherchait Mme de Pastoret. Le domaine de Luciennes était infiniment plus somptueux que le domaine de Sophie.

Page 990.

1. Jacques Flesselles, dernier prévôt de Paris, né en 1721, fut tué le 14 juillet 1789 en place de Grève par les Parisiens, qui avaient découvert sur de Launay, le gouverneur de La Bastille, un billet prouvant à quel point la conduite du prévôt des marchands était suspecte.

Bernard-René Jourdan de Launay, né en 1740, gouverneur de La Bastille depuis 1776, fut pris par les vainqueurs de *La Bastille*, et massacré en place de Grève, ainsi que des invalides qui assuraient la garde de la forteresse.

2. La Fayette (Marie-Joseph), né en 1757, mort en 1834, héros de l'indépendance américaine, avait demandé la convocation des États Généraux, et il était député de la noblesse d'Auvergne et vice-président de l'Assemblée lorsque la Révolution éclata. Il fut proclamé le 15 juillet commandant de la

garde nationale. Sa popularité cessa après la fuite du roi à Varennes, et après l'émeute du Champ-de-Mars (17 juillet 1791), lors de laquelle il fit tirer sur la foule. Sur Bailly, voir n. 4, p. 963.

3. Les *Nuits* d'Young (« Pensées nocturnes sur la vie, la mort et l'immortalité », 1742-1746), traduites par Letourneur, marquèrent profondément la sensibilité de la fin du XVIIIe siècle; Chénier (qui fit un séjour en Angleterre) les connaissait et les aimait. Camille Desmoulins les lut dans sa prison.

Page 991.

1. « L'Élysée d'André Chénier, c'est un jardin anglais avec des allées tournantes, et, sur un tertre, un temple en rotonde où l'on voit des colombes qui se baisent. Il y a là des ruines artificielles et des tombeaux comme on en mettait, sous Louis XVI, dans les parcs où les " mortels sensibles " se promenaient deux à deux / [...] / Le parc Monceau, enfin, mais dans une belle campagne, à l'abri des profanes. » (*Le Globe*, 7 août 1879, « La Mère d'André Chénier ».) André Chénier, dans son élégie V, « À Fanny », écrivait : « Sur ce gazon assise, et dominant la plaine, / Des méandres de Seine, / Rêveuse, elle suivait les obliques détours. » (*Œuvres posthumes*, éd. Becq de Fouquières, Charpentier 1872, p. 293.)

2. Dans *Le Temps* du 16 octobre 1887, « Becq de Fouquières », Anatole France évoque l'érudit, qui vient de mourir, dans les Champs-Élysées : « À coup sûr M. Becq de Fouquières entretient en ce moment François de Pange et André Chénier, sous l'ombre des myrtes. Assise près d'eux, sur un banc de marbre, Fanny joue avec son petit enfant qu'elle a retrouvé. »

3. Fanny Le Coulteux avait été peinte par David. Le tableau a brûlé. Il en reste une gravure sur parchemin par Desmoulins. On lui voit un teint pâle, un visage rond aux lignes pures.

Page 992.

1. Ces paroles unissent évidemment Rousseau et Voltaire; Anatole France a infiniment plus d'estime pour ce dernier : dans *L'Amateur d'autographes* du 1er-16 avril 1868 (*Revue bibliographique*, « Le Vrai Voltaire, l'homme et le penseur », par Éd. de Pompery), il écrit : « L'âme d'un tel homme devait être éternelle, elle passa dans la France de 1789, inspira les rédacteurs des Cahiers et souffla son intelligence à la Gironde. Les œuvres de Jean-Jacques sont loin d'avoir eu une aussi saine influence. Découpées phrase par phrase dans les discours de Robespierre, elles servirent de formule à sa fausse sensibilité et à son hypocrisie autoritaire. » Il ne varia point à ce sujet; mais il savait aussi que les enthousiastes chérissent l'amalgame, et que Voltaire et Rousseau figuraient en pendant sur les cheminées des « hommes sensibles », à la veille de la Révolution. Il évoqua cette réconciliation dans son article « Réflexions à propos de *Thermidor* de Victorien Sardou », *Le Temps*, 1er février 1891, *VL*, V.

2. « Cette Fanny, la dernière et la plus pure image dont il ait rêvé, représente, de sa grâce délicate, ces âmes à la Clarisse et à la Paméla. » Les femmes dont Fanny est le type « étaient spirituelles, humaines, sensibles, un peu philosophes. La Révo-

lution qu'elles souhaitaient les surprit, et plus d'une, condamnée à mort sans savoir pourquoi, porta sur l'échafaud les grâces à jamais regrettables de l'ancienne société » (*Le Globe*, 7 août 1879, « La Mère d'André Chénier »).

3. Fanny n'était point veuve. Son mari fut incarcéré en 1794 ; il ne survécut pas longtemps à sa libération, après Thermidor. Fanny mourut elle-même de la poitrine en 1796, ainsi que sa petite fille Hélène. Son fils Charles mourut à son tour en 1804, de la même maladie.

Page 993.

1. Si Fanny Le Coulteux incarne les jeunes femmes imbues de l'idéalisme de Rousseau, dont le type est Mme Roland, les commensaux de la maison de Passy font songer aux hommes qui formaient la société de la mondaine et libérale Mme Pourrat, mère de Fanny : Condorcet (qui publia des *Réflexions sur le commerce des blés*, en 1776), les Trudaine, les Suard. Ils furent reçus, une fois Fanny mariée, dans son château de Voisins, situé sur un coteau dominant la Seine. Charles de Lacretelle mentionne leurs entretiens dans son *Testament politique et littéraire*. Mais il ne faut pas oublier que le mémoire *Sur le commerce des grains* est de Necker. En fait, Anatole France fait de Franchot un homme ouvert aux doctrines physiocratiques et aux utopies républicaines, une sorte de type du révolutionnaire, qui deviendra fortement suspect aux « patriotes » de 1792, dans « Les Autels de la peur » (chap. III).

2. Erreur de calcul, au lieu de vingt et un ans.

3. Le tyran Hipparque fut tué à Athènes par Aristogiton et Harmodius, son amant, dit-on, dont Hipparque était à son tour tombé amoureux. Les circonstances sentimentales de ce meurtre furent mises entre parenthèses par les républicains, qui firent des deux amis les premiers des tyrannicides, et d'Hipparque un tyran au sens moderne du terme, alors que, on le sait, ce terme désignait primitivement un chef de parti, sans nuance péjorative. Pour les Tarquins, les derniers rois de Rome, ils souffrent ici de la réputation justifiée de tyran que s'attira le dernier d'entre eux, Tarquin le Superbe, banni par Brutus en 509 avant notre ère.

Page 994.

1. Cette anecdote a été reprise par « Les Autels de la peur » à l'actuel chapitre III du *Livre de mon ami*, « La Grand-Maman Nozière ». Seulement Jean Duvernay s'y nomme Dussuel ; il est ami de Cabanis, et père de Caroline, la grand-mère de Pierre. Nous n'avons pu trouver l'origine de cette anecdote ; Duverney (J. G., 1648-1730) est bien un nom mentionné par Cabanis, parmi ceux des chirurgiens notables, dans son *Coup d'œil sur les révolutions et les réformes de la médecine*, mais il ne peut, à l'évidence, être l'auteur de la belle réplique humanitaire à Marie-Antoinette que cite Franchot.

Page 995.

1. Les États Généraux s'étaient réunis à Versailles le 5 mai 1789. La grande question était de décider entre le vote par

ordre (clergé, noblesse et tiers état séparés) et le vote par tête, évidemment plus démocratique, et soutenu par le tiers état, qui s'érigea le 17 juin en Assemblée nationale, invitant les autres ordres à se joindre à lui. Après de nombreuses péripéties, la réunion des trois ordres se fit le 27 juin.

2. Necker fut renvoyé par le roi, conseillé par un comité secret de contre-révolutionnaires, le 12 juillet 1789. Or, il était extrêmement populaire, paraissait le gardien des valeurs en Bourse et le garant du libéralisme dans le gouvernement. Il fut rappelé le 17 juillet.

Page 996.

1. Dans l' « Étude sur la vie et les écrits politiques d'André Chénier » qui précède la nouvelle édition des *Œuvres en prose* d'André Chénier par Becq de Fouquières, Charpentier, 1872, on lit, p. XVIII, ces lignes qui ont à l'évidence inspiré Anatole France : « M. de Condorcet avait dirigé la conversation sur le progrès illimité des sciences; il voyait la raison et la vertu croître d'âge en âge et l'humanité s'acheminer vers un nouvel âge d'or. S'animant en parlant et comblant nos descendants de tous les dons magnifiques que lui fournissait son imagination, il en arriva, de degré en degré, jusqu'à l'infaillible découverte qui assurerait aux hommes l'immortalité sur la terre. Ce fut Mme Pourrat qui l'interrompit avec une légère teinte d'ironie. Cette promesse de vieillesse éternelle était bien faite pour effrayer une femme qui avait connu tout le prix de la grâce et de la jeunesse. ‘ Trouvez-nous donc, s'écria-t-elle enfin, une fontaine de Jouvence, sans quoi votre immortalité me fait peur. — C'est donc la résurrection chrétienne que vous préférez ? reprit M. de Condorcet. Je crains bien que les anges et les saints ne se sentent un peu plus portés à favoriser le chœur des vierges aux dépens des douairières. ” » Mme Le Coulteux intervient alors dans la conversation, que Becq de Fouquières rapporte d'après le *Testament politique et littéraire* de Lacretelle, et dit : « — Je ne sais pas de quel prix seront ces pauvres charmes formés du limon de la terre, aux yeux des anges et des saints; mais je crois que la puissance divine saura mieux réparer les outrages du temps, s'il en est besoin dans un tel séjour, que votre physique et votre chimie ne pourront y parvenir sur cette terre. Il me semble que tout s'embellit avec une auréole céleste. »

2. Tout, ici, souligne l'influence de Rousseau sur les mœurs de l'époque Louis XVI; l'arrangement du parc évoque l' « Élysée » aménagé par Julie dans *La Nouvelle Héloïse* (4e partie, lettre XI).

Page 997.

1. Chénier imita dans ses *Épigrammes*, XXXIV, la première idylle de Gessner : « Ma Muse fuit les champs abreuvés de carnage [...] » Cela donne une idée de la vogue du poète suisse en France, et particulièrement de ces *Idylles* qui semblaient alors un modèle de naïveté, dans la vertu et la bienfaisance chantées par les bergers. Le passage cité par Sophie est la

fin d'une des idylles les plus connues, « Le Souhait »; celui qui parle s'adresse à sa « tendre amie », qu'il imagine passant auprès du tombeau où il reposera.

Madame de Luzy

La première partie de cette nouvelle est formée d'un extrait du chapitre III des « Autels de la peur », feuilleton du *Journal des débats* du 7 mars 1884. Il est daté du 15 septembre 1892. Anatole France l'a beaucoup écourté, car il en a exclu tout ce qui faisait expressément référence à l'œuvre politique d'André Chénier. Il lui a donné la forme d'un récit à la première personne, et l'héroïne n'est pas celle de « L'Aube », alors que celle du chapitre III des « Autels de la peur » est naturellement la Fanny des précédents chapitres.

Quant à la seconde et à la troisième partie de la nouvelle, elles s'inspirent de beaucoup plus près, avec quelques variantes et suppressions, de la suite du chapitre III des « Autels de la peur », parue le 8 mars 1884 dans *Le Journal des débats*. L'anecdote a déjà été écrite par Anatole France, mais dans une tout autre tonalité générale, dans le chapitre VII de la seconde partie du « Petit Bonhomme », paru dans *La Nouvelle Revue* le 15 février 1883, un an avant « Les Autels de la peur »; c'est l'actuel chapitre III des « Nouvelles Amours » du *Livre de mon ami*. Anatole France en a brisé dans « Madame de Luzy » la continuité subjective. Par rapport au chapitre des « Autels de la peur », c'est la continuité de l'intrigue qui est rompue dans la nouvelle qu'on lit ici. Madame de Luzy n'apparaît point ailleurs dans *L'Étui de nacre*, alors que l'anecdote était un épisode de la vie de la grand-maman Nozière et de « Fanny ». Elle est empruntée par Anatole France au *Journal* de Grace Elliott : sur l'étendue et la nature de cet emprunt, nous renvoyons à la note 1 de la page 477 du *Livre de mon ami*.

Cette nouvelle a paru dans *Le Gaulois* du 29 juillet 1890. Nous donnons les quelques variantes significatives que le texte du *Gaulois* présente par rapport à la nouvelle du volume.

Page 998.

1. Marcel Proust, dont on sait qu'Anatole France devait préfacer en 1896 *Les Plaisirs et les Jours*, fut présenté durant l'été 1889 à Mme de Caillavet et naturellement à Anatole France, à qui il avait écrit anonymement une lettre d'admiration dès le 15 mai 1889. Il devait se lier intimement à Gaston Arman de Caillavet. Depuis mars 1886, il collaborait à la petite revue *Le Banquet*, qu'il avait fondée avec Daniel Halévy et qui passa rapidement sous la direction de Fernand Gregh. Proust y publia en février 1893 *Violante ou la Mondanité*, qu'il dédia à Anatole France.

2. *Orphée* de Gluck, paroles de Moline, fut représenté pour la première fois à l'Opéra le 2 août 1774. La partition date de 1764. Par « la prière d'Orphée », Anatole France désigne sans

doute l'air du second acte que chante Orphée aux divinités infernales : « Laissez-vous toucher par mes pleurs ».

3. André Chénier parle des « criailleries » des « brouillons faméliques » dans l'*Avis aux Français sur leurs véritables ennemis* paru le 28 août 1790 dans les *Mémoires de la Société de 1789*, journal dirigé par Condorcet. C'est en avril 1791 qu'il écrivit *Les Autels de la peur*. Les « deux ans » de luttes dont parle ici le héros sont bien les deux ans de luttes de Chénier. Mais c'est bien plus net dans « Les Autels de la peur ».

Page 1000.

a. sont rusées. / Alors, avec tranquillité, comme si elle eût été occupée d'un soin domestique et quotidien, elle tira *Gaulois*

1. Jacques Cazotte (1719-1792), royaliste, fut arrêté après la journée du 10 août, et guillotiné le 25 septembre 1792.

Page 1001.

a. simplement, avec une auguste candeur, elle se déshabilla *Gaulois*

Page 1003.

a. mort. / Puis, se tournant vers moi : / — Pauvre ami ! vous qui aviez tant de plaisir à me dire, de temps en temps, que vous m'aimiez; vous ne me le direz plus ! / Extrait des *Mémoires* inédits de Hubert-Madeville, publiés par Anatole France *Gaulois*

La Mort accordée

Cette nouvelle est la reproduction, avec les variantes nécessaires pour rompre le fil de l'intrigue, et quelques judicieuses corrections de style, du chapitre IX des « Autels de la peur », 26 floréal an II, paru le 15 mars 1884 dans le *Journal des débats*. Le héros en est Germain.

Page 1004.

1. Albert Tournier, né en 1853, avait été un collaborateur de Gambetta. Il était bibliothécaire au ministère de l'Instruction publique, historien (il allait publier un ouvrage sur Vadier, président du comité de sûreté générale sous la Terreur) et ardent félibre. Il publia en collaboration avec Paul Arène, en 1890, *Des Alpes aux Pyrénées*, qu'Anatole France préfaça.

2. Le *Courrier de l'égalité* dura du 16 août 1792 au 15 mars 1796. Son rédacteur était A. F. Lemaire. Il paraissait à Paris, chaque jour, en fascicule de huit pages.

3. Il se peut que France ait trouvé le point de départ de son personnage dans celui de Chabot, moine défroqué et paillard, ancien capucin, qui vivait avec une robuste demoiselle Jeannette. Il en est question dans *Les Prisons de Paris*, chapitre « Port-Libre », de l'ouvrage de Charles-Aimé Dauban, *Les Prisons*

de Paris sous la Révolution d'après les relations des contemporains, 1870, dont France rendit compte avec beaucoup d'admiration dans *La Vogue parisienne* du 19 août 1870 (« Les Prisons de Paris sous la Terreur ») et *L'Amateur d'autographes* de novembre-décembre 1873, p. 176-179.

Page 1005.

a. intitulé : Les Autels de la Peur. Tu ne me feras pas *JD, orig.*

1. *Le Secret dévoilé, Les Secrets dévoilés*, sont des brochures révolutionnaires dont nous avons trouvé trace; *Le Sans-culotte, Le Sans-culotte observateur*, des journaux éphémères de l'an II. Nous n'avons pas trouvé ce pamphlet *Les Sans-culotte dévoilés*, qui peut bien avoir figuré dans une des nombreuses liasses de pamphlets mentionnées par le catalogue La Bédoyère. Mais c'est en tout cas un titre substitué en 1922 seulement au titre *Les Autels de la peur*, qui était cité dans les éditions précédentes.

2. C'est l'ancien couvent de Port-Royal, transformé en prison sous le nom de Port-Libre, et surnommé familièrement « la Bourbe ».

Page 1006.

1. Horace, *Odes*, livre II, 3, dernière strophe : « Tous, nous sommes poussés au même lieu; le sort de nous tous est agité dans l'urne et sortira tôt ou tard, et il nous fera monter dans la barque funèbre pour l'éternel exil. »

Anecdote de floréal, an II

Cette nouvelle est formée de fragments des chapitres VI et VIII des « Autels de la peur », parus, le chapitre VI le 14 mars, le chapitre VIII le 15 mars 1884, dans le *Journal des débats*, combinés de manière que Marcel Germain n'apparaisse point dans ces scènes, alors qu'il est constamment présent dans l'esprit de Fanny et prend d'ailleurs, au chapitre VII ici supprimé, l'initiative de l'action. Elle a été publiée dans *Le Gaulois* du 29 août 1890, sous le titre : « Pauline, Anecdote de floréal, an II ». La « Fanny » du volume s'y nomme « Pauline de Luzy »; à part cette variante, le texte est le même dans le journal que dans le volume.

Page 1007.

1. Jeanne Cantel publia en 1890 chez Havard *Cléopâtre*, et en 1892 chez Plon-Nourrit *Périnaïk*, romans sans grand intérêt. Elle fut la secrétaire d'Anatole France, qui, le 7 décembre 1890, lui consacra une partie de sa chronique du *Temps* : « Le Roman historique — Mme Dieulafoy-Mlle Cantel ».

2. Dans ses *Mémoires d'un père*, Marmontel conte qu'une Mlle Navarre lui offrit d'aller écrire en paix dans sa terre d'Avenay en Champagne (*Mémoires*, p. 117).

Page 1008.

1. Da..., ouvr. cité, p. 268, n. 1, indique que beaucoup d'idy... nouèrent dans les prisons, soit dans la cour de ... soit à travers la grille qui séparait à la conciergerie ... des hommes de celui des femmes. Voici à ce propos ...gnage de Beugnot, p. 185 : « J'aimais à considérer ...mes à midi; mais je préférais de leur parler le matin, et ...enais ma part des entretiens plus intimes du soir quand je ...courais risque de troubler le bonheur de personne; car le ...ir tout était mis à profit : les ombres croissantes, la fatigue des guichetiers, la retraite du plus grand nombre des prisonniers, la discrétion des autres, et dans ce moment de paix qui prélude à la nuit, on a béni plus d'une fois l'imprévoyance de l'artiste qui a dessiné la grille. Cependant les êtres capables de cet inexplicable abandon avaient leur arrêt de mort dans la poche. »

Rappelons qu'Aimée de Coigny, frivole, récemment divorcée, noua à Saint-Lazare une idylle avec son voisin de prison Mouret de Montrond, pendant que Chénier la célébrait dans « La Jeune Captive ».

2. Ch. A. Dauban, p. 226, à propos de la prison du Luxembourg, reproduit ce témoignage : « Le traiteur Lereyde [...] servait deux plats, dont l'un de légumes nageant dans de l'eau, et l'autre, toujours de viande de porc mêlée avec des choux [...] Il fallait apporter avec soi [...] une assiette pour recevoir la portion qu'on vous servait [...] et des couverts de bois. »

3. Voici le témoignage de Beugnot dans le livre cité de Dauban, p. 184 : « La toilette revendiquait ses imprescriptibles droits. On paraissait le matin dans un négligé coquet et dont les parties étaient assorties avec tant de fraîcheur et de grâce que l'ensemble n'indiquait pas du tout qu'on eût passé la nuit sur un grabat, et le plus souvent sur une paille fétide. En général, les femmes élevées que l'on conduisait à la Conciergerie y conservaient jusqu'au bout le feu sacré du bon ton et du goût. Quand elles avaient paru le matin en négligé, elles remontaient dans leurs chambres, et sur le midi on les voyait descendre habillées avec recherche, coiffées avec élégance. Les manières n'étaient plus celles du matin; elles avaient quelque chose de plus prononcé et une sorte de dignité; sur le soir, on paraissait en déshabillé. J'ai remarqué que presque toutes les femmes qui le pouvaient étaient fidèles aux trois costumes de la journée. Les autres suppléaient à l'élégance par la propreté compatible avec le local. »

Page 1009.

1. Dauban, ouvr. cité, note les vers de Vigée p. 316-317 de son ouvrage. Il s'agit en fait d'une longue pièce lue par Vigée à ses compagnons de prison, et qui commence ainsi :

« À l'acacia »

Arbre dont la feuille légère
Aux amants réunis sous tes rameaux nombreux
Prête son ombre tutélaire,
Arbre chéri, que ton sort est heureux !
Dès que la Nuit, suivant sa route obscure,

Couvre de son rideau l'azur brillant des cieux,
L'Amour, pour préparer ses larcins et ses jeux,
Choisit le trône de verdure
Dont s'entourent tes pieds noueux.

Les vers ici lus par Fanny sont les derniers de la pièce de et sont ainsi introduits :

Quand ton heure sera venue,
Je veux qu'un simple monument
Te rende aux regrets de l'amant,
Au souvenir de l'amante ingénue ;
Je veux que sur la pierre émue
Ces faibles vers se gravent tristement :
« Ici, des cœurs exempts de crimes, [...]

Il faut noter que le vers *Respectez, protégez cet arbre généreux* est chez Dauban : *Pleurez cet arbre généreux.*

Page 1010.

1. Ici Anatole France s'inspire des souvenirs de Delphine de Custine, contés dans Astolphe de Custine, *La Russie en 1839*, 1843. Delphine intéresse au sort de son mari emprisonné la fille du geôlier, qu'elle paie très cher. Elles conviennent que Mme de Custine prendra les habits de la fille du geôlier, et qu'elle sortira de la prison avec son mari déguisé en femme. Mais la veille du jour choisi pour l'évasion, la Convention décrète la mort pour quiconque favorisera la fuite d'un détenu. Malgré les supplications de Louise, la fille du geôlier, qui tient à se marier et à faire sa fortune, M. de Custine refuse de lui faire courir un tel danger (p. 37-40). Ajoutons une autre influence évidente sur Anatole France, celle de *Stello* de Vigny, les chapitres XXIII et XXVIII notamment, qui présentent Rose et son amoureux Blaireau.

La Perquisition

Cette nouvelle reproduit, avec d'assez importantes variantes, le chapitre V des « Autels de la peur », paru dans le *Journal des débats* du 12 mars 1884. Le texte de la lettre que lit Julie est, en particulier, très différent de celui des lettres de Marcel Germain et de Franchot, que lit Fanny. L'épisode de la perquisition avait paru dans une première version dans *La Nouvelle Revue* de février 1883 (chapitre VII de la seconde partie du « Petit Bonhomme »), et fit partie en 1885 du chapitre III des *Nouvelles amours*.

Dans l'édition originale de *L'Étui de Nacre*, cette nouvelle est incluse dans le conte *Le Petit Soldat de plomb*. Voir var. *b*, p. 1020.

Page 1012.

1. *Le Devin du village*, opéra pastoral en un acte, de J.-J. Rousseau, fut représenté devant le roi et la cour à Fontainebleau le 18 octobre 1752, et à l'Opéra le 1er mars 1753.

Le Petit Soldat de plomb

Ce conte parut dans *Le Temps* du 1er janvier 1890, sous le titre « Le Petit Soldat de plomb — Conte pour le jour de l'an ». Il était dédié à Mme Gaston Meyer, comme dans l'édition originale. La dédicace a disparu dans l'édition de 1922, lorsque le conte s'est trouvé profondément modifié.

Page 1017.

a. mille riens que je vénère par fétichisme et qu'anime pour moi le souvenir des heures riantes ou mélancoliques. Les coups *T, orig.*

1. Ce sont les statuettes provenant de la nécropole fouillée par l'École française d'Athènes, dont Anatole France parle dans *Le Temps* du 15 avril 1888, en distinguant le genre un peu « sévère dans la coquetterie même » de Tanagra, des statuettes de Myrina qui « expriment tout le sensualisme et tout l'énervement de l'Asie ».

Page 1018.

1. Les gardes-françaises, l'un des deux régiments d'infanterie casernés à Paris (l'autre était des gardes suisses), formaient un fort beau régiment adulé des Parisiens et mécontent des duretés de son nouveau colonel, le duc de Châtelet : le 25 et le 26 juin 1789, les soldats refusèrent de faire leur service, et ceux qui avaient été emprisonnés à la suite de cet acte d'insoumission furent délivrés le 30 juin par la foule. Ils furent de son côté lors de l'émeute du 12 juillet, causée par le renvoi de Necker, et jouèrent un rôle déterminant dans la prise de la Bastille, le 14 juillet. Les six bataillons de gardes-françaises, restés sans officiers, furent refondus à la fin du mois de juillet et mis à la disposition de l'Assemblée pour maintenir l'ordre dans Paris.

2. Ce terme n'a été inventé qu'en 1846 par W. J. Thoms, qui le définit : « the learning of the people ». Il a mis longtemps à s'acclimater en France, comme on le voit par la graphie « folk-lore » ici employée. Il faut donc qu'il soit expliqué à La Tulipe.

3. L'himation est le manteau, drapé par-dessus tous les autres vêtements.

Page 1019.

a. des ancêtres. Au reste, je méprise beaucoup les Galates. De mon temps, *T, orig.* ↔ *b.* les âmes et les yeux. Mais il se débitait chaque jour sur ton agora autant de sottises qu'en peuvent moudre en toute une saison nos conseils municipaux. Je ne regrette pas de n'avoir point été citoyen de Larisse ou de Tanagra. Toutefois, il convient de reconnaître *T, orig.* ↔ *c.* dans son tablier, elle pleura de tout son cœur. / La Tulipe était devenu rouge comme les revers de son habit : il ne peut souffrir les scènes et il lui est extrêmement désagréable d'entendre les reproches qu'il a mérités. Je rassurai du mieux que je pus la petite batteuse de beurre et j'invitai mon garde-française à ne point s'attarder après la revue, dans quelque cabaret de sorcière. Il le promit *T, orig.*

1. La Galatie est une province de l'Asie Mineure, qui fut donnée aux Gaulois par Nicomède Ier. De tous les peuples asiatiques, les Galates étaient les seuls qui ne parlaient pas le grec, mais le dialecte gaulois des environs de Trèves.

Page 1020.

a. Il y a cent quatre ans, jour pour jour *T, orig.* ↔ *b. Le conte du « Temps » continue avec le texte du conte « La Perquisition », sans variante. Il se termine ainsi :* Ayant ainsi parlé, La Tulipe ralluma sa pipe, qui s'était éteinte, et vida son verre. — Mon ami, lui dis-je, il faut être juste. Pour un garde-française, vous contez avec délicatesse. Mais il me semble bien avoir déjà entendu cette histoire quelque part. / — Il se peut que Julie l'ait racontée. C'est une personne d'infiniment d'esprit. / — Et qu'est-elle devenue ? / — Elle eut de belles heures encore au temps du Consulat. Pourtant elle murmurait, le soir, aux arbres de son parc des secrets douloureux. Voyez-vous, monsieur, elle était plus forte contre la mort que contre l'amour. / — Et lui, qui écrivait de si belles lettres ? / — Il devint baron et préfet de l'Empire / — Et le petit Émile ? / — Il est mort en 1850, à Versailles, colonel de gendarmerie. / — Diable ! *Le texte de l'édition originale est le même, si ce n'est qu'il se termine par* — Il est mort en 1859, à Versailles, colonel de gendarmerie. / — Fichtre !

1. La bataille de Fontenoy fut gagnée par les Français le 11 mai 1745, durant la guerre de succession d'Autriche, par le maréchal de Saxe, et en présence de Louis XV et du Dauphin. La Tulipe explique à sa manière l'interpellation de Lord Ch. Hay, capitaine aux gardes anglaises, « Faites tirer vos gens ! », et la réponse bien connue du comte d'Auteroche. Toujours est-il que les gardes-françaises durent reculer sous le feu des Anglais; mais le maréchal de Saxe reprit l'avantage par une canonnade et une attaque de flanc. On notera dans ce conte une impossibilité chronologique : le soldat de 1745 ne peut guère avoir pris la Bastille, quarante-quatre ans plus tard ! Mais c'est que la première version du conte, parue dans *Le Temps*, faisait effectivement vivre toutes ses aventures à la Tulipe durant l'époque révolutionnaire : l'anecdote qu'il raconte est « La Perquisition », conte qui précède, dans le volume, « Le Petit Soldat de plomb ».

Page 1022.

1. C'était une croyance populaire des Français pendant la guerre de Cent Ans, ce pourquoi on appelait les Anglais « coués », munis de queues. Le surnom de « goddam » existait aussi déjà. Anatole France sait tout cela par ses études sur Jeanne d'Arc.

Page 1023.

1. *Le poème de Fontenoy*, aussi nommé *La Bataille de Fontenoy*, fut écrit par Voltaire lorsque la nouvelle de la victoire du 11 mai 1745 fut connue à Paris, c'est-à-dire le 14 mai (l'approbation du censeur Crébillon est du 17 mai). C'est un poème épique dédié à Louis XV; il est écrit dans le style pompeux que l'on attend de ces compositions, avec une énumération des guerriers qui s'illustrèrent dans la bataille, l'évocation des « vents affreux du nord », l'éloge de Louis XV et du Dauphin, et l'apostrophe finale aux « Français, heureux guerriers, vainqueurs doux et terribles ». On trouvera ce poème, t. VIII des *Œuvres complètes* de Voltaire, édition Garnier 1877, p. 383-433.

Appendice

LES AUTELS DE LA PEUR

NOTICE

Voici les dates de publication des chapitres des « Autels de la peur » dans *Le Journal des débats* de 1884, avec l'indication, le cas échéant, de leur concordance avec des nouvelles de *L'Étui de nacre* :

— Chapitre I, 2 mars. Repris presque terme à terme dans « L'Aube ». Voir Notice à la page 1442.

— Chapitre II, 5 mars. Repris pour la première moitié, et fortement modifié, dans un passage des « Mémoires d'un volontaire » : voir n. 4 à la page 998.

— Chapitre III, 7 mars, jusqu'à : « où il avait eu son étal, Colin ! », p. 1038, et 8 mars, de « En murmurant ce nom » à la fin du chapitre. Repris dans « Madame de Luzy », avec de fortes modifications pour la partie parue le 7 mars, et de moindres modifications pour la partie parue le 8 mars. Voir Notice aux pages 1446-1447.

— Chapitre IV, 11 mars. Non repris dans une nouvelle de *L'Étui de nacre*.

— Chapitre V, 12 mars. Repris dans « La Perquisition », avec de fortes modifications : annoncé par le chapitre VII de la seconde partie du « Petit Bonhomme », *La Nouvelle Revue*, 15 février 1883. Voir Notice à la page 1451.

— Chapitre VI, 14 mars. Repris par fragments, combinés avec des fragments du chapitre VIII, dans « Anecdote de floréal, an II ». Voir Notice à la page 1449.

— Chapitre VII, 15 mars. Non repris dans une nouvelle de *L'Étui de nacre*.

— Chapitre VIII, 15 mars. Repris par fragments combinés avec des fragments du chapitre VI dans « Anecdote de floréal, an II ». Voir Notice à la page 1449.

— Chapitre IX, 15 mars. Repris avec des variantes dans « La Mort accordée ». Voir Notice à la page 1448.

— Chapitre X, 16 mars. Non repris dans une nouvelle de *L'Étui de nacre*.

— Chapitre XI, 16 mars. Non repris dans une nouvelle de *L'Étui de nacre.*

Pour éclairer les « Autels de la peur », nous renvoyons aux notes des nouvelles de *L'Étui de nacre*, quand elles reprennent des chapitres du roman. Nous n'annotons ici que les chapitres ou passages de chapitres non repris par des nouvelles de *L'Étui de nacre.*

NOTES

Page 1033.

1. L'air du *Carillon national* est celui d'une contredanse composée par un obscur musicien, Bécourt, violoniste de l'orchestre du petit théâtre du Beaujolais, avant la Révolution. Cet air était à la mode. Un chanteur ambulant, du nom de Ladré, y adapta les paroles du « Ça ira », qui, à l'origine, était une louange du patriotisme et des représentants du peuple. Plus tard, on ajouta le refrain « les aristocrates à la lanterne » qui fit de la chanson l'une des préférées des partisans de la Terreur. Le 9 juillet 1790, nous n'en sommes pas là.

2. La citoyenne Rochemaure, dans *Les dieux ont soif*, a gardé quelque chose de la coquetterie et de la légèreté de Cécile de Rochemore. Mais c'est une femme plus mûre et plus trouble, qui trafique, a de jeunes amants, et se hâte de brûler une vie qu'elle sait menacée. Elle est en effet guillotinée sous l'inculpation d'intelligence avec l'étranger.

3. Cette description est conforme à celle que donne Louis-Sébastien Mercier de l'arrivée du roi au Champ-de-Mars, dans *Paris pendant la Révolution*, Poulet-Malassis, 1862, p. 72. On trouve dans Mercier beaucoup des détails ici repris par Anatole France : l'air du *Carillon national*, la participation aux travaux de Gérard, Sieyès et Beauharnais, la délégation des bouchers, l'enfant qui bégaie « ça ira ! » dans les bras de son aïeul (chapitre XIV, « Travaux du Champ-de-Mars », p. 66-72, t. I).

Page 1036.

1. Si *Les Autels de la peur* est bien le titre d'un écrit d'André Chénier, modèle de Marcel Germain, les circonstances de sa composition sont toutes différentes de celles qu'invente ici Anatole France, par enjolivement romanesque. *Les Autels de la peur* furent publiés pour la première fois en 1819, et non du vivant de Chénier. Ils ne contiennent pas de dédicace. En outre, la date de composition n'est pas celle que donne France, et la dernière édition de Chénier parue avant le roman de France le précise bien. Il s'agit des *Œuvres en prose d'André Chénier*, Charpentier, 1872. L. Becq de Fouquières écrit : « C'est à tort que les éditions de 1826 et de 1840 ont fixé la date de sa composition à l'année 1792 » (p. 76). Il la fixe quant à lui en avril 1791, d'après une scène à laquelle Chénier fait allusion en écrivant qu'elle remonte à quelques jours : une séance privée de musique, interrompue par une irruption de gens du peuple criant au complot.

2. C'est une expression d'André Chénier dans son *Avis au peuple français sur ses véritables ennemis*, 1790, *Œuvres en prose*, éd. citée, p. 20. De même pour les « démonstrations convulsives d'amour » (p. 19).

3. Le 20 juin 1792, c'est l'invasion des Tuileries par des manifestants conduits par Legendre et Santerre, pour protester contre le renvoi de trois ministres girondins.

4. Le 10 août 1792, l'ennemi étant entré en France et l'entourage royal étant soupçonné de complot, les Tuileries sont envahies, la royauté est suspendue par l'Assemblée, et la Convention est instaurée.

5. Il s'agit des massacres perpétrés dans les prisons et les maisons d'arrêt de Paris entre le 2 et le 5 septembre 1792 : environ mille prisonniers tués, parfois après un « jugement » de tribunaux établis à la hâte dans la prison même, et soumis à la pression de manifestants persuadés qu'il existait un complot entre les « suspects » et les ennemis parvenus jusqu'à Verdun. Les égorgeurs tuèrent plus de trois cents personnes à la prison de l'Abbaye (à l'emplacement de l'actuel boulevard Saint-Germain, entre les nos 166 et 135), plus de cent à la prison des Carmes (actuel 70, rue de Vaugirard), et, à la Force (actuelle rue du Roi-de-Sicile), un grand nombre de prisonniers, parmi lesquels Mme de Lamballe dont le cadavre fut profané. Certains commissaires de la Commune tentèrent de s'opposer à ces tueries ou de les modérer, notamment le procureur Manuel, qui vit bientôt qu'il était lui-même en danger et se retira (compte rendu de la séance de l'Assemblée nationale du 3 septembre, *La Gazette nationale*, 4 septembre 1792). Mais, dans leur ensemble, les autorités demeurèrent inertes ou laissèrent faire avec complaisance. Les faits rapportés par Germain à ce sujet sont exacts.

Page 1037.

1. Pendant que se déroulaient les massacres, s'opéraient les enrôlements en masse des Parisiens qui devaient défendre l'est de la France, et des réquisitions d'armes.

2. *Les Révolutions de Paris* de Louis Prudhomme, 1er-8 septembre 1792 : « Le peuple est humain, mais il n'a point de faiblesse [...] Juges ! [...] ce sont vos criminelles lenteurs qui portèrent le peuple à des extrémités dont vous seuls devez être responsables. »

3. *La Gazette nationale ou le Moniteur universel*, de Pankoucke, vante le 4 septembre la « juste vengeance du peuple » et porte à son « honneur » l'organisation des tribunaux. Le 6 septembre, elle écrit : « [...] si la justice du peuple a été *terrible*, il est constant qu'il laissait éclater la plus grande joie, quand *il* n'avait point à punir. L'innocent étant délivré et porté en triomphe au milieu des cris de *Vive la nation*. On conduisait auprès d'un criminel expirant ceux qui n'étaient que légèrement coupables, et le spectacle de terreur dont ils étaient témoins précédait le moment de leur délivrance. »

4. *Le Thermomètre du jour*, de J. A. Dulaure et B. Chaper, mardi 4 septembre, dans les « Variétés » (qui tiennent lieu de nos « Nouvelles du jour »), parle d'abord des enrôlements. « Dans le même temps le peuple exerçait une justice terrible

sur les criminels de lèse-nation, et sur cette foule de brigands, dont l'entassement dans les prisons a déjà failli plusieurs fois opérer la ruine de la capitale. » « Le peuple ne se porte point à de tels actes de vengeance sans de puissants motifs. » « Les amis de l'humanité pleurent sur de tels fléaux. Mais qui faut-il en accuser [...] sinon une cour scélérate ? » *Le Courrier des LXXXIII départemens*, de A. J. Gorsans, écrit sous la rubrique « Thermomètre de Paris », le 3 septembre : « [...] le peuple furieux, qui sait que le crime et les vengeances l'environnent, et que les prisons sont pleines de conjurés, en fait une justice terrible, mais nécessaire, mais *nécessitée*; car, il ne faut pas se le dissimuler, nous sommes en guerre ouverte avec les ennemis de notre liberté. »

Ces deux journaux, ainsi que *Le Patriote français* de Brissot, sont répertoriés dans le catalogue de la collection La Bédoyère, auquel on sait qu'Anatole France prit une grande part.

5. La Cour du commerce se nomme actuellement Cour du commerce Saint-André; elle donne sur le boulevard Saint-Germain et la rue Saint-André-des-Arts. À l'actuel nº 8, se trouvait en effet l'imprimerie où Marat fit paraître son journal *L'Ami du peuple* jusqu'à son assassinat (13 juillet 1793). Mais André Chénier, rappelons-le, ne fit pas imprimer *Les Autels de la peur*.

6. André Chénier n'eut point de journal à lui. Mais il collabora au *Journal de Paris*, dirigé depuis novembre 1791 par Suard, avec une rédaction formée de membres du parti constitutionnel : F. de Pange, Roucher, Dupont de Nemours, Lacretelle. Regnaud de Saint-Jean-d'Angély rédigeait l'article « Assemblée ». Le dernier article de Chénier y parut le 26 juillet. *Le Journal de Paris* fut saccagé au cours des émeutes du 10 août. Il reparut les 11 et 12 août, et fut alors suspendu sur réquisitoire du procureur de la Commune.

Page 1041.

1. Ce quatrième chapitre est inspiré du livre d'Astolphe de Custine, *La Russie en 1839*, Amyot, 1843, dont la première partie est consacrée par l'auteur à sa mère Delphine de Custine. Ayant été appelée devant le tribunal afin de témoigner pour son beau-père, la jeune femme sort au milieu des huées de la foule, au lieu même où Mme de Lamballe a été assassinée. Elle se sauve en prenant un nourrisson dans les bras d'une poissarde, et en traversant la foule avec lui. Ce chapitre est daté du 12 brumaire, an II : c'est le 2 novembre 1793.

2. C'est « place de Thionville » qu'il faudrait ici : la place Dauphine avait été ainsi rebaptisée en l'honneur de la ville qui, en septembre 1792, avait victorieusement résisté aux Autrichiens. Anatole France lui donne bien ce nom dans *Les dieux ont soif*.

Page 1043.

1. Ch.-A. Dauban cite cette expression dans *Les Prisons de Paris sous la Révolution*, Plon, 1870, p. 230.

Page 1045.

1. Wurmser fut repoussé des lignes de Wissembourg en

octobre 1793, et Brunswick fut battu à Valmy en septembre 1792.

2. Charlotte Corday assassina Marat le 13 juillet 1793. Conformément à l'esprit du temps, ce meurtre est rapproché par Germain de celui que commit Harmodios : avec son ami Aristogiton, il tua en 514 à Athènes, le tyran Hipparque.

3. Condorcet s'empoisonna dans sa prison le 29 mars 1794.

Page 1048.

1. Le 13-17 floréal, an II : le 2-6 mai 1794. Les descriptions de la vie dans les prisons s'inspirent ici de très près de l'ouvrage de Ch.-A. Dauban, cité ci-dessus.

2. La retraite de Mons fut opérée en 1792 par l'armée du Nord commandée par J.-B. de Rochambeau.

Page 1050.

1. Sur ce magistrat de Toulouse qui croit pouvoir embarrasser ses juges, voir Dauban, ouvr. cité, p. 108.

2. Cette anecdote s'inspire de Grace Elliott, *Mémoires sur la Révolution française*, 1861, p. 183 : l'auteur, mise en prison aux Récollets de Versailles, vit une scène semblable avec le docteur Gem, athée et philosophe.

Page 1051.

1. 3-11 mai 1794.

Page 1052.

1. La Pérouse avait disparu en 1788, sa dernière étape connue étant Botany Bay. Des expéditions envoyées à sa recherche, en 1791 et 1793, restèrent infructueuses.

2. L'épisode du chien du porte-clefs se trouve dans Dauban, ouvr. cité, p. 149. Mais la prison dont parle Dauban est la Conciergerie, et non Port-Libre.

Page 1056.

1. 15 mai 1794.

Page 1059.

1. 16 mai 1794. Il se peut que des détails de ce chapitre soient inspirés de la mort de Gauvain dans *Quatre Vingt Treize* de Victor Hugo (1874). Gauvain va à la mort dans la splendeur indifférente de la nature. L'échafaud lui est une apothéose. Il croit sincèrement en la Révolution. Mais il faut convenir que la présence de Fanny, dans l'œuvre de France, déplace complètement le sens de la scène.

TABLE

LE CRIME DE SYLVESTRE BONNARD, MEMBRE DE L'INSTITUT

LES DÉSIRS DE JEAN SERVIEN

THAÏS

L'ÉTUI DE NACRE

NOTICE, NOTES ET VARIANTES

Ce volume, portant le numéro
trois cent quinze
de la « Bibliothèque de la Pléiade »
publiée aux Éditions Gallimard,
composé par l'Imprimerie Darantiere
a été achevé d'imprimer
sur Valobible des Papeteries Prioux
le 7 février 1994
sur les presses
de Normandie Roto Impression s.a.
61250 Lonrai
et relié en pleine peau,
dorée à l'or fin 23 carats,
par Babouot à Lagny.

ISBN : 2-07-011063-X
N° d'édition : 66991 - N° d'impression : I3-2202
Dépôt légal : février 1994
Premier dépôt légal septembre 1984
Imprimé en France